A REVOLTA
DE ATLAS

"Asfixiar a criatividade e a liberdade pode custar muito caro. Esta é uma das mensagens mais fortes que este romance filosófico de Ayn Rand, escrito em 1957, mas atual como nunca, nos traz. O setor produtivo deve atuar em um cenário de liberdade e com o forte compromisso de buscar racionalidade, eficiência e sustentabilidade."

– DAVID FEFFER
Presidente da Suzano Holding S/A e do
Conselho de Administração da Suzano Papel e Celulose S/A

"Ayn Rand é a musa do libertarianismo moderno, filósofa de qualidade e importante novelista. Rand foi central para a consolidação de uma das bases do movimento libertário – o notável *princípio da não agressão*, segundo o qual se considera ilegítimo o recurso à força física, ameaça e fraude contra inocentes ou sua propriedade. *A revolta de Atlas* é uma primorosa e cativante dramatização da filosofia de Rand e um dos livros mais influentes de todos os tempos."

– HELIO BELTRÃO
Presidente do Instituto Mises Brasil
e um dos fundadores do Instituto Millenium

"Dificilmente uma obra irá colocar de forma tão clara e transparente o conflito entre o Estado e a iniciativa privada, uma realidade ainda atual em muitas sociedades. Em seu esforço de empreender, gerar empregos e produção, o empresário se depara com um Estado burocrático que limita suas ações. Várias obras históricas retratam essa mesma temática, mas somente o texto primoroso de Ayn Rand destaca o sofrimento humano gerado por todo este processo."

– JORGE GERDAU JOHANNPETER
Presidente do Conselho de Administração da GERDAU

"Este livro gera uma reflexão única: questiona verdades quase absolutas, provoca o exame de premissas que parecem legítimas e desafia os indivíduos a encontrar a verdadeira moral que irá guiar suas vidas."

– PAULO UEBEL
Diretor Executivo do Instituto Millenium

"A crise de 2007 e 2008 trouxe de volta a ameaça do Estado totalitário, controlador, pesado, burocrático e opressor. John Galt é a resposta a este leviatã. A longo prazo é o capitalismo que proporcionará mais riqueza e bem-estar."

– SALIM MATTAR
Presidente do Conselho de Administração
e CEO da Localiza Rent a Car S/A

"Este livro demonstra não apenas a importância de ter princípios e valores, mas, principalmente, a importância de ter coerência entre discurso e prática. Sem dúvida, é uma leitura indispensável para aqueles que pensam o Brasil."

– WILLIAM LING
Diretor do Instituto Ling

AYN RAND
A REVOLTA DE ATLAS

Título original: *Atlas Shrugged*
Copyright © 1957 por Ayn Rand
Copyright renovado © 1985 por Eugene Winick, Paul Gitlin e Leonard Peikoff
Copyright da tradução © 2010 por Editora Arqueiro Ltda.

Todos os direitos reservados. Nenhuma parte deste livro pode ser utilizada ou
reproduzida sob quaisquer meios existentes sem autorização por escrito dos editores.
Imagem de capa de Nick Gaetano, uma cortesia de Quent Cordair Fine Art
(www.cordair.com)

tradução: Paulo Henriques Britto
preparo de originais: Cristiane Pacanowski
revisão: Isabella Leal, Jean Marcel Montassier e Luis Américo Costa
diagramação: Ana Paula Daudt Brandão
capa: Miriam Lerner
imagem de capa: Nick Gaetano
impressão e acabamento: Associação Religiosa Imprensa da Fé

CIP-BRASIL. CATALOGAÇÃO-NA-FONTE
SINDICATO NACIONAL DOS EDITORES DE LIVROS, RJ

R152r
   Rand, Ayn, 1905-1982
     A revolta de Atlas / Ayn Rand [tradução de Paulo Henriques Britto]. São Paulo:
Arqueiro, 2017.
     1216 p. ; 23 cm.

     Tradução de: Atlas shrugged
     ISBN 978-85-8041-758-6

     1. Ficção americana. I. Britto, Paulo Henriques. II. Título.

	CDD: 891.73
17-42351	CDU: 821.161.1-3

Todos os direitos reservados, no Brasil, por
Editora Arqueiro Ltda.
Rua Artur de Azevedo, 1.767 – Conj. 177 – Pinheiros
05404-014 – São Paulo – SP
Tel.: (11) 2894-4987
E-mail: atendimento@editoraarqueiro.com.br
www.editoraarqueiro.com.br

PARA FRANK O'CONNOR

SUMÁRIO

PARTE I
NÃO CONTRADIÇÃO

CAPÍTULO 1	O TEMA	11
CAPÍTULO 2	A CORRENTE	36
CAPÍTULO 3	O CUME E O ABISMO	53
CAPÍTULO 4	OS MOTORES IMÓVEIS	73
CAPÍTULO 5	O APOGEU DOS D'ANCONIA	98
CAPÍTULO 6	OS NÃO COMERCIAIS	137
CAPÍTULO 7	EXPLORADORES E EXPLORADOS	173
CAPÍTULO 8	A LINHA JOHN GALT	230
CAPÍTULO 9	O SAGRADO E O PROFANO	266
CAPÍTULO 10	A TOCHA DE WYATT	306

PARTE II
ISSO OU AQUILO

CAPÍTULO 11	O HOMEM CUJO LUGAR ERA A TERRA	355
CAPÍTULO 12	A ARISTOCRACIA DO PISTOLÃO	396
CAPÍTULO 13	CHANTAGEM BRANCA	442
CAPÍTULO 14	A SANÇÃO DA VÍTIMA	482
CAPÍTULO 15	CONTA A DESCOBERTO	519
CAPÍTULO 16	O METAL MILAGROSO	557
CAPÍTULO 17	A MORATÓRIA DOS CÉREBROS	593
CAPÍTULO 18	POR NOSSO AMOR	635
CAPÍTULO 19	O ROSTO SEM DOR, SEM MEDO E SEM CULPA	661
CAPÍTULO 20	O CIFRÃO	682

PARTE III

A = A

CAPÍTULO 21	ATLÂNTIDA	729
CAPÍTULO 22	A UTOPIA DA GANÂNCIA	782
CAPÍTULO 23	A ANTIGANÂNCIA	848
CAPÍTULO 24	ANTIVIDA	898
CAPÍTULO 25	AMOR FRATERNAL	945
CAPÍTULO 26	O CONCERTO DA LIBERTAÇÃO	1003
CAPÍTULO 27	"QUEM ESTÁ FALANDO É JOHN GALT"	1042
CAPÍTULO 28	O EGOÍSTA	1116
CAPÍTULO 29	O GERADOR	1173
CAPÍTULO 30	EM NOME DO QUE HÁ DE MELHOR EM NÓS	1194

PARTE I

NÃO CONTRADIÇÃO

CAPÍTULO 1

O TEMA

– QUEM É JOHN GALT?

A luz começava a declinar, e Eddie Willers não conseguiu distinguir o rosto do vagabundo, que tinha falado de modo simples, sem expressão. Mas, do crepúsculo lá longe, no fim da rua, lampejos amarelos alcançaram seus olhos, que, galhofeiros e parados, fitavam Willers diretamente – como se a pergunta se referisse àquele mal-estar inexplicável que ele sentia.

– Por que você disse isso? – perguntou Willers, tenso.

O vagabundo se encostou no batente da porta. Uma vidraça partida por trás dele refletia o amarelo metálico do céu.

– Por que isso o incomoda? – perguntou.

– Não me incomoda – rosnou Willers.

Mais que depressa, enfiou a mão no bolso à procura de uma moeda. O vagabundo o havia detido, lhe pedira uma moeda e continuava falando, como se tentasse ultrapassar aquele momento e adiar o seguinte. Pedir dinheiro nas ruas já havia se tornado tão frequente que ninguém mais perdia tempo ouvindo explicações – e Eddie não estava interessado em conhecer os detalhes do desespero específico daquele pedinte.

– Vá tomar um café – disse, estendendo a moeda para aquela sombra sem rosto.

– Muito obrigado, senhor – disse a voz, sem interesse, e a cabeça se inclinou para a frente por um momento. Tinha a face curtida pelo vento, sulcada por rugas de cansaço e por cínica resignação, e os olhos eram inteligentes.

Eddie Willers continuou caminhando, enquanto se perguntava a razão de ter sempre, a esta hora do dia, a mesma sensação inexplicável de medo. *Não*, pensou. *Não é medo, não há nada a temer. O que há é mais uma apreensão imensa e difusa, sem origem e sem causa.* Ele se acostumara à sensação, mas não conseguia defini-la. Ademais, o vagabundo falara como se soubesse de seus sentimentos, como se achasse que alguém deveria sentir aquilo e, ainda mais, como se conhecesse o motivo.

Eddie Willers se empertigou, exercendo sua autodisciplina. *Preciso acabar com isso*, pensou. Estava começando a imaginar coisas. Sempre sentira aquilo? Estava com 32 anos. Tentou se lembrar. Não, não tinha sido sempre assim; mas ele não conseguia se lembrar de quando começara. A sensação lhe chegara subitamente, a intervalos irregulares, e agora estava mais insistente que nunca. *É o crepúsculo*, pensou. *Eu detesto o crepúsculo.*

As nuvens e os topos dos arranha-céus contra elas começavam a adquirir uma tonalidade marrom, como num velho quadro a óleo, com a cor evanescente de uma obra-prima já desbotada. Longas raias de sujeira escorriam pelas paredes carcomidas de fuligem. Bem no alto de uma torre, havia uma rachadura com o formato de um raio imóvel, que se prolongava por uns 10 andares. Um objeto denteado cortava os céus, acima dos tetos: era a metade de um pináculo, que ainda refletia o brilho do pôr do sol. O dourado que antes recobrira a parte fosca já descascara havia muito tempo. O brilho era vermelho e sereno como o reflexo de um incêndio, não um incêndio ativo, mas um que já está morrendo, que não foi possível conter a tempo.

Não, pensou Eddie Willers, *não há nada de perturbador na visão da cidade. Ela parece a mesma de sempre.*

Ele continuou caminhando, lembrando-se de que havia se atrasado na volta ao escritório. Não lhe agradava nada a tarefa que teria de concluir quando chegasse, mas era preciso que fosse feita. Assim, para não atrasá-la ainda mais, apressou o passo.

Virou uma esquina. Pelo estreito espaço entre as silhuetas negras de dois edifícios, como através de uma fresta numa porta, ele viu a página de um gigantesco calendário suspenso no céu.

Era o calendário que o prefeito de Nova York tinha colocado, no ano anterior, no topo de um edifício, de tal modo que os cidadãos pudessem ver os dias do mês como viam as horas: olhando de relance para o alto do prédio. Era um retângulo branco sobre a cidade, que informava a data aos homens nas ruas, lá embaixo. Na luz cor de ferrugem do crepúsculo, o retângulo avisava: 2 de setembro.

Eddie Willers desviou o olhar. Jamais gostara de ver esse calendário. Era uma visão que o perturbava de um modo que não podia explicar nem definir. A sensação parecia se misturar àquela de constrangimento que há pouco experimentara: tinha as mesmas características.

Pensou subitamente que havia uma frase, uma citação que expressava o que o calendário lhe parecia sugerir. Mas não pôde se lembrar. Caminhou, procurando alcançar mentalmente uma frase que pairava em seu espírito como uma forma vazia. Não conseguia preenchê-la, nem descartá-la. Olhou para trás. O retângulo branco, lá no alto, continuava proferindo sua sentença: 2 de setembro.

Eddie Willers baixou o olhar para a rua, para uma carrocinha de verduras parada diante de uma casa de pedra. Viu uma pilha de cenouras douradas e brilhantes e o verde fresco das cebolas. Uma cortina de impecável alvura ondulava através de uma janela aberta. Um ônibus, dirigido por um motorista competente, virava uma esquina. Perguntou-se por que voltara a se sentir tranquilo – e também por que desejava subitamente que essas coisas todas não fossem deixadas a descoberto, desprotegidas contra o espaço vazio de cima.

Quando chegou à Quinta Avenida, seguiu olhando as vitrines pelas quais passava. Não estava precisando de nada nem queria comprar nada, mas gostava de ver a arrumação das mercadorias, quaisquer que fossem, objetos feitos pelo homem, para uso do homem. Alegrou-se com a visão de uma rua próspera: apenas uma em cada quatro lojas estava desativada, com as vitrines escuras e vazias.

Sem saber por quê, subitamente se lembrou do carvalho. Nada parecia trazê-lo diretamente à lembrança. Mas pensou nele, nos verões de sua infância na propriedade dos Taggart. Eddie passara a maior parte de sua infância com as crianças de lá e agora trabalhava para elas, como seu pai e seu avô haviam trabalhado para os pais e os avós delas.

O grande carvalho ficava numa montanha sobre o rio Hudson, em um lugar isolado da propriedade dos Taggart. Eddie, com 7 anos, gostava de olhar para ele. Estava lá havia centenas de anos e parecia ao menino que lá ficaria para sempre. Suas raízes seguravam a montanha como dedos cravados no solo, e ele imaginava que se um gigante quisesse arrancá-lo pelos galhos, não o conseguiria. Conseguiria, sim, balançar a montanha e, com ela, toda a Terra, que ficaria como uma bola pendurada por uma corda. Ele sentia-se seguro diante do carvalho: era algo que nada nem ninguém podia alterar ou ameaçar – era para ele o símbolo maior da força.

Certa noite, um raio atingiu o carvalho. Eddie o viu na manhã seguinte. Estava partido ao meio, e o menino olhou o tronco como quem olha para a boca de um túnel negro: ele era apenas uma concha oca. Sua massa interna tinha apodrecido havia muito tempo: não existia nada lá dentro, apenas uma fina poeira cinzenta que se dispersava ao capricho da mais leve brisa. Fora-se o poder vital e, sem ele, a forma que ficara não tinha podido se manter.

Anos mais tarde, ele ouviu dizer que as crianças devem ser protegidas contra choques, contra seu primeiro contato com a morte, a dor, o medo. Mas essas eram coisas com as quais ele não se assustava. Seu choque viera naquele instante, quando permanecera quieto, olhando o buraco negro do tronco. Fora uma sensação profunda de traição – ainda pior, porque ele não podia identificar exatamente o que ou quem havia sido traído. Não fora ele, sabia-o bem, nem sua fé – era algo mais. Permaneceu ali por algum tempo, em total silêncio, e depois voltou para casa. Não falou sobre aquilo com ninguém, nem na hora, nem depois.

Eddie Willers balançou a cabeça, no momento em que o ruído de um mecanismo enferrujado de sinal de trânsito interrompeu seu caminho no meio-fio. Sentiu raiva de si mesmo. Não havia por que relembrar o carvalho hoje. Já não significava mais nada para ele, apenas uma tintura esmaecida de tristeza – e, em alguma parte em seu íntimo, uma gotícula de dor, movendo-se rapidamente e desaparecendo como um pingo de chuva na vidraça da janela, mal deixando visível o seu curso em forma de ponto de interrogação.

Não queria associar lembranças tristes à sua infância. Amava suas recordações: cada um daqueles dias, ele via agora, parecia-lhe inundado pela luz solar, tranquila e brilhante. Parecia-lhe que alguns daqueles raios chegavam até seu presente. Não eram raios, exatamente: mais pareciam pequenos pontos de luz, que conferiam um ocasional momento de brilho ao seu trabalho, ao seu apartamento, onde vivia solitário, no ritmo calmo e escrupuloso de sua existência.

Lembrou-se de um dia de verão, quando tinha 10 anos. Naquele dia, numa clareira do bosque, sua mais querida companheira de infância lhe disse o que fariam quando crescessem. As palavras foram duras e brilhantes como os raios de sol. Ele ouviu admirado. Quando ela lhe perguntou *o que* desejaria fazer, ele respondeu de imediato: "O que for certo." E acrescentou: "E preciso fazer alguma coisa que seja grande... Quero dizer, nós dois juntos." E ela: "O quê, por exemplo?" Ele respondeu: "Não sei. É o que nós devemos descobrir. Não o que você disse. Não é trabalho nem um modo de ganhar a vida. Mas algo como ganhar batalhas, salvar pessoas de incêndios ou escalar montanhas." "Para quê?", perguntou ela. E ele: "No último domingo, o pastor disse que devemos procurar alcançar o melhor de nós. O que você acha que há de melhor em nós?" "Não sei." E ele concluiu: "Precisamos descobrir." Ela não disse mais nada. Estava olhando para longe, para a estrada de ferro, que se perdia na distância.

Eddie Willers sorriu. Ele dissera: "O que for certo." E isso fora há 22 anos. Desde então, essa deliberação permanecera inalterada em sua vida. Todas as demais questões se evanesceram em sua mente – não tinha tempo para elas. Mas ainda lhe parecia evidente que cada um devia fazer o que fosse direito: jamais entendera como alguém podia desejar outra coisa. Sabia apenas que isso ocorria. E isso ainda lhe parecia uma coisa ao mesmo tempo simples e incompreensível – simples, o fato de que as coisas devem estar certas; e incompreensível, que não estivessem. Sabia que não estavam. Era nisso que pensava quando dobrou a esquina e chegou ao grande prédio da Taggart Transcontinental.

O edifício era a mais alta e mais orgulhosa construção da rua. Willers sempre sorria ao primeiro impacto de sua visão. Todas as janelas nas longas fileiras estavam intactas, ao contrário das dos prédios vizinhos. Suas linhas ascendentes cortavam o céu sem cantos empoeirados e sem bordas quebradas. Ele parecia ser imune ao próprio tempo, sempre incólume. *Estará ali sempre*, pensou.

Cada vez que ele entrava no Edifício Taggart, experimentava uma sensação de alívio e segurança. Aquele era o lugar da competência e do poder. O piso da entrada era um verdadeiro espelho feito de mármore. Os gelados retângulos das luminárias pareciam pedaços de luz sólida. Por trás das divisórias de vidro, filas de moças batiam à máquina, o ruído das teclas parecia o som de rodas de trem. E, como um eco, às vezes um tremor discreto atravessava as paredes, vindo lá de baixo do prédio, dos túneis do grande terminal, de onde os trens partiam e para onde convergiam, para cruzarem o continente e pararem depois de cruzá-lo de novo, como partiam e paravam geração após geração. *"Taggart Transcontinental"*, pensou Eddie Willers, *"De oceano a oceano"*, orgulhoso slogan de sua infância, tão mais brilhante e sagrado do que qualquer dos mandamentos da Bíblia. *"De oceano a oceano, para sempre"*, continuou pensando, enquanto caminhava para o coração do edifício, o escritório de James Taggart, presidente da Taggart Transcontinental.

James Taggart estava sentado à mesa de trabalho. Parecia um cinquentão que tivesse chegado a tal idade diretamente da adolescência, sem passar pelo estágio intermediário da juventude. Tinha a boca pequena e petulante e alguns raros fios de cabelo se elevavam na fronte calva. Seu ar desleixado e sua má postura pareciam desafiar o corpo alto e esguio, cuja elegância, condizente com a de um aristocrata confiante, transformava-se na falta de jeito de um palerma. A pele do rosto era pálida e macia. Os olhos, mortiços e velados, em movimentos lentos e incessantes, deslizavam pelas coisas como num eterno ressentimento por elas existirem. Parecia obstinado e gasto. Tinha 39 anos.

Levantou a cabeça irritado ao som da porta que se abria.

– Não me perturbe, não me perturbe, não me perturbe – disse James Taggart. Eddie Willers se dirigiu para a mesa.

– É importante, Jim – disse, sem levantar a voz.

– Está bem, está bem. De que se trata?

Willers olhou para um mapa na parede do escritório. Suas cores, por trás do vidro da moldura, estavam desmaiadas, e ele se perguntou quantos presidentes Taggart haviam se sentado diante desse mapa, e por quantos anos. A Rede Ferroviária Taggart Transcontinental era uma trama de linhas vermelhas que cortava o corpo empalidecido do país, de Nova York a São Francisco, e parecia uma rede de vasos sanguíneos. Como se o sangue, uma vez, muito tempo atrás, tivesse atingido a artéria principal e, sob a pressão de suas próprias intensidade e abundância, tivesse se ramificado ao acaso, preenchendo, por fim, todo o país. Uma tira vermelha se retorcia desde Cheyenne, Wyoming, até El Paso, Texas – a Linha Rio Norte da Taggart Transcontinental. Novas rotas haviam sido adicionadas recentemente, e o grande veio vermelho se estendera ao sul para além de El Paso. Willers se virou abruptamente quando seus olhos encontraram aquele ponto do mapa.

Ele olhou para Taggart e disse:

– Trata-se da Linha Rio Norte. – Viu o olhar de Taggart se desviando para baixo, correndo pela beira da escrivaninha. Então continuou: – Tivemos outro acidente.

– Acidentes ferroviários ocorrem todos os dias. Você tinha de me incomodar com isso?

– Você sabe do que estou falando, Jim. A Rio Norte está liquidada. Aquela via acabou. Toda ela.

– Estamos providenciando trilhos novos.

Willers continuou, como se não tivesse havido resposta alguma:

– A via está acabada. Não adianta mais pôr trens para andar nela. As pessoas já estão desistindo deles.

– Na minha opinião, não há uma só ferrovia no país que não tenha alguns setores deficitários. Não somos os únicos. É uma situação nacional. Temporária, mas nacional.

Willers permaneceu em silêncio, olhando para ele. O que Taggart detestava nele era o seu hábito de olhar diretamente para os olhos das pessoas. Os olhos de Willers eram azuis, grandes e penetrantes, os cabelos eram louros, o rosto quadrado nada tinha de notável, a não ser o ar de escrupulosa atenção e curiosidade.

– Mais alguma coisa? – perguntou Taggart, ríspido.

– Vim apenas lhe dizer algo que você devia saber. Alguém tinha de lhe dizer.

– Que tivemos outro acidente?

– Que não podemos abandonar a Rio Norte.

James Taggart raramente levantava a cabeça. Quando olhava as pessoas, apenas elevava as pesadas sobrancelhas sem erguer a cabeça.

– Quem está pensando em abandonar a Linha Rio Norte? – perguntou. – Jamais se pensou em abandoná-la. Fico magoado por ouvi-lo dizer isso. Fico muito magoado mesmo.

– Mas não conseguimos manter seus horários nos últimos seis meses. Não completamos uma única viagem sem algum contratempo, grande ou pequeno. Estamos perdendo nossos clientes, um por um. Quanto tempo podemos aguentar assim?

– Você é um pessimista, Eddie. Não tem fé. É isso que termina minando o ânimo da nossa organização.

– Quer dizer que nada será feito quanto à Rio Norte?

– Eu não disse isso. Assim que tivermos trilhos novos...

– Jim, não vai haver trilhos novos. – Ele viu os olhos de Taggart se deslocarem lentamente para cima. – Acabo de voltar dos escritórios das Siderúrgicas Associadas. Falei com Orren Boyle.

– O que foi que ele disse?

– Falou durante uma hora e meia e não me deu nenhuma resposta direta.

– Por que foi incomodá-lo? Se não me engano, a primeira entrega de trilhos está marcada para o próximo mês.

– É, mas já esteve marcada para três meses atrás.

– Foram circunstâncias imprevisíveis. Absolutamente fora do controle de Orren.

– E já esteve marcada para seis meses antes, Jim. Estamos esperando que as Siderúrgicas Associadas nos façam essa entrega há 13 meses.

– O que você quer que eu faça? Não posso tocar para a frente os negócios de Orren Boyle.

– Compreenda que não podemos esperar.

Taggart perguntou lentamente, com a voz meio zombeteira, meio cautelosa:

– O que minha irmã disse a respeito?

– Ela só volta amanhã.

– Muito bem, o que quer que eu faça?

– Cabe a você decidir.

– Bem, não importa o que você diga, só não mencione a Siderúrgica Rearden.

Willers não respondeu de imediato, mas depois falou calmamente:

– Está bem, Jim. Não tocarei nesse assunto.

– Orren é meu amigo. – Sem resposta, continuou: – Sua atitude me magoa. Orren Boyle entregará os trilhos assim que for possível. Enquanto ele não fizer a entrega, ninguém pode dizer que a culpa é nossa.

– Jim! O que você está dizendo? Não entende que a Rio Norte está acabando, quer nos culpem, quer não?

– As pessoas estariam conformadas com a situação – teriam de estar – se não fosse a Phoenix-Durango. – Ele olhou o rosto contraído de Willers. – Ninguém jamais se queixou da Linha Rio Norte até aparecer a Phoenix-Durango.

– A Phoenix-Durango está fazendo um trabalho brilhante.

– Ora, uma coisinha chamada Phoenix-Durango não pode competir com a Taggart Transcontinental! Há dez anos eles tinham apenas uma ferroviazinha local para transporte de leite.

– Mas agora é deles a maior parte dos fretes do Arizona, do Novo México e do Colorado. – Taggart não respondeu. – Jim, não podemos perder o Colorado. É a nossa última esperança. É a última esperança para todo mundo. Se não nos unirmos, vamos perder todos os grandes carregamentos do estado para a Phoenix-Durango. Já perdemos os dos campos de petróleo Wyatt.

– Queria saber por que todo mundo vive falando dos campos de petróleo Wyatt.

– Porque Ellis Wyatt é um prodígio que...

– Ellis Wyatt que se dane!

Aqueles campos de petróleo, pensou Willers subitamente, *não teriam algo em comum com os vasos sanguíneos do mapa? Não era aquele o caminho que a rede avermelhada da Taggart Transcontinental tinha seguido através do país anos antes – fato que agora parecia inacreditável?* Pensou nos poços de petróleo fazendo jorrar uma torrente negra capaz de atravessar um continente mais rapidamente, talvez, do que os trens da Phoenix-Durango. Aqueles campos de petróleo tinham sido apenas um monte de rochas nas montanhas do Colorado, abandonados anos antes por terem sido considerados esgotados. O pai de Ellis Wyatt, que tinha trabalhado tanto, não conseguira mais que um obscuro fim de vida, sugando o que restara dos poços de petróleo exauridos. E agora era como se alguém tivesse dado uma injeção de adrenalina no coração da montanha, e ele voltasse a bater, o sangue negro tinha jorrado através das rochas. *Sangue, evidentemente*, pensou Willers, *porque é o sangue que alimenta, que dá vida, e era isso o que vinha dando a Petróleo Wyatt.* Fizera voltar à vida depressões vazias do solo. Trouxera novas cidades, novas redes de energia, novas fábricas a uma região que ninguém jamais havia notado no mapa. *Novas fábricas*, pensou Eddie Willers. Num tempo em que os rendimentos dos fretes de todas as grandes e velhas indústrias estavam caindo lentamente a cada ano. Ali estava um rico campo petrolífero novo, numa época em que poços paravam de produzir – e paravam cada vez mais – em todos os famosos campos até então existentes. Um novo estado industrial num lugar de que ninguém jamais esperara nada além de gado e beterrabas. Um homem havia conseguido tudo aquilo, e em apenas oito anos. Parecia, pensou Willers, uma daquelas histórias que ele encontrava em seus livros escolares e que lia sem acreditar no que diziam, as histórias de homens que haviam vivido nos anos da juventude do país. Gostaria de conhecer Ellis Wyatt. Havia muito falatório a respeito dele, mas pouca gente, na verdade, o conhecia. Ele só vinha a Nova York raramente. Dizia-se que tinha 33 anos e um gênio violento. Tinha descoberto alguma maneira de reativar poços de petróleo exauridos e passara a fazer isso.

– Ellis Wyatt é um calhorda ambicioso que só se interessa por dinheiro – disse Taggart. – Para mim, há coisas mais importantes do que ganhar dinheiro.

– De que você está falando, Jim? Isso não tem nada a ver com...

– Além do mais, ele nos traiu. Nós demos atendimento aos campos petrolíferos da Wyatt durante anos, com a maior eficiência. Nos tempos do velho Wyatt, levávamos um carro-tanque por semana.

– Não estamos mais nos tempos do velho Wyatt, Jim. A Phoenix-Durango carrega dois carros-tanque por dia regularmente para eles.

– Se ele tivesse nos dado tempo de crescer junto com ele...

– Ele não tem tempo a perder.

– O que ele quer? Que abandonemos todos os nossos outros fretes, que sacrifiquemos os interesses do país inteiro e que demos a ele todos os nossos trens?

– Não é isso. Ele não espera nada. Ele apenas faz negócios com a Phoenix-Durango.

– Para mim, ele não passa de um bandido inescrupuloso e destrutivo. Um arrivista irresponsável que está sendo hipervalorizado. – Era estranho perceber uma súbita emoção na voz sem vida de James Taggart. – Não estou tão seguro assim de que os campos petrolíferos dele sejam mesmo um benefício tão notável. A meu ver, ele deslocou a economia do país inteiro. Ninguém esperava que o Colorado se tornasse um estado industrial. Como podemos ter qualquer segurança ou planejar seja o que for, se tudo muda a toda hora?

– Pelo amor de Deus, Jim! Ele está...

– Sim, eu sei, eu sei. Ele está ganhando dinheiro. Mas, para mim, não é esse o critério adequado para medir o valor de um homem na sociedade. E, quanto ao petróleo dele, que Wyatt viesse até nós e esperasse a sua vez, como fazem os outros contratantes de fretes, e não pretendesse mais que a parte que lhe coubesse no transporte – é o que ele teria feito, se não fosse a Phoenix-Durango. Não é nossa culpa se temos de enfrentar esse tipo de competição destrutiva. Ninguém pode pôr a culpa em nós.

A pressão no peito e nas têmporas, pensou Willers, devia decorrer do esforço que ele estava fazendo. Decidira deixar as coisas claras de uma vez por todas, e assim elas estavam tão claras, pensou, que nada podia impedir Taggart de compreender tudo – a menos que ele, Willers, não estivesse sabendo se expressar. Por isso se esforçara tanto. Mesmo assim, sentia que estava fracassando. Tal como costumava acontecer em todas as suas discussões. Dissesse ele o que dissesse, os outros nunca pareciam falar sobre o mesmo assunto que ele.

– Jim, o que está dizendo? De que importa que ninguém coloque a culpa em nós, se a ferrovia está apodrecendo?

James Taggart sorriu – era um sorriso sutil, zombeteiro e frio.

– É emocionante, Eddie. É emocionante a sua devoção à Taggart Transcontinental. Se você não tomar cuidado, vai se transformar num servo feudal.

– É o que eu sou, Jim.

– Mas posso perguntar se faz parte de suas atribuições discutir esses assuntos comigo?

– Não, não faz.

– Então, por que você não aprende que temos departamentos que se encarregam das coisas? Por que não vai falar sobre tudo isso com a pessoa encarregada? Por que não vai chorar no ombro da minha querida irmã?

– Olhe, Jim, eu sei que não me cabe falar com você. Mas não entendo o que está acontecendo. Não sei o que seus conselheiros lhe recomendam, nem por que não conseguem fazer com que você entenda a situação. Por isso pensei em vir falar com você, dizer eu mesmo o que acho.

– Prezo nossa amizade de infância, Eddie, mas você acha que isso lhe dá o direito de entrar sem se fazer anunciar, na hora que bem entende? Considerando sua própria posição, não lhe caberia se lembrar de que sou o presidente da Taggart Transcontinental?

Era uma conversa cansativa. Como de costume, Eddie Willers olhou para ele sem ressentimentos, e, apenas espantado, perguntou:

– Quer dizer que você não pretende fazer nada quanto à Linha Rio Norte?

– Eu não disse isso. Não disse nada disso. – Taggart estava olhando para o mapa, para o risco vermelho ao sul de El Paso. – Logo que as minas de San Sebastián começarem a funcionar e nosso ramal mexicano começar a render...

– Não vamos falar disso, Jim!

Taggart se voltou, espantado com o inusitado fenômeno que era o tom de fúria implacável na voz de Eddie.

– Mas o que há?!

– Você sabe o que é. Sua irmã disse...

– Dane-se a minha irmã! – gritou James Taggart.

Willers não se moveu. Não deu nenhuma resposta. Permaneceu olhando para a frente, mas não estava vendo Taggart, nem qualquer outra coisa no escritório.

Depois de algum tempo, fez uma mesura e saiu.

Na antessala, os funcionários de James Taggart estavam apagando as luzes e se preparando para deixar o escritório. Mas Pop Harper, chefe de seção, ainda sentado à sua escrivaninha, usava uma chave de fenda numa máquina de escrever meio desmontada. Todas as pessoas da empresa tinham a impressão de que Harper tinha nascido precisamente naquele canto, exatamente naquela escrivaninha, e que não pretendia sair dali. Ele era chefe desde os tempos do pai de Taggart.

Harper olhou para Willers, que saía do escritório do presidente. O olhar era inteligente, lento. Parecia dizer que sabia que a visita de Eddie era sinal de que havia algum problema na linha, que a visita de nada adiantara e que era indiferente à informação. Era a mesma indiferença cínica que Willers vira nos olhos do vagabundo na rua.

– Diga lá, Eddie: onde posso comprar camisetas de lã? Procurei por toda a cidade e não encontrei nenhuma.

– Não sei – respondeu Willers, parando. – Por que me pergunta?

– Pergunto a todo mundo. Alguém há de saber me responder.

Willers olhou, pouco à vontade, para o rosto macilento, os cabelos brancos.

– Está frio aqui dentro – disse Harper. – Este ano o frio vai ser maior.

– O que está fazendo? – perguntou Willers, apontando para as peças da máquina.

– A danada enguiçou novamente. Não adianta mandar revisar fora: da última vez levaram três meses para consertá-la. Pensei em resolver eu mesmo. Ainda que apenas um conserto provisório. – Deixou o punho cair sobre as teclas. – Você está pronta para virar sucata, companheira. Seus dias estão contados.

Eddie se sobressaltou. Era aquela a frase que ele estivera tentando lembrar: "Seus dias estão contados." Mas ele não se lembrava do contexto em que tentara se recordar dela.

– Não adianta, Eddie – disse Harper.

– Não adianta o quê?

– Nada. Coisa nenhuma.

– O que está acontecendo, Pop?

– Não vou requisitar uma nova máquina. As novas são feitas de lata. Quando as velhas se acabarem, vai ser o fim da escrita à máquina. Houve um acidente no metrô hoje de manhã. Os freios não funcionaram. Vá para casa, Eddie, ligue o rádio e ouça uma boa música para dançar. Esqueça, menino. Seu problema é que você nunca teve um passatempo. Roubaram as lâmpadas da escada, na entrada do prédio onde moro. E eu estou com uma dor no peito. Não consegui comprar pastilhas para tosse hoje de manhã, a farmácia da esquina faliu na semana passada. A Ferrovia Texas Ocidental declarou falência no mês passado. Fecharam a ponte de Queensborough ontem para reformas. Para quê? Quem é John Galt?

◆ ◆ ◆

Ela estava sentada do lado da janela, no trem, a cabeça reclinada e uma das pernas estendida sobre o assento vazio à sua frente. Toda a janela tremia em seus encaixes com a trepidação. A vidraça estava fechada para o vazio da escuridão, e pontos de luz atravessavam o vidro de quando em vez, deixando rastros luminosos.

Sua perna, moldada pela meia de seda apertada, era longa e reta, terminando no arco do pé, calçado num fino sapato de salto, e mostrava uma elegância feminina em nada condizente com a cabine poeirenta e também estranhamente em desacordo com a imagem geral dela. Ela usava um casaco de pele de camelo já bem surrado, que tinha custado caro e parecia estar jogado com descuido sobre o seu corpo magro e nervoso. Mantinha levantada a gola, que quase tocava a aba inferior do chapéu. Uma onda de cabelos castanhos se estendia para trás até os ombros. O rosto era anguloso, e fino o traço da boca, uma boca sensual, fechada com precisão inflexível. Estava com as mãos nos bolsos do casaco, rígida, como se a imobilidade lhe fosse desagradável. Seu ar era pouco feminino, como se não tivesse consciência do próprio corpo e de que este era um corpo de mulher.

Ouvia música. Era uma sinfonia triunfal. As notas fluíam, falavam de elevação espiritual e eram a própria elevação espiritual. Eram a essência e a forma do movimento ascensional, pareciam simbolizar todo ato e pensamento humanos associados com o princípio da ascensão. Era uma explosão sonora, emergindo de um esconderijo e se espalhando por toda parte. Tinha a força da liberdade e a tensão da firmeza. Varria todo o espaço e nada deixava atrás de si, senão a alegria do esforço que não encontra barreiras. Apenas um pequeno eco falava da sombra de onde havia escapado a música, mas falava com uma perplexidade alegre, ao descobrir que não havia nada feio ou doloroso, nem era preciso que houvesse. Era a música de uma imensa libertação.

Ela achou – pelo menos por alguns momentos, enquanto durava a sensação – que era perfeitamente legítimo se render totalmente, esquecer tudo e se deixar ficar apenas *sentindo*. Pensou: *Deixe tudo para lá. Desligue-se de tudo. É isso.*

Em alguma parte de sua mente, por baixo da música, ouvia o som das rodas nos trilhos. Elas mantinham um ritmo regular, com acento em cada quarta batida, como se tivessem uma consciência. Podia relaxar, já que ouvia as rodas. E, enquanto ouvia a sinfonia, pensava: eis a razão para que as rodas continuem girando – é para onde elas estão indo.

Jamais ouvira a sinfonia, mas sabia que fora composta por Richard Halley.

Reconhecia a violência e a magnífica intensidade de sentimentos. Reconhecia o estilo e o tema; era uma melodia ao mesmo tempo clara e complexa, composta numa época em que ninguém mais cuidava de melodias... Ficou olhando para o teto da cabine sem vê-lo, até esquecer onde estava. Não sabia se ouvia uma orquestra sinfônica ou apenas o tema da música. Talvez a orquestração estivesse em sua cabeça.

Pensou vagamente que não houvera ecos premonitórios desse tema em todo o trabalho de Richard Halley, durante todos os anos de sua longa luta até o dia em que, já homem de meia-idade, ele vira a fama chegar subitamente e o derrubar. *Eis aí*, pensava ela ouvindo a sinfonia, *a finalidade de toda a luta que ele desenvolvera*. Lembrou-se de trechos musicais em que ele tentou sem sucesso atingir tal ponto – trechos que prometiam, tentavam, mas não chegavam ao ponto desejado. *Quando Halley compôs isso, ele...* Aí ela se pôs ereta, dura, na cadeira: *Quando foi que Richard Halley compôs isto?*

No mesmo instante, situou-se no tempo e no espaço e, pela primeira vez, se perguntou de onde vinha a música.

A alguns passos dali, no fim do vagão, um guarda-freios ajustava os controles do condicionador de ar. Era louro e jovem. Estava assoviando o tema da sinfonia. Só ao vê-lo é que ela percebeu que o assovio já durava algum tempo e que era tudo o que tinha ouvido. Olhou-o incrédula por um instante, antes de levantar a voz para lhe perguntar:

– Por favor, o que é que você está assoviando?

O rapazinho se voltou para ela. Seu olhar era direto, e ela viu um sorriso aberto e franco, como se o jovem estivesse trocando segredos com uma amiga. Ela gostou do rosto dele: tinha linhas retas e firmes, sem aquela aparência de músculos frouxos que fugiam da responsabilidade de ter forma, que ela sempre esperava encontrar no rosto das pessoas.

– É o concerto de Halley – respondeu ele, sorrindo.

– Qual deles?

– O quinto.

Ela deixou passar um momento até dizer lenta e cuidadosamente:

– Richard Halley só escreveu quatro concertos.

O sorriso no rosto dele desapareceu. Era como se ele, de súbito, fosse arremessado para a realidade, tal como acontecera a ela momentos antes. Como se uma cortina baixasse deixando nele apenas uma face sem expressão, impessoal, indiferente e vazia.

– Ah, é isso mesmo – disse ele. – Foi um engano...

– Então o que era?

– Uma música que ouvi por aí...

– O quê, exatamente?

– Não sei.

– Onde você a ouviu?

– Não me lembro.

Ela fez uma pausa, desalentada. Ele ia se afastando, já sem maior interesse.

– Parece mesmo um tema de Halley – disse ela. – Mas eu conheço cada nota de tudo o que ele compôs e ele nunca compôs essa música aí.

O rosto permanecia sem expressão. Havia apenas um sinal fraco de atenção, à medida que ele se voltava para ela perguntando:

– A senhora gosta da música de Richard Halley?

– Gosto – respondeu ela. – Gosto muito.

O rapaz a encarou hesitante por uns momentos, depois se voltou e continuou seu trabalho. Dagny o observou: ele era eficiente e trabalhava em silêncio.

Ela estava sem dormir havia duas noites, pois não se podia permitir fazê-lo. Tinha muitos problemas em que pensar e pouquíssimo tempo: o trem devia chegar a Nova York bem cedo na manhã seguinte. E, embora ela precisasse de tempo, queria que o trem fosse mais depressa. E aquele era um Cometa Taggart, o trem mais rápido do país.

Tentou pensar, mas a música permanecia em sua mente, e ela continuava ouvindo os acordes orquestrais que lhe chegavam como passadas implacáveis de algo que não podia ser interrompido. Balançou a cabeça com raiva para fazer cair o chapéu e acendeu um cigarro.

Não dormirei, pensou. Podia aguentar até a noite do dia seguinte. O ritmo das rodas aumentou. Ela estava tão acostumada com aquele ruído que não o ouvia conscientemente. Mesmo assim, o som criava dentro dela uma sensação de paz. Quando apagou o cigarro, sentiu imediatamente que precisava de outro, mas achou que devia se dar um tempo, só uns poucos minutos, antes de acendê-lo...

Ela tinha caído no sono e agora despertava com um solavanco. E sabia que havia alguma coisa errada, embora não soubesse o quê – era que o trem tinha parado. O vagão estava em silêncio e na penumbra, à luz azul das lâmpadas. Deu uma olhada no relógio: não havia razão para aquela parada. Olhou pela janela: o trem estava imóvel no meio de um descampado.

Ouviu que alguém se mexia do outro lado da cabine e perguntou:

– Há quanto tempo estamos parados?

– Mais ou menos uma hora – respondeu a voz de um homem, indiferente. Ele olhou para ela espantado, pois ela se levantara e correra para a porta.

Havia lá fora um vento frio e uma extensão vazia de terra debaixo de um céu vazio. Ela ouviu um ruído de plantas que se agitavam, na escuridão. Lá na frente divisou os vultos de homens de pé, perto da locomotiva, e acima deles, dependurada, destacando-se do céu, a luz vermelha de um sinal.

Caminhou rapidamente na direção deles, vendo desfilarem por ela as rodas imóveis do trem. Ninguém se dignou a olhar para ela, quando chegou junto deles. Lá estavam alguns membros da tripulação e alguns passageiros aglomerados, embaixo da luz vermelha, parados e conversando, numa plácida indiferença.

– O que está havendo? – perguntou.

O maquinista se virou, espantado. A pergunta havia soado como uma ordem, não como a curiosidade amadorística de um passageiro. Ela conservava as mãos nos bolsos, a gola levantada. O vento agitava seus cabelos e os fazia bater-lhe no rosto.

– Sinal vermelho, senhora – disse ele, apontando para cima com o polegar.

– Há quanto tempo está assim?

– Uma hora.

– Estamos fora da linha principal, não estamos?

– Sim, senhora.

– Por quê?

– Não sei.

– Eu acho – disse o chefe do trem – que a chave não estava funcionando direito: não tínhamos nada que ter saído para este desvio. E essa coisa aí – acrescentou, apontando para o sinal vermelho –, para mim está quebrada. Não vai mudar de cor.

– E que providência vocês estão tomando?

– Estamos esperando que a luz mude.

O silêncio dela era de raiva. O foguista riu:

– Na semana passada o Especial da Sul-Atlântica ficou largado num desvio durante duas horas, só por causa do erro de alguém.

– Este é o Cometa Taggart – disse ela. – O Cometa nunca chegou tarde.

– É o único trem no país que nunca se atrasou – disse o maquinista.

– Há sempre uma primeira vez – disse o foguista.

– A senhora não entende de ferrovias, moça – disse um passageiro. – Não há um só sistema de sinais, nem um só despachante no país que valham alguma coisa.

Ela não se voltou nem olhou para ele, mas falou para o maquinista:

– Já que o senhor sabe que o sinal está quebrado, o que pretende fazer?

O homem não gostou do seu tom autoritário e não pôde entender por que ela o adotava com tanta naturalidade. Parecia uma mocinha; só a boca e os olhos mostravam que tinha quase 30 anos. Os olhos cinza-escuros eram diretos e perturbadores, como se atravessassem as coisas, empurrando para o lado tudo o que era irrelevante. O rosto lhe parecia levemente familiar, mas não se lembrava de onde o conhecia.

– Minha senhora, não tenho a intenção de arriscar minha pele – respondeu ele.

– Ele quer dizer que nossa obrigação é cumprir ordens – disse o foguista.

– Sua obrigação é botar esse trem para andar.

– Avançando o sinal, não. Se a luz manda parar, a gente para.

– Luz vermelha é sinal de perigo, minha senhora – disse o passageiro.

– Não nos arriscamos – disse o maquinista. – O culpado por tudo isto vai botar a culpa em nós se tomarmos alguma iniciativa. Por isso, só vamos sair daqui quando alguém nos der ordem para sair.

– E se ninguém der ordem?

– Alguém vai aparecer, mais cedo ou mais tarde.

– Quanto tempo vocês pretendem esperar?

O maquinista deu de ombros:

– Quem é John Galt?

– Ele quer dizer: não faça perguntas a que ninguém pode responder – disse o foguista.

Ela olhou para a luz vermelha e para os trilhos que se perdiam na escuridão, na distância inalcançável. Disse então:

– Avance com cuidado até o próximo sinal. Se estiver em ordem, vá para a via principal. E aí pare no primeiro centro de controle.

– Ah, é? Por ordem de quem?

– Minha.

– E quem é a senhora?

Foi apenas uma pausa, um momento de perplexidade diante de uma pergunta pela qual ela não esperara, mas o maquinista olhou para seu rosto com mais atenção e exclamou "Meu Deus!" ao mesmo tempo que ela respondia, sem tom de ofensa, apenas como quem não ouve a pergunta com muita frequência:

– Dagny Taggart.

– Essa não! – exclamou o foguista, quando um silêncio pesado caiu sobre todos.

Ela continuou, com o mesmo tom de autoridade tranquila:

– Prossiga até a via principal e pare o trem para mim no primeiro escritório ferroviário que encontrar aberto.

– Sim, senhora.

– É preciso compensar o tempo perdido. Você tem todo o resto da noite para fazê-lo. Faça o Cometa chegar dentro do horário previsto.

– Sim, senhora.

Quando ela já se virava para se afastar, a voz do maquinista a interrompeu:

– Se houver algum problema, a responsabilidade é da senhora?

– É.

O chefe do trem a seguiu enquanto ela retornava. Parecia desnorteado e dizia:

– Mas num vagão comum... senhorita Taggart... Por quê?... Por que não nos avisou?...

Ela sorriu com naturalidade.

– Não tinha tempo para formalidades. Meu vagão particular foi atrelado ao número 22 em Chicago, mas saltei em Cleveland. E, como o trem estava atrasado, passei para o Cometa sem o meu vagão. Não havia mais lugar em nenhum vagão-leito.

O chefe do trem sacudiu a cabeça.

– O irmão da senhora não teria embarcado num vagão de segunda.

Ela riu, concordando:

– É verdade.

Os homens perto da locomotiva a observavam enquanto ela se afastava. O jovem guarda-freios, que estava entre eles, perguntou, apontando para ela:

– Quem é aquela, afinal?

– *Aquela* é a pessoa que manda na Taggart Transcontinental – disse o maquinista. E em sua voz parecia ouvir-se um tom de respeito genuíno. – Ela é a vice-presidente de operações da Taggart Transcontinental.

Quando o trem começou a se mover, com seu apito estridente ressoando pelos campos, Dagny sentou-se perto da janela e acendeu outro cigarro. Pensava: *Está tudo caindo aos pedaços, exatamente como aqui, por todo o país... Coisas assim podem acontecer em qualquer parte e a qualquer momento*. Mas não sentia ansiedade ou raiva. Sabia que não tinha muito tempo pela frente para isso.

Esse ia ser apenas mais um assunto a ser discutido entre muitos outros. Sabia que o superintendente da divisão de Ohio não era dos melhores, mas era amigo de James Taggart. Algum tempo atrás, ela deixara de insistir em sua demissão porque não tinha ninguém melhor para o substituir no cargo. Como era difícil encontrar pessoas competentes! Mas tinha de se livrar dele e dar seu posto a Owen Kellogg, um engenheiro jovem que estava realizando um trabalho brilhante como assistente administrativo no Terminal Taggart de Nova York. Na verdade, era Kellogg que estava dirigindo o terminal. Durante algum tempo ela havia observado o seu trabalho. Vivia procurando centelhas de competência como se fosse uma obstinada catadora de diamantes num monturo. Kellogg era ainda muito moço para ser nomeado superintendente de divisão. Ela pretendia esperar mais um ano, mas agora não havia tempo a perder. Precisava falar com ele logo que chegasse.

A faixa de terra que se via vagamente pela janela começava agora a correr mais depressa, transformando-se numa tira cinzenta. Através das secas frases que povoavam seus pensamentos, verificou que havia tempo para sentir algo: a dura e exultante sensação de estar agindo.

◆ ◆ ◆

Ao receber no rosto a primeira lufada de ar sibilante, quando o Cometa mergulhou no túnel do Terminal Taggart sob a cidade de Nova York, Dagny Taggart se esticou na cadeira, rígida. Sempre experimentava aquela sensação ao entrar nos túneis – um misto de ansiedade, esperança e secreta exaltação. Era como se até então a vida fosse uma fotografia de coisas sem forma, impressa precariamente em cores pálidas. Agora, ao contrário, ela entrava num desenho esquemático rápido e vigoroso, feito em pinceladas bruscas – as coisas pareciam nítidas, importantes, e valia a pena se relacionar com elas. Olhava os túneis enquanto passavam: paredes nuas de concreto, uma rede de canos e fios, trilhos que desapareciam em buracos negros onde luzes verdes e vermelhas como manchas coloridas brilhavam ao longe. Nada mais havia, nada que diluísse as coisas, de modo que era possível apreciar a determinação nua e a engenhosidade que a transformara em realidade. Pensou no Edifício Taggart, que nesse momento estava acima de sua cabeça e procurava o céu. Pensou que estava nas raízes do edifício, raízes ocas que se retorciam no subsolo e alimentavam a cidade.

O trem parou e ela desceu. Ao contato do concreto da plataforma sob seus pés, sentiu-se leve, ágil, pronta para a ação. Começou a andar depressa, como se seus passos rápidos pudessem dar forma às coisas que sentia. Demorou a perceber que estava assoviando algo – o tema do quinto concerto de Halley.

Sentiu que alguém olhava para ela e se voltou. Era o jovem guarda-freios que a observava, tenso.

◆ ◆ ◆

Dagny estava sentada no braço da poltrona em frente à escrivaninha de James Taggart, com o casaco aberto, deixando aparecer sua roupa de viagem amassada. Eddie Willers estava sentado do outro lado da sala, fazendo anotações de vez em quando. Seu cargo era o de assistente especial da vice-presidente de operações, e seu dever principal era o de ser seu guarda-costas contra qualquer espécie de perda de tempo. Ela lhe pedia para sempre estar presente em reuniões desse tipo, porque assim não precisaria lhe explicar nada depois. Taggart estava sentado à mesa, com a cabeça encolhida para dentro dos ombros.

– A Linha Rio Norte é um monte de lixo do princípio ao fim – disse ela. – Está muito pior do que eu pensava. Mas vamos recuperá-la.

– É claro – disse Taggart.

– Parte dos trilhos pode ser salva. Não muito e não por muito tempo. Começaremos colocando trilhos novos nos trechos montanhosos. O Colorado primeiro. Trilhos novos em dois meses.

– Orren Boyle disse que...

– Encomendei trilhos da Siderúrgica Rearden.

O leve pigarro que partiu de Eddie Willers equivalia ao seu desejo refreado de aplaudir.

Taggart não respondeu de imediato. Após uma pausa, disse:

– Dagny, por que você não se senta direito, como todo mundo faz? – O tom de voz era petulante. – Ninguém trata de negócios desse jeito.

– Eu trato.

Ela esperou. Ele perguntou, evitando o olhar dela:

– Você disse que já encomendou os trilhos à Siderúrgica Rearden?

– Ontem à tarde. Telefonei para ele de Cleveland.

– Mas a diretoria não autorizou. Eu não autorizei. Você não me consultou.

Dagny estendeu o braço, pegou o telefone na mesa dele e o ofereceu ao irmão:

– Ligue para Rearden e cancele o pedido.

Taggart se encostou na cadeira.

– Eu não disse que quero cancelar nada – retrucou, irritado. – Não disse isso, absolutamente.

– Então o pedido está de pé?

– Também não disse isso.

Dagny se virou.

– Eddie, mande preparar o contrato com a Siderúrgica Rearden. Jim vai assinar. – Tirou um pedaço amassado de papel de um dos bolsos e o estendeu para Eddie. – Aqui estão os números e as cláusulas.

– Mas a diretoria ainda não... – foi dizendo Taggart.

– A diretoria não tem nada a ver com isso. Eles o autorizaram a comprar os trilhos 13 meses atrás. Quanto ao lugar onde você faz a compra, é problema seu.

– Não acho direito tomar uma decisão dessas sem dar à diretoria uma chance de opinar. Nem vejo razão para que eu assuma a responsabilidade.

– Eu assumo.

– Mas e os gastos que...

– Rearden está cobrando menos do que as Siderúrgicas Associadas de Orren Boyle.

– Muito bem, mas e Boyle? Como fica?

– Já cancelei o contrato. Já poderíamos ter feito isso há seis meses.

– E quando você fez isso?

– Ontem.

– Mas ele não me telefonou para confirmar.

– Ele não vai telefonar.

Taggart baixou o olhar. Dagny não entendia por que ele não gostava de ter que fazer negócios com Rearden e por que essa repulsa era assim disfarçada, estranha. A Siderúrgica Rearden tinha sido o maior fornecedor da Taggart Transcontinental durante 10 anos, desde a primeira fornada da usina, no tempo em que o pai dela e de James era o presidente da rede. Durante uma década, a maior parte dos trilhos da companhia foi feita pela Rearden. Não havia no país muitas firmas que entregassem as encomendas tal como haviam sido pedidas e dentro dos prazos fixados. A Siderúrgica Rearden era uma dessas poucas. *Se eu fosse louca*, pensava Dagny, *poderia concluir que meu irmão não gosta de negociar com Rearden porque este é extremamente eficiente em seu trabalho*. Mas ela não podia tirar tal conclusão: pensar assim era humanamente impossível.

– Não é justo – disse Taggart.

– O que quer dizer?

– Sempre negociamos com Rearden. Pareceu-me que devíamos dar uma oportunidade aos outros também. Ele não precisa de nós. Já cresceu o bastante. Devemos ajudar os menores, fazer com que cresçam. Senão estaremos estimulando um monopólio.

– Que bobagem, Jim!

– Por que somos obrigados a fazer pedidos exclusivamente à Rearden?

– Porque somos bem atendidos.

– Não gosto de Henry Rearden.

– Eu gosto. Mas isso não importa, de qualquer modo. Precisamos de trilhos e ele é o único que pode fornecê-los.

– O elemento humano é muito importante. Você não tem sensibilidade para o fator humano.

– Não. Não tenho mesmo.

– Se fizermos uma encomenda de trilhos de aço tão grande à Rearden...

– Não serão de aço. Serão de metal Rearden.

Ela sempre evitava manifestar reações pessoais, mas não conseguiu se conter quando viu a cara de Taggart: caiu na gargalhada.

O metal Rearden era uma liga nova, produzida depois de 10 anos de pesquisas. Ele a tinha colocado no mercado muito recentemente. Ainda não tinha recebido qualquer encomenda.

E, como a voz de Dagny subitamente se tornou fria e direta, Taggart ficou confuso ao ouvi-la:

– Chega, Jim. Sei perfeitamente tudo o que você vai dizer. Que ninguém usou a liga antes. Que ninguém, ainda, aprovou o metal Rearden. Que ninguém se interessa por ele. Pois, mesmo assim, nossos trilhos vão ser de metal Rearden.

– Mas... – gaguejou Taggart – mas... mas ninguém ainda usou essa liga!

E constatou, com satisfação, que Dagny ficou muda de irritação. Para ele era um prazer observar emoções, pareciam-lhe lanternas vermelhas ao longo do percurso desconhecido da personalidade do outro que indicavam os pontos fracos. Mas ter emoções por causa de uma liga metálica era algo que ele não entendia, assim como não podia entender o que significava tudo aquilo. Não podia, portanto, aproveitar essa sua descoberta em relação à emoção da irmã.

– As maiores autoridades em metalurgia se mostram muito céticas a respeito do metal Rearden. Dizem que...

– Basta, Jim.

– Em que opinião você se baseia?

– Não peço opiniões.

– E como se decide?

– Pelo discernimento.

– Discernimento de quem?

– O meu.

– Mas quem você consultou?

– Ninguém.

– Que diabos você sabe sobre o metal Rearden?

– Que é a melhor coisa que já foi posta à venda.

– Por quê?

– Porque é mais duro do que o aço, mais barato do que o aço e dura mais do que qualquer metal existente.

– Mas quem afirma isso?

– Jim, eu estudei engenharia. Quando vejo uma coisa, eu vejo.

– E o que você viu?

– A fórmula de Rearden e os testes que ele realizou com o metal.

– Bom, se fosse tão eficiente assim, alguém já teria usado, e ninguém usou. – Ele viu a raiva estampada no rosto dela e continuou, nervoso: – Como você pode ter certeza de que é bom? Como pode decidir?

– Alguém tem que tomar essas decisões, Jim. Quem?

– Não vejo por que devamos ser os primeiros. Não vejo mesmo.

– Você quer ou não quer salvar a Rio Norte? Se a empresa pudesse, eu arrancaria todos os trilhos do sistema e colocaria trilhos de metal Rearden em seu lugar. É preciso trocar tudo. Nenhum segmento vai aguentar muito tempo mais. Mas ainda não podemos. Temos que sair do buraco, antes de mais nada. Você quer que isso aconteça ou não?

– Ainda somos a melhor ferrovia do país. O serviço das outras é muito pior.

– Você quer que continuemos no buraco?

– Eu não disse isso! Por que você sempre simplifica as coisas desse jeito? E, se está preocupada com dinheiro, não vejo por que quer gastá-lo na Rio Norte, quando a Phoenix-Durango nos roubou tudo lá naquela região. Por que gastar mais dinheiro quando não temos proteção contra um concorrente que vai destruir nosso investimento?

– Porque a Phoenix-Durango é uma excelente ferrovia, mas eu pretendo tornar a Rio Norte ainda melhor. Porque vou derrotá-la, se necessário... e só se for necessário, porque no Colorado vai haver espaço para duas ou três ferrovias fazerem fortuna. Porque eu hipotecaria todo o sistema para construir uma linha só para servir Ellis Wyatt.

– Não aguento mais ouvir falar de Ellis Wyatt.

Ele não gostou da maneira como Dagny moveu os olhos para ele e ficou parado, fitando-a por um momento.

– Não vejo necessidade de ação imediata – disse ele, parecendo ofendido – nem entendo o que você considera tão alarmante na Taggart Transcontinental.

– São consequências de sua política, Jim.

– Que política?

– Aquela experiência de 13 meses com as Siderúrgicas Associadas, por exemplo, ou, se quer outro exemplo, a sua catástrofe no México.

– A diretoria aprovou o contrato das Siderúrgicas Associadas – disse ele mais que depressa. – Ela votou a favor da construção da Linha San Sebastián. E não vejo nenhuma catástrofe naquilo.

– É catástrofe porque o governo mexicano vai nacionalizar a estrada de ferro qualquer dia desses.

– Mentira! – Ele estava quase gritando. – Isso é intriga! Tenho informações de fontes muito bem informadas que...

– Não demonstre que você está com medo, Jim – disse ela, calma.

Ele não respondeu.

– Não adianta entrar em pânico – continuou ela. – Tudo o que podemos fazer é tentar amortecer o golpe. Vai ser um golpe duro. Quarenta milhões de dólares são uma perda da qual não nos recuperaremos facilmente. Porém a Taggart Transcontinental já sofreu golpes duros no passado. Vai aguentar esse também.

– Recuso-me a considerar a possibilidade de que a San Sebastián vá ser nacionalizada!

– Tudo bem. Recuse-se.

Ela permaneceu em silêncio. E ele disse, na defensiva:

– Não entendo por que você faz tanta questão de ajudar Ellis Wyatt, ao mesmo tempo que acha errado ajudar um país menos favorecido.

– Ellis Wyatt não está pedindo a ninguém que o ajude. E eu não estou aqui para ajudar ninguém. Estou operando uma ferrovia.

– Isso me parece uma visão muito estreita. Não entendo por que a gente deve ajudar um homem em vez de ajudar uma nação.

– Não estou interessada em ajudar ninguém. Estou interessada em ganhar dinheiro.

– Uma atitude pouco prática. Essa voracidade egoísta em relação ao lucro é coisa do passado. Todo mundo concorda que os interesses da sociedade como um todo devem vir na frente de qualquer negócio que...

– Por quanto tempo você vai ficar se esquivando do assunto, Jim?

– Que assunto?

– A encomenda de metal Rearden.

Ele não respondeu. Examinava-a, em silêncio. Seu corpo esguio, que estava a ponto de desmoronar de cansaço, parecia ser sustentado pela linha reta dos ombros, e os ombros eram mantidos por um esforço voluntário e consciente. Poucas pessoas apreciavam o rosto dela: era frio, com olhos vivos demais; nada faria nascer, em seu rosto, tons suaves. As pernas bonitas, que desciam do braço da poltrona e ocupavam o centro do campo de visão de Taggart, o irritavam, por contradizer o restante de sua avaliação.

Uma vez que ela se mantinha calada, ele perguntou:

– Você decidiu fazer a encomenda sem mais nem menos, num impulso, ao pegar num telefone?

– Decidi seis meses atrás. Esperei apenas que Hank Rearden pusesse o metal na linha de produção.

– Não o chame de *Hank* Rearden. É vulgar.

– É assim que todos o chamam. Não mude de assunto.

– Por que você tinha que telefonar para ele ontem à noite?

– Não pude encontrá-lo mais cedo.

– Por que não esperou até chegar a Nova York e...

– Porque eu vi a Linha Rio Norte.

– Bem, preciso de tempo para pensar, levar o assunto à diretoria, consultar os melhores...

– Não há tempo.

– Você não me deu tempo de formar uma opinião.

– Pouco me importa a sua opinião. Não vou discutir com você, nem com a sua diretoria nem com seus peritos. Você tem uma escolha a fazer e vai fazê-la agora. Diga apenas sim ou não.

– Isso é uma maneira descabida, arbitrária, arrogante de...

– Sim ou não?

– Este é o seu problema. Você reduz tudo a sim ou não. As coisas não são absolutas assim. Nada é absoluto.

– Os trilhos são. Ou a gente compra ou não compra.

Ela esperou, e ele não deu resposta alguma.

– Então?

– Você se responsabiliza?

– Sim.

– Então vá em frente – disse ele –, mas é por sua conta. Não cancelo o pedido, mas não vou prometer nada quanto ao que direi à diretoria.

– Pode dizer o que bem entender.

Ela se levantou para sair. Ele se inclinou para a frente sobre a escrivaninha, como para retê-la, sem querer encerrar a reunião de modo tão decisivo.

– Você compreende, evidentemente, que vão ser necessárias inúmeras providências para pôr tudo isso em ordem – disse Taggart, num tom de voz que parecia dar a entender que aqueles obstáculos lhe agradavam. – A coisa não é tão simples assim.

– Claro – disse ela. – Vou lhe mandar um relatório detalhado, que Eddie vai preparar, e que você não vai ler. Eddie o ajudará a convencer os outros. Eu vou a Filadélfia hoje de noite para ver Rearden. Temos muito trabalho a fazer, ele e eu. – Acrescentou: – É só isso e nada mais que isso, Jim.

Ela já se voltava para sair quando ele falou:

– Para você, tudo está bem porque você tem sorte. Os outros não fazem assim.

– Fazem o quê?

– As outras pessoas são humanas. Sensíveis. Não podem dedicar uma vida inteira a metais e máquinas. Você tem sorte. Nunca teve sentimentos. Nunca sentiu nada.

Dagny olhou para ele, e em seus olhos escuros a perplexidade lentamente se transformou em indiferença. Depois surgiu neles uma expressão estranha, que parecia de cansaço, porém exprimia muito mais que o esforço de suportar aquele momento.

– É, Jim – disse ela calmamente. – Eu creio que realmente nunca senti nada.

Eddie Willers seguiu-a até o escritório. Toda vez que ela voltava, ele sentia que o mundo se tornava claro, simples, fácil de enfrentar – e esquecia seus momentos de apreensão e dúvida. Ele era a única pessoa a achar completamente natural que ela ocupasse, sendo mulher, a vice-presidência de uma grande companhia de transportes. Ela lhe dissera, quando ele tinha 10 anos, que um dia chegaria, como chegara, a dirigir a companhia. Ele não se espantava com isso agora, da mesma maneira que não se espantara quando ela fizera aquela afirmativa, numa clareira do bosque.

Quando chegaram ao escritório dela e Eddie a viu sentar-se à mesa e olhar os memorandos que ele deixara lá para ela, teve a sensação que usualmente experimentava em seu carro, quando o motor pegava e ele se preparava para partir.

Já ia deixá-la só, quando se lembrou de algo que ainda não lhe dissera.

– Owen Kellogg, da divisão de terminais, pediu para ser recebido por você – avisou. Ela o olhou espantada.

– Engraçado! Eu ia exatamente mandar chamá-lo. Mande que suba. Quero vê-lo... Ah, Eddie – acrescentou subitamente –, antes de mais nada, peça uma ligação para o Ayers, da Companhia Ayers de Publicações Musicais.

– A Companhia Ayers de Publicações Musicais? – repetiu ele, incrédulo.

– É. Quero perguntar uma coisa a ele.

Quando a voz do senhor Ayers, cortês e determinada, perguntou como poderia servi-la, ela expôs o que queria saber:

– Pode me informar se Richard Halley compôs um novo concerto para piano, o quinto?

– Um *quinto* concerto, Srta. Taggart? Não.

– Tem certeza?

– Absoluta. Ele não compõe nada há oito anos.

– Ele está vivo?

– Está, sim... Aliás... Não sei dizer com certeza. Ele passou a viver inteiramente em reclusão... Mas teríamos sido notificados se ele tivesse morrido.

– Se ele tivesse composto algo, o senhor também teria tido notícia?

– Certamente. Teríamos sido os primeiros a saber. Somos nós que editamos toda a sua obra. Mas ele parou de compor.

– Está bem. Muito obrigada.

Quando Owen Kellogg entrou no escritório, ela o olhou satisfeita. Agradava-lhe ver que havia acertado ao se lembrar, embora vagamente, de sua aparência. O rosto tinha aquela mesma qualidade do guarda-freios do trem, característica dos homens com os quais ela podia trabalhar.

– Sente-se, senhor Kellogg – disse ela, mas ele permaneceu em pé diante de sua escrivaninha.

– A senhorita me pediu certa vez que lhe avisasse se decidisse mudar de emprego, Srta. Taggart – disse ele. – Por isso vim aqui. Estou me demitindo.

Ela podia esperar tudo, menos aquilo. Precisou de algum tempo até perguntar:

– Por quê?

– Por um motivo de ordem pessoal.

– Está descontente com a empresa?

– Não.

– Recebeu uma oferta melhor?

– Não.

– Para que companhia ferroviária você vai?

– Nenhuma, Srta. Taggart.

– E vai trabalhar em quê?

– Ainda não decidi.

Ela o examinava, sentindo-se vagamente mal. Não havia hostilidade no rosto dele. Kellogg a olhava diretamente, respondia de modo simples e franco.

– Por que então deseja sair?

– É uma questão pessoal.

– Está doente? Tem algum problema de saúde?

– Não.

– Vai deixar a cidade?

– Não.

– Recebeu alguma herança que lhe permita aposentar-se?

– Não.

– Vai trabalhar para viver?

– Sim.

– Mas não deseja trabalhar na Taggart Transcontinental.

– Exatamente.

– Deve ter acontecido alguma coisa que o levou a tomar essa decisão. O que foi?

– Nada, Srta. Taggart.

– Gostaria que me dissesse. Tenho uma razão pessoal para querer saber.

– Aceitaria minha palavra, Srta. Taggart?

– Sim.

– Nenhuma pessoa, coisa ou acontecimento daqui teve nada a ver com a minha decisão.

– Você não tem nenhuma queixa específica contra a Taggart Transcontinental?

– Nenhuma.

– Então talvez você reconsidere quando ouvir a oferta que tenho a lhe fazer.

– Sinto muito, Srta. Taggart. Não posso.

– Posso lhe dizer o que tenho em mente?

– Se a senhorita desejar.

– Acredita que decidi lhe oferecer este posto antes de você pedir para me ver? Quero que saiba disso.

– Sempre acreditei na senhorita.

– É o posto de superintendente da divisão de Ohio. É seu, se quiser.

O rosto dele não mostrou qualquer reação, como se as palavras não tivessem qualquer sentido ou fossem dirigidas a um selvagem que jamais tivesse ouvido falar de ferrovias.

– Não estou interessado, Srta. Taggart.

Depois de um curto intervalo, ela insistiu:

– Diga o seu preço, Kellogg. Quero que você fique. Posso cobrir a oferta de qualquer outra ferrovia.

– Não vou trabalhar para nenhuma outra.

– Pensei que você gostasse do seu trabalho.

Apareceu nele o primeiro sinal de emoção, seus olhos se abriram um pouco mais, e ouviu-se uma ênfase contida na voz quando ele respondeu:

– E gosto.

– Então me diga o que devo fazer para que você fique! – gritou ela.

A explosão foi tão obviamente franca e incontrolável que ele a olhou como se ela o houvesse atingido.

– Talvez não seja correto eu vir aqui lhe dizer que vou pedir demissão, Srta. Taggart. Eu sei que me pediu para avisar a fim de que pudesse me fazer, em tempo, uma contraproposta. Assim, se venho, dou a impressão de que há espaço para negociação. Mas não há. Vim apenas porque... não quis faltar à minha palavra com a senhorita.

Um ligeiro tremor na voz dele lhe deu uma súbita revelação de quanto o interesse e o pedido de Dagny tinham significado para ele e de que a decisão não tinha sido fácil.

– Kellogg, há alguma coisa que eu possa oferecer para você ficar?

– Nada, Srta. Taggart. Nada neste mundo.

Ele se voltou para deixar a sala. Pela primeira vez na vida ela sentiu-se perdida e derrotada.

– Por quê? – perguntou ela, sem se dirigir a ninguém.

Ele parou. Deu de ombros e sorriu. Era como se ele voltasse à vida, e aquele era o sorriso mais estranho que ela já vira: continha um contentamento interior e secreto, e desânimo, e infinita amargura. E ele disse:

– Quem é John Galt?

CAPÍTULO 2

A CORRENTE

COMEÇAVA COM POUCAS LUZES. Enquanto o trem da Taggart corria na direção de Filadélfia, algumas luzes brilhantes surgiam, espalhadas, na escuridão. Pareciam, ao mesmo tempo, casuais, na planície vazia, e fortes demais para que nelas não houvesse algum propósito. Os passageiros as olhavam distraídos, sem interesse. Aparecia em seguida a sombra negra de uma estrutura, quase invisível contra o céu. Depois, uma grande construção, próxima dos trilhos. Era um prédio escuro, e os reflexos das luzes do trem riscavam o vidro maciço de suas paredes.

Um trem de carga que cruzou por eles escondeu a visão, inundando de ruído as janelas. Num intervalo em que passavam vagões mais baixos, foi possível ver estruturas distantes, desenhadas contra a luz vermelha e evanescente do céu. Era um brilho que se movia em espasmos irregulares, dando a impressão de que aquelas estruturas respiravam.

Depois que o trem de carga passou, apareceram edifícios angulares envoltos em rolos de fumaça. Os raios das luzes mais fortes abriam fendas entre aquelas espirais vermelhas como o céu.

O que surgiu em seguida não parecia um edifício, mas uma casca de vidraças em xadrez que continha vigas, guindastes e fardos, no meio de uma chama de luz alaranjada, sólida, ofuscante.

Os passageiros não podiam avaliar a complexidade daquilo que parecia ser uma cidade que se estendia por quilômetros e quilômetros, em plena atividade, mesmo sem sombra de presença humana. Viam torres que pareciam arranha-céus contorcidos, pontes soltas no espaço, súbitas feridas pelas quais jorrava fogo das sólidas paredes. Via-se uma fileira de cilindros que se moviam no meio da noite. Eram de metal e pareciam em brasa.

Perto dos trilhos passava agora um edifício de escritórios. Do teto, um letreiro de néon emitia uma luminosidade que invadia as cabines: *Siderúrgica Rearden.*

Um passageiro, que era professor de economia, comentou com seu companheiro:

– Que importância têm os indivíduos em meio às realizações titânicas de nossa era industrial?

Um outro, que era jornalista, tomava uma anotação para um futuro artigo: "Hank Rearden é o tipo de homem que escreve seu nome em tudo aquilo que toca. Com base nisso, pode-se formar uma opinião sobre o seu caráter."

O trem cortava velozmente a escuridão quando um bafo vermelho partiu de uma estrutura alongada e subiu ao céu. Os passageiros não prestaram atenção – mais uma calda de aço derretido não era razão para que tivessem sua atenção desviada.

Era a primeira calda da primeira encomenda de metal Rearden.

Para os homens no interior da usina, que trabalhavam nos altos-fornos, o primeiro jato de metal líquido foi como um amanhecer surpreendente. A fina lâmina que aparecia no espaço livre tinha a cor pura e branca de um raio de sol. Rolos negros de fumaça subiam, com raias de um vermelho violento. Fontes de fagulhas espasmódicas jorravam como de artérias abertas. O ar parecia rasgado em farrapos, refletindo uma chama inexistente, borrões vermelhos se contorcendo e correndo pelo espaço, como se estivessem livres da obrigação de se amoldarem à má estrutura feita pelo homem, e como se tentassem consumir as colunas, as vigas, as pontes dos guindastes lá no alto. Mas, ainda assim, o metal líquido não tinha um ar violento. Era uma longa curva branca com a textura do cetim e o brilho de um sorriso radiante. Fluía obedientemente por uma calha de barro dotada de virolas para contenção e descia de uma altura de 4 metros até um reservatório com capacidade para 200 toneladas. Um fluxo de estrelas acompanhava a corrente: tendo surgido de sua macia essência, parecia delicado como uma renda e inocente como os fogos de artifício que as crianças chamam de "chuviscos". Somente de perto é que se podia notar que o cetim branco fervia. Aqui e ali aparecia um borbulhar que emitia salpicos para o chão ao lado: metal fervendo que, ao se resfriar quando atingia o chão, entrava em ignição, gerando uma chama.

Duzentas toneladas de um metal que se tornaria mais duro que o aço, escorrendo líquidas a uma temperatura de 4.000°C, tinham o poder de destruir qualquer parede da estrutura e qualquer um dos homens que trabalhavam ao longo do fluxo. Mas cada centímetro de seu percurso, cada grama de seu peso, cada uma de suas moléculas estava sob o controle de uma intenção consciente que havia se dedicado a essa tarefa por 10 anos.

Insinuando-se por entre as sombras das oficinas, o brilho rubro açoitava a face de um homem que permanecia a distância, num canto. Ele se deixava estar, colado a uma coluna, olhando tudo. O brilho pousou por um momento sobre os seus olhos, que tinham a cor e a característica do gelo azul-pálido, e seguiu até a trama de metal da coluna e até os fios louro-acinzentados de seu cabelo, para, em seguida, iluminar o cinto de seu sobretudo e os bolsos em que ele enfiara as mãos. Ele era alto e descarnado – sempre tinha sido mais alto do que os que o cercavam. Sua face era cortada por maçãs salientes e por umas poucas rugas retilíneas. Não eram sinal de idade, pois sempre as tivera – elas haviam feito com que ele parecesse velho aos 20 anos, e moço agora, aos 45. Até onde podia recordar, sempre disseram que seu rosto era feio por parecer inclemente, cruel, por não ter expressão. Estava inexpressivo agora, enquanto olhava para o metal. Esse homem era Hank Rearden.

O metal subia agora até o topo da grande concha. Sua ascensão era arrogante e abundante. Então as gotas de um branco ofuscante passavam a um marrom de fogo e, em mais um instante, se transformavam em pingentes de metal negro, que caíam em pedaços. A escória se acumulava numa crosta grossa, que parecia a crosta da Terra. À medida que ia engrossando, algumas crateras se abriam, com o líquido branco ainda fervendo em seu interior.

Um homem surgiu como se cavalgasse no ar, preso a um cabo de guindaste que pendia do alto. Acionou uma alavanca com uma das mãos, num gesto feito sem esforço; ganchos de aço desceram numa corrente, prenderam-se na beira da concha e a levantaram como se fosse um balde de leite – e, desse modo, duas toneladas de metal foram deslocadas pelo ar em direção a uma fileira de moldes a serem enchidos.

Hank Rearden se inclinou para trás, fechando os olhos. Sentia trepidar com a passagem do guindaste a coluna de metal em que se apoiava. *O trabalho está terminado*, pensou consigo mesmo.

Um operário o viu e sorriu, compreendendo tudo, como um amigo e cúmplice numa grande comemoração, que sabia por que naquela noite a figura alta e loura estava ali. Rearden sorriu em retribuição: era a única saudação que havia recebido. Então, voltou ao seu escritório, novamente a mesma figura de rosto inexpressivo.

Já era tarde da noite quando Rearden deixou sua sala para caminhar da siderúrgica para casa. Era uma caminhada de alguns quilômetros por descampados, mas, sem qualquer motivo consciente, ele se sentira compelido a fazê-la.

Caminhava com uma das mãos no bolso, os dedos fechados em torno de uma pulseira. Era feita de metal Rearden, em forma de corrente. Seus dedos se moveram apalpando sua textura mais uma vez. Levara 10 anos para fazê-la. *Dez anos*, pensou, *é muito tempo*.

O caminho era escuro, ladeado por árvores. Olhando para o alto, ele viu algumas folhas contra as estrelas; as folhas estavam retorcidas e secas, prestes a cair. Havia luzes distantes nas janelas das casas espalhadas pelo campo, mas as luzes faziam com que o caminho parecesse ainda mais deserto.

Ele nunca sentia solidão, exceto quando estava feliz. Voltou-se mais uma vez para ver a mancha avermelhada no céu, acima da siderúrgica.

Não pensava nos 10 anos. O que deles restava hoje era apenas um sentimento que não sabia nomear. Sabia apenas que era tranquilo e solene. Era o sentimento de alguma conclusão, de alguma soma, e ele não precisava contar novamente as partes de que essa operação se compunha. Mas as partes, ainda que não invocadas, ali estavam, no interior do sentimento. Eram as noites passadas ante cada abrasadora fornada nos laboratórios de pesquisa da sua indústria, as noites na oficina de sua casa, debruçado sobre folhas e folhas de papel, que ele enchia de fórmulas e depois rasgava com o desespero do fracasso. Eram os dias nos quais os jovens cientistas do pequeno grupo que ele escolhera aguardavam suas instruções, como soldados prontos para uma batalha perdida, tendo já esgotado sua criatividade, ainda a postos, mas silenciosos, com a frase não pronunciada pairando no ar: "Sr. Rearden, é impossível..." Eram as refeições interrompidas ou abandonadas por causa do súbito aparecimento de uma ideia nova, de uma ideia que deveria ser testada imediatamente, ser tentada, ser investigada durante meses, e que, mais tarde, seria descartada como novo fracasso. Eram os momentos roubados de reuniões, contratos, do dever de administrar a melhor siderúrgica do país, momentos roubados com sentimentos de culpa, como os que se roubam para amores secretos. Era o pensamento fixo que, durante um período de 10 anos, se manteve subjacente a tudo o que ele fazia, a tudo o que via. O pensamento que ele mantinha enquanto olhava para os edifícios de uma cidade, os trilhos de uma ferrovia, a luz da janela de uma casa de campo vista a distância, a faca na mão de uma bela mulher cortando uma fruta num banquete. A ideia de uma liga de metal que pudesse fazer mais do que o aço jamais fizera, um metal que viesse a ser para o aço o que o aço fora para o ferro. Eram os sentimentos torturantes que experimentava ao descartar uma esperança ou uma amostra, sem se permitir reconhecer que estava cansado, sem se dar tempo para sentimentos, circulando sempre na tortura do "não está suficientemente bom", do "ainda não vai ser desta vez", e o espírito de continuar em frente sem qualquer ajuda que não a da convicção de que aquilo podia ser feito. Até o dia em que foi realmente concluído e seu nome era metal Rearden. Era isso que havia se transformado e fundido dentro de si, e a liga que agora se formava entre essa realidade e ele mesmo gerava um sentimento tranquilo e estranho, que o fazia sorrir no escuro, no meio do campo, e se perguntar por que a felicidade podia doer às vezes.

Após algum tempo, verificou que estava pensando em seu passado, como se alguns daqueles dias se estendessem diante dele, pedindo que fossem relembrados. Ele não queria olhá-los – desprezava as recordações, considerando-as uma perda de tempo. Porém compreendeu que as de agora eram evocadas pelo objeto de metal que levava no bolso. E aí se permitiu lembrar.

Reviu o dia em que estava sentado à borda de um rochedo e sentia uma gota de suor que se deslocava de sua têmpora para o pescoço. Tinha 14 anos e aquele era o seu primeiro dia de trabalho nas minas de ferro de Minnesota. Estava tentando aprender a respirar, apesar da terrível dor que sentia no peito. Ficou amaldiçoando a si mesmo, porque havia decidido que não se cansaria. Depois de algum tempo voltou ao trabalho. Decidira que a dor não era razão bastante para parar.

Reviu o dia em que olhava as minas da janela do seu escritório: agora eram suas. Ele estava com 30 anos. O que se passara entre uma cena e outra, durante todos aqueles anos, não contava, assim como a dor também não havia importado. Tinha trabalhado em minas, fundições, usinas de aço no Norte, sempre se deslocando em busca do objetivo que fixara. Tudo de que se lembrava dos empregos era de que os homens ao seu redor pareciam nunca saber o que fazer – e ele sempre sabia. Lembrou-se de que, na época, muitas minas de ferro estavam fechando, tais quais estas, agora suas, até que ele as adquiriu. Olhou para os patamares de rochedos a distância. Operários erguiam um novo letreiro sobre um portão ao fim de uma estrada: *Minérios Rearden*.

Reviu uma tarde em que estava sentado no escritório. Era quase noitinha, e seu pessoal já havia saído. Ele podia ficar ali, sozinho e sem testemunhas. Sentia-se cansado. Era como se tivesse realizado uma corrida contra o próprio corpo e todo o cansaço de anos, que ele havia se recusado a sentir, desabasse agora sobre si e o esmagasse contra a superfície da mesa. Nada sentia, a não ser o desejo de permanecer imóvel. Não tinha forças para sentir ou para sofrer. Queimara tudo o que havia para queimar dentro de si. Tinha espalhado tantas faíscas para dar partida às inúmeras coisas que fizera, e agora pensava se alguém no mundo lhe daria uma faísca inicial para recomeçar, agora que ele se sentia sem iniciativa. Perguntava a si mesmo: quem lhe dera a primeira faísca de todas? Quem o mantivera em movimento? Levantou a cabeça. Devagar, com o maior esforço de sua vida, fez seu corpo se levantar até poder sentar-se direito, com apenas uma das mãos apoiada na escrivaninha e apenas um braço trêmulo a lhe fornecer sustentação. E nunca mais se fez de novo aquela pergunta.

Reviu o dia em que, do alto de um monte, olhava para uma terra devastada onde antes houvera uma fundição de aço. Estava fechada e abandonada. Ele a comprara na noite anterior. Soprava um vento forte e uma luz cinzenta escapava por entre as nuvens. Viu, com essa luz, a cor vermelho-marrom, como de sangue coagulado, da ferrugem que cobria o aço dos guindastes gigantescos. E viu, também, os tufos de ervas daninhas, verdes, brilhantes, vivos, crescendo como canibais bem nutridos por entre cacos de vidro ao pé de paredes e esquadrias desnudas. Num portão ao longe viam-se as silhuetas de homens. Eram desempregados, nas barracas apodrecidas remanescentes do que antes fora uma cidade próspera. Olhavam, silenciosos, o carro luzente que ele estacionara no portão da fundição e se perguntavam se o homem que viam no alto da colina era o Hank Rearden de quem as pessoas tanto falavam e se era verdade que a fundição ia reabrir as portas. "O ciclo histórico da produção do aço na Pensilvânia está em fase descendente", afirmara um jornal, "e os especialistas concordam em que a aventura de Henry Rearden nesta área é inútil. Logo se verá o sensacional fim do sensacional Henry Rearden".

Isso fora 10 anos antes. Hoje, o vento frio que batia em seu rosto era semelhante ao de então. Ele olhou para trás. A mancha avermelhada que subia da siderúrgica para o céu era uma visão tão vivificante quanto um amanhecer.

Tais haviam sido os seus passos, estações que um trem expresso alcançara e ultrapassara. Nada havia de notável nos anos que ficavam entre elas; pareciam borrados como uma paisagem vista em velocidade.

De qualquer maneira, pensou, *fossem quais tivessem sido as agonias e os esforços, haviam valido a pena, pois tornaram o dia de hoje possível – o dia em que a primeira calda da primeira encomenda de metal Rearden ficou pronta e se transformaria em trilhos para a Taggart Transcontinental.*

Tocou a pulseira em seu bolso. Fora feita dessa primeira fornada de metal. Era para sua mulher.

Nesse momento se deu conta de que seu pensamento se voltara para uma abstração à qual dava o nome de "sua mulher" – e não para a mulher com quem havia se casado. Sentiu uma espécie de remorso, desejando que o bracelete não tivesse sido feito, e, a seguir, censurou-se por ter tido remorso.

Sacudiu a cabeça. Não era tempo para velhas dúvidas. Sentiu-se capaz de perdoar qualquer coisa, porque a felicidade é o maior agente de purificação que há. Tinha certeza de que todos os seres vivos queriam que ele estivesse bem hoje. Sentia vontade de conversar com alguém, encarar o primeiro desconhecido que aparecesse, ficar diante dele, desarmado e aberto, e dizer: "Olhe para mim." *As pessoas certamente estariam tão sequiosas de alegria quanto ele sempre fora,* pensou, *sequiosas de um alívio momentâneo daquela carga cinzenta de sofrimento que parecia tão inexplicável e desnecessária.* Rearden jamais entendera por que os homens haveriam de ser infelizes.

A estrada escura o tinha levado imperceptivelmente ao topo de uma colina. Ele parou e se voltou. A mancha vermelha era agora uma pequena faixa, longe, no poente. Por cima dela, mais próximas, viu as letras de gás néon no céu escuro: *Siderúrgica Rearden.*

Manteve-se ereto, como se diante de um tribunal. Pensou em outras placas luminosas espalhadas pelo país, na escuridão dessa noite: *Minérios Rearden, Carvão Rearden, Calcário Rearden.* Pensou nos dias que vivera. Seria bom se pudesse pôr sobre eles um cartaz em néon, com os dizeres: *Vida Rearden.*

Voltou-se bruscamente e caminhou. À medida que se aproximava de casa, começou a perceber que seus passos iam ficando mais lentos e que algo do seu bom humor o abandonava. Percebeu, a contragosto, que relutava em entrar em casa. *Não,* pensou, *hoje não. Hoje eles compreenderão.* Mas ele mesmo não sabia e nunca tinha definido o que de fato queria que eles compreendessem.

Percebeu luzes nas janelas da sala de estar. A casa ficava numa colina e aparecia diante dele como uma grande massa branca. Parecia nua, com alguns pilares semicoloniais que representavam um indeciso ornamento. O aspecto era sem graça, como o de uma nudez que não valia a pena ser revelada.

Não sabia se sua mulher o havia notado quando entrou na sala. Ela estava sentada perto da lareira, conversando. O braço dela desenhava curvas no ar, dando uma ênfase graciosa às palavras. Rearden percebeu uma pequena interrupção em sua voz. Talvez ela o tivesse visto, mas não desviou o olhar e sua frase seguiu sem alterações. Ele não tinha certeza.

– ... Mas é que um homem de cultura fica entediado com as supostas maravilhas da engenhosidade puramente material – dizia ela. – Ele simplesmente se recusa a achar graça na arte dos encanamentos.

Nesse ponto ela voltou a cabeça, olhou para Rearden, parado na parte mais sombria da longa sala, e seus braços se abriram graciosamente para os lados, como dois colos de cisne.

– Então, querido – disse, divertida –, não é cedo demais para voltar para casa? Não havia nenhuma limalha para varrer nem metais para polir?

Todos se voltaram para ele: sua mãe, seu irmão Philip e Paul Larkin, um velho amigo deles.

– Sinto muito – respondeu. – Sei que estou atrasado.

– Não diga que sente muito – disse a mãe dele. – Você podia ter telefonado. – Rearden a olhava, procurando recordar algo. – Você tinha prometido vir para o jantar hoje.

– É verdade, prometi. Sinto muito mesmo. Mas é que hoje, na fundição, nós... – Ele vacilou. Não conseguia dizer aquilo que viera com a intenção específica de dizer. – É que... eu esqueci. – Foi o que conseguiu dizer, concluindo.

– É isso que mamãe queria dizer – disse Philip.

– Ora, deixemos que ele chegue, ele ainda não está aqui. Ainda está na fundição – disse sua mulher, alegremente. – Tire o casaco, Henry.

Paul Larkin olhava para ele com os olhos dedicados de um cão inibido.

– Oi, Paul – disse Rearden –, quando chegou?

– Cheguei de Nova York no voo das 17h35. – Larkin sorria para ele, em agradecimento pela atenção.

– Algum problema?

– Quem não tem problemas nos dias de hoje, meu caro? – O sorriso se tornara resignado, numa indicação de que sua frase era meramente filosófica. – Mas não é nada de especial hoje, não. Apenas resolvi dar um pulo até aqui para ver você.

A esposa de Rearden riu.

– Você o desapontou, Paul. – E se voltando para Rearden: – É um complexo de inferioridade, ou de superioridade, Henry? Você não acredita que alguém deseje vê-lo sem razões graves para isso, ou acha, pelo contrário, que ninguém pode fazer nada sem sua ajuda?

Rearden teve vontade de responder com rudeza, mas ela sorria para ele como se tivesse apenas feito uma graça qualquer na conversa, e ele não tinha capacidade para conversar fiado, de modo que não respondeu nada. Deixou-se ficar olhando para ela, pensando nas coisas que jamais compreendera.

Lillian Rearden era considerada uma bela mulher. Tinha um corpo alto, gracioso, do tipo que fica sempre bem de vestidos longos com cintura alta, estilo império, que ela usava com frequência. Seu perfil delicado era como o dos camafeus do mesmo período: linhas puras, orgulhosas, cabelos castanhos luzidios que ela usava com simplicidade clássica – tudo criava um clima de beleza austera e imperial. Mas, vista de frente, causava uma sensação de choque e desapontamento. Não tinha um rosto bonito. A falha estava nos olhos. Eles eram vagamente pálidos, nem cinzentos nem castanhos, mortiços, vazios de expressão. Rearden nunca entendera por que havia tão pouca alegria em seu rosto, já que ela parecia sempre tão animada.

– Já nos vimos antes, querido – disse ela em resposta ao silêncio dele –, embora você não esteja muito certo disso, ao que parece.

– Já jantou, Henry? – perguntou sua mãe. Havia um tom de censura e impaciência na voz dela, como se a fome dele fosse um insulto pessoal dirigido a ela.

– Sim... Não... Não estava com fome.

– Então vou mandar...

– Não, não agora, mãe. Não importa.

– Este sempre foi o seu problema – ela falou sem olhar para ele, como se estivesse se dirigindo para o espaço. – Não adianta tentar fazer as coisas para você. Você não demonstra gratidão. Jamais consegui fazer você comer direito.

– Você está trabalhando demais, Henry – disse Philip. – Isso não faz bem.

Rearden riu.

– Eu gosto.

– É o que você diz a si mesmo. É uma forma de neurose, você sabe. Quando um homem se afoga no trabalho é porque está fugindo de alguma coisa. Você precisa de um passatempo.

– Ora, Phil, pelo amor de Deus! – disse ele, lamentando intimamente a irritação que deixou transparecer na voz.

Philip sempre tivera saúde precária, muito embora os médicos jamais tivessem encontrado algum problema específico em seu corpo desengonçado. Tinha 38 anos, mas sua exaustão crônica levava todos a pensar que era mais velho que o irmão.

– Você precisa aprender a se divertir – dizia Philip. – Senão vai terminar ficando uma pessoa vazia e chata. Obcecada, você sabe. É preciso sair dessa sua casca e olhar para o mundo. Você não quer passar a vida em brancas nuvens, não é?

Lutando contra a irritação, Rearden procurou se convencer de que aquela era a maneira de Philip se mostrar solícito. Disse a si mesmo que seria injusto se irritar: estavam todos procurando mostrar seu interesse por ele, e ele querendo que ninguém se preocupasse com aquelas coisas. Não aquelas.

– Tive um ótimo dia hoje, Phil – respondeu sorrindo, e não entendeu por que Phil não queria saber por que seu dia fora ótimo.

Queria que alguém se interessasse. Estava sendo difícil manter sua concentração. A visão do metal líquido correndo ainda estava em sua mente, queimando, preenchendo sua consciência, sem deixar espaço para qualquer outra coisa.

– Você poderia ter se desculpado. Mas eu sei que isso é pedir demais a você – disse sua mãe.

Ele se voltou para ela e viu que a mãe o encarava com aquele olhar magoado que anuncia a paciência a que estão condenados os indefesos.

– A Sra. Beecham veio jantar – continuou ela, em tom de censura.

– Como?

– A Sra. Beecham, minha amiga.

– Ah, sim?

– Eu lhe falei sobre ela muitas vezes, mas você nunca se lembra de nada que lhe digo. A Sra. Beecham queria muito conhecer você, mas teve de sair logo após o jantar. Não pôde esperar, ela é uma pessoa muito ocupada. Ela gostaria muito de lhe falar sobre o trabalho que nós estamos realizando na escola paroquial, sobre as turmas de trabalho em metal e as belas maçanetas de ferro que as nossas criancinhas pobres estão fazendo praticamente sem ajuda.

Ele precisou de toda a sua capacidade de consideração para responder:

– Sinto muito tê-la desapontado, mamãe.

– Não sente, não. Você poderia ter chegado a tempo se fizesse um esforço. Mas você só se esforça por interesse próprio. Não se interessa por nós nem pelo que fazemos. Acha que pagar as contas é o bastante, não é? Dinheiro! É só o que lhe interessa. E tudo o que nos dá. E tempo, quando foi que você já nos dedicou um pouco de tempo?

Ele pensou que, se essa crítica queria dizer que ela sentia falta dele, então isso significava afeição, e, se significava afeição, era injusto que ele experimentasse o sentimento sombrio que o manteve calado – talvez para que sua voz não deixasse explícito que o sentimento era de repulsa.

– Você não se importa com nada – continuou ela, entre pedindo e censurando –, e Lillian precisou de você por causa de um problema muito importante, mas eu disse logo a ela que não adiantaria esperar.

– Ora, mamãe – cortou Lillian –, não era tão importante. Pelo menos para Henry.

Ele se voltou para a mulher. Estava ainda de casaco, em pé no meio da sala, como se tivesse sido flagrado no meio de um sonho que se recusava a se tornar real para ele.

– Para ele nada importa – disse Lillian alegremente, de tal modo que ele não soube dizer se ela estava pedindo desculpas ou sendo debochada –, não se trata de negócio, é coisa puramente não comercial.

– E o que é?

– Uma festa que vou dar.

– Uma festa?

– Ora, não se assuste, não vai ser amanhã à noite. Sei que você está muito ocupado, mas vai ser daqui a três meses e quero que seja grande e especial. E quero que você prometa que estará aqui na noite marcada e não em Minnesota, nem no Colorado, nem na Califórnia. Pode ser?

Ela olhava de maneira estranha e falava num tom simultaneamente descompromissado e determinado, o sorriso salientando um ar de inocência e a insinuação de que havia um trunfo na manga.

– Daqui a três meses? Você sabe que não posso prever os chamados de urgência que costumam me tirar da cidade.

– Ah, sei disso muito bem. Mas será que eu não posso marcar desde agora uma entrevista com você, como qualquer executivo de rede ferroviária ou fabricante de automóveis ou comerciante de ferro-velho? Dizem que você nunca falta a esses compromissos. É claro que deixo você escolher a data que lhe for mais conveniente. – Olhava para ele, e havia em seu olhar um apelo feminino especial, por vir de baixo para cima, pois ele estava de cabeça baixa e ela olhava para cima, para Rearden em pé à sua frente. Ela continuou, num tom de voz exageradamente despreocupado e cauteloso ao mesmo tempo:

– A data que tinha em mente era 10 de dezembro, mas talvez você prefira 9 ou 11...

– Para mim não faz diferença.

– Dez de dezembro é a data de nosso aniversário de casamento, querido – disse ela docemente.

Agora todos olhavam para ele. Se esperavam um ar de culpa, o que encontraram foi, em vez disso, um sorriso sutil de quem acha graça. *Ela não pretendia me pegar numa armadilha*, pensou ele consigo, *uma vez que era tão fácil escapulir me recusando a aceitar qualquer sentimento de culpa ante o esquecimento e fazendo-a sentir-se desprezada.* Rearden sabia que os sentimentos que tinha por ela eram a única arma de que Lillian dispunha. A razão de tudo, acreditava ele, estava, por certo, numa orgulhosa tentativa indireta de testar os sentimentos dele e ao mesmo tempo confessar os dela. Uma festa não representava para ele a forma ideal de comemoração, mas para ela, sim. Para os valores dele, nada significava. Para os dela, porém, era o maior tributo que ela podia oferecer a ele e ao casamento de ambos. *É preciso*, pensou, *respeitar as intenções dela, mesmo que os seus padrões sejam outros, mesmo que eu já não me importe com qualquer homenagem que ela me renda. É preciso deixá-la ganhar, porque ela está à mercê de mim.*

Ele sorriu – um sorriso aberto, sem ressentimentos, que dava a ela a palma da vitória.

– Está bem, Lillian – disse calmamente –, estarei aqui na noite de 10 de dezembro.

– Obrigada, querido. – Havia no sorriso dela um ar de mistério e de reserva. Henry não entendeu por que teve a impressão momentânea de que sua atitude tinha decepcionado a todos.

Se ela confiava nele, se seu sentimento por ele continuava vivo, pensava ele, ele corresponderia à sua confiança. Era preciso dizê-lo – as palavras servem como lentes para regular o foco de visão das pessoas e ele só podia usá-las assim naquela noite.

– Sinto ter chegado tarde, Lillian, mas é que hoje, na usina, tiramos a primeira calda de metal Rearden.

Fez-se um momento de absoluto silêncio, até que Philip falou:

– Que ótimo.

Os outros não disseram nada.

Ele levou uma das mãos ao bolso. Quando tocou o bracelete, a realidade que o objeto significava suplantou tudo o mais. Sentiu-se como no momento em que viu o metal líquido cortando o ar diante de si.

– Trouxe um presente para você, Lillian.

Ele não notou que estava bem rígido e que seu gesto parecia o de um cruzado que retorna trazendo troféus para sua amada – e deixou cair a pequena corrente de metal no colo dela.

Lillian Rearden a apanhou, pinçando-a entre dois dedos estendidos, e a levantou contra a luz. Os elos eram pesados, simples, e o metal brilhante tinha uma cor estranha, azul-esverdeada.

– O que é isto? – perguntou ela.

– O primeiro objeto feito com a primeira calda da primeira encomenda de metal Rearden.

– Quer dizer que tem o mesmo valor de um pedaço de trilho?

Ele olhou para ela, sem entender.

Ela sacudia o bracelete, fazendo-o cintilar contra a luz.

– Henry, é maravilhoso! Que originalidade! Vou ser a sensação de Nova York, usando joias feitas com o mesmo material que as grades das pontes, os motores dos caminhões, os fogões de cozinha, as máquinas de escrever e... o que foi mesmo que você disse no outro dia, querido?... panelas de sopa...

– Meu Deus, Henry, como você é convencido! – disse Philip.

Lillian gargalhava.

– Ele é um sentimental. Todos os homens são assim. Mas, querido, eu gostei. Não é o presente que vale; é a intenção, eu sei.

– A intenção é puro egoísmo, para mim – disse a mãe de Rearden. – Outro homem traria uma pulseira de diamantes de presente para a mulher, pois era o prazer dela que ele devia ter em mente, não o seu próprio. Mas Henry pensa que, por ter feito uma espécie nova de lata, ela deve valer mais do que diamantes para todo mundo: não foi ele quem fez? Ele é assim desde os 5 anos. O fedelho mais presunçoso que já se viu. Eu sabia que ao crescer ia ficar a pessoa mais egoísta desta Terra de Deus.

– Não, é um belo presente – disse Lillian. – É encantador. – Depositou o presente sobre a mesa. Levantou-se, estendeu os braços em torno dos ombros de Rearden e, erguendo-se nas pontas dos pés, beijou-o na face: – Obrigada, querido.

Ele não se moveu nem inclinou a cabeça para ela. Depois de algum tempo, se voltou, tirou o casaco e sentou-se perto da lareira, longe dos outros. Não sentia nada, a não ser um grande cansaço. Já não ouvia o que diziam. Percebia vagamente que Lillian discutia, defendendo-o da mãe.

– Eu o conheço melhor do que você – disse a mãe. – Hank Rearden não se interessa pelos homens, pelos bichos ou pelas plantas, a menos que de alguma maneira estejam ligados a ele ou ao seu trabalho. É só o que lhe interessa. Fiz o que pude para ensinar a ele alguma humildade, durante toda a minha vida, mas não consegui.

Ele dera à mãe condições ótimas de vida. Ela podia fazer o que quisesse e ir aonde quisesse. Rearden não entendia por que ela insistia em viver com ele. Seu sucesso, pensara, havia de significar algo para ela e, se assim fosse, constituía um vínculo entre eles – o único tipo de vínculo que ele reconhecia, no caso. Ela quisera um lugar na casa do filho bem-sucedido; ele não lhe negara aquele prazer.

– Não adianta lamentar que Henry não seja santo, mãe – disse Philip. – Ele não estava destinado a isso.

– Não, Philip, você está errado – disse Lillian. – Completamente errado! Henry tem tudo para ser um santo. Aí é que está o problema.

O que querem de mim?, pensou Rearden. *O que procuram?* Nunca exigira nada deles. Eles, sim, é que queriam prendê-lo, lhe faziam exigências – e essas exigências pareciam ter a forma da afeição, porém uma afeição que lhe parecia mais difícil de suportar do que qualquer ódio. Ele desprezava as afeições imotivadas como desprezava os bens imerecidos. Eles diziam amá-lo por algum motivo e ignoravam todas as coisas pelas quais ele gostaria de ser amado. Que resposta poderiam obter dele, assim? Se é que queriam dele alguma resposta. E pareciam querer, pensava. Senão, como explicar as queixas constantes, essas acusações crescentes dirigidas contra sua indiferença? Por que o eterno ar de suspeita, como se estivessem sempre com medo de ser feridos? Ele jamais desejara feri-los, mas sempre sentia sua atitude defensiva, a expectativa mesclada de censura – tudo o que ele dizia parecia magoá-los, independentemente de suas palavras ou de seus atos, quase como se se sentissem agredidos pelo simples fato de ele existir. Não comece a pensar em loucuras, dizia para si mesmo com severidade, lutando para encarar o quebra-cabeça com o melhor do seu senso de justiça. Não podia condená-los sem compreender. Mas *não podia* compreender.

Gostava deles? *Não*, pensou. Desejara gostar, o que não era a mesma coisa. Desejara em nome de alguma potencialidade não definida que esperava encontrar em qualquer ser humano. Mas agora nada sentia por eles, nada a não ser o implacável zero da indiferença, não havia sequer a lamentação de uma perda. Precisava de alguém como parte de sua vida? Sentia falta do que buscara e não tivera? *Não*, pensou. *Nunca? Sim*, reconheceu, *na juventude*. E, desde então, nunca mais.

Seu cansaço parecia aumentar; verificou que estava entediado. Tinha o dever de esconder tais sentimentos e se deixou ficar sentado, imóvel, lutando contra a vontade de ir dormir que começava a se transformar numa sensação dolorosa.

Seus olhos se fechavam quando sentiu dois dedos úmidos e moles que o tocavam: Paul Larkin tinha puxado uma cadeira para perto dele e se debruçava, querendo uma conversa em particular.

– Não me importa o que a indústria pense, Hank. O metal Rearden é um grande produto, um grande produto. Vai lhe dar uma fortuna, como tudo o que você toca.

– É – disse Rearden –, vai, sim.

– Só espero... que você não tenha problemas.

– Que problemas?

– Não sei, não sei... Do jeito que as coisas andam hoje... Há pessoas que... Como dizer?... Podem acontecer coisas...

– Que problemas?

Larkin estava encurvado, olhando para cima com seus olhos mansos de pedinte. Sua figura pequena e rechonchuda sempre parecera desprotegida e incompleta, como se ele precisasse de uma concha para nela se recolher ao menor toque. Seus olhos ansiosos, seu sorriso perdido, desvalido, eram um substituto para a concha. O sorriso era capaz de desarmar as pessoas, como o de um garoto à mercê de um universo incompreensível. Larkin tinha 53 anos.

– Os seus relações-públicas não são lá grande coisa, Hank – disse ele. – Você sempre teve uma péssima imagem na imprensa.

– E daí?

– Você não é popular, Hank.

– Não tenho ouvido queixas dos meus clientes.

– Não é a isso que me refiro. Você precisa conseguir um bom relações-públicas para vender a *sua* imagem ao público.

– Para quê? O que vendo é aço.

– Mas você não quer ter o público contra você. A opinião pública, você sabe, pode valer muito.

– Não creio que o público esteja contra mim. Nem acho que seria nenhuma tragédia se estivesse.

– Os jornais estão contra você.

– Eles têm tempo a perder. Eu, não.

– Não gosto disso, Hank. Isso não é bom.

– Isso o quê?

– O que eles escrevem a seu respeito.

– E o que escrevem a meu respeito?

– Você sabe. Que você é intratável. Que é cruel. Que não ouve ninguém na administração de suas usinas. Que só se interessa por fazer aço e dinheiro.

– Mas isso é o que realmente me interessa.

– Mas você não devia dizê-lo.

– Por que não? O que deveria dizer então?

– Sei lá... Mas as suas usinas...

– São *minhas*, não são?

– São, mas você não devia dar tanta ênfase a esse fato. Você sabe como é hoje em dia... Acham você antissocial.

– Pouco me importa o que acham.

Paul Larkin suspirou.

– Qual é o problema, Paul? Aonde você quer chegar?

– Ora, não é nada... Nada em especial. A gente não sabe o que pode acontecer em tempos assim... É preciso ter cuidado...

Rearden riu sarcasticamente:

– Você não está se preocupando comigo, está?

– É que sou seu amigo, Hank. Sou seu amigo. Você sabe quanto o admiro.

Larkin sempre fora um sujeito sem sorte. Nada do que ele fazia dava certo nem dava totalmente errado. Era um homem de negócios, mas jamais conseguira ficar por muito tempo numa mesma área de negócios. No momento, tocava uma pequena manufatura de equipamentos de mineração.

Durante anos, Larkin procurava Rearden, sempre cheio de admiração. Vinha pedir conselhos, pedia empréstimos às vezes, porém não com muita frequência. Eram empréstimos pequenos que ele sempre pagava, embora nem sempre em dia. A tônica geral do relacionamento parecia a necessidade de uma pessoa anêmica que recebe uma espécie de transfusão restauradora por meio da simples visão de uma vitalidade extraordinariamente exuberante.

Observando os esforços de Larkin, Rearden sentia-se como se visse uma formiga se debatendo sob o peso de um fósforo. *Tão difícil para ele, tão fácil para mim*, pensou Rearden. Era por isso que ele dava ao outro seus conselhos, sua atenção e às vezes um interesse paciente sempre que podia.

– Sou seu amigo, Hank.

Rearden olhou para ele com expressão interrogativa. Larkin desviou a vista, como se lutasse com algo que se passava em sua mente. Finalmente decidiu perguntar:

– Que tal é o seu representante em Washington?

– Acho que é bom.

– Você precisa estar seguro quanto a isso. É importante. – Ele olhava Rearden e repetia com insistência, como quem se livra de uma dívida moral: – Hank, é importante.

– Não duvido.

– Foi por isso que vim aqui.

– Alguma coisa especial ligada a isso?

Larkin pensou um pouco e achou que já tinha cumprido seu dever.

– Não – respondeu.

O assunto desagradava a Rearden. Sabia que precisava ter alguém encarregado de lhe dar cobertura quanto aos problemas da legislação; todos os industriais tinham. Mas esse era um aspecto da vida dos negócios a que ele jamais tinha dado muita importância. Não se convencia muito bem de que a coisa fosse realmente necessária. Algo em tudo aquilo o desgostava, em parte náusea, em parte tédio, e ele sempre se interrompia quando tentava pensar no assunto.

– O problema, Paul – disse ele, pensando em voz alta –, é que os homens dessa área são uns nojentos.

Larkin desviou a vista.

– É a vida – disse.

– Não consigo entender. Por que tem que ser assim? O que há de errado com o mundo?

Larkin deu de ombros, melancolicamente.

– Por que fazer esse tipo de perguntas? São inúteis. Qual a profundeza do mar? Ou a altura do céu? Quem é John Galt?

Rearden se enrijeceu na cadeira.

– Não. Não há motivo para sentir-se assim.

Levantou-se. O cansaço tinha desaparecido enquanto falava de seus negócios. Sentiu ressurgir uma espécie de revolta, uma necessidade de resgatar e, desafiadoramente, reafirmar sua visão do mundo, aqueles sentimentos que experimentara enquanto caminhava ainda há pouco de volta para casa e que agora pareciam de algum modo ameaçados.

Deu umas passadas pela sala, enquanto sua energia aos poucos voltava. Olhou para sua família. Eram crianças infelizes, desorientadas, todos eles, incluindo sua mãe, e era tolice ficar ressentido com a fragilidade deles, que nascia de suas carências, não de qualquer malícia. Ele é que devia se obrigar a entendê-los, uma vez que tinha tanto a dar, uma vez que eles jamais poderiam experimentar sua sensação de poder, alegre e sem limites.

Olhou para eles na sala. Sua mãe e Philip estavam engalfinhados em uma discussão qualquer, mas notou que não estavam realmente empolgados como pareciam: estavam, isso sim, nervosos. Philip estava sentado em uma cadeira baixa, a barriga para a frente, recostado sobre os ombros, como se o óbvio desconforto de tal posição visasse incomodar os espectadores.

– Qual o problema, Phil? – perguntou Rearden, achegando-se a ele. – Você parece arrasado.

– Tive um dia muito duro – disse Philip, taciturno.

– Você não é o único que trabalha tanto – disse a mãe. – Outros também têm problemas, ainda que não sejam problemas de bilhões de dólares, problemas transupercontinentais como os seus.

– Ora, pois é ótimo. Sempre achei que Philip devia encontrar algum interesse especificamente dele.

– Ótimo? Você gosta de ver seu irmão suando e perdendo a saúde assim? Você se diverte com isso, não é? Sempre imaginei que sim.

– Ora, não, mãe. Quero apenas ajudar.

– Você não tem que ajudar. Não é obrigado a sentir nada por nenhum de nós.

Rearden nunca soubera o que seu irmão estava fazendo ou querendo fazer. Tinha encaminhado Philip para os estudos, mas ele nunca se decidira quanto a alguma aspiração específica. Havia algo errado, segundo os padrões de Rearden, com um homem que não procura um emprego lucrativo, mas ele não pretendia impor a Philip os seus padrões. Ele podia sustentar o irmão sem sequer sentir a despesa. Deixemos que ele leve uma boa vida – Rearden pensara durante anos –, que escolha sua carreira sem a sobrecarga da luta pela sobrevivência.

– O que você fez hoje, Phil? – perguntou pacientemente.

– Não interessaria a você.

– Interessa, sim. Por isso estou perguntando.

– Tive que visitar 20 pessoas daqui até Reddington e Wilmington.

– Por que teve que visitá-las?

– Para levantar dinheiro para os Amigos do Progresso Global.

Rearden nunca conseguira acompanhar ao certo as muitas organizações a que Philip pertencia e muito menos formar uma ideia clara de suas atividades. Ouvira Philip falar vagamente dessa nos últimos seis meses. Parecia se dedicar a conferências sobre psicologia, música folclórica e fazendas coletivas. Rearden desprezava tais grupos e não via razão para maiores perguntas sobre eles.

Ficou calado. Philip falou sem que lhe tivessem perguntado nada:

– Precisamos de 10 mil dólares para um programa importantíssimo, mas levantar dinheiro é um trabalho para mártires. Não resta mais nada de consciência social no povo. Quando penso nos ricaços inchados que vi hoje... Eles gastam mais de 10 mil dólares em qualquer capricho, mas não consegui tirar nem 100 de cada um deles... e era tudo o que eu pedia... Não têm senso de moral nem de dever, nem de nada... De que está rindo?

Rearden estava parado diante dele, às gargalhadas. Era infantilmente espalhafatoso, avaliou Rearden, de uma crueza tão nua: a insinuação e o insulto, servidos ao mesmo tempo. *Seria fácil esmagar Philip devolvendo o insulto*, pensou – o que seria mortal, porque estaria sendo dita uma verdade. Seria tão fácil que ele decidiu não responder. *Com certeza o pobre diabo sabe que está nas minhas mãos, que pode ser facilmente ferido, que não preciso feri-lo, e não responder é a minha melhor atitude, uma atitude da qual ele não tem como se livrar. Em que mundo infeliz ele vive para se deixar apanhar assim tão grosseiramente?*

Ocorreu-lhe então que ele poderia derrotar a infelicidade crônica de Philip pelo menos uma vez, lhe dar o prazeroso choque, a gratificação inesperada de um desejo sem esperanças. Pensou a seguir: *O que me importa a natureza de seu desejo? É o desejo dele, como o metal Rearden é o meu. Vale para ele o que o metal vale para mim. Mas vamos vê-lo feliz pelo menos uma vez e isso poderá lhe ensinar algo. Eu não digo que a felicidade é um agente de purificação? Hoje estou comemorando e posso deixar que ele participe também. Significará muito para ele e não me custará nada.*

– Philip – disse sorrindo –, telefone para a Srta. Ives no meu escritório amanhã. Ela lhe dará um cheque de 10 mil dólares.

Philip olhava para ele, frio. Não havia choque nem prazer: apenas um olhar vazio, vidrado.

– Ah – disse Philip e acrescentou: – Ficaremos muito gratos.

Não havia qualquer emoção – nem sequer a da avareza – em sua voz.

Rearden não conseguia entender os próprios sentimentos. Era como se alguma coisa pesada e vazia entrasse em colapso dentro de si, e ele sentia ao mesmo tempo o peso e o vácuo. Sabia que era desapontamento o que sentia. Não sabia por que a sensação era tão cinzenta e feia.

– É muita gentileza sua, Henry – disse Philip secamente. – Estou surpreso. Não esperava isso de você.

– Você não compreende, Phil? – disse Lillian com uma voz curiosamente clara e melodiosa. – Henry fundiu o seu metal hoje. – Voltou-se para Rearden. – Vamos declarar feriado nacional, querido?

– Você é um belo homem, Henry – disse a mãe e acrescentou: – Só que não com a frequência devida.

Rearden continuava olhando para Philip, como se esperasse alguma coisa. Philip olhava para longe, depois ergueu os olhos até Rearden como se estivesse fazendo uma especulação própria.

– Na realidade, você não liga muito para os pobres, não é verdade?

Rearden percebeu, sem acreditar no que ouvia, que o tom da voz era de censura.

– Não, Phil, não ligo. Só quero fazer você feliz.

– Mas esse dinheiro não é para mim. Não estou angariando fundos por nenhuma razão de ordem pessoal. Não há nenhum interesse pessoal nesse assunto. – Sua voz era fria, com um tom de virtude orgulhosa.

Rearden olhou para o lado. Estava contrariado: não porque as palavras fossem hipócritas, mas por serem verdadeiras. Philip fora sincero.

– Aliás, Henry – Philip acrescentou –, você se incomoda se eu pedir à Srta. Ives que me dê o dinheiro em espécie?

Rearden se virou para ele, surpreso.

– É que – continuou Philip – os Amigos do Progresso Global são um grupo bastante progressista e sempre afirmaram que você é o mais negro exemplo de falta de consciência social no país, de modo que seria embaraçoso para nós colocar o seu nome na lista de benfeitores, alguém poderia nos acusar de sermos funcionários assalariados de Hank Rearden.

Ele teve vontade de esbofetear Philip. Mas, em vez disso, levado por um desprezo quase insuportável, apenas fechou os olhos.

– Muito bem, pode pedir a quantia em dinheiro. – Rearden caminhou para a janela mais distante da sala e ficou olhando para o brilho das usinas lá longe.

Ouviu a voz de Larkin gritando atrás dele:

– Que diabo, Hank, você não devia ter dado o dinheiro a ele!

Seguiu-se a voz de Lillian, fria e alegre:

– Que nada, Paul, você está enganado! O que aconteceria à vaidade de Henry se ele não tivesse a nós para praticar sua caridade? O que seria de sua força se ele não tivesse pessoas mais fracas para dominar? O que seria dele mesmo se não tivesse a nós como dependentes? Está tudo realmente muito bem, não o estou criticando, é apenas uma lei da natureza humana.

Ela tomou o bracelete de metal e o levantou, fazendo-o brilhar à luz da luminária.

– Uma corrente – disse. – É bem adequado, não é? É a corrente com que ele nos mantém a todos em cativeiro.

CAPÍTULO 3

O CUME E O ABISMO

O TETO ERA COMO o de uma adega, tão pesado e baixo que as pessoas tinham de se inclinar ao cruzar a sala, como se o peso da abóbada repousasse em seus ombros. Os reservados circulares, forrados de couro vermelho-escuro, eram embutidos em paredes de pedra que pareciam devoradas pelo tempo e pela umidade. Não havia janelas, apenas focos de luz azul que saíam de reentrâncias na alvenaria: a luz mortiça era adequada para se usar durante alarmes aéreos. A entrada do lugar se fazia por degraus estreitos que desciam, como se fosse a entrada de um porão.

Era o bar mais caro de Nova York e fora construído no topo de um arranha-céu.

Havia quatro homens sentados a uma mesa. Sessenta andares acima da cidade, não falavam alto como se faz nas alturas, na liberdade do espaço e do ar. Falavam baixo, como convém ao ambiente de uma adega.

– Condições e circunstâncias, Jim – disse Orren Boyle. – Condições e circunstâncias absolutamente além do controle humano. Tínhamos tudo pronto para aviar esses trilhos, mas surgiram imprevistos, imprevistos que ninguém imaginava. Dê-nos apenas uma chance, Jim.

– A desunião – balbuciou James Taggart – parece ser a causa básica de todos os problemas sociais. Minha irmã tem influência junto a um de nossos acionistas. Por isso, nem sempre conseguimos neutralizar as táticas corrosivas deles.

– É isso, Jim. Desunião. Esse é o problema. Estou absolutamente convicto de que em nossa complexa sociedade industrial nenhuma empresa pode dar certo se ela não ajudar a arcar com os problemas e encargos das outras empresas.

Taggart tomou um gole de sua bebida e recolocou o copo na mesa.

– Deviam despedir esse barman – disse ele.

– Veja, por exemplo, as Siderúrgicas Associadas. Temos os melhores equipamentos do país e a melhor organização também. Isto me parece um fato indiscutível: temos o Prêmio de Eficiência Industrial da revista *Globe* do ano passado. De modo que podemos afirmar que fizemos o melhor possível e ninguém pode nos censurar. Mas não temos culpa se a situação nacional da mineração de ferro é problemática. Não conseguimos obter minério, Jim.

Taggart não disse nada. Estava com os cotovelos apoiados na mesa, bem separados, o que tornava ainda mais desconfortável a pequena mesa para os outros três ocupantes. Mas eles não pareciam questionar aquele privilégio.

– Ninguém mais consegue minério – afirmou Boyle. – Exaustão natural das minas, você sabe, desgaste dos equipamentos, escassez de material, dificuldades de transporte e uma série de outros problemas inevitáveis.

– A indústria mineradora está se esfacelando. E isso está acabando com o negócio dos equipamentos de mineração – argumentou Larkin.

– Está provado que cada empresa depende de todas as outras – disse Boyle –, de modo que todos têm que dividir os encargos com os demais.

– Isso aí realmente me parece verdade – concordou Wesley Mouch. Mas ninguém nunca prestou atenção a ele.

– Meu objetivo – disse Boyle – é a preservação de uma economia livre. Todo mundo concorda que a livre iniciativa está sob julgamento hoje. A menos que ela prove o seu valor social e assuma suas responsabilidades sociais, o povo não lhe dará apoio. Se ela não desenvolver um espírito público, estará acabada. Que ninguém se iluda.

Boyle tinha surgido do nada cinco anos antes e, desde então, tinha aparecido na capa de todas as revistas noticiosas de circulação nacional. Começara com 100 mil dólares de seu próprio bolso e um empréstimo de 200 milhões de dólares do governo. Agora chefiava negócios enormes que haviam engolido muitas companhias pequenas. Isso provava, ele costumava dizer, que ainda havia uma chance no mundo para a capacidade individual.

– A única justificativa para a propriedade privada – disse Boyle – é o serviço à sociedade.

– Isso me parece indubitável – disse Wesley Mouch.

Boyle sorveu ruidosamente sua bebida. Era um homem grandalhão, com gestos largos e viris. Tudo o que dizia respeito à pessoa dele parecia estridentemente cheio de vida – exceto as pequenas fendas negras de seus olhos.

– Jim – disse ele –, o metal Rearden parece ser um logro colossal.

– É – concordou Taggart.

– Ouvi dizer que não houve um só relatório técnico favorável ao metal.

– Não. Nenhum.

– Nós vimos melhorando os trilhos de aço há gerações e aumentando seu peso. E agora vêm dizer que esses trilhos de metal Rearden são mais leves do que os de aço mais barato que há no mercado?

– É isso – admitiu Taggart. – Mais leves.

– Isso é ridículo, Jim. E fisicamente impossível. E são para as suas vias principais, de alta velocidade e tráfego intenso?

– Exatamente.

– Você está querendo uma catástrofe.

– Eu, não. Minha irmã.

Taggart fez o copo girar lentamente entre os dedos. Houve um momento de silêncio.

– O Conselho Nacional da Indústria Metalúrgica – disse Boyle – resolveu nomear uma comissão para estudar essa questão do metal Rearden, tendo em vista que o seu uso pode vir a ser socialmente nocivo.

– Parece sensato – disse Wesley Mouch.

– Quando todo mundo concorda – disse Taggart, com uma voz subitamente estridente –, quando as pessoas têm uma opinião unânime, como pode um homem ousar discordar assim? É o que eu queria saber. Com que direito?

Os olhos de Boyle dardejavam na direção do rosto de Taggart, mas a luz suave da sala tornava impossível divisar os rostos com clareza. O que ele viu foi uma mancha pálida e azulada.

– Quando pensamos nos recursos naturais, num tempo de escassez crítica – disse Boyle, em voz baixa –, quando a gente pensa nas matérias-primas essenciais que estão sendo desperdiçadas num experimento irresponsável do setor privado, quando a gente pensa no minério...

Ele parou. Olhou novamente para Taggart, mas este parecia saber que Boyle estava esperando e, além disso, parecia achar o intervalo silencioso uma coisa agradável.

– O público tem um interesse vital nos recursos naturais, Jim, como é o caso do minério de ferro. Não vai ficar indiferente a esse abuso egoísta e negligente de um indivíduo antissocial. Além do mais, a propriedade privada é uma espécie de proteção em benefício da sociedade como um todo.

Taggart olhou de relance para Boyle e sorriu. O sorriso tinha um significado: parecia dizer que algo em suas palavras seria uma resposta a algo que havia nas palavras de Boyle.

– A bebida que eles servem aqui é uma porcaria. Acho que é o preço que temos de pagar para não sermos atropelados pelo populacho em torno de nós. Mas gostaria que levassem em conta que estão lidando com quem conhece bebidas. Como estou pagando, gosto de ser bem servido.

Boyle não respondeu. Seu rosto parecia sombrio agora.

– Olhe, Jim... – começou ele, pesadamente.

Taggart sorriu.

– Diga. Estou ouvindo.

– Jim, você concordará, estou certo, com o fato de que não há nada mais destrutivo do que um monopólio.

– É. Por um lado, é. Mas, por outro, temos a praga da competição sem limites.

– Exatamente. O caminho certo, para mim, está no meio. Assim, acho que cabe à sociedade cortar os extremos. É ou não é?

– É – disse Taggart –, é, sim.

– Veja a situação do minério de ferro. A produção nacional parece estar caindo a taxas terríveis. Isso ameaça a existência de toda a indústria do aço. Há siderúrgicas fechando no país inteiro. Só há uma companhia de mineração com sorte bastante para não ser afetada pelo quadro geral. Sua produção parece total e sempre pronta no prazo. Mas quem se beneficia com isso? Ninguém, a não ser o dono. Você acha que isso é justo?

– Não – disse Taggart –, não é justo.

– A maioria dos industriais do aço não possui minas para produção de minério de ferro. Como podemos competir com um homem que monopoliza os recursos naturais que Deus criou? É de espantar que ele possa fornecer aço regularmente, enquanto nós temos de esperar e lutar e perder nossos compradores e abrir falência? É do interesse público que um homem destrua uma indústria inteira?

– Não – disse Taggart –, não é.

– Parece-me que a política nacional deveria ser no sentido de dar a cada um a sua parte na área do minério de ferro, para preservar a totalidade da indústria, não acha?

– Acho.

Boyle suspirou. Então disse, cauteloso:

– Mas creio que não há muita gente em Washington que seja capaz de compreender uma política social progressista.

Taggart disse lentamente:

– Existe. Não são muitos, nem é fácil conseguir uma aproximação com eles, mas eles existem. Eu poderia falar com eles.

Boyle pegou seu copo e o bebeu de uma vez, como se tivesse acabado de ouvir tudo o que queria.

– Bem, por falar em políticas progressistas, Orren – disse Taggart –, você devia pensar se, numa época de escassez de transportes, quando tantas ferrovias estão indo à bancarrota e muitas regiões extensas não dispõem de transporte ferroviário, seria de interesse público tolerar dispendiosas duplicações de serviço e a competição feroz de arrivistas em territórios onde companhias já estabelecidas têm prioridade histórica...

– Muito bem – disse Boyle com agrado –, essa parece uma questão interessante. Eu poderia discuti-la com alguns amigos na Aliança Nacional de Ferrovias.

– Amizades – disse Taggart com ar displicente – valem mais do que ouro. – Depois, voltando-se para Larkin:

– Não acha, Paul?

– Ora, acho... – disse Larkin, surpreso. – Claro que acho.

– Estou contando com as suas.

– Ahn?

– Estou contando com as suas numerosas amizades.

Todos pareciam saber por que Larkin não respondera de imediato. Seus ombros pareceram baixar, chegando mais perto da mesa.

– Se todo mundo lutasse por um ideal comum, ninguém sairia ferido! – bradou subitamente em tom de desespero. Viu que Taggart olhava para ele e acrescentou, suplicante: – Gostaria que não tivéssemos de ferir ninguém.

– Essa é uma atitude antissocial – rosnou Taggart. – Quem teme sacrificar alguém não deve se meter a falar de ideal comum.

– Mas eu sou um estudioso de história – Larkin se apressou a dizer. – Sei reconhecer as necessidades históricas.

– Bom – disse Taggart.

– Não sou obrigado a carregar o mundo nas costas, sou? – Larkin parecia implorar, mas sua súplica não se dirigia a ninguém. – Sou?

– Não, Sr. Larkin – disse Wesley Mouch –, o senhor e eu não devemos ser responsabilizados se...

Larkin balançou a cabeça para um lado. Era quase um tremor, não suportava olhar para Mouch.

– Você se divertiu no México, Orren? – perguntou Taggart, com uma voz subitamente alta e um tom descuidado. Todos pareciam saber que a finalidade de seu encontro estava cumprida e que a necessidade de um entendimento que os reunira havia cessado: estavam entendidos.

– Grande lugar, o México – respondeu Boyle jovialmente. – Muito estimulante e instigante. Mas a comida é péssima. Fiquei doente. No entanto, eles estão trabalhando duro para botar o país nos eixos.

– Como estão as coisas por lá?

– Esplêndidas, me pareceram esplêndidas. Por enquanto eles ainda... Bem, mas aquilo a que eles estão visando é o futuro. A República Popular do México tem um grande futuro. Vão nos ultrapassar em poucos anos.

– Você esteve nas minas de San Sebastián?

Os quatro se retesaram de repente em suas cadeiras: todos tinham feito pesados investimentos na produção das minas de San Sebastián.

Boyle não respondeu logo, de modo que sua voz pareceu insegura e pouco natural quando exclamou:

– Ah, claro, certamente, era o que eu mais queria ver!

– E então?

– Então o quê?

– Como estão as coisas lá?

– Ótimas. Ótimas. Eles têm, sem dúvida, as maiores jazidas de cobre da Terra lá naquela montanha.

– Pareciam muito atarefados?

– Nunca vi lugar mais movimentado em toda a minha vida.

– Em que trabalhavam?

– Bem, aquele supervisor que me acompanhou... Era difícil entender metade do que me dizia... Mas que estão ocupados, estão.

– Algum... problema por lá?

– Problema? Não em San Sebastián. É propriedade privada, a última existente no México, e isso parece fazer alguma diferença.

– Orren – Taggart perguntou com cuidado –, e esses rumores de que estão pretendendo nacionalizar as minas de San Sebastián?

– Calúnia – disse Boyle, com raiva –, pura calúnia. Tenho certeza do que estou lhe dizendo. Jantei com o ministro da Cultura e almocei com o restante da turma.

– Devia haver uma lei contra boatos – disse Taggart, irritado. – Vamos tomar outro. – Fez sinal, com irritação, para o garçom. Havia um pequeno balcão num canto escuro da sala e, lá, um velho barman, seco, permanecia por longos períodos de tempo sem fazer um só movimento. Ouvindo o chamado, se moveu com lentidão. Seu trabalho era atender homens em seus momentos de descontração e prazer, mas suas maneiras eram as de um charlatão endurecido que tratasse de alguma doença incurável.

Os quatro homens esperaram em silêncio que o garçom trouxesse suas bebidas. Os copos que ele colocou na mesa eram quatro focos de cintilação azul-pálida que, na semiobscuridade, pareciam quatro fracos jatos de gás incandescente. Taggart estendeu a mão para o seu e sorriu subitamente.

– Bebamos aos sacrifícios à necessidade histórica – disse, olhando para Larkin.

Houve uma pausa momentânea. Numa sala iluminada, teria sido o desafio de dois homens sustentando o olhar um do outro. Ali, vislumbravam apenas olhos invisíveis na penumbra e nada mais. Larkin pegou o seu copo.

– A festa é minha, rapazes – disse Taggart enquanto todos bebiam.

Ninguém achou mais nada para dizer, até que Boyle falou, com um misto de curiosidade e indiferença:

– Eu estava para lhe perguntar, Jim: que diabo está havendo com o seu serviço de trens lá na Linha San Sebastián?

– Ora, o que você quer dizer? O que há com ela?

– Não sei, mas pôr apenas um trem de passageiros por dia é...

– *Um* trem?

– ... Um serviço bem fraquinho, me parece. E que trem! Você herdou aquelas cabines e assentos de algum avô seu? Ele deve tê-los usado por muitos anos. E onde você conseguiu aquela locomotiva a lenha?

– A lenha?

– É o que eu disse: a lenha. Eu só conhecia de fotografias. De que museu você desencavou aquilo? Agora não me venha dizer que não sabia. Que ideia é essa?

– Ora, é claro que eu sei de tudo – disse Taggart bruscamente. – É que... É que você escolheu exatamente uma semana em que tivemos um pequeno problema com nossa propulsão. Nossas novas máquinas estão em ordem, mas houve um pequeno atraso. Você sabe que estamos tendo grandes problemas com os fabricantes de locomotivas, mas é tudo coisa temporária.

– Claro – disse Boyle –, atrasos não têm jeito. Seja como for, foi o trem mais estranho em que já andei. Quase botei as tripas para fora.

Um instante depois, todos notaram que Taggart tinha ficado calado. Parecia preocupado com um problema pessoal. Quando se levantou de repente, sem explicações, todos se ergueram ao mesmo tempo, como se obedecessem a uma ordem.

Larkin balbuciou, sorrindo com esforço:

– Foi um prazer, Jim. Um prazer. É assim que nascem os grandes projetos: num drinque com amigos.

– As reformas sociais são lentas – disse Taggart friamente. – É aconselhável ser paciente e cuidadoso. – Voltou-se pela primeira vez para Wesley Mouch. – O que aprecio em você, Mouch, é que fala pouco.

Mouch era o homem de Rearden em Washington.

No céu, havia ainda um pouco da luz do crepúsculo quando Taggart e Boyle saíram juntos na rua lá embaixo. A mudança foi um pequeno choque para eles. O bar os preparara para uma escuridão de meia-noite. Um alto edifício se elevava contra o céu, nítido e reto como uma espada erguida. Na distância, além dele, destacava-se o calendário.

Demonstrando irritação, Taggart tateou a gola do sobretudo e a abotoou para evitar a friagem da rua. Não pretendia voltar ao escritório naquela noite, mas tinha de voltar. Tinha de ver a irmã.

– ... dura tarefa que temos pela frente, Jim – dizia Boyle. – Tarefa difícil, com muitas complicações e muitos perigos...

– Tudo depende – respondeu James Taggart lentamente – de conhecer as pessoas que tornam a coisa possível. Isto é o que temos de saber: quem torna a coisa possível.

◆◆◆

Dagny Taggart tinha 9 anos quando decidiu que algum dia havia de dirigir a Taggart Transcontinental. Ela disse isso para si mesma enquanto, sozinha, no meio dos trilhos, olhava para as duas linhas retas de aço que se perdiam na distância, encontrando-se num ponto muito longínquo. O que sentiu foi um prazer arrogante pelo modo como a ferrovia atravessava os bosques: não era uma estrutura que pertencesse ao conjunto das velhas árvores e dos ramos que pendiam na direção das hastes verdes da relva e das solitárias flores silvestres, mas estava ali. As duas linhas de aço brilhavam ao sol e os dormentes negros eram como degraus de uma escada que ela tivesse que subir.

Não era uma decisão súbita, mas apenas a palavra final que selava algo que ela sempre soubera. Numa compreensão silenciosa, como se tivesse feito um voto que nunca fora necessário explicitar, ela e Eddie Willers tinham se dedicado à rede ferroviária desde os primeiros dias conscientes de sua infância.

Ela sentia indiferença e tédio em relação ao mundo que a circundava, e também em relação às outras crianças e aos adultos. Considerava um acidente lamentável – a ser tolerado com paciência durante algum tempo – o fato de se encontrar aprisionada entre pessoas estúpidas. Dagny tinha vislumbrado um outro mundo e sabia que ele existia em alguma parte – o mundo que tinha criado trens, pontes, fios de telégrafo, luzes de sinalização que piscavam na noite. Ela tinha de esperar e crescer para alcançar esse mundo, pensava.

Nunca tentou explicar por que gostava da ferrovia. Pouco importava o que os outros sentiam – sabia que nada podia ser equivalente à sua emoção nem oferecer uma resposta a ela. Era uma emoção que sentia também na escola, nas aulas de matemática, as únicas de que gostava. Considerava estimulante resolver problemas e gostava da insolente delícia de aceitar um desafio e o enfrentar sem esforço, ansiosa por outro teste, mais difícil ainda. Mas, ao mesmo tempo, sentia crescer um grande respeito pelo adversário, uma ciência tão limpa, tão exata, tão luminosamente racional. Estudando matemática, ela pensava, ao mesmo tempo, que era notável que o homem tivesse conseguido idealizar aquilo e que era ótimo que ela fosse tão competente para dominar aquele saber. Era a alegria da admiração e do prazer ante a própria capacidade, manifestando-se ao mesmo tempo. Seu sentimento pela ferrovia era o mesmo: admiração pela habilidade técnica que a tornara possível, por meio da inteligência clara e racional de alguém, admiração com um sorriso secreto que dava a entender que ela se sabia capaz de um dia fazer melhor. Ela passeava pelos trilhos e pelos galpões de manutenção das locomotivas como uma humilde estudante, mas em sua humildade havia um toque de orgulho futuro, um orgulho a ser merecido.

"Você é insuportavelmente convencida" era uma das duas frases que ela ouvira com frequência durante a infância, embora ela nunca falasse de suas próprias capacidades. A outra frase era: "Você é egoísta." Ela perguntava o que queriam dizer com aquilo, mas jamais obteve resposta. Olhava para os adultos sem saber como podiam imaginar que ela se sentisse culpada por algo que não sabia o que era, com aquela acusação indefinida.

Estava com 12 anos quando disse a Eddie Willers que havia de dirigir a rede quando crescessem. Tinha 15 quando lhe ocorreu pela primeira vez que mulheres não dirigem redes ferroviárias, e que as pessoas podiam não aceitar. *Que se danem*, pensou, e nunca mais voltou a se preocupar com isso.

Foi trabalhar na Taggart Transcontinental aos 16. O pai deixou, achou graça e ficou um pouco curioso. Ela começou como vigia noturna de uma pequena estação no campo. Trabalhou à noite por alguns anos, enquanto fazia o curso de engenharia.

Ao mesmo tempo que ela, James Taggart começou sua carreira também na ferrovia, aos 21 anos, no departamento de relações públicas.

A ascensão de Dagny entre os homens que dirigiam a Taggart Transcontinental foi rápida e incontestada. Ela ocupou posições de responsabilidade porque não havia mais ninguém para ocupá-las. Havia alguns homens de talento, mas eram raros e, a cada ano, se tornavam cada vez mais raros. Os seus superiores, que ocupavam os cargos de autoridade, pareciam ter medo de exercê-la. Gastavam seu tempo adiando decisões, de modo que ela ia dizendo a todos o que fazer – e eles obedeciam. A cada passo de sua ascensão, ela já vinha realizando o trabalho muito antes de o cargo correspondente lhe ser efetivamente oferecido. Era como avançar por aposentos vazios. Ninguém se opunha a ela, embora nenhuma pessoa apoiasse o seu avanço.

Seu pai parecia ao mesmo tempo espantado e satisfeito com ela, mas não dizia nada, e havia alguma tristeza em seus olhos quando olhava para ela no escritório. Quando ele morreu, ela estava com 29 anos. "Sempre houve um Taggart para dirigir a ferrovia", foram suas últimas palavras para ela. Olhava-a estranhamente, parecendo ao mesmo tempo saudá-la e demonstrar compaixão por ela.

O controle das ações da Taggart Transcontinental foi deixado para James Taggart. Ele tinha 34 anos quando se tornou presidente da ferrovia. Dagny esperava que os membros do conselho administrativo o elegessem, mas jamais compreendera por que eles haviam mostrado tanta ansiedade para fazê-lo. Falaram de tradição, que o presidente sempre tinha sido o filho mais velho da família Taggart e outras coisas mais, e elegeram James da mesma maneira que evitavam passar por baixo de escadas, isto é, por uma espécie de superstição. Falaram de sua capacidade de "tornar a ferrovia uma coisa popular", sua "força com os jornais", sua "influência em Washington". Ele parecia agora dotado de uma habilidade incomum na obtenção de favores junto aos legisladores.

Dagny nada sabia sobre o campo da "influência em Washington" nem sobre o que isso implicava. Mas parecia algo necessário, de modo que afastou a ideia do pensamento, considerando que havia muitos trabalhos desagradáveis, mas necessários, como limpar esgotos – alguém tinha de fazê-los, e James parecia gostar disso.

Ela jamais aspirara à presidência. O departamento de operações era tudo o que ocupava sua cabeça. Quando andava pela ferrovia, velhos ferroviários, que odiavam Jim, diziam "Haverá sempre um Taggart para dirigir a ferrovia" e olhavam para ela com o mesmo olhar que o pai lhe dirigira. Ela estava certa de que Jim não conseguiria prejudicar demais a rede e confiava em que seria fácil para ela corrigir os danos que ele causasse.

Aos 16, sentada à sua mesa de trabalho, vendo passar as janelas iluminadas dos trens da Taggart, Dagny pensara haver entrado em seu verdadeiro mundo. E, nos anos que se seguiram, constatou que aquilo não era verdade. O adversário que se via obrigada a enfrentar não merecia o desafio nem merecia que ela fizesse qualquer esforço para vencê-lo. Não era nenhuma capacidade superior que lhe desse a sensação de orgulho na luta: era a inépcia, cinzenta e macia, dócil como o algodão, que parecia fofa e sem forma, que não oferecia resistência a nada, que não se opunha a ninguém, mas que constituía uma barreira em seu caminho. Ela se sentia hesitante e desarmada ante o enigma que tornava tais coisas possíveis. Não conseguia encontrar explicação.

Só nos primeiros anos é que de vez em quando se via gritando em silêncio, ansiando por um lampejo mínimo de capacidade humana, de competência firme, limpa, radiante. Na ansiedade, tinha verdadeiras crises de tortura por não encontrar um amigo ou um inimigo que tivesse uma inteligência maior do que a sua. Mas a sensação passava. Dagny tinha um trabalho a fazer. Não tinha tempo para queixas – pelo menos, não muito.

A primeira inovação que James Taggart trouxe para a ferrovia foi a construção da Linha San Sebastián. Muitos homens eram responsáveis pelo projeto, mas para Dagny havia um nome que se inscrevia na aventura, um nome que ofuscava todos os demais quando ela o via. Esse nome dominou, ao longo de cinco anos de luta, ao longo de quilômetros de trilhos desperdiçados, ao longo de cifras e cifras que registravam as perdas da Taggart Transcontinental, como uma hemorragia de um ferimento que nunca cicatrizava – um nome que dominou como uma marca que era visível em todas as leituras de cotações da Bolsa, nos rolos de fumaça sobre as manchas avermelhadas em altos-fornos de fundições de cobre e também nas manchetes escandalosas, em páginas apergaminhadas que registravam a nobreza de séculos e séculos, e nos cartões dos buquês de flores que chegavam às alcovas de mulheres espalhadas por três continentes.

Esse nome era Francisco d'Anconia.

Aos 23 anos, quando herdou sua fortuna, Francisco d'Anconia já era famoso como rei mundial do cobre. Agora, aos 36, era famoso por ser o homem mais rico e o mais espetacularmente inútil playboy da face da Terra. Era o último descendente de uma das mais nobres famílias da Argentina. Possuía fazendas de gado, plantações de café e a maior parte das minas de cobre do Chile. Era dono de metade das minas de todos os tipos de minérios da América do Sul e tinha inúmeras outras espalhadas pelos Estados Unidos, que para ele eram como dinheiro miúdo.

Quando D'Anconia comprou de repente uma extensão de montanhas desertas no México, surgiram notícias de que havia descoberto grandes jazidas de cobre. Ele não se esforçou para vender ações de seu empreendimento. Elas saíam como água por entre seus dedos, e tudo o que ele fazia era escolher aqueles a quem queria favorecer, tornando-os acionistas. Seu talento financeiro foi considerado fenomenal. Ninguém jamais o havia superado em qualquer transação – ele acrescentava à sua incrível fortuna tudo o que tocasse a cada passo que desse, quando se dava ao trabalho de dá-los. Os que mais o censuravam eram os primeiros a embarcar de carona em seu talento, procurando participar de suas novas posses. James Taggart, Orren Boyle e seus amigos estavam entre os maiores acionistas do projeto que D'Anconia tinha batizado de minas de San Sebastián.

Dagny jamais descobrira que influências haviam levado James Taggart a construir uma linha do Texas até os desertos de San Sebastián. Parecia provável que nem ele mesmo soubesse – como um campo sem vegetação, James parecia aberto a qualquer corrente que passasse, e o resultado final era sempre obra do acaso. Alguns dos diretores da Taggart Transcontinental se opuseram ao projeto. A companhia precisava de todos os recursos para reconstruir a Linha Rio Norte. Não era possível fazer as duas coisas. Mas James era o novo presidente. Era o primeiro ano de sua administração. Ele ganhou.

A República Popular do México estava ansiosa para cooperar, e logo se assinou um contrato que garantia à Taggart Transcontinental, por dois anos, o direito de propriedade, num país em que não havia direitos de propriedade. Francisco d'Anconia tinha obtido a mesma garantia para suas minas.

Dagny lutou muito contra a construção da Linha San Sebastián. Lutou falando a quem quer que lhe desse ouvidos, mas era apenas uma assistente do departamento de operações, era jovem demais, não tinha autoridade – e ninguém a ouviu.

Ela jamais conseguira entender as razões dos que haviam construído a linha. Mera espectadora, membro da minoria, numa das reuniões da diretoria percebeu algo de evasivo em cada fala, em cada argumento, como se a razão real da decisão se mantivesse, embora não explicitada, clara para todos, menos para ela.

Falaram da futura importância do comércio com o México, de um amplo fluxo de fretes, da larga recompensa financeira que caberia ao transportador exclusivo de um suprimento infinito de cobre. Provaram tudo citando os sucessos anteriores de D'Anconia. Não citaram nenhum dado mineralógico sobre as minas de San Sebastián. Os fatos palpáveis eram poucos. Os informes que D'Anconia expedira não eram muito específicos, mas os membros da diretoria pareciam não precisar muito de fatos.

Falaram bastante da pobreza dos mexicanos e de sua urgente necessidade de estradas de ferro. "Nunca tiveram uma chance." "É nosso dever ajudar um país pobre a se desenvolver. Um país, parece-me, é responsável por seus vizinhos."

Sentada, ela ouvia e pensava nos muitos ramais que a Taggart Transcontinental fora obrigada a abandonar. Havia anos que os lucros da companhia estavam caindo lentamente. Pensou na necessidade urgente de reparos em toda a rede, que se encontrava em estado de abandono. A política de manutenção deles não era uma política: era como se brincassem com um elástico, que se estica um pouco agora, depois um pouco mais e então mais ainda.

"Os mexicanos, parece-me, são um povo muito diligente, esmagado por sua economia primitiva. Como podem se industrializar se ninguém lhes der uma ajuda?" "Num investimento, creio que devemos acreditar no ser humano, mais do que em fatores puramente materiais."

Dagny pensou numa locomotiva que tinha caído numa vala na Linha Rio Norte porque a barra de uma junta rachara. Pensou nos cinco dias durante os quais todo o tráfego parou na linha porque um muro de contenção havia ruído, derrubando toneladas de rochas sobre a estrada.

"Na medida em que um homem deva pensar no bem de seus irmãos antes de pensar no seu próprio bem, parece-me que uma nação deva pensar em seus vizinhos antes de pensar em si mesma."

Dagny pensou num recém-chegado chamado Ellis Wyatt, a quem as pessoas estavam começando a dar atenção porque sua atividade parecia prenunciar uma torrente de mercadorias que começaria a fluir das extensões moribundas do Colorado. A Linha Rio Norte, no entanto, era deixada à míngua, caminhando para o colapso total, exatamente no momento em que sua capacidade máxima era necessária, pois estava prestes a ser utilizada.

"O acúmulo de bens materiais não é tudo." "Há bens não materiais que também contam." "Confesso que sinto certa vergonha quando penso que possuímos uma enorme rede ferroviária, enquanto o povo mexicano não tem nada, exceto uma ou duas linhas insuficientes." "A velha teoria da autossuficiência econômica se deteriorou há muito tempo. É impossível que um país prospere em meio a um mundo faminto."

Dagny pensou que, para transformar a Taggart Transcontinental no que ela fora há algum tempo, muito antes do seu próprio tempo, seria necessário arregimentar cada trilho disponível, cada cavilha, cada dólar – e agora tudo era tão escasso...

Repetiram também, na mesma sessão, os mesmos discursos sobre a eficiência do governo mexicano, que mantinha controle absoluto sobre tudo. O México tinha um grande futuro, diziam, e seria um concorrente perigoso em pouco tempo. "O México é muito disciplinado", diziam os homens da diretoria, com uma ponta de inveja.

James deu a entender – por meio de frases que não concluíra e insinuações vagas – que seus amigos em Washington, que ele nunca identificava, desejavam ver construída uma ferrovia no México, que ela seria de grande ajuda em questões de diplomacia internacional, e que a boa vontade da opinião pública mundial pagaria largamente o investimento da Taggart Transcontinental.

Votaram a favor da construção da Linha San Sebastián, a um custo de 30 milhões de dólares.

Quando Dagny saiu da sala de reuniões e caminhou pelo ar limpo e frio das ruas, ouviu duas palavras claramente repetidas em sua cabeça vazia e anuviada: *Caia fora, caia fora, caia fora...*

Ouviu espantada. A ideia de deixar a Taggart Transcontinental não era uma coisa que ela pudesse conceber. Aterrorizou-se, não com o pensamento, mas com a questão que a fazia pensar. Balançou a cabeça, com raiva, e disse a si mesma que a Taggart Transcontinental precisava dela agora mais do que nunca.

Dois dos diretores se demitiram; o vice-presidente de operações, também. Foi substituído por um amigo de James.

Os trilhos de aço foram lançados no deserto mexicano, ao mesmo tempo que eram dadas ordens para reduzir a velocidade dos trens da Rio Norte, porque a ferrovia estava imprestável. Uma estação de concreto armado, com colunas de mármore e espelhos, era agora erguida no meio da poeira em uma praça não pavimentada em uma vila mexicana – enquanto uma composição de carros-tanque carregando óleo despencava de um barranco num monte de lixo porque um trilho se fendera na Linha Rio Norte. Ellis Wyatt não esperou pela decisão da justiça para saber se o acidente fora de fato fortuito, como afirmava James Taggart. Ele transferiu o transporte de seu óleo para a Phoenix-Durango, uma obscura ferrovia, ainda pequena, que estava lutando, mas lutando bem. Isso funcionou como um foguete para a Phoenix-Durango, impulsionando-a. Daí em diante, ela cresceu na mesma medida em que cresciam a Petróleo Wyatt e as fábricas localizadas nos vales vizinhos. Enquanto isso, os trilhos da Linha San Sebastián se estendiam, ao ritmo de três quilômetros por mês, atravessando as plantações irrigadas de milho do México.

Dagny tinha 32 anos quando disse a James que ia se demitir. Ela pusera em funcionamento o departamento de operações nos últimos três anos, sem qualquer título, reconhecimento nem autoridade. Fora derrotada pelas horas, pelos dias e pelas noites empenhados em lidar com a interferência do amigo de Jim que ocupava o cargo de vice-presidente de operações. O homem não tinha um programa, e todas as decisões que tomava eram, na realidade, dela, mas ele só agia depois de ter feito tudo para dificultar as coisas até o impossível. O que ela levou ao irmão foi um ultimato. Ele dissera: "Mas, Dagny, você é uma mulher. Uma mulher como vice-presidente? Nunca se ouviu falar! A diretoria não aceitará!" E ela respondera: "Então me demito."

Não pensou no que faria com o que lhe restava da vida. Deixar a Taggart Transcontinental era como ter as duas pernas amputadas. Pensou que deixaria a coisa acontecer e depois aguentaria as consequências.

Nunca entendeu por que a diretoria votou unanimemente nela para o cargo de vice-presidente de operações.

Foi ela quem finalmente lhes deu a Linha San Sebastián. Quando assumiu, a construção se arrastava havia três anos. Um terço dos trilhos estava colocado. Os custos já haviam ultrapassado o total autorizado. Ela demitiu os amigos de Jim e arranjou um empreiteiro que completou o serviço em um ano.

A Linha San Sebastián agora estava funcionando. Não havia ocorrido nenhum aumento significativo de pedidos nem havia trens carregados de cobre. Algumas poucas cargas desciam ruidosamente das montanhas de San Sebastián, a longos intervalos. As minas, disse Francisco d'Anconia, ainda estavam em fase de instalação. E o escoamento de dinheiro na Taggart Transcontinental não parava.

Sentada em seu escritório, como fizera tantas vezes, Dagny tentava equacionar o problema de quantas e quais vias poderiam responder pela salvação da companhia e em quanto tempo isso seria possível.

A Linha Rio Norte, se reconstruída, resolveria tudo. Enquanto olhava as listagens de números e dados que anunciavam perdas e mais perdas, não pensava na longa e desarrazoada agonia da ferrovia do México. Pensava num telefonema: "Hank, você pode nos salvar? Pode nos fornecer trilhos no menor prazo e com a maior carência possível?" Uma voz lhe respondera com calma e firmeza: "Claro que sim."

Esse pensamento era um ponto de apoio. Ela se inclinou sobre as folhas de papel na mesa, achando subitamente fácil se concentrar no trabalho. Havia pelo menos uma coisa que não parecia falhar quando se precisava dela.

James cruzou a antessala do escritório de Dagny ainda mantendo o tipo de confiança que sentira entre seus companheiros no bar meia hora atrás. Quando abriu a porta, no entanto, a confiança se evaporou. Cruzou a sala na direção da escrivaninha como uma criança que é encaminhada para o castigo e acumula o ressentimento que sentirá pelo resto da vida.

Ele viu uma cabeça que se inclinava sobre folhas de papel, a luminária da escrivaninha fazia brilhar fios desgrenhados de cabelo, uma blusa azul que se alçava até os ombros, frouxa, em dobras largas, dando ideia do corpo delgado.

– De que se trata, Jim?

– O que você está planejando para a Linha San Sebastián?

Ela levantou a cabeça:

– Planejando? Como?

– Que tipo de programação você estabeleceu e que tipo de trens?

Ela riu. Era um riso alegre e um pouco cansado.

– Você precisa realmente ler os relatórios que vão para o gabinete da presidência. Pelo menos de vez em quando.

– O que você quer dizer?

– Estamos obedecendo a esse horário na San Sebastián há três meses.

– *Um* trem de passageiros por dia?

– ... pela manhã. E um trem de carga, dia sim, dia não.

– Meu Deus! Num ramal dessa importância?

– Esse importante ramal não paga sequer esses dois trens.

– Mas o povo mexicano espera de nós um serviço excelente!

– Pois é.

– Eles precisam de trens!

– Para quê?

– Para... Para desenvolver as indústrias locais. Como podem se desenvolver se não lhes damos transportes?

– Eu não acho que eles vão desenvolver indústria nenhuma.

– Essa é apenas sua opinião pessoal. Não sei com que direito você cortou nossa programação para a linha. Só o transporte de cobre vai pagar todos os custos.

– Quando?

Ele olhava para Dagny. Seu rosto mostrava a satisfação de alguém que vai dizer alguma coisa ferina.

– Você não duvida do sucesso dessas minas de cobre, duvida? Principalmente se sabe que é Francisco d'Anconia quem está no comando, não é? – Ele colocara ênfase no nome de D'Anconia enquanto olhava para ela.

– Ele pode ser seu amigo, mas...

– *Meu* amigo? Pensei que ele fosse *seu* amigo.

Ela disse com firmeza:

– Há 10 anos que não é mais.

– Que pena, não? Assim mesmo, ele é um dos mais hábeis homens de negócios do mundo. Nunca se deu mal em nenhum empreendimento e enterrou vários milhões do seu próprio dinheiro nessas minas. Logo, podemos fazer fé no seu julgamento.

– Quando você vai perceber que Francisco d'Anconia se transformou num vagabundo inútil?

Ele sorriu por entre os dentes.

– Sempre achei isso quanto ao caráter dele. Mas você não tinha a minha opinião. Você achava o contrário. E com que veemência! Com certeza você se recorda das nossas discussões a esse respeito, não? Preciso lhe lembrar alguma das coisas que você *disse* dele? Porque, quanto ao que você *fez*, posso apenas imaginar...

– Você quer discutir o assunto Francisco d'Anconia? Foi para isso que veio até aqui?

O rosto dele mostrava a raiva de ter fracassado, pois o dela não exprimia nada.

– Você sabe muito bem por que foi que vim aqui! – explodiu ele. – Ouvi coisas incríveis sobre nossos trens no México.

– Que coisas?

– Que tipo de trens você está botando para rodar lá?

– Os piores que pude encontrar.

– Você confessa isso?

– Informei a você por escrito em diversos relatórios.

– É verdade que está usando locomotivas a lenha?

– Eddie as encontrou em alguma oficina abandonada lá na Louisiana. Nem conseguiu descobrir o nome da empresa.

– E é isso que você está pondo para rodar como trens da Taggart?

– É.

– Que diabos está havendo? Quero saber que diabos está havendo!

Ela falou de modo uniforme, olhando firme para ele:

– Se você quer saber, não deixei nada senão lixo na Linha San Sebastián, e, mesmo assim, pouco. Tirei tudo o que pude de lá. Locomotivas, oficinas, até as máquinas de escrever e os espelhos. Tirei tudo do México.

– Por que cargas d'água?

– Para que os saqueadores não tenham muito o que pilhar quando nacionalizarem a linha.

James se levantou de um salto.

– Isso não vai ficar assim! Desta vez você não escapa. Ter a audácia de usar de um recurso tão... Só por causa de uns rumores sem fundamento, quando nós temos um contrato de 200 anos e...

– Jim – disse ela devagar –, não há um só vagão, máquina ou tonelada de carvão que possamos desperdiçar em qualquer parte da rede.

– Não permitirei isso, absolutamente não permitirei uma política tão insultuosa para com um povo amigo que precisa de nossa ajuda! O acúmulo de bens materiais não é tudo. Afinal de contas, há outros valores, ainda que você não consiga entendê-los!

Dagny pegou um bloco e um lápis.

– Muito bem, Jim, quantos trens você quer que eu coloque na Linha San Sebastián?

– Hein?

– Quais os cortes que você quer que eu faça nas demais linhas para conseguir as locomotivas a diesel e os vagões de aço?

– Não quero que faça cortes em linha nenhuma!

– Então onde vou conseguir o equipamento para o México?

– É a você que compete conseguir. É o seu trabalho!

– Não posso fazê-lo. Você vai ter de decidir.

– É o seu velho truque sujo de sempre. Jogar a responsabilidade para cima de mim!

– Aguardo ordens, Jim.

– Não vou deixar você me tapear desse jeito!

Ela deixou cair o lápis.

– Neste caso, a Linha San Sebastián permanecerá com o mesmo esquema.

– Espere até a reunião da diretoria no próximo mês. Exigirei uma definição precisa sobre a autoridade do departamento de operações para ultrapassar suas atribuições desse modo! Você vai ver.

– Assumo a responsabilidade.

Ela já tinha retomado seu trabalho antes mesmo de a porta se fechar depois que James Taggart saiu.

Quando terminou, empurrou os papéis para um lado e olhou para fora: o céu estava negro e a cidade tinha se transformado numa massa de vidro iluminado sem alvenaria. Levantou-se relutante. Lamentou um pouco a pequena derrota que era sentir-se cansada, mas não tinha como escondê-lo esta noite. As salas externas do escritório estavam vazias. Sua equipe já havia saído. Somente Eddie Willers estava lá, em sua escrivaninha, no seu compartimento envidraçado que parecia um cubo de luz em um canto do amplo salão. Acenou para ele ao sair.

Não tomou o elevador que levava ao vestíbulo do edifício. Preferiu o que levava à plataforma do Terminal Taggart. Gostava de passar por ali a caminho de casa.

Sempre achara que a plataforma era como um templo. Olhando para cima, para a cobertura distante, via sombrias abóbadas suportadas por gigantescas colunas de granito e os topos das amplas janelas envidraçadas em meio à escuridão. A abóbada principal tinha a paz de uma catedral, que se espalhava, protetoramente, acima da atividade febril dos homens.

Dominando a plataforma, mas ignorada pelos viajantes, por ser uma visão à qual já se haviam acostumado, estava a estátua de Nathaniel Taggart, fundador da rede. Dagny era a única pessoa que parecia lhe dar atenção. Jamais a ignorava ao passar por ela. Olhar para aquela estátua, enquanto atravessava a plataforma do terminal, era a única espécie de oração que ela conhecia.

Nathaniel Taggart tinha sido um aventureiro paupérrimo que viera de alguma parte da Nova Inglaterra e terminara construindo uma estrada de ferro que cruzava o continente, no tempo dos primeiros trilhos de aço. Sua ferrovia permanece. Sua batalha para construí-la tinha se transformado numa lenda, porque o povo preferia não entendê-la ou não acreditar que fosse possível.

Ele jamais acreditara que os outros tivessem o direito de fazê-lo parar. Estabelecia suas metas e rumava para elas em linha reta, como os seus trilhos. Nunca procurou empréstimos, bônus, subsídios, concessões de terras ou outros favores oferecidos pelo governo. Obtinha dinheiro diretamente dos homens que o ganhavam, indo de porta em porta – das portas de mogno dos banqueiros até as portas de ripas das fazendas solitárias. Nunca falava do bem público. Apenas dizia às pessoas que teriam um bom lucro com a sua ferrovia, dizia-lhes por que motivo esperava bons lucros e lhes expunha suas razões. Eram boas. Por todas as gerações que se seguiram, a Taggart Transcontinental se manteve como uma das poucas que não entraram em bancarrota e a única cujo controle acionário permanecia nas mãos dos descendentes de seu fundador.

Enquanto esteve vivo, o nome de Nat Taggart não foi famoso, mas teve alguma notoriedade. Era mencionado não com reverência, mas com uma espécie de curiosidade ressentida, e, se alguém o admirava, era da maneira como se admira um bandido bem-sucedido. No entanto, nem sequer uma moeda dos seus bens havia sido obtida por meio da força ou da fraude – ele não era culpado de nada, exceto de possuir sua própria fortuna e de não esquecer nunca que ela lhe pertencia.

Sussurravam muitas histórias a seu respeito. Dizia-se que no selvagem Meio-Oeste ele havia assassinado um político que tentara anular um título que lhe fora concedido na ocasião em que sua ferrovia estava sendo construída na região; alguns políticos haviam planejado fazer fortuna com títulos da Taggart comprando na baixa. Nat Taggart foi acusado de homicídio, mas a acusação jamais foi provada. A partir de então, ele nunca mais teve problemas com políticos.

Dizia-se que Nat Taggart tinha enterrado sua vida na ferrovia muitas vezes. Mas houve uma vez que ele enterrou mais do que a vida. Precisando urgentemente de fundos, com a construção da ferrovia suspensa, ele jogou por três lances de escada abaixo um distinto cavalheiro que lhe fora oferecer um empréstimo do governo. Depois ele empenhou a própria mulher num empréstimo que fez com um milionário que o odiava mas admirava a beleza de sua mulher. Repôs a dívida em tempo hábil e não perdeu o que dera como garantia. Tudo foi feito com o consentimento da esposa. Ela era uma mulher belíssima, descendente da mais nobre família de um estado sulista que havia sido deserdada pela família porque fugira para casar com Nat Taggart quando ele era ainda apenas um pobre e jovem aventureiro.

Às vezes Dagny lamentava ter Nat Taggart como ancestral. O que ela sentia por ele não se enquadrava nas afeições automáticas das relações familiares. Não queria que o seu sentimento fosse do tipo que normalmente as pessoas acham que se deve ter por um tio ou por um avô. Ela era incapaz de amar o que quer que fosse senão por escolha sua, e não gostava de se sentir pressionada. Mas, se tivesse sido possível escolher um ancestral, ela certamente teria escolhido Nat Taggart, numa homenagem voluntária e com toda a gratidão.

A estátua de Nat Taggart tinha sido copiada de um desenho que um artista certa vez fizera dele, único registro de sua aparência. Ele vivera até ficar bem velho, mas não se podia pensar nele senão como aparecia no desenho: jovem. Na infância, a estátua tinha sido para Dagny o primeiro conceito de exaltação. Quando a mandavam para a escola ou para a igreja e ouvia alguém usando aquela expressão, julgava de imediato saber o que diziam: pensava na estátua.

A estátua mostrava um jovem alto, magro, com um rosto anguloso e firme como se encarasse um desafio, encontrando alegria nele e na sua capacidade de enfrentá-lo. Tudo o que Dagny queria da vida se resumia em conseguir para o próprio rosto uma expressão como aquela.

Hoje olhava para a estátua enquanto caminhava. Era um descanso momentâneo, como se uma carga a que ela não conseguia dar nome de repente se tornasse leve e uma brisa lhe tocasse a fronte.

Em um canto da estação, perto da entrada principal, havia uma banca de jornal. O proprietário, um homem calmo e cortês, estava atrás de seu balcão havia 20 anos. Tivera uma fábrica de cigarros, mas ela fora à falência, e ele tinha se resignado à obscura solidão de sua pequena banca no meio do eterno turbilhão de passantes que não conhecia. Já não tinha família ou amigos vivos. Tinha um passatempo que era seu único prazer: reunia cigarros do mundo inteiro em sua coleção particular. Conhecia todas as marcas que já haviam sido fabricadas.

Dagny gostava de parar na sua banca a caminho de casa. O velhinho lhe parecia fazer parte do Terminal Taggart, como um cão de guarda muito fraco para exercer sua vigilância, mas encorajador pela lealdade de sua presença. Ele gostava de vê-la aproximar-se, pois o divertia pensar que só ele conhecia a importância daquela jovem mulher com um casaco esportivo e um chapéu inclinado ao acaso na cabeça, que, apesar de sua posição, saía anônima da multidão na direção dele.

Naquela noite ela parou, como de costume, para comprar um maço de cigarros.

– Como vai a coleção? – perguntou. – Conseguiu alguma novidade?

Ele sorriu meio triste, balançando a cabeça:

– Não, Srta. Taggart. Não estão lançando marcas novas no mundo. Até as antigas estão desaparecendo, uma a uma. No momento só há umas quatro ou cinco. No passado eram dúzias delas. As pessoas não estão fazendo mais nada de novo.

– Voltarão a fazer. Isso é temporário.

Ele olhou para ela e depois falou:

– Eu gosto de cigarros, Srta. Taggart. Gosto de pensar no fogo contido na mão de um homem. O fogo, aquela força poderosa, domada na ponta dos dedos. Penso muito nas horas que um homem passa sozinho, olhando a fumaça de um cigarro, pensando. Penso nas grandes coisas que nasceram desses momentos. Quando um homem pensa, há uma luz acesa em sua mente. É justo que a brasa do cigarro apareça como uma representação disso.

– E eles por acaso pensam? – perguntou ela, sem querer. Então parou: a pergunta era uma angústia pessoal sua e não queria discuti-la.

O homenzinho a olhava como se tivesse flagrado a parada súbita e a tivesse compreendido muito bem, mas não comentou. Disse:

– Não gosto das coisas que estão acontecendo às pessoas, Srta. Taggart.

– O quê, exatamente?

– Não sei. Mas eu as venho observando há 20 anos e estou vendo a mudança. Elas costumavam passar às pressas por aqui, e era bom vê-las, era a pressa de homens que sabiam aonde estavam indo e ansiavam por chegar lá. Mas, agora, as pessoas correm porque estão com medo. Não são dirigidas por nenhuma força, são movidas pelo medo. Não estão indo a parte alguma, estão fugindo. E não acho que saibam do que desejam fugir. Não se olham entre si. Estremecem quando são tocadas. Elas riem muito, mas é um riso feio. Não é de alegria, é como uma súplica. Não sei o que está acontecendo com o mundo. – Ele deu de ombros. – Ora, pois: quem é John Galt?

– É só uma frase sem sentido! – Dagny se surpreendeu com o tom cortante da própria voz e acrescentou, como quem se desculpa: – Não gosto dessa gíria vazia. Que quer dizer? De onde veio?

– Ninguém sabe – disse ele lentamente.

– Por que é que as pessoas continuam repetindo, já que ninguém parece saber ao menos o que significa? E, no entanto, todos a usam como se soubessem!

– Por que isso a perturba?

– Não gosto do que as pessoas parecem querer dizer quando a pronunciam.

– Eu também não gosto, Srta. Taggart.

◆◆◆

Eddie Willers jantava no refeitório dos funcionários do Terminal Taggart. Havia um restaurante no prédio, frequentado pelos executivos da companhia, mas não lhe agradava. O refeitório, por outro lado, parecia fazer parte da ferrovia, e lá ele se sentia mais em casa.

Ficava no subsolo. Era uma ampla sala com paredes de ladrilhos brancos que brilhavam refletindo as luzes elétricas e pareciam um brocado de prata. Havia um trabalhador da ferrovia a quem Eddie encontrava no refeitório de tempos em tempos. Gostava da cara dele. Tinham conversado casualmente uma vez e pegaram o hábito de jantar juntos quando se encontravam por acaso.

Eddie não se lembrava de jamais ter perguntado o nome dele, qual o seu tipo de trabalho. Devia ser um emprego simples, porque as roupas que usava eram grosseiras e encardidas. O homem não representava uma pessoa para ele, mas uma presença silenciosa com um grande interesse pela única coisa que realmente contava e que dava sentido à sua vida: a Taggart Transcontinental.

Nessa noite, chegando tarde, Eddie viu o trabalhador numa mesa de canto na sala semideserta. Sorriu, contente, acenou para ele e levou sua bandeja para lá.

Instalado no canto da sala, Eddie sentiu-se à vontade, relaxando após a grande trabalheira do dia. Podia falar como em nenhuma outra parte, admitindo coisas que não confessaria a ninguém, pensando em voz alta, observando os olhos atentos do trabalhador do outro lado da mesa.

– A Linha Rio Norte é nossa última esperança – disse Eddie Willers. – Mas ela há de nos salvar. Teremos pelo menos um ramal em bom estado, no local de maior necessidade, e a partir daí salva-se o restante... É engraçado... Não é? Falar da última esperança da Taggart Transcontinental. Você acreditaria se alguém lhe dissesse que um meteoro vai destruir a Terra?... Eu também não... "De oceano a oceano, para sempre"... Foi o que ouvimos continuamente em nossa infância, ela e eu... Não, eles não diziam "para sempre", mas o sentido era esse... Você sabe, não sou nenhum grande homem... Eu não poderia construir esta rede... Se ela afundar, eu afundo junto, não posso dar jeito e pôr as coisas nos eixos de novo... Não ligue para mim. Não sei por que digo coisas assim. Acho que estou apenas um pouco cansado hoje... É, trabalhei até tarde. Ela não me pediu para ficar, mas havia uma luz por baixo da porta dela muito depois de todo mundo ter ido embora... Sim, ela já foi para casa... Problemas?... Ora, no escritório sempre há problemas. Mas ela não está preocupada. Sabe que pode nos tirar disto... Claro, é grave. Estamos tendo muito mais acidentes do que você ouve dizer. Perdemos mais duas locomotivas a diesel na semana passada. Uma ficou imprestável, de pura velhice, e a outra, por causa de uma colisão de frente... Sim, temos locomotivas, já encomendadas, na United Locomotive Works, mas esperamos por elas há dois anos. Não sei se chegarão algum dia... Meu Deus, como precisamos delas... Força motriz – você não pode imaginar como isso é importante. É o coração do problema... De que você ri?... Bem, como eu dizia, é grave. Mas pelo menos a Linha Rio Norte está em andamento. O primeiro carregamento de trilhos chegará ao local em algumas semanas. Dentro de um ano vamos botar para rodar o primeiro trem na nova estrada. Agora nada mais vai nos fazer parar... Claro que sei quem vai montar os trilhos: é McNamara, de Cleveland. É o empreiteiro que terminou a Linha San Sebastián para nós. Está aí um homem que conhece o seu trabalho. Estamos garantidos. Podemos confiar nele. Já não há bons empreiteiros hoje... Estamos numa roda-viva, mas eu gosto. Tenho vindo para o escritório uma hora mais cedo diariamente, mas ela sempre me vence: sempre chega antes... Como?... Não sei o que ela faz à noite... Nada de mais, eu acho... Não, nunca sai com ninguém... Na maioria das vezes fica em casa e ouve música... Discos... Ora, que interessa? Que discos?... Richard Halley. Ela adora a música de Richard Halley. Fora a estrada de ferro, é a única coisa que ela realmente ama.

CAPÍTULO 4

OS MOTORES IMÓVEIS

A *FORÇA MOTRIZ*, PENSOU Dagny, olhando para o Edifício Taggart no crepúsculo, *é a primeira necessidade. Força motriz, para manter este edifício de pé; movimento, para mantê-lo imóvel.* Ele não se apoiava em estacas fincadas no granito, e sim nas locomotivas que se deslocavam através de um continente.

Ela sentiu um leve toque de ansiedade. Voltava de uma viagem às instalações da United Locomotive Works, em Nova Jersey, onde fora ver o presidente da companhia. Não tinha conseguido nada: nem saber as razões do atraso, nem qualquer indicação quanto à data da produção das locomotivas a diesel. O presidente da companhia falara com ela durante duas horas. Mas suas respostas não tinham nada a ver com as perguntas que Dagny lhe fizera. Ele tinha modos que sugeriam uma nota de censura condescendente sempre que ela tentava tornar a conversa objetiva, como se se tratasse de uma menina malcriada que quebrasse algum código subentendido que todas as demais pessoas aceitavam e praticavam.

Em sua passagem pela fábrica, tinha visto uma enorme máquina abandonada em um canto. Tinha sido, no passado, uma máquina de grande precisão, de um tipo que já não se encontrava mais. Não estava gasta pelo uso – entrara em decomposição por negligência, corroída pela ferrugem, pelas gotas negras de óleo sujo. Dagny desviou o olhar. Uma visão daquelas sempre a deixava cega por instantes, ferida por um ódio violento. Não sabia por quê. Não podia definir seus sentimentos. Sabia apenas que neles havia um grito de protesto contra a injustiça e que isso era uma resposta a algo que ultrapassava em muito uma simples máquina velha.

O restante de sua equipe já tinha saído, percebeu Dagny ao entrar na antessala de seu escritório. Mas Eddie Willers estava lá, esperando por ela. Pelo jeito dele e pelo modo silencioso como a seguiu para o escritório, viu logo que algo acontecera.

– O que há, Eddie?

– McNamara foi embora.

Olhou para ele, pálida:

– Como assim, foi embora?

– Aposentou-se. Parou de trabalhar.

– McNamara, nosso empreiteiro?

– É.

– Mas é impossível!

– Eu sei.

– O que aconteceu? Por quê?

– Ninguém sabe.

Lenta e cuidadosamente, Dagny desabotoou o casaco, sentou-se à sua mesa, começou a tirar as luvas. Então disse:

– Comece do começo, Eddie. Sente-se.

Ele falou calmamente, embora permanecesse de pé:

– Telefonei para o engenheiro-chefe dele, que nos tinha ligado de Cleveland para dar a notícia. Era tudo o que ele sabia.

– O que ele disse?

– Que McNamara havia fechado a firma e ido embora.

– Para onde?

– Ele não sabe. Ninguém sabe.

Ela notou que com uma das mãos estava segurando dois dedos de luva vazios da outra mão, com a luva parcialmente retirada e esquecida. Tirou-a de uma vez e a deixou cair sobre a mesa.

Eddie disse:

– Ele largou uma pilha de contratos que devem valer uma fortuna. Tinha uma lista de espera de clientes de três anos.

Ela não respondeu. Eddie continuou, com a voz mais lenta:

– Não me espantaria se pudesse compreender os motivos... Mas uma coisa assim, sem qualquer razão plausível para explicar a atitude dele...

Ela permanecia em silêncio. Eddie falou ainda:

– Ele era o melhor empreiteiro do país...

Olharam um para o outro. Ela queria dizer "Ah, meu Deus, Eddie!", porém o que sua voz disse, calmamente, foi:

– Não se preocupe. Arranjaremos outro para a Linha Rio Norte.

Já era tarde quando saiu do escritório. Do lado de fora, na calçada do edifício, fez uma pausa, olhando para as ruas. Sentia-se subitamente desprovida de energia, de propósitos, de desejos, como um motor parado.

Uma leve mancha se estendia dos edifícios para o alto, reflexos de milhares de lâmpadas anônimas, a respiração elétrica da cidade. Dagny teve vontade de descansar. *Descansar*, pensou, *e encontrar diversão em alguma parte.*

Seu trabalho era tudo o que tinha e tudo o que desejava. Mas às vezes, como agora, quando sentia aquela súbita e estranha sensação de vazio, que não era vazio, mas silêncio, não desespero, mas imobilidade, como se nada dentro dela tivesse sido destruído, mas permanecesse parado, nessas vezes apenas, desejava um momento de alegria exterior, desejava sentir-se arrebatada como simples espectadora de algum trabalho ou alguma visão que lhe sugerisse grandeza. Sem atuar, mas desfrutando; sem tomar a iniciativa, mas respondendo; sem criar, mas admirando. *Preciso disso para continuar*, pensou, *porque a alegria é o combustível da gente.*

Ela sempre fora – fechou os olhos e sorriu com um pouco de dor e reserva – a força motriz de sua própria felicidade. Agora, excepcionalmente, queria sentir-se levada por uma força alheia. Assim como os homens numa planície escura gostavam de ver ao longe as janelas iluminadas de um trem que passava, uma realização dela, aquela visão de poder e determinação que dava aos observadores uma satisfação no meio da noite, no meio da planície vazia, assim também ela desejava se sentir, por um momento, com direito a saudar levemente, olhar de relance, acenar e dizer: lá vai alguém a alguma parte...

Começou a andar lentamente, com as mãos nos bolsos do casaco, a sombra do chapéu inclinado cruzando seu rosto. Os edifícios ao seu redor cresciam a alturas tais que já não se podia ver o céu. Dagny pensou que, se custara tanto a ser construída, aquela cidade deveria ter muito a oferecer.

Acima da porta de uma loja, um alto-falante enchia de som a rua. Era o som de uma peça sinfônica que estava sendo executada em alguma parte da cidade. Parecia um prolongado guincho sem forma, como o de tecidos e carne rasgados anarquicamente. Não havia melodia, harmonia, ritmo que contivesse tal guincho. Se a música era emoção e a emoção vinha do pensamento, então esse era o grito do caos, do irracional, da desesperança, da abdicação do homem de si mesmo.

Continuou andando. Parou diante da vitrine de uma livraria. Nela havia uma pirâmide de livros com capas marrom-avermelhadas, cujo título era *O abutre muda as penas*. Num cartaz se lia: "O romance do nosso século. Penetrante estudo da voracidade de um homem de negócios. A revelação destemida da depravação humana."

Passou por um cinema. Suas luzes ocupavam meia quadra, deixando uma enorme fotografia e algumas letras suspensas no ar. Era a foto de uma jovem mulher sorridente. Olhando o rosto dela, Dagny teve a sensação incômoda de que já o conhecia havia muitos anos, muito embora o estivesse vendo pela primeira vez. O letreiro dizia: "... num tremendo drama que dá resposta à grande pergunta: a mulher deve revelar?"

Passou pela porta de uma boate. Um casal se dirigia, cambaleando, para um táxi. A moça tinha olhos pintados, suor no rosto e usava estola de arminho e um manto na cabeça, que agora caía descuidado, deixando um dos ombros à mostra, como um roupão doméstico, revelando demais o seu seio, não com ousadia, mas com a indiferença do desleixo. Seu acompanhante a conduzia por um dos braços. Não tinha a expressão de um homem que antegoza uma aventura romântica, mas o olhar furtivo de um menino prestes a escrever obscenidades numa parede.

O que eu esperava encontrar?, pensou Dagny, seguindo em frente. Essas eram as coisas pelas quais os homens viviam, as formas de seus espíritos, sua cultura, sua diversão. Não vira nada diferente daquilo em parte alguma há muitos anos.

Na esquina da rua onde morava, comprou um jornal e foi para casa.

Era um apartamento de dois cômodos, no topo de um arranha-céu. As vidraças da janela de canto de sua sala de estar davam ao ambiente a aparência da proa de um navio em movimento, e as luzes da cidade pareciam fagulhas fosforescentes sobre ondas negras de aço e pedra. Quando acendeu a luz, longos triângulos de sombra se imprimiram sobre as paredes nuas, num padrão geométrico de raios de luz quebrados por alguns móveis angulosos.

Ficou parada no meio da sala, sozinha, entre céu e cidade. Só havia uma coisa que lhe podia proporcionar o que desejava sentir nessa noite. Era a única forma de diversão que encontrara. Dirigiu-se para o toca-discos e colocou um disco de Richard Halley.

Era o Quarto Concerto, a sua última obra. O estrondo dos acordes iniciais afastou da mente de Dagny a visão das ruas. O concerto era um grande grito de revolta. Era um "não" gritado em resposta a um terrível processo de tortura, uma negação do sofrimento, uma negação que continha a agonia da luta para se conseguir a liberdade. Os sons eram como uma voz que dizia: "Não há necessidade de que exista a dor; por que, então, está a dor reservada para aqueles que não acreditam em sua necessidade? Nós que sustentamos o amor e o segredo da alegria, por que devemos sofrer a dor, obedecendo a quem?..." Os sons da agonia se tornavam um desafio, a afirmativa da agonia se tornava um hino a uma visão distante, para cuja realização qualquer coisa valia a pena, fosse o que fosse. Era a canção da revolta – e de uma busca desesperada.

Sentou-se e se deixou ficar quieta, com os olhos fechados, ouvindo.

Ninguém sabia o que tinha acontecido com Richard Halley, nem por quê. A história de sua vida fora uma maldição à grandeza, uma demonstração do preço que se paga por ela. Tinha sido uma sequência de anos gastos em águas-furtadas e porões, anos durante os quais tudo se havia colorido do tom cinzento de paredes que aprisionavam um homem cuja música, no entanto, fluía em cores violentas. Era o cinza de uma luta contra longas escadarias de pensões, contra encanamentos arrebentados, contra o preço de um sanduíche comprado numa lanchonete malcheirosa, contra os rostos de homens que ouviam música com o olhar vazio. Luta sem o alívio da violência, sem o reconhecimento de um inimigo definido, contra uma parede impessoal à prova de som: a indiferença que absorvia as pancadas e os gritos, uma batalha do silêncio, envolvendo um homem que podia dar ao som uma eloquência desconhecida. O silêncio da obscuridade, da solidão, das noites em que só raramente alguma orquestra executava algum de seus trabalhos e ele olhava para a escuridão, sabendo que sua alma fremia, saindo em ondas de uma torre de estação de rádio pelo ar da cidade – e que não havia receptores ligados prestando atenção a ela.

"A música de Richard Halley tem a marca do heroico. Nosso tempo ultrapassou essa baboseira", dissera um crítico. "A música de Richard Halley está fora de sintonia com o nosso tempo. Ela está repleta de êxtase – e quem quer saber de êxtase nos dias de hoje?", comentara outro.

A vida dele tinha sido um resumo das vidas de todos os homens cujo prêmio é uma estátua numa praça pública 100 anos depois do tempo em que os prêmios ainda valem alguma coisa – só que Richard Halley não morrera tão precocemente. Vivera para ver a noite que, pelas leis normais da história, não deveria viver o suficiente para conhecer. Tinha 43 anos e era a noite de estreia de *Faetonte*, uma ópera que ele escrevera aos 24. Tinha mudado o velho mito grego à sua conveniência: Faetonte, o filho de Hélio, que rouba a carruagem do pai e tenta audaciosamente guiar o carro do Sol pelo céu, não termina morrendo, como no mito. Na ópera de Halley, Faetonte conseguia realizar o que se propusera fazer. A ópera tinha sido encenada 19 anos antes e saíra de cartaz após uma só récita, debaixo de vaias. Naquela noite, Richard Halley caminhara pelas ruas da cidade até a aurora, tentando obter a resposta a uma pergunta – que ele não sabia qual era.

Na noite em que a ópera foi apresentada de novo, 19 anos mais tarde, os últimos acordes coincidiram com o som da maior ovação que o teatro jamais tinha visto. As velhas paredes não podiam conter o alarido, o som se estendia pelos corredores, pelas escadas, pelas ruas por onde o rapaz caminhara 19 anos antes.

Dagny estava na plateia no dia da ovação. Era das poucas pessoas que haviam conhecido a música de Halley antes, muito antes. Mas ela nunca o tinha visto. Viu-o quando o atiraram para o palco, de frente para os braços que acenavam para ele e para as cabeças que se esticavam para vê-lo. Ele ficou imóvel, alto, magro, grisalho. Não fez reverências nem sorriu. Limitou-se a olhar para a multidão. Tinha a expressão de alguém que se defronta com uma questão vital.

"A música de Richard Halley", escreveu um crítico na manhã seguinte, "pertence ao patrimônio da humanidade. É o produto da expressão da grandeza de um povo."

"A vida de Richard Halley", disse um religioso, "contém uma lição muito sugestiva. Ele enfrentou uma luta terrível, mas que importa isso? É justo e nobre que ele tenha sofrido a dor e a injustiça da mão de seus irmãos – para um dia enriquecer suas vidas e lhes ensinar a apreciar a beleza da grande música."

No dia seguinte, Richard Halley se aposentou.

Não deu explicações. Apenas disse a seus editores que sua carreira estava encerrada. Vendeu-lhes os direitos de edição de seus trabalhos por uma soma modesta, mesmo sabendo que podia ter feito uma fortuna com eles. Foi-se embora, sem deixar endereço. Fazia já oito anos. Nunca mais fora visto.

Dagny ouvia o Quarto Concerto com a cabeça jogada para trás e os olhos fechados. Jazia semiestendida no canto de um sofá, o corpo relaxado e parado, mas a tensão salientava o formato de sua boca, um formato sensual, de linhas ardentes.

Depois de algum tempo, abriu os olhos. Viu o jornal que jogara sobre o sofá. Pegou-o descuidadamente, para afastar da vista as manchetes banais. O jornal tinha ficado aberto. E ela viu a fotografia de um rosto conhecido e as primeiras frases de uma reportagem. Com um safanão, fechou as páginas e afastou o jornal.

O rosto era o de Francisco d'Anconia. A manchete dizia que ele tinha chegado a Nova York. *E daí?*, pensou ela. Não tinha que vê-lo. Há anos que não o via.

Sentou-se, olhando o jornal que caíra no chão. *Não leia*, pensou. *Não olhe*. Mas o rosto não tinha mudado nada. Como podia se manter inalterado quando tudo o mais havia mudado? Desejou que não o tivessem fotografado sorrindo. Não era o tipo de sorriso adequado às páginas de um jornal. Era o sorriso de um homem capaz de ver, de saber e de criar a glória da existência. Era um sorriso de mofa e desafio de uma inteligência brilhante. *Não leia*, pensou ela, *não agora, não com esta música, ah, não com esta música.*

Pegou o jornal e o abriu.

O texto dizia que o Sr. Francisco d'Anconia tinha dado uma entrevista à imprensa em sua suíte do Hotel Wayne-Falkland. Disse que tinha vindo a Nova York por dois importantes motivos: uma recepcionista do Clube Cub e a salsicha de patê de fígado da delicatéssen do Moe, na Terceira Avenida. Nada tinha a declarar sobre o divórcio do casal Gilbert Vail. A Sra. Vail, de nobre ascendência e extraordinária amabilidade, tinha dado um tiro no seu jovem e distinto marido alguns meses antes, declarando publicamente que queria se livrar dele por causa do seu amante, Francisco d'Anconia. A mulher tinha fornecido à imprensa um relato detalhado de seu romance secreto, incluindo uma descrição da última noite de Ano-Novo, que passara na vila de D'Anconia nos Andes. Seu marido sobreviveu ao tiro e entrou com um pedido de divórcio. Ela respondeu com uma ação em que exigia a metade dos milhões do marido e com um relato sobre a vida dele que fazia a sua própria parecer absolutamente inocente. Tudo aquilo saíra nos jornais durante semanas a fio. Mas o Sr. D'Anconia nada tinha a declarar a respeito. Perguntaram se ele negava a história da Sra. Vail e ele respondera: "Eu nunca nego nada." Os repórteres estavam curiosos por causa da sua súbita visita à cidade. Imaginavam que ele não queria estar ali logo na hora em que a pior parte do escândalo estava a ponto de ocupar as primeiras páginas. Mas estavam enganados. D'Anconia mencionou uma terceira razão para sua chegada: "Quero ver essa comédia", disse ele.

Dagny deixou o jornal cair no chão. Sentou-se e se inclinou para a frente, repousando a cabeça sobre os braços. Não se moveu, mas as mechas de cabelo que lhe desciam pelos joelhos estremeciam de vez em quando.

Os acordes grandiosos da música de Halley continuavam enchendo a sala, alcançando as vidraças das janelas como que para as atravessar e se estender por toda a cidade. Ela ouvia a música. Era a *sua* busca, o *seu* grito.

◆ ◆ ◆

James Taggart olhou para a sala de estar do seu apartamento imaginando que horas seriam. Não tinha vontade de procurar o relógio. Sentou-se numa poltrona, com seu pijama amarrotado, descalço; ia dar muito trabalho procurar os chinelos. A luz do céu cinzento na janela feriu seus olhos ainda pesados de sono. Sentiu, no interior do crânio, o vazio que prenunciava uma dor de cabeça. Perguntou-se por que diabo fora parar ali na sala. Ah, sim – lembrou-se –, para saber das horas.

Inclinou-se sobre o braço da poltrona e divisou um relógio num prédio ao longe: 12h20.

Pela porta aberta do quarto de dormir, ouviu Betty Pope, que escovava os dentes no banheiro, mais além. A cinta estava no chão, ao lado de uma cadeira na qual se encontrava o restante de suas roupas. Era uma cinta cor-de-rosa desbotada com barbatanas de borracha partidas.

– Será que você pode se apressar? – perguntou ele, irritado. – Tenho que me vestir.

Ela não respondeu. Pela porta aberta do banheiro, ele podia ouvi-la gargarejar.

Por que faço esse tipo de coisa?, pensou ele, lembrando a noite anterior. Mas dava muito trabalho procurar uma resposta agora.

Betty veio para a sala arrastando as dobras de um robe de cetim de cores laranja e púrpura, distribuídas em losangos arlequinais. *Ela fica horrível de robe*, pensou James. Ficava tão melhor de traje de montaria, como aparecia nas fotos das páginas de acontecimentos sociais. Era uma moça alta e magra, toda ossos e articulações que não se moviam harmoniosamente. Tinha um rosto banal, aparência pouco agradável e mostrava um ar de impertinente condescendência, certamente ligado ao fato de pertencer a uma das melhores famílias do país.

– Ah, diabos – disse ela sem se referir a nada em particular e se espreguiçando. – Jim, onde está o seu cortador de unhas? Preciso cortar minhas unhas dos pés.

– Não sei. Estou com dor de cabeça. Corte em casa.

– Você está desagradável hoje – disse ela, indiferente. – Parece uma lesma.

– Por que não cala essa boca?

Ela caminhou sem rumo certo pela sala.

– Não quero ir embora – disse ela, num tom que não exprimia nenhuma emoção. – Detesto as manhãs. Aí está mais um dia e nada para fazer. Tenho um chá hoje à tarde na casa de Liz Blane. Bem, talvez até seja divertido, porque a Liz é uma vagabunda. – Pegou um copo e bebeu o restante do drinque. – Por que você não manda consertar o ar-condicionado? Este lugar está cheirando mal!

– Posso usar o banheiro? – perguntou ele. – Tenho de me vestir. Tenho um compromisso importante hoje.

– Pois entre. Não me importo. Divido o banheiro com você. Mas não me apresse.

Enquanto fazia a barba, ele a via se vestindo diante da porta aberta do banheiro. Levou um bocado de tempo para se encaixar na cinta, ajeitando as ligas das meias, pondo um vestido caro e desengonçado de tweed. O robe tipo arlequim, que Betty vira num anúncio na revista de modas mais chique, era como um uniforme que ela sabia ser preciso usar em certas ocasiões e que empregava disciplinarmente para determinado fim e depois deixava de lado.

A natureza do relacionamento dos dois era desse mesmo tipo. Não havia paixão, nem desejo, nem prazer real, nem mesmo um sentimento de vergonha. Para eles, o ato sexual não era alegria nem pecado. Não significava nada. Tinham ouvido falar que homens e mulheres dormiam juntos e, por isso, dormiam juntos.

– Jim, por que você não me leva àquele restaurante armênio hoje à noite?

– Não posso – respondeu ele irritado, do meio da espuma de sabão que lhe cobria o rosto. – Tenho um dia muito trabalhoso pela frente.

– Não vá trabalhar.

– O quê?

– Deixe tudo pra lá.

– Tenho coisas importantíssimas para hoje, meu bem. Uma reunião da diretoria.

– Ah, não se chateie com essa maldita ferrovia. É uma chatice. Odeio homens de negócios. São chatos.

Ele não respondeu.

Betty olhou para ele manhosamente, e sua voz mostrou um tom mais vivo quando lhe disse:

– Jack Benson diz que você leva uma vida mole nessa história de ferrovia, porque a sua irmã é quem faz tudo, no fim das contas...

– Ah, ele disse? Disse?

– Eu acho sua irmã horrorosa. Acho horrível uma mulher se comportar como um gorila e posar de executivo. Que coisa pouco feminina! Quem ela pensa que é, afinal?

James caminhou até a soleira da porta. Inclinou-se contra um dos marcos, estudando Betty. Tinha um risinho leve, sarcástico, confiante, no rosto. Enfim, eles tinham algo em comum, pensou.

– Talvez lhe interesse saber, querida – disse ele –, que estou preparando uma rasteira na minha irmã esta tarde.

– Não diga! – disse ela, interessada. – É mesmo?!

– Eis aí por que é tão importante a reunião de hoje.

– Você vai se livrar dela?

– Não. Não precisa tanto, nem é aconselhável. Vou botá-la no seu devido lugar apenas. Eu estava esperando por isso havia muito tempo.

– Encontrou algum ponto fraco nela? Algum escândalo?

– Não, não. Você não compreenderia. É que ela foi longe demais e tem que ser advertida. Tomou uma série de medidas absurdas sem ouvir ninguém. Uma série de ofensas a nossos amigos mexicanos. Quando a diretoria tomar conhecimento, vai aprovar umas modificações no departamento de operações, e isso vai amansá--la bastante.

– Você é um cara esperto, Jim.

– É melhor eu me vestir.

Ele parecia feliz. Virou-se para a pia e acrescentou:

– Talvez eu termine levando você hoje à noite ao restaurante armênio.

O telefone tocou.

Ele atendeu e ouviu a voz da telefonista que anunciava um chamado interurbano do México.

A voz histérica que ouviu a seguir era do seu representante no país.

– Não pude fazer nada, Jim! – gritava ele. – Não pude... Não fomos avisados, juro por Deus, ninguém suspeitava. Eu fiz o que pude, você não pode me culpar, Jim. Foi um raio caído de um céu azul! O decreto saiu esta manhã, cinco minutos atrás, saiu assim, sem mais nem menos, sem aviso. A República Popular do México nacionalizou as minas de San Sebastián e a Linha San Sebastián.

◆ ◆ ◆

– ... e portanto posso afirmar aos membros da diretoria que não há razão para entrar em pânico. O acontecimento da manhã de hoje é lamentável, mas confio plenamente, baseado em meu conhecimento dos processos internos que regem nossa política exterior em Washington, em que o nosso governo vai negociar um ajuste razoável com o governo da República Popular do México, e que receberemos justa e plena indenização por nossas propriedades.

James Taggart estava de pé ante a longa mesa, falando à diretoria. Sua voz precisa e monótona dava uma sensação de segurança.

– Agrada-me acrescentar, porém, que antevi a possibilidade dessa reviravolta e tomei todas as medidas para proteger os interesses da Taggart Transcontinental. Alguns meses atrás, instruí o nosso departamento de operações a cortar o orçamento da Linha San Sebastián de modo a deixar apenas um trem por dia e remover de lá nossas melhores locomotivas e vagões e os equipamentos que fosse possível deslocar. O governo mexicano não conseguiu reter nada, com exceção de alguns vagões de madeira e uma locomotiva velha. Minha decisão poupou à companhia muitos milhões de dólares. Trarei os números exatos para os senhores. Sinto, entretanto, que nossos acionistas acreditarão ser justo que aqueles que têm a maior responsabilidade empresarial devam arcar com as consequências de sua negligência. Sugiro, portanto, que sejam demitidos o Sr. Clarence Eddington, nosso consultor econômico, que recomendou a construção da Linha San Sebastián, e o Sr. Jules Mott, nosso representante na Cidade do México.

Os homens ouviam, sentados em torno da longa mesa. Não pensavam no que deveriam fazer, mas no que diriam aos homens que representavam. A fala de James Taggart lhes fornecia material para isso.

◆ ◆ ◆

Orren Boyle estava à sua espera quando Taggart voltou ao escritório. Este se inclinou contra a mesa, deprimido, o rosto pálido e inexpressivo.

– E então? – perguntou.

Boyle mostrou as palmas das mãos, num gesto de desesperança.

– Verifiquei tudo, Jim – disse. – É exato: D'Anconia perdeu 15 milhões de dólares do próprio dinheiro naquelas minas. Não houve nada de suspeito nisso tudo, ele botou mesmo lá o próprio dinheiro e agora o perdeu.

– Bem, e o que ele vai fazer?

– Isso eu não sei. Ninguém sabe.

– Ele não vai deixar que o roubem, vai? É sabido demais para isso. Deve ter alguma saída.

– Espero que tenha mesmo.

– Ele já enganou alguns dos maiores trapaceiros da Terra. Não vai se deixar enganar por um bando de políticos mexicanos com um decreto. Concorda comigo? Ele deve ter alguma arma contra eles, e a última palavra vai ser dele, com certeza. Precisamos entrar nisso também!

– É com você, Jim. Você é amigo dele.

– Amigo uma ova! Não suporto esse sujeito!

Apertou um botão na mesa. O secretário entrou inseguro, parecendo infeliz. Era um homem moço; já não tanto, porém. Tinha um rosto pálido e as maneiras educadas dos que são pobres e polidos.

– Conseguiu meu encontro com Francisco d'Anconia? – perguntou Taggart.

– Não, senhor.

– Mas, com os diabos, eu lhe disse para...

– Não consegui, senhor. Eu tentei.

– Bem, tente de novo.

– O que eu quis dizer é que não consegui marcar a reunião, Sr. Taggart.

– Por que não?

– Ele recusou.

– Ele se recusou a me receber?

– Sim, senhor. Foi o que eu quis dizer.

– Ele se recusa a me ver?

– Isso mesmo.

– Falou com ele pessoalmente?

– Não. Falei com o secretário dele.

– O que foi que ele disse? O que foi que ele disse, afinal?

– Bem, o secretário disse que o Sr. Francisco d'Anconia acha o senhor um chato, Sr. Taggart.

◆ ◆ ◆

A proposta que eles aprovaram era conhecida como a "Resolução Anticompetição Desenfreada". Quando votaram, os membros da Aliança Nacional de Ferrovias estavam reunidos numa sala ampla, à luz crepuscular de uma tarde de outono – e não se encaravam uns aos outros.

A Aliança Nacional de Ferrovias era, ao que se dizia, uma organização formada para proteger o setor ferroviário. Esse objetivo se devia conseguir pelo desenvolvimento de métodos de cooperação com um fim comum, e, para tanto, era necessário que cada membro garantisse que subordinaria seus próprios interesses àqueles do setor como um todo. Quanto aos interesses do setor como um todo, esses seriam estabelecidos por uma votação majoritária, e todos os membros acatariam as decisões assim tomadas.

"Os membros da mesma profissão ou do mesmo setor devem se unir", diziam os organizadores da Aliança. "Temos os mesmos problemas, os mesmos interesses, os mesmos inimigos. Gastamos nossas energias brigando uns com os outros em vez de nos coligarmos em uma frente única contra o mundo. Podemos crescer e prosperar juntos, se conjugarmos os nossos esforços." Um cético perguntara: "Contra quem está sendo organizada essa Aliança?" A resposta tinha sido: "Ora, a Aliança não é contra ninguém. Mas, se você quer colocar as coisas nesses termos, é contra transportadores ou fabricantes ou quem quer que seja que queira tirar vantagem de nós. Pois não é contra isso que se fazem as uniões?" E o cético respondera: "Isso é o que eu queria saber."

Quando a Resolução Anticompetição Desenfreada foi encaminhada para votação no plenário da Aliança Nacional de Ferrovias, em sua reunião anual, veio a público a primeira referência que se fazia a ela. Mas os membros já haviam tomado conhecimento da resolução. Tinha sido discutida em particular por muito tempo e, com maior insistência, nos últimos meses. Os que estavam sentados no amplo salão do encontro eram presidentes de ferrovias. Não gostavam da Resolução Anticompetição Desenfreada. Haviam desejado que ela nunca viesse à baila. Mas, quando veio, votaram a favor.

Não se fez menção ao nome de nenhuma ferrovia nos discursos que precederam a votação. Eles tratavam apenas do bem-estar do público. Foi dito que, enquanto o interesse público era ameaçado por restrições aos transportes, as ferrovias estavam se destruindo umas às outras por meio de uma competição estéril, na política brutal da competição desenfreada. Ao mesmo tempo que havia áreas problemáticas onde o serviço ferroviário havia sido extinto, existiam extensas regiões onde duas ou mais ferrovias disputavam um tráfego que mal dava para uma. Foi dito que havia grandes oportunidades para as ferrovias mais "jovens" nas áreas problemáticas. Se era verdade que elas ofereciam pouca recompensa econômica no presente, era também certo que uma ferrovia que funcionasse inspirada no espírito público estaria – foi o que disseram – propiciando transporte aos moradores da região, o que era ótimo, pois o fim de uma ferrovia era servir ao público, não perseguir o lucro.

Depois foi dito que os sistemas ferroviários grandes e sólidos eram essenciais aos serviços públicos e que o colapso de um deles seria uma catástrofe nacional. Além disso, disseram que, se um deles sofresse alguma perda esmagadora numa tentativa altruísta de contribuir para o bem-estar da nação, caberia aos poderes públicos ajudá-lo a sobreviver ao golpe.

Não se mencionou o nome de nenhuma ferrovia. Mas quando o presidente do encontro ergueu a mão, num sinal solene de que começariam a votação, todos olharam para Dan Conway, presidente da Phoenix-Durango.

Somente quatro dissidentes votaram contra. Mesmo assim, quando o presidente anunciou a aprovação, não houve nenhuma manifestação da assembleia, a não ser o mais pesado silêncio. Até o último minuto, todos haviam esperado que alguém os salvasse daquilo.

A Resolução Anticompetição Desenfreada foi qualificada como uma medida de autorregulação voluntária, que visava melhorar o cumprimento das leis há muito vigentes e aprovadas pelo poder legislativo. Ela prescrevia que os membros da Aliança Nacional de Ferrovias ficavam proibidos de se engajar em atividades definidas como "competição destrutiva". Em regiões declaradas "limitadas", somente uma ferrovia poderia operar; em tais regiões, a prioridade seria da ferrovia mais antiga que lá operasse. Os novatos que se tivessem instalado "deslealmente" em tais áreas deveriam suspender suas operações num prazo de nove meses após terem recebido ordem para o fazer. O Comitê Executivo da Aliança Nacional de Ferrovias tinha poderes para decidir, segundo seus próprios critérios, quais seriam as regiões classificadas como "limitadas".

Quando a sessão foi suspensa, os participantes se apressaram em sair. Não houve conversas particulares nem bate-papos amistosos. O salão ficou deserto muito depressa. Ninguém olhou para Dan Conway nem se dirigiu a ele.

No vestíbulo do edifício, James Taggart avistou Orren Boyle. Não haviam marcado encontro, mas Taggart viu a figura corpulenta desenhada contra uma parede de mármore e logo soube quem era, antes mesmo de lhe ver o rosto. Aproximaram-se um do outro e Boyle falou, com seu sorriso menos aberto do que de costume:

– Fiz minha parte. Agora é a sua vez, Jimmie.

– Você não precisava ter vindo. Por que veio? – perguntou James, mal-humorado.

– Ora, só para me divertir com a coisa – respondeu Boyle.

Dan Conway estava sentado sozinho, no meio de uma fila de cadeiras vazias. Ainda estava lá quando a faxineira chegou para fazer a limpeza do grande salão. Quando ela acenou para ele, Conway se levantou obedientemente e se encaminhou vagarosamente para a porta. Ao passar por ela, meteu a mão no bolso e lhe deu uma nota de 5 dólares, em silêncio, humildemente, sem olhar seu rosto. Não parecia saber o que estava fazendo – agia como se pensasse estar num lugar onde a generosidade exigisse dele algum sinal antes de sair.

Dagny estava quieta em sua mesa quando a porta do escritório se abriu e James entrou correndo. Era a primeira vez que ele entrava assim. Seu rosto tinha uma aparência febril.

Ela não o vira desde a nacionalização da Linha San Sebastián. Ele não discutira o assunto com ela, e ela nada dissera a respeito. Dagny tinha recebido provas tão cabais de que a razão estava do seu lado que não havia necessidade de qualquer comentário. Um sentimento misto de cortesia e piedade a impediu de dizer a ele a conclusão que se impunha com base nos fatos. Pela razão e por justiça, era uma conclusão única. Ela tinha ouvido falar do discurso dele perante a diretoria. Dera de ombros, achando engraçado. Se era necessário a seus fins, fossem quais fossem, se apropriar do que ela havia feito, pelo menos era de esperar que ele a deixasse livre para atuar dali em diante.

– Então você pensa que só você faz alguma coisa nesta ferrovia?!

Ela olhou para ele inteiramente desnorteada. A voz do irmão era penetrante. Ele estava lá, diante da mesa dela, tenso, agitado.

– Pensa que arruinei a companhia, não é? – gritou. – E que agora só você pode nos salvar, não é? Que eu não tenho como resolver o prejuízo mexicano, não é?

– O que você quer? – perguntou ela lentamente.

– Quero lhe dar algumas informações. Lembra-se da Resolução Anticompetição Desenfreada de que falei a você uns meses atrás? Você não gostou da ideia. Não gostou nem um pouco da ideia.

– Lembro-me. O que há com ela?

– Foi aprovada.

– O quê?

– A Resolução Anticompetição Desenfreada foi aprovada. Há apenas alguns minutos. Na reunião. Dentro de nove meses já não haverá mais nenhuma ferrovia Phoenix-Durango no Colorado!

Ela se levantou num ímpeto, derrubando um cinzeiro de vidro.

– Seus cachorros!

Ele permaneceu imóvel. Estava sorrindo.

Dagny sabia que estava tremendo, exposta a ele, sem defesa, e que essa era a visão que ele apreciava – mas isso não tinha importância para ela. Aí viu o sorriso dele e a raiva se evaporou subitamente. Passou a não sentir mais nada. Examinava aquele sorriso com uma curiosidade fria, impessoal.

Ficaram se encarando. Ele parecia, pela primeira vez, não ter medo dela. Estava gozando a situação. Para ele, a coisa significava muito mais do que a simples destruição de um competidor. Não era uma vitória sobre Dan Conway, era uma vitória sobre ela. Dagny não sabia como nem de que maneira, mas sabia que ele tinha certeza disso.

Por um momento, ela pensou que ali, diante dela, em James e na força que o fazia sorrir, estava um segredo do qual ela jamais suspeitara, que tinha uma importância crucial e que começava a entender. Mas esse pensamento apareceu de repente e, de repente também, sumiu.

Ela se encaminhou para a porta de um armário e apanhou seu casaco.

– Aonde você vai? – perguntou James, com uma voz que denotava desapontamento e certa preocupação.

Ela não respondeu. Saiu apressadamente do escritório.

♦♦♦

– Dan, você tem que combatê-los. Eu vou ajudá-lo. Lutarei por você de todas as maneiras.

Dan Conway sacudiu a cabeça.

Estava sentado à sua mesa e tinha diante de si um grande mata-borrão com manchas desbotadas. Havia uma luz acesa num canto da sala. Dagny se encaminhara diretamente ao escritório da Phoenix-Durango. Conway lá estava e permanecia ainda sentado, como quando ela chegara. Sorrira ao vê-la entrar, dizendo: "Engraçado, senti que você viria." Sua voz era calma, sem vida. Não se conheciam bem, mas tinham se encontrado algumas vezes no Colorado. Agora, ante a proposta dela, respondia:

– Não. Não adianta.

– Você está se referindo ao fato de ter se comprometido com a Aliança a obedecer? Aquele acordo não vai se manter de pé. É pura expropriação. Nenhum tribunal aceita. E, se Jim tentar se esconder de novo por trás da alegação do "bem público", vou à corte jurar que a Taggart Transcontinental não pode controlar todo o tráfego do Colorado. Se a sentença for contra você, você apela e continua apelando pelos próximos 10 anos.

– É... Talvez – disse ele. – Não sei se ganharia, mas bem que poderia tentar manter a ferrovia por mais alguns anos... Mas... Não, não é nos aspectos legais que estou pensando, de qualquer modo. Não é isso.

– E o que é?

– Não quero lutar, Dagny.

Ela olhou para ele, incrédula. Era uma frase que – ela tinha certeza – ele jamais havia proferido antes – um homem não podia se transformar tanto assim naquela idade.

Dan Conway estava beirando os 50 anos. Tinha uma aparência sólida, quadrada, muito mais de um rijo maquinista que de um presidente de companhia. Tinha a fisionomia de um lutador, com uma pele jovem e corada, e cabelos grisalhos. Assumira uma pequena ferroviazinha do Arizona, cujos lucros não eram maiores do que os de um supermercado, e transformara essa empresa na melhor ferrovia do Sudoeste. Falava pouco, raramente lia livros, nunca cursara faculdade. As realizações humanas, com apenas uma exceção, o deixavam indiferente. Não tinha o que as pessoas chamam de cultura. Mas entendia de ferrovias.

– Por que você não quer lutar?

– Porque eles estão no direito deles.

– Dan – disse ela –, você ficou maluco?

– Nunca faltei com a palavra em minha vida – ele disse, sem ânimo. – Não me interessa o que os tribunais decidam. Prometi obedecer à maioria. Vou obedecer.

– Você esperava que a maioria agisse assim com você?

– Não. – Havia uma espécie de convulsão velada na face sólida. Ele falou de maneira suave, sem olhar para ela, o aturdimento ainda presente, em estado puro, dentro de si. – Não, não esperava que agissem assim comigo. Falaram nisso durante um ano, mas jamais acreditei que o fizessem. Mesmo durante a votação, não acreditei no que via e ouvia.

– O que você esperava?

– Pensei que... Disseram que todos nós devíamos contribuir para o bem comum. Pensei que o que eu tinha feito lá no Colorado era pelo bem comum. Bom para todo mundo.

– Ah, que ingenuidade! Não percebe que é por isso que está sendo punido? Por ter sido bom?

Ele balançou a cabeça.

– Não consigo compreender. Mas não vejo saída.

– Você prometeu a eles que destruiria a si mesmo?

– Não há escolha para nenhum de nós.

– O que quer dizer com isso?

– Dagny, o mundo inteiro está numa situação terrível. Não sei o que há de errado com ele, mas que há alguma coisa errada, há. Os homens têm que se unir e achar uma saída. Mas quem vai decidir qual o caminho a tomar, senão a maioria? Acho que esse é o único meio justo de decidir, não vejo outro. Alguém tem que ser sacrificado. Pois calhou que fosse eu, não posso me queixar. O direito está do lado deles. Os homens devem se unir.

Ela fez um esforço para permanecer calma; estava tremendo de raiva.

– Se esse é o preço da união, prefiro me estrepar a viver na mesma Terra que os seres humanos! Se eles só podem sobreviver mediante nossa destruição, por que vou desejar que sobrevivam? Nada pode justificar a autoimolação. Nada pode dar a eles o direito de transformar os homens em bodes expiatórios. Nada pode tornar moral a destruição dos melhores. Não se pode ser punido por ser bom. Ou pagar por ter sido hábil. Se tudo isso estiver certo, então é melhor começarmos a chacinar uns aos outros, porque não há direito de nenhuma espécie no mundo!

Ele não respondeu. Olhava indefeso para ela.

– Se o mundo é esse, como viver nele? – perguntou ela.

– Não sei – suspirou ele.

– Dan, você acha realmente que isso é direito? Acha mesmo, no fundo?

Ele fechou os olhos.

– Não – respondeu.

Então olhou para ela com um ar torturado.

– Por isso estava sentado aqui tentando entender. Sei que devo pensar que está certo, mas não consigo. É como se minha língua se recusasse a declará-lo. Daqui fico vendo cada encaixe dos trilhos, cada sinal luminoso, cada ponte, cada noite que gastei com... – Deixou a cabeça cair nos braços. – Meu Deus, é tão injusto!

– Dan – disse ela com os dentes cerrados –, lute!

Ele levantou a cabeça. Tinha os olhos vazios.

– Não – respondeu –, seria errado. Eu estaria apenas sendo egoísta.

– Ora, deixe de lado essas bobagens. Você sabe que não é assim!

– Não sei... – Tinha a voz muito cansada. – Estive sentado aqui tentando pensar a respeito... Não sei mais o que está certo ou errado. – E acrescentou: – Nem sei mais se me interessa.

Dagny percebeu subitamente que quaisquer outras palavras seriam inúteis e que Dan Conway jamais tornaria a ser novamente um homem de ação. Não sabia o que a deixava com tanta certeza disso. Disse, incerta:

– Você nunca se entregou em nenhuma outra luta antes.

– Não, realmente não. – Ele falava com uma espécie de aturdimento calmo. – Venci tempestades, inundações, desmoronamentos e descarrilamentos... Eu ia lutar e gostava... Mas esta batalha de agora é uma que não posso enfrentar.

– Por quê?

– Não sei. Quem pode saber por que o mundo é o que é? Ah, quem é John Galt?

Ela se retraiu.

– Então você vai fazer o quê?

– Não sei...

– Quero dizer... – Mas aí ela se interrompeu.

Conway percebeu o que ela queria dizer.

– Ora, sempre há algo a fazer – falou sem convicção. – Acho que eles só vão considerar áreas limitadas as do Colorado e do Novo México. Ainda terei a linha do Arizona para dirigir. – E acrescentou: – Como há 20 anos... Bem, estou ficando cansado, Dagny. Acho que estou.

Ela não tinha nada a dizer.

– Não vou montar nenhuma linha numa das áreas problemáticas deles – disse com a mesma voz indiferente. – É o que tentaram me dar como prêmio de consolação, mas acho que é apenas conversa fiada. Não se pode construir uma ferrovia onde não há nada num raio de centenas de quilômetros a não ser um ou dois fazendeiros que não conseguem manter suas fazendas. Você não pode construir uma ferrovia e fazer com que ela se autofinancie. E aí, quem paga? Não faz sentido para mim. Eles não sabiam o que estavam dizendo.

– Ora, aos diabos com as tais áreas problemáticas! Estou pensando em você. – Era preciso abrir o jogo. – O que vai ser de você?

– Não sei... Bom, há um bocado de coisas que não tive tempo ainda para fazer. Pescar, por exemplo. Sempre gostei de pescar. Talvez comece a ler uns livros, coisa que sempre quis fazer. Vou descansar agora. Acho que vou pescar. Há uns lugares ótimos lá no Arizona, pacíficos e calmos, onde não se vê vivalma por muitos e muitos quilômetros. – Olhou de relance para ela e acrescentou: – Ah, esqueça. Por que se preocupa comigo?

– Não é por você, Dan – disse ela subitamente. – Quero que você entenda que não é pelo seu bem que quis ajudar você a lutar.

Ele sorriu. Era um sorriso amistoso.

– Eu sei – disse.

– Não é por piedade nem caridade nem qualquer razão feia dessas. Olhe, eu queria mesmo era uma boa disputa com você lá no Colorado. Pretendia encurralar você e tirar você do caminho, se necessário.

Ele sorriu, achando graça:

– Você ia fazer muita força, ora se ia!

– Mas achei que não era necessário. Achei que havia espaço bastante para nós dois lá.

– É – disse ele –, havia.

– Se eu achasse que não havia, teria combatido você, e, se eu pudesse, tornaria minha ferrovia melhor do que a sua, levaria você à falência e não me incomodaria nem um pouco com o que lhe acontecesse. Mas isso... Dan, não creio que queira mais olhar para a Linha Rio Norte agora. Ah, meu Deus, Dan, não quero ser uma saqueadora!

Ele a encarou silenciosamente por um momento. Era um olhar peculiar, como se viesse de uma distância enorme. Disse em voz baixa:

– Você devia ter nascido uns 100 anos antes, menina. Talvez então você tivesse uma chance.

– Chance coisa nenhuma. Eu quero é criar a minha própria chance.

– Era o que eu queria, na sua idade.

– Você venceu.

– Venci?

Dagny ficou parada, incapaz de se mexer.

Conway aprumou o tronco e falou incisivamente, como se desse ordens:

– Você deve olhar para a sua Linha Rio Norte, sim, senhora, e é bom olhar logo. Mantenha-a pronta antes que eu me retire da área, porque, se você não o fizer, será o fim de Ellis Wyatt e do restante deles por lá, e eles são as melhores pessoas que restam no país. Você não pode deixar isso acontecer. Está tudo sobre seus ombros agora. Não adianta tentar explicar ao seu irmão que as coisas por lá vão ser muito mais duras sem o estímulo da minha presença para competir com você. Mas nós entendemos. De forma que comece logo. Faça o que fizer, você jamais será uma saqueadora. Gente assim não conseguiria manter uma ferrovia naquela parte do país e permanecer nela. Faça o que fizer por você, e terá merecido. Vermes do tipo do seu irmão não contam, de qualquer modo. Agora a coisa é com você.

Ela continuava sentada, olhando para ele, perguntando a si mesma o que teria derrotado um homem como aquele. Sabia que não fora James Taggart.

Viu que ele olhava para ela, como se estivesse tentando encontrar a resposta para uma pergunta. Então Conway sorriu e Dagny viu, sem acreditar, que no sorriso havia tristeza e piedade.

– Não sinta pena de mim – disse ele. – Acho que, de nós dois, é você quem vai enfrentar a dureza maior daqui em diante. E acho que vai se sair pior do que eu.

◆◆◆

Ela telefonara para a siderúrgica e marcara uma entrevista com Hank Rearden para aquela tarde. Pousara o fone e se inclinava sobre um mapa da Rio Norte estendido sobre sua mesa quando a porta se abriu. Dagny olhou para o visitante, espantada; não imaginaria jamais que a porta de seu escritório se abrisse sem que a avisassem.

O homem que entrou era um desconhecido. Era jovem, alto, e algo nele lhe sugeria violência, ainda que ela não pudesse dizer bem de onde vinha a sensação – porque o primeiro traço que se guardava dele era de um autocontrole que se mostrava quase como arrogância. Tinha olhos escuros, cabelos desgrenhados e usava roupas caras – que envergava com descuido.

– Ellis Wyatt – disse ele, se apresentando.

Ela se levantou sem querer. Compreendeu por que ninguém pôde ou teria ido detê-lo na antessala.

– Sente-se, Sr. Wyatt – disse ela, sorrindo.

– Não é necessário. – Ele não sorria. – Não gosto de entrevistas longas.

Lentamente, prolongando o gesto deliberadamente, ela sentou-se e inclinou o corpo para trás, olhando para ele.

– E então? – perguntou.

– Vim vê-la porque acho que a senhora é a única pessoa dotada de cérebro nesta porcaria de rede.

– Em que posso servi-lo?

– Vou lhe dar um ultimato. – Falava com voz clara, destacando cada sílaba. – Eu espero que a Taggart Transcontinental daqui a nove meses ponha trens a correr no Colorado da maneira como os meus negócios precisam que corram. Se a empulhação que montaram para a Phoenix-Durango visava desobrigar vocês de esforços, estão todos enganados. Não fiz exigências a vocês quando não tinham condições de funcionar da maneira que eu precisava. Encontrei alguém que podia fazê-lo. Agora me forçam a negociar com vocês. Esperam me ditar os termos por não me oferecerem alternativas. Querem que baixe meus serviços ao nível de sua incompetência. Aviso que calcularam errado.

Ela respondeu lentamente e com esforço:

– Devo informá-lo do que pretendo fazer com o nosso serviço no Colorado?

– Não. Não estou interessado em discussões nem em intenções. Quero o transporte. O que vocês fizerem para fornecê-lo e a maneira como o fizerem são problemas de vocês, não meus. Estou apenas dando um aviso. Os que quiserem tratar comigo hão de fazê-lo nos meus termos, não em outros. Não faço acordo com a incompetência. Se esperam ganhar dinheiro transportando o petróleo que produzo, terão de ser tão bons em seu negócio quanto sou no meu. Quero que isso fique bem entendido.

Ela disse calmamente:

– Compreendo.

– Não vou perder tempo demonstrando a vocês por que convém levar a sério o meu ultimato. Se vocês têm inteligência para manter esta organização corrupta funcionando minimamente que seja, terão a inteligência para entender isso também. Nós dois sabemos que, se a Taggart Transcontinental mantiver seus trens no Colorado do mesmo jeito que está há cinco anos, estarei arruinado. Sei que isso é exatamente o que vocês pretendem fazer. Vocês pretendem me sugar enquanto puderem até encontrar outra carcaça para sugar depois de acabarem comigo. Essa é a política da maior parte da humanidade de hoje. Portanto, aqui está um ultimato: agora está em seu poder destruir-me. Mas, se eu for destruído, vou fazer questão de arrastar todos vocês junto comigo.

Em alguma parte dentro dela, sob a dormência que a mantinha imóvel para receber as chicotadas, surgiu uma ponta de dor, como de uma queimadura. Desejou falar a ele dos anos que tinha passado à procura de homens como ele para com eles trabalhar; dizer que tinham inimigos comuns, que ela lutava a mesma batalha; gritar que não era um daqueles que ele execrava. Mas sabia que não podia fazê-lo. Era responsável pela Taggart Transcontinental e por tudo o que se fazia em seu nome. Não era hora de se justificar.

Sentada ereta, com um olhar firme e franco como o dele, respondeu polidamente:

– O senhor terá o transporte de que precisa, Sr. Wyatt.

Percebeu um lampejo de espanto no rosto dele. Não era a resposta que ele esperava; talvez o que ela não disse tenha sido o que mais o espantou: não oferecera defesa, desculpas. Ele ficou um momento a examiná-la, depois disse, num tom menos cortante:

– Muito bem. Obrigado. Passe bem.

Ela inclinou a cabeça. Ele fez uma mesura e saiu.

◆ ◆ ◆

– Essa é a história, Hank. Eu tinha planejado um cronograma praticamente irrealizável para completar a Linha Rio Norte em 12 meses. Agora tenho de completá-la em nove. Você deveria nos fornecer os trilhos durante o período de um ano. Pode encurtá-lo para nove meses? Se, de algum modo, isso for humanamente possível, consiga para nós. Se não, tenho de encontrar outra maneira de terminar tudo.

Rearden estava sentado atrás de sua mesa. Seus olhos azuis e frios contrastavam com as linhas do seu rosto. Permaneceram estáticos, semicerrados, impassíveis, enquanto ele dizia, sem ênfase:

– Eu o farei.

Dagny se recostou na cadeira. A frase, tão curta, foi um choque. Não era apenas alívio o que sentia. Era a súbita tomada de consciência de que não era preciso mais pensar em nenhuma outra garantia para ter certeza da veracidade do que ouvira. Não precisava de provas, perguntas, explicações, nada. Um problema de tal modo complicado se resolvia com segurança repousando sobre três palavras pronunciadas por um homem que sabia o que dizia.

– Não demonstre que está aliviada. – O tom de voz dele era de gozação. – Não demonstre tanto assim. – Seus olhos apertados miravam na direção dela com um sorriso semioculto. – Posso até pensar que tenho a Taggart Transcontinental sob meu controle...

– Isso você sabe que tem, de qualquer modo.

– Claro. E quero que você pague.

– Tudo bem. Quanto?

– Vinte dólares a mais, por tonelada, nas encomendas feitas a partir de hoje.

– Muito caro, Hank. É o melhor preço que você pode me oferecer?

– Não. Mas é o que eu vou conseguir. Se eu pedisse o dobro, você pagaria.

– É verdade, mas você não vai pedir o dobro.

– E por que não?

– Porque você também precisa ver a Rio Norte construída. Vai ser a sua primeira vitrine para o metal Rearden.

Ele sorriu.

– É verdade. Gosto de lidar com gente que não tem ilusões a respeito de favores.

– Sabe o que me fazia sentir aliviada quando você falou?

– O quê?

– O fato de lidar, pelo menos uma vez, com alguém que não finge estar fazendo favores.

O sorriso dele tinha agora uma marca inquestionável de prazer.

– Você sempre joga aberto, não é mesmo? – perguntou.

– Nunca vi você jogar de outro modo também.

– Pensei que era o único a poder fazê-lo.

– Não estou tão falida assim, Hank.

– Ainda vou deixá-la falida assim.

– Por quê?

– Sempre tive vontade.

– Você já não tem covardes em número suficiente ao seu redor?

– É isso que me daria prazer, o fato de você ser a única exceção. Você não acha que eu devo tirar cada gota de lucro que puder me aproveitando de seu estado de emergência?

– Claro. Não sou idiota. Sei que você não está aí para servir às minhas conveniências.

– Não queria que estivesse?

– Não sou mendiga, Hank.

– Não vai ser duro pagar?

– Isso é problema meu, não seu. Quero os trilhos.

– Com os 20 dólares extras por tonelada?

– Isso mesmo, Hank.

– Ótimo. Você terá os trilhos. Posso obter meu lucro exorbitante antes que a Taggart Transcontinental vá à falência.

Ela disse, sem sorrir:

– Se eu não construir essa linha em nove meses, a Taggart Transcontinental vai falir.

– Não enquanto você a dirigir.

Quando ele ficava sério, seu rosto parecia inanimado, apenas os olhos se mostravam vivos, ativos, com uma brilhante luz de fria percepção. Mas, fosse o que fosse que ele percebia, ninguém adivinhava, e talvez nem ele mesmo soubesse.

– Eles fizeram o máximo possível para dificultar as coisas para você, não foi?

– Foi. Eu contava com o Colorado para salvar a rede. Agora eu é que tenho que salvar o Colorado. Daqui a nove meses, Dan Conway fecha a sua ferrovia. Se a minha já não estiver pronta, então nem adianta terminá-la. Os homens não podem ficar sem transporte por um dia sequer, quanto mais por uma semana ou um mês. Do modo como têm crescido, não se pode deixá-los parados por um tempo e depois esperar que continuem. É como frear de repente uma locomotiva que corre a 300 quilômetros por hora.

– Eu sei.

– Posso montar uma boa ferrovia. Mas não posso estendê-la através de um continente de meeiros incapazes de cuidar de uma plantação de nabos. Preciso de homens como Ellis Wyatt, que produzam algo que encha os meus trens. E tenho que lhes dar um trem e uma ferrovia daqui a nove meses, ainda que precise explodir todos os meus auxiliares para consegui-lo!

Ele sorriu, achando graça.

– Você está mesmo preocupada, não está?

– E *você*? Não está?

Ele não respondeu; apenas manteve o sorriso no rosto.

– Não está? – perguntou ela, quase com raiva.

– Não.

– Então não percebe o que significa?

– Percebo que vou produzir os trilhos e você vai ter a estrada em nove meses.

Ela sorriu, se descontraindo e sentindo um pouco de cansaço e de culpa.

– Eu sei que sim. Sei que não adianta me irritar com gente como Jim e seus amigos. Não há tempo para isso. Primeiro, tenho que desfazer o que eles fizeram. Depois... – Dagny parou, pensativa, balançou a cabeça e deu de ombros. – Depois, eles não têm mais importância nenhuma.

– É, eles não vão ter nenhuma importância. Quando ouvi sobre o tal negócio da Resolução Anticompetição Desenfreada, fiquei doente. Mas você não deve se preocupar com esses cachorros. – O termo soou violento porque a voz dele e sua expressão permaneciam calmas. – Você e eu sempre estaremos aí para salvar o país das ações deles. – Ele se levantou e continuou a falar, passeando pelo escritório: – O Colorado não vai parar. Você vai tocá-lo em frente. E Dan Conway vai voltar e outros também voltarão. Essa loucura é coisa temporária. Não pode durar. Como toda loucura, tende a se autodestruir. Você e eu teremos apenas que trabalhar um pouco mais duro por algum tempo, só isso.

Ela observava a figura alta que se deslocava pelo escritório. Era um escritório adequado a ele. Não continha nada além das poucas peças de mobiliário de que ele necessitava, todas reduzidas formalmente ao mínimo essencial para atender às suas finalidades, todas exorbitantemente caras na qualidade do material e no apuro do design. A sala parecia um motor; um motor no interior de uma vitrine de amplas janelas. Mas ela notou um detalhe espantoso: um vaso de jade que repousava sobre um arquivo. O vaso era sólido, de pedra verde-escura e de superfícies lisas. A natureza de suas curvas suaves provocava um irresistível desejo de tocá-lo. Era uma peça que causava estranheza naquele escritório – incongruente com a austeridade de tudo o mais, dava ao ambiente um toque de sensualidade.

– O Colorado é fantástico – disse ele. – Vai ser a salvação do país. Você não tem certeza de que me interesso por ele? Esse estado está se tornando um dos meus melhores compradores. Se você se der o trabalho de ler os seus relatórios de frete, verá isso.

– Eu sei. Eu leio os relatórios de frete.

– Penso em construir uma fábrica lá dentro de alguns anos. E fazer com que eles economizem o que gastam em transporte. – Ele olhou de relance para ela. – E você vai perder um bocado de transporte de aço se eu fizer isso.

– Pois faça. Terei prazer em transportar seus equipamentos, alimentos para seus empregados, as máquinas das fábricas que vão acompanhar você em seu empreendimento. E talvez nem tenha tempo de verificar que perdi o carregamento de seu aço... De que você está rindo?

– É maravilhoso.

– O quê?

– O seu modo de reagir, diferente do de todo mundo hoje em dia.

– Seja como for, admito que para o futuro próximo você é o cliente mais importante da Taggart Transcontinental.

– Não acha que sei disso?

– Então não entendo por que Jim... – Ela parou.

– ... procura ao máximo prejudicar meus negócios? Porque seu irmão Jim é um idiota.

– É verdade, mas há algo mais. Há algo mais do que simples estupidez aí.

– Não perca tempo procurando entendê-lo. Deixe-o ficar cuspindo. Ele não representa uma ameaça a ninguém. Gente como Jim Taggart apenas ocupa espaço no mundo.

– É, acho que você tem razão.

– A propósito, o que você faria se eu não pudesse liberar os trilhos antes do prazo inicial?

– Eu desmancharia desvios ou fecharia algum ramal, qualquer um, e usaria os trilhos para terminar a Rio Norte a tempo.

Ele deu um risinho.

– É por isso que não me preocupo com a Taggart Transcontinental. Mas você não vai precisar remover seus trilhos. Pode contar comigo.

Dagny pensou subitamente que estava enganada a respeito da falta de emoções dele: por trás daquela frieza, Rearden tinha uma grande capacidade de sentir prazer. Verificou que sempre se sentia à vontade e bem-humorada em sua presença, e que ele também se sentia assim. Era o único homem que ela conhecia a quem podia falar sem tensão nem esforço. *Ali está uma mente respeitável*, pensou, *um adversário que vale a pena enfrentar*. Apesar disso, sempre existira uma estranha sensação de distanciamento entre eles, como se houvesse uma porta fechada a separá-los. Havia algo de impessoal nas maneiras dele, algo no seu interior que não podia ser alcançado.

Ele tinha parado diante da janela. Lá ficou por um momento, olhando para fora.

– Sabe que o primeiro carregamento de trilhos está sendo remetido para você hoje? – perguntou.

– Claro que sei.

– Venha até aqui.

Ela se aproximou. Rearden apontava em silêncio. Lá a distância, para além das estruturas da fábrica, ela viu uma série de vagões esperando num ramal. Acima deles, um guindaste em movimento cortou o céu. Um ímã na sua extremidade carregava uma grande quantidade de trilhos, suspensos no ar pela força magnética. O sol não aparecia por entre as nuvens cinzentas, mas ainda assim os trilhos brilhavam, como se tirassem luz do espaço. O metal tinha uma cor azul-esverdeada. A grande haste parou sobre um dos vagões, desceu, sofreu um breve espasmo e colocou os trilhos no vagão. O guindaste se moveu de volta, com uma indiferença majestosa; parecia o desenho gigantesco de um teorema geométrico se movendo acima dos homens e da terra.

Ficaram na janela, olhando em silêncio, atentos. Dagny não disse nada até que nova carga do metal azul-esverdeado começou a se mover pelo céu. Aí então suas palavras vieram, e não se referiam a trilhos nem a ferrovias nem a encomendas entregues dentro do prazo. Disse, como quem saúda um fenômeno novo na natureza:

– O metal Rearden...

Ele percebeu, mas nada disse. Apenas olhou para ela e tornou a olhar para a janela.

– Hank, que maravilha!

– É, sim.

Rearden falou simples e abertamente. Não havia em sua voz nenhuma marca de prazer vaidoso ou modéstia. Isso, ela sabia, era um tributo pago a ela, o maior que alguém podia oferecer: o sentimento de se ver reconhecido e, ao mesmo tempo, compreendido.

Ela disse:

– Quando penso no que esse metal pode fazer, no que ele pode tornar possível... Hank, essa é a coisa mais importante que está acontecendo no mundo hoje em dia e ninguém está percebendo.

– Nós estamos.

Não se olharam. Ficaram olhando o guindaste. Na parte anterior da locomotiva, lá longe, ela podia ver as letras TT e os trilhos do ramal industrial mais ativo da Rede Taggart.

– Assim que eu encontrar uma fábrica capaz de fazê-las, vou encomendar locomotivas a diesel de metal Rearden – disse ela.

– Você vai precisar mesmo delas. Qual a velocidade que você consegue desenvolver nos seus trens da Linha Rio Norte?

– No momento? Ficamos satisfeitos quando chegamos a 30 quilômetros por hora. Ele apontou para os vagões.

– Quando esses trilhos estiverem colocados, você vai poder fazer seus trens correrem a 400 quilômetros por hora, se quiser.

– É o que vou fazer quando tivermos vagões de metal Rearden, que pesarão a metade do que pesa o aço e oferecerão segurança redobrada.

– Você vai ter que prestar atenção também ao transporte aéreo. Estamos trabalhando num avião de metal Rearden. O peso será mínimo, e ele será capaz de transportar qualquer coisa. Você ainda vai viver para ver os fretes aéreos de grande porte e longo alcance.

– Tenho pensado no que esse metal poderá fazer com motores de qualquer tipo e nos novos tipos de motor que poderão ser projetados agora.

– Já pensou nas telas de arame? Simples cercas de tela de arame de metal Rearden, que custarão uma ninharia e durarão 200 anos? E utensílios de cozinha que não custarão praticamente nada e passarão de geração a geração?

– E pense nos navios que torpedo algum poderá pôr a pique.

– Já lhe disse que mandei realizar testes com o metal Rearden na construção de fios para comunicações? São tantas as áreas de testes que não sei como mostrar às pessoas quantas coisas podem ser feitas com o metal Rearden.

Falaram longamente do metal e de suas possibilidades inesgotáveis. Era como se estivessem no alto de uma montanha, divisando uma planície ilimitada lá embaixo, cortada por avenidas que davam para todas as direções. Mas falavam apenas de cifras matemáticas, pesos, pressões, resistências, custos.

Dagny tinha esquecido completamente o irmão e sua Aliança Nacional. Tinha esquecido todos os problemas, pessoas e fatos, deixando-os para trás. Tais coisas jamais lhe haviam despertado interesse. Sempre estivera pronta para deixá-las de lado a qualquer momento; a existência delas nunca lhe parecera verdadeiramente real. A realidade estava *aqui*, pensou ela, nessa sensação de objetividade bem definida, de determinação, de leveza, de esperança. Era assim que ela sempre quisera viver. Não queria gastar nenhuma hora, efetuar nenhum gesto que significasse menos que isso. Ela o encarou no momento exato em que Rearden se voltava para fitá-la. Estavam muito próximos. Ela viu em seus olhos que ele se sentia da mesma maneira que ela. *Se a alegria é a finalidade e o cerne da existência,* pensou, *e se algo que nos causa alegria deve ser guardado como o mais profundo dos segredos, então nos desnudamos totalmente um para o outro neste momento.*

Ele deu um passo para trás e disse, com um estranho tom de espanto, desprovido de emoção:

– Somos dois patifes, não somos?

– Por quê?

– Não temos qualidades espirituais nem visamos a coisas espirituais. Só queremos coisas materiais. É tudo o que nos interessa.

Dagny olhou para Rearden, sem compreender. Mas ele olhava para além dela, bem para a frente, para o guindaste, lá longe. Ela lamentava que ele tivesse dito aquilo. A acusação não a perturbava, ela nunca se vira naqueles termos e era totalmente incapaz de experimentar qualquer sentimento profundo de culpa. Mas sentia uma vaga apreensão indefinível, a sugestão de que havia algo grave no que o levara a falar, algo perigoso para ele. Ele não falara ao acaso. Mas não havia sentimento em sua voz, nada de súplica ou vergonha. Ele falara indiferentemente, como quem constata um fato.

Mas então, enquanto ela o olhava, o temor desapareceu. Rearden contemplava sua fábrica ao longe. Não havia em sua expressão culpa, dúvida, nada senão a calma de uma inabalável autoconfiança.

– Dagny – disse ele –, seja o que for que sejamos, somos nós que movemos o mundo e seremos nós que vamos salvá-lo.

CAPÍTULO 5

O APOGEU DOS D'ANCONIA

A PRIMEIRA COISA QUE ela notou foi o jornal. Eddie o apertava com força na mão quando entrou no escritório. Dagny olhou para o rosto dele: parecia tenso e perplexo.

– Dagny, você está muito ocupada?

– Por quê?

– Sei que você não gosta de falar sobre ele. Mas há algo aqui que quero que você veja. Acho que você deve ver.

Ela estendeu a mão em silêncio para receber o jornal.

A notícia da primeira página anunciava que, ao nacionalizar as minas de San Sebastián, o governo da República Popular do México descobrira que elas eram improdutivas – escandalosa, total e definitivamente improdutivas. Nada havia que justificasse os cinco anos de trabalho e os milhões que haviam sido gastos. Nada havia além de escavações vazias, trabalhosamente executadas. Os poucos vestígios de cobre encontrados não valiam o esforço que a extração havia custado. Não havia ali grandes depósitos de metal nem sinais de que seria possível encontrá-lo. Nada havia que pudesse ter induzido alguém ao erro a respeito disso. O governo mexicano estava realizando reuniões de emergência para discutir a descoberta, em meio a uma onda de indignação. Sentia que havia sido trapaceado.

Ao observá-la, Eddie percebeu que ela continuava olhando para o jornal muito depois de ter terminado de ler a notícia. Então não fora injustificada a sensação de medo que ele experimentara ao ler a notícia, ainda que não soubesse exatamente o que a causara.

Esperou. Dagny ergueu a cabeça. Não olhou para ele. Tinha os olhos fixos, concentrados como se tentasse ver alguma coisa muito distante.

Ele disse, em voz baixa:

– Francisco não é nenhum idiota. Seja o que for, por pior que seja a degradação a que ele se entregou... e já desisti de tentar entender por quê... ele não é um idiota. Não teria cometido um erro desses. Não é possível. Não posso compreender.

– Estou começando a compreender.

Ela se levantou bruscamente, impelida por um frêmito que lhe percorreu o corpo, como um arrepio. Disse:

– Telefone para ele no Wayne-Falkland e diga ao calhorda que quero vê-lo.

– Dagny – ele disse com tristeza, em tom de censura –, é Frisco d'Anconia.

– Era.

◆◆◆

Ela caminhava no crepúsculo que caía sobre as ruas da cidade rumo ao Hotel Wayne-Falkland. Eddie dissera que a resposta fora "Quando ela quiser". As primeiras luzes começavam a iluminar algumas janelas lá no alto, entre as nuvens. Os edifícios pareciam faróis abandonados, mandando sinais fracos que se extinguiam na direção de um mar vazio onde já não se moviam navios. Alguns flocos de neve apareciam para se misturar com a lama das calçadas. Uma sucessão de lâmpadas vermelhas cortava a rua e se perdia na distância.

Ela perguntava a si mesma por que tinha a impressão de que desejava correr – não, porém, naquela rua, mas sim por uma verde encosta de montanha, ao sol de verão, pela estrada que margeava o rio Hudson, perto da propriedade dos Taggart. Era assim que ela corria quando Eddie gritava "É Frisco d'Anconia!" e ambos voavam montanha abaixo para encontrar o carro que se aproximava pela estrada.

Ele era o único convidado cuja chegada era um acontecimento na infância deles, o maior de todos os acontecimentos possíveis. A corrida para o encontrar virara uma verdadeira competição entre os três. Havia um álamo na encosta do monte, a meio caminho entre a estrada e a casa. Dagny e Eddie tentavam correr até além da árvore antes que Francisco, correndo, chegasse lá para encontrá-los. Em cada uma de suas numerosas chegadas em todos aqueles inúmeros verões, jamais haviam conseguido. Francisco chegava antes e interrompia a corrida deles. Ele ganhava sempre, do mesmo modo como sempre ganhava tudo o que disputava.

Os pais eram velhos amigos da família Taggart. Filho único, ele era educado em vários lugares do mundo: seu pai, segundo diziam, queria que ele encarasse o mundo como o seu futuro território. Dagny e Eddie nunca tinham certeza de onde ele passaria o inverno, mas, uma vez por ano, em cada verão, um austero tutor sul-americano o trazia para passar um mês na propriedade dos Taggart.

Francisco considerava natural que as crianças da família Taggart houvessem sido escolhidas para sua companhia: eram as herdeiras da Taggart Transcontinental, como ele era da Cobre D'Anconia. "Representamos a única aristocracia que existe no mundo: a aristocracia do dinheiro", dissera ele a Dagny certa vez, aos 14 anos. "É a única aristocracia verdadeira, se é que as pessoas sabem o que isso significa... e não sabem."

Ele tinha um sistema de castas todo seu: para ele, as crianças da família Taggart não eram Jim e Dagny, mas Dagny e Eddie. Ele raramente se dava conta da existência de Jim. Uma vez Eddie lhe perguntou: "Francisco, você é uma pessoa de muita nobreza, não é?" E ele respondera: "Ainda não. A razão de minha família durar tanto é que a nenhum de nós jamais foi permitido se considerar um D'Anconia de nascença. Nós não nascemos, nós *nos tornamos* D'Anconia." Ele pronunciava o nome como se achasse que os seus ouvintes, sendo atingidos no rosto por ele, se sagrassem cavaleiros desse modo.

Sebastián d'Anconia, seu ancestral, tinha deixado a Espanha muitos séculos atrás, no tempo em que a Espanha era o mais poderoso país do mundo e tinha nele uma de suas figuras mais orgulhosas. Ele partira porque o inquisidor não aprovava suas ideias e sugerira, num banquete da corte, que ele abrisse mão delas. Sebastián d'Anconia esvaziou sua taça de vinho na cara do inquisidor e escapou antes de ser capturado. Deixou para trás sua fortuna e suas propriedades, seu palácio de mármore e a mulher que amava – e se fez ao mar, rumo a um novo mundo.

Sua primeira propriedade na Argentina fora uma cabana de madeira no sopé de uma montanha andina. O sol brilhava como um farol sobre o brasão prateado dos D'Anconia fixado na porta da cabana, enquanto Sebastián cavava à procura do cobre de sua primeira mina. Passou muitos anos com a picareta na mão, quebrando rochas de sol a sol, com a ajuda de alguns farrapos humanos: desertores dos exércitos de seus compatriotas, ex-prisioneiros, índios famintos.

Quinze anos depois de deixar a Espanha, Sebastián d'Anconia mandou buscar a mulher que deixara para trás. Ela havia esperado por ele. Quando ela chegou, o brasão já estava na entrada de um palácio de mármore, numa grande propriedade com amplos jardins, cercada de montanhas repletas de riscos vermelhos, as escavações das minas de cobre. Ele cruzou a soleira da porta de entrada carregando-a nos braços. Parecia mais moço do que da última vez em que ela o vira.

– Meus ancestrais e os de vocês teriam gostado uns dos outros – disse Francisco a Dagny certa vez.

Durante os anos de sua infância, Dagny viveu no futuro, no mundo que esperava encontrar, onde não havia lugar para sentir o peso do desprezo ou do tédio. Mas durante um mês a cada ano sentia-se realmente livre e podia viver no presente. Descer montanha abaixo para encontrar Francisco d'Anconia era fugir da prisão.

– Oi, Slug!

– Oi, Frisco!

No começo, ambos se ressentiram com os apelidos. Ela perguntara:

– O que você quer dizer com isso?

E ele respondera:

– No caso de você não saber, *slug* quer dizer fogo alto em fornalha de locomotiva.

– Quem lhe ensinou isso?

– Um cavalheiro que trabalha na Taggart.

Ele falava cinco línguas e seu inglês não tinha nenhum sotaque. Era preciso, refinado, deliberadamente entremeado de uma gíria aqui e ali. Ela se vingara chamando-o de Frisco. Ele sorrira, entre divertido e contrariado.

– Se vocês, seus bárbaros, são capazes de estragar o nome de uma de suas maiores cidades, podiam ao menos evitar fazê-lo comigo.

Mas ambos acabaram por se acostumar com os apelidos.

Começara no segundo verão que passavam juntos, quando ele tinha 12 anos e ela, 10. Naquele verão, Francisco começou a desaparecer todas as manhãs, com algum propósito que ninguém conseguia descobrir. Saía de bicicleta antes do nascer do sol e voltava a tempo para sentar-se à mesa do almoço coberta de cristais posta no terraço. Suas maneiras eram polidas e um pouco inocentes demais. Quando Dagny e Eddie o interrogavam, ele ria e se recusava a responder. Um dia os meninos tentaram segui-lo, ainda antes de o sol nascer, mas terminaram desistindo. Ninguém podia segui-lo quando ele não queria ser seguido. Após algum tempo, a Sra. Taggart, preocupada, resolvera investigar. Ela jamais conseguira descobrir como ele contornara as leis trabalhistas, mas Francisco foi encontrado trabalhando – por um acordo oficioso com um dos funcionários graduados – como mensageiro da Taggart Transcontinental a uns 15 quilômetros da casa. O funcionário ficou estupefato: não fazia a mínima ideia de que o seu menino de recados era um convidado da família Taggart. O menino era conhecido entre os funcionários da ferrovia como Frankie, e a Sra. Taggart preferiu não dar a ninguém mais o seu nome completo. Apenas explicou que ele estava trabalhando sem permissão dos pais e que tinha de abandonar tudo imediatamente. O funcionário lamentou perdê-lo, porque Frankie, como ele disse, era o melhor mensageiro que já tivera:

– Gostaria muito que ele ficasse. Será que não dá para fazer um acordo com os pais dele?

– Infelizmente, não – disse a Sra. Taggart, sem graça.

Quando chegaram a casa, ela disse:

– Francisco, que diria seu pai disso tudo, se viesse a saber?

– Meu pai perguntaria se eu fui bom ou não no trabalho. Isso é que ia interessar a ele.

– Ora, estou falando sério.

Francisco olhava para ela polidamente, com um ar que demonstrava séculos de boa educação e convivência em elegantes salões. Ainda assim, algo em seu olhar punha a polidez sob suspeita.

– No inverno passado – respondeu ele –, embarquei como taifeiro num cargueiro que transportava cobre da D'Anconia, e meu pai me procurou por três meses. E, quando me encontrou, só perguntou como eu tinha me saído no trabalho.

– Então é assim que você passa o inverno? – perguntou Jim Taggart, com um sorriso que continha um toque de triunfo e de desprezo.

– Isso foi no inverno passado – respondeu Francisco sem alterar seu tom de voz inocente e descuidado. – O inverno anterior eu passei em Madri, na casa do duque de Alba.

– Por que você quis trabalhar numa ferrovia? – perguntara Dagny.

Eles estavam olhando um para o outro – o dela era um olhar de admiração; o dele, de mofa. Não, porém, uma mofa maliciosa, e sim um riso de saudação.

– Para saber como é, Slug – respondera ele –, e para poder dizer que trabalhei na Taggart Transcontinental antes de você.

Dagny e Eddie passavam os invernos tentando aprender truques novos para espantar Francisco e ultrapassá-lo em algo ao menos uma vez. Mas nunca conseguiam. Quando lhe mostraram como se deve bater na bola com o bastão, coisa que ele nunca fizera antes, ele olhou para ambos por alguns minutos e disse:

– Acho que peguei a coisa. Deixem-me tentar.

Tomou o bastão e mandou a bola para além de uma linha de carvalhos ao longe, na extremidade do campo.

Quando Jim ganhou um barco a motor no aniversário, foram todos para a margem do rio assistir à lição que um instrutor dava a Jim sobre como pilotar. Nenhum deles tinha pilotado antes um barco a motor. O barco, branco e brilhante, com formato de bala de revólver, tropeçava tristemente sobre a água, num percurso inseguro, o motor tossindo, enquanto o instrutor, sentado ao lado de Jim, segurava o leme para evitar que ele piorasse ainda mais as coisas. Sem razão aparente, Jim levantou a cabeça subitamente e gritou para Francisco:

– Você pensa que pode fazer melhor?

– Eu posso.

– Pois tente.

Quando o barco voltou, e seus dois ocupantes saltaram, Francisco assumiu o leme.

– Espere um pouco – disse ao instrutor, que permaneceu na margem. – Deixe-me dar uma olhada nisto.

Então, antes que o instrutor tivesse tempo de se mover, o barco disparou para o meio do rio como se impelido por um tiro de canhão. Afastou-se rapidamente antes que as pessoas se dessem conta do que estavam vendo. Enquanto o barco desaparecia na distância, no brilho do sol, Dagny pensava apenas em três coisas: o rastro deixado pelo barco, o ruído do motor, a determinação do piloto.

Ela notou a estranha expressão no rosto de seu pai, que via o barco de corrida desaparecer ao longe. Ele não disse nada, só ficou olhando. Ela recordava que vira esse olhar uma vez antes. Foi quando seu pai visitara um complexo sistema de roldanas que Francisco, então com 12 anos, tinha montado para fazer um elevador que chegasse ao topo de uma rocha, de onde ensinava Dagny e Eddie a mergulhar no rio Hudson. Os papéis em que Francisco fizera os cálculos ainda estavam espalhados pelo chão. O pai de Dagny os pegou, examinou-os e perguntou:

– Francisco, quantos anos de álgebra você estudou?

– Dois anos.

– Quem lhe ensinou a fazer isto?

– Ah, isso é uma coisa que eu inventei.

Dagny não sabia que o pai tinha na mão, nas folhas amassadas de papel, a versão primitiva de uma equação diferencial.

Os herdeiros de Sebastián d'Anconia tinham formado uma linha ininterrupta de primogênitos varões que sabiam fazer jus ao nome que herdavam: segundo uma tradição familiar, a desgraça da família começaria com o herdeiro que deixasse, ao morrer, a fortuna dos D'Anconia igual à que recebera. Durante muitas gerações tal desgraça não ocorrera. Uma lenda argentina dizia que a mão de um D'Anconia tinha o poder miraculoso dos santos, só que não era o poder de curar, mas o de produzir.

Os herdeiros da família D'Anconia tinham sido todos eles homens de extraordinária capacidade, mas nenhum deles chegava perto da promessa que Francisco tinha mostrado ser. Era como se os séculos tivessem passado por peneira fina as qualidades da família, além de descartar o irrelevante, o inconsequente, o fraco, para deixar apenas o puro talento. Como se o acaso tivesse gerado, finalmente, um ente desprovido de elementos acidentais.

Francisco podia fazer tudo o que quisesse – e fazê-lo melhor do que qualquer um e sem esforço. Não havia empáfia em seus modos, nem ideia de comparação em sua consciência. Não tinha uma atitude de "Posso fazer melhor do que você", mas simplesmente de "Posso fazê-lo". Para ele, fazer era fazer superlativamente.

Por mais rígida que fosse a disciplina exigida dele pelo enérgico plano de educação que o pai lhe traçara, fosse qual fosse o objeto de estudo determinado, Francisco sempre o dominava sem esforço. O pai o adorava, mas ocultava seus sentimentos cuidadosamente, como fazia com o orgulho de saber que trouxera ao mundo o mais brilhante exemplar de uma brilhante linhagem. Francisco, dizia-se, ia ser o apogeu dos D'Anconia.

– Eu não sei qual é o lema dos D'Anconia – disse certa vez o Sr. Taggart –, mas sei que Francisco vai mudá-lo para *Para quê?*

Isso era a primeira coisa que ele perguntava ante qualquer atividade que lhe propunham – e nada o faria agir se não lhe dessem uma resposta válida. Ele vivia seu mês de férias intensamente, como um foguete, mas, se alguém o interrompia em pleno voo, era capaz de explicar a finalidade de cada um dos gestos que fizera a cada momento. Duas coisas eram impossíveis para ele: ficar parado e se mover sem direção ou finalidade.

"Vamos descobrir" era o incentivo que ele dava a Dagny e Eddie em tudo o que empreendiam. Ou então: "Vamos fazê-lo." Eram suas únicas formas de divertimento.

"Posso fazê-lo", dizia, quando estava construindo o seu elevador, aferrando-se à rocha, cravando nela cunhas de metal, movendo os braços no ritmo de um trabalhador experiente, enquanto algumas gotas de sangue despercebidas saíam de um curativo em seu pulso. "Não, não podemos nos revezar, Eddie, você ainda é muito pequeno para trabalhar com o martelo. Vá afastando as plantas do meu caminho que faço o restante... Que sangue? Ora, não é nada, um corte que levei ontem. Dagny, vá até a casa e me traga um curativo limpo."

Jim olhava o grupo. Tinham-no deixado só, mas frequentemente viam seu vulto a distância. Ele olhava Francisco com uma intensidade estranha.

Ele raramente falava na presença de Francisco. Porém encurralou Dagny e disse, com um sorriso debochado:

– Você e essa sua pretensão de ser uma mulher de ferro, com ideias próprias! Você é mole que nem um pano de prato, ouviu? É uma vergonha ver você deixando aquele moleque convencido lhe dar ordens. Ele faz gato-sapato de você. Onde está o seu orgulho? É só ele assoviar que você vai correndo fazer o que ele disser! Por que não engraxa os sapatos dele?

– Porque ele não me pediu – respondeu Dagny.

Francisco podia ganhar em qualquer jogo, em qualquer disputa. Nunca entrava em disputas. Se quisesse, poderia mandar no clube infantil. Nem passava perto do clube, ignorando as tentativas insistentes dos membros de atrair o herdeiro mais famoso do mundo. Dagny e Eddie eram seus únicos amigos. Eles não sabiam se Francisco era deles ou se eles é que pertenciam a Francisco. Tanto fazia: eles gostavam de ambas as possibilidades.

Toda manhã os três saíam em busca de aventuras. Uma vez, um velho professor de literatura, amigo da Sra. Taggart, viu-os no alto de uma pilha de destroços num ferro-velho, desmontando a carcaça de um automóvel. Ele parou, sacudiu a cabeça e disse a Francisco:

– Um jovem na sua posição devia passar o tempo nas bibliotecas, absorvendo a cultura do mundo.

– E o que o senhor pensa que estou fazendo? – perguntou Francisco.

Não havia fábricas no bairro, mas Francisco ensinou Dagny e Eddie a viajar escondidos em trens da Linha Taggart até cidades distantes, onde pulavam cercas e entravam em fábricas, ou ficavam à janela, olhando para as máquinas, como outras crianças assistem a um filme no cinema.

– Quando eu mandar na Taggart Transcontinental... – dizia Dagny às vezes.

– Quando eu mandar na Cobre D'Anconia... – dizia Francisco.

Nunca era necessário explicar o restante – um já conhecia o objetivo e a motivação do outro.

De vez em quando o condutor do trem os pegava. Então um chefe de estação a 100 quilômetros de casa telefonava à Sra. Taggart:

– Pegamos três moleques aqui que dizem que são...

– E são mesmo – dizia a Sra. Taggart, suspirando. – Por favor, mande-os de volta.

– Francisco – Eddie perguntou-lhe uma vez, ao lado da estação –, você conhece praticamente o mundo todo. Qual é a coisa mais importante deste mundo?

– Isto – disse Francisco, apontando para o emblema TT na frente de uma locomotiva. E acrescentou: – Quem dera que eu tivesse conhecido Nat Taggart.

Percebeu que Dagny olhava para ele. Não fez mais nenhum comentário. Porém, minutos depois, quando caminhavam pelo mato, por uma picada estreita de terra úmida, samambaias e sol, ele disse:

– Dagny, hei de respeitar sempre os brasões, os símbolos de nobreza. Eu também não sou aristocrata? Só que estou me lixando para torres comidas pelas traças e unicórnios antiquíssimos. Os brasões da nossa época estão nos cartazes de anúncios, nas revistas populares.

– O que você quer dizer? – perguntou Eddie.

– As marcas registradas, Eddie – respondeu ele.

Naquele verão, Francisco tinha 15 anos.

– Quando eu mandar na Cobre D'Anconia... Estou estudando mineração e mineralogia, porque tenho que me preparar para quando eu mandar na Cobre D'Anconia... Estou estudando engenharia elétrica, porque as usinas são os melhores fregueses da Cobre D'Anconia... Vou estudar filosofia, porque vou precisar dela para proteger a Cobre D'Anconia...

– Você nunca pensa em outra coisa que não seja a Cobre D'Anconia? – perguntou Jim certa vez.

– Não.

– Pois eu acho que existem outras coisas no mundo.

– Então que os outros pensem nelas.

– Essa atitude não é muito egoísta?

– É, sim.

– O que é que você quer?

– Dinheiro.

– Você já não tem bastante?

– Todos os meus ancestrais elevaram a produção industrial da Cobre D'Anconia cerca de 10 por cento cada um. Eu pretendo multiplicar por 100.

– *Para quê?* – perguntou Jim, imitando a voz de Francisco com sarcasmo.

– Quando eu morrer, espero entrar no céu, seja lá o que for o céu, e quero poder pagar o preço do ingresso.

– O preço do ingresso é a virtude – disse Jim, altivo.

– É isso mesmo que quero dizer, James. Quero estar preparado para afirmar possuir a maior virtude de todas: dizer que fui um homem que ganhou dinheiro.

– Qualquer corrupto ganha dinheiro.

– James, algum dia você vai ter que descobrir que as palavras possuem significados exatos.

Francisco riu, um sorriso de deboche radiante. Ao vê-los, Dagny pensou de repente na diferença entre Francisco e seu irmão Jim. Ambos sorriam debochados. Mas Francisco parecia rir das coisas por ver algo muito maior. Jim ria como se não quisesse que nada fosse grande.

Dagny percebeu outra vez o que havia de especial no sorriso de Francisco, certa noite, quando ela, ele e Eddie estavam ao redor de uma fogueira que haviam acendido no meio do bosque. O brilho do fogo os fechava numa cerca de resplendores que incluíam pedaços de troncos de árvores, galhos e estrelas longínquas. Ela teve a sensação de que não havia nada além daquela cerca, nada além de um vazio escuro, com uma promessa surpreendente, terrível... como o futuro. *Mas o futuro*, pensou ela, *seria como o sorriso de Francisco*. Aquilo era a chave do futuro, o prenúncio de sua natureza – estava em seu rosto sob os galhos dos pinheiros, iluminado pelo fogo –, e de repente ela sentiu uma felicidade insuportável, por ser completa demais e por ela não conseguir exprimi-la. Dagny olhou de relance para Eddie. Ele estava olhando para Francisco. A seu modo discreto, Eddie estava sentindo o mesmo que ela.

– Por que você gosta de Francisco? – Dagny perguntou a Eddie algumas semanas depois, quando Francisco não estava mais com eles.

Eddie pareceu surpreso. Nunca lhe havia ocorrido a possibilidade de questionar o sentimento. Disse então:

– Ele me inspira segurança.

– Ele me faz esperar emoções e perigos – disse ela.

Francisco tinha 16 anos no verão seguinte, no dia em que ele e ela, sozinhos, estavam no alto de um penhasco perto do rio. Seus shorts e suas camisas tinham se rasgado na subida. Do alto do penhasco contemplavam o rio Hudson. Haviam ouvido dizer que, nos dias em que o tempo estava bom, dava para ver Nova York ao longe. Porém eles só viam uma névoa composta de três luzes diferentes que se fundiam: o rio, o céu e o sol.

Ela se ajoelhou numa pedra, tentando ver alguma coisa da cidade. O vento jogava seu cabelo sobre os olhos. Olhou para trás e viu que Francisco não estava olhando ao longe: olhava para ela. Era um olhar estranho, concentrado e sério. Dagny ficou imóvel por um instante, as mãos espalmadas sobre a pedra, os braços tensos para sustentar o peso do corpo. Inexplicavelmente, o olhar de Francisco a fez perceber sua própria posição, pensar em seu ombro exposto pelo rasgão da blusa, suas pernas longas e queimadas de sol apoiadas na pedra. Zangada, pôs-se de pé e se afastou dele. Ao levantar a cabeça, o ressentimento de seu olhar cruzou com a seriedade do olhar de Francisco, e, embora tivesse certeza de que o olhar dele era uma condenação hostil, quando deu por si, estava perguntando, num tom de desafio, sorrindo:

– De que você gosta em mim?

Ele riu. Embaraçada, Dagny não sabia o que a fizera perguntar aquilo. Francisco respondeu:

– Do que eu gosto em você é disso – e apontou para os trilhos da ferrovia Taggart ao longe, que brilhavam ao sol.

– Mas isso não é meu – disse ela, desapontada.

– Do que eu gosto é que, no futuro, vai ser.

Ela sorriu e admitiu a vitória de Francisco, manifestando seu contentamento. Ela não sabia por que ele a olhara de modo tão estranho, porém sentia que ele enxergara alguma conexão, que ela não via, entre seu corpo e algo que havia dentro dela que lhe daria forças para mandar naquela estrada de ferro algum dia.

Francisco disse, secamente: "Vamos tentar ver Nova York." E a puxou pelo braço até a beira do precipício. Ele torcia seu braço de um jeito estranho, obrigando-a a se apertar contra ele. Ela sentiu o calor do sol nas pernas de Francisco, encostadas às suas. Olharam para a distância, mas só viram aquela névoa luminosa.

Quando, naquele verão, Francisco partiu, Dagny achou que a sua partida era como uma fronteira atravessada, que assinalava o fim da infância: ele ia entrar na faculdade naquele outono. No ano seguinte, seria a vez dela. Dagny sentia uma impaciência ansiosa, com um toque de medo, como se ele houvesse saltado para o desconhecido repleto de perigos. Era como aquele momento, anos antes, em que ela o vira saltar do alto de uma pedra para dentro do Hudson, vira-o desaparecer na água escura e ficara pensando que ele logo reapareceria e que então seria a sua vez de pular.

Dagny resolveu tirar o medo da cabeça. Para Francisco, o perigo era tão somente uma oportunidade para alguma atuação brilhante: não havia batalhas que ele não ganhasse, inimigos que não derrotasse. E então ela se lembrou de um comentário que ouvira alguns anos antes. Um comentário estranho – e era estranho que as palavras permanecessem em sua memória, muito embora na época pensasse que elas não faziam sentido. O autor do comentário fora um velho professor de matemática, amigo de seu pai, que viera aquela vez, a primeira e única, visitá-los em sua casa de campo. Dagny gostara de seu rosto e ainda se lembrava da tristeza curiosa que vira nos olhos dele certa noite, quando ele, sentado na varanda ao entardecer, disse ao pai de Dagny, apontando para o vulto de Francisco no jardim:

– Aquele menino é vulnerável. Ele tem uma capacidade excessiva de sentir felicidade. O que será que ele vai fazer com ela num mundo onde há tão poucas ocasiões de se ser feliz?

Francisco se matriculou numa grande universidade americana, que seu pai escolhera para ele muitos anos antes. Era a instituição de ensino mais prestigiosa do mundo, a Universidade Patrick Henry, em Cleveland. Naquele inverno, Francisco não foi visitá-la em Nova York, muito embora ele pudesse ir vê-la com apenas uma noite de viagem. Não se corresponderam, como aliás nunca faziam. Mas Dagny sabia que ele voltaria ao campo para passar um mês no verão.

Naquele inverno, em certas ocasiões, ela sentiu uma apreensão indefinida: as palavras do professor lhe voltavam à mente com insistência, como uma advertência que não conseguia entender. Resolveu esquecê-las. Quando pensava em Francisco, sentia-se confiante de que ela viveria mais um mês como uma promessa do futuro, como prova de que o mundo que via em seu futuro era de verdade, muito embora não fosse o mundo daqueles que a cercavam.

– Oi, Slug!

– Oi, Frisco!

Ao vê-lo na colina, naquele primeiro momento, ela compreendeu de repente a natureza daquele mundo que era deles dois, juntos, em contraposição a todas as outras pessoas. Foi apenas uma pausa momentânea. Dagny sentiu a saia de algodão bater em seus joelhos, agitada pelo vento. Sentiu o sol nas pálpebras e a força de um alívio tão imenso que enterrou os pés na grama, porque teve a impressão de que seria levantada do chão, sem peso, pelo vento.

Foi uma sensação súbita de liberdade e segurança – porque ela compreendeu que não sabia nada sobre a vida de Francisco, jamais soubera e nunca precisaria saber. O mundo do acaso – de famílias, refeições, escolas, pessoas, indivíduos sem objetivo que vergavam sob o peso de alguma culpa desconhecida – não era o mundo deles, não os mudaria jamais, não tinha importância. Ele e ela jamais haviam falado das coisas que aconteciam com eles, e sim apenas das coisas em que pensavam, daquilo que pretendiam fazer. Dagny olhou para Francisco em silêncio, como se uma voz dentro de si dissesse: Não o que você é, mas o que havemos de fazer... Eu e você, ninguém nos deterá... Perdoe meu medo, me perdoe por pensar que eu poderia perdê-lo para eles... me perdoe por duvidar, eles nunca hão de alcançá-lo... nunca mais vou temer por você.

Ele também ficou parado, olhando para ela, por um momento – e Dagny achou que não era um olhar de quem encontra uma amiga após uma longa ausência, e sim de quem vem pensando nela todos os dias. Ela não pôde ter certeza, tudo se passou em apenas um instante, tão breve que, no momento exato em que ela o captou, Francisco estava se virando para apontar para o álamo atrás dele, dizendo, com o tom de voz que usavam em suas brincadeiras do tempo da infância:

– Eu queria que você corresse mais depressa. Vou ter sempre que esperar por você.

– E você vai esperar por mim? – perguntou ela, alegre.

– Sempre – respondeu ele, sem sorrir.

Enquanto subiam a ladeira em direção à casa, Francisco conversava com Eddie. Dagny caminhava silenciosa ao seu lado. Sentia que havia agora uma reserva entre eles, a qual, curiosamente, era uma nova forma de intimidade.

Ela não lhe perguntou nada sobre a universidade. Alguns dias depois, perguntou apenas se ele estava gostando.

– Hoje em dia ensinam muita bobagem – respondeu ele. – Mas gosto de alguns cursos.

– Fez amigos lá?

– Dois.

E não disse mais nada.

Jim estava chegando ao fim de seu curso numa faculdade de Nova York. Seus estudos lhe emprestaram uma agressividade estranha, trêmula, como se ele houvesse descoberto uma nova arma. Certa vez, sem ter sido provocado, disse a Francisco, detendo-o no meio do gramado, num tom de hipocrisia, agressivo:

– Agora que você já está na faculdade, devia aprender alguma coisa sobre ideais. É tempo de esquecer sua ganância egoísta e pensar um pouco nas suas responsabilidades sociais, porque, a meu ver, toda essa fortuna que você vai herdar não é para lhe proporcionar prazer, e sim para você utilizar em benefício dos pobres e dos menos favorecidos, porque acho que aquele que não entende isso é o mais depravado dos seres humanos.

Francisco respondeu, cortês:

– Não é aconselhável, James, dar sua opinião quando ninguém a pede. Você se arrisca a fazer a descoberta embaraçosa de que ela nada vale para seu interlocutor.

Dagny perguntou a Francisco:

– Há muitos homens como Jim no mundo?

Francisco riu:

– Muitíssimos.

– E você não se incomoda com isso?

– Não. Não tenho que lidar com eles. Por que você perguntou?

– Porque acho que eles são perigosos, de algum modo... Não sei como...

– Meu Deus, Dagny! Você acha que posso ter medo de um objeto como James?

Alguns dias depois, estavam os dois caminhando sozinhos pelo bosque à margem do rio quando ela perguntou:

– Francisco, qual é o mais depravado dos seres humanos?

– Aquele que não tem objetivos.

Ela contemplava as árvores eretas que os separavam do grande espaço aberto que surgia subitamente para além delas. Dentro da floresta estava fresco e quase escuro, mas os galhos exteriores recebiam os raios de sol quentes e prateados refletidos pela água. Ela se perguntava por que motivo estava apreciando aquela paisagem, ela que nunca antes prestara atenção nisso, por que ela estava tão consciente de seu prazer, de seus movimentos, de seu próprio corpo ao caminhar. Não tinha vontade de olhar para Francisco. Sentia que sua presença parecia mais intensamente real quando ela desviava a vista de seu rosto, quase como se fosse da presença dele que ressaltasse sua autoconsciência, como o sol refletido pela água.

– Você se acha capaz, não é? – perguntou ele.

– Sempre achei – respondeu ela em tom de desafio, sem se virar.

– Bem, quero vê-la provar que isso é verdade. Quero ver até onde você vai subir na Taggart Transcontinental. Por melhor que você seja, quero vê-la se esforçar ao máximo para ser ainda melhor. E, quando você tiver se esgotado para atingir um objetivo, quero vê-la começar a buscar outro.

– Por que você acha que estou interessada em provar alguma coisa a você?

– Quer que eu responda?

– Não – sussurrou ela, olhando fixamente para a outra margem do rio ao longe.

Ela o ouviu rir baixinho, e depois de algum tempo ele disse:

– Dagny, não há nada de importante na vida, exceto a sua competência no seu trabalho. Nada. Só isso. Tudo o mais que você for vem disso. É a única medida do valor humano. Todos os códigos de ética que vão tentar enfiar na sua cabeça não passam de dinheiro falso impresso por vigaristas para despojar as pessoas de suas virtudes. O código da competência é o único sistema moral baseado no padrão-ouro. Quando você crescer, vai entender o que estou dizendo.

– Já entendo. Mas... Francisco, por que só eu e você parecemos saber disso?

– E por que você se preocupa com os outros?

– Porque eu gosto de compreender as coisas, e há uma coisa em relação às pessoas que não consigo entender.

– O quê?

– Olhe, eu nunca fui popular na escola e isso nunca me preocupou, mas agora eu descobri a razão. É uma coisa maluca. Não gostam de mim não porque eu faça as coisas malfeitas, e sim porque faço tudo bem. Não gostam de mim porque sempre tirei as maiores notas da turma. Nem preciso estudar. Sempre tiro 10. Você acha que eu devia tentar tirar 4 só para me tornar a garota mais popular da escola?

Francisco parou, olhou para ela e lhe deu uma bofetada.

O que ela sentiu foi contido num único instante, enquanto o chão sob seus pés tremia, numa explosão de emoção dentro dela. Dagny tinha consciência de que mataria qualquer outra pessoa que batesse nela. Sentia a fúria violenta que lhe teria dado forças para matar – e um prazer igualmente violento por ter sido Francisco quem a esbofeteara. Sentia prazer com a dor surda e quente no rosto, com o gosto de sangue no canto da boca. Sentia prazer no que ela de repente compreendeu a respeito de Francisco, de si própria, daquilo que o motivava.

Esforçou-se para conter a tonteira, levantou a cabeça com firmeza e o encarou, consciente de uma nova força dentro de si, sentindo-se à altura dele pela primeira vez na vida, encarando-o com um olhar irônico de triunfo.

– Será que o feri tanto assim? – perguntou ela.

Ele parecia atônito: a pergunta e o sorriso não eram infantis. Respondeu:

– Sim... se isso lhe dá prazer.

– Pois dá.

– Nunca mais faça isso. Não faça brincadeiras desse tipo.

– Não seja bobo. Quem disse a você que quero ser popular?

– Quando você crescer, vai entender como é abominável o que disse.

– Eu já entendo.

Ele se virou abruptamente, tirou do bolso o lenço e o molhou no rio.

– Venha cá – ordenou.

Ela riu e deu um passo para trás:

– Ah, não. Quero que fique assim como está. Tomara que inche bastante. Gostei.

Ele a contemplou por um longo instante. Lentamente, com muita seriedade, disse:

– Dagny, você é maravilhosa.

– Sempre pensei que você achasse isso – respondeu ela, com uma naturalidade insolente.

Quando chegou a casa, Dagny disse à mãe que havia cortado o lábio ao cair sobre uma pedra. Foi a única vez em sua vida que mentiu. Não o fez para proteger Francisco. Fez por sentir que, por algum motivo indefinível, o incidente era um segredo precioso demais para ser compartilhado.

No verão seguinte, quando Francisco veio, ela estava com 16 anos. Ao vê-lo, começou a descer a colina correndo, mas parou de repente. Ele viu, parou também, e ficaram imóveis por um momento, olhando um para o outro, separados por uma longa e verde encosta. Foi ele que andou em direção a ela, bem devagar, enquanto ela o esperava, imóvel.

Quando ele se aproximou, ela deu um sorriso inocente, como se não percebesse que tinha havido uma disputa, e um vencedor.

– Caso você esteja interessado – disse ela –, estou trabalhando na estrada de ferro. Vigia noturna da estação de Rockdale.

Francisco riu:

– Está bem, Taggart Transcontinental, agora vamos disputar quem honra mais seu antepassado: se você, com seu Nat Taggart, ou eu, com meu Sebastián d'Anconia.

Naquele inverno, Dagny reduziu sua vida à simplicidade luminosa de um desenho geométrico: algumas linhas retas – de sua casa à faculdade de engenharia na cidade, de dia, e de sua casa ao trabalho na estação de Rockdale, à noite, e o círculo fechado do seu quarto, repleto de diagramas de motores, projetos de estruturas de aço, horários de trens.

A Sra. Taggart observava a filha, preocupada e confusa. Tudo ela perdoava, menos uma coisa: Dagny não manifestava nenhum interesse por homens, nenhuma inclinação sentimental. A Sra. Taggart não gostava de extremismos. Estava disposta até a aceitar o extremo oposto, se necessário, mas isso era ainda pior, pensava ela. Tinha vergonha de confessar que, aos 17 anos, sua filha não tinha nenhum pretendente.

– Dagny e Francisco d'Anconia? – dizia ela, sorrindo com tristeza, quando as amigas curiosas lhe perguntavam. – Ah, não, não é namoro, não. É alguma espécie de cartel industrial e internacional. Eles só pensam nessas coisas.

Certa noite, na presença de visitas, a Sra. Taggart ouviu James afirmar, com um tom de estranha satisfação na voz:

– Dagny, apesar de você ter o mesmo nome da linda mulher que se casou com Nat Taggart, você se parece mais com ele do que com ela.

A Sra. Taggart não sabia o que era pior: James dizer uma coisa dessas ou Dagny concordar, sentindo-se elogiada.

Ela jamais conseguiria, pensava a Sra. Taggart, entender sua própria filha. Dagny era apenas um vulto que entrava e saía de casa, uma figura magra, de casaco de couro com colarinho levantado, saia curta e longas pernas de corista. Atravessava a sala com passos abruptos, diretos, masculinos, porém tinha certa graça em seus movimentos, rápida, tensa e, curiosamente, desafiadoramente feminina.

Às vezes, ao olhar de relance para o rosto de Dagny, a Sra. Taggart captava uma expressão que não conseguia definir com precisão: era muito mais do que alegria. Era um prazer de uma pureza tão virginal que lhe parecia uma anormalidade – era impossível que uma moça fosse insensível a ponto de não ter descoberto nenhuma tristeza na vida. Sua filha, concluiu ela, era incapaz de sentir emoções.

– Dagny – perguntou ela uma vez –, você nunca pensa em se divertir?

Dagny a olhou sem entender e respondeu:

– E o que a senhora acha que eu estou fazendo?

A decisão de realizar uma festa formal de debutante para sua filha custou à Sra. Taggart muitas noites de ansiedade. Ela não sabia se estava apresentando à sociedade nova-iorquina a Srta. Dagny Taggart ou a vigia noturna da estação de Rockdale. No fundo, tendia a concluir que o segundo título era o mais apropriado e estava certa de que Dagny rejeitaria a ideia da festa. Ficou surpresa quando Dagny manifestou o maior entusiasmo, comportando-se como uma menina.

A Sra. Taggart ficou surpresa novamente ao ver a filha pronta para a festa. Era o primeiro vestido feminino que ela usava – um longo de chiffon branco, com saia ampla, que flutuava feito uma nuvem. A mãe antes temia que o vestido e Dagny não se harmonizassem. Porém a garota ficou belíssima. Parecia ao mesmo tempo mais velha e mais inocente que de costume: à frente do espelho, levantou a cabeça, numa pose digna da esposa de Nat Taggart.

– Dagny – disse a Sra. Taggart delicadamente, repreendendo-a –, está vendo como você fica bonita quando quer?

– Estou – respondeu ela, sem espanto.

O salão de baile do Hotel Wayne-Falkland fora enfeitado segundo as instruções da Sra. Taggart. A mulher tinha um bom gosto de artista, e a decoração daquela noite foi sua obra-prima.

– Dagny, eu gostaria que você aprendesse a apreciar certas coisas – disse ela. – As luzes, as cores, as flores, a música não são tão desprezíveis quanto você acha.

– Nunca achei que fossem desprezíveis – respondeu Dagny, alegre. Pela primeira vez, a Sra. Taggart sentiu que havia um vínculo unindo-a à filha; Dagny olhava com confiança e gratidão de criança.

– São essas coisas que embelezam a vida – disse a mãe. – Quero que esta noite seja muito bela para você, Dagny. O primeiro baile é a coisa mais romântica da vida da gente.

Para a Sra. Taggart, a maior surpresa foi o momento em que viu Dagny contemplando o salão, parada sob as luzes. Não era mais uma criança, e sim uma mulher, com um poder tão cheio de confiança, tão perigoso que a Sra. Taggart a contemplou com um misto de admiração e espanto. Numa época de rotina, cinismo e indiferença, em que as pessoas pareciam se considerar meros animais, o porte de Dagny lhe pareceu quase indecente, porque era assim que uma mulher teria encarado um salão de baile séculos atrás, quando expor o próprio corpo seminu à admiração dos homens era um ato de ousadia, quando esse ato tinha um significado e apenas um: era reconhecido por todos como uma grande aventura. *E é esta*, pensou a Sra. Taggart, sorrindo, *a moça que sempre julguei desprovida de sensualidade.* Sentiu um alívio imenso e um pouco de vontade de rir ao pensar que uma descoberta como essa lhe proporcionara uma sensação de alívio.

O alívio só durou algumas horas. No fim da noite, viu Dagny num canto do salão, sentada sobre um corrimão como se fosse uma cerca, as pernas balançando sob o vestido de chiffon como se estivessem enfiadas em calças. Conversava com dois rapazes e seu rosto exprimia um vazio desdenhoso.

Nem Dagny nem a mãe disseram nada no caminho de volta para casa. Mas algumas horas depois, movida por um impulso repentino, a Sra. Taggart foi até o quarto da filha. A garota estava à janela, ainda com o vestido de festa. Parecia uma nuvem sustentando um corpo que agora aparentava ser magro demais, um corpo pequeno com ombros caídos. Lá fora, as nuvens estavam cinzentas, com o primeiro clarão da madrugada.

Quando Dagny se virou, a Sra. Taggart só viu em seu rosto uma impotência confusa. O rosto estava calmo, mas havia algo nele que fez a mãe se arrepender de haver desejado que a filha travasse conhecimento com a tristeza.

– Mamãe, será que eles acham que é justamente o contrário? – perguntou ela.

– O quê? – perguntou a mãe, confusa.

– As coisas que a senhora estava dizendo. As luzes e as flores. As pessoas acham que são essas coisas que as fazem sentir-se românticas, e não o contrário.

– Minha querida, o que você quer dizer?

– Ninguém na festa gostou de nada – disse ela, com uma voz desanimada – nem pensou nada nem sentiu nada. Todo mundo ficou andando de um lado para outro, dizendo as mesmas bobagens que dizem em qualquer lugar. Pelo visto, achavam que as luzes seriam capazes de conferir brilho às suas palavras.

– Minha querida, você leva tudo demasiadamente a sério. Ninguém vai a um baile para ser inteligente, e sim para ser alegre.

– Ou seja, para ser burro?

– Será que você não gostou de conversar com os rapazes?

– Que rapazes? Não vi nenhum ali que eu não pudesse reduzir a pó.

Alguns dias depois, sentada à sua mesa na estação de Rockdale, sentindo-se à vontade e alegre, Dagny pensou na festa e deu de ombros, reprovando seu próprio desapontamento. Olhou para cima: era primavera, e os galhos das árvores lá fora, no escuro, estavam cheios de folhas. O ar estava calmo e morno. Dagny perguntou a si mesma o que esperara daquela festa. Não sabia. Mas sentia-o de novo, aqui e agora, debruçada sobre uma escrivaninha surrada, olhando pela janela para a noite: uma expectativa sem objetivo, que subia por seu corpo, lentamente, como um líquido quente. Ela se curvou sobre a mesa, preguiçosa. Não sentia nem cansaço nem vontade de trabalhar.

Quando Francisco veio naquele verão, ela lhe falou do baile e de sua decepção. Ele a escutou em silêncio, olhando-a pela primeira vez com aquele olhar fixo zombeteiro que reservava para as outras pessoas, um olhar que parecia ver demais. Dagny teve a sensação de que ele ouvia em suas palavras mais do que ela achava estar lhe dizendo.

Viu aquele mesmo olhar nos olhos dele quando o deixou mais cedo do que o necessário. Estavam sozinhos os dois, à margem do rio. Ela só precisava chegar à estação dentro de uma hora. Havia longas tiras de fogo no céu e fagulhas vermelhas flutuando preguiçosamente na água. Francisco estava calado havia muito tempo quando ela se levantou de repente e disse que tinha de ir embora. Ele não tentou convencê-la a ficar mais um pouco. Recostou-se, apoiando os cotovelos na grama, e a contemplou, sem se mexer. Seu olhar parecia dizer que ele sabia o que a fazia ir agora. Subindo a ladeira, apressada e zangada, Dagny se perguntava por que tinha resolvido ir embora. Não sabia o motivo. Fora uma inquietação súbita provocada por um sentimento que só agora conseguia identificar: uma sensação de expectativa.

Todas as noites ela pegava o carro e percorria os oito quilômetros que separavam a casa de campo da estação de Rockdale. Voltava ao nascer do dia, dormia algumas horas e se levantava junto com o restante da família. Não tinha vontade de dormir. Ao se deitar, quando raiava o dia, sentia uma impaciência tensa, alegre, sem motivo, uma vontade de enfrentar aquele dia nascente.

Viu o olhar zombeteiro de Francisco outra vez, numa quadra de tênis. Ela não se lembrava de como aquele jogo começara. Com frequência jogavam tênis, e Francisco sempre ganhava. Ela não sabia em que momento tomara a decisão de ganhar dessa vez. Quando se deu conta disso, não era mais uma decisão nem um desejo, e sim uma fúria silenciosa que crescia dentro de si. Ela não sabia por que tinha de ganhar. Não sabia por que a vitória era tão crucial, tão importante e necessária. Sabia apenas que tinha de ganhar, e ia ganhar.

Parecia fácil jogar: era como se sua vontade tivesse desaparecido, substituída pela força de uma outra pessoa que jogava por ela. Contemplou a figura de Francisco – alto, ágil, o bronzeado dos braços ressaltado pelo branco da camisa. Sentiu um prazer arrogante ao ver a habilidade de seus movimentos, porque era *isso* que ela iria derrotar. Assim, a perfeição de cada movimento dele se tornava a vitória dela. A brilhante competência do corpo de Francisco era o triunfo do dela.

Sentiu o cansaço aumentar, uma dor – sem saber que era dor, apenas umas pontadas súbitas que a faziam pensar em alguma parte do corpo por um momento, e que no instante seguinte ela esquecia: a articulação do ombro, o cotovelo, os quadris, onde o short branco se colava à pele, os músculos das pernas, quando ela pulava para acertar a bola, porém não pensava mais neles ao tocar o chão de novo. As pálpebras, quando o céu ficava de um vermelho-escuro e a bola vinha em sua direção como uma chama branca, a ardência que lhe subia do calcanhar até a espinha e continuava a queimar pelo ar, empurrando a bola em direção ao vulto de Francisco... Experimentava um prazer exultante – porque cada pontada em seu corpo terminava no corpo de Francisco, porque ele estava ficando tão exausto quanto ela. Tudo o que fazia consigo própria, fazia-o também com ele – era o que ele sentia; o que ela o obrigava a sentir. O que ela sentia não era a sua dor, o seu corpo: era tudo dele.

Quando, por um momento, ela lhe via o rosto, percebia que ele estava rindo. Francisco olhava para Dagny como se compreendesse. Estava jogando não para ganhar, mas para lhe criar dificuldades – mandando bolas dificílimas para fazê-la correr, perdendo pontos para vê-la contorcer-se toda numa cortada, ficando imóvel, para que ela pensasse que ele não ia conseguir, e estendendo o braço de repente e acertando a bola com tanta força que ela sabia que ia errar. Ela tinha a sensação de que nunca mais conseguiria se mexer – e era estranho se ver de repente no lado oposto da quadra, acertando a bola na hora exata, com toda a força, como se quisesse esmagá-la, como se desejasse fazer aquilo com a cara de Francisco.

Só mais uma, pensava ela, mesmo se com isso ela partisse os ossos do braço... Só mais uma, mesmo se o ar que ela engolia, ofegante, com a garganta apertada e inchada, de repente lhe faltasse... Nesses momentos ela não sentia nada, nem dor, nem músculos – era só a ideia de que era necessário derrotá-lo, exauri-lo, vê-lo cair de cansaço. Então ela poderia até morrer satisfeita.

Dagny venceu. Talvez Francisco tivesse perdido por rir. Ele andou até a rede, enquanto ela permanecia parada, e jogou a raquete a seus pés, como se soubesse que era isso que ela queria. Francisco saiu da quadra e se jogou no gramado, exausto, repousando a cabeça sobre o braço.

Ela se aproximou dele silenciosamente. Ficou a contemplá-lo, a olhar seu corpo estendido a seus pés, sua camisa empapada de suor, as mechas de cabelo sobre o braço. Ele levantou a cabeça. Seus olhos percorreram suas pernas, subindo até o short, a blusa, os olhos. Era um olhar zombeteiro, que parecia lhe atravessar as roupas, ler sua mente. E parecia dizer: eu ganhei.

Aquela noite, sentada à sua mesa em Rockdale, sozinha no velho prédio da estação, ela ficou olhando o céu pela janela. Era a hora de que mais gostava, quando as vidraças superiores da janela ficavam mais claras e os trilhos lá fora se transformavam em fios de prata indistintos, vistos através das vidraças mais baixas. Dagny apagou a luz e contemplou a ampla e silenciosa extensão daquela terra imóvel. Nada se mexia. Nem uma folha tremia nos galhos, enquanto o céu lentamente perdia a cor e se tornava uma imensidão de água brilhante.

O telefone não tocava, como se em toda a rede ferroviária nada se movesse. Dagny ouviu passos lá fora, aproximando-se da porta. Francisco entrou. Ele jamais viera à estação antes, mas ela não ficou surpresa ao vê-lo.

– O que você está fazendo acordado a esta hora? – perguntou ela.

– Não estava com vontade de dormir.

– Como você chegou aqui? Não ouvi o barulho do seu carro.

– Vim a pé.

Passaram-se alguns momentos, e só então ela se deu conta de que não lhe havia perguntado o motivo de sua visita, e de que não queria fazer essa pergunta.

Francisco perambulou pelo escritório, olhando os maços de guias pendurados nas paredes, o calendário com a foto do Cometa Taggart aproximando-se orgulhosamente do observador. Francisco parecia estar em casa, como se achasse que aquele

115

lugar era deles, como eles sempre se sentiam quando saíam juntos. Mas ele não parecia estar com vontade de falar. Fez algumas perguntas sobre o trabalho de Dagny e depois se calou.

À medida que clareava lá fora, o movimento foi aumentando na linha, e o telefone começou a tocar no silêncio. Ela voltou ao trabalho. Ele estava sentado num canto, uma das pernas sobre o braço da poltrona, esperando.

Dagny trabalhava depressa, sentindo uma lucidez extraordinária. Dava-lhe prazer a precisão rápida de suas mãos. Ela concentrava sua atenção no som estridente e nítido do telefone, nos números dos trens, dos vagões, das ordens. Não percebia mais nada.

Mas, quando uma folha de papel caiu no chão e ela se abaixou para pegá-la, Dagny percebeu, de repente, com intensidade, aquele momento específico, ela própria, o movimento que fizera. Percebeu sua saia de linho cinzento, a manga arregaçada da blusa cinzenta, o braço nu estendido para pegar o papel. Sentiu que o coração parava de bater, sem motivo, como se fosse um momento de expectativa. Pegou o papel e voltou ao trabalho.

Já era quase dia claro. Um trem passou pela estação, sem parar. Na pureza da manhã, a longa linha de tetos dos vagões se fundia num cordão prateado, e o trem parecia suspenso sobre o chão, sem tocar nele, riscando o ar. O assoalho da estação estremeceu, e o vidro da janela sacudiu. Dagny contemplou o trem com um sorriso entusiasmado. Olhou para Francisco: ele a olhava com o mesmo sorriso.

Quando o operador diurno chegou, Dagny e Francisco saíram. O sol ainda não se havia levantado, e o ar parecia radiante. Ela não se sentia cansada. Ao contrário, parecia que tinha acabado de se levantar da cama.

Dagny foi andando em direção ao carro, mas Francisco disse:

– Vamos voltar a pé. Depois a gente vem pegar o carro.

– Está bem.

Dagny não ficou surpresa e não encarou com desânimo a perspectiva de caminhar oito quilômetros. Parecia-lhe perfeitamente natural, perfeitamente de acordo com aquele momento de realidade e claridade intensas, momento desligado de tudo o que é imediato, isolado como uma ilha ensolarada cercada por uma muralha de neblina, igual à realidade acentuada e inquestionável que se vive quando se está bêbado.

A estrada passava pelo bosque. Afastaram-se dela e tomaram um velho atalho que serpenteava por entre as árvores. Não havia sinal de vida humana. Velhas marcas de pneus, já cobertas de mato, contribuíam para criar a ilusão de que a presença humana estava ainda mais distante, acrescentando à distância espacial o afastamento no tempo. A claridade velada do amanhecer ainda pairava sobre o chão, mas folhas de um verde brilhante que se amontoavam entre as árvores pareciam iluminar a mata. As folhas estavam imóveis. Dagny e Francisco caminhavam, os únicos seres dotados de movimento naquele mundo estático. De repente, ela percebeu que havia muito tempo não trocavam palavra.

Chegaram a uma clareira. Ficava no fundo de um despenhadeiro de rocha nua. Um riacho cortava o mato, e os galhos das árvores se curvavam até quase tocar o chão, como uma cortina de um verde líquido. O ruído da água acentuava o silêncio. Um retalho de céu aberto ao longe tornava o lugar ainda mais escondido. No alto de um morro uma árvore captava os primeiros raios de sol.

Pararam olhando um para o outro. Ela compreendeu o que iria ocorrer. Francisco a agarrou. Dagny sentiu seus lábios encostados aos dele, sentiu que seus braços o apertavam com violência e percebeu pela primeira vez quanto desejava que ele fizesse aquilo.

Foi tomada por uma rebelião momentânea e um pouco de medo. Ele a segurava, apertando todo o seu corpo contra o dela, com uma insistência tensa, determinada, lhe acariciando os seios como se estivesse aprendendo a ter com seu corpo uma intimidade de proprietário, uma intimidade chocante que não precisava pedir permissão. Dagny tentou se afastar, mas bastou olhar por alguns instantes para seu rosto e ver seu sorriso, sorriso que demonstrava a permissão que, há muito tempo, lhe fora dada. Ela pensou que devia fugir. Porém foi ela mesma que lhe puxou a cabeça para mais uma vez procurar seus lábios.

Dagny compreendeu que o medo seria inútil, que Francisco faria o que quisesse, que a decisão cabia a ele, que ele não lhe deixava nenhuma alternativa senão a que ela mais desejava: a submissão. Não tinha consciência do objetivo de Francisco, não podia pensar com clareza, não tinha forças para acreditar que desejava submeter-se. Sabia apenas que tinha medo. Porém agia como se estivesse orando a ele: *Não me peça – ah, por favor, não me peça –, faça!*

Firmou os pés por um instante, para resistir, mas Francisco apertou sua boca contra a dela, e os dois foram se abaixando juntos, de lábios sempre colados. Dagny permaneceu imóvel no chão – como objeto passivo, ainda que palpitante, de um ato que ele realizou com simplicidade, sem hesitação, como se aquilo fosse seu direito, o direito concedido pelo prazer inimaginável que o ato lhes proporcionava.

Ele deu nome ao que aquilo significava para ambos nas primeiras palavras que pronunciou depois: "Tínhamos que aprender um com o outro." Ela contemplou sua figura alongada deitada na grama ao seu lado. Francisco estava de calça e camisa pretas. Os olhos de Dagny se fixaram no cinto apertado na cintura fina dele, e ela sentiu a pontada de uma emoção que era uma espécie de orgulho, orgulho por ser proprietária daquele corpo. Ela relaxou, olhando para o céu, não sentindo nenhum desejo de se mexer nem de pensar que havia qualquer outro tempo que não fosse aquele momento.

Ao chegar a casa, depois que se deitou, nua, porque seu corpo se transformara em um objeto estranho – algo precioso demais para ficar envolto numa camisola – e porque lhe dava prazer ficar nua e imaginar que os lençóis brancos haviam sido tocados pelo corpo de Francisco – quando ela se conscientizou de que não ia dormir, porque não queria descansar e perder aquele cansaço, o mais maravilhoso que jamais experimentara –, a última coisa em que pensou foi o tempo em que ela quisera exprimir, sem o conseguir, o conhecimento momentâneo de um sentimento maior do que a felicidade, o sentimento de abençoar toda a Terra, de estar apaixonada pelo fato de existir neste mundo. Pensou então que o ato que aprendera era a maneira de exprimir esse sentimento. Se era um pensamento da maior gravidade, ela não sabia. Nada poderia ser grave em um universo onde a ideia de dor tinha sido abolida. Ela não estava mais lá para tirar conclusões – estava dormindo, com um sorriso leve nos lábios, num quarto silencioso e iluminado pela luz da manhã.

Naquele verão, Dagny se encontrou com ele no bosque, em cantos secretos à margem do rio, no chão de uma cabana abandonada, no porão da casa. Eram as únicas ocasiões em que ela aprendia a experimentar uma sensação de beleza contemplando velhos caibros de madeira, ou o aço de um condicionador de ar que zumbia tenso, ritmicamente, sobre suas cabeças. Ela usara sempre calças ou vestidos leves de algodão, porém nunca se sentia tão feminina como quando estava ao lado dele, em seus braços, entregando-se a qualquer coisa que ele desejasse, reconhecendo abertamente seu poder de reduzi-la à impotência pelo prazer que ele tinha capacidade de proporcionar a ela. Francisco lhe ensinou todo tipo de sensualidade que pôde inventar. "Não é maravilhoso os nossos corpos poderem nos dar tanto prazer?", disse ele certa vez, com simplicidade. Eram felizes e radiosamente inocentes. Para eles, era inconcebível a ideia de que o prazer é pecado.

Mantiveram seu amor em segredo, não por sentimento de culpa vergonhosa, mas por ser algo imaculadamente só deles dois, que ninguém tinha direito de questionar ou julgar. Ela conhecia a opinião comum sobre a sexualidade, que todos aceitavam de uma forma ou de outra, a ideia de que o sexo era uma fraqueza, um sinal do que havia de inferior na natureza humana, algo a ser aceito a contragosto. Dagny sentia uma emoção de castidade que a fazia recuar não dos desejos do corpo, mas do contato com as pessoas que acreditavam nessa visão.

Naquele inverno, Francisco veio visitá-la em Nova York mais de uma vez, inesperadamente. Vinha de avião de Cleveland, sem avisá-la, duas vezes numa semana, ou desaparecia por meses. Dagny costumava ficar em seu quarto, sentada no chão, cercada de diagramas e plantas. Se batessem em sua porta, exclamava: "Estou ocupada!" Então ouvia uma voz debochada perguntar: "Está mesmo?" Levantava-se de um salto e abria a porta para Francisco. Iam para um pequeno apartamento que ele alugara num bairro tranquilo.

– Francisco – perguntou ela uma vez, subitamente surpresa –, sou sua amante, não sou?

Ele riu.

– É isso mesmo.

Ela sentiu o orgulho que se espera de uma mulher a quem é concedido o título de esposa.

Durante os muitos meses em que Francisco ficava ausente, ela nunca pensava se ele lhe era fiel ou não. Sabia que era. Embora jovem demais para compreender o motivo, sabia que o desejo indiscriminado, sem seletividade, só era possível para aqueles que encaravam o sexo e a si próprios como coisas más.

Dagny sabia pouco sobre a vida de Francisco. Ele estava cursando o último ano da faculdade, raramente falava no assunto, e ela nunca lhe perguntava nada. Suspeitava de que ele estava se esforçando demais, porque por vezes percebia, no seu olhar excessivamente intenso, os sinais do entusiasmo de quem está excedendo os limites de sua energia. Uma vez Dagny se riu dele, dizendo que era uma velha empregada da Taggart Transcontinental, enquanto ele ainda não havia começado a trabalhar para se sustentar. Ele retrucou:

– Meu pai se recusa a me deixar trabalhar na Cobre D'Anconia enquanto eu não me formar.

– E desde quando você é obediente?

– Tenho de respeitar a vontade dele. Ele é o dono da Cobre D'Anconia...

– Mas não é dono de todas as companhias de cobre do mundo.

Havia um traço de secreto divertimento no seu sorriso.

Ela só soube no outono seguinte, quando Francisco, já formado, voltou a Nova York após ter ido visitar o pai em Buenos Aires. Então ele lhe disse que havia feito dois cursos durante os últimos quatro anos: um na Universidade Patrick Henry, outro numa fundição de cobre perto de Cleveland. "Gosto de aprender as coisas na prática", disse ele. Havia começado a trabalhar na fundição aos 16 anos, na fornalha – e agora, aos 20, era o proprietário. Havia adquirido sua primeira propriedade, tendo de mentir a respeito da sua idade, no dia em que recebeu o diploma, e enviou os dois documentos ao pai.

Mostrou a Dagny uma foto da fundição. Era pequena, suja, velha, arruinada por anos de decadência. No portão de entrada, como uma bandeira nova no mastro de um navio abandonado, via-se a placa: Cobre D'Anconia.

O relações-públicas do escritório de seu pai em Nova York ficara indignado:

– Mas, Don Francisco, o senhor não pode fazer isso! O que o público vai pensar? Esse nome numa espelunca daquelas!

– É o meu nome – respondeu Francisco.

Quando entrou no escritório do pai em Buenos Aires, uma sala ampla, severa e moderna, como um laboratório, cujas paredes só eram enfeitadas por fotografias das propriedades da Cobre D'Anconia – fotografias das maiores minas, docas e fundições do mundo –, Francisco viu, no lugar de honra, em frente à mesa do pai, uma fotografia da fundição de Cleveland com a nova placa sobre o portão de entrada.

Seu pai desviou o olhar da foto para seu rosto. Francisco estava em pé à frente da mesa.

– Não é um tanto prematuro? – perguntou o pai.

– Eu não aguentaria quatro anos só assistindo a aulas.

– De onde você arranjou dinheiro para fazer o primeiro pagamento da compra da fundição?

– Apostando na Bolsa de Nova York.

– O *quê*? Quem lhe ensinou a fazer isso?

– Não é difícil saber quais as empresas que vão ter sucesso e quais as que não vão.

– De onde você tirou dinheiro para investir?

– Da mesada que o senhor me mandava e do meu salário.

– Como você arranjava tempo para seguir as flutuações da Bolsa?

– Enquanto eu preparava minha tese sobre a influência da teoria aristotélica do Motor Imóvel sobre os sistemas metafísicos posteriores.

Naquele outono, a estada de Francisco em Nova York foi curta. Seu pai o enviara a Montana como superintendente-assistente de uma mina de sua empresa.

– Sabe – disse ele a Dagny, sorrindo –, meu pai não acha aconselhável deixar que eu suba depressa demais. Também não quero que ele tenha confiança em mim gratuitamente. Se ele quer fatos, estou disposto a provar.

Na primavera, Francisco voltou – como chefe do escritório da Cobre D'Anconia em Nova York.

Dagny não o viu com frequência nos dois anos que se seguiram. Ela nunca sabia onde ele estava, em que cidade ou continente, um dia após tê-lo visto. Sempre aparecia inesperadamente – e ela gostava disso, porque assim ele era uma presença constante em sua vida, como o raio de uma luz oculta que poderia iluminá-la a qualquer momento.

Sempre que o via em seu escritório, Dagny pensava em suas mãos, tais quais ela as vira segurando o volante de uma lancha. Francisco administrava o escritório do mesmo modo como pilotava o barco: com velocidade, risco, segurança e perfeição. Mas um pequeno incidente ficou em sua mente, preocupando-a: não era do feitio dele. Ela o viu à janela do escritório, uma tarde, contemplando o anoitecer na cidade. Ficou muito tempo sem se mexer. Seu rosto estava duro e rígido. Havia nele a expressão de uma emoção de que ela não o julgava capaz: uma raiva amarga e impotente. Ele disse: "Há alguma coisa de errado no mundo. Sempre houve. Alguma coisa a que ninguém jamais deu nome, que ninguém jamais explicou." Recusou-se a lhe dizer o que era.

Na próxima vez que ela o viu, não havia nele nenhum sinal daquele incidente. Era primavera, estavam juntos na cobertura de um restaurante, e o vento agitava a seda leve do vestido de Dagny contra a figura alta de Francisco, com seu traje negro formal. Olhavam para a cidade. No salão atrás deles ouvia-se um estudo de concerto de Richard Halley. Ainda não era um compositor muito conhecido, mas eles o haviam descoberto e adoravam sua música. Francisco disse:

– Nós não precisamos procurar arranha-céus na distância, não é? Já os atingimos. Ela sorriu e completou:

– Acho que já os estamos deixando para trás... Chego quase a sentir medo... Estamos numa espécie de elevador muito rápido.

– Claro que estamos. Mas sente medo de quê? Que corra o elevador! Limites para quê?

Francisco tinha 23 anos quando seu pai morreu e ele foi para Buenos Aires assumir as propriedades que agora eram suas. Dagny passou três anos sem vê-lo.

De início, ele lhe escrevia a intervalos irregulares. Falava da Cobre D'Anconia, do mercado internacional, das questões que afetavam os interesses da Taggart Transcontinental. Suas cartas eram curtas, escritas à mão, normalmente à noite.

Dagny não ficou triste em sua ausência. Ela também estava dando os primeiros passos em direção ao controle de um império. Ouvira os maiores nomes da indústria, amigos de seu pai, dizerem que era bom ficar de olho no jovem D'Anconia: se a Cobre D'Anconia já era uma grande companhia antes, sob sua direção se tornaria ainda maior. Ela sorriu, sem espanto. Havia momentos em que sentia uma saudade súbita e violenta de Francisco, mas era apenas impaciência, não dor. Ela não a levava a sério, confiante em que eles dois estavam trabalhando para chegar a um futuro em que tudo seria deles, incluindo o amor. Então as cartas de Francisco pararam de chegar.

Ela tinha 24 anos quando, num dia de primavera, o telefone tocou em sua mesa, num escritório do Edifício Taggart. "Dagny", disse uma voz que ela reconheceu imediatamente, "estou no Wayne-Falkland. Venha jantar comigo esta noite. Às sete." Ele falava como se a tivesse visto pela última vez na véspera. Ao observar que demorara para voltar a respirar, ela percebeu, pela primeira vez, quanto aquela voz era importante para ela. "Está bem... Francisco", respondeu. Não precisavam dizer mais nada. Ao recolocar o fone no gancho, pensou que a volta dele era uma coisa natural, que ela sempre esperara que acontecesse, só que não previra aquela necessidade súbita de pronunciar seu nome, nem a pontada de felicidade que sentiu ao fazê-lo.

Quando entrou no quarto do hotel naquela noite, Dagny parou de repente. Viu-o no meio do aposento, olhando para ela com um sorriso lento, involuntário, como se ele tivesse perdido a capacidade de sorrir e se espantasse de poder fazê-lo agora. Olhava para ela com ar de incredulidade, como se não acreditasse completamente no que ela era, no que ele sentia. Seu olhar era como um pedido de socorro de um homem incapaz de chorar. Quando Dagny entrou, ele começou a cumprimentá-la, como de costume:

– Oi... – Mas não conseguiu terminar. Após um momento, disse: – Você está linda, Dagny. – Falava como se aquilo lhe doesse.

– Francisco, eu...

Ele sacudiu a cabeça, para impedi-la de pronunciar as palavras que eles nunca haviam dito um para o outro – muito embora soubessem que ambos as haviam dito e ouvido naquele momento.

Francisco se aproximou, tomou-a nos braços, beijou-a na boca e a apertou por muito tempo. Quando Dagny olhou para seu rosto, viu que ele sorria para ela de modo confiante, zombeteiro. Era um sorriso que exprimia que ele estava no controle, que ela estava sob seu controle, que tudo estava sob seu controle, que lhe ordenava que esquecesse o que ela vira naquele primeiro instante.

– Oi, Slug – disse ele.

A única coisa de que ela tinha certeza era de que não devia fazer perguntas. Sorriu e disse:

– Oi, Frisco.

Ela poderia ter compreendido qualquer mudança, menos aquilo que via naquele momento. Não havia no rosto de Francisco nenhum sinal de vida, de prazer: tornara-se implacável. O pedido em seu primeiro sorriso não tinha sido sinal de fraqueza. Ele adquirira um ar de determinação que parecia inflexível. Agia como quem se mantém ereto sob o peso de um fardo intolerável. Ela viu em seu rosto o que não acreditava ser possível: sinais de amargura, de angústia.

– Dagny, não fique surpresa com o que eu fizer – disse ele – ou com o que vier a fazer no futuro.

Foi a única explicação que ele deu. Depois passou a agir como se nada houvesse a explicar.

Tudo o que ela sentiu foi uma leve ansiedade. Era-lhe impossível sentir temor por ele, sentir medo em sua presença. Quando Francisco riu, Dagny achou que estavam de novo no bosque, perto do rio Hudson: ele não havia mudado, jamais mudaria.

O jantar foi servido no quarto. Ela achou engraçado olhar para ele do outro lado de uma mesa posta com a formalidade gélida de um hotel de extremo luxo, que parecia um palácio europeu.

O Wayne-Falkland era o hotel mais extraordinário que havia no mundo. Seu estilo de luxo indolente, com cortinas de veludo, painéis esculpidos e candelabros, parecia contrastar deliberadamente com a sua função: ninguém poderia pagar por todo aquele luxo senão homens que vinham a Nova York fechar negócios de âmbito internacional. Ela percebeu, nos garçons que serviam o jantar, uma deferência toda especial para com Francisco e notou que ele nem reparava. Sentia-se em casa, indiferente. Já há muito se acostumara com o fato de que ele era o Sr. D'Anconia, da Cobre D'Anconia.

Mas ela achou estranho que ele não falasse de seu trabalho. Imaginara que o trabalho seria seu único interesse, a primeira coisa que mencionaria para ela. Mas ele nem sequer o citou. Em vez disso, fez com que ela falasse sobre seu trabalho, suas promoções, o que ela sentia pela Taggart Transcontinental. Dagny falou como sempre falava com ele, convicta de que ele era o único capaz de compreender sua dedicação apaixonada. Ele não fez nenhum comentário; apenas ficou a ouvi-la.

Um dos garçons ligara o rádio para servir de fundo musical ao jantar. Eles não haviam prestado atenção ao fato. Mas, de repente, o quarto foi atingido por um impacto sonoro, quase como se uma explosão subterrânea houvesse sacudido as paredes. O impacto não fora causado pelo volume, e sim pela qualidade da música. Era o novo concerto de Halley, então recentemente composto, o Quarto Concerto.

Ficaram em silêncio, ouvindo aquela afirmação de revolta – o hino triunfal das grandes vítimas que se recusavam a aceitar a dor. Francisco contemplava a cidade enquanto ouvia.

De súbito, inesperadamente, com uma voz estranhamente desprovida de ênfase, ele perguntou:

– Dagny, o que você diria se eu lhe pedisse que largasse a Taggart Transcontinental e a deixasse ir para o inferno, já que é isso que vai acontecer de qualquer modo quando seu irmão assumir o controle?

– O que eu lhe diria se você me perguntasse o que achava da ideia de me suicidar? – respondeu ela, zangada.

Ele permaneceu calado.

– Por que você disse isso? – perguntou ela. – Eu não imaginava que você fosse capaz de uma brincadeira dessas. Não é de seu feitio.

Não havia nenhum sinal de humor no rosto de Francisco. Ele respondeu, muito sério:

– Não, é claro que não.

Dagny se obrigou a lhe perguntar sobre seu trabalho. Ele respondeu estritamente ao que ela perguntou. Ela repetiu o comentário que ouvira da boca dos industriais a respeito do futuro brilhante que a Cobre D'Anconia teria sob a direção de Francisco.

– É verdade – disse ele, com uma voz indiferente.

Subitamente ansiosa, sem saber o que a impelia, ela perguntou:

– Francisco, o que você veio fazer em Nova York?

– Ver uma pessoa amiga que me chamou – respondeu ele devagar.

– Algum negócio?

Sem olhar para ela, como se respondesse ao próprio pensamento, com um sorriso amargo no rosto, porém com uma voz estranhamente terna e triste, ele respondeu:

– Sim.

Já passava havia muito da meia-noite quando ela acordou na cama ao lado de Francisco. A cidade estava silenciosa. O silêncio do quarto dava a impressão de que toda a vida fora suspensa por algum tempo. Imersa em felicidade, completamente exausta, ela se virou e olhou para ele. Estava deitado de costas, semiapoiado num travesseiro. Estava acordado, de olhos abertos. Tinha a mão sobre a boca fechada, como um homem que, resignado, sente uma dor insuportável sem tentar ocultá-la.

Ela estava assustada demais para se mexer. Francisco sentiu que ela o olhava e se virou para ela. Estremeceu por dentro, arrancou as cobertas, olhou para o corpo nu de Dagny e então enterrou o rosto entre seus seios. Agarrou-lhe os ombros, apertando-a convulsivamente. Ela ouviu as palavras abafadas, pronunciadas com a boca encostada em sua pele:

– Não posso abrir mão! Não posso!

– De quê? – sussurrou ela.

– De você.

– Mas por que...

– E de tudo.

– Mas por que você tem que abrir mão?

– Dagny! Me ajude a ficar. A recusar. Embora ele tenha razão!

– Recusar o quê, Francisco? – perguntou ela, com a voz tranquila. Ele não respondeu, porém apertou o rosto contra o corpo dela com mais força ainda.

Dagny permaneceu imóvel, consciente apenas de uma necessidade extrema de cautela. Sentindo a cabeça de Francisco em seu peito e acariciando seus cabelos suavemente, sem parar, ela olhava para o teto trabalhado do quarto, para as grinaldas esculpidas quase invisíveis na escuridão, e esperava, presa de um terror que a paralisava.

– É o que eu devo fazer, mas é tão difícil! Ah, meu Deus, é tão difícil! – gemeu ele.

Depois de algum tempo, ele levantou a cabeça. Recostou-se na cama. Havia parado de tremer.

– O que foi, Francisco?

– Não posso dizer.

Sua voz era clara, franca, sem tentar disfarçar o sofrimento, porém estava agora sob controle:

– Você não está preparada para saber.

– Quero ajudá-lo.

– Você não pode me ajudar.

– Você me pediu que o ajudasse a recusar.

– Não posso recusar.

– Então, quero ao menos saber.

Ele sacudiu a cabeça.

Francisco ficou a olhar para ela, como se debatesse consigo mesmo. Então sacudiu a cabeça outra vez, em resposta a si próprio.

– Se eu mesmo não sei se sou capaz de aguentar – disse ele –, como você poderia suportar?

Dagny, lentamente e com dificuldade, tentando se controlar para não gritar, disse:

– Francisco, tenho de saber.

– Você me perdoa? Sei que você está assustada, e é uma crueldade. Mas faça isto por mim: esqueça isso, simplesmente esqueça e não me pergunte nada, está bem?

– Eu...

– É tudo o que você pode fazer por mim. Você faz?

– Está bem, Francisco.

– Não tema por mim. Foi só esta vez. Não vai acontecer de novo. Será muito mais fácil... depois.

– Se eu pudesse...

– Não. Vá dormir, querida.

Era a primeira vez que ele usava aquela palavra.

Pela manhã, ele a encarou abertamente, sem evitar seu olhar ansioso, mas não disse nada. Dagny via serenidade e sofrimento em seu rosto, uma expressão como um sorriso de dor, embora ele não sorrisse. Estranhamente, aquela expressão o tornava mais jovem. Agora não parecia um homem torturado, mas alguém que considera digno suportar a tortura.

Ela não perguntou nada. Antes de ir embora, disse apenas:

– Quando o verei outra vez?

– Não sei – respondeu. – Não espere por mim, Dagny. A próxima vez que nos encontrarmos, você não vai querer me ver. Tenho um motivo para fazer o que vou fazer. Mas não posso lhe dizer qual é, e você terá razão de me amaldiçoar. Não estou sendo desprezível a ponto de pedir que você acredite em mim cegamente. Você tem de viver com base no que você sabe, nos seus próprios juízos. Você há de me condenar. Vai ficar magoada. Tente não se magoar demais. Lembre-se de que eu lhe disse essas coisas e que isso era tudo o que eu podia lhe dizer.

Durante um ano, Dagny não teve notícias dele. Quando começou a ouvir boatos e a ler notícias sobre ele nos jornais, de início não acreditou que fosse mesmo Francisco d'Anconia. Depois de algum tempo, foi obrigada a acreditar.

Leu a respeito da festa que ele dera em seu iate, no porto de Valparaíso. Os convidados estavam em traje de banho, e uma chuva artificial de champanhe e pétalas de flores caiu sobre o tombadilho a noite toda.

Leu sobre a festa que Francisco deu no deserto da Argélia. Construiu um pavilhão com placas finas de gelo e deu a cada convidada um casaco de arminho, de presente, para usar na festa, com a condição de que elas despissem os casacos, depois os vestidos, depois o restante, à medida que as paredes fossem derretendo.

Leu a respeito dos empreendimentos em que ele se metia de vez em quando: seu sucesso era estrondoso, seus competidores ficavam arruinados, mas Francisco só fazia isso de vez em quando, por esporte, de repente, e depois desaparecia do mundo dos negócios por um ano ou dois, deixando a Cobre D'Anconia nas mãos dos empregados.

Leu a entrevista em que Francisco disse: "Por que eu vou me preocupar em ganhar dinheiro? Já tenho o bastante para permitir que três gerações de descendentes meus se divirtam tanto quanto eu."

Dagny o viu uma vez, numa recepção oferecida por um embaixador em Nova York. Ele fez uma mesura cortês para ela, sorriu e a fitou com um olhar que desconhecia o passado. Ela o puxou para um canto e perguntou apenas:

– Francisco, por quê?

– Por que... o quê? – perguntou Francisco. Dagny virou-se. – Eu avisei – disse ele. Dagny não tentou mais procurá-lo.

125

Ela sobreviveu. Conseguiu sobreviver porque não acreditava em sofrimento. Encarou com uma indignação surpreendente o fato desagradável de sentir dor e se recusou a levá-lo a sério. O sofrimento era um acidente sem sentido e não fazia parte da vida tal como ela a concebia. Nunca permitiria que a dor se tornasse importante. Não conhecia nenhuma palavra que designasse aquela espécie de resistência, nem para a emoção da qual a resistência provinha. Mas as palavras que equivaliam a ela em sua mente eram: isso não conta – não é para levar a sério. Sabia que eram essas as palavras, mesmo nos momentos em que não restava nada dentro de si senão a vontade de gritar, e sentia desejo de perder a consciência para não saber que o que era verdade era mesmo verdade. Não é para levar a sério – uma certeza irremovível dentro de si repetia: a dor e a feiura nunca devem ser levadas a sério.

Dagny lutou. Recuperou-se. O tempo a ajudou a chegar ao dia em que pôde encarar suas recordações com indiferença e, depois, ao dia em que ela não sentiu mais necessidade de encará-las. Estava tudo acabado e não lhe interessava mais.

Não houve outros homens em sua vida. Ela não sabia se isso a tornava infeliz. Não tinha tempo para saber. O sentido da sua vida, limpo e brilhante, ela o encontrava onde queria: em seu trabalho. Certa vez, Francisco lhe inspirara esse sentido, um sentimento que fazia parte de seu trabalho, de seu mundo. Os homens que ela viera a conhecer depois eram como aqueles que conhecera em seu primeiro baile.

Ela vencera a batalha contra suas recordações. Porém restava uma forma de tortura, que o tempo não apagara, a tortura das palavras "por quê".

Fosse qual fosse a tragédia que ocorrera a Francisco, por que ele optara pela fuga mais barata de todas, tão ignóbil quanto a embriaguez? O menino que ela conhecera não poderia ter se transformado num covarde inútil. Uma mente incomparável não poderia aplicar sua inventividade em pavilhões que se derretiam. Porém era isso que ocorrera, e não havia uma explicação que tornasse tudo aquilo concebível e que lhe permitisse esquecê-lo e ter paz. Ela não podia questionar o que Francisco havia sido, nem o que ela havia se tornado. Porém eram dois fatos incompatíveis. Às vezes, Dagny quase duvidava de sua racionalidade, questionava a própria existência da racionalidade. Mas essa era uma dúvida que ela não permitia que ninguém tivesse. Porém não havia uma explicação, uma razão, o menor indício de razão – e durante 10 anos ela não conseguiu achar nada que pudesse sugerir uma resposta.

Não, pensava ela, caminhando à luz do crepúsculo, passando por vitrines de lojas abandonadas, seguindo em direção ao Hotel Wayne-Falkland, não, não podia haver resposta alguma. Ela não procuraria uma resposta. Agora não tinha mais importância.

O vestígio de violência, a emoção que a fazia tremer por dentro, não era pelo homem que ia ver. Era um grito de protesto contra um sacrilégio – contra a destruição de algo que fora grande.

No espaço entre dois edifícios, Dagny viu as torres do Wayne-Falkland. Sentiu leves pontadas nos pulmões e nas pernas que a fizeram parar por um instante. Depois seguiu em frente com passos regulares.

Quando atravessou o hall de mármore, chegando ao elevador, e cruzou os amplos corredores do hotel, acarpetados de veludo, tudo o que ela sentia era uma raiva fria, que se tornava cada vez mais fria a cada passo.

Ela tinha certeza de sua raiva quando bateu à porta do quarto. Ouviu a voz dele dizendo: "Entre." E com um gesto brusco, Dagny empurrou a porta e entrou.

Francisco Domingo Carlos Andrés Sebastián d'Anconia estava sentado no chão, brincando com bolas de gude.

Ninguém jamais se perguntara se ele era belo ou não; parecia irrelevante. Quando ele entrava numa sala, era impossível olhar para qualquer outra pessoa. Alto e magro, tinha um ar de distinção autêntico demais para ser moderno e caminhava como se uma capa presa a seus ombros flutuasse ao vento. Diziam que ele tinha a vitalidade de um animal saudável, mas no fundo sabiam que isso não era uma explicação correta. Ele tinha a vitalidade de um ser humano saudável, coisa tão rara que ninguém podia identificá-la. Tinha o poder da certeza.

Ninguém dizia que ele tinha um ar latino, porém a palavra se aplicava a ele, não no sentido atual, e sim no original, referindo-se não à Espanha, mas à Roma antiga. Seu corpo era um exercício de estilo, um estilo composto de magreza, carnes rijas, pernas longas e movimentos rápidos. Seu rosto tinha traços precisos de escultura. O cabelo negro era penteado para trás. O bronzeado de sua pele intensificava a cor surpreendente de seus olhos: um azul puro e claro. Seu rosto era sincero, e suas rápidas mudanças de expressão refletiam tudo o que ele sentia, como se não tivesse nada a esconder. Os olhos azuis eram tranquilos e imutáveis, jamais sugerindo o que ele pensava.

Sentado no chão da sala, vestia um pijama de seda preta fina. As bolas de gude espalhadas pelo tapete ao seu redor eram de pedras semipreciosas argentinas: cornalina e cristal de rocha. Francisco não se levantou ao vê-la entrar. Ficou olhando para ela, e uma bola de cristal caiu de sua mão, como uma lágrima. Sorriu, o sorriso imutável, insolente, brilhante, de seus tempos de menino.

– Oi, Slug!

Quando Dagny deu por si, estava respondendo, irresistivelmente, cheia de alegria:

– Oi, Frisco!

Ela olhava para seu rosto. Era o rosto que ela conhecia. Não havia nele nenhum sinal da vida que Francisco levava, nem do que ela vira nele na última noite que passaram juntos. Nenhum sinal de tragédia, de amargura, de tensão – apenas aquele ar radiante de deboche, amadurecido e intensificado, o ar de ironia perigosamente imprevisível, e uma imensa serenidade de espírito, livre de sentimentos de culpa. *Mas isso*, pensou ela, *é impossível*. Isso era o mais chocante de tudo.

Os olhos dele a examinavam: o casaco surrado, desabotoado, caindo-lhe dos ombros, e o corpo esbelto vestido com um conjunto cinzento que parecia um uniforme de operário.

– Se você veio aqui vestida desse jeito para eu não ver como é bonita – disse ele –, você se enganou. Está linda. Quem dera que eu pudesse lhe dizer o alívio que sinto de ver um rosto inteligente, apesar de feminino. Mas você não quer me ouvir dizendo isso. Não foi para isso que veio.

Aquelas palavras eram tão impróprias, e no entanto ditas com tanta espontaneidade, que a trouxeram de volta à realidade, à raiva e ao objetivo da visita. Dagny permaneceu em pé, olhando para ele com o rosto sem expressão, recusando-se a reconhecer qualquer coisa de pessoal nele, até mesmo seu poder de ofendê-la. Disse apenas:

– Vim aqui lhe fazer uma pergunta.

– Faça.

– Quando você disse aos repórteres que vinha a Nova York assistir àquela comédia, a que comédia você se referia?

Ele riu alto, como quem raramente tem oportunidade de se divertir com o inesperado.

– É disso que eu gosto em você, Dagny. Há 7 milhões de pessoas em Nova York atualmente. Dessas 7 milhões, você é a única que seria capaz de imaginar que eu não estava me referindo ao escândalo do divórcio dos Vail.

– A que você se referia?

– Qual a alternativa que lhe ocorreu?

– O desastre em San Sebastián.

– É muito mais divertido que aquela história de divórcio, não é?

Dagny falou num tom solene e impiedoso de acusação:

– Você fez isso de propósito, premeditadamente, conscientemente.

– Não seria melhor você tirar o casaco e se sentar?

Ela percebeu que fora um erro trair tanta emoção. Virou-se, fria, tirou o casaco e o jogou para o lado. Ele não se levantou para ajudá-la. Ela se sentou numa poltrona. Ele permaneceu no chão, a alguma distância, mas era como se estivesse sentado a seus pés.

– O que foi que eu fiz de propósito? – perguntou Francisco.

– Toda aquela sujeira em San Sebastián.

– Qual foi minha *verdadeira* intenção?

– É isso que quero saber.

Francisco deu uma risada, como se ela lhe tivesse pedido que explicasse, numa conversa, uma ciência complexa que exigisse toda uma vida de estudo.

– Você sabia que as minas de San Sebastián não valiam nada – disse ela. – Você já sabia disso antes de se envolver nessa sujeira.

– Então por que eu me meti?

– Não vá me dizer que você não ganhou nada. Eu sei. Eu sei que você perdeu 15 milhões de dólares do próprio dinheiro. Mas você fez isso de propósito.

– Você pode me dizer por que eu faria isso?

– Não. É inconcebível.

– É mesmo? Você acha que sou muito inteligente, muito instruído e possuo uma grande capacidade de trabalho, de modo que tudo o que faço necessariamente dá certo. E no entanto você acha que eu não tive interesse de fazer o melhor que podia pela República Popular do México. Inconcebível, não é?

– Você sabia, antes de comprar aquela propriedade, que o México estava nas mãos de um governo de espoliadores. Você não tinha nenhuma obrigação de entrar num projeto de mineração para eles.

– Não, obrigação eu não tinha.

– Você se lixava para o governo do México, porque...

– Engano seu.

– ... porque você sabia que eles iam desapropriar aquelas minas mais cedo ou mais tarde. O que você queria era prejudicar os acionistas americanos.

– Isso é verdade. – Ele a encarava, sem sorrir. Seu rosto estava sério. Acrescentou: – É uma parte da verdade.

– Então, qual é a restante?

– Não era só isso que eu queria.

– O que mais?

– Isso é você que tem de descobrir.

– Vim aqui porque queria que você ficasse sabendo que estou começando a entender qual é o seu objetivo.

Ele sorriu.

– Se você estivesse mesmo, não viria aqui.

– É verdade. Não entendo mesmo e provavelmente nunca vou entender. Só estou começando a vislumbrar parte da coisa.

– Que parte?

– Você já tinha enjoado de todo tipo de depravação e resolveu buscar uma emoção nova, enganando pessoas como Jim e seus amigos só para vê-los se desesperando. Não sei que tipo de depravação pode levar uma pessoa a achar graça nisso, mas foi para isso que você veio a Nova York no momento certo.

– Realmente, foi um espetáculo e tanto. O desespero do seu irmão James, em particular.

– Eles são uns imbecis, mas nesse caso o único crime deles foi confiar em você. Confiaram no seu nome e na sua honra.

Mais uma vez ela viu aquela expressão de sinceridade em seu rosto, e mais uma vez ficou convicta de que era verdadeira quando ele disse:

– É verdade. Confiaram, sim. Eu sei.

– E você acha graça nisso?

– Não. Nem um pouco.

Ele continuava a brincar com as bolas de gude, distraído, indiferente. De repente ela se deu conta da precisão de sua pontaria, da habilidade de suas mãos. Ele simplesmente mexia o pulso de leve, e a bola atravessava o tapete para bater em cheio numa outra. Ela pensou na infância de Francisco, na previsão de que tudo o que ele viesse a fazer o faria com perfeição.

– Não – disse ele –, não acho graça nenhuma. Seu irmão James e os amigos dele não entendiam nada de mineração de cobre. Não entendiam nada da arte de ganhar dinheiro. Não achavam necessário aprender. Achavam que o conhecimento dessas coisas era supérfluo, que saber julgá-las era irrelevante. Observavam que eu estava no mundo e que empenhava minha honra em conhecê-lo. Acharam que podiam confiar na minha honra. Trair esse tipo de confiança é coisa que não se faz, não é?

– Então foi uma traição intencional?

– Isso você é que tem de concluir. Foi você que falou na confiança deles, na minha honra. Eu não penso mais nesses termos... – Deu de ombros e acrescentou: – Estou me lixando para seu irmão James e os amigos dele. A teoria deles não era nova; ela vem funcionando há séculos. Mas não era infalível. Eles não levaram em consideração um pequeno detalhe apenas. Eles acharam que era seguro confiar no meu cérebro porque imaginavam que meu objetivo era dinheiro. Todos os seus cálculos se basearam na premissa de que eu queria ganhar dinheiro. E se eu não quisesse?

– Se não era isso, então o que você queria?

– Eles nunca me perguntaram. Nunca perguntar sobre objetivos, motivos ou desejos é parte essencial da teoria deles.

– Se você não queria ganhar dinheiro, que objetivo você poderia ter?

– Vários. Por exemplo, gastar dinheiro.

– Gastar dinheiro em algo fadado ao fracasso?

– Como eu poderia saber que aquelas minas estavam fadadas ao fracasso?

– Como você poderia *não* saber disso?

– Muito simples. Não pensando nelas.

– Então você se meteu naquele projeto sem pensar nele?

– Não, não exatamente isso. Mas e se eu tiver me enganado? Sou humano, afinal. Cometi um erro. Fracassei. Meti os pés pelas mãos. – Com um gesto preciso do pulso. Francisco lançou uma bola de cristal para o outro lado da sala, atingindo com força uma bola marrom.

– Não acredito – disse Dagny.

– Não? Mas será que não tenho o direito de ser o que hoje em dia é considerado humano? Será que tenho de pagar pelos erros de todo mundo sem que tenha o direito de errar também?

– Não é do seu feitio.

– Não? – Francisco se esticou no tapete, preguiçosamente, relaxando os músculos. – Você insiste em me fazer crer que fiz de propósito, para que você ainda possa me dar algum crédito. Será que você não consegue admitir que sou um vagabundo?

Dagny fechou os olhos. Ouviu-o rir; era o som mais alegre do mundo. Apressou-se em abrir os olhos, mas não havia nenhum sinal de crueldade no rosto de Francisco, só alegria pura.

– Meu propósito, Dagny? Você não imagina que seja o mais simples de todos? Fazer o que me dá na veneta?

Não, pensou ela, *não é verdade. Não quando ele ri desse jeito, com essa cara. A capacidade de desfrutar de uma alegria pura*, concluiu, *não pertence aos idiotas irresponsáveis*. Uma paz de espírito inviolável não é atributo dos vagabundos. Saber rir daquele jeito exige a mais profunda e séria reflexão.

Quase desapaixonadamente, olhando para Francisco deitado no tapete a seus pés, o pijama negro ressaltando as linhas alongadas de seu corpo, o colarinho desabotoado mostrando uma pele jovem e bronzeada, Dagny o viu tal como sua memória o evocava: a figura de calça e camisa pretas deitada ao lado dela na grama, ao nascer do sol. Naquela ocasião, ela havia sentido orgulho, o orgulho de saber que possuía aquele corpo. E ainda o sentia agora. De repente se lembrou com todos os detalhes dos atos excessivos de intimidade dos dois. Essa lembrança deveria revoltá-la agora, mas isso não aconteceu. Continuava a sentir orgulho, sem remorso nem esperança. Uma emoção incapaz de alcançá-la, mas que lhe era impossível destruir.

Inexplicavelmente, por uma associação de sentimentos que a surpreendeu, se lembrou de algo que recentemente despertara nela a mesma sensação de felicidade suprema.

– Francisco – disse ela, sem querer, baixinho –, nós dois adorávamos a música de Richard Halley...

– Eu ainda adoro.

– Você o conhece pessoalmente?

– Conheço. Por quê?

– Por acaso você sabe se ele compôs um quinto concerto?

Francisco permaneceu absolutamente imóvel. Ela o julgara imune a choques, porém se enganara. Mesmo assim, não entendia por que, de todas as coisas que ela dissera, essa tinha sido a primeira a atingi-lo. Foi apenas um instante. Depois ele perguntou, com a voz inalterada:

– O que a faz supor isso?

– Mas ele compôs ou não?

– Você sabe que só existem quatro concertos.

– Sei. Mas achei que talvez ele tivesse composto mais um.

– Ele parou de compor.

– Eu sei.

– Então por que você fez essa pergunta?

– É só uma ideia. O que ele está fazendo agora? Onde ele está?

– Não sei. Não o vejo há muito tempo. O que faz você pensar que existe um quinto concerto?

– Eu não disse que existe. Simplesmente imaginei.

– Por que você pensou em Richard Halley agora?

– Porque... – Dagny sentiu que estava perdendo um pouco seu autocontrole – porque não consigo ver a ligação entre a música de Richard Halley e... a Sra. Gilbert Vail.

Francisco riu, aliviado.

– Ah, aquilo? Aliás, se você vem acompanhando o caso, já reparou numa pequena e engraçada discrepância nessa história da Sra. Gilbert Vail?

– Não leio esse tipo de coisa.

– Pois devia. Ela faz uma linda descrição do último réveillon que passamos juntos na minha vila nos Andes. O luar nos picos andinos, as flores vermelhas das trepadeiras que se viam das janelas abertas. Você não vê algo de errado nessa descrição?

Ela respondeu em voz baixa:

– Eu é que devia perguntar isso a você, mas não vou.

– Ah, eu não vejo nada de errado, menos uma coisa: na última noite de Ano-Novo eu estava em El Paso, no Texas, na inauguração da Linha San Sebastián da Taggart Transcontinental, como você deve se lembrar, embora tenha preferido não comparecer à cerimônia. Tirei uma foto abraçado ao seu irmão James e ao *Señor* Orren Boyle.

Ela soltou uma interjeição de espanto, lembrando-se de que isso era verdade. Lembrou-se também de ter lido o depoimento da Sra. Vail nos jornais.

– Francisco, o que... o que isso quer dizer?

– Tire suas próprias conclusões... – disse ele, com uma risada. Depois seu rosto assumiu uma expressão séria. – Dagny... por que você imaginou que Halley escreveu um quinto concerto? Por que não uma nova sinfonia ou ópera? Por que um concerto?

– E por que isso o perturba?

– Não me perturba. – Acrescentou, em voz baixa: – Eu ainda adoro as músicas dele, Dagny. – Depois reassumiu o tom inconsequente: – Mas isso pertence a uma outra época. Atualmente, há outras formas de diversão.

Deitou-se de costas, apoiando a cabeça nas mãos e olhando para cima, como se assistisse a uma comédia projetada no teto.

– Dagny, você não achou graça no espetáculo proporcionado pela República Popular do México em relação às minas de San Sebastián? Não leu os discursos dos políticos, os editoriais dos jornais mexicanos? Dizem que sou um ladrão inescrupuloso, que os fraudei. Achavam que iam expropriar uma mineradora lucrativa. Eu não tinha o direito de decepcioná-los desse jeito. Leu sobre o burocratazinho ridículo que achava que eles deviam me processar?

Ele riu, esticado no chão, os braços estirados sobre o tapete, formando uma cruz com o corpo. Parecia desarmado, relaxado, jovem.

– Valeu o dinheiro que gastei. Não me abalou as finanças. Se eu tivesse planejado tudo de propósito, teria passado o imperador Nero para trás. Queimar uma cidade não é nada em comparação com o que fiz: escancarar as portas do inferno e mostrá--lo para todos.

Francisco sentou-se, pegou algumas bolas de gude e ficou a sacudi-las na mão, distraído. Elas se entrechocavam, com um ruído leve e límpido. Dagny percebeu que ele brincava com as bolas não por afetação, mas por nervosismo: ele não conseguia ficar parado por muito tempo.

– O governo da República Popular do México fez um pronunciamento – disse ele – pedindo ao povo que seja paciente e aperte o cinto mais um pouco. Pelo visto, a fortuna das minas de San Sebastián era algo com que o Conselho Central de Planejamento estava contando. Achavam que com elas seria possível elevar o nível de vida do país e proporcionar a seus habitantes, homens, mulheres e crianças, um assado de porco a cada domingo. Agora os planejadores estão pedindo ao povo que não ponha a culpa no governo, e sim na depravação dos ricos, porque me revelei um playboy irresponsável, não um capitalista ganancioso como esperavam. Como eles poderiam imaginar que eu faria uma coisa dessas? É o que eles estão se perguntando agora. É, realmente. Como poderiam imaginar?

Ela atentou para a maneira como Francisco brincava com as bolas de gude. Ele não tinha consciência do que fazia, estava com o olhar perdido na distância, mas Dagny estava certa de que aquela brincadeira representava para ele um alívio. Seus dedos se mexiam lentamente, sentindo a textura das pedras com um prazer sensual. Em vez de achar aquilo grotesco, Dagny o achava estranhamente atraente – *como se, pensou ela subitamente, a sensualidade, afinal, não fosse algo físico, e sim uma decorrência de uma sutil discriminação do espírito.*

– E não é só isso que eles não sabiam – prosseguiu Francisco. – Ainda vão fazer mais algumas descobertas. Aquele conjunto habitacional para os mineiros. Custou 8 milhões de dólares. Casas com estrutura de aço, canalização, eletricidade e refrigeração. Mais escola, igreja, hospital e cinema. Uma cidadezinha construída para pessoas que antes moravam em barracões de madeira e latão. Meu prêmio por ter construído isso foi o privilégio de escapar vivo de lá, uma concessão especial que me foi feita por eu não ser natural da República Popular do México. Esse conjunto habitacional também estava nos planos deles. Um modelo de conjunto habitacional feito por um Estado progressista. Pois bem, aquelas casas de estrutura de aço são basicamente de papelão recoberto de verniz. Não vão ficar em pé mais de um ano. Os canos utilizados, bem como a maior parte do equipamento de mineração, foram adquiridos de vendedores abastecidos pelos depósitos de lixo de Buenos Aires e do Rio de Janeiro. Acho que vão durar mais uns cinco meses; a rede elétrica, eu diria, mais uns seis meses. As maravilhosas estradas que construímos, subindo uma distância de 1.300 metros sobre rocha, não duram mais de dois invernos: são de cimento barato, sem fundações, e as muretas nas curvas fechadas não passam de ripas pintadas. Com a primeira barreira que cair... Agora, a igreja eu acho que vai durar. Eles vão precisar dela.

– Francisco... – sussurrou ela – você fez isso de propósito?

Ele levantou a cabeça. Dagny ficou surpresa ao constatar que em seu rosto havia uma expressão de profundo cansaço.

– Se fiz de propósito, por desleixo ou por burrice... será que você não entende que não faz a menor diferença? O mesmo elemento estava faltando.

Ela tremia. Apesar de todo o seu autocontrole, de tudo o que ela havia decidido. Dagny exclamou:

– Francisco! Se você vê o que está acontecendo no mundo, se tem consciência de tudo o que disse, não é possível que ache graça nisso! *Você*, mais do que ninguém, tinha de lutar contra eles!

– Eles quem?

– Esses espoliadores... e os que permitem a espoliação. Os planejadores mexicanos e outros da mesma laia.

Havia algo de perigoso no sorriso dele.

– Não, minha querida. É contra você que tenho que lutar.

Ela o olhou sem entender.

– O que você quer dizer?

– Estou dizendo que o conjunto habitacional de San Sebastián custou 8 milhões de dólares – disse ele, pronunciando as palavras com clareza e ênfase, numa voz áspera. – O preço pago por aquelas casas de papelão daria para comprar estruturas de aço. E o mesmo aconteceu com tudo o mais. O dinheiro foi para os bolsos dos homens que enriquecem dessa maneira. Esses homens não vão permanecer ricos por muito tempo. O dinheiro vai ser desviado não para os caminhos mais produtivos, e sim para os mais corruptos. Pelos padrões da época em que vivemos, o homem que tem menos a oferecer é o que vence. Esse dinheiro vai desaparecer em projetos como o das minas de San Sebastián.

Ela perguntou, fazendo um esforço:

– É isso que você quer?

– É.

– É nisso que você acha graça?

– É.

– Estou pensando no seu nome – disse ela, ao mesmo tempo que dizia a si própria que não adiantava nada dizer aquilo. – A tradição dos D'Anconia foi sempre legar aos descendentes uma fortuna maior do que a herdada.

– Sem dúvida, meus ancestrais tinham uma capacidade extraordinária de fazer a coisa certa na hora certa... e de fazer os investimentos certos. E claro que "investimento" é um termo relativo. Depende do que você quiser realizar. Por exemplo, veja o caso de San Sebastián. Custou-me 15 milhões de dólares, mas essa soma fez com que a Taggart Transcontinental perdesse 40 milhões, que acionistas como James Taggart e Orren Boyle perdessem 35 milhões, e ainda se perderão centenas de milhões de dólares com consequências secundárias. Até que não foi um mau investimento, não é, Dagny?

Ela estava toda tesa em sua poltrona.

– Você tem consciência do que está dizendo?

– Ah, claro que tenho! Quer que eu lhe diga logo quais as acusações que você ainda vai me fazer? Primeiro, não acredito que a Taggart Transcontinental consiga se recuperar do prejuízo que teve com aquela ridícula Linha San Sebastián. Você acha que vai, mas não vai. Segundo, a história de San Sebastián ajudou seu irmão James a destruir a Phoenix–Durango, praticamente a única ferrovia que ainda prestava.

– Você tem consciência disso tudo?

– E de muito mais também.

– Você... – Ela não sabia por que tinha que dizer aquilo, só sabia que a lembrança daquele rosto com olhos escuros e violentos parecia novamente encará-la. – Você conhece Ellis Wyatt?

– Claro.

– Você sabe o que vai acontecer com ele por causa disso?

– Sei. Vai ser o próximo a se arruinar.

– Você... acha... graça nisso?

– Muito mais do que na desgraça dos planejadores mexicanos.

Dagny se levantou. Há anos que ela o chamava de corrupto. Ela temia isso, pensava sobre isso, tentava não pensar nunca mais, esquecer de vez, mas jamais suspeitara de que a corrupção fosse tão absoluta.

Ela não estava olhando para ele. Nem sabia que falava em voz alta, citando as palavras que ele pronunciara no passado:

– Quem honra mais seu antepassado... você, com seu Nat Taggart... ou eu, com meu Sebastián d'Anconia...

– Mas será que você não percebeu que batizei aquelas minas em homenagem a meu ancestral? Creio que ele teria gostado da homenagem.

Ela levou um momento para recuperar a visão. Antes não sabia o que era uma blasfêmia, ou o que a pessoa sentia ao presenciar uma blasfêmia. Agora sabia.

Ele havia se levantado. Sorria para ela, cortês. Era um sorriso frio, impessoal, que nada revelava.

Ela tremia, mas aquilo não importava. Ela pouco se importava com o que ele visse, adivinhasse, com o que provocasse seu riso.

– Vim aqui pois queria saber por que você fez o que fez com a sua vida – disse ela, com uma voz neutra, sem raiva.

– Eu lhe expliquei a razão – disse ele, sério –, mas você não quer acreditar.

– Eu continuava a ver você tal como era antes. Não conseguia esquecer. E agora você se transformou nisso que você é... *isso* não pode acontecer num mundo racional.

– Não? E esse mundo ao seu redor é racional?

– Você não era o tipo de homem que se deixa abater por qualquer espécie de mundo.

– É verdade.

– Então... por quê?

Ele deu de ombros.

– Quem é John Galt?

– Ah, não use essa linguagem de sarjeta!

Francisco a encarou. Havia em seus lábios um esboço de sorriso, mas seus olhos estavam imóveis, sérios e, por um momento, cheios de uma percepção perturbadora.

– Por quê? – insistiu Dagny.

Ele respondeu, tal como respondera aquela noite, naquele mesmo hotel, 10 anos antes:

– Você não está pronta para ouvir a resposta.

Não a acompanhou até a porta. Dagny já havia colocado a mão na maçaneta, quando se virou – e parou. Ele estava do outro lado da sala e lhe dirigia um olhar que a envolvia por inteiro. Ela entendeu o significado daquele olhar e ficou paralisada.

– Continuo querendo dormir com você – disse ele. – Mas não sou um homem feliz o bastante para fazê-lo.

– Não é feliz o bastante? – repetiu ela, espantada.

Ele riu.

– Você acha apropriado que isso seja a primeira coisa a responder? – Esperou, mas ela não disse nada. – Você também quer, não quer?

Ela ia dizer "não", quando percebeu que a verdade era ainda pior.

– Quero – respondeu friamente –, mas isso de eu querer não importa.

Ele sorriu, com admiração, reconhecendo a força que lhe permitira dar essa resposta.

Porém Francisco não sorria mais quando disse, no momento em que ela abriu a porta para sair:

– Você tem muita coragem, Dagny. Algum dia você terá o bastante.

– O bastante de quê? De coragem?

Mas ele não respondeu.

CAPÍTULO 6

OS NÃO COMERCIAIS

REARDEN APERTOU A TESTA contra o espelho e tentou não pensar em nada.

Só assim ele podia se aguentar, pensou. Concentrou sua atenção na sensação de alívio proporcionada pelo frescor do espelho, perguntando-se o que era necessário fazer para reduzir a mente a um vazio, principalmente depois de toda uma vida baseada no axioma de que seu principal dever era manter sua faculdade racional em funcionamento constante, implacável, com clareza absoluta. Ele não conseguia entender por que nenhum esforço até então jamais lhe parecera grande demais para sua capacidade e, no entanto, agora não tinha forças para enfiar umas abotoaduras de pérola preta na sua camisa branca engomada.

Era seu aniversário de casamento e há três meses ele sabia que haveria uma festa, conforme a vontade de Lillian. Ao concordar com a esposa, o dia da festa ainda estava muito longe e ele estava convicto de que saberia enfrentar a situação quando chegasse a hora, assim como enfrentava todas as obrigações de sua vida atribulada. Então, durante esses três meses, em que trabalhara 18 horas por dia, esquecera a festa, satisfeito – até que, meia hora atrás, bem depois da hora do jantar, a secretária entrou em seu escritório e disse com firmeza: "Sua festa, Sr. Rearden." Ele exclamou: "Meu Deus!" Levantando-se de um salto, correu para casa, subiu as escadas apressadamente, começou a arrancar as roupas e a se vestir para a comemoração, só pensando na necessidade de se apressar, não no objetivo de sua pressa. Quando a consciência desse objetivo o atingiu em cheio, como um soco inesperado, ele parou.

"Você só liga para os negócios." Ele ouvira essa frase por toda a sua vida, pronunciada como um veredicto de condenação. Sempre soubera que os negócios eram encarados como uma espécie de culto secreto, vergonhoso, algo que não se mostrava aos leigos inocentes. As pessoas os encaravam como uma necessidade feia, algo a ser realizado mas nunca mencionado, que falar nisso era uma ofensa às sensibilidades mais refinadas, que, assim como se lavava das mãos a graxa das máquinas antes de ir para casa, também era necessário tirar da mente a sujeira dos negócios antes de entrar numa sala de visitas. Ele nunca acreditara nesse credo, mas aceitara como natural que a família acreditasse nele. Aceitava com naturalidade, mudo, como quem aceita, sem questionar nem mencionar, alguma coisa aprendida na infância. Aceitava como o mártir de alguma religião obscura que tivesse se dedicado a servir uma fé que era a paixão de sua vida, mas que o transformava num pária entre os homens, colocando-o além da compreensão de seus semelhantes.

Ele aceitara a premissa de que era seu dever dar à esposa alguma forma de existência que não tivesse relação com os negócios. Mas isso ele jamais tivera capacidade de fazer, e, no entanto, não conseguia também experimentar um sentimento de culpa. Não conseguia se forçar a mudar, nem conseguia censurá-la por condená-lo.

Não dedicara a Lillian nem um pouco de atenção havia meses – não, havia anos, desde o dia em que se casaram, oito anos antes. Não se importava com os interesses dela, nem mesmo o bastante para descobrir quais eram. Ela vivia cercada por um grande número de amigos, e Rearden ouvira dizer que eles representavam a elite da cultura nacional, mas jamais tivera tempo de conhecê-los, ou mesmo de reconhecer sua fama, inteirando-se de suas realizações: só sabia que via seus nomes com frequência nas capas das revistas nas bancas de jornal. Se Lillian se ressentia da atitude dele, pensou, então a mulher tinha razão. Se ela o censurava, ele merecia. Se sua família dizia que ele não tinha coração, era verdade.

Ele jamais se poupava. Quando surgia um problema na siderúrgica, sua primeira preocupação era descobrir onde havia errado. Nunca procurava os erros dos outros, só os seus. Era de si próprio que exigia perfeição. Naquele momento, não teria nem um pingo de autocomiseração: assumiria a culpa. Na siderúrgica, imediatamente ele sentia-se impelido a agir para remediar o erro. Agora, porém, ele não conseguia agir assim... Só mais alguns minutos, pensava ele, encostado no espelho, de olhos fechados.

Não conseguia parar de pensar naquelas palavras que se impunham à sua mente – era como tentar conter com as mãos o esguicho de um hidrante quebrado. Jatos dolorosos, de palavras misturadas com imagens, atingiam seu cérebro incessantemente... *Horas a fio*, pensou ele, horas contemplando os olhares dos convidados, pesados de tédio, quando sóbrios, ou fixos e estúpidos, quando bêbados, fingindo não perceber nada, e se esforçando por dizer algo a eles, embora não tivesse nada a falar... Logo agora, que ele precisava de horas para investigar quem poderia substituir o superintendente da oficina de laminação, que pedira demissão de repente, sem dizer por quê... tinha de fazer isso imediatamente... era tão difícil encontrar homens como aquele... e se algo acontecesse e interrompesse o funcionamento dos laminadores?... eram os trilhos para a Taggart que estavam sendo feitos... Lembrou-se daquela censura muda, do olhar de acusação de paciência suprema, de deboche, que sempre via nos olhos de sua família quando detectavam nele algum sinal de sua paixão pelo trabalho; de que ele ainda tinha esperança de que não percebessem que a Siderúrgica Rearden era tão importante para ele – como um alcoólatra fingindo-se indiferente ao álcool no meio de pessoas que o observam com escárnio, achando graça, sabedoras de sua vergonhosa fraqueza.

– Ouvi você chegar em casa ontem às duas da madrugada. Onde estava? – perguntava-lhe a mãe à hora do jantar.

– Ora, na siderúrgica, é claro – respondia Lillian, no tom de voz com que outras mulheres diriam: "No bar da esquina." Ou então sua mulher lhe perguntava, com um esboço de sorriso matreiro no rosto:

– O que você estava fazendo em Nova York ontem?

– Fui a um banquete com os rapazes.

– De negócios?

– É.

– É claro.

E Lillian se afastava, nada mais, só com a vergonhosa consciência de que Rearden quase teria preferido que ela desconfiasse de que ele fora a alguma orgia obscena... Um cargueiro afundara durante uma tempestade no lago Michigan, com milhares de toneladas de minério de ferro pertencente à siderúrgica – aqueles barcos estavam caindo aos pedaços; se ele não ajudasse os donos da linha a obter as peças de que precisavam para os reparos, iriam à falência, e aquela era a única linha que ainda operava no lago. "Aquele jogo?", perguntava Lillian, apontando para um grupo de sofás e mesas de centro na sala de visitas. "Não, Henry, não é novo, não, mas acho que devo me sentir lisonjeada por constatar que bastaram três semanas para que você percebesse a existência dele. É uma adaptação que fiz de uma saleta de um famoso palácio francês, mas coisas desse tipo certamente não podem interessá-lo, querido, elas não têm nada a ver com a Bolsa de Valores, absolutamente nada." O pedido de cobre que fizera havia seis meses ainda não fora entregue, a data da entrega fora adiada três vezes – "Não podemos fazer nada, Sr. Rearden" –, ele teria de procurar outra companhia para encomendar o cobre, que estava cada vez mais difícil de encontrar no mercado... Embora Philip não estivesse sorrindo ao olhar para Rearden enquanto falava com os amigos de sua mãe sobre uma organização na qual havia entrado, havia nos músculos relaxados de seu rosto algo que indicava um sorriso de superioridade quando disse: "Não, isso não interessa a você, Henry, nada tem a ver com negócios, é uma iniciativa absolutamente não comercial." Aquele empreiteiro de Detroit, que estava reconstruindo uma fábrica grande, tinha se interessado em usar metal Rearden na estrutura – ele devia pegar um avião para Detroit e falar com o homem pessoalmente... devia ter feito isso uma semana antes... poderia ter ido naquela noite... "Você não está ouvindo o que estou dizendo", dissera-lhe a mãe à hora do café da manhã, quando ele começou a pensar nos preços do carvão enquanto ela lhe contava o sonho que tivera aquela noite. "Você nunca ouve ninguém. Só se interessa por si mesmo. Você não liga para ninguém, para nenhum ser humano neste mundo de Deus..." As páginas datilografadas sobre sua escrivaninha no escritório eram um relatório sobre os testes realizados com um motor de avião feito de metal Rearden – talvez a coisa que mais desejasse no mundo naquele momento fosse ler aquele relatório. Havia três dias que estava em sua mesa, intacto, e ele não tivera tempo. Podia lê-lo agora, e...

Sacudiu a cabeça com violência, abriu os olhos, deu um passo para trás, afastando-se do espelho.

Tentou pegar as abotoaduras de pérola. Em vez disso, viu que suas mãos se dirigiam para a correspondência sobre a penteadeira. Eram envelopes com o carimbo

"Urgente" que ele devia ler naquela noite, mas não tivera tempo de fazê-lo no escritório. Sua secretária os enfiara em seus bolsos quando ele saía. Ele os colocara na penteadeira quando começara a trocar de roupa.

Um recorte de jornal caiu no chão. Era um editorial, que a secretária assinalara com um risco zangado de lápis vermelho. O título era "Igualdade de oportunidades". Ele precisava ler aquilo. Nos últimos três meses vinha-se falando muito sobre o assunto, o que era preocupante.

Rearden leu o editorial enquanto ouvia as vozes e os risos forçados vindos do primeiro andar, lembrando-lhe que os convidados já estavam chegando, que a festa já havia começado e que logo, assim que descesse, teria de enfrentar os olhares zangados e acusadores de sua família.

O editorial afirmava que, numa época em que a produção estava caindo, os mercados diminuíam e eram cada vez mais escassas as oportunidades de ganhar a vida. Que era injusto deixar que um homem controlasse diversas empresas, ao passo que outros não tinham nenhuma. Que era destrutivo deixar que uns poucos homens detivessem o controle de todos os recursos, não dando nenhuma oportunidade aos demais. Que a competição era essencial à sociedade, e era uma obrigação desta não permitir que um competidor se tornasse tão forte que ninguém mais pudesse concorrer com ele. O editorial previa a aprovação de um projeto de lei que proibisse qualquer pessoa física ou jurídica de controlar mais de uma empresa.

Wesley Mouch, seu homem em Washington, dissera a Rearden que não havia motivo para preocupação – a luta seria encarniçada, porém a lei não seria aprovada. Rearden não entendia nada a respeito desse tipo de luta. Isso ele deixava para Mouch e seus assessores resolverem. Mal encontrava tempo para folhear os relatórios que lhe enviavam de Washington e assinar os cheques que Mouch lhe solicitava para essa luta.

Rearden não acreditava que a lei seria aprovada. Era incapaz de acreditar nisso. Durante toda a sua vida tinha lidado com a fria realidade dos metais, da tecnologia, da produção, e se tornara convicto de que era necessário pensar só na sanidade, não na loucura – que aquele que procurasse o que estava certo venceria, porque a resposta certa sempre vencia; que aquele que fosse insensato, errado, monstruosamente injusto jamais poderia se sair bem, ter sucesso e estava fadado ao fracasso. Lutar contra uma coisa como aquela lei lhe parecia ridículo e mesmo um pouco vergonhoso, como se de repente quisessem que ele competisse com um homem que se utilizasse, para a preparação do aço, de fórmulas baseadas em cálculos numerológicos.

Ele dissera a si mesmo que aquela questão era perigosa. Porém nem mesmo o editorial mais histérico despertava qualquer emoção nele. Por outro lado, uma diferença de um valor decimal no resultado de um teste de laboratório realizado com o metal Rearden o fazia dar um salto de entusiasmo ou apreensão. Não lhe restava energia para nenhum outro assunto.

Amassou o editorial e o jogou na lata de lixo. Sentiu que o dominava aquele cansaço mortal que nunca sentia no trabalho, a exaustão que parecia esperar por ele e atacá-lo sempre que se voltava para outros problemas. Sentia-se incapaz de qualquer desejo que não o de dormir.

Disse a si mesmo que tinha de ir à festa – que sua família tinha o direito de exigir isso dele –, que precisava aprender a gostar daquele tipo de prazer por eles, não por si próprio.

Perguntou-se por que não conseguia se interessar por essas coisas. Durante toda a sua vida, sempre que ele se convencia de que era correto fazer algo, o desejo de fazê-lo surgia automaticamente. O que estaria acontecendo com ele? Aquele conflito insuportável entre a consciência do que era certo e a relutância em fazê-lo, não era aquilo a fórmula básica da corrupção moral? Reconhecer a própria culpa e no entanto sentir apenas a mais fria, a mais profunda indiferença não era trair aquilo que fora o motor de toda a sua vida, de seu orgulho?

Não tinha tempo para procurar uma resposta. Terminou de se vestir depressa, impiedosamente.

Empertigando o corpo alto, caminhando com a confiança tranquila e natural de quem se habituou a exercer autoridade, com um lenço fino branco no bolso do smoking preto, desceu as escadas lentamente. Para satisfação das senhoras idosas que o contemplavam, ele era exatamente a imagem que se esperava de um grande industrial.

Viu Lillian ao pé da escada. As linhas nobres de um vestido longo, estilo império, amarelo-limão, lhe salientavam as curvas graciosas do corpo, e ela parecia uma mulher orgulhosa de controlar seu meio. Rearden sorriu, gostava de vê-la feliz. De certa forma, isso justificava a festa.

Aproximou-se dela e parou. Ela sempre tivera muito bom gosto na escolha de joias, jamais se enfeitando demais. Mas naquela noite sua mulher ostentava um colar de brilhantes, brincos, anéis e broches. Seus braços, entretanto, estavam nus. Seu único ornamento, no pulso direito, era a pulseira de metal Rearden. As joias reluzentes faziam com que a pulseira parecesse uma bijuteria feia e barata.

Quando Rearden mudou o olhar do pulso dela para o rosto, constatou que Lillian o estava olhando também. Os olhos estavam semicerrados e sua expressão era indefinível; era um olhar que parecia ao mesmo tempo velado e proposital, um olhar que ocultava algo e exultava pela certeza de ocultá-lo com perfeição.

Ele teve vontade de arrancar a pulseira do braço da mulher. Em vez disso, obedecendo à voz de Lillian, que alegremente lhe apresentava uma convidada, fez uma mesura para a senhora que estava ao lado dela, mantendo o rosto sem expressão.

– O homem? O que é o homem? Apenas um amontoado de substâncias químicas com mania de grandeza – disse o Dr. Pritchett a um grupo de convidados no outro lado do salão.

O doutor pegou um canapé em um prato de cristal com dois dedos esticados e o colocou inteiro na boca.

– As pretensões metafísicas do homem – disse ele – são risíveis. Um miserável pedaço de protoplasma cheio de ideiazinhas feias e emoçõezinhas mesquinhas... e se acha importante! Na verdade, é essa a causa de todas as desgraças do mundo.

– Mas quais os conceitos que não são nem feios nem mesquinhos, professor? – perguntou, muito séria, uma matrona cujo marido era dono de uma fábrica de automóveis.

– Nenhum – respondeu o Dr. Pritchett. – Nenhum conceito que esteja dentro da capacidade humana.

Um jovem perguntou, inseguro:

– Mas, se não temos nenhum conceito bom, como podemos saber que os que temos são maus? Quero dizer, com base em que padrões?

– Não existem padrões.

Essa resposta fez a plateia se calar.

– Os filósofos do passado eram superficiais – prosseguiu o Dr. Pritchett. – Coube ao nosso século redefinir o objetivo da filosofia, que não é ajudar o homem a encontrar o sentido da vida, e sim provar a ele que a vida não tem sentido.

Uma jovem bonita, filha do dono de uma mina de carvão, perguntou, indignada:

– E quem pode provar uma coisa dessas?

– Eu estou tentando – disse o Dr. Pritchett, que, havia três anos, era o diretor do departamento de filosofia da Universidade Patrick Henry.

Lillian Rearden se aproximou; suas joias brilhavam. A expressão que ela mantinha no rosto era um leve esboço de sorriso, fixo e delicadamente sugestivo, como o ondulado de seus cabelos.

– É essa insistência em achar sentidos que torna o homem tão difícil – continuou o Dr. Pritchett. – Uma vez que ele compreenda que não tem a menor importância no cômputo geral do universo, que é absolutamente impossível atribuir qualquer significado a suas atividades, que não faz diferença se ele vive ou morre, ele se tornará bem mais... maleável.

O doutor deu de ombros e pegou mais um canapé. Um empresário, inquieto, disse então:

– O que lhe perguntei, professor, foi o que o senhor achava da Lei da Igualdade de Oportunidades.

– Ah, sim – disse o Dr. Pritchett. – Mas acho que deixei claro que sou a favor dela, porque sou a favor de uma economia livre. Uma economia livre não pode existir sem competição. Portanto, os homens devem ser obrigados a competir. Logo, temos de controlar os homens para obrigá-los a serem livres.

– Mas... não há uma espécie de contradição nisso?

– Não no sentido filosófico mais elevado. É necessário ir além das definições estáticas do pensamento antiquado. Nada é estático no universo. Tudo é fluido.

– Mas a razão diz claramente que...

– A razão, meu caro, é a mais ingênua de todas as superstições. Isso, pelo menos, é ponto pacífico em nossa época.

– Mas eu não consigo entender como é que se pode...

– É a ilusão muito difundida de que as coisas podem ser entendidas. É preciso se conscientizar de que o universo é uma contradição sólida.

– Uma contradição de quê? – perguntou a matrona.

– De si próprio.

– Mas... como?

– Minha cara senhora, o dever do pensador não é explicar, e sim demonstrar que nada pode ser explicado.

– Perfeito, é claro... mas é que...

– O objetivo da filosofia não é buscar o conhecimento, mas provar que o conhecimento é inacessível ao homem.

– Mas, quando isso for provado – perguntou a jovem –, o que vai restar?

– O instinto – disse o Dr. Pritchett, reverentemente.

No outro lado do salão, havia um grupo de pessoas ouvindo Balph Eubank. Ele estava sentado na beira de uma poltrona, muito teso, a fim de atenuar a aparência geral de seu rosto e de seu corpo, que tinha uma tendência a se espalhar quando relaxava.

– A literatura do passado – dizia Balph Eubank – era superficial e mentirosa. Ela pintava tudo de cor-de-rosa para agradar os milionários aos quais servia. A moralidade, o livre-arbítrio, a realização, os finais felizes, o homem como ser heroico, tudo isso se tornou ridículo para nós. Pela primeira vez, nossa era deu profundidade à literatura, expondo a verdadeira essência da vida.

Uma moça bem jovem de vestido branco perguntou, tímida:

– Qual é a verdadeira essência da vida, Sr. Eubank?

– O sofrimento – disse Balph Eubank. – A derrota e o sofrimento.

– Mas... mas por quê? As pessoas são felizes... às vezes... não é?

– Isso é uma ilusão daqueles cujas emoções são superficiais.

A moça enrubesceu. Uma mulher rica, que herdara uma refinaria de petróleo, perguntou, cheia de sentimento de culpa:

– O que podemos fazer para elevar o gosto literário das pessoas, Sr. Eubank?

– Isso é um grande problema social – respondeu Eubank, que era considerado o líder da literatura da época mas jamais escrevera um livro que vendesse mais de 3 mil exemplares. – Pessoalmente, acho que uma Lei da Igualdade de Oportunidades que se aplicasse à literatura seria a solução.

– Ah, o senhor é a favor daquela lei para a indústria? Não sei muito bem o que acho, não.

– Decerto que sou a favor. Nossa cultura está atolada num pântano de materialismo. Os homens perderam todos os valores espirituais em sua busca da produção material e das maravilhas tecnológicas. Estão acomodados demais. Eles hão de retomar uma vida mais nobre se lhes ensinarmos a suportar privações. Assim, é necessário impor limites à sua ganância material.

– Nunca tinha encarado a coisa desse ângulo – disse a mulher, como se pedisse desculpas.

– Mas como é que você vai fazer uma Lei da Igualdade de Oportunidades para a literatura, Ralph? – perguntou Mort Liddy. – Isso para mim é novidade.

– Meu nome é Balph – disse Eubank, contrariado. – E é novidade para você porque é ideia minha.

– Está bem, está bem, não estou brigando, estou? Só estou perguntando. – Mort Liddy sorriu. Ele passava a maior parte do tempo sorrindo nervosamente. Era compositor, fazia músicas antiquadas para trilhas sonoras de filmes e sinfonias modernas para plateias minguadas.

– É muito simples – disse Eubank. – Haveria uma lei que limitaria a venda de qualquer livro a um máximo de 10 mil exemplares. Isso abriria o mercado literário para novos talentos, ideias novas, obras não comerciais. Se as pessoas não pudessem comprar 1 milhão de exemplares de uma mesma porcaria, seriam obrigadas a ler livros melhores.

– Até certo ponto você tem razão – reconheceu Liddy. – Mas não seria um baque financeiro para os escritores?

– Tanto melhor. Só poderiam escrever aqueles cujo objetivo não é ganhar dinheiro.

– Mas, Sr. Eubank – perguntou a moça do vestido branco –, e se mais de 10 mil pessoas quiserem comprar um mesmo livro?

– Dez mil leitores bastam para qualquer livro.

– Não é isso que estou dizendo. E se elas quiserem ler?

– Isso é irrelevante.

– Mas se o livro tem uma história interessante que...

– O enredo é uma vulgaridade primitiva na literatura – disse Eubank com desprezo.

O Dr. Pritchett, que atravessava a sala em direção ao bar, parou para comentar:

– Perfeitamente. Do mesmo modo que a lógica é uma vulgaridade primitiva na filosofia.

– Do mesmo modo que a melodia é uma vulgaridade primitiva na música – acrescentou Mort Liddy.

– Que falatório é esse? – perguntou Lillian Rearden, parando junto ao grupo. Suas joias faiscavam.

– Lillian, meu anjo – disse Eubank –, eu já lhe disse que vou dedicar meu novo romance a você?

– Obrigada, querido.

– Qual o título de seu novo romance? – perguntou a mulher rica.

– *O coração é um leiteiro.*

– É sobre o quê?

– Frustração.

– Mas, Sr. Eubank – perguntou a moça do vestido branco, corando desesperadamente –, se tudo é frustração, para que se há de viver?

– Para o amor fraternal – disse Eubank, incisivo.

Bertram Scudder estava debruçado sobre o bar. Seu rosto comprido e fino parecia ter encolhido para dentro, com exceção da boca e dos olhos, protuberantes como três esferas macias. Era diretor de uma revista chamada *O Futuro* e havia escrito um artigo sobre Hank Rearden intitulado "O polvo".

Bertram Scudder pegou seu copo vazio e, sem uma palavra, o empurrou em direção ao barman para que o enchesse. Bebeu um trago, então percebeu que o copo de Philip Rearden, ao seu lado, estava vazio e, com o polegar, deu uma ordem silenciosa ao barman. Ignorou o copo vazio de Betty Pope, que estava em pé do outro lado de Philip.

– Escute, companheiro – disse Scudder, virando os olhos mais ou menos na direção de Philip –, gostando ou não, o fato é que a Lei da Igualdade de Oportunidades representa um grande passo à frente.

– E o que o faz pensar que não gosto dela, Sr. Scudder? – perguntou Philip com humildade.

– Bem, vai incomodar muita gente, não vai? Vai ter gente na sociedade que precisará economizar um pouco nos salgadinhos – disse, fazendo um gesto com o braço em direção ao bar.

– E por que o senhor acha que eu seria contra isso?

– E não é? – perguntou Scudder, sem curiosidade.

– Não! – exclamou Philip, veemente. – Sempre coloquei o bem público acima de quaisquer considerações pessoais. Contribuí com meu tempo e meu dinheiro para a organização Amigos do Progresso Global em sua cruzada em favor da Lei da Igualdade de Oportunidades. Acho absolutamente injusto que um homem fique com tudo e que os outros não tenham nada.

Bertram Scudder o olhou pensativo, mas sem nenhum interesse especial.

– Ora, estou agradavelmente surpreso com você – disse.

– Há pessoas que levam a sério as questões morais, Sr. Scudder – retrucou Philip, com um sutil toque de orgulho na voz.

– Sobre o que ele está falando, Philip? – perguntou Betty Pope. – A gente não conhece ninguém que tenha mais de uma empresa, não é?

– Ah, cale a boca! – exclamou Scudder, com um tom entediado.

– Não entendo por que criam tanto caso por causa dessa Lei da Igualdade de Oportunidades – disse Betty, agressiva, como se fosse perita em economia. – Não entendo por que os empresários são contra. A lei é vantajosa para eles. Se todas as outras pessoas ficarem pobres, eles não vão ter mercado para seus produtos. Mas, se pararem de ser egoístas e repartirem os bens que acumularam, vão poder trabalhar bastante e produzir mais.

– Pois eu não vejo por que levar em consideração os industriais – disse Scudder. – Quando as massas estão na miséria e existem os produtos de que elas precisam, é uma idiotice querer que as pessoas respeitem um pedaço de papel chamado título de propriedade. O direito à propriedade é uma superstição. O proprietário só possui o que possui por um favor daqueles que não o expropriam. O povo pode expropriar a propriedade a qualquer momento. E, se pode, por que não o faz?

– É o que o povo devia fazer – disse Claude Slagenhop. – Ele precisa. A necessidade é a única consideração importante. Se o povo está necessitado, ele deve se apropriar das coisas primeiro e conversar depois.

Claude Slagenhop havia se aproximado e conseguido se espremer entre Philip e Scudder, empurrando este para o lado imperceptivelmente. Slagenhop não era alto nem pesado, e sim atarracado e compacto, e tinha o nariz quebrado. Era presidente da Amigos do Progresso Global.

– A fome não espera – disse Claude Slagenhop. – As ideias não passam de conversa fiada. Uma barriga vazia é um fato concreto. Como digo em todos os meus discursos, não é importante falar muito. A sociedade está sendo prejudicada pela falta de oportunidades econômicas, por isso temos o direito de aproveitar as que existem. Tudo o que é bom para a sociedade é direito.

– Ele não escavou aquela mina sozinho, não é? – disse Philip de repente, com uma voz estridente. – Ele precisou de centenas de trabalhadores. Foram eles que fizeram tudo. Por que ele se acha tão superior?

Os dois homens olharam para Philip – Scudder levantou uma das sobrancelhas; Slagenhop não tinha nenhuma expressão no rosto.

– Ah, meu Deus! – disse Betty Pope, lembrando-se.

Hank Rearden estava ao lado de uma janela, num canto pouco iluminado na extremidade do salão. Esperava que ninguém o visse por alguns minutos. Tinha acabado de escapulir de uma senhora de meia-idade que lhe falara de suas experiências psíquicas. Ficou parado, olhando pela janela. Ao longe, a Siderúrgica Rearden pintava o céu com um clarão vermelho. Ficou a contemplá-lo, sentindo-se aliviado por um momento.

Virou-se e olhou para o salão. Jamais gostara daquela casa, fora Lillian que a escolhera. Mas, naquela noite, a multiplicidade de cores dos vestidos das mulheres disfarçava a aparência do salão e lhe emprestava um ar de alegria brilhante. Rearden gostava de ver pessoas se divertindo, muito embora não entendesse que graça elas achavam naquilo.

Olhou para as flores, a luz refletida nas taças de cristal, os braços e os ombros das mulheres. Lá fora soprava um vento frio pelo descampado. Os galhos de uma árvore estavam retorcidos pelo vento, como braços implorando socorro. A árvore era uma silhueta contra o clarão vermelho da siderúrgica.

Rearden não sabia dar nome àquela emoção que se apossara dele de repente. Não conhecia palavras que definissem sua causa, sua qualidade, seu sentido. Em parte era felicidade, mas era algo solene – como o ato de tirar o chapéu, embora ele não soubesse para quem.

Quando voltou para o meio da multidão, Rearden sorria. Mas o sorriso desapareceu de repente quando ele viu uma convidada chegar: Dagny Taggart.

Lillian foi recebê-la, examinando-a com curiosidade. Já se haviam visto algumas vezes e achava estranho ver Dagny Taggart de vestido longo. Era um vestido preto, com um corpete que cobria um dos braços e um dos ombros como um manto, deixando o outro lado descoberto. O ombro nu era o único enfeite do vestido. Quem a via sempre com roupas de trabalho não pensava em seu corpo. O vestido preto parecia excessivamente revelador, porque era surpreendente constatar que a curva de seu ombro era delicada e bela e que a pulseira de brilhantes no pulso de seu braço nu lhe dava o toque mais feminino de todos: fazia-a parecer acorrentada.

– Srta. Taggart, é uma surpresa maravilhosa vê-la aqui – disse Lillian Rearden, tentando, com os músculos da face, os movimentos de um sorriso. – Eu realmente não podia imaginar que meu convite fosse fazê-la deixar de lado suas obrigações tão importantes. Estou lisonjeada, devo confessar.

James Taggart entrara com a irmã. Lillian sorriu para ele por obrigação, como se só agora reparasse em sua presença.

– Olá, James. Isto é que dá ser uma figura popular: a gente nem percebe você, de tão surpresa que fica de ver sua irmã.

– Pois não há figura mais popular que você, Lillian – respondeu James com um sorriso discreto –, e é impossível não percebê-la.

– Eu? Ora, estou mais do que resignada a assumir uma posição secundária como sombra de meu marido. Sou humilde o bastante para reconhecer que a esposa de um grande homem deve se contentar com os reflexos da glória... não é mesmo, Srta. Taggart?

– Não – disse Dagny –, não concordo.

– Isso é um elogio ou uma reprovação, Srta. Taggart? Mas queira me perdoar. Confesso que não sei o que fazer. A quem devo apresentá-la? Infelizmente, tenho a oferecer escritores e artistas, mas estou certa de que eles não lhe interessam.

– Queria encontrar Hank para cumprimentá-lo.

– Mas claro! James, lembra-se de que você me disse que queria conhecer Balph Eubank? Ele está aqui... Vou dizer a ele que ouvi você elogiar com a maior empolgação o último romance dele no jantar da Sra. Whitcomb!

Andando pelo salão, Dagny se perguntava por que dissera que queria encontrar Hank Rearden. Por que não admitira que o havia visto ao entrar?

Rearden estava na extremidade oposta do salão, olhando para Dagny. Observou-a se aproximar, mas não foi até ela.

– Olá, Hank.

– Boa noite.

Rearden fez uma mesura cortês, impessoal. O movimento de seu corpo casava perfeitamente com a formalidade distinta de seu traje. Não sorriu.

– Obrigada por me convidar – disse ela, alegre.

– Na verdade, eu nem sabia que você vinha.

– É mesmo? Então agradeço à Sra. Rearden por se lembrar de mim. Eu quis fazer uma exceção.

– Como assim?

– Não costumo ir a festas.

– Fico feliz que esta tenha sido a exceção. – Rearden não acrescentou "Srta. Taggart", mas, pelo seu tom de voz, era como se o tivesse feito.

A formalidade de Rearden era tão inesperada que Dagny não conseguia se adaptar a ela.

– Eu queria comemorar – disse ela.

– Meu aniversário de casamento?

– Ah, é seu aniversário de casamento? Eu não sabia. Meus parabéns, Hank.

– O que você queria comemorar?

– Achei que eu merecia um descanso. Uma comemoração pessoal... em homenagem a mim, e a você.

– Qual o motivo da homenagem?

Dagny estava pensando nos novos trilhos subindo as serras do Colorado, crescendo lentamente em direção aos longínquos campos petrolíferos de Wyatt. Via o clarão azul-esverdeado dos trilhos no solo congelado, entre plantas ressequidas, pedregulhos nus, cabanas apodrecidas de vilarejos devorados pela fome.

– Em homenagem aos primeiros 100 quilômetros de ferrovia feitos de metal Rearden – respondeu ela.

– Agradeço. – O tom de voz de Rearden dava a impressão de que ele dissera: "Nunca ouvi falar nisso."

Dagny não sabia mais o que dizer. Parecia que estava falando com um estranho.

– Ora, ora, a Srta. Taggart! – exclamou uma voz alegre, quebrando o silêncio. – Bem que eu digo que Hank Rearden é capaz de qualquer milagre!

Um empresário que ambos conheciam se aproximava, sorridente e surpreso. Os três já se haviam reunido muitas vezes para tomar decisões de emergência acerca de tarifas de frete e encomendas de aço. Agora o homem olhava Dagny com uma expressão que era por si só um comentário sobre a diferença que percebera na aparência da moça – uma diferença que, pensava Dagny, Rearden não havia notado.

Ela riu em resposta ao cumprimento do empresário, sem admitir que estava decepcionada, inesperadamente, porque esperava essa reação da parte de Rearden, e não da dele. Trocou algumas palavras com o homem. Quando olhou ao seu redor, Rearden havia desaparecido.

– Então aquela é sua famosa irmã? – perguntou Eubank a James, olhando para Dagny do outro lado do salão.

– Eu não sabia que minha irmã era famosa – respondeu James, com um toque de veneno na voz.

– Mas, meu caro, ela é um fenômeno raro no mundo dos negócios, e portanto é de esperar que comentem sobre ela. Sua irmã é um sintoma dos males do nosso século, um produto decadente da era industrial. As máquinas destruíram a humanidade das pessoas, as afastaram da terra, as espoliaram de seus ofícios espontâneos, sufocaram suas almas, as transformaram em robôs insensíveis. Eis um bom exemplo: uma mulher que administra uma estrada de ferro, em vez de se ocupar com a bela arte da tecelagem e em criar filhos.

Rearden circulava pelo salão, tentando não se deixar fisgar por nenhuma roda de convidados. Olhou ao redor, mas não viu ninguém de quem quisesse se aproximar.

– Sabe, Hank Rearden, até que você, visto de perto, não é tão mau assim. Você devia dar uma entrevista coletiva de vez em quando. Assim você conquistava todo mundo.

Rearden se virou e olhou para a pessoa que falara, sem acreditar. Era um jovem jornalista meio maltrapilho, que trabalhava para um tabloide radical. Seus modos ofensivamente íntimos pareciam indicar que ele fazia questão de ser indelicado com o anfitrião, por saber que o outro jamais andaria com gente de sua laia.

Rearden não permitira que ele entrasse na sua siderúrgica, mas ali ele era um convidado de Lillian. Controlou-se e perguntou, secamente:

– O que você quer?

– Você não é nada mau. Tem talento. Talento tecnológico. Mas é claro que não concordo com você em relação ao metal Rearden.

– Eu não lhe pedi que concordasse comigo.

– Bem, Bertram Scudder disse que sua política... – foi dizendo o homem, agressivo, apontando para o bar, mas parou de repente, como se tivesse ido mais longe do que era sua intenção.

Rearden contemplou aquela figura deselegante debruçada sobre o bar. Lillian o apresentara a ele, mas Rearden não prestara atenção ao seu nome. Virou-se de repente e se afastou, numa atitude que impediu o jovem vagabundo de acompanhá-lo.

Lillian olhou para o marido quando ele se aproximou dela, no meio de uma roda, e, sem dizer nada, se colocou num lugar onde não ouviriam suas palavras.

– Aquele é o Scudder de *O Futuro*? – perguntou ele, apontando.

– É, sim.

Rearden olhou para a esposa silenciosamente, sem poder acreditar naquilo, sem encontrar um raciocínio que lhe permitisse entender aquilo. Os olhos da mulher o observavam.

– Como é que você teve coragem de convidar esse homem para vir aqui? – perguntou.

– Ora, Henry, não seja ridículo. Você não quer ser uma pessoa bitolada, quer? Você tem que aprender a tolerar as opiniões dos outros, a respeitar o direito de liberdade de expressão.

– Na minha casa?

– Ah, não seja tacanho!

Rearden não disse nada, porque sua consciência estava tomada não por pensamentos encadeados, e sim por duas imagens que pareciam olhar para ele fixamente. Via o artigo, "O polvo", de Scudder, que não era a expressão de uma ideia, mas um balde de lama derramado em público – um artigo que não continha um único fato, nem mesmo um fato inventado, mas que se limitava a derramar uma torrente de sarcasmos e adjetivos em que não havia nada de claro, a não ser a maldade imunda de uma denúncia que considera desnecessário mencionar provas. E via as linhas do perfil de Lillian, a pureza orgulhosa que ele procurara ao se casar com ela.

Quando olhou de novo para a mulher, percebeu que a visão de seu perfil era uma imagem em sua mente, porque ela estava virada de frente para ele, olhando para seu rosto. No instante em que voltou à realidade, julgou ver em seus olhos uma expressão de contentamento. Mas, no instante seguinte, se lembrou de que ele gozava de perfeita sanidade mental, e aquilo não era possível.

– É a primeira vez que você convida esse... – disse ele, usando uma palavra obscena com precisão e sem emoção – à minha casa. Primeira e última.

– Como você ousa usar uma...

– Não discuta, Lillian. Se você insistir, eu o expulso agora mesmo, à força.

Deu a ela um momento para responder, para discordar, para gritar com ele, se quisesse. Porém sua esposa permaneceu calada. Apenas suas bochechas pareciam murchas.

Afastando-se às cegas, no meio daquele emaranhado de luzes, vozes e perfumes, Rearden sentiu um toque frio de pavor. Sabia que devia pensar em Lillian e encontrar a chave do enigma de seu caráter, porque essa revelação era algo que não podia ser ignorado. Mas não pensou nela e sentiu aquele terror, pois sabia que havia muito tempo aquele enigma já não lhe interessava mais.

O cansaço começava a dominá-lo outra vez. Sentiu como se quase pudesse ver esse cansaço, em ondas cada vez mais espessas. Não estava dentro de si, e sim fora, espalhando-se pelo salão. Por um momento, sentiu-se sozinho, perdido num deserto cinzento, precisando de socorro e sabendo que não teria socorro nenhum.

Estacou de repente. À luz da entrada, do outro lado do salão, viu a figura alta e arrogante de um homem que havia parado por um instante antes de entrar. Rearden nunca o conhecera em pessoa, mas, entre todos os rostos estampados nas fotos dos jornais, era esse o que lhe inspirava mais desprezo. Era Francisco d'Anconia.

Rearden não perdia tempo pensando em homens como Bertram Scudder. Mas em todas as horas de sua vida, com o esforço e o orgulho de cada momento em que seus músculos ou seu cérebro deram tudo de si, a cada passo que dera para sair das minas de Minnesota e transformar seus esforços em ouro, com todo o profundo respeito que lhe inspiravam o dinheiro e seu significado, Rearden desprezava o esbanjador que não fazia jus à grande dádiva de uma fortuna herdada. Era aquele, julgava Rearden, o mais desprezível representante da espécie humana.

Viu Francisco d'Anconia entrar, fazer uma mesura para Lillian e depois se misturar à multidão como se fosse ele o proprietário daquele salão onde jamais pusera os pés. As cabeças se viravam para vê-lo, como se D'Anconia as fosse puxando por fios ao passar.

Ao se aproximar mais uma vez de Lillian, Rearden lhe disse, sem raiva, transformando o desprezo que sentia em ironia:

– Esse aí eu não sabia que você conhecia.

– Já estive com ele em algumas festas.

– Ele é um dos seus amigos também?

– De jeito nenhum! – retrucou ela, num tom de ressentimento genuíno.

– Então por que o convidou?

– Bem, não se pode dar uma festa, uma festa importante, sem convidá-lo, estando ele aqui nos Estados Unidos. É desagradável se ele vem, e uma vergonha perante a sociedade se não vem.

Rearden riu. Lillian estava desarmada – normalmente ela não admitia coisas desse tipo.

– Escute – disse ele, cansado –, não quero estragar sua festa, mas mantenha esse homem longe de mim. Não me venha com apresentações. Não quero conhecê-lo. Não sei como vai conseguir isso, mas você é uma anfitriã experiente. O problema é seu.

Dagny permaneceu imóvel quando viu Francisco se aproximar. Ele fez uma mesura ao passar por ela. Não parou, mas ela sabia que, em sua mente, ele estava parado naquele instante. Ela o viu sorrir discretamente, para enfatizar o que ele compreendia e resolvera não admitir. Dagny virou para o outro lado. Esperava conseguir evitá-lo durante o restante da festa.

Balph Eubank se juntara ao círculo formado ao redor do Dr. Pritchett e dizia, sombrio:

– ... Não, não se pode querer que as pessoas compreendam os aspectos mais elevados da filosofia. É preciso tirar a cultura das mãos dessa gente que vive correndo atrás de dinheiro. Precisamos de subsídios federais para a literatura. É uma vergonha os artistas serem tratados como vendedores ambulantes e a literatura ser vendida como sabão.

– Em suma, você reclama porque a literatura não vende tanto quanto sabão? – perguntou Francisco d'Anconia.

Ninguém percebera sua chegada. A conversa parou, como se arrancada pela raiz. A maioria jamais o havia visto pessoalmente, mas todos o reconheceram de imediato.

– O que quis dizer... – ia dizendo Eubank, zangado, porém se calou. Viu o interesse ávido nos rostos dos outros, mas não era mais interesse filosófico.

– Ora, como está, professor? – perguntou Francisco, fazendo uma mesura para o Dr. Pritchett.

Não havia nenhum sinal de prazer no rosto do Dr. Pritchett enquanto ele retribuía o cumprimento e fazia algumas apresentações.

– Estávamos discutindo um assunto muito interessante – disse a matrona muito séria. – O Dr. Pritchett estava nos dizendo que nada é nada.

– Sem dúvida, o professor deve entender desse assunto melhor do que ninguém – respondeu Francisco, com a maior seriedade.

– Eu não imaginava que o senhor conhecesse o Dr. Pritchett tão bem, Sr. D'Anconia – acrescentou ela, sem entender por que o professor parecia não ter gostado do comentário de Francisco.

– Sou ex-aluno da grande instituição onde o Dr. Pritchett trabalha no momento, a Universidade Patrick Henry. Mas fui aluno de um de seus predecessores, Hugh Akston.

– Hugh Akston! – exclamou a mocinha bonita. – Mas não é possível, Sr. D'Anconia! O senhor não tem idade para isso. Sempre pensei que ele fosse um dos grandes nomes do... do século passado.

– Talvez em espírito, madame. Mas não de fato.

– Mas eu pensava que ele já tinha morrido havia muitos anos.

– Absolutamente. Ele ainda é vivo.

– Então por que não se ouve mais falar dele?

– Ele se aposentou, há nove anos.

– Não é estranho? Quando um político ou um artista de cinema se aposenta, ele continua saindo na primeira página dos jornais. Mas, quando um filósofo se aposenta, as pessoas nem reparam.

– Um dia reparam.

Um rapaz disse, surpreso:

– Eu pensava que Hugh Akston era um desses clássicos que ninguém estuda mais fora dos cursos de história da filosofia. Li recentemente um artigo que dizia que ele foi um dos últimos grandes defensores da razão.

– O que, exatamente, Hugh Akston ensinava? – perguntou a matrona.

– Ensinava que tudo é alguma coisa – respondeu Francisco.

– Sua lealdade para com seu professor é louvável, Sr. D'Anconia – comentou o Dr. Pritchett, seco. – Podemos considerá-lo um exemplo de resultado prático dos ensinamentos de Akston?

– Sim.

James Taggart se aproximara da roda e esperava que percebessem sua presença.

– Olá, Francisco.

– Boa noite, James.

– Que coincidência maravilhosa encontrar você por aqui! Ando ansioso para falar com você.

– O que é novidade. Isso não é do seu feitio.

– Já está você fazendo troça, como nos velhos tempos. – Taggart se afastou lentamente, como que por acaso, do grupo, na esperança de que Francisco viesse com ele.

– Você sabe que não há uma só pessoa nesta sala que não adoraria poder conversar com você.

– É mesmo? Pois eu diria que é justamente o contrário. – Francisco o seguira, obedientemente, mas parou a uma distância em que os membros da roda ainda poderiam ouvi-lo.

– Tenho tentado de todos os jeitos entrar em contato com você – disse Taggart –, mas... as circunstâncias não me permitiram conseguir isso.

– Você está tentando esconder de mim o fato de que me recusei a falar com você?

– Bem... quer dizer... mas por que você se recusou?

– Não podia imaginar sobre que assunto você poderia querer falar comigo.

– As minas de San Sebastián, é claro! – disse Taggart, elevando um pouco o tom de voz.

– Ora! O que há com elas?

– Mas... Escute, Francisco, isso é um assunto muito sério. É uma catástrofe, uma coisa nunca vista, e ninguém consegue entender o que aconteceu. Eu nem sei o que pensar. Tenho o direito de saber.

– Direito? Você está sendo um tanto antiquado, não é, James? Mas o que é que você quer saber?

– Bem, antes de mais nada, aquela nacionalização... o que você vai fazer em relação a ela?

– Nada.

– Nada?!

– Mas você certamente não vai querer que eu faça alguma coisa. Minhas minas e a sua ferrovia foram expropriadas pela vontade do povo. Você não quer que eu me oponha à vontade do povo, não é?

– Francisco, isso não é brincadeira!

– Nunca achei que fosse.

– Eu mereço uma explicação! Você deve aos acionistas uma explicação sobre essa situação vergonhosa! Por que foi escolher uma mina que não vale nada? Por que desperdiçou aquele dinheiro todo? Que espécie de trapaça foi essa?

Francisco ficou parado olhando para James, com um ar de espanto delicadamente contido.

– Mas, James, eu achava que você ia aprovar.

– Aprovar?!

– Eu achava que você ia considerar o negócio das minas a realização prática de um ideal moralmente elevado. Lembrando-me das inúmeras vezes que discordamos no passado, pensei que dessa vez você ficaria satisfeito de me ver agindo de acordo com os seus princípios.

– De que você está falando?

Francisco sacudiu a cabeça, decepcionado.

– Não entendo por que você fala em trapaça. Achei que você ia considerar uma tentativa sincera de pôr em prática o que todo mundo vive dizendo. Não estão sempre dizendo que o egoísmo é um mal? Fui totalmente altruísta em relação ao projeto de San Sebastián. Não é errado promover nossos próprios interesses? Eu não tinha nenhum interesse no projeto. Não é um mal almejar o lucro? Não trabalhei pensando em lucro e tive prejuízo. Todo mundo não diz que o objetivo e a justificativa dos empreendimentos industriais não são a produção, e sim o sustento dos funcionários? As minas de San Sebastián foram o empreendimento industrial mais bem-sucedido da história: não produziram nem um pouco de cobre, mas garantiram o sustento de milhares de homens que não teriam conseguido ganhar em todas as suas vidas o que receberam em um dia de trabalho, em um dia em que, aliás, não puderam trabalhar. Não é geralmente aceito que um proprietário é um parasita e explorador, que são os funcionários que fazem todo o trabalho e tornam possível a produção? Eu não explorei ninguém. Não incomodei ninguém nas minas com minha presença supérflua. Deixei-os nas mãos dos homens realmente importantes. Não fiz julgamentos de valor sobre a propriedade. Entreguei-a a um especialista em mineração. Não era um especialista muito bom, mas ele precisava muito do emprego. Não é geralmente aceito que, quando se contrata um funcionário, o importante são as necessidades dele, não suas capacidades? Todo mundo não diz que, para obter os produtos, basta ter necessidade deles? Eu coloquei em prática todos os preceitos morais de nossa época. Esperava gratidão e homenagens. Não entendo por que estou sendo atacado.

Em meio ao silêncio daqueles que o haviam escutado, o único comentário foi a súbita risada estridente de Betty Pope: ela não entendera patavina, porém viu a expressão de fúria impotente no rosto de James Taggart.

Todos olhavam para Taggart, aguardando uma resposta. Estavam indiferentes à discussão, apenas se divertiam por ver alguém constrangido. Taggart assumiu um sorriso condescendente.

– Não acha que eu vou levar a sério o que você disse, acha?

– Antigamente eu pensava que ninguém era capaz de levar isso a sério. Pois eu estava enganado.

– Isso é um acinte! – Taggart levantava a voz de novo. – É simplesmente escandaloso você encarar suas responsabilidades públicas de forma tão leviana! – Virou-se e se afastou apressadamente.

Francisco deu de ombros, espalmando as mãos.

– Está vendo? Bem que eu achava que você não queria falar comigo.

Rearden estava sozinho na extremidade oposta do salão. Philip o observou, se aproximou e fez sinal para Lillian, chamando-a.

– Lillian, acho que Henry não está se divertindo – disse ele, sorrindo. Era impossível saber se o toque de sarcasmo em seu sorriso era dirigido a Lillian ou a Rearden. – Será que a gente não podia fazer alguma coisa?

– Ah, bobagem! – disse Rearden.

– Bem que eu queria saber o que fazer, Philip – disse Lillian. – Sempre quis que Henry aprendesse a se descontrair. Ele é tão sério em relação a todas as coisas. É um puritano rígido. Sempre tive vontade de vê-lo bêbado, ao menos uma vez. O que você sugere?

– Ah, não sei! Mas ele não devia ficar assim sozinho.

– Deixe isso para lá – disse Rearden. Embora consciente de que não devia magoá-los, não resistiu e acrescentou: – Você não imagina como me esforcei para que me deixassem sozinho no meu canto.

– Está vendo? – disse Lillian, sorrindo para Philip. – Gozar a vida e a companhia dos outros não é tão simples quanto fazer aço. Os prazeres intelectuais não se aprendem no mercado.

Philip deu uma risada.

– Não são os prazeres intelectuais que me preocupam. Será que o negócio dele é puritanismo mesmo, Lillian? Se eu fosse você, não o deixaria à solta neste salão cheio de mulheres bonitas.

– Henry pensar em infidelidade? Você o lisonjeia, Philip. Você superestima a coragem dele. – Dirigiu um sorriso frio a Rearden, por um rápido e tenso instante, e depois se afastou.

Rearden olhou para o irmão.

– Que ideia idiota é essa?

– Ah, deixe de bancar o puritano. Será que não se pode brincar com você?

Perambulando sem rumo pelo meio da multidão, Dagny se perguntava por que aceitara o convite para aquela festa. A resposta a surpreendeu: porque queria ver Hank Rearden. Ao vê-lo no meio dos convidados, percebeu o contraste pela primeira vez. Os rostos dos outros pareciam aglomerados aleatórios de feições – cada rosto se confundia com o anonimato geral, e todos eles pareciam estar derretendo. O rosto de Rearden, com suas linhas duras, os olhos azul-claros, o cabelo louro muito claro, tudo tinha a firmeza do gelo. A clareza rígida de seus traços o destacava no meio dos outros, como se ele estivesse atravessando a neblina e um raio de luz o iluminasse.

Involuntariamente, o olhar de Dagny era atraído por ele a toda hora. Ela nunca o surpreendia olhando em sua direção. Não podia acreditar que ele a estivesse evitando intencionalmente: não havia razão para isso. No entanto, estava certa de que era isso que ele estava fazendo. Queria se aproximar dele para certificar-se de que aquela impressão era falsa. Porém algo a impedia. Dagny não conseguia compreender o porquê daquela relutância.

Rearden aturava com paciência uma conversa com sua mãe e duas senhoras. A mãe queria que ele as distraísse contando histórias sobre sua juventude e sua luta. Rearden obedeceu, dizendo a si próprio que, lá à sua maneira, sua mãe se orgulhava dele. Mas sentia que algo nela parecia dar a entender que havia cuidado dele durante toda a sua vida e que era ela a fonte de seu sucesso. Ficou aliviado quando a mãe o deixou se afastar. E escapuliu mais uma vez para a janela.

Ficou ali por algum tempo, escorando-se em sua privacidade como se fosse um apoio físico.

– Sr. Rearden – disse uma voz estranhamente calma ao seu lado –, permita que eu me apresente. Meu nome é Francisco d'Anconia.

Rearden se virou, surpreso. Na voz e no jeito de D'Anconia havia algo que poucas vezes encontrara: um tom de respeito genuíno.

– Muito prazer – respondeu, de forma brusca e seca. Porém o fato é que respondera.

– Percebi que a Sra. Rearden está evitando ter de me apresentar ao senhor e imagino qual seja o motivo. O senhor prefere que eu saia de sua casa?

O ato de dar nome aos bois em vez de evitar o assunto era algo tão diferente do comportamento normal de todos os homens que ele conhecia, algo que lhe proporcionava uma sensação de alívio tão inesperada que Rearden permaneceu calado por um momento, examinando o rosto de D'Anconia. Francisco falara com muita simplicidade. Não era uma censura nem uma súplica: falara de modo a reconhecer, estranhamente, a dignidade de Rearden e a sua própria.

– Não – respondeu Rearden. – Independentemente do que o senhor tiver realmente adivinhado, isso eu não disse.

– Obrigado. Neste caso, o senhor há de permitir que eu lhe dirija a palavra.

– Por que o senhor deseja falar comigo?

– O motivo que me leva a isso não há de lhe interessar no momento.

– Falar comigo certamente não há de ser interessante para o senhor.

– O senhor está enganado a respeito de um de nós, Sr. Rearden, ou de ambos. Vim a esta festa exclusivamente para conhecê-lo.

Antes havia um leve tom de ironia na voz de Rearden. Agora seu tom endureceu e exprimia desprezo:

– O senhor começou abrindo o jogo. Pois continue assim.

– É o que estou fazendo.

– Por que o senhor queria me conhecer? Para me fazer perder dinheiro?

Francisco fitou-o nos olhos.

– É... em última análise, é.

– O que é desta vez? Uma mina de ouro?

Francisco sacudiu a cabeça lentamente, com um movimento tão estudado que o gesto quase parecia exprimir tristeza.

– Não, não quero lhe vender nada. Aliás, não tentei vender a mina de cobre a James Taggart. Foi ele que me procurou para fazer o negócio. Isso o senhor não vai fazer.

Rearden riu baixinho.

– Se o senhor tem consciência ao menos disso, já podemos pensar em conversar. Prossiga. Se não é um investimento maluco que o senhor tem em mente, então por que quer me conhecer?

– Para ver como o senhor é.

– Isso não é uma resposta. É dizer a mesma coisa.

– Não exatamente.

– Então, o que o senhor quer é... ganhar minha confiança?

– Não. Não gosto de gente que fala ou pensa em termos de ganhar a confiança dos outros. Quem age honestamente não precisa da confiança prévia dos outros, apenas de sua percepção racional. Quem quer ter esse tipo de carta branca tem intenções desonestas, quer o admita, quer não.

Rearden lhe dirigiu um olhar de surpresa que era como o gesto involuntário de quem, em desespero, tenta buscar apoio. O olhar traía quanto ele queria encontrar o tipo de homem que julgava estar vendo agora. Então baixou os olhos lentamente, quase fechando-os, para não ver e não trair nada. Seu rosto endureceu. Havia nele uma expressão severa, uma severidade interior dirigida a si próprio. Havia naquele olhar austeridade e solidão.

– Está bem – disse, num tom neutro. – O que o senhor quer, se não é minha confiança?

– Quero compreendê-lo.

– Por quê?

– Por uma razão particular minha que no momento não vem ao caso.

– O que o senhor quer entender a meu respeito?

Francisco se calou e olhou para a escuridão lá fora. O fogo da siderúrgica estava morrendo. Só restava um leve toque de vermelho ao longe, no horizonte, o bastante apenas para desenhar o contorno dos fragmentos de nuvens rasgados pela tempestade no céu. Formas indistintas surgiam e desapareciam na escuridão. Eram galhos, mas pareciam ser a própria fúria do vento tornada visível.

– É uma noite terrível para um animal surpreendido nesse descampado – disse Francisco d'Anconia. – É nessas horas que a gente compreende o que significa ser homem.

Rearden não respondeu de imediato. Depois disse, como se falasse para si mesmo, com um tom de espanto na voz:

– Engraçado...

– O quê?

– O senhor disse algo que pensei ainda há pouco...

– É mesmo?

– ... só que não encontrei as palavras que exprimissem a ideia.

– Quer que eu continue a exprimi-la?

– Pois continue.

– O senhor contemplou essa tempestade com o maior orgulho que é possível sentir: orgulho por poder ter flores de verão e mulheres seminuas em sua casa numa noite como esta, uma demonstração da sua vitória sobre aquela tempestade. E, não fosse o senhor, a maioria das pessoas que estão aqui estaria impotente, entregue à fúria daquele vento num descampado como esse.

– Como o senhor sabia disso?

Ao mesmo tempo que fez a pergunta, Rearden se deu conta de que o outro dera nome não a seus pensamentos, mas sim às suas emoções mais recônditas, mais pessoais, e que ele, que jamais confessava suas emoções a ninguém, havia-o feito ao reagir com essa pergunta. Viu nos olhos de D'Anconia um leve brilho, como um sorriso, ou um reconhecimento.

– E o senhor, o que o senhor entende desse tipo de orgulho? – perguntou Rearden, cáustico, como se o desprezo da segunda pergunta pudesse anular a confidência da primeira.

– Era isso que eu sentia quando jovem.

Rearden o encarou. Não havia zombaria nem autocomiseração no rosto de Francisco. As faces nobres e esculpidas e os olhos azul-claros exprimiam uma serenidade silenciosa. O rosto estava aberto, exposto a qualquer golpe, sem defesas.

– Por que o senhor quer falar sobre isso? – perguntou Rearden, movido por uma compaixão relutante e momentânea.

– Digamos que... por uma questão de gratidão, Sr. Rearden.

– Gratidão? Dirigida a mim?

– Se o senhor a aceitar.

A voz de Rearden endureceu:

– Não pedi gratidão. Não preciso.

– Eu não disse que o senhor precisava. Mas, de todos que está salvando da tempestade hoje, eu sou o único que a oferece... se a aceitar.

Após uma pausa, Rearden perguntou em voz baixa, num tom quase de ameaça:

– O que o senhor está tentando fazer?

– Estou chamando sua atenção para a natureza daqueles para quem o senhor trabalha.

– Só mesmo um homem que não dedicou nem mesmo um dia de sua vida ao trabalho honesto poderia pensar ou dizer uma coisa dessas. – O desprezo na voz de Rearden continha um toque de alívio. Ele fora desarmado por uma dúvida referente ao julgamento que fizera do caráter de seu adversário. Agora aquela dúvida desaparecera. – O senhor não compreenderia se eu lhe dissesse que o homem que trabalha o faz para si próprio, mesmo que carregue nos ombros um bando de desgraçados como vocês. Agora sou eu que vou adivinhar o que o senhor está pensando: pode dizer que isso é mau, que sou egoísta, convencido, cruel, que não tenho coração. Isso tudo é verdade. Não quero saber dessa conversa fiada de trabalhar para os outros. Eu não.

Pela primeira vez, Rearden viu uma reação pessoal se esboçar nos olhos de D'Anconia, algo de ansioso e jovem.

– A única coisa errada no que disse – respondeu Francisco – é o senhor achar que isso é mau. – Enquanto Rearden permanecia em silêncio, sem acreditar no que ouvia, Francisco apontou para a multidão de convidados. – Por que o senhor está disposto a carregá-los nas costas?

– Porque se trata de um bando de crianças infelizes que lutam para permanecer vivas, desesperadamente e sem sucesso, enquanto eu... eu nem reparo no fardo que carrego.

– Por que o senhor não diz isso a eles?

– O quê?

– Que o senhor trabalha para si mesmo, não para eles.

– Eles sabem.

– Ah, sabem, sim. Todos eles sabem. Mas pensam que o senhor não sabe. E tudo o que fazem é para que o senhor não descubra.

– E por que devo me preocupar com o que eles pensam?

– Porque se trata de uma guerra em que é preciso deixar clara a posição em que se está.

– Uma guerra? Que guerra? Eu tenho o chicote na mão. Não luto contra quem está desarmado.

– E por acaso eles estão? Eles têm uma arma contra o senhor. É a única arma deles, porém é terrível. Pergunte a si próprio que arma é essa um dia desses.

– Onde o senhor vê sinal dela?

– No fato imperdoável da infelicidade do senhor.

Rearden podia aceitar qualquer tipo de censura, xingamento, condenação. A única reação humana que não aceitava era a piedade. Uma raiva fria e rebelde o trouxe de volta à plena realidade do momento. Para não reconhecer a natureza da emoção que sentia, ele disse:

– Que atrevimento é esse? O que o senhor pretende?

– Digamos que... dar ao senhor as palavras que lhe serão necessárias quando a hora chegar.

– Por que o senhor resolveu falar sobre isso comigo?

– Na esperança de que o senhor se lembre do que falei.

O que ele sentia, pensava Rearden, era raiva perante o fato incompreensível de que ele se permitira desfrutar esta conversa. Sentia indistintamente que havia ali uma traição, algum perigo desconhecido.

– O senhor quer que eu esqueça que o senhor é o que é? – perguntou, consciente de que era isso que ele havia esquecido.

– Não quero que o senhor pense em mim, em absoluto.

Por trás da raiva, a emoção que Rearden não queria admitir continuava impensada e inexpressa. Ele só a sentia como uma leve dor. Se a tivesse encarado, teria percebido que ainda ouvia a voz de D'Anconia dizendo: "Eu sou o único que a oferece... se a aceitar." Ouvia aquelas palavras e o tom de voz estranhamente solene, e uma resposta inexplicável de sua parte, algo dentro de si que queria gritar que sim, aceitar, dizer a esse homem que aceitava, precisava de... mas não havia nome para aquilo de que ele precisava, não era gratidão, e ele sabia que não era gratidão que aquele homem tinha em mente.

Em voz alta, disse:

– Não fui eu que o procurei para falar. Mas já que o senhor me procurou, agora vai ter de me ouvir. Para mim, só existe um tipo de depravação: a do homem sem objetivo.

– É verdade.

– Sou capaz de perdoar todos esses outros. Eles não são maus, são apenas impotentes. Mas o senhor... o senhor eu não posso perdoar.

– O que eu quero é alertá-lo contra o pecado do perdão.

– O senhor teve as maiores oportunidades possíveis. O que fez com elas? Se é capaz de entender todas as coisas que acaba de me dizer, como é que o senhor pode se dirigir a mim? Como o senhor pode encarar quem quer que seja depois da destruição que causou naquela história das minas no México?

– O senhor está no seu direito, se quiser me condenar por isso.

Dagny estava perto da janela, ouvindo. Os dois não perceberam sua presença. Ela os vira juntos e se aproximara, atraída por um impulso inexplicável e irresistível. Parecia-lhe de importância crucial que ela soubesse o que aqueles dois diziam um ao outro.

Ela ouvira o fim da conversa. Jamais lhe parecera possível que D'Anconia aceitasse uma derrota. Ele era capaz de esmagar qualquer adversário em qualquer tipo de contenda. No entanto, ali, ele não oferecia nenhuma resistência. Dagny sabia que não era indiferença. Conhecia seu rosto o bastante para ver como lhe era difícil manter a calma – viu a marca sutil de um músculo tenso em seu pescoço.

– Entre todos aqueles que vivem à custa das capacidades dos outros – disse Rearden –, o senhor é o único que é realmente um parasita.

– Eu lhe dei motivos para pensar assim.

– Então com que direito o senhor vem me falar sobre o significado de ser homem? Foi o senhor quem traiu tal significado.

– Lamento tê-lo ofendido por agir de um modo que o senhor tem todo o direito de considerar presunçoso.

D'Anconia fez uma mesura e se virou para se afastar. Sem querer, sem perceber que a pergunta negava sua raiva, que era uma tentativa de deter o outro, Rearden disse:

– O que era que o senhor queria compreender a meu respeito?

D'Anconia se virou. A expressão em seu rosto não havia mudado. Era ainda um olhar sério de respeito cortês.

– Já compreendi – respondeu ele.

Rearden ficou a contemplá-lo, enquanto D'Anconia se misturava à multidão. Desapareceu entre a figura de um mordomo que levava uma travessa de cristal e a do Dr. Pritchett, que se debruçava para pegar mais um canapé. Rearden olhou pela janela. Não havia nada a ser visto naquela escuridão, nada além do vento.

Dagny deu um passo à frente quando Rearden se afastou da janela. Ela sorriu, claramente tomando a iniciativa de puxar conversa. Ele parou. Dagny julgou que ele o fizera a contragosto e se apressou a falar, para quebrar o silêncio:

– Hank, por que tantos intelectuais do tipo espoliador aqui? Eu não convidaria essa gente à minha casa.

Não era isso que ela queria dizer. Mas Dagny não sabia o que queria dizer. Era a primeira vez que ela se sentia sem palavras na presença de Rearden.

Viu que os olhos do homem se estreitavam, como uma porta sendo fechada.

– Não vejo motivo para não convidá-los a uma festa – respondeu, frio.

– Ah, não era minha intenção criticar seu gosto em matéria de convidados. Mas... bem, é que eu estava tentando não descobrir qual deles é Bertram Scudder. Se eu descobrir, lhe dou um bofetão. – Tentou assumir um tom descontraído. – Não quero fazer cena, mas não sei se vou conseguir me controlar. Não acreditei quando me disseram que a Sra. Rearden o convidou.

– Eu o convidei.

– Mas... – Baixou o tom de voz. – Por quê?

– Não dou importância a ocasiões como esta.

– Desculpe, Hank. Não sabia que você era tão tolerante. Eu não sou.

Rearden não disse nada.

– Sei que você não gosta de festas. Eu também não. Mas às vezes fico pensando... quem sabe nós dois não somos os únicos que temos o direito de nos divertir nas festas.

– Infelizmente, creio que não tenho esse tipo de talento.

– Para isso, não. Mas você acha que essas pessoas estão se divertindo? Estão apenas se esforçando para ser mais insensatas e vazias do que de costume. Sentir-se leves e sem importância... Sabe, acho que é só quem se sente imensamente importante que pode realmente sentir-se leve.

– Não entendo dessas coisas.

– É só um pensamento que me incomoda de vez em quando... Pensei nisso no meu primeiro baile... Não consigo me livrar da ideia de que as festas são comemorações, e de que só devia haver comemorações para aqueles que têm o que comemorar.

– Nunca pensei nisso.

Dagny não conseguia adaptar suas palavras à rígida formalidade de Rearden, não

161

conseguia acreditar no que via. Eles dois sempre se sentiam tão à vontade juntos, no escritório dele. Agora Rearden parecia estar numa camisa de força.

– Hank, olhe só. Se você não conhecesse nenhuma dessas pessoas, não seria lindo? As luzes, as roupas, toda a imaginação que criou isso tudo... – Ela estava olhando para o salão. Não percebeu que o olhar de Rearden não acompanhara o seu. Ele estava olhando para as sombras no ombro nu de Dagny, as suaves sombras azuis projetadas por seus cabelos. – Por que deixamos tudo para os tolos? Devia ser nosso.

– Como assim?

– Não sei... Sempre achei que as festas deviam ser empolgantes e brilhantes, como uma bebida rara. – Ela riu. Havia um toque de tristeza naquele riso. – Mas eu também não bebo. É apenas mais um símbolo que não quer dizer o que devia querer dizer. – Rearden permanecia mudo. Dagny acrescentou: – Talvez tenhamos perdido alguma coisa.

– Não tenho consciência disso.

Com uma sensação súbita de vazio desolador, Dagny achou bom que ele não tivesse entendido, percebendo vagamente que ela havia revelado demais, embora não soubesse o quê. Deu de ombros. O movimento estremeceu a curva do seu ombro como uma leve convulsão.

– É só uma velha ilusão minha – disse Dagny, com indiferença. – Apenas um estado de espírito que aparece de ano em ano, ou uma vez a cada dois anos até. Diga-me a mais recente cotação do aço que esqueço tudo isso.

Dagny não sabia que o olhar de Rearden a seguia enquanto ela se afastava.

Atravessou o salão lentamente, sem olhar para ninguém. Percebeu uma pequena roda que se formara perto da lareira apagada. A sala não estava fria, mas a maneira como eles estavam sentados parecia indicar que todos se deliciavam com a ideia de um fogo ausente.

– Não sei por quê, mas estou ficando com medo do escuro. Não, não agora, mas só quando estou sozinha. O que me assusta é a noite. A noite enquanto noite.

Quem falava era uma velha solteirona com ar de distinção e desespero. As três mulheres e os dois homens do grupo estavam bem-vestidos. Sua cútis era bem cuidada, mas eles tinham um ar de cautela ansiosa que fazia com que suas vozes saíssem num tom mais baixo do que o normal e apagava as diferenças de idade que havia entre eles, dando a todos a mesma aparência cinzenta de quem está esgotado. Era a aparência que se via em todas as pessoas respeitáveis, em todos os lugares. Dagny parou e escutou.

– Mas, minha querida – perguntou alguém –, por que esse medo?

– Não sei – respondeu a solteirona. – Não tenho medo de ladrões, nada disso. Mas fico a noite toda acordada. Só durmo quando vejo que o céu está clareando. É muito estranho. Toda noite, quando escurece, tenho a sensação de que é o fim, de que o dia nunca mais vai renascer.

– Tenho uma prima que mora na costa do Maine. Ela me escreveu uma carta dizendo que sente exatamente isso – disse uma das mulheres.

– Ontem à noite – disse a solteirona – não dormi por causa dos tiros. O tiroteio durou a noite inteira no mar. Não havia luzes. Nada. Só as explosões, com longos intervalos entre uma e outra, no meio da neblina, em pleno Atlântico.

– Li algo a respeito disso no jornal hoje. Era a Guarda Costeira praticando tiro.

– Não, não – disse a solteirona, com indiferença. – Todo mundo lá na costa sabe o que foi. Era a Guarda Costeira tentando pegar Ragnar Danneskjöld.

– Ragnar Danneskjöld na baía de Delaware?! – exclamou uma mulher.

– Foi, sim. Dizem que não é a primeira vez.

– Conseguiram pegá-lo?

– Não.

– Ninguém consegue – disse um dos homens.

– A República Popular da Noruega ofereceu uma recompensa de 1 milhão de dólares para quem pegá-lo.

– É muito dinheiro por um pirata.

– Mas como é que se pode ter ordem e segurança no mundo com um pirata solto navegando os sete mares?

– Sabem o que foi que ele capturou ontem à noite? – perguntou a solteirona. – Aquele navio cheio de mantimentos que estávamos mandando para auxiliar a República Popular da França.

– O que ele faz com as coisas que saqueia?

– Ah, isso ninguém sabe.

– Conheci uma vez um marinheiro que trabalhava num navio que Danneskjöld atacou e que o conheceu em pessoa. Disse que ele tem o cabelo mais louro e o rosto mais apavorante do mundo, um rosto sem o menor sinal de emoção. Se já houve no mundo uma pessoa sem coração, é esse homem, me disse o marinheiro.

– Um sobrinho meu viu Danneskjöld uma noite, perto da costa da Escócia. Disse que não acreditou no que viu. O navio dele era melhor do que qualquer navio da Marinha da República Popular da Inglaterra.

– Dizem que ele se esconde num daqueles fiordes norugueses onde ninguém jamais o encontrará. Era lá que os vikings se escondiam na Idade Média.

– Também a República Popular de Portugal pôs a cabeça dele a prêmio. Assim como a República Popular da Turquia.

– Dizem que é um escândalo nacional na Noruega. Ele é de uma das famílias mais distintas do país. Ela perdeu a fortuna há várias gerações, mas seu nome é um dos mais nobres. As ruínas do castelo da família ainda existem. O pai dele é bispo. Ele renegou e excomungou o filho, mas não adiantou nada.

– Sabem que Danneskjöld estudou aqui? É, sim. Na Universidade Patrick Henry.

– Não diga!

– Pois é verdade. Pode conferir.

– O que me incomoda é... Sabe, não gosto disso. Não gosto de saber que ele agora anda aparecendo por aqui, nas nossas águas territoriais. Eu achava que coisas assim só aconteciam lá nas terras abandonadas da Europa. Mas um fora da lei perigoso como ele atuando aqui em Delaware, na época em que vivemos!

– Ele já esteve em Nantucket também. E em Bar Harbor. Pediram aos jornais que não falassem nele.

– Por quê?

– Para que as pessoas não saibam que a Marinha não consegue pegá-lo.

– Não estou gostando disso. É estranho. Parece uma coisa saída da Idade das Trevas.

Dagny ergueu os olhos. Viu Francisco d'Anconia a alguns passos dela. Ele a olhava com uma espécie de curiosidade enfática. Seus olhos a encaravam com ironia.

– Vivemos num mundo estranho – disse a solteirona, em voz baixa.

– Li um artigo – disse uma das mulheres, num tom neutro – que dizia que as épocas difíceis fazem bem às pessoas. Faz bem empobrecer. Aceitar as privações é uma virtude moral.

– Parece que é – disse outra, sem convicção.

– Não há motivo para preocupações. Li um discurso que dizia que é inútil se preocupar ou pôr a culpa em alguém. Ninguém tem culpa de agir como age. É assim que as coisas são. Não há nada que se possa fazer a respeito de nada. Temos que aprender a suportar.

– De que adianta? Qual o destino do homem? Não é o de eternamente esperar e nunca conseguir? O homem sábio é o que nem tenta ter esperanças.

– Essa é a atitude correta.

– Não sei... Não sei mais o que é correto... Como é que se pode saber?

– Ah, quem é John Galt?

Dagny se virou bruscamente e se afastou do grupo. Uma das mulheres a seguiu.

– Mas eu sei – disse ela, no tom misterioso de quem revela um segredo.

– Sabe o quê?

– Eu sei quem é John Galt.

– Quem? – perguntou Dagny com a voz tensa, parando.

– Conheço um homem que conheceu John Galt pessoalmente. Esse homem é um velho amigo de uma tia-avó minha. Ele estava presente quando tudo aconteceu. Conhece a lenda da Atlântida, Srta. Taggart?

– O quê?

– Atlântida.

– Bem... vagamente.

– As Ilhas Abençoadas. Era assim que os gregos as denominavam há milhares de anos. Diziam que a Atlântida era o lugar onde moravam os espíritos dos heróis, numa felicidade desconhecida para o restante do mundo. Um lugar onde só podiam entrar os espíritos dos heróis, e eles o faziam sem morrer, porque traziam dentro de si o segredo da vida. Já naquela época a Atlântida estava perdida para os homens. Mas os gregos sabiam que tinha existido. Tentaram encontrá-la. Alguns diziam que estava enterrada no coração da Terra. Mas a maioria afirmava que era uma ilha, uma ilha radiante nos mares ocidentais. Talvez estivessem pensando na América. Jamais a encontraram. Depois, durante séculos, diziam que era apenas uma lenda. Não acreditavam, mas nunca pararam de procurar, porque sabiam que era isso que tinham de achar.

– Bem, mas e John Galt?

– Ele a encontrou.

Dagny havia perdido o interesse.

– Quem era ele?

– John Galt era um milionário, dono de uma fortuna incalculável. Estava navegando em seu iate certa noite, em pleno Atlântico, no meio da pior tempestade que o mundo já conheceu, quando descobriu a Atlântida. Viu-a no fundo do mar, onde ela havia se escondido para fugir dos homens. Viu as torres da Atlântida brilhando no fundo do oceano. Era uma visão tal que quem a vislumbrasse nunca mais ia querer ver o restante do mundo. John Galt afundou seu navio com toda a tripulação. Todos resolveram ir juntos. Meu amigo foi o único sobrevivente.

– Interessante.

– Meu amigo viu com os próprios olhos – disse a mulher, ofendida. – Aconteceu há muitos anos. Mas a família de John Galt abafou a história.

– E o que aconteceu com a fortuna dele? Nunca ouvi falar na fortuna dos Galt.

– Afundou com ele. – A mulher acrescentou, agressiva: – Se não quer acreditar, não acredite.

– A Srta. Taggart não acredita – disse Francisco d'Anconia. – Eu acredito.

Viraram-se. Ele as havia seguido e as encarava com um olhar insolente de interesse exagerado.

– O senhor alguma vez já teve fé em alguma coisa, Sr. D'Anconia? – perguntou a mulher, zangada.

– Não, madame.

D'Anconia deu uma risada quando a mulher se afastou bruscamente.

Dagny perguntou com frieza:

– Qual é a graça?

– A graça é que aquela mulher, coitada, não sabe que estava lhe dizendo a verdade.

– Você acha que vou acreditar nisso?

– Não.

– Então de que você acha tanta graça?

– Ah, de tantas coisas aqui. Você não acha?

– Não.

– Pois isso é uma das coisas que eu acho engraçadas.

– Francisco, quer me deixar em paz?

– Mas é isso que tenho feito sempre. Você não reparou que foi você quem me dirigiu a palavra hoje?

– Por que você fica me olhando o tempo todo?

– Curiosidade.

– Em relação a quê?

– À sua reação às coisas em que você não acha graça.

– E por que você está interessado nas minhas reações?

– É assim que me divirto. Aliás, você não está se divertindo nem um pouco, não é, Dagny? E, além disso, você é a única mulher aqui que vale a pena olhar.

Dagny ficou parada, desafiadora, porque a maneira como Francisco a olhava exigia que ela se afastasse zangada. Ficou ereta, tesa, a cabeça erguida com impaciência. Era um porte de executivo, nada feminino. Porém o ombro nu traía a fragilidade do corpo sob o vestido preto, e sua pose ressaltava a mulher que ela era. A força orgulhosa se tornava um desafio para a força superior de qualquer adversário, e sua fragilidade lembrava que o desafio podia ser vencido. Ela não tinha consciência disso. Jamais conhecera alguém que o tivesse percebido.

D'Anconia a olhou de alto a baixo e disse:

– Dagny, que magnífico desperdício!

Dagny teve de se virar e fugir. Sentiu que enrubescia, pela primeira vez em muitos anos, porque de repente se dera conta de que naquela frase D'Anconia exprimira o que ela havia sentido durante toda a festa.

Corria tentando não pensar em nada. A música a deteve. Começou a tocar no rádio de repente. Dagny percebeu que Mort Liddy, que havia ligado o rádio, agitava os braços e gritava para um grupo de amigos:

– É essa! É essa! Eu quero que vocês ouçam!

Aqueles acordes imponentes eram o início do Quarto Concerto de Halley. A música se elevava, num triunfo sofrido. Falava da negação da dor, celebrava uma visão longínqua. De repente, as notas se interromperam. Era como se um punhado de lama e pedrinhas tivesse sido jogado sobre a música, e o que se seguiu era como a lama pingando e escorrendo. Era uma versão popular do concerto de Halley. A melodia fora distorcida. Os silêncios haviam sido preenchidos com soluços. Aquela grande afirmação de júbilo fora transformada numa risada de bar. Porém eram ainda os vestígios da melodia de Halley que lhe davam forma. Era a melodia que a sustentava como uma espinha dorsal.

– Bonito, hein? – Mort Liddy sorria para os amigos, orgulhoso e nervoso. – Bonito, hein? Melhor trilha sonora de filme do ano. Ganhei um prêmio. Ganhei um contrato. É, foi a trilha que fiz para *O paraíso está no seu quintal*.

Dagny ficou estatelada, olhando para o salão, como se um sentido pudesse substituir outro, como se a visão pudesse aniquilar a audição. Sua cabeça girava lentamente, tentando encontrar algum ponto de apoio. Viu D'Anconia encostado a uma coluna, de braços cruzados. Ele olhava para ela e ria.

Não fique tremendo assim, pensou ela. *Saia daqui.* Estava sendo dominada por uma raiva incontrolável. *Não diga nada. Vá andando. Saia.*

Havia começado a andar cuidadosamente, bem devagar. Ouviu as palavras de Lillian e parou. A mulher já as repetira muitas vezes naquela noite, em resposta à mesma pergunta, mas era a primeira vez que Dagny as ouvia.

– Isto aqui? – dizia Lillian, estendendo o braço com a pulseira de metal para mostrá-la a duas mulheres muito elegantes. – Não foi comprada numa loja de ferragens, não. É um presente muito especial de meu marido. Ah, sim, é horrível, sem dúvida. Mas dizem que é de valor inestimável, sabem? É claro que eu a trocaria por qualquer pulseira de brilhantes que me oferecessem, mas ninguém ainda me ofereceu uma, muito embora esta seja tão valiosa. Por quê? Minha querida, é o primeiro objeto que foi feito com metal Rearden.

Dagny não via o salão. Não ouvia a música. Sentia a pressão de um silêncio morto em seus ouvidos. Não sabia nada sobre os instantes que haviam decorrido, nem sobre os que se seguiriam. Não conhecia as pessoas envolvidas, nem a si própria, nem Lillian, nem Rearden, nem o significado de seu próprio ato. Foi um instante isolado de qualquer contexto. Ela ouvira. Estava olhando para a pulseira de metal de um azul-esverdeado.

Sentiu que algo estava sendo arrancado de seu pulso e ouviu sua própria voz dizendo, no meio de um silêncio profundo, muito tranquilamente, uma voz fria como um esqueleto, despida de qualquer emoção:

– Se a senhora não for a covarde que julgo ser, aceitará a troca.

Em sua mão, estendida em direção a Lillian, estava sua pulseira de brilhantes.

– A senhorita não está falando sério, não é? – indagou uma voz de mulher.

Não era a voz de Lillian. Os olhos dela a miravam de frente. Dagny os via. Lillian sabia que ela estava falando a sério.

– Me dê essa pulseira – disse Dagny, levantando a mão um pouco. A faixa de brilhantes reluzia.

– Isto é horrível! – exclamou uma mulher. Estranhamente, o grito soou muito nítido. Então Dagny percebeu que havia um grupo de pessoas ao seu redor e que todas estavam em silêncio. Agora ela ouvia outros sons, até mesmo música; era o concerto de Halley, em sua versão estropiada, ao longe.

Dagny viu o rosto de Rearden. Parecia que algo dentro dele estava estropiado também, como a música. Ela não sabia o quê. Rearden as observava.

A boca de Lillian se curvou para cima. Parecia um sorriso. Ela abriu sua pulseira, colocou-a na mão de Dagny e pegou a outra, de brilhantes.

– Obrigada, Srta. Taggart.

Os dedos de Dagny se fecharam em torno da peça de metal. Ela sentia o contato – não sentia mais nada.

Lillian se virou porque Rearden aproximara-se dela. Ele pegou a pulseira de brilhantes de sua mão e a colocou em seu pulso. Levou-lhe a mão aos lábios e a beijou. Não olhou para Dagny.

Lillian riu, um riso alegre, fácil, e a festa voltou ao normal.

– Quando a senhorita mudar de ideia, eu lhe devolvo a pulseira, Srta. Taggart – disse ela.

Dagny havia se virado. Sentia-se tranquila e livre. Não sentia mais aquela pressão, nem a necessidade de ir embora dali.

Apalpou a pulseira de metal em seu pulso. Gostou de sentir aquele peso contra a pele. Inexplicavelmente, sentiu um toque de vaidade feminina, de um tipo que jamais sentira antes: o desejo de ser vista usando aquele ornamento.

Dagny ouvia vozes indignadas ao longe: "O gesto mais ofensivo que já vi... Terrível... Ainda bem que Lillian aceitou... Bem feito, já que ela quer jogar fora milhares de dólares..."

Durante o restante da festa, Rearden ficou ao lado da esposa. Participou das mesmas conversas que ela, riu com os amigos dela. De repente, havia se transformado num marido dedicado, descomedido, amoroso.

Rearden estava atravessando o salão carregando uma bandeja com bebidas para amigos de Lillian – um gesto de informalidade que não condizia com sua dignidade, e que ninguém jamais o vira fazer –, quando Dagny se aproximou dele. Ela parou e olhou para Rearden, como se os dois estivessem sozinhos em seu escritório. Rearden olhou para ela. Na linha de seu olhar, das pontas dos dedos de Dagny até o rosto, seu corpo estava nu, ostentando apenas a pulseira de metal.

– Desculpe, Hank – disse ela –, mas eu tive que fazer isso.

Os olhos de Rearden permaneciam vazios de expressão. Porém, de repente, ela se deu conta de que ele tinha vontade de esbofeteá-la.

– Não era necessário – respondeu ele com frieza, e se afastou.

◆ ◆ ◆

Já era bem tarde quando Rearden entrou no quarto da esposa. Ela ainda estava acordada. O abajur da mesa de cabeceira estava aceso.

Lillian estava na cama, recostada em travesseiros de linho verde-claro. Seu robe de cetim tinha essa mesma cor. Ela o envergava com a perfeição impecável de um manequim de vitrine, suas dobras lustrosas dando a impressão de ainda conter as folhas de papel de seda em que haviam sido embaladas. A luz do abajur, cor de flor de maçã, iluminava uma mesa com um livro, um copo de suco de fruta e uma série de utensílios de toalete de prata, que reluziam como instrumentos cirúrgicos. Havia um pouco de batom rosa pálido em seus lábios. Não havia nela nenhum sinal de cansaço depois da festa – nenhum sinal de que pudesse se cansar. O aposento era exatamente o que um decorador faria para um quarto de senhora: um lugar para dormir, para não ser incomodada.

Rearden ainda estava com a roupa da festa. Sua gravata estava frouxa e alguns fios de cabelo lhe caíam sobre o rosto. Lillian o olhava sem espanto, como se soubesse o que a última hora que ele havia passado em seu próprio quarto fizera com ele.

Rearden contemplava a mulher em silêncio. Havia muito tempo que ele não entrava em seu quarto. Ficou parado, arrependido de ter ido lá.

– É de praxe conversar, não é, Henry?

– Se você quiser...

– Eu queria que você chamasse um de seus peritos da siderúrgica para dar uma olhada no forno da cozinha. Sabe que ele apagou durante a festa e Simons teve a maior dificuldade em acendê-lo de novo?... A Sra. Weston disse que a melhor coisa que temos é o cozinheiro: ela adorou os salgadinhos... Balph Eubank disse uma coisa muito engraçada sobre você: que você é um cruzado, com fumaça de chaminé em vez de pluma... Ainda bem que você não gosta de Francisco d'Anconia. Eu não o suporto.

Rearden não se deu ao trabalho de explicar sua presença ali, ou de disfarçar a derrota, ou de admiti-la, indo embora. Naquele momento, pouco lhe importava o que ela adivinhasse ou pensasse. Caminhou até a janela e olhou para fora.

Por que me casei com ela?, pensou. Era uma pergunta que ele não fizera no dia do casamento, oito anos antes. Desde então, em sua solidão sofrida, ele a repetira muitas vezes. E não conseguia encontrar uma resposta.

Não foi por status, pensou ele, *nem por dinheiro*. Lillian era de uma família tradicional que possuía ambas as coisas. Não que fosse das famílias mais distintas do país, nem das mais ricas, mas tanto o nome quanto a fortuna eram suficientes para que ela frequentasse os círculos mais refinados da sociedade nova-iorquina, onde ele a conhecera. Nove anos antes, Rearden aparecera em Nova York como uma explosão, iluminado pelo sucesso da Siderúrgica Rearden, um sucesso que os peritos da cidade haviam julgado impossível. Fora sua indiferença que o tornara espetacular. Não sabia que esperavam dele que tentasse subir no meio social por meio do dinheiro e que aguardavam com prazer o momento de rejeitá-lo. Não teve tempo de perceber a decepção geral.

Com relutância, comparecia a algumas reuniões sociais para as quais era convidado por homens que cobiçavam seu favor. Rearden não sabia – mas eles sabiam – que sua polidez urbana era uma condescendência para com aqueles que antes esperavam poder esnobá-lo, que antes diziam que já terminara a era das grandes realizações espetaculares.

O que o atraiu foi a austeridade de Lillian – o conflito entre sua austeridade e seu comportamento. Rearden jamais gostara de ninguém, nem esperara que gostassem dele. Sentia-se fascinado por aquela mulher que abertamente o perseguia, porém o fazia claramente com relutância, como se contra sua própria vontade, como se se ressentisse daquele desejo e tentasse reprimi-lo. Era ela quem combinava um encontro com ele e depois o recebia com frieza, como se não se importasse que ele percebesse. Falava pouco; tinha um ar de mistério que parecia dizer a Rearden que ele jamais conseguiria quebrar aquele distanciamento orgulhoso, e também um ar irônico, de quem ria de seu próprio desejo e do dele.

Rearden não conhecera muitas mulheres. Perseguira seu objetivo, pondo de lado tudo aquilo que não dissesse respeito a ele, tanto no mundo quanto em si próprio. Sua dedicação ao trabalho era como aquele fogo da siderúrgica, um fogo que queimava todos os elementos mais vis, todas as impurezas, deixando apenas a torrente branca de um único metal. Ele era incapaz de interesses passageiros. Mas havia momentos em que sentia um acesso súbito de desejo, tão violento que não podia se satisfazer com um encontro aleatório. Entregava-se a esse desejo, em poucas ocasiões por ano, com mulheres de quem julgava gostar. Terminava com um sentimento irritado de vazio, porque buscara um ato de triunfo, ainda que desconhecesse a natureza dele. Porém as mulheres só lhe davam a aceitação de um prazer passageiro, e ele sabia perfeitamente que o que ganhara não tinha nenhum significado. O que sentia por fim era não uma sensação de realização, e sim a consciência de sua própria degradação. Chegou a odiar seu próprio desejo. Chegou a acreditar na doutrina segundo a qual o desejo é algo inteiramente físico, não da consciência, mas da matéria, e o revoltava a ideia de que sua carne era livre para escolher e que sua escolha não estava sujeita à vontade de sua mente. Rearden, que passara a vida em minas e usinas, moldando a matéria conforme sua vontade, graças ao poder de seu cérebro, achava intolerável ser incapaz de controlar a matéria de seu próprio corpo. Lutou contra ela. Já havia vencido todas as batalhas contra a natureza inanimada, mas essa batalha ele perdeu.

Foi a dificuldade da conquista que o fez querer Lillian. Ela parecia ser uma mulher que queria e merecia um pedestal. Isso fez com que ele tivesse vontade de arrastá-la para a cama. Arrastá-la – era essa a expressão que se impunha. A palavra "arrastar" lhe dava um prazer obscuro, a sensação de que aquela era uma vitória que valia a pena.

Ele não entendia por quê – achava que se tratava de um conflito obsceno, sinal de alguma depravação secreta dentro de si –, por que sentia, ao mesmo tempo, uma profunda sensação de orgulho quando pensava em conceder a uma mulher o título de sua esposa. Era um sentimento solene e brilhante: era quase como se ele achasse que queria honrar uma mulher pelo fato de possuí-la. Lillian parecia se adequar à imagem que ele não sabia que trazia em si, não sabia que queria encontrar. Viu a graça, o orgulho, a pureza. O restante estava nele mesmo – ele não sabia que estava olhando para seu próprio reflexo.

Lembrava-se ainda do dia em que Lillian viera de Nova York ao seu escritório, por livre e espontânea vontade, e lhe pedira que lhe mostrasse a siderúrgica. Rearden ouviu em sua voz um tom macio, suave, ofegante – sinal de admiração –, que se intensificava à medida que ela lhe fazia perguntas sobre seu trabalho e olhava ao redor. Ele contemplava aquela figura graciosa com o fogo das fornalhas ao fundo, e os passos leves e rápidos de seus pés em sapatos de salto alto se movendo, muito decididos, a seu lado, por entre montes de escória. O olhar de Lillian, ao observar a calda do aço sendo despejada, era como se o próprio sentimento de Rearden pelo seu trabalho se fizesse visível a ele. Quando os olhos dela se voltaram para seu rosto, ele viu o mesmo olhar, porém intensificado a tal ponto que ela parecia impotente e silenciosa. Foi naquela noite, no jantar, que Rearden lhe pediu a mão em casamento.

Foi só algum tempo depois do casamento que Rearden admitiu que aquilo era uma tortura. Ainda se lembrava da noite em que reconhecera o fato, em que dissera a si próprio – as veias de seus pulsos estavam tensas, e ele estava em pé ao lado da cama, olhando para Lillian – que ele merecia aquela tortura e a suportaria. Lillian não estava olhando para ele; estava ajeitando o cabelo.

– Posso dormir agora? – perguntara ela.

Ela nunca fazia objeções. Nunca lhe negava nada, sempre se submetia à sua vontade. Submetia-se em obediência à regra segundo a qual era seu dever, de vez em quando, se tornar um objeto inanimado para uso de seu marido.

Ela não o censurava. Deixava claro que compreendia que os homens tivessem certos instintos degradantes que constituíam o lado sujo e secreto do matrimônio. Manifestava uma tolerância condescendente. Sorria, com repulsa bem-humorada, da intensidade do que ele experimentava.

– É o passatempo mais indigno que conheço – ela lhe disse certa vez –, mas nunca alimentei a ilusão de que os homens são superiores aos animais.

O desejo que ela lhe inspirava morreu na primeira semana do casamento. Restou apenas uma necessidade que ele não conseguia destruir. Rearden jamais entrara num bordel. Por vezes lhe ocorria a ideia de que a repulsa por si próprio que sentiria num lugar daqueles não deveria ser pior do que a que ele sentia quando era levado a entrar no quarto da esposa.

Muitas vezes a encontrava lendo um livro. Ela o colocava de lado, marcando a página com uma fita branca. Quando ele, exausto, de olhos fechados e ofegante, relaxava a seu lado, ela acendia a luz, pegava o livro e continuava a leitura.

Ele dizia a si próprio que merecia a tortura por desejar jamais voltar a tocá-la e não conseguir manter sua decisão. Por isso sentia desprezo por si mesmo. Desprezava aquela necessidade que agora não tinha mais nenhum significado, nem tinha nada de sublime, que se transformara em simples necessidade de um corpo de mulher, um corpo anônimo que pertencia a uma mulher que ele era obrigado a esquecer enquanto possuía. Chegou a se convencer de que aquela necessidade era uma depravação.

Não condenava Lillian. Sentia um respeito sombrio e indiferente por ela. O ódio que lhe inspirava o próprio desejo o fizera aceitar a doutrina segundo a qual as mulheres devem ser puras, e uma mulher pura é aquela que é incapaz de sentir prazer físico.

Durante toda a agonia silenciosa de sua vida de casado, havia uma hipótese que ele não se permitia considerar: a da infidelidade. Ele dera sua palavra. Estava decidido a cumpri-la. Não era fidelidade a Lillian. Não era a pessoa de Lillian que ele queria proteger da desonra: era a pessoa de sua esposa.

Pensava nela agora, à janela. Não quisera entrar em seu quarto. Relutara. Com todas as suas forças, lutara contra a consciência da razão específica pela qual a coisa seria particularmente insuportável naquela noite. Então, ao vê-la, de repente percebeu que não poderia tocá-la. O motivo que o impelira até o quarto de Lillian era o mesmo motivo que o impedia de tocá-la.

Ficou imóvel, livre do desejo, sentindo o triste alívio da indiferença ao próprio corpo, àquele quarto, até mesmo à sua própria presença nele. Afastou-se dela, para não ver aquela castidade laqueada. Achava que devia sentir respeito, porém o que sentia era repulsa.

– ... mas o Dr. Pritchett disse que nossa cultura está morrendo porque nossas universidades são obrigadas a depender das esmolas dos vendedores de carne, dos fabricantes de aço e de flocos de milho.

Por que me casei com ele?, pensou. Aquela voz nítida e animada não estava falando só por falar. Ela sabia por que ele viera até seu quarto. Sabia como ele se sentiria ao vê-la polindo as unhas com sua lixa de prata e falando alegremente. Falava sobre a festa. Porém não mencionou Bertram Scudder – nem Dagny Taggart.

O que ela pretendera ao se casar com ele? Ele sentia a presença de algum propósito frio dentro dela, que a impelia – mas não achava nada que pudesse condenar. Lillian jamais tentara usá-lo. Não exigia nada. Não gostava do prestígio conferido pelo poder industrial – desprezava-o –, preferia seu próprio círculo de amizades. Não estava atrás de dinheiro – gastava pouco –, era indiferente ao tipo de extravagâncias que ele poderia lhe proporcionar. *Ela não tem o direito de me condenar*, pensou Rearden, *nem de romper o vínculo matrimonial.* Na qualidade de esposa, Lillian era uma mulher honrada. Não queria nada de material dele.

Rearden se virou e olhou para ela com um ar cansado.

– A próxima vez que você der uma festa – disse ele –, chame só os seus amigos. Não convide aqueles que você supõe serem meus amigos. Não gosto de me encontrar com eles fora do trabalho.

Ela riu, surpresa, satisfeita.

– Não é para menos, meu bem.

Rearden saiu, sem dizer mais nada.

O que ela quer comigo?, pensou. *Ela está atrás de quê?* No mundo que Rearden conhecia, não havia resposta para essa pergunta.

CAPÍTULO 7

EXPLORADORES E EXPLORADOS

OS TRILHOS SUBIAM POR ENTRE as rochas até as torres de perfuração, e as torres se elevavam ao céu. Dagny, da ponte, olhava para o alto do morro, onde o sol atingia um pedaço de metal no topo da torre. Parecia uma tocha branca, ardendo muito acima da neve, nas escarpas da Petróleo Wyatt.

Quando chegar a primavera, pensou ela, *os trilhos se encontrarão com os outros que vêm, em sentido contrário, de Cheyenne.* Seus olhos acompanharam os trilhos de um azul-esverdeado que partiam das torres, desciam, atravessavam a ponte e passavam por ela. Virou a cabeça e os acompanhou a distância, seu olhar atravessando quilômetros de ar límpido. A ferrovia seguia em grandes curvas pela encosta das montanhas até onde os novos trilhos terminavam, e lá um guindaste-locomotiva, como um braço só de ossos e nervos, se movia, tenso, contra o céu.

Um trator passou por ela, carregado de parafusos azul-esverdeados. O ruído das furadeiras era um zumbido constante que vinha lá de baixo, onde homens se balançavam em cabos de metal cortando a pedra nua da garganta entre as montanhas para reforçar os pilares da ponte. Lá embaixo homens trabalhavam, os braços rígidos com a tensão dos músculos, agarrando cabos de soquetes elétricos.

– Músculos, Srta. Taggart – lhe dissera uma vez Ben Nealy, o empreiteiro. – Músculos: é só o que é preciso para construir qualquer coisa no mundo.

Não havia empreiteiro igual a McNamara. Dagny contratara o melhor que pudera encontrar. Não havia um engenheiro na Taggart a quem se pudesse confiar a tarefa de supervisionar o trabalho – todos eles eram céticos em relação ao novo metal.

– Francamente, Srta. Taggart – dissera o engenheiro-chefe –, como é uma experiência que ninguém realizou antes, acho uma injustiça isso ficar sob minha responsabilidade.

– A responsabilidade é minha – respondera Dagny.

Era um homem de 40 e tantos anos que não perdera o ar de informalidade que adquirira na faculdade onde se formara. Antes, o engenheiro-chefe da Taggart Transcontinental era um homem grisalho, caladão, autodidata. Nenhuma ferrovia tinha um engenheiro como aquele. Ele pedira demissão havia cinco anos.

Dagny olhou para baixo da ponte. Estava em pé numa fina viga de aço que atravessava uma garganta de 500 metros de profundidade. Lá no fundo, dava para ver vagamente um leito de rio seco, com pedregulhos e árvores contorcidas pelos séculos. Ela se perguntava se os pedregulhos, os troncos de árvores e os músculos conseguiriam fazer uma ponte que atravessasse aquela garganta. De repente, sem saber por quê, ficou pensando nos homens das cavernas que, durante milênios, haviam vivido nus no fundo daquela garganta.

Levantou o olhar e contemplou os campos petrolíferos da Wyatt. Perto dos poços, a ferrovia se dividia em desvios. Dagny viu as chaves, pequenos discos que pontilhavam a neve. Eram chaves de metal, como tantas outras que havia espalhadas pelo país – só que essas, iluminadas pelo sol, tinham um brilho azul-esverdeado. Para ela, aquelas chaves representavam muitas e muitas horas falando com calma e paciência, tentando convencer o Sr. Mowen, presidente da Companhia de Chaves e Sinais, de Connecticut.

– Mas, minha cara Srta. Taggart! Nossa companhia trabalha com a sua há gerações, seu avô foi o primeiro freguês do meu avô, portanto a senhorita não pode duvidar da nossa vontade de servi-la no que for possível, mas... a senhorita... quer chaves feitas de metal Rearden?

– Quero.

– Mas, Srta. Taggart! Imagine só o que é trabalhar com esse metal! Sabe que ele só se funde a 4 mil graus?... Ótimo? Bem, pode ser ótimo para fabricantes de motores, mas para mim isso representa um novo tipo de fornalha, um processo inteiramente novo, a necessidade de treinar os funcionários, mexer com horários de trabalho, regras trabalhistas, mexer em tudo, e Deus sabe se vai dar certo!... Como é que a senhorita pode ter certeza, se ninguém nunca fez isso antes?... Bem, eu não posso dizer se esse metal dá certo ou não dá certo... Bem, e não sei se é genial, como a senhorita diz, ou se não passa de uma fraude, como muita gente anda dizendo... Não, não, não posso dizer que tanto faz. Quem sou eu para me meter numa aventura dessas?

Dagny ofereceu o dobro do preço original. Rearden mandou dois engenheiros metalúrgicos para ensinar, mostrar, explicar aos funcionários de Mowen todas as etapas do processo. Além disso, Rearden pagou os salários desses funcionários enquanto durou o período de treinamento.

Ela olhou para os trilhos. Para ela, eles representavam a noite em que soube que a Fundição Summit, de Illinois, a única companhia que se dispôs a fazer cavilhas de metal Rearden, havia falido, sem ter feito mais da metade das peças encomendadas. Dagny foi a Chicago naquela noite, tirou da cama três advogados, um juiz e um legislador estadual, subornou dois deles e ameaçou os outros, obteve uma permissão de emergência – cuja legalidade seria dificílimo algum dia determinar –, mandou que abrissem as portas lacradas da Fundição Summit e fez com que um punhado de metalúrgicos, que nem tiveram tempo de terminar de se vestir, fossem para os altos--fornos até o dia nascer. Trabalharam sob a supervisão de um engenheiro da Taggart e de um engenheiro metalúrgico da Rearden. A reconstrução da Linha Rio Norte não foi interrompida.

Dagny ouvia o ruído das furadeiras. O trabalho só fora interrompido uma vez, quando as furações para os pilares da ponte pararam.

– Não tinha jeito, Srta. Taggart – disse Ben Nealy, ofendido. – As brocas se gastam muito depressa. Eu já tinha encomendado, mas a Ferramentas Ltda. teve um problema, não foi culpa deles: é que as Metalúrgicas Associadas não entregaram o aço que eles pediram. Quer dizer, o jeito é esperar. Não adianta ficar contrariada, Srta. Taggart. Estou fazendo o melhor que posso.

– Eu contratei o senhor para fazer determinado serviço, não para fazer o melhor que o senhor pode, seja lá o que quer dizer com isso.

– Muito esquisito isso que a senhorita disse. Muito antipático, Srta. Taggart, muito antipático.

– Dane-se a Ferramentas Ltda. Dane-se o aço. Mande fazer as brocas de metal Rearden.

– Essa não! O diabo desse metal já me deu muito trabalho nesses trilhos que a senhorita encomendou. Eu não vou bagunçar o meu equipamento.

– Uma broca de metal Rearden dura três vezes mais que uma de aço.

– Pode ser.

– Eu disse para o senhor encomendar essas brocas.

– E quem vai pagar por elas?

– Eu.

– E quem é que vai fabricar essas brocas?

Dagny ligou para Rearden. Ele encontrou uma fábrica de ferramentas abandonada havia muitos anos. Uma hora depois, já a havia comprado dos parentes do último proprietário. No dia seguinte, a fábrica foi reaberta. Uma semana depois, brocas de metal Rearden foram entregues na ponte no Colorado.

Ela contemplou a ponte. Não era a melhor solução possível, mas ela tivera que aceitá-la. A ponte, uma estrutura de aço de 400 metros, fora construída no tempo do filho de Nat Taggart. Já não era mais uma estrutura segura. Fora reforçada com barrotes de aço, depois de ferro, depois de madeira – mal valia aqueles esforços. Dagny havia pensado numa ponte nova, de metal Rearden. Pediu ao engenheiro-chefe que fizesse um projeto e um orçamento aproximado. O projeto que ele apresentou era o de uma ponte de aço, com escala reduzida para levar em conta a resistência maior do novo metal, mas os custos eram tamanhos que a coisa estava fora de cogitação.

– Desculpe, Srta. Taggart – disse o engenheiro-chefe, ofendido. – Por que a senhorita diz que eu não soube usar o metal? Esse projeto é uma adaptação dos melhores projetos de ponte existentes. O que a senhorita esperava?

– Um novo método de construção.

– Como assim?

– Quando inventaram o aço, ninguém começou a construir em aço cópias de pontes de madeira. – E acrescentou, cansada: – Faça um orçamento do que será necessário para fazer com que a ponte velha aguente mais uns cinco anos.

– Sim, Srta. Taggart – disse o engenheiro, alegre. – Se a reforçarmos com aço...

– Vamos reforçá-la com metal Rearden.

– Perfeito, Srta. Taggart – disse ele, com frieza.

Dagny olhou para as montanhas cobertas de neve. Em Nova York, por vezes seu trabalho parecia muito difícil. Havia momentos em que ela ficava paralisada de desespero no meio do escritório, porque não era possível esticar o tempo – por exemplo, num dia em que reuniões importantes haviam se sucedido, em que ela discutira motores a diesel velhos, vagões caindo aos pedaços, sistemas de sinalização com defeito, e ao mesmo tempo pensava na mais recente emergência no projeto Rio Norte. Enquanto ela falava, duas listas de metal azul-esverdeado não lhe saíam da cabeça. Quando interrompeu a discussão, ao perceber de repente por que determinada notícia a perturbara, pegou o telefone para fazer uma chamada interurbana para o empreiteiro e lhe disse:

– Onde é que o senhor compra comida para os trabalhadores?... Era o que eu pensava. Pois a Barton & Jones de Denver abriu falência ontem. Melhor encontrar outro fornecedor imediatamente, senão os homens vão morrer de fome.

Lá de seu escritório em Nova York, Dagny havia construído a ferrovia. Parecia muito difícil. Mas agora estava olhando para ela. Estava crescendo. Seria concluída a tempo.

Dagny ouviu passos apressados se aproximando e se virou para ver. Vinha um homem pela ferrovia. Era alto e jovem. Não usava chapéu, apesar do vento frio, e seus cabelos negros estavam bem visíveis. Usava uma jaqueta de couro de trabalhador, mas não parecia ser um trabalhador. Havia uma autoconfiança imperiosa em seu andar que excluía essa possibilidade. Dagny só o reconheceu quando ele chegou bem perto. Era Ellis Wyatt. Não o via desde aquela conversa em seu escritório.

Wyatt parou, olhou para ela e sorriu.

– Olá, Dagny.

Com uma emoção súbita, ela entendeu tudo o que aquelas duas palavras significavam para ela: perdão, compreensão, reconhecimento. Era uma saudação.

Dagny riu como uma criança, feliz por tudo estar dando tão certo.

– Olá – disse ela, estendendo a mão.

A mão de Wyatt segurou a dela um pouco mais do que seria necessário para um simples aperto de mão. Era uma maneira de reconhecer que tudo estava compreendido e resolvido.

– Diga a Nealy que coloque umas cercas novas para deter a neve por uns 2,5 quilômetros lá na garganta de Granada – disse ele. – As que estão lá já apodreceram. Mande um limpa-neve rotativo para ele. Aquela geringonça que ele tem no momento não serve nem para limpar um quintal. As grandes nevascas estão para começar por esses dias.

Dagny pensou por um momento.

– Há quanto tempo você vem fazendo isso?

– O quê?

– Observando a obra.

– De vez em quando. Quando tenho tempo. Por quê?

– Você estava aqui quando caiu aquela barreira?

– Estava.

– Fiquei espantada de ver como eles limparam a estrada depressa, quando me entregaram os relatórios depois. Fiquei achando que Nealy era melhor do que eu pensava.

– Pois não é.

– Foi você que organizou o sistema de transporte dos suprimentos pela ferrovia?

– Claro. Os homens dele passavam a metade do tempo catando as coisas. Diga a ele para tomar cuidado com os tanques d'água. Uma noite dessas vai congelar tudo. Arranje uma valetadeira nova para ele. A que ele tem não está com boa cara. E verifique a fiação.

Dagny o olhou por um momento e disse:

– Obrigada, Ellis.

Ele sorriu e seguiu em frente. Dagny o acompanhou com o olhar enquanto ele atravessava a ponte e seguia a longa subida em direção a suas torres de perfuração.

– Ele acha que é o dono disso aqui, não é?

Dagny se virou, surpresa. Ben Nealy havia se aproximado e apontava para Ellis Wyatt.

– Isso aqui o quê?

– A estrada de ferro, Srta. Taggart. Ou o mundo todo, sei lá. É o que ele acha.

Ben Nealy era um homem grandalhão, com um rosto macio e carrancudo. Os olhos eram teimosos e vazios. À luz azulada refletida pela neve, sua pele era da cor de manteiga.

– Por que ele vive rondando por aqui? – perguntou ele. – Como se ninguém soubesse fazer nada direito, só ele. Metido a besta. Quem ele acha que é?

– Seu cretino – disse Dagny, sem levantar a voz.

Nealy não entendeu por que ela disse isso. Mas algo nele, de algum modo, compreendeu, e Dagny ficou chocada ao perceber que ele não estava chocado. Nealy não disse nada.

– Vamos até seu alojamento – disse Dagny, cansada, apontando para um velho vagão num desvio da ferrovia, a alguma distância dali. – Chame alguém para fazer anotações.

– Agora, aqueles dormentes, Srta. Taggart – ele se apressou a dizer assim que começaram a caminhar –, o Sr. Coleman, do seu escritório, aprovou. Ele não falou em excesso de casca de árvore. Não entendo por que a senhorita acha que eles...

– Eu disse que o senhor vai substituí-los.

Quando saiu do vagão, exausta com o esforço de passar duas horas pacientemente explicando e informando, Dagny viu um automóvel parado na estrada de barro lá embaixo, um carro preto de dois lugares novinho em folha. Naqueles tempos de crise, era muito difícil ver um carro novo em qualquer lugar, quanto mais ali.

Dagny olhou ao redor e não pôde conter uma interjeição de espanto quando viu o vulto alto à entrada da ponte. Era Hank Rearden. Ela não esperava encontrá-lo no Colorado. Parecia absorto em cálculos, com lápis e caderno na mão. Suas roupas

177

atraíam a atenção, como seu carro, e pelo mesmo motivo. Estava de capa e chapéu de aba inclinada, mas ambos eram de tão boa qualidade que pareciam uma ostentação quando comparados às roupas maltrapilhas que se viam em toda parte – mais ainda porque ele os envergava com extrema naturalidade.

De repente, Dagny se deu conta de que estava correndo em direção a ele. Todo o seu cansaço havia desaparecido. Então se lembrou de que não o via desde a festa. Parou.

Rearden a viu, fez sinal para ela com um gesto de contentamento e espanto e foi andando em direção a ela, sorrindo.

– Olá – disse ele. – Sua primeira visita à obra?

– A quinta, em três meses.

– Eu não sabia que você estava aqui. Ninguém me disse.

– Imaginei que você ia acabar não resistindo.

– Não resistindo?

– Não resistindo a vir aqui. E então? O que achou do seu metal?

Rearden olhou ao redor.

– No dia em que você resolver largar a ferrovia, me avise.

– Você me daria um emprego?

– Quando você quiser.

Dagny o encarou por um momento.

– Você só está brincando até certo ponto, Hank. O que o atrai é a ideia de me ver pedindo emprego a você. De que eu seja sua empregada em vez de cliente, me dar ordens.

– É, isso mesmo.

Dagny disse, com uma expressão dura no rosto:

– Não largue a siderúrgica. Eu não lhe prometo emprego na ferrovia.

Ele riu.

– Nem adianta tentar.

– O quê?

– Vencer uma batalha quando dou as cartas.

Dagny não respondeu. Surpreendeu-se com o que aquelas palavras a faziam sentir. Não era uma emoção, e sim uma sensação física de prazer a que ela não sabia dar nome nem conseguia entender.

– A propósito – disse ele –, esta não é a primeira vez que venho. Estive aqui ontem.

– É mesmo? Por quê?

– Ah, eu vim ao Colorado por outro motivo, e então resolvi dar uma olhada.

– O que você queria?

– Por que você acha que sempre tenho segundas intenções?

– Você não ia perder tempo voltando aqui, já tendo vindo uma vez.

Ele riu.

– É verdade. – Apontou para a ponte. – É aquilo.

– O que tem ela?

– Está boa para ir para o ferro-velho.

– E você acha que eu não sei disso?

– Vi suas especificações referentes às peças de metal Rearden para reforçar a estrutura. Você está jogando dinheiro fora. A diferença entre o custo de uma ponte nova de metal Rearden e os remendos que você vai colocar nessa geringonça é tão pequena que não entendo por que você resolveu conservar essa peça de museu.

– Eu pensei em fazer uma ponte nova de metal Rearden. Pedi um orçamento aproximado a meus engenheiros.

– E o que eles disseram?

– Dois milhões de dólares.

– Meu Deus!

– Quanto você calcula?

– Oitocentos mil.

Dagny olhou para Rearden. Sabia que ele nunca dizia nada que não fosse a sério. Perguntou, tentando manter a calma:

– Como?

– Assim.

Rearden lhe mostrou seu caderno. Dagny viu as anotações que ele rascunhara, um monte de números, alguns esboços grosseiros. Entendeu o que ele tinha em mente antes que terminasse a explicação. Nem percebeu que haviam se sentado, que ambos estavam sentados numa pilha de madeira congelada, que suas pernas estavam encostadas nas tábuas ásperas e que o frio atravessava suas meias finas. Estavam examinando uma folha de papel que tornaria possível que milhares de toneladas de carregamentos atravessassem um espaço vazio. A voz de Rearden soava clara e nítida enquanto ele explicava pressões e trações, cargas e o efeito do vento. A ponte seria um arco único de 400 metros. Rearden havia inventado um novo tipo de armação. Nunca havia sido construído e só podia ser feito com vigas fortes e leves como as de metal Rearden.

– Hank – disse ela –, você inventou isso em dois dias?

– Não, não. "Inventei" muito antes de existir o metal Rearden. Pensei nisso quando fabricava aço para pontes. Eu queria um metal que desse para fazer isso, entre outras coisas. Vim aqui só para ver, com meus próprios olhos, qual era o seu problema.

Rearden riu quando viu Dagny passar a mão lentamente sobre os olhos e apertar a boca com raiva, como se tentasse se livrar das coisas contra as quais tivera que enfrentar uma luta tão encarniçada, tão inglória.

– Isto aqui é só um rascunho – disse Rearden –, mas acho que dá para você ter uma ideia do que se pode fazer.

– Não posso nem lhe dizer tudo o que já posso ver, Hank.

– Nem precisa. Eu já sei.

– Você está salvando a Taggart Transcontinental pela segunda vez.

– Você já foi melhor como psicóloga.

– O que você quer dizer?

– Estou me lixando para a Taggart Transcontinental. Será que você não vê que o que quero é poder mostrar ao país uma ponte feita de metal Rearden?

– Vejo, sim, Hank.

– Tem gente demais dizendo que os trilhos de metal Rearden não oferecem segurança. Quero dar a essa gente um pretexto ainda melhor para reclamar: uma ponte de metal Rearden.

Dagny olhou para ele e riu de puro prazer.

– Por que essa risada? – perguntou ele.

– Hank, você é a única pessoa no mundo que daria uma resposta como essa às pessoas em circunstâncias como esta.

– E você? Está disposta a dar a mesma resposta comigo e enfrentar a gritaria?

– Você sabe que estou.

– Sei, sim.

Rearden encarou-a apertando os olhos. Não riu como Dagny, mas aquele olhar equivalia a um riso.

Dagny se lembrou de repente da última vez em que se haviam visto, na festa. Era difícil de acreditar. Estavam tão à vontade um com o outro – era uma sensação de leveza que incluía a consciência de que era essa a única maneira que eles conheciam de se sentirem leves – que parecia impossível ter havido alguma hostilidade entre eles. No entanto, Dagny sabia que a festa havia mesmo ocorrido. Rearden agia como se jamais tivesse havido festa alguma.

Andaram até a beira da garganta. Juntos, contemplaram o desfiladeiro escuro, a margem oposta, o sol brilhando nas torres da Petróleo Wyatt. Com os pés afastados sobre as pedras congeladas, Dagny resistia à pressão do vento. Sentia, sem tocar nele, o tórax de Rearden atrás de seu ombro. O vento fazia seu casaco bater nas pernas do homem.

– Hank, você acha que dá tempo para construirmos a ponte? Só temos seis meses.

– Claro. Vai levar menos tempo e precisar de menos trabalho do que qualquer outro tipo de ponte. Vou mandar meus engenheiros fazerem o projeto básico e submetê-lo à sua aprovação. Sem compromisso da sua parte. Só lhe peço que leia o projeto e diga se tem dinheiro para custeá-lo. Sei que vai ter. Depois entregue para seus engenheiros. Eles elaboram os detalhes.

– E o metal?

– Eu vou laminar o metal de que você precisa, nem que seja necessário suspender todas as outras encomendas.

– Dá tempo?

– Alguma vez já atrasei alguma encomenda sua?

– Não. Mas, do jeito que as coisas estão atualmente, talvez você não consiga.

– Com quem você pensa que está falando? Com Orren Boyle?

Dagny riu.

– Está bem. Entregue-me o projeto o mais depressa possível. Vou olhar e lhe dou uma resposta em até 48 horas. Quanto aos meus engenheiros, eles... – Dagny parou, de cenho franzido. – Hank, por que é tão difícil achar gente competente para qualquer trabalho hoje em dia?

– Não sei...

Rearden contemplava a serra distante. De um vale ao longe, um fio de fumaça subia ao céu.

– Você já viu as novas cidades do Colorado e as fábricas? – perguntou ele.

– Já.

– Uma beleza, não é? Ver o tipo de gente que eles recolheram de todas as partes do país. Todos eles jovens, começando do nada e movendo montanhas.

– Que montanha você resolveu mover?

– Por quê?

– O que você está fazendo no Colorado?

Rearden sorriu.

– Examinando uma mineradora.

– De quê?

– De cobre.

– Meu Deus, você já não tem coisas demais a fazer?

– Sei que é um negócio complicado. Mas está cada vez mais difícil se manter abastecido de cobre. Parece que não há mais nenhuma companhia decente atuando na área neste país... e não quero negociar com a D'Anconia. Não confio naquele playboy.

– Entendo – disse ela, desviando a vista.

– Assim, se não há mais ninguém competente nesse ramo, o jeito é eu comprar uma mina. Não posso ficar dependendo de gente que atrasa ou mesmo não entrega encomendas. Preciso de muito cobre para fazer metal Rearden.

– Você comprou a mina?

– Ainda não. Falta resolver uns probleminhas. Arranjar homens, equipamentos, transporte.

– Ah!... – Dagny deu uma risadinha. – Vai querer que eu construa uma linha até lá?

– Talvez. Este estado tem possibilidades ilimitadas. Sabe que ele dispõe de todos os recursos naturais, tudo intacto, esperando ser explorado? E como as fábricas daqui estão crescendo! Eu me sinto 10 anos mais jovem quando venho aqui.

– Eu, não. – Dagny olhava para o leste, para além da serra. – Penso no restante do sistema Taggart, em contraste. Cada vez menos coisas para transportar, a tonelagem cada vez menor. É como se... Hank, o que há de errado com este país?

– Não sei.

– Lembro que aprendi na escola que o sol está sempre perdendo energia, ficando cada vez mais frio. Lembro que, naquela época, eu me perguntava como seriam os últimos dias do mundo. Acho que seriam... assim. Cada vez mais frio, tudo parando.

– Nunca acreditei nessa história. Sempre achei que, quando o sol estivesse se esgotando, os homens encontrariam um substituto.

– É mesmo? Engraçado. Eu também pensava isso.

Rearden apontou para a fumaça ao longe.

– Está aí o novo sol. Aquilo vai alimentar o restante.

– Se não parar.

– Você acha isso possível?

Dagny olhou para os trilhos a seus pés.

– Não – disse ela.

Rearden sorriu. Olhou de novo para os trilhos, seguindo-os com o olhar a subir a serra até o guindaste ao longe. Dagny viu duas coisas, como se, por um momento, só elas existissem em seu campo visual: o perfil de Rearden e os trilhos azul-esverdeados serpenteando pelo espaço.

– Conseguimos, não é? – observou ele.

Aquele momento era tudo o que ele queria. Ele compensava todos os esforços, todas as noites em claro, todas as investidas contra o desespero.

– É. Conseguimos.

Dagny olhou para um velho guindaste no desvio e percebeu que os cabos estavam gastos e teriam que ser substituídos. Era a grande clareza que vem após a emoção, após a recompensa de sentir tudo o que é possível sentir. O que ela e ele haviam realizado, e o momento em que os dois haviam reconhecido o fato, e se apropriado dele juntos, pensou ela, era a maior intimidade que duas pessoas podiam compartilhar. Agora ela estava livre para pensar nas coisas mais simples e triviais do momento presente, porque tudo o que estava ao seu redor tinha significado.

De onde vinha aquela sua certeza de que ele sentia o mesmo que ela? Rearden se virou de repente e foi andando em direção ao seu carro. Dagny o seguiu. Não olharam um para o outro.

– Vou para o leste daqui a uma hora – disse ele.

Dagny apontou para o carro.

– Onde você comprou isso?

– Aqui. É um Hammond, daqui do Colorado. A única fábrica que ainda faz um carro que preste. Acabei de comprar, nesta viagem.

– Uma beleza.

– É, não é mesmo?

– Vai voltar a Nova York nele?

– Não. Vou mandar entregarem lá. Vim até aqui no meu avião.

– É mesmo? Pois eu vim de carro de Cheyenne, eu tinha que ver a ferrovia, mas quero voltar o mais depressa possível. Será que posso voltar com você? No seu avião?

Rearden não respondeu imediatamente. Dagny percebeu o instante vazio de uma pausa.

– Desculpe – disse ele. Dagny não sabia se o toque de rispidez em sua voz era pura imaginação sua. – Não vou para Nova York. Vou para Minnesota.

– Bem, então vou ver se consigo arranjar um avião de carreira para hoje.

Dagny viu o carro de Rearden desaparecer nas curvas da estrada. Pegou seu carro e chegou ao aeroporto uma hora depois. Era um pequeno campo de pouso no fundo de um vale cercado de montanhas desertas. Havia manchas de neve no solo duro e esburacado. Em uma extremidade havia um poste com um holofote, do qual saíam fios; os outros tinham sido derrubados por uma tempestade.

Um funcionário se aproximou.

– Não, Srta. Taggart, infelizmente só tem voo depois de amanhã. Só tem um voo de dois em dois dias, e o de hoje ficou retido no Arizona. Problema de motor, como sempre. – E acrescentou: – Pena que a senhorita não chegou um pouco mais cedo. O Sr. Rearden acabou de seguir para Nova York no avião particular dele.

– Não, ele não foi para Nova York, não. Foi?

– Foi, sim. Ele mesmo disse.

– Você tem certeza?

– Ele disse que tinha um compromisso lá hoje à noite.

Dagny olhou para o céu, em direção ao leste, sem se mexer, sem pensar em nada. Não havia nenhuma pista, nenhum motivo, nada que pudesse servir de ponto de partida, nada que lhe permitisse combater esse sentimento, pesá-lo ou compreendê-lo.

◆ ◆ ◆

– Que diabo essas ruas! – exclamou James Taggart. – Vamos chegar atrasados.

Dagny olhou adiante, por cima do ombro do motorista. Através do semicírculo desenhado pelo limpador de para-brisa no vidro manchado pela neve úmida, viu uma fileira imóvel de carros pretos e gastos. Lá longe, à frente, uma luz vermelha assinalava uma obra.

– Toda rua tem algum problema – disse Taggart, irritado. – Por que não consertam?

Dagny se recostou e apertou a gola do casaco. Sentia-se exausta ao fim de um dia que começara em seu escritório às sete da manhã, um dia de trabalho que tivera de ser interrompido porque ela havia prometido a Jim falar no jantar do Conselho Empresarial de Nova York.

– Querem que a gente fale sobre o metal Rearden – dissera ele.

– Isso você é capaz de fazer bem melhor do que eu. É muito importante que a gente defenda bem nossa posição. É um assunto muito controverso.

Sentada ao lado de Jim no carro, Dagny se arrependia de ter aceitado. Olhava para as ruas de Nova York e pensava na corrida entre o metal e o tempo, entre os trilhos da Linha Rio Norte e os dias que passavam. Parecia que a imobilidade do carro esticava seus nervos. Sentia-se culpada por desperdiçar uma noite quando na verdade ela não podia se dar ao luxo de desperdiçar nem uma hora.

– Andam atacando tanto Rearden que não custa puxar a brasa para a sardinha dele – comentou Taggart.

Dagny olhou para o irmão, sem acreditar no que ouvia.

– Quer dizer que você quer defendê-lo?

Ele não respondeu imediatamente. Perguntou, desolado:

– Aquele relatório da comissão especial do Conselho Nacional da Indústria Metalúrgica... o que acha dele?

– Você sabe o que eu acho.

– Eles concluíram que o metal Rearden é uma ameaça à segurança pública. Que a composição química não é segura, que é quebradiço, que se decompõe no nível molecular, que racha de repente, inesperadamente... – Parou, como se implorasse por uma resposta. Dagny não disse nada. Ele perguntou, ansioso: – Você não mudou de ideia, mudou?

– A respeito de quê?

– Daquele metal.

– Não, Jim, não mudei de ideia.

– Olhe que eles são peritos... os homens daquela comissão... os maiores entendidos... engenheiros-chefes das maiores companhias, com diplomas de universidades de todo o país... – Dizia isso num tom de tristeza, como se estivesse implorando que ela o fizesse duvidar do veredicto desses homens.

Dagny o olhou, espantada. Aquilo não era de seu feitio.

O carro deu a partida. Avançou lentamente por entre as tábuas da obra, contornando um cano d'água furado. Ela viu o cano novo a ser instalado, ao lado da escavação. A marca do cano era Fundação Stockton, Colorado. Dagny desviou a vista, não queria pensar no Colorado.

– Não consigo entender... – disse Taggart, arrasado. – Os maiores peritos do Conselho Nacional da Indústria Metalúrgica...

– Quem é o presidente do Conselho, Jim? É Orren Boyle, não é?

Ele não se virou para ela, mas abriu a boca de repente:

– Se aquele gordo imbecil acha que... – foi dizendo, mas não terminou a frase.

Dagny olhou para um poste de iluminação na esquina. Era um globo de vidro cheio de luz. Protegido das tempestades, iluminava as janelas fechadas com tábuas e as calçadas rachadas – era seu único guardião. No fim da rua, do outro lado do rio, viu a silhueta de uma central elétrica contra o fundo de uma fábrica iluminada. Passou um caminhão, bloqueando a vista. Era um veículo de abastecimento da central elétrica, um caminhão-tanque, recém-pintado de um verde vivo, que resistia à neve, com os dizeres em letras brancas: Petróleo Wyatt, Colorado.

– Dagny, você soube daquela discussão no Sindicato dos Trabalhadores em Aço para Estruturas?

– Não. O que foi?

– Deu em todos os jornais. Estavam discutindo se deviam ou não permitir que os membros do sindicato trabalhassem com metal Rearden. Não chegaram a uma conclusão, mas bastou para que o empreiteiro que estava pensando usá-lo cancelasse sua encomenda na mesma hora! E se... e se todo mundo ficar contra?

– Problema deles.

Um ponto de luz subia em linha reta até o alto de uma torre invisível. Era o elevador de um grande hotel. O carro passou pelos fundos do prédio. Havia homens tirando de um caminhão um engradado contendo algum equipamento pesado. Dagny viu o nome escrito no engradado: Motores Nielsen, Colorado.

– Não gostei daquela resolução tomada na convenção de professores primários do Novo México – comentou Taggart.

– Que resolução?

– Decidiram que, em sua opinião, não se devia permitir que crianças andassem na Linha Rio Norte da Taggart Transcontinental quando ficar pronta, porque não oferece condições de segurança... Dizem o nome com todas as letras, Taggart Transcontinental. Deu em todos os jornais... É uma publicidade péssima para nós... Dagny, você acha que a gente deve mandar publicar uma resposta?

– Ponha para funcionar a Linha Rio Norte.

Taggart ficou calado por algum tempo. Parecia estranhamente desanimado. Ela não entendia: ele não estava exclamando "Bem que eu disse!", nem citando as opiniões de suas autoridades favoritas contra Dagny. Parecia estar pedindo que ela o tranquilizasse.

Um carro passou por eles. Por um instante Dagny percebeu o poder, a confiança que emanavam daquele veículo reluzente. Sabia a marca do carro: Hammond, Colorado.

– Dagny, nós vamos... vamos conseguir terminar aquela linha... a tempo?

Era estranho ouvir na voz dele um toque de emoção pura, o som simples de medo animal.

– Se não conseguirmos, azar o desta cidade! – respondeu ela.

O carro dobrou uma esquina. Acima dos telhados escuros, ela viu o calendário, iluminado por um holofote. Informava: 29 de janeiro.

– Dan Conway é um patife!

As palavras saíram de repente, como se ele não conseguisse mais se conter.

Dagny olhou para ele, espantada:

– Por quê?

– Ele se recusou a nos vender a linha do Colorado da Phoenix-Durango.

– Não acredito que você... – Dagny teve de parar. Começou de novo, contendo-se para não gritar. – Você foi falar com ele para pedir isso?

– Claro que sim!

– Você achava... que ele ia vender essa linha... para você?

– E por que não? – Taggart havia reassumido sua agressividade histérica de sempre. – Eu lhe ofereci mais do que qualquer outro. A gente não ia ter a despesa de desmontar tudo e transportar. Podíamos usar a linha como está. Seria uma ótima publicidade para nós: abandonarmos os trilhos de metal Rearden em deferência à opinião pública. O que íamos ganhar em termos de publicidade compensaria todo o dinheiro gasto! Mas o filho da puta se recusou. Chegou a dizer que não venderia um metro de trilho para a Taggart Transcontinental. Está vendendo aos poucos para quem aparece, pequenas ferrovias do Arkansas e da Dakota do Norte, a preços que lhe dão prejuízo, a preços muito menores do que o que ofereci, o cachorro! Nem quer lucrar com a transação! E só você vendo aqueles abutres voando para cima dele! Eles sabem que não iriam conseguir trilhos em nenhum outro lugar!

Dagny permanecia calada, de cabeça baixa. Não conseguia olhar para ele.

– Eu acho que isso vai contra o espírito da Resolução Anticompetição Desenfreada – continuou ele, zangado. – A meu ver, a intenção da Aliança Nacional de Ferrovias era proteger os sistemas essenciais, não os cafundós da Dakota do Norte. Mas agora não vou conseguir que a Aliança vote essa questão, porque estão todos lá, na concorrência por aquela linha!

Lentamente, Dagny disse, pensando como seria bom se fosse possível pegar nas palavras com luvas:

– Entendo por que você quer que eu defenda o metal Rearden.

– Não sei o que você...

– Cale a boca, Jim – ordenou ela, em voz baixa.

Ele permaneceu calado por um instante. Depois jogou a cabeça para trás e disse, em tom de desafio:

– É melhor você defender o metal Rearden com muito jeito, porque o Bertram Scudder é muito sarcástico.

– Bertram Scudder?

– Ele vai ser um dos oradores de hoje.

– Um dos... Você não me disse que haveria outros oradores.

– Bem... eu... Mas que diferença faz? Você não está com medo dele, está?

– Mas não é o Conselho Empresarial de Nova York? Por que você convidou Bertram Scudder?

– E por que não? Você não acha uma boa ideia? No fundo, Scudder não tem nada contra os empresários. Ele aceitou o convite. A gente quer ser aberto, ouvir todos os lados e quem sabe até convencê-lo... Mas que cara é essa? Você vai conseguir derrotá-lo, não vai?

– Derrotar?

– No programa. Vai ser transmitido pelo rádio. Você vai debater com ele a seguinte questão: "Será o metal Rearden um produto mortal da cobiça?"

Dagny se debruçou para a frente, abriu a janela de vidro que separava o banco da frente do traseiro e exclamou:

– Pare o carro!

Ela não ouviu o que Taggart estava dizendo. Percebeu vagamente que ele levantara a voz, chegando a gritar:

– Estão esperando!... Quinhentas pessoas no jantar, em cadeia nacional!... Você não pode fazer isso comigo! – Taggart agarrou o braço da irmã, perguntando: – Por quê?

– Seu imbecil! Você acha que vou discutir uma questão dessas?

O carro parou. Dagny saltou e saiu correndo.

A primeira coisa que ela percebeu, depois de algum tempo, foi que estava de sandálias. Estava andando devagar, num passo normal, e era estranho sentir o chão gelado sob a sola fina das sandálias pretas de cetim. Empurrou o cabelo para trás e sentiu a neve se derretendo em suas mãos.

Agora estava tranquila. A raiva cega havia desaparecido, e ela sentia apenas um cansaço vago. Sua cabeça doía um pouco. Percebeu que estava com fome e se lembrou de que iria jantar no Conselho Empresarial. Seguiu em frente. Não queria comer. Pensou em tomar um café em algum lugar, depois ir para casa de táxi.

Olhou ao redor. Não havia nenhum táxi à vista. Não conhecia aquele bairro e não era um lugar agradável. Viu um espaço vazio do outro lado da rua, um parque abandonado cercado por uma linha irregular que começava com arranha-céus distantes e terminava em chaminés de fábricas. Viu algumas luzes acesas em janelas de casas miseráveis, algumas lojinhas imundas fechadas, e a neblina do rio a dois quarteirões dali.

Foi caminhando em direção ao centro. À sua frente surgiu o vulto negro de uma ruína. Muito tempo antes já tinha sido um edifício comercial. Dava para ver o céu por trás do esqueleto de aço e do que restava das paredes de alvenaria. À sombra da ruína, como uma folha de relva tentando sobreviver ao pé de uma gigantesca árvore morta, havia uma pequena lanchonete. As janelas eram uma faixa luminosa de vidro. Dagny entrou.

Lá dentro encontrou um balcão limpo, circundado por uma faixa de cromado reluzente. Havia uma cafeteira de metal e sentia-se o cheiro de café no ar. Sentados ao balcão estavam alguns vagabundos. Atrás do balcão via-se um homem robusto, já de idade, com as mangas da camisa branca e limpa arregaçadas até a altura dos cotovelos. O calor que sentiu ao entrar fez Dagny perceber, com uma sensação de gratidão, que antes estava sentindo frio. Apertou a capa de veludo preto ao redor dos ombros e sentou-se ao balcão.

– Um café, por favor – pediu.

Os homens a encararam sem curiosidade. Não pareciam ver nada de mais em uma mulher bem-vestida entrando numa espelunca como aquela. Já ninguém se espantava com nada. O dono, impassível, foi buscar o café – na sua indiferença absoluta havia uma espécie de piedade: da que não faz perguntas.

Ela não sabia se os quatro homens ao balcão eram mendigos ou operários. Nos tempos que corriam, nem as roupas nem os modos acusavam a diferença. O dono da lanchonete colocou uma caneca de café à sua frente. Dagny colocou as duas mãos ao redor dela, para esquentá-las.

Olhou a sua volta e pensou, por força do hábito, como era maravilhoso que ainda se pudesse comprar tanta coisa por 10 centavos de dólar. Seu olhar passou da cafeteira de aço inoxidável para a grelha de ferro fundido, para as prateleiras de vidro, a pia esmaltada, as lâminas cromadas de uma batedeira. O dono da lanchonete estava fazendo torradas. Gostou de apreciar o que havia de engenhoso naquela correia sem fim que se movia devagar, fazendo com que fatias de pão passassem por cima de uma resistência elétrica acesa. Então viu as palavras gravadas na torradeira: Marsh, Colorado.

Deixou a cabeça cair sobre o braço apoiado no balcão.

– Não adianta, moça – disse o velho vagabundo sentado ao seu lado.

Dagny foi obrigada a levantar a cabeça. Teve de sorrir, dele e de si própria.

– Não? – perguntou ela.

– Não. Esqueça. A senhora está só se enganando.

– A respeito de quê?

– De achar que qualquer coisa vale alguma coisa. É tudo pó, moça, tudo. Pó e sangue. É só não acreditar nesses sonhos que enfiaram na sua cabeça que a senhora não sofre.

– Que sonhos?

– As histórias que nos contam quando a gente é criança, sobre o espírito humano. Não existe tal coisa. O homem não passa de um animal vagabundo, sem inteligência, sem alma, sem virtudes nem valores morais. Um animal que só tem duas capacidades: comer e se reproduzir.

Seu rosto encovado, com olhos arregalados e feições encolhidas, ainda guardava vestígios de distinção. Parecia o que restava de um pregador ou de um professor de estética que passara anos socado em museus obscuros. Dagny se perguntou o que teria destruído aquele homem, que acidente de percurso poderia reduzir um indivíduo àquela condição.

– A pessoa passa a vida procurando beleza, grandeza, alguma realização sublime – prosseguiu ele. – E acha o quê? Um monte de máquinas engenhosas para fazer carros ou colchões de molas.

– E o que é que você tem contra os colchões de molas? – perguntou um homem que parecia motorista de caminhão. – Não liga para ele, não, moça. Esse aí adora falar. Mas mal ele não faz, não.

– O único talento que o homem possui é uma esperteza ignóbil para satisfazer as necessidades de seu corpo – disse o velho vagabundo. – Para isso, não é preciso inteligência. Não acredite nessa conversa sobre a mente humana, o espírito, os ideais, as ambições humanas ilimitadas.

– Eu não acredito – disse um rapaz na extremidade oposta do balcão. Usava um casaco rasgado num dos ombros. Em sua boca angulosa parecia haver as marcas de toda uma vida de desgostos.

– Espírito? – disse o velho vagabundo. – Não há espírito na indústria nem no sexo. E no entanto é só nessas duas coisas que o homem pensa. Matéria... é só disso que os homens entendem, só disso que querem entender. Prova disso são as nossas grandes indústrias, a única realização de nossa suposta civilização, construída por um materialismo vulgar, com os objetivos, os interesses e o senso moral de animais. Não é preciso moralidade para fabricar um caminhão de 10 toneladas numa linha de montagem.

– O que é moralidade? – perguntou Dagny.

– É o julgamento que permite distinguir o certo do errado, é a visão que enxerga a verdade, é a coragem que age com base no que vê, é a dedicação ao que é bom, é a integridade de quem permanece no lado do bem a qualquer preço. Mas onde se encontra isso?

O rapaz deu uma risada que exprimia ao mesmo tempo hilaridade e sarcasmo e disse:

– Quem é John Galt?

Dagny bebeu o café, pensando apenas no prazer que sentia, como se a bebida quente estivesse reavivando as artérias de seu corpo.

– Eu sei – disse um vagabundo pequeno, encolhido, com um boné enfiado até os olhos. – Eu sei.

Ninguém o ouviu nem lhe deu atenção. O rapaz examinava Dagny com uma intensidade feroz e sem propósito.

– Você não tem medo – disse-lhe ele de repente, sem maiores explicações. Foi uma afirmação seca, com uma voz brusca e sem vida, mas com um toque de admiração.

Dagny olhou para ele.

– Não, não tenho – disse.

– Eu sei quem é John Galt – repetiu o vagabundo. – É segredo, mas eu sei.

– Quem é? – perguntou ela, sem interesse.

– Um explorador. O maior explorador que já existiu. O homem que encontrou a fonte da juventude.

– Mais um café. Sem creme – pediu o velho vagabundo, empurrando a xícara.

– John Galt passou anos procurando por ela. Cruzou mares e desertos, desceu em minas profundas, abandonadas. Mas a encontrou no alto de uma montanha. Levou 10 anos para subir a montanha. Quebrou todos os ossos do corpo, rasgou a pele das mãos, perdeu a casa, o nome, o amor. Mas subiu. Encontrou a fonte da juventude, que ele queria trazer para baixo, para todos os homens. Só que nunca voltou.

– Por quê? – perguntou ela.

– Porque descobriu que era impossível trazê-la para baixo.

◆ ◆ ◆

O homem sentado à frente da mesa de Rearden tinha feições pouco distintas e modos totalmente fleumáticos, de modo que não se podia formar uma imagem específica de seu rosto nem entender quais eram seus objetivos. Sua única característica marcante era um nariz de batata, um pouco grande demais para seu rosto. Era manso, porém dava a entender, paradoxalmente, que havia nele uma ameaça deliberadamente contida, mas que devia ser reconhecida. Rearden não entendia por que ele o procurara. Era o Dr. Potter, que ocupava algum cargo indefinido no Instituto Científico Nacional.

– O que o senhor quer? – perguntou Rearden pela terceira vez.

– O que quero é que o senhor considere o aspecto social, Sr. Rearden – disse o homem, em voz baixa. – Que o senhor leve em conta a época em que vivemos. Nossa economia não está preparada para isso.

– Isso o quê?

– A economia está num equilíbrio extremamente precário. Todos nós temos que colaborar para que ela não entre em colapso.

– Bem, o que o senhor quer que eu faça?

– Essas são as considerações que me pediram que eu apresentasse ao senhor. Sou do Instituto Científico Nacional, Sr. Rearden.

– O senhor já disse isso. Mas o que o senhor quer comigo?

– O Instituto Científico Nacional não tem uma opinião favorável em relação ao metal Rearden.

– Isso o senhor também já disse.

– Não é um fator que o senhor deva levar em consideração?

– Não.

Nas amplas janelas do escritório a luz estava morrendo. Os dias estavam ficando curtos. Rearden viu a sombra irregular do nariz no rosto do homem, os olhos pálidos que o observavam. O olhar era vago, porém visava a um objeto definido.

– O Instituto Científico Nacional representa a nata intelectual do país, Sr. Rearden.

– É o que dizem.

– O senhor não vai querer ir contra a nossa opinião, vai?

– Vou.

O homem olhou para Rearden como se implorasse por ajuda, como se este houvesse violado alguma lei jamais escrita, que ele já devia conhecer havia muito tempo. Mas Rearden não lhe deu ajuda alguma.

– É só isso que o senhor queria saber? – perguntou.

– É só uma questão de tempo, Sr. Rearden – disse o homem, condescendente. – Só um atraso temporário. Apenas para dar à economia uma oportunidade de se estabilizar. Se o senhor esperasse uns dois anos...

Rearden deu uma risada alegre, debochada.

– Então é isso que o senhor quer? Que eu retire o metal Rearden do mercado? Por quê?

– Só por uns anos, Sr. Rearden. Só até...

– Escute, agora sou eu quem vai fazer uma pergunta: os seus cientistas concluíram que o metal Rearden não é o que eu digo que ele é?

– Não chegamos a nenhuma conclusão quanto a essa questão.

– Eles concluíram que não presta?

– É o impacto social do produto que deve ser levado em consideração. Estamos pensando em termos do país como um todo, no bem-estar da população e na terrível crise que estamos atravessando no momento, crise essa que...

– O metal Rearden presta ou não?

– Se encararmos a situação do ponto de vista do aumento alarmante da taxa de desemprego, que no momento...

– O metal Rearden presta?

– Numa época em que há uma escassez terrível de aço, não podemos permitir a expansão de uma siderúrgica que produz demais, porque ela pode levar à falência as companhias que produzem de menos, criando, assim, uma economia desequilibrada que...

– O senhor não vai responder à minha pergunta?

O homem deu de ombros.

– As questões de valor são relativas. Se o metal Rearden não presta, é um perigo físico para o público. Mas, se presta, é um perigo social.

– Se o senhor tem alguma coisa a dizer a respeito do perigo físico representado pelo metal Rearden, diga logo de uma vez. Do restante nem adianta falar. Não entendo essa linguagem.

– Mas certamente as questões de bem-estar social...

– Não adianta.

O homem parecia confuso e perdido, como se o chão tivesse sumido debaixo de seus pés. Em seguida, perguntou, perplexo:

– Mas, então, qual é seu interesse primordial?

– O mercado.

– Como assim?

– Existe um mercado para o metal Rearden, e pretendo explorá-lo ao máximo.

– Mas esse mercado não é uma coisa um tanto hipotética? A reação do público ao seu metal não foi muito positiva. Fora a encomenda da Taggart Transcontinental, o senhor não recebeu nenhuma...

– Bem, se o senhor acha que o público não está interessado, então qual é o problema?

– Se o público não se interessar, o senhor vai ter muito prejuízo, Sr. Rearden.

– Isso é problema meu, não seu.

– Por outro lado, se o senhor assumir uma posição mais cooperativa e concordar em esperar mais uns anos...

– Esperar por quê?

– Mas creio que já deixei claro que o Instituto Científico Nacional não é favorável ao surgimento do metal Rearden no cenário da metalurgia atual.

– E eu com isso?

O homem suspirou:

– O senhor é um homem muito difícil, Sr. Rearden.

O céu estava ficando pesado, como se engrossasse contra as vidraças da janela. Os contornos da figura do homem pareciam se desmanchar, tornando-se uma massa indistinta, entre os planos retos e nítidos da mobília.

– Eu lhe concedi esta entrevista – disse Rearden – porque o senhor me disse que queria falar sobre algo da maior importância. Se isso é tudo o que o senhor tinha a dizer, com licença. Estou muito ocupado.

O homem se recostou na cadeira.

– Creio que o senhor investiu 10 anos de pesquisas no metal Rearden – disse ele. – Quanto gastou?

Rearden ergueu os olhos: não sabia aonde o homem queria chegar, mas claramente havia uma nota de decisão na sua voz, que se tornara mais firme.

– Um milhão e meio de dólares – disse Rearden.

– Quanto o senhor quer em troca?

Rearden teve de esperar um momento. Não podia acreditar no que ouvia.

– Em troca de quê? – perguntou, em voz baixa.

– De todos os direitos sobre o metal Rearden.

– Acho melhor o senhor sair daqui – retrucou Rearden.

– Essa atitude é injustificável. O senhor é um homem de negócios. Eu estou lhe fazendo uma proposta comercial. O senhor pode escolher seu preço.

– Os direitos sobre o metal Rearden não estão à venda.

– Tenho condições de lhe oferecer uma quantia considerável. É dinheiro do governo.

Rearden permaneceu imóvel, os músculos do rosto tensos, porém seu olhar era indiferente. A única coisa que o atraía era uma leve curiosidade mórbida.

– O senhor é um homem de negócios. Esta é uma oferta que o senhor não pode ignorar. Por um lado, o senhor está arriscando muito ao desafiar a opinião pública, e tem boas probabilidades de perder todo o dinheiro que investiu no metal Rearden. Por outro lado, podemos livrá-lo desses riscos e dessa responsabilidade e lhe oferecer um bom lucro, muito mais dinheiro do que o senhor poderia vir a ganhar com a venda do metal nos próximos 20 anos.

– O Instituto Científico Nacional é um estabelecimento científico e não comercial – disse Rearden. – De que vocês têm tanto medo?

– O senhor está usando palavras desagradáveis e desnecessárias, Sr. Rearden. Só estou querendo sugerir que mantenhamos a conversa num nível amistoso. A questão é séria.

– Estou começando a perceber isso.

– Estamos lhe oferecendo um cheque em branco de uma conta que, como o senhor sem dúvida sabe, não tem limites. O que mais o senhor pode querer? Diga qual é o seu preço.

– A venda dos direitos sobre o metal Rearden não está em discussão. Se o senhor tiver mais alguma coisa a dizer, queira dizê-la e ir embora.

O homem se recostou, olhou para Rearden com um olhar de incredulidade e perguntou:

– O que o senhor quer?

– Eu? Como assim?

– O seu objetivo, como empresário, é ganhar dinheiro, não é?

– É.

– O senhor quer obter o maior lucro possível, não é?

– É.

– Então, por que o senhor quer lutar durante anos, ganhando uns tostões por tonelada vendida, ao invés de aceitar uma fortuna em troca do metal Rearden? Por quê?

– Porque é meu. O senhor conhece essa palavra?

O homem suspirou e se levantou.

– Espero que o senhor não venha a se arrepender de sua decisão, Sr. Rearden – disse ele. Seu tom de voz, porém, dava a entender o contrário.

– Passe bem – disse Rearden.

– Creio que devo avisá-lo de que o Instituto Científico Nacional pode publicar um documento oficial condenando o metal Rearden.

– É um direito seu.

– Esse documento dificultaria as coisas para o senhor.

– Sem dúvida.

– Quanto às outras consequências... – O homem deu de ombros. – Vivemos numa época em que é preciso cooperar. Atualmente, é importante ter amigos. O senhor não é um homem popular, Sr. Rearden.

– Aonde quer chegar?

– Certamente o senhor sabe.

– Não sei, não.

– A sociedade é uma estrutura complexa. Há muitas questões diferentes aguardando uma decisão. Nunca se sabe quando uma dessas questões vai ser resolvida, e qual vai ser o fato decisivo num equilíbrio delicado. Estou sendo claro?

– Não.

A chama vermelha do aço sendo fundido iluminou o crepúsculo. Um brilho alaranjado, quase dourado, tomou a parede atrás da mesa de Rearden. O brilho lentamente passou por sua testa. Havia uma serenidade imperturbável em seu rosto.

– O Instituto Científico Nacional é um órgão do governo, Sr. Rearden. Há certos projetos de lei em tramitação no Legislativo que podem ser aprovados ou não a qualquer momento. Os homens de negócios estão particularmente vulneráveis nos dias de hoje. Certamente o senhor me entende.

Rearden se levantou. Estava sorrindo. Parecia que toda a tensão havia desaparecido.

– Não, Dr. Potter – disse ele –, não entendo. Se entendesse, teria que matar o senhor.

O homem andou até a porta, mas parou e encarou Rearden com um olhar que, pelo menos dessa vez, só exprimia pura curiosidade humana. Rearden permanecia imóvel à luz alaranjada que se movia pela parede, de mãos nos bolsos, tranquilo.

– O senhor podia me dizer – perguntou o homem –, cá entre nós, apenas por uma questão de curiosidade... por que o senhor está fazendo isso?

Rearden respondeu, calmo:

– Vou lhe dizer. O senhor não vai entender. Sabe por quê? Porque o metal Rearden é bom.

◆ ◆ ◆

Dagny não compreendia por que o Sr. Mowen, da Companhia de Chaves e Sinais, de repente tinha avisado que não entregaria o restante da encomenda. Não acontecera nada. Dagny não entendia o que poderia ter acontecido, e a companhia não dava nenhuma explicação.

Fora a Connecticut na mesma hora, a fim de falar com o Sr. Mowen pessoalmente, mas a entrevista só servira para ela ficar ainda mais perplexa. O Sr. Mowen dissera que não continuaria fazendo chaves de metal Rearden. A única explicação que dera fora a seguinte: "Tem muita gente que não está gostando disso." Ao dizê-lo, o homem evitou o olhar de Dagny.

– Não gostam de quê? Do metal Rearden ou de o senhor estar fazendo as chaves?

– Das duas coisas, creio eu... As pessoas não gostam... Não quero arranjar confusão.

– Que espécie de confusão?

– Qualquer uma.

– O senhor sabe de alguma coisa que se diga contra o metal Rearden que seja verdade?

– Ora, quem sabe o que é verdade?... Aquela resolução do Conselho Nacional da Indústria Metalúrgica...

– Escute, o senhor trabalhou com metal a vida toda. Há quatro meses o senhor vem trabalhando com o metal Rearden. O senhor não sabe que é a melhor coisa que já foi inventada?

Ele não respondeu.

– O senhor não sabe disso?

O Sr. Mowen desviou a vista.

– O senhor não sabe que é verdade?

– Ora, Srta. Taggart, eu sou um negociante. E dos pequenos. Só quero ganhar dinheiro.

– E como é que o senhor pensa que se ganha dinheiro?

Mas ela sabia que era inútil. Olhando para o rosto do Sr. Mowen, vendo aqueles olhos ariscos, Dagny experimentou a mesma sensação que tivera certa vez num trecho longínquo de uma linha ferroviária, quando uma tempestade derrubou os postes telefônicos: as comunicações haviam sido interrompidas – as palavras haviam se transformado em sons que não transmitiam nada.

É inútil discutir, pensou ela, e se perguntou como é que havia pessoas que nem refutavam uma argumentação nem a aceitavam. No trem, irrequieta, a caminho de Nova York, Dagny decidiu que o Sr. Mowen não tinha importância. A única coisa importante era encontrar alguém que fabricasse as chaves. Estava pensando numa série de nomes, tentando resolver quem seria mais fácil de convencer, comover ou subornar.

Assim que entrou em seu escritório, percebeu que alguma coisa havia ocorrido. Percebeu o silêncio anormal, os rostos dos funcionários virados para ela como se todos esperassem pelo momento de sua chegada e ao mesmo tempo o temessem.

Eddie Willers se levantou e caminhou em direção à porta da sala de Dagny, como se soubesse que ela compreenderia e o seguiria. Ela vira seu rosto. Fosse o que fosse, pensou, era lamentável que o tivesse magoado tanto.

– O Instituto Científico Nacional – disse ele, calmo, quando os dois ficaram a sós na sala dela – publicou um documento desaconselhando o uso do metal Rearden. – E acrescentou: – Deu no rádio. E nos jornais vespertinos.

– O que disseram?

– Dagny, não disseram nada!... Quer dizer, disseram, mas não disseram nada. Isso é o mais terrível.

Willers se esforçava para manter a voz tranquila. Não conseguia controlar as palavras, que eram arrancadas de sua boca por uma indignação perplexa de criança que grita ao encontrar o mal pela primeira vez.

– O que eles disseram, Eddie?

– Eles... É melhor você ler. – Apontou para o jornal que deixara na mesa dela. – Não disseram que o metal Rearden não presta. Não disseram que oferece qualquer perigo. O que fizeram foi... – Abriu as mãos e as deixou cair, num gesto de impotência.

Bastou um relance para Dagny entender o que eles haviam feito: "Talvez seja possível que, após um período prolongado de uso intenso, uma fissura apareça subitamente, embora não se possa prever a duração desse período. Não é possível no momento descartar completamente a hipótese de uma reação molecular por enquanto desconhecida. Embora a resistência do metal à tração seja claramente comprovada, certas questões referentes ao seu comportamento sob condições excepcionais de tensão não podem ser descartadas. Ainda que não existam provas de que se faça necessário proibir a utilização do metal, seria recomendável a realização de mais estudos referentes às suas propriedades."

– Não podemos contra-atacar. Não há como responder a isso – disse Eddie, devagar. – Não podemos exigir uma retratação. Não podemos mostrar os resultados de nossos testes nem provar nada. Eles não disseram nada. Não declararam nada que possa ser refutado de modo a abalar a reputação profissional deles. É uma covardia. Coisa de vigarista ou chantagista. Mas... Dagny, é o Instituto Científico Nacional!

Dagny concordou com a cabeça, em silêncio. Ficou parada, o olhar fixo em algo do lado de fora da janela. No fim de uma rua escura, as lâmpadas de um anúncio acendiam e apagavam, como se piscassem para ela com malícia.

Eddie fez um esforço e acrescentou, como um militar que apresenta um relatório de combate:

– As ações da Taggart caíram vertiginosamente. Ben Nealy largou o serviço. O Sindicato Nacional dos Trabalhadores Rodoviários e Ferroviários proibiu seus membros de trabalhar na Linha Rio Norte. Jim saiu de Nova York.

Dagny tirou o chapéu e o casaco, atravessou a sala e lentamente, muito lentamente, sentou-se à sua escrivaninha.

Viu um envelope pardo grande à sua frente; era da Siderúrgica Rearden.

– Foi entregue por mensageiro especial logo depois que você saiu – disse Eddie.

Dagny pôs a mão no envelope, mas não o abriu. Sabia o que era: o projeto da ponte. Depois de algum tempo, ela perguntou:

– Quem emitiu aquele documento?

Eddie olhou para ela e deu um sorriso breve e amargo, sacudindo a cabeça.

– Não. Também pensei nisso. Telefonei para o Instituto e perguntei. Não. Foi emitido pelo escritório do Dr. Floyd Ferris, o coordenador do Instituto.

Dagny não disse nada.

– Ainda há mais! O Dr. Stadler é o chefe do Instituto. Ele *é* o Instituto. Ele deve ter sabido. Ele permitiu. Se foi feito, foi feito em nome dele... Dr. Robert Stadler... Você se lembra... quando estávamos na faculdade... quando falávamos sobre os grandes homens... os homens de puro intelecto... e a gente sempre incluía o nome dele... e... – Parou. – Desculpe, Dagny. Sei que não adianta dizer nada, mas...

Dagny permanecia imóvel, apertando o envelope.

– Dagny – disse ele, em voz baixa –, o que está acontecendo com as pessoas? Por que aquele documento teve impacto? É uma difamação tão óbvia, tão porca. Seria de esperar que qualquer pessoa honesta jogasse uma coisa dessas no lixo. Como é que... – Uma raiva suave, desesperada, rebelde, fez com que sua voz falhasse. – Como é que as pessoas engoliram isso? Elas não viram? Não raciocinaram? Dagny! Como é que as pessoas fazem isso... e como é que podemos conviver com essa situação?

– Calma, Eddie – disse ela –, calma. Não se desespere.

◆◆◆

O prédio do Instituto Científico Nacional ficava à margem de um rio em New Hampshire, isolado num morro, a meio caminho entre o rio e o céu. À distância, parecia um monumento solitário numa mata virgem. As árvores haviam sido cuidadosamente distribuídas e as estradas, estendidas como se cortassem um parque. Viam-se os telhados de uma cidadezinha num vale ao longe. Mas nada chegava muito perto do edifício, para não lhe diminuir a austeridade.

O mármore branco das paredes lhe emprestava uma grandeza clássica. A composição de suas massas retangulares lhe dava a limpeza e a beleza de uma fábrica moderna. Era um prédio bem arquitetado. Visto do outro lado do rio, dava uma sensação de reverência e parecia um monumento a um homem vivo cujo caráter tinha a nobreza das linhas do prédio. Sobre o pórtico, o mármore ostentava uma dedicatória: "À mente destemida. À verdade sagrada." Num corredor silencioso e nu havia uma pequena placa de bronze, entre dezenas de outras placas em outras portas, com o nome: Dr. Robert Stadler.

Aos 27 anos, o Dr. Stadler havia escrito um tratado sobre raios cósmicos que demolira a maioria das teorias dos cientistas que o precederam. Os que o seguiram constataram que as descobertas dele constituíam a base de todas as pesquisas posteriores. Aos 30, ele já era reconhecido como o maior físico de sua época. Aos 32, se tornou chefe do departamento de física da Universidade Patrick Henry, num tempo em que a grande instituição ainda merecia sua glória. De Stadler afirmara um escritor: "Talvez, de todos os fenômenos do universo que o Dr. Robert Stadler estuda, nenhum seja tão miraculoso quanto o seu próprio cérebro." Foi Stadler quem, certa feita, corrigiu um aluno: "Pesquisa científica livre? O segundo adjetivo é redundante."

Aos 40 anos, o Dr. Stadler se dirigiu à nação endossando a criação de um Instituto Científico Nacional. "Liberemos a ciência da tirania do dólar", pediu ele. Era uma questão polêmica: um grupo de cientistas obscuros havia discretamente lançado o projeto de lei e o fizera passar por todos os trâmites da legislatura. Havia certa hesitação em relação ao projeto, uma dúvida, um mal-estar indefinível. O nome do Dr. Robert Stadler teve sobre a nação um impacto semelhante ao dos raios cósmicos que ele estudara. Todas as barreiras cederam. A nação construiu o prédio de mármore como uma dádiva pessoal a um de seus maiores filhos.

O escritório do Dr. Stadler no Instituto era uma saleta que parecia o escritório do guarda-livros de uma firma em dificuldades. Havia uma escrivaninha barata e feia de carvalho amarelo, um arquivo, duas cadeiras e um quadro-negro no qual se viam algumas fórmulas matemáticas. Sentada numa das cadeiras, encostada a uma parede nua, Dagny achou que o escritório tinha um ar de ostentação e elegância ao mesmo tempo – ostentação porque parecia indicar que seu ocupante tinha grandeza suficiente para se permitir um cenário tão modesto; elegância porque ele de fato não precisava de mais nada.

Dagny já se encontrara com o Dr. Stadler em algumas ocasiões, em banquetes promovidos por grandes empresários ou sociedades de engenheiros em homenagem a uma ou outra causa meritória. Ela comparecia a tais eventos com tanta relutância quanto o próprio Stadler, e percebeu que o cientista gostava de conversar com ela. "Srta. Taggart", disse-lhe ele certa vez, "jamais espero encontrar inteligência onde quer que seja. Encontrá-la aqui é um espanto e um alívio!" Dagny viera a seu escritório pensando nessa frase. Estava agora imóvel em sua cadeira, observando-o com olhos de cientista: sem ideias preconcebidas, desapaixonadamente, querendo apenas ver e entender.

– Srta. Taggart – disse ele, alegre –, sinto certa curiosidade em relação à senhorita. Sinto-me curioso sempre que ocorre algo que vai contra um precedente. De modo geral, as visitas são para mim uma obrigação desagradável. Estou sinceramente surpreso ao constatar que sinto prazer em vê-la aqui. A senhorita sabe o que é descobrir de repente que se pode conversar sem o esforço de tentar arrancar compreensão de um vazio?

Estava sentado na beira da escrivaninha. Seus modos eram informais e alegres. Não era alto, e sua magreza lhe conferia um ar de energia e juventude, quase entusiasmo juvenil. Seu rosto fino não tinha idade: era feio, mas a testa alta e os grandes olhos cinzentos eram tão inteligentes que era impossível reparar em qualquer outro traço. Havia rugas divertidas nos cantos dos olhos e leves marcas de tristeza nos cantos da boca. Não parecia já ter mais de 50 anos – o cabelo ligeiramente grisalho era o único indício da idade.

– Fale-me mais sobre si mesma – disse ele. – Sempre tive vontade de lhe perguntar o que está fazendo numa carreira estapafúrdia como a indústria pesada e como é que a senhorita suporta esse tipo de gente.

– Não posso tomar seu tempo, Dr. Stadler – disse ela, com uma precisão polida e impessoal. – E a questão que venho trazer ao senhor é da maior importância.

O Dr. Stadler riu.

– Eis a marca do empresário: ir direto ao ponto. Pois que seja. Porém não se preocupe com meu tempo: ele é seu. Mas sobre o que era mesmo que a senhorita queria falar? Ah, sim. O metal Rearden. Não é exatamente um assunto sobre o qual eu esteja bem informado, mas se eu puder fazer algo pela senhorita... – Esboçou um gesto que era um convite.

– O senhor está ciente do documento emitido por este Instituto a respeito do metal Rearden?

Ele franziu o cenho de leve.

– Estou, já ouvi falar.

– O senhor o leu?

– Não.

– O documento visa impedir a utilização do metal Rearden.

– Sei, sei. Disso eu sei.

– O senhor poderia me explicar por quê?

O doutor abriu as mãos. Eram belas – longas e ossudas, belas pelo que indicavam de energia nervosa e força.

– Na verdade, não sei. Isso é da competência do Dr. Ferris. Certamente ele terá suas razões. A senhorita gostaria de falar com ele?

– Não. O senhor conhece a estrutura do metal Rearden, Dr. Stadler?

– Bem, um pouco. Mas, me diga, por que a senhorita está interessada nesse assunto?

Nos olhos de Dagny uma chama de assombro luziu e morreu. Ela respondeu sem mudar o tom impessoal da voz:

– Estou construindo uma linha ferroviária de metal Rearden, e...

– Ah, sim, mas claro! Realmente, ouvi falar. Perdão, mas é que não leio os jornais regularmente, como devia. É a sua rede ferroviária que está construindo essa linha, não é?

– A existência da minha rede depende dessa linha, e... a meu ver, a longo prazo, a existência deste país também depende dela.

As rugas divertidas ao redor dos olhos se acentuaram.

– Será mesmo possível fazer uma afirmação tão categórica quanto essa, Srta. Taggart? Eu não poderia fazê-la.

– Neste caso específico?

– Em qualquer caso. Ninguém pode prever o futuro de um país. Não é uma questão de tendências previsíveis, e sim um caos sujeito ao sabor dos momentos, no qual tudo é possível.

– O senhor acha que a produção é necessária à existência de um país, doutor?

– Sim, sim, claro que sim.

– A construção de nossa linha ferroviária foi interrompida pelo documento emitido por este Instituto.

Ele não sorriu nem respondeu.

– Esse documento representa as suas conclusões a respeito da natureza do metal Rearden? – perguntou ela.

– Eu já disse que não li. – Havia um toque de aspereza em sua voz.

Dagny abriu a bolsa, pegou um recorte de jornal e o entregou ao Dr. Stadler.

– Por favor, leia isso e depois me diga se esse é o tipo de linguagem apropriado à ciência.

Ele leu rapidamente o recorte, sorriu com desprezo e o jogou de lado com uma expressão de contrariedade.

– Revoltante, não é? – disse ele. – Mas o que se há de fazer quando se lida com gente?

Dagny olhou para ele, sem entender.

– Então o senhor não aprova o documento?

Ele deu de ombros:

– Minha aprovação ou reprovação seria irrelevante.

– O senhor chegou a alguma conclusão pessoal a respeito do metal Rearden?

– Bem, a metalurgia não é exatamente, como direi?, minha especialidade.

– O senhor examinou os dados referentes ao metal Rearden?

– Srta. Taggart, não sei aonde a senhorita quer chegar com essas perguntas. – Havia uma leve impaciência em suas palavras.

– Eu gostaria de conhecer o seu veredicto pessoal sobre o metal Rearden.

– Para quê?

– Para que eu possa comunicá-lo à imprensa.

Ele se levantou.

– Absolutamente impossível.

Dagny disse, com a voz tensa, num esforço de tentar forçar seu interlocutor a entender:

– Entregarei ao senhor todas as informações necessárias para chegar a uma decisão conclusiva.

– Não posso fazer nenhuma declaração pública a esse respeito.

– Por quê?

– Trata-se de uma situação complexa demais para explicar numa conversa informal.

– Mas se o senhor constatasse que, na verdade, o metal Rearden é um produto extremamente valioso que...

– Isso é irrelevante.

– O valor do metal Rearden é irrelevante?

– Há outras questões envolvidas, além dos fatos concretos.

Sem acreditar que havia ouvido o que ouvira, ela perguntou:

– Que outras questões a ciência leva em conta que não os fatos concretos? – As rugas de preocupação ao redor de seus lábios formaram algo que se aproximava de um sorriso.

– Srta. Taggart, a senhorita não compreende os problemas dos cientistas.

Lentamente, como se, de repente, ela estivesse compreendendo, ao mesmo tempo que falava, Dagny disse:

– Creio que o senhor sabe o que o metal Rearden é na realidade.

Ele deu de ombros.

– É, sei, sim. Com base nas informações a que tive acesso, parece ser algo extraordinário. Uma grande realização... do ponto de vista estritamente tecnológico. – O cientista andava de um lado para outro, impaciente. – Aliás, eu gostaria de algum dia mandar fazer um motor especial, para uso em laboratório, que resistisse às temperaturas elevadas que o metal Rearden é capaz de suportar. Seria de grande valor para estudar certos fenômenos que me interessam. Constatei que, quando as partículas são aceleradas a uma velocidade próxima à da luz, elas...

– Dr. Stadler – disse ela, lentamente –, então o senhor sabe qual é a verdade, mas se recusa a dizê-la publicamente?

– A senhorita está usando um termo abstrato, quando estamos tratando de uma questão prática.

– Estamos tratando de uma questão científica.

– Científica? Será que a senhorita não está enganada? Somente no campo da ciência pura é que a verdade é um critério absoluto. Quando tratamos de ciência aplicada, de tecnologia, estamos lidando com gente. E, quando lidamos com gente, entram em jogo considerações outras que não a verdade.

– Que considerações?

– Não sou um tecnólogo, Srta. Taggart. Não tenho talento nem interesse para lidar com pessoas. Não posso me envolver com as chamadas questões práticas.

– Esse documento foi emitido em seu nome.

– Eu não tenho nada a ver com ele!

– O nome deste Instituto é responsabilidade sua.

– Uma suposição absolutamente injustificada.

– Todos pensam que a honra de seu nome garante qualquer ação deste Instituto.

– O que as pessoas pensam não é problema meu... se é que elas pensam!

– Elas aceitaram o seu documento. Ele é mentiroso.

– Como se pode falar a verdade quando se lida com o público?

– Não compreendo o senhor – disse ela, em voz bem baixa.

– O problema da verdade e da falsidade não entra em jogo nas questões sociais. Os princípios jamais tiveram qualquer efeito sobre a sociedade.

– Então o que orienta as ações humanas?

Ele deu de ombros.

– As conveniências do momento.

– Dr. Stadler – disse Dagny –, creio que devo lhe dizer quais são as implicações e as consequências da interrupção da construção de minha linha ferroviária. Estão me impedindo de continuar, em nome da segurança pública, porque estou usando os melhores trilhos já produzidos. Dentro de seis meses, se eu não completar essa linha, a mais importante área industrial do país vai ficar sem transportes. Ela será destruída, porque é a melhor e porque alguns homens resolveram se apossar de parte de sua riqueza.

– Bem, isso pode ser errado, injusto, calamitoso... mas assim é a vida em sociedade. Alguém sempre é sacrificado, em geral injustamente. Não há outra maneira de viver em sociedade. O que pode fazer uma pessoa apenas?

– O senhor pode dizer a verdade sobre o metal Rearden.

Ele não disse nada.

– Eu podia implorar que o senhor fizesse isso por mim. Ou para evitar uma catástrofe nacional. Mas não vou fazer isso. Essas razões podem não ser válidas. Há uma razão apenas: o senhor tem de fazer essa declaração, porque é a verdade.

– Não fui consultado a respeito daquele documento! – Foi um grito involuntário. – Eu não o teria permitido! Também não gosto dele, tanto quanto você! Mas não posso fazer uma retratação pública!

– O senhor não foi consultado? Então o senhor não devia estar interessado em saber quais os motivos por trás do documento?

– Não posso destruir o Instituto agora!

– O senhor não está interessado em saber os motivos?

– Eu sei os motivos! Eles não querem me dizer, mas eu sei. E até entendo por que o fizeram.

– Então poderia me dizer o que foi?

– Eu digo, se a senhorita quer saber. É a verdade que a senhorita quer, não é? Não é culpa do Dr. Ferris se os imbecis que aprovam o orçamento deste Instituto insistem em querer o que eles entendem por resultados concretos. São incapazes de conceber a ciência abstrata. Só podem julgar a ciência em termos da mais recente novidade que ela produziu para eles. Não sei como foi que o Dr. Ferris conseguiu manter este Instituto funcionando até hoje. Fico admirado com a capacidade prática dele. Não acho que ele seja um cientista de primeira, mas é um excelente servidor da ciência! Sei que ele está enfrentando um problema muito sério. E não me diz nada, não quer me preocupar com essas coisas, mas ouço os boatos. As pessoas andam criticando o Instituto, dizendo que não produzimos o bastante. O público está exigindo austeridade. Em épocas como esta, quando seus pequenos confortos estão sendo ameaçados, a primeira coisa que as pessoas pensam em criticar é a ciência. Este Instituto é a única instituição de pesquisas que resta. Praticamente não existem mais fundações privadas. Veja só a espécie de vigaristas gananciosos que manda nas indústrias. Não se pode querer que essa gente financie a ciência.

– Quem está financiando vocês agora? – perguntou Dagny, em voz baixa.

Ele deu de ombros.

– A sociedade.

Dagny disse com esforço:

– O senhor ia me explicar por que o Instituto publicou aquele documento.

– Pensei que seria fácil de deduzir. Se a senhorita levar em conta que há 13 anos este Instituto tem um departamento de pesquisas metalúrgicas, que já gastou mais de 20 milhões de dólares e só produziu um novo tipo de polidor de prata e uma nova fórmula de anticorrosivo, que a meu ver é inferior às antigas, não é difícil imaginar qual será a reação do público se algum indivíduo, por iniciativa própria, inventar um produto que revolucione toda a ciência da metalurgia e faça sucesso!

Dagny baixou a cabeça. Não disse nada.

– Eu compreendo nosso departamento de metalurgia! – disse o Dr. Stadler, zangado. – Sei que descobertas como essa não são previsíveis. Mas o público não compreende. Então o que vamos sacrificar? Uma excelente liga metálica ou o último centro de pesquisas científicas que resta na face da Terra e todo o futuro do conhecimento humano? São essas as alternativas.

Dagny permanecia calada, de cabeça baixa. Depois de algum tempo, disse:

– Está bem, Dr. Stadler. Não vou discutir.

O Dr. Stadler a viu tatear pela bolsa, como se tentasse se lembrar dos movimentos necessários para se levantar.

– Srta. Taggart – disse ele, em voz baixa, quase implorando. Dagny ergueu os olhos. Seu rosto estava calmo e vazio.

Ele se aproximou e apoiou uma das mãos na parede acima da cabeça de Dagny, quase como se quisesse cercá-la com o braço.

– Srta. Taggart – disse ele, num tom de insistência suave e amargurada –, sou mais velho que a senhorita. Acredite no que digo: não existe outra maneira de viver no mundo. Os homens não estão preparados para ouvir a verdade ou a voz da razão. É impossível convencê-los com argumentações racionais. A mente é impotente contra eles. Se quisermos realizar alguma coisa, é necessário enganá-los, para que eles nos deixem trabalhar. Ou então forçá-los. Eles não entendem outra linguagem. Não se pode querer que deem apoio a qualquer empreendimento intelectual, espiritual. Eles não passam de animais irracionais. São gananciosos, autocomplacentes, vivem atrás de dinheiro e...

– Eu sou uma que vive atrás de dinheiro, Dr. Stadler – disse ela, em voz baixa.

– Você é uma exceção, uma jovem brilhante que ainda não conhece a vida o bastante para compreender a verdadeira extensão da estupidez humana. Eu passei toda a minha vida lutando contra ela. Estou muito cansado... – O toque de sinceridade em sua voz era autêntico. Lentamente, o doutor se afastou de Dagny. – Houve época em que eu pensava na confusão trágica que os homens fizeram deste mundo e tinha vontade de gritar, de lhes implorar que me ouvissem. Eu saberia lhes ensinar a viver muito melhor, mas ninguém me ouvia, não podiam me ouvir... A inteligência? É uma fagulha tão rara e precária que só dura um instante e depois desaparece. Não se pode prever sua natureza, seu futuro... nem seu desaparecimento...

Dagny fez menção de se levantar.

– Não vá, Srta. Taggart. Queria que a senhorita compreendesse.

Ela levantou os olhos para ele, obediente, indiferente. Seu rosto não estava pálido, porém suas faces se destacavam com uma nitidez estranha, como se houvessem perdido as nuances características da cútis.

– A senhorita ainda é jovem – disse ele. – Na sua idade, eu também tinha essa fé no poder ilimitado da razão. A mesma concepção radiosa do homem como ser racional. Depois vi tanta coisa... Desiludi-me tantas vezes... Queria lhe contar ao menos uma história.

Ele estava parado perto da janela. Lá fora havia escurecido. A escuridão parecia emanar das trevas do rio, vários andares abaixo. Umas poucas luzes tremeluziam na água e nos morros da margem oposta. No céu ainda se via o azul intenso da tarde. Uma estrela solitária, que parecia estar bem perto da Terra, dava a impressão de ser anormalmente grande e fazia com que o céu, em contraste, parecesse mais escuro.

– No tempo em que eu trabalhava na Universidade Patrick Henry – disse ele – tive três alunos. Já tive muitos alunos brilhantes, mas esses três eram desses que todo professor sonha ter. Representavam o que havia de melhor em inteligência. Eram jovens e estavam entregues à minha orientação: uma verdadeira dádiva. Tinham a espécie de inteligência que sonhamos que existirá no futuro e mudará a história do mundo. Os três eram de origens muito diversas, porém eram amigos inseparáveis. Fizeram uma opção curiosa: se formaram em duas áreas, na minha e na de Hugh Akston. Física e filosofia: uma conjugação de interesses que não é comum encontrar hoje em dia. Akston era um homem de distinção, uma mente privilegiada, muito diferente daquela criatura que o substituiu. Akston e eu tínhamos um pouco de ciúme um do outro por causa dos três alunos. Era uma espécie de disputa entre nós, uma disputa amistosa, porque nos compreendíamos mutuamente. Uma vez ouvi Akston dizer que os considerava seus filhos. Fiquei um pouco ressentido, porque eu também os considerava meus filhos.

O cientista se virou e a encarou. Agora as rugas melancólicas estavam bem visíveis, riscando-lhe as faces. Ele prosseguiu:

– Quando me pronunciei a favor da criação deste Instituto, um desses três me xingou. Nunca mais o vi. No início, isso me incomodava. De vez em quando eu me perguntava se ele não tinha razão... Mas há muito tempo que isso não me incomoda mais.

Sorriu. Não havia mais em seu sorriso e seu rosto nada que não fosse amargura.

– Esses três homens, possuidores de toda a promessa que o dom da inteligência pode conferir a um ser humano, esses três, dos quais esperávamos um futuro tão brilhante, um deles era Francisco d'Anconia, que virou um playboy depravado. O segundo era Ragnar Danneskjöld, que virou um bandido. Eis aí a promessa da inteligência humana!

– E o terceiro? – perguntou Dagny.

Ele deu de ombros.

– O terceiro não conseguiu nem mesmo se distinguir pela depravação. Desapareceu sem deixar vestígio na grande terra incógnita da mediocridade. Deve ter se tornado assistente de guarda-livros de uma firma qualquer.

◆ ◆ ◆

– Mentira! Não fugi coisa nenhuma! – gritou James. – Vim aqui porque estava doente. Pergunte ao Dr. Wilson. É uma espécie de gripe. Ele pode provar. E como você descobriu que eu estava aqui?

Dagny estava em pé no meio da sala. Na gola de seu casaco e na aba do chapéu, alguns flocos de neve derretiam. Olhou ao redor, sentindo uma emoção que teria sido tristeza se ela tivesse tempo de reconhecê-la.

Era uma sala da casa da velha propriedade dos Taggart às margens do Hudson. Jim a havia herdado, mas raramente ia lá. No tempo em que eram crianças, aquele cômodo era o escritório de seu pai. Agora tinha aquele ar desolado de aposento usado porém não habitado. Todas as poltronas, menos duas, estavam cobertas com capas; a lareira não estava acesa, e sim um aquecedor elétrico, com seu calor triste e um fio atravessado no meio da sala; a escrivaninha com tampo de vidro estava vazia.

Jim estava deitado no sofá, com uma toalha enrolada no pescoço à guisa de cachecol. Dagny viu um cinzeiro cheio e sujo numa cadeira ao seu lado, uma garrafa de uísque, um copo de papel amassado e jornais de dois dias atrás espalhados pelo chão. Sobre a lareira havia um retrato, o retrato de seu avô, de corpo inteiro, com uma ponte de ferrovia ao fundo.

– Não estou com tempo para discutir, Jim.

– A ideia foi sua! Espero que você admita perante a diretoria que a ideia foi sua. Está vendo no que deu essa porcaria de metal Rearden? Se tivéssemos esperado pelo Orren Boyle... – Em seu rosto barbado lutavam diversas emoções confusas: pânico, ódio, um pouco de triunfo, o alívio de gritar com uma vítima... e aquele olhar discreto, cuidadoso, de súplica, de quem vê uma promessa de socorro.

Jim havia parado, à espera, mas ela não disse nada. Continuou parada, olhando para ele, com as mãos nos bolsos do casaco.

– Não podemos fazer nada! – gemeu Jim. – Tentei ligar para Washington, para convencê-los a expropriar a Phoenix-Durango e entregá-la a nós, por ser uma emergência, mas eles não quiseram nem falar sobre o assunto! Muita gente é contra, dizem eles, porque pode ser um mau precedente, sei lá!... Falei com a Aliança Nacional de Ferrovias e consegui convencê-los a dilatar o prazo e deixar que Dan Conway opere a linha dele mais um ano, o que nos daria tempo, mas ele não aceitou! Tentei falar com Ellis Wyatt e os amigos dele no Colorado para que exigissem que Washington obrigasse Conway a continuar operando sua linha, mas todos eles, Wyatt e os outros patifes, todos se recusaram! Eles estão em situação pior do que nós, vão se afundar na certa, mas se recusaram!

Dagny sorriu rapidamente, mas não disse nada.

– Agora não resta mais nada a fazer! Estamos de mãos atadas. Não podemos largar aquela ferrovia nem completá-la. Não podemos parar nem seguir em frente. Não temos dinheiro. Ninguém quer ter nada a ver conosco! O que nos resta sem a Linha Rio Norte? Mas não podemos terminá-la. Seríamos boicotados. Entraríamos para a lista negra. Aquele sindicato de ferroviários nos processaria na certa, há uma lei referente a isso. Não podemos concluir aquela linha! Meu Deus! O que vamos fazer?

Dagny esperava.

– Terminou, Jim? – perguntou, fria. – Se já terminou, vou lhe dizer o que vamos fazer.

Ele não disse nada. Ficou a olhar para Dagny por debaixo de suas pálpebras pesadas.

205

– Não é uma proposta, Jim, é um ultimato. Escute e aceite. Vou terminar a construção da Linha Rio Norte. Eu, pessoalmente, não a Taggart Transcontinental. Vou pedir licença do cargo de vice-presidente da companhia. Vou formar uma companhia em meu próprio nome. A sua diretoria vai entregar a Linha Rio Norte para mim. Eu mesma vou trabalhar como empreiteira. Vou arranjar financiamento. Vou assumir o controle e toda a responsabilidade. Vou terminar a linha a tempo. Depois que vocês virem que os trilhos de metal Rearden funcionam mesmo, eu transfiro a linha de volta para a Taggart Transcontinental e reassumo o cargo de vice-presidente. Só isso.

Jim olhava para ela em silêncio, balançando o chinelo na ponta do pé. Dagny jamais imaginara que a esperança podia se exprimir no rosto de um homem como um esgar, mas foi o que ocorreu: esperança misturada com astúcia. Dagny desviou os olhos de Jim, pensando como era possível que, numa situação dessas, ele só pensasse numa maneira de tirar vantagem.

Então, absurdamente, a primeira coisa que Jim disse, num tom de ansiedade, foi:

– Mas, enquanto isso, quem é que vai administrar a Taggart Transcontinental?

Dagny riu. O som a assustou, pois parecia uma risada amarga de velha.

– Eddie Willers – respondeu.

– Ah, não! Ele não vai conseguir!

Dagny riu, como antes, um riso brusco e sem humor.

– Pensei que você fosse mais esperto do que eu em relação a esse tipo de coisa. Eddie vai assumir o cargo de vice-presidente interino. Vai se instalar na minha sala e sentar-se à minha mesa. Mas quem você acha que vai continuar administrando a firma?

– Mas não vejo como...

– Vou ficar viajando de avião entre Nova York e o Colorado. Além disso, existem as ligações interurbanas, não é? Vou continuar a fazer o que sempre fiz. Nada vai mudar, só a farsa que você representa para os seus amigos... e só que vou ter que trabalhar um pouco mais.

– Que farsa?

– Você entendeu, Jim. Nem faço ideia do tipo de joguinhos em que você se mete, você e a sua diretoria. Não sei quem você joga contra quem nem quantas coisas contraditórias você finge ser ao mesmo tempo. Não sei nem quero saber. Vocês todos podem se esconder atrás de mim. Se têm medo porque fizeram negócios com amigos que se sentem ameaçados pelo metal Rearden, eis aqui a melhor oportunidade de garantir a eles que vocês não têm nada a ver com a história, que não são vocês que estão fazendo isso: sou eu. Podem até ajudá-los a me maldizer e me denunciar. Podem todos ficar em casa, não correr riscos e não fazer inimigos. Desde que não me atrapalhem.

– Bem... – disse Jim, lentamente – é claro que os problemas de uma grande rede ferroviária são complexos... por outro lado, uma pequena companhia independente, no nome de uma única pessoa, poderia...

– Sei, Jim, eu sei de tudo isso. Assim que você anunciar que está me entregando a Linha Rio Norte, as ações da Taggart vão subir na Bolsa. Vai parar de aparecer essa multidão de sanguessugas, já que não vai haver mais o incentivo de uma grande companhia a ser sangrada. Antes que eles resolvam o que fazer comigo, eu termino a linha. Quanto a mim, não quero ter que dar satisfações a você nem a sua diretoria. Não quero discutir com vocês nem pedir permissão para fazer nada. Não há tempo para esse tipo de coisa, para que eu possa fazer o que tem de ser feito. Por isso vou trabalhar sozinha.

– E... se você fracassar?

– Se eu fracassar, vou afundar sozinha.

– Você compreende que, nesse caso, a Taggart Transcontinental não vai poder ajudá-la em nada?

– Compreendo.

– Você não vai contar conosco?

– Não.

– Você corta todas as ligações oficiais com a nossa firma, para que as suas atividades não afetem nossa reputação?

– Corto.

– Acho que devemos deixar combinado que, em caso de fracasso ou escândalo, sua licença se tornará permanente... isto é, você não reassumirá a vice-presidência.

Ela fechou os olhos por um instante.

– Está bem, Jim. Nesse caso, eu não volto.

– Antes de transferirmos a Linha Rio Norte a você, temos que fazer um acordo por escrito, especificando que você deverá devolvê-la a nós, juntamente com sua participação majoritária, a preço de custo, se a linha der certo. Senão depois você pode querer faturar em cima de nós, já que precisaremos dela.

Houve apenas um breve lampejo de pasmo nos olhos de Dagny, mas logo ela disse, indiferente, num tom de quem dá uma esmola:

– Perfeito, Jim. Pode especificar isso por escrito.

– Bem, quanto ao seu sucessor provisório...

– Sim?

– Você faz mesmo questão de que seja Eddie Willers?

– Faço, sim.

– Mas ele não seria capaz nem de agir como um vice-presidente! Ele não tem presença, não tem jeito, não...

– Ele conhece o trabalho dele e o meu. Ele sabe o que eu quero. Tenho confiança nele. Com ele posso trabalhar.

– Não acha que seria melhor escolher um dos rapazes mais distintos da empresa, alguém que seja de boa família, com mais trato social e...

– Vai ser Eddie Willers, Jim.

Ele suspirou.

– Está bem. Só que... a gente tem que ter cuidado... Não podemos deixar que as pessoas desconfiem de que você continua administrando a Taggart Transcontinental. Ninguém pode saber.

– Todo mundo vai saber, Jim. Mas, como ninguém vai admitir o fato abertamente, todos ficarão satisfeitos.

– Mas é preciso manter as aparências.

– Ah, é claro! Se você não quiser me reconhecer na rua, não faz mal. Você diz que nunca me viu antes e eu digo que nunca ouvi falar nessa tal de Taggart Transcontinental.

Jim permaneceu mudo, tentando pensar, olhando fixamente para o chão.

Dagny se voltou para a janela. O céu apresentava aquela palidez acinzentada e uniforme que é característica do inverno. Lá embaixo, à margem do Hudson, viu a estrada que ela costumava vigiar, à espera do carro de Francisco – viu a ribanceira do outro lado do rio, na qual subiram para tentar ver os arranha-céus de Nova York –, e além da mata ficavam os trilhos que iam dar na estação de Rockdale. Agora o solo estava coberto de neve, e só se via o esqueleto da paisagem que ela conhecia – um esboço de galhos nus subindo da neve e apontando para o céu. Tudo cinza e branco, como uma fotografia, uma fotografia morta que se guarda na esperança de que ela evoque lembranças, mas que não tem o poder de evocar coisa alguma.

– Qual vai ser o nome?

Dagny se virou, surpresa:

– O quê?

– Qual vai ser o nome da sua companhia?

– Ah... Bem, Ferrovia Dagny Taggart, imagino.

– Mas... você acha que não vai haver nenhum problema? Pode haver algum mal-entendido. O nome "Taggart" pode ser entendido como...

– Bem, que nome você quer? – disse ela, finalmente irritada. – Srta. Ninguém? Madame X? John Galt? – De repente Dagny parou. Sorriu um sorriso frio, luminoso, perigoso. – É isso! O nome vai ser este: Ferrovia John Galt.

– Ah, não!

– Pois vai.

– Mas isso... é uma gíria vulgar!

– É.

– Você não pode levar na brincadeira um projeto sério como esse! Não pode ser tão vulgar, tão...

– Não posso?

– Mas, meu Deus, por quê?

– Porque vai chocar todos os outros tanto quanto o chocou.

– Nunca vi você fazer uma coisa pensando no que os outros vão pensar.

– Há uma primeira vez para tudo.

– Mas... – Jim baixou o tom de voz, quase como que por superstição: – Olhe, Dagny, é que isso... dá azar... O que isso representa é... – Calou-se.

– O que isso representa?

– Não sei... Mas as pessoas usam a expressão sempre quando estão...

– Com medo? Desesperadas? Impotentes?

– É... é isso mesmo.

– É justamente isso que eu quero jogar na cara delas!

A raiva que brilhava nos olhos de Dagny, seu primeiro olhar de entusiasmo, fez com que Jim compreendesse que era melhor ficar quieto.

– Pode preparar toda a papelada em nome da Ferrovia John Galt – disse Dagny.

Jim suspirou.

– Bem, a linha é sua.

– Minha mesmo!

Jim olhou para Dagny, perplexo. Ela havia abandonado a pose de vice-presidente. Parecia sentir-se relaxada, satisfeita, tendo descido ao nível dos trabalhadores e empreiteiros.

– Quanto aos documentos e ao aspecto legal da coisa – disse ele –, pode haver algumas dificuldades. Vamos ter que pedir permissão a...

Dagny se virou bruscamente e o encarou. Em seu rosto ainda havia algo daquele entusiasmo e da violência de ainda há pouco. Mas ela não estava alegre, não estava sorrindo. Havia agora em seu olhar algo de estranho, de primitivo. Ao vê-lo, Jim pensou que esperava jamais ter de enfrentá-lo outra vez.

– Escute, Jim – disse Dagny. Ele nunca ouvira aquele tom na voz de pessoa alguma. – Há uma coisa que vou cobrar de você, e que é melhor você cumprir à risca: não meta os seus homens de Washington nessa história. Dê um jeito de fazer com que eles me deem todas as permissões, autorizações, escrituras e outros papéis idiotas que as leis deles exigem. Não deixe que eles tentem me atrapalhar. Se eles tentarem... Jim, dizem que nosso ancestral, Nat Taggart, matou um político que tentou lhe recusar uma permissão que, na verdade, não fazia sentido ele ter de pedir. Não sei se a história é verdadeira ou não, mas vou lhe dizer uma coisa: eu sei como ele se sentiu, se é que isso aconteceu mesmo. Se não aconteceu, talvez eu tenha de fazer o que ele não fez, só para confirmar a lenda da família. Estou falando sério, Jim.

◆ ◆ ◆

Francisco d'Anconia se achava sentado à frente da mesa de Dagny. Seu rosto estava impassível. Permanecera desse modo enquanto ela lhe explicava, no tom de voz objetivo e impessoal de uma conversa sobre negócios, a formação e o objetivo de sua companhia ferroviária. Ele a ouvira sem dizer uma palavra.

Dagny jamais vira em seu rosto aquele olhar de passividade vazia. Não havia zombaria, nem humor, nem antagonismo naquele olhar. Era como se naquele momento ele não estivesse ali, estivesse fora de seu alcance. No entanto, seus olhos observavam atentamente: pareciam ver mais do que ela imaginava. Faziam-na pensar naqueles vidros que deixam a luz entrar num dos sentidos, mas não a deixam sair no outro.

– Francisco, pedi que viesse aqui porque eu queria que você me visse no meu escritório. Você nunca esteve aqui antes. Houve época em que isso teria importância para você.

O olhar de Francisco correu lentamente pela sala. As paredes eram nuas. Nelas só havia um mapa da Taggart Transcontinental, o retrato de Nat Taggart que servira de modelo para sua estátua e um grande calendário com propaganda da ferrovia em cores berrantes e alegres. Esse calendário era distribuído todo ano, com gravuras diferentes, para todas as estações da Rede Taggart. Um deles ornamentara a parede da estação de Rockdale, seu primeiro lugar de trabalho.

Francisco se levantou e disse, em voz baixa:

– Dagny, para seu próprio bem, e... – aqui houve uma pausa quase imperceptível, uma hesitação – em nome da piedade que você talvez ainda sinta por mim, não me peça o que vai pedir agora. Não. É melhor eu ir embora agora.

Aquilo não era do feitio de Francisco. Ela nunca esperaria ouvir aquilo da parte dele. Depois de um momento, ela perguntou:

– Por quê?

– Não posso lhe dizer por quê. Não posso responder a nenhuma pergunta. Esse é um dos motivos pelos quais é melhor não falarmos sobre esse assunto.

– Você sabe o que eu vou lhe pedir?

– Sei. – Dagny o fitou com um olhar que era uma pergunta tão eloquente, tão desesperada, que ele foi forçado a acrescentar: – Sei também que vou dizer não.

– Por quê?

Francisco deu um sorriso triste, abrindo as mãos, como se quisesse lhe dizer que era isso que ele havia previsto e quisera evitar.

Dagny disse então, em voz baixa:

– Tenho que tentar, Francisco. Tenho que fazer o pedido. É o que cabe a mim fazer. O que você vai fazer depois é problema seu. Mas quero ter certeza de que tentei tudo.

Francisco permaneceu de pé, porém inclinou a cabeça um pouco, concordando, e disse:

– Vou ouvi-la, se isso vai ajudá-la.

– Preciso de 15 milhões de dólares para terminar a Linha Rio Norte. Já consegui 7 milhões por conta das ações que possuo da Taggart Transcontinental. Não tenho mais condições de levantar nem um tostão. Vou emitir debêntures em nome de minha nova companhia no valor de 8 milhões de dólares. Chamei-o aqui para lhe pedir que compre essas debêntures.

Francisco não disse nada.

– Sou apenas uma pedinte, Francisco, e estou lhe pedindo dinheiro. Sempre achei que, no mundo dos negócios, ninguém pede nada. Eu achava que o que valia era o que se tinha a oferecer, e que se oferecia valor em troca de valor. Agora a coisa não é mais assim, embora eu não compreenda como é possível agir de acordo com qualquer outro princípio e continuar a existir. Com base em todos os fatos objetivos, a Linha Rio Norte vai ser a melhor estrada de ferro deste país. Com base em todos os critérios, é o melhor investimento que se pode fazer. E este é o problema. Não posso levantar dinheiro oferecendo um bom investimento: o fato de que ele é bom faz com que as pessoas o rejeitem. Nenhum banco quer comprar debêntures da minha companhia. Assim, não estou oferecendo nada. Estou apenas pedindo.

Dagny falava com uma precisão impessoal. Parou, esperando pela resposta. Francisco permaneceu mudo.

– Sei que não tenho nada para lhe oferecer – disse Dagny. – Não posso falar em termos de investimento. Você não está interessado em ganhar dinheiro. Há muito tempo que perdeu o interesse por projetos industriais. Então, não vou fazer de conta que estou lhe oferecendo uma proposta interessante. Estou só mendigando. – Respirou fundo e acrescentou: – Me dê esse dinheiro como quem dá uma esmola, já que para você não faz a menor diferença.

– Pare – disse ele, em voz baixa. Dagny não sabia se sua voz soara estranha por raiva ou dor. Francisco havia baixado os olhos.

– Você faz isso por mim, Francisco?

– Não.

Após um momento, Dagny disse:

– Eu o chamei não por achar que ia aceitar, mas porque você era a única pessoa que compreenderia isso que eu disse. Assim, eu tinha que tentar. – Sua voz estava cada vez mais baixa, como se, dessa forma, ela tentasse ocultar a emoção que sentia. – Sabe, eu não acredito que você esteja realmente perdido... porque sei que você ainda é capaz de me ouvir. A vida que você leva é depravada. Mas a maneira como você age não é. Até mesmo a maneira como fala não é... Eu tinha que tentar... mas não posso continuar me esforçando para entender você.

– Vou lhe dar uma pista. Não existem contradições. Sempre que você achar que está vendo uma contradição, verifique suas premissas. Você vai descobrir que uma delas está errada.

– Francisco – sussurrou Dagny –, por que não me explica o que aconteceu com você?

– Porque, neste momento, a resposta faria você sofrer ainda mais do que a dúvida.

– É tão terrível assim?

– É preciso que você mesma descubra a razão.

Dagny sacudiu a cabeça.

– Não sei o que oferecer a você. Não sei mais o que tem valor para você. Será que você não entende que até mesmo um mendigo tem que dar algum valor em troca, tem que oferecer alguma razão para que seja do interesse de alguém lhe dar uma esmola?... Bem, eu pensei... antigamente era muito importante para você o sucesso. O sucesso na indústria. Lembra as conversas que tínhamos? Você era muito severo. Esperava muito de mim. Você me disse que era bom eu preencher as suas expectativas. Foi o que fiz. Você queria saber até onde eu subiria na Taggart Transcontinental. – Com um gesto, Dagny indicou a sala ao seu redor. – Pois veja até onde subi... Então pensei... se a lembrança dos seus antigos valores ainda guarda algum significado para você, ainda que apenas como diversão, ou num momento de tristeza, ou algo assim como... como colocar flores numa sepultura... talvez você quisesse me dar o dinheiro... em nome disso.

– Não.

Com esforço, Dagny disse:

– Esse dinheiro não representa nada para você. Você já gastou isso em festas absurdas, gastou muito mais que isso nas minas de San Sebastián...

Francisco levantou os olhos e a encarou. Dagny percebeu, pela primeira vez, um sinal de vida, uma reação em seus olhos: um olhar intenso, impiedoso e, por incrível que parecesse, orgulhoso, como se essa acusação lhe desse forças.

– Ah, isso é verdade – disse ela, lentamente, como se respondesse a uma pergunta que ele formulara em pensamento –, disso eu sei. Já amaldiçoei você por causa dessas minas, o denunciei, manifestei meu desprezo por você de todas as maneiras e agora volto a procurá-lo... para pedir dinheiro. Como Jim, como qualquer pidão. Sei que é um triunfo para você, sei que você pode rir de mim e me desprezar com razão. Bem... talvez seja isso o que eu posso lhe oferecer. Se o que você quer é se divertir, se você gostou de ver Jim e os planejadores mexicanos estrebuchando, você não vai querer me humilhar? Isso não vai lhe dar prazer? Você não quer me ouvir reconhecer que fui derrotada por você? Não quer me ver rastejando a seus pés? Diga que tipo de humilhação você quer ver que eu obedeço.

Francisco se moveu tão depressa que ela nem percebeu o início do movimento. A única coisa que ela julgou perceber foi que tudo começou com um estremecimento. Ele contornou a escrivaninha, pegou sua mão e a levou aos lábios. Começou como um gesto de profundo respeito, como se seu objetivo fosse lhe dar forças. Porém ele manteve os lábios, depois todo o rosto, apertados contra sua mão, e Dagny percebeu que era ele que queria que ela lhe desse forças.

Francisco soltou a mão dela, olhou-a nos olhos, percebeu o medo silencioso que havia neles. Sorriu, não tentando esconder o sofrimento, a raiva e a ternura que havia naquele sorriso.

– Dagny, você quer rastejar? Você não conhece o significado dessa palavra e nunca vai conhecer. Ninguém rasteja assumindo a situação com tanta honestidade. Você pensa que eu não sei que essa súplica que você me dirigiu foi a coisa mais corajosa que já fez? Mas... não me pergunte nada, Dagny.

– Em nome de tudo o que eu já fui para você... – sussurrou ela –, se ainda resta alguma coisa dentro de você...

No momento em que ela julgou estar vendo nele uma expressão que já vira antes – na noite em que, iluminado pelas luzes da cidade, ficou deitado ao seu lado pela última vez –, ela o ouviu gritar, um grito que nunca havia conseguido arrancar dele antes:

– Meu amor, não posso!

Então, enquanto se entreolhavam, ambos estarrecidos, mudos, Dagny percebeu a mudança em seu rosto. Foi tão abrupta, tão brutal, como se ele houvesse acionado um interruptor. Ele riu, se afastou e disse, num tom particularmente ofensivo por ser absolutamente descontraído:

– Queira desculpar a mistura de estilos. Isso é o tipo de coisa que já tive que dizer a muitas mulheres, só que em circunstâncias um tanto diferentes.

Dagny baixou a cabeça. Ficou encolhida, pouco se importando de que ele a visse naquela posição.

Quando levantou a vista, encarou-o com indiferença.

– Está bem, Francisco. Você representou bem. Eu acreditei. Se era assim que você queria se divertir, conseguiu o que queria. Não vou lhe pedir nada.

– Eu avisei.

– Eu não sabia de que lado você estava. Não achava possível... Mas é do lado de Orren Boyle e Bertram Scudder e seu ex-professor.

– Meu ex-professor? – perguntou ele, áspero.

– O Dr. Robert Stadler.

Ele riu, aliviado.

– Ah, esse? É o saqueador que acredita que os fins dele justificam que ele saqueie os meus meios. – E acrescentou: – Sabe, Dagny, gostaria que você não se esquecesse de que lado você disse que estou. Algum dia vou mencionar o assunto e perguntar se você quer repetir o que disse.

– Não vai ser preciso me lembrar.

Francisco se virou para ir embora. Fez um gesto informal de despedida e disse:

– Se fosse possível terminar a Linha Rio Norte, eu lhe desejaria boa sorte.

– Vou terminá-la. E vai se chamar Linha John Galt.

– O quê?!

Francisco chegou a gritar. Dagny deu uma risada de desprezo.

– Linha John Galt.

– Dagny, pelo amor de Deus, por quê?

– Você não gostou?

– Como é que você foi escolher esse nome?

– Achei melhor do que Sr. Nemo ou Sr. Zero, você não acha?

– Dagny, por quê?

– Porque assusta você.

– O que você acha que isso representa?

– O impossível. O inatingível. E vocês todos têm medo da minha linha, assim como têm medo desse nome.

Francisco começou a rir. Ria sem olhar para Dagny, e ela teve a estranha certeza de que ele a havia esquecido, estava longe, estava rindo – com uma alegria furiosa e amarga – de algo que era totalmente alheio a ela.

Quando ele se virou para Dagny, disse, muito sério:

– Eu não faria isso se fosse você, Dagny.

Ela deu de ombros.

– Jim também não gostou.

– Por que você gosta?

– Eu detesto! Detesto essa desgraça que vocês todos vivem esperando, esse derrotismo, essa pergunta sem sentido que sempre parece um pedido de socorro. Estou cheia de ouvir falar em John Galt. Agora vou lutar contra ele.

– Vai mesmo – disse Francisco, em voz baixa.

– Vou construir uma estrada de ferro para ele. Quero vê-lo vir se apossar dela depois.

Francisco deu um sorriso triste e balançou a cabeça, concordando:

– Ele virá.

◆ ◆ ◆

O aço derretido iluminava o teto e as paredes. Rearden estava sentado à mesa, à luz de uma única luminária. Fora do círculo luminoso que ela projetava, a escuridão do escritório se confundia com a da noite lá fora. Rearden tinha a impressão de que a luz das fornalhas atravessava a seu bel-prazer um espaço vazio, como se a mesa fosse uma jangada flutuando no ar, com duas pessoas isoladas do restante do mundo. Dagny estava sentada à sua frente.

Ela havia tirado o casaco e o colocara atrás da poltrona, onde ele servia de pano de fundo para seu corpo magro e tenso, vestido com um conjunto cinzento e inclinado na diagonal sobre a ampla poltrona. Apenas uma de suas mãos estava dentro do círculo de luz, na beira da mesa. Fora da luz, ele via vagamente seu rosto, o branco de uma blusa, o triângulo de um colarinho aberto.

– Está bem, Hank – disse ela. – Vamos fazer uma ponte nova, de metal Rearden. Esse é o pedido formal da proprietária da Ferrovia John Galt.

Rearden sorriu e olhou para os desenhos da ponte espalhados na parte iluminada da escrivaninha.

– Você já examinou o projeto que lhe enviamos?

– Já. Você não precisa de comentários nem elogios de minha parte. Meu pedido diz tudo.

– Está bem. Obrigado. Vou começar a laminar o metal.

– Você não vai perguntar se a Ferrovia John Galt está em condições de fazer encomendas e de funcionar?

– Não é preciso. O fato de você vir aqui diz tudo.

Dagny sorriu.

– É verdade. Está tudo pronto, Hank. Vim para lhe dizer isso e para discutir, em pessoa, os detalhes da ponte.

– Está bem, estou curioso, sim: quem são os debenturistas da Ferrovia John Galt?

– Acho que nenhum deles tinha condições de comprar debêntures. Todos estão com empresas em fase de crescimento. Todos precisavam do dinheiro para investir em suas próprias firmas. Mas eles precisavam da linha e não pediram ajuda a ninguém. – Dagny pegou um papel na bolsa. – Eis os debenturistas da John Galt. – Entregou o papel a Rearden.

Ele conhecia a maior parte dos nomes na lista: "Ellis Wyatt, Petróleo Wyatt, Colorado. Ted Nielsen, Motores Nielsen, Colorado. Lawrence Hammond, Hammond Automóveis, Colorado. Andrew Stockton, Fundição Stockton, Colorado." Havia alguns nomes de outros estados e Rearden reparou num em particular: "Kenneth Danagger, Carvão Danagger, Pensilvânia." O valor das contribuições variava. Havia quantias de cinco e de seis dígitos.

Rearden pegou a caneta-tinteiro e escreveu no fim da lista "Henry Rearden, Siderúrgica Rearden, Pensilvânia – 1 milhão de dólares", depois devolveu a lista a Dagny.

– Hank – disse ela, com jeito –, eu não queria seu nome nesta lista. Você já investiu tanto no metal Rearden, que está arriscando mais do que qualquer um de nós. Você não pode assumir mais um risco.

– Nunca aceito favores – respondeu ele, friamente.

– O que você quer dizer com isso?

– Não peço a ninguém que assuma mais riscos num empreendimento meu do que eu próprio assumo. Se é um jogo, pago o mesmo que os outros estão apostando. Você não disse que aquela linha era o melhor mostruário do meu produto?

Dagny baixou a cabeça e disse, solene:

– Está bem. Obrigada.

– A propósito: não é minha intenção perder esse dinheiro. Estou ciente das condições sob as quais essas debêntures podem ser convertidas em ações, se eu assim desejar. Portanto, espero obter um lucro enorme. E você é quem vai ganhar esse dinheiro para mim.

Dagny riu.

– Meu Deus, Hank, andei falando com um bando de gente tão covarde que quase peguei com eles a mania de encarar a Ferrovia John Galt como prejuízo na certa! Obrigada por me chamar a atenção. Claro, vou obter esse lucro enorme para você.

– Se não fosse esse bando de covardes, não haveria risco nenhum no empreendimento. Mas a gente tem que derrotar essas pessoas. E vamos conseguir. – Pegou dois telegramas entre os papéis que havia em sua mesa. – Ainda existem alguns homens no mundo. – Entregou os telegramas a Dagny. – Acho que você vai gostar de ler isso.

Um dos telegramas dizia: "Era minha intenção esperar dois anos, mas a declaração do Instituto Científico Nacional me obriga a agir imediatamente. Venho por meio desta propor a construção de um oleoduto de 12 polegadas de diâmetro, em metal Rearden, com 1.000 quilômetros de extensão, do Colorado a Kansas City. Seguem detalhes. Ellis Wyatt."

O outro dizia: "A respeito de minha encomenda. Sinal verde. Ken Danagger."

Rearden comentou:

– Ele também não estava preparado para agir imediatamente. Oito mil toneladas de metal Rearden. Metal para estruturas. Para minas de carvão.

Os dois se entreolharam e sorriram. Não era necessário fazer mais nenhum comentário.

Quando Dagny lhe devolveu os telegramas, Rearden olhou para sua mão. À luz da luminária, a pele parecia transparente pousada na beira da mesa – mão de moça, com dedos longos e finos, por um momento relaxada, indefesa.

– A Fundição Stockton, do Colorado – disse ela –, vai fazer as chaves que ficaram faltando quando a Companhia de Chaves e Sinais abandonou o navio. Vão entrar em contato com você para adquirir metal Rearden.

– Já entraram. E quem vai trabalhar na obra?

– Os engenheiros de Nealy vão ficar, os melhores, aqueles de quem preciso. E a maioria dos mestres de obras também. Não vai haver problemas. O Nealy não vai fazer muita falta.

– E a mão de obra?

– Tenho mais candidatos do que vagas. Acho que o sindicato não vai se meter. A maioria deles está dando nomes falsos. São sindicalizados. Precisam de emprego desesperadamente. Vou manter alguns seguranças na obra, mas acho que não vai haver problema nenhum.

– E a diretoria da Taggart e seu irmão?

– Estão todos dando declarações à imprensa dizendo que não têm qualquer ligação com a Ferrovia John Galt e que acham o empreendimento altamente censurável. Concordaram com todas as minhas condições.

Os ombros de Dagny pareciam tensos e, no entanto, ao mesmo tempo à vontade, como se preparados para alçar voo. Nela a tensão era uma coisa natural, não um sinal de ansiedade, mas de prazer – tensão de todo o seu corpo por baixo do conjunto cinzento, semivisível na escuridão.

– Eddie Willers está ocupando a vice-presidência interinamente – informou Dagny. – Se precisar de alguma coisa, entre em contato com ele. Vou para o Colorado hoje.

– Hoje?

– É. Não podemos perder tempo. Já perdemos uma semana.

– Vai no seu avião particular?

– Vou. Volto daqui a uns 10 dias. Pretendo passar por Nova York uma ou duas vezes por mês.

– E lá, onde é que você vai morar?

– Na obra. No meu vagão... quer dizer, de Eddie, que ele me emprestou.

– Não há nenhum perigo?

– Perigo? De quê? – Então ela riu, surpresa. – Ora, Hank, é a primeira vez que você me trata como mulher. É claro que não há nenhum perigo.

Rearden não estava olhando para ela, e sim para uma folha de papel cheia de números.

– Mandei meus engenheiros discriminarem os gastos referentes à ponte – disse ele – e elaborarem um cronograma aproximado da obra. Era isso que eu queria discutir com você. – Entregou os papéis a ela, que se recostou na poltrona para ler.

Um facho de luz lhe caía sobre o rosto. Rearden contemplou o perfil nítido dos lábios firmes e sensuais. Então Dagny chegou um pouco para trás. Agora ele só via um esboço vago dos lábios e os cílios escuros.

Não é verdade?, pensou ele. *Não é verdade que eu penso nisso desde a primeira vez que a vi? Que não penso em outra coisa há dois anos?* Rearden permanecia imóvel, olhando para Dagny. Ouvia as palavras que jamais se permitira dizer, as palavras que sentia, conhecia, porém jamais enfrentara, que julgara ser possível destruir jamais pensando nelas. Então sentiu um choque repentino, como se as estivesse dizendo a ela... Desde a primeira vez que a vi... O seu corpo, essa boca, a maneira como seus olhos me fitam, como se... Em todas as frases que já disse a você, todos os encontros que você julgava apenas profissionais, todas as questões importantes que discutimos... Você confiava em mim, não é? Sabia que eu haveria de reconhecer sua grandeza? Pensar em você do modo como você merecia – como se fosse um homem?... Será que não vê a minha traição? A única pessoa que gostei de conhecer em minha vida – a única que respeito –, o melhor empresário que conheço – minha aliada –, minha sócia numa batalha desesperada... Meus desejos mais baixos – como reação à criatura mais elevada que já conheci... Sabe o que eu sou? Já pensei nisso, que deveria ser impensável. Para satisfazer aquela necessidade degradante, que jamais deveria envolver você, nunca quis ninguém senão você... Eu não sabia o que era isso, o que era desejar isso, até que vi você pela primeira vez. Antes eu pensava: não, isso não pode acontecer comigo... Desde então... há dois anos... sem um segundo de interrupção... Você sabe o que é desejar isso? Quer saber o que pensei quando olhei para você... quando passei noites de insônia... quando ouvi sua voz ao telefone... quando me concentrei no trabalho, mas não consegui me livrar desse desejo? Arrastá-la até coisas que você nem é capaz de conceber – e saber que fui eu que fiz isso. Reduzi-la à condição de corpo, lhe ensinar os prazeres animalescos, vê-la ter necessidade deles, vê-la me pedir que a satisfaça, ver seu espírito maravilhoso depender dessa necessidade obscena. Vê-la tal como você é, como enfrenta o mundo, com sua força limpa e orgulhosa – então vê-la na minha cama, submetendo-se a todos os caprichos infames que me ocorrerem, a todos os atos que realizarei com o único propósito de desonrá-la, e aos quais você se submeterá por amor a uma sensação inconfessável... Quero você – e maldito seja eu por querê-la!

Ela lia os papéis, recostada na poltrona, no escuro. Rearden viu os reflexos do fogo dourarem seus cabelos, depois os ombros, depois os braços, a pele nua de seu pulso.

... Sabe o que estou pensando agora, neste instante?... Seu conjunto cinza, seu colarinho aberto... você parece tão jovem, tão austera, tão segura de si... Como você ficaria se eu puxasse sua cabeça para trás, se a deitasse com essa sua roupa formal, se eu levantasse sua saia?

Dagny levantou a vista e olhou para Rearden. O homem baixou o olhar, desviando-o para os papéis sobre a mesa. Um instante depois, ele disse:

– Na verdade, o custo da ponte é menor do que nossa estimativa inicial. Observe que a resistência da ponte permite o acréscimo de uma segunda pista, o que a meu ver será necessário daqui a uns poucos anos. Se você espaçar esse custo por um período de...

Enquanto ele falava, Dagny olhava para seu rosto, realçado pela luminária, contra o fundo escuro e vazio do escritório. A luminária estava fora de seu campo de visão, e assim Dagny tinha a impressão de que era o rosto dele que iluminava os papéis sobre a mesa. *Aquele rosto*, pensou ela, e a clareza fria e radiante de sua voz, de sua mente, de seu propósito firme e inabalável. Aquele rosto era como suas palavras – como se uma mesma linha, um mesmo tema percorresse o olhar firme, os músculos tensos da face, a curva levemente irônica dos lábios virada para baixo: a linha de um ascetismo implacável.

◆◆◆

O dia começou com uma notícia ruim: um trem de carga da Sul-Atlântica batera de frente num trem de passageiros no Novo México, numa curva fechada na serra, espalhando vagões por toda a encosta. Os vagões carregavam 5 mil toneladas de cobre, que estavam sendo transportadas de uma mina no Arizona para a Siderúrgica Rearden.

Rearden ligou para o gerente da Sul-Atlântica, mas o homem disse o seguinte:

– Ah, Sr. Rearden, como é que podemos saber? Como é que se pode saber quanto tempo vai levar para liberar a linha? Um dos piores desastres que já sofremos... Não sei, Sr. Rearden. Não há nenhuma outra ferrovia naquele trecho. A pista foi destruída numa extensão de 400 metros. Houve uma queda de barreira. Nosso carro-socorro não pode passar por lá. Não sei como nem quando vamos conseguir recolocar aqueles vagões nos trilhos. No mínimo duas semanas. Três dias? Impossível, Sr. Rearden!... Mas não podemos fazer nada!... Mas o senhor certamente pode dizer a seus clientes que foi por motivo de força maior! E se atrasar? Ninguém pode pôr a culpa no senhor num caso como este!

Duas horas depois, com a ajuda de sua secretária, de dois jovens engenheiros de seu departamento de transporte, de um mapa rodoviário e de alguns telefonemas interurbanos, Rearden já havia mandado uma frota de caminhões para o local do acidente, mais alguns vagões graneleiros, para encontrá-los na estação mais próxima da Sul-Atlântica. Os graneleiros foram cedidos pela Taggart Transcontinental. Os caminhões vieram de todos os cantos do Novo México, Arizona e Colorado. Os engenheiros de Rearden haviam procurado, por telefone, caminhoneiros proprietários, e lhes ofereceram quantias que encerraram rapidamente a discussão.

Era o último dos três carregamentos de cobre que Rearden esperava. Dois não haviam sido entregues: uma companhia abrira falência e outra alegava ter que atrasar a entrega por motivo de força maior.

Rearden tomara essas medidas de emergência sem interromper sua rotina diária, sem levantar a voz, sem nenhum sinal de tensão, dúvida ou preocupação. Agira com a precisão e a rapidez de um comandante militar subitamente atacado pelo inimigo – e Gwen Ives, sua secretária, agira como o mais tranquilo dos tenentes. Era uma moça de 20 e muitos anos, cujo rosto, de uma harmonia discreta e impenetrável, era como equipamento de escritório de qualidade. Era uma de suas funcionárias mais competentes. A maneira como ela executava suas tarefas indicava uma espécie de asseio racional que consideraria o menor indício de emoção no trabalho uma imoralidade imperdoável.

Quando a emergência já havia sido contornada, o único comentário que a Srta. Ives fez foi:

– Sr. Rearden, acho que devíamos pedir a nossos fornecedores que utilizem sempre os serviços da Taggart Transcontinental.

– Também tive essa ideia – disse ele em resposta, e acrescentou: – Mande um telegrama para o Fleming, no Colorado. Diga-lhe que estou interessado em adquirir aquela mina de cobre.

Voltou à sua mesa e falava com seu superintendente em um dos telefones e com seu gerente de compras em outro, verificando todas as datas e todos os carregamentos de minério já recebidos – Rearden não podia relegar ao acaso ou a outra pessoa a possibilidade de que ocorresse um atraso de uma hora que fosse no funcionamento das fornalhas: estava terminando de fazer os últimos trilhos para a Linha John Galt –, quando o interfone tocou, e a voz da Srta. Ives anunciou que a mãe dele estava na sala de espera e queria falar com ele.

Rearden pedira a seus familiares que jamais viessem à siderúrgica sem hora marcada. Felizmente, todos detestavam seu escritório e portanto raramente iam lá. O que sentiu naquele momento foi um impulso muito forte de dar ordem de a expulsarem da siderúrgica. Mas, em vez disso, com um esforço ainda maior do que o que precisara fazer para tomar as medidas de emergência relacionadas ao desastre de trem, disse, com voz tranquila:

– Está bem. Mande-a entrar.

Sua mãe se aproximou dele com um ar agressivo de quem se coloca na defensiva. Olhava para seu escritório com uma expressão que denotava que ela estava ciente do que o local representava para ele, e que se ressentia de o filho dar ao que quer que fosse mais importância do que a ela. Levou um bom tempo para sentar-se numa poltrona, ajeitar e reajeitar a bolsa, as luvas, as dobras do vestido, resmungando em voz baixa:

– Muito bonito, uma mãe ter que ficar numa sala de espera e pedir permissão a uma estenógrafa para poder falar com o próprio filho...

– Mamãe, é alguma coisa importante? Hoje estou ocupadíssimo.

– Você não é a única pessoa no mundo que tem problemas. É claro que é importante. Você acha que eu ia me dar o trabalho de pegar o carro e vir até aqui se não fosse importante?

– O que foi?

– É Philip.

– O que há com ele?

– Ele anda triste.

– E daí?

– Acha que não é direito ele depender da sua caridade e viver de esmolas e não ter um tostão que tenha ganhado com o próprio esforço.

– Ora! – disse Rearden, surpreso, sorridente. – Há algum tempo que eu espero que ele chegue a essa conclusão.

– Não é direito um homem como ele, uma pessoa sensível, viver desse jeito.

– Certamente.

– Ainda bem que concorda comigo. Por isso você tem que arranjar um emprego para ele.

– Arranjar... o quê?

– Um emprego para ele, aqui na siderúrgica, mas um emprego bom, limpo, é claro, com uma mesa e um bom salário, em que ele não tenha que se meter com esses operários e essas fornalhas fedorentas.

Ele estava certo de que estava ouvindo aquilo, mas não conseguia acreditar.

– Mamãe, você não está falando sério.

– Estou, sim. Eu sei que é isso que ele quer, só que é orgulhoso demais para pedir. Mas se você oferecer o emprego a ele, de modo que pareça que você é que está lhe pedindo um favor, eu garanto que ele aceita. Foi por isso que vim até aqui para falar sobre isso, para que ele não descubra que foi ideia minha.

A natureza de Rearden não lhe permitia compreender coisas daquele tipo. Um único pensamento apareceu em sua mente, como um holofote. Parecia-lhe impossível que alguém fosse incapaz de entender aquilo. As palavras lhe saíram da boca como um grito de espanto:

– Mas ele não entende nada de siderurgia!

– O que tem isso? Ele precisa de um emprego.

– Mas ele não ia saber fazer nada.

– Ele precisa ganhar autoconfiança e se sentir importante.

– Mas ele não teria nenhuma utilidade aqui.

– Philip precisa sentir que as pessoas necessitam dele.

– Aqui? Para que eu poderia precisar dele?

– Você emprega um monte de desconhecidos.

– Eu emprego homens que produzem. O que ele tem a oferecer?

– Ele é seu irmão, não é?

– O que isso tem a ver com o assunto em questão?

Foi a vez de sua mãe olhar para ele sem acreditar no que ouvia, perplexa. Por um instante ficaram olhando um para o outro, como se a uma distância interplanetária.

– Ele é seu irmão – disse ela, como um disco na vitrola que repetisse uma fórmula mágica impossível de questionar. – Ele precisa de uma posição no mundo. Precisa de um salário, para achar que o dinheiro que recebe é merecido, não uma esmola.

– Merecido? Mas ele não ia valer nada para mim.

– É nisso que você pensa antes de mais nada? No lucro? Estou lhe pedindo que ajude seu irmão, e você está pensando em lucrar com ele, e só vai ajudá-lo se você lucrar com isso. É isso? – Ela viu a expressão no rosto de Rearden e desviou o olhar, mas se apressou a acrescentar: – Ah, sim, você vai ajudá-lo, como ajudaria qualquer mendigo. Ajuda material... você só pensa nisso, só entende disso. Já pensou nas necessidades espirituais do seu irmão, no amor-próprio dele na atual situação em que se encontra? Ele não quer viver feito mendigo. Ele quer ser independente de você.

– Recebendo de mim um salário sem que faça nenhum trabalho em troca?

– Não ia lhe fazer a menor falta. Tem muita gente aqui ganhando dinheiro para você.

– A senhora está me pedindo que represente uma farsa?

– Não é necessário encarar a coisa desse modo.

– É ou não é uma farsa?

– É por isso que não consigo conversar com você. Porque você não é humano. Não tem piedade, não sente nada por seu irmão, não tem nenhuma compaixão pelos sentimentos dele.

– É ou não é uma farsa?

– Você não tem pena de ninguém.

– A senhora acha que essa farsa seria uma coisa justa?

– Você é o homem mais imoral do mundo. Só pensa em justiça! É incapaz de sentir amor!

Ele se levantou com um movimento abrupto e enfático, o tipo de movimento que se faz para pôr fim a uma entrevista e fazer com que uma visita se despeça.

– Mamãe, isto aqui é uma siderúrgica, não um bordel.

– Henry! – A exclamação de indignação fora motivada apenas pela palavra, mais nada.

– Nunca mais me venha falar em emprego para Philip. Eu não o contrataria nem como varredor. Não deixaria nem que ele entrasse aqui. Quero que a senhora entenda isso de uma vez por todas. Pode tentar ajudá-lo de qualquer maneira, mas nunca mais pense na minha siderúrgica como um meio para esse fim.

As rugas do queixo macio de sua mãe assumiram a forma de um sorriso de escárnio.

– Mas o que essa siderúrgica representa para você? Uma espécie de templo sagrado?

– Ora... é isso mesmo – disse ele, em voz baixa, surpreso com a comparação.

– Você nunca pensa nas pessoas, nas suas obrigações morais?

– Não sei o que a senhora chama de moralidade. Não, não penso nas pessoas, mas, se eu desse um emprego a Philip, nunca mais poderia encarar qualquer homem competente que precisasse de trabalho e merecesse um emprego.

Ela se levantou, com a cabeça encolhida nos ombros. A voz indignada parecia empurrar as palavras até a figura alta e ereta de Rearden:

– É essa a sua crueldade, é isso que há de mesquinho e egoísta em você. Se você gostasse de seu irmão, lhe daria um emprego sem que ele o merecesse, justamente porque ele não o merece... Isso é que seria amor de verdade, bondade, fraternidade. Senão, para que serve o amor? Se um homem merece um emprego, não é nenhuma virtude lhe dar emprego. Virtude é dar a quem nada merece.

Rearden a encarava como uma criança tendo um pesadelo estranho. Era tão impossível acreditar naquilo que ele não sentia horror.

– Mamãe – disse ele, lentamente –, a senhora não sabe o que está dizendo. Acreditar que você tem consciência do que está dizendo seria desprezá-la mais do que sou capaz.

O olhar que sua mãe lhe dirigiu o surpreendeu mais do que qualquer outra coisa: era um olhar de derrota e ao mesmo tempo parecia exprimir uma argúcia estranha e maliciosa, como se, por um momento, ela possuísse algum conhecimento que a experiência da vida lhe ensinara e que lhe permitia sorrir da inocência do filho.

A lembrança daquele sorriso permaneceu na mente de Rearden, como se lhe dissesse que ali havia algo que precisava compreender. Mas ele não conseguia apreender aquilo, não conseguia forçar sua mente a aceitá-lo como algo que merecia uma reflexão. A única pista de que dispunha era o vago mal-estar e a repulsa que sentia – e não tinha tempo a perder com aquilo, não podia pensar naquilo no momento, porque estava encarando agora um homem que, sentado à frente de sua mesa, lhe pedia algo que era, para ele, uma questão de vida ou morte.

O homem não colocava a coisa nesses termos, mas Rearden sabia que, no fundo, era disso que se tratava. O que o homem fez foi pedir 500 toneladas de aço.

Era o Sr. Ward, da Segadeiras Ward, de Minnesota. Era uma empresa despretensiosa com reputação impecável, o tipo de firma que normalmente não cresce muito, mas que nunca abre falência. O Sr. Ward representava a quarta geração de uma família que sempre dera à firma o melhor de suas capacidades.

Era um homem na faixa dos 50, com um rosto quadrado e impassível. Quem o visse logo percebia que ele era o tipo de homem que acha tão indecente deixar que seu rosto traia algum sofrimento quanto tirar as roupas em público. Falava num tom de voz seco e impessoal. Explicou que sempre havia trabalhado, como seu pai o fizera, com uma das pequenas siderúrgicas que agora haviam sido adquiridas pelas Siderúrgicas Associadas, de Orren Boyle. Havia um ano que esperava sua última encomenda de aço. Passara o último mês tentando marcar uma entrevista pessoal com Rearden.

– Sei que o senhor está com tanto serviço que não pode mais aceitar novas encomendas, Sr. Rearden – disse ele –, e que seus fregueses mais antigos estão esperando na fila para serem atendidos, já que o senhor é o único fabricante de aço honesto, ou seja, confiável, que ainda resta neste país. Não tenho argumentos para convencê-lo a abrir uma exceção em meu caso. Mas eu não tinha outra alternativa senão fechar as portas de minha empresa, e eu... – nesse momento sua voz falhou por um instante – ainda não... não quero considerar essa possibilidade... por isso resolvi falar com o senhor, embora eu não tivesse muita chance... assim mesmo, eu tinha que tentar tudo o que fosse possível.

Esse tipo de linguagem Rearden compreendia.

– Quisera poder ajudá-lo – disse ele –, mas este é o pior momento para mim, porque estou cuidando de uma encomenda muito grande e muito especial, a que estou dando a mais absoluta prioridade.

– Eu sei. Mas será que o senhor poderia ao menos me ouvir, Sr. Rearden?

– Claro.

– Se é uma questão de dinheiro, eu pago o que o senhor pedir. Se for esse o caso, o senhor pode me cobrar quanto quiser, até o dobro do preço normal, desde que me arranje o aço. Não me incomodo nem de vender as segadeiras a preços abaixo do custo, tendo prejuízo, só para não fechar a firma. Pessoalmente, tenho bastante dinheiro para funcionar no vermelho durante uns dois anos, se necessário, porque imagino que as coisas não podem continuar assim por muito tempo. A situação tem que melhorar, senão nós... – Não concluiu a frase. Afirmou com firmeza: – Tem que melhorar.

– E vai melhorar – disse Rearden.

Enquanto ouvia as palavras do homem, Rearden pensava na Linha John Galt, como um acompanhamento à melodia. Ela estava seguindo em frente. Os ataques ao metal Rearden haviam cessado. Sentia-se como se ele e Dagny, separados por centenas de quilômetros, estivessem num espaço vazio, livres para terminar o serviço. *Eles vão nos deixar em paz para trabalharmos*, pensava Rearden. Aquelas palavras eram como um hino militar em sua mente: *eles vão nos deixar em paz*.

– Nossa fábrica tem capacidade para produzir mil segadeiras por ano – dizia o Sr. Ward. – Ano passado fizemos 300. Arranjei aço aqui e ali, em vendas de estoques de firmas falidas, pedindo uma ou duas toneladas a grandes companhias, catando pedaços em ferros-velhos... Bem, não vou perder seu tempo com isso. O fato é que eu nunca imaginei que algum dia seria obrigado a trabalhar desse jeito. E enquanto isso o Sr. Orren Boyle jurava que ia me entregar o aço na semana seguinte. Porém o que ele conseguia produzir era sempre vendido para clientes novos, por motivos que ninguém me explicava. Mas ouvi dizer que eram homens que tinham força política. E agora nem consigo mais falar com o Sr. Boyle. Ele está em Washington há mais de um mês e, quando ligo para o escritório dele, é sempre a mesma coisa: não podem fazer nada porque não estão recebendo minério.

– Não perca tempo com eles – disse Rearden. – Daquele mato não sai coelho.

– Sabe, Sr. Rearden – disse ele, como quem faz uma descoberta e reluta em aceitá-la –, acho que há alguma coisa de suspeito nos métodos de trabalho do Sr. Boyle. Não entendo o que ele quer. Metade das fornalhas dele está parada, mas no mês passado houve todo aquele estardalhaço a respeito das Siderúrgicas Associadas nos jornais. Por causa do que ela produziu? Não, graças ao magnífico conjunto habitacional que o Sr. Boyle construiu para os funcionários. Na semana passada eram os filmes em cores que o Sr. Boyle mandou para todas as escolas secundárias mostrando como se faz aço e como esse produto é importante para todo mundo. Agora ele tem um programa de rádio, fala sobre a importância da indústria siderúrgica para o país e diz que é importante preservá-la como um todo. Não entendo o que ele quer dizer com essa coisa de "como um todo".

– Eu entendo. Mas deixe isso para lá. O golpe dele não vai funcionar.

– Sabe, Sr. Rearden, não gosto de pessoas que vivem dizendo que tudo o que elas fazem é só para o bem dos outros. Não é verdade, e acho que isso não seria direito mesmo se fosse. Então vou logo dizendo: preciso desse aço, mas é para salvar a minha fábrica. Porque ela é minha. Porque se eu tiver que fechá-la... ah, ninguém entende mais isso hoje em dia.

– Eu entendo.

– É... achei que o senhor entenderia... Pois é essa a minha maior preocupação. Mas penso também nos meus clientes. Eles trabalham comigo há anos. Contam comigo. É praticamente impossível comprar equipamentos em qualquer lugar. O senhor imagina como está a situação lá em Minnesota, os fazendeiros precisando de equipamentos sem conseguir encontrá-los em lugar nenhum? As máquinas quebram no meio da época da colheita e faltam peças... só se acham os filmes em cores do Sr. Orren Boyle... Pois é... E os meus funcionários também. Alguns deles trabalham na nossa firma desde o tempo do meu pai. Não teriam condições de arranjar outro emprego. Não agora.

É impossível, pensou Rearden, *produzir mais aço numa siderúrgica em que todas as fornalhas estão trabalhando 24 horas por dia para atender com urgência uma encomenda, e assim permanecerão pelos próximos seis meses. Mas... a Linha John Galt*, pensou ele, *se conseguisse terminá-la, seria capaz de qualquer coisa...* Sentia vontade de resolver 10 problemas ao mesmo tempo. Sentia-se como se no mundo nada fosse impossível para ele.

– Escute – disse, pegando o telefone –, vou consultar meu superintendente para saber o que faremos nas próximas semanas. Talvez eu dê um jeito de conseguir algumas toneladas emprestadas de alguns dos clientes e...

O Sr. Ward desviou a vista rapidamente, mas Rearden pôde perceber de relance a expressão em seu rosto. *É tanto para ele*, pensou Rearden, *e tão pouco para mim!*

Pegou o fone, mas teve que recolocá-lo no gancho, porque a porta do escritório se abriu e Gwen Ives entrou apressada.

Rearden achava impossível que a Srta. Ives fizesse uma coisa dessas, entrar sem avisar, que houvesse em seu rosto habitualmente tranquilo uma expressão tão distorcida, que seus olhos parecessem nada enxergar, que seu andar parecesse tão incerto, apesar de todo o seu autocontrole. Ela foi dizendo:

– Desculpe a interrupção, Sr. Rearden. – Porém ele percebeu que ela não estava enxergando nada, nem o escritório, nem o Sr. Ward. Só via a ele, Rearden. – Achei que devia avisá-lo imediatamente que o Legislativo acaba de aprovar a Lei da Igualdade de Oportunidades.

Foi o impassível Sr. Ward que, olhando fixamente para Rearden, gritou:

– Ah, meu Deus, não! Não!

Rearden se levantou de um salto. Estava torto, com um dos ombros caído para a frente. Foi apenas por um instante. Logo ele olhou ao redor, como se estivesse recuperando a visão, e disse:

– Desculpem.

Seu olhar se dirigia tanto à Srta. Ives quanto ao Sr. Ward. Sentou-se de novo.

– Nós não havíamos sido informados de que o projeto estava sendo avaliado pelo Legislativo, não é mesmo? – perguntou, com uma voz controlada e seca.

– Não, senhor. Parece que foi uma jogada de surpresa, e só levou 45 minutos.

– Alguma notícia de Mouch?

– Não, senhor. – Ela dera ênfase ao "não". – Foi o contínuo do quinto andar que entrou correndo para me dizer que tinha acabado de ouvir no rádio. Telefonei para os jornais para confirmar. Tentei falar com o Sr. Mouch em Washington. Ninguém atende no escritório dele.

– Qual foi a última vez que tivemos notícias dele?

– Dez dias atrás, Sr. Rearden.

– Está bem. Obrigado, Gwen. Continue tentando ligar para ele.

– Sim, senhor.

A secretária saiu. O Sr. Ward estava em pé, com o chapéu na mão.

– Talvez seja melhor eu...

– Sente-se! – exclamou Rearden, feroz.

O Sr. Ward obedeceu, olhando-o espantado.

– Nós estávamos discutindo negócios, não é? – disse Rearden. O Sr. Ward não conseguiu definir a emoção que contorceu a boca de Rearden quando ele falou. – Sr.

Ward, uma das coisas que os maiores calhordas do mundo criticam em nós é a expressão "Negócio é negócio". Pois é isso: negócio é negócio, Sr. Ward!

Pegou o telefone e mandou chamar o superintendente.

– Escute, Pete... O quê?... Ah, sim, já soube. Deixe isso para lá. Depois a gente conversa sobre isso. O que eu queria saber era o seguinte: será que você podia me arranjar 500 toneladas de aço a mais nas próximas semanas?... É, eu sei... Sei que está difícil... Verifique as datas e os números. – Esperou enquanto o outro fazia anotações num pedaço de papel. Depois disse: – Certo. Obrigado. – E desligou.

Examinou os números por alguns momentos, fazendo alguns cálculos na margem. Depois levantou a cabeça.

– Está bem, Sr. Ward. O senhor vai receber o seu aço dentro de 10 dias.

Depois que Ward saiu, Rearden foi até a sala de espera e disse à Srta. Ives, com sua voz normal:

– Mande um telegrama para Fleming no Colorado. Ele vai entender por que desisti daquela mina.

Ela inclinou a cabeça em sinal de obediência. Não olhou para ele.

Rearden foi atender o próximo. Com um gesto convidativo em direção à sua sala, foi dizendo:

– Muito prazer. Queira entrar.

Depois pensarei nisso, pensou Rearden, *uma coisa de cada vez. Não se pode parar sem mais nem menos.* Naquele momento, com uma clareza extraordinária, sua consciência continha um único pensamento: *Não vão me impedir.* Aquela frase se destacava, sem passado nem futuro. Ele não sabia quem é que não o iria impedir, nem por que essa frase era tão crucial, tão absoluta. Ela o dominava, e ele obedecia. Uma coisa de cada vez. Rearden cumpriu todos os seus compromissos do dia.

Já era tarde quando terminou sua última entrevista e Rearden saiu de sua sala. Todos os funcionários já haviam ido embora. Só restava a Srta. Ives, sozinha numa sala vazia. Estava sentada, o corpo rígido, as mãos entrelaçadas no colo. A cabeça não estava baixa, e sim virada para a frente, fixamente. Seu rosto parecia paralisado. Lágrimas lhe corriam pelas faces, sem nenhum ruído, nenhum movimento facial, contra as suas resistências, além do seu controle.

Ela viu Rearden e disse com uma voz seca, cheia de remorso, se desculpando:

– Sinto muito, Sr. Rearden. – Não tentou esconder o rosto, o que seria uma pretensão fútil.

Rearden se aproximou da secretária.

– Obrigado – disse delicadamente.

Ela levantou os olhos e o encarou, surpresa.

Rearden sorriu:

– Mas você não acha que está me subestimando, Gwen? Não acha cedo demais para chorar por minha causa?

– A única coisa que foi demais para mim – sussurrou ela, apontando para os jornais – é eles dizerem que foi a derrota da ganância.

Rearden soltou uma gargalhada.

– Compreendo que um uso tão distorcido da linguagem desperte sua fúria. Mas e daí?

A Srta. Ives olhou para ele, e a tensão em sua boca diminuiu um pouco. A vítima que ela não podia proteger era seu único ponto de apoio num mundo que se desintegrava ao seu redor.

Rearden passou a mão lentamente na testa da secretária: o gesto era uma rara quebra de formalidade nele e uma maneira de reconhecer as realidades das quais ele não rira.

– Vá para casa, Gwen. Hoje à noite não vou precisar de você. Eu também vou para casa daqui a pouco. Não, não precisa me esperar.

Já passava da meia-noite quando, ainda trabalhando no projeto da ponte da Linha John Galt, Rearden interrompeu o trabalho abruptamente, porque a emoção o atingiu como uma punhalada súbita, da qual não era possível mais fugir, como se o efeito de um anestésico cessasse de repente.

Baixou a cabeça, mas ainda se agarrando ao que restava de sua resistência, e ficou parado, o peito encostado na escrivaninha, impedindo-o de cair para a frente, a cabeça baixa, como se a única realização de que ele ainda era capaz fosse não deixar que a cabeça batesse na mesa. Ficou parado assim por alguns instantes. A única coisa que sentia era dor, uma dor lancinante, sem conteúdo nem limite, sem saber se era sua mente ou seu corpo que doía, reduzido ao horror dessa dor que o impedia de pensar.

Alguns instantes depois, a dor havia passado. Levantou a cabeça e aprumou o corpo, calmamente, recostando-se na cadeira. Agora percebia que, se adiara esse momento algumas horas, não fora uma fuga: não havia pensado naquilo porque não havia o que pensar.

O pensamento, Rearden disse a si próprio, *é uma arma que se usa para agir*. No seu caso, nenhuma ação era possível. O pensamento é o instrumento que se usa para fazer escolhas. Ele não tinha o que escolher. O pensamento determina os objetivos e a maneira de chegar a eles. Sua vida ia ser arrancada de si mesmo pouco a pouco, e ele não teria voz, nem objetivo, nem recurso, nem defesa.

Rearden pensava nessas coisas, perplexo. Via pela primeira vez que antes jamais experimentara medo porque, qualquer que fosse o desastre, ele sempre pudera agir, e esse era o remédio para todos os males. *Não*, pensou ele, *não a certeza da vitória, coisa que ninguém jamais tem, mas apenas a possibilidade de agir, que é a única coisa necessária*. Agora estava considerando, de modo impessoal, pela primeira vez, a mais terrível das perspectivas: a de ser destruído com as mãos atadas às costas.

Bem, então continuo, mesmo com as mãos atadas, pensou. *Continuo, acorrentado.*

Continuo. Não vão me impedir... Mas outra voz lhe dizia coisas que ele não queria ouvir, enquanto relutava, gritando: *Não adianta pensar nisso... é inútil... para quê?... Desista!*

Ele não conseguia sufocar aquela voz. Ficou parado, os papéis do projeto da ponte da Linha John Galt à sua frente, e ouvia aquilo que lhe dizia uma voz que era em parte sonora, em parte visual: Eles decidiram tudo sem mim... Não me consultaram, não me perguntaram nada, não me deixaram falar... Nem sequer tinham obrigação de me informar – me informar de que haviam arrancado parte da minha vida e que eu tinha de aceitar seguir em frente como um aleijado... De todos aqueles que estavam envolvidos naquilo, fossem lá quem fossem, pelo motivo que fosse, eu era o único que não fora necessário consultar.

Ao fim de uma longa estrada havia uma placa: Minérios Rearden. Depois dela, pilhas de metal negro... e no decorrer dos anos, das noites... acima de um relógio em que cada segundo era uma gota de seu sangue que escorria... o sangue que ele dera de bom grado, com satisfação exultante, como pagamento por um dia distante e uma placa no fim de uma estrada... pago com seu esforço, sua força, sua mente, sua esperança... Destruído pelo capricho de alguns homens que haviam votado... sabe-se lá por ideia de quem! Quem sabe por vontade de quem eles estavam no poder? Que motivos os impeliam? O que eles sabiam? Qual deles, sozinho, seria capaz de retirar um punhado de minério da terra?... Destruído pelo capricho de homens que jamais vira, de homens que jamais viram aquele metal empilhado... Destruído porque assim haviam resolvido. Com que direito?

Rearden sacudiu a cabeça. Há coisas sobre as quais não se deve pensar. Há no mal uma obscenidade que contamina o observador. Há um limite para aquilo que é próprio de se ver. Não se deve pensar nisso, nem investigar isso, nem tentar entender suas causas.

Sentindo-se tranquilo e vazio, Rearden disse a si mesmo que estaria bem no dia seguinte. Ele se perdoaria pela sua fraqueza de agora, que era como as lágrimas que se choram num enterro, legitimamente, e depois aprenderia a viver com uma chaga aberta, ou com uma fábrica mutilada.

Levantou-se e andou até a janela. A siderúrgica parecia deserta e silenciosa. Viam-se algumas manchas pálidas de vermelho acima das negras chaminés, longas colunas de vapor, as diagonais cruzadas dos guindastes e das pontes.

Sentia uma solidão desolada, algo que jamais sentira antes. Pensou que inspirava esperança, alívio, coragem em Gwen Ives e no Sr. Ward. Mas quem inspiraria tais sentimentos nele? Ele também estava precisando disso, pelo menos agora. Quem dera contar a um amigo a quem ele permitisse vê-lo sofrer, sem fingimentos nem defesas, em quem ele pudesse se apoiar um momento, só para dizer: "Estou muito cansado", e nele encontrar o repouso de um instante! De todos os homens que conhecia, haveria algum que gostaria de ver ao seu lado agora? Ouviu a resposta em sua mente, imediata, espantosa: Francisco d'Anconia.

Seu riso nervoso de raiva o trouxe de volta à realidade. O absurdo daquele impulso o fez recobrar a calma. *Isso é que dá*, pensou ele, *se entregar à fraqueza*.

Ficou parado à janela, tentando não pensar em nada. Mas as palavras não lhe saíam da mente: Minérios Rearden... Carvão Rearden... Siderúrgica Rearden... Metal Rearden... O que adiantava? Por que ele fizera tudo aquilo? Para que fazer o que quer que fosse no futuro?

Seu primeiro dia nas minas. O dia em que contemplou, ao vento, as ruínas de uma siderúrgica. O dia em que, ali, nesse escritório, ao lado dessa mesma janela, pensou em construir uma ponte capaz de suportar pesos extraordinários com apenas algumas vigas metálicas, se se combinasse uma treliça com um arco, com suporte diagonal, sendo as peças de cima curvadas para...

Parou de repente. Naquele dia ele não pensara em combinar uma treliça com um arco.

Imediatamente se debruçou sobre a mesa, apoiando um dos joelhos no assento da cadeira, sem tempo para pensar em sentar-se, e começou a traçar linhas, curvas, triângulos, fazer cálculos por toda parte, nas cópias heliográficas, no mata-borrão, nas cartas espalhadas sobre a mesa.

E, uma hora depois, estava fazendo uma ligação interurbana, esperando que um telefone tocasse ao lado de uma cama dentro de um vagão num desvio de ferrovia, e estava dizendo:

– Dagny! Aquela nossa ponte: jogue no lixo todos os desenhos que já lhe mandei, porque... O quê?... Ah, aquela história? Para o inferno com isso! Que se danem os espoliadores e suas leis! Esqueça isso! Dagny, o que importa isso para nós? Escute, lembra-se daquele troço que você resolveu chamar de treliça Rearden? Que você admirou tanto? Pois não vale nada. Tive a ideia de uma treliça melhor do que qualquer coisa já construída! Sua ponte vai aguentar quatro trens ao mesmo tempo, vai durar 300 anos e vai sair mais barata que um viadutozinho qualquer. Vou lhe mandar os desenhos daqui a dois dias, mas quis lhe falar imediatamente. A gente pega um suporte diagonal e... O quê?... Não ouvi. Você está resfriada?... Por que já está me agradecendo? Espere até eu terminar a explicação.

CAPÍTULO 8

A LINHA JOHN GALT

O TRABALHADOR SORRIU, olhando para Eddie Willers do outro lado da mesa.

– Eu me sinto como um fugitivo – disse Willers. – Você sabe por que eu não apareço aqui há meses, não é? – Indicou, com um gesto, o refeitório ao seu redor. – Agora eu sou o vice-presidente. Vice-presidente de operações. Pelo amor de Deus, não leve isso a sério. Aguentei enquanto pude, mas acabei tendo de dar uma escapulida, ainda que só uma vez... A primeira vez que vim comer aqui, depois da minha suposta promoção, todo mundo ficou olhando para mim, e não tive coragem de voltar. Bem, que olhem. Você não está de olho pregado em mim. Ainda bem que isso não faz nenhuma diferença para você... Não, não a vejo há duas semanas. Mas falo com ela pelo telefone todo dia, às vezes duas vezes por dia... É, sei como ela se sente. Está adorando. O que é isso que a gente ouve pelo telefone? Vibrações sonoras, não é? Pois bem, a voz dela parece feita de vibrações luminosas, você entende? Ela está adorando enfrentar aquela guerra sozinha e ganhar... Ah, está ganhando, sim! Sabe por que há um tempão você não lê nada nos jornais sobre a Linha John Galt? Porque está indo muito bem... Só tem uma coisa... A ferrovia de metal Rearden vai ser a mais incrível já construída. Mas de que adianta, se não existem locomotivas poderosas o suficiente para aproveitá-la? Veja só essas marias-fumaças que estão rodando por aí: mal conseguem se arrastar nesses trilhos de bonde que há... Mas ainda há esperança. A Fábrica de Locomotivas União abriu falência. Foi uma sorte para nós, porque foi comprada por Dwight Sanders. É um jovem engenheiro brilhante, dono da única fábrica de aviões que presta neste país. Ele teve de vender a fábrica de aviões para o irmão para poder assumir a União. Por causa da Lei da Igualdade de Oportunidades. Claro, é uma armação entre irmãos, só isso, mas o que ele podia fazer? O importante é que a União vai começar a fazer locomotivas a diesel. Dwight Sanders vai fazer as coisas andarem para a frente... É, ela está contando com ele. Por que você perguntou isso?... Claro, ele é importantíssimo para nós agora. Acabamos de assinar um contrato com ele, encomendando as 10 primeiras locomotivas a diesel que ele vai construir. Quando liguei para ela para dizer que o contrato tinha sido assinado, ela riu e disse: "Está vendo? Não há motivo para ter medo!"... Ela disse isso porque sabe... não que eu tenha dito alguma coisa a ela, mas ela sabe... que estou com medo... Estou, sim... Não sei... Se eu soubesse de quê, e pudesse fazer alguma coisa, eu não estaria com medo. Mas me diga uma coisa, no fundo você não me despreza por eu ser vice-presidente? Mas você não vê que é uma farsa?... Honra? Que honra? Eu nem sei o que sou na verdade: um palhaço, um fantasma, um substituto, um testa de ferro. Quando estou na sala dela, sentado na cadeira dela, me sinto pior ainda: como um assassino... É, eu sei que eu sou o testa de ferro dela, o que é uma honra, mas... mas me sinto como se, de algum modo que não entendo bem, eu fosse testa de ferro de Jim Taggart. Por que ela precisa de um testa de ferro? Por que ela precisa se esconder? Por que a expulsaram do prédio? Você sabia que ela teve de se mudar para uma saleta miserável naquela travessa nos fundos, em frente à entrada de serviço do prédio? Você devia ir lá para ver como é o escritório da Ferrovia John Galt. Mas todo mundo sabe que ela continua mandando na Taggart Transcontinental. Por que ela tem de esconder o trabalho magnífico que está fazendo? Por que ela não é reconhecida? Por que tiram dela o mérito de seu trabalho e o atribuem a mim? Por que eles estão fazendo tudo o que podem para atrapalhá-la, se é ela quem os está salvando da destruição? Por que eles a torturam, se é ela quem está salvando as suas vidas?... O que há com você? Por que está me olhando assim?... É, acho que você entende... Tem alguma coisa nisso que eu não consigo definir, e é alguma coisa má. É por isso que tenho medo... Acho que não se pode fazer isso impunemente... Sabe, é estranho, mas acho que eles também pensam como eu, Jim e o restante do pessoal dele. Há uma atmosfera de culpa, escusa, em todo o prédio. E sem vida. A Taggart Transcontinental é agora como um homem que perdeu a alma... que vendeu a alma... Não, ela não liga. Da última vez que esteve em Nova York, ela chegou sem avisar... eu estava na minha sala, quer dizer, na sala dela, e de repente ela entrou porta adentro dizendo: "Sr. Willers, estou procurando emprego como vigia de estação, o senhor me dá uma oportunidade?" Deu vontade de xingar todos eles, mas tive de rir. Gostei tanto de vê-la, e de vê-la tão feliz, rindo. Ela estava vindo direto do aeroporto, de calças compridas e jaqueta de aviador, estava muito bonita, corada, queimada de sol, como se estivesse chegando das férias. Não deixou que eu me levantasse da cadeira dela, sentou-se na mesa e falou sobre a nova ponte da Linha John Galt... Não, não perguntei por que ela escolheu esse nome... Não sei o que pode significar para ela. Uma espécie de desafio, imagino... Não sei a quem ela está desafiando... Ah, não importa, não quer dizer nada, John Galt não existe, mas eu preferia que ela tivesse escolhido outro nome. Eu não gosto. Você gosta?... Gosta mesmo? Pois não parece, do jeito que fala.

◆◆◆

As janelas do escritório da John Galt davam para um beco escuro. Quando olhava por elas, Dagny não via o céu, e sim a parede de um edifício enorme. Era o arranha-céu da Taggart Transcontinental.

A sede da firma de Dagny consistia em duas salas no térreo de um edifício semiabandonado. A estrutura estava de pé, mas os andares de cima estavam condenados, por não oferecerem condições de segurança. Os poucos ocupantes do prédio eram pessoas quase falidas, que viviam, como o próprio prédio, da inércia de um passado que não mais existia.

Dagny gostava daquelas salas porque eram baratas. Nelas não havia nada de supérfluo, nem pessoas nem móveis. A mobília fora adquirida em lojas de móveis usados. As pessoas eram as melhores que ela pudera encontrar. Em suas raras visitas a Nova York, Dagny não tinha tempo de olhar para a sala em que trabalhava. Só dava para perceber que o local atual servia ao seu objetivo.

Por algum motivo que não compreendia, naquela noite ela fez uma pausa para olhar a chuva que escorria pela vidraça, pela parede do edifício em frente.

Já passava da meia-noite. Sua pequena equipe já havia ido embora. Dagny tinha que estar no aeroporto às três da manhã para pegar seu avião e voltar para o Colorado. Não tinha muito mais o que fazer, só alguns relatórios de Eddie para ler. Sem a tensão da pressa a estimulá-la, Dagny parou. Não conseguia continuar. Os relatórios pareciam exigir dela um esforço acima de sua capacidade. Era tarde demais para ir para casa dormir e cedo demais para ir para o aeroporto. Ela pensou: *Você está cansada*. E ficou a contemplar seu próprio estado de espírito com um distanciamento severo e sarcástico, sabendo que ele passaria.

Viera a Nova York inesperadamente, de repente. Correra para o avião 20 minutos depois de ouvir uma breve notícia no rádio: Dwight Sanders, sem dar nenhuma explicação, havia se aposentado. Dagny fora às pressas para Nova York na esperança de encontrá-lo e fazê-lo mudar de ideia. Mas, enquanto atravessava o continente em seu avião, ela sentia que não conseguiria encontrar nenhum sinal dele.

A chuva de primavera parecia imóvel lá fora, como uma névoa fina. Dagny ficou olhando para a entrada dos fundos do terminal da Taggart. Lá dentro havia lâmpadas nuas nos bocais, entre as vigas de ferro do teto, e algumas pilhas de bagagem no chão gasto de concreto. Aquele lugar parecia abandonado e morto.

Dagny olhou para uma rachadura na parede de seu escritório. Não ouvia nenhum som. Sabia que estava sozinha num edifício em ruínas. Tinha a impressão de que estava sozinha na cidade. Sentia uma emoção que vinha reprimindo há anos: uma solidão que ia muito além daquele momento, além do silêncio daquela sala, do vazio úmido da rua: a solidão de um deserto sem cor, onde nada valia a pena ser conquistado – a solidão de sua infância.

Levantou-se e foi até a janela. Encostando o rosto na vidraça, podia ver todo o prédio da Taggart. Seus contornos convergiam abruptamente para o pináculo distante, no céu. Olhou para a janela escura da sala que fora sua. Sentia-se exilada, proscrita para sempre, como se houvesse muito mais a separá-la daquele prédio do que uma vidraça, uma cortina de chuva e o passar de alguns meses.

Dagny estava parada numa sala cujas paredes estavam descascando, com o rosto encostado na vidraça, olhando para tudo o que amava e que lhe era tão inatingível. Não compreendia a natureza da solidão que sentia. As únicas palavras que lhe ocorriam eram: não era este o mundo que eu esperava encontrar.

Uma vez, aos 16 anos, contemplando os trilhos da Taggart que convergiam na distância – como os contornos de um arranha-céu – para um único ponto, Dagny dissera a Eddie Willers que sempre tinha a impressão de que os trilhos convergiam para a mão de um homem além do horizonte – não, não era seu pai nem nenhum dos homens que trabalhavam com ele – e algum dia ela viria a conhecê-lo.

Sacudiu a cabeça e se afastou da janela.

Voltou à sua mesa. Tentou voltar aos relatórios, mas, quando deu por si, estava debruçada sobre a mesa, a cabeça apoiada num dos braços. *Não faça isso*, pensou, mas não se mexeu. Não fazia mal, não havia ninguém ali para vê-la.

Era um desejo seu que ela jamais se permitira admitir. Agora o encarava. Pensou: *Se a emoção é a reação do indivíduo às coisas que o mundo tem a oferecer, se ela amava as ferrovias, o prédio – e mais, se amava o seu amor por essas coisas –, havia ainda uma reação, a maior de todas, que ainda lhe faltava: encontrar uma sensação que englobasse o propósito de todas as coisas do mundo que ela amava como a expressão máxima delas...* Encontrar uma consciência como a sua, que fosse o significado de seu mundo, como ela seria o do mundo dela... Não, não a de Francisco d'Anconia, nem a de Hank Rearden, nem a de nenhum homem que ela conhecera e admirara... Um homem que só existia na consciência que Dagny tinha de sua capacidade de sentir uma emoção que jamais experimentara, mas que daria a própria vida para experimentar... Contorceu-se num movimento lento e imperceptível, apertando os seios contra a mesa. Sentia aquele desejo em seus músculos, nos nervos de seu corpo.

É isso que você quer? Uma coisa tão simples, pensou ela, mas sabia que não era simples. Havia algum elo inquebrantável entre o amor pelo trabalho e aquele desejo físico. Era como se um desse ao outro direito de existir e significado. Como se um completasse o outro – e o desejo jamais fosse satisfeito se não encontrasse um ser de igual grandeza.

Com o rosto apertado contra o braço, mexeu a cabeça, sacudindo-a lentamente, em negação. Jamais o encontraria. Sua própria concepção a respeito do que a vida poderia ser era tudo o que ela teria do mundo que desejara para si. Apenas a concepção dessa vida e alguns momentos raros, como luzes refletidas dessa concepção a lhe iluminar o caminho, para que ela soubesse, tivesse esperança e seguisse até o fim...

Levantou a cabeça.

Na calçada do beco à frente do prédio viu a sombra de um homem parado à porta de seu escritório.

A porta ficava a alguns passos de distância. Ela não podia vê-lo, nem ver o poste de iluminação mais ao longe. Via apenas sua sombra na calçada. Ele estava absolutamente imóvel.

Ele estava tão perto da porta – como se estivesse prestes a entrar – que Dagny esperava ouvi-lo bater. Ao invés disso, viu a sombra se mover bruscamente, como se o homem tivesse sido puxado para trás. Então ele se virou e se afastou. Quando parou, se via apenas a sombra de seus ombros e de seu chapéu. A sombra permaneceu imóvel por um momento, hesitou, depois se alongou novamente, pois o homem voltava.

Dagny não sentiu medo. Ficou sentada, imóvel, sem entender o que acontecia. O homem parou à porta, depois se afastou dela. Estava mais ou menos no meio do beco, andando de um lado para outro, nervoso. Parou de novo. A sombra se balançava como um pêndulo, irregular sobre a calçada, assinalando uma batalha silenciosa: um homem que lutava contra si próprio, sem saber se entrava por aquela porta ou se fugia.

Ela assistia à cena com um distanciamento estranho. Não podia reagir: se limitava a observar. Pensava, vagamente: quem seria ele? Estaria ele antes a observando de algum lugar escuro? Teria ele a visto debruçada sobre a mesa por aquela janela iluminada e nua? Teria ele contemplado sua solidão desolada exatamente como ela, agora, contemplava a dele? Dagny não sentia nada. Estavam sozinhos no meio do silêncio de uma cidade morta – parecia-lhe que ele estava muito longe dali, mero reflexo de um sofrimento sem identidade, um sobrevivente, como ela, cujos problemas eram tão alheios a ela quanto os dela seriam para ele. O homem andava de um lado para outro. A sombra se tornava visível e logo desaparecia outra vez. Ela, parada, observava – sobre a calçada molhada de um beco escuro – a sombra de uma angústia desconhecida.

A sombra se mexeu outra vez. Ela esperou. A sombra não voltou. Dagny se pôs de pé de repente. Queria ver o resultado da batalha. Agora que o homem a vencera – ou perdera –, ela sentiu uma necessidade intensa de conhecer sua identidade e seus motivos. Saiu correndo pela sala de espera escura, abriu a porta do prédio e olhou para a rua.

O beco estava vazio. A calçada desaparecia na distância, como um espelho molhado, iluminada por algumas luzes espaçadas. Não havia ninguém à vista. Dagny viu uma vitrine escura e quebrada de uma loja abandonada. Adiante, as portas de algumas pensões. Do outro lado do beco, a chuva brilhava sob uma lâmpada que iluminava a porta aberta que dava para os túneis subterrâneos da Taggart Transcontinental.

◆◆◆

Rearden assinou os papéis, empurrou-os para o outro lado da mesa e desviou a vista, pensando que nunca mais teria de pensar neles, desejando que já tivesse passado muito tempo desde o momento em que os assinara.

Paul Larkin pegou os papéis, vacilante. Parecia desconcertado.

– É só para constar, Hank – disse ele. – Você sabe que, para mim, essas minas serão sempre suas.

Rearden sacudiu a cabeça lentamente. Era apenas um movimento dos músculos do pescoço. Seu rosto parecia imóvel, como se ele estivesse falando com um desconhecido.

– Não – disse ele. – Uma coisa ou é minha ou não é.

– Mas... mas você sabe que pode confiar em mim. Não se preocupe com o seu abastecimento de minério. Fizemos um acordo. Você sabe que pode contar comigo.

– Saber, não sei, não. Espero que possa.

– Mas eu lhe dei minha palavra.

– É a primeira vez que me vejo à mercê da palavra de alguém.

– Mas... por que você diz isso? Somos amigos. Eu faço o que você quiser. Vou lhe vender todo o minério que retirar. As minas continuam sendo suas, exatamente como se fossem suas de direito. Você não tem motivo para se preocupar. Vou... Hank, o que há?

– Não fale.

– Mas... mas o que há?

– Não gosto de promessas. Não gosto dessa pretensão de que minha posição é absolutamente segura. Não é. Fizemos um acordo que não tem nenhuma força legal. Quero que você entenda bem qual é minha posição. Se pretende manter sua palavra, não fale nisso. Apenas aja.

– Por que você me olha como se fosse culpa minha? Você sabe que eu também não gosto desta situação. Só comprei as minas porque quis ajudá-lo, quer dizer, achei que você preferiria vendê-las a um amigo a fazê-lo a um desconhecido qualquer. Não é culpa minha. Não gosto daquela desgraçada Lei da Igualdade, não sei quem está por trás dela, jamais sonhei que ela pudesse ser aprovada, fiquei muito chocado quando soube...

– Deixe isso para lá.

– Mas eu só...

– Por que você insiste em falar sobre isso?

– Eu... – Havia um tom de súplica na voz de Larkin. – Eu lhe fiz o melhor preço, Hank. A lei fala em "compensação razoável". Eu ofereci mais do que qualquer outro concorrente.

Rearden olhou para os papéis espalhados sobre a mesa. Pensava no pagamento que aqueles papéis lhe davam em troca das minas. Dois terços da quantia eram dinheiro que Larkin recebera emprestado do governo – a nova lei facilitava tais empréstimos "para dar oportunidade a novos proprietários que nunca tiveram chance". Dois terços do restante eram um empréstimo que o próprio Rearden fizera a Larkin, uma hipoteca sobre suas minas... *E o dinheiro do governo*, pensou de repente, *o dinheiro que agora lhe era dado como pagamento pela sua propriedade, de onde viera? Quem havia trabalhado para gerar aquela riqueza?*

– Não há motivo para preocupação, Hank – dizia Larkin, com aquele tom de súplica incompreensível e insistente. – É apenas uma formalidade.

Rearden se perguntava o que Larkin queria dele. Parecia-lhe que era algo além da venda, alguma palavra que ele, Rearden, deveria pronunciar, algum ato de piedade que deveria realizar. Naquele momento em que Larkin realizava uma transação tão vantajosa, seus olhos tinham a aparência desprezível dos olhos de um mendigo.

– Por que você está zangado, Hank? É só mais um empecilho burocrático. Mais uma complicação. Ninguém pode fazer nada. Não é culpa de ninguém. Mas sempre se dá um jeito. Veja o que os outros estão fazendo. Eles nem ligam. Eles...

– Estão botando testas de ferro para controlar as empresas que lhes foram extorquidas. Eu...

– Mas por que você usa esses termos?

– Eu lhe digo por quê. Como você sabe, eu não sou bom nesse tipo de jogo. Não tenho tempo nem estômago para inventar algum tipo de chantagem para garantir meu controle sobre essas minas. Propriedade é uma coisa que não divido. E não pretendo, por causa da sua covardia, continuar exercendo esse direito de propriedade por meio de uma luta constante para ser mais esperto que você e manter alguma ameaça pairando sobre sua cabeça. Não faço negócios assim e não negocio com covardes. As minas são suas. Se você quiser me dar a primeira opção de compra de todo o minério que extrair delas, ótimo. Se você quiser me trair, é um direito seu.

Larkin parecia ofendido.

– Você está sendo muito injusto – disse ele, com um toque de indignação moral na voz. – Nunca lhe dei motivos para desconfiar de mim. – Pegou os papéis com um movimento apressado.

Rearden viu os papéis desaparecerem no bolso interno do casaco de Larkin. Viu o casaco aberto, o colete apertado demais sobre a barriga, a mancha de suor da axila na camisa.

De repente lhe veio à mente a imagem de um rosto que ele vira 27 anos antes. Era o rosto de um pregador que notara numa esquina por onde passava, numa cidade que não sabia mais qual era. Só se lembrava das paredes escuras do bairro pobre, da chuva de uma tarde de outono, da malícia hipócrita da boca do homem, uma boca pequena que gritava no escuro: "... o mais nobre ideal – o homem viver para seus irmãos, os fortes trabalharem para os fracos, os capazes servirem aos incapazes..."

Então se viu aos 18 anos. Viu a tensão de seu rosto, a velocidade de seu passo, o entusiasmo inebriante do corpo, bêbado da energia de noites passadas em claro, a cabeça orgulhosa erguida, os olhos limpos, firmes e cruéis, olhos de um homem que se impelia sem piedade em direção àquilo que queria. E viu como Paul Larkin deveria ser naquela época – um rapaz com rosto de bebê envelhecido, sorrindo de modo amável, sem prazer, pedindo que o poupassem, implorando ao universo que lhe desse uma oportunidade. Se alguém tivesse mostrado ao Hank Rearden de então aquele rapaz e lhe tivesse dito que ele seria o objeto final de sua trajetória, que seria ele quem recolheria a energia de seus músculos doídos, ele teria...

Não era um pensamento: era como um soco dentro de seu crânio. Então, quando conseguiu pensar de novo, Rearden percebeu o que o rapaz que ele fora teria sentido: uma vontade de pisar na coisa úmida e obscena que era Larkin e amassá-la até a morte.

Rearden jamais experimentara uma emoção daquele tipo. Levou um momento para perceber que era àquilo que se chamava ódio.

Percebeu que, ao se levantar para ir embora, murmurando algum tipo de despedida, Larkin tinha um olhar ofendido, repreensivo, seco, como se ele, Larkin, é que tivesse sido ofendido.

Quando vendeu suas minas de carvão para Ken Danagger, proprietário da maior companhia de carvão da Pensilvânia, Rearden verificou que não sentiu quase dor nenhuma, ódio nenhum. Danagger era um cinquentão com um rosto duro e fechado. Havia começado a vida como mineiro.

Quando Rearden lhe entregou o título de sua nova propriedade, Danagger afirmou, impassível:

– Creio que ainda não lhe disse que o carvão que eu lhe vender será ao preço de custo.

Rearden olhou para ele, espantado.

– Mas isso é contra a lei.

– E quem vai descobrir que lhe entreguei certa quantia dentro da sua sala de visitas?

– Então você vai me reembolsar?

– Vou.

– Isso é contra inúmeras leis. Se descobrirem, você vai sofrer mais que eu.

– Eu sei. Essa é a sua proteção, para que você não fique à mercê da minha vontade.

Rearden sorriu. Era um sorriso feliz, mas ele fechou os olhos, como se o socassem. Depois sacudiu a cabeça.

– Obrigado – disse. – Mas não sou um desses. Não quero que ninguém trabalhe para mim sem lucrar.

– Eu também não sou um desses – disse Danagger, zangado. – Escute, Rearden, você acha que eu não sei o que estou ganhando com isso? Esse dinheiro não vale a mina. Hoje em dia, não vale.

– Não foi você que se ofereceu para comprar minha propriedade. Fui eu que lhe pedi. Quem dera que houvesse uma pessoa como você no ramo dos minérios para tomar conta das minhas minas. Mas não havia. Se você quer me fazer um favor, não me ofereça reembolsos. Me dê uma oportunidade de lhe pagar preços mais altos, mais altos do que qualquer um possa oferecer. Pode me explorar quanto quiser, desde que eu seja o primeiro a receber o carvão. Eu cuido do restante. Só quero o carvão.

– Não vai faltar.

Por algum tempo, Rearden ficou intrigado por não receber nenhuma comunicação de Wesley Mouch. Telefonava para Washington, mas não recebia resposta. Por fim recebeu uma carta contendo uma única frase, dizendo que o Sr. Mouch pedia demissão de seu cargo. Duas semanas depois, leu nos jornais que Wesley Mouch havia sido nomeado coordenador-assistente do Departamento de Planejamento Econômico e Recursos Nacionais.

Não pense nisso, remoía Rearden durante muitas noites de silêncio, noites em que se debatia com a súbita compreensão daquela nova emoção que não queria sentir: *Existe um mal incomensurável no mundo, você sabe, e não adianta ficar pensando nos detalhes. Você tem de trabalhar um pouco mais. Só mais um pouco. Não deixe que o mal vença.*

As vigas de metal Rearden para a ponte, que estavam sendo laminadas todos os dias, iam sendo enviadas à Linha John Galt, onde as primeiras formas daquele metal azul-esverdeado estendidas sobre a garganta brilhavam aos primeiros raios do sol de primavera. Rearden não tinha tempo para sentir dor nem energia para sentir raiva. Em algumas semanas, tudo havia passado: os acessos furiosos de ódio cessaram e não voltaram mais.

Rearden já havia recuperado seu autocontrole na tarde em que telefonou para Eddie Willers.

– Eddie, estou em Nova York, no Wayne-Falkland. Venha tomar o café da manhã comigo amanhã. Preciso falar com você sobre uma coisa.

Eddie Willers foi ao hotel com um pesado sentimento de culpa. Não havia ainda se recuperado do choque da Lei da Igualdade de Oportunidades. Aquilo deixara uma dor mortiça dentro dele, como uma mancha roxa produzida por um soco. Não gostava de ver a cidade: agora lhe parecia que ela ocultava a ameaça de alguma coisa desconhecida e maliciosa. Temia se confrontar com uma das vítimas da lei: era quase como se ele, Eddie Willers, fosse, de algum modo indefinível, parcialmente responsável por ela.

Quando viu Rearden, a sensação desapareceu. Nele não havia o menor sinal de que era uma vítima. Pelas janelas do quarto do hotel viam-se os primeiros raios de um sol primaveril brilhando nas janelas da cidade. O céu era de um azul muito pálido, que parecia novo. Os escritórios ainda estavam fechados, a cidade não tinha o aspecto de algo que escondesse malícia, mas de algo que fosse jovial, cheio de esperança, pronto para entrar em ação – exatamente como Rearden. Ele parecia bem-disposto, como quem tivesse dormido sem problemas. Estava de robe, parecia impaciente para se vestir, para não atrasar mais o jogo excitante de seus compromissos de trabalho.

– Bom dia, Eddie. Desculpe acordá-lo tão cedo, mas era a única hora que eu tinha. Tenho que voltar para Filadélfia depois do café. Podemos conversar enquanto comemos.

O robe que ele trajava era de flanela azul-escura, e as iniciais "HR" estavam gravadas em branco no bolso. Parecia jovem, tranquilo e à vontade no quarto de hotel e no mundo.

Eddie viu um garçom empurrar o carrinho com o café da manhã para dentro do quarto com uma rapidez e uma eficiência que o estimularam. Dava-lhe prazer o guardanapo duro de goma, branquinho, o sol batendo na prataria, as duas tigelas cheias de gelo picado que continham os copos de suco de laranja. Eddie não sabia que essas coisas poderiam lhe dar uma sensação revigorante.

– Não quis telefonar para Dagny para falar sobre esse assunto – disse Rearden. – Ela tem muito o que fazer. Nós dois podemos resolvê-lo em poucos minutos.

– Se eu tiver autoridade para isso.

– Tem, sim – disse Rearden sorrindo, e se debruçou sobre a mesa. – Eddie, qual é o estado financeiro da Taggart Transcontinental no momento? Desesperador?

– Pior do que isso, Sr. Rearden.

– Está dando para manter em dia a folha de pagamento?

– Não. Conseguimos que não saísse nada nos jornais, mas acho que todo mundo sabe. Estamos cheios de dívidas, e Jim não tem mais desculpas para dar.

– Você sabe que o primeiro pagamento pelos trilhos de metal Rearden tem de ser feito na semana que vem?

– Sei, sim.

– Bem, vamos acertar uma moratória. Vou estender o prazo. Não precisam me pagar nada até seis meses depois de a Linha John Galt entrar em operação.

Eddie Willers pousou a xícara de café de repente, fazendo um ruído seco. Não conseguiu dizer uma palavra.

Rearden deu uma risada.

– Qual é o problema? Você tem autoridade para aceitar, não tem?

– Sr. Rearden... nem sei... o que lhe dizer.

– Ora, basta dizer "aceito".

– Aceito, Sr. Rearden – disse Eddie, com voz quase inaudível.

– Vou preparar a papelada e mandá-la a você. Fale com Jim e lhe diga para assinar.

– Sim, senhor.

– Não gosto de lidar com Jim. Ele gastaria duas horas tentando se convencer de que me convenceu de que está me fazendo um favor ao aceitar a moratória.

Eddie permaneceu parado, olhando para o prato.

– O que foi?

– Sr. Rearden, eu gostaria de... dizer muito obrigado... mas não há palavras para agradecer um...

– Escute, Eddie. Você até que dá um bom homem de negócios, e por isso é bom entender certas coisas. Não há o que agradecer num negócio desses. Não estou fazendo isso pela Taggart Transcontinental. É apenas algo muito simples e prático e egoísta da minha parte. Por que vou cobrar de vocês agora, sabendo que com isso sua companhia talvez vá à falência? Se a companhia não prestasse, eu cobrava bem depressa, porque não faço caridade e não gasto dinheiro com incompetentes. Mas vocês continuam sendo a melhor companhia ferroviária do país. Quando a Linha John Galt estiver pronta, a situação financeira de vocês vai ser a mais sólida. Assim, tenho bons motivos para esperar. Além disso, vocês estão em dificuldade por causa dos meus trilhos. Pretendo ver sua companhia sair ganhando.

– Mesmo assim, tenho que agradecer, Sr. Rearden... e não é por um simples ato de caridade. É por muito mais.

– Não. Você não vê? Acabo de receber um bocado de dinheiro... que não queria. Não posso investi-lo. Para mim, ele não serve para nada. Assim, de certo modo, me dá prazer usar esse dinheiro contra as mesmas pessoas, na mesma guerra. Eles me possibilitaram estender o prazo de vocês, para ajudar vocês a combatê-los.

Viu Eddie fazer uma careta, como se tivesse tocado numa ferida.

– É isso que é terrível!

239

– O quê?

– O que eles fizeram com o senhor... e o que o senhor está fazendo em represália. Quer dizer... – Parou. – Perdão, Sr. Rearden. Sei que não é assim que se fala quando se trata de negócios.

Rearden sorriu.

– Obrigado, Eddie. Eu sei o que você quer dizer. Mas deixe isso para lá. Que se danem eles.

– É. Mas... Sr. Rearden, posso lhe dizer uma coisa? Sei que é completamente imprópria e não estou falando como vice-presidente.

– Fale.

– Nem é preciso dizer como essa sua oferta é importante para Dagny, para mim, para todas as pessoas que prestam na Taggart Transcontinental. O senhor sabe. E sabe que pode contar conosco. Mas... mas acho horrível Jim Taggart ser beneficiado também... o senhor ajudar a ele e a gente como ele, depois do que eles...

Rearden riu.

– Ora, Eddie, eles que se danem. Estamos conduzindo um trem expresso, eles estão em cima da locomotiva, fazendo barulho, dando-se ares de líderes. E nós com isso? Nós temos poder suficiente para carregá-los conosco, não é?

◆ ◆ ◆

– Não vai aguentar.

O sol de verão criava manchas de fogo nas janelas da cidade e fagulhas brilhantes no pó das ruas. Colunas de ar quente subiam dos telhados até a página branca do calendário. O motor do calendário assinalava os últimos dias de junho.

– Não vai aguentar – diziam as pessoas. – Quando o primeiro trem passar na Linha John Galt, os trilhos vão se partir. Nunca vão chegar até a ponte. E, se chegarem, a ponte vai desabar com o peso da locomotiva.

Das encostas do Colorado, trens de carga deslizavam pelos trilhos da Phoenix-Durango, rumo ao norte, em direção ao Wyoming e à linha principal da Taggart Transcontinental, e rumo ao sul, ao Novo México, e à linha principal da Sul-Atlântica. Fileiras de carros-tanques seguiam em todas as direções, partindo dos campos petrolíferos da Wyatt, rumo a indústrias em estados longínquos. Ninguém falava neles. Para o público, os carros-tanques se moviam tão silenciosamente quanto raios eletromagnéticos, que só eram percebidos quando se transformavam na luz de lâmpadas elétricas, no calor de fornalhas, no movimento de motores. No entanto, antes disso não eram percebidos.

A Ferrovia Phoenix-Durango ia encerrar suas operações no dia 25 de julho.

– Hank Rearden é um monstro de ganância – diziam as pessoas. – Vejam só a fortuna que fez. Por acaso já deu alguma coisa em troca? Já deu algum sinal de ter consciência social? Só quer saber de dinheiro. Está pouco ligando se vai morrer gente quando a ponte cair.

– Os Taggart são abutres há várias gerações – diziam as pessoas. – Está no sangue deles. O fundador da família foi Nat Taggart, o canalha antissocial mais descarado que já existiu, que se encheu de dinheiro à custa do país. Um Taggart não hesita em arriscar a vida das pessoas para lucrar. Compraram trilhos inferiores, mais baratos que os de aço, e não estão nem um pouco preocupados com as pessoas que vão morrer. Querem é mais dinheiro.

As pessoas diziam essas coisas porque as ouviam de outras pessoas. Não sabiam por que todos diziam isso por toda parte. Não pediam nem davam explicações. O Dr. Pritchett lhes dissera: "A razão é a mais ingênua das superstições."

– Qual a origem da opinião pública? – perguntou Claude Slagenhop numa transmissão radiofônica. – Não há uma origem definida. Ela é geral e espontânea. É um reflexo do instinto primitivo da mente coletiva.

Orren Boyle deu uma entrevista à *Globe*, a revista informativa de maior circulação. Falou sobre a grande responsabilidade social dos fabricantes de metal, enfatizando que o metal desempenhava muitas tarefas de importância crucial, que punham em jogo as vidas de milhares de seres humanos. "A meu ver, não se devem usar seres humanos como cobaias para testar um novo produto." Mas não citou nomes.

– Não, eu não afirmo que aquela ponte vai cair – disse o engenheiro metalúrgico chefe das Siderúrgicas Associadas num programa de televisão. – Absolutamente. Só afirmo que, se tivesse filhos, eu não deixaria que eles estivessem no primeiro trem a passar naquela ponte. Mas é apenas uma preferência pessoal, nada mais. É que eu gosto muito de crianças.

"Não estou dizendo que essa invenção de Rearden e Taggart não vai dar certo", escreveu Bertram Scudder em *O Futuro*. "Talvez dê, talvez não dê. Não é isso que é importante. O que importa é: qual a proteção de que a sociedade dispõe contra a arrogância, o egoísmo, a ganância de dois indivíduos que agem sem qualquer controle, dois indivíduos que jamais fizeram alguma coisa que revelasse espírito público? Pelo visto, esses dois estão dispostos a arriscar a vida de seus semelhantes com base no próprio julgamento, muito embora isso vá de encontro à opinião da maioria esmagadora dos entendidos. Deverá a sociedade permitir tal coisa? Se a ponte desabar, não será tarde demais para tomar medidas de precaução? Não será como trancar a porteira depois que o cavalo fugiu? Esta coluna sempre foi da opinião de que certos cavalos devem sempre ser mantidos presos, com base em princípios sociais gerais."

Um grupo autodenominado "Comissão de Cidadãos Desinteressados" fez circular um abaixo-assinado exigindo que um grupo de peritos do governo examinasse a Linha John Galt durante um ano antes que se desse permissão para o primeiro trem atravessá-la. Na petição, os signatários afirmavam que eram movidos apenas por sua "consciência cívica". Os primeiros signatários foram Balph Eubank e Mort Liddy. O abaixo-assinado foi muito divulgado, comentado em todos os jornais e encarado com muito respeito, porque partia de pessoas desinteressadas.

Os jornais nada diziam a respeito da construção da Linha John Galt. Nenhum repórter foi enviado à obra. A política geral da imprensa fora determinada cinco anos antes por um famoso editor: "Não existem fatos objetivos. Toda reportagem não passa da opinião de alguém. Portanto, é inútil escrever sobre fatos."

Alguns empresários acharam que se deveria pensar sobre a possibilidade de que o metal Rearden tivesse valor comercial. Resolveram fazer uma enquete. Não deram amostras para serem examinadas por engenheiros metalúrgicos, nem mandaram engenheiros à obra. Limitaram-se a perguntar a uma amostra de 10 mil pessoas, que representavam todo tipo de cérebro, se elas estariam dispostas a andar na Linha John Galt. A maioria esmagadora respondeu: "Não, senhor!"

Ninguém defendeu publicamente o metal Rearden. E ninguém deu nenhuma importância ao fato de que as ações da Taggart Transcontinental estavam subindo no mercado, bem devagar, quase furtivamente. Havia aqueles que encaravam a coisa com cautela. O Sr. Mowen comprou ações da Taggart em nome de sua irmã. Ben Nealy as comprou em nome de um primo. Paul Larkin as comprou sob nome falso. "Não gosto de me meter em polêmicas", afirmou um desses homens.

– Ah, sim, é claro que a construção da linha está obedecendo ao cronograma – declarou James Taggart à diretoria, dando de ombros. – Mas sim, os senhores podem ter completa confiança nela. Minha querida irmã não é um ser humano, e sim um motor a explosão. Assim, não é de surpreender que ela esteja tendo sucesso.

Quando James Taggart ouviu um boato segundo o qual algumas vigas da ponte haviam se partido e caído, matando três trabalhadores, se pôs de pé num salto e correu até a sala de seu secretário, pedindo uma ligação para o Colorado. Ficou à espera, apoiado na mesa do secretário, como se procurasse proteção. Em seus olhos havia uma expressão de pânico. No entanto, sua boca subitamente formou algo que se assemelhava a um sorriso, e ele disse:

– Eu dava tudo para ver a cara de Henry Rearden agora. – Quando soube que o boato era falso, exclamou: – Graças a Deus! – Porém havia um toque de desapontamento em sua voz.

– Ora, ora! – disse Philip Rearden a seus amigos ao ouvir o mesmo boato. – Talvez ele também erre às vezes. Talvez meu famoso irmão não seja tão infalível quanto se julga.

– Querido – disse Lillian Rearden ao marido –, briguei por você ontem, num chá, porque umas mulheres estavam dizendo que Dagny Taggart é sua amante... Ah, pelo amor de Deus, não me olhe desse jeito! Sei que é absurdo e disse o diabo a elas. É que essas bobas não conseguem acreditar que uma mulher possa ir contra todo mundo e defender o metal Rearden sem haver uma ligação amorosa. É claro que eu sei que não é nada disso. Sei que essa Taggart não liga para sexo e não tem o menor interesse por você... e sei também, querido, que se você tivesse coragem de fazer uma coisa dessas, que eu sei que você não tem, você não ia se apaixonar por aquela máquina de calcular, e sim por alguma corista loura, bem feminina, que... Ah, Henry, estou só brincando! Não olhe para mim desse jeito!

– Dagny – disse James Taggart, arrasado –, o que vai acontecer conosco? A Taggart Transcontinental está tão impopular!

Dagny riu, gozando aquele momento, qualquer momento, como se tivesse um fluxo constante de prazer dentro de si e precisasse de pouco para que ele extravasasse. Ria com facilidade, com a boca relaxada e bem aberta. Os dentes, muito brancos, contrastavam com a pele queimada de sol. Em seus olhos havia aquele brilho – típico de quem anda em campo aberto – voltado para as grandes distâncias. Em suas últimas vindas a Nova York, James percebera que ela olhava para ele como se não o visse.

– O que vamos fazer? O público está todo contra nós!

– Jim, lembra aquela história que contam a respeito de Nat Taggart? Ele dizia que só invejava um de seus competidores, o que dissera: "O público que se dane!" Ele lamentava não ter sido o autor da frase.

Nos dias de verão, nas tardes quentes e paradas da cidade, havia momentos em que um homem ou uma mulher, a sós, num banco de praça, numa esquina, numa janela, via num jornal uma menção à Linha John Galt e encarava a cidade com uma súbita ponta de esperança. Eram os muito jovens, que achavam que aquilo era o tipo de coisa que queriam ver acontecer, ou os muito velhos, que haviam vivido num mundo em que coisas assim aconteciam. Não entendiam de ferrovias nem de negócios. Sabiam apenas que alguém estava lutando contra tudo e contra todos e estava ganhando. Não admiravam os objetivos dos combatentes e acreditavam na opinião pública – e, não obstante, quando liam que a Linha John Galt estava crescendo, por um momento sentiam que seus problemas pareciam mais fáceis de resolver, sem entenderem por quê.

Silenciosamente, sem que ninguém soubesse – exceto quem trabalhava no depósito da Taggart Transcontinental de Cheyenne e no escritório da Ferrovia John Galt no beco escuro –, acumulavam-se pedidos de carregamentos para a viagem inaugural na linha. Dagny Taggart anunciara que o primeiro trem não seria, como de costume, um expresso de passageiros cheio de celebridades e políticos, e sim um trem de carga.

As cargas vinham de fazendas, depósitos de madeira, minas de todo o país, de lugares distantes cuja única possibilidade de sobrevivência eram as novas fábricas do Colorado. Ninguém escrevia sobre esses homens, porque não eram desinteressados.

A Ferrovia Phoenix-Durango ia fechar no dia 25 de julho. O primeiro trem a passar pela Linha John Galt partiria no dia 22 de julho.

– É o seguinte, Srta. Taggart – disse o representante do Sindicato dos Maquinistas –, acho que não vamos permitir que esse trem ande.

Dagny estava sentada à sua velha escrivaninha, olhando para a parede manchada do escritório. Sem se mexer, disse:

– Saia daqui.

Era uma frase que o homem jamais ouvira nos escritórios de executivos de empresas ferroviárias. Ele parecia atônito.

– Eu vim para lhe dizer...

– Se o senhor tem alguma coisa a dizer, comece tudo de novo.

– O quê?

– Não me diga que o senhor não vai me dar permissão.

– Eu quis dizer que não vamos permitir que nossos associados conduzam seu trem.

– Isso são outros quinhentos.

– Bem, foi o que decidimos.

– Quem decidiu?

– A comissão. O que a senhorita está fazendo é uma violação dos direitos humanos. Não pode obrigar pessoas a morrer... o que vai acontecer quando a ponte cair... só para ganhar dinheiro.

Dagny pegou uma folha de papel em branco e a entregou ao homem.

– Escreva isso – disse ela – e assinemos um contrato.

– Que contrato?

– Que nenhum associado de seu sindicato jamais será contratado para conduzir um trem na Linha John Galt.

– Espere um minuto... Eu não disse...

– O senhor não quer assinar o contrato?

– Não, eu...

– Por que não, se o senhor sabe que a ponte vai cair?

– Eu só quero...

– Eu sei o que o senhor quer. O senhor quer controlar os seus associados por meio dos empregos que eu ofereço a eles, e controlar a mim, por meio dos seus associados. O senhor quer que eu dê empregos, e quer tornar impossível que os crie para dar. Agora, vou lhe dar duas alternativas. O trem vai andar. Quanto a isso, o senhor não pode fazer nada. Mas o senhor pode escolher se ele vai ser conduzido por um dos seus associados ou não. Se o senhor resolver não permitir que eles o façam, o trem vai andar assim mesmo, mesmo que eu tenha de conduzi-lo. Então, se a ponte cair, não vai haver mais nenhuma Linha John Galt. Mas, se não cair, nenhum dos seus associados jamais poderá trabalhar na linha. Se o senhor acha que preciso dos seus associados mais do que eles precisam de mim, faça o que o senhor achar conveniente. Se o senhor sabe que posso conduzir uma locomotiva, mas eles não podem construir uma ferrovia, escolha a alternativa apropriada. Agora, o senhor vai proibir os seus associados de conduzirem aquele trem?

– Eu não falei em proibir. Não falei em proibir nada. Mas... a senhorita não pode obrigar pessoas a arriscarem a vida numa coisa que nunca foi testada por ninguém.

– Não vou obrigar ninguém.

– O que vai fazer então?

– Vou pedir um voluntário.

– E se não aparecer nenhum?

– Aí o problema é meu, não seu.

– Bem, eu vou aconselhá-los a não aceitarem.

– Faça o que o senhor quiser. Diga a eles qualquer coisa. Mas lhes dê o direito de escolha. Não tente proibir nada.

Em todas as oficinas de locomotivas da Rede Taggart apareceu um cartaz assinado por "Edwin Willers, vice-presidente de operações", pedindo a maquinistas dispostos a conduzir a primeira locomotiva a passar na Linha John Galt para se apresentarem no escritório do Sr. Willers antes de 11 da manhã do dia 15 de julho.

Às 10h45, na manhã do dia 15, o telefone tocou no escritório de Dagny. Era Eddie, ligando do Edifício Taggart.

– Dagny, acho melhor você vir aqui. – Sua voz estava estranha.

Ela atravessou a rua correndo, desceu os corredores de mármore, chegou até a porta que ainda ostentava, no vidro, o nome "Dagny Taggart" e a abriu.

A antessala estava cheia. Havia homens espremidos entre as mesas e as paredes. Quando ela entrou, todos tiraram o chapéu e se calaram. Dagny viu os cabelos grisalhos, os ombros musculosos, os rostos sorridentes dos funcionários em suas mesas, e o rosto de Willers do outro lado da sala. Não havia nada a dizer.

Eddie estava ao lado da porta aberta da sala de Dagny. A multidão abriu alas para ela passar. Eddie indicou, com um gesto, os homens na antessala e apontou para a pilha de cartas e telegramas na mesa.

– Dagny, todos eles – disse Eddie. – Todos os maquinistas da Taggart Transcontinental. Os que puderam vieram aqui em pessoa. Uns vieram até de Chicago. – Apontou para as cartas e os telegramas. – Eis os outros. Para ser exato, só três não deram notícia: um está de férias na floresta; outro, no hospital; o terceiro, preso por uma infração de trânsito; estava dirigindo um carro, não uma locomotiva.

Dagny olhou para os homens. Viu os sorrisos contidos em seus rostos sérios. Baixou a cabeça, em reconhecimento. Ficou um momento de cabeça baixa, como se aceitasse um veredicto, sabendo que o veredicto se aplicava a ela, a todas as pessoas naquela sala e em todo o mundo.

– Obrigada – disse ela.

A maioria dos homens já a vira muitas vezes. Olhando para ela, quando levantou a cabeça, muitos deles pensaram – surpresos, e pela primeira vez – que o rosto da vice-presidente era um rosto de mulher, e um rosto belo.

Alguém no meio da multidão gritou de repente, entusiasmado:

– Dane-se Jim Taggart!

E então foi uma explosão. Os homens riram, aplaudiram, gritaram. A reação foi totalmente desproporcional ao grito inicial. Mas aquela frase lhes dera a desculpa de que precisavam. Pareciam estar aplaudindo o homem que gritara, desafiando insolentemente a autoridade. Mas todos sabiam quem estava sendo aplaudido.

Dagny levantou um dos braços.

– É cedo demais para comemorar – disse, rindo. – Esperem mais uma semana. Aí, sim, vamos ter o que comemorar!

Resolveram sortear. Dagny pegou um papel no meio de uma pilha com os nomes de todos eles. O vencedor não estava presente, mas era um dos melhores maquinistas da rede, Pat Logan, que trabalhava no Cometa Taggart, na divisão de Nebraska.

– Mande um telegrama para Pat e diga que ele foi rebaixado e agora vai conduzir um trem de carga – disse ela a Eddie. E acrescentou, como se fosse uma decisão de última hora, sem, contudo, convencer ninguém: – Ah, sim, diga que vou estar com ele na cabine.

Um velho maquinista que estava ao seu lado sorriu e disse:

– Isso eu já imaginava, Srta. Taggart.

◆ ◆ ◆

Rearden estava em Nova York no dia em que Dagny lhe telefonou de seu escritório para dizer:

– Hank, vou dar uma entrevista coletiva amanhã.

Ele deu uma gargalhada.

– Essa não!

– Essa sim. – Sua voz parecia séria, porém um pouco séria demais, perigosamente séria. – Os jornais de repente me descobriram e estão me perguntando coisas. Vou responder.

– Divirta-se.

– É o que vou fazer. Você vai estar em Nova York amanhã? Queria que estivesse presente também.

– Está bem. Eu não ia perder uma coisa dessas.

Os repórteres que foram à entrevista coletiva no escritório da Ferrovia John Galt eram jovens que haviam aprendido que seu trabalho consistia em esconder do mundo o que acontecia. Era seu dever cotidiano servir de plateia a figuras públicas que faziam declarações sobre o bem comum com expressões cuidadosamente escolhidas para não dizerem nada. Era seu trabalho cotidiano juntar palavras de qualquer modo, desde que não exprimissem nada de específico. Não conseguiam entender a entrevista que estavam realizando agora.

Dagny Taggart estava sentada à sua mesa, num escritório que parecia uma moradia de alguém de baixa renda. Trajava um conjunto azul-escuro e blusa branca, um traje belo, de uma elegância formal, quase militar. Estava sentada bem ereta, e seus modos eram severos, um pouco severos demais.

Rearden estava sentado num canto, esparramado numa poltrona, com uma das pernas jogada por cima de um dos braços da poltrona, o corpo recostado no outro. Seus modos eram agradavelmente informais, um pouco informais demais.

Com uma voz clara, monótona, como quem lê um relatório de batalha, sem consultar notas, olhando os homens de frente, Dagny deu todos os detalhes técnicos a respeito da Linha John Galt, citando cifras exatas sobre a natureza da ferrovia, a capacidade da ponte, o método e os custos de construção. Então, com um tom seco de banqueiro, explicou quais eram as perspectivas financeiras da linha e disse que pretendia lucrar muito com ela.

– É só – disse, encerrando.

– Só isso? – perguntou um dos repórteres. – Não vai dar uma mensagem para o público?

– Minha mensagem está dada.

– Mas... ora, a senhorita não vai se defender?

– De quê?

– Não quer dizer algo para justificar a linha?

– Eu já a justifiquei.

Um homem cujos lábios estavam permanentemente fixos num esgar irônico perguntou:

– O que eu quero saber é, como disse Bertram Scudder, qual a proteção que temos contra a possibilidade de que a sua linha não preste?

– É só não andar nela.

Outro perguntou:

– Não vai dizer que motivo a levou a construir essa linha?

– Já disse: o lucro que pretendo ter.

– Ah, Srta. Taggart, não diga isso! – exclamou um rapazinho. Era novo na profissão e ainda honesto. Sentia que gostava de Dagny Taggart, sem saber por quê. – Não é isso que se diz. É o que todos estão dizendo a seu respeito.

– É mesmo?

– Estou certo de que não foi bem isso que a senhorita quis dizer e... que seria melhor explicar mais.

– Perfeito, já que você quer. O lucro médio de uma ferrovia é de dois por cento do capital investido. Uma indústria fazer tanto e ganhar tão pouco é uma imoralidade. Como já expliquei, o custo da Linha John Galt em relação à sua capacidade de transporte me faz calcular um lucro de no mínimo 15 por cento de nosso investimento. É claro, sei que hoje em dia qualquer lucro acima de quatro por cento é considerado usura. Não obstante, farei o possível para que a Linha John Galt me dê 20 por cento de lucro. Foi por isso que a construí. Agora está bem claro?

O rapaz olhava para ela, sem entender.

– Quer dizer, o lucro não é para a senhorita, e sim para os pequenos acionistas, não é? – insistiu.

– Não. Eu sou uma das maiores acionistas da Taggart Transcontinental, e assim o meu lucro pessoal vai ser dos maiores. Já o Sr. Rearden está numa situação bem melhor, porque não tem de repartir seu lucro com acionista nenhum... ou será que o senhor prefere dar sua própria declaração pessoalmente, Sr. Rearden?

– Ah, sim, com prazer – disse Rearden. – Como a fórmula do metal Rearden é segredo meu, e como sua produção é bem mais barata do que vocês imaginam, espero faturar em cima do público um lucro de 25 por cento nos próximos anos.

– Como "faturar em cima do público", Sr. Rearden? – perguntou o rapaz. – Se é verdade, como o senhor diz nos seus anúncios, que seu metal dura três vezes mais que qualquer outro e custa a metade, o público não vai sair lucrando?

– Ah, você percebeu isso? – disse Rearden.

– Os senhores estão lembrando que o que está sendo dito vai ser publicado? – perguntou o homem do esgar.

– Mas, Sr. Hopkins – disse Dagny, surpresa –, por que nós haveríamos de falar para os senhores se não fosse para ser publicado?

– A senhorita quer que publiquemos tudo o que foi dito?

– Espero que vocês publiquem tudo. Quer uma citação direta? – Fez uma pausa, viu que os lápis estavam todos a postos, e ditou: – "A Srta. Taggart afirma, abram aspas: espero ganhar muito dinheiro com a Linha John Galt. Será dinheiro merecido. Fechem aspas. Muito obrigada."

– Alguma pergunta, senhores? – perguntou Rearden.

Ninguém perguntou nada.

– Agora falemos da inauguração da Linha John Galt – disse Dagny. – O primeiro trem parte da estação da Taggart Transcontinental de Cheyenne, Wyoming, às 16 horas de 22 de julho. Será um cargueiro com 80 vagões puxado por uma locomotiva de 8 mil cavalos-vapor, a diesel, emprestada pela Taggart Transcontinental. Será uma viagem sem escalas até Wyatt Junction, Colorado, a uma velocidade média de 160 quilômetros por hora... O que foi? – perguntou ela, interrompendo a exposição, quando ouviu um assovio prolongado.

– O que foi mesmo que a senhorita disse?

– Eu disse 160 quilômetros por hora, incluindo ladeiras, curvas e tudo o mais.

– Mas não seria melhor colocar uma velocidade abaixo do normal em vez de... A senhorita não tem nenhuma consideração pela opinião pública?

– Claro que tenho. Se não fosse a opinião pública, uma velocidade média de 100 quilômetros por hora seria perfeitamente suficiente.

– Quem vai conduzir o trem?

– Isso foi um problema. Todos os maquinistas da Taggart se ofereceram como voluntários. E também os foguistas, guarda-freios e chefes de trem. Tivemos que fazer sorteio para cada posto da tripulação. O maquinista será Pat Logan, do Cometa Taggart; o foguista será Ray McKim. Eu estarei na cabine com eles.

– Essa não!

– Por favor, não deixem de ir à inauguração. Fazemos questão de que a imprensa esteja presente. Ao contrário da minha política habitual, estou querendo publicidade. Eu queria mesmo eram holofotes, microfones, câmeras de televisão. Sugiro que os senhores instalem algumas câmeras em diversos pontos da ponte. A cena do desabamento vai ficar ótima na televisão.

– Srta. Taggart – perguntou Rearden –, por que não menciona que também estarei presente na locomotiva?

Dagny o encarou do lado oposto da sala, e por um momento os dois ficaram sozinhos, entreolhando-se.

– Mas sim, claro, Sr. Rearden – disse ela.

◆ ◆ ◆

Ela só o viu de novo quando se entreolharam dos lados opostos da plataforma da estação de Cheyenne, no dia 22 de julho.

Quando chegou à plataforma, Dagny não procurou por ninguém: sentia-se como se todos os seus sentidos se houvessem fundido, de modo que lhe era impossível distinguir o céu, o sol ou os ruídos da multidão imensa, porém percebia apenas uma sensação confusa de choque e luz.

Rearden, porém, foi a primeira pessoa que viu, e por algum tempo – ela não saberia especificar quanto – não viu mais ninguém. Ele estava ao lado da locomotiva do trem, conversando com alguém que estava fora do campo de consciência de Dagny. Usava calça e camisa cinzentas e parecia um mecânico, mas todos ao seu redor olhavam para ele, porque ele era Hank Rearden, da Siderúrgica Rearden. Acima de sua cabeça, Dagny viu as iniciais TT à frente da máquina. Os contornos da locomotiva convergiam para um ponto atrás, perdendo-se na distância.

Entre ela e ele havia distância e toda uma multidão, mas os olhos dele se fixaram nela tão logo ela chegou. Entreolharam-se, e Dagny percebeu que ele sentia o mesmo que ela. Aquilo não seria a inauguração formal da linha na qual se baseava o futuro de ambos. Seria apenas um dia de prazer para os dois. Naquele momento, não havia futuro. Eles mereciam o presente.

Dagny lhe dissera: "Só quando a gente se sente imensamente importante é que pode sentir-se realmente leve." Independentemente do que a viagem inaugural daquele trem representasse para as outras pessoas, para eles dois o significado seria eles próprios. Fosse o que fosse o que os outros quisessem da vida, para eles só interessava o direito de sentir o que sentiam agora. Era como se, um de cada lado da plataforma, eles estivessem dizendo isso um ao outro agora.

Então ela desviou seus olhos dos de Rearden.

Percebeu que também para ela convergiam centenas de olhares, que havia pessoas ao seu redor, que ela estava rindo e respondendo a perguntas.

Ela não esperava tanta gente assim. A multidão enchia a plataforma, os trilhos, a praça diante da estação. Havia gente trepada em cima dos vagões parados nos desvios, gente nas janelas de todas as casas das redondezas. Algo os atraíra para lá, algo no ar que, no último momento, fizera com que James Taggart sentisse vontade de assistir à inauguração da Linha John Galt. Ela proibira sua presença. "Se você vier, Jim", lhe dissera Dagny, "eu mando expulsarem você da sua própria estação. Você não vai." E escolheu Eddie Willers para representar a Taggart Transcontinental.

Dagny olhou para a multidão e sentiu que era espantoso que todos olhassem para ela, quando essa inauguração era uma coisa tão sua, tão pessoal que não tinha cabimento qualquer comentário. Ao mesmo tempo, lhe parecia perfeitamente natural que todos estivessem ali e quisessem assistir, porque a possibilidade de presenciar a realização de um objetivo era a maior dádiva que um ser humano podia oferecer a outro.

Ela não sentia raiva de ninguém no mundo. As coisas que fora obrigada a suportar agora haviam desaparecido na bruma, como uma dor que ainda existe porém não tem mais o poder de incomodar. Aquelas coisas não poderiam sobreviver à luz da realidade daquele momento. O significado daquele dia era tão violentamente claro quanto os reflexos do sol no cromado da locomotiva. Todos os homens teriam que percebê-lo agora – ninguém poderia duvidar daquilo, não havia ninguém para ela odiar.

Eddie Willers a observava. Estava na plataforma, cercado de executivos da Taggart, chefes de divisão, líderes comunitários e dos diversos funcionários locais que haviam sido convencidos, subornados ou ameaçados para concederem permissão para um trem passar por zonas urbanas a 160 quilômetros por hora. Pela primeira vez, naquele momento, o título de vice-presidente era uma coisa real para Willers, e ele fez jus ao posto. Mas, enquanto falava às pessoas ao seu redor, ele seguia com os olhos Dagny, que atravessava a multidão. Ela vestia calça e camisa azuis. Não se preocupava com os deveres formais de seu posto, provisoriamente transferidos para ele – para ela, só existia naquele momento o trem, como se ela fosse apenas um membro da tripulação.

Dagny o viu, se aproximou dele e trocaram um aperto de mãos. O sorriso dela era como uma súmula de todas as coisas que não lhes era necessário dizer.

– Bem, Eddie, agora você é a Taggart Transcontinental.

– É – disse ele, sério, em voz baixa.

Havia repórteres fazendo perguntas, e eles fizeram-na se afastar de Willers. Também dirigiam perguntas a ele.

– Sr. Willers, qual é a política da Taggart Transcontinental em relação a esta linha?

– Quer dizer que a Taggart Transcontinental não passa de uma observadora desinteressada? É, Sr. Willers?

Ele respondia da melhor maneira que podia. Estava olhando para os reflexos do sol numa locomotiva a diesel. Mas o que ele via era o sol numa clareira no mato, e uma menina de 12 anos lhe dizendo que algum dia ele a ajudaria a administrar a ferrovia.

Ficou a distância vendo a tripulação do trem enfileirada à frente da locomotiva para enfrentar o pelotão de fuzilamento das câmeras. Dagny e Rearden sorriam, como se posassem para uma foto de férias na praia. Pat Logan, o maquinista, homem baixo e musculoso, com cabelo grisalho e um rosto orgulhoso e inescrutável, assumiu uma pose de indiferença irônica. Ray McKim, o foguista, um jovem muito alto e forte, sorria, ao mesmo tempo sem jeito e superior. Os outros pareciam estar prestes a piscar o olho para as câmeras. Um fotógrafo disse, rindo:

– Será que vocês não conseguem fazer cara de condenados? Sei que é isso que o editor quer.

Dagny e Rearden estavam respondendo às perguntas dos repórteres. Agora em suas respostas não havia deboche nem raiva. Estavam se divertindo. Respondiam como se as perguntas fossem feitas de boa-fé. Espontaneamente, em algum momento que ninguém percebeu, as perguntas realmente passaram a ser sinceras.

– O que você acha que vai acontecer nesta viagem? – perguntou um repórter a um dos guarda-freios. – Acha que vocês chegam lá?

– Acho que chegaremos lá, sim – disse o guarda-freios –, e você também acha.

– Sr. Logan, o senhor tem filhos? O senhor fez algum seguro de vida extra? Estou pensando na ponte, sabe.

– Não atravesse a ponte antes de eu chegar nela – respondeu Pat Logan, com desprezo.

– Sr. Rearden, como é que o senhor sabe que os trilhos vão aguentar?

– O homem que inventou a impressora – disse Rearden –, como ele sabia?

– Diga-me, Srta. Taggart, o que vai sustentar um trem de 7 mil toneladas numa ponte de 3 mil toneladas?

– O meu julgamento – respondeu ela.

Os repórteres, que desprezavam sua própria profissão, não sabiam por que naquele dia estavam tendo prazer em trabalhar. Um deles, um jovem tristemente famoso em seu ofício, com o olhar cínico de um homem com o dobro de sua idade, disse de repente:

– Eu sei o que eu queria ser: um repórter que cobre notícias de verdade!

Os ponteiros do relógio da estação marcavam 15h45. A tripulação seguiu em direção ao último vagão do trem. A animação e o barulho da multidão diminuíram. Sem que ninguém se desse conta do fato, as pessoas estavam ficando mais quietas.

O agente da estação já havia se comunicado com todos os vigias de todas as estações entre Cheyenne e os campos petrolíferos da Wyatt, a 500 quilômetros dali. Saiu da estação e, olhando para Dagny, fez o sinal indicador de que os trilhos estavam desimpedidos. Parada ao lado da locomotiva, Dagny levantou um dos braços, repetindo o gesto que significava que a ordem fora recebida e entendida.

A longa fileira de vagões de carga desaparecia na distância, em pequenas seções triangulares, como uma coluna vertebral. Quando o chefe do trem fez o sinal com o braço, lá no fim do trem, ela repetiu o gesto, em resposta.

Rearden, Logan e McKim ficaram parados, como se em posição de sentido, esperando que ela fosse a primeira a entrar. Quando Dagny começou a subir a escada de entrada da locomotiva, um repórter se lembrou de fazer uma pergunta que ainda não havia feito.

– Srta. Taggart – gritou ele –, quem é John Galt?

Ela se virou, agarrando-se a uma haste de metal com uma das mãos, elevada acima do nível da multidão.

– Somos nós! – respondeu.

Logan entrou na cabine em seguida; depois McKim; Rearden foi o último. Então a porta da locomotiva se fechou, definitiva, com um ruído metálico.

O sinal, delineado contra o céu, estava verde. Havia sinais verdes entre os trilhos, perto do chão, que sumiam ao longe, onde havia uma curva, e lá havia outro sinal verde, destacando-se contra um fundo de folhas que pareciam elas mesmas sinais verdes.

Dois homens seguravam as pontas de uma fita de seda branca, um de cada lado dos trilhos, à frente da locomotiva. Eram o superintendente da divisão do Colorado e o engenheiro-chefe de Nealy, que permanecera em seu cargo. Eddie Willers foi cortar a fita que eles seguravam, para inaugurar a linha.

Os fotógrafos o fizeram posar cuidadosamente, tesoura na mão, de costas para a locomotiva. Ele teria de repetir o gesto duas ou três vezes, explicaram eles, para garantir que uma foto sairia boa; havia outras fitas de reserva para esse fim. Willers ia aceitar, mas de repente mudou de ideia.

– Não – disse. – Não quero que a coisa seja de mentira.

Com uma voz tranquila e cheia de autoridade, uma voz de vice-presidente, ele disse, apontando para as câmeras:

– Afastem-se, afastem-se bastante. Tirem uma foto quando eu cortar, depois saiam da frente, e depressa.

Eles obedeceram, afastando-se rapidamente. Só faltava um minuto. Willers se virou de costas para as câmeras, colocando-se entre os trilhos, de frente para a locomotiva. Segurou a tesoura na posição de cortar a fita branca. Tirou o chapéu e o jogou para o lado. Estava olhando para a locomotiva. Uma leve brisa agitou seus cabelos louros. A locomotiva era um grande escudo de prata com o emblema de Nat Taggart.

Willers levantou uma das mãos quando o ponteiro do relógio da estação marcou quatro horas.

– É agora, Pat! – gritou.

Assim que a locomotiva avançou, Willers cortou a fita branca e pulou para o lado.

Viu a janela da cabine passar. Dela, Dagny lhe dava adeus. Depois a locomotiva desapareceu, e Willers ficou a contemplar a plataforma cheia de gente, que aparecia e desaparecia nos intervalos entre cada dois vagões.

◆ ◆ ◆

Os trilhos azul-esverdeados se abriam para recebê-los do ponto para onde convergiam ao longe, além da curvatura da Terra. Os dormentes se fundiam, à medida que se aproximavam deles, numa única corrente que jorrava sob as rodas. Uma faixa embaçada acompanhava a locomotiva ao seu lado, bem perto do chão. Árvores e postes de telégrafo apareciam subitamente e desapareciam como se houvessem sido puxados para trás. As verdes planícies se estendiam num fluxo lento. Ao longe, delineando o céu, a serra parecia, ao contrário do restante, acompanhar o trem.

Dagny não sentia as rodas sob o trem. Era como um voo uniforme, como se a locomotiva pairasse acima dos trilhos, boiando numa correnteza. Ela não sentia a velocidade. Parecia estranho que a cada instante aparecesse e sumisse mais um sinal verde. Ela sabia que a distância de um sinal ao seguinte era de três quilômetros.

O velocímetro à frente de Pat Logan indicava 160 quilômetros por hora.

Sentada no lugar do foguista, de vez em quando Dagny olhava de relance para Logan. Ele estava um pouco debruçado para a frente, os músculos do corpo relaxados, uma das mãos pousada no acelerador com displicência aparente. Mas seus olhos estavam cravados nos trilhos à sua frente. Seus gestos tinham uma desenvoltura de perito. O que ele fazia parecia fácil, mas era a facilidade nascida de uma extrema concentração no que se está fazendo, uma concentração absoluta e implacável. Ray McKim estava sentado atrás deles. Rearden estava em pé no meio da cabine.

Mantinha as mãos nos bolsos, as pernas bem abertas, tensas, para se equilibrar, olhando para a frente. Nada do que havia ao lado dos trilhos lhe interessava: estava concentrado fitando os trilhos.

A propriedade, pensou Dagny, olhando para Rearden; não havia quem nada entendesse a respeito de sua natureza e mesmo questionasse sua realidade? Não, não era uma questão de papéis, carimbos, concessões e permissões. Era aquilo ali, nos olhos dele.

O som que enchia a cabine parecia parte do espaço que estavam atravessando. Era uma combinação do ronco surdo dos motores com os estalidos mais agudos das muitas peças de metal, cada um com seu tinir distinto, e o som mais agudo de todos, o tilintar das vidraças que estremeciam nas janelas.

Objetos passavam por eles a toda velocidade – uma caixa d'água, uma árvore, um casebre, um silo. Descreviam uma trajetória semelhante à de um limpador de para-brisa: subiam, descreviam uma curva e desapareciam descendo. Os fios de telégrafo apostavam uma corrida com o trem, subindo e descendo de poste a poste num ritmo regular, como o eletrocardiograma de um coração sadio traçado no céu.

Dagny olhava para a frente, para a cerração que fundia os trilhos e a distância, uma cerração que a qualquer momento podia revelar algum vulto que significaria desastre. Ela não entendia por que se sentia mais segura naquela locomotiva do que jamais se sentira num vagão, sabendo que, se surgisse algum obstáculo, seu peito e o vidro à sua frente seriam as primeiras coisas a serem destruídas. Ela sorriu, percebendo o motivo: era a segurança de se saber pioneira, vendo tudo e compreendendo tudo, não a sensação cega de estar sendo arrastada para o desconhecido por alguma força misteriosa à sua frente. Era a maior sensação da existência: não confiar, mas saber.

Os vidros das janelas da cabine faziam com que os campos parecessem mais vastos: a terra parecia tão aberta para o movimento quanto o era para a vista. Porém nada estava distante, nada estava fora do alcance. Dagny mal divisara o brilho de um lago à frente – e já o lago passava a seu lado e logo desaparecia.

É uma compressão estranha de visão e tato, pensou ela, *de desejo e realização, de* – as palavras provocaram um estalo em sua mente após a surpresa de um instante – *espírito e corpo*. Primeiro, a visão – e depois a forma física que a exprimira. Primeiro, o pensamento – depois o movimento orientado pela pista reta, rumo a um objetivo escolhido. Poderia um ter significado sem o outro? Não era algo de mau desejar sem agir – ou caminhar sem objetivo? Quem era o responsável pelo mal que havia no mundo, que lutava para separar um do outro, jogar um contra o outro?

Dagny sacudiu a cabeça. Não queria pensar no porquê do mundo que ela havia deixado ser como era. Aquilo lhe era indiferente. Ela estava fugindo de tudo aquilo, à velocidade de 160 quilômetros por hora. Dagny se debruçou em direção à janela aberta ao seu lado e sentiu o vento lhe revolver os cabelos. Relaxou, sentindo apenas o prazer que aquela sensação lhe proporcionava.

Sua cabeça, porém, não parava de funcionar. Pedaços soltos de pensamentos prendiam sua atenção por instantes, como os postes telegráficos que passavam. *Prazer físico?*, pensou ela. Este trem é feito de aço... e corre sobre trilhos de metal Rearden... movido pela energia da combustão de óleo e dos geradores elétricos... é uma sensação física de movimento através do espaço... mas será essa a causa, o significado do que estou sentindo agora?... Será um prazer vil, animal, esta sensação de que pouco me importaria se os trilhos se partissem sob nós – o que não vai acontecer –, que eu não me importaria, porque experimentei esta sensação? Um prazer do corpo, vil, físico, material, degradante?

Dagny sorriu, de olhos fechados, o vento soprando por entre seus cabelos. Abriu os olhos e viu que Rearden olhava para ela do mesmo modo que olhara para os trilhos. De repente, ela sentiu que sua força de vontade fora subjugada por um golpe único e seco, que a paralisara. Fitou os olhos de Rearden, recostada em seu assento, o vento comprimindo o tecido fino da blusa contra seu corpo.

Ele desviou o olhar, e Dagny fitou novamente a terra que se abria à sua frente.

Não queria pensar, mas o zumbido de seus pensamentos continuava, como o ronco dos motores por trás de todos os outros ruídos da locomotiva. Olhou ao seu redor. A fina malha de aço do teto, os rebites que mantinham unidas as chapas de aço – quem os fizera? A força bruta dos músculos humanos? Quem tornara possível que quatro painéis e três alavancas à frente de Pat Logan controlassem o poder extraordinário dos 16 motores daquela locomotiva e os colocassem à disposição da mão de um único homem?

Essas coisas e a capacidade que as tornava possíveis – era isso que os homens consideravam mau? Era isso o que eles chamavam de interesse ignóbil pelo mundo físico? Era esse o estado de escravização pela matéria? Era isso a submissão do espírito ao corpo?

Dagny sacudiu a cabeça, como se quisesse jogar aquele assunto pela janela, para que ele se quebrasse lá fora. Olhou para o sol estival iluminando os campos. Não precisava pensar, porque essas perguntas eram apenas detalhes de uma verdade que ela conhecia e sempre conhecera. Que passassem como os postes de telégrafo. O que ela sabia era algo como os fios que passavam pelo trem, formando uma linha ininterrupta. As palavras para isso, para esta viagem, para o que ela estava sentindo e para todos os homens da Terra eram apenas estas: É tão simples e tão certo!

Olhou para o campo. Já havia algum tempo percebia as figuras humanas que passavam com uma regularidade estranha. Porém o trem ia tão depressa que não conseguia entender o que elas representavam, até que, como nos fotogramas de um filme, elas se uniram, formando um todo. Então ela compreendeu. Desde que a construção da linha terminara, Dagny a mantinha sob guarda. Porém não havia contratado toda aquela corrente humana que via ao longo da linha. Ao lado de cada marco miliário havia uma pessoa. Alguns eram garotos, outros eram velhos, de silhuetas recurvadas. Todos estavam armados com o que haviam encontrado, desde rifles sofisticados a venerandos mosquetões. Todos estavam com bonés da ferrovia. Eram filhos de funcionários da Taggart e velhos ferroviários aposentados que haviam trabalhado a vida inteira na companhia. Haviam resolvido vir para proteger o trem sem que ninguém os houvesse convocado. Quando a locomotiva passava, cada homem ficava ereto, em posição de sentido, e levantava a arma, em continência.

Quando Dagny percebeu isso, começou a rir de repente, como quem cai em lágrimas. Riu, sacudindo-se como uma criança – era como um choro de felicidade. Pat Logan fez sinal para ela com a cabeça, sorrindo de leve. Ele já percebera a guarda de honra havia muito tempo. Dagny pôs o braço na janela e começou a acenar para os homens, em triunfo.

No alto de um morro distante, ela viu uma multidão de braços levantados, acenando. As casas cinzentas de um vilarejo pontilhavam o vale, como se tivessem sido semeadas ali e esquecidas. Os telhados estavam tortos, e o correr dos anos retirara toda a tinta das paredes. Talvez gerações tivessem se sucedido naquelas casas, assinalando a passagem dos dias apenas com a trajetória do sol de leste para oeste. E aqueles homens haviam subido o morro para ver um cometa prateado riscar aquelas planícies como o som de uma trompa de caça interrompendo um silêncio pesado.

As casas se tornaram mais numerosas, mais próximas à ferrovia. Dagny via gente às janelas, em varandas, em telhados distantes. Via multidões bloqueando as estradas em passagens de nível. As estradas se sucediam como pás de ventilador. Ela não conseguia distinguir as figuras humanas: via apenas os braços acenando para o trem, como galhos de árvore ao vento. Havia gente sob os sinais luminosos, gente sob as placas de "Pare".

A estação pela qual passaram, quando atravessaram uma cidade a 160 quilômetros por hora, era uma escultura móvel de gente, pessoas empilhadas da plataforma ao teto. Dagny percebeu o movimento de braços acenando, chapéus jogados para o alto, algo jogado sobre a locomotiva – um ramalhete de flores.

Passavam os quilômetros, cidades e cidades, com estações repletas de pessoas que vieram só para ver, aplaudir e sonhar. Dagny viu grinaldas de flores enfiadas sob os beirais de velhos prédios de estações e bandeirinhas vermelhas, brancas e azuis enfeitando paredes carcomidas pelo tempo. Eram como as figuras que ela vira – e invejara – nos livros de história, sobre o tempo em que as pessoas se reuniam para assistir à passagem dos primeiros trens, como na época em que Nat Taggart atravessava o país: onde ele parava, vinha gente ver e admirar suas realizações. *Aqueles tempos*, ela havia pensado, *não voltariam mais*. Sucederam-se gerações e gerações que só viram as rachaduras crescerem nas paredes erigidas por Nat. Porém, mais uma vez, as pessoas vinham assistir, como haviam feito no tempo dele, e pelo mesmo motivo.

Dagny olhou para Rearden. Ele estava encostado à parede, indiferente às multidões e ao entusiasmo das pessoas. Estava observando o desempenho dos trilhos e do trem com a concentração e o interesse do profissional. Seu olhar deixava claro que ele jogaria de lado, como irrelevante, todo e qualquer pensamento como "Eles gostaram", quando o pensamento que predominava em sua mente era "Funciona!".

Seu corpo alto, vestido com calça e camisa cinzentas, parecia nu, pronto para a ação. A calça ressaltava as linhas alongadas de suas pernas, a postura firme e natural de quem está sempre pronto para partir para o trabalho imediatamente. As mangas curtas reforçavam a musculatura enxuta e desenvolvida dos braços, a camisa desabotoada revelava a pele nua do tórax.

Dagny desviou o olhar ao perceber que o fitava demais. Mas aquele dia estava desvinculado do passado e do futuro – os pensamentos dela estavam livres de implicações –, não havia nenhum significado ulterior, só a intensidade imediata da sensação de que ela estava aprisionada com ele, fechada com ele no mesmo cubo de ar. A proximidade da presença de Rearden acentuava a consciência daquele dia, do mesmo modo que os trilhos acentuavam o movimento do trem.

Ela se virou, sem disfarçar, e olhou para trás. Rearden estava olhando para ela. Não desviou o olhar: sustentou-o, fria e conscientemente. Dagny deu um sorriso de desafio, sem permitir que ela própria entendesse completamente o significado dele, sabendo apenas que era o golpe mais forte que podia dar no rosto inflexível daquele homem. Sentiu um desejo súbito de vê-lo tremer, de arrancar um grito de sua boca. Virou a cabeça para o outro lado, lentamente, com uma sensação de ousadia divertida, sem entender por que de repente se tornara tão difícil respirar.

Relaxou no assento, olhando para a frente, sabendo que ele estava tão consciente da presença dela quanto ela da dele. Aquela sensação de intensificação de si mesma lhe dava prazer. Quando cruzava as pernas, ou apoiava o braço no parapeito da janela, ou quando tirava os cabelos da testa – cada movimento de seu corpo vinha acompanhado de uma sensação que, se ela não se recusasse a exprimi-la em palavras, seria expressa pela frase: Ele está vendo este gesto?

As cidades haviam ficado para trás. A ferrovia agora atravessava uma região que cada vez relutava mais em lhe dar passagem. Os trilhos a toda hora desapareciam atrás de curvas, e a linha da serra se aproximava cada vez mais, como se as planícies se dobrassem, formando pregas. Os planaltos de pedra do Colorado se aproximavam dos trilhos, e a distância o céu era engolido por ondas de serras azuladas.

Muito ao longe, à frente, viram fumaça saindo de chaminés de fábricas, e depois o emaranhado de fios de uma central elétrica, depois uma estrutura metálica em forma de agulha. Estavam chegando a Denver.

Dagny olhou para Pat Logan. Ele estava um pouco debruçado para a frente. Ela percebeu que seus dedos e seus olhos estavam um pouco mais tensos. Ele sabia, assim como ela, como era perigoso atravessar uma cidade grande àquela velocidade.

Foi na verdade uma sucessão de minutos, mas para eles foi como se tudo acontecesse de repente. Primeiro, viram as formas isoladas de fábricas passando pelas janelas, a seguir aquelas formas se transformaram num emaranhado confuso de ruas, e então um delta de trilhos se abriu à sua frente, como a boca de um funil, sugando-os para dentro da estação da Taggart, protegidos apenas pelas luzes verdes entre os trilhos – vagões parados em desvios passavam por eles a toda velocidade, vistos de cima –, o buraco negro do depósito se aproximou de repente e os engoliu – atravessaram uma explosão de ruídos, rodas batendo contra vidraças, os gritos entusiasmados de uma multidão que fervia na escuridão, entre as colunas de aço do depósito –, voaram em direção a um arco de luz e às luzes verdes que pendiam contra o céu aberto além do arco, que eram como as maçanetas do espaço, que abriam todas as portas à sua frente. Então foram aparecendo e desaparecendo em seguida as ruas cheias de tráfego, as janelas abertas cheias de gente, as sirenes que gritavam, e – do alto de um arranha-céu distante – uma nuvem de papel picado que brilhava no céu, jogado por alguém que assistira à passagem de um cometa prateado por uma cidade que parara a fim de vê-lo passar.

E então a cidade ficou para trás. Estavam subindo uma encosta rochosa – e de repente, surpreendentemente, as montanhas se elevaram à sua frente, como se a cidade os houvesse lançado contra uma muralha de granito, e na hora exata houvessem conseguido se agarrar à encosta. Subiam agora uma pista presa a um precipício vertical. Ao seu lado a terra sumia lá embaixo, lá longe, e eles atravessavam uma penumbra azulada, sem terra nem céu à vista.

As curvas dos trilhos se transformaram numa espiral que circundava uma muralha de pedra. Mas, por vezes, os trilhos cortavam a montanha, que se abria em duas asas, de um lado verde, composta de agulhas verticais, como se cada pinheiro fosse um tufo de um gigantesco tapete, e, do outro lado, marrom, feita de pedra nua.

Dagny se debruçou na janela e olhou para baixo. Viu o corpo prateado da locomotiva pairando sobre o espaço vazio. Lá no fundo, um riacho minúsculo despencava ribanceira abaixo, de patamar a patamar, e as samambaias que se curvavam sobre a água eram os topos das bétulas. Olhou para trás e viu uma fileira de vagões contornando o penhasco de granito – e, muitos quilômetros abaixo, viu, para trás, os trilhos azul-esverdeados serpenteando encosta acima.

Subitamente uma muralha de rocha surgiu à sua frente, enchendo o para-brisa, escurecendo a cabine, chegando tão perto que dava a impressão de que não haveria tempo de escapar. Mas Dagny ouviu o silvar das rodas na curva, e de repente a luz reapareceu – e se viu uma extensão de trilhos num patamar estreito à frente. O patamar terminava no espaço. A locomotiva seguia direto para o céu. Não havia nada a detê-la senão duas tiras de metal azul-esverdeado formando uma curva.

Suportar a violência de 16 motores, o impacto de 7 mil toneladas de aço e carga, aguentar tudo aquilo e fazê-lo virar uma curva – parecia um feito impossível para duas tiras de metal que não eram mais grossas que o seu braço. O que tornava isso possível? Que força fazia com que determinada disposição de moléculas tivesse o poder que garantia as vidas de todos eles, e de todos os homens que aguardavam a chegada dos 80 vagões? Dagny viu um rosto e as mãos de um homem iluminados pelo brilho de uma fornalha de laboratório, de um metal liquefeito.

Sentiu-se dominada por uma emoção incontrolável, como algo que explodisse para cima. Abriu a porta que dava para os motores. Ouviu um ruído ensurdecedor e penetrou no coração da locomotiva.

Por um instante, foi como se ela estivesse reduzida a um único sentido, a audição, e tudo o que ouvia era um grito prolongado, que subia, descia, subia. Dagny estava fechada numa câmara de metal, que balançava, e olhava para os gigantescos geradores. Tivera vontade de vê-los porque a sensação de triunfo que experimentava estava ligada a eles, ao amor que sentia por eles, à razão daquele trabalho a que ela dedicava sua existência. Na clareza anormal de uma emoção violenta, sentia-se prestes a compreender algo que jamais entendera e que era necessário saber. Riu alto, mas não ouviu nada. Era impossível ouvir qualquer coisa junto àquela explosão contínua.

– A Linha John Galt! – gritou, só para ter o prazer de sentir a voz ser arrancada de seus lábios.

Andava lentamente pela câmara, por uma passagem estreita entre os motores e a parede. Sentia a imodéstia de um intruso, como se tivesse penetrado numa criatura viva, por baixo de sua pele prateada, e estivesse observando sua vida latejando em cilindros cinzentos de metal, nos retorcidos canos condutores, nos tubos fechados e no torvelinho convulsivo de pás dentro de gaiolas. A enorme complexidade da forma acima de sua cabeça era drenada por canais invisíveis, e a violência que fervia dentro dela era conduzida a ponteiros delicados em estojos de vidro, a luzes verdes e verme-lhas que piscavam em painéis, a caixas altas e estreitas rotuladas de "Alta Voltagem".

Por que sempre tenho essa sensação radiante de confiança quando olho para máquinas?, pensou. Naquelas formas gigantescas, dois traços característicos do não humano estavam gloriosamente ausentes: o aleatório e o gratuito. Cada uma das partes dos motores era uma resposta concreta a um "por quê?" e um "para quê?", como as etapas de vida escolhidas pelo tipo de mente que ela adorava. Os motores eram um código moral fundido em aço.

Eles estão mesmo vivos, pensou, *porque são a forma física da ação de um poder vivo – da mente que foi capaz de apreender a totalidade daquela complexidade, determinar seu propósito, lhe dar forma.* Por um instante, lhe pareceu que os motores eram transparentes e que ela estava vendo a rede de seu sistema nervoso. Era uma rede de conexões, mais complexa, mais crucial do que todos os fios e circuitos: as conexões racionais feitas pela mente humana que havia concebido pela primeira vez qualquer das partes daqueles motores.

Eles estão mesmo vivos, pensou, *mas sua alma funciona por controle remoto.* Sua alma está em cada homem que tem a capacidade de uma realização como essa. Se a alma desaparecesse da Terra, os motores parariam, porque é ela o poder que faz com que eles funcionem – não o óleo que circulava sobre o chão que ela pisava, aquele óleo que voltaria a ser a lama primitiva, não os cilindros de aço que virariam manchas de ferrugem nas paredes das cavernas de selvagens impotentes, e sim o poder de uma mente viva: o poder do pensamento, da escolha, do propósito.

Dagny estava voltando para a cabine, sentindo uma vontade de rir, se ajoelhar ou levantar os braços, uma vontade de dizer aquilo que sentia, mas que sabia ser inexprimível.

Deteve-se. Viu Rearden parado ao lado da escada que levava à porta da cabine. Ele a olhava como se soubesse por que ela fugira e como se sentia. Ficaram imóveis, seus corpos se transformando num olhar que se encontrava em uma passagem estreita. O ritmo que pulsava dentro dela era o mesmo em que pulsavam os motores – e Dagny tinha a impressão de que ambos vinham dele. Aquele ritmo pulsante aniquilou sua vontade. Voltaram para a cabine em silêncio, cônscios de que houvera um momento que ambos jamais deveriam mencionar.

Os penhascos à frente eram de um ouro líquido brilhante. Sombras compridas se alongavam no vale lá embaixo. O sol se punha atrás dos picos a oeste. Estavam seguindo rumo ao oeste e para cima, rumo ao sol.

O céu escurecera, assumindo a tonalidade azul-esverdeada dos trilhos, quando viram colunas de fumaça num vale longínquo. Era uma das novas cidades do Colorado, as cidades que brotavam dos campos petrolíferos da Wyatt como raios de um centro. Dagny viu as linhas angulosas das casas modernas, telhados planos, grandes janelas envidraçadas. Estavam a uma distância grande demais para ver pessoas. Quando ela pensou que eles não deveriam estar vendo o trem daquela distância, um morteiro foi solto de um dos prédios. Elevou-se no ar e explodiu numa chuva de estrelas douradas contra o céu já escurecido. Homens que ela não conseguia ver percebiam o risco do trem na encosta da montanha e estavam enviando uma saudação, uma solitária pluma de fogo na penumbra do crepúsculo, símbolo de júbilo ou pedido de socorro.

Depois da curva seguinte, Dagny vislumbrou, de repente, ao longe, dois pontos de luz elétrica, branca e vermelha, a uma pequena altura do chão. Não eram aviões – o que ela estava vendo eram cones de vigas metálicas que sustentavam alguma coisa. No momento em que se deu conta de que eram as torres de petróleo da Wyatt, percebeu que estavam descendo, que a terra se abria, como se as montanhas estivessem sendo rasgadas, e, no fundo, ao pé da serra, atravessando uma garganta escura, viu a ponte de metal Rearden.

Estavam descendo, voando para baixo. Ela se esqueceu do preparo cuidadoso do terreno, das grandes curvas da descida gradual, sentiu-se como se o trem estivesse caindo, viu a ponte crescendo e se aproximando – um pequeno túnel quadrado de metal, umas poucas vigas de um azul-esverdeado riscando o espaço, brilhando, atingidas por um longo raio de sol poente vindo de alguma fenda na serra. Havia gente ao lado da ponte, o ruído confuso de uma multidão, porém aquilo foi relegado às margens da consciência de Dagny. Ela ouvia o ruído das rodas, que aceleravam num crescendo, e algum tema musical, pulsando ao ritmo das rodas, que se repetia insistentemente em sua cabeça, também em crescendo, explodiu de repente dentro da cabine. Mas sabia que só ela o ouvia: *o Quinto Concerto de Richard Halley*, pensou. *Será que ele o compôs para isto? Teria ele experimentado uma sensação como esta? Estavam indo mais depressa, haviam levitado,* pensou ela, *saltado da montanha como quem salta de um trampolim, estavam agora voando pelo espaço – assim não vamos testar a ponte direito, não vamos nem encostar na ponte.* Viu o rosto de Rearden voltado para ela, sustentou seu olhar e inclinou a cabeça para trás, de modo que seu rosto ficou pairando no ar sob o rosto dele. Ouviram um ruído estridente e metálico, um rufar de tambores vindo de baixo – então, de repente, não havia mais nada fora das janelas; após o impulso da descida estavam subindo uma ladeira e as torres da Petróleo Wyatt surgiram à sua frente. Pat Logan se virou, levantou o olhar para Rearden com um esboço de sorriso nos lábios, e Rearden disse:

– Chegamos.

Num prédio havia uma placa: "Wyatt Junction". Dagny olhou, achando algo estranho nela, até que entendeu o que era: a placa estava imóvel. O maior susto da viagem foi perceber que o trem havia parado.

Ela ouvia vozes vindo de algum lugar. Olhou para baixo e viu que havia gente na plataforma. Então a porta da cabine se abriu, ela compreendeu que teria de ser a primeira a descer e se aproximou da porta. Por um rápido instante, se deu conta da fragilidade de seu corpo, tão leve na corrente de ar da porta. Agarrou-se às barras de metal e começou a descer a escada. Não havia chegado ao último degrau quando sentiu as mãos de um homem a agarrarem pela cintura e a colocarem no chão. Não conseguia acreditar que aquele rapazinho que ria para ela fosse Ellis Wyatt. Aquele rosto, antes tenso e sarcástico, agora tinha a pureza, o entusiasmo, a alegria benévola de uma criança que vive no mundo que sempre desejou.

Dagny estava encostada no ombro de Wyatt, sentindo-se insegura naquele chão imóvel, com o braço dele ao seu redor, rindo, ouvindo as coisas que ele dizia, e respondeu:

– Mas você não sabia que ia dar certo?

De repente viu os rostos ao seu redor. Eram os debenturistas da Ferrovia John Galt, os homens que encarnavam a Motores Nielsen, a Hammond Automóveis, a Fundição Stockton e todos os outros. Houve apertos de mão, mas não discursos. Dagny estava apoiada em Ellis Wyatt, um pouco mole, tirando o cabelo de cima dos olhos, deixando marcas de fuligem na testa. Apertou a mão de cada membro da tripulação, sem dizer nada – os sorrisos dos homens selavam a saudação. Flashes espocavam ao seu redor e homens encarapitados nas torres acenavam para eles das encostas das montanhas. Acima da cabeça de Dagny, das cabeças de todos, as letras TT sobre o escudo de prata foram iluminadas pelos últimos raios do sol poente.

Ellis Wyatt havia assumido o controle. Estava levando Dagny a algum lugar, abrindo alas no meio da multidão, quando um dos fotógrafos se colocou ao lado dela.

– Srta. Taggart, vai dar uma mensagem para o público?

Ellis Wyatt apontou para a longa fileira de vagões.

– O trem já deu.

Então Dagny se viu sentada no banco de trás de um conversível, subindo uma estrada de montanha repleta de curvas. O homem a seu lado era Rearden, o motorista era Wyatt.

Pararam em frente a uma casa isolada à beira de um precipício, de onde se divisavam os campos petrolíferos espalhados pelas encostas.

– Mas é claro que vocês vão dormir aqui em casa hoje, vocês dois – disse Ellis Wyatt. – Onde é que vocês estavam pensando em ficar?

Dagny riu.

– Sei lá. Nem tinha pensado nisso.

– A cidade mais próxima fica a uma hora de carro. É para lá que foi a tripulação do trem; o pessoal da sua divisão está dando uma festa em homenagem a eles. Mas eu disse a Ted Nielsen e aos outros que não ia haver banquetes nem discursos para você. A menos que você queira!

– Não, Deus me livre! – disse Dagny. – Obrigada, Ellis.

Estava escuro quando se sentaram à mesa de jantar, numa sala com janelas amplas e umas poucas e caras peças de mobiliário. O jantar foi servido por uma figura silenciosa vestida de branco, o único outro habitante da casa, um velho indiano com rosto

261

de pedra e modos corteses. Havia alguns pontos de luz espalhados pela sala e pela noite lá fora: as velas sobre a mesa, as lâmpadas no alto das torres, as estrelas.

– Você acha que está cheia de serviço agora? – dizia Ellis Wyatt. – Espere só e daqui a um ano você vai ver o que é estar ocupada. Dois vagões-tanques por dia, Dagny? Vão ser quatro ou seis ou quantos você quiser que eu encha. – Fez um gesto amplo, indicando as luzes nas encostas. – Isto aqui não é nada em comparação com o que tenho em mente. – Apontou para oeste. – O desfiladeiro de Buena Esperanza. A oito quilômetros daqui. Ninguém sabe o que eu estou fazendo lá. Xisto betuminoso. Quanto tempo faz que desistiram de extrair petróleo do xisto porque era muito caro? Pois espere só até ver o processo que inventei. Vai ser o petróleo mais barato de todos, é petróleo a não acabar mais, uma reserva inexplorada que vai fazer com que os maiores campos petro-líferos pareçam poças de lama. Se eu encomendei um oleoduto? Hank, nós dois vamos ter que colocar oleodutos para tudo que é lado para... Ah, desculpe! Acho que não me apresentei quando falei com você na estação. Nem mesmo lhe disse meu nome.

Rearden sorriu.

– A esta altura, já adivinhei.

– Desculpe, não gosto de ser grosseiro, mas é que eu estava muito animado.

– Animado por quê? – perguntou Dagny, semicerrando os olhos, debochada.

Wyatt a fitou nos olhos por um momento. Em sua resposta havia uma intensidade solene que não parecia combinar com seu sorriso:

– Por causa do tabefe mais lindo que já levei, e merecidamente.

– Na primeira vez que nos vimos?

– Na primeira vez que nos vimos.

– Mas você tinha razão.

– Tinha. A respeito de tudo, menos de você. Dagny, encontrar uma exceção à re-gra depois de anos de... Ah, que se danem os outros! Quer que eu ligue o rádio para ouvir o que estão dizendo de vocês dois hoje?

– Não.

– Ótimo. Não quero ouvi-los. Eles que engulam seu próprio falatório. Agora todo mundo está do seu lado. Do nosso lado. – Olhou para Rearden. – Por que você está sorrindo?

– Sempre quis saber como você era.

– Nunca tive oportunidade de ser como eu sou. Só hoje.

– Você mora aqui, sozinho, longe de tudo?

Wyatt apontou pela janela:

– Estou pertinho de... tudo.

– E pessoas?

– Tenho quartos de hóspedes para o tipo de gente que vem me procurar para falar de negócios. Quero a maior distância possível de todos os outros tipos de pessoa. – Serviu mais vinho aos convidados. – Hank, por que você não se muda para cá, para o

Colorado? Que se danem Nova York e a Costa Leste! Aqui é a capital da Renascença. A Segunda Renascença, não de pinturas e catedrais, mas de torres de petróleo, usinas elétricas e motores feitos de metal Rearden. Houve a Idade da Pedra e a Idade do Ferro, e agora será a Idade do Metal Rearden, porque não há limites para a utilização do seu metal.

– Vou comprar uns terrenos lá na Pensilvânia – disse Rearden. – Em volta da minha siderúrgica. Seria mais barato abrir uma filial aqui, que era o que eu queria, porém você sabe por que não posso fazer isso, mas eles que se danem, porque vou derrotá-los assim mesmo! Vou aumentar minha siderúrgica e, se Dagny conseguir um serviço de frete daqui até lá em três dias de viagem, vamos ver onde é que vai ser a capital dessa Renascença!

– Preciso de um ano – disse Dagny. – Um ano de funcionamento da Linha John Galt, tempo para consertar o sistema Taggart. E aí eu lhe dou um serviço de frete em três dias do Atlântico ao Pacífico, sobre trilhos de metal Rearden!

– Quem foi que disse que precisava de um ponto de apoio? – disse Ellis Wyatt. – Deem-me uma pista para construir uma ferrovia que eu mostro como levantar a Terra!

Dagny não sabia o que achava atraente no riso de Wyatt. Havia nas vozes deles, até mesmo na sua própria voz, um tom que ela jamais ouvira antes. Quando se levantaram da mesa, ela ficou atônita ao perceber que a única fonte de luz na sala eram as velas. A impressão que tinha era a de que estava sob forte iluminação.

Ellis Wyatt ergueu a taça, olhou para os dois e disse:

– Ao mundo, que parece estar entrando nos eixos agora!

Dagny ouviu o ruído da taça se espatifando contra a parede ao mesmo tempo que viu uma corrente circulando – da curva do corpo de Wyatt ao gesto do braço, culminando na violência terrível da mão que arremessou a taça para o lado oposto da sala. Não era um gesto convencional de comemoração, e sim a expressão de uma rebeldia irada, um gesto raivoso que correspondia a um grito de dor.

– Ellis – sussurrou ela –, o que há?

Ele se virou e a encarou. De repente, sem mais nem menos, seus olhos estavam límpidos de novo, seu rosto, tranquilo. O que a assustou foi vê-lo sorrir tranquilamente.

– Desculpe – disse ele. – Deixe isso para lá. Vamos tentar pensar que isso vai durar.

Lá fora, o luar banhava tudo. Estavam subindo uma escada externa em direção ao segundo andar, à varanda descoberta à entrada dos quartos de hóspedes. Wyatt lhes desejou boa noite, depois ouviram seus passos descendo a escada. O luar parecia apagar todos os sons, assim como apagava as cores. Os passos foram desaparecendo num passado remoto e, quando morreram, o silêncio era como uma solidão que já durasse havia muito, como se não houvesse nenhuma outra pessoa por perto.

Dagny não foi em direção à porta de seu quarto. Rearden permaneceu imóvel. À altura de seus pés, só havia uma grade fina e espaço vazio. Lá embaixo havia as sombras angulosas das torres, repetindo o desenho intricado das vigas de aço, linhas negras riscando as pedras enluaradas. Umas poucas luzes, brancas e vermelhas, tremeluziam no ar límpido, como gotas de chuva presas nas beiras das vigas de aço. Ao longe viam-se três gotículas verdes alinhadas, ao longo da linha da Taggart. Mais além, onde o espaço terminava, ao pé de uma curva branca, via-se o retângulo de treliças da ponte.

Dagny sentiu um ritmo sem som e sem movimento, uma sensação de tensão latejante, como se as rodas da Linha John Galt ainda estivessem em movimento. Lentamente, correspondendo ao desejo, e ao mesmo tempo resistindo a ele, Dagny se virou e olhou para Rearden.

A expressão que viu em seu rosto a fez perceber, pela primeira vez, que ela sempre soubera que seria assim que a viagem terminaria. Não era a expressão que se costuma ensinar aos homens. Não era uma questão de músculos relaxados, de lábios moles e de uma fome irracional. O rosto estava tenso, o que lhe dava uma estranha pureza, uma precisão de formas, tornando-o limpo e jovem. A boca estava contraída, os lábios um pouco repuxados para dentro, ressaltando os contornos. Apenas os olhos estavam embaçados, as pálpebras inferiores inchadas e levantadas, o olhar cheio de algo que se assemelhava a ódio e dor.

O choque se transformou num torpor que invadiu todo o corpo de Dagny – sentiu uma pressão na garganta e no estômago, só percebia uma convulsão silenciosa que a impedia de respirar. Mas o que ela sentia, sem palavras, era: Sim, Hank, sim – agora –, porque faz parte da mesma luta, de algum modo que não sei dizer... porque é o nosso ser, em oposição ao deles... nossa capacidade superior, motivo pelo qual eles nos torturam, a capacidade de ser feliz... Agora, assim, sem palavras, sem perguntas... porque queremos...

Foi como um ato de ódio, como o golpe brutal de um açoite que enlaçasse seu corpo: sentiu os braços de Rearden ao seu redor, sentiu suas pernas sendo puxadas contra ele e seu tórax curvado para trás pela pressão do dele, boca contra boca.

A mão de Dagny correu dos ombros do homem para a sua cintura, depois para as pernas, soltando todo o desejo inconfesso que experimentava cada vez que se encontrava com ele. Ao afastar seus lábios dos dele, ela ria silenciosamente, de triunfo, como se dissesse: Hank Rearden – o austero, o distante Hank Rearden, enclausurado em seu escritório, suas reuniões de negócios, suas negociações acirradas –, você se lembra dessas coisas agora? Estou pensando nelas pelo prazer de constatar que eu levei você a este ponto. Rearden não sorria. Seu rosto estava tenso, um rosto de inimigo: agarrou a cabeça de Dagny e a beijou na boca, como se quisesse feri-la.

Dagny sentiu que ele tremia e pensou que era esse o tipo de grito que ela sempre quisera arrancar dele – essa entrega, apesar do que restava de sua sofrida resistência. No entanto, ao mesmo tempo, ela sabia que o triunfo era dele, que seu riso era um tributo a ele, que seu desafio era submissão, que o objetivo de toda a sua força violenta era apenas o de tornar a vitória ainda maior. Apertava seu corpo contra o dele, como se enfatizando a intenção de lhe mostrar que ela era agora apenas um instrumento para satisfazer seu desejo. E a vitória dele, Dagny sabia, era o desejo que ela tinha de deixá-lo reduzi-la a isso. *O que quer que eu seja*, pensou ela, *seja qual for meu amor-próprio, o orgulho de minha coragem, de meu trabalho, de minha mente e de minha liberdade, é isso que eu lhe ofereço para o prazer do seu corpo, é isso que eu quero que você use. E o fato de você querer usá-lo é a maior recompensa que posso receber.*

Havia luzes acesas nos dois quartos atrás deles. Rearden a agarrou pelo pulso e a jogou dentro de um quarto, um gesto que a fez compreender que ele não precisava de nenhum sinal de consentimento nem de resistência. Ele trancou a porta, olhando-a no rosto. O corpo ereto, olhos fixos nos dele, Dagny estendeu o braço até o abajur na mesa de cabeceira e o desligou. Rearden se aproximou. Acendeu a luz de novo, com um único movimento súbito e desdenhoso. Ela o viu sorrir pela primeira vez, um sorriso lento, debochado, sensual, que enfatizava o objetivo de seu gesto.

Ele a apertava contra seu corpo e lhe arrancava as roupas. Ela beijava seu pescoço, seus ombros. Sabia que todos os gestos que exprimiam seu desejo por ele o atingiam com a força de um soco, que havia um estremecimento de raiva e incredulidade dentro dele – porém nenhum gesto satisfaria a fome que ele sentia por todo e qualquer sinal de seu desejo.

Em pé, ele olhava para seu corpo nu. Debruçou-se sobre ela e disse – mais uma afirmação de triunfo insolente do que uma pergunta:

– Você quer?

Ela respondeu, mais numa arfada que numa palavra, de olhos fechados e boca aberta:

– Quero.

Ela sabia que o que sentia na pele dos braços era o contato com o tecido da camisa dele, sabia que os lábios que sentia sobre sua boca eram dele, mas no restante de seu corpo não havia distinção entre o que era ele e o que era ela, como não havia distinção entre corpo e espírito. Através de todas as etapas por que haviam passado, etapas de uma trajetória assumida na coragem de uma única coerência: o amor à vida – assumida na consciência de que nada é dado, e que é necessário que cada um construa seu próprio desejo, cada forma de sua concretização –, através das etapas de fundir metal, fazer trilhos e motores, haviam sido impelidos pelo poder da ideia de que o homem refaz o mundo para sua própria satisfação, de que o espírito do homem dá significado à matéria insensível moldando-a de modo a adaptá-la ao objetivo escolhido. Aquela trajetória os conduziu ao momento em que, em resposta aos mais elevados valores individuais, numa admiração inexprimível por qualquer outra forma de homenagem, o espírito faz do corpo o tributo, transformando-o – como uma prova, uma recompensa – em uma única sensação de prazer, um prazer de tal intensidade que nenhuma outra sanção à existência se faz necessária. Ele ouviu dela um gemido arfante, ela sentiu dele o estremecer do corpo, no mesmo instante.

CAPÍTULO 9

O SAGRADO E O PROFANO

Dagny contemplou as faixas luminosas sobre a pele de seu braço, espaçadas, como pulseiras, desde o pulso até o ombro. Eram faixas de sol que atravessavam a veneziana da janela de um quarto desconhecido. Viu um machucado acima do cotovelo, com gotas escuras do que já fora sangue. O braço repousava sobre o cobertor que ocultava o restante do corpo. Sentia as pernas e os quadris, mas o restante se reduzia a uma sensação de leveza, como se seu corpo estivesse pousado sobre o ar, numa espécie de gaiola feita de raios de sol.

Virando-se para olhar para Rearden, pensou: *Antes, o distanciamento, a formalidade hermeticamente fechada, o orgulho de jamais sentir nada – e agora, ao seu lado, na cama, após horas de uma violência que não lhes seria possível traduzir em palavras, à luz do sol –, mas que permanecia em seus olhos, ao se entreolharem, e que eles queriam expressar, enfatizar, jogar um na cara do outro.*

Ele viu o rosto de uma mocinha, com lábios que esboçavam um sorriso, como se seu estado natural de relaxamento fosse um estado radiante, com uma mecha de cabelos caindo sobre o rosto até a curva de um ombro nu, os olhos fitando-o como se ela estivesse pronta para aceitar tudo o que ele quisesse dizer, como antes aceitara o que ele quisera fazer.

Rearden lhe afastou o cabelo do rosto, cuidadosamente, para melhor admirá-lo. Subitamente, seus lábios encostaram nos cabelos de Dagny com ternura, embora seus dedos os agarrassem com desespero.

Recolocou a cabeça no travesseiro e fechou os olhos. Seu rosto parecia jovem, tranquilo. Vendo-o por um momento livre da tensão, ela percebeu subitamente quanta infelicidade aquele rosto havia suportado, mas agora aquilo passara.

Rearden se levantou, sem olhar para ela. O rosto dele estava novamente vazio, fechado. Pegou as roupas no chão e começou a se vestir, em pé no meio do quarto, um pouco virado para outro lado. Agia não como se ela não estivesse ali, mas como se sua presença não tivesse importância. Ao abotoar a camisa, ao apertar o cinto, suas mãos se moviam com uma precisão rápida, como se cumprisse um dever.

A cabeça relaxada no travesseiro, ela o observava, deliciando-se com a visão de seu corpo em movimento. Gostava daquelas calça e camisa cinzentas – *parece um mecânico da Linha John Galt*, pensou ela –, do corpo riscado por faixas de luz e sombra, como roupa de presidiário. Mas não eram mais as barras de uma prisão, eram rachaduras numa muralha que fora quebrada pela Linha John Galt, o prenúncio do que os esperava lá fora, além das venezianas – ela pensava na viagem de volta, na nova ferrovia, o primeiro trem a chegar a Wyatt Junction –, a volta ao escritório no Edifício Taggart, a todas as coisas que agora ela poderia conseguir. Mas aquilo podia esperar, ela não queria pensar naquilo, estava pensando no primeiro contato entre seus lábios e os dele – ela era livre para sentir aquilo, para conservar um momento em que nada mais tinha importância –, e sorria, em desafio, das faixas de céu que via por entre as lâminas da persiana.

– Quero que você saiba disto.

Ele estava em pé ao lado da cama, vestido, olhando para ela. Pronunciara as palavras com precisão, clareza, sem nenhuma entonação. Ela olhou para ele, obediente. Ele disse:

– O que sinto por você é desprezo. Mas não é nada em comparação com o desprezo que sinto por mim mesmo. Não a amo. Nunca amei ninguém. Desejei você desde a primeira vez que a vi. Desejei você como quem deseja uma puta, pelo mesmo motivo, com o mesmo objetivo. Passei dois anos me maldizendo, porque achava que você estivesse acima desse tipo de desejo. Mas você não está. Você é um animal tão vil quanto eu. Eu devia detestar esta minha descoberta. Mas não. Ontem, teria matado quem me dissesse que você era capaz de fazer o que eu fiz você fazer. Hoje eu daria a minha vida para que você não deixasse de ser a vagabunda que é. Toda a grandeza que eu via em você para mim não vale a obscenidade do seu talento de proporcionar prazer animalesco. Nós éramos dois seres grandiosos, eu e você, orgulhosos de nossa força, não éramos? Pois a isto fomos reduzidos. E faço questão de encarar este fato.

Ele falava devagar, como se as palavras fossem chicotadas que dava em si próprio. Não havia sinal de emoção em sua voz, apenas um esforço sem vida. Não era o tom de voz de quem quer falar, e sim o som feio e torturado do dever.

– Para mim, era uma questão de honra jamais precisar de ninguém. Mas eu preciso de você. Eu me orgulhava de sempre agir com base em minhas convicções. Pois cedi a um desejo que desprezo. É um desejo que reduziu minha mente, minha vontade, meu ser, meu poder de existir a uma dependência abjeta em relação a você, nem ao menos em relação à Dagny Taggart que eu admirava, mas a seu corpo, a suas mãos, a sua boca e a alguns segundos da convulsão de seus músculos. Jamais deixei de cumprir minha palavra. Agora traí um juramento que havia feito para toda a vida. Jamais cometi um ato que tivesse que ser escondido. Agora vou ter de mentir, disfarçar, ocultar. Tudo o que eu queria, eu era livre para dizê-lo em alto e bom som, e realizá-lo à vista de todos. Agora meu único desejo é algo que me é odioso mencionar até mesmo para mim mesmo. Mas é meu único desejo. Você vai ser minha. Eu abriria mão de tudo o que tenho, da siderúrgica, do metal, da realização de toda a minha vida. Você vai ser minha, mesmo que o preço seja maior do que eu próprio, o meu amor-próprio, e quero que você saiba disso. Não quero fingimentos, evasivas, cumplicidades silenciosas, sem que se esclareça a natureza de nossos atos. Não quero palavrórios sobre amor, valor, lealdade e respeito. Não quero que nos reste nenhum sinal de honra para nos servir de escudo. Jamais pedi piedade a alguém. Escolhi essa alternativa e aceito todas as consequências, incluindo o reconhecimento integral de minha escolha. É depravação, e a aceito como tal, e não há virtude, por mais elevada que seja, que valha para mim o que ela vale. Agora, se você quiser me dar um tapa na cara, pode dar. Eu até queria que você desse.

Dagny o escutara, sentada na cama, segurando o cobertor à altura do pescoço para ocultar o corpo. De início, ele vira seus olhos escurecerem de espanto e incredulidade. Depois, parecia que ela passara a escutar com mais atenção, via mais do que seu rosto, muito embora os olhos dela estivessem fixos nos seus. Ela parecia estar considerando com atenção alguma revelação que jamais lhe haviam feito. Ele tinha a impressão de que um raio de luz brilhava cada vez mais forte em seu próprio rosto, porque via seu reflexo no dela – viu desaparecerem, aos poucos, o choque, depois o espanto; viu uma estranha serenidade tornando seu rosto ao mesmo tempo tranquilo e radiante.

Quando ele terminou, ela caiu na gargalhada.

O que mais o chocou era que não havia raiva naquele riso. Ela ria com simplicidade, solta, divertindo-se, relaxando, não como quem ri ao resolver um problema, e sim ao descobrir que jamais houve problema algum.

Ela jogou o cobertor para o lado com um gesto enfático e calculado. Ficou em pé. Olhou para suas roupas no chão e as chutou para o lado. Encarou-o, nua, e disse:

– Eu quero você, Hank. Sou muito mais animalesca do que você pensa. Desejei você na primeira vez que o vi e só me envergonho de não ter percebido o fato. Eu não sabia por que, durante dois anos, os meus momentos de maior felicidade eram os que eu passava no seu escritório, onde eu levantava a cabeça e via você. Eu não entendia a natureza nem o motivo do que sentia na sua presença. Agora sei. É tudo o que eu quero, Hank. Quero você na minha cama... e você pode ficar livre de mim o restante do tempo. Você não tem que fingir nada: não pense em mim, não sinta, não se importe. Não quero sua mente, sua vontade, seu ser nem sua alma, desde que você me procure para satisfazer seus desejos mais baixos. Sou um animal que só quer exatamente aquela sensação de prazer que você despreza, mas eu quero que você me proporcione essa sensação. Você abriria mão das virtudes mais elevadas em troca dessa sensação, enquanto eu... eu não tenho nenhuma virtude de que abrir mão. Não busco nem desejo nenhuma. Sou tão vil que trocaria a visão mais bela do mundo pela sua figura na cabine de uma locomotiva. Não tenha medo de ser dependente de mim: sou eu que dependo do menor capricho seu. Sou sua a qualquer hora que você me desejar, em qualquer lugar, em quaisquer condições. Você falou na obscenidade do meu talento? Pois ela é tal que faz com que a sua posse sobre mim seja mais segura do que sobre qualquer outra propriedade sua. Você pode fazer o que quiser comigo. Não tenho medo de admitir isso, não tenho nada a proteger de você, nada a esconder. Você acha que isso é uma ameaça às suas realizações, mas não é às minhas. Vou sentar à minha mesa, trabalhar e, quando eu achar que as coisas ao meu redor estão difíceis de suportar, vou lembrar que naquela noite estarei na sua cama. Você falou em depravação? Sou muito mais depravada do que você: o que em você inspira culpa em mim provoca... orgulho. Tenho mais orgulho disso do que de qualquer coisa que eu já tenha feito, mais orgulho que de ter construído a linha. Se me perguntarem de que realização me orgulho mais, responderei: "Dormi com Hank Rearden. Mereci isso."

Ele a jogou na cama e seus corpos se encontraram entre gemidos torturados de homem e risos de mulher.

◆◆◆

Na escuridão das ruas, a chuva era invisível, porém por baixo do poste de luz da esquina ela formava uma franja luminosa, como em um abajur. James Taggart enfiou a mão no bolso e constatou que havia perdido o lenço. Resmungou um palavrão, ressentido, como se a perda do lenço, a chuva e seu resfriado fizessem parte de uma conspiração que alguém tramava contra ele.

As calçadas estavam cobertas por uma camada fina de lama. Ele sentia o chão grudento por baixo das solas de seus sapatos e um frio que lhe entrava colarinho adentro. Não tinha vontade nem de andar nem de parar. Não tinha aonde ir.

Ao sair do escritório, após a reunião da diretoria, percebera de repente que não tinha mais nenhum compromisso, que tinha uma longa noite pela frente, mas não havia ninguém para ajudá-lo a passar o tempo. As manchetes dos jornais celebravam em letras garrafais a vitória da Linha John Galt; as estações de rádio já a haviam proclamado na véspera e durante toda a noite. O nome da Taggart Transcontinental aparecia em manchetes espalhadas por todo o país, como os trilhos da rede, e James sorria quando o cumprimentavam. Sorrira também, sentado à cabeceira da longa mesa de reuniões da diretoria, enquanto os diretores comentavam a valorização vertiginosa das ações da companhia na Bolsa e lhe pediam cuidadosamente para ver o contrato que ele havia assinado com a irmã – só para conferir, diziam eles –, e comentavam que estava tudo bem, o contrato não deixava margem a dúvidas, ela teria mesmo que entregar a linha à Taggart Transcontinental imediatamente. Comentavam o brilhante futuro da empresa e a dívida de gratidão que tinham para com James.

Durante todo o tempo, James estava ansioso para que a reunião terminasse logo e ele pudesse ir para casa. Então, ao chegar à rua, percebeu que sua casa era o único lugar para onde ele não ousaria ir naquela noite. Não podia ficar sozinho nas próximas horas, e, no entanto, não havia ninguém para chamar. Não queria ver gente. Não lhe saíam da cabeça os olhares dos membros da diretoria elogiando-o: olhares maliciosos, opacos, que continham desprezo por ele e – o que era ainda mais terrível – por si próprios.

Ele caminhava de cabeça baixa, sentindo uma agulhada de chuva na nuca de vez em quando. Desviava a vista sempre que passava por uma banca de jornal. Os jornais pareciam gritar o nome da Linha John Galt, além de outro nome que ele não queria ouvir: Ragnar Danneskjöld. Um navio que rumava para a República Popular da Noruega com uma doação de emergência de máquinas-ferramentas fora apreendido por Danneskjöld na noite anterior. Aquela notícia o incomodava pessoalmente, por algum motivo que ele não sabia determinar. Era um sentimento que parecia ter algo em comum com o que ele sentia em relação à Linha John Galt.

É porque estou resfriado, pensou. Não estaria desse jeito se não estivesse resfriado. Não se podia querer que ele estivesse em forma com aquele resfriado, ele não tinha culpa – não podiam querer que ele saísse cantando e dançando, não é? Fazia essas perguntas com raiva, dirigindo-as aos desconhecidos juízes de seu estado de espírito, de que ninguém tomava conhecimento. Enfiou uma das mãos no bolso de novo à procura de um lenço, xingou novamente e resolveu que era melhor parar em algum lugar e comprar lenços de papel.

Do outro lado da praça, naquele bairro que já fora densamente habitado, James viu a vitrine iluminada de uma lojinha, que possivelmente ainda estaria aberta àquela hora da noite. *Mais uma loja que em breve vai falir*, pensou ele enquanto atravessava a praça, e esse pensamento lhe deu prazer.

Lá dentro a iluminação ofuscava. Havia algumas balconistas cansadas atrás de balcões vazios, e uma vitrola tocando a todo volume para um único freguês, desanimado, num canto. A música estridente abafou a voz de James: ele pediu lenços de papel num tom que dava a entender que a balconista era responsável por seu resfriado. A moça se virou para a prateleira atrás dela, mas se desvirou a fim de olhar de relance o rosto dele. Pegou um pacote, mas parou, hesitante, examinando-o com curiosidade.

– O senhor é James Taggart? – perguntou.

– Sou – respondeu ele, seco. – Por quê?

– Ah!

No rosto da moça havia a expressão de uma criança que assiste à explosão de um morteiro, um olhar que ele achava que só mereciam as estrelas de cinema.

– Vi sua foto no jornal hoje, Sr. Taggart – comentou ela rapidamente. Um leve rubor corou suas faces e logo desapareceu. – Dizia que foi uma grande realização e que foi o senhor quem fez tudo, só que o senhor fazia questão de que ninguém soubesse disso.

– Ah – retrucou James, sorrindo.

– O senhor é igualzinho à sua foto – disse ela, espantadíssima, e acrescentou: – Que coisa, o senhor entrar aqui em pessoa, assim sem mais nem menos!

– E por que não? – perguntou ele, achando graça.

– Quer dizer, todo mundo falando, o país inteiro, o senhor é que fez tudo... e o senhor aqui! Nunca vi uma pessoa importante antes. Nunca estive tão perto de nada tão importante, quer dizer, dessas coisas que a gente lê no jornal.

Era a primeira vez que ele tinha a experiência de causar sucesso num lugar em que entrava: a moça parecia nem estar cansada mais, como se aquela lojinha houvesse se transformado num lugar maravilhoso e importante.

– Sr. Taggart, é verdade isso que o jornal disse do senhor?

– O quê?

– Isso do seu segredo.

– Que segredo?

– Que todo mundo estava brigando por causa da ponte do senhor, que ia cair ou não ia cair, e o senhor nem discutiu, foi em frente porque sabia que não ia cair, quando ninguém mais tinha certeza... quer dizer, a linha era um projeto da Taggart, o senhor é que estava por trás de tudo, mas fez segredo, porque não fazia questão de receber elogios.

Ele já lera a nota distribuída à imprensa pelo departamento de relações públicas.

– É verdade, sim.

A moça o olhou de tal modo que ele acreditou que era mesmo verdade.

– Foi maravilhoso da sua parte, Sr. Taggart.

– Você sempre se lembra com tantos detalhes do que lê nos jornais?

– Ah, lembro sim, quer dizer, acho que sim... todas as coisas interessantes. As coisas importantes. Gosto de ler sobre elas. Comigo nunca acontece nada de importante.

Ela disse aquilo sorrindo, sem autocomiseração. Havia uma determinação juvenil em sua voz, nos seus movimentos. Tinha os cabelos ruivos cacheados, olhos bem separados, algumas sardas num nariz arrebitado. James pensou que quem reparasse em seu rosto diria que era bonito, só que não havia nenhum motivo em particular para reparar nele. Era um rostinho comum, que de especial só tinha um olhar muito vivo, interessado, um olhar que esperava encontrar um segredo emocionante por trás de tudo no mundo.

– Sr. Taggart, como o senhor se sente como um grande homem?

– E como você se sente como uma mocinha?

Ela riu.

– Ora, acho ótimo.

– Então você está em melhor situação que eu.

– Ah, como é que o senhor pode dizer uma coisa tão...

– Talvez seja sorte sua você não ter nada a ver com os grandes acontecimentos que aparecem nos jornais. Grandes... O que você considera grande, afinal?

– Bem... importante.

– O que é importante?

– O senhor é que deve saber.

– Nada é importante.

Ela o olhou sem acreditar.

– Logo o senhor... dizer isso, e logo hoje!

271

– Se você quer saber, não me sinto nem um pouco maravilhoso. Nunca me senti menos maravilhoso na vida.

James ficou surpreso ao ver que a moça o fitava com um olhar de preocupação que ninguém jamais lhe dirigira.

– O senhor está exausto – disse ela, séria. – Eles que vão para o inferno.

– Eles quem?

– Quem estiver fazendo o senhor se sentir desse jeito. Isso não é direito.

– O que não é direito?

– O senhor se sentir desse jeito. O senhor aguentou muita coisa, mas acabou vencendo todo mundo e, portanto, merece se divertir agora. Merece mesmo.

– E como você sugere que eu me divirta?

– Ah, não sei. Mas pensei que o senhor ia comemorar esta noite, numa festa cheia de gente famosa e champanhe, e que iam dar coisas ao senhor, sei lá, a chave da cidade, uma tremenda festa... e não ficar andando por aí, comprando lenços de papel, onde já se viu?!

– É melhor me dar logo os lenços, antes que você se esqueça – disse ele, entregando-lhe o dinheiro. – Quanto à tal festa, já lhe ocorreu que talvez eu não queira ver ninguém esta noite?

Ela ficou a pensar, séria.

– Não. Não pensei nisso, não. Mas até entendo por quê.

– Por quê? – Era uma pergunta cuja resposta ele desconhecia.

– Porque ninguém é bom o bastante para o senhor – respondeu a moça, com simplicidade, não como uma lisonja, mas como a constatação de um fato.

– É isso que você pensa?

– Acho que não gosto muito de gente, Sr. Taggart. Pelo menos, não da maioria das pessoas.

– Eu também não. De ninguém.

– Eu pensava que um homem como o senhor... o senhor não ia saber como eles são maus e tentam pisar no senhor e se dar bem à sua custa. Eu achava que os grandes homens conseguiam escapar dessa gente e não viviam atacados pelas pulgas, mas acho que eu estava errada.

– Atacados pelas pulgas? Como assim?

– Ah, eu digo isso quando as coisas estão difíceis... que eu tenho de escapar para um lugar onde não fique mordida pelas pulgas, quer dizer, esse tipo de gente... mas vai ver que todo mundo é assim também, só que as pulgas são maiores.

– Muito maiores.

Ela não disse nada, como se estivesse pensando em alguma coisa.

– É engraçado – disse ela, com uma voz triste, como se falasse com os próprios botões.

– O quê?

– Uma vez li num livro que os grandes homens são sempre infelizes, e quanto maiores, mais infelizes. Eu não entendi. Mas vai ver que é verdade.

– Muito mais do que você pensa.

Ela desviou o rosto. Tinha uma expressão perturbada.

– Por que você se preocupa tanto com os grandes homens? – perguntou ele. – Você vive cultuando heróis, ou o quê?

Ela se virou para James, e ele viu a luz de um sorriso interior, enquanto o rosto permanecia muito sério. Era o olhar mais eloquente que alguém já dirigira a ele. Ela respondeu, com uma voz impessoal e tranquila:

– Mas o que mais há para cultuar, Sr. Taggart?

Um som estridente, entre cigarra e campainha, soou de súbito, irritantemente.

Ela levantou a cabeça de súbito, como se acordasse ao som de um despertador, e suspirou.

– Hora de fechar, Sr. Taggart – disse ela, contrariada.

– Vá pegar o seu chapéu. Eu a espero lá fora – disse ele.

A moça o olhou fixamente, como se tal possibilidade lhe parecesse inconcebível.

– O senhor fala sério? – sussurrou ela.

– Falo sério.

A moça saiu correndo como uma bala em direção ao fundo da loja, esquecendo o balcão, suas obrigações profissionais e o princípio de que uma mulher jamais deve aceitar o convite de um homem com excesso de entusiasmo.

Ele ficou a olhá-la por um momento, semicerrando os olhos. Não disse a si mesmo qual era a natureza do que estava sentindo – jamais identificar suas emoções era o único princípio que seguia em sua vida; limitava-se a senti-las –, e esse sentimento em particular era agradável, e era essa identificação a única que lhe interessava. Mas o sentimento era produto de um pensamento que ele não queria formular. Muitas vezes conhecera moças mais pobres, que fingiam admirá-lo, enchendo-o de lisonjas grosseiras cujo objetivo era óbvio. Não gostava nem desgostava delas, sua companhia ao mesmo tempo lhe agradava e o entediava, e ele as tratava como iguais, num jogo que considerava natural para os dois jogadores. Aquela moça era diferente. As palavras que estavam em sua mente, mas que ele não formulava, eram: a bobinha está mesmo falando sério.

O fato de que ele a esperava com impaciência, parado na calçada, na chuva, e de que ela era a única pessoa de quem ele precisava naquela noite não o incomodava, nem lhe parecia uma contradição. Ele não deu nome à natureza de sua necessidade. Não havia contradição entre as duas ideias, já que ele não as expressara.

Quando ela saiu, James percebeu a curiosa combinação que havia entre sua timidez e o modo como ela mantinha a cabeça erguida. Usava uma capa de chuva feia, bijuterias baratas na lapela e um pequeno chapéu com flores de pelúcia, que se misturavam, com ar desafiador, a seus cabelos cacheados. Curiosamente, a cabeça erguida fazia com que o chapéu parecesse bonito, enfatizava o fato de que ela sabia ficar bem até mesmo com as roupas que usava.

– Vamos até lá em casa tomar alguma coisa? – perguntou ele.

Ela fez que sim, muda, como se temesse não encontrar as palavras corretas para exprimir que concordava. Então, sem olhar para ele, como se falasse consigo própria, disse:

– O senhor não queria ver ninguém hoje, mas quer me ver...

James jamais ouvira um tom tão orgulhoso na voz de alguém.

Sentada ao seu lado no táxi, ela não falava nada. Olhava para os arranha-céus pelos quais passavam. Depois de algum tempo, disse:

– Eu já tinha ouvido que coisas desse tipo acontecem em Nova York, mas nunca imaginei que fossem acontecer comigo.

– Você é de onde?

– Buffalo.

– Tem família?

Ela hesitou.

– Acho que sim. Lá em Buffalo.

– Você acha? Como assim?

– Eu sumi de lá.

– Por quê?

– Achei que, para poder ser alguém na vida, eu tinha que me afastar deles para sempre.

– Por quê? O que foi que aconteceu?

– Nada. E não ia acontecer nada. Era isso que eu não aguentava.

– Como assim?

– Bem, eles... é, acho que é melhor eu dizer a verdade para o senhor. Meu velho nunca foi de nada, e mamãe nunca ligou para isso, e eu acabei enjoando de ser a única da nossa família de sete pessoas que trabalhava, enquanto os outros nunca davam sorte, por um ou outro motivo. Achei que, se eu não pulasse fora, ia acabar igual a eles. Por isso comprei uma passagem de trem um dia e sumi. Sem me despedir. Eles não souberam que eu estava indo embora. – De repente, ela se lembrou de algo e deu uma risadinha. – Era um trem da Taggart.

– Quando você veio para cá?

– Faz seis meses.

– E você está sozinha?

– Estou – respondeu ela, satisfeita.

– Era isso mesmo que você queria?

– Bem, sabe como é... queria fazer alguma coisa, subir na vida.

– Subir até onde?

– Ah, sei lá. Mas... mas as pessoas fazem coisas no mundo. Eu via fotos de Nova

York e pensava – apontou, pela janela molhada de chuva do táxi, para os arranha-
-céus gigantescos –, eu pensava, alguém construiu esses prédios... em vez de ficar se
queixando que a cozinha está imunda e o teto cheio de goteiras e os encanamentos
entupidos e este mundo é uma porcaria e... Sr. Taggart – ela virou a cabeça para ele
com um movimento súbito, num arrepio, e o encarou –, nós vivíamos na miséria e
nem ligávamos para isso. Era isso que eu não aguentava, isso de ninguém ligar. Ninguém mexia um dedo. Nem para esvaziar a lata de lixo. E a vizinha dizia que era minha obrigação ajudá-los, que tanto fazia o que ia ser de mim ou dela ou deles, porque
a vida é assim mesmo e ninguém pode fazer nada! – Por trás do olhar vivo da moça,
James divisou algo machucado e endurecido. – Não quero falar sobre eles – prosseguiu ela. – Com o senhor, não. Isso... isso de eu encontrar o senhor, isso é o tipo de
coisa que não tem nada a ver com eles. Não quero. É uma coisa minha, só minha.

– Quantos anos você tem? – perguntou ele.

– Dezenove.

Quando a olhou em sua sala de visitas iluminada, pensou que ela teria um belo
corpo se se alimentasse melhor. Parecia magra demais para sua altura e estrutura
óssea. Trajava um vestidinho preto apertado e surrado, que tentara disfarçar com
as pulseiras plásticas berrantes que chacoalhavam em seu braço. A moça olhava ao
redor como se aquela sala fosse um museu, como se não pudesse tocar em nada e
devesse olhar para tudo com muita atenção e gravar bem na memória.

– Como você se chama?

– Cherryl Brooks.

– Bem, sente-se.

James preparou os drinques em silêncio, enquanto ela esperava, obediente, sentada na beira de uma poltrona. Quando ele lhe entregou um copo, ela tomou alguns
goles, como se por obrigação, depois ficou com o copo na mão. Ele percebeu que ela
não saboreava a bebida, não a percebia, não tinha tempo para pensar nela.

Ele bebeu um gole de seu copo e o colocou na mesa, com irritação – também não
estava com vontade de beber. Andava de um lado para outro, emburrado, sabendo
que os olhos da moça o seguiam, gozando esse fato, gozando a tremenda importância que seus movimentos, suas abotoaduras, seus cadarços, seus abajures e cinzeiros
ganhavam naqueles olhos ternos que nada questionavam.

– Sr. Taggart, por que o senhor é tão infeliz?

– Por que você se interessa em saber isso?

– Porque... bem, se o senhor não tem direito de ser feliz e orgulhoso, então quem
tem?

– É o que eu queria saber... quem tem? – Virou-se para ela abruptamente, explodindo, como se houvesse queimado um fusível de segurança. – Não foi ele quem
inventou o ferro e o alto-forno, não é?

– Ele quem?

– Rearden. Não foi ele quem inventou o processo de fundição, a química e a compressão de ar. Rearden não ia poder inventar o metal dele se não fosse por milhares de outras pessoas. O metal dele! Por que ele acha que é dele? Por que acha que é invenção dele? Todo mundo usa o trabalho de todo mundo. Ninguém nunca inventa nada.

A moça disse, intrigada:

– Mas o ferro e todas essas coisas já existiam antes. Por que ninguém mais fez esse metal, só o Sr. Rearden?

– Ele não fez isso para nenhum fim nobre, fez só para lucrar, ele não faz nada por outro motivo.

– E o que tem isso, Sr. Taggart? – Então ela riu baixinho, como se de repente tivesse resolvido um enigma. – Isso é bobagem, Sr. Taggart. O senhor não está falando sério. O senhor sabe que o Sr. Rearden merece todo esse lucro, como o senhor também. O senhor diz isso só por modéstia, porque todo mundo sabe que trabalho maravilhoso vocês estão fazendo... o senhor, o Sr. Rearden e a sua irmã, que deve ser uma pessoa maravilhosa!

– É mesmo? Pois é o que você pensa. Ela é uma mulher dura, insensível, que passa a vida construindo estradas de ferro e pontes, não em nome de algum ideal nobre, mas só porque ela gosta. Se ela gosta, o que há de admirável no trabalho dela? Não sei se foi uma ideia tão boa assim construir aquela ferrovia para aqueles industriais prósperos do Colorado quando há tanta gente pobre, nas áreas mais atingidas pela crise, que precisa de transporte.

– Mas não foi o senhor que lutou para construir essa linha?

– Fui, porque era meu dever para com a companhia, com os acionistas e com nossos funcionários. Mas não pense que gosto disso. Não sei se foi uma ideia tão boa assim, inventar esse metal novo e complicado quando há tantos países precisando de ferro, apenas ferro. Sabe que a República Popular da China não tem nem pregos para construir telhados de casas?

– Mas... mas isso não é culpa sua.

– Alguém devia cuidar disso. Alguém que enxergue mais, além de seus próprios interesses. Hoje em dia, quando há tanto sofrimento ao nosso redor, nenhuma pessoa sensível dedicaria 10 anos de sua vida a experiências malucas com metais sofisticados. Você acha isso genial? Pois não é nenhum talento superior, e sim apenas uma casca de insensibilidade tão grossa que não seria furada nem mesmo por uma tonelada de metal Rearden! Há várias pessoas no mundo muito mais capacitadas do que ele, só que os nomes delas não saem nos jornais, e você não as encontra em qualquer passagem de nível, porque elas não conseguem inventar pontes quando estão preocupadas com o sofrimento da humanidade!

Ela o encarava em silêncio, respeitosa. Seu entusiasmo febril havia diminuído, seus olhos brilhavam menos. Ele estava se sentindo melhor.

Pegou seu copo, tomou um gole e deu uma risadinha de repente, ao se lembrar de algo.

– Foi engraçado, sabe – disse ele, num tom menos tenso, mais animado, de quem troca confidências com um amigo. – Você devia ter visto a cara do Orren Boyle ontem, quando chegou a primeira mensagem de rádio de Wyatt Junction! Ele ficou verde, verde mesmo, como um peixe que já está ficando estragado! Sabe o que ele fez ontem, quando recebeu a má notícia? Alugou uma suíte no Hotel Valhalla, e você sabe muito bem que tipo de hotel é esse, e, pelo que me disseram, ainda estava lá hoje, bebendo até cair, com alguns amigos e metade da população feminina da Amsterdam Avenue!

– Quem é esse Sr. Boyle? – perguntou a moça, estupefata.

– Ah, um gordão metido a besta. Um sujeito esperto, que às vezes fica esperto até demais. Você tinha que ver a cara dele ontem! Eu me diverti. Ele e o Dr. Floyd Ferris. Esse também não gostou nem um pouco, nem um pouco! O Dr. Ferris, tão elegante, do Instituto Científico Nacional, o servidor do povo, com seu vocabulário tão seleto... mas até que ele se saiu bem, só que nas entrelinhas dava para ver como espernea-va... Me refiro à entrevista que ele deu hoje de manhã, em que disse: "A nação deu a Rearden aquele metal, e agora esperamos que ele dê a ela algo em troca." Essa foi boa, levando-se em conta quem é que vive à custa do governo, e... tantas outras coisas. Até que se saiu melhor do que Bertram Scudder. Esse só conseguiu dizer "sem comentários", quando seus colegas da imprensa lhe pediram que dissesse como se sentia. "Sem comentários"... imagine! Logo ele, que desde que nasceu não conseguiu ficar de boca fechada 10 minutos, que fala a respeito de qualquer coisa que você lhe perguntar ou mesmo não perguntar, seja sobre poesia abissínia, seja sobre o estado dos banheiros femininos na indústria têxtil! E o Dr. Pritchett, aquele velho imbecil, anda dizendo que tem certeza de que Rearden não inventou aquele metal, porque uma fonte insuspeita lhe disse que ele o roubou de um pobre inventor que assassinou!

Ele ria, alegre. A moça o ouvia como se ele desse uma aula de matemática superior, sem entender nada, nem mesmo o estilo de sua linguagem, um estilo que tinha o efeito de fazer o mistério parecer ainda maior, porque ela tinha certeza de que, vindo de quem vinha, não queria dizer o que significaria se saísse da boca de qualquer outra pessoa.

James serviu-se de mais uma dose e a bebeu de um só gole, mas sua alegria desapareceu de repente. Jogou-se numa poltrona, encarando a moça com seus olhinhos confusos abaixo da testa alta que emendava na careca.

– Ela volta amanhã – disse ele, com um riso que não traduzia humor.

– Ela quem?

– Minha irmã. Minha querida irmã. Ah, mas ela vai se achar o máximo, não vai?

– O senhor não gosta de sua irmã, Sr. Taggart?

Ele riu o mesmo riso sem humor. Seu significado era tão evidente que a moça não repetiu a pergunta.

– Por quê? – perguntou ela.

– Por ela se achar tão boa. Com que direito ela pensa assim? Com que direito qualquer um se acha bom? Ninguém presta.

– O senhor não está falando sério.

– Quero dizer que nós não passamos de seres humanos, e o que é um ser humano? Uma criatura fraca, feia, pecaminosa, que já nasce assim, fundamentalmente corrompida, de modo que a humildade é a única virtude que ela devia praticar. Devia passar a vida de joelhos, pedindo perdão por sua existência imunda. Quando um homem se acha bom, isso é sinal de que ele está podre. O orgulho é o pior de todos os pecados, seja o que for que o homem tiver feito.

– Mas e se a pessoa souber que o que fez é bom?

– Então ela deve pedir desculpas por tê-lo feito.

– A quem?

– Aos outros, que não o fizeram.

– Eu... eu não entendi.

– Claro que não. Só depois de anos e anos de estudo nas mais elevadas áreas do saber é que vai poder entender. Já ouviu falar na obra *As contradições metafísicas do universo*, do Dr. Simon Pritchett? – Ela sacudiu a cabeça, assustada. – Como é que você pode saber o que é bom? Quem sabe o que é bom? Não existem absolutos, conforme o Dr. Pritchett demonstrou de modo irrefutável. Nada é absoluto. Tudo é questão de opinião. Como é que você sabe que a ponte não caiu? Você apenas pensa que não. Como é que você sabe se realmente existe essa ponte? Você acha que um sistema filosófico como o do Dr. Pritchett é apenas uma coisa acadêmica, desligada, sem nenhum sentido prático? Mas não é. Ah, mas não é mesmo!

– Mas, Sr. Taggart, a ferrovia que o senhor construiu...

– Ah, e o que é essa ferrovia, afinal? Apenas uma realização material. Que importância tem isso? Há alguma grandeza numa coisa material? Só um animal irracional pode achar graça naquela ponte, quando há tantas coisas mais elevadas na vida. Mas as coisas mais elevadas são reconhecidas? Não! Veja só as pessoas. Tanto falatório, tantas manchetes por causa de um truque feito com partículas materiais. Porém alguém dá importância às coisas mais nobres? Fazem alguma manchete sobre um fenômeno do espírito? Percebem ou reconhecem uma pessoa de sensibilidade mais aguçada? E você ainda se espanta de ver que todo grande homem está condenado à infelicidade neste mundo depravado? – Taggart se debruçou para a frente, fitando a moça com um olhar intenso. – Vou lhe dizer uma coisa... uma coisa... a infelicidade é o sinal característico da virtude. Se um homem é infeliz realmente, verdadeiramente infeliz, isso quer dizer que ele é um homem superior.

Taggart viu o olhar confuso e ansioso no rosto da moça.

– Mas o senhor tem tudo o que quer. Tem a melhor ferrovia do país, os jornais consideram o senhor o maior executivo de nossa época, dizem que as ações da sua companhia lhe deram uma fortuna da noite para o dia, o senhor tem tudo o que podia querer... e não está satisfeito?

– Não.

No rápido instante em que ele pronunciou sua resposta, ela se sentiu assustada, percebendo um medo súbito dentro dele. Sem saber por quê, ela baixou o tom de voz e sussurrou:

– O senhor preferia que aquela ponte tivesse caído?

– Eu não disse isso! – exclamou ele, ríspido. Depois deu de ombros e fez um gesto de desprezo. – Você não entende.

– Desculpe... Ah, eu sei que tenho muito que aprender!

– Estou me referindo a uma fome por algo muito superior àquela ponte. Uma fome que nada de material pode satisfazer.

– O quê, Sr. Taggart? O que o senhor quer?

– Lá vem você! Assim que você pergunta "o que o senhor quer", você volta ao mundo material mesquinho, em que tudo tem que ser rotulado e medido. Estou falando de coisas que não têm nome na linguagem materialista... as esferas mais elevadas do espírito, que o homem jamais alcança... O que é a realização humana, afinal? A Terra não passa de um átomo rodopiando no universo... Qual a importância daquela ponte para o sistema solar?

Um súbito olhar alegre de compreensão iluminou o rosto da moça.

– É maravilhoso de sua parte achar que suas realizações não bastam para o senhor. Acho que quanto mais longe o senhor vá, mais quer seguir em frente. É um homem ambicioso. É o que eu mais admiro: a ambição. Quero dizer, fazer coisas, sem parar e desistir, mas fazer. Eu entendo, Sr. Taggart... embora eu não compreenda todos esses pensamentos elevados.

– Você vai aprender.

– Ah, vou me esforçar muito para aprender!

O olhar de admiração da moça não mudara. Ele andou até o outro lado da sala sob aquele olhar que o iluminava como um holofote. Foi colocar mais uma dose no copo. Havia um espelho atrás do bar. James viu seu próprio reflexo no espelho: o corpo alto distorcido por uma postura desleixada, como se para negar deliberadamente a beleza humana, o cabelo que rareava, a boca mole e aborrecida. De repente percebeu que o que ela via não era ele, e sim a figura heroica de um construtor, com ombros orgulhosamente esticados e cabelos soltos ao vento. Deu uma risadinha, achando que estava pregando uma boa peça na moça, sentindo uma vaga sensação semelhante a uma sensação de vitória, de superioridade, por haver conseguido enganá-la.

Bebendo um gole, James olhou de relance para a porta do quarto e pensou na maneira normal como aventuras desse tipo costumavam terminar. Achou que seria fácil: a moça estava impressionada demais para resistir. Viu o brilho avermelhado de seus cabelos e a pele lisa e reluzente de seu ombro. Desviou o olhar. *Para quê?*, pensou.

O leve desejo que sentia não passava de uma sensação física de desconforto. O que mais o impelia a agir não era a moça em si, mas a ideia de que a maioria dos homens, naquela situação, não perderia a oportunidade. James reconheceu que ela era uma pessoa muito melhor do que Betty Pope, talvez a melhor que já tivera chance de conquistar. Mesmo assim, permaneceu indiferente. A perspectiva de sentir prazer não valia o esforço necessário para sua concretização. Ele não sentia desejo de experimentar prazer.

– Está ficando tarde – disse ele. – Onde você mora? Tome mais um drinque que eu depois a levo em casa.

Quando se despediu dela à porta de uma cabeça de porco miserável num bairro pobre, ela hesitou, esforçando-se para não fazer a pergunta que sentia uma vontade desesperada de fazer.

– Será que... – começou e parou.

– O quê?

– Não, nada, nada!

Ele sabia que a pergunta era "Será que vamos nos ver de novo?". Dava-lhe prazer não responder à pergunta, muito embora ele soubesse que ia procurá-la.

Ela o olhou novamente, como se fosse talvez pela última vez, e então disse, muito séria, em voz baixa:

– Sr. Taggart, estou muito agradecida ao senhor, porque o senhor... quer dizer, qualquer outro homem teria tentado... quer dizer, só ia querer saber de uma coisa, mas o senhor é muito superior a essas coisas, muito!

– Você aceitaria? – retrucou ele, com um leve sorriso interessado.

Ela se afastou dele, subitamente horrorizada com o que ela própria dissera.

– Ah, não, não foi isso que eu quis dizer! – exclamou. – Ah, meu Deus, eu não estava querendo insinuar que... que... – Corou violentamente, se virou e subiu correndo a longa e íngreme escadaria do cortiço.

James ficou parado na calçada, com uma sensação estranha, pesada e confusa de satisfação: como se ele tivesse feito uma ação virtuosa e como se tivesse se vingado de todas as pessoas que, ao longo do percurso de 500 quilômetros, haviam aplaudido a Linha John Galt.

◆ ◆ ◆

Quando o trem chegou a Filadélfia, Rearden a deixou sem uma palavra, como se as noites da viagem de volta não merecessem ser mencionadas à luz da realidade das estações repletas de gente e locomotivas em movimento, a realidade que ele respeitava. Dagny seguiu sozinha para Nova York. Mas naquela noite, bem tarde, a campainha de seu apartamento tocou, e Dagny percebeu que já esperava por aquilo.

Ele entrou sem dizer nada e a olhou, tornando sua presença silenciosa mais íntima que qualquer saudação verbal. Havia um leve sorriso de desprezo em seus lábios, que ao mesmo tempo reconhecia e zombava das horas de impaciência que ambos haviam vivido. Ficou parado no meio da sala, olhando ao redor lentamente: aquele era o apartamento de Dagny, o lugar que, durante dois anos, fora o foco de seu tormento, o lugar sobre o qual ele não devia pensar, mas em que pensava assim mesmo, o lugar onde ele não podia ir – e onde agora entrava com os passos seguros e tranquilos de proprietário legítimo. Sentou-se numa poltrona, esticando as pernas – e ela se pôs à sua frente, quase como se precisasse de sua permissão para sentar e lhe desse prazer esperar.

– Posso lhe dizer que você fez um trabalho magnífico na construção daquela linha? – perguntou ele.

Dagny o olhou, espantada. Ele jamais lhe fizera um elogio explícito como aquele; o tom de admiração em sua voz era verdadeiro, mas o toque de sarcasmo permanecia em seu rosto, e ela tinha a impressão de que ele falava tendo em mente algum objetivo que ela não podia adivinhar.

– Passei o dia todo respondendo a perguntas sobre você, e sobre a linha, o metal e o futuro. Além de contar as encomendas de metal. Estão chegando a um ritmo de milhares de toneladas por hora. Onde é que essa gente toda estava nove meses atrás? Ninguém estava interessado. Hoje tive de mandar desligar o telefone, para não ser obrigado a falar com todas as pessoas que queriam se comunicar pessoalmente comigo para dizer que precisavam urgentemente de metal Rearden. O que você fez hoje?

– Não sei. Tentei prestar atenção nos relatórios de Eddie... tentei fugir das pessoas... tentei levantar o material circulante para colocar mais trens na Linha John Galt, porque, do jeito como estava planejado, o cronograma não ia dar conta dos pedidos que se acumularam em apenas três dias.

– Muita gente quis falar com você hoje, não foi?

– É, muita.

– Eles dariam tudo só para trocar umas palavras com você, não é?

– Bem... imagino que sim.

– Os repórteres me perguntavam o tempo todo como você era. Um rapazinho de um jornal local disse várias vezes que você era uma mulher extraordinária. Disse que, se tivesse oportunidade de falar com você, teria medo. E tem razão. Esse futuro de que eles tanto falam e têm medo vai ser como você o fez, porque você teve a força que nenhum deles teve. Todas as estradas que levam à riqueza, que eles agora procuram, foi você quem as abriu. À força de se manter firme apesar de todos estarem contra. À força de só levar em conta a própria vontade.

Dagny prendeu a respiração: sabia aonde ele queria chegar. Ficou muito tesa, com os braços caídos ao longo do corpo, o rosto austero, como se estivesse se obrigando a suportar um suplício – os elogios a atingiam como se fossem insultos.

– Eles ficaram fazendo perguntas, não foi? – insistiu Rearden, debruçando-se para a frente. – E olharam para você com admiração. Como se você estivesse no alto de uma montanha, e tudo o que eles pudessem fazer fosse tirar o chapéu para você de uma grande distância. Não foi?

– Foi – sussurrou ela.

– Como se soubessem que é impossível se aproximar de você, falar na sua presença, tocar no seu vestido. Sabiam disso mesmo, e era verdade. Olharam para você cheios de respeito, não foi? E admiração?

Ele a agarrou pelo braço, a obrigou a se ajoelhar, retorcendo o corpo contra as pernas dele, e se abaixou para beijá-la na boca. Ela riu silenciosamente, um riso debochado, mas com os olhos entreabertos de prazer.

Horas depois, deitados na cama, Rearden lhe fez uma pergunta de repente, enquanto lhe acariciava o corpo e o dobrava contra seu braço, debruçando-se sobre ela – e, pela expressão intensa de seu rosto, pela sua voz que, embora firme e grave, parecia conter um soluço, ela percebeu que a pergunta lhe escapava dos lábios como se estivesse gasta pelas muitas horas de tortura pelas quais passara em sua mente:

– Quais foram os outros homens que já a possuíram?

Olhou-a como se a pergunta fosse uma cena visualizada em todos os detalhes, uma visão detestável, mas que ele não abandonaria. Ela percebeu o tom de desprezo em sua voz, o ódio, o sofrimento – e uma estranha ansiedade que não visava torturá-la. Ele fizera a pergunta apertando-a com força contra seu próprio corpo.

Ela respondeu com voz firme, porém ele percebeu um brilho perigoso em seus olhos, como se ela avisasse que o entendia muito bem:

– Só houve mais um, Hank.

– Quando?

– Eu tinha 17 anos.

– Durou muito?

– Alguns anos.

– Quem era ele?

Ela se afastou, deitando-se sobre seu braço. Ele se aproximou, o rosto tenso, olhando-a nos olhos.

– Não vou dizer.

– Você o amava?

– Não vou dizer.

– Você gostou de dormir com ele?

– Gostei!

O riso que havia nos olhos dela tivera o efeito de transformar a resposta numa bofetada no rosto dele, pois o riso mostrava que ela sabia que era essa resposta que ele temia e queria ouvir.

Rearden lhe torceu os braços em suas costas, prendendo-a, com os seios apertados contra seu peito. Ela sentiu a dor em seus ombros, ouviu a raiva em suas palavras e o prazer em sua voz:

– Quem era ele?

Ela não respondeu; olhou para ele, os olhos escurecidos e curiosamente brilhantes, e ele viu que nos seus lábios distorcidos pela dor havia um sorriso sarcástico.

Sob o toque de seus lábios, Rearden viu o sarcasmo se transformar em entrega. Ele lhe segurava o corpo como se a violência e o desespero com que a possuía pudessem aniquilar seu rival·desconhecido, eliminá-lo de seu passado e, mais ainda, transformar toda ela, até mesmo o rival, em instrumento de seu prazer. Ele percebeu, pela sofreguidão dos movimentos da mulher, que era assim que ela queria ser possuída.

◆ ◆ ◆

A silhueta de uma correia transportadora se movia contra as listras de fogo no céu, elevando o carvão até uma torre distante, como se uma quantidade inesgotável de pequenos baldes pretos saísse da terra numa diagonal que riscava o crepúsculo. Ouvia-se um ruído dissonante e distante por trás do ranger das correntes que um rapaz de macacão azul prendia à máquina, amarrando-as aos vagões-plataformas alinhados no ramal ferroviário da Companhia Quinn de Rolamentos de Connecticut.

O Sr. Mowen, da Companhia de Chaves e Sinais, que ficava do outro lado da rua, assistia à cena. Estava voltando para casa, vindo de sua fábrica, e parou para ver. Trajava um sobretudo leve, esticado por sobre sua barriga proeminente, e um chapéu sobre a cabeça, onde os cabelos louros já rareavam. No ar já havia um prenúncio de inverno. Todos os portões da fábrica da Quinn estavam escancarados, enquanto homens e guindastes retiravam as máquinas. *É como se retirassem os órgãos vitais e só deixassem a carcaça*, pensou o Sr. Mowen.

– Mais uma? – perguntou o Sr. Mowen apontando para a fábrica, embora já soubesse a resposta.

– Hein? – perguntou o rapaz, que não o percebera ali.

– Mais uma companhia se mudando para o Colorado?

– É.

– A terceira que se muda de Connecticut nas últimas duas semanas – disse o Sr. Mowen. – E quando se vê o que está acontecendo em Nova Jersey, Rhode Island, Massachusetts e em toda a costa atlântica... – O rapaz não olhava para ele e parecia não estar ouvindo. – É como uma torneira que vaza – disse o Sr. Mowen –, e toda a água está escoando para o Colorado. Todo o dinheiro. – O rapaz jogou a corrente sobre um volume coberto de lona e subiu nele. – Ninguém tem apego a seu estado natal, nada... estão fugindo. Não sei o que está acontecendo com as pessoas.

– É a lei – disse o rapaz.

– Que lei?

– A Lei da Igualdade de Oportunidades.

– Como assim?

283

– Eu soube que há um ano o Sr. Quinn estava pensando em abrir uma filial no Colorado. Com a lei isso ficou impossível. Então ele resolveu simplesmente mudar toda a fábrica dele para lá.

– Não concordo com isso. A lei era necessária. É uma vergonha. Empresas antigas, que estão aqui há gerações... Devia ser proibido...

O jovem trabalhava depressa, competente, como se gostasse daquilo. Por trás dele, a correia transportadora subia ruidosamente em direção ao céu. A distância, quatro chaminés se elevavam, como mastros de bandeiras, e delas se desprendiam lentamente espirais de fumaça, como longas bandeiras a meio pau à luz avermelhada do crepúsculo.

O Sr. Mowen convivia com cada uma daquelas chaminés desde os tempos de seu pai e de seu avô. Ele via aquela correia transportadora da janela de seu escritório havia 30 anos. Parecia-lhe inconcebível que a Companhia Quinn de Rolamentos desaparecesse de seu lugar no outro lado da rua. Ele soubera da decisão de Quinn e não acreditara, ou melhor, acreditara como acreditava em quaisquer palavras – e ouvia ou dizia: como sons que não tinham uma relação fixa com a realidade física. Agora ele estava compreendendo que aquelas palavras eram reais. Permanecia parado ao lado dos vagões-plataformas como se ainda tivesse possibilidade de detê-los.

– Não é direito – disse, dirigindo-se a todas as chaminés e fábricas ao seu redor, mas o rapaz da correia transportadora era o único ser ali capaz de ouvi-lo. – Não era assim no tempo de meu pai. Não sou nenhum magnata. Não quero brigar com ninguém. O que está acontecendo com o mundo? – Não houve resposta. – Você, por exemplo... estão levando você para o Colorado também?

– Eu? Não. Não sou da firma. Fui contratado só para fazer este serviço.

– Para onde você vai quando eles forem embora?

– Não faço a menor ideia.

– O que você vai fazer se mais companhias se mudarem daqui?

– Vou esperar para ver.

O Sr. Mowen olhou para cima, na dúvida: não sabia se a resposta dizia respeito a ele ou ao jovem. Mas a atenção do rapaz estava voltada para seu trabalho: ele não olhava para baixo. Seguiu em frente, para os volumes envoltos em lona do próximo vagão-plataforma, e o Sr. Mowen o seguiu, olhando para ele, dirigindo uma súplica a alguma coisa lá no alto:

– Eu tenho direitos, não tenho? Nasci aqui. Eu esperava que as velhas companhias ficassem aqui onde fui criado. Esperava tomar conta da velha fábrica como meu pai. Todo homem faz parte de sua comunidade, ele tem direito a ter uma comunidade, não tem? Deviam fazer alguma coisa a respeito disso.

– De quê?

– Ah, já sei, você acha tudo isso ótimo, não é? Essas novidades da Taggart, o metal Rearden e essa corrida do ouro para o Colorado e toda essa empolgação lá, Wyatt e os outros aumentando a produção como uma chaleira transbordando! Todo mundo acha ótimo. Só se ouve falar nisso, as pessoas estão abobalhadas, fazendo planos como crianças de férias. Como se fosse uma lua de mel nacional, um feriado que não acaba mais!

O rapaz não disse nada.

– Pois eu não gosto – disse o Sr. Mowen, baixando a voz. – Os jornais também não dizem nada, você pode ver; os jornais não dizem nada.

O Sr. Mowen não teve como resposta nada além do tilintar das correntes.

– Por que estão todos correndo para o Colorado? – perguntou. – O que existe lá que não existe aqui?

O rapaz sorriu.

– Talvez seja alguma coisa que o senhor tem que eles não têm.

– O quê? – O rapaz não respondeu. – Não entendo. É um lugar atrasado, primitivo. Não tem nem mesmo um governo moderno. É o pior governo estadual. O mais preguiçoso. Não faz nada além de manter os tribunais e a polícia funcionando. Não faz nada pelo povo. Não ajuda ninguém. Não entendo por que todas as melhores companhias querem ir correndo para lá.

O rapaz olhou de relance para ele, mas não respondeu. O Sr. Mowen suspirou.

– Isso não está direito. A Lei da Igualdade de Oportunidades foi uma boa ideia. Todo mundo merece uma oportunidade. É uma vergonha que gente como Quinn se aproveite da lei. Por que não deixou que outra pessoa fabricasse rolamentos no Colorado?... Eu queria que essa gente do Colorado nos deixasse em paz. Aquela Fundição Stockton não tinha o direito de se meter a fabricar chaves e sinais. Eu trabalho nisso há anos, tenho direito por antiguidade, não é justo, é uma competição desenfreada, esses arrivistas não têm o direito de entrar assim à força. Onde eu vou vender chaves e sinais? Havia duas grandes ferrovias lá no Colorado. Agora a Phoenix-Durango fechou e só resta a Taggart Transcontinental. Não é direito eles obrigarem Dan Conway a falir. Tem de haver espaço para a competição... E eu estou esperando há seis meses uma partida de aço que encomendei de Orren Boyle, e agora ele vem me dizer que não pode me prometer nada, porque o metal Rearden bagunçou o mercado todo, todo mundo só quer saber do tal metal, Boyle vai ter de se reestruturar. Não está direito isso, deixarem Rearden arruinar o mercado dos outros... E eu também quero metal Rearden, estou precisando, mas vá tentar arranjar! Tem uma fila de espera que dá para atravessar três estados! Ninguém consegue nada, só os cupinchas dele, gente como Wyatt e Danagger e não sei mais quem. Não está direito. Isso é discriminação. Eu não sou pior do que ninguém. Também mereço um pouco de metal.

O jovem olhou para cima.

– Estive na Pensilvânia semana passada. Vi a Siderúrgica Rearden. Nunca vi tanto movimento assim! Estão construindo mais quatro altos-fornos, e depois vão fazer mais seis... novos altos-fornos – repetiu, olhando em direção ao sul. Aqui na Costa Leste ninguém constrói um alto-forno há cinco anos... – Sua silhueta se destacava

285

contra o céu, em cima de um motor embrulhado, contemplando o poente com um leve sorriso de entusiasmo e interesse, como quem contempla um amor longínquo.

– Estão tão ocupados lá...

Então o sorriso desapareceu de repente. Sacudiu o queixo de um modo brusco, o primeiro movimento brusco que fazia. Parecia indicar raiva.

O Sr. Mowen contemplou as máquinas ao seu redor, as correias, as rodas, a fumaça – a fumaça que se espalhava pesada e lentamente pelo entardecer, formando uma névoa que chegava até Nova York, além do horizonte –, e sentiu-se tranquilizado ao pensar nas chamas sagradas de Nova York, sua fumaça, seus gasômetros, guindastes e cabos de alta tensão. Sentiu uma corrente de energia fluir por todas as estruturas encardidas daquela rua tão sua conhecida. Gostava da figura do rapaz lá no alto, havia algo de tranquilizador na maneira como ele trabalhava, algo que combinava com a paisagem em volta... Porém o Sr. Mowen sentia, sem entender por quê, que em algum lugar havia uma rachadura que crescia e devorava aquelas paredes sólidas e eternas.

– Deviam fazer alguma coisa – disse o Sr. Mowen. – Um amigo meu abriu falência semana passada... Trabalhava no ramo petrolífero, tinha uns dois poços lá em Oklahoma... não conseguiu competir com Ellis Wyatt. Não está direito. Deviam dar uma oportunidade aos pequenos. Deviam limitar a produção de Wyatt. Não deviam deixá-lo produzir tanto... todos os outros vão ter de fechar seus negócios. Ontem fiquei preso em Nova York, tive de largar meu carro lá e voltar de carona, não havia gasolina, dizem que está faltando combustível na cidade... Isso não está direito. Deviam fazer alguma coisa.

Contemplando a paisagem, o Sr. Mowen se perguntava qual seria essa ameaça sem nome, quem seria o responsável pela destruição.

– E o que o senhor vai fazer? – perguntou o rapaz.

– Quem? Eu? – perguntou o Sr. Mowen. – Eu é que não sei. Não sou nenhum magnata. Não sei resolver problemas de âmbito nacional. Eu só quero viver minha vida. Só sei que alguém devia fazer alguma coisa. Isso tudo não está direito... Escute, qual é seu nome?

– Owen Kellogg.

– Escute, Kellogg, o que você acha que vai acontecer com o mundo?

– O senhor não vai gostar de ouvir.

Numa torre distante soou um apito, que chamava o turno da noite, e o Sr. Mowen percebeu que estava ficando tarde. Suspirou, abotoando o casaco e se virando para ir embora.

– Bem, alguma coisa estão fazendo – disse ele. – Coisas construtivas. O Legislativo aprovou uma lei que dá mais poderes ao Departamento de Planejamento Econômico e Recursos Nacionais. Eles nomearam um homem muito capaz como coordenador--chefe. Nunca ouvi falar nele, na verdade, mas os jornais dizem que ele tem futuro. Chama-se Wesley Mouch.

◆◆◆

Dagny estava à janela de sua sala, olhando para a cidade. Era tarde, e as luzes eram como as últimas fagulhas brilhando nas cinzas de uma fogueira apagada.

Sentia-se em paz e tinha vontade de que fosse possível conter sua mente para lhe permitir ser alcançada por suas emoções, a fim de poder contemplar cada momento do último mês, que passara tão depressa. Não tivera tempo de perceber que havia voltado para sua sala na Taggart Transcontinental. Estivera tão ocupada que esqueceu estar voltando do exílio. Não percebera o que Jim disse quando ela voltou, nem mesmo se ele dissera alguma coisa. Só havia uma pessoa cuja reação ela queria conhecer. Telefonara para o Hotel Wayne-Falkland, mas fora informada de que o Sr. Francisco d'Anconia havia voltado para Buenos Aires.

Dagny lembrou o momento em que assinara seu nome num contrato: naquele momento, extinguira a Linha John Galt. Agora era a Linha Rio Norte, da Taggart Transcontinental, novamente – só que os homens que trabalhavam nela se recusavam a abolir o nome antigo. Ela também sentia dificuldade em trocar o nome: se obrigava a não falar em "Linha John Galt" e se perguntava por que era necessário fazer esforço e por que isso lhe dava uma leve tristeza.

Um fim de tarde, dominada por um impulso súbito, Dagny resolveu ir até o beco atrás do Edifício Taggart para olhar pela última vez o escritório da Ferrovia John Galt. Não sabia o que queria – *só ver*, pensou. Um tapume de madeira havia sido construído na calçada: o velho prédio estava sendo demolido, finalmente. Dagny pulou por cima do tapume e, à luz do poste de rua que, certa vez, projetara na calçada a sombra de um estranho, olhou para dentro da janela de seu antigo escritório. Não restava mais nada no andar térreo: as paredes haviam sido removidas, havia canos partidos saindo do teto e um monte de entulho no chão. Não havia nada para ver.

Dagny havia perguntado a Rearden se ele viera a seu escritório uma noite na primavera passada e hesitara à porta, resistindo ao desejo de entrar. Porém, mesmo antes de ele responder, ela já sabia que não fora ele. Não lhe explicou por que fizera aquela pergunta. Não sabia por que aquela lembrança ainda a incomodava às vezes.

Lá fora, o retângulo iluminado do calendário parecia uma pequena etiqueta presa ao céu negro. Informava: 2 de setembro. Dagny sorriu, um sorriso desafiador, se lembrando da corrida contra o calendário: *Agora não há mais prazos*, pensou, *não há obstáculos, ameaças, limites.*

Ouviu uma chave abrindo a porta de seu apartamento: era o som pelo qual havia esperado toda a noite.

Rearden entrou, como já fizera muitas vezes, usando a chave que ela lhe dera como único aviso de sua chegada. Jogou o chapéu e o casaco numa cadeira com um gesto já familiar. Ele vestia smoking.

– Oi – disse Dagny.

287

– Ainda estou esperando chegar aqui uma noite e não a encontrar – disse ele.

– Se isso acontecer, é só ligar para meu escritório na Taggart.

– Qualquer noite? Não vai a lugar nenhum?

– Ciúmes, Hank?

– Não. Só curiosidade. Queria saber como seria.

Ele a encarava do outro lado da sala, recusando-se a se aproximar dela, prolongando deliberadamente o prazer de saber que ele podia fazer o que quisesse quando quisesse. Dagny trajava um conjunto cinzento, roupa de ir ao trabalho: saia justa e blusa de tecido branca, transparente, que parecia uma camisa de homem. A blusa estava folgada ao redor de sua cintura, acentuando a magreza de seus quadris. O abajur por trás dela ressaltava a silhueta fina de seu corpo dentro da blusa.

– Como foi o banquete? – perguntou ela.

– Ótimo. Escapuli assim que pude. Por que não foi? Você foi convidada.

– Não queria ver você em público.

Rearden a olhou como se afirmasse que compreendia perfeitamente o que ela dissera. Depois um esboço de sorriso se formou em seu rosto.

– Você não sabe o que perdeu. O Conselho Nacional da Indústria Metalúrgica nunca mais vai se dar o incômodo de me convidar para coisa alguma. A não ser que sejam obrigados a fazê-lo.

– O que houve?

– Nada. Só um monte de discursos.

– Foi desagradável para você?

– Não... Foi, sim, de certo modo... Eu realmente fui disposto a me divertir.

– Quer um drinque?

– Quero, sim. Você pega?

Dagny se virou para pegar a bebida. Rearden a deteve, agarrando seus ombros. Puxou-lhe a cabeça para trás e beijou sua boca. Quando ele levantou a cabeça, ela o puxou para baixo novamente com um gesto exigente de proprietária, como que reforçando seu direito de fazê-lo. Então se afastou dele.

– Não precisa pegar o drinque – disse ele. – Na verdade, eu não queria beber. Só queria ver você me servindo.

– Então me deixe servi-lo.

– Não.

Ele sorriu, esticando-se no sofá, as mãos cruzadas sob a cabeça. Sentia-se em casa. Era a primeira casa que ele já tivera.

– Sabe, o pior do banquete foi que todo mundo ali só estava querendo ir embora o mais depressa possível – disse ele. – Só não entendo por que fizeram o tal banquete, então. Não tinham obrigação nenhuma. Certamente por mim é que não foi.

Dagny pegou uma caixa de cigarros, lhe ofereceu, depois acendeu, com um isqueiro, o cigarro que ele levara aos lábios, fazendo questão de servi-lo ostensivamente.

Ele deu uma risada, e ela sorriu em resposta; depois sentou-se no braço de uma poltrona do outro lado da sala.

– Por que aceitou o convite, Hank? Você sempre se recusou a entrar para o Conselho.

– Não quis recusar uma oferta de paz, agora que os derrotei, como eles sabem muito bem. Nunca vou entrar para o Conselho deles, mas, afinal, me chamaram como convidado de honra... Bem, achei que eles sabiam perder. Achei generoso da parte deles.

– Da parte deles?

– Você acha que foi generosidade minha?

– Hank! Depois de tudo o que eles fizeram para atrapalhar você...

– Eu ganhei, não ganhei? Então achei que... Você sabe. Não guardo rancor deles por não terem visto o valor do metal antes. O importante é que acabaram vendo. Cada um tem seu tempo de aprender. Claro, sei que houve muita covardia da parte deles, e inveja e hipocrisia também, mas achei que isso era só na superfície... Agora que eu provei que tenho razão, de modo tão inquestionável, achei que eles me convidaram porque realmente reconhecem o valor do metal, e...

Quando ele fez uma breve pausa, Dagny sorriu. Ela sabia o que ele ia dizer, mas resolveu se calar: "... e isso faz com que eu perdoe qualquer um por qualquer coisa."

– Mas não foi nada disso – prosseguiu ele. – E não consegui entender qual o motivo que os levou a realizar o banquete. Dagny, acho que não houve motivo nenhum. Não foi para me agradar, nem para ganhar nada de mim, nem para manter as aparências junto ao público. Não houve nenhum motivo, nenhum sentido. Eles estavam pouco ligando para o metal no tempo em que falavam mal dele... e continuam pouco ligando agora. Na verdade, não têm medo de que eu os leve todos à falência. Estão pouco ligando até para isso. Sabe como foi o tal banquete? É como se eles tivessem ouvido dizer que existem certos valores que é preciso honrar e é assim que se faz, então fizeram tudo direitinho, como fantasmas teleguiados por seres de uma outra época mais feliz. Eu... achei aquilo insuportável.

Com o rosto tenso, ela exclamou:

– E você não se acha generoso!

Ele olhou para Dagny. Havia um brilho brincalhão em seus olhos.

– Por que isso faz você ficar tão zangada?

Ela respondeu, falando bem baixo para ocultar o toque de ternura em sua voz:

– E você queria se divertir...

– Bem feito para mim. Eu não devia ter esperado nada. Não sei o que eu queria.

– Pois eu sei.

– Nunca gostei desse tipo de coisa. Não sei por que imaginei que fosse ser diferente dessa vez... Sabe, fui para lá quase achando que o metal tivesse mudado tudo, até mesmo as pessoas.

– Claro, Hank. Eu sei!

– Pois não foi nada do que eu pensava. Lembra que uma vez você disse que as comemorações deviam ser apenas para as pessoas que têm o que comemorar?

Dagny ficou imóvel em sua poltrona. Jamais falara com ele a respeito daquela festa ou de qualquer outra coisa relacionada com a casa de Rearden. Após uma pausa, respondeu baixinho:

– Lembro.

– Eu entendo o que você quis dizer... Aliás, já entendia na época.

Ele a encarava. Ela baixou os olhos.

Rearden permaneceu mudo. Quando falou de novo, sua voz estava alegre:

– A pior coisa que as pessoas fazem não são os insultos, e sim os elogios. Achei insuportáveis os elogios que me fizeram hoje, principalmente quando me diziam que todo mundo precisava de mim: eles, a cidade, o país, o mundo todo, imagino. Pelo visto, para eles o auge da glória é lidar com pessoas que precisam deles. Não suporto gente que precisa de mim. – Olhou para ela. – Você precisa de mim?

Ela respondeu em voz séria:

– Desesperadamente.

Ele riu.

– Não. Não foi isso que quis dizer. Você não disse o que disse do modo como eles falam.

– Como foi que eu falei?

– Como um comprador que paga por aquilo que quer. Eles falam como mendigos balançando uma caneca com moedas.

– Quer dizer que eu... pago, Hank?

– Não faça cara de inocente. Você sabe muito bem o que quero dizer.

– Sei – sussurrou ela, sorrindo.

– Ah, eles que se danem! – exclamou ele, alegre, esticando as pernas, mudando de posição sobre o sofá, gozando o prazer de relaxar. – Eu realmente sou péssimo como personalidade pública. Aliás, isso agora não importa. Para nós é indiferente o que eles entendem ou deixam de entender. Eles vão nos deixar em paz. O caminho está livre à nossa frente. E qual será a próxima realização, Sra. Vice-presidente?

– Uma ferrovia transcontinental de metal Rearden.

– Você quer para quando?

– Para amanhã de manhã. Mas só vou conseguir daqui a três anos.

– Acha que dá para fazer em três anos?

– Se a Linha John Galt... Rio Norte continuar a ter o sucesso que está tendo agora.

– Vai fazer ainda mais sucesso. Isso é só o começo.

– Já fiz um cronograma. À medida que o dinheiro for entrando, vou retirando a ferrovia principal, trecho por trecho, substituindo-a por uma linha de metal Rearden.

– Ótimo. A gente começa assim que você quiser.

– Vou começar a transferir os trilhos antigos para as linhas secundárias. Se eu não fizer isso, eles não vão aguentar por muito tempo mesmo. Daqui a três anos você vai poder ir até São Francisco sobre trilhos feitos com o seu metal, se alguém quiser lhe oferecer um banquete lá.

– Daqui a três anos vou fabricar metal Rearden no Colorado, em Michigan e em Idaho. Esse é o meu cronograma.

– Siderúrgicas de sua propriedade?

– É.

– E a Lei da Igualdade de Oportunidades?

– Você não acha que ela ainda vai existir daqui a três anos, acha? Nós provamos por A mais B que essa porcaria toda não vale nada. Todo o país está do nosso lado. Quem vai querer impedir que as coisas andem para a frente agora? Quem vai dar ouvidos a essas bobagens? Há um lobby mais decente atuando em Washington neste exato momento. Eles vão conseguir revogar a Lei da Igualdade bem depressa.

– Eu... espero que consigam.

– Passei o diabo essas últimas semanas, dando início às obras dos novos altos-fornos, mas deu tudo certo, eles estão sendo construídos, agora posso descansar sentado à minha mesa, recolher o dinheiro que entra, vagabundear, ver os pedidos de metal Rearden se acumularem, me dar ao luxo de escolher a dedo quem vou atender... Escute, a que horas é o seu primeiro trem para Filadélfia amanhã de manhã?

– Ah, não sei.

– Não sabe? Que diabo de vice-presidente de operações é essa? Tenho que estar na siderúrgica amanhã às sete. Tem algum trem saindo por volta das cinco?

– Tenho impressão de que o primeiro sai às cinco e meia.

– Você me acorda a tempo de pegar o trem ou prefere dar ordem para que me esperem?

– Eu o acordo.

Ela ficou imóvel, a observá-lo, enquanto Rearden permanecia mudo. Ao entrar, ele parecia cansado, mas agora não havia mais nenhum sinal de cansaço em seu rosto.

– Dagny – perguntou ele de repente. Seu tom de voz havia mudado, havia algo de sério e recôndito em sua voz –, por que você não quis me ver em público?

– Não quero fazer parte da sua... vida profissional.

Ele não disse nada de imediato. Após uma pausa, perguntou, como quem não quer nada:

– Quando foi a última vez que você tirou férias?

– Creio que faz dois... não, três anos.

– O que fez?

– Fui passar um mês nos montes Adirondacks. Mas voltei uma semana depois.

– Eu fiz a mesma coisa há cinco anos. Só que fui ao Oregon. – Estava deitado de barriga para cima, olhando para o teto. – Dagny, vamos tirar férias juntos. A gente pega meu carro e some por umas semanas, para qualquer lugar, por estradas escondidas, onde ninguém vai nos reconhecer. Não vamos deixar endereço, não vamos ler nenhum jornal, não vamos pegar em nenhum telefone... nada de vida profissional.

Dagny se levantou. Aproximou-se de Rearden, colocou-se ao lado do sofá e ficou a olhá-lo à luz do abajur atrás dela. Não queria que ele visse seu rosto e percebesse que ela se esforçava para não sorrir.

– Você pode tirar umas férias, não pode? – insistiu ele. – Está tudo acertado já. Não vamos ter outra oportunidade nos próximos três anos.

– Está bem, Hank – disse ela, esforçando-se para que a voz saísse calma.

– Então você vai?

– Quando saímos?

– Segunda de manhã.

– Está bem.

Dagny se virou para se afastar. Ele a agarrou pelo pulso, puxou-a para baixo, fazendo-a se deitar sobre ele e a apertando com força, na posição em que ela havia caído, com uma das mãos em seu cabelo, apertando-lhe a boca contra a sua, a outra mão acariciando-lhe as costas sob a blusa, a cintura, as pernas. Ela sussurrou:

– E você ainda diz que eu não preciso de você...!

Dagny resistiu e se levantou, tirando o cabelo que lhe caíra no rosto. Ele permaneceu imóvel, olhando para ela, os olhos entreabertos, com um brilho de interesse nos olhos, um brilho levemente irônico. Ela olhou para baixo: uma das alças de sua combinação havia arrebentado, e a combinação pendia na diagonal de um de seus ombros. Rearden estava olhando para um de seus seios por baixo da blusa fina e transparente. Ela levantou a mão para endireitar a alça. Ele lhe deu um tapinha na mão. Dagny sorriu, compreendendo, com um olhar zombeteiro. Andou devagar, com passos medidos, até o outro lado da sala, e se encostou numa mesa, encarando-o, as mãos apoiadas na beira da mesa, os ombros jogados para trás. Era o contraste de que ele gostava: a severidade de suas roupas e o corpo seminu, a executiva de rede ferroviária que era a mulher que ele possuía.

Rearden se levantou. Ficou sentado no sofá, as pernas cruzadas, esticadas para a frente, as mãos nos bolsos. Olhava para ela com olhar de proprietário.

– Quer dizer que você quer uma ferrovia transcontinental de metal Rearden, não é, Sra. Vice-presidente? – perguntou. – E se eu não lhe quiser dar o metal? Agora posso vender para quem eu bem entender e pedir o preço que quiser. Se fosse há um ano, eu exigiria que você dormisse comigo em troca do metal.

– Pena que você não fez isso.

– Você aceitaria?

– Claro.

– Como uma jogada profissional? Uma venda?

– Se o vendedor fosse você. Você bem que teria gostado, não é?

– E você?

– Eu também... – murmurou Dagny.

Ele se aproximou, agarrou-a pelos ombros e apertou os lábios contra seu seio através da blusa fina.

Então, segurando-a, olhou para ela silenciosamente por algum tempo.

– O que você fez com aquela pulseira? – perguntou.

Eles nunca haviam falado nela. Dagny teve de esperar um momento para que sua voz não falhasse:

– Está comigo.

– Quero que você a use.

– Se alguém perceber, vai ser pior para você do que para mim.

– Use-a.

Ela foi buscar a pulseira de metal Rearden. Entregou-a a ele sem dizer nada, encarando-o. A pulseira azul-esverdeada reluzia em sua mão. No momento em que ele a fechou em torno de seu pulso com um estalido, ela baixou a cabeça e beijou sua mão.

◆ ◆ ◆

O chão corria por baixo do carro. Desenovelando-se das serras sinuosas de Wisconsin, a estrada era o único sinal de trabalho humano. Uma ponte precária se estendia por um mar de capim, arbustos e árvores. Esse mar passava lentamente, com toques de amarelo, alaranjado e vermelho, subindo as encostas, com poças de verde nos grotões, sob um céu de um azul puro. Entre aquelas cores de cartão-postal, o capô do automóvel parecia trabalho de joalheiro, com reflexos de sol no aço cromado e de céu no esmalte negro.

Dagny estava com um dos braços apoiado no canto da janela, as pernas esticadas. Gostava do interior espaçoso daquele carro e do calor do sol nos ombros. Ela achava o campo lindo.

– O que eu queria ver – disse Rearden – era um outdoor.

Dagny riu: ele dissera o que ela estava pensando.

– Para vender o quê a quem? Há uma hora que não vemos nenhum carro, nenhuma casa.

– É disso que não estou gostando. – Ele se inclinou um pouco para a frente, com as mãos no volante. – Olhe para esta estrada.

A longa faixa de concreto estava descorada pelo sol, reduzida a um cinzento seco, como ossos abandonados num deserto, como se o sol e a neve houvessem removido todo e qualquer vestígio de pneus, de óleo e de carvão, todos os sinais de movimento. Tufos verdes de capim cresciam nas rachaduras do concreto. Havia muitos anos que ninguém usava nem consertava aquela estrada, mas as rachaduras eram poucas.

– É uma boa estrada – reconheceu Rearden. – Foi feita para durar. O homem que a construiu deve ter tido uma boa razão para imaginar que teria que suportar um tráfego pesado.

– É...

– Não estou gostando disso.

– Nem eu. – Então ela sorriu. – Quantas vezes já ouvi pessoas reclamando que os outdoors estragam a paisagem. Pois eis uma paisagem intacta para elas admirarem. – Acrescentou: – São essas pessoas que odeio.

Ela não queria sentir o mal-estar por trás do prazer que experimentara durante aquele dia. Nas últimas três semanas, havia sentido esse mal-estar de vez em quando, ao ver o campo passando pelos lados do carro. Sorriu: o capô do automóvel era o ponto imóvel em seu campo visual, enquanto a terra passava pelos lados. O capô era o centro, o foco, a segurança num mundo embaçado, indistinto... o capô à sua frente e as mãos de Rearden no volante ao seu lado... Ela sorriu, pensando que estava satisfeita com esse mundo.

Depois da primeira semana de viagem, após rodarem a esmo, escolhendo estradas ao acaso, Rearden lhe perguntara, certa manhã, quando começavam mais uma etapa da viagem:

– Dagny, para descansar é necessário não ter objetivo?

Ela riu, respondendo:

– Não. Que fábrica você quer ver?

Ele sorriu, por não ter que sentir culpa nem dar explicações, e respondeu:

– Uma mina abandonada perto de Saginaw Bay sobre a qual ouvi falar. Dizem que está esgotada.

Atravessaram todo o Michigan em direção à mina. Caminharam por uma galeria vazia, sob o esqueleto de um guindaste que se destacava contra o céu. Uma marmita enferrujada rolou a seus pés. Dagny sentiu uma pontada de mal-estar, mais agudo do que tristeza, mas Rearden disse, alegre:

– Esgotada coisa nenhuma! Vou mostrar a eles quantas toneladas e quantos dólares ainda posso tirar daqui!

Ao voltarem para o carro, acrescentou:

– Se eu conseguisse encontrar o homem certo, eu comprava essa mina amanhã mesmo e colocava esse homem para trabalhar nela.

No dia seguinte, quando seguiam para sudoeste, rumo às planícies de Illinois, ele disse de repente, após um longo silêncio:

– Não, vou ter de esperar até que acabem com aquela lei. O homem que fosse capaz de trabalhar nessa mina não precisaria de mim para ensiná-lo. Se precisasse, ele não valeria nada.

Os dois podiam conversar sobre trabalho, como sempre haviam feito, com absoluta confiança de que seriam compreendidos. Mas nunca falavam um do outro. Ele agia como se sua intimidade apaixonada fosse um fato físico sem nome, algo que não devia ser mencionado entre eles. Toda noite era como se ela estivesse nos braços de um desconhecido que a deixava perceber todas as sensações que lhe percorriam o corpo, mas que jamais lhe permitiria saber se aqueles choques encontravam eco em seu íntimo. Dagny estava nua, deitada a seu lado, mas em seu pulso estava a pulseira de metal Rearden.

Ela sabia que ele detestava ter que assinar "Sr. e Sra. Smith" nos hotéis baratos de beira de estrada. Havia noites em que ela percebia uma leve contração de raiva na boca tensa de Rearden, quando ele assinava os nomes falsos, raiva dirigida àqueles que tornavam necessária aquela falsidade. Ela percebia, com indiferença, o ar irônico dos recepcionistas de hotel, que parecia indicar que todos ali eram cúmplices, portadores de uma culpa vergonhosa: o crime de buscar o prazer. Mas ela sabia que ele não se importava mais com isso quando estavam sozinhos, quando ele, apertando-a contra seu corpo por um momento, olhava para seus olhos vivos e inocentes.

Passaram por cidadezinhas, por obscuras estradas secundárias, o tipo de lugar por onde não passavam havia anos. Dagny sentia um mal-estar ao ver aqueles locais. Foi somente alguns dias depois que percebeu do que mais sentia falta: de ver algo recém-pintado. Aquelas casas pareciam homens malvestidos, que haviam perdido a vontade de ter uma postura ereta: as cornijas eram como ombros caídos, os degraus tortos à entrada das casas eram como bainhas esfiapadas, as janelas com vidraças quebradas eram como remendos de madeira. As pessoas nas ruas olhavam para o carro novo não como quem vê uma coisa pouco comum, e sim como quem vê uma impossibilidade, algo saído de outro planeta. Havia poucos veículos nas ruas, e um grande número deles era puxado por cavalos. Dagny tinha se esquecido de que os cavalos já haviam sido usados como animais de tração. Não gostava de vê-los reassumindo essa função.

Ela não riu quando, numa passagem de nível, Rearden deu uma risada e apontou para um trem de uma pequena ferrovia local, que saía de trás de um morro, puxado por uma locomotiva antiquíssima que tossia fumaça preta por uma chaminé comprida.

– Meu Deus, Hank, isso não tem graça nenhuma!

– Eu sei – disse ele.

Uma hora e mais de 100 quilômetros depois, Dagny comentou:

– Hank, já imaginou o Cometa Taggart sendo puxado de um lado a outro do continente por uma maria-fumaça daquelas?

– O que há com você? Fique tranquila.

– Desculpe... É que eu fico pensando que não vai adiantar nada a gente fazer uma ferrovia nova, você instalar novos altos-fornos, se não encontrarmos rapidamente alguém capaz de produzir locomotivas a diesel.

– Ted Nielsen, do Colorado, é capaz.

– É, se ele conseguir abrir sua fábrica nova. Ele investiu demais na Linha John Galt.

– Mas foi um investimento bem lucrativo, não foi?

– Foi, mas o deixou de mãos atadas. Agora ele está pronto para ir em frente, mas não consegue achar ferramentas. Não há máquinas-ferramentas à venda em lugar nenhum, a preço nenhum. Só lhe fazem promessas e nunca cumprem os prazos. Ele está vasculhando o país inteiro, procurando máquinas velhas abandonadas em fábricas fechadas para aproveitar. Se ele não começar logo...

– Ele vai. Quem poderá detê-lo agora?

– Hank – disse ela de repente –, vamos a um lugar que eu gostaria de ver?

– Claro. Qualquer lugar. Onde?

– É em Wisconsin. Lá havia uma grande fábrica de motores, no tempo do meu pai. Tínhamos uma linha secundária que ia até lá, mas nós a fechamos há uns sete anos, quando desativaram a fábrica. Acho que agora é uma das áreas mais devastadas pela crise. Talvez ainda haja algumas máquinas que Ted Nielsen possa utilizar. Podem tê-las esquecido lá. O lugar está totalmente abandonado e não há mais transporte para lá.

– Vamos encontrar a fábrica. Como ela se chamava?

– Companhia de Motores Século XX.

– Ah, mas claro! Era uma das melhores companhias de motores do tempo em que eu era rapaz, talvez a melhor de todas. Lembro que houve algo estranho em relação ao fechamento dessa fábrica... não me lembro mais direito.

Levaram três dias procurando, mas terminaram por encontrar a velha estrada abandonada – e agora estavam passando por ela, por sua pista coberta de folhas amarelas que brilhavam feito ouro, seguindo em direção à Companhia de Motores Século XX.

– Hank, e se acontecer alguma coisa com Ted Nielsen? – perguntou Dagny de repente, interrompendo um longo silêncio.

– E por que aconteceria alguma coisa a ele?

– Não sei, mas... lembre-se do caso de Dwight Sanders. Ele desapareceu. A Locomotivas União não existe mais. E as outras fábricas não têm condição de fabricar locomotivas a diesel. Eu não dou mais ouvidos a promessas. E de que adianta uma estrada de ferro sem locomotivas?

– De que adianta qualquer coisa sem motores?

As folhas brilhavam, balançando-se ao vento. Havia folhas por todos os lados, no capim, nos arbustos, nas árvores, todas da cor do fogo, todas se movendo, como se comemorassem alguma realização, ardendo numa exuberância desenfreada.

Rearden sorriu.

– Até que o mato tem seu valor. Estou começando a gostar. Terras virgens, onde ninguém antes pôs os pés. – Ela concordou com a cabeça, alegre. – Esta terra é boa... Olhe, veja como as plantas crescem aqui. Eu limpava este mato e fazia uma...

E então pararam de sorrir. Havia, ao lado da estrada, um cadáver – um cilindro enferrujado com pedaços de vidro –, os restos mortais de uma bomba de gasolina.

Era a única coisa visível. Alguns pilares queimados, um pedaço de concreto e cacos de vidro, que brilhavam – os restos de um posto de gasolina –, haviam sido engolidos pelo mato, e só podiam ser percebidos por um observador atento. Dentro de mais um ano, desapareceriam de todo.

Desviaram o olhar. Seguiram em frente, sem querer saber o que mais haveria oculto no meio daquele matagal. A mesma questão os intrigava, permeava o silêncio: quanto o mato havia engolido? E em quanto tempo?

A estrada terminou abruptamente depois de uma ladeira. O que restava não passava de alguns pedaços de concreto misturados a piche e lama. Alguém havia quebrado o concreto e levado embora. Nem mesmo capim crescia naquela faixa de terra. Ao longe, no alto de um morro, via-se um poste de telégrafo torto contra o céu, como uma cruz sobre uma enorme sepultura.

Levaram três horas e furaram um pneu ao passarem por aquele trecho sem pista, com o carro em primeira, atravessando valas e sulcos de rodas de carros de boi até chegarem ao vilarejo no vale depois do morro onde ficava o poste de telégrafo.

Ainda havia algumas casas naquele esqueleto de cidade industrial. Tudo o que era removível havia sido tirado. Algumas pessoas, porém, haviam ficado. As estruturas vazias eram ruínas, haviam sido carcomidas não pelo tempo, mas pelos homens: tábuas arrancadas a esmo, pedaços de telhado que faltavam, buracos nas entradas de porões. Era como se mãos cegas houvessem arrancado aquilo de que necessitavam no momento, sem pensar que no dia seguinte a vida continuaria. As casas habitadas estavam misturadas aleatoriamente às ruínas e a fumaça que saía de suas chaminés era a única coisa que se mexia no vilarejo. Uma estrutura vazia de concreto, que já fora uma escola, ficava nos arredores da cidadezinha. Parecia um crânio, cujas órbitas ocas eram as janelas sem vidro, cujos raros fios de cabelo restantes eram alguns fios elétricos partidos.

Mais adiante ficava a fábrica da Companhia de Motores Século XX, num morro afastado da cidade. As paredes, o telhado, as chaminés – tudo parecia intacto, inexpugnável, como uma fortaleza. Havia apenas um sinal de abandono: a caixa d'água estava torta.

Não havia sinal de estrada que levasse à fábrica naquele emaranhado de árvores na encosta. Pararam em frente à primeira casa em que viram fumaça saindo da chaminé. A porta estava aberta. Uma velha veio mancando ao ouvir o ronco do motor. Estava encurvada e inchada, descalça, vestida com uma roupa feita de saco de farinha. Olhou para o carro sem espanto, sem curiosidade – era o olhar de um ser que havia perdido a capacidade de sentir qualquer coisa que não fosse cansaço.

– Como se chega à fábrica? – perguntou Rearden.

A mulher não respondeu na mesma hora. Parecia não falar a mesma língua. Depois perguntou:

– Que fábrica?

Rearden apontou.

– Aquela.

– Fechou.

– Eu sei. Mas como se chega lá?

– Não sei.

– Tem alguma estrada?

– Tem estrada no mato.

– Dá para passar de carro?

– Talvez.

– Bem, qual seria o melhor caminho?

– Não sei.

Pela porta aberta, eles podiam ver o interior da casa. Havia um fogão a gás imprestável, com o forno cheio de roupas esfarrapadas, servindo como armário. Num canto avistaram um fogão feito de pedras, no qual uns pedaços de lenha ardiam sob um velho caldeirão. Perceberam manchas alongadas de fuligem nas paredes. Havia um objeto branco apoiado nos pés de uma mesa: era uma pia de porcelana, arrancada da parede de algum banheiro, cheia de repolhos murchos. Enfiada numa garrafa sobre uma mesa via-se uma vela de sebo. As tábuas do chão não tinham mais tinta. Eram de uma cor acinzentada que parecia a expressão visível da dor que aquela mulher sentia nos ossos: por mais que ela tivesse se abaixado para esfregar aquele chão, acabara perdendo a guerra contra a sujeira, que agora já fazia parte da textura das tábuas do assoalho.

Uma ninhada de crianças esfarrapadas se agrupara à porta, silenciosamente, uma por uma. Olhavam para o carro não com a curiosidade viva típica das crianças, mas com a tensão de selvagens que estão preparados para desaparecer ao primeiro sinal de perigo.

– Qual a distância daqui até a fábrica? – perguntou Rearden.

– Quinze quilômetros – disse a mulher. – Talvez oito.

– A que distância fica a cidade mais próxima?

– Não tem cidade mais próxima nenhuma.

– Mas é claro que há outras cidades em algum lugar. Qual a distância até elas?

– Sei lá.

No terreno em volta da casa havia um varal com alguns trapos sem cor. A corda era um pedaço de fio de telégrafo. Três galinhas ciscavam no meio de uma horta miserável e uma quarta chocava sobre um pedaço de cano. Dois porcos chafurdavam numa mistura de lama e lixo. No lamaçal havia pedaços de concreto tirados da estrada, para facilitar a travessia.

Ouviram um guincho ao longe: era um homem tirando água de um poço público por meio de uma polia. O homem, depois, veio em direção a eles, caminhando lentamente, carregando dois baldes que pareciam pesados demais para seus braços magros. Era impossível saber qual seria sua idade. Ele se aproximou e parou, olhando para o carro. Olhou rapidamente para os forasteiros, depois desviou a vista, desconfiado, furtivo.

Rearden pegou no bolso uma nota de 10 dólares e a estendeu ao homem, perguntando:

– Por favor, podia nos dizer como se chega à fábrica?

O homem olhou para o dinheiro com uma indiferença contrariada, sem se mexer, sem levantar a mão, ainda segurando os dois baldes. *Eis aqui*, pensou Dagny, *um homem desprovido de ganância*.

– Aqui a gente não precisa de dinheiro, não – disse ele.

– Vocês não trabalham?

– Trabalhamos, sim.

– E o que vocês usam como dinheiro?

O homem largou os baldes, como se tivesse acabado de perceber que não havia necessidade de ficar segurando-os.

– A gente não usa dinheiro, não. A gente só troca as coisas.

– E como vocês negociam com gente de outras cidades?

– A gente nunca vai a outra cidade.

– Aqui a vida não parece fácil.

– E você com isso?

– Nada. Só curiosidade. Por que vocês ficam aqui?

– Meu velho tinha um armazém aqui. Só que a fábrica fechou.

– Por que não se mudou?

– Para onde?

– Qualquer lugar.

– Para quê?

Dagny olhava fixamente para os baldes: eram latas quadradas, com cordas servindo de alças – latas de óleo.

– Escute – disse Rearden –, existe alguma estrada que leve à fábrica?

– Tem muita estrada.

– Tem alguma que dê para ir de carro?

– Deve ter.

– Qual delas?

O homem pensou, muito sério, por alguns momentos.

– Bem, se você virar à esquerda perto da escola e seguir até o carvalho torto, tem uma estrada lá que é ótima quando passam umas duas semanas sem chover.

– Quando choveu pela última vez?

– Ontem.

– Tem outra estrada?

– Bem, dá para ir pela pastagem do Hanson e seguir pelo bosque, e depois tem uma estrada boa, que vai até o riacho.

– Tem ponte sobre esse riacho?

– Não.

– E quais são as outras estradas?

– Bem, se você quer estrada para ir de carro, tem uma do outro lado da roça do Miller. Essa é pavimentada, a melhor para andar de carro, é só virar à direita perto da escola e...

– Mas essa não leva à fábrica, não é?

– Ah, não.

– Obrigado – disse Rearden. – A gente dá um jeito de chegar lá.

Ele dava partida no carro quando uma pedra bateu no para-brisa. O vidro era inquebrável, mas uma teia de rachaduras se espalhou sobre ele. Viram um moleque esfarrapado desaparecer na curva às gargalhadas e ouviram os risos de outras crianças detrás de janelas e portas.

Rearden conteve um palavrão. O homem olhou vagamente para o outro lado da rua, franzindo a testa um pouco. A velha permaneceu impassível, silenciosa, olhando sem qualquer interesse, como uma substância química numa chapa fotográfica, absorvendo informações visuais porque elas estavam ali para serem absorvidas, mas incapaz de formar qualquer ideia a respeito do que estava vendo.

Dagny já estava a examiná-la havia alguns minutos. Aquele corpo disforme e inchado não parecia ser vítima de velhice ou desleixo: parecia estar grávida. Isso era aparentemente impossível, mas, ao observá-la com mais atenção, Dagny percebeu que seu cabelo cor de terra não era grisalho, e que seu rosto não estava muito enrugado. Eram apenas os olhos vazios, os ombros caídos, os passos claudicantes que pareciam indicar senilidade.

Dagny se debruçou pela janela do carro e perguntou:

– Qual a sua idade?

A mulher a encarou, não com ressentimento, mas com a expressão de quem tem de responder a uma pergunta sem sentido.

– Trinta e sete anos – respondeu.

Já haviam se afastado cinco quarteirões dali quando Dagny falou.

– Hank – exclamou, apavorada –, aquela mulher é só dois anos mais velha que eu!

– É.

– Meu Deus, como foi que eles chegaram a esse estado?

Ele deu de ombros.

– Quem é John Galt?

A última coisa que viram ao se afastarem dos limites da cidade foi um outdoor. Ainda se distinguia o desenho desbotado e rasgado num fundo sem cor. Era um anúncio de máquina de lavar roupas.

Num campo longínquo, além da cidade, viram um vulto de homem se aproximando lentamente, contorcido por um esforço físico para o qual o corpo humano não fora feito: estava empurrando um arado.

Chegaram à fábrica da Companhia de Motores Século XX três quilômetros e duas horas depois. Ao subir a ladeira, perceberam que sua busca era inútil. Um cadeado enferrujado selava a entrada principal, mas as janelas amplas estavam quebradas e qualquer um podia entrar – gente, marmotas, coelhos, folhas secas.

A fábrica fora esvaziada havia muitos anos. As grandes máquinas tinham sido removidas por algum método civilizado – no chão de concreto ainda se viam os furinhos deixados por elas. O restante fora arrancado dali por saqueadores. Não restava nada, apenas lixo, trastes que mesmo o último dos vagabundos não quisera levar, pilhas de pedaços de metal enferrujado, tábuas, placas de estuque, cacos de vidro – e as escadas de aço, feitas para durar, ainda subiam em espiral até o teto.

Pararam num salão amplo, onde um raio de sol entrava na diagonal por um buraco no telhado, e os ecos de seus passos ressoavam ao redor, morrendo ao longe, nos aposentos vazios. Um pássaro levantou voo do meio das vigas de aço do teto e num ruflar de asas saiu do prédio.

– Não custa dar uma olhada assim mesmo – disse Dagny. – Você explora as oficinas enquanto eu vou aos anexos. Vamos fazer isso o mais depressa possível.

– Não quero que você ande por aí sozinha. Não sei se esses assoalhos e escadas oferecem segurança.

– Ah, bobagem! Eu sei andar em qualquer fábrica... ou ruína. Vamos logo. Quero sair rápido daqui.

Enquanto atravessava os pátios silenciosos, onde pontes de aço ainda se estendiam, riscando o céu com suas formas geometricamente perfeitas, Dagny tinha vontade de não ver nada daquilo, mas se obrigou a olhar. Era como ter que fazer autópsia no corpo da pessoa amada. Corria o olhar ao redor como se fosse um holofote, com os dentes trincados com força. Andava depressa; não havia motivo para parar em lugar nenhum.

Só parou no que antes havia sido o laboratório. O que a fez parar foi uma bobina. Fazia parte de uma pilha de cacarecos. Dagny nunca tinha visto aquela disposição de fios em particular, mas mesmo assim lhe parecia familiar, como se despertasse uma lembrança vaga, muito remota. Tentou pegar a bobina, mas não conseguiu mexê-la: parecia fazer parte de algum objeto enterrado na pilha.

Pelo visto, ali havia sido um laboratório experimental, a julgar pelo que restava preso às paredes: muitas tomadas, armários sem prateleiras nem portas. Havia muito vidro, borracha, plástico e metal na pilha de trastes, e pedaços do que já fora um quadro-negro. Havia folhas de papel secas espalhadas pelo chão. Também havia coisas trazidas ali por outras pessoas: sacos de pipocas, uma garrafa de uísque, uma revista de mexericos.

Tentou de novo tirar a bobina da pilha, mas não conseguiu. Fazia mesmo parte de algum objeto grande. Ela se ajoelhou e começou a tirar coisas do monte.

Quando conseguiu retirar o objeto, havia cortado as mãos e estava coberta de pó. Eram os restos mortais de um protótipo de motor. A maioria das peças estava faltando, mas o que restava bastava para se fazer uma ideia do que aquilo havia sido um dia.

Dagny jamais vira um motor daquele tipo ou mesmo semelhante. Não entendia o porquê daquelas peças, nem imaginava qual seria sua função.

Examinou os tubos enferrujados e as ligações estranhas. Tentou entender o que seria aquilo, pensando em todo tipo de motor que conhecia, em todo tipo de coisa para que um motor poderia ser utilizado. Mas nada parecia ter qualquer relação com aquele motor. Aparentava ser um motor elétrico, mas Dagny não imaginava o tipo de combustível que ele usava. Certamente não seria vapor, óleo, nem mais nada que ela conhecesse.

De repente, soltou um grito de espanto e chegou a cair na pilha de trastes. De quatro, começou a andar por cima da pilha, catando todos os pedaços de papel que encontrava, jogando-os fora ao ver que não eram o que procurava e pegando outros. Suas mãos tremiam.

Acabou achando uma parte do que procurava. Eram algumas páginas datilografa-das, grampeadas – o que restava de um texto maior. Faltavam as primeiras e as últi-mas páginas. Pelos pedacinhos de papel sob o grampo, via-se que faltava muita coisa. O papel estava seco e amarelado. O texto era uma descrição do motor.

Lá do cômodo vazio que já fora a casa de força da fábrica, Rearden ouviu o grito, que parecia um grito de pavor:

– Hank!

Correu em direção a ela. Encontrou-a sentada no meio de um aposento, as mãos sangrando, as meias rasgadas, a roupa suja de poeira, com um maço de papéis na mão.

– Hank, o que isso parece? – disse ela, apontando para um amontoado de metal de forma estranha a seus pés. Sua voz era intensa, a voz de uma pessoa que se sente aturdida, em estado de choque, desligada da realidade. – O que você acha?

– Você se machucou? O que houve?

– Não!... Ah, não ligue para isso, não olhe para mim! Estou bem. Olhe para isso. Você sabe o que é?

– O que você fez para ficar assim?

– Tive que arrancar isso daquela pilha. Estou bem.

– Você está tremendo.

– Você também vai ficar assim agora mesmo, Hank! Olhe para isso e me diga o que você acha que seja.

Rearden olhou para o objeto com atenção, depois sentou-se no chão para exami-ná-lo ainda mais atentamente.

– Maneira estranha de construir um motor – disse, franzindo a testa.

– Leia isto – disse ela, entregando-lhe os papéis.

Ele leu, levantou a vista e exclamou:

– Meu Deus!

Ela estava sentada no chão a seu lado, e por um momento não conseguiram dizer mais nada.

– Foi a bobina – disse ela. Sentia que seu raciocínio seguia em disparada, não conseguia apreender todas as coisas que de repente se haviam revelado para sua visão e suas palavras iam saindo aos trambolhões: – Foi na bobina que reparei primeiro, porque eu já havia visto desenhos parecidos, não muito, mas mais ou menos, anos atrás, no tempo em que eu estava na escola... era um livro velho, foi abandonado como impossível há muitos, muitos anos, mas eu gostava de ler tudo o que encontrava a respeito de motores de locomotivas. Esse livro dizia que houve uma época em que se havia pensado nisso. Trabalharam nisso, passaram anos fazendo experiências, mas não conseguiram e acabaram desistindo. Foi esquecido por gerações inteiras. Eu não achava que nenhum cientista vivo ainda pensasse nisso. Mas alguém ainda pensa. Alguém resolveu isso agora!... Hank, você entende? Aqueles homens, anos atrás, tentaram inventar um motor que retirasse energia estática da atmosfera e a convertesse e gerasse sua própria energia à medida que funcionasse. Não conseguiram. Desistiram. – Apontou para a forma quebrada. – Mas eis que o encontramos.

Rearden concordou com a cabeça. Não estava sorrindo. Ficou sentado, olhando para o motor quebrado, remoendo seus pensamentos. Não pareciam ser muito alegres.

– Hank, você não entende o que isso representa? É a maior revolução desde a invenção do motor a explosão, muito mais que isso! Torna tudo obsoleto... e agora tudo é possível. Que se danem Dwight Sanders e todos os outros! Quem vai querer saber de motores a diesel? Quem vai querer saber de óleo, carvão, gasolina? Você não vê o que eu estou vendo? Uma nova locomotiva da metade do tamanho de uma locomotiva a diesel, e com 10 vezes mais potência. Um autogerador, funcionando com umas poucas gotas de combustível, com energia ilimitada. A forma mais limpa, rápida e barata de gerar movimento já inventada. Você entende o que isso vai fazer pelos nossos sistemas de transportes e pelo país... em cerca de um ano?

Não havia nenhum sinal de entusiasmo no rosto de Rearden.

– Quem o desenhou? – perguntou ele, devagar. – Por que o largaram aqui?

– Vamos descobrir.

Rearden apalpou os papéis, pensativo.

– Dagny – perguntou ele –, se não encontrar o homem que construiu este protótipo, você será capaz de reconstruir o motor com base nisto que sobrou?

Após uma longa pausa, ela respondeu, penosamente:

– Não.

– Ninguém vai conseguir. Ele descobriu. A coisa funcionou, a julgar pelo que ele escreve aqui. É a coisa mais incrível que já vi. Era. Não vamos conseguir fazer isto funcionar de novo. Para recuperar o que falta, só um gênio igual a ele.

– Vou encontrá-lo, mesmo que eu não faça outra coisa na vida senão procurá-lo.

– Se ele ainda estiver vivo.

Ela percebeu seu tom de voz.

– Por que você diz isso?

– Não acredito que ele esteja vivo. Se estivesse, não deixaria a invenção dele apodrecendo aqui. Como poderia abandonar uma realização como esta? Se ele ainda estivesse vivo, as locomotivas com autogerador já existiriam há anos. E você não teria que procurá-lo, porque ele seria famoso em todo o mundo.

– Não acredito que este protótipo seja tão antigo assim.

Rearden examinou o papel, a ferrugem do motor.

– Uns 10 anos, a meu ver. Talvez um pouco mais.

– A gente precisa encontrar esse homem, ou alguém que o conhecia. Isso é mais importante...

– ... que qualquer coisa possuída ou fabricada por alguém hoje em dia. Acho que não vamos conseguir encontrá-lo. E, se não o encontrarmos, ninguém vai conseguir fazer o que ele fez. Ninguém vai reconstruir este motor. O que sobrou dele é muito pouco. É só uma pista, uma pista preciosa, mas só mesmo um desses cérebros que só aparecem uma vez em cada século para completá-lo. Você acha que os atuais engenheiros mecânicos seriam capazes disso?

– Não.

– Não há ninguém realmente bom vivo. Não se tem uma ideia nova na área de motores há anos. Eis uma profissão que parece moribunda... ou morta.

– Hank, você entende o que esse motor representaria se existisse?

Ele deu uma risadinha.

– Sei: 10 anos de expectativa de vida a mais para cada pessoa neste país, se levarmos em conta quantas coisas ficariam mais fáceis e baratas de produzir, quantas horas de trabalho humano seriam economizadas e liberadas para outros tipos de trabalho, e quanto a mais as pessoas ganhariam por seu trabalho. Locomotivas? E os automóveis e navios e aviões com motores desse tipo? E tratores. E usinas elétricas. Tudo ligado a uma fonte ilimitada de energia, sem gastar mais que umas gotas de combustível para abastecer o conversor. Esse motor faria todo o país andar, acenderia uma lâmpada em todas as casas, mesmo nas casas daquela gente que vimos hoje no vale.

– Faria isso? Vai fazer. Eu vou achar o inventor.

– Vamos tentar.

Rearden se levantou de repente, mas fez uma pausa para olhar o protótipo quebrado e disse, com uma risadinha que não exprimia alegria:

– Este era o motor que a gente queria para a Linha John Galt. – Então adotou um tom seco de executivo: – Primeiro, vamos ver se conseguimos encontrar o departamento de pessoal desta companhia. Vamos ver se ainda existem arquivos aqui. Queremos o nome da equipe de pesquisadores e engenheiros. Não sei quem é o proprietário disto aqui agora e imagino que vai ser difícil encontrá-lo, senão ele não teria abandonado tudo deste jeito. Então vamos examinar todos os cômodos do laboratório. Depois a gente traz uns engenheiros para cá para examinar toda a fábrica.

Levantaram-se para sair, mas Dagny parou um momento na porta.

– Hank, aquele motor era a coisa mais valiosa dentro desta fábrica – disse ela, em voz baixa. – Só ele valia mais que todo o restante. No entanto, foi abandonado no meio do lixo. Ninguém achou que valesse a pena levá-lo.

– É isso que me preocupa – retrucou ele.

Não foi difícil encontrar o departamento pessoal. Havia uma placa na porta, mas além da placa não restava mais nada. Não havia mobília, papéis, nada, só os cacos de vidro da janela.

Voltaram para o cômodo onde haviam encontrado o motor. Examinaram todos os trastes da pilha. Não havia nada que lhes interessasse. Examinaram todos os papéis que encontraram, mas nenhum deles se referia ao motor, e o restante do texto datilografado não foi encontrado. Os sacos de pipocas e a garrafa de uísque deixavam claro o tipo de vândalos que havia invadido aquela fábrica, agindo como ondas que destroem tudo e levam os destroços para o fundo do oceano.

Separaram alguns pedaços de metal que talvez fizessem parte do motor, mas eram pequenos demais para servir para o que quer que fosse. Pelo visto, partes do motor haviam sido arrancadas, talvez por alguém que achou que podia utilizá-las de algum modo convencional. O que sobrara era estranho demais para interessar a alguém.

Com os joelhos doídos, as mãos apoiadas no chão sujo, Dagny sentiu uma raiva intensa dentro de si, uma raiva dolorosa e impotente, ao pensar naquela profanação. Talvez a fiação daquele motor estivesse agora sendo usada para secar fraldas ao sol, as rodas fossem agora polias em poços, o cilindro agora fosse um vaso com gerânios na janela da casa da namorada do homem que trouxera a garrafa de uísque para lá.

Ainda havia restos de sol no morro, mas uma névoa azulada já cobria o vale, e o vermelho e dourado das folhas se espalhava para o céu, para os lados do poente.

Já estava escuro quando terminaram. Dagny se levantou e se debruçou na janela sem vidro para sentir um pouco de ar fresco no rosto. O céu estava azul-escuro.

– Esse motor faria todo o país andar, acenderia uma luz em todas as casas. – Olhou para o motor. Depois olhou pela janela. De repente gemeu, seu corpo foi sacudido por um arrepio e ela afundou o rosto no braço, sobre o parapeito da janela.

– O que foi? – perguntou Rearden.

Dagny não respondeu.

Ele olhou para fora. Lá longe, no fundo do vale, onde já estava escuro, tremeluziam alguns pontos de luz – a luz de velas de sebo.

CAPÍTULO 10

A Tocha de Wyatt

– Meu Deus! – exclamou o funcionário dos Arquivos Gerais. – Ninguém mais sabe de quem é aquela fábrica agora. E acho que nunca ninguém vai descobrir.

O funcionário estava sentado à sua mesa, num escritório no andar térreo. Os arquivos estavam cobertos de poeira – ele recebia poucas consultas. Viu o carro reluzente parado lá fora, perto de sua janela, naquela praça enlameada que já fora o centro de uma próspera sede de município. Olhou para os dois desconhecidos com um olhar levemente curioso.

– Por quê? – perguntou Dagny.

O homem indicou a papelada que retirara dos arquivos com um gesto que exprimia impotência.

– O tribunal vai ter que decidir de quem é essa fábrica, coisa que acho que nenhum tribunal conseguirá fazer. Se essa questão chegar algum dia a um tribunal, o que acho difícil.

– Por quê? O que aconteceu?

– Bem, a Companhia Século XX foi vendida. Foi vendida duas vezes, ao mesmo tempo, para dois grupos diferentes de donos. Foi um grande escândalo na época, há dois anos, mas agora... – e apontou para a mesa – agora é só uma papelada aguardando uma decisão judicial. Não vejo como algum juiz vai conseguir resolver isso.

– O senhor poderia me explicar exatamente o que foi que aconteceu?

– Bem, o último proprietário legal da fábrica foi a Companhia Popular de Hipotecas, de Rome, Wisconsin. É a cidade que fica uns 50 quilômetros ao norte da fábrica. Era uma firma que vivia fazendo propaganda, que concedia crédito com facilidade. O dono era Mark Yonts. Ninguém sabia de onde ele veio, e agora ninguém sabe que fim levou, mas o que se descobriu no dia em que a Popular faliu foi que Yonts havia vendido a Século XX para um bando de otários da Dakota do Sul e que também a tinha dado em garantia de um empréstimo que fizera em um banco em Illinois. E, quando foram inspecionar a fábrica, viram que Yonts tinha retirado e vendido todas as máquinas, uma por uma, sabe-se lá para quem e para onde. Assim, parece que a fábrica é de todo mundo e de ninguém. E é assim que a coisa está agora: o pessoal da Dakota do Sul, o banco e o advogado dos credores da Popular estão todos se processando, cada um dizendo que a fábrica é sua, mas ninguém tem direito de pegar em nada do que existe na fábrica, só que não existe mais nada nela.

– Esse tal de Mark Yonts pôs a fábrica em funcionamento antes de vendê-la?

– Que nada, minha senhora! Ele nunca colocou nada em funcionamento na vida. Nunca quis saber de produzir, só de ganhar dinheiro. Pois dinheiro ele ganhou, mais do que seria possível ganhar com aquela fábrica.

O funcionário não entendeu por que aquele homem louro e de rosto duro, sentado à sua frente, ao lado da mulher, olhava pela janela para o carro, de cenho franzido, como se tomasse conta do objeto grande embrulhado em lona que estava amarrado no bagageiro aberto do carro.

– O que aconteceu com os registros da fábrica?

– Que registros, minha senhora?

– Os de produção, de operações, de... de pessoal.

– Ah, não resta mais nada. A fábrica foi saqueada. Todos os pretensos proprietários tiraram tudo o que encontraram lá dentro, móveis, o diabo, apesar de o oficial de justiça ter posto um cadeado na porta. A papelada eu imagino que o pessoal de Starnesville pegou – é aquele vilarejo no vale, onde a vida não está nada fácil. Imagino que usaram os papéis para fazer fogo.

– Ainda há por aqui alguém que trabalhava naquela fábrica? – perguntou Rearden.

– Não, senhor. Aqui, não. Todos moravam em Starnesville.

– Todos eles? – sussurrou Dagny, pensando nas ruínas. – Os... engenheiros também?

– Sim, senhora. Todo mundo morava lá. Agora não tem mais ninguém.

– Por acaso o senhor sabe o nome de alguém que trabalhava lá?

– Não, senhora.

– Quem foi o último proprietário que pôs a fábrica em funcionamento? – perguntou Rearden.

– Não sei, não, senhor. Foi tanta confusão, aquilo trocou de dono tantas vezes desde que morreu o velho Jed Starnes... Foi ele que construiu a fábrica, que construiu toda esta região, por assim dizer. Morreu há 12 anos.

– O senhor sabe o nome de todos os proprietários que vieram depois dele?

– Não, senhor. Houve um incêndio no velho tribunal, há uns três anos, e destruiu todos os registros. Não sei onde o senhor poderia encontrar isso agora.

– O senhor não sabe como foi que esse Mark Yonts comprou a fábrica?

– Sei, sim. Comprou do prefeito Bascom, de Rome. Agora, como o prefeito passou a ser o dono, isso eu não sei, não.

– E onde está Bascom agora?

– Continua lá em Rome.

– Muito obrigado – disse Rearden, levantando-se. – Vamos lá visitá-lo.

Os dois já estavam saindo quando o funcionário perguntou:

– O que o senhor está procurando?

– Estamos procurando um amigo nosso – disse Rearden. – Um amigo com quem perdemos contato. Ele trabalhava na fábrica.

◆◆◆

Bascom, o prefeito de Rome, cidadezinha em Wisconsin, se recostou em sua cadeira. Seu tórax e o ventre formavam um contorno em forma de pera sob a camisa suja. O ar era uma mistura de sol e poeira, que pesava sobre a varanda de sua casa. O homem fez um gesto com a mão, e o topázio vagabundo do anel em seu dedo brilhou.

– Perda de tempo, minha senhora – disse ele. – Seria uma total perda de tempo perguntar para essa gente daqui. Não tem mais ninguém que trabalhava na fábrica, ninguém que ainda se lembre do pessoal de lá. Tantas famílias saíram daqui que o que sobrou não presta, e olhe que eu falo de cadeira, pois, afinal, o prefeito desta porcaria sou eu.

Havia oferecido cadeiras a seus dois visitantes, mas não se incomodou ao ver que a moça preferia ficar em pé, encostada à grade da varanda. Bascom se recostou na cadeira, examinando a figura longilínea da mulher. *Mercadoria de primeira*, pensou. Também, o homem que estava com ela era, sem dúvida, muito rico.

Dagny contemplava as ruas de Rome. Havia casas, calçadas, postes de iluminação, até mesmo um anúncio de refrigerante. Mas tudo aquilo parecia muito próximo de chegar ao ponto a que chegara Starnesville.

– Não, os registros da fábrica sumiram – disse o prefeito. – Se é atrás disso que a senhora está, pode desistir. É como correr atrás de uma folha na tempestade. Ninguém liga para papéis. Numa época como a nossa, as pessoas só se preocupam com as coisas sólidas, materiais. O jeito é ser prático.

Pelas vidraças empoeiradas da janela via-se a sala de estar da casa de Bascom: havia tapetes persas no chão de madeira, um bar portátil, com frisos cromados, na parede com manchas de umidade das chuvas do ano anterior, um rádio caro sobre o qual havia um velho lampião de querosene.

– É, fui eu que vendi a fábrica para Mark Yonts. Mark era um sujeito simpático, alegre, cheio de vida. É, é bem verdade que fez das suas, mas quem é que não faz? Claro, ele foi um pouco longe demais. Isso eu não esperava. Achei que um sujeito esperto como ele não faria nada que fosse contra a lei... o que ainda existe hoje em dia em matéria de lei.

O prefeito sorriu, olhando para os dois com uma franqueza tranquila. Seus olhos eram ladinos, mas não inteligentes; seu sorriso era simpático, mas não bondoso.

– Acho que vocês não têm cara de detetives – disse ele –, mas, mesmo que fossem, eu não me preocuparia. Não ganhei nada com o Mark, ele não me deu participação nenhuma nos negócios dele, não faço a menor ideia de onde ele está agora. – Suspirou. – Eu gostava daquele sujeito. Pena que ele não ficou aqui. Ah, eu sei que o que ele fez está errado. Mas ele tinha que viver, não é? Não era pior do que ninguém, só mais esperto. Uns são apanhados em flagrante, outros não... a única diferença é essa... Não, eu não sabia o que ele ia fazer com aquela fábrica quando a comprou... É, ele me pagou bem mais do que ela valia... É, ele me fez um verdadeiro favor ao comprá-la... Não, eu não o pressionei para fazer a compra, não. Não precisou. Eu havia quebrado uns galhos para ele antes. Tem muita lei que é de borracha, e o prefeito tem condição de esticá-las um pouquinho para ajudar os amigos. Sabe como é, não é? É a única maneira de se enriquecer neste mundo – e o prefeito olhou para o carro luxuoso de Rearden de relance –, como o senhor deve saber.

– O senhor estava falando sobre a fábrica – disse Rearden, tentando se controlar.

– O que eu não aguento – disse o prefeito – é essa gente que vive falando de princípios. Princípio nunca encheu a barriga de ninguém. A única coisa nesta vida que pesa são as coisas materiais. Hoje em dia não se pode perder tempo com teorias, do jeito que as coisas estão todas desabando ao nosso redor. Bem, eu é que não quero afundar. Eles que fiquem com as ideias deles. Eu prefiro a fábrica. Não quero ideias, só quero encher a barriga.

– Por que o senhor comprou aquela fábrica?

– Pelo mesmo motivo que leva uma pessoa a fazer qualquer negócio. Para arrancar o que pudesse dela. Eu não deixo passar uma boa oportunidade. A fábrica estava falida e não tinha ninguém muito interessado nela. Assim, comprei-a por uma ninharia. E não fiquei com ela muito tempo, não. O Mark a levou uns dois ou três meses depois. Claro, foi uma jogada inteligente, modéstia à parte. Digna de um grande negociante.

– A fábrica estava em funcionamento quando o senhor a adquiriu?

– Nada. Estava fechada.

– O senhor tentou reabri-la?

– Eu, não. Sou um sujeito prático.

– O senhor lembra o nome de alguém que trabalhasse nela?

– Não. Nunca conheci ninguém.

– O senhor tirou alguma coisa de lá?

– Olhe, eu dei uma boa olhada ao redor, e do que eu mais gostei foi da mesa do velho Jed, o velho Jed Starnes. Era um figurão. Beleza de mesa, de mogno. Aí peguei a mesa e trouxe para minha casa. E tinha um executivo lá, não sei o nome dele, que mandou instalar um boxe no banheiro dele que eu nunca vi coisa igual. Porta de vidro, com uma sereia esculpida nela, uma beleza, mais bonita que qualquer quadro a óleo. Aí mandei tirar aquele boxe de lá e instalar aqui no meu banheiro. Afinal, a fábrica era minha, não era? Eu tinha direito de tirar alguma coisa de valor de lá.

– Quem havia falido quando o senhor comprou a fábrica?

– Ah, foi a quebra do Banco Nacional Comunitário de Madison. Que quebra! Arrasou todo o estado de Wisconsin, pelo menos esta região aqui. Uns dizem que foi a fábrica de motores que quebrou o banco, mas outros dizem que isso foi só a gota d'água, porque o Comunitário tinha uns investimentos péssimos em três ou quatro estados. O dono do banco era Eugene Lawson. Diziam que ele era um banqueiro que tinha coração. Era muito famoso aqui por estas bandas há uns dois ou três anos.

– Esse Lawson botou a fábrica para funcionar?

– Não. Só fez emprestar um dinheirão para ela, mais dinheiro do que ele jamais seria capaz de tirar daquela porcaria. Quando a fábrica deu com os burros n'água, foi o fim de Gene Lawson. O banco quebrou três meses depois. – Bascom suspirou. – As pessoas daqui foram muito prejudicadas. Todas as economias delas estavam no Comunitário.

Bascom dirigiu um olhar tristonho para sua cidade. Apontou para uma figura do outro lado da rua: uma faxineira de cabelos brancos que lavava a escada à entrada de uma casa, de joelhos, movendo-se com dificuldade.

– Vejam aquela mulher, por exemplo. A família dela era boa, respeitável. O marido era dono do armazém. Trabalhou a vida inteira para garantir a velhice da mulher e conseguiu economizar bastante antes de morrer. Só que o dinheiro estava todo no Comunitário.

– Quem controlava a fábrica quando o banco foi à falência?

– Ah, uma tal de Serviços Gerais S.A. Uma bolha de sabão. Surgiu do nada e voltou ao nada.

– Onde estão os acionistas?

– Onde estão os restos de uma bolha de sabão depois que ela estoura? Espalhados por todos os Estados Unidos. Vá tentar encontrá-los!

– Onde está Eugene Lawson?

– Ah, esse? Esse até que se deu bem. Arranjou um emprego em Washington, no Departamento de Planejamento Econômico e Recursos Nacionais.

Rearden se levantou depressa demais, impelido por uma pontada de raiva, e disse, controlando-se:

– Obrigado pelas informações.

– De nada, meu amigo, de nada – disse o prefeito, tranquilo. – Não sei o que vocês querem, mas, seja o que for, ouçam o que eu digo: é melhor desistir. Daquela fábrica não sai mais nada.

– Já expliquei que estamos procurando um amigo nosso.

– Bem, façam como acharem melhor. Deve ser um amigão, pelo trabalho que você está tendo para procurá-lo, você e essa moça tão bonita que não é sua esposa.

Dagny viu o rosto de Rearden ficar branco. Até seus lábios pareciam de mármore, da mesma cor que o restante da pele.

– Seu grandessíssimo... – começou ele, mas Dagny se colocou entre os dois.

– Por que o senhor acha que não sou esposa dele? – perguntou ela, com calma.

Bascom estava atônito com a reação de Rearden. Fizera o comentário sem malícia, como um vigarista que reconhece um colega de profissão e exibe sua astúcia.

– Moça, já vi muita coisa nesta vida – disse ele, bem-humorado. – Marido e mulher não se olham com olhar de quem está pensando em cama. Neste mundo, ou a pessoa é virtuosa ou ela se diverte. Nunca as duas coisas ao mesmo tempo.

– Eu lhe fiz uma pergunta – disse ela a Rearden, a tempo de impedir que ele falasse. – Ele me deu uma explicação instrutiva.

– Se a senhora aceita um conselho – disse o prefeito –, compre uma aliança barata na primeira lojinha de quinquilharias. Não é garantido que funcione, mas ajuda.

– Obrigada – disse Dagny. – Até logo.

A calma séria e enfática de suas palavras e seus gestos foi como uma ordem que fez Rearden segui-la até o carro em silêncio.

Já estavam longe da cidade quando Rearden, sem olhar para ela, num sussurro desesperado, disse:

– Dagny, Dagny, Dagny... Desculpe!

– Por quê?

Pouco depois, quando ela percebeu que ele recuperara o autocontrole, acrescentou:

– Nunca se irrite com um homem por ele ter dito a verdade.

– Essa verdade em particular não era da conta dele.

– E o que ele achava dela não era da sua conta nem da minha.

Rearden disse então, trincando os dentes, não em resposta ao que Dagny dissera, e sim como expressão do pensamento que o atormentava e foi se transformando em sons articulados contra sua própria vontade:

– Não fui capaz de protegê-la daquele miserável...

– Mas eu não estava precisando de proteção.

Ele ficou calado, sem olhar para ela.

– Hank, quando você conseguir controlar a raiva, amanhã ou semana que vem, pense um pouco na explicação daquele homem e veja se você não a aceita em parte.

Ele se virou subitamente para ela, mas não disse nada.

Quando Rearden falou, muito tempo depois, foi para dizer, com uma voz cansada e monótona:

– Não podemos ligar para Nova York e mandar vir uns engenheiros para revistar a fábrica. Não podemos nos encontrar com eles aqui nem deixar que saibam que encontramos o motor juntos... Eu tinha esquecido isso tudo... quando estávamos lá... no laboratório...

– Vou ligar para Eddie assim que encontrarmos um telefone. Vou dizer a ele que mande dois engenheiros da Taggart. Para eles, eu estou aqui sozinha, de férias.

Só 300 quilômetros depois encontraram um telefone que fazia ligações interurbanas. Quando Willers atendeu, se assustou ao ouvir a voz de Dagny.

– Dagny! Pelo amor de Deus, onde é que você está?

– Em Wisconsin. Por quê?

– Eu não sabia como falar com você. É melhor você voltar imediatamente. O mais depressa possível.

– O que houve?

– Nada... por enquanto. Mas estão acontecendo coisas que... É melhor você impedir que elas continuem, se conseguir. Se alguém conseguir.

– Que coisas?

– Você não tem lido os jornais?

– Não.

– Não dá para dizer pelo telefone. Não dá para dar todos os detalhes. Dagny, você vai pensar que estou maluco, mas acho que estão planejando destruir o Colorado.

– Vou voltar imediatamente – disse Dagny.

◆◆◆

Sob o Terminal Taggart existiam túneis escavados no granito de Manhattan, que eram usados como desvios na época em que havia trens entrando e saindo do terminal por todos os lados em todas as horas do dia. A necessidade de espaço diminuíra com o passar dos anos, com a redução do tráfego, e os túneis tinham sido abandonados, como leitos de rios secos. Restavam algumas luzes azuladas sobre os trilhos abandonados, cobertos de ferrugem.

Dagny colocou os restos do motor num depósito num desses túneis, onde antigamente era guardado um gerador de emergência, que havia muito não estava mais ali. Ela não confiava no pessoal de pesquisa da Taggart, um bando de inúteis. Entre eles havia apenas dois engenheiros de talento, capazes de apreciar sua descoberta. Ela contara seu segredo para os dois e os enviara a Wisconsin para revistar a fábrica. Depois escondeu o motor num lugar onde ninguém o descobriria.

Depois que os trabalhadores carregaram o motor até o depósito e foram embora, Dagny ia sair também e trancar a porta de aço, mas parou, com a chave na mão, como se o silêncio e a solidão de repente a houvessem colocado frente a frente com o problema que vinha considerando havia dias, como se esse fosse o momento da decisão.

Seu vagão-escritório a esperava numa das plataformas da Taggart, numa composição que sairia rumo a Washington em alguns minutos. Dagny marcara uma entrevista com Eugene Lawson, mas havia decidido que a cancelaria e adiaria sua busca – se imaginasse uma medida a tomar contra as coisas que constatara ao voltar a Nova York, as coisas que Eddie mencionara pelo telefone.

Dagny havia tentado pensar numa maneira de contra-atacar, mas não via como. Não havia regras nem armas. Para ela, era uma experiência nova e estranha se ver num estado de impotência. Nunca antes tivera dificuldade em encarar a realidade e tomar decisões, mas dessa vez não estava enfrentando coisas concretas, e sim uma névoa de formas indefinidas, que surgiam e se dissolviam antes que pudessem ser vistas, como uma substância viscosa que nunca chega a endurecer. Era como se ela só tivesse visão periférica, como se percebesse que vultos ameaçadores se aproximavam dela, mas lhe fosse impossível se voltar e olhar para eles: não tinha olhos para mover.

O Sindicato dos Maquinistas estava exigindo que a velocidade máxima dos trens da Linha John Galt fosse reduzida para 100 quilômetros por hora. O Sindicato dos Chefes de Trem e Guarda-Freios exigia que todos os trens de carga da Linha John Galt tivessem o comprimento máximo de 60 vagões.

Os governos de Wyoming, Novo México, Utah e Arizona exigiam que o número de trens em circulação no Colorado não fosse maior do que o de trens que circulavam em cada um desses estados vizinhos.

Um grupo chefiado por Orren Boyle exigia a aprovação de uma Lei da Preservação do Sustento, que limitaria a produção de metal Rearden à produção de qualquer outra siderúrgica de igual capacidade.

Um grupo liderado pelo Sr. Mowen exigia a aprovação de uma Lei da Distribuição Justa, que garantisse a cada cliente o direito de receber uma quantidade igual de metal Rearden.

Um grupo chefiado por Bertram Scudder estava exigindo a aprovação de uma Lei de Estabilidade Pública, que proibia as empresas da Costa Leste de se estabelecerem fora de seus estados de origem.

Wesley Mouch, coordenador-chefe do Departamento de Planejamento Econômico e Recursos Nacionais, estava fazendo um grande número de pronunciamentos, cujo conteúdo e objetivo eram difíceis de definir, mas que sempre incluíam as expressões "poderes de emergência" e "economia desequilibrada".

– Dagny, com que direito? – lhe perguntara Eddie Willers, num tom de voz contido, porém com a força de um grito. – Com que direito eles estão fazendo isso? Com que direito?

Dagny se dirigira ao escritório de James Taggart e lhe dissera:

– Jim, esta briga é sua. Você é que supostamente sabe lidar com os saqueadores. Você vai combatê-los.

Sem olhar para ela, James respondera:

– Você não pode querer mandar na economia do país de acordo com seus interesses.

– Mas eu não quero mandar na economia do país! Eu quero que esses seus planejadores da economia me deixem em paz! Tenho de cuidar da minha rede ferroviária e sei muito bem o que vai acontecer com a economia deste país se ela for à falência!

– Não vejo motivo para entrar em pânico.

– Jim, será que eu tenho que lhe explicar que a receita da Linha Rio Norte é tudo o que temos, é o que nos salva da bancarrota? Que precisamos de cada centavo que ganhamos com ela, cada passagem, cada carregamento, o mais depressa possível? – Jim não respondera. – Se temos de sugar ao máximo nossas velhas locomotivas a diesel, se não temos locomotivas suficientes para dar ao Colorado o serviço de que o estado necessita, o que vai acontecer se reduzirmos a velocidade e o tamanho das composições?

– Bem, os sindicatos também têm lá suas razões. Com tantas redes ferroviárias indo à falência e tantos ferroviários desempregados, eles acham que essas velocidades excessivas da Linha Rio Norte são uma injustiça, acham que devia haver mais trens, para que o trabalho fosse dividido entre mais ferroviários, acham que não é justo nós lucrarmos sozinhos com essa nova linha. Eles também querem uma participação.

– Participação em quê? Em pagamento de quê? – Jim não respondera. – Quem vai arcar com as despesas de dois trens ao invés de um só? – Jim não respondera. – Onde você vai encontrar os vagões e as locomotivas adicionais? – Jim não respondera. – O que esses homens vão fazer depois que acabarem com a Taggart Transcontinental?

– É minha intenção proteger os interesses da Taggart Transcontinental.

– Como? – Ele não respondera. – Como, se vocês destruírem o Colorado?

– A meu ver, antes de pensar em dar a algumas pessoas oportunidade de se expandirem, devemos pensar naquelas que precisam de uma oportunidade para sobreviverem.

– Se vocês destruírem o Colorado, o que essa corja de saqueadores vai poder explorar para sobreviver?

– Você sempre foi contra todas as medidas sociais progressistas. Lembro que previu uma catástrofe quando aprovamos a Resolução Anticompetição Desenfreada, mas não houve catástrofe alguma.

– Porque eu salvei vocês, seus idiotas! Desta vez não vou poder salvá-los! – Jim dera de ombros, sem olhar para ela. – E, se não for eu, quem vai salvá-los? – Jim não respondera.

Aquilo não lhe parecia real, agora, naquele depósito subterrâneo. Pensando no assunto, Dagny percebeu que aquela batalha de Jim não era para ela. Não havia nenhuma medida que ela pudesse tomar contra homens de pensamento indefinido, objetivos não declarados, moralidade desconhecida. Não havia nada que ela pudesse lhes dizer, nada que fosse ouvido e respondido. Quais eram as armas, perguntou a si própria, num mundo em que a razão não era mais uma arma? Naquele mundo ela não podia entrar. Tinha que deixar tudo nas mãos de Jim e confiar em seu interesse pessoal. Dagny sentiu um calafrio ao lhe ocorrer que o interesse pessoal não era uma motivação para Jim.

Olhou para o objeto à sua frente, uma campânula de vidro dentro da qual estava o que restava do motor. *O homem que fez o motor*, pensou ela de repente. O pensamento lhe veio à mente como um grito de desespero. Sentiu uma angústia momentânea, uma vontade de encontrá-lo, de se apoiar nele e deixar que ele lhe dissesse o que fazer. Um homem como ele saberia como vencer essa batalha.

Dagny olhou ao redor. No mundo limpo e racional dos túneis subterrâneos, nada era tão urgente, tão importante quanto encontrar o homem que fizera o motor. Pensou ela: *Será que poderia adiar essa tarefa e ir discutir com Orren Boyle? Argumentar com o Sr. Mowen? Insistir com Bertram Scudder?* Ela viu o motor, completo, instalado numa locomotiva que puxava uma composição de 200 vagões numa pista de metal Rearden a 300 quilômetros por hora. Agora que essa visão estava ao seu alcance, dentro de suas possibilidades, ela teria de abandoná-la e gastar seu tempo regateando a respeito de 100 quilômetros por hora e 60 vagões? Ela não podia descer a um nível de existência em que seu cérebro estouraria sob a pressão de se obrigar a permanecer no plano da incompetência dos outros. Ela não conseguia obedecer à regra que ordenava: diminua-se, limite-se, não faça o melhor que você pode, não é isso que se quer!

Decidida, Dagny se virou e saiu do depósito para pegar o trem e ir a Washington. Ao trancar a porta de aço, lhe pareceu ouvir passos ecoando ao longe. Olhou para os dois lados do túnel. Não havia ninguém à vista, nada além de uma fileira de luzes azuis brilhando nas paredes de granito úmido.

◆ ◆ ◆

Rearden não podia lutar contra as quadrilhas que exigiam o cumprimento das leis. Ou bem ele lutava, ou bem mantinha a siderúrgica em funcionamento. Havia perdido o controle das minas. Agora tinha de lutar em uma das frentes. Não tinha tempo para lutar em ambas.

Ao voltar, soube que uma encomenda de minério de ferro não fora entregue. Larkin não dera nenhuma explicação, nada. Quando Rearden pediu que ele viesse a seu escritório, Larkin apareceu três dias depois do combinado. Não pediu desculpas. Disse, sem olhar para Rearden, com a boca tensa, numa expressão de dignidade ferida:

– Você não pode chamar as pessoas para virem ao seu escritório na hora que bem entender.

Rearden falou devagar, escolhendo as palavras com cuidado:

– Por que a encomenda não foi entregue?

– Recuso-me a ouvir desaforos, simplesmente me recuso, se a culpa não foi minha. Sei administrar uma mina tão bem quanto você, igualzinho, fiz tudo como você sempre fez, mas, não sei por quê, sempre acontece alguma coisa de errado. Não tenho culpa, são coisas inesperadas.

– A quem você enviou o minério no mês passado?

– Eu pretendia mandar a sua parte para você, era essa a minha intenção, mas não tenho culpa se perdemos 10 dias de trabalho mês passado por causa das chuvas que caíram em todo o norte de Minnesota. Eu pretendia mandar a sua encomenda, você não pode pôr a culpa em mim, porque minha intenção era essa.

– Se um dos meus altos-fornos ficar sem minério, ele vai continuar funcionando se eu colocar suas intenções dentro dele?

– É por isso que ninguém consegue fazer negócios com você nem falar com você: você é desumano.

– Acabo de ser informado de que, nos últimos três meses, você não tem transportado o seu minério por navio, mas por trem. Por quê?

– Eu tenho direito de cuidar dos meus negócios à minha maneira.

– Por que você está disposto a gastar mais com transporte?

– O que você tem a ver com isso? Não é você quem paga.

– O que você vai fazer quando descobrir que não tem condições de pagar o transporte ferroviário e que destruiu a companhia de transporte lacustre?

– Sei que você não compreende nenhuma consideração que não seja de ordem financeira, mas há quem esteja consciente das responsabilidades sociais e patrióticas.

– Que responsabilidades?

– Bem, acho que uma rede ferroviária como a Taggart Transcontinental é essencial ao bem-estar da nação e que é uma obrigação social minha ajudar a linha de Minnesota de Jim, que está perdendo dinheiro.

Rearden se debruçou sobre a mesa. Estava começando a entender uma sequência que antes nunca fizera sentido para ele.

– Para quem você enviou a sua produção mês passado? – perguntou, sem levantar a voz.

– Ora, afinal de contas, é problema meu para quem eu...

– Foi para Orren Boyle, não foi?

– Você não pode querer que toda a indústria siderúrgica seja sacrificada por causa dos seus interesses egoístas, e...

– Saia daqui – disse Rearden, com calma. Agora toda a sequência fazia sentido.

– Não me entenda mal, eu não quis...

– Saia.

Larkin saiu.

Então foram dias e noites vasculhando todo o continente por telefone, telégrafo e avião, examinando minas abandonadas e minas prestes a serem abandonadas, reuniões tensas e apressadas em cantos escuros de restaurantes baratos. Encarando o homem sentado à sua frente, Rearden tinha de decidir sobre quanto ele podia se arriscar a investir com base apenas no rosto, na maneira de ser e no tom de voz de uma pessoa, detestando a necessidade de esperar que o outro fosse honesto, como um favor, porém arriscando, colocando dinheiro em mãos desconhecidas em troca de promessas sem garantias, empréstimos sem registro a testas de ferro, proprietários de minas prestes a serem fechadas, dinheiro entregue em espécie e anonimamente, e recebido furtivamente, como se numa transação criminosa. Dinheiro aplicado em contratos sem qualquer valor legal, em que ambas as partes sabiam que, em caso de fraude, a vítima, não o fraudador, seria punida, e tudo isso para que continuasse a chegar minério de ferro para os altos-fornos, para que estes continuassem a produzir um fluxo ininterrupto de metal líquido.

– Sr. Rearden – disse o gerente de compras de sua empresa –, se o senhor continuar desse jeito, de onde vai sair o seu lucro?

– A gente vai compensar com a tonelagem – disse Rearden, exausto. – O mercado para o metal Rearden é ilimitado.

O gerente de compras era um homem de idade, grisalho, com rosto fino e seco, que, segundo se dizia, só se interessava em aproveitar ao máximo cada tostão. Estava parado em frente à mesa de Rearden, sem dizer mais nada, os olhos frios apertados e tristes. Era o olhar de compaixão mais profunda que Rearden jamais vira.

Não há alternativa, pensou Rearden, como já havia pensado tantas vezes nos últimos dias e noites. Suas únicas armas eram pagar pelo que ele queria, pagar preços justos, não pedir nada à natureza sem dar em troca seu esforço, não pedir nada aos homens sem dar em troca o produto de seu esforço. *De que servem essas armas*, pensou, *se o valor não é mais uma arma?*

– Mercado ilimitado, Sr. Rearden? – perguntou o gerente de compras, seco.

Rearden olhou para ele.

– Acho que não sou esperto o bastante para fazer o tipo de negócio que é preciso fazer hoje em dia – disse, em resposta aos pensamentos que o outro não colocara em palavras.

O gerente de compras sacudiu a cabeça.

– Não, Sr. Rearden. Ou uma coisa ou outra. Um mesmo cérebro não sabe fazer os dois tipos de negócio. Ou a pessoa sabe administrar uma fábrica, ou sabe recorrer a Washington.

– Talvez fosse bom eu aprender o método deles.

– O senhor não ia conseguir, e não adiantaria nada para o senhor. Não ia sair ganhando em nenhum desses negócios. O senhor não vê? É o senhor que eles querem saquear.

Quando se viu a sós, Rearden sentiu uma pontada de raiva cega, como já sentira antes, uma pontada única, dolorosa e súbita, como um choque elétrico – uma raiva nascida da consciência de que não se pode negociar com o mal puro e simples, o mal nu e consciente que não tem nem procura uma justificativa. Mas, quando ele sentia o desejo de lutar e matar pela causa justa da autodefesa, via o rosto gordo e sorridente do prefeito Bascom e sua voz arrastada dizendo: "... você e essa moça tão bonita que não é sua esposa".

Então não restava nenhuma causa justa, e a dor da raiva se transformava na dor vergonhosa da submissão. *Não tenho o direito de condenar ninguém*, pensou, *nem de denunciar nada, nem de lutar e morrer feliz, exigindo virtude.* As promessas não cumpridas, os desejos inconfessos, a traição, a mentira, a fraude – ele era culpado de tudo isso. *Que forma de corrupção posso denunciar? Questões de grau maior ou menor são irrelevantes*, pensou. *O mal não se mede em centímetros.*

Ele não sabia – naquele momento, sentado à sua mesa, pensando que não era mais um homem honesto que havia perdido o senso de justiça – que eram exatamente a rigidez de sua honestidade e seu senso de justiça que agora estavam tirando de suas mãos sua única arma. Ele lutaria contra os saqueadores, mas a ira, a intensidade, ele as havia perdido. Ele lutaria, mas apenas como um calhorda entre outros. Não formulou as palavras, porém a dor que sentia equivalia a elas, a dor vergonhosa que dizia: quem sou eu para atirar a primeira pedra?

Rearden se jogou sobre a escrivaninha... *Dagny*, pensou, *Dagny, se este é o preço que tenho de pagar, eu o pago...* Continuava a ser o comerciante que não conhecia outro código a não ser o de pagar integralmente por tudo o que queria.

Já era tarde quando chegou em casa e subiu as escadas rápida e sorrateiramente em direção a seu quarto. Detestava agir furtivamente, mas era assim que vinha agindo na maioria das noites havia meses. Tornara-se insuportável para ele ver sua própria família, e não sabia por quê. *Não os odeie por causa de uma culpa que é sua*, ele dizia a si mesmo, mas de algum modo sentia que não era essa a raiz de seu ódio.

Fechou a porta do quarto como um fugitivo que consegue se esconder por um momento. Movia-se cuidadosamente, despindo-se para se deitar. Não queria que nenhum som traísse sua presença para sua família. Não queria nenhum contato com eles, nem mesmo que pensassem nele.

Já tinha vestido o pijama e estava acendendo um cigarro quando a porta do quarto se abriu. A única pessoa que tinha o direito de entrar em seu quarto sem bater jamais o fizera, de modo que ele ficou olhando por um instante sem entender o que via, até compreender que era Lillian quem estava entrando.

Trajava uma roupa estilo império, de um verde-amarelado pálido, com uma saia pregueada que descia graciosamente da cintura alta. À primeira vista, era difícil dizer se era um vestido longo ou um roupão. Era um roupão. Ela parou à porta. O contorno de seu corpo formava uma bela silhueta contra a luz do corredor.

– Sei que uma mulher não deve se apresentar a um estranho – disse ela, baixinho –, mas é o que vou fazer. Meu nome é Sra. Rearden.

Rearden não sabia se aquilo era sarcasmo ou súplica. Lillian entrou e fechou a porta com um gesto espontâneo e cheio de autoridade, um gesto de proprietária.

– O que foi, Lillian? – perguntou ele, em voz baixa.

– Meu caro, você não deve se entregar assim, de modo tão óbvio. – Ela atravessou o quarto em passos lentos, passando pela cama, e sentou-se numa poltrona. – O que você disse é um reconhecimento de que só posso tomar seu tempo quando tenho algum motivo em particular. Será que devo marcar hora com a sua secretária?

Rearden estava parado no meio do quarto, com o cigarro nos lábios, olhando para ela, sem dizer nada.

Lillian riu.

– O que me traz aqui é algo tão extraordinário que sei que jamais ocorreria a você: solidão, meu bem. Você se importa de dar algumas migalhas da sua preciosa atenção a uma pedinte? Você se importa se eu ficar aqui, sem nenhum motivo em especial?

– Não – disse ele, tranquilo –, se você quiser.

– Não tenho nada de importante para lhe dizer, nem encomendas de 1 milhão de dólares, nem negócios internacionais, nem estradas de ferro, nem pontes. Nem mesmo a situação política. Só quero falar sobre coisas absolutamente sem importância, como qualquer mulher.

– Pois fale.

– Henry, não há uma maneira melhor de me fazer calar, não é mesmo? – Lillian tinha um ar de sinceridade impotente e suplicante. – Depois dessa, o que posso dizer? Digamos que eu quisesse lhe falar sobre o novo romance que Balph Eubank está escrevendo e dedicando a mim. Você estaria interessado nisso?

– Se você quer que eu diga a verdade, nem um pouco.

Lillian riu.

– E se eu não quiser a verdade?

– Nesse caso, eu não sei o que dizer – respondeu Rearden, sentindo que o sangue lhe afluía à cabeça de repente, tão súbito quanto um tabefe, percebendo como era infame mentir protestando inocência. Ele falara com sinceridade, mas o que dissera pressupunha uma honestidade que não tinha mais. – E por que você iria querer ouvir algo que não fosse verdade? – perguntou a ela. – Para quê?

– Pois é justamente essa a crueldade das pessoas conscienciosas. Você não entenderia, não é mesmo?, se eu lhe dissesse que, quando realmente se gosta de alguém, está-se disposto a mentir, a trapacear e a fingir, a fim de tornar a pessoa amada feliz, de criar para ela a realidade que ela deseja, se ela não está satisfeita com a que existe.

– Não – disse Rearden devagar. – Eu não entenderia.

– Mas é muito simples. Você diz a uma mulher bonita que ela é bonita. E daí? Não passa de um fato, e não lhe custou nada. Mas, se você disser a uma mulher feia que ela é bonita, você lhe oferece a grande homenagem de corromper o conceito do belo. Amar uma mulher pelas qualidades que ela tem não significa nada. Ela faz jus a esse amor, é um pagamento, não uma dádiva. Mas amá-la pelos seus defeitos é uma dádiva de verdade, algo de imerecido. Amá-la pelos seus vícios é corromper todas as virtudes por amor a ela, e isso é amor de verdade, porque sacrifica a sua consciência, sua razão, sua integridade e seu precioso amor-próprio.

Rearden a encarou com um olhar vazio. Aquilo era uma monstruosidade tamanha que parecia excluir a possibilidade de que alguém o dissesse a sério. Ele só não entendia como é que alguém se dava o trabalho de dizê-lo.

– O que é o amor, meu bem, senão sacrifício? – prosseguiu Lillian, num tom de voz ameno, como quem conversa numa festa. – E o que é o sacrifício, se o que é sacrificado não é o que se tem de mais precioso e importante? Mas eu sei que você não é capaz de entender essas coisas. Você é um puritano. Com o imenso egoísmo dos puritanos. Você prefere ver o mundo acabar a sujar esse seu eu imaculado com a menor sujeirinha que lhe cause vergonha.

Com voz lenta e estranhamente tensa e solene, ele retrucou:

– Nunca afirmei que sou imaculado.

Ela riu.

– E o que é que você está fazendo neste instante? Está me dando uma resposta honesta, não é? – Sacudiu os ombros nus. – Ah, querido, não me leve a sério! Estou só falando por falar.

Rearden esmagou o cigarro num cinzeiro e não disse nada.

– Meu bem – disse Lillian –, na verdade, eu vim aqui porque não conseguia parar de pensar que tenho um marido e gostaria de saber como ele é.

Ela o examinou. Rearden estava de pé no outro lado do quarto, alto, ereto, tenso, os contornos de seu corpo enfatizados pela cor uniforme do pijama azul-escuro.

– Você está muito bonito – disse ela. – Anda muito melhor de uns meses para cá. Mais moço. Mais feliz, talvez? Parece menos tenso. Ah, eu sei que você anda mais atarefado do que nunca, parece um general no campo de batalha, mas isso é só na superfície. Por dentro, você anda menos tenso.

Rearden a olhou, atônito. Era verdade. Ele não o havia percebido, não o tinha admitido. Surpreendeu-se com a capacidade de observação de Lillian. Ela o vira pouco nos últimos meses. Rearden não entrara em seu quarto desde que voltara do Colorado. Achava que ela estava gostando do isolamento entre eles. Agora se perguntava o que a tornava tão sensível a ponto de perceber a mudança que ele sofrera – a menos que Lillian sentisse por ele muito mais do que ele imaginava.

– Eu não havia notado – disse ele.

– Pois você está ótimo, meu bem. O que me surpreende, já que você anda enfrentando dificuldades tão terríveis.

Rearden não sabia se aquilo era uma pergunta disfarçada. Lillian fez uma pausa, como se esperasse uma resposta, mas não insistiu e prosseguiu, num tom alegre:

– Eu sei que você está tendo todo tipo de problema na fábrica, e a situação política está ficando séria, não está? Se aprovarem todas aquelas leis de que estão falando, você vai ser muito prejudicado, não vai?

– Vou, sim. Mas esse assunto não interessa a você, não é mesmo, Lillian?

– Mas claro que interessa! – Ela levantou a cabeça e o encarou. Havia em seus olhos um olhar vazio e velado que ele já vira antes, um olhar deliberadamente misterioso, confiante de que ele não seria capaz de resolver aquele mistério. – Isso me interessa, e muito... ainda que não por causa de quaisquer prejuízos financeiros possíveis – acrescentou, em voz baixa.

Pela primeira vez, ocorreu a Rearden que talvez aquele despeito que caracterizava Lillian, seu sarcasmo, seu jeito covarde de insultá-lo sob a proteção de um sorriso, fosse justamente o contrário do que ele sempre julgara: não uma forma de torturá-lo, mas um desespero distorcido. Não algo que visasse fazê-lo sofrer, mas uma confissão da dor que ela sentia, um modo de defender o orgulho ferido de uma esposa desprezada, uma súplica secreta, de modo que o que havia nela de sutil, de indireto, de esquivo, que pedia para ser compreendido, não fosse a malícia visível, mas o amor oculto. Ele contemplou essa possibilidade, horrorizado. Sua culpa parecia maior do que jamais lhe parecera antes.

– Já que estamos falando de política, Henry, tive uma ideia engraçada. O lado que você representa... como é mesmo esse lema que vocês todos repetem tanto, que resume a posição de vocês? "A santidade do contrato", não é isso?

Ela o viu desviar o olhar de repente, viu seus olhos brilharem, viu a primeira reação a suas palavras. Era sinal de que ela havia acertado um golpe. Lillian riu alto.

– Continue – disse Rearden, com uma voz baixa que parecia uma ameaça.

– Meu bem, continuar para quê, se você já me entendeu perfeitamente?

– O que você queria dizer? – A voz de Rearden estava áspera e precisa, sem trair qualquer sentimento.

– Você realmente faz questão de me levar à humilhação de fazer queixa? E uma queixa tão trivial, tão comum... se bem que eu achava que meu marido se orgulhava de ser superior aos outros homens. Você quer que eu lembre a você uma vez que jurou que o objetivo da sua vida seria a minha felicidade? E que você nem pode dizer se sou feliz ou infeliz, porque mal sabe que existo?

Rearden sentiu uma dor física ao ser atacado por tantas coisas ao mesmo tempo. *As palavras dela são uma súplica*, pensou – e sentiu uma culpa negra e quente. Sentiu pena – uma piedade feia, sem qualquer afeição. Uma raiva vaga, como uma voz que se tenta sufocar, uma voz que exclama, cheia de repugnância: "Por que tenho de aturar essas mentiras grotescas? Por que tenho de aceitar uma tortura por piedade? Por que sou eu quem tem de arcar com o ônus da tentativa inútil de lhe poupar sentimentos que ela não admite ter, que eu não posso conhecer, compreender, nem sequer imaginar? Se ela me ama, por que essa covarde não diz isso abertamente, para que nós dois possamos encarar o fato?" Rearden ouviu outra voz, mais alta, dizendo: "Não ponha a culpa nela, esse é o truque mais velho de todos os covardes. Você é que é o culpado. Faça ela o que fizer, não é nada em comparação com a sua culpa. Ela tem razão. Isso enlouquece você, não é mesmo, saber que ela é que tem razão? Pois que enlouqueça, seu adúltero. É ela que está com a razão!"

– O que é que faria você feliz, Lillian? – perguntou, com uma voz sem entonação.

Lillian sorriu, recostando-se na poltrona e relaxando. Ela estivera observando seu rosto com atenção.

– Ah, meu Deus! – disse ela, como quem acha graça. – Lá vem a velha pergunta de sempre. A escapatória. O golpe.

Lillian se levantou, deixando cair os braços com um dar de ombros e esticando o corpo num gesto débil e gracioso de impotência.

– O que me faria feliz, Henry? Isso é o que você devia me dizer. O que devia ter descoberto para mim. Eu não sei. Você é que ia criar isso para mim e me oferecer. Era essa a sua obrigação, a sua responsabilidade. Mas você não será o primeiro homem a não cumprir essa cláusula. É a dívida mais fácil de não se pagar. Ah, se o que está em questão fosse um carregamento de minério de ferro, é claro que você pagaria o que deve. Mas é só uma vida.

Ela andava a esmo pelo quarto, as dobras verde-amareladas da saia formando ondas atrás de seu corpo.

– Sei que legalmente não tenho como reclamar pagamento – disse ela. – Não tenho hipoteca, garantia, armas, correntes. Não tenho nenhum poder sobre você, Henry. Só a sua honra.

Ele a encarava como se só com muito esforço conseguisse manter o olhar fixo nela, suportar ver seu rosto.

– O que você quer? – perguntou ele.

– Meu bem, são tantas coisas que você podia adivinhar sozinho, se realmente quisesse saber o que quero. Por exemplo, como você vem me evitando tão claramente há meses, não é óbvio que eu queira saber por quê?

– Tenho andado muito ocupado.

Lillian deu de ombros:

– Uma esposa imagina que a principal preocupação de seu marido seja ela própria. Quando você jurou que jamais olharia para outra mulher, não me ocorreu que eu teria como rival um alto-forno.

Ela chegou mais perto e, com um sorriso que parecia debochar de ambos, o abraçou.

Com o gesto rápido, instintivo e feroz de um jovem noivo ao contato indesejável de uma prostituta, Rearden se livrou dos braços de Lillian e a empurrou para o lado.

Ficou parado, paralisado, chocado com a brutalidade da própria reação. Ela o olhava fixamente, o rosto nu de espanto, sem mistérios, pretensões ou defesas. O que quer que ela houvesse calculado, não esperara por aquilo.

– Desculpe, Lillian... – disse ele, em voz baixa, uma voz cheia de sinceridade e dor.

Ela não respondeu.

– Desculpe... É que estou muito cansado – acrescentou Rearden, com uma voz sem vida. Torturava-o aquela tripla mentira, uma parte da qual era uma deslealdade que ele não conseguia encarar. Não era uma deslealdade para com Lillian.

Ela deu uma risadinha.

– Bem, se é esse o efeito que o trabalho tem sobre você, posso até vir a aprová-lo. Perdão, eu estava apenas tentando cumprir com meu dever. Achava que você era um sensualista, que jamais se elevaria acima dos instintos de um animal na sarjeta. Não sou uma dessas cadelas que andam nesses lugares. – Falava acentuando as palavras, secamente, fria, sem pensar. Sua mente era um ponto de interrogação, que examinava todas as respostas possíveis.

Foi a última frase que ela disse que o fez encará-la de repente, com simplicidade, diretamente, não mais na defensiva.

– Lillian, qual o objetivo da sua vida? – perguntou.

– Que pergunta vulgar! Nenhuma pessoa esclarecida a faria.

– Bem, o que as pessoas esclarecidas querem da vida?

– Talvez nada. Isso é que faz delas pessoas esclarecidas.

– Como é que elas passam o tempo?

– Certamente não é fabricando canos.

– Me diga uma coisa: por que você continua fazendo essas piadinhas? Sei que sente desprezo por canos. Você já deixou isso bem claro há muito tempo. O seu desprezo não representa nada para mim. Por que insiste em repetir?

Rearden não entendeu por que essa pergunta a abalou. Não sabia por quê, mas percebia que o havia conseguido. Não compreendia por que tinha certeza absoluta de que dissera exatamente o que deveria dizer.

Ela perguntou, secamente:

– Por que esse interrogatório de repente?

Ele respondeu com simplicidade:

– Eu queria saber se existe alguma coisa que você realmente queira. Se existir, eu gostaria de dá-la a você, se for possível.

– Você quer é comprá-la? É só isso que você sabe: pagar pelas coisas. Para você é muito fácil, não é? Não, não vai ser tão fácil assim. O que eu quero não é material.

– O que é?

– Você.

– O que você quer dizer com isso, Lillian? Não é no sentido do animal na sarjeta.

– Não, isso não.

– Então o que é?

Ela estava à porta. Virou-se, levantou a cabeça para olhar para ele e sorriu friamente.

– Você não ia entender mesmo – disse e saiu.

O que o torturava agora era a consciência de que ela jamais iria querer abandoná-lo – e ele jamais teria o direito de largá-la –, a consciência de que ele devia a Lillian ao menos um pouco de empatia, de respeito por um sentimento que ele não podia compreender nem retribuir, a consciência de que por ela não era capaz de sentir nada, só desprezo – um desprezo estranho, total, visceral, imune à piedade, às censuras, a seu próprio senso de justiça –, e, o que era pior, a repulsa orgulhosa contra seu próprio veredicto que o obrigava a se considerar mais vil que essa mulher que lhe inspirava desprezo.

De repente, nada daquilo lhe importava mais. Tudo estava muito longe, e só restava a ideia de que ele estava disposto a suportar tudo – um estado que era ao mesmo tempo tensão e paz –, porque ele estava deitado na cama, o rosto contra o travesseiro, pensando em Dagny, em seu corpo esguio e sensível estendido a seu lado, tremendo ao toque de seus dedos. Queria que ela estivesse em Nova York. Se estivesse, ele iria para lá agora, imediatamente, no meio da noite.

◆◆◆

Eugene Lawson à sua mesa era como um piloto ante o painel de controle de um avião bombardeiro que dominasse todo um continente embaixo de si. Mas por vezes se esquecia disso e relaxava. Seus músculos amoleciam dentro do terno, como se ele estivesse emburrado com o mundo. Sua boca, ele jamais a conseguia manter tensa. Era um detalhe proeminente de seu rosto fino o que o desgostava: quando falava, seu lábio inferior se contorcia úmido, como se estrebuchasse.

– Não tenho nenhuma vergonha disso – afirmou Eugene Lawson. – Srta. Taggart, quero que saiba que não tenho vergonha nenhuma de ter sido presidente do Banco Nacional Comunitário de Madison.

– Não falei em vergonha – disse Dagny, friamente.

– Ninguém pode me fazer nenhuma acusação moral, pois perdi tudo o que tinha quando aquele banco quebrou. Creio que tenho até o direito de me orgulhar de tal sacrifício.

– Eu só queria lhe fazer algumas perguntas sobre a Companhia de Motores Século XX, que...

– Terei prazer em responder a quaisquer perguntas. Não tenho nada a esconder. Minha consciência está tranquila. Se a senhorita pensou que esse assunto me envergonhava, foi engano seu.

– Eu queria lhe fazer algumas perguntas sobre os proprietários da fábrica no tempo em que o senhor fez um empréstimo a...

– Eram homens absolutamente honestos. Foi um investimento absolutamente razoável, ainda que, é claro, eu esteja falando em termos humanos, e não em termos puramente financeiros, que, imagino, é o que a senhorita está acostumada a ver quando se trata de banqueiros. Eu lhes fiz o empréstimo para eles adquirirem a fábrica porque precisavam do dinheiro. Para mim bastava alguém precisar de dinheiro para eu fazer um empréstimo. O meu padrão era a necessidade, Srta. Taggart, não a ganância. Meu pai e meu avô construíram o Nacional Comunitário para ganhar uma fortuna. Eu coloquei essa fortuna a serviço de um ideal mais elevado. Não fiquei sentado em cima de uma pilha de dinheiro exigindo garantias de gente pobre que precisava de um empréstimo. Para mim, a garantia era o coração. Claro que sei que neste país materialista ninguém me entende. O que ganhei com isso foram coisas que as pessoas da sua classe, Srta. Taggart, não compreendem. As pessoas que se sentavam à minha frente no banco não assumiam esta sua postura. Eram humildes, inseguras, sofridas, tinham medo de falar. O que eu ganhava eram suas lágrimas de gratidão, suas vozes trêmulas, suas bênçãos, o beijo na mão dado pela mulher que havia recebido um empréstimo que ela tentara em vão obter junto a todos os outros bancos.

– O senhor poderia me dizer os nomes dos homens que eram proprietários da fábrica de motores?

– Aquela fábrica era absolutamente essencial à região, absolutamente essencial. Eu fui inteiramente justificado ao conceder aquele empréstimo. Ele garantiu a subsistência de milhares de trabalhadores que não tinham outra alternativa de emprego.

– O senhor conhecia alguém que trabalhava na fábrica?

– Claro. Conhecia todos eles. Era pelos homens que me interessava, não pelas máquinas. Eu estava interessado no lado humano da indústria, não no aspecto financeiro da coisa.

Dagny se debruçou sobre a escrivaninha, ansiosa.

– O senhor conheceu algum dos engenheiros que trabalhavam lá?

– Os engenheiros? Não, não. Eu era muito mais democrático. Estava interessado era nos trabalhadores mesmo. Os homens comuns. Todos eles me conheciam de vista. Eu entrava nas oficinas e eles acenavam e gritavam: "Oi, Gene." Era assim que me chamavam: Gene. Mas estou certo de que isso não lhe interessa. São águas passadas. Agora, se a senhorita veio até Washington para falar da sua ferrovia – Lawson se empertigou de repente, reassumindo a postura de piloto de bombardeiro –, não posso lhe prometer uma consideração especial, já que coloco os interesses nacionais acima de quaisquer interesses e privilégios particulares que...

– Não vim para falar da minha ferrovia – disse Dagny, olhando-o com espanto. – Não tenho o menor interesse em falar com o senhor sobre minha ferrovia.

– Não? – Ele parecia desapontado.

– Não. Vim obter algumas informações a respeito da fábrica de motores. O senhor ainda se lembraria dos nomes de alguns dos engenheiros que trabalhavam lá?

– Creio que nunca quis saber seus nomes. Eu não estava interessado naqueles parasitas do escritório e do laboratório. Eu me interessava pelos trabalhadores, os homens de mãos calejadas que faziam a fábrica funcionar. Esses é que eram meus amigos.

– O senhor poderia me dar os nomes de alguns deles? De qualquer pessoa que trabalhava lá?

– Minha cara Srta. Taggart, faz tanto tempo! Eles eram milhares, como posso me lembrar?

– O senhor não se lembra de ninguém, uma única pessoa que seja?

– Não consigo, absolutamente. Minha vida é tão cheia de gente que não se pode querer que eu me lembre de cada gota nesse oceano.

– O senhor estava informado sobre a produção da fábrica? Sobre o tipo de trabalho que eles realizavam... ou planejavam?

– Certamente. Eu me interessava pessoalmente por todos os meus investimentos. Ia inspecionar a fábrica com frequência. Eles estavam indo muito bem. Estavam realizando maravilhas. As acomodações dos trabalhadores eram as melhores do país. Vi cortinas de renda em todas as janelas e flores nos parapeitos. Cada casa tinha um jardim. Construíram uma escola nova para as crianças.

– O senhor sabia alguma coisa sobre o trabalho do laboratório de pesquisas?

– Sim, sim, eles tinham um laboratório de pesquisas maravilhoso, muito avançado, muito dinâmico, com muita visão, muitos planos.

– O senhor... lembra alguma coisa... a respeito dos planos para a produção de um novo tipo de motor?

– Motor? Qual motor, Srta. Taggart? Eu lá tinha tempo para esses detalhes? Meu objetivo era o progresso social, a prosperidade universal, a fraternidade entre os homens, o amor. Amor, Srta. Taggart. É a chave de tudo. Se os homens aprendessem a se amar uns aos outros, todos os seus problemas se resolveriam.

325

Dagny desviou o olhar, para não ver aquela boca úmida se contorcendo.

Num canto do escritório, sobre um pedestal, havia um pedaço de pedra com inscrições em hieróglifos egípcios. Num nicho, havia a estátua de uma deusa hindu com seis braços, como uma aranha. Na parede, via-se um enorme gráfico cheio de detalhes matemáticos complexos, que parecia uma curva de vendas.

– Assim, se a senhorita está pensando na sua ferrovia, o que certamente é o caso, tendo em vista a atual situação, devo lhe dizer que, ainda que o bem-estar da nação seja minha prioridade máxima, pela qual eu não hesitaria em sacrificar os lucros de quem quer que fosse, mesmo assim, jamais fechei meus ouvidos a um pedido de piedade, e...

Dagny o olhou e entendeu o que ele queria dela.

– Não vim para falar da minha ferrovia – disse ela, esforçando-se para manter a voz neutra, quando tinha vontade de gritar de repugnância. – Se o senhor tiver algo a dizer em relação a esse assunto, peço que fale com meu irmão, o Sr. James Taggart.

– Imagino que, numa época como a atual, a senhorita não iria perder uma oportunidade rara de defender sua posição perante...

– O senhor tem algum documento que pertencia à fábrica de motores? – Ela se endireitou na cadeira, apertando as mãos com força.

– Que documento? Creio já lhe ter dito que perdi tudo o que tinha quando o banco faliu. – Novamente seu corpo ficara mole, seu interesse desaparecera. – Mas não me importa. Tudo o que perdi foram bens materiais. Não sou o primeiro a sofrer por um ideal. Fui derrotado pela ganância egoísta dos que me cercavam. Não consegui estabelecer um sistema de fraternidade e amor num estado pequeno, quando no país todos corriam atrás do dinheiro. Não foi culpa minha. Mas não vou desistir. Não vão conseguir me fazer parar. Continuo lutando, numa luta maior, pelo privilégio de servir a meus semelhantes. Documentos, Srta. Taggart? O único documento que deixei em Madison ficou inscrito nos corações dos pobres, que nunca tinham tido uma oportunidade na vida antes.

Dagny não queria dizer uma única palavra desnecessária, mas não resistiu: revia incessantemente a figura daquela velha faxineira esfregando os degraus.

– O senhor voltou lá para ver como aquilo está agora? – perguntou ela.

– Não é culpa minha! – gritou ele. – É culpa dos ricos que ainda tinham dinheiro, mas que se recusaram a sacrificá-lo para salvar meu banco e o povo de Wisconsin! Não pode me culpar! Eu perdi tudo!

– Sr. Lawson – disse ela, com esforço –, talvez o senhor ainda se lembre do nome do homem que era o chefe da sociedade proprietária da fábrica. A empresa à qual o senhor fez o empréstimo. Chamava-se Serviços Gerais, não é? Quem era o presidente?

– Ah, sim, lembro. Chamava-se Lee Hunsacker. Um jovem de muito valor, que teve prejuízos terríveis.

– Onde está ele agora? O senhor tem o endereço dele?

– Olhe... acho que está no Oregon. Grangeville, Oregon. Minha secretária pode lhe dar o endereço. Mas não vejo que interesse... Srta. Taggart, se seu objetivo é tentar falar com o Sr. Wesley Mouch, devo lhe dizer que o Sr. Mouch dá grande valor à minha opinião no que diz respeito a questões relacionadas a ferrovias e outras...

– Não estou interessada em falar com o Sr. Mouch – disse ela, se levantando.

– Mas, então, não entendo... Afinal, o que a trouxe aqui?

– Estou tentando encontrar uma pessoa que trabalhava na Companhia de Motores Século XX.

– Por quê?

– Quero contratá-lo para minha ferrovia.

Lawson abriu os braços, com o rosto exprimindo incredulidade e um pouco de indignação.

– Num momento como este, quando questões cruciais estão em jogo, a senhorita resolve perder seu tempo procurando por um empregado? Ouça o que eu lhe digo: o futuro da sua ferrovia depende muito mais do Sr. Mouch do que de qualquer empregado que a senhorita possa vir a encontrar.

– Um bom dia para o senhor – disse ela.

Ela havia se virado para sair quando ele disse, com uma voz aguda e trêmula:

– A senhorita não tem o direito de me desprezar.

Ela parou e o olhou.

– Não manifestei minha opinião quanto a isso.

– Sou absolutamente inocente, porque perdi meu dinheiro, porque perdi todo o meu dinheiro por uma boa causa. Minhas intenções eram nobres. Eu não quero nada para mim. Nunca quis nada para mim. Srta. Taggart, me orgulho de poder afirmar que em toda a minha vida jamais lucrei com nada!

Dagny respondeu, tranquila, calma, séria:

– Sr. Lawson, creio que devo lhe dizer que, de todas as coisas que um homem pode dizer, essa é a que eu considero a mais desprezível de todas.

◆ ◆ ◆

– Não me deram uma oportunidade! – disse Lee Hunsacker.

Estava sentado à mesa da cozinha, cheia de papéis. Sua barba estava por fazer e sua camisa, suja. Era difícil calcular sua idade: a pele inchada do rosto parecia lisa e intacta, uma pele que jamais sofrera com a experiência; os cabelos grisalhos e os olhos turvos pareciam exaustos. Tinha 42 anos.

– Ninguém jamais me deu uma oportunidade. Espero que estejam satisfeitos com o que fizeram comigo. Mas não pense que eu não sei o que fizeram. Me roubaram o que era meu por direito. Que agora não se façam de bonzinhos. São todos uns hipócritas desgraçados.

– Eles quem? – perguntou Dagny.

– Todo mundo – respondeu Lee Hunsacker. – Todas as pessoas são canalhas, no fundo, não adianta fingir que não são. Justiça? Ah! Veja só! – Indicou com um gesto a cozinha ao seu redor. – Um homem como eu reduzido a isto!

Lá fora, pela janela, a luz do meio-dia parecia um crepúsculo cinzento, em meio àqueles telhados velhos e árvores nuas de um lugar que não era campo e não chegava a ser cidade. A escuridão e a umidade pareciam haver penetrado nas paredes da cozinha. Havia uma pilha de pratos usados no café da manhã dentro da pia. Sobre o fogão, uma panela de cozido fervia, emitindo um cheiro gordurento de carne de segunda. Uma máquina de escrever empoeirada se destacava em meio à papelada sobre a mesa.

– A Companhia de Motores Século XX – disse Lee Hunsacker – foi um dos fenômenos mais ilustres na história da indústria americana. Eu era o presidente dessa companhia. Eu era o dono. Mas não me deram uma oportunidade.

– Mas o senhor não era o presidente da Companhia de Motores. Se não me engano, era presidente de uma sociedade chamada Serviços Gerais, não era?

– Era, sim, mas é a mesma coisa. Nós assumimos o controle da fábrica. Íamos nos dar tão bem quanto eles. Melhor ainda. Éramos tão importantes quanto eles. Afinal, quem era esse tal de Jed Starnes? Um mecânico de garagem do interior, só isso. Você sabia que era isso que ele era? Um homem de origem baixa. Pois a minha família é das mais tradicionais de Nova York. Meu avô foi membro do Congresso. Não foi culpa minha meu pai não querer me dar um carro quando eu entrei na faculdade. Todos os outros garotos tinham carro. Minha família era tão importante quanto as deles. Quando entrei na faculdade... – Parou de repente. – Para qual jornal mesmo a senhorita disse que trabalhava?

Ela se identificara. Não sabia por quê, mas agora estava contente ao perceber que ele não a reconhecera e não pretendia esclarecer esse ponto.

– Não falei em jornal nenhum – respondeu ela. – Preciso de algumas informações a respeito dessa fábrica de motores por motivos particulares meus, não para publicação.

– Ah. – Ele parecia desapontado. Prosseguiu, emburrado, como se ela o houvesse ofendido: – Pensei que talvez você quisesse me entrevistar porque estou escrevendo minha autobiografia. – Apontou para os papéis sobre a mesa. – E pretendo dizer muita coisa. Pretendo... Ah, que diabo! – disse subitamente, lembrando-se de algo.

Correu até o fogão, levantou a tampa da panela e rapidamente mexeu o cozido de qualquer jeito, com ódio, não prestando atenção ao que fazia. Largou a colher úmida no fogão, deixando que a gordura escorresse para as bocas de gás, e voltou à mesa.

– E vou escrever minha autobiografia, se me derem uma oportunidade – disse ele. – Como é que eu posso me concentrar num trabalho sério se tenho de fazer esse tipo de coisa? – Com a cabeça indicou o fogão. – Amigos, pois sim! Acham que só porque me deixaram ficar com eles podem fazer gato-sapato de mim! Só porque eu não tinha outro lugar para onde ir. Eles estão é muito bem, esses meus queridos amigos. Ele nunca mexe uma palha nesta casa, fica o dia inteiro sentado na loja dele, uma papelariazinha de meia-tigela... Como é que se pode comparar uma coisa dessas com o livro que estou escrevendo? E ela vai fazer compras e me pede para tomar conta da porcaria do cozido dela. Mas ela sabe que um escritor precisa de tranquilidade e concentração, só que não se importa nem um pouco com isso. Sabe o que ela fez hoje? – Ele se debruçou sobre a mesa, num tom de quem vai fazer confidências, apontando para os pratos na pia. – Foi ao mercado, deixou todos os pratos do café da manhã ali e disse que lavava depois. Eu sei o que ela queria. Queria que eu lavasse. Pois ela vai ver. Quando voltar, os pratos vão estar exatamente como estavam.

– Eu poderia lhe fazer algumas perguntas sobre a fábrica de motores?

– Não vá pensar que essa fábrica foi a única coisa importante na minha vida. Antes eu ocupei muitos cargos importantes, em empresas que fabricavam aparelhos utilizados em cirurgia, caixas de papelão, chapéus para homens e aspiradores de pó. Claro, esse tipo de coisa não me dava muita condição de brilhar. Mas a fábrica de motores... essa é que foi minha grande oportunidade. Era isso que eu estava esperando.

– Como foi que o senhor a adquiriu?

– Caiu do céu para mim. Foi a concretização de um sonho meu. A fábrica tinha falido e fechado. Os herdeiros de Jed Starnes se deram mal bem depressa. Não sei como é que foi exatamente, mas alguma eles andaram aprontando, e a companhia faliu. A estrada de ferro fechou a linha que ia até lá. Ninguém queria a fábrica, ninguém dava nada por ela. E a fábrica lá, uma tremenda fábrica, com todo o equipamento, todas as máquinas, tudo o que tinha servido para o Jed Starnes ganhar milhões. Era justamente o que eu queria, o tipo de oportunidade que merecia. Aí juntei uns amigos e formamos a Serviços Gerais S.A. e reunimos um capitalzinho. Mas não era o bastante, a gente precisava de um empréstimo para dar a arrancada inicial. Era um ótimo investimento, nós éramos um punhado de jovens começando nossas carreiras com brilho, cheios de entusiasmo e esperança no futuro. Mas pensa que alguém nos deu algum estímulo? Nada. Esses abutres gananciosos, que só pensam em defender os próprios privilégios! Como é que a gente podia se dar bem na vida se ninguém queria nos dar uma fábrica? A gente não ia poder competir com esses filhinhos de papai que herdam indústrias inteiras, não é? A gente também não merecia uma ajuda? Ah, eu é que não acredito mais em justiça! Trabalhei como um condenado, tentando arranjar um empréstimo. Mas aquele cachorro do Midas Mulligan me arrancou os olhos da cara.

Dagny se aprumou na cadeira.

– Midas Mulligan?

– É, aquele banqueiro com cara de motorista de caminhão, que, aliás, agia como motorista de caminhão também!

– O senhor conheceu Midas Mulligan?

– Se eu o conheci? Sou o único homem que já o derrotou... e me dei mal por isso!

De vez em quando, com uma súbita sensação de mal-estar, Dagny pensava – como

329

pensava nas histórias sobre navios abandonados encontrados à deriva no mar e nas luzes misteriosas no céu – no desaparecimento de Midas Mulligan. Não havia motivo para acreditar que seria capaz de desvendar esses enigmas, mas eram mistérios que não podiam continuar sem explicação. Tinham que ter uma causa, só que ninguém conseguia descobri-la.

Midas Mulligan já fora o homem mais rico – e, consequentemente, o mais denunciado – de todo o país. Nunca havia perdido dinheiro em nenhum investimento: tudo aquilo em que ele tocava se transformava em ouro. "É porque eu sei em que tocar", afirmava ele. Ninguém entendia a lógica de seus investimentos: rejeitava negócios que eram considerados excelentes e investia milhões em empreendimentos que não interessavam a nenhum outro banqueiro. Durante anos ele fora o estopim que detonara incríveis explosões de sucesso industrial em todo o país. Fora ele quem investira na Siderúrgica Rearden desde o início, ajudando Rearden a adquirir as siderúrgicas abandonadas da Pensilvânia. Quando um economista comentou certa vez que ele era um jogador ambicioso, Mulligan retrucou: "Você nunca vai ficar rico, porque acha que o que eu faço é um jogo."

Dizia-se que quem quisesse negociar com Midas Mulligan tinha que observar uma regra tácita: se a pessoa que queria um empréstimo mencionasse suas necessidades ou quaisquer sentimentos pessoais, a entrevista era encerrada, e ela nunca mais teria outra oportunidade de falar com o Sr. Mulligan.

"Acho, sim", disse Midas Mulligan quando lhe perguntaram se achava que existia alguém pior do que o homem cujo coração não tem qualquer sentimento de piedade. "É o homem que usa a piedade que sentem por ele como uma arma."

Em sua longa carreira, ele sempre ignorara os ataques publicamente dirigidos a ele, exceto um. Seu primeiro nome fora originariamente Michael. Quando um colunista da linha humanitarista lhe deu o apelido de Midas Mulligan e o apelido pegou, como insulto, Mulligan recorreu à justiça para trocar seu nome legalmente para Midas. E conseguiu.

Para seus contemporâneos, ele era um homem que havia cometido o único crime imperdoável: ele se orgulhava de sua riqueza.

Tais eram as coisas que Dagny ouvira dizer a respeito de Midas Mulligan, pois ela não chegara a conhecê-lo. Há sete anos Mulligan havia desaparecido. Saíra de casa certa manhã e nunca mais se soube dele. No dia seguinte, os depositantes do Banco Mulligan, em Chicago, foram notificados de que deviam retirar seus depósitos, porque o banco ia fechar. Nas investigações que se seguiram, descobriu-se que Mulligan, já havia algum tempo, planejara o fechamento do banco detalhadamente. Seus funcionários estavam apenas cumprindo suas ordens. Foi a debandada mais organizada já ocorrida num banco. Todo depositante recebeu todo o seu dinheiro, até o último centavo, com juros. Todo o ativo do banco foi dividido e vendido para diversas instituições financeiras. Quando foram examinados os livros, viram que não havia nenhuma irregularidade. As contas batiam perfeitamente, não faltando nada – o Banco Mulligan desaparecera.

Jamais se encontrou nenhuma pista que explicasse o comportamento de Mulligan, o que ele fizera de sua vida e de sua fortuna pessoal. O homem e sua fortuna desapareceram como se jamais tivessem existido. Ninguém fora avisado previamente de sua decisão e não se sabia de nenhum acontecimento que a justificasse. *Se ele queria se aposentar, pensavam, por que não vendera o banco lucrando um bom dinheiro, como poderia ter feito muito bem, em vez de destruí-lo?* Ninguém sabia a resposta. Ele não tinha família nem amigos. Seus criados não sabiam de nada. Ele saíra de casa naquela manhã como fazia todos os dias e não voltara nunca mais.

Há anos que Dagny pensava que havia algo de inverossímil no desaparecimento de Mulligan. Era como se um arranha-céu nova-iorquino tivesse desaparecido numa noite, só deixando um terreno baldio numa esquina. Um homem como Mulligan e uma fortuna como a dele não podiam se esconder num lugar qualquer. Um arranha-céu não podia se perder – se estivesse escondido numa planície ou floresta, seria visto; se fosse destruído, a pilha de entulho seria encontrada. Mas Mulligan sumira havia sete anos, e, desde então, apesar de todos os boatos, hipóteses, teorias, artigos nos suplementos dominicais dos jornais e testemunhas oculares que juravam tê-lo visto nos quatro cantos do mundo, jamais fora descoberta uma pista que levasse a uma explicação plausível.

De todas as histórias que se contavam, uma era tão inverossímil que Dagny a julgava verdadeira: nada a respeito de Mulligan poderia ter levado ninguém a inventá-la. Dizia-se que a última pessoa que o vira, na manhã de primavera em que ele desaparecera, fora uma velha que vendia flores numa esquina de Chicago ao lado do Banco Mulligan. Segundo ela, Mulligan parou e comprou um ramalhete de flores, as primeiras campânulas do ano. Seu rosto exprimia a felicidade mais intensa que ela já vira: era como um rapazinho que divisasse toda a vida à sua frente. As marcas da dor e da tensão, os traços deixados pela vida em seu rosto, tudo isso havia desaparecido, só restavam entusiasmo e uma paz profunda. Mulligan pegou as flores, como se impelido por um impulso repentino, piscou para a velha, como se fosse lhe contar uma anedota, e disse: "Sabe como eu gosto, como eu sempre gostei, de estar vivo?" Ela o olhou espantada, e ele se afastou, jogando as flores para o alto e as agarrando depois, como uma bola. Era uma figura grandalhona, ereta, com um sobretudo sóbrio e caro, desaparecendo entre os penhascos retilíneos dos edifícios, cujas janelas refletiam o sol de primavera.

– Midas Mulligan era um cachorro que tinha um cifrão no lugar do coração – disse Lee Hunsacker. O cozido exalava um cheiro azedo. – Todo o meu futuro dependia de um mísero meio milhão de dólares, o que para ele não representava nada. Mas, quando lhe pedi um empréstimo, ele disse não, sem mais nem menos, só porque eu não podia oferecer nenhuma garantia. E como é que eu podia, se ninguém nunca havia me dado uma boa oportunidade de fazer nada de importante? Por que ele emprestava dinheiro para outras pessoas, mas não para mim? Era discriminação pura e simples. Ele se lixava para meus sentimentos. Disse que, com os fracassos que eu já havia acumulado em minha carreira, eu não tinha como pedir dinheiro emprestado nem para comprar um carrinho de mão, quanto mais uma fábrica. Que fracassos? Eu tinha culpa se aqueles donos de armazém boçais não quiseram me ajudar no tempo em que eu fabricava caixas de papelão? Com que direito ele podia julgar minha capacidade? Por que motivo meus planos para o futuro dependiam da opinião arbitrária de um milionário egoísta? Eu não ia engolir aquilo. De jeito nenhum. Resolvi processá-lo.

– O quê?

– Isso mesmo – disse ele, orgulhoso. – Resolvi processá-lo. Sei que lá na Costa Leste isso parece estranho, mas o estado de Illinois tinha uma lei muito humana, muito progressista, que me permitia processá-lo. É bem verdade que foi o primeiro processo baseado nela, mas arranjei um advogado muito vivo, muito liberal, que deu um jeito. Era uma lei de emergência segundo a qual era proibido discriminar qualquer pessoa de modo a afetar seu sustento. Era usada para proteger trabalhadores diaristas e coisas assim, mas se aplicava também ao meu caso, não é? Então eu e meus sócios fomos à justiça, falamos sobre todos os problemas que tivemos antes, e citei o comentário de Mulligan, que eu não podia ter nem um carrinho de mão, e provamos que todos os sócios da Serviços Gerais não tinham prestígio, crédito, nenhum modo de ganhar a vida. Portanto, a aquisição da fábrica de motores era a única maneira de garantir nosso sustento. Logo, Midas Mulligan não tinha direito de nos discriminar. Por esse motivo, nós tínhamos o direito de exigir legalmente que ele nos fizesse um empréstimo. Ah, nós estávamos cobertos de razão, mas pegamos o juiz Narragansett, um desses caras obstinados que raciocinam matematicamente e nunca veem o lado humano da questão. Passou o julgamento inteiro parado que nem uma estátua de mármore, como essas estátuas da Justiça cega. No fim, aconselhou o júri a se decidir em favor de Midas Mulligan e disse o diabo a respeito de mim e de meus sócios. Mas aí recorremos a um tribunal superior, e esse tribunal reverteu o veredicto e obrigou Mulligan a nos conceder o empréstimo segundo as condições que nós especificássemos. Ele teria um prazo de três meses para obedecer, mas antes de terminar o prazo aconteceu uma coisa que ninguém entendeu: Mulligan sumiu, ele e o banco dele. Não sobrou nada do banco para nos compensar como a lei mandava. Gastamos um dinheirão com detetives, tentando localizar Mulligan. Aliás, não fomos os únicos a fazer isso, mas acabamos desistindo.

Não, pensou Dagny, *não*. Apesar da repulsa que sentia, aquilo não fora muito pior do que todas as outras coisas que Mulligan tivera que aguentar durante anos. Ele havia tido vários prejuízos por causa de leis desse tipo. Perdera grandes quantias assim; nem por isso desistira: lutara e trabalhara ainda mais. Não era provável que aquele caso específico o fizesse entregar os pontos.

– O que aconteceu com o juiz Narragansett? – perguntou ela, sem querer, sem entender que associação subconsciente a levara a formular aquela pergunta. Sabia pouco a respeito desse juiz, mas já ouvira seu nome antes e o guardara, porque era o tipo de nome que só existia na América do Norte. De repente ela se dava conta de que não ouvia falar nele havia anos.

– Ah, ele se aposentou – respondeu Lee Hunsacker.

– É mesmo? – perguntou Dagny.

– É.

– Quando?

– Uns seis meses depois.

– O que ele fez depois que se aposentou?

– Não sei. Acho que ninguém nunca mais ouviu falar dele.

Lee não entendeu por que ela pareceu se assustar. Parte do motivo do medo que Dagny sentia era o fato de ela própria não entendê-lo.

– Por favor, me fale sobre a fábrica de motores – pediu ela, com um esforço.

– Bem, o Eugene Lawson, do Banco Nacional Comunitário de Madison, finalmente nos deu o empréstimo para comprar a fábrica, mas ele era um pão-duro, não tinha dinheiro bastante para nos ajudar e, quando fomos à falência, ele não pôde fazer nada. Não foi culpa nossa. Desde o começo tudo estava contra nós. Como é que a fábrica podia funcionar sem a estrada de ferro? A gente não merecia uma linha? Tentei convencer a rede a reabrir a linha, mas aqueles desgraçados lá da Taggart Trans...

– Ele parou de repente. – Escute, por acaso a senhorita é parenta deles?

– Sou vice-presidente de operações da Taggart Transcontinental.

Por um momento ele a olhou estupefato. Ela percebeu em seus olhos baços o conflito entre o medo, a subserviência e o ódio. O resultado foi que Hunsacker rosnou de repente:

– Eu não preciso de magnata nenhum! Não pense que vou ficar com medo da senhorita. Não pense que vou lhe pedir emprego. Não estou pedindo favor a ninguém. Aposto que não está acostumada a ouvir ninguém falar com a senhorita desse jeito, não é?

– Sr. Hunsacker, eu gostaria muito que me desse as informações de que eu necessito a respeito da fábrica.

– Esse seu interesse chegou um pouco tarde. O que foi? Sua consciência está incomodando? Deixaram Jed Starnes se encher de dinheiro com aquela fábrica, mas não nos ajudaram nem um pouco. A fábrica era a mesma. Fizemos tudo o que ele fez. Começamos fabricando exatamente o mesmo tipo de motor que ele fazia havia anos, que era o que mais vendia. E então um joão-ninguém qualquer que ninguém nunca vira mais gordo abriu uma fabricazinha no Colorado, a Motores Nielsen, e começou a fazer um motor igualzinho ao que Starnes fazia, pela metade do preço! Nós não podíamos fazer nada, não é? No tempo de Jed Starnes não havia nenhuma competição destrutiva como essa, mas o que é que podíamos fazer? Como é que a gente podia lutar contra esse Nielsen, se ninguém nos dava um motor para competir com o dele?

– Vocês tomaram conta do laboratório de pesquisas de Starnes?

– Sim, sim, estava lá. Tudo nos lugares.

– Os engenheiros também?

– Bem, alguns deles. Muitos haviam ido embora no tempo em que a fábrica esteve fechada.

– E os pesquisadores?

– Esses foram embora.

– Contrataram novos pesquisadores?

– Bem, alguns, mas vou lhe dizer uma coisa: eu não tinha dinheiro para gastar em coisas como laboratórios. O dinheiro era muito curto. Nem dava para pagar as contas referentes à modernização e à redecoração da fábrica, absolutamente essenciais. Aquela fábrica estava vergonhosamente ultrapassada do ponto de vista da eficiência humana. Os escritórios dos executivos tinham paredes nuas e um banheirinho espremido. Qualquer psicólogo moderno sabe que ninguém trabalha o melhor que pode num ambiente deprimente como aquele. Tive que pintar minha sala com cores mais alegres e mandei instalar um banheiro decente, moderno, com boxe e tudo. Além disso, gastei muito dinheiro com um refeitório, sala de recreação e banheiro para os funcionários. O moral deles é importante, não é? Qualquer pessoa esclarecida sabe que o que faz o homem são os fatores materiais de seu ambiente e que a mente do homem é moldada pelos seus instrumentos de produção. Mas as pessoas não deram tempo para que as leis do determinismo econômico atuassem a nosso favor. Nunca havíamos administrado uma fábrica de motores antes. Tínhamos que dar tempo para que os instrumentos de produção condicionassem nossa mente, não é? Mas não nos deram tempo.

– Fale-me sobre o trabalho da sua equipe de pesquisadores.

– Ah, eu tinha uma equipe de jovens muito promissores, todos eles com diplomas das melhores universidades. Mas não adiantou nada. Eu não sei o que eles faziam. Acho que não faziam nada além de assinar o ponto e receber o salário no fim do mês.

– Quem era o responsável pelo laboratório?

– Como é que eu posso me lembrar?

– Lembra o nome de algum membro da equipe de pesquisadores?

– Acha que eu tinha tempo de conhecer pessoalmente todos os funcionários?

– Algum deles lhe falou a respeito de experiências realizadas com um... com um modelo totalmente novo de motor?

– Que motor, que nada. Escute: um executivo na minha posição não pode perder tempo em laboratórios. Eu passava a maior parte do tempo em Nova York e Chicago, tentando levantar dinheiro para a fábrica não fechar.

– Quem era o gerente da fábrica?

– Um sujeito muito capaz chamado Roy Cunningham. Morreu ano passado num acidente de carro. Disseram que estava dirigindo bêbado.

– Sabe o nome e o endereço de algum dos seus sócios?

– Não sei que fim eles levaram. Eu não estava com cabeça para isso.

– O senhor ainda tem algum documento da fábrica?

– Ah, isso tenho.

Dagny se empertigou, entusiasmada:

– Eu poderia vê-los?

– Claro!

Hunsacker parecia entusiasmado também ao se levantar e sair da cozinha rapidamente. Quando voltou, colocou à frente dela um álbum grosso com recortes de jornais: eram as entrevistas que ele dera e os releases da fábrica.

– Eu também já fui um grande industrial – disse ele, orgulhoso. – Um figurão, de projeção nacional, como a senhorita pode ver. Minha vida vai dar um livro de profundo interesse humano. Eu já o teria escrito há muitos anos se tivesse os instrumentos de produção necessários. – Deu um soco na máquina de escrever, com raiva. – Com esta porcaria não dá para trabalhar. Ela pula. Como é que eu posso me inspirar e escrever um best-seller numa máquina de escrever que pula a toda hora?

– Obrigada, Sr. Hunsacker – disse Dagny. – Creio que isso é tudo o que o senhor pode me dizer. – Levantou-se. – Por acaso o senhor saberia que fim levaram os herdeiros de Starnes?

– Ah, depois que a fábrica abriu falência eles sumiram do mapa. Eram três, dois filhos e uma filha. A última vez que ouvi falar deles, estavam se escondendo em Durance, Louisiana.

A última vez que Dagny olhou para Lee Hunsacker, antes de sair, viu-o se levantar de um salto e correr até o fogão. Pegou a tampa da panela e a largou no chão, xingando. Tinha queimado os dedos. E o cozido também.

◆ ◆ ◆

Da fortuna de Starnes sobrara pouco, e de seus herdeiros, menos ainda.

– A senhorita não vai gostar de vê-los – disse o chefe de polícia de Durance. Era um homem de idade, severo, com um olhar duro que se devia não ao ressentimento, e sim à fidelidade a padrões rígidos. – Tem gente de todo tipo neste mundo, tem assassino e psicopata, mas, não sei não, acho os Starnes o tipo de gente que não vale a pena uma pessoa decente ver. Eles não prestam, Srta. Taggart. Gente fria, ruim... E continuam aqui na cidade, quer dizer, dois deles. O terceiro morreu, se suicidou. Há coisa de uns quatro anos. Uma história desagradável. Era o mais moço dos três, Eric. Um desses rapazes que vivem gemendo e falando como são sensíveis, quando já estão com mais de 40 anos, um caso crônico. A mania dele era que precisava de amor. Vivia sustentado por mulheres mais velhas, sempre que conseguia arranjar alguma. Então começou a perseguir uma garota de 16 anos, uma boa moça, que não queria saber dele. Ela então se casou com um rapaz que estava noivo dela. Eric Starnes conseguiu entrar na casa deles no dia do casamento e, quando eles voltaram da igreja depois da cerimônia, encontraram o homem no quarto deles, morto, sangue para todo lado... tinha cortado os pulsos... Olhe, acho que o sujeito que se mata discretamente, isso é problema dele. Quem é que pode julgar o sofrimento dos outros, se foi demais para suportar? Mas o sujeito que se mata escandalosamente para magoar alguém, o homem que se suicida por ruindade, esse não tem perdão, as pessoas não respeitam a memória dele, em vez de sentir pena como ele queria... Pois essa é a história do Eric Starnes. Se a senhorita quiser, eu lhe mostro onde encontrar os outros dois.

Dagny encontrou Gerald Starnes num hospital de indigentes. Estava enrodilhado sobre a cama. Os cabelos ainda eram negros, mas a barba malfeita era branca, como ervas mortas, cobrindo um rosto vazio. Estava bêbado. Quando falava, a toda hora era interrompido por uma risadinha idiota, que indicava uma malícia estática, sem sentido.

– Estourou que nem um balão a grande fábrica. Foi assim. Inchou e estourou. Isso incomoda a senhora? A fábrica estava podre. Todo mundo é podre. Querem que eu peça desculpas, mas eu não peço. Estou me lixando. As pessoas se matam para a coisa não parar, e está tudo podre mesmo: os carros, os prédios, as almas, tudo é perda de tempo. Só a senhora vendo como os literatos só faltavam plantar bananeira quando eu assoviava, no tempo que eu tinha grana. Os professores, os poetas, os intelectuais, os salvadores do mundo e os cheios de amor fraternal. Era só eu assoviar. Era divertido. Eu queria fazer o bem, mas agora não quero mais. Não existe bem em toda essa porcaria deste universo. Se eu não estiver com vontade, não tomo banho e pronto. Se quer saber alguma coisa sobre a fábrica, fale com minha irmã. Minha irmãzinha querida tinha um fundo fiduciário em que ninguém pôde meter a mão, e por isso ela escapou, se bem que agora esteja mais para carne de segunda do que para filé-mignon, mas a senhora pensa que ela dá um tostão para o irmão dela? O nobre plano que deu em nada foi tanto ideia dela quanto minha, mas ela me dá alguma coisa? Ah! Vá lá ver a duquesa, vá. O que eu tenho a ver com a fábrica? Era só um monte de máquinas sujas de graxa. Se a senhora quiser, eu vendo toda a minha parte em troca de um drinque. Sou o último dos Starnes. Já foi um grande nome, esse. Se quiser, eu vendo pra senhora. A senhora acha que eu não passo de um vagabundo fedorento, mas não sou pior do que ninguém, do que o restante da humanidade, incluindo as grã-finas que nem a senhora. Eu queria fazer o bem para a humanidade. Ah! Quero mais é ver todo mundo ardendo em óleo fervente. Ia ser muito divertido. Que morram. Que diferença faz? Que importância tem qualquer coisa?

Na cama ao lado, um vagabundo mirrado, de cabelos brancos, que dormia, virou para o outro lado, murmurando. Uma moeda caiu de seus andrajos no chão. Starnes a pegou e a colocou no bolso. Olhou para Dagny. Em seu rosto enrugado se delineou um sorriso maligno.

– Vai acordar esse aí e criar caso? – perguntou. – Se fizer isso, eu digo que é mentira sua.

O bangalô fedorento onde Dagny encontrou Ivy Starnes ficava nos limites da cidade, às margens do Mississippi. Os longos filetes de musgo e as folhas úmidas e grudentas davam a impressão de que a vegetação espessa babava. O excesso de cortinas naquela sala pequena cheia de ar viciado causava a mesma impressão. O cheiro vinha dos cantos sujos do recinto, do incenso que ardia em vasos de prata aos pés de divindades orientais contorcidas. Ivy Starnes estava sentada numa almofada, como um Buda balofo. Sua boca formava um pequeno crescente – boca petulante de uma criança que quer ser adulada – no rosto largo e pálido de uma mulher de mais de 50 anos. Seus olhos eram duas poças d'água sem vida. Sua voz gotejava monotonamente, como chuva:

– Não posso responder a esse tipo de pergunta, minha filha. Laboratório de pesquisas? Engenheiros? Como é que eu vou me lembrar dessas coisas? Era o meu pai que se preocupava com isso, não eu. Meu pai era um homem mau que só pensava em negócios. Não tinha tempo para amar, só para ganhar dinheiro. Meus irmãos e eu vivíamos num plano diferente. Nosso objetivo não era fabricar latas-velhas, e sim fazer o bem. Implementamos um plano sensacional na fábrica. Foi há 11 anos. Fomos derrotados pela natureza gananciosa, egoísta, vil e animalesca dos homens. Foi o eterno conflito entre espírito e matéria, entre alma e corpo. Eles não queriam renunciar a seus corpos, que era tudo o que pedíamos a eles. Não me lembro daqueles homens, nem quero lembrar... Os engenheiros? Acho que foram eles que causaram a hemofilia... É, isso mesmo, hemofilia, a perda lenta e gradual de sangue que é impossível estancar. Foram os primeiros a sumir. Eles nos abandonaram, um por um... Nosso plano? Colocamos em prática aquele nobre preceito histórico: de cada um, de acordo com sua capacidade; a cada um, conforme sua necessidade. Todo mundo na fábrica, desde as faxineiras ao presidente, recebia o mesmo salário, o mínimo necessário. Duas vezes por ano, todo mundo se reunia e cada um dizia o que julgava ser suas necessidades. Votávamos e a vontade da maioria determinava a necessidade e a capacidade de cada um. A renda da fábrica era distribuída segundo o decidido na votação. As recompensas se baseavam na necessidade; as punições, nas capacidades. Aqueles que, segundo fora determinado, tinham maiores necessidades recebiam mais. Aqueles que não haviam produzido tanto quanto ficara decidido que eles eram capazes de produzir, esses eram multados e tinham que pagar a multa fazendo horas extras sem pagamento. Era esse o nosso plano. Baseava-se no princípio do altruísmo. Exigia que as pessoas fossem motivadas não pelo lucro pessoal, e sim pelo amor fraternal.

Dagny ouviu uma voz fria e implacável dentro de si que dizia: "Lembre isso, não esqueça nunca – não é todo dia que se pode ver o mal em sua forma mais pura, olhe bem, lembre e algum dia você vai encontrar as palavras que designam sua essência." Ouvia essa voz em meio à gritaria de outras vozes que diziam, numa violência impotente: "Não é nada... já ouvi isso antes... já ouvi em todos os lugares... não passa da mesma baboseira de sempre... por que eu não consigo suportar isso... eu não aguento, eu não aguento!"

– O que há com você, minha filha? Por que se levantou de repente? Por que está tremendo desse jeito? O quê? Fale mais alto, não estou ouvindo... Em que deu o plano? Não gosto de falar nisso. As coisas foram muito mal, a cada ano pioravam. Perdi a fé na natureza humana. Em quatro anos, um plano concebido não pelos cálculos frios da mente, mas pelo amor puro do coração, foi destruído pela sordidez dos policiais, advogados e processos de falência. Mas reconheço meu erro e aprendi. Não quero mais saber do mundo de máquinas, fábricas e dinheiro, o mundo escravizado pela matéria. Estou aprendendo a emancipar o espírito, tal como nos ensinam os grandes segredos da Índia, a me libertar da escravidão da carne, a vencer a natureza física, a fazer o espírito triunfar sobre a matéria.

A raiva que cegava Dagny não a impedia de ver a silhueta de um homem se contorcendo no esforço de empurrar um arado numa faixa de concreto que já havia sido uma estrada, com mato saindo das rachaduras.

– Mas, minha filha, eu já disse que não me lembro... Mas eu não sei os nomes deles, não sei o nome de ninguém, não sei que espécie de aventuras meu pai inventava naquele laboratório! Será que você não está me ouvindo? Não estou acostumada a ser interrogada desse jeito e... Pare de repetir isso. Será que a única palavra que você conhece é "engenheiro"? Será que você não consegue me ouvir? O que há com você? Eu... não gosto da sua cara, você... Vá embora. Não sei quem você é, nunca fiz mal nenhum a você, sou uma velha, não me olhe desse jeito, eu... Saia de perto de mim! Não chegue perto de mim, senão eu grito por socorro. Eu... Ah, esse eu sei quem era, sei! O engenheiro-chefe. Sei. Era o chefe do laboratório. William Hastings. Era esse o nome dele, William Hastings, isso eu lembro. Foi para Brandon, Wyoming. Pediu demissão no dia em que implementamos o nosso plano. Foi o segundo a pedir demissão... Não. Não. Não lembro quem foi o primeiro. Não era ninguém importante.

◆ ◆ ◆

A mulher que abriu a porta tinha cabelos grisalhos e um ar de distinção e elegância. Dagny levou alguns instantes para perceber que ela trajava apenas um simples vestido de andar em casa, de algodão.

– Posso falar com o Sr. William Hastings? – perguntou Dagny.

A mulher a olhou por um instante, um olhar curioso, inquisitivo e sério.

– Posso lhe perguntar seu nome?

– Dagny Taggart, da Taggart Transcontinental.

– Ah. Queira entrar, Srta. Taggart. Sou a Sra. William Hastings. – O tom de seriedade medida permeava cada sílaba do que ela dizia, como uma advertência. Seus modos eram corteses, mas ela não sorria.

Era uma casa modesta no subúrbio de uma cidade industrial. Galhos nus de árvores riscavam o azul frio e luminoso do céu no alto da ladeira que levava à entrada da casa. As paredes da sala de visitas eram de um cinza prateado. O sol batia num abajur branco com pé de cristal. Por uma porta aberta via-se uma copa com papel de parede branco com bolas vermelhas.

– A senhorita já trabalhou com meu marido?

– Não. Não o conheço. Mas gostaria de falar com ele a respeito de uma questão técnica da maior importância.

– Meu marido morreu há cinco anos, Srta. Taggart.

Dagny fechou os olhos. O choque surdo e penetrante que sofrera continha as conclusões que não era necessário exprimir em palavras: era aquele homem que ela procurava, e Rearden tinha razão. Fora por isso que o motor havia sido abandonado num monte de lixo.

– Sinto muito – disse ela, tanto à Sra. Hastings quanto a si própria.

O sorriso que se esboçou no rosto da Sra. Hastings exprimia tristeza, mas no rosto não havia nenhum sinal de tragédia, apenas um olhar sério de firmeza, aceitação, serenidade.

– Sra. Hastings, posso lhe fazer algumas perguntas?

– Naturalmente. Queira sentar-se.

– A senhora entendia alguma coisa do trabalho científico de seu marido?

– Muito pouco. Nada, na verdade. Ele nunca falava disso em casa.

– Ele foi, durante algum tempo, engenheiro-chefe da Companhia de Motores Século XX?

– Foi. Trabalhou lá 18 anos.

– Eu queria perguntar a ele algumas coisas a respeito do trabalho dele lá. Queria saber por que o largou. Se a senhora puder, eu gostaria que me dissesse o que aconteceu naquela fábrica.

Um sorriso de tristeza e disposição brilhou no rosto da Sra. Hastings.

– Isso era o que eu queria saber – disse ela. – Mas infelizmente acho que nunca vou descobrir. Sei por que ele largou o emprego. Foi por causa de um plano maluco posto em prática pelos herdeiros de Jed Starnes. Ele se recusava a trabalhar daquele jeito para aquela gente. Mas houve outro motivo. Sempre tive a impressão de que aconteceu algo na Século XX que ele não queria me dizer.

– Estou muitíssimo interessada em saber de alguma pista que a senhora estiver disposta a me dar.

– Não tenho pistas. Já tentei adivinhar e desisti. Não consigo entender nem explicar. Mas sei que alguma coisa aconteceu. Quando meu marido saiu da Século XX, viemos para cá e ele assumiu o cargo de chefe do departamento de engenharia da

Motores Acme. Na época, a firma estava crescendo. Era o tipo de emprego de que meu marido gostava. Não era uma pessoa cheia de conflitos interiores; ele sempre tinha confiança no que fazia e estava em paz consigo mesmo. Mas, durante um período de um ano depois que nos mudamos de Wisconsin, ele parecia estar sendo torturado por alguma coisa, como se se debatesse com um problema pessoal que não conseguia resolver. No fim do ano, ele me disse um dia que havia pedido demissão da Acme e que não ia mais trabalhar em lugar nenhum. Ele adorava o trabalho, era tudo para ele. No entanto, parecia calmo, confiante e feliz pela primeira vez desde que nos mudamos. Pediu que eu não lhe perguntasse nada a respeito de sua decisão. Não fiz perguntas, nem levantei objeções. Tínhamos esta casa, nossas economias, dava para levar uma vida modesta. Nunca soube o que o fez tomar aquela decisão. Continuamos a viver aqui, tranquilos e muito felizes. Ele parecia sentir um contentamento profundo, uma serenidade estranha que eu nunca vira nele antes. Não havia nada de esquisito em seu comportamento, só que às vezes, muito raramente, ele saía sem me dizer aonde ia nem com quem ia estar. Nos seus dois últimos anos de vida, ele sumia durante um mês, no verão. Não me dizia aonde ia. Estudava muito e passava o tempo fazendo suas pesquisas em engenharia, trabalhando no porão da casa. Não sei o que ele fez com seus apontamentos e modelos experimentais. Não encontrei nada no porão depois que ele morreu. Foi há uns cinco anos, um problema cardíaco de que sofria havia algum tempo.

Sem muita esperança, Dagny perguntou:

– A senhora sabia algo a respeito da natureza das experiências de seu marido?

– Não. Entendo muito pouco de engenharia.

– A senhora conhecia algum colega de trabalho ou de profissão de seu marido que talvez soubesse alguma coisa sobre as experiências?

– Não. No tempo em que estava na Século XX, ele trabalhava tanto que tinha muito pouco tempo de lazer, por isso nunca saíamos. Não tínhamos nenhuma vida social. Ele nunca levava os colegas de trabalho lá em casa.

– No tempo da Século XX, ele alguma vez falou à senhora sobre um motor que havia projetado, um tipo inteiramente novo de motor que poderia revolucionar a indústria?

– Um motor? Falou, sim, várias vezes. Disse que era uma invenção de importância inestimável. Mas não foi ele quem o inventou, e sim um jovem assistente dele. – A Sra. Hastings viu a expressão do rosto de Dagny e acrescentou, sibilina, lentamente, sem nenhuma censura, apenas com uma mistura de tristeza e ironia: – Ah, entendi.

– Ah, perdão! – disse Dagny, percebendo que seus sentimentos estavam escritos em seu rosto, sob a forma de um sorriso tão eloquente quanto uma exclamação de alívio.

– Não há por que se desculpar. Eu compreendo. A senhorita está interessada no inventor daquele motor. Não sei se ele ainda é vivo, mas não tenho nenhum motivo para supor que morreu.

– Eu daria metade de minha vida para saber que ele está vivo e onde posso encontrá-lo. É muito importante mesmo, Sra. Hastings. Quem é ele?

– Não sei. Não sei seu nome nem nada a seu respeito. Nunca conheci nenhum dos engenheiros que trabalhavam com meu marido. Ele só me disse que havia um jovem engenheiro em sua equipe que algum dia viraria o mundo de pernas para o ar. Meu marido não se interessava por nada nas pessoas além de sua capacidade. Acho que esse engenheiro era o único homem de quem ele gostava. Ele nunca disse isso, mas dava para sentir, pela maneira como falava nele. Eu me lembro do dia em que me disse que o motor estava pronto... me lembro de seu tom de voz quando disse: "E ele tem só 26 anos!" Isso foi mais ou menos um mês antes da morte de Jed Starnes. Depois disso, ele nunca mais falou no jovem engenheiro.

– A senhora não sabe que fim ele levou?

– Não.

– Não tem nenhuma pista para encontrá-lo?

– Não.

– Nada que me ajude a descobrir seu nome?

– Nada. Diga-me, o motor era muito importante?

– Seria impossível exprimir em palavras sua importância.

– É estranho, porque uma vez eu pensei nisso, alguns anos depois que nos mudamos de Wisconsin, e perguntei a meu marido que fim levara a invenção que ele dissera ser tão importante, o que iam fazer com ela. Ele me olhou de um jeito muito estranho e respondeu: "Nada."

– Por quê?

– Ele não quis me dizer.

– A senhora não se lembra de ninguém que trabalhava na Século XX? Ninguém que conhecesse o jovem engenheiro? Nenhum amigo dele?

– Não, eu... espere aí! Acho que posso lhe dar uma pista. Sei onde encontrar um amigo dele. Não sei nem seu nome, mas sei o endereço. É uma história estranha. É melhor eu explicar como foi que aconteceu. Certa noite, cerca de dois anos depois que nos mudamos para cá, meu marido ia sair e eu precisava do carro, por isso ele me pediu para pegá-lo depois do jantar no restaurante da estação ferroviária. Ele não me disse com quem ia jantar. Quando cheguei lá, ele estava na frente do restaurante com dois homens. Um era moço e alto. O outro era velho e parecia um homem muito distinto. Eu ainda os reconheceria se os visse. Eram rostos do tipo que a gente vê e não esquece mais. Meu marido me viu e se afastou deles. Eles foram andando em direção à estação. Um trem estava chegando. Meu marido apontou para o rapaz e disse: "Viu aquele rapaz? É o tal que mencionei outro dia." Perguntei: "O tal que está fazendo um motor incrível?" E ele disse: "O tal que estava."

– E não disse mais nada?

– Mais nada. Isso foi há nove anos. Na primavera passada, fui visitar meu irmão, que mora em Cheyenne. Uma tarde ele levou a família para passear de carro. Fomos para um lugar bem afastado, no alto das montanhas Rochosas, e paramos ao lado de um restaurante de beira de estrada. Atrás do balcão havia um senhor grisalho distinto. Eu não parava de olhar para ele enquanto ele preparava nossos sanduíches e aprontava o café, porque eu sabia que já o vira antes, mas não me lembrava onde. Seguimos viagem, já estávamos longe do restaurante, quando me lembrei. A senhorita deveria ir lá. É na rodovia 86, nas montanhas, a oeste de Cheyenne, perto de uma vila industrial, da Fundição de Cobre Lennox. É estranho, mas tenho certeza de que o cozinheiro daquele restaurante é o homem que vi na estação ferroviária com meu marido e com o jovem engenheiro que ele idolatrava.

♦♦♦

O restaurante ficava no alto de uma ladeira longa e íngreme. As paredes envidraçadas refletiam uma luz suave sobre as rochas e os pinheiros da encosta que descia em direção ao pôr do sol. Lá embaixo já estava escuro, mas uma luz difusa ainda iluminava o restaurante, como uma pequena poça que permanece na areia quando a maré baixa.

Dagny estava sentada na extremidade do balcão, comendo um hambúrguer. Era a comida mais bem-feita que ela já provara, produto de ingredientes simples e de uma arte refinada. Dois trabalhadores estavam terminando de jantar e ela estava esperando que eles fossem embora.

Ficou examinando o homem atrás do balcão. Era magro e alto, tinha um ar de distinção que seria condizente com um velho castelo ou um escritório de um banco, mas curiosamente sua distinção parecia apropriada ali, atrás do balcão de um restaurante de beira de estrada. Ele envergava o uniforme branco de cozinheiro como se fosse um traje de gala. Havia uma competência extrema em sua maneira de trabalhar. Seus movimentos eram espontâneos, inteligentes, econômicos. O rosto era fino, e os cabelos grisalhos combinavam com o azul frio de seus olhos. Por trás daquele olhar sério e refinado havia um toque de humor, tão leve que desaparecia quando se tentava prestar atenção nele.

Os dois trabalhadores terminaram de comer, pagaram e foram embora. Cada um deixou uma moeda de gorjeta. Dagny ficou observando o homem, que retirou os pratos, colocou as moedas no bolso do paletó branco e limpou o balcão, trabalhando com rapidez e precisão. Então ele se virou e olhou para ela. Era um olhar impessoal, que não se destinava a puxar conversa, mas Dagny estava certa de que ele já tinha percebido havia muito tempo sua roupa de nova-iorquina, seus sapatos de salto alto, seu ar de mulher que não perde tempo. Os olhos frios e observadores do homem pareciam dizer que ele sabia que ali não era um lugar que ela costumava frequentar, e que ele estava esperando para descobrir o que ela queria.

– Como vão os negócios? – perguntou ela.

– Bem mal. Vão fechar a Fundição Lennox semana que vem, de modo que vou ter que fechar também e ir para outro lugar. – Sua voz era límpida, de uma cordialidade impessoal.

– Para onde?

– Ainda não resolvi.

– O que o senhor pretende fazer?

– Não sei. Estou pensando em abrir uma oficina, se conseguir encontrar um bom lugar numa cidade qualquer.

– Ah, não! O senhor é bom demais no seu trabalho para mudar de ramo. Devia continuar trabalhando como cozinheiro.

Um sorriso estranho e sutil se esboçou em seus lábios.

– É mesmo? – perguntou, polidamente.

– É claro! O senhor gostaria de trabalhar em Nova York?

O homem olhou para ela, atônito.

– Estou falando sério – prosseguiu ela. – Posso lhe arrumar emprego numa grande ferrovia, como encarregado do departamento de vagões-restaurantes.

– Posso lhe perguntar por que a senhora está me fazendo essa proposta?

Dagny levantou o sanduíche, envolto no guardanapo de papel.

– Este é um dos motivos.

– Obrigado. Quais são os outros?

– Imagino que o senhor nunca tenha morado numa cidade grande, senão o senhor saberia como é difícil encontrar gente competente para qualquer tipo de emprego.

– Disso eu sei.

– Bem, então, o que me diz? Gostaria de trabalhar em Nova York e ganhar 10 mil dólares por ano?

– Não.

Dagny, que estava entusiasmada por descobrir e poder recompensar uma pessoa competente, ficou olhando para o homem, chocada.

– Acho que o senhor não me entendeu.

– Entendi, sim.

– O senhor está recusando uma oferta como essa?

– Estou.

– Mas por quê?

– Por motivos particulares.

– Por que trabalhar nisto quando o senhor pode arranjar um emprego melhor?

– Não estou procurando um emprego melhor.

– Não quer uma oportunidade de subir na vida e ganhar dinheiro?

– Não. Por que a senhora insiste?

– Porque detesto ver uma pessoa competente sendo desperdiçada!

Lentamente, com ênfase, o homem disse:

– Eu também.

Algo naquela voz fez com que ela sentisse que havia entre eles o vínculo de uma emoção profunda, que teve o efeito de fazê-la esquecer a disciplina que jamais permitia que ela pedisse ajuda a alguém.

– Estou tão farta deles! – Dagny se surpreendeu com a própria voz: foi um grito involuntário. – Tenho uma necessidade tão grande de ver gente que sabe fazer aquilo que faz!

Apertou as costas da mão contra os olhos, tentando impedir que explodisse o desespero que ela se recusava a admitir que sentia. Ela não sabia até aquele momento quanto era intenso, nem até que ponto sua resistência fora desgastada por aquela busca.

– Sinto muito – disse ele, em voz baixa, não como quem pede desculpas, mas como quem manifesta compaixão.

Ela levantou o olhar para ele. O homem sorriu, e ela notou que o objetivo do sorriso era romper o vínculo cuja existência também ele percebera: havia um toque delicadamente irônico naquele sorriso. O homem disse então:

– Mas não acredito que a senhora tenha vindo lá de Nova York para procurar cozinheiros para sua ferrovia aqui nas montanhas Rochosas.

– Não. Vim procurar outra coisa. – Dagny se debruçou sobre o balcão com ambos os braços apoiados nele, sentindo-se calma e no controle da situação novamente, percebendo que seu adversário era perigoso. – O senhor conheceu, há uns 10 anos, um jovem engenheiro que trabalhava na Companhia de Motores Século XX?

Contou os segundos durante os quais o homem permaneceu em silêncio. Não conseguia definir o modo como ele olhava para ela. Só sabia que era um olhar de atenção concentrada.

– Conheci, sim.

– O senhor poderia me dar o nome e o endereço dele?

– Para quê?

– É da maior importância eu encontrá-lo.

– Esse homem? Ele é tão importante assim?

– É o homem mais importante do mundo.

– É mesmo? Por quê?

– O senhor sabia alguma coisa a respeito das pesquisas dele?

– Sabia.

– Sabia que ele teve uma ideia da maior importância?

O homem fez uma pausa e perguntou:

– Eu poderia saber com quem estou falando?

– Dagny Taggart. Sou vice-pre...

– Sei, Srta. Taggart. Sei.

O homem falava com uma deferência impessoal. Mas havia em seu rosto uma expressão que indicava que ele encontrara a resposta que procurava e que agora não estava mais espantado.

– Então o senhor sabe que tenho um motivo específico para me interessar por esse homem – disse ela. – Tenho condições de dar a ele a oportunidade de que ele precisa e estou disposta a pagar o preço que ele cobrar.

– A senhorita poderia me dizer o que foi que despertou seu interesse por ele?

– O motor que ele inventou.

– Como foi que a senhorita soube da existência desse motor?

– Encontrei o que restava dele nas ruínas da fábrica da Século XX. Não é o bastante para reconstruí-lo nem para saber como ele funcionava. Mas o bastante para compreender que ele chegou a funcionar e que é uma invenção capaz de salvar minha ferrovia, o país e a economia do mundo inteiro. Não me pergunte como foi que eu levantei pistas para descobrir o inventor daquele motor. Isso não tem importância. Nem mesmo a minha vida e o meu trabalho têm importância agora, nada tem importância. A única coisa que importa é encontrar esse homem. Não me pergunte como foi que descobri o senhor. O senhor é o fim da trilha que venho seguindo. Diga-me o nome do inventor.

O homem ouvira sem se mexer, encarando-a. Seus olhos atentos pareciam se apossar de cada palavra que ela dizia e guardá-la cuidadosamente, sem revelar nenhuma pista de suas intenções. Passou um bom tempo sem se mexer. Então disse:

– Desista, Srta. Taggart. Não vai conseguir encontrá-lo.

– Como ele se chama?

– Não posso lhe dizer nada sobre ele.

– Ele está vivo?

– Não posso dizer nada.

– Como o senhor se chama?

– Hugh Akston.

Nos instantes confusos em que Dagny tentou recuperar a lucidez, ela repetia para si própria: *Isso é histeria... que absurdo... é apenas uma coincidência* – mas ao mesmo tempo ela sabia, com uma certeza e um terror inexplicáveis, que esse homem era mesmo Hugh Akston.

– Hugh Akston? – gaguejou ela. – O filósofo?... O último defensor da razão?

– Eu mesmo – disse ele, num tom agradável. – Ou o primeiro defensor da volta da razão.

Akston não pareceu se surpreender com o choque experimentado por Dagny, mas deu sinal de que achava aquilo desnecessário. Seus modos eram simples, quase simpáticos, como se ele não sentisse necessidade de esconder sua identidade, nem ressentimento por ser reconhecido.

– Não imaginava que uma pessoa jovem hoje em dia reconhecesse meu nome ou lhe desse importância – disse ele.

– Mas... mas o que o senhor está fazendo aqui? – Dagny indicou o restaurante ao seu redor. – Isto é um absurdo!

– É mesmo?

– O que é isso? Uma brincadeira? Um experimento? Uma missão secreta? O senhor está estudando alguma coisa com algum objetivo específico?

– Não, Srta. Dagny. Estou ganhando a vida. – Em suas palavras e na sua voz havia aquela simplicidade que é a marca inconfundível da verdade.

– Dr. Akston, eu... é inconcebível, é... O senhor... o senhor é um filósofo... o maior filósofo vivo... um nome imortal... por que o senhor está fazendo isto?

– Porque sou filósofo, Srta. Taggart.

Dagny tinha certeza – muito embora sentisse que sua capacidade de ter certezas e de compreender coisas havia desaparecido – de que ele não a ajudaria, que era inútil fazer perguntas, que ele não lhe daria nenhuma explicação, nem a respeito do que acontecera com o inventor nem do que acontecera consigo próprio.

– Desista, Srta. Taggart – disse ele, em voz baixa, como se estivesse provando que era capaz de ler sua mente, como ela imaginara que ele faria. – Sua busca é inútil, principalmente porque a senhorita não faz ideia de como essa tarefa é impossível. Gostaria de lhe poupar o esforço de tentar inventar algum argumento, estratagema ou súplica que me faça lhe dar as informações de que necessita. Acredite no que digo: é impossível. A senhorita mesma disse que eu sou o fim da trilha. É um beco sem saída. Não vá gastar seu dinheiro e sua energia em outros recursos mais convencionais: não contrate detetives. Eles não vão descobrir nada. A senhorita pode resolver não me ouvir, mas acho que é uma pessoa muito inteligente, capaz de entender que sei muito bem o que estou dizendo. Desista. O segredo que a senhorita está tentando resolver envolve algo maior, muito maior do que a invenção de um motor movido por eletricidade estática da atmosfera. Só posso lhe dar uma pista, uma única ajuda: pela própria essência e natureza da existência, as contradições não podem existir. Se a senhorita acha inconcebível que uma invenção genial seja abandonada numa fábrica em ruínas, e que um filósofo resolva trabalhar como cozinheiro num restaurante, verifique suas premissas. Há de constatar que uma delas está errada.

Dagny se surpreendeu: lembrou que já ouvira aquilo antes e que fora D'Anconia quem o dissera. E então lembrou que este homem fora um dos professores de Francisco.

– Como quiser, Dr. Akston – disse ela. – Não vou tentar submetê-lo a nenhum interrogatório. Mas o senhor me permite que eu lhe faça uma pergunta sobre um assunto totalmente diferente?

– Certamente.

– O Dr. Robert Stadler me disse uma vez que, no tempo em que o senhor ensinava na Universidade Patrick Henry, o senhor tinha três alunos que eram seus favoritos e favoritos dele também, três alunos brilhantes de quem se esperava muito. Um deles era Francisco d'Anconia.

– Era. Outro era Ragnar Danneskjöld.

– Aliás, não é essa a pergunta que eu quero fazer. Quem era o terceiro?

– Seu nome não significaria nada para a senhorita. Ele não é famoso.

– O Dr. Stadler me disse que o senhor e ele eram rivais por causa desses três alunos, porque o senhor os considerava filhos seus.

– Rivais? Foi ele que os perdeu.

– Diga-me: o senhor se orgulha do que esses três alunos vieram a ser?

Ele desviou a vista, olhando para a distância, para os últimos clarões do crepúsculo nos rochedos mais distantes. Havia em seu rosto o olhar do pai que vê seus filhos sangrando num campo de batalha. Respondeu:

– Mais orgulho do que jamais pude imaginar.

Já era quase noite. Akston se virou de repente, tirou do bolso um maço de cigarros, pegou um, mas parou, lembrando-se da presença de Dagny, como se tivesse se esquecido dela por um instante, e lhe ofereceu o maço. Dagny pegou um cigarro e ele o acendeu com um fósforo. Depois apagou o fósforo e só restaram dois pequenos pontos luminosos na escuridão de uma sala envidraçada cercada de montanhas desabitadas.

Dagny se levantou, pagou a conta e disse:

– Obrigada, Dr. Akston. Não vou incomodá-lo com estratagemas nem súplicas. Nem vou contratar detetives. Mas creio que devo lhe dizer que não vou desistir. Preciso encontrar o homem que inventou aquele motor. E vou encontrá-lo.

– Só no dia em que ele resolver encontrá-la... o que vai acontecer.

Enquanto Dagny caminhava em direção ao carro, ele acendeu as luzes do restaurante, e ela olhou para a caixa de correio à margem da estrada. Ficou atônita ao ver que o nome "Hugh Akston" estava escrito nela, com todas as letras.

Ela já havia descido um bom trecho de estrada, e as luzes do restaurante já tinham desaparecido na distância havia muito tempo, quando percebeu que estava apreciando muito o sabor do cigarro que Akston lhe dera: era diferente de todos os outros que já fumara. Levou a guimba até a luz do painel para ver o nome da marca. Não havia nenhum nome, só um símbolo: gravado a ouro, no papel fino e branco do cigarro, havia um cifrão.

Dagny o examinou com curiosidade: nunca vira aquela marca antes. Então se lembrou do velho da charutaria do terminal da Taggart e sorriu, pensando que aquele era um bom exemplar para sua coleção. Apagou a guimba e a guardou na bolsa.

O trem número 57 estava parado na estação, prestes a partir para Wyatt Junction, quando ela chegou a Cheyenne. Largou o carro na garagem onde o havia alugado e caminhou em direção à plataforma da Taggart. Faltava meia hora para o trem que ia para Nova York partir. Ela andou até a extremidade da plataforma e se encostou a um poste de luz, cansada. Não queria ser vista e reconhecida pelos funcionários da estação, não queria conversar com ninguém. Precisava descansar. Havia umas poucas pessoas agrupadas na plataforma semideserta que pareciam conversar animadamente, e os jornais estavam sendo exibidos com mais destaque que de costume.

Dagny olhou para as janelas iluminadas do trem 57 – para gozar do alívio momentâneo de contemplar um empreendimento vitorioso. O trem estava prestes a seguir viagem pela Linha John Galt, atravessando as cidadezinhas, as curvas na serra, os sinais verdes nos quais pessoas tinham se reunido para aplaudir, os vales onde morteiros haviam subido no céu de verão. Agora já restavam poucas folhas nos galhos das árvores que margeavam a ferrovia, e os passageiros que entravam no trem estavam de casaco de pele e cachecol. Caminhavam despreocupados, como quem realiza um ato cotidiano, como quem há muito já se acostumou... *Fomos nós que fizemos isso*, pensou ela. *Pelo menos isso conseguimos.*

De repente sua atenção foi atraída pela conversa entreouvida de dois homens atrás dela:

– Mas não deviam aprovar uma lei assim tão depressa.

– Não são leis, são decretos.

– Então isso é ilegal.

– Não é, não, porque o Legislativo aprovou uma lei mês passado que dá a ele o poder de fazer decretos.

– Acho que não deviam tirar decretos do bolso do colete desse jeito, como quem dá um soco na cara de alguém.

– Não há tempo para perder em conversas fiadas quando se trata de uma emergência nacional.

– Mas acho que não é direito, e não faz sentido. Como é que Rearden vai poder trabalhar se diz aqui que...

– Por que você está preocupado com ele? Ele é rico, não é? Ele sempre dá um jeito.

Então Dagny se levantou de um salto e comprou um jornal vespertino.

Estava na primeira página. Wesley Mouch, coordenador-chefe do Departamento de Planejamento Econômico e Recursos Nacionais, "inesperadamente", afirmava o jornal, "invocando a emergência nacional", havia promulgado uma série de decretos, enumerados abaixo:

Todas as estradas de ferro do país eram obrigadas a reduzir a velocidade máxima de seus trens para 100 quilômetros por hora, a diminuir o comprimento máximo das composições para 60 vagões – e a operar o mesmo número de trens em cada estado de uma zona composta de cinco estados vizinhos, sendo o país dividido em zonas para esse fim.

As siderúrgicas do país eram obrigadas a limitar a produção máxima de qualquer liga metálica a uma quantidade igual à produção de outras ligas em outras siderúrgicas com o mesmo nível de capacidade de produção – e a fornecer uma quantidade igual de qualquer liga metálica a todos os consumidores interessados em adquiri-la.

Todos os estabelecimentos industriais do país, de qualquer tamanho e natureza, eram proibidos de se mudar de sua atual localização a menos que sob permissão especial concedida pelo Departamento de Planejamento Econômico e Recursos Nacionais.

Para compensar as ferrovias do país pelos custos adicionais e "facilitar o processo de reajuste", era declarada uma moratória de cinco anos do pagamento de juros e do principal de todas as obrigações ferroviárias, garantidas ou não, conversíveis ou não.

Para obter fundos para pagar os funcionários responsáveis pela observância dessas normas, foi criado um imposto especial sobre o estado do Colorado, "por ser o estado mais capacitado a ajudar os estados mais necessitados a suportar as dificuldades da emergência econômica". Esse imposto consistia em cinco por cento do valor bruto das vendas das empresas do estado do Colorado.

O grito que Dagny soltou foi do tipo que jamais se permitira antes, porque, por uma questão de orgulho, sempre dirigia sua indignação a si própria. Porém ela viu um homem a poucos metros de distância, sem perceber que era um vagabundo esfarrapado, e gritou, porque seu brado era a expressão da razão, e porque o vagabundo era um ser humano:

– O que vamos fazer?

O vagabundo deu um sorriso triste e deu de ombros.

– Quem é John Galt?

O que mais a apavorava não era a situação da Taggart Transcontinental, nem o dilema de Hank Rearden. Era Ellis Wyatt. Anulando todas as outras imagens, ocupando toda a sua consciência, sem deixar lugar para palavras, nem tempo para se surpreender, como uma resposta eloquente às perguntas que ela ainda nem começara a formular, havia duas imagens: o vulto implacável de Wyatt à frente de sua escrivaninha dizendo "Agora está em seu poder me destruir. Mas, se eu for destruído, vou fazer questão de arrastar todos vocês junto comigo" e a violência com que ele arremessara a taça contra a parede.

A única sensação que as imagens lhe davam era de que um desastre inimaginável se aproximava e de que era necessário que escapasse dele. Dagny tinha de correr até Wyatt e impedi-lo de fazer o que ele ia fazer, embora não soubesse o quê. Só sabia que tinha de impedi-lo.

Ora, mesmo que ela estivesse esmagada sob as ruínas de um prédio, ou dilacerada por uma explosão em um bombardeio aéreo, se ainda estivesse viva, saberia que a obrigação fundamental de um ser humano é agir, independentemente de seus sentimentos. Por isso, Dagny foi capaz de correr até a outra extremidade da plataforma, procurar o agente da estação e lhe dar a ordem:

– Faça o trem 57 esperar por mim!

Depois correu para uma cabine telefônica escura, afastada das luzes da plataforma, e deu à telefonista de ligações interurbanas o número do telefone de Ellis Wyatt.

Apoiada às paredes da cabine, de olhos fechados, Dagny ouvia o som metálico de uma campainha tocando em algum lugar. Ninguém atendia. A campainha voltava, espasmodicamente, como uma broca perfurando seu ouvido, seu corpo todo. Ela se agarrava ao telefone, como se ele, mesmo sem ter sido atendido, fosse uma forma de contato. Esqueceu que o som que ouvia não era o mesmo que soava na casa de Wyatt. Não sabia que ela própria estava gritando:

– Ellis! Não! Não faça isso!

Só se deu conta quando ouviu a voz fria da telefonista, que parecia censurá-la ao dizer:

– Ninguém atende.

Sentada à janela de um vagão do trem 57, Dagny ouvia as rodas estalando sobre os trilhos de metal Rearden. Deixava que seu corpo fosse jogado para a frente e para trás pelo movimento do trem. A escuridão da janela ocultava a paisagem que não queria ver. Era a segunda vez que viajava na Linha John Galt e tentava não pensar na primeira.

Os debenturistas da Ferrovia John Galt, pensava ela. Fora por ela, Dagny, que eles haviam confiado à linha seu dinheiro, suas economias de muitos anos. Fora pela capacidade dela que eles haviam investido aquele dinheiro. Fora no trabalho dela e no deles que tinham confiado, e agora era como se ela os houvesse traído, preparado uma armadilha para eles. Não haveria mais trens, nem carregamentos que sustentassem a ferrovia – a Linha John Galt fora apenas um meio encontrado por Jim Taggart de fazer uma negociata e se apossar do dinheiro deles, permitindo que os outros se apossassem do dinheiro de sua empresa ferroviária. As debêntures da Ferrovia John Galt, que, até aquela manhã, eram as guardiãs orgulhosas da segurança e do futuro de seus proprietários, haviam se tornado, horas depois, pedaços de papel que ninguém iria querer comprar, sem valor, sem futuro, sem poder, salvo o poder de fechar as portas e deter as rodas da última esperança do país. A Taggart Transcontinental não era uma planta viva, alimentada pelo sangue que ela própria trabalhara para produzir, mas um canibal que devorava os filhos ainda não nascidos de um grande empreendimento.

O imposto sobre o Colorado, pensou ela, *o imposto arrancado de Ellis Wyatt para sustentar aqueles cujo trabalho era tornar a vida de Wyatt impossível, aqueles que o vigiariam para garantir que ele não receberia trens, carros-tanques, o oleoduto de metal Rearden – Wyatt, despojado do direito de autodefesa, impedido de se manifestar, desarmado e, o pior de tudo, usado como instrumento de sua própria destruição, obrigado a sustentar seus algozes, lhes dar alimentos e outras armas –, Ellis Wyatt sufocado pela energia que ele próprio produzia – Wyatt, que queria explorar uma fonte ainda intacta, ilimitada, de xisto betuminoso, que falava de uma Segunda Renascença...*

Dagny afundou o rosto nos braços, encolhida em sua poltrona ao lado da janela, enquanto as grandes curvas dos trilhos azul-esverdeados, as montanhas, os vales, as novas cidades do Colorado passavam por ela invisíveis na escuridão.

A freada súbita a fez levantar a cabeça de repente. Era uma parada imprevista, e a plataforma da pequena estação estava repleta de gente. Todos olhavam na mesma direção. Os passageiros ao seu redor estavam todos grudados às janelas. Dagny se levantou de um salto, correu para fora do vagão, para a plataforma, onde um vento frio soprava.

Antes mesmo que ela visse, antes que seu grito interrompesse as vozes da multidão, já sabia o que ia ver. Por uma fenda entre as montanhas, iluminando o céu, projetando uma forte luz sobre o telhado e as paredes da estação, o morro da Petróleo Wyatt era uma cortina de fogo.

Mais tarde, quando lhe disseram que Ellis Wyatt havia desaparecido, deixando apenas uma placa pregada ao pé do morro, e quando viu o que ele escrevera na placa, Dagny teve a sensação de que quase previra aquelas palavras:

"Deixo tudo tal como encontrei. Tomem. É de vocês."

PARTE II

Isso ou aquilo

CAPÍTULO 11

O HOMEM CUJO LUGAR ERA A TERRA

O Dr. Robert Stadler caminhava de um lado para outro em seu escritório, desejando que não estivesse tão frio.

A primavera demorara naquele ano. Pela janela, o cinzento sem vida da serra parecia uma transição gradual do branco sujo do céu para o negro breu do rio. De vez em quando, ao longe, na serra, uma faixa amarela, quase verde, brilhava e depois desaparecia. De vez em quando as nuvens abriam uma nesga, deixando escapar um raio de sol, e em seguida se fechavam. *Não está frio no escritório*, pensou o Dr. Stadler, *é aquela vista que esfria tanto o ambiente.*

Não estava fazendo frio naquele dia. Eram seus ossos que estavam frios, era o acúmulo de meses frios de inverno, quando seu trabalho fora interrompido por constantes preocupações com a calefação insuficiente. Havia até quem falasse em racionar combustível. *É um absurdo*, pensou ele, *essa intrusão cada vez maior dos acidentes naturais na vida dos homens.* Antigamente, não era problema nenhum se fazia mais frio num inverno do que de costume; se uma inundação danificava uma estrada de ferro, nem por isso as pessoas eram obrigadas a passar duas semanas comendo legumes enlatados; se um raio atingia uma central elétrica, uma organização como o Instituto Científico Nacional não ficava cinco dias sem luz. *Cinco dias parados neste inverno*, pensou o doutor, *os grandes motores dos laboratórios ociosos, horas de trabalho irremediavelmente perdidas, quando minha equipe está estudando questões que dizem respeito ao âmago do universo.* Irritado, saiu da janela, mas parou e se virou para ela outra vez. Não queria ver o livro que estava sobre a mesa.

O Dr. Ferris estava demorando muito. Olhou para o relógio: sim, o Dr. Ferris estava atrasado – coisa inimaginável –, atrasado para um compromisso com *ele* – o Dr. Floyd Ferris, criado da ciência, que antes sempre o encarava como se lhe pedisse desculpas por ter apenas um chapéu para tirar em sua presença.

Já estamos em maio, não era para fazer um tempo desses, pensou o Dr. Stadler olhando para o rio. Certamente era o tempo que o fazia sentir-se daquele jeito – o tempo, não o livro. Ele o havia colocado sobre a mesa, bem à vista, quando percebeu que sua relutância em olhá-lo era mais do que uma simples repulsa, que continha um sentimento que lhe era impossível admitir. O Dr. Stadler disse a si próprio que se levantara de sua mesa não porque o livro estava sobre ela, mas simplesmente porque estava com frio e queria se mexer um pouco. Andou de um lado para outro, encur-

355

ralado entre a escrivaninha e a janela. Ia jogar aquele livro na lata de lixo, que era o lugar dele, assim que falasse com o Dr. Ferris.

Ficou a contemplar a mancha verde de sol na encosta distante, a promessa de primavera num mundo que dava a impressão de que jamais veria grama e botões de flores outra vez. Sorriu, animado – e, quando a mancha luminosa desapareceu, sentiu uma pontada de humilhação, por causa da animação que sentira, do desespero que o fizera se agarrar a ela. Lembrou-se daquela entrevista com um grande romancista no inverno passado. Este viera da Europa para escrever um artigo sobre o Dr. Stadler – e o cientista, que antes desprezava as entrevistas, falara entusiasmado, longamente, até demais, vendo uma promessa de inteligência no rosto do romancista, sentindo uma necessidade injustificada, desesperada, de ser compreendido. O artigo que foi publicado depois era um amontoado de frases que o elogiavam exageradamente e distorciam todas as ideias que ele havia expressado. Ao fechar a revista, tivera a sensação que tinha agora ao ver um raio de sol desaparecer.

Está bem, pensou, saindo da janela, *é necessário reconhecer que de vez em quando venho sofrendo crises de solidão, mas é uma solidão a que eu faço jus: fome de encontrar alguma mente humana inteligente com que possa me comunicar. Estou cansado demais de toda essa gente,* pensou com desprezo. Ele trabalhava com raios cósmicos, ao passo que aquela gente não sabia o que fazer com um relâmpago.

Sentiu uma súbita contração na boca, como um tabefe, que o proibia de continuar nessa linha de raciocínio. Estava olhando para o livro em sua mesa. A sobrecapa era nova, berrante, e ele tinha sido publicado havia duas semanas. *Mas eu não tive nada a ver com isso!,* gritou o Dr. Stadler interiormente. Naquele silêncio impiedoso, o grito parecia um desperdício, não encontrava resposta, nenhum eco de perdão. O título do livro era *Por que você pensa o que pensa?.*

Não se ouvia nenhum ruído naquele silêncio de tribunal dentro dele, nenhuma piedade, nenhuma voz que o defendesse – nada além dos parágrafos que sua memória prodigiosa havia imprimido no cérebro:

"O pensamento é uma superstição primitiva. A razão é uma ideia irracional. A ideia infantil de que o homem é capaz de pensar foi o erro mais desastroso da história da humanidade."

"O que você pensa é uma ilusão criada pelas suas glândulas, suas emoções e, em última análise, pelo conteúdo de seu estômago."

"Aquela massa cinzenta de que você se orgulha tanto é como um desses espelhos de parque de diversões que reflete imagens distorcidas de uma realidade que estará sempre fora de seu alcance."

"Quanto mais convicto você está de suas conclusões racionais, mais certo é que você está errado. Como seu cérebro é um instrumento de distorção, quanto mais ativo ele for, maior a distorção."

"Os grandes gênios que você tanto admira ensinavam no passado que a Terra era chata e que o átomo era a menor partícula de matéria. Toda a história da ciência é uma sucessão de falácias abandonadas, não de realizações."

"Quanto mais sabemos, mais verificamos que não sabemos nada."

"Só os ignorantes mais crassos ainda acreditam na ideia antiquada de que ver é crer. O que você vê é a primeira coisa a ser questionada."

"O cientista sabe que uma pedra não é uma pedra. Na verdade, é a mesma coisa que um travesseiro. Ambos não passam de nuvens formadas pelas mesmas partículas invisíveis a girar. Mas, você argumenta, não se pode usar uma pedra como travesseiro, não é? Pois bem, isso só prova como você é impotente perante a realidade."

"As mais recentes descobertas científicas – como as extraordinárias realizações do Dr. Robert Stadler – demonstraram de forma conclusiva que a razão é incapaz de compreender a natureza do universo. Essas descobertas levaram os cientistas a conclusões que são impossíveis, segundo a mente humana, mas que nem por isso deixam de ser reais. Caso ainda não saiba, caro amigo desinformado, agora está demonstrado que a racionalidade é loucura."

"Não espere encontrar coerências. Tudo é uma contradição de tudo o mais. Só existem contradições."

"Não procure 'bom senso'. A exigência do 'bom senso' é a marca característica da insensatez. A natureza não tem bom senso nem faz sentido. Nada faz sentido. Os únicos defensores do 'bom senso' são tipos como adolescentes solteiras que não conseguem arranjar namorado e como o dono de armazém antiquado que acha que o universo é tão simples quanto seu livro-caixa e sua querida máquina registradora."

"Vamos quebrar as cadeias desse preconceito chamado lógica ou vamos deixar que um silogismo nos impeça de ir para a frente?"

"Então você tem certeza das suas opiniões? Não se pode ter certeza de nada. Você vai querer ameaçar a harmonia da sua comunidade, sua comunhão com o próximo, sua situação, sua reputação, seu bom nome e sua segurança financeira em nome de uma ilusão? Em nome da ideia enganosa de pensar o que pensa? Você vai querer se arriscar e se expor ao perigo – e numa época difícil como esta em que vivemos – opondo-se à ordem social vigente em nome daquelas suas ideias imaginárias a que dá o nome de convicções? Você diz que está certo de que está certo? Ninguém está certo, nem pode estar certo, jamais. Você acha que o mundo ao seu redor está errado? Você não tem meios de saber disso. Tudo está errado tal como o homem o vê – assim, para que criar caso? Não discuta. Aceite. Ajuste-se. Obedeça."

Esse livro era de autoria do Dr. Floyd Ferris e havia sido publicado pelo Instituto Científico Nacional.

– Não tenho nada a ver com isso! – disse o Dr. Robert Stadler. Estava parado ao lado de sua mesa, com a sensação desagradável de haver perdido algum instante, de não saber quanto tempo tinha durado o momento precedente. Pronunciara aquela frase em voz alta, num tom de sarcasmo rancoroso dirigido a quem quer que o houvesse compelido a dizer aquilo.

Deu de ombros. Com base na ideia de que encarar a si próprio com ironia é uma virtude, aquele dar de ombros equivalia à seguinte frase: "Você é Robert Stadler, não aja como um adolescente neurótico." Sentou-se à sua mesa e empurrou o livro para o lado com as costas da mão.

O Dr. Floyd Ferris chegou meia hora atrasado.

– Desculpe, mas é que meu carro teve um problema de novo no caminho de Washington para cá, e foi uma dificuldade encontrar alguém para consertá-lo. Há cada vez menos carros na estrada, por isso metade dos postos de gasolina está fechada.

Havia em sua voz um tom mais de irritação que de quem pede desculpas. Ele sentou-se sem que o outro o convidasse.

O Dr. Floyd Ferris não seria considerado bonito se sua profissão fosse outra qualquer, mas, tendo ele escolhido a carreira que escolhera, era sempre mencionado como "aquele cientista bonitão". Tinha 1,80 metro de altura e 45 anos, porém parecia mais alto e mais moço. Tinha um ar de quem está sempre muito bem-arrumado e se movia como se atravessasse um salão de baile, mas suas roupas eram austeras, normalmente ternos pretos ou azul-escuros. Usava um bigode bem aparado, e os cabelos negros e lisos faziam com que os contínuos comentassem que ele usava a mesma cera tanto nos sapatos como nos cabelos. Gostava de dizer que um produtor de cinema certa vez lhe dissera que lhe daria o papel de nobre europeu transformado em gigolô. Começara sua carreira como biólogo, mas disso ninguém se lembrava mais havia muito tempo, e ficou famoso como coordenador-chefe do Instituto Científico Nacional.

O Dr. Stadler o olhou surpreso – ele nunca antes pedira desculpas por se atrasar – e comentou, secamente:

– Pelo visto, o senhor anda passando muito tempo em Washington.

– Mas não foi o senhor mesmo, Dr. Stadler, que uma vez me elogiou, dizendo que eu era o cão de guarda deste Instituto? – perguntou o Dr. Ferris, sorridente. – Não é essa a minha tarefa principal?

– Pois eu acho que algumas de suas tarefas aqui no Instituto não têm sido cumpridas. Antes que eu me esqueça, que bagunça é essa que estão fazendo com a escassez de óleo?

Ele não entendeu por que o Dr. Ferris assumira um ar de ofendido.

– O senhor me desculpe, mas seu comentário é inesperado e injustificado – disse o Dr. Ferris, num tom formal que visava ocultar a dor e revelar a condição de mártir. – Nenhuma das autoridades fez qualquer crítica. Nós mandamos um relatório detalhado a respeito do nosso trabalho até agora para o Departamento de Planejamento Econômico e Recursos Nacionais, e o Sr. Wesley Mouch disse que estava satisfeito. Fizemos o melhor que pudemos nesse projeto. Ainda não ouvi ninguém mais se referir a ele como "bagunça". Considerando-se as dificuldades do terreno, o perigo do fogo e o fato de que faz apenas seis meses que...

– Sobre o que o senhor está falando? – perguntou o Dr. Stadler.

– O projeto de recuperação da Wyatt. Não foi a isso que o senhor se referiu?

– Não – respondeu o Dr. Stadler. – Não, eu... Um momento. Uma coisa de cada vez. Realmente, ouvi falar que o Instituto estava se encarregando de um projeto de recuperação, mas de que mesmo?

– Petróleo – disse o Dr. Ferris. – Os campos petrolíferos da Wyatt.

– Onde houve um incêndio, não foi? No Colorado? Foi... espere um momento... foi o caso do sujeito que tocou fogo nos próprios poços de petróleo.

– Sou da opinião de que isso é um boato criado pela histeria pública – retrucou o Dr. Ferris secamente. – Um boato com implicações indesejáveis e impatrióticas. Não acredito nessas reportagens de jornal. Para mim, foi um acidente, e Ellis Wyatt morreu no incêndio.

– Bem, de quem são os poços agora?

– No momento, de ninguém. Visto que não havia testamento nem herdeiros, o governo assumiu a operação dos poços, como medida de necessidade pública, durante sete anos. Se Ellis Wyatt não aparecer dentro desse prazo, será considerado oficialmente morto.

– Bem, por que procuraram o senhor... nosso Instituto para uma coisa tão esdrúxula como extração de petróleo?

– Porque é um problema de grande dificuldade tecnológica, que requer o talento dos melhores cientistas do país. Será necessário reconstituir o método especial de extração de petróleo utilizado por Wyatt. O equipamento dele continua lá, ainda que em péssimo estado. Alguns dos processos que ele usava são conhecidos, mas, por algum motivo, não há um registro completo das operações nem do princípio fundamental em que eles se baseavam. É isso que temos que redescobrir.

– E como estão indo os trabalhos?

– Estamos tendo muito progresso. Acabamos de receber mais verba, maior do que a anterior. O Sr. Wesley Mouch está satisfeito conosco, como também estão o Sr. Balch, da Comissão de Emergência; o Sr. Anderson, do Departamento de Abastecimento de Produtos Essenciais; e o Sr. Pettibone, da Agência de Proteção ao Consumidor. Não há o que criticar em nosso trabalho. Sucesso absoluto.

– Já produziram alguma quantidade de petróleo?

– Não, mas já conseguimos extrair um pouco de um dos poços. Trinta litros e meio. É claro que isso só tem importância experimental, mas é preciso considerar que levamos três meses só para apagar o fogo, que agora já está completamente... quase completamente apagado. Nosso problema é muito mais difícil do que o que Wyatt teve de enfrentar, porque ele começou do zero, ao passo que nós temos que trabalhar com equipamentos destroçados num ato de sabotagem antissocial que...

quero dizer, é um problema difícil, mas não tenho dúvida de que vamos conseguir resolvê-lo.

– Sei, mas eu estava me referindo à falta de óleo aqui no Instituto. O nível de temperatura em que o prédio foi mantido durante todo o inverno foi absurdo. Disseram que tinham que economizar óleo. Não acredito que não fosse possível manter o Instituto mais bem abastecido de recursos como esse.

– Ah, era disso que o senhor estava falando, Dr. Stadler? Ah, desculpe! – disse o Dr. Ferris, sorrindo de alívio e reassumindo seus modos solícitos. – O senhor está dizendo que a temperatura aqui ficou baixa a ponto de incomodá-lo?

– Estou dizendo que quase morri de frio.

– Mas isso é imperdoável! Por que não me disseram nada? Queira aceitar minhas desculpas, Dr. Stadler, e pode ter certeza de que isso não vai se repetir. A única desculpa que posso dar em nome de nosso departamento de manutenção é que a escassez de combustível não se deveu à negligência deles e sim... Ah, eu sei que o senhor não está sabendo, porque essas coisas não podem tomar seu tempo precioso, mas... o senhor sabe, a falta de petróleo no inverno passado foi uma crise de âmbito nacional.

– Por quê? Pelo amor de Deus, não vá me dizer que aqueles campos da Wyatt eram a única fonte de petróleo do país!

– Não, não, mas o súbito desaparecimento de um produtor importante levou todo o mercado ao caos. Por isso o governo teve que assumir o controle e impor racionamento de petróleo em todo o país, a fim de proteger as empresas essenciais. Eu até que consegui uma cota particularmente grande para o Instituto, e assim mesmo só por obra e graça de algumas pessoas muito influentes. Mas me sinto muito culpado ao ser informado de que não foi o suficiente. Pode ter certeza de que isso não vai se repetir. É apenas uma emergência temporária. No próximo inverno, os campos da Wyatt já vão estar produzindo de novo, e as condições vão se normalizar. Além disso, no que compete ao nosso Instituto, já tomei as providências necessárias para converter nossas caldeiras para carvão, e tudo ia ser feito no mês que vem, só que a Fundição Stockton, do Colorado, fechou de repente, sem aviso prévio – e era lá que as novas caldeiras estavam sendo fabricadas –, quando Andrew Stockton se aposentou inesperadamente. Agora temos que esperar até que o sobrinho dele reabra a companhia.

– Sei. Bem, espero que o senhor cuide disso, entre tantas outras atribuições. – O Dr. Stadler deu de ombros, irritado. – Está começando a ficar ridícula a quantidade de empreendimentos tecnológicos que uma instituição científica tem que assumir para o governo.

– Mas, Dr. Stadler...

– Eu sei, eu sei, não há outro jeito. Por falar nisso, o que é esse tal de Projeto X?

Os olhos do Dr. Ferris se voltaram de maneira inesperada para o outro, com um brilho estranhamente intenso, que parecia denotar surpresa, mas não medo.

– Onde foi que o senhor ouviu falar do Projeto X, Dr. Stadler?

– Ah, ouvi uns rapazes comentando sobre ele com um ar de mistério, como se fossem detetives amadores. Disseram que era altamente confidencial.

– E é mesmo, Dr. Stadler. É um projeto de pesquisa extremamente secreto que o governo nos confiou. E é da maior importância que os jornais não tenham nenhuma informação a respeito dele.

– Por que o X?

– X de Xilofone. Projeto Xilofone. É um codinome, é claro. Tem a ver com sons. Mas estou certo de que o senhor não se interessaria. É um projeto puramente tecnológico.

– Perfeito, não me venha com empreendimentos tecnológicos. Não tenho tempo para essas coisas.

– Permita-me que eu lhe peça para não mencionar o Projeto X na presença de ninguém, Dr. Stadler. Está bem?

– Ah, claro, claro. Na verdade, não gosto de conversas desse tipo.

– É claro! E eu não me perdoaria se perdesse seu tempo com esse tipo de preocupação. Pode ficar tranquilo e deixar o caso em minhas mãos. – Fez menção de se levantar. – Bem, se era esse o motivo pelo qual o senhor queria me ver, creio que...

– Não. Não foi esse o motivo pelo qual eu o chamei – disse o Dr. Stadler lentamente.

O Dr. Ferris não perguntou nada nem se mostrou disposto a colaborar, apenas permaneceu sentado, esperando.

O Dr. Stadler pegou o livro no canto da mesa e o empurrou para o meio com um gesto de desprezo.

– O senhor poderia me dizer o que significa esta imoralidade?

O Dr. Ferris não olhou para o livro, porém, inexplicavelmente, manteve os olhos fixos nos de Stadler durante um momento. Depois se recostou na cadeira e disse, com um sorriso estranho:

– É uma honra para mim o senhor abrir uma exceção e ler um livro como esse, destinado ao público geral. Foram vendidos 20 mil exemplares em duas semanas.

– Eu li o livro.

– E então?

– Exijo uma explicação.

– O senhor achou o texto confuso?

O Dr. Stadler olhou para ele, espantado.

– Será que o senhor não se dá conta do tema que abordou e da maneira como o fez? E nesse estilo, esse estilo de sarjeta, em se tratando de um assunto dessa natureza!

– Quer dizer que o senhor acha que o conteúdo merecia uma forma mais elevada?

– A voz do Dr. Ferris parecia tão inocente que o Dr. Stadler não sabia se ele estava sendo sarcástico ou não.

– O senhor se dá conta do que está afirmando nesse livro?

– Como o senhor parece não aprová-lo, Dr. Stadler, prefiro que o senhor pense que o escrevi na inocência.

Era isso, pensou o Dr. Stadler, era esse o elemento que ele não entendia nos modos de Ferris: antes, imaginava que bastaria indicar sua desaprovação; agora, porém, Ferris parecia não ligar para ela.

– Se um vagabundo bêbado conseguisse se exprimir por escrito – disse o Dr. Stadler –, exprimir sua essência, a essência do eterno selvagem, que odeia o poder da mente, é esse o tipo de livro que ele escreveria. Mas o senhor, um cientista, sob a égide deste Instituto!

– Mas, Dr. Stadler, o livro não foi escrito para ser lido por cientistas, e sim por esse vagabundo bêbado que o senhor mencionou.

– Como assim?

– Refiro-me ao público em geral.

– Mas até o maior imbecil pode ver as contradições gritantes que existem em cada afirmativa sua.

– Encare a coisa assim, Dr. Stadler: quem não vê isso merece acreditar em tudo o que eu digo.

– Mas o senhor deu a essas imbecilidades o prestígio da ciência! Não havia problema quando um medíocre desprezível como Simon Pritchett vomitava essas coisas em termos de um misticismo vago. Ninguém lhe dava atenção. Mas o senhor deu a impressão de que isso é ciência. *Ciência!* O senhor usou as realizações da mente para destruir a mente. Com que direito usou o *meu* trabalho para abalizar uma digressão injustificável e absurda em outro campo, fazer uma metáfora inaplicável e extrair uma generalização monstruosa de algo que não passa de um problema matemático? Com que direito o senhor deu a impressão de que eu... *eu!*... sancionei esse livro?

O Dr. Ferris se limitou a olhar para o Dr. Stadler com calma, mas essa calma lhe emprestava uma aparência quase de condescendência.

– Ora, Dr. Stadler, o senhor fala como se esse livro se dirigisse a uma plateia inteligente. Se fosse o caso, então teria sentido se preocupar com questões de precisão, validade, lógica e prestígio da ciência. Mas não é o caso. O livro é destinado ao público geral. E o senhor sempre foi o primeiro a afirmar que o público não pensa. – Fez uma pausa, mas o Dr. Stadler não disse nada. – O livro pode não ter qualquer valor filosófico, mas tem muito valor psicológico.

– O que o senhor quer dizer com isso?

– Sabe, Dr. Stadler, as pessoas não gostam de pensar. E quanto mais problemas elas têm, menos querem pensar. Mas, por uma espécie de instinto, elas acham que deviam pensar e por isso sentem-se culpadas. Por esse motivo elas adoram e seguem qualquer um que lhes der uma justificativa para não pensar, qualquer um que lhes diga que é uma virtude, uma virtude altamente intelectual, aquilo que elas sabem que é um pecado, uma fraqueza, algo que desperta sentimentos de culpa.

– E é isso que o senhor quer?

– É assim que se consegue popularidade.

– E por que o senhor a quer?

O olhar do Dr. Ferris se fixou no do Dr. Stadler, como se por acaso.

– Isto é uma instituição pública – disse ele –, sustentada por verbas públicas.

– E por isso o senhor diz às pessoas que a ciência é uma futilidade, uma fraude que deve ser abolida!

– É uma conclusão que logicamente pode ser tirada do meu livro. Mas não é a essa conclusão que o público vai chegar.

– E a vergonha que isso representa para a imagem do Instituto perante os homens inteligentes, se é que ainda existe algum?

– Por que se preocupar com eles?

O Dr. Stadler poderia até ter achado essa pergunta cabível, se tivesse sido pronunciada com ódio, inveja ou malícia, mas a ausência de qualquer emoção desse tipo, o tom de naturalidade da voz, semelhante a uma risada irônica, o atingiu como uma visão momentânea de uma esfera que não poderia ser aceita como parte da realidade – a sensação que se espalhava até o fundo de seu estômago era de terror.

– O senhor viu a recepção que meu livro teve, Dr. Stadler? Recebeu muitos elogios.

– É, e é *isso* que eu acho inacreditável. – Ele tinha que falar, falar como se aquela fosse uma conversa civilizada. Não podia se permitir tempo para saber o que era que havia sentido por um momento. – Não posso entender a atenção que você recebeu em todos os periódicos acadêmicos de boa reputação, como eles conseguiram levar seu livro a sério. Se Hugh Akston estivesse em atividade, nenhuma publicação acadêmica ousaria tratar esse livro como uma obra filosófica admissível.

– Ele não está em atividade.

O Dr. Stadler sentia que havia certas palavras que ele deveria usar agora e tinha vontade de acabar a conversa antes que descobrisse que palavras eram essas.

– Por outro lado – disse o Dr. Ferris –, os anúncios do meu livro... bem, sei que o senhor não vai dar atenção a anúncios, mas eles citam uma carta altamente elogiosa que recebi do Sr. Wesley Mouch.

– E quem é esse tal de Sr. Wesley Mouch?

O Dr. Ferris sorriu.

– Daqui a um ano o senhor não precisará mais fazer essa pergunta, Dr. Stadler. Digamos que o Sr. Mouch seja o homem que está racionando o petróleo... por enquanto.

– Então sugiro que o senhor se dedique a suas tarefas. Lide com o Sr. Mouch e deixe as caldeiras de óleo a cargo dele, mas deixe o campo das ideias a meu cargo.

– Seria curioso tentar formular a linha de demarcação – disse o Dr. Ferris, como quem faz um comentário erudito só por fazer. – Mas, se estamos falando sobre o meu livro, então estamos falando em relações públicas. – Virou-se para apontar respeitosamente as fórmulas matemáticas escritas no quadro-negro. – Dr. Stadler, seria desastroso se o senhor, por causa de problemas de relações públicas, se deixasse distrair do trabalho importante que só o senhor no mundo é capaz de fazer.

O Dr. Ferris falou num tom de deferência extrema, e o Dr. Stadler não soube por que ele percebera por trás daquela afirmação a frase: "Cuide do seu quadro-negro e mais nada!" Sentiu uma irritação profunda e a virou contra si próprio, pensando com raiva que tinha que se livrar dessas suspeitas.

– Relações públicas? – perguntou, com desprezo. – Não encontro no seu livro nenhum objetivo prático. Não vejo o que ele pretende realizar.

– Não vê? – O olhar do Dr. Ferris pousou por um instante no do Dr. Stadler, que não teve tempo de identificar com certeza o toque de insolência que havia nele.

– Não posso me permitir aceitar que certas coisas sejam possíveis numa sociedade civilizada – disse o Dr. Stadler, sério.

– Precisamente – disse o Dr. Ferris, sorridente. – O senhor não pode se permitir. – E se levantou, sendo assim o primeiro a indicar que a entrevista estava encerrada. – Por favor, comunique-se comigo se acontecer qualquer coisa neste Instituto que lhe cause desconforto, Dr. Stadler. É meu privilégio estar sempre a seu serviço.

Sabendo que tinha de afirmar sua autoridade e sufocando a vergonha que sentia ao se dar conta do tipo de substituto que encontrara, o Dr. Stadler disse de modo autoritário, com um tom de sarcasmo indelicado:

– Da próxima vez que eu o chamar, dê um jeito nesse seu carro.

– Perfeito, Dr. Stadler. Pode ter certeza de que me esforçarei para não me atrasar outra vez, e lhe peço desculpas – disse Ferris, como um ator que diz a fala esperada, como se estivesse satisfeito de constatar que Stadler finalmente aprendera o método moderno de comunicação. – Meu carro tem me dado muitos aborrecimentos, está caindo aos pedaços. Eu até havia encomendado um carro novo, uns tempos atrás, o melhor que há, um Hammond conversível, mas Lawrence Hammond fechou a fábrica semana passada, sem explicação nem aviso prévio, por isso agora não tem jeito. Esses cachorros agora deram para desaparecer de repente. É preciso dar um jeito nisso.

Depois que o Dr. Ferris saiu, o Dr. Stadler permaneceu sentado, os ombros cada vez mais encolhidos, sentindo apenas uma vontade desesperada de que ninguém o visse. Na névoa daquela dor que não conseguia definir, havia também a sensação desesperada de que ninguém, ninguém a quem ele considerava, jamais iria querer vê-lo outra vez.

Ele sabia quais eram as palavras que não dissera. Não dissera que ia denunciar o livro em público e repudiá-lo em nome do Instituto. Não o dissera por medo de constatar que a ameaça não perturbaria Ferris, que este estava se sentindo seguro, que a palavra do Dr. Stadler não tinha mais qualquer poder. E, embora dissesse a si mesmo que depois pensaria em fazer um protesto público, ele sabia que jamais o faria.

Pegou o livro e o jogou na lata de lixo.

Veio-lhe à mente um rosto, de repente, com clareza, como se ele estivesse vendo a pureza de todos os seus traços, um rosto jovem que havia anos ele não se permitia lembrar. Pensou: *Não, ele não leu esse livro, ele não o verá, está morto, deve ter morri-*

do há muito tempo... A dor intensa que o atingiu foi a dor de descobrir que era obrigado a torcer para que estivesse morto o homem que ele mais queria ver no mundo.

Não entendeu por que, quando o telefone tocou e sua secretária lhe disse que era a Srta. Dagny Taggart, agarrou o fone com avidez e percebeu que sua mão tremia. O Dr. Stadler pensava há mais de um ano que ela nunca mais ia querer vê-lo. Ele ouviu sua voz clara e impessoal solicitando um horário para se encontrar com ele.

– Perfeito, Srta. Taggart, claro, claro... Segunda de manhã? Está bem... Escute, Srta. Taggart, tenho um compromisso em Nova York hoje, eu podia passar no seu escritório à tarde, se a senhorita quiser... Não, não, não, absolutamente, será um prazer... Hoje à tarde, então, Srta. Taggart, por volta das duas... quer dizer, por volta das quatro.

Ele não tinha nenhum compromisso em Nova York. Não se deu tempo de pensar por que dissera aquilo. Sorria, animado, contemplando uma faixa ensolarada num morro distante.

◆ ◆ ◆

Dagny riscou com um traço negro o trem número 93 da tabela de horários e sentiu uma satisfação desolada e momentânea ao perceber que fizera aquilo com calma. Era um gesto que vinha repetindo com frequência nos últimos seis meses. De início, fora difícil. Agora estava se tornando mais fácil. *Chegará o dia,* pensou ela, *em que poderei dar o golpe mortal sem o menor esforço.* O trem número 93 levava cargas para Hammondsville, Colorado.

Dagny sabia qual seria o próximo passo: primeiro, acabar com os cargueiros especiais; depois, diminuir o número de vagões de carga fechados com destino a Hammondsville, atrelados, como parentes pobres, à traseira de composições que iam para outras cidades; a seguir, gradualmente, diminuir as paradas dos trens de passageiros nessa cidade; e, por fim, chegaria o dia de riscar Hammondsville do mapa. Fora o que ocorrera antes com Wyatt Junction e a cidade chamada Stockton.

Ela sabia que, uma vez que se espalhasse a notícia de que Lawrence Hammond havia se aposentado, seria inútil esperar, ter esperanças de que seu primo, seu advogado ou uma comissão de cidadãos de Hammondsville reabrissem a fábrica. Era hora de começar a reduzir as paradas.

Tudo durou menos de seis meses depois do desaparecimento de Ellis Wyatt, no período que foi descrito por um colunista entusiástico como "a hora e a vez dos pequenos". Os donos de dois ou três poços de petróleo, que viviam se queixando de que Ellis Wyatt não lhes dava uma chance, correram para preencher a lacuna deixada por ele. Formaram ligas, cooperativas, associações. Reuniram seus capitais, criaram logotipos. "Finalmente os pequenos têm o seu lugar ao sol", disse o colunista. O sol, no caso, eram as chamas que devoravam as torres da Petróleo Wyatt. À luz desse sol, fizeram fortunas do tipo que sempre sonharam, das que não exigem competência nem esforço. Então seus principais clientes, como as companhias de energia elétrica, que consumiam óleo em quantidades imensas e não podiam ser compreensivos com as fraquezas humanas, começaram a converter suas instalações para o consumo de carvão – e os clientes menores, mais tolerantes, começaram a abrir falência. As autoridades em Washington impuseram o racionamento de petróleo e um imposto sobre os empregadores para sustentar os trabalhadores de petróleo desempregados. Então algumas grandes empresas de petróleo fecharam, e os pequenos, em seu lugar ao sol, constataram que uma broca que antes custava 100 dólares agora custava 500, pois não havia mais mercado para equipamentos de exploração petrolífera, e os fabricantes tinham de ganhar numa broca o que antes ganhavam em cinco, senão iriam à falência. E assim os oleodutos começaram a fechar, pois não havia ninguém que pudesse financiar sua manutenção. As ferrovias, portanto, receberam permissão de aumentar as tarifas de transporte de carga, pois havia pouco petróleo para transportar e o custo de manter vagões-tanques em circulação levara duas pequenas ferrovias a fechar. E, quando o sol se pôs, viram que os custos de operação, que antes lhes permitiam sobreviver com base em pequenos campos, só podiam ser mantidos com os campos imensos da Wyatt, que haviam se esvaído em fumaça. Foi só quando suas fortunas se evaporaram que os pequenos perceberam que nenhuma empresa no país podia agora pagar o preço que eles tinham que cobrar para cobrir os custos da extração do petróleo. Então as autoridades em Washington concederam subsídios aos donos de companhias de petróleo, mas nem todos eles tinham amigos em Washington, e se criou assim uma situação que ninguém fazia questão de examinar nem discutir detalhadamente.

Andrew Stockton se encontrava no tipo de situação que a maioria dos empresários pede a Deus. A corrida para converter equipamentos, a fim de que funcionassem à base de carvão, lhe caíra sobre os ombros como um manto de ouro: sua companhia passou a trabalhar 24 horas por dia, correndo contra o relógio para ser mais rápida que as nevascas do inverno seguinte, fabricando peças para fornos e caldeiras a carvão. Não restavam mais muitas fundições confiáveis em funcionamento. Stockton era agora um dos pilares que sustentavam os porões e as cozinhas do país. O pilar caiu sem aviso prévio. Stockton anunciou que ia se aposentar, fechou a fundição e desapareceu. Não deixou nenhuma instrução a respeito do que ele queria que se fizesse com a companhia, nem informou se seus parentes tinham o direito de reabri-la.

Ainda havia carros nas estradas do país, mas eles se moviam como viajantes no deserto, que cruzam de vez em quando com esqueletos de cavalos ressecados ao sol: passavam por carcaças de carros que haviam pifado de repente e que foram abandonados nos acostamentos. Ninguém mais comprava carros, e as fábricas de automóveis estavam fechando. Mas ainda havia pessoas que conseguiam adquirir petróleo, por meio de amizades que ninguém se interessava em questionar. Esses homens compravam carros e pagavam qualquer preço. As montanhas do Colorado eram iluminadas pelas grandes janelas da fábrica de Lawrence Hammond, na qual as linhas de produção aprontavam caminhões e carros, que depois eram embarcados na linha da Taggart Transcontinental. A notícia de que Lawrence Hammond havia se aposentado chegou quando era menos esperada, súbita como o ecoar de um sino no silêncio. Uma comissão de cidadãos de Hammondsville agora fazia um apelo no rádio, pedindo a Lawrence Hammond, onde ele estivesse, que lhes desse permissão para reabrir a fábrica. Não tiveram resposta.

Dagny gritou quando Ellis Wyatt desapareceu. Suspirou quando Andrew Stockton se aposentou. Quando soube que Lawrence Hammond havia fechado a firma, perguntou, impassível:

– Quem será o próximo?

– Não, Srta. Taggart, não posso explicar – lhe dissera a irmã de Andrew Stockton, em sua última viagem ao Colorado, dois meses atrás. – Ele não me disse nada, e eu nem sei se ele está vivo ou morto. Foi como Ellis Wyatt. Não, não aconteceu nada de especial no dia antes de ele fechar a fábrica. Só lembro que um homem veio vê-lo aquela noite, a última noite. Um estranho que eu nunca vi antes. Ficaram conversando até tarde, e, quando fui dormir, a luz do escritório de Andrew ainda estava acesa.

Nas cidades do Colorado, as pessoas estavam silenciosas. Dagny vira a maneira como elas andavam nas ruas, passando pelas pequenas farmácias, lojas de ferragens e pelos armazéns: como se esperassem que seus afazeres cotidianos as desobrigassem de pensar no futuro. Ela também caminhara por aquelas ruas, tentando não levantar a cabeça, não ver as pedras enegrecidas, os pedaços de ferro contorcido do que antes haviam sido os campos da Wyatt, que podiam ser vistos de muitas das cidades. Ao olhar em frente, ela os vira ao longe.

Um dos poços, no alto do morro, ainda estava queimando. Ninguém conseguira apagá-lo. Ela o vira da rua: uma língua de fogo se contorcendo convulsivamente contra o céu, como se tentasse se desprender da terra. Ela a vira de noite, a uma distância de mais de 100 quilômetros de ar limpo, da janela de um vagão de trem: uma chama pequena e violenta, tremulando ao vento. As pessoas a chamavam de Tocha de Wyatt.

A maior composição da Linha John Galt tinha 40 vagões e a mais rápida corria a 90 quilômetros por hora. As locomotivas tinham que ser poupadas: eram a carvão e já deviam ter sido aposentadas havia muito tempo. Jim conseguia o petróleo para as locomotivas a diesel do Cometa Taggart e alguns trens cargueiros transcontinentais. A única fonte segura de combustível que Dagny tinha era Ken Danagger, da Carvão Danagger, na Pensilvânia.

Trens vazios atravessavam os quatro estados que estavam amarrados à garganta do Colorado, por serem vizinhos. Levavam alguns vagões com milho, alguns melões e um ou outro fazendeiro, com sua família toda emperiquitada, que tinha amigos em Washington. Nessa cidade, Jim havia conseguido um subsídio para cada trem, não para ganhar dinheiro, mas para prestar um serviço de "igualdade pública".

Dagny consumia toda a sua energia para manter trens servindo áreas em que eles ainda eram necessários, áreas onde ainda se produzia alguma coisa. Mas nos balanços da Taggart Transcontinental os subsídios dos trens vazios de Jim envolviam quantias maiores do que o lucro do trem que servia a área industrial mais ativa.

Jim se gabava de que esse semestre fora o mais próspero da história da Taggart. Entrava como lucro, nas páginas coloridas do relatório que ele enviava aos acionistas, o dinheiro que não ganhara com seu trabalho – os subsídios dos trens vazios –, bem como o dinheiro que não era dele – as quantias que deviam ser usadas para pagar os juros e saldar as debêntures da Taggart, a dívida que, graças a Wesley Mouch, ele não seria obrigado a pagar. Gabava-se do maior volume de carregamentos transportados pela Taggart no Arizona, onde Dan Conway havia fechado a última linha da Phoenix-Durango, e em Minnesota, onde Paul Larkin estava transportando minério de ferro de trem, pois a empresa de navios de transporte dos Grandes Lagos falira.

– Você sempre achou que ganhar dinheiro era uma grande virtude – disse Jim a Dagny com um meio sorriso estranho. – Pois, pelo visto, nisso eu sou melhor do que você.

Ninguém tinha pretensão de entender a questão do congelamento dos pagamentos das debêntures da Taggart, talvez porque todos entendessem até bem demais. De início, houve sinais de pânico entre os debenturistas e uma perigosa indignação do público. Então Wesley Mouch emitiu outro decreto, segundo o qual as pessoas podiam "descongelar" suas debêntures sob a alegação de "necessidade essencial": o governo as compraria se achasse que havia mesmo prova de necessidade. Havia três perguntas a que ninguém respondia e que ninguém perguntava: "O que constituía prova?"; "O que constituía necessidade?"; "Essencial para quem?".

Então se tornou uma indelicadeza perguntar por que um homem recebera permissão de descongelar seu dinheiro e outro não. As pessoas desviavam o olhar, com os lábios apertados, se alguém perguntava: "Por quê?" Era o caso de descrever e catalogar os fatos, não julgá-los: o Sr. Fulano fora descongelado, o Sr. Beltrano não fora, e pronto. E, quando o Sr. Beltrano se suicidava, as pessoas diziam: "É, não sei, não, mas, se ele realmente precisasse do dinheiro, o governo teria dado. Tem gente que é muito gananciosa."

Não se falava sobre os homens que, não obtendo permissão de descongelar seu dinheiro, vendiam suas debêntures por um terço do valor para homens que possuíam necessidades que tinham o dom miraculoso de transformar 33 centavos congelados em um dólar descongelado. Nem sobre uma nova profissão praticada por jovens inteligentes recém-formados que se autodenominavam "descongeladores", que ofereciam seus serviços para "ajudar a redigir o pedido nos termos modernos adequados". Esses rapazes tinham amigos em Washington.

Quando olhava para os trilhos da Taggart da plataforma de alguma estação do interior, Dagny sentia não aquele orgulho intenso de antes, e sim uma vergonha vaga e culposa, como se algum tipo de ferrugem asquerosa houvesse corroído o metal. Pior ainda: como se essa ferrugem tivesse cor de sangue. Mas quando, no terminal, via a estátua de Nat Taggart, pensava: *Esta ferrovia era sua. Você a fez, você lutou por ela, não foi derrotado pelo medo nem pelo asco; não vou me render aos homens do sangue e da ferrugem – e eu sou a única que resta para protegê-la.*

Dagny não abandonara sua busca do homem que inventara o motor. Era a única parte de seu trabalho que a tornava capaz de suportar o restante. Era o único objetivo que dava sentido à sua luta. Às vezes ela se perguntava por que queria reconstruir aquele motor. Para quê?, uma voz parecia lhe perguntar. *Porque ainda estou viva*, respondia ela. Mas sua busca não dava em nada. Seus dois engenheiros não haviam encontrado nada em Wisconsin. Dagny os enviara com ordens de procurar em todo o país os homens que haviam trabalhado para a Século XX e descobrir o nome do inventor. Mas eles não descobriram nada. Dagny os mandara examinar os arquivos do Escritório de Registro de Patentes, mas o motor jamais chegara a ser patenteado.

A única coisa que lhe restava de sua busca era a ponta de cigarro com o cifrão. Ela a esquecera, até que, algumas noites atrás, a encontrara numa gaveta de sua escrivaninha. Então a deu a seu amigo da banca do terminal. O velho ficou muito espantado. Examinou a ponta, segurando-a com cuidado. Nunca ouvira falar daquela marca e não sabia como lhe era possível não conhecê-la.

– Era de boa qualidade, Srta. Taggart?

– O melhor que já fumei.

O velho sacudiu a cabeça, intrigado. Prometeu-lhe descobrir onde eram fabricados aqueles cigarros e lhe obter um pacote.

Dagny tentara encontrar um cientista que fosse capaz de reconstruir o motor. Entrevistou os homens que lhe foram recomendados como os melhores nessa área. O primeiro, ao examinar o que restava do motor e do texto datilografado, declarou, com a voz categórica de um sargento, que aquilo não podia funcionar, jamais havia funcionado e ele provaria que era impossível tal motor funcionar. O segundo respondeu, com uma voz entediada, que não sabia se era possível e não estava interessado em descobrir. O terceiro disse, com uma voz agressivamente insolente, que tentaria fazê-lo mediante um contrato de 10 anos, ao preço de 25 mil dólares por ano: "Afinal de contas, Srta. Taggart, se é sua intenção faturar lucros enormes com esse motor, é a senhorita que vai ter que pagar pelo tempo que eu vou dedicar a ele." O quarto, que era o mais jovem de todos, a encarou silenciosamente por um momento, e suas feições, antes neutras, assumiram uma sutil expressão de desprezo. "Sabe, Srta. Taggart, acho que um motor como esse jamais deveria ser feito, mesmo se alguém descobrisse como fazê-lo. Seria tão superior a tudo o que já existe que seria uma injustiça para os outros cientistas, que não teriam campo para suas realizações e suas capacidades. Acho que os fortes não têm o direito de ferir o amor-próprio dos fracos." Ela mandou que ele saísse de seu escritório e ficou sentada, tremendo de horror, por ter ouvido a afirmação mais horrenda de sua vida proferida num tom de indignação moral.

A decisão de falar com o Dr. Robert Stadler fora sua última tentativa.

Ela havia se obrigado a telefonar para ele, apesar da resistência de algum ponto imóvel dentro dela que era como um freio pisado até o fundo. Argumentara consigo mesma: *se posso lidar com homens como Jim e Orren Boyle, e a culpa de Stadler é menor do que a deles, por que não poderia falar com ele?* Não encontrara resposta a essa pergunta, só uma relutância teimosa, só a sensação de que, de todos os homens do mundo, o Dr. Robert Stadler era o único a quem ela não podia recorrer.

Sentada à sua mesa, debruçada sobre os horários da Linha John Galt, esperando pelo Dr. Stadler, Dagny se perguntava por que havia anos não surgiam talentos de primeira no campo da ciência. Ela não conseguia encontrar uma resposta. Estava olhando para o risco negro que era o cadáver do trem número 93 no horário à sua frente.

Um trem tem dois atributos vitais, pensou ela: *o movimento e o objetivo*. Ele já fora uma entidade viva, mas agora não passava de um certo número de vagões e locomotivas mortas. *Não se dê tempo para ter sentimentos*, pensou. *Desmembre o cadáver o mais depressa possível, todo o sistema está precisando de locomotivas. Ken Danagger, na Pensilvânia, precisa de trens, mais trens. Ah, se...*

– O Dr. Robert Stadler – disse a voz no interfone sobre sua mesa.

Ele entrou, sorridente. O sorriso parecia reforçar suas palavras:

– Srta. Taggart, a senhorita acreditaria se eu lhe dissesse que estou extraordinariamente feliz de vê-la outra vez?

Ela não sorriu. Dirigiu-lhe um olhar sério e cortês e respondeu:

– É muita bondade do senhor vir aqui. – Curvou-se, mantendo o corpo esguio tenso e reto, exceto pelo movimento lento e formal da cabeça.

– E se eu lhe confessasse que só precisava de uma desculpa plausível para vir? Isso a surpreenderia?

– Eu tentaria não me aproveitar de sua cortesia. – Dagny não sorriu. – Queira sentar-se, Dr. Stadler.

Ele olhou ao seu redor, satisfeito:

– Nunca tinha visto antes o escritório de um executivo de uma rede ferroviária. Não sabia que era um lugar tão... tão solene. É por causa da natureza do trabalho?

– O assunto em relação ao qual *eu* gostaria de pedir seu conselho é muito afastado de seu campo de interesse, Dr. Stadler. Talvez o senhor ache estranho eu tê-lo chamado. Por favor, me permita expor meus motivos.

– O seu desejo de falar comigo já é motivo suficiente. Se eu puder ajudá-la de algum modo, seja lá como for, é o que mais me daria prazer no momento. – Seu sorriso tinha algo de atraente, o sorriso de um homem que o usava não para ocultar suas palavras, mas para ressaltar sua audácia de expressar uma emoção sincera.

– Meu problema é de natureza tecnológica – disse ela, no tom claro e neutro de um jovem mecânico que fala a respeito de um serviço complicado. – Estou plenamente consciente de que o senhor encara esse ramo da ciência com desprezo. Não imagino que o senhor vá resolver meu problema. Não é o tipo de trabalho que o senhor faz, nem que o interessa. Gostaria de lhe apresentar o problema e depois lhe fazer apenas

370

duas perguntas. Tive de chamá-lo porque é uma questão que envolve grande inteligência, e... – Dagny falava num tom impessoal, como quem apenas constata um fato – ... e o senhor é a única grande inteligência que ainda resta nessa área.

Dagny não entendeu por que sua afirmativa o atingiu daquele jeito. Viu seu rosto ficar imóvel, um olhar de seriedade aparecer subitamente em seus olhos, uma seriedade estranha, que parecia quase implorar, e depois ouviu sua voz, muito séria, como se distorcida por uma emoção que a fazia parecer simples e humilde:

– Qual é o seu problema, Srta. Taggart?

Ela lhe falou a respeito do motor e do lugar em que o encontrara. Disse-lhe que fora impossível descobrir o nome do inventor, mas não entrou nos detalhes de sua busca. Entregou-lhe fotografias do motor e o que restava do texto datilografado.

Ficou a observá-lo enquanto ele lia. Percebeu a segurança profissional dos movimentos rápidos dos olhos, no início, depois a pausa, e em seguida a atenção concentrada, e então um movimento de lábios que, em outro homem, seria um assobio ou uma interjeição de espanto. Viu-o parar por longos minutos e olhar para a distância, como se sua mente estivesse percorrendo incontáveis caminhos diferentes, tentando seguir todos eles – viu-o voltar atrás na leitura, depois parar e se obrigar a continuar lendo, como se estivesse dividido entre o desejo de continuar a leitura e o de apreender todas as possibilidades que se descortinavam perante seus olhos. Viu seu entusiasmo silencioso. Viu que ele esquecera a sala ao seu redor, a existência de Dagny, tudo o que não fosse aquela realização – e, por ser ele capaz de ter uma reação dessas, Dagny lamentou não lhe ser mais possível gostar do Dr. Robert Stadler.

Havia mais de uma hora que não trocavam palavra, quando o Dr. Stadler terminou a leitura e olhou para Dagny.

– Mas isto é extraordinário! – disse, com um tom de felicidade e surpresa, como se estivesse dizendo algo que ela não esperava.

Dagny teve vontade de poder sorrir e participar de sua felicidade, mas se limitou a concordar com a cabeça e dizer friamente:

– É.

– Mas, Srta. Taggart, isto é fabuloso!

– É.

– A senhorita diz que é uma questão tecnológica? É mais, muito, muito mais do que isso. No trecho em que ele fala do conversor... dá para entender quais são as premissas de que ele parte. Ele chegou a um novo conceito de energia. Abandonou todos os nossos pressupostos estabelecidos, segundo os quais seu motor seria considerado impossível. Formulou uma nova premissa e resolveu o problema de converter energia estática em cinética. A senhorita sabe o que isso significa? Tem consciência da proeza de ciência pura, abstrata, que ele teve de realizar antes de fazer seu motor?

– Ele quem? – perguntou Dagny, em voz baixa.

– Não ouvi.

– Essa é a primeira das duas perguntas que eu queria lhe fazer, Dr. Stadler. Será que o senhor sabe de algum cientista jovem que talvez tenha conhecido há uns 10 anos e que *seria capaz de* fazer isso?

O Dr. Stadler ficou silencioso por um instante, surpreso. Não tivera tempo de se fazer essa pergunta.

– Não – disse lentamente e franzindo a testa. – Não, não me ocorre ninguém... E é estranho... porque um talento como esse não poderia passar despercebido em lugar nenhum... alguém o teria mencionado a mim... estão sempre me mandando cientistas jovens e promissores. A senhorita disse que encontrou isto no laboratório de pesquisas de uma simples fábrica de motores?

– Foi.

– É estranho. O que ele estaria fazendo num lugar desses?

– Projetando um motor.

– É isso que acho estranho. Um homem de gênio, um grande cientista, que resolve ser inventor comercial? Acho isso um absurdo. Ele queria um motor e discretamente fez uma verdadeira revolução na ciência da energia, apenas como um meio para chegar a um fim, e não se deu ao trabalho de publicar sua descoberta, porém simplesmente continuou a fazer seu motor. Por que desperdiçar sua inteligência em aplicações práticas?

– Talvez porque ele gostasse de viver neste mundo – disse ela, sem querer.

– Como?

– Não, eu... desculpe, Dr. Stadler. Não quero entrar em nenhuma... discussão irrelevante.

O Dr. Stadler estava com o olhar perdido, pensando.

– Por que ele não me procurou? Por que não estava trabalhando numa grande instituição científica? Se tinha a inteligência necessária para fazer isto, certamente tinha inteligência bastante para avaliar a importância de seu feito. Por que não publicou um artigo sobre sua definição de energia? Dá para eu ver o raciocínio geral que ele seguiu, mas, que diabo!, as páginas mais importantes estão faltando, a fórmula não está aqui! Não é possível que não houvesse uma só pessoa trabalhando com ele que resolvesse anunciar a descoberta ao mundo científico. Por que não fizeram isso? Como puderam abandonar, simplesmente abandonar, uma coisa como esta?

– São essas as perguntas às quais não consegui responder.

– Além disso, de um ponto de vista puramente prático, por que aquele motor foi abandonado no meio de trastes inúteis? Era de esperar que algum industrial ganancioso o pegasse para faturar com ele. Não é preciso ser inteligente para ver seu valor comercial.

Dagny sorriu pela primeira vez – um sorriso distorcido e amargo. Não disse nada.

– A senhorita não conseguiu descobrir o inventor?

– Por enquanto, não consegui absolutamente nada.

– Acha que ele ainda está vivo?

– Tenho motivos para supor que sim. Mas não posso ter certeza.

– E se eu tentasse encontrá-lo com anúncios?

– Não. Não faça isso.

– Mas eu podia colocar anúncios nas publicações científicas e mandar o Dr. Ferris... – Parou de repente e viu o olhar de Dagny se fixar rapidamente no seu quando olhou para ela. Dagny não disse nada, mas continuou a olhar para ele. O Dr. Stadler desviou a vista e terminou a frase num tom frio e firme: – ... e mandar o Dr. Ferris anunciar no rádio que eu gostaria de falar com ele. Será que ele se recusaria a vir?

– Sim, Dr. Stadler. Acho que ele se recusaria.

Ele não estava olhando para Dagny. Ela viu os músculos do rosto dele se retesarem de leve e, ao mesmo tempo, alguns traços de seu rosto relaxarem. Ela não sabia que tipo de luz estava morrendo dentro dele, nem por que estava pensando na morte de uma luz.

O Dr. Stadler jogou o texto na mesa com um gesto de desprezo.

– Esses homens que não se incomodam de ser práticos quando se trata de vender sua inteligência por dinheiro deviam saber alguma coisa sobre a realidade prática.

Olhou para ela com um ar de desafio, como se esperasse uma réplica irritada. Mas a reação de Dagny foi pior do que a raiva: seu rosto permaneceu sem expressão, como se a verdade ou a falsidade do que ele dizia não lhe interessasse mais.

– A segunda pergunta que eu gostaria de lhe fazer – disse ela, educadamente – é a seguinte: o senhor teria a bondade de me indicar um físico que, a seu ver, seria capaz de reconstruir esse motor?

O Dr. Stadler olhou para ela e riu um pouco. Havia dor naquele riso.

– A senhorita também sofre com isso? Com a impossibilidade de encontrar gente inteligente em qualquer área?

– Entrevistei alguns físicos que me foram muito bem recomendados e achei todos inaproveitáveis.

O Dr. Stadler se debruçou sobre a mesa, tenso.

– Srta. Taggart – perguntou –, a senhorita me procurou porque confiava na integridade de minha palavra em questões científicas?

Aquilo era uma súplica confessa.

– Sim – respondeu ela, calma. – Eu confiava na sua integridade em questões científicas.

Ele se recostou na cadeira. Parecia que algum sorriso oculto estava relaxando a tensão de seu rosto.

– Quem dera eu pudesse ajudá-la – disse ele, num tom de camaradagem. – Pelos motivos mais egoístas, quem dera eu pudesse ajudá-la, porque esse tem sido meu maior problema: encontrar homens talentosos para trabalhar comigo. Talento? Ora, eu ficaria satisfeito com uma simples promessa de talento, mas os homens que me mandam não possuem potencial nem para virem a se tornar bons mecânicos de oficina. Não sei se estou ficando velho e mais exigente, ou se a espécie humana está degenerando, mas quando eu era mais moço o mundo não parecia tão pobre em inteligência. Se a senhorita visse os homens que tenho que entrevistar hoje em dia...

Ele parou de repente, como se tivesse lembrado algo. Permaneceu calado – parecia pensar em algo que sabia mas não queria dizer a ela. Dagny ficou convencida de que era isso mesmo que estava acontecendo quando ele concluiu abruptamente, com o tom de ressentimento de quem dá uma evasiva:

– Não, não sei de ninguém que eu possa lhe recomendar.

– Era só isso que eu queria lhe perguntar, Dr. Stadler – disse ela. – Obrigada pela atenção que me foi concedida.

O Dr. Stadler continuou sentado por um momento, como se não conseguisse se convencer a sair.

– Srta. Taggart – pediu ele –, podia me mostrar o motor?

Ela olhou para ele, espantada:

– Ora, claro que posso... se o senhor está interessado. Mas está num depósito subterrâneo, nos túneis do terminal.

– Não faz mal, se a senhorita não se importa em me levar até lá. Não tenho nenhum motivo em particular para ir lá. É só por curiosidade. Gostaria de ver, só isso.

Quando estavam contemplando aquele objeto de metal quebrado dentro de uma campânula de vidro, o Dr. Stadler tirou o chapéu com um gesto lento e distraído – e Dagny não sabia se ele o fizera simplesmente por estar num recinto fechado com uma mulher ou se aquilo era o gesto de descobrir a cabeça ao lado de um caixão.

Ficaram em silêncio, à luz de uma única lâmpada, que se refletia no vidro. Ao longe ouviam-se rodas de trens sobre trilhos, e às vezes parecia que uma vibração mais forte e repentina fosse arrancar algum tipo de reação do cadáver dentro da campânula de vidro.

– Que maravilha – disse o Dr. Stadler, em voz baixa – ver uma grande ideia nova que não seja minha!

Dagny olhou para ele, desejando poder acreditar que o havia entendido. Ele falava com sinceridade apaixonada, pouco ligando para as convenções, sem querer saber se era apropriado deixar que ela ouvisse a confissão de sua dor, só vendo que havia a seu lado o rosto de uma mulher que era capaz de compreender o que ele dizia:

– Srta. Taggart, sabe o que caracteriza o medíocre? É o ressentimento dirigido às realizações dos outros. Essas mediocridades sensíveis que vivem tremendo de medo de que o trabalho de alguém se revele mais importante que o delas não imaginam a solidão que se sente quando se atinge o cume. A solidão por não se conhecer um igual, uma inteligência que se possa respeitar, uma realização que se possa admirar. Os medíocres, escondidos em suas tocas, rangem os dentes para a senhorita, crentes de que a senhorita sente prazer em ofuscá-los com o seu brilho, e, no entanto, a senhorita daria um ano de sua vida para ver um simples lampejo de talento entre eles.

Eles invejam a capacidade, e seu sonho de grandeza é um mundo em que todos os homens sejam reconhecidamente inferiores a eles. Não sabem que esse sonho é a prova cabal de sua mediocridade, porque esse mundo seria insuportável para o homem capaz. Eles não sabem o que o homem capaz sente quando está cercado de seres inferiores. Ódio? Não, não é ódio, mas tédio... um tédio terrível, sem esperanças, paralisante. De que adianta receber elogios e adulações de homens por quem não se sente respeito? Já sentiu vontade de ter alguém para admirar? Algo que a obrigasse a levantar a vista?

– A minha vida inteira senti isso – disse Dagny. Não pôde lhe negar aquela resposta.

– Eu sei – disse ele, e havia algo de belo na suavidade impessoal de sua voz. – Percebi isso na primeira vez que falei com a senhorita. Foi por isso que vim aqui hoje... – Fez uma pausa muito breve, porém Dagny não respondeu a seu apelo, e ele concluiu sua fala com o mesmo tom de voz suave: – Pois foi por isso que eu quis ver o motor.

– Entendo – disse ela, em voz baixa. Aquele tom de voz era o único tipo de reconhecimento que ela podia lhe conceder.

– Srta. Taggart – disse o Dr. Stadler, olhando para baixo, para o motor. – Conheço um homem que poderia tentar reconstruir esse motor. Ele não quis trabalhar para mim, portanto talvez seja o tipo de homem que a senhorita quer.

Mas quando ele levantou a cabeça, e antes que visse o olhar de admiração nos olhos de Dagny, aquele olhar desarmado pelo qual ele implorara, o olhar de perdão, o Dr. Stadler destruiu aquele momento de expiação ao acrescentar, com uma voz cheia de sarcasmo:

– Pelo visto, esse rapaz não tem o menor interesse em trabalhar para o bem da sociedade ou por amor à ciência. Ele me disse que se recusava a trabalhar para o governo. Concluí que ele queria ganhar um salário maior trabalhando para uma empresa privada.

Ele desviou a vista, para não ver o olhar que morria no rosto de Dagny, para não entender o que ele significava.

– É – disse ela, com uma voz dura –, deve ser o tipo de homem que quero.

– É um jovem físico do Instituto de Tecnologia de Utah – disse ele, secamente. – Chama-se Quentin Daniels. Um amigo meu o mandou falar comigo alguns meses atrás. Ele veio me ver, mas não aceitou o emprego que lhe ofereci. Eu queria que ele trabalhasse na minha equipe. Ele tem um cérebro de cientista. Não sei se vai conseguir reconstruir o motor, mas pelo menos tem capacidade para isso. Creio que a senhorita ainda pode encontrá-lo no Instituto de Tecnologia de Utah. Não sei o que ele está fazendo por lá agora: fecharam o Instituto há um ano.

– Obrigada, Dr. Stadler. Vou entrar em contato com ele.

– Se... se a senhorita quiser, terei prazer em ajudá-lo na parte teórica. Estou interessado em fazer algumas pesquisas com base nas ideias desse texto datilografado. Gostaria de encontrar o segredo básico daquela energia que o autor descobriu. É o princípio básico que temos que descobrir. Se conseguirmos, o Sr. Daniels pode terminar o serviço sozinho.

– Agradeço qualquer ajuda que o senhor queira me dar, Dr. Stadler.

Caminharam sem dizer palavra pelos túneis mortos do terminal, passando por trilhos enferrujados sob uma fileira de luzes azuis. Ao longe, via-se a iluminação das plataformas.

À entrada do túnel, viram um homem ajoelhado sobre os trilhos, golpeando com um martelo uma chave, em movimentos arrítmicos, com o desespero de quem não sabe o que está fazendo. Um outro homem o observava com impaciência.

– Afinal, o que deu nessa porcaria?

– Sei lá.

– Você já está aí há uma hora!

– É.

– Quanto tempo ainda vai demorar?

– Quem é John Galt?

O Dr. Stadler fez uma careta. Depois que passaram pelos homens, ele disse:

– Não gosto dessa expressão.

– Nem eu – disse ela.

– De onde ela surgiu?

– Ninguém sabe.

Calaram-se. Depois o Dr. Stadler disse:

– Eu conheci um homem chamado John Galt. Só que ele já morreu há muito tempo.

– Quem era ele?

– Antes eu achava que ele ainda estava vivo. Mas agora tenho certeza de que deve ter morrido. Era tão inteligente que, se estivesse vivo, o mundo inteiro estaria falando dele agora.

– Mas o mundo inteiro está mesmo falando dele.

O Dr. Stadler parou de repente.

– É – disse devagar, com o olhar de quem está pensando numa ideia que jamais lhe ocorrera antes. – E... por quê? – Havia um toque de terror naquela pergunta.

– Quem era ele, Dr. Stadler?

– Por que estão falando nele?

– Quem era ele?

O Dr. Stadler sacudiu a cabeça negativamente e disse, ríspido:

– É só uma coincidência. Não é um nome tão raro assim. É uma coincidência que não quer dizer nada. Não tem nada a ver com o homem que eu conheci. Ele morreu. – E acrescentou, sem se permitir entender inteiramente o significado do que dizia: – Ele tem que estar morto.

◆ ◆ ◆

O documento que estava sobre a mesa ostentava os dizeres: "Confidencial... Emergência... Prioridade máxima... Necessidade essencial certificada pelo coordenador--chefe... com relação ao Projeto X." Era uma ordem para que ele vendesse 10 mil toneladas de metal Rearden para o Instituto Científico Nacional.

Rearden leu o documento e olhou para o superintendente de suas usinas, que estava parado à sua frente. O superintendente entrara e colocara o documento sobre a mesa sem dizer uma palavra.

– Achei que o senhor gostaria de saber – disse ele, em resposta ao olhar de Rearden.

Rearden apertou um botão, chamando a Srta. Ives. Entregou-lhe o documento e disse:

– Devolva isto a quem mandou. Diga que não vou vender metal Rearden nenhum ao Instituto Científico Nacional.

Gwen Ives e o superintendente olharam para ele, depois se entreolharam e, por fim, voltaram os olhos para Rearden outra vez. Ele percebeu que havia admiração em seus olhares.

– Sim, senhor – disse Gwen Ives, formal, pegando o documento como se fosse um papel qualquer. Fez uma mesura e saiu. O superintendente saiu em seguida.

Rearden sorriu de leve, em reconhecimento ao que os dois haviam sentido. Ele não sentia nada em relação àquele documento e às possíveis consequências do que ele fizera.

Numa espécie de convulsão interior, como se tivesse desligado da tomada o fio de suas emoções, seis meses antes Rearden decidira agir primeiro, manter as siderúrgicas funcionando e sentir depois. Desse modo, com indiferença, lhe fora possível encarar a Lei da Distribuição Justa e suas consequências.

Ninguém sabia como a lei seria observada. Primeiro, lhe disseram que ele não poderia produzir metal Rearden numa quantidade maior do que a da melhor liga que não fosse de aço, produzida por Orren Boyle. Mas a melhor liga de Boyle era uma porcaria que ninguém queria comprar. Então lhe disseram que ele poderia produzir metal Rearden na quantidade em que Orren Boyle seria capaz de produzi-lo, se soubesse como. Ninguém sabia como determinar essa quantidade. Alguém em Washington deu um número de toneladas por ano, sem explicar como chegara a ele. E a coisa ficou por isso mesmo.

Rearden não sabia como dar a todos os consumidores interessados uma quantidade igual. A lista de pedidos não poderia ser atendida nem em três anos, mesmo que ele tivesse permissão para trabalhar com a capacidade total das siderúrgicas. A cada dia chegavam novos pedidos. Não eram mais pedidos como os de antigamente – eram ordens. A lei dizia que ele podia ser processado por qualquer consumidor que não recebesse a cota de metal Rearden a que tinha direito.

Ninguém sabia como determinar o que seria uma cota justa. Então um rapaz brilhante, recém-formado, lhe fora enviado de Washington para ser seu vice-diretor de distribuição. Após muitos telefonemas para a capital, o rapaz anunciou que cada cliente receberia 500 toneladas de metal Rearden, segundo a ordem de chegada dos pedidos. Ninguém contestou esse número. Não havia como discutir. Poderia ter sido 1 quilo ou 1 milhão de toneladas que teria a mesma validade. O rapaz tinha sua sala na siderúrgica de Rearden, na qual quatro moças recebiam pedidos de metal Rearden. No atual ritmo de produção, os pedidos só seriam atendidos no século seguinte.

Quinhentas toneladas de metal Rearden não davam para cinco quilômetros de ferrovia da Taggart Transcontinental nem atendiam às necessidades de uma das minas de carvão de Ken Danagger. As maiores indústrias, que eram os melhores fregueses de Rearden, não podiam usar seu metal. Mas de repente começaram a surgir no mercado tacos de golfe de metal Rearden, bem como cafeteiras, ferramentas de jardinagem e torneiras. Danagger, que desde o início reconhecera o valor da liga e ousara fazer um pedido apesar da fúria da opinião pública, não tinha direito de adquiri-la – seu pedido não fora atendido, por força das novas leis. O Sr. Mowen, que havia traído a Taggart Transcontinental no momento em que ela mais precisava dele, agora estava fabricando chaves de metal Rearden e vendendo-as à Sul-Atlântica. Rearden via tudo aquilo, mas suas emoções estavam desligadas.

Ele desviava a vista e não dizia nada quando alguém comentava o que todos sabiam: que havia gente enriquecendo rapidamente com o metal Rearden. "Bem", diziam as pessoas nas festas, "não se trata de um mercado negro, porque ninguém está vendendo o *metal* ilegalmente. Estão só vendendo suas *cotas*. Ou melhor, compartilhando-as". Rearden não queria saber os detalhes sórdidos dessas transações. Não queria saber como um fabricante da Virgínia produzira, em dois meses, 5 mil peças de metal Rearden, nem quem era o sócio secreto desse fabricante em Washington. Só sabia que eles lucravam cinco vezes mais que ele em cada tonelada de metal Rearden. Ele não dizia nada. Todo mundo tinha direitos sobre o metal Rearden, menos ele.

O rapaz de Washington, que recebera dos metalúrgicos o apelido de Ama de Leite, vivia grudado em Rearden, manifestando uma curiosidade primitiva e boquiaberta que era, por incrível que parecesse, uma forma de admiração. Rearden o contemplava sentindo repulsa e achando graça ao mesmo tempo. O rapaz não tinha o menor escrúpulo moral. Sua formação universitária tivera esse efeito, tornando-o uma pessoa curiosamente sincera, ingênua e cínica ao mesmo tempo – era a inocência de um selvagem.

– O senhor me despreza, Sr. Rearden – disse ele certa vez, sem nenhum ressentimento. – Não é uma atitude prática.

– Por quê? – perguntou Rearden.

O rapaz ficou confuso e não soube responder. Nunca sabia responder a um "por quê?". Só falava por afirmativas categóricas. Dizia sobre as pessoas: "Ele é antiquado."; "Ele é retrógrado."; "Ele é desajustado.". Fazia tais afirmações sem vacilar, sem justificá-las. Embora formado em metalurgia, dizia coisas como: "Creio que a fusão do ferro requer uma temperatura elevada." Em relação ao mundo físico, só emitia opiniões incertas. Sobre os homens, só fazia afirmativas categóricas.

– Sr. Rearden – disse ele certa vez –, se o senhor quiser vender mais metal para amigos seus, quer dizer, em quantidades maiores, a gente dá um jeito. A gente podia pedir uma permissão especial por necessidade essencial. Tenho amigos em Washington. Os seus amigos são pessoas muito importantes, grandes empresários, de modo que não seria difícil conseguir a permissão. E claro que haveria algumas despesas para essas coisas em Washington. O senhor sabe, essas coisas sempre custam dinheiro.

– Que coisas?

– O senhor sabe o que estou dizendo.

– Não – respondeu Rearden –, não sei, não. Por que não me explica?

O rapaz o olhou, inseguro, pensou bem e disse:

– Não é psicologicamente bom.

– O quê?

– O senhor sabe, não é necessário usar palavras assim.

– Assim como?

– As palavras são relativas. Não passam de símbolos. Se não usamos símbolos feios, não há nada feio. Por que o senhor quer que eu diga as coisas de um jeito se eu já disse tudo de outro?

– E de que jeito eu quero que você fale?

– Por que o senhor quer isso?

– Pelo mesmo motivo que você não quer.

O rapaz não disse nada por um momento. Depois falou:

– Sabe, Sr. Rearden, não existem padrões absolutos. Não se podem seguir princípios rígidos. É preciso ser flexível, se ajustar à realidade atual e agir com base nas contingências do momento.

– Ora, menino, vá tentar fundir uma tonelada de aço sem princípios rígidos, com base nas contingências do momento.

Por algum motivo estranho, quase por uma sensibilidade estilística, Rearden não sentia ressentimento em relação ao rapaz, embora o desprezasse. O rapaz parecia estar afinado com o espírito de sua época. Era como se estivessem viajando no tempo, para muitos séculos atrás, para uma época da qual o rapaz fazia parte, mas não ele, Rearden. *Em vez de construir novos altos-fornos*, pensou Rearden, *agora estou tentando, sem sucesso, manter os antigos em funcionamento. Em vez de investir em novos empreendimentos, novas pesquisas, novos experimentos em aplicações do metal Rearden, gasto toda a minha energia procurando minério de ferro, como se estivesse nos primórdios da Idade do Ferro*, refletiu, mas com menos esperanças.

Tentava evitar tais pensamentos. Era necessário se proteger de seus próprios sentimentos, como se uma parte de si próprio se houvesse transformado em um estranho que era necessário manter entorpecido e sua força de vontade fosse o anestésico.

Aquela parte sua era algo desconhecido, algo cuja raiz jamais podia ser vista, algo que ele jamais poderia permitir que se manifestasse. Ele vivera um instante de perigo que não poderia se repetir jamais.

Foi o momento em que, sozinho em seu escritório, numa tarde de inverno, contemplando atônito um jornal cuja primeira página trazia uma longa lista de decretos, ouviu no rádio que os campos de petróleo de Ellis Wyatt estavam em chamas. Sua primeira reação – antes de pensar no futuro, antes de se dar conta do desastre que ocorrera, antes de sentir espanto, terror ou indignação – fora uma gargalhada. Uma gargalhada de triunfo, de alívio, de contentamento sadio, e as palavras que ele não pronunciara, mas pensara, foram estas: *Deus o abençoe, Ellis, seja lá o que esteja fazendo!*

Quando compreendeu as implicações daquela gargalhada, Rearden se deu conta de que agora estava condenado a uma vigilância constante, para se proteger de si próprio. Como o sobrevivente de um ataque cardíaco, ele sabia que o que ocorrera fora uma advertência, que havia dentro de si um perigo que podia atacá-lo a qualquer momento.

Desde então ele conseguira se conter. Controlava com cuidado, com severidade, a própria vida interior, passo a passo. Mas numa outra ocasião o perigo estivera perto. Quando viu a ordem do Instituto Científico Nacional sobre sua mesa, teve a impressão de que a luz que bruxuleava sobre o papel não vinha dos altos-fornos, mas de um campo de petróleo incendiado.

– Sr. Rearden – disse o Ama de Leite ao saber que ele havia devolvido a ordem ao Instituto –, o senhor não devia ter feito isso.

– Por que não?

– Isso vai dar problema.

– Que tipo de problema?

– É uma ordem do governo. Não se pode rejeitar uma ordem do governo.

– Por que não?

– É um projeto de necessidade essencial, e secreto ainda por cima. É muito importante.

– Que espécie de projeto?

– Não sei. É secreto.

– Então como sabe que é secreto?

– Porque dizia que era.

– Quem dizia que era?

– Não pode questionar essas coisas, Sr. Rearden.

– Por que não?

– Não pode.

– Se não pode porque não pode, então é uma coisa absoluta, e você diz que nada é absoluto.

– Isso é diferente.

– Diferente como?

– É do governo.

– Você quer dizer que nada é absoluto, a não ser o governo?

– Estou dizendo que, se eles dizem que é importante, então é.

– Por quê?

– Eu não quero que o senhor tenha problemas, e não tenha dúvida de que vai ter. O senhor pergunta "por quê" demais. Por quê?

Rearden olhou para ele e deu uma risada. O garoto se deu conta do que ele próprio tinha dito e sorriu, sem graça. Mas não estava alegre.

Uma semana depois veio procurar Rearden um homem jovem e magro, mas nem tão jovem nem tão magro quanto tentava parecer. Usava trajes civis e perneiras de couro, dessas que usam os guardas de trânsito. Rearden não sabia se ele era do Instituto Científico Nacional ou de Washington.

– Fui informado de que o senhor se recusou a vender metal ao Instituto Científico Nacional, Sr. Rearden – disse ele, num tom de voz suave e confidencial.

– É verdade – disse Rearden.

– Mas isso não seria desobedecer à lei intencionalmente?

– Isso é interpretação sua.

– Posso lhe perguntar qual o motivo?

– Não é coisa que lhe interesse.

– Mas é claro que me interessa! Não somos seus inimigos, Sr. Rearden. Queremos ser justos com o senhor. O senhor não tem o que temer por ser um grande industrial. Não vamos usar esse fato contra o senhor. Queremos ser tão justos com o senhor como se o senhor fosse o mais humilde trabalhador braçal. Gostaríamos de saber o motivo de sua recusa.

– Publique nos jornais que eu me recusei, e qualquer leitor lhe dirá o motivo. Deu tudo no jornal há pouco mais de um ano.

– Não, não! Jornal, não! Não dá para resolver isso de modo amistoso, em particular?

– Isso é com o senhor.

– Não queremos que isso saia nos jornais.

– Não?

– Não. Não queremos prejudicá-lo.

Rearden olhou para ele e perguntou:

– Por que o Instituto Científico Nacional precisa de 10 mil toneladas de metal? O que é esse Projeto X?

– Ah, é um projeto de pesquisa científica muito importante, de grande valor social, que pode vir a ser de valor inestimável para o público, mas infelizmente não tenho permissão de lhe explicar o que é em mais detalhes.

– Olhe – disse Rearden –, eu poderia lhe dizer que o meu motivo é o seguinte: não quero vender meu metal para pessoas que não dizem para que querem usá-lo. Fui eu que criei esse metal. É minha responsabilidade moral saber para que fim ele será usado antes de permitir que o usem.

– Ah, mas não precisa se preocupar com isso, Sr. Rearden! Nós assumimos essa responsabilidade.

– E se eu não quiser que vocês assumam a responsabilidade?

– Mas... isso é uma atitude antiquada e... e puramente teórica.

– Eu falei que podia dizer que era esse o meu motivo. Mas não vou, porque tenho outro, mais abrangente. Não vendo metal Rearden ao Instituto Científico Nacional para nenhum objetivo, seja bom ou mau, secreto ou público.

– Mas por quê?

– Escute – disse Rearden, falando devagar –, talvez houvesse alguma justificativa para as sociedades selvagens, em que o homem esperava a qualquer momento que seus inimigos o assassinassem e por isso tinha que se defender como pudesse. Mas não há justificativa para uma sociedade em que se quer que um homem fabrique as armas que serão usadas para assassiná-lo.

– Não acho aconselhável usar essas palavras, Sr. Rearden. Não acho prático pensar nesses termos. Afinal, o governo não pode, quando está seguindo políticas de âmbito nacional, levar em conta sua má vontade particular contra determinada instituição.

– Então não levem em conta.

– Como assim?

– Não me venham perguntar o motivo.

– Mas, Sr. Rearden, não podemos deixar que passe despercebida uma atitude de recusa ao cumprimento de uma lei. O que o senhor espera de nós?

– Façam o que vocês quiserem.

– Mas isso é uma atitude sem qualquer precedente. Ninguém jamais se recusou a vender um produto essencial ao governo. Aliás, a lei não permite que o senhor se recuse a vender seu metal a *nenhum* cliente, quanto mais ao governo.

– Bem, então por que o senhor não me prende?

– Sr. Rearden, esta é uma discussão amistosa. Por que o senhor fala em prender?

– Não é esse o seu argumento mais forte contra mim?

– Por que mencioná-lo?

– Ele não está implícito em tudo o que o senhor diz?

– Por que torná-lo explícito?

– Por que não? – Não houve resposta. – O senhor está tentando esconder de mim o fato de que, se o senhor não tivesse esse trunfo, eu não lhe permitiria que entrasse no meu escritório?

– Mas eu não estou falando em prender.

– Pois eu estou.

– Eu não o entendo, Sr. Rearden.

– Não vou ajudá-lo a fazer de conta que estamos tendo uma discussão amistosa. Não é nada disso. Agora faça o que o senhor bem entender.

Havia um olhar estranho no rosto do homem: um misto de espanto, como se ele não fizesse ideia do que estava acontecendo, e de medo, como se ele sempre tivesse sabido do que se tratava e vivesse com medo de que a verdade viesse à tona.

Rearden sentia uma excitação estranha, como se estivesse prestes a se conscientizar de algo que nunca havia entendido antes, como se estivesse a caminho de fazer uma descoberta ainda distante demais para saber o que era, mas já fosse possível ver que era a coisa mais importante de que ele jamais tivera conhecimento.

– Sr. Rearden – disse o homem –, o governo precisa de seu metal. O senhor tem que vendê-lo a nós, porque certamente o senhor há de entender que os planos do governo não podem ser atrapalhados só porque o senhor não concorda.

– Para que haja uma venda – disse Rearden devagar –, é necessário que o vendedor dê seu consentimento. – Levantou-se e andou até a janela. – Vou lhe dizer o que o senhor pode fazer. – Apontou para o desvio da ferrovia onde vagões estavam sendo carregados com lingotes de metal Rearden. – Ali há bastante metal. Vá lá com seus caminhões, como um assaltante qualquer, só que sem correr o risco que corre um assaltante, porque não vou atirar no senhor, como o senhor sabe, porque não posso, e pegue tanto metal quanto quiser. E vá embora. Não tente me mandar pagamento. Não vou aceitar. Não me mande um cheque. Não será descontado. Se quer aquele metal, o senhor tem as armas necessárias para pegá-lo. Pode ir.

– Meu Deus, Sr. Rearden, o que o público iria pensar?

Foi um grito instintivo, involuntário. Os músculos faciais de Rearden se mexeram um pouco, numa gargalhada silenciosa. Os dois homens haviam compreendido as implicações daquela frase. Rearden disse então devagar, com o tom sério e calmo de quem dá sua palavra definitiva:

– O senhor precisa de minha cooperação para fazer com que isso pareça uma venda, como uma transação normal, moralmente aceitável, justa. Pois não vou cooperar.

O homem não falou nada. Levantou-se para ir embora e disse apenas o seguinte:

– O senhor vai se arrepender disso, Sr. Rearden.

– Não acho – disse Rearden.

Ele sabia que as coisas não iam ficar por isso mesmo. Sabia também que não era só porque o Projeto X era secreto que eles tinham medo de que a coisa viesse a público. Ele sabia também que sentia uma confiança estranha, exultante, que o fazia sentir-se leve. Sabia que estava seguindo na direção certa, pelo caminho que havia entrevisto.

◆ ◆ ◆

Dagny estava largada sobre uma poltrona em sua sala, de olhos fechados. Fora um dia difícil, mas sabia que essa noite estaria com Hank Rearden. Esse pensamento era como uma alavanca que levantava de seus ombros o peso daquelas horas terríveis que passara.

Ficou imóvel, decidida a ficar sem fazer nada, só esperando o ruído da chave na fechadura. Rearden não lhe telefonara, mas ela ouvira dizer que ele estava em Nova York, para participar de uma reunião de produtores de cobre, e ele nunca viajava antes da manhã seguinte, nem jamais passava a noite sem ser com ela na cidade. Dagny gostava de esperar por ele. Precisava de um pouco de tempo para separar o dia que ela passara da noite que passaria com ele.

As horas que se seguirão, como todas as noites passadas com ele, pensou Dagny, *serão acrescentadas àquela caderneta de poupança da vida da gente em que depositamos os momentos que nos orgulhamos de ter vivido. O único orgulho que sinto por meu dia de trabalho não é de tê-lo vivido, mas o de ter sobrevivido. É errado,* pensou ela, *terrivelmente errado que alguém seja forçado a dizer isso sobre qualquer instante de sua própria vida.* Mas agora não podia pensar nisso. Estava pensando nele, na luta que ela havia presenciado nos meses passados, a luta de Rearden pela sobrevivência. Dagny sabia que podia ajudá-lo a vencer, mas que só não podia ajudá-lo com palavras.

Pensou na noite no inverno passado em que ele entrou, tirou um pequeno embrulho do bolso e o estendeu a ela, dizendo: "É para você." Ela o abrira e vira, estupefata, um pingente constituído por um rubi em forma de pera, cujo vermelho contrastava vivamente com o cetim branco da caixa. Era uma pedra famosa, que somente uns 12 homens no mundo tinham condições de comprar. Rearden não era um deles.

– Hank... por quê?

– Nenhum motivo especial. É só que eu queria vê-la com isso.

– Ah, não, uma coisa dessas, não! É um desperdício. É tão raro eu ir a algum lugar onde seja necessário ir enfeitada. Quando é que ia poder usar isso?

Rearden a olhou. Seu olhar lhe percorreu o corpo lentamente, das pernas até o rosto.

– Vou lhe dizer quando – disse ele.

Levou-a até o quarto e a despiu, sem uma palavra, numa atitude de proprietário que não precisa pedir permissão para fazer o que faz. Prendeu o colar ao redor do pescoço de Dagny. Ela estava nua, com a pedra entre os seios, como uma gota de sangue reluzente.

– Você acha que é preciso que um homem tenha outro motivo para dar uma joia a sua amante que não seu próprio prazer? – perguntou ele. – É assim que eu quero que você use esta pedra. Só para mim. Gosto de olhar para ela. É linda.

Dagny riu, um riso suave, ofegante. Não conseguia falar nem se mexer. Limitou-se a balançar a cabeça, aceitando, obedecendo. Repetiu o gesto mais de uma vez, ora balançando discretamente os cabelos, ora mantendo baixa a cabeça perante ele.

Ela se jogou sobre a cama, preguiçosamente, a cabeça para trás, os braços ao longo do corpo, as palmas das mãos sentindo a textura da colcha, uma das pernas dobrada, a outra estendida sobre o azul-escuro da colcha de linho. A pedra brilhava na penumbra como uma ferida, iluminando com raios avermelhados a sua pele.

Seus olhos, quase fechados, revelavam uma expressão irônica de triunfo, a expressão de quem sabe que está sendo admirada. Sua boca, entreaberta, demonstrava uma expectativa impotente e ávida. De pé, do outro lado do quarto, ele a contemplava, olhava para seu ventre liso e contraído, pois ela prendera a respiração. Olhava para um corpo sensível de uma consciência sensível. Com a voz baixa, absorta, estranhamente tranquila, disse:

– Dagny, se algum artista a pintasse agora, os homens viriam ver seu retrato para experimentar um momento que jamais viveriam em suas vidas. Diriam que era uma grande obra de arte. Não saberiam determinar o que estariam sentindo, porém o quadro lhes diria tudo, até mesmo que você não é nenhuma Vênus clássica, e sim a vice-presidente de uma ferrovia, porque isso faz parte do todo, até mesmo o que eu sou, porque também faço parte. Dagny, eles sentiriam isso e iriam dormir com a primeira garçonete que encontrassem... e nunca tentariam apreender o que sentiram. Eu é que não ia querer, em se tratando de um quadro. Eu só ia querer na vida real. Não sentiria orgulho por nenhum desejo inalcançável. Não alimentaria uma aspiração impossível. Para mim, tem que ser real, vivo, realizado. Você entende?

– Ah, entendo, sim, Hank, *eu* entendo! – exclamou ela. E pensou: *Mas você entende mesmo, querido? Entende completamente, mesmo?*, mas não disse nada.

Numa noite de nevasca, Dagny chegou em casa e encontrou uma profusão de flores tropicais na sala, junto às janelas escuras, que os flocos de neve atingiam. Havia gengibres havaianos de 1 metro de altura, com flores grandes e cônicas com a textura sensual de couro e pétalas cor de sangue.

– Vi essas flores na vitrine de um florista – disse ele, quando chegou à casa dela aquela noite. – Gostei de vê-las no meio da nevasca. Mas não há nada mais desperdiçado do que uma coisa exposta ao público numa vitrine.

Dagny começou a encontrar flores em seu apartamento nos momentos mais imprevisíveis, flores sem cartão, mas com a assinatura de quem as enviara expressa em suas formas fantásticas, suas cores violentas, seus preços extravagantes. Rearden lhe deu um colar de ouro feito de quadradinhos articulados que formavam uma camada compacta, cobrindo-lhe o pescoço e os ombros, como uma armadura de cavaleiro.

– É para usar com vestido preto – ordenou-lhe ele.

Deu-lhe um jogo de copos, blocos finos e alongados de cristal lapidado feitos por um joalheiro famoso. Dagny observava o modo como ele segurava um desses copos quando ela lhe servia um drinque – como se o contato físico com a textura do cristal, o sabor da bebida e a visão do rosto de Dagny fizessem parte de um único momento indivisível de prazer.

– Antigamente eu via coisas de que gostava – disse ele –, mas nunca comprava nada. Achava que não teria sentido. Agora tem.

Rearden telefonou para seu escritório numa manhã de inverno e disse não como quem faz um convite, mas como um executivo que dá uma ordem:

– Vamos jantar fora esta noite. Quero que se enfeite hoje. Você tem algum vestido longo azul? Vá com ele.

O vestido que ela escolheu era uma túnica fina de um azul turvo que lhe emprestava um ar de simplicidade indefesa, como se ela fosse uma estátua nas sombras azuladas de um jardim num dia ensolarado de verão. O que ele lhe trouxe e colocou sobre seus ombros foi um manto de raposa azul que a cobriu desde o queixo até a ponta das sandálias.

– Hank, isto é um absurdo – disse ela, rindo. – Não é o tipo de coisa que eu uso!

– Não é? – perguntou ele, levando-a para a frente de um espelho.

A grande capa de pele lhe dava um ar de criança agasalhada num dia de nevasca. A textura luxuosa da capa transformava a inocência do agasalho na elegância de um contraste intencional: uma aparência de sensualidade ressaltada. A pele era de um castanho-claro, atenuado por um toque de azul que não se podia ver, porém apenas sentir, como uma névoa, como um laivo de cor que se apreende não com a vista, mas com as mãos, como se fosse possível sentir, sem o contato físico, a sensação de mergulhar as mãos no pelo macio. O manto escondia todo o corpo de Dagny, salvo o castanho dos cabelos, o azul-acinzentado dos olhos, a forma da boca.

Ela se virou para ele, com um sorriso surpreso e indefeso.

– Eu... eu não sabia que ia ficar assim.

– Eu sabia.

O carro descia pelas ruas escuras da cidade. Dagny estava ao lado de Rearden. De vez em quando, ao passarem pelos postes de luz nas esquinas, viam de repente uma rede de flocos de neve no ar. Dagny não perguntou para onde iam. Estava recostada no banco, olhando para os flocos que caíam. O manto de pele a envolvia, apertado. Dentro dele, o vestido longo parecia tão leve quanto uma camisola, e o manto lhe dava a sensação de um abraço.

Dagny olhou para as fileiras de luzes que se elevavam, enviesadas, por trás da cortina de neve, e – olhando para Rearden, para suas mãos enluvadas sobre o volante, para a elegância austera e impecável de seu sobretudo negro e de seu cachecol branco – pensou que o lugar dele era mesmo numa grande cidade com calçadas lisas e estátuas de pedra.

O carro entrou num túnel, atravessou aquele tubo ladrilhado cheio de ecos que passava por baixo do rio e subiu um viaduto sob o céu negro. Agora as luzes estavam lá embaixo, espalhando-se por uma ampla área repleta de janelas azuladas, chaminés, guindastes, labaredas vermelhas e raios longos e fracos que esboçavam a silhueta contorcida de um bairro industrial. Dagny se lembrou de ter visto Rearden uma vez na usina, com a testa suja de fuligem, usando um macacão gasto, que ele envergava com tanta elegância quanto ostentava seus trajes formais. *Lá também era seu lugar,* pensou ela, olhando para os prédios de apartamentos de Nova Jersey, lá, no meio dos guindastes, das labaredas e do ruído metálico das engrenagens.

Enquanto o carro corria por uma estrada escura que atravessava o campo vazio, e os flocos de neve brilhavam nos fachos de luz dos faróis, ela se lembrou de Rearden no verão em que tiraram férias. Viu-o deitado no chão de um barranco lindo, sobre a grama, os braços nus expostos ao sol. *Lá, no campo, também era seu lugar*, pensou ela, *todo lugar é seu lugar – seu lugar é a Terra –*, então lhe ocorreram palavras mais exatas: *a Terra é dele, ele está em casa na Terra, ele a controla. Por que, então*, pensou ela, *Rearden é obrigado a arcar com o ônus de uma tragédia que ele aceita, sofrendo em silêncio, tão completamente que mal percebe seu peso?* Ela sabia parte da resposta, sentia-se como se o restante estivesse a seu alcance, como se fosse apreendê-la em algum dia próximo. Mas não queria pensar naquilo agora, porque dentro do espaço do carro em movimento os dois sentiam a tranquilidade da felicidade integral. Com um gesto imperceptível, Dagny inclinou um pouco a cabeça para encostá-la no ombro de Rearden por um instante.

O carro saiu da estrada e se aproximou dos quadrados iluminados das janelas distantes que se entreviam em meio à neve, por trás de um emaranhado de galhos nus. Então, sob uma luz suave, sentaram-se a uma mesa que dava para a escuridão e as árvores lá fora. A pousada ficava sobre uma pequena colina no meio do mato. Era luxuosa, cara e oferecia privacidade. Tinha um ar de bom gosto que indicava que não era procurada por gente que está interessada em gastar muito e aparecer. Dagny mal percebia como era a sala ao seu redor: ela se apagava em meio a uma sensação geral de conforto absoluto, e o único ornamento que atraiu sua atenção foi o brilho dos galhos cobertos de gelo por trás da vidraça da janela.

Ela permaneceu imóvel, olhando para fora. A capa ia escorregando para trás, revelando os braços e ombros nus. Rearden a contemplava com os olhos semicerrados, com a satisfação de um homem que contempla algo que ele próprio fez.

– Gosto de dar coisas a você – disse ele – porque não precisa delas.

– Não?

– Não é que me dê prazer o ato em si de dar. Gosto é de saber que você recebe esses presentes *por mim*.

– É nesse sentido que eu preciso delas, Hank. Por você.

– Você entende que não passa de um prazer egoísta meu? Não faço isso pelo seu prazer, mas pelo meu.

– Hank! – O grito foi involuntário. Exprimia humor, desespero, indignação e pena. – Se você me desse essas coisas só pelo *meu* prazer, não pelo seu, eu as jogaria na sua cara.

– É... é sim. Está coberta de razão.

– Você diz que isso é um prazer egoísta?

– É o que eles dizem.

– É. É o que eles dizem! E o que *você* diz, Hank?

– Não sei – respondeu ele, com indiferença. E prosseguiu, decidido: – Só sei que, se isso é egoísta e mau, então que eu me dane, mas isso é o que mais quero fazer neste mundo.

Ela não respondeu. Ficou encarando-o com um leve sorriso, como se lhe pedisse que prestasse atenção no significado do que ele próprio estava dizendo.

– Sempre quis desfrutar da minha riqueza – disse ele. – Eu não sabia como fazer isso. Não tinha nem tempo de perceber quanto queria fazê-lo. Mas sabia que todo o aço que fundia voltava para mim sob a forma de ouro líquido e que esse ouro podia endurecer na forma que eu quisesse, e era eu que devia desfrutar dele. Mas não conseguia. Não conseguia achar nenhum objetivo para ele. Fui eu que produzi essa riqueza e sou eu quem vai usá-la para me proporcionar todo tipo de prazer que quiser, incluindo o prazer de constatar quanto dinheiro posso gastar e também o prazer absurdo de transformar *você* num artigo de luxo.

– Mas eu sou um artigo de luxo pelo qual você já pagou há muito tempo – disse ela, sem sorrir.

– Como?

– Por meio dos mesmos valores com os quais você pagou pelas suas siderúrgicas.

Dagny não sabia se ele havia entendido com aquela compreensão absoluta e luminosa de um pensamento expresso em palavras, mas sabia que o que Rearden sentia naquele momento era compreensão. Viu em seus olhos um sorriso invisível de relaxamento da tensão.

– Nunca desprezei o luxo – disse ele –, mas sempre desprezei aqueles que desfrutam dele. Eu olhava para o que chamavam de prazeres, e aquilo me parecia extremamente sem sentido, em comparação com o que eu sentia na usina. Eu queria ver aço sendo fundido, toneladas de aço líquido escorrendo para onde eu queria, do jeito que queria. E quando eu ia a um banquete e via aquela gente tremendo de admiração ao contemplar seus próprios pratos de ouro e toalhas de mesa de renda – como se sua sala de visitas fosse o senhor e eles fossem apenas os objetos que o serviam, objetos criados pelas suas abotoaduras de brilhantes e colares de pérolas –, então eu corria para o monte de escória mais próximo, e eles diziam que eu não sabia gozar a vida, que só gostava de trabalhar.

Rearden contemplou a beleza discreta e esculpida da sala e as pessoas sentadas às mesas. Tinham um ar de ostentação, como se suas roupas caríssimas e seus cuidados excessivos com a aparência não produzissem o efeito de esplendor desejado. Em seus rostos havia uma expressão de ansiedade rancorosa.

– Dagny, olhe para essa gente. São os playboys da vida, que vivem correndo atrás do prazer, que amam o luxo. Ficam parados, esperando que esse lugar lhes dê um significado, ao invés de eles próprios darem significado ao lugar. Mas eles são sempre apontados a nós como os apaixonados pelos prazeres materiais e depois nos dizem que desfrutar dos prazeres materiais é errado. Mas essa gente está desfrutando de alguma coisa? Estão tendo algum prazer? Não haverá algo de distorcido no que nos ensinam, algum erro terrível e muito importante?

– É, Hank. Terrível, mesmo, e importantíssimo.

– Eles são os playboys, ao passo que nós não passamos de comerciantes, eu e você. Você não vê que temos muito mais capacidade de desfrutar deste lugar que eles?

– É.

Rearden falou devagar, como se fizesse uma citação:

– Por que deixamos tudo para os tolos? Devia ser nosso. – Ela olhou para ele, surpresa. Rearden sorriu: – Lembro-me de cada palavra que você disse naquela festa. Não respondi naquela hora, porque a única resposta que eu tinha, a única coisa que suas palavras queriam dizer para mim, era uma resposta que a faria me odiar, segundo eu pensava: a resposta era que eu queria você. – Olhou para ela. – Dagny, você não tinha consciência disso, mas o que estava dizendo era que queria dormir comigo, não era?

– Era, Hank. Claro.

Rearden prendeu o olhar de Dagny, depois desviou a vista. Ficaram calados por muito tempo. Ele olhou para a penumbra ao seu redor e depois para as duas taças de vinho na mesa, que brilhavam.

– Dagny, quando eu era moço, no tempo em que trabalhava nas minas em Minnesota, eu achava que queria chegar a uma noite como esta. Não, não era para isso que eu trabalhava, e não pensava muito nisso. Mas de vez em quando, numa noite de inverno, quando havia estrelas e fazia muito frio, quando eu estava cansado porque havia trabalhado dois turnos seguidos e tudo o que queria na vida era me deitar ali mesmo, dentro da mina, e dormir, eu pensava que algum dia estaria num lugar como este, onde uma taça de vinho custaria mais do que o que eu ganhava por um dia de trabalho, e eu teria merecido tudo isto, cada gota do vinho, cada flor sobre a mesa, e ficaria sentado aqui só para meu próprio prazer.

Ela perguntou, sorrindo:

– Com a sua amante?

Dagny viu a pontada de dor em seus olhos e se arrependeu amargamente de ter feito aquele comentário.

– Com... uma mulher – respondeu Rearden. Ela sabia qual era a palavra que ele não havia pronunciado. Rearden prosseguiu, com uma voz suave e firme: – Quando enriqueci e vi o que os ricos faziam para se divertir, achei que o lugar que havia imaginado não existia. Eu nem o havia imaginado com muita clareza. Não sabia exatamente como seria, só sabia como eu ia me sentir. Havia anos que tinha desistido de algum dia ter essa experiência. Mas hoje aconteceu.

Levantou a taça, olhando para ela.

– Hank, eu... abriria mão de tudo o que já tive na minha vida, menos a... condição de objeto de luxo para seu prazer.

Rearden viu que a mão de Dagny segurando a taça estava trêmula. Disse, com voz firme:

– Eu sei, amor.

Ela ficou estupefata, imóvel: ele jamais usara aquela palavra antes. Rearden jogou a cabeça para trás e deu o sorriso mais alegre que ela já vira em seu rosto.

– Seu primeiro momento de fraqueza, Dagny – disse ele.

Ela riu e balançou a cabeça negativamente. Rearden estendeu o braço e lhe agarrou o ombro nu, como se a apoiasse por um instante. Rindo baixinho, e como se por acidente, Dagny roçou os lábios de leve contra seus dedos. Desse modo, seu rosto ficou abaixado no único instante em que ele poderia ter visto que o brilho em seus olhos se devia às lágrimas que havia neles.

Quando ela levantou a vista, seu sorriso era como o dele – e o restante da noite foi uma comemoração: de todo o tempo que ele vivera desde aquelas noites na mina, de todo o tempo que ela vivera desde a noite de seu primeiro baile, quando, sentindo uma ânsia desolada por uma visão inalcançável da felicidade, ela pensou sobre as pessoas que achavam que as luzes e as flores as tornariam brilhantes.

"Não haverá... no que nos ensinam... algum erro terrível e muito importante?" Dagny lembrou as palavras de Rearden, deitada numa poltrona em sua sala de visitas, numa noite fria de primavera, esperando por ele. *Só mais um pouco, querido,* pensou, *avance só mais um pouco e você se livrará daquele erro e de toda a dor desnecessária que você nunca deveria ter sofrido.* Mas Dagny sentia que também ela não havia ido longe o bastante e não sabia o que ainda teria de descobrir...

◆◆◆

Andando pelas ruas escuras a caminho do apartamento de Dagny, Rearden mantinha as mãos nos bolsos e os braços apertados contra o corpo, porque não queria tocar em nada ou ninguém. Nunca antes havia sentido essa sensação de repulsa, que não era provocada por nenhum objeto em particular, mas parecia envolver tudo ao seu redor, fazendo a cidade parecer uma coisa úmida. Ele entendia o que era sentir nojo de uma coisa qualquer em particular e podia lutar contra isso com a indignação saudável de quem sabe que ela não merece existir, mas para ele era uma novidade essa sensação de que o mundo era um lugar repulsivo, de que ele não queria que o mundo fosse o seu lugar.

Estava vindo de uma reunião de produtores de cobre, que tinham acabado de ser surpreendidos por uma série de decretos que os levaria todos à falência dentro de um ano. Rearden não tinha nenhum conselho para lhes dar, nenhuma solução para lhes oferecer. Sua engenhosidade, que o tornara famoso como o homem que sempre conseguia dar um jeito de continuar a produzir, não fora capaz de descobrir uma maneira de salvá-los. Mas todos eles sabiam que não havia saída. A engenhosidade era uma virtude da mente – e naquela questão específica a mente fora descartada como algo irrelevante havia muito tempo.

– É uma negociata entre o pessoal de Washington e os importadores de cobre – dissera um dos homens –, basicamente a Cobre D'Anconia.

Foi apenas mais uma pontada de dor, pensou, *uma sensação de desapontamento ao ver o fracasso de uma expectativa que jamais deveria ter alimentado. Devia ter previsto que isso era justamente o tipo de coisa que alguém como Francisco d'Anconia seria capaz de fazer* – e Rearden não sabia por que tinha a sensação de que uma chama intensa e breve se apagara em algum lugar, num mundo de trevas.

Ele não sabia se era a impossibilidade de agir que lhe inspirava essa sensação de asco ou se era o asco que lhe roubava o desejo de agir. *São as duas coisas*, pensou ele: *o desejo pressupõe a possibilidade de agir para satisfazê-lo; a ação pressupõe um objetivo que valha a pena atingir.* Se o único objetivo possível era arrancar um breve instante de trégua de homens armados, então não podia mais haver ação nem desejo.

E vida, poderia haver?, se perguntou, com indiferença. *A vida*, pensou, *já fora definida como movimento*. A vida do homem era movimento orientado para um propósito. Qual seria o estado de um ser a quem eram negados um propósito e o movimento, um ser acorrentado, porém capaz de respirar e de ver todas as magníficas possibilidades que ele teria capacidade de atingir, reduzido a gritar "Por quê?" e receber, como única resposta, o cano de uma arma? Ele deu de ombros e seguiu em frente. Só estava interessado em encontrar uma resposta.

Observou, indiferente, a devastação causada por sua própria indiferença. Por mais difíceis que fossem as batalhas que havia travado no passado, nunca antes chegara à baixeza última de abandonar a vontade de agir. Em momentos de dor, nunca antes deixara que a dor tivesse sua única vitória permanente: jamais lhe permitira fazê-lo perder o desejo de ser feliz. Jamais questionara a natureza do mundo ou a grandeza do homem como sua razão de ser, seu núcleo. Há anos se surpreendera tomado de incredulidade e desprezo ao ler a respeito de seitas fanáticas que surgiam nos cantos escuros da história, seitas que acreditavam que o homem estava preso num universo malévolo governado pelo mal, com o único objetivo de ser torturado. Hoje ele sabia o que era ter essa visão do mundo. Se o que ele agora via ao seu redor era o mundo em que vivia, então não queria nada naquele mundo, não queria combatê-lo. Era um marginal que nada tinha a perder ali, nenhuma razão para continuar vivendo por muito tempo.

Só lhe restava Dagny, a vontade de vê-la. Essa vontade permanecia. Porém, subitamente chocado, percebeu que não sentia desejo de dormir com ela naquela noite. Aquele desejo – que não lhe dava um momento de descanso, que crescia, alimentando-se com sua própria satisfação – havia desaparecido. Era uma estranha impotência, que não era nem da mente nem do corpo. Rearden sentia, com uma paixão tão forte quanto era capaz de sentir, que ela era a mulher mais desejável da Terra, mas isso só lhe inspirava o desejo de vê-la, um desejo de sentir, não um sentimento. A sensação de entorpecimento parecia impessoal, como se sua causa não estivesse nele nem nela, como se o próprio ato sexual agora pertencesse a um mundo de que ele tinha saído.

– Não se levante... fique aí. Está tão evidente que você estava esperando por mim que eu quero apreciar a cena mais um pouco.

Rearden disse essas palavras da porta do apartamento de Dagny, ao vê-la largada sobre uma poltrona, sentindo a avidez que a fizera levantar os ombros, prestes a se pôr de pé. Rearden sorria.

Ele observou – como se uma parte de si próprio estivesse observando suas próprias reações com uma curiosidade objetiva – que seu sorriso, a felicidade que sentia eram coisas reais. Apreendeu uma sensação que sempre experimentava, mas que jamais pudera identificar, porque sempre fora absoluta e imediata: uma sensação que o proibia de encará-la quando ele estava sofrendo. Era muito mais do que o orgulho de não querer que ela testemunhasse seu sofrimento: era a sensação de que ele não devia reconhecer a existência do sofrimento em sua presença, de que o vínculo que existia entre eles jamais poderia ser motivado pela dor e orientado para a piedade. Não era piedade que ele trazia aqui nem pretendia encontrar aqui.

– Você ainda precisa de provas de que eu estou sempre esperando por você? – perguntou ela, reclinando-se na poltrona, lhe obedecendo. Sua voz não exprimia ternura nem súplica. Era alegre e zombeteira.

– Dagny, por que é que a maioria das mulheres não admitiria isso, mas você admite?

– Porque elas nunca têm certeza de que é bom ser querida. Eu tenho.

– Eu admiro a autoconfiança.

– A autoconfiança é apenas uma parte daquilo a que me referi, Hank.

– E o que é o todo?

– Confiança em relação ao meu valor... e ao seu. – Rearden olhou para ela como se houvesse captado um pensamento súbito, e ela acrescentou, rindo: – Eu jamais teria certeza de possuir um homem como Orren Boyle, por exemplo. Ele não ia me querer. Mas você me quer.

– Está dizendo – perguntou ele, lentamente – que subi no seu conceito quando você descobriu que eu a queria?

– É claro.

– Não é essa a reação da maioria das pessoas quando descobrem que são desejadas.

– Não é.

– A maioria das pessoas sobe em seu próprio conceito quando veem que são queridas.

– Pois eu acho que os outros se valorizam quando me querem. E é isso que você acha a respeito de si mesmo também, Hank, mesmo que não admita que é.

Não foi isso que eu lhe disse naquela primeira manhã, pensou Rearden, olhando para ela. Estava deitada preguiçosamente, o rosto sem expressão, mas seus olhos brilhavam de humor. Ele sabia que ela estava pensando naquilo e que ela sabia que ele também estava. Rearden sorriu, porém não disse mais nada.

Estendido no sofá, olhando para Dagny do outro lado da sala, Rearden sentia-se em paz – como se um muro o separasse temporariamente das coisas que ele havia sentido ao caminhar até o apartamento. Falou-lhe sobre sua entrevista com o homem do Instituto Científico Nacional, porque – muito embora ele soubesse que havia perigo naquilo – uma curiosa e radiante sensação de satisfação ainda restava daquele encontro.

Rearden riu da expressão indignada que viu no rosto dela.

– Não se dê ao trabalho de ficar com raiva deles – disse ele. – Não é pior do que o que eles fazem todo dia.

– Hank, quer que eu fale com o Dr. Stadler?

– Claro que não!

– Ele tem que parar com isso. É o mínimo que pode fazer.

– Prefiro ir para a cadeia. Dr. Stadler? Não vá me dizer que você anda às voltas com ele!

– Falei com ele há uns dias.

– Por quê?

– A respeito do motor.

– O motor...? – perguntou Rearden, devagar, de modo estranho, como se a ideia do motor o trouxesse de volta a um mundo que havia esquecido. – Dagny... o homem que inventou aquele motor... ele existiu, não é?

– Ora... claro que sim. O que quer dizer?

– Quero dizer que... que é um pensamento agradável, não é? Mesmo que agora esteja morto, houve um tempo em que ele vivia... tanto assim que ele fez aquele motor...

– O que você tem, Hank?

– Nada, me fale do motor.

Dagny lhe falou sobre sua entrevista com o Dr. Stadler. Enquanto falava, se levantou e começou a andar de um lado para outro. Não conseguia ficar parada, sempre sentia uma esperança, uma vontade de agir, quando pensava no motor.

A primeira coisa que Rearden percebeu foram as luzes da cidade através da janela: era como se estivessem sendo ligadas, uma por uma, formando aquela imagem que ele amava. Era o que sentia, embora soubesse que as luzes já estavam acesas antes. Então percebeu que o que estava se reacendendo era algo dentro de si: seu amor pela cidade, que voltava gota a gota. Notou que esse amor voltava porque ele estava vendo a cidade por trás da figura rija e esbelta de uma mulher que levantava a cabeça, ansiosa para enxergar ao longe, que andava inquieta de um lado para outro porque não podia voar. Rearden a olhava como se fosse uma estranha, mal pensando que era uma mulher, mas o que ele via se transformava num sentimento que, traduzido em palavras, era: *isto é o mundo, o núcleo do mundo*. Isto é o que construiu a cidade. Combinam umas com as outras as formas angulosas dos edifícios e as feições angulosas de um rosto que só possui determinação. Combinam também os andares daquelas estruturas de aço e o andar de um ser que caminha rumo a um objetivo – era assim que haviam sido todos os homens que inventaram as luzes, o aço, as fornalhas, os motores: *eles* eram o mundo, *eles*, não os homens que se acocoravam em cantos escuros, meio mendigando, meio ameaçando, ostentando orgulhosos suas feridas, sua única razão de ser e única virtude. Se ele soubesse que havia um homem com a coragem de ter uma ideia nova, como é que poderia abandonar o mundo àqueles outros? Enquanto pudesse ver uma única coisa que lhe inspirasse uma sensação de admiração, que lhe restaurava a vontade de viver, como podia acreditar que o mundo era das feridas, dos gemidos e das armas? Os homens que inventavam motores existiam, Rearden jamais duvidaria de sua realidade, era a sua visão deles que tornara o contraste insuportável, de modo que até o asco era uma homenagem que ele lhes prestava, e ao mundo que era deles e dele.

– Querida... – disse ele – querida... – como quem acorda de repente, ao perceber que ela havia parado de falar.

– O que é, Hank? – perguntou ela, em voz baixa.

– Nada... Só que você não devia ter falado com Stadler. – Seu rosto estava cheio de confiança, sua voz exprimia humor, proteção, carinho. Ela não percebia mais nada. Ele estava como sempre, era só o toque de carinho que parecia algo de estranho e novo.

– Eu tinha essa sensação de que não deveria falar com ele – disse ela –, mas não entendia por quê.

– Pois eu lhe digo por quê. – Hank se inclinou para a frente. – O que ele queria de você era que reconhecesse que ele ainda era o Dr. Robert Stadler que devia ser, mas não é e sabe que não é. Ele queria que você lhe devotasse respeito, apesar do que ele faz. Queria que você falseasse a realidade para ele, de modo que a grandeza dele permanecesse, mas o Instituto Científico Nacional desaparecesse, como se nunca tivesse existido... e você é a única pessoa que poderia fazer isso para ele.

– Por que eu?

– Porque você é a vítima.

Ela o olhou, surpresa. Rearden falava com paixão e sentiu um súbito insight, como se um ímpeto de energia invadisse a atividade de enxergar, fundindo o meio visto e o meio entendido em uma forma e uma direção únicas.

– Dagny, eles estão fazendo uma coisa que jamais compreendemos. Eles sabem alguma coisa que não sabemos, mas devíamos descobrir. Ainda não consigo vê-la direito, mas já estou começando a ver uma parte. Aquele saqueador do Instituto Científico Nacional ficou assustado quando me recusei a ajudá-lo a fingir que ele era apenas um comprador honesto do meu metal. Ele ficou muito assustado. Medo de quê? Não sei. Ele falou em opinião pública, mas não é só isso. Por que ele sentiu medo? Ele tem as armas, as prisões, as leis – ele podia ter apreendido todas as minhas usinas, se quisesse, e ninguém teria me defendido, e ele sabia disso –, então por que se incomodou com o que eu pensava? Mas ele ficou com medo. Era eu quem devia lhe dizer que ele não era um saqueador, e sim meu freguês, meu amigo. Era isso que ele precisava que eu fizesse. E era isso que o Dr. Stadler precisava que você fizesse... era você que tinha que agir como se ele fosse um grande homem que nunca tentou destruir a sua rede ferroviária e o meu metal. Não sei o que eles acham que estão fazendo, mas querem que a gente finja que vemos o mundo como eles fingem que veem. Eles precisam de alguma forma de aprovação nossa. Não sei qual é a natureza dessa aprovação, mas... Dagny, sei que, se damos valor às nossas vidas, temos que lhes negar essa aprovação. Mesmo que torturem você, que destruam sua rede ferroviária e minhas usinas, vamos continuar negando. Porque uma coisa eu sei: essa é nossa única chance.

Ela estava parada à sua frente, olhando com atenção para a forma indistinta de algo que também ela havia tentado compreender.

– É... – disse ela – é, eu sei o que você viu neles... Eu também já senti isso, mas é como uma coisa que passa por mim e desaparece antes que eu possa vê-la, como uma lufada de ar frio, e só resta a sensação de que eu devia tê-la segurado... Sei que você tem razão. Não consigo entender o jogo deles, mas de uma coisa eu sei: não podemos ver o mundo tal como eles querem. É uma fraude, muito antiga e muito grande, e o jeito de desmascará-la é contestar todas as premissas que nos ensinam, questionar todos os preceitos, todos...

Dagny se virou para ele de repente quando lhe ocorreu uma ideia súbita, porém interrompeu o movimento e a fala ao mesmo tempo: as palavras que estava prestes a dizer eram justamente aquelas que ela não queria lhe dizer. Ficou olhando para Rearden com um leve sorriso de curiosidade.

Em algum lugar dentro de si ele sabia o que ela não queria mencionar, mas sabia apenas naquela forma indistinta que só encontra expressão em palavras no futuro. Não parou para entendê-la agora – porque, na luminosidade do que ele sentia, um outro pensamento, que era predecessor daquele, se tornara claro para ele, e Rearden o vinha contemplando havia alguns minutos. Ele se levantou, se aproximou de Dagny e a abraçou.

Apertou o corpo dela contra o seu, como se seus corpos fossem duas correntes se elevando juntas, convergindo no mesmo ponto, trazendo em si todo o peso de suas consciências e fazendo-o se concentrar no encontro de seus lábios.

O que ela sentiu naquele momento continha, ainda que não pudesse exprimir em palavras, sua consciência da beleza da posição em que se encontrava o corpo dele ao segurar o dela, em pé no meio de uma sala, muito acima das luzes da cidade.

O que ele sabia, o que ele descobrira naquela noite, era que o renascimento de seu amor à vida não fora ocasionado pelo renascimento de seu desejo por ela, e sim que o desejo fora restituído pela reconquista de seu mundo, do amor, do valor que ele atribuía àquele mundo – e que o desejo não era uma reação ao corpo dela, e sim uma comemoração de si próprio, de sua vontade de viver.

Ele não sabia, não pensava nisso, não precisava mais de palavras, mas, no momento em que sentiu o corpo dela responder ao seu, sentiu também a consciência – ainda que sem reconhecer – de que aquilo que ele denominara "depravação" era a maior virtude que ela possuía: essa capacidade de sentir a alegria de ser que ela sentia.

CAPÍTULO 12

A ARISTOCRACIA DO PISTOLÃO

O CALENDÁRIO NO CÉU que ela via da janela de seu escritório informava: 2 de setembro. Dagny se debruçou sobre sua mesa, cansada. A primeira luz que se acendia quando o crepúsculo se aproximava era sempre a que iluminava o calendário; quando a página branca aparecia acima dos telhados, a cidade se tornava indistinta, acelerando a escuridão.

Durante os últimos meses, ela contemplara aquela página distante todas as tardes. Era como se lhe dissesse: seus dias estão contados. Como se assinalasse uma progressão rumo a alguma coisa que a página soubesse, mas Dagny desconhecesse. Houve época em que a página lhe cronometrara a corrida para construir a Linha John Galt. Agora lhe cronometrava uma corrida contra um destruidor não identificado.

Um por um, os homens que haviam construído as novas cidades do Colorado partiram para algum lugar desconhecido, de onde ninguém, nenhuma vez, jamais havia voltado. As cidades que eles construíram estavam morrendo. Algumas das fábricas que fizeram agora não tinham mais dono e permaneciam trancadas, outras haviam sido tomadas pelas autoridades locais. Em todas, as máquinas permaneciam paradas.

Dagny sentia-se como se olhasse para um mapa escuro do Colorado, aberto à sua frente como um painel de controle de tráfego, com algumas luzes espalhadas pelas montanhas. Uma por uma, as luzes desapareciam. Um por um, os homens sumiam. Havia certa lógica naquilo, ela sentia, mas lhe era impossível defini-la. Ela já sabia prever, quase com certeza, quem seria o próximo a sumir, e quando, mas não sabia o porquê.

Dos homens que a haviam recebido quando ela saltara da locomotiva em Wyatt Junction, só restava Ted Nielsen, ainda administrando sua fábrica de motores.

– Ted, você não vai ser o próximo a desaparecer, não é? – Dagny lhe perguntara quando ele estivera em Nova York recentemente. Ela tentara sorrir ao falar. Ele respondera, muito sério:

– Espero que não.

– Como assim? Então você não tem certeza?

– Dagny – respondera ele, lenta e pesadamente –, sempre achei que seria preferível morrer a parar de trabalhar. Mas os homens que desapareceram também pensavam assim. Parece-me impossível eu algum dia resolver parar. Porém, um ano antes, também parecia impossível que eles fizessem isso. Aqueles homens eram meus amigos. Sabiam qual seria o efeito de seu gesto para nós, os sobreviventes. Eles não teriam sumido assim, sem dizer nada, nos deixando ainda por cima o terror do inexplicável, se não tivessem um motivo da maior importância. Um mês atrás, Roger Marsh, da Marsh Elétrica, me disse que ia se acorrentar à sua mesa, não fugir, por maior que fosse a tentação. Estava furioso com os homens que tinham desaparecido. Jurou que jamais faria isso. "E se for uma coisa irresistível", disse ele, "juro que não vou perder a cabeça a ponto de não deixar nenhuma carta dando uma pista do que está acontecendo, para que vocês não fiquem sentindo o terror que nós dois sentimos agora." Foi isso que ele disse. E há duas semanas ele desapareceu. Não deixou nenhuma carta para mim... Dagny, não sei o que vou fazer quando eu vir o que eles viram, seja lá o que for.

Ela tinha a impressão de que um destruidor caminhava silenciosamente pelo país, e onde ele tocava uma luz se apagava – *alguém*, pensou, *que havia invertido o princípio do motor da fábrica Século XX e transformava energia cinética em estática.*

É esse o inimigo, pensou, sentada à sua mesa ao cair do crepúsculo, *contra quem eu luto agora.* O relatório mensal de Quentin Daniels estava sobre a mesa. Dagny ainda não tinha certeza de que ele resolveria o segredo do motor, *mas o destruidor*, pensava ela, *caminha sem parar, ele anda cada vez mais depressa.* O que Dagny não sabia era se, quando ela conseguisse reconstruir o motor, ainda restaria um mundo que pudesse usá-lo.

Dagny gostara de Daniels desde o momento em que ele entrara em sua sala, em sua primeira entrevista. Era um homem magro, de 30 e poucos anos, com um rosto meio feio e anguloso e um sorriso simpático. Em seu rosto havia sempre vestígios daquele sorriso, principalmente quando ele estava escutando alguém que falava. Era uma expressão de humor benevolente, como se ele estivesse rápida e pacientemente pondo de lado o que havia de irrelevante no que ouvia, concentrando-se na questão em pauta.

– Por que o senhor se recusou a trabalhar para o Dr. Stadler? – perguntou ela.

O esboço de sorriso endureceu e se reforçou. Era o mais perto que ele chegava da manifestação de uma emoção – nesse caso, a emoção era raiva. Mas respondeu com voz tranquila:

– O Dr. Stadler disse uma vez que a palavra "livre" na expressão "pesquisa científica livre" era redundante. Ele parece ter esquecido isso. Pois eu digo que a expressão "pesquisa científica governamental" é uma contradição.

Dagny lhe perguntou o que ele fazia no Instituto de Tecnologia de Utah.

– Sou vigia noturno – respondeu ele.

– *O quê?!* – exclamou ela.

– Vigia noturno – repetiu ele, educadamente, como se ela não houvesse ouvido direito, como se não houvesse motivo para espanto.

Respondendo às perguntas de Dagny, Daniels explicou que não gostava de nenhuma das fundações científicas existentes, que ele queria trabalhar num laboratório de pesquisa de uma grande empresa industrial.

– Mas qual delas hoje em dia pode pagar uma pesquisa a longo prazo? E por que se interessariam por isso?

Assim, quando o Instituto de Tecnologia de Utah foi fechado por falta de verbas, ele continuou lá como vigia noturno e único morador do prédio. O salário era suficiente para ele – e o laboratório do Instituto era todo seu.

– Quer dizer que o senhor está fazendo pesquisa por conta própria?

– Estou.

– Para quê?

– Para meu prazer.

– O que pretende fazer se descobrir alguma coisa de interesse científico ou valor comercial? Pretende usá-la para algum fim público?

– Não sei. Acho que não.

– Não sente nenhuma vontade de ser útil à humanidade?

– Não falo essa língua, Srta. Taggart. E acho que a senhorita também não fala.

Ela riu.

– Acho que nós dois vamos nos entender.

– Vamos, sim.

Quando Dagny lhe contou a história do motor e lhe mostrou o texto datilografado, Daniels, após examiná-lo, não fez nenhum comentário, dizendo apenas que aceitava o trabalho nos termos que ela propusesse.

Dagny sugeriu que ele próprio escolhesse os termos e protestou, surpresa, quando ele propôs um salário muito baixo.

– Srta. Taggart – disse ele –, se tem uma coisa que não aceito é receber dinheiro em troca de nada. Não sei por quanto tempo a senhorita vai ter que me pagar, nem se vou conseguir alguma coisa. Estou apostando na minha inteligência. Não quero que ninguém mais aposte nela. Não cobro por intenções, mas realmente é minha intenção cobrar se eu fizer o serviço. Se eu conseguir, eu vou lhe cobrar os olhos da cara, porque então vou querer uma porcentagem, que vai ser alta. Mas vai valer a pena.

Quando ele especificou a porcentagem que queria, ela riu.

– Realmente, o senhor está me cobrando os olhos da cara, e vai mesmo valer a pena. Combinado.

Concordaram que seria um projeto pessoal de Dagny e que ele seria empregado dela. Nenhum dos dois queria qualquer relação com o departamento de pesquisas da Taggart. Ele pediu para ficar em Utah, trabalhando como vigia, porque lá dispunha de todos os equipamentos e toda a privacidade de que necessitava. O projeto permaneceria confidencial, só entre eles, até que tivessem sucesso – se tivessem sucesso.

– Srta. Taggart – disse ele, concluindo –, não sei quantos anos vou levar para conseguir isso, nem sei se vou conseguir. Mas sei que, se eu passar o restante da minha vida trabalhando nisso e conseguir, vou morrer satisfeito. – E acrescentou: – Tem uma coisa que eu ainda tenho mais vontade de fazer do que resolver o problema: é conhecer o homem que já o resolveu.

Uma vez por mês, desde que ele voltara a Utah, ela lhe enviava um cheque e ele lhe enviava um relatório sobre seu trabalho. Ainda era muito cedo para ter esperanças, mas aqueles relatórios eram a única coisa que inspirava esperança a Dagny na rotina estéril do escritório.

O calendário ao longe informava: 2 de setembro. Lá embaixo, as luzes da cidade se acendiam. Dagny levantara a cabeça ao terminar de ler o relatório. Pensou em Rearden. Queria que ele estivesse em Nova York, queria vê-lo à noite.

Então, se dando conta da data, se lembrou de repente que tinha de correr até em casa para se vestir: era o casamento de Jim. Havia mais de um ano que não o via fora do escritório. Não conhecia sua noiva, mas já lera sobre ela o suficiente nos jornais. Levantou-se com uma resignação contrariada: daria menos trabalho ir ao casamento do que explicar sua ausência depois.

Estava atravessando apressadamente o terminal quando ouviu uma voz chamá-la:

– Srta. Taggart!

Havia naquela voz um toque estranho, de urgência e de relutância ao mesmo tempo. Ela parou imediatamente e levou um instante para se dar conta de que era o velho da banca que a chamava.

– Estou querendo falar com a senhorita há dias. Preciso muito lhe falar. – Havia uma expressão estranha em seu rosto, como se ele se esforçasse para não demonstrar medo.

– Desculpe – disse ela, sorrindo. – Tenho entrado e saído do edifício na maior afobação a semana toda, nem tenho tido tempo de parar.

O velho não estava sorrindo.

– Srta. Taggart, aquele cigarro com o cifrão que a senhorita me deu uns meses atrás... onde foi que o arranjou?

Dagny ficou imóvel por um instante.

– É uma história longa e complicada – respondeu.

– A senhorita tem como entrar em contato com a pessoa que lhe deu o cigarro?

– Acho que sim... se bem que não tenho certeza. Por quê?

– Ele estaria disposto a lhe dizer onde arranjou o cigarro?

– Não sei. Por que o senhor desconfia que não?

O velho hesitou e depois perguntou:

– Srta. Taggart, o que a gente faz quando tem que dizer uma coisa que sabe que é impossível?

Ela riu.

– O homem que me deu o cigarro disse que, nesse caso, a gente tem que verificar as premissas de que a gente parte.

– Disse mesmo? Em relação ao cigarro?

– Não, não exatamente. Mas por quê? O que é que o senhor tem a me dizer?

– Srta. Taggart, perguntei para todo mundo. Verifiquei todas as fontes de informação a respeito da indústria do tabaco. Mandei fazer uma análise química daquela ponta de cigarro. Não existe fábrica nenhuma que produza aquele papel. Os componentes usados no fumo para dar sabor nunca foram usados em cigarro nenhum. O cigarro foi feito numa máquina, mas não foi em nenhuma fábrica que eu conheça, e eu conheço todas. Srta. Taggart, posso lhe afirmar que aquele cigarro não foi feito em nenhum lugar na Terra.

◆◆◆

Rearden estava parado, distraído, enquanto o garçom tirava, em seu quarto de hotel, a mesa de jantar. Ken Danagger havia saído. O recinto estava na penumbra. De comum acordo, haviam mantido a luz bem fraca durante o jantar, para que os garçons não prestassem atenção no rosto de Danagger e não pudessem vir a reconhecê-lo.

Haviam se encontrado às escondidas, como criminosos que não podem ser vistos juntos. Não podiam se encontrar em seus escritórios nem em suas casas, só no meio da multidão anônima de uma cidade ou em uma suíte no Hotel Wayne-Falkland. Haveria uma multa de 10 mil dólares e 10 anos de cadeia para os dois se soubessem que Rearden se comprometera a entregar a Danagger 4 mil toneladas de metal Rearden.

Não falaram sobre aquela lei durante o jantar, nem sobre os motivos que os levavam a agir, nem sobre os riscos que corriam. Só falaram de negócios. Expressando-se claramente e sem rodeios, como sempre fazia em qualquer reunião, Danagger explicara que metade do pedido seria suficiente para evitar que desabassem os túneis das minas da Companhia de Carvão Confederada, que havia falido e que ele comprara havia três semanas.

– É uma excelente propriedade, mas está em péssimo estado. Houve um acidente grave lá no mês passado, um desabamento com explosão, morreram 40 homens. – Acrescentou, como quem lê um relatório estatístico impessoal: – Os jornais vivem dizendo que agora o carvão é o produto mais crucial do país. Também dizem que os donos das companhias de carvão estão aproveitando a crise do petróleo para faturar. Tem um pessoal em Washington dizendo que minha empresa está crescendo demais e que deviam fazer alguma coisa, porque estou monopolizando o carvão. Outros estão dizendo que não estou crescendo o bastante e que deviam fazer alguma coisa, que o governo devia encampar minhas minas, porque só penso em lucrar e não estou disposto a dar ao público o carvão de que ele necessita. No ritmo atual, a Confederada vai me devolver, daqui a 47 anos, o dinheiro que investi nela. Não tenho filhos. Só comprei as minas porque tenho um cliente que não vou deixar de abastecer de modo algum: a Taggart Transcontinental. Não gosto nem de pensar no que vai acontecer se as ferrovias forem à falência. – Fez uma pausa e prosseguiu: – Não sei por que ainda me preocupo com essas coisas, mas é a verdade. Esse pessoal de Washington não tem ideia do que aconteceria. Eu tenho.

Rearden respondera:

– Vou lhe entregar o metal. Quando você precisar da outra metade do pedido, me avise que eu a entrego também.

No fim do jantar, Danagger disse, com o mesmo tom de voz preciso e impassível de quem sabe exatamente o que está dizendo:

– Se algum funcionário seu ou meu descobrir o que estamos fazendo e tentar me chantagear, eu pago, desde que seja uma quantia razoável. Mas, se ele tiver amigos em Washington, não pago. Se algum desses sujeitos aparecer, vou preso.

– Então vamos presos juntos – disse Rearden.

Sozinho, na penumbra de seu quarto, Rearden percebeu que a possibilidade de ir para a cadeia não o afetava. Lembrou-se da vez em que, aos 14 anos, fraco de tanta fome, se recusara a roubar uma fruta de um vendedor na calçada. Agora, a possibilidade de ir preso – se o que ele acabara de fazer era crime – não representava para ele mais do que a possibilidade de ser atropelado por um caminhão: um acidente desagradável sem qualquer significado moral.

Pensou que seria obrigado a esconder, como um segredo culposo, a única transação comercial que lhe dera prazer nos últimos 12 meses – e que também estava escondendo, como um segredo culposo, as noites que passava com Dagny, as únicas horas que o mantinham vivo. Pressentia que havia alguma relação entre os dois segredos, alguma conexão essencial que ele teria de descobrir. Não conseguia apreendê-la, não conseguia encontrar as palavras que a descrevessem, mas sentia que no dia em que as encontrasse responderia a todas as perguntas de sua vida.

Estava encostado à parede, a cabeça jogada para trás, os olhos fechados, pensando em Dagny, quando lhe ocorreu que as perguntas todas não tinham mais nenhuma importância para ele. Pensou que estaria com ela naquela noite, quase detestando essa ideia, porque a manhã seguinte estava tão próxima, e pela manhã ele teria de se afastar dela. Rearden se perguntava se poderia ficar na cidade até o dia seguinte, ou se devia ir embora agora, sem vê-la, para poder esperar, para poder ter sempre à sua frente a possibilidade futura de segurá-la nos ombros e olhá-la nos olhos. *Você está enlouquecendo*, pensou, mas sabia que, se ela estivesse a seu lado todas as horas do dia, ainda assim seria a mesma coisa, nunca seria o bastante para satisfazê-lo, ele teria que inventar alguma forma insensata de tortura para suportar – sabia que veria Dagny à noite, e a ideia de ir embora sem vê-la tornava o prazer maior, uma tortura momentânea que ressaltava a certeza das horas que tinha pela frente. Deixaria acesa a luz da sala do apartamento e seguraria seu corpo do outro lado da cama, vendo aquela faixa de luz a percorrê-la da cintura até o tornozelo, uma única linha compreendendo todo aquele corpo longo e esbelto na escuridão. Depois colocaria sua cabeça na luz e veria seu rosto, entregue a ele, sem resistência, seus cabelos caindo sobre o braço dele, os olhos fechados, o rosto contraído, como se exprimisse dor, a boca aberta para ele.

Rearden continuava em pé, encostado à parede, deixando que todos os acontecimentos do dia fossem desaparecendo, sentindo-se livre, certo de que o tempo que se seguia era todo seu.

Quando a porta do quarto se abriu de repente, sem aviso prévio, de início ele não ouviu nem entendeu direito o que acontecia. Viu a silhueta de uma mulher, em seguida a de um mensageiro, que colocou uma valise no chão e depois foi embora. A voz que ele ouviu era a de Lillian:

– Ora, Henry! Sozinho no escuro?

Ela acendeu a luz. Estava muito bem-vestida, com um conjunto bege. Sorridente, retirando as luvas como se estivesse chegando a casa, parecia que tinha viajado dentro de uma campânula de vidro.

– Você vai ficar no quarto à noite, meu bem? – perguntou ela. – Ou estava pretendendo sair?

Ele não sabia quanto tempo havia passado antes de responder:

– O que você está fazendo aqui?

– Ora, será que você não se lembra de que Jim Taggart nos convidou para o casamento dele? É hoje.

– Eu não pretendia ir ao casamento.

– Ah, mas eu vou!

– Por que você não me disse isso hoje de manhã, antes de eu sair?

– Para lhe fazer uma surpresa, querido. – Ela riu, alegre. – É praticamente impossível levar você a qualquer festa, mas achei que talvez gostasse de ir assim, de resolver de repente, de sair e se divertir, como os casais costumam fazer. Eu achei que você ia gostar... Você tem passado tantas noites em Nova York!

Rearden percebeu o olhar que ela lhe dirigiu por debaixo da aba do chapéu, inclinada sobre um dos olhos, como ditava a moda. Não disse nada.

– É claro que eu me arrisquei – disse ela. – Você poderia estar pretendendo jantar com alguém. – Rearden não disse nada. – Ou quem sabe você estava pensando em voltar para casa hoje à noite?

– Não.

– Você tinha um compromisso para hoje à noite?

– Não.

– Ótimo. – Lillian apontou para sua valise. – Trouxe um vestido longo. Vamos apostar um ramalhete de orquídeas como me visto mais rápido que você?

Lembrou-se de que Dagny estaria no casamento do irmão. Agora aquela noite não importava mais para ele.

– Vamos sair, se você quiser – disse ele –, mas não vamos a esse casamento.

– Ah, mas é lá que quero ir! Vai ser o acontecimento mais absurdo da temporada. Todo mundo está esperando por ele há semanas, todos os meus amigos. Eu não perco esse casamento de jeito nenhum. É o melhor espetáculo da cidade, e o mais anunciado também. É um casamento totalmente ridículo, mas é o que era de se esperar de Jim Taggart.

Lillian andava pelo quarto, olhando ao redor, como se estivesse se familiarizando com o lugar.

– Há anos que não venho a Nova York – disse ela. – Quer dizer, com você, numa ocasião formal.

Rearden percebeu que o olhar dela parou por uns instantes num cinzeiro sujo e depois seguiu em frente. Ele sentiu uma pontada de repulsa.

Ela percebeu e riu alegremente.

– Ah, mas não pense que estou aliviada, querido! Estou decepcionada. Estava esperando encontrar algumas pontas de cigarro sujas de batom.

Rearden teve de reconhecer que pelo menos ela admitira que o estava espionando, ainda que por meio de uma brincadeira. Mas havia algo na franqueza enfática do jeito de falar da mulher que fez com que ele desconfiasse se ela estava mesmo brincando. Durante uma fração de segundo Rearden sentiu que ela tinha dito a verdade. Porém pôs de lado essa impressão, pois não podia conceber que fosse verdadeira.

– Pelo visto, você nunca vai ser humano – disse ela. – Por isso tenho certeza de que não tenho rival. E se tenho, o que duvido, meu bem, acho que não vou me preocupar com isso, porque, se é uma pessoa que está sempre à sua disposição, sem precisar combinar antes... bem, todo mundo sabe que tipo de pessoa é assim.

Rearden se conteve, precisava ser cuidadoso. Por um triz não lhe dera uma bofetada.

– Lillian, acho que você sabe que não suporto esse tipo de brincadeira.

– Ah, mas você é tão sério! – disse ela, rindo. – Eu sempre esqueço. Você leva tudo tão a sério... principalmente a si mesmo.

Então ela se virou para ele de repente. Não estava mais sorrindo. Havia em seu rosto aquele estranho olhar de súplica que ele já vira nela algumas vezes, um olhar que parecia exprimir sinceridade e coragem.

– Você prefere falar sério, Henry? Então está bem. Por quanto tempo vai querer que eu continue existindo no porão da sua vida? Por quanto tempo tenho que viver sozinha? Nunca pedi nada a você. Deixo-o levar a vida que quer. Será que não pode me conceder uma noite? Ah, eu sei que você detesta festas e vai ficar entediado. Mas para mim é muito importante. Pode me chamar de vaidosa, de fútil, mas eu quero aparecer, pelo menos uma vez, com meu marido. Imagino que nunca veja a coisa por esse ângulo, mas você é um homem importante, invejado, detestado, respeitado e temido, é um homem que qualquer mulher se orgulharia de ostentar como seu marido. Você pode dizer que é uma forma mesquinha de ostentação feminina, mas é assim que todas as mulheres se sentem felizes. Você não vive dentro desses padrões, mas eu vivo. Será que não pode me dar isso, pagando o preço de algumas horas de tédio? Será que não é forte o bastante para cumprir com seu dever de marido? Ir lá não por você, mas por mim; não porque *você* quer ir, mas só porque *eu* quero?

Dagny, pensava ele desesperadamente, *Dagny, que nunca diz uma palavra sobre a vida que eu levo em casa, que nunca pede nada, não se queixa nem faz nenhuma pergunta*. Ele não poderia aparecer diante dela com sua esposa, que o ostentaria com orgulho. Tinha vontade de morrer naquele instante, antes que cometesse tal ato – porque sabia que ia cometê-lo.

Porque ele havia aceitado seu segredo como culpa e havia prometido a si próprio arcar com as consequências – porque havia reconhecido que era Lillian quem tinha razão, e ele poderia suportar qualquer castigo, mas não era capaz de lhe negar o que pedia quando era ela que tinha razão; porque ele sabia que a razão pela qual não queria ir era exatamente o motivo que não lhe dava o direito de recusar; porque ele ouvia a súplica em sua cabeça – "Ah, Lillian, pelo amor de Deus, tudo menos esse casamento!" – e não se permitia o direito de pedir piedade.

Disse com a voz firme e sem vida:

– Está bem, Lillian. Eu vou.

◆ ◆ ◆

O véu de noiva bordado com rosas se prendeu numa farpa do chão daquele quarto de casa de cômodos. Cherryl Brooks o levantou cuidadosamente e foi se olhar no espelho torto pendurado na parede. Ela fora fotografada naquele quarto o dia inteiro, como ocorrera diversas vezes nos últimos dois meses. Ainda sorria com um misto de gratidão e incredulidade quando algum repórter de jornal queria tirar sua foto, mas preferiria que isso não acontecesse com tanta frequência.

Uma velha jornalista, que assinava uma coluna de conselhos sentimentais num jornal e tinha um coração amargo de policial, tinha se tornado protetora de Cherryl havia algumas semanas, quando os repórteres se atiraram sobre ela como feras sobre uma presa. Naquele dia, a jornalista havia expulsado todos os repórteres. Depois gritara para os vizinhos: "Está bem, mas agora chega, rua!", batera a porta na cara deles e fora ajudar Cherryl a se vestir. Era ela que ia levar a noiva de carro: descobrira que ninguém havia combinado vir pegá-la.

O véu, o vestido de cetim branco, as sapatilhas delicadas, a gargantilha de pérolas haviam custado quinhentas vezes o valor de tudo o que havia no quarto de Cherryl. A maior parte do espaço era ocupada por uma cama, e no que restava havia uma cômoda, uma cadeira e os poucos vestidos que ela possuía pendurados atrás de uma cortina desbotada. A enorme saia-balão do vestido de noiva esbarrava nas paredes quando ela se mexia. Seu corpo esbelto, enfiado num corpete sóbrio e apertado de mangas compridas, contrastava com o volume da saia. O vestido fora feito pelo melhor costureiro de Nova York.

– Sabe, quando arranjei o emprego naquela loja, eu podia ter me mudado para um quarto melhor – disse ela à jornalista, como que se desculpando –, mas acho que onde a gente dorme não faz muita diferença, por isso resolvi economizar dinheiro, porque precisaria dele para alguma coisa importante no futuro... – Ela parou e sorriu, sacudindo a cabeça, confusa. – Eu *achava* que ia precisar.

– Você está ótima – disse a jornalista. – Não dá para você ver direito nesse arremedo de espelho, mas você está bem.

– Do jeito como isso tudo aconteceu, eu... eu nem tive tempo direito de fazer nada. Mas o Jim é maravilhoso. Ele não se incomoda que eu seja só uma balconista, morando num lugar desses. Ele nem liga.

– É – disse a jornalista. Seu rosto estava sombrio.

Cherryl pensava, maravilhada, na primeira vez que Jim Taggart viera a seu quarto. Foi uma noite, sem avisar, um mês depois que se conheceram, quando ela já não tinha mais esperanças de vê-lo outra vez. Ela ficou envergonhadíssima, como se estivesse tentando encerrar um nascer do sol dentro de uma poça de lama, mas Jim sorriu, sentado na única cadeira do quarto, olhando para o rosto enrubescido de Cherryl e para o quarto ao seu redor. Então lhe disse que pegasse o casaco e a levou para jantar no restaurante mais caro da cidade. Ele sorria ao ver a insegurança de Cherryl, sua falta de jeito, seu pavor de pegar o garfo errado, seu ar de deslumbramento. Ela não sabia em que Jim estava pensando. Mas ele sabia que ela estava deslumbrada, não com o lugar em si, mas com o fato de que ele a levara lá. Ela mal provara a comida cara, recebera o jantar não como uma boca-livre custeada por um otário rico – como todas as garotas que ele conhecia teriam feito –, mas como um prêmio esplêndido que jamais imaginara merecer.

Jim voltara para vê-la duas semanas depois, e a partir daí começaram a se ver cada vez com mais frequência. Ele passava pela loja na hora de fechar, e Cherryl via suas colegas boquiabertas, olhando para ela, a limusine de Jim, o chofer uniformizado que abria a porta para ela. Ele a levava às melhores boates e, quando a apresentava a seus amigos, dizia: "A Srta. Brooks trabalha numa loja na Madison Square." Ela via as expressões de espanto em seus rostos e o toque de malícia no olhar de Jim. *Ele quer me poupar de fingimentos e constrangimentos*, pensava ela, cheia de gratidão. *Ele é forte o bastante para ser honesto e não ligar para os outros*, pensava, com admiração. Mas sentiu uma dor estranha, que nunca sentira antes, na noite em que ouviu uma mulher que trabalhava numa revista muito conceituada, de política, dizer a seu acompanhante, na mesa ao lado: "Como Jim é generoso!"

Se ele quisesse, ela lhe teria dado a única forma de pagamento que podia oferecer em troca. Ele não a pedia, e isso fazia com que ela sentisse mais gratidão ainda. Mas Cherryl tinha a impressão de que aquele relacionamento era para ela uma dívida imensa, que só podia pagar com sua adoração silenciosa. *Jim não precisa dessa adoração*, pensava ela.

Havia noites em que ele vinha para levá-la a algum lugar, mas acabava ficando no quarto com ela, falando, enquanto ela o ouvia em silêncio. Sempre acontecia de modo inesperado, como se ele não tivesse intenção de fazê-lo, mas algo mais forte que ele o obrigasse a falar. Então Jim ficava sentado na cama, desligado do quarto ao redor, da própria presença de Cherryl, mas de vez em quando seus olhos se voltavam para ela, como se ele quisesse se certificar de que havia um ser humano o ouvindo.

– ... não foi por mim, não foi por mim em absoluto... por que será que eles não acreditam em mim? Tive que ceder às pressões dos sindicatos e reduzir os trens, e a moratória das debêntures era a única solução, foi por isso que Wesley deixou, foi pelos trabalhadores, não por mim. Todos os jornais disseram que eu era um bom exemplo a ser imitado por todos os empresários... um empresário com responsabilidade social. Foi isso que eles disseram. É verdade, não é?... Não é?... O que havia de errado naquela moratória? Está certo que houve uns pequenos deslizes técnicos, mas e daí? Foi por um fim justo. Todo mundo concorda que tudo o que você faz é bom desde que não seja por você mesmo... Mas ela não se importa que tenha sido por um fim justo. Ela acha que ninguém é bom, só ela mesma. Minha irmã é uma mulher cruel e convencida, que só vai pela cabeça dela mesma... Por que eles me olham desse jeito, ela e o Rearden e essas pessoas todas? Por que têm tanta certeza de que têm razão?... Se eu aceito a superioridade deles no nível material, por que *eles* não aceitam a minha no plano espiritual? Eles têm cabeça, mas eu tenho coração. Eles têm a capacidade de gerar riquezas, mas eu tenho a de amar. A minha capacidade não é a mais importante? Não é o que sempre se disse durante toda a história da humanidade? Por que eles não aceitam isso?... Por que têm tanta certeza de que são os maiorais?... E se eles realmente são os maiorais, e eu não sou, não é justamente por isso que deviam se curvar perante mim? Não seria isso um ato verdadeiramente humano? Não é vantagem nenhuma respeitar um homem que merece respeito... é apenas pagar o que lhe é devido. Conceder respeito imerecido é o gesto supremo de caridade... Mas eles são incapazes de um gesto de caridade. Não são humanos. Não sentem nada pelas necessidades dos outros... nem pelas fraquezas dos outros. Não sentem a menor preocupação... nem piedade...

Cherryl não entendia muito bem o que ele dizia, mas entendia que ele se sentia infeliz e que alguém o havia magoado. Jim via a dor da ternura no rosto dela, a dor de uma indignação dirigida a seus inimigos e um olhar que se destinava a um herói – vindo de uma pessoa que era capaz de experimentar a emoção que aquele olhar exprimia.

Ela não sabia por que se sentia convencida de que era a única pessoa para quem ele podia se abrir. Aceitava isso como uma honra especial, mais uma dádiva dele.

A única maneira de merecê-lo, pensava ela, *é jamais lhe pedir nada*. Uma vez ele lhe ofereceu dinheiro, e ela recusou a oferta, com um olhar tão intenso e doloroso de raiva que ele jamais o fez outra vez. A raiva era dirigida a si própria: ela ficou achando que talvez houvesse feito alguma coisa que o levasse a pensar que ela era esse tipo de pessoa. Mas não queria ser ingrata, nem envergonhá-lo com sua pobreza. Queria lhe mostrar como estava disposta a subir, a justificar a sua escolha. Assim, disse a Jim que, se ele quisesse ajudá-la, que a ajudasse a arranjar um emprego melhor. Ele não respondeu. Nas semanas seguintes, ela esperou, mas ele nunca mais tocou no assunto. Cherryl achou que era culpa sua: ele interpretara seu pedido como uma tentativa de usá-lo e se ofendera.

Quando Jim lhe deu uma pulseira de esmeraldas, Cherryl ficou tão chocada que não conseguiu entender. Tentando desesperadamente não magoá-lo, insistiu que não podia aceitar o presente.

– Por que não? – perguntou ele. – Afinal, você não é nenhuma cortesã que está pagando o preço normal pelo presente. Você tem medo de que eu comece a fazer exigências? Não confia em mim? – Jim riu de suas tentativas envergonhadas de responder. Passou toda aquela noite com um sorriso estranho nos lábios, numa boate. Cherryl trajava seu surrado vestido preto e ostentava a pulseira.

Jim a fez usar a pulseira outra vez na noite em que a levou a uma festa, uma recepção magnífica oferecida pela Sra. Cornelius Pope. *Se ele me considera digna de visitar seus amigos*, pensou Cherryl – seus amigos ilustres, cujos nomes ela já vira nas inacessíveis colunas sociais dos jornais –, *não posso envergonhá-lo com este vestido velho*. Gastou o dinheiro que vinha economizando havia um ano num vestido longo de chiffon verde, decotado, com um cinto de rosas amarelas e um diamante de imitação na fivela. Quando entrou na mansão, com luzes frias e brilhantes e um terraço acima dos tetos dos arranha-céus, se convenceu de que seu vestido não era apropriado para a ocasião, embora não soubesse por quê. Mas manteve sua postura empertigada e orgulhosa e sorria com a confiança corajosa de um gatinho que vê uma mão estendida à sua frente: *Essas pessoas estão aqui para se divertir, não para magoar ninguém*, pensou ela.

Uma hora depois, sua tentativa de sorrir já havia se transformado numa súplica impotente. Depois o sorriso foi desaparecendo à medida que ela olhava para as pessoas ao seu redor. Viu que aquelas moças elegantes e cheias de si se dirigiam a Jim com uma insolência antipática, como se não tivessem o menor respeito por ele. Uma delas em particular, uma tal de Betty Pope, filha da anfitriã, a toda hora fazia comentários dirigidos a Jim que Cherryl não conseguia entender, porque não acreditava que significassem aquilo mesmo que ela pensava.

De início, ninguém lhe deu atenção, apenas dirigiram alguns olhares atônitos a seu vestido. Depois de algum tempo, Cherryl viu que olhavam para ela. Ouviu uma senhora idosa perguntar para Jim, num tom de voz ansioso, como se se referisse a uma família distinta que por algum motivo ela não conhecesse:

– Você disse que a Srta. Brooks é da Madison Square?

Ela viu um sorriso estranho no rosto de Jim quando ele respondeu, com uma voz particularmente audível:

– É, ela trabalha no balcão de cosméticos da Releigh's Five and Ten.

Então Cherryl percebeu que algumas pessoas passaram a tratá-la com uma polidez excessiva, ao passo que outras se afastavam dela ostensivamente e a maioria simplesmente sentia-se sem jeito por não saber o que fazer, enquanto Jim observava a cena com aquele sorriso estranho no rosto.

Cherryl tentou passar despercebida. Quando atravessava um canto do salão, ouviu um homem dizer, dando de ombros, num tom que não denotava respeito:

– Bem, Jim Taggart é um dos homens mais poderosos em Washington no momento.

No terraço, onde estava mais escuro, ouviu dois homens conversando, e por algum motivo convenceu-se de que estavam falando sobre ela. Um deles disse:

– Se Taggart quiser fazer isso, ele tem dinheiro para fazer.

O outro fez um comentário a respeito do cavalo de um imperador romano chamado Calígula.

Cherryl olhou para a torre solitária do Edifício Taggart ao longe – e de repente sentiu que compreendia: aquelas pessoas odiavam Jim porque o invejavam. Fossem elas quem fossem, pensou ela, por mais distintas que fossem suas famílias, por mais ricas que fossem, nenhuma delas realizara algo comparável ao que Jim fizera, nenhuma delas desafiara o país inteiro e construíra uma ferrovia que todos consideravam impossível. Pela primeira vez, Cherryl viu que havia algo a oferecer a Jim: aquelas pessoas eram mesquinhas e pequenas como aquelas lá de Buffalo das quais ela fugira. Ele sentia-se tão solitário quanto ela sempre se sentira, e a sinceridade dos sentimentos dela era o único reconhecimento que Jim havia encontrado.

Então Cherryl voltou ao salão, seguindo em linha reta por entre as pessoas, e das lágrimas que ela tentara conter na escuridão do terraço só restava o brilho feroz em seus olhos. Se Jim queria colocar-se ao lado dela abertamente, embora ela fosse apenas uma balconista, se ele queria ostentá-la, se a levara ali para enfrentar a indignação de seus amigos, era porque ele era um homem corajoso, que desafiava as opiniões dos outros, e ela estava disposta a fazer jus àquela coragem e ser o espantalho da festa.

Porém ficou aliviada quando a festa terminou e se sentou ao lado dele no carro e foram para casa na escuridão. Sentiu um alívio amargo. Sua atitude de desafio se transformara numa estranha sensação de desolação. Cherryl tentou não se entregar a essa sensação. Jim falava pouco, olhando pela janela do carro, emburrado. Ela temia havê-lo decepcionado de algum modo.

À entrada da pensão, ela disse, triste:

– Desculpe qualquer coisa...

Por um momento, Jim não respondeu. Depois perguntou:

– O que você diria se eu a pedisse em casamento? – Cherryl olhou para ele, depois olhou ao redor: havia um colchão imundo pendurado numa janela, uma loja de penhores do outro lado da rua, uma lata de lixo ali mesmo no alpendre em que estavam. Ali não era o lugar para se fazer uma pergunta dessas, ela não entendia o que aquilo queria dizer e respondeu:

– Acho que... não tenho senso de humor.

– É um pedido de casamento, minha querida.

E foi assim que deram o primeiro beijo – as lágrimas que escorriam pelo rosto de Cherryl eram aquelas que ela havia contido na festa, lágrimas de espanto, de felicidade. Ela chorava por pensar que era isso a felicidade, e uma vozinha desconsolada dentro de si lhe dizia que não era assim que ela sempre quis que acontecesse.

Cherryl não havia pensado nos jornais, até o dia em que Jim a chamou para vir a seu apartamento, onde ela encontrou um monte de gente armada com blocos, câmeras fotográficas e flashes. Quando viu sua foto no jornal pela primeira vez – os dois juntos, Jim a abraçando –, Cherryl riu de satisfação, e pensou, orgulhosa, que a cidade toda tinha visto aquela foto. Depois de algum tempo, a satisfação desapareceu.

Os fotógrafos a surpreendiam na loja em que ela trabalhava, no metrô, no alpendre à entrada da casa de cômodos, em seu quarto miserável. Agora ela teria aceito dinheiro de Jim para se esconder em algum hotel obscuro até o fim do noivado – mas ele não ofereceu. Ele parecia querer que ela ficasse onde estava. Publicavam fotos de Jim à sua mesa de trabalho, no Terminal Taggart, entrando em seu vagão particular, num banquete em Washington. As grandes manchetes dos jornais, os artigos nas revistas, os locutores de rádio, os noticiários televisivos – todos só falavam na "Cinderela" e no "empresário democrata".

Quando se sentia insegura, Cherryl dizia a si mesma para não ser desconfiada; quando se sentia magoada, dizia a si mesma que não devia ser ingrata. Esses sentimentos lhe vinham esporadicamente, quando acordava no meio da noite e ficava deitada no silêncio do quarto, sem conseguir dormir. Sabia que levaria anos para poder se recuperar, acreditar, compreender. Vivia aqueles dias como se estivesse sofrendo de insolação, sem enxergar nada, vendo apenas a figura de Jim Taggart, tal como o vira pela primeira vez, na noite de seu grande triunfo.

– Escute, menina – disse a jornalista, quando Cherryl estava em seu quarto pela última vez, o véu de noiva brotando de seus cabelos como uma espuma de cristal jorrando nas tábuas manchadas do assoalho –, você deve pensar que as pessoas se dão mal pelo que fazem de errado, o que, de modo geral, é verdade. Mas tem gente que vai tentar machucá-la porque vê algo de bom em você, sabendo que é bom, castigando você por causa disso. Não vá ficar arrasada quando descobrir isso.

– Acho que não tenho medo – disse ela, olhando bem para a frente, com uma seriedade que era traída pelo sorriso radiante em seus lábios. – Não tenho direito de ter medo de nada. Estou feliz demais. Sabe, sempre achei que não tinha sentido essa história de que a gente está neste mundo para sofrer. Nunca quis aceitar isso e entregar os pontos. Sempre achei que podiam acontecer coisas lindas, incríveis. Não esperava que acontecesse comigo tão cedo uma coisa tão boa. Mas vou tentar merecê-la.

◆◆◆

"O dinheiro é a fonte de todo o mal", disse Jim Taggart. "O dinheiro não traz a felicidade. O amor vence qualquer barreira, qualquer distância social. Pode ser um lugar-comum, pessoal, mas é isso que eu penso."

Iluminado pelas luzes do salão do Hotel Wayne-Falkland, Jim estava cercado de repórteres, que correram para cima dele assim que a cerimônia de casamento terminou. Além daquele círculo de repórteres, a multidão de convidados ia e vinha, como a maré. Cherryl estava a seu lado, a mão enluvada pousada na manga de seu paletó. Ela ainda estava tentando ouvir as palavras da cerimônia, sem conseguir acreditar que realmente as tinha ouvido.

– Como se sente, *Sra. Taggart*?

A pergunta partira do círculo de repórteres, trazendo-a de volta à realidade subitamente: aquelas duas últimas palavras de repente faziam com que tudo se tornasse realidade. Cherryl sorriu e sussurrou, a voz embargada:

– Eu... estou muito feliz...

Em extremidades opostas do salão, Orren Boyle, que parecia gordo demais para seu traje a rigor, e Bertram Scudder, que parecia magro demais para o seu, contemplavam a multidão de convidados com a mesma ideia na cabeça, embora nem um nem outro admitissem que era nisso que estavam pensando. Boyle dizia a si próprio que estava procurando rostos conhecidos, enquanto Scudder pensava que estava recolhendo material para um artigo. Mas os dois, sem que um soubesse do outro, estavam classificando todos os rostos que viam sob duas rubricas: "protetores" e "medrosos". Havia ali homens cujas presenças significavam uma proteção especial concedida a James Taggart, e homens que estavam ali claramente confessando seu desejo de evitar a hostilidade de Jim – os que representavam mãos abaixadas para levantá-lo, e os que representavam costas oferecidas para ele montar. Àquela altura, havia uma lei não escrita segundo a qual ninguém recebia nem aceitava um convite de um homem importante senão por um desses dois motivos. Os do primeiro grupo eram, em sua maioria, mais jovens e haviam vindo de Washington. Os do segundo eram mais velhos e empresários.

Boyle e Scudder eram homens que usavam as palavras como um instrumento público e as evitavam em sua mente. As palavras comprometiam, tinham implicações que eles não queriam enfrentar. Para fazer aquela classificação, não precisavam delas, bastavam movimentos físicos: um respeitoso movimento de sobrancelhas, que equivalia à interjeição "Hum!", indicava o primeiro grupo, e um movimento sarcástico de lábios, equivalente às palavras "Ora, ora!", indicava o segundo. Um rosto perturbou, por um momento, a regularidade de seus mecanismos classificatórios: foi quando viram os frios olhos azuis e os cabelos louros de Hank Rearden. Seus músculos se esgarçaram no movimento relativo ao segundo grupo, o que equivalia a "Essa não!". O somatório da classificação era uma estimativa do poder de James Taggart. O resultado era bem respeitável.

Quando viram James andando por entre os convidados, perceberam que ele estava consciente de seu poder. Andava com passos rápidos, num código Morse de avanços curtos e paradas breves, com um ar de irritação leve, como se tivesse noção da quantidade de pessoas que poderiam ficar preocupadas com qualquer manifestação de contrariedade sua. O esboço de sorriso em seu rosto tinha algo de empáfia – como se ele soubesse que o ato de vir homenageá-lo representava uma desonra para aqueles que o cometiam; como se soubesse ou gostasse disso.

James caminhava acompanhado de um séquito constante, cuja função parecia ser a de dar a ele o prazer de ignorá-los. O Sr. Mowen passou rapidamente por essa calda, bem como o Dr. Pritchett e Balph Eubank. O mais persistente de todos era Paul Larkin. Ele descrevia círculos ao redor de Taggart, como se quisesse se bronzear com os raios ocasionais daquele sol, fazendo tentativas melancólicas de sorrir para ser notado.

Os olhos de Taggart percorriam a multidão de vez em quando, rápida e furtivamente, como a lanterna de um gatuno. Isso, tal como o decodificava Boyle, significava que Taggart estava procurando alguém, mas não queria que ninguém percebesse o fato. A busca terminou quando Eugene Lawson veio lhe apertar a mão e dizer, o lábio inferior úmido se retorcendo como uma esponja para atenuar o golpe:

– O Sr. Mouch não pôde vir, Jim. Ele pede mil desculpas, tinha até fretado um avião, mas na última hora teve um problema, questões de interesse nacional, você sabe.

Taggart ficou parado. Não disse nada e franziu o cenho.

Boyle caiu na gargalhada. Taggart se virou para ele tão de repente que os outros desapareceram antes mesmo de receber ordem de circular.

– O que você está fazendo? – perguntou Taggart, agressivo.

– Estou me divertindo, Jimmy, só isso – respondeu Boyle. – O Wesley era capacho seu, não *era*?

– Conheço um sujeito que é meu capacho, e é bom ele não esquecer isso.

– Quem? Larkin? Não, acho que você não está falando sobre Larkin. E, se não é dele que você está falando, é bom pensar duas vezes antes de falar mais.

– Você é tão esperto que um dia desses vai se atrapalhar.

– Nesse caso, aproveite, Jim. *Se* isso acontecer.

– O problema com essas pessoas que não se enxergam é que elas não têm boa memória. É bom você não esquecer quem foi que estrangulou o mercado do metal Rearden para você.

– Bem, eu lembro quem prometeu que ia fazer isso. Foi o mesmo que depois fez o que pôde para impedir que o decreto realmente entrasse em vigor, porque achava que talvez viesse a precisar de trilhos de metal Rearden no futuro.

– Porque *você* gastou 10 mil dólares enchendo de uísque as pessoas que esperava que impedissem a decretação da moratória!

– É verdade. Foi o que eu fiz. Eu tinha amigos que possuíam debêntures da ferrovia. E, além disso, eu também tenho amigos em Washington, Jimmy. Bem, os seus amigos derrotaram os meus em relação àquela moratória, mas os meus derrotaram os seus na questão do metal Rearden, e disso eu não vou me esquecer. Mas tudo bem, comigo não tem problema, é assim mesmo, ganha-se aqui, perde-se ali. Agora, não tente me passar para trás, não, Jimmy. Não sou otário.

– Se você não acredita que sempre fiz o que pude para ajudar você...

– Sei, sei. O melhor que seria possível dentro das circunstâncias. E vai continuar fazendo, enquanto eu tiver gente de quem você precisa. Só por isso. Assim, eu faço questão de lembrar a você que eu também tenho amigos em Washington. Amigos que não há dinheiro neste mundo que possa comprar, como acontece com os seus, Jimmy.

– Aonde é que você quer chegar?

– Aí mesmo. Os amigos que você compra não valem nada, porque sempre pode acontecer de alguém oferecer mais. Quer dizer, o mercado é de todos, é uma questão de concorrência. Agora, quando você sabe da culpa que um homem tem no cartório, aí ele é seu, você pode contar com a amizade dele, não há dinheiro que altere a situação. Bem, você tem os seus amigos, eu tenho os meus. Você tem amigos que eu posso usar e vice-versa. Para mim, está tudo bem. Afinal, a gente tem que realizar trocas, não é? Como dinheiro é coisa do passado, o negócio agora é trocar gente.

– O que você está querendo dizer?

– Ora, estou só lembrando umas coisas que você não deve esquecer. Vejamos Mouch, por exemplo. Você lhe prometeu o cargo de assistente no Departamento de Planejamento Econômico e Recursos Nacionais em troca de ele sacanear Rearden naquela história da Lei da Igualdade de Oportunidades. Você tinha os contatos necessários, e foi o que lhe pedi que fizesse em troca da Resolução Anticompetição Desenfreada, em relação à qual era eu que tinha os contatos necessários. Então Mouch fez a parte dele, e você pôs tudo no papel... ah, é claro que sei que você tem provas escritas do tipo de negociata que ele fez para aprovar aquela lei, ao mesmo tempo que recebia dinheiro de Rearden para combater a lei e mantinha Rearden na inocência. Foi um negócio muito sujo. Seria muito desagradável para o Sr. Mouch se a coisa viesse a público. Mas você cumpriu sua promessa e arranjou o cargo para ele, porque achava que o tinha na mão. E tinha mesmo. Mouch fez o que você queria, não foi? Mas só por algum tempo. Depois de algum tempo, o Sr. Wesley Mouch pode ficar tão poderoso, e o escândalo tão velho, que ninguém vai querer saber como foi que ele subiu ao poder e quem ele sacaneou para conseguir isso. Nada é eterno. Mouch começou como capacho de Rearden, depois passou a ser seu e pode vir a ser de outro amanhã.

– Isso é uma indireta?

– Não, não. É só um conselho de amigo. Somos velhos amigos, Jimmy, e quero que continuemos assim. Acho que podemos ser muito úteis um ao outro, se você não começar a alimentar umas ideias estranhas a respeito do que é a amizade. Para mim, é um equilíbrio de poderes.

– Foi *você* que impediu Mouch de vir aqui hoje?

– Bem, pode ser que sim, pode ser que não. Vou deixar você ruminar isso. Se fui eu, é bom para mim. E, se não fui eu, melhor ainda.

O olhar de Cherryl acompanhava James Taggart por entre a multidão. Os rostos que surgiam e desapareciam ao seu redor eram tão simpáticos, as vozes eram tão amigas, que ela estava certa de que não havia malícia alguma naquele salão. Não entendia por que algumas pessoas vinham lhe falar sobre Washington, com frases incompletas, esperançosas, num tom confidencial, como se pedissem ajuda em relação a algum segredo de que ela estava a par. Ela não sabia o que dizer, mas sorria e respondia o que lhe dava na veneta. Não podia mostrar medo e desonrar a figura da "Sra. Taggart".

Então viu a inimiga, agora sua cunhada. Era uma figura alta e esbelta, de vestido longo cinzento.

A lembrança da dor na voz de Jim era o que a fazia sentir raiva. Sentia que era necessário cumprir um dever. Seus olhos voltavam a toda hora à inimiga e a examinavam atentamente. As fotos de Dagny Taggart nos jornais mostravam uma mulher de calças compridas, com um chapéu na cabeça e o colarinho do casaco levantado. Agora ela trajava um vestido longo cinzento que parecia indecente, porque era de uma modéstia tão austera que desaparecia da consciência do observador, ressaltando a presença do corpo esbelto que era sua função ocultar. Havia um toque de azul na fazenda cinzenta do vestido que combinava com o cinzento metálico de seus olhos. Ela não usava joias, apenas uma pulseira, uma corrente pesada feita de um metal azul-esverdeado.

Cherryl esperou até que viu Dagny sozinha, então partiu em direção a ela, atravessando a sala decidida. Olhou de perto aqueles olhos metálicos que pareciam frios e penetrantes ao mesmo tempo, os olhos que a fitavam com uma curiosidade discreta e impessoal.

– Quero que você saiba uma coisa – disse Cherryl, com uma voz tensa e áspera –, para que não haja fingimento nenhum. Não vou bancar a cunhadinha simpática. Sei o que você fez com Jim, sei como você tem causado sofrimentos a ele toda a vida. Eu vou protegê-lo de você. Vou colocá-la no seu lugar. Eu *sou* a Sra. Taggart. Agora a mulher da família sou eu.

– Está bem – disse Dagny. – O homem sou eu.

Cherryl a viu se afastar e pensou que Jim tinha razão: sua irmã era uma criatura fria e má, que não reagira ao que ela dissera com nenhum reconhecimento, nenhuma emoção além de algo que parecia uma mistura de espanto, indiferença e humor.

Rearden andava ao lado de Lillian para onde ela ia. Ela queria ser vista com o marido, estava satisfazendo seu desejo. Não sabia se estavam olhando para ele ou não. Não tinha consciência da presença de nenhuma daquelas pessoas ao seu redor, exceto da única pessoa que ele não se permitiria ver.

A imagem que ainda ocupava sua consciência era a cena da entrada no salão, quando ele, ao lado de Lillian, viu Dagny, que os olhava. Rearden a olhou de frente, preparado para aceitar qualquer golpe que o olhar dela desferisse. Quaisquer que fossem as consequências de seu ato para Lillian, ele preferia confessar seu adultério publicamente a cometer o ato inominável de evitar o olhar de Dagny, de assumir uma expressão covarde de indiferença, de fingir para ela que ele não tinha consciência da natureza de seu ato.

Mas não houvera golpe nenhum. Ele conhecia todas as nuances de sentimentos expressas pelo rosto de Dagny. Percebeu que ela não sentiu nenhum choque: só viu no rosto dela uma serenidade intacta. Seus olhos procuraram os dele, como se reconhecessem o significado desse encontro, mas olhando-o tal qual o olhavam em qualquer lugar, como o olhavam no escritório dele, no quarto dela. Rearden teve a impressão de que, à distância de alguns passos, ela se revelava a ele com a mesma simplicidade e franqueza com que seu vestido cinzento revelava seu corpo.

Dagny fizera uma mesura, um movimento cortês de cabeça que incluíra tanto Rearden quanto Lillian. Ele retribuiu o cumprimento, viu Lillian mover de leve a cabeça e depois se afastar dele. Só então percebeu que tinha ficado muito tempo de cabeça baixa.

Não sabia o que os amigos de Lillian estavam lhe dizendo, nem o que ele próprio estava respondendo. Como quem anda passo a passo, tentando não pensar no longo caminho que tem pela frente, Rearden ia vivendo momento a momento, não guardando nenhuma impressão em sua mente. De vez em quando ouvia o riso de Lillian, o tom de satisfação de sua voz.

Depois de algum tempo, olhou para as mulheres ao seu redor: todas elas se pareciam com Lillian, com o mesmo olhar de perfeição estática, as sobrancelhas feitas formando o mesmo ângulo estático, os olhos fixos na mesma expressão estática de contentamento. Percebeu que estavam tentando flertar com ele e que Lillian assistia à cena como se achasse graça naquelas tentativas fadadas ao fracasso. *Então é essa,* pensou ele, *a felicidade da vaidade feminina que Lillian me pediu, são esses os padrões que nada têm a ver com a minha vida, mas que eu tenho de levar em conta.* Para fugir, Rearden se juntou a um grupo de homens.

Ele não conseguiu ouvir uma única afirmação direta na conversa dos homens. Fosse qual fosse o assunto que aparentemente estivesse em pauta, nunca era o assunto verdadeiro. Rearden escutava como um estrangeiro que reconhece algumas palavras mas não consegue juntá-las em frases. Um jovem com uma expressão de insolência alcoólica no rosto passou se arrastando pelo grupo e disse, com uma risadinha:

– Aprendeu a lição, Rearden?

Rearden não entendeu a que o calhorda se referira, mas todos os outros pareciam ter entendido. Pareciam chocados e secretamente satisfeitos.

Lillian se afastou dele, como se lhe desse a entender que não fazia questão de que ele estivesse realmente presente. Rearden acabou num canto da sala onde ninguém o via nem percebia a direção de seu olhar. Então se permitiu olhar para Dagny.

Ficou a ver o vestido cinzento, feito de tecido macio que ondeava quando ela andava, as pausas momentâneas esculpidas pelo pano, as sombras e a luz. Viu-o como uma fumaça acinzentada que por momentos assumisse a forma de uma longa curva que cobria o corpo de Dagny, na frente, até o joelho, e atrás, até as sandálias. Sabia todas as formas que se apresentariam à luz se a fumaça fosse arrancada.

Sentia uma dor turva, serpenteante: era ciúme de todos os homens que falavam com ela. Nunca sentira aquilo antes, mas sentia agora, pois todos tinham o direito de se aproximar dela, menos ele.

Então, como se um golpe súbito em seu cérebro lhe provocasse uma mudança momentânea de percepção, sentiu um espanto enorme em relação ao que estava fazendo ali, ao motivo por que estava ali. Naquele momento, desapareceram todos os dias e dogmas de seu passado. Seus conceitos, seus problemas, sua dor foram eliminados. Sabia apenas – de uma longa distância, com clareza – que o homem existe para realizar seus desejos e não sabia por que estava ali, não sabia quem tinha o direito de exigir que ele desperdiçasse uma única hora insubstituível de sua vida, quando seu único desejo era agarrar aquela figura esbelta e cinzenta e apertá-la contra seu corpo durante todo o restante de sua existência.

No momento seguinte, estremeceu ao recuperar sua consciência. Sentiu o movimento tenso, cheio de desprezo, de seus lábios apertados formando as palavras que ele gritava para si próprio: "Você fez um contrato uma vez, agora cumpra-o." E então lhe ocorreu de repente que, nas transações comerciais, as cortes de justiça não reconhecem um contrato quando uma das partes não levou em consideração os interesses da outra. Não sabia por que pensara naquilo. A ideia parecia irrelevante, então parou de pensar no assunto.

James Taggart viu Lillian Rearden se aproximar como que por acaso num momento em que ele estava sozinho num canto pouco iluminado, entre uma palmeira num vaso e uma janela. Ele esperou por ela. Não imaginava o que ela queria, mas isso, segundo o código que ele conhecia, significava que era bom ouvir o que ela tinha a dizer.

– Gostou do meu presente de casamento, Jim? – perguntou Lillian e riu quando Jim pareceu envergonhado. – Não, não tente se lembrar dos presentes todos lá na sua casa e descobrir qual deles é o meu. Ele não está lá. Está aqui mesmo, é um presente imaterial, querido.

Ele viu o meio sorriso no rosto dela, aquele olhar que, entre seus amigos, era um convite para compartilhar uma vitória secreta. Era um olhar que indicava não que se havia derrotado alguém pela inteligência, mas passado alguém para trás pela astúcia. Ele o retribuiu com um sorriso cuidadoso e agradável.

– A sua presença é o melhor presente que você poderia me dar.

– A *minha* presença, Jim?

Por um momento ele pareceu chocado. Entendeu o que ela queria dizer, mas não esperava por aquilo.

Ela sorriu abertamente.

– Nós dois sabemos qual é a presença mais importante para você hoje... e mais inesperada. Você realmente não pensava que o mérito era meu? Estou surpresa com você. Pensei que tivesse o talento de reconhecer amigos em potencial.

Ele não queria se comprometer, por isso manteve o tom de voz cuidadosamente neutro:

– Então, eu nunca reconheci a sua amizade, Lillian?

– Ora, ora, querido, você sabe do que estou falando. Você não esperava que *ele* viesse, não é? Você realmente não pensa que *ele* tem medo de você. Mas que os outros pensem que ele tem... isso é uma grande vantagem, não é?

– Estou... surpreso, Lillian.

– Não era o caso de dizer "admirado"? Os seus convidados estão muito admirados. Dá quase para ouvir o que estão pensando. A maioria deles está pensando: "Se *ele* tem que fazer média com Jim Taggart, então é bom nós andarmos na linha." E uns estão pensando: "Se *ele* está com medo, o que será de nós?" É o que você quer, naturalmente, e longe de mim querer roubar a sua vitória, mas eu e você somos os únicos aqui que sabemos que você não conquistou esta vitória sozinho.

Jim não sorriu. Com um rosto sem expressão e voz melíflua, mas com um toque cuidadosamente medido de aspereza, perguntou:

– Aonde você quer chegar?

Ela riu.

– Basicamente, à mesma coisa que você, Jim. Mas, em termos práticos, a nada. É só um favor que eu lhe fiz e não peço nada em troca. Não se preocupe, não estou querendo puxar a brasa para sardinha nenhuma. Não estou querendo arrancar nenhum decreto específico do Sr. Mouch, ou mesmo uma tiara de brilhantes de você. A menos, é claro, que seja uma tiara imaterial, como a sua admiração.

Ele a encarou pela primeira vez, os olhos apertados, os músculos relaxados do rosto formando o mesmo meio sorriso que o dela, dando lugar a uma expressão que, para ambos, indicava que um se sentia à vontade com o outro: uma expressão de desprezo.

– Você sabe que eu sempre a admirei, Lillian, e sempre a considerei uma mulher realmente superior.

– Eu sei. – Havia um leve toque de deboche, como uma fina camada de verniz espalhada sobre a superfície tranquila da voz dela.

Jim a examinava com insolência.

– Perdoe-me por achar que, entre amigos, se permite um pouco de curiosidade – disse ele, mas num tom de voz em que não havia nenhum pedido de desculpas. – Eu gostaria de saber de que ângulo você encara a possibilidade de certos ônus, ou mesmo perdas financeiras, que afetem seus interesses particulares.

Lillian deu de ombros.

– Do ângulo de uma amazona, querido. Se você tivesse o cavalo mais fogoso do mundo, o obrigaria a andar no passo em que estaria garantido seu conforto, embora assim você jamais visse até onde ele pode correr e sua capacidade fosse desperdiçada. Porque, se você deixasse o cavalo correr tudo o que ele podia, logo você estaria no chão... Mas os aspectos financeiros não são meu interesse principal, Jim... nem o seu.

– Realmente, eu subestimava você – disse ele, devagar.

– Não faz mal. É um erro que estou disposta a ajudá-lo a reparar. Sei o tipo de problema que *ele* representa para você. Sei por que você tem medo dele, aliás com toda a razão. Mas... ora, você é um empresário e um político. Assim, vou tentar usar a sua linguagem. O empresário diz que entrega o serviço pronto; o cabo eleitoral diz que entrega de bandeja os votos de um distrito, não é? Pois o que quero lhe dizer é que *ele* é o que posso lhe entregar, quando eu quiser. Assim, faça o que você tem que fazer.

No código dos amigos de Jim, revelar qualquer coisa particular era dar uma arma ao inimigo – mas ele assinou a confissão de Lillian e a retribuiu, dizendo:

– Quem me dera que eu pudesse dizer o mesmo sobre a minha irmã.

Lillian o olhou sem espanto. Não achou aquelas palavras irrelevantes.

– É, *essa* não é fácil – disse ela. – Nenhum ponto vulnerável? Nenhuma fraqueza?

– Não.

– Nenhum envolvimento amoroso?

– Nem pensar!

Lillian deu de ombros, indicando uma mudança de assunto: não gostava de pensar em Dagny Taggart.

– Acho que vou deixá-lo em paz, para você poder conversar um pouquinho com Balph Eubank – disse ela. – Ele parece preocupado porque você não olhou para ele a noite toda e está com medo de que a literatura não tenha nenhum protetor na corte.

– Lillian, você é maravilhosa! – disse ele espontaneamente.

Ela riu.

– Era essa, meu querido, a tiara imaterial que eu queria!

Um vestígio de sorriso permaneceu em seu rosto quando ela se afastou por entre a multidão, um sorriso fluido que passava incólume pelas expressões de tensão e tédio de todos os rostos ao redor. Andava a esmo, gozando a sensação de ser vista. Seu vestido de cetim pérola brilhava como creme de leite espesso quando sua figura alta se movia.

Foi o brilho azul-esverdeado que lhe chamou a atenção: luziu por um instante, num pulso magro e nu. Então ela viu o corpo esbelto, o vestido cinzento, os frágeis ombros nus. Parou. Olhou para a pulseira, de cenho franzido.

Dagny se virou para ela. Das muitas coisas em Dagny de que Lillian não gostava, a polidez impessoal de seu rosto era a que lhe inspirava mais aversão.

– O que a senhorita acha do casamento de seu irmão? – perguntou Lillian, sorrindo.

– Não tenho opinião formada.

– Você quer dizer que não vale a pena pensar no assunto?

– Para ser precisa... é isso mesmo.

– Ah, mas você não vê nenhum significado humano na coisa?

– Não.

– Não acha que uma pessoa como a esposa de seu irmão merece algum interesse?

– Não.

– Eu a invejo, Srta. Taggart. Invejo sua indiferença olímpica. Creio que é por isso que os mortais comuns jamais poderão aspirar ao seu sucesso no mundo dos negócios. Eles deixam que sua atenção seja dividida... pelo menos a ponto de poder reconhecer realizações em outras áreas.

– A que realizações a senhora se refere?

– A senhorita não reconhece a realização de uma mulher que alcança uma grande conquista, não no campo industrial, mas na esfera humana?

– Não acredito na existência de conquistas na esfera humana.

– Ah, mas pense só, por exemplo, quanto outras mulheres teriam de trabalhar, se o trabalho fosse o único meio à sua disposição, para conseguir o que essa moça conseguiu por intermédio de seu irmão.

– Acho que ela não faz ideia da natureza exata do que conseguiu.

Rearden viu as duas juntas e se aproximou. Tinha que ouvir aquela conversa, quaisquer que fossem as consequências. Parou ao lado delas, sem dizer palavra. Não sabia se Lillian o notara se aproximar, sabia que Dagny o vira.

– Seja um pouco generosa com ela, Srta. Taggart – retrucou Lillian. – Conceda-lhe ao menos a generosidade da atenção. A senhorita não deve desprezar as mulheres que não possuem o seu talento brilhante, mas que têm lá seus dotes. A natureza sempre contrabalança suas dádivas e oferece compensações, não acha?

– Acho que não estou compreendendo bem.

– Ah, estou certa de que a senhorita não quer que eu seja mais explícita!

– Quero, sim.

Lillian deu de ombros, irritada. Entre as mulheres que eram suas amigas, já teria sido compreendida há muito, e não a deixariam dizer mais nada, mas essa mulher era um tipo de adversário que ela não conhecia: uma mulher que se recusava a sentir-se ofendida. Não queria falar com mais clareza, porém viu que Rearden olhava para ela. Sorriu e disse:

– Bem, consideremos a sua cunhada. Que oportunidades ela teria de subir na vida? Nenhuma, pelos seus critérios exigentes. Ela não poderia ter sucesso no mundo dos negócios. Não tem uma inteligência como a sua. Além disso, os homens não a deixariam ter sucesso. Eles a achariam bonita demais. Então, ela se aproveitou do fato de que os homens obedecem a padrões que, infelizmente, não são tão elevados quanto os seus. Ela apelou para talentos que, estou certa, a senhorita despreza. Pois a senhorita jamais quis competir com as mulheres comuns no único campo em que se exerce nossa ambição: o do poder sobre os homens.

– Se a senhora chama isso de poder, Sra. Rearden, então eu não tenho.

Dagny se virou para se afastar, mas a voz de Lillian a deteve:

– Eu gostaria de acreditar que a senhorita é completamente coerente e totalmente isenta de fraquezas humanas. Gostaria de acreditar que a senhorita jamais sentiu o desejo de lisonjear, ou de ofender, uma pessoa. Mas vejo que a senhorita esperava que Henry e eu viéssemos aqui hoje.

– Não, na verdade, não esperava. Eu nem vi a lista de convidados.

– Então por que a senhorita está usando essa pulseira?

Dagny a olhou bem nos olhos.

– Eu sempre a uso.

– A senhorita não acha que está levando essa brincadeira longe demais?

– Nunca foi uma brincadeira, Sra. Rearden.

– Então a senhorita há de compreender se eu disser que gostaria que me devolvesse essa pulseira.

– Eu compreendo. Mas não vou devolvê-la.

Lillian deixou que um momento passasse, como se isso fosse necessário para que as duas compreendessem o significado daquele silêncio. Pelo menos por uma vez, Lillian encarou Dagny sem sorrir.

– O que a senhorita quer que eu pense disso?

– O que a senhora quiser.

– Qual o motivo que a faz agir assim?

– A senhora sabia qual era o motivo quando me deu a pulseira.

Lillian olhou para Rearden. O rosto dele estava inexpressivo: ela não via nele qualquer reação, nenhum sinal de intenção de ajudá-la ou de detê-la, nada, apenas uma atenção que a fazia sentir-se sob a luz de um holofote.

O sorriso de Lillian voltou, como uma proteção, um sorriso irônico e condescendente cujo objetivo era transformar a questão num assunto de conversa de salão mais uma vez.

– Estou certa, Srta. Taggart, de que a senhorita compreende como a sua atitude é absolutamente imprópria.

– Não.

– Mas a senhorita há de perceber que está correndo um risco muito perigoso e desagradável.

– Não.

– A senhorita não leva em conta a possibilidade de ser... mal interpretada?

– Não.

Lillian sacudiu a cabeça, sorridente, num gesto de repreensão.

– A senhorita não acha que este é um caso em que não se pode ficar em especulações abstratas, mas em que se deve considerar a realidade prática?

Dagny não sorriu.

– Nunca entendi o que significam as frases desse tipo.

– Quero dizer que sua atitude pode até ser muito idealista, como aliás estou certa de que é, mas, infelizmente, a maioria das pessoas não compartilha da sua visão elevada e vai dar a seu gesto uma interpretação que lhe será absolutamente detestável.

– Então a responsabilidade e o risco serão delas, não meus.

– Admiro a sua... não, não se trata de "inocência". Que tal "pureza"? A senhorita jamais pensou nisso, estou certa, mas a vida não é tão linear e lógica quanto... uma estrada de ferro. É lamentável, porém possível, que as suas elevadas intenções possam levar as pessoas a suspeitar de coisas que... bem, que, certamente a senhorita sabe, são de natureza sórdida e escandalosa.

Dagny a encarava.

– Não sei, não.

– Mas a senhorita não pode ignorar essa possibilidade.

– Posso. – Dagny se virou para se afastar.

– Ah, mas por que fugir da discussão se não tem nada a esconder? – Dagny parou. – E, se a sua coragem tão brilhante quanto imprudente lhe permite arriscar sua reputação, será lícito ignorar o perigo que isso representa para o Sr. Rearden?

Dagny perguntou, devagar:

– Qual o perigo para o Sr. Rearden?

– Estou certa de que me entendeu.

– Não entendi.

– Ah, mas certamente não é necessário ser mais explícita.

– É, sim, se a senhora quer continuar esta conversa.

Os olhos de Lillian se voltaram para o rosto de Rearden, em busca de uma pista que a ajudasse a decidir se era melhor continuar ou parar. Ele não lhe deu ajuda alguma.

– Srta. Taggart – disse ela –, não tenho uma atitude tão filosófica quanto a da senhorita. Sou apenas uma esposa comum. Por favor, me dê essa pulseira, se não quer que eu pense o que eu talvez pense e que a senhorita não vai querer que eu diga.

– Sra. Rearden, será que estes são a maneira adequada e o lugar apropriado para a senhora dar a entender que ando dormindo com o seu marido?

– É claro que não! – O grito lhe escapou imediatamente. Havia nele um toque de pânico, uma reação reflexa, como o gesto de retirada da mão de um batedor de carteiras apanhado em flagrante. Lillian acrescentou, com uma risada zangada e nervosa, num tom de sarcasmo e sinceridade que confessava, relutantemente, que estava exprimindo sua opinião verdadeira:

– Seria a última coisa que me ocorreria.

– Nesse caso, você faça o favor de pedir desculpas à Srta. Taggart – disse Rearden.

Dagny prendeu a respiração, contendo quase totalmente uma interjeição de espanto. As duas se viraram para ele. Lillian não viu nada em seu rosto. Dagny viu um sofrimento indizível.

– Não é necessário, Hank – disse ela.

– É, sim, para mim – respondeu ele friamente, sem olhar para Dagny. Olhava para Lillian como quem dá uma ordem que não pode ser desobedecida.

Lillian lhe examinou o rosto com certo espanto, mas sem ansiedade nem raiva, como quem encara um enigma sem importância.

– Mas claro! – disse ela, obediente, com uma voz tranquila e confiante outra vez. – Queira aceitar minhas desculpas, Srta. Taggart, se lhe dei a impressão de suspeitar da existência de um relacionamento que eu consideraria improvável para a senhorita e, com base no que conheço de meu marido, impossível para ele.

Ela se virou e se afastou com indiferença, deixando-os juntos, como se para provar o que acabara de dizer.

Dagny permaneceu imóvel. Estava pensando na noite em que Lillian lhe dera a pulseira. Na ocasião, ele tomara o partido da esposa. Desta vez, tomara o seu. Dos três, ela era a única que entendia inteiramente o significado desse fato.

– Pode dizer o pior possível a meu respeito que você terá razão.

Dagny o ouviu e abriu os olhos. Ele a olhava friamente, o rosto duro, sem que nenhum sinal de dor ou arrependimento indicasse uma esperança de perdão.

– Amor, não se atormente desse jeito – disse ela. – Eu sabia que você era casado. Nunca tentei fugir dessa realidade. Ela não está me incomodando agora.

A primeira palavra que Dagny pronunciara foi o mais violento dos diversos golpes que o atingiram: ela nunca a havia empregado antes. Ela nunca falara com ele antes num tom tão cheio de ternura. Nunca falara do casamento dele na privacidade de seus encontros – no entanto, mencionara o assunto naquele momento, com uma simplicidade espontânea.

Dagny viu a raiva estampada no rosto dele: a revolta contra a piedade, o olhar de quem queria dizer a ela com desprezo que não havia demonstrado nenhum sofrimento e que não precisava de ajuda. Depois, o olhar de quem admitia que ela conhecia seu rosto tão completamente quanto ele conhecia o dela. Ele fechou os olhos, inclinou a cabeça um pouco e disse, em voz bem baixa:

– Obrigado.

Ela sorriu e se afastou.

James Taggart tinha uma taça de champanhe vazia na mão e percebeu a ânsia com que Balph Eubank fizera sinal a um garçom que passava, como se o garçom fosse culpado de alguma falta indesculpável. Então Eubank completou sua frase:

– ... mas *o senhor* sabe que um homem que vive num plano mais elevado não pode ser compreendido nem reconhecido. É uma luta vã tentar conseguir apoio para a literatura num mundo governado por negociantes. Não passam de burgueses grosseiros e pretensiosos ou então selvagens predadores como Rearden.

– Jim – disse Bertram Scudder, lhe dando uma palmada no ombro –, o maior elogio que eu posso lhe fazer é que você *não é* um negociante!

– Você é um homem culto, Jim – disse o Dr. Pritchett –, não um ex-mineiro como Rearden. Nem preciso explicar a você a necessidade crucial de que Washington dê subsídios ao ensino superior.

– O senhor gostou mesmo do meu último romance, Sr. Taggart? – Eubank perguntava a toda hora. – Gostou *mesmo*?

Orren Boyle olhou de relance para aquela roda ao passar, mas não parou. O olhar bastou para lhe dar uma ideia da natureza do que estavam fazendo. *É justo*, pensou, *é necessário trocar alguma coisa*. Ele sabia, mas não pensou no que estava sendo trocado.

– Estamos no limiar de uma nova era – disse Jim Taggart, erguendo a taça de champanhe. – Estamos derrubando a tirania vil do poder econômico. Vamos libertar os homens do jugo do dólar. Vamos libertar nossas aspirações espirituais dos proprietários dos meios de produção materiais. Vamos libertar nossa cultura da ditadura dos homens que só pensam nos lucros. Vamos construir uma sociedade dedicada a ideais mais elevados e vamos substituir a aristocracia do dinheiro pela...

– ... pela aristocracia do pistolão – disse uma voz destacada do grupo.

Todos se viraram. O homem que os encarava era Francisco d'Anconia.

Seu rosto estava bronzeado pelo sol estival e seus olhos tinham a cor exata do céu no dia em que o sol lhe dourara a pele. Seu sorriso lembrava uma manhã de verão e ele envergava seu traje a rigor com tal elegância que fazia com que todos os outros parecessem fantasiados.

– O que foi? – perguntou ele em meio ao silêncio. – Será que eu disse alguma coisa que alguém aqui não sabia?

– Como é que você veio parar aqui? – foi a primeira coisa que James Taggart conseguiu dizer.

– Peguei um avião até Newark, depois um táxi até o hotel, depois o elevador até minha suíte, 50 andares acima.

– Não foi isso que... quer dizer, eu...

– Não fique tão surpreso, Jim. Quando chego a Nova York e sou informado de que está havendo uma festa, você não acha que vou deixar de ir, não é? Você sempre disse que eu não passo de um papa-jantares.

O grupo os observava.

– É um prazer vê-lo, é claro – disse Taggart, cauteloso, e depois acrescentou, agressivo, para compensar: – Mas se você acha que vai...

Francisco se recusou a aceitar o desafio. Deixou que a frase de Jim parasse no meio, e então perguntou, educadamente:

– Se eu acho o quê?

– Você me entendeu muito bem.

– Entendi, sim. Quer que eu diga o que acho?

– A hora não é apropriada para...

– Acho que você devia me apresentar à sua mulher, James. Sua educação nunca foi muito sólida e tende a desaparecer em situações de emergência, que é justamente quando ela se torna mais necessária.

Virando-se para levar Francisco até Cherryl, Taggart ouviu o som sufocado que veio de Bertram Scudder – era uma risada reprimida. Taggart sabia que os homens que um instante atrás estavam rastejando a seus pés, que odiavam Francisco d'Anconia talvez mais que a ele, assim mesmo estavam adorando o espetáculo. O que esse fato significava era uma das coisas em que ele preferia não pensar.

Francisco fez uma mesura e ofereceu a Cherryl seus melhores votos de felicidade, como se ela fosse a noiva de um príncipe herdeiro. Observando a cena nervosamente, Taggart sentiu-se aliviado – e sentiu também uma ponta de ressentimento, o qual, se ele tivesse coragem de analisar, constataria que se devia a seu desejo de que a ocasião merecesse a nobreza que a elegância de Francisco lhe emprestou por um breve instante.

Taggart tinha medo de ficar ao lado de Francisco e receava deixá-lo andar à solta entre os convidados. Deu alguns passos para trás, disfarçadamente, mas Francisco o seguiu, sorrindo.

– Você não achava que eu ia querer perder o seu casamento, não é, James? Você, que é meu amigo de infância e meu melhor acionista!

– *O quê?!* – exclamou Taggart, e imediatamente se arrependeu da interjeição, que era uma confissão do pânico que sentia.

Francisco pareceu não se dar conta disso. Com uma voz alegre e inocente, disse:

– Ah, mas é claro que eu sei. Sei o nome de todos os testas de ferro de todos os acionistas da Cobre D'Anconia. É surpreendente constatar quantos Smith e Gomez são ricos o suficiente para serem grandes acionistas da empresa mais rica do mundo. Assim, não é de estranhar que eu tenha ficado curioso por saber quais são as pessoas distintas e renomadas que tenho entre os acionistas minoritários da minha companhia. Pelo visto, sou muito popular entre as mais destacadas personalidades públicas de todo o mundo – até de repúblicas populares onde nem parece que ainda exista dinheiro.

Taggart franziu a testa e disse, seco:

– Há muitas circunstâncias de ordem comercial que às vezes tornam aconselhável não fazer investimentos diretamente.

– Uma delas é quando a pessoa não quer que os outros saibam que ela é rica. Outra é quando ela não quer que saibam como foi que ficou rica.

– Não sei o que quer dizer, nem vejo por que você teria objeções a fazer.

– Ah, não, não faço objeção nenhuma. Eu acho ótimo. Muitos investidores, aqueles do tipo antigo, me abandonaram depois das minas de San Sebastián. Ficaram assustados. Mas os modernos tiveram mais fé em mim e agiram como sempre agem: com confiança absoluta. Você não sabe como eu acho isso ótimo.

Taggart preferiria que Francisco não falasse tão alto e que as pessoas não se juntassem ao redor deles para ouvir.

– Você está se dando muito bem – disse ele, no tom agradável de um empresário que elogia outro.

– É mesmo, não é? As ações da Cobre D'Anconia estão subindo de maneira incrível de um ano para cá. Mas eu acho que não tenho motivo para ficar convencido, afinal, não tenho muitos competidores. Para aqueles que enriquecem de repente, não há onde investir, e a Cobre D'Anconia é a companhia mais velha do mundo, a que oferece mais segurança há séculos. Já imaginou as situações a que ela já sobreviveu no correr dos séculos? Então, se vocês concluíram que é o melhor lugar para esconder o dinheiro de vocês, que é uma firma indestrutível, que só mesmo um homem muito fora de série poderia destruir a Cobre D'Anconia, vocês acertaram.

– Ouvi dizer que você agora começou a levar a sério suas responsabilidades, que finalmente está trabalhando direito. Dizem que você tem trabalhado muito.

– Ah, alguém reparou nisso? São os investidores à moda antiga, que fazem questão de observar o que os presidentes das companhias andam fazendo. Os modernos não acham isso necessário. Acho que eles nunca querem saber o que ando fazendo.

Taggart sorriu.

– Eles olham para a fita do teleimpressor da Bolsa. Ela diz tudo, não é?

– É. É, sim... a longo prazo.

– Sabe, acho ótimo você não ter ido a tantas festas de um ano para cá. Isso está se refletindo no seu trabalho.

– É mesmo? Bem, ainda não, ainda não.

– Imagino que eu deva me sentir lisonjeado por você ter vindo à minha festa – disse Taggart, no tom cauteloso de uma pergunta indireta.

– Ah, mas eu tinha que vir. Eu pensava que você estava me esperando.

– Até que não... quer dizer, eu...

– Mas devia estar, James. Esta é a grande ocasião formal de contagem de narizes, em que as vítimas vêm para mostrar como é fácil serem destruídas, e os destruidores fazem pactos de amizade eterna que duram três meses. Não sei exatamente a que grupo pertenço, mas eu tinha que vir para ser contado, não é?

– Que diabo você está dizendo? – perguntou Taggart, furioso, vendo a tensão nos rostos ao seu redor.

– Cuidado, James. Se você fingir que não está me entendendo, vou ser ainda mais explícito.

– Se você acha conveniente proferir tamanhas...

– Eu acho engraçado. Houve época em que as pessoas tinham medo de que alguém revelasse algum segredo delas. Hoje em dia, elas têm medo de que alguém mencione aquilo que todos sabem. Será que vocês, homens práticos, nunca pensaram como seria fácil derrubar toda essa imensa e complexa estrutura em que vocês se apoiam, com todas as suas leis e armas? Era só alguém dizer exatamente o que vocês estão fazendo.

– Se você acha apropriado vir a uma festa de casamento para insultar o anfitrião...

– Ora, James, eu vim aqui para lhe agradecer.

– Me agradecer?

– É claro. Vocês me fizeram um grande favor, você e seu pessoal lá em Washington e em Santiago. Só não sei por que nenhum de vocês se deu ao trabalho de me informar. Os decretos que alguém emitiu aqui alguns meses atrás estão destruindo toda a indústria de cobre dos Estados Unidos. Como resultado, o país agora tem de importar grandes quantidades do mineral. E onde mais se encontra cobre à venda no mundo de hoje senão na D'Anconia? Então, como você vê, eu tenho bons motivos para lhe agradecer.

– Posso lhe garantir que não tive nada a ver com essa história – Taggart foi logo dizendo –, e além disso as políticas econômicas básicas deste país não são determinadas por considerações do tipo que você está insinuando...

– Eu sei como elas são determinadas, James. Eu sei que o negócio começou com o pessoal de Santiago, porque eles estão na folha de pagamento da D'Anconia há séculos... não, "folha de pagamento" é um termo honrado. Seria mais exato dizer que a Cobre D'Anconia vem pagando proteção a eles há séculos; não é assim que dizem os gângsteres daqui? Nosso pessoal lá em Santiago chama isso de imposto. Sempre recebem a porcentagem deles em cima de cada tonelada de cobre que a D'Anconia vende. É por isso que têm interesse em me ver vender tanto cobre quanto possível. Mas, agora que o mundo está cheio de repúblicas populares, este é o único país que resta em que as pessoas ainda não estão reduzidas a viver escavando raízes para não morrer de fome. Aqui é o último mercado do mundo. O pessoal de Santiago queria se apossar desse mercado. Não sei o que ofereceram ao pessoal de Washington, ou quem deu o quê em troca de quê. Só sei que você entrou nessa jogada, porque possui um bom número de ações da Cobre D'Anconia. E certamente não ficou contrariado quando, há quatro meses, um dia depois dos decretos, as ações da D'Anconia dispararam na Bolsa. Ora, a fita do teleimpressor quase saltou na sua cara.

– Com base em quê você inventa uma história absurda como essa?

– Ninguém me disse nada. Eu simplesmente vi a fita do teleimpressor saltar naquela manhã. Isso diz tudo, não é? Além disso, o pessoal de Santiago inventou mais um imposto sobre o cobre na semana seguinte, e me disseram que eu não ia me incomodar, já que as minhas ações tinham subido tanto. Eles estavam trabalhando a meu favor, me garantiram. Por que iria me incomodar? Afinal de contas, levando em consideração os dois acontecimentos, o fato é que eu estava bem mais rico do que antes. O que era a pura verdade.

– Por que você quer me dizer isso?

– Por que não quer aceitar o mérito que lhe cabe, James? Isso não condiz com sua maneira normal de agir. Numa época em que as pessoas só existem por favor, não por direito, ninguém rejeita gratidão, mas tenta fazer com que o maior número de pessoas possível lhe sejam gratas. Você não quer que eu seja um dos homens que lhe devem favores?

– Não sei de que você está falando.

– Pense só no favor que me fizeram sem me pedir nada em troca. Não fui consultado, não fui informado, ninguém pensou em mim, tudo foi acertado sem mim, e agora tudo o que eu tenho que fazer é produzir cobre. Foi um grande favor, James. Pode ter certeza de que vou retribuí-lo.

Francisco se virou de repente, sem esperar por uma resposta, e se afastou. Taggart não foi atrás dele, ficou parado, pensando que qualquer coisa seria melhor do que continuar aquela conversa por mais um minuto.

Francisco parou quando chegou a Dagny. Olhou-a por um instante, em silêncio, sem cumprimentá-la. Seu sorriso dava a entender que ela era a primeira pessoa que ele via e a primeira que o via desde que ele entrara no salão.

Apesar de todas as suas dúvidas e ressalvas íntimas, Dagny só conseguia sentir uma confiança cheia de felicidade. Inexplicavelmente, sentia que aquela figura no meio da multidão era um ponto de segurança indestrutível. Mas no momento em que ela começava a sorrir, demonstrando o prazer que sentia por vê-lo, Francisco perguntou:

– Você não vai me dizer que empreendimento maravilhoso acabou sendo a Linha John Galt?

Sentindo que seus lábios tremiam e se apertavam ao mesmo tempo, ela respondeu:

– Desculpe por eu ainda demonstrar que estou magoada. A esta altura, eu já não devia mais me chocar ao constatar que você despreza todo e qualquer empreendimento.

– É mesmo, não é? Eu desprezava tanto aquela linha que não quis nem ver o fim que ela teve.

Francisco viu no rosto dela um súbito olhar de interesse, como se seu raciocínio estivesse descobrindo uma nova direção. Ficou olhando-a por algum tempo, como se soubesse todas as etapas daquele caminho, então riu e disse:

– Você não vai me perguntar agora quem é John Galt?

– Por quê? E por que agora?

– Você esqueceu que desafiou John Galt a vir reivindicar a linha dele? Pois foi o que ele fez.

Francisco se afastou para não ver a expressão no rosto de Dagny. Nela havia raiva, confusão e um ponto de interrogação que começava a se delinear.

Foram os músculos do próprio rosto que fizeram Rearden perceber a natureza de sua reação à chegada de Francisco: de repente se deu conta de que estava sorrindo e de que havia alguns minutos seu rosto começara a esboçar aquele sorriso, desde que vira Francisco d'Anconia se aproximando por entre a multidão.

Pela primeira vez, Rearden admitiu todos os momentos semiapreendidos, semir-rejeitados, em que pensara em D'Anconia e pôs de lado esse pensamento antes que se transformasse na consciência de que queria muito ver Francisco outra vez. Em momentos de súbita exaustão – à sua mesa, com o fogo das fornalhas ardendo na penumbra –, na escuridão da caminhada solitária pelo campo escuro até chegar a casa, no silêncio de noites de insônia, sem querer ele havia começado a pensar naquele homem que, antigamente, parecia ser seu porta-voz. Sempre empurrava para o lado aquela lembrança, dizendo: *Mas ele é pior do que todos os outros!* No entanto, ao mesmo tempo sentia que isso não era verdade, embora não soubesse dizer por que tinha essa certeza. Às vezes se surpreendia procurando nos jornais alguma notícia sobre D'Anconia estar em Nova York, mas os jogava para o lado, irritado, pensando: *E se ele estiver? Você por acaso vai sair atrás dele pelas boates e festas? O que quer dele?*

É isto que quero, pensou agora, ao constatar que sorria ao ver Francisco no meio da multidão, *esta estranha sensação de expectativa, que mistura curiosidade, bem--estar e esperança.*

Francisco parecia não tê-lo visto. Rearden esperou, reprimindo o desejo de se aproximar. *Não tem sentido, depois da última conversa que tivemos. Para quê? O que eu diria a ele?* E então, com a mesma sensação de bem-estar, sorridente, quando deu por si estava atravessando o salão em direção ao grupo que se formara em torno de Francisco d'Anconia.

Ao olhar para aquelas pessoas, Rearden se perguntava por que elas se sentiam atraídas por Francisco, por que o fechavam no meio de um círculo apertado, quando era óbvio, apesar de todos aqueles sorrisos, que o detestavam. Em seus rostos havia aquele olhar que é característico não do medo, mas da covardia: um olhar de raiva culposa. Francisco estava encurralado contra o lado de uma escadaria de mármore, meio debruçado, meio sentado nos degraus. A informalidade de sua postura, em contraste com a estrita formalidade de suas roupas, lhe dava um ar de suprema elegância. Seu rosto era o único que exibia o ar despreocupado e o sorriso radiante que condiziam com uma festa, porém seus olhos pareciam intencionalmente vazios de expressão, sem qualquer vestígio de alegria, revelando como um sinal de alerta apenas a atividade de uma mente acentuadamente perceptiva.

À margem do grupo, despercebido, Rearden ouviu uma mulher com grandes brincos de brilhantes e um rosto flácido e tenso perguntar nervosamente:

– Sr. D'Anconia, o que acha que vai acontecer com o mundo?

– Exatamente o que ele merece.

– Ah, mas como o senhor é cruel!

– A senhora não acredita na lei moral, madame? – perguntou Francisco, muito sério. – Eu acredito.

Rearden ouviu Bertram Scudder, que estava fora do grupo, dizer a uma moça que emitira algum som que traduzia indignação:

– Não se incomode com ele. Sabe, o dinheiro é a origem de todo o mal, e ele é um produto típico do dinheiro.

Rearden achou que Francisco não deveria ter ouvido o comentário, porém o viu se virar para eles com um sorriso muito cortês:

– Então o senhor acha que o dinheiro é a origem de todo o mal? O senhor já se perguntou qual é a origem do dinheiro? Ele é um instrumento de troca, que só pode existir quando há bens produzidos e homens capazes de produzi-los. O dinheiro é a forma material do princípio de que os homens que querem negociar uns com os outros precisam trocar um valor por outro. O dinheiro não é o instrumento dos pidões, que recorrem às lágrimas para pedir produtos, nem dos saqueadores, que os levam à força. O dinheiro só se torna possível por intermédio dos homens que produzem. É isso que o senhor considera mau? Quem aceita dinheiro como pagamento por seu esforço só o faz por saber que será trocado pelo produto do esforço de outrem. Não são os pidões nem os saqueadores que dão ao dinheiro o seu valor. Nem um oceano de lágrimas nem todas as armas do mundo podem transformar aqueles pedaços de papel no seu bolso no pão de que você precisa para sobreviver. Aqueles pedaços de papel, que deveriam ser ouro, são penhores de honra, e é por meio deles que você se apropria da energia dos homens que produzem. A sua carteira afirma a esperança de que em algum lugar no mundo ao seu redor existam homens que não traem aquele princípio moral que é a origem do dinheiro. É isso que o senhor considera mau?

Ninguém respondeu.

– Já procurou a origem da produção? Olhe para um gerador de eletricidade e ouse dizer que ele foi criado pelo esforço muscular de criaturas irracionais. Tente plantar um grão de trigo sem os conhecimentos que lhe foram legados pelos homens que foram os primeiros a fazer isso. Tente obter alimentos usando apenas movimentos físicos e descobrirá que a mente do homem é a origem de todos os produtos e de toda a riqueza que já houve na Terra. Mas o senhor diz que o dinheiro é *feito* pelos fortes em detrimento dos fracos? A que força se refere? Não à força das armas nem à dos músculos. A riqueza é produto da capacidade humana de pensar. Então o dinheiro é feito pelo homem que inventa um motor em detrimento daqueles que não o inventaram? O dinheiro é feito pela inteligência em detrimento dos estúpidos? Pelos capazes em detrimento dos incompetentes? Pelos ambiciosos em detrimento dos preguiçosos? O dinheiro é feito, antes de poder ser embolsado pelos pidões e pelos saqueadores, pelo esforço honesto de todo homem honesto, cada um na medida de suas capacidades. O homem honesto é aquele que sabe que não pode consumir mais do que produz. Comerciar por meio do dinheiro é o código dos homens de boa vontade. O dinheiro se baseia no axioma de que todo homem é proprietário de sua mente e de seu trabalho. O dinheiro não permite que nenhum poder prescreva o valor do seu trabalho, senão a escolha voluntária do homem que está disposto a trocar com você o trabalho dele. O dinheiro permite que você obtenha em troca dos seus produtos e do seu trabalho aquilo que esses produtos e esse trabalho valem para os homens que os adquirem, nada mais que isso. O dinheiro só permite os negócios em que há benefício mútuo segundo o juízo das partes voluntárias. O dinheiro exige o reconhecimento de que os homens precisam trabalhar em benefício próprio, não em detrimento de si próprios. Para lucrar, não para perder. De que os homens não são bestas de carga, que não nascem para arcar com o ônus da miséria. De que é preciso lhes oferecer valores, não dores. De que o vínculo comum entre os homens não é a troca de sofrimento, mas a troca de *bens*. O dinheiro exige que o senhor venda não a sua fraqueza à estupidez humana, mas o seu talento à razão humana. Exige que compre não o pior que os outros oferecem, mas o melhor que ele pode comprar. E, quando os homens vivem do comércio, com a razão e não à força, como árbitro ao qual não se pode mais apelar, é o melhor produto que sai vencendo, o melhor desempenho, o homem de melhor juízo e maior capacidade, e o grau da produtividade de um homem é o grau de sua recompensa. Esse é o código da existência, cujos instrumento e símbolo são o dinheiro. É isso que o senhor considera mau?

Todos continuaram em silêncio.

– Mas o dinheiro é só um instrumento. Ele pode levá-lo aonde o senhor quiser, mas não pode substituir o motorista do carro. Ele lhe dá meios de satisfazer seus desejos, mas não lhe cria desejos. O dinheiro é o flagelo dos homens que tentam inverter a lei da causalidade, aqueles que tentam substituir a mente pelo sequestro dos produtos da mente. O dinheiro não compra felicidade para o homem que não sabe o que quer, não lhe dá um código de valores se ele não tem conhecimento a respeito de valores, e não lhe dá um objetivo se ele não escolhe uma meta. O dinheiro não compra inteligência para o estúpido, nem admiração para o covarde, nem respeito para o incompetente. O homem que tenta comprar o cérebro de quem lhe é superior para servi-lo, usando dinheiro para substituir seu juízo, termina vítima dos que lhe são inferiores. Os homens inteligentes o abandonam, mas os trapaceiros e vigaristas correm a ele, atraídos por uma lei que ele não descobriu: o homem não pode ser menor do que o dinheiro que ele possui. É por isso que o senhor considera o dinheiro mau? Só o homem que não precisa da fortuna herdada merece herdá-la: aquele que faria sua fortuna de qualquer modo, mesmo sem herança. Se um herdeiro está à altura de sua herança, ela o serve; caso contrário, ela o destrói. Mas o senhor diz que o dinheiro o corrompeu. Foi mesmo? Ou foi o herdeiro que corrompeu seu dinheiro? Não inveje um herdeiro que não vale nada: a riqueza dele não é sua, e o senhor não teria tirado melhor proveito dela. Não pense que ela deveria ser distribuída: criar 50 parasitas em lugar de um só não reaviva a virtude morta que criou a fortuna. O dinheiro é um poder vivo que morre quando se afasta de sua origem. Ele não serve à mente que não está a sua altura. É por isso que o senhor o considera mau?

Antes que alguém pudesse responder, Francisco prosseguiu:

– O dinheiro é o seu meio de sobrevivência. O veredicto que o senhor dá à fonte de seu sustento é aquele que dá à sua própria vida. Se a fonte é corrupta, o senhor condena sua própria existência. O seu dinheiro provém da fraude? Da exploração dos vícios e da estupidez humanos? O senhor o obteve servindo aos insensatos, na esperança de que lhe dessem mais do que sua capacidade merece? Baixando seus padrões de exigência? Fazendo um trabalho que o senhor despreza para compradores que não respeita? Nesse caso, o seu dinheiro não lhe dará um momento sequer de felicidade. Todas as coisas que adquirir serão não um tributo ao senhor, mas uma acusação; não uma realização, mas um momento de vergonha. Então o senhor dirá que o dinheiro é mau. Mau porque ele não substitui seu amor-próprio? Mau porque ele não permite que o senhor aproveite e goze sua depravação? É esse o motivo de seu ódio ao dinheiro? Ele será sempre um efeito e nada jamais o substituirá na posição de causa. O dinheiro é produto da virtude, mas não dá virtude nem redime vícios. Ele não lhe dá o que o senhor não merece, nem em termos materiais nem espirituais. É esse o motivo de seu ódio ao dinheiro? Ou será que o senhor disse que é o *amor* ao dinheiro que é a origem de todo o mal? Amar uma coisa é conhecer e amar sua natureza. Amar o dinheiro é conhecer e amar o fato de que ele é criado pela melhor força que há dentro do senhor, sua chave mestra que lhe permite trocar seu esforço pelo dos melhores homens que há. O homem que venderia a própria alma por um tostão é o que mais alto brada que odeia o dinheiro... e ele tem bons motivos para odiá-lo. Os que amam o dinheiro estão dispostos a trabalhar para ganhá-lo. Eles sabem que são capazes de merecê-lo. Eis uma boa pista para saber o caráter dos homens: aquele que amaldiçoa o dinheiro o obtém de modo desonroso; aquele que o respeita o ganha honestamente. Fuja do homem que diz que o dinheiro é mau. Essa afirmativa é o estigma que identifica o saqueador, assim como o sino indicava o leproso. Enquanto os homens viverem juntos na Terra e precisarem de um meio para negociar, se abandonarem o dinheiro, o único substituto que encontrarão será o cano do fuzil.

Atônitos, os convidados olhavam fixamente para Francisco.

– O dinheiro exige do senhor as mais elevadas virtudes, se quer ganhá-lo ou conservá-lo. Os homens que não têm coragem, orgulho nem amor-próprio, que não têm convicção moral de que merecem o dinheiro que têm e não estão dispostos a defendê-lo como defendem suas próprias vidas, os que pedem desculpas por serem ricos, esses não vão permanecer ricos por muito tempo. São presa fácil para os enxames de saqueadores que vivem debaixo das pedras durante séculos, mas que saem do esconderijo assim que farejam um homem que pede perdão pelo crime de possuir riquezas. Rapidamente eles vão livrá-lo dessa culpa, bem como de sua própria vida, que é o que ele merece. Então o senhor verá a ascensão daqueles que vivem uma vida dupla, que vivem da força, mas dependem dos que vivem do comércio para criar o valor do dinheiro que saqueiam. Esses homens vivem pegando carona com a virtude. Numa sociedade em que há moral, eles são os criminosos, e as leis são feitas para proteger os cidadãos contra eles. Mas, quando uma sociedade cria uma categoria de criminosos legítimos e saqueadores legais, homens que usam a força para se apossar da riqueza de vítimas *desarmadas*, então o dinheiro se transforma no vingador daqueles que o criaram. Tais saqueadores acham que não há perigo em roubar homens indefesos depois que aprovam uma lei que os desarme. Mas o produto de seu saque acaba atraindo outros saqueadores, que os saqueiam como eles fizeram com os homens desarmados. E assim a coisa continua, vencendo sempre não o que produz mais, mas aquele que é mais implacável em sua brutalidade. Quando o padrão é a força, o assassino vence o batedor de carteiras. E então essa sociedade desaparece, em meio a ruínas e matanças. Quer saber se esse dia se aproxima? Observe o dinheiro: ele é o barômetro da virtude de uma sociedade. Quando há comércio não por consentimento, mas por compulsão, quando para produzir é necessário pedir permissão a homens que nada produzem, quando o dinheiro flui para aqueles que não vendem produtos mas têm influência, quando os homens enriquecem mais pelo suborno e pelos favores do que pelo trabalho, e as leis não protegem quem produz de quem rouba, mas quem rouba de quem produz, quando a corrupção é recompensada e a honestidade vira um sacrifício, pode ter certeza de que a sociedade está condenada. O dinheiro é um meio de troca tão nobre que não entra em competição com as armas e não faz concessões à brutalidade. Ele não permite que um país sobreviva se metade é propriedade, metade é produto de saques. Sempre que surgem destruidores, a primeira coisa que destroem é o dinheiro, pois ele protege os homens e constitui a base da existência moral. Os destruidores se apossam do ouro e deixam em troca uma pilha de papel falso. Isso destrói todos os padrões objetivos e põe os homens nas mãos de um determinador arbitrário de valores. O dinheiro é um valor objetivo, equivalente à riqueza produzida. O papel é uma hipoteca sobre riquezas inexistentes, sustentado por uma arma apontada para aqueles que têm de produzi-las. O papel é um cheque emitido por saqueadores legais sobre uma conta que não é deles: a virtude de suas vítimas. Cuidado que um dia o cheque é devolvido, com o carimbo "sem fundos".

Francisco encarou os convidados e continuou:

– Se o senhor faz do mal um meio de sobrevivência, não é de esperar que os homens permaneçam bons. Não é de esperar que continuem a seguir a moral e sacrifiquem suas vidas para proveito dos imorais. Não é de esperar que produzam, quando a produção é punida e o saque é recompensado. Não pergunte quem está destruindo o mundo: é o senhor. O senhor vive em meio às maiores realizações da civilização mais produtiva do mundo e não sabe por que ela está ruindo a olhos vistos, enquanto amaldiçoa o sangue que corre pelas veias dela: o dinheiro. O senhor encara o dinheiro como os selvagens o faziam e não sabe por que a selva está brotando nos arredores das cidades. Em toda a história, o dinheiro sempre foi roubado por saqueadores de diversos tipos, com nomes diferentes, mas cujo método sempre foi o mesmo: tomá-

-lo à força e manter os produtores de mãos atadas, rebaixados, difamados, desonrados. Essa afirmativa de que o dinheiro é a origem do mal, que o senhor pronuncia com tanta convicção, vem do tempo em que a riqueza era produto do trabalho escravo e os escravos repetiam os movimentos que foram descobertos pela inteligência de alguém e durante séculos não foram aperfeiçoados. Enquanto a produção era governada pela força e a riqueza era obtida pela conquista, não havia muito que conquistar. No entanto, no decorrer de séculos de estagnação e fome, os homens exaltaram os saqueadores, como aristocratas da espada, aristocratas de estirpe, aristocratas da tribuna, e desprezaram os produtores, como escravos, mercadores, lojistas... industriais. Para glória da humanidade, houve, pela primeira e única vez na história, uma *nação de dinheiro...* e não conheço elogio maior aos Estados Unidos do que esse, pois ele significa um país de razão, justiça, liberdade, produção, realização. Pela primeira vez, a mente humana e o dinheiro foram libertados, e não havia fortunas adquiridas pela conquista, mas só pelo trabalho, e, em vez de homens da espada e escravos, surgiu o verdadeiro criador de riqueza, o maior trabalhador, o tipo mais elevado de ser humano: o *self-made man*, o industrial americano. Se me perguntassem qual a maior distinção dos americanos, eu escolheria, porque ele contém todas as outras, o fato de que foram eles que criaram a expressão "fazer dinheiro". Nenhuma outra língua, nenhum outro povo jamais usara essas palavras antes, e sim "ganhar dinheiro". Antes, os homens sempre encararam a riqueza como uma quantidade estática, a ser tomada, pedida, herdada, repartida, saqueada ou obtida como favor. Os americanos foram os primeiros a compreender que a riqueza tem que ser criada. A expressão "fazer dinheiro" resume a essência da moralidade humana, porém foi justamente por causa dessa expressão que os americanos foram criticados pelas culturas apodrecidas dos continentes de saqueadores. O ideário dos saqueadores fez com que pessoas como o senhor passassem a encarar suas maiores realizações como um estigma vergonhoso, sua prosperidade como culpa, seus maiores filhos, os industriais, como vilões, suas magníficas fábricas como produto e propriedade do trabalho muscular, o trabalho de escravos movidos a açoites, como na construção das pirâmides do Egito. As mentes apodrecidas que afirmam não ver diferença entre o poder do dólar e o poder do açoite merecem aprender a diferença na própria pele, que, creio eu, é o que vai acabar acontecendo. Enquanto pessoas como o senhor não descobrirem que o dinheiro é a origem de todo o bem, estarão caminhando para sua própria destruição. Quando o dinheiro deixa de ser o instrumento por meio do qual os homens lidam uns com os outros, então os homens se tornam os instrumentos dos homens. Sangue, açoites, armas... ou dólares. Façam sua escolha, o tempo está se esgotando.

Enquanto falava, Francisco não olhara uma só vez para Rearden. Assim que terminou, porém, seu olhar se fixou imediatamente no rosto dele, que permaneceu imóvel, vendo apenas Francisco d'Anconia por entre a multidão de figuras agitadas e vozes zangadas.

Algumas pessoas haviam ouvido, mas agora se afastavam, e outras diziam: "É horrível!"; "Não é verdade!"; "Que egoísmo!". Falavam ao mesmo tempo, alto e discretamente, como se quisessem que aqueles que estavam ao lado ouvissem, mas não Francisco.

– Sr. D'Anconia – disse a mulher dos brincos –, não concordo com o senhor!

– Se a senhora puder refutar uma só frase que eu disse, madame, lhe agradecerei.

– Ah, não posso responder ao senhor. Não tenho respostas, minha mente não funciona assim, mas eu não *sinto* que o senhor tenha razão, portanto sei que o senhor está errado.

– Como a senhora sabe disso?

– Eu *sinto*. Não me guio pela cabeça, mas pelo coração. Sua lógica pode estar certa, mas o senhor não tem coração.

– Minha senhora, quando as pessoas estiverem morrendo de fome ao nosso redor, seu coração não vai ajudá-las em nada. E, já que não tenho coração, eu lhe digo: quando a senhora gritar "Mas eu não sabia!", não terá perdão.

A mulher se afastou. Um estremecimento lhe percorreu as bochechas e a voz irada:

– Mas isso é modo de falar numa festa!?

Um homem corpulento com olhos ariscos disse alto, num tom de alegria forçada que demonstrava que seu único interesse em qualquer discussão era impedir que ela se tornasse desagradável:

– Se é isso que pensa a respeito do dinheiro, meu senhor, então ainda bem que eu tenho ações da D'Anconia.

Francisco respondeu, muito sério:

– Sugiro que o senhor pense duas vezes.

Rearden partiu em direção a ele, e Francisco, que parecia não ter olhado uma só vez em sua direção, imediatamente foi ao seu encontro, como se os outros nunca houvessem existido.

– Olá – disse Rearden com simplicidade e sorrindo, como se se dirigisse a um amigo de infância.

Seu sorriso se refletia no rosto de Francisco.

– Olá – retrucou Francisco.

– Quero falar com o senhor.

– Com quem o senhor acha que eu estava falando nos últimos 15 minutos?

Rearden deu uma risadinha, como quem reconhece que o adversário fez uma boa jogada.

– Eu não sabia que o senhor me havia visto.

– Quando entrei, vi que o senhor e mais outra pessoa foram os únicos que gostaram de me ver.

– O senhor não está sendo presunçoso?

– Não. Agradecido.

– Quem era a outra pessoa?

Francisco deu de ombros e disse:

– Uma mulher.

Rearden percebeu que Francisco o havia conduzido para longe do grupo com tanta naturalidade que nem ele nem os outros tinham se dado conta de que fora intencional.

– Eu não esperava encontrá-lo aqui – disse Francisco. – O senhor não devia ter vindo a esta festa.

– Por que não?

– O senhor me permite que lhe pergunte por que veio?

– Minha mulher estava ansiosa por aceitar o convite.

– Perdoe-me a forma de me expressar, mas teria sido menos impróprio e menos perigoso se ela lhe houvesse pedido que a levasse para conhecer os prostíbulos da cidade.

– A que perigo o senhor se refere?

– Sr. Rearden, o senhor não sabe como essas pessoas que estão aqui fazem negócios nem como interpretam sua presença. Para o senhor, mas não para elas, aceitar a hospitalidade de um homem é sinal de boa vontade, um sinal de que o senhor e seu anfitrião mantêm um relacionamento civilizado e respeitoso. Não lhes dê esse tipo de aprovação.

– Então por que *o senhor* veio?

Francisco deu de ombros, sorrindo:

– Ah, o que eu faço não tem importância. Eu sou apenas um papa-jantares.

– O que o senhor está fazendo nesta festa?

– Só procurando conquistas.

– Achou alguma?

Com o rosto subitamente sério, Francisco respondeu, em tom quase solene:

– Achei, sim, e acho que será minha melhor e maior conquista.

A raiva de Rearden foi involuntária, um grito não de acusação, mas de desespero:

– Como o senhor pode se desperdiçar desse jeito?

Um leve indício de sorriso, como uma luz que surge ao longe, se esboçou nos olhos de Francisco, que disse:

– O senhor admite que isso o incomoda?

– Admito isso e mais algumas coisas, se é o que o senhor quer. Antes de eu conhecê-lo, não entendia como é que o senhor desperdiçava uma fortuna como a sua. Agora é pior ainda, porque não posso mais desprezá-lo como antes, como eu gostaria de poder fazer, porém a pergunta é ainda mais terrível: como é que o senhor pode desperdiçar uma inteligência como a sua?

– Não acho que a esteja desperdiçando no momento.

– Não sei se o senhor dá importância a coisa alguma, mas vou lhe dizer o que nunca disse a ninguém antes. Quando o conheci, lembra que o senhor disse que queria me oferecer sua gratidão?

Não havia mais nenhum toque de humor nos olhos de Francisco. Rearden jamais vira uma expressão tão respeitosa.

– Lembro, Sr. Rearden – respondeu ele, em voz baixa.

– Eu lhe disse que não precisava de sua gratidão e o insultei por isso. Está bem, o senhor venceu. O discurso que o senhor fez hoje... foi isso que o senhor me ofereceu, não foi?

– Foi, Sr. Rearden.

– Foi mais que gratidão, e eu precisava de gratidão. Foi mais que admiração, e eu precisava de admiração também. Foi muito mais do que qualquer palavra que eu possa encontrar, e vou levar dias para entender tudo o que me foi dado. Mas uma coisa eu sei: eu estava precisando disso. Nunca admiti uma coisa dessas, porque jamais pedi ajuda a ninguém. Se o senhor achou graça em adivinhar que gostei de vê-lo, agora tem um bom motivo para rir, se quiser.

– Talvez eu leve alguns anos para conseguir, mas vou provar para o senhor que são essas as coisas das quais eu não rio.

– Prove agora respondendo a uma pergunta: por que o senhor não faz o que diz?

– Tem certeza disso?

– Se o que o senhor disse é verdade, se tem a grandeza de saber disso, a esta altura o senhor deveria ser o principal industrial do mundo.

Muito sério, tal como havia falado com o homem robusto, mas com um estranho toque de delicadeza em sua voz, Francisco disse:

– Sugiro que o senhor pense duas vezes, Sr. Rearden.

– Já pensei sobre o senhor mais vezes do que reconheço tê-lo feito. Não encontrei resposta.

– Deixe-me lhe dar uma pista: se as coisas que eu disse são verdade, quem é o homem mais culpado aqui neste salão?

– Será... James Taggart?

– Não, Sr. Rearden, não é James Taggart. Mas o senhor é que tem de definir a culpa e escolher o culpado.

– Há alguns anos, eu diria que é o senhor. Ainda acho que era isso que eu devia dizer. Mas estou quase na situação daquela mulher idiota que falou com o senhor: todos os motivos que conheço me dizem que o senhor é culpado... e, no entanto, não consigo sentir que isso é verdade.

– O senhor está mesmo caindo no mesmo erro daquela mulher, Sr. Rearden, ainda que de forma mais nobre.

– Como assim?

– Eu me refiro a muito mais do que o juízo que o senhor faz a meu respeito. Aquela mulher e todos os que são como ela evitam os pensamentos que sabem ser corretos. O senhor evita os pensamentos que considera maus. Aquelas pessoas o fazem porque querem evitar o esforço. O senhor o faz porque não se permite pensar em nada que o justifique. Elas se entregam às suas emoções a qualquer preço. O senhor sacrifica as suas emoções de saída, em qualquer problema. Eles não estão dispostos a suportar nada. O senhor está disposto a suportar qualquer coisa. Eles vivem fugindo às responsabilidades. O senhor vive assumindo-as. Mas não vê que o erro essencial é o mesmo?

Sem responder, Rearden não tirava os olhos de D'Anconia, que prosseguiu:

– Qualquer recusa a encarar a realidade, qualquer que seja o motivo, tem consequências desastrosas. Não existem pensamentos maus, senão um único: a recusa a pensar. Não ignore seus próprios desejos, Sr. Rearden. Não os sacrifique: examine as causas deles. Há um limite para quanto o senhor deve suportar.

– Como o senhor sabe isso a meu respeito?

– Também já caí no mesmo erro. Mas não por muito tempo.

– Quem dera... – começou Rearden, mas se interrompeu de repente.

Francisco sorriu.

– O senhor tem medo de manifestar um desejo, Sr. Rearden?

– Quem dera eu fosse capaz de me permitir gostar do senhor tanto quanto gosto.

– Eu daria... – começou Francisco, mas parou. Mesmo sem entender, Rearden viu nele uma emoção que não soube definir, mas que tinha certeza de que era dor. Era o primeiro momento de hesitação de Francisco que testemunhava. – O senhor tem ações da D'Anconia, Sr. Rearden?

Rearden o olhou, atônito.

– Não.

– Algum dia o senhor vai compreender a traição que estou cometendo neste momento, mas... não compre ações da Cobre D'Anconia. Jamais faça qualquer negócio com a D'Anconia.

– Por quê?

– Quando o senhor conhecer a verdadeira razão, saberá se já houve alguma coisa, ou alguém, que tenha representado algo para mim e... quanto representou.

Rearden franziu o cenho, pois se lembrara de algo.

– Não negocio com a sua empresa. O senhor não falou nos homens de dois pesos e duas medidas? O senhor não é um dos saqueadores que estão enriquecendo agora com os decretos?

Inexplicavelmente, suas palavras não foram recebidas por Francisco como um insulto. Elas, na verdade, lhe restituíram o ar confiante.

– O senhor acha que fui eu quem fez aqueles planejadores ladrões emitirem esses decretos?

– Se não foi o senhor, então quem foi?

– Os que pegam carona em mim.

– Sem o seu consentimento?

– Sem o meu conhecimento.

– Detesto admitir quanto eu gostaria de acreditar no senhor, mas não há como provar isso agora.

– Não? Vou lhe provar nos próximos 15 minutos – afirmou Francisco.

– Como? O fato é que o senhor foi quem mais lucrou com esses decretos.

– É verdade. Lucrei mais que o Sr. Mouch e sua gangue jamais poderiam imaginar. Depois de anos de trabalho, recebi deles a oportunidade de que eu precisava.

– O senhor está se vangloriando?

– E como! – Rearden constatou, incrédulo, que os olhos de Francisco tinham um olhar duro e brilhante, não de um papa-jantares, e sim de um homem de ação. – Sr. Rearden, o senhor sabe onde é que a maioria desses novos aristocratas esconde o dinheiro deles? Sabe onde foi que a maioria desses abutres igualitaristas investiu o dinheiro que lucrou com o metal Rearden?

– Não, mas...

– Em ações da Cobre D'Anconia, bem longe deste país. Ela é uma empresa antiga e invulnerável, tão rica que aguenta mais três gerações de saqueadores. Uma companhia administrada por um playboy decadente que não liga para nada, que os deixa usar sua propriedade como eles bem entendem e se limita a continuar a ganhar dinheiro para eles... automaticamente, tal como faziam seus ancestrais. Não era perfeito para os saqueadores, Sr. Rearden? Só que... qual foi o único detalhe que eles não perceberam?

Rearden não desviava os olhos dele.

– Aonde o senhor quer chegar?

Francisco riu de repente.

– Coitados desses exploradores do metal Rearden. O senhor não quer que eles percam o dinheiro que ganhou para eles, não é, Sr. Rearden? Mas acidentes acontecem. Como se diz: o homem não passa de um joguete nas mãos das forças da natureza. Por exemplo, houve um incêndio amanhã de manhã nos armazéns portuários de cobre em Valparaíso, um incêndio que destruiu todos os armazéns juntamente com metade das estruturas do porto. Que horas são, Sr. Rearden?

Rearden o olhava com ar confuso, sem entender aonde ele queria chegar.

– Ah, eu misturei os tempos verbais? Amanhã à tarde haverá uma avalanche nas minas da D'Anconia em Oráno. Não vai haver mortos nem feridos, as únicas vítimas serão as minas. Vão descobrir que elas estão perdidas, porque há meses estão sendo escavadas nos lugares errados. Mas o que se pode esperar de um administrador playboy? As grandes reservas de cobre ficarão enterradas sob toneladas de terra. Um Sebastián d'Anconia só conseguiria recuperá-las em três anos, e uma república popular jamais conseguirá. Quando os acionistas forem investigar, vão constatar que as minas de Campos, San Félix e Las Heras também vinham sendo escavadas de modo errado, exatamente como as de Oráno, e que eles vêm perdendo dinheiro há mais de um ano, só que o playboy vinha falsificando os livros e impedindo que os jornais noticiassem alguma coisa. Quer saber o que vão descobrir a respeito da administração das fundições da D'Anconia? Ou dos navios da empresa? Mas essas descobertas todas não vão fazer nenhuma diferença para os acionistas, porque amanhã de manhã as ações da empresa terão sofrido uma queda vertiginosa, caído como uma lâmpada sobre concreto, se espatifado como um elevador, espalhando pedaços das pessoas que transportava por todas as sarjetas.

Quando Francisco elevou a voz, triunfante, um outro som fez coro: a súbita gargalhada de Rearden.

Ele não sabia quanto tempo aquele momento havia durado, nem o que sentira. Fora como um soco que o projetasse para outro nível de consciência, e depois um segundo soco que o trouxesse de volta para a consciência normal – só lhe restava, como a quem desperta após passar o efeito de um narcótico, a sensação de que experimentara uma liberdade imensa, que não tinha igual na realidade. *Foi como o incêndio da Wyatt*, pensou ele – era esse o perigo secreto.

Quando deu por si, estava se afastando de Francisco, andando de costas. Este o olhava com atenção, como se o estivesse observando havia muito tempo. Quanto tempo? Rearden não sabia.

– Não existem pensamentos maus, Sr. Rearden – disse Francisco, baixinho –, senão um único: a recusa a pensar.

– Não – discordou Rearden, quase sussurrando. Ele se obrigava a manter o tom de voz baixo, tinha medo de gritar. – Não... se é essa a explicação, não pense que vou aplaudi-lo, não... o senhor não teve forças para lutar contra eles... escolheu a maneira mais fácil, a mais malévola... a destruição deliberada... a destruição de uma realização que não foi sua, e que o senhor seria incapaz de conseguir...

– Não é isso que o senhor vai ler nos jornais amanhã. Não haverá indícios de destruição deliberada. Tudo aconteceu como uma consequência normal, explicável e justificável da incompetência pura e simples. Hoje em dia a incompetência não é algo que mereça castigo, não é verdade? O pessoal de Buenos Aires e o de Santiago provavelmente vão querer me dar um subsídio como prêmio de consolação. Ainda vai sobrar uma boa parte da Cobre D'Anconia, embora uma parte considerável dela esteja irremediavelmente destruída. Ninguém vai dizer que agi de propósito. O senhor pode pensar o que quiser.

– O que eu acho é que o senhor é o homem mais culpado neste salão – declarou Rearden, calmo, porém cansado. Até mesmo o ímpeto de sua raiva desaparecera. Sentia apenas o vazio deixado pela morte de uma grande esperança. – Acho o senhor pior do que eu imaginava...

Francisco o olhou com um estranho meio sorriso de serenidade, a serenidade de uma vitória sobre a dor, e não respondeu nada.

Foi esse silêncio que lhes permitiu ouvir as vozes de dois homens que estavam a uma curta distância. Viraram-se para ver quem eram.

O homem idoso e atarracado era evidentemente um empresário do tipo consciencioso e modesto. Seu traje a rigor era de boa qualidade, porém fora de moda há 20 anos, com laivos esverdeados nas costuras. Estava claro que ele tivera poucas oportunidades de usá-lo. Suas abotoaduras eram grandes e espalhafatosas, mas eram a ostentação patética de algo herdado, fora de moda, que provavelmente estava na sua família havia quatro gerações, tal qual sua empresa. Havia em seu rosto aquela expressão que, na época, era sinal de honestidade: uma expressão de quem está confuso. Olhava para seu companheiro tentando, com dificuldade – conscienciosamente, inutilmente –, compreender.

O outro era mais moço e mais baixo, um homenzinho de carnes arredondadas, peito proeminente e bigodinho espetado. Num tom de tédio condescendente, ele dizia:

– Bem, não sei, não. Vocês estão sempre reclamando do aumento dos custos. É a reclamação constante hoje em dia, típica de quem está tendo que diminuir seus lucros um pouco. Não sei, vamos ver, vamos decidir se iremos permitir que vocês tenham lucros ou não.

Rearden olhou para Francisco – e viu um rosto que ia além do que imaginava possível a uma face humana para exprimir a pureza de um objetivo único: era a expressão mais implacável que se podia conceber. Rearden se considerava implacável, mas não era capaz de uma expressão como aquela, nua, inexorável, imune a todo e qualquer sentimento que não o de justiça. Fosse o que fosse, pensou Rearden, o homem capaz de experimentar uma emoção daquelas era um gigante.

Foi apenas um instante. Francisco se virou para ele com uma expressão normal no rosto e disse, com a voz muito tranquila:

– Mudei de ideia, Sr. Rearden. Foi bom o senhor vir a esta festa. Quero que o senhor veja isto.

Então, levantando a voz, Francisco disse de repente, no tom alegre, descontraído e estridente de um homem totalmente irresponsável:

– Então o senhor não vai me emprestar o dinheiro, Sr. Rearden? Isso vai me deixar numa situação muito difícil. Preciso levantar esse dinheiro hoje, antes que a Bolsa de Valores abra amanhã, senão...

Não foi preciso continuar, porque o homenzinho do bigode estava puxando seu braço.

Rearden antes não acreditava que um ser humano pudesse mudar de dimensões a olhos vistos, porém viu o homenzinho perder peso, postura, forma, como se suas carnes murchassem: aquele senhor dominador agora não passava de um verme incapaz de ameaçar quem quer que fosse.

– Tem... algum problema, Sr. D'Anconia? Quer dizer... com a Bolsa?

Francisco levou um dos dedos aos lábios de repente, com um olhar assustado.

– Silêncio – sussurrou. – Pelo amor de Deus, silêncio!

O homem tremia.

– Algum... problema?

– O senhor por acaso tem ações da D'Anconia? – perguntou Francisco. O homem fez que sim, incapaz de falar. – Ah, meu Deus! Bem, vou lhe contar, se o senhor me der sua palavra de honra que não vai falar com ninguém. O senhor não quer que as pessoas entrem em pânico, certamente.

– Palavra de honra... – gaguejou o homem.

– O melhor que o senhor tem a fazer é dizer o mais depressa possível ao seu corretor para vender tudo, porque as coisas não andam muito boas para o lado da D'Anconia. Estou tentando levantar dinheiro, mas, se não conseguir, suas ações devem cair no mínimo uns 90 por cento amanhã de manhã... Ah! Esqueci que o senhor só vai poder falar com seu corretor amanhã de manhã... É, é uma pena, mas...

O homem estava correndo pelo salão, empurrando as pessoas.

– Observe – disse Francisco, austero, virando-se para Rearden.

O homem sumiu na multidão. Rearden e Francisco não sabiam para quem ele estava vendendo seu segredo, nem se era esperto o bastante para fazer um acordo com os que detinham poder – porém viram o rastro que ele deixava na multidão, os súbitos cortes que a dividiam, como rachaduras, depois viram as rachaduras aumentarem, como numa parede prestes a desabar, as marcas de vazio causadas não por mão humana, mas pelo contato impessoal do terror.

Vozes se calavam subitamente, e poças de silêncio se formavam. Depois surgiram sons diferentes, inflexões histéricas de perguntas repetidas em vão, sussurros ansiosos, o grito de uma mulher, as risadinhas forçadas dos poucos que ainda tentavam fingir que nada estava acontecendo.

Havia pontos de imobilidade na movimentação da multidão, como locais de onde se irradia uma paralisia. Houve um silêncio súbito, como se um motor tivesse sido desligado.

Então foi como o movimento frenético, desordenado, desgovernado de objetos que descem uma encosta impelidos pela força cega da gravidade e de todas as pedras com que eles se chocam na descida. Pessoas corriam para fora do salão, voavam para os telefones, corriam umas para as outras, agarrando ou empurrando os corpos ao seu redor. Esses homens, os indivíduos mais poderosos do país, que detinham o poder absoluto sobre a comida de cada pessoa, sobre a maneira como cada um passaria sua existência na Terra – estes homens agora eram como uma pilha de entulho exposto ao vento do pânico, o entulho a que se reduz uma estrutura quando sua principal coluna de sustentação é derrubada.

James Taggart, com a expressão indecente de quem expõe emoções que há séculos os homens vêm aprendendo a ocultar, correu até Francisco e gritou:

– É verdade?

– Ora, James – disse Francisco, sorrindo –, qual é o problema? Por que você está tão abalado? O dinheiro não é a raiz de todo o mal? Pois é, cansei de ser mau.

Taggart correu em direção à saída principal, gritando algo para Orren Boyle no caminho. Boyle ficou balançando a cabeça em sinal de concordância, com a presteza e a humildade de um criado incompetente, e depois partiu na direção oposta. Cherryl, com o véu esvoaçando ao seu redor como uma nuvem de cristal, correu atrás de Taggart e o alcançou na porta.

– O que houve, Jim?

Ele a empurrou para o lado, e Cherryl foi de encontro a Paul Larkin, enquanto Taggart sumia.

Três pessoas permaneciam imóveis, como três pilares espaçados pelo salão, entreolhando-se em meio ao caos: Dagny, olhando para Francisco, e Francisco e Rearden, olhando um para o outro.

CAPÍTULO 13

CHANTAGEM BRANCA

– QUE HORAS SÃO?

Tarde demais, pensou Rearden, porém respondeu:

– Não sei. Ainda não é meia-noite. – Lembrou-se de que estava de relógio e acrescentou: – Vinte para meia-noite.

– Vou pegar um trem e voltar para casa – disse Lillian.

Rearden ouviu a frase, que demorou a atravessar as passagens superlotadas que levavam à sua consciência. Ele estava parado, em pé, distraído, olhando para a porta da suíte – estavam alguns andares acima do salão da festa. Depois de uns instantes, respondeu automaticamente:

– A esta hora?

– Ainda é cedo. Ainda há muitos trens em funcionamento.

– Você pode ficar, se quiser, é claro.

– Não, eu acho que prefiro ir para casa. – Rearden não disse nada. – E você, Henry? Você pretende ir para casa esta noite?

– Não. – Acrescentou: – Tenho compromissos aqui amanhã.

– Como você quiser.

Lillian sacudiu os ombros e o xale lhe caiu nos braços. Ela foi em direção à porta do quarto, mas parou.

– Odeio Francisco d'Anconia – disse ela, tensa. – Por que ele veio à festa? E por que não ficou de boca fechada, pelo menos até amanhã de manhã? – Rearden não disse nada. – É criminoso o que ele permitiu que acontecesse com a companhia dele. É claro que ele não passa de um playboy decadente, mas o fato é que uma fortuna dessas proporções é uma grande responsabilidade, e negligência tem limite! – Rearden olhou para o rosto de Lillian. Havia nele uma tensão estranha, uma agudeza nas feições que a fazia parecer mais velha. – Ele tinha um compromisso com os acionistas, não é? Não é, Henry?

– Você se incomoda se eu lhe pedir para não falar nisso?

Ela fez um movimento com os lábios, apertando-os e os torcendo, o que equivalia a um dar de ombros, e entrou no quarto.

Rearden permaneceu à janela, olhando para os automóveis que passavam lá embaixo, deixando que os olhos se distraíssem enquanto sua faculdade de visão estava desativada. Sua mente ainda se mantinha focalizada na multidão e em duas figuras paradas no meio dela. Mas, assim como a cena do salão permanecia no limiar de sua visão, também a ideia de que ele tinha de fazer alguma coisa permanecia no limiar de sua consciência. Por um momento esforçou-se para apreendê-la: era a ideia de que ele tinha de tirar o traje a rigor. Porém, mais além do limiar, havia a sensação de relutância em se despir na presença de uma mulher desconhecida, por isso ele se esqueceu da ideia no instante seguinte.

Lillian voltou à sala da suíte, tão impecavelmente vestida quanto estivera ao chegar: o conjunto bege de viagem destacava suas formas com eficiência e o chapéu inclinado sobre um lado da cabeça não ocultava os cabelos ondulados. Balançava de leve a mala que carregava, como se para demonstrar sua capacidade de carregá-la.

Mecanicamente, Rearden esticou o braço e lhe tomou a mala.

– O que você está fazendo? – perguntou ela.

– Vou levá-la à estação.

– Assim? Você nem trocou de roupa.

– Não faz mal.

– Não precisa me levar. Pode deixar que eu me arranjo sozinha. Se você tem compromissos amanhã, é melhor ir se deitar.

Rearden não disse nada, mas andou com ela até a porta, abriu-a para Lillian e a acompanhou até o elevador.

Permaneceram em silêncio no táxi que os levou até a estação. Nos momentos em que Rearden se lembrava de que Lillian estava presente, percebia que sua postura era perfeita, quase exagerando seu autocontrole absoluto. Ela parecia bem desperta e satisfeita, como se estivesse começando uma viagem de manhã cedo.

O táxi parou à entrada do Terminal Taggart. As luzes brilhantes que iluminavam as grandes portas de vidro davam ao local uma impressão de segurança e atividade que independia da hora. Lillian, muito lépida, saltou do táxi dizendo:

– Não, não. Não precisa sair. Pode voltar. Você vai jantar em casa amanhã ou no mês que vem?

– Eu telefono – disse Rearden.

Ela lhe acenou com a mão enluvada e desapareceu no terminal iluminado. Quando o táxi partiu, Rearden deu ao motorista o endereço de Dagny.

O apartamento estava escuro quando entrou, mas a porta do quarto estava entreaberta e ele ouviu a voz de Dagny:

– Oi, Hank.

Ele entrou perguntando:

– Você estava dormindo?

– Não.

Rearden acendeu a luz. Ela estava deitada, a cabeça apoiada no travesseiro, os cabelos soltos lhe caindo pelos ombros como se ela estivesse imóvel havia muito tempo, mas seu rosto estava plácido. Parecia uma menina, com o colarinho severo da camisola azul-clara cobrindo todo o seu pescoço, porém a frente da camisola contrastava com a severidade do colarinho, com um bordado azul-claro que parecia luxuosamente adulto e feminino.

Rearden sentou-se na beira da cama e ela sorriu, percebendo que a formalidade rígida de seu traje tornava o ato de sentar simples e naturalmente íntimo. Ele sorriu também. Viera preparado para rejeitar o perdão que ela lhe concedera na festa, como quem rejeita um favor de um adversário generoso demais. Porém, em vez disso, estendeu a mão e a passou pela testa de Dagny, acariciando seus cabelos, num gesto de ternura protetora, percebendo de repente que era delicada como uma criança, essa adversária que vinha enfrentando o desafio da força dele, mas que deveria estar recebendo sua proteção.

– Você arca com um fardo pesado demais – disse ele –, e sou eu que o torno ainda mais pesado...

– Não, Hank. Você sabe que isso não é verdade.

– Sei que você tem força suficiente para não se deixar magoar, mas eu não tenho o direito de abusar dessa força. Mas é o que eu faço, e não tenho solução, nenhuma compensação a oferecer. Só posso admitir o fato e assumir que não tenho como lhe pedir perdão.

– Não há o que perdoar.

– Eu não tinha o direito de trazê-la até você.

– Não fiquei magoada. Só que...

– Sim?

– ... ver você sofrer daquele jeito... foi duro de suportar.

– Não acredito que o sofrimento compense nada, mas o que quer que eu tenha sofrido não foi o bastante. Se há uma coisa que eu odeio é falar no meu sofrimento: é coisa que só interessa a mim. Mas se você quer saber, e aliás já sabe, admito que foi terrível para mim. E pena que não foi pior, pelo menos estou me punindo.

Falou com severidade, sem emoção, como se pronunciasse um veredicto inclemente sobre si próprio. Dagny sorriu com tristeza, lhe tomou a mão e a levou aos lábios, sacudindo a cabeça para manifestar sua rejeição daquela sentença, escondendo seu rosto na mão dele.

– O que você quer dizer? – perguntou ele baixinho.

– Nada... – Então ela levantou a cabeça e disse com firmeza: – Hank, eu sabia que você era casado. Eu sabia o que estava fazendo e optei por fazê-lo. Você não me deve nada, não tem nenhum dever a cumprir.

Ele sacudiu a cabeça lentamente, discordando.

– Hank, não quero nada de você senão o que quer me dar. Lembra que uma vez você me chamou de comerciante? Quero que você só procure seu próprio prazer em mim. Se você quer continuar casado, sejam quais forem os motivos, não tenho o direito de me ressentir disso. O comércio que pratico é saber que a felicidade que você me dá é paga pela felicidade que você encontra em mim, não pelo seu sofrimento nem pelo meu. Não aceito sacrifícios nem os faço. Se você me pedisse mais do que o que você representa para mim, eu recusaria. Se me pedisse que largasse a estrada de ferro, eu largaria você. Se o prazer de um tem que ser pago pelo sofrimento do outro, então é melhor que não haja comércio nenhum. Uma transação comercial na qual um sai lucrando e o outro sai perdendo é uma fraude. Você não faz isso no seu trabalho, Hank. Não o faça na sua vida.

Como um fundo musical, por trás das palavras de Dagny Rearden ouvia as palavras que Lillian lhe dissera e percebia a distância que havia entre as duas, a diferença entre o que uma e outra procuravam nele e na vida.

– Dagny, o que você pensa do meu casamento?

– Não tenho direito de pensar nada dele.

– Você deve pensar nisso.

– Eu pensava... antes daquela noite na casa de Ellis Wyatt. Depois, não.

– Você nunca me perguntou nada a respeito desse assunto.

– E nunca vou perguntar.

Rearden permaneceu em silêncio por um momento. Depois, encarando-a, como que para ressaltar que era a primeira vez que rompia aquela privacidade que Dagny sempre lhe concedera, disse:

– Queria lhe dizer uma coisa: não toco nela desde... aquela noite na casa de Ellis Wyatt.

– Ótimo.

– Você achava que eu seria capaz disso?

– Nunca me permiti pensar nisso.

– Dagny, você quer dizer que se eu tivesse... você... você aceitaria isso também?

– Aceitaria.

– Você não sentiria ódio?

– Um ódio maior do que eu seria capaz de exprimir em palavras. Mas, se fosse essa a sua escolha, eu a aceitaria. Quero você, Hank.

Rearden tomou sua mão e a levou aos lábios. Ela sentiu o conflito momentâneo que surgiu no corpo dele, no movimento súbito com que, quase caindo, ele se jogou sobre ela, com a boca sobre seu ombro. Depois, ele a puxou para a frente, todo o seu corpo envolto na camisola azul-clara, colocando-a sobre seus joelhos, e ficou a segurá-la, com violência, sem sorrir, como se odiasse as palavras que ela dissera e como se fossem as palavras que ele mais quisera ouvir.

Rearden baixou a cabeça, aproximando-a da dela, e Dagny ouviu a pergunta que periodicamente reaparecia nas noites do último ano, sempre brotada dele de modo involuntário, como uma explosão súbita que traía uma tortura secreta e constante:

– Quem foi o primeiro?

Ela tentou se afastar dele, mas Rearden a prendeu.

– Não, Hank – disse ela, com o rosto contraído.

O movimento tenso e rápido dos lábios dele foi um sorriso.

– Sei que você não vai responder, mas não vou parar de perguntar, porque é *isso* que nunca vou aceitar.

– Pergunte a si próprio por que você não aceita.

Ele respondeu, acariciando-lhe o corpo lentamente, dos seios até os joelhos, como se enfatizando sua posse sobre ela e ao mesmo tempo odiando essa posse:

– Porque... as coisas que você me permitiu fazer... eu não achava que você fosse capaz, nunca, nem mesmo a mim... mas saber que você é capaz e, ainda mais, que permitiu a outro homem, quis que ele fizesse, que...

– Você percebe o que está dizendo? Que você também nunca aceitou o fato de eu desejar você, a *possibilidade* de eu querer você, tanto quanto a de querer o outro antes.

Ele sussurrou:

– É verdade.

Dagny se desprendeu dele com um movimento brusco, contorcendo-se, e se pôs de pé, mas continuou olhando para ele, com um leve sorriso, e disse baixinho:

– Sabe qual é sua única culpa? Apesar de ter tanta capacidade para ter prazer, você nunca se permitiu isso. Sempre rejeitou o próprio prazer com muita facilidade. Sempre esteve disposto a suportar demais.

– Ele também disse isso.

– Ele quem?

– Francisco d'Anconia.

Rearden não entendeu por que teve a impressão de que aquele nome a chocou e de que ela pareceu hesitar um instante antes de perguntar:

– Ele disse isso a você?

– Nós estávamos falando sobre um assunto muito diferente.

Depois de um momento, Dagny disse, calma:

– Vi você conversando com ele. Quem estava insultando quem dessa vez?

– Ninguém. Dagny, o que você pensa dele?

– Acho que ele fez isso de propósito, esse caos financeiro que vai estourar amanhã.

– Foi de propósito, sim, eu sei. Mas, enfim, o que você acha dele como pessoa?

– Não sei. Eu devia achar que ele é a pessoa mais depravada que já conheci.

– Devia? Mas não acha?

– Não. Não consigo me convencer disso.

Rearden sorriu.

– É isso que é estranho nele. Sei que ele é um mentiroso, um vagabundo, um playboy barato, o ser humano mais irresponsável e inútil que sou capaz de imaginar. No entanto, quando olho para ele, sinto que é o único homem a quem eu confiaria a minha vida.

Dagny conteve uma interjeição de espanto.

– Hank, você está dizendo que gosta dele?

– Estou dizendo que não sabia o que era gostar de um homem, não sabia como precisava disso, até conhecê-lo.

– Meu Deus, Hank, você foi seduzido por ele!

– É, acho que fui. – Sorriu. – Por que isso a assusta?

– Porque... porque acho que ele vai magoar você profundamente de algum modo terrível... e quanto mais você gostar dele, mais terrível vai ser suportar o choque... e você vai levar muito tempo para se recuperar, se é que algum dia vai conseguir... Tenho a impressão de que eu devia alertá-lo contra ele, mas não consigo, porque não tenho certeza de nada a respeito dele, nem mesmo sei se ele é o melhor ou o pior homem do mundo.

– Não tenho nenhuma certeza quanto a ele, a não ser uma: a de que gosto dele.

– Mas pense no que ele já fez. Não foi só a Jim e Boyle que ele prejudicou, e sim a você e a mim também, a Ken Danagger e a todos os outros, porque a gangue de Jim vai descontar em cima de nós, e vai ser outro desastre como o incêndio da Wyatt.

– É... é, o incêndio da Wyatt. Mas, sabe, acho que não ligo muito para isso. Que diferença faz mais um desastre? Está tudo indo por água abaixo mesmo, é só uma questão de ir um pouco mais depressa ou um pouco mais devagar. Só nos resta tentar manter o navio flutuando durante o tempo que for possível e depois afundar com ele.

– É assim que ele se justifica? Foi isso que ele fez você sentir?

– Não. Não, não! É isso que deixo de sentir quando falo com ele. O que é estranho é o que ele me faz sentir.

– O quê?

– Esperança.

Dagny concordou com a cabeça, mecanicamente, sabendo que ela também já sentira o mesmo.

– Não sei por quê – disse ele. – Mas olho para as pessoas e tenho a impressão de que elas são feitas só de dor. Ele, não. Você, não. Aquele desespero terrível está em toda parte. Só não o sinto na presença dele. E na sua. Somente.

Dagny se aproximou de novo e sentou-se aos pés de Rearden, encostando o rosto em seus joelhos.

– Hank, ainda temos tanta coisa pela frente... e tanta coisa agora mesmo...

Rearden olhou para aquela forma de seda azul contra suas roupas escuras, se abaixou até ela e disse, em voz baixa:

– Dagny... aquelas coisas que eu lhe disse naquela manhã na casa de Ellis Wyatt... acho que estava mentindo para mim mesmo.

– Eu sei.

◆ ◆ ◆

Em meio à garoa cinzenta, o calendário sobre os telhados informava: 3 de setembro. Sobre outro arranha-céu, um relógio informava: 10h40. Rearden voltava de carro para o Hotel Wayne-Falkland. A voz no rádio do táxi noticiava, cheia de pânico, a queda da Cobre D'Anconia.

Cansado, ele se recostou no banco. O desastre era como uma notícia velha, de anos antes. Não sentia nada, apenas uma sensação desagradável de impropriedade por estar de traje a rigor de manhã. Não sentia nenhuma vontade de voltar do mundo onde estivera para o mundo garoento que via pelas janelas do táxi.

Enfiou a chave na fechadura da porta de sua suíte no hotel, desejando voltar o mais depressa possível para sua escrivaninha e não ver nada ao seu redor.

Três coisas lhe atingiram a consciência ao mesmo tempo: a mesa do café da manhã, a porta aberta do quarto revelando uma cama desfeita e a voz de Lillian dizendo:

– Bom dia, Henry.

Ela estava sentada numa poltrona, usando a mesma roupa que vestira na véspera, só que sem a jaqueta e o chapéu. Sua blusa branca parecia recém-passada. Na mesa havia restos de um café da manhã. Ela estava fumando um cigarro com o ar de quem passou uma longa noite pacientemente em claro.

Rearden ficou parado, e Lillian cruzou as pernas e se acomodou melhor na poltrona. Então perguntou:

– Não vai dizer nada, Henry?

Ele parecia estar de uniforme numa cerimônia oficial em que era proibido exibir as emoções.

– Quem tem que falar é você – disse ele.

– Você não vai tentar se justificar?

– Não.

– Não vai começar a me pedir perdão?

– Você não tem por que me perdoar. Não tenho mais nada a dizer. Você sabe a verdade. Agora seja o que você quiser.

Ela deu uma risada curta, esfregando as costas no encosto da poltrona.

– Você não sabia que ia ser descoberto mais cedo ou mais tarde? Se um homem como você permanece puro como um monge por mais de um ano, você não imaginou que eu ia começar a desconfiar? Engraçado! Como é que, com toda a sua famosa inteligência, você foi apanhado em flagrante com tanta facilidade? – Fez um gesto indicando o quarto e a mesa. – Eu estava certa de que você não ia voltar para cá ontem à noite. E não foi difícil descobrir, perguntando a um funcionário da recepção, que há um ano você não passa uma noite neste hotel.

Rearden não disse nada.

– O homem de aço inoxidável! – Lillian riu. – O homem das realizações, tão honrado, que é tão melhor do que os outros! Ela é corista ou manicure numa barbearia exclusiva frequentada por milionários?

Rearden permaneceu em silêncio.

– Quem é ela, Henry?

– Não vou responder a essa pergunta.

– Quero saber.

– Pois vai ficar sem saber.

– Você não acha ridículo bancar o cavalheiro que quer proteger a moça? Como é que pode querer bancar o cavalheiro agora? Quem é ela?

– Já disse que não vou responder.

Lillian deu de ombros.

– Acho que não faz muita diferença mesmo. Só existe um tipo-padrão de mulher para esse objetivo. Sempre soube que por trás dessa máscara de asceta você não passa de um homem de sensualidade grosseira, que só busca na mulher uma satisfação animal que eu me orgulho de jamais lhe ter dado. Sabia que o seu tão propalado sentimento de honra algum dia viria abaixo e você seria atraído pelo tipo mais vulgar, mais barato de mulher, como qualquer marido infiel. – Deu uma risada. – Aquela sua grande admiradora, a Srta. Dagny, ficou furiosa comigo só porque ousei dar a entender que talvez seu herói não fosse tão puro quanto os trilhos inoxidáveis que ele produz. E foi ingênua a ponto de imaginar que eu suspeitava de que ela pudesse ser o tipo de mulher que os homens consideram atraente para ter um relacionamento no qual o que menos lhes interessa é inteligência. Eu conhecia a sua verdadeira natureza, as suas verdadeiras inclinações. Não é? – Rearden não disse nada. – Sabe o que penso de você agora?

– Você tem o direito de me condenar do jeito que quiser.

Ela riu.

– O grande homem de negócios que tinha tanto desprezo pelos fracos que se esquivavam ou fracassavam por não ter a mesma força de caráter e perseverança que ele! Como é que você se sente agora?

– Os meus sentimentos não devem lhe interessar. Você tem o direito de resolver o que quer que eu faça. Concordo com qualquer exigência que você fizer, menos uma: não me peça para largar a outra.

– Ah, eu jamais lhe pediria isso! Sei que você não pode mudar de natureza. Esse é o seu verdadeiro nível. Por trás de toda aquela empáfia de grande industrial que saiu do nada, do fundo das minas, para chegar aos restaurantes mais exclusivos em trajes a rigor! Nada mais apropriado a você do que voltar às 11 da manhã em traje a rigor! Você nunca subiu além do nível das minas. Lá é que é o seu lugar... seu e de todos esses príncipes da caixa registradora que saíram do nada... o lugar de vocês é o botequim da esquina sábado à noite, junto com os caixeiros-viajantes e as coristas de boate!

– Você quer o divórcio?

– Ah, como seria bom para você! Que grande solução! Você não percebeu que eu sei que você quer o divórcio desde nosso primeiro mês de casados?

– Se você sempre pensou assim, por que ficou comigo?

Ela respondeu, severa:

– Você não tem mais o direito de fazer essa pergunta.

– É verdade – disse ele, pensando que uma única razão concebível poderia justificar aquela resposta: o amor que ela sentia por ele.

– Não, não vou pedir o divórcio. Você acha que, por causa de um caso seu com uma vagabunda qualquer, eu vou querer perder o meu lar, o meu nome, a minha posição social? Vou preservar todos os pedaços da minha vida que conseguir, tudo o que não se basear numa coisa tão pouco sólida quanto a sua fidelidade. Não se iluda: jamais me divorciarei de você. Quer você queira, quer não, você é casado e vai continuar casado.

– Se é o que você quer, vou.

– E, além disso, não vou aceitar... a propósito, por que você não se senta?

Rearden continuou em pé.

– Por favor, diga o que você tem a dizer.

– Não vou aceitar nenhuma forma oficiosa de divórcio, como uma separação. Você pode continuar a ter o seu idílio nos metrôs e porões da vida, que são os lugares apropriados, mas para todo o mundo você terá de se lembrar sempre de que eu sou a Sra. Henry Rearden. Você sempre proclamou uma devoção tão exagerada à honestidade... agora quero vê-lo condenado a viver como o hipócrita que é na realidade. Quero que você mantenha sua residência na casa que é oficialmente sua, mas que agora passará a ser minha.

– Como quiser.

Ela se recostou numa posição deselegante, as pernas abertas, os braços paralelos sobre os braços da poltrona, como um juiz que pode se dar ao luxo de ser desleixado.

– Divórcio? – disse ela, com uma risada cruel. – Será que você achava que ia se safar com tanta facilidade? Que ia bastar me dar uma pensão de alguns milhões? Você está tão acostumado a comprar tudo o que quer que não concebe coisas não comerciais, não negociáveis, que não podem ser objeto de nenhum tipo de comércio. Você não consegue acreditar que exista uma pessoa que não tem o menor interesse por dinheiro. Não consegue imaginar o que isso significa. Pois acho que você vai aprender. Ah, é claro que vai aceitar qualquer exigência que eu faça daqui para a frente. Quero que você fique naquele seu escritório do qual você tanto se orgulha, nas suas preciosas usinas, e fique bancando o herói que trabalha 18 horas por dia, o gigante da indústria que carrega o país nas costas, o gênio que está acima da humanidade que geme, mente e rouba. Então quero que você chegue a casa e enfrente a única pessoa que sabe quem você é na realidade, que sabe qual o verdadeiro valor da sua palavra, da sua honra, da sua integridade, do seu famoso amor-próprio. Quero que você encare, na sua própria casa, a única pessoa que o despreza e que tem o direito de desprezá-lo. Quero que olhe para mim cada vez que construir mais um alto-forno, ou quebrar mais uma vez os recordes de produção de aço, ou ouvir aplausos e elogios, cada vez que você sentir orgulho, cada vez que se sentir limpo, cada vez que se embriagar com a ideia da sua própria grandeza. Quero que você olhe para mim cada vez que ouvir algo a respeito de alguma depravação, ou se indignar com a corrupção humana, ou desprezar a canalhice de alguém, ou for prejudicado por um novo ato de extorsão praticado pelo governo. Quero que você olhe e saiba que não é melhor, não é superior a ninguém, que não tem direito de condenar nada. Quero que olhe para mim e veja o destino do homem que tentou construir uma torre que chegasse até o céu, ou do homem que tentou chegar até o Sol com asas de cera... ou do homem que tentou se fazer passar por modelo de perfeição!

Em algum lugar fora de si, distante, como se num cérebro que não fosse o seu, Rearden percebeu o pensamento de que havia alguma falha naquele castigo que ela queria que ele suportasse, alguma contradição interna, à parte qualquer consideração de justiça, qualquer erro de cálculo prático que destruiria tudo se fosse descoberto. Ele não tentou descobri-lo. O pensamento passou como uma observação momentânea, feita com uma curiosidade desapaixonada, para ser retomado em algum futuro distante. No momento não havia nada dentro de si que lhe permitisse se interessar ou reagir.

Seu cérebro estava entorpecido pelo esforço de manter um mínimo de sentimento de justiça contra a maré avassaladora da repulsa, tão forte que despia Lillian de sua forma humana, derrotava todos os argumentos com que ele tentava se convencer de que não tinha o direito de sentir essa repulsa. *Se ela é abominável*, pensou Rearden, *fui eu que a tornei assim*. Era desse modo que ela reagia à dor – impossível prescrever a reação específica de um dado indivíduo ao sofrimento –, ninguém tinha o direito de condená-la: ele menos que ninguém, já que fora o causador do sofrimento. Mas não via nenhum sinal de dor nela. *Talvez aquele ódio seja a única maneira como Lillian pode reagir a seu sofrimento*, pensou ele. Agora Rearden só pensava em resistir, durante mais alguns instantes, à repulsa que sentia.

Quando ela parou de falar, ele perguntou:

– Acabou?

– Acho que sim.

– Então é melhor você pegar o trem e voltar para casa.

Quando Rearden começou a executar os movimentos necessários para despir o traje a rigor, constatou que seus músculos estavam exaustos, como se após um longo dia de trabalho físico extenuante. Sua camisa engomada estava mole de suor. Não restava em si nenhum pensamento, nenhum sentimento, só uma sensação que era a mistura dos vestígios de ambos, a sensação de haver conseguido a maior vitória de sua vida: Lillian havia saído daquela suíte de hotel viva.

◆◆◆

Ao entrar no escritório de Rearden, o Dr. Floyd Ferris tinha no rosto a expressão de quem está tão convicto do sucesso de seu empreendimento que se pode dar ao luxo de sorrir com benevolência. Falava com uma confiança tranquila e alegre. Rearden tinha a impressão de que era a confiança de um jogador profissional trapaceiro, que dedicou esforços extraordinários à tarefa de decorar todas as variações possíveis e agora está confiante de que todas as cartas do baralho estão marcadas.

– Bem, Sr. Rearden – disse ele, saudando o industrial –, não imaginava que até mesmo uma pessoa como eu, que já compareceu a tantas cerimônias públicas e apertou tantas mãos famosas, ainda seria capaz de se empolgar ao conhecer um homem eminente, mas é assim que me sinto neste momento, acredite o senhor ou não.

– Muito prazer – disse Rearden.

O Dr. Ferris sentou-se e fez alguns comentários sobre as cores das folhas no mês de outubro, que observara ao longo da estrada em sua viagem de carro. Viera de Washington especificamente para se encontrar com o Sr. Rearden em pessoa. Este não disse nada. O Dr. Ferris olhou pela janela e fez um comentário sobre as siderúrgicas de Rearden, as quais, segundo ele, constituíam um dos empreendimentos produtivos mais importantes do país.

– Não era isso que o senhor pensava do meu produto há um ano e meio – afirmou Rearden.

O Dr. Ferris franziu o cenho por um instante, como se houvesse deixado passar uma carta marcada e isso quase lhe custasse o jogo. Depois deu uma risadinha, como se tudo estivesse de novo sob controle.

– Isso foi há um ano e meio, Sr. Rearden – disse, com simplicidade. – O tempo passa, e as pessoas mudam... quer dizer, as mais sábias. A sabedoria consiste em saber quando lembrar e quando esquecer. A coerência não é um hábito mental que se deva praticar nem esperar da espécie humana.

Então se pôs a falar sobre a tolice que é ser coerente num mundo onde nada é absoluto, salvo o princípio de fazer concessões. Falava a sério, mas com informalidade, como se os dois estivessem conscientes de que não era esse o assunto principal da reunião. No entanto, curiosamente, ele falava não em tom de preâmbulo, e sim de posfácio, como se a questão principal já estivesse resolvida há muito tempo.

Quando o Dr. Ferris falou pela primeira vez "Não concorda?", Rearden aproveitou a deixa e disse:

– Por favor, diga qual a natureza da questão urgente que o levou a solicitar esta reunião.

O Dr. Ferris pareceu surpreso, sem entender, por um momento. Depois disse, num tom alegre, como se lembrasse um assunto sem importância que pudesse ser resolvido rapidamente:

– Ah, sim. Era a questão das datas de entrega de metal Rearden ao Instituto Científico Nacional. Gostaríamos de receber 5 mil toneladas até 1º de dezembro, e depois o restante da encomenda pode esperar até 1º de janeiro.

Rearden permaneceu imóvel, olhando para o outro sem dizer nada, por muito tempo. A cada momento que se passava, o tom de voz alegre do Dr. Ferris, que ainda ressoava na sala, parecia mais ridículo. Quando ele já temia que Rearden não fosse responder nada, este disse:

– Aquele guarda de trânsito de perneiras de couro que vocês mandaram aqui não entregou um relatório sobre a conversa que tivemos?

– Mas sim, Sr. Rearden, porém...

– O que mais o senhor quer ouvir de mim?

– Mas isso foi há cinco meses, Sr. Rearden. De lá para cá ocorreu um evento que certamente fez com que o senhor mudasse de ideia e portanto não vai criar nenhum problema para nós, como nós não vamos criar nenhum problema para o senhor.

– Que evento?

– Um evento do qual o senhor tem muito mais conhecimento do que eu, mas, como vê, do qual eu também tenho conhecimento, embora o senhor preferisse que eu não tivesse.

– Que evento?

– Já que é um segredo seu, Sr. Rearden, por que não deixar que permaneça em segredo? Quem é que não tem segredos hoje em dia? O Projeto X, por exemplo, é um segredo. O senhor tem consciência, é claro, de que poderíamos adquirir o seu metal fazendo aquisições de pequenas quantidades por meio de diversos órgãos do governo, os quais então o entregariam a nós, e o senhor não poderia fazer nada. Mas para isso seria necessário revelar a muitos desses burocratas imbecis... – O Dr. Ferris sorriu com uma franqueza cativante. – Ah, sim, nós nos detestamos mutuamente tanto quanto o público nos detesta... mas seria necessário revelar a muitos outros burocratas o segredo do Projeto X, o que seria altamente indesejável no momento. Como também o seria qualquer publicidade na imprensa a respeito do projeto... se tivermos de processar o senhor por se recusar a cumprir uma ordem do governo. Mas se o senhor fosse julgado por uma outra acusação, muito mais séria, em que o Projeto X e o Instituto Científico Nacional não estivessem envolvidos, e em que o senhor não pudesse levantar nenhuma questão de princípio nem conquistar a simpatia do público... bem, isso não seria problema nenhum para nós, mas custaria ao senhor mais do que lhe seria interessante. Assim, a única coisa prática que o senhor pode fazer é nos ajudar a manter o nosso segredo, enquanto nós mantemos o seu... e, como o senhor certamente sabe, podemos impedir que todos os burocratas façam qualquer coisa contra o senhor por quanto tempo quisermos.

– Que evento, que segredo e que coisa contra mim?

– Ora, Sr. Rearden, não seja criança! As 4 mil toneladas de metal Rearden que o senhor entregou a Ken Danagger, naturalmente – disse o Dr. Ferris em um tom de naturalidade.

Rearden não disse nada.

– As questões de princípio são muito incômodas – disse o Dr. Ferris, sorrindo – e são uma grande perda de tempo para todas as partes envolvidas. O senhor vai querer ser um mártir dos seus princípios, em circunstâncias em que ninguém vai saber o que está fazendo, só nós dois, em que não terá oportunidade de dizer nada sobre a questão e os princípios em jogo, em que o senhor não será um herói, o criador de um novo metal espetacular, que se defende de inimigos cujos atos podem parecer um tanto repreensíveis aos olhos do público, e sim um criminoso comum, um industrial ganancioso que violou a lei apenas para ter lucro, um especulador no mercado negro que desrespeitou a legislação que visa proteger o interesse do público, um herói sem glória e sem público, que não vai conseguir mais do que meia coluna na página 5 do jornal? O senhor realmente quer ser um mártir assim? Porque é desse modo que a questão se coloca agora: ou o senhor nos entrega o metal Rearden, ou pega 10 anos de cadeia, juntamente com seu amigo Danagger.

Como biólogo, o Dr. Ferris sempre fora fascinado pela teoria de que os animais tinham a capacidade de cheirar a presença do medo e tentara desenvolver essa capacidade em si próprio. Observando Rearden, concluiu que havia muito tempo ele resolvera ceder, pois não percebia o menor sinal de medo nele.

– Quem foi o informante? – perguntou Rearden.

– Um dos seus amigos, Sr. Rearden. O dono de uma mina de cobre no Arizona, que nos avisou que o senhor havia comprado uma quantidade de cobre maior do que a normal no mês passado, acima do necessário para a cota mensal de produção de metal Rearden que a lei lhe permite. O cobre é um dos ingredientes do metal Rearden, não é? Era a única informação de que precisávamos. O restante foi fácil. O senhor não deve culpar o dono da mina de cobre. Como sabe, os produtores de cobre andam tão apertados atualmente que ele teve de oferecer alguma coisa de valor para obter um favor, um enquadramento na categoria de "necessidade essencial" que suspendeu algumas das restrições e lhe deu um pouco de tempo para respirar. A pessoa para quem ele vendeu a informação sabia onde teria mais valor, e portanto a vendeu a mim, em troca de alguns favores de que precisava. Assim, todas as provas necessárias, bem como os seus próximos 10 anos de vida, estão agora em minhas mãos. E estou lhe oferecendo uma negociação. Estou certo de que o senhor não fará objeções, já que negociar é sua especialidade. Pode ser de forma um pouco diferente do tipo de negociação que fazia quando jovem, mas o senhor, que é um negociante inteligente, sempre soube se aproveitar das mudanças de circunstâncias, e são estas as atuais circunstâncias. Assim, não será difícil para o senhor ver qual é a solução que mais lhe interessa e agir do modo adequado.

Rearden disse, com calma:

– No tempo em que eu era jovem, isso se chamava chantagem.

O Dr. Ferris sorriu.

– E é isso mesmo, Sr. Rearden. Entramos numa época muito mais realista.

Porém há uma sutil diferença entre o chantagista tradicional e o Dr. Ferris, pensou Rearden. O chantagista manifestaria o prazer de apanhar sua vítima em flagrante, reconheceria que ela estava errada e faria uma ameaça à vítima, deixando claro o perigo a que ambos estavam expostos. Com o Dr. Ferris era diferente. Agia como se estivesse fazendo uma coisa perfeitamente normal e natural, como se estivesse seguro de sua situação, sem qualquer tom de condenação, mas de camaradagem, uma camaradagem baseada no desprezo por si próprio, tanto para um quanto para outro. A sensação súbita que fez Rearden se debruçar para a frente, como quem está interessado, foi a de que estava prestes a descobrir algo, a avançar mais um passo naquele caminho que divisara vagamente.

Vendo o olhar de interesse de Rearden, o Dr. Ferris sorriu e se felicitou por haver feito a jogada correta. Agora o jogo estava claro para ele, as marcas estavam aparecendo na ordem correta. *Alguns homens*, pensou ele, *fazem qualquer coisa, desde que não se dê nome aos bois, mas esse quer franqueza: é mesmo o realista inflexível que eu esperava encontrar.*

– O senhor é um homem prático – disse o Dr. Ferris, num tom simpático. – Não entendo por que não quer acompanhar os tempos. Por que não se adapta e joga conforme as regras? O senhor é mais inteligente que a maioria deles. É um homem de valor. Há muito tempo queremos que seja um dos nossos, e, quando soube que o senhor estava tentando se aliar a Jim Taggart, compreendi que chegara a hora de conquistá-lo. Mas deixe o Taggart para lá, ele não é nada, é fichinha. Parta logo para os pesos-pesados. Nós podemos usar o senhor e o senhor pode nos usar. Quer que a gente acabe com o Orren Boyle? Ele lhe deu uma tremenda surra. Quer que a gente apare as asas dele um pouco? É possível. Ou quer que a gente mantenha o Ken Danagger na linha? Veja só como o senhor agiu de modo pouco prático nesse caso. Sei por que o senhor lhe vendeu o metal: porque precisa do carvão dele. Então o senhor se arrisca a ser preso e pagar multas enormes só para ficar bem com Danagger. O senhor acha isso um bom negócio? Agora, faça um trato conosco e dê a entender a ele que, se ele não andar na linha, *ele* vai preso, mas o senhor não, porque tem amigos que ele não tem... e nunca mais o senhor vai precisar se preocupar com seu abastecimento de carvão. Essa é a maneira moderna de fazer negócios. Pense bem qual é a mais prática. E, diga-se o que se disser a respeito do senhor, ninguém nega que é um grande homem de negócios e um realista com os pés bem na terra.

– É verdade – disse Rearden.

– Era o que eu pensava – disse o Dr. Ferris. – O senhor enriqueceu a partir do nada numa época em que a maioria das pessoas estava indo à falência, sempre conseguiu contornar obstáculos, manter suas siderúrgicas funcionando e ganhar dinheiro. Não é essa a sua reputação? Por isso o senhor não ia querer agir de modo pouco prático agora, não é? Para quê? Que diferença faz, desde que o senhor continue a ganhar dinheiro? Deixe as teorias para gente como Balph Eubank, e seja quem o senhor realmente é. Ponha os pés na terra. O senhor não é o tipo de pessoa que deixa os sentimentos interferirem nos negócios.

– Não – disse Rearden lentamente. – Nenhuma espécie de sentimento.

O Dr. Ferris sorriu.

– O senhor pensa que a gente não havia percebido isso? – perguntou, no tom de voz de um criminoso que mostra a um colega de profissão que é mais esperto que ele. – Esperamos um bom tempo até termos alguma coisa contra o senhor. Gente honesta como o senhor dá muito trabalho, muita dor de cabeça. Mas sabíamos que mais cedo ou mais tarde teríamos uma oportunidade. E conseguimos.

– O senhor parece satisfeito.

– E não tenho razão para estar?

– Afinal de contas, eu violei uma das suas leis.

– Ora, para que acha que elas foram feitas?

O Dr. Ferris não percebeu a expressão que surgiu subitamente nos olhos de Rearden, a expressão de quem vê pela primeira vez aquilo que esperava ver. O Dr. Ferris já havia passado do estágio de ver e estava ocupado em dar os últimos golpes num animal preso numa armadilha.

– O senhor realmente pensava que a gente queria que essas leis fossem observadas? – indagou o Dr. Ferris. – Nós *queremos* que sejam desrespeitadas. É melhor o senhor entender direitinho que não somos escoteiros, não vivemos numa época de gestos nobres. Queremos é poder e estamos jogando para valer. Vocês estão jogando de brincadeira, mas nós sabemos como é que se joga o jogo, e é melhor o senhor aprender. É impossível governar homens honestos. O único poder que qualquer governo tem é o de reprimir os criminosos. Bem, então, se não temos criminosos suficientes, o jeito é criá-los. E fazer leis que proíbem tanta coisa que se torna impossível viver sem violar alguma. Quem vai querer um país cheio de cidadãos que respeitam as leis? O que se vai ganhar com isso? Mas basta criar leis que não podem ser cumpridas nem ser objetivamente interpretadas, leis que é impossível fazer com que sejam cumpridas a rigor, e pronto! Temos um país repleto de pessoas que violam a lei, então é só faturar em cima dos culpados. O sistema é esse, Sr. Rearden, são essas as regras do jogo. E, assim que aprendê-las, vai ser muito mais fácil lidar com o senhor.

Ao observar o Dr. Ferris, que, por sua vez, o encarava, Rearden viu a súbita contração de ansiedade, o olhar que precede o pânico, como se de repente caísse do baralho uma carta sem marca, que o Dr. Ferris nunca vira antes.

O que ele via no rosto de Rearden era a expressão de serenidade luminosa de quem vê de repente a solução para um velho problema obscuro, uma expressão ao mesmo tempo de descontração e entusiasmo, uma clareza juvenil nos olhos de Rearden e um leve toque de desprezo em seus lábios. Fosse o que fosse o significado dessa expressão – pois o Dr. Ferris era incapaz de decifrá-la –, uma coisa era certa: não havia naquele rosto o menor sinal de culpa.

– Há uma falha no seu sistema, Dr. Ferris – disse Rearden, calmo, quase descontraído –, uma falha prática que o senhor vai descobrir quando me levar a julgamento por vender 4 mil toneladas de metal Rearden a Ken Danagger.

Levou 20 segundos – Rearden sentiu sua passagem lenta – para que o Dr. Ferris se convencesse de que ouvira a última palavra de Rearden.

– O senhor acha que estamos blefando? – explodiu o Dr. Ferris. Sua voz de repente tinha algo daqueles animais que ele passara tanto tempo estudando: dava a impressão de que estava mostrando os dentes.

– Não sei – disse Rearden. – Nem quero saber. Tanto faz.

– Será que o senhor vai demonstrar tanta falta de espírito prático?

– Se um ato é "prático" ou não, Dr. Ferris, depende do que se quer praticar.

– O senhor não coloca sempre seus próprios interesses acima de tudo?

– É precisamente o que estou fazendo agora.

– Se o senhor acha que vamos deixá-lo impune se...

– Por favor, queira se retirar daqui.

– Acha que está enganando alguém? – O Dr. Ferris estava quase gritando agora.

– O dia dos barões da indústria terminou! Vocês controlam as fábricas, mas nós controlamos vocês! E vocês ou entram na linha ou então...

Rearden havia apertado um botão. A Srta. Ives entrou na sala.

– O Dr. Ferris está meio confuso e se perdeu, Srta. Ives – disse Rearden. – A senhorita o leva até a saída, por favor? – Virou-se para Ferris. – A Srta. Ives é uma mulher, pesa cerca de 50 quilos e não tem nenhuma qualificação prática, além de uma eficiência intelectual excepcional. Ela jamais poderia trabalhar como leão de chácara num inferninho, só poderia mesmo trabalhar num lugar pouco prático como uma fábrica.

A Srta. Ives mantinha a mesma expressão que teria se estivesse anotando dados sobre faturas. Parada, numa postura de gélida formalidade, ela abriu a porta, esperou que o Dr. Ferris atravessasse a sala e saiu à sua frente. O Dr. Ferris saiu em seguida.

Ela voltou alguns minutos depois, rindo, exultante.

– Sr. Rearden – perguntou, rindo do medo que sentira, do perigo por que haviam passado, de tudo, menos do triunfo daquele momento –, o que o senhor está fazendo?

Ele estava sentado na posição que jamais se permitira antes, que considerava o símbolo mais vulgar do homem de negócios – recostado na cadeira, com os pés em cima da mesa –, e ela achou que naquela posição havia uma curiosa nobreza, que não era a pose de um executivo arrogante, mas de um jovem cruzado.

– Acho que estou descobrindo um novo continente, Gwen – respondeu ele, alegre. – Um continente que deveria ter sido descoberto junto com a América, mas não foi.

◆ ◆ ◆

– Tenho que falar sobre isso com *você* – disse Eddie Willers, olhando para o trabalhador sentado à sua frente. – Não sei por quê, mas o fato é que me sinto melhor só de saber que você está me ouvindo.

Já era tarde, as luzes do refeitório subterrâneo estavam fracas, mas Willers via os olhos do trabalhador fixos em seu rosto.

– Eu me sinto como se... como se não existissem mais seres humanos nem a linguagem humana – explicou Eddie Willers. – Como se não houvesse ninguém para me ouvir se eu gritasse no meio da rua... Não, não é bem assim que me sinto, não. É assim: sinto que existe alguém gritando na rua, mas as pessoas passam por essa pessoa e seu grito não chega até elas... e não é Hank Rearden nem Ken Danagger nem eu quem está gritando, e no entanto é como se fôssemos nós três... Você não vê que alguém deveria ter levantado a voz para defendê-los, mas ninguém fez isso nem vai fazer? Rearden e Danagger foram indiciados hoje de manhã, por causa de uma venda ilegal de metal Rearden. Vão ser julgados mês que vem. Eu estava no tribunal, lá em Filadélfia, quando eles foram indiciados. Rearden estava muito calmo, me dava a sensação de que estava sorrindo, mas não estava. Danagger estava pior do que calmo. Não disse nem uma palavra, ficou parado, como se o recinto estivesse vazio... Os jornais estão dizendo que os dois deviam ir para a cadeia... Não, não, não estou tremendo, estou bem, pode deixar que vai passar... Foi por isso que não disse nada a Dagny, eu tinha medo de que ela explodisse, e não queria tornar as coisas ainda mais difíceis para ela. Sei como ela se sente... Ah, sim, *ela* falou sobre o assunto comigo, e não estava trêmula, mas estava até pior... sabe, aquela rigidez quando a pessoa age como se não estivesse sentindo absolutamente nada e... Escute, eu já lhe disse que gosto de você? Gosto muito, por causa dessa expressão no seu rosto agora. Você nos ouve, nos compreende... O que ela disse? Estranho: não está preocupada com Rearden, e sim com Danagger. Disse que Rearden vai ser forte o bastante para suportar, mas Danagger não. Não que ele não tenha força, mas vai se recusar a aceitar. Ela... ela tem certeza de que Danagger vai ser o próximo a sumir. Sumir como Ellis Wyatt e todos os outros. Entregar os pontos e desaparecer... Por quê? Bem, ela acha que o que está acontecendo é o seguinte: cada vez que todo o peso do momento recai sobre os ombros de um homem, ele desaparece, como um pilar derrubado. Há um ano, a pior coisa que podia acontecer com o país era perder Ellis Wyatt. Foi ele que perdemos. De lá para cá, diz ela, é como se o centro de gravidade estivesse se deslocando aleatoriamente, como um navio cargueiro à deriva, passando de uma indústria para outra, de um homem para outro. Quando perdemos um, outro se torna desesperadoramente importante... e ele é o próximo que perdemos. Bem, o que poderia ser pior agora do que todo o carvão do país ficar nas mãos de gente como Boyle e Larkin? E não há ninguém realmente de importância na área do carvão senão Ken Danagger. Por isso Dagny acha que ele é quase um homem marcado, como se o holofote estivesse sobre ele agora, esperando ser derrubado... De que você está rindo? Pode parecer absurdo, mas eu acho que é verdade... O quê?... É, é uma mulher muito viva!... E tem mais uma coisa em jogo, diz ela. O homem tem que chegar a certo estágio mental, não de raiva nem desespero, mas alguma coisa muito, muito além disso, para poder ser derrubado. Ela não sabe o que é, mas já havia percebido, muito antes do incêndio, que Ellis Wyatt tinha chegado àquele estágio e que alguma coisa ia acontecer com ele. Quando viu Danagger hoje no tribunal, ela disse que ele estava pronto para o destruidor... É, foi isso mesmo que ela disse: pronto para o destruidor. Quer dizer, ela não acha que a coisa está acontecendo por acaso, por acidente. Acha que há um sistema por trás disso, uma intenção, um homem. Há um destruidor à solta no país, derrubando as colunas de sustentação uma por uma para que a estrutura desabe sobre nossas cabeças. Alguma criatura implacável, movida por algum desígnio inconcebível... Dagny diz que não vai deixar que esse homem pegue Ken Danagger. Ela não para de dizer que precisa deter Danagger: quer falar com ele, pedir, implorar, reavivar o que quer que seja que ele está perdendo, para armá-lo, protegê-lo contra o destruidor, antes que este chegue. Ela está desesperadamente ansiosa para chegar a Danagger antes dele. Danagger se recusa a falar com quem quer que seja. Voltou para Pittsburgh, para suas minas. Mas ela conseguiu falar com ele ao telefone, hoje, ainda há pouco, e combinou de vê-lo amanhã à tarde... É, ela vai a Pittsburgh amanhã... É, está preocupada com Danagger, muitíssimo preocupada... Não. Ela não sabe nada sobre o destruidor. Não tem nenhuma pista sobre sua identidade, nada que comprove sua existência... só o rastro de destruição por ele deixado. Mas ela tem certeza de que ele existe... Não, não imagina quais sejam os seus desígnios. Diz que nada neste mundo poderia justificá-lo. Há momentos em que ela tem a impressão de que tem mais vontade de encontrá-lo do que a qualquer outro homem do mundo, até o inventor do motor. Diz que, se encontrasse o destruidor, ela o mataria imediatamente... estaria disposta a dar a própria vida só para ser ela a descobri-lo e matá-lo... porque ele é a criatura mais malévola que já existiu, o homem que está pondo a perder os cérebros do mundo... Acho que há momentos que nem ela está conseguindo aguentar, nem mesmo ela. Acho que ela não se permite perceber quanto está exausta. Um dia desses, cheguei ao trabalho muito cedo e a encontrei dormindo no sofá de seu escritório, com a luz ainda acesa na escrivaninha. Havia passado a noite toda lá. Fiquei parado, olhando para ela. Não a acordaria nem se toda a estrada de ferro desabasse... Quando ela estava dormindo? Ora, parecia uma garotinha. Como se tivesse certeza de que ia acordar num mundo em que ninguém fizesse mal a ela, como se não tivesse nada a ocultar, nada a temer. Isso era o mais terrível: essa pureza imaculada de seu rosto e seu corpo retorcido de cansaço, na mesma posição em que havia caído no sofá. Ela parecia... Mas por que você quer saber como ela fica quando dorme?... É, você tem razão, por que *eu* estou falando nisso? Eu não devia. Não sei por que fui pensar nisso... Não ligue para mim. Amanhã já vou estar bem. Acho que ainda estou meio traumatizado com aquele tribunal. Não consigo parar de pensar: se homens como Rearden e Danagger vão para a cadeia, em que espécie de mundo estamos trabalhando? E para quê? Será que não existe mais justiça na Terra? Fiz a bobagem de dizer isso a um repórter quando estávamos saindo do tribunal, ele riu e disse: "Quem é John Galt?" Me diga, o que está acontecendo conosco? Não resta mais nenhum homem justo? Será que não há ninguém que os defenda? Ah, você está me ouvindo? Será que não há ninguém que os defenda?

◆ ◆ ◆

– O Sr. Danagger vai poder atendê-la daqui a um instante, Srta. Taggart. No momento há uma pessoa na sala dele. Queira esperar, por favor – disse a secretária.

Durante as duas horas de voo de Nova York a Pittsburgh, Dagny não conseguira justificar sua ansiedade nem se livrar dela. Não havia por que contar os minutos, no entanto ela sentia uma vontade cega de chegar o mais depressa possível. A ansiedade desapareceu quando ela entrou na antessala do escritório de Ken Danagger: havia chegado a ele, nada se passara que impedisse isso de acontecer. Sentia-se segura e confiante, e muitíssimo aliviada.

As palavras da secretária abalaram sua tranquilidade. *Você está se tornando uma covarde*, pensou Dagny, sentindo um súbito terror sem explicação ao ouvir tais palavras, um terror totalmente desproporcional ao seu significado.

– Desculpe, Srta. Taggart. – Dagny ouviu a voz solícita e respeitosa da secretária, e percebeu que estava parada, em pé, sem ter respondido. – O Sr. Danagger vai recebê-la num minuto. Não quer sentar? – A voz exprimia uma preocupação ansiosa, por sentir a impropriedade de fazê-la esperar.

Dagny sorriu.

– Ah, não faz mal.

Sentou-se numa cadeira com braços, de frente para a secretária. Fez menção de pegar um cigarro e parou, perguntando-se se teria tempo de terminá-lo e esperando que não, porém acabou por acendê-lo com um gesto brusco.

Ficava num velho prédio de madeira a sede da grande Companhia de Carvão Danagger. Em algum lugar naquela serra que via pela janela ficavam as minas onde no passado Ken Danagger trabalhara como mineiro. Ele jamais tirara seu escritório de perto das minas. Dagny viu as entradas das minas escavadas nas encostas, pequenas molduras de metal que se abriam para um imenso reino subterrâneo. Pareciam precárias e modestas, perdidas nos tons violentos de vermelho e alaranjado da serra. Sob um céu de azul áspero ao sol do fim de outubro, o mar de folhas parecia um mar de fogo, como ondas prestes a engolir os frágeis portais das minas. Ela teve um arrepio e desviou o olhar – pensava nas folhas vermelhas espalhadas pelas serras de Wisconsin, na estrada de Starnesville.

Percebeu que do cigarro que acendera só restava uma ponta. Acendeu outro.

Quando olhou para o relógio na parede, viu que a secretária estava fazendo o mesmo. Havia marcado a reunião para as 15 horas. Já eram 15h12.

– Queira desculpar, Srta. Taggart – disse a secretária. – O Sr. Danagger já deve estar terminando. Ele é muito pontual em seus compromissos. Acredite que é a primeira vez que isso acontece.

– Eu sei. – Dagny sabia que os horários de Danagger eram tão rígidos quanto os de uma linha ferroviária e que ele às vezes cancelava uma reunião quando a pessoa chegava cinco minutos atrasada.

A secretária era uma solteirona idosa de aparência ameaçadora: uma cortesia impecável imune a qualquer choque, do mesmo modo que sua blusa branca impecável era imune a uma atmosfera cheia de pó de carvão. Dagny achou estranho uma mulher endurecida e tarimbada como aquela parecer nervosa: ela não puxou conversa, estava imóvel, lendo uns papéis. Metade do cigarro de Dagny já havia se esvaído em fumaça, e a mulher continuava olhando para a mesma página.

Quando levantou a cabeça para olhar o relógio, Dagny viu que eram 15h30.

– Sei que isso é indesculpável, Srta. Taggart. – O toque de apreensão na voz da secretária era inconfundível agora. – Não posso entender o que está havendo.

– A senhora poderia dizer ao Sr. Danagger que estou aqui?

– Não posso! – Foi quase um grito. A mulher viu o olhar atônito de Dagny e sentiu-se obrigada a explicar: – O Sr. Danagger me chamou pelo interfone e avisou que não o interrompesse em hipótese alguma.

– Quando?

A secretária fez uma pausa momentânea, como um pequeno colchão de ar para amortecer a resposta:

– Duas horas atrás.

Dagny olhou para a porta fechada da sala de Danagger. Ouvia uma voz, mas tão fraca que não sabia se era a voz de um único homem ou de dois conversando. Não podia distinguir as palavras nem o tom emocional da voz ou vozes: apenas uma sucessão monótona de sons, aparentemente normal, sem qualquer indício de estar havendo uma discussão.

– Há quanto tempo o Sr. Danagger está em reunião?

– Desde uma hora – respondeu a secretária, tensa, e acrescentou, em tom de desculpa: – A pessoa não tinha hora marcada, senão o Sr. Danagger jamais teria permitido que isso acontecesse.

A porta não está trancada, pensou Dagny, sentindo uma vontade irracional de abri-la e entrar – era apenas uma porta de madeira com maçaneta de bronze, só exigiria uma pequena contração muscular de seu braço –, mas desviou a vista, sabendo que o poder da ordem civilizada e do direito de Ken Danagger era uma barreira mais forte do que qualquer tranca.

Quando deu por si, estava olhando para as pontas de cigarro no cinzeiro. Sem saber por quê, sentia uma intensa sensação de apreensão. Então percebeu que estava pensando em Hugh Akston: ela havia escrito para ele, mandando a carta para o restaurante de beira de estrada no Wyoming. Na carta lhe perguntara onde ele obtivera o cigarro com o cifrão. Sua carta fora devolvida pelo correio com um carimbo informando que o destinatário havia se mudado sem deixar novo endereço.

Irritada, Dagny disse a si própria que isso nada tinha a ver com o momento presente e que ela precisava controlar seus nervos. Mas sua mão trêmula apertou o botão do cinzeiro para fazer as pontas de cigarro desaparecerem.

Quando levantou a vista, a secretária estava olhando para ela.

– Desculpe, Srta. Taggart. Não sei o que faço. – Era abertamente um pedido desesperado de ajuda. – Não ouso interromper.

Dagny perguntou lentamente, como quem dá uma ordem, desafiando a etiqueta da vida profissional:

– Quem está com o Sr. Danagger?

– Não sei, Srta. Taggart. Nunca vi esse senhor antes. – Percebeu que o olhar de Dagny subitamente se tornou fixo e acrescentou: – Acho que é um amigo de infância dele.

– Ah! – disse Dagny, aliviada.

– Ele entrou sem dizer quem era e pediu para ver o Sr. Danagger, dizendo que tinha combinado essa reunião com ele havia 40 anos.

– Quantos anos tem o Sr. Danagger?

– Cinquenta e dois – respondeu a secretária. Acrescentou, pensativa, como quem faz um comentário à toa: – O Sr. Danagger começou a trabalhar aos 12 anos. – Após outro silêncio, acrescentou ainda: – O estranho é que o homem que está aí parece ter menos de 40 anos.

– Ele se identificou?

– Não.

– Como é que ele é?

A secretária sorriu, subitamente animada, como se fosse fazer um comentário elogioso e entusiasmado, mas o sorriso desapareceu de repente.

– Não sei – disse ela, sem jeito. – É difícil descrevê-lo. Tem um rosto estranho.

Estavam caladas havia muito tempo e o relógio já se aproximava das 15h50 quando soou uma campainha na mesa da secretária: era o sinal de permissão para entrar.

As duas se puseram de pé imediatamente, e a secretária correu até a porta, sorrindo aliviada, para abri-la.

Ao entrar na sala de Danagger, Dagny viu que a porta de saída particular estava se fechando naquele momento. Ouviu o ruído da porta se fechando, o leve tilintar do painel de vidro.

Ela pôde ver o rosto do homem que saíra pelo reflexo que ele havia deixado no rosto de Ken Danagger. Não era o rosto que ela vira no tribunal, não era aquele rosto que conhecia havia anos, de uma rigidez insensível e imutável – era um rosto que um rapaz de 20 anos gostaria de ter mas não conseguiria, um rosto do qual fora apagada toda e qualquer marca de tensão, de modo que as rugas das faces e da testa, os cabelos grisalhos – como elementos reagrupados em um novo tema – formavam uma composição repleta de esperança, entusiasmo e serenidade livre de culpa: o tema era salvação.

Ele não se levantou quando ela entrou – parecia não haver ainda voltado à realidade do presente e haver se esquecido da rotina adequada –, porém sorriu para ela com tamanha simplicidade e simpatia que ela involuntariamente sorriu também. Dagny pensou que era assim que as pessoas deviam sempre se cumprimentar e perdeu a ansiedade, sentindo subitamente que tudo estava bem, que não havia nada no mundo que pudesse inspirar medo.

– Como vai, Srta. Taggart? – perguntou ele. – Desculpe, creio que a fiz esperar. Queira sentar-se. – E indicou a cadeira à frente da mesa.

– Não faz mal – disse ela. – Agradeço muito esta reunião. Eu estava ansiosa para falar com o senhor a respeito de uma questão da maior importância.

Danagger se debruçou sobre a mesa com um olhar de atenção concentrada, como sempre fazia quando alguém anunciava uma questão de negócios importante, mas Dagny não estava falando com o homem que conhecia, porém com um estranho. Assim, parou, sem saber se valia a pena usar os argumentos que viera preparada para empregar.

Danagger a olhou em silêncio e então disse:

– Srta. Taggart, está fazendo um dia muito bonito, talvez o último deste ano. Tem uma coisa que eu sempre quis fazer, mas nunca tive tempo. Vamos voltar juntos para Nova York e pegar um daqueles barcos de turismo que dão a volta na ilha de Manhattan. Vamos olhar pela última vez a maior cidade do mundo.

Dagny permaneceu imóvel, tentando manter a vista fixa para que a sala ao seu redor parasse de balançar. Esse era o Ken Danagger que jamais tivera um amigo particular, que nunca se casara, que nunca fora ao teatro nem ao cinema, que jamais permitira a ninguém gastar seu tempo com qualquer coisa que não fosse trabalho.

– Sr. Danagger, vim aqui falar com o senhor a respeito de uma coisa da maior importância para o futuro do seu trabalho e do meu. Vim falar sobre o seu indiciamento.

– Ah, é isso? Não se preocupe. Não tem importância. Vou me aposentar.

Dagny permaneceu imóvel, sem sentir nada, perguntando a si própria se era isso que se sentia ao se ouvir uma sentença de morte que se temia, mas na qual nunca se chegou a acreditar.

Seu primeiro movimento foi virar a cabeça de repente em direção à porta de saída. Então perguntou, em voz baixa, com a boca contorcida de ódio:

– Quem era ele?

Danagger riu.

– Se a senhorita já sabe o que sabe, então deve saber também que não vou responder a essa pergunta.

– Ah, meu Deus, Ken Danagger! – gemeu ela. As palavras dele a fizeram compreender que a barreira de desesperança, de silêncio e de perguntas sem resposta já se erguera entre eles. Seu ódio fora apenas um fio delicado que a segurara por um instante e se partira. – Ah, meu Deus!

– Você está equivocada, menina – disse ele com brandura. – Sei como você está se sentindo, mas está enganada. – Depois acrescentou, num tom mais formal, como se estivesse se lembrando da maneira apropriada de se dirigir a ela, como se estivesse ainda tentando achar um ponto de equilíbrio entre as duas realidades diferentes: – Lamento, Srta. Taggart, a senhorita ter entrado aqui imediatamente depois.

– Vim tarde demais – disse ela. – Vim aqui justamente para impedir que isso acontecesse. Eu sabia.

– Por quê?

– Eu estava certa de que o senhor seria o próximo a ser apanhado por ele, seja ele quem for.

– É mesmo? Engraçado. Eu não imaginava.

– Eu queria alertá-lo, armá-lo contra ele.

Danagger sorriu.

– Pode acreditar no que lhe digo, para que a senhorita não fique se torturando por ter chegado tarde: não teria adiantado nada.

Dagny tinha a impressão de que a cada minuto que passava ele se afastava ainda mais para um lugar muito distante, onde ela não poderia alcançá-lo, mas ainda havia uma ponte tênue entre eles, e ela tinha de agir depressa. Debruçou-se sobre a mesa e disse, muito lentamente, com a voz exageradamente tranquila por causa da intensidade de sua emoção:

– O senhor ainda se lembra do que pensava e achava, do que *era*, três horas atrás? Lembra o que suas minas representavam para o senhor? Lembra-se da Taggart Transcontinental e da Siderúrgica Rearden? Em nome delas, o senhor me responde? Ajude-me a entender.

– Vou responder a tudo o que puder responder.

– O senhor decidiu se aposentar? Abandonar seu trabalho?

– Sim.

– O seu trabalho não representa mais nada para o senhor?

– Mais do que jamais representou.

– Mas o senhor vai largá-lo?

– Vou.

– Por quê?

– A isso não vou responder.

– O senhor, que amava seu trabalho, que só respeitava o trabalho, que desprezava todo tipo de perda de tempo, passividade e renúncia, o senhor acaba de renunciar à vida que amava?

– Não. Acabo de descobrir quanto eu a amo.

– Mas o senhor pretende viver sem trabalho nem objetivo?

– Por que a senhorita diz isso?

– O senhor vai trabalhar com carvão em algum outro lugar?

– Não, não é com carvão.

– Então o que o senhor vai fazer?

– Ainda não resolvi.

– Aonde o senhor vai?

– Não vou responder.

Dagny fez uma pausa, para reunir suas forças, para dizer a si própria: "Não sinta nada, não demonstre a ele nenhum sentimento, não deixe que isso quebre o vínculo." E então disse, com a mesma voz tranquila e controlada:

– O senhor faz ideia do que a sua aposentadoria vai representar para Hank Rearden, para mim, para todos os que ainda restam?

– Sei, mais do que você sabe no momento.

– E isso não significa nada para o senhor?

– Mais do que você seria capaz de acreditar.

– Então por que vai nos abandonar?

– A senhorita não vai acreditar em mim e eu não vou explicar, mas não estou abandonando vocês.

– Nós vamos ter que arcar com um fardo mais pesado, e o senhor sabe que seremos destruídos pelos saqueadores e permanece indiferente.

– Não esteja muito certa disso.

– De quê? Da sua indiferença ou da nossa destruição?

– Das duas coisas.

– Mas o senhor sabia, hoje de manhã, o senhor sabia que era uma situação de vida ou morte... o senhor era um de nós... uma guerra entre nós e os saqueadores.

– Se eu responder que *eu* sei, mas *a senhorita* não sabe, vou fazê-la pensar que não estou falando sério. Assim, entenda como quiser, mas minha resposta é precisamente essa.

– O senhor me explica o que ela significa?

– Não. Isso a senhorita vai ter que descobrir.

– O senhor está disposto a entregar o mundo aos saqueadores. Nós não estamos.

– Não esteja muito certa disso também.

Impotente, Dagny se calou. O que havia de estranho na maneira de Danagger falar era sua simplicidade: falava como se estivesse sendo inteiramente natural e, em meio àquelas perguntas sem resposta e àquele trágico mistério, dava a impressão de que não havia mais segredos, e jamais fora necessário haver qualquer mistério.

Pela primeira vez, Dagny percebeu, porém, uma ponta de intranquilidade perturbando sua calma radiante. Viu que ele se debatia com uma ideia; hesitou e por fim disse, com esforço:

– Quanto a Hank Rearden... a senhorita me faria um favor?

– É claro.

– Diga a ele que eu... Sabe, nunca gostei de gente, mas ele foi a pessoa que sempre respeitei, mas foi só hoje que percebi... que o que eu sentia era... que ele era o único homem que eu já amei. Diga isso a ele e que eu gostaria de poder... Não, acho que só posso dizer isso... Provavelmente ele vai me maldizer por minha atitude... mas sempre é possível que isso não aconteça.

– Eu dou o recado.

Ouvindo aquela voz cheia de dor oculta e reprimida, Dagny sentiu-se tão próxima a ele que lhe pareceu impossível que ele realmente fosse fazer o que dizia – e assim ela fez uma última tentativa:

– Sr. Danagger, se eu lhe implorasse de joelhos, se eu encontrasse palavras que ainda não encontrei... haveria... há alguma possibilidade de convencê-lo a mudar de ideia?

– Não.

Após um instante, ela perguntou, com uma voz sem expressão:

– Quando o senhor vai se aposentar?

– Hoje.

– O que o senhor vai fazer com... – disse ela, indicando a serra que se via pela janela – ... a Companhia de Carvão Danagger? A quem vai legá-la?

– Não sei nem quero saber. A ninguém ou a todo mundo. A quem quiser ficar com ela.

– O senhor não vai nomear um sucessor?

– Não. Para quê?

– Para deixá-la em boas mãos. O senhor não poderia ao menos nomear um herdeiro?

– Para mim é indiferente. Absolutamente indiferente. Quer que eu deixe tudo para a senhorita? – Pegou uma folha de papel. – Se quiser, escrevo agora mesmo um documento deixando toda a empresa para a senhorita.

Ela sacudiu a cabeça, num espasmo involuntário de horror.

– Não sou uma saqueadora!

Ele deu uma risadinha e pôs o papel de lado.

– Está vendo? A senhorita deu a resposta correta, ainda que não percebesse. Não se preocupe com a companhia. Não vai fazer a menor diferença eu nomear o melhor sucessor do mundo ou o pior ou nenhum. Tanto faz que a fábrica passe para a mão de alguém ou seja abandonada ao mato.

– Mas sair desse jeito e simplesmente abandonar... abandonar uma empresa industrial, como se estivéssemos vivendo numa época de nômades sem terra, ou de selvagens que perambulam pela selva!

– E não estamos? – perguntou Danagger, com um sorriso ao mesmo tempo de zombaria e de compaixão. – Para que deixar um documento, um testamento? Não quero ajudar os saqueadores a fingir que a propriedade privada ainda existe. Não vou cooperar com o sistema que criaram. Não precisam de mim, dizem eles, só do meu carvão. Pois que fiquem com ele.

– Então o senhor está aceitando o sistema deles?

– E estou?

Dagny gemeu, olhando para a porta de saída.

– O que será que ele fez com o senhor?

– Ele me disse que eu tenho o direito de existir.

– Eu não acreditava que fosse possível em três horas convencer um homem a virar as costas para 52 anos de vida!

– Se é isso que a senhorita acha que ele fez, ou se a senhorita acha que ele me fez alguma revelação inconcebível, então eu entendo como está confusa. Mas não foi isso. Ele apenas mencionou os valores em função dos quais sempre vivi, como qualquer homem que não esteja se autodestruindo.

Dagny percebeu que era inútil fazer perguntas e que nada tinha a lhe dizer.

Danagger olhou para a cabeça baixa de Dagny e disse, delicadamente:

– A senhorita é muito corajosa. Compreendo o que está fazendo agora e quanto isso lhe custa. Não se torture. Não insista.

Ela se pôs de pé. Ia dizer alguma coisa, mas, de repente, ele a viu olhar para baixo, dar um salto para a frente e agarrar um cinzeiro que estava na mesa de Danagger.

Nele havia uma ponta de cigarro com um cifrão.

– O que foi, Srta. Taggart?

– Foi *ele*... que fumou isto?

– Ele quem?

– O homem que esteve aqui... foi ele que fumou este cigarro?

– Olhe, não sei... Acho que sim... É, creio que o vi fumar um cigarro... deixe-me ver... não, não é a minha marca, portanto deve ser o cigarro dele.

– Mais alguém esteve nesta sala hoje?

– Não. Mas por quê, Srta. Taggart? O que há?

– Posso ficar com isto?

– O quê? A ponta de cigarro? – perguntou Danagger, olhando para ela atônito.

– É.

– Claro que sim... mas por quê?

Ela olhava para a ponta de cigarro na palma da mão como se fosse uma joia.

– Não sei... não sei para que vai adiantar, só sei que é uma pista para... – Dagny sorriu com ironia – ... um segredo meu.

Ficou em pé, parada, relutando em sair, olhando para Ken Danagger como quem olha pela última vez para uma pessoa que embarca numa viagem sem retorno.

Ele compreendeu aquele olhar, sorriu e lhe estendeu a mão.

– Não vou dizer adeus – disse ele – porque vou vê-la de novo num futuro não muito longínquo.

– Ah – disse ela, animada, apertando a mão que ele lhe estendera do outro lado da mesa –, quer dizer que o senhor vai voltar?

– Não. A senhorita é que vai se juntar a mim.

◆ ◆ ◆

Havia apenas um leve clarão vermelho acima das estruturas naquela escuridão, como se as usinas estivessem adormecidas porém vivas, o que era indicado pela respiração regular das fornalhas e as batidas de coração das correias transportadoras ao longe. Rearden estava à janela de seu escritório, com a mão encostada à vidraça. Com a perspectiva da distância, sua mão cobria um quilômetro de estruturas, como se ele estivesse tentando segurá-las.

Estava olhando para um longo muro de listras verticais, que era a bateria de fornos de coque. Uma porta estreita se abria e deixava sair uma breve chama, e uma folha de coque em brasa deslizava para fora, como uma torrada saindo de lado de uma gigantesca torradeira. A folha ficou imóvel por um instante e, depois de ter rachado na diagonal, se espatifou sobre um vagão de carga.

O carvão era da Danagger, pensou. Eram essas as únicas palavras em sua mente. O restante era apenas uma sensação de solidão, tão imensa que até mesmo sua própria dor parecia ser engolida por um enorme vácuo.

Na véspera, Dagny lhe falara de sua tentativa inútil e lhe dera o recado de Danagger. Naquela manhã, ele ouvira a notícia de que este havia desaparecido. Durante toda a noite de insônia, mais as horas de intensa concentração em suas obrigações cotidianas, a resposta àquele recado não lhe saíra da cabeça, a resposta que ele jamais teria oportunidade de dar.

"O único homem que eu já amei" – isso, vindo de Ken Danagger, que jamais dissera nada mais pessoal do que "Escute, Rearden"! Pensou: *Por que desperdiçamos isso? Por que nós dois fomos condenados a passar as horas que não estávamos no escritório como exilados entre estranhos antipáticos que nos fizeram abandonar toda a vontade de descansar, de desfrutar as amizades, de ouvir vozes humanas? Será que eu poderia agora recuperar uma hora que fosse das que gastei conversando com meu irmão Philip e dá-la a Ken Danagger? Quem foi que nos impôs a obrigação de aceitar como única recompensa por nosso trabalho a tortura de fingir amar aqueles que só despertam em nós o desprezo? Nós, que sabíamos derreter pedras e metais para utilizá-los, por que jamais buscamos aquilo que queríamos dos homens?*

Tentou sufocar aquelas palavras em sua mente, sabendo que era inútil pensar nelas agora. Mas as palavras estavam lá, e era como se fossem dirigidas aos mortos: "Não, não maldigo você por desaparecer, se é essa a pergunta e a dor que você levou consigo. Por que não me deu uma oportunidade de lhe dizer... o quê? Que eu aprovo?... Não, isso não, mas que eu não posso nem condená-lo nem segui-lo."

Fechando os olhos, Rearden se permitiu experimentar por um momento o imenso alívio que sentiria se também largasse tudo e fosse embora. Juntamente com o choque da perda, sentia uma pontinha de inveja. *Por que não me procuraram também, sejam eles quem forem, para me dar aquele argumento irresistível que me faria ir?* Mas imediatamente estremeceu de raiva e pensou que mataria o homem que tentasse se aproximar dele, cometeria um assassinato antes que ouvisse as palavras do segredo que o faria abandonar sua siderúrgica.

Já era tarde, os funcionários tinham ido embora, mas Rearden tinha medo da estrada que levava à sua casa, da noite vazia que o aguardava lá. Parecia-lhe que o inimigo que eliminara Danagger estava esperando por ele na escuridão além do clarão das usinas. Rearden não era mais invulnerável, mas, fosse o que fosse, viesse de onde viesse, o perigo não o atingiria aqui, ele estava protegido, como que num círculo de fogo que afastasse todo o mal.

Olhou para a luz branca que tremeluzia nas janelas escuras de uma estrutura ao longe. Era como o reflexo imóvel do sol sobre a água: era o reflexo do anúncio de néon sobre o telhado do edifício em que ele estava: Siderúrgica Rearden. Pensou na noite em que tivera o desejo de colocar um anúncio luminoso sobre seu passado dizendo: Vida de Rearden. Por que tivera esse desejo? Que olhos ele queria que lessem aquele anúncio?

Pensou – com surpresa e amargura, e pela primeira vez – que o orgulho exultante que antes sentia vinha do respeito que ele tinha pelos homens, pelo valor de sua admiração e de seu julgamento. Não sentia mais nada. Não havia homens cujos olhos ele quisesse que vissem aquele anúncio.

Afastou-se bruscamente da janela. Pegou o sobretudo com um gesto ríspido que visava trazê-lo de volta à disciplina da ação, jogou-o sobre o corpo, apertou o cinto com um puxão único e se apressou em apagar as luzes com rápidos movimentos dos dedos ao sair da sala.

Abriu a porta – e parou. Uma única lâmpada estava acesa num canto da antessala escura. O homem que estava sentado na beira de uma mesa numa atitude de quem espera com paciência era Francisco d'Anconia.

Rearden ficou imóvel e percebeu, num instante, que Francisco, ainda parado, olhara para ele com o esboço de um sorriso nos lábios, que era como uma piscadela trocada por conspiradores, uma menção a um segredo que os dois conheciam, mas sobre o qual não falavam. Foi apenas um instante, quase breve demais para perceber, porque Rearden teve a impressão de que Francisco se levantara assim que ele entrou, num movimento que exprimia uma deferência cortês. Aquele gesto exprimia uma formalidade rígida, a negação de qualquer presunção, porém enfatizava o que havia de intimidade no fato de ele não ter pronunciado uma só palavra de cumprimento ou de explicação.

Rearden perguntou com voz áspera:

– O que o senhor está fazendo aqui?

– Achei que o senhor ia querer me ver hoje, Sr. Rearden.

– Por quê?

– Pelo mesmo motivo que fez com que o senhor ficasse até tarde na sua sala. O senhor não estava trabalhando.

– Há quanto tempo o senhor está aí?

– Há uma ou duas horas.

– Por que não bateu à minha porta?

– O senhor teria permitido que eu entrasse?

– É um pouco tarde para fazer essa pergunta.

– Quer que eu me vá, Sr. Rearden?

Rearden indicou a porta de sua sala.

– Entre.

Acendendo as luzes do escritório, com movimentos controlados e sem pressa, Rearden pensou que não devia se permitir sentir o que quer que fosse, porém teve a sensação de que a vida lhe voltava, sob a forma de uma emoção controladamente entusiástica, que ele se recusou a identificar. O que disse a si próprio foi: Cuidado.

Sentou-se na beira da mesa, cruzou os braços, olhou para Francisco, que permaneceu em pé à sua frente numa atitude respeitosa, e perguntou com um sorriso leve e frio:

– Por que o senhor veio aqui?

– O senhor não quer que eu responda, Sr. Rearden. Não admitiria a mim nem a si próprio quanto se sente só esta noite. Se o senhor não me perguntar nada, não se sentirá obrigado a negar o fato. Basta aceitar o que já sabe de qualquer modo: o fato de que eu sei.

Tenso como uma corda puxada, por um lado, pela impertinência daquele homem e, por outro, pela admiração que sentia por sua franqueza, Rearden respondeu:

– Admito, se o senhor quiser. Que diferença faz para mim o senhor saber?

– Saber e me importar, Sr. Rearden. Sou o único homem perto do senhor que se importa.

– Mas por quê? E por que preciso da sua ajuda esta noite?

– Porque não é fácil maldizer o homem mais importante para o senhor.

– Eu não estaria maldizendo o senhor se não me procurasse.

Os olhos de Francisco se arregalaram um pouco. Depois ele sorriu e disse:

– Eu me referia ao Sr. Danagger.

Por um momento, Rearden fez uma expressão de quem tem vontade de dar um tapa na própria cara, em seguida riu baixinho e disse:

– Está bem. Sente-se.

Esperou para ver como Francisco se aproveitaria daquilo, mas o outro obedeceu em silêncio, com um sorriso que tinha um toque curiosamente juvenil: uma mistura de triunfo com gratidão.

– Eu não maldigo Danagger – retrucou Rearden.

– Não? – A palavra foi pronunciada com uma ênfase singular, em voz baixa, quase cautelosamente, sem nenhum vestígio de sorriso no rosto de Francisco.

– Não. Não sou eu quem vai julgar quanto um homem é obrigado a suportar. Se ele entregou os pontos, não cabe a mim condená-lo.

– Se ele entregou os pontos...

– E não foi isso que aconteceu?

Francisco se recostou na cadeira. Seu sorriso reapareceu, mas não era um sorriso alegre.

– Qual o efeito que o desaparecimento de Danagger terá sobre o senhor?

– Vou ter que trabalhar um pouco mais.

Francisco olhou para uma ponte negra de aço contra um fundo de névoa avermelhada ao longe e disse, apontando:

– Cada uma daquelas vigas tem um limite de peso que é capaz de suportar. Qual é o seu? – Rearden riu.

– É *disso* que o senhor tem medo? É por isso que veio aqui? Tinha medo de que eu entregasse os pontos? Queria me salvar, como Dagny Taggart tentou salvar Ken Danagger? Ela tentou alcançá-lo a tempo, mas não conseguiu.

– Tentou? Eu não sabia. A Srta. Taggart e eu discordamos sobre muitas coisas.

– Não se preocupe. Não vou desaparecer. Que os outros todos entreguem os pontos e parem de trabalhar. Eu não. Não sei quais são meus limites nem quero saber. Só sei que ninguém vai me fazer parar.

– Sempre é possível fazer um homem parar, Sr. Rearden.

– Como?

– É só conhecer o que o motiva.

– O que é?

– O senhor devia saber. O senhor é um dos últimos homens íntegros com quem o mundo ainda pode contar.

Rearden deu uma risadinha amarga.

– Já me chamaram de quase tudo, menos disso. E o senhor está enganado. Muito mais do que é capaz de imaginar.

– O senhor tem certeza?

– Claro que sim. Íntegro? De onde tirou essa ideia?

Francisco apontou para as usinas ao longe.

– De lá.

Rearden ficou a olhar para Francisco sem se mexer e depois se limitou a perguntar:

– O que o senhor quer dizer?

– Se o senhor quer ver um princípio abstrato, como a ação moral, sob forma material, olhe para lá. Olhe, Sr. Rearden. Cada uma daquelas vigas, cada um daqueles canos, fios e válvulas foi colocado lá por uma escolha em resposta à pergunta: certo ou errado? O senhor teve de escolher certo e escolher o melhor que conhecia, o melhor para o seu objetivo, que era fazer aço, e depois seguir em frente e ampliar seu conhecimento, e fazer melhor, e melhor ainda, com seu objetivo atuando como seu padrão de valor. O senhor teve de agir com base no seu julgamento. Precisou ter capacidade de julgar, coragem de assumir o que achava melhor e a mais pura e implacável dedicação à regra de fazer o que é certo, o que é melhor, o melhor de que o senhor é capaz. Nada poderia fazê-lo agir em contrariedade ao seu julgamento, e o senhor teria rejeitado como errado, como mau, qualquer homem que tentasse convencê-lo de que a melhor maneira de aquecer um alto-forno é enchê-lo de gelo. Milhões de homens, toda uma nação, não conseguiram impedi-lo de produzir o metal Rearden porque o senhor conhecia o seu valor excepcional e tinha o poder que esse conhecimento confere. Mas o que eu não entendo, Sr. Rearden, é o seguinte: por que o senhor segue um código de princípios quando lida com a natureza e outro quando lida com os homens?

Os olhos de Rearden estavam fixos nele com tanta concentração que só lhe foi possível pronunciar a pergunta lentamente, como se o esforço de falar lhe perturbasse a concentração:

– O que o senhor quer dizer?

– Por que o senhor não se apega ao objetivo da sua vida de modo tão inequívoco e rígido quanto se apega ao objetivo da sua siderúrgica?

– O que isso quer dizer?

– O senhor julgou cada tijolo que existe nesta siderúrgica com base no valor que ele tem para o objetivo de produzir aço. Será que foi igualmente rígido em relação ao objetivo a que se destinam seu trabalho e o aço que ele produz? Por qual padrão de valores o senhor julga os seus dias? Por exemplo: por que passou 10 anos se esforçando ao máximo para produzir o metal Rearden?

Rearden desviou o olhar. O leve movimento de descontração de seus ombros foi como um suspiro de relaxamento e decepção.

– Se o senhor tem que perguntar isso, então não entenderia a resposta se eu a desse.

– Se eu lhe dissesse que a entendo, mas o senhor não, me expulsaria daqui?

– Eu já devia ter expulsado o senhor há muito tempo. Portanto, pode me explicar o que quer dizer.

– O senhor se orgulha dos trilhos da Linha John Galt?

– Sim.

– Por quê?

– Porque são os melhores trilhos já feitos.

– Por que os fez?

– Para ganhar dinheiro.

– Havia muitas maneiras mais fáceis de ganhar dinheiro. Por que escolheu a mais difícil?

– O senhor já respondeu a essa pergunta no casamento de Taggart: a fim de trocar os meus melhores esforços pelos melhores esforços de outros.

– Se era esse o seu objetivo, o senhor o atingiu?

Houve um silêncio pesado.

– Não – disse Rearden.

– O senhor ganhou dinheiro com o metal?

– Não.

– Quando o senhor empenha o máximo de energia para produzir o melhor, espera ser recompensado ou punido? – Rearden não respondeu nada. – Com base em todos os padrões de moral, honra e justiça que conhece, o senhor está convicto de que deveria ter sido recompensado?

– Estou – disse Rearden, em voz baixa.

– Mas, se o senhor foi punido, que espécie de código aceitou?

Rearden não disse nada. Francisco prosseguiu:

– Todos acreditam que viver numa sociedade humana torna a vida bem mais fácil e segura do que lutar sozinho contra a natureza numa ilha deserta. Ora, onde quer que exista um homem que precise ou utilize metal de algum modo, o metal Rearden tornou a vida mais fácil para ele. E para o senhor?

– Não – disse Rearden, em voz baixa.

– A sua vida continua como era antes de produzir o metal?

– Não... – respondeu Rearden, num tom que dava a impressão de que ele havia interrompido o pensamento que lhe ocorrera.

A voz de Francisco veio súbita e áspera, como se desse uma ordem:

– Diga!

– Ficou mais difícil – respondeu Rearden, num tom neutro.

– Quando o senhor se orgulhou dos trilhos da Linha John Galt – disse Francisco, com uma voz ritmada que emprestava uma clareza implacável a suas palavras –, em que espécie de homens o senhor estava pensando? Queria que sua linha fosse utilizada pelos seus pares, por gigantes produtivos como Ellis Wyatt, a quem a ferrovia ajudaria a realizar feitos cada vez mais prodigiosos?

– Sim – respondeu Rearden com entusiasmo.

– O senhor queria vê-la utilizada por homens de mente não tão privilegiada quanto a sua, mas que tivessem a mesma integridade moral que o senhor, homens como Eddie Willers, que jamais poderiam inventar o seu metal, mas que se esforçariam ao máximo, trabalhariam tanto quanto o senhor, viveriam de seu próprio trabalho e cada vez que usassem a sua ferrovia agradeceriam silenciosamente ao homem que lhes deu mais do que eles seriam capazes de lhe dar?

– Sim – disse Rearden com voz suave.

– O senhor queria vê-la usada por uns porcarias incapazes de fazer qualquer esforço, que não possuem a capacidade de um arquivista, mas que exigem uma renda de um presidente de empresa, que acumulam fracassos e exigem que o senhor custeie suas despesas, que acham que seus desejos equivalem ao trabalho do senhor, que suas necessidades merecem mais recompensas que o esforço do senhor, que exigem que o senhor os sirva, que exigem que servi-los seja o objetivo da sua vida, que exigem que a sua força seja um escravo mudo, sem direitos, pagamento nem qualquer recompensa, a serviço da impotência deles, que afirmam que o senhor nasceu para ser escravo por causa da sua genialidade, ao passo que eles nasceram para mandar em virtude da incompetência que lhes é própria, que só cabe ao senhor dar, mas a eles apenas tomar, que cabe ao senhor produzir, mas a eles consumir, que o senhor não merece nenhum tipo de recompensa, nem material nem espiritual, nem em dinheiro nem em reconhecimento, nem respeito nem gratidão, homens que usariam a sua ferrovia escarnecendo do senhor e o difamando, já que não lhe devem nada, nem mesmo o esforço de tirar os chapéus que foi o senhor mesmo quem custeou? Era isso que o senhor queria? O senhor se orgulharia disso?

– Antes dinamitar aqueles trilhos – disse Rearden, com os lábios brancos de raiva.

– Então por que o senhor não faz isso, Sr. Rearden? Dos três tipos de homem que descrevi, qual está sendo destruído e qual está usando a sua ferrovia hoje?

Ouviram ao longe as batidas do coração de metal da usina no fundo do silêncio.

– O terceiro tipo que descrevi – disse Francisco – é o homem que afirma ter direito sobre um tostão que seja, ganho pelo suor de outro.

Rearden não respondeu. Estava olhando para o reflexo de um anúncio de néon nas janelas escuras ao longe.

– O senhor se orgulha de possuir uma resistência sem limites, Sr. Rearden, porque acha que está agindo direito. E se não estiver? E se estiver colocando a sua virtude a serviço do mal e a deixando se tornar um instrumento usado para a destruição de tudo aquilo que o senhor ama, respeita e admira? Por que não assume o seu código de valores entre os homens como faz entre as fundições de ferro? O senhor, que não permite um por cento de impurezas numa liga metálica, o que permite no seu código moral?

Rearden estava completamente imóvel. As palavras que lhe acorreram à mente eram como o ritmo dos passos naquele caminho que vinha procurando. As palavras eram: a sanção da vítima.

– O senhor, que não se submeteria às agruras da natureza, a domina e a coloca a serviço de seu prazer e de seu conforto, a que o senhor se submete nas mãos dos homens? O senhor, que em seu próprio trabalho aprendeu que só se é punido pelo que se faz de errado, quantas punições não tem suportado sem razão? Toda a sua vida o senhor vem sendo denunciado não pelos seus defeitos, mas pelas suas maiores virtudes. Vem sendo odiado, não por seus erros, mas por suas realizações. Escarnecido por todas aquelas qualidades de caráter das quais mais se orgulha. Chamado de egoísta por ter coragem de agir com base no seu próprio julgamento e assumir sozinho a responsabilidade pela sua própria vida. Chamado de arrogante por ter uma mente independente. Chamado de cruel por possuir uma integridade inflexível. Chamado de antissocial por ter uma visão que o levou a descortinar novos caminhos. Chamado de implacável por ter força e autodisciplina para atingir seus objetivos. Chamado de ganancioso por ter o poder magnífico de criar riquezas. O senhor, que despendeu uma quantidade inconcebível de energia, foi chamado de parasita. O senhor, que criou abundância onde antes só havia terras abandonadas e homens esfomeados, foi chamado de ladrão. O senhor, que os mantém a todos vivos, foi chamado de explorador. O senhor, o homem mais puro e íntegro de todos, foi chamado de "materialista vulgar". Já parou para se perguntar com que direito? Com base em que valores? Em que padrões? Não, o senhor aceitou tudo isso e permaneceu calado. Aceitou o código deles e jamais defendeu o seu. O senhor sabia quanta moralidade severa era necessária para produzir um único prego de metal, mas deixou que o rotulassem de imoral. Sabia que o homem precisa do código de valores mais rígido para lidar com a natureza, mas achou que não precisava disso para lidar com os homens. Deixou nas mãos do inimigo a arma mais letal de todas, de cuja existência o senhor jamais suspeitou. O código moral deles é a arma que eles têm. Pergunte a si próprio de quantas maneiras terríveis o senhor já o aceitou. Pergunte a si próprio o que faz um código moral à vida de um homem e por que ele não pode viver sem tal código, e o que acontece com ele se aceita o padrão errado, segundo o qual o mau é bom. Quer que eu lhe diga por que o senhor sempre se sentiu atraído por mim, muito embora ache que deveria me amaldiçoar? Porque eu sou o primeiro homem a lhe dar aquilo que todo mundo lhe deve e que o senhor deveria ter exigido de todos os homens antes de lidar com eles: uma sanção moral.

Rearden se virou para ele e ficou imóvel, uma imobilidade que era como uma interjeição de espanto. Francisco se debruçou para a frente, como se se aproximasse da aterrissagem depois de um voo perigoso. Seus olhos estavam fixos, mas seu olhar parecia tremer de intensidade.

– O senhor é culpado de um grande pecado, Sr. Rearden, muito mais culpado do que eles dizem, só que não do jeito que dizem. A pior culpa é aceitar uma culpa imerecida, e é isso o que vem fazendo a vida toda. O senhor vem pagando uma chantagem não pelos seus vícios, mas pelas suas virtudes. O senhor se dispõe a arcar com o fardo de um castigo imerecido e deixá-lo ficar cada vez mais pesado quanto mais pratica suas virtudes. Mas as suas virtudes são aquelas que mantêm os homens vivos. O seu código moral, o que o senhor vem seguindo, mas que jamais afirmou, nem reconheceu nem defendeu, é o que preserva a existência do homem. Se o senhor foi punido por tê-lo observado, qual a natureza daqueles que o puniram? O seu código é o da vida. Então qual é o deles? Qual o padrão de valor que está por trás dele? Qual o seu objetivo final? O senhor acha que se trata apenas de uma conspiração para despojá-lo de sua riqueza? O senhor sabe qual é a fonte da riqueza e, portanto, deveria saber que é algo muito maior e muito pior do que isso. O senhor me pediu que dissesse qual é a motivação que impele o homem. É seu código moral. Pergunte a si próprio aonde o código deles o está levando e o que esse código lhe oferece como objetivo final. Mais vil do que assassinar um homem é lhe oferecer o suicídio como ato virtuoso. Mais vil que lançar um homem numa pira de holocausto é exigir que ele pule para dentro dela, por livre e espontânea vontade, depois de tê-la ele próprio construído. Eles próprios afirmam que são *eles* que precisam do senhor e não têm nada a lhe oferecer em troca. Eles próprios afirmam que *o senhor* tem a obrigação de sustentá-los porque não podem sobreviver sem o senhor. Pense só como é obsceno eles oferecerem sua impotência e sua necessidade, a necessidade que têm do senhor, como justificativa para torturá-lo. O senhor está disposto a aceitar isso? Quer adquirir, ao preço de sua imensa resistência, de sua agonia, a satisfação das necessidades daqueles que o estão destruindo?

– Não!

– Sr. Rearden – disse Francisco, com a voz subitamente calma –, se o senhor visse Atlas, o gigante que sustenta o mundo todo em seus ombros, se o senhor visse o sangue escorrendo pelo peito dele, os joelhos tremendo, os braços estremecendo, porém ainda tentando sustentar o mundo com suas últimas forças, e se quanto mais ele se esforçasse, mais o mundo lhe pesasse nos ombros, o que o senhor lhe diria que fizesse?

– Eu... não sei. O que... ele poderia fazer? O que *o senhor* lhe diria para fazer?

– Eu diria: sacuda os ombros.

O ruído do metal vinha num fluxo de sons irregulares sem nenhum ritmo, perceptível não como o funcionamento de um mecanismo, mas como se houvesse um impulso consciente por trás de cada elevação súbita do som, que depois explodia e se dissolvia no gemido suave das engrenagens. De vez em quando as vidraças estremeciam de leve.

Os olhos de Francisco observavam Rearden como se examinassem o impacto de balas sobre um alvo já cheio de furos. Era difícil acompanhar a trajetória dos projéteis: a figura magra sentada na beira da mesa estava ereta, os olhos azuis frios não demonstravam mais que a intensidade de um olhar fixo numa distância longínqua. Apenas a boca inflexível traía uma ruga desenhada pela dor.

– Continue – disse Rearden, com um esforço –, continue. O senhor ainda não terminou, não é?

– Mal comecei – disse Francisco, ríspido.

– Aonde... o senhor quer chegar?

– O senhor vai compreender antes de eu terminar. Mas primeiro quero que me responda a uma pergunta: se o senhor tem consciência da natureza de seu fardo, como é que pode...

O grito de uma sirene despedaçou o espaço além da janela, como um foguete que sobe aos céus numa trajetória longa e fina. O som se sustentou por um instante, depois caiu, depois subiu novamente, em espirais, como se lutasse para não perder o fôlego, contra o terror que a forçava a gritar ainda mais alto. Era um grito de agonia, um grito de socorro, a voz da siderúrgica, como o grito de um corpo que não quer se separar da alma.

Rearden achou que havia pulado em direção à porta no instante em que a sirene lhe atingiu a consciência, mas viu que se atrasara um momento, porque Francisco chegou à sua frente. Impelido pela mesma reação, Francisco saiu correndo pelo corredor, apertou o botão do elevador e, não conseguindo esperar, se lançou às escadas.

Rearden seguiu atrás, e em cada andar olhava para o marcador do elevador. Alcançaram-no na metade do prédio. Antes que a caixa de aço tivesse parado de tremer após chegar ao piso térreo, Francisco já havia saído, correndo em direção ao grito de apelo. Rearden achava que corria bem, mas não conseguiu acompanhar aquela figura rápida que percorria os espaços escuros e os iluminados pelo brilho vermelho das fornalhas, a figura daquele playboy inútil que ele admirara e se odiara por admirar.

A torrente que jorrava de um buraco perto do fundo de um alto-forno não tinha a cor vermelha do fogo, e sim o branco radiante do sol. Ela escorria pelo chão, desviando-se a esmo e se bifurcando de súbito. Atravessou uma névoa úmida de vapor como uma promessa de manhã. Era ferro líquido, e o que a sirene anunciava era um vazamento.

A carga do alto-forno tinha sido engaiolada e, ao explodir, arrebentara a porta do vertedouro. O mestre caíra, desacordado, a torrente branca jorrava, lentamente aumentando o buraco cada vez mais, e homens lutavam com areia, água e argila refratária para deter os riachos luminosos que se espalhavam lentamente, devorando tudo o que encontravam, reduzindo tudo a jatos de fumaça acre.

Nos poucos instantes necessários para que Rearden entendesse o que via e avaliasse a natureza do desastre, percebeu uma figura surgir de repente ao pé do alto-forno, viu um braço nu se levantar e jogar um objeto negro no lugar de onde jorrava o metal líquido. A figura era Francisco d'Anconia, e o ato que ele realizara fazia parte de uma arte que Rearden acreditava que ninguém mais aprendia.

Anos antes, Rearden trabalhara numa obscura siderúrgica em Minnesota onde seu trabalho consistia em fechar os buracos abertos nos altos-fornos jogando neles argila refratária para deter o fluxo de metal. Era um trabalho perigoso, que já causara a morte de muitos. Já fora extinto anos antes com a invenção da pistola hidráulica, mas algumas usinas com problemas financeiros haviam tentado utilizar, antes de falir, equipamentos e métodos obsoletos de um passado longínquo. Rearden sabia fazer aquilo, mas desde aquela época jamais conhecera outro homem capaz de fazê-lo. Por entre jatos de vapor, à frente de um alto-forno avariado, ele via agora a figura alta e esguia do playboy realizando aquela tarefa com a perícia de um especialista.

Um instante depois, Rearden havia arrancado o paletó, agarrado os óculos de proteção do primeiro homem que viu e partido em direção a Francisco. Não havia tempo para falar, sentir ou pensar nada. Francisco o olhou de relance – e o que Rearden viu foi um rosto sujo de fuligem, óculos de proteção negros e um sorriso largo.

Estavam sobre um monte escorregadio de lama cozida, à margem do rio de metal branco. O buraco do alto-forno estava a seus pés, e dentro dele os dois jogavam argila. De lá escapavam línguas contorcidas que pareciam de gás: era metal fervente. Na consciência de Rearden, só havia uma sucessão de gestos: abaixar-se, levantar o peso, fazer a pontaria e arremessar e, antes que o projétil atingisse o local de destino, invisível dali, se abaixar outra vez para pegar mais um punhado; nessa consciência só havia lugar para fazer pontaria, salvar o alto-forno, manter o equilíbrio precário das pernas, se salvar. Nada mais existia para ele – fora uma sensação geral de entusiasmo nascida da ação, de sua própria capacidade, da precisão do seu corpo, que reagia imediatamente à sua vontade. E, sem tempo de pensar nisso, porém sabendo-o, apreendendo-o com os sentidos sem passar pela sua censura mental, estava vendo uma silhueta negra de trás da qual partiam raios vermelhos, de trás de seus ombros, seus cotovelos, suas curvas angulosas, raios vermelhos que giravam através do vapor como fachos alongados de holofotes, acompanhando os movimentos de um ser rápido, competente e confiante, que ele jamais vira antes senão de traje a rigor à luz dos salões de festas.

Não havia tempo para formar palavras, pensar, explicar, mas Rearden sabia que *este* era o verdadeiro Francisco d'Anconia, era este que ele vira desde o início e amara – a palavra não o chocou, porque não havia palavra alguma em sua mente, mas apenas uma sensação exultante que parecia um fluxo extra de energia acrescentado à energia de seu corpo.

Ao ritmo de seu corpo, com o calor fortíssimo em seu rosto e a noite de inverno sobre seus ombros, Rearden viu de repente que era esta a essência simples do universo: a recusa imediata a se submeter ao desastre, o impulso irresistível de combatê-lo, a sensação triunfante de ser capaz de vencer. Estava certo de que Francisco também sentia aquilo, que fora impelido por aquele mesmo impulso, que era certo senti-lo, certo para os dois serem o que eram – de vez em quando entrevia um rosto cheio de suor concentrado no que fazia, e era o rosto mais feliz que ele jamais vira.

O alto-forno a sua frente era uma massa negra envolta em espirais de tubos e vapor. Parecia resfolegar, deixando escapar suspiros vermelhos que pairavam no ar – e os dois homens lutavam para não deixá-lo morrer. A seus pés chegavam feixes de faíscas subitamente, morrendo, ignoradas, de encontro a suas roupas e à pele das mãos. O vapor saía mais devagar, em pequenos jatos interrompidos.

Tudo aconteceu tão depressa que Rearden só percebeu realmente depois que terminou. Teve consciência de dois momentos: no primeiro, viu o gesto violento com que Francisco lançou a argila no espaço. Em seguida, viu que o súbito movimento para trás de seu corpo não conseguiu neutralizar o impulso para a frente, viu os braços estendidos da silhueta que perdia o equilíbrio; pensou que um salto sobre a distância que os separava naquele chão escorregadio representaria a morte de ambos – e no segundo momento já caía ao lado de Francisco, o agarrava, e os dois se balançavam juntos entre o espaço vazio e o monte de argila, à beira do abismo branco. Depois recuperou o equilíbrio e o puxou de volta, e por um instante manteve ainda o corpo de Francisco apertado contra o seu, como teria segurado o corpo de um filho único. Todo o seu amor, seu terror e seu alívio estavam contidos numa única frase:

– Cuidado, seu idiota!

Concluída a tarefa, o buraco já totalmente tapado, Rearden percebeu que sentia dor nos músculos dos braços e das pernas, que seu corpo já não tinha forças para se mexer – e no entanto sentia-se como se estivesse entrando em seu escritório de manhã, antecipando ansiosamente os problemas que teria de resolver. Olhou para Francisco e percebeu pela primeira vez que suas roupas estavam cheias de furos enegrecidos, que suas mãos estavam sangrando, que na testa havia uma ferida e um filete vermelho descia pelo rosto. Francisco levantou os óculos protetores e sorriu para ele: era o sorriso da manhã.

Um jovem que tinha no rosto uma expressão crônica de indignação e impertinência correu até Rearden, exclamando:

– Eu não pude fazer nada, Sr. Rearden!

E começou a desfiar um rosário de explicações. Rearden voltou as costas para ele sem dizer uma palavra. Era o assistente encarregado do manômetro do alto-forno, um jovem recém-saído da faculdade.

Em algum lugar nas margens da consciência de Rearden havia um pensamento: a ideia de que acidentes desse tipo estavam se tornando mais frequentes por causa do tipo de minério que estava usando, mas ele agora tinha de usar o minério que conseguisse arranjar, qualquer que fosse. Havia também outro pensamento: a ideia de que antigamente seus funcionários sempre sabiam evitar tais desastres – qualquer um deles teria detectado os sinais do acidente e impedido que ele acontecesse, mas poucos de seus colaboradores mais antigos lhe restavam, e agora era obrigado a contratar qualquer um. Em meio ao vapor ao seu redor, viu que foram os homens mais velhos que acorreram de todos os lados para combater o desastre e agora estavam enfileirados, recebendo os primeiros socorros da equipe médica. Ele se perguntou o que estaria acontecendo com os jovens do país. Mas a pergunta foi dissipada pela presença daquele rapaz recém-formado, cujo rosto não suportava ver, por uma onda de desprezo e pela ideia, não expressa em palavras, de que, se o inimigo era *esse*, não havia nada a temer. Todas essas coisas lhe ocorreram e desapareceram nas escuras margens da consciência. O que as ofuscava era a presença de Francisco d'Anconia.

Rearden o viu dando ordens aos homens ao seu redor. Eles não sabiam quem ele era nem de onde viera, porém o acatavam: sabiam que era um homem que sabia o que fazia. Francisco se interrompeu no meio de uma frase, vendo Rearden se aproximar e ouvi-lo também, e disse, rindo:

– Ah, desculpe!

Rearden disse:

– Continue. Por enquanto está tudo certo.

Não trocaram palavra enquanto caminhavam juntos na escuridão, rumo ao escritório. Rearden sentia que um riso de felicidade se acumulava dentro de si. Sentia vontade de piscar para Francisco, como se fosse um cúmplice seu que descobrira um segredo que o outro não queria admitir. De vez em quando olhava para seu rosto, mas Francisco não olhava para ele.

Depois de algum tempo, Francisco disse:

– O senhor salvou minha vida. – O tom com que ele disse isso valia por um "muito obrigado".

Rearden deu uma risadinha.

– O senhor salvou meu alto-forno.

Seguiram em frente em silêncio. A cada passo que dava, Rearden sentia-se mais leve. Levantando bem a cabeça, sentindo no rosto o ar frio, viu a escuridão tranquila do céu, onde uma única estrela brilhava acima de uma chaminé na qual se lia uma inscrição vertical: Siderúrgica Rearden. Sentiu-se muito feliz por estar vivo.

Não esperava a mudança que viu no rosto de Francisco quando o viu à luz do escritório. Haviam desaparecido as coisas que vira nele ao clarão do alto-forno. Rearden esperava um olhar de triunfo, uma expressão zombeteira dirigida a todos os insultos que Francisco já recebera dele, exigindo um pedido de desculpas que Rearden estava ansioso por fazer. Mas, em vez disso, viu uma expressão sem vida, estranhamente melancólica.

– Machucou-se?

– Não... não, absolutamente.

– Venha cá – ordenou Rearden, abrindo a porta do banheiro.

– Cuide de si próprio.

– Não. Venha.

Pela primeira vez, Rearden sentia-se como o mais velho dos dois. Dava-lhe prazer cuidar de Francisco, sentia um desejo de protegê-lo, uma sensação confiante, paternal, divertida. Lavou a fuligem do rosto de Francisco, aplicou antisséptico e fez curativos em sua testa, em suas mãos, em seus cotovelos chamuscados. Francisco obedeceu em silêncio.

Rearden perguntou, no tom de voz que empregava para fazer o maior elogio de que era capaz:

– Onde aprendeu a trabalhar assim?

Francisco deu de ombros.

– Passei a vida socado em fundições de todos os tipos – respondeu, num tom de indiferença.

Rearden não conseguia decifrar a expressão que via em seu rosto – era apenas um olhar estranhamente parado, como se seus olhos estivessem fixos em alguma visão interior, que lhe contraía a boca num esgar amargo de quem escarnece de si próprio.

Só falaram quando voltaram para o escritório.

– Sabe – disse Rearden –, tudo o que o senhor disse aqui é verdade. Mas não é tudo. Há também o que fizemos hoje. Não vê? Nós sabemos agir. Eles não. Assim, a longo prazo, quem vai vencer somos nós, independentemente do que eles fizerem contra nós.

Francisco não disse nada.

– Escute – disse Rearden –, eu sei qual é o seu problema. O senhor nunca trabalhou de verdade em toda a sua vida. Sempre o considerei presunçoso, mas agora vejo que o senhor nunca se deu conta de seu próprio potencial. Esqueça aquela sua fortuna de vez em quando e venha trabalhar comigo. Posso empregá-lo como mestre de alto-forno quando quiser. O senhor não imagina como isso lhe vai fazer bem. Dentro de alguns anos o senhor saberá dar valor à Cobre D'Anconia e poderá administrá-la direito.

Rearden esperava uma gargalhada e estava preparado para argumentar. Em vez disso, viu Francisco sacudir a cabeça lentamente, como se não conseguisse confiar na própria voz, como se temesse aceitar a oferta, se falasse. Depois de um momento, disse:

– Sr. Rearden... creio que trocaria o restante de minha vida por um ano trabalhando na sua siderúrgica. Mas não posso.

– Por quê?

– Não me pergunte. É... uma questão pessoal.

A visão que Rearden tinha de Francisco, que lhe inspirara ao mesmo tempo antipatia e uma simpatia irresistível, era a figura de um homem radiantemente incapaz de sofrer. O que via agora nos olhos dele era o olhar de quem sofre discretamente, controlando-se, com paciência, numa terrível tortura.

Silenciosamente, Francisco pegou seu sobretudo.

– Já está indo? – perguntou Rearden.

– Já.

– Não vai terminar o que estava me dizendo?

– Hoje, não.

– O senhor queria me fazer uma pergunta. Qual?

Francisco sacudiu a cabeça.

– O senhor estava me perguntando que "se eu tenho consciência da natureza do meu fardo, como é que eu posso..." Como posso o quê?

O sorriso de Francisco era como um gemido, o único que ele se permitira.

– Não vou mais perguntar isso, Sr. Rearden. Já sei.

CAPÍTULO 14

A SANÇÃO DA VÍTIMA

O PERU ASSADO CUSTARA 30 dólares. O champanhe, 25. A toalha de mesa, de renda, um desenho intrincado de uvas e folhas de parreira que brilhavam à luz das velas, 2 mil dólares. O aparelho de jantar, de porcelana de um branco translúcido com um desenho em azul e dourado, 2.500. Os talheres de prata, com as iniciais LR em letras ornadas, 3 mil. No entanto, era considerado materialismo pensar em dinheiro e nas coisas que ele representava.

Havia um tamanco de camponês, banhado a ouro, no centro da mesa, repleto de cravos, uvas e cenouras. As velas estavam colocadas dentro de abóboras ocas em que rostos haviam sido recortados e de cujas bocas saíam passas, nozes e balas, que se espalhavam pela mesa.

Era o jantar do Dia de Ação de Graças, e as três pessoas que encaravam Rearden eram sua esposa, sua mãe e seu irmão.

– É nesta noite que agradecemos ao Senhor por tudo o que Ele nos deu – disse a mãe de Rearden. – Deus foi bom para nós. Hoje há muitas pessoas no país que não têm o que comer em casa, e outras que nem casa têm, e a cada dia há mais desempregados. Fico horrorizada quando ando pela cidade. Semana passada mesmo, sabe quem eu encontrei? A Lucie Judson... Henry, se lembra da Lucie Judson? Era nossa vizinha lá em Minnesota quando você tinha 10, 12 anos. Tinha um filho cuja idade regulava com a sua. Perdi contato com ela quando eles se mudaram para Nova York, há uns 20 anos. Pois fiquei horrorizada de ver como ela está: uma bruxa desdentada, embrulhada num casaco de homem, pedindo esmolas numa esquina. E pensei: podia ser eu, se Deus não fosse tão bom comigo.

– Bem, já que é hora de agradecer – disse Lillian, alegre –, acho que não podemos nos esquecer da Gertrude, nossa nova cozinheira. Ela é uma artista.

– Pois eu vou ser tradicionalista – disse Philip. – Vou agradecer à melhor mãe do mundo.

– Nesse caso – disse a mãe de Rearden –, devemos agradecer a Lillian por este jantar e por todo o trabalho que teve, caprichando tanto. Passou horas preparando a mesa. Realmente, ficou muito bonita e original.

– O toque importante é o tamanco – acrescentou Philip, inclinando a cabeça para examiná-lo com ar de concentração. – Velas, talheres de prata, esses cacarecos todo mundo tem, basta ter dinheiro. Mas esse tamanco, isso foi um toque de criatividade.

Rearden não disse nada. A luz das velas iluminava seu rosto imóvel como se fosse um retrato, um retrato de um homem com expressão de cortesia impessoal.

– Você nem provou seu vinho – disse sua mãe, olhando para ele. – Acho que você devia fazer um brinde ao povo deste país, que lhe deu tanto.

– Henry não está com cabeça para isso, querida – comentou Lillian. – Infelizmente, o Dia de Ação de Graças é só para quem tem a consciência tranquila. – Elevou sua taça, mas a deteve antes de levá-la aos lábios e disse: – Você não vai aproveitar o julgamento amanhã para defender sua posição, não é, Henry?

– Vou, sim.

Lillian colocou a taça na mesa.

– O que você vai fazer?

– Amanhã você vai ver.

– Você realmente acha que vai escapar impune?

– Não vejo por que eu deveria ser punido.

– Você tem consciência da gravidade da acusação feita contra você?

– Tenho.

– Você admitiu que vendeu o metal a Ken Danagger.

– Admiti.

– Você pode pegar 10 anos de cadeia.

– Não acho provável, mas é possível.

– Tem lido os jornais, Henry? – perguntou Philip, com um sorriso estranho.

– Não.

– Ah, você deveria!

– Deveria? Por quê?

– Você precisa ver as coisas de que anda sendo chamado!

– Interessante – disse Rearden, referindo-se ao fato de que Philip estava sorrindo de prazer.

– Não entendi – retrucou a mãe. – Cadeia? Você falou em cadeia, Lillian? Henry, você vai ser mandado para a cadeia?

– Talvez.

– Mas isso é ridículo! Faça alguma coisa.

– O quê?

– Não sei. Não entendo nada dessas coisas. Gente respeitável não vai para a cadeia. Faça alguma coisa. Você sempre soube lidar com todo tipo de negócio.

– Não com esse tipo de negócio.

– Não acredito – disse ela, no tom de voz de uma criança mimada assustada. – Você diz isso só de espírito de porco.

– Ele está bancando o herói – comentou Lillian, sorrindo com um ar sedutor. E, virando-se para Rearden: – Você não acha essa sua atitude absolutamente fútil?

– Não.

– Você sabe que esse tipo de caso não... não é para ir a julgamento. Há maneiras de evitar um julgamento, de resolver as coisas de modo amistoso, desde que se conheça as pessoas certas.

– Não conheço as pessoas certas.

– Veja o Orren Boyle. Ele fez muito mais e muito pior do que a sua tímida incursão no mercado negro, mas é esperto o bastante para nunca ser julgado.

– Então eu não sou esperto.

– Você não acha que já é tempo de se adaptar às circunstâncias da nossa época?

– Não.

– Então não sei como é que você pode ter pretensões de ser uma espécie de vítima. Se você for para a cadeia, vai ser por culpa sua.

– A que pretensões você se refere, Lillian?

– Ah, sei que você acha que está lutando por algum princípio, mas, na verdade, o problema é só a sua imensa presunção. Só está fazendo isso porque acha que tem razão.

– Você acha que eles é que têm razão?

Ela deu de ombros.

– É a essa presunção que me refiro, essa ideia de achar que importa ter ou não ter razão. É a forma mais insuportável de vaidade essa insistência de estar sempre agindo certo. Como é que você sabe o que é certo? Como alguém pode saber? Não passa de uma ilusão para lisonjear seu próprio ego e magoar as outras pessoas, exibindo sua superioridade.

Ele olhava para ela com muito interesse.

– Se não passa de uma ilusão, então por que as pessoas ficam magoadas?

– Será que é necessário que eu diga que no seu caso *não* passa de hipocrisia? É por isso que acho sua atitude ridícula. As questões de certo ou errado não têm a menor relevância para a existência humana. E você certamente é apenas um ser humano, não é, Henry? Você não é melhor do que nenhum dos homens que vai enfrentar amanhã. Acho que devo lembrá-lo de que você não tem o direito de defender nenhum princípio. Talvez nesse caso específico você seja a vítima, talvez eles estejam fazendo alguma sujeira com você, mas e daí? Estão fazendo isso porque são fracos, porque não resistiram à tentação de se apossar do seu metal e dos seus lucros, porque não tinham outra maneira de enriquecer. Mas quem é você para acusá-los? É só uma questão de atitudes diferentes. São homens tão fracos quanto você, que se entregam tão depressa quanto você. Henry, você não seria tentado por dinheiro, porque para você é fácil ganhar dinheiro. Mas há outros tipos de pressão a que não resiste e se entrega de modo igualmente vergonhoso. É ou não é? Por isso você não tem o direito de ficar cheio de indignação moral contra eles. Você não tem nenhuma superioridade moral a reivindicar ou a defender. E, se não tem, de que adianta comprar uma briga que vai perder? Acho que quem não tem culpa no cartório pode até tirar alguma satisfação do martírio. Mas você? Quem é você para atirar a primeira pedra?

Lillian fez uma pausa para observar o efeito de suas palavras, porém não viu nada, exceto um olhar de atenção mais aguçado por parte de Rearden, como se tivesse um interesse científico e impessoal pelo que ela dizia. Não era essa a reação que ela esperava.

– Eu acho que você me entendeu – disse ela.

– Não – respondeu ele, tranquilo. – Não entendi.

– Acho que você deveria abandonar essa ilusão de que é perfeito. Você bem sabe que não passa de uma ilusão. Acho que deveria aprender a conviver com as pessoas. Não é mais tempo de heroísmo. É tempo de humanidade, num sentido muito mais profundo do que você imagina. Ninguém mais quer que as pessoas sejam santas nem que sejam castigadas por seus pecados. Ninguém está certo nem errado, estamos todos no mesmo barco, somos todos humanos... e errar é humano. Você não vai ganhar nada amanhã se provar que eles estão errados. Deveria ceder de bom grado, porque é o melhor que você faz. Deveria ficar calado, *justamente* porque eles estão errados. Vão ficar agradecidos. Faça concessões para os outros que eles farão concessões para você. Viva a sua vida e não se meta na dos outros. Toma lá, dá cá. Ceder e receber. Essa é a política da nossa época, e já é tempo de você aceitá-la. Não venha me dizer que é perfeito demais para aceitar isso. Você sabe que não é. Você sabe que eu sei.

O olhar de Rearden, fixo em algum ponto do espaço, não tinha nada a ver com as palavras de Lillian, mas com a voz de um homem que lhe dizia: "O senhor acha que se trata apenas de uma conspiração para despojá-lo de sua riqueza? O senhor sabe qual é a fonte da riqueza e, portanto, deveria saber que é algo muito maior e muito pior do que isso."

Rearden se virou, olhou para Lillian e viu como fora completo o fracasso dela – na imensidão da indiferença que ele sentia. A torrente constante de insultos que ela lhe dirigia era como o som longínquo de uma rebitadeira, uma pressão prolongada e impotente que não atingia nada dentro dele. Havia três meses que, todas as noites que passava em casa, ele a ouvia fazer alusões à sua culpa. Mas a única emoção que ele não conseguira sentir fora o sentimento de culpa. O castigo que ela quisera lhe infligir fora a tortura da vergonha, porém só conseguira lhe impingir a tortura do tédio.

Rearden lembrou que, naquela manhã no Hotel Wayne-Falkland, ele discernira alguma falha no projeto de Lillian, mas não a examinara mais detidamente. Agora ele a explicitava para si próprio pela primeira vez. Ela queria lhe impor o sofrimento da desonra – mas a única arma de que a mulher dispunha para tal era o próprio sentimento de honra dele. Ela queria lhe arrancar um reconhecimento de sua imoralidade – mas apenas a sua retidão moral poderia dar importância a tal acusação. Ela queria machucá-lo por meio do desprezo – mas ele só poderia sentir o golpe se respeitasse o julgamento dela. Lillian queria puni-lo pela dor que ele lhe causara e usava a própria dor como uma arma apontada para ele, como se quisesse arrancar dele o sofrimento mediante a piedade. No entanto, o único instrumento de que Rearden dispunha para isso era o que ele tinha de bom, de comiseração por ela, de compaixão. O único poder que ela possuía era o das virtudes dele. E se ele resolvesse não lhe dar esse poder?

Uma questão de culpa, dependia de ele aceitar o código de justiça que o rotulava de culpado. Ele não o aceitava; jamais o aceitara. As virtudes dele, todas aquelas de que Lillian precisava para lhe infligir o castigo, provinham de outro código, seguiam outro padrão. Ele não sentia culpa, nem vergonha, nem arrependimento, nem desonra. Não dava nenhuma importância a qualquer acusação que ela viesse a lhe fazer – havia muito tempo que não respeitava seu julgamento. E a única cadeia que ainda o prendia eram uns últimos vestígios de piedade.

Mas qual era o código com base no qual ela agia? Que espécie de código permitia um conceito de castigo que exigia a virtude da própria vítima como combustível? *Um código*, pensou ele, *que só destrói aqueles que tentam observá-lo, um castigo que faz os honestos sofrerem e deixa incólumes os desonestos*. Poderia haver algo mais infame do que igualar a virtude à dor, fazer da virtude, não da dor, tanto a fonte como o motor do sofrimento? Se ele fosse a espécie de canalha que ela se esforçava para convencê-lo de que era, então a questão de sua honra e sua retidão moral lhe seria indiferente. Se ele não fosse, então qual a natureza daquela tentativa?

Contar com a virtude dele e utilizá-la como instrumento de tortura, praticar chantagem utilizando a generosidade da vítima como o único método de extorsão, aceitar a boa vontade de um homem e transformá-la no instrumento de destruição desse próprio homem... Rearden permanecia imóvel, pensando na fórmula de uma maldade tão monstruosa que ele só conseguia identificar, sem poder acreditar que fosse possível.

Permaneceu absolutamente imóvel, ponderando uma única pergunta: será que Lillian estava consciente da natureza precisa de seu projeto? Seria uma coisa deliberada, criada com absoluto conhecimento de causa? Estremeceu, pois não a odiava o bastante para acreditar nisso.

Olhou para a mulher. No momento, ela estava absorta na tarefa de cortar um pudim de ameixa que parecia uma chama azul à sua frente, em seu prato de prata. A luz dançava no rosto dela, em seus lábios que riam, e Lillian cravava a faca na chama com um gesto gracioso e preciso. Num dos ombros de seu vestido de veludo negro havia folhas metálicas com as cores do outono – vermelho, dourado e marrom – que brilhavam à luz das velas.

Rearden não conseguia se livrar da impressão – que lhe ocorria havia três meses e ele rejeitava – de que a vingança da mulher não era um gesto de desespero, como ele julgara, mas algo que lhe dava prazer. Não conseguia encontrar nenhum sinal de dor nela. Lillian ostentava um ar confiante que antes não tinha. Pela primeira vez, parecia à vontade em sua própria casa. Muito embora tudo o que havia naquela casa tivesse sido escolhido por ela, antes Lillian sempre parecia agir como a administradora eficiente e ressentida de um hotel de luxo, que traz sempre nos lábios o sorriso amargo de quem não aceita sua posição de inferioridade em relação aos proprietários. O sorriso continuava, porém não era mais amargo. Ela não havia engordado, porém suas feições tinham perdido a agudeza delicada e adquirido a aparência mais macia de quem está satisfeita. Até mesmo sua voz parecia roliça.

Rearden não estava ouvindo o que ela dizia. À luz das últimas chamas azuis, Lillian ria enquanto ele considerava a pergunta: será que ela sabia? Estava certo de que havia descoberto um segredo muito maior do que o problema de seu casamento, de que apreendera a fórmula de uma política praticada por mais gente no mundo do que ele ousava imaginar no momento. Porém acusar um ser humano de tal prática era uma condenação terrível, e, enquanto restasse uma possibilidade de dúvida, Rearden sabia que jamais se convenceria de que alguém era culpado daquilo.

Não, pensou ele, olhando para ela, em seu derradeiro esforço de generosidade. *Não a acusaria daquilo*. Em nome do que ela possuía de graça e orgulho – em nome dos poucos momentos em que vislumbrara em seu rosto um sorriso de verdadeira felicidade, um sorriso humano –, em nome da pálida sombra de amor que chegara a sentir por ela, ele não a acusaria do mal absoluto.

O mordomo colocou à sua frente uma fatia de pudim, e ele ouviu a voz de Lillian:

– Por onde você andou nos últimos cinco minutos, Henry? Ou seria nos últimos 100 anos? Você não me respondeu. Não ouviu uma palavra do que eu disse.

– Ouvi, sim – disse ele, em voz baixa. – O que você está tentando fazer?

– Mas que pergunta! – disse a mãe. – Só mesmo um homem para se sair com uma dessas. Lillian está tentando salvar você da cadeia. É isso que ela está tentando fazer.

Talvez seja verdade, pensou ele. *Talvez, por meio de um raciocínio nascido de uma covardia infantil e grosseira, a malícia dos três esteja ligada a uma vontade de me proteger, me fazer entregar os pontos e transigir. É possível*, pensou ele – mas sabia que não acreditava naquilo.

– Você sempre foi impopular – disse Lillian –, e não é por causa de alguma coisa específica. É essa sua atitude inflexível, intratável. Os homens que vão julgar você sabem o que está pensando. É por isso que vão cair em cima de você. Se fosse outra pessoa, eles nem ligariam.

– Pois eu acho que eles não sabem o que estou pensando. É o que vou dizer a eles amanhã.

– Se você não mostrar que está disposto a ceder e cooperar, não vai ter saída. Você tem dificultado muito as coisas.

– Não. Tenho facilitado demais.

– Mas, se prenderem você – disse a mãe –, o que vai ser da sua família? Já pensou nisso?

– Não. Não pensei, não.

– Já pensou na desgraça que você vai trazer para nós?

– Mamãe, a senhora conhece alguma saída para nós?

– Não. Não conheço e não quero conhecer. Tudo são sujeiras de negócios e política. Todo negócio é política suja e toda política é negócio sujo. Nunca quis entender nada dessas coisas. Não quero saber quem está certo nem quem está errado, mas acho que antes de tudo o homem tem que pensar na família dele. Você não sabe o que essa história vai representar para nós?

– Não, mamãe. Não sei nem quero saber.

A mãe olhou para ele, atônita.

– Bem, acho que vocês todos estão tendo uma atitude muito provinciana – disse Philip de repente. – Ninguém aqui parece estar preocupado com os aspectos sociais mais amplos da questão. Não concordo com você, Lillian. Não sei por que diz que estão fazendo alguma sujeira com o Henry e que ele está com a razão. Acho que ele está coberto de culpa. Mamãe, eu lhe explico a questão rapidamente. Não há nada de excepcional, os tribunais estão cheios de questões desse tipo. Os empresários estão se aproveitando da situação de emergência nacional para lucrar. Eles violam as leis que protegem o bem-estar da comunidade para seu próprio lucro. São especuladores do mercado negro, que enriquecem privando os pobres da parte que lhes cabe numa época de grande escassez. Seguem uma política antissocial implacável de agarrar o máximo que podem, respeitando apenas sua ganância egoísta. Não adianta fingir, todos nós sabemos, e eu acho isso desprezível.

Ele falava com naturalidade, como se estivesse explicando o óbvio para um grupo de adolescentes. Seu tom de voz exibia a segurança de um homem que tem certeza de que sua posição é moralmente sólida e inquestionável.

Rearden olhava para o irmão como quem examina um objeto pela primeira vez. Em algum lugar no fundo de sua mente, com um ritmo constante, delicado, inexorável, uma voz de homem dizia: Com que direito? Com base em que valores? Em que padrões?

– Philip – disse ele sem levantar a voz –, repita o que você disse e vai parar no olho da rua agora, com a roupa do corpo e os trocados que tem no bolso e mais nada.

Não ouviu nenhuma resposta, nenhum som, nenhum movimento. Percebeu que a imobilidade dos três não continha nenhuma surpresa. A expressão de choque que havia em seus rostos não era a que se vê no rosto de pessoas que ouvem uma bomba explodindo subitamente, mas a de quem sabia que estava brincando com fogo. Não houve reclamações, protestos, perguntas – eles sabiam que Rearden estava falando sério e entendiam perfeitamente tudo o que ele dissera. Uma sensação vaga e nauseante lhe dizia que já o sabiam havia muito mais tempo que ele.

– Você... não seria capaz de expulsar de casa o seu próprio irmão, não é? – perguntou sua mãe finalmente. Não era uma exigência, e sim uma súplica.

– Seria.

– Mas ele é seu irmão... Isso não representa nada para você?

– Não.

– Está certo que às vezes ele se excede, mas é só da boca para fora, são essas ideias modernas, ele nem sabe o que está dizendo.

– Então que aprenda.

– Não seja duro com ele... Philip é mais moço que você e... e mais fraco. Ele... Henry, não olhe para mim desse jeito! Nunca vi você assim. Sabe que ele precisa de você.

– Será que *ele* sabe?

– Você não pode ser duro com um homem que precisa de você. Isso vai pesar na sua consciência pelo restante da sua vida.

– Não vai.

– Você tem que ser bondoso, Henry.

– Não sou.

– Você tem que ter piedade.

– Não tenho.

– Quem é bom sabe perdoar.

– Eu não sei.

– Não vai querer que eu pense que você é egoísta.

– Eu sou.

Os olhos de Philip se fixavam no irmão e na mãe, indo de um para outro. Parecia um homem que pensava estar pisando em granito e, de repente, descobriu que era em gelo fino, que agora rachava em vários lugares.

– Mas eu... – começou ele e parou. Sua voz era como passos testando o gelo. – Mas eu não tenho liberdade de expressão?

– Na sua casa. Na minha, não.

– Não tenho direito de ter minhas próprias ideias?

– À sua custa. Não à minha.

– Você não tolera diferenças de opinião?

– Não quando sou eu quem paga as contas.

– Você só pensa em dinheiro?

– Só. No fato de que se trata do *meu* dinheiro.

– Você não quer considerar os aspectos mais ele... – Philip ia dizer "elevados", mas mudou de ideia: – Outros aspectos da questão?

– Não.

– Mas eu não sou seu escravo.

– Por acaso *eu* sou seu escravo?

– Não sei o que você... – Philip parou. Ele entendia perfeitamente.

– Não – disse Rearden –, você não é meu escravo. Você é livre para sair daqui quando quiser.

– Eu... não estou falando nisso.

– Eu estou.

– Eu não entendo...

– Não?

– Você sempre conheceu as minhas... minhas ideias políticas. Você nunca se incomodou antes.

– É verdade – disse Rearden, sério. – Talvez eu lhe deva uma explicação, se lhe passei uma ideia errada. Nunca tentei chamar a atenção para o fato de que você vive da minha caridade. Eu achava que cabia a você ter isso em mente. Achava que qualquer ser humano que aceita a ajuda do outro sabe que a boa vontade é a única coisa que motiva aquele que ajuda, e que o pagamento que ele lhe deve é a boa vontade. Mas vejo que eu estava enganado. Você recebia a sua comida sem fazer nada para merecê-la e concluiu que também não era preciso fazer nada para merecer afeição. Você concluiu que eu era a pessoa no mundo em quem podia cuspir com a maior tranquilidade exatamente porque eu tinha poder sobre você. Você concluiu que eu não ia querer chamar a atenção para esse fato com medo de ferir sua sensibilidade. Então vamos encarar a realidade: você vive de caridade, e há muito tempo esgotou minha paciência. Todo e qualquer afeto que algum dia eu já tenha sentido por você acabou. Não tenho o menor interesse por você, pelo seu futuro, nada. Não tenho nenhum motivo para querer alimentar você. Se for embora daqui, para mim não vai fazer a menor diferença se você morrer de fome ou não. Pois é *essa* a sua posição, e espero que você tenha isso em mente se quiser continuar morando aqui. Caso contrário, rua.

Fora o movimento de afundar a cabeça um pouco nos ombros, Philip não esboçou nenhuma reação.

– Não pense que gosto de morar aqui – disse, com uma voz estridente e sem vida. – Se você acha que sou feliz, está enganado. Eu daria tudo para ir embora. – Suas palavras eram um desafio, mas havia um tom curiosamente cuidadoso em sua voz. – Se é assim que você encara a coisa, seria melhor para mim ir embora. – As palavras formulavam uma afirmação, mas sua voz colocou um ponto de interrogação no fim, e ele esperou. Mas não houve resposta. – Não precisa se preocupar com meu futuro. Não preciso pedir favor a ninguém. Posso cuidar de mim mesmo perfeitamente. – As palavras eram dirigidas a Rearden, mas seu olhar estava voltado para a mãe. Ela não disse nada. Tinha medo de se mexer. – Eu sempre quis ficar sozinho. Sempre quis morar em Nova York, perto de todos os meus amigos. – A voz ficou mais vagarosa, e Philip acrescentou, num tom impessoal, pensativo, como se as palavras não fossem dirigidas a ninguém: – É claro, eu teria o problema de manter certa posição social... não é culpa minha se eu ficar constrangido por ostentar um sobrenome ligado a um milionário... Eu precisaria de algum dinheiro por um ano ou dois... para me estabelecer de modo adequado à minha...

– De mim você não vai receber um tostão.

– Eu não estava pedindo a você, estava? Não fique pensando que eu não poderia encontrar dinheiro em nenhum outro lugar, se quisesse! Não fique pensando que eu não poderia sair daqui! Poderia sair agora mesmo, se só estivesse pensando em mim. Mas mamãe precisa de mim, e se eu a abandonasse...

– Não precisa explicar.

– E, além disso, você me entendeu mal, Henry. Eu não disse nada que pudesse ofendê-lo. Não estava me referindo a você pessoalmente. Estava só abordando a situação política geral com base em uma análise sociológica abstrata que...

– Não precisa explicar – interrompeu Rearden, olhando para o rosto de Philip. Estava baixo, com os olhos voltados para cima, para ele. O olhar era morto, como se não tivesse visto nada. Não havia nenhuma faísca de vida, nenhuma sensação pessoal, nem de desafio nem de arrependimento, nem de vergonha nem de sofrimento. Seus olhos eram ovais opacas que não esboçavam nenhuma reação à realidade, nenhuma tentativa de compreendê-la, de pesá-la, de tirar alguma conclusão quanto à justiça do que estava acontecendo, ovais que só continham um ódio sem cor, sem vida, irracional. – Não explique nada. Cale a boca, só isso.

A repulsa que fez com que Rearden desviasse a vista continha um espasmo de piedade. Houve um momento em que ele teve vontade de agarrar o irmão pelos ombros e sacudi-lo, gritando: Como é que você pôde se reduzir a isto? Como pôde chegar a este ponto? Por que você deixou que a sua vida, essa coisa maravilhosa, se perdesse? Desviou o olhar. Sabia que era inútil.

Percebeu, com um misto de desprezo e cansaço, que os três permaneciam calados. Durante todos aqueles anos, a consideração que tinha por eles só lhe trouxera acusações maliciosas como resposta. Onde estava agora a superioridade moral deles? Agora era a hora de invocar o código de justiça do qual tanto falavam – se é que tinham mesmo tal coisa. Por que não lhe jogavam na cara todas aquelas acusações de crueldade e egoísmo que ele já viera a aceitar como o estribilho constante de sua vida? O que lhes permitira agir daquele jeito por tantos anos? Rearden sabia que a resposta era a expressão em sua mente: a sanção da vítima.

– Não vamos brigar – disse a mãe, com uma voz sem vida. – É Dia de Ação de Graças.

Quando olhou para Lillian, Rearden viu em seu rosto uma expressão que lhe deu a certeza de que ela estava olhando para ele havia algum tempo: era uma expressão de pânico.

Ele se levantou.

– Com licença – disse para os outros.

– Aonde é que você vai? – perguntou Lillian, ríspida.

Ele ficou olhando para a mulher por um momento, como se para confirmar a interpretação que ela faria de sua resposta:

– A Nova York.

Lillian se pôs de pé num salto.

– Esta noite?

– Agora.

– Você não pode ir a Nova York esta noite! – Lillian não estava falando alto, mas seu tom era como um grito de impotência. – Não numa hora como esta. Não é agora que você pode abandonar sua família. Só quando estiver de mãos limpas. Você não está numa situação em que possa se permitir uma coisa que sabe ser depravação.

Rearden indagou:

– Com base em que valores? Em que padrões?

– Por que você quer ir a Nova York esta noite?

– Pelo mesmo motivo, Lillian, que você não quer que eu vá.

– Amanhã é o seu julgamento.

– Exatamente.

Rearden fez um movimento afastando-se da mesa e ela levantou a voz:

– Eu não quero que você vá!

Rearden sorriu. Era a primeira vez que sorria para ela nos últimos três meses, mas não era o tipo de sorriso que poderia agradá-la.

– Proíbo que você viaje hoje!

Ele se virou e saiu da sala.

Ao volante do carro, com a estrada gelada à sua frente, correndo a 100 quilômetros por hora, Rearden deixou que a lembrança de sua família se esvaísse – e aqueles rostos foram tragados pelo abismo de velocidade que engolia as árvores e os prédios esparsos ao longo da estrada. Não havia muito tráfego, e poucas luzes estavam acesas nas cidades distantes pelas quais passava. Apenas o vazio da inatividade indicava que era feriado. Um clarão vago pairava acima de uma fábrica de vez em quando, e um vento frio atravessava o carro, fazendo o teto conversível de lona sacudir contra a armação de metal.

Por uma espécie de contraste estranho, que ele não definiu, o pensamento da família foi substituído pela imagem do Ama de Leite, o rapaz de Washington de sua siderúrgica.

Quando foi indiciado, Rearden soube que o rapaz já sabia de seu negócio com Danagger, porém não dissera nada a ninguém.

– Por que você não informou seus amigos? – perguntou a ele.

O rapaz respondeu bruscamente, sem olhar para ele:

– Porque não quis.

– Faz parte do seu trabalho ficar atento precisamente a esse tipo de coisa, não é?

– É.

– Além disso, seus amigos iam adorar saber disso.

– Eu sei.

– Não sabia como essa informação era importante? Que você teria um bom trunfo para negociar em Washington? Lembra-se de que me ofereceu certa vez os amigos que sempre "ocasionam despesas"? – O rapaz não respondeu. – Teria sido um grande incentivo para sua carreira. Não vá me dizer que você não sabia disso.

– Sabia.

– Então por que não fez nada?

– Porque não quis.

– Por quê?

– Não sei.

O rapaz evitava o olhar de Rearden, como se tentasse se esquivar de alguma coisa incompreensível dentro de si próprio. Rearden riu.

– Escute, Tudo É Relativo, você está brincando com fogo. É melhor você sair e matar o primeiro que passar do que se deixar levar pela razão que o impediu de me delatar, senão a sua carreira vai dar com os burros n'água.

O rapaz não disse nada.

Na manhã do Dia de Ação de Graças, Rearden fora a seu escritório como de costume, muito embora o restante do prédio estivesse fechado. No horário do almoço, passou pelas laminadoras e ficou surpreso ao ver que o Ama de Leite estava lá, sozinho num canto, contemplando o trabalho com o ar embevecido de uma criança distraída.

– O que você está fazendo aqui hoje? – perguntou Rearden. – Não sabe que é feriado?

– Ah, eu dei folga às meninas, mas vim para terminar uma coisa.

– Que coisa?

– Ah, umas cartas e... Ora, assinei três cartas e apontei os lápis. É claro que não precisava fazer isso hoje, mas não tinha nada para fazer em casa e... me sinto sozinho quando não estou aqui.

– Você não tem família?

– Não... quer dizer, é como se não tivesse. E o senhor? Não tem família?

– Bem... é como se não tivesse.

– Gosto daqui. Gosto de ficar olhando... Sabe, Sr. Rearden, eu me formei em metalurgia.

Ao se afastar, Rearden se virou para trás e viu que o Ama de Leite olhava para ele como um menino que olha para seu herói favorito de histórias de aventuras. *Que Deus tenha piedade desse pobre coitado!*, pensou.

Que Deus tenha piedade de todos eles, pensou, com um misto de pena e desprezo, atravessando em seu carro as ruas de uma cidadezinha, tomando emprestadas as palavras daquela crença de que jamais compartilhara. Nas bancas de jornal via manchetes gritando para as esquinas vazias: "Desastre ferroviário". Aquela tarde ele ouvira no rádio que acontecera um acidente na linha principal da Taggart Transcontinental, perto de Rockland, Wyoming: um trilho partido fizera com que um trem de carga despencasse numa ribanceira. Os desastres na linha principal da Taggart estavam se tornando cada vez mais frequentes: os trilhos estavam ficando gastos – os trilhos que, menos de um ano e meio antes, Dagny planejara substituir, prometendo a Rearden que ele ainda viajaria de costa a costa sobre trilhos de metal Rearden.

Ela passara um ano catando trilhos usados em linhas abandonadas para remendar a linha principal. Passara meses brigando com os homens de Jim na diretoria. Eles afirmavam que a emergência nacional era apenas algo temporário e que trilhos que haviam durado 10 anos poderiam perfeitamente aguentar mais um inverno, pois na primavera, como o Sr. Wesley Mouch prometera, a situação iria melhorar. Três semanas antes, Dagny os forçara a autorizar a aquisição de 60 mil toneladas de trilhos novos, o que só daria para fazer alguns remendos nos piores trechos da linha principal, mas fora o máximo que conseguira. Tivera que arrancar aquele dinheiro de homens que o pânico ensurdecera: as receitas provenientes dos trens de carga caíam tão depressa que a diretoria estava apavorada, sem entender a afirmação de Jim de que era o ano mais próspero da história da Taggart. Dagny tivera de comprar trilhos de aço, pois não havia esperança de conseguir uma permissão de "necessidade essencial" para comprar metal Rearden, nem tempo para consegui-la por meio de súplicas.

Rearden desviou a vista das manchetes dos jornais para o clarão ao longe, que prenunciava a cidade de Nova York, e suas mãos apertaram o volante com um pouco mais de força.

Eram 21h30 quando chegou à cidade. O apartamento de Dagny estava escuro quando ele entrou. Pegou o telefone e ligou para o escritório dela. Ela própria atendeu:

– Taggart Transcontinental.

– Você não sabe que hoje é feriado? – perguntou ele.

– Alô. Oi, Hank. Ferrovia não tem feriado. De onde você está ligando?

– Da sua casa.

– Vou para aí daqui a meia hora.

– Não precisa. Fique aí. Vou buscá-la.

A antessala do escritório de Dagny estava escura. Havia apenas um pouco de luz que vinha do cubículo de Eddie Willers, que se aprontava para sair. Olhou para Rearden, surpreso.

– Boa noite, Eddie. Por que vocês estão tão ocupados? Por causa do desastre em Rockland?

Willers suspirou.

– É, Sr. Rearden.

– Foi por isso que vim falar com Dagny, a respeito dos trilhos da Taggart.

– Ela ainda está aí.

Rearden andava em direção à porta de Dagny quando ouviu Willers chamá-lo, com voz hesitante:

– Sr. Rearden...

Ele parou.

– Sim?

– Eu queria dizer... como amanhã é seu julgamento... e seja lá o que fizerem com o senhor, dirão que é em nome do povo... eu só queria dizer que eu... que não vai ser em *meu* nome... ainda que eu não possa fazer nada senão lhe dizer isso... embora eu saiba que isso não adianta nada.

– Adianta muito mais do que você imagina. Talvez mais do que todos nós imaginamos. Obrigado, Eddie.

À sua mesa, Dagny levantou a vista quando Rearden entrou. Enquanto se aproximava, ele viu que ela o acompanhava com o olhar e percebeu que a expressão de cansaço desaparecera de seus olhos. Ele sentou-se na beira da mesa e ela se recostou na cadeira, tirando da testa uns fios de cabelo. Sob a blusa branca, seus ombros tensos relaxaram.

– Dagny, quero lhe dizer uma coisa a respeito dos trilhos que você encomendou. Quero lhe dizer isso hoje.

Ela o olhava com atenção. A expressão que viu no rosto dele fez com que o seu assumisse a mesma tensão solene.

– Eu me comprometi a entregar à Taggart Transcontinental, no dia 15 de fevereiro, 60 mil toneladas de trilhos, o que corresponde a 600 quilômetros. Você vai receber, pela mesma quantia, 80 mil toneladas, o que dá para 800 quilômetros. Você sabe qual material é mais barato e mais leve que o aço. Os trilhos não vão ser de aço, e sim de metal Rearden. Não discuta, não levante objeções, nem concorde. Não estou pedindo seu consentimento. Você não tem que consentir nem que saber nada a respeito disso. Sou *eu* que estou fazendo isso e eu sou o único responsável. Vamos dar um jeito para que as pessoas da sua equipe que sabem que você pediu aço não descubram que recebeu metal Rearden, e para que as que souberem que recebeu metal Rearden não saibam que você não tinha permissão para comprá-lo. Vamos arranjar um jeito de fazer com que, se algum dia a coisa for descoberta, não seja possível botar a culpa em ninguém além de mim. Vão suspeitar de que subornei alguém na sua equipe, ou de que você estava sabendo de tudo, mas não vão poder provar nada. Quero que você me dê sua palavra de que nunca vai admitir a verdade, aconteça o que acontecer. O metal é *meu*, e, se há riscos a correr, sou eu quem deve corrê-los. Estou planejando isso desde o dia em que recebi sua encomenda. Encomendei o cobre necessário de uma fonte que *não* vai me trair. Eu só ia dizer isso a você depois, mas mudei de ideia. Quero que você saiba hoje, porque amanhã vou ser julgado pelo mesmo tipo de crime.

Ela ouvira tudo sem se mexer. Quando Rearden disse a última frase, viu uma leve contração nas faces e nos lábios dela. Não chegava a ser um sorriso, mas era a resposta completa: dor, admiração e compreensão.

Então Rearden viu que os olhos de Dagny ficaram mais brandos, mais dolorosos, perigosamente vivos. Pegou o pulso dela e, apertando-o com força e a olhando com severidade, como se lhe desse o apoio necessário, ele disse, muito sério:

– Não me agradeça. Isso não é um favor. É para eu conseguir suportar o meu trabalho e não entregar os pontos feito Ken Danagger.

Ela murmurou:

495

– Está bem, Hank, não vou agradecer. – Mas seu tom de voz e seu olhar deixavam bem claro que ela estava mentindo.

Ele sorriu.

– Me dê sua palavra, como eu pedi.

Ela inclinou a cabeça.

– Dou minha palavra.

Rearden soltou seu pulso. Sem levantar a cabeça, ela acrescentou:

– Só lhe digo uma coisa: se você for condenado amanhã, vou largar meu trabalho sem nem esperar que algum destruidor venha me tentar.

– Não vai, não. E eu não acho que vou ser condenado à cadeia. Acho que vou pegar uma pena muito leve. Tenho uma hipótese... eu lhe explico depois, quando a tiver aplicado na prática.

– Que hipótese?

– Quem é John Galt? – Rearden sorriu e se levantou. – É só isso. Não falemos mais no meu julgamento hoje. Você não tem nada para beber aqui no seu escritório, não?

– Não. Mas acho que o administrador de tráfego tem uma espécie de bar dentro do arquivo dele.

– Será que dava para você roubar um drinque para mim, se não estiver trancado?

– Vou tentar.

Rearden ficou em pé, olhando para o retrato de Nat Taggart na parede – o retrato de um jovem de cabeça erguida –, até que ela voltou, com uma garrafa de conhaque e duas taças. Ele encheu os copos em silêncio.

– Sabe, Dagny, o Dia de Ação de Graças foi um feriado criado por pessoas produtivas para comemorar o sucesso do trabalho delas.

O movimento de seu braço, ao fazer o brinde, foi para o retrato, para Dagny, para si mesmo e para os edifícios da cidade ao longe.

◆◆◆

Havia um mês, as pessoas que entravam agora no tribunal vinham sendo informadas pela imprensa de que o homem a ser julgado era um ganancioso inimigo da sociedade, mas elas vieram mesmo era para ver o homem que inventou o metal Rearden.

Quando os juízes o mandaram se levantar, ele obedeceu. Não eram as cores – olhos azul-claros, cabelos louros, terno cinzento – que lhe emprestavam um ar frio e implacável, mas o fato de que o traje tinha uma simplicidade cara, difícil de se encontrar naquela época; o fato de que aquele terno era adequado a um escritório sobriamente luxuoso de uma grande companhia; o fato de que toda a sua postura provinha de uma era civilizada e não combinava com o lugar em que ele se encontrava agora.

Os jornais haviam dito à multidão que Rearden representava a perversidade da riqueza impiedosa. E, como as pessoas louvavam a virtude da castidade mas corriam para ver qualquer filme cujos cartazes mostrassem mulheres seminuas, elas correram agora para vê-lo. O mal, ao menos, não era aquele truísmo gasto em que ninguém mais acreditava e que ninguém ousava questionar. Olhavam para ele sem admiração – este era um sentimento que tinham deixado de experimentar havia muito tempo. Encaravam-no com curiosidade e com uma vaga sensação de desafio dirigida àqueles que disseram que era dever de todos odiá-lo.

Alguns anos antes, teriam zombado do ar de riqueza e autoconfiança daquele homem. Mas agora havia um céu cinzento que se via pelas janelas do tribunal, um céu que prometia a primeira nevasca de um inverno longo e difícil. Estavam desaparecendo as últimas reservas de petróleo do país, e as minas de carvão não conseguiam satisfazer a demanda histérica de combustíveis para o inverno. A multidão que lotava o tribunal sabia que fora por causa daquele processo que havia perdido o carvão de Ken Danagger. Corriam boatos de que a produção da Companhia de Carvão Danagger caíra consideravelmente em um mês – os jornais diziam que era apenas uma questão de reajuste, enquanto o primo de Danagger reorganizava a companhia. Na semana anterior, as primeiras páginas dos jornais tinham noticiado uma catástrofe na construção de um conjunto habitacional: vigas de aço defeituosas haviam se partido, matando quatro operários. Os jornais não disseram, mas as pessoas sabiam que as vigas tinham sido feitas pelas Siderúrgicas Associadas, de Orren Boyle.

Agora, num silêncio tenso, elas encaravam aquela figura alta e cinzenta não com esperança – estavam perdendo a capacidade de ter esperanças –, mas com uma neutralidade impassível na qual havia um vago ponto de interrogação sobre todos os slogans otimistas que ouviam havia anos.

Os jornais gritavam que a causa dos problemas do país, como aquele caso claramente demonstrava, era a ganância egoísta dos industriais ricos; que era culpa de homens como Hank Rearden se faltava comida, se a temperatura caía e surgiam rachaduras nos telhados das casas do país; que, se não fosse por aqueles homens que não cumpriam as leis e atrasavam os planos governamentais, a prosperidade já teria chegado há muito tempo; e que homens como Rearden eram motivados por uma única força: o amor ao lucro. Esta última frase era afirmada sem qualquer explicação ou elaboração, como se as palavras "amor ao lucro" exprimissem o mal absoluto com a mais absoluta clareza.

A multidão lembrava que, menos de dois anos antes, os mesmos jornais berravam que a produção de metal Rearden devia ser proibida porque com aquele produto Rearden, por ganância, estava ameaçando as vidas de milhares de pessoas. Lembrava que o homem de terno cinza havia viajado na primeira locomotiva a correr sobre os primeiros trilhos feitos de seu próprio metal – e que o mesmo homem agora estava sendo julgado pelo crime de ocultar do público uma venda de metal Rearden que ele, por pura ganância, colocara no mercado.

De acordo com o procedimento estabelecido, casos desse tipo eram julgados não por um júri, mas por um grupo de três juízes nomeados pelo Departamento de Planejamento Econômico e Recursos Nacionais. Segundo a lei, o procedimento deveria ser informal e democrático. A bancada do juiz fora retirada do velho tribunal de Filadélfia para essa ocasião e substituída por uma mesa colocada sobre um estrado de madeira, o que dava a impressão de que o grupo que presidiria àquela cerimônia pretendia enganar um público de retardados mentais.

Um dos juízes, agindo como promotor, leu as acusações.

– O acusado pode agora apresentar qualquer argumentação em sua própria defesa – anunciou ele.

Encarando a mesa, com uma voz neutra e muito clara, Hank Rearden replicou:

– Não tenho defesa.

– O senhor... – o juiz gaguejou. Ele não esperava que fosse tão fácil assim. – O senhor apela para a misericórdia desta corte?

– Não reconheço o direito desta corte de me julgar.

– O quê?

– Não reconheço o direito desta corte de me julgar.

– Mas, Sr. Rearden, esta é a corte legalmente capacitada para julgar essa categoria específica de crime.

– Não reconheço meu ato como crime.

– Mas o senhor admite que violou as leis que controlam a venda do seu metal.

– Não reconheço seu direito de controlar a venda do meu metal.

– Será necessário que eu lembre que seu reconhecimento não é necessário?

– Não. Estou plenamente consciente desse fato e estou agindo de acordo com essa consciência.

Rearden se deu conta do silêncio que envolvia o tribunal. Segundo as complicadas regras que visavam fazer de conta que todo aquele procedimento tinha por objetivo o bem de todos, os presentes deveriam considerar a posição dele uma insensatez incompreensível. Deveria haver manifestações de espanto e desprezo, porém não houve nada disso: todos permaneceram imóveis. Eles entenderam.

– O senhor está dizendo que se recusa a obedecer à lei? – perguntou o juiz.

– Não. Estou cumprindo a lei ao pé da letra. Segundo a sua lei, a minha vida, o meu trabalho e a minha propriedade podem ser expropriados sem o meu consentimento. Pois bem, os senhores agora podem decidir o meu destino sem a minha participação. Não vou representar o papel de me defender, já que não é possível tal coisa, e não vou fazer de conta que estou lidando com um tribunal de justiça.

– Mas, Sr. Rearden, a lei prevê especificamente uma oportunidade para o senhor apresentar a sua visão da questão e se defender.

– Um prisioneiro levado a julgamento só pode se defender se houver um princípio objetivo de justiça reconhecido por seus juízes, um princípio que afirme seus direitos, que eles não podem violar e que ele pode invocar. A lei pela qual os senhores estão me julgando afirma que não há princípios, que eu não tenho direitos e que os senhores podem fazer comigo o que bem entenderem. Muito bem. Pois façam.

– Sr. Rearden, a lei que o senhor está denunciando se baseia no mais elevado dos princípios, o do bem público.

– Quem é o público? O que ele considera bem? Houve épocas em que os homens acreditavam que "o bem" era um conceito a ser definido em termos de um código de valores morais e que nenhum homem tinha o direito de obter seu próprio bem por meio da violação dos direitos dos outros. Atualmente acredita-se que meu próximo pode me sacrificar de qualquer modo que ele bem entender para atingir qualquer objetivo que considere bom para si, desde que ache que pode se apossar da minha propriedade simplesmente porque precisa dela. Bem, esse é o princípio em que qualquer ladrão acredita. Só há uma diferença: o ladrão não me pede que sancione seu ato.

Havia certo número de poltronas reservadas para visitas importantes, que vieram de Nova York para assistir ao julgamento. Dagny estava imóvel, e seu rosto só traía a atenção concentrada de quem sabia que as palavras que estava ouvindo iam determinar o curso de sua própria vida. Eddie Willers estava a seu lado. James Taggart não viera. Paul Larkin estava caído para a frente, o rosto espichado como o focinho de um animal, com uma expressão de medo que agora estava se transformando em ódio. O Sr. Mowen, a seu lado, era um homem dos mais ignorantes e, portanto, compreendia menos. Seu medo era de natureza mais simples. Ele escutava, confuso e indignado, e cochichava para Larkin:

– Meu Deus, agora ele conseguiu! Vai convencer o país inteiro de que todos os empresários são inimigos do bem público!

– Devemos concluir – perguntou o juiz – que o senhor coloca seus interesses pessoais acima dos interesses do público?

– Afirmo que essa questão só pode ser levantada numa sociedade de canibais.

– O que... o que o senhor quer dizer?

– Quero dizer que não há conflitos de interesses entre homens que não exigem o que não merecem e não perpetram sacrifícios humanos.

– Devemos concluir que, se o público julga necessário reduzir os seus lucros, o senhor não lhe reconhece o direito de fazê-lo?

– Mas claro que reconheço. O público pode reduzir meus lucros sempre que quiser. É só se recusar a adquirir meus produtos.

– Estamos falando de... outros métodos.

– Qualquer outro método de reduzir lucros é uma forma de saque, e como tal o encaro.

– Sr. Rearden, essa não é uma maneira adequada de se defender.

– Eu já disse que não vou me defender.

– Mas isso é fora do comum! Tem consciência da gravidade da acusação levantada contra o senhor?

– Não me dou ao trabalho de levá-la em consideração.

– O senhor tem consciência das possíveis consequências da sua postura?

– Perfeitamente.

– Na opinião desta corte, os fatos apresentados pela promotoria não comportam nenhuma clemência. A pena que esta corte tem o poder de lhe impor é extremamente severa.

– Diga logo.

– Como?

– Imponha logo.

Os três juízes se entreolharam. Então o porta-voz dos três se virou para Rearden.

– Sua atitude não tem precedentes – disse ele.

– É completamente irregular – declarou o segundo juiz. – A lei exige que o senhor apresente sua defesa. Sua única alternativa é afirmar que o senhor apela para a misericórdia desta corte.

– Isso eu não faço.

– Mas o senhor tem que fazer.

– O senhor está dizendo que esperam de mim alguma ação voluntária?

– Sim.

– Pois não vou fazer nada disso.

– Mas a lei exige que o lado do réu também seja representado.

– O senhor está dizendo que precisa da minha ajuda para tornar legais esses procedimentos?

– Bem, não... sim... isto é, para que a coisa fique formalmente completa.

– Não vou ajudá-los.

O terceiro juiz, o mais jovem, que atuara como promotor, disse então, impaciente:

– Isso é ridículo e injusto! O senhor quer dar a impressão de que um homem de sua importância foi incriminado sem direito a... – Interrompeu-se de repente. Alguém do fundo da plateia dera um longo assobio.

– O que quero – disse Rearden, sério – é fazer com que a natureza do que está acontecendo aqui pareça exatamente o que é. Se precisam da minha ajuda para disfarçá-la, não vou ajudá-los.

– Mas estamos lhe dando uma oportunidade de se defender, e é o senhor que a está rejeitando.

– Não vou ajudá-los a fingir que eu tenho alguma chance. Não vou ajudá-los a manter uma aparência de justiça quando os meus direitos não estão sendo reconhecidos. Não vou ajudá-los a manter uma aparência de racionalidade entrando numa discussão em que o argumento final é uma arma de fogo. Não vou ajudá-los a fingir que o que está acontecendo é um ato de justiça.

– Mas a lei o obriga a apresentar sua defesa!

Houve uma gargalhada no fundo da plateia.

– É *essa* a falha da sua teoria, senhores – disse Rearden, sério –, e não vou ajudá-los a contorná-la. Se optaram por tratar as pessoas por meio da força, que o façam.

Porém descobrirão que precisam da cooperação voluntária da vítima em mais circunstâncias do que as que os senhores imaginam. E suas vítimas devem descobrir que é sua vontade, a qual os senhores não podem dobrar, que torna possível o seu poder. Opto por ser coerente e obedecer segundo os métodos que utilizam. O que quiserem que eu faça, eu o farei se apontarem uma arma para mim. Se me condenarem à cadeia, terão de mandar homens armados para me levar até ela... não vou caminhar por livre e espontânea vontade. Se me multarem, terão de confiscar minha propriedade para se apossarem do dinheiro da multa, pois não vou pagá-la de livre e espontânea vontade. Se acreditam que têm o direito de me forçar, usem suas armas abertamente. Não vou ajudá-los a disfarçar a natureza de seus atos.

O juiz mais velho se debruçou para a frente e disse, com um tom de voz levemente zombeteiro:

– O senhor fala como se estivesse lutando por algum princípio, Sr. Rearden, mas na verdade está apenas lutando pela sua propriedade, não é verdade?

– É, naturalmente. Estou lutando por minha propriedade. O senhor faz ideia do tipo de princípio que isso representa?

– O senhor se coloca como um campeão da liberdade, mas trata-se apenas da liberdade de ganhar dinheiro.

– É, naturalmente. Só quero a liberdade de ganhar dinheiro. O senhor faz ideia do que implica essa liberdade?

– Certamente o senhor não vai querer que sua atitude não seja bem compreendida. O senhor não vai querer dar apoio à impressão geral de que é um homem desprovido de consciência social, que não sente nenhuma preocupação com o bem-estar de seus semelhantes, que só trabalha para seu próprio lucro.

– Só trabalho para meu próprio lucro. Ele é merecido.

Ouviu-se uma interjeição, não de indignação, mas de espanto, vinda da multidão atrás de Rearden. Os juízes ficaram em silêncio. Ele prosseguiu, com voz calma:

– Não, não quero que entendam mal minha atitude. Faço questão de deixar bem clara minha posição. Estou absolutamente de acordo com tudo o que os jornais dizem a meu respeito – isto é, os fatos, não os julgamentos de valor. Só trabalho para meu próprio lucro, que obtenho vendendo um produto de que os homens precisam e pelo qual estão dispostos a pagar. Não produzo para o benefício deles em detrimento de meus próprios interesses, e eles não o adquirem para meu benefício em detrimento de seus próprios interesses. Não sacrifico a eles meus interesses, nem eles sacrificam os deles a mim: negociamos como iguais por consentimento mútuo e para benefício mútuo. E me orgulho de cada centavo que ganhei desse modo. Sou rico e me orgulho de cada centavo que já ganhei. Ganhei meu dinheiro com meu próprio esforço, pelo livre intercâmbio de bens e com o consentimento voluntário de todo homem que em qualquer época tenha comerciado comigo, com o consentimento voluntário de meus empregadores no início, com o consentimento voluntário daqueles que trabalham para mim agora, e com o consentimento voluntário dos que adquirem meus produtos.

Sem deixar de encarar seus julgadores, Rearden prosseguiu:

– Responderei a todas as perguntas que os senhores têm medo de me fazer abertamente. Quero pagar a meus funcionários mais do que seu trabalho vale para mim? Não. Quero vender meus produtos por um preço mais baixo do que aquele que meus clientes estão dispostos a me pagar? Não. Quero vendê-los a preços abaixo do custo ou entregá-los de graça? Não. Se isso é mau, então façam o que quiserem comigo, de acordo com os padrões em que os senhores acreditam. Os meus são esses. Estou ganhando meu próprio sustento, como deve fazê-lo todo homem de bem. Recuso-me a aceitar como crime minha própria existência e o fato de eu ter que trabalhar para meu sustento. Recuso-me a me sentir culpado porque trabalho melhor do que a maioria das pessoas, porque meu trabalho vale mais do que o de meus semelhantes e mais pessoas estão dispostas a me pagar. Recuso-me a pedir desculpa por ser mais capaz, não aceito pedir desculpa por ter tido sucesso, me recuso a pedir desculpas por ter dinheiro. Se isso é mau, aproveitem. Se é isso que o público considera prejudicial a seus interesses, então que me destrua. É esse o meu código de valores... e não aceito outro.

Enquanto Rearden falava, a plateia observava, atônita.

– Eu poderia lhes dizer que já fiz mais em prol de meus semelhantes do que os senhores jamais serão capazes de fazer, mas não o direi, porque não busco o bem dos meus semelhantes como aprovação para meu direito de existir, nem reconheço o bem dos meus semelhantes como justificativa para eles se apropriarem de meus bens e destruírem minha vida. Não direi que o bem dos outros foi o objetivo de meu trabalho; meu objetivo era meu próprio bem, e desprezo o homem que abre mão de seu próprio bem. Eu poderia lhes dizer que os senhores não promovem o bem do público, que é impossível promover o bem de quem quer que seja por meio de sacrifícios humanos, que, quando se violam os direitos de um homem, violam-se os direitos de todos, e que um público constituído de seres desprovidos de direitos está fadado à destruição. Poderia lhes dizer que os senhores não vão conseguir nada mais do que uma devastação universal, como ocorre com qualquer saqueador quando não lhe restam mais vítimas. Poderia dizer, mas não digo. Não é a política específica que os senhores adotaram que eu questiono, e sim sua premissa moral. Se fosse possível os homens promoverem seus interesses transformando alguns semelhantes em bodes expiatórios e se me pedissem que me imolasse pelo bem de criaturas que querem sobreviver com meu sangue, se me pedissem para servir os interesses da sociedade separadamente dos meus, acima dos meus, em detrimento dos meus, eu me recusaria, rejeitaria essa possibilidade como o mal mais abjeto de todos, lutaria contra ela com todas as minhas forças, lutaria contra toda a humanidade, mesmo que só me restasse um minuto de vida antes de ser assassinado. Lutaria na absoluta convicção de que estaria lutando com a justiça ao meu lado, de que um ser humano tem o direito de existir. Que não haja mal-entendidos a meu respeito. Se atualmente meus semelhantes, que se autodenominam "o público", acreditam que para seu bem é necessário haver vítimas, então eu digo: o público que se dane, não contem com minha colaboração!

A multidão irrompeu em aplausos.

Rearden se virou para trás, mais surpreso do que seus juízes. Viu rostos que riam na maior excitação e outros que imploravam por socorro. Viu o desespero silencioso explodindo abertamente, viu a mesma raiva e indignação que ele sentia encontrando expressão naquele aplauso desafiador e descontrolado, viu expressões de admiração e de esperança. Viu também os rostos dos jovens de boca mole e das mulheres maliciosamente desleixadas, o tipo de gente que sempre puxava as vaias nos cinemas quando aparecia num jornal da tela algum empresário – esses não tentaram fazer uma contramanifestação, porém permaneceram em silêncio.

Enquanto Rearden olhava para a plateia, as pessoas viam em seu rosto o que as ameaças dos juízes não haviam conseguido provocar: o primeiro sinal de emoção.

A multidão levou algum tempo para ouvir o martelo de um dos juízes batendo furiosamente na mesa, enquanto ele gritava:

– ... senão mandarei evacuar o tribunal!

Ao se virar para a frente de novo, Rearden correu o olhar pela seção de visitas. Deteve-se ao avistar Dagny, uma pausa que só ela percebeu, como se lhe dissesse: Deu certo. Ela só não parecia calma porque seus olhos davam a impressão de estarem grandes demais para seu rosto. Eddie Willers estava sorrindo o tipo de sorriso que, num homem, equivale a lágrimas. O Sr. Mowen parecia estupefato. Paul Larkin olhava para o chão. Não havia nenhuma expressão no rosto de Bertram Scudder – nem no de Lillian. Ela estava sentada na extremidade de uma fileira de poltronas, de pernas cruzadas, com uma estola de vison atravessada de seu ombro direito até os quadris, e olhava para Rearden sem se mexer.

No violento complexo de emoções que experimentava, Rearden teve tempo de reconhecer um toque de desapontamento e saudade: um rosto que ele quisera ver, que procurara desde o início do julgamento, mais do que qualquer outro ao seu redor, não estava presente – o de Francisco d'Anconia.

– Sr. Rearden – disse o mais velho dos juízes, sorrindo de modo afável, mas com um toque de reprovação, abrindo os braços –, é lamentável que o senhor tenha nos entendido tão mal. Este é o problema: os empresários se recusam a nos encarar com espírito de confiança e amizade. Pelo visto, imaginam que sejamos seus inimigos. Por que falar em sacrifícios humanos? O que o levou a tais extremos? Não temos a intenção de nos apropriar de seus bens ou destruir sua vida. Não queremos prejudicar seus interesses. Estamos absolutamente conscientes da importância de suas realizações. Nosso único objetivo é equilibrar as pressões sociais e dar justiça a todos. Esta sessão, no fundo, não é um julgamento, e sim uma discussão amistosa, visando à compreensão mútua e à cooperação.

– Não coopero com uma arma apontada para minha cabeça.

– Por que falar em armas? A questão não é tão séria assim. Estamos cientes de que o maior culpado neste caso é o Sr. Kenneth Danagger, que instigou essa violação da lei, que exerceu pressão sobre o senhor e confessou sua culpa ao desaparecer para fugir da justiça.

– Não. Agimos de comum acordo, voluntariamente.

– Sr. Rearden – disse o segundo juiz –, o senhor pode não aceitar algumas de nossas ideias, mas, no fim das contas, estamos todos trabalhando pela mesma causa: o bem do povo. Compreendemos que o senhor tenha sido levado a ignorar certas sutilezas legais por causa da situação crítica das minas de carvão e da importância crucial do combustível para o bem-estar público.

– Não. Fui motivado pelo lucro e pelos meus interesses particulares. Que efeito isso teve sobre as minas de carvão e o bem-estar público é coisa que cabe ao senhor avaliar. Não foi o que me motivou.

O Sr. Mowen, confuso, olhou ao redor e sussurrou para Paul Larkin:

– Isso está muito esquisito.

– Ah, cale a boca! – exclamou Larkin.

– Estou certo, Sr. Rearden – disse o juiz mais velho –, de que no fundo o senhor não acredita, como também não acredita o público, que queremos fazer do senhor um bode expiatório. Se alguém acredita nisso, estamos ansiosos para demonstrar que não é verdade.

Os juízes se retiraram para considerar o veredicto. Não demoraram muito. Quando voltaram, o tribunal estava imerso num silêncio tenso; então anunciaram que Henry Rearden teria de pagar uma multa de 5 mil dólares, mas que a sentença fora suspensa.

O aplauso que irrompeu da plateia foi pontuado por gargalhadas debochadas. O aplauso era para Rearden; as gargalhadas, para os juízes.

Rearden permanecia imóvel, sem se virar para a plateia, e mal ouvia o aplauso. Olhava para os juízes. Não havia em seu rosto nenhuma expressão de triunfo ou de entusiasmo, apenas um olhar fixo, misto de tristeza e de espanto, quase de medo. Via como era monstruosamente pequeno o inimigo que estava destruindo o mundo. Sentia-se como se, após viajar durante anos através de terras devastadas, passando por grandes fábricas em ruínas, por poderosas locomotivas despedaçadas, esperando encontrar um gigante, deparasse com um rato que fugisse arisco ao ouvir os passos de um homem se aproximando. *Se foi isso que nos derrotou*, pensou Rearden, *então a culpa é nossa*.

O que o chamou de volta à realidade do tribunal foram as pessoas que correram até ele e o cercaram. Ele sorriu em resposta às suas expressões sorridentes, à ânsia nervosa e trágica em seus rostos. Havia um toque de tristeza em seu sorriso.

– Deus o abençoe, Sr. Rearden! – disse uma velha com um xale roto na cabeça.

– Será que o senhor pode nos salvar? Estão nos comendo vivos, e ninguém mais engole essa história de que eles estão atrás é dos ricos. O senhor sabe o que está acontecendo conosco?

– Escute, Sr. Rearden – disse um homem que parecia um operário –, são os ricos que estão acabando conosco. Diga para aqueles ricos safados, que estão tão doidos para dar tudo de graça, que, quando dão de graça os palácios deles, eles estão é dando o suor de nossa testa.

– Eu sei – disse Rearden.

A culpa é nossa, pensou. *Se nós, que somos os que fazem, os que produzem, os benfeitores da humanidade, consentimos em que nos rotulassem de maus e suportamos silenciosamente o castigo a que nos sujeitaram por causa de nossas virtudes, que espécie de "bem" queríamos que triunfasse no mundo?*

Olhava para as pessoas ao seu redor. Haviam-no aplaudido hoje; haviam-no aplaudido ao longo da Linha John Galt. Porém amanhã estariam pedindo um novo decreto a Wesley Mouch e um novo conjunto habitacional a Orren Boyle, enquanto as vigas de aço deste caíam sobre suas cabeças. Agiriam assim porque diriam a elas que esquecessem o que as fizera aplaudir Hank Rearden, porque isso era pecado.

Por que renunciavam com tanta facilidade a seus momentos mais elevados, taxando-os de pecado? Por que estavam dispostas a trair o que tinham de melhor? O que as fazia acreditar que o mundo era o reino do mal, no qual o desespero era seu destino natural? Ele não conseguia apontar a razão, mas sabia que era preciso identificá-la. Era uma grande pergunta que pairava naquele tribunal, e agora era seu dever responder a ela.

Esta é a verdadeira pena que foi imposta, pensou ele: *descobrir qual é a ideia, uma ideia simples, acessível ao mais simples dos homens, que fez a humanidade aceitar as doutrinas que a levam à autodestruição.*

◆ ◆ ◆

– Hank, nunca mais vou achar que nossa causa está perdida – disse Dagny naquela noite, após o julgamento. – Nunca vou me sentir tentada a largar tudo. Você provou que quem está certo sempre sai ganhando... – Ela parou, depois acrescentou: – ... desde que saiba o que é certo.

À hora do jantar, no dia seguinte, Lillian lhe disse:

– Então você ganhou, não é?

Sua voz era indiferente. Não disse mais nada. Apenas observava Rearden como se estudasse um enigma.

O Ama de Leite lhe perguntou na siderúrgica:

– Sr. Rearden, o que é uma premissa moral?

– Uma coisa que vai lhe criar muitos problemas.

O rapaz franziu a testa, depois deu de ombros e disse, rindo:

– Puxa, mas que show! Que surra o senhor deu neles! Eu estava ao lado do rádio ouvindo e vibrando.

– Como sabe que foi uma surra?

– Bem, mas que foi, foi, não é?

– Você tem certeza?

– Claro que tenho certeza.

– O que o faz ter certeza é uma premissa moral.

Os jornais se calaram. Após a atenção exagerada que dedicaram ao caso, agiram como se o julgamento não fosse coisa de grande interesse. Publicaram notícias resumidas perdidas no meio das páginas, redigidas em termos tão gerais que seria impossível para o leitor perceber que se tratava de uma questão polêmica.

Os empresários que Rearden encontrava pareciam querer fugir ao assunto. Alguns não diziam nada, porém viravam as costas, e seus rostos traíam ressentimento e o esforço de parecer indiferentes, como se temessem que o próprio ato de olhar para ele pudesse ser interpretado como um posicionamento. Outros arriscavam um comentário:

– Na minha opinião, Rearden, o senhor foi extremamente imprudente... Não me parece que seja a hora de fazer inimigos... Não podemos nos dar ao luxo de provocar ressentimentos.

– Em quem? – perguntou Rearden.

– Acho que o governo não vai gostar.

– E o que tem isso?

– Bem, não sei, não... O público não vai aceitar, vai haver muita indignação.

– O senhor viu como o público reagiu.

– Bem, não sei... A gente se esforça tanto para não dar razão a todas essas acusações de egoísmo e ganância, e o senhor vai e dá munição ao inimigo.

– O senhor prefere concordar com o inimigo e dizer que não tem o direito de ter lucro e de possuir bens?

– Ah, não, não, claro que não... mas por que cair numa posição extremista? Sempre há uma posição intermediária.

– Uma posição intermediária entre o senhor e os que querem assassiná-lo?

– Mas por que o senhor usa esse tipo de vocabulário?

– O que eu disse no julgamento é ou não é verdade?

– Vai ser distorcido e mal entendido.

– É ou não é verdade?

– O público é burro demais para entender essas questões.

– É ou não é verdade?

– Não é hora de se gabar de ser rico, quando a população está passando fome. É o mesmo que incitar as pessoas a saquear tudo.

– Mas dizer às pessoas que o senhor não tem direito de ser rico e *elas têm*... o senhor acha que isso vai contê-las?

– Bem, não sei...

– Não gostei das coisas que o senhor disse no seu julgamento – afirmou outro homem. – Não concordo em absoluto com o senhor. Pessoalmente, me orgulho de pensar que estou de fato trabalhando para o bem-estar geral, não apenas para lucrar. Gosto de pensar que tenho algum ideal mais elevado do que poder fazer três refeições por dia e andar numa limusine Hammond.

– E eu não gosto dessa ideia de que não deve haver decretos nem controles – acrescentou outro. – Concordo que andam exagerando. Mas como viver sem controles? Não concordo. Acho que *alguns* controles são necessários, como os que visam ao bem público.

– Lamento, senhores – disse Rearden –, ser obrigado a salvar suas miseráveis peles juntamente com a minha.

Um grupo de empresários, chefiado pelo Sr. Mowen, não emitiu nenhuma declaração a respeito do julgamento, porém anunciou, uma semana depois, com uma orgia de publicidade, que estava patrocinando a construção de um playground para filhos de desempregados.

Bertram Scudder não mencionou o julgamento em sua coluna. No entanto, 10 dias depois escreveu, em meio a diversas fofocas: "Pode-se fazer uma ideia do mérito social do Sr. Hank Rearden com base no fato de que, entre todos os grupos sociais, aquele em que ele é menos popular é precisamente a classe empresarial. Seus métodos arcaicos e desumanos parecem ser de mais até mesmo para esses predatórios barões do lucro."

Numa noite de dezembro, quando a rua para a qual dava sua janela estava como uma garganta engasgada, tossindo buzinas com o tráfego da época pré-natalina, em sua suíte no Hotel Wayne-Falkland Rearden lutava contra um inimigo mais perigoso que o cansaço e o medo: a repulsa que lhe vinha com a ideia de que teria de lidar com seres humanos.

Estava sentado, sentindo desânimo perante a perspectiva de enfrentar as ruas da cidade, como se estivesse acorrentado à cadeira e ao quarto. Durante horas tentara ignorar uma emoção que o impelia com tanta força quanto a saudade do lar que se ama: a emoção de saber que o único homem que desejava ver estava naquele mesmo hotel, apenas alguns andares acima do seu.

Nas últimas semanas, Rearden se surpreendia fazendo hora no hall sempre que entrava no hotel ou saía de lá, no balcão da correspondência ou no jornaleiro, contemplando as pessoas apressadas que iam e vinham, na esperança de encontrar Francisco d'Anconia no meio da multidão. Surpreendia-se jantando sozinho no restaurante do hotel, olhando fixamente para as cortinas da porta de entrada. Agora estava sozinho em seu quarto, pensando que a distância era apenas de alguns andares.

Levantou-se com uma risadinha de indignação e ironia – *Estou agindo*, pensou, *como uma mulher que aguarda um telefonema e luta contra a tentação de pôr fim àquela tortura telefonando ela própria.* Não havia motivo que o impedisse de procu-

507

rar D'Anconia, se era isso que ele queria. Porém, quando resolvia ir, sentia que havia algo de perigoso, uma entrega, na intensidade do sentimento de alívio que experimentava então.

Deu um passo em direção ao telefone para ligar para a suíte de D'Anconia, mas parou. Não era isso que queria fazer, mas simplesmente entrar sem se anunciar, como ele entrara em seu escritório. Era isso que parecia afirmar alguma espécie de direito não expresso que um tinha em relação ao outro.

A caminho do elevador, pensou: *Ele não está, ou, se está, vai estar acompanhado de alguma vagabunda, e vai ser bem feito para mim.* Mas aquela ideia lhe pareceu irreal. Não conseguia associá-la ao homem que vira à boca do alto-forno. Empertigou o corpo no elevador, cheio de confiança, desceu o corredor com passos confiantes, sentindo que seu ressentimento se transformava em alegria, e bateu à porta.

– Entre! – disse D'Anconia secamente, num tom distraído.

Rearden abriu a porta e deu um passo à frente. Um dos abajures de cetim mais caros do hotel estava no meio do chão, iluminando grandes folhas de papel para desenho. Em mangas de camisa, os cabelos lhe caindo sobre o rosto, D'Anconia estava deitado de bruços no chão, apoiado nos cotovelos, mordendo a extremidade de um lápis, absorto no complexo desenho à sua frente. Não levantou a vista, como se tivesse esquecido que alguém batera à sua porta. Rearden olhava, abismado, e tentava entender o que era o desenho: parecia uma seção transversal de um fundidor de minério. Se tivesse o poder de concretizar a imagem que tinha de D'Anconia, era exatamente isto que teria visto: um jovem trabalhador absorto numa tarefa difícil.

Um momento depois, D'Anconia levantou a cabeça. Imediatamente se ergueu, ficando de joelhos, olhando para Rearden com um sorriso que exprimia ao mesmo tempo surpresa e prazer. Em seguida agarrou os desenhos, virou-os para baixo e os jogou para o lado com uma pressa um tanto suspeita.

– O que foi que eu interrompi? – perguntou Rearden.

– Nada de importante. Entre. – D'Anconia sorria, contente. De repente Rearden ficou convicto de que o outro também esperava por isso, como quem espera uma vitória que não tinha certeza de conseguir.

– O que estava fazendo? – perguntou Rearden.

– Só me distraindo.

– Deixe-me ver.

– Não. – Francisco levantou-se e chutou os desenhos para o lado.

Rearden se deu conta de que, se havia considerado uma impertinência a maneira como D'Anconia se instalara em seu escritório, agora ele próprio estava fazendo a mesma coisa, pois não explicou o que fazia ali. Simplesmente atravessou o cômodo e sentou-se numa poltrona, muito à vontade, como se estivesse em casa.

– Por que não me procurou para continuarmos aquela conversa? – perguntou.

– Porque o senhor está se saindo muito bem sem minha ajuda.

– Está se referindo ao meu julgamento?

– Estou me referindo ao seu julgamento.

– Como é que o senhor sabe? Não o vi lá.

D'Anconia sorriu, porque o tom de voz de Rearden traía algo que ele não dissera: Eu o procurei.

– Será que o senhor não imagina que eu ouvi tudo no rádio?

– É mesmo? Bem, o que achou da minha interpretação do texto que o senhor escreveu?

– Nada disso, Sr. Rearden. O texto não era meu. Não eram coisas que sempre nortearam sua vida?

– Eram.

– Eu apenas o ajudei a ver que o senhor deveria se orgulhar de ter tais princípios.

– Gostei de saber que o senhor escutou.

– Foi brilhante, Sr. Rearden. Pena que com um atraso de três gerações.

– Como assim?

– Se, no passado, um único empresário tivesse tido a coragem de afirmar que trabalhava apenas para lucrar e o dissesse com orgulho, ele teria salvado o mundo.

– Não acho que o mundo já esteja perdido.

– Não está. Nunca vai estar. Mas, meu Deus!, quanto isso nos teria poupado!

– Bem, acho que a gente tem de lutar, qualquer que seja a época em que vivamos.

– É... Sabe, Sr. Rearden, sugiro que o senhor arranje uma transcrição do seu julgamento e leia o que o senhor disse. Depois veja se está mesmo praticando com coerência e integralmente tudo o que disse... ou não.

– O senhor acha que não estou?

– Veja o senhor mesmo.

– Sei que o senhor tinha muita coisa a me dizer naquela noite em que fomos interrompidos pelo acidente. Por que não termina o que tinha a dizer?

– Não. Ainda é cedo.

D'Anconia agia como se não houvesse nada de estranho nessa visita, como se a considerasse perfeitamente natural, como sempre agia na presença de Rearden. Mas este percebeu que o outro não estava tão calmo quanto queria parecer. Andava de um lado para outro, como se desse modo extravasasse uma emoção que não queria confessar. Esquecera no chão o abajur, a única luz acesa no recinto.

– O senhor tem feito umas descobertas desagradáveis, não é? – perguntou D'Anconia. – O que achou da reação dos seus amigos empresários?

– Acho que era de esperar.

Com uma voz tensa de raiva, uma raiva nascida da compaixão, Francisco disse:

– Já faz 12 anos e ainda não consigo encarar a coisa com indiferença! – Aquilo lhe escapou como que involuntariamente, como se, ao tentar conter a emoção, tivesse dito palavras que não devia dizer.

– Faz 12 anos... de quê?

Houve uma pausa breve, mas Francisco respondeu com voz tranquila:

– Que eu compreendi o que esses homens estão fazendo. – E acrescentou: – Sei o que o senhor está passando agora... e o que o espera.

– Obrigado – disse Rearden.

– Por quê?

– Pelo que o senhor está se esforçando tanto para não demonstrar. Mas não se preocupe por minha causa. Ainda consigo resistir... Sabe, não vim aqui porque quisesse falar sobre mim mesmo, nem mesmo sobre o julgamento.

– Concordo em falar sobre qualquer assunto... desde que o senhor fique aqui. – D'Anconia falou como quem faz uma brincadeira cortês, mas o tom de voz traiu que estava falando sério. – Sobre o que o senhor queria falar?

– Sobre o senhor.

D'Anconia parou. Olhou para Rearden por um momento, depois respondeu, em voz baixa:

– Está bem.

Se o que Rearden sentia pudesse ser expresso diretamente em palavras, vencendo a barreira de sua força de vontade, ele teria exclamado: "Não me abandone, preciso de você! Estou lutando contra todos, atingi meus limites e estou condenado a ter que ir além deles... e minha única munição é saber que existe um homem em quem posso confiar, que posso respeitar e admirar!"

Em vez disso, disse com calma, com muita simplicidade – e o único sinal de um vínculo pessoal entre eles foi o tom de sinceridade que acompanha uma afirmativa direta e racional e implica que o interlocutor é tão honesto quanto aquele que fala:

– Sabe, acho que o único crime moral que um homem pode cometer contra outro é tentar criar, por meio de palavras e atos, uma impressão de algo contraditório, impossível, irracional, e dessa forma abalar o conceito de racionalidade de sua vítima.

– É verdade.

– Se eu lhe disser que é esse o dilema em que o senhor me colocou, me ajudaria a sair dele respondendo a uma pergunta pessoal?

– Vou tentar.

– Não é preciso que eu lhe diga, pois o senhor já sabe, que o senhor é o homem mais inteligente que já conheci. Estou começando a aceitar, não como algo certo, mas ao menos possível, que se recuse a utilizar sua grande capacidade no mundo em que vivemos. Mas o que um homem faz movido pelo desespero não é necessariamente uma chave para se compreender seu caráter. Sempre achei que a verdadeira chave está naquilo que ele faz por prazer. E é isto que acho inconcebível: independentemente do que o senhor tenha abandonado, enquanto optar por permanecer vivo, como pode encontrar prazer em desperdiçar uma vida valiosa como a sua correndo atrás de mulheres baratas e diversões imbecis?

D'Anconia o olhou com um sutil sorriso de ironia, como se dissesse: "Ah, é? Então você não quer falar sobre si próprio? E no entanto o que está fazendo, senão confessar a solidão desesperada que faz com que o meu caráter seja mais importante do que qualquer outra questão para você agora?"

O sorriso se dissolveu numa risadinha suave e benevolente, como se a pergunta não implicasse nenhum problema para ele, não o obrigasse a revelar nenhum segredo doloroso.

– Há uma maneira de resolver todos os dilemas desse tipo, Sr. Rearden. Questione suas premissas. – Sentou-se no chão, alegre, informal, preparando-se para uma conversa que lhe daria prazer. – É uma conclusão sua, tirada com base em dados que o senhor mesmo constatou, que eu sou muito inteligente?

– Sim.

– O senhor sabe, com base em dados concretos, que eu passo a vida correndo atrás de mulheres?

– O senhor nunca negou isso.

– Não neguei? Pelo contrário: me dei ao trabalho de criar essa impressão.

– Quer dizer que não é verdade?

– O senhor acha que eu tenho um terrível complexo de inferioridade?

– Não, absolutamente não!

– Só esse tipo de homem passa a vida correndo atrás de mulheres.

– Como assim?

– Lembra o que lhe disse a respeito do dinheiro e dos homens que tentam inverter a lei da causalidade? Os que tentam substituir a mente apossando-se dos produtos dela? Pois o homem que sente desprezo por si mesmo tenta obter amor-próprio por meio de aventuras sexuais, o que é inútil, porque o sexo não é a causa, e sim o efeito e uma manifestação da imagem que um homem faz do próprio valor.

– É melhor explicar isso.

– Já lhe ocorreu que a questão é a mesma? Os homens que acham que a riqueza provém de recursos materiais e não tem nenhuma raiz nem significado intelectual são aqueles que pensam, pelo mesmo motivo, que o sexo é uma capacidade física que funciona independentemente da inteligência, da escolha ou dos valores do indivíduo. Eles pensam que o seu corpo cria um desejo e faz uma opção por eles... mais ou menos do mesmo modo que o minério de ferro se transforma sozinho em trilhos de trem, por sua própria vontade. O amor é cego, dizem. O sexo é imune à razão e ri do poder de todos os filósofos. Mas, na verdade, a escolha sexual de um homem é o resultado e o somatório de suas convicções fundamentais. Diga-me o que um homem acha sexualmente atraente que lhe direi qual é toda a sua filosofia de vida. Mostre-me a mulher com quem ele dorme e lhe direi que imagem ele faz de si próprio.

Rearden não ousava interrompê-lo, então D'Anconia prosseguiu:

– Independentemente das asneiras que lhe ensinaram a respeito do que a sexualidade tem de altruísta, o ato sexual é o mais profundamente egoísta de todos os atos, pois só pode ser realizado para o prazer de quem o pratica... imagine realizá-lo por espírito desinteressado de caridade!... um ato que não é possível num clima de autodegradação, mas só de autoexaltação, somente quando se tem certeza de que se é desejado e merecedor do desejo. É um ato que força o homem a ficar nu tanto no corpo quanto no espírito e a aceitar seu ego verdadeiro como seu padrão de valor. Ele sempre será atraído pela mulher que reflete sua visão mais profunda de si próprio, a mulher cuja entrega lhe permite experimentar ou fingir o amor-próprio. O homem que está convicto de seu próprio valor e dele se orgulha há de querer o tipo mais elevado de mulher possível, a mulher que ele admira, a mais forte, a mais difícil de conquistar, porque somente a posse de uma heroína lhe dará a consciência de ter realizado algo, não apenas de ter possuído uma vagabunda desprovida de inteligência. Ele não tenta... Mas o que há? – perguntou D'Anconia, ao perceber a expressão de Rearden, que denotava um interesse muito mais profundo do que o normalmente despertado por uma conversa sobre assuntos abstratos.

– Continue – pediu Rearden, tenso.

– Ele não tenta ganhar seu valor, e sim exprimi-lo. Não há conflito entre os padrões de sua mente e os desejos de seu corpo. Mas o homem que está convencido de que não tem valor será atraído por uma mulher que despreza, porque ela refletirá seu próprio eu secreto e lhe proporcionará uma fuga daquela realidade objetiva na qual ele é uma fraude. Ela lhe fornecerá uma ilusão momentânea de seu próprio valor e uma fuga momentânea do código moral que o condena. Observe o caos que é a vida sexual da maioria dos homens e repare no amontoado de contradições que constitui sua filosofia moral. Uma coisa deriva da outra. O amor é nossa resposta a nossos valores mais elevados e não pode ser outra coisa. O homem que corrompe seus próprios valores e a visão que tem de sua existência, que afirma que o amor não é o prazer que se tem consigo próprio, mas a renúncia, que a virtude consiste não em orgulho, mas em piedade, dor, fraqueza ou sacrifício, que o amor mais nobre nasce não da admiração, mas da caridade, que não é despertado por *valores*, mas por *defeitos*, esse homem se parte em dois. Seu corpo não lhe obedecerá, não reagirá da forma apropriada e o tornará impotente em relação à mulher que ele afirma amar, impelindo-o para a prostituta mais abjeta que puder encontrar. Seu corpo sempre obedecerá à lógica profunda de suas convicções mais íntimas. Se ele acredita que os defeitos são valores, ele amaldiçoa a existência e a rotula de mal, e apenas o mal o atrai. Ele amaldiçoa a si próprio e sentirá que a depravação é a única coisa capaz de lhe inspirar prazer. Ele associa a virtude à dor e sente que o vício é a única fonte de prazer. Então vocifera que seu corpo tem desejos abjetos que sua mente não consegue dominar, que o sexo é pecado, que o verdadeiro amor é uma emoção puramente espiritual. E então ele não entende por que o amor só lhe provoca tédio, e a sexualidade, apenas vergonha.

Rearden disse lentamente, com o olhar distante, sem perceber que estava pensando em voz alta:

– Pelo menos... nunca aceitei aquele corolário: jamais me senti culpado por ganhar dinheiro.

D'Anconia não se deu conta do que representavam as duas primeiras palavras de sua frase. Sorriu e disse, entusiasmado:

– Então o senhor vê que no fundo é a mesma questão? Não, o senhor não seria capaz de aceitar nenhuma parte desse credo doentio. Não seria capaz de impor tais ideias a si próprio. Se o senhor tentasse condenar o sexo como um mal, continuaria a encontrá-lo em si próprio, contra sua vontade, agindo com base na premissa moral correta. O senhor seria atraído pela mulher mais elevada que conhecesse. Sempre iria querer uma heroína. Seria incapaz de desprezar a si próprio. Seria incapaz de acreditar que a existência é um mal e que o senhor é uma criatura indefesa, presa num universo absurdo. O senhor é o homem que passou toda a sua vida dando à matéria a forma do objetivo em sua mente. É o homem que saberia que, do mesmo modo que uma ideia não expressa em termos de atos físicos é uma hipocrisia desprezível, assim também o é o amor platônico... e, do mesmo modo que a ação física que não é orientada por uma ideia é uma tolice e uma fraude, assim também o é a sexualidade quando desvinculada do código de valores do indivíduo. É a mesma questão, é claro que o senhor sabe, visto que seu amor-próprio está intacto. O senhor seria incapaz de sentir desejo por uma mulher que desprezasse. Apenas o homem que louva a pureza de um amor desprovido de desejo é capaz da depravação de desejar sem amar. Porém observe que a maioria das pessoas é uma criatura partida em duas, que vive pulando desesperadamente de um polo para outro. Um dos tipos é o homem que despreza o dinheiro, as fábricas, os arranha-céus e o próprio corpo. Ele manifesta emoções indefinidas a respeito de questões inconcebíveis, tais como o sentido da vida e sua suposta virtude. E geme de desespero porque não consegue sentir nada pelas mulheres que respeita, porém sente-se aprisionado por uma paixão irresistível dirigida a uma vagabunda que encontrou na sarjeta. Ele é o homem que as pessoas chamam de idealista. Compreende?

Após uma breve pausa, D'Anconia continuou:

– O outro tipo é o que chamam de prático, que despreza os princípios, as abstrações, a arte, a filosofia e a própria mente. Ele tem como único objetivo na vida a aquisição de objetos materiais e ri quando lhe falam da necessidade de considerar seu objetivo ou sua fonte. Ele acha que tais coisas devem lhe proporcionar prazer e não entende por que quanto mais acumula, menos prazer sente. Esse é que é o homem que vive correndo atrás de mulheres. Observe a tripla fraude que comete contra si próprio. Ele não reconhece sua necessidade de amor-próprio, pois ri do conceito de valor moral. No entanto, sente o profundo desprezo por si próprio que caracteriza aqueles que acham que não passam de um pedaço de carne. Ainda que não admita, ele sabe que o sexo é a manifestação física de um tributo aos valores pessoais. Assim, ele tenta, realizando os gestos que constituem o efeito, adquirir o que deveria ser a causa. Ele tenta afirmar seu próprio valor por intermédio das mulheres que se entregam a ele e esquece que as mulheres que escolhe não têm nem caráter, nem julgamento, nem padrões de valores. Ele diz a si próprio que tudo o que quer é o prazer físico, porém observe que ele se cansa de uma mulher em uma semana ou uma noite, que despreza as prostitutas profissionais e adora imaginar que está seduzindo moças direitas que abrem uma tremenda exceção para ele. É a sensação de realização o que ele busca e jamais encontra. Que glória pode haver em conquistar um corpo desprovido de mente? Pois é *esse* o homem que vive correndo atrás de mulheres. Essa descrição se aplica a mim?

– Não, de jeito nenhum!

– Então o senhor pode julgar, sem pedir minha palavra, se eu realmente levo a vida correndo atrás de mulheres.

– Mas, então, por que diabos o seu nome vive nas primeiras páginas dos jornais há... uns 12 anos, não é?

– Gastei muito dinheiro com as festas mais espalhafatosas e vulgares que se podem imaginar e muito tempo desfilando com mulheres desse tipo. No mais... – D'Anconia parou e então disse: – Tenho alguns amigos que sabem disso, mas o senhor é a primeira pessoa a quem estou dizendo isso, contrariando as regras que eu mesmo me impus: nunca dormi com nenhuma daquelas mulheres. Jamais toquei nelas.

– Mais incrível que isso é que eu acredito no senhor.

O abajur no chão a seu lado derramava uma luz fragmentada no rosto de D'Anconia, que se inclinara para a frente: naquele rosto havia uma expressão de humor desprovido de culpa.

– Se o senhor examinar bem essas notícias de jornal, vai ver que nunca disse nada. Eram as mulheres que estavam doidas para aparecer nos jornais com histórias que davam a entender que, por terem sido vistas comigo num restaurante, estavam vivendo um grande romance comigo. Porque essas mulheres estão atrás da mesma coisa que os homens que vivem andando atrás de um rabo de saia: só querem aumentar seu próprio valor por meio do número e da fama dos homens que conquistam. Só que são ainda mais falsas, porque o valor que elas buscam nem é o ato em si, mas a impressão que vão causar nas outras mulheres, bem como a inveja que vão provocar. Bem, eu dei a essas vagabundas o que elas queriam, mas o que realmente queriam, sem a pretensão que esperavam, a pretensão que esconde delas a natureza de seu desejo. O senhor pensa que elas queriam mesmo dormir comigo ou com qualquer outro homem? Elas são incapazes de ter um desejo tão concreto e sincero. Elas queriam alimentar a própria vaidade, e foi isso que eu lhes proporcionei. Dei-lhes a oportunidade de se gabarem para suas amigas e de se verem nos jornais de mexericos, desempenhando o papel de mulher sedutora. Mas o senhor sabe que funciona igualzinho ao que fez no seu julgamento? Se o senhor quer derrotar qualquer tipo de fraude degradante, é só ceder a ela literalmente, sem acrescentar nada seu que disfarce a verdadeira natureza dela. Aquelas mulheres entenderam. Elas viram que não dava nenhuma satisfação ser invejadas por outras por algo que não haviam realizado. Ao invés de lhes aumentar o amor-próprio, a propaganda em torno desses romances imaginários teve o efeito de lhes aprofundar o sentimento de inferioridade: todas elas sabem que tentaram e fracassaram. Se me levar para a cama é para uma dessas mulheres o padrão público de valor, ela sabe que não conseguiu atingi-lo. Acho que elas me odeiam mais do que a qualquer outro homem na face da Terra. Mas meu segredo está bem guardado, porque cada uma delas acha que foi a única que fracassou, enquanto todas as outras tiveram sucesso, e por isso vai sempre jurar por todos os santos que viveu um tremendo romance comigo e jamais admitirá a verdade para ninguém.

– Mas e a sua reputação, como fica?

D'Anconia deu de ombros.

– Aqueles a quem respeito vão ficar sabendo a verdade, mais cedo ou mais tarde. Os outros... – e o rosto dele endureceu – os outros consideram que eu sou de fato algo mau. Que eles acreditem no que preferem: o que pareço ser nas primeiras páginas dos jornais.

– Mas para quê? Para que o senhor fez isso? Só para lhes ensinar uma lição? – perguntou Rearden.

– Que nada! Eu queria criar fama de playboy.

– Por quê?

– Playboy é um homem que gasta todo o dinheiro que lhe cai nas mãos.

– Por que o senhor criou uma imagem tão repulsiva?

– Camuflagem.

– Para quê?

– Para servir a um objetivo meu.

– Que objetivo?

D'Anconia sacudiu a cabeça:

– Não me peça para lhe contar isso. Já lhe disse mais do que devia. Seja como for, em pouco tempo o senhor ficará sabendo do restante.

– Se disse mais do que devia, por que o fez?

– Porque... o senhor me fez ficar impaciente pela primeira vez em vários anos. – Em sua voz apareceram de novo os sinais de uma emoção reprimida. – Porque eu nunca antes quis que alguém soubesse a verdade a meu respeito tanto quanto eu quis que o senhor soubesse. Porque eu sabia que o senhor despreza o playboy mais do que qualquer outro tipo de homem, como aliás eu também. Playboy? Só amei uma mulher na minha vida e continuo a amá-la. E sempre hei de amá-la! – Fez uma pausa involuntária e acrescentou, em voz baixa: – Jamais confessei isso a ninguém... nem a ela.

– O senhor a perdeu?

O olhar de D'Anconia ficou perdido por um instante. Depois ele respondeu, num tom de voz contido:

– Espero que não.

A luz do abajur iluminava seu rosto de baixo para cima, e Rearden não via seus olhos, apenas sua boca, que exprimia uma atitude de resistência e uma resignação estranhamente solene. Rearden sabia que não podia remexer mais essa ferida.

Numa de suas características mudanças súbitas de estado de espírito, D'Anconia disse:

– Ah, não vai ter que esperar muito! – e se pôs de pé, sorrindo.

– Como o senhor confia em mim – disse Rearden –, quero lhe contar um segredo em troca. Quero que saiba quanto eu confiava no senhor antes de vir aqui. E posso vir a precisar da sua ajuda depois.

– O senhor é o único homem dos que restam que eu gostaria de ajudar.

– Há muitas coisas a seu respeito que não compreendo, mas de uma coisa tenho certeza: o senhor não é amigo dos saqueadores.

– Não, não sou. – Havia um toque de ironia no rosto de Francisco, como se quisesse acrescentar: muito pelo contrário.

– Portanto, sei que o senhor não vai me trair se eu lhe disser que vou continuar vendendo metal Rearden aos fregueses que bem entender, nas quantidades que eu quiser, sempre que tiver oportunidade de fazê-lo. No momento, estou me preparando para atender a uma encomenda 20 vezes maior do que aquela que me levou ao tribunal.

Sentado no braço de uma poltrona, a alguns metros de Rearden, D'Anconia se inclinou para a frente a fim de olhá-lo em silêncio, por um momento prolongado.

– O senhor acha que desse jeito está combatendo os inimigos? – perguntou.

– Bem, o que acha? Que estou colaborando com eles?

– O senhor estava disposto a trabalhar e a produzir metal Rearden para eles ainda que perdesse seus lucros, perdesse seus amigos, enriquecesse aqueles cachorros que o roubavam, e ainda que eles o xingassem porque o senhor os sustentou. Agora está disposto a continuar a fazê-lo, embora isso o transforme num criminoso e o coloque sob a ameaça de ser preso a qualquer momento, para manter em funcionamento um sistema que só pode ser mantido por suas vítimas, que violam as leis que ele próprio cria.

– Não é por causa do sistema, mas por causa de meus clientes, porque não posso abandoná-los e deixá-los à mercê do sistema. Preciso sobreviver a ele. Não vou deixar que me façam parar, por mais que dificultem minha vida, e não vou entregar o mundo a eles, mesmo que eu seja o último homem a resistir. No momento, aquela encomenda ilegal é mais importante do que todas as minhas siderúrgicas.

D'Anconia sacudiu a cabeça lentamente e não disse nada. Depois perguntou:

– A qual dos seus amigos proprietários de minas de cobre o senhor vai conceder o valioso privilégio de delatá-lo desta vez?

Rearden sorriu.

– Desta vez, não. Desta vez, estou negociando com um homem em quem posso confiar.

– É mesmo? E quem é esse homem?

– O senhor.

D'Anconia se empertigou na poltrona.

– O quê? – perguntou, em voz tão baixa que quase conseguiu não trair a emoção.

Rearden sorria.

– Então o senhor não sabia que agora sou um de seus clientes? Tudo foi negociado por intermédio de uns testas de ferro e sob nome falso, mas vou precisar da sua ajuda para impedir que seus funcionários comecem a fazer perguntas a meu respeito. Eu preciso daquele cobre e necessito que ele seja entregue a tempo. Não importa que me prendam depois, desde que eu consiga entregar essa encomenda. Sei que o senhor não dá mais nenhum valor à sua empresa, à sua riqueza, ao seu trabalho, porque não gosta de lidar com saqueadores como Taggart e Boyle. Mas, se tudo o que o senhor me disse foi dito a sério, se eu sou o único homem que respeita, o senhor vai me ajudar a sobreviver e a derrotá-los. Nunca pedi ajuda a ninguém. Agora estou pedindo a sua. Preciso do senhor. Confio no senhor. O senhor sempre disse me admirar. Pois agora minha vida está em suas mãos... se quiser. Uma encomenda de cobre da D'Anconia está sendo enviada a mim neste momento. O carregamento saiu de San Juan no dia 5 de dezembro.

– O quê?! – Foi um grito de horror. D'Anconia se pôs de pé de repente, sem tentar esconder mais nada. – Dia 5 de dezembro?

– Sim – respondeu Rearden, estupefato.

D'Anconia correu até o telefone.

– Eu lhe avisei para não fazer qualquer tipo de negócio com a Cobre D'Anconia! – bradou, num grito ao mesmo tempo de lamento, fúria e desespero.

Sua mão ia pegar o telefone quando ele a retirou de volta subitamente. Agarrou-se à mesa, como se para impedir a si próprio de pegar o telefone, e ficou parado, de cabeça baixa, por um intervalo de tempo que nem ele próprio nem Rearden puderam avaliar. Este assistia, mudo, àquela terrível luta interior na figura de um homem imóvel. Não sabia qual era a natureza daquela luta. Sabia apenas que havia alguma coisa que D'Anconia tinha o poder de impedir que acontecesse naquele momento e que ele não usaria aquele poder.

Quando D'Anconia levantou a cabeça, Rearden viu em seu rosto um sofrimento tão grande que era quase um grito de dor, um sofrimento que era ainda mais terrível porque vinha combinado com uma expressão de firmeza, como se a decisão já tivesse sido tomada e esse fosse o preço que ele tinha de pagar.

– Francisco... o que houve?

– Hank, eu... – Sacudiu a cabeça e depois endireitou o corpo. – Sr. Rearden – disse, com uma voz que continha a força, o desespero e a dignidade peculiares de uma súplica que ele próprio sabia ser inútil –, sei que o senhor vai me amaldiçoar, vai duvidar de tudo o que eu disse durante algum tempo... porém juro, juro pela mulher que amo, que sou seu amigo.

A lembrança do rosto de D'Anconia naquele momento voltou à mente de Rearden três dias depois, num momento arrasador de choque e ódio. Muito embora Rearden pensasse, ao lado do rádio em seu escritório, que agora jamais poderia voltar ao Wayne-Falkland, senão mataria Francisco d'Anconia no instante em que o visse, a lembrança lhe voltava insistentemente, em meio às palavras que ele ouvia: palavras que lhe diziam que três navios com um carregamento de cobre da D'Anconia, que haviam partido de San Juan com destino a Nova York, tinham sido atacados e afundados por Ragnar Danneskjöld. Aquela lembrança voltava com insistência, muito embora ele soubesse que havia perdido muito mais do que um carregamento de cobre quando aqueles navios afundaram.

CAPÍTULO 15

CONTA A DESCOBERTO

FOI O PRIMEIRO FRACASSO na história da Siderúrgica Rearden. Pela primeira vez, uma encomenda não fora entregue conforme o prometido. Mas no dia 15 de fevereiro, quando os trilhos da Taggart deveriam ser entregues, já não fazia a menor diferença.

O inverno viera cedo, nos últimos dias de novembro. Diziam que era o inverno mais frio da história e que não era culpa de ninguém se nevava mais do que o normal. As pessoas faziam questão de não se lembrar de que já houvera tempo em que a neve não caía impunemente sobre estradas sem iluminação ou sobre casas sem calefação; que as nevascas não detinham os trens, não causavam centenas de mortes.

A primeira vez que a Carvão Danagger atrasou a entrega de combustível para a Taggart Transcontinental, na última semana de dezembro, o primo de Danagger explicou que não fora culpa sua: ele tinha sido obrigado a reduzir a jornada de trabalho para seis horas a fim de levantar o moral dos trabalhadores, que, por algum motivo, não rendiam mais tanto quanto no tempo de seu primo Kenneth. Eles haviam se tornado apáticos e desleixados, explicara ele, porque a disciplina rígida da antiga administração os tinha exaurido. Não era culpa sua se alguns dos supervisores e mestres, homens que já trabalhavam na companhia há 10, 20 anos, haviam pedido demissão sem motivo. Não era culpa sua se parecia haver certos atritos entre os funcionários e a nova equipe supervisora, muito embora ela fosse constituída de homens muito mais liberais do que os feitores que antes trabalhavam lá. "É apenas uma questão de readaptação", disse ele. Não era culpa sua se o carvão destinado à Taggart Transcontinental fora entregue, na véspera do dia combinado, ao Departamento de Ajuda Internacional para ser enviado à República Popular da Inglaterra. Era uma emergência, o povo inglês estava morrendo de fome, pois todas as fábricas estatizadas do país estavam fechando, por isso a Srta. Taggart deveria ser mais razoável, já que seria apenas um atraso de um dia.

Atraso de apenas um dia, mas atrasou em três dias o trem de carga n° 386, que ia da Califórnia para Nova York com 59 vagões cheios de alface e laranjas. O trem esperou em desvios, em estações, pelo combustível que não vinha. Quando, por fim, chegou a Nova York, todo o carregamento teve de ser despejado no rio East: havia esperado demais nos armazéns da Califórnia, com a redução dos trens em circulação e com a proibição de que uma locomotiva puxasse mais de 60 vagões de uma vez. Somente os amigos e os sócios perceberam que três produtores de laranjas na Cali-

519

fórnia declararam falência, bem como dois produtores de alface em Imperial Valley. Ninguém ligou para a falência de uma corretora em Nova York, de uma empresa de encanamentos a quem a corretora devia dinheiro, de um atacadista que havia vendido canos à empresa de encanamentos. Quando havia gente passando fome, afirmavam os jornais, não se devia ficar preocupado com a falência de empresas que só visavam ao lucro.

O carvão enviado pelo Departamento de Ajuda Internacional jamais chegou à República Popular da Inglaterra: foi roubado por Ragnar Danneskjöld.

Na segunda vez que a Carvão Danagger atrasou a entrega do combustível para a Taggart Transcontinental, em meados de janeiro, o primo de Danagger gritou irritado, ao telefone, que não fora sua culpa: suas minas haviam permanecido fechadas por três dias em consequência da falta de óleo lubrificante para as máquinas. A entrega de carvão foi atrasada por quatro dias.

O Sr. Quinn, da Companhia Quinn de Rolamentos, que se mudara de Connecticut para o Colorado, esperou uma semana pelo trem cargueiro que trazia seu carregamento de aço da Rearden. Quando o trem chegou, as portas da fábrica estavam fechadas.

Ninguém deu importância à falência de uma fábrica de motores em Michigan que havia esperado por um carregamento de rolamentos com as máquinas paradas e os trabalhadores recebendo pagamento integral; nem ao fechamento de uma serraria no Oregon que ficou esperando por um motor novo; nem ao fechamento de um depósito de madeira em Iowa que ficou sem receber a matéria-prima; nem à falência de uma empreiteira em Illinois que, por não receber a madeira a tempo, perdeu todos os seus contratos, levando seus clientes a perambular, por estradas cobertas de neve, à procura daquilo que não existia mais: moradia.

A tempestade de neve que caiu no fim de janeiro bloqueou as estradas que atravessavam as montanhas Rochosas, erigindo muralhas brancas de 10 metros de altura sobre a linha principal da Taggart Transcontinental. Os homens que foram tentar limpar a estrada desistiram rapidamente: os limpa-neves foram pifando um por um, porque havia dois anos que não recebiam manutenção adequada. Os novos limpa--neves não tinham sido entregues – o fabricante fechara a fábrica porque não conseguira receber de Orren Boyle o aço de que precisava.

Três trens que seguiam para o Oeste ficaram presos nos desvios da estação de Winston, no alto das montanhas Rochosas, onde a linha principal da Taggart Transcontinental cruzava o noroeste do Colorado. Durante cinco dias, os trens permaneceram sem comunicação com o restante do mundo. Era impossível chegar até eles no meio da neve. O último caminhão da Hammond pifou nas ladeiras cobertas de gelo das estradas da serra. Os melhores aviões, ainda dos fabricados por Dwight Sanders, foram enviados, mas não chegaram à estação de Winston, porque já estavam velhos demais para enfrentar uma tempestade como aquela.

No meio da neve, os passageiros presos nos trens olhavam para as luzes dos casebres de Winston. Na noite do segundo dia, elas se apagaram. Na noite do terceiro dia, começou a faltar aquecimento e comida nos trens. Nos poucos momentos em que a nevasca amainava, os passageiros viam, muito ao longe, em direção ao sul, no vazio negro em que se confundiam a terra às escuras e o céu sem estrelas, uma pequena chama ardendo ao vento. Era a Tocha de Wyatt.

Na manhã do sexto dia, quando os trens puderam sair e descer as encostas de Utah, de Nevada e da Califórnia, suas tripulações observaram que várias pequenas fábricas que margeavam a estrada, que na vinda estavam abertas, agora estavam fechadas.

"As tempestades são catástrofes naturais", escreveu Bertram Scudder, "e ninguém é responsável pelos fenômenos meteorológicos."

As rações de carvão determinadas por Wesley Mouch permitiam que os lares fossem aquecidos durante três horas por dia. Não havia madeira para queimar, metal para fazer fogareiros, ferramentas para fazer obras nas casas. Em fornalhas improvisadas com tijolos e latas de óleo, os professores queimavam seus livros, e os produtores de frutas queimavam suas árvores. "As privações fortalecem o ânimo do povo", escrevia Bertram Scudder, "e forjam o aço da disciplina social. O sacrifício é o cimento que une os tijolos humanos, formando o grande edifício da sociedade."

– Na nação em que antes se proclamava que a grandeza é fruto da produção, agora se diz que é fruto da miséria – declarou Francisco d'Anconia numa entrevista à imprensa. Mas ela não foi publicada.

O único comércio que prosperava naquele inverno era a indústria do entretenimento. As pessoas gastavam seus últimos centavos não em comida nem em combustível, mas em cinemas, para fugir durante algumas horas daquela condição de animais que só podem se preocupar com suas necessidades mais básicas. Em janeiro, todos os cinemas, boates e clubes de boliche foram fechados por ordem de Wesley Mouch, para economizar combustível. "O prazer não é uma necessidade básica da existência", escreveu Bertram Scudder.

– É preciso ter uma atitude filosófica – disse o Dr. Simon Pritchett a uma jovem aluna que, de repente, começou a soluçar histericamente no meio de uma aula. Ela acabava de voltar de uma expedição de voluntários que fora socorrer um acampamento de flagelados às margens do lago Superior. Vira uma mãe segurando no colo um filho crescido que morrera de fome. – Não há absolutos – prosseguiu o Dr. Pritchett. – A realidade não passa de uma ilusão. Como é que essa mulher sabe que o filho está morto? Como é que ela pode saber que ele um dia existiu de fato?

Pessoas com olhos cheios de súplica e rostos transidos de desespero entravam às multidões em barracas onde pregadores exultantes proclamavam que o homem era incapaz de lutar contra a natureza, que a ciência era uma fraude, que a mente humana era um fracasso, que o homem estava colhendo o castigo pelo pecado do orgulho, pela confiança que depositara em sua própria inteligência – e que só a fé no poder dos segredos místicos poderia protegê-lo de uma rachadura num trilho ou da explosão do último pneu do último caminhão. O amor era a chave dos segredos místicos, diziam eles; o amor e o sacrifício desinteressado pelo próximo.

Orren Boyle fez um sacrifício desinteressado pelo próximo. Vendeu ao Departamento de Ajuda Internacional, para ser enviado à República Popular da Alemanha, um carregamento de 10 mil toneladas de peças de aço que antes haviam sido encomendadas pela Ferrovia Sul-Atlântica.

– Foi uma decisão difícil de tomar – disse ele, com os olhos úmidos e embaçados de virtude, ao horrorizado presidente da ferrovia. – Mas eu levei em conta que a sua empresa é muito rica, enquanto o povo alemão vive na mais terrível miséria. Assim, agi com base no princípio de que a necessidade vem em primeiro lugar. Quando há dúvida, deve-se favorecer os fracos, não os fortes.

O presidente da Sul-Atlântica fora informado de que o amigo mais influente de Orren Boyle em Washington tinha um amigo no Ministério do Abastecimento da República Popular da Alemanha. Mas, se fora esse o motivo de Boyle ou se fora mesmo o princípio do sacrifício, ninguém sabia e não fazia diferença: se Boyle fosse um santo altruísta, ele teria sido obrigado a fazer exatamente a mesma coisa. Assim, o presidente da Sul-Atlântica foi obrigado a se calar. Não ousava admitir que se preocupava mais com sua ferrovia do que com o povo alemão – não ousava usar argumentos contra o princípio do sacrifício.

As águas do Mississippi vinham subindo desde o início de janeiro, tempestuosas, agitadas pelo vento, que as transformava numa corrente avassaladora que sobrepujava todos os obstáculos à sua frente. Numa noite de granizo, na primeira semana de fevereiro, a ponte da Sul-Atlântica sobre o Mississippi desabou quando passava por ela um trem de passageiros. A locomotiva e os primeiros cinco carros-leitos desabaram junto com as vigas nas águas escuras, 30 metros abaixo. O restante do trem permaneceu sobre os primeiros três vãos da ponte, que não desabaram.

– Você não pode ter o bolo e deixar seu vizinho comê-lo ao mesmo tempo – disse Francisco d'Anconia. A fúria das autoridades públicas desencadeada por essa afirmação foi maior do que a preocupação com o horrível desastre da ponte.

Dizia-se à boca pequena que o engenheiro-chefe da Sul-Atlântica, desesperado porque a companhia não conseguia receber o aço de que necessitava para reforçar a ponte, havia se demitido seis meses antes, avisando à companhia que a ponte não apresentava condições de segurança. Ele escrevera uma carta ao maior jornal de Nova York alertando o público, mas ela não fora publicada. Dizia-se também que os três primeiros vãos da ponte não haviam desabado porque tinham sido reforçados com metal Rearden, mas a Lei da Distribuição Justa só permitira à ferrovia adquirir 500 toneladas do metal.

A única coisa concreta em que deu o inquérito oficial sobre o desastre foi a interdição de duas outras pontes sobre o Mississippi, de propriedade de ferrovias menores. Uma dessas ferrovias fechou. A outra desativou uma de suas linhas, arrancou os trilhos dela e acrescentou uma pista à ponte da Taggart Transcontinental sobre o Mississippi. A Sul-Atlântica fez o mesmo.

A grande Ponte Taggart em Bedford, Illinois, fora construída por Nathaniel Taggart. Ele lutara contra o governo durante anos porque a justiça havia decidido, com base numa acusação feita por empresas de transporte fluvial, que as ferrovias representavam uma forma de competição destrutiva para o transporte fluvial e eram, portanto, uma ameaça ao bem público. Assim, ficavam proibidas as pontes ferroviárias sobre o Mississippi por constituírem obstáculos materiais. Os tribunais queriam obrigar Nathaniel Taggart a derrubar sua ponte e carregar seus passageiros para o outro lado do rio através de barcas. Taggart, porém, ganhou essa batalha por maioria de um voto na Suprema Corte. Sua ponte agora era o único grande elo de ligação entre as duas metades do continente. Sua última descendente decidira que, por pior que estivesse a situação, a Ponte Taggart seria sempre mantida no melhor estado possível.

O aço enviado pelo Departamento de Ajuda Internacional não chegou à República Popular da Alemanha. Foi roubado por Ragnar Danneskjöld – mas a notícia não saiu do Departamento, porque havia muito tempo os jornais tinham parado de mencionar as atividades do pirata.

Foi só quando o público começou a perceber, primeiro, que escasseavam, depois, que desapareciam do mercado coisas como ferros de passar, torradeiras, máquinas de lavar e todos os eletrodomésticos é que começou a fazer perguntas e espalhar boatos. Dizia-se que nenhum navio que transportasse cobre da D'Anconia conseguia chegar a um porto nos Estados Unidos – Danneskjöld não deixava.

Nas noites enevoadas daquele inverno, nos cais dos portos, os marinheiros diziam, aos cochichos, que Danneskjöld sempre se apossava dos carregamentos de navios do Departamento de Ajuda Internacional, mas que nunca ficava com o cobre dos navios da D'Anconia. Ele deixava a tripulação escapar em botes salva-vidas, mas o cobre ia para o fundo do mar junto com os navios. Para os marinheiros, isso era uma lenda impossível de explicar, pois ninguém podia entender por que Danneskjöld não ficava com o cobre.

Na segunda semana de fevereiro, para economizar fio de cobre e energia elétrica, um decreto proibiu os elevadores de irem acima do 25º andar. Os últimos andares dos edifícios mais altos tiveram de ser desativados, e tapumes de madeira foram colocados nas escadas para vedar o acesso a eles. Por meio de uma permissão especial, abriam-se exceções – com base no argumento de "necessidade essencial" – para algumas grandes empresas e hotéis de luxo. Foi como se amputassem a parte de cima das cidades.

Antes, os habitantes de Nova York nunca se preocupavam com o tempo. As tempestades eram apenas incidentes incômodos que engarrafavam o trânsito e formavam poças d'água à porta das lojas iluminadas. Andando contra o vento, com suas capas de chuva e seus casacos de pele, as pessoas encaravam as tempestades como intrusas na cidade. Agora, com a neve que enchia as ruas estreitas, as pessoas tinham a terrível sensação de que elas próprias é que eram apenas intrusas temporárias na cidade e que o vento é que mandava lá.

– Agora não faz mais nenhuma diferença, Hank, não pense mais nisso, não importa – aconselhou Dagny quando Rearden lhe avisou que não seria possível entregar os trilhos encomendados. Ele não conseguira encontrar um fornecedor de cobre. – Deixe isso para lá, Hank. – Ele não disse nada. Não conseguia deixar de pensar no primeiro fracasso da Siderúrgica Rearden.

Na noite de 15 de fevereiro, um trilho se partiu e descarrilou uma locomotiva a um quilômetro de Winston, Colorado, numa linha que ia ser reformada com os novos trilhos. O chefe de estação suspirou e enviou ao lugar do acidente uma equipe com um guindaste. Era apenas mais um pequeno acidente dos que aconteciam no seu setor quase todos os dias, e ele já estava ficando acostumado.

Naquela noite, Rearden, com o colarinho do casaco levantado, o chapéu enfiado até os olhos, caminhava com neve até os joelhos por uma mina de carvão a céu aberto, já abandonada, num canto perdido da Pensilvânia, supervisionando a coleta clandestina de carvão, que era colocado nos caminhões levados por ele. A mina não era de ninguém; ninguém podia arcar com os custos de administrá-la. Mas um jovem de voz áspera e olhos negros e zangados, que morava num acampamento de gente faminta, organizara um grupo de desempregados e fizera com Rearden um trato de recolher carvão. Trabalhavam na mina à noite, guardavam o carvão em galerias escondidas, eram pagos em dinheiro vivo e ninguém fazia perguntas. Todos eles eram culpados por terem um desejo feroz de sobreviver. Os desempregados e Rearden trocavam dinheiro e serviços como selvagens, sem direitos, títulos, contratos nem qualquer forma de proteção, tudo com base na compreensão mútua e no cumprimento rigoroso da palavra. Rearden nem sequer sabia o nome do jovem líder. Ao vê-lo carregando os caminhões, pensou que, se aquele rapaz tivesse nascido uma geração antes, teria sido um grande industrial. Agora, provavelmente, terminaria sua breve vida como marginal em alguns anos.

Naquela noite, Dagny enfrentou uma reunião da diretoria da Taggart.

Todos estavam sentados ao redor de uma mesa lustrosa, numa refinada sala em que a calefação era insuficiente. Aqueles homens, que, ao longo de suas carreiras, haviam fundamentado sua segurança na prática de não trair nenhum sentimento com a expressão do rosto, não dizer nada de conclusivo com suas palavras e manter as roupas impecáveis, agora estavam visivelmente constrangidos com suas suéteres grossas, seus cachecóis em volta do pescoço, as tosses que interrompiam as discussões a toda hora, como o som insistente de uma metralhadora.

Dagny observou que Jim não conseguia mais manter sua tranquilidade habitual. Sua cabeça estava enfiada nos ombros e seu olhar zanzava de um rosto para outro de modo arisco.

Entre os presentes se encontrava um homem de Washington. Ninguém sabia exatamente qual era seu cargo e qual seu título, mas isso não era necessário: sabiam que ele era o homem de Washington e seu nome era Sr. Weatherby. Tinha cabelos grisalhos, um rosto comprido e fino e uma boca que dava a impressão de que tinha de forçar os músculos faciais para mantê-la fechada. Isso lhe emprestava uma expressão de rigidez formal, que era a única coisa que seu rosto denotava. Os membros da diretoria não sabiam se ele estava ali na qualidade de convidado, consultor ou interventor. Preferiam não descobrir.

– A meu ver – disse o diretor-presidente –, o principal problema que devemos considerar é o fato de que os trilhos de nossa linha principal estão em estado deplorável, se não crítico... – Fez uma pausa e depois acrescentou, cuidadoso: – ... enquanto a única linha que está em boas condições é a Linha John Galt, digo, a Linha Rio Norte.

No mesmo tom de voz de quem espera que alguém entenda aonde se quer chegar, um outro homem disse:

– Se levarmos em conta nossa escassez crítica de equipamento e o fato de que estamos deixando que esse equipamento se desgaste trabalhando numa linha que dá prejuízo... – Parou, sem dizer o que aconteceria se levassem isso em conta.

– A meu ver – disse um homem magro e pálido com um bigode aparado –, a Linha Rio Norte se tornou um ônus financeiro com que talvez a empresa não possa mais arcar... isto é, a menos que certos reajustes sejam feitos, os quais... – Não terminou, mas olhou para o Sr. Weatherby, que ignorou o olhar.

– Jim – disse o diretor-presidente –, acho que você poderia fazer um apanhado da situação para o Sr. Weatherby.

A voz de Taggart ainda conseguia se manter uniforme, mas era a uniformidade do movimento de um pano esticado sobre cacos de vidro, e de vez em quando transpareciam algumas pontas afiadas:

– Acho que é do conhecimento de todos que o principal fator que está afetando todas as ferrovias do país é o número excepcional de falências. Ainda que todos nós naturalmente estejamos conscientes de que esse fato é apenas uma circunstância temporária, a questão permanece: no momento, a situação das ferrovias atingiu um estágio que não seria exagerado qualificar de desesperador. Concretamente, a quantidade de fábricas que fecharam no território coberto pela Rede Taggart Transcontinental é tão grande que toda a nossa estrutura financeira foi destruída. Distritos e divisões que antigamente nos forneciam receitas seguras agora estão dando prejuízo. Não se pode manter em funcionamento o mesmo número de trens de carga quando agora servimos a três usuários em vez dos sete de antes. Não podemos lhes oferecer o mesmo serviço... se mantivermos as tarifas atuais. – Olhou de relance para o Sr. Weatherby, mas ele ignorou seu olhar. – A meu ver – prosseguiu Taggart, com uma voz em que cada vez eram mais audíveis as pontas afiadas –, a posição dos nossos usuários não é razoável. Em sua maioria, eles reclamam de seus concorrentes e tomaram uma série de medidas de âmbito local visando eliminar a competição em suas áreas de atuação. Ora, a maioria deles domina completamente seu mercado. No entanto, eles se recusam a admitir que uma ferrovia não pode cobrar de uma única fábrica a mesma tarifa que era viável no tempo em que ela servia toda uma região. Estamos operando nossos trens para eles no vermelho, e, no entanto, eles resolveram se opor a qualquer proposta de... aumento de tarifas.

– Contra qualquer *aumento*? – perguntou o Sr. Weatherby, tranquilo, fingindo espanto. – Não é essa a posição deles.

– Se forem verdadeiros certos boatos nos quais me recuso a acreditar... – disse o diretor-presidente, mas parou quando percebeu que sua voz estava começando a trair o pânico que sentia.

– Jim – disse o Sr. Weatherby, num tom de voz agradável –, acho que seria melhor se simplesmente não mencionássemos o assunto aumento de tarifas.

– Eu não estava propondo um aumento nesta altura dos acontecimentos – Taggart se apressou a dizer. – Apenas mencionei a possibilidade para completar o quadro geral da situação.

– Mas, Jim – disse um velho de voz trêmula –, eu imaginava que com a sua influência... isto é, com sua amizade com o Sr. Mouch, estaria garantido que...

Ele parou, porque os outros o olhavam com reprovação. O velho estava violando uma lei não escrita: era proibido mencionar esse tipo de coisa, as poderosas amizades de Jim e o motivo pelo qual elas misteriosamente não serviam para nada.

– A questão – disse o Sr. Weatherby, tranquilo – é que o Sr. Mouch me enviou aqui para discutir as exigências dos sindicatos dos ferroviários, que pedem um aumento de salário, e as exigências dos usuários, que querem uma redução nas tarifas.

O Sr. Weatherby disse isso num tom de firmeza e naturalidade. Ele tinha consciência de que todos aqueles homens já sabiam daquilo, pois essas exigências vinham sendo noticiadas nos jornais havia meses. Sabia que o que aqueles homens mais temiam não era o fato em si, mas o fato de ele o mencionar às claras – como se em si o fato não existisse, mas as palavras do Sr. Weatherby tivessem o poder de torná-lo real. Sabia que estavam esperando para ver se ele iria exercer esse poder – e o que ele estava fazendo era mostrar que iria.

A situação pedia uma grita de protesto, mas não se ouviu nada. Ninguém disse nada. Então James Taggart, com aquele tom de voz mordaz e nervoso que visava denotar raiva, mas que apenas exprimia incerteza, disse:

– Eu não daria importância demasiada ao Buzzy Watts, do Conselho Nacional dos Usuários de Ferrovias. Ele vem fazendo muito barulho e oferecendo muitos jantares caros em Washington, mas acho que não vale a pena levá-lo muito a sério.

– Olhe, não sei, não – discordou o Sr. Weatherby.

– Escute, Clem, eu sei que Wesley se recusou a recebê-lo semana passada.

– É verdade. Wesley é um homem muito ocupado.

– E sei que, quando Gene Lawson deu aquela festança 10 dias atrás, todo mundo foi, mas Buzzy Watts não foi convidado.

– Também é verdade – admitiu o Sr. Weatherby, complacente.

– Por isso eu não apostaria no Sr. Buzzy Watts, Clem. E não vou me preocupar com isso.

– Wesley é um homem imparcial – retrucou o Sr. Weatherby. – Um homem dedicado ao espírito público. Ele considera os interesses do país um todo acima de qualquer outra coisa. – Taggart se empertigou na sua cadeira. De todos os sinais de perigo que conhecia, esse era o pior. – Ninguém pode negar, Jim, que Wesley o tem em alta estima como empresário esclarecido, consultor e um de seus amigos mais íntimos. – O olhar de Taggart se fixou em Weatherby; isso era pior ainda. – Mas ninguém seria capaz de dizer que Wesley pensaria duas vezes antes de sacrificar seus sentimentos e suas amizades pessoais quando o que está em jogo é o bem do público.

O rosto de Taggart permanecia impassível. O terror que sentia vinha de coisas que ele jamais permitia que se manifestassem em palavras ou expressões faciais. O terror provinha de seu conflito interior contra um pensamento jamais admitido: ele próprio fora "o público" durante tanto tempo e em relação a tantas questões diferentes que sabia o que representava transferir, justamente com seu "bem", para a pessoa de Buzzy Watts aquele título mágico e sagrado a que ninguém ousava se opor.

Mas o que Taggart perguntou, e apressadamente, foi:

– Você não está dando a entender que *eu* colocaria meus interesses particulares acima do bem-estar do público, está?

– Não, claro que não – respondeu o Sr. Weatherby com um olhar que era quase um sorriso. – Claro que não. Você não, Jim. Seu espírito público, bem como sua compreensão, são muito bem conhecidos. É por isso que Wesley imagina que você entenda todos os ângulos dessa questão.

– Sim, é claro – disse Taggart, encurralado.

– Bem, vejamos o ângulo dos sindicatos. Talvez você não possa lhes conceder um aumento, mas como é que eles podem viver com esse aumento brutal do custo de vida? Eles têm que comer, não é? Isso é que é o mais importante, mais do que qualquer ferrovia. – O tom de voz do Sr. Weatherby continha um toque de indignação moral tranquila, como se estivesse invocando uma fórmula que servia para exprimir outro significado que todos entendiam muito bem. Ele encarava Taggart com aquela ênfase especial do que não é dito explicitamente. – Os sindicatos de ferroviários têm quase um milhão de membros. Mais as famílias, os dependentes e os parentes pobres... e quem não tem parente pobre hoje em dia?... isso dá uns 5 milhões de votos. Quero dizer, de pessoas. Wesley tem que levar isso em conta. Ele tem que pensar na psicologia dessas pessoas. E pense também no público. As tarifas que vocês estão cobrando foram fixadas numa época em que todo mundo estava ganhando dinheiro. Mas, do jeito que as coisas estão agora, os custos de transporte se transformaram num ônus com que ninguém pode arcar. As pessoas se queixam disso em todo o país. – Olhou diretamente para Taggart, e aquele olhar foi como uma piscadela. – Eles são muitos, Jim. Não estão satisfeitos com um monte de coisas. Se o governo reduzisse as tarifas ferroviárias, muita gente ia ficar agradecida.

O silêncio que se seguiu foi como um buraco tão fundo que não permitia ouvir o menor ruído dos objetos que porventura nele caíssem. Taggart, como todos os outros, sabia muito bem quais eram os motivos altruísticos pelos quais o Sr. Mouch estava sempre disposto a sacrificar suas amizades.

Foi o silêncio, mais o fato de que ela não queria dizer aquilo, de que viera decidida a não falar, porém não conseguira resistir, que fez com que a voz de Dagny soasse tão áspera:

– Então, finalmente os senhores conseguiram o que sempre quiseram esses anos?

A rapidez com que todos se voltaram para ela foi a resposta involuntária a um som inesperado, mas a mesma rapidez com que desviaram o olhar para a mesa, as paredes, qualquer coisa que não fosse ela, era a resposta consciente ao significado do que Dagny dissera.

No silêncio que se seguiu, Dagny sentiu que o ressentimento geral era como uma goma que espessasse o ar do recinto, e sabia que o ressentimento não era dirigido ao Sr. Weatherby, mas a ela. Teria suportado aquilo se deixassem apenas sua pergunta sem resposta, mas o que a fez sentir o estômago apertar de náusea foi a dupla falsidade de fingirem ignorá-la e depois responderem à maneira deles.

Sem olhar para ela, com uma voz calculadamente indiferente, porém ao mesmo tempo bem definida, o presidente disse:

– Tudo estaria bem, tudo teria dado certo, não fosse o fato de certas pessoas erradas estarem em posições de poder, pessoas como Buzzy Watts e Chick Morrison.

– Ah, não me preocupo por causa de Chick Morrison, não – disse o homem pálido de bigode. – Ele não tem contatos realmente importantes no primeiro escalão. O problema é Tinky Holloway.

– Não acho que a situação seja desesperadora – disse um homem corpulento com cachecol verde. – Joe Dunphy e Bud Hazleton estão muito ligados a Wesley. Se a influência deles prevalecer, tudo vai ficar bem. Mas Kip Chalmers e Tinky Holloway são perigosos.

– Eu cuido de Kip Chalmers – disse Taggart.

O Sr. Weatherby era a única pessoa na sala que não se incomodava de olhar para Dagny, mas, sempre que seu olhar se fixava nela, não registrava nada. Ela era a única pessoa ali que ele não via.

– Estou pensando – disse o Sr. Weatherby como quem não quer nada e olhando para Taggart – que você podia fazer um favor a Wesley.

– Wesley sabe que pode sempre contar comigo.

– Bem, a minha ideia é a seguinte: se você concedesse o aumento de salário aos ferroviários, nós podíamos não falar mais na questão de baixar as tarifas... por um tempo.

– Não posso fazer isso! – Foi quase um grito. – A Aliança Nacional de Ferrovias assumiu uma posição unânime contra os aumentos e todos os membros se comprometeram a recusar.

– É justamente isso que estou dizendo – disse o Sr. Weatherby em voz baixa. – Wesley precisa quebrar a unidade da Aliança. Se uma ferrovia como a Taggart cedesse, o restante seria fácil. Você estaria dando uma grande ajuda a Wesley. Ele ficaria agradecido.

– Mas, meu Deus, Clem! Eu poderia ser processado pela Aliança!

O Sr. Weatherby sorriu.

– Por qual tribunal? Deixe que Wesley tome conta disso.

– Mas escute, Clem, você sabe... você sabe tão bem quanto eu que nós simplesmente não podemos arcar com esse aumento!

O Sr. Weatherby deu de ombros.

– Isso é um problema para vocês resolverem.

– Mas como?

– Não sei. Isso é problema de vocês, não nosso. Vocês não querem que o governo comece a dizer como devem operar a ferrovia, não é?

– Claro que não! Mas...

– Para nós, o problema é garantir que as pessoas estejam recebendo salários decentes e tenham um bom sistema de transportes. Vocês têm que fazer a sua parte. Mas, é claro, se acham que não podem resolver o problema, então...

– Eu não disse isso! – Taggart se apressou a exclamar. – Não disse isso absolutamente!

– Ótimo – disse o Sr. Weatherby, num tom agradável. – Temos certeza de que vocês vão saber dar uma solução.

Ele estava olhando para Taggart. Este estava olhando para Dagny.

– Bem, é só uma sugestão – disse o Sr. Weatherby, recostando-se na sua cadeira numa atitude de modéstia. – Só uma ideia para vocês pensarem. Afinal, sou só um convidado aqui. Não quero me intrometer. O objetivo da reunião era discutir a situação das... linhas secundárias, não era?

– É – disse o presidente, com um suspiro. – É. Se alguém tem uma sugestão a dar... – Esperou, mas ninguém respondeu. – Creio que a situação está clara para todos nós. – Esperou. – Parece claro que não podemos continuar a bancar o funcionamento de algumas dessas linhas... a Linha Rio Norte em particular... e, portanto, parece indicada alguma medida nesse sentido...

– A meu ver – disse o homem pálido de bigode com uma voz inesperadamente confiante –, deveríamos agora ouvir a Srta. Taggart. – Debruçou-se para a frente com um olhar astuto. Como Dagny não dissesse nada, limitando-se apenas a se virar para ele, o homem perguntou: – O que a senhorita tem a dizer?

– Nada.

– Como?

– Tudo o que eu tinha a dizer está no relatório que Jim leu para todos. – Sua voz era calma, límpida e neutra.

– Mas a senhorita não fez nenhuma recomendação.

– Não tenho nenhuma a fazer.

– Mas, afinal, como vice-presidente de operações, a senhorita há de ter um interesse vital nas políticas desta ferrovia.

– Não tenho nenhuma autoridade sobre as políticas desta ferrovia.

– Ah, mas estamos ansiosos por saber sua opinião.

– Não tenho opinião.

– Srta. Taggart – disse ele, no tom formal de quem dá uma ordem –, certamente a senhorita tem consciência de que nossas linhas secundárias estão altamente deficitárias e de que esperamos que a senhorita faça com que elas se tornem rentáveis.

– Como?

– Não sei. Isso é uma atribuição sua, não nossa.

– No meu relatório explicitei os motivos que fazem com que isso agora seja impossível. Se há fatos que não levei em conta, queira mencioná-los.

– Ah, eu não sei. Esperamos que a senhorita encontre um jeito. A nós só cabe garantir que os acionistas tenham lucro. À senhorita cabe dar uma solução. A senhorita não vai querer que pensemos que é incapaz de fazer isso e...

– Sou incapaz de fazer isso.

O homem abriu a boca, porém não achou nada mais a dizer. Olhava para ela atônito, sem entender por que a fórmula não dera certo.

– Srta. Taggart – disse o homem do cachecol verde –, no seu relatório a senhorita dá a entender que a situação da Linha Rio Norte é crítica?

– Eu afirmei que era caso perdido.

– Então o que a senhorita propõe que se faça?

– Não proponho nada.

– A senhorita não está fugindo às suas responsabilidades?

– E o que *vocês* acham que estão fazendo? – perguntou ela, com voz contida. – Querem que eu não diga que a responsabilidade é sua, que foram as porcarias das suas políticas que nos levaram à situação em que estamos agora? Pois digo.

– Srta. Taggart, por favor – disse o presidente, implorando e censurando ao mesmo tempo –, não deve haver rancores entre nós. Faz alguma diferença a esta altura de quem foi a culpa? Não vamos brigar por causa de erros passados. Temos que trabalhar todos juntos para que a nossa ferrovia possa sobreviver a essa terrível emergência.

Um homem grisalho, de aspecto respeitável, que permanecera calado o tempo todo, com uma expressão amarga de quem sabe que tudo o que está acontecendo não vai levar a nada, olhou para Dagny com um olhar que seria de solidariedade se ele ainda tivesse um mínimo de esperança. Com um leve toque de indignação na voz, ele disse:

– Sr. Presidente, se estamos buscando soluções práticas, gostaria de sugerir que considerássemos as limitações a que estão sujeitos os tamanhos e as velocidades de nossas composições. Se há uma prática particularmente desastrosa, é essa. Se ela fosse abolida, não apenas todos os nossos problemas seriam resolvidos como também seria um enorme alívio. Com a atual escassez desesperadora de combustível, é insensato e criminoso trabalhar com uma locomotiva puxando 60 vagões quando ela podia puxar 100, e levar quatro dias para fazer uma viagem que poderia ser feita em três. Sugiro que computemos o número de usuários que arruinamos e os distritos que destruímos por causa de entregas não feitas e atrasos, e então...

– Nem pensar nisso – interrompeu o Sr. Weatherby, seco. – Nem sonhar. Totalmente fora de questão. Não aceitamos nem conversar sobre o assunto.

– Sr. Presidente – perguntou o homem grisalho pacientemente –, posso continuar?

O presidente espalmou as mãos, com um sorriso de impotência.

– Não seria prático – respondeu.

– Acho melhor limitarmos a discussão à questão da Linha Rio Norte – sugeriu Taggart.

Houve um longo silêncio.

O homem do cachecol verde se virou para Dagny. Com voz triste e cautelosa, ele perguntou:

– Srta. Taggart, a senhorita diria que... é apenas uma pergunta hipotética... se o equipamento atualmente usado na Linha Rio Norte fosse remanejado, seriam preenchidas as necessidades da nossa linha principal?

– Ajudaria.

– Os trilhos da Linha Rio Norte – disse o homem pálido de bigode – não têm igual em todo o país e não poderiam agora ser adquiridos por preço algum. Temos 500 quilômetros de linha, ou seja, um pouco mais de 1.000 quilômetros de trilhos de metal Rearden puro nessa linha. A senhorita concordaria que não temos condições de desperdiçar esses trilhos excelentes numa linha que já não tem mais quase tráfego?

– Isso é para os senhores resolverem.

– Coloquemos a questão de outro modo: esses trilhos seriam úteis se fossem usados na nossa linha principal, que está tão necessitada de reparos?

– Ajudariam.

– Srta. Taggart – perguntou o homem de voz trêmula –, na sua opinião, ainda há usuários importantes na Linha Rio Norte?

– Ted Nielsen, da Motores Nielsen. Mais ninguém.

– A senhorita diria que o corte dos custos de operação da Linha Rio Norte poderia aliviar os problemas financeiros do restante da rede?

– Ajudaria.

– Então, como nossa vice-presidente de operações... – Ele parou; ela esperou, olhando para ele, que disse: – E então?

– O que era que o senhor ia perguntar?

– Eu ia dizer... bem, como vice-presidente de operações, a senhorita não tem nenhuma conclusão a tirar?

Dagny se levantou. Olhou para os rostos ao seu redor e declarou:

– Senhores, não sei como é que podem estar querendo se iludir de que, se eu explicitar a decisão que os senhores pretendem tomar, sou eu quem vai arcar com a responsabilidade por ela. Talvez os senhores achem que, se a minha voz pronunciar as palavras decisivas, sou eu quem vai passar a ser o assassino, já que todos sabemos que o que está acontecendo é a cena final de um demorado assassinato. Não posso imaginar o que os senhores pretendem realizar com uma farsa desse tipo e não vou ajudá-los a representá-la. O golpe final será desferido pelos senhores, já que foram os senhores que desferiram todos os golpes anteriores.

Dagny se virou para ir embora. O diretor-presidente ameaçou se levantar, impotente:

– Mas, Srta. Taggart...

– Por favor, continuem sentados. Queiram continuar a discussão e façam a votação. Vou me abster. Se quiserem, eu fico aqui, mas só na qualidade de funcionária da companhia. Não vou fingir que sou mais do que isso.

Virou-se mais uma vez, mas a voz do homem grisalho a deteve:

– Srta. Taggart, não é uma pergunta oficial, é apenas minha curiosidade pessoal, mas a senhorita poderia me dizer qual o futuro que prevê para a Rede Taggart Transcontinental?

Olhando para ele com olhar compreensivo e voz mais doce, Dagny respondeu:

– Não penso mais em futuro nem em rede ferroviária. Pretendo continuar administrando ferrovias enquanto for possível fazê-lo. Acho que não o farei por muito tempo.

Afastou-se da mesa e foi até a janela, para que continuassem sem ela.

Dagny olhou para a cidade. Jim conseguira permissão para continuar a usar energia elétrica nos últimos andares do Edifício Taggart. Daquele andar, a cidade parecia achatada. Apenas aqui e ali alguns riscos verticais de vidro iluminado se destacavam solitários contra o céu escuro.

Dagny não ouvia as vozes dos homens atrás de si. Não sabia por quanto tempo fragmentos da discussão deles passaram por ela – sons que avançavam e se embaralhavam –, uma luta não para afirmar uma força de vontade pessoal, e sim para arrancar uma afirmação de alguma vítima que não queria fazê-lo – uma batalha na qual a decisão seria pronunciada não pelo vencedor, mas pelo perdedor:

– Quer-me parecer... A meu ver... Na minha opinião... Se supuséssemos que estou apenas sugerindo... Não que eu queira... Se considerarmos os dois lados... Na minha opinião, está claro que... A meu ver, é fato incontestável que...

Ela não sabia de quem era a voz, mas ouviu a frase claramente:

– ... e, portanto, proponho que seja fechada a Linha John Galt.

Alguma coisa, pensou ela, *fez com que a pessoa que falou chamasse a linha por seu nome verdadeiro.*

Você também teve de suportar isso, gerações atrás. Foi igualmente difícil para você, mas nem por isso desistiu. Será que foi mesmo tão duro? Tão feio? Não faz mal, a forma é diferente, mas é só dor, e a dor não o deteve, nem a dor nem o que quer que você tenha tido que suportar. Você não desistiu, não cedeu. Você encarou a coisa, e é essa coisa que eu tenho que encarar. Você lutou e eu vou ter que lutar. Você conseguiu... eu vou tentar.

Ela ouviu, na sua cabeça, o fervor daquelas palavras de dedicação e demorou para se dar conta de que estava falando com Nat Taggart.

A próxima voz que ouviu foi a do Sr. Weatherby:

– Um momento, pessoal. Vocês estão se lembrando de que é preciso conseguir uma permissão para fechar uma linha?

– Meu Deus, Clem! – gritou Taggart, em pânico. – É claro que não vai haver nenhum...

– Não esteja muito certo disso. Não esqueça que uma ferrovia é um serviço público, e se espera de vocês que ofereçam transporte, quer lucrem, quer não.

– Mas você sabe que isso é impossível!

– Bem, para vocês é muito fácil resolver o seu problema, fechar essa linha, mas nós, como ficamos? Um estado inteiro como o Colorado ficar praticamente sem transporte: que espécie de reação isso vai provocar no público? Agora, é claro, se vocês derem a Wesley alguma coisa em troca, para equilibrar, como o aumento do salário dos ferroviários...

– Não posso! Dei minha palavra à Aliança Nacional!

– Sua palavra? Bem, seja como você quiser. Não vamos querer forçar a Aliança. Preferimos que essas coisas sejam feitas voluntariamente. Mas vivemos tempos difíceis, e não se pode adivinhar o que vai acontecer. Todo mundo abrindo falência, as arrecadações diminuindo, a gente pode... lembre-se de que possuímos mais de 50 por cento das debêntures da Taggart... a gente pode ser obrigado a exigir o pagamento delas dentro de seis meses...

– O quê?! – berrou Taggart.

– ... ou mesmo antes.

– Mas vocês não podem fazer isso, meu Deus, não podem! Ficou combinado que a moratória seria por cinco anos! Foi um contrato, um compromisso! Estávamos contando com isso!

– Um compromisso? Você não está sendo meio antiquado, Jim? Não existem compromissos, só a necessidade do momento. As pessoas que adquiriram essas debêntures originariamente também contavam com vocês.

Dagny caiu na gargalhada.

Não conseguiu se conter, não resistiu. Não podia desperdiçar uma oportunidade de vingar Ellis Wyatt, Andrew Stockton, Lawrence Hammond, todos os outros. Em meio às gargalhadas, ela disse:

– Obrigada, Sr. Weatherby!

O Sr. Weatherby olhou para ela, surpreso.

– Como assim? – perguntou, frio.

– Eu sabia que íamos ter que pagar essas debêntures de uma maneira ou de outra. Estamos pagando agora.

– Srta. Taggart – disse o presidente, severo –, a senhorita não acha que essa atitude de "Bem que eu avisei" não leva a nada? Falar do que teria acontecido se tivéssemos agido de modo diferente não passa de pura especulação teórica. Não podemos nos dar ao luxo de desfiar teorias. Temos que lidar com a realidade prática do momento.

– Perfeito – disse o Sr. Weatherby. – É isso que vocês devem ser: práticos. Agora, estamos oferecendo uma proposta. Vocês fazem uma coisa para nós que nós fazemos uma coisa para vocês. Vocês dão aos ferroviários o aumento de salário, e nós lhes damos permissão para fechar a Linha Rio Norte.

– Está bem – disse James Taggart, engajado.

À janela, Dagny os ouviu votar. Ouviu-os afirmar que a Linha John Galt seria fechada em seis semanas, no dia 31 de março.

É só aguentar os momentos seguintes, pensou ela. *Depois é só aguentar mais uns momentos, uns poucos de cada vez, que então fica mais fácil. Depois você se acostuma.*

O que ela se obrigou a fazer nos momentos seguintes foi vestir o casaco e ser a primeira a sair da sala.

Depois teria de pegar o elevador e descer o grande e silencioso Edifício Taggart. Depois era atravessar o hall escuro.

No meio do hall, Dagny parou. Havia um homem encostado à parede, como se estivesse à espera – e à espera dela, porque estava olhando diretamente para ela. Dagny não o reconheceu de imediato, porque estava certa de que ele não poderia estar ali àquela hora.

– Oi, Slug – disse ele, baixinho.

Dagny respondeu, indo buscar o nome num lugar muito longínquo que um dia fora seu:

– Oi, Frisco.

– Então, finalmente mataram John Galt?

Dagny se esforçou para inserir aquele momento dentro de um tempo ordenado. A pergunta pertencia ao presente, mas o rosto sério vinha daqueles dias passados naquela colina à margem do rio Hudson, quando ele teria compreendido como aquela pergunta era importante para ela.

– Como é que você sabia que ia ser hoje?

– Há meses que está claro que eles iam fazer isso na próxima reunião.

– Por que você veio aqui?

– Para ver como é que você reagiu.

– Quer rir de mim?

– Não, Dagny, não quero rir de você.

Ela não viu nenhum sinal de humor no rosto dele, então disse, confiando nele:

– Não sei como estou reagindo.

– Eu sei.

– Eu estava esperando, já sabia que eles iam ter que fazer isso. Agora é só uma questão de aguentar... – ia dizer "esta noite", mas disse: – ... todo o trabalho e as formalidades necessárias.

Francisco a pegou pelo braço.

– Vamos a algum lugar onde a gente possa beber alguma coisa juntos.

– Francisco, por que você não ri de mim? Você sempre riu daquela linha.

– Vou rir amanhã, quando vir você envolvida com o trabalho e as formalidades necessárias. Hoje, não.

– Por que não?

– Vamos. Você não está em condições de falar sobre isso.

– Eu... – Ela queria protestar, mas disse: – É, acho que não estou, não.

Francisco a levou até a rua, e Dagny percebeu que estava acompanhando o ritmo uniforme dos passos dele e sentiu os dedos firmes dele em seu braço. Francisco fez sinal para um táxi e abriu a porta para ela. Dagny lhe obedeceu sem perguntar nada. Sentia-se aliviada, como uma pessoa que está se afogando e desiste de tentar lutar contra as águas. Ver um homem agir com autoconfiança era para ela um salva-vidas lançado à sua frente num momento em que ela já se esquecera da existência de salva-vidas. O alívio não estava no ato de renunciar à responsabilidade, mas em ver um homem capaz de assumi-la.

– Dagny – disse ele, olhando para a cidade que passava pelas janelas do táxi –, pense no primeiro homem que teve a ideia de fazer uma viga de aço. Ele sabia o que estava vendo, o que estava pensando e o que queria fazer. Não disse "A meu ver" nem ouvia ordens de homens que diziam "Na minha opinião".

Ela deu uma risadinha, admirada por D'Anconia ter acertado em cheio: havia adivinhado a natureza da náusea que a oprimia, o pântano do qual tinha que escapar.

– Olhe ao seu redor – disse ele. – Uma cidade é a forma concretizada da coragem humana... a coragem dos homens que pensaram pela primeira vez em cada parafuso, cada rebite, cada gerador necessário para construí-la. A coragem de dizer não "A meu ver", mas "O fato é o seguinte", e apostar sua própria vida no seu julgamento. Você não está sozinha. Esses homens existem. Eles sempre existiram. Houve um tempo em que os seres humanos se acocoravam em cavernas, à mercê de todas as pestes e tempestades. Será que homens como os membros da sua diretoria teriam sido capazes de tirá-los das cavernas e fazê-los chegar até isto? – Apontou para a cidade.

– De jeito nenhum!

– Pois é *essa* a prova de que existe um outro tipo de homem.

– É – disse ela, com avidez –, é.

– Pense neles e esqueça sua diretoria.

– Francisco, onde estão eles... os homens do outro tipo?

– Não os querem agora.

– Eu os quero. E como!

– Quando você os quiser, você os encontrará.

D'Anconia não lhe perguntou nada a respeito da Linha John Galt e ela não tocou no assunto, até que se sentaram a uma mesa num reservado à meia-luz e Dagny se viu com uma taça na mão. Ela mal reparara no caminho que haviam feito para chegar lá. Era um restaurante caro e tranquilo, que parecia um refúgio secreto. Viu que estavam sentados a uma mesa pequena e lustrosa, com um encosto redondo de couro atrás de seus ombros e um espelho azul-escuro que os fechava num nicho, separando-os dos prazeres ou das dores que os outros fregueses tivessem ido ali para esconder. D'Anconia estava debruçado sobre a mesa, olhando para ela, que tinha a impressão de estar debruçada sobre a atenção daquele olhar.

Não falaram na ferrovia, mas, de repente, Dagny disse, olhando para dentro de sua taça:

– Estou pensando na noite em que disseram a Nat Taggart que ele teria de abandonar a ponte que estava construindo. A ponte sobre o Mississippi. Ele estava com graves problemas financeiros, porque as pessoas tinham medo da ponte, achavam que não era um projeto prático. Naquela manhã, lhe disseram que as empresas de transporte fluvial estavam abrindo processo contra ele, exigindo que a ponte fosse destruída por ameaçar a segurança do público. Três vãos já haviam sido construídos. Naquele mesmo dia, uma multidão atacou a estrutura e tocou fogo nos andaimes de madeira. Os trabalhadores abandonaram a obra, uns porque estavam com medo, outros porque haviam sido subornados pelas companhias de navegação, mas a maioria o fez porque Nat não tinha dinheiro para pagá-los havia semanas. Durante todo aquele dia, ele recebeu notícias de que os homens que tinham comprado ações da Taggart Transcontinental estavam cancelando suas subscrições, um por um. No fim da tarde, uma comissão que representava os dois bancos que eram sua última esperança veio vê-lo. Foi ali mesmo, no local da obra, à margem do rio, no velho vagão em que ele morava, com a porta aberta, da qual se viam as ruínas dos andaimes queimados, ainda fumegantes em meio a vigas de aço retorcidas. Ele havia negociado um empréstimo com esses bancos, mas o contrato não fora assinado. A comissão lhe disse que ele teria de abandonar a ponte, porque certamente ia perder o processo, e a ponte teria de ser destruída quando estivesse pronta. Se concordasse em abandonar a obra, lhe disseram, e transportar seus passageiros para o outro lado do rio em barcas, como faziam as outras ferrovias, o contrato seria mantido e ele receberia dinheiro para continuar a construção do prolongamento de sua ferrovia no outro lado do rio; caso contrário, o empréstimo seria cancelado. O que ele faria?, lhe perguntaram. Nat não disse uma palavra: pegou o contrato, rasgou-o em dois, entregou-lhes os pedaços e saiu do vagão. Andou até a ponte, subiu nela, chegou até a última viga. Ajoelhou-se, pegou as ferramentas que os trabalhadores haviam abandonado e começou a remover os pedaços de carvão da estrutura de aço. Seu engenheiro-chefe o viu, com um machado na mão, sozinho em cima do grande rio, o sol se pondo atrás dele, no oeste, para onde ele queria estender sua ferrovia. Nat trabalhou a noite inteira. Pela manhã, já havia elaborado um plano para encontrar os homens de que precisava, homens de opiniões independentes – para encontrá-los, convencê-los, levantar o dinheiro e terminar a ponte.

Dagny falava com uma voz baixa e monótona, olhando para o reflexo de luz que tremeluzia dentro da taça enquanto seus dedos a giravam de vez em quando. Ela não traía nenhuma emoção, mas havia em sua voz a intensidade de uma prece:

– Francisco... se ele pôde sobreviver àquela noite, que direito tenho eu de me queixar? Que diferença faz o que sinto agora? Ele construiu aquela ponte. Eu tenho que insistir por ele. Não posso fazer o que fez a Sul-Atlântica com a ponte dela. Eu me sinto quase como se ele, se eu deixasse isso acontecer, viesse a saber, naquela noite que ele passou sozinho na ponte... Não, isso é bobagem, mas o que sinto é o seguinte: qualquer homem que saiba o que Nat Taggart sentiu naquela noite, qualquer homem que esteja vivo agora e seja capaz de saber isso, eu o estaria traindo se deixasse que isso acontecesse... e não posso.

– Dagny, se Nat Taggart estivesse vivo, o que faria?

Ela respondeu com uma risadinha rápida e amarga, involuntariamente:

– Ele não duraria um minuto! – Mas depois se corrigiu: – Não, não é verdade. Ele acharia um jeito de combatê-los.

– Como?

– Não sei.

Dagny percebeu que havia algo de tenso e cauteloso na atenção com que Francisco a observava quando se debruçou para a frente e disse:

– Dagny, os membros da sua diretoria não teriam nenhuma condição de enfrentar Nat Taggart, não é mesmo? Não há nenhum tipo de disputa na qual eles poderiam vencê-lo. Ele não teria nenhum motivo para temê-los. Eles todos juntos não teriam inteligência, nem força de vontade, nem energia que equivalessem a um milésimo do que tinha Nat.

– Não, claro que não.

– Então por que é que, no decorrer de toda a história, os Nat Taggarts, que constroem o mundo, sempre ganham, e depois perdem para os membros da diretoria?

– Eu... não sei.

– Como é que homens que não tinham coragem de assumir uma posição inequívoca em relação a nada, nem ao tempo que está fazendo, puderam lutar contra Nat Taggart? Como eles puderam lhe roubar sua realização, se ele resolveu defendê-la? Dagny, ele lutou com todas as armas que tinha, exceto a mais importante. Eles não poderiam ganhar se nós... ele e nós todos... não tivéssemos entregado o mundo a eles.

– É. Você entregou o mundo a eles. Ellis Wyatt também. Ken Danagger também. Eu não vou fazer isso.

D'Anconia sorriu.

– Quem foi que construiu a Linha John Galt para eles?

Ele percebeu apenas uma leve contração da boca de Dagny, mas sabia que a pergunta era como um soco numa ferida em carne viva. Porém ela respondeu, com voz tranquila:

– Fui eu.

– Para *isso*?

– Para homens que não foram firmes, não quiseram lutar e entregaram os pontos.

– Você não vê que não era possível nenhum outro desfecho?

– Não.

– Quantas injustiças você está disposta a aceitar?

– Tantas quantas eu tiver forças para combater.

– O que você vai fazer agora? Amanhã?

Ela disse, com calma, olhando para ele com um toque de orgulho, para reforçar a tranquilidade que manifestava:

– Começar a arrancar os trilhos.

– O quê?

– Da Linha John Galt. Como se fosse com minhas próprias mãos: por ordens minhas. Começar a tomar medidas para desativar a linha e depois arrancar os trilhos e usá-los para reforçar a linha principal. Há muito trabalho a fazer. Não vou ter tempo para pensar. – Seu tom de voz mudou um pouco, traindo seus sentimentos: – Sabe, estou até gostando. Vai ser bom que eu mesma tenha que fazer isso. Foi por isso que Nat Taggart trabalhou a noite toda... só para não parar. Não é tão duro quando se tem algo a fazer. E pelo menos sei que vou estar salvando a linha principal.

– Dagny – perguntou ele com voz muito tranquila (e ela não entendeu por que teve a impressão de que era como se toda a vida de D'Anconia dependesse da resposta que ela daria à pergunta) –, e se fosse a linha principal que você tivesse que destruir?

Ela respondeu, sem querer:

– Então a última locomotiva passaria por cima de mim! – Mas acrescentou: – Não, isso é sentimentalismo. Eu não faria isso.

D'Anconia disse, delicado:

– Eu sei que não faria isso. Mas você sentiria vontade de poder fazer isso.

– É verdade.

Ele sorriu, sem olhar para ela. Era um sorriso zombeteiro, porém de dor ao mesmo tempo, e a zombaria era dirigida a si próprio. Dagny não sabia por que tinha certeza disso, mas conhecia o rosto dele tão bem que sempre saberia o que ele sentia, ainda que não pudesse mais entender as razões de seus sentimentos. *Conhecia seu rosto tão bem*, pensou, *quanto conhecia todo o seu corpo, que ainda posso ver, e de repente foi como se o visse por debaixo de suas roupas, tão próximo de mim, na intimidade forçada deste reservado.* D'Anconia se virou para olhar para ela e passou algo em seus olhos que a fez ter certeza de que ele sabia em que ela estava pensando. Francisco desviou a vista e pegou a taça.

– Bem – disse ele –, a Nat Taggart.

– E a Sebastián d'Anconia? – perguntou ela, mas logo se arrependeu, porque dera a impressão de estar zombando dele, o que não era sua intenção.

Então ela viu nos olhos dele uma claridade estranha, e D'Anconia respondeu, com um sorriso levemente orgulhoso que ressaltava sua firmeza:

– Sim... e a Sebastián d'Anconia.

A mão de Dagny tremeu um pouco, e ela derramou algumas gotas sobre a toalha de papel que cobria o plástico escuro e brilhoso da mesa. Ficou a observar Francisco enquanto ele esvaziava a taça de um só gole. O gesto brusco e rápido lhe deu a impressão de que ele estava selando uma promessa solene.

De repente ocorreu a Dagny que era a primeira vez em 12 anos que ele a procurava por sua própria vontade.

Ele agira como se tivesse certeza de estar em posição de controle, como se sua confiança fosse uma transfusão que permitisse a ela recapturar sua própria autoconfiança, sem lhe dar tempo para que ela pensasse nas implicações de os dois estarem juntos ali. Agora, inexplicavelmente, Dagny tinha a impressão de que haviam desaparecido as rédeas que antes estavam nas mãos de D'Anconia. Tudo se resumiu a um momento de silêncio, ao contorno imóvel da testa, da face e dos lábios dele, que olhava para outro lado – mas Dagny tinha a impressão de que agora era ele quem estava se esforçando para recapturar alguma coisa.

Ela não sabia por que ele a procurara, qual seu objetivo – e percebia que talvez ele o tivesse atingido: a havia ajudado a suportar o pior momento, lhe dera uma defesa contra o desespero e a ideia de que um ser vivo inteligente a ouvira e compreendera. Mas por que ele tivera vontade de fazer isso? Por que pensara nela em seu momento de aflição – depois dos anos de agonia que ele lhe proporcionara? Por que era importante para ele a reação de Dagny à morte da Linha John Galt? Ela se deu conta de que fora essa a pergunta que ela não lhe fizera no hall do Edifício Taggart.

É este o vínculo entre nós, pensou Dagny, *o fato de que eu jamais me surpreenderia se ele me procurasse justamente quando mais precisava dele, e de que ele sempre saberia quando vir.* O perigo era confiar nele, embora ela soubesse que aquilo só poderia ser mais uma armadilha, embora soubesse que D'Anconia sempre traía aqueles que confiavam nele.

D'Anconia, com os braços apoiados na mesa, olhava bem para a frente. Sem se virar para ela, disse de repente:

– Estou pensando nos 15 anos que Sebastián d'Anconia teve de esperar pela mulher que amava. Ele não sabia se a encontraria outra vez, se ela estaria viva... se esperaria por ele. Porém sabia que ela não seria capaz de sobreviver à luta que ele tinha de combater, e que ele não poderia chamá-la enquanto não tivesse vencido. Então esperou, colocando o seu amor no lugar da esperança que não tinha o direito de alimentar. Mas quando finalmente a carregou para dentro de sua casa, sabendo que tinha nas mãos a primeira Sra. D'Anconia de um mundo novo, Sebastián se deu conta de que a luta estava terminada, ele vencera, estavam livres, nada a ameaçava e nada jamais faria mal a ela outra vez.

Nos dias em que haviam vivido uma felicidade e uma paixão extraordinárias, D'Anconia jamais lhe dera a entender que tinha em mente fazer de Dagny sua esposa. Por um momento, Dagny pensou se realmente se dera conta de quanto ele representara para ela. Mas aquele momento passou com um arrepio invisível: ela se recusava a acreditar que, depois de 12 anos, fossem possíveis aquelas coisas que estava ouvindo agora. *É essa a nova armadilha*, pensou.

– Francisco – perguntou ela, com voz incisiva –, o que você fez com Hank Rearden?

D'Anconia pareceu achar estranho que ela se lembrasse daquele nome naquele momento.

– Por quê? – perguntou.

– Uma vez ele me disse que você era o único homem de quem gostara. Mas, da última vez que o vi, ele disse que queria matar você.

– Não lhe disse por quê?

– Não.

– Não lhe disse nada a respeito?

– Não. – Dagny o viu dar um sorriso estranho, de tristeza, gratidão e saudade. – Quando ele me disse que você era o único homem de quem gostava, eu lhe avisei que você o magoaria.

As palavras de D'Anconia foram como uma explosão:

– Ele era o único homem, com uma única exceção, a quem eu poderia dedicar minha vida!

– Quem é a exceção?

– O homem a quem dediquei minha vida.

– O que você quer dizer?

D'Anconia sacudiu a cabeça, como se tivesse dito mais do que devia, e não respondeu.

– O que você fez com Rearden?

– Algum dia eu lhe digo. Não agora.

– É isso que você sempre faz com aqueles que... são muito importantes para você?

Ele olhou para ela com um sorriso que exprimia a sinceridade luminosa da inocência e da dor. Disse, com voz suave:

– Sabe, eu poderia dizer que isso é o que eles sempre fazem comigo. – E acrescentou: – Porém não direi. Os atos, bem como o conhecimento, eram meus.

D'Anconia se pôs de pé.

– Vamos embora? Eu a levo em casa.

Dagny se levantou. Ele a ajudou a vestir o casaco, que era largo e solto, e suas mãos envolveram o corpo dela. Dagny percebeu que o braço dele permaneceu sobre seus ombros um instante a mais do que ele queria que ela percebesse.

Ela se virou para olhar para D'Anconia. Porém ele estava curiosamente imóvel, olhando para a mesa. Ao se levantarem, eles tinham afastado do lugar os pedaços de papel que protegiam a mesa, e agora ficara descoberta uma inscrição feita no plástico. Haviam tentado raspá-la, porém ainda permanecia legível, como vestígio do desespero de algum bêbado desconhecido: "Quem é John Galt?"

Com um gesto brusco de irritação, Dagny recolocou o papel no lugar. D'Anconia deu uma risada e disse:

– Eu sei quem é John Galt.

– É mesmo? Todo mundo que me diz que sabe conta uma história completamente diferente das outras que já me contaram.

– São todas verdadeiras, todas as histórias que você já ouviu sobre ele.

– E qual é a sua? Quem é ele?

– John Galt é o Prometeu que mudou de ideia. Depois de séculos sendo bicado por abutres por ter trazido para os homens o fogo dos deuses, ele quebrou as correntes que o prendiam e tomou de volta o fogo que tinha dado aos homens... até o dia em que os homens levem embora seus abutres.

◆◆◆

Os dormentes circundavam as escarpas de granito, agarrados às encostas do Colorado. Dagny caminhava por entre eles com as mãos nos bolsos do casaco e os olhos fixos nas distâncias perdidas à sua frente. Apenas os passos, forçados a coincidir com o intervalo entre os dormentes, tinham o efeito de fazer com que ela pensasse na ferrovia.

Um algodão cinzento, que não era nem neblina nem nuvem, pairava entre o céu e a serra, fazendo com que o céu parecesse um colchão velho que derramava seu enchimento nas encostas das montanhas. Uma neve suja cobria o chão; não pertencia mais ao inverno nem ainda à primavera. O ar estava úmido, e Dagny sentia de vez em quando uma alfinetada gelada no rosto, que não era nem uma gota de chuva nem um floco de neve. O tempo aparentava ter medo de se comprometer e parecia ficar numa posição indeterminada – *É como a diretoria*, pensou ela. A luz morria, e ela não sabia se ainda era tarde ou se já caía a noite do dia 31 de março. Mas estava certa de que era 31 de março. Dessa certeza ela não tinha como escapar.

Dagny viera ao Colorado com Hank Rearden para comprar as máquinas que ainda conseguissem encontrar nas fábricas fechadas. Fora como uma busca apressada num grande navio que afundava antes que ele desaparecesse no fundo do mar. Poderiam ter delegado essa tarefa a funcionários, porém vieram ambos pelo mesmo motivo inconfesso: não resistiram ao desejo de estarem presentes à última viagem do trem, como quem não resiste a dar o último adeus a alguém no seu enterro, embora sabendo que está apenas torturando a si próprio.

Estavam comprando máquinas de proprietários questionáveis, em transações de legalidade duvidosa, já que ninguém sabia quem tinha o direito de vender aquelas grandes propriedades mortas, e ninguém jamais questionaria as transações. Haviam comprado tudo o que podia ser removido do que restava da Motores Nielsen. Ted Nielsen tinha largado tudo e desaparecido uma semana depois de anunciado o fechamento da ferrovia.

Dagny sentia-se como quem remexe um monturo de lixo, mas a atividade daquela busca lhe possibilitara suportar os últimos dias. Quando constatou que restavam três horas vazias antes da partida do último trem, ficou andando pelo campo, para fugir do silêncio da cidade. Caminhou a esmo por trilhas entre montanhas, sozinha entre as pedras e a neve, tentando substituir seus pensamentos pelo ato de caminhar, sabendo que tinha de sobreviver àquele dia sem pensar no verão do primeiro trem. Porém, quando se deu conta do que estava fazendo, se viu caminhando pelo local dos trilhos da Linha John Galt e percebeu que fora para isso que viera ali.

Era um ramal que já havia sido desmembrado. Não havia mais sinais, chaves, fios telegráficos, nada, só uma longa faixa de dormentes de madeira largados no chão, sem os trilhos, como os vestígios de uma coluna dorsal, tendo por único guardião uma placa numa passagem de nível abandonada: "Pare. Olhe. Escute."

Uma mistura de crepúsculo com neblina descia as encostas e enchia os vales quando ela chegou à fábrica. Na parede da frente havia uma inscrição bem no alto, entre os ladrilhos lustrosos: "Roger Marsh – Equipamentos Elétricos". *O homem que quis se acorrentar à própria mesa para não abandonar isso*, pensou ela. O prédio estava intacto, como um cadáver no instante após seus olhos se fecharem, quando ainda se espera que ele volte a abri-los. Dagny tinha a impressão de que a qualquer momento se acenderiam luzes por trás das grandes vidraças, sob os longos telhados chatos. Então viu uma vidraça quebrada, pela pedra de algum jovem imbecil, e notou uma única folha de capim brotando nos degraus da entrada principal. Um ódio cego e súbito a fez se revoltar contra a impertinência daquele capim, pois sabia que tipo de inimigo ele representava, e correu para a frente, se ajoelhou e arrancou a planta pela raiz. Então, ajoelhada à porta da fábrica fechada, olhando para o silêncio enorme da terra, do mato, do crepúsculo, pensou: *Que diabo você está fazendo?*

Já estava escuro quando chegou ao fim dos dormentes, de volta a Marshville. Havia alguns meses que Marshville passara a ser a estação final da ferrovia. Havia muito tempo que o trem não ia mais até Wyatt Junction – o projeto de recuperação do Dr. Ferris fora abandonado durante o inverno que agora terminava.

A iluminação de rua já estava acesa. Nos cruzamentos, as luzes pairavam no ar, formando uma longa linha de pontos luminosos sobre as ruas vazias de Marshville. Todas as casas melhores estavam fechadas – casas modestas, sólidas e pintadas, bem conservadas. Havia placas em seus gramados: "À venda". Mas havia luzes nas janelas das casas baratas e feias que, em anos recentes, tinham adquirido o desleixo típico dos cortiços. Eram as casas das pessoas que não haviam ido embora, daquelas que nunca raciocinam mais do que uma semana à frente. Dagny viu um grande aparelho de televisão novo na sala iluminada de uma casa cujo teto estava afundando, cujas paredes estavam rachadas. Quanto tempo aquela gente achava que as companhias de energia elétrica do Colorado ainda iam durar? Depois sacudiu a cabeça: aquelas pessoas jamais souberam da existência das companhias de energia.

A rua principal de Marshville era uma fileira de vitrines escuras de estabelecimentos falidos. *Todas as lojas de artigos de luxo fecharam*, pensou Dagny, olhando para as placas. Depois estremeceu ao se dar conta do tipo de coisa que agora considerava luxo, coisas a que até os mais pobres antes tinham acesso: lavagem a seco, eletrodomésticos, posto de gasolina, drogaria. Na cidade só restavam os armazéns e os bares.

A plataforma da estação ferroviária estava repleta de gente. As lâmpadas de arco voltaico pareciam destacá-la entre as montanhas, isolá-la como um pequeno palco em que cada movimento estava exposto a galerias invisíveis na noite. Pessoas carregavam bagagens, agasalhavam crianças, discutiam nas bilheterias. O pânico contido que elas traíam deixava claro que, no fundo, tinham vontade era de se jogar no chão e gritar de terror. Era um terror esquivo, como o sentimento de culpa: não o medo que é fruto do conhecimento, mas da recusa em compreender.

O último trem já estava na plataforma, e suas janelas formavam uma longa e solitária faixa de luz. O vapor da locomotiva, que as rodas exalavam tensas, não exprimia a alegria de uma energia prestes a ser empregada: parecia uma respiração entrecortada que é terrível ouvir e que seria ainda mais terrível deixar de ouvir. Ao longe, depois das últimas janelas iluminadas, Dagny viu uma luz vermelha, que assinalava seu vagão particular. Depois daquela luz só havia escuridão.

O trem estava lotado, e os tons de histeria que se ouviam no meio da confusão de vozes eram de pessoas que imploravam por um lugar nos vestíbulos e corredores. Havia pessoas que não estavam indo embora, que tinham vindo apenas assistir ao espetáculo, com uma curiosidade vazia – tinham vindo como se soubessem que aquilo era a última coisa a acontecer na sua cidade e, talvez, nas suas vidas.

Dagny caminhava apressada por entre a multidão, tentando não olhar para ninguém. Alguns sabiam quem ela era, mas não a maioria. Ela viu uma velha com um xale rasgado sobre os ombros, com os sinais de toda uma vida de lutas riscando sua pele pregueada. O olhar daquela mulher era um pedido de socorro sem esperanças. Um rapaz com barba por fazer e óculos de aros de ouro estava em pé sobre um caixote, iluminado por um arco voltaico, gritando para quem passava por ele:

– Como não há movimento? Olhem só para este trem! Está cheio de passageiros! Movimento é o que não falta! É só que eles não estão lucrando o bastante, é por isso que vão deixar vocês morrerem, esses parasitas gananciosos!

Uma mulher descabelada correu até Dagny sacudindo duas passagens e gritando alguma coisa a respeito de datas erradas. Dagny foi obrigada a empurrar pessoas para passar, a lutar para chegar até o fim do trem, mas um homem muito magro, com olhos arregalados de futilidade maliciosa, correu até ela, gritando:

– Está tudo muito bom para você, com esse seu casaco caro e seu vagão particular, mas você não vai mandar mais trens para nós, você e esses egoístas...

O homem parou no meio da frase, olhando para alguém atrás de Dagny. Ela sentiu uma mão agarrar seu cotovelo: era Hank Rearden. Ele lhe segurou o braço e a levou em direção a seu vagão. Vendo a expressão em seu rosto, Dagny compreendeu por que as pessoas saíam da frente. No fim da plataforma, um homem pálido e gorducho falava com uma mulher em prantos:

– Sempre foi assim neste mundo. Os pobres nunca vão ter uma chance enquanto os ricos não forem destruídos.

Lá no alto, pairando no espaço vazio como um planeta em formação, a chama da Tocha de Wyatt se debatia ao vento.

Rearden entrou no vagão, mas Dagny permaneceu parada nos degraus da porta de entrada, adiando o instante final. Ouviu o grito de "Todos a bordo!". Olhou para as pessoas que permaneciam na plataforma como quem olha o último bote salva-vidas partir.

O chefe do trem passou pelo vagão de Dagny com a lanterna numa das mãos e o relógio na outra. Olhou para o relógio, depois levantou o rosto a fim de olhar para ela, que respondeu com o gesto silencioso de fechar os olhos e inclinar a cabeça. Dagny viu a lanterna balançando-se no ar antes de virar o rosto – e foi mais fácil suportar o primeiro solavanco das rodas sobre os trilhos de metal Rearden porque, ao entrar no carro, viu Rearden à sua espera.

◆ ◆ ◆

Quando James Taggart telefonou para Lillian Rearden de Nova York dizendo que não tinha nenhum motivo em particular para ligar, que apenas queria saber como ela estava e quando passaria pela cidade outra vez, que não a via há milênios, que queria almoçar com ela a próxima vez que ela fosse lá, Lillian entendeu que ele certamente tinha algo muito específico que o levava a procurá-la.

Quando ela respondeu, com voz lânguida, que por acaso tinha umas compras a fazer em Nova York no dia seguinte e que adoraria ser convidada para almoçar, ele compreendeu que ela não tinha nada a fazer em Nova York e que iria lá apenas para almoçar com ele.

Encontraram-se num restaurante exclusivo e caro, exclusivo demais e caro demais para ser mencionado nas colunas sociais. Não era o tipo de lugar que Taggart, que adorava publicidade, costumava frequentar, então Lillian concluiu que ele não queria ser visto com ela.

Um toque sutil de ironia semissecreta permaneceu no rosto de Lillian enquanto ela o ouvia falar sobre seus amigos, o teatro e o tempo, cuidadosamente se protegendo com assuntos triviais. Lillian esperava, graciosamente recostada na cadeira, gozando a futilidade daquele fingimento e o fato de que Taggart fora obrigado a fingir tanto por causa dela. Com uma curiosidade paciente, esperou até que ele lhe revelasse seu objetivo.

– Realmente, você merece um elogio ou mesmo uma medalha, Jim – disse ela –, por estar tão animado apesar de tudo por que tem passado. Você não acaba de fechar a melhor linha da sua rede?

– Ah, é só uma pequena dificuldade financeira, mais nada. É de esperar que ocorram contratempos como esse numa época como a atual. Considerando-se o estado geral do país, até que estamos indo muito bem. Melhor do que os outros. – E acrescentou, dando de ombros: – Além disso, é uma questão de opinião isso de que a Linha Rio Norte era a melhor da nossa rede. Só minha irmã achava isso. Era a menina dos olhos dela.

Lillian percebeu o tom de prazer que havia em sua voz. Sorriu e disse:

– Sei.

Com a cabeça baixa, Taggart levantou a vista e olhou para Lillian, como se enfatizando o fato de que ele esperava que ela o compreendesse, perguntando:

– E como *ele* reagiu?

– Ele quem? – perguntou Lillian, embora entendesse perfeitamente.

– O seu marido.

– Reagiu a quê?

– Ao fechamento daquela linha.

Lillian deu um sorriso alegre.

– Sei tanto quanto você, Jim. E olhe que sei muito bem.

– O que você quer dizer?

– Você sabe muito bem como ele reage a uma coisa dessas: exatamente como a sua irmã está reagindo. Quer dizer, há dois motivos para alegria nesse desastre, não é?

– O que ele anda dizendo de uns dias para cá?

– Ele está no Colorado há mais de uma semana, quer dizer, eu... – Lillian parou; havia começado sua resposta num tom descontraído, porém percebeu que a pergunta de Taggart fora muito específica e que seu tom fora muito informal, o que a fez concluir que ele tinha lançado a primeira pergunta ligada ao objetivo do almoço. Ela fez uma pausa momentânea e prosseguiu, num tom ainda mais descontraído:

– ... não sei. Mas ele deve estar para chegar.

– Você diria que a atitude dele ainda é, por assim dizer, a de demonstrar resistência?

– Bem, Jim, no mínimo!

– Era de esperar que talvez os acontecimentos recentes lhe mostrassem as vantagens de uma abordagem menos rígida.

Lillian achava graça em deixá-lo na dúvida quanto a se ela estava compreendendo aonde ele queria chegar.

– Ah – disse ela, com inocência –, seria maravilhoso se de algum modo ele mudasse.

– Ele está tornando as coisas muito difíceis para si mesmo.

– Como sempre.

– Mas os acontecimentos sempre acabam nos tornando mais... flexíveis, mais cedo ou mais tarde.

– Já ouvi o chamarem de muita coisa, mas nunca de "flexível".

– Bem, as coisas mudam, e as pessoas mudam com elas. Afinal, é uma lei da natureza a de que os animais têm que se adaptar a seu meio. E, posso acrescentar, a adaptabilidade é a característica mais indispensável no momento, por causa de leis que não as da natureza. As coisas vão ficar muito difíceis, e eu não queria de modo algum que você sofresse as consequências da intransigência dele. Como seu amigo, não queria que você caísse no perigo em que ele deve cair, se não aprender a cooperar.

– Você é um amor, Jim – disse ela, carinhosa.

Taggart pronunciava as frases lenta e cuidadosamente, equilibrando-se entre a palavra e a entonação, para conseguir manter o nível desejado de semiclareza. Queria que ela entendesse, mas não que entendesse inteiramente, explicitamente, até a raiz – já que a essência da linguagem moderna, que ele aprendera a falar com perfeição, era jamais deixar que ele próprio ou os outros entendessem nada até a raiz.

Taggart não precisara de muitas palavras para entender o Sr. Weatherby. Em sua última viagem a Washington, insistira com ele em que a diminuição das tarifas ferroviárias seria um golpe mortal. Os aumentos de salário já haviam sido concedidos, mas as exigências de corte nas tarifas continuavam a ser veiculadas pela imprensa – e Taggart sabia o que isso significava, se o Sr. Mouch ainda permitia que tais coisas fossem publicadas: sabia que a faca continuava apontada para seu pescoço. O Sr. Weatherby não dissera nada em resposta a seu apelo. Limitara-se a comentar, no tom de quem faz uma especulação irrelevante: "Wesley tem tantos problemas difíceis para resolver. Para que ele possa dar uma folga para todo mundo, do ponto de vista financeiro, ele tem que implementar certo programa de emergência do qual você faz uma ideia. Mas você sabe a grita que seria levantada pelos elementos não progressistas do país. Homens como Rearden, por exemplo. Não queremos dar a ele oportunidade de fazer nenhum grande gesto. Wesley daria muito a quem conseguisse manter Rearden na linha. Mas acho que isso ninguém consegue. Se bem que posso estar enganado. Talvez você entenda mais disso que eu, já que Rearden é mais ou menos seu amigo, vai às suas festas, essas coisas."

Olhando para Lillian, Taggart disse:

– Tenho observado que a amizade é a coisa mais valiosa da vida, e seria uma falta minha eu não lhe dar provas da amizade que tenho por você.

– Mas eu jamais a questionei.

Taggart baixou a voz, como quem faz uma advertência muito séria:

– Creio que devo lhe dizer, como um favor de amigo, embora seja confidencial, que a atitude de seu marido tem sido discutida em esferas elevadas, muito elevadas. Estou certo de que você entende o que quero dizer.

Era por isso que detestava Lillian Rearden, pensou Taggart: ela conhecia as regras do jogo, mas o jogava com variações inesperadas. Era contra todas as regras olhar para ele de repente, rir dele e – depois de todos aqueles comentários que davam a entender que ela não entendia quase nada – dizer explicitamente, mostrando que entendia até demais:

– Ora, meu querido, é claro que sei o que quer dizer. Você quer dizer que o objetivo deste excelente almoço não é me fazer um favor, e sim conseguir que *eu* lhe faça um favor. Quer dizer que é você quem está em apuros, e bem que precisava que eu lhe fizesse um favor para conseguir vantagem numa negociação que está fazendo nas tais esferas elevadas. E você está me lembrando da promessa que lhe fiz de conseguir o que você queria.

– O espetáculo que Rearden deu no tribunal não era bem o que eu queria – retrucou Taggart, irritado. – Não era isso que você me deu a ideia de que ia acontecer.

– É, realmente não era – disse ela, tranquila. – Certamente que não. Mas, meu querido, será que você achava que eu não sabia que, depois desse espetáculo, ele não seria muito popular nas altas esferas? Realmente acha que me dizer isso é me fazer uma revelação altamente confidencial e um favor?

– Mas é verdade. Ouvi falarem dele e achei que devia lhe dizer isso.

– Tenho certeza de que é verdade. Sei que estão falando dele. Sei também que, se pudessem fazer alguma coisa com ele, já o teriam feito, logo depois do julgamento. Ah, e com que prazer! Por isso sei que ele é o único de todos vocês que não está correndo nenhum perigo no momento. Sei que são eles que estão com medo dele. Você está vendo como eu o entendo bem, meu querido?

– Bem, se você acha que me entende, devo confessar que, de minha parte, não entendo você nem um pouco. Não sei o que você está querendo fazer.

– Bem, estou apenas pondo as coisas em pratos limpos, para que você saiba quanto precisa de mim. E, agora que está tudo em pratos limpos, é minha vez de lhe dizer a verdade: eu não traí você, apenas fracassei. O espetáculo dele no julgamento foi uma coisa que eu não esperava, uma surpresa tão grande para mim quanto para você. Maior ainda. Eu tinha bons motivos para não esperar por aquilo. Mas alguma coisa deu errado. Não sei o que foi. Estou tentando descobrir. Quando eu conseguir, cumprirei minha promessa. Então você terá toda a liberdade de se apossar do feito e dizer aos seus amigos nas altas esferas que foi você que o desarmou.

– Lillian – disse Taggart, nervoso –, eu falei sério quando disse que estava ansioso para lhe dar provas de minha amizade... assim, se tem alguma coisa que eu possa fazer por...

Ela riu.

– Não tem. Sei que está falando sério. Mas não tem nada que você possa fazer por mim. Nenhum favor de espécie alguma. Não há o que negociar. Eu realmente sou uma pessoa não comercial. Não quero nada em troca. Que pena, Jim. O fato é que você vai ter que continuar à minha mercê.

– Mas então qual é o seu interesse nisso? O que ganha com isso?

Ela se recostou, sorrindo:

– Este almoço. A oportunidade de ver você aqui. De saber que você teve de me procurar.

Os olhos de Taggart reprimiram um lampejo de raiva. Depois suas pálpebras se apertaram lentamente e ele também se recostou na cadeira, enquanto sua expressão relaxava, assumindo um ar de leve zombaria e satisfação. Mesmo com aquele lodaçal de coisas não ditas, não explicitadas, indefinidas, que constituía seu código de valores, Taggart pôde perceber qual dos dois dependia mais do outro e qual era o mais desprezível.

Quando se separaram à porta do restaurante, Lillian foi para a suíte de Rearden no Hotel Wayne-Falkland, onde às vezes ficava quando ele não estava lá. Andou de um lado para outro durante cerca de meia hora, como quem está imerso em reflexões. Então pegou o telefone, com um gesto tranquilo, porém com ar de quem tomou uma decisão. Ligou para o escritório de Rearden na siderúrgica e perguntou à Srta. Ives quando ele ia voltar.

– O Sr. Rearden estará em Nova York amanhã, chegando no Cometa Taggart, Sra. Rearden – informou a Srta. Ives, com sua voz límpida e cortês.

– Amanhã? Que ótimo. Srta. Ives, poderia me fazer um favor? Ligue para a Gertrude lá em casa e diga a ela que não me espere para jantar, sim? Vou pernoitar em Nova York.

Desligou, olhou para o relógio e ligou para o florista do Wayne-Falkland.

– Aqui é a Sra. Rearden – disse ela. – Gostaria que duas dúzias de rosas fossem entregues no camarote do Sr. Rearden no Cometa Taggart... E hoje à tarde, quando o trem passar por Chicago... Não, sem cartão, só as flores... Muito obrigada.

Telefonou para James Taggart.

– Jim, você me envia um passe para a sua plataforma de passageiros? Quero me encontrar com meu marido na estação amanhã.

Hesitou entre Balph Eubank e Bertram Scudder. Optou por Eubank, telefonou para ele e combinou de se encontrarem à noite para jantar e assistir a um musical. Então foi tomar um banho e ficou deitada na água tépida, relaxando, lendo uma revista de economia política.

No fim da tarde, o florista telefonou.

– Nosso escritório de Chicago nos disse que não pôde entregar as flores, Sra. Rearden – disse o homem –, porque o Sr. Rearden não está a bordo do Cometa.

– O senhor tem certeza? – perguntou ela.

– Absoluta, Sra. Rearden. Nosso agente soube na estação de Chicago que não havia nenhuma reserva em nome do Sr. Rearden. Verificamos com o escritório de Nova York da Taggart Transcontinental só para confirmar e fomos informados de que o nome do Sr. Rearden não consta da lista de passageiros.

– Sei... Então cancele as flores, por favor... Obrigada.

Ficou sentada ao lado do telefone por um momento, de cenho franzido. Depois ligou para a Srta. Ives:

– Desculpe-me por ser um pouco avoada, Srta. Ives, mas estava afobada, não anotei e agora não tenho certeza do que me disse. O Sr. Rearden volta amanhã? Pelo Cometa?

– Perfeitamente, Sra. Rearden.

– A senhora não está sabendo de nenhuma mudança de planos dele?

– Não. Aliás, falei com o Sr. Rearden há mais ou menos uma hora. Ele ligou da estação de Chicago e comentou que tinha pressa de voltar para o trem, pois o Cometa estava prestes a partir.

– Perfeito. Muito obrigada.

Pôs-se de pé num salto assim que ouviu o ruído do telefone desligando e sentiu que sua privacidade estava garantida. Começou a andar de um lado para outro, com passos irregulares, tensos. Então parou, acometida de uma ideia súbita. Só havia uma única razão pela qual um homem faria uma reserva num trem com um nome falso: ele não estava viajando sozinho.

Os músculos faciais de Lillian lentamente relaxaram, formando um sorriso de satisfação: era uma oportunidade com que ela não contara.

◆ ◆ ◆

Na plataforma do terminal da Taggart, mais ou menos à altura da metade do trem, Lillian Rearden observava os passageiros que desciam do Cometa. Em seus lábios via-se um esboço de sorriso e havia uma faísca de animação em seus olhos sem vida. Ela olhava de um rosto para outro, virando a cabeça de um lado para outro espasmodicamente, com o entusiasmo desajeitado de uma menina. Estava ansiosa por ver a cara que Rearden faria quando, com a amante ao lado, ele a visse ali.

Seu olhar corria esperançoso para todas as jovens vistosas que saltavam do trem. Não era fácil: de início eram apenas umas poucas figuras que apareciam aqui e ali, mas logo começou a sair gente de todos os lados, formando uma corrente sólida que ia toda para o mesmo lado, como se sugada por um vácuo, mal sendo possível distinguir pessoas específicas. As luzes ofuscavam mais do que iluminavam, apenas destacando aqui e ali uma mancha branca contra um fundo escuro. Lillian tinha que se esforçar para não ser arrastada pela invisível corrente.

Quando seu olhar deparou com Rearden no meio da multidão, ela se surpreendeu. Não o vira saltar, mas lá estava ele, caminhando em sua direção, vindo de uma das extremidades do trem. Ele estava sozinho e, como sempre, caminhava depressa, com as mãos nos bolsos da capa. Não havia nenhuma mulher ao seu lado, ninguém além de um carregador com uma mala que Lillian reconheceu como sendo a do marido.

Numa fúria de decepção e incredulidade, ela olhou desesperada ao redor, na esperança de divisar alguma figura feminina que pudesse ter ficado para trás. Estava certa de poder identificar o tipo de mulher que ele escolhera. Não via ninguém que lhe parecesse plausível. Então viu que o último vagão era particular e que a figura parada à sua porta, conversando com algum funcionário da ferrovia – não uma mulher de estola de peles e véus, e sim uma moça com um paletó sóbrio que enfatizava a graça incomparável de um corpo esbelto –, era Dagny Taggart. Então compreendeu.

– Lillian! O que houve?

Ouviu a voz de Rearden, sentiu sua mão agarrando-a pelo braço, o viu olhando para ela como quem olha para alguém que de repente passa mal. Ele estava olhando para um rosto vazio e um olhar vago de terror.

– O que houve? O que você está fazendo aqui?

– Eu... Oi, Henry... Vim me encontrar com você... Por nada em particular... Só porque me deu vontade de encontrar você. – O terror desaparecera de seu rosto, mas ela falava com uma voz estranha, impessoal. – Eu queria ver você, foi um impulso, um impulso repentino, e eu não pude resistir, porque...

– Mas você parece... parecia estar passando mal.

– Não... Não, talvez eu me sentisse um pouco estranha, está tão abafado aqui... Não pude resistir, porque me lembrei do tempo em que você me via com prazer... Foi uma ilusão momentânea que eu quis recriar... – Falava como quem recita uma lição decorada.

Ela sabia que tinha que falar, enquanto sua mente se esforçava para apreender todas as implicações de sua descoberta. As palavras faziam parte do plano que havia arquitetado se ela o encontrasse depois que ele recebesse as rosas no trem.

Rearden não disse nada e ficou a olhar para ela com a testa franzida.

– Estava com saudade de você, Henry. Sei o que estou confessando. Mas sei também que isso não significa mais nada para você. – As palavras não condiziam com o rosto tenso, os lábios que se mexiam com esforço, os olhos que a toda hora se desviavam dele e percorriam toda a extensão da plataforma. – Eu queria... só queria lhe fazer uma surpresa. – Um brilho de astúcia e determinação reaparecia em seus olhos.

Rearden a tomou pelo braço, mas ela o repeliu com um gesto um pouco brusco.

– Você não vai me dizer nem uma palavra, Henry?

– O que quer que eu diga?

– Você acha tão detestável assim a sua esposa vir recebê-lo na estação? – Lillian olhou para a plataforma: Dagny Taggart estava se aproximando deles, mas Rearden não a via.

– Vamos – disse ele. Ela não se mexeu.

– Acha mesmo? – perguntou.

– O quê?

– Você acha isso detestável?

– Não, não acho. Apenas não compreendo.

– Fale sobre a sua viagem. Estou certa de que você fez uma viagem muito agradável.

– Vamos. Em casa a gente conversa.

– E quando é que tenho oportunidade de conversar com você em casa? – Lillian prolongava as palavras impassivelmente, como se as esticasse para ganhar tempo por algum motivo que Rearden não podia imaginar. – Eu imaginei que talvez pudesse lhe roubar alguns momentos de atenção entre a estação e seus compromissos de negócios e todas essas coisas importantes que ocupam todos os seus dias e noites, todas essas suas grandes realizações, como... Oi, Srta. Taggart! – disse ela, seca, num tom de voz alto e estridente.

Rearden virou para trás. Dagny estava passando por eles, mas parou.

– Como vai? – disse ela a Lillian, curvando-se, com o rosto impassível.

– Desculpe, Srta. Taggart – disse Lillian, sorrindo –, me perdoe por não saber a fórmula apropriada de condolências para esta ocasião. – Reparou que Dagny e Rearden não se cumprimentaram. – A senhorita está voltando do enterro do seu filho com meu marido, não é verdade?

Os lábios de Dagny formaram uma sutil linha de espanto e desprezo. Inclinou a cabeça, como que se despedindo, e seguiu em frente.

Lillian fitou de repente o rosto de Rearden, como se para enfatizar o olhar. Ele a olhou indiferente, sem entender.

Ela não disse nada. Acompanhou Rearden sem dizer uma palavra quando ele se virou para se afastar. Permaneceu calada no táxi, o rosto voltado para o outro lado, enquanto seguiam para o Wayne-Falkland. Rearden tinha certeza, enquanto contemplava a boca contorcida da mulher, que uma violência extraordinária fervia dentro dela. Jamais a vira experimentar qualquer espécie de emoção forte.

Ela se virou para encará-lo assim que se viram a sós na suíte.

– Então é essa? – perguntou ela.

Rearden não esperava aquilo. Olhou para ela, sem conseguir acreditar que escutara direito.

– É Dagny Taggart que é sua amante, não é?

Ele não respondeu.

– Por acaso, sei que você não reservou nenhum camarote naquele trem. Agora sei onde dormiu nas últimas quatro noites. Você vai admitir ou quer que eu mande detetives fazerem perguntas para a tripulação dos trens da Taggart e para os criados dela? É ela ou não é?

– É – respondeu ele, calmo.

A boca de Lillian se contorceu com uma risada feia. Seu olhar estava perdido na distância.

– Eu devia ter adivinhado. Devia! Por isso que não deu certo.

Sem entender, ele perguntou:

– O que não deu certo?

Lillian deu um passo para trás, como se para lembrar a si mesma da presença do marido.

– Vocês já... quando ela foi à nossa casa, àquela festa... vocês já...?

– Não. Depois.

– A grande empresária acima de qualquer suspeita, qualquer fraqueza feminina. O grande cérebro desligado de qualquer preocupação corporal... – Riu. – A pulseira... – acrescentou, com um olhar parado que dava a impressão de que as palavras estavam jorrando por acidente da torrente de seus pensamentos. – Era isso que ela representava para você. Foi essa a arma que ela lhe deu.

– Se você realmente entende o que está dizendo... é isso.

– Acha que vou deixar você escapar impunemente?

– Escapar...? – Olhava para ela com incredulidade, com uma curiosidade fria e surpresa.

– É por isso que no seu julgamento... – Ela parou.

– O que tem meu julgamento a ver com isso?

Ela tremia.

– Você sabe que não vou permitir que isso continue.

– O que isso tem a ver com meu julgamento?

– Não vou permitir que você fique com ela. Ela, não. Qualquer uma, menos ela.

Ele deixou passar um momento e perguntou pausadamente:

– Por quê?

– Eu não permito! Você vai largá-la! – Rearden olhava para ela sem expressão.

Mas esse seu olhar fixo, pensou Lillian, *é a resposta mais perigosa que ele pode dar.* – Você vai largá-la, abandoná-la, nunca mais vai vê-la!

– Lillian, se você quer conversar sobre o assunto, há uma coisa que precisa ter em mente: nada neste mundo pode me fazer largá-la.

– Mas eu exijo!

– Eu já lhe disse que você pode exigir qualquer coisa, menos isso.

Rearden viu uma expressão curiosa de pânico surgir nos olhos da mulher: não era um olhar de compreensão, e sim de uma feroz recusa a compreender – como se ela quisesse transformar a violência de suas emoções numa cortina de fumaça, como se quisesse não que a fumaça a impedisse de ver a realidade, mas que fizesse com que a realidade deixasse de existir.

– Mas eu tenho o direito de exigir! Sua vida é minha! É minha propriedade. Minha, pelo juramento que você fez. Você jurou fazer minha felicidade. Não a sua, a minha! O que já fez por mim? Você nunca me deu nada, nunca sacrificou nada, nunca pensou em outra coisa que não fosse você mesmo... o seu trabalho, as suas usinas, o seu talento, a sua amante! E eu? Eu tenho meus direitos! Estou cobrando! Você é a conta que eu possuo!

Foi a expressão no rosto dele que fez com que a voz de Lillian fosse subindo de tom cada vez mais, de grito em grito, até o terror. O que ela via não era raiva nem dor nem culpa, e sim o único inimigo inviolável: a indiferença.

– Você já pensou em mim? – gritou ela na cara de Rearden. – Já pensou no que está fazendo comigo? Hank, você não tem o direito de continuar, sabe que está me fazendo sofrer as maiores torturas cada vez que dorme com aquela mulher! Não suporto isso, não suporto pensar nisso por um minuto! Você vai me sacrificar em nome dos seus desejos animalescos? Será que você é tão abjeto, tão egoísta assim? Você pode comprar seu prazer ao preço do meu sofrimento? Pode, se o preço que eu pago é esse?

Não sentindo nada além do vazio do espanto, Rearden observou uma coisa que havia percebido vagamente no passado e agora estava vendo em toda a feiura de sua futilidade: o espetáculo de uma pessoa implorando por piedade com ameaças e exigências repletas de ódio.

– Lillian – disse ele, muito tranquilo –, eu o faria mesmo que isso lhe custasse a vida.

Ela ouviu. Ouviu mais do que ele próprio sabia e estava disposto a se ouvir dizer. O que mais o chocou foi que ela não gritou de raiva, e sim se tornou calma de repente.

– Você não tem o direito... – disse ela, com uma voz sem vida, com a impotência vergonhosa de quem sabe que as próprias palavras não têm sentido.

– Sejam quais forem os direitos que você tem sobre mim – disse ele –, nenhum ser humano pode ter sobre outro direitos que exijam que este anule sua própria existência.

– Ela é tão importante assim para você?

– Muito mais que isso.

A expressão pensativa voltara ao rosto de Lillian, mas nela essa expressão parecia astúcia. Não disse nada.

– Lillian, é bom que você saiba a verdade. Agora você pode fazer sua opção com pleno conhecimento de causa. Pode se divorciar de mim ou pode querer continuar como estamos. São as duas únicas opções que você tem. É tudo o que eu posso lhe oferecer. Acho que você sabe que quero o divórcio. Mas não lhe peço sacrifícios. Não sei que espécie de conforto você encontra no nosso casamento, mas, se é isso que quer, não vou pedir que abra mão dele. Não sei por que você pode ainda me querer agora, não sei o que você procura, que espécie de coisa é a sua felicidade, nem o que vai ganhar com uma situação que me parece intolerável para nós dois. Por todos os meus padrões, você já deveria ter pedido o divórcio há muito tempo. Por todos os meus padrões, manter nosso casamento será uma fraude atroz. Mas meus padrões não são os seus. Não compreendo os seus padrões, jamais os compreendi, mas os aceito. Se é essa a sua forma de me amar, se poder dizer que é minha esposa lhe dá algum tipo de prazer, não sou eu quem vai lhe roubar esse prazer. Se fui eu quem não cumpriu a palavra dada, vou expiar minha falta na medida do possível. Você sabe, é claro, que eu podia comprar um desses juízes modernos e conseguir um divórcio na hora que quisesse. Não vou fazer isso. Vou manter minha palavra, se é isso que você quer, mas essa é a única forma como eu posso fazê-lo. Agora faça sua opção. Mas, se optar por ficar comigo, está proibida de falar nela, de dar a entender a ela que você sabe, se voltar a se encontrar com ela algum dia. Você está proibida de se meter nessa parte da minha vida.

Lillian ficou parada, olhando para ele, com o corpo mole e caído para a frente, como se sua postura deselegante fosse uma espécie de desafio, como se ela não quisesse se dar ao trabalho de se impor uma atitude elegante por amor a ele.

– Srta. Dagny Taggart... – disse ela e deu uma risada. – A supermulher, acima de qualquer suspeita por parte das esposas comuns. A mulher que só pensava no trabalho e lidava com os homens como se fosse um deles. A mulher inteligente que admirava você platonicamente, pela sua genialidade, suas usinas e seu metal! – Deu uma risada. – Eu devia ter percebido que ela não passava de uma fêmea que queria de você o mesmo que toda fêmea quer de um macho qualquer, porque você é tão competente na cama quanto é no escritório, se é que posso falar dessas coisas com conhecimento de causa. Mas ela é capaz de dar mais valor a isso que eu, já que ela admira todos os tipos de competência e provavelmente já deu para todos os empregados da ferrovia!

Lillian parou porque viu, pela primeira vez na vida, o tipo de olhar que indica que um homem é capaz de cometer um assassinato. Mas ele não estava olhando para ela. Lillian não sabia nem mesmo se ele a estava vendo ou ouvindo sua voz.

Ele estava ouvindo sua própria voz dizendo as palavras de Lillian – dizendo-as para Dagny no quarto da casa de Ellis Wyatt, onde listras de sol riscavam a cama. Estava vendo, nas noites do passado recente, o rosto de Dagny nos momentos em que seu corpo deixava o dela: uma expressão radiante que era mais que um sorriso, era um olhar de juventude, de manhã que nasce, de gratidão por estar viva. E via também o rosto de Lillian tal como já o vira na cama a seu lado: sem vida, com olhos esquivos, um esgar impotente nos lábios e a expressão de quem é cúmplice de alguma falta indecente. Compreendeu quem era o acusado e quem era o acusador – percebeu como era obsceno permitir que a impotência se colocasse como virtude e amaldiçoasse o poder da vida como pecado – e viu, com a clareza da percepção direta, a terrível feiura de uma crença que já fora sua.

Foi apenas um instante, uma convicção sem palavras, um conhecimento apreendido como sentimento, deixado aberto em sua mente. O choque o trouxe de volta à presença de Lillian, ao som de suas palavras. Subitamente, a mulher não era para ele mais do que uma presença inconsequente com quem era necessário lidar no momento.

– Lillian – disse ele, com uma voz sem ênfase que não lhe concedia nem mesmo a distinção da raiva –, você nunca mais vai falar sobre ela comigo. Se o fizer outra vez, vou reagir como reagiria a um marginal: vou lhe dar uma surra. Nem você nem ninguém tem o direito de falar nela.

Lillian olhou para ele.

– É mesmo? – perguntou. Era um som estranho, como se a frase fosse jogada, deixando um gancho implantado em sua mente. Ela parecia estar examinando uma visão que se descortinava perante seus olhos.

Com voz tranquila, cansada e ao mesmo tempo surpresa, ele disse:

– Achei que você gostaria de descobrir a verdade. Achei que você preferiria, em nome do que quer que seja, do amor ou do respeito que já sentiu por mim, descobrir que, se eu traí você, não foi por um prazer barato e superficial, não foi por uma corista, e sim pelo sentimento mais limpo e mais sério da minha vida.

Lillian se virou para ele como se acionada por uma mola feroz, involuntária, com o esgar nu do ódio estampado no rosto:

– Ah, seu idiota!

Rearden não disse nada.

Ela recobrou a compostura, com um leve sorriso de ironia secreta.

– Você por acaso está esperando por minha resposta? – perguntou. – Não, não vou pedir o divórcio. Jamais espere por isso. Vamos continuar como estamos, se foi isso que ofereceu e se é isso que acha que pode continuar oferecendo. Quero ver se você pode desrespeitar todos os princípios morais impunemente!

Rearden não a ouviu quando ela pegou o casaco dizendo que ia voltar para casa.

Mal notou quando ela fechou a porta ao sair. Ficou parado, imobilizado por um sentimento que jamais experimentara antes. Sabia que teria de pensar depois, pensar e compreender, mas no momento só queria observar a coisa maravilhosa que estava sentindo.

Era uma sensação de liberdade, como se estivesse sozinho no meio de uma correnteza infinita de ar puro e como se do peso que antes lhe esmagava os ombros só restasse a lembrança. Era uma sensação de imenso alívio. Era a consciência de que não lhe importava o que Lillian sentisse, o que ela sofresse, o que acontecesse com ela, e mais ainda: não apenas isso não lhe importava, mas ele tinha consciência – uma consciência luminosa e sem culpas – de que não havia motivo para tais coisas importarem.

CAPÍTULO 16

O METAL MILAGROSO

– Mas será que a gente pode fazer isso impunemente? – perguntou Wesley Mouch, com uma voz estridente de raiva e trêmula de medo.

Ninguém respondeu. James Taggart estava sentado na beira de uma poltrona, imóvel, de cabeça baixa, olhando para ele. Orren Boyle bateu violentamente com o charuto no cinzeiro. O Dr. Floyd Ferris sorriu. O Sr. Weatherby dobrou as mãos e os lábios. Fred Kinnan, chefe da União dos Trabalhadores da América, parou de andar de um lado para outro, sentou-se no parapeito da janela e cruzou os braços. Eugene Lawson, que estava sentado, debruçado para a frente, distraidamente remexendo num arranjo de flores sobre uma mesa de centro de vidro, endireitou os ombros com ar ressentido e olhou para o alto. Mouch estava sentado à sua mesa, com um dos punhos cerrado sobre uma folha de papel.

Quem respondeu foi Eugene Lawson:

– A meu ver, não é essa a maneira de encarar a situação. Não devemos deixar que dificuldades vulgares se contraponham à nossa consciência de que se trata de um nobre plano motivado exclusivamente pelo bem-estar do público. E para o bem do povo. O povo precisa disso. Em primeiro lugar, vêm as necessidades. Portanto, não há por que considerar mais nada.

Ninguém fez nenhuma objeção nem manifestou apoio. A julgar pelas expressões de seus rostos, a fala de Lawson tivera o efeito de tornar ainda mais difícil o prosseguimento da discussão. Mas um homenzinho que estava sentado na melhor poltrona da sala, discreto, separado dos outros, sem se importar com o fato de estar sendo ignorado e cônscio de que ninguém poderia ter se esquecido de que ele estava presente, olhou para Lawson, depois para Mouch, e disse, alegre e entusiástico:

– Isso, Wesley. Disfarce, doure a pílula e mande o pessoal da imprensa repetir isso, que não há motivo para preocupação.

– Perfeito, Sr. Thompson – disse Mouch, contrariado.

O Sr. Thompson, o chefe de Estado, era um homem que tinha a qualidade de jamais ser percebido. Em qualquer grupo de três pessoas, ele se tornava invisível e, quando estava sozinho, parecia evocar um grupo incontável de pessoas parecidas com ele. A nação não sabia muito bem como ele era: suas fotos apareciam nas capas das revistas com tanta frequência quanto ocorrera com seus predecessores, mas as pessoas nunca sabiam quais fotos eram dele e quais eram simplesmente as de algum funcionário dos correios, de algum empregado de colarinho branco, como nessas fotos que ilustram artigos sobre pessoas comuns e sua vida cotidiana. A única diferença era que o colarinho do Sr. Thompson normalmente estava amarrotado. Ele tinha ombros largos e um corpo diminuto. Os cabelos eram finos, a boca larga e a idade indefinida – tanto podia ser um quarentão envelhecido quanto um homem de 60 anos muito conservado. Embora detivesse um poder oficial imenso, vivia tramando para aumentá-lo, porque era isso que os que o haviam empurrado para o cargo esperavam dele. Tinha a astúcia dos pouco inteligentes e a energia frenética dos preguiçosos. O único segredo de seu sucesso na vida era o fato de que ele era um produto do acaso, estava consciente disso e não aspirava a mais nada.

– É óbvio que urge tomar medidas, medidas drásticas – disse Taggart, falando não para o Sr. Thompson, e sim para Wesley Mouch. – Não podemos deixar que as coisas continuem desse jeito por muito tempo. – Sua voz era agressiva e trêmula.

– Calma, Jim – disse Boyle.

– É preciso fazer alguma coisa, e depressa!

– Não olhe para mim – disse Mouch, com impertinência. – *Eu* não tenho culpa. Não tenho culpa se as pessoas se recusam a cooperar. Estou com as mãos atadas. Preciso de mais poderes.

Mouch havia convocado todos aqueles homens a Washington, como seus amigos e assessores, para uma reunião particular e informal a respeito da crise nacional. Mas, ao vê-lo, os outros não sabiam se seus modos eram arrogantes ou servis, se ele os estava ameaçando ou lhes implorando que o ajudassem.

– O fato – disse o Sr. Weatherby, com um tom de voz de quem cita estatísticas – é que no período de 12 meses que termina no primeiro dia do ano corrente, o número de falências dobrou em comparação com o exercício anterior. Do início do ano para cá, o número triplicou.

– É importante fazer com que achem que é culpa deles – disse o Dr. Ferris.

– Hein? – reagiu Wesley Mouch, olhando rapidamente para Ferris.

– Faça o que fizer, não peça desculpas – disse o Dr. Ferris. – Faça-os sentirem-se culpados.

– Não estou pedindo desculpas! – exclamou Mouch. – A culpa não é minha. Preciso de mais poderes.

– Mas a culpa é mesmo deles – disse Lawson, agressivo, virando-se para o Dr. Ferris. – Eles não têm espírito social. Recusam-se a reconhecer que a produção não é uma escolha pessoal, mas um dever público. Não têm direito de abrir falência, aconteça o que acontecer com eles. Eles têm que continuar produzindo. É uma obrigação social. O trabalho de um homem não é uma questão pessoal, mas social. Não existem questões pessoais, nem mesmo vida pessoal. É *isso* que temos que enfiar na cabeça de todo mundo.

– Gene Lawson sabe do que eu estou falando – retrucou o Dr. Ferris, com um esboço de sorriso –, muito embora não tenha a menor consciência de que sabe.

– O que quer dizer com isso? – perguntou Lawson, levantando a voz.

– Parem com isso – ordenou Mouch.

– Para mim, tanto faz o que você resolver fazer, Wesley – disse o Sr. Thompson –, e não me importa que os empresários reclamem. Agora, é importante que a imprensa esteja do seu lado. Isso é fundamental.

– Ela está do meu lado – confirmou Mouch.

– Basta um jornal abrir a boca na hora errada para nos prejudicar mais do que a 10 milionários contrariados.

– É verdade, Sr. Thompson – disse o Dr. Ferris. – Mas o senhor conhece um jornal que esteja sabendo?

– Acho que não – respondeu o Sr. Thompson, parecendo satisfeito.

– Quaisquer que sejam os homens com que estamos contando, de quem dependemos – disse o Dr. Ferris –, podemos tranquilamente esquecer aquele velho adágio a respeito dos sábios e dos honestos. Não precisamos nos preocupar com eles. Esses saíram de moda.

Taggart olhou pela janela. Havia pedaços de céu azul acima das ruas de Washington – o azul pálido de abril –, e alguns raios de sol escapulindo por entre as nuvens. Um monumento brilhava ao longe, atingido por um raio de sol: um obelisco alto e branco, em homenagem ao homem que dera nome à cidade, o autor da frase que o Dr. Ferris citara. Taggart desviou a vista.

– Não gosto dos comentários do professor – disse Lawson, em voz alta e em tom aborrecido.

– Fique quieto – repreendeu-o Mouch. – O Dr. Ferris não está falando em teoria, e sim na prática.

– Bem, se vocês querem falar em coisas práticas – disse Fred Kinnan –, então ouçam o que eu digo: não podemos nos preocupar com os empresários numa hora dessas. Temos que pensar em empregos. Mais empregos para o povo. Nos meus sindicatos, cada homem que trabalha está sustentando cinco desempregados, sem contar seus parentes famintos. Se querem saber o que penso, embora eu saiba que não vão concordar, mas de qualquer modo é o que penso, acho que vocês deviam baixar um decreto obrigando todas as empresas a aumentarem os funcionários, digamos, em 30 por cento.

– Meu Deus! – gritou Taggart. – Você está maluco? Mal conseguimos pagar os funcionários que já temos! Não há trabalho para eles! Mais 30 por cento? Não precisamos deles para nada!

– E daí que vocês não precisam de mais funcionários? – perguntou Fred Kinnan. – Eles precisam de empregos. É isso que vem em primeiro lugar, a necessidade, não é? Não seus lucros.

– Não se trata de uma questão de lucros! – gritou Taggart. – Não falei nada sobre lucros. Não lhe dei nenhum motivo para me insultar. A questão é: onde a gente vai arrumar dinheiro para pagar essa gente toda, se metade dos nossos trens andam vazios e não têm carga bastante para encher um vagão? – Acrescentou, com voz subitamente cautelosa: – Agora, compreendemos a situação difícil dos trabalhadores, e... é só uma ideia, mas poderíamos contratar mais gente, se tivéssemos autorização para aumentar nossas tarifas, que...

– Você enlouqueceu? – gritou Boyle. – Já estou ficando apertado com as tarifas que vocês estão cobrando agora, tenho arrepios cada vez que vejo um vagão de carga entrando na usina ou saindo de lá. Estão me custando os olhos da cara, não tenho como pagar... e você quer *dobrar* as tarifas?

– Se você pode ou não pode pagar é o de menos – disse Taggart com frieza. – Você tem que estar disposto a fazer sacrifícios. O público precisa de ferrovias. A necessidade vem em primeiro lugar, antes dos seus lucros.

– Que lucros? – berrou Boyle. – Quando é que lucrei alguma coisa? Ninguém pode me acusar de lucrar com minha empresa! Olhem para meu balanço contábil e depois olhem para os livros de certo concorrente meu, que está cheio de clientes, de matérias-primas, de avanços tecnológicos e ainda detém o monopólio sobre fórmulas secretas, e depois me digam quem é o explorador! Mas, é claro, o público precisa de ferrovias, e talvez até eu pudesse absorver um aumento, se... é só uma hipótese... se recebesse um subsídio para poder me aguentar por mais um ano ou dois, e aí...

– O quê? Outra vez? – berrou o Sr. Weatherby, perdendo a compostura. – Quantos empréstimos nós já não lhe arranjamos, quantas extensões, suspensões e moratórias? Você nunca pagou um tostão e, agora que vocês todos estão abrindo falência e a arrecadação tributária está caindo, onde é que acha que a gente vai arranjar dinheiro para subsidiar você?

– Há pessoas que não estão abrindo falência – retrucou Boyle lentamente. – É indesculpável vocês permitirem que haja tanta miséria no país enquanto ainda existe gente que não está pobre.

– Não posso fazer nada! – berrou Mouch. – Não posso fazer nada! Preciso de mais poderes!

Ninguém sabia que motivo levara o Sr. Thompson a comparecer àquela reunião. Ele falara pouco, mas ouvira com interesse. Era como se antes quisesse entender alguma coisa e agora estivesse satisfeito por ter conseguido. Ele se levantou e deu um sorriso alegre.

– Vá em frente, Wesley – disse. – Aplique o Decreto 10.289. Não vai haver problema nenhum.

Todos haviam ficado de pé também, com uma deferência relutante. Mouch olhou para sua folha de papel, depois disse, com um tom de voz petulante:

– Para que eu possa agir, o senhor vai ter que declarar estado de emergência total.

– Isso eu faço assim que você achar que é hora.

– Há algumas dificuldades que...

– Deixo a seu critério. Faça como quiser, isso é atribuição sua. Mostre-me o rascunho, amanhã ou depois, mas não me venha com detalhes. Tenho que fazer um discurso no rádio daqui a meia hora.

– A principal dificuldade é que não tenho certeza de que a lei realmente nos dá o poder de implementar certas provisões do Decreto 10.289. Tenho medo de que possam ser contestadas.

– Ah, nós já aprovamos tantas leis de emergência que, se você procurar com calma, certamente vai achar algo que sirva. – O Sr. Thompson se virou para os outros com um sorriso de camaradagem. – Deixo para vocês a tarefa de acertar os detalhes. Obrigado por virem a Washington nos ajudar. Foi um prazer.

Esperaram até que ele saísse e a porta se fechasse, depois se sentaram de novo, sem se entreolharem.

Não conheciam o texto do Decreto 10.289, mas sabiam o que deveria ser. Já sabiam havia muito tempo, daquele jeito especial que consistia em esconder um fato de si próprio e não o traduzir em palavras. E, segundo o mesmo método, agora desejavam que fosse possível não ouvir o texto do decreto. Era para evitar momentos como aquele que todos os intrincados meandros de suas mentes haviam se formado.

Queriam que o decreto entrasse em vigor. Queriam que ele entrasse em vigor sem palavras, para que não ficassem sabendo que o que estavam fazendo era aquilo mesmo. Ninguém jamais afirmara que o Decreto 10.289 era o objetivo final de seus esforços. Porém havia gerações que homens vinham trabalhando para torná-lo possível, e havia meses que cada cláusula do decreto vinha sendo preparada por incontáveis discursos, artigos, sermões, editoriais, por vozes que tinham um objetivo definido e que gritavam com raiva quando alguém identificava qual era tal objetivo.

– A situação atual é a seguinte – disse Mouch. – A economia nacional estava melhor há dois anos do que no ano passado, e melhor no ano passado do que no momento. É evidente que não nos será possível sobreviver mais um ano nessa progressão. Portanto, nosso único objetivo deve ser conter essa tendência. Parar e acertar o passo. Conseguir a estabilidade total. Demos uma oportunidade à liberdade, mas não deu certo. Portanto, tornam-se necessários controles mais rígidos. Como as pessoas não podem e não querem resolver seus problemas voluntariamente, o jeito é obrigá-las a fazê-lo. – Fez uma pausa, pegou o papel e acrescentou, num tom menos formal: – Trocando em miúdos, a gente não pode continuar onde está, mas não pode se mexer! Então o jeito é parar. A gente tem que parar. A gente tem que fazer esses desgraçados pararem!

Com a cabeça enterrada nos ombros, Mouch olhava para os outros com raiva, como se estivesse afirmando que os problemas do país eram uma afronta pessoal dirigida a ele. Tantos homens que buscavam favores junto a ele o haviam temido, e Mouch agora agia como se sua raiva resolvesse qualquer coisa, como se ela fosse onipotente, como se bastasse ele ficar com raiva para tudo ficar bem. No entanto, os homens silenciosos que o encaravam, sentados em semicírculo, não sabiam bem se o medo presente naquela sala partia deles próprios ou se aquela figura recurvada atrás da mesa causava pânico, como o faz um rato encurralado.

Mouch tinha um rosto comprido e quadrado e um crânio achatado, acentuado pelo corte à escovinha que usava. Seu lábio inferior era carnudo e petulante, e as pupilas castanho-claras de seus olhos pareciam gemas de ovos com claras não muito translúcidas. Seus músculos faciais se mexiam espasmodicamente e se imobilizavam de repente, sem haverem exprimido qualquer sentimento. Ninguém jamais o vira sorrir.

Havia muitas gerações que a família de Mouch não conhecia pobreza, nem riqueza nem distinções, porém ela se agarrara a uma tradição toda sua: todos os seus membros eram formados e, portanto, desprezavam as pessoas que trabalhavam no comércio. Os diplomas da família eram sempre emoldurados e colocados nas paredes, onde pareciam uma queixa dirigida ao mundo, porque aqueles diplomas não haviam automaticamente gerado os equivalentes materiais dos valores espirituais de seus portadores. Entre os inúmeros parentes da família, havia um tio rico. Ele havia casado com mulher rica e, já velho e viúvo, escolhera Mouch como seu favorito, entre os muitos sobrinhos, porque este era, de todos, o que se distinguia menos e, portanto – pensava o tio Julius –, o que oferecia menos perigo. O tio Julius não gostava de gente muito inteligente. Também não gostava de ter que administrar suas finanças, então atribuiu a Mouch a responsabilidade por isso. Quando este terminou a faculdade, já não havia mais dinheiro para administrar. O tio Julius pôs a culpa na astúcia de Mouch e o acusou de ser um patife sem escrúpulos. Na verdade, porém, este não tinha tramado nada – ele próprio não fazia ideia do que acontecera com o dinheiro.

No ensino médio, Mouch fora um dos piores alunos e sempre invejara muito os melhores. A faculdade lhe ensinou que não havia motivo para invejá-los. Depois que se formou, arranjou emprego no departamento de publicidade de uma companhia que fabricava um removedor de calos totalmente inócuo. O remédio vendia bem e Wesley chegou a chefe do departamento. Largou o emprego para assumir a publicidade de um remédio contra a calvície. Depois foi a vez de um sutiã patenteado, de uma nova marca de sabonete, de um refrigerante – e, então, se tornou vice-presidente de uma fábrica de automóveis. Tentou vender carros como se seu produto fosse um falso removedor de calos. Não deu certo. Atribuiu o fracasso ao fato de que seu departamento de publicidade não recebia dinheiro suficiente. Foi o presidente dessa fábrica de automóveis que o recomendou a Rearden. Quem o colocou em Washington foi Rearden, que não conhecia os padrões pelos quais pudesse julgar as atividades de seu representante lá. Foi Taggart que o colocou no Departamento de Planejamento Econômico e Recursos Nacionais, e, em retribuição, Mouch traiu Rearden, a fim de favorecer Orren Boyle, em troca da destruição de Dan Conway. Daí em diante, as pessoas foram ajudando Mouch a subir pelo mesmo motivo que levara seu tio Julius a favorecê-lo: eram indivíduos que achavam que a mediocridade é confiável. Os homens que agora estavam sentados à frente de sua mesa haviam aprendido que a lei da causalidade era uma superstição e que era necessário lidar com a situação do momento sem considerar sua causa. Com base na situação do momento, tinham concluído que Mouch era um homem de grande capacidade e argúcia, já que milhões de pessoas aspiravam ao poder mas só ele conseguira obtê-lo. Sua forma de pensar não lhes permitia compreender que Mouch era o zero situado no ponto onde se encontram forças destruidoras em conflito.

– Isto aqui é apenas um rascunho do Decreto 10.289 – disse Mouch –, que Gene, Clem e eu esboçamos só para dar uma ideia geral. Queremos ouvir suas opiniões, sugestões, etc., já que vocês são os representantes dos trabalhadores, da indústria, dos transportes e dos profissionais liberais.

Fred Kinnan saiu do parapeito da janela e sentou-se no braço de uma poltrona. Boyle cuspiu fora o toco de charuto que estava fumando. Taggart baixou a vista e ficou a olhar para as mãos. O Dr. Ferris era o único que parecia estar à vontade.

– "Em nome do bem-estar do público" – leu Mouch –, "para proteger a segurança do povo, atingir a completa igualdade e total estabilidade, fica decretado durante a vigência da emergência nacional que:

"Artigo primeiro. Todos os trabalhadores, assalariados e empregados de todos os tipos ficarão doravante em seus empregos, não podendo pedir demissão, nem ser demitidos, nem trocar de emprego, sob pena de detenção. A pena será determinada pelo Conselho de Unificação, a ser nomeado pelo Departamento de Planejamento Econômico e Recursos Nacionais. Todas as pessoas que atingirem a idade de 21 anos deverão se apresentar ao Conselho de Unificação, que lhes dirá onde seus serviços serão mais bem empregados para os interesses da nação.

"Artigo segundo. Todos os estabelecimentos industriais, comerciais e manufatureiros de toda e qualquer natureza doravante continuarão em atividade, e seus proprietários não poderão fechá-los, nem se aposentar, nem vender nem transferir sua propriedade, sob pena de nacionalização deles e de quaisquer outras propriedades suas.

"Artigo terceiro. Todas as patentes e os direitos autorais referentes a quaisquer dispositivos, invenções, fórmulas, processos e operações de toda e qualquer natureza serão entregues à nação como contribuição patriótica de emergência, por meio de Certificados de Doação assinados voluntariamente por todos os proprietários de patentes e direitos autorais. O Conselho de Unificação então licenciará a utilização de tais patentes e direitos autorais a todos os interessados, igualmente e sem discriminação, com o intuito de eliminar práticas monopolísticas, de pôr fim ao uso de produtos obsoletos e de tornar os melhores produtos disponíveis a toda a nação. Não serão mais utilizados marcas registradas, nomes comerciais nem títulos com direitos autorais reservados. Todos os produtos anteriormente patenteados receberão um nome novo e passarão a ser vendidos sob essa nova denominação, sendo tais nomes escolhidos pelo Conselho de Unificação. Todas as marcas registradas e os nomes comerciais privados são pelo presente abolidos.

"Artigo quarto. Nenhum novo dispositivo, invenção, produto ou mercadoria de qualquer natureza não existente no mercado no momento poderá ser produzido, inventado, fabricado ou vendido após a publicação deste decreto. Fica pelo presente desativado o Escritório de Registro de Patentes e Direitos Autorais.

"Artigo quinto. Todo estabelecimento, firma, companhia ou pessoa envolvida na fabricação de bens de qualquer natureza doravante passará a produzir por ano a mesma quantidade de produtos que for fabricada durante o ano-base, nem mais, nem menos. O ano-base ou padrão é o que termina quando da publicação do presente. Toda e qualquer produção acima ou abaixo desse nível legal estará sujeita a multas, a serem determinadas pelo Conselho de Unificação.

"Artigo sexto. Todas as pessoas de todos os sexos, idades, classes e níveis de renda gastarão por ano na aquisição de produtos a mesma quantidade de dinheiro que gastaram no ano-base, nem mais nem menos. Toda e qualquer aquisição acima ou abaixo desse nível legal estará sujeita a multas, a serem determinadas pelo Conselho de Unificação.

"Artigo sétimo. Todos os salários, preços, dividendos, lucros, taxas de juros e fontes de renda de qualquer natureza serão congelados em seus níveis atuais, ou seja, quando da publicação deste decreto.

"Artigo oitavo. Todos os casos não especificamente tratados por este decreto serão apreciados pelo Conselho de Unificação, cujas decisões serão irrecorríveis."

Mesmo naqueles quatro homens que ouviram a leitura do documento ainda restavam alguns vestígios de dignidade humana, que os fizeram permanecer imóveis, nauseados durante um minuto.

Taggart foi o primeiro a se manifestar. Ele falava baixo, mas sua voz estava trêmula e intensa, como se não conseguisse reprimir um grito:

– Mas por que não? Por que eles têm se nós não temos nada? Por que merecem mais que a gente? Se vamos afundar, eles têm mais é que afundar junto conosco. Não podemos dar a eles nenhuma chance de sobreviver!

– Muito estranho dizer isso de um plano bastante prático que vai beneficiar a todos – retrucou Boyle com uma voz estridente, olhando para Taggart surpreso e assustado.

O Dr. Ferris deu uma risadinha.

Os olhos de Taggart pareceram entrar em foco, e ele disse, em voz mais alta:

– É, claro que sim. É um plano muito prático. É necessário, prático e justo. Vai resolver os problemas de todo mundo. Vai dar a todos a oportunidade de ganhar segurança. Uma oportunidade de descansar.

– Dará segurança ao povo – disse Eugene Lawson, e seus lábios foram deslizando até formar um sorriso. – Segurança é o que o povo quer. Se é isso que eles querem, por que não? Só porque uma meia dúzia de ricaços não quer?

– Não são os ricos que vão levantar objeções – disse o Dr. Ferris preguiçosamente. – Os ricos querem segurança mais do que qualquer outra espécie de animal. Será que você ainda não percebeu isso?

– Bem, então quem é que vai ser contra? – perguntou Lawson.

O Dr. Ferris deu um sorriso significativo e não disse nada.

Lawson desviou os olhos:

– Eles que se danem! Por que nos preocuparmos com eles? Temos que pensar é nos pequenos. A inteligência é que causou todos os problemas da humanidade. A mente humana é a raiz de todos os males. Vivemos na época do coração. São os fracos, os doentes e os humildes que devem nos preocupar exclusivamente. – Seu lábio inferior se contorcia, frouxo. – Os grandes só existem para servir os pequenos. Se eles se recusam a cumprir sua obrigação moral, temos que obrigá-los. Já houve uma Era da Razão, mas agora já progredimos e chegamos à Era do Amor.

– Cale a boca! – berrou Taggart.

Todos os olhares se fixaram nele.

– Pelo amor de Deus, o que deu em você, Jim? – perguntou Boyle, trêmulo.

– Nada – respondeu Taggart –, nada... Wesley, faça com que ele cale a boca, está bem?

Mouch se remexeu, sem graça:

– Mas não entendo...

– É só ele calar a boca. A gente não tem que ouvir o que ele diz, não é?

– Bem, não, mas...

– Então continuemos.

– Mas o que é isso? – protestou Lawson. – Não admito isso. Absolutamente não... – Porém não encontrou nenhum apoio nos rostos ao seu redor e parou, formando com a boca uma expressão de ódio infantil.

– Vamos continuar – disse Taggart, febril.

– O que há com você? – perguntou Boyle, tentando não pensar no que havia consigo próprio, no motivo pelo qual sentia medo.

– A genialidade é uma superstição, Jim – disse o Dr. Ferris devagar, com uma ênfase estranha, como se estivesse consciente de que estava exprimindo aquilo que todos evitavam exprimir. – Não existe intelecto. O cérebro humano é um produto social, um somatório de influências recebidas daqueles que o cercam. Ninguém inventa nada, apenas reflete o que está flutuando na atmosfera social. O gênio é um catador de lixo intelectual, um ganancioso coletor de ideias que pertencem a toda a sociedade, da qual ele as rouba. Todo pensamento é uma forma de roubo. Se abolirmos as fortunas individuais, teremos uma distribuição mais justa da riqueza. Se abolirmos a genialidade, teremos uma distribuição mais justa das ideias.

– Viemos aqui para falar de coisas sérias ou para ficar um gozando o outro? – perguntou Fred Kinnan.

Todos se viraram para ele. Era um homem musculoso, de traços acentuados, porém seu rosto tinha a curiosa propriedade de possuir certas rugas finas que elevavam os cantos de sua boca, formando permanentemente um esboço de sorriso irônico e profundo. Kinnan estava sentado no braço da poltrona, com as mãos nos bolsos, fitando Mouch com o olhar sorridente que um policial calejado dirige a um cleptomaníaco.

– Só lhe digo uma coisa: é bom encher esse Conselho de Unificação com gente minha – disse ele. – Porque senão... esse artigo primeiro vai sumir do mapa.

– Naturalmente, pretendo colocar um representante dos trabalhadores nesse Conselho – disse Mouch secamente –, bem como um representante da indústria, outros dos profissionais liberais, e de todas as camadas da...

– Todas as camadas coisa nenhuma – protestou Kinnan, sem levantar a voz. – Só representantes dos sindicatos. Mais nada.

– Mas que história é essa!? – berrou Boyle. – Você não acha que isso seria uma sujeira?

– Claro – reconheceu Kinnan.

– Mas desse jeito vocês iam controlar todas as empresas do país!

– E o que você acha que eu quero?

– Isso é uma injustiça! – gritou Boyle. – Não vou permitir uma coisa dessas! Você não tem esse direito! Você...

– Direito? – perguntou Kinnan, inocente. – Então estamos falando sobre direitos?

– Mas, espere aí, afinal de contas existem certos direitos de propriedade fundamentais que...

– Escute, meu chapa, você quer o artigo terceiro, não quer?

– Bem, eu...

– Então é melhor não falar mais em direitos de propriedade daqui para a frente. Nem pensar nisso.

– Sr. Kinnan – disse o Dr. Ferris –, o senhor não deve cair no velho erro de fazer generalizações. Nossa política tem que ser flexível. Não há princípios absolutos que...

– Deixe essa conversa para o Jim Taggart, doutor – disse Kinnan. – Eu sei do que estou falando. Porque *eu* não fiz faculdade.

– Protesto – disse Boyle – contra esse seu método ditatorial de...

Kinnan virou as costas para ele e disse:

– Escute, Wesley, meu pessoal não vai gostar do artigo primeiro. Se você botar a faca e o queijo na minha mão, eu faço que eles engulam esse artigo. Senão, desista. É bom você se decidir.

– Bem... – disse Mouch e parou.

– Meu Deus, e nós, Wesley? – gritou Taggart.

– É só me procurar – disse Kinnan – quando precisar de alguma coisa do Conselho. Mas quem vai mandar nele sou eu. Eu e o Wesley.

– Você acha que a nação vai admitir uma coisa dessas? – berrou Taggart.

– Pare de se iludir – disse Kinnan. – A nação? Se não existem mais princípios – e nisso o doutor tem razão, porque realmente não existem mesmo –, se não há mais regras nesse jogo e é só uma questão de quem rouba quem, então eu tenho mais votos que todos vocês juntos. Tem mais trabalhador que empregador, não se esqueçam disso!

– É uma atitude estranha essa sua – disse Taggart, altivo –, quando se trata de uma medida que, no fim das contas, não visa atender aos interesses egoístas dos trabalhadores nem dos empregadores, e sim ao bem-estar geral do público.

– Está bem – disse Kinnan, condescendente –, vamos falar na sua língua. O que é o público? Se está falando em termos de qualidade, então não é você, Jim, nem Boyle. Se é em termos de quantidade, aí não tem dúvida de que sou *eu*, porque tem muita gente por trás de mim. – Seu sorriso desapareceu, e, com uma súbita expressão amarga de cansaço, acrescentou: – Só que não vou dizer que estou trabalhando pelo bem público, porque sei que não estou. Sei que estou jogando esses infelizes todos na escravidão. Isso mesmo. E eles sabem também. Mas sabem que tenho que jogar umas migalhas para eles de vez em quando, para eu poder me manter por cima, enquanto *vocês* não dariam para eles coisíssima nenhuma. É por isso que, já que eles têm que viver debaixo do chicote, preferem que o chicote fique na *minha* mão, não na de vocês, com toda essa sua conversa mole de bem-estar do público! Vocês acham que, além dos outros frescos como vocês que fizeram faculdade, existe alguém, um retardado que seja, que acredite nessas suas histórias? Eu sou um vigarista, mas sei que sou e o meu pessoal sabe que sou, e eles sabem que vou fazer alguma coisa por eles. Não por bondade minha, não: só dou a eles o mínimo que sou obrigado a dar, mas pelo menos eles podem contar com isso. É claro que às vezes isso me enoja, como agora, por exemplo, mas não fui eu quem fez este mundo, foram vocês. E estou só jogando o jogo que vocês inventaram e vou continuar jogando enquanto ele durar – e não vai durar muito, para nenhum de nós!

Kinnan se pôs de pé. Ninguém disse nada e ele correu o olhar lentamente por todos os rostos, terminando por fixá-lo no rosto de Wesley Mouch.

– Então, o Conselho é meu, Wesley? – perguntou, em tom descontraído.

– A seleção dos membros é apenas um detalhe técnico – respondeu Mouch, num tom de voz agradável. – Que tal nós dois discutirmos isso mais tarde?

Todo mundo entendeu que a resposta era "sim".

– Está bem, companheiro – concordou Kinnan. Voltou para a janela, sentou-se no parapeito e acendeu um cigarro.

Por algum motivo que ninguém admitia, os outros estavam olhando para o Dr. Ferris, como se procurassem sua orientação.

– Não se incomodem com oratória – disse o Dr. Ferris, tranquilo. – O Sr. Kinnan fala muito bem, mas ele não compreende bem a realidade prática. É incapaz de pensar dialeticamente.

Houve outro silêncio, e depois Taggart falou de repente:

– Não me importa. Não faz diferença. Ele vai ter que parar tudo. Tudo vai ter que ficar como está. Exatamente do jeito que está. Ninguém vai ter permissão para mudar coisa nenhuma. Exceto... – Virou-se de repente para Wesley Mouch. – Wesley, segundo o artigo quarto, vamos ter que fechar os departamentos de pesquisa, laboratórios experimentais, fundações científicas e todas as outras instituições desse tipo. Terão que ser proibidos.

– É, é verdade – admitiu Mouch. – Não havia pensado nisso. Vamos ter que acrescentar umas duas linhas a esse respeito. – Procurou um lápis e fez alguns rabiscos na margem do papel.

– Assim a gente põe fim à competição, que leva ao desperdício – disse Taggart. – Vai acabar essa briga para ver quem inventa mais coisas novas e desconhecidas. Não vamos ter que nos preocupar com novas invenções que perturbam o mercado. Não vamos ter que jogar dinheiro fora com experimentos inúteis só para fazer frente a competidores ambiciosos demais.

– É – disse Boyle. – Ninguém deve ter permissão de gastar dinheiro com coisas novas enquanto todo mundo não tiver o bastante das coisas velhas. Fechemos todas essas porcarias desses laboratórios, e quanto mais depressa, melhor.

– É – concordou Mouch. – Fechemos todos eles. Todos.

– Até o Instituto Científico Nacional? – perguntou Kinnan.

– Ah, não! – respondeu Mouch. – Isso são outros quinhentos. Esse é do governo. Além disso, é uma instituição não lucrativa. E ele sozinho bastará para dar conta do progresso da ciência.

– É claro que bastará – disse o Dr. Ferris.

– E o que será de todos aqueles engenheiros, professores, etc., quando vocês fecharem todos os laboratórios? – indagou Kinnan. – Como é que eles vão ganhar a vida, agora que não há mais empregos e tantas empresas estão fechando?

– Bem... – disse Mouch, coçando a cabeça, e se virou para o Sr. Weatherby. – A gente dá assistência social para eles, Clem?

– Não – respondeu o Sr. Weatherby. – Para quê? Eles não são tantos assim. Não chegam a ser importantes.

– Imagino – disse Mouch, virando-se para o Dr. Ferris – que vocês possam absorver alguns deles, não é, Floyd?

– Alguns – disse o Dr. Ferris lentamente, como se estivesse saboreando cada sílaba de sua resposta. – Os que forem cooperativos.

– E os outros? – insistiu Fred Kinnan.

– Vão ter que esperar até que o Conselho de Unificação encontre alguma utilidade para eles – disse Mouch.

– E o que eles vão comer enquanto esperam?

Mouch deu de ombros:

– Numa emergência nacional, alguém tem que ser a vítima. Não tem jeito.

– Nós temos o direito de fazer isso! – exclamou Taggart de repente, desafiando o silêncio do recinto. – Nós precisamos. Não é? – Ninguém disse nada. – Temos o direito de proteger o nosso ganha-pão! – Ninguém ousou contradizê-lo, mas ele prosseguiu, com uma insistência histérica: – Vamos ficar numa posição de segurança pela primeira vez em séculos. Todo mundo vai saber qual é o seu lugar e o seu emprego, e o lugar e o emprego de todos os outros, e não vamos estar à mercê de todo maluco que tem uma ideia nova. Ninguém vai nos levar à falência, nem roubar nosso mercado nem vender a preços mais baratos que os nossos, nem tornar nossos produtos obsoletos. Ninguém vai aparecer nos oferecendo uma porcaria de uma novidade que nos obrigue a decidir se vamos perder dinheiro ao comprá-la ou se vamos perder dinheiro ao deixar de comprá-la e um outro o fizer! Não vamos ter que tomar esse tipo de decisão. Ninguém vai precisar decidir nada. Tudo vai ficar decidido de uma vez por todas.

Nenhum dos presentes parecia discordar de Taggart, mas seu olhar corria de um rosto a outro, implorando.

– Já inventaram coisas demais, já é o bastante para o conforto de todos. Por que deixar que continuem inventando mais novidades? Por que deixar que fiquem estremecendo o chão em que pisamos a cada vez que damos dois passos? Por que temos que viver sempre em transição, na eterna incerteza? Só por causa de uns poucos aventureiros inquietos e ambiciosos? Devemos sacrificar o contentamento da totalidade da espécie humana por causa da ganância de uns poucos inconformistas? Não precisamos deles. Não precisamos nem um pouco deles. Quem dera que nos livrássemos do culto aos heróis! Os heróis só fizeram mal à humanidade, no decorrer de toda a história. Fizeram a humanidade entrar numa corrida desenfreada, sem poder parar e tomar fôlego, sem descansar, sem relaxar, sem sentir segurança. Sempre correndo para alcançar os tais dos heróis... sempre, sem parar... Quando a gente está quase alcançando, eles já dispararam na frente... Eles não nos dão uma chance... nunca nos deram uma chance... – Seus olhos se moviam inquietos; olhou para a janela, mas desviou a vista rapidamente. Não queria ver o obelisco branco a distância. – Não precisamos mais deles. Vencemos. Esta é a nossa época. O nosso mundo. Agora vamos ter segurança, pela primeira vez em séculos, pela primeira vez desde o início da Revolução Industrial!

– Bem, pelo visto – retrucou Kinnan –, esta é a Revolução Anti-industrial.

– É muito estranho você dizer uma coisa dessas! – exclamou Mouch. – Não podemos dizer isso ao público.

– Não se preocupe, companheiro. Não vou dizer isso ao público.

– É uma falácia completa – disse o Dr. Ferris. – É uma afirmação que reflete ignorância. Todos os peritos já concluíram há muito tempo que uma economia planejada realiza o máximo de eficiência produtiva e que a centralização leva à superindustrialização.

– A centralização destrói a praga do monopólio – comentou Boyle.

– O que foi mesmo que você disse? – perguntou Kinnan.

Boyle não percebeu o toque de deboche na voz de Kinnan e respondeu, sério:

– Destrói a praga do monopólio. Leva à democratização da indústria. Torna tudo acessível a todos. Agora, por exemplo, numa época como esta, quando há uma escassez tão grande de minério de ferro, faz sentido desperdiçar dinheiro, mão de obra e recursos nacionais fazendo uma coisa ultrapassada como o aço, quando existe um metal muito melhor que eu poderia estar produzindo? Um metal que todo mundo quer e ninguém consegue arranjar? Agora me digam: isso é economicamente sensato? Socialmente eficiente? Democrático? Por que não posso fabricar esse metal e por que as pessoas não podem adquiri-lo quando precisam dele? Só por causa do monopólio particular de um indivíduo egoísta? Devemos sacrificar nossos direitos aos interesses pessoais dele?

– Chega dessa conversa – disse Kinnan. – Já li isso tudo nos mesmos jornais que você.

– Não gosto da sua atitude – disse Boyle, subitamente assumindo um tom de voz de indignação moral, com um olhar que, num botequim, seria o prelúdio de uma cena de socos e pontapés. Endireitou o corpo, amparado pelas colunas de parágrafos em papel amarelado que ele via em sua mente:

"Numa época de necessidade pública crucial, podemos desperdiçar esforços sociais na produção de bens obsoletos? Deixaremos que a maioria permaneça passando necessidade enquanto a minoria nos impede o acesso aos melhores produtos e métodos de produção existentes? Seremos contidos pela superstição das patentes?"

"Não é óbvio que a indústria privada é incapaz de enfrentar a atual crise econômica? Por exemplo: por quanto tempo vamos suportar esta vergonhosa escassez de metal Rearden? Há uma intensa demanda pelo produto, a qual Rearden não está satisfazendo."

"Quando vamos pôr fim às injustiças econômicas e privilégios especiais? Por que motivo apenas Rearden tem o direito de fabricar metal Rearden?"

– Não gosto da sua atitude – disse Boyle. – Já que respeitamos os direitos dos trabalhadores, queremos que você respeite os direitos dos industriais.

– Que direitos, de que industriais? – perguntou Kinnan, irônico.

– Quero crer – o Dr. Ferris se apressou a esclarecer – que é talvez o artigo segundo o mais essencial de todos no momento. Precisamos acabar com essa coisa misteriosa de empresários se aposentarem e desaparecerem. Precisamos acabar com isso. Está destruindo toda a nossa economia.

– Por que eles estão fazendo isso? – perguntou Taggart, nervoso. – Aonde eles vão?

– Ninguém sabe – disse o Dr. Ferris. – Não conseguimos encontrar nenhuma informação, nenhuma explicação. Mas temos que pôr fim a isso. Em tempos de crise, o serviço econômico é um dever tão fundamental quanto o serviço militar. Quem o abandona deve ser considerado desertor. Propus até que esses homens fossem punidos com a pena de morte, mas Wesley não concordou.

– Vá com calma, rapaz – disse Kinnan, com uma voz estranha e lenta. De repente, ficou absolutamente imóvel, observando o Dr. Ferris com um olhar que fez com que todos se dessem conta de que ele havia proposto assassinato. – Não quero ouvir falar em pena de morte na indústria.

O Dr. Ferris deu de ombros.

– Não devemos chegar a tais extremos – Mouch se apressou a dizer. – Não queremos assustar as pessoas. Queremos que elas fiquem do nosso lado. O principal problema é: será que elas vão... vão aceitar?

– Vão – respondeu o Dr. Ferris.

– Estou um pouco preocupado – disse Eugene Lawson – em relação aos artigos terceiro e quarto. Expropriar as patentes não é problema nenhum. Ninguém vai defender os industriais. Mas estou preocupado com a apropriação dos direitos autorais. É perigoso. É uma questão espiritual. Vai alienar os intelectuais. O artigo quarto não significa que é proibido escrever e publicar livros de agora em diante?

– Sim – admitiu Mouch –, é verdade. Mas não podemos abrir uma exceção para a indústria editorial. É uma indústria como qualquer outra. Se vamos proibir os novos produtos, temos que proibir *todos* os novos produtos.

– Mas é uma questão espiritual – disse Lawson. Em sua voz havia um tom não de respeito racional, e sim de temor sobrenatural.

– Não estamos mexendo com o espírito de ninguém. Mas, quando você publica um livro, ele se torna uma mercadoria material, e, se abrirmos uma exceção para uma mercadoria, não vamos poder manter os outros na linha e não vamos conseguir fazer com que nenhum dos artigos seja cumprido.

– É, isso é verdade. Mas...

– Não seja bobo, Gene – disse o Dr. Ferris. – Você não quer que algum escritor rebelde comece a publicar livros que destroem todo o nosso programa, não é? Se você falar em censura, todo mundo vai cair de pau em você. Não estão prontos para isso... ainda não. Mas, se não falar em espírito e encarar a coisa como uma questão puramente material – não uma questão de ideias, mas uma simples questão de papel, tinta e impressoras –, você consegue o que quer com muito mais facilidade. Vai conseguir que ninguém publique nada de perigoso, e ninguém vai criar caso por causa de uma questão material.

– É, mas... mas acho que os escritores não vão gostar.

– Será mesmo? – perguntou Mouch, com um olhar que era quase um sorriso. – Não esqueça que, segundo o artigo quinto, as editoras terão que publicar tantos livros quanto o fizeram no ano-base. Como não poderão publicar livros novos, terão de fazer reedições, e o público terá de comprar essas obras antigas reeditadas. Há muitos livros bons que nunca tiveram uma oportunidade justa de serem reconhecidos.

– Ah – disse Lawson, lembrando-se de que tinha visto Mouch almoçando com Balph Eubank duas semanas antes. Então sacudiu a cabeça e franziu a testa. – Mesmo assim me preocupo. Os intelectuais são nossos amigos. Não queremos aliená-los. Eles podem criar muito caso.

– Não vão criar caso nenhum – disse Kinnan. – O tipo de intelectuais que são seus amigos são os primeiros a gritar quando se sentem seguros, e os primeiros a calar a boca quando veem sinal de perigo. Passam anos cuspindo no homem que lhes dá de comer e depois lambem a mão do que lhes dá um tabefe. Eles não entregaram todos os países da Europa, um por um, a comissões de malfeitores que nem esta aqui agora? Não gritaram até não poder mais para que se desligassem todos os alarmes contra roubos e se quebrassem todos os cadeados para os malfeitores entrarem? E, de lá para cá, algum deles deu um pio? Não viviam gritando que eram amigos dos trabalhadores? Você já ouviu algum deles levantar a voz contra o trabalho escravo, os campos de concentração, as jornadas de trabalho de 14 horas e as mortes causadas pelo escorbuto nas repúblicas populares europeias? Nunca, não é? Eles vivem dizendo àqueles miseráveis escravos que fome é prosperidade, escravidão é liberdade, tortura é amor fraternal, e que, se os miseráveis não entendem isso, é por culpa deles próprios que sofrem, e que os cadáveres torturados nos porões das prisões é que são responsáveis por todos os problemas do país, não os líderes benévolos! Intelectuais? Pode se preocupar com qualquer outro tipo de pessoa, menos com os intelectuais modernos: eles engolem qualquer coisa. Eu me preocupo mais com o mais baixo estivador do sindicato dos marítimos: esse pode até de repente lembrar que é um ser humano, e aí eu não vou mais conseguir fazer com que ele ande na linha. Mas os intelectuais? Isso é a única coisa que eles já esqueceram há muito tempo. Acho que foi a única coisa que toda a educação deles visava fazer com que esquecessem. Façam o que quiserem com os intelectuais. Eles não vão criar caso.

– Pela primeira vez – disse o Dr. Ferris –, estou de acordo com o Sr. Kinnan. Concordo com os fatos que ele menciona, ainda que não com os sentimentos que ele manifesta. Não é preciso se preocupar com os intelectuais, Wesley. Basta botar alguns deles na folha de pagamento do governo e mandá-los pregar exatamente as coisas que o Sr. Kinnan mencionou: a ideia de que a culpa é das vítimas. Dê-lhes salários razoáveis e títulos bem grandiloquentes que eles se esquecem dos direitos autorais e vão ajudá-lo a reprimir os transgressores mais do que todo um batalhão de policiais.

– É – reconheceu Mouch. – Eu sei.

– O que me preocupa é um perigo muito diferente – disse o Dr. Ferris, pensativo. – É que essa história de Certificado de Doação voluntária vai lhe dar muita dor de cabeça, Wesley.

– Eu sei – concordou Mouch, preocupado. – Era nesse ponto que eu queria que o Thompson nos ajudasse. Mas acho que ele não pode fazer nada. Na verdade, não temos poderes legais para nos apropriarmos das patentes. Ah, é claro que há dezenas de leis com cláusulas que podem ser interpretadas de modo a quase autorizar isso... mas a coisa fica no quase. Se algum magnata da indústria quisesse levar a questão à Justiça, seria bem possível que ele conseguisse ganhar. E temos que manter uma aparência de legalidade, senão a população não aceita.

– Precisamente – disse o Dr. Ferris. – É extremamente importante que essas patentes nos sejam concedidas voluntariamente. Mesmo se tivéssemos uma lei que autorizasse a nacionalização pura e simples, seria muito melhor conseguir as patentes como doações. Queremos que as pessoas ainda tenham a ilusão de que continuam a ter direitos de propriedade. E a maioria delas vai colaborar. Vão assinar os Certificados de Doação. É só fazer bastante estardalhaço, dizer que é um dever patriótico e que todo mundo que se recusar a assinar é ganancioso, que a maioria assina. Mas... – E parou.

– Eu sei – disse Mouch, ficando visivelmente nervoso. – Acho que vai haver um ou outro patife antiquado que vai se recusar a assinar, mas não vão ser importantes o bastante para criar muito caso, ninguém vai ficar sabendo, seus próprios amigos e conhecidos vão ficar contra eles, acusando-os de egoístas, e assim não vão nos dar muito problema. Vamos acabar tomando as patentes, mesmo, e esses caras não vão ter peito nem dinheiro para entrar com uma ação na Justiça. Mas... – Parou.

Taggart se recostou na poltrona, observando-os. Começava a gostar daquela conversa.

– É – disse o Dr. Ferris –, também penso nisso. Estou pensando num certo magnata que está numa situação em que é capaz de nos arrasar. Se depois vamos ou não conseguir nos recuperar é difícil dizer. Deus sabe o que vai acontecer numa época de histeria como esta, numa situação delicada como a atual. Qualquer coisinha pode perturbar o equilíbrio. Arrebentar com tudo. E, se há uma pessoa que gostaria de fazer isso, é ele. Esse homem sabe qual é a questão verdadeira, sabe quais são as coisas que não devem ser ditas – e não tem medo de dizê-las. Ele sabe qual é a única arma perigosa e fatal. É o nosso adversário mais mortal.

– Quem? – perguntou Lawson.

O Dr. Ferris hesitou, deu de ombros e respondeu:

– O homem sem culpas.

Lawson fez cara de quem não estava entendendo.

– O que você quer dizer com isso? E a quem você está se referindo?

Taggart sorriu.

– Quero dizer – disse o Dr. Ferris – que só se pode desarmar um homem por meio da culpa. Por intermédio daquilo que ele mesmo aceita como culpa. Se um homem já roubou um centavo, você pode lhe impor a punição que se dá a um assaltante de banco que ele a aceitará. Ele será capaz de suportar qualquer infelicidade, achando que é merecida. Se não há bastante culpa no mundo, precisamos criá-la. Se ensinamos a um homem que é errado olhar para as flores e ele acredita em nós e depois olha para as flores, podemos fazer o que quisermos com ele. Ele não vai se defender. Vai achar que é bem feito. Não vai lutar. Mas o perigo é o homem que obedece a seus próprios padrões morais. Cuidado com o homem de consciência limpa. É esse que vai nos derrotar.

– Você está se referindo a Henry Rearden? – perguntou Taggart, com uma voz particularmente clara.

Aquele nome, o que eles não queriam pronunciar, os obrigou a fazer uma pausa momentânea.

– E se eu estivesse? – perguntou o Dr. Ferris, cauteloso.

– Ah, nada de mais – disse Taggart. – É só que, se fosse ele, eu diria que resolvo esse problema. Eu o faço assinar.

Pelas regras implícitas da linguagem que falavam, todos perceberam pelo tom de voz de Taggart que ele não estava blefando.

– Meu Deus, Jim! Essa, não! – exclamou Mouch.

– Essa, sim – disse Taggart. – Também fiquei surpreso, quando soube... o que soube. Não esperava essa. Tudo, menos isso.

– É bom saber disso – comentou Mouch, cuidadoso. – É uma informação construtiva. Pode vir a ser muito valiosa.

– Valiosa? É, sim – disse Taggart, com um tom de voz agradável. – Quando você pretende implementar o decreto?

– Bem, temos que agir rápido. Não queremos que vaze nenhuma notícia a respeito dele. Espero que todos vocês entendam que o que estamos dizendo aqui é estritamente confidencial. Eu diria que estaremos prontos para promulgar o decreto daqui a umas duas semanas.

– Não acha que seria aconselhável, antes de congelar todos os preços, resolver aquela questão das tarifas ferroviárias? Eu estava pensando num aumento. Um aumento pequeno, porém muito necessário.

– Depois nós dois discutimos esse assunto – disse Mouch, num tom simpático. – A gente dá um jeito. – Virou-se para os outros. Boyle estava fechando a carranca. – Há muitos detalhes ainda a serem elaborados, mas estou certo de que nosso programa não encontrará dificuldades muito sérias. – Estava assumindo o tom de voz e os gestos de quem faz um discurso e parecia quase alegre. – Naturalmente, pequenas dificuldades terão de ser encaradas. Se determinada coisa não der certo, tentaremos outra. O método de tentativa e erro é a única regra de ação pragmática. Vamos continuar tentando. Se ocorrer alguma dificuldade, lembrem que é apenas temporária. Apenas para o período de emergência nacional.

– Escute – disse Kinnan –, como é que a emergência vai acabar se tudo vai ficar como está?

– Não seja teórico – respondeu Mouch, impaciente. – Temos que encarar a situação do momento. Não se preocupe com detalhes menores, desde que as linhas mestras de nossa política estejam definidas. Nós teremos o poder necessário para resolver qualquer problema e responder a qualquer pergunta.

Kinnan deu uma risadinha e perguntou:

– Quem é John Galt?

– Não diga isso! – exclamou Taggart.

– Tenho uma pergunta referente ao artigo sétimo – disse Kinnan. – Prevê que todos os salários, preços, dividendos, lucros, etc. sejam congelados na data de publicação do decreto. Os impostos também?

– Não, não! – exclamou Mouch. – Como é que vamos saber de quanto iremos precisar no futuro? – Kinnan parecia estar sorrindo. – Bem, e daí? – perguntou Mouch, irritado.

– Nada – disse Kinnan. – Perguntei por perguntar.

Mouch se recostou em sua poltrona:

– Devo dizer a todos vocês que agradeço suas presenças e sua colaboração. Suas opiniões foram muito úteis. – Debruçou-se para a frente e consultou o calendário em sua mesa. Ficou uns instantes a olhar para ele, brincando com o lápis. Depois traçou uma linha ao redor de uma data. – O Decreto 10.289 entrará em vigor na manhã de 1º de maio.

Todos concordaram com a cabeça. Nenhum deles olhou para o outro.

Taggart se levantou, andou até a janela e baixou a persiana, para não ver o obelisco.

◆ ◆ ◆

Assim que acordou, Dagny se surpreendeu ao ver pináculos de edifícios estranhos contra um céu azul-claro. Notou a costura torcida da meia que usava, sentiu um mau jeito na cintura e percebeu que estava deitada no sofá de seu escritório. Notou que o relógio sobre sua mesa indicava 6h15 e que os primeiros raios de sol emprestavam um contorno prateado às silhuetas dos arranha-céus que via pela janela. A última coisa de que se lembrava era que havia caído no sofá, exausta, com intenção de descansar 10 minutos, quando a janela estava escura e o relógio marcava 3h30.

Com esforço, se pôs de pé, sentindo um cansaço imenso. A lâmpada acesa sobre a escrivaninha parecia inútil à luz da manhã, que iluminava as pilhas de papel que ela havia largado sem ter terminado sua tarefa. Dagny tentou não pensar no trabalho por mais alguns minutos, enquanto se arrastava até o banheiro e jogava água fria no rosto.

Quando voltou para o escritório, o cansaço já havia passado. Por pior que tivesse sido a noite anterior, todas as manhãs Dagny sentia uma energia em seu corpo e uma fome de atividade em sua mente – porque estava começando mais um dia, e era um dia na vida *dela*. Então olhou para a cidade. As ruas ainda estavam vazias e pareciam mais largas. À luz limpa da primavera, a impressão é que esperavam pela promessa de toda a grandeza da atividade que ocuparia seu espaço. Ao longe, o calendário informava: 1º de maio.

Ela sentou-se à sua mesa, sorrindo, desafiando o que havia de desagradável em seu trabalho. Detestava aqueles relatórios que precisava terminar de ler, mas era o seu trabalho, era manhã. Pensando que a tarefa estaria terminada antes do café, acendeu um cigarro, desligou a lâmpada e puxou os papéis para a frente.

Havia relatórios dos administradores das quatro regiões da Rede Taggart, uma ladainha de reclamações sobre equipamentos com defeito e um relatório sobre um acidente na linha principal, perto de Winston, no Colorado. Outro papel era o novo orçamento do departamento de operações, a versão revista, apoiada nas novas tarifas que Jim conseguira na semana anterior. Dagny tentou não ser dominada pelo desespero enquanto conferia lentamente os números do orçamento: todos aqueles cálculos tinham sido feitos com base na premissa de que o volume de carga permaneceria o mesmo e que o aumento das tarifas proporcionaria à empresa uma renda maior no fim do ano. Ela sabia que o volume de carga continuaria a diminuir, que o aumento não faria muita diferença e que no fim do ano os prejuízos da rede seriam maiores do que nunca.

Quando levantou a vista dos papéis, constatou com espanto que já eram 9h25. Havia percebido vagamente o ruído normal de vozes e passos na antessala, à medida que os funcionários iam chegando. Porém não entendia por que ninguém entrara em seu escritório, nem por que seu telefone não tocara – normalmente, a esta hora ela deveria estar assoberbada de trabalho. Olhou para sua agenda: lá estava anotado que a Fundição McNeil, de Chicago, deveria lhe telefonar às nove da manhã para informar a respeito dos novos vagões de carga pelos quais a Taggart Transcontinental estava esperando havia seis meses.

Dagny ligou o interfone e chamou a secretária. A moça respondeu, atônita:

– Srta. Taggart! Já está aí, na sua sala?

– Dormi aqui, outra vez. Não era minha intenção, mas aconteceu. A Fundição McNeil ligou para mim?

– Não, senhora.

– Assim que ligarem, quero falar com eles.

– Sim, senhora.

Ao desligar o interfone, Dagny se perguntou se teria sido imaginação sua ou se realmente havia algo de estranho na voz da secretária, que parecia muito tensa.

Dagny sentia-se um pouco aérea, por causa da fome, e pensou em descer para tomar café, mas ainda precisava ler o relatório do engenheiro-chefe, então acendeu mais um cigarro.

Ele estava supervisionando o trabalho de restauração da linha principal com trilhos de metal Rearden retirados da já desativada Linha John Galt. Dagny havia escolhido as seções que precisavam de reparos com mais urgência. Ao abrir o relatório, leu – atônita e irritada – que o engenheiro-chefe tinha parado de trabalhar no trecho de serra perto de Winston, Colorado. Ele recomendava uma mudança de planos: sugeria que os trilhos que iriam ser usados em Winston fossem colocados na Linha Washington-Miami, porque ocorrera um descarrilamento naquele trecho na semana anterior e o Sr. Tinky Holloway, de Washington, que estava viajando com um grupo de amigos, ficara detido durante três horas. O engenheiro-chefe tinha sido informado de que o Sr. Holloway manifestara sua extrema contrariedade. O relatório dizia que, embora de um ponto de vista puramente técnico os trilhos daquela linha estivessem em melhores condições do que os do trecho de Winston, Dagny precisava considerar, do ponto de vista sociológico, que a linha de Miami era muito mais importante em virtude dos passageiros que transportava. Portanto, o engenheiro-chefe recomendava que os reparos em Winston esperassem mais um pouco e fosse sacrificado um trecho obscuro de ferrovia de serra em favor de um trecho em que "a Taggart Transcontinental não pode dar uma impressão negativa".

Escrevendo com fúria nas margens do papel, ela pensou que sua primeira obrigação naquele dia era pôr fim àquela maluquice.

O telefone tocou.

– Sim? – perguntou ela, agarrando o fone. – É a Fundição McNeil?

– Não – respondeu a secretária. – É o Sr. Francisco d'Anconia.

Dagny ficou olhando para o fone por um instante, estupefata.

– Está bem. Pode passar a ligação.

– Então você foi trabalhar como de costume – disse Francisco, com uma voz tensa, áspera e debochada.

– E onde é que você queria que eu estivesse?

– O que achou da nova suspensão?

– Que suspensão?

– A moratória imposta aos cérebros da nação.

– De que você está falando?

– Não leu o jornal hoje?

– Não.

Houve uma pausa. Então Francisco disse, com uma voz diferente, lenta e séria:

– É melhor dar uma olhada, Dagny.

– Está bem.

– Eu ligo depois.

Ela desligou e apertou o botão do interfone.

– Me arranje um jornal – disse à secretária.

– Sim, senhora – respondeu a moça, com voz triste.

Foi Eddie Willers que entrou e colocou o jornal sobre a mesa. A expressão em seu rosto significava a mesma coisa que o tom de voz de Francisco: prenunciava alguma catástrofe inconcebível.

– Nenhum de nós queria ser o primeiro a lhe dar a notícia – disse ele, em voz bem baixa, e saiu.

Quando ela se levantou, alguns momentos depois, sentia que todo o seu corpo estava sob controle e, ao mesmo tempo, que não tinha consciência da existência dele. Sentiu-se içada da cadeira e parecia que seus pés não tocavam o chão. Havia uma clareza

577

anormal em todos os objetos ao seu redor, e no entanto ela não via nada, porém sabia que poderia enxergar um fio de teia de aranha se fosse necessário, do mesmo modo que poderia caminhar pela borda de um telhado com a segurança de um sonâmbulo. Não sabia que estava olhando para a sala com olhos de quem perdera a capacidade de duvidar, o próprio conceito de dúvida. O que lhe restava era a simplicidade de uma única percepção e uma única meta. Não sabia que a coisa que lhe parecia tão violenta, e que, no entanto, ao mesmo tempo era como uma tranquilidade desconhecida dentro dela, era o poder da certeza absoluta – e que a raiva que lhe estremecia o corpo, que a tornava pronta para matar ou morrer, com a mesma indiferença apaixonada, era seu amor à retidão, o único amor a que dedicara todos os anos de sua vida.

Jornal na mão, Dagny saiu do escritório e caminhou em direção ao corredor. Ao atravessar a antessala, percebeu que os rostos de seus funcionários estavam voltados para ela, no entanto pareciam estar separados dela por uma distância de muitos anos.

Desceu o corredor, caminhando depressa mas sem fazer esforço, com a mesma sensação de que seus pés estavam provavelmente tocando o chão, mas não os sentia. Não sabia por quantas salas tinha passado para chegar à de Jim, ou se cruzara com alguém no caminho. Sabia em que direção devia ir, que porta abrir, para entrar sem avisar e se aproximar da mesa dele.

Ao chegar diante do irmão, o jornal já estava todo retorcido. Jogou-o na cara de Jim. Os papéis acertaram o alvo e caíram no chão.

– É a minha demissão, Jim – disse. – Não vou trabalhar como escrava nem como feitora.

Não ouviu a interjeição de espanto de Jim, que soou no exato momento em que ela fechou a porta ao sair.

Voltou para sua sala e, ao passar pela antessala, fez sinal a Eddie para que ele entrasse com ela.

Com voz tranquila e bem clara, disse:

– Pedi demissão.

Ele fez que sim com a cabeça e não disse nada.

– Ainda não sei o que vou fazer no futuro. Vou embora, vou pensar e tomar uma decisão. Se quiser me encontrar, vou estar na cabana em Woodstock.

Era um velho pavilhão de caça na floresta, nos montes Berkshire, que ela herdara do pai e que não visitava havia anos.

– Quero ir também – sussurrou ele –, quero largar tudo... e não consigo. Não consigo.

– Então me faz um favor?

– Claro.

– Não me dê nenhuma notícia a respeito da rede. Não quero saber de nada. Não diga a ninguém onde estou, só a Hank Rearden. Se ele perguntar, fale a ele sobre a cabana e explique como se chega lá. Mas não diga a mais ninguém. Não quero ver ninguém.

– Está bem.

– Promete?

– Claro.

– Quando eu resolver o que faço da vida, eu lhe digo.

– Eu espero.

– É só, Eddie.

Ele sabia que ela medira cada uma das palavras e que nada mais poderia ser dito agora. Baixou a cabeça, exprimindo dessa forma o que ficou por dizer, e saiu da sala.

Dagny viu o relatório do engenheiro-chefe aberto sobre a mesa e pensou que tinha que dizer a ele para voltar imediatamente a trabalhar na seção de Winston. Em seguida se lembrou de que aquilo não era mais problema seu. Não sentia dor. Sabia que ela viria depois e seria uma terrível agonia, e que o entorpecimento daquela hora era um descanso que lhe fora concedido – não depois, mas antes – para que pudesse enfrentar o que estava por vir. Mas não importava. *Se é isso que é exigido de mim, eu o suportarei*, pensou.

Sentou-se à sua mesa e ligou para Rearden, que estava em sua usina na Pensilvânia.

– Alô, meu amor – disse ele, com voz simples e clara, como se quisesse dizê-lo porque era verdade e certo e ele precisasse se amparar nos conceitos de verdade e certeza.

– Hank, pedi demissão.

– Sei. – Sua voz dava a impressão de que ele já esperava por aquilo.

– Ninguém veio me pegar, nenhum destruidor, talvez nem exista destruidor, afinal. Não sei o que vou fazer agora, mas tenho que ir embora, para não ter que ver nenhum deles por uns tempos. Depois tomo uma decisão. Sei que você não pode vir comigo agora.

– Não posso. Tenho duas semanas para assinar o tal Certificado de Doação. Quero estar aqui quando o prazo expirar.

– Você precisa de mim... nessas duas semanas?

– Não. Para você é pior do que para mim, porque não tem como lutar contra eles. Mas eu tenho. Acho que até gostei do que fizeram. Agora está tudo claro, tudo decidido. Não se preocupe comigo. Descanse. Antes de qualquer coisa, descanse bastante.

– Vou fazer isso.

– Para onde você vai?

– Para o campo. Para uma cabana que tenho nos montes Berkshire. Se quiser me ver, Eddie Willers lhe explica como se chega lá. Volto daqui a duas semanas.

– Você me faz um favor?

– Faço.

– Não volte enquanto eu não for buscá-la.

– Mas quero estar aqui quando a coisa acontecer.

– Deixe isso comigo.

– O que eles fizerem com você, quero que façam comigo também.

– Deixe isso comigo. Meu amor, será que você não entende? Acho que o que mais quero agora é o que você quer: não ver nenhum deles. Mas tenho que ficar aqui mais um pouco. Assim, vai me ajudar saber que pelo menos você está fora do alcance deles. Quero ter uma coisa segura na minha cabeça, para me dar apoio. Vai ser pouco tempo, e depois eu vou pegar você. Entende?

– Entendo, querido. Até logo.

Foi fácil caminhar para fora do escritório sem sentir o peso do próprio corpo, e descer os longos corredores da Taggart. Andava olhando para a frente, com passos que mediam o ritmo uniforme e sem pressa de quem tomou uma decisão definitiva. Em seu rosto, virado bem para a frente, havia uma expressão de espanto, de aceitação, de descanso.

Dagny atravessou a plataforma do terminal. Viu a estátua de Nathaniel Taggart. Mas não sentiu nenhuma dor, nenhuma acusação, apenas um amor intenso, apenas a sensação de que agora ela ia se juntar a ele, não na morte, mas naquilo que fora a vida dele.

◆ ◆ ◆

O primeiro funcionário a pedir demissão da Siderúrgica Rearden foi Tom Colby, mestre de laminação, chefe do sindicato dos empregados da siderúrgica. Durante 10 anos vinha sendo denunciado, porque o sindicato dele jamais entrara em conflito violento com o patrão. Era verdade: jamais fora necessário entrar em conflito, pois Rearden pagava salários mais altos do que qualquer tabela de sindicato do país e exigia em troca – e recebia – a melhor mão de obra existente.

Quando Tom Colby disse que estava pedindo demissão, Rearden concordou com a cabeça, sem dizer nem perguntar nada.

– Eu me recuso a trabalhar sob essas condições – acrescentou Colby, em voz baixa – e a ajudar os outros a continuarem trabalhando. Eles confiam em mim. Não vou ser o Judas que vai conduzi-los ao matadouro.

– Você vai viver de quê? – perguntou Rearden.

– Economizei o bastante para viver um ano, mais ou menos.

– E depois?

Colby deu de ombros.

Rearden pensou no rapaz de olhos irados que tirava carvão da mina à noite, como um criminoso. Pensou em todas as estradas escuras, os becos e quintais do país onde os melhores homens agora trocariam seu trabalho por dinheiro vivo, como na selva, em serviços esporádicos, em transações sem papéis. Pensou no fim daquela estrada.

Colby parecia estar lendo seus pensamentos, pois disse:

– O senhor também vai acabar do meu lado, Sr. Rearden. Vai entregar seu cérebro a eles?

– Não.

– E depois?

Rearden deu de ombros.

Por um momento, Colby o observou com seus olhos pálidos e astutos, emoldurados por um rosto queimado pelo calor dos altos-fornos, riscado por rugas repletas de fuligem.

– Há anos que eles vivem nos dizendo que o senhor está contra nós. Mas não é verdade. São o Orren Boyle e mais o Fred Kinnan que estão contra mim e contra o senhor.

– Eu sei.

O Ama de Leite jamais havia entrado na sala de Rearden, como se tivesse consciência de que não tinha o direito de entrar lá. Sempre esperava do lado de fora, tentando ver Rearden de relance. O novo decreto redefinira sua posição: agora ele era o inspetor oficial da usina, para acusar qualquer tentativa de ultrapassar ou ficar abaixo do nível legal de produção. Alguns dias depois, ele abordou Rearden numa passagem entre fileiras de fornalhas. Havia uma expressão estranha de ferocidade no rosto do rapaz.

– Sr. Rearden – disse ele –, queria lhe dizer que se o senhor quiser produzir 10 vezes a cota legal de metal Rearden, aço ou ferro-gusa, ou seja lá o que o senhor quiser, e vender para todo mundo por qualquer preço, pode fazer isso. Eu dou um jeito. Mexo nos livros, falsifico os relatórios, arranjo falsas testemunhas, dou depoimentos falsos, qualquer coisa. O senhor não se preocupe, não vai ter problema nenhum!

– Mas por que você está disposto a fazer isso? – perguntou Rearden com um sorriso, mas este desapareceu quando ouviu o rapaz responder, com convicção:

– Porque quero, uma vez na vida, fazer uma coisa moralmente correta.

– Mas não é assim que... – começou Rearden e parou de repente, dando-se conta de que era mesmo assim, era essa a única maneira de agir moralmente, percebendo quantos meandros tortuosos de corrupção intelectual aquele rapaz tivera de atravessar para chegar por fim a esta sua grande descoberta.

– Talvez não seja esse o termo – disse o rapaz, sem graça. – Sei que é uma expressão antiquada, pedante. Não era isso o que eu queria dizer. Quero dizer que... – O que saiu foi um súbito grito desesperado de raiva e incredulidade: – Sr. Rearden, eles não têm esse direito!

– O quê?

– De tirar o metal Rearden do senhor.

Rearden sorriu e, movido por uma piedade desesperada, disse:

– Deixe isso para lá, Tudo É Relativo. Não há direitos.

– Sei que não há. Mas o que quero dizer é que... é que eles não podem fazer isso.

– Por que não? – Rearden não conseguiu conter um sorriso.

– Sr. Rearden, não assine o Certificado de Doação! Não assine, por uma questão de princípios.

– Não vou assinar. Mas não há princípios.

– Sei que não há. – Começou a recitar, sério, com a honestidade de um aluno aplicado: – Sei que tudo é relativo e ninguém nunca sabe nada e que a razão é uma ilusão e que não existe realidade. Mas só estou falando sobre o metal Rearden. Não assine, Sr. Rearden. Com moral ou sem moral, com princípios ou sem princípios, não assine – porque não é direito!

Ninguém mais mencionou o decreto na presença de Rearden. A nova característica da siderúrgica era o silêncio. Os homens não falavam com ele quando aparecia nas oficinas, e Rearden percebeu que também não falavam uns com os outros. O departamento pessoal não recebeu pedidos de demissão formais. Porém quase todo dia um ou dois funcionários não apareciam e nunca mais voltavam. Quando se tentava procurá-los em suas residências, descobria-se que suas casas estavam abandonadas. O departamento pessoal não relatava essas deserções, conforme exigia o decreto. O que ocorria é que Rearden começou a ver rostos desconhecidos entre os funcionários, rostos emaciados e sofridos de homens desempregados havia muito tempo, e os outros se dirigiam a eles pelos nomes dos que haviam desaparecido. Rearden não fez perguntas.

Em todo o país imperava o silêncio. Rearden não sabia quantos industriais haviam abandonado o trabalho e sumido nos primeiros dias de maio, deixando que suas fábricas fossem tomadas pelo governo. Contou 10 entre seus fregueses, entre os quais McNeil, da Fundição McNeil, de Chicago. Não havia como ter notícias dos outros, os jornais não publicavam nada a respeito. As primeiras páginas agora só falavam de enchentes, acidentes de trânsito, piqueniques escolares e bodas de ouro de casais.

Havia silêncio em sua própria casa. Lillian fora para a Flórida tirar umas férias em meados de abril. Essa atitude o surpreendeu, como um capricho inexplicável, pois ela nunca havia viajado sozinha antes, desde o casamento. Philip o evitava, com uma expressão de pânico no rosto. Sua mãe o olhava com um olhar confuso de repreensão. Ela não dizia nada, mas com frequência começava a chorar em sua presença, dando a entender que suas lágrimas eram o aspecto mais importante a se considerar do desastre que prenunciava, fosse ele qual fosse.

Na manhã de 15 de maio, Rearden estava sentado à sua mesa no escritório, contemplando a siderúrgica lá embaixo, vendo as cores da fumaça elevando-se no céu azul e límpido. Havia jatos de fumaça transparente, como ondas de calor, que seriam imperceptíveis não fosse a imagem tremida dos prédios por trás dela. Podia ver riscos de fumaça vermelha, preguiçosas colunas amarelas e leves espirais azuis – e ainda os grossos rolos que subiam rápidos no ar, como tiras retorcidas de cetim que o sol estival tingia de um rosa anacarado.

O interfone tocou em sua mesa, e a voz da Srta. Ives disse:

– O Dr. Floyd Ferris quer falar com o senhor, sem ter marcado hora. – Embora formal e rígida, a voz parecia perguntar: devo expulsá-lo?

Houve um leve sinal de espanto no rosto de Rearden, apenas um pouco acima do limiar da indiferença, pois não esperava que o emissário fosse aquele em particular. Respondeu, com voz pausada:

– Diga-lhe que entre.

O Dr. Ferris não sorria ao se aproximar da mesa de Rearden, limitando-se a ostentar uma expressão indicativa de que Rearden sabia perfeitamente que ele tinha bons motivos para estar sorrindo e portanto não faria o óbvio.

Sem esperar um convite, sentou-se à frente da mesa de Rearden e colocou sobre os joelhos a pasta que trazia. Agia como se não fosse necessário dizer nada, já que sua presença ali explicava tudo.

Rearden ficou a olhá-lo em silêncio, com paciência.

– Como o prazo para a assinatura dos Certificados de Doação expira hoje à meia-noite – disse o Dr. Ferris, no tom de voz de um vendedor que concede a um freguês uma cortesia especial –, vim buscar sua assinatura, Sr. Rearden.

Fez uma pausa, como se desse a entender que agora a fórmula exigia uma resposta.

– Continue – pediu Rearden. – Estou ouvindo.

– Bom, creio que devo explicar – disse o Dr. Ferris – que queremos sua assinatura na parte da manhã para podermos anunciá-la num comunicado nacional ainda hoje. Embora o programa de doações esteja indo de vento em popa, ainda há alguns individualistas teimosos que não assinaram – arraia-miúda, sabe, com patentes que não têm muito valor, mas não podemos abrir exceção para eles, por uma questão de princípios, o senhor entende. Cremos que estão esperando o senhor. Sabe, o senhor tem muitos seguidores entre o povo, muito mais do que imaginava e soube usar. Assim, quando for anunciado que o senhor assinou, não haverá mais nenhuma resistência, e à meia-noite já teremos completado o programa com sucesso.

Rearden sabia que, de todas as falas possíveis, essa seria a última que o Dr. Ferris faria se ainda tivesse alguma dúvida quanto à rendição de Rearden.

– Continue – disse Rearden, sem altear a voz. – O senhor não terminou.

– O senhor sabe, como bem o demonstrou no seu julgamento, como e por que é importante que obtenhamos todas as propriedades com o consentimento voluntário das vítimas. – O Dr. Ferris abriu a pasta. – Eis o Certificado de Doação, Sr. Rearden. Já o preenchemos todo, só falta sua assinatura aqui nesta linha.

O papel que colocou à frente de Rearden parecia um pequeno diploma universitário, com o texto escrito em letras góticas e os dados específicos escritos à máquina. O documento afirmava que, por meio dele, Henry Rearden transferia à União todos os direitos referentes ao metal ora denominado "metal Rearden", que doravante poderia ser fabricado por todos que o desejassem, passando a ser chamado "Metal Milagroso", nome escolhido pelos representantes do povo. Olhando para o papel, Rearden se perguntou se era por escárnio deliberado ou por subestimarem muito a inteligência das vítimas que as pessoas que prepararam o documento utilizaram como fundo para o texto a imagem da Estátua da Liberdade.

Os olhos de Rearden lentamente se fixaram no rosto do Dr. Ferris.

– Você não teria vindo aqui – disse ele – se não tivesse alguma arma extraordinária para me ameaçar. Qual é ela?

– É claro – admitiu o Dr. Ferris. – Eu esperava que o senhor percebesse isso. É por esse motivo que não é necessário dar longas explicações. – Abriu a pasta. – Quer ver minha arma? Trouxe algumas amostras.

Como um jogador profissional que com um único movimento abre um enorme leque de cartas, mostrou para Rearden uma série de fotografias. Eram cópias fotostáticas de registros de hotéis e motéis, em que apareciam, na letra de Rearden, os nomes do Sr. e da Sra. J. Smith.

– É claro que o senhor sabe – disse o Dr. Ferris em voz baixa –, mas talvez queira saber se nós sabemos que a Sra. J. Smith é a Srta. Dagny Taggart.

O Dr. Ferris não viu nada de perceptível no rosto de Rearden. Ele não havia se mexido para se debruçar sobre as fotos, porém olhava para elas de longe com atenção concentrada, como se, da perspectiva da distância, estivesse descobrindo alguma coisa a respeito delas que antes não sabia.

– Temos muitas outras provas – avisou o Dr. Ferris, jogando sobre a mesa fotocópias da conta da joalheria referente ao pingente de rubi. – O senhor não vai se interessar em ver os depoimentos prestados sob juramento por porteiros de edifícios e recepcionistas de hotéis, já que neles não há nada que seja novidade para o senhor, além do número de testemunhas que sabem onde o senhor vem passando as noites em Nova York nos últimos dois anos. Não fique muito zangado com essas pessoas. É uma característica curiosa dos tempos em que vivemos o fato de que as pessoas começam a ter medo de dizer as coisas que querem dizer e, quando questionadas, têm medo de não falar sobre coisas que prefeririam não mencionar. Isso é de esperar. Mas o senhor ficaria surpreso de saber quem nos deu a informação original.

– Eu sei – disse Rearden, com uma voz que não exprimia nenhuma reação. A viagem à Flórida já não lhe parecia incompreensível.

– Não há nada nesta minha arma que possa prejudicá-lo pessoalmente – disse o Dr. Ferris. – Nós sabíamos que nada que pudéssemos fazer com o senhor o obrigaria a ceder. Portanto, lhe digo francamente que isto aqui não vai prejudicá-lo nem um pouco. Só vai prejudicar a Srta. Taggart.

Rearden agora o encarava, mas o Dr. Ferris não entendia por que tinha a impressão de que aquele rosto tranquilo e hermético estava cada vez mais distante, mais remoto.

– Se esse seu romance for alardeado por todo o país – disse o Dr. Ferris –, por peritos na arte de difamar como Bertram Scudder, sua reputação não vai ser muito afetada. Fora alguns olhares curiosos e algumas sobrancelhas levantadas para o senhor nos salões mais conservadores, o senhor não vai sofrer nada. Esse tipo de coisa é o que se espera de um homem. Na verdade, vai até aumentar sua fama. O senhor ganhará uma aura de glamour romântico entre as mulheres e, entre os homens, certo prestígio, sob a forma de inveja por uma conquista extraordinária. Mas e a Srta. Taggart, com seu nome imaculado, sua reputação de estar acima de qualquer escândalo, sua posição peculiar como mulher numa esfera profissional exclusivamente masculina? O que ela vai ver nos olhos de todas as pessoas com quem cruzar, o que ela vai ouvir de todos os homens com quem for discutir negócios... isso eu deixo à sua imaginação. E ao seu julgamento.

Rearden não sentiu nada além de uma grande tranquilidade e uma enorme claridade. Era como se uma voz lhe dissesse, muito séria: "E agora – o cenário está iluminado – agora olhe." E, nu, sob aquela luz fortíssima, ele olhava, tranquilo, solene, despido de temores, dor, esperança, de tudo, menos do desejo de saber.

O Dr. Ferris ficou atônito ao ouvi-lo dizer, lentamente, no tom de voz de quem faz uma afirmação abstrata que não parece dirigida a seu interlocutor:

– Mas todos os seus cálculos se baseiam no fato de que a Srta. Taggart é uma mulher direita, não a vagabunda que vocês vão dizer que ela é.

– É, naturalmente – concordou o Dr. Ferris.

– E no fato de que para mim esse relacionamento não foi apenas uma aventura sem importância.

– É claro.

– Se eu e ela fôssemos o tipo de escória que vocês vão dizer que somos, sua arma não teria efeito nenhum.

– Não, não teria.

– Se nosso relacionamento fosse a coisa depravada que vocês vão dizer que ele foi, vocês não teriam como nos prejudicar.

– Não.

– Vocês não teriam poder algum sobre nós.

– De fato, não.

Não era com o Dr. Ferris que Rearden estava falando. Ele estava vendo uma longa sucessão de homens que atravessava os séculos, que começava com Platão e cujo herdeiro e produto final era um professorzinho incompetente com cara de gigolô e alma de marginal.

– Eu lhe ofereci uma vez a oportunidade de se juntar a nós – disse o Dr. Ferris. – O senhor não a aceitou. Agora está vendo as consequências. O que não consigo entender é como um homem da sua inteligência poderia imaginar que sairia ganhando ao jogar limpo.

– Mas, se eu houvesse me juntado a vocês – disse Rearden com o mesmo tom impessoal, como se não estivesse falando sobre si próprio –, o que haveria para eu saquear em Orren Boyle?

– Ora, o que não falta no mundo são otários para explorar!

– Como a Srta. Taggart? Como Ken Danagger? Como Ellis Wyatt? Como eu?

– Como qualquer homem que não quer ser prático.

– Você quer dizer que não é prático viver na Terra?

Não percebeu se o Dr. Ferris respondeu. Não estava mais ouvindo. Estava vendo o rosto caído de Orren Boyle, com seus olhinhos de porco; o rosto flácido do Sr. Mowen, com seus olhos que se desviavam de todo interlocutor e de todo fato – estava vendo aqueles olhos zanzando nervosos de um lado para outro, como um macaco fazendo um número que aprendeu a reproduzir pela prática dos músculos, tentando desse modo fabricar metal Rearden, sem conhecimento e sem capacidade de saber o que havia ocorrido no laboratório experimental da Siderúrgica Rearden durante 10 anos de dedicação apaixonada e muito esforço. Era apropriado que agora o batizassem de "Metal Milagroso": para *eles*, era mesmo um milagre aquele esforço de 10 anos, a competência que tornara possível o metal Rearden – o metal só podia mesmo ser um milagre, o produto de uma causa desconhecida e incognoscível, um objeto da natureza, que não pode ser explicado, mas simplesmente apanhado, como quem apanha uma pedra ou uma planta. "Deixaremos que a maioria permaneça passando necessidade enquanto a minoria nos impede o acesso aos melhores produtos e métodos de produção existentes?"

Se eu não soubesse que a minha vida depende de meu cérebro e de meu esforço – Rearden estava dizendo silenciosamente para a sucessão de homens que atravessava os séculos –, *se eu não houvesse transformado em meu mais elevado objetivo moral a tarefa de exercer todos os meus esforços e toda a minha capacidade mental para sustentar e ampliar minha existência, você não teria encontrado nada em mim para saquear, nada para sustentar sua própria existência. Não são os meus pecados que você está usando para me prejudicar, e sim minhas virtudes – as quais você mesmo reconhece como virtudes, já que sua própria vida depende delas, já que precisa delas, já que não tenta destruir minhas realizações, e sim se apropriar delas.*

Rearden se lembrou da voz do gigolô da ciência lhe dizendo: "Nós queremos o poder e estamos falando sério. Vocês eram amadores, mas nós somos profissionais." *Nós não queríamos o poder* – disse Rearden aos ancestrais espirituais do gigolô – *e não vivíamos daquilo que condenávamos. Nós considerávamos a capacidade produtiva uma virtude – e fizemos com que o grau de virtude de um homem fosse a medida de sua recompensa. Não lucrávamos com as coisas que considerávamos más – não exigíamos que existissem assaltantes de bancos para que nossos bancos pudessem funcionar, nem que existissem gatunos para que pudéssemos abastecer nossos lares, nem que houvesse assassinos para proteger nossas vidas. Mas vocês precisam dos produtos da capacidade do homem e, ao mesmo tempo, declaram que a capacidade produtiva é um egoísmo nefasto e fazem do grau de produtividade do homem a medida de seu prejuízo. Nós vivíamos com base no que considerávamos bom e puníamos o que considerávamos mau. Vocês vivem com base no que declaram ser mau e punem aquilo que sabem ser bom.*

Ele se lembrou da fórmula do castigo que Lillian tentara lhe impor, a fórmula que ele considerara monstruosa demais para ser verdade – e agora a via levada às últimas consequências, usada como um sistema filosófico, como uma forma de vida em escala mundial. Era a punição que exigia a própria virtude da vítima como combustível para fazê-la funcionar – sua invenção do metal Rearden sendo usada como causa de sua expropriação –, a honra de Dagny e a profundidade dos sentimentos que um sentia pelo outro sendo usadas como instrumento de chantagem, um instrumento que não funcionaria contra depravados e, nas repúblicas populares europeias, milhões de homens mantidos na escravidão em função de sua vontade de viver, de sua energia explorada no trabalho forçado, por meio de sua capacidade de alimentar seus senhores, do sistema de reféns, de seu amor por seus filhos e cônjuges e amigos – em função do amor, da capacidade e do prazer, tornados combustível para ameaças e isca para extorsão, vinculando amor a medo, capacidade a punição, ambição a confisco, usando a chantagem como lei, quando a fuga à dor e não a busca pelo prazer como único incentivo para o esforço é a única recompensa para o trabalho – homens mantidos escravizados em função de toda e qualquer força criativa que possuíam, de toda e qualquer alegria que lhes proporcionava a vida. Era este o código que o mundo aceitara, e era esta a chave do código: ele prendia o amor à vida a um circuito de tortura, de tal modo que apenas o homem que nada tinha a oferecer não teria nada a temer, de tal modo que as virtudes que tornavam a vida possível e os valores que lhe emprestavam significado se transformavam em agentes de sua destruição, de tal modo que aquilo que a pessoa tinha de melhor se tornava o instrumento de tortura que a supliciava, e a vida do homem na Terra deixava de ser uma coisa prática.

"O seu código era o da vida", lhe dizia a voz de um homem que ele não podia esquecer. "Então, qual é o deles?"

Por que o mundo aceitara aquilo?, perguntava-se ele. *Como as vítimas haviam sancionado um código que as declarava culpadas de estarem vivas?...* E então a violência de um choque interior fez com que seu corpo ficasse inteiramente imóvel, enquanto ele contemplava uma súbita visão: *Mas eu também não o tinha aceito? Também não sancionei aquele código antivida? Dagny*, pensou ele, *a profundidade dos sentimentos que um tinha pelo outro... a chantagem que não poderia atingir os depravados... eu também não chamara um dia aqueles sentimentos de depravação? Não fui eu o primeiro a dirigir a ela os insultos que agora a escória humana estava ameaçando atirar-lhe em público? Não considerei culpa a mais elevada felicidade que jamais encontrara?*

"O senhor, que não permite um por cento de impurezas numa liga metálica", disse aquela voz inesquecível, "o que permite no seu código moral?"

– E então, Sr. Rearden? – disse a voz do Dr. Ferris. – O senhor me entende agora? O senhor nos entrega o metal ou vamos tornar pública a vida amorosa da Srta. Taggart?

Rearden não estava vendo o Dr. Ferris. Estava vendo – na claridade violenta que era como um holofote dilacerando todos os enigmas que antes ele não conseguia entender – o dia em que viu Dagny pela primeira vez.

Foi alguns meses após ela ser nomeada vice-presidente da Taggart Transcontinental. Já havia algum tempo, Rearden ouvia com ceticismo boatos segundo os quais quem administrava a rede ferroviária era a irmã de Jim Taggart. Naquele verão, irritado com os atrasos e as contradições de Taggart em relação a uma encomenda de trilhos – encomenda que este fazia, alterava e suspendia, e depois fazia de novo –, alguém lhe disse que, se ele quisesse conseguir alguma coisa de concreto da Taggart Transcontinental, era melhor falar com a irmã de Jim. Ligou para o escritório dela para marcar uma hora e insistiu que fosse ainda naquela tarde. A secretária lhe disse que naquela tarde a Srta. Taggart estaria na obra do novo trecho da ferrovia, na estação de Milford, entre Nova York e Filadélfia, mas que ela o receberia lá com prazer, se ele quisesse. Rearden foi para lá contrariado. Não gostava das mulheres que conhecera em cargos executivos e achava que estrada de ferro não era lugar para elas. Esperava encontrar uma herdeira mimada que usava seu sobrenome e sua condição de mulher como substituto de capacidade, uma moça de sobrancelhas feitas, toda bem-vestida, como as executivas das lojas de departamentos.

Rearden saltou do último vagão de uma longa composição, bem afastado da plataforma da estação de Milford. Havia uma confusão de desvios, vagões de carga, guindastes e escavadeiras mecânicas na ladeira entre a ferrovia e a garganta onde homens faziam terraplanagem do lugar em que seria construído o novo trecho ferroviário. Rearden foi caminhando em direção ao prédio da estação, mas parou de repente.

Viu uma moça no alto de uma pilha de máquinas, num vagão-plataforma. Estava olhando para a garganta, a cabeça levantada, os cabelos despenteados soltos ao vento. Seu conjunto cinzento austero era como uma fina camada de metal, protegendo seu corpo esguio daquele espaço inundado de sol. Sua postura exprimia a leveza e a precisão espontânea de uma autoconfiança pura e arrogante. Ela observava os homens trabalhando, com o olhar absorto, competente, de quem gosta do que faz. Parecia estar no seu ambiente, vivendo sua hora em seu mundo, como se o prazer fosse seu estado natural. Seu rosto era a manifestação viva de uma inteligência ativa, um rosto de moça com boca de mulher. Parecia não ter consciência de seu próprio corpo como tal, e sim apenas como um instrumento tenso, pronto para servir a seus objetivos, quaisquer que fossem eles.

Se, um instante antes, Rearden tivesse perguntado a si próprio se tinha em sua mente a imagem da mulher ideal, ele diria que não. No entanto, ao vê-la, se deu conta de que era aquela a imagem, e que já existia nele havia anos. Mas não estava olhando para ela como mulher. Ele havia esquecido onde estava e o que viera fazer. Sentia-se presa de uma sensação infantil de felicidade, de prazer com o momento imediato, de delícia ante o inesperado e o jamais descoberto, presa da surpresa de constatar como era raro ver algo de que realmente gostasse, com aceitação total do que a coisa era. Olhava para ela com um leve sorriso, como teria contemplado uma estátua ou uma paisagem, e o que ele sentia era o puro prazer de ver, o prazer estético mais puro que ele jamais experimentara.

Viu um guarda-chaves passar e perguntou, apontando:

– Quem é ela?

– Dagny Taggart – disse o homem, seguindo em frente.

Rearden teve a impressão de que as palavras o atingiram na garganta. Sentiu o desencadear de uma corrente que lhe cortou o fôlego e então desceu lentamente por seu corpo abaixo, um peso que lhe roubava todas as capacidades, exceto uma. Ele entendia, com uma clareza anormal, o lugar, o nome da mulher e tudo o que ele implicava, mas tudo isso havia recuado para um aro na periferia, transformando-se numa pressão que o deixava sozinho no centro, como significado e essência, e sua única realidade era o desejo de possuir aquela mulher, ali e agora, no alto do vagão-plataforma, à luz do sol, antes que houvessem trocado uma palavra sequer, como o primeiro ato de seu encontro, porque isso diria tudo e porque eles dois mereciam isso há muito.

Dagny virou a cabeça. Na curva lenta de seu movimento, seus olhos encontraram os dele e pararam. Rearden se convenceu de que ela viu a natureza de seu olhar e de que foi capturada por ele, e no entanto não deu nome a ele em sua mente. Os olhos da moça se desviaram, e ela falou com um homem que estava ao largo do vagão-plataforma, tomando notas.

Rearden se deu conta de duas coisas ao mesmo tempo: estava voltando à realidade e estava sendo esmagado pelo impacto de uma culpa imensa. Durante um instante, chegou perto daquilo que nenhum homem pode experimentar integralmente e ao qual é capaz de sobreviver: uma sensação de ódio por si próprio, tornada ainda mais terrível pelo fato de que uma parte de seu ser se recusava a aceitar aquele ódio e o fazia sentir-se ainda mais culpado. Não era uma sequência de palavras, mas o veredicto instantâneo de uma emoção, uma sentença que lhe dizia: então era esta a natureza dele, era esta sua depravação, que lhe dizia que o desejo vergonhoso que jamais conseguira conquistar lhe advinha provocado pela única coisa bela que jamais vira, que vinha com uma violência que ele não julgara possível, e que a única liberdade que lhe restava agora era a de escondê-lo e desprezar a si próprio, porém jamais poderia se livrar dele enquanto ele e aquela mulher estivessem vivos.

Ele não sabia há quanto tempo estava parado ali, nem qual o grau da devastação que aquele período de tempo causara nele. Tudo o que ele poderia preservar era a vontade de resolver que aquela moça jamais saberia quais eram os sentimentos que inspirava nele.

Rearden esperou até que ela descesse do vagão e o homem que tomava notas se afastasse. Então se aproximou dela e disse, frio:

– Srta. Taggart? Sou Henry Rearden.

– Ah! – Foi apenas um breve intervalo, e ela logo acrescentou, com naturalidade:

– Muito prazer, Sr. Rearden.

Ele percebeu, embora não admitisse o fato, que aquele intervalo foi provocado por um leve sentimento equivalente ao que ele sentira: a moça sentia prazer ao constatar que aquele rosto que lhe agradava era de um homem que ela admirava. Quando ele começou a falar a respeito do assunto que o levara até lá, adotou um tom mais brusco e áspero do que costumava empregar quando falava com seus clientes do sexo masculino.

Agora, voltando da lembrança da moça sobre o vagão-plataforma para a realidade do Certificado de Doação sobre sua mesa, Rearden teve a impressão de que os dois se fundiam num único choque, como se todos os dias e as dúvidas que haviam decorrido entre aquele momento e o presente se fundissem também, e, à luz da explosão, na visão momentânea de um resultado final, ele de repente entendeu qual era a resposta a todas as suas perguntas.

Pensou: *Culpado? Mais culpado do que eu supunha, mais, muito mais do que eu imaginava, naquele dia: culpado do crime de amaldiçoar e sentir culpa em relação ao que havia de melhor em mim. Amaldiçoei o fato de que minha mente e meu corpo formavam uma unidade e que meu corpo reagia aos valores da minha mente. Amaldiçoei o fato de que a alegria é o cerne da existência, a força motriz de todo ser vivo, a necessidade do corpo tanto quanto o objetivo do espírito; de que meu corpo não era uma massa de músculos inanimados, e sim um instrumento capaz de me proporcionar uma experiência de êxtase incomparável de união entre minha carne e meu espírito. Essa capacidade, que amaldiçoei e que me inspirou culpa, me deixou indiferente às prostitutas, porém me proporcionou meu único desejo em resposta à grandeza de uma mulher. Esse desejo, que condenei como obsceno, não veio da visão do corpo dessa mulher, e sim da consciência de que aquela bela forma era uma manifestação do espírito que eu via – não era seu corpo que eu queria, e sim sua pessoa –, não era a moça de conjunto cinzento que eu tinha necessidade de possuir, e sim a mulher que administrava uma rede ferroviária.*

Porém condenei a capacidade de meu corpo de expressar o que eu sentia. Condenei, como uma afronta a ela, o mais elevado tributo que eu poderia lhe prestar – assim como eles condenam minha capacidade de transformar meu raciocínio em metal Rearden, como condenam a mim por ter o poder de transformar a matéria de modo a servir a minhas necessidades. Aceitei o código deles e acreditei, tal como me ensinaram, que os valores do espírito devem permanecer sempre um desejo impotente, jamais expressos por meio de atos, jamais traduzidos em realidade, ao passo que a vida do corpo deve ser experimentada como infelicidade, como um ato sem sentido e degradante, e aqueles que tentam desfrutar desse prazer são taxados de animais inferiores.

Violei o código deles, mas caí na armadilha que prepararam, a armadilha de um código feito para ser quebrado. Não me orgulhei de minha revolta, porém me senti culpado. Não os condenei, mas condenei a mim mesmo. Não condenei o código deles, porém condenei a existência – e ocultei minha felicidade como se fosse um segredo vergonhoso. Eu deveria tê-la vivido abertamente, como um direito nosso – ou casado com ela, já que ela era de fato minha esposa. Porém tachei minha felicidade de erro e fiz com que ela a suportasse como se fosse uma vergonha. O que eles querem fazer com ela agora eu já fiz antes. Fui eu que tornei isso possível.

Eu o fiz – em nome da piedade, piedade pela mulher mais desprezível que conheço. Isso também era o código deles, e eu o aceitava. Eu acreditava que uma pessoa pode dever uma obrigação a outra sem receber nada em troca. Acreditava que era meu dever amar uma mulher que não me dava nada, que traía tudo aquilo que norteava minha vida, que exigia que eu lhe proporcionasse felicidade à custa de minha própria felicidade. Acreditava que o amor era uma espécie de dádiva estática que, uma vez concedida, não precisa mais ser merecida – assim como eles acreditam que a riqueza é uma posse estática que pode ser tomada e mantida sem nenhum esforço posterior. Acreditava que o amor era uma gorjeta, e não algo que é preciso merecer – assim como eles acreditam que têm o direito de receber riqueza sem merecê-la. E, do mesmo modo que eles acreditam que suas necessidades lhes dão o direito de exigir meu esforço, eu achava que a infelicidade dela lhe dava o direito de exigir minha vida. Por piedade, não por justiça, suportei 10 anos de uma tortura que eu mesmo me impunha. Coloquei a piedade acima da minha própria consciência, e é este o cerne de minha culpa. Meu crime foi cometido quando disse a ela: "Por todos os meus padrões, manter nosso casamento será uma fraude abominável. Mas os meus padrões não são os seus. Não compreendo os seus, nem nunca compreendi, porém vou aceitá-los."

Ei-los agora, sobre minha mesa, aqueles padrões que aceitei sem compreender. Eis aqui a maneira de ela me amar, aquele amor no qual nunca acreditei, mas que tentei proteger. Eis o produto final do que ela não merece. Eu achava que era certo cometer uma injustiça, desde que eu fosse o único a sofrer por isso. Mas nada pode justificar a injustiça. E este é o castigo por aceitar como certo este mal abominável que é o autossacrifício. Achei que eu seria a única vítima. Em vez de isso acontecer, sacrifiquei a mulher mais nobre para proteger a mais vil. Quando se age com base na piedade e não na justiça, termina-se punido. O bom para salvar o mau; quando se salva o mau da punição, força-se o inocente a sofrer. Não há como fugir da justiça. Nada no universo pode ser imerecido e gratuito, tanto no âmbito da matéria quanto no do espírito – e, se os culpados não pagam, então são os inocentes que têm de pagar.

Não foram esses saqueadores baratos que me derrotaram: fui eu. Eles não me desarmaram: eu é que joguei fora minha arma. Esta é uma batalha que só pode ser lutada com mãos limpas – porque o único poder do inimigo é a consciência da vítima – e eu aceitei um código que me fez considerar pecado a força de minhas mãos.

– O senhor nos entrega o metal, Sr. Rearden?

Desviou a vista do Certificado de Doação sobre a mesa para a lembrança da moça no vagão-plataforma. Perguntou a si mesmo se ele podia entregar o ser radiante que vira naquele momento aos saqueadores da mente e aos bandidos da imprensa. Poderia continuar a deixar que os inocentes fossem castigados? Poderia deixar que ela tivesse que assumir a posição que *ele* é que devia ter assumido? Poderia ele agora desafiar o código do inimigo, quando a vergonha seria dela, não dele – quando a lama seria jogada nela, não nele; quando ela é que teria de lutar, não ele? Poderia deixar que a vida dela fosse transformada num inferno sem que ele pudesse compartilhar seu sofrimento?

Rearden ficou imóvel, olhando para ela. Eu te amo, disse ele à moça no vagão-plataforma, silenciosamente pronunciando as palavras que expressavam o significado daquele momento ocorrido há quatro anos, sentindo a felicidade solene associada àquelas palavras, muito embora fosse daquela maneira que ele as estava dizendo à moça pela primeira vez.

Olhou para baixo, para o Certificado de Doação. *Dagny*, pensou ele, *se você soubesse, não me deixaria fazer isso, você vai me detestar por fazer isso, se vier a saber – mas não posso deixar que você pague as minhas dívidas. O erro foi meu, e não vou deixar que recaia sobre você o castigo que devo assumir. Mesmo que não me reste mais nada, uma coisa eu tenho: estou vendo a verdade, estou livre da culpa deles, agora não tenho mais nenhuma culpa perante minha própria consciência, sei que estou certo, inteiramente certo, e pela primeira vez – e permanecerei fiel ao único mandamento do meu código que nunca violei: ser um homem que sempre paga suas próprias dívidas.*

"Eu te amo", disse Rearden à moça do vagão-plataforma, sentindo o sol daquela tarde de verão em sua testa, como se ele também estivesse ao ar livre, em campo aberto, sem lhe restar mais nada que não ele próprio.

– Então, Sr. Rearden? Vai assinar? – perguntou o Dr. Ferris.

Os olhos de Rearden se viraram para ele. Havia se esquecido da presença de Ferris. Não sabia se ele estivera falando, discutindo ou esperando em silêncio.

– Ah, isso aí? – disse Rearden.

Pegou uma caneta e, sem titubear, com o gesto espontâneo com que um milionário assina um cheque, assinou seu nome ao pé da Estátua da Liberdade e empurrou o Certificado de Doação para o homem sentado à sua frente.

CAPÍTULO 17

A MORATÓRIA DOS CÉREBROS

– ONDE É QUE VOCÊ ANDOU esse tempo todo? – perguntou Eddie Willers ao trabalhador no refeitório subterrâneo e acrescentou, com um sorriso que era ao mesmo tempo um apelo, um pedido de desculpas e uma confissão de desespero: – Ah, eu sei, fui eu que sumi daqui há semanas. – Seu sorriso era como o esforço de uma criança aleijada que tenta esboçar um gesto que não é capaz de fazer. – Vim aqui uma vez, umas duas semanas atrás, mas você não estava. Fiquei com medo de que tivesse sumido... tanta gente anda sumindo sem mais nem menos. Soube que há centenas de pessoas sumidas perambulando pelo país. A polícia anda prendendo algumas por terem abandonado seus empregos – são chamadas de desertoras –, mas são numerosas demais, e não há comida para alimentá-las na cadeia, por isso ninguém liga mais para elas. Soube que os desertores vivem perambulando, arrumando trabalho aqui e ali, ou então fazendo coisas piores, pois onde é que se encontra trabalho hoje em dia? São os nossos melhores homens que estamos perdendo, os que estão na empresa há 20 anos ou mais. Por que foram fazer essa lei que os proíbe de trocar de emprego? Aqueles homens não pretendiam pedir demissão, mas agora vão embora pelos motivos mais insignificantes, simplesmente largam as ferramentas e desaparecem, a qualquer hora do dia ou da noite, deixando a gente no maior aperto, justamente os homens que se levantavam no meio da noite e vinham correndo se a companhia precisasse deles... Você tem que ver a espécie de gente que estamos usando para preencher as vagas. Alguns são até bem-intencionados, mas têm medo das próprias sombras. Outros são uns porcarias que eu nem imaginava que existissem; arranjam o emprego e sabem que não podem ser demitidos, então deixam claro que não pretendem e nunca pretenderam trabalhar... É o tipo de gente que *gosta* da situação atual. Consegue imaginar que haja gente que goste disso?

Na falta de resposta do trabalhador, Willers prosseguiu:

– Pois há... Sabe, acho que no fundo não consigo acreditar nisso tudo que está acontecendo agora. Sei que está acontecendo para valer, mas não acredito. Fico achando que a loucura é o estado em que a pessoa não sabe o que é real e o que não é. Bem, o que é real agora é uma loucura, e, se eu aceitá-lo como real, perco o juízo, não é?... Continuo trabalhando e dizendo a mim mesmo que estou na Taggart Transcontinental. Fico esperando que ela volte, que a porta se abra a qualquer momento, e – ah, meu Deus, não era para eu dizer isso!... O quê? Você já sabia que ela foi embora? Eles estão fazendo segredo. Mas acho que todo mundo já sabe, só que ninguém toca no assunto. Estão dizendo a todo mundo que ela está de licença. Ela continua oficialmente como vice-presidente de operações. Acho que Jim e eu somos os únicos que sabem que ela pediu demissão. Jim morre de medo de que seus amigos de Washington caiam em cima dele se souberem que ela foi embora. Dizem que é desastroso para o moral do povo uma pessoa importante largar o trabalho, e Jim não quer que eles saibam que há uma desertora na própria família... Mas não é só isso: Jim tem medo de que os acionistas, os empregados e todos os usuários da rede percam de vez a confiança que depositam na Taggart. Confiança! Como se fizesse alguma diferença agora, já que ninguém pode fazer nada. E, no entanto, Jim sabe que a gente tem que manter pelo menos as aparências da grandeza que já foi uma realidade na companhia. E ele sabe que o que restava de grandeza foi embora com ela... Não, ninguém sabe onde ela está... Bem, eu sei, mas não vou dizer a eles. Sou o único que sabe... Ah, é claro, eles estão tentando descobrir. Já tentaram arrancar o segredo de mim de todo jeito, mas não adianta. Não vou dizer a ninguém...

Após uma breve pausa, Willers continuou:

– Você precisa ver a criatura que está no lugar dela agora, nosso novo vice-presidente de operações. É sim, temos outro vice-presidente... quer dizer, temos e não temos. É como tudo o que fazem hoje em dia: é e não é ao mesmo tempo. Ele é da equipe e amigo de Jim, se chama Clifton Locey. É um homem inteligente e progressista, de 47 anos. Para todos os efeitos, está só substituindo a vice-presidente temporariamente, mas trabalha na sala dela e todo mundo sabe que ele é que é o novo vice-presidente de operações. Ele dá as ordens – quer dizer, se esforça para nunca ser apanhado em flagrante dando uma ordem. Faz o possível para que nunca ninguém possa atribuir uma decisão a ele, para que ninguém possa culpá-lo por nada que dê errado. O objetivo dele não é administrar uma rede ferroviária, e sim se manter no cargo. Ele não quer lidar com trens, quer agradar Jim. Pouco lhe importa se os trens estão andando ou não, desde que cause uma boa impressão em Jim e no pessoal de Washington. Até agora, o Sr. Locey já conseguiu enquadrar dois: um jovem assistente, por não cumprir uma ordem que ele não chegou a dar, e o administrador de cargas, por passar adiante uma ordem que o Sr. Locey deu, só que o administrador não pôde provar. Os dois foram demitidos oficialmente, com permissão do Conselho de Unificação... Quando as coisas andam bem, o que nunca dura mais de meia hora, o Sr. Locey faz questão de dizer que "não estamos mais nos tempos da Srta. Taggart". Quando ocorre algum problema, ele me chama à sua sala e me pergunta – como quem não quer nada, no meio da conversa mais irrelevante – o que a Srta. Taggart costumava fazer numa emergência desse tipo. Eu lhe digo, sempre que posso. Afinal, é a Taggart Transcontinental, e... e há milhares de vidas sendo transportadas por dezenas de trens que dependem das decisões que tomamos. Entre uma e outra emergência, o Sr. Locey sempre arranja um jeito de ser indelicado comigo, para que eu não fique pensando que ele precisa de mim. Faz questão de fazer tudo diferente dela, tudo o que não é importante, mas tem todo o cuidado de fazer igualzinho a ela tudo o que é importante de verdade. O único problema é que nem sempre ele sabe o que é e o que não é importante...

Willers olhou para o lado, a fim de se certificar de que ninguém mais o ouvia:

– No primeiro dia no escritório dela, o Sr. Locey me disse que não era uma boa ideia manter um retrato de Nat Taggart na parede. "Nat Taggart", disse ele, "pertence a um passado tenebroso, à era da ganância egoísta. Ele não é exatamente um símbolo de nossas políticas modernas e progressistas e por isso pode causar má impressão. As pessoas podem me identificar com ele." "Não, não há perigo de isso acontecer", respondi, mas tirei o quadro da parede... Hein? Não, ela não sabe de nada disso. Não me comuniquei com ela nem uma vez. Foi ela que pediu... Semana passada, quase pedi demissão. Foi a respeito do trem especial do Sr. Chick Morrison, de Washington. Esse homem, seja lá ele quem for, está rodando por todo o país dando palestras, para falar sobre o novo decreto e levantar o moral do povo, já que as coisas estão ficando difíceis de controlar por toda parte. Exigiu um trem especial para ele e sua comitiva – um vagão-dormitório, um carro-salão e um vagão-restaurante, com bar incluído. O Conselho de Unificação autorizou o trem dele a viajar a 160 quilômetros por hora, por ser uma viagem sem fins lucrativos. E é mesmo. O objetivo da viagem é convencer as pessoas a continuarem a se matar de trabalhar para obter lucros e sustentar homens cuja superioridade reside no fato de que não produzem nenhum lucro. Mas a coisa ficou complicada para nós quando o Sr. Chick Morrison exigiu uma locomotiva a diesel para seu trem. Não tínhamos nenhuma para lhe ceder. As nossas estão trabalhando no Cometa e nos trens de carga transcontinentais, e não havia nenhuma sobrando em toda a rede, menos... bem, esta exceção eu não queria mencionar para o Sr. Locey. Ele ficou uma fera, gritando que, acontecesse o que acontecesse, não podíamos desacatar uma ordem do Sr. Chick Morrison. Não sei qual foi o idiota que acabou falando a ele sobre a locomotiva a diesel que estava em Winston, Colorado, na boca do túnel. Você sabe como as nossas locomotivas a diesel vivem pifando agora – elas estão nas últimas, então dá para entender por que a gente conserva essa sempre à boca do túnel. Expliquei ao Sr. Locey, fiz ameaças, fiz súplicas, disse a ele que a vice-presidente sempre insistiu que não podíamos nunca deixar a estação de Winston sem uma locomotiva extra. Ele disse que eu não devia esquecer que ele não era a Srta. Taggart – como se houvesse alguma dúvida! – e que a regra era uma bobagem, já que nesses anos todos nada nunca tinha acontecido, então Winston podia perfeitamente ficar uns dois meses sem a locomotiva a diesel, e ele não ia se preocupar com um desastre hipotético no futuro quando havia um muito concreto, prático e iminente, que seria o Sr. Chick Morrison ficar zangado conosco.

Notando que o trabalhador olhava curioso para saber o que acontecera, Willers prosseguiu:

– Bem, o trem especial então ganhou a locomotiva a diesel e o superintendente da divisão do Colorado pediu demissão. O Sr. Locey colocou um amigo dele no cargo.

Eu quis largar tudo. Nunca tinha sentido tanta vontade de parar de trabalhar. Mas não me demiti... Não, não tive notícias dela. Não tive nenhuma notícia desde que ela foi embora. Por que você está sempre me fazendo perguntas sobre ela? Esqueça isso. Ela não vai voltar... Não sei que esperanças ainda tenho. Acho que nenhuma. Eu simplesmente vivo cada dia e tento não pensar no futuro. No princípio, achava que alguém ia nos salvar. Achei que talvez fosse Hank Rearden. Mas ele entregou os pontos. Não sei o que fizeram para obrigá-lo a assinar, mas sei que deve ter sido alguma coisa terrível. É o que todo mundo acha. Todo mundo anda cochichando sobre o tipo de pressão que devem ter feito... Não, ninguém sabe. Ele não deu nenhuma declaração e se recusa a receber quem quer que seja... Mas, escute, vou lhe dizer outra coisa sobre a qual todos andam cochichando. Chegue mais perto, está bem? Não quero falar em voz alta. Dizem que Orren Boyle já estava sabendo desse decreto há muito tempo – semanas ou meses –, porque muito discretamente já havia começado a reformar seus altos-fornos para a produção de metal Rearden numa de suas usinas secundárias, um lugarzinho obscuro lá na costa do Maine. Ele já estava pronto para começar a produzir o metal quando fizeram a extorsão com Rearden – quer dizer, quando este assinou o Certificado de Doação. Mas, escute só, na véspera do dia em que iam começar a produção, os homens de Boyle estavam esquentando os altos-fornos lá no Maine quando ouviram uma voz, não sabiam se vinha de um avião ou de um rádio ou de algum alto-falante, mas era a voz de um homem, dizendo que eles tinham 10 minutos para sumir dali. Então saíram. E foram indo embora, porque a voz se identificou como Ragnar Danneskjöld. Meia hora depois, as usinas de Boyle estavam arrasadas. Destruídas. Não sobrou pedra sobre pedra. Dizem que a destruição foi feita com artilharia naval de longo alcance, de algum ponto afastado da costa. Ninguém viu o navio de Danneskjöld...

Willers notou que o trabalhador o observava, atônito, sem desviar os olhos:

– É o que andam dizendo aos cochichos. Os jornais não publicaram nem uma palavra a respeito do fato. O pessoal de Washington diz que é só um boato espalhado por alarmistas... Não sei se a história é verdadeira. Acho que é. Espero que seja... Sabe, quando eu tinha 15 anos me perguntava como é que alguém podia virar criminoso, não entendia como isso era possível. Agora... eu acho ótimo esse Ragnar Danneskjöld ter destruído aquela siderúrgica. Que Deus o abençoe e que ele jamais seja encontrado, seja ele quem for, esteja onde estiver! É assim que penso agora. Mas será que eles não veem que ninguém aguenta mais? Para mim, de dia não é muito ruim, porque eu tenho com que me ocupar e não tenho tempo para ficar pensando, mas de noite é terrível. Não consigo mais dormir, fico horas deitado, com insônia... É! Se você quer saber, é sim, é porque estou preocupado com ela! Estou preocupadíssimo. Woodstock é um fim de mundo, longe de tudo, e a cabana dos Taggart fica a 30 quilômetros de trilha no meio do mato cerrado. Não sei o que pode acontecer com ela lá, sozinha, agora, com essas gangues que andam pelo interior à noite, justamente em lugares desolados como os montes Berkshire... Sei que não devia pensar nisso. Sei que ela sabe se cuidar. Só que eu gostaria que ela me escrevesse. Gostaria de poder ir lá. Mas ela me disse para não ir. Eu lhe disse que ia esperar...

E, depois de se abrir com o trabalhador no refeitório, Willers concluiu:

– Sabe, ainda bem que você está aí hoje. Faz bem falar com você e... basta ver você aí. Não vai desaparecer como tantos outros, vai?... O quê? Semana que vem?... Ah, de férias. Por quanto tempo?... Um mês de férias?... Como é que você conseguiu? Quem dera eu pudesse fazer isso, também, tirar um mês de férias sem vencimentos. Mas eles não deixam... É mesmo? Eu o invejo... Eu não o teria invejado há alguns anos. Mas agora, agora eu queria fugir. Agora eu o invejo – quer dizer que há 12 anos você tira um mês de férias todo verão...

◆◆◆

Embora fosse uma estrada escura, era um caminho novo. Rearden caminhou da siderúrgica não em direção a sua casa, mas em direção à cidade de Filadélfia. Era uma longa caminhada, mas tinha vontade de fazê-la naquela noite, como fizera todas as noites aquela semana. Sentia-se em paz na escuridão vazia do campo. Ao seu redor só havia os vultos escuros das árvores, e o único movimento era o do próprio corpo e dos galhos que se balançavam ao vento, e as únicas luzes eram os vaga-lumes nos arbustos. As duas horas de caminhada entre a usina e a cidade eram o seu descanso.

Rearden havia se mudado de sua casa para um apartamento em Filadélfia. Não dera nenhuma explicação à mãe nem a Philip. Só lhes dissera que podiam ficar na casa se quisessem, e que a Srta. Ives se encarregaria das contas. Pedira-lhes também que dissessem a Lillian, quando ela voltasse, que não o procurasse. Os dois ficaram a olhar para ele num silêncio cheio de pavor.

Rearden havia entregue a seu advogado um cheque em branco assinado, dizendo: "Me arranje um divórcio. Por quaisquer motivos, a qualquer preço. Não me interessam os meios que você use, quantos juízes você compre. Se necessário, fabrique um flagrante de adultério contra minha mulher. Faça o que quiser. Mas nada de pensão nem de partilha de bens." O advogado o olhou com um esboço de sorriso significativo e triste, como se já viesse esperando por isso havia muito, e respondeu:

– Está bem, Hank. Eu dou um jeito. Mas vai levar algum tempo.

– Trabalhe o mais depressa que você puder.

Ninguém lhe perguntara nada sobre a assinatura do Certificado de Doação. Mas ele notou que os homens da siderúrgica o olhavam com uma espécie de curiosidade inquisidora, quase como se quisessem encontrar cicatrizes de uma tortura física em seu corpo.

Rearden não sentia nada – nada, apenas uma sensação de penumbra uniforme e agradável, como uma camada de escória sobre metal derretido, quando endurece e devora a última faísca brilhante que vem de dentro. Não sentia nada em relação à ideia de que os saqueadores agora iam fabricar metal Rearden. O desejo de manter seus direitos sobre o produto e de poder se orgulhar de ser o único a vendê-lo fora uma maneira de exprimir respeito por seus semelhantes, sua crença no princípio segundo o qual comerciar com eles era um ato honrado. A crença, o respeito e o desejo haviam desaparecido. Já não lhe importava mais o que os homens faziam ou vendiam, onde compravam seu metal, se ainda se lembrariam de que um dia ele fora seu. Os vultos humanos que passavam por ele nas ruas eram objetos físicos que não tinham significado algum. O campo – agora que a escuridão apagava todo e qualquer vestígio de atividade humana, restando apenas a terra intacta, que antes ele sabia manejar – era real.

Andava com uma arma no bolso, seguindo o conselho dado pelas radiopatrulhas. Os policiais haviam lhe avisado que, hoje em dia, nenhuma estrada era segura quando caía a noite. Rearden pensou, com um sorriso sarcástico, que a arma era necessária na siderúrgica, e não na paz e na segurança da escuridão e da solidão. O que algum vagabundo poderia tirar dele ali, em comparação com o que lhe fora roubado pelos homens que afirmavam protegê-lo?

Ele caminhava rápido, sem se esforçar, sentindo-se descansado por exercer uma atividade que lhe era natural. *Esse é o meu período de treinamento para a solidão*, pensou – tinha de aprender a viver sem pensar nas pessoas, que agora lhe inspiravam uma repulsa paralisante. Construíra sua fortuna a partir do nada, de mãos vazias. Agora tinha de reconstruir sua vida, partindo de um espírito vazio.

Só se permitiria um período de treinamento curto e depois iria rumo ao único valor incomparável que ainda lhe restava, o único desejo que permanecera puro e íntegro: iria até Dagny. Dois mandamentos haviam se formado em sua mente: um era um dever; o outro, um desejo ardente. O primeiro era o de jamais revelar a Dagny o motivo pelo qual se entregara aos saqueadores; o segundo era o de dizer a ela as palavras que já devia ter aprendido quando a viu pela primeira vez e que devia ter dito na varanda da casa de Ellis Wyatt.

Seus únicos guias eram as brilhantes estrelas de verão, mas ele podia enxergar a estrada e os restos de um muro de pedra à sua frente, numa encruzilhada. O muro não tinha mais nada a proteger, apenas um campo coberto de capim, um salgueiro debruçado sobre a estrada e, mais ao longe, as ruínas de uma casa, através de cujo telhado se viam as estrelas.

Rearden andava, pensando que mesmo esta paisagem, para ele, continha algo de bom: ela lhe prometia uma boa caminhada ainda pela frente, livre da intromissão de seres humanos.

O homem que apareceu na estrada de repente deveria ter saído de trás do salgueiro, porém o fez tão depressa que dava a impressão de ter brotado do chão. Rearden imediatamente levou a mão à arma no bolso, porém conteve o gesto: pela postura orgulhosa daquele corpo no campo aberto, pela linha reta dos ombros contra o céu repleto de estrelas, percebeu que o homem não era um bandido. Quando ouviu sua voz, constatou que também não era um mendigo.

– Eu gostaria de falar com o senhor, Sr. Rearden.

Naquela voz havia a firmeza, a limpidez e o toque especial de cortesia característicos dos homens que estão acostumados a dar ordens.

– Pois fale – disse Rearden –, desde que não me peça ajuda nem dinheiro.

As roupas do homem eram grosseiras, porém razoavelmente decentes. Ele trajava calças escuras e uma jaqueta azul-escura com o colarinho bem fechado, lhe protegendo a garganta, prolongando as linhas alongadas de seu corpo esguio. Usava também um boné azul-escuro. Dele só se viam, na escuridão, as mãos, o rosto e uma mecha de cabelo louro caída sobre a fronte. Nas suas mãos não havia armas, apenas um embrulho do tamanho de um pacote de cigarros envolvido num tecido grosseiro.

– Não, Sr. Rearden – disse ele –, não vou lhe pedir dinheiro, mas lhe devolver dinheiro.

– Devolver dinheiro?

– É.

– Que dinheiro?

– Uma pequena devolução, de uma dívida enorme.

– Contraída por você?

– Não, não por mim. É apenas um pagamento simbólico, mas gostaria que o senhor o aceitasse como prova de que, se vivermos o bastante, eu e o senhor, toda a dívida lhe será paga, até o último centavo.

– Que dívida?

– O dinheiro que lhe foi arrancado à força.

Entregou o pacote a Rearden, abrindo-o. Este viu a luz das estrelas percorrer como fogo a superfície lisa, semelhante a um espelho. Pelo peso e pela textura, sabia que o que havia dentro do embrulho era uma barra de ouro puro.

Desviou a vista do ouro para o rosto do homem, mas aquele semblante parecia mais duro e menos revelador do que a superfície do metal.

– Quem é o senhor? – perguntou Rearden.

– O amigo de quem não tem amigos.

– Veio aqui para me dar isto?

– Vim.

– Quer dizer que o senhor teve que ficar de tocaia de noite, numa estrada deserta, não para me roubar, mas para me dar uma barra de ouro?

– Sim.

– Por quê?

– Quando se cometem roubos à luz do dia e com o aval da lei, como ocorre hoje em dia, então todo ato de honra ou restituição tem que ser praticado clandestinamente.

– O que lhe fez pensar que eu seria capaz de aceitar um presente como este?

– Não é um presente, Sr. Rearden. Este dinheiro é seu. Mas tenho um favor a lhe pedir. É um pedido, não uma condição, já que não existe propriedade condicional. O ouro é seu, e portanto o senhor pode fazer com ele o que quiser. Mas, como arrisquei a vida para vir entregá-lo hoje, lhe peço, como favor, que o senhor o guarde para o futuro ou o gaste consigo próprio, apenas em seu conforto e prazer pessoais. Não o dê a ninguém e, acima de tudo, não o invista na sua empresa.

– Por quê?

– Porque não quero que ele beneficie qualquer outra pessoa que não o senhor. Caso contrário, estarei contrariando um juramento que fiz há muito tempo, assim como estou quebrando todas as regras que me imponho ao falar com o senhor agora.

– O que quer dizer com isso?

– Há muito tempo que venho juntando este dinheiro para o senhor. Mas eu não tinha intenção de vê-lo, nem de lhe falar a respeito dele, nem de lhe dar o ouro, senão daqui a muito tempo.

– Então por que o fez?

– Porque eu não suportava mais.

– Não suportava o quê?

– Eu pensava que já havia visto tudo o que se podia ver e que não existia nada que eu não suportasse ver. Mas, quando lhe roubaram o metal Rearden, foi demais, até mesmo para mim. Sei que o senhor não precisa deste ouro no momento. O que precisa é da justiça que ele representa, e da consciência de que existem homens que se preocupam com a justiça.

Esforçando-se para não ser dominado pela emoção que começava a surgir por trás de seu espanto, de suas dúvidas todas, Rearden tentou examinar o rosto do homem, em busca de alguma pista que o ajudasse a entender. Mas o rosto não tinha expressão, não havia sofrido qualquer mudança enquanto o homem falava. Parecia que ele havia perdido a capacidade de ter sentimentos havia muito e que tudo o que restava dele fossem feições de aparência implacável e morta. Com um arrepio de espanto, Rearden se deu conta de que estava pensando que aquele rosto não era de um homem, mas de um anjo vingador.

– Por que o senhor se preocupa com a justiça? – quis saber Rearden. – O que eu represento para o senhor?

– Muito mais do que o senhor é capaz de imaginar. E tenho um amigo para quem o senhor representa muito mais do que jamais lhe será dado conhecer. Ele daria tudo para poder estar aqui agora. Mas não pôde vir. Por isso eu vim em lugar dele.

– Quem é seu amigo?

– Prefiro não identificá-lo.

– O senhor disse que passou muito tempo juntando esse dinheiro para mim?

– Já juntei muito mais do que isso. – Apontou para o ouro. – Vou ficar com ele em seu nome e lhe entregarei tudo quando chegar a hora. Isto é apenas uma amostra, uma prova de que o dinheiro existe. E, se acontecer de lhe roubarem toda a sua fortuna, quero que o senhor saiba que há uma gorda conta bancária esperando pelo senhor.

– Que conta?

– Se o senhor tentar pensar em todo o dinheiro que lhe foi arrancado à força, verá que essa conta representa uma quantia considerável.

– Como o senhor juntou essa fortuna? De onde vem este ouro?

– Foi tirado daqueles que o roubaram.

– Tirado por quem?

– Por mim.

– Quem é o senhor?

– Ragnar Danneskjöld.

Rearden o olhou por um longo momento, em silêncio, e então deixou o ouro cair no chão.

Os olhos de Danneskjöld não acompanharam a queda da barra, porém continuaram fixos em Rearden sem nenhuma mudança de expressão.

– O senhor preferia que eu fosse um cidadão respeitador da lei, Sr. Rearden? Nesse caso, a que lei eu deveria obedecer? O Decreto 10.289?

– Ragnar Danneskjöld... – disse Rearden, como se estivesse vendo todos os últimos 10 anos, como se estivesse encarando a monstruosidade de um crime espalhado por 10 anos expressa em duas palavras.

– Pense bem, Sr. Rearden. Só há duas formas de vida que nos restam hoje em dia: ser um saqueador que rouba vítimas desarmadas ou ser uma vítima que trabalha para o benefício dos que o saqueiam. Eu não quis ser nem uma coisa nem outra.

– O senhor optou por viver por meio da força, como eles.

– Sim, abertamente. Honestamente, digamos. Não roubo homens que estão amarrados e amordaçados, não exijo que minhas vítimas me ajudem, não digo a elas que estou fazendo isso para seu bem. Arrisco minha vida cada vez que enfrento minhas vítimas, e elas têm oportunidade de tentar me derrotar por meio das armas e da inteligência, em condições de igualdade. Igualdade? Sou eu contra o poder organizado, as armas, os aviões, os navios de guerra de cinco continentes. Se o que o senhor quer é fazer um juízo moral, Sr. Rearden, então quem é moralmente superior: eu ou Wesley Mouch?

– Não tenho resposta – disse Rearden, em voz baixa.

– Por que o senhor se choca? Estou apenas agindo em conformidade com o sistema estabelecido por meus semelhantes. Se eles julgam que a força é a maneira apropriada de lidar com os homens, estou fazendo o que querem. Se eles acham que o objetivo de minha existência é lhes servir, então que tentem pôr em prática sua ideia. Se acham que meu cérebro é propriedade deles, então que venham se apossar dele.

– Mas que espécie de vida o senhor escolheu? A que causa dedicou sua inteligência?

– À causa que eu amo.

– Qual?

– A da justiça.

– Levando uma vida de pirataria?

– Trabalhando para o dia em que não terei que continuar a ser um pirata.

– Que dia é esse?

– O dia em que o senhor terá a liberdade de lucrar com o metal Rearden.

– Ah, meu Deus! – exclamou Rearden, rindo, com uma voz desesperada. – É essa a sua ambição?

A expressão de Danneskjöld não se alterou:

– É.

– O senhor tem esperança de ver esse dia chegar?

– Tenho. O senhor não tem?

– Não.

– Então o que o senhor espera da vida?

– Nada.

– Para que o senhor trabalha?

Rearden olhou para ele:

– Por que o senhor me pergunta isso?

– Para fazê-lo entender por que não trabalho.

– Não pense que vai conseguir me fazer aprovar um criminoso.

– Não tenho essa pretensão. Mas queria fazê-lo ver algumas coisas.

– Mesmo que seja verdade o que o senhor disse, por que optou pelo crime? Por que não se limitou a sumir, como... – Calou-se de repente.

– Como Ellis Wyatt, Sr. Rearden? Como Andrew Stockton? Como seu amigo Ken Danagger?

– É!

– Isso o senhor aprovaria?

– Eu... – Parou, chocado pelo que ele próprio estava dizendo.

O choque seguinte foi ver Danneskjöld sorrir: era como ver os primeiros brotos da primavera na superfície de um iceberg. Rearden percebeu, pela primeira vez, que o rosto de Danneskjöld era mais do que belo, que encerrava a beleza surpreendente da perfeição física – as feições duras e orgulhosas, a boca arrogante de uma estátua viking –, porém não havia percebido isso antes, quase como se a seriedade morta do rosto lhe proibisse a impertinência de uma avaliação estética. Mas o sorriso era cheio de vida.

– Pois eu aprovo, Sr. Rearden. Mas optei por uma missão especial. Estou correndo atrás de um homem que quero destruir. Ele já morreu há muitos séculos, mas, enquanto não conseguirmos apagar os últimos vestígios dele das mentes dos homens, não teremos um mundo digno para viver.

– Quem é esse homem?

– Robin Hood.

Rearden lhe dirigiu um olhar vazio, de quem não entendeu.

– Ele era o homem que roubava dos ricos e dava aos pobres. Bem, eu sou o homem que rouba dos pobres e dá aos ricos, ou, mais exatamente, que rouba dos pobres ladrões e devolve aos ricos produtivos.

– Que diabo o senhor quer dizer?

– Se o senhor ainda se lembra do que leu a meu respeito nos jornais, antes de proibirem qualquer notícia sobre mim, deve saber que jamais ataquei um navio de propriedade privada, nem roubei qualquer propriedade privada. Como também jamais saqueei um navio militar, pois o objetivo da Marinha de Guerra é proteger da violência os cidadãos que pagaram por ela, o que é a função apropriada do governo. Porém apreendi sempre que pude todo navio saqueador, todo navio contendo auxílios governamentais, subsídios, empréstimos, doações, todo navio carregado de bens arrancados à força de alguns homens para beneficiar de graça outros que nada fizeram para merecê-los. Saqueei os navios que ostentavam a bandeira da ideia que estou combatendo: a de que a necessidade é um ídolo sagrado que exige sacrifícios humanos, que a necessidade de alguns homens é uma lâmina de guilhotina pairando sobre outros, que todos nós temos de viver com nosso trabalho, nossas esperanças, nossos planos, nossos esforços à mercê do momento em que essa lâmina cairá sobre nós – e que quanto maior nossa capacidade, maior o perigo para nós, de modo que o sucesso coloca nossas cabeças sob a lâmina, enquanto o fracasso nos dá o direito de puxar a corda. Esse é o horror que Robin Hood imortalizou como ideal moral. Diz-se que ele lutava contra governantes saqueadores e restituía às vítimas o que lhes fora saqueado, mas não é esse o significado da lenda que se criou. Ele é lembrado não como um defensor da *propriedade*, e sim como um defensor da *necessidade*; não como um defensor dos *roubados*, e sim como protetor dos *pobres*. Ele é tido como o primeiro homem que assumiu ares de virtude por fazer caridade com dinheiro que não era seu, por distribuir bens que não produzira, por fazer com que terceiros pagassem pelo luxo de sua piedade. Ele é o homem que se tornou símbolo da ideia de que a necessidade, não a realização, é a fonte dos direitos; que não temos de produzir, mas apenas de querer; que o que é merecido não cabe a nós, e sim o imerecido. Ele se tornou uma justificativa para todo medíocre que, incapaz de ganhar seu próprio sustento, exige o poder de despojar de suas propriedades os que são superiores a ele, proclamando sua intenção de dedicar a vida a seus inferiores roubando seus superiores. É essa criatura infame, esse duplo parasita que se alimenta das feridas dos pobres e do sangue dos ricos, que os homens passaram a considerar ideal moral. E isso nos levou a um mundo onde quanto mais um homem produz, mais ele se aproxima da perda de todos os seus direitos, até que, se for de fato muito capaz, ele se transforma numa criatura desprovida de direitos, presa de qualquer um – ao passo que, para estar acima de todos os direitos, de todos os princípios, da moralidade, para estar num plano em que tudo lhe é permitido, incluindo o saque e o assassinato, basta para um homem estar em necessidade. O senhor não sabe por que o mundo está desabando ao nosso redor? É contra isso que estou lutando, Sr. Rearden. Enquanto os homens não aprenderem que, de todos os símbolos humanos, Robin Hood é o mais imoral e o mais desprezível, não haverá justiça na Terra nem possibilidade de sobrevivência para a humanidade.

Rearden escutou, sentindo-se incapaz de dizer uma palavra. Porém, por baixo daquela sensação, como uma semente que começa a germinar, sentiu uma emoção que não conseguia identificar. Sabia apenas que lhe parecia familiar e muito distante, como algo que foi experimentado e abandonado há muito tempo.

– O que sou na verdade, Sr. Rearden, é um policial. É o dever do policial proteger os homens dos criminosos, e se entenda por criminoso todo aquele que se apodera da riqueza dos outros pela força. É dever do policial recuperar bens roubados e restituí-los a seus proprietários. Mas quando o roubo passa a ser o objetivo da lei, e o dever do policial passa a ser não o de proteger a propriedade, e sim de saqueá-la, então é o fora da lei que tem que assumir o papel de policial. Eu vendo os carregamentos dos navios de que me apodero para alguns clientes especiais neste país, que me pagam em ouro. Além disso, vendo meus carregamentos a contrabandistas e a comerciantes do mercado negro das repúblicas populares europeias. O senhor sabe das condições de vida nesses lugares? Como lá a produção e o comércio, e não a violência, são considerados crimes, os melhores homens da Europa tiveram de se tornar criminosos por falta de opção. Os feitores de escravos nesses países se mantêm no poder com as doações que recebem de saqueadores que vivem em países que ainda não foram inteiramente saqueados, como este aqui. Não deixo que essas doações cheguem até eles. Vendo os produtos aos fora da lei da Europa, pelos preços mais altos possíveis, e faço com que me paguem em ouro. Ouro é valor objetivo, a maneira de preservar a riqueza e garantir o futuro. Ninguém tem direito de possuir ouro na Europa, a não ser os amigos da humanidade que têm o chicote na mão e que afirmam que gastam esse ouro para garantir o bem-estar de suas vítimas. E esse é o ouro que meus clientes contrabandistas obtêm para me pagar. Como o fazem? Por meio do mesmo método pelo qual me aposso desses bens. E então devolvo o ouro àqueles cujos bens foram roubados – pessoas como o senhor.

Rearden se deu conta da natureza da emoção que havia esquecido. Era a emoção que sentira quando, aos 14 anos, recebera seu primeiro salário; quando, aos 24 anos, fora nomeado supervisor das minas; quando, como proprietário das minas, fizera, em seu nome, o primeiro pedido de equipamentos à melhor fábrica da época, a Motores Século XX – uma emoção de entusiasmo solene, extático, a sensação de ganhar um lugar num mundo que ele respeitava e merecer o reconhecimento de homens que admirava. Durante quase 20 anos, essa emoção permanecera enterrada sob um monte de destroços, sobre os quais os anos iam acrescentando camadas sucessivas de desprezo, de indignação, de esforço para não olhar ao redor, para não ver as pessoas com quem ele lidava, para não esperar nada dos homens e para manter, como uma visão só sua, entre quatro paredes do escritório, a consciência daquele mundo que ele acreditara que viria a surgir. Porém lá estava ela outra vez, brotando de baixo dos destroços, aquela sensação de interesse despertado, de estar ouvindo a voz luminosa da razão, com a qual é possível se comunicar e conviver. Mas era a voz de um pirata falando sobre atos de violência, oferecendo-lhe esse substituto para aquele seu mundo de razão e de justiça. Ele não podia aceitá-lo, não podia perder o que ainda lhe restava de sua visão. Rearden escutava, desejando poder escapar, porém sabendo que não conseguiria deixar de ouvir uma única palavra.

– Eu deposito o ouro num banco, uma instituição que segue o padrão-ouro, Sr. Rearden, em contas em nome de seus legítimos proprietários. Esses são os homens de capacidade excepcional que construíram suas fortunas por meio do esforço pessoal, do livre comércio, sem usar a compulsão, sem receber ajuda do governo. São as grandes vítimas, que mais contribuíram e mais sofreram pelo que fizeram. Seus nomes estão registrados no meu livro de restituições. Cada carregamento de ouro que obtenho é dividido entre eles e depositado em suas contas.

– Quem são eles?

– O senhor é um deles. Não posso computar todo o dinheiro que já foi arrancado do senhor, em impostos disfarçados, em regulamentos, em tempo desperdiçado, em esforço vão, em energia gasta para vencer obstáculo artificiais. Não posso computar o total, mas, se o senhor quer ter uma ideia da grandeza, basta olhar ao seu redor. O grau de miséria a que está chegando este país, antes tão próspero, é o grau da injustiça que o senhor sofreu. Se os homens se recusam a pagar a dívida que contraíram com o senhor, é dessa maneira que vão pagá-la. Mas há uma parte dessa dívida que foi computada e está registrada. É essa parte que é meu objetivo recolher e restituir ao senhor.

– Que parte?

– Seu imposto de renda, Sr. Rearden.

– *O quê?*

– O imposto de renda que o senhor pagou nos últimos 12 anos.

– É isso que o senhor pretende me restituir?

– Integralmente, e em ouro, Sr. Rearden.

Rearden caiu na gargalhada. Ria como um menino, ria de espanto, e gozando o que havia de incrível naquilo.

– Meu Deus! Então o senhor é policial e agente do imposto de renda também?

– Sou – respondeu Danneskjöld, sério.

– O senhor não está falando sério, está?

– Por acaso pareço estar brincando?

– Mas isso é absurdo!

– É mais absurdo que o Decreto 10.289?

– Não é real, não é possível!

– Será que só o mal é real e possível?

– Mas...

– O senhor acredita no velho provérbio segundo o qual ninguém escapa de duas coisas, a morte e os impostos? Bem, quanto à morte não posso fazer nada, mas, se eu levantar dos ombros dos homens o fardo dos impostos, talvez eles passem a ver a ligação que há entre os dois, e como lhes é possível viver uma vida mais longa e mais feliz. Talvez passem a ver que não são a morte e os impostos, e sim a vida e a produção, os únicos princípios absolutos e a base do código moral correto.

Rearden olhou para ele sem sorrir. Aquela figura alta e esguia, cuja agilidade muscular era ressaltada pela jaqueta que trajava, era de um assaltante; o rosto impassível de mármore era de um juiz; a voz seca e límpida era de um guarda-livros eficiente.

– Os saqueadores não são os únicos que têm um dossiê sobre o senhor. Eu também tenho. Tenho em meus arquivos cópias de todas as suas declarações de renda dos últimos 12 anos, bem como das de todos os meus outros clientes. Tenho amigos nos lugares mais incríveis, que me arranjam tais cópias. Divido o dinheiro entre meus clientes de modo proporcional às quantias extorquidas deles. A maioria das dívidas já foi saldada. A sua é a maior que ainda falta pagar. No dia em que o senhor estiver pronto para reclamar o que lhe é devido – o dia em que tiver certeza de que nenhum centavo cairá de volta nas mãos dos saqueadores –, eu lhe entregarei sua conta. Enquanto isso... – Danneskjöld olhou para o ouro no chão. – Pode pegar, Sr. Rearden. Não é fruto de roubo. Pertence ao senhor.

Rearden permaneceu imóvel e sem olhar para baixo.

– Há muito mais do que isso em seu nome, no banco.

– Que banco?

– O senhor se lembra de Midas Mulligan, de Chicago?

– Lembro, é claro.

– Todas as minhas contas estão depositadas no Banco Mulligan.

– Não existe nenhum Banco Mulligan em Chicago.

– Não é em Chicago.

Rearden deixou que passasse um instante.

– Onde é?

– Acho que o senhor vai ficar sabendo onde daqui a não muito tempo, Sr. Rearden. Mas não posso lhe dizer agora. – Acrescentou: – No entanto, devo lhe dizer que sou o único responsável por este empreendimento. É minha missão pessoal. Nela só estão envolvidos, além de mim, os membros da tripulação de meu navio. Nem mesmo meu banqueiro está envolvido. Ele se limita a guardar o dinheiro que deposito em seu banco. Muitos dos meus amigos não aprovam o caminho que escolhi. Mas cada um escolhe uma maneira de lutar pela mesma causa – e esta é a minha.

Rearden sorriu com desprezo:

– Quer dizer que você é mais um desses altruístas desgraçados que gastam seu tempo num empreendimento não lucrativo e arriscam suas vidas apenas para servir os outros?

– Não, Sr. Rearden. Estou investindo meu tempo em meu próprio futuro. Quando formos livres e tivermos que começar a reconstruir tudo a partir das ruínas, quero que o mundo renasça o mais depressa possível. Se, quando esse dia chegar, houver algum capital de giro nas mãos das pessoas certas, dos melhores homens, dos mais produtivos, isso representará para todos nós um ganho de muitos anos, de séculos, para a história do país. O senhor me perguntou o que representa para mim? Tudo o que eu admiro, tudo o que eu queria ser no dia em que a Terra tiver lugar para um tal estado de coisas, tudo com que quero vir a conviver no futuro, ainda que no presente seja esta a única forma que tenho de me relacionar com o senhor.

– Por quê? – murmurou Rearden.

– Porque a única coisa que amo, o único valor a que quero dedicar minha vida, é aquilo que jamais foi amado pelo mundo, jamais recebeu reconhecimento, jamais teve amigos nem defensores: a capacidade humana. É a esse amor que me dedico, e, se vier a perder minha vida, em nome de que ideal melhor eu poderia sacrificá-la?

O homem que perdera a capacidade de sentir?, pensou Rearden, percebendo que a austeridade do rosto de mármore era uma forma de capacidade disciplinada de sentir demais. A voz controlada prosseguia, neutra:

– Eu queria que o senhor ouvisse isso. Queria que ouvisse isso agora, quando o senhor deve estar se julgando abandonado no fundo de um poço, entre criaturas infra--humanas, que são tudo o que resta da humanidade. Queria que o senhor soubesse, na sua hora de maior desesperança, que o dia da libertação está muito mais próximo do que imagina. E havia um motivo especial para eu falar com o senhor e lhe revelar meu segredo antes do tempo. Soube do que aconteceu com a siderúrgica de Orren Boyle na costa do Maine?

– Sim, ouvi falar – respondeu Rearden, chocado ao constatar com que sofreguidão e ânsia as palavras lhe escaparam dos lábios. – Não sabia se era verdade.

– É verdade. Fui eu. O Sr. Boyle não vai fabricar metal Rearden na costa do Maine. Nem em qualquer outro lugar. Nem ele nem nenhum outro canalha saqueador que acha que um decreto lhe dá direitos sobre o cérebro do senhor. Todo aquele que tentar produzir esse metal terá seus altos-fornos destruídos, suas máquinas arrebentadas, seus carregamentos danificados, suas instalações incendiadas – tantas coisas vão acontecer com todo aquele que tentar que dirão que o metal Rearden é maldito, e logo não haverá nenhum trabalhador no país disposto a entrar na usina de nenhum fabricante de metal Rearden. Se homens como Boyle acham que tudo de que precisam para saquear seus superiores é a força bruta, então eles vão ver o que acontece quando um de seus superiores resolve partir para o uso da força também. Eu queria dizer ao senhor que nenhum deles vai produzir o seu metal, nem lucrar um centavo com ele.

Como ele sentia uma vontade exultante de rir – como rira ao saber do incêndio da Petróleo Wyatt, como rira ao saber da crise da Cobre D'Anconia – e sabia que, se o fizesse, a coisa que temia se apoderaria dele e não o soltaria dessa vez, e ele jamais veria suas usinas de novo, Rearden conteve-se e, por um momento, manteve os lábios apertados para não emitir nenhum som. Quando passou o perigo, disse com uma voz baixa, firme e sem vida:

– Pegue seu ouro e vá embora. Não aceito a ajuda de um criminoso.

O rosto de Danneskjöld não exibiu nenhuma reação.

– Não posso forçá-lo a aceitar o ouro, Sr. Rearden. Mas não vou levá-lo. O senhor pode deixá-lo aí no chão, se quiser.

– Não quero sua ajuda e não vou protegê-lo. Se houvesse um telefone aqui perto, eu chamaria a polícia. E é o que vou fazer se o senhor tentar me procurar outra vez. Vou fazê-lo, como medida de autodefesa.

– Entendo perfeitamente o que o senhor quer dizer.

– O senhor sabe, como eu o ouvi, e o ouvi com certa ânsia, conforme o senhor percebeu, que não o condeno tanto quanto deveria. Não posso condená-lo, não posso condenar ninguém. Não existem mais padrões que orientem a vida e, portanto, não me interessa mais julgar qualquer coisa que se faça hoje em dia, nem qualquer recurso utilizado pelas pessoas na tentativa de suportar o insuportável. Se é essa a maneira que o senhor encontrou, eu deixo que o senhor vá para o inferno como bem escolher, mas não quero me envolver. Nem como fonte de inspiração para o senhor nem como seu cúmplice. Não tenha esperanças de que eu venha algum dia a aceitar sua conta bancária, se é que ela existe. Gaste esse dinheiro em sua proteção pessoal, pois vou denunciar o ocorrido à polícia e dar a ela todas as pistas que eu puder dar no sentido de ajudá-la a encontrar o senhor.

Danneskjöld não se mexeu nem disse nada. Ao longe, na escuridão, um trem de carga passava. Não podiam vê-lo, porém ouviam o ruído das rodas preenchendo o silêncio, e ele parecia estar perto, como se um trem incorpóreo, reduzido a um som prolongado, estivesse passando por eles na noite.

– O senhor queria me ajudar na minha hora de maior desesperança? – perguntou Rearden. – Se cheguei a ponto de só ser defendido por um pirata, então não quero mais me defender. O senhor fala algo que se assemelha à linguagem humana. Assim, em nome disso, lhe digo que não tenho mais esperanças, mas tenho a consciência de que, quando chegar o fim, terei vivido segundo meus padrões, mesmo quando eu era a única pessoa a quem eles pareciam válidos. Terei vivido no mundo em que comecei a minha vida e afundarei quando o último vestígio dele desaparecer. Sei que o senhor não vai querer me entender, no entanto...

Um facho de luz os atingiu com a violência de um soco. O ruído do trem absorvera o ronco do motor do carro, e eles não o viram sair da estrada secundária, por detrás de uma casa. Não estavam no caminho do carro, porém ouviram o ruído do freio por trás dos faróis, que deteve o vulto invisível do automóvel. Foi Rearden quem instintivamente deu um salto para trás. Danneskjöld, entretanto, não se mexeu, tamanho foi seu autocontrole.

Era um carro de polícia, que parou ao lado deles.

O motorista se debruçou pela janela.

– Ah, é o Sr. Rearden! – exclamou ele, levando a ponta dos dedos ao quepe. – Boa noite.

– Boa noite – disse Rearden, esforçando-se para controlar o que havia de forçado em sua voz.

Dois policiais estavam no banco da frente do carro, e em seus rostos havia uma expressão decidida, em vez do costumeiro olhar simpático de quem parou apenas a fim de conversar.

– O senhor veio a pé das usinas pela estrada de Edgewood, passando pela enseada Blacksmith?

– Vim. Por quê?

– Por acaso o senhor viu um homem andando apressado?

– Onde?

– Ou a pé ou num carro caindo aos pedaços com um motor de um milhão de dólares.

– Como é o homem?

– Alto, louro.

– Quem é ele?

– Se eu lhe dissesse, o senhor não acreditaria. O senhor o viu?

Rearden não se dava conta das perguntas que ele próprio fazia. Estava consciente apenas do fato surpreendente de que conseguia de algum modo arrancar da garganta alguns sons, apesar da barreira que latejava dentro dela. Não tirava os olhos do policial, mas tinha a impressão de que o ponto focal de sua vista estava na lateral, que o que via com mais clareza era o rosto de Danneskjöld o observando sem expressão, sem que a menor contração de músculos traísse qualquer sentimento. Viu os braços relaxados do pirata, as mãos descontraídas, sem revelar nenhuma intenção de sacar uma arma, deixando o corpo alto e esguio indefeso e exposto – como se diante de um pelotão de fuzilamento. Agora que havia luz, viu que o rosto parecia mais jovem do que ele imaginara e que os olhos eram azul-celeste. Sentiu que o único perigo era desviar a vista para Danneskjöld, então manteve o olhar fixo no policial, nos botões de metal de seu uniforme azul, mas o que tomava sua consciência, com mais força do que se fosse uma percepção visual, era o corpo de Danneskjöld, o corpo nu sob as roupas, o corpo que seria destruído. Rearden não ouvia o que ele próprio dizia, porque uma única frase se repetia incessantemente em sua mente, fora de qualquer contexto que não a sensação de que isso era a única coisa importante para ele no mundo: "Se vier a perder minha vida, em nome de que ideal melhor eu poderia sacrificá-la?"

– O senhor o viu, Sr. Rearden?

– Não – disse Rearden –, não vi.

O policial deu de ombros, contrariado, apertando o volante com ambas as mãos.

– O senhor não viu ninguém com aparência suspeita?

– Não.

– Nem nenhum carro estranho passando pela estrada?

– Não.

O policial fez menção de dar partida no carro.

– Soube-se que o avistaram por esta área esta noite, e estão dando buscas em cinco condados. Temos ordem de não mencionar seu nome, para não assustar as pessoas, mas é um homem com a cabeça a prêmio, no valor de 3 milhões de dólares, em vários países.

Já tinha dado a partida no carro, e o ronco do motor enchia o ar, quando o segundo policial se debruçou para a frente. Estava reparando nos cabelos louros sob o boné de Danneskjöld.

– Quem é esse aí, Sr. Rearden? – perguntou.

– Meu novo guarda-costas – disse Rearden.

– Ah...! Uma precaução sensata, Sr. Rearden, em tempos como estes. Boa noite!

O carro avançou. As luzes vermelhas foram sumindo na distância. Danneskjöld ficou observando o carro, depois olhou ostensivamente para a mão direita de Rearden, que se deu conta de que, ao falar com o policial, estivera segurando a arma em seu bolso, preparado para usá-la a qualquer momento.

Abriu a mão e a tirou do bolso apressadamente. Danneskjöld sorriu. Era um sorriso radiante, o riso silencioso de um espírito jovem e limpo, satisfeito de ter vivido aquele momento. E, embora não houvesse semelhança entre os dois homens, aquele sorriso fez Rearden pensar em Francisco d'Anconia.

– O senhor não mentiu – comentou Ragnar Danneskjöld. – Sou mesmo seu guarda-costas, e é isso que vou ter que ser, em mais de um sentido, como o senhor nem pode imaginar no momento. Obrigado, Sr. Rearden, e adeus. Vamos nos encontrar outra vez muito mais cedo do que eu pensava.

Sumiu antes que Rearden pudesse responder. Desapareceu além da cerca, tão súbita e silenciosamente quanto aparecera. Quando Rearden se virou para olhar para o campo além da cerca, não havia nenhum sinal dele, e nada se mexia no meio da escuridão.

Parado à margem de uma estrada vazia, ainda mais solitária do que lhe parecera antes, Rearden viu, a seus pés, um objeto da cor do cabelo do pirata embrulhado num tecido grosseiro, com uma ponta exposta, brilhando ao luar. Abaixou-se, pegou-o e seguiu em frente.

◆◆◆

Kip Chalmers exclamou um palavrão quando o trem balançou, derrubando seu drinque sobre a mesa. Debruçou-se para a frente, com o cotovelo no molhado, e disse:

– Mas que porcaria de estrada de ferro! Com todo o dinheiro que esse pessoal tem, não entendo por que não consegue dar um jeito de a gente não ficar balançando que nem fazendeiros numa carroça!

As três pessoas que lhe faziam companhia não se deram ao trabalho de dizer nada. Era tarde e elas só permaneciam ali por preguiça de voltar para suas cabines. As luzes do vagão pareciam vigias de navio na neblina de fumaça de cigarro, úmida de cheiro de álcool. Era um vagão particular – que Chalmers exigira e conseguira para sua viagem – que vinha preso ao último vagão do Cometa e se sacudia como a cauda de um animal nervoso, enquanto o trem percorria as curvas da serra.

– Vou fazer campanha a favor da nacionalização das ferrovias – retrucou Chalmers, dirigindo um olhar de desafio a um homenzinho grisalho que o encarava sem interesse. – Vai ser essa a minha plataforma eleitoral. Tenho que ter uma, não tenho? Não gosto de Jim Taggart. Ele parece um mexilhão cozido. Danem-se as estradas de ferro! É hora de a gente se apossar delas.

– Vá dormir – disse o homem –, se você quer ao menos parecer um ser humano no comício-monstro de amanhã.

– Acha que a gente vai conseguir?

– Você tem que conseguir.

– Eu sei. Mas acho que não vamos chegar lá a tempo. Esta porcaria de trem expresso está atrasadíssimo.

– Você *tem* que estar lá, Kip – disse o homem, em tom de ameaça, com aquela teimosia de quem não raciocina e afirma um fim sem pensar no meio.

– Que droga, você acha que não sei disso?

Chalmers tinha cabelos louros e crespos e uma boca sem forma. Era de uma família um tanto rica, um tanto distinta, mas zombava da riqueza e da distinção como se somente um aristocrata de primeira pudesse se permitir tamanha indiferença e arrogância. Havia se formado numa faculdade cuja especialidade era criar esse tipo de aristocracia. A instituição lhe ensinara que o objetivo das ideias é enganar aqueles que são estúpidos a ponto de pensar. Construíra sua carreira em Washington com a elegância de um gatuno, subindo de departamento a departamento como que de um parapeito a outro de um prédio caindo aos pedaços. Na verdade, era apenas semipoderoso, mas seus modos faziam com que muitos leigos o tomassem por ninguém menos que Wesley Mouch.

Por uma questão de estratégia pessoal, Chalmers resolvera entrar na política e se candidatar a deputado pelo estado da Califórnia, embora não soubesse nada a respeito de lá além da indústria cinematográfica e dos clubes de praia. Seu coordenador de campanha havia feito o trabalho preliminar, e agora Chalmers estava a caminho de seu primeiro comício, em São Francisco, um evento que fora anunciado com grande estardalhaço. O coordenador insistira para que ele partisse na véspera, mas Chalmers ficara em Washington para ir a um coquetel e tomara o último trem. Só começou a manifestar preocupação com o comício daquela noite quando percebeu que o Cometa estava seis horas atrasado.

Seus três companheiros não se importavam com seu mau humor: gostavam da bebida que ele servia. Lester Tuck, seu coordenador de campanha, era um homenzinho avançado em anos, cujo rosto dava a impressão de ter recebido um soco do qual jamais se recuperara. Era um advogado do tipo que, algumas gerações atrás, teria defendido pessoas que cometem pequenos furtos em lojas e gente que finge ter sofrido acidentes em grandes empresas, mas concluíra que seria melhor trabalhar para homens como Kip Chalmers.

Laura Bradford era a atual amante de Chalmers. Ele gostava de Laura porque antes ela fora amante de Wesley Mouch. Era uma atriz de cinema que, competente como coadjuvante, conseguira à força se tornar uma estrela incompetente, não pelo método de dormir com executivos de Hollywood, e sim optando pelo atalho de dormir com burocratas de Washington. Falava sobre economia, em vez de fofocas, quando a entrevistavam, no estilo estridente e hipócrita dos tabloides de terceira categoria – mas seus conhecimentos de economia se resumiam à afirmativa: "Temos que ajudar os pobres."

Gilbert Keith-Worthing fora convidado por Chalmers por motivos que os outros dois não haviam conseguido descobrir. Era um romancista inglês mundialmente famoso, que fora popular 30 anos antes. Desde então, ninguém mais se dava ao trabalho de ler o que ele escrevia, mas todos o aceitavam como um clássico ambulante. Era considerado profundo por afirmar coisas como: "Liberdade? Vamos parar de falar em liberdade. A liberdade é impossível. O homem jamais pode estar livre da fome, do frio, da doença, dos acidentes. Ele jamais pode estar livre da tirania da natureza. Então por que reclamar da tirania de uma ditadura política?" Quando toda a Europa pôs em prática as ideias que ele expunha, Keith-Worthing foi morar nos Estados Unidos. Com a passagem dos anos, tanto seu estilo quanto seu corpo foram se tornando flácidos. Aos 70 anos, era um velho obeso de cabelo pintado, com um ar de cinismo zombeteiro recheado de citações budistas a respeito da futilidade de todo empreendimento humano. Chalmers o convidara porque lhe parecia muito distinto aparecer com um escritor. Keith-Worthing aceitara o convite porque não tinha para onde ir.

– Esses porcarias que trabalham na estrada de ferro estão fazendo isso de propósito – acusou Chalmers. – Querem estragar minha campanha. Não posso perder esse comício! Pelo amor de Deus, Lester, faça alguma coisa!

– Já tentei – disse Lester Tuck. Na última estação, tentara, pelo telefone interurbano, encontrar um avião para completar a viagem, mas não havia nenhum voo programado para os próximos dois dias.

– Se eles não conseguirem chegar lá na hora, vão perder esta ferrovia! A gente não pode mandar o chefe do trem correr mais?

– Você já falou com ele três vezes.

– Vou dar um jeito de ele ser despedido. Ele só me dá desculpas, alega problemas técnicos. Quero transporte, não desculpas. Não podem me tratar como se eu fosse um passageiro qualquer. Quero que eles me levem para onde quero ir quando eu quero. Será que não sabem que estou neste trem?

– A esta altura, já sabem – retrucou Laura. – Cale a boca, Kip. Você está muito chato.

Chalmers encheu o copo mais uma vez. O vagão balançava, e os copos tiniam de leve nas prateleiras do bar. Pela janela, via-se um céu que se sacudia, e parecia que as estrelas é que estavam tinindo. Da janela no fim do vagão não se via nada, a não ser a vaga luminosidade dos faróis verdes e vermelhos que assinalavam a traseira do trem e um trecho curto da ferrovia que se perdia na escuridão. Uma muralha de pedra acompanhava o trem, e, de vez em quando, viam-se as estrelas numa garganta que se abria subitamente, entre dois picos das serras do Colorado.

– As montanhas... – disse Keith-Worthing, cheio de satisfação. – São espetáculos deste tipo que fazem a gente se dar conta da insignificância do homem. O que representa esta presunçosa faixa de metal que os materialistas vulgares se orgulham tanto de construir, em comparação com esse esplendor eterno? Não passa de um fio de alinhavo na bainha do vestido da natureza. Se um daqueles gigantes de granito resolvesse desmoronar, um só, este trem deixaria de existir.

– E por que a montanha iria resolver desmoronar? – perguntou Laura, não muito interessada naquilo.

– Acho que esta porcaria de trem está andando mais devagar – disse Chalmers. – Esses idiotas estão diminuindo a velocidade, apesar do que eu falei com eles!

– Bem... estamos na serra, você sabe... – comentou Tuck.

– A serra que se dane! Lester, que dia é hoje? Com todas essas porcarias de mudanças de fusos horários, já nem sei mais...

– Hoje é dia 27 de maio – respondeu Tuck, com um suspiro.

– Vinte e oito – disse Keith-Worthing, olhando para o relógio. – Já passam 12 minutos da meia-noite.

– Meu Deus! – exclamou Chalmers. – Então o comício é *hoje*?

– É – confirmou Tuck.

– Não vamos conseguir! Vamos...

O trem deu um solavanco particularmente forte, derrubando o copo que Chalmers tinha na mão. O ruído do copo se partindo no chão se confundiu com o guincho da ranhura das rodas raspando contra os trilhos numa curva fechada.

– Me diga uma coisa – pediu Keith-Worthing, nervoso. – Essas estradas de ferro oferecem segurança?

– Mas é claro! – respondeu Chalmers. – A gente tem tantas normas, regulamentos e controles que esses calhordas não ousam fazer nada que cause perigo!... Lester, quanto ainda falta? Qual a próxima parada?

613

– Agora só vamos parar em Salt Lake City.

– Sim, mas qual é a próxima estação?

Tuck pegou um mapa sujo, que vinha consultando a toda hora desde o cair da tarde.

– Winston – respondeu ele. – Winston, Colorado.

Chalmers pegou outro copo.

– Tinky Holloway comentou que Wesley disse que, se você não ganhar essa eleição, vai ser o fim para você – disse Laura. Refestelada em sua poltrona, olhava não para Chalmers, mas para seu próprio reflexo no espelho da parede. Estava entediada e se divertia espicaçando a raiva impotente do amante.

– Ah, ele disse isso, é?

– Disse. Wesley não quer que o... sei lá como se chama, o outro concorrente ao seu cargo seja eleito. Se você não ganhar, Wesley vai ficar uma fera. Tinky disse...

– Que se dane aquele cachorro! Ele tem mais é que se cuidar!

– Não vejo por quê. Wesley gosta muito dele. – Ela acrescentou: – Tinky não ia deixar que uma porcaria de um trem fizesse com que *ele* perdesse um compromisso importante. Se fosse ele, não teriam coragem de fazer isso.

Chalmers olhava fixamente para seu copo.

– Vou fazer com que o governo desaproprie todas as ferrovias – disse, em voz baixa.

– Na verdade – disse Keith-Worthing –, não sei por que vocês já não fizeram isso há muito tempo. Este é o único país do mundo atrasado a ponto de permitir a propriedade privada de ferrovias.

– A gente chega lá – disse Chalmers.

– O seu país é de uma ingenuidade incrível. É um anacronismo. Toda essa conversa de liberdade e direitos humanos – não ouço falar nisso desde o tempo do meu bisavô. Não passa de um luxo verbal dos ricos. Afinal, para os pobres não faz diferença se a vida deles está à mercê de um industrial ou de um burocrata.

– O dia dos industriais terminou. Agora é a vez dos...

De repente, foi como se o ar dentro do vagão os jogasse para a frente, enquanto o chão parava sob seus pés. Chalmers caiu no tapete, Keith-Worthing foi jogado em cima da mesa. As luzes se apagaram; os copos caíram da prateleira, estilhaçando-se; o aço das paredes gritava como se estivesse prestes a se dilacerar, e um baque surdo e prolongado sacudiu as rodas do trem, como uma convulsão.

Quando levantou a cabeça, Chalmers viu que o vagão estava intacto e imóvel: ouviu os gemidos dos companheiros e o primeiro grito histérico de Laura. Caminhou de quatro até a porta, abriu-a e se arrastou para fora do vagão. Lá longe, numa curva, viu lanternas se mexendo e um clarão avermelhado, no lugar onde deveria estar a locomotiva. Saiu tateando pela escuridão, esbarrando em vultos seminus que brandiam fósforos acesos inutilmente. De repente viu um homem com uma lanterna e agarrou o braço dele. Era o chefe do trem.

– O que aconteceu?! – exclamou Chalmers.

– Trilho partido – respondeu o chefe do trem, impassível. – A locomotiva descarrilou.

– Des...?

– Saiu dos trilhos.

– Alguém... morreu?

– Não. O maquinista está bem. O foguista se machucou.

– Trilho partido? Como assim?

O rosto do chefe do trem ostentava uma expressão estranha: carrancuda, acusadora, hermética.

– Os trilhos ficam gastos, Sr. Chalmers – respondeu ele, com uma ênfase estranha. – Principalmente nas curvas.

– Vocês não sabiam que estavam gastos?

– *Nós* sabíamos.

– Bem, por que não os consertaram?

– Os trilhos iam ser consertados. Mas o Sr. Locey mandou cancelar o conserto.

– Quem é o Sr. Locey?

– O homem que não é nosso vice-presidente de operações.

Chalmers não entendia por que o homem parecia olhá-lo como se de algum modo a catástrofe fosse culpa sua.

– Bem... mas vocês não vão recolocar a locomotiva nos trilhos?

– Pelo que parece, esta locomotiva nunca mais vai funcionar.

– Mas... mas ela tem que prosseguir a viagem!

– Não vai ser possível.

Para além da luz das lanternas e dos sons abafados dos gritos, Chalmers sentiu de repente, sem querer olhar, a imensidão negra das montanhas, o silêncio de centenas de quilômetros de terra desabitada, o equilíbrio precário da ferrovia sobre uma estreita faixa entre uma muralha de pedra e um abismo. Apertou o braço do chefe do trem com mais força.

– Mas... o que vamos fazer?

– O maquinista foi ligar para Winston.

– Ligar? Como?

– Tem um telefone ao lado da ferrovia, a uns três quilômetros daqui.

– Eles vão tirar a gente daqui?

– Vão.

– Mas... – Então sua mente fez uma ligação entre o passado e o futuro, e pela primeira vez chegou quase a gritar: – Quanto tempo vamos ter que esperar?

– Não sei – disse o chefe do trem, então se desvencilhou da mão de Chalmers e se afastou.

O vigia da estação de Winston atendeu o telefone, largou o fone e subiu as escadas correndo para acordar o agente da estação. Era um vagabundo grandalhão e mal-humorado, que fora nomeado para o cargo 10 dias antes, por ordem do novo superintendente da divisão. Tonto de sono, se pôs de pé, mas acordou de repente quando as palavras do vigia lhe atingiram a consciência.

– O quê? – reagiu. – Meu Deus! O Cometa?... Bem, não fique parado aí, tremendo! Ligue para Silver Springs!

O plantonista da sede da divisão em Silver Springs atendeu o telefone e depois ligou para Dave Mitchum, o novo superintendente da divisão do Colorado.

– O Cometa? – perguntou Mitchum, apertando o fone contra o ouvido e pulando para fora da cama. – A locomotiva arrebentada? A locomotiva a diesel?

– Sim, senhor.

– Ah, meu Deus, meu Deus! O que vamos fazer? – Então, lembrando-se de seu posto, acrescentou: – Bem, mande o trem-socorro.

– Já mandei.

– Mande o vigia de Sherwood interromper todo o tráfego.

– Já mandei.

– Que trens estão indo para lá?

– Só o cargueiro do Exército, rumo a oeste. Mas só vai chegar lá daqui a quatro horas. Está atrasado.

– Vou já para aí... Bem, escute, chame Bill, Sandy e Clarence. Quero que estejam aí quando eu chegar. Muitas cabeças vão rolar!

Dave Mitchum vivia se queixando de injustiça porque, segundo ele, sempre fora perseguido pelo azar. Falava, com uma voz misteriosa, sobre uma conspiração dos mandachuvas, embora jamais explicasse quem exatamente seriam tais pessoas. Sua principal queixa e seu principal padrão de valor era a antiguidade: ele trabalhava em estradas de ferro havia mais tempo do que muita gente que subira mais que ele. Isso, dizia, era prova da injustiça do sistema social – embora jamais explicasse o que queria dizer com "sistema social". Já trabalhara em muitas ferrovias, mas não ficara muito tempo em nenhuma delas. Seus patrões não o acusavam de nada em particular, apenas o despediam porque ele dizia "Ninguém me disse nada!" com frequência excessiva. Ele não sabia que devia seu atual emprego a um acordo entre James Taggart e Wesley Mouch: quando Taggart contou a Mouch o segredo da vida privada de sua irmã, em troca de um aumento nas tarifas ferroviárias, este exigiu um favor adicional, conforme suas costumeiras regras de negociação, nas quais um sempre arrancava o máximo possível do outro. O favor consistia em arranjar um emprego para Mitchum, que era cunhado de Claude Slagenhop, que era presidente dos Amigos do Progresso Global, organização que Mouch julgava ter uma influência poderosa sobre a opinião pública. Taggart passou adiante para Clifton Locey a responsabilidade de encontrar um emprego para Mitchum. Este colocou Mitchum no primeiro cargo que vagou – o de superintendente da divisão do Colorado –, quando o homem que o ocupava abandonou o emprego sem aviso prévio, no dia em que a locomotiva a diesel da estação de Winston foi cedida ao trem especial de Chick Morrison.

– O que vamos fazer? – indagou Mitchum, apressado, ainda se vestindo e tonto de sono, quando entrou em seu escritório, onde o despachante-chefe, o chefe de divisão e o encarregado das locomotivas o esperavam.

Nenhum dos três respondeu. Eram homens de meia-idade, que trabalhavam havia muitos anos na ferrovia. Um mês antes, teriam dado sugestões numa emergência como aquela, mas estavam começando a entender que as coisas haviam mudado e que agora era perigoso falar.

– Que diabo nós vamos fazer?

– Uma coisa é certa – disse Bill Brent, o despachante-chefe –: não podemos mandar para dentro de um túnel um trem puxado por uma locomotiva a vapor.

Uma expressão irritada apareceu nos olhos de Mitchum: ele sabia que era nisso que todos estavam pensando. Quisera que Brent não tivesse tocado naquele assunto.

– Bem, onde é que vamos arranjar uma locomotiva a diesel? – perguntou irritado.

– Não vamos arranjar nenhuma – respondeu o encarregado das locomotivas.

– Mas não podemos deixar o Cometa esperando num desvio a noite toda!

– Parece que é isso que vamos ter que fazer – retrucou o chefe de divisão. – De que adianta falar nisso, Dave? Você sabe que a divisão não tem nenhuma locomotiva a diesel.

– Mas, meu Deus do céu, como é que eles querem que os trens andem sem locomotivas?

– A Srta. Taggart não queria – disse o encarregado das locomotivas. – O Sr. Locey quer.

– Bill – perguntou Mitchum, num tom de quem implora um favor –, não há nenhum trem transcontinental chegando hoje, com uma locomotiva a diesel?

– O primeiro a aparecer – disse Bill Brent, implacável – vai ser o número 236, o cargueiro expresso que vem de São Francisco e deve chegar a Winston às 7h18 da manhã. É o trem com locomotiva a diesel mais perto de nós. Já verifiquei.

– E o trem do Exército?

– Nem pensar, Dave. Esse tem prioridade sobre todos os trens da rede, incluindo o Cometa, por ordem do Exército. E já está atrasado; as caixas de graxa pegaram fogo duas vezes. Estão levando munição para os arsenais da Costa Oeste. Reze para que esse trem não tenha que parar na sua divisão. Se você acha que a gente vai sofrer por causa do Cometa, isso não é nada comparado com o que vai acontecer conosco se tentarmos parar o trem do Exército.

Ficaram calados. As janelas estavam abertas; era uma noite de verão, e se ouvia o telefone tocar no escritório do chefe da estação no andar de baixo. As luzes piscavam no pátio de manobras deserto, que antes fora muito movimentado.

Mitchum olhou para o galpão de reparos, onde se viam os vultos negros de loco-motivas a vapor na luz mortiça.

– O túnel... – começou ele, e parou.

– ... tem 13 quilômetros de extensão – completou o chefe de divisão, enfatizando as palavras com raiva.

– Eu estava só pensando – retrucou Mitchum.

– Melhor nem pensar – disse Brent, em voz baixa.

– Eu não disse nada!

– O que foi mesmo que você conversou com Dick Horton antes de ele pedir de-missão? – perguntou o encarregado das locomotivas com uma voz inocente, como se a pergunta fosse irrelevante. – O sistema de ventilação do túnel está pifado, não era isso? Ele não disse que o túnel já estava ficando perigoso até para locomotivas a diesel?

– Por que você está puxando esse assunto? – retrucou Mitchum. – Eu não disse nada!

Dick Horton, o engenheiro-chefe da divisão, havia pedido demissão três dias de-pois da chegada de Mitchum.

– Estou só falando por falar – respondeu o encarregado, inocente.

– Escute, Dave – disse Brent, sabendo que Mitchum ia ficar remoendo aquilo du-rante mais uma hora e não chegaria a nenhuma decisão –, você sabe que só há uma coisa a fazer: deixar o Cometa ficar em Winston até amanhã de manhã, esperar pelo 236, instalar a locomotiva a diesel no Cometa para atravessar o túnel e depois pegar a melhor locomotiva a vapor de que dispomos para o Cometa terminar a viagem.

– Mas isso vai atrasar a viagem em quanto tempo?

Brent deu de ombros.

– Doze horas... 18 horas... sei lá!

– Dezoito horas... o Cometa? Meu Deus, isso nunca aconteceu antes!

– Nada do que anda acontecendo já aconteceu antes – retrucou Brent, com um toque incomum de cansaço em sua voz competente e enérgica.

– Mas lá em Nova York vão botar a culpa em nós! Vão botar toda a culpa em nós!

Brent deu de ombros. Um mês atrás, consideraria impensável uma injustiça des-sas; agora, porém, sabia que era bem possível.

– Acho que... – disse Mitchum, arrasado – acho que não há mais nada a fazer.

– Não há, Dave.

– Ah, meu Deus! Por que isso tinha de acontecer conosco?

– Quem é John Galt?

Já passava das duas quando o Cometa, puxado por uma velha locomotiva de ma-nobras, parou num desvio da estação de Winston. Kip Chalmers contemplava pela janela, com raiva e incredulidade, um punhado de barracos na encosta e uma velha estação caindo aos pedaços.

– E essa agora? Por que diabo estamos parando aqui? – perguntou e mandou chamar o chefe do trem.

Agora que o trem havia andado de novo e ele se sentia fora de perigo, seu terror se transformara em raiva. Sentia-se quase como se tivesse sido enganado, ao fazerem-no sentir um medo desnecessário.

– Quanto tempo? – repetiu o chefe do trem, impassível, em resposta à sua pergunta. – Até amanhã de manhã, Sr. Chalmers.

Chalmers ficou olhando para o homem, estupefato.

– Vamos ficar parados aqui até amanhã de manhã?

– Sim, senhor.

– Aqui?

– É.

– Mas eu tenho um comício em São Francisco no fim da tarde!

O chefe do trem não disse nada.

– Por quê? Por que tivemos que parar? Por que diabos? O que houve?

Lenta e pacientemente, com uma polidez cheia de desprezo, o chefe do trem explicou o que de fato havia acontecido. Mas há anos, no ensino fundamental, no médio e na faculdade, Chalmers aprendera que o homem não vive e não precisa viver com base na razão.

– O túnel que se dane! – gritou ele. – Você acha que vou deixar que vocês me prendam aqui por causa de uma porcaria de um túnel? Você quer estragar planos importantíssimos de âmbito nacional por causa de um túnel? Diga ao maquinista que eu tenho que estar em São Francisco amanhã à tarde, e que ele tem que me levar lá!

– Como?

– Isso é problema seu, não meu!

– Não há como.

– Então invente um jeito, seu desgraçado!

O chefe do trem não disse nada.

– Acha que eu vou deixar que seus problemas técnicos ridículos interfiram em questões sociais críticas? Você sabe com quem está falando? Diga ao maquinista que vamos sair agora, se é que ele não quer perder o emprego!

– O maquinista está cumprindo ordens.

– As ordens que se danem! Aqui quem dá ordens sou *eu*! Mande ele dar a partida imediatamente!

– Creio que é melhor o senhor falar com o chefe da estação, Sr. Chalmers. Não tenho autoridade para responder ao senhor do modo como gostaria de fazê-lo – disse o chefe do trem e saiu.

Chalmers se levantou de um salto.

– Espere, Kip... – disse Lester Tuck, hesitante. – Talvez seja verdade... talvez eles não possam mesmo fazer nada.

– Se tiverem que dar um jeito, eles conseguem! – berrou Chalmers, saindo do vagão a passos decididos.

Anos antes, na faculdade, haviam lhe ensinado que a única maneira eficaz de fazer as pessoas funcionarem era meter-lhes medo.

No escritório da estação de Winston, uma sala em péssimo estado, Chalmers encontrou um homem sonolento, com um rosto cansado e flácido, e um rapazinho assustado sentado à mesa do telegrafista. Num estupor mudo, os dois ouviram uma sequência de palavrões que jamais haviam imaginado, algo de que nem mesmo uma turma de seção seria capaz.

– ... e não é problema meu como é que o trem vai passar pelo túnel, isso é problema de *vocês*! – concluiu Chalmers. – Mas, se não me arrumarem uma locomotiva e não tirarem este trem daqui, podem dar adeus aos seus empregos, a suas carreiras e à porcaria desta ferrovia!

O chefe da estação jamais ouvira falar em Kip Chalmers e não sabia que posto ele ocupava. Mas sabia que vivia numa época em que homens desconhecidos que ocupavam cargos mal definidos detinham um poder ilimitado – um poder de vida ou morte.

– Isso não cabe a nós, Sr. Chalmers – disse ele, acalmando-o. – Aqui nós não damos ordens. A ordem veio de Silver Springs. Por que o senhor não liga para o Sr. Mitchum e...

– Quem é o Sr. Mitchum?

– É o superintendente da divisão, lá em Silver Springs. O senhor podia mandar uma mensagem para ele, dizendo que...

– Era só o que faltava, eu perder tempo com um superintendente de divisão! Vou mandar uma mensagem mas é para Jim Taggart, é isso que vou fazer!

Antes que o chefe da estação tivesse tempo de se recuperar, Chalmers se virou para o garoto, gritando:

– Você aí, anote isto e despache imediatamente!

Era uma mensagem que, um mês antes, ele não teria aceito de nenhum passageiro, porque era proibido fazê-lo, mas agora o rapaz já não sabia direito o que era e o que não era proibido:

– "Sr. James Taggart, Nova York. Estou preso no Cometa em Winston, Colorado, por causa da incompetência dos seus funcionários, que se recusam a me arranjar uma locomotiva. Amanhã à tarde, em São Francisco, tenho um compromisso da maior importância, de âmbito nacional. Se o senhor não der jeito de este trem partir imediatamente, pode imaginar as consequências. Kip Chalmers."

Depois que o rapaz transmitira as palavras através dos fios que iam de um lado a outro do continente, como guardiães da Rede Taggart – depois que Chalmers voltou para seu vagão para esperar uma resposta –, o chefe da estação telefonou para Dave Mitchum, que era seu amigo, e leu para ele o texto da mensagem. Ouviu Mitchum soltar um gemido.

– Achei melhor falar com você, Dave. Nunca ouvi falar nesse cara mais gordo, mas vai ver que ele é alguém importante.

– Sei lá! – gemeu Mitchum. – Kip Chalmers? O nome dele vive saindo nos jornais, junto com os nomes de todos os mandachuvas. Não sei o que ele é, mas, se ele é de Washington, a gente não pode se arriscar. Ah, meu Deus, o que vamos fazer?

– Não podemos nos arriscar – pensou o agente da Taggart em Nova York, e transmitiu a mensagem por telefone para a casa de James Taggart. Eram quase seis da manhã naquela cidade, e Taggart acordou após uma noite intranquila, em que dormira mal. Ouviu o que o homem dizia, com uma cara cada vez mais assustada. Sentia o mesmo medo que sentira o chefe da estação de Winston, e pelo mesmo motivo.

Ligou para a casa de Clifton Locey. Toda a raiva que não podia descarregar em Chalmers foi despejada sobre Locey.

– Faça alguma coisa! – berrava Taggart. – Qualquer coisa, não quero nem saber, o problema é *seu*, não meu, mas esse trem precisa partir logo! Que diabo está acontecendo? Isso nunca aconteceu com o Cometa! É assim que você cuida do seu departamento? Muito bonito, os passageiros mandarem recados para *mim*! Pelo menos, no tempo que minha irmã mandava, nunca me acordavam no meio da noite porque um trilho partiu em Iowa – no Colorado, quero dizer!

– Me desculpe, Jim – disse Locey num tom de voz que, ao mesmo tempo que pedia desculpas, tranquilizava e exprimia a quantidade exata de confiança condescendente. – É só um mal-entendido. Alguém fez uma burrice qualquer. Não se preocupe. Eu dou um jeito. Na verdade, eu estava dormindo, mas vou providenciar uma solução imediatamente.

Locey não estava deitado. Acabava de chegar de uma incursão por uma série de boates, em companhia de uma jovem. Pediu a ela que esperasse e foi correndo para os escritórios da Taggart Transcontinental. Nenhum dos homens que estavam trabalhando àquela hora sabia por que ele viera em pessoa, mas também não sabia se fora desnecessário. Ele entrou e saiu afobado de várias salas, foi visto por muita gente e deu a impressão de estar agindo com muita presteza. De tudo o que fez, de concreto só resultou o seguinte telegrama enviado a Dave Mitchum, superintendente da divisão do Colorado:

"Providencie imediatamente uma locomotiva para o Sr. Chalmers. Despache o Cometa em condições de segurança e sem atrasos desnecessários. Se você não conseguir cumprir esta ordem, será responsabilizado perante o Conselho de Unificação. Clifton Locey."

Então Locey foi com a moça para uma boate afastada da cidade, a fim de garantir que ninguém conseguiria encontrá-lo nas próximas horas.

O despachante em Silver Springs ficou estupefato com a ordem que entregou a Dave Mitchum, mas este a compreendeu. Sabia que uma ordem dada numa estrada de ferro jamais falaria em termos de providenciar uma locomotiva para um passageiro. Tinha consciência de que aquilo era só para causar uma impressão, e sabia que impressão se queria causar, por isso suou frio ao se dar conta de quem seria o bode expiatório daquela história toda.

– O que foi, Dave? – perguntou o chefe de divisão.

Mitchum não respondeu. Com mãos trêmulas, agarrou o telefone e pediu uma ligação para a telefonista da Taggart, em Nova York. Parecia um animal preso numa armadilha.

Pediu à telefonista de lá que ligasse para a casa do Sr. Locey. A telefonista tentou. Ninguém atendeu. Mitchum implorou que ela tentasse, insistisse, ligasse para todos os números onde houvesse possibilidade de encontrá-lo. A telefonista prometeu que o faria, mas Mitchum desligou o telefone convicto de que era inútil esperar, que de nada adiantaria falar com alguém do departamento do Sr. Locey.

– O que foi, Dave?

Mitchum lhe entregou a ordem e viu, pela expressão no rosto do chefe de divisão, que a armadilha era tão séria quanto desconfiava.

Ligou para a sede regional da Taggart em Omaha, Nebraska, e pediu para falar com o administrador-geral da região. Houve um breve silêncio, e então a voz da telefonista informou que o administrador-geral havia se demitido e desaparecido três dias antes – "por causa de um probleminha com o Sr. Locey".

Mitchum quis falar com o administrador-geral assistente responsável por aquele distrito, mas este havia viajado naquele fim de semana, e era impossível localizá-lo.

– Então chame outra pessoa qualquer! – gritou Mitchum. – De qualquer distrito! Pelo amor de Deus, ache alguém que me diga o que devo fazer!

Quem veio atender o telefone foi o administrador-geral assistente do distrito de Iowa e Minnesota.

– O quê? – interrompeu ele, mal Mitchum começou a falar. – Em Winston, Colorado? Por que você está ligando para *mim*?... Não, nem me diga o que houve, não quero nem saber!... Não, eu já disse! Não! Senão depois vão me cobrar por que eu fiz ou deixei de fazer sei lá o quê. Não é problema meu!... Fale com algum executivo regional, não tenho nada a ver com o Colorado!... Ah, sei lá, fale com o engenheiro-chefe, ligue para ele!

O engenheiro-chefe da região central disse, impaciente:

– Sim? O quê? O que foi? – E Mitchum, desesperado, lhe explicou o que ocorrera. Ao ser informado de que não havia uma locomotiva a diesel, disse imediatamente: – Então segure o trem na estação, é claro! – Quando ouviu o nome do Sr. Chalmers, sua voz ficou mais baixa de repente: – Hum... Kip Chalmers? De Washington?... Bem, aí não sei. Isso só o Sr. Locey pode decidir.

– O Sr. Locey mandou que eu desse um jeito, mas... – foi dizendo Mitchum.

– Então faça exatamente o que ele mandou! – interrompeu o engenheiro-chefe, muito aliviado, e desligou.

Dave Mitchum pôs o fone no gancho cuidadosamente. Parou de gritar e andou até uma cadeira na ponta dos pés, como se estivesse saindo de fininho. Ficou algum tempo sentado olhando para a ordem do Sr. Locey.

Então olhou ao redor. O despachante estava falando ao telefone. O chefe de divisão e o encarregado das locomotivas estavam presentes, porém fingiam que não esperavam por nada. Mitchum ficaria satisfeito se Bill Brent, o despachante, fosse para casa, mas o homem permanecia num canto, olhando para ele.

Brent era um indivíduo baixo e magro, de ombros largos. Tinha 40 anos, porém parecia mais moço. Seu rosto era pálido como o de um funcionário de escritório, e suas feições eram duras e angulosas como as de um caubói. Era o melhor despachante da rede.

Mitchum se levantou de repente e subiu para seu escritório, com a ordem do Sr. Locey na mão. Não entendia direito questões de engenharia e transporte, mas entendia homens como Clifton Locey. Compreendia o tipo de jogo que os executivos de Nova York estavam jogando; sabia o que estavam fazendo com ele. A ordem não lhe dizia que colocasse uma locomotiva a vapor à disposição do Sr. Chalmers – falava apenas em "uma locomotiva". Quando viesse a hora do inquérito, o Sr. Locey faria uma cara de horror e diria que era de esperar que um superintendente de divisão soubesse que, naquele contexto, ele só poderia estar se referindo a uma locomotiva a diesel. Dissera que o Cometa deveria ser despachado "com segurança" – e um superintendente deveria saber o que isso significa. Falara também em "sem atrasos desnecessários" – o que era um atraso *desnecessário*? Se o que estava em jogo era um desastre sério, um atraso de uma semana ou mesmo um mês não seria considerado necessário?

Os executivos de Nova York, pensou Mitchum, *pouco se importavam se o Sr. Chalmers ia chegar a seu destino na hora ou se ia acontecer uma catástrofe inaudita na ferrovia; só faziam questão de se certificar de que, o que quer acontecesse, ninguém poderia dizer que a culpa fora deles.* Se Mitchum segurasse o trem, eles fariam com que a ira do Sr. Chalmers recaísse sobre ele; se ele mandasse o trem seguir em frente e acontecesse uma catástrofe, diriam que a culpa era de sua incompetência. Em ambos os casos, diriam que Mitchum não cumprira as ordens. O que ele poderia provar? Para quem? Não se podia provar nada num tribunal que não tinha uma política explícita, processos definidos, regras, princípios – um tribunal, como o Conselho de Unificação, que decidia que o réu era culpado ou inocente conforme lhe interessasse, sem quaisquer padrões que definissem o que era culpa e o que era inocência.

Dave Mitchum nada entendia de filosofia do direito, porém sabia que, quando um tribunal não segue nenhuma regra, ele não respeita nenhum fato. Nesse caso, uma audiência não é uma questão de justiça, e sim de vontades individuais, e o destino do réu depende não do que ele fez ou deixou de fazer, e sim de quem ele conhece ou não conhece. Que poderia ele fazer contra o Sr. James Taggart, o Sr. Clifton Locey, o Sr. Kip Chalmers e seus amigos poderosos?

Dave Mitchum passara toda a sua vida driblando as situações em que seria obrigado a tomar uma decisão, esperando que lhe dissessem o que deveria fazer e jamais tendo certeza de coisa alguma. Agora, a única coisa que se permitiu sentir foi um lamento indignado contra a injustiça. O destino fora muito ingrato com ele: estava sendo crucificado por seus superiores no único emprego bom que conseguira arranjar. Nunca haviam lhe explicado que o modo como ele obtivera esse emprego e a sua transformação em bode expiatório eram peças inextricáveis de um todo.

Olhando para a ordem de Locey, Mitchum pensou que poderia segurar o Cometa, atrelar o vagão do Sr. Chalmers a uma locomotiva e fazê-lo atravessar o túnel sozinho. Porém sacudiu a cabeça antes mesmo de concluir o pensamento: sabia que isso faria com que o Sr. Chalmers tivesse consciência da natureza do risco que corria. Ele se recusaria a aceitar a oferta e continuaria a exigir uma locomotiva que não existia. Pior ainda: isso faria com que ele, Mitchum, tivesse de assumir a responsabilidade, admitir que tinha plena consciência do perigo, assumir abertamente que identificava a natureza exata da situação – justamente o que seus superiores faziam de tudo para evitar, a chave do jogo que jogavam.

Mitchum não era homem de se rebelar contra sua situação, de questionar o código moral de seus superiores. Resolveu não desafiar a política oficial, e sim se submeter a ela. Bill Brent o derrotaria em qualquer disputa que envolvesse conhecimento da tecnologia, mas naquele jogo Mitchum o derrotava com facilidade. Antes existira uma sociedade em que os talentos de homens como Brent eram necessários à própria sobrevivência da sociedade, porém agora o que era necessário era o talento de Dave Mitchum.

Sentou-se à máquina de escrever de sua secretária e, usando dois dedos apenas, cuidadosamente datilografou uma ordem a ser transmitida ao chefe de divisão e outra ao encarregado das locomotivas. Na primeira, dizia ao chefe de divisão que convocasse imediatamente uma tripulação de locomotiva em virtude de uma situação vagamente caracterizada como "de emergência"; na segunda, dizia ao encarregado que enviasse "a melhor locomotiva disponível para Winston, para ficar de reserva numa situação de emergência".

Guardou nos bolsos cópias em carbono das duas ordens, chamou o despachante noturno e lhe entregou as ordens para serem entregues aos dois homens que estavam no andar de baixo. O despachante noturno era um rapaz consciencioso, que confiava em seus superiores e sabia que a disciplina era fundamental numa ferrovia. Achou muito estranho Mitchum enviar ordens escritas a homens que estavam no mesmo prédio que ele, porém não perguntou nada.

Mitchum ficou esperando, nervoso. Depois de algum tempo, viu o vulto do encarregado das locomotivas atravessando o pátio em direção ao galpão de reparos. Sentiu-se aliviado: os dois homens não viriam confrontá-lo pessoalmente. Haviam entendido e iam jogar o mesmo jogo que ele.

O encarregado das locomotivas atravessava o pátio olhando para o chão. Pensava na mulher, nos dois filhos e na casa que trabalhara a vida inteira para comprar. Tinha noção do que seus superiores estavam fazendo, mas não sabia se deveria lhes desobedecer. Jamais tivera medo de perder o emprego – com a confiança de um profissional competente, sabia que, se brigasse com um patrão, sempre poderia encontrar outro. Agora sentia medo: não tinha mais o direito de pedir demissão nem de procurar emprego. Se desafiasse o empregador, cairia nas garras de um conselho todo-poderoso e, se fosse considerado culpado, seria condenado a morrer de fome aos poucos, sem poder arranjar outro emprego. Sabia que o conselho o consideraria culpado e que a chave do mistério indevassável e imprevisível das decisões contraditórias deste era o poder secreto do jogo de influências. O que ele poderia fazer contra o Sr. Chalmers? Antigamente, em seu próprio interesse, seus empregadores exigiam que ele desse o máximo de si. Agora isso não interessava mais. Antes, exigiam que ele se esforçasse ao máximo e lhe davam uma recompensa proporcional a seus esforços. Agora, tudo o que lhe restava era a expectativa do castigo, se ele resolvesse obedecer aos ditames de sua consciência. Antes, esperava-se dele que pensasse. Agora não queriam mais que ele pensasse, e sim que cumprisse ordens. Não queriam mais que tivesse consciência. Então para que levantar a voz? Em nome de quê? Pensou nos 300 passageiros do Cometa. Pensou em seus filhos: um rapaz terminando o ensino médio e uma moça de 19 anos, que lhe inspirava um orgulho feroz e doloroso porque era considerada a mais bonita da cidade. Perguntava-se se ele tinha o direito de transformá-los em filhos de um trabalhador desempregado, como os jovens que vira nas áreas mais afetadas pelo desemprego, nas cidadezinhas industriais em que as fábricas haviam fechado, à margem de ferrovias que tinham sido abandonadas. Viu, horrorizado, que agora precisava optar entre as vidas de seus filhos e as dos passageiros do Cometa. Um conflito como esse jamais ocorrera antes. Era por proteger a segurança de seus passageiros que ele antes podia dar segurança a seus filhos; servia tanto àqueles quanto a estes igualmente, sem conflito de interesses, sem que ninguém tivesse que ser vítima. Agora, para salvar os passageiros, ele teria que sacrificar seus filhos. Lembrava-se vagamente dos sermões que ouvira a respeito da beleza do autossacrifício, da virtude de sacrificar aquilo que se tinha de mais precioso por amor aos outros. Nada sabia a respeito de ética, mas de repente compreendeu – não em palavras, e sim sob a forma de uma dor obscura, selvagem, irada – que, se a virtude era aquilo, então ele não queria ser virtuoso.

Entrou no galpão e pediu que aprontassem uma velha locomotiva a vapor para ser enviada a Winston.

O chefe de divisão ia pegando o telefone da sala do despachante, para reunir uma tripulação, em cumprimento à ordem que recebera. Porém sua mão parou sobre o fone. Ocorreu-lhe de repente que ia enviar aqueles homens para uma missão suicida e que, dos 20 nomes na folha à sua frente, dois iriam morrer por ordem sua. Sentiu o frio lhe percorrer o corpo, mais nada. Não sentia nenhuma preocupação, apenas um espanto confuso e indiferente. Jamais lhe coubera o encargo de enviar homens à morte certa; antes seu trabalho era enviar homens a missões que lhes garantiam o salário. *Isso é estranho*, pensou ele, *e é estranho que minha mão tenha parado sobre o telefone: o que fez com que ela parasse foi algo semelhante ao que eu teria sentido 20 anos antes – não*; pensou ele, *há apenas um mês. Muito estranho.*

Ele tinha 48 anos. Não tinha família, nem amigos, nem qualquer vínculo com nenhum ser humano. Toda a sua capacidade de dedicação, o que outras pessoas dividiam entre diversos interesses diferentes, era concentrada sobre seu irmão, 25 anos mais novo, que ele criara como se fosse seu filho. Graças a ele, o irmão pudera estudar numa faculdade da área tecnológica, e ele sabia – como sabiam todos os professores – que a marca da genialidade estava estampada naquele rosto sério e jovem. Com a mesma dedicação concentrada do irmão mais velho, o rapaz jamais ligara para coisa alguma que não para os estudos – nem esportes, nem festas, nem garotas –, apenas para a visão do que ele iria inventar. Havia se formado e, com um salário incrível para alguém de sua idade, fora contratado pelo laboratório de pesquisas de uma grande empresa de aparelhos elétricos em Massachusetts.

Hoje é 28 de maio, pensou o chefe de divisão. Foi no dia 1º de maio que o Decreto 10.289 fora assinado. Foi na noite de 1º de maio que lhe informaram que seu irmão se suicidara.

O chefe de divisão ouvira dizer que o decreto fora necessário para salvar o país. Não sabia se aquilo era verdade ou não, pois não fazia ideia do que era necessário para salvar um país. Porém, impelido por um sentimento que não sabia exprimir, ele entrara na redação do jornal local e exigira que publicassem a notícia da morte de seu irmão. Seu único argumento era que "as pessoas têm que ser informadas disso". Ele não soubera explicar que sua mente sofrida havia chegado à conclusão – jamais expressa em palavras – de que, se aquela morte ocorrera por causa da vontade do povo, então o povo deveria ser informado dela. Ele não conseguia acreditar que o povo teria feito aquilo se soubesse quais seriam as consequências. O redator-chefe se recusou a publicar a notícia, dizendo que seria prejudicial ao moral da nação.

O chefe de divisão nada conhecia a respeito de filosofia política, porém sabia que fora naquele momento que perdera todo e qualquer interesse pela vida ou pela morte de qualquer ser humano, ou mesmo do próprio país.

Com o fone na mão, pensou que talvez devesse avisar os homens que ia chamar. Confiavam nele e jamais ocorreria a eles que seu chefe os mandaria numa missão suicida consciente do que estava fazendo. Porém sacudiu a cabeça: aquele pensamento pertencia a uma época passada, ao ano passado, uma época em que ele também confiava neles. Agora não importava mais. Seu cérebro funcionava devagar, como se arrastasse os pensamentos através de um vácuo em que nenhuma emoção os impelia para a frente. Pensou que, se avisasse alguém do que estava acontecendo, haveria problemas, haveria um conflito que ele próprio teria de incentivar. Não se lembrava mais em nome de quê se comprava uma briga desse tipo. Da verdade? Da justiça? Da fraternidade? Não queria se esforçar. Estava muito cansado. Se avisasse todos os homens da lista, ninguém iria querer trabalhar naquela locomotiva. Assim, salvaria a vida de dois ferroviários, mais os 300 passageiros. No entanto, aqueles números não lhe diziam mais nada; "vida" era apenas uma palavra sem significado.

Levou o fone ao ouvido, discou e chamou um maquinista e um foguista, dizendo que se apresentassem imediatamente.

A locomotiva número 306 já partira para Winston quando Mitchum desceu as escadas.

– Me arranjem um carro de linha – disse ele. – Vou até Fairmount.

Fairmount era uma pequena estação a 30 quilômetros dali. Os homens concordaram com a cabeça e não perguntaram nada. Bill Brent não estava entre eles. Mitchum entrou na sala dele e Brent estava lá, sentado à sua mesa, calado. Parecia estar esperando.

– Vou até Fairmount – informou Mitchum com voz agressivamente descontraída, como se desse a entender que não era necessário que Brent dissesse nada. – Umas duas semanas atrás havia uma locomotiva a diesel por lá... para reparos de emergência, sei lá... vou ver se a gente pode usá-la.

Fez uma pausa, porém Brent não fez nenhum comentário.

– A questão é que não podemos segurar aquele trem até amanhã de manhã – disse Mitchum, sem olhar para o outro. – Temos que arriscar alguma coisa. Pode ser que essa locomotiva resolva o problema; é a última alternativa. Então, se eu não entrar em contato com você em meia hora, assine a ordem de despachar a 306 para Winston.

Brent não acreditou no que ele próprio pensara ao ouvir o que disse em resposta. Esperou um momento e depois disse, em voz baixa:

– Não.

– Como assim?

– Não vou fazer isso.

– Como não vai fazer? É uma ordem!

– Não. – A voz de Brent exprimia a firmeza de uma convicção livre da influência de qualquer emoção.

– Você está se recusando a cumprir uma ordem?

– Estou.

– Mas você não pode fazer isso! E nem vou discutir com você. É essa a minha decisão, é responsabilidade minha e não quero saber a sua opinião. Sua obrigação é cumprir minhas ordens.

– Você me dá essa ordem por escrito?

– Por quê? Que diabo! Está insinuando que não confia em mim? Você...

– Por que você vai até Fairmount, Dave? Por que não telefona para lá e pergunta se eles têm mesmo uma locomotiva a diesel?

– Você não vai me dizer o que eu tenho que fazer! Não vai ficar me questionando! Cale essa boca e faça o que eu mando, senão você vai falar é com o Conselho de Unificação!

Era difícil decifrar as emoções expressas no rosto duro de Brent, mas Mitchum viu nele algo que parecia uma mistura de incredulidade com horror, só que era um horror motivado por algo que ele próprio estava vendo, não pelas palavras de Mitchum – não exprimia o medo que este quisera inspirar nele.

Brent sabia que no dia seguinte seria sua própria palavra contra a de Mitchum. Este negaria ter dado aquela ordem, apresentaria uma ordem escrita por ele na qual a locomotiva 306 fora enviada a Winston apenas para "ficar de reserva" e teria testemunhas que comprovariam que ele fora até Fairmount procurar uma locomotiva a diesel. Mitchum diria que a ordem fatal era exclusivamente de responsabilidade de Bill Brent, o despachante-chefe. Não eram argumentos muito sólidos, que resistissem a uma análise aprofundada, mas seria o bastante para convencer o Conselho de Unificação, cuja única política coerente era não permitir que nada fosse analisado de modo aprofundado. Brent sabia que podia jogar o mesmo jogo e passar adiante a responsabilidade para outra vítima. Sabia que era inteligente o bastante para fazer aquilo – só que preferia morrer a fazer uma coisa dessas.

O que o fazia sentir-se horrorizado não era a figura de Mitchum à sua frente, e sim a consciência de que não havia ninguém a quem ele pudesse denunciar o que estava acontecendo para pôr fim àquilo – nenhum superior em toda a rede, nem no Colorado, nem em Ohio, nem em Nova York. Todos estavam jogando o mesmo jogo – eles próprios haviam feito com que Mitchum fizesse o que estava fazendo. Era Dave Mitchum que agora se tornara importante para a rede, não ele.

Do mesmo modo como só de olhar para uns números numa folha de papel ele podia ver toda uma divisão da rede, Brent via agora toda a sua vida e o preço da decisão que estava tomando naquele momento. Só se apaixonara depois que sua juventude já se passara, e somente aos 36 anos encontrara a mulher que queria. Estava noivo dela havia quatro anos, mas tinha que esperar porque era obrigado a sustentar sua mãe e sua irmã viúva, com três filhos. Jamais tivera medo de assumir encargos e nunca assumira uma obrigação sem ter certeza de que seria capaz de arcar com ela. Havia esperado, economizado dinheiro e agora sentia-se livre para poder ser feliz. O casamento estava marcado para junho, dali a poucas semanas. Pensou nisso enquanto encarava Mitchum, mas aquele pensamento não o fez hesitar. Em vez disso, lhe proporcionou apenas arrependimento e uma tristeza longínqua – longínqua porque ele não podia permitir que ela tivesse qualquer participação naquele momento de sua vida.

Brent nada conhecia de epistemologia, porém sabia que o homem tem que viver com base em sua percepção racional da realidade, que não pode agir contra ela, nem fugir dela, nem encontrar um substituto para ela – e que não há outra maneira de viver.

Levantou-se.

– É verdade que enquanto eu ocupar este cargo não posso me recusar a obedecer a você – disse ele. – Mas, se eu me demitir, então eu posso. Assim, peço minha demissão.

– *O quê?*

– Peço minha demissão neste momento.

– Mas você não tem o direito de pedir demissão, seu cachorro! Não sabe disso? Não sabe que eu posso botar você na cadeia por isso?

– Se quiser, pode mandar o delegado lá em casa amanhã de manhã. Vou estar em casa. Não vou tentar fugir. Não tenho para onde ir.

Mitchum tinha 1,88 metro de altura e físico de pugilista, porém tremia de fúria e terror perante a figura frágil de Brent.

– Você não pode se demitir! É proibido por lei! Não pode me largar aqui deste jeito! Não vou deixar você sair! Não vou deixar você sair deste prédio!

Brent caminhou até a porta.

– Você repete a ordem que me deu na frente dos outros? Não? Então vou embora.

Quando abriu a porta, Mitchum lhe acertou um soco no rosto. Brent caiu no chão. O chefe de divisão e o encarregado das locomotivas estavam parados à porta.

– Ele pediu demissão! – gritou Mitchum. – O covarde pediu demissão numa hora destas! É um marginal, um covarde!

Enquanto se levantava lentamente e com dificuldade, a vista turva de sangue, Brent olhou para os dois homens. Percebeu que eles entendiam, mas em seus rostos viu a expressão de quem não quer entender, não quer se meter. Viu também que o odiavam por ele tê-los colocado naquela situação difícil em nome da justiça. Brent não disse nada. Apenas se levantou e saiu do prédio.

Mitchum evitou olhar para os outros.

– Venha cá – disse, olhando para o despachante noturno do outro lado da sala. – Venha. Você tem que assumir imediatamente.

Fechou a porta e repetiu para o rapaz a história da locomotiva a diesel em Fairmount, exatamente como a contara para Brent, e lhe deu ordem de enviar a 306 para o Cometa se ele não telefonasse dentro de meia hora. O rapaz não estava em condições de raciocinar, falar nem compreender nada: não lhe saía da cabeça o rosto ensanguentado de Brent, que fora seu ídolo.

– Sim, senhor – foi tudo o que ele pôde dizer.

Mitchum partiu para Fairmount, anunciando para todos aqueles por quem ele passou que estava indo procurar uma locomotiva a diesel para o Cometa.

O despachante noturno ficou a olhar para o relógio e o telefone, rezando para que o aparelho tocasse. Mas meia hora se passou e Mitchum não ligou. Quando faltavam só três minutos, o rapaz sentiu um terror que ele próprio não entendia: tudo o que sabia era que não queria dar aquela ordem.

Virou-se para o chefe de divisão e o encarregado das locomotivas e disse, hesitante:

– O Sr. Mitchum me deu uma ordem antes de sair, mas eu realmente não sei se devo fazer isso, porque... acho que não está certo. Ele disse...

O chefe de divisão lhe deu as costas. Não sentia pena: o rapaz era mais ou menos da idade de seu irmão morto.

O encarregado das locomotivas lhe cortou a palavra:

– Faça o que o Sr. Mitchum mandou. Você não tem que achar coisa nenhuma. – E saiu da sala.

A responsabilidade que James Taggart e Clifton Locey não haviam assumido agora recaía sobre os ombros de um rapaz trêmulo e confuso. Ele hesitou, mas ganhou coragem ao dizer a si próprio que não se podia duvidar da boa-fé e da competência daqueles que administravam a ferrovia. Não sabia que sua concepção dos executivos da ferrovia era do século anterior.

Com a precisão conscienciosa de um ferroviário, no momento em que completou meia hora de espera ele assinou seu nome na ordem de que o Cometa deveria seguir viagem com a locomotiva número 306 e transmitiu a ordem à estação de Winston.

O agente da estação de Winston tremeu quando a recebeu, mas não era homem de desafiar a autoridade. Disse a si próprio que talvez o túnel não fosse tão perigoso quanto ele pensava. Disse a si próprio que, nos tempos atuais, a melhor política era não pensar.

Quando entregou as cópias das ordens ao chefe de trem e ao maquinista do Cometa, o chefe de trem olhou ao redor lentamente, fixando-se em cada rosto, depois dobrou o papel, colocou-o no bolso e saiu sem dizer palavra.

O maquinista ficou olhando para o papel por um momento, depois jogou-o no chão e disse:

– Não. E se chegamos a esse ponto nessa ferrovia, não trabalho mais para ela. Pode dizer que eu pedi demissão.

– Mas você não pode fazer isso! – exclamou o agente. – Eles prendem você!

– Só se me acharem – retorquiu o maquinista e saiu da estação, desaparecendo na escuridão imensa da serra.

O maquinista que trouxera a 306 de Silver Springs estava sentado num canto. Riu e disse:

– Ficou com medo.

O agente da estação se virou para ele:

– Você leva este trem, Joe? Você leva o Cometa?

Joe Scott estava bêbado. Antigamente, se um ferroviário chegasse ao trabalho dando o menor sinal de estar embriagado, seria encarado como um médico que chegasse ao trabalho com o rosto cheio de feridas de varíola. Mas Scott tinha privilégios. Três meses antes fora demitido por infringir regras de segurança, causando um desastre sério. Duas semanas atrás, fora readmitido no emprego por ordem do Conselho de

Unificação. Era amigo de Fred Kinnan e protegia os interesses deste no sindicato, não contra os empregadores, mas contra os companheiros.

– Claro – disse Scott. – Deixe comigo. É só ir bem depressa que eu consigo.

O foguista da 306 permanecera dentro da cabine. Parecia nervoso quando vieram levar a locomotiva para a frente do Cometa. Olhou para as luzes vermelhas e verdes do túnel ao longe. Mas era um sujeito plácido e simpático, um bom foguista sem esperanças de jamais chegar a maquinista, e seus músculos avantajados eram seu único trunfo. Tinha confiança de que seus superiores sabiam o que estavam fazendo, portanto, não fez nenhuma pergunta.

O chefe de trem estava parado perto do último vagão. Olhou para as luzes do túnel, depois para a longa fileira de janelas do Cometa. Uma ou outra estava mais iluminada, mas na maioria delas via-se apenas um vago clarão azulado em torno das persianas baixadas. Ele pensou em acordar os passageiros e avisá-los. Antigamente, dava mais valor às vidas dos passageiros do que à sua, não por amor ao próximo, mas porque essa responsabilidade fazia parte de seu trabalho, que ele aceitava com orgulho. Agora tudo o que sentia era uma mistura de desprezo com indiferença: não sentia vontade de salvá-los. *Eles pediram e aceitaram o Decreto 10.289*, pensou ele. Diariamente viravam o rosto para não ver as decisões tomadas pelo Conselho de Unificação nem suas vítimas indefesas – assim, ele também podia virar o rosto agora. Se salvasse suas vidas, nenhum deles viria defendê-lo quando o Conselho de Unificação o condenasse por desobedecer ordens, criar pânico e atrasar o Sr. Chalmers. Não tinha intenção de virar mártir para permitir que irresponsáveis persistissem em seu erro.

Quando chegou a hora, ele levantou a lanterna e deu sinal para que o maquinista partisse.

– Está vendo? – disse Kip Chalmers, triunfante, a Lester Tuck, quando o trem começou a andar. – O medo é o único meio prático de lidar com as pessoas.

O chefe de trem subiu na entrada do último vagão. Ninguém o viu saltar pelo outro lado e desaparecer na escuridão da serra.

Um guarda-chaves esperava o momento de acionar a chave que faria o Cometa passar do desvio para a linha principal. Olhou para o trem, que se aproximava silenciosamente. Era apenas um globo ofuscante de luz branca que projetava um grande facho de luz para o alto e um tremor nos trilhos a seus pés. O guarda-chaves sabia que não deveria estar fazendo aquilo. Pensou na noite, 10 anos antes, em que arriscara a própria vida numa enchente para salvar um trem. Mas sabia que os tempos haviam mudado. No momento em que acionou a chave e viu o farol do trem virar para o lado, se deu conta de que, pelo restante da vida, detestaria seu trabalho.

O Cometa se desenroscou do desvio, formando uma linha reta, e foi subindo a serra, com o facho de luz à sua frente como um braço indicando a direção e o vidro iluminado do vagão panorâmico fechando a composição.

Alguns dos passageiros estavam acordados. Quando o trem começou a subida, eles viram o pequeno aglomerado de luzes de Winston no fundo da escuridão e depois só o negrume, interrompido apenas pelas luzes vermelhas e verdes da entrada do túnel. As luzes de Winston iam diminuindo cada vez mais, à medida que o buraco negro do túnel aumentava. De vez em quando um véu negro riscava as janelas: era a fumaça espessa da locomotiva a vapor.

Já bem perto do túnel viram contra o céu, ao longe e para o sul, na imensidão de espaço e rocha, uma língua de fogo vivo bruxuleando ao vento. Não sabiam o que era aquilo, nem estavam interessados em saber.

Dizem que as catástrofes são frutos do acaso, e haveria quem dissesse que os passageiros do Cometa não eram culpados nem responsáveis pelo que aconteceu com eles.

O homem da suíte A, vagão nº 1, era um professor de sociologia que ensinava que a capacidade individual é irrelevante, que o esforço individual é fútil, que a consciência individual é um luxo supérfluo, que não há mente, caráter ou realização individual, que tudo é realizado pela coletividade e que o importante são as massas, não os homens.

O homem da cabine 7, vagão nº 2, era um jornalista que escrevia que era correto e moralmente justificável usar a coação "por uma boa causa", que se via no direito de desencadear a força bruta sobre os outros – destruir vidas, sufocar ambições, estrangular desejos, violar convicções, prender, roubar, assassinar – em nome de tudo o que ele considerasse uma "boa causa", que nem precisava ser uma ideia, já que nunca definira o que chamava de bom, porém apenas dizia que era guiado por "um sentimento" – um sentimento fora do controle do conhecimento, pois ele achava a emoção superior ao conhecimento e se baseava apenas em suas "boas intenções" e na força das armas.

A mulher da cabine 10, vagão nº 3, era uma professora idosa que passara a vida ensinando sucessivas turmas de crianças indefesas a serem covardes, ensinando-lhes que a vontade da maioria é o único padrão do que é bom e do que é mau, que a maioria pode fazer o que bem entender, que ninguém deve afirmar sua personalidade, e sim agir como os outros agem.

O homem da suíte B, vagão nº 4, era um editor de jornal que acreditava que o homem é mau por natureza e incapaz de ser livre; que seus instintos básicos, se não forem controlados, o levam a mentir, roubar e assassinar – e que, portanto, ele tem que ser controlado por meio de mentiras, roubos e assassinatos, que devem ser privilégio dos governantes, no sentido de obrigar os homens a trabalhar, ensinar-lhes a serem corretos e mantê-los dentro dos limites da ordem e da justiça.

O homem da suíte H, vagão nº 5, era um empresário que adquirira uma mina com auxílio de um empréstimo do governo, concedido pela Lei da Igualdade de Oportunidades.

O homem da suíte A, vagão nº 6, era um financista que fizera fortuna comprando debêntures ferroviárias "congeladas" e depois pedindo que seus amigos em Washington as "descongelassem".

O homem da poltrona 5, vagão nº 7, era um trabalhador que achava que tinha "direito" a um emprego, independentemente da vontade do empregador.

A mulher da cabine 6, vagão nº 8, era uma conferencista que achava que, como consumidora, tinha "direito" a transporte, independentemente da vontade da companhia ferroviária.

O homem da cabine 2, vagão nº 9, era um professor de economia que defendia a abolição da propriedade privada, argumentando que a inteligência não desempenha nenhum papel na produção industrial, que a mente do homem é condicionada por instrumentos materiais, que qualquer um pode administrar uma fábrica ou uma ferrovia, bastando para tal se apossar das máquinas.

A mulher da suíte D, vagão nº 10, era uma mãe que colocara os dois filhos para dormir no leito acima do seu, cobrindo-os cuidadosamente para protegê-los das correntes de ar e das sacudidelas do trem. Seu marido tinha um emprego público que consistia em garantir o cumprimento dos decretos. Ela o defendia dizendo: "Não faz mal, porque só os ricos são prejudicados. Afinal, tenho que pensar nos meus filhos."

O homem da cabine 3, vagão nº 11, era um neurótico desprezível que escrevia peças de teatro idiotas cuja mensagem social eram pequenas obscenidades covardes que davam a entender que todos os empresários eram canalhas.

A mulher da cabine 9, vagão nº 12, era uma dona de casa que achava que tinha o direito de eleger políticos sobre os quais nada sabia para cargos que lhes permitiam controlar indústrias gigantescas cuja existência ela ignorava.

O homem da suíte F, vagão nº 13, era um advogado que certa vez dissera: "Eu dou um jeito de me adaptar a qualquer sistema político."

O homem da suíte A, vagão nº 14, era um professor de filosofia que ensinava que não existia inteligência – como é que você sabe que o túnel é perigoso? –, nem realidade – como é que você pode provar que o túnel existe? –, nem lógica – por que você afirma que os trens só podem andar se puxados por uma locomotiva? –, nem princípios – por que aceitar as restrições impostas pela lei de causalidade? –, nem direitos – por que não obrigar as pessoas a ficarem em seus empregos à força? –, nem moral – o que há de moralmente elevado em administrar uma ferrovia? –, nem absolutos – que diferença faz viver ou morrer, afinal? Ele ensinava que não sabemos nada – por que se opor às ordens dos superiores? –, que jamais podemos ter certeza de nada – como é que você sabe que está com a razão? –, que temos que agir conforme as exigências do momento – você não quer se arriscar a perder o emprego, não é?

O homem da suíte B, vagão nº 15, herdara uma fortuna e vivia dizendo: "Por que só Rearden deve ter permissão de fabricar o metal Rearden?"

O homem da suíte A, vagão nº 16, era um humanitário que certa vez dissera: "Os homens capazes? Não me importa que sofram. Eles têm de ser castigados para que os incompetentes possam viver. Francamente, não me importa se isso é justo ou não. Orgulho-me de não fazer justiça aos capazes, quando o que está em questão é a piedade para com os necessitados."

Esses passageiros estavam acordados, e não havia ninguém em todo o trem que não compartilhasse com eles ao menos uma ideia. Quando o trem entrou no túnel, a chama da Tocha de Wyatt foi a última coisa que eles viram no mundo.

CAPÍTULO 18

POR NOSSO AMOR

O SOL ILUMINAVA O ALTO das árvores na encosta, emprestando-lhes uma tonalidade azul-prateada, semelhante à cor do céu. À porta da cabana, os primeiros raios de sol douravam a testa de Dagny, e toda a floresta se estendia a seus pés. As folhas, prateadas no alto, eram verdes mais embaixo e, ao longe, adquiriam o azul baço das sombras na estrada. A luz era filtrada pelas ramagens das árvores, e aqui e ali explodia numa fonte de raios esverdeados, quando atingia uma samambaia. Dagny gostava de ver a luz se mover ali onde nada mais se mexia.

Como fazia todas as manhãs, ela assinalara a data, 28 de maio, na folha de papel que afixara à parede do quarto. O passar do tempo naquele papel era a única coisa que se movia na tranquilidade de seus dias, como o diário de um náufrago numa ilha deserta.

Ela imaginara que aquelas datas anotadas teriam algum propósito, mas agora não sabia dizer se este havia sido alcançado ou não. Viera para a cabana para cumprir três ordens que impusera a si própria: descansar, aprender a viver sem a ferrovia e se livrar da dor que sentia. Tinha a sensação de que estava amarrada a uma pessoa desconhecida e ferida, que a qualquer momento poderia ser atacada e afogá-la em seus gritos. Não sentia pena daquela desconhecida, apenas uma impaciência cheia de desprezo. Teria que lutar contra essa sensação até destruí-la, para então poder resolver o que queria fazer. Mas a estranha era uma adversária difícil.

Descansar fora mais fácil. Dagny constatou que gostava da solidão. Acordava de manhã sentindo uma benevolência confiante, a sensação de que poderia enfrentar tudo o que lhe aparecesse pela frente. Na cidade, vivia presa de uma tensão constante, para suportar o choque da raiva, da indignação, da repulsa, do desprezo. Aqui, o único perigo que a ameaçava era a possibilidade de sentir dor física, causada por algum acidente. Em comparação com a vida na cidade, era algo inocente e seguro.

A cabana ficava longe das estradas mais importantes e estava tal como seu pai a deixara. Dagny cozinhava num fogão a lenha com a madeira que recolhia na encosta. Arrancou o capim que avançava sobre a casa, consertou o telhado, pintou a porta e as janelas. A chuva e o mato haviam destruído um caminho que levava da estrada até a cabana. Ela o reconstruiu, arrancando o mato, recolocando as pedras no lugar, reforçando a terra macia com pedregulhos. Dava-lhe prazer elaborar sistemas complexos de manivelas e roldanas usando cordas velhas e pedaços de ferro, para então movimentar pedras pesadas demais para serem levantadas com as mãos. Plantou algumas sementes de capuchinhas e trepadeiras, só para ver as plantas se espalhando lentamente pelo chão e subindo os troncos das árvores, crescendo. Gostava de ver o progresso e o movimento.

Aquelas tarefas lhe davam a tranquilidade de que necessitava. Não percebera quando as começara, nem por quê. Quando as iniciou, não tinha nenhuma intenção consciente, mas aos poucos viu que seu trabalho avançava, impelia-a para a frente, infundia-lhe uma sensação de paz reconfortante. Então compreendeu que precisava de uma atividade com propósito, por menor que fosse, qualquer que fosse – a sensação de uma atividade que caminha passo a passo em direção a um objetivo definido, durante um intervalo de tempo. O trabalho de preparar uma refeição era como um círculo fechado, que, ao se completar, desaparece, não levando a nada. Mas o trabalho de construir um caminho era uma coisa viva, que crescia, de modo que nenhum dia morria ao ser terminado, porém continha todos os dias anteriores, cada um imortalizando-se na manhã seguinte. *O círculo*, pensou ela, *é o movimento característico da natureza física. Dizem que no universo inanimado ao nosso redor tudo é movimento circular, mas a linha reta é o distintivo do homem, a linha reta de uma abstração geométrica que constrói estradas e pontes, que recorta as curvas sem objetivo da natureza, motivada por um propósito que vai de um início a um fim. Preparar uma refeição*, pensou Dagny, *é como colocar carvão na caldeira de uma locomotiva que se prepara para uma grande viagem. Mas seria uma tortura imbecil colocar carvão numa locomotiva que não iria sair do lugar. Não convém que a vida do homem seja um círculo, nem uma sequência de círculos que marcam sua passagem, como tantos zeros. A vida do homem deve ser uma linha reta de movimento, rumo a objetivos cada vez mais longínquos, cada um deles conduzindo ao seguinte, formando uma soma cada vez maior, como a viagem de um trem, de estação a estação, rumo – ah, pare com isso!*

Pare com isso, disse ela a si própria com uma severidade contida, quando o grito da estranha ferida foi sufocado, *não pense nisso, não olhe para longe demais. Você gosta de construir esse caminho. Pois bem, trabalhe nisso, mas não olhe para além do sopé do morro.*

De vez em quando ia até o armazém em Woodstock, a 30 quilômetros dali, para comprar mantimentos e materiais. Woodstock era um pequeno aglomerado de prédios moribundos, construídos muito tempo atrás para algum objetivo agora esquecido, cujas esperanças já haviam se esgotado. Não havia nenhuma ferrovia que chegasse até lá, nem energia elétrica, apenas uma estrada de terra, a cada ano mais deserta.

O único armazém do povoado era um galpão de madeira, com teias de aranha nos cantos e um buraco no meio do chão, escavado pelas chuvas que entravam através das goteiras do telhado. A dona da loja era uma mulher gorda e pálida que se locomovia com dificuldade, mas parecia indiferente a seu próprio sofrimento. Em matéria de alimentos, tudo o que havia ali eram latas velhas com rótulos desbotados, alguns cereais e uns poucos legumes que apodreciam em caixas colocadas do lado de fora da entrada. Uma vez Dagny perguntou à mulher:

– Por que não tira esses legumes do sol?

A mulher lhe dirigiu um olhar vazio, como se não apreendesse a possibilidade de se fazer tal pergunta.

– Eles sempre ficaram aí – respondeu ela, indiferente.

Ao voltar de carro para a cabana, Dagny olhou para uma cascata que despencava com ferocidade do alto de uma muralha de granito, levantando uma nuvem de água que formava um arco-íris ao sol. Pensou que seria possível construir ali uma hidrelétrica pequena, no intuito apenas de gerar energia suficiente para abastecer o povoado e sua cabana, transformando Woodstock num lugar produtivo. *Aquelas macieiras que havia por toda parte nas encostas eram vestígios de um pomar. Seria possível aproveitá-las e construir um pequeno ramal levando até a ferrovia mais próxima e – ah, pare com isso!*

– Hoje não tem querosene – informou a dona do armazém quando Dagny voltou a Woodstock. – Choveu na noite de quinta, e quando chove o caminhão não pode passar pela garganta de Fairfield. A estrada fica inundada, por isso o caminhão só volta aqui mês que vem.

– Se vocês sabem que a estrada fica inundada toda vez que chove, por que não a consertam? – perguntou Dagny.

– A estrada sempre foi assim – respondeu a mulher.

Voltando para a cabana, Dagny parou no alto de um morro e contemplou o campo que se estendia a seus pés. Olhou para a garganta de Fairfield, onde a estrada, que serpenteava por um terreno alagadiço abaixo do nível do rio, se espremia entre dois morros. *Seria fácil contornar aqueles morros*, pensou Dagny, *construir uma estrada do outro lado do rio* – o povo de Woodstock não tinha o que fazer, ela poderia ensiná-los –, *abrir uma estrada para sudoeste, bem mais curta, ligá-la à rodovia estadual perto da estação de... Ah, pare com isso!*

Colocou de lado a lamparina de querosene e, quando caía a noite, acendia uma vela e ficava ouvindo seu radinho portátil. Procurava música sinfônica e mudava de estação depressa sempre que escutava a voz áspera de um locutor. Não queria nenhuma notícia da cidade.

Não pense na Taggart Transcontinental – dissera a si própria na primeira noite que passara na cabana –, *só volte a pensar nela quando o nome lhe for tão indiferente quanto "Sul-Atlântica" e "Siderúrgicas Associadas"*. Mas as semanas passavam e a ferida continuava em carne viva.

Dagny tinha a impressão de que estava lutando contra a crueldade imprevisível de sua própria mente. Ia se deitar, já quase adormecia, quando de repente dava por si pensando que a correia transportadora da estação de Willow Bend, Indiana, estava muito gasta, conforme observara ao passar por lá de carro recentemente. Era preciso lhes dizer que a trocassem, senão... E então se levantava, chorando, gritando: *Pare com isso!* E parava, mas passava o resto da noite em claro.

Na hora do pôr do sol, sentava-se à porta da cabana e ficava observando o balançar das folhas das árvores, cada vez mais silenciosas. Depois via os vaga-lumes piscando por toda parte, devagar, como se avisando, tais quais as luzes dos sinais piscando de noite na... *Pare com isso!*

O que temia eram os momentos em que não conseguia parar de pensar, quando não era capaz de ficar em pé – como se sentisse uma dor física, como se não houvesse uma separação entre a dor mental e a física –, e caía no chão da cabana ou na terra do bosque e ficava sentada, imóvel, o rosto encostado numa cadeira ou pedra, controlando-se para não gritar. Então via-os de repente, tão perto quanto o corpo de um amante, os dois trilhos que convergiam num ponto longínquo, uma locomotiva que rasgava o espaço, ostentando as letras TT, o som das rodas estalando num ritmo cada vez mais rápido, a estátua de Nat Taggart no terminal. Com o corpo totalmente rígido, contendo-se para não os reconhecer, nem sentir, salvo o movimento insistente do rosto roçando no braço, Dagny reunia todas as forças que sua consciência ainda possuía e as concentrava na repetição controlada e silenciosa da frase: *Você tem que deixar isso para trás.*

Havia longos períodos de tranquilidade, em que ela era capaz de encarar o problema com clareza fria, como se fosse uma questão de engenharia. Porém não conseguia encontrar uma solução. Sabia que sua ânsia desesperada pela ferrovia iria desaparecer se conseguisse convencer a si própria de que era uma paixão impossível ou imprópria. Mas aquela ânsia vinha da convicção de que tinha razão, de que a verdade estava do seu lado – de que o inimigo é que era irracional e irreal –, de que não podia adotar outro objetivo nem amá-lo enquanto a realização que era sua lhe fora tomada, não por algum poder superior, mas por um mal asqueroso que conquistava por meio da impotência.

Podia abrir mão da ferrovia, pensou, *e me contentar com o que tenho na floresta, porém construiria o caminho, chegaria à estrada lá embaixo e a reconstruiria – e então chegaria à dona do armazém de Woodstock e seria o fim.* Aquele rosto branco e vazio que contemplava o universo com apatia seria o limite de seus esforços. *Por quê?*, gritou. Não havia resposta.

Então fique aqui até descobrir a resposta, pensou. *Você não tem para onde ir, não pode se mexer, não pode começar a preparar o terreno para uma estrada de ferro enquanto... enquanto não conseguir escolher um terminal.*

Havia noites longas e silenciosas, quando a emoção a fazia ficar imóvel contemplando as distâncias inatingíveis além das luzes pálidas do sul – quando essa emoção era saudade de Hank Rearden. Queria ver aquele rosto duro, confiante, que olhava para ela com um esboço de sorriso nos lábios. Mas sabia que não poderia vê-lo enquanto não vencesse aquela sua batalha. O sorriso dele era algo que tinha que ser merecido, que era destinado a uma adversária que trocava a sua força pela dele, não a uma mulher arrasada pela dor que buscaria naquele sorriso um refúgio e assim destruiria seu significado. Ele podia ajudá-la a viver, mas não a decidir qual o motivo que a fazia querer continuar viva.

Dagny sentia uma leve ansiedade desde a manhã em que assinalou 15 de maio em seu calendário. Ela havia se obrigado a ouvir os noticiários de vez em quando, porém não ouvira o nome de Rearden nenhuma vez. Sua preocupação com ele era o único vínculo que a unia à cidade, que insistentemente atraía seus olhos para o horizonte, na direção sul, e para a estrada no sopé do morro. Dagny constatou que estava esperando por ele. Dava por si na expectativa de ouvir um ruído de motor. No entanto, o único som que às vezes a alvoroçava em vão era o súbito bater de asas de alguma ave de grande porte contra os galhos de uma árvore.

Havia um outro vínculo com o passado, uma pergunta ainda sem resposta: Quentin Daniels e o motor que ele estava tentando reconstruir. No dia 1º de junho, Dagny teria de pagar seu salário mensal. Deveria ela lhe dizer que havia se demitido, que jamais precisaria daquele motor, nem ela nem ninguém no mundo? Deveria lhe dizer que parasse e deixasse que os restos do motor enferrujassem em alguma pilha de trastes velhos, como aquela em que ela o achara? Isso não conseguia fazer. Era talvez ainda mais difícil do que abandonar a ferrovia. *Aquele motor,* pensou ela, *não é um vínculo com o passado: é meu último vínculo com o futuro.* Destruí-lo lhe parecia não uma espécie de assassinato, e sim um suicídio: se mandasse Daniels abandonar o motor, estaria assumindo a convicção de que não haveria nenhum terminal para ela buscar.

Mas não é verdade, pensou ela, parada à porta da cabana na manhã de 28 de maio: *não é verdade que não há nenhum lugar para uma realização excepcional da mente humana no futuro. Isso jamais será verdade.* Quaisquer que fossem os problemas a afligi-la, jamais perderia a convicção inquebrantável de que o mal era antinatural e passageiro. Sentia-o com uma clareza particular naquela manhã: a certeza de que a feiura dos homens das cidades e a de seu sofrimento eram acidentes passageiros, ao passo que a sensação serena de esperança em seu peito, ao ver uma floresta banhada em sol, a sensação de promessa ilimitada, era permanente e real.

À porta da cabana, Dagny fumava um cigarro. Dentro do quarto, o rádio tocava uma sinfonia do tempo de seu avô. Ela mal escutava; apenas percebia o fluxo dos acordes, que parecia fazer contraponto ao fluxo de fumaça que se desprendia lentamente de seu cigarro, ao movimento curvo com que o levava aos lábios de vez em quando. Fechou os olhos e ficou imóvel, sentindo os raios de sol no corpo. *É isto a realização,* pensou ela: *gozar este momento, não deixar que nenhuma dor lembrada amorteça minha capacidade de sentir o que sinto agora.* Enquanto pudesse preservar aquele sentimento, teria combustível para seguir em frente.

Dagny quase não percebeu um leve ruído disfarçado pela música e que parecia um arranhão num disco velho. A primeira coisa que lhe atingiu a consciência foi o movimento súbito de sua mão, jogando longe o cigarro. No mesmo instante, se deu conta de que o ruído estava cada vez mais forte e era o som do motor de um carro. Então entendeu que não admitira quanto desejava ouvir aquele som, quanto esperava desesperadamente por Rearden. Ouviu seu próprio riso – um risinho baixo, humilde, cauteloso, como se para não perturbar o ruído metálico e inconfundível de um carro subindo a ladeira.

Dali não dava para ver a estrada, senão um pequeno trecho sob os galhos arqueados das árvores ao pé do morro, mas ela acompanhou a subida do carro pelo ruído cada vez mais alto e insistente do motor que vencia a ladeira, pelo cantar de pneus nas curvas.

O carro parou sob os galhos arqueados. Dagny não o reconheceu – não era o Hammond preto, e sim um conversível comprido e cinzento. Viu um homem saltar, um homem cuja presença ali era impossível: Francisco d'Anconia.

O choque que ela sentiu não foi de desapontamento. Foi algo assim como a sensação de que a decepção agora seria irrelevante. Era uma ânsia e uma tranquilidade estranhas e solenes, a certeza súbita de que se aproximava dela algo desconhecido e da maior importância.

A rapidez dos movimentos de D'Anconia o impelia em direção ao morro, enquanto ele levantava o rosto e olhava. Viu Dagny à porta da cabana e parou, sem conseguir distinguir a expressão estampada no rosto dela. Ele permaneceu imóvel por algum tempo, com o rosto voltado para cima, então começou a subir.

Dagny teve a sensação – quase como se já esperasse senti-la – de que estava vendo uma cena de sua infância, da infância dos dois. D'Anconia se aproximava dela, não correndo, mas subindo com uma espécie de ânsia triunfante e confiante. *Não*, pensou ela, *não é a infância, e sim o futuro tal como eu o imaginava no tempo em que esperava por ele como o prisioneiro espera o dia de voltar à liberdade. É a visão momentânea de uma manhã que teriam alcançado se minha visão da vida se tivesse concretizado, se eles dois tivessem seguido o caminho do qual ela estava tão certa.* Imobilizada pelo espanto, ficou olhando para ele, aceitando aquele momento não em nome do presente, mas como uma celebração de seu passado comum.

Quando D'Anconia já estava tão próximo que ela podia ver seu rosto, Dagny identificou nele aquela expressão de felicidade luminosa que transcende a solenidade ao proclamar a grande inocência de um homem que faz jus ao direito de sentir-se leve. Ele sorria e assobiava alguma música que parecia fluir como o ritmo prolongado, uniforme e leve de seus passos. A melodia, percebeu Dagny, lhe era vagamente familiar e lhe parecia apropriada àquele momento, porém ao mesmo tempo havia algo de estranho nela, algo importante, que devia ser compreendido, mas que no momento não conseguia apreender.

– Oi, Slug!

– Oi, Frisco!

Ela percebeu – pelo olhar que ele lhe dirigiu, pelo fechar momentâneo de uma das pálpebras, pelo breve movimento de sua cabeça tentando se conter e resistir, pelo leve relaxamento dos seus lábios, em parte sorriso, em parte involuntário, e depois pela súbita força de seus braços a lhe apertarem o corpo – que aquilo fora involuntário, que ele não pretendera aquilo, e que era algo irresistível e bom para os dois.

A violência desesperada de seu abraço, a pressão dolorosa de sua boca contra a dela, a entrega exultante de seu corpo de homem aos braços dela – aquilo não exprimia um prazer momentâneo. Dagny sabia que nenhuma fome física poderia levar um homem a fazer aquilo. Tinha consciência de que era a frase que jamais ouvira de seus lábios, a maior confissão de amor que um homem é capaz de fazer. Independentemente do que ele houvesse feito de sua própria vida, ainda era o Francisco d'Anconia em cuja cama ela se deitara com tanto orgulho, não importando todas as traições que o mundo fizera com ela; sua visão da vida fora mesmo verdadeira, e alguma parte indestrutível de D'Anconia permanecera com ele – e, em resposta a essa parte, o corpo de Dagny se entregou ao dele, seus braços e sua boca o prenderam, confessando seu desejo, transparecendo um reconhecimento que ela sempre lhe dera e sempre lhe daria.

Então o restante da vida de D'Anconia lhe voltou à mente, junto com a pontada de dor conferida pela consciência de que quanto maior a grandeza daquele homem, mais terrível a sua culpa por destruí-la. Dagny se afastou dele, sacudiu a cabeça e disse, em resposta tanto a ele quanto a si própria:

– Não.

Francisco ficou a olhá-la, desarmado e sorridente:

– Ainda não. Você tem muito que me perdoar primeiro. Mas agora eu posso lhe contar tudo.

Dagny jamais ouvira aquele toque ofegante de impotência em sua voz. Ele estava lutando para recuperar o autocontrole. Seu sorriso era quase um pedido de desculpas, como o de uma criança que pede que sejam indulgentes com ela. Mas havia também algo de adulto, algo de divertido, a afirmação de que ele não precisava esconder seu conflito, já que estava lutando com a felicidade, não com a dor.

Ela recuou, afastando-se dele. Sentia que a emoção a impelira além de sua consciência, e agora as perguntas estavam finalmente vindo à tona, se exprimindo, hesitantes, sob forma de palavras.

– Dagny, essa tortura que você vem sofrendo aqui nessas últimas semanas... me responda com honestidade... você acha que poderia ter suportado isso há 12 anos?

– Não – respondeu ela. Ele sorriu. – Por que você me pergunta isso?

– Para redimir 12 anos de minha vida e não ter de me arrepender deles.

– O que você quer dizer? E... – finalmente ela conseguia formar as perguntas – e o que você sabe a respeito da tortura que venho sofrendo?

– Dagny, você ainda não entende que sei de tudo?

– Como foi que você... Francisco! O que era que você estava assobiando quando subiu a ladeira?

– Assobiando? Nem reparei.

– Era o Quinto Concerto de Richard Halley, não era?

– Ah...! – Ele pareceu surpreso, depois sorriu de si próprio e respondeu, sério: – Depois eu falo sobre isso.

– Como você descobriu onde eu estava?

– Também vou lhe contar isso.

– Você obrigou Eddie a lhe revelar.

– Não vejo Eddie há mais de um ano.

– Ele era o único que sabia.

– Não foi Eddie quem me disse.

– Eu não queria que ninguém me achasse.

D'Anconia olhou lentamente ao redor, e Dagny percebeu que o olhar dele se fixou no caminho que ela construíra, nas flores que plantara, no telhado recém-consertado. Ele deu uma risadinha, como se compreendesse e como se essa constatação fosse dolorosa para ele.

– Você não devia ter ficado sozinha aqui um mês – disse ele. – De jeito nenhum! É o meu primeiro fracasso, justamente quando eu não queria fracassar. Mas não achei que você estivesse pronta para se demitir. Se eu soubesse, teria vigiado você dia e noite.

– É mesmo? Para quê?

– Para você não ter que passar por tudo isso – respondeu ele, apontando para as coisas que ela havia feito.

– Francisco – disse ela, em voz baixa –, se você está preocupado com minha tortura, saiba que não quero falar nisso, porque... – Parou. Nunca se queixara para ele em todos aqueles anos. Com uma voz despida de emoção, disse apenas: – ... porque eu não quero ouvir.

– Porque sou o único homem que não tem o direito de falar nisso? Dagny, se você pensa que eu não sei quanto a magoei, vou lhe falar sobre os anos em que... Mas tudo terminou. Ah, querida, tudo terminou!

– É mesmo?

– Perdoe-me. Não posso dizer isso antes que você mesma o diga. – Ele estava tentando controlar a voz, mas a expressão de felicidade em seu rosto estava além de qualquer controle.

– Está feliz porque perdi tudo aquilo que era a razão de minha existência? Está bem, vou dizer o que você veio me ouvir dizer: você foi a primeira coisa que perdi. Agora acha graça de ver que perdi todo o restante?

Com os olhos apertados, D'Anconia a encarou com uma expressão de honestidade tão intensa que seu olhar era quase uma ameaça, e ela percebeu que, fosse qual fosse o significado de todos aqueles anos para ele, ela não tinha o direito de dizer que ele achava graça.

– Você realmente acha isso? – perguntou ele.

Ela sussurrou:

– Não...

– Dagny, jamais podemos perder as coisas que são o motivo de nossa existência. Podemos às vezes ter que alterar sua forma, se fazemos algo de errado, mas o objetivo permanece o mesmo, e cabe a nós escolher a forma.

– É isso que estou dizendo a mim mesma há um mês. Mas não tenho mais como chegar a nenhum objetivo.

Ele não respondeu. Sentou-se numa pedra ao lado da porta da cabana, olhando para ela como se não quisesse perder a mais leve nuance de expressão de seu rosto.

– O que você acha agora dos homens que largaram tudo e desapareceram? – perguntou ele.

Ela deu de ombros, com um leve sorriso triste de impotência, e sentou-se no chão ao lado dele.

– Sabe, eu achava que existia um destruidor que vinha buscá-los e os fazia largar tudo – disse ela. – Mas agora acho que isso não é verdade. Nessas últimas semanas, houve momentos em que quase desejei que ele viesse me buscar também. Mas não veio ninguém.

– Não?

– Não. Eu imaginava que ele apresentasse um argumento irrefutável que fazia com que eles traíssem tudo o que amavam. Mas isso não é necessário. Agora sei como eles se sentiam. Não posso mais culpá-los por nada. O que não sei é como foi que eles aprenderam a continuar a viver depois, se é que algum deles ainda está vivo.

– Você acha que traiu a Taggart Transcontinental?

– Não. Eu... acho que a teria traído se tivesse permanecido no meu cargo.

– E com razão.

– Se eu tivesse resolvido servir os saqueadores, seria... seria como trair Nat Taggart. Isso eu não podia fazer. Não podia deixar que as realizações dele e as minhas culminassem nos saqueadores.

– Certo. E você acha que isso é indiferença? Acha que ama menos a ferrovia que um mês atrás?

– Acho que daria minha vida para poder trabalhar nela só mais um ano... Mas não posso voltar.

– Então você sabe como eles se sentiram, todos os homens que largaram tudo, e o que eles amavam quando desistiram.

– Francisco – disse ela, de cabeça baixa, sem olhar para ele –, por que você me perguntou se eu poderia ter largado tudo há 12 anos?

– Você não sabe sobre que noite estou pensando, exatamente como você?

– Sei... – respondeu ela.

– Foi naquela noite que abandonei a D'Anconia.

Lentamente, com um esforço prolongado, Dagny levantou a cabeça para encará--lo. O rosto dele exibia a mesma expressão da manhã após aquela noite, 12 anos antes: uma espécie de sorriso, embora na verdade ele não sorrisse, de quem derrotou a dor, de quem se orgulha do preço que pagou e daquilo que ganhou com essa vitória.

– Mas você não a abandonou – disse ela. – Não largou tudo. Você continua a ser o presidente da Cobre D'Anconia, só que agora a companhia não representa mais nada para você.

– Representa tanto para mim agora quanto representava naquela noite.

– Então por que permitiu que fosse arruinada?

– Dagny, você teve mais sorte que eu. A Taggart Transcontinental é um delicado mecanismo de precisão. Ele não pode durar muito tempo sem você. Não funciona com o trabalho escravo. Eles vão lhe fazer o favor de destruir a ferrovia para você, e assim não terá de vê-la servindo os saqueadores. Porém a extração do minério é coisa mais simples. A D'Anconia poderia durar por muitas gerações de saqueadores e escravos, sobrevivendo mal e porcamente, mas de qualquer forma ajudando os saqueadores a se perpetuarem. Fui obrigado a destruí-la eu mesmo.

– O quê?

– Estou destruindo a D'Anconia conscientemente, de maneira deliberada, seguindo um plano que eu próprio elaborei. Tive que planejar com cuidado, me esmerando tanto quanto se estivesse ganhando uma fortuna, para que eles não percebessem e me impedissem de fazê-lo, para só deixá-los se apossar das minas quando fosse tarde demais. Todo o esforço e energia que pretendia dedicar à companhia estão sendo empregados nela, mas... mas não para fazê-la crescer. Vou destruí-la completamente e gastar até o último centavo de minha fortuna, acabar com todo o cobre que poderia ser usado pelos saqueadores. Vou deixar a companhia não tal como a encontrei, e sim como Sebastián d'Anconia a encontrou, e eles que tentem existir sem ele e sem mim!

– Francisco! – exclamou ela. – Como você pôde fazer uma coisa dessas?

– Por força do mesmo amor que você sente – respondeu ele, tranquilo –, o meu amor pela Cobre D'Anconia, por tudo aquilo que ela representava. E que um dia voltará a representar.

Dagny permaneceu imóvel, tentando apreender todas as implicações daquilo que, no momento, para ela era um choque arrasador. Naquele silêncio, a sinfonia do rádio prosseguia, e o ritmo dos acordes a atingia como se fossem passos lentos e solenes, enquanto ela se esforçava para ver de repente toda a sequência daqueles 12 anos: aquele rapaz angustiado que buscou conforto em seu peito; o homem sentado no chão de uma sala, jogando bolas de gude e rindo da destruição de grandes indústrias; o homem que exclamou "meu amor, não posso!", mas que, ao mesmo tempo, se recusou a ajudá-la; o homem que, no reservado de um bar, fez um brinde aos anos que Sebastián d'Anconia tivera que esperar...

– Francisco... de todas as hipóteses que elaborei sobre você... essa nunca me passou pela cabeça... jamais imaginei que você fosse um dos homens que abandonaram tudo...

– Fui um dos primeiros.

– Eu achava que eles sempre desapareciam...

– E não foi isso que fiz? O pior do que fiz não foi justamente o que fiz com você? Me apresentar a você como um playboy barato que não era o Francisco d'Anconia que você conhecia?

– É... – sussurrou ela –, e o pior de tudo é que eu não conseguia acreditar... nunca consegui... Era Francisco d'Anconia que eu tentava ver cada vez que via você...

– Eu sei. E sei o que isso representou para você. Tentei ajudá-la a entender, mas ainda era cedo. Querida, se eu lhe tivesse explicado tudo – naquela noite ou no dia em que você veio para me acusar da destruição das minas de San Sebastián –, que eu não era um parasita sem objetivo, porém estava decidido a destruir tudo aquilo que fora sagrado para nós dois, a Cobre D'Anconia, a Taggart Transcontinental, a Petróleo Wyatt, a Siderúrgica Rearden, teria sido mais fácil suportar tudo?

– Mais difícil ainda – murmurou ela. – Nem sei se mesmo agora posso suportá-lo. Nem o seu tipo de renúncia nem o meu... Mas, Francisco – e Dagny jogou a cabeça para trás de repente, para levantar o olhar para ele –, se era esse o seu segredo, então, de todas as torturas que você sofreu, eu fui...

– É claro, querida, *você* foi a pior de todas! – Foi um grito de desespero. O riso e o desabafo contidos naquela frase confessavam toda a agonia de que ele queria se livrar. D'Anconia agarrou a mão dela, levou-a aos lábios, depois ao rosto, para que ela não visse nele um reflexo do que aqueles anos haviam representado para ele. – Se é que isto serve de reparação, e não serve... por mais que eu a tenha feito sofrer, foi este o preço que paguei... saber o que eu estava fazendo com você, e ter de fazê-lo assim mesmo... e esperar, esperar para... Mas agora tudo terminou.

D'Anconia levantou a cabeça, sorridente, e olhou para Dagny. Ela viu que o olhar de ternura protetora reaparecia em seu rosto, revelando o desespero que via no rosto dela.

– Dagny, não pense nisso. Não vou tentar usar meu sofrimento como desculpa para meus atos. Quaisquer que fossem minhas razões, eu sabia o que estava fazendo e a magoei terrivelmente. Levarei anos para reparar isso. Esqueça o que... – Ela sabia a que ele se referia: ao que seu abraço havia expressado. – ... o que eu não disse. De todas as coisas que tenho a lhe dizer, esta será a última. – Porém seus olhos, seu sorriso, o toque de seus dedos sobre o pulso de Dagny estavam lhe dizendo exatamente isso, contra sua vontade. – Você suportou coisas demais e terá de entender muita coisa a fim de perder as cicatrizes das torturas que jamais deveria ter sofrido. A única coisa que importa agora é que você está livre para se recuperar. Estamos livres, nós dois, livres dos saqueadores, fora do alcance deles.

645

Com uma voz desolada, Dagny disse então:

– Foi para isto que vim para cá: tentar entender. Mas não consigo. Me parece uma coisa monstruosa ter que entregar todo o mundo aos saqueadores e monstruoso viver sob o domínio deles. Não posso nem abandonar tudo nem voltar atrás. Não posso nem existir sem trabalhar, nem trabalhar como escrava. Sempre achei que todas as formas de lutar eram válidas – todas, menos a renúncia. Não sei se fizemos bem em largar tudo, eu e você, em vez de lutar contra eles. Mas não há como lutar. Se abandonamos tudo, estamos nos rendendo; se ficamos, também é uma rendição. Não sei mais o que é certo.

– Verifique suas premissas, Dagny. As contradições não existem.

– Mas não consigo encontrar nenhuma resposta. Não posso condená-lo pelo que você está fazendo, mas não posso deixar de sentir horror e admiração ao mesmo tempo. Você, herdeiro dos D'Anconia, que poderia ter superado todos os seus ancestrais que produziram miraculosamente, está usando sua capacidade inigualável para a destruição. E eu estou brincando com pedrinhas e telhados, enquanto uma rede ferroviária transcontinental está desmoronando nas mãos de lacaios de nascença. No entanto, nós dois éramos a espécie de gente que determina o destino do mundo. Se deixamos as coisas chegarem a isto, então a culpa deve ser nossa. Mas não consigo ver onde foi que erramos.

– É verdade, Dagny, a culpa foi nossa mesmo.

– Porque não trabalhamos o bastante?

– Porque trabalhamos demais... e cobramos muito pouco.

– Como assim?

– Jamais exigimos do mundo o único pagamento que ele nos devia e deixamos que nossa melhor recompensa fosse para os piores homens. O erro foi cometido há séculos, por Sebastián d'Anconia, Nat Taggart, por todos aqueles que alimentaram o mundo e não receberam nenhum reconhecimento em troca. Você não sabe mais o que é direito? Dagny, não estamos lutando por bens materiais. É uma crise moral, a maior que o mundo já enfrentou, e a última. Nossa época é o clímax de séculos de erro. Precisamos pôr fim a isso, de uma vez por todas, ou então perecer – nós, os que vivemos da inteligência. Foi culpa nossa. Produzimos a riqueza do mundo, mas deixamos que nossos inimigos elaborassem seu código moral.

– Mas nunca aceitamos o código deles. Vivemos segundo nossos próprios padrões.

– Sim... e pagamos resgates por isso! Resgates materiais e espirituais, sob a forma do dinheiro que nossos inimigos recebiam sem merecê-lo e da honra que nós é que merecíamos, mas não recebíamos. Foi esta a nossa culpa: o fato de estarmos dispostos a pagar. Nós mantivemos a humanidade viva e, no entanto, permitimos que os homens nos desprezassem e venerassem nossos destruidores. Permitimos que eles reverenciassem a incompetência e a brutalidade, os que recebiam o que não mereciam e davam o imerecido. Ao aceitar o castigo não por nossas faltas, mas por nossas virtudes, traímos nosso código e tornamos o deles possível. Dagny, a moralidade deles é a dos sequestradores. Eles utilizam como refém seu amor à virtude. Sabem que você é capaz de suportar qualquer coisa para poder trabalhar e produzir, porque acha que a realização é o objetivo moral mais elevado do homem, que sem ele o indivíduo não pode viver, e seu amor à virtude é seu amor à vida. Sabem que você está disposta a assumir qualquer fardo, que você acha que nenhum esforço é grande demais quando se está servindo o ideal que se ama. Dagny, seus inimigos a estão destruindo por meio do seu próprio poder. Sua generosidade e sua capacidade de resistir são as únicas armas de que eles dispõem. Sua retidão jamais reconhecida é a única fonte do poder deles. Sabem disso. Você não sabe. A possibilidade de você entender isso é o que mais temem. Precisa aprender a entendê-los. Só então se libertará deles. Mas, nesse dia, vai sentir uma indignação moral tamanha que vai preferir arrebentar todos os trilhos da Taggart a permitir que a rede sirva a tais homens!

– Mas entregar tudo a eles! – exclamou ela. – Abandonar... abandonar a Taggart, que... que é... é quase um ser humano para mim...

– Era. Não é mais. Deixe-a para eles. Não lhes vai ser de nenhuma utilidade. Abra mão dela. Não precisamos dela. Podemos reconstruí-la. Eles, não. Podemos sobreviver sem ela. Eles, não.

– Mas *nós*... obrigados a renunciar a tudo isso!

– Dagny, nós, a quem os assassinos do espírito humano chamam de "materialistas", somos os únicos que sabemos como é pequeno o valor dos objetos materiais enquanto tais, porque somos nós que lhes emprestamos valor e significado: podemos nos permitir abrir mão deles, por algum tempo, para redimir algo muito mais precioso. Nós somos a alma; as ferrovias, as minas de cobre e os poços de petróleo são o corpo – as entidades vivas que funcionam dia e noite, como nossos corações, cumprindo a tarefa sagrada de sustentar a vida humana, porém somente enquanto forem a manifestação, a recompensa e a propriedade da realização humana. Sem nós, são como cadáveres, e só produzem veneno, em vez de riquezas e alimentos, o veneno da desintegração que transforma os homens em bandos de comedores de carniça. Dagny, aprenda a entender a natureza de seu próprio poder que irá compreender o paradoxo que agora vê à sua volta. *Você* não depende de nenhuma posse material, elas é que dependem de você. É você quem as cria, você possui a única ferramenta que produz. Seja você o que for, sempre poderá produzir. Mas os saqueadores, segundo a teoria que eles próprios afirmam, estão sempre em estado de necessidade desesperada e congênita, sempre à mercê da matéria cega. Por que não cobra deles o que eles próprios dizem? Eles precisam de ferrovias, fábricas, minas e motores que não sabem fazer nem administrar. De que lhes adianta a sua ferrovia sem você? Quem é que a mantinha em funcionamento? Quem a mantinha viva? Quem a salvou tantas vezes? Foi seu irmão James? Quem o alimentava? Quem alimentava os saqueadores? Quem produzia as armas deles? Quem lhes dava os meios de escravizar você? Quem tornou possível o espetáculo absurdo daqueles incompetentes ridículos controlando o que fora produzido por gênios? Quem sustentou seus inimigos, quem forjou as cadeias que agora a prendem, quem destruiu o que você realizou?

O movimento que a fez se levantar foi como um grito mudo. Ele se pôs de pé de súbito, como uma mola liberada, e sua voz insistiu, com um toque de triunfo implacável:

– Você está começando a entender, não é? Dagny! Deixe para eles os restos mortais daquela ferrovia, os trilhos enferrujados, os dormentes podres, as locomotivas estragadas, mas não a sua mente! Não entregue a eles sua mente! O destino do mundo depende dessa decisão!

– Senhoras e senhores – disse a voz apavorada de um locutor de rádio, substituindo a sinfonia –, interrompemos este programa para lhes dar um boletim de notícias especial. O maior desastre ferroviário da história ocorreu na madrugada de hoje na linha principal da Taggart Transcontinental, em Winston, Colorado, resultando na destruição do famoso Túnel Taggart!

O grito de Dagny foi como os gritos que soaram no último momento na escuridão do túnel. Ele não esqueceu aquele som durante todo o noticiário, depois que os dois correram para junto do rádio dentro da cabana e ficaram, aterrorizados, ela olhando para o rádio, ele olhando para o rosto dela.

– Os detalhes foram fornecidos por Luke Beal, foguista do Cometa Taggart, o principal trem de luxo da rede, que foi encontrado desacordado na entrada oeste do túnel hoje de manhã e que aparentemente é o único sobrevivente da catástrofe. Como consequência de uma espantosa violação das regras de segurança, em circunstâncias ainda não inteiramente esclarecidas, o Cometa, que ia em direção a São Francisco, entrou no túnel movido por uma locomotiva a vapor, a carvão. O Túnel Taggart, uma estrutura de 12 quilômetros de extensão que atravessava o ponto mais elevado das montanhas Rochosas e era considerado uma obra de engenharia sem rival em nossa época, foi construído pelo neto de Nathaniel Taggart, na grande era das locomotivas a diesel, que não soltam fumaça. O sistema de ventilação do túnel não foi feito para dar vazão à fumaça espessa produzida pelas velhas locomotivas a vapor e todos os empregados da ferrovia naquele distrito sabiam que enviar um trem puxado por uma locomotiva a vapor para dentro do túnel seria morte certa, por asfixia, de todas as pessoas dentro dele. Não obstante, foi o que aconteceu. De acordo com Beal, o foguista, os efeitos da fumaça começaram a ser sentidos quando o trem já havia avançado cinco quilômetros dentro do túnel. O maquinista, Joseph Scott, numa tentativa desesperada, tentou dar toda a velocidade, mas a locomotiva velha e gasta não pôde arcar com o peso da longa composição e o aclive dos trilhos. Em meio à fumaça cada vez mais espessa, o maquinista e o foguista tentaram atingir uma velocidade de 60 quilômetros por hora, embora as caldeiras estivessem vazando, quando algum passageiro, certamente em pânico, puxou o freio de emergência. O solavanco súbito aparentemente partiu a mangueira de ar, porque não foi possível fazer a locomotiva andar de novo. Ouviam-se gritos vindos dos vagões. Os passageiros começaram a quebrar as janelas. O maquinista tentou desesperadamente fazer a locomotiva partir, mas acabou sucumbindo à fumaça que o sufocava. O foguista pulou fora e correu. Já podia ver a saída do túnel quando ouviu a explosão, que foi a última coisa de que ele se lembra. Os outros fatos nos foram relatados pelos funcionários da ferrovia na estação de Winston. Pelo que se pôde concluir, um trem do Exército que também ia para oeste, carregado de explosivos, não havia sido avisado da presença do Cometa na mesma linha, pouca distância à sua frente. Ambos os trens estavam atrasados e, portanto, trafegavam fora do horário previsto. Aparentemente, o do Exército estava autorizado a avançar sem obedecer aos sinais, porque o sistema de sinalização do túnel estava com defeito. Fomos informados de que, apesar dos regulamentos referentes ao limite de velocidade, em razão das frequentes panes do sistema de ventilação era costume de todos os maquinistas atravessar o túnel a toda velocidade. Pelo que se sabe no momento, o Cometa estava parado logo depois de uma curva fechada. Acredita-se que todos os passageiros já estavam mortos no momento da colisão. É pouco provável que o maquinista do trem do Exército, que fazia a curva a 130 quilômetros por hora, fosse capaz de ver, a tempo de parar, o último vagão do Cometa, que estava iluminado quando saiu de Winston. O que se sabe é que o trem do Exército bateu em cheio no Cometa. A explosão do carregamento do trem militar quebrou as janelas de uma casa situada numa fazenda a oito quilômetros dali e fez desabar tamanha quantidade de pedras dentro do túnel que as equipes de salvamento ainda não conseguiram chegar sequer a uma distância de quatro quilômetros dos dois trens. Não deve haver sobreviventes, e não parece que seja possível reconstruir o túnel.

Dagny estava imóvel. Era como se estivesse vendo não a cabana em que estava, e sim a cena da catástrofe no Colorado. Quando se mexeu de repente, foi como uma convulsão. Com a racionalidade de um sonâmbulo, correu até sua bolsa, como se fosse o único objeto que existia no mundo, agarrou-a, se virou para a porta e saiu correndo.

– Dagny! – gritou D'Anconia. – Não volte!

O grito foi tão inútil quanto seria se ela estivesse nas montanhas do Colorado.

Ele correu atrás dela e a agarrou pelos cotovelos, gritando:

– Não volte, Dagny! Em nome de tudo o que lhe é mais sagrado, não volte!

Ela parecia não reconhecê-lo. Se ele usasse toda a sua força, poderia ter quebrado os braços dela sem esforço. Porém, com a força de uma criatura que luta por sua sobrevivência, Dagny escapou de suas mãos com tanta violência que ele perdeu o equilíbrio por um instante. Quando D'Anconia o recuperou, ela já estava descendo a encosta correndo – correndo como ele correra ao soar o alarme na siderúrgica de Rearden –, correndo em direção a seu carro lá embaixo, na estrada.

◆ ◆ ◆

Seu pedido de demissão estava na mesa à sua frente, e James Taggart ficou olhando para ele, as costas recurvadas de ódio. Era como se o seu inimigo fosse aquele papel, não as palavras escritas nele, porém o papel em si e a tinta que haviam dado forma concreta às palavras. Taggart sempre considerara os pensamentos e as palavras coisas inconclusivas, porém as formas materiais eram aquilo que ele passara toda a sua vida tentando evitar: um compromisso.

Ele não resolvera pedir demissão – *Não exatamente*, pensou. Apenas ditara aquela carta por um motivo que só identificava pela expressão "para qualquer eventualidade". A carta, julgava ele, era uma forma de proteção, mas ele ainda não a assinara, o que era uma forma de se proteger da proteção. O ódio era dirigido a tudo aquilo que o levava a concluir que não lhe seria possível continuar prolongando esta situação por muito mais tempo.

Fora informado da catástrofe às oito da manhã. Ao meio-dia, chegou ao escritório. Um instinto cuja origem ele conhecia, mas se empenhava ao máximo para não saber, lhe dissera que desta vez ele precisava estar presente.

Os homens que haviam sido suas cartas marcadas, naquele jogo que ele sabia jogar, tinham fugido. Clifton Locey estava protegido por um atestado médico segundo o qual ele tinha problemas cardíacos que o proibiam de ser incomodado. Um dos assistentes executivos de Taggart, conforme lhe informaram, havia partido para Boston na noite anterior, e o outro fora inesperadamente obrigado a ir visitar, num hospital não identificado, o pai que ninguém jamais soubera que ele tinha. Na casa do engenheiro-chefe, ninguém atendia o telefone. Era impossível encontrar o vice-presidente encarregado de relações públicas.

No carro, em direção ao escritório, Taggart vira as letras garrafais das manchetes. Andando pelos corredores da companhia, ouvira, vindo de um rádio na sala de alguém, o tipo de voz que se costuma ouvir em esquinas escuras, pedindo, aos gritos, a nacionalização das ferrovias.

Caminhara pelos corredores com passos ruidosos, para que todos o vissem, e apressados, no intuito de que ninguém o parasse e fizesse perguntas. Havia trancado a porta de sua sala, instruindo o secretário no sentido de não deixar que ninguém entrasse nem falasse com ele ao telefone.

Então sentou-se à sua mesa, sozinho, apavorado. Sentia-se preso num cofre subterrâneo cuja fechadura ninguém pudesse abrir – como se toda a cidade o visse ali e ele rezasse para que ninguém jamais pudesse abrir aquela fechadura, por toda a eternidade. Ele tinha que ficar ali, naquele escritório, conforme exigiam dele, ficar sentado ali sem fazer nada e esperar – esperar pelo desconhecido que desabaria sobre ele e determinaria seus atos –, e o terror que sentia era causado ao mesmo tempo pela perspectiva de que alguém viria e pelo fato de que ninguém vinha, ninguém que lhe dissesse o que fazer.

Os telefones tocavam na antessala sem parar, como vozes gritando por socorro. Olhou para a porta com uma sensação de triunfo maligno, pensando em todas aquelas vozes que eram derrotadas pela figura inócua de seu secretário, um rapaz que nada sabia fazer além de dominar a arte da evasão, que exercia com a lassidão cinzenta e flácida dos amorais. *As vozes*, pensou Taggart, *vêm do Colorado, de todos os cantos da Rede Taggart, de todas as salas do edifício em que ele estava.* Enquanto ele não tivesse que ouvi-las, estaria protegido.

Suas emoções haviam se aglutinado numa bola imóvel, sólida e opaca dentro dele, que não podia ser perfurada pelos pensamentos dos homens que trabalhavam na Rede Taggart. Aqueles homens eram apenas inimigos a serem despistados. O medo pior vinha quando ele pensava nos membros da diretoria, porém sua carta de demissão era sua saída de emergência, que deixaria a bomba estourar nas mãos deles. Mas havia um medo ainda maior: os homens de Washington. Se eles ligassem, teria de atender. Seu secretário imprestável sabia que aquelas vozes podiam contornar qualquer ordem sua. Mas ninguém telefonou de Washington.

De vez em quando, o medo lhe percorria o corpo em espasmos, deixando sua boca seca. Ele não sabia de que tinha medo. Sabia que não era da ameaça do homem que ouvira esbravejando no rádio. O que aquela voz lhe proporcionara fora mais um terror que sentira por obrigação, um terror *pro forma*, algo que fazia parte das atribuições de seu cargo, como bons ternos e discursos em almoços. No entanto, por trás daquele terror ele sentira uma pequena esperança esquiva, rápida e furtiva como uma barata: se aquele medo se concretizasse, resolveria tudo. Ele não teria que tomar decisões, nem assinar a carta... ele não seria mais o presidente da Taggart Transcontinental, nem ele nem ninguém.

Permanecia sentado, olhando para a mesa, mantendo a vista e a mente fora de foco. Era como se estivesse imerso num lago de neblina, esforçando-se para que nada de definido tomasse forma. Tudo aquilo que existe possui uma identidade; ele podia impedir que uma coisa existisse recusando-se a identificá-la.

Taggart não analisava o que acontecera no Colorado, nem tentava descobrir a causa, nem prever as consequências. Não pensava. A bola aglutinada de emoções era como um peso físico em seu peito, que enchia sua consciência, liberando-o da responsabilidade de pensar. Aquela bola era ódio – o ódio como sua única resposta, única realidade, ódio sem objeto, causa, início nem fim, ódio como sua afirmação perante o universo, sua justificativa, seu direito. Ódio absoluto.

Os telefones continuavam a berrar no meio do silêncio. Sabia que aqueles pedidos de socorro não se dirigiam a ele, e sim a uma entidade cuja forma havia roubado. Era essa forma que agora os gritos dos telefones estavam arrancando dele. Taggart tinha a impressão de que não eram ruídos, e sim uma sucessão de golpes contra seu crânio. O objeto daquele ódio começou a tomar forma, como se as campainhas o houvessem invocado. A bola sólida explodiu dentro dele e o impeliu à ação cega.

Ele correu para fora da sala, desafiando todos os rostos ao seu redor, desceu os corredores rapidamente e entrou na antessala do escritório do vice-presidente de operações.

A porta do escritório estava aberta: ele viu o céu através das grandes janelas atrás da secretária vazia. Então viu os empregados na antessala à sua volta, e a cabeça loura de Eddie Willers no cubículo de vidro. Andou com passos decididos em sua direção, escancarou a porta de vidro e, sem entrar, para que todos ouvissem e vissem, gritou:

– Onde ela está?

Eddie Willers se pôs de pé lentamente e ficou olhando para Taggart com uma estranha espécie de curiosidade obrigatória, como se aquilo fosse mais um fenômeno a observar em meio a tantas coisas jamais vistas antes. Não respondeu.

– Onde ela está?

– Não posso lhe dizer.

– Escute, seu pirralho teimoso, não é hora de formalidades! Se está querendo me dizer que não sabe onde ela está, não pense que vou acreditar. Você sabe e vai me dizer, senão eu entrego você ao Conselho de Unificação. Vou jurar para eles que você sabe onde ela está, e quero ver você provar que não sabe!

Havia um leve toque de surpresa na voz de Eddie:

– Jamais tentei dar a entender que não sei onde ela está, Jim. Eu sei. Mas não vou lhe dizer.

A voz de Taggart soou histérica e impotente, confessando seu erro de cálculo:

– Você tem consciência do que está dizendo?

– Ora, claro que tenho.

– Você repete o que disse – e Taggart com um gesto indicou as pessoas na sala – na frente destas testemunhas?

Eddie levantou um pouco a voz, para fins de clareza e precisão:

– Eu sei onde ela está. Mas não vou lhe dizer.

– Você confessa que é cúmplice de uma desertora?

– Se é assim que você quer colocar as coisas...

– Mas é um crime! Um crime contra a nação. Você não sabe?

– Não.

– É contra a lei.

– É.

– Estamos numa emergência nacional! Você não tem o direito de guardar segredos! Está ocultando uma informação vital! Eu sou o presidente desta ferrovia! Ordeno-lhe que me diga! Você não pode se recusar a obedecer a uma ordem! É um crime passível de punição! Você entende?

– Entendo.

– E se recusa a me dizer?

– Sim.

Anos de prática tornaram Taggart capaz de observar todos ao seu redor sem que ninguém percebesse. Ele viu os rostos tensos e fechados dos funcionários, rostos que não lhe eram simpáticos. Em todos havia uma expressão de desespero, menos no de

Willers. O "servo feudal" da companhia era o único que parecia não ter sido afetado pelo desastre. Ele encarava Taggart com o olhar consciencioso, porém inerte, do estudioso que encara um campo do saber que nunca lhe interessou estudar.

– Você tem consciência de que é um traidor? – gritou Taggart.

– Em relação a quem? – perguntou Willers, em voz baixa.

– Ao povo! É traição proteger um desertor! É traição econômica! Seu dever de alimentar o povo vem em primeiro lugar, antes de qualquer outra coisa! Todas as autoridades dizem isso! Você não sabe? Não sabe o que vão fazer com você?

– Será que você não vê que estou me lixando para isso?

– Ah, é? Vou dizer isso ao Conselho de Unificação! Tenho todas estas testemunhas para provar que você disse que...

– Não se preocupe com isso, Jim. Não incomode ninguém. Eu escrevo tudo o que disse, assino e você pode levar para o Conselho.

A explosão súbita da voz de Taggart era como se ele houvesse levado um tapa:

– Quem é *você* para desafiar o governo? Quem é você, seu miserável rato de escritório, para julgar as políticas nacionais e ter opiniões próprias? Acha que a nação tem tempo para se importar com suas opiniões, seus desejos, sua preciosa consciência? Você vai aprender uma lição – todos vocês! Seus funcionariozinhos mimados, acomodados, indisciplinados de meia-tigela, vocês que vêm com essa história de direitos como se estivessem falando sério! Vocês vão ver que não estamos mais no tempo de Nat Taggart!

Willers não disse nada. Por um momento, ficaram a se encarar, separados apenas pela mesa. O rosto de Taggart estava desfigurado de terror; o de Willers permanecia sereno e sério. Taggart tinha que acreditar na existência de um Willers, mas Willers não conseguia acreditar na existência de um Taggart.

– Você acha que a nação está ligando para suas vontades, ou as de Dagny? – gritou Taggart. – É obrigação dela voltar! É obrigação dela trabalhar! Que diferença faz se ela quer ou não trabalhar? Nós *precisamos* dela!

– Você precisa dela, Jim?

Um impulso de autopreservação fez com que Taggart desse um passo atrás ao ouvir aquele tom de voz, um tom muito tranquilo. Mas Willers não fez menção de sair do lugar. Permaneceu em pé atrás de sua mesa, como se indicando qual era a tradição civilizada dos escritórios.

– Você não vai achá-la – disse ele. – Ela não vai voltar. Ainda bem. Você pode morrer de fome, pode fechar a ferrovia, pode me prender, pode mandar me matar – de que adianta? Não vou dizer onde ela está. Mesmo que o país todo caia aos pedaços, eu não digo. Você não vai encontrá-la. Você...

Todos se viraram quando a porta se abriu de repente. Dagny estava chegando.

Trajava um vestido de algodão amarrotado e estava descabelada, por estar dirigindo há horas. Parou o suficiente para dirigir um olhar ao redor, como se para reconhecer o lugar, porém seus olhos não exprimiam nenhum reconhecimento de pessoas. Simplesmente olhou para a sala, como se fizesse rapidamente um inventário dos objetos físicos ali presentes. Seu rosto não era aquele de que os outros se lembravam. Envelhecera, não por estar enrugado, mas por ter adquirido um olhar nu e imóvel, despido de toda e qualquer qualidade que não uma rispidez implacável.

Porém a primeira reação geral, antes mesmo do espanto, foi uma emoção única que percorreu a sala como um suspiro de alívio. Todos os rostos a manifestaram, menos um: Willers, que no momento anterior era o único a manter a calma, agora caiu de cara sobre a mesa. Não se ouvia nenhum som, mas, pelos movimentos de seus ombros, via-se que ele estava chorando.

O rosto de Dagny não dirigiu nenhum sinal de reconhecimento a ninguém. Ela não cumprimentou ninguém, como se sua presença ali fosse inevitável e não fosse necessário dizer nada. Caminhou em direção à porta de sua sala e, ao passar pela mesa de sua secretária, disse, com uma voz impessoal, nem indelicada nem cortês:

– Diga a Eddie que entre.

James Taggart foi o primeiro a agir, como se tivesse medo de perdê-la de vista. Entrou correndo atrás dela, gritando:

– Não pude fazer nada! – Depois, quando voltou ao normal, ao seu normal, acrescentou: – Foi culpa *sua*! Sua! Você é a responsável! Porque você foi embora!

Taggart ficou pensando que talvez seu grito tivesse sido uma ilusão. O rosto dela permaneceu absolutamente sem expressão. No entanto, Dagny se virara para ele. Ela dava a nítida impressão de ter ouvido sons, mas não palavras dotadas de significado. Por um momento, o que ele sentiu foi algo assim como a consciência de sua própria inexistência.

Então Taggart viu uma leve alteração no rosto dela, apenas o reconhecimento de uma presença humana, mas ela estava olhando para alguém que estava atrás dele. Ele se virou e viu que Willers tinha entrado também.

Havia sinais de lágrimas nos olhos de Willers, mas ele não tentou escondê-las. Ele a encarou, como se qualquer sentimento de vergonha ou desculpas pelas lágrimas fossem tão irrelevantes para ele quanto para ela.

Dagny disse:

– Ligue para Ryan. Diga-lhe que estou aqui, depois quero falar com ele. – Ryan era o administrador-geral da região central.

Willers, não respondendo imediatamente, avisou-a do que a esperava e depois disse, num tom de voz tão impessoal quanto o dela:

– Ryan pediu demissão semana passada, Dagny.

Os dois não perceberam a presença de Taggart, como se ele fosse mais uma peça do mobiliário. Ela não se dera nem mesmo ao trabalho de expulsá-lo de sua sala. Como um paralítico, sem saber se seus músculos iriam lhe obedecer, Taggart reuniu suas forças e saiu. Porém sabia qual era a primeira coisa que tinha que fazer: foi depressa para sua sala e destruiu o pedido de demissão.

Dagny nem percebeu sua saída; estava olhando para Willers.

– Knowland está aqui?

– Não. Foi embora.

– Andrews?

– Foi embora.

– McGuire?

– Foi embora.

E Willers foi logo dando os nomes daqueles que, ele sabia, ela ia mencionar, os mais necessários naquela hora, que haviam se demitido e desaparecido naquele mês. Ela ouvia sem espanto nem qualquer outra emoção, como quem ouve a lista de baixas numa batalha em que todos estão fadados a morrer e não faz diferença que este ou aquele morra primeiro.

Quando ele terminou, Dagny não fez nenhum comentário, porém perguntou:

– O que já foi feito hoje?

– Nada.

– Nada?

– Dagny, se algum boy tivesse dado alguma ordem aqui hoje, todo mundo teria obedecido. Mas até mesmo os boys sabem que a primeira pessoa a tomar qualquer iniciativa, hoje, vai assumir a responsabilidade pelo futuro, pelo presente e pelo passado, quando todo mundo começar a tirar o corpo fora. Quem fizesse alguma coisa não salvaria a rede, mas apenas perderia o emprego quando conseguisse salvar a primeira divisão. Ninguém fez nada. Está tudo parado. O que está se movendo, sabe-se lá onde está – ninguém sabe se é para ir em frente ou não. Há trens em estações, outros em movimento, esperando a ordem de parar antes que cheguem ao Colorado. Quem está tomando as decisões são os despachantes locais. O administrador aqui do terminal cancelou todos os trens transcontinentais de hoje, entre os quais o Cometa que sairia esta noite. Não sei o que o administrador de São Francisco está fazendo. Só as equipes de salvamento estão trabalhando. No túnel. Ainda estão longe do local do acidente. Acho que nunca vão chegar lá.

– Ligue para o administrador do terminal e diga a ele que libere todos os trens transcontinentais, nos horários originais, incluindo o Cometa de hoje à noite. Depois volte aqui.

Quando Willers voltou, Dagny estava debruçada sobre os mapas que havia espalhado na mesa. Enquanto ela falava, ele tomava notas:

– Desvie todos os trens que seguem rumo a oeste para o sul, a partir de Kirby, Nebraska, pelo ramal de Hastings, depois pela ferrovia da Ocidental de Kansas até Laurel, Kansas, depois pegando a pista da Sul-Atlântica até Flagstaff, Arizona, depois para o norte pela pista da Flagstaff-Homedale até Elgin, Utah, mais para o norte até Midland, para noroeste pela Ferrovia Wasatch até Salt Lake City. A Ferrovia Wasatch está abandonada e é de bitola estreita. Mande comprá-la e mudar de

655

bitola. Se os donos tiverem medo, já que as vendas estão proibidas, pague-lhes o dobro do preço e comece logo a obra. Não há estrada de ferro entre Laurel, Kansas e Jasper, Oklahoma – cinco quilômetros –, nem entre Elgin e Midland, Utah – 10 quilômetros. Mande construir essas linhas. Os trabalhos devem começar imediatamente – contrate todos os homens disponíveis aqui, pague o dobro do salário legal, o triplo, o que pedirem –, com três turnos de serviço, para que tudo esteja pronto amanhã. Para essa obra, mande retirar os trilhos dos desvios de Winston, Colorado; Silver Springs, Colorado; Leeds, Utah; e Benson, Nevada. Se algum lacaio do Conselho de Unificação for interromper as obras, dê autoridade aos nossos homens no local, aqueles em que você confia, para suborná-los. Não mande nada disso para o departamento de contabilidade. Ponha tudo na minha conta, que eu pago. Se em algum caso não der certo, que digam para o tal lacaio que o Decreto 10.289 não prevê intervenções locais, que eles têm que entrar em contato comigo e processar a *mim* se quiserem que paremos de trabalhar.

– Isso é verdade?

– Sei lá! Quem é que sabe? Mas, até que eles descubram e concluam o que quiserem concluir, os trilhos já estarão no lugar.

– Entendi.

– Vou dar uma olhada nas listas e lhe dizer os nomes dos empregados locais que devem atuar, se é que eles ainda estão lá. Quando o Cometa de hoje chegar a Kirby, Nebraska, o trecho já estará pronto. A viagem transcontinental vai ficar 36 horas mais longa, aproximadamente, mas não vai deixar de existir. Depois descubram nos arquivos os antigos mapas da rede como era antes de o neto de Nat Taggart construir o túnel.

– O... quê? – Willers não levantou a voz, mas a pequena pausa para respirar traiu a emoção que ele não queria demonstrar.

O rosto de Dagny não se alterou, mas em sua voz havia um toque sutil de brandura, não de reprovação:

– Os velhos mapas dos tempos anteriores à construção do túnel. Vamos voltar atrás, Eddie. Pelo menos vamos tentar. Não, não vamos reconstruir o túnel. Não há como fazer isso agora. O velho trecho que atravessava as montanhas Rochosas ainda está lá. Podemos refazê-lo. O problema vai ser achar trilhos e homens para trabalhar. Principalmente homens.

Willers sabia, aliás desde o começo, que ela vira suas lágrimas e que não fora indiferente a elas, apesar de sua voz seca e seu rosto sem expressão. Havia algo em Dagny que ele percebia mas não conseguia exprimir. Era como se ela estivesse dizendo: "Eu sei, eu entendo, e sentiria compaixão e gratidão se estivéssemos vivos e tivéssemos liberdade para sentir, mas não, não é, Eddie? Estamos num planeta morto, como a Lua, onde é preciso seguir em frente, mas sem ousar parar e respirar um pouco, para não descobrir que não há ar para respirar."

– Temos hoje e amanhã para dar início às obras – disse ela. – Amanhã à noite vou ao Colorado.

– Se quiser ir de avião, vou ter que alugar um. O seu continua parado, ninguém consegue arranjar peças.

– Não, vou de trem. Preciso ver como estão as linhas. Vou no Cometa de amanhã.

Duas horas depois, numa breve pausa entre dois telefonemas interurbanos, ela de repente fez a Willers a primeira pergunta não relacionada à ferrovia:

– O que fizeram com Hank Rearden?

Willers se deu conta de que estava desviando o olhar, então reprimiu esse pequeno gesto de evasão, se obrigou a encarar o olhar de Dagny e respondeu:

– Ele cedeu. Assinou o Certificado de Doação na última hora.

– Ah! – A interjeição não exprimiu susto nem censura. Era apenas um sinal de pontuação que denotava a aceitação de um fato. – Você tem alguma notícia de Quentin Daniels?

– Não.

– Não mandou nenhuma carta, nenhum recado para mim?

– Não.

Willers adivinhou o que ela temia e se lembrou de algo que ainda não lhe havia dito.

– Dagny, tem mais um problema que tem ocorrido em toda a rede, desde que você foi embora. Desde o 1º de maio. Os trens abandonados.

– O quê?

– Os trens são abandonados nas linhas, nos desvios, longe de tudo, geralmente de noite, e toda a tripulação desaparece. Simplesmente abandonam o trem e somem. Não dão nenhum aviso, nada. É como se os homens fossem subitamente atingidos por uma epidemia e desaparecessem. Está acontecendo em outras redes, também. Ninguém consegue explicar. Mas acho que todo mundo entende. E tudo por causa do tal decreto. É uma forma de protesto. Os homens tentam levar a coisa adiante, até que de repente chegam a um ponto em que não aguentam mais. O que a gente pode fazer? – Deu de ombros. – Ora, quem é John Galt?

Dagny concordou com a cabeça, pensativa, mas não parecia surpresa. O telefone tocou, e a voz da secretária disse:

– O Sr. Wesley Mouch chamando de Washington, Srta. Taggart.

Os lábios de Dagny ficaram um pouco tensos, como se inesperadamente um inseto houvesse encostado neles.

– Deve ser para meu irmão – disse ela.

– Não, ele quer falar com a senhora mesmo.

– Está bem. Passe a ligação.

– Srta. Taggart – disse a voz de Mouch, no tom de um anfitrião numa festa –, fiquei tão satisfeito ao saber que sua saúde está restabelecida que fiz questão de ligar pessoalmente para lhe dar as boas-vindas. Sei que seu estado exigia um longo descanso e admiro o patriotismo que a fez interromper sua licença nesta terrível emergência. Gostaria de deixar claro que pode contar com nossa cooperação em relação a quaisquer medidas que a senhorita considere necessárias. Terá toda a nossa colaboração, nosso apoio e nossa assistência. Se houver necessidade de... de exceções especiais, pode estar certa de que se pode dar um jeito.

Dagny o deixou falar, embora ele fizesse diversas pausas curtas para que ela dissesse alguma coisa. Quando surgiu uma pausa muito longa, ela disse:

– Eu ficaria muito agradecida se o senhor me deixasse falar com o Sr. Weatherby.

– Mas é claro, Srta. Taggart, quando quiser... quer dizer... a senhorita deseja falar com ele agora?

– É. Imediatamente.

Mouch compreendeu e disse:

– Perfeito.

Quando Weatherby atendeu o telefone, sua voz parecia cautelosa:

– Alô, Srta. Taggart? Em que lhe posso ser útil?

– Diga a seu chefe que, se ele não quer que eu desapareça outra vez, não deve jamais me telefonar nem falar comigo. Toda vez que sua gangue quiser entrar em contato comigo, que seja por intermédio do senhor. Com o senhor eu falo, mas não com ele. Pode dizer a ele que é por causa do que fez com Hank Rearden no tempo em que era funcionário dele. Se todo mundo já esqueceu isso, eu *não* esqueci.

– É meu dever auxiliar as ferrovias da nação sempre que necessário, Srta. Taggart. – Weatherby parecia estar tentando não admitir que ouvira o que ela dissera, para não se comprometer, mas de repente sua voz mudou um pouco de tom. Seu interesse havia sido despertado, e ele perguntou lentamente, pesando bem as palavras, com uma argúcia disfarçada:

– Devo concluir, portanto, que a senhora prefere tratar diretamente *comigo* a respeito de todos os assuntos oficiais? Que é essa a sua política?

Dagny deu uma risadinha áspera:

– O senhor pode me considerar propriedade exclusiva sua, me usar para aumentar seu cacife e como moeda em toda Washington. Mas não sei se vou lhe ser útil, porque não vou jogar o seu jogo, não vou fazer trocas de favores, vou simplesmente começar a violar as suas leis neste momento, e vocês podem me prender assim que acharem que têm condições de fazê-lo.

– Creio que a senhorita tem uma visão antiquada a respeito das leis. Não se trata de leis rígidas, absolutas. As leis modernas são elásticas e sujeitas a interpretação, dependendo das... circunstâncias.

– Então comece a ser elástico agora mesmo, porque nem eu nem os desastres ferroviários somos elásticos. – Desligou e disse a Willers, como quem faz uma apreciação a respeito de objetos inanimados: – Eles vão nos deixar em paz por uns tempos.

Ela não parecia reparar nas mudanças ocorridas em sua sala: a ausência do retrato de Nat Taggart, a nova mesa de centro de vidro na qual o Sr. Locey espalhara, para as visitas verem, algumas revistas humanitárias das mais veementes com grandes manchetes nas capas.

Com a atenção de uma máquina feita para registrar e não para reagir, ela ouviu Willers relatar o que acontecera com a rede naquele seu mês de ausência. Ouviu-o expor as prováveis causas da catástrofe. Encarou, com o mesmo olhar desligado, uma sucessão de homens que entraram e saíram de sua sala com passos apressados e mãos cheias de gestos nervosos e supérfluos. Willers concluiu que ela havia se tornado indiferente a tudo. Mas, de repente – quando andava de um lado para outro ditando para ele uma lista de materiais de construção de ferrovias, juntamente com os locais onde obtê-los clandestinamente –, ela parou e olhou para as revistas sobre a mesa de centro. As manchetes diziam: "A nova consciência social", "Nossas obrigações para com os desfavorecidos", "Necessidade *versus* voracidade". Com um único movimento de seu braço, um gesto abrupto e explosivo de brutalidade física, diferente de tudo o que ele jamais vira antes, Dagny jogou no chão as revistas e prosseguiu, sem interromper a lista de números que recitava, como se não houvesse uma ligação entre sua mente e a violência de seu corpo.

Mais tarde, sozinha em sua sala, Dagny telefonou para Rearden. Identificou-se para a secretária que a atendeu e, a julgar pela voz dele, percebeu a ânsia com que ele agarrara o fone:

– Dagny?

– Alô, Hank. Voltei.

– Para onde?

– Para meu escritório.

Dagny ouviu as coisas que ele não disse, durante o silêncio momentâneo que se seguiu. Depois Rearden disse:

– Pelo visto, é melhor eu começar a subornar gente agora mesmo para poder fazer trilhos para você.

– É. Quanto mais metal, melhor. Não precisa ser metal Rearden. Pode ser... – A pausa foi quase curta demais para se perceber, mas ela continha o pensamento: para quê metal Rearden, se é para voltar para o passado, talvez para o tempo em que os trilhos eram de madeira com tiras de ferro? – Pode ser aço, de qualquer peso, o que você puder me arranjar.

– Está bem. Dagny, você sabe que entreguei o metal Rearden a eles? Assinei o Certificado de Doação.

– Eu sei.

– Eu cedi.

– Quem sou eu para jogar a primeira pedra? Também não voltei atrás? – Rearden não disse nada, e ela prosseguiu: – Hank, acho que para eles tanto faz que existam ou deixem de existir todos os trens e altos-fornos do mundo. Mas para nós, não. Estão nos prendendo por nosso amor ao trabalho, e vamos continuar pagando enquanto restar uma chance de manter uma única roda em movimento, em nome da inteligência humana. Vamos continuar mantendo-a à tona como nosso filho que estivesse se afogando, e, quando a enchente o tragar, nós afundaremos junto com a última engrenagem e o derradeiro silogismo. Sei o que estamos pagando, mas agora o preço se tornou irrelevante.

– Eu sei.

– Não se preocupe comigo, Hank. Amanhã de manhã já estarei em forma.

– Nunca me preocupo com você, querida. Nos vemos hoje à noite.

CAPÍTULO 19

O ROSTO SEM DOR, SEM MEDO E SEM CULPA

O SILÊNCIO DE SEU APARTAMENTO, a perfeição imóvel dos objetos, que haviam permanecido exatamente como ela os deixara um mês antes – tais coisas proporcionaram um misto de alívio e desolação a Dagny quando ela entrou na sala. O silêncio lhe provocava uma sensação ilusória de privacidade e posse. Aqueles objetos preservavam um momento que ela não podia voltar a viver, assim como não podia desfazer as coisas que haviam ocorrido naquele mês.

Lá fora o dia ainda não havia morrido completamente. Dagny saíra do escritório mais cedo do que pretendia, não conseguindo reunir forças para assumir qualquer tarefa que pudesse ser adiada até o dia seguinte. Isso nunca lhe ocorrera antes – como também ela nunca se sentira mais à vontade em casa do que em seu escritório.

Tomou um banho demorado, deixando a água escorrer pelo corpo sem pensar em nada, mas rapidamente fechou a torneira quando se deu conta de que o que estava querendo lavar do corpo não era a sujeira da viagem, e sim os vestígios do escritório.

Vestiu-se, acendeu um cigarro e foi para a sala. Colocou-se à janela e ficou olhando para a cidade, tal como ficara olhando para a floresta na manhã daquele dia.

Dissera que daria a vida para poder trabalhar na rede por mais um ano.

Voltara, mas não pelo prazer de trabalhar, e sim apenas pela tranquilidade fria inspirada por uma decisão tomada e pelo silêncio de uma dor não admitida.

O céu estava envolto em nuvens que, sob a forma de neblina, haviam também envolvido as ruas, como se o céu engolisse a cidade. Dagny via toda a ilha de Manhattan, uma longa forma triangular avançando num oceano invisível. Parecia a proa de um navio que afundava. Alguns prédios mais altos ainda apareciam, como funis, mas o restante sumia em meio ao vapor acinzentado, lentamente tragado pelo espaço. *Foi assim que desapareceram*, pensou ela, *a Atlântida, a cidade que afundou no oceano, e todos os outros reinos, que deixaram a mesma lenda em todas as línguas humanas, e a mesma ânsia.*

Dagny teve, então – como acontecera numa noite de primavera, debruçada em sua mesa no escritório caindo aos pedaços da Ferrovia John Galt, frente a uma janela que dava para um beco escuro –, a visão de seu mundo, que lhe parecia inatingível... *Você*, pensou ela, *seja lá quem for, que eu sempre amei e jamais encontrei, que eu sempre esperei encontrar no fim dos trilhos além do horizonte, você, cuja presença sempre senti nas ruas da cidade, cujo mundo eu quis criar, é o meu amor por você que me impele, meu amor e minha esperança de ser merecedora de você no dia em que eu o encarar face a face. Agora sei que jamais o encontrarei, jamais viverei para tal, mas o que resta da minha vida ainda é seu, e prosseguirei em seu nome, muito embora jamais venha a conhecê-lo, continuarei a servi-lo, a ser merecedora de você no dia de nosso encontro, que jamais ocorrerá...* Dagny nunca aceitara a desesperança, mas, em frente à janela, dirigiu a uma cidade envolta em neblina sua dedicação a um amor não correspondido.

A campainha da porta tocou.

Ao abrir a porta, entre surpresa e indiferente, percebeu que já deveria saber quem era: Francisco d'Anconia. Não sentiu nenhum choque, nenhuma revolta, apenas a serenidade sem alegria de sua certeza, e levantou a cabeça para encará-lo com um movimento lento e estudado, como se estivesse lhe dizendo que havia optado por uma posição e que agora a assumia publicamente.

O rosto de D'Anconia estava sério e calmo. A expressão de felicidade tinha desaparecido, como também o humor malicioso do playboy. Aparentava ter retirado todas as máscaras. Parecia direto, disciplinado, decidido, com um propósito, como um homem capaz de compreender a seriedade da ação, a expressão que no passado ela procurava ver nele – D'Anconia jamais lhe parecera tão atraente quanto naquele momento –, e percebeu, surpresa, que de repente lhe parecia que ele jamais a havia deixado, e sim que ela o abandonara.

– Dagny, agora você está preparada para conversar sobre aquilo?

– Estou, se você quiser. Entre.

Ele correu os olhos rapidamente pela sala – nunca tinha vindo à casa dela antes – e depois voltou a olhar para ela, a observá-la com atenção. Parecia saber que a simplicidade discreta que ela ostentava era o pior sinal possível para os objetivos dele, que era como um monte de cinzas das quais seria impossível arrancar uma faísca de dor, que até a dor teria sido uma espécie de fogo.

– Sente-se, Francisco.

Dagny permaneceu de pé a sua frente, como se quisesse lhe dizer explicitamente que nada tinha a esconder, nem mesmo o cansaço denotado por sua postura, o preço que ela pagara por aquele dia, sua indiferença em relação a esse preço.

– Acho que não vou conseguir detê-la agora – disse ele –, se você fez sua opção. Mas, se ainda resta uma chance de impedi-la, tenho que tentar.

Ela sacudiu a cabeça lentamente:

– Não há. E... para quê, Francisco? Você desistiu. Que diferença faz para você que eu morra com a ferrovia ou longe dela?

– Não desisti do futuro.

– Que futuro?

– O dia em que os saqueadores morrerão, mas nós não.

– Se a Taggart Transcontinental vai ter que morrer com os saqueadores, então eu também vou.

D'Anconia não desviou o olhar do rosto dela, nem disse nada. Dagny acrescentou, num tom desapaixonado:

– Eu pensei que podia viver sem a companhia. Mas não posso. Nunca mais vou tentar. Francisco, você se lembra? Nós dois acreditávamos, quando começamos, que o único pecado que havia era fazer as coisas malfeitas. Ainda acredito nisso. – O primeiro sinal de emoção fez sua voz tremer. – Não posso ficar parada vendo o que fizeram com aquele túnel. Não posso aceitar o que todos eles estão aceitando. Francisco, é a coisa que nós achávamos terrível, acreditar que os desastres são o destino natural do homem, que o destino deve ser suportado, e não combatido. Não posso aceitar a submissão. Não posso aceitar a impotência. Não posso aceitar a renúncia. Enquanto houver uma ferrovia para ser administrada, eu o farei.

– Para preservar o mundo dos saqueadores?

– Para preservar o que resta do meu mundo.

– Dagny – disse ele, lentamente –, eu sei por que uma pessoa ama seu trabalho. Eu sei o que a ferrovia representa para você. Mas você não administraria a companhia se os trens estivessem vazios. Dagny, o que você vê quando pensa num trem em movimento?

Ela olhou para a cidade:

– A vida de um homem capaz que poderia ter morrido naquela catástrofe, mas que vai escapar da próxima, que eu vou impedir que aconteça. Um homem de mente intransigente e ambição ilimitada, que ama a sua própria vida... o tipo de homem que é como nós éramos no começo, você e eu. Você desistiu dele. Eu não.

Francisco fechou os olhos por um instante, e o leve apertar de seus lábios era um sorriso, um sorriso que substituía um gemido de compreensão, ironia e dor. Perguntou, com voz suave:

– Você acha que ainda pode servir a esse homem administrando a rede ferroviária?

– Acho.

– Está bem, Dagny. Não vou tentar detê-la. Enquanto você pensar assim, nada poderá detê-la. Ainda bem. Você vai parar no dia em que descobrir que seu trabalho está a serviço não da vida daquele homem, e sim de sua destruição.

– Francisco! – Era um grito de espanto e desespero. – Você entende a que tipo de homem estou me referindo. Você também o vê!

– Claro – disse ele com simplicidade, olhando para um ponto da sala quase como se estivesse vendo uma pessoa de carne e osso. Acrescentou: – Por que você se espanta? Você disse que nós éramos como ele, eu e você. E continuamos sendo. Mas um de nós o traiu.

– É – disse ela, séria –, um de nós o traiu. Não podemos servi-lo por meio da renúncia.

– Não podemos servi-lo aceitando as condições dos que o estão destruindo.

663

– Não estou aceitando as condições deles. Precisam de mim. E sabem disso. Eu vou fazer com que *eles* aceitem as *minhas* condições.

– Jogando um jogo no qual eles lucram prejudicando você?

– Conseguir manter a Taggart Transcontinental em funcionamento é o único lucro que quero. Que me importa se eles me obrigarem a pagar resgates? Eles podem ficar com o que quiserem. A ferrovia é minha.

Ele sorriu:

– Você acha isso? Acha que, como precisam de você, isso quer dizer que está protegida? Você acha que pode lhes dar o que eles querem? Não, você não vai parar enquanto não vir com seus próprios olhos e entender o que eles realmente querem. Sabe, Dagny, nos ensinaram que algumas coisas são de Deus e outras de César. Talvez o Deus deles permitisse isso. Mas o homem que você diz que estamos servindo não permite isso. Ele não permite que se sirva a dois senhores, não admite uma guerra entre a mente e o corpo, um fosso entre os valores e as ações, nenhum tributo pago a César. Ele não admite nenhum César.

– Por 12 anos – disse ela em voz baixa – julguei inconcebível que algum dia eu teria de lhe pedir perdão de joelhos. Agora acho possível. Se eu concluir que você tem razão, é o que farei. Mas só nesse dia.

– Você o fará. Mas não de joelhos.

Ele a observava como se estivesse vendo seu corpo à sua frente, muito embora seus olhos estivessem fixos no rosto dela, e seu olhar dissesse a ela que forma de expiação e rendição ele antevia. Dagny percebeu o esforço que ele fez para se desviar, sua esperança de que ela não tivesse visto nem compreendido seu olhar, sua luta silenciosa, traída pela tensão de alguns músculos de seu rosto – daquele rosto que ela conhecia tão bem.

– Até então, Dagny, lembre que somos inimigos. Eu não queria lhe dizer isto, mas você é a primeira pessoa que quase chegou ao céu e voltou para a Terra. Você já viu demais, por isso tem que ouvir isto com todas as letras. É contra você que estou lutando, não contra seu irmão ou Wesley Mouch. É você que tenho que derrotar. Quero agora dar fim a todas as coisas que são preciosas para você. Enquanto você estiver lutando para salvar a Taggart Transcontinental, estarei lutando para destruí-la. Jamais me peça ajuda nem dinheiro. Você conhece minhas razões. Agora pode me odiar – e, na sua posição, é isso que você tem que fazer mesmo.

Dagny levantou a cabeça um pouco. Não houve nenhuma mudança perceptível em sua postura, apenas a consciência de seu corpo e do que ele representava para D'Anconia. No entanto, no espaço de uma frase, ela foi mulher, e o toque de desafio que havia no que ela disse vinha apenas do espaçamento levemente acentuado das palavras:

– E o que isso vai representar para você?

D'Anconia a olhou, compreendendo tudo, mas não admitindo nem negando a confissão que ela queria arrancar dele.

– Isso é problema só meu – respondeu ele.

Foi ela que amoleceu, porém ao dizer a frase seguinte percebeu que estava sendo ainda mais cruel:

– Eu não odeio você. Tentei, durante anos, mas jamais conseguirei odiá-lo, independentemente do que eu e você viermos a fazer.

– Eu sei – disse ele, em voz baixa, para que ela não ouvisse sua dor, porém a sentisse dentro de si, como se fosse diretamente refletida dele.

– Francisco! – exclamou ela, desesperadamente protegendo-o de si própria. – Como pode fazer o que está fazendo?

– Por obra e graça do meu amor... – respondeu ele, e seus olhos acrescentaram: "por você", mas ele prosseguiu: – pelo homem que não morreu na sua catástrofe e jamais morrerá.

Ela ficou parada em silêncio por um momento, como se em sinal de respeito.

– Eu gostaria de poder poupá-la do que você vai ter que sofrer – disse ele, e a ternura de sua voz dizia: não sou eu quem deve lhe inspirar pena. – Mas não posso. Cada um de nós tem que tomar essa estrada com seus próprios pés. Mas é a mesma estrada.

– Aonde é que ela leva?

Ele sorriu, como se fechasse lentamente a porta de um quarto onde não a deixaria entrar.

– À Atlântida – disse ele.

– O quê?! – exclamou ela, surpresa.

– Não lembra? Aquela cidade perdida, onde só podem entrar os espíritos dos heróis.

A conexão de ideias que a atingiu de repente estava tentando se formar em sua mente desde aquela manhã, como uma ansiedade vaga que não tivesse tempo de identificar. Ela já sabia, mas pensava apenas no destino dele, na decisão pessoal dele. Pensava que D'Anconia estivesse agindo sozinho. Agora ela se lembrou de um perigo maior e teve uma ideia da forma imensa e indefinida do inimigo que teria de enfrentar.

– Você é um deles – perguntou ela lentamente –, não é?

– Eles quem?

– Foi *você* que foi ao escritório de Ken Danagger?

Ele sorriu:

– Não.

No entanto, Dagny percebeu que ele não perguntou o que ela queria dizer com aquilo.

– Existe... você deve saber... existe mesmo um destruidor solto no mundo?

– Claro que há.

– Quem é ele?

– Você.

Ela deu de ombros. Seu rosto endureceu:

– Os homens que largaram tudo, eles ainda estão vivos ou estão mortos?

– Estão mortos... para você. Mas haverá uma Segunda Renascença no mundo. Vou esperar por ela.

– Não! – A súbita violência de sua voz era uma resposta pessoal ao que ele dissera, a uma das duas coisas que D'Anconia quisera que ela ouvisse de sua boca. – Não, não espere por mim!

– Sempre esperarei por você, independentemente do que eu ou você viermos a fazer.

O som que ouviram então foi o de uma chave girando na fechadura da porta da frente. A porta se abriu e Hank Rearden entrou.

Ele parou por um instante, depois entrou lentamente na sala, enfiando a chave no bolso.

Ela sabia que ele vira o rosto de D'Anconia antes de ver o dela. Rearden olhou para Dagny, mas voltou a olhar para o dele, como se agora só conseguisse ver esse rosto.

Dagny tinha medo de olhar para o rosto de D'Anconia. O esforço que ela fez para desviar um pouco a vista lhe parecia o de levantar um peso acima de suas forças. Ele se pôs de pé, o gesto lento e automático de um D'Anconia que desde pequeno aprendera etiqueta. Não havia nada em seu rosto que Rearden pudesse ver. Mas o que ela viu nele era pior do que temia.

– O que você está fazendo aqui? – perguntou Rearden, num tom de voz de quem se dirige a um criado de cozinha apanhado em flagrante numa sala de visitas.

– Vejo que eu não tenho o direito de lhe fazer a mesma pergunta – disse D'Anconia. Ela sabia o esforço que lhe foi necessário para conseguir falar naquele tom de voz claro e desapaixonado. Os olhos dele se voltavam insistentemente para a mão direita de Rearden, como se ainda visse nela a chave do apartamento.

– Então responda – ordenou Rearden.

– Hank, dirija todas as perguntas a mim – disse Dagny.

Rearden parecia não vê-la nem ouvi-la.

– Responda – repetiu.

– Há apenas uma resposta que você teria direito de exigir – retrucou D'Anconia –, portanto respondo que não é essa a razão pela qual estou aqui.

– Só há uma razão para você ir à casa de uma mulher – disse Rearden. – Qualquer mulher, mesmo em se tratando de você. Acha que agora eu acredito naquela sua confissão? Em alguma coisa que você já me disse?

– Já lhe dei motivos para não confiar em mim, mas nenhum para não confiar na Srta. Taggart.

– Não me diga que aqui você não tem nenhuma chance, nunca teve e jamais terá. Eu sei. Mas se eu encontrar você aqui no primeiro...

– Hank, se você quer me acusar... – foi dizendo Dagny, mas Rearden se virou para ela de repente:

– Meu Deus, Dagny, não, nada disso! Mas você não deve ser vista falando com ele. Não deve ter nenhum contato com ele. Você não o conhece. Eu o conheço. – Virou-

-se para D'Anconia. – O que você quer? Tem esperanças de fazer dela mais uma de suas conquistas ou...

– Não! – Foi um grito involuntário e fútil, já que a sinceridade apaixonada que ele oferecia, e que fatalmente seria rejeitada, era seu único argumento.

– Não? Então você está aqui para discutir negócios? Está armando uma armadilha, como fez comigo? Que espécie de arapuca está preparando para ela?

– Meu objetivo... não era... uma questão de negócios.

– Então o que era?

– Se ainda acredita em mim, posso lhe dizer apenas que não envolvia nenhum... tipo de traição.

– Você acha que ainda pode falar em traição na minha presença?

– Algum dia respondo a essa pergunta. Agora não posso.

– Você não gosta que eu toque nesse assunto, não é? Você vive fugindo de mim desde aquele dia, não é? Não esperava me ver aqui? Não queria me enfrentar? – Porém Rearden sabia que D'Anconia o estava enfrentando, como ninguém mais o fazia. Viu que os olhos dele encaravam os seus, que as feições dele estavam tranquilas, sem emoção, sem defesa e sem nenhum apelo, prontas para suportar o que viesse. Era uma expressão aberta e desarmada de coragem. Era esse o rosto do homem que ele amara, o homem que o libertara da culpa. E agora Rearden tinha que combater a consciência de que esse rosto ainda lhe dava forças, mais do que qualquer coisa, que lhe permitira suportar a impaciência de um mês sem ver Dagny. – Por que você não se defende, se não tem nada a esconder? Por que está aqui? Por que ficou aturdido quando me viu entrar?

– Hank, pare com isso! – gritou Dagny e se conteve, sabendo que a violência era o elemento mais perigoso àquela altura.

Os dois homens se viraram para ela.

– Por favor, deixe que eu responda – disse D'Anconia, tranquilo.

– Eu lhe disse que esperava jamais ver esse homem outra vez – disse Rearden. – Lamento que isso esteja acontecendo aqui. Não tem nada a ver com você, mas há uma coisa pela qual ele tem que pagar.

– Se é esse... o seu objetivo – retrucou D'Anconia, com dificuldade –, você já não o atingiu?

– O que é isso? – O rosto de Rearden estava imóvel, seus lábios mal se moviam, mas em sua voz havia um toque de ironia. – É assim que você pede piedade?

O momento de silêncio que se seguiu representou uma tensão ainda maior para Francisco.

– É... se você assim deseja – respondeu ele.

– Você teve piedade de mim quando meu futuro estava em suas mãos?

– Justifica-se que você pense de mim o que quiser. Mas como isso nada tem a ver com a Srta. Taggart... permite que eu vá embora?

– Não! Você quer escapar do confronto, como todos esses outros covardes? Quer fugir?

– Eu me encontro com você onde e quando quiser. Mas prefiro que não seja na presença da Srta. Taggart.

– Por que não? Pois eu quero que seja na presença dela, já que este é o único lugar onde você não tinha o direito de vir. Não tenho mais nada que possa defender de você, já levou mais do que os saqueadores podem levar, destruiu tudo aquilo em que tocou, mas eis aqui uma coisa em que você não vai tocar. – Rearden sabia que a rigidez, a absoluta falta de emoção no rosto de D'Anconia era a maior prova de emoção, a prova de que ele fazia um esforço anormal para se controlar. Sabia que isso era uma tortura e que ele, Rearden, estava sendo impelido cegamente por um sentimento semelhante ao prazer do torturador, só que agora não sabia mais se torturava D'Anconia ou a si próprio. – Você é pior do que os saqueadores, porque trai com plena consciência de que está traindo. Não sei qual a forma de corrupção que o motiva, mas quero que saiba que há coisas fora do seu alcance, fora das aspirações da sua malícia.

– Você não tem... nada a temer de mim... agora.

– Quero que você saiba que não pode pensar nela, olhar para ela, se aproximar dela. De todos os homens, você é o único que jamais poderá aparecer na presença dela. – Rearden sabia que estava sendo impulsionado por uma raiva inspirada pelo sentimento que nutria por aquele homem. Sabia que o sentimento ainda existia, que era esse sentimento que ele tinha que violentar e destruir. – Qualquer que seja o motivo, ela tem que ser protegida de qualquer contato com você.

– Se eu lhe desse minha palavra... – começou D'Anconia, mas não concluiu a frase.

Rearden deu uma risada:

– Eu sei muito bem o que representa sua palavra, suas convicções, sua amizade, seu juramento pela única mulher que você jamais... – Rearden parou. Todos entenderam o que isso significava ao mesmo tempo que Rearden.

Ele deu um passo em direção a D'Anconia e perguntou, apontando para Dagny, com uma voz grave e estranhamente diferente de sua voz normal, como se não fosse a voz de uma pessoa viva, nem fosse dirigida a uma pessoa viva:

– É essa a mulher que você ama?

D'Anconia fechou os olhos.

– Não lhe faça essa pergunta! – exclamou Dagny.

– É essa a mulher que você ama?

D'Anconia respondeu, olhando para ela:

– É.

Rearden levantou a mão e deu um tapa no rosto dele.

Dagny soltou um grito. Quando voltou a enxergar – após um instante em que teve a impressão de que fora ela a atingida –, a primeira coisa que viu foram as mãos de Francisco. O herdeiro dos D'Anconia estava apoiado numa mesa, agarrando-a por trás das costas, não para se apoiar, mas para se conter. Dagny viu a imobilidade rígida de seu corpo – um corpo que, embora ereto, parecia quebrado, com aqueles ângulos ligeiramente forçados na cintura e nos ombros, os braços tensos, porém jogados para trás. Era como se o esforço para permanecer imóvel estivesse voltando contra si próprio a força de sua violência, como se o movimento que ele reprimia lhe doesse nos músculos. Dagny viu seus dedos lutando para se manter presos à mesa e se perguntava o que quebraria primeiro, a madeira da mesa ou os ossos do homem, e sabia que a vida de Rearden dependia disso.

Quando seus olhos se voltaram para o rosto de D'Anconia, ela não viu nele nenhum sinal de conflito, apenas a pele das têmporas estava tensa, e as faces estavam mais escavadas do que o normal, emprestando-lhe ao rosto um ar nu, puro e jovem. Dagny sentiu-se presa de terror, porque estava vendo nos olhos dele as lágrimas que não estavam lá. Seus olhos brilhavam, secos. Ele olhava para Rearden, mas não o via. Parecia estar encarando uma outra presença, e era como se seu olhar dissesse: "Se é isso que você exige de mim, então até isso é seu, seu para aceitar e meu para suportar: não tenho mais que isso para lhe oferecer, mas permita que eu me orgulhe de poder lhe oferecer tanto." Nas veias que pulsavam em seu pescoço, na espuma no canto de seus lábios, ela viu a expressão de dedicação voluptuosa que era quase um sorriso e compreendeu que estava testemunhando a maior de todas as realizações de Francisco d'Anconia.

Quando sentiu que tremia e ouviu sua própria voz, se deu conta de como fora breve o intervalo entre seu grito e sua frase. Num tom selvagem, como se desferindo um golpe, se dirigiu a Rearden:

– Proteger-me *dele*? Muito antes que você jamais...

– Não! – D'Anconia se virou bruscamente para ela. Naquela única sílaba exprimiu toda a sua violência contida, e ela compreendeu que tinha de obedecer àquela ordem.

Sem mexer nenhum músculo do corpo, D'Anconia virou o rosto para Rearden.

Dagny viu as mãos dele soltarem a mesa e penderem relaxadas ao longo do corpo. Agora ele estava mesmo vendo Rearden, e não havia nada no rosto de D'Anconia além do cansaço extremo de seu esforço. Rearden percebeu de repente quanto aquele homem o amara.

– Com base no que você sabe – disse D'Anconia, tranquilo –, você tem razão de agir assim.

Sem esperar nem permitir uma resposta, se virou para sair. Curvou-se para Dagny, inclinando a cabeça de um modo tal que, para Rearden, parecia ser apenas uma despedida, mas, para ela, era um gesto de aceitação, e saiu.

Rearden ficou olhando para a porta, sabendo que daria sua vida para desfazer o que havia feito.

Quando se virou para Dagny, seu rosto parecia esvaziado, aberto e vagamente atento, como se ele não lhe pedisse que concluísse a frase não terminada, porém esperasse que ela o fizesse.

Um arrepio de piedade percorreu o corpo dela, culminando no movimento de sacudir a cabeça. Não sabia para qual dos dois homens era dirigida aquela piedade, mas o sentimento a impediu de falar, e ela continuou a sacudir a cabeça, como se tentasse negar um sofrimento imenso e impessoal do qual todos os três eram vítimas.

– Se há alguma coisa a ser dita, fale – disse Rearden, com uma voz despida de emoção.

O som que ela produziu em seguida foi uma mistura de riso com gemido, não um desejo de vingança, mas uma necessidade desesperada de justiça, que lhe emprestou à voz um tom de amargor cortante, quando ela gritou, jogando-lhe na cara as palavras:

– Você não queria saber o nome do outro? O homem com quem dormi? O primeiro? Pois foi Francisco d'Anconia.

Dagny percebeu a força do golpe quando viu que o rosto dele ficou vazio.

Entendeu que, se fora a justiça seu objetivo, ela o atingira – porque esse golpe fora mais forte do que aquele que Rearden desferira.

Subitamente, sentiu-se calma, consciente de que dissera aquilo para o bem dos três. O desespero de vítima indefesa desapareceu. Ela não era mais uma vítima, era um dos antagonistas, disposta a arcar com a responsabilidade de agir. Encarava Rearden, esperando pela resposta que ele daria, quase como se fosse agora a sua vez de ser alvo de violência.

Ela não sabia qual a forma de tortura que ele estava suportando, nem o que ele via sendo destruído dentro de si, que não mostrava a ninguém. Não havia sinal de dor que a orientasse. Rearden parecia apenas um homem parado em pé no meio de uma sala, obrigando sua consciência a absorver um fato que ela se recusava a aceitar. Então Dagny percebeu que ele não mudava de postura havia muito tempo. Até suas mãos estavam pendentes, com os dedos semicurvados, exatamente como antes. Ela quase podia sentir o peso daquelas mãos dormentes, e foi esse o único sinal de seu sofrimento que pôde perceber e que lhe dizia que ele não tinha poder de sentir mais nada, nem mesmo a existência de seu próprio corpo. Dagny esperava, e sua piedade se transformava em respeito.

Então viu que o olhar de Rearden lhe percorria o corpo e entendeu que tortura ele agora experimentava, porque a natureza daquele olhar era algo que ele não podia esconder dela. Dagny entendeu que ele agora a via como no tempo em que ela tinha 17 anos: ele a via com o rival que lhe inspirava ódio, juntos. Uma visão ao mesmo tempo insuportável e inelutável! E Rearden não se importava mais em mostrar um rosto nu, sem autocontrole, porque agora nada mais havia nele senão uma violência que se assemelhava em parte ao ódio.

Ele a agarrou pelos ombros. Ela se preparou para que ele a matasse ou a espancasse até desacordá-la. No momento em que ficou convicta de que era essa a intenção de Rearden, sentiu seu corpo jogado contra o dele, sua boca apertada contra a dele com mais brutalidade do que se ele a tivesse golpeado.

Dagny sentia-se presa de terror, contorcendo-se para resistir, e ao mesmo tempo exultante, apertando-o em seus braços, prendendo-o, deixando que seus lábios incendiassem os dele, sabendo que jamais o desejara tanto quanto naquele instante.

Quando ele a jogou no sofá, Dagny percebeu que Rearden afirmava sua vitória sobre o rival e sua rendição a ele: o ato de posse levado a uma violência insuportável pela ideia do homem que esse ato desafiava. O ato de transformar seu ódio no prazer que aquele homem conhecera na intensidade do seu próprio prazer, a conquista daquele homem por meio do corpo dela. Dagny sentia a presença de D'Anconia através da mente de Rearden, sentia, entregando-se aos dois homens, aquilo que venerava em ambos, aquilo que eles tinham em comum, aquela essência de caráter que fizera de seu amor por cada um deles um ato de lealdade a ambos. Ela sabia também que era esse o ato de rebeldia de Rearden contra o mundo que os cercava, contra o culto à degradação que nele imperava, contra o longo tormento dos dias que ele desperdiçara, em que lutara nas trevas – era isso que ele queria afirmar e, sozinho com ela naquela penumbra, num espaço elevado acima de uma cidade em ruínas, afirmar como sua última propriedade.

Depois ficaram imóveis, ele com o rosto sobre o ombro dela. O reflexo de um anúncio luminoso piscava fracamente no teto.

Rearden tomou a mão de Dagny e a colocou sobre seu próprio rosto, tão de leve que ela sentiu mais sua intenção do que seu contato.

Depois de algum tempo, ela se levantou, pegou um cigarro, acendeu-o e o estendeu para ele, com um leve movimento interrogativo da mão. Ele fez que sim, ainda largado no sofá. Ela lhe colocou o cigarro entre os lábios e acendeu outro para si. Dagny sentia uma grande paz entre eles, e a intimidade dos gestos insignificantes ressaltava a importância das coisas que não estavam dizendo um ao outro. *Tudo havia sido dito*, pensou ela, porém sabia que era preciso explicitar e assumir tudo.

Viu os olhos de Rearden se voltarem para a porta da frente de vez em quando, permanecendo fixos nela por muito tempo, como se ele ainda visse o homem que saíra.

Ele disse, tranquilo:

– Ele poderia ter me derrotado se me dissesse a verdade, quando quisesse. Por que não o fez?

Ela deu de ombros, abrindo as mãos num gesto de tristeza impotente, porque ambos sabiam a resposta. Perguntou:

– Ele representava muita coisa para você, não é?

– Ainda representa.

O único movimento no silêncio daquela sala era representado pela brasa dos cigarros que se deslocavam levados pelos dedos. A campainha tocou. Sabiam que não era o homem que queriam ver, pois não tinham a esperança de que ele voltasse, e foi com uma raiva súbita que Dagny abriu a porta. Levou um momento para se dar conta de que aquela figura cortês e inócua, que tinha no rosto um sorriso padronizado, era o administrador assistente do edifício.

– Boa noite, Srta. Taggart. É um prazer para todos nós tê-la de volta. Acabo de chegar ao trabalho e soube que a senhora retornara, por isso fiz questão de lhe dar as boas-vindas em pessoa.

– Obrigada – disse ela, parada na porta, sem se mexer, a fim de impedi-lo de entrar.

– Eu lhe trouxe uma carta que chegou há uma semana – disse ele, pondo a mão no bolso. – Parecia algo de importante, mas, como trazia a marca "confidencial", obviamente não poderia ser mandada para seu escritório, e, de qualquer modo, lá não sabiam onde a senhora estava. Por isso a guardei no cofre do condomínio e resolvi entregá-la à senhora pessoalmente.

O envelope que o homem lhe deu trazia estampadas as inscrições: "registrado – via aérea – entrega especial – pessoal". O remetente era Quentin Daniels, Instituto de Tecnologia de Utah, Afton, Utah.

– Ah... obrigada.

O administrador assistente percebeu que Dagny disfarçava seu espanto e que ficou olhando para o nome do remetente por muito mais tempo do que seria necessário. Assim, ele repetiu suas boas-vindas e foi embora.

Dagny se aproximou de Rearden rasgando o envelope e parou no meio da sala para ler a carta. Era escrita à máquina em papel fino – ele via as sombras dos parágrafos através das folhas transparentes e observava o rosto dela enquanto lia.

Quando ela terminou a leitura da carta, correu para o telefone, discou rapidamente e disse, com a voz trêmula de urgência:

– Chamada interurbana, por favor... Telefonista, eu gostaria de falar com o Instituto de Tecnologia de Utah, em Afton, Utah!

Rearden se aproximou, perguntando:

– O que foi?

Dagny lhe estendeu a carta, sem olhar para ele, com o olhar fixo no telefone, como se pudesse obrigá-lo a atender.

Dizia a carta:

Prezada Srta. Taggart,

Há três semanas que venho me debatendo com o problema. Eu não queria fazer isso, sei como isso vai afetá-la e sei todos os argumentos que a senhorita poderia utilizar, porque já os usei todos discutindo comigo mesmo, mas o objetivo desta carta é lhe dizer que vou abandonar o trabalho. Não posso trabalhar dentro da vigência do Decreto 10.289 – embora não pelos motivos pretendidos por seus autores. Sei que eu e a senhorita estamos nos lixando para essa proibição de todas as pesquisas científicas e que a senhorita gostaria que eu continuasse. Mas tenho que parar, porque não quero mais ter sucesso.

Não quero trabalhar num mundo que me considera um escravo. Não quero fazer nada pelas pessoas. Se eu conseguisse reconstruir o motor, não deixaria a senhora colocá-lo a serviço deles. Minha consciência não me permitiria produzir algo que lhes poderia ser útil.

Sei que, se conseguirmos, eles logo vão querer expropriar o motor. E que, por isso, temos que aceitar a situação de criminosos, nós dois, e viver ameaçados de ser presos a qualquer momento. E é isso que não posso aceitar, mesmo se pudesse aceitar o restante: o fato de que, para lhes proporcionar um benefício inestimável, nos tornemos mártires nas mãos de homens que, sem nós, não poderiam ter feito o que fizemos. O restante eu poderia perdoar, mas, quando penso nisso, digo: que se danem todos eles, prefiro vê-los todos morrer de fome, juntamente comigo, a lhes perdoar por isso ou permitir que isso aconteça!

Para ser absolutamente franco, continuo querendo o sucesso, descobrir o segredo do motor, tanto quanto antes. Por isso continuarei a trabalhar nele por meu próprio prazer enquanto estiver vivo. Mas, se conseguir descobrir, guardarei em segredo minha descoberta. Não vou divulgá-la para ser explorada comercialmente. Portanto, não posso continuar a aceitar seu dinheiro. Dizem que o comercialismo é desprezível, portanto todas essas pessoas devem aprovar minha decisão, e estou cansado de ajudar aqueles que me desprezam. Não sei quanto tempo vou durar, nem o que farei no futuro. No momento, pretendo permanecer em meu emprego neste Instituto. Mas, se alguma autoridade me vier dizer que agora estou proibido de pedir demissão de meu cargo de zelador, largo o emprego imediatamente.

A senhorita me deu minha maior oportunidade, e agora, em troca, sei que estou abalando profundamente sua confiança, portanto creio que devo lhe pedir perdão. Sei que a senhorita ama seu trabalho tanto quanto eu amava o meu, de modo que saberá que minha decisão não foi fácil de ser tomada, e que só a tomei porque fui obrigado a fazê-lo.

Escrever esta carta me dá uma sensação estranha. Não pretendo morrer, mas estou abandonando o mundo, o que me dá a impressão de estar escrevendo um último bilhete suicida. Assim, gostaria de dizer que, de todas as pessoas que conheci, a senhorita é a única que lamento ter de abandonar.

Respeitosamente,

Quentin Daniels.

Quando terminou de ler a carta, Rearden a ouviu continuar a dizer, como o fizera durante todo o tempo em que ele estivera lendo, com uma voz cada vez mais perto do desespero:

– Continue tentando, telefonista!... Por favor, continue!

– O que você tem para lhe dizer? – perguntou Rearden. – Não há argumentos.

– Não vou poder lhe dizer nada! A esta altura ele já foi embora. A carta é de uma semana atrás. Tenho certeza de que ele foi embora. Já o pegaram.

– Quem o pegou?

– Sim, telefonista, eu espero, continue tentando!

– O que você lhe diria se ele atendesse?

– Eu lhe pediria que continuasse a receber meu dinheiro, sem qualquer compromisso, só para ter meios de continuar! Eu lhe prometeria que, se ainda estivermos vivendo no mundo dos saqueadores quando ele tiver sucesso, se ele realmente conseguir, não lhe pediria que me desse o motor, nem mesmo que me revelasse o segredo. Mas se, até lá, estivermos livres... – Dagny parou.

– Se estivermos livres...

– Tudo o que quero dele agora é que não desista e que não desapareça como... como todos os outros. Não quero que eles o peguem. Se ainda não for tarde demais... ah, meu Deus, não quero que o peguem!... Sim, telefonista, continue tentando!

– E de que adiantará, mesmo se ele prosseguir trabalhando?

– É tudo o que peço a ele, que continue. Talvez jamais tenhamos oportunidade de usar o motor no futuro. Mas quero saber que ainda há, em algum lugar no mundo, um grande cérebro trabalhando num grande empreendimento e que ainda temos uma chance num futuro... Se aquele motor for abandonado outra vez, então o futuro será uma grande Starnesville.

– É. Eu sei.

Dagny continuava a pressionar o fone contra o ouvido, o braço duro do esforço de não tremer. Esperava.

– Ele foi embora – disse ela. – Eles o pegaram. Uma semana é muito mais do que precisam. Não sei como é que eles descobrem que é a hora certa, mas isso... – e Dagny apontou para a carta antes de prosseguir – isso identificava a hora certa, e eles certamente o perceberam.

– Eles quem?

– Os agentes do destruidor.

– Você está começando a achar que eles existem mesmo?

– Estou.

– Está falando sério?

– Estou. Conheci um deles.

– Quem?

– Depois eu lhe digo. Não sei quem é o líder deles, mas vou descobrir um dia desses. Não vou deixar de jeito nenhum que...

Dagny parou, com uma interjeição de espanto. Rearden percebeu a mudança em seu rosto antes de ouvir o estalido de um telefone sendo atendido e a voz de um homem dizendo:

– Alô?

– Daniels! É *você*? Ainda está vivo? Ainda está aí?

– Ora, estou, sim. É a Srta. Taggart? O que houve?

– Eu... eu achei que você tinha sumido.

– Ah, desculpe. Só agora ouvi o telefone. Estava lá fora, colhendo cenouras.

– Cenouras? – perguntou Dagny, rindo, numa histeria de alívio.

– Estou plantando uma horta onde antes ficava o estacionamento do Instituto. A senhorita está ligando de Nova York?

– Estou. Acabei de receber sua carta. Agora. Eu... eu estive fora.

– Ah... – Fez-se uma pausa, e então Daniels disse, em voz mais baixa: – Não há mais nada a dizer, Srta. Taggart.

– Diga-me, você vai sair daí?

– Não.

– Não está planejando sair daí?

– Não. Ir para onde?

– Você pretende permanecer no Instituto?

– Sim.

– Por quanto tempo? Indefinidamente?

– Que eu saiba, sim.

– Alguém o procurou?

– Para dizer o quê?

– Para você sumir.

– Não. Quem?

– Escute, Daniels, não vou querer discutir a respeito da sua carta pelo telefone. Mas preciso falar com você. Vou até aí para vê-lo. O mais depressa que eu puder.

– Não quero que a senhorita faça isso. Vai ser um esforço inútil.

– Me dê uma chance, está bem? Você não tem que me prometer que vai mudar de ideia, não tem que se comprometer com nada, apenas me ouvir. Se eu quero ir, é um risco que estou assumindo. Tenho coisas a lhe dizer, só quero uma oportunidade de dizê-las.

– A senhorita sabe que sempre lhe darei isso.

– Vou para aí imediatamente. Esta noite. Mas quero que você me prometa uma coisa. Promete que vai me esperar? Que vai estar aí quando eu chegar?

– Mas é claro, Srta. Taggart. A menos que eu morra ou aconteça alguma coisa além do meu controle, mas nada me leva a crer que algo assim vá acontecer.

– A menos que você morra, você me espera, aconteça o que acontecer?

– É claro.

– Você me dá sua palavra de que vai me esperar?

– Dou, Srta. Taggart.

– Obrigada. Boa noite.

– Boa noite, Srta. Taggart.

Ela desligou e em seguida pegou o fone outra vez, discando um número rapidamente.

– Eddie?... Mande-os segurar o Cometa para mim... É, o desta noite. Mandem atrelar meu vagão, depois venha para meu apartamento imediatamente. – Olhou para o relógio. – São 20h12. Tenho uma hora. Não vou atrasá-los muito. Converso com você enquanto faço a mala.

Desligou e se virou para Rearden.

– Agora? – perguntou ele.

– Tenho que ir.

– Entendo. Você não tem que ir ao Colorado também?

– Tenho. Pretendia ir amanhã à noite. Mas acho que Eddie pode segurar meu escritório, e é melhor ir agora... São três dias... – Dagny se lembrou e se corrigiu: – Agora são cinco dias de viagem até Utah. Tenho que ir de trem, tenho que falar com certas pessoas na ferrovia, isso também não pode ser adiado.

– Quanto tempo você vai ficar no Colorado?

– Difícil dizer.

– Me mande um telegrama quando chegar lá, está bem? Parece que vai ser demorado. Vou para lá, também.

Era sua única maneira de manifestar com palavras o que ele estava desesperado para dizer, o que vinha aguardando, o motivo de sua vinda, o que ele agora mais do que nunca queria dizer, mas que sabia que naquela noite não seria possível contar.

Por uma leve ênfase na voz dele, ela percebeu que isso era a sua aceitação do que ela confessara, sua entrega, seu perdão. Dagny perguntou:

– Você pode largar a siderúrgica?

– Vou levar uns dias para deixar tudo preparado, mas posso.

Rearden sabia o que as palavras dela estavam admitindo, reconhecendo e perdoando quando Dagny disse:

– Hank, por que não nos encontramos daqui a uma semana no Colorado? Se você for no seu avião, chegamos lá juntos. E assim depois podemos voltar juntos.

– Está bem... amor.

◆◆◆

Dagny ditava uma lista de instruções enquanto andava de um lado para outro no quarto, juntando roupas, rapidamente fazendo a mala. Rearden havia ido embora. Willers estava sentado à penteadeira, fazendo anotações. Parecia trabalhar de seu modo habitual, eficiente e sem questionar nada, como se não estivesse enxergando os vidros de perfume e as caixas de pó de arroz, como se a penteadeira fosse uma escrivaninha e o quarto, um escritório.

– Eu lhe telefono de Chicago, Omaha, Flagstaff e Afton – dizia ela, jogando a lingerie dentro da mala. – Se precisar de mim, a qualquer hora, ligue para qualquer estação da linha, dando ordens para parar o trem.

– O Cometa? – perguntou ele, sem levantar a voz.

– O Cometa, sim!

– Certo.

– Se precisar, é para ligar mesmo.

– Está bem. Mas acho que não vai ser preciso.

– A gente dá um jeito. Acertamos tudo pelo telefone interurbano, como fizemos no tempo... – Ela parou.

– No tempo da construção da Linha John Galt? – perguntou ele, em voz baixa. Os dois se entreolharam, porém não disseram mais nada.

– Qual foi o último relatório das equipes de construção? – perguntou Dagny.

– A coisa está andando. Logo depois que você saiu do escritório, fui informado de que as equipes de terraplenagem já começaram a trabalhar, em Laurel, Kansas, e Jasper, Oklahoma. Os trilhos estão seguindo para lá vindos de Silver Springs. Vai dar certo. O mais difícil de encontrar foi...

– Gente para trabalhar?

– É. Gente para assumir a responsabilidade pelas obras. Foi difícil no trecho entre Elgin e Midland. Todos os homens que tínhamos em mente haviam sumido. Não consegui achar ninguém capaz de assumir a responsabilidade, nem na rede nem em lugar nenhum. Cheguei até a tentar falar com Dan Conway, mas...

– *Dan Conway?* – perguntou ela, parando.

– É, tentei. Lembra que ele conseguiu lançar nove quilômetros de trilhos por dia, justamente naquela região? Ah, sei que ele tem motivos para nos detestar, mas, a esta altura, que diferença faz? Descobri que ele está num rancho no Arizona. Eu próprio telefonei para ele e implorei que nos ajudasse. Só assumir por uma noite o controle da obra, construir 10 quilômetros de ferrovia. Dez quilômetros, Dagny, é o que nos falta, e ele é o maior construtor de estradas de ferro do mundo! Eu lhe disse que estava lhe pedindo um gesto de caridade. Sabe, acho que ele me entendeu. Não ficou zangado. Parecia triste. Mas não aceitou. Disse que não se deve tentar tirar pessoas da sepultura... Nos desejou boa sorte. Acho que estava falando sério. Sabe, acho que ele não é um dos que foram atingidos pelo destruidor... ele simplesmente desmoronou sozinho.

– É. Sei que foi isso, mesmo.

Willers viu a expressão no rosto de Dagny e rapidamente mudou de assunto.

– Ah, finalmente achamos um homem para colocar em Elgin – disse ele, forçando sua voz a parecer cheia de confiança. – Não se preocupe, os trilhos estarão no lugar bem antes de você chegar lá.

Dagny olhou para ele com um esboço de sorriso nos lábios, pensando em quantas vezes ela lhe dissera essas palavras e na coragem desesperada com que ele agora estava tentando lhe dizer: "Não se preocupe." Ele entendeu seu olhar, e no sorriso discreto que lhe deu em resposta havia um quê de pedido de desculpas envergonhado.

Willers voltou a suas anotações, irritado consigo mesmo, achando que havia infringido a regra que impusera a si próprio: "Não torne as coisas ainda mais difíceis para ela." Ele não devia ter falado em Conway, não devia ter lhe dito nada que lembrasse a ambos do desespero que sentiriam se fossem capazes de sentir desespero. O que havia com ele, afinal? Era indesculpável que perdesse seu autocontrole só porque estava num quarto, não num escritório.

Dagny continuava a falar, e ele ouvia, anotando tudo. Não se permitia dirigir nenhum olhar a ela.

Ela escancarou a porta do armário, arrancou do cabide uma roupa e a dobrou depressa, enquanto continuava a falar num tom preciso e sem pressa. Ele não olhava para ela, só ouvia sua voz comedida e seus movimentos rápidos. *Sei o que há com ele,* pensou. Não queria que ela fosse embora, não queria perdê-la de novo, depois de uma reunião tão breve. Mas pensar na sua solidão pessoal, agora que sabia que a rede precisava dela desesperadamente no Colorado, era um ato de deslealdade que ele jamais cometera antes, e sentia um vago e desolado sentimento de culpa.

– Dê ordem para que o Cometa pare em todas as sedes de divisão – disse ela – e que todos os superintendentes de divisão preparem para mim um relatório sobre...

Willers levantou a vista – então seu olhar parou, e ele não ouviu o restante do que ela disse. Viu um roupão de homem pendurado na porta do armário aberto, um roupão azul-escuro, com as iniciais HR em branco no bolso.

Ele se lembrou de onde já vira aquele roupão, usado por um homem num café da manhã no Hotel Wayne-Falkland. Lembrou-se de ter visto aquele homem entrar, sem ser anunciado, no escritório dela tarde da noite, num Dia de Ação de Graças – e, ao se dar conta de que já devia saber daquilo, foi como um tremor subterrâneo causado por um terremoto: essa consciência veio juntamente com um sentimento que gritava "não!" com tanta ferocidade que o próprio grito, e não o que ele vira, fez com que tudo desabasse dentro de si. Não foi o choque da descoberta, e sim o choque ainda mais terrível do que ele descobriu a respeito de si próprio.

Willers se agarrou a um pensamento único: não podia deixar que ela visse que ele descobrira, nem o efeito que a descoberta tivera sobre si. Sentiu uma sensação de vergonha tão forte que era uma tortura física. Era o medo de violar a privacidade dela duas vezes: revelando o segredo dela e o seu próprio. Debruçou-se sobre o bloco e se concentrou na tarefa seguinte: impedir que seu lápis tremesse.

– ... 90 quilômetros de estrada para construir na serra, e só podemos utilizar os materiais que possuímos.

– Desculpe – disse ele, com uma voz quase inaudível –, não ouvi o que você disse.

– Eu disse que quero um relatório de todos os superintendentes, em relação a cada metro da ferrovia e a todos os equipamentos existentes nas divisões deles.

– Ok.

– Vou me reunir com cada um deles separadamente. Mande-os me procurar no meu vagão no Cometa.

– Ok.

– Avise os maquinistas, oficiosamente, que, para compensar as paradas, eles devem andar a 110, 140, 160 quilômetros por hora, o que quiserem, da maneira que acharem melhor, e que eu... Eddie?

– Sim. Ok.

– Eddie, o que houve?

Ele olhou para Dagny e, desesperado, foi obrigado a mentir pela primeira vez em sua vida:

– Eu... tenho medo de que a gente se meta em alguma enrascada do ponto de vista legal.

– Nem pense nisso. Não vê que não existe mais lei nenhuma? Hoje em dia vale tudo, desde que você consiga escapar impune, e no momento somos nós que estamos dando as cartas.

Quando Dagny ficou pronta, Willers carregou sua mala até o táxi, depois foram até a plataforma do Terminal Taggart, até o vagão particular dela, o último de todos. Ele ficou parado na plataforma, vendo o Cometa avançar, as luzes do último vagão se afastando lentamente, entrando na escuridão do túnel. Quando o trem desapareceu, ele experimentou a sensação da perda de um sonho que só se descobre depois que termina.

Na plataforma havia poucas pessoas, que pareciam se mover com esforço, como se uma atmosfera de desastre permeasse os trilhos e as vigas acima de suas cabeças. Willers pensou, com indiferença, que após um século de segurança os homens mais uma vez encaravam cada partida de trem como um risco de vida.

Lembrou que ainda não havia jantado e não sentia vontade de comer, mas no refeitório subterrâneo do terminal ele se sentia mais em casa do que no cubo vazio que era seu apartamento. Assim, foi caminhando em direção ao refeitório, por não ter outro lugar para onde ir.

O local estava quase deserto, mas a primeira coisa que viu ao entrar foi uma fumacinha subindo do cigarro de um trabalhador, que estava sozinho sentado a uma mesa num canto.

Sem sequer olhar para o que colocava em sua bandeja, Willers a levou até a mesa do trabalhador, disse "oi", sentou-se e não falou mais nada. Olhou para os talheres à sua frente, pensou no objetivo daqueles utensílios, lembrou-se da utilidade dos garfos e tentou comer, mas constatou que isso era mais do que ele era capaz de fazer. Depois de algum tempo, levantou a vista e viu que o trabalhador o observava com atenção.

– Não – disse Eddie –, estou bem, não tenho nada... É, muita coisa aconteceu, mas que diferença faz agora?... É, ela voltou... O que mais você quer que eu diga sobre isso?... Como é que sabe que ela voltou? É, imagino que toda a rede já sabia 10 minutos depois... Não, não sei se acho bom ela ter voltado... É claro que ela vai salvar a rede, por mais um ano ou um mês... O que quer que eu diga?... Não, ela não me disse o que pretende fazer. Não me disse o que pensava, o que achava... O que você acha? É claro que para ela está muito mal, e para mim também! Só que meu sofrimento é só culpa minha... Não. Nada. Não posso falar sobre isso... Falar? Nem pensar, tenho de parar com isso, parar de pensar nela e... nela.

Willers se calou e não entendeu por que os olhos daquele trabalhador, que sempre pareciam ver tudo o que havia dentro dele, naquela noite o inquietavam tanto. Olhou para a mesa e percebeu as muitas pontas de cigarro no prato usado do trabalhador.

– Você também tem problemas? – perguntou Eddie. – Ah, quer dizer que está aqui há um tempão, não é?... Por mim? Por que estava esperando por mim?... Sabe, nunca imaginei que para você fosse importante me ver, a mim ou a qualquer outra pessoa, você sempre pareceu tão autossuficiente, e é por isso que eu sempre gostei de falar com você, por me parecer que entendia, mas que nada podia afetá-lo, como se nada jamais o tivesse afetado, e isso me fazia sentir livre, como se... como se não houvesse dor no mundo... Sabe o que é estranho no seu rosto? Você tem o rosto de quem jamais conheceu a dor, o medo nem a culpa... Desculpe por eu ter demorado hoje. Fui levá-la até o trem... ela acaba de partir no Cometa... É, hoje, ainda agora... É, ela foi embora... Uma decisão repentina, há uma hora. Ela pretendia partir amanhã à noite, mas alguma coisa inesperada aconteceu e ela teve de partir imediatamente... É, ela vai para o Colorado, depois... Primeiro a Utah... Porque recebeu uma carta de Quentin Daniels, dizendo que ia largar o motor, e se há uma coisa da qual ela não abre mão, de jeito nenhum, é o motor. Você está lembrado do motor sobre o qual lhe falei, os restos de um motor que ela achou... Daniels? É um físico que está há um ano tentando descobrir o segredo do motor no Instituto de Tecnologia de Utah, tentando reconstruí-lo... Por que me olha desse jeito?... Não, não lhe falei sobre ele antes porque era segredo. Um segredo só dela, um projeto pessoal, e que interesse isso teria para você?... Acho que agora já posso falar nisso, porque ele abandonou o motor... É, ele disse a ela por quê. Disse que não vai entregar nenhum produto de sua mente a um mundo que o considera escravo. Disse que não vai ser mártir para dar às pessoas uma dádiva inestimável... O quê? De que você está rindo?... Pare com isso, sim? Por que está rindo assim?... O segredo todo? Como assim, o segredo todo? Ele não desvendou o segredo do motor, se é isso que quer dizer, mas parece estar tendo progresso. Tem uma boa chance de conseguir. Agora tudo está perdido. Ela está indo para lá, quer implorar, quer fazê-lo continuar a trabalhar, mas acho que não adianta. Depois que eles param, não voltam mais. Nenhum deles jamais voltou... Não, eu nem ligo mais, já perdemos tantos que estou me acostumando... Ah, não! Não é por causa de Daniels que estou assim, é... não, não falemos nisso. Não me pergunte nada a esse respeito. O mundo inteiro está caindo aos pedaços, ela está lutando para salvá-lo, e eu... eu aqui culpando-a de algo que eu não tinha nada que saber... Não! Ela não fez nada de errado, nada, e além disso não tem nada a ver com a ferrovia... Não me dê atenção, não é a ela que culpo, e sim a mim mesmo... Escute, eu sempre soube que você amava a Taggart Transcontinental tanto quanto eu, que para você era uma coisa especial, pessoal, e que era por isso que você gostava de me ouvir falando sobre a rede. Mas isto, isto que descobri hoje, não tem nada a ver com a rede. Não teria importância para você... Esqueça isso... É algo que eu não sabia sobre ela, só isso... Conheço-a desde menino. Pensava que a conhecia. Pois estava enganado... Não sei o que era que eu esperava. Acho que pensava que ela não tinha vida privada de espécie alguma. Para mim, ela não era uma pessoa, não era... uma mulher. Era a ferrovia encarnada. E achava que ninguém ousaria encará-la de outro modo... É, bem feito para mim. Esqueça isso... Esqueça, já disse! Por que me questiona desse jeito? É só a vida privada dela. Que importância isso pode ter para você? Pare com isso, pelo amor de Deus! Não vê que eu não posso falar sobre isso?... Nada aconteceu, não houve nada comigo, é só que... ah, por que estou mentindo? Não posso mentir para você, você sempre parece ver tudo, é pior do que tentar mentir para mim mesmo!... Sim, menti para mim mesmo. Não sabia o que eu sentia por ela. A ferrovia? Sou um hipócrita. Se para mim ela fosse apenas a ferrovia, eu não estaria tão abalado agora. Não teria sentido vontade de matá-lo!... O que há com você hoje? Por que me olha desse jeito?... Ah, o que há com todos nós? Por que só há sofrimento para todos? Por que sofremos tanto? A vida não devia ser assim. Sempre achei que a felicidade era nosso destino natural, de todos nós. O que estamos fazendo? O que perdemos? Há um ano, eu não a culparia por encontrar algo que ela queria. Mas sei que eles têm os dias contados, eles dois, e eu também, e todos nós, e ela era tudo o que eu tinha... Era tão bom viver, tantas oportunidades, eu não sabia que amava a vida e que era *isso* o nosso amor, o dela, o meu e o seu – mas o mundo está morrendo e nós nada podemos fazer. Por que estamos nos destruindo? Quem vai nos dizer a verdade? Quem vai nos salvar? Ah, quem é John Galt?!... Não. Não adianta mais. Por que sentir alguma coisa? Por que me incomoda saber que ela dorme com Hank Rearden?... Ah, meu Deus! O que há com você? Não vá embora! Aonde você vai?

CAPÍTULO 20

O CIFRÃO

DAGNY ESTAVA SENTADA à janela do trem, a cabeça jogada para trás, imóvel, com vontade de nunca mais ter que se mexer.

Os postes de telégrafo corriam lá fora, mas o trem parecia perdido num vácuo, entre uma planície marrom e um céu coberto de nuvens de um tom cinzento enferrujado. A tarde drenava o céu sem o sangramento de um pôr do sol. Parecia mais a morte de um corpo anêmico perdendo suas últimas gotas de sangue e luz. O trem corria para oeste, como se também acompanhasse os raios de sol e fosse desaparecer da face da Terra. Dagny permanecia imóvel, sem nenhuma vontade de reagir.

O ruído das rodas do trem a incomodava. Era um ritmo uniforme, acentuado a cada quatro estalos, e lhe parecia que, em meio a um caminhar confuso e fútil de uma multidão em debandada, os ruídos acentuados fossem como os passos de um inimigo caminhando rumo a um objetivo inexorável.

Dagny nunca sentira isso antes, essa apreensão ao ver uma planície, a sensação de que a ferrovia era apenas um fio frágil estendido por uma imensidão vazia, como um nervo gasto, prestes a se romper. Jamais pensara que um dia ela, que, quando andava de trem, sentia-se como a força motriz da composição, chegaria a ficar torcendo para que ele não parasse e chegasse a seu destino na hora – como se ela fosse uma criança ou um selvagem, como se seu pensamento fosse não um ato de vontade, mas uma súplica dirigida ao desconhecido.

Que diferença fizera um mês! Os empregados da rede, os guarda-chaves, os despachantes, que antes sempre a cumprimentavam por onde quer que passasse, sorrindo para anunciar que a reconheciam, agora a olhavam com rostos de pedra, desconfiados, e viravam para o lado. Ela sentia vontade de exclamar: "Não fui eu que fiz isso com vocês!" Mas então lembrava que aceitara, e que eles tinham o direito de odiá-la, que ela era ao mesmo tempo escrava e feitora, e o ódio era o único sentimento possível agora.

Durante dois dias, consolara-a ver as cidades passando pela janela – as fábricas, as pontes, os sinais luminosos, os anúncios sobre os telhados dos prédios, aquele mundo superlotado, sujo, ativo e vivo, o Leste industrial.

Agora, no entanto, as cidades haviam ficado para trás. O trem atravessava as planícies de Nebraska, e o ruído dos engates dava a impressão de que a composição tremia de frio. Dagny via vultos solitários de casas abandonadas no meio de campos vazios, que um dia haviam sido fazendas. Mas a grande explosão de energia ocorrida no Leste há gerações espalhara por esse vazio áreas de atividade. Algumas haviam desaparecido, outras sobreviviam. Ela se surpreendeu quando as luzes de uma cidadezinha passaram pelo seu vagão e, ao desaparecerem, o deixaram mais escuro que antes. Não se deu ao trabalho de se mexer para acender a luz. Permaneceu imóvel, vendo as poucas cidades que restavam. Sempre que, por um instante, uma luz elétrica lhe iluminava o rosto, era como uma saudação breve.

Dagny via passar os nomes escritos nas paredes de estruturas modestas, em telhados sujos de fuligem, em chaminés finas, nas superfícies curvas dos depósitos: Ceifadeiras Reynolds, Cimento Macey, Alfafa Quinlan & Jones, Colchões Crawford, Rações Benjamin Wylie – palavras que eram como bandeiras no meio da escuridão vazia do céu, formas imóveis de movimento, esforço, coragem, esperança, monumentos ao muito que havia sido realizado ali, nas fronteiras do mundo natural, por homens que haviam tido a liberdade de criar. Ela via as casas dispersas, ciosas de sua privacidade, as lojinhas, as ruas largas com iluminação elétrica como riscos luminosos na folha negra da terra abandonada. Via os fantasmas, os vestígios de cidades, os esqueletos de fábricas com chaminés desmoronadas, os cadáveres de lojas com janelas quebradas, os postes tortos com restos de fios. Avistou uma luz repentina, um dos raros postos de gasolina ainda abertos, uma ilha luminosa de vidro e metal sob um peso negro de espaço e céu. Viu uma casquinha de sorvete feita de néon, numa esquina, e um carro caindo aos pedaços estacionado em frente, com um rapaz ao volante e uma moça saltando, seu vestido branco agitando-se ao vento estival. Dagny estremeceu pensando naqueles dois: *Não posso olhar para vocês, eu que sei quanto foi necessário para lhes dar esta juventude, esta tarde, este carro e este sorvete que vão comprar.* Afastado de uma cidade, avistou um prédio iluminado por fileiras e fileiras de luzes azuladas, aquela iluminação industrial que tanto amava, com silhuetas de máquinas nas janelas e um cartaz sobre o telhado, imerso na escuridão – e de repente seu rosto caiu sobre um dos braços, e ela soluçou silenciosamente para a noite, para si própria, para tudo o que havia de humano em todos os seres vivos: *Não desistam!... Não desistam!...*

Pôs-se de pé de repente e acendeu a luz. Ficou parada, esforçando-se para se controlar, sabendo que momentos como este eram os mais perigosos. As luzes da cidade haviam passado, agora sua janela era um retângulo vazio, e ela ouviu, no silêncio, o ruído das rodas: de quatro em quatro, os passos do inimigo que seguia em frente, sem pressa, inexorável.

Sentindo uma necessidade desesperada de ver algum tipo de atividade, resolveu não jantar em seu vagão, mas no vagão-restaurante. Como se zombando de sua solidão e a acentuando, uma voz lhe voltou à mente: "Mas você não administraria a companhia se os trens estivessem vazios." *Esqueça isso!*, disse a si própria, irritada, andando depressa em direção à porta.

Ficou espantada quando ouviu vozes bem próximas e, ao abrir a porta, escutou um grito:

– Saia daqui, seu desgraçado!

Um velho vagabundo havia encontrado refúgio na varanda do vagão de Dagny. Estava sentado no chão, e sua postura indicava que não lhe restavam mais forças para ficar em pé nem para resistir a quem quisesse expulsá-lo dali. Olhava para o chefe do trem com olhos observadores, perfeitamente conscientes, porém sem qualquer reação. O trem desacelerava, porque o trecho à frente estava em mau estado. O chefe do trem abrira a porta, por onde entrava um vento frio, e apontava para a escuridão lá fora, dizendo:

– Saia daqui! Saia do mesmo jeito que você entrou, senão eu o ponho para fora com um pontapé!

Não havia espanto no rosto do vagabundo, nenhum protesto, nem raiva, nem esperança. Era como se ele há muito houvesse desistido de emitir qualquer julgamento de valor em relação a qualquer ação humana. Obediente, começou a se levantar, tentando se agarrar aos rebites da parede. Dagny o viu olhar para ela e desviar a vista, como se ela fosse apenas um objeto inanimado entre outros. Ele não parecia estar ciente da presença dela, nem mesmo de sua própria presença. Estava indiferente, prestes a cumprir uma ordem que, no estado em que se encontrava, seria para ele morte certa.

Olhou para o chefe do trem. Em seu rosto viu apenas a maldade cega da dor, de alguma raiva reprimida há muito que se voltara contra o primeiro objeto possível, quase sem consciência da identidade de tal objeto. Os dois homens não eram mais seres humanos um para o outro.

As roupas do vagabundo eram um amontoado de remendos cuidadosamente costurados sobre um pano tão duro e lustroso de gasto que dava a impressão de que quebraria como vidro se dobrado, mas Dagny percebeu que o colarinho de sua camisa estava muito limpo, desbotado de tantas vezes que fora lavado, e ainda mantinha sua forma original. O vagabundo havia se levantado e estava encarando com indiferença o buraco escuro que dava para uma imensidão desabitada, onde ninguém veria o corpo nem ouviria a voz de um homem ferido, porém o único gesto que fez foi segurar com força uma trouxa pequena e suja, como se para não perdê-la ao saltar.

Foram o colarinho limpo e aquele gesto dirigido a suas últimas posses, derradeira manifestação do sentimento de propriedade, que provocaram uma emoção súbita e convulsiva em Dagny.

– Esperem – disse ela.

Os dois homens se viraram para ela.

– Ele é meu convidado – disse ela ao chefe do trem, abrindo a porta para o vagabundo. – Entre.

O vagabundo entrou, obedecendo tão cegamente quanto ia obedecer ao chefe do trem.

Parou no meio do vagão, segurando a trouxa, olhando ao redor com o mesmo olhar observador e indiferente.

– Sente-se – disse Dagny.

O homem obedeceu e a olhou como se aguardasse outras ordens. Havia certa dignidade em seu porte, a honestidade de quem assume claramente que não tem nenhum direito, nada a pedir, nada a perguntar, que tem de estar de acordo com qualquer coisa e está pronto para aceitar o que queiram fazer com ele.

Parecia ter 50 e poucos anos. Sua ossatura e o fato de que a roupa estava folgada indicavam que já fora musculoso. A indiferença sem vida de seus olhos não ocultava a inteligência que um dia brilhara neles. As rugas que lhe riscavam o rosto com um amargor terrível deixavam entrever que no passado aquele rosto exibira o ar de bondade que é privilégio dos rostos honestos.

– Desde quando você está sem comer? – perguntou ela.

– Desde ontem – disse ele, e acrescentou: – Eu acho.

Dagny mandou chamar o cabineiro e lhe pediu jantar para dois.

O vagabundo, após contemplá-la em silêncio, depois que o cabineiro saiu, lhe ofereceu o único pagamento que estava em condições de dar:

– Não quero arranjar nenhum problema para a senhora.

– Que problema? – perguntou ela, sorrindo.

– A senhora está viajando com um desses chefões da rede ferroviária, não é?

– Não, estou sozinha.

– Então a senhora é casada com um deles?

– Não.

– Ah...

Dagny viu-o se esforçar para manter um ar respeitoso, como se para compensar por tê-la feito confessar algo indiscreto, e então riu:

– Não, nem isso, tampouco. Sou uma das chefonas. Meu nome é Dagny Taggart e trabalho nesta rede.

– Ah... acho que já ouvi falar da senhora, sim... antigamente. – Era difícil saber o que significava "antigamente" para ele, se um ano ou um mês atrás, o tempo que houvesse decorrido desde o momento em que ele entregara os pontos. Olhava-a com uma espécie de interesse voltado para o passado, como se pensasse que antigamente ele a teria considerado uma pessoa que valeria a pena conhecer.

– A senhora era a moça que mandava na rede ferroviária – disse ele.

– Era – confirmou ela.

O mendigo não demonstrava nenhum espanto por ela ter resolvido ajudá-lo.

Parecia ter passado por tantas brutalidades que desistira de tentar entender qualquer coisa, esperar ou confiar em qualquer coisa.

– Quando foi que você pegou o trem? – perguntou ela.

– Lá na sede da divisão. A porta da senhora não estava trancada. Achei que talvez ninguém reparasse em mim até amanhã de manhã, já que era um vagão particular.

– Aonde está indo?

– Não sei. – Depois, quase como se percebesse que essa resposta parecia demais um apelo por piedade, ele acrescentou: – Acho que eu estava só pensando em sair por aí até achar um lugar onde pudesse haver trabalho para mim. – Essa foi sua primeira tentativa de assumir a responsabilidade por um objetivo, em vez de jogar sobre os ombros de Dagny a responsabilidade de se compadecer de sua situação. Essa tentativa era algo da mesma natureza que o colarinho de sua camisa.

– Que espécie de trabalho você está procurando?

– Hoje em dia ninguém procura mais uma *espécie* de trabalho – respondeu ele, impassível. – A gente procura trabalho, só isso.

– Mas que tipo de trabalho espera encontrar?

– Ah... bem... onde tiver fábricas, não é?

– Mas nesse caso você está indo para o lado errado. As fábricas ficam no Leste.

– Não – respondeu ele, com a firmeza de quem está certo do que diz. – Lá no Leste tem muita gente. As fábricas são muito vigiadas. Imaginei que fosse mais fácil num lugar onde tem menos gente e menos vigilância, menos lei.

– Ah, então está fugindo da lei, é? Você é um fugitivo?

– Não no sentido antigo da palavra, não, senhora. Mas, do jeito que as coisas estão agora, acho que sou, mesmo. Quero trabalhar.

– Como assim?

– Lá no Leste não tem empregos. E, mesmo que um empregador tivesse um emprego para me dar, não me daria, senão iria para a cadeia. Lá ele é vigiado. Só se pode arranjar emprego por meio do Conselho de Unificação, que tem um monte de gente com pistolão na fila, tem mais amigo do que milionário tem parente, mas eu não tenho nem uma coisa nem outra.

– Onde foi que você trabalhou pela última vez?

– Estou vagando pelo país há seis meses... não, mais, acho que há quase um ano, não sei mais direito. Na maioria das vezes, num esquema de trabalhar por um dia e receber por tarefa. Principalmente nas fazendas. Mas agora já não adianta mais. Eu entendo os fazendeiros: eles olham para a gente com cara de quem não gosta de ver ninguém passando fome, mas eles também estão só um passo adiante da fome, não têm nenhum trabalho para dar para ninguém, não têm comida, e o que conseguem economizar, o que sobra depois dos impostos, os ladrões levam... a senhora sabe, essas quadrilhas que andam pelo interior, os tais dos desertores.

– Você acha que no Oeste a coisa está melhor?

– Não.

– Então por que está indo para lá?

– Porque lá eu ainda não tentei. É a última tentativa que me resta. É sempre um lugar para a gente ir. Só para não ficar parado... Sabe – acrescentou ele, de repente –, acho que não vai dar em nada, não. Mas no Leste tudo o que posso fazer é sentar no chão e esperar a morte. Sei que isso seria bem mais fácil. Só que acho que é pecado ficar sentado desperdiçando a vida, sem tentar fazer alguma coisa.

Dagny pensou de repente num daqueles parasitas modernos, com diplomas universitários, que assumiam um ar revoltante de superioridade moral quando repetiam os lugares-comuns de sempre sobre sua preocupação com o bem-estar do próximo. A última frase do vagabundo era uma das afirmações morais mais profundas que ela já ouvira, mas o homem não percebera: falara com sua voz impassível, morta; dissera aquilo secamente, com simplicidade, como se fosse uma coisa óbvia.

– De onde você é? – perguntou ela.

– De Wisconsin – respondeu ele.

O garçom entrou trazendo o jantar. Pôs a mesa e, com gestos elegantes, colocou duas cadeiras, sem parecer se espantar com nada.

Ela olhou para a mesa e pensou que o magnífico de um mundo em que as pessoas tinham tempo para se preocupar com coisas como guardanapos engomados e cubos de gelo, oferecidas aos viajantes juntamente com a refeição por uns poucos dólares, era o vestígio de uma época em que ganhar a própria vida não era crime e que conseguir uma refeição não era uma questão de vida ou morte, um vestígio que em breve desapareceria, como o posto de gasolina branco à margem da floresta.

Percebeu que o vagabundo, que estava fraco demais para ficar em pé, não havia perdido o respeito pelo significado das coisas colocadas à sua frente. Não se jogou sobre a comida. Obrigou-se a fazer movimentos lentos, a desdobrar o guardanapo, pegar seu garfo no mesmo momento em que Dagny pegou o dela, com mão trêmula – como se ele ainda soubesse que eram estes os modos adequados a um ser humano, por piores que fossem as indignidades que lhe haviam sido impostas.

– Que tipo de trabalho você fazia antigamente? – perguntou ela, depois que o garçom saiu. – Industrial?

– Sim, senhora.

– Qual seu ofício?

– Torneiro.

– Qual foi seu último emprego?

– No Colorado, na fábrica de carros Hammond.

– Ah...!

– O que foi?

– Nada, nada. Trabalhou muito tempo lá?

– Não, senhora. Só duas semanas.

– Por quê?

– Bem, eu esperei um ano para arranjar esse emprego, fiquei lá no Colorado esperando. Tinha uma lista de espera, lá na Hammond, só que lá o sistema não era pistolão nem antiguidade, era a folha de serviço que contava. A minha era boa. Mas, duas semanas depois que comecei, Lawrence Hammond largou tudo e desapareceu. Fecharam a fábrica. Depois, uma comissão de cidadãos a reabriu e me chamou de volta. Mas só durou cinco dias. Logo começaram as demissões. Por antiguidade. Então fui despedido. Soube que a tal comissão durou uns três meses. Depois tiveram que fechar a fábrica de vez.

– E antes disso, onde você trabalhou?

– Em tudo quanto é estado do Leste. Mas nunca por mais de um ou dois meses. As fábricas fechavam.

– Isso aconteceu em todos os empregos que você teve? – Ele olhou para ela, como se entendesse a pergunta.

– Não, senhora – respondeu ele, e, pela primeira vez, Dagny percebeu um leve toque de orgulho em sua voz. – No meu primeiro emprego, fiquei 20 anos. Não no mesmo cargo, mas na mesma fábrica. Acabei mestre. Isso faz 12 anos. Então morreu o dono da fábrica, e os herdeiros deram com os burros n'água. Os tempos já estavam difíceis, mas depois as coisas começaram a piorar cada vez mais depressa, em tudo quanto era lugar. Depois disso, onde eu arrumasse emprego, a fábrica fechava logo. No começo eu achava que o problema era só num estado ou numa região. Muita gente achava que o Colorado ia durar. Mas lá tudo também fechou. Aonde a gente ia, a coisa acabava. As fábricas fechavam, as máquinas paravam... – e acrescentou, num sussurro, como se enxergasse algum terror interior só seu: – *os motores paravam.* – E, levantando a voz: – Ah, meu Deus! Quem é... – Não concluiu a pergunta.

– ... John Galt? – acrescentou Dagny.

– É – disse ele e sacudiu a cabeça, como se para afastar alguma visão –, só que eu não gosto de dizer isso.

– Nem eu. Eu queria saber por que as pessoas dizem isso, e quem foi que inventou essa expressão...

– Pois é, madame. É o que me preocupa. Talvez até tenha sido eu que a inventei.

– *O quê?*

– Eu e mais uns 6 mil. É possível. Acho que fomos nós, sim. Espero que não.

– Como assim?

– Bem, foi uma coisa que aconteceu na fábrica onde trabalhei durante 20 anos. Foi quando o velho morreu e os herdeiros tomaram conta. Eles eram três, dois filhos e uma filha, e inventaram um novo plano para administrar a fábrica. Deixaram a gente votar, também, para aceitar ou não o plano, e todo mundo, quase todo mundo, votou a favor. A gente não sabia, pensava que fosse bom. Não, também não é bem isso, não. A gente pensava que queriam que a gente achasse que era bom. O plano era o seguinte: cada um trabalhava conforme sua capacidade e recebia conforme sua necessidade. Nós... o que foi? A senhora está bem?

– Qual era o nome dessa fábrica? – perguntou ela, com voz quase inaudível.

– A Fábrica de Motores Século XX, em Starnesville, Wisconsin.

– Continue.

– Aprovamos o tal plano numa grande assembleia. Nós éramos 6 mil, todo mundo que trabalhava na fábrica. Os herdeiros do velho Starnes fizeram uns discursos compridos, e ninguém entendeu muito bem, mas ninguém fez nenhuma pergunta. Ninguém sabia como é que o plano ia funcionar, mas cada um achava que o outro sabia. E quem tinha dúvida se sentia culpado e não dizia nada, porque, do jeito que os herdeiros falavam, quem fosse contra era desumano e assassino de criancinhas. Disseram que esse plano ia concretizar um nobre ideal. Como é que a gente podia saber? Não era isso que a gente ouvia a vida toda dos pais, professores e pastores, em todos os jornais, filmes e discursos políticos? Não diziam sempre que isso era o certo e o justo?

Dagny ouvia atentamente o que o homem dizia, e ele prosseguiu:

– Bem, pode ser que a gente tenha alguma desculpa para o que fez naquela assembleia. O fato é que votamos a favor do plano, e o que aconteceu conosco depois foi merecido. A senhora sabe, nós que trabalhamos lá na Século XX, durante aqueles quatro anos, somos homens marcados. O que dizem que o inferno é? O mal, o mal puro, nu, absoluto, não é? Pois foi isso que a gente viu e ajudou a fazer, e acho que todos nós estamos malditos e talvez nunca mais vamos ter perdão... A senhora quer saber como funcionou o tal plano e o que aconteceu com as pessoas? É como derramar água dentro de um tanque em que há um cano no fundo puxando mais água do que entra, e a cada balde que a senhora derrama lá dentro o cano alarga mais um bocado, e quanto mais a senhora trabalha, mais exigem da senhora, e no fim a senhora está despejando baldes 40 horas por semana, depois 48, depois 56, para o jantar do vizinho, para a operação da mulher dele, para o sarampo do filho dele, para a cadeira de rodas da mãe dele, para a camisa do tio dele, para a escola do sobrinho dele, para o bebê do vizinho, para o bebê que ainda vai nascer, para todo mundo à sua volta, tudo é para eles, desde as fraldas até as dentaduras, e só o trabalho é seu, trabalhar da hora em que o sol nasce até escurecer, mês após mês, ano após ano, ganhando só suor, o prazer só deles, durante toda a sua vida, sem descansar, sem esperança, sem fim... De cada um, conforme sua capacidade, para cada um, conforme sua necessidade...

Enquanto falava, o homem não tirava os olhos de Dagny, para enfatizar cada uma de suas palavras.

– Nós somos uma grande família, todo mundo, é o que nos diziam, estamos todos no mesmo barco. Mas não é todo mundo que passa 10 horas com um maçarico na mão, nem todo mundo que fica com dor de barriga ao mesmo tempo. Capacidade de quem? Necessidade de quem, quem tem prioridade? Quando é tudo uma coisa só, ninguém pode dizer quais são as suas necessidades, não é? Senão qualquer um pode dizer que necessita de um iate, e, se só o que conta são os sentimentos dele, ele acaba até provando que tem razão. Por que não? Se eu só tenho o direito de ter carro depois que trabalhei tanto que fui parar no hospital, depois de garantir um carro para todo vagabundo e todo selvagem nu do mundo, por que ele não pode exigir de mim um iate também, se eu ainda tenho a capacidade de trabalhar? Não pode? Então ele não pode exigir que eu tome meu café sem leite até ele conseguir pintar a sala de visitas dele? Pois é... Mas então decidiram que ninguém tinha o direito de julgar suas próprias capacidades e necessidades. Tudo era resolvido na base da votação. Sim, senhora, tudo era votado em assembleia duas vezes por ano. Não tinha outro jeito, não é? E a senhora imagina o que acontecia nesses eventos? Bastou a primeira para a gente descobrir que todo mundo tinha virado mendigo – mendigos esfarrapados, humilhados, todos nós, porque nenhum homem podia dizer que fazia jus a seu salário, não tinha direitos nem fazia jus a nada, não era dono de seu trabalho, o trabalho pertencia à "família", e ela não lhe devia nada em troca, a única coisa que cada um tinha era a sua "necessidade", e aí tinha que pedir em público que atendessem as suas necessidades, como qualquer parasita, enumerando todos os seus problemas, até os remendos na calça e os resfriados da esposa, na esperança de que a "família" lhe jogasse uma esmola. O jeito era chorar miséria, porque era a sua miséria, e não o seu trabalho, que agora era a moeda corrente de lá. Assim, a coisa virou um concurso de misérias disputado por 6 mil pedintes, cada um chorando mais miséria que o outro. Não tinha outro jeito, não é? A senhora imagina o que aconteceu, que tipo de homem ficava calado, com vergonha, e que tipo de homem levava a melhor?

Ela não fez menção de responder, sem querer interromper o relato que tanto a interessava. O homem prosseguiu:

– Mas tem mais. Mais uma coisa que a gente descobriu na mesma assembleia. A produção da fábrica tinha caído 40 por cento naquele primeiro semestre, e então concluiu-se que alguém não tinha usado toda a sua "capacidade". Quem? Como descobrir? A "família" também decidia isso no voto. Escolhiam no voto quais eram os melhores trabalhadores, e esses eram condenados a trabalhar mais, fazer hora extra todas as noites durante os seis meses seguintes. E sem ganhar nada a mais, porque a gente ganhava não por tempo nem por trabalho, e sim conforme a necessidade. Será que preciso explicar o que aconteceu depois disso? Explicar que tipo de criaturas nós fomos virando, nós que antes éramos seres humanos? Começamos a esconder toda a nossa capacidade, trabalhar mais devagar, ficar de olho para ter certeza de que a gente não trabalhava mais depressa nem melhor do que o colega ao nosso lado. Tinha que ser assim, pois a gente sabia que quem desse o melhor de si para a "família" não ganhava elogio nem recompensa, mas castigo. Sabíamos que para cada imbecil que estragasse um motor e desse um prejuízo para a fábrica – ou por desleixo, porque não tinha nenhum motivo para caprichar, ou por pura incompetência –, quem ia ter que pagar era a gente, trabalhando de noite e no domingo. Por isso, a gente se esforçava o máximo para ser o pior possível. Tinha um garoto que começou todo empolgado com o nobre ideal, um garoto muito vivo, sem instrução, mas um crânio. No primeiro ano ele inventou um processo que economizava milhares de homens-horas. Deu de mão beijada a descoberta dele para a "família", não pediu nada em troca, nem podia, mas não se incomodava com isso. "Era tudo pelo ideal", dizia ele. Mas, quando foi eleito um dos mais capazes e condenado a trabalhar de noite, ele fechou a boca e o cérebro. No ano seguinte, é claro, não teve nenhuma ideia brilhante. A vida inteira nos ensinaram que os lucros e a competição tinham um efeito nefasto, que era terrível um competir com o outro para ver quem era melhor, não é?

– É verdade, muitos acham que essa competição é algo nefasto – comentou Dagny.

– Pois deviam ver o que acontecia quando um competia com o outro para ver quem era pior. Não há maneira melhor de destruir um homem do que obrigá-lo a tentar *não* fazer o melhor de que é capaz, a se esforçar por fazer o pior possível dia após dia. Isso mata mais depressa do que a bebida, a vadiagem, a vida de crime. Mas para nós a única saída era fingir incompetência. A única acusação que temíamos era a de que tínhamos capacidade. A capacidade era como uma hipoteca que nunca se termina de pagar. E trabalhar para quê? A gente sabia que o mínimo para a sobrevivência era dado a todo mundo, quer trabalhasse, quer não, a chamada "ajuda de custo para moradia e alimentação", e mais do que isso não se tinha como ganhar, por mais que se esforçasse. Não se podia ter certeza de que seria possível comprar uma muda de roupas no ano seguinte – a senhora podia ou não ganhar uma "ajuda de custo para vestimentas", dependendo de quantas pessoas quebrassem a perna, precisassem ser operadas ou tivessem mais filhos. E, se não havia dinheiro para todo mundo comprar roupas, então a senhora também ficava sem roupa nova. Havia um homem que tinha passado a vida toda trabalhando até não poder mais porque queria que seu filho fizesse faculdade. Pois bem, o garoto terminou o ensino médio no segundo ano de vigência do plano, mas a "família" não quis dar ao homem uma "ajuda de custo" para pagar a faculdade do filho. Disseram que o filho só ia poder entrar para a faculdade quando houvesse dinheiro para os filhos de todos entrarem para a faculdade – e, para isso, era preciso primeiro pagar o ensino médio dos filhos de todos, e não havia dinheiro nem para isso. O homem morreu no ano seguinte, numa briga de faca num bar, uma briga sem motivo. Brigas desse tipo se tornaram cada vez mais comuns entre nós. Havia um sujeito mais velho, um viúvo sem família, que tinha um hobby: colecionar discos. Acho que era a única coisa de que ele gostava na vida. Antes, ele costumava ficar sem almoçar para ter dinheiro para comprar mais um disco clássico. Pois não lhe deram nenhuma "ajuda de custo" para comprar discos – disseram que aquilo era um "luxo pessoal". Mas, naquela mesma assembleia, votaram a favor de dar para uma tal de Millie Bush, filha de alguém, uma garotinha de 8 anos feia e má, um aparelho de ouro para corrigir seus dentes – isso era uma "necessidade médica", porque o psicólogo da empresa disse que a coitadinha ia ficar com complexo de inferioridade se seus dentes não fossem endireitados. O velho que gostava de música passou a beber. Chegou a um ponto em que nunca mais era visto sóbrio. Mas parece que uma coisa ele nunca esqueceu. Uma noite, ele vinha cambaleando pela rua quando viu a tal da Millie Bush, então lhe deu um soco que quebrou todos os dentes da menina. Todos.

Atônita, Dagny ouvia o homem cuja expulsão do trem ela havia impedido.

– A bebida, naturalmente, era a solução para a qual todos nós apelávamos, uns mais, outros menos. Não me pergunte onde é que achávamos dinheiro para isso.

Quando todos os prazeres decentes são proibidos, sempre se dá um jeito de gozar os prazeres que não prestam. Ninguém arromba mercearias à noite nem rouba o colega para comprar discos clássicos nem caniços de pesca, mas, se é para tomar um porre e esquecer, faz-se de tudo. Caniços de pesca? Armas para caçar? Máquinas fotográficas? Hobbies? Não havia "ajuda de custo de entretenimento" para ninguém. O lazer foi a primeira coisa que cortaram. Pois a gente não deve ter vergonha de reclamar quando alguém pede para abrirmos mão de uma coisa que nos dá prazer? Até mesmo a nossa "ajuda de custo de fumo" foi racionada a ponto de só recebermos dois maços de cigarro por mês – e isso, diziam eles, porque o dinheiro estava indo para o fundo do leite dos bebês. Os bebês eram o único produto que havia em quantidades cada vez maiores – porque as pessoas não tinham outra coisa para fazer, imagino, e porque não tinham que se preocupar com os gastos da criação dos bebês, já que eram uma responsabilidade da "família". Aliás, a melhor maneira de conseguir um aumento e poder ficar mais folgado por uns tempos era ganhar uma "ajuda de custo para bebês" – ou isso ou arranjar uma doença séria.

– E como vocês faziam para sobreviver assim? – quis saber Dagny.

– Bom, não demorou muito para a gente entender como a coisa funcionava. Todo aquele que resolvia agir certinho tinha que se abster de tudo. Tinha que perder toda a vontade de gozar qualquer prazer, não gostar de fumar um cigarro nem mascar um chiclete, porque alguém podia ter uma necessidade maior do dinheiro gasto naquele cigarro ou chiclete. Sentia vergonha cada vez que engolia uma garfada de comida, pensando em quem tinha tido que trabalhar de noite para pagar aquela garfada, sabendo que o alimento que comia não era seu por direito, sentindo a vontade infame de ser trapaceado ao invés de trapacear, de ser um pato, não um sanguessuga. Não podia ajudar os pais, para não colocar um fardo mais pesado sobre os ombros da "família". Além disso, se ele tivesse um mínimo de senso de responsabilidade, não podia se casar nem ter filhos, pois não podia planejar nada, prometer nada, contar com nada. Mas os indolentes e irresponsáveis se deram bem. Arranjaram filhos, seduziram moças, trouxeram todos os parentes imprestáveis que tinham, todas as irmãs solteiras grávidas, para receber uma "ajuda de custo de doença", inventaram todas as doenças possíveis, sem que os médicos pudessem provar a fraude, estragaram suas roupas, seus móveis, suas casas – pois não era a "família" que estava pagando? Descobriram muito mais "necessidades" do que os outros, desenvolvendo um talento especial para isso, a única capacidade que demonstraram. Deus me livre!

O fôlego dele para contar um passado não tão distante parecia não terminar, então ele prosseguiu, sem tirar os olhos de Dagny:

– A senhora entende? Compreendemos que nos tinham dado uma lei, uma lei *moral*, segundo eles, que punia quem a observava – pelo fato de a observar. Quanto mais a senhora tentava seguir essa lei, mais sofria; quanto mais a violava, mais lucrava. A sua honestidade era como um instrumento nas mãos da desonestidade do próximo.

Os honestos pagavam, e os desonestos lucravam. Os honestos perdiam, os desonestos ganhavam. Com esse tipo de padrão do que é certo e errado, por quanto tempo os homens poderiam permanecer honestos? No começo, éramos pessoas bem honestas, e só havia uns poucos aproveitadores. Éramos competentes, nos orgulhávamos do nosso trabalho e éramos funcionários da melhor fábrica do país, para a qual o velho Starnes só contratava a nata dos trabalhadores. Um ano depois da implantação do plano, não havia mais nenhum homem honesto entre nós. Era *isso* o mal, o horror infernal que os pregadores usavam para assustar os fiéis, mas que a gente nunca imaginava ver em vida. A questão não foi que o plano estimulasse uns poucos corruptos, e sim que ele corrompia pessoas honestas, e o efeito não podia ser outro – e era isso que chamavam de ideia moral! Queriam que trabalhássemos em nome de quê? Do amor por nossos irmãos? Que irmãos? Os parasitas, os sanguessugas que víamos ao redor? E se eles eram desonestos ou se eram incompetentes, se não tinham vontade ou não tinham capacidade de trabalhar – que diferença fazia para nós? Se estávamos presos para o restante da vida àquele nível de incompetência, fosse verdadeiro ou fingido, por quanto tempo nos daríamos ao trabalho de seguir em frente?

Dagny o encarava sem dizer uma palavra enquanto ele falava o que lhe vinha à mente.

– Não tínhamos como saber qual era a verdadeira capacidade deles, não tínhamos como controlar suas necessidades, só sabíamos que éramos burros de carga lutando às cegas num lugar que era meio hospital, meio curral – um lugar onde só se incentivavam a incompetência, as catástrofes, as doenças –, burros de carga que só serviam às necessidades que os outros afirmavam ter. Amor fraternal? Foi então que aprendemos, pela primeira vez na vida, a odiar nossos irmãos. Começamos a odiá-los por cada refeição que faziam, cada pequeno prazer que gozavam, a camisa nova de um, o chapéu da esposa de outro, o passeio que um dava com a família, a reforma que o outro fazia na casa – tudo aquilo era tirado de nós, era pago pelas nossas privações, nossas renúncias, nossa fome. Um começou a espionar o outro, cada um tentando flagrar o outro em alguma mentira sobre suas necessidades, com o intuito de cortar sua "ajuda de custo" na assembleia seguinte. Começaram a surgir delatores, que descobriam que alguém tinha comprado às escondidas um peru para a família num domingo qualquer, provavelmente com dinheiro que ganhara no jogo. Começamos a nos meter um na vida do outro. Provocávamos brigas de família, para conseguir que os parentes de alguém saíssem da lista de beneficiados. Toda vez que víamos algum homem começando a namorar uma moça, tornávamos a vida dele um inferno. Fizemos muitos noivados se romperem. Não queríamos que ninguém se casasse, não queríamos mais dependentes para alimentar. Antes, comemorávamos quando alguém tinha filho, todo mundo contribuía para ajudar a pagar a conta do hospital, quando os pais estavam sem dinheiro. Nessa época, quando nascia uma criança, ficávamos semanas sem falar com os pais. Para nós, os bebês eram o que os gafanhotos são para os fazendeiros: uma praga. Antes, ajudávamos quem tinha doente na família. Depois...

Ele notou a curiosidade no rosto de Dagny e prosseguiu antes que ela perguntasse o que tinha acontecido:

– Bom, vou contar apenas um caso para a senhora. Era a mãe de um homem que trabalhava conosco havia 15 anos, uma senhora simpática, alegre e sábia, conhecia todos nós pelo primeiro nome, todos nós gostávamos dela antes. Um dia ela escorregou na escada do porão, caiu e quebrou a bacia. Nós sabíamos o que isso representava para uma pessoa daquela idade. O médico disse que ela teria que ser internada, para fazer um tratamento caro e demorado. A velha morreu na véspera do dia em que ia ser levada para o hospital. Ninguém nunca explicou a causa da morte dela. Não, não sei se foi assassinato. Ninguém disse isso. Não se comentava nada sobre o assunto. A única coisa que sei – e disso nunca vou me esquecer – é que eu também, quando dei por mim, estava rezando para que ela morresse. Que Deus nos perdoe! Eram essas a fraternidade, a segurança, a abundância que nos haviam prometido com a adoção do plano.

– Havia alguma razão para alguém pregar esse horror? Alguém lucrava com isso? – perguntou Dagny.

– Havia, sim: os herdeiros de Starnes. Espero que a senhora não vá me dizer que eles tinham sacrificado uma fortuna para nos dar a fábrica de presente. Nós também caímos nessa. É, é verdade que eles deram a fábrica. Mas lucro, madame, depende do que a pessoa quer. E o que os herdeiros de Starnes queriam, não havia dinheiro neste mundo que pudesse comprar. O dinheiro é uma coisa limpa e inocente demais para isso. Eric Starnes, o mais moço, era um frouxo que não tinha peito para ser nada. Conseguiu ser eleito diretor do nosso departamento de relações públicas. Não fazia nada e tinha à sua disposição uma equipe que também não fazia nada, por isso ele nem se dava ao trabalho de aparecer no escritório. O salário que ele recebia... não, "salário" não é o nome apropriado, ninguém recebia salário, mas esmolas. As esmolas que lhe cabiam eram bastante modestas, umas 10 vezes o que eu ganhava, mas não chegavam a ser uma fortuna. Eric não ligava para dinheiro, não sabia o que fazer com ele. Vivia andando com a gente, para mostrar como era simpático e democrático. Pelo visto, queria que gostassem dele. Fazia questão de nos lembrar o tempo todo que ele nos tinha dado a fábrica. Gerald Starnes era nosso diretor de produção. Nunca descobrimos que fatia ele levava – a esmola dele. Só mesmo uma equipe de contadores para calcular isso, e uma equipe de engenheiros para entender todas as manobras que levavam o dinheiro até sua sala, fosse de maneira direta ou indireta. Supostamente, nem um tostão era para ele – era tudo para despesas da companhia. Gerald tinha três carros, cinco telefones e dava festas regadas a champanhe e caviar, eventos mais extravagantes do que qualquer contribuinte milionário seria capaz de financiar. Gastou mais dinheiro em um ano do que o que seu pai tinha conseguido lucrar nos seus últimos dois anos de vida. Na sala dele vimos uma pilha de revistas de 50 quilos – 50 quilos mesmo, a gente pesou – só com matérias sobre a fábrica e nosso nobre plano, cheias de fotos dele, dizendo que ele era um grande líder social. Gerald gostava de visitar a fábrica à noite, vestindo smoking, com abotoaduras com brilhantes enormes, espalhando cinza de charuto por toda parte. Já é ruim um sujeito cuja única coisa que tem para exibir é seu dinheiro, só que ele assume que o dinheiro é dele, e a senhora pode ou não achar isso bonito – a maioria não acha, aliás. Mas quando um cachorro como Gerald Starnes vive dizendo que não liga para a riqueza material, que está apenas servindo à "família", que todo aquele luxo não é para ele, mas para o nosso bem e o bem comum, porque é necessário para preservar o prestígio da empresa e do nobre plano perante o público, aí a senhora odeia o sujeito como nunca odiou um ser humano.

Dagny lançou um olhar curioso para ele ao perceber que havia ainda mais coisas por saber.

– No entanto, a irmã dele, Ivy, era ainda pior. Não ligava mesmo para a riqueza material. A esmola que ela recebia não era maior do que a nossa, e ela andava com uns sapatos sem salto surrados e umas blusas simples, só para mostrar como não pensava em si mesma. Era nossa diretora de distribuição. Era ela a encarregada das nossas necessidades, quem nos prendia pela garganta. É claro que a distribuição era oficialmente decidida na base da votação, de acordo com a voz do povo. Mas quando o povo em questão são 6 mil pessoas berrando ao mesmo tempo, sem nenhum princípio, nenhuma lógica, quando o jogo não tem regras e cada um pode pedir qualquer coisa, mas não tem direito a nada, quando todo mundo tem poder sobre a vida de todo mundo, menos sobre a sua própria, então acaba sempre acontecendo que a voz do povo é a voz de um só – no caso, Ivy Starnes. No fim do segundo ano, acabamos com aquele fingimento de "reunião familiar" – em nome da "eficiência de produção" e da "economia de tempo", já que cada assembleia durava 10 dias e todas as petições de necessidade eram simplesmente enviadas à sala da Srta. Starnes. Não, não eram bem enviadas. Tinham que ser recitadas perante ela pessoalmente por *cada um*. Então ela elaborava uma lista de distribuição, que lia para nós para depois receber nosso voto de aprovação, numa assembleia que levava 45 minutos. Sempre aprovávamos a lista. Constava da pauta um período de 10 minutos para discussão e objeções. Não fazíamos nenhuma objeção. Àquela altura, já sabíamos que não valia a pena. Ninguém pode dividir a renda de uma fábrica entre milhares de pessoas sem ter algum critério para avaliar o valor individual de *cada um*. O critério dela era a bajulação. E, apesar de toda a sua imagem de desprendimento, ela falava com nossos colegas mais habilitados e com suas esposas de um jeito que o pai dela, com todo o seu dinheiro, não poderia jamais ter usado para se dirigir ao último dos contínuos impunemente. A Srta. Starnes tinha uns olhos descorados que pareciam olhos de peixe: frios e mortos. E, se a senhora algum dia quiser ver o mal em seu estado mais puro, é só ver o jeito como os olhos dela brilhavam quando olhava para algum homem que uma vez tivesse levantado a voz para ela no momento em que ele ouvia seu nome na lista de quem não ia receber nada além da cota mínima.

– Estou impressionada – comentou Dagny.

– Bem, quando a gente via isso, entendia qual era a motivação verdadeira de todo mundo que já pregou o princípio "de cada um conforme sua capacidade, a cada um conforme sua necessidade". Era esse o segredo da coisa. De início, eu não entendia como é que os homens instruídos, cultos e famosos do mundo podiam cometer um erro como esse e pregar que esse tipo de abominação era direito quando bastavam cinco minutos de reflexão para verem o que aconteceria quando alguém tentasse pôr em prática essa ideia. Agora sei que eles não defendiam isso por erro. Ninguém comete um erro desse tamanho inocentemente. Quando os homens defendem alguma loucura malévola, quando não têm como fazer essa ideia funcionar na prática e não têm um motivo que possa explicar sua escolha, então é porque não querem revelar o verdadeiro motivo. E nós também não éramos tão inocentes assim, quando votamos a favor daquele plano na primeira assembleia. Não fizemos isso só porque acreditávamos naquelas besteiradas que eles vomitavam. Nós tínhamos outro motivo, mas as besteiradas nos ajudavam a escondê-lo dos outros e de nós mesmos, nos ofereciam uma oportunidade de dar a impressão de que era virtude algo que tínhamos vergonha de assumir. Cada um que aprovou o plano achava que, num sistema assim, conseguiria faturar em cima dos lucros dos homens mais capazes. Cada um, por mais rico e inteligente que fosse, achava que havia alguém mais rico e mais inteligente e que esse plano lhe daria acesso a uma fatia da riqueza e da inteligência dos que eram melhores do que ele. Mas, enquanto ele pensava que ia ganhar aquilo que não merecia e que cabia aos que lhe eram superiores, ele esquecia os homens que lhe eram inferiores e que também iam ganhar aquilo que não mereciam. Ele esquecia os inferiores que iam querer roubá-lo tanto quanto ele queria roubar seus superiores. O trabalhador que gostava de pensar que suas necessidades lhe davam o direito de ter uma limusine igual à do patrão se esquecia de que todo vagabundo e mendigo do mundo viria gritando que as necessidades deles lhes davam o direito de ter uma geladeira igual à do trabalhador. Era *esse* o nosso motivo para aprovar o plano, na verdade, mas não gostávamos de pensar nisso. E então, quanto mais a ideia nos desagradava, mais alto gritávamos que éramos a favor do bem comum. Bem, tivemos o que merecíamos. Quando vimos o que tínhamos pedido, era tarde demais. Havíamos caído numa armadilha e não tínhamos para onde ir. Os melhores de nós saíram da fábrica na primeira semana de vigência do plano. Perdemos nossos melhores engenheiros, superintendentes, chefes, os trabalhadores mais qualificados. Quem tem amor-próprio não se deixa transformar em vaca leiteira para ser ordenhada pelos outros. Alguns sujeitos capacitados tentaram seguir em frente, mas não conseguiram aguentar muito tempo. A gente estava sempre perdendo os melhores, que viviam fugindo da fábrica como o diabo da cruz, até que só restavam os homens necessitados, sem mais nenhum dos capacitados. E os poucos que ainda valiam alguma coisa eram aqueles que já estavam lá havia muito tempo.

– Sim, isso faz sentido – concordou Dagny.

– Antigamente, ninguém pedia demissão da Século XX, e a gente não conseguia se convencer de que a companhia não existia mais. Depois de algum tempo, não podíamos mais pedir demissão porque nenhum outro empregador nos aceitaria – aliás, com razão. Ninguém queria ter qualquer tipo de relacionamento conosco, nenhuma pessoa nem firma respeitável. Todas as pequenas lojas com as quais negociávamos começaram a sair de Starnesville depressa, e no fim só restavam bares, cassinos e salafrários que nos vendiam porcarias a preços exorbitantes. As esmolas que recebíamos eram cada vez menores, mas o custo de vida subia. A lista dos necessitados da fábrica não parava de aumentar, mas a quantidade de fregueses diminuía. Havia cada vez menos renda para dividir entre cada vez mais pessoas. Antes, dizia-se que a marca da Século XX era tão confiável quanto a de quilates num lingote de ouro. Não sei o que pensavam os herdeiros do velho Starnes, se é que pensavam alguma coisa, mas imagino que, como todos os planejadores sociais e selvagens, eles achavam que essa marca era um selo mágico que tinha um poder sobrenatural que os manteria ricos, tal como enriquecera seu pai. Mas quando nossos fregueses começaram a perceber que nunca conseguíamos entregar uma encomenda dentro do prazo, nem produzir um motor que não tivesse algum defeito, o selo mágico passou a ter o valor oposto: as pessoas não queriam um motor, nem se ele fosse dado, se ostentasse o selo da Século XX. E no fim nossos fregueses eram todos do tipo que nunca pagam o que devem e nunca têm nem mesmo intenção de pagar.

Dagny estava cada vez mais surpresa com tudo o que o vagabundo lhe dizia e não tirava os olhos dele.

– No entanto, Gerald Starnes, dopado por sua própria publicidade, ficava todo empertigado, com ar de superioridade moral, exigindo que os empresários comprassem nossos motores, não porque fossem bons, mas porque tínhamos muita *necessidade* de encomendas. Àquela altura, qualquer imbecil já podia ver o que gerações de professores não haviam conseguido enxergar. De que adiantaria nossa necessidade, para uma usina, quando os geradores paravam porque nossos motores não funcionavam direito? De que ela adiantaria para um paciente sendo operado, quando faltasse luz no hospital? De que adiantaria para os passageiros de um avião, quando as turbinas pifassem em pleno voo? E se eles comprassem nossos produtos não por causa de seu valor, mas por causa de nossa necessidade, isso seria correto, bom, moralmente certo para o dono daquela usina, o cirurgião daquele hospital, o fabricante daquele avião? Pois era essa a lei moral que os professores, líderes e pensadores queriam estabelecer no mundo inteiro. Se era esse o resultado quando ela era aplicada numa única cidadezinha onde todos se conheciam, a senhora pode imaginar o que aconteceria em escala mundial? Pode imaginar o que aconteceria se a senhora tivesse de viver e trabalhar afetada por todos os desastres e toda a malandragem do mundo? Trabalhar – e, quando alguém cometesse um erro em algum lugar, a senhora é que teria de pagar. Trabalhar – sem jamais ter perspectivas de melhorar de vida, sendo que suas refeições, suas roupas, sua casa e seu prazer estariam à mercê de qualquer trapaça, de qualquer problema de fome ou de peste em qualquer parte do mundo. Trabalhar, sem nenhuma perspectiva de ganhar uma ração extra enquanto os cambojanos não tivessem sido alimentados e os patagônios não tivessem todos feito faculdade. Trabalhar, tendo cada criatura no mundo um cheque em branco na mão, gente que a senhora nunca vai conhecer, cujas necessidades a senhora jamais vai saber quais são, cuja capacidade, preguiça, desleixo e desonestidade são coisas de que a senhora jamais vai ter ciência nem terá o direito de questionar – enquanto as Ivys e os Geralds da vida resolvem quem vai consumir o esforço, os sonhos e os dias da sua vida. E é *essa* a lei moral que se deve aceitar? *Isso* é um ideal moral?

Diante do semblante atônito de Dagny, ele concluiu:

– Olhe, nós tentamos – e aprendemos. Nossa agonia durou quatro anos, da primeira assembleia à última, e acabou da única maneira que podia acabar: com a falência da companhia. Na nossa última assembleia, foi Ivy Starnes que tentou manter as aparências. Fez um discurso curto, vil e insolente dizendo que o plano havia fracassado porque o restante do país não aceitara que uma única comunidade poderia ter sucesso no meio de um mundo egoísta e ganancioso, e que o plano era um ideal nobre, mas que a natureza humana não era suficientemente boa para que ele desse certo. Um rapaz – o mesmo que fora punido por dar uma boa ideia no primeiro ano – se levantou, enquanto todos os outros permaneciam calados, e se dirigiu até Ivy, que estava no tablado. Sem dizer nada, ele cuspiu na cara dela. Foi assim que acabaram o nobre plano e a Século XX.

O homem falara como se o fardo de seus anos de silêncio de repente houvesse escapado a seu controle. Dagny sabia que era essa a homenagem que ele lhe prestava: ele não demonstrara nenhuma reação à sua bondade, parecera entorpecido para todos os valores e as esperanças humanas, mas algo dentro de si fora tocado, e sua reação era essa confissão, esse longo e desesperado grito de rebelião contra a injustiça, contido há anos, porém libertado na primeira vez que ele encontrara uma pessoa em cuja presença um apelo como esse não seria perda de tempo. Era como se a vida a que ele estivera prestes a renunciar lhe tivesse sido restituída pelas duas coisas essenciais de que necessitava: a comida e a presença de um ser humano racional.

– Mas e John Galt? – perguntou ela.

– Ah... – disse ele, lembrando-se. – Ah, sim...

– Você ia me explicar por que as pessoas começaram a dizer isso.

– É... – Seu olhar estava perdido na distância, como se visse algo que vinha examinando havia anos, porém que jamais mudara, jamais fora explicado: em seu rosto existia uma expressão estranha e indagadora de terror.

– Você ia me dizer quem era o John Galt a quem as pessoas se referem, se é que já houve alguém com esse nome.

– Espero que não, minha senhora. Quer dizer, espero que seja apenas uma coincidência, uma frase sem sentido.

– Você estava pensando em alguma coisa. O que era?

– Foi... foi uma coisa que aconteceu na primeira assembleia da Século XX. Talvez tenha a ver com isso, talvez não, não sei... A deliberação foi numa noite de primavera, há 12 anos. Os 6 mil funcionários, nós todos, estávamos amontoados numa arquibancada que ia até o teto, construída no maior galpão da fábrica. Tínhamos acabado de aprovar o plano e estávamos meio irritadiços, fazendo muito barulho, dando vivas à vitória do povo, ameaçando inimigos invisíveis e nos preparando para a luta, como valentões de consciência pesada. As luzes brancas dos arcos voltaicos nos iluminavam e estávamos desconfiados e agressivos. Éramos uma multidão perigosa naquele momento. Gerald Starnes, que presidia à assembleia, batia seu martelo sem parar, pedindo ordem, e fomos nos acalmando um pouco, mas não muito. Era como se todos nós nos sacudíssemos como água numa panela que alguém está agitando. "Este é um momento crucial na história da humanidade", gritou Gerald no meio da barulhada. "Lembrem-se de que nenhum de nós agora pode sair desta fábrica, pois cada um pertence a todos por força da lei moral que aceitamos!" Foi quando um homem, se levantando, disse: "Eu, não." Era um jovem engenheiro. Ninguém o conhecia bem, era uma pessoa reservada. Quando ele se levantou, fez-se um silêncio mortal de repente. Era pela maneira como ele mantinha a cabeça erguida. Era um homem alto e magro – lembro que pensei que dois homens quaisquer naquela assembleia poderiam quebrar seu pescoço sem muita dificuldade –, mas o que todos nós sentíamos era medo. Ele tinha a postura do homem que sabe que está com a razão. "Vou acabar com isso de uma vez por todas", disse. Sua voz era muito nítida e não exprimia qualquer sentimento. Só disse isso e começou a andar em direção à saída. Atravessou todo o galpão, à luz branca dos arcos, sem olhar para ninguém. Ninguém tentou detê-lo. Gerald de repente lhe perguntou: "Como?" Ele se virou e respondeu: "Vou parar o motor do mundo." E então saiu. Nunca mais voltamos a vê-lo.

Dagny mal piscava ao observá-lo falar sobre o episódio.

– Porém anos depois, quando vimos as luzes se apagarem uma por uma, nas grandes fábricas antes tão sólidas quanto montanhas, há gerações; quando vimos os portões se fecharem e as correias transportadoras pararem; quando vimos as estradas se esvaziarem e os carros desaparecerem; quando começamos a achar que alguma força silenciosa estava parando os geradores do planeta e todo o mundo estava silenciosamente se despedaçando, como um corpo que perde o espírito – então começamos a fazer perguntas sobre ele. Começamos a perguntar um ao outro, a perguntar a quem o ouvira falar. Começamos a achar que ele tinha cumprido a promessa, que ele, que vira a verdade e conhecia a verdade que nós nos recusávamos a admitir, era a retribuição que merecêramos, o vingador, o justiceiro que havíamos desafiado. Começamos a achar que ele nos havia amaldiçoado e que não tínhamos como escapar de seu veredicto, não tínhamos como escapar dele – e o que era mais terrível era que ele não nos estava perseguindo, e sim éramos nós que de repente estávamos procurando por ele, e ele havia simplesmente desaparecido sem deixar vestígio. Não encontramos nenhuma resposta. Ficávamos intrigados com que espécie de poder impossível lhe permitira fazer o que ele tinha prometido fazer. Não havia resposta a essa pergunta. Começamos a pensar nele sempre que víamos mais alguma coisa desmoronar, algo que ninguém explicava, sempre que sofríamos mais uma derrota, sempre que perdíamos mais uma esperança, sempre que nos sentíamos presos nessa neblina morta e cinzenta que está descendo sobre o mundo todo. Talvez as pessoas nos tenham ouvido gritar essa pergunta e, embora não entendessem o que queríamos dizer, compreendessem perfeitamente por que a fizéramos. Elas também achavam que alguma coisa havia desaparecido do mundo. Talvez tenha sido por isso que começaram a fazer essa indagação, sempre que acreditavam não haver mais esperanças. Espero que eu esteja enganado que essas palavras não tenham nenhum sentido, que não haja uma intenção consciente, nenhum vingador, por trás do crepúsculo da espécie humana. Mas, quando ouço as pessoas repetindo essa pergunta, tenho medo. Penso no homem que disse que ia parar o motor do mundo. O nome dele era John Galt.

◆◆◆

Dagny acordou, porque o ruído das rodas do trem havia se modificado. Agora era um ritmo irregular, com rangidos súbitos e estalidos curtos e agudos, como um riso histérico, ao mesmo tempo que o vagão se sacudia como se estivesse estrebuchando. Sem mesmo precisar consultar o relógio, percebeu que estavam agora na linha da Ocidental de Kansas e que o trem havia entrado no longo desvio que começava em Kirby, Nebraska.

O trem estava ocupado apenas pela metade – pouca gente se aventurara a atravessar o continente no Cometa desde o desastre do túnel. Dagny dera uma cabine para o vagabundo e depois ficara pensando no que ele dissera. Tentara pensar em todas as perguntas que queria lhe fazer no dia seguinte, porém constatara que sua mente estava congelada e muda, como um espectador incapaz de funcionar, que só consegue olhar para o que está à sua frente. Tinha a impressão de que ele sabia o que significava aquilo, sem precisar fazer quaisquer perguntas, e que tinha de fugir daquilo. Fugir – era essa a palavra que latejava insistentemente em sua cabeça, como se a fuga fosse um fim em si, crucial, absoluto e fadado ao fracasso.

Durante seu sono frágil, o ruído das rodas disputara, com sua tensão cada vez maior, o controle de sua mente. A toda hora ela acordava, sentindo um pânico inexplicável, levantando-se de repente no escuro, pensando, sem entender: *O que foi?* E depois se tranquilizando com a observação: *Estamos seguindo em frente, fugindo...*

A pista da Ocidental de Kansas se encontra em pior estado do que eu imaginei, pensou Dagny, ouvindo o ruído das rodas. O trem agora a estava levando para um lugar a centenas de quilômetros de Utah. Ela sentiu uma vontade desesperada de saltar na linha principal, abandonar todos os problemas da Taggart Transcontinental, pegar um avião e voar direto para junto de Quentin Daniels. Só com muito esforço pôde permanecer sentada.

Deitada no escuro, ouvindo as rodas do trem, pensava apenas em Daniels com o motor, que ainda restava como uma luz na escuridão à sua frente, impelindo-a para lá. De que lhe adiantaria o motor agora? Ela não sabia responder a essa pergunta. Por que tinha tanta certeza dessa necessidade desesperada de correr? Não tinha resposta. Encontrar Daniels a tempo – era esse o ultimato que a impelia para a frente. Agarrava-se a essa ideia, sem fazer perguntas. Sabia a resposta verdadeira, ainda que não formasse as palavras em sua mente: precisava daquele motor não para mover os trens, mas para manter a si própria em movimento.

Não ouvia mais as quartas batidas no meio daquela barulheira de metal, não ouvia mais os passos do inimigo contra quem disputava uma corrida. Escutava apenas a correria desesperada do pânico... *Vou chegar lá a tempo*, pensou, *vou chegar lá a tempo e vou salvar o motor. Eis um motor que ele não vai conseguir parar... ele não vai parar... não vai parar*, pensou ela, acordando subitamente com um solavanco, levantando a cabeça do travesseiro. As rodas haviam parado.

Por um momento, permaneceu imóvel, tentando apreender a estranha imobilidade ao seu redor. Era como a tentativa impossível de criar uma imagem sensorial da inexistência. Não havia nenhum atributo da realidade a ser percebido, nada além de sua ausência; não existia movimento, como se aquilo não fosse um trem, e sim um quarto num prédio. Não havia luz, como se aquilo não fosse nem um trem nem um quarto, e sim um espaço vazio, sem objetos; não havia nenhum sinal de violência nem de acidentes, como se fosse o estado em que não é mais possível a ocorrência de desastres.

No momento em que Dagny compreendeu a natureza daquela imobilidade, seu corpo se levantou de um salto, em um movimento único, imediato e violento como um grito de revolta. O rangido agudo da persiana da janela foi como uma navalhada cortando o silêncio, quando ela a levantou. Não via nada lá fora, apenas uma extensão vazia de planície. Um vento forte estava desfazendo as nuvens, e um raio de luar passava por entre elas, porém iluminava terras aparentemente tão mortas quanto as paisagens lunares.

Com um único gesto, ela acendeu a luz e chamou o cabineiro. Quando a cabine ficou toda iluminada, ela voltou ao mundo da razão. Olhou para o relógio: passavam alguns minutos da meia-noite. Olhou pela janela dos fundos e viu que a estrada de ferro desaparecia ao longe, e, à distância correta da traseira do último vagão, haviam sido colocadas no chão as luzes vermelhas regulamentares. Aquilo a tranquilizou.

Dagny tocou o botão e chamou o cabineiro outra vez. Esperou. Foi até a entrada do vagão, abriu a porta e se debruçou para fora, para ver o restante da composição. Algumas janelas estavam acesas ao longo do trem, porém não viu ninguém, nenhum sinal de atividade humana. Fechou a porta, voltou à sua cabine e começou a se vestir, com movimentos ao mesmo tempo calmos e rápidos.

O cabineiro não veio. Quando ela foi para o vagão seguinte, não sentia medo, nem incerteza, nem desespero, apenas a necessidade de agir.

Não havia nenhum cabineiro no vagão seguinte, nem no outro. Dagny percorreu os corredores estreitos sem encontrar ninguém. Mas algumas cabines estavam de porta aberta. Lá dentro, os passageiros estavam sentados, vestidos ou em trajes de dormir, silenciosos, como se esperassem. Viam-na passar com olhares estranhamente furtivos, como se soubessem o que ela procurava, como se estivessem esperando que viesse alguém para ver aquilo que eles não tinham se dado ao trabalho de ver. Ela seguia em frente, percorrendo a espinha dorsal de um trem morto, observando a curiosa combinação de cabines iluminadas, portas abertas e corredores desertos: ninguém havia se aventurado a saltar. Ninguém quisera fazer a primeira pergunta.

Atravessou correndo o único vagão de segunda classe da composição, onde alguns passageiros dormiam em posições desconfortáveis que indicavam extremo cansaço, enquanto outros, acordados e imóveis, caídos para a frente, pareciam animais esperando o golpe fatal, sem esboçar nenhum movimento de defesa.

Na plataforma do vagão de segunda classe, Dagny parou. Viu um homem que havia aberto a porta e estava debruçado para fora, tentando enxergar alguma coisa na escuridão, prestes a saltar. Reconheceu seu rosto: era Owen Kellogg, o homem que rejeitara o futuro que ela lhe oferecera uma vez.

– Kellogg! – exclamou ela, com um toque de riso em sua voz que era como um suspiro de alívio que se dá ao se ver um homem no deserto.

– Olá, Srta. Taggart – disse ele com um sorriso surpreso que exprimia uma mistura de prazer, incredulidade e saudade. – Não sabia que a senhora estava no trem.

– Vamos – disse ela, como se lhe desse uma ordem, como se ele ainda fosse funcionário da rede. – Acho que estamos num trem congelado.

– É – disse ele, e a seguiu obediente, disciplinado.

Não era necessário dar nenhuma explicação. Era como se, sem que sua compreensão mútua precisasse de palavras, estivessem atendendo ao imperativo do dever – e lhes parecia natural que, das centenas de pessoas no trem, fossem eles os companheiros de trabalho naquele momento de perigo.

– Faz alguma ideia de há quanto tempo estamos parados? – perguntou Dagny, enquanto atravessavam apressadamente o vagão seguinte.

– Não – disse ele. – Quando acordei, o trem já estava parado.

Foram até o primeiro vagão sem encontrar nenhum cabineiro, nenhum garçom no vagão-restaurante, nem guarda-freios nem chefe de trem. De vez em quando se entreolhavam, mas permaneciam em silêncio. Já conheciam as histórias dos trens abandonados, cujas tripulações desapareciam numa rebelião súbita contra a escravidão.

Saltaram do primeiro vagão. Não havia nada se movendo ao seu redor além do vento que roçava seus rostos, e rapidamente entraram na locomotiva. O farol estava aceso, projetando-se no vazio da noite como um braço acusador. Não havia ninguém na cabine.

O grito triunfal de Dagny foi sua reação ao choque que sentiu:

– E fizeram muito bem! São seres humanos!

Parou, consternada, como se tivesse ouvido outra pessoa gritar. Percebeu que Kellogg a observava com curiosidade, com um esboço de sorriso nos lábios.

Era uma velha locomotiva a vapor, a melhor que a rede pôde encontrar para o Cometa. O fogo ardia lentamente na caldeira. O vapor estava a baixa pressão, e através do grande para-brisa à sua frente viram, à luz do farol, uma estrada de ferro que devia estar sendo tragada pela locomotiva, mas que estava imóvel, com os dormentes contados e numerados, como os degraus de uma escada.

Dagny pegou o diário de bordo e olhou para os nomes dos tripulantes. O maquinista era Pat Logan.

Baixou a cabeça lentamente e fechou os olhos. Pensou na viagem inaugural em uma pista feita de um metal azul-esverdeado, uma viagem que Logan certamente tivera em mente – exatamente como ela a tinha agora – nas horas silenciosas de sua última viagem.

– Srta. Taggart? – chamou Kellogg em voz baixa. Ela levantou a cabeça de repente.

– Sim, sim... Bem – disse, com uma voz sem expressão, salvo a tonalidade metálica que exprime decisão –, temos que arranjar um telefone e chamar outros tripulantes. – Consultou o relógio. – À velocidade que estávamos indo, acho que estamos a uns 130 quilômetros da divisa de Oklahoma. Creio que a estação mais próxima daqui é a de Bradshaw. Devemos estar a uns 50 quilômetros de lá.

– Há algum trem da Taggart vindo atrás de nós?

– O próximo é o número 253, o trem de carga transcontinental, mas só vai chegar aqui por volta das sete da manhã, se não estiver atrasado, o que é o mais provável.

– Só *um* trem de carga daqui a sete horas? – Kellogg disse isso sem querer, com uma indignação que era fruto de sua lealdade para com a grande rede ferroviária em que ele se orgulhara de trabalhar.

Um leve sorriso se esboçou nos lábios de Dagny:

– Nosso tráfego transcontinental não é mais o que era no seu tempo.

Ele concordou com a cabeça, lentamente:

– Imagino que não deve estar vindo nenhum trem da Ocidental de Kansas, não é?

– Não sei, assim de cabeça, mas acho que não.

Kellogg olhou para os postes que margeavam a ferrovia.

– Espero que o pessoal da Ocidental de Kansas tenha mantido os telefones em funcionamento.

– Você quer dizer que, a julgar pelo estado em que está a ferrovia deles, é provável que os telefones não estejam funcionando. Mas temos que tentar.

– É.

Dagny se virou para andar, mas parou. Sabia que o comentário era inútil, porém as palavras lhe escaparam da boca sem querer.

– Sabe – disse ela –, o que mais dói é ver aqueles sinais luminosos que eles colocaram atrás do trem, para nos proteger. Eles... se preocuparam mais com as vidas de todos aqui do que o país se preocupou com eles.

Kellogg lhe dirigiu um olhar rápido, como se para enfatizar o que ela dissera, e respondeu, sério:

– É, Srta. Taggart.

Ao saltar da locomotiva, viram um grupo de passageiros parados ao lado dos trilhos e outros vultos saindo dos vagões para se juntarem a eles. Por algum instinto, os homens que antes estavam sentados nas cabines, esperando, tinham compreendido que alguém assumira a responsabilidade, e que agora não havia mais nenhum perigo em dar sinal de vida.

Todos olharam para ela com um ar questionador de expectativa quando Dagny se aproximou. A palidez exagerada do luar tinha o efeito de apagar as diferenças entre seus rostos e acentuar o que todos tinham em comum: uma expressão de avaliação cuidadosa – misto de medo e súplica – combinada com impertinência contida.

– Alguém gostaria de ser o porta-voz dos passageiros? – perguntou Dagny. Eles se entreolharam, mas ninguém disse nada.

– Muito bem – disse ela. – Vocês não precisam falar. Sou Dagny Taggart, vice-presidente de operações desta rede ferroviária, e... – um murmúrio agitou a multidão, como se de alívio – e quem vai falar sou eu. O trem foi abandonado pelos tripulantes. Não ocorreu nenhum acidente. A locomotiva está funcionando perfeitamente. É o que os jornais chamam de trem congelado. Todos vocês sabem o que isso quer dizer e também sabem por que isso acontece. Talvez vocês já soubessem os motivos muito antes que os homens que os abandonaram hoje os descobrissem. Mas isso agora em nada vai ajudar.

Uma mulher gritou de repente, com a petulância da histeria:

– O que vamos fazer?

Dagny parou e olhou para ela. A mulher estava intrometendo-se na multidão, para interpor alguns corpos humanos entre ela própria e aquele grande vazio, a planície que se estendia e se dissolvia em luar, a fosforescência morta daquela energia impotente, refletida. A mulher vestira um casaco por cima da camisola. O agasalho abria a toda hora, e sua barriga se projetava por baixo da camisola fina, daquele modo obsceno que pressupõe que toda autorrevelação humana é feia e que ao mesmo tempo não há esforço para reprimi-la. Por um momento, Dagny lamentou ter de prosseguir.

704

– Vou procurar um telefone – disse, com uma voz límpida e fria como o luar. – Há telefones de emergência a cada 10 quilômetros da linha. Vou mandar trazerem outra tripulação para cá. Isso vai levar algum tempo. Queiram permanecer em suas cabines e manter a ordem na medida do possível.

– E as quadrilhas de assaltantes? – perguntou a mulher, nervosa.

– É verdade – disse Dagny. – Preciso de alguém que me acompanhe. Quem gostaria de ir?

Não havia entendido o que a mulher quisera dizer. Ninguém respondeu à sua pergunta. Nenhum olhar se dirigia a ela, nem a outra pessoa qualquer. Não havia olhos ali, apenas ovais úmidas que brilhavam ao luar. *Lá estão eles*, pensou Dagny, *os homens da nova era, que exigem e recebem sacrifícios.* Percebeu que havia um toque de irritação naquele silêncio, como se estivessem lhe dizendo que tinha obrigação de evitar que eles passassem por momentos desagradáveis como aquele – e, com uma crueldade de que jamais fora capaz antes, Dagny permaneceu muda propositadamente.

Percebeu que Kellogg também esperava, só que ele não estava observando os passageiros, mas o rosto dela. Quando ele se certificou de que ninguém se ofereceria, disse, em voz baixa:

– Eu vou, Srta. Taggart, é claro.

– Obrigada.

– E nós? – perguntou a mulher nervosa.

Dagny se virou para ela e disse, com a voz formal e fria de um executivo:

– Não tem havido casos de saques a trens congelados... infelizmente.

– Onde estamos? – perguntou um homem corpulento com um sobretudo caro e um rosto pelancudo. Sua voz tinha o tom de quem se dirige a criados sem ter condições de fazê-lo. – Em que parte de qual estado?

– Não sei – respondeu ela.

– Quanto tempo vamos ficar aqui? – perguntou outro, no tom de um credor que aceita as condições de um devedor.

– Não sei.

– Quando vamos chegar a São Francisco? – perguntou ainda outro homem, como um policial se dirigindo a um suspeito.

– Não sei.

O ressentimento estava vindo à tona aos poucos, em pequenas explosões que pipocavam aqui e ali, como castanhas no fogo, nas mentes de pessoas que já se sentiam seguras porque alguém estava zelando por elas.

– Isso é um absurdo! – berrou uma mulher, avançando em direção a Dagny. – Você não tem o direito de deixar que isso aconteça! Não tenho a intenção de ficar esperando aqui neste fim de mundo! Exijo transporte!

– Cale a boca – disse Dagny –, senão eu tranco as portas do trem e deixo você de fora.

– Não pode fazer isso! Você trabalha numa empresa de transportes! Não tem o direito de me discriminar! Vou denunciá-la ao Conselho de Unificação!

– Só se eu lhe arranjar um trem para que possa chegar até o Conselho de Unificação – disse Dagny, virando-se para se afastar.

Viu que Kellogg olhava para ela com um olhar que enfatizava suas palavras.

– Arranje uma lanterna – disse ela – enquanto pego minha bolsa, e vamos indo.

Quando começaram a caminhada em busca de um telefone de emergência, passando pelos vagões silenciosos, viram outra figura descendo do trem e se aproximando apressadamente.

– Algum problema, madame? – perguntou ela, parando.

– Os tripulantes desertaram.

– Ah. O que se pode fazer?

– Vou procurar um telefone para ligar para a sede da divisão.

– A senhora não pode ir sozinha. Hoje em dia não se pode fazer isso. Melhor eu ir também.

Ela sorriu:

– Obrigada. O Sr. Kellogg vai comigo. Como é seu nome?

– Jeff Allen, minha senhora.

– Escute, Allen, já trabalhou numa ferrovia?

– Não, senhora.

– Pois está trabalhando numa ferrovia agora. Você é assistente de chefe de trem e vice-presidente de operações interino. Sua obrigação é tomar conta do trem na minha ausência, manter a ordem e impedir o estouro da boiada. Diga a eles que fui eu que o nomeei. Não precisa apresentar provas. Eles obedecem a qualquer um que souber impor autoridade.

– Sim, senhora – respondeu ele com firmeza, dirigindo a Dagny um olhar de quem tinha compreendido.

Dagny lembrou que dinheiro no bolso dá confiança, então pegou uma nota de 100 dólares na bolsa e a entregou ao homem.

– É um adiantamento de seu salário.

– Sim, senhora.

Quando ela já se afastava, Allen a chamou:

– Srta. Taggart!

Ela se virou:

– Sim?

– Obrigado – disse o homem.

Ela sorriu, com um gesto de despedida, e seguiu em frente.

– Quem é ele? – perguntou Kellogg.

– Um vagabundo que foi apanhado pegando carona no trem.

– Acho que ele vai dar conta do serviço.

– Vai, sim.

Andando em silêncio, passaram pela locomotiva e depois seguiram na direção apontada pelo farol. De início, pisando nos dormentes, com a luz violenta do farol lhes iluminando os passos, ainda lhes parecia estar em casa, no mundo normal das ferrovias. Depois Dagny se deu conta de que estava observando a luz do farol desaparecer aos poucos, tentando se pegar a ela e continuar a ver aquela luz cada vez mais débil, até se convencer de que o brilho pálido sobre os dormentes era só do luar. Não pôde conter o arrepio que a fez se virar para trás. O farol ainda estava lá, ao longe, como um planeta luminoso, dando a falsa impressão de que estava próximo, porém em outra órbita, outro sistema solar.

Kellogg andava a seu lado em silêncio, e ela sentia-se certa de que um sabia no que o outro estava pensando.

– Ele não conseguiria. Ah, de jeito nenhum! – disse Dagny de repente, sem perceber que havia pensado em voz alta.

– Quem?

– Nathaniel Taggart. Ele não conseguiria trabalhar com gente como aqueles passageiros. Não conseguiria aturá-los como funcionários nem como fregueses.

Kellogg sorriu:

– A senhorita quer dizer que ele não teria conseguido enriquecer explorando-os, Srta. Taggart?

Ela concordou com a cabeça.

– Eles... – começou ela, e Kellogg ouviu o leve tremor em sua voz, de amor, dor e indignação – eles vêm dizendo há anos que Nathaniel subiu tolhendo a capacidade dos outros, não lhes dando oportunidades, e que a competência humana era algo que ele usava em seu próprio interesse... Mas ele... não era obediência que ele exigia das pessoas.

– Srta. Taggart – disse Kellogg, com um estranho toque de severidade na voz –, não esqueça que ele representava um código de existência que, por um breve período da história da humanidade, aboliu do mundo a escravidão. Pense nisso quando sentir-se confusa com a natureza de seus inimigos.

– Já ouviu falar de uma mulher chamada Ivy Starnes?

– Ah, claro.

– Não consigo parar de pensar que ela teria gostado de assistir a essa cena, à cena daqueles passageiros. Era isso que ela queria. Mas nós, eu e você, não podemos conviver com isso, não é? Ninguém consegue. É impossível conviver com isso.

– O que a faz pensar que o objetivo de Ivy Starnes é a vida?

Em algum lugar, na periferia de sua mente, como os fiapos que ela vira ao longe na planície, que não eram raios de sol nem nuvens, Dagny sentiu a presença de uma forma que ela não conseguia assimilar, que era apenas sugerida, porém implorando para ser apreendida.

Dagny não disse nada, e – como elo após elo de uma corrente se desenrolando no silêncio – o ritmo de seus passos prosseguiu, um passo em cada dormente, marcado pelo baque seco dos saltos sobre a madeira.

Ela ainda não tivera tempo para ver na presença de Kellogg nada mais do que um ser competente, que providencialmente lhe aparecera naquela hora difícil. Agora o olhava com mais atenção. No rosto dele havia aquela expressão clara e dura que – ela se lembrava – tanto lhe agradava antigamente. Mas o rosto estava mais calmo, sereno, em paz. Suas roupas estavam muito gastas. Trajava uma velha jaqueta e, mesmo no escuro, ela percebia os pedaços gastos do couro.

– O que você tem feito desde que saiu da Taggart? – perguntou ela.

– Ah, muita coisa.

– Onde está trabalhando agora?

– Em tarefas especiais, mais ou menos.

– De que tipo?

– De todo tipo.

– Não está trabalhando em nenhuma ferrovia?

– Não.

A secura daquela negativa parecia transformá-la numa afirmação eloquente. Dagny sabia que ele entendia por que ela fazia aquelas perguntas.

– Kellogg, se eu lhe dissesse que não tenho mais nenhum funcionário de primeira na rede, se eu lhe oferecesse qualquer cargo, sob quaisquer condições, pelo salário que você quisesse, você aceitaria?

– Não.

– Você ficou chocado quando soube como nosso movimento está fraco. Acho que não faz ideia do efeito que a perda de pessoal teve na rede. Nem sei como lhe dizer a agonia que foi tentar encontrar gente capaz de construir nove quilômetros de pista temporária, três dias atrás. Tenho que construir 90 quilômetros de ferrovia nas montanhas Rochosas. Não vejo como, mas tenho que fazer isso. Vasculhei todo o país atrás de gente para empregar. Não achei ninguém. E, de repente, encontrei você aqui, num vagão de segunda, eu que daria metade da rede em troca de um funcionário como você... Entende por que não posso abrir mão de você? Peça o que quiser. Quer ser administrador-geral de uma região? Vice-presidente assistente de operações?

– Não.

– Você continua trabalhando para ganhar a vida, não é?

– Continuo.

– Não parece estar ganhando bem.

– O bastante para satisfazer minhas necessidades... e só as minhas.

– Por que você trabalha para qualquer firma, menos para a Taggart?

– Porque a senhorita não me daria o tipo de cargo que eu desejo.

– Eu?! – exclamou Dagny, parando. – Meu Deus, Kellogg! Será que você não entendeu? Eu lhe dou qualquer cargo que você quiser!

– Está bem. Guarda-linha.

– *O quê?*

– Turmeiro. Limpador de locomotivas. – Sorriu ao ver a expressão no rosto de Dagny. – Não? Está vendo? Bem que eu disse que a senhora não me dava.

– Quer dizer que aceitaria trabalho braçal?

– Se a senhora me oferecer.

– Mas nada melhor?

– Isso mesmo: nada melhor.

– Você não entende que eu tenho gente até de mais capaz de fazer essas coisas, mas ninguém que faça nada mais importante?

– Entendo, Srta. Taggart. E a senhorita, entende?

– O que eu preciso é da sua...

– ... inteligência, Srta. Taggart? Ela não está mais no mercado.

Dagny o olhava, parada, e seu rosto havia endurecido.

– Então você é um deles, não é? – perguntou, por fim.

– Eles quem?

Ela não respondeu, deu de ombros e seguiu em frente.

– Srta. Taggart – perguntou ele –, por quanto tempo a senhorita vai continuar trabalhando numa *companhia de transportes*?

– Não vou entregar o mundo à criatura que usou essa expressão que você está citando.

– A resposta que a senhorita deu a ela foi bem mais realista.

Caminharam em silêncio por muitos minutos até que ela perguntou:

– Por que você ficou do meu lado hoje? Por que me ajudou?

Ele respondeu com naturalidade, quase alegre:

– Porque nenhum dos passageiros daquele trem tem mais pressa de chegar a seu destino do que eu. Se esse trem seguir viagem, ninguém vai lucrar mais que eu. Mas, quando eu preciso de uma coisa, não fico parado dizendo que exijo transporte, como a tal criatura.

– Não? E se todos os trens pararem?

– Nesse caso, eu não deixaria para fazer de trem uma viagem de importância crucial.

– Aonde você está indo?

– Para o oeste.

– Uma "tarefa especial"?

– Não. Vou passar um mês de férias com uns amigos.

– Férias? E isso é importante para você?

– Mais do que qualquer outra coisa no mundo.

Haviam caminhado mais de três quilômetros quando chegaram a uma pequena caixa cinzenta num poste perto dos trilhos, o telefone de emergência. A caixa estava torta, desgastada pelo vento e pela chuva. Dagny a abriu. Lá dentro estava o telefone, um objeto familiar, que a tranquilizava, reluzente, à luz da lanterna de Kellogg. Mas no momento em que levou o fone ao ouvido ela percebeu – e Kellogg, quando viu o dedo de Dagny batendo com força no gancho, também percebeu – que não funcionava.

Dagny lhe entregou o fone sem dizer nada. Ela segurou a lanterna enquanto ele rapidamente retirava o aparelho da caixa e examinava os fios.

– O fio está bom – disse ele. – Está passando corrente. Só o aparelho é que está pifado. É possível que o próximo esteja funcionando. – E acrescentou: – O próximo fica a quase 10 quilômetros.

– Vamos – disse Dagny.

Ao longe, o farol da locomotiva ainda estava visível. Não era mais um planeta, e sim uma estrelinha piscando na névoa distante. Para a frente, os trilhos desapareciam no espaço azulado e indefinido.

Dagny se deu conta do número de vezes que havia olhado para trás, para ver aquele farol. Enquanto ele estava visível, era como uma corda salva-vidas que lhes garantisse a segurança. *Agora temos que parti-la e mergulhar para fora desse planeta*, pensou ela. Percebeu que também Kellogg estava olhando para o farol.

Entreolharam-se, mas não disseram nada. Dagny pisou num seixo, e o ruído foi como uma pequena bomba explodindo no silêncio. Com um gesto frio e intencional, Kellogg acertou um pontapé no telefone, que foi parar numa vala, e a violência do ruído despedaçou o silêncio.

– Desgraçado – disse ele, numa voz contida, sem gritar, com um ódio que ultrapassava qualquer demonstração de emoção. – Ele provavelmente não estava com vontade de trabalhar, e, como tinha *necessidade* de ganhar seu salário, ninguém tinha o direito de cobrar dele que mantivesse os telefones em funcionamento.

– Vamos – disse ela.

– Podemos descansar, se a senhorita estiver cansada, Srta. Taggart.

– Estou bem. Não temos tempo para ficar cansados.

– Esse é o nosso maior erro, Srta. Taggart. Temos que descansar, algum dia.

Dagny deu uma risadinha e pisou num dormente, enfatizando aquele passo como resposta. Então continuaram a caminhada.

Era difícil caminhar sobre os dormentes, mas, quando tentaram andar ao lado dos trilhos, viram que lá era ainda pior. O chão, uma mistura de areia com terra, afundava sob seus sapatos, como uma substância que não é nem líquida nem sólida, que se espalha para todos os lados. Voltaram a andar sobre os dormentes. Era quase como atravessar um rio pulando sobre troncos flutuantes.

Dagny pensou que distância terrível 10 quilômetros representavam agora e que uma sede de divisão a 50 quilômetros era agora uma meta inatingível – isso depois de uma época de ferrovias construídas por homens que pensavam em termos de milhares de quilômetros. Aquela rede de trilhos e luzes, que ia de oceano a oceano, dependia de um fio partido, de um telefone com defeito – *Não*, pensou ela, *dependia de algo muito mais poderoso e mais delicado: das mentes de homens que sabiam que a existência de um fio, um trem, um emprego, de si próprios e suas ações eram coisas absolutas, inescapáveis. Quando essas mentes se perdiam, um trem de 2 mil toneladas ficava à mercê dos músculos de suas pernas.*

Cansada?, pensou ela. Mesmo o esforço de caminhar era um valor, um pequeno pedaço de realidade naquele nada que os cercava. A sensação de esforço era uma experiência específica, era dor e não podia ser outra coisa – no meio daquele espaço que não era escuridão nem luz, daquele chão que nem cedia nem resistia, daquela névoa que não estava imóvel nem em movimento. Seu esforço era a única coisa que evidenciava seu movimento: nada mudava no vazio ao redor, nada tomava forma de modo a indicar que estavam avançando. Dagny sempre se admirara, com incredulidade e desprezo, das seitas que pregavam o aniquilamento do universo como um ideal a ser atingido. *É este*, pensou ela, *o mundo deles, e o próprio conteúdo de suas mentes concretizado.*

Quando a luz verde de um sinal apareceu ao lado da linha, se tornou um referencial a ser ultrapassado, porém – por estar deslocada no meio daquele cenário irreal – não lhes proporcionou nenhuma sensação de alívio. Parecia-lhes vir de um mundo extinto há muito tempo, como aquelas estrelas cuja luz permanece depois que morrem. O círculo verde luzia no espaço, anunciando que a linha estava livre, incentivando o movimento onde não havia nada que se movesse. *Quem era o tal filósofo*, pensou ela, *que afirmava que o movimento existia sem que houvesse entidades móveis? Pois esse é o mundo dele, também.*

Dagny percebeu que caminhava com um esforço cada vez maior, como se lutasse contra uma resistência que não era uma pressão, e sim uma sucção. Olhando para Kellogg, viu que ele também parecia caminhar contra uma tempestade. *É como se nós dois fôssemos os únicos sobreviventes da realidade*, pensou ela. *Duas figuras solitárias lutando não contra uma tempestade, e sim, pior ainda, contra a inexistência.*

Foi Kellogg quem olhou para trás, depois de algum tempo, e ela imitou o gesto dele. Já não se via mais o farol.

Não pararam. Olhando para a frente, com um gesto distraído, ele pôs a mão no bolso, e ela estava certa de que fora um movimento involuntário. Kellogg tirou do bolso um maço de cigarros e o ofereceu a ela.

Dagny ia pegar um cigarro quando, de repente, agarrou o pulso de Kellogg e lhe arrancou o maço da mão. O maço era totalmente branco, ostentando apenas um cifrão.

– Me dê a lanterna! – ordenou ela, parando.

Obediente, Kellogg parou e iluminou o maço de cigarros na mão de Dagny. Ela olhou de relance para seu rosto: ele estava um pouco surpreso e achando muita graça naquilo.

Não havia mais nada escrito no maço, nenhum nome nem endereço, só o cifrão estampado em ouro. Os cigarros também tinham a mesma marca.

– Onde você arranjou isso? – perguntou ela.

Ele sorria:

– Se a senhorita já sabe o bastante para fazer essa pergunta, devia saber também que não vou responder.

– Eu sei que isto representa algo.

– O cifrão? Representa muita coisa. Aparece na roupa de toda figura gorda e grotesca, em todas as charges, para identificar um ladrão, um vigarista, um canalha. É a marca inconfundível do mal. Ele representa o dólar, a moeda de um país livre, e, por conseguinte, representa realização, o poder criativo do homem, o sucesso, a capacidade e, justamente por isso, é usado como marca de infâmia. Aparece estampado na testa de um homem como Hank Rearden, uma marca de condenação. Aliás, a senhorita sabe de onde vem este símbolo? Vem das iniciais de United States.

Ele desligou a lanterna, mas continuou parado. Na penumbra, Dagny via seu sorriso amargo.

– Sabe que os Estados Unidos são o único país na história do mundo que usou seu próprio monograma como símbolo de depravação? Pergunte a si própria por quê. Pergunte-se por quanto tempo um país que faz algo assim pode continuar a existir, um país cujos padrões morais o destruíram. Foi o único na história cuja riqueza não foi acumulada pelo saque, mas pela produção; não pela força, e sim pelo comércio. O único país cuja moeda simbolizava o direito do indivíduo de gozar de sua própria mente, seu próprio trabalho, sua vida, sua felicidade. Se isso é mau, pelos atuais padrões do mundo, se é esse o motivo pelo qual nos amaldiçoam, a nós, os que corremos atrás dos dólares, então nós, os que fazemos fortunas, aceitamos o fato, aceitamos que o mundo nos condene. Optamos por usar o cifrão, o símbolo do dólar, em nossas testas, com orgulho, como nosso brasão de nobreza: a insígnia pela qual estamos dispostos a viver e, se necessário, a morrer.

Kellogg estendeu a mão. Dagny segurava o maço de cigarros como se seus dedos não quisessem soltá-lo, porém o colocou na mão estendida. Com um gesto deliberadamente vagaroso, como se para ressaltar seu significado, ele ofereceu um cigarro a ela, que o tomou e o levou aos lábios. Ele pegou outro para si, riscou um fósforo e acendeu os dois cigarros. Seguiram em frente.

Caminharam sobre toras de madeira apodrecida que afundavam sem resistência no chão mole, num mundo vazio de luar frio e névoa espessa, com duas brasas de fogo vivo nas mãos, e a luz de dois pequenos círculos para lhes iluminar os rostos.

"O fogo, uma força perigosa, domado, à disposição dos homens..." Dagny se lembrava das palavras do velho que lhe dissera que aqueles cigarros não haviam sido feitos em nenhum lugar na Terra. "Quando um homem pensa, há um ponto de fogo vivo em sua mente, e é apropriado que ele tenha a brasa viva de um cigarro como expressão."

– Quem dera você me dissesse quem faz esses cigarros – disse ela, num tom de desesperança.

Ele deu uma risadinha gostosa:

– O que posso lhe dizer é que são feitos por um amigo meu, para vender, mas, como ele não é dono de uma companhia de transportes, ele só os vende aos amigos.

– Você me vende esse maço?

– Acho que a senhorita não vai poder pagar o preço, mas... se quiser, eu vendo.

– Quanto custa?

– Cinco centavos.

– Cinco centavos? – reagiu ela, confusa.

– Cinco centavos... – e Kellogg acrescentou: – Em ouro.

Ela parou, olhando surpresa para ele.

– Em ouro?

– É, Srta. Taggart.

– Bem, qual é a taxa de câmbio que você usa? Quanto custa isso em dinheiro normal?

– Não há taxa de câmbio, Srta. Taggart. Nenhuma quantidade de moeda física – ou espiritual – cujo único padrão de valor seja o decreto do Sr. Wesley Mouch pode comprar esses cigarros.

– Entendo.

Kellogg pôs a mão no bolso, pegou o maço e o entregou a ela.

– Posso lhe dar os cigarros, porque a senhorita fez jus a eles muitas e muitas vezes e porque precisa deles pelo mesmo motivo que nós.

– Que motivo?

– Para nos lembrar – em nossos momentos de desânimo, na solidão do exílio – de nossa verdadeira pátria, que sempre foi a sua também, Srta. Taggart.

– Obrigada – disse ela.

Dagny pôs o maço no bolso, e ele percebeu que a mão dela tremia.

Quando chegaram ao marco que indicava o 10º quilômetro, estavam calados havia muito tempo, sem forças para fazer outra coisa que não andar. Ao longe, viam um ponto de luz, muito próximo ao horizonte e muito forte para ser uma estrela. Olhavam para ele enquanto caminhavam e não disseram nada até que perceberam que era, sem dúvida, um poderoso farol iluminando a planície vazia.

– O que é aquilo? – perguntou ela.

– Não sei – disse ele. – Parece...

– Não – ela interrompeu logo –, não pode ser. Não aqui.

Dagny não queria que Kellogg explicitasse a esperança que ela vinha sentindo havia tantos minutos. Ela não podia se permitir pensar naquilo, ou se dar conta de que o que sentia era esperança.

Encontraram a caixa do telefone. O farol era como um fogo frio e violento, a menos de um quilômetro ao sul. O aparelho estava funcionando. Ela ouviu o zumbido, como a respiração de um ser vivo, ao levar o fone ao ouvido. Então uma voz preguiçosa e sonolenta disse:

– Jessup, de Bradshaw.

– Aqui é Dagny Taggart, falando de...

– Quem?

– Dagny Taggart, da Taggart Transcontinental, falando...

– Ah... ah, sei... Sei... Sim?

– ... falando do telefone de emergência número 83. O Cometa está parado a 11 quilômetros ao norte daqui. Foi abandonado pela tripulação.

Houve uma pausa.

– Mas o que a senhora quer que eu faça?

Agora Dagny é que teve que fazer uma pausa para acreditar no que tinha ouvido.

– Você é o despachante noturno?

– Sou.

– Então nos mande uma tripulação imediatamente.

– Uma tripulação completa de trem de passageiros?

– Claro.

– Agora?

– É.

Fez-se uma pausa.

– Isso não consta do regulamento.

– Quero falar com o despachante-chefe – disse ela, engasgada.

– Está de férias.

– Então o superintendente da divisão.

– Foi passar dois dias em Laurel.

– Qualquer pessoa que seja responsável pela linha.

– Sou eu mesmo.

– Escute – disse ela devagar, tentando ser paciente –, você compreende que há um trem especial, de passageiros, abandonado no meio do campo?

– Sim, mas como posso saber o que é para eu fazer? O regulamento não fala nada a respeito. Se fosse um acidente, aí a gente mandava um trem-socorro, mas se não houve acidente... vocês não estão precisando de trem-socorro, estão?

– Não. Estamos precisando é de homens. Você entende? Homens para fazer o trem andar.

– O regulamento não diz nada sobre isso de trem sem tripulantes, nem tripulantes sem trem. Também não diz nada sobre a possibilidade de mandar uma tripulação completa no meio da noite para procurar um trem não sei onde. Nunca ouvi falar nisso.

– Pois está ouvindo agora. Você não sabe o que tem que fazer?

– Quem sou eu para saber?

– Você sabe que sua função é manter os trens em movimento?

– Minha função é seguir o regulamento. Se eu mando uma tripulação para aí e não era para mandar, só Deus sabe o que pode acontecer! Agora com essa história de Conselho de Unificação e todos esses decretos, quem sou eu para assumir uma coisa dessas?

– E o que vai acontecer com você se deixar um trem largado no meio da ferrovia?

– Isso não é culpa minha. Não tenho nada a ver com isso. Eles não podem dizer que fui eu. Não pude fazer nada.

– Pode, sim, agora.

– Ninguém me mandou fazer nada.

– *Eu* estou mandando!

– E sei lá se a senhora pode mandar que eu faça alguma coisa ou não? Ninguém me disse que era para a gente mandar tripulação para nenhum trem da Taggart. O combinado era vocês andarem com as tripulações de vocês. Foi o que nos disseram.

– Mas é uma emergência!

– Ninguém me disse nada sobre emergências.

Dagny levou alguns segundos para se controlar. Viu que Kellogg a olhava com um sorriso amargo de ironia.

– Escute – insistiu ela –, você sabe que era para o Cometa ter chegado em Bradshaw há mais de três horas?

– Claro. Mas hoje em dia ninguém cria caso por isso. Os trens estão sempre atrasados.

– Quer dizer que você vai deixar nosso trem bloqueando sua linha para o resto da vida?

– Não vai passar nada por ela até o número 4, o trem de passageiros que sai de Laurel e vai para o norte às 8h37 da manhã. Vocês podem esperar. Aí o despachante diurno vai estar aqui. A senhora fala com ele.

– Seu imbecil! Estamos no *Cometa*!

– E eu com isso? Isso aqui não é a Taggart Transcontinental. Vocês pagam, mas também querem demais. Para nós, funcionários, vocês só deram dor de cabeça, mais trabalho e nem um tostão a mais. – Sua voz se tornava cada vez mais insolente. – A senhora não pode falar comigo desse jeito. Hoje em dia não se pode mais falar assim com as pessoas.

Dagny jamais acreditara que havia homens com quem funcionava certo método que ela jamais utilizara. Tais homens não costumavam ser contratados pela Taggart Transcontinental, e ela jamais tivera que lidar com eles antes.

– Você sabe com quem está falando? – perguntou ela, no tom frio e arrogante de quem faz uma ameaça.

Deu certo.

– Eu... acho que sei – respondeu ele.

– Então vou lhe dizer uma coisa: se você não mandar uma tripulação para cá imediatamente, vai estar desempregado uma hora depois que eu chegar a Bradshaw, o que vai acontecer mais cedo ou mais tarde. Se você gosta do seu emprego, é melhor que seja mais cedo.

– Sim, senhora – disse ele.

– Forme uma tripulação completa de trem de passageiros e lhes dê ordens de nos levar até Laurel, onde há homens da Taggart.

– Sim, senhora. – O homem acrescentou: – A senhora diz depois que foi por ordem sua?

– Digo.

– E que a senhora é responsável?

– Sou.

Houve uma pausa. Depois ele perguntou, impotente:

– Como é que vou chamar os homens? A maioria deles não tem telefone.

– Vocês não têm um garoto de recados?

– Temos, mas ele só chega aqui de manhã.

– Não tem ninguém aí agora?

– Só o limpador de locomotivas.

– Mande o limpador chamar os homens.

– Sim, senhora. Aguarde na linha.

Ela se encostou na caixa do telefone para esperar. Kellogg estava sorrindo.

– E a senhorita pretende fazer uma rede ferroviária transcontinental funcionar com esse tipo de gente? – perguntou ele.

Dagny deu de ombros.

Ela não conseguia deixar de olhar para o farol. Parecia tão perto, tão ao seu alcance. Era como se um pensamento inconfessado estivesse lutando contra ela cheio de fúria, perturbando sua mente: um homem capaz de explorar todas as formas desconhecidas de energia, que estava trabalhando num motor que tornaria todos os outros motores inúteis. Ela poderia estar falando com ele, com um homem de tal inteligência, em algumas horas, em apenas algumas horas. Talvez não houvesse necessidade de se apressar.

Era o que ela queria fazer. Era tudo o que ela queria... Seu trabalho? Qual era o seu trabalho: utilizar seu cérebro até o máximo de seu potencial ou passar o resto da vida fazendo o que um homem incapaz de ser despachante noturno não conseguia fazer? Por que ela optara por trabalhar? Para poder ficar onde havia começado – vigia noturna da estação de Rockdale. Não, menos ainda que isso: ela fora melhor do que aquele despachante, mesmo em Rockdale. Seria este seu fim, algo inferior ao início? Então não havia motivo para ter pressa? *Ela* era o motivo... Eles precisavam de trens, mas não precisavam do motor? *Ela* precisava do motor... Seu dever? Para com quem?

O despachante demorou muito. Quando voltou ao telefone, pela voz parecia contrariado:

– O limpador disse que fala com todos eles, mas não adianta nada, porque como vou mandá-los para aí? Não temos locomotiva.

– Não têm locomotiva?

– Não. O superintendente pegou uma para ir até Laurel e a outra está em reparos, está lá há semanas, e a locomotiva de manobras descarrilou hoje, só vai estar liberada amanhã à tarde.

– E a locomotiva do trem-socorro que você estava oferecendo?

– Ah, essa não está aqui. Houve um desastre lá para o norte ontem. Ela ainda não voltou.

– Vocês não têm nenhuma locomotiva a diesel?

– Aqui nunca teve dessas coisas, não.

– Vocês têm um carro de linha?

– Ah, isso temos, sim.

– Então mande os homens no carro de linha.

– Ah... sim, senhora.

– Diga aos homens que parem aqui, no telefone de emergência número 83, para pegar a mim e o Sr. Kellogg.

Dagny estava olhando para o holofote.

– Sim, senhora.

– Ligue para o chefe da divisão em Laurel, avise que o Cometa está atrasado e explique o que aconteceu. – Pôs a mão no bolso e de repente seus dedos se fecharam sobre o maço de cigarros. – Escute, que farol é esse a mais ou menos um quilômetro daqui?

– Daí onde a senhora está? Ah, deve ser o campo de pouso de emergência das Vias Aéreas Capitânia.

– Sei... Bem, é só. Mande os homens partirem imediatamente. Não se esqueça de dizer a eles que venham pegar o Sr. Kellogg no telefone de emergência número 83.

– Sim, senhora.

Dagny desligou. Kellogg estava sorrindo.

– Um campo de pouso, não é?

– É. – Ela estava olhando para o farol, com a mão ainda no bolso, apertando o maço de cigarros.

– Então eles vêm pegar *o Sr. Kellogg*, não é?

Dagny se virou para ele, dando-se conta de que sua mente havia tomado a decisão sem que ela o percebesse de maneira consciente.

– Não – disse ela. – Não, não quis dizer que ia abandonar você aqui. É só que eu também tenho algo muito importante a fazer, estou com pressa e estava pensando em pegar um avião, mas não posso, e não é necessário.

– Vamos – disse ele, começando a andar em direção ao campo de pouso.

– Mas eu...

– Se a senhorita está com pressa de fazer uma coisa mais importante do que ser ama-seca para esses imbecis, vá logo.

– A coisa mais importante do mundo – sussurrou ela.

– Eu me encarrego de levar o Cometa e entregá-lo ao pessoal da Taggart em Laurel – disse ele.

– Obrigada... Mas se você pensa que... Olhe, não estou desertando do trem.

– Eu sei.

– Então por que você está tão ansioso para me ajudar?

– Porque eu queria vê-la fazer uma coisa que *a senhorita está* com vontade de fazer, ao menos uma vez.

– É pouco provável que haja um avião lá.

– É bem provável que haja.

Havia dois aviões no campo de pouso: um, destroçado, reduzido a sucata; o outro, um monoplano Dwight Sanders, novo em folha, do tipo que as pessoas procuravam em vão por todo o país.

Um homem sonolento estava no campo, um jovem gorducho que, não fosse o vocabulário que indicava que ele tinha formação universitária, poderia muito bem ser irmão gêmeo do despachante noturno de Bradshaw. Não sabia nada sobre os dois aviões: ambos já estavam lá quando ele arranjara aquele emprego um ano antes. Nunca perguntara nada sobre eles, nem ele nem ninguém. Fosse o que fosse o que acontecera na sede distante de uma grande companhia de aviação, que aos poucos caminhava para a falência, o monoplano Sanders havia sido esquecido – coisas tão valiosas quanto ele estavam sendo esquecidas por toda parte... como o modelo do motor tinha sido esquecido numa pilha de trastes inúteis e, embora estivesse à vista de quem entrasse naquela sala, não parecera importante para os herdeiros da fábrica, para ninguém...

O regulamento não explicava para o jovem gorducho se ele podia ou não ceder o monoplano. Quem decidiu tudo foi o jeito despachado e confiante dos dois estranhos – foram as credenciais da Srta. Dagny Taggart, vice-presidente de uma rede ferroviária –, vagas insinuações sobre uma missão secreta, de emergência, que parecia ser coisa do governo – a menção de um suposto entendimento com os executivos da sede da companhia aérea em Nova York, cujos nomes o rapaz gorducho jamais ouvira –, um cheque no valor de 15 mil dólares, assinado pela Srta. Taggart, como depósito a ser devolvido quando da devolução do monoplano – e um outro cheque, no valor de 200 dólares, para ele, uma cortesia pessoal.

O rapaz abasteceu o avião, inspecionou-o da melhor maneira que lhe foi possível e encontrou um mapa dos aeroportos do país. Dagny viu que, segundo o mapa, ainda existia um campo de pouso nos arredores de Afton, Utah. Ela estava ativa e tensa demais para ter sentimentos, mas, no último instante, quando o rapaz iluminou o campo, pouco antes de embarcar, Dagny parou, contemplou o vazio do céu e depois olhou para Kellogg. Ele estava sozinho no meio daquela luz intensa, os pés bem firmes no chão, numa ilha de cimento intensamente iluminada, cercada de noite profunda por todos os lados. Ela não sabia qual dos dois estava se arriscando mais, qual ia enfrentar o vazio mais desolado.

– Se alguma coisa acontecer comigo – disse ela –, você diz a Eddie Willers, lá no meu escritório, para arranjar um emprego para Jeff Allen, que eu prometi?

– Digo... É só o que a senhorita quer que seja feito... se acontecer alguma coisa?

Dagny pensou e sorriu com tristeza, surpresa de constatar o fato:

– É, acho que sim... Só mais uma coisa: diga a Hank Rearden o que aconteceu e que eu lhe pedi que falasse com ele.

– Está bem.

Ela levantou a cabeça e disse, com firmeza:

– Mas não acho que vá acontecer coisa nenhuma. Quando chegar a Laurel, ligue para Winston, Colorado, e avise que vou estar lá amanhã ao meio-dia.

– Sim, senhora...

Ela queria apertar a mão dele na despedida, mas o gesto não pareceu apropriado. Então se lembrou do que ele dissera a respeito dos momentos de solidão. Sem dizer nada, pegou o maço de cigarros e lhe ofereceu um. O sorriso de Kellogg era toda uma afirmativa cheia de compreensão, e a pequena chama do fósforo com que ele acendeu o seu cigarro e o dela foi o aperto de mãos mais duradouro que jamais trocaram.

Então Dagny subiu no avião – e o instante seguinte de sua consciência não era separar momentos e movimentos, mas dispersar, com um gesto único e uma única unidade de tempo, uma progressão que perfazia uma totalidade, como as notas de uma música. Desde o momento em que sua mão tocou o arranque até o ruído do motor crescendo, como uma avalanche nas montanhas, todo o contato com o passado – até a hélice circulando que logo desaparecia no brilho frágil de um redemoinho que cortava o espaço à sua frente, até a corrida pela pista, até a breve pausa e depois até o impulso para a frente, até o longo e perigoso caminho da pista, que não admite ser obstruído, o caminho em linha reta que acumula força, gastando-a num esforço cada vez maior, mais rápido, a linha reta que leva a um objetivo, até o momento, despercebido, em que a terra se afasta e a linha, sem interrupção, adentra o espaço, no ato simples e natural de se elevar.

Viu os fios de telégrafo ao lado da ferrovia passando a seus pés. A Terra caía, e ela sentiu como se o peso da Terra caísse de seus pés, como se o globo terrestre fosse diminuindo até se reduzir ao tamanho de uma bola, uma bola de chumbo que estivera presa a seu pé por uma corrente e que agora havia se desprendido. Seu corpo balançava, embriagado com o choque de uma descoberta, e o avião balançava com seu corpo, e era a própria Terra lá embaixo que balançava ao ritmo do avião: da descoberta de que sua vida agora estava em suas mãos, de que não havia necessidade de discutir, explicar, implorar, lutar – nada a não ser ver, pensar, agir. Então a Terra

719

se imobilizou: virou um amplo lençol negro cada vez maior, à medida que ela ia ganhando altura, rodando em círculos. Quando olhou para baixo pela última vez, as luzes do campo de pouso tinham sido apagadas, apenas o farol restava, e parecia a brasa do cigarro de Kellogg, brilhando na escuridão como uma despedida.

Agora lhe restavam apenas as luzes do painel de controle e as estrelas, além do vidro à sua frente. Nada a sustentava senão o ritmo do motor e os cérebros dos homens que haviam construído aquele avião. *Porém o que mais sustenta as pessoas em qualquer lugar?*, pensou.

Dagny seguia rumo ao noroeste, cortando o Colorado em diagonal. Sabia que tinha escolhido a rota mais perigosa, passando sobre o trecho mais elevado da serra, e portanto era preciso voar bem alto. No entanto, nenhuma montanha parecia tão perigosa quanto o despachante de Bradshaw.

As estrelas eram como espuma, e o céu parecia repleto de movimento leve, do movimento de bolhas se formando e se acumulando, do flutuar de ondas circulares sem progressão. De vez em quando, um brilho surgia na Terra, e parecia mais forte que o azul estático sobre sua cabeça. Mas permanecia isolado, entre o negro de cinzas e o azul de uma cripta, como se lutasse para sobreviver, saudasse Dagny e desaparecesse.

O risco pálido de um rio foi surgindo lentamente do vazio e por muito tempo permaneceu visível, deslizando a uma velocidade imperceptível na direção de Dagny. Parecia uma veia fosforescente visível por baixo da pele da Terra, uma veia delicada, sem sangue.

Quando Dagny viu as luzes de uma cidade, como um punhado de moedas de ouro jogadas sobre a planície, aquelas luzes violentas alimentadas por uma corrente elétrica lhe pareceram tão distantes e inatingíveis quanto as estrelas. A energia que as alimentara desaparecera, a força que criara usinas nas planícies vazias sumira, e Dagny não sabia de uma viagem que permitisse encontrá-las. *Porém essas haviam sido minhas estrelas*, pensou ela olhando para baixo, *meu objetivo, meu farol, a aspiração que guiara minha ascensão*. Aquilo que os outros diziam sentir quando olhavam para as estrelas – elas, que estavam a milhões de anos-luz de distância e, portanto, não impunham nenhuma obrigação de agir, e eram apenas enfeites fúteis – ela sentira ao ver luzes elétricas iluminando as ruas de uma cidade. Era esta Terra lá embaixo a altitude que ela quisera escalar e não entendia como a havia perdido, quem transformara aquela Terra numa bola de chumbo de prisioneiro a ser arrastada na lama, quem transformara aquela promessa de grandeza numa visão inatingível. A cidade, porém, já ficara para trás, e ela precisava olhar para a frente, para as serras do Colorado que se elevavam em seu caminho.

O pequeno mostrador de vidro em seu painel lhe informava que o avião agora estava subindo. O som do motor, reverberando na casca de metal ao seu redor, tremendo no manche em suas mãos, como as batidas de um coração dedicado a um esforço solene, lhe indicava a força que a levava acima dos picos das montanhas. A

Terra, agora, era uma escultura amarrotada que balançava de um lado para outro, a forma de uma explosão que ainda enviava súbitos jorros em direção ao avião. Para Dagny, eram dentes negros que rasgavam a extensão leitosa de estrelas bem na sua frente, cada vez maiores. Com a mente integrada ao corpo e este integrado ao avião, ela lutava contra a sucção invisível que a impelia para baixo, lutava contra as súbitas irrupções que inclinavam a Terra, como se estivesse prestes a sair céu afora, com metade das montanhas a segui-la. Era como lutar contra um oceano congelado, onde o menor contato com uma onda fosse fatal.

Havia longos trechos em que as montanhas desciam sobre vales cheios de névoa. Então a névoa subia, engolia a Terra e Dagny ficava imóvel, suspensa no espaço apenas pelo ruído do motor.

No entanto, ela não precisava ver a Terra. O painel de controle era agora sua visão – era a visão condensada dos melhores cérebros capazes de guiá-la. *Essa visão condensada*, pensou ela, *exige de mim apenas a capacidade de entendê-la. De que modo os criadores dessa visão tinham sido pagos? Do leite condensado à música condensada, à visão condensada dos instrumentos de precisão – que riqueza tais homens haviam proporcionado ao mundo e o que receberam em troca? Onde estariam agora? Onde estaria Dwight Sanders? Onde estaria o homem que inventara o motor?*

A névoa estava se dissipando, e, de repente, Dagny viu uma gota de fogo sobre a cordilheira. Não era luz elétrica, e sim uma chama solitária na escuridão da Terra. Ela sabia onde estava, conhecia aquela chama: era a Tocha de Wyatt.

Estava se aproximando de seu destino. Ao longe, para trás, a nordeste, ficavam os picos perfurados pelo Túnel Taggart. As montanhas agora desciam, uma longa descida que terminava no solo mais liso de Utah. Ela fez o avião perder altura.

As estrelas iam sumindo, o céu escurecia, mas nas nuvens para o leste começavam a surgir pálidas rachaduras – primeiro eram fios, depois pequenas manchas refletidas, depois faixas retas que ainda não eram rosadas porém não eram mais azuis, a cor de uma luz futura, os primeiros indícios da alvorada. Apareciam e sumiam, tornando-se mais fortes pouco a pouco, tornando o céu mais escuro, de repente rasgando o espaço, como uma promessa que vai ser cumprida. Dagny ouviu uma música em sua mente, uma melodia na qual não gostava de pensar: não o Quinto Concerto de Halley, mas o Quarto, o grito que se eleva de um combate mortal, os acordes do tema brotando como uma visão distante a ser alcançada.

Viu o aeroporto de Afton ao longe, primeiro como um quadrado cintilante, depois como uma explosão de luzes brancas. Estava iluminado porque havia um avião prestes a decolar, então ela teria que esperar para pousar. Girando em círculos na escuridão em torno do aeroporto, viu o corpo prateado de um avião subir como uma fênix daquele fogo branco e partir em direção ao leste, em linha reta, quase deixando sua própria luz em seu rastro.

Então Dagny desceu no meio do funil luminoso dos holofotes e viu uma faixa de cimento se aproximar. Sentiu o baque das rodas, depois o movimento do avião ir morrendo aos poucos, e agora a aeronave era como um automóvel que deslizava na pista.

Aquele era um pequeno aeroporto particular, que servia às poucas indústrias que ainda restavam em Afton. Dagny viu um único funcionário correr em sua direção. Saltou do avião no instante em que ele parou e deixou de pensar nas horas de voo, com a impaciência de ter que esperar mais alguns minutos.

– Será que dá para eu arranjar um carro e ir até o Instituto de Tecnologia imediatamente? – perguntou ela.

O funcionário a encarava surpreso.

– Claro, mas... para quê? Lá não tem ninguém.

– O Sr. Quentin Daniels está lá.

O funcionário sacudiu a cabeça lentamente e em seguida apontou para o avião que acabara de decolar e que já desaparecia para os lados do leste.

– O Sr. Daniels está naquele avião.

– *O quê?*

– Ele acaba de partir.

– Partir? Por quê?

– Foi embora com o homem que chegou procurando por ele há umas duas ou três horas.

– Que homem?

– Não sei, nunca o vi antes, mas que beleza de avião ele tem!

Então ela voltou para o avião, percorreu a pista e decolou. A aeronave seguiu como uma bala em direção às luzes vermelha e verde que piscavam para o lado do leste. Ela repetia sem parar:

– Não! Não! Não! Não!

De uma vez por todas, pensou ela, agarrando o manche como se fosse o inimigo, como se seus pensamentos fossem explosões em sua mente, ligados por um rastro de fogo, *de uma vez por todas... encarar o destruidor... saber quem ele é e aonde vai quando desaparece... o motor, não... ele não vai levar o motor para as trevas de seu monstruoso desconhecido... desta vez ele não vai escapar...*

Uma faixa de luz subia no leste, parecia brotar da Terra, como uma respiração presa há muito e finalmente liberada com alívio. No azul-escuro acima dela, o avião do estranho era a única faísca que mudava de cor e reluzia, como a ponta de um pêndulo balançando na escuridão, num ritmo compassado.

A curva da distância fez a faísca se aproximar da Terra, e Dagny deu toda a velocidade no avião, para que aquela faísca não desaparecesse, não encostasse no horizonte e sumisse. A luz fluía para o céu, como se atraída da Terra pelo avião do estranho, que seguia para sudeste, e Dagny ia atrás, à luz do dia que nascia.

Do verde transparente e gélido, o céu passava para um dourado pálido, e o dourado virava um lago sob uma fina camada de vidro rosado, a cor daquela manhã esquecida que era a primeira que ela vira na Terra. As nuvens se desfaziam em longas tiras de azul enfumaçado. Ela não perdia de vista o avião do estranho, como se seu olhar fosse um cabo de reboque que puxasse seu avião. O outro era agora uma cruzinha negra, como um risco no céu iluminado.

Então percebeu que as nuvens não estavam mais caindo, que permaneciam imóveis no horizonte, e entendeu que o avião estava indo para as serras do Colorado, que a luta contra a tempestade invisível seria repetida. Percebeu esse fato sem emoção e não se perguntou se seu corpo ainda tinha forças para lutar mais uma vez. Enquanto fosse capaz de se mexer, ela se moveria em direção àquela manchinha que fugia com a última coisa do mundo que chamava de seu. Dagny sentia apenas o vazio deixado por um incêndio que fora ódio, raiva, o impulso desesperado de um combate mortal. Tudo isso se fundira num único risco de gelo, a decisão de seguir o estranho, fosse quem fosse, aonde quer que ele fosse, segui-lo e... Ela não acrescentava nada, mas no fundo a ideia não expressa era: sacrificar sua vida, se pudesse matá-lo antes.

Como um avião no piloto automático, seu corpo fazia todos os movimentos necessários para pilotar, e as montanhas passavam numa névoa azul, e os picos afiados surgiam à sua frente num azul mais mortífero. A distância entre seu avião e o do estranho diminuíra: ele havia reduzido a velocidade por causa do perigo das montanhas, enquanto ela continuara à toda, sem pensar no risco que corria, lutando com todos os músculos de seus braços e suas pernas para se manter em voo. Um movimento breve e tenso em seus lábios foi o máximo que ela pôde fazer para sorrir: era ele que estava pilotando seu avião por ela, pensou, dando-lhe a força necessária para segui-lo com a precisão absoluta de um sonâmbulo.

Como que em reação ao controle que emanava do estranho, o ponteiro do altímetro subia lentamente. O avião ganhava cada vez mais altura, e Dagny não sabia até onde ela e o avião aguentariam. O estranho seguia rumo ao sudeste, rumo às montanhas mais altas, que obstruíam o caminho do sol.

O avião dele foi atingido pelo primeiro raio de sol e brilhou por um instante, como uma explosão de fogo branco, refletindo raios em suas asas. Depois foram os picos das montanhas: Dagny viu o sol tocar as neves nas gargantas, depois escorrer pelas encostas de granito, projetando sombras violentas nos rochedos, dando à serra uma forma viva e definida.

Estavam sobrevoando o trecho mais deserto do Colorado, desabitado, inabitável, inacessível por via terrestre ou aérea. Não era possível aterrissar num raio de 200 quilômetros. Ela olhou para o indicador do nível de combustível: restava-lhe meia hora de voo. O estranho voava rumo a uma outra serra, ainda mais alta. Dagny não entendia por que ele seguia por aquela rota que nenhuma companhia aérea jamais utilizara. Esperava que aquela serra fosse a última, pois não poderia atravessar outra.

De repente o avião do estranho começou a perder velocidade, justamente quando ela pensara que ele iria subir ainda mais. A barreira de granito se elevava à sua frente, tentando alcançar suas asas, mas agora o avião descia aos poucos. Dagny não via naquele movimento nenhuma descontinuidade, nenhum sinal de erro mecânico: era como o movimento uniforme de uma intenção consciente. Com um súbito brilho em suas asas, a aeronave começou a descrever uma longa curva. Raios de luz brotavam de seu corpo como se fossem água, então começou a descer em espiral, como se fosse pousar naquele lugar onde certamente não haveria pista.

Dagny olhava, sem tentar explicar, sem acreditar no que via, esperando a cada instante que o outro avião começasse a subir novamente. Mas ele continuava a descer em círculos, em direção a um solo que ela não podia ver nem ousava conceber. Como restos de uma mandíbula quebrada, grandes dentes de granito se interpunham entre seu avião e o do estranho: ela não podia imaginar para onde ele seguia. Só sabia que seu movimento não parecia ser, mas tinha que ser, o de um avião suicida.

Viu o sol brilhar nas asas do avião por mais um instante. Então, como o corpo de um homem que mergulha de cabeça, entregando-se serenamente à queda, a aeronave desceu e sumiu por trás dos rochedos.

Ela seguiu em frente, quase esperando que ele voltasse, incapaz de acreditar que havia presenciado uma catástrofe terrível, que acontecera de modo tão simples e discreto. Chegou ao lugar em que o avião havia descido. Parecia um vale cercado por muralhas de granito.

Dagny olhou para baixo. Não era possível aterrissar ali. Não havia nenhum sinal da presença de um avião.

O fundo do vale parecia um trecho da crosta terrestre retorcido desde os dias em que a Terra estava esfriando e que jamais sofrera qualquer alteração. Eram rochedos ladeados por rochedos, com alguns pedregulhos precariamente equilibrados, longas fendas escuras e uns poucos pinheiros retorcidos, quase na horizontal. Não havia lugar para um avião se esconder. Não havia destroços de aeronave em lugar nenhum.

Ela descreveu uma curva fechada, circulando o vale, perdendo um pouco de altitude. Por algum truque de iluminação que não entendia, se via o fundo do vale com maior nitidez do que o restante da Terra. Dava para ver claramente que o avião não estava lá, mas isso era impossível.

Dagny perdeu mais altitude, descendo em círculos. Olhou ao seu redor e, por um momento terrível, pensou que era uma manhã tranquila de verão, que estava sozinha, perdida em algum lugar das montanhas Rochosas onde avião nenhum deveria vir, com o que lhe restava de combustível, procurando outra aeronave que jamais existira, em busca de um destruidor que desaparecera como sempre desaparecia. Talvez fosse apenas a visão dele que a conduzira até ali para ser destruída. No instante seguinte, Dagny sacudiu a cabeça, apertou os lábios e desceu ainda mais.

Pensou que não podia abandonar uma riqueza incalculável como o cérebro de Quentin Daniels numa daquelas rochas lá embaixo, se ele ainda estivesse vivo e ao seu alcance. Agora estava cercada pelas muralhas do vale. Era um voo perigoso, um espaço muito apertado. Sua vida dependia de sua visão, era preciso ao mesmo tempo olhar para o fundo do vale e para as muralhas de granito que pareciam prestes a lhe arrancar as asas do avião.

Dagny agora só concebia o perigo como parte de sua tarefa. Não tinha mais qualquer significado pessoal para ela. A sensação selvagem que experimentava agora era quase prazer. Era a raiva final de quem perde uma batalha. *Não!*, exclamava ela mentalmente, gritando para o destruidor, para o mundo que ela havia deixado, para os anos que vivera, para a longa sucessão de derrotas. *Não!... Não!... Não!...*

Olhou de relance para o painel de controle e de repente não pôde conter um grito de espanto. Antes seu altímetro indicava 4 mil metros, agora indicava 3.700, mas o solo do vale não havia se aproximado. Permanecia tão longe quanto no momento em que ela começara a sobrevoá-lo.

Dagny sabia que, naquele trecho do Colorado, o solo estaria a 2.600 metros de altitude. Não havia percebido a extensão de sua descida. Não notara que o solo, que ao longe parecera nítido e próximo demais, agora estava indefinido e longínquo demais. Estava olhando para as mesmas rochas, do mesmo ângulo: elas não haviam crescido, suas sombras não tinham se mexido, e aquela luz estranha ainda iluminava o fundo do vale.

Imaginou que o altímetro estivesse com defeito e continuou a descer em círculos. Viu a agulha cair, notou as muralhas de granito subirem, percebeu o círculo de montanhas se elevar, os picos se juntarem no alto, mas o fundo do vale permanecia igual, como se ela estivesse caindo num poço cujo fundo fosse inatingível. A agulha indicava 3.200 metros, 3.100, 3.000, 2.900.

A luz que a atingiu não vinha de fonte alguma. Era como se o ar dentro do avião e fora dele se transformasse numa explosão de fogo frio e deslumbrante, súbito e silencioso. O choque a jogou para trás. Suas mãos largaram o manche para proteger os olhos. No instante seguinte, quando ela pegou de novo no manche, a luz desaparecera, porém o avião rodopiava. O silêncio estourava seus ouvidos e a hélice estava parada à sua frente: o motor havia se desligado.

Tentou fazer o avião subir, mas ele estava descendo – e o que ela via à sua frente não era um rochedo áspero, e sim a grama verde de um campo que não vira antes. Não havia tempo para ver mais nada. Não havia tempo para tentar explicar nada. Não havia tempo para parar de rodopiar. A Terra era um teto verde que caía sobre ela, a poucos metros, cada vez mais próximo.

Jogada de um lado para outro como um pêndulo, agarrada ao manche, meio sentada, meio de joelhos, Dagny lutava para fazer o avião manter um curso estável, para tentar aterrissar sem o trem de pouso, e o chão verde rodopiava ao seu redor, acima, depois abaixo dela, em espirais cada vez mais apertadas. Sacudindo o manche, sem saber se ia conseguir, com cada vez menos espaço e menos tempo e numa explosão de pureza violenta, teve aquela sensação de existência que sempre fora sua. Na dedicação de seu amor naquele instante – na negação rebelde do desastre, na dedicação de seu amor à vida e ao valor sem igual que era ela própria –, Dagny sentiu-se orgulhosamente certa de que ia sobreviver.

E, em resposta ao chão que subia cada vez mais, prestes a se chocar com ela, ouviu em sua mente, zombando do destino, um grito de desafio, a frase que ela odiava – a expressão de derrota, desespero e súplica:

Que diabo! Quem é John Galt?

PARTE III

A = A

CAPÍTULO 21

ATLÂNTIDA

QUANDO DAGNY ABRIU OS OLHOS, viu sol, folhas verdes e o rosto de um homem e pensou: eu sei o que é isso. Era o mundo que ela esperava ver quando tinha 16 anos – e agora o via. Ele parecia tão simples, tão natural, que o que sentia era como uma bênção concedida ao Universo, expressa em três palavras: *Mas é claro!*

Olhava para o rosto de um homem que se ajoelhara a seu lado e sabia que, em todos aqueles anos, era *isto* que teria dado sua vida para ver: um rosto sem sinal de dor, nem medo nem culpa. Na forma de sua boca havia orgulho, e mais: era como se ele se orgulhasse de ser orgulhoso. As linhas angulosas de suas faces a faziam pensar em arrogância, tensão, zombaria. No entanto, o rosto não exprimia nada disso, apenas o produto final desses fatores: um olhar de determinação serena e de certeza, de uma inocência implacável, que jamais pediria nem concederia perdão. Era um rosto que nada tinha a esconder, que não fugia de nada, que não tinha medo de ver nem de ser visto, de modo que a primeira coisa que ela compreendeu a seu respeito foi a perceptividade intensa de seus olhos. Era como se sua faculdade de visão fosse seu instrumento mais amado, e a prática da visão fosse para ele uma aventura exultante, ilimitada, como se seus olhos concedessem um valor superlativo a si próprio e ao mundo – a si próprio por sua capacidade de ver, e ao mundo por ser ele um lugar tão bom de se ver. Por um momento, Dagny teve a impressão de estar na presença de um ser que era consciência pura, porém ela jamais se impressionara tanto com o corpo de um homem quanto com aquele. O tecido fino de sua camisa parecia ressaltar, não ocultar, a estrutura de seu corpo. Sua pele estava queimada de sol e em seu corpo havia a dureza, a força esguia e elástica e a precisão limpa de uma fundição, como se ele fosse de metal fundido, porém um metal de brilho fraco, como uma liga de cobre e alumínio. A cor de sua pele se confundia com o castanho-claro dos cabelos, que tinha laivos de dourado, e seus olhos completavam as cores, sendo a única parte do metal que preservava o brilho: seus olhos eram do verde fundo e escuro da luz que brilha numa superfície metálica. Ele a fitava com um leve esboço de sorriso, não com um olhar de quem descobre algo, e sim de quem contempla algo conhecido – como se ele também estivesse vendo algo que esperava havia muito e que jamais pusera em dúvida.

É este o seu mundo, pensou Dagny, *é assim que os homens devem ser e encarar suas existências* – e tudo mais que havia, todos os anos de horror e luta, não passava de uma piada de mau gosto. Ela riu para o homem, um sorriso cúmplice, de alívio, de quem zomba de todas as coisas a que jamais terá de dar importância outra vez. Ele riu também: era o mesmo sorriso, como se ele sentisse o que Dagny sentia e soubesse o que ela estava exprimindo.

– Nós nunca devíamos ter levado nada daquilo a sério, não é? – sussurrou ela.

– Não, nunca.

E então, recobrando totalmente a consciência, se deu conta de que jamais vira aquele homem antes.

Tentou se afastar dele, mas de sua intenção resultou apenas um leve movimento de cabeça sobre a grama que sentia debaixo dos cabelos. Tentou se levantar, mas sentiu uma pontada de dor nas costas, que a impediu de se mexer.

– Não se mova, Srta. Taggart. A senhorita está machucada.

– O senhor me conhece? – perguntou ela, com voz dura e impessoal.

– Há muitos anos.

– Eu o conheço?

– Creio que sim.

– Como o senhor se chama?

– John Galt.

Ela o encarou, imóvel.

– Por que está assustada? – perguntou ele.

– Porque acredito no que o senhor disse.

Ele sorriu, como se apreendesse sua confissão do significado que aquele nome tinha para ela. Era o sorriso do adversário que aceita um desafio – e do adulto que vê uma criança se iludir.

Dagny sentia que recobrava a consciência após um desastre que destruíra mais que um avião. Ela não conseguia mais juntar os pedaços nem lembrar as coisas que soubera a respeito dele. Sabia apenas que seu nome significava um vácuo negro que ela lentamente teria que preencher. Não poderia fazer isso agora, pois a presença daquele homem a cegava, como um holofote que a impedisse de ver as formas que havia na escuridão ao seu redor.

– Era o senhor que eu estava seguindo?

– Era.

Ela olhou à sua volta: estava deitada na grama, num campo ao sopé de um precipício de granito de mais de 1.000 metros de altura. Ao longe, na outra extremidade do campo, via rochedos, pinheiros e copas de bétulas que ocultavam a muralha daquele lado. Seu avião não fora destruído – estava pousado a poucos metros dali, sobre a grama. Não havia nenhuma outra aeronave à vista, nenhuma estrutura, nem sinal de moradia humana.

– Que vale é este? – perguntou ela.

O homem sorriu:

– O terminal da Taggart.

– O que o senhor quer dizer?

– A senhorita vai entender.

Um leve impulso de antagonista a fez tentar verificar que forças ainda lhe restavam. Podia mexer os braços e as pernas e conseguia levantar a cabeça, mas sentia uma dor forte quando respirava fundo e viu um filete de sangue escorrer por uma de suas pernas.

– É possível sair daqui? – perguntou ela.

A voz do homem era séria, porém havia um toque malicioso em seus olhos verdes e metálicos quando respondeu:

– Na verdade, não. No momento, sim.

Dagny fez menção de se levantar quando o homem se abaixou para ajudá-la, mas ela reuniu todas as suas forças num movimento súbito e brusco e escapou dele.

– Acho que consigo... – ia dizendo, e caiu sobre o homem no momento em que seus pés se plantaram no chão e sentiu uma pontada de dor vinda de um dos calcanhares.

Ele a tomou nos braços, sorrindo.

– Não, não consegue, Srta. Taggart – disse ele, começando a atravessar o campo.

Dagny permanecia imóvel, os braços em volta do homem, a cabeça no ombro dele, pensando: *Por alguns minutos, enquanto este estado de coisas perdurar, tenho o direito de me entregar completamente, esquecer tudo e me permitir sentir... Quando experimentei isso antes?* Houvera um momento em que essas mesmas palavras lhe ocorreram à mente, mas ela não se lembrava de quando fora. Já havia experimentado aquilo – a sensação de certeza, de ter chegado ao fim, ao que não pode ser questionado. Mas era novidade a sensação de ser protegida, de que era certo aceitar aquela proteção, se entregar – certo porque esse tipo de proteção não era contra o futuro, mas contra o passado, não a proteção de quem é poupado da batalha, e sim a de quem a venceu, não uma proteção concedida à sua fraqueza, e sim à sua força. Sentia a pressão das mãos do homem contra seu corpo com uma intensidade anormal, como sentia os fios dourados e avermelhados de seu cabelo, a sombra de seus cílios sobre a pele do rosto a alguns centímetros do dela, e pensava: *Protegida de quê?... Era ele o inimigo... mas era mesmo?... Por quê?...* Ela não sabia, não conseguia pensar agora no motivo. Foi necessário um esforço para lembrar que ela tivera um objetivo e uma motivação algumas horas antes e se obrigou a relembrá-los.

– O senhor sabia que eu o estava seguindo? – perguntou ela.

– Não.

– Onde está seu avião?

– No campo de pouso.

– Onde fica?

– Do outro lado do vale.

– Não vi nenhum campo de pouso neste vale quando olhei para baixo. Nem sequer vi campos. Como é que pode?

O homem olhou para o céu.

– Olhe bem. A senhorita vê alguma coisa lá em cima?

Ela virou a cabeça para trás, olhando direto para o céu, não vendo nada além do azul sereno da manhã. Depois de algum tempo, percebeu faixas tremeluzentes de ar.

– Ondas de calor – disse ela.

– Raios de refrator – corrigiu ele. – O fundo do vale que a senhorita viu é um pico de 2.600 metros de altitude, a nove quilômetros daqui.

– O quê?

– Um pico onde nenhum piloto jamais pensaria em pousar. O que a senhorita viu foi o reflexo dele projetado sobre este vale.

– Como?

– Pelo mesmo processo que gera miragens nos desertos: a refração de uma imagem numa camada de ar aquecido.

– Como?

– Por meio de uma camada de raios à prova de tudo, menos de uma coragem como a sua.

– Como assim?

– Nunca imaginei que algum avião tentasse descer até 200 e poucos metros do chão. A senhorita atingiu a camada de raios, alguns dos quais têm o efeito de desligar os motores elétricos. Foi a segunda derrota que a senhorita me infligiu: também nunca fui seguido.

– Por que essa camada de raios?

– Porque este lugar é propriedade privada, e pretende-se que continue a ser.

– O que é este lugar?

– Já que está aqui, vou mostrá-lo à senhorita. Depois respondo às suas perguntas.

Dagny não disse nada, porém percebeu que havia feito perguntas a respeito de tudo, menos sobre ele próprio. Era como se ele fosse um todo único que ela tivesse apreendido à primeira vista, como um absoluto irredutível, como um axioma que não pode ser explicado, como se soubesse tudo a respeito dele pela percepção direta e só lhe restasse agora identificar o que ela já sabia.

Ele a estava carregando por uma trilha estreita que descia até o fundo do vale. Nas encostas ao seu redor, erguiam-se, retos, pinheiros altos e escuros como pirâmides, de uma simplicidade masculina, como esculturas reduzidas a uma forma essencial, contrastando com o rendado complexo e feminino das folhas das bétulas que tremiam ao sol. Por entre elas passavam raios de sol que iluminavam os cabelos do homem e o rosto dos dois. Dagny não podia ver o que estava mais adiante, além das curvas da trilha.

A todo instante seus olhos se voltavam para o rosto daquele homem. Ele a olhava de vez em quando. De início, ela desviara a vista, como se apanhada em flagrante. Depois, como se aprendendo com ele, resolveu encará-lo sempre que ele olhava para ela, sabendo que ele sabia o que ela sentia e que não escondia dela o significado de seu olhar.

Ela sabia que o silêncio dele era uma confissão idêntica à sua. Ele não a segurava de modo impessoal, como um homem segura uma mulher ferida. Era um abraço, embora Dagny não sentisse na postura dele nada que indicasse isso. Sentia-o apenas por meio de sua certeza de que todo o corpo dele estava consciente de estar segurando o dela.

Dagny ouviu o ruído da cascata antes de ver o fio d'água brilhante que despencava entre as pedras. O som vinha misturado a um ritmo longínquo em sua mente, que não parecia mais alto do que a lembrança de um som, porém passaram pela cachoeira e o ritmo continuou. Ela ouvia ainda o ruído da água, mas o outro som ia se tornando cada vez mais distinto, aumentando não em sua mente, mas vindo de algum lugar em meio às folhas. A trilha fez uma curva, revelando uma clareira, e Dagny viu uma casinha num barranco mais embaixo, o sol brilhando no vidro de uma janela aberta. Ao mesmo tempo que se lembrou da experiência que a fizera querer se entregar ao momento presente – fora uma noite num vagão de segunda classe do Cometa, quando ouviu pela primeira vez o tema do Quinto Concerto de Halley –, ela percebeu que o ouvia agora, ouvia-o sendo executado ao piano, nos acordes límpidos e claros que evidenciavam um toque poderoso e confiante.

Ela lhe perguntou à queima-roupa, como se esperasse pegá-lo desprevenido:

– É o Quinto Concerto de Richard Halley, não é?

– É.

– Quando foi que ele o compôs?

– Por que a senhorita não lhe pergunta isso pessoalmente?

– Ele está aqui?

– É ele que está tocando. Aquela é a casa dele.

– Ah...!

– A senhorita vai conhecê-lo depois. Ele sabe que as obras dele são os únicos discos que a senhorita gosta de ouvir à noite, quando está sozinha.

– Como é que ele sabe disso?

– Eu disse a ele.

A expressão no rosto de Dagny era uma pergunta que começaria com: "Mas como foi que...?" Porém viu o olhar dele e riu, e seu riso era uma manifestação sonora do significado daquele olhar.

Não posso questionar nada, pensou Dagny, *não posso ter dúvidas, não agora que essa música se eleva triunfante em meio às folhas das árvores banhadas de sol, a música da libertação, tocada da maneira correta, da maneira que minha mente imaginou ouvi-la num vagão de segunda classe, em meio ao ritmo dolorido das rodas de um trem. É isso que minha mente viu naqueles sons naquela noite: este vale, este sol matinal e...*

E então Dagny não conteve uma interjeição de espanto, visto que depois da curva, do alto de um penhasco, a cidade se descortinava no fundo do vale.

Não era bem uma cidade, e sim apenas um aglomerado de casas esparsas, do centro do vale até o sopé das montanhas, que as fechavam dentro de um círculo nítido e indevassável. Eram residências, pequenas e novas, com formas despojadas e angulosas, além de janelas amplas que reluziam ao sol. Ao longe, Dagny julgou divisar estruturas mais altas, de onde saía fumaça. Pareciam fábricas. Porém mais perto, no alto de uma fina coluna de granito cuja base era um penhasco mais embaixo que terminava à altura dos olhos de Dagny, havia um cifrão de um metro de altura, feito de ouro maciço, elevando-se sobre a cidade. Era seu brasão, sua marca registrada, seu farol, que refletia os raios de sol, tal qual um transmissor de energia que os enviasse, como uma bênção, através do ar por cima dos telhados.

– O que é isso? – perguntou ela, apontando para o cifrão.

– Ah, é uma brincadeira do Francisco.

– Francisco... de quê? – sussurrou ela, já sabendo a resposta.

– Francisco d'Anconia.

– Ele também está aqui?

– Deve chegar um dia desses.

– Por que essa brincadeira dele?

– Ele deu aquele cifrão como presente de aniversário ao dono do vale e então nós todos o adotamos como nosso símbolo. Gostamos da ideia.

– Não é o senhor o dono do vale?

– Eu? Não. – O homem olhou para o sopé do penhasco e acrescentou, apontando: – O dono é aquele lá.

No fim da estrada de terra lá embaixo, um carro havia parado e dois homens subiam a trilha agora com passos rápidos. Dagny não podia lhes distinguir os rostos. Via apenas que um era magro e alto, o outro mais baixo e mais musculoso. Desapareceram numa curva, enquanto o homem continuava descendo a trilha carregando-a.

Encontraram-se com os dois quando eles surgiram de repente de trás de uma rocha, poucos metros abaixo. Ao ver o rosto dos dois, Dagny sentiu algo semelhante a um choque físico.

– Ora, essa não! – disse o homem musculoso, que ela não conhecia, olhando para ela.

Dagny estava olhando para o homem alto e distinto a seu lado: era Hugh Akston.

Foi ele o primeiro a falar, fazendo uma mesura e sorrindo para ela:

– Srta. Taggart, é a primeira vez que alguém me desmente. Eu não sabia, quando lhe disse que a senhorita jamais o encontraria, que da próxima vez que eu a visse a senhorita estaria nos braços dele.

– Nos braços de quem?

– Ora, do homem que inventou o motor.

Dagny conteve um grito e fechou os olhos. Então entendeu que já devia ter concluído aquilo. Quando voltou a abri-los, estava olhando para John Galt. Ele tinha nos lábios um leve sorriso zombeteiro, como se soubesse perfeitamente o que aquilo representava para ela.

– Teria sido bem feito se houvesse partido o pescoço! – disse o homem musculoso, com uma zanga nascida da preocupação, quase afeto. – Que perigo correu! Logo a senhorita, que teria sido tão bem recebida se tivesse tentado entrar pela porta da frente!

– Srta. Taggart, este é Midas Mulligan – disse Galt.

– Ah – disse ela, com voz débil, e riu. Já não conseguia mais se espantar com nada. – Será que eu morri no avião, e isto aqui é uma espécie de outra existência?

– Isto aqui é mesmo outra existência – disse Galt. – Só que a senhorita não morreu. Não é justamente o contrário?

– Ah, sim – sussurrou ela e sorriu para Mulligan. – Onde fica a porta da frente?

– Aqui – respondeu ele, apontando para a própria testa.

– Perdi a chave – disse ela com simplicidade, sem ressentimento. – No momento, estou sem todas as minhas chaves.

– Pois vai encontrá-las. Mas que diabos estava fazendo naquele avião?

– Eu o estava seguindo.

– *Ele?* – E apontou para Galt.

– É.

– Sorte sua estar viva! Machucou-se muito?

– Acho que não.

– A senhorita vai ter que responder a algumas perguntas, depois que estiver recuperada. – Virou-se bruscamente e saiu andando em direção ao carro, porém parou e olhou para Galt: – E essa, agora? Está aí uma coisa que não havíamos previsto: a primeira fura-greve.

– A primeira... o quê? – perguntou ela.

– Deixe isso para lá – disse Mulligan e olhou para Galt. – O que vamos fazer agora?

– Deixe comigo – respondeu ele. – Eu assumo a responsabilidade. Você fica com Quentin Daniels.

– Ah, *ele* não vai dar nenhum problema. Só precisa conhecer o lugar. O restante ele já sabe.

– É. Ele entendeu praticamente tudo sozinho. – Percebendo que Dagny o olhava sem entender, acrescentou: – Por uma coisa tenho de lhe agradecer, Srta. Taggart: me sinto honrado por ter escolhido Daniels para me substituir. Ele merece.

– Onde ele está? – perguntou ela. – O que aconteceu?

– Bem, Midas nos encontrou no campo de pouso, foi até minha casa e levou Daniels com ele. Eu ia tomar o café da manhã com eles, mas vi seu avião descendo naquele pasto. Eu era a pessoa que estava mais perto.

– Chegamos aqui o mais depressa possível – disse Mulligan. – Pensei que quem estava naquele avião, fosse quem fosse, merecia morrer. Jamais imaginei que fosse uma das duas únicas pessoas no mundo para quem eu abriria uma exceção.

– Quem é a outra? – perguntou ela.

– Hank Rearden.

Dagny estremeceu. Era como um golpe que a atingisse, vindo de muito longe. Ela não entendeu por que Galt parecia observá-la com atenção e por que surgiu em seu rosto uma expressão diferente, por um instante breve demais para capturar.

Havia chegado ao carro, um Hammond conversível, com a capota abaixada. Era um dos modelos mais caros, fabricado havia alguns anos, porém muito bem conservado. Galt colocou Dagny cuidadosamente no banco de trás, segurando-a com um dos braços dobrado. De vez em quando ela sentia uma dor lancinante, mas sua atenção estava voltada para fora. Olhava para as casas mais distantes da cidade enquanto Mulligan ligava o carro. Quando passaram pelo cifrão de ouro, um raio de sol refletido chegou até seus olhos e iluminou seu rosto.

– Quem é o dono deste vale? – perguntou ela.

– Eu – disse Mulligan.

– E ele? – Dagny apontou para Galt.

Mulligan deu uma risadinha:

– Ele trabalha aqui.

– E o senhor, Dr. Akston? – perguntou ela.

Akston olhou para Galt:

– Sou um dos dois pais dele, Srta. Taggart. O que não o traiu.

– Ah! – exclamou ela, juntando mais uma peça do quebra-cabeça. – O seu terceiro aluno?

– Isso.

– O assistente de guarda-livros! – gemeu ela de repente, lembrando-se de mais uma coisa.

– Como assim?

– Foi assim que o Dr. Stadler se referiu a Galt. Segundo ele, era isso que seu terceiro aluno havia virado.

– Errou para mais – disse Galt. – Pelos padrões dele e do mundo dele, não sou nem isso.

O carro agora subia uma estrada em direção a uma casa isolada num desfiladeiro acima do vale. Ela viu um homem descendo uma trilha, no alto, em direção à cidade. Estava de macacão de brim azul e carregava uma marmita. Havia algo de familiar no seu passo apressado. Quando o carro passou por ele, Dagny viu seu rosto de relance e se virou para trás, gritando, em parte por causa da dor causada pelo movimento, em parte pelo inesperado do que vira:

– Ah, pare! Pare! Não o deixe sumir!

Era Ellis Wyatt.

Os três homens riram, mas Mulligan parou o carro.

– Ah... – disse Dagny, sem graça, como se pedindo desculpas. Só então percebeu que não havia perigo de que Wyatt desaparecesse dali.

Wyatt estava correndo em direção ao carro: ele também a reconhecera. Quando alcançou o automóvel, agarrou-o, para deter seu próprio movimento, e ela viu o rosto jovem, sorridente, triunfante que só vira uma vez antes: na plataforma de Wyatt Junction.

– Dagny! Finalmente você veio? É uma das nossas?

– Não – disse Galt. – Ela estava no avião que caiu.

– *O quê?*

– O avião da Srta. Taggart caiu. Você não viu?

– Caiu? *Aqui?*

– É.

– Ouvi um avião, mas... – Sua expressão de espanto se transformou num sorriso ressentido, irônico e simpático. – Sei. Mas, Dagny, que loucura!

Ela olhava para Wyatt involuntariamente, sem conseguir ligar o passado ao presente. E, impotente – como quem fala com um amigo morto, num sonho, dizendo-lhe as coisas que perdeu a oportunidade de lhe dizer em vida –, Dagny disse, pensando num telefone tocando, sem ninguém atender, há quase dois anos, as palavras que sempre pretendera lhe dizer se alguma vez o encontrasse de novo:

– Eu... eu tentei falar com você.

Ele sorriu:

– E nós estamos desde aquele dia tentando falar com você, Dagny... Até logo mais. Não se preocupe, não vou desaparecer... e acho que você também não vai.

Acenou para os outros e foi embora, balançando a marmita. Quando Mulligan deu a partida no carro, ela olhou para cima e viu que Galt a observava com atenção. O rosto dela endureceu, como se admitindo abertamente sua dor e desafiando a satisfação que esse fato pudesse proporcionar a ele.

– Está bem – disse ela. – Já entendi que vocês querem me fazer experimentar toda sorte de choques.

Mas não havia nem crueldade nem pena no rosto de Galt, e sim apenas um olhar de justiça:

– Nossa primeira regra aqui, Srta. Taggart, é que cada um tem sempre que ver tudo com os próprios olhos.

O carro parou na frente da casa isolada. Era feita de blocos de granito, e a fachada era quase toda de vidro.

– Eu mando o médico para cá – disse Mulligan antes de se afastar, depois que Galt saltou do carro com Dagny nos braços.

– É a sua casa? – perguntou ela.

– É – respondeu ele, abrindo a porta com um chute.

Levou-a para dentro da sala de visitas, enquanto raios de sol entravam e faziam reluzir as paredes de pinho envernizado. Havia alguns móveis feitos à mão, um teto com vigas nuas, uma porta em arco que dava para uma pequena cozinha com prateleiras rústicas, uma mesa de madeira simples e, surpreendentemente, um fogão elétrico cromado. A casa tinha um ar de simplicidade primitiva de cabana, contendo apenas as coisas mais essenciais, porém organizada com uma habilidade moderníssima.

Galt a carregou pela sala riscada por raios de sol até um pequeno quarto de hóspedes e a colocou na cama. Por uma janela aberta, ela viu uma longa encosta rochosa e pinheiros contra o céu. Viu pequenos riscos nas paredes de madeira, que pareciam inscrições feitas por pessoas diferentes, mas não lhe era possível lê-las. Viu uma outra porta entreaberta, a do quarto de Galt.

– Estou aqui como hóspede ou como prisioneira? – perguntou ela.

– Essa escolha caberá à senhora.

– Não posso optar quando estou lidando com um desconhecido.

– Desconhecido? Mas a senhora não batizou uma linha ferroviária com meu nome?

– Ah!... É mesmo... – Mais uma peça se encaixou no lugar. – É. Eu... – Dagny olhava para aquele homem alto de cabelos rajados de sol, com um sorriso contido nos olhos impiedosamente penetrantes. Ela via neles a luta para construir a Linha John Galt e os dias de verão da viagem inaugural. Estava pensando que, se fosse possível um ser humano simbolizar a ferrovia, então ele seria o escolhido. – É... é verdade... – Porém, lembrando-se do restante, acrescentou: – Mas era o nome do meu inimigo.

Ele sorriu:

– É a contradição que a senhorita vai ter de resolver mais cedo ou mais tarde.

– Foi o senhor, não foi, que destruiu minha linha ferroviária?

– Não, não fui eu, não. Foi a contradição.

Dagny fechou os olhos e, após um breve instante, perguntou:

– Daquelas histórias todas que ouvi a seu respeito, quais eram verdadeiras?

– Todas.

– Foi o senhor que as espalhou?

– Não. Para quê? Nunca fiz questão de que falassem de mim.

– Mas o senhor sabe que se tornou uma lenda?

– Sei.

– O jovem inventor da Companhia de Motores Século XX é a única versão verdadeira da lenda, não é?

– Concretamente verdadeira, é.

Dagny não conseguia dizer aquilo com tom de indiferença. Em sua voz havia algo de ofegante, e a pergunta saiu quase como um sussurro:

– O motor... o motor que eu encontrei... foi o *senhor* que o criou?

– Sim.

Ela não pôde conter o entusiasmo que a fez levantar a cabeça.

– O segredo da transformação da energia... – começou ela, mas parou.

– Eu poderia lhe explicar em 15 minutos – disse ele, respondendo à súplica desesperada que ela não chegara a fazer –, mas nada neste mundo pode me obrigar a dar essa explicação. Se compreender isso, compreenderá tudo o que a intriga.

– Aquela noite... há 12 anos... uma noite de primavera, quando o senhor saiu de uma assembleia de 6 mil assassinos... essa história é verdadeira, não é?

– É.

– O senhor disse a eles que ia parar o motor do mundo.

– Foi o que fiz.

– O que foi que o senhor fez?

– Não fiz *nada*, Srta. Taggart. E esse é todo o meu segredo.

Ela o olhou em silêncio por um longo momento. Ele esperava como se pudesse ler seus pensamentos.

– O destruidor... – disse ela, num tom de espanto e de esperança.

– ... a criatura mais malévola que já existiu – arrematou ele, como se estivesse fazendo uma citação, e ela reconheceu as próprias palavras –, o homem que está roubando os cérebros do mundo.

– Há quanto tempo você vem me observando com tanta atenção? – perguntou ela.

Foi apenas uma pausa momentânea, mas ela teve a impressão de que o olhar de Galt foi intensificado, como se a visse agora com mais atenção, e Dagny percebeu a ênfase em sua voz, embora ele falasse baixo:

– Há anos.

Dagny fechou os olhos, relaxando os músculos, desistindo. Sentia uma indiferença estranha, leve, como se de repente só quisesse se entregar à própria impotência.

O médico que entrou era um homem de cabelos grisalhos, com um rosto sereno e pensativo e modos firmes e discretamente confiantes.

– Srta. Taggart, este é o Dr. Hendricks – disse Galt.

– O Dr. Thomas Hendricks?! – exclamou ela, com a indelicadeza involuntária de uma criança. Era o nome de um grande cirurgião, que se aposentara e sumira havia seis anos.

– Sim, claro – disse Galt.

O cirurgião sorriu para ela, em resposta:

– Midas me disse que seu problema era choque, não o já sofrido, e sim os que a senhorita ainda tem pela frente.

– Bem, deixo-a em suas mãos – disse Galt – e vou até o mercado comprar suprimentos para o café da manhã.

Dagny observou a eficiência e a rapidez com que o Dr. Hendricks examinou suas feridas. Trouxera consigo algo que ela jamais tinha visto: um aparelho de raios X portátil. Ficou sabendo que havia rasgado a cartilagem de duas costelas, torcido o tornozelo, ralado um dos joelhos e um cotovelo, e tinha algumas manchas roxas espalhadas pelo corpo. Quando as mãos rápidas e competentes do Dr. Hendricks terminaram de fazer os curativos, Dagny teve a impressão de que seu corpo era um motor que havia sido checado por um mecânico de primeira e que agora nada mais era necessário.

– Aconselho-a a ficar de cama, Srta. Taggart.

– Ah, não! Se eu tiver cuidado e andar devagar, não vai ter problema.

– A senhorita está precisando de repouso.

– O senhor acha que vou conseguir repousar?

– Acho que não – respondeu ele, sorrindo.

Quando Galt voltou, ela já estava vestida. O Dr. Hendricks falou a ele sobre o estado de Dagny e acrescentou:

– Amanhã volto para examiná-la de novo.

– Obrigado – disse Galt. – Mande a conta para mim.

– De jeito nenhum! – exclamou ela, indignada. – Eu é que vou pagar.

Os dois se entreolharam, como quem ouve um mendigo contar vantagens.

– Depois nós discutimos isso – disse Galt.

O Dr. Hendricks saiu, e ela tentou se levantar, mancando, apoiando-se nos móveis. Galt a tomou nos braços, levou-a até a copa e a sentou a uma mesa posta para dois.

Dagny se deu conta de que estava com fome ao ver a cafeteira no fogão, os dois copos de suco de laranja, os pesados pratos brancos de cerâmica reluzentes sobre a mesa de madeira polida.

– Quando a senhorita dormiu e comeu pela última vez? – perguntou Galt.

– Não sei... eu jantei no trem, com... – Sacudiu a cabeça, com uma ironia amarga e involuntária: *Com o vagabundo*, pensou, com uma angústia desesperada, tentando fugir de um vingador que não a perseguia e que era impossível encontrar, o vingador que agora a encarava do outro lado da mesa, bebendo suco de laranja. – Não sei... parece que faz séculos, que foi em outro continente...

– Como foi que a senhora começou a me seguir?

– Aterrissei no aeroporto de Afton no momento em que seu avião estava decolando. O homem do aeroporto me disse que Quentin Daniels tinha entrado na aeronave com o senhor.

– Lembro-me de ver seu avião esperando para pousar. Pois foi a única ocasião em que não pensei na senhorita. Achei que viria de trem.

Ela o encarou e perguntou:

– O que o senhor quer dizer com isso?

– Isso o quê?

– A única ocasião em que não pensou em mim.

Ele também a encarou e ela percebeu o movimento sutil que já verificara ser típico dele: o esboço de sorriso em sua boca orgulhosamente obstinada.

– Entenda isso como quiser – respondeu ele.

Dagny deixou passar um momento, para enfatizar sua escolha pela severidade de sua expressão, e depois perguntou com a voz fria, num tom inamistoso de acusação:

– O senhor sabia que eu vinha buscar Daniels?

– Sabia.

– E o senhor o pegou rápido para que eu não tivesse tempo de falar com ele? A fim de me derrotar, sabendo muito bem o que essa derrota representaria para mim?

– Claro.

Foi ela quem desviou os olhos e se calou. Galt se levantou para preparar o restante do café da manhã. Ela o observou fazendo as torradas, fritando ovos com bacon. Em seus gestos havia uma habilidade tranquila e espontânea, mas era uma destreza que dizia respeito a outra profissão. Suas mãos se mexiam com a precisão e a rapidez de um engenheiro que aciona os botões de um painel de controle. De repente, Dagny se lembrou de onde já vira um desempenho de competência absurdo como aquele.

– Foi isso que o senhor aprendeu com o Dr. Akston? – perguntou ela, apontando para o fogão.

– Entre outras coisas.

– Ele lhe ensinou a gastar tempo – o *seu* tempo! – nesse tipo de trabalho? – Dagny não conseguiu conter um tremor de indignação.

– Já gastei tempo em trabalhos muito menos importantes.

Quando ele colocou o prato à sua frente, Dagny perguntou:

– Onde o senhor comprou essa comida? Aqui tem armazém?

– O melhor do mundo. O dono é Lawrence Hammond.

– *O quê?*

– Lawrence Hammond, o fabricante de carros. O bacon é da fazenda de Dwight Sanders, o dos aviões. Os ovos e a manteiga, do juiz Narragansett, do Tribunal Superior do Estado de Illinois.

Ela olhou para o prato com um olhar amargo, quase como se tivesse medo de tocar naquela comida.

– É o café da manhã mais caro que já comi, levando-se em conta o valor do tempo do cozinheiro e de todos os outros.

– De um ponto de vista, é verdade. Mas, de outro, é o mais barato, porque nem um tostão foi parar no bolso dos saqueadores que a obrigam a pagar ano após ano e no fim a deixam passar fome.

Após um longo silêncio, Dagny perguntou, com simplicidade, quase melancolicamente:

– O que os senhores estão fazendo aqui?

– Vivendo.

Ela nunca ouvira aquela palavra utilizada com tanto sentido.

– Qual o seu trabalho? – perguntou ela. – Midas Mulligan diz que o senhor trabalha aqui.

– Sou uma espécie de faz-tudo.

– O quê?

– Sempre que alguma coisa pifa, como a rede de distribuição de eletricidade, me chamam.

Ela olhou para Galt e de repente tentou se levantar com um movimento brusco, desviando a vista para o fogão elétrico, porém a dor a obrigou a permanecer sentada.

Ele riu:

– É, é isso mesmo, mas calma, senão o Dr. Hendricks vai obrigá-la a ficar de cama.

– A eletricidade... – disse ela, engasgando-se – a eletricidade aqui é gerada pelo seu motor?

– É.

– Ele foi terminado? Está funcionando?

– Foi graças a ele que preparei seu café da manhã.

– Quero vê-lo!

– Não vá se aleijar só para olhar para esse fogão. É um fogão comum, como qualquer outro, só que seu consumo de energia sai cerca de 100 vezes mais barato. E não vou lhe mostrar mais nada, Srta. Taggart.

– O senhor me prometeu mostrar todo o vale.

– E vou mostrar. Mas não o gerador.

– O senhor me leva para conhecer o vale agora, assim que acabarmos de comer?

– Se a senhorita quiser... e estiver em condições de se mexer.

– Estou, sim.

Ele se levantou, foi até o telefone e discou um número.

– Alô, Midas?... É... É mesmo? É, ela está bem... Você me aluga seu carro por hoje?... Obrigado. Ao preço de sempre: 25 centavos... Dá para você mandá-lo?... Você tem uma bengala ou algo assim? Ela vai precisar... Hoje à noite? É, acho que sim. Vamos, sim. Obrigado.

Galt desligou. Ela o olhava sem acreditar no que ouvira.

– Quer dizer que o Sr. Mulligan, que tem cerca de 200 milhões de dólares, se não me engano, vai lhe cobrar 25 centavos para lhe emprestar o carro?

– Isso mesmo.

– Meu Deus, será que ele não podia lhe dar o carro por cortesia?

Ele a olhou por um momento, examinando seu rosto, como se quisesse que ela percebesse seu olhar irônico.

– Srta. Taggart, não temos leis neste vale, nem regulamentos, nem nenhuma espécie de organização formal. Viemos para cá a fim de descansar. Mas temos certos costumes que todos nós observamos, porque têm a ver com as coisas das quais queremos descansar. Por isso, lhe aviso que há uma palavra que é proibida neste vale: "dar".

– Desculpe – disse ela. – O senhor tem razão.

Galt encheu novamente a xícara de Dagny e lhe ofereceu um maço de cigarros. Ela sorriu e pegou um: nele havia um cifrão.

– Se a senhorita não estiver muito cansada à noite – disse ele –, Mulligan nos convidou para jantar. Vão estar lá alguns convidados que acho que a senhorita vai gostar de ver.

742

– Ah, mas é claro! Não vou estar cansada. Acho que não quero nunca mais me sentir cansada.

Estavam terminando o café quando viram o carro de Mulligan parando à frente da casa. O motorista saltou, subiu correndo o caminho que levava à porta da frente e entrou, sem tocar a campainha nem bater na porta. Dagny levou um momento para se dar conta de que o rapaz apressado, ofegante e descabelado que havia entrado era Quentin Daniels.

– Srta. Taggart, desculpe! – exclamou ele. – O tom de culpa desesperada de sua voz contrastava com a expressão de entusiasmo em seu rosto. – Eu nunca havia faltado com minha palavra antes! É indesculpável, não posso lhe pedir que me perdoe e sei que não vai acreditar em mim, mas a verdade é que eu... eu esqueci.

Ela olhou para Galt:

– Acredito.

– Esqueci que eu havia prometido esperar, esqueci tudo... só lembrei alguns minutos atrás, quando o Sr. Mulligan me disse que seu avião caiu aqui, e então percebi que a culpa era minha, e que se alguma coisa tivesse acontecido com a senhorita... ah, meu Deus! A senhorita está bem?

– Estou. Não se preocupe. Sente-se.

– Não sei como é que alguém pode esquecer que deu sua palavra de honra. Não sei o que aconteceu comigo.

– Pois eu sei.

– Srta. Taggart, eu estava trabalhando no motor havia meses, com base naquela hipótese específica, e quanto mais eu trabalhava, mais a coisa parecia impossível. Passei os últimos dois dias no meu laboratório, tentando resolver uma equação matemática que parecia sem solução. Pensei que não desistiria, mesmo que morresse na frente daquele quadro-negro. Ele chegou tarde da noite. Acho que nem percebi quando entrou. Disse que queria falar comigo, e eu lhe pedi que esperasse e continuei. Acho que esqueci a presença dele. Não sei por quanto tempo ele ficou esperando, observando, mas o que lembro é que de repente ele apagou todo o quadro-negro e escreveu uma única equação, uma equação simples. E foi então que percebi sua presença! E gritei – porque ainda não era a solução, mas era um caminho que levava à solução, e eu jamais pensara nele, mas percebi na mesma hora que era aquilo! Lembro que perguntei: "Como é que o senhor sabe?" E ele respondeu, apontando para uma fotografia do seu motor: "Fui eu que o fiz." E não me lembro de mais nada, Srta. Taggart... quer dizer, nada referente a minha vinda, porque depois disso começamos a falar sobre eletricidade estática e conversão de energia e o motor.

– Viemos até aqui falando sobre física – comentou Galt.

– Ah, lembro que o senhor me perguntou se eu iria com o senhor – disse Daniels – e se eu estaria disposto a nunca mais voltar e abandonar tudo... Tudo? Abandonar aquele Instituto morto que está sendo engolido pelo mato, abandonar meu futuro como escravo, abandonar Wesley Mouch e o Decreto 10.289 e as criaturas subanimalescas que rastejam pelo chão, rosnando que não existe mente!... Srta. Taggart – e Daniels ria, exultante –, ele estava me perguntando se eu abandonaria *aquilo* para vir com *ele*! Ele teve que repetir a pergunta, não consegui acreditar no que eu ouvira na primeira vez, não acreditava que haveria necessidade de fazer aquela pergunta para um ser humano, que um ser humano tivesse que pensar nas opções. Ir? Eu teria pulado do alto de um arranha-céu para segui-lo e ouvir a fórmula antes de cairmos na calçada!

– Eu o compreendo – disse ela, com um olhar melancólico, quase de inveja. – Além disso, você fez o que eu lhe paguei para fazer: você me levou até o segredo do motor.

– Vou ser zelador aqui, também – disse Daniels, sorrindo com satisfação. – O Sr. Mulligan disse que ia me dar o emprego de zelador... *da usina*. E, quando eu tiver aprendido, vou ser promovido a eletricista. Não é incrível, esse Midas Mulligan? É isso que eu quero ser quando tiver a idade dele. Quero ganhar dinheiro. Milhões. Tanto quanto ele.

– Daniels! – Dagny riu, lembrando-se do autocontrole de Daniels, de sua precisão, sua lógica fria de jovem cientista. – O que deu em você? Onde você está? Sabe o que está dizendo?

– Estou *aqui*, Srta. Taggart, e aqui as possibilidades são ilimitadas! Vou ser o maior eletricista do mundo, e o mais rico! Vou...

– Vai voltar para a casa de Mulligan – interrompeu Galt – e dormir durante 24 horas, senão não deixo você nem chegar perto da usina.

– Sim, senhor – disse Daniels, obediente.

O sol já havia descido do alto dos picos, desenhando um círculo brilhante de granito e neve em torno do vale, quando saíram da casa. De repente, Dagny teve a sensação de que nada existia fora daquele círculo e gozou a sensação deliciosa e altiva de ter consciência da finitude, de que tudo aquilo que interessa está ao alcance da vista. Queria estender o braço sobre os telhados da cidade lá embaixo, sentindo que as pontas de seus dedos tocariam os picos do outro lado do vale. Porém não podia levantar os braços. Apoiando-se com um deles na bengala e com o outro no braço de Galt, arrastando os pés com esforço, caminhou até o carro como uma criança aprendendo a andar.

Sentou-se ao lado de Galt e ele deu a partida no carro. Contornaram a cidade e chegaram à residência de Midas Mulligan. Era a maior casa do vale, a única de dois andares, uma curiosa mistura de fortaleza com casa de campo, com grossas paredes de granito e amplas varandas, e ficava no alto de um penhasco. Galt parou o carro para que Daniels saltasse e depois seguiu em frente, por uma estrada que gradualmente subia as montanhas.

Dagny pensou na riqueza de Mulligan, no carro luxuoso que Galt dirigia e se perguntou pela primeira vez se Galt era rico também. Olhou para as roupas dele: as calças cinzentas e a camisa branca pareciam ser de um material resistente, feito para durar; seu cinto de couro estava gasto; o relógio em seu pulso era um instrumento

744

de precisão, porém de aço inoxidável. A única coisa nele que indicava luxo eram seus cabelos, que, agitados pelo vento, pareciam de ouro e cobre.

Subitamente, depois de uma curva, Dagny viu amplas pastagens verdes se estendendo até uma casa ao longe. Ali havia carneiros, alguns cavalos, pocilgas, grandes celeiros de madeira e, mais adiante, um hangar de metal que não parecia condizente com a fazenda.

Um homem com uma camisa colorida de vaqueiro caminhava em direção aos recém-chegados. Galt parou o carro e acenou para ele, porém não disse nada em resposta ao olhar interrogativo de Dagny. Deixou que ela descobrisse por si própria, quando o homem chegou mais perto, que era Dwight Sanders.

– Bom dia, Srta. Taggart – disse ele, sorrindo.

Em silêncio, ela contemplou suas mangas arregaçadas, suas botas pesadas, o gado ao redor.

– Quer dizer que isso é tudo o que resta da sua companhia de aviões – disse ela.

– Não. Há também aquele excelente monoplano, meu melhor modelo, que a senhorita amassou naquela aterrissagem forçada.

– Ah, também já soube? É, era um dos seus, um ótimo avião. Mas acho que o estraguei.

– A senhorita devia consertá-lo.

– Acho que não tem conserto.

– Eu sei consertá-lo.

Eram essas as palavras, o tom de confiança, que ela não ouvia havia anos. Era isso que ela não esperava mais encontrar, porém seu esboço de sorriso terminou com uma risada amarga.

– Consertar como? Numa fazenda? – perguntou ela.

– Não, ora. Na Aviões Sanders.

– Onde fica?

– O que a senhora acha? Lá em Nova Jersey, naquele prédio que o primo de Tinky Holloway comprou de meus sucessores falidos com um empréstimo do governo e uma isenção de impostos? Naquele prédio onde ele produziu seis aviões que nunca decolaram e oito que chegaram a voar, mas caíram, cada um levando 40 passageiros?

– Então onde?

– Onde quer que eu esteja.

Apontou para o outro lado da estrada. Por trás dos pinheiros, Dagny viu o retângulo de concreto de uma pista de pouso no fundo do vale.

– Temos alguns aviões aqui, e sou eu quem cuida deles. Crio porcos e cuido dos aviões. Estou me dando muito bem como produtor de presunto e bacon, sem precisar dos homens de quem eu comprava esses produtos antigamente. Mas aqueles homens não são capazes de produzir aviões sem mim, e, sem mim, não são capazes nem sequer de produzir presunto e bacon.

– Mas o senhor não está mais fabricando aviões.

– Não. Nem os motores a diesel que lhe prometi. Desde a última vez que a vi, projetei e fabriquei apenas um trator – isto é, um único exemplar, feito à mão. Aqui não é necessário produzir em massa. Mas, com esse trator, quatro horas de trabalho rendem tanto quanto oito antes – e Sanders estendeu o braço, apontando para o vale, como se fosse um cetro. Os olhos de Dagny acompanharam o gesto, e ela viu, ao longe, numa encosta, terraços verdejantes – na criação de vacas e galinhas do juiz Narragansett – e o braço de Sanders se moveu lentamente, indicando um longo trecho dourado ao pé de uma garganta, e depois uma faixa de um verde violento –, nas plantações de trigo e fumo de Midas Mulligan – e seu braço se elevou, apontando para um trecho da encosta coberto de verde – e nos pomares de Richard Halley.

Os olhos dela repetiram lentamente a trajetória que seu braço havia descrito, vez após vez, muito depois que ele o baixou, porém Dagny disse apenas:

– Entendo.

– Agora a senhorita acredita que posso consertar seu avião?

– Sim. Mas o senhor já o viu?

– Claro. Midas chamou dois médicos imediatamente: Hendricks para a senhora, e a mim para o seu avião. Mas vai sair caro.

– Quanto?

– Duzentos dólares.

– Duzentos dólares? – repetiu ela, sem acreditar. O preço era baixo demais.

– Em ouro, Srta. Taggart.

– Ah!... Mas onde eu posso comprar ouro?

– Não pode – respondeu Galt.

Ela levantou a cabeça, num gesto de desafio.

– Não?

– Não. Lá onde a senhorita vive, as leis proíbem a compra de ouro.

– E as suas, não?

– Não.

– Então me venda um pouco. Determine o preço. Qualquer quantia que eu pago.

– Com que dinheiro? A senhorita não tem um tostão.

– *O quê?* – A herdeira da Taggart jamais esperara ouvir aquilo.

– Neste vale, a senhorita não tem um tostão. Os milhões de dólares que possui em ações da Taggart Transcontinental aqui não servem para comprar um quilo de bacon na fazenda de Sanders.

– Entendo.

Galt sorriu e se virou para Sanders.

– Conserte o avião. Mais cedo ou mais tarde a Srta. Taggart vai pagar.

E deu a partida no carro, enquanto Dagny, muito tesa, não fez nenhuma pergunta. Entre os penhascos à sua frente se descortinou uma extensão de azul-turquesa, e a estrada terminou. Ela levou um segundo para perceber que era um lago. As águas tranquilas pareciam condensar o azul do céu e o verde das montanhas cobertas de pinheiros numa cor tão pura e tão brilhante que, em contraste, o céu parecia de um cinza fosco. Uma torrente de espuma jorrava do meio dos pinheiros e despencava da rocha, desaparecendo nas águas plácidas do lago. Ao lado do riacho havia uma pequena construção de granito.

Galt parou o carro no momento exato em que um homem robusto veio até a porta. Era Dick McNamara, que fora o melhor empreiteiro de Dagny.

– Bom dia, Srta. Taggart! – disse ele, contente. – Ainda bem que a senhorita não se machucou muito.

Dagny inclinou a cabeça, numa saudação silenciosa, como se saudasse a perda e a dor do passado, daquela tarde infeliz em que Eddie Willers, com uma expressão de desespero no rosto, veio lhe dizer que aquele homem havia desaparecido. *Não me machuquei muito?*, pensou ela. *Mas me machuquei, sim, só que não no avião, e sim naquela tarde, na minha sala vazia...* Dirigiu-se a McNamara:

– O que você está fazendo aqui? Por que me traiu quando eu mais precisava de você?

Ele sorriu, apontando para a construção de pedra e para o cano que desaparecia no mato.

– Eu cuido dos serviços de distribuição de água e energia e da rede telefônica.

– Sozinho?

– No começo, sim. Mas a gente cresceu tanto de um ano para cá que tive de contratar três homens para me ajudar.

– Que homens? De onde vieram eles?

– Um é professor de economia e não conseguia arranjar emprego lá fora porque ensinava que não se pode consumir mais do que se produz. O outro é professor de história e não conseguia arrumar emprego porque ensinava que não foram os favelados que construíram este país. E o terceiro é um professor de psicologia que não conseguia arrumar emprego porque ensinava que os homens são capazes de pensar.

– Eles trabalham para você como bombeiros e guarda-fios?

– A senhorita não imagina como eles são bons nesse tipo de trabalho.

– E quem os substituiu nas universidades?

– Aqueles que as universidades querem agora. – McNamara riu. – Quanto tempo faz que eu traí a senhorita? Não chega nem a três anos, não é? Foi a Linha John Galt que me recusei a construir. Onde está sua linha ferroviária agora? Mas as *minhas* linhas cresceram, dos três quilômetros que Mulligan mandou construir no começo para as centenas de quilômetros de canos e fiações, tudo dentro deste vale. – McNamara viu a expressão involuntária de entusiasmo no rosto dela, aquela expressão que indica admiração no rosto de uma pessoa competente. Ele sorriu, olhou para Galt e disse em voz baixa:

747

– Sabe, Srta. Taggart, pensando bem... talvez eu é que tenha sido fiel à Linha John Galt e a senhorita que a traiu.

Dagny olhou para Galt. Ele observava seu rosto, mas ela não via nada nele.

O carro prosseguiu, contornando o lago. Dagny perguntou a Galt:

– O senhor escolheu este caminho de propósito, não foi? Está mostrando todos os homens que... – Dagny parou; não conseguiu dizer o que pretendera dizer, e concluiu: – ... que perdi?

– Estou lhe mostrando todos os homens que tirei da senhorita – respondeu ele, com firmeza.

É esta a raiz, pensou Dagny, *da ausência de culpa no rosto dele*: ele adivinhara as palavras que ela não quisera dizer para não magoá-lo: rejeitara uma consideração que não se baseava nos seus valores – e, com a certeza orgulhosa de quem tem razão, pronunciara com orgulho o que ela ia dizer como uma acusação.

Mais adiante ela viu um cais de madeira avançando sobre as águas do lago. Uma jovem estava deitada nele, ao sol, olhando para uma série de caniços de pesca. Ao ouvir o ruído do carro, se pôs de pé num salto e correu até a estrada. Estava de calças compridas, arregaçadas acima dos joelhos, mostrando as pernas nuas, e os cabelos negros e longos estavam despenteados. Galt acenou para ela.

– Oi, John! Quando você chegou? – perguntou ela.

– Hoje de manhã – respondeu ele, sorrindo e seguindo em frente.

Dagny olhou para trás e percebeu o olhar que a jovem ainda dirigia a Galt. E muito embora aquele olhar exprimisse a aceitação serena de uma desesperança, juntamente com adoração, ela sentiu algo que jamais havia experimentado antes: uma pontada de ciúme.

– Quem é ela? – perguntou.

– Nossa melhor pescadora. Ela abastece a mercearia de Hammond.

– E o que mais ela faz?

– Quer dizer que a senhorita já percebeu que aqui todo mundo é mais de uma coisa, não é? Ela é escritora. O tipo de escritora que lá fora não consegue mais publicar nada. Ela acredita que quem trabalha com palavras trabalha com a mente.

O carro entrou numa estrada estreita e íngreme, que subia por entre arbustos e pinheiros. Dagny percebeu o que viria pela frente quando viu uma placa feita à mão pregada a uma árvore com os dizeres: garganta de Buena Esperanza.

Não era uma garganta, e sim uma muralha de pedra recoberta com uma rede complexa de canos, bombas e válvulas, como trepadeiras a galgar as encostas. No alto havia uma grande placa de madeira – e a violência orgulhosa das letras, que anunciavam sua mensagem a um emaranhado indevassável de samambaias e galhos de pinheiro, era ainda mais característica do que as palavras em si: Petróleo Wyatt.

Era petróleo que escorria, numa curva brilhante, da boca de um cano para dentro de um tanque ao pé da ribanceira, o único sinal da tremenda luta secreta que transcorria dentro da pedra, o único objetivo de todo aquele maquinário intrincado, mas ele não lembrava as instalações de uma torre de petróleo, e Dagny se deu conta de que estava testemunhando o segredo que permanecia oculto na garganta de Buena Esperanza: percebeu que aquilo era petróleo extraído de xisto betuminoso por meio de um processo que os homens haviam considerado impossível.

Ellis Wyatt estava no alto da ribanceira, examinando o mostrador de vidro de um medidor engastado na rocha. Viu o carro parando lá embaixo e gritou:

– Oi, Dagny! Estou descendo em um minuto!

Havia mais dois homens trabalhando com ele: um grandalhão musculoso, numa bomba no meio da rocha, e um rapaz, ao lado do tanque no chão. O rapazinho era louro e tinha no rosto uma expressão de pureza incomum. Dagny estava certa de que conhecia aquele rosto, mas não conseguia se lembrar de onde o vira. O rapaz percebeu seu olhar confuso, sorriu e, como se para ajudá-la, assobiou bem baixinho, de modo quase inaudível, as primeiras notas do Quinto Concerto de Halley. Era o jovem guarda-freios do Cometa.

Ela riu:

– Então era mesmo o Quinto Concerto de Richard Halley, não era?

– Claro – respondeu ele. – Mas a senhorita acha que eu ia dizer isso a uma traidora?

– Uma o quê?

– Então é para isso que eu lhe pago? – perguntou Ellis Wyatt, aproximando-se. O garoto riu e correu de volta para a manivela que havia abandonado por um instante. – A Srta. Taggart não podia despedi-lo se você vagabundeasse, mas eu posso.

– É esse um dos motivos pelos quais eu larguei a ferrovia, Srta. Taggart – disse o rapaz.

– Você sabia que eu o roubei de você? – perguntou Wyatt. – Ele era seu melhor guarda-freios e agora é meu melhor mecânico. Mas ele não vai acabar nem comigo nem com você.

– Com quem, então?

– Com Richard Halley. É o melhor aluno dele.

Dagny sorriu:

– Eu sei. Aqui só se empregam aristocratas para fazer os trabalhos mais miseráveis.

– São todos aristocratas, é verdade – disse Wyatt –, porque sabem que não existe trabalho miserável, apenas homens miseráveis que não se dispõem a trabalhar.

O grandalhão ouvia a conversa com curiosidade lá de cima. Dagny levantou a vista para ele. O homem parecia um motorista de caminhão. Ela perguntou:

– E você, o que era lá fora? No mínimo, professor de filologia comparada, não é?

– Não, senhora – respondeu ele. – Eu era motorista de caminhão. – E acrescentou: – Mas não queria continuar nisso o restante da vida, não.

Ellis Wyatt olhava à sua volta com um orgulho juvenil, como se pedisse ansiosamente um elogio: o orgulho do anfitrião em uma recepção formal em sua sala de visitas, a ânsia de um artista no vernissage de sua exposição. Dagny sorriu e perguntou, apontando para as máquinas:

– Petróleo de xisto?

– É.

– O processo que você estava pesquisando no tempo em que vivia na Terra? – Aquilo lhe escapou sem querer, e Dagny não pôde conter uma leve interjeição de espanto com o que ela própria dissera.

Ele riu:

– No tempo em que eu vivia no inferno. Agora é que estou na Terra.

– Quanto você produz?

– Duzentos barris por dia.

Dagny disse, com tristeza:

– E você que pretendia produzir, por esse processo, o bastante para encher cinco composições de carros-tanques por dia!

– Dagny – disse ele, sério, apontando para o tanque –, um litro desse petróleo vale mais que todo o carregamento de um trem de petróleo lá no inferno, porque esse é *meu*, todo meu, para ser gasto única e exclusivamente por mim. – Levantou a mão suja de óleo, exibindo as manchas como se fossem um tesouro, e uma gota negra na ponta de seu dedo brilhou como uma joia ao sol. – Meu. Será que você permitiu que eles a derrotassem a ponto de você esquecer o significado dessa palavra, a sensação que ela provoca? Devia tentar reaprendê-la.

– Você está escondido neste fim de mundo – disse ela, desolada – e produzindo 200 barris de óleo, quando podia estar inundando todo o mundo de petróleo.

– Para quê? Para alimentar os saqueadores?

– Não! Para ganhar a fortuna que você merece.

– Mas agora sou mais rico do que era no mundo. O que é a riqueza senão um meio de expandir a própria vida? Há duas maneiras de conseguir isso: ou produzindo mais ou produzindo mais depressa. E é isso que estou fazendo: fabricando tempo.

– Como assim?

– Estou produzindo tudo de que necessito, trabalhando para aperfeiçoar meu método, e cada hora que economizo é uma hora de vida que ganho. Antes eu levava cinco horas para encher esse tanque. Agora levo três. As duas horas que ganhei são minhas, assim como se eu houvesse atrasado a hora da minha morte. Ganho mais duas para cada cinco horas de vida que ainda tenho. São duas horas que não preciso gastar numa tarefa, que posso investir numa outra; mais duas horas para trabalhar, crescer, andar para a frente. Essa é a minha caderneta de poupança. Existirá algum cofre-forte que possa proteger essa minha poupança no mundo exterior?

– Mas que espaço você tem para andar para a frente? Onde está o seu mercado?

Wyatt deu uma risada:

– Mercado? Agora trabalho para meu próprio uso, não para o lucro; para o *meu* uso, não para o lucro dos saqueadores. Apenas aqueles que aumentam minha vida, e não a devoram, constituem meu mercado. Apenas aqueles que produzem, e não os que consomem, podem constituir um mercado. Negocio com aqueles que criam vida, não com os canibais. Se meu óleo pode ser produzido com menor esforço, peço menos àqueles com quem eu o troco pelas coisas de que necessito. Aumento um pouco a duração da vida deles com cada litro do meu óleo que eles queimam. E, visto que eles são homens como eu, estão sempre inventando maneiras de fazer mais depressa aquilo que produzem. Assim, cada um deles me concede mais um minuto, hora ou dia com o pão que compro deles, ou as roupas, a lenha, o metal – dizendo isso, Wyatt olhou para Galt –, um ano a mais com cada mês de energia elétrica que adquiro. Este é o nosso mercado, e é assim que ele funciona para nós. Mas as coisas não eram assim no mundo exterior. Em que ralo eles despejavam lá os nossos dias, nossas vidas e nossa energia? Em que esgoto sem fundo e sem futuro, de coisas que nunca foram pagas? Aqui trocamos realizações, não fracassos; valores, não necessidades. Somos todos livres em relação uns aos outros, porém todos crescemos juntos. Riqueza, Dagny? E que riqueza é maior do que ser dono da sua própria vida e empenhá-la no crescimento? Toda coisa viva precisa crescer. Não pode parar. Ou cresce ou morre. Olhe... – Wyatt apontou para uma planta que se esforçava para sair de baixo de uma pedra pesada, um caule longo e contorcido pela luta desigual, com vestígios de folhas moles e amarelentas e um único broto verde apontando para o sol com o desespero de um último esforço vão. – É isso que estão fazendo conosco lá no inferno. Você é capaz de me ver me sujeitando a isso?

– Não – murmurou ela.

– Consegue ver John se sujeitando a isso? – perguntou Wyatt, apontando para Galt.

– De jeito nenhum!

– Então não se espante com nada que você vir neste vale.

Ela permaneceu calada enquanto o carro seguia em frente. Galt não dizia nada.

Numa encosta distante, no meio de uma floresta densa, Dagny viu um pinheiro cair de repente, descrevendo uma curva, como um ponteiro de relógio, e, com um estrondo, desaparecer de vista. Ela viu que ali havia o dedo do homem.

– Quem é o madeireiro daqui? – perguntou.

– Ted Nielsen.

Aos poucos as curvas da estrada se tornavam mais suaves e a subida, menos íngreme. Ali o relevo era menos acentuado. Dagny viu um pedaço de terra cor de ferrugem dentro do qual havia dois quadrados, cada um de um tom diferente de verde: o verde-escuro dos pés de batata e o verde-claro prateado dos repolhos. Um homem de camisa vermelha dirigia um pequeno trator, cortando ervas daninhas.

– Quem é o produtor de repolhos? – perguntou ela.

– Roger Marsh.

Dagny fechou os olhos. Pensou no mato que subia os degraus de uma fábrica fechada e trepava em sua fachada de ladrilhos, a algumas centenas de quilômetros dali, além das montanhas.

Agora a estrada descia para o fundo do vale. Dagny via os telhados da cidade lá embaixo e o ponto reluzente do cifrão de ouro ao longe, na extremidade oposta do vale. Galt parou o carro à frente do primeiro prédio que havia na encosta, acima da altura dos telhados, um edifício de tijolos de cuja chaminé saía uma leve névoa avermelhada. Dagny quase sentiu um choque ao ver sobre a porta do prédio esta placa tão lógica: "Fundição Stockton".

Quando saltou do carro, apoiada na bengala, para a estrada ensolarada e depois entrou na escuridão úmida do prédio, o choque que ela sentiu foi em parte causado pela sensação de anacronismo, em parte pela nostalgia que o lugar lhe inspirou. Aquilo era o Leste industrializado, que ainda há pouco lhe parecia algo desaparecido havia séculos. Era aquela visão que ela tanto adorava, a fumaça avermelhada subindo, as vigas de aço, as fagulhas emergindo de repente de fontes invisíveis, as chamas súbitas irrompendo em meio a uma névoa escura, os moldes de areia cheios de metal incandescente. A névoa ocultava as paredes do prédio, tornando indefinido seu tamanho – e, por um momento, aquilo era a grande fundição extinta de Stockton, Colorado, era a Motores Nielsen... era a Siderúrgica Rearden.

– Oi, Dagny!

O rosto sorridente que emergiu da neblina era de Andrew Stockton, que estendeu a ela a mão suja com um gesto de orgulho confiante, como se naquela palma estivesse contida toda a visão momentânea que ela havia experimentado.

Dagny apertou a mão dele.

– Oi – disse ela, em voz baixa, sem saber se estava saudando o passado ou o futuro. Então sacudiu a cabeça e perguntou: – Quer dizer que você não está plantando batatas nem fabricando sapatos? Você conseguiu ficar na sua velha profissão?

– Ah, aqui quem faz sapatos é o Calvin Atwood, da Empresa de Energia Elétrica da Cidade de Nova York. Além disso, minha profissão é das mais antigas e mais imediatamente necessárias em qualquer lugar. Mesmo assim tive que brigar e derrubar um concorrente.

– O quê?

Stockton sorriu e apontou para a porta de vidro de uma sala ensolarada:

– Lá está meu concorrente arruinado.

Dagny viu um jovem debruçado sobre uma mesa comprida, trabalhando num modelo complexo de um molde de broca. Tinha as mãos finas e poderosas de um pianista clássico, e o rosto sério de um cirurgião na mesa de operações.

– Ele é escultor – disse Stockton. – Quando cheguei aqui, ele e o sócio tinham uma fundição artesanal que era também oficina de consertos. Abri uma fundição de verdade e roubei toda a clientela dele. O rapaz não podia fazer o que eu faço, e, afinal, para ele era apenas um bico, já que o negócio dele é fazer esculturas, mesmo. Assim, acabou trabalhando para mim. Agora está ganhando mais do que antes e trabalhando menos horas por dia. O ex-sócio dele era químico e resolveu partir para a agricultura. Produziu um fertilizante que duplicou a produção de algumas plantações aqui... Você falou em batatas? Pois a produção de batatas foi a que mais aumentou.

– Então alguém pode levar você a quebrar, também?

– Claro. A qualquer momento. Conheço um homem que seria capaz disso e que provavelmente vai me quebrar, mesmo, assim que vier para cá. Mas para ele eu trabalhava até como varredor. Ele chegaria aqui e triplicaria a produção de todo mundo.

– Quem?

– Hank Rearden.

– É... – murmurou ela. – Claro!

Dagny não sabia por que dissera aquilo com tanta certeza. Sentia ao mesmo tempo que a presença de Rearden neste vale era uma impossibilidade e que ali era o lugar dele, mais do que de ninguém. Era esse o lugar de sua juventude, de onde ele começara, e ao mesmo tempo o lugar que ela passara a vida toda procurando, que lutara para descobrir, o objetivo de sua luta sofrida... Parecia-lhe que as espirais daquela névoa entrecortada de chamas tragavam o tempo, fechando-o num estranho círculo. E um pensamento vago passou voando pela sua mente como a sequência de uma frase inacabada: conservar intacta a juventude é chegar, no fim, à visão da qual se partiu – e ao mesmo tempo ouviu a voz de um vagabundo numa lanchonete, dizendo: "John Galt encontrou a fonte da juventude que ele queria trazer para os homens. Só que nunca voltou... porque viu que era impossível trazê-la de lá."

Das profundezas da névoa brotou uma nuvem de fagulhas, e Dagny viu as costas largas do contramestre, que fez um sinal com um dos braços, comandando alguma atividade invisível. O homem deixou a cabeça inclinar para trás, para gritar uma ordem – ela viu de relance seu perfil e prendeu a respiração. Stockton percebeu, riu e gritou:

– Ken, venha cá! Tem uma velha amiga sua aqui!

Dagny olhou para Ken Danagger, que se aproximava. O grande industrial, que ela tentara desesperadamente convencer a não desaparecer, agora trajava um macacão sujo.

– Oi, Srta. Taggart. Bem que eu disse que íamos voltar a nos ver em breve.

Ela baixou a cabeça, como se concordando e o cumprimentando, mas por um momento sua mão apertou com força a bengala, e ela relembrou a última vez que o vira, aquela hora de espera agoniada, depois o rosto distante do outro lado da mesa e uma porta que se fechava após a saída de um desconhecido, fazendo tilintar os painéis de vidro.

Foi um momento tão breve que dois dos homens presentes só poderiam entendê-lo como uma saudação – mas foi para Galt que ela olhou quando levantou a cabeça e viu que ele a olhava como se soubesse o que ela estava sentindo: percebeu que Dag-

753

ny compreendera quem havia acabado de sair da sala de Danagger naquele dia. O rosto de Galt não lhe disse nada em resposta: havia nele aquela expressão de severidade respeitosa que um homem ostenta perante o fato de que a verdade é a verdade.

– Eu não esperava – disse ela a Danagger, em voz baixa. – Eu não esperava voltar a vê-lo jamais.

Danagger a olhava como se ela fosse uma criança prodígio descoberta por ele e que ele agora contemplava achando graça.

– Eu sei – respondeu Danagger. – Mas por que a senhorita está tão chocada?

– Eu... Mas é tão absurdo, isso! – E apontou para seu traje.

– Qual o problema?

– Quer dizer que é assim que o senhor terminou?

– Nada disso! Estou apenas começando.

– O que pretende fazer?

– Mineração. Mas não carvão, e sim ferro.

– Onde?

Ele apontou para as montanhas:

– Bem ali. Já viu alguma vez Midas Mulligan fazer um mau investimento? A senhora não imagina o que existe naquelas rochas, para quem sabe procurar. É o que tenho feito: procurar.

– E se não achar minério de ferro?

Ele deu de ombros:

– Há outras coisas a fazer. Na minha vida toda, o que sempre faltou foi tempo, nunca o que fazer.

Ela olhou para Stockton com curiosidade e lhe perguntou:

– Então você está dando treinamento para um homem que pode vir a ser seu concorrente mais perigoso?

– Só gosto de empregar homens assim. Dagny, será que você já está sendo influenciada pelos saqueadores de tanto viver entre eles? Está achando que a capacidade de um homem pode representar uma ameaça para outro?

– Não, não! Mas é que eu achava que só eu não pensava assim no mundo.

– Quem tem medo de contratar os homens mais capazes que há é um trapaceiro que não merece estar onde está. Para mim, o maior trapaceiro do mundo, mais desprezível que um criminoso, é o empregador que rejeita candidatos por serem bons demais. Isso é o que eu sempre pensei, e... mas de que você está rindo?

Ela o ouvia com um sorriso entusiasmado e surpreso:

– É tão surpreendente ouvir isso, porque é tão certo!

– O que mais seria possível pensar?

Dagny riu baixinho:

– Sabe, quando era garota, eu pensava que todo empresário pensava assim.

– E depois?

– Depois, aprendi que não é isso que eles pensam.

– Mas é verdade, não é?

– Aprendi a não esperar dos outros a verdade.

– Mas é racional, não é?

– Desisti de esperar dos outros o que é racional.

– Ninguém jamais pode desistir disso – disse Ken Danagger.

Haviam voltado para o carro e já desciam as últimas curvas da estrada quando Dagny olhou para Galt, que se virou para ela na mesma hora, como se já esperasse aquilo.

– Foi o senhor que foi falar com Danagger naquele dia, não foi? – perguntou ela.

– Fui eu.

– Então o senhor sabia que eu estava esperando na antessala?

– Sabia.

– O senhor sabia o que eu estava sentindo, olhando para aquela porta fechada?

Dagny não soube definir a natureza do olhar que ele lhe dirigiu. Não era piedade, porque ela não parecia ser o objeto do olhar; era a espécie de olhar com que se contempla o sofrimento, só que não parecia se dirigir ao sofrimento dela.

– Claro – disse ele baixo, quase alegre.

A primeira loja que havia na única rua do vale era como um teatro aberto: uma estrutura quadrada sem a parede da frente, um palco preparado com cores vivas, como se para uma comédia musical – cubos vermelhos, círculos verdes, triângulos dourados, que eram caixotes cheios de tomates, barris de alface, pirâmides de laranjas; no fundo o sol brilhava em prateleiras de metal. A placa na marquise informava: Mercearia Hammond. Um homem de aparência distinta, em mangas de camisa, com um perfil severo e têmporas encanecidas, pesava um pedaço de manteiga para uma moça atraente que esperava ao balcão, com uma postura espontânea, como uma dançarina. Seu vestido de algodão se balançava de leve ao vento, como um traje de corista. Dagny sorriu sem querer, embora o homem fosse Lawrence Hammond.

As lojas eram estruturas de apenas um andar. À medida que o carro ia passando por elas, Dagny ia vendo nomes conhecidos nas placas, como se fossem títulos em páginas de um livro folheado rapidamente: Venda do Mulligan, Artigos de Couro Atwood, Madeiras Nielsen, depois o cifrão encimando a porta de uma pequena fábrica, juntamente com os dizeres: Companhia de Fumos Mulligan.

– Midas Mulligan tem algum sócio? – perguntou Dagny.

– O Dr. Akston – respondeu Galt.

Os transeuntes eram poucos, alguns homens, um número ainda menor de mulheres, e andavam com a rapidez de quem tem um objetivo definido, como se cada um fosse executar uma tarefa específica. Todos paravam ao ver o carro, saudavam Galt com um gesto e olhavam para Dagny com a curiosidade sem surpresa de quem a reconhecia.

– Quer dizer que havia muito tempo que me esperavam por aqui? – perguntou ela.

– Continuamos esperando.

À beira da estrada, Dagny viu uma estrutura de vidro e madeira que, por um instante, lhe pareceu apenas uma moldura para um quadro que representasse uma mulher alta e delicada, de cabelos de um louro claro, com um rosto tão belo que parecia distante, como se o artista só tivesse conseguido esboçá-lo, sem torná-lo completamente real. No instante seguinte, a mulher mexeu a cabeça, e Dagny se deu conta de que havia pessoas sentadas às mesas colocadas dentro da estrutura, que aquilo era uma lanchonete, que a mulher estava em pé atrás do balcão, e que era Kay Ludlow, a estrela de cinema que ninguém esquecia, mesmo que só a tivesse visto uma vez. A estrela que se aposentara e desaparecera cinco anos antes e fora substituída por moças de nomes e rostos permutáveis. Mas, ao se surpreender com essa constatação, Dagny se lembrou do tipo de filmes feitos agora e achou que a lanchonete de vidro era um lugar melhor para a beleza de Kay do que um filme que glorificava tudo o que é vulgar, justamente por ser desprovido de glória.

O prédio seguinte era pequeno e chato, de granito, sólido e bem construído. As linhas daquele bloco retangular eram tão precisas quanto os vincos de um traje a rigor, porém Dagny viu, como um fantasma momentâneo, um enorme arranha-céu riscando a neblina de Chicago, o edifício que um dia ostentara a placa que ela via agora, com letras douradas, acima de uma modesta porta de pinho: Banco Mulligan.

Ao passar pelo banco, Galt diminuiu a velocidade do carro como se enfatizasse aquele movimento.

O próximo prédio era pequeno, de tijolos, e a placa informava: Casa da Moeda Mulligan.

– Casa da Moeda? – perguntou Dagny. – Para que Mulligan quer isso?

Galt enfiou a mão no bolso e colocou duas pequenas moedas na palma estendida de Dagny. Eram pequenos discos de ouro reluzente e estavam fora de circulação desde os tempos de Nat Taggart. Nelas via-se de um lado a cabeça da Estátua da Liberdade e, no outro, lia-se a inscrição "Estados Unidos da América – Um Dólar". Porém as datas eram recentes, e a mais antiga havia sido feita dois anos antes.

– É o dinheiro que usamos aqui – disse ele. – Feito na Casa da Moeda Mulligan.

– Mas... com que autoridade?

– Veja o que está gravado na moeda, nos dois lados.

– O que vocês usam como trocado?

– Também moedas cunhadas por Mulligan, só que de prata. Não aceitamos nenhuma outra moeda aqui no vale. Só aceitamos valores *objetivos*.

Dagny examinava as moedas:

– Parece... parece algo que surgiu na primeira manhã da era dos meus ancestrais.

Ele apontou para o vale:

– É mesmo, não é?

Dagny não parava de olhar para aquelas duas gotinhas de ouro, finas, delicadas, quase sem peso, na palma de sua mão, sabendo que toda a rede da Taggart Transcontinental se baseara naquilo, que aquilo fora a pedra fundamental que sustentara todas as pedras fundamentais, todos os arcos, todas as vigas das estradas de ferro, das pontes, do Edifício Taggart... Sacudiu a cabeça e devolveu as moedas a Galt.

– O senhor não está facilitando as coisas para mim – disse ela, em voz baixa.

– Muito pelo contrário.

– Por que não diz logo as coisas todas que quer que eu entenda?

Com um gesto amplo, Galt indicou a cidade e a estrada por onde eles vinham.

– E não é justamente isso que estou fazendo?

Seguiram em silêncio. Depois de algum tempo, ela perguntou, no tom seco de quem apenas pede uma informação:

– Quanto Midas Mulligan já faturou neste vale?

Ele apontou para a frente:

– Calcule.

A estrada aqui era mais rústica e eles estavam se aproximando das residências do vale. As casas não se alinhavam ao longo da estrada, porém se espalhavam de modo irregular pela área, por sobre as elevações e os pontos baixos do terreno. Eram pequenas e simples, construídas com materiais encontrados no local, principalmente granito e pinho, com muita engenhosidade e economia de esforço físico. Cada casa dava a impressão de ter sido construída por um único homem. Não havia duas casas semelhantes, e a única coisa que tinham em comum era a marca de uma mente apreendendo um problema e o resolvendo. De vez em quando, Galt apontava para uma casa, escolhendo as das pessoas que Dagny conhecia – e ela tinha a impressão de que era uma lista de citações da mais rica bolsa de valores do mundo, ou de um quadro de honra:

– Ken Danagger... Ted Nielsen... Lawrence Hammond... Roger Marsh... Ellis Wyatt... Owen Kellogg... Dr. Akston...

A casa do cirurgião era a última, um chalé pequeno com uma varanda grande, no alto de uma escarpa ao sopé das montanhas. Depois de passar por ela, a estrada começava a subir em curvas fechadas e a pista se estreitava, reduzindo-se a uma passagem apertada entre duas muralhas de pinheiros antiquíssimos, com troncos altos e retos, semelhantes a colunas, e galhos que se confundiam no alto, mergulhando a estrada subitamente no silêncio e na penumbra. Não havia marcas de rodas na fina faixa de terra. A estrada parecia abandonada e esquecida, e bastavam alguns minutos e umas poucas curvas para que se tivesse a impressão de estar muito longe de tudo – e a única coisa que interrompia a quietude era um ou outro raio de sol que se esgueirava entre as árvores e aparecia no meio da floresta de vez em quando.

Quando Dagny viu de repente uma casa à margem da estrada, foi como se ouvisse um ruído repentino: perdida na solidão, separada de toda existência humana, ela parecia o refúgio secreto de algum grande desafio ou dor. Era a casa mais humilde do vale, uma cabana feita de troncos de árvores, marcada com riscos escuros de muitas chuvas. Apenas suas amplas janelas resistiam às tempestades com a serenidade intacta, lisa e reluzente do vidro.

– De quem é essa... Ah! – Ela prendeu a respiração e desviou a vista. Acima da porta, atingido por um raio de sol, havia o desenho desbotado e gasto pelos ventos de muitos séculos: era o brasão de prata de Sebastián d'Anconia.

Como se em resposta ao gesto incontido de fuga esboçado por Dagny, Galt parou o carro bem em frente à casa. Por um momento, se entreolharam: o olhar dela era uma pergunta; o dele, uma ordem. O rosto dela exprimia uma franqueza desafiadora; o dele, uma severidade indevassável. Ela compreendeu o objetivo de Galt, mas não o que o motivara a agir assim. Obedeceu e, apoiada em sua bengala, saiu do carro e ficou observando a casa.

Contemplou o brasão de prata que viera de um palácio de mármore na Espanha, passara por um barraco nos Andes e terminara numa cabana no Colorado – o brasão dos homens que jamais se sujeitavam. A porta da cabana estava trancada. O sol não atingia a escuridão além das janelas, e galhos de pinheiro se estendiam sobre o telhado como braços protetores, compassivos, conferindo uma bênção solene. Sem outro ruído que não um graveto se partindo aqui e uma gota caindo ali no meio da floresta, separados um do outro por longos intervalos, o silêncio parecia conter toda a dor que se ocultara aqui, porém jamais ganhara voz. Com um respeito delicado, resignado, conformado, Dagny ouvia as palavras: *Vamos ver se você vai honrar Nat Taggart mais que eu a Sebastián d'Anconia... Dagny! Me ajude a ficar. A recusar. Embora ele tenha razão!...*

Virou-se e olhou para Galt, lembrando-se de que fora *ele* o homem contra quem ela tinha sido incapaz de ajudar Francisco d'Anconia. Estava no carro, sentado no banco do motorista. Não havia saltado para acompanhá-la ou ajudá-la, como se quisesse que ela reconhecesse o passado e respeitasse a privacidade daquela saudação solitária. Dagny percebeu que ele estava na mesma posição de antes, o antebraço apoiado no volante no mesmo ângulo, os dedos imobilizados na mesma posição, como os de uma estátua. Seus olhos a fitavam, mas isso era tudo o que ela podia perceber em seu rosto: que ele a olhava atentamente, sem se mexer.

Depois que ela voltou para o carro e sentou-se a seu lado, Galt disse:

– Foi o primeiro homem que tirei da senhorita.

Com uma expressão séria e desafiadora, que não ocultava nada, ela perguntou:

– O que o senhor sabe a respeito disso?

– Nada que ele tenha me dito com palavras. Tudo o que ele me disse através do tom de voz sempre que falava da senhorita.

Dagny baixou a cabeça. Havia captado o toque de sofrimento na neutralidade levemente exagerada de seu tom.

Galt deu a partida, e a explosão do ruído do motor destruiu a história encerrada em seu silêncio; então seguiram em frente.

A estrada se alargou um pouco. Mais adiante havia um trecho banhado de sol. Dagny viu de relance alguns fios brilhando entre os galhos, ao se aproximarem de uma clareira. Um prédio pequeno e discreto se destacava da encosta, sobre uma proeminência rochosa do solo. Era um cubo simples de granito, do tamanho de um quarto de despejo, sem janelas nem qualquer outro tipo de abertura que não uma porta de aço, com um emaranhado de antenas metálicas saindo do telhado. Galt não parou o carro nem fez qualquer menção àquela estrutura. Subitamente Dagny perguntou:

– O que é aquilo?

Dagny percebeu um leve sorriso nos lábios de Galt quando ele respondeu:

– A casa de força.

– Ah, pare, por favor!

Atendendo a seu pedido, ele deu marcha a ré e parou. Ao dar seus primeiros passos sobre a subida de pedra, Dagny se deteve, como se não fosse necessário andar mais, como se não fosse possível subir mais, e ficou imóvel, tal como ficara no momento em que seus olhos contemplaram o vale pela primeira vez, um momento que unia seu início à sua meta.

Ela contemplava a estrutura, e toda a sua consciência estava absorta numa única visão e numa única e indizível emoção, mas ela sempre soubera que uma emoção era uma soma totalizada pela máquina de calcular da mente, e o que sentia agora era a soma instantânea de todos os pensamentos que não lhe era necessário evocar, a soma final de uma longa série, como uma voz que lhe perguntasse, por meio de um sentimento, se ela havia tentado segurar Quentin Daniels, sem qualquer esperança de vir a utilizar o motor, apenas para saber que ainda havia realizações como aquela no mundo. Se, como um mergulhador num oceano de mediocridade, sob a pressão de homens com olhos de gelatina, vozes de borracha, convicções em espiral, almas que jamais se comprometiam com nada e mãos que jamais realizavam nada, ela havia se agarrado, como a uma corda salva-vidas e a um tubo de oxigênio, à ideia de uma realização superlativa da mente humana. Se, ao ver os restos do motor, numa súbita emoção incontrolada, como um último protesto de seus pulmões devorados pela corrupção, o Dr. Stadler havia exclamado de espanto ao ver algo que não lhe inspirava desprezo, e sim admiração, e se essa exclamação traduzia todo o objetivo e razão de sua vida. Se ela havia sido impelida e motivada desde a juventude por uma fome de competência limpa, dura e radiante, então era isso que ela via à sua frente agora, feita, realizada, a concretização do poder de uma mente incomparável sob a forma de uma rede de fios que brilhavam tranquilamente ao sol de verão, extraindo uma energia incalculável do interior secreto de um pequeno cubo de pedra.

Dagny pensou que aquela estrutura, com a metade do tamanho de um vagão, podia substituir as usinas do país, aqueles enormes conglomerados de aço, combustível e esforço. Pensou que a corrente que fluía daquele cubo poderia retirar pesos de muitas toneladas dos ombros daqueles que o construíssem ou o usassem, acrescentando horas, dias e anos de tempo livre a suas vidas, desde um momento extra para levantar a cabeça do trabalho e olhar para o sol lá fora, ou um maço de cigarros a mais comprado com o dinheiro que se economizou na conta de luz, até a hora a menos no expediente de todas as fábricas que usassem aquela energia, ou uma viagem de um mês pelo mundo afora, com uma passagem paga por um dia de trabalho, num trem movido pela energia desse motor. Pensou em toda a energia daquele peso, daquele trabalho, daquele tempo sendo substituída e paga pela energia de uma única mente que soubera ligar certos fios segundo determinadas ligações entre seus pensamentos. Porém ela sabia que não havia significado nos motores, nas fábricas nem nos trens, que seu único significado residia no homem que goza sua vida, seu objetivo verdadeiro, e que a admiração que lhe inspirava aquela realização se dirigia ao homem que a criara, ao poder e à visão radiante que nele residiam e que enxergavam na Terra um lugar a ser gozado, e soubera que a realização da felicidade própria era o objetivo, a justificativa e o significado da vida.

A porta da estrutura era de aço inoxidável liso e lustroso, levemente azulado, e brilhava ao sol. Acima da porta havia uma inscrição no granito, único adorno daquele prédio austero:

JURO POR MINHA VIDA E POR MEU AMOR À VIDA QUE JAMAIS VIVEREI POR OUTRO HOMEM, NEM PEDIREI A OUTRO HOMEM QUE VIVA POR MIM.

Dagny se virou para Galt. Ele estava a seu lado, a seguira, sabendo que aquela saudação se dirigia a ele. Ela olhava para o homem que inventara o motor, mas o que via era a figura descontraída e natural de um trabalhador em seu ambiente próprio, exercendo sua função própria. Percebeu a leveza incomum de sua postura, como se ele não pesasse nada, que revelava um controle absoluto do próprio corpo – um corpo alto vestido com roupas simples: camisa fina, calças leves, cinto em torno de uma cintura fina – e cabelos soltos que a brisa fazia brilhar como se fossem de metal. Dagny o fitava como olhara para a estrutura que ele construíra.

Então percebeu que as duas primeiras frases que haviam trocado ainda pairavam no ar, preenchendo o silêncio – que tudo o que fora dito desde então tinha aquelas palavras como pano de fundo, que ele soubera aquilo, não a deixara se esquecer daquilo. De repente se deu conta de que estavam sozinhos. Essa consciência enfatizava o fato em si e não permitia qualquer outra implicação, porém continha nessa ênfase todo o significado do que não fora dito. Estavam sozinhos numa floresta silenciosa, ao pé de uma estrutura que parecia um templo antigo, e ela sabia qual era o rito apropriado como culto a se oferecer num altar como aquele. Sentiu uma pressão súbita na garganta e sua cabeça se inclinou para trás um pouco, apenas o bastante para que ela sentisse uma leve corrente de ar nos cabelos, mas era como se estivesse deitada no espaço, contra o vento, e sua consciência não contivesse nada além das pernas daquele homem e o formato de sua boca. Galt a olhava, o rosto imóvel salvo pelo leve apertar das pálpebras que dava a impressão de que protegia os olhos de uma luz demasiadamente intensa. Foi como uma sucessão de três instantes – este era o primeiro. No segundo, ela sentiu uma pontada de triunfo feroz ao se dar conta de que o esforço dele, a luta dele eram mais difíceis de suportar do que as dela – e então ele desviou o olhar e levantou a cabeça para ver a inscrição no templo.

Dagny deixou que ele o fizesse por um instante, quase como se num gesto de piedade condescendente para com um adversário que tentava recuperar as forças, e então perguntou, com um tom de orgulho imperioso, apontando para a inscrição:

– O que é aquilo?

– O juramento feito por toda pessoa que está neste vale, menos a senhorita.

Olhando para a inscrição, Dagny disse:

– Sempre segui essa norma de vida.

– Eu sei.

– Mas não acho que o senhor a siga corretamente.

– Então a senhorita vai ter que descobrir quem é que está errado.

Ela andou até a porta de aço, com uma súbita confiança sutilmente acentuada pela maneira como caminhava, um simples toque de esforço, apenas a consciência do poder que lhe era conferido pela dor que ele sentia, e tentou, sem pedir permissão, virar a maçaneta da porta. Mas a porta estava trancada e nem sequer tremeu sob a pressão da mão de Dagny, como se a tranca estivesse unida à pedra com o aço da porta.

– Não tente abrir essa porta, Srta. Taggart. – Galt se aproximou dela, com passos um pouco lentos demais, como se enfatizando a atenção que ela dava a cada um deles. – Não há força física capaz de abri-la. Apenas um pensamento pode abrir essa porta. Se a senhorita tentasse arrombá-la com os melhores explosivos do mundo, as máquinas lá dentro seriam destroçadas muito antes de a porta ceder. Mas basta chegar ao pensamento necessário que o segredo do motor será seu, bem como... – então, pela primeira vez, Dagny ouviu um leve tremor na voz de Galt – qualquer outro segredo que a senhorita queira conhecer.

Ele a encarou por um momento, como se estivesse se abrindo completamente para seu entendimento, e então, com um sorriso estranho e sutil, como quem ri de uma ideia que lhe ocorre, acrescentou:

– Vou lhe mostrar como é.

Deu um passo para trás. Então, parado, o rosto voltado para a inscrição na pedra, repetiu aquelas palavras lentamente, num tom uniforme, como se mais uma vez estivesse fazendo o juramento. Não havia nenhuma emoção em sua voz, nada além da enunciação clara daquelas palavras que ele pronunciava com plena compreensão do que significavam – porém Dagny compreendeu que estava presenciando o momento mais solene que jamais teria chance de testemunhar: estava vendo a alma desnudada de um homem e o que lhe custara pronunciar essas palavras. Ouvia um eco do dia em que ele pronunciara aquele juramento pela primeira vez, com pleno conhecimento dos anos que teria pela frente, e sabia que espécie de homem se havia levantado para encarar 6 mil rostos numa noite escura de primavera e por que eles tiveram medo dele. Sabia que isto era o nascimento e o âmago de todas as coisas que haviam acontecido no mundo nos 12 anos que se seguiram àquele momento. Sabia que isto era muito mais importante do que o motor oculto, dentro daquele cubo, e compreendeu tudo isso ao ouvir um homem dizendo para si próprio, renovando seu juramento:

– Juro por minha vida... e por meu amor à vida... que jamais viverei por outro homem... nem pedirei a outro homem... que viva... por mim.

Dagny não ficou surpresa – aquilo lhe pareceu natural e quase sem importância – quando, ao fim da frase, viu a porta se abrir lentamente, sem que ninguém tocasse nela, para dentro, revelando a escuridão do interior. No momento em que uma luz elétrica se acendeu dentro da estrutura, Galt agarrou a maçaneta e fechou a porta, trancando-a novamente.

– É uma fechadura operada por sons – disse ele, com o rosto sereno. – Essa frase é a combinação de sons que a abre. Não me preocupo em lhe revelar o segredo porque sei que a senhorita jamais pronunciará essas palavras até que as entenda da maneira que eu quero que sejam entendidas.

Dagny baixou a cabeça:

– É verdade.

Ela o seguiu em direção ao carro, lentamente, sentindo-se subitamente cansada demais para se mexer. Jogou-se no banco e fechou os olhos, mal ouvindo o motor dar a partida. O cansaço e as emoções acumuladas nas horas que não dormira a atingiram de repente, apesar da barreira de tensão que seus nervos haviam erigido para detê-los. Dagny ficou imóvel, incapaz de pensar, de reagir ou de lutar, esvaziada de todas as emoções, menos de uma.

Não disse nada. Só abriu os olhos quando o carro parou à frente da casa de Galt.

– Melhor descansar – disse ele – e dormir agora mesmo, se quiser ir ao jantar de Mulligan hoje à noite.

Ela concordou com a cabeça, obediente. Arrastou-se até a casa, rejeitando sua ajuda. Com esforço, lhe disse que estava bem, fugiu para a privacidade do quarto e fechou a porta.

Caiu de bruços na cama. Não era apenas o cansaço físico. Era a súbita ideia fixa de uma sensação tão completa que se tornava insuportável. Embora a força de seu corpo lhe faltasse e a mente perdesse a faculdade da consciência, uma única emoção se alimentava de seus últimos vestígios de energia, compreensão, julgamento, controle, não lhe restando nada com que pudesse lhe resistir ou direcioná-la, tornando-a incapaz de desejar, fazendo-a apenas sentir, reduzindo-a a mera sensação – uma sensação estática, sem início nem objetivo. Ela não parava de ver a imagem daquele homem em sua mente – em frente à porta da casa de força –, não sentia mais nada, nenhuma vontade, nenhuma esperança, nenhuma estimativa a respeito de seus sentimentos, nenhum nome para lhe dar, nenhuma relação consigo mesma. Ela própria não mais existia, não era uma pessoa, só uma função, a função de vê-la, e aquela visão era seu próprio significado e objetivo, sem nenhuma outra finalidade a atingir.

Com o rosto enterrado no travesseiro, Dagny relembrou vagamente o instante em que decolara do campo de pouso em Kansas. Sentiu o pulsar do motor, a aceleração de um movimento que acumulava força em linha reta para uma meta única – e, no momento em que as rodas do avião se elevaram do solo, ela adormeceu.

◆◆◆

O fundo do vale era como uma lagoa, ainda refletindo a luz do céu, um brilho que passava de ouro a cobre. As margens desapareciam na penumbra e os picos assumiam uma tonalidade azul enfumaçada enquanto Dagny e Galt, no carro, iam em direção à casa de Mulligan.

Não havia sinal de cansaço nem de violência nela. Acordara quando o sol se punha. Ao sair do quarto, encontrara Galt à sua espera, sentado imóvel, à luz de um abajur. Ele a olhara, e ela – parada no vão da porta, o rosto relaxado, os cabelos penteados, a postura descansada e confiante – tinha a mesma aparência que teria à porta de seu escritório no Edifício Taggart, não fosse pelo ligeiro ângulo de seu corpo inclinado sobre a bengala. Ele a fitou ainda por um momento, e ela se perguntou por que se sentia tão certa de que era essa a imagem que ele via: ela à porta de seu escritório, como uma visão há muito sonhada e proibida.

Sentada ao lado dele no carro, Dagny não sentia nenhuma vontade de falar, sabendo que nem ela nem ele poderiam ocultar o significado daquele silêncio. Ela viu algumas luzes se acenderem nas casas mais distantes do vale e em seguida viu as janelas iluminadas da casa de Mulligan, logo adiante. Perguntou então:

– Quem vai estar lá?

– Alguns de seus amigos mais recentes – respondeu Galt – e de meus amigos mais antigos.

Mulligan os esperava à porta. Ela percebeu que seu rosto sério e anguloso não era tão duro e inexpressivo quanto imaginara: havia nele uma expressão de contentamento, que no entanto era incapaz de amolecer suas feições. Essa expressão tinha apenas o efeito de riscá-las, como sílex, e delas arrancar chispas de humor que brilhavam sutilmente nos cantos de seus olhos, um humor mais sagaz e mais exigente e, no entanto, mais caloroso do que um sorriso.

Ele abriu a porta da casa movendo o braço um pouco mais devagar do que seria normal, dando uma ênfase imperceptivelmente solene ao gesto. Ao entrar na sala, Dagny viu à sua frente sete homens que se levantaram ao vê-la.

– Cavalheiros... a Taggart Transcontinental – anunciou Mulligan.

Falou sorrindo, mas até certo ponto a sério. Algo em sua voz fez com que o nome de uma rede ferroviária parecesse ser – como o fora no tempo de Nat Taggart – um título honorífico.

Dagny inclinou a cabeça lentamente, saudando aqueles homens que – ela sabia – possuíam padrões de valor e honra iguais aos seus, que reconheciam a glória daquele título tanto quanto ela, e percebeu, com uma súbita pontada de tristeza, que havia muito tempo sentia falta daquela espécie de reconhecimento.

Lentamente, como uma saudação, seu olhar passou de um rosto a outro: Ellis Wyatt, Ken Danagger, Hugh Akston, o Dr. Hendricks, Quentin Daniels, e Mulligan pronunciou o nome dos outros dois:

– Richard Halley e o juiz Narragansett.

O leve sorriso nos lábios de Halley parecia lhe dizer que eles já se conheciam havia anos – o que era verdade, considerando-se as noites que ela passara sozinha ao lado do toca-discos. A figura austera e encanecida do juiz a fez se lembrar de que certa vez ouvira alguém dizer que ele parecia uma estátua de mármore – uma estátua de mármore vendada, o tipo de figura que desaparecera dos tribunais do país na mesma época em que as moedas de ouro sumiram.

– Aqui já é seu lugar há muito tempo, Srta. Taggart – disse Mulligan. – Não era assim que esperávamos que a senhorita viesse, mas... Bem-vinda à sua casa.

Não!, era o que ela queria responder, porém se deu conta de que o que disse foi:

– Obrigada.

– Dagny, quantos anos serão necessários para aprender a ser você mesma? – perguntou Ellis Wyatt, segurando-a pelo cotovelo, conduzindo-a a uma cadeira, sorrindo de sua expressão de impotência, da luta travada em seu rosto entre um sorriso e uma resistência a rir. – Não finja que não nos compreende. Você compreende muito bem.

– Jamais fazemos afirmações, Srta. Taggart – disse Hugh Akston. – Este é o crime moral característico de nossos inimigos. Nós não dizemos, e sim *mostramos*. Não alegamos, *provamos*. Não é sua obediência que tentamos conquistar, e sim sua convicção racional. Conhece agora todos os elementos de nosso segredo. Cabe à senhorita tirar a conclusão. Podemos ajudá-la a identificá-la, mas não a aceitá-la. Vê-la, conhecê-la e aceitá-la são coisas que cabem à senhorita.

– Sinto-me como se soubesse qual é a conclusão – respondeu ela, com simplicidade –, mais ainda, como se a conhecesse desde sempre, só que nunca a encontrasse. E agora tenho medo, não de ouvi-la, apenas medo por ela estar tão próxima.

Akston sorriu:

– O que a senhorita acha disto? – E apontou para a sala ao seu redor.

– Isto? – Ela riu de repente, olhando para os rostos daqueles homens contra o fundo das grandes vidraças iluminadas pelos últimos raios dourados do sol. – Para mim, é como... Sabe, jamais imaginei que voltaria a vê-los algum dia, às vezes me perguntava quanto daria para vê-los ainda que de relance, ouvir alguma palavra de vocês, e agora...

agora é como aquele sonho que a gente imagina na infância, quando pensa que algum dia, no céu, vai conhecer aqueles grandes homens que não conheceu na Terra, e fica escolhendo, de todos os séculos passados, quais a gente gostaria de encontrar.

– Bem, eis uma pista referente à natureza de nosso segredo – disse Akston. – Pergunte a si própria se o sonho do céu e da grandeza deve esperar por nós na sepultura, ou se deve ser nosso aqui e agora, na Terra.

– Eu sei – disse ela num sussurro.

– E, se a senhorita encontrasse esses grandes homens no céu, o que diria a eles? – perguntou Ken Danagger.

– Acho que... "oi", só isso.

– Não – disse Danagger. – A senhorita ia querer ouvir deles uma certa coisa. Eu também não sabia, até que o vi pela primeira vez. – E ao dizer isso Danagger apontou para Galt. – Foi então que ele me disse, e percebi do que sentira falta durante toda a minha vida. Ia querer que eles olhassem e dissessem: "A senhorita agiu direito."

Ela baixou a cabeça e concordou com um movimento silencioso, mantendo a cabeça bem baixa, para que ele não percebesse as lágrimas que subitamente lhe haviam brotado nos olhos.

– Pois bem, Dagny – prosseguiu Danagger –, você agiu direito! Direito até demais. E agora é hora de descansar daquele fardo que nenhum de nós jamais deveria ter carregado.

– Cale a boca – repreendeu-o Mulligan, olhando para a cabeça baixa de Dagny com preocupação.

Porém ela levantou a cabeça, sorridente, e disse a Danagger:

– Obrigada.

– Já que você falou em descansar, então deixe que ela descanse – disse Mulligan. – Foi demais para ela num dia só.

– Não – discordou ela, sorrindo. – Continuem. Digam o que tiverem para dizer.

– Depois – disse Mulligan.

O jantar foi servido por Mulligan e Akston, auxiliados por Quentin Daniels, em pequenas bandejas de prata, colocadas sobre os braços das poltronas. Estavam espalhados pela sala, o brilho do céu morrendo nas janelas e a luz elétrica cintilando nas taças de vinho. No recinto havia uma atmosfera luxuosa, porém era o luxo de uma simplicidade requintada. Dagny reparou na mobília cara, cuidadosamente escolhida por critérios de conforto, adquirida em algum lugar numa época em que o luxo ainda era uma arte. Não havia objetos supérfluos, porém ela percebeu na parede uma pequena tela de um mestre renascentista, que valia uma fortuna, e um tapete oriental que, por sua textura e cor, merecia estar exposto num museu sob uma redoma. *É este o conceito de riqueza de Mulligan*, pensou ela: a riqueza da seleção, não a da acumulação.

Daniels estava sentado no chão, com sua bandeja no colo, e parecia completamente à vontade ali, olhando para ela de vez em quando, sorrindo como um irmão mais moço bem moleque que conhecia um segredo que ela ainda não descobrira. Ele chegara ao vale uns dez minutos antes dela, pensou Dagny, mas já era um deles, enquanto ela ainda era uma estranha.

Galt estava sentado um pouco afastado, fora do círculo de luz projetado pelo abajur, no braço da poltrona do Dr. Akston, e não dissera uma palavra. Havia se colocado em segundo plano, deixando Dagny com os outros e assistindo a tudo como se fosse um espetáculo no qual ele não teria mais nenhuma participação. Porém Dagny a toda hora olhava para ele, atraída pela certeza de que aquele espetáculo era algo escolhido e montado por ele, que fora ele quem o iniciara havia muito tempo e que todos os outros sabiam disso tão bem quanto ela.

Dagny percebeu que havia outra pessoa que olhava para Galt, involuntariamente, quase de modo furtivo, como se se esforçasse para não confessar a solidão de uma longa separação: Hugh Akston. Não lhe dirigia a palavra, como se sua presença lhe bastasse. Porém, quando Galt se debruçou para a frente e lhe caiu sobre o rosto uma mecha de cabelo, Akston estendeu a mão e a recolocou no lugar, e sua mão, por um instante imperceptível, tocou a testa do aluno: foi o único sinal de emoção que se permitiu, a única saudação, um gesto paternal.

Quando deu por si, Dagny estava conversando com os homens, alegre e descontraída. *Não*, pensou, *o que estou sentindo não é tensão, e sim um vago espanto por não estar sentindo a tensão que deveria.* O que havia de anormal naquilo era a sensação de normalidade e simplicidade.

Dagny mal se dava conta das perguntas que fazia, à medida que se dirigia ora a um, ora a outro interlocutor, porém suas respostas ficavam gravadas em sua mente, uma por uma, apontando para um desenlace.

– O Quinto Concerto? – disse Richard Halley, respondendo a uma pergunta sua. – Eu o compus há 10 anos. Aqui o chamamos de Concerto da Libertação. Obrigado por tê-lo reconhecido com base em umas poucas notas assobiadas no meio da noite... É, eu soube... E, como a senhorita conhecia minha obra, era de esperar que, ao ouvi-lo, entendesse que esse concerto diz tudo o que eu vinha tentando dizer, tudo o que queria exprimir antes. É dedicado a ele – acrescentou Halley, apontando para Galt. – Não, Srta. Taggart, não abandonei a música de jeito nenhum. O que a faz pensar assim? Compus mais nos últimos 10 anos do que em qualquer outro período da minha vida. Posso tocar o que a senhorita quiser quando for à minha casa... Não, Srta. Taggart, lá fora não vou publicar nada, nem uma nota dessas músicas será ouvida fora deste vale.

– Não, Srta. Taggart, não larguei a medicina – disse o Dr. Hendricks, respondendo a outra pergunta. – Nos últimos seis anos tenho feito pesquisas. Descobri um método para proteger os vasos sanguíneos do cérebro dos derrames. Assim será afastado o terrível perigo de uma paralisia súbita... Não, não divulgarei nada a respeito de meu método ao mundo exterior.

– O direito, Srta. Taggart? – perguntou o juiz Narragansett. – Que direito? Eu não o abandonei, ele é que deixou de existir por lá. Continuo trabalhando na profissão que escolhi e servindo à causa da justiça... Não, a justiça nunca deixa de existir. Como isso poderia acontecer? O que ocorre é que os homens a perdem de vista, e então é a justiça que os destrói. Mas não é possível a justiça deixar de existir, porque justiça e existência são um o atributo do outro, porque justiça é reconhecer o que existe... Mas não abandonei minha profissão. Estou escrevendo um tratado sobre a filosofia do direito. Vou demonstrar que o maior dos males da humanidade, a mais destrutiva das máquinas de semear horrores de todas que os homens inventaram, é o direito não objetivo... Não, Srta. Taggart, meu tratado não será publicado lá fora.

– O meu trabalho, Srta. Taggart? – perguntou Midas Mulligan. – É fazer transfusões de sangue, e continuo a fazer isso. Meu trabalho é alimentar com um combustível vital as plantas que são capazes de crescer. Porém pergunte ao Dr. Hendricks se é possível salvar com sangue um organismo que se recusa a funcionar, uma carcaça podre que pretende existir sem qualquer esforço. Meu banco de sangue é o ouro. O ouro é um combustível que faz maravilhas, mas nenhum combustível funciona na ausência de motor... Não, não abandonei meu trabalho. Apenas me cansei de trabalhar para um matadouro, no qual se tira sangue de seres saudáveis para injetá-lo em corpos semimortos.

– Nenhum de nós abandonou nada – afirmou Hugh Akston. – Verifique suas premissas, Srta. Taggart. O mundo é que abandonou muita coisa... Por que um filósofo não pode trabalhar numa lanchonete? Ou numa fábrica de cigarros, como faço agora? Todo trabalho é um ato filosófico. E quando os homens aprenderem a considerar o trabalho produtivo, bem como aquilo que é sua fonte, o padrão de seus valores morais, eles chegarão àquele estado de perfeição que lhes pertence de direito, mas que eles perderam... A fonte do trabalho? É a mente humana, Srta. Taggart, a mente racional do homem. Estou escrevendo um livro sobre isso, no qual defino uma filosofia moral que aprendi com meu próprio aluno. É, ela poderia salvar o mundo... Não, não vou publicá-la no mundo exterior.

– Por quê? – quis saber ela. – Por quê? O que vocês estão fazendo, todos vocês?

– Estamos em greve – respondeu John Galt.

Todos se voltaram para ele, como se estivessem esperando por sua voz e por aquela palavra. Dagny ouviu a passagem vazia do tempo dentro de si, o súbito silêncio que se instaurou na sala, ao olhar para Galt, do outro lado do círculo de luz. Estava sentado confortavelmente no braço de uma poltrona, debruçado para a frente, o braço no joelho, a mão dependurada – e em seus lábios era o leve sorriso que dava às suas palavras o tom de irrevogabilidade fatal:

– Por que essa ideia causa espanto? Só há um tipo de homem que nunca entrou em greve na história da humanidade. Todos os outros tipos e classes pararam quando bem entenderam e apresentaram exigências ao mundo, afirmando-se indispensáveis, menos os homens que sempre carregaram o mundo nos ombros, o mantiveram vivo e suportaram torturas como única forma de pagamento, porém jamais abandonaram a humanidade. Pois chegou a vez deles. Que o mundo descubra quem eles são, o que fazem e o que acontece quando eles se recusam a trabalhar. Esta é a greve dos homens que usam suas mentes, Srta. Taggart. A mente humana está em greve.

Dagny permaneceu imóvel. Apenas levou os dedos, lentamente, até a testa.

– Por toda a história – prosseguiu Galt –, a mente sempre foi considerada algo de mau, e todo tipo de insulto – herege, materialista, explorador –, todo tipo de iniquidade – exílio, perda de cidadania, expropriação –, todo tipo de castigo – escárnio, tortura, morte – já foram infligidos àqueles que assumiram a responsabilidade de encarar o mundo pelos olhos de uma consciência viva e realizar o ato crucial de estabelecer conexões racionais. Porém foi apenas na medida em que alguns homens – acorrentados, presos, escondidos, nas mansardas dos filósofos, nas lojas dos comerciantes – continuaram a pensar que a humanidade pôde sobreviver. Através de todos os séculos em que foi cultivada a estupidez, em que toda estagnação foi suportada pelos homens, em que toda brutalidade foi cometida por eles, foi graças aos homens que percebiam que o trigo precisa de água para crescer, que pedras dispostas numa curva formam um arco, que 2 mais 2 são 4, que o amor não se faz com tortura e a vida não se faz com destruição, foi graças apenas a esses homens que a humanidade aprendeu a experimentar aqueles momentos em que foi possível captar a glória de ser humana, e foi apenas o somatório desses momentos que tornou possível sua sobrevivência. Foi o homem que usava a mente que lhe ensinou a fazer pão, a curar feridas, a forjar armas e a construir a cadeia na qual o jogaram. Ele foi o homem de energia extravagante e generosidade imprudente que sabia que a estagnação não é o destino do homem, que a impotência não é sua natureza, que o engenho de sua mente é seu poder mais nobre e mais elevado – e foi servindo esse amor à existência que só ele sentia que prosseguiu trabalhando, trabalhando a qualquer preço, trabalhando para os que o roubavam, para os que o prendiam, para os que o torturavam, pagando com sua vida o privilégio de salvar a vida deles. Era esta sua glória e sua culpa: deixar que eles lhe ensinassem a sentir-se culpado de sua glória, aceitar o papel de bode expiatório e, como castigo pelo pecado de ser inteligente, morrer em holocausto como um animal irracional.

Dagny não fez menção de que iria interrompê-lo, então ele prosseguiu:

– O mais trágico e grotesco da história da humanidade é que, em todos os altares que foram construídos, quem era imolado era sempre o homem, e quem era adorado era sempre o animal. Eram sempre os atributos do animal, e não os do homem, que a humanidade cultuava: o ídolo do instinto e o ídolo da força. Os místicos e os reis: os místicos, que ambicionavam uma consciência irresponsável e cujo poder emanava da afirmativa de que suas emoções obscuras eram superiores à razão, que o conhecimento vinha através de acessos cegos e imotivados, e deveria ser seguido cegamente, sem jamais ser questionado; e os reis, cujo poder emanava de suas garras e seus músculos, cujo método era a conquista e cujo objetivo era o saque, cuja justificativa única eram as armas. Os defensores da alma humana se interessavam pelos sentimentos e os do corpo humano, pelo estômago – porém ambos tinham em comum estarem contra a mente. No entanto, ninguém, nem mesmo o mais baixo dos seres humanos, pode renunciar completamente a seu cérebro. Ninguém jamais acreditou no irracional, e sim no injusto. Sempre que um homem denuncia a mente é porque seu objetivo é algo cuja natureza a mente não lhe permite confessar. Quando ele afirma contradições, ele o faz cônscio de que alguém há de aceitar o ônus do impossível, alguém fará com que isso funcione para ele ao preço do próprio sofrimento ou da própria vida – a destruição é o preço de toda contradição.

Todos o olhavam com admiração, e ele continuou a explicar a Dagny o que ela ansiara tanto por ouvir:

– Foram as vítimas que tornaram possível a injustiça. Foram os defensores da razão que possibilitaram o domínio dos irracionais. A espoliação da razão foi o objetivo de todas as seitas antirracionais que já surgiram. A espoliação da capacidade foi o objetivo de todas as seitas que já pregaram o autossacrifício. Os espoliadores sempre souberam disso. Nós, não. Chegou a hora de enxergarmos isso também. O que agora querem que adoremos é a figura nua, deformada e irracional – antes fantasiada de deus ou rei – do incompetente. Esse é o novo ideal, a nova meta, o novo objetivo de vida, e todos os homens serão recompensados à medida que se aproximarem de tal ideal. Dizem que vivemos na era do homem comum – um título a que qualquer homem pode aspirar, com base na distinção que jamais obteve. Ele agora se elevará por obra dos esforços que não fez, será honrado pelas virtudes que não demonstrou ter, será pago pelos bens que não produziu. Mas nós, para pagar pelo crime de sermos competentes, nós teremos de trabalhar para sustentar esse homem, seguir suas ordens, sendo nossa única recompensa a satisfação dele. Como somos nós os que mais têm a dar, teremos menos a dizer. Como temos mais capacidade de pensar, não nos será permitido ter pensamentos próprios. Como temos melhor discernimento quanto a ações práticas, não nos permitirão escolher nossos atos. Trabalharemos sob decretos e controles, criados por aqueles que são incapazes de trabalhar. Eles usarão nossa energia, porque não têm nenhuma para oferecer, e nossos produtos, porque não sabem produzir.

– Mas isso não é impossível? Você acha que isso pode ser posto em prática? – perguntou Dagny.

– Bom, eles sabem que é impossível. Quem não sabe é a senhorita, e eles dependem de a senhorita não o saber. Eles precisam que continue a trabalhar até não poder mais, a alimentá-los enquanto aguentar. Quando for destruída, haverá outra vítima que começará a alimentá-los enquanto se esforça para sobreviver – e cada vítima sucessiva durará menos tempo. E se a senhorita, ao morrer, lhes deixar uma rede ferroviária, seu sucessor morrerá e lhes deixará um pão. Isso não preocupa os saqueadores do momento. O plano deles, como os planos de todos os reis saqueadores que já existiram, só prevê que o saque dure até o fim de suas vidas. Antes sempre durou, porque em uma única geração não se esgota o número de vítimas. Mas desta vez *não vai durar*. As vítimas estão em greve. Em greve contra o martírio e contra o código moral que exige o martírio. Em greve contra aqueles que acreditam que um homem deve viver para o bem de outro. Em greve contra a moralidade dos canibais, seja ela praticada no corpo ou no espírito. Nós nos recusamos a lidar com homens segundo códigos que não o nosso, que é um código moral segundo o qual cada homem é um fim em si, não um meio para outros atingirem seus fins. Não queremos obrigá-los a adotar nosso código. Eles estão livres para acreditar no que quiserem. Porém desta vez eles vão ter que acreditar no que quiserem, mas viverão sem nossa ajuda. E, de uma vez por todas, vão ter que aprender o verdadeiro significado de suas crenças. Elas já existem há séculos, sancionadas apenas pelas próprias vítimas, pela aceitação por parte delas do castigo que lhes é imposto por violarem um código impossível de cumprir. Mas esse código foi feito para ser violado. Ele se sustenta não naqueles que o observam, mas nos que o violam; uma moralidade que sobrevive não baseada nos santos, e sim nos pecadores.

Ele parou por um instante, como se dando tempo para que ela assimilasse tudo o que lhe dizia. Então continuou, encarando-a:

– Pois resolvemos que não seremos mais pecadores. Paramos de violar esse código moral. Vamos erradicá-lo de uma vez por todas por meio do único método a que ele é incapaz de resistir: vamos cumpri-lo. É o que estamos fazendo. Ao lidar com nossos semelhantes, estamos observando seu código de valores ao pé da letra e os poupando dos males que eles denunciam. A mente é má? Retiramos da sociedade os produtos de nossas mentes, e nem sequer uma única ideia nossa será conhecida nem usada pelos homens. Então a capacidade é um mal egoísta que não dá nenhuma oportunidade àqueles que são menos capazes? Nós nos retiramos da concorrência e abrimos todas as oportunidades para os incompetentes. Tentar enriquecer é ganância, a raiz de todo mal? Não estamos mais tentando fazer fortuna. É um mal tentar ganhar mais do que o mínimo necessário à subsistência? Só assumimos os cargos mais humildes e só produzimos, por nosso próprio esforço, aquilo que atende a nossas necessidades imediatas, e não ameaçamos o mundo com um centavo, com uma ideia inovadora sequer. É um mal ter sucesso, já que os fortes triunfam em detrimento dos fracos? Não mais fazemos os fracos arcarem com o ônus de nossa ambição – agora podem prosperar livremente sem nós. É mau ser empregador? Não oferecemos mais empregos. É mau possuir propriedade? Não possuímos nada. É mau gozar a vida? Não buscamos gozar nada do mundo deles, e – o que foi mais difícil para nós – agora o que sentimos pelo mundo deles é aquela emoção que eles consideram ideal: a indiferença, o vazio, o zero, a marca da morte... Estamos dando aos homens tudo o que eles há séculos afirmam desejar e considerar virtuoso. Agora vamos ver se é isso mesmo que eles querem.

– Foi o senhor que iniciou essa greve? – perguntou Dagny.

– Fui eu. – Galt se levantou, as mãos nos bolsos, o rosto iluminado. Ela o viu sorrir: um sorriso fácil, sem esforço, implacável, nascido da certeza. Ele prosseguiu: – Falam tanto em greve; dizem que o homem excepcional depende muito do comum. Gritam que o industrial é um parasita, que são seus empregados que o sustentam, criam sua riqueza, tornam possível seu luxo... o que seria dele se todos eles sumissem? Pois bem. Proponho mostrar ao mundo quem depende de quem, quem sustenta quem, quem é a fonte de riqueza, quem torna a vida de quem possível e o que acontece com quem quando a outra parte some.

As janelas agora estavam escuras e refletiam as brasas dos cigarros. Galt pegou um cigarro na mesa a seu lado, e à luz do fósforo Dagny viu por um instante o brilho do cifrão de ouro entre seus dedos.

– Eu parei e aderi à greve dele – acrescentou Hugh Akston – porque não podia me considerar colega de profissão de homens que afirmam que o intelectual é aquele que nega a existência do intelecto. Ninguém daria trabalho a um bombeiro encanador que tentasse provar sua excelência profissional afirmando a inexistência dos canos. Porém parece que esses padrões não são considerados necessários entre os filósofos. Mas aprendi com meu próprio aluno que fui eu que tornei possível esse estado de coisas. Quando os pensadores aceitam como colegas de profissão aqueles que negam a existência do pensamento, como membros de uma outra escola de pensamento, então são eles os responsáveis pela destruição da mente. Eles concedem ao inimigo sua premissa básica, e assim a razão aprova a demência formal. Uma premissa básica é um absoluto que não admite a cooperação com sua antítese nem tolera a tolerância. Do mesmo modo e pelo mesmo motivo que o banqueiro não pode aceitar nem fazer circular dinheiro falso, concedendo-lhe a sanção, a honra e o prestígio de seu banco, assim como não pode aceitar o argumento do falsificador de que a tolerância deve levá-lo a aceitar o dinheiro falso como uma mera diferença de opinião, assim também não posso conceder o título de filósofo ao Dr. Simon Pritchett nem entrar em competição com ele. O Dr. Pritchett não possui nada depositado no banco da filosofia, nada senão sua intenção declarada de destruí-lo. Ele tenta faturar em cima do poder de que a razão goza entre os homens, negando-o. Ele tenta gravar o selo da razão nos planos dos saqueadores a quem serve. Tenta usar o prestígio da filosofia para conseguir a escravização do pensamento. Mas esse prestígio é uma conta que só pode existir enquanto eu estiver lá para assinar os cheques. Ele que se vire sem mim. Dou a ele e àqueles que lhe confiam a formação de seus filhos exatamente o que exigem: um mundo de intelectuais sem intelecto e pensadores que afirmam não serem capazes de pensar. Estou fazendo o que pedem. Estou obedecendo. E, quando virem a realidade absoluta de seu mundo sem absolutos, não estarei lá e não serei eu quem pagará o preço de suas contradições.

– O Dr. Akston entrou em greve baseado no princípio do sistema bancário – disse Mulligan. – Pois eu entrei em greve com base no princípio do amor. O amor é a forma mais elevada de reconhecimento que conferimos aos valores superlativos. Foi o caso Hunsacker que me fez largar tudo – quando um tribunal me mandou atender, dando prioridade de acesso ao dinheiro de meus clientes, à exigência daqueles que provassem que não tinham o direito de exigir coisa alguma. Queriam que eu desse dinheiro ganho com o trabalho de seus proprietários a vagabundos cujo único argumento era sua incapacidade de ganhar dinheiro com seu próprio trabalho. Nasci numa fazenda, eu conhecia o significado do dinheiro. Já havia lidado com muitos homens em minha vida. Vi-os crescer. Fiz minha fortuna aprendendo a distinguir determinado tipo de homem: aquele que jamais pede fé, esperança nem caridade, e sim oferece fatos, provas e lucros. Você sabe que investi dinheiro em Hank Rearden na época em que ele começava a subir, quando tinha conseguido sair de Minnesota para comprar as siderúrgicas na Pensilvânia? Pois, quando olhei para a ordem judicial em minha mesa, tive uma visão. Vi uma imagem com tanta clareza que mudou para mim a aparência de todas as coisas. Vi o rosto alegre e os olhos vivos de Rearden quando jovem, tal como era quando o conheci. Vi-o caído aos pés de um altar, seu sangue escorrendo para dentro da terra, e em pé naquele altar estava Lee Hunsacker, com seus olhos cheios de remelas, gemendo que nunca lhe tinham dado uma oportunidade... É estranho como as coisas se tornam simples depois que a gente as vê com clareza. Não foi difícil fechar o banco e sumir: eu estava vendo, pela primeira vez na vida, aquilo que era a razão de minha existência, aquilo que eu amava.

Dagny olhou para o juiz Narragansett.

– O senhor largou tudo pelo mesmo motivo, não foi?

– Foi – respondeu o juiz. – Larguei tudo quando o tribunal de apelação revogou minha decisão. Escolhi minha profissão porque decidi ser um guardião da justiça. Mas as leis que eu era obrigado a cumprir me faziam cometer a pior injustiça concebível. Queriam que eu usasse a força para violar os direitos de homens desarmados, que haviam me procurado para que eu protegesse esses direitos. Os litigantes obedecem à decisão de um tribunal exclusivamente com base na premissa de que existe uma norma de conduta *objetiva*, aceita por ambas as partes. Ora, percebi que uma das partes estava sujeita a essa norma, mas a outra não estava: que uma ia obedecer a uma regra enquanto a outra ia impingir um desejo arbitrário seu – sua *necessidade* –, e a lei ia se colocar do lado do desejo. O papel da Justiça seria defender o injustificável. Entrei em greve porque não me seria possível suportar ouvir a palavra "meritíssimo" dirigida a mim por um homem honesto.

Os olhos de Dagny lentamente se voltaram para Richard Halley, como se ela ao mesmo tempo lhe implorasse que contasse sua história e exprimisse seu medo de ouvi-la. Ele sorriu.

– Que os homens tivessem me obrigado a lutar como lutei, eu lhes perdoaria – disse ele. – O que não pude perdoar foi a maneira como encararam meu sucesso. Jamais senti ódio durante todos os anos em que fui rejeitado. Se meu trabalho era algo novo, eu tinha que lhes dar tempo para aprender; se eu me orgulhava de ser o primeiro a desvendar um novo caminho para atingir alturas que ninguém conseguira antes, não tinha o direito de reclamar se os outros demoravam para me seguir. Era isso que eu dizia a mim mesmo durante todos aqueles anos: apenas de vez em quando, à noite, eu não conseguia esperar nem acreditar mais, e exclamava "Por quê?", mas não tinha resposta. Então, na noite em que resolveram me aplaudir, me coloquei perante eles no palco, pensando que era esse o momento pelo qual eu lutara tanto, querendo sentir isso, mas não sentindo nada. Eu estava vendo todas as outras noites do passado, ouvindo aquele "Por quê?" que continuava sem resposta, e aqueles aplausos pareciam tão vazios quanto a indiferença de antes. Se eles tivessem dito "Nos desculpe por termos demorado e obrigado por esperar", eu não pediria mais nada e lhes daria tudo o que tinha para dar. Mas o que eu via em seus rostos, no modo como se dirigiam a mim quando vieram todos me elogiar, era a coisa que sempre ouvi dizerem aos artistas, só que eu jamais conseguira acreditar que alguém fosse capaz de dizer aquilo a sério. Pareciam me dizer que não me deviam nada, que sua surdez me proporcionara um objetivo moral, que fora meu dever lutar, sofrer, suportar, por eles, todos os deboches, todo o desprezo, a injustiça, a tortura que *eles* resolveram me impor, suportar tudo isso para poder lhes ensinar a gostar do meu trabalho, que eles tinham direito de fazer isso, que era isso que cabia a mim. E então compreendi a natureza do saqueador espiritual, coisa que nunca tinha conseguido conceber antes. Vi-os enfiando a mão em minha alma, do mesmo modo como enfiavam a mão nos bolsos de Mulligan, para expropriar o valor de minha pessoa, do mesmo modo como expropriavam a riqueza dele. Vi a malícia impertinente da mediocridade ostentando com orgulho o próprio vazio como uma lacuna a ser preenchida pelos corpos de seus superiores. Vi-os tentando – do mesmo modo como tentaram se alimentar com o dinheiro de Mulligan – se alimentar das horas em que compus minha música, daquilo que me fez compô-la, tentando ganhar amor-próprio arrancando de mim a aceitação de que *eles* eram o objetivo da minha música, de modo que, precisamente por causa de minha realização, não eram eles que reconheciam meu valor, e sim eu que reconhecia o valor deles... Foi naquela noite que jurei nunca mais deixar que eles ouvissem nem sequer uma nota composta por mim. As ruas estavam vazias quando saí do teatro. Fui o último a sair – e vi um homem que nunca tinha visto antes esperando por mim, perto de um poste de iluminação. Ele não precisou me dizer muita coisa. Mas a obra que dediquei a ele se chama Concerto da Libertação.

Dagny olhou para os outros.

– Por favor, me exponham suas razões – disse ela, com uma leve ênfase no tom de voz, como se estivesse sendo derrotada porém quisesse levar a derrota até o fim.

– Parei quando a medicina foi colocada sob controle estatal há alguns anos – contou o Dr. Hendricks. – A senhorita imagina o que é preciso saber para operar um cérebro? Sabe o tipo de especialização que isso requer, os anos de dedicação apaixonada, implacável, absoluta para atingi-la? Foi isso que me recusei a colocar à disposição de homens cuja única qualificação para mandar em mim era sua capacidade de vomitar as generalidades fraudulentas graças às quais conseguiram se eleger para cargos que lhes conferem o privilégio de impor sua vontade pela força das armas. Não deixei que determinassem o objetivo ao qual eu dedicara meus anos de formação, nem as condições sob as quais eu trabalharia, nem a escolha de pacientes, nem o valor de minha remuneração. Observei que, em todas as discussões que precediam a escravização da medicina, tudo se discutia, menos os desejos dos médicos. As pessoas só se preocupavam com o "bem-estar" dos pacientes, sem pensar naqueles que o proporcionavam. A ideia de que os médicos teriam direitos, desejos e opiniões em relação à questão era considerada egoísta e irrelevante. Não cabe a eles opinar, diziam, e sim apenas "servir". Que um homem disposto a trabalhar sob compulsão é um irracional perigoso demais para trabalhar até mesmo num matadouro é coisa que jamais ocorreu àqueles que se propunham a ajudar os doentes tornando a vida impossível para os sãos. Muitas vezes me espanto diante da presunção com que as pessoas afirmam seu direito de me escravizar, controlar meu trabalho, dobrar minha vontade, violar minha consciência e sufocar minha mente – porque o que elas vão esperar de mim quando eu as estiver operando? O código moral delas lhes ensinou que vale a pena confiar na virtude de suas vítimas. Pois é essa virtude que eu agora lhes nego. Que elas descubram o tipo de médico que o sistema delas vai produzir. Que descubram, nas salas de operação e nas enfermarias, que não é seguro confiar suas vidas às mãos de um homem cuja vida elas sufocaram. Não é seguro se ele é o tipo de homem que se ressente disso – e é menos seguro ainda se ele é o tipo de homem que *não* se ressente.

– Eu parei – disse Ellis Wyatt – porque não quis servir a refeição dos canibais e ainda por cima ter que prepará-la.

– Descobri – disse Ken Danagger – que os homens contra quem eu lutava eram impotentes. Essas pessoas incapazes, sem objetivo, irresponsáveis e irracionais – não era eu que precisava delas, não cabia a elas me dar ordens, não cabia a mim lhes obedecer. Parei para que elas também descubram o que eu descobri.

– Parei – disse Quentin Daniels – porque, se existe um grau de culpa, então o cientista que coloca sua mente a serviço da força bruta é o maior criminoso existente na Terra.

Calaram-se. Dagny se virou para Galt.

– E o senhor? – perguntou ela. – O senhor foi o primeiro. Por que foi levado a fazer o que fez?

Ele deu uma risadinha:

– Porque me recusei a nascer com pecado original.

– O que quer dizer com isso?

– Nunca senti culpa por ter capacidade. Nunca senti culpa por ter inteligência. Nunca senti culpa por ser homem. Não aceito culpa imerecida e portanto sempre pude conhecer meu valor e merecê-lo. Desde pequeno, sinto que seria capaz de matar o homem que afirmasse que existo para satisfazer suas necessidades, e sei que esse é o sentimento moral mais elevado que há. Naquela noite, na assembleia da Século XX, quando ouvi dizerem coisas abomináveis num tom de elevação moral, vi a raiz da tragédia do mundo, a chave dela e a solução. Vi o que tinha que ser feito. E o fiz.

– E o motor? – perguntou Dagny. – Por que o abandonou? Por que o largou para os herdeiros de Starnes?

– Era propriedade do pai deles. Ele me pagara para fazê-lo. Foi feito no tempo em que eu era empregado dele. Mas eu sabia que seus herdeiros nada fariam com o motor e que ninguém jamais ouviria falar dele. Era meu primeiro modelo experimental. Só eu ou alguém como eu poderia terminá-lo, ou mesmo entender o que ele era. E eu sabia que ninguém como eu chegaria perto daquela fábrica depois.

– O senhor tinha consciência do que representava seu motor?

– Tinha.

– E sabia que o estava abandonando para apodrecer?

– Sabia. – Galt olhou para as janelas escuras e riu baixinho, mas não havia humor em seu riso. – Olhei para meu motor pela última vez antes de ir embora. Pensei nos homens que afirmam que a riqueza é uma questão de recursos naturais, e nos que afirmam que a riqueza é uma questão de se apossar das fábricas, e naqueles que afirmam que as máquinas condicionam os cérebros humanos. Pois lá estava o motor que poderia condicioná-los, e lá permaneceu ele exatamente tal como é sem a mente humana: um amontoado de pedaços de metal e fios, enferrujando. A senhorita está pensando no grande serviço que o motor poderia ter prestado à humanidade se tivesse sido comercializado. Acho que, no dia em que os homens compreenderem o significado do abandono daquele motor num monte de lixo, ele terá prestado um serviço ainda maior.

– Quando o senhor o abandonou, esperava ver esse dia chegar?

– Não.

– Esperava vir a ter oportunidade de reconstruí-lo em outro lugar?

– Não.

– E assim mesmo o abandonou num monte de lixo?

– Por amor ao significado que esse motor tinha para mim – disse ele lentamente. – Eu tive que deixá-lo apodrecer e desaparecer para sempre – e Galt a encarou, falando com uma voz firme, implacável, sem qualquer hesitação ou inflexão – do mesmo modo que a senhorita terá de deixar os trilhos da Taggart Transcontinental apodrecerem e desaparecerem.

Ela também o encarou, de cabeça erguida, e disse lentamente, num tom de súplica orgulhosa:

– Não me obrigue a responder agora.

– Não. Nós lhe diremos tudo o que a senhorita quiser saber. Não vamos insistir para que tome uma decisão. – Então acrescentou, com uma voz tão suave que a surpreendeu: – Eu já disse que essa indiferença em relação a um mundo que deveria ser nosso era a coisa mais difícil de conseguir. Todos nós passamos por isso.

Dagny contemplou aquela sala silenciosa e inexpugnável, e a luz – gerada pelo motor de Galt – que iluminava os rostos mais serenos e confiantes que ela jamais vira.

– O que o senhor fez quando saiu aquela noite da Século XX? – perguntou ela.

– Saí e me dediquei à tarefa de procurar as últimas chamas que ainda brilhavam nas trevas cada vez mais profundas da barbárie, os homens capazes, os indivíduos dotados de uma mente, com o intuito de observar sua trajetória, sua luta e sua agonia, para depois colhê-los, quando eu estivesse certo de que eles já haviam visto o bastante.

– O que o senhor lhes dizia para fazê-los largar tudo?

– Dizia-lhes que eles estavam certos.

Com o olhar, Dagny lhe dirigiu uma pergunta muda. Ele respondeu:

– Dei-lhes o orgulho que eles não sabiam que tinham. Dei-lhes as palavras com que identificá-lo. Dei-lhes aquela coisa sem preço de que necessitavam, que desejavam, e no entanto não sabiam que era necessária: uma sanção moral. A senhorita disse que eu era um destruidor e caçador de homens, não é? Eu era o chefe da greve, o líder da revolta das vítimas, o defensor dos oprimidos, dos deserdados, dos explorados... e quando *eu* uso essas palavras, elas realmente têm seus sentidos literais.

– Quem foram os primeiros a segui-lo?

Galt esperou um momento, para enfatizar sua resposta, e disse então:

– Meus dois melhores amigos. Um deles a senhorita conhece. A senhorita sabe, talvez melhor do que ninguém, o preço que ele pagou por me seguir. Nosso professor, o Dr. Akston, foi o próximo. Ele passou para nosso lado após uma noite de conversa. William Hastings, que foi meu chefe no laboratório de pesquisas da Século XX, levou um ano debatendo-se consigo mesmo e demorou para se juntar a nós. Mas veio para nosso lado. Depois Richard Halley. Depois Midas Mulligan.

– ... que levou 15 minutos – acrescentou Mulligan. Dagny se virou para ele:

– Foi o senhor que desenvolveu este vale?

– Fui – disse Mulligan. – Antes era apenas meu refúgio particular. Comprei-o há muitos anos. Adquiri uma grande extensão destas montanhas, em parcelas, de fazendeiros e criadores de gado que nem sabiam o que possuíam. O vale não aparece em nenhum mapa. Construí esta casa quando resolvi abandonar tudo. Fechei todas as entradas, salvo uma estrada, tão bem camuflada que ninguém poderá encontrá-la, e trouxe para cá tudo de que eu necessitava, de modo que pudesse viver aqui o restante da minha vida e nunca mais tivesse que olhar para a cara de um saqueador. Quando soube que o John havia convencido o juiz Narragansett também, convidei o juiz para vir morar aqui. Então chamamos Richard Halley. Os outros, de início, ficaram de fora.

– Não tínhamos nenhuma regra – disse Galt –, salvo uma. Quando um homem fazia nosso juramento, isso o obrigava a uma única coisa: a não trabalhar em sua profissão, não dar ao mundo os frutos de sua mente. Fora isso, cada um podia fazer o que quisesse. Os que tinham dinheiro se aposentavam e viviam de economias. Os que tinham de trabalhar arranjavam o trabalho mais humilde possível. Alguns de nós éramos famosos; outros, como aquele jovem guarda-freios seu, descoberto por Halley, nós conseguimos segurar antes que fossem torturados. Mas não abandonávamos nossas mentes nem o trabalho que amávamos. Cada um de nós continuava a trabalhar em sua verdadeira profissão, do modo que quisesse, nas horas vagas, porém em segredo, para seu próprio benefício exclusivamente, sem dar nada aos homens, sem compartilhar nada. Estávamos espalhados por todo o país, como párias, o que aliás sempre havíamos sido, só que agora aceitávamos conscientemente nossa posição. Nosso único alívio eram as raras ocasiões em que podíamos nos encontrar. Constatamos que ainda gostávamos de nos encontrar, para não nos esquecermos de que ainda existiam seres humanos no mundo. Assim, resolvemos que, durante um mês, todos os anos, nos reuniríamos neste vale, para descansar, viver num mundo racional, exercer abertamente nossas verdadeiras profissões, trocar nossas realizações num lugar em que a realização merece pagamento, não expropriação. Cada um de nós passava um mês por ano construindo sua casa aqui e arcava com as próprias despesas. Isso tornava o restante do ano mais fácil de suportar.

– Como a senhora vê – disse Hugh Akston –, o homem é mesmo um animal social, só que não da maneira como o afirmam os saqueadores.

– Foi a destruição do Colorado que incrementou o desenvolvimento deste vale – disse Mulligan. – Ellis Wyatt e os outros se instalaram aqui em caráter permanente porque tinham que se esconder. O que puderam trazer para cá de suas fortunas, eles o converteram em ouro ou máquinas, como eu havia feito. Aí já éramos em número suficiente para desenvolver o vale e criar empregos para aqueles que lá fora eram obrigados a trabalhar. Agora já atingimos o estágio de podermos quase todos viver aqui o tempo todo. O vale é quase autossuficiente, e os produtos que ainda não produzimos aqui, eu os compro lá fora por intermédio de uma rede secreta. É um agente especial, um homem que não deixa meu dinheiro chegar até os saqueadores. Não somos um Estado, nem uma sociedade, apenas uma associação voluntária de homens unidos exclusivamente pelo interesse pessoal de cada um. Sou o proprietário do vale e vendo terras aos outros que estão interessados. Em caso de litígio, o juiz Narragansett é o árbitro. Até agora ele não foi consultado nenhuma vez. Dizem que é difícil as pessoas entrarem em acordo. A senhorita não imagina como é fácil, quando as duas partes envolvidas tomam como princípio moral absoluto que ninguém existe para servir a ninguém e que a razão é o único meio de troca. Está cada vez mais próximo o dia em que todos nós teremos de vir morar aqui, porque o mundo está caindo aos pedaços tão depressa que logo todos estarão morrendo de fome. Mas nós vamos poder nos sustentar neste vale.

– O mundo está se acabando mais depressa do que esperávamos – comentou Hugh Akston. – As pessoas param e abandonam tudo. Os tripulantes dos trens congelados, os bandos de saqueadores, os desertores são gente que nunca ouviu falar de nós, que não faz parte de nossa greve, que age por conta própria, numa reação natural do que esses homens ainda têm de racional. É o mesmo tipo de protesto que o nosso.

– Quando começamos, não tínhamos em mente nenhum limite de tempo – disse Galt. – Não sabíamos se viveríamos o bastante para assistir à libertação do mundo ou se teríamos que legar nossa luta e nosso segredo às gerações futuras. Sabíamos apenas que não aceitávamos outra forma de vida que não esta aqui. Mas agora já achamos que vamos poder ver, e não vai demorar muito, o dia de nossa vitória, de nossa volta.

– Quando? – sussurrou Dagny.

– Quando o código moral dos saqueadores entrar em colapso. – Vendo que ela o observava com um olhar que exprimia esperança e ao mesmo tempo era uma pergunta, Galt acrescentou: – Quando o código da autoimolação for levado até as últimas consequências pela primeira vez, quando os homens não encontrarem mais vítimas prontas para obstruir a trajetória da justiça e receber a punição elas próprias, quando os pregadores do autossacrifício descobrirem que aqueles que estão dispostos a colocá-lo em prática nada têm para sacrificar, e os que têm não estão mais dispostos a fazê-lo, quando os homens virem que nem seus corações nem seus músculos podem salvá-los, mas que a mente que eles amaldiçoaram não está mais lá para atender a seus pedidos de socorro, quando sofrerem a queda inevitável, por serem homens sem mentes, quando não lhes restar mais nenhum vestígio de autoridade, nem de lei, nem de moralidade, nem de esperança, nem de comida, nem nenhuma maneira de obter nenhuma dessas coisas, quando entrarem em colapso e o caminho estiver desimpedido, então voltaremos para reconstruir o mundo.

O Terminal Taggart, pensou Dagny. Ouviu as palavras ecoando em sua mente entorpecida, o somatório de um ônus que ela não tivera tempo de pesar. *Era isto o Terminal Taggart, pensou, esta sala, e não aquele salão imenso em Nova York. Era este seu objetivo, o fim da linha, o ponto além da curvatura da Terra onde as duas linhas retas dos trilhos se encontravam e desapareciam, impelindo-a para a frente, como haviam impelido Nathaniel Taggart – era esta a meta que Nat Taggart vira ao longe, era este o ponto para onde até hoje ele olhava em frente, de cabeça erguida, por sobre a multidão que zanzava no terminal de granito. Era por isto que me dedicara aos trilhos da Taggart Transcontinental, como ao corpo de um espírito ainda não encontrado. Eu o encontrara agora, encontrara tudo o que sempre quisera, ali, naquela sala, e era meu – o preço era aquela rede ferroviária, os trilhos que desapareceriam, as pontes que desmoronariam, os sinais luminosos que se apagariam... E no entanto... Tudo que eu sempre quis*, pensou ela, desviando a vista da figura de um homem com cabelos da cor do sol e olhos implacáveis.

– Não é preciso responder agora.

Dagny levantou a cabeça. Ele a olhava como se tivesse lido seus pensamentos.

– Jamais exigimos que alguém concorde conosco – disse Galt. – Jamais dizemos a alguém mais do que a pessoa está preparada para ouvir. A senhorita foi a primeira pessoa a conhecer nosso segredo antes do tempo. Mas a senhorita está aqui e tinha que saber. Agora já sabe a natureza exata da escolha que terá de fazer. Se lhe parece difícil, é porque ainda acha que uma coisa não exclui a outra. Mas a senhorita vai se convencer de que não há outro jeito.

– Vocês me dão tempo?

– O seu tempo não é nosso para lhe podermos dar. Não tenha pressa. Só a senhorita pode decidir o que vai fazer, e quando. Sabemos qual é o preço dessa decisão. Nós o pagamos. O fato de já estar aqui talvez torne a coisa mais fácil... ou mais difícil.

– Mais difícil – sussurrou ela.

– Eu sei.

Galt havia falado com uma voz tão baixa quanto a dela, com o mesmo som de quem fala quando já se esgota seu fôlego, e durante um instante Dagny se desligou da sala ao seu redor, como no instante após levar um soco, porque sentia que este – e não os momentos em que ele a carregara nos braços pela encosta abaixo – fora o momento de maior proximidade física entre ambos.

Quando, de volta, no carro, seguiam rumo à casa de Galt, havia uma lua cheia no céu do vale, como uma lanterna achatada e redonda, sem raios, cercada de uma névoa luminosa, que não chegava até o chão, e a iluminação parecia vir de um brilho esbranquiçado, anormal, que brotava do chão. No silêncio estranho daquela paisagem sem cores, a Terra parecia envolta num véu de distância. Suas formas não se combinavam formando uma paisagem única, porém não parava de passar por eles, como uma foto estampada numa nuvem. De repente, Dagny se deu conta de que estava sorrindo. Estava olhando para as casas do vale lá embaixo. As janelas acesas eram filtradas por uma névoa azulada, os contornos das paredes se dissolviam, longas tiras de neblina escorriam por entre as casas, em ondas lentas e tranquilas. Parecia uma cidade afundando na água.

– Como vocês chamam este lugar? – perguntou Dagny.

– Eu o chamo vale de Mulligan – disse ele. – Os outros o chamam vale de Galt.

– Eu o chamaria de... – Porém Dagny não terminou a frase.

Galt olhou para ela. Dagny sabia o que ele via em seu rosto. Ele desviou a vista.

Ela percebeu um leve movimento nos lábios dele, como quem solta a respiração à força. Dagny baixou a vista e deixou o braço cair, encostando-o no lado do carro, como se sua mão de repente houvesse se tornado pesada demais para a fraqueza de seu cotovelo.

A estrada foi ficando mais escura à medida que iam subindo, e os galhos dos pinheiros se confundiam no alto. Mais adiante, acima de uma encosta de rocha nua, Dagny viu o luar refletido nas janelas da casa de Galt. Recostou a cabeça no encosto do banco e ficou imóvel. Não pensava mais no carro, porém sentia apenas o movimento que a impelia para a frente, vendo as gotas d'água que brilhavam nos galhos dos pinheiros e que eram, na realidade, estrelas.

Quando o carro parou, Dagny não se permitiu pensar no motivo pelo qual não observou Galt ao saltar. Não viu que ele ficou parado por um momento, olhando para as janelas escuras. Não o ouviu se aproximar, porém sentiu o impacto de suas mãos com uma intensidade extraordinária, como se fosse a única coisa da qual agora pudesse ter consciência. Ele a levantou em seus braços e começou a subir lentamente o caminho que levava até a casa.

Andava sem olhar para ela, segurando-a com força, como se tentasse conter a passagem do tempo, como se seus braços ainda estivessem agarrando o momento em que ele a levantara, encostando-a em seu peito. Dagny sentia seus passos como se fossem um movimento contínuo em direção a um objetivo, como se cada passo fosse um instante separado em que ela não ousava pensar no seguinte. Sua cabeça estava perto da dele, os cabelos dele roçavam seu rosto, e ela sabia que nenhum dos dois faria com que seus rostos se aproximassem um milímetro a mais. Foi um momento súbito e entorpecido de suave embriaguez, completo por si só. Seus cabelos se confundiram como os raios de dois corpos no espaço em que haviam conseguido se encontrar. Ela viu que ele caminhava de olhos fechados, como se até mesmo a visão agora fosse uma coisa inoportuna.

Galt entrou em casa e, ao atravessar a sala, não olhou para a esquerda, como ela também não o fez, mas Dagny sabia que os dois estavam vendo a porta à esquerda que levava ao quarto dele. Galt caminhou pela escuridão até o raio de luar que caía sobre a cama do quarto de hóspedes e a colocou sobre a cama. Por um momento, ela sentiu que suas mãos permaneceram em contato com os ombros e a cintura dele. Quando as mãos dele se afastaram de seu corpo, ela percebeu que aquele momento havia terminado.

Galt deu um passo atrás e apertou um interruptor, inundando o quarto de uma luz crua e reveladora. Permaneceu parado, com um rosto sério e repleto de expectativa, como se exigisse que ela olhasse para ele.

– A senhorita já esqueceu que pretendia me matar assim que me visse?

Foi a imobilidade desprotegida de seu corpo que tornou aquela lembrança real. O arrepio que a fez se levantar foi como um grito de terror e uma negação, porém ela enfrentou o olhar do homem e respondeu, com voz controlada:

– É verdade.

– Então faça o que havia planejado.

Com voz baixa e intensa, que era ao mesmo tempo uma entrega e uma repreensão irônica, ela retrucou:

– Ora, o senhor sabe muito bem que isso não tem mais sentido, não é?

Galt sacudiu a cabeça.

– Não. Faço questão de lhe lembrar de que era essa sua intenção. E a senhorita tinha razão, no passado. Enquanto a senhorita fazia parte do mundo exterior, era necessário me destruir. E, das duas alternativas que agora tem à sua frente, uma delas a levará um dia a ser obrigada a fazer isso.

Dagny não respondeu nada e ficou olhando para o chão. Galt viu seus cabelos balançarem quando ela sacudiu a cabeça com veemência, negando.

– A senhorita é o único perigo que me ameaça, a única pessoa que poderia me entregar a meus inimigos. Se voltar a eles, é o que a senhorita há de fazer. Opte por isso, se quiser, porém aja com plena consciência do que faz. Não me responda agora. Mas enquanto isso... – a tensão da severidade na voz de Galt era consequência do esforço voltado contra si próprio – ... lembre-se de que eu conheço o significado das duas respostas.

– Tanto quanto eu? – perguntou ela, num sussurro.

– Sim.

Galt se virou para sair, e de repente o olhar de Dagny recaiu sobre as inscrições que ela já vira, porém depois esquecera, nas paredes do quarto.

Eram inscrições no verniz da madeira, que revelavam claramente a pressão do lápis nas mãos que as fizeram, cada uma com uma letra e uma violência específicas: "Você vai conseguir – Ellis Wyatt." "Amanhã de manhã tudo estará bem – Ken Danagger." "Vale a pena o esforço – Roger Marsh." Havia outras.

– O que é isso? – perguntou ela.

Galt sorriu:

– Foi neste quarto que eles passaram a primeira noite no vale. A primeira noite é a mais difícil. É o último esforço para romper com lembranças do passado, e o mais duro. Faço-os dormir aqui porque podem me chamar, se quiserem. Venho falar com eles quando não conseguem dormir. A maioria não consegue. Mas quando chega a manhã já estão recuperados... Todos já passaram por este quarto. Agora o chamam de câmara de torturas ou antessala porque todo mundo tem que entrar no vale pela minha casa. – Virou-se para sair, mas parou na porta e acrescentou: – Nunca pensei que a senhorita viesse a dormir neste quarto. Boa noite, Srta. Taggart.

CAPÍTULO 22

A UTOPIA DA GANÂNCIA

– Bom dia.

Dagny olhou para Galt da porta do quarto. Ele estava do outro lado da sala de visitas. Pelas janelas atrás dele, viam-se as montanhas, com aquela tonalidade de rosa-prateado que parece mais luminosa que a luz do dia, com a promessa de uma luz ainda por vir. O sol já havia saído do horizonte, porém ainda não atingira o alto da barreira de montanhas. Assim, era o brilho do próprio céu que anunciava o nascer do sol. Ela já ouvira um som alegre que parecera saudar o amanhecer, não o canto dos pássaros, e sim o telefone, que tocara havia pouco. Via agora o dia nascer não nos galhos verdejantes lá fora, mas no brilho do fogão cromado, de um cinzeiro de vidro sobre a mesa, das alvas mangas da camisa de Galt. Sem querer, percebeu que sua própria voz exprimia um sorriso semelhante ao dele ao retribuir a saudação:

– Bom dia.

Ele estava juntando papéis cheios de cálculos que estavam em sua mesa e os colocando no bolso.

– Tenho que ir até a casa de força – disse. – Acabaram de me ligar para dizer que a tela de raios está com algum problema. Parece que por culpa do seu avião. Volto daqui a meia hora para preparar nosso café da manhã.

Foram a simplicidade descontraída da voz dele, sua maneira de encarar a presença de Dagny e a rotina matinal da casa com coisas já estabelecidas, que já não queriam dizer nada para os dois, que deram a ela a sensação de que Galt dava toda uma ênfase especial àquilo e que estava consciente de que o fazia. Ela respondeu com a mesma naturalidade:

– Se o senhor me der a bengala que deixei dentro do carro, quando voltar o café da manhã já estará pronto.

Galt a olhou um pouco espantado. Seu olhar se fixou nos curativos do tornozelo de Dagny e depois nos braços expostos pela blusa de mangas curtas, num dos quais se via uma atadura grande na altura do cotovelo. Porém a blusa transparente, o colarinho aberto, o cabelo caído nos ombros inocentemente nus cobertos apenas pelo tecido fino da blusa, tudo isso lhe emprestava um ar de menina, não de convalescente, e sua postura dava a impressão de que os curativos eram irrelevantes.

Ele sorriu, não exatamente dela, mas como se de repente tivesse se lembrado de algo que o fizesse sorrir.

– Como a senhorita quiser – disse.

Era estranho ficar sozinha na casa dele. Em parte, era uma emoção que ela jamais experimentara antes: um respeito profundo que a fazia prestar atenção nas próprias mãos, como se tocar em qualquer objeto ao seu redor fosse uma intimidade excessiva; em parte, era uma sensação ousada de bem-estar, de sentir-se em casa ali, como se fosse ela a dona do proprietário daquela casa.

Era estranho sentir uma felicidade tão pura por fazer algo tão corriqueiro quanto preparar o café da manhã. O trabalho parecia um fim em si, como se encher uma cafeteira, espremer laranjas e cortar pão fossem coisas que se fazem por amor, pelo prazer que se espera nos movimentos de uma dança e que tão raramente se encontra. Surpreendeu-se ao se dar conta de que não experimentava um prazer desse tipo ao trabalhar desde os tempos da estação de Rockdale.

Estava pondo a mesa quando viu um vulto de homem subir apressadamente o caminho que levava à casa, uma figura rápida e ágil que pulava sobre as pedras com tanta facilidade como se voasse. Abriu a porta gritando – "John!" – e ele parou de repente quando viu Dagny. Trajava um suéter azul-escuro e calças da mesma cor, tinha cabelos dourados e um rosto de uma beleza tão perfeita que ela ficou imóvel, olhando para ele, de início não por admirar sua beleza, mas por não acreditar no que via.

O homem a olhava como se não esperasse encontrar uma mulher nessa casa.

Então ela percebeu que seu olhar mudou: agora era de reconhecimento, e o espanto era de outra espécie, meio irônico, meio triunfante, culminando num risinho.

– Ah, então *a senhorita* também passou para o nosso lado?

– Não – respondeu ela, seca. – Sou uma fura-greve.

Ele riu, como um adulto ri de uma criança que usa termos científicos que ela ainda não compreende.

– Se a senhorita sabe o que está dizendo, deve saber que isso não é possível, não aqui.

– Entrei de penetra.

O homem reparou em seus curativos, com um olhar quase insolente de tão curioso.

– Quando?

– Ontem.

– Como?

– De avião.

– O que a senhorita estava fazendo sobrevoando esta região?

O homem tinha os modos diretos e arrogantes de um aristocrata ou de um marginal – parecia aristocrata e estava vestido como marginal. Ela o examinou por um momento, fazendo-o esperar de propósito.

– Eu estava tentando aterrissar numa miragem pré-histórica – disse por fim. – E foi o que fiz.

– É mesmo uma fura-greve – disse ele, rindo, como se compreendesse tudo. – Onde está o John?

– O Sr. Galt está na casa de força. Deve voltar a qualquer momento.

Sem pedir permissão, o homem sentou-se numa poltrona, como se estivesse em casa. Dagny, calada, voltou ao trabalho. Ele ficou observando-a com um largo sorriso, como se vê-la dispondo talheres numa mesa de copa fosse um paradoxo curioso.

– O que Francisco disse quando a viu aqui? – perguntou ele.

Dagny se virou para ele com um movimento um tanto repentino, porém conseguiu manter um tom neutro ao responder:

– Ele ainda não chegou.

– Ainda não? – O homem parecia surpreso. – Tem certeza?

– Foi o que me disseram.

O homem acendeu um cigarro. Ao vê-lo, Dagny ficou imaginando que profissão ele teria escolhido, amado e depois abandonado para vir morar neste vale. Não lhe ocorria nenhuma ideia, nenhuma possibilidade parecia a correta. Então se deu conta de que estava pensando que seria bom ele não ter profissão nenhuma, pois qualquer tipo de trabalho parecia perigoso demais para aquela beleza incrível. Era uma sensação impessoal. Ela não o olhava como se ele fosse um homem, e sim como se fosse uma obra de arte animada – e lhe parecia um absurdo que o mundo exterior houvesse sujeitado uma perfeição como aquela aos choques, às tensões e às cicatrizes reservadas a todo homem que amava seu trabalho. Porém essa sensação parecia equivocada, porque os traços de seu rosto possuíam aquela dureza que resiste a todo e qualquer perigo.

– Não, Srta. Taggart – disse ele de repente, percebendo seu olhar –, a senhorita nunca me viu antes.

Ficou chocada ao se dar conta de que o examinava de maneira indiscreta.

– E como é que o senhor sabe quem eu sou? – perguntou ela.

– Primeiro porque já vi sua foto nos jornais muitas vezes. Segundo, que eu saiba, a senhorita é a única mulher que ainda resta no mundo exterior que teria permissão de entrar no vale de Galt. Terceiro, a senhorita é a única mulher corajosa – e pródiga – o bastante para continuar a ser uma fura-greve.

– O que o faz ter certeza de que sou mesmo uma fura-greve?

– Se não fosse, saberia que não é este vale, e sim a concepção de vida de quem vive no mundo exterior, que é uma miragem pré-histórica.

Ouviram um ruído de motor e viram o carro parando lá embaixo, à frente da casa. Dagny percebeu que o homem se pôs de pé imediatamente ao ver Galt no carro. Não fosse a evidente conotação de ânsia de vê-lo, pareceria um gesto instintivo de respeito militar.

Ela observou que, ao entrar, Galt parou quando viu o homem. Percebeu que ele sorriu, mas notou que sua voz parecia estranhamente baixa, quase solene, como se traduzisse uma sensação inconfessa de alívio, quando ele saudou o visitante:

– Oi.

– Oi, John – disse o homem, alegre.

Ela percebeu que o aperto de mãos veio um instante depois e durou um pouco mais do que seria normal, como se, da última vez que se viram, os dois pensassem que talvez jamais voltassem a se ver.

Galt se virou para ela.

– Já se conhecem? – perguntou, dirigindo-se a ambos.

– Não exatamente – disse o visitante.

– Srta. Taggart, lhe apresento Ragnar Danneskjöld.

Ela pôde imaginar a expressão que havia feito quando ouviu a voz de Danneskjöld, que parecia longínqua, dizer:

– Não precisa se assustar, Srta. Taggart. Aqui no vale de Galt, não ofereço perigo a ninguém.

Ela só foi capaz de sacudir a cabeça. Quando conseguiu falar de novo, disse:

– Não é o que o senhor faz com os outros... é o que fazem com o senhor... – O riso de Danneskjöld pôs fim ao estupor momentâneo de Dagny.

– Cuidado, Srta. Taggart. Se já está começando a pensar assim, não vai continuar a ser fura-greve por muito tempo. – E acrescentou: – Mas é bom começar adotando os bons hábitos da gente do vale de Galt, não os maus. Há 12 anos que eles vivem se preocupando comigo... à toa. – Olhou para Galt.

– Quando você chegou? – perguntou Galt.

– Ontem, tarde da noite.

– Sente-se. Você vai tomar o café da manhã conosco.

– Mas onde está Francisco? Por que ainda não chegou?

– Não sei – respondeu Galt, franzindo a testa um pouco. – Perguntei no aeroporto ainda há pouco. Ninguém tem notícias dele.

Quando Dagny se virou para voltar à cozinha, Galt fez menção de segui-la.

– Não – disse ela. – Hoje sou eu que me encarrego disso.

– Deixe-me ajudá-la.

– Aqui ninguém pede ajuda a ninguém, não é?

Ele sorriu e disse:

– É verdade.

Dagny jamais experimentara o prazer de andar como se seus pés não deslocassem peso algum, como se o apoio da bengala fosse apenas um toque de elegância; o prazer de perceber seus pés traçarem linhas rápidas e retas, sentindo a precisão absoluta e espontânea de seus gestos, o prazer que experimentava agora ao colocar comida nos pratos à frente dos dois homens. Sua postura lhes dizia que ela sabia que estava sendo observada por eles – sua cabeça estava erguida como se ela fosse uma atriz entrando em cena, uma mulher adentrando um baile, a vencedora de um concurso silencioso.

– Francisco vai gostar de saber que foi a senhorita quem o substituiu hoje – comentou Danneskjöld quando ela se sentou à mesa.

– Como assim?

– É que hoje é 1º de junho, e nós três, John, Francisco e eu, há 12 anos tomamos o café da manhã juntos nessa data.

– Aqui?

– No início, não. Mas aqui, sim, desde que esta casa foi construída, há oito anos. – Deu de ombros, sorrindo. – Para um homem que tem nas costas mais séculos de tradição do que eu, é estranho ser ele o primeiro a quebrar essa nossa tradição.

– E o Sr. Galt? – perguntou ela. – Quantos séculos de tradição ele tem nas costas?

– John? Nenhum. Porém pela frente tem todos os séculos futuros.

– Deixemos os séculos para lá – disse Galt. – Falemos sobre o ano que passou. Como foi? Perdeu algum de seus homens?

– Não.

– Perdeu muito tempo?

– Quer saber se eu me feri? Não. Não sofro um arranhão desde aquela única vez, há 10 anos, quando eu ainda era um amador, e da qual você já devia ter esquecido. Não me arrisquei nem um pouco este ano. Aliás, minha situação era de muito maior segurança do que se eu fosse dono de uma farmácia numa cidade do interior, estando em vigor o Decreto 10.289.

– Perdeu alguma batalha?

– Não. Este ano só o inimigo saiu perdendo todas as vezes. Os saqueadores perderam a maior parte de seus navios para mim, e a maior parte de seus homens para você. O seu ano também foi bom, não foi? Eu sei, porque estou informado. Desde nosso último café da manhã, você ganhou todo mundo que queria lá do Colorado, e mais alguns trunfos, como Ken Danagger. Mas vou lhe falar sobre um trunfo ainda maior, que já é quase seu. Você vai ganhá-lo dentro em breve, porque está por um fio, está quase convencido. Ele salvou minha vida, para você ver como a coisa está.

Galt se recostou na cabeça e apertou os olhos:

– Quer dizer que você não se arriscou este ano, hein?

Danneskjöld riu:

– Ah, realmente eu corri um pequeno risco. Valeu a pena. Foi o melhor encontro que já tive na vida. Estou ansioso para lhe falar disso pessoalmente. Você vai gostar de saber. Sabe quem foi? Hank Rearden. Eu...

– Não!

Foi a voz de Galt, gritando uma ordem. Havia no som um toque de violência que nenhum de seus interlocutores jamais ouvira antes em sua voz.

– O quê?! – exclamou Danneskjöld em voz baixa, sem acreditar no que ouvia.

– Não fale nisso agora.

– Mas você sempre disse que Hank Rearden era o homem que você mais queria ver aqui.

– E é. Mas depois você me conta.

Dagny examinou atentamente o rosto de Galt, porém não conseguiu encontrar nenhuma pista. Viu apenas uma expressão fechada e impessoal, de determinação ou autocontrole, que tornava tensa a pele de seu rosto e afinava seus lábios. *De tudo o que ele poderia saber a respeito de mim*, pensou ela, *a única coisa que justificaria aquela atitude era algo que ele não tinha meio de saber.*

– O senhor conheceu Hank Rearden? – perguntou ela a Danneskjöld. – E ele salvou sua vida?

– É verdade.

– Eu queria que o senhor contasse como foi.

– Não – disse Galt.

– Por quê?

– A senhorita não é uma das nossas.

– Entendo. – Ela sorriu, com um leve ar de desafio. – O senhor teme que eu o impeça de converter Hank Rearden?

– Não, não era nisso que eu estava pensando.

Dagny percebeu que Danneskjöld examinava o rosto de Galt, como se também ele achasse aquela atitude inexplicável. Galt lhe retribuiu o olhar abertamente, como se o desafiasse a encontrar a explicação e garantisse que ele não conseguiria fazê-lo. Dagny viu que Danneskjöld de fato não conseguiu, ao observar que um leve toque de humor amolecia a expressão do anfitrião.

– Que mais você fez este ano? – perguntou Galt.

– Desafiei a lei da gravidade.

– Não é a primeira vez que você faz isso. Como foi dessa vez?

– Voei do meio do oceano Atlântico até o Colorado num avião com um carregamento de ouro muito superior ao recomendado pelas normas de segurança. Espere só até Mulligan ver a quantidade que tenho para depositar. Meus clientes este ano vão ficar bem mais ricos... Ah, você já disse à Srta. Taggart que ela é uma de minhas clientes?

– Ainda não. Pode dizer a ela, se quiser.

– Eu... o que foi mesmo que o senhor disse que eu sou? – perguntou Dagny.

– Não se assuste, Srta. Taggart – disse Danneskjöld. – E não levante objeções. Estou acostumado a rebatê-las. Aqui neste vale sou mesmo uma espécie de marginal. Eles não aprovam meu método de combate. John não aprova, o Dr. Akston não aprova. Acham que minha vida é valiosa demais para eu arriscá-la desse jeito. Mas é que meu pai era bispo, e de tudo o que ele pregava só uma frase eu aceitei: "Aquele que vive pela espada há de morrer pela espada."

– Como assim?

– A violência não funciona na prática. Se os homens acreditam que a força combinada de seus músculos é um meio prático de me subjugar, então que tentem ver em que vai dar um conflito em que num dos lados só se utiliza a força bruta, ao passo que no outro a força é governada pela mente. Até mesmo John concorda que na época em que vivemos eu tenho o direito moral de optar pelo caminho que escolhi.

Estou fazendo a mesma coisa que ele, só que à minha maneira. Ele está roubando dos saqueadores o espírito humano; eu estou roubando deles o produto do espírito humano. Ele retira deles a razão; eu, a riqueza. Ele sangra a alma do mundo; eu, o corpo. A lição que eles têm que aprender é a que ele está ensinando, só que sou impaciente e estou apressando o processo de aprendizagem. Mas, como John, estou simplesmente seguindo o código moral deles e me recusando a aceitar que eles imponham dois pesos e duas medidas em proveito deles e à minha custa. Ou à custa de Rearden. Ou à sua custa.

– Do que o senhor está falando?

– Falo de um método de cobrar imposto dos que cobram impostos. Todos os métodos de tributação são complexos, mas esse é muito simples, porque representa a quintessência dos outros. Deixe-me explicar.

Dagny o ouviu. Escutou uma voz cristalina explicitando, num tom seco e meticuloso de guarda-livros, um relatório sobre transferências de dinheiro, contas bancárias, formulários de imposto de renda, como se estivesse lendo as páginas poeirentas de um livro-razão, no qual cada anotação equivalia a uma oferta de seu próprio sangue como caução, a ser derramado a qualquer momento, ao menor descuido do guarda-livros. Enquanto o ouvia, ela contemplava a perfeição de seu rosto e pensava que era essa cabeça que o mundo colocara a prêmio, num valor de milhões de dólares, para que a destruíssem... O rosto que ela considerava belo demais para se expor às cicatrizes de uma carreira produtiva – ela pensava, perdendo metade do que ele dizia, meio entorpecida –, o rosto belo demais para correr qualquer risco... Então lhe ocorreu que sua perfeição física era apenas uma ilustração simples, uma lição infantil que davam a ela, nos termos mais óbvios, a respeito da natureza do mundo exterior e do valor dado ao ser humano numa era infra-humana. *Por mais injustificável ou errônea que fosse a conduta dele*, pensou ela, *como poderiam eles... não!* O que ele fazia estava mesmo certo, e isto era o mais horrível de tudo: ele não tinha outro caminho a percorrer senão esse, e ela não podia nem aprová-lo nem lhe fazer nenhuma crítica.

– ... e os nomes de meus clientes, Srta. Taggart, foram escolhidos cuidadosamente, um por um. Eu me certifiquei da natureza do caráter e da carreira profissional de cada um. Na minha lista de restituições, o seu nome foi um dos primeiros.

Dagny se obrigou a manter o rosto impassível e respondeu simplesmente:

– Sei.

– Seu dinheiro é dos últimos a serem restituídos. Está aqui no Banco Mulligan e lhe será entregue assim que se juntar a nós.

– Sei.

– Porém a sua conta não é tão grande como algumas outras, muito embora lhe tenham roubado grandes quantias nos últimos 12 anos. Nas cópias das suas declarações de renda que Mulligan vai lhe entregar, verá que só vou lhe devolver os impostos que pagou sobre seu salário de vice-presidente de operações, não o que pagou sobre sua renda como acionista da Taggart Transcontinental. A senhorita mereceu tudo o que ganhou como acionista, e nos tempos de seu pai eu lhe teria devolvido todos os seus lucros, mas sob a administração de seu irmão a Taggart se tornou também uma saqueadora, lucrando por meio da força, de favores do governo, subsídios, moratórias e decretos. A senhorita não foi responsável por nada disso. Aliás, foi a maior vítima dessa política, porém só restituo dinheiro ganho pela capacidade produtiva, nunca lucros auferidos por intermédio de saques.

– Compreendo.

Haviam terminado o café da manhã. Danneskjöld acendeu um cigarro e, por um instante, olhou para Dagny através de uma baforada de fumaça, como se percebesse a violência do conflito que se travava em sua mente. Então ele sorriu para Galt e se levantou.

– Vou indo – disse ele. – Minha mulher está me esperando.

– *O quê?!* – exclamou ela.

– Minha mulher – repetiu ele, alegre, como se não entendesse o motivo do espanto dela.

– Quem é sua mulher?

– Kay Ludlow.

As implicações desse fato eram mais do que Dagny podia assimilar.

– Quando... quando vocês se casaram?

– Há quatro anos.

– Como é que o senhor pôde se expor numa cerimônia de casamento?

– Nós nos casamos aqui, numa cerimônia oficializada pelo juiz Narragansett.

– Como... – Dagny tentou se calar, mas as palavras lhe saíram dos lábios sem querer, como um protesto indignado e incontido que ela não sabia se dirigido contra ele, contra o destino ou contra o mundo exterior – como ela pode passar 11 meses por ano pensando que, a qualquer momento, o senhor pode...? – Não terminou a frase.

Danneskjöld sorriu, porém Dagny percebeu a imensa seriedade daquilo que fora necessário para que ele e sua mulher pudessem ter direito a esse sorriso.

– Ela suporta isso, Srta. Taggart, porque não acreditamos que esta Terra é um vale de lágrimas em que o homem está condenado à destruição. Não achamos que a tragédia é nosso destino natural e não vivemos sempre temendo o desastre. Não pensamos no desastre enquanto não temos motivos específicos para esperá-lo, e, quando o encontramos, temos liberdade para combatê-lo. Não é a felicidade, mas o sofrimento, que consideramos antinatural. Não é o sucesso, e sim a calamidade, que consideramos a exceção anormal na vida humana.

Galt o levou até a porta, em seguida voltou, sentou-se à mesa e, com um gesto descansado, pegou a cafeteira para servir-se de mais uma xícara de café.

Num salto Dagny se pôs de pé, como se impelida por um jato que destruísse uma válvula de segurança.

– Acha que vou aceitar o dinheiro dele?

Galt esperou até que sua xícara estivesse cheia, então levantou a vista e respondeu:

– Acho, sim.

– Pois não vou! Não vou deixar que ele arrisque a vida por isso!

– A senhorita nada pode fazer a esse respeito.

– Posso não aceitar o dinheiro!

– Isso, sim.

– O dinheiro vai ficar nesse banco até o dia do Juízo!

– Não. Se a senhorita não o reclamar, uma parte dele – uma parte bem pequena – será entregue a mim, em seu nome.

– Em *meu* nome? Por quê?

– Para pagar sua estadia e alimentação aqui.

Dagny ficou olhando para ele, e a expressão de raiva se transformou em surpresa. Lentamente, sentou-se em sua cadeira outra vez.

Ele sorriu:

– Quanto tempo a senhorita está pretendendo ficar aqui? – Galt percebeu o olhar de impotência que ela lhe dirigiu. – Não pensou nisso? Pois eu já pensei. Vai ficar aqui um mês. O mês de nossas férias, como todos nós. Não estou lhe pedindo seu consentimento, afinal a senhorita não pediu o nosso para vir aqui. Desrespeitou nossas regras, portanto, terá de assumir as consequências. Ninguém sai deste vale durante este mês. É claro que eu poderia deixá-la sair, mas não vou. Nenhuma regra exige que eu a impeça de sair, mas, como a senhorita entrou à força, tenho o direito de fazer o que quiser – e vou mantê-la aqui simplesmente porque quero tê-la por perto. Se, ao fim de um mês, a senhorita preferir voltar, então poderá ir embora. Mas, antes disso, não.

Dagny estava imóvel; seu rosto parecia relaxado, e seus lábios esboçaram um leve sorriso, um sorriso perigoso de adversário. Porém seus olhos estavam ao mesmo tempo friamente brilhantes e dissimulados, como os de um adversário que pretende lutar mas espera perder.

– Está bem – disse ela.

– Vou lhe cobrar casa e comida, pois é contra nossas regras sustentar uma pessoa que não produz. Alguns de nós têm esposas e filhos, mas nesses casos há uma troca recíproca e um tipo de pagamento mútuo – e Galt lhe dirigiu um olhar – que não posso cobrar. Portanto, vou lhe cobrar 50 centavos por dia, e a senhorita me pagará quando aceitar sua conta no Banco Mulligan. Se não a aceitar, Mulligan descontará essa quantia de sua conta e me dará o dinheiro quando eu o pedir.

– Aceito as condições – disse ela, com a voz matreira, confiante e vagarosa de quem faz um negócio. – Porém não permito que esse dinheiro seja usado para pagar minhas despesas.

– Então como vai pagá-las?

– Com meu trabalho.

– Que tipo de trabalho?

– Vou ser sua cozinheira e empregada.

Pela primeira vez, Dagny viu-o reagir ao inesperado de um modo e com uma violência que ela não imaginara. Galt apenas deu uma gargalhada, porém o riso mostrava que ela havia conseguido atingi-lo além de suas defesas, com algo muito além do significado imediato de suas palavras. Ela sentiu que conseguira atingir seu passado, despertar nele alguma lembrança com um significado todo seu, que ela não podia saber qual era. Ele ria como se visse uma imagem distante, como se risse dela, como se isso fosse sua vitória – e dela também.

– Se o senhor me contratar – disse ela com uma expressão séria e cortês e um tom de voz seco, impessoal e objetivo –, eu preparo suas refeições, arrumo a casa, lavo as roupas e faço todas as outras tarefas que normalmente cabem a uma criada, e recebo como pagamento casa, comida e dinheiro para uma ou outra peça de vestuário necessária. Nos primeiros dias, meus ferimentos talvez prejudiquem um pouco meu trabalho, mas isso não vai durar muito tempo e logo vou poder fazer tudo.

– É isso que a senhorita quer fazer?

– Sim, é isso... – respondeu ela e se calou antes que completasse: mais do que qualquer outra coisa no mundo.

Ele ainda sorria, achando graça naquilo, mas era como se aquela graça pudesse ser transformada numa glória resplandecente.

– Está bem, Srta. Taggart – disse ele. – Está contratada.

Ela baixou a cabeça, num gesto seco e formal:

– Obrigada.

– Vou lhe pagar 10 dólares por mês, além da casa e da comida.

– Muito bem.

– Serei o primeiro homem do vale a ter empregada. – Levantou-se, pôs a mão no bolso e tirou uma moeda de ouro de 5 dólares, colocando-a na mesa. – É um adiantamento de seu salário.

Ao pegar a moeda, Dagny ficou surpresa ao constatar que experimentava a sensação ansiosa, desesperada e trêmula de esperança que sente uma moça ao arranjar seu primeiro emprego: a esperança de merecê-lo.

– Sim, senhor – disse ela, baixando a vista.

◆ ◆ ◆

Owen Kellogg chegou na tarde do terceiro dia da estada de Dagny no vale. Ela não sabia o que o chocara mais quando ele saiu do avião: a presença dela, ali, ao lado da pista de aterrissagem, ou suas roupas – a blusa transparente comprada na loja mais cara de Nova York e o vestido de algodão estampado comprado no vale por 60 centavos –, sua bengala, seus curativos, ou a sacola de compras que ela levava.

Kellogg estava no meio de um grupo de homens e, ao vê-la, parou e depois correu até ela como se impelido por uma emoção tão forte que, qualquer que fosse sua natureza, parecia terror.

– Srta. Taggart... – sussurrou ele e não disse mais nada.

Dagny riu, tentando lhe explicar como havia chegado ao vale antes dele. Kellogg a escutou como se tudo aquilo fosse irrelevante e então deu vazão ao sentimento do qual tentava se recuperar:

– Mas achávamos que a senhorita tinha morrido.

– Quem achava isso?

– Todos... quer dizer, todo mundo lá no mundo exterior.

Então Dagny parou de sorrir de repente, enquanto ele exprimia felicidade em sua voz pela primeira vez:

– A senhorita não lembra? Pediu que eu telefonasse para Winston, Colorado, para avisar que estaria lá ao meio-dia do dia seguinte, ou seja, anteontem, 31 de maio. Mas não chegou a Winston, e no fim da tarde foi divulgado em todas as estações de rádio que a senhorita havia desaparecido num desastre de avião em algum lugar das montanhas Rochosas.

Lentamente, ela concordou com a cabeça, apreendendo aquilo em que não havia pensado antes.

– Quando ouvi a notícia, eu estava no Cometa – disse ele –, parado numa pequena estação no interior do Novo México. O chefe do trem o segurou lá por uma hora, enquanto eu o ajudava a confirmar a história pelo telefone. Ele estava tão chocado com a notícia quanto eu. Aliás, todos estavam: a tripulação do trem, o agente da estação, os guarda-chaves. Ficaram todos ao meu redor enquanto eu ligava para as redações dos jornais de Denver e de Nova York. Não nos informaram muita coisa. Só sabiam que seu avião havia decolado do campo de pouso de Afton pouco antes do amanhecer do dia 31, que a senhora parecia estar seguindo o avião de um desconhecido, que o funcionário do campo de pouso viu seu monomotor indo para sudeste e que depois ninguém mais a vira... e que havia equipes de salvamento procurando os destroços de seu avião em toda a região das montanhas Rochosas.

Dagny não conseguiu conter a pergunta:

– O Cometa chegou a São Francisco?

– Não sei. Desisti quando ele estava se arrastando pelo norte do Arizona. Foram tantos atrasos, tantos problemas, tantas ordens contraditórias que saltei e passei a noite pegando caronas até chegar ao Colorado. Peguei caminhões, carroças, tudo, para chegar lá na hora certa – quer dizer, para chegar ao nosso ponto de encontro, onde o avião de Mulligan nos pegou para nos trazer aqui.

Dagny começou a andar lentamente em direção ao carro que deixara estacionado em frente à Mercearia Hammond. Kellogg a seguiu e quando falou outra vez foi num tom mais baixo, mais lento, como se houvesse um assunto que ambos queriam evitar.

– Arranjei emprego para Jeff Allen – disse ele, com o tom de voz solene de quem diz: cumpri seu último desejo. – Seu agente lá de Laurel o pôs para trabalhar assim que o viu. Ele precisava muito de homens. Isto é, de homens capazes.

Haviam chegado ao carro, porém não entraram.

– A senhorita se machucou muito? O desastre não foi muito sério?

– Não, absolutamente. Amanhã já não estarei precisando do carro do Sr. Mulligan e daqui a um ou dois dias não vou precisar mais nem desta coisa. – Jogou a bengala com um gesto de desprezo para dentro do carro. Ficaram parados, em silêncio.

– O último telefonema que dei daquela estação no Novo México – disse ele, lentamente – foi para a Pensilvânia. Falei com Hank Rearden e lhe contei tudo o que eu sabia. Ele ouviu, depois fez uma pausa e disse: "Obrigado por me ligar." – Kellogg baixou os olhos e acrescentou: – Espero nunca mais na minha vida ouvir uma pausa como aquela.

Ele levantou a vista para ela. Em seu olhar não havia nenhuma censura, apenas a compreensão do que ele não entendia quando Dagny lhe fizera aquele pedido.

– Obrigada – disse ela, abrindo a porta do carro. – Quer uma carona? Tenho que voltar logo e aprontar o jantar antes que meu patrão chegue em casa.

Foi no primeiro momento após voltar para a casa de Galt, quando estava sozinha naquela sala silenciosa e ensolarada, que Dagny se deu conta do que estava sentindo. Olhou para a janela, para as montanhas que obstruíam o céu para o leste. Pensou em Rearden, sentado a sua mesa naquele momento, a 3 mil quilômetros dali, o rosto impassível contendo sua agonia, tal como vinha suportando golpe após golpe durante todos esses anos, e sentiu uma vontade desesperada de lutar a seu lado, lutar por ele, pelo passado dele, por aquela tensão em seu rosto e pela coragem que a inspirava, assim como queria lutar pelo Cometa, que se arrastara, num derradeiro esforço, por trilhos apodrecidos através de um deserto. Estremeceu, fechando os olhos, sentindo-se culpada de uma dupla traição, como se estivesse pairando entre o vale e o restante do mundo, sem ter direito a fazer parte de nenhum dos dois.

A sensação desapareceu quando se sentou à mesa de frente para Galt. Ele a olhava abertamente, com um olhar límpido, como se a presença dela fosse uma coisa normal e como se ele não quisesse fazer mais nada senão olhar para ela.

Dagny se recostou na cadeira, como se reconhecesse o significado daquele olhar e o aceitasse, e disse, num tom seco e eficiente que negava esse reconhecimento:

– Examinei suas camisas e vi que numa faltavam dois botões, e outra está puída na altura do cotovelo esquerdo. Quer que eu as conserte?

– Claro, se a senhorita souber fazer isso.

– Sei, sim.

Aparentemente, isso não alterou a natureza do olhar de Galt. Apenas teve o efeito de acentuar o que nele havia de satisfação, como se ele desejasse que Dagny dissesse justamente isso. Ela não sabia se era mesmo satisfação o que havia naquele olhar; estava certa apenas de que Galt não quisera que ela dissesse nada.

Pela janela da copa, ela viu que nuvens carregadas haviam apagado os últimos vestígios de luz do céu para os lados do leste. Não entendeu por que sentiu de repente uma vontade de não olhar para fora, de se ater aos reflexos dourados de luz sobre a madeira da mesa, sobre a casca do pão, a cafeteira de cobre, os cabelos de Galt, de se agarrar a uma pequena ilha no limiar do vazio.

Então ouviu sua própria voz de repente, sem querer, fazendo uma pergunta, e percebeu que era essa a traição que ela tentava evitar:

– É permitido realizar alguma forma de comunicação com o mundo exterior?

– Não.

– Nenhuma? Nem mesmo um bilhete sem endereço de remetente?

– Não.

– Nem sequer um recado, que nada tenha a ver com o segredo do vale?

– Daqui, este mês, não. Nunca, para ninguém do mundo exterior.

Dagny percebeu que estava evitando o olhar de Galt e se obrigou a erguer a cabeça e a encará-lo. O olhar dele havia mudado; agora era atento, fixo, implacavelmente perceptivo. Observando-a como se soubesse o motivo daquela pergunta, Galt indagou:

– Quer pedir uma permissão excepcional?

– Não – respondeu ela, sem baixar a vista.

No dia seguinte, após o café da manhã, ela estava sentada em seu quarto, cuidadosamente costurando um remendo na manga da camisa de Galt, com a porta fechada, para que ele não a visse realizando sem muito jeito aquela tarefa que ela jamais tentara antes, quando ouviu um carro parando na frente da casa.

Ouviu os passos de Galt atravessando apressados a sala e o ouviu abrir a porta e gritar com alívio, raiva e felicidade:

– Até que enfim!

Dagny se pôs de pé, porém se conteve: ouviu que a voz de Galt subitamente assumia um tom sério, como se em reação a algo que o chocara.

– O que houve?

– Oi, John – disse uma voz límpida e serena, que parecia controlada, porém exprimia exaustão.

Ela sentou-se na cama, subitamente sem forças: era a voz de D'Anconia.

Ouviu Galt perguntar, com um tom de voz severo e preocupado:

– O que foi?

– Depois eu explico.

– Por que você se atrasou tanto?

– Vou ter que ir embora de novo daqui a uma hora.

– Ir embora?

– John, só vim para lhe dizer que este ano não vou poder ficar aqui.

Houve uma pausa, e então Galt perguntou, com voz grave:

– Então foi uma coisa... muito séria, mesmo?

– Foi. Eu... talvez eu volte antes do fim do mês. Não sei. – Acrescentou, com um esforço desesperado: – Não sei se quero me ver livre disso o mais rápido possível ou se... ou não.

– Francisco, você seria capaz de suportar um choque agora?

– Eu? Nada mais poderia me chocar agora.

– Ali no meu quarto de hóspedes está uma pessoa que você precisa ver. Vai ser um choque para você, por isso acho melhor ir logo avisando: a pessoa em questão ainda é fura-greve.

– O *quê*? Um fura-greve? Na *sua* casa?

– Vou lhe contar como...

– Isso eu faço questão de ver com meus próprios olhos!

Ouviu o riso de desprezo de D'Anconia e seus passos apressados, viu a porta de seu quarto ser aberta e percebeu vagamente que foi Galt quem a fechou depois, deixando-os a sós.

Dagny não seria capaz de dizer por quanto tempo D'Anconia ficou parado, em pé, olhando para ela, porque só começou a entender o que acontecia realmente quando o viu cair de joelhos e agarrá-la, apertando o rosto contra suas pernas. No momento, teve a impressão de que o arrepio que percorreu o corpo dele e depois o deixou imóvel havia passado para o dela, permitindo-lhe recuperar os movimentos.

Atônita, percebeu que sua mão estava acariciando delicadamente os cabelos dele, ao mesmo tempo que pensava que não tinha o direito de fazer aquilo, sentindo uma corrente de serenidade fluindo de sua mão, envolvendo os dois, apagando o passado. Ele não se mexia, não emitia som algum, como se o ato de abraçá-la exprimisse tudo aquilo que tinha a dizer.

Quando D'Anconia levantou a cabeça, seu olhar parecia expressar o que ela sentira quando abriu os olhos no vale: era como se para ele jamais tivesse existido dor no mundo. Ele ria.

– Dagny, Dagny, Dagny! – E sua voz dava a impressão de que ele estava não confessando algo reprimido há anos, e sim repetindo algo sabido há muito, e rindo da ideia de que aquilo jamais tivesse sido reprimido. – Dagny, é claro que eu a amo. Você ficou com medo quando ele me obrigou a dizê-lo? Pois vou dizê-lo sempre que você quiser: eu a amo, querida, e sempre a amarei... não se preocupe comigo, não me importa que você jamais volte a ser minha, que diferença faz? Você está viva e está aqui e agora sabe tudo. E é tão simples, não é? Você agora entende por que tive de abandoná-la? – Com um gesto, ele apontou para o vale. – Eis a *sua* terra, o *seu* reino, o *seu* mundo... Dagny, sempre amei você e, se a abandonei, foi por amor a isso.

D'Anconia tomou as mãos dela, apertou-as contra seus lábios e as segurou ali, não como um beijo, e sim como um longo momento de repouso, como se o esforço de

795

falar o distraísse do fato de que ela estava presente e como se ele estivesse confuso com o excesso de coisas a dizer, com a pressão de todas as palavras guardadas durante aqueles anos de silêncio.

– As mulheres de minha vida. Você não acreditou nisso, não é? Jamais toquei nelas... mas acho que você sabe disso, sempre soube. O papel de playboy foi algo que tive de encarnar para que os saqueadores não suspeitassem de que eu estava destruindo a Cobre D'Anconia às vistas de todo mundo. É a falha do sistema deles: eles atacam todo e qualquer homem honrado e amistoso, mas assim que veem um vagabundo inconsequente e desajuizado ficam achando que é amigo deles, que não oferece perigo – é essa a visão do mundo que eles têm. Mas estão aprendendo! Estão vendo se o mal é mesmo uma coisa que não oferece perigo, se a incompetência funciona!

Ela o fitava com curiosidade, ansiosa por ouvir o que ele tinha a dizer.

– Dagny, foi na noite que eu descobri que a amava – foi então que eu me convenci de que tinha de partir. Foi quando você entrou no meu quarto no hotel, naquela noite, quando eu vi como você era, o que era, o que representava para mim – e o que a aguardava no futuro. Se você fosse menos, talvez tivesse me segurado mais um pouco. Mas foi você, *você*, o argumento final que me fez abandoná-la. Pedi sua ajuda naquela noite, contra John Galt. Mas eu sabia que você era a melhor arma que ele tinha contra mim, embora nem você nem ele soubessem. Você era tudo o que ele buscava, tudo o que ele nos dizia que era a causa pela qual devíamos viver ou morrer, se necessário... Eu estava pronto para Galt, quando ele me chamou a Nova York, de repente, naquela primavera. Havia algum tempo que eu não tinha notícia de John. Ele estava lutando contra o mesmo problema que eu. Ele o resolveu... Você se lembra disso?

– Sim, Francisco, me lembro.

– Foi aquela vez que você passou três anos sem que eu a procurasse. Dagny, quando assumi a responsabilidade pela empresa de meu pai, quando comecei a lidar com todo o sistema industrial do mundo, foi então que comecei a ver a natureza do mal de cuja existência eu já suspeitava, porém achava algo monstruoso demais para ser verdade. Vi os vermes cobradores de impostos que havia séculos tinham se desenvolvido sobre a D'Anconia como bolor, sangrando a empresa sem nenhum direito de fazê-lo. Vi o governo criando normas para me prejudicar, porque eu tinha sucesso, e para ajudar meus concorrentes, porque eles eram vagabundos fracassados. Vi os sindicatos ganharem todas as disputas contra mim, porque era graças a mim que eles podiam viver. Vi que era considerado direito qualquer desejo de ganhar dinheiro que partisse de alguém incapaz de ganhá-lo com seu esforço, porém eram considerados gananciosos os que podiam trabalhar para merecê-lo. Vi os políticos piscando o olho para mim, dizendo que não me preocupasse, porque eu podia trabalhar um pouquinho mais e passar todos os outros para trás. Examinei os lucros, projetei para o futuro e vi que quanto mais eu trabalhava, mais eu apertava a corda no meu pescoço. Vi que minha energia estava sendo desperdiçada, que os parasitas que se alimentavam de mim estavam também servindo de pasto para outros; que estavam presos em sua própria armadilha – e que não havia nenhuma razão para aquilo, nenhuma resposta que alguém conhecesse. Vi que os esgotos do mundo, no qual escorria o sangue produtivo, levavam a alguma névoa úmida que ninguém jamais devassara, enquanto as pessoas se limitavam a dar de ombros e a dizer que a vida na Terra fatalmente era uma coisa má. E então vi que todo o sistema industrial do mundo, com todas as suas máquinas magníficas, seus altos-fornos de milhares de toneladas, seus cabos oceânicos, seus escritórios de mogno, suas bolsas de valores, seus anúncios luminosos, seu poder, sua riqueza – tudo aquilo era administrado não por banqueiros e diretorias, mas por qualquer humanitarista de barba malfeita em qualquer botequim vagabundo, por qualquer rosto inchado de malícia que pregasse que a virtude deve ser castigada por ser virtude, que o objetivo da capacidade é servir a incompetência, que o homem só tem o direito de existir para o bem dos outros...

D'Anconia fez uma breve pausa, como que para recuperar o fôlego.

– Bem, eu entendi. Não via nenhuma maneira de combater aquilo. Mas John descobriu um modo. Na noite em que ele nos chamou a Nova York, éramos só mais dois além dele, eu e Ragnar. Ele nos disse o que tínhamos de fazer e que espécie de homem deveríamos recrutar. Ele havia saído da Século XX e estava morando numa água-furtada num bairro miserável. Foi até a janela e apontou para os arranha-céus da cidade. Disse que tínhamos que apagar as luzes do mundo e que, quando víssemos as luzes de Nova York se apagarem, saberíamos que havíamos triunfado. Não nos pediu para nos juntarmos a ele imediatamente. Disse-nos que pensássemos e levássemos em conta tudo o que aconteceria com nossas vidas. Dei-lhe minha resposta na manhã do segundo dia, e Ragnar algumas horas depois, à tarde... Dagny, foi a manhã depois daquela nossa última noite juntos. Eu havia visto uma verdade irrefutável, aquilo pelo qual eu tinha que lutar. Foi pela sua aparência naquela noite, pela maneira como você falou sobre sua rede ferroviária, pela sua aparência naquela vez que tentamos ver Nova York do alto de uma pedra perto do rio Hudson – eu tinha que salvá-la, limpar o caminho para você a fim de permitir que encontrasse a sua cidade, e não deixar que você passasse o restante da vida tropeçando, debatendo-se numa névoa envenenada, com os olhos ainda voltados para a frente, como naquele dia de sol, para encontrar, no fim da sua estrada, não as torres de uma cidade, mas um bêbado gordo, sujo e aleijado desfrutando o prazer de viver bebendo o gim que a *sua* vida se esvaiu para pagar! *Você* não conhecer nenhuma alegria para que *ele* a conhecesse? *Você* gastar-se para servir o prazer dos outros? *Você* servir de meio enquanto o infra-humano seria o fim? Dagny, era isso que eu via, era isso que eu não podia deixar que fizessem com você! Com você e com qualquer outra criança que olhasse para o futuro com olhos como os seus, com qualquer pessoa que tivesse a sua fibra e fosse capaz de viver um momento de vida orgulhosa, sem culpa, confiante, feliz. Era esse o meu amor, esse estado do espírito humano, e a abandonei para que você lutasse, sabendo que, se eu perdesse você, assim mesmo seria você o prêmio que eu estaria ganhando a cada ano de luta. Mas agora você entende, não é? Já viu este vale. É o lugar aonde queríamos chegar quando éramos crianças, eu e você. Chegamos lá. O que mais posso pedir agora? Só ver você aqui...

Dagny percebeu quando ele a olhou com doçura, mas não fez nenhum comentário.

– John disse que você é uma fura-greve. Ah, é só uma questão de tempo, mas você vai ser uma das nossas, porque sempre foi. Se ainda não entende isso, vamos esperar, não me importa – desde que você esteja viva, que eu não tenha que continuar sobre-voando as montanhas Rochosas procurando os destroços do seu avião!

Dagny não pôde conter uma interjeição de espanto ao entender por que ele não havia chegado no vale na data combinada.

D'Anconia riu:

– Não faça essa cara. Não olhe para mim como se eu fosse uma ferida que você tem medo de tocar.

– Francisco, eu o feri de tantas maneiras diferentes...

– Não! Você não me feriu, nem ele, também. Não fale nisso, ele é que foi ferido, mas vamos salvá-lo e ele também virá para cá, que é o lugar dele, e vai entender, e ele também poderá rir disso tudo. Dagny, eu não achava que você ia ficar esperando, não tinha essa esperança, sabia o risco que corria, e, se tinha que ser alguém, ainda bem que foi ele.

Ela fechou os olhos e apertou os lábios, para não gemer.

– Amor, não! Você não entende que eu aceito?

Mas não é, pensou ela, *não é ele, e não posso lhe dizer a verdade, porque é um homem a quem talvez eu jamais o diga e que talvez jamais venha a ser meu.*

– Francisco, eu o amei, sim... – disse ela e prendeu a respiração, chocada, percebendo que não fora sua intenção dizer aquilo, nem conjugar o verbo naquele tempo.

– Mas você ainda me ama – disse ele, calmo, sorrindo. – Ainda me ama, mesmo que haja uma manifestação desse amor que você sempre há de sentir e querer porém não me dará mais. Continuo a ser quem eu era, e você sempre me verá tal como sou, e sempre me concederá a mesma coisa, ainda que haja algo maior que você concede a outro homem. Sinta você o que sentir por ele, isso não vai mudar o que sente por mim, e não será traição, porque vem da mesma raiz, é a mesma reação aos mesmos valores. Aconteça o que acontecer no futuro, seremos sempre o que éramos um para o outro, eu e você, porque você sempre me amará.

– Francisco – sussurrou ela –, você sabe disso?

– Claro. Você não entende agora? Dagny, toda forma de felicidade é a mesma coisa, todo desejo é movido pelo mesmo motor, o nosso amor por um único valor, pela maior potencialidade de nossa existência – e toda realização é uma manifestação dele. Olhe ao seu redor. Você vê quanta coisa se oferece a nós aqui, neste mundo sem obstáculos? Você vê quanta coisa estou livre para fazer, experimentar, realizar?

Você vê que tudo isso é parte do que você é para mim, como eu sou uma parte disso para você? E, se eu a vir sorrindo de admiração ao ver um novo forno para fundição que construí, será uma outra forma do que eu sentia na cama com você. Se eu vou querer dormir com você? Desesperadamente. Se vou invejar o homem que dorme com você? Claro. Mas o que importa? É tanta coisa: ter você aqui, amá-la e estar vivo.

Com o rosto sério, Dagny baixou os olhos, como numa atitude de reverência, e disse lentamente, como quem cumpre uma promessa solene:

– Você me perdoa?

Ele pareceu não entender. Depois deu um riso alegre, lembrando-se, e respondeu:

– Ainda não. Não há nada a perdoar, porém perdoarei quando você se juntar a nós.

D'Anconia se levantou e a fez se levantar também. Quando a abraçou, o beijo que trocaram foi a súmula de seu passado comum, seu fim e o selo de aceitação.

Quando saíram do quarto, Galt, que estava do outro lado da sala, se virou para eles. Estava olhando pela janela, contemplando o vale – e Dagny teve certeza de que ele estivera ali durante todo aquele tempo. Viu seus olhos examinando os rostos dos dois, lentamente passando de um para outro. Seu rosto ficou menos tenso quando constatou a mudança ocorrida no rosto de D'Anconia.

Ele sorriu e perguntou a Galt:

– Por que você está olhando para mim desse jeito?

– Você faz ideia de como estava a sua cara quando chegou?

– Ah, é mesmo? É porque passei três noites sem dormir. John, você me convida para jantar? Quero saber como essa fura-greve veio parar aqui, mas corro o risco de dormir de repente no meio de uma frase, embora no momento eu tenha a impressão de que nunca mais vou precisar dormir. Por isso, acho melhor ir para casa e só voltar à noite.

Galt o olhava com um leve sorriso:

– Mas você não ia partir dentro de uma hora?

– O quê? Não... – disse ele, espantado por um momento. – Não! – E caiu na gargalhada. – Não preciso mais! Claro, eu não lhe expliquei nada. Eu estava procurando por Dagny. Procurando... os destroços do avião dela. Disseram que ela havia desaparecido nas montanhas Rochosas.

– Sei – disse Galt em voz baixa.

– Eu seria capaz de imaginar qualquer coisa, menos que o avião dela tinha resolvido cair no vale de Galt. – D'Anconia falava com alegria, com aquele tom de alívio que chega quase a encontrar prazer no horror do passado, desafiando-o com o presente. – Fiquei sobrevoando sem parar a região entre Afton, Utah, e Winston, Colorado, examinando cada pico e cada garganta, todos os vestígios de automóveis nos vales lá embaixo, e, sempre que via um, eu... – Parou e foi como se estremecesse. – Então, à noite, saíamos a pé, subindo montanhas a esmo, sem pistas, sem nenhum plano, andando, andando, até o dia nascer, e... – Deu de ombros, tentando se livrar daquilo e sorrir. – Eu não desejaria isso ao meu pior...

Parou de repente. Seu sorriso desapareceu e voltou-lhe ao rosto um pálido reflexo da expressão que estivera estampada nele por três dias, como se de repente lhe houvesse voltado à memória uma imagem esquecida.

Após um longo momento, D'Anconia se dirigiu a Galt:

– John – disse ele, com a voz estranhamente séria –, será que podíamos avisar ao mundo exterior que Dagny está viva... pois pode haver alguém que... esteja se sentindo como eu estava?

Galt o encarava:

– Você quer poupar aos do mundo exterior alguma das consequências de permanecerem lá?

D'Anconia baixou os olhos, porém respondeu com firmeza:

– Não.

– Piedade, Francisco?

– É. Deixe isso para lá. Você tem razão.

Galt se virou com um movimento que parecia estranhamente incondizente com ele: um movimento disrítmico, abrupto, como se fosse involuntário.

Permaneceu virado para o outro lado. D'Anconia o observou surpreso e perguntou, com voz suave:

– O que foi?

Galt se virou e o encarou por um momento, sem dizer nada. Dagny não conseguiu identificar a emoção que suavizou as linhas de seu rosto: tinha algo de um sorriso, de ternura, de dor, e algo mais elevado que parecia tornar supérfluos todos esses conceitos.

– Todos nós tivemos que pagar algo nessa batalha – disse Galt –, mas você foi quem pagou o preço mais alto, não é?

– Quem? Eu? – D'Anconia sorriu, sem acreditar no que ouvia. – Claro que não! O que há com você? – Deu uma risadinha e acrescentou: – Piedade, John?

– Não – disse Galt com firmeza.

Dagny viu que D'Anconia o olhava com uma expressão de quem não tinha entendido – porque Galt falara olhando não para ele, mas para ela.

◆◆◆

Quando Dagny entrou pela primeira vez na casa de D'Anconia, a impressão imediata que teve não foi a mesma que tivera ao vê-la de fora, fechada e silenciosa. Agora sentiu não uma solidão trágica, e sim uma claridade revigorante. Os cômodos eram simples e tinham pouca mobília. Parecia que a casa fora construída com a habilidade, a impaciência e o jeito decidido que eram típicos dele. Parecia o acampamento de um desbravador de fronteiras, improvisado, feito apenas para servir de ponto de apoio para um longo salto para o futuro, um futuro em que haveria tanta atividade que não se podia perder tempo com conforto no presente. Havia naquela casa o brilho não de um lar, mas dos andaimes recém-montados no local onde seria construído um arranha-céu.

D'Anconia estava em pé no meio da sala de visitas, um quadrado de quatro metros, contemplando-a como se fosse o salão de um palácio. De todos os lugares nos quais Dagny já o vira, este era o que parecia mais adequado a ele. Assim como a simplicidade de suas roupas, juntamente com seu porte, lhe davam um ar de aristocrata, assim também o que havia de rústico naquela sala lhe conferia a aparência de refúgio de um grande senhor. Existia ali um único toque de nobreza: num nicho recortado na parede de troncos de madeira havia duas taças de prata antigas, cujos ornamentos complexos tinham exigido de um artesão mais trabalho demorado e caro do que fora necessário para construir aquela cabana, e cuja superfície fora polida pela passagem de mais séculos do que tinham sido necessários para o crescimento dos pinheiros usados na construção das paredes da casa. No meio daquela sala, os modos descontraídos e naturais de D'Anconia tinham um toque de orgulho discreto, como se seu sorriso dissesse a Dagny silenciosamente: "Isto é o que eu sou, e o que sempre fui durante todos esses anos."

Ela olhou para as taças de prata.

– É – disse D'Anconia, respondendo à pergunta que ela não chegara a fazer –, elas eram de Sebastián d'Anconia e sua mulher. São as únicas coisas de meu palácio em Buenos Aires que trouxe para cá – isso e o brasão lá fora. Não quis ficar com mais nada. Daqui a uns poucos meses, todo o restante vai desaparecer. – Deu uma risada. – Vão confiscar tudo, tudo o que resta da Cobre D'Anconia, porém vão se espantar. Não vão achar tanto quanto imaginam. Quanto ao palácio, não vão ter dinheiro nem para manter a calefação em funcionamento.

– E depois? – perguntou Dagny. – O que você vai fazer?

– Eu? Vou trabalhar na Cobre D'Anconia.

– Como assim?

– Lembra-se daquele velho ditado: "O rei morreu, viva o rei"? Quando o cadáver da propriedade de meus ancestrais for removido da minha frente, minha mina será o novo corpo da D'Anconia, o tipo de propriedade que meus ancestrais sempre quiseram ter, pelo qual trabalharam, que mereciam, mas jamais possuíram.

– A *sua* mina? Que mina? Onde?

– Aqui – disse ele, apontando para as montanhas. – Você não sabia?

– Não.

– Tenho uma mina de cobre que os saqueadores jamais vão descobrir. Fica aqui, nestas montanhas. Fui eu que a descobri, fui eu que fiz a primeira escavação. Faz mais de oito anos. Fui o primeiro homem a quem Mulligan vendeu terras neste vale, então comprei essa mina e comecei a cavá-la com minhas próprias mãos, tal como Sebastián d'Anconia começou. Agora tenho um superintendente lá, o melhor técnico que eu tinha no Chile. A mina produz todo o cobre de que precisamos e meus lucros

801

são depositados no Banco Mulligan. Daqui a uns meses, esse dinheiro será tudo o que terei. E tudo de que terei necessidade.

"... para conquistar o mundo", seu tom de voz parecia dar a entender, do jeito como ele pronunciou sua última frase. E Dagny ficou maravilhada ao constatar a diferença que havia entre a maneira como D'Anconia pronunciara aquela última palavra e o som vergonhoso, sentimental, meio gemido e meio ameaça, mistura de mendigo com assaltante, que tinha na boca dos homens daquele século a palavra "necessidade".

– Dagny – disse ele, à janela, como se olhasse para picos não de montanhas, mas de séculos –, o renascimento da Cobre D'Anconia, e do mundo, tem que começar aqui, nos Estados Unidos. Este foi o único país da história nascido não do acaso e de lutas tribais cegas, mas do produto racional da mente humana. Este país foi construído com a supremacia da razão, e durante um século magnífico ele redimiu o mundo. Terá que fazê-lo outra vez. O primeiro passo da D'Anconia, como de qualquer outro valor humano, tem de ser aqui, porque o restante do mundo chegou à consumação das crenças que tem desde o início dos tempos – fé mística, supremacia do irracional, com dois monumentos como meta: o hospício e o cemitério... Sebastián d'Anconia cometeu um erro ao aceitar um sistema segundo o qual a propriedade que conquistara por direito era dele não por direito, mas por permissão. Seus descendentes pagaram por esse erro. Eu fiz o último pagamento... Creio que ainda hei de ver o dia em que, nascidas de suas raízes neste solo, as minas, os fornos, os desembarcadouros da D'Anconia voltarão a se espalhar pelo mundo, chegando até meu país, e serei o primeiro a trabalhar na reconstrução dele. Creio que ainda verei isso, mas não posso ter certeza. Ninguém pode prever quando os outros resolverão voltar à razão. Talvez no fim de minha vida eu só tenha conseguido criar essa mina, a D'Anconia nº 1, no vale de Galt, Colorado, Estados Unidos. Mas não esqueça, Dagny, que minha ambição era duplicar a produção de cobre de meu pai. Se no final de minha vida eu só produzir meio quilo de cobre por ano, serei mais rico que meu pai, mais rico que *todos* os meus ancestrais, com os milhares de toneladas que produziam, porque esse meio quilo de cobre será *meu por direito* e será usado para manter um mundo que saiba disso!

Era esse o D'Anconia que ela conhecera na infância, no porte, no jeito, no brilho intacto de seus olhos – e Dagny, quando deu por si, estava lhe fazendo perguntas sobre sua mina de cobre, tal como lhe perguntara a respeito de seus projetos industriais quando caminhavam à margem do Hudson, recuperando a sensação de que o futuro era todo deles.

– Vou levá-la para ver a mina – disse ele – assim que seu tornozelo ficar completamente sarado. Temos que subir uma trilha íngreme e estreita para chegar lá, ainda não há estrada. Vou lhe mostrar o forno para fundição que estou projetando. Já estou trabalhando nele há algum tempo. É complexo demais para o nosso volume de produção atual, mas quando ela for suficiente para justificar sua utilização... veja só quanto tempo, trabalho e dinheiro vamos poder economizar!

Estavam sentados lado a lado no chão, debruçados sobre os papéis que ele havia espalhado, examinando diagramas complicados, com o mesmo entusiasmo e seriedade com que antes examinavam pedaços de metal no ferro-velho.

Dagny se debruçou mais para a frente no momento exato em que ele foi pegar outro papel e sem querer encostou no ombro dele. Sem querer, permaneceu parada por um instante, apenas uma breve pausa num movimento contínuo, e seus olhos encontraram os de D'Anconia. Ele estava virado para baixo, olhando para ela, sem esconder o que sentia nem pedir nada mais que aquilo. Ela recuou, sabendo que havia sentido o mesmo desejo que ele.

Então, com a velha sensação que experimentara por ele no passado, Dagny apreendeu algo que sempre fizera parte de si, mas que pela primeira vez lhe aparecia com clareza: se aquele desejo era uma celebração da vida, então o que ela sentira por D'Anconia sempre fora uma celebração de seu futuro, tal qual um momento de esplendor ganho como pagamento parcial de um total desconhecido, afirmação de alguma promessa a vir. No instante em que ela compreendeu isso, conheceu também o único desejo que jamais experimentara não como um indicador do futuro, mas como o presente inteiro e definitivo. Entendeu-o por meio de uma imagem: um homem em pé à entrada de uma pequena estrutura de granito. *A forma final da promessa que sempre me impeliu para a frente*, pensou ela, *é o homem que, talvez, permaneça para sempre uma promessa inatingível.*

Mas isto, refletiu Dagny, consternada, era aquela visão do destino humano que ela mais abominara e rejeitara: a ideia de que o homem estava fadado a ser eternamente atraído por uma visão do inatingível ao longe, fadado a aspirar sempre, porém a jamais realizar. A *sua* vida, os *seus* valores não podiam levá-la àquilo, pensou. Jamais encontrara beleza na ânsia pelo impossível e nunca constatara que o possível estava além de seu alcance. Porém agora o encontrara e não conseguia achar uma resposta.

Não posso abandoná-lo, nem abandonar o mundo, pensou Dagny, olhando para Galt naquela noite. A resposta parecia mais difícil de encontrar quando ele estava presente. Ela sentia que não havia problema algum, que nada poderia se justapor ao fato de vê-lo, que nada teria o poder de fazê-la partir, e, ao mesmo tempo, que não teria o direito de olhar para ele se fosse obrigada a abandonar sua rede ferroviária. Sentia-se dona dele, sentia que desde o início ele e ela compreendiam o que jamais fora dito – e, ao mesmo tempo, que ele era capaz de desaparecer da sua vida, em alguma rua no mundo exterior, e passar por ela com sincera indiferença.

Observou que ele não lhe perguntara nada a respeito de D'Anconia. Quando ela lhe falou de sua visita, não encontrou nenhuma reação no rosto de Galt, nem aprovação nem ressentimento. Julgou divisar em sua expressão séria e atenta uma nuance imperceptível – era como se esse assunto fosse algo a respeito do qual ele tivesse resolvido não ter quaisquer sentimentos.

A leve apreensão que Dagny sentia se transformou numa dúvida, e esta virou uma espécie de broca que penetrava cada vez mais fundo em sua mente nas noites que se seguiram – quando Galt saía de casa e ela ficava sozinha. Dia sim, dia não, ele saía após o jantar, sem lhe dizer aonde ia, voltando à meia-noite ou mesmo mais tarde. Ela tentava não perceber em si própria a tensão e a inquietação com que esperava por sua volta. Não lhe perguntava aonde ia nessas noites. A relutância que a impedia de perguntar nada mais era que seu desejo insistente de saber. Então se calava como uma forma vagamente intencional de desafio, em parte a ele, em parte à sua própria ansiedade.

Não reconhecia as coisas que temia, nem as nomeava, para não lhes conferir solidez. Conhecia-as apenas pela pressão incômoda de uma emoção não admitida. Em parte, era um ressentimento selvagem, de uma espécie que jamais experimentara antes, que era uma reação ao medo de que houvesse alguma mulher em sua vida. Porém o ressentimento era suavizado por algo de saudável que havia naquilo que lhe inspirava temor, como se essa ameaça pudesse ser combatida, ou mesmo, se necessário, aceita. Mas havia outro medo, pior do que esse: o espectro sórdido do autossacrifício, a suspeita – que ela não podia expressar – de que ele queria se retirar do caminho de Dagny, deixando-o desimpedido para que ela fosse obrigada a voltar para o homem que era seu maior amigo.

Passaram-se alguns dias antes que ela tocasse no assunto. Então, durante o jantar, numa das noites em que ele ia sair, Dagny de repente se deu conta do prazer curioso que experimentava ao vê-lo comer a refeição que ela havia preparado – e de repente, sem querer, como se aquele prazer lhe conferisse um direito que ela não ousava identificar, como se o prazer, e não a dor, vencesse sua resistência, se deu conta de que estava perguntando a Galt:

– O que o senhor faz à noite quando sai?

Ele respondeu com simplicidade, como se achasse que ela já soubesse:

– Dou aulas.

– O quê?

– É um curso de física que eu dou todos os anos neste mês. É meu... de que a senhorita está rindo? – perguntou ele, ao ver a expressão de alívio, de riso silencioso, no rosto dela, que parecia não ser dirigida ao que ele dizia. E então, antes que ela respondesse, Galt sorriu de repente, como se tivesse adivinhado a resposta, e Dagny viu algo de intensamente pessoal naquele sorriso, que era quase uma intimidade insolente, que contrastava com a maneira calma, impessoal e descontraída com que ele prosseguiu: – Este é o mês em que mostramos uns aos outros nosso verdadeiro trabalho. Richard Halley vai dar recitais, Kay Ludlow vai se apresentar em duas peças criadas por escritores que não divulgam suas obras no mundo exterior, e eu dou aulas, comunicando os resultados das pesquisas que fiz no último ano.

– As aulas são de graça?

– Claro que não. Cada aluno paga 10 dólares pelo curso.

– Quero assistir a suas aulas.

– Não – disse Galt, sacudindo a cabeça. – A senhorita pode ir aos concertos, assistir às peças, qualquer coisa que seja entretenimento, mas não pode estar presente às minhas aulas nem a qualquer outra apresentação de ideias que possa depois levar para o mundo exterior. Além disso, meus clientes, isto é, meus alunos, são todos indivíduos que têm um objetivo prático para fazer meu curso: Dwight Sanders, Lawrence Hammond, Dick McNamara, Owen Kellogg e mais uns outros. Este ano ganhei mais um aluno: Quentin Daniels.

– É mesmo? – perguntou Dagny, quase enciumada. – Como é que ele pode fazer um curso tão caro?

– Ele vai pagar à prestação. Vale a pena investir nele.

– Onde são as aulas?

– No hangar, na fazenda de Dwight Sanders.

– E onde o senhor trabalha durante o ano?

– No meu laboratório.

Cuidadosa, Dagny insistiu:

– E onde é seu laboratório? Aqui, no vale?

Galt a fitou por um momento, para que ela percebesse que ele estava achando graça naquilo e sabia aonde ela queria chegar, e respondeu:

– Não.

– Então o senhor está vivendo no mundo exterior esses anos todos?

– Estou.

– E tem... – Dagny achava a ideia insuportável – tem um emprego como os outros?

– Claro. – O toque de ironia em seu olhar pareceu ser acrescido de algum significado especial.

– Não me diga que é assistente de guarda-livros!

– Não.

– Então o que é?

– Tenho o tipo de emprego que o mundo quer que eu tenha.

– Onde?

Galt sacudiu a cabeça:

– Não, Srta. Taggart. Caso resolva sair deste vale, esta é uma das coisas que a senhorita não pode saber.

Ele sorriu novamente, com aquele toque pessoal de insolência que agora parecia dizer que ele sabia a ameaça contida na sua resposta e o que ela representava para Dagny, e então se levantou da mesa.

Depois que ele saiu, Dagny teve a impressão de que o movimento do tempo era um peso opressivo no silêncio da casa, como uma massa estacionária, semissólida, que deslizasse lentamente, espichando-se, num ritmo tal que ela não tinha como saber se haviam passado minutos ou horas. Largada numa poltrona na sala, sentia-se oprimida por aquela lassidão pesada e indiferente que não é preguiça, e sim a frustração de uma vontade de cometer uma violência secreta, vontade que nenhum gesto mais contido pode satisfazer.

Aquele prazer especial que Dagny sentira ao vê-lo comer a refeição que ela havia preparado – pensou ela, imóvel, de olhos fechados, os pensamentos atravessando, como o tempo, algum mundo de lentidão difusa – era o de saber que havia lhe proporcionado um prazer dos sentidos, que ela lhe tenha proporcionado um tipo de satisfação física... *Há um motivo*, pensou, *para uma mulher querer preparar comida para um homem... não, não como um dever, como um trabalho cotidiano, apenas como um ritual raro e especial simbolizando o... mas o que fizeram disso aqueles que vivem falando sobre o dever da mulher? A execução castrada de um trabalho brutalizante de escravo era considerada uma virtude própria da mulher, ao passo que aquilo que lhe emprestava significado era considerado um pecado vergonhoso: o trabalho de lidar com gordura, vapor e cascas sujas numa cozinha fedorenta era tido como uma coisa espiritual, o cumprimento de uma obrigação moral – ao passo que o encontro de dois corpos num quarto era encarado como volúpia física, um ato de entrega a instintos animais, sem glória, sem significado, sem nada de que os animais envolvidos pudessem se orgulhar.*

Subitamente, se pôs de pé. Não queria pensar no mundo exterior e em seu código moral. Mas sabia que não era nisso que estava pensando e não queria pensar naquilo a que sua mente voltava insistentemente, o assunto ao qual voltava contra sua vontade, como se tivesse vontade própria.

Dagny andava de um lado para outro da sala, detestando o que havia de feio, desconjuntado e descontrolado em seus movimentos, por um lado querendo que sua movimentação quebrasse aquela quietude e por outro sabendo que não era dessa maneira que desejava quebrá-la. Acendia um cigarro, para ter por um instante a ilusão de que estava fazendo algo com um objetivo, mas no instante seguinte o apagava, contrariada por estar realizando um ato meramente substituto. Olhava em volta como um mendigo inquieto, implorando aos objetos concretos que lhe fornecessem uma motivação, tentando achar alguma coisa para limpar, consertar, lustrar – sabendo ao mesmo tempo que nenhuma tarefa valeria a pena ser feita. "O fato de nada valer a pena" – disse-lhe uma voz severa em sua mente – "é apenas um biombo para esconder um desejo valioso demais: o que você quer?" Acendeu um fósforo, levando com raiva a chama à ponta do cigarro que, constatou, pendia apagado do canto de sua boca. "O que você quer?", repetia a voz, severa como a voz de um juiz. *Quero que ele volte!*, respondeu ela, jogando aquelas palavras, como um grito mudo, para algum acusador dentro de si, quase como quem joga um osso para uma fera que o persegue, na esperança de distraí-la, para que ela não veja a presa maior à sua frente.

Quero que ele volte, disse ela baixinho, em resposta à acusação de que não havia motivo para aquela impaciência tão forte. *Quero que ele volte*, implorou ela, em resposta à fria consciência de que a resposta anterior não satisfazia o juiz. *Quero que ele volte!*, gritou em tom de desafio, esforçando-se para não gritar a frase mais essencial, que não contivesse nenhuma palavra supérflua, e exprimisse tão somente o que ela queria.

Sentiu que sua cabeça caía de cansaço, como se tivesse levado uma surra demorada. O cigarro que viu entre seus dedos mal havia começado a queimar. Dagny o esmagou e se jogou novamente na poltrona.

Não estou me esquivando a nada, pensou, *não é fuga, é que simplesmente não consigo encontrar uma solução...* "O que você quer", disse a voz, enquanto ela se debatia em meio à névoa cada vez mais espessa, "será seu, se você o tomar, só que qualquer coisa menos que a aceitação total, menos que sua convicção total, seria uma traição a tudo o que ele representa..." *Então que ele me amaldiçoe*, pensou ela, como se a voz agora estivesse perdida e não a pudesse ouvir, *que me amaldiçoe amanhã... Quero... que ele volte...* Não ouviu resposta, porque sua cabeça havia caído contra o encosto da poltrona. Adormecera.

Quando abriu os olhos, viu Galt em pé a um metro de sua poltrona, olhando para ela. Parecia estar observando-a havia algum tempo.

Dagny viu seu rosto e, com a clareza de uma percepção concentrada, o significado da expressão dele: era o significado que ela passara horas reprimindo. Viu isso e não se espantou, porque não havia ainda recuperado a consciência da razão pela qual deveria ficar surpresa.

– É assim que a senhorita fica – disse ele, em voz baixa – quando adormece em seu escritório.

Então ela percebeu que Galt, também, ainda não estava plenamente consciente de que ela o estava ouvindo: seu jeito de falar dissera a ela quantas vezes ele já pensara aquilo e por que pensara.

– Há no seu rosto a expressão de quem vai acordar num mundo onde não haverá nada a esconder nem a temer – disse ele.

E então Dagny percebeu que a primeira expressão que surgira no próprio rosto fora um sorriso. Compreendeu isso no momento em que este desapareceu, em que se deu conta de que ela e ele estavam acordados.

– Só que aqui isso é verdade – acrescentou ele, em voz baixa, com plena consciência do que dizia.

A primeira emoção que ela sentiu no mundo real foi uma sensação de poder. Empertigou o corpo na poltrona, sentindo que um por um de seus músculos iam ganhando movimento. Com voz lenta, num tom de curiosidade ociosa, de quem já entendeu as implicações da situação, que lhe emprestou à voz um leve toque de desdém, Dagny perguntou:

– Como pode saber como fico em... meu escritório?!

– Já disse que a venho observando há anos.

– Como pode me observar tão bem? De onde?

– Não vou lhe responder agora – disse ele com simplicidade, mas sem desafiá-la.

O leve movimento de seu ombro para trás, a pausa e o tom de voz mais baixo e grave emprestaram um toque de triunfo à voz de Dagny ao perguntar:

– Quando me viu pela primeira vez?

– Há 10 anos – respondeu ele, encarando-a, para que ela visse que ele respondia também à pergunta que ela não fizera explicitamente.

– Onde? – A pergunta foi quase uma ordem.

Galt hesitou, e então Dagny viu em seu rosto um sorriso que de início se restringiu a seus lábios, não chegando aos olhos, o tipo de sorriso de quem contempla – com prazer, amargura e orgulho – algo que adquiriu por um preço exorbitante. Seus olhos pareciam estar voltados não para Dagny, mas para a moça que ela fora naquela época.

– No subsolo do Terminal Taggart – respondeu ele.

De repente, ela se deu conta de sua postura: havia escorregado novamente poltrona abaixo, descuidada, quase deitada, uma das pernas esticada para a frente – e com sua blusa sóbria e transparente, a saia larga de camponesa com o estampado de cores violentas, as meias finas e os sapatos abertos, não parecia uma executiva de uma rede ferroviária. A consciência desse fato a atingiu em resposta ao olhar dele, que parecia ver não o inatingível, e sim aquilo que de fato era: sua criada. Ela percebeu o momento em que um leve esforço do brilho de seus olhos verde-escuros dissipou o véu da distância, fazendo-o ver, em lugar do passado, a presença imediata dela. Dagny enfrentou seu olhar com aquela expressão de insolência que é um sorriso sem movimento dos músculos faciais.

Galt desviou os olhos, mas, enquanto ia para o outro lado da sala, o som de seus passos era tão eloquente como o som de uma voz. Dagny percebeu que ele tinha vontade de sair da sala, como sempre fazia. Jamais ficava por mais tempo do que o necessário para lhe dar boa-noite quando chegava em casa. Ela contemplou seu esforço: não sabia se era o seu jeito de andar, saindo numa direção e logo tomando outra, ou se era a consciência de que seu corpo havia se tornado um instrumento para a percepção direta do corpo dele, como um espelho que refletisse tanto os movimentos quanto as causas. Sabia apenas que ele, que jamais lutara contra si próprio e jamais perdera uma batalha, agora não tinha forças para sair da sala.

Seus movimentos não pareciam exprimir tensão. Ele tirou o paletó e o jogou para o lado, ficando em mangas de camisa e sentando-se de frente para ela, ao lado da janela do outro lado da sala. Porém sentou-se no braço de uma poltrona, como se não estivesse saindo nem ficando.

Dagny sentia-se meio tonta, uma sensação leve, quase frívola, de triunfo, por ver que estava conseguindo detê-lo quase como se por meio do contato físico: durante um instante breve e perigoso, era até uma forma de contato mais satisfatória.

Teve, então, uma sensação súbita de choque, que a cegou, quase como se fosse atingida por um golpe, como se tivesse soltado um grito interior. Confusa, tentou descobrir a causa e viu que não era mais do que o fato de que ele havia se inclinado um pouco para o lado, formando uma posição em que exibia a linha longa que ia de seu ombro até o ângulo da cintura, descendo os quadris e as pernas. Ela desviou a vista, para que Galt não visse que estava tremendo – e perdeu toda a ilusão de triunfo, de que era ela que detinha o poder.

– Vi-a muitas vezes depois da primeira – disse ele em voz baixa e controlada, porém um pouco mais lenta que de costume, como se pudesse controlar tudo, menos sua necessidade de falar.

– Onde?

– Em muitos lugares.

– Mas sempre dando um jeito de não ser visto? – Dagny tinha certeza de que um rosto como aquele não lhe passaria despercebido.

– Sim.

– Por quê? Estava com medo?

– Estava.

Galt disse isso com simplicidade, e Dagny levou um momento para entender que ele estava admitindo o que representaria para ela vê-lo.

– Sabia quem eu era ao me ver pela primeira vez?

– Claro. Meu segundo pior inimigo.

– O quê? – Dagny não esperava por aquilo, por isso acrescentou, com voz mais calma: – Quem é o pior de todos?

– O Dr. Robert Stadler.

– Então me classificava junto a ele?

– Não. Ele é meu inimigo conscientemente. O homem que vendeu a alma. Não pretendemos recuperá-lo. A senhorita era uma das nossas. Eu já sabia, muito antes de vê-la. E sabia que seria a última a se juntar a nós e a mais difícil de derrotar.

– Quem lhe disse isso?

– Francisco.

Ela ficou em silêncio por um instante e então perguntou:

– O que ele disse?

– Disse que, de todos os nomes em nossa lista, a senhorita seria a mais difícil de convencer. Foi então que ouvi falar a seu respeito pela primeira vez. Foi Francisco que pôs seu nome na lista. Disse-me que a senhorita era a única esperança, o único futuro da Taggart Transcontinental, que resistiria a nós por muito tempo, que lutaria desesperadamente por sua rede ferroviária, porque tinha um excesso de resistência, de coragem e de dedicação ao trabalho. – Galt olhou para ela. – Não me disse mais nada. Falava como se estivesse apenas comentando a respeito de um grevista em potencial. Eu sabia que a senhorita fora amiga de infância dele, mais nada.

– Quando o senhor me viu?

– Dois anos depois.

– Como?

– Por acaso. Era tarde da noite... numa plataforma de passageiros do Terminal Taggart. – Dagny percebeu que aquilo era uma forma de rendição: ele não queria dizer aquilo, mas era obrigado a falar. Ela percebeu tanto a intensidade contida quanto a força da resistência em sua voz: ele precisava falar, porque tinha que se dar e essa era uma forma de contato. – A senhorita estava de vestido longo. Trajava um manto que quase lhe caía do corpo. À primeira vista, vi apenas seus ombros nus, suas costas e seu perfil. Por um instante, pareceu que o manto ia cair e a senhorita ia ficar nua. Então vi o vestido longo, cor de gelo, como a túnica de uma deusa grega. Mas percebi também que seus cabelos eram curtos e seu perfil era imperioso, duas características típicas da mulher americana. A senhorita parecia absurdamente deslocada numa estação de trem, e não era numa estação de trem que eu a via, e sim num cenário que jamais me assaltara a mente antes. Mas então, de repente, percebi que seu lugar era mesmo aquele, entre trilhos, fuligem e vigas, que aquele era o lugar adequado para o vestido longo, os ombros nus e aquele rosto cheio de vida – uma estação ferroviária, não um apartamento repleto de cortinas. A senhorita parecia um símbolo do luxo, e seu lugar era ali, a fonte dos luxos. Parecia levar riqueza, graça, extravagância e alegria de viver àqueles que merecem tais coisas, os homens que criaram as ferrovias e as fábricas, e tinha em sua expressão uma mistura de energia com a recompensa da energia, da competência e do luxo combinados – e eu era o primeiro homem a afirmar de que modo essas duas coisas eram inseparáveis. Então pensei que, se os homens da nossa época dessem forma aos verdadeiros deuses e construíssem uma estátua que representasse o significado de uma ferrovia americana, seria a sua estátua... Aí vi o que a senhorita estava fazendo e compreendi quem era. Estava dando ordens a três funcionários do terminal. Não pude ouvir suas palavras, mas sua voz parecia rápida, precisa e confiante. Entendi que era Dagny Taggart. Aproximei-me o bastante para ouvir duas frases. "Quem disse isso?", perguntou um dos homens. "Fui eu", respondeu a senhorita. Não ouvi mais nada. Nem precisava.

– E depois?

Galt levantou a vista lentamente até encontrar os olhos dela do outro lado da sala, e a intensidade que fez sua voz baixar lhe emprestou um tom suave e um toque de autoironia, ao mesmo tempo desesperada e quase terna:

– Então compreendi que abandonar meu motor não seria o preço mais alto que eu teria de pagar por essa greve.

Dagny se perguntava que sombra anônima – entre os passageiros que passavam apressados por ela, tão insubstanciais e insignificantes quanto o vapor das locomotivas –, que rosto fora o dele; perguntava-se até que ponto ele se aproximara dela naquele instante desconhecido.

– Ah, por que não falou comigo naquele instante, ou depois?

– Lembra o que estava fazendo no terminal naquela noite?

– Lembro vagamente que uma noite me chamaram de uma festa onde eu estava. Meu pai estava viajando e o novo administrador do terminal tinha feito alguma bobagem, causando um engarrafamento nos túneis. O administrador antigo tinha inesperadamente pedido demissão na semana anterior.

– Fui eu que o fiz se demitir.

– Entendo...

Sua voz foi morrendo aos poucos, como se abandonasse o som, à medida que seus olhos foram se fechando, abandonando a visão. *Se ele não tivesse suportado aquilo naquele dia*, pensou ela, *se ele tivesse vindo me buscar, naquele dia ou depois, que espécie de tragédia teria ocorrido?* Dagny se lembrava do que havia sentido ao dizer que mataria o destruidor assim que o visse... *E o teria feito mesmo* – o pensamento não foi expresso em palavras, e sim apenas como uma pressão e um tremor no estômago –, *eu o teria matado, depois, se descobrisse quem ele era... e eu teria que descobrir...* Dagny estremeceu, porque sabia que assim mesmo queria que ele a tivesse procurado, porque a ideia que sua mente não admitia, mas que a invadia assim mesmo, como uma coisa escura e quente penetrando-lhe o corpo, era: *eu o teria matado, mas só depois de...*

Dagny abriu os olhos e compreendeu que aquele pensamento estava tão claro para ele nos olhos dela quanto o estava para ela nos olhos dele. Percebeu seu olhar dissimulado, a tensão de sua boca e viu a agonia a que ele fora reduzido: sentiu-se dominada pela vontade exultante de fazê-lo sofrer, de observar esse sofrimento, até ela própria e ele não suportarem mais, e então torná-lo indefeso de tanto prazer.

Galt se levantou e desviou os olhos, e Dagny não sabia se era sua cabeça levemente erguida ou se a tensão de seu rosto que fazia com que ele tivesse uma expressão curiosamente calma e límpida, como se toda a emoção lhe tivesse sido extirpada e restasse apenas a pureza nua da estrutura.

– Todos os homens de que sua rede ferroviária precisava e que perdeu nos últimos 10 anos – disse ele – foram embora por minha causa. – Havia em sua voz o tom inexpressivo e a simplicidade luminosa de um contador que explica a um comprador imprudente que o preço é um absoluto a que não se pode fugir. – Retirei todas as vigas que sustentavam a Taggart Transcontinental, e, se a senhorita resolver voltar, verei tudo desabar sobre sua cabeça.

E se virou para sair da sala. Ela o deteve. Foi sua voz, mais do que suas palavras, que o fez parar: uma voz baixa, sem qualquer emoção, como um peso que afunda, e com um tom abafado, como um eco interior, semelhante a uma ameaça. Uma voz de quem implora, ainda mantendo um conceito de honra, porém há muito tempo pouco se importando com ela:

– O senhor quer me prender aqui, não é?

– Mais do que qualquer outra coisa no mundo.

– Há um meio de me prender.

– Eu sei.

A voz de Galt soou como a dela. Ele esperou, para recuperar o fôlego.

Quando falou, sua voz estava baixa e límpida, com um toque de ênfase que indicava consciência acentuada, quase um sorriso de compreensão:

– O que quero é que a senhorita aceite este lugar. De que adiantaria a sua presença física sem qualquer significado? Seria o tipo de realidade falsificada com que a maioria das pessoas se engana durante toda a vida. Não sou capaz disso. – Virou-se para sair. – Nem a senhorita. Boa noite, Srta. Taggart. – Então foi para seu quarto e fechou a porta.

Deitada em sua cama, no escuro, incapaz de pensar ou dormir, Dagny estava além do domínio do pensamento, e a violência surda que ocupava toda a sua mente parecia ser apenas uma sensação nos músculos, porém seu tom e suas sombras contorcidas eram como um grito, uma súplica, que ela entendia não em termos de palavras e sim de dor: *Que ele venha aqui, que não suporte mais – que se dane tudo, minha ferrovia, a greve dele, todos os nossos princípios! Que tudo se dane, tudo o que já fomos e somos! Ele viria, se eu fosse morrer amanhã – então que eu morra, mas só amanhã –, que ele venha aqui, a qualquer preço que ele determinar, não me resta mais nada que eu não queira vender a ele – é isto que é ser um animal? É, é isso, sou um animal...* Deitada de costas, as palmas das mãos apertadas contra o lençol ao lado do corpo, para se impedir de se levantar e caminhar até o quarto dele, sabendo que ela seria capaz até mesmo disso. *Não sou eu, é um corpo que não posso suportar nem controlar...* Mas em algum lugar dentro de si, não como palavras, mas como um ponto radiante de tranquilidade, estava o juiz que parecia observá-la, não mais a condenando com severidade, porém aprovando e achando graça, como se dissesse: "Seu corpo? Se esse homem não fosse o que você sabe que ele é, seu corpo por acaso a reduziria a isso? Por que é o corpo *dele* que você quer, e não nenhum outro? Você realmente quer que se danem os seus princípios, seus e dele? Quer que se dane algo que você está honrando neste exato momento, pelo seu próprio desejo?" Não era necessário ouvir aquelas palavras, ela já as conhecia, sempre as conhecera. Depois de algum tempo, o que havia de radiante nelas desapareceu, restando apenas a dor e as mãos apertadas contra o lençol – e uma dúvida quase indiferente: estaria ele também acordado, sentindo a mesma tortura?

Dagny não ouvia nenhum ruído em toda a casa, e nos troncos das árvores lá fora não via nenhuma luz vinda do quarto dele. Muito tempo depois ouviu, vindo do quarto escuro de Galt, dois sons que responderam a suas perguntas, então entendeu que ele estava acordado e não viria: foram o ruído de um passo e o som de um isqueiro sendo aceso.

◆◆◆

Richard Halley parou de tocar e, ainda sentado ao piano, se virou para Dagny. Viu-a baixar o rosto, o movimento involuntário de quem oculta uma emoção demasiadamente forte. Então se levantou, sorriu e disse a ela, em voz baixa:

– Obrigado.

– Mas não... – sussurrou Dagny, sabendo que ela é que sentia gratidão e que seria inútil manifestá-la. Estava pensando nos anos que Halley havia passado em sua casinha na encosta do vale compondo as obras que acabara de tocar para ela, o tempo em que todos esses sons magníficos estavam sendo formados por ele como um monumento fluido à ideia de que o sentimento da vida é o sentimento da beleza – enquanto ela caminhava pelas ruas de Nova York buscando, em vão, alguma espécie de prazer com os guinchos de uma sinfonia moderna correndo atrás dela, como se cuspidos pela garganta infeccionada de um alto-falante que tossisse seu malévolo ódio pela vida.

– Mas o agradecimento foi sincero – disse Halley, sorrindo. – Sou um homem de negócios e nunca faço nada de graça. A senhorita me pagou. Agora entende por que eu queria tocar para a senhorita hoje?

Dagny levantou a cabeça. Halley estava em pé no meio da sala de sua casa; eles estavam sozinhos. Pela janela aberta entrava a noite de verão, e viam-se as árvores escuras numa longa sucessão de plataformas que desciam até o vale ao longe, repleto de luzes.

– Srta. Taggart, ainda há muitas pessoas para quem minha música é tão importante quanto é para a senhorita?

– Não muitas – respondeu Dagny com simplicidade, sem orgulho nem bajulação, mas como um tributo pessoal aos valores exigentes envolvidos.

– É este o pagamento que exijo. Poucas pessoas podem pagar tanto. Não me refiro ao seu prazer, nem à sua emoção – as emoções que se danem! Refiro-me à sua *compreensão* e ao fato de que o prazer que a senhorita sentiu foi da mesma natureza que o meu, veio da mesma fonte: a sua inteligência, o julgamento consciente de um cérebro capaz de julgar minha obra pelos padrões dos mesmos valores que me guiaram ao compô-la – ou seja, não o fato de que a senhorita *sentiu*, e sim de que sentiu o que *eu* queria que sentisse; não o fato de que a senhora admira minha obra, e sim de que a admira pelos motivos por que *eu* quero que ela seja admirada. – Halley riu. – Na maioria dos artistas, só há uma paixão mais violenta do que o desejo de serem admirados: o medo de identificarem a natureza da admiração que recebem. Mas é um medo que nunca senti. Eu não minto a mim mesmo a respeito de minha obra nem da reação que quero despertar no ouvinte, porque dou muito valor a ambas. Não quero ser admirado sem motivo, emocionalmente, intuitivamente, instintivamente, nem cegamente. Não gosto de nenhum tipo de cegueira, pois tenho muito a mostrar, nem de surdez, pois tenho muito a dizer. Não quero ser admirado pelo *coração* de ninguém, e sim pela *cabeça* de alguém. E, quando encontro um ouvinte com essa capacidade tão valiosa, então minha execução é uma transação em que ambas as partes lucram. O artista é um comerciante, Srta. Taggart, o mais rígido e mais exigente dos comerciantes. Agora me entende?

– Entendo – disse ela, sem acreditar no que ouvia, porque estava vendo o seu próprio símbolo de orgulho moral escolhido pelo homem que ela menos esperava que o escolhesse.

– Se entende, por que o olhar tão trágico de alguns instantes atrás? O que a entristece?

– Os anos em que sua obra permaneceu sem plateia.

– Não é verdade. Tenho dado dois ou três concertos por ano. Aqui, no vale de Galt. Semana que vem vou me apresentar. Espero que a senhorita venha. O ingresso custa 25 centavos.

Dagny teve que rir. Ele sorriu e, em seguida, seu rosto lentamente assumiu uma expressão de seriedade, como se agora estivesse imerso numa contemplação muda. Ficou olhando pela janela, para um ponto na escuridão onde, numa clareira, descorado pela luz do luar, apenas com um brilho metálico, o cifrão de ouro se destacava como uma curva de aço brilhante gravada no céu.

– Srta. Taggart, entende por que eu troco três dúzias de artistas modernos por um único negociante de verdade? Por que eu tenho muito mais em comum com Ellis Wyatt ou Ken Danagger – o qual, aliás, não tem nenhum ouvido musical – do que com homens como Mort Liddy ou Balph Eubank? Seja uma sinfonia ou uma mina de carvão, todo trabalho é um ato de criação que vem da mesma fonte: a capacidade íntegra de ver com os próprios olhos, ou seja, a capacidade de realizar uma identificação racional, isto é, a capacidade de ver, relacionar e fazer o que antes não era visto, relacionado nem feito. A visão fulgurante que, segundo dizem, pertence àqueles que fazem sinfonias e romances – o que eles imaginam ser, o que impulsiona os homens que descobriram como utilizar o petróleo, como explorar uma mina, como elaborar um motor elétrico? Aquele fogo sagrado que dizem arder nos músicos e nos poetas – o que eles imaginam que leve um industrial a desafiar todo mundo para lançar um novo metal, a agir como os inventores do avião, os construtores das ferrovias, os descobridores de micróbios ou de continentes de todas as épocas? Uma dedicação intransigente à busca da verdade, Srta. Taggart. Já ouviu os moralistas e os amantes das artes de qualquer século falarem sobre a intransigente dedicação do artista à busca da verdade?

Ela não fez menção de responder, então Halley prosseguiu:

– Pois não há exemplo maior dessa dedicação do que o homem que diz que a Terra gira, ou que diz que uma liga de aço e cobre tem certas propriedades que lhe permitem que ela faça certas coisas, que *seja* e *faça* certas coisas; e, ainda que o mundo o torture ou o arruíne, ele não prestará falso testemunho contra sua mente! É *isso*, Srta. Taggart, é esse tipo de espírito, de coragem, de amor à verdade – e não o de um vagabundo sujo que anda por aí afirmando orgulhoso que quase chegou à perfeição dos loucos, porque é um artista que não faz a menor ideia do que seu trabalho é ou significa, que não é limitado por conceitos tão grosseiros quanto "ser" e "significar", que é veículo de mistérios mais elevados, que não sabe como nem por que o criou, algo que simplesmente saiu dele de maneira espontânea, como vômito de um bêbado, que ele não pensou, não se rebaixou a pensar, simplesmente *sentiu*, bastou-lhe sentir – ele *sente*, esse calhorda flácido, de boca mole, olhos esquivos, que baba e treme!

Ele não parava de fitá-la, e Dagny viu toda a emoção daquelas palavras estampada nos olhos dele.

– Eu, que sei quanta disciplina, quanto esforço, quanta tensão mental, quanto trabalho, quanto senso de clareza são necessários para produzir uma obra de arte... Eu, que sei que criar exige um trabalho em comparação com o qual ser condenado a serviços forçados é descanso – uma severidade de que nenhum sargento sádico é capaz –, prefiro o homem que explora uma mina de carvão a qualquer veículo ambulante de mistérios mais elevados. O homem que explora a mina sabe que não são seus sentimentos que fazem com que os vagões carregados de minério andem em seus túneis subterrâneos – e ele sabe o que é que os faz andar. Sentimentos? Ora, é claro que nós sentimos, ele sente, eu, a senhorita – aliás, somos as únicas pessoas capazes de sentir –, e sabemos de onde vêm nossos sentimentos. Mas o que não sabíamos e ficamos muito tempo sem tentar entender é a natureza daqueles que afirmam não serem capazes de explicar seus sentimentos. Estamos aprendendo agora. Foi um erro caro. E os maiores culpados vão pagar o preço mais alto – o que é justo. Os maiores culpados foram os verdadeiros artistas, que agora verão que são os primeiros a serem exterminados e que prepararam o triunfo de seus exterminadores ao ajudá-los a destruir seus únicos protetores. Pois, se existe um insensato mais patético do que o empresário que não sabe que é o expoente do espírito criativo humano mais elevado, esse insensato é o artista que acha que o empresário é seu inimigo.

É verdade, pensou ela, enquanto caminhava pelas ruas do vale, olhando, com entusiasmo infantil, para as vitrines, que brilhavam ao sol. Os empreendimentos comerciais ali eram seletivos e voltados para um objetivo, como a arte, e a arte – pensou, na escuridão de uma sala de concertos feita de madeira, ouvindo a violência controlada e a precisão matemática da música de Halley – tinha a disciplina severa de um empreendimento comercial.

Em ambos havia o esplendor da engenharia, pensou ela, sentada em um dos diversos bancos enfileirados ao ar livre, assistindo ao desempenho de Kay Ludlow num palco. Era uma experiência que desde a infância ela não desfrutava: ficar fascinada, durante três horas, por uma peça que contava uma história que não conhecia, por meio de frases que jamais ouvira, sobre um tema que não era uma velha repetição secular. Era o prazer esquecido de ser enfeitiçada pelo engenhoso, o inesperado, o lógico, o claro, o novo – e vê-lo representado pela arte superlativa de uma mulher que encarnava uma personagem cuja beleza de espírito era equivalente à sua beleza física.

– É por isso que estou aqui, Srta. Taggart – disse Kay Ludlow, sorrindo em resposta ao comentário de Dagny, após o espetáculo. – Lá fora tentam degradar toda e qualquer qualidade de grandeza humana que eu tenha o talento de representar. Eles só me faziam representar símbolos de depravação, só prostitutas, mulheres dissolutas, destruidoras de lares, sempre derrotada no fim por uma mocinha que personificava a virtude da mediocridade. Usavam meu talento para difamá-lo. Foi por isso que vim para cá.

Desde a infância, pensou Dagny, *que não sentia tanto entusiasmo por uma representação teatral – a sensação de que há na vida coisas que vale a pena alcançar, e não a sensação de ter examinado um esgoto que não tinha nenhum motivo para ser mostrado.* Enquanto a plateia se levantava e ia embora na escuridão, Dagny ficou a identificar os espectadores: Ellis Wyatt, o juiz Narragansett, Ken Danagger – homens que, segundo diziam, desprezavam todas as formas de arte.

A última imagem que captou naquela noite foi a de duas figuras eretas e esbeltas caminhando juntas por uma trilha entre as pedras. A luz de um holofote fez brilhar por um momento o ouro de seus cabelos. Eram Kay Ludlow e Ragnar Danneskjöld. Dagny ficou a imaginar se teria coragem de voltar para um mundo em que aqueles dois estavam condenados à destruição.

Ela revivia sua infância toda vez que encontrava os dois filhos da moça que era dona da padaria. Via-os com frequência perambulando pelas trilhas do vale: dois seres destemidos, de 7 e 4 anos. Pareciam encarar a vida tal como ela a encarara quando criança. Não havia neles a expressão que costumava ver nas crianças do mundo exterior – uma expressão de medo, de segredo misturado com zombaria, de proteção contra os adultos, de um ser que descobre que está ouvindo mentiras e aprendendo a odiar. Os dois meninos tinham a confiança aberta e alegre de dois gatinhos que não se sentem ameaçados; tinham uma consciência inocente e natural, sem arrogância ou vaidade, do próprio valor, e com uma certeza igualmente inocente de que qualquer estranho seria capaz de reconhecer seu valor. Tinham aquela curiosidade ansiosa de quem se aventura a ir a qualquer lugar com a certeza de que na vida não há nada que não mereça nem possa ser descoberto. Parecia que, se encontrassem o mal, o rejeitariam com desprezo, não por ser perigoso, mas por ser algo estúpido; que não o aceitariam, resignados, como a lei da existência.

– Eles representam a minha escolha de profissão, Srta. Taggart – disse a jovem mãe em resposta ao comentário de Dagny, enquanto embrulhava um pão, sorridente. – Representam a profissão pela qual optei, e que, apesar de tanta bobagem que se fala sobre a importância de ser mãe, lá fora é impossível praticar. Creio que a senhora já conheceu meu marido: é o professor de economia que trabalha para Dick McNamara. A senhora sabe, é claro, que neste vale não há compromissos coletivos, que aqui não podem entrar parentes a menos que cada indivíduo faça o juramento do grevista por convicção individual. Vim para cá não apenas por causa da profissão de meu marido, mas por causa da minha. Vim aqui para criar meus filhos como seres humanos. Eu não seria capaz de entregá-los a sistemas educacionais que têm por objetivo impedir o desenvolvimento do cérebro da criança, convencê-la de que a razão é impotente, de que a existência é um caos irracional que ela é incapaz de enfrentar, e reduzi-la a um estado de terror crônico. A senhorita se surpreende com a diferença que há entre meus filhos e as crianças do mundo exterior? Mas o motivo é muito simples. É porque aqui no vale de Galt não há quem não considere monstruoso apresentar a uma criança a mais leve insinuação do irracional.

Dagny pensou nos professores que as escolas do mundo tinham perdido quando olhou para os três alunos do Dr. Akston, na noite de sua reunião anual.

A única outra pessoa que ele havia convidado era Kay Ludlow. Os seis estavam sentados no quintal da casa do Dr. Akston, iluminados pelo sol poente. O vale a seus pés, ao longe, se condensava numa vaga bruma azulada.

Dagny olhava para os três alunos do Dr. Akston, três figuras flexíveis e ágeis que repousavam em espreguiçadeiras, satisfeitas, trajando calças compridas, camisas de golas abertas e blusões: John Galt, Francisco d'Anconia e Ragnar Danneskjöld.

– Não fique deslumbrada, Srta. Taggart – disse o Dr. Akston, sorrindo –, nem caia no erro de achar que esses três alunos meus são criaturas sobre-humanas. São algo muito maior e mais surpreendente que isso: são *homens normais* – coisa que o mundo jamais viu –, e a proeza que eles realizaram é a de ter conseguido sobreviver tal como são. Realmente, é necessário possuir uma mente excepcional e uma integridade mais excepcional ainda para permanecer imune às influências das doutrinas do mundo que destroem o cérebro, o peso do mal acumulado há séculos – permanecer *humano*, já que o humano é o racional.

Dagny sentiu algo de novo na atitude do Dr. Akston, uma mudança na severidade de sua reserva habitual. Ele parecia incluí-la em seu círculo, como se ela fosse mais que uma simples convidada. D'Anconia agia como se sua presença naquela reunião fosse algo natural, motivo de alegria. O rosto de Galt não traía nenhuma reação e seus modos eram os de um acompanhante cortês, que a trouxera lá a pedido do Dr. Akston.

Ela percebeu que o olhar do Dr. Akston se voltava para ela com insistência, como se ele se orgulhasse de ostentar seus alunos diante de uma observadora que lhes dava valor. Sua conversa voltava sempre ao mesmo tema, como um pai que encontrou um interlocutor interessado no assunto que mais o atrai:

– Deveria ter conhecido esses três na faculdade, Srta. Taggart. Seria impossível encontrar três rapazes "condicionados" por meios tão diferentes, mas – danem-se os condicionadores! – eles devem ter se escolhido à primeira vista, em meio aos milhares de estudantes daquela universidade. Francisco, o mais rico herdeiro do mundo; Ragnar, o aristocrata europeu; e John, o self-made man, no sentido mais estrito do termo, vindo de lugar nenhum, sem um tostão, sem pais, sem nada. Na verdade, era filho de um mecânico de posto de gasolina em um cruzamento qualquer no interior de Ohio e saiu de casa aos 12 anos para ganhar a vida. No entanto, sempre imaginei que ele veio ao mundo como Minerva, a deusa da sabedoria, que saltou de dentro da cabeça de Júpiter, armada e já adulta... Lembro o dia em que vi os três pela primeira vez. Estavam no fundo da sala de aula – eu estava dando um curso especial para alunos de pós-graduação, um curso tão difícil que poucos se aventuravam a frequentá-lo. Aqueles três pareciam jovens demais até mesmo para primeiranistas – tinham 16 anos na época, conforme vim a saber depois. No fim daquela aula, John se levantou para me fazer uma pergunta. Era uma pergunta que eu, como professor, me orgulharia de ouvir de um aluno que estivesse estudando filosofia há seis anos. Era uma pergunta a respeito da metafísica de Platão que o próprio Platão não tivera o bom senso de formular. Respondi e pedi a John que viesse falar comigo na minha sala depois da aula. Ele veio, todos os três vieram. Vi os outros dois na antessala e os deixei entrar. Falei com eles durante uma hora, depois cancelei todos os meus compromissos e então conversamos durante o restante do dia. Depois disso, dei um jeito para que se matriculassem naquele curso e ganhassem os créditos. Eles se matricularam e tiraram as maiores notas da turma... Estavam se formando em duas carreiras: física e filosofia. A escolha deles surpreendia a todos, menos a mim: os pensadores modernos consideravam desnecessário perceber a realidade, e os físicos modernos achavam desnecessário pensar. Eu, não. O que me surpreendia era que aqueles três meninos concordavam comigo... Robert Stadler era o diretor do departamento de física, e eu, do de filosofia. Ele e eu suspendemos todas as regras e restrições para esses três alunos; nós os dispensamos de todos os cursos rotineiros e não essenciais. Só lhes demos os trabalhos mais difíceis e permitimos que se formassem nas duas disciplinas em quatro anos. Eles *trabalharam*. Não só na faculdade como também para ganhar a vida, fora do campus, durante quatro anos. D'Anconia e Ragnar ganhavam mesadas dos pais; John não tinha um tostão. Mas todos os três trabalhavam em regime de tempo parcial, para ganhar experiência e dinheiro: D'Anconia, numa fundição de cobre; John, numa oficina de reparo de locomotivas; e Ragnar – ao contrário do que a senhorita deve imaginar – era o mais sossegado e mais estudioso dos três e trabalhava na biblioteca da universidade. Tinham tempo para tudo o que queriam fazer, mas não para pessoas nem para atividades comunitárias no campus. Eles... Ragnar! – gritou o Dr. Akston de repente, severo. – Não sente no chão!

Danneskjöld havia saído da espreguiçadeira e agora estava sentado na grama, com a cabeça apoiada nos joelhos de Kay Ludlow. Levantou-se, obediente, rindo. O Dr. Akston sorriu, quase pedindo desculpas.

– É um velho hábito meu – explicou ele a Dagny. – Um reflexo "condicionado", imagino. Era o que eu sempre dizia a ele nos tempos da faculdade, quando o pegava sentado no chão do meu quintal, em noites frias e nevoentas. Ele era imprudente, me fazia ficar preocupado, deveria saber que era perigoso e...

O Dr. Akston parou de repente e percebeu, nos olhos surpresos de Dagny, que ela pensava na mesma coisa que ele: pensava nos perigos que Ragnar resolvera enfrentar quando adulto. Akston deu de ombros e abriu as mãos, num gesto de impotência, de quem ri de si próprio. Kay sorriu para ele, compreensiva.

– Minha casa ficava perto do campus – prosseguiu ele, suspirando –, num penhasco alto, à margem do lago Erie. Passávamos muitas noites juntos, nós quatro. Ficávamos assim mesmo como estamos agora, no quintal lá de casa, só que à nossa frente não víamos montanhas de granito, e sim a extensão do lago, que se perdia no horizonte. Nessas noites eu trabalhava mais que em qualquer sala de aula, tendo que responder a todas as perguntas que eles me faziam, discutindo as questões que levantavam. Por volta da meia-noite, eu fazia chocolate quente e os obrigava a beber – sempre desconfiei de que nunca comiam direito por falta de tempo –, e depois continuávamos a conversar, enquanto o lago desaparecia na escuridão e o céu parecia ficar mais claro que a Terra.

Dagny olhava interessada para Akston, que prosseguiu:

– Houve algumas ocasiões em que continuamos a conversar até que reparei de repente que o céu estava ficando mais escuro e o lago mais claro, e que se aproximava o momento do romper da manhã. Eu não devia fazer isso, sabia que eles já dormiam pouco, mas às vezes eu perdia a noção da hora. Quando eles estavam lá, sempre me dava a impressão de que estávamos no início da manhã de um dia longo e inesgotável que se estendia à nossa frente. Eles nunca falavam do que tinham vontade de um dia poder fazer, nunca ficavam a imaginar se alguma onipotência misteriosa lhes havia concedido algum talento incognoscível que lhes permitisse fazer o que queriam fazer – falavam só das coisas que *iam* fazer. Será que o afeto nos faz covardes? Sei que as únicas vezes em que eu sentia medo era quando, ao ouvi-los, pensava no que estava acontecendo com o mundo e no que eles teriam de enfrentar no futuro. Medo? Sim, porém era mais que medo. Era o tipo de emoção que faz com que um homem seja capaz de matar – quando eu pensava que o mundo caminhava rumo ao objetivo de destruir esses meninos, que esses três filhos meus estavam marcados para a imolação. Ah, sim, eu teria matado – mas quem? Era todo mundo e não era ninguém; não havia um inimigo específico, nenhum centro, nenhum vilão. Não era o assistente social incapaz de ganhar dinheiro, nem o burocrata ladrão com medo da própria sombra: era o mundo todo caminhando para uma obscenidade de horror, empurrado pela mão de todo homem que se supunha decente e acreditava que a necessidade é mais sagrada do que a capacidade, que a piedade é mais sagrada do que a justiça. Mas tais momentos eram apenas ocasionais. Esse sentimento não me dominava constantemente. Eu ouvia meus filhos e sabia que nada poderia derrotá-los. Olhava para eles, sentados em meu quintal, e ao longe via os prédios altos e escuros daquilo que ainda era um monumento ao pensamento livre – a Universidade Patrick Henry – e mais ao longe via as luzes de Cleveland, o brilho alaranjado das siderúrgicas por trás das chaminés, os pontos vermelhos de luz das torres de rádio, os longos riscos brancos dos holofotes dos aeroportos no negrume do céu – e pensava que, em nome de toda a grandeza que jamais existiu neste mundo, a grandeza da qual eles três eram os últimos descendentes, eles venceriam...

Por um breve instante, Akston fez uma pausa e olhou ao longe, para a imensidão do vale que os cercava, antes de fitá-la novamente.

– Lembro que uma noite percebi que John estava sem dizer nada havia muito tempo e vi que ele havia adormecido, deitado no chão. Os outros dois confessaram que ele não dormia havia três dias. Mandei os outros para casa na mesma hora, mas não tive coragem de acordar John. Era uma noite agradável de primavera. Peguei um cobertor para ele e deixei que dormisse ali mesmo. Fiquei sentado a seu lado até o dia nascer, e, ao contemplar seu rosto à luz das estrelas e depois ao primeiro raio de sol que tocou sua testa tranquila, o que senti foi não uma prece, pois não rezo, e sim aquele estado de espírito do qual a prece é uma distorção: uma dedicação total, confiante, afirmativa do meu amor ao que é certo, à certeza de que o que é correto ia vencer e de que aquele menino teria o futuro que merecia. – O Dr. Akston levantou o braço e indicou o vale. – Eu não esperava que fosse tão grande assim... nem tão duro.

Já havia escurecido, e as montanhas se confundiam com o céu. Soltas no espaço, viam-se as luzes do vale ao longe, o hálito vermelho da fundição de Stockton no alto, as janelas iluminadas da casa de Mulligan, enfileiradas, como um vagão de trem suspenso no céu.

– Eu tinha um rival – disse o Dr. Akston lentamente. – Era Robert Stadler... Não faça essa cara, John, isso são águas passadas... John o amou certa época. Bem, eu também... não exatamente, mas o que eu sentia por um cérebro como o de Stadler era quase amor, era o mais raro dos prazeres: a admiração. Não, eu não o amava, mas ele e eu sempre nos sentíamos como os últimos sobreviventes de alguma era ou terra moribunda, naquele pântano de mediocridade ao nosso redor. O pecado mortal de Robert Stadler foi ele jamais identificar qual era sua verdadeira pátria... Ele detestava a burrice. Era a única emoção que eu o via manifestar em relação às pessoas – um ódio cortante, amargo, extenuado, dirigido a todas as pessoas incompetentes que ousavam se opor a ele. Ele queria impor sua vontade, queria que o deixassem sozinho para seguir seu caminho, queria tirar da sua frente as pessoas que o atrapalhavam, mas jamais identificou o meio de fazê-lo, nem a natureza de seu caminho e de seus inimigos. Ele tomou um atalho. A senhorita sorri? A senhorita o odeia, não é?

– Bom, posso dizer que não o admiro...

– É, a senhorita sabe a espécie de atalho que ele escolheu... Ele lhe disse que nós só disputávamos esses três alunos. Isso era verdade – ou melhor, não era assim que eu encarava a coisa, mas sabia que era assim que ele a via. Bem, se éramos rivais, eu tinha uma vantagem: sabia por que eles precisavam de nossas duas profissões. Stadler jamais entendeu por que eles se interessavam pela minha. Jamais entendeu quanto ela era importante para si próprio – aliás, foi por isso que ele se tornou o que se tornou. Mas, naquela época, ele ainda estava vivo o suficiente para apreender esses três alunos. "Apreender" dá a ideia exata: como a inteligência era o único valor que cultuava, ele agarrava e apreendia os três como se fossem um tesouro só seu. Stadler sempre fora um homem muito solitário. Creio que, em toda a sua vida, Francisco e Ragnar foram seu único amor, e John sua única paixão. Era John, em particular, que ele considerava seu herdeiro, seu futuro, sua imortalidade. John queria ser inventor, ou seja, ia ser físico; ia fazer pós-graduação com Stadler. Francisco pretendia sair da faculdade, após se formar, para trabalhar – ia ser a combinação perfeita de nós dois, seus pais intelectuais: um industrial. E Ragnar... a senhorita sabe a profissão que ele havia escolhido, Srta. Taggart?

– Não faço ideia – ela respondeu.

– Não queria ser piloto de provas, nem explorador de selvas, nem mergulhador. Era algo que exigia muito mais coragem. Ragnar queria ser filósofo. Um filósofo abstrato, teórico, acadêmico, enclausurado em sua torre de marfim... É, Robert Stadler os amava. E, no entanto, eu disse ainda há pouco que teria sido capaz de matar para protegê-los; só que não havia ninguém para matar. Se fosse essa a solução – e é claro que não era –, o homem que eu teria que matar era Robert Stadler. Se há alguém que tem mais culpa individual pelo mal que agora está destruindo o mundo, é ele. *Ele* tinha inteligência suficiente para não cair no que caiu. Foi a única pessoa honrada e competente que emprestou seu nome para justificar os saqueadores. Foi ele que entregou a ciência ao poder dos saqueadores armados. John não esperava isso. Nem eu... John voltou à universidade para fazer seu curso de pós-graduação em física. Porém não o terminou. Largou a faculdade no dia em que Robert Stadler endossou a criação do Instituto Científico Nacional. Encontrei-me com Stadler por acaso, num corredor da universidade, quando ele saía do escritório depois de sua última conversa com John. Parecia mudado. Espero nunca mais ver uma mudança como aquela no rosto de um homem. Ele me viu e, sem entender por que o fazia – só que eu entendia –, se virou para mim e exclamou: "Estou cheio de vocês, seus idealistas utópicos!" Virei-me para o outro lado. Percebi que tinha ouvido um homem pronunciar a sentença de morte contra si próprio... Srta. Taggart, lembra-se da pergunta que fez a respeito dos meus três alunos?

– Lembro – sussurrou ela.

– Com base na sua pergunta, deu para eu imaginar a natureza do que Robert Stadler lhe disse a respeito deles. Diga-me, por que ele os mencionou?

O Dr. Akston percebeu o movimento sutil dos lábios de Dagny, que formaram um sorriso amargo.

– Stadler me contou a história dos três para justificar sua crença na futilidade da inteligência humana, para exemplificar sua falta de esperança. Ele disse: "A capacidade deles era do tipo que se espera que, no futuro, mude o rumo do mundo."

– E não foi isso que eles fizeram?

Dagny concordou com a cabeça, mantendo-a inclinada por algum tempo, em sinal de aquiescência e como uma homenagem.

– O que eu quero que a senhorita entenda é até onde vai a malevolência daqueles que afirmam estar convictos de que este mundo é, por natureza, o reino do mal, onde o bem não tem possibilidade de vencer. Eles que verifiquem suas premissas. Que verifiquem seus padrões de valor. Que se perguntem, antes de se concederem a abominável licença dos que assumem que o mal é uma necessidade, se eles sabem o que é o bem e quais são as condições que este exige. Robert Stadler agora acredita que a inteligência é inútil e que a vida humana só pode ser irracional. Será que ele queria que John Galt se tornasse um grande cientista trabalhando sob as ordens do Dr. Floyd Ferris? Queria que Francisco d'Anconia se tornasse um grande industrial, trabalhando sob as ordens de Wesley Mouch, para beneficiar esse sujeito? Que Ragnar Danneskjöld se tornasse um grande filósofo disposto a pregar, sob as ordens do Dr. Simon Pritchett, que não existe mente e que a força é o único direito? Seria esse futuro algo que Stadler teria considerado racional?

Embora ela não tenha feito nenhum comentário, Akston percebeu que Dagny compreendera o que ele queria dizer.

– Quero que a senhorita observe que aqueles que mais se dizem desiludidos, que mais choram o fracasso da virtude, a futilidade da razão, a impotência da lógica, são os que mais conseguiram obter o resultado completo, exato e lógico das ideias que sempre pregaram, de uma lógica tão impiedosa que não ousam identificá-la. Num mundo que proclama a inexistência da mente, que justifica o império da força bruta, que castiga os competentes em favor dos incompetentes, que sacrifica os melhores em favor dos piores, num mundo assim, os melhores têm de se voltar contra a sociedade e se tornar seus piores inimigos. Num mundo assim, John Galt, o homem de poder intelectual incalculável, permanecerá como trabalhador braçal; Francisco d'Anconia, o milagroso produtor de riquezas, se tornará um playboy; e Ragnar Danneskjöld, o homem esclarecido, se tornará um sujeito violento. A sociedade e o Dr. Robert Stadler conseguiram realizar tudo o que pregavam. Por que reclamam agora? Queixam-se de que o Universo é irracional? E é? – Seu sorriso exprimia uma certeza serena e impiedosa. – Todo homem constrói seu mundo à sua imagem e semelhança. Ele tem o poder de escolher, mas não tem o poder de fugir à necessidade de escolher. Se abdica de seu poder, abdica da condição de homem, e o caos esmagador do irracional é o que ele coloca como sua esfera de existência, por sua livre escolha. Todo aquele que conserva uma única ideia não corrompida por qualquer concessão à vontade de outrem, que cria um palito de fósforos ou um jardim feito à imagem e semelhança de sua ideia – esse, na medida em que o faz, é um homem, e essa é a única medida de sua virtude. Esses – disse o Dr. Akston, apontando para seus alunos – não fizeram concessões. Isto – disse, apontando para o vale – é a medida do que eles preservaram e do que são...

A pausa que ele fez foi breve, apenas para retomar o fôlego e concluir:

– Agora posso repetir minha resposta à pergunta que me fez, sabendo que vai me entender perfeitamente. A pergunta era se eu me orgulhava do que meus três filhos haviam se tornado. Estou mais orgulhoso do que jamais sonhei que um dia viria a me sentir. Orgulho-me de tudo o que eles fizeram, de todos os objetivos que se colocaram, e de todos os *valores* que escolheram. E *esta*, Dagny, é a minha resposta completa.

Akston pronunciou de repente seu primeiro nome no tom que um pai usaria ao se dirigir à filha; enunciou as duas últimas frases olhando não para ela, mas para Galt. Dagny viu que este lhe respondeu com um olhar franco, mantido por um instante, como um sinal de afirmação. Então o olhar de Galt procurou os olhos de Dagny, que viu que ele a observava como se ela ostentasse o título que ele lhe conferira silenciosamente, embora não o pronunciasse, e que nenhum dos outros havia percebido – e viu, nos olhos de Galt, a ironia, por perceber que ela se espantara. Um olhar que ao mesmo tempo lhe dava apoio e – inacreditavelmente – exprimia ternura.

◆ ◆ ◆

A mina de cobre D'Anconia nº 1 era um pequeno corte na superfície da montanha, que dava a impressão de que uma faca dera alguns talhos angulosos, deixando na pedra, vermelha como uma ferida, uma série de plataformas sobre seu dorso de um marrom avermelhado. O sol a iluminava. Dagny estava à margem de um caminho, amparada de um lado por Galt e do outro por Francisco. O vento que soprava em seus rostos descia em direção ao vale, 700 metros abaixo dali.

Aquilo, pensou ela, era a história da riqueza do homem escrita nas montanhas. Havia alguns pinheiros acima do corte na pedra, contorcidos pelas tempestades que séculos atrás caíram sobre aquela encosta selvagem. Seis homens trabalhavam na escavação, e uma quantidade enorme de máquinas complicadas traçava linhas delicadas contra o céu; a maior parte do trabalho estava a cargo das máquinas.

Dagny percebeu que D'Anconia estava exibindo seus domínios para Galt tanto quanto para ela, talvez até mais.

– Você não vem aqui desde o ano passado, John... Espere até daqui a um ano. Lá fora só tenho o que fazer mais alguns meses; depois me dedicarei exclusivamente à minha mina aqui.

– Nada disso, John! – disse ele depois, em resposta a uma pergunta, porém Dagny percebeu de repente o que havia de especial em seu olhar sempre que ele estava voltado para Galt: era exatamente o que ela percebera nele naquele momento em que D'Anconia, no quarto de Dagny, se agarrava a uma mesa para sobreviver a um momento insuportável. Naquele instante, ele parecera ver alguém a sua frente. *É Galt*, pensou ela, fora a imagem de Galt que lhe dera forças.

Uma parte de Dagny sentia um vago temor: o esforço que Francisco fizera naquele momento para aceitar aquela perda e seu rival, como o pagamento que sua batalha lhe impunha, lhe custara tanto que ele agora não conseguia suspeitar da verdade que o Dr. Akston adivinhara. *O que acontecerá com ele quando descobrir?*, pensou, e ouviu uma voz amarga dentro de si própria lembrando-lhe de que talvez jamais houvesse nenhuma verdade desse tipo para ele descobrir.

Uma parte de Dagny sentia uma vaga tensão ao ver de que modo Galt olhava para D'Anconia: era um olhar aberto, simples, sem reservas, de entrega a um sentimento incontido. E ela sentiu a preocupação ansiosa que jamais assumira explicitamente nem deixara de lado totalmente: quem sabe se aquele sentimento de Galt o levará ao horror da renúncia?

No entanto, o que mais ocupava sua mente era uma imensa sensação de libertação, como se ela estivesse rindo de todas as suas dúvidas. A toda hora Dagny olhava para trás, para o caminho pelo qual haviam subido a encosta, três quilômetros cansativos de pista contorcida que descia, como um precário saca-rolhas, da ponta de seus pés até o fundo do vale. Seus olhos não se cansavam de examiná-la, e sua mente disparava para uma meta que só ela conhecia.

Do fundo do vale subiam as plataformas de granito, arbustos, pinheiros e um tapete de musgo. Gradualmente iam desaparecendo o musgo e os arbustos, porém os pinheiros seguiam, cada vez menos numerosos, até que só restassem algumas árvores isoladas, escalando a pedra nua em direção ao branco esplêndido da neve nas fendas dos picos. Dagny contemplava o espetáculo das mais engenhosas máquinas de mineração que jamais vira e depois olhava para a trilha, onde as mulas, a forma mais antiga de transporte com seus cascos lerdos e seus corpos que balançavam de um lado para outro, contrastavam com as máquinas.

– Francisco – perguntou Dagny, apontando –, quem projetou essas máquinas?

– São apenas adaptações de equipamentos comuns.

– Mas quem as adaptou?

– Eu. Temos poucos trabalhadores. É preciso compensar.

– Você está desperdiçando muita mão de obra e muito tempo transportando o minério no lombo de mulas. Você deveria construir uma ferrovia até o fundo do vale.

Dagny estava olhando para baixo e não percebeu o olhar súbito e ansioso que D'Anconia dirigiu a seu rosto, nem o toque de cautela em sua voz:

– Eu sei, mas é uma coisa tão trabalhosa que a produção atual da mina não justifica.

– Bobagem! É muito mais simples do que parece. Lá para o leste há uma passagem em que a pedra é mais mole e menos íngreme. Não seriam necessárias muitas curvas, uns cinco quilômetros ou menos de trilhos seriam suficientes. – Dagny estava apontando para o leste e não percebeu a intensidade com que os dois homens olhavam para seu rosto. – Uma pista de bitola estreita seria o bastante... como as primeiras ferrovias... foi assim que elas começaram: nas minas, só que de carvão... Olhe, está vendo aquela plataforma ali? Ali passa perfeitamente uma pista com bitola de um metro, não precisa nem alargar. Está vendo aquele trecho de quase um quilômetro em que a subida é gradual? O aclive ali não deve ser mais do que quatro por cento, qualquer locomotiva aguenta. – Dagny falava depressa, alegre, cheia de certeza, sem pensar em nada senão no prazer de exercer sua função natural, em seu mundo natural, onde nada poderia ser mais importante do que propor uma solução para um problema. – A estrada se paga em três anos. Assim à primeira vista, eu diria que o mais caro vai ser um viaduto, talvez dois, de aço, e há um trecho em que talvez seja necessário abrir um túnel, mas é pouca coisa, uns 30 metros, ou menos. Vou precisar fazer um viaduto com estrutura de aço naquela garganta, mas a coisa não é tão complicada quanto pode parecer... eu mostro, vocês me arranjam um pedaço de papel?

Dagny não percebeu a rapidez com que Galt lhe apresentou um caderno e um lápis – ela os tomou, como se já esperasse que estivessem ali, como se estivesse dando ordens numa obra, onde detalhes desse tipo não poderiam obrigá-la a perder tempo.

– Vou lhe dar uma ideia geral da coisa. Se a gente cravar umas vigas diagonais na encosta... – prosseguiu Dagny, desenhando rapidamente enquanto falava – o vão é de no máximo uns 200 metros... isso eliminaria esse último quilômetro de pista cheia de curvas... os trilhos podem ser lançados em três meses, e...

Ela parou. Quando olhou para os dois, em seu rosto não havia mais nenhum entusiasmo. Amarrotou o papel e o jogou no chão.

– Ah, para quê?! – exclamou, com um tique de desespero que até então não estivera presente. – Construir cinco quilômetros de ferrovia e abandonar um sistema transcontinental!

Os dois homens estavam olhando para ela e não havia em seus rostos nenhum sinal de censura, apenas um olhar de compreensão que era quase compaixão.

– Desculpem – disse Dagny em voz baixa, desviando o olhar para o chão.

– Se você mudar de ideia – disse D'Anconia –, eu a contrato imediatamente. Ou, se desejar, Mulligan lhe faz um empréstimo em cinco minutos para financiar a ferrovia, se quiser ser a proprietária.

Dagny sacudiu a cabeça.

– Não posso – sussurrou. – Ainda não... – Levantou os olhos, sabendo que eles compreendiam a natureza de seu desespero e que era inútil ocultar seu conflito. – Já tentei largar tudo uma vez... sei como vai ser... cada viga, cada dormente que eu lançar aqui vai me lembrar aquele outro túnel, e... e a ponte de Nat Taggart... Ah, se ao menos eu nunca mais ouvisse falar nessas coisas! Se eu pudesse ficar aqui e jamais saber o que está acontecendo com a rede, e não ser informada quando ela se acabar!

– Pois vai ter que saber, sim – disse Galt, com aquele tom impiedoso que lhe era característico, que parecia implacável por ser simples, despido de qualquer valor emocional, salvo o respeito aos fatos. – Vai ter que ser informada a respeito dos estertores finais da Taggart Transcontinental. Vai ter que saber de todos os desastres, de todos os trens cancelados, de todas as linhas abandonadas. Vai saber quando a Ponte Taggart desabar. Ninguém fica neste vale senão por livre e espontânea escolha, plenamente consciente de todas as implicações da decisão. Ninguém fica aqui falseando a realidade de nenhum modo.

Dagny olhou para ele, a cabeça erguida, sabendo a oportunidade que estava rejeitando. Pensou que nenhum homem, no mundo exterior, lhe diria aquilo naquele momento – pensou no código do mundo, que acreditava na mentira caridosa. Sentiu uma pontada de repulsa por aquele código, vendo de repente, pela primeira vez, toda a sua feiura, e se orgulhou imensamente do rosto tenso e limpo do homem à sua frente. Ele viu a forma tensa da boca de Dagny controlando-se com firmeza, porém suavizada por alguma emoção trêmula. Então ela respondeu, em voz baixa:

– Obrigada. O senhor tem razão.

– Não precisa me responder agora – disse ele. – Quando tiver decidido, me avise. Ainda resta uma semana.

– Está bem – disse ela, calma. – Só mais uma semana.

Galt se virou, pegou o desenho amarrotado que ela jogara no chão, dobrou-o cuidadosamente e o guardou no bolso.

– Dagny – disse D'Anconia –, quando pesar sua decisão, pense na primeira vez que você largou tudo, se quiser, mas leve em conta todos os fatores envolvidos. Neste vale, você não vai se torturar trocando telhas e construindo caminhos que não levam a nada.

– Diga-me – perguntou ela de repente –, como foi que você descobriu onde eu estava daquela vez?

Ele sorriu.

– Foi John que me disse. O destruidor, lembra? Você não entendia por que o destruidor não mandou ninguém para buscar você. Mas ele mandou, sim. Foi ele que me enviou lá.

– Ele?

– Foi.

– O que ele lhe disse?

– Não disse muita coisa, não. Por quê?

– O que ele disse? Você lembra as palavras exatas!

– Lembro, sim. Disse: "Se você quer uma oportunidade, aproveite. Você merece." Lembro, porque... – Virou-se para Galt com uma expressão de quem tem uma pequena dúvida. – John, nunca entendi direito por que você disse isso. Por quê? Por que falou em oportunidade?

– Você se incomoda se eu não responder agora?

– Não, mas...

Alguém o chamou da mina, e ele saiu rapidamente, como se aquele assunto não merecesse mais atenção.

Dagny se deu conta do tempo que levou para se virar para Galt. Sabia que ele estava olhando para ela. Não percebeu nada em seus olhos senão um toque de ironia, como se ele soubesse que resposta ela procurava, a qual não encontraria em seu rosto.

– Então deu a ele uma oportunidade que *o senhor* queria?

– Eu não poderia ter nenhuma oportunidade até que ele tivesse tido todas.

– Como sabia o que ele merecia?

– Há 10 anos que eu fazia a ele perguntas a seu respeito, sempre que eu podia, de todas as maneiras, de todos os ângulos. Não, ele não me disse, foi a maneira como ele falava a seu respeito que me fez entender. Ele não queria contar, mas falava com muita empolgação, ao mesmo tempo entusiasmado e relutante, e então compreendi que não era apenas uma amizade de infância. Eu sabia a importância daquilo de que ele abrira mão quando aderiu à greve e sabia que não fora para sempre. Eu estava apenas me informando a respeito de uma das mais importantes grevistas em potencial, como eu me informava a respeito de muitos outros.

O toque irônico permanecia em seu olhar. Ele sabia que era aquilo que Dagny queria ouvir, mas que não era essa a resposta à única pergunta que ela temia.

Ela olhou para o rosto de Galt, depois para a figura de D'Anconia, que se aproximava. Agora não escondia mais de si própria que a ansiedade súbita e pesada que a oprimia era o medo de que Galt os jogasse os três no desespero e no desperdício do autossacrifício.

D'Anconia chegou até eles e olhou para Dagny com olhar inquisidor, como se ponderasse uma pergunta, porém uma pergunta que dava um toque de alegria descuidada a seu olhar.

– Dagny, resta apenas uma semana – disse ele. – Se você resolver voltar, durante muito tempo não a teremos aqui outra vez. – Não havia tristeza nem censura em sua voz, apenas um toque de suavidade que denunciava sua emoção. – Se você for embora agora, é claro que vai voltar um dia, mas não tão cedo. E eu, daqui a alguns meses, virei morar aqui para sempre. Assim, se você partir, não a verei talvez por anos. Gostaria que você passasse a última semana comigo. Gostaria que se mudasse para minha casa. Que fosse minha convidada, por nenhum motivo em particular, apenas porque eu gostaria.

D'Anconia falava com simplicidade, como se não fosse possível esconder nada entre eles três. Dagny não viu sinal de espanto no rosto de Galt. Sentiu uma tensão súbita em seu peito, algo duro, imprudente, quase mau, uma excitação obscura que a impelia cegamente à ação.

– Mas tenho um emprego – disse ela com um sorriso estranho, olhando para Galt. – Tenho uma tarefa a cumprir.

– Não vou lhe cobrar isso – disse Galt, e Dagny ficou irritada com seu tom de voz, que não lhe oferecia nenhum significado oculto e respondia apenas ao sentido literal do que ela dissera. – Pode largar o serviço quando quiser. A decisão é sua.

– Não é, não. Aqui sou uma prisioneira. Já esqueceu? Aqui eu obedeço ordens. Não tenho preferências, nem desejos a manifestar, nem decisões a tomar. Quero que a decisão seja sua.

– Quer que seja minha?

– Quero!

– A senhora acaba de manifestar um desejo.

O que havia de irônico na voz de Galt era seu tom de seriedade, e Dagny lhe retrucou em tom de desafio, sem sorrir, como se o desafiasse a continuar fingindo que não estava entendendo:

– Está bem. É o que eu desejo!

Ele sorriu, como quem ri de uma trama complexa urdida por uma criança, porque já a descobriu há muito tempo.

– Muito bem. – Porém Galt não sorriu quando, virando-se para D'Anconia, disse:

– Então... não.

Tudo o que Francisco vira no rosto de Dagny fora a atitude de desafio contra um adversário que era o mais severo dos professores. Ele deu de ombros, contrariado, porém sorridente:

– Você deve estar com a razão. Se não conseguir impedi-la de voltar, ninguém mais vai conseguir.

Dagny não estava ouvindo o que D'Anconia dizia. Estava aturdida pelo imenso alívio que a atingira ao ouvir a negativa de Galt, um alívio que a fazia compreender como era imenso o medo que ela estava sentindo antes. Só depois que tudo aconteceu é que ela se deu conta de quanto estava em jogo e entendeu que, se a resposta de Galt fosse outra, seria, para ela, como se o vale tivesse sido destruído.

Ela sentia vontade de rir, de abraçar os dois e celebrar. Não fazia mais diferença saber se ela ia ficar no vale ou voltar para o mundo exterior. Uma semana era um tempo infindável. Ambas as alternativas pareciam inundadas por um sol eterno – e nenhuma luta era dura, concluiu ela, se era *esta* a natureza da existência. O alívio não vinha do fato de que ele não ia abrir mão dela, nem da certeza de que ela venceria – e sim da certeza de que ele permaneceria sempre tal como era.

– Não sei se vou voltar para o mundo ou não – disse ela, séria, porém com um leve tremor de voz causado pela violência controlada que era pura felicidade. – Desculpem por eu não haver ainda me decidido. De uma coisa apenas estou certa: de que não vou ter medo de decidir.

D'Anconia achou que a súbita alegria no rosto de Dagny provava que o incidente não tivera importância. Porém Galt compreendeu e a fitou com um olhar que era em parte irônico, em parte uma censura áspera.

Não disse nada enquanto não ficaram a sós. Quando estavam os dois descendo a trilha em direção ao vale, Galt a observou outra vez, com um toque mais intenso de ironia no olhar, e disse:

– Você resolveu me testar para ver se eu cairia na forma mais abjeta de altruísmo?

Ela não respondeu, porém o olhou com uma expressão aberta, sem defesas, de concordância.

Galt deu uma risada breve e desviou a vista. Alguns passos adiante ele disse devagar, como quem faz uma citação:

– Ninguém fica aqui falseando a realidade *de nenhum* modo.

Em parte, a intensidade do alívio que ela experimentara – pensou Dagny, caminhando silenciosamente a seu lado – devia-se ao choque de um contraste. Ela vira, com nitidez súbita e imediata da percepção sensorial, uma imagem exata de Galt: ao abrir mão da mulher que desejava, em favor do amigo, por meio de uma falsidade perderia seu maior sentimento e sairia da vida de Dagny, apesar do que aquilo custasse a ele e a ela, e depois passaria o restante da vida desolado por causa daquilo que não havia alcançado e realizado. Ela, consolando-se com uma segunda opção, fingindo um amor que não sentia, abraçando livremente o fingimento, já que isso seria necessário para o autossacrifício de Galt, viveria o restante da vida com um desejo sem esperanças, aceitando, como alívio para uma ferida que não cicatrizaria, alguns momentos de afeição cansada, e também o princípio de que o amor é vão e a felicidade não pode ser encontrada na Terra. E D'Anconia, debatendo-se na névoa enganadora de uma realidade falsa, vivendo uma falsidade perpetrada pelas duas pessoas que mais amava e em quem mais confiava, viveria para sempre no andaime precário de uma mentira, dependurado sobre o abismo da descoberta de que não era o homem que ela amava, e sim apenas um substituto aceito de mau grado, meio por caridade, meio por carência, e sua perceptividade se tornaria um perigo, de modo que sua frágil felicidade dependeria de que ele se entregasse à letargia da estupidez, e ele terminaria aceitando a terrível ideia rotineira de que a realização é impossível para o homem. Eles três, a quem todas as coisas boas da vida tinham sido oferecidas, terminariam como cascas vazias amarguradas, exclamando em desespero que a vida é frustração – a frustração de não poder tornar real a irrealidade.

Mas isso, pensou Dagny, é o código moral dos homens do mundo exterior, um código que lhes ordenava que agissem com base nas fraquezas, nas mentiras e na estupidez dos outros, e é isso a vida, essa luta numa névoa de fingimentos e insinuações, essa crença de que os fatos não são sólidos nem definitivos, esse estado em que, negando toda e qualquer forma de realidade, os homens caminham trôpegos vida afora, irreais e informes, e morrem sem jamais terem nascido. Assim, pensou ela, contemplando os telhados reluzentes do vale por entre os ramos verdes das árvores, *os homens são límpidos e firmes como o sol e as rochas, e a imensa felicidade do alívio que ela sentira viera da convicção de que nenhuma batalha era difícil, nenhuma decisão era perigosa num lugar onde não era necessário se defrontar com incertezas viscosas e evasivas impalpáveis.*

– Já lhe ocorreu alguma vez, Srta. Taggart – disse Galt, num tom natural de quem está apenas falando em termos teóricos, porém como se tivesse lido seus pensamentos –, que não há conflitos de interesses entre os homens, nem na indústria nem no comércio nem em seus desejos mais íntimos, se eles suprimem o elemento irracional de sua imagem do possível e o elemento destrutivo de sua imagem do prático? Não há conflitos nem necessidade de sacrifícios, e nenhum homem representa uma ameaça aos objetivos dos outros, se os homens compreendem que a realidade é um absoluto que não pode ser falseado, que a mentira não funciona, que o gratuito não pode ser possuído, que o imerecido não pode ser dado, que a destruição de um valor que existe não confere valor ao que não existe. O negociante que quer conquistar um mercado sufocando um concorrente superior, o trabalhador que quer uma parte da riqueza de seu patrão, o artista que inveja o talento maior de seu rival – todos eles querem erradicar de sua existência certos fatos, e o único meio de realizar seu desejo é a destruição. Se insistirem, jamais vão conquistar o mercado, a fortuna nem a imortalidade – apenas destruirão a produção, os empregos e a arte. Desejar o irracional é inútil, quer as vítimas do sacrifício sejam voluntárias, quer não. Porém os homens jamais deixarão de desejar o impossível nem perderão a vontade de destruir – enquanto a autodestruição e o autossacrifício continuarem a lhes ser oferecidos como meios práticos de garantir a felicidade dos beneficiados. – Galt olhou para ela e acrescentou, falando devagar e com uma leve ênfase, alterando um pouco seu tom impessoal: – Apenas a minha felicidade pode ser realizada ou destruída por mim. A senhorita deveria ter tido mais respeito por ele e por mim e não temer o que temeu.

Dagny não respondeu. Parecia-lhe que uma palavra agora faria transbordar a felicidade daquele momento. Limitou-se a se virar para ele com um olhar de aquiescência desarmado, humilde, que seria um pedido de desculpas não fosse a felicidade radiante nele contida.

Galt sorriu, com ironia, compreensão, quase camaradagem, por terem eles dois tantas coisas em comum, aprovando os sentimentos de Dagny.

Caminharam em silêncio, e Dagny tinha a impressão de que aquilo era apenas um passeio num dia de verão, episódio de uma juventude despreocupada que ela jamais tivera; apenas um passeio no campo dado por duas pessoas que eram livres para se entregar ao prazer de caminhar ao sol, sem nenhum problema a resolver. A sensação de leveza que Dagny sentia se combinava com a sensação física de descer a encosta, e era como se ela não precisasse fazer nenhum esforço para andar, e sim precisasse apenas se conter para não sair voando. Caminhava contendo o impulso que a puxava para baixo, o corpo inclinado para trás, a saia esticada pelo vento, como uma vela que lhe freasse os movimentos.

Separaram-se no fim da trilha. Ele foi se encontrar com Mulligan e Dagny foi à Mercearia Hammond. A lista de compras para o jantar que ela levava era sua única preocupação na vida.

Sua esposa – pensou ela, mentalizando conscientemente a palavra que o Dr. Akston não pronunciara, a palavra que há muito ela sentia, mas jamais pronunciara –, *há três semanas que ela era sua esposa em todos os sentidos menos um, e esse último era ainda algo a que ela teria de fazer jus. Porém o restante era real, e agora ela já podia se permitir ter consciência do fato, senti-lo, viver com aquele único pensamento durante aquele único dia.*

Os artigos que Lawrence Hammond colocava sobre o balcão lustroso de sua loja eram os mais reluzentes que ela jamais vira. Ao observá-los, tinha consciência imperfeita de algum elemento perturbador, algo errado, que sua mente estava demasiadamente ocupada para perceber. Só se deu conta do que era quando viu Hammond fazer uma pausa, franzir o cenho e olhar para cima, para o céu.

– Acho que alguém está tentando repetir sua façanha, Srta. Taggart – disse Hammond.

Enquanto ele falava, Dagny percebeu o ruído de um avião sobrevoando o vale, um som que desde o início do mês não se ouvia por lá.

Correram para a rua. Acima do círculo fechado de montanhas, uma cruzinha prateada rodava em círculos, como uma libélula reluzente que estivesse prestes a roçar os picos com as asas.

– Que diabo ele está fazendo? – perguntou Lawrence Hammond.

Às portas de todas as lojas havia gente parada, olhando silenciosamente para cima.

– Não estão... esperando ninguém? – perguntou Dagny, e se deu conta, surpresa, da angústia que havia em sua voz.

– Não – disse Hammond. – Quem era para estar aqui está aqui. – Não parecia preocupado. Sua voz exprimia apenas uma imensa curiosidade.

O avião era agora como um risco, um cigarro prateado, contra as encostas das montanhas, e estava perdendo altura.

– Parece um monoplano particular – comentou Hammond, apertando os olhos por causa do sol. – Não é avião militar.

– Será que a tela de raios vai funcionar? – perguntou ela, tensa, num tom cheio de ressentimento dirigido ao inimigo que se aproximava.

Hammond riu.

– Funcionar?

– Será que ele vai nos ver?

– Aquela tela é mais segura do que um cofre-forte subterrâneo, Srta. Taggart. Como aliás a senhorita deveria saber.

O avião subiu e, por um momento, se reduziu a um ponto brilhante, como um pedaço de papel no vento. Pareceu hesitar, depois mais uma vez desceu numa espiral.

– Que diabo ele quer?! – exclamou Hammond.

Os olhos de Dagny subitamente se fixaram no rosto de Hammond.

– Ele está procurando alguma coisa – disse Hammond. – O quê?

– Vocês têm um telescópio?

– Há um, sim, no aeroporto, mas... – Hammond ia perguntar por que a voz dela estava tão estranha, mas Dagny já estava atravessando a rua correndo, depois seguindo em direção ao aeroporto, sem saber por que estava correndo, impulsionada por uma razão que ela não tinha tempo nem coragem de identificar.

Ela encontrou Dwight Sanders usando o pequeno telescópio da torre de controle, observando o avião com interesse, com uma expressão intrigada no rosto.

– Quero olhar! – exclamou ela.

Agarrou o tubo de metal, encostou o olho na lente, guiando a luneta com a mão lentamente para acompanhar o movimento do avião – então Sanders viu que a mão dela estava imóvel, porém seus dedos não soltavam o telescópio, e ela continuava debruçada sobre o aparelho. Quando Sanders se aproximou, viu que a lente estava encostada em sua testa.

– O que foi, Srta. Taggart?

Ela levantou a cabeça lentamente.

– É alguém que a senhorita conhece?

Ela não respondeu. Foi embora depressa, num zigue-zague incerto. Não ousava correr, mas tinha que fugir, que se esconder. Não sabia se tinha medo de ser vista pelos homens ao seu redor ou se pelo avião – a aeronave cujas asas prateadas ostentavam o número que ela sabia ser de Hank Rearden.

Dagny parou ao tropeçar numa pedra e cair. Só então percebeu que havia corrido. Achava-se num pequeno barranco acima do campo de pouso, invisível para quem estava na cidade, do qual avistava o céu. Levantou-se, agarrando-se à muralha de granito para não cair, sentindo o calor do sol sobre a pedra debaixo de suas mãos – ficou parada, as costas apertadas contra a rocha, incapaz de se mexer e de desviar a vista do avião.

O monomotor voava em círculos lentos, ora descendo, ora subindo outra vez, tentando – tal como ela tentara, pensou Dagny – enxergar destroços de algum avião em meio àquela infinidade de fendas e rochas, com visibilidade insuficiente para encontrar algo, porém suficiente para incentivar a busca. Rearden estava procurando os destroços do avião de Dagny. Não havia desistido, e por mais que lhe houvessem custado aquelas três semanas, sentisse ele o que sentisse, a única coisa que ele mostrava ao mundo, sua única reação, era aquele zumbido monótono e insistente do motor de um frágil avião, sobrevoando e examinando cada metro quadrado daquela serra inacessível.

A pureza luminosa do céu de verão era tal que o avião parecia estar muito perto. Dagny o via se balançar ao sabor das correntezas, se inclinar quando atingido por uma lufada de vento. Parecia-lhe impossível que Rearden não visse nada num ar tão límpido. Descortinava-se todo o vale, banhado em sol, repleto de vidraças reluzentes e gramados verdejantes, saltando à vista – o fim daquela busca torturante, a realização de desejos que ele nem mais sonhava serem possíveis, não os destroços de um avião e um corpo destruído, e sim a presença livre dela e a liberdade dele. Tudo o que ele jamais buscara agora estava à sua frente, aberto, à sua espera, bastando que ele descesse, atravessando aquele ar puro e limpo todo seu, pedindo-lhe apenas a capacidade de ver.

– Hank! – gritou ela, agitando os braços em desespero. – Hank!

Recostou-se na pedra, sabendo que seria impossível se comunicar com ele, que não havia como fazê-lo ver, que nada neste mundo poderia atravessar aquela tela senão a mente e a visão dele. De repente, e pela primeira vez, Dagny sentiu que aquela tela não era algo intangível, e sim a barreira mais absoluta do mundo.

Recostada na rocha, silenciosa e resignada, Dagny ficou a contemplar as espirais vãs do avião, o apelo incessante daquele motor, um apelo a que ela não podia atender. O avião desceu abruptamente, mas logo em seguida começou a subir pela última vez, riscando uma diagonal contra o fundo de montanhas e saindo do vale. Então, como se mergulhando num lago sem margens e sem saída, foi descendo lentamente até desaparecer.

Com amarga compaixão, Dagny pensou em tudo o que ele não conseguira ver. *E eu?*, pensou. Se deixasse o vale, a tela se fecharia para ela exatamente como se fechara para ele agora. A Atlântida desapareceria sob uma tela de raios mais inviolável que o fundo do oceano, e ela, também, teria de lutar pelas coisas que não soubera ver. Ela, também, precisaria lutar contra uma miragem de selvageria primitiva, enquanto a realidade de tudo o que desejava estaria para sempre fora de seu alcance.

Porém o que a atraía ao mundo exterior, o que a compelia a seguir o avião, não era a imagem de Rearden – sabia que não podia voltar para ele, mesmo se voltasse para o mundo –, e sim a visão da coragem dele e da de todos aqueles que ainda lutavam pela sobrevivência. Ele não desistira de procurar o avião de Dagny, mesmo muito depois que todos os outros tinham desistido. Assim, também, ele não abandonaria suas siderúrgicas, nem nenhum outro objetivo que escolhera, enquanto lhe restasse uma única chance que fosse. Estaria ela realmente certa de que não restava nenhuma chance para o mundo da Taggart Transcontinental? Estaria mesmo convencida de que a situação da guerra era tal que não valia a pena lutar? Eles tinham razão, os homens de Atlântida, de desaparecer quando se convenciam de que não estavam abandonando nada de valor – mas enquanto ela não se convencesse de que não restava nenhuma chance, nenhuma batalha a lutar, ela não tinha o direito de permanecer entre eles. Era essa a questão que a atormentava havia semanas, porém não a levara a nenhuma resposta.

Passou aquela noite acordada, imóvel, seguindo – como um engenheiro, como Hank Rearden – um processo de raciocínio frio, preciso, quase matemático, sem pensar em custos nem em sentimentos. A agonia que ele vivera em seu avião ela experimentava num cubo silencioso de escuridão, procurando, mas não encontrando, uma resposta. Olhou para as inscrições nas paredes do quarto, que ainda podia divisar à luz das estrelas, mas a ajuda que aqueles homens haviam pedido em seu momento de maior agonia era algo que ela não podia pedir.

◆◆◆

– Sim ou não, Srta. Taggart?

Dagny olhou para os rostos dos quatro homens, na penumbra da sala de Mulligan: Galt, em cujo rosto se via a atenção serena e impessoal do cientista; D'Anconia, cujo rosto ostentava um esboço de sorriso que ocultava qualquer emoção, um que seria adequado a qualquer resposta que ela desse; Hugh Akston, que tinha um olhar suave e compassivo; e Midas Mulligan, que fizera a pergunta sem nenhum toque de rancor na voz. A 3 mil quilômetros dali, naquela hora do entardecer, um calendário se acendia sobre os telhados de Nova York, anunciando: 28 de junho – e, de repente, Dagny teve a impressão de que o via, acima das cabeças daqueles homens.

– Ainda tenho mais um dia – disse ela com firmeza. – Não podem esperar? Acho que já tomei minha decisão, mas ainda não tenho certeza absoluta, e precisarei de toda a certeza possível.

– É claro – concordou Mulligan. – Aliás, você pode esperar até a manhã de depois de amanhã. Nós esperamos.

– Podemos esperar até depois disso – disse Akston –, ainda que na sua ausência, se necessário.

Dagny estava em pé ao lado da janela, encarando os quatro, e por um momento sentiu a satisfação de sentir-se ereta, com mãos que não tremiam, com uma voz tão controlada, tão livre de queixas e piedade quanto as deles. Por um momento, essa ideia a fez sentir-se mais próxima deles.

– Se sua incerteza – disse Galt – se deve, ainda que em parte, a um conflito entre seu coração e sua mente, siga a sua mente.

– Leve em conta as razões que nos fazem estar convencidos de que temos razão – disse Akston –, mas não o fato de que estamos convencidos. Se você está, ignore com certeza. Não tente colocar nosso discernimento como substituto do seu.

– Não leve em conta o fato de nós sabermos o que é melhor para o seu futuro – disse Mulligan. – Nós sabemos, sim, mas só vai ser o melhor quando a senhorita mesma souber.

– Não leve em consideração nossos interesses e desejos – disse D'Anconia. – Você não tem obrigações com ninguém além de você mesma.

Dagny sorriu, nem triste nem alegre, pensando que nenhum daqueles conselhos lhe seria dado no mundo exterior. E sabendo quanto eles queriam ajudá-la, embora qualquer ajuda fosse impossível, Dagny achou que lhe cabia tranquilizá-los.

– Eu lhes impus minha presença à força – disse em voz baixa – e tive que arcar com as consequências de meu ato. É o que estou fazendo.

Sua recompensa foi ver Galt rir: aquele sorriso era como uma condecoração militar que lhe fosse conferida.

Ao desviar a vista, se lembrou de repente de Jeff Allen, o vagabundo que encontrara no Cometa, no momento em que ela o admirou por ele tentar lhe dizer que sabia aonde ia, para lhe poupar o ônus de sua falta de objetivo e destino. Dagny sorriu, pensando que já vivera a mesma situação desempenhando os dois papéis, e sabia agora que nada era mais vil nem mais vão do que a tentativa de jogar sobre outra pessoa o ônus de haver renunciado ao direito de escolher. Sentiu uma tranquilidade estranha, quase uma sensação de confiança. Sabia que era tensão, porém de uma grande clareza. Deu-se conta de que estava pensando o seguinte: ela está funcionando bem numa situação de emergência, posso confiar nela – e então percebeu que estava pensando em si própria.

– Deixe isso para depois de amanhã – disse Mulligan. – Hoje a senhorita ainda está aqui.

– Obrigada.

Permaneceu ao lado da janela, enquanto eles continuaram a discutir os problemas do vale. Era a reunião de fim de mês. Haviam acabado de jantar, e Dagny pensava na primeira vez que jantara naquela casa, um mês antes. Naquela noite usara, tal como agora, o conjunto cinzento que costumava trajar no trabalho, não a saia de camponesa que era tão boa para usar ao Sol. *Ainda estou aqui hoje*, pensou, apertando a mão contra o parapeito da janela, numa atitude possessiva.

O sol ainda não havia desaparecido por trás das montanhas, porém o céu tinha um tom de azul uniforme, profundo, enganosamente límpido, que se confundia com o azul das nuvens invisíveis, formando um todo que ocultava o Sol. *Apenas as fímbrias das nuvens são contornadas por um fino risco de fogo, que parece um tubo retorcido de néon*, pensou ela, *como um mapa de uma bacia hidrográfica, como um mapa de uma rede ferroviária traçado no céu com fogo branco.*

Ouviu Mulligan lendo para Galt a lista dos nomes daqueles que não iam voltar para o mundo exterior.

– Temos empregos para todos eles – disse Mulligan. – Este ano só vão voltar uns 10 ou 12, mais para terminar o que ainda têm por fazer: converter em ouro suas posses e voltar para cá em caráter permanente. Acho que este é nosso último mês de férias, porque em menos de um ano estaremos todos morando aqui no vale.

– Ótimo – disse Galt.

– Aliás, não vamos ter opção, do jeito que as coisas estão caminhando lá fora.

– É.

– Francisco – perguntou Mulligan –, você volta daqui a uns meses?

– Em novembro, o mais tardar – respondeu. – Eu aviso pelo rádio de ondas curtas quando estiver pronto para voltar. Vocês ligam o aquecimento da minha casa?

– Eu ligo – disse Akston. – E preparo seu jantar quando você estiver para chegar.

– John – disse Mulligan –, imagino que dessa vez você não volte para Nova York.

Galt o olhou por um momento e respondeu com voz tranquila:

– Ainda não decidi.

Dagny percebeu o espanto com que D'Anconia e Mulligan o olharam de repente, debruçando-se para a frente, e viu que Akston só fixou seu olhar nele depois de algum tempo. Não parecia estar surpreso.

– Você não está pensando em voltar para aquele inferno por mais um ano, está? – perguntou Mulligan.

– Estou.

– Mas por quê, John?

– Eu lhe digo depois que me decidir.

– Mas não resta mais nada para você fazer. Já temos todo mundo que nos interessa, até onde sabemos. Nossa lista está completa. Só falta Hank Rearden, e esse vamos conquistar em menos de um ano, e mais a Srta. Taggart, se ela resolver voltar. Só. O seu trabalho está encerrado. Lá fora não resta mais nada a fazer, senão esperar o colapso final, quando o telhado desabar sobre as cabeças de todos.

– Eu sei.

– John, a sua cabeça é a que eu menos gostaria de ver lá quando isso acontecer.

– Você nunca precisou se preocupar comigo.

– Mas você não vê a que ponto eles chegaram? Estão a um passo da violência pura e simples. Que nada! Na verdade, já deram esse passo irrevogável há muito tempo! Mas em breve verão o que significa o que eles fizeram, tudo vai explodir na cara deles – a violência clara, cega, arbitrária, sanguinolenta, atingindo vítimas a esmo. Não quero ver você no meio disso.

– Eu sei cuidar de mim.

– John, não há motivo para você se arriscar – disse D'Anconia.

– Qual o risco que eu corro?

– Os saqueadores estão preocupados com as pessoas que desapareceram. Estão desconfiando de alguma coisa. Você é quem menos deveria aparecer por lá. Sempre há a possibilidade de que eles descubram quem e o que você é.

– Sempre há uma possibilidade. Mas é pequena.

– Mas não há nenhum motivo para você se expor. Não resta nada que eu e Ragnar não possamos resolver.

Akston os observava silenciosamente, recostado em sua cadeira. Havia em seu rosto aquela expressão intensa, nem triste nem exatamente alegre, do homem que observa uma sequência de eventos que o interessa, só que já enxergando alguns lances à frente.

– Se eu voltar – disse Galt –, não vai ser a serviço. Vai ser para conquistar a única coisa que quero do mundo para mim, agora que meu trabalho já está feito. Nunca tirei nada do mundo e nunca quis nada. Mas há uma coisa que o mundo ainda retém e que é minha. Dela não abro mão. Não, não pretendo violar meu juramento, não vou negociar com os saqueadores, não vou ajudar ninguém que está lá, nem saqueadores nem neutros – nem fura-greves. Se eu for, não vai ser por ninguém, só por mim, e não acho que esteja arriscando minha vida, mas, se estou... bem, agora estou livre para fazê-lo.

Galt não estava olhando para Dagny, porém ela teve que desviar a vista e se encostar à janela, porque suas mãos tremiam.

– Mas, John – exclamou Mulligan, indicando o vale com o braço –, se alguma coisa acontecer com você, o que nós... – Parou de repente, com ar culpado.

Galt deu um risinho.

– O que você ia dizer?

Mulligan fez um gesto de quem se entrega.

– Ia dizer que, se alguma coisa acontecer comigo, vou morrer como o maior fracassado do mundo? – continuou Galt.

– Está bem – assentiu Mulligan, culpado –, não vou dizer isso. Não vou dizer que não podemos fazer nada sem você, não seria verdade. Não vou lhe pedir que fique aqui por nós. Jamais pensei em apelar para uma bobagem dessas, mas que tentação! Quase entendo por que as pessoas fazem isso. Sei que, se você quer arriscar sua vida, a vida é sua... Estou só pensando que... ah, meu Deus, John, sua vida é tão valiosa!

Galt sorriu:

– Eu sei. É por isso que não acho que a estou arriscando: acho que vou vencer.

D'Anconia, calado, contemplava Galt atentamente, com uma expressão interrogativa no rosto, não como se tivesse encontrado uma resposta, mas como se de repente tivesse entrevisto uma pergunta.

– Escute, John – disse Mulligan –, já que você ainda não decidiu se vai ou não... você ainda não decidiu, não é?

– Não, ainda não.

– Nesse caso, posso mencionar algumas coisas para você levar em conta?

– Diga lá.

– O que eu temo são os perigos do acaso, imprevisíveis, sem sentido, os perigos de um mundo caindo aos pedaços. Pense só na ameaça representada por máquinas complexas nas mãos de imbecis cegos e covardes enlouquecidos pelo medo. Pense só nas estradas de ferro – você vai se arriscar a cair numa coisa horrorosa como aquele acidente do túnel de Winston cada vez que pegar um trem –, e vai haver mais acidentes desse tipo, cada vez mais. Vai chegar a um ponto em que todos os dias acontecerá um acidente sério.

– Eu sei.

– E a mesma coisa vai acontecer em todas as outras atividades, onde quer que se utilizem máquinas, as máquinas que eles julgavam capazes de substituir nossas mentes. Desastres de aviões, explosões de depósitos de petróleo, acidentes em altos-fornos, incêndios causados por fios de alta tensão, desabamentos em metrôs e viadutos – tudo isso vai acontecer. As mesmas máquinas que tornavam as vidas deles protegidas agora vão constituir um perigo constante.

– Eu sei.

– Sei que você sabe, mas levou em conta todas as possibilidades específicas? Já se permitiu visualizá-las? Quero que você tenha em mente o quadro exato que o espera, antes de concluir se há alguma coisa que justifique seu retorno. Você sabe que as cidades é que serão mais atingidas. As cidades foram feitas pelas ferrovias e vão ser destruídas junto com elas.

– É verdade.

– Quando as ferrovias forem interrompidas, a cidade de Nova York vai começar a passar fome em dois dias. As reservas de alimentos de lá só duram isso. Ela é alimentada por um continente com quase 5 mil quilômetros de largura. Como vão levar comida até Nova York? Com decretos e carroças puxadas por bois? Mas, antes que isso aconteça, vão passar por todas as agonias: escassez, falta, revoltas populares, a violência cega em meio ao silêncio cada vez maior.

– É verdade.

– Primeiro vão perder os aviões, em seguida os automóveis, os caminhões e as carroças.

– É verdade.

– Depois param as fábricas, os altos-fornos e a seguir as rádios. Por fim, a rede elétrica vai pifar.

– É verdade.

– Este continente está se aguentando por um fio. Haverá um trem por dia apenas, depois só um trem por semana... depois a Ponte Taggart desaba, e...

– Isso, não!

Era a voz de Dagny, e todos se viraram para ela. Seu rosto estava pálido, porém mais calmo do que da última vez que ela falara com eles.

Lentamente, Galt se pôs de pé e inclinou a cabeça, como quem aceita um veredicto.

– Então a senhorita já tomou sua decisão.

– Já.

– Dagny – disse Akston –, lamento. – Falava em voz baixa, com esforço, como se suas palavras se esforçassem sem êxito para preencher o silêncio da sala. – Preferia que fosse possível não ver isto acontecendo, tudo seria preferível... menos vê-la ficar aqui por não ter coragem de assumir suas convicções.

Ela abriu as mãos espalmadas, viradas para a frente, os braços caídos ao longo do corpo, um gesto de franqueza simples, e disse, dirigindo-se a todos os presentes, com tanta tranquilidade que pôde até manifestar emoção:

– Quero que saibam de uma coisa: já desejei poder morrer daqui a mais um mês, só para poder passá-lo neste vale, tamanha a minha vontade de ficar aqui. Mas, enquanto eu estiver viva, não posso abandonar uma batalha que acho que cabe a mim lutar.

– É claro – disse Mulligan, respeitoso –, se a senhorita ainda pensa assim.

– Se querem saber qual é a única razão que me obriga a voltar, eu lhes digo: não consigo abandonar à ruína toda a grandeza do mundo, tudo aquilo que era meu e de vocês, que foi feito por nós e ainda é nosso por direito – porque não consigo acreditar que os homens sejam capazes de se recusar a ver, de permanecer cegos e surdos para sempre, quando a verdade é nossa e suas vidas dependem de eles a aceitarem. Eles ainda amam a vida – e é *isso* o que ainda resta de suas mentes e que não foi corrompido. Enquanto os homens desejarem viver, não posso perder essa batalha.

– E eles ainda desejam viver? – perguntou Akston em voz baixa. – Não, não me responda agora. Apenas leve esta pergunta consigo. É a última premissa que você ainda terá de verificar.

– A senhorita parte como nossa amiga – disse Mulligan –, e, se vamos combater tudo o que a senhorita fizer, é porque sabemos que está errada, não por sermos seus inimigos.

– Você vai voltar – afirmou Akston –, porque seu erro é uma falha de conhecimento, não uma falha moral, não uma entrega ao mal, e sim o último ato da tragédia de uma vítima de sua própria virtude. Vamos esperar por você, Dagny, e, quando voltar, já terá descoberto que nunca é necessário que haja conflitos entre seus desejos, nenhum choque de valores tão trágico quanto esse que você tem suportado com tanta coragem.

– Obrigada – disse ela, fechando os olhos.

– Precisamos discutir as condições de sua partida – disse Galt, falando num tom de voz seco de executivo. – Primeiro, tem de dar sua palavra de que não vai revelar nosso segredo, nem mesmo em parte, nem nossa causa, nem nossa existência, nem este vale, nem onde a senhorita passou o mês, a ninguém no mundo exterior, jamais, sob quaisquer circunstâncias.

– Dou minha palavra.

– Em segundo lugar, a senhorita jamais vai tentar encontrar este vale outra vez. Não pode vir aqui sem ser convidada. Se quebrar a primeira condição, não vai nos colocar em grande perigo. Se quebrar a segunda, vai. Por uma questão de princípios, jamais nos colocamos à mercê da boa vontade de ninguém, ou de uma promessa que pode ser quebrada pela outra parte. Também não esperamos que coloque nossos interesses acima dos seus. Como a senhorita acredita que sua opção é a certa, pode ocorrer de um dia julgar necessário trazer nossos inimigos até este vale. Portanto, eliminaremos essa possibilidade. A senhorita vai ser transportada daqui num avião, de olhos vendados, e será levada até um lugar de onde lhe seja impossível reencontrar o vale.

Dagny baixou a cabeça:

– Está certo.

– Seu avião está consertado. Quer ficar com ele, assinando uma autorização de saque em sua conta no Banco Mulligan?

– Não.

– Então ficaremos com ele, até que se disponha a pagar. Depois de amanhã, levarei a senhorita em meu avião até um local fora do vale de onde lhe seja fácil arranjar outro transporte.

Dagny baixou a cabeça:

– Muito bem.

Já estava escuro quando saíram da casa de Mulligan. Para voltar à de Galt, tinham de atravessar o vale, passando pela cabana de D'Anconia, e os três caminharam juntos. Em meio à escuridão, viam-se algumas janelas iluminadas aqui e ali, e a névoa já descia lentamente, passando pelas vidraças como sombras de um mar longínquo. Caminhavam em silêncio, porém o som de seus passos, confundindo-se num ruído único e ritmado, era como uma fala a ser entendida, que não tinha outra maneira de se exprimir.

Depois de algum tempo, D'Anconia disse:

– Não muda nada, apenas adia o fim mais um pouco, e o último trecho é sempre o mais difícil... mas é o último.

– Espero que sim – disse ela. Um momento depois, repetiu, em voz baixa: – O último é o mais difícil. – Virou-se para Galt. – Posso lhe fazer um pedido?

– Pode.

– Posso ir embora amanhã?

– Se assim desejar.

Quando D'Anconia falou novamente, um instante depois, foi como se estivesse respondendo à pergunta que ela não chegara a formular:

– Dagny, nós três estamos apaixonados... – e ela se virou para ele num movimento brusco – ... pela mesma coisa, ainda que a forma varie. Não se espante por não sentir nenhum afastamento entre nós. Você continuará a ser uma de nós enquanto permanecer apaixonada por suas ferrovias e locomotivas, e elas vão trazê-la sempre de volta a nós, por mais vezes que você se perca. O único homem que jamais se salvará é aquele que não tem paixão.

– Obrigada – disse ela em voz baixa.

– Por quê?

– Pelo... seu tom de voz.

– E como é meu tom de voz? Diga, Dagny.

– É como se... como se você estivesse feliz.

– E estou, mesmo, exatamente como você está. Não me diga o que está sentindo. Eu sei. Mas o inferno que a gente é capaz de suportar é tão grande quanto o amor que a gente tem. O inferno que eu seria incapaz de suportar seria ver você indiferente.

Ela concordou com a cabeça, em silêncio, incapaz de identificar com alegria qualquer componente de seu estado de espírito naquele momento, e ao mesmo tempo sentindo que ele tinha razão.

Fiapos de névoa semelhante a fumaça riscavam o disco da Lua, e àquela luz difusa Dagny não conseguiu discernir as expressões nos rostos dos dois enquanto caminhava entre eles: as únicas expressões que percebia eram as silhuetas eretas de seus corpos, o som ininterrupto de seus passos e uma vontade de continuar a andar sem parar, uma sensação que ela não conseguia definir, mas que sabia que não era dúvida nem dor.

Quando se aproximaram da cabana de D'Anconia, ele parou, apontando para a porta com um gesto que era como se ele abraçasse os outros dois.

– Não querem entrar? Afinal, é a última vez que vamos estar juntos por algum tempo. Vamos brindar a este futuro no qual nós três estamos confiantes.

– Estamos mesmo? – perguntou ela.

– Estamos, sim – respondeu Galt.

Dagny olhou para os rostos dos dois quando D'Anconia acendeu a luz da casa. Não conseguia definir suas expressões, pois não era felicidade nem qualquer emoção desse tipo. Seus rostos estavam tensos e solenes, mas de uma solenidade radiante, pensou ela, se tal coisa era possível, e essa sensação estranha lhe dizia que o próprio rosto ostentava a mesma expressão.

O anfitrião foi pegar três taças no armário, mas parou, como se tivesse lembrado alguma coisa. Colocou apenas uma taça de cristal na mesa, depois pegou as duas taças de prata de Sebastián d'Anconia e as colocou ao lado da outra.

– Você vai direto para Nova York, Dagny? – perguntou ele, num tom de voz tranquilo, trazendo uma garrafa de vinho envelhecido.

– Vou – respondeu ela, igualmente tranquila.

– Vou a Buenos Aires depois de amanhã – disse ele, tirando a rolha da garrafa. – Não tenho certeza se vou passar em Nova York depois, mas, se eu for, será perigoso para você me ver.

– Quanto a isso, não me importo – disse ela –, a menos que você ache que não posso mais ver você.

– É verdade, Dagny. Não pode. Não em Nova York.

Estava servindo o vinho quando se virou para Galt.

– John – perguntou D'Anconia –, quando você vai resolver se fica aqui ou volta para lá?

Galt o encarou e então disse lentamente, no tom de voz de quem sabe todas as consequências do que ia dizer:

– Já decidi, Francisco. Vou voltar.

A mão de D'Anconia se imobilizou. Por um longo momento ele só enxergava o rosto de Galt, mas depois olhou para Dagny. Colocou a garrafa na mesa e, embora não desse um passo para trás, foi como se seu olhar recuasse para englobar os dois.

– Mas claro – disse ele.

Agora parecia que ele havia recuado mais ainda e estava vendo todos os anos que haviam se passado. Sua voz tinha um tom uniforme, sem inflexões, como convinha.

– Eu já sabia há 12 anos – disse ele. – Eu já sabia antes mesmo de você e deveria ter entendido que você perceberia. Aquela noite, quando você nos chamou a Nova York, entendi que era... – D'Anconia se dirigia a Galt, porém seus olhos se fixaram em Dagny – ... tudo o que você procurava... tudo o que você nos dizia que merecia a dedicação de nossas vidas, ou mesmo o sacrifício delas, se necessário. Eu deveria ter compreendido que você também pensaria assim. Não poderia ter sido diferente.

Foi como tinha que ser. Já estava tudo definido, há 12 anos. – Olhou para Galt e riu baixinho. – E você diz que fui *eu* quem mais perdeu?

Virou-se num movimento rápido demais, e, então, com um gesto lento demais, como se para dar ênfase ao que fazia, terminou de servir o vinho, enchendo as três taças. Pegou as duas de prata, olhou-as por um instante e então entregou uma a Dagny e outra a Galt.

– Tome – disse ele. – Você merece... e não foi o acaso.

Galt tomou a taça que ele oferecia, mas foi como se a aceitação fosse expressa pelo olhar que os dois trocaram.

– Eu daria tudo para que fosse diferente – disse Galt –, menos aquilo que é impossível dar.

Dagny pegou sua taça, olhou para D'Anconia e deixou que ele a visse olhar para Galt.

– É verdade – disse ela, como se respondesse a uma pergunta. – Mas eu nada fiz para merecer, e o que você já pagou, eu estou pagando agora, e não sei se jamais ganharei o suficiente para me livrar de minhas dívidas, mas, se o inferno é o preço e a medida, então que eu seja a mais gananciosa de nós três.

Enquanto bebiam, Dagny, em pé, de olhos fechados, sentindo o vinho descer pela garganta, entendeu que, para todos os três, aquele momento era o mais terrível – e o mais exultante – de suas vidas.

Dagny não disse nada a Galt enquanto caminhavam o último trecho da trilha em direção à casa dele. Não virou a cabeça para fitá-lo, achando que até um olhar de relance seria perigoso demais. No silêncio em que estavam mergulhados, sentia ao mesmo tempo a tranquilidade de uma compreensão completa e a tensão da consciência de que eles não deviam dar nome às coisas que compreendiam.

Porém ela o encarou, quando estavam na sala de estar da casa dele, com absoluta confiança, como se de repente tivesse certeza de um direito seu – a certeza de que ela se controlaria e de que agora não havia perigo em falar. Falou sem emoção, nem como uma súplica, nem como um brado de triunfo. Apenas afirmava um fato:

– O senhor vai voltar para o mundo exterior porque eu vou estar lá.

– É.

– Não quero que vá.

– Sua opinião não conta.

– O senhor vai por minha causa.

– Não, vou porque quero.

– Vai me deixar vê-lo lá?

– Não.

– Não poderei vê-lo?

– Não.

– Não vou saber onde o senhor está nem o que faz?

– Não.

– E vai me vigiar, como antes?

– Mais do que antes.

– Seu objetivo é me proteger?

– Não.

– Então o que é?

– Estar lá no dia em que a senhorita resolver se juntar a nós.

Ela o encarou com atenção, sem se permitir esboçar qualquer outra reação, como se tentasse encontrar uma resposta para a primeira coisa que não havia conseguido entender completamente.

– Não restará mais nenhum de nós por lá – explicou ele. – O perigo será muito grande. Eu serei sua última chave antes que a porta deste vale se feche definitivamente.

– Ah! – Dagny reprimiu a exclamação antes que se transformasse num gemido. Então, recobrando a postura de impessoalidade, perguntou: – E se eu lhe dissesse que minha decisão é definitiva e que nunca vou me juntar a vocês?

– Estaria mentindo.

– E se eu resolvesse agora afirmar que é mesmo definitiva, se desse minha palavra, independentemente do que viesse a acontecer no futuro?

– Independentemente dos fatos que a senhorita viesse a constatar e das convicções que viesse a formar?

– Sim.

– Seria pior do que uma mentira.

– O senhor está certo de que minha decisão é equivocada?

– Estou.

– O senhor acredita que cada um deve ser responsável pelos seus próprios erros?

– Acredito.

– Então por que não deixa que eu assuma as consequências do meu?

– É o que estou fazendo, é o que a senhorita vai fazer.

– E se eu só resolver que quero voltar para este vale quando for tarde demais? Por que o senhor teria que se arriscar mantendo essa porta aberta para mim?

– Eu não tenho que me arriscar a nada. Eu não o faria se não visasse a um objetivo egoísta.

– Que objetivo egoísta?

– Quero-a aqui.

Dagny fechou os olhos e inclinou a cabeça, aceitando abertamente a derrota – derrota na argumentação e na sua tentativa de encarar com calma todas as implicações daquilo que ia abandonar.

Então levantou a cabeça, como se tivesse absorvido a franqueza dele, e olhou para ele, sem esconder nem seu sofrimento, nem seu desejo, nem sua tranquilidade, sabendo que todos os três estavam contidos em seu olhar.

O rosto de Galt estava agora como estivera no primeiro momento ensolarado em que ela o vira: um rosto de serenidade implacável e perceptividade inflexível, sem dor, nem medo, nem culpa. Pensou que, se lhe fosse possível ficar olhando para ele, para aquelas sobrancelhas retas acima dos olhos verde-escuros, para a curva da sombra que lhe acentuava a forma da boca, para a pele lisa como metal líquido que aparecia acima da gola aberta da camisa, para a postura natural e relaxada de suas pernas – ela gostaria de ficar naquele lugar, daquele modo, o restante da vida. E no momento seguinte compreendeu que, se aquele desejo lhe fosse concedido, a contemplação perderia todo o seu significado, porque ela teria traído todas as coisas que davam valor a essa contemplação.

Então, não como uma lembrança, mas como uma experiência presente, Dagny reviveu o momento em que, parada ao lado da janela de seu quarto em Nova York, olhando para a cidade mergulhada na neblina, vira a forma inatingível da Atlântida afundar e se perder – e compreendeu que estava vendo agora a resposta àquele momento. Sentia não as palavras que havia então dirigido à cidade, e sim aquela sensação não traduzida, das quais brotaram as palavras: *Você, a quem sempre amei e que jamais encontrei, você, que eu esperava encontrar no fim dos trilhos, além do horizonte...*

Disse então, em voz alta:

– Quero lhe dizer o seguinte: comecei minha vida com um único princípio absoluto, o de que o mundo era meu para que eu o moldasse à imagem e semelhança de meus valores mais elevados, para jamais ser trocado por um padrão mais baixo, por mais prolongada e difícil que fosse minha luta. – "Você, cuja presença sempre *senti* nas ruas da cidade", a voz sem palavras dizia dentro de si, "e cujo mundo eu queria construir..." – Agora sei que eu estava lutando por este vale – "é meu amor por você que me impulsionava..." –, era este vale que eu via como algo possível, e eu não o trocaria por nada, nem o entregaria a uma força malévola desprovida de inteligência. – "... meu amor e minha esperança de chegar a você, e meu desejo de merecê-lo no dia em que o visse frente a frente..." – Estou voltando para lutar por este vale, liberá-lo desta existência clandestina, recuperar para ele o domínio que lhe cabe por direito, fazer com que toda a Terra pertença ao senhor de fato, tal como já lhe pertence em espírito, e encontrá-lo outra vez no dia em que puder lhe entregar todo o mundo. Ou, se eu fracassar, permanecer exilada deste vale até o fim de meus dias – "mas o que restar de minha vida ainda será seu, e seguirei em frente em seu nome, ainda que jamais possa pronunciá-lo, continuarei a servi-lo, ainda que jamais possa vencer, seguirei em frente, para merecê-lo no dia em que eu o vir de novo, embora esse dia jamais venha a chegar." – Vou lutar por este vale, mesmo que tenha que lutar contra o senhor, mesmo que o senhor me amaldiçoe, me chame de traidora... mesmo que eu nunca mais possa voltar a vê-lo.

Galt permanecera imóvel, ouvindo-a, sem nenhuma modificação em seu rosto: apenas seus olhos se fixaram nela, como se ele estivesse ouvindo todas as palavras, mesmo as que ela não havia pronunciado. Ele respondeu com a mesma expressão no rosto, como se ela fosse necessária para manter um circuito que ainda não deveria ser interrompido, e sua voz imitou algo do tom da voz dela, como se assinalasse que falavam no mesmo código, uma voz sem sinal de emoção, salvo no espaçamento dado às palavras:

– Se a senhorita fracassar, como outros já fracassaram em sua busca de um ideal que deveria ser possível, mas que permaneceu para sempre fora de seu alcance; se, como eles, concluir que os valores mais elevados que se tem não são jamais atingidos, e sua visão mais sublime nunca é concretizada, não amaldiçoe este mundo como eles fizeram, não amaldiçoe a existência. A senhorita já viu a Atlântida que eles buscavam, ela existe, é aqui. Mas aqui há que se entrar nu e sozinho, sem os trapos das falsidades seculares, com a mais pura clareza mental; não com um coração inocente, mas com algo muito mais raro – uma mente intransigente – como única bagagem e chave. Aqui a senhorita não entrará enquanto não aprender que não é necessário convencer nem conquistar o mundo. Quando tiver aprendido isso, verá que, durante todos os anos de sua luta, nada a impediu de entrar na Atlântida e não havia cadeias que a detivessem, salvo aquelas que usou por sua própria vontade. Durante todos esses anos, aquilo que a senhorita mais desejava ter estava à sua espera – e Galt olhou para ela – com tanta persistência quanto a da senhorita quando lutava, tão apaixonadamente, tão desesperadamente quanto a senhorita, só que com uma certeza maior do que a sua. Vá e continue sua luta. Continue carregando fardos que não escolheu, sofrendo castigos que não mereceu, acreditando que é justo oferecer o próprio espírito ao mais injusto dos torturadores. Mas, nos seus piores momentos, lembre-se de que já viu outro tipo de mundo. Lembre-se de que pode chegar a ele assim que resolver enxergar. Lembre-se de que ele estará esperando, que é real, é possível... é seu.

Então Galt virou a cabeça um pouco para o lado e, com a mesma voz límpida, porém quebrando o circuito com os olhos, perguntou:

– A que horas a senhorita quer partir amanhã?

– Ah...! Cedo, mas numa hora que seja conveniente para o senhor.

– Então apronte o café da manhã às sete, e nós partiremos às oito.

– Está bem.

Galt pôs a mão no bolso e entregou a Dagny um pequeno disco de metal reluzente, que ela não reconheceu de início. Ela olhou para a palma de sua mão: era uma moeda de 5 dólares, de ouro.

– É o que faltava pagar do seu salário – disse ele.

A mão de Dagny se fechou sobre a moeda num gesto um tanto precipitado, porém sua voz estava tranquila e fria quando respondeu:

– Obrigada.

– Boa noite, Srta. Taggart.

– Boa noite.

Dagny não dormiu nas últimas horas que lhe restavam. Ficou sentada no chão do quarto, o rosto encostado na cama, sentindo apenas a presença de Galt do outro lado da parede. Por vezes, tinha a impressão de que ele estava à sua frente, e ela, a seus pés. Foi dessa maneira que ela passou sua última noite com ele.

◆ ◆ ◆

Dagny saiu do vale tal como havia entrado nele, sem levar nada. Deixou as poucas coisas que havia comprado – a saia de camponesa, uma blusa, um avental, algumas peças de lingerie – dobradas numa gaveta no quarto. Olhou-as por um momento, antes de fechar a gaveta, pensando que, se voltasse, talvez ainda as encontrasse lá. Não levou consigo nada além da moeda de 5 dólares e as ataduras que ainda tinha amarradas em torno das costelas.

O sol já tocava os picos das montanhas, desenhando um círculo de luz na fronteira do vale, quando ela entrou no avião. Recostou-se no banco ao lado de Galt e viu seu rosto debruçado sobre o dela, como naquela primeira manhã, no momento em que ela abrira os olhos. Então fechou os olhos e sentiu as mãos de Galt amarrando a venda atrás de sua cabeça.

Ouvia a partida do motor não como um som, mas como o estremecimento de uma explosão dentro de seu corpo, só que era como um estremecimento longínquo, como se a pessoa que o sentisse se machucasse se não estivesse tão distante.

Dagny não sentiu quando as rodas se levantaram do chão, nem quando o avião saiu do círculo de picos. Permaneceu imóvel – o ritmo do motor era a única coisa que lhe dava a sensação do espaço, como se estivesse sendo tragada por uma corrente de som que de vez em quando a balançava. O som vinha do motor dele, do controle das mãos dele sobre o manche. Ela se apegou àquele som – o restante tinha de ser suportado, sem resistência.

Ela continuava imóvel, as pernas esticadas para a frente, as mãos segurando os braços do assento, sem nenhuma sensação de movimento nem mesmo qualquer percepção do próprio corpo que lhe desse a consciência do tempo: sem espaço, sem visão, sem futuro, com a noite das pálpebras fechadas sob a pressão da venda – e a consciência de que ele estava a seu lado era sua única realidade constante.

Não falavam. Uma vez ela disse de repente:

– Sr. Galt...

– Sim?

– Não. Nada. Eu só queria saber se o senhor ainda estava aí.

– Sempre estarei aqui.

Ela não sabia por quantos quilômetros a lembrança daquelas palavras lhe pareceu um marco pequeno, sumindo na distância até desaparecer por completo. Depois só havia a imobilidade de um presente indivisível.

Dagny não sabia se havia se passado um dia ou uma hora quando sentiu de repente o movimento de descida súbita que significava que o avião ia pousar ou se espatifar no chão – para ela, as duas possibilidades pareciam iguais.

Sentiu o impacto das rodas contra o chão como uma sensação estranhamente retardada, como se tivesse sido necessária uma fração de segundo para que pudesse acreditar nela.

Notou um movimento irregular do avião sobre o chão, depois a parada repentina e o silêncio, em seguida as mãos de Galt tocando-lhe os cabelos, tirando a venda.

Dagny viu um sol forte, uma planície ampla coberta de ervas secas que se estendia até o céu, sem montanhas que a detivessem, uma estrada deserta e o contorno indefinido de uma cidade a menos de dois quilômetros de distância. Olhou para o relógio: 47 minutos atrás, ainda estava no vale.

– Lá há uma estação da Taggart – disse ele, apontando para a cidade. – De lá a senhorita pode pegar um trem.

Ela concordou com a cabeça, como se compreendesse.

Galt não a acompanhou quando ela desceu do avião. Ficou debruçado sobre o manche, virado para a porta aberta, e os dois se entreolharam. Dagny o encarava, o rosto levantado, os cabelos esvoaçando ao vento, a linha reta de seus ombros esculpida pelo conjunto sóbrio e elegante, na imensidão de uma planície vazia.

Ele apontou para o leste, para cidades invisíveis.

– Não me procure por lá. Não vai me encontrar, até me querer por ser eu quem sou. E, quando me quiser assim, serei o homem mais fácil de achar.

Dagny ouviu o ruído da porta se fechando. Aquele som lhe pareceu mais alto do que o barulho da partida do motor em seguida. Ficou observando o avião se afastar, deixando uma trilha de ervas amassadas. Depois viu uma faixa de céu entre as rodas e as ervas.

Olhou ao seu redor. Acima da cidade distante, havia uma névoa avermelhada de calor, e as formas pareciam tremer sob aquele fardo cor de ferrugem. Uma chaminé desmoronada se elevava acima dos telhados. Uma coisa esfiapada, seca, amarelada farfalhava ao vento, em meio às ervas a seu lado: era um pedaço de jornal. Dagny olhava para esses objetos com um olhar vazio, sem conseguir torná-los reais.

Levantou os olhos para o avião. Viu suas asas diminuírem no céu, e o som do motor foi morrendo. Subia mais e mais, como uma cruz de prata alongada. Depois a curva de sua trajetória foi acompanhando o céu, aproximando-se da superfície, e a seguir pareceu não se mover mais, e sim minguar. Dagny ficou a contemplá-la, como uma estrela se apagando, passando de cruz a ponto, a fagulha, até não saber mais se estava vendo alguma coisa. Quando se deu conta de que havia muitas outras fagulhas como aquela em todo o céu, compreendeu que o avião já havia desaparecido.

CAPÍTULO 23

A ANTIGANÂNCIA

– O QUE ESTOU fazendo aqui? – perguntou o Dr. Robert Stadler. – Por que me chamaram aqui? Exijo uma explicação. Não estou acostumado a ser chamado para o outro lado do continente assim sem mais nem menos, de repente.

O Dr. Floyd Ferris sorria.

– O que me dá ainda mais motivo para ficar satisfeito com o fato de o senhor ter vindo. – Era impossível saber se o tom de sua voz exprimia gratidão ou empáfia.

O sol estava inclemente, e o Dr. Stadler sentia o suor lhe escorrendo pela testa. Não podia começar uma discussão muito delicada no meio de uma multidão que se acomodava nas arquibancadas ao redor deles – uma discussão que por três dias ele vinha tentando iniciar, sem sucesso. Ocorreu-lhe que era exatamente por isso que o Dr. Ferris adiara até aquele momento a hora de se encontrar com ele, porém o Dr. Stadler afastou aquele pensamento do mesmo modo como espantou um inseto que tentou pousar em sua testa suada.

– Por que não consegui entrar em contato com o senhor? – perguntou. A arma fraudulenta do sarcasmo parecia agora menos eficaz do que nunca, mas era a única de que ele dispunha: – Por que me mandou recados em papel timbrado, escritos num estilo que parece mais apropriado para... – ia dizer "ordens", mas se corrigiu: – ... informes militares do que para uma correspondência científica?

– É um assunto oficial – disse o Dr. Ferris com delicadeza.

– O senhor entende que eu estava ocupadíssimo e que interrompeu meu trabalho?

– Mas claro – respondeu o Dr. Ferris em tom neutro.

– Entende que eu poderia ter me recusado a vir?

– Mas veio – disse Ferris baixinho.

– Por que não me deram uma explicação? Por que o senhor não me procurou pessoalmente, em vez de mandar um daqueles jovens mal-encarados falando aquelas baboseiras que parecem uma mistura de ciência com jornalismo marrom?

– Eu estava muito ocupado – disse o Dr. Ferris, num tom agradável.

– Então podia me dizer o que está fazendo aqui no meio de uma planície de Iowa... e o que eu estou fazendo aqui, aliás? – Com um gesto de desprezo apontou para a planície poeirenta a se perder no horizonte e as três arquibancadas de madeira. Elas haviam sido instaladas recentemente, e a própria madeira parecia transpirar. Stadler via as gotas de resina brilhando ao sol.

– Vamos assistir a um acontecimento histórico, Dr. Stadler. Um momento decisivo na história da ciência, da civilização, do bem-estar social e da adaptabilidade política. – A voz do Dr. Ferris era como a de um relações-públicas que decorou o texto de um folheto. – O alvorecer de uma nova era.

– Que acontecimento? Que nova era?

– Como o senhor pode ver, apenas os cidadãos mais distintos, a nata de nossa elite intelectual, foram escolhidos para ter o privilégio especial de testemunhar este evento. Não poderíamos deixar de chamar o senhor, não é? E estamos certos, naturalmente, de que podemos contar com a sua lealdade e a sua cooperação.

O Dr. Stadler não conseguia olhar o Dr. Ferris nos olhos. As arquibancadas estavam cada vez mais cheias, e o Dr. Ferris se interrompia a todo momento a fim de acenar para todo tipo de gente, pessoas que o Dr. Stadler jamais vira antes, mas que eram importantes, como indicava a deferência alegre e informal dos acenos de Ferris. Todos pareciam conhecê-lo e o procuravam como se ele fosse o mestre de cerimônias – ou a estrela – do evento.

– O senhor poderia ter a bondade de me dizer exatamente... – começou o Dr. Stadler.

– Oi, Spud! – exclamou o Dr. Ferris acenando para um homem corpulento e grisalho que ostentava um uniforme de gala de general.

Stadler insistiu, num tom de voz mais elevado:

– Como eu ia dizendo, o senhor poderia ter a bondade de parar um minuto e me dizer que diabo...

– Mas é muito simples. É o triunfo definitivo da... Com licença, um minutinho, Dr. Stadler – disse Ferris apressadamente, saindo em disparada, como um lacaio excessivamente servil ao ouvir uma campainha, em direção a um grupo de arruaceiros de meia-idade. Porém se virou para trás para acrescentar, em tom reverente, duas palavras que lhe pareciam valer por uma explicação completa: – A imprensa!

O Dr. Stadler sentou-se no banco de madeira, sentindo uma inexplicável repulsa pelo contato com qualquer objeto ao seu redor. As três arquibancadas, espaçadas, formavam um semicírculo, como se fosse uma espécie de circo particular, com capacidade para cerca de 300 pessoas. Era como se fosse ser encenado algum espetáculo – só que à frente da plateia havia uma planície vazia que se estendia até o horizonte, com uma casa de fazenda a quilômetros dali.

Em frente de uma das arquibancadas, que parecia estar reservada para a imprensa, havia microfones de rádio. Diante de uma outra, a tribuna reservada às autoridades, havia uma espécie de painel de controle portátil, com algumas chaves de metal polido e reluzente. No estacionamento improvisado atrás das arquibancadas, alguns carros de luxo novos em folha agradavam à vista. Porém, sobre uma colina a uns 300 metros dali, havia uma construção que causava ao Dr. Stadler uma vaga sensação de mal-estar. Era uma estrutura pequena, baixa, não identificável, com paredes de pedra grossas, sem janelas, apenas umas poucas fendas protegidas por grossas barras de ferro, e uma cúpula grande, grotescamente desproporcional, que parecia afundar o prédio no chão. Da base da cúpula se ramificavam umas coisas irregulares que lembravam funis de barro malfeitos e que não pareciam ser apropriadas à era industrial nem servir a nenhum propósito conhecido. Havia um ar malévolo em torno daquele prédio, como se fosse um cogumelo venenoso inchado. Era evidentemente moderno, mas suas linhas grosseiras e irregulares lhe davam uma aparência de estrutura primitiva desencavada no meio da selva, apropriada para ritos selvagens secretos.

Stadler suspirou, irritado. Estava cansado de segredos. Os carimbos "confidencial" e "ultraconfidencial" apareciam no convite que exigia sua presença em Iowa dois dias depois, sem dizer por quê. Dois jovens que se diziam físicos apareceram no Instituto para levá-lo. Seus telefonemas ao escritório de Ferris em Washington não foram atendidos. Durante uma cansativa viagem num avião do governo, seguida de um desagradável percurso num carro oficial, os jovens falaram sobre a ciência, as emergências, os equilíbrios sociais e a necessidade de se manter segredo, e no fim o Dr. Stadler estava sabendo ainda menos que antes. Percebia apenas que, no falatório dos jovens, duas palavras que também apareciam no convite eram repetidas incessantemente, termos que eram de mau agouro, em se tratando de uma questão que ainda era desconhecida para ele: exigências de "lealdade" e "cooperação".

Os jovens o colocaram num banco na primeira fileira de uma das arquibancadas e desapareceram, como peças de um mecanismo que agora não tinham mais nenhuma utilidade, e ele se viu face a face com o Dr. Ferris. Agora, olhando ao redor, vendo os gestos vagos, excitados e joviais de Ferris no meio de um círculo de jornalistas, Stadler teve uma impressão de confusão, de incompetência caótica e desordenada – e de um mecanismo bem azeitado, produzindo precisamente a impressão desejada no momento exato.

Invadiu-o um pânico súbito e entendeu, num lampejo, apesar de resistir à ideia, que sentia uma vontade louca de fugir dali, porém expulsou o pensamento de sua mente. Sabia que o segredo mais misterioso do evento – mais crucial, mais intocável, mais letal que o que estava escondido dentro do prédio-cogumelo, fosse o que fosse – era o fato que o havia motivado a vir.

Pensou que jamais teria de conhecer seu próprio motivo. Pensou isso não por meio de palavras, mas do espasmo súbito e doentio de uma emoção que, parecendo raiva, lhe proporcionava uma sensação ácida. As palavras que apareceram em sua mente, tais quais haviam aparecido quando ele resolvera vir, eram como uma fórmula mágica que se recita quando necessário e que representa um limite além do qual não se pode aventurar: *O que se há de fazer quando se tem de lidar com gente?*

O Dr. Stadler observou que a arquibancada reservada para aqueles que Ferris chamara de elite intelectual era maior do que a destinada às autoridades. Não pôde conter um sentimento arisco de prazer ao se dar conta de que havia sido colocado na primeira fileira. Virou-se para olhar para as fileiras atrás da sua. A sensação que experimentou foi um pequeno choque: aquela multidão aleatória, gasta, sem brilho, não era o que chamaria de elite intelectual. Viu homens de uma agressividade defensiva e mulheres com roupas de mau gosto – avistou rostos maus, rancorosos, desconfiados, que ostentavam a única marca incompatível com o brilho intelectual: a marca da incerteza. Não conseguiu ver nenhum rosto conhecido, nenhum que fosse famoso ou que parecesse ter possibilidade de um dia vir a sê-lo. Não entendia qual o critério que tinha sido empregado para selecionar aquelas pessoas.

Então viu uma figura alta e desajeitada na segunda fileira: um homem idoso, com um rosto comprido e frouxo, que lhe parecia vagamente familiar, embora não se lembrasse de nada a seu respeito. Era como uma fotografia que tivesse visto certa vez numa publicação de mau gosto. Debruçou-se para o lado e perguntou a uma mulher, apontando:

– Por favor, pode me dizer quem é aquele senhor?

A mulher respondeu, num sussurro cheio de respeito:

– É o Dr. Simon Pritchett!

Stadler virou para outro lado, desejando que ninguém o visse, que ninguém jamais soubesse que ele fizera parte daquele grupo.

Levantou a vista e viu que Ferris estava trazendo todos os jornalistas até ele. Viu-o gesticular em sua direção, como um guia turístico, e afirmar, quando estava próximo dele o suficiente para ser ouvido:

– Mas por que perder tempo comigo, quando ali se encontra o principal responsável pelo evento de hoje, o homem que tornou tudo isso possível: o Dr. Robert Stadler?

Por um momento fugidio, pareceu-lhe ver uma expressão inesperada nos rostos gastos e cínicos dos jornalistas, que não era bem de respeito nem esperança, mas um eco desses sentimentos, como um vago reflexo da expressão que talvez tivessem assumido quando jovens ao ouvir o nome de Robert Stadler. Naquele momento, sentiu um impulso que seria incapaz de admitir: a vontade de dizer a eles que não sabia nada a respeito do evento de hoje, que tinha menos poder do que eles, que fora trazido até ali como vítima de alguma vigarice, quase como... como um prisioneiro.

Em vez disso, começou a responder às perguntas que lhe faziam no tom arrogante e condescendente de um homem que conhece os segredos das mais altas autoridades:

– Sim, o Instituto Científico Nacional se orgulha dos serviços por ele prestados à nação... O Instituto não é manipulado por nenhum interesse privado e ganancioso. É dedicado ao bem-estar da humanidade como um todo... – disse ele, cuspindo, como um ditafone, as banalidades repugnantes que já ouvira da boca do Dr. Ferris.

Não se permitiu se conscientizar de que o que sentiu naquele momento foi ódio por si próprio. Identificou a emoção, mas não o objeto ao qual estava dirigida: *É ódio dos homens ao meu redor*, pensou. Eram eles que o estavam obrigando a representar aquela comédia vergonhosa. *Afinal*, pensou, *o que se há de fazer quando se tem de lidar com gente?*

Os jornalistas estavam anotando suas respostas. Havia agora em seus rostos a expressão de um autômato que faz de conta que está ouvindo uma notícia nos pronunciamentos vazios feitos por outro autômato.

– Dr. Stadler – disse um deles, apontando para o prédio na colina –, é verdade que o senhor considera o Projeto X a maior realização do Instituto Científico Nacional?

Houve um silêncio súbito.

– O... Projeto X...?! – exclamou Stadler.

Percebeu que havia algo de terrivelmente inesperado no seu tom de voz, pois viu que todos os jornalistas levantaram a cabeça, como se um alarme houvesse soado. Viu-os esperar, os lápis parados no ar.

Por um momento, ao notar que os músculos de seu rosto forjavam um sorriso, sentiu um terror informe, quase sobrenatural, como se novamente observasse o funcionamento de uma máquina bem azeitada, como se estivesse preso nela, fosse parte dela, fazendo aquilo que ela o obrigava a fazer.

– O Projeto X? – disse em voz baixa, num tom misterioso de conspirador. – Bem, senhores, o valor e as motivações de qualquer realização do Instituto não podem ser questionados, tendo em vista que se trata de uma instituição sem fins lucrativos. É preciso dizer mais?

Levantou a vista e percebeu que o Dr. Ferris passara toda a entrevista ao lado dos jornalistas. Talvez fosse sua imaginação, mas lhe parecia que o rosto de Ferris agora estava menos tenso e mais impertinente.

Dois carros reluzentes entraram no estacionamento a toda velocidade e frearam ruidosamente. Os jornalistas abandonaram o Dr. Stadler no meio de uma frase e foram correndo em direção ao grupo que estava saindo dos carros.

Stadler se virou para Ferris:

– O que é esse Projeto X? – perguntou, severo.

O Dr. Ferris lhe dirigiu um sorriso ao mesmo tempo inocente e insolente.

– Uma iniciativa sem fins lucrativos – respondeu ele e foi correndo receber os recém-chegados.

Com base nos cochichos respeitosos da multidão, o Dr. Stadler ficou sabendo que o homenzinho com o terno de linho surrado, que parecia um advogado de porta de cadeia e caminhava a passos largos no centro do grupo, era o Sr. Thompson, o chefe de Estado. Ele sorria, franzia o cenho e respondia às perguntas dos jornalistas. O Dr. Ferris se introduziu no grupo, com a graça de um gato se esfregando nas pernas dos donos.

O grupo se aproximou, e o Dr. Stadler viu que Ferris o estava trazendo em sua direção.

– Sr. Thompson – disse o Dr. Ferris, pomposo, quando chegaram –, tenho o prazer de lhe apresentar o Dr. Robert Stadler.

Stadler viu os olhinhos de rábula o examinarem por uma fração de segundo: havia neles um toque de respeito supersticioso, como se contemplassem um fenômeno místico além do entendimento do Sr. Thompson – e tinham a esperteza aguda e calculista de um cabo eleitoral que acha que nada no mundo é imune a seus padrões éticos, um olhar equivalente às palavras: o que você está levando nisso?

– É uma honra, doutor, uma honra – disse o Sr. Thompson, falando depressa e apertando-lhe a mão.

O Dr. Stadler ficou sabendo também que o homem alto, de costas arredondadas e cabelo cortado à escovinha, era o Sr. Wesley Mouch. Não percebeu o nome dos outros cujas mãos apertou. Quando o grupo se afastou em direção à tribuna das autoridades, teve a sensação desagradável de ter descoberto uma coisa inaceitável: o fato de que sentira um prazer ansioso ao ser cumprimentado pelo advogadozinho.

Um grupo de jovens que mais pareciam lanterninhas de cinema apareceu de repente com carrinhos de mão repletos de objetos reluzentes, que começaram a distribuir entre os presentes. Eram binóculos. O Dr. Ferris assumiu seu posto em frente a um microfone ao lado da tribuna das autoridades. Quando Mouch fez sinal, sua voz soou de repente, espalhando-se pela planície, uma voz untuosa, de uma solenidade fraudulenta, que, graças ao engenho do inventor do microfone, parecia a voz poderosa de um gigante:

– Senhoras e senhores...

A multidão fez silêncio imediatamente, e todas as cabeças se viraram de súbito para a figura graciosa do Dr. Floyd Ferris.

– Senhoras e senhores, meus privilegiados ouvintes, escolhidos, em reconhecimento às suas distintas carreiras públicas e à sua lealdade social, para testemunhar a inauguração de uma realização científica de importância tamanha, de alcance tão fenomenal, de possibilidades tão gigantescas que, até o presente momento, só era conhecida por muito poucos, e assim mesmo apenas pela designação "Projeto X".

Stadler apontou seu binóculo para a única coisa que havia para se ver: a casa ao longe.

Viu que era uma casa de fazenda abandonada havia muitos anos. O céu aparecia por entre as vigas nuas do telhado, e as janelas vazias ostentavam alguns cacos de vidro irregulares. Existia também um celeiro caindo aos pedaços, uma torre de moinho enferrujada e os restos mortais de um trator emborcado.

Ferris falava sobre a abnegação dos cientistas, dedicados ao trabalho altruístico e à pesquisa perseverante, para tornar possível o Projeto X.

Era estranho, pensou o Dr. Stadler, examinando as ruínas da fazenda, que houvesse um rebanho de cabras no meio daquela desolação. Havia umas seis ou sete, algumas cochilando, outras mastigando letargicamente umas poucas folhas de capim que o sol inclemente tinha poupado.

– O Projeto X – disse o Dr. Ferris – tem a ver com certos aspectos do fenômeno sonoro. A ciência dos sons tem certos desdobramentos surpreendentes, que o leigo mal pode imaginar...

A cerca de 20 metros da casa, o Dr. Stadler viu uma estrutura recém-construída, que não parecia servir para coisa alguma: uma armação de aço que se elevava alguns metros, sem sustentar nada, sem levar a lugar nenhum.

Ferris começou a falar sobre a natureza das vibrações sonoras.

Stadler apontou o binóculo para o horizonte além da fazenda, porém não havia mais nada para se ver. O movimento súbito e forçado de uma das cabras o fez olhar de novo para elas. Então percebeu que os animais estavam presos por correntes a estacas cravadas no chão.

– ... e foi descoberto – prosseguiu o Dr. Ferris – que há certas frequências das vibrações sonoras que não podem ser suportadas por nenhuma estrutura, orgânica ou inorgânica...

O Dr. Stadler percebeu uma manchinha prateada se movimentando entre as cabras. Era um cabrito que não fora acorrentado e pulava ao redor da mãe.

– ... o raio sonoro é controlado por um painel dentro de um gigantesco laboratório subterrâneo – disse o Dr. Ferris, apontando para o prédio na colina. – A esse painel demos o apelido de "Xilofone", porque há que ter muito cuidado na hora de bater nas teclas, ou melhor, de ligar as chaves, para não haver erro. Para esta ocasião especial, instalamos aqui – e Ferris apontou para o painel de controle à frente da tribuna das autoridades – uma extensão do Xilofone, a fim de que os senhores possam assistir a toda a operação e ver como é simples...

O Dr. Stadler sentia prazer ao contemplar o cabrito, uma sensação que o tranquilizava. A criaturinha teria no máximo uma semana de vida e parecia uma bola de pelos brancos com patas longas e graciosas. Pulava com uma alegria feroz, que parecia propositadamente desajeitada, com as quatro patas duras e retas. Parecia estar pulando por causa do sol, do ar estival, da felicidade de descobrir a própria existência.

– ... o raio sonoro é invisível, inaudível e perfeitamente controlável quanto ao alvo visado, à direção e ao alcance. Seu primeiro teste público, que os senhores vão presenciar dentro de alguns instantes, irá cobrir apenas uma distância pequena, três quilômetros, com absoluta segurança, com uma margem de 30 quilômetros de espaço vazio além do alvo. O atual equipamento é capaz de gerar raios, através dos orifícios que podem ser vistos sob a cúpula, por toda uma região com raio de 150 quilômetros, cuja periferia vai da margem do rio Mississippi, mais ou menos na altura da ponte da Taggart Transcontinental, até Des Moines e Fort Dodge, Iowa; Austin, Minnesota; Woodman, Wisconsin; e Rock Island, Illinois. Isto é apenas o início. Temos os conhecimentos tecnológicos necessários para construir geradores com alcance de até 500 quilômetros, mas por não termos conseguido obter em tempo hábil a quantidade necessária de um metal altamente resistente ao calor, como o metal Rearden, tivemos que nos contentar com o atual equipamento. Em homenagem a nosso grande chefe de Estado, o Sr. Thompson, cujo governo clarividente concedeu ao Instituto Científico Nacional as verbas sem as quais o Projeto X não teria sido possível, esta grande invenção será doravante conhecida pelo nome de Harmonizador Thompson!

A multidão aplaudiu. O Sr. Thompson permaneceu imóvel, mantendo o rosto rígido. O Dr. Stadler tinha certeza de que aquele advogado de porta de cadeia estava tão relacionado ao projeto quanto qualquer um daqueles lanterninhas, que não tinha nem inteligência, nem iniciativa, nem mesmo a malícia necessária para influenciar a invenção de um novo tipo de ratoeira, e que ele também não passava de uma peça de uma máquina silenciosa – um mecanismo que não tinha centro, nem líder, nem direção; que não fora posto para funcionar pelo Dr. Ferris nem por Wesley Mouch, nem por nenhuma daquelas criaturas deslumbradas nas arquibancadas, nem por nenhuma das criaturas atuando nos bastidores –, uma máquina impessoal, que não pensava, não tinha existência física, que ninguém controlava, da qual todos não passavam de peças, uns mais, outros menos, conforme seu grau de malignidade. Stadler se agarrou a seu banco: tinha vontade de saltar dali e sair correndo.

– ... e quanto à função e ao objetivo do raio sonoro, nada direi: deixarei que ele fale por si próprio. Agora veremos como ele funciona. Quando o Dr. Blodgett acionar as chaves do Xilofone, sugiro que os senhores fixem a vista no alvo, que é aquela casa a três quilômetros daqui. Não haverá mais nada para se ver. O raio em si é invisível. Todos os pensadores progressistas há muito tempo estão de acordo: não existem entidades, apenas ações; não há valores, apenas consequências. Agora, senhoras e senhores, veremos a ação e as consequências do Harmonizador Thompson.

O Dr. Ferris fez uma mesura, se afastou lentamente do microfone e veio sentar-se ao lado do Dr. Stadler.

Um homem gorducho, ainda jovem, se colocou ao lado do painel de controle e olhou para o Sr. Thompson com um ar de expectativa. O chefe de Estado ficou um instante com uma expressão bovina no rosto, como se houvesse se esquecido de algo, até que Wesley Mouch se debruçou em sua direção e lhe sussurrou algo no ouvido.

– Contato! – gritou o Sr. Thompson.

O Dr. Stadler achou insuportável o movimento gracioso, ondulado, afeminado com que o Dr. Blodgett acionou a primeira chave do painel e depois a outra. Levou o binóculo aos olhos e fitou a casa distante.

No instante em que focalizou a lente, viu uma cabra tentando se livrar da corrente para alcançar um cardo alto e seco. No instante seguinte, ela deu um salto, de pernas para o ar, esticando as patas com movimentos bruscos, em seguida caiu num monte de sete cabras que se debatiam em convulsões. Quando o Dr. Stadler conseguiu acreditar no que via, a pilha de cabras estava imóvel: apenas uma das patas se destacava da massa, rija como uma vara, balançando-se como se sacudida por um vento forte. A casa foi reduzida a pedaços de pau, desabando, então seguiu-se uma chuva de tijolos da chaminé. O trator foi reduzido a uma panqueca. A torre se espatifou; seus pedaços atingiram o chão quando a roda do moinho ainda descrevia uma longa curva no ar, como se movida pela própria vontade. A estrutura de aço nova e sólida desabou como uma pilha de fósforos em que alguém soprou. Foi tão rápido, tão simples, sem que houvesse qualquer resistência, que Stadler não sentiu horror, não sentiu nada. Não era a realidade que ele conhecia – era como um pesadelo de criança em que os objetos materiais pudessem ser dissolvidos por meio de um desejo mau.

O Dr. Stadler baixou o binóculo. Agora via uma planície vazia. Não havia fazenda, não havia nada ao longe senão um risco escuro que parecia a sombra de uma nuvem.

Um grito alto e agudo se elevou dos bancos de trás – era uma mulher que desmaiava. Ele não entendeu por que a mulher levou tanto tempo para começar a gritar – e então se deu conta de que não havia se passado um minuto desde que a primeira chave fora acionada.

Levantou o binóculo outra vez, quase como se tivesse esperanças de só ver uma sombra de nuvem. Mas os objetos materiais ainda estavam lá: era um monte de lixo. Moveu o binóculo, vendo toda a extensão da destruição, e percebeu que estava procurando o cabrito. Não o encontrou, pois só havia uma pilha de pelos cinzentos.

Quando abaixou o binóculo e se virou, viu o Dr. Ferris olhando para ele.

Tinha certeza de que, durante todo o teste, Ferris não havia olhado para o alvo, e sim para o seu rosto, no intuito de ver se Robert Stadler suportaria o raio.

– É só – comentou o gorducho Dr. Blodgett ao microfone, no tom de voz servil de um vendedor. – Não há nenhum prego nem rebite em seu lugar na estrutura de aço, nem nenhum vaso sanguíneo intacto nos corpos dos animais.

A multidão estava indócil, com movimentos nervosos e cochichos estridentes.

As pessoas se entreolhavam, levantando-se incertas e sentando-se de novo, querendo tudo menos aquela pausa. Havia um toque de histeria contida nos cochichos. Pareciam estar aguardando que alguém lhes dissesse o que pensar daquilo.

O Dr. Stadler viu uma mulher recebendo ajuda para descer do alto da arquibancada, de cabeça baixa, com um lenço apertado contra a boca: estava nauseada.

Virou para o lado e viu que o Dr. Ferris ainda estava olhando para ele. Stadler recuou um pouco, com o rosto austero e cheio de desprezo – o rosto do maior cientista da nação –, e perguntou:

– Quem inventou essa coisa horrível?

– O senhor.

O Dr. Stadler ficou olhando para o outro, imóvel.

– É apenas um dispositivo prático – disse o Dr. Ferris, num tom de voz agradável – baseado nas suas descobertas teóricas, nas suas valiosas pesquisas a respeito da natureza dos raios cósmicos e da transmissão de energia no espaço.

– Quem trabalhou no projeto?

– O senhor os consideraria uns cientistas de terceira. Na verdade, não, houve muita dificuldade. Nenhum deles teria sido capaz de conceber o passo inicial que levou à sua fórmula de transmissão de energia, mas, de posse dela, o restante foi fácil.

– Qual o objetivo prático dessa invenção? Quais as suas "possibilidades gigantescas"?

– Mas o senhor não vê? É um instrumento de grande valor para a segurança pública. Nenhum inimigo poderia atacar quem possuísse uma arma como essa. A nação estará livre do perigo de qualquer agressão e poderá planejar seu futuro na mais completa segurança. – Em sua voz havia um tom curiosamente descuidado, de improvisação, como se ele nem esperasse nem tentasse convencer seu interlocutor. – Vai eliminar os atritos sociais, promover a paz, a estabilidade e, como já demos a entender, a harmonia. Eliminará todo o perigo de guerra.

– Que guerra? Que agressão? O mundo inteiro está passando fome, todas essas repúblicas populares vivem das esmolas que lhes damos. Onde é que o senhor está vendo perigo de guerra? O senhor acha que esses selvagens maltrapilhos vão nos atacar?

Ferris o olhou bem nos olhos.

– Os inimigos internos podem vir a ser tão perigosos quanto os externos – respondeu ele. – Talvez até mais. – Desta vez seu tom de voz indicava que ele esperava ser entendido, estava certo de ser entendido. – Os sistemas sociais são muito precários. Mas imagine só a estabilidade que poderia ser garantida pela instalação de alguns destes dispositivos científicos em lugares estratégicos. Isso garantiria um estado de paz permanente, o senhor não acha?

O Dr. Stadler não se mexeu nem disse nada. À medida que os segundos se passavam e seu rosto permanecia inalterado, começou a dar a impressão de que estava paralisado. Seus olhos pareciam indicar que ele finalmente vira aquilo que já sabia desde o início, que passara anos tentando não ver. Seus olhos diziam que agora ele se debatia entre o que via à sua frente e o poder de negar sua existência.

– Sei lá do que o senhor está falando! – exclamou de repente. O Dr. Ferris sorriu:

– Nenhum empresário ou industrial ganancioso teria financiado o Projeto X – disse em voz baixa, no tom de uma conversa informal. – Não teria dinheiro para tal. É um investimento imenso, sem nenhuma perspectiva de lucro financeiro. Que lucro isso poderia dar? Aquela fazenda agora não dará mais lucro nenhum. – Apontou para o risco escuro ao longe. – Mas, como o senhor mesmo observou com muita propriedade, o Projeto X tinha de ser um empreendimento sem fins lucrativos. Ao contrário do que se daria com uma empresa particular, o Instituto Científico Nacional não teve nenhuma dificuldade de levantar verbas para o projeto. O senhor não se lembra de nenhum problema financeiro no Instituto de dois anos para cá, não é? E antigamente isso era tão comum... Como era difícil convencê-los a aprovar as verbas necessárias para o progresso da ciência! Eles sempre exigiam alguma engenhoca em troca do dinheiro, como o senhor dizia. Pois essa engenhoca era algo de que algumas pessoas do governo realmente iam gostar. Elas fizeram com que as outras a aprovassem também. Não foi difícil. Aliás, muitas das outras sentiram-se seguras ao votar a favor de um projeto secreto. Estavam convictas de que devia ser uma coisa importante, tendo em vista que elas não eram consideradas importantes o bastante para ter acesso ao segredo. Claro que houve alguns céticos. Mas estes cederam quando se lembraram de que o chefe do Instituto Científico Nacional era o Dr. Robert Stadler, cujo discernimento e integridade não podiam questionar.

Stadler estava olhando para as unhas.

O guincho súbito do microfone fez com que a multidão imediatamente se tornasse atenta. As pessoas pareciam estar à beira do pânico. Um anunciador de voz de metralhadora, cuspindo sorrisos, gritou alegremente que agora a plateia ouviria a transmissão radiofônica que daria a toda a nação a notícia da grande descoberta. Então, olhando para o relógio, para o roteiro e para Wesley Mouch, que deu o sinal, berrou para a cabeça de cobra do microfone – para ser ouvido nas salas de visitas, escritórios, gabinetes e quartos da nação:

– Senhoras e senhores, o Projeto X!

O Dr. Ferris se debruçou em direção ao Dr. Stadler – enquanto a voz ruidosa do anunciador atravessava todo o país, descrevendo a invenção – e disse, como quem faz um comentário de passagem:

– É de importância vital que não se façam críticas ao projeto em todo o país neste momento delicado. – E acrescentou, meio como um comentário sem importância, meio como uma brincadeira: – Aliás, que não se façam críticas a nada em momento algum.

– ... e os líderes políticos, culturais, intelectuais e morais da nação – berrava o locutor ao microfone – que testemunharam esse grande evento, como representantes de seus setores e em seu próprio nome, vão agora dizer a vocês quais são suas impressões!

O Sr. Thompson foi o primeiro a subir a escada de madeira que levava à plataforma do microfone. Fez um discurso breve, saudando a aurora de uma nova era e afirmando, no tom belicoso de quem desafia inimigos não especificados, que a ciência pertencia ao povo e que todo homem na face da Terra tinha o direito de participar das vantagens criadas pelo progresso tecnológico.

Depois Mouch se pronunciou. Falou sobre o planejamento social e a respeito da necessidade de apoio unânime aos planejadores. Mencionou a disciplina, a unidade, a austeridade e o dever patriótico de suportar dificuldades passageiras.

– Mobilizamos os melhores cérebros do país para trabalhar pelo bem-estar de vocês. Essa grande invenção foi produto do gênio de um homem cuja devoção à causa da humanidade não pode ser questionada, um homem unanimemente reconhecido como o maior cérebro do século: o Dr. Robert Stadler!

– *O quê?* – reagiu o Dr. Robert Stadler, virando-se para Ferris, que o encarou com um olhar paciente.

– Ele não pediu minha permissão para dizer isso! – exclamou o Dr. Stadler, mas em voz baixa.

Ferris espalmou as mãos, num gesto de quem ao mesmo tempo faz uma censura e se exime de qualquer responsabilidade.

– Isso é o que dá, Dr. Stadler, ficar se perturbando com questões políticas, que o senhor sempre considerou coisas que não mereciam sua atenção. Ora, não é função do Sr. Mouch pedir permissão a ninguém.

A figura encurvada que agora se destacava contra o céu, enrolada no microfone, falando com o tom entediado e zombeteiro de quem conta uma piada indecente, era o Dr. Simon Pritchett. Estava dizendo que a nova invenção era um instrumento de bem-estar social, que garantia a prosperidade geral, e que todo aquele que questionasse esse fato evidente não podia ser senão um inimigo da sociedade, devendo, portanto, ser tratado como tal.

– Essa invenção, que devemos ao Dr. Robert Stadler, esse grande amante da liberdade...

O Dr. Ferris abriu uma pasta, pegou umas folhas de papel bem datilografadas e se virou para Stadler.

– O senhor vai ser o ponto alto do programa – disse. – Será o último a falar, nos minutos finais da transmissão de uma hora. – Entregou os papéis. – Eis o discurso que o senhor vai fazer. – Seu olhar disse o restante: que não fora por acaso que escolhera aquelas palavras.

O Dr. Stadler pegou as folhas, porém com as pontas dos dedos, como se fosse um papel sujo prestes a ser jogado fora.

– Não lhe pedi que o senhor me fizesse o favor de escrever o meu discurso – afirmou ele.

O sarcasmo em sua voz deu a pista ao Dr. Ferris: não era hora para sarcasmos.

– Eu não podia permitir que o senhor perdesse seu tempo precioso preparando um discurso – disse. – Eu sabia que o senhor compreenderia.

Falou num tom de polidez espúria, para ser entendido como tal, como quem dá esmola a um mendigo, concedendo ao outro uma maneira de manter as aparências.

A reação de Stadler o perturbou: ele nem sequer se dignou a dizer nada em resposta, nem a olhar para as folhas de papel.

– A falta de fé – rosnava um orador corpulento, no tom de quem puxa uma briga na rua – é a única coisa que temos a temer! Se tivermos fé nos planos de nossos líderes, eles vão dar certo, e todos nós teremos prosperidade, lazer e abundância. São esses sujeitos que vivem semeando dúvidas e destruindo o nosso moral que causam a pobreza e a escassez de produtos. Mas não vamos deixar que eles continuem a fazer isso por muito tempo, não. Estamos aqui para proteger o povo, e, se algum deles aparecer por aqui com suas dúvidas, vai ver o que é bom.

– Seria uma infelicidade – disse o Dr. Ferris em voz baixa – despertar a animosidade do público contra o Instituto Científico Nacional num momento tenso como o atual. Há muita insatisfação e inquietação no país, e, se as pessoas não entenderem bem a natureza da nova invenção, elas podem descarregar sua raiva em todos os cientistas. E eles nunca tiveram muita popularidade entre as massas.

– Paz – dizia uma mulher alta e esbelta, entre suspiros, ao microfone. – Essa invenção é um novo instrumento de paz. Ela nos protegerá das agressões de inimigos egoístas, nos permitirá respirar mais livres e nos ensinará a amar o próximo. – A mulher tinha um rosto ossudo e uma boca cheia de azedume de tantos coquetéis. Trajava um esvoaçante vestido azul, que a fazia parecer uma harpista. – Pode ser considerada aquele milagre que sempre se julgou impossível, o sonho de todas as eras: a síntese final entre a ciência e o amor!

O Dr. Stadler olhou para os rostos da plateia. Agora estavam todos sentados imóveis, ouvindo com atenção, porém havia em seus olhos uma expressão de penumbra, de quem aceita o medo como uma condição permanente, de feridas recentes que começam a infeccionar. Aquelas pessoas sabiam, tanto quanto o Dr. Stadler, que eram o alvo dos funis disformes que saíam da cúpula do edifício-cogumelo. E ele se perguntava de que modo elas estariam naquele momento sufocando as próprias mentes e fugindo daquela verdade. Sabia que as palavras que elas estavam ansiosas por absorver e nas quais acreditar eram as correntes que as prendiam, tais como as que haviam prendido as cabras, para que não escapassem do alcance daqueles funis. Estavam ansiosas por acreditar. O Dr. Stadler via-as apertar os lábios e, de vez em quando, dirigir um olhar desconfiado à pessoa ao lado, como se o horror que as ameaçava não fosse o raio sonoro, e sim os homens que as fariam reconhecer nele uma coisa horrível. Seus olhos perdiam o brilho, porém o que neles ainda restava da aparência de ferida era como um pedido de socorro.

– Por que o senhor acha que elas pensam? – perguntou o Dr. Ferris em voz baixa. – A razão é a única arma do cientista, e ela não tem nenhum poder sobre os homens, não é? Num momento como o atual, em que o país está caindo aos pedaços, a turba está sendo levada ao desespero cego, à beira de uma revolta violenta, é necessário manter a ordem por todos os meios disponíveis. O que se há de fazer quando se tem de lidar com gente?

Stadler não respondeu.

Uma mulher gorda e gelatinosa, com um sutiã pequeno demais sob um vestido escuro e manchado de suor, dizia ao microfone – e Stadler não conseguia acreditar no que ouvia de início – que a nova invenção devia ser recebida com gratidão em particular pelas mães do país.

Ele desviou a vista. Ao olhá-lo, Ferris não viu nada além da linha nobre de sua testa alta e a ruga amarga no canto da boca.

De repente, fora de contexto, sem aviso prévio, Robert Stadler se virou para ele. Foi como um esguicho de sangue brotando de uma ferida quase cicatrizada que se abrisse de repente: no rosto de Stadler estavam estampados o horror, a dor, a sinceridade, como se naquele momento ele e Ferris fossem seres humanos. Ele gemeu, com desespero e incredulidade:

– Num século civilizado, Ferris, num século civilizado!

O Dr. Ferris se deu ao luxo de dar uma risadinha prolongada e discreta.

– Sei lá do que o senhor está falando! – respondeu ele, como quem faz uma citação. Stadler baixou a vista.

Quando Ferris falou de novo, havia em sua voz um leve toque de algo que Stadler não pôde identificar, só que era certamente algo inadmissível numa conversa civilizada.

– Seria uma infelicidade – disse Ferris – se acontecesse qualquer coisa que ameaçasse o Instituto Científico Nacional. Seria uma infelicidade se ele fosse fechado, ou se algum de nós fosse obrigado a deixá-lo. Para onde iríamos? Hoje em dia o cientista é um luxo exorbitante, e não restam muitas pessoas e instituições que possam arcar com as necessidades mais prementes, quanto mais os luxos. Não há portas abertas para nós. Não seríamos bem recebidos nos departamentos de pesquisa de indústrias como... a Siderúrgica Rearden. Além disso, se fizéssemos algum inimigo, o mesmo inimigo seria temido por todo aquele que se sentisse tentado a nos empregar. Um homem como Rearden lutaria por nós. Será que um homem como Orren Boyle faria o mesmo? Mas tudo isso não passa de especulação teórica, porque na prática todas as instituições privadas de pesquisa foram fechadas pelo Decreto 10.289, de autoria, caso não saiba, do Sr. Wesley Mouch. Será que o senhor está pensando nas universidades? Elas estão na mesma situação. Não podem fazer inimigos. Quem nos defenderia? Talvez um homem como Hugh Akston nos defendesse, mas pensar nisso é cair num anacronismo. Ele pertencia a uma era passada. As condições vigentes em nossa atual realidade socioeconômica há muito tempo tornaram impossível a existência de homens do tipo dele. E não creio que o Dr. Simon Pritchett e os membros da geração por ele formada possam ou queiram nos defender. Jamais acreditei na eficácia dos idealistas. O senhor acredita? Seja como for, na era em que vivemos não há lugar para idealismos pouco práticos. Se alguém quisesse atacar uma política do governo, de que modo se manifestaria? Por intermédio desses cavalheiros da imprensa, Dr. Stadler? Desse microfone? Haverá ainda algum jornal independente no país? Uma estação de rádio que não seja controlada? Ou qualquer propriedade privada? Ou uma opinião pessoal? – Agora estava claro: era o tom de voz de um rufião. – Eis o único luxo ao qual hoje em dia *ninguém* se pode "dar": ter uma opinião pessoal.

Os lábios do Dr. Stadler se mexeram, duros, como os músculos das cabras:

– O senhor está falando com Robert Stadler.

– Sei disso. Justamente porque sei é que estou falando. "Robert Stadler" é um nome ilustre, e eu acharia terrível se ele fosse destruído. Mas o que é um nome ilustre hoje em dia? Ilustre para quem? – Indicou as arquibancadas com um gesto. – Para essas pessoas que o senhor vê ao seu redor? Se elas acreditam quando lhes dizem que um instrumento de morte é um instrumento de prosperidade, também não acreditariam se lhes dissessem que Robert Stadler é um traidor e um inimigo do Estado? O senhor acha que teria importância o fato de que isso não é verdade? Está pensando na verdade, Dr. Stadler? As questões de verdadeiro ou falso não entram em jogo nas questões sociais. Os princípios não têm qualquer influência sobre as questões públicas. A razão não tem nenhum poder sobre os seres humanos. A lógica é impotente. A moralidade é supérflua. Não me responda agora, Dr. Stadler. O senhor vai me responder ao microfone. É o próximo orador.

Contemplando o risco escuro da fazenda ao longe, o Dr. Stadler sabia que o que estava sentindo era terror, mas não se permitiu pensar na natureza daquele terror. Ele, que fora capaz de estudar as partículas e subpartículas do espaço cósmico, não se permitia examinar seu sentimento e constatar que ele era constituído de três partes. Uma delas era o terror de uma visão que lhe parecia crescer diante de seus olhos, a imagem da inscrição gravada, em sua homenagem, à porta do Instituto: "À mente destemida, à verdade inviolável." Outra parte era o medo animal, irracional, da destruição física, um medo humilhante que, no mundo civilizado de sua juventude, ele julgava que jamais viria a experimentar. E a terceira parte era a terrível constatação de que, ao se trair a primeira, cai-se necessariamente no mundo da segunda.

Com passos firmes e lentos, caminhou em direção ao palanque dos oradores, a cabeça erguida, os papéis do discurso amarrotados em sua mão. Parecia estar caminhando para a forca ou para a guilhotina. Assim como toda a vida da pessoa lhe aparece no instante da morte, ele caminhava ouvindo a voz do apresentador lendo, para toda a nação, a lista das realizações de Robert Stadler. Uma leve convulsão percorreu o rosto de Stadler ao ouvir as palavras "ex-diretor do departamento de física da Universidade Patrick Henry". E percebeu – de certa distância, não como se o conhecimento do fato estivesse dentro de si, mas em alguma pessoa que ele estivesse deixando para trás – que a multidão estava prestes a assistir a um ato de destruição mais terrível do que a demolição da fazenda.

Ele já havia subido os três primeiros degraus do palanque quando um jovem jornalista correu em sua direção e agarrou o corrimão para detê-lo.

– Dr. Stadler! – exclamou ele, num sussurro desesperado. – Diga-lhes a verdade! Diga-lhes que o senhor nada teve a ver com isso! Diga-lhes o que representa essa máquina infernal e para que fim ela deverá ser usada! Diga à nação que espécie de gente está querendo governá-la! Ninguém poderá questionar sua palavra! Diga-lhes a verdade! Salve-nos! Só o senhor pode fazer isso!

Stadler olhou para baixo. O jornalista era jovem, e seus movimentos e sua voz tinham uma clareza rápida e intensa que é a marca da competência. Entre seus colegas mais velhos, corruptos, que haviam chegado aonde estavam graças a favores e proteção, ele se destacara como repórter político graças à sua inegável competência.

Em seus olhos via-se uma inteligência ansiosa e destemida – eram como os olhos que no passado o Dr. Stadler vira nas salas de aula. Percebeu que os olhos do rapaz eram castanho-claros levemente esverdeados.

Stadler se virou e viu que Ferris correra até ele, como um criado ou carcereiro.

– Não admito ser insultado por jovens marginais desleais movidos por intuitos traidores – disse o Dr. Stadler bem alto.

Ferris se virou imediatamente para o rapaz, com o rosto distorcido pela raiva motivada pelo inesperado da coisa, e gritou:

– Me dê suas credenciais de jornalista e sua licença de trabalho!

– Orgulho-me – disse o Dr. Robert Stadler ao microfone para a nação atenta, lendo o papel que tinha na mão – de saber que meus anos de trabalho a serviço da ciência me concederam a honra de colocar nas mãos de nosso grande líder, o Sr. Thompson, um novo instrumento com um potencial incalculável de influência civilizadora e libertadora sobre a mente do homem...

◆ ◆ ◆

O céu tinha um hálito estagnado de fornalha, e as ruas de Nova York eram como canos em que corresse não ar e luz, e sim poeira derretida. Dagny estava parada numa esquina, onde saltara do ônibus do aeroporto, contemplando a cidade com um espanto passivo. Os prédios pareciam desgastados por semanas de calor estival, mas as pessoas pareciam desgastadas por séculos de angústia. Ela ficou a contemplá-las, presa de uma imensa sensação de irrealidade.

Era essa a única sensação que ela vinha experimentando desde o início daquela manhã – desde o momento em que, após caminhar por uma estrada vazia, entrara numa cidade desconhecida e perguntara ao primeiro passante onde ela estava.

– Watsonville.

– Que estado, por favor?

O homem olhou para ela e respondeu:

– Nebraska.

E foi logo se afastando.

Dagny sorrira com tristeza, sabendo que o homem devia estar imaginando de onde ela estava vindo, e que nenhuma explicação que ele fosse capaz de imaginar seria tão fantástica quanto a verdade. Porém era Watsonville que lhe parecia fantástica, enquanto ela caminhava pelas ruas da cidade em direção à estação ferroviária. Havia perdido o hábito de encarar o desespero como o aspecto normal e dominante da existência humana, tão normal que passava despercebido. Ao vê-lo agora, sentia o impacto de sua inutilidade insensata. Via a marca da dor e do medo nos rostos das pessoas, e a expressão de quem evita encarar uma realidade desagradável – pareciam estar todos participando de um imenso fingimento, representando um ato que visava exorcizar a realidade, deixando que o mundo permanecesse invisível, recusando-se a viver, com medo de algo sem nome e proibido –, porém o que era proibido era o simples ato de encarar a natureza da dor que sentiam e questionar a obrigação de suportá-la. Via isso com tanta clareza que sentia uma vontade insistente de se aproximar dos estranhos que passavam por ela, sacudi-los, rir na cara deles e gritar: "Parem com isso!"

Não havia motivo para as pessoas serem tão infelizes, pensava. Não havia razão nenhuma. E então se lembrava de que a razão era precisamente a força que elas haviam expulsado de suas vidas.

Pegou um trem da Taggart rumo ao aeroporto mais próximo. Não se identificou para ninguém, pois parecia irrelevante fazê-lo. Sentou-se ao lado da janela num vagão de segunda classe, como uma estrangeira que tem de aprender a língua ininteligível das pessoas ao seu redor. Pegou um jornal que alguém havia largado ali. Com certo esforço, conseguiu entender o que estava escrito, mas não compreendeu por que alguém se dera ao trabalho de escrever coisas tão infantis e sem sentido. Surpresa, leu numa coluna de Nova York um trecho muito enfático, segundo o qual o Sr. James Taggart afirmava que a irmã havia falecido num desastre de avião e que eram portanto falsos certos rumores impatrióticos que circulavam. Lentamente, lembrou-se do Decreto 10.289 e se deu conta de que Jim estava constrangido com as suspeitas de que ela havia desertado.

A redação do parágrafo dava a entender que seu desaparecimento tivera muita repercussão e ainda estava sendo discutido. Isso era indicado por outros fatos: uma menção à trágica morte da Srta. Taggart num artigo sobre o número crescente de desastres de avião – e, na última página, um anúncio oferecendo uma recompensa de 100 mil dólares para quem encontrasse os destroços de seu avião, assinado por Henry Rearden.

Esse anúncio foi como uma pontada; o restante parecia não ter significado. Então, lentamente, compreendeu que sua volta era um acontecimento, seria uma notícia importante. Sentiu um cansaço letárgico diante da perspectiva de uma recepção emocionante, de encarar Jim e a imprensa, de testemunhar toda a confusão que haveria. Seria bom se ela não precisasse estar presente àquilo tudo.

No campo de pouso, viu um repórter de jornal do interior entrevistando alguns funcionários do governo que estavam embarcando no avião. Esperou até que ele terminasse. Então se aproximou dele e lhe mostrou seus documentos, fazendo-o arregalar os olhos, e dizendo:

– Sou Dagny Taggart. Por favor, avise que estou viva e estarei em Nova York hoje à tarde.

O avião estava prestes a decolar, então ela pôde escapar da necessidade de responder a perguntas.

Dagny contemplou as planícies, os rios, as cidades que passavam a uma distância inacessível e percebeu que a sensação de distanciamento que se tem de um avião quando se olha para a Terra era a mesma que ela sentia quando olhava para as pessoas, só que a distância entre ela e as pessoas parecia ainda maior.

Os passageiros estavam ouvindo alguma transmissão radiofônica, que, a julgar por seus rostos, devia ser importante. De vez em quando ouvia vozes enganosas falando a respeito de uma nova invenção que ia trazer benefícios indefinidos ao bem-estar de um público indefinido. As palavras eram evidentemente escolhidas com a intenção de não expressar qualquer significado específico. Ela não entendia como alguém podia fingir que aquilo que estava ouvindo era um discurso, porém era isso que os passageiros estavam fazendo. Eram como crianças que, ainda sem terem aprendido a ler, abrem um livro e dizem em voz alta o que bem entendem, fazendo de conta que estão lendo as linhas incompreensíveis à sua frente. *Só que*, pensou Dagny, *a criança sabe que está brincando de faz de conta, ao passo que essas pessoas fingem que não estão fingindo: é a única forma de vida que conhecem.*

Ainda estava tomada pela sensação de irrealidade quando o avião aterrissou, quando conseguiu escapulir despercebida de uma multidão de repórteres – pegando o ônibus do aeroporto em vez de ir para o ponto de táxi –, e quando, após a viagem de ônibus, se viu numa calçada de Nova York, contemplando-a. Parecia uma cidade abandonada.

Não sentiu que estava chegando a casa ao entrar em seu apartamento. Parecia que aquele lugar era uma máquina que ela usava para algum objetivo totalmente desprovido de importância.

Porém sentiu sua energia despertar, como se uma névoa começasse a se dissipar – um toque de significado – quando pegou o telefone e ligou para o escritório de Rearden na Pensilvânia.

– Ah, Srta. Taggart... Srta. Taggart! – exclamou, gemendo de felicidade, a voz da severa e fria Srta. Ives.

– Alô, Srta. Ives. Não a assustei, assustei? A senhorita não sabia que eu estava viva?

– Ah, sabia, sim! Ouvi no rádio hoje de manhã.

– O Sr. Rearden está?

– Não, senhorita. Ele... ele está nas montanhas Rochosas, procurando... quer dizer...

– Sei, sei. A senhorita sabe como eu posso entrar em contato com ele?

– Ele deve ligar a qualquer momento. Deve estar pousando agora mesmo em Los Gatos, Colorado. Liguei para ele assim que ouvi a notícia, mas ele não estava, e deixei recado para ele me ligar. É que passa a maior parte do tempo voando, mas vai me ligar assim que voltar para o hotel.

– Qual é o nome do hotel?

– Hotel Eldorado, em Los Gatos.

– Obrigada, Srta. Ives. – Dagny ia desligar.

– Ah, Srta. Taggart!

– Sim?

– O que aconteceu com a senhorita? Onde estava?

– Eu... eu lhe digo depois. Estou em Nova York. Quando o Sr. Rearden telefonar, diga que estou no meu escritório.

– Sim, senhorita.

Dagny desligou, porém sua mão permaneceu sobre o telefone, apegada a seu primeiro contato com um assunto de importância. Olhou para o apartamento ao seu redor e para a cidade lá fora. Não sentia nenhuma vontade de voltar à névoa morta de um mundo sem significado.

Pegou o fone e ligou para Los Gatos.

– Hotel Eldorado – disse uma voz sonolenta e ressentida de mulher.

– Por favor, queria deixar um recado para o Sr. Henry Rearden. Quando ele chegar, peça-lhe que...

– Um minuto, por favor – disse a voz, arrastada, no tom impaciente de quem se ressente de ter que fazer qualquer esforço, encarando-o como uma imposição.

Ouviu estalidos, zumbidos, intervalos de silêncio e de repente uma voz de homem, firme e clara:

– Alô?

Era Hank Rearden.

Ela olhou para o fone como se fosse o cano de uma arma, sentindo-se incapaz de respirar.

– Alô? – repetiu ele.

– Hank, é você?

Dagny ouviu um som baixo, mais um suspiro do que uma interjeição, e depois um silêncio longo, pontuado por estalidos.

– Hank! – Nada. – Hank! – gritou, apavorada. Pareceu-lhe ouvir um sussurro, que não era uma pergunta, e sim uma afirmação, que dizia tudo:

– Dagny.

– Hank, desculpe... ah, querido, desculpe! Você não sabia?

– Onde você está, Dagny?

– Você está bem?

– Claro.

– Você não sabia que eu voltei, que eu estou... viva?

– Não... não sabia.

– Ah, meu Deus, desculpe eu ter ligado, eu...

– O que você está dizendo? Dagny, onde você está?

– Em Nova York. Você não ouviu no rádio?

– Não. Acabei de chegar.

– Não lhe deram recado para ligar para a Srta. Ives?

– Não.

– Você está bem?

– Agora?

Dagny ouviu-o rir baixinho. Estava ouvindo um riso preso há muito tempo, o som da juventude, cada vez mais intenso em sua voz.

– Quando você voltou? – perguntou ele.

– Hoje de manhã.

– Dagny, onde você estava?

Ela não respondeu imediatamente.

– Meu avião caiu – disse ela. – Nas montanhas Rochosas. Umas pessoas me encontraram e me ajudaram, mas não pude me comunicar com ninguém.

Ele parou de rir:

– Foi coisa séria?

– Ah... ah, o desastre? Não. Não me machuquei. Não muito.

– Então por que não pôde avisar ninguém?

– Não havia... nenhum meio de comunicação.

– Por que você demorou tanto para voltar?

– Eu... não posso explicar agora.

– Dagny, você estava em perigo?

O toque ao mesmo tempo alegre e triste em seu tom de voz era quase de arrependimento:

– Não.

– Você estava presa?

– Não... não exatamente.

– Então você podia ter voltado antes, mas não voltou?

– É verdade, mas não posso lhe dizer mais nada.

– Onde é que você estava, Dagny?

– Você se importa se a gente deixar para falar sobre isso depois? Quando eu estiver com você, podemos conversar.

– Está bem. Não vou fazer mais perguntas. Me diga só uma coisa: você está bem agora?

– Se estou bem? Estou.

– Quer dizer, sofreu algum ferimento sério, alguma coisa de consequências permanentes?

Em tom descontraído e sério ao mesmo tempo, ela respondeu:

– Ferimento, não, Hank. Quanto a consequências permanentes, não sei.

– Você vai estar em Nova York hoje à noite?

– Mas claro. Eu... voltei para ficar.

– É mesmo?

– Por que você pergunta isso?

– Não sei, acho que porque... porque já me acostumei a procurar por você e não encontrar.

– Eu voltei.

– Está certo. Até daqui a algumas horas. – Fez uma pausa, como se o significado daquela frase fosse forte demais para ser verdadeiro. – Daqui a algumas horas – repetiu, com firmeza.

– Vou estar aqui.

– Dagny...

– Sim?

Rearden deu uma risadinha.

– Nada, nada. Só queria ouvir a sua voz mais um pouco. Desculpe. Quer dizer, não isso. Quer dizer, não quero dizer nada agora.

– Hank, eu...

– Depois, minha querida. Até logo.

Ela ficou olhando para o telefone mudo. Pela primeira vez desde que chegara de volta, sentiu uma dor violenta, mas que a fez sentir-se viva, porque valia a pena senti-la.

Ligou para sua secretária na Taggart Transcontinental, só para dizer que estaria no escritório em meia hora.

A estátua de Nathaniel Taggart era uma coisa real, Dagny sentiu ao encará-la no Terminal Taggart. Teve a impressão de que ela e a estátua estavam sozinhas num grande templo repleto de ecos, com fantasmas sem forma e sem substância aparecendo e sumindo ao redor delas. Ficou parada, olhando para a estátua, como se estivesse se dedicando a ela por um momento. Voltei – era essa a única palavra que Dagny tinha para lhe oferecer.

No vidro da porta de sua sala, ainda se lia a inscrição "Dagny Taggart". Quando entrou na antessala, viu nos rostos de sua equipe a expressão de uma pessoa que está morrendo afogada e vê uma corda salva-vidas. Viu Eddie Willers em pé atrás de sua mesa, no cubículo de vidro, com um homem à sua frente. Ele fez menção de se aproximar dela, porém parou, como se estivesse preso. Dagny cumprimentou com os olhos cada uma das pessoas ao seu redor, sorrindo para elas como quem sorri para crianças condenadas à morte, e depois caminhou em direção à mesa de Willers.

Ele olhava para ela como se não visse mais nada no mundo, porém permanecia parado, rígido, como se para fingir que estava prestando atenção ao homem à sua frente.

– Locomotiva? – dizia o homem, com uma voz ao mesmo tempo brusca, em *staccato*, e arrastada e anasalada. – Locomotiva não é problema. É só pegar...

– Oi – disse Willers, baixinho, com um sorriso contido, como se estivesse se dirigindo a uma visão longínqua.

O homem se virou para olhar para ela. Tinha uma pele amarelada, cabelos crespos, um rosto duro com músculos macios, e a beleza revoltante dos padrões estéticos dos botequins. Seus olhos castanhos baços eram vazios como vidro.

– Srta. Taggart – disse Willers, com um tom severo, como se estivesse dando um tabefe no homem, para ele aprender a se comportar direito num lugar de respeito, coisa que ele jamais vira antes –, apresento-lhe o Sr. Meigs.

– Prazer – disse o homem, sem interesse, e se virou para Willers como se ela não estivesse presente, prosseguindo: – É só pegar os Cometas de amanhã e de terça-feira e mandar as locomotivas para o Arizona para transportar as toranjas, usando todos os vagões que iam transportar o carvão de Scranton. Dê as ordens imediatamente.

– De jeito nenhum! – exclamou Dagny, achando aquilo tão inacreditável que nem ficou zangada.

Willers não disse nada.

Meigs olhou para ela com uma expressão que teria sido de espanto se seus olhos fossem capazes de exprimir uma reação qualquer.

– Dê as ordens – disse ele a Willers, sem nenhuma ênfase especial, e saiu.

Willers fazia anotações num pedaço de papel.

– Você está maluco? – perguntou ela.

Ele levantou a vista para ela, com um olhar exausto, como quem tomou uma surra demorada.

– Não tem jeito, Dagny – disse ele, com uma voz sem vida.

– O que é aquilo? – perguntou ela, apontando em direção à porta pela qual o Sr. Meigs acabara de sair.

– O diretor de unificação.

– *O quê?*

– O representante do governo encarregado do Plano de Unificação das Ferrovias.

– O que é isso?

– É... Ah, espere, Dagny, você está bem? Você se machucou? O avião caiu?

Dagny jamais imaginara como seria o rosto de Eddie Willers quando ele começasse a envelhecer, mas era o que estava vendo agora – havia envelhecido aos 35 anos, e no intervalo de um mês. Não era uma questão de textura nem de rugas; era o mesmo rosto com os mesmos músculos, só que saturado de resignação, de dor aceita como algo inevitável.

Ela sorriu, com carinho e confiança, compreendendo, pondo de lado todos os problemas, e disse, estendendo a mão:

– Estou bem, Eddie. Oi.

Ele lhe tomou a mão e a levou aos lábios, algo que jamais fizera antes, uma atitude que não era nem ousada nem humilde, apenas pessoal.

– O avião caiu, sim – disse ela –, e para você não ficar preocupado, Eddie, vou lhe dizer a verdade: não me machuquei muito, não. Mas não é isso que vou dizer à imprensa e aos outros. Portanto, não comente nada com ninguém.

– Claro.

– Eu não tinha como me comunicar com ninguém, mas não que eu estivesse ferida. Não posso lhe dizer mais nada, Eddie. Não me pergunte onde estive nem por que demorei tanto para voltar.

– Está bem.

– Agora me diga: o que é o Plano de Unificação das Ferrovias?

– É... Ah, Dagny, se você não se importa, prefiro que o Jim lhe explique. Não se preocupe, que ele vai explicar logo. É que eu não tenho estômago... a menos que você queira que eu fale – acrescentou, com esforço, por disciplina.

– Não, não é preciso. Me diga só se eu entendi bem: o tal unificador quer que você cancele o Cometa por dois dias a fim de usar as locomotivas para transportar toranjas no Arizona?

– Isso.

– E cancelou um trem transportador de carvão para usar os vagões no transporte das toranjas?

– É...

– *Toranjas?*

– Isso mesmo.

– Por quê?

– Dagny, "por quê" é uma expressão que não se usa mais.

Após uma pausa, ela perguntou:

– Você faz ideia do motivo?

– Se eu faço ideia? Eu sei o motivo.

– Então o que é?

– O trem é para os irmãos Smather. Eles compraram uma plantação de toranjeiras no Arizona há um ano, de um homem que foi à falência por causa da Lei da Igualdade de Oportunidades. A plantação era dele havia 30 anos. Um ano antes os irmãos Smather viviam de rifas. Compraram a plantação por meio de um empréstimo do governo para auxiliar regiões necessitadas, como o Arizona. Eles têm amigos em Washington.

– E daí?

– Dagny, todo mundo sabe. Todos sabem como andam os horários dos trens de três semanas para cá e por que alguns distritos e alguns clientes conseguem transporte e outros não. Só que a gente tem que fazer de conta que não sabe. Temos que fingir que acreditamos que todas as decisões são tomadas para o "bem-estar do público" – e que o bem-estar da cidade de Nova York exige que grande quantidade de toranjas seja transportada imediatamente. – Willers fez uma pausa e acrescentou: – O diretor de unificação é quem decide o que é bem-estar do público e é a autoridade única no que diz respeito à utilização de locomotivas e vagões de qualquer ferrovia nos Estados Unidos.

Houve um momento de silêncio.

– Entendo – disse ela. Em seguida perguntou: – O que fizeram com relação ao túnel de Winston?

– Ah, foi abandonado há três semanas. Nem chegaram a desenterrar os trens. O equipamento pifou.

– E os planos de reconstruir a velha linha que contornava o túnel?

– Também foram abandonados.

– Então não estamos mais realizando transportes transcontinentais?

Willers lhe dirigiu um olhar estranho.

– Ah, estamos, sim – disse, sarcástico.

– Via desvio da Ocidental de Kansas?

– Não.

– Eddie, o que aconteceu de um mês para cá?

Ele sorriu, como se suas palavras fossem uma confissão:

– Estamos ganhando dinheiro de um mês para cá.

Dagny viu se abrir a porta do corredor e entrar James Taggart, acompanhado do Sr. Meigs.

– Eddie, você gostaria de estar presente a esta reunião? – perguntou ela. – Ou prefere não ir?

– Prefiro estar presente.

O rosto de Jim parecia um pedaço de papel amassado, embora sua carne macia e inchada não estivesse mais enrugada que antes.

– Dagny, temos muita coisa a estudar, uma série de mudanças importantes que... – disse ele num tom estridente, como se sua voz chegasse antes dele. – Ah, é um prazer tê-la de volta, sã e salva – acrescentou, impaciente, lembrando-se. – Mas há uma questão urgente...

– Vamos à minha sala – disse ela.

Sua sala era como uma reconstituição histórica, restaurada e mantida por Eddie Willers. O mapa, o calendário, o retrato de Nat Taggart estavam nas paredes. Não restava nenhum vestígio dos tempos de Clifton Locey.

– Posso me considerar ainda vice-presidente de operações desta rede? – perguntou ela, sentando-se à sua mesa.

– Mas é claro – apressou-se Taggart a responder, num tom de acusação, quase de desafio. – É claro que é, você não se demitiu, não é?

– Não, não me demiti.

– Bem, a coisa mais urgente é dizer isso à imprensa, anunciar que você voltou, que está trabalhando e onde você estava e... aliás, onde é mesmo que você estava?

– Eddie – disse ela –, por favor, anote e despache o seguinte comunicado à imprensa: meu avião teve uma pane quando eu estava sobrevoando as montanhas Rochosas, indo em direção ao Túnel Taggart. Me perdi, tentei fazer uma aterrissagem forçada e caí numa região montanhosa desabitada, no Wyoming. Fui encontrada por um velho pastor e sua esposa, que me levaram para a cabana deles, no meio do mato, a 80 quilômetros da vila mais próxima. Eu estava muito machucada, e fiquei inconsciente a maior parte do tempo durante duas semanas. O velho casal não tinha telefone, rádio, nenhum meio de comunicação ou transporte, apenas um caminhão velho que pifou quando eles tentaram usá-lo. Tive que ficar com eles até me restabelecer o bastante para poder andar. Caminhei os 80 quilômetros até o sopé da serra, então peguei uma carona até uma estação da Taggart em Nebraska.

– Sei – disse Taggart. – Bem, quando você der a entrevista coletiva...

– Não vou dar nenhuma entrevista coletiva.

– O quê? Mas eles estão me telefonando o dia todo! Estão esperando! É essencial! – Parecia estar em pânico. – É de importância crucial!

– Quem está telefonando o dia todo?

– Gente de Washington... e outros... Estão aguardando sua declaração.

Dagny apontou para as anotações feitas por Willers:

– Eis a minha declaração.

– Mas isso não basta! Você tem que dizer que não pediu demissão.

– Mas isso está na cara, não é? Eu estou aqui.

– Você tem que dizer alguma coisa.

– Que tipo de coisa?

– Uma coisa pessoal.

– A quem?

– À nação. As pessoas estavam preocupadas. Você tem que tranquilizá-las.

– Se alguém estava preocupado comigo, vai se sentir tranquilizado com a minha declaração.

– Não é isso que eu quero dizer!

– Então o que quer dizer?

– Quero dizer que... – Parou, evitando o olhar de Dagny. – Quero dizer... – Sentou-se, procurando as palavras, estalando as juntas dos dedos.

Taggart estava nas últimas, pensou ela. A impaciência nervosa, a voz estridente, o ar de pânico eram coisas novas. Explosões grotescas de ameaça impotente haviam substituído sua postura de autocontrole cauteloso.

– Quero dizer... – Ele estava tentando encontrar as palavras que exprimissem o que queria dizer sem exprimi-lo, pensou ela, que a fizessem compreender aquilo que ele não queria que fosse compreendido. – Quero dizer, o público...

– Sei o que você quer dizer – disse ela. – Não, Jim, não vou tranquilizar o público a respeito do estado da nossa empresa.

– Ora, já vai você...

– O público tem mais é que ficar intranquilo, o que aliás é sinal de bom senso da parte dele. Agora, vamos ao que interessa.

– Eu...

– Vamos ao que interessa, Jim.

Ele olhou para o Sr. Meigs, que estava sentado, sem dizer nada, de pernas cruzadas, fumando um cigarro. Usava uma jaqueta que parecia uma túnica militar, mas não era. A carne de seu pescoço extravasava do colarinho, e a carne de seu corpo forçava a cintura estreita da calça que visava disfarçar a gordura. Usava um anel com um brilhante amarelo grande que refulgia quando ele mexia os dedos curtos e grossos.

– Você já conhece o Sr. Meigs – disse Taggart. – Que bom, vocês dois vão se entender muito bem. – Fez uma pausa, esperando alguma reação, mas nenhum dos dois disse nada. – O Sr. Meigs é o representante do Plano de Unificação das Ferrovias. Você vai ter muitas oportunidades de cooperar com ele.

– O que é o Plano de Unificação das Ferrovias?

– É um... um novo dispositivo nacional que entrou em vigor três semanas atrás, e que você vai entender e aprovar e achar muito prático. – Dagny ficou deslumbrada com a futilidade do método de Taggart: ele agia como se, ao especificar qual seria sua opinião de antemão, tornasse impossível que ela a alterasse depois. – É um plano de emergência que salvou o sistema nacional de transportes.

– Como é o plano?

– Naturalmente, você está a par das imensas dificuldades de se realizar qualquer obra no atual período de emergência. Temporariamente, não se podem construir ferrovias. Assim, o principal problema do país é preservar o setor de transportes *como um todo*, preservar as redes existentes tais como estão. A sobrevivência da nação exige que...

– Como é o plano?

– Como política de sobrevivência nacional, todas as ferrovias do país foram unificadas numa rede única, compartilhando seus recursos. Toda a renda bruta das redes é entregue à Junta de Unificação das Ferrovias em Washington, que atua como síndico de todo o setor e divide o total da renda entre as diversas ferrovias, segundo um... um princípio de distribuição mais moderno.

– Que princípio?

– Não se preocupe, que os direitos de propriedade foram integralmente preservados e protegidos, só que sob uma nova forma. Cada ferrovia continua responsável por suas próprias operações, seus horários e a manutenção de suas linhas e seus equipamentos. Como contribuição ao plano de unificação, toda ferrovia permite que qualquer outra utilize seus recursos de graça, quando necessário. No fim do ano, a Junta distribui o total da renda bruta, e cada ferrovia recebe determinada quantia, não como se fazia pelo método antigo – pelo número de viagens ou pela tonelagem de carga transportada –, e sim com base na necessidade da ferrovia. Assim, como a preservação da linha é a principal necessidade, cada ferrovia é paga em função da quilometragem das linhas de sua propriedade e por ela conservadas.

Dagny ouvia as palavras e entendia seu significado, mas não conseguia lhes conceder realidade – reagir com raiva, preocupação, oposição. Era uma loucura, um pesadelo, que só se baseava no faz de conta. Sentiu uma apatia, um vazio, e teve

873

a sensação de que estava sendo jogada num mundo no qual a indignação moral é irrelevante.

– Que trilhos estamos utilizando para nosso transporte transcontinental? – perguntou ela com uma voz seca e sem inflexões.

– Ora, os nossos, naturalmente – respondeu Taggart mais que depressa –, quer dizer, de Nova York a Bedford, Illinois. Daí em diante usamos os da Sul-Atlântica.

– Até São Francisco?

– É bem mais rápido do que pelo longo desvio que você tentou utilizar.

– Nós usamos os trens sem pagar pelo uso dos trilhos?

– Além disso, o seu desvio não ia durar, porque os trilhos da Ocidental de Kansas estavam estragados, e...

– Sem pagar nada pelo uso dos trilhos da Sul-Atlântica?

– Bem, mas eles usam a nossa ponte no Mississipi e a gente não cobra nada.

Depois de uma pausa, Dagny perguntou:

– Você já consultou um mapa?

– Claro – disse Meigs, inesperadamente. – Vocês têm mais quilometragem do que qualquer outra rede do país. Assim, não têm com que se preocupar.

Willers caiu na gargalhada.

Meigs olhou para ele com um olhar vazio.

– O que deu em você? – perguntou ele.

– Nada – disse Willers, num tom cansado. – Nada.

– Sr. Meigs – disse Dagny –, se consultar um mapa, o senhor verá que dois terços dos custos de manutenção de trilhos para nosso transporte transcontinental recaem sobre uma outra companhia.

– É claro – disse ele, porém seus olhos se apertaram, desconfiados, como se não entendesse por que ela fizera uma afirmação tão explícita.

– Enquanto nós recebemos por quilômetros de trilhos inúteis, que não são usados para nada – disse Dagny.

Meigs compreendeu e se recostou em sua cadeira, como se a discussão não lhe interessasse mais.

– Isso não é verdade! – exclamou Taggart. – Estamos usando muitos trens locais para servir a região por onde passava a nossa linha transcontinental: Iowa, Nebraska e Colorado, e, do outro lado do túnel, Califórnia, Nevada e Utah.

– Estamos operando dois trens locais por dia – disse Willers no tom seco e inocente de um relatório. – Menos ainda, em alguns lugares.

– O que determina o número de trens que cada linha é obrigada a utilizar? – perguntou Dagny.

– O bem-estar do público – respondeu Taggart.

– A Junta de Unificação – disse Willers.

– Quantos trens foram eliminados no país nas últimas três semanas?

– Na verdade – disse Taggart, ansioso –, o plano ajudou a harmonizar o setor e a eliminar a concorrência desenfreada.

– Eliminou 30 por cento dos trens do país – disse Eddie. – A única concorrência que há agora é nos requerimentos dirigidos à Junta pedindo permissão para cancelar trens. A ferrovia que sobreviver vai ser aquela que conseguir ficar sem trem nenhum.

– Alguém já calculou quanto tempo a Sul-Atlântica vai poder continuar funcionando?

– Isso não é da sua... – foi dizendo Meigs.

– *Por favor*, Cuffy! – exclamou Taggart.

– O presidente da Sul-Atlântica – disse Willers, impassível – se suicidou.

– Isso não tem nada a ver! – gritou Taggart. – Foi por problemas pessoais.

Dagny ficou calada, olhando para eles. Ainda havia um toque de espanto na sua indiferença entorpecida: Jim sempre conseguira fazer com que seus fracassos desabassem sobre as companhias mais fortes ao seu redor, e sobreviver fazendo com que elas arcassem com as consequências de seus erros, como fizera com Dan Conway e com as indústrias do Colorado. Mas isso agora não tinha nem sequer a racionalidade de um saque – atacar os restos mortais de um concorrente mais fraco, já quase falido, só para ganhar mais alguns instantes, colocando apenas um osso frágil entre si próprio e o abismo.

O hábito da razão quase a levou a falar, a discutir, a demonstrar o óbvio, porém Dagny olhou para os rostos dos homens e viu que eles sabiam. Em algum sentido diferente do dela, de algum modo inconcebível para ela, eles tinham consciência de tudo o que ela poderia lhes dizer. Era inútil provar para eles o horror irracional do que eles estavam fazendo e de suas consequências. Tanto Meigs quanto Taggart estavam cientes disso – e o segredo dessa consciência eram os meios pelos quais eles fugiam à finalidade do que sabiam.

– Estou entendendo – disse ela em voz baixa.

– Mas o que você queria que eu fizesse? – gritou Taggart. – Abandonasse o nosso tráfego transcontinental? Abrisse falência? Transformasse a ferrovia numa porcaria de uma rede local da Costa Leste? – As duas palavras pronunciadas por Dagny pareciam tê-lo atingido com mais violência do que qualquer objeção indignada o teria feito. Ele parecia tremer de pavor ante aquilo que Dagny afirmara estar entendendo. – Eu não pude fazer nada! Nós precisávamos de uma linha transcontinental! Não havia como contornar o túnel! Não tínhamos dinheiro para arcar com quaisquer custos adicionais! Alguma coisa precisava ser feita! Precisávamos de trilhos!

Meigs o encarava com um olhar misto de surpresa e asco.

– Não estou discutindo, Jim – disse Dagny secamente.

– Não podíamos deixar que uma rede ferroviária como a Taggart Transcontinental acabasse! Teria sido uma catástrofe de dimensões nacionais! Tínhamos que pensar em todas as cidades e indústrias e clientes e passageiros e funcionários e acionistas cujas vidas dependem de nós! Não foi só pensando em nós, e sim no bem-estar do público! Todos concordam que o Plano de Unificação das Ferrovias é uma coisa prática! Os mais bem informados...

– Jim – disse Dagny –, se você tem mais alguma coisa para me dizer, diga.

– Você nunca considera o aspecto social das coisas – disse ele num tom aborrecido, recuando.

Ela percebeu que essa forma de fingimento era tão irreal para o Sr. Meigs quanto o era para ela, ainda que pela razão oposta. Ele estava encarando Jim com desprezo e tédio. De repente, Dagny entendeu que Jim era um homem que havia tentado encontrar um caminho intermediário entre dois polos – Meigs e ela própria – e que agora estava vendo que seu caminho estava se estreitando e ele seria esmagado entre dois muros retos.

– Sr. Meigs – perguntou ela, com um toque de curiosidade irônica na voz –, qual é seu plano econômico para depois de amanhã?

Os olhos castanhos e sem vida de Meigs se voltaram para ela, sem expressão.

– A senhorita não é prática – disse ele.

– É perfeitamente inútil teorizar a respeito do futuro – interveio Taggart – quando temos de administrar a crise presente. A longo prazo...

– A longo prazo, todos nós estaremos mortos – disse Meigs. Em seguida, se pôs de pé. – Estou de saída, Jim. Não tenho tempo para perder com conversas. – E acrescentou: – Fale com ela a respeito daquele problema dos desastres de trem, para que ela dê um jeito, já que dizem que essa menina é tão boa em matéria de ferrovias.

Meigs disse aquilo sem intenção de ofendê-la – era o tipo de homem que não sabe quando está ofendendo ou sendo ofendido.

– Até mais, Cuffy – disse Taggart, enquanto Meigs saía sem olhar para ninguém.

Taggart fitou Dagny, um olhar cheio de medo e expectativa, como se temesse o comentário que ela iria fazer, mas, ao mesmo tempo, quisesse desesperadamente ouvir alguma palavra de seus lábios, qualquer palavra.

– E então? – perguntou ela.

– O que você quer dizer com isso?

– Tem mais alguma coisa a discutir?

– É, eu... – Parecia decepcionado. – Tenho! – exclamou, em tom de desespero. – Tenho outro assunto a discutir, o mais importante de todos, o...

– O número cada vez maior de desastres ferroviários?

– Não! Nada disso.

– Então o que é?

– É que... você vai se apresentar no programa de rádio de Bertram Scudder hoje à noite.

Ela se recostou em sua cadeira:

– Vou mesmo?

– Dagny, é fundamental, é crucial, não há outra alternativa, recusar-se está fora de questão, em épocas como esta a gente não tem escolha, e...

Ela olhou para o relógio:

– Eu lhe dou três minutos para explicar, se você quer que eu o ouça. E é melhor ser direto.

– Está bem! – disse ele, em desespero. – É considerado da maior importância nos altos escalões, quer dizer, por Chick Morrison, Wesley Mouch e o Sr. Thompson, os mais altos escalões, mesmo, que você faça um discurso à nação, para levantar o moral do povo, sabe, dizendo que não se demitiu.

– Por quê?

– Porque todo mundo pensava que você tivesse se demitido! Você não sabe o que tem acontecido ultimamente, mas... mas é uma coisa meio estranha. O país está cheio de boatos, de todo tipo, sobre todos os assuntos, todos eles perigosos. Quer dizer, prejudiciais. As pessoas só fazem cochichar. Não acreditam nos jornais, não acreditam nos melhores oradores, mas acreditam em todo boato assustador que aparece por aí. As pessoas... as pessoas parecem estar à beira do pânico.

– E daí?

– Um dos problemas é essa história infernal desses grandes empresários que desaparecem sem mais nem menos! Ninguém consegue explicar isso, e está todo mundo assustado. Os boatos mais histéricos andam circulando, mas o que mais se diz é que nenhuma pessoa decente quer trabalhar para essa gente. Quer dizer, o governo. Entende? Você nem imagina que é tão famosa, mas é, ou ficou depois do desastre de avião. Todo mundo achou que você havia desrespeitado a lei, ou seja, o Decreto 10.289, e desertado. As pessoas não... não conseguem entender o decreto, e há muita... agitação. Então, é importante que você fale no rádio, diga às pessoas que não é verdade que o Decreto 10.289 está destruindo a economia, que é uma boa lei que visa ao bem de todos, e que se todo mundo for paciente mais um pouquinho as coisas vão melhorar e a prosperidade vai voltar. Ninguém acredita mais nas autoridades. Você... você é uma empresária, uma entre os poucos que ainda restam, e a única que voltou depois de ter aparentemente desaparecido. Você é conhecida como... como uma reacionária que se opõe às políticas do governo. Assim, as pessoas vão acreditar em você. Dagny, você poderia influenciá-las muito, aumentar sua confiança, levantar seu moral. Você entende?

Taggart sentia-se encorajado pela expressão estranha que via no rosto da irmã, uma expressão contemplativa que era quase um meio sorriso.

Ela parecia ouvir, ao mesmo tempo que ouvia as palavras de Taggart, a voz de Rearden lhe falando numa tarde de primavera, mais de um ano antes: "Eles precisam de algum tipo de sanção nossa. Não sei qual a natureza dessa aprovação, mas sei, Dagny, que, se damos valor a nossas vidas, é preciso que não o façamos. Se eles torturarem você, mesmo assim não o faça. Mesmo que eles destruam sua rede ferroviária e minhas siderúrgicas, não o faça."

– Agora você entende?

– Ah, é claro que entendo, Jim!

Ele não conseguiu interpretar o tom de voz de Dagny. Era grave, uma mistura de gemido com risada e com exclamação de vitória. Mas era o primeiro som que ela emitira que continha emoção, e ele resolveu seguir em frente. Não tinha outra opção senão ter esperança.

– Eu prometi ao pessoal lá de Washington que você ia falar! Nós não podemos deixá-los na mão em algo tão sério! Não podemos deixar que questionem nossa lealdade. Já está tudo combinado. Você vai ser a personalidade convidada do programa de Bertram Scudder de hoje, às 22h30. É um programa de rádio em que ele entrevista pessoas famosas, um programa exibido em cadeia nacional, com muitos ouvintes, mais de 20 milhões. O escritório do Condicionador do Moral...

– O quê?

– O Condicionador do Moral, Chick Morrison, já me telefonou três vezes, para se certificar de que vai tudo correr direitinho. Eles deram ordem a todos os radialistas para que anunciassem em todas as estações do país, o dia inteiro, que todos deviam ouvir o programa de Scudder hoje à noite.

Jim olhou para ela com uma expressão que ao mesmo tempo demandava uma resposta e exigia que ela reconhecesse que sua resposta era o que menos importava naquelas circunstâncias.

– Você sabe o que eu penso das políticas do governo e do Decreto 10.289 – disse ela.

– Numa situação dessas, não podemos nos dar ao luxo de pensar!

Ela deu uma gargalhada.

– Mas será que você não entende que não pode se recusar a ir agora? – gritou ele. – Se você não aparecer depois de todos esses anúncios, vai estimular todos os boatos, vai ser uma verdadeira declaração de dissidência!

– A armadilha não vai funcionar, Jim.

– Que armadilha?

– Essa que você está armando.

– Eu não sei o que você quer dizer!

– Sabe, sim. Você sabia, todos vocês sabiam, que eu me recusaria. Então me colocou numa armadilha pública, para que minha recusa se tornasse um escândalo terrível para você, mais terrível do que eu ousaria causar, segundo você calculava. Vocês estavam contando comigo para salvá-los do buraco que vocês mesmos cavaram. Pois não vou.

– Mas eu prometi!

– Eu não prometi nada.

– Mas a gente não pode se recusar! Você não vê que eles nos têm na palma da mão? Que estão com a faca e o queijo na mão? Não percebe o que eles podem fazer contra nós com essa Junta de Unificação, ou com o Conselho de Unificação, ou com a moratória sobre nossas debêntures?

– Eu já sabia disso havia dois anos.

Taggart tremia. Havia algo de informe, desesperado, quase supersticioso, no terror que ele sentia, desproporcional aos perigos que mencionava. De repente, Dagny sentiu--se convicta de que o terror vinha de algo mais profundo do que o medo de vinganças burocráticas, de que essas vinganças eram a única identificação desse terror que ele se permitia fazer, uma identificação que o tranquilizava, por ter um quê de racionalidade, e ocultava a causa profunda. Ela estava certa de que Taggart temia não o pânico da população, e sim o próprio pânico – de que ele, Chick Morrison, Wesley Mouch e todos os outros saqueadores precisavam que ela sancionasse seus atos não para tranquilizar suas vítimas, mas para tranquilizar a si próprios, embora a ideia aparentemente esperta e prática de iludir suas vítimas fosse a única identificação que eles davam à sua própria motivação, à sua própria insistência histérica. Com um misto de desprezo e admiração – admiração pela magnitude do que ela contemplava –, Dagny se perguntava qual seria a degradação interior a que aqueles homens haviam chegado para que pudessem atingir um tal nível de hipocrisia: precisar arrancar a aprovação de uma vítima para lhes servir de sanção, eles que achavam que estavam apenas enganando o mundo.

– Não temos alternativa! – exclamou Taggart. – Ninguém tem nenhuma alternativa!

– Saia daqui – disse ela, com a voz muito tranquila e bem baixa.

Algo no som da voz de Dagny atingiu o que havia de inconfessado na mente de Taggart, como se, embora jamais o tivesse colocado em palavras, ele soubesse que aquele som provinha da consciência desse fato oculto. Ele saiu da sala.

Dagny olhou para Willers. Ele parecia um homem cansado de lutar contra mais um daqueles acessos de náusea que estava começando a aprender a suportar, sabendo que se tratava de um mal crônico.

Após um momento, ele perguntou:

– Dagny, que fim levou Quentin Daniels? Você estava perseguindo o avião dele, não é?

– É – respondeu Dagny. – Ele foi embora.

– Para o destruidor?

Aquela palavra a atingiu como um soco. Era a primeira vez que o mundo exterior atingia aquela presença radiante que ela guardara dentro de si o dia todo, uma visão silenciosa e imutável, uma visão só sua, que não podia ser afetada por nada do que havia ao seu redor, algo sobre o qual não cabia pensar, algo que ela sentia como a origem de sua força. Agora Dagny se dava conta de que, no mundo deles, no mundo em que ela estava, o nome daquela visão era "o destruidor".

– É – disse ela com esforço, com uma voz apática –, para o destruidor.

Então segurou-se às bordas da mesa, para ganhar forças e conservar sua postura, e disse, com um leve sorriso:

– Bem, Eddie, vejamos o que duas pessoas pouco práticas, como eu e você, podem fazer no sentido de impedir a ocorrência de desastres de trens.

Duas horas depois, quando ela estava sozinha à sua mesa, debruçada sobre papéis que só continham números, mas que para ela eram como um filme que narrasse toda a história da rede ferroviária nas últimas quatro semanas, a campainha tocou e a voz da secretária disse:

– A Sra. Rearden quer falar com a senhora.

– O *senhor* Rearden? – perguntou ela espantada, sem poder acreditar em nenhuma das duas hipóteses.

– Não, a *senhora* Rearden.

Dagny esperou um instante, depois disse:

– Peça-lhe para entrar, por favor.

Havia no porte de Lillian Rearden algum toque de ênfase especial quando ela entrou na sala e caminhou até a mesa de Dagny. Trajava um conjunto feito sob medida, com um laço frouxo, de cor muita viva, caindo-lhe ao lado, dando um toque de incongruência elegante, e um chapeuzinho inclinado num ângulo que, por ser engraçado, era considerado elegante. Seu rosto estava um pouco tranquilo demais, seus passos um pouco lentos demais, e ela estava quase rebolando ao caminhar.

– Como tem passado, Srta. Taggart? – perguntou ela com uma voz preguiçosamente cortês, uma voz de sala de visitas que, naquele escritório, era tão incongruente quanto seu conjunto e laço.

Dagny fez uma mesura séria com a cabeça.

Lillian olhou ao redor. Havia em seu olhar a mesma espécie de humor que existia em seu chapéu, que parecia exprimir maturidade por meio da convicção de que tudo o que há na vida é ridículo.

– Queira sentar-se – disse Dagny.

Lillian sentou-se, assumindo uma postura confiante, graciosa e descontraída.

Quando se virou para Dagny, continuava com a expressão de humor no rosto, só que agora com uma nuance um pouco diferente: parecia dar a entender que elas duas compartilhavam um segredo que faria com que sua presença ali parecesse absurda para o mundo, mas absolutamente lógica para elas duas. O silêncio de Lillian reforçava essa ideia.

– Em que lhe posso ser útil?

– Vim lhe dizer – respondeu Lillian, num tom de voz agradável – que a senhorita vai participar do programa de Bertram Scudder de hoje.

Lillian não percebeu nenhum sinal de espanto no rosto de Dagny, nenhum choque, e sim apenas o olhar interessado do engenheiro que examina um motor que está produzindo um som estranho.

– A senhora está perfeitamente ciente do significado da frase que pronunciou? – perguntou Dagny.

– Mas claro!

– Então queira sustentar sua afirmação.

– Como assim?

– Queira me explicar.

Lillian deu uma risadinha, cuja brevidade forçada traía que não era essa a atitude que ela esperava.

– Estou certa de que não será necessário dar longas explicações – disse ela. – A senhorita sabe por que sua participação no programa é importante para as pessoas que estão no poder. Eu sei por que se recusou a participar. Sei o que pensa a esse respeito. Talvez nunca tenha dado importância ao fato, mas sabe que eu sempre fui favorável ao sistema vigente. Portanto, a senhorita há de compreender por que estou interessada nessa questão e por que estou desempenhando este papel. Quando seu irmão me disse que a senhorita havia recusado, resolvi intervir, porque sou uma das muito poucas pessoas que sabem que a senhorita não está em condições de poder se recusar.

– Eu ainda não estou entre essas poucas pessoas – disse Dagny.

Lillian sorriu:

– É verdade, preciso explicar mais um pouco. A senhorita compreende que sua participação no programa terá para as pessoas que estão no poder a mesma importância que... a assinatura de meu marido no Certificado de Doação que entregou ao governo a propriedade do metal Rearden. A senhorita já observou como o governo menciona esse fato com frequência em todas as suas propagandas?

– Eu não sabia disso – retrucou Dagny, seca.

– Ah, é claro, a senhorita passou quase dois meses afastada, por isso não tem visto a afirmação, constantemente divulgada pela imprensa, pelo rádio, pelos discursos, de que até mesmo Hank Rearden aprova o Decreto 10.289, visto que ele voluntariamente entregou seu metal à nação. Até mesmo Rearden. Esse fato desestimula muitos obstinados e ajuda a mantê-los na linha. – Lillian se recostou e perguntou, como quem faz uma indagação por simples curiosidade: – A senhorita já perguntou a Hank por que ele assinou?

Dagny não respondeu. Parecia não perceber que lhe fora feita uma pergunta. Permanecia imóvel, com o rosto sem qualquer expressão, mas seus olhos pareciam maiores do que o normal e fitavam Lillian, como se agora ela estivesse muito interessada em ouvir tudo o que a outra tinha a dizer.

– É, eu sabia que a senhorita não estava ciente. É claro que ele não lhe disse o porquê – disse Lillian, com a voz mais confiante, como se agora visse que à sua frente o caminho estava desimpedido. – Mas é importante que saiba por que ele assinou, pois é pelo mesmo motivo que a senhorita vai participar do programa de Bertram Scudder de hoje.

Lillian fez uma pausa, querendo que a outra insistisse para que ela continuasse, mas Dagny esperou.

– É um motivo – disse Lillian – que certamente vai lhe agradar, no que diz respeito à atuação de meu marido. Pense no que representou para ele assinar aquele papel. O metal Rearden era sua maior realização, a súmula de toda a sua vida, o símbolo fundamental de seu orgulho. E meu marido, como a senhorita certamente há de saber, é um homem extremamente passional, e seu orgulho é, talvez, sua maior paixão. O metal Rearden era para ele mais do que uma realização: era o símbolo de sua capacidade de realização, de sua independência, de sua luta, de sua ascensão. Era sua propriedade, sua por direito, e a senhorita sabe o que significam os direitos para um homem tão rígido quanto ele, e o que significa a propriedade para um homem tão possessivo quanto ele. Hank seria perfeitamente capaz de morrer para defender seu metal, para não entregá-lo a homens que desprezava. Era o que o metal representava para ele, e no entanto abriu mão dele. Há de gostar de saber que foi pela *senhorita* que ele o fez. Pela sua reputação e sua honra. Ele assinou o Certificado de Doação que entregou o metal Rearden quando lhe foi dito que, se ele não o fizesse, a relação adúltera em que ele estava envolvido com a senhorita seria divulgada ao mundo. Ah, temos provas e mais provas, os detalhes mais íntimos. Creio que a senhorita segue uma filosofia que desaprova o sacrifício, mas neste caso em particular, como mulher, certamente há de sentir-se gratificada ante a grandeza do sacrifício que um homem fez para defender o privilégio de usar o seu corpo. A senhorita sem dúvida desfrutou muitos prazeres nas noites que ele passou na sua cama. Agora há de sentir prazer ao saber quanto essas noites lhe custaram. E como... A senhorita gosta de falar direto, não é mesmo, Srta. Taggart? E, como optou pela condição de prostituta, tiro o meu chapéu para a senhorita, pois o seu preço foi muito mais alto do que o de qualquer uma de suas colegas.

A voz de Lillian vinha se tornando involuntariamente mais áspera, como uma broca que quebra a toda hora por não conseguir encontrar o veio da rocha. Dagny continuava olhando para ela, porém em seu olhar e sua postura não havia mais nenhuma intensidade. Lillian não entendia por que tinha a impressão de que o rosto de Dagny estava iluminado por um holofote. Não via nele nenhuma expressão em particular: era apenas um rosto livre de qualquer tensão e a claridade parecia decorrer de sua estrutura, da precisão de seus planos agudos, da firmeza da boca, da fixidez dos olhos. Lillian não conseguia decifrar a expressão que havia nos olhos. Parecia incongruente, a tranquilidade não de uma mulher, mas de um estudioso, com aquele quê de luminoso que caracteriza o destemor daquele que sabe.

– Fui eu – disse Lillian em voz baixa – que informei os burocratas do adultério de meu marido.

Dagny percebeu pela primeira vez um toque de sentimento nos olhos sem vida de Lillian: parecia prazer, mas tão distante que era como o sol refletido na superfície morta da Lua e, de lá, na água estagnada de um pântano. Brilhou por um instante e sumiu.

– Fui eu – disse Lillian – que tirei o metal Rearden de meu marido. – Era quase o tom de quem faz uma súplica.

Para a consciência de Dagny, seria impossível compreender o significado daquela súplica ou descobrir que reação Lillian procurara despertar nela por meio da súplica. Percebeu apenas que a mulher não encontrou o que procurava, quando a ouviu dizer, com uma voz subitamente estridente:

– A senhorita me compreende?

– Compreendo.

– Então sabe o que estou exigindo e que tem de me obedecer. Ele e a senhorita se achavam invencíveis, não é? – Estava tentando falar com a voz controlada, mas sem sucesso. – A senhorita sempre pôde fazer apenas aquilo que queria, um luxo ao qual nunca pude me dar. Pelo menos uma vez, para compensar, vou vê-la fazendo o que eu quero. A senhorita não pode fazer nada. Não pode me impedir nem com todo esse dinheiro que é capaz de ganhar e eu não sou. Não há lucro que possa me oferecer; eu não tenho ganância. Não estou sendo paga pelos burocratas para fazer isso. Estou agindo sem pensar em lucro. Sem lucro. A senhorita me compreende?

– Compreendo.

– Então não serão necessárias explicações adicionais. Basta lembrar que todas as provas, registros de hotéis, recibos de joias, coisas do gênero, continuam nas mãos das pessoas certas e serão divulgadas em todos os programas de rádio de amanhã, a menos que a senhora compareça ao programa de hoje. Estamos entendidas?

– Sim.

– Então qual é a sua resposta? – Lillian viu aqueles olhos luminosos de estudioso se fixarem nela, e de repente teve a impressão de que a outra estava vendo demais nela – e, ao mesmo tempo, nem sequer a estava vendo.

– Ainda bem que a senhora me disse – respondeu Dagny. – Hoje à noite estarei no programa de Bertram Scudder.

◆ ◆ ◆

Um facho de luz branca iluminava o metal reluzente de um microfone, no centro de uma gaiola de vidro que a aprisionava juntamente com Bertram Scudder. O brilho do metal era de um azul-esverdeado. O microfone era feito de metal Rearden.

Lá em cima, por trás de uma vidraça, Dagny via duas fileiras de rostos olhando para ela: o rosto frouxo e ansioso de James Taggart, tendo a seu lado Lillian Rearden, que colocara o braço sobre o braço dele, para tranquilizá-lo; um homem que viera de Washington de avião e que lhe fora apresentado como Chick Morrison; e um grupo de jovens assessores dele, que falavam sobre curvas de porcentagens de influência intelectual e se comportavam como guardas de trânsito.

Bertram Scudder parecia ter medo de Dagny. Agarrava-se ao microfone, cuspindo palavras, na sua delicada rede metálica, para os ouvidos da nação, apresentando o assunto de seu programa de hoje. Estava tentando parecer cético, superior e histérico ao mesmo tempo, dar a impressão de que era um homem que ria da vaidade de todas as crenças dos homens e, portanto, merece o crédito imediato de todos aqueles que o ouvem. Em sua nuca havia uma pequena mancha brilhosa de suor. Scudder estava narrando, com detalhes floreados, o mês de convalescença que Dagny passara na cabana isolada de um pastor, depois, sua heroica caminhada de 80 quilômetros montanha abaixo, para poder reassumir suas obrigações para com o povo nesta hora de grave emergência nacional:

– ... e se algum de vocês se deixou enganar por boatos maliciosos que visam minar sua fé no grande programa social de nossos líderes, vocês podem confiar na palavra da Srta. Taggart, a qual...

Em pé, Dagny olhava para o facho de luz e para as partículas de poeira que nele flutuavam. Observou que uma delas era um ser vivo: um mosquito, cujas asinhas em movimento brilhavam, lutando para conseguir alguma coisa que só ele sabia, e Dagny o observava, sentindo-se tão distante do objetivo daquele inseto quanto do objetivo do mundo.

– ... a Srta. Taggart é uma observadora imparcial, uma brilhante empresária que já criticou muito os programas do governo e pode ser considerada uma representante do ponto de vista arquiconservador de gigantes da indústria, como Hank Rearden. No entanto, até mesmo ela...

Dagny se surpreendia ao constatar como era fácil não ter que sentir nada; parecia estar nua perante uma multidão, e um facho de luz bastava para sustentá-la, porque nela não pesava nenhuma dor, nenhuma esperança, nenhum arrependimento, nenhuma preocupação, nenhum futuro.

– ... e agora, senhoras e senhores, apresento-lhes a heroína de hoje, esta convidada tão inesperada, a...

A dor a atingiu de repente como uma punhalada, como se lhe perfurasse a carne um estilhaço de vidro de uma parede protetora destruída pela consciência de que agora chegara a sua vez de falar. Voltou a atingi-la durante o momento em que relembrou o nome do homem a quem ela se referira como "o destruidor": não queria que ele ouvisse o que ela teria de dizer agora. *Se você ouvir* – a dor era como uma voz dentro dela –, *não vai acreditar nas coisas que eu lhe disse. Não, pior ainda, nas coisas que eu não disse, mas que você sabia e acreditava e aceitava. Você vai pensar que eu não as pronunciei livremente, que os dias que passei com você foram uma grande mentira – isto vai destruir meu único mês e 10 de seus anos. Não era assim que eu queria que você descobrisse, não assim, não hoje – mas você vai saber, você que sempre me observou, que viu cada movimento meu, que está me vendo agora, embora eu não saiba de onde. Você vai me ouvir, mas tenho que falar.*

– ... a última descendente de um nome ilustre na história de nossa economia, a executiva de uma rede ferroviária, coisa que só é possível nos Estados Unidos, a vice-presidente de operações de uma grande empresa: Srta. Dagny Taggart!

Então ela sentiu o contato do metal Rearden, quando seus dedos se fecharam em torno do cabo do microfone. E de repente aquilo lhe parecia fácil, não a facilidade drogada da indiferença, mas a facilidade alegre, clara, viva da ação.

– Vim aqui para lhes falar a respeito do programa social, do sistema político e da filosofia moral atualmente vigentes neste país.

Havia uma calma, uma naturalidade, uma certeza tão completas no som de sua voz que bastava o som para torná-la imensamente persuasiva.

– Vocês ouviram dizer que eu acredito que este sistema tem como motivação a depravação, como objetivo o saque, como método a mentira, a fraude e a força, e como único resultado a destruição. Também ouviram dizer que eu, como Hank Rearden, sou uma defensora leal deste sistema e que estou colaborando voluntariamente com ele e suas políticas atualmente adotadas, como o Decreto 10.289. Estou aqui para esclarecer a verdade. É verdade que compartilho das opiniões de Rearden. As convicções políticas dele são iguais às minhas. Como vocês sabem, ele foi muitas vezes acusado de ser um reacionário que se opunha a todas as medidas, aos slogans e às premissas do sistema vigente. Agora ele está sendo elogiado como nosso maior industrial, cuja avaliação das políticas econômicas merece toda a confiança. É verdade. Podem confiar nele. Se vocês estão começando a temer que estão sendo dominados por um mal irresponsável, que o país está afundando e que em breve a fome será geral, pensem nas opiniões de nosso maior industrial, que sabe quais são as condições necessárias para que a produção seja possível e o país possa sobreviver. Pensem em tudo o que vocês sabem a respeito das posições por ele assumidas. No tempo em que Rearden tinha permissão de falar, ele afirmava que as políticas deste governo estavam levando à escravidão e à destruição. Porém ele jamais criticou o resultado final dessas políticas – o Decreto 10.289. Vocês lembram que ele lutou pelos seus direitos – os dele e os de vocês – de ser independente, de ter sua propriedade. Porém ele não atacou o Decreto 10.289. Vocês foram informados de que ele assinou voluntariamente o Certificado de Doação que entregou o metal Rearden a seus inimigos. Ele assinou o documento que, com base em tudo o que ele havia feito antes, era de esperar que ele se recusasse a assinar, mesmo que isso lhe custasse a vida. Isso – conforme tem sido repetido vez após vez – só pode querer dizer que ele reconhece a necessidade do Decreto 10.289 e resolveu sacrificar seus interesses pessoais pelo bem da nação. Vocês têm ouvido dizer constantemente que devem julgar as opiniões dele com base no que motivou seu ato. Concordo sem reservas: *julguem as opiniões dele com base no que motivou esse ato*. E, independentemente do valor que vocês deem à minha opinião, e de qualquer coisa que eu possa dizer nesse sentido, julguem minhas opiniões também com base no que motivou esse ato, porque as convicções de Hank Rearden são também as minhas. Durante dois anos, fui amante de Rearden. Que uma coisa fique clara: estou dizendo isso não como uma confissão envergonhada, e sim com o mais elevado orgulho. Fui sua amante. Dormi com ele, na cama dele, nos braços dele. Agora não há nada que alguém possa dizer a meu respeito que eu não tenha dito antes. Será inútil tentar me difamar: conheço a natureza das acusações e eu própria irei enumerá-las. Se senti desejo físico por ele? Senti. Se fui impulsionada por uma paixão de meu corpo? Fui. Se experimentei a forma mais violenta do prazer sensual? Experimentei. Se isso faz com que, para vocês, eu seja uma mulher desmoralizada, isso é problema de vocês. O que me importa é o que eu mesma penso de meus atos.

Scudder pregara os olhos nela. Não era isso que ele esperava ouvir e, num pânico vago, sentia que não devia deixar que aquilo continuasse. Mas ela era a convidada especial que o pessoal de Washington o mandara tratar com cuidado, e ele não sabia se devia ou não interrompê-la. Além do mais, gostava de ouvir esse tipo de coisa. Na sala ao lado, James Taggart e Lillian Rearden estavam estatelados, como animais paralisados pelos faróis de um trem que vem em sua direção. Eram os únicos ali presentes que sabiam da relação entre o que Dagny estava dizendo e o tema do programa. Era tarde demais para fazerem alguma coisa. Não ousavam assumir a responsabilidade por qualquer iniciativa, ou pelo que quer que viesse a acontecer em seguida. Na sala dos controles, um jovem intelectual da assessoria de Chick Morrison estava pronto para tirar do ar o programa em caso de qualquer problema, porém não viu nenhum significado político no que estava ouvindo, nada que pudesse ser perigoso para aqueles a quem servia. Estava acostumado a ouvir confissões arrancadas de vítimas por pressões desconhecidas e concluiu que aquela reacionária estava sendo forçada a confessar um escândalo e que sua fala tinha talvez algum valor político. Sem falar que estava curioso para ouvir aquilo.

– Orgulho-me de ter sido escolhida por ele para lhe dar prazer e de ter escolhido a ele para o mesmo fim. Não foi, como acontece com a maioria de vocês, um ato de indulgência fortuita e desprezo mútuo. Foi o clímax da admiração que um sentia pelo outro, com plena consciência dos valores que nos levaram a fazer essa escolha. Somos pessoas que não desassociam os valores de suas mentes das ações de seus corpos, que não relegam seus valores a sonhos vazios, porém os concretizam, que dão forma material a pensamentos e realidade a valores. Somos aqueles que fazem aço, ferrovias e felicidade. E aqueles de vocês que odeiam a felicidade humana, que querem que a vida dos homens seja só sofrimento e fracasso, que querem que os homens peçam desculpas por serem felizes, ou terem sucesso, ou capacidade, ou realizações, ou riqueza – a estes, estou dizendo agora: eu quis Hank Rearden, eu o obtive, eu fui feliz, conheci a felicidade pura, integral, livre de culpas, a felicidade que vocês têm medo de ouvir ser confessada por um ser humano, a felicidade que só conhecem no ódio que sentem por aqueles que merecem atingi-la. Bem, nesse caso, me odeiem – porque eu a atingi!

– Srta. Taggart – disse Scudder, nervoso –, não estamos nos desviando do assunto da...? Afinal, seu relacionamento pessoal com o Sr. Rearden não tem qualquer significado político que...

– Eu também achava que não tinha. E, naturalmente, estou aqui para lhes falar a respeito do sistema político e moral vigente. Bem, eu achava que sabia tudo sobre Rearden, mas havia uma coisa que só fui saber hoje. Soube que foi uma ameaça de chantagem, de divulgar o nosso relacionamento amoroso, que o obrigou a assinar o Certificado de Doação que entregou ao governo o metal Rearden. Foi chantagem, praticada pelos funcionários deste governo, pelos dirigentes desta nação, pelos...

No momento em que a mão de Scudder se levantou para derrubar o microfone, ouviu-se um leve estalido antes de ele se espatifar no chão: o policial intelectual havia tirado a transmissão do ar.

Dagny riu, mas não havia ninguém para ver e ouvir a natureza daquele riso. As figuras que apareciam por trás da vidraça estavam gritando umas com as outras. Chick Morrison gritava palavrões impublicáveis para Bertram Scudder. Este estava gritando que ele fora contra o plano desde o início, mas que o haviam obrigado a colocá-lo em prática. James Taggart parecia um animal mostrando os dentes, rosnando para dois dos assessores mais jovens de Morrisson e se esquivando dos rosnados de um terceiro assessor mais velho. Os músculos do rosto de Lillian Rearden estavam estranhamente frouxos, como os membros de um animal deitado numa estrada, intacto porém morto. Os condicionadores do moral se perguntavam, aos gritos, o que o Sr. Mouch ia pensar.

– O que vou dizer a eles? – o apresentador do programa gritava, apontando para o microfone. – Sr. Morrison, a audiência está esperando, o que devo dizer?

Ninguém lhe respondia. Não estavam brigando sobre o que deviam fazer, e sim a respeito de quem era a culpa.

Ninguém disse uma palavra a Dagny, nem sequer olhou em sua direção. Ninguém a deteve, quando ela saiu do estúdio.

Entrou no primeiro táxi que viu e deu o endereço de seu apartamento. Quando o carro deu a partida, ela percebeu que o rádio estava ligado, mas que só se ouviam estalidos secos: era a estação do programa de Bertram Scudder.

Dagny se recostou no assento, percebendo apenas a sensação desoladora de que aquilo tudo talvez fizesse com que certo homem nunca mais quisesse vê-la. Pela primeira vez, sentiu como era absoluta a impossibilidade de encontrá-lo – se ele não quisesse ser encontrado – nas ruas da cidade, nas cidades de um continente, nos vales das montanhas Rochosas onde se escondia por trás de uma tela de raios. Mas uma coisa lhe restava, como um tronco flutuando no vazio, o tronco ao qual ela se agarrara durante o programa de rádio – e ela sabia que era a coisa que não podia abandonar, mesmo que viesse a perder todo o restante. Era o som da voz dele lhe dizendo: "Ninguém fica aqui falseando a realidade de nenhum modo."

– Senhoras e senhores – disse a voz do apresentador do programa de Scudder de repente –, por causa de problemas de ordem técnica fora de nosso controle, esta estação ficará fora do ar enquanto são feitos os ajustes necessários.

O motorista deu uma risadinha cheia de desprezo e desligou o rádio.

Quando ela saltou do táxi e lhe estendeu uma nota, o homem lhe entregou o troco e de repente se debruçou para fora a fim de ver seu rosto melhor. Dagny tinha certeza de que fora reconhecida e o encarou com austeridade por um instante. Seu rosto endurecido e sua camisa remendada estavam gastos por uma luta sem esperança. Ao entregar ao motorista uma gorjeta, ouviu dele um agradecimento sério demais, enfático demais para se referir apenas àquelas moedas:

– *Muito obrigado*, minha senhora.

Ela se virou mais que depressa e entrou no prédio, para que ele não visse a emoção que de repente se tornara incontrolável.

De cabeça baixa, Dagny destrancou a porta de seu apartamento e se assustou ao ver, pelo tapete iluminado, que a luz estava acesa, antes mesmo de levantar a cabeça subitamente. Deu um passo à frente e viu Rearden em pé do outro lado da sala.

Duas coisas a chocaram: uma, a própria presença inesperada de Rearden; outra, a expressão em seu rosto. Havia nele uma tranquilidade tão firme, tão confiante, tão madura, expressa no sutil sorriso, na claridade dos olhos, que era como se ele houvesse envelhecido muitos anos em um mês, mas envelhecido apenas em visão, em estatura, em força. Ela teve a impressão de que o homem que vivera um mês de agonia, que ela havia ferido tanto e que agora teria de ferir ainda mais, iria lhe dar forças e consolo, as forças que protegeriam a ambos. Ficou parada por um instante, mas viu que o sorriso de Rearden se intensificava, como se ele estivesse lendo seus pensamentos e lhe dizendo que ela nada tinha a temer. Dagny ouviu um estalido de leve e viu, na mesa ao lado dele, o mostrador iluminado de um rádio silencioso. Os olhos dela dirigiram uma pergunta silenciosa aos dele, e ele lhe respondeu com um leve movimento de pálpebras. Ele ouvira o programa.

Os dois começaram a caminhar um em direção ao outro no mesmo instante. Ele a segurou pelos ombros para ampará-la. O rosto dela estava virado para cima, porém Rearden não lhe tocou os lábios, e sim a mão, e lhe beijou o pulso, os dedos, a palma, como única forma de saudação que coroava todo o sofrimento de sua espera. E de repente, esmagada pelo peso daquele dia, daquele mês inteiro, Dagny caiu nos braços dele chorando, encostada no corpo dele, chorando como jamais havia chorado antes, como mulher, entregando-se à dor e tentando, ainda uma vez, porém em vão, protestar contra ela.

Mantendo-a em pé e movido apenas pelo próprio corpo e não pelo dela, ele a conduziu até o sofá e tentou fazê-la sentar-se a seu lado, mas ela foi escorregando até o chão, sentou-se a seus pés, apertou o rosto contra seus joelhos e chorou sem defesas, sem disfarces.

Ele não a levantou. Deixou-a chorar, apertando-a com seu braço. Dagny sentia a mão do homem em sua cabeça, em seu ombro. Sentia a proteção de sua firmeza, uma firmeza que parecia lhe dizer que, assim como as lágrimas dela eram para os dois, assim era a consciência dele de que conhecia sua dor e a sentia e a entendia, porém conseguia observá-la com tranquilidade – e sua tranquilidade parecia ter o efeito de tirar dos ombros dela aquele fardo, lhe conceder o direito de se entregar às lágrimas aqui, aos pés dele, ao lhe dizer que ele era capaz de arcar com o peso que ela não suportava mais. Dagny percebia vagamente que esse era o verdadeiro Hank Rearden, e por mais insultuosa que fosse a crueldade com a qual ele encarara as primeiras noites que haviam passado juntos, por mais vezes que ela tivesse parecido ser a mais forte dos dois, a força sempre estivera dentro dele e na base do relacionamento entre eles – e essa força dele a protegeria se as dela lhe faltassem.

Quando Dagny levantou a cabeça, ele estava sorrindo para ela.

– Hank... – sussurrou ela, cheia de culpa, desesperadamente surpresa com a própria fraqueza.

– Não fale, querida.

Ela apertou novamente o rosto contra os joelhos dele. Ficou parada, tentando descansar, tentando resistir à pressão de um pensamento sem palavras: ele suportara e aceitara a fala dela no rádio apenas como confissão de seu amor. Esse fato fazia com que a verdade que ela agora teria de lhe dizer se tornasse um golpe mais desumano do que uma pessoa tinha o direito de desferir e lhe inspirava terror a ideia de que ela teria forças para fazê-lo.

Quando Dagny levantou a vista novamente, ele correu os dedos por sua testa, jogando para trás os fios de cabelos que lhe caíam no rosto.

– Acabou, querida – disse ele. – O pior já passou, para nós dois.

– Não, Hank, não passou.

Ele sorriu. Puxou-a para cima, fazendo-a sentar-se a seu lado, apoiando a cabeça em seu ombro.

– Não diga nada agora – disse ele. – Você sabe que nós dois compreendemos tudo o que tem que ser dito, e vamos falar, mas só depois que essa sua dor tiver diminuído.

Correu a mão pela manga da blusa de Dagny, depois por uma dobra de sua saia, com uma pressão tão leve que parecia que a mão não estava sentindo o corpo dentro das roupas, como se ele estivesse reafirmando sua posse não do corpo dela, mas apenas da visão daquele corpo.

– Você sofreu demais – disse ele. – Eu também. Eles que nos ataquem. Não há motivo para nós nos atacarmos também. Por pior que venha a ser o que ainda teremos de enfrentar, não podemos causar sofrimento um ao outro. Não criemos mais dor. Que isso venha do mundo deles. Não de nós. Não tenha medo. Não vamos nos ferir. Não agora.

Ela levantou a cabeça, sacudindo-a, com um sorriso amargo nos lábios – havia uma violência desesperada naquele movimento, porém o sorriso era sinal de recuperação, da determinação de enfrentar o desespero.

– Hank, o inferno que você passou por minha culpa no mês passado... – Sua voz estava trêmula.

– Não foi nada, comparado com o inferno que você teve que passar por minha culpa ainda há pouco. – Sua voz estava firme.

Ela se levantou e começou a andar de um lado para outro, para provar sua força. Seus passos eram como palavras que lhe dissessem que não era mais necessário que ele lhe poupasse qualquer sofrimento. Quando ela parou e se virou para encará-lo, ele se levantou, como se compreendesse.

– Sei que piorei a sua situação – disse ela, apontando para o rádio.

Ele sacudiu a cabeça:

– Não.

– Hank, tenho que lhe dizer uma coisa.

– Eu também. Posso falar primeiro? Sabe, é uma coisa que eu deveria ter lhe dito há muito tempo. Você me deixa falar? Não diz nada até eu terminar?

Ela concordou com a cabeça.

Ele esperou um momento, olhando para Dagny, em pé à sua frente, como se para vê-la por inteiro, apreender este momento e tudo o que levara até ele.

– Eu a amo, Dagny – disse ele em voz baixa, com a simplicidade de uma felicidade completa, porém sem sorrir.

Ela teve vontade de falar, mas sabia que não podia, não poderia, mesmo se ele lhe permitisse. Conteve as palavras que não havia pronunciado, e o movimento dos lábios foi sua única resposta. Depois baixou a cabeça, numa atitude de aceitação.

– Eu amo você. Com o mesmo valor, a mesma expressão, com o mesmo orgulho e o mesmo significado com que amo meu trabalho, minhas siderúrgicas, meu metal, as horas que passo em meu escritório, num alto-forno, num laboratório, numa mina, como amo minha capacidade de trabalhar, como amo minha vida e meus conhecimentos, como amo a ação de minha mente quando ela resolve uma equação química ou aprende um nascer do sol, como amo as coisas que fiz e as que senti, como produto *meu*, como opção *minha*, como forma de *meu* mundo, como meu melhor espelho, como a esposa que nunca tive, como aquilo que torna possível todas as outras coisas: como minha força para viver.

Dagny não baixou a cabeça, porém manteve o rosto virado para a frente, desprotegido, para ouvir e aceitar, como ele a queria e como ele merecia.

– Amei-a desde o dia em que a vi, num vagão num desvio da estação de Milford. Amei-a quando viajamos na cabine da primeira locomotiva a percorrer a Linha John Galt. Amei-a na varanda da casa de Ellis Wyatt. Amei-a na manhã seguinte. Você sabia. Mas sou eu que tenho de dizer isso a você, como estou dizendo agora: para poder redimir todos aqueles dias e fazer com que eles sejam integralmente o que foram para nós dois. Sempre amei você. Você sabia. Eu, não. E, porque não sabia, tive que aprender quando me sentei à minha mesa e olhei para o Certificado de Doação do metal Rearden.

Dagny fechou os olhos. Mas não havia sofrimento no rosto dele, nada senão a felicidade imensa e tranquila da clareza.

– "Somos pessoas que não desassociam os valores de suas mentes das ações de seus corpos." Você afirmou isso no rádio hoje. Mas você já sabia disso naquela manhã na casa de Wyatt. Sabia que todos aqueles insultos que eu dirigia a você eram a mais profunda declaração de amor de que um homem é capaz. Você sabia que o desejo físico que eu estava amaldiçoando e tachando de culpa nossa não é nem físico nem uma manifestação do corpo, e sim uma manifestação dos valores mais profundos da mente, quer se tenha ou não coragem de reconhecê-lo. Foi por isso que você riu de mim naquele dia, não foi?

– Foi – sussurrou ela.

– Você disse: "Não quero sua mente, sua vontade, seu ser nem sua alma – desde que você recorra a mim para satisfazer esse mais baixo dos seus desejos." Quando disse isso, você sabia que era mesmo a minha mente, a minha vontade, o meu ser, a minha alma que eu estava lhe dando através daquele desejo. E quero dizê-lo agora, fazer com que aquela manhã signifique o que de fato significou: minha mente, minha vontade, meu ser e minha alma, Dagny, são seus, enquanto eu viver.

Rearden a encarava, e ela percebeu um leve brilho em seus olhos, que não era um sorriso, quase como se ele tivesse ouvido o grito que ela conteve.

– Deixe-me terminar, amor. Quero que você saiba quanto sei do que estou falando. Eu, que achava que estava lutando contra eles, havia aceitado a pior das crenças de nossos inimigos – e é por isso que venho pagando desde então, como estou pagando agora, merecidamente. Eu tinha aceitado o princípio por meio do qual eles destroem um homem desde o início, o princípio assassino: a separação entre mente e corpo. Eu o aceitara, como a maioria de suas vítimas, sem saber, sem sequer saber que existia essa questão. Me revoltei contra o credo da impotência humana defendido por eles e me orgulhava de ser capaz de pensar, agir e trabalhar para poder satisfazer meus desejos. Mas eu não sabia que isso era virtude, jamais o identifiquei como um valor moral, como o mais elevado dos valores morais, a ser defendido com mais garra do que a própria vida, porque é aquilo que torna possível a própria vida. E aceitava o castigo por ter essa virtude, o castigo infligido por um mal arrogante, cuja arrogância se baseava exclusivamente na minha ignorância e submissão. Aceitava os insultos, as fraudes, as extorsões. Achava que eu podia me dar ao luxo de ignorá-los, de ignorar todos esses fanáticos impotentes que falam de suas almas e são incapazes de construir um teto sobre as próprias cabeças.

Rearden olhava para Dagny com ternura. E prosseguiu:

– Pensava que o mundo era meu, e que aquele bando de incompetentes imbecis não ameaçava minha força. Eu não entendia por que perdia todas as batalhas. Não sabia que a força desencadeada contra mim era minha própria força. Enquanto eu trabalhava conquistando a matéria, entregava a eles o reino da mente, do pensamento, dos princípios, das leis, dos valores, da moralidade. Eu aceitara, sem querer, por omissão, a premissa de que as ideias não são importantes para a existência, para o trabalho, para a realidade, para este mundo – como se elas não fossem do âmbito da razão, e sim daquela fé mística que eu desprezava. Isso era tudo o que eles queriam que eu reconhecesse. Era o bastante. Eu havia entregado aquilo que toda a conversa fiada deles visa subverter e destruir: a razão do homem. Não, eles não eram capazes de trabalhar com a matéria, produzir a abundância, controlar esta Terra. Não precisavam. Eles controlavam a mim...

Rearden fez uma pausa rápida e logo continuou:

– Eu, que sabia que a riqueza é apenas um meio para chegar a um fim, criava os meios e deixava que eles determinassem meu fim. Eu, que me orgulhava de minha capacidade de conseguir satisfazer meus desejos, deixava que eles determinassem o código de valores por meio do qual eu julgava meus desejos. Eu, que dava forma à matéria para chegar a meus objetivos, ganhava uma pilha de aço e ouro, mas tinha todos os meus objetivos derrotados, todos os meus desejos traídos, todas as minhas tentativas de ser feliz frustradas. Eu havia me partido em dois, tal como pregavam os místicos, e orientava meu trabalho por um código e minha vida por outro. Eu me revoltava contra as tentativas dos saqueadores no sentido de determinar o preço e o valor do meu aço, porém permitia que eles determinassem os valores morais de minha vida. Eu me revoltava contra as exigências que eles faziam no sentido de se apossarem de uma riqueza a que não faziam jus, mas achava que era meu dever conceder amor a uma esposa que eu desprezava e que não fazia jus àquele amor, respeito a uma mãe que me odiava e não fazia jus àquele respeito, dinheiro a um irmão que tramava minha destruição e não fazia jus àquele dinheiro. Eu me revoltava contra prejuízos financeiros imerecidos, mas aceitava uma vida de sofrimentos imerecidos. Eu me revoltava contra a doutrina segundo a qual minha capacidade de produzir era algo de que eu devia me sentir culpado, mas aceitava que minha capacidade de ser feliz era algo de que eu devia me sentir culpado. Me revoltava contra a ideia de que a virtude é algum espírito desincorporado incognoscível, mas amaldiçoava você, *você*, meu amor, por causa do desejo que o seu corpo e o meu sentiam. Mas, se o corpo é mau, então também são maus todos aqueles que lhe fornecem os meios de seu sustento, é má a riqueza material e são maus aqueles que a produzem. E, se os valores morais se opõem à nossa existência física, então é certo que as recompensas sejam imerecidas, que a virtude consista no que não foi feito, em que não haja relação entre realização e lucro, em que os animais inferiores que são capazes de produzir sejam obrigados a servir os seres superiores cuja superioridade de espírito consiste na incompetência da carne.

Ele deu um breve suspiro, a encarou, sério, e prosseguiu:

– Se um homem como Hugh Akston tivesse me dito, há muito tempo, que, ao aceitar a teoria da sexualidade proposta pelos místicos, eu estava ao mesmo tempo aceitando a teoria econômica proposta pelos saqueadores, teria rido na cara dele. Agora eu não riria dele. Agora vejo a Siderúrgica Rearden sendo administrada pela ralé, vejo a realização de minha vida servindo para enriquecer meus piores inimigos, e, quanto às duas únicas pessoas que jamais amei, insultei terrivelmente uma delas e envergonhei publicamente a outra. Esbofeteei o homem que era meu amigo, meu defensor, meu professor, o homem que me libertou me ajudando a aprender o que hoje sei. Eu o amava, Dagny; ele era o irmão, o filho, o camarada que eu nunca tive, mas eu o expulsei de minha vida, porque ele não quis me ajudar a produzir para os saqueadores. Eu daria qualquer coisa agora para tê-lo de volta, porém nada tenho para oferecer em pagamento e jamais voltarei a vê-lo, porque sei que não há como merecer sequer o direito de pedir perdão. Mas o que fiz com você, amor, é ainda pior. O que você disse hoje no rádio, o fato de ser obrigada a dizê-lo, foi isso que eu fiz à única mulher que jamais amei, em troca da única felicidade que jamais senti. Não me diga que foi tudo desde o início opção sua, que você aceitou todas as consequências, até o que teve que fazer hoje. Isso não me desculpa de ter sido incapaz de lhe oferecer uma opção melhor. E o fato de que os saqueadores a obrigaram a falar, de que você falou para me vingar e me libertar, isso não me desculpa por ter sido eu quem tornou possível essa tática deles. Não foram as suas convicções do que é pecado e desonra que eles utilizaram para humilhar você: foram as minhas. Eles simplesmente puseram em prática as coisas em que eu acreditava, o que eu disse na casa de Ellis Wyatt. Foi eu quem manteve escondido o nosso amor como se fosse um segredo vergonhoso; eles simplesmente o consideraram aquilo que eu o considerava. Fui eu quem se dispôs a falsear a realidade para manter as aparências; eles simplesmente se aproveitaram do direito que eu lhes concedi.

O olhar que Dagny lhe lançou foi o de quem concorda com tudo o que ele tinha dito. Rearden continuou:

– As pessoas acham que o mentiroso triunfa sobre suas vítimas. O que aprendi é que uma mentira é um ato de autoabdicação, porque quem mente entrega sua realidade à pessoa para quem a mentira se dirige, tornando-se servo daquele indivíduo, ficando condenado dali em diante a falsear a realidade tal qual ele exige. E, ainda que se consiga atingir o objetivo imediato visado pela mentira, o preço que se paga é a destruição daquilo que se pretendia obter. O homem que mente para o mundo é escravo do mundo dali em diante. Quando opto por esconder meu amor por você, negá-lo publicamente e vivê-lo como uma mentira, torno-o propriedade pública, e o público acaba de estabelecer sua posse da maneira mais adequada. Eu não tinha como evitar que isso acontecesse, não tinha poder para salvá-la. Quando consenti em ajudar os saqueadores, ao assinar aquele Certificado de Doação, para protegê-la, eu continuava falseando a realidade, não tinha outra opção. E eu preferia, Dagny, que nós dois morrêssemos a permitir que eles fizessem aquilo que ameaçavam fazer. Mas não existem mentiras benévolas, só existe destruição, e as mentirinhas benévolas são as mais destruidoras de todas. Eu continuava a falsear a realidade, e o resultado não poderia ter sido outro: ao invés de protegê-la, obriguei-a a passar por uma terrível provação. Ao invés de salvar sua reputação, obriguei-a a se oferecer ao apedrejamento público, a jogar você mesma as pedras. Sei que você se orgulhou do que disse, e eu próprio me orgulhei de ouvir vo-

893

cê, mas esse orgulho, nós deveríamos tê-lo sentido há dois anos. Não, você não piorou a minha situação, você me libertou, nos salvou a ambos, redimiu nosso passado. Não posso lhe pedir que me perdoe, nós já transcendemos há muito essa etapa. E a única reparação que lhe posso oferecer é minha felicidade. Minha felicidade, amor, não meu sofrimento. Estou feliz por ter enxergado a verdade. Ainda que meu poder de enxergar seja agora tudo o que me resta. Se eu me entregasse à dor e desistisse, lamentando que meu erro destruiu meu passado, esse ato seria a traição final, o fracasso final daquela verdade que lamento ter traído. Mas, se meu amor à verdade ainda é a única coisa minha que me resta, então quanto maior a perda que sofri, maior o orgulho que posso sentir pelo preço que paguei por esse amor. Então os destroços não se tornarão um monumento a algo que morreu, e sim um monte que escalei para poder enxergar mais longe. Meu orgulho e meu poder de visão eram as únicas coisas que eu tinha quando comecei... e tudo o que realizei foi graças a eles. Ambos estão maiores agora. Tenho agora a consciência dos valores superlativos que antes não tinha: de meu direito de me orgulhar de minha visão. O restante, cabe a mim alcançá-lo.

Quando pareceu que Rearden já tinha dito tudo o que desejava dizer, ele respirou fundo e concluiu:

– E a única coisa, Dagny, que eu queria como primeiro passo em direção a meu futuro era dizer que a amo, como estou dizendo agora. Amo você, meu amor, com aquela paixão mais cega de meu corpo que provém da percepção mais nítida de minha mente, e meu amor por você é a única realização de meu passado que me restará, intacta, por todos os anos que estão por vir. Eu queria lhe dizer isso enquanto ainda tinha o direito de dizê-lo. E, como não o disse no início, é assim que tenho de dizê-lo: no fim. Agora vou lhe dizer o que você queria me dizer, porque já sei e o aceito: em algum lugar no mês passado, você conheceu o homem que ama, e, se o amor é a opção final e insubstituível, então ele é o único homem que você jamais amou.

– Sim! – A voz de Dagny era ao mesmo tempo um suspiro e um grito, como se fosse arrancada com um soco, e a única coisa de que ela tinha consciência era o choque que sentiu. – Hank! Como foi que você soube?

Ele sorriu e apontou para o rádio:

– Querida, você usou todos os verbos no passado.

– Ah...! – Sua voz agora era meio suspiro, meio gemido. Dagny fechou os olhos.

– Você nem uma vez pronunciou a palavra que teria dito, não fosse esse o caso. Você disse: "eu o quis" e não "eu o amo". No telefone, você me disse aquele dia que poderia ter voltado antes. Nenhuma outra razão teria feito com que você me abandonasse daquele jeito. Apenas essa razão seria válida e correta.

Dagny recuou um pouco, como se quisesse se equilibrar, porém o encarava, com um sorriso que não chegava a separar seus lábios mas tornava seu olhar mais doce, de modo que seu olhar era de admiração e seu sorriso exprimia dor.

– É verdade. Conheci o homem que amo e que sempre hei de amar, eu o vi, falei com ele... mas ele não pode ser meu, talvez nunca venha a ser meu... e eu talvez jamais volte a vê-lo.

– Acho que eu sempre soube que você o encontraria. Eu sabia o que você sentia por mim, sabia quanto era forte, mas sabia também que eu não era sua escolha final. O que você vai lhe dar não vai ser tirado de mim: é o que você jamais me deu. Não posso me revoltar contra isso. O que recebi é muito para mim, e o recebi, e isso nunca será negado.

– Você quer que eu diga, Hank? Você me compreenderá se eu lhe disser que sempre hei de amá-lo?

– Acho que eu já entendia isso antes mesmo de você.

– Sempre vi você tal como vejo agora. Aquela grandeza sua que só agora você está se permitindo assumir, eu sempre soube dela, e testemunhei a luta por meio da qual você a descobriu. Não fale em reparação. Você não me magoou, seus erros foram consequência da sua magnífica integridade, da tortura que um código ético impossível representava para você. E a sua luta contra ele não me trouxe sofrimento, e sim o sentimento que poucas vezes pude experimentar: a admiração. Se você o aceitar, ele será sempre seu. O que você representou para mim jamais poderá ser negado. Mas o homem que conheci... ele é o amor que eu queria alcançar muito antes de saber que existia, e creio que ele permanecerá fora de meu alcance, porém o amor que sinto por ele bastará para me dar forças para continuar vivendo.

Ele lhe tomou a mão e a levou aos lábios.

– Então você sabe o que estou sentindo e por que continuo feliz.

Olhando para seu rosto, Dagny se deu conta de que, pela primeira vez, ele estava sendo aquilo que ela sempre achara que ele deveria ser: um homem com uma capacidade imensa de ter prazer com sua existência. A expressão tensa de quem resiste, de quem não reconhece a dor que sente, desaparecera. Agora, em sua hora mais difícil, havia em seu rosto a serenidade da força pura – era a expressão que Dagny vira nos rostos dos habitantes do vale.

– Hank – sussurrou ela –, não sei explicar o que sinto, mas é como se eu não tivesse traído nem a você nem a ele.

– E é verdade.

Os olhos dela pareciam anormalmente vivos no rosto pálido, como se sua consciência permanecesse intacta num corpo exausto. Rearden a fez sentar-se e colocou o braço sobre o encosto do sofá, como se a protegesse, mas sem tocar nela.

– Agora me diga – perguntou ele –: onde você esteve?

– Não posso lhe dizer. Dei minha palavra de honra que jamais diria nada a ninguém. Só posso dizer que é um lugar que encontrei por acidente, quando meu avião caiu, e que saí de lá de olhos vendados. Eu não saberia voltar lá.

– Não lhe seria possível redescobrir o caminho até lá?

– Não vou tentar.

– E o homem?

– Não vou procurá-lo.

– Ele ficou lá?

– Não sei.

– Por que você o deixou?

– Não posso lhe dizer.

– Quem é ele?

Sem querer, Dagny deu um risinho de desespero.

– Quem é John Galt?

Rearden olhou para ela, atônito, porém se deu conta de que ela não estava brincando.

– Então John Galt existe mesmo? – perguntou, cuidadoso.

– Existe.

– Essa gíria se refere a ele?

– Sim.

– E tem um significado especial?

– Ah, tem, sim!... Há uma coisa a respeito dele que posso lhe dizer, porque isso eu descobri antes e não faz parte do segredo que prometi não revelar: ele é o homem que inventou o motor que descobrimos.

– Ah! – Ele sorriu, como se já devesse ter imaginado tal coisa. Então disse, em voz baixa, com um olhar quase de compaixão: – Ele é o destruidor, não é? – Viu a expressão de choque no rosto de Dagny e acrescentou: – Não, não me responda, se não puder. Acho que já sei onde você esteve. Foi Quentin Daniels que você tentou salvar do destruidor. Estava seguindo Daniels quando seu avião caiu, não é?

– É.

– Meu Deus, Dagny! Então esse lugar existe mesmo? Eles estão todos vivos? Existe...? Desculpe. Não responda.

Ela sorriu:

– Existe, sim.

Ele permaneceu calado por muito tempo.

– Hank, você seria capaz de abrir mão da Siderúrgica Rearden?

– Não! – A resposta foi feroz e imediata, porém ele acrescentou, pela primeira vez com um toque de desesperança na voz: – Ainda não. – Então olhou para ela, como se, na transição daquelas três palavras, houvesse resumido a trajetória de sua agonia das últimas quatro semanas. – Entendo – disse. Passou a mão na testa de Dagny, um gesto de compreensão, de compaixão, de quase incredulidade e admiração. – Você optou por um verdadeiro inferno! – disse, em voz baixa.

Ela fez que sim.

Dagny se deitou, com a cabeça sobre os joelhos de Rearden. Acariciando seus cabelos, ele disse:

– Vamos lutar contra os saqueadores enquanto pudermos. Não sei que futuro temos, mas ou venceremos ou descobriremos que há esperanças. Até que isso aconteça, lutaremos pelo nosso mundo. Nós dois somos tudo o que resta dele.

Ela adormeceu, tal como estava, com a mão segurando a dele. A última coisa que sentiu, antes de renunciar à responsabilidade da consciência, foi a sensação de um imenso vazio: o vazio de uma cidade e de um continente onde ela jamais encontraria o homem que não tinha o direito de procurar.

CAPÍTULO 24

ANTIVIDA

JAMES TAGGART ENFIOU A MÃO no bolso de seu smoking, puxou para fora o primeiro papel que encontrou – uma nota de 100 dólares – e o colocou na mão do mendigo.

Observou que o sujeito pôs o dinheiro no bolso com um gesto tão indiferente quanto o seu.

– Obrigado, meu chapa – disse o mendigo com desdém e foi embora. Taggart permaneceu parado no meio da calçada, tentando entender de onde provinha a sensação de choque e terror que experimentava. Não da insolência do mendigo, pois ele não buscara gratidão, não fora movido pela piedade; seu gesto fora automático e sem sentido. Era o fato de que o mendigo agia como se para ele desse no mesmo receber 100 dólares ou 10 centavos, ou nada receber e morrer de fome naquela noite. Taggart estremeceu e rapidamente seguiu em frente. O arrepio teve o efeito de fazê-lo esquecer que o estado de espírito do mendigo e o seu eram idênticos.

As paredes da rua ao seu redor tinham uma claridade forçada, artificial, de um crepúsculo de verão, e uma névoa alaranjada preenchia os espaços dos cruzamentos e velava as camadas de telhados, isolando-o num retalho de chão cada vez menor. O calendário no céu se destacava da névoa com insistência, amarelo como um pergaminho antigo, anunciando: 5 de agosto.

Não, pensou ele, em resposta a coisas que não havia identificado, *não é verdade*. Ele estava se sentindo muito bem, e era por isso que tinha resolvido fazer alguma coisa aquela noite. Não podia admitir que aquela estranha inquietação era derivada de um desejo de sentir prazer. Não podia admitir que o prazer específico que queria era o da comemoração, porque não podia admitir aquilo que estava com vontade de comemorar.

Fora um dia de intensa atividade, gasto em palavras que flutuavam vagas como fiapos de algodão, mas que assim mesmo realizavam um objetivo com tanta precisão quanto uma máquina de calcular, e o resultado da soma era sua plena satisfação. Porém seu objetivo e a natureza de sua satisfação tinham de ser escondidos com tanto cuidado de si próprio quanto haviam sido escondidos dos outros, e aquela súbita vontade de prazer era uma falha perigosa.

O dia começara com um almoço leve na suíte de hotel de um deputado argentino, no qual pessoas de diversas nacionalidades haviam discorrido longamente sobre o clima da Argentina, o solo daquele país, seus recursos naturais, as necessidades de seu povo, o valor de uma atitude dinâmica e progressista em relação ao futuro – e ele mencionara, apenas como quem lança um assunto para a conversa, que dentro de duas semanas a Argentina seria proclamada república popular.

Em seguida, foi tomar uns drinques na casa de Orren Boyle, onde havia apenas um discreto cavalheiro argentino sentado calado num canto. Dois executivos de Washington e alguns amigos que ocupavam cargos não especificados conversaram sobre recursos naturais, metalurgia, mineralogia, obrigações de nações vizinhas e o bem-estar do mundo – e mencionaram que em três semanas seria concedido um empréstimo de 4 bilhões de dólares à República Popular da Argentina e à República Popular do Chile.

De lá, foi a um pequeno coquetel numa sala reservada de um bar que imitava uma adega no alto de um arranha-céu, uma reunião promovida por ele, James Taggart, em homenagem aos diretores de uma companhia recém-formada, a Companhia de Boa Vizinhança, Amizade e Desenvolvimento, cujo presidente era Boyle e cujo tesoureiro era um homem esbelto, gracioso e hiperativo, um chileno chamado Mario Martinez, mas que, em razão de alguma semelhança espiritual, se chamava, na cabeça de Taggart, "señor Cuffy Meigs". Conversaram sobre golfe, corridas de cavalos, regatas, automóveis e mulheres. Não fora necessário mencionar – já que todos sabiam – que a empresa recém-criada tinha um contrato de exclusividade para explorar, durante um período de 20 anos de "arrendamento administrativo", todas as propriedades industriais das repúblicas populares do hemisfério sul.

O último evento do dia fora um grande jantar oferecido por Rodrigo Gonzales, representante diplomático do Chile. Um ano antes ninguém sabia quem era Gonzales, mas nos últimos seis meses ele havia se tornado famoso pelas festas que dava, desde o dia em que chegou a Nova York. Seus convidados o classificavam como um homem de negócios progressista. Dizia-se que ele perdera suas propriedades quando, ao se tornar república popular, o Chile nacionalizou todas as propriedades, exceto as pertencentes a cidadãos de países atrasados, que não eram repúblicas populares, como a Argentina, porém ele adotara uma atitude esclarecida e se aliara ao novo regime, colocando-se a serviço de seu país. Sua casa em Nova York era um andar inteiro de um exclusivo hotel-residência. Seu rosto era gordo e inexpressivo, e ele tinha olhos de assassino. Ao observá-lo durante o jantar, Taggart concluiu que aquele homem era imune a todo e qualquer tipo de sentimento. Tinha-se a impressão de que ele nada sentiria se uma faca cortasse, despercebida, várias camadas de sua carne flácida – porém havia um prazer lascivo, quase sexual, na maneira como ele esfregava os pés nos pelos de seus tapetes persas, ou acariciava o braço polido de sua cadeira, ou envolvia a ponta do charuto com os lábios. Sua mulher era pequena e atraente, não bela, ao contrário do que ela própria julgava, porém com a reputação de ser bela, graças a uma energia nervosa, violenta, e a uma maneira de ser curiosamente autoafirmativa, frouxa, intensa e cínica, que parecia prometer qualquer coisa e absolver qualquer um. Sabia-se que o comércio que ela praticava era o principal trunfo de seu marido, numa época em que se comerciavam não produtos, mas favores. Ao vê-la circulando entre os convidados, Taggart ficou pensando, com humor, nos negócios fechados, nos decretos decididos e nas indústrias destruídas em troca de algumas noites, as quais a maioria dos homens envolvidos não tinha desejado muito e das quais, talvez, nem sequer se lembrassem mais. A festa o entediava. Apenas umas poucas pessoas presentes o haviam feito vir, e nem fora necessário falar com elas, somente ser visto por elas e trocar alguns olhares. Quando iam servir o jantar, ele ouviu aquilo que viera para ouvir: Gonzales mencionou – enquanto a fumaça de seu charuto subia em círculos até os rostos de meia dúzia de homens que haviam se aproximado de sua poltrona – que, por um acordo feito com a futura República Popular da Argentina, as propriedades da Cobre D'Anconia seriam nacionalizadas pela República Popular do Chile em menos de um mês, no dia 2 de setembro.

Tudo corria tal como Taggart havia imaginado. O inesperado só aconteceu quando, ao ouvir aquelas palavras, ele sentiu uma vontade irreprimível de fugir dali. Sentia-se incapaz de suportar o tédio do jantar, como se fosse necessária alguma outra forma de atividade para comemorar a realização daquela noite. Saiu para as ruas, para aquele crepúsculo de verão, com a sensação de que estava ao mesmo tempo perseguindo e sendo perseguido: perseguindo um prazer que nada podia lhe dar, em comemoração a uma sensação que não ousava identificar – e perseguido pelo terror de descobrir que motivação o impelira durante o planejamento da realização daquela noite, e qual o aspecto dela que lhe proporcionava agora essa sensação febril de gratificação.

Lembrou que iria vender suas ações da Cobre D'Anconia, que jamais haviam se recuperado plenamente após a queda do ano anterior, e iria comprar ações da Companhia de Boa Vizinhança, Amizade e Desenvolvimento, tal como combinara com seus amigos, o que lhe daria uma fortuna. Porém essa ideia só lhe proporcionava tédio. Não era isso que ele queria comemorar.

Tentou se obrigar a achar prazer nesta ideia: *O dinheiro*, pensou, *foi minha motivação, o dinheiro, nada pior do que isso*. Não era uma motivação normal? Não era válida? Não era isso que todos eles queriam, os Wyatt, os Rearden, os D'Anconia? Sacudiu a cabeça para afastar aqueles pensamentos, que pareciam estar entrando num perigoso beco sem saída, cujo fim era algo que ele jamais podia se permitir ver.

Não, pensou, desanimado, admitindo-o com relutância, *o dinheiro já não representa nada para mim*. Ele havia desperdiçado dinheiro a rodo – na festa que dera naquele dia –, em bebidas que não terminara, iguarias que não comera, gorjetas e caprichos desnecessários, um telefonema à Argentina só para confirmar a versão exata de uma história indecente que ele começara a contar – em coisas gratuitas, pelo estupor de saber que era mais fácil pagar do que pensar.

"Esse Plano de Unificação das Ferrovias não vai ser problema nenhum para você", lhe dissera Boyle entre risinhos, bêbado. Por causa do plano, uma ferrovia local da Dakota do Norte havia ido à falência, a região ficara desprovida de transporte e o banqueiro local se suicidara após matar a mulher e os filhos. Um trem de carga fora desativado no Tennessee, deixando uma fábrica de lá sem transporte de um dia para o outro; o filho do dono da fábrica largara a faculdade e agora estava preso, aguardando a execução, por ter cometido um assassinato juntamente com uma quadrilha de saqueadores. Uma estação secundária fora fechada no Kansas, e o agente da estação, que queria se tornar cientista, largou os estudos e virou lavador de pratos – tudo isso para que ele, James Taggart, pudesse, na sala reservada de um bar, pagar a bebida com que Boyle se embriagava, pagar o garçom que passou uma esponja na roupa de Boyle quando ele derramou bebida, o tapete queimado pelos cigarros de um ex-cafetão chileno que não quis se dar ao trabalho de esticar o braço para alcançar um cinzeiro que estava a um metro dele.

Não foi a consciência de sua atual indiferença em relação ao dinheiro que fez Taggart estremecer de horror. Foi a de que ele ficaria igualmente indiferente se estivesse reduzido à situação de mendigo. Antigamente sentia um pouco de culpa – uma coisa indistinta, como uma leve irritação – ao pensar que também era ganancioso, ele, que vivia denunciando a ganância dos outros. Agora se dava conta, de repente, de que jamais fora hipócrita: na verdade, nunca ligara mesmo para dinheiro. Isso lhe abria outro buraco à frente, que levava a outro beco sem saída que ele não podia se arriscar a ver.

É só que eu estou com vontade de fazer alguma coisa hoje!, exclamou ele mentalmente para ninguém em particular, em protesto, com raiva, contra o que quer que fosse que insistia em colocar essas ideias na sua cabeça – com raiva do Universo em que algum poder malévolo não lhe permitia encontrar prazer sem precisar saber o que ele queria e por que o queria.

"O que você quer?", uma voz inimiga lhe perguntava incessantemente, e ele caminhou mais depressa, tentando fugir dela. Parecia-lhe que seu cérebro era um labirinto em que a cada curva se abria um beco sem saída, que levava a uma neblina que ocultava um abismo. Parecia-lhe que ele estava correndo, enquanto a pequena ilha de segurança ia diminuindo, e em pouco tempo só restariam os becos. Era como os restos de claridade ao seu redor, com a neblina que vinha preenchendo todas as saídas. *Por que meu espaço é cada vez menor?*, pensou ele, em pânico. Fora assim que ele vivera toda a sua vida: mantendo a vista sempre no pedaço de calçada imediatamente à sua frente, para não se arriscar, evitando olhar para a estrada, as esquinas, as distâncias, os pináculos. Jamais tivera a intenção de ir a lugar algum; queria não ter que ir para a frente, queria se libertar da tirania da linha reta. Nunca quisera que seus anos de vida totalizassem uma soma final – qual seria sua soma? –, por que ele havia chegado a um destino que não escolhera, onde não podia mais ficar parado nem voltar atrás?

– Olhe para a frente, rapaz! – gritou uma voz, e um cotovelo o empurrou. Então percebeu que havia se chocado com uma figura volumosa e fedorenta, e que estivera correndo.

Começou a andar mais devagar e permitiu que sua mente se desse conta das ruas que ele havia escolhido para essa sua fuga aleatória. Não queria perceber que estava indo em direção à sua casa, à sua mulher. Mais um beco sem saída nevoento, porém não havia outro para onde ele pudesse ir.

No momento em que viu a figura silenciosa de Cherryl se levantar quando ele entrou no quarto dela, Taggart compreendeu que aquilo era mais perigoso do que ele pudera admitir e que não encontraria o que procurava. Mas, para ele, o perigo era um sinal que o fazia desligar a visão, suspender o julgamento e seguir em frente, baseado na premissa implícita de que o perigo permaneceria irreal graças ao poder soberano de seu desejo de não o ver – como uma buzina de nevoeiro interior, que soasse não como um alerta, e sim para chamar a neblina.

– É, realmente eu tinha um jantar de negócios importante para ir, mas mudei de ideia, tive vontade de jantar com você – disse ele, no tom de quem faz um elogio, porém tudo o que ela disse em resposta, em voz baixa, foi:

– Entendo.

Irritavam-no aquele jeito tranquilo dela e aquele rosto pálido que nada revelava. Irritava-o a eficiência absoluta com que ela dava ordens aos criados. Depois se irritava ao se ver na sala de jantar, iluminada por velas, olhando-a do outro lado de uma mesa posta com perfeição, sobre a qual repousavam duas taças de cristal cheias de frutas dentro de tigelas repletas de gelo.

O que mais o irritava era o autocontrole dela. Cherryl não era mais aquela coisinha assustada com o luxo de uma casa projetada por um grande artista: ela agora estava à altura da casa. Sentada à mesa, tinha o porte de quem é uma anfitriã apropriada ao ambiente ao seu redor. Trajava um roupão feito sob medida, de brocado de um castanho-avermelhado que combinava com seus cabelos cor de bronze. A simplicidade severa de suas linhas era seu único ornamento. Taggart teria preferido as pulseiras balançantes e as joias falsas que ela usava antes. Os olhos de Cherryl o perturbavam havia meses: não eram nem simpáticos nem hostis, porém observadores e questionadores.

– Fechei um grande negócio hoje – anunciou ele, num tom de voz em que se misturavam a empáfia e a súplica. – Um negócio que envolve todo este continente e meia dúzia de governos.

Taggart percebeu que a admiração e a curiosidade entusiástica que ele esperava eram coisas que pertenciam à mocinha balconista que já não existia. Não viu nada daquilo no rosto de sua mulher. Até mesmo a raiva ou o ódio seriam melhores do que aquele olhar atento, de frente. O olhar era pior do que acusador: era inquisidor.

– Que negócio, Jim?

– Como assim, que negócio? Por que você está desconfiada? Por que já está se intrometendo?

– Desculpe. Eu não sabia que era confidencial. Você não precisa responder.

– Não é confidencial. – Ele esperou, mas ela permaneceu calada. – E daí? Não vai dizer nada?

– Não – ela respondeu com simplicidade, como se para lhe agradar.

– Então você não está nem interessada?

– Eu só pensei que você não estava com vontade de falar sobre o assunto.

– Ah, não seja ardilosa! – exclamou ele. – É um grande negócio. Não é isso que você admira, os grandes negócios? Pois é uma coisa maior do que esse pessoal aí é capaz de sonhar. Eles passam a vida inteira se matando de trabalhar para fazer uma fortuna, tostão por tostão, enquanto eu ganho milhões assim. – E, dizendo isso, Taggart estalou os dedos. – A maior proeza já feita.

– Proeza, Jim?

– Negócio!

– E foi você quem fez?

– Eu mesmo! Aquele gordo idiota, o Orren Boyle, jamais conseguiria fechar um negócio desses, nem em um milhão de anos. Só com muito conhecimento, habilidade, senso de oportunidade... – Taggart viu um lampejo de interesse nos olhos de Cherryl – ... e psicologia. – O lampejo desapareceu, mas ele prosseguiu: – Foi preciso saber abordar Wesley Mouch, saber afastar dele as influências indesejáveis e interessar o Sr. Thompson diretamente, sem deixar que ele se inteirasse demais da coisa, fazer com que Chick Morrison entrasse na jogada, mas ao mesmo tempo não deixar que Tinky Holloway entrasse, e convencer as pessoas certas a dar umas festas em homenagem a Mouch na hora certa, e... Cherryl, tem champanhe nesta casa?

– Champanhe?

– Será que a gente não podia fazer alguma coisa especial esta noite? Fazer uma comemoração, nós dois?

– Claro que podemos tomar champanhe, Jim.

Tocou a campainha e deu as ordens com seu jeito estranhamente indiferente, acrítico, atendendo meticulosamente aos desejos do marido, sem jamais manifestar desejo algum.

– Você não parece muito impressionada – disse ele. – Mas, afinal, o que é que entende de negócios? Você não seria capaz de entender uma coisa tão grande. Espere só até 2 de setembro. Espere só até *eles* saberem de tudo.

– Eles, quem?

Taggart dirigiu a ela um olhar que parecia querer dizer que ele deixara escapar sem querer uma palavra perigosa.

– Nós organizamos uma situação em que nós, quer dizer, eu, Orren e mais alguns amigos, vamos controlar todas as propriedades industriais da América Latina.

– Propriedades de quem?

– Bem... do povo, ora. Não se trata de uma negociata com fins lucrativos como as de antigamente. É um negócio que tem uma missão, uma missão meritória, cheia de espírito público, para administrar as propriedades nacionalizadas das diversas repúblicas populares da América do Sul, ensinar aos trabalhadores de lá as nossas técnicas modernas de produção, ajudar as pessoas menos favorecidas que nunca tiveram oportunidade de... – Parou de repente, embora Cherryl estivesse apenas olhando fixamente para ele. – Sabe de uma coisa? – disse ele de repente, com um risinho frio. – Se você tem tanto medo de deixar que as pessoas descubram que saiu da favela, você devia ser mais interessada na filosofia do bem-estar social. São sempre os pobres que não têm instintos humanitários. É preciso nascer em berço de ouro para conhecer os sentimentos altruísticos mais elevados.

– Nunca tentei esconder de ninguém que saí da favela – disse ela, no tom simples e impessoal de quem corrige um erro factual. – E não tenho a menor simpatia por essa filosofia de bem-estar social. Já conheci muito pobre e sei por que muitos deles querem tudo de graça. – Ele não respondeu, e ela acrescentou de repente, com uma voz cheia de espanto, porém firme, como se estivesse por fim tirando uma dúvida antiga: – Jim, você também não se interessa por isso. Você não liga nem um pouco para toda essa conversa fiada de bem-estar social.

– Bem, se você só está interessada em dinheiro – disse ele –, vou lhe dizer uma coisa: esse negócio vai me trazer uma fortuna. É isso que você sempre admirou, não é? Riqueza?

– Depende.

– Acho que vou acabar sendo um dos homens mais ricos do mundo – disse ele, mas não perguntou de que dependia a admiração de Cherryl. – Não vai haver nada que eu não possa comprar. Nada. Diga uma coisa qualquer. Posso lhe dar o que você quiser. Vamos, diga.

– Não quero nada, Jim.

– Mas eu queria lhe dar um presente! Para comemorar esta ocasião, entende? Qualquer coisa que lhe der na veneta. Qualquer coisa. Eu posso. Eu quero lhe mostrar que posso. Qualquer capricho que você tiver.

– Não tenho capricho nenhum.

– Ah, o que é isso! Quer um iate?

– Não.

– Quer que eu compre todo o bairro em que você morava lá em Buffalo?

– Não.

– Quer as joias da coroa da República Popular da Inglaterra? Estão à venda, sabia? O governo está dando a entender isso há algum tempo. No mercado negro. Mas há poucos milionários da antiga com dinheiro bastante para comprá-las. Pois eu posso... quer dizer, vou poder, depois do dia 2 de setembro. Quer?

– Não.

– Então o que você quer?

– Não quero nada, Jim.

– Mas tem que querer! Você tem que querer alguma coisa, sua desgraçada!

Cherryl olhou para ele um pouco surpresa, porém assim mesmo com indiferença.

– Ah, está bem, desculpe – disse ele, parecendo surpreso com sua própria explosão. – Eu só queria agradá-la – justificou, contrariado –, mas acho que você não entende isso. Não sabe quanto isso é importante. Você não faz ideia de como é importante o homem com quem se casou.

– Estou tentando descobrir – disse ela devagar.

– Você continua pensando que Hank Rearden é um grande homem?

– Continuo, sim, Jim.

– Pois eu o derrotei. Sou maior do que todos eles, do que Rearden e do que aquele outro amante da minha irmã, que... – Parou, como se tivesse ido longe demais.

– Jim – perguntou ela, num tom de voz neutro –, o que é que vai acontecer no dia 2 de setembro?

Taggart a fitou, revirando os olhos – foi um olhar frio, enquanto seus músculos formavam um meio sorriso, como se estivesse cinicamente violando seu autocontrole sagrado.

– Vão nacionalizar a Cobre D'Anconia – respondeu ele.

Ele ouviu o estrondo áspero e prolongado de um avião ganhando altitude na escuridão, depois o ruído delicado de um pedaço de gelo, semiderretido, escorregando para o fundo da taça. Então Cherryl disse:

– Ele era seu amigo, não era?

– Ah, cale a boca!

Ele ficou calado, sem olhar para a mulher. Quando voltou a olhar para Cherryl, ela continuava de olhos fixos nele, e disse, com uma voz estranhamente séria:

– O que a sua irmã fez naquele programa de rádio foi extraordinário.

– Eu sei, eu sei, você não para de dizer isso há um mês.

– Você nunca comentou nada.

– O que você quer que eu comente?

– E seus amigos de Washington também não comentaram nada. – Ele permaneceu calado. – Jim, não vou mudar de assunto. – Ele não disse nada. – Os seus amigos de Washington não disseram uma palavra sobre aquilo. Não negaram as coisas que ela disse, não explicaram, não tentaram se justificar. Agiram como se ela não tivesse dito nada. Acho que eles estão querendo que as pessoas esqueçam. Algumas pessoas vão esquecer. Mas outras não vão esquecer o que ela disse, nem que os seus amigos tiveram medo de contra-atacar.

– Isso não é verdade! Foram tomadas as medidas apropriadas e o incidente está encerrado. Não sei por que você volta e meia puxa esse assunto.

– Que medidas?

– O programa de Bertram Scudder foi suspenso, por não ser de interesse público no momento atual.

– E isso constitui uma resposta ao que ela disse?

– Isso encerra a questão, e não há mais nada a dizer sobre o assunto.

– Sobre um governo que lança mão de chantagem e extorsão?

– Não é verdade que nada foi feito. Foi afirmado publicamente que o programa de Scudder era indesejável, destruidor e pouco confiável.

– Jim, quero entender essa história. Scudder não estava do lado dela. Estava do seu lado. Não foi nem ele que acertou aquela entrevista. Estava recebendo ordens de Washington, não estava?

– Eu pensava que você não gostasse dele.

– Não gostava e não gosto, mas...

– Então por que se preocupa com isso?

– Mas, em relação a essa questão, ele é inocente, não é?

– Eu preferia que não se metesse em política. Você diz bobagens.

– Ele é inocente, não é?

– E daí?

Ela arregalou os olhos de incredulidade:

– Então eles simplesmente fizeram dele bode expiatório?

– Ah, não fique com essa cara de Eddie Willers!

– É mesmo? Eu gosto de Willers. Ele é honesto.

– Ele é um idiota que não faz a menor ideia de como se encara uma realidade prática!

– Mas você sabe, não é, Jim?

– Se sei!

– Então você não podia ter ajudado Scudder?

– *Eu*? – Começou a rir, um riso impotente e irado. – Ah, quando é que você vai crescer, hein? Eu fiz o possível para a bomba estourar na mão dele! Tinha que estourar na mão de alguém. Você não entende que, se não fosse na de outra pessoa, seria na *minha*?

– Na *sua*? Por que não na de Dagny, se ela estava errada? Por que ela não estava errada?

– Dagny está numa categoria totalmente diferente! Era eu ou Scudder.

– Por quê?

– E é muito melhor para a política da nação que seja ele. Nesse caso, não é preciso entrar no mérito do que ele disse. E, se alguém levantar essa questão, a gente argumenta que aconteceu no programa de Scudder, e que o programa dele foi desacreditado, e está provado que ele é um mentiroso, etc. E você acha que o público vai entender alguma coisa? Afinal, ninguém nunca confiou no Scudder. Ah, não me olhe desse jeito! Você preferia que eu fosse desacreditado?

– Por que não Dagny? Por que era impossível desacreditá-la?

– Se está com tanta peninha do Scudder, você devia tê-lo visto fazendo o possível para que a bomba estourasse na *minha* mão! Há anos que ele vem fazendo isso! Como é que você pensa que ele chegou até onde chegou, se não pisando nos outros? Ele se achava muito poderoso: você não imagina como os grandes industriais tinham medo dele! Mas dessa vez ele foi passado para trás. Dessa vez ele ficou do lado errado.

Vagamente, no estupor agradável do descanso, refestelado em sua cadeira e sorrindo, Taggart pensou que era este o prazer que queria experimentar: ser ele mesmo. *Ser eu mesmo*, pensou, *no estado drogado, precário, de passar flutuando pelo mais perigoso dos becos sem saída, aquele que levava à questão do que eu era na verdade.*

– É que Scudder era da facção de Tinky Holloway. Durante algum tempo, a coisa estava indefinida entre o grupo de Holloway e o de Chick Morrison. Mas nós ganhamos. Holloway topou jogar para o alto o amigo dele, Bertram, em troca de uns favorezinhos nossos de que ele precisava. Só você vendo como Bertram gritava! Mas ele estava perdido e sabia que estava.

Ele começou a dar uma risadinha, porém parou quando a névoa se dissipou e ele viu o rosto da mulher.

– Jim – sussurrou ela –, é esse o tipo de... vitória que você tem conseguido?

– Ah, pelo amor de Deus! – gritou ele, dando um soco na mesa. – Onde você esteve esses anos todos? Em que espécie de mundo você pensa que vive? – Com o soco, derrubara o copo d'água, e o líquido foi formando manchas escuras na toalha.

– Estou tentando descobrir – sussurrou ela. Seus ombros estavam caídos, e seu rosto parecia exausto, envelhecido, doentio, perdido.

– Eu não pude fazer nada! – explodiu ele no meio do silêncio. – A culpa não foi minha! Eu tenho que jogar pelas regras do jogo! Não fui eu quem fez este mundo!

Ficou chocado quando viu que ela riu – um sorriso tão feroz e amargo de desprezo que parecia inacreditável vê-lo naquele rosto doce e paciente. Cherryl não estava olhando para ele, e sim para alguma imagem interior.

– Era isso que meu pai dizia quando se embriagava no bar da esquina em vez de procurar trabalho.

– Como você ousa me comparar com... – foi dizendo Taggart, mas não concluiu a frase, porque ela não estava lhe dando atenção.

Quando voltou a olhar para ele, o que ela disse lhe pareceu completamente irrelevante.

– A data dessa nacionalização, 2 de setembro – perguntou ela, com uma voz distante –, foi você quem a escolheu?

– Não. Não tive nada a ver com isso. É a data de uma sessão especial do Congresso. Por quê?

– É o nosso primeiro aniversário de casamento.

– Hum? Ah, é mesmo! – Sorriu, aliviado por ela ter passado para um assunto menos perigoso. – Vamos fazer um ano de casados. Meu Deus, parece que foi ontem!

– Parece que foi há anos – disse ela, num tom sem qualquer emoção. Mais uma vez, seu olhar estava distante, e de repente Taggart percebeu, contrariado, que aquele assunto também era perigoso. Não gostava de ver no rosto de Cherryl aquele olhar que dava a impressão de que ela estava repensando todo o ano que havia passado desde o dia do casamento.

... Não me assustar, e sim aprender, pensava ela, *o importante é não me assustar, e sim aprender...* As palavras faziam parte de uma frase que ela já tinha repetido para si própria tantas vezes que pareciam constituir um pilar que o peso inerte de seu corpo tornara polido de tanto se agarrar a ele, o pilar que a sustentara durante todo aquele ano. Ela tentou repeti-la, mas era como se suas mãos escorregassem na superfície lisa, como se a frase não conseguisse mais afastar a sensação de terror – porque ela estava começando a entender.

Se você não sabe, o que deve fazer é não se assustar, e sim aprender... Fora durante a solidão confusa do início de seu casamento que ela dissera a si própria essas palavras pela primeira vez. Ela não conseguia entender o comportamento de Jim, sua raiva muda, que parecia sinal de fraqueza, as respostas evasivas e incompreensíveis que dava a suas perguntas, que pareciam indicar covardia – esses traços de personalidade eram impensáveis no James Taggart com quem ela se casara. Disse a si própria que não podia condenar sem compreender, que nada sabia a respeito do mundo dele, que era sua ignorância que a fazia interpretar erroneamente as coisas que ele fazia. Assumiu a culpa, acusou a si própria, porém ao mesmo tempo tinha dentro de si uma certeza teimosa, a sensação de que alguma coisa estava errada, e de que o que estava sentindo era medo.

"Preciso aprender tudo o que é preciso saber e ser, para ser a esposa de James Taggart." Foi assim que explicou seu objetivo para sua professora de etiqueta. Resolveu aprender, com a dedicação, a disciplina, a determinação de um cadete ou de uma noviça. *É a única maneira*, pensava ela, *de fazer jus ao privilégio que meu marido me concedeu, por confiar em que eu seria capaz de subir até a imagem que ele fazia de mim.* Isso era agora um dever seu. E, embora não admitisse isso, achava também que, concluída a longa tarefa, voltaria a vê-lo como o via antes, que o conhecimento lhe devolveria aquele homem que ela conhecera no dia da vitória de sua rede ferroviária.

Não entendeu a reação de Jim quando lhe falou a respeito das aulas de etiqueta. Ele caiu na gargalhada, mas Cherryl não conseguia acreditar que fosse um riso de desdém malicioso. "Por quê, Jim? Por quê? De que você está rindo?" Ele não explicava – quase como se o seu desdém bastasse e dispensasse explicações.

Ela não podia acusá-lo de malícia: ele era muito paciente e generoso em relação às deficiências dela. Fazia questão de exibi-la nos melhores salões da cidade e jamais censurou sua ignorância, sua falta de jeito, aqueles momentos terríveis em que uma silenciosa troca de olhares entre os convidados e o sangue que lhe subia às faces lhe indicavam que, mais uma vez, ela dissera o que não devia. Taggart não demonstrava vergonha, apenas a observava com um leve sorriso nos lábios. Nessas ocasiões, quando chegavam a casa, ele parecia afetuoso e alegre. Cherryl achava que ele estava tentando facilitar as coisas para ela, e a gratidão a fazia estudar com mais afinco ainda.

Ela esperava uma recompensa na noite em que, graças a uma transição imperceptível, pela primeira vez se divertiu numa festa. Sentia-se livre para agir não com base em regras, e sim segundo a própria vontade. Subitamente sentia que as regras haviam se transformado num hábito para ela – sabia que estava atraindo a atenção das pessoas, mas agora, pela primeira vez, não porque a achavam ridícula, e sim porque a admiravam. Todos queriam falar com ela – era a Sra. Taggart, e não mais uma criatura que despertava piedade, um peso nos ombros de Jim, apenas tolerada por causa dele. Agora ela ria alegremente, via os sorrisos de simpatia, de aprovação, nos lábios das pessoas ao seu redor, e de vez em quando olhava para Taggart, do outro lado da sala, radiante, como uma criança que mostra aos pais um boletim altamente lisonjeiro, implorando-lhe que se orgulhasse dela. Ele estava sentado num canto, sozinho, observando-a com um olhar indecifrável.

No caminho de volta para casa, ele não se dirigiu a ela. Quando chegaram, em pé no meio da sala, de repente, ele arrancou a gravata e exclamou:

– Não sei por que continuo indo a essas festas. Nunca vi coisa tão vulgar, tamanha perda de tempo!

– Mas, Jim – disse ela, atônita –, eu achei a festa maravilhosa.

– Não é para menos! Você parecia estar bem à vontade, como se estivesse num parque de diversões. Eu gostaria que você ficasse no seu lugar e não me envergonhasse em público.

– Eu o envergonhei? *Hoje?*

– Sim, senhora!

– Mas como?

– Se você não entende, não posso explicar – disse ele, no tom de voz de um místico que dá a entender que não compreender é sinal de uma vergonhosa inferioridade.

– Pois não entendo – disse ela com firmeza. Taggart saiu da sala e bateu a porta.

Dessa vez, ela sentiu que o inexplicável não era algo totalmente nulo para ela: havia ali algo de malévolo. A partir daquela noite, guardou dentro de si um pequeno ponto duro de medo, como um farol longínquo que se aproxima por uma pista invisível.

Quanto mais ela entendia a respeito do mundo de Taggart, ao invés de enxergá-lo com clareza, mais misterioso ele lhe parecia. Cherryl não conseguia acreditar que deveria sentir admiração pela insensatez das exposições de arte a que os amigos dele compareciam, dos romances que liam, das publicações políticas que comentavam. Naquelas exposições, ela via desenhos como os que vira rabiscados nas calçadas da favela onde passara a infância. Nos romances, os autores tentavam demonstrar a futilidade da ciência, da indústria, da civilização e do amor, com uma linguagem que seu pai não usaria nem mesmo quando estava muito bêbado. Nas revistas, afirmavam-se generalidades covardes, mais gastas que os sermões que aquele pregador mentiroso e ridículo fazia na igreja da favela. Não conseguia acreditar que tais coisas constituíam a cultura pela qual ela antes sentia tanta admiração e que estava tão ansiosa por descobrir. Sentia-se como se houvesse escalado uma montanha, atraída por um vulto que parecia ser um castelo, e descobrisse que era apenas um velho galpão em ruínas.

– Jim – disse ela certa vez, após uma reunião à qual estiveram presentes os homens considerados os líderes intelectuais da nação –, o Dr. Simon Pritchett é um velho falso, mesquinho e assustado.

– Ora, o que é isso? – perguntou ele. – Você se acha em condição de julgar filósofos?

– Acho que tenho condição de julgar vigaristas. Já vi muito vigarista e sei reconhecer um quando o vejo.

– É por isso que eu digo que você nunca vai conseguir deixar para trás as suas origens. Se já tivesse conseguido, você seria capaz de apreciar a filosofia do Dr. Pritchett.

– Que filosofia?

– Se não consegue entender, não posso explicar.

Cherryl não deixou que Taggart encerrasse a conversa com aquela frase da qual ele tanto gostava.

– Jim, ele é um impostor, ele e o Balph Eubank e todo aquele pessoal. Acho que você foi enganado por todos eles.

Ela achou que ele fosse ficar zangado. Em vez disso, viu um rápido lampejo de humor em seus olhos quando ele levantou de leve as pálpebras.

– Isso é o que você pensa – respondeu ele.

Por um instante, sentiu-se apavorada, quando pela primeira vez lhe passou pela cabeça esta ideia: e se Taggart não estivesse sendo enganado por eles? Ela podia compreender a impostura do Dr. Pritchett, graças à qual ele gozava de uma renda imerecida. Podia até admitir a possibilidade de que o marido também fosse um impostor em seus negócios. O que ela não podia conceber era a hipótese de que ele fosse um impostor numa farsa que não lhe dava nenhum lucro, um impostor gratuitamente. Em comparação com isso, a falsidade de um jogador desonesto ou de um vigarista profissional pareciam coisas inocentes. Ela não conseguia conceber o que poderia fazê-lo agir desse modo. Sentia apenas que aquele farol que vinha em sua direção estava agora maior. Não conseguia se lembrar por quais etapas, por que sofrimentos acumulados, primeiro sob a forma de uma ligeira sensação de mal-estar, depois como descobertas súbitas que a deixavam atônita, e por fim como um medo crônico, constante, ela começara a duvidar da posição ocupada por Jim na rede ferroviária. Foi quando, ao responder a suas primeiras perguntas inocentes, ele respondera exclamando "Quer dizer que você não confia em mim?", que ela se deu conta de que não confiava nele – quando a dúvida ainda não havia se formado em sua mente e ela realmente achava que as respostas que o marido lhe daria restabeleceriam sua confiança. Na favela de sua infância, aprendera que as pessoas honestas jamais se preocupavam com a possibilidade de inspirarem desconfiança.

Toda vez que ela mencionava a rede ferroviária, ele respondia: "Não gosto de falar de trabalho." Certa vez, Cherryl tentou insistir:

– Jim, você sabe o que eu penso do seu trabalho e quanto eu o admiro.

– É mesmo? Afinal, você se casou com um homem ou com o presidente de uma rede ferroviária?

– Eu... nunca fiz essa distinção.

– Não acho isso nem um pouco lisonjeiro.

Ela o olhou confusa: achava que ele ia sentir-se lisonjeado.

– Gosto que você me ame pelo que sou, não por causa da minha rede ferroviária – disse ele.

– Ah, Jim! – exclamou ela. – Não posso acreditar que você pense que eu...

– Não – disse ele, com um sorriso triste e generoso. – Jamais pensei que você se casou comigo por causa de meu dinheiro ou de minha posição social. *Eu* nunca duvidei de você.

Percebendo, confusa, envergonhada, que realmente dera margem para que ele a entendesse mal, que se esquecera das muitas decepções que ele certamente sofrera por causa de mulheres interesseiras, tudo o que ela pôde fazer foi sacudir a cabeça e gemer:

– Ah, Jim, não foi isso que eu quis dizer!

Ele deu uma risadinha de leve, como quem sorri para uma criança, e colocou um dos braços em seus ombros.

– Você me ama? – perguntou ele.

– Amo – sussurrou ela.

– Então tem que ter fé em mim. O amor é fé, você sabe. Não vê que eu preciso de fé? Não confio em nenhuma das pessoas ao meu redor, só tenho inimigos, me sinto muito só. Não sabe que preciso de você?

O que a fez, depois dessa conversa, ficar andando em seu quarto de um lado para outro, angustiada, foi o fato de que ela queria desesperadamente acreditar em Taggart – e no entanto não acreditava em nenhuma das palavras que ele dizia, embora fossem claramente verdadeiras.

Eram verdadeiras, sim, mas não no sentido em que ele as entendia, não em qualquer sentido que ela jamais fosse capaz de apreender. Era verdade que Taggart precisava dela, mas a natureza dessa necessidade era algo que ela não conseguia definir. Não era adulação que ele queria. Ela já o vira ouvindo elogios servis de mentirosos, com uma expressão inerte e ressentida no rosto – quase a de um viciado ao sentir que a dose não foi suficiente para satisfazê-lo. Mas Cherryl já o vira olhar para ela como se esperasse uma dose que o reanimasse e, às vezes, como se estivesse implorando. Vira um lampejo de vida em seus olhos sempre que ela lhe concedia algum sinal de admiração – no entanto, ele sempre explodia de raiva quando ela lhe explicava o motivo dessa admiração. Ele parecia querer que ela o considerasse um grande homem, mas que jamais ousasse atribuir algum conteúdo específico à sua grandeza.

Ela não entendeu nada naquela noite de abril quando Taggart voltou de uma viagem a Washington.

– Oi, garota! – disse ele bem alto, colocando-lhe nos braços um ramo de lilases. – Os bons tempos estão voltando! Vi essas flores e pensei em você. A primavera está chegando, garota!

Pegou um drinque e começou a andar de um lado para outro, falando com uma alegria esfuziante demais, espalhafatosa. Havia em seus olhos um brilho febril, e em sua voz havia uma excitação que não era natural. Ela começou a ficar na dúvida: estaria ele entusiasmado ou arrasado?

– Eu sei o que eles estão planejando – disse ele de repente, sem nenhuma transição, e ela rapidamente olhou para ele: já conhecia o tom daquelas suas explosões súbitas. – Não há nem 12 pessoas em todo o país que sabem, mas eu sei! O pessoal do primeiro escalão está mantendo a coisa em segredo para pegar todo o país desprevenido, na hora certa. Muitas pessoas vão ficar espantadíssimas! Vão ficar de queixo caído! Muitas pessoas? Que nada, todo mundo neste país! Todos vão ser afetados. É muito importante, mesmo.

– Afetados? De que modo, Jim?

– Vai *afetá-los*! E eles não sabem o que vem por aí, mas eu sei. Hoje – e indicou com um gesto as janelas iluminadas da cidade – estão todos fazendo planos, contando dinheiro, abraçando os filhos e os sonhos. Não sabem, mas eu sei, que tudo será alterado, interrompido, modificado!

– Modificado para pior ou para melhor?

– Para melhor, é claro – respondeu ele com impaciência, como se a pergunta fosse irrelevante. Sua voz pareceu perder o entusiasmo e se tornou falsa e oficial. – É um plano para salvar a nação, impedir o declínio econômico, manter tudo como está, obter a estabilidade e a segurança.

– Que plano?

– Não posso lhe dizer. É confidencial. Altamente confidencial. Você não imagina quantas pessoas gostariam de saber. Não há um industrial no país que não fosse capaz de dar seus 10 melhores altos-fornos só para receber um alerta! Como Hank Rearden, que você admira tanto. – Deu uma risadinha e ficou a contemplar o futuro.

– Jim, por que você odeia Rearden? – perguntou ela, e o toque de medo que havia em sua voz fez com que ele se desse conta da maneira como havia rido.

– Eu não o odeio! – Virou-se para ela, e inexplicavelmente seu rosto parecia ansioso, quase apavorado. – Nunca disse que o odiava. Não se preocupe, ele vai aprovar o plano. Todos vão aprová-lo. É para o bem geral. – Taggart parecia estar implorando. Confusa, Cherryl estava certa de que ele mentia, mas, ao mesmo tempo, que o tom de súplica era sincero – como se ele tivesse uma necessidade desesperada de tranquilizá-la, porém não a respeito daquilo que dissera.

Ela se obrigou a sorrir.

– É claro, Jim – respondeu, tentando entender que instinto, naquele caos absurdo, a fizera falar como se coubesse a ela tranquilizá-lo.

A expressão que viu no rosto de Taggart era quase um sorriso, quase de gratidão.

– Eu tinha que falar nisso hoje. Tinha que contar para você. Queria que você soubesse como são importantes as questões com as quais eu lido. Você vive falando sobre meu trabalho, mas não faz a menor ideia do que é: é uma coisa muito mais ampla do que você imagina. Você acha que administrar uma rede ferroviária é uma questão de trilhos e metais sofisticados e cumprir horários de trens. Mas não é. Isso qualquer subalterno sabe fazer. O cerne da questão está em Washington. Meu trabalho é político. Político. Decisões de âmbito nacional, que afetam tudo, controlam todos. Umas palavras escritas numa folha de papel, um decreto – isso altera a vida de todas as pessoas, em todas as mansões e casebres deste país!

– É, Jim – disse ela, tentando acreditar que ele era mesmo um homem importante naquele misterioso reino de Washington.

– Você vai ver – disse ele, andando de um lado para outro. – Acha que eles são poderosos, esses gigantes da indústria que entendem tanto de motores e altos-fornos? Eles vão ter que parar! Vão perder tudo! Vão cair de joelhos! Vão ser...

– Taggart percebeu o olhar que ela fixara nele. – Não é para nós – ele rapidamente foi dizendo –, é para o povo. Esta é a diferença entre os negócios e a política: não temos objetivos egoístas, particulares, não queremos lucros, não vivemos correndo atrás de dinheiro, não precisamos! É por isso que somos difamados e incompreendidos por todos esses gananciosos que são incapazes de conceber uma motivação espiritual, um ideal moral, um... Não pudemos fazer nada! – exclamou de repente, virando-se para ela. – Tivemos que adotar esse plano! Com tudo caindo aos pedaços e parando, tínhamos que fazer alguma coisa! Precisávamos impedir que eles parassem! Não pudemos fazer nada!

Seu olhar era de desespero. Cherryl não sabia se ele estava se gabando ou pedindo perdão, não sabia se aquilo era triunfo ou terror.

– Jim, você está bem? Talvez tenha trabalhado demais, esteja exausto, e...

– Nunca me senti tão bem na minha vida! – exclamou ele, voltando a andar de um lado para outro. – Trabalhei demais, sim. Meu trabalho é mais importante que qualquer coisa que você seja capaz de imaginar. E muito acima das coisas que fazem esses mecânicos do tipo de Rearden e minha irmã. Tudo o que eles sejam capazes de fazer, eu posso desfazer. Eles que construam uma ferrovia: se eu quiser, eu a quebro, assim! – estalou os dedos –, como quem quebra uma espinha!

– Você quer quebrar espinhas? – sussurrou ela, trêmula.

– Eu não disse isso! – gritou ele. – O que há com você? Eu não disse isso!

– Desculpe, Jim! – exclamou, chocada com o que ela própria dissera e com o terror que viu nos olhos dele. – É que eu não entendo, mas... mas sei que não devia ficar incomodando você com perguntas quando está tão cansado... – Cherryl estava tentando desesperadamente convencer a si própria. – Quando você tem tantas coisas na cabeça... coisas... tão... importantes... que eu nem posso imaginar...

Seus ombros baixaram e ele relaxou. Aproximou-se dela e caiu de joelhos, pesadamente, colocando os braços ao redor de Cherryl.

– Sua bobinha! – disse ele, afetuoso.

Ela se agarrou ao marido, impelida por algo que parecia ternura, quase piedade.

Mas ele levantou o rosto para olhá-la nos olhos, e ela teve a impressão de ver nos olhos dele uma mistura de gratificação e desprezo – quase como se, por causa de alguma forma desconhecida de aprovação, ela o tivesse absolvido ao mesmo tempo que condenara a si própria.

Nos dias que se seguiram, ela constatou que de nada adiantava dizer a si própria que essas coisas estavam além de sua compreensão, que era seu dever acreditar nele, que amor era fé. Sua dúvida não parava de aumentar: duvidava daquele trabalho incompreensível de Taggart, da relação que havia entre ele e a rede ferroviária. Não entendia por que a dúvida aumentava quanto mais repetia para si própria que devia ter fé nele, por obrigação. Então, numa noite de insônia, se deu conta de que sua tentativa de cumprir essa obrigação consistia em se afastar das pessoas sempre que elas falavam sobre o trabalho do marido, se recusar a ler tudo o que o jornal publicava a respeito da Taggart Transcontinental, impedir que entrassem em sua mente todos os dados concretos, todas as contradições. Parou, atônita, quando se formulou em sua mente esta pergunta: "Então a fé se opõe à verdade?" E, compreendendo que seu empenho em acreditar era em parte medo de saber, resolveu descobrir a verdade, com uma sensação mais limpa e mais calma de retidão do que jamais lhe inspirara sua tentativa de enganar a si própria por obrigação.

Não demorou muito para que Cherryl aprendesse. As evasivas dos executivos da Taggart quando ela lhes perguntava alguma coisa, as generalidades vagas de suas respostas, a tensão que demonstravam quando se mencionava o nome de seu patrão, sua óbvia relutância em falar sobre ele – tudo isso, embora não lhe desse nada de concreto, a levava a esperar o pior. Os funcionários da ferrovia eram mais específicos – os guarda-chaves, os guarda-cancelas, os bilheteiros com quem puxava conversa no Terminal Taggart, que não a conheciam. "Jim Taggart? Aquela besta que só sabe gemer, choramingar e fazer discursos?" "Jimmy, o presidente? Pois vou lhe dizer uma coisa: ele só entende mesmo de trem da alegria." "O patrão? O Sr. Taggart? A senhora quer dizer 'senhorita Taggart', não é?"

Foi Eddie Willers quem lhe contou toda a verdade. Sabia que ele conhecia Jim desde a infância e o convidou para almoçar. Quando o encarou à mesa, quando viu seu olhar sério, questionador e franco, a simplicidade literal de suas palavras, desistiu de tentar sondá-lo e lhe disse exatamente o que queria saber e por quê, de modo impessoal, sem pedir ajuda nem piedade, apenas a verdade. Ele lhe respondeu da mesma maneira. Contou tudo a ela, com voz tranquila e impessoal, sem fazer nenhum julgamento nem manifestar nenhuma opinião, sem influenciar as emoções de sua ouvinte, falando com a austeridade e o poder dos fatos. Disse-lhe quem realmente administrava a Taggart Transcontinental. Contou-lhe a história da Linha John Galt. Ela ouvia, e o que sentia não era uma sensação de choque, e sim algo pior: a falta de qualquer sensação, como se já soubesse daquilo tudo desde sempre.

– Obrigada, Sr. Willers – foi tudo o que disse quando ele terminou. Naquela noite, ao esperar a chegada de Taggart, Cherryl não sentia dor nem indignação, graças a seu distanciamento, como se para ela nada mais importasse, como se fosse necessário que ela fizesse algo, só que daria no mesmo o que quer que fizesse, quaisquer que fossem as consequências.

Quando o marido entrou, não foi raiva o que ela sentiu, e sim uma espécie de espanto confuso, quase como se não soubesse quem ele era e por que era necessário que ela falasse com ele. Em poucas palavras, lhe disse o que sabia, com uma voz cansada e sem vida. Teve a impressão de que mal começara a falar e ele já entendera tudo, como se já soubesse que isso ia acontecer mais cedo ou mais tarde.

– Por que você não me contou a verdade? – perguntou ela.

– Então é assim que você manifesta sua gratidão? – gritou ele. – É assim que você se sente depois de tudo o que eu fiz por você? Bem que todo mundo me disse que pegar uma gata de rua abandonada só ia dar em grosseria e egoísmo!

Ela o encarava como se ele estivesse produzindo sons sem sentido que nenhuma ligação tivessem com o que havia em sua mente.

– Por que você não me disse a verdade?

– É esse o amor que sente por mim, sua hipocritazinha suja? É isso que me dá em troca da minha confiança em você?

– Por que você mentiu? Por que deixou que eu pensasse o que pensava?

– Você devia ter vergonha de olhar para mim e de falar comigo!

– *Eu?* – Cherryl vira um sentido naqueles sons que ele produzia, só que não conseguia acreditar nesse significado. – O que você está tentando fazer, Jim? – perguntou, com uma voz distante e cheia de incredulidade.

– Você já pensou nos meus sentimentos? Já pensou no que está fazendo com os meus sentimentos? Você devia ter pensado nos meus sentimentos! Essa é a principal obrigação de uma esposa, em particular de uma mulher na sua situação! Não há nada mais vil, mais feio que a ingratidão!

Durante um instante fugaz, ela apreendeu o fato impensável de que um homem que era culpado e sabia que era estava tentando escapulir, induzindo sentimentos de culpa em sua vítima. Porém seu cérebro não conseguiu aceitar esse fato. Ela sentiu uma pontada de horror, a convulsão de uma mente que rejeita algo que seria capaz de destruí-la – a pontada que se sente ao recuar da beira da loucura. Quando baixou a cabeça e fechou os olhos, sabia que a única coisa que estava sentindo era repulsa, uma repulsa nauseante, por um motivo sem nome.

Ao levantar a cabeça, teve a impressão de que ele a observava com a expressão insegura, defensiva, calculista de um homem cujo golpe não funcionou. Mas, antes que ela tivesse tempo de acreditar no que vira, mais uma vez ele exibiu a máscara da indignação e da raiva.

Como se estivesse expondo seus pensamentos para um ser racional que não estava presente, mas cuja presença era necessário que ela presumisse, já que não seria possível se dirigir a outro tipo de ser, ela disse:

– Aquela noite... aquelas manchetes... aquela glória... não tinham nada a ver com você... mas com Dagny.

– Cale a boca, sua cachorra miserável!

Ela ficou a olhá-lo sem expressão, sem reação, como se nada pudesse atingi-la, por ter ela pronunciado suas últimas palavras.

Ele emitiu o som de um soluço:

– Cherryl, desculpe. Foi sem querer, eu retiro o que disse, foi sem querer... – Ela continuou em pé, encostada contra a parede, na mesma posição em que se encontrava desde o início.

Ele se jogou no sofá, numa posição de desespero.

– Como eu poderia explicar isso a você? – disse ele, no tom de quem acaba de perder as últimas esperanças. – É uma coisa tão vasta, tão complicada. Como eu poderia lhe falar sobre uma rede transcontinental, se você não conhece todos os detalhes e as ramificações? Como explicar meus anos de trabalho, meu... Ah, não adianta! Nunca ninguém me compreendeu, e eu já devia estar acostumado, só que eu pensava que você fosse diferente, que dessa vez eu tivesse uma chance.

– Jim, por que você se casou comigo?

Ele deu uma risada triste:

– É o que todo mundo me perguntava. Não achei que você fosse jamais fazer essa pergunta. Por quê? Porque tenho amor por você.

Cherryl se surpreendeu ao constatar que esta palavra – amor –, supostamente a mais simples da língua, a que todos entendem, o vínculo universal entre os homens, não lhe transmitia nenhum significado. Não sabia o que na mente dele queria dizer a palavra que ele pronunciou.

– Ninguém nunca me amou – disse ele. – Não existe amor no mundo. As pessoas não sentem. Eu *sinto* as coisas. Ninguém quer saber disso. Só querem saber de horários e carregamentos e dinheiro. Não consigo conviver com essa gente, me sinto muito só. Sempre quis encontrar alguém que me entendesse. Acho que sou um idealista sem esperanças, procurando pelo impossível. Ninguém jamais vai me entender.

– Jim – disse ela com um estranho toque de severidade na voz –, esse tempo todo eu tenho tentado justamente entender você.

Ele fez um gesto como se desconsiderasse as palavras dela, não de modo agressivo, mas com tristeza.

– Eu pensava que fosse conseguir. Você é tudo o que tenho. Mas talvez seja impossível um ser humano entender outro.

– Impossível por quê? Por que você não me diz o que quer? Por que não me ajuda a entender você?

Ele suspirou:

– Eis o problema. São esses porquês todos. Tudo você quer saber por quê. Estou falando de algo que não pode ser expresso por meio de palavras. Não se pode falar sobre isso. Tem que ser sentido. Ou você sente ou não sente. Não é uma coisa da mente, e sim do coração. Será que nunca sente nada? Simplesmente *sentir*, sem fazer todas essas perguntas? Será que não é capaz de me entender como ser humano, não como um objeto num laboratório? Aquela grande compreensão que transcende nossas pobres palavras e nossas mentes incapazes... Não, não adianta procurar por isso. Mas vou continuar a procurar e a ter esperança. Você é minha última esperança. É tudo o que tenho.

Cherryl permanecia parada, encostada na parede.

– Eu preciso de você – gemeu ele. – Estou tão sozinho. Você não é igual às outras. Acredito em você. Confio em você. Todo esse dinheiro, essa fama, esse trabalho, essa luta não me deram nada. Você é tudo o que tenho...

Ela permaneceu imóvel e, ao baixar a vista e olhar para ele, lhe concedeu uma única forma de reconhecimento. *As coisas que ele dizia a respeito de seu sofrimento são mentiras*, pensou ela, *mas o sofrimento é real*. Ele era um homem torturado por uma angústia contínua, que parecia incapaz de exprimir, mas que, talvez, ela pudesse acabar entendendo. Pelo menos ela ainda lhe devia, pensou, imbuída da sensação do dever – a posição social que ele lhe dera, o que talvez fosse a única coisa que ele tinha para lhe dar. Ela tinha a obrigação de tentar entendê-lo.

Nos dias que se seguiram, Cherryl teve a sensação esquisita de que havia se tornado uma estranha para si própria, alguém que não queria nada nem procurava nada. No lugar de um amor inspirado pela admiração, agora lhe restava uma piedade incômoda. No lugar dos homens que lutara para encontrar, homens que se esforçavam para conseguir o que queriam, que se recusavam a sofrer, restava-lhe um homem cujo sofrimento era a única coisa que ele podia exibir e oferecer em troca da vida dela. Mas, para Cherryl, aquilo já não importava. A pessoa que ela já fora encarava com ansiosa expectativa todas as novas perspectivas que surgiam à sua frente. A estranha passiva que a substituíra era igual a todas aquelas pessoas excessivamente bem-vestidas ao seu redor, que se consideravam adultas porque não tentavam pensar nem desejar.

Mas a estranha ainda era assombrada por um fantasma que era ela própria, e ele tinha uma missão a cumprir. Ela precisava compreender as coisas que a haviam destruído. Tinha que saber e vivia numa eterna expectativa. Tinha que saber, embora aquele farol estivesse ainda mais próximo, embora no momento da compreensão ela fosse ser atingida pelas rodas.

O que você quer de mim? era a pergunta que insistia em lhe vir à mente, como uma pista. *O que você quer de mim?*, perguntava silenciosamente, nos jantares, nas salas de visitas, nas noites de insônia, dirigindo-a a Jim e àqueles que pareciam ter o mesmo segredo que ele, Balph Eubank, o Dr. Simon Pritchett... *O que você quer de mim?* Ela não fazia a pergunta em voz alta – sabia que não responderiam. *O que você quer de mim?*, perguntava, como se estivesse correndo mas não encontrasse uma saída. *O que você quer de mim?*, perguntava, encarando a longa tortura daquele casamento que ainda não completara um ano.

– O que você quer de mim? – perguntou em voz alta e viu que estava sentada à mesa da sala de jantar de casa, olhando para o rosto febril de Taggart e para uma mancha d'água na toalha da mesa, que já começava a secar.

Cherryl não sabia quanto tempo havia durado aquele silêncio entre eles. Ficou surpresa ao ouvir sua própria voz e a pergunta que fizera sem querer. Não achava que ele a compreendesse. Ele parecia não conseguir entender perguntas bem mais simples, e ela sacudiu a cabeça, tentando voltar à realidade do momento presente.

Ficou surpresa quando viu que ele a encarava com um olhar levemente zombeteiro, como se estivesse rindo por ela subestimar seu entendimento.

– Amor – respondeu ele.

Ela sentiu-se perder as esperanças, ao ouvir uma resposta ao mesmo tempo tão simples e tão sem sentido.

– Você não me ama – disse ele, em tom de acusação. Ela não disse nada. – Você não me ama, porque se me amasse não faria uma pergunta dessas.

– Antes eu o amava – disse ela, em tom seco –, mas não era o que você queria. Eu o amava por sua coragem, por sua ambição, por sua capacidade. Mas nada disso era verdadeiro.

Ele estendeu o lábio inferior um pouco numa leve atitude de desdém.

– Que concepção mesquinha do amor! – disse ele.

– Jim, você quer ser amado por que coisas?

– Que atitude mesquinha de comerciante!

Cherryl não disse nada; ficou olhando-o, dirigindo-lhe uma pergunta com olhos tensos.

– Amar alguém por alguma coisa! – disse ele, com uma voz cheia de escárnio e indignação moral. – Então você acha que o amor é uma questão de matemática, de troca, de pesos e medidas, como um quilo de manteiga numa balança de mercearia? Não quero que me amem por coisa nenhuma. Quero que me amem só por mim, não por nada que eu faça, ou tenha, ou diga, ou pense. Por mim, não por meu corpo, por minha mente, por minhas palavras, nem por meus atos.

– Mas então... o que é você?

– Se me amasse, não faria essa pergunta. – Havia na voz de Taggart um nervosismo estridente, como se ele estivesse perigosamente oscilando entre a cautela e algum impulso cego e irresponsável. – Você não perguntaria, porque saberia a resposta. *Sentiria*. Por que vive querendo rotular tudo? Será que não pode transcender essas definições materialistas mesquinhas? Será que você nunca sente, simplesmente sente?

– Sinto, sim, Jim – respondeu ela em voz baixa. – Mas estou tentando não sentir, porque... porque o que sinto é medo.

– De mim? – perguntou ele, esperançoso.

– Não, não exatamente. Não medo do que possa fazer comigo, mas medo do que você é.

Rapidamente, como quem bate uma porta, ele fechou os olhos – mas não antes que ela pudesse ver de relance um lampejo em seus olhos – e, por incrível que parecesse, era um lampejo de terror.

– Você é incapaz de amar, sua interesseira barata! – gritou ele de repente, com uma voz que só exprimia a vontade de machucar. – É, interesseira, isso mesmo. Há muitos tipos de interesse, além de por dinheiro. Há outros que são ainda piores. Você é uma interesseira do espírito. Não casou comigo por causa do meu dinheiro, mas por causa da minha capacidade, ou da minha coragem, ou seja lá o que for aquilo que para você é o preço do amor!

– Você... quer... que o amor... não tenha... causa?

– O amor é sua própria causa! Ele está acima das causas e das razões. O amor é cego. Mas você é incapaz de amar. Tem uma alma mesquinha, calculista, de quem *negocia* mas nunca *dá*! O amor é uma dádiva, uma grande dádiva gratuita e incondicional, que a tudo transcende e perdoa. O que há de generoso em amar um homem por suas virtudes? O que você lhe dá? Nada. Não passa de justiça pura e simples. É dar-lhe apenas aquilo a que ele faz jus.

Os olhos de Cherryl estavam obscurecidos pela perigosa intensidade conferida pela proximidade de seu objetivo.

– Você quer um amor imerecido – disse, não como quem faz uma pergunta, mas como quem pronuncia um veredicto.

– Ah, você não entende!

– Entendo, sim, Jim. É isso que você quer, o que todos vocês querem na verdade. Não é dinheiro, não são as coisas materiais, nem a segurança econômica, nem as mil coisas que vivem exigindo... – Ela falava num tom monótono, como se enumerasse suas ideias para si própria, tentando emprestar a solidez das palavras aos tortuosos fragmentos de caos que se contorciam em sua mente. – Vocês querem coisas de graça, mas coisas de outro tipo. Segundo você, sou uma interesseira do espírito

919

porque procuro valores. Então vocês, que vivem pregando o bem-estar social... vocês querem saquear o espírito. Nunca pensei, nunca ninguém me disse como se podia pensar nisso, o que isso poderia significar: o imerecido em espírito. Mas é isso que você quer. Quer amor imerecido, admiração imerecida. Quer grandeza imerecida. Quer ser um homem como Hank Rearden sem ter que ser o que ele é. Sem ter que ser nada. Sem... ter que ser.

– Cale a boca! – gritou ele.

Os dois se entreolharam, ambos apavorados, ambos sentindo-se à beira de um abismo que não sabiam e não queriam identificar, sabendo que um passo a mais seria fatal.

– Que diabo você está dizendo? – perguntou ele num tom de raiva contida, quase benigna, tentando trazer a conversa de volta para a normalidade, para uma briga de casal quase saudável. – Que diabo de assunto metafísico está querendo discutir?

– Não sei... – disse ela cansada, baixando a cabeça, como se uma forma que estivesse tentando apreender mais uma vez lhe tivesse escapulido. – Não sei... Parece impossível...

– É melhor você não tentar se meter em coisas acima do seu nível, senão...

Teve de se calar, porque o mordomo entrou trazendo o reluzente balde de gelo com o champanhe da comemoração.

Ficaram em silêncio, deixando que a sala fosse dominada pelos sons que, no decorrer de muitos séculos e muitas lutas, os homens haviam escolhido para designar a felicidade da realização: o estampido da rolha, o borbulhar alegre de um líquido cor de ouro pálido enchendo duas taças largas de cristal nas quais velas se refletiam, o sussurro das bolhas subindo à superfície, quase como se exigisse que tudo ao redor também se elevasse na mesma aspiração.

Permaneceram em silêncio até o mordomo se retirar. Taggart contemplava as bolhas, segurando a taça com dois dedos moles. Então sua mão subitamente a apertou, formando um punho cerrado, desajeitado e tenso, e ele a levantou não da maneira habitual, mas como quem ergue uma faca de açougueiro.

– A Francisco d'Anconia! – exclamou ele. Ela baixou a taça.

– Não – se opôs Cherryl.

– Beba! – berrou ele.

– Não – respondeu ela, com a voz semelhante a uma gota de chumbo.

Entreolharam-se por um momento. A luz se refletia na superfície do líquido dourado, mas não chegava até seus olhos.

– Ah, vá para o inferno! – exclamou ele, pondo-se de pé de repente. Então jogou a taça no chão, espatifando-a, e saiu rapidamente da sala.

Ela permaneceu sentada, imóvel, por muito tempo. Depois se levantou lentamente e tocou a campainha.

Andou até seu quarto, com passos demasiadamente controlados, abriu a porta de um armário, pegou um conjunto e um par de sapatos, despiu o roupão, com movimentos cautelosos e precisos, como se sua vida dependesse de ela não abalar nada ao seu redor ou dentro de si. Um único pensamento a sustentava: a ideia de que era preciso sair daquela casa – sair dali por algum tempo, uma hora que fosse – e depois, mais tarde, poderia encarar tudo o que era necessário.

◆◆◆

As linhas no papel à sua frente se confundiam ante seus olhos. Erguendo a cabeça, Dagny constatou que há muito escurecera. Empurrou a papelada para o lado, sem vontade de acender a luz, e se permitiu o luxo de alguns instantes de ócio e escuridão. Assim podia sentir-se isolada da cidade lá fora. O calendário ao longe informava: 5 de agosto.

Um mês havia se passado e só deixara o vazio do tempo morto. Fora gasto com o trabalho improvisado, frustrante, de correr de uma emergência a outra, adiando a derrocada de uma rede ferroviária – um mês semelhante a uma pilha de dias desconexos, cada um deles dedicado à tarefa de adiar um desastre iminente. Fora não um somatório de realizações, e sim um somatório de zeros, de coisas que não haviam acontecido, de catástrofes impedidas – não uma tarefa a serviço da vida, mas uma corrida contra a morte.

Havia momentos em que uma visão espontânea – uma imagem do vale – parecia surgir à sua frente, não como uma aparição súbita, e sim como uma presença constante e oculta que de repente resolvera assumir uma realidade insistente. Ela a encarara, em momentos de imobilidade cega, numa disputa entre uma decisão irremovível e uma dor constante, uma dor a ser combatida por um reconhecimento, dizendo: *Está bem, suportarei até mesmo isto.*

Havia manhãs em que, despertando com os raios do sol em seu rosto, Dagny pensava que tinha de ir correndo até a Mercearia Hammond e comprar ovos para o café da manhã. Depois, recuperando a plenitude da consciência, vendo a névoa nova-iorquina lá fora, sentia uma pontada lancinante, como um contato com a morte, o contato com uma realidade repulsiva. *Você sabia* – ela dizia a si própria, severa –, *você sabia como ia ser quando fez sua opção.* E, arrastando o próprio corpo como se fosse um peso morto, saindo da cama para enfrentar um dia desagradável, sussurrava: *Está bem, até mesmo isto.*

A pior tortura era a dos momentos em que, caminhando pelas ruas, Dagny via de relance um reflexo castanho-dourado nos cabelos de um estranho que passava, e era como se toda a cidade desaparecesse, como se apenas o silêncio violento dentro de si retardasse o momento em que correria até ele e o agarraria. Mas no momento seguinte um rosto desconhecido destruía a sensação – e ela perdia a vontade de dar o próximo passo, de gerar a energia de viver. Tentava evitar esses momentos, tentava se proibir de olhar e caminhava então de olhos baixos. Não adiantava: como se dotados de vontade própria, seus olhos se fixavam em todos os reflexos dourados.

Sempre mantinha as venezianas levantadas nas janelas de seu escritório, pensando na promessa que Galt fizera, pensando apenas: *Se você está me vendo, onde quer que esteja...* Não havia outros prédios altos perto do seu, porém ela olhava para os arranha-céus distantes e se perguntava qual deles seria o posto de observação por ele usado. Talvez alguma invenção sua, um dispositivo de raios e lentes, lhe permitisse observar todos os movimentos que ela fazia de algum arranha-céu a um quarteirão ou a um quilômetro dali. Sentada à frente da janela aberta, Dagny pensava: *Basta saber que você está me vendo, mesmo que eu nunca mais volte a vê-lo.*

E, lembrando-se disso, na escuridão de sua sala, se pôs de pé com um salto e acendeu a luz.

Então baixou a cabeça por um instante, sorrindo de si própria com ironia.

Não sabia se sua janela iluminada, na negra imensidão da cidade, era um sinal de emergência, clamando pela ajuda dele – ou um farol ainda protegendo o restante do mundo.

A campainha tocou.

Quando ela abriu a porta, viu a silhueta de uma jovem com um rosto que lhe era vagamente familiar – e foi só após um momento que percebeu, atônita, que era Cherryl Taggart. Fora algumas trocas de cumprimentos formais na entrada do Edifício Taggart, elas não se encontravam desde o dia do casamento.

O rosto de Cherryl estava tranquilo e sério.

– Posso falar um pouco com a senhorita... – hesitou e completou a frase: – Srta. Taggart?

– Claro – respondeu Dagny, séria. – Entre.

Dagny percebeu que por trás daquela tranquilidade artificial havia alguma emergência desesperada e teve certeza de que a impressão era verdadeira quando viu o rosto da moça à luz da sala.

– Sente-se – disse ela, mas Cherryl permaneceu em pé.

– Vim saldar uma dívida – disse Cherryl com voz solene, em consequência do esforço de conter todo e qualquer sinal de emoção. – Quero lhe pedir desculpas pelas coisas que lhe disse no meu casamento. Não há por que a senhorita me desculpar, mas cabe a mim lhe dizer que eu insultei tudo o que admiro e defendi tudo o que desprezo. Sei que admitir isso agora não redime o que fiz e mesmo vir aqui não passa de mais uma presunção, pois não há por que a senhorita se interessar em ouvir o que tenho a dizer. Assim, na verdade não posso saldar a dívida, mas apenas lhe pedir um favor: me deixe dizer as coisas que eu gostaria de lhe dizer.

O choque da emoção que Dagny sentiu, a incredulidade, a ternura e a dor, se fossem traduzidos em palavras, estas seriam as seguintes: *Quanto você avançou em menos de um ano!* Respondeu, com uma voz séria e neutra que era como se oferecesse o braço para apoiar a outra, sabendo que um sorriso perturbaria aquele equilíbrio precário:

– Mas dizer isso agora redime o passado, sim, e estou interessada em ouvi-la.

– Sei que era a senhorita quem administrava a Taggart Transcontinental. Sei que foi a senhorita quem construiu a Linha John Galt. Foi quem teve inteligência e coragem para manter tudo isso funcionando. Imagino que a senhorita pense que casei com Jim por causa do dinheiro dele... afinal, que balconista não gostaria de fazer isso? Mas na verdade casei com ele porque... porque achava que ele era *a senhorita*. Eu pensava que ele fosse a Taggart Transcontinental. Agora sei que ele é... – Cherryl hesitou, depois prosseguiu com firmeza, como se tivesse decidido não se poupar nada – ... é um parasita detestável, embora não consiga entender de que tipo nem por quê. Quando falei com a senhorita no meu casamento, eu achava que estava defendendo a grandeza e atacando seu inimigo... porém era o contrário. Eu estava terrivelmente iludida!... Então, eu queria lhe dizer que sei a verdade, não tanto pela senhorita – não tenho o direito de presumir que isso a afeta –, mas... mas pelas coisas que eu amava.

– É claro que perdoo – disse Dagny pausadamente.

– Obrigada – sussurrou ela e se virou para ir embora.

– Sente-se.

Cherryl sacudiu a cabeça:

– Era... era só isso, Srta. Taggart.

Dagny se permitiu um leve esboço de sorriso, apenas com os olhos, ao dizer:

– Cherryl, meu nome é Dagny.

Em resposta, Cherryl esboçou um leve movimento nos lábios, como se ela e Dagny juntas houvessem formado um único sorriso.

– Eu... eu não sabia se devia...

– Somos irmãs, não somos?

– Não! Não por intermédio de Jim! – Foi um grito involuntário.

– Não, somos por opção nossa. Sente-se, Cherryl.

A moça obedeceu, esforçando-se para não demonstrar quanto estava ansiosa por aceitar aquele convite, dando o máximo de si para não se agarrar à outra e se apoiar nela, para não ceder a suas emoções.

– Você passou por um mau pedaço, não é? – perguntou Dagny.

– Passei... mas isso não importa... é problema meu... e culpa minha.

– Acho que não foi culpa sua.

Cherryl não respondeu, mas disse de repente, desesperada:

– Olhe... o que não quero é caridade.

– Jim deve ter lhe dito, e é verdade, que jamais faço caridade.

– Disse, sim... Mas o que quero dizer é que...

– Sei o que você quer dizer.

– Mas não há motivo para você se preocupar comigo... Não vim aqui para me queixar e... colocar mais um fardo sobre seus ombros... O fato de eu sofrer não a obriga a me aceitar.

– Não. Mas o fato de que você tem os mesmos valores que eu, isso, sim, me obriga.

– Quer dizer que... se você quer falar comigo, não é por caridade? Não é só por lamentar o que aconteceu comigo?

– Lamento profundamente o que aconteceu com você, Cherryl, e gostaria de ajudá-la, mas não porque você está sofrendo, e sim porque você não merecia estar sofrendo.

– Quer dizer que você não seria boa comigo se eu fosse fraca, lamurienta, desprezível? Só é porque vê algo de bom em mim?

– É claro.

Cherryl não mexeu a cabeça, porém parecia que uma corrente a elevava, e suas feições assumiram uma expressão menos tensa, aquela expressão tão rara que combina a dor e a dignidade.

– Não é caridade, Cherryl. Não tenha medo de falar comigo.

– É estranho... você é a primeira pessoa com quem posso falar... e é tão fácil... No entanto, eu tinha medo de falar com você. Há muito tempo que quero lhe pedir desculpas... desde o dia em que descobri a verdade. Cheguei a ir até a porta do seu escritório, mas fiquei parada no corredor e não tive coragem de entrar... Eu não tinha intenção de vir aqui hoje. Saí só... só para pensar, e de repente compreendi que queria vê-la, que em toda esta cidade este era o único lugar aonde eu devia ir, a única coisa que ainda me restava fazer.

– Ainda bem que você veio.

– Sabe, Srta. Tag... Dagny – disse ela em voz baixa, surpresa –, você é tão diferente do que eu imaginava... Eles, quer dizer, Jim e os amigos dele, me diziam que você era dura, fria, insensível.

– Mas é verdade, Cherryl, sou mesmo, no sentido em que eles entendem essas palavras. Mas alguma vez lhe disseram em que sentido eles as entendem?

– Não. Nunca. Sempre que eu lhes pergunto o que querem dizer com alguma coisa, eles riem de mim... seja lá o que for. O que eles querem dizer sobre você?

– Sempre que alguém acusa uma pessoa de ser "insensível" é porque essa pessoa é justa. Quer dizer que ela não tem emoções imotivadas e não concede a um indivíduo um sentimento que ele não merece. É porque "sentir" é ir contra a razão, contra os valores morais, contra a realidade. E... Mas o que foi? – perguntou Dagny, vendo uma tensão anormal no rosto da moça.

– É... é uma coisa que me esforcei tanto para entender... há tanto tempo...

– Pois observe que você nunca ouve esta acusação feita para defender um inocente, e sim sempre para defender um culpado. Nunca a ouve da boca de uma pessoa boa em relação àqueles que não lhe fazem justiça. Sempre a ouve da boca de um canalha em relação àqueles que o tratam como um canalha, aos que não veem com nenhuma simpatia o mal que ele cometeu ou a dor que ele sofre em consequência desse mal. Bem, é verdade: isso eu não sinto. Mas as pessoas que sentem isso não sentem nada por nenhuma qualidade da grandeza humana, por nenhuma pessoa ou nenhum ato que mereça admiração, aprovação, estima. Essas são as coisas que eu sinto. Você vai constatar que é ou uma coisa ou outra. Aqueles que sentem comiseração pela culpa não sentem nenhuma pela inocência. Então me diga: qual dos dois tipos de gente é *insensível*? Responda a essa pergunta e verá qual é o contrário da caridade.

– Qual é? – perguntou a moça num sussurro.

– A justiça, Cherryl.

Ela estremeceu de repente, baixando a cabeça.

– Ah, meu Deus! – gemeu Cherryl. – Se soubesse o que tenho passado com Jim por acreditar nisso que você acaba de dizer! – Levantou o rosto, estremecendo outra vez, como se a coisa que estivesse tentando controlar houvesse escapado de seu controle. Em seus olhos havia uma expressão de terror. – Dagny – sussurrou ela –, tenho medo deles, de Jim e de todos os outros. Não de algo que eles sejam capazes de fazer – se fosse isso, eu poderia fugir –, mas medo de não ter saída... medo do que eles são... do fato de que eles existem.

Dagny veio rapidamente sentar-se no braço da poltrona de Cherryl e segurou seu ombro para tranquilizá-la.

– Calma, menina – disse ela. – Você está enganada. Jamais tenha medo das pessoas desse jeito. Nunca ache que a existência delas afeta a sua – justamente o que você está pensando.

– É... É, tenho a impressão de que minha existência está condenada, se existe gente como eles... não tenho nenhuma chance, não há um mundo que eu possa enfrentar... Não quero sentir isso, estou sempre lutando contra esse sentimento, mas está cada vez mais perto e sei que não tenho para onde fugir... Não consigo explicar o que sinto, não consigo entendê-lo, e isso é parte do terror que sinto, o fato de ser impossível entender o que é. É como se todo o mundo tivesse sido destruído de repente, mas não por uma explosão – uma explosão é uma coisa dura e sólida –, e sim destruído por... por uma moleza horrível... como se nada fosse sólido, nada tivesse forma, e fosse possível enfiar o dedo em paredes de pedra, e a pedra fosse mole como geleia, e as montanhas deslizassem, e os prédios mudassem de forma como se fossem nuvens. É como se o mundo acabasse assim, não em fogo, mas numa gosma.

– Cherryl... Cherryl, minha pobre menina, há séculos que muitos filósofos vêm tramando justamente isto: destruir as mentes das pessoas, fazendo-as acreditar que é isso mesmo que elas estão vendo. Mas você não tem que aceitar isso. Não tem que ver com os olhos dos outros. Veja com os seus, baseie-se em seus próprios julgamentos, você sabe que o que é, é. Diga isso em voz alta, como se fosse a mais sagrada das orações, e não deixe que ninguém lhe diga que o contrário é que é verdadeiro.

– Mas... mas nada mais é. Jim e os amigos dele... eles não são. Não sei para o que olho quando estou com eles, não sei o que ouço quando escuto o que eles dizem... não é real, nada daquilo. É uma comédia horrível que todos eles estão encenando... e eu não sei o que eles querem... Dagny! Vivem nos dizendo que os seres humanos têm o grande poder do conhecimento, muito maior do que o dos animais, mas eu... eu me sinto mais cega do que qualquer animal agora, mais cega e mais indefesa. O animal sabe quais são os seus amigos e quais os seus inimigos, e quando deve se defender. Ele não acha que o amigo dele de repente vai pisar nele ou lhe rasgar a garganta. Não acha que alguém vai lhe dizer que o amor é cego, que o saque é realização, que gângsteres são estadistas e que é uma grande coisa partir a espinha de Hank Rearden! Ah, meu Deus, o que estou dizendo?

– Eu sei o que você está dizendo.

– Como posso lidar com as pessoas? Se nada permanecesse sólido por uma hora, não poderíamos viver, não é? Bem, eu sei que as coisas são sólidas – mas e as pessoas, Dagny?! Elas não são nada e são qualquer coisa, não são seres, são apenas barbantes, apenas barbantes sem forma. Mas eu tenho que conviver com elas. O que devo fazer?

– Cherryl, esse seu problema é o maior da história, o que mais sofrimentos já causou aos seres humanos. Você já compreendeu mais coisas do que a maioria das pessoas, que sofrem e morrem sem jamais saberem por que morreram. Vou ajudá-la a compreender. É um assunto complexo e uma luta difícil, mas, antes de mais nada, não tenha medo.

Havia no rosto de Cherryl um olhar estranho, longínquo, nostálgico, como se ela estivesse vendo Dagny de muito longe e se esforçasse em vão para se aproximar dela.

– Quem dera eu pudesse desejar lutar – disse em voz baixa –, mas não quero. Nem quero mais vencer. Há uma transformação que, a meu ver, não terei forças para sofrer. Sabe, nunca imaginei que me casaria com alguém como Jim. Então, quando casei, achei que a vida era muito mais maravilhosa do que eu pensava. E agora, me habituar à ideia de que a vida e as pessoas são muito mais horríveis do que eu imaginava, que o meu casamento não foi um milagre extraordinário e sim um mal indizível que até agora tenho medo de compreender totalmente – é *isso* que não consigo aceitar. Não consigo. – De repente olhou para a outra. – Dagny, como você conseguiu? Como conseguiu sobreviver intacta?

– Obedecendo a apenas uma norma.

– Qual?

– Não colocar nada – *nada* – acima do veredicto de minha própria mente.

– Você sofreu golpes terríveis... talvez piores do que os que eu sofri... piores do que qualquer um sofreu. O que lhe deu forças?

– A consciência de que minha vida é o mais elevado dos valores, elevado demais para eu me entregar sem lutar.

Dagny viu uma expressão de espanto, reconhecimento e incredulidade no rosto de Cherryl, como se a moça estivesse tentando recapturar alguma sensação passada.

– Dagny – disse ela num sussurro –, era isso... era isso que eu achava quando criança... esse tipo de sensação... e jamais o perdi, está aqui, sempre esteve, mas, à medida que fui crescendo, fui achando que era algo que eu tinha de esconder... Jamais soube identificar essa sensação, mas agora, quando você falou, de repente me dei conta de que era isso... Dagny, encarar assim a própria vida... é *bom*?

– Cherryl, me ouça com atenção: essa sensação, juntamente a tudo o que ela requer e implica, é o maior, o mais nobre, o único bem que há no mundo.

– Estou perguntando isso porque... porque eu não teria ousado pensar isso. De algum modo, as pessoas sempre me deram a impressão de que consideravam isso um pecado... como se fosse essa a coisa que havia em mim que provocava nelas ressentimento... e a quisessem destruir.

– É verdade. Algumas pessoas querem mesmo destruir isso. E, quando você compreender por que elas querem destruí-lo, conhecerá o mais negro, mais feio e único mal que há no mundo, mas você estará protegida de seus efeitos.

O sorriso de Cherryl foi como uma chama débil tentando se sustentar com umas poucas gotas de combustível, incendiá-las, virar fogo.

– Há muitos meses – sussurrou ela – que não tenho essa sensação de que... de que ainda tenho uma chance. – Viu que os olhos de Dagny a observavam com atenção e acrescentou: – Não se preocupe comigo... Deixe que eu me acostume com essa ideia, com você, com todas as coisas que disse. Acho que vou chegar a acreditar nelas... acreditar que isso é verdade... e que Jim não tem importância. – Levantou-se, como se quisesse capturar aquele momento de segurança.

Movida por uma súbita certeza imotivada, Dagny disse, quase áspera:

– Cherryl, não quero que você vá para casa hoje.

– Ah, não se preocupe! Estou bem. Não estou com medo de voltar para casa.

– Não aconteceu nada lá hoje?

– Não... nada de mais... nada pior do que o de costume. É só que comecei a ver as coisas com um pouco mais de clareza, só isso... Estou bem. Tenho que pensar, pensar mais do que jamais pensei... e então resolverei o que devo fazer. Posso...? – Hesitou.

– O quê?

– Posso voltar para conversar com você outra vez?

– É claro.

– Obrigada, eu... muito obrigada, mesmo.

– Você promete que vai voltar?

– Prometo.

Dagny a viu descer o corredor em direção ao elevador. Viu seus ombros caídos, depois o esforço com que Cherryl os levantou, viu aquela figura esbelta que parecia se balançar reunir todas as suas forças para ficar ereta. Parecia uma planta com o caule quebrado, com uma única fibra ainda intacta, lutando para se manter viva, sabendo que basta uma lufada de vento para ela se despedaçar.

◆ ◆ ◆

Pela porta aberta de seu gabinete, Taggart vira Cherryl atravessar a antessala e sair do apartamento. Bateu a porta do aposento e se jogou no sofá, as calças ainda molhadas de champanhe, como se o próprio desconforto fosse uma maneira de se vingar da mulher e de um Universo que não lhe concedera a comemoração que ele queria.

Depois de algum tempo, se levantou, arrancou o paletó e o atirou do outro lado do cômodo. Pegou um cigarro, mas o partiu em dois e o jogou em direção a um quadro que havia acima da lareira.

Olhou para um vaso de vidro veneziano, uma peça de museu, com séculos de idade, com uma intrincada rede de artérias azuis e douradas cobrindo sua superfície transparente. Agarrou-o e o jogou contra a parede, e o vaso explodiu numa chuva de vidro, tão fina como a que resulta quando uma lâmpada se quebra.

Havia comprado aquele vaso para ter a satisfação de pensar em todos os colecionadores que não tinham dinheiro para comprá-lo. Agora experimentava o prazer de se vingar dos séculos que o haviam admirado – e a satisfação de pensar que havia milhões de famílias desesperadas, qualquer uma das quais poderia ter vivido um ano com o dinheiro que valia aquele vaso.

Tirou os sapatos e se atirou novamente no sofá, ficando com os pés dependurados no braço do móvel.

O som da campainha o assustou – parecia combinar com seu estado de espírito. Era o tipo de som brusco, exigente, impaciente que teria produzido se ele próprio estivesse agora tocando a campainha da casa de alguém.

Ouviu os passos do mordomo e prometeu a si próprio que se daria ao prazer de não permitir a entrada da pessoa que estava lá fora, fosse quem fosse. Segundos depois, ouviu alguém bater à sua porta, e a voz do mordomo anunciando:

– A Sra. Rearden quer falar com o senhor.

– O quê?... Ah... Bem, mande-a entrar!

Baixou os pés, mas não fez nenhuma outra concessão, e esperou com um meio sorriso de curiosidade despertada, resolvendo que só se levantaria depois que Lillian entrasse no gabinete.

Ela trajava um vestido longo cor de vinho, por cima dele uma jaqueta curta, estilo império, transpassada, e um chapeuzinho inclinado sobre uma das orelhas, com uma pena curva que lhe chegava até o queixo. Entrou caminhando com passos bruscos, arrítmicos. A barra do vestido batia em suas pernas, e a pena do chapéu roçava nervosamente em seu pescoço.

– Lillian, minha querida, devo me sentir lisonjeado, encantado ou simplesmente atônito?

– Ah, deixe isso para lá! Eu precisava falar com você imediatamente, só isso. – O tom impaciente, o movimento decidido com que ela se sentou traíam sua fraqueza: segundo as regras não escritas a que eles obedeciam, só se devia assumir uma postura exigente quando se tinha um favor a pedir sem ter nada a oferecer em troca – nem qualquer ameaça a fazer.

– Por que você saiu no meio da festa do Gonzales? – perguntou ela, com um sorriso que não conseguia esconder o tom de irritação de sua voz. – Fui até lá depois do jantar, atrás de você, e me disseram que você tinha ido para casa porque não estava se sentindo bem.

Taggart atravessou o gabinete e pegou um cigarro, para ter o prazer de andar só de meias enquanto ela trajava aquele vestido formal e elegante.

– Eu estava entediado – disse ele.

– Eu não suporto essa gente – disse Lillian, com um pequeno arrepio.

Taggart olhou para ela, atônito, pois aquelas palavras pareciam espontâneas e sinceras.

– Não suporto o tal Gonzales e aquela prostituta com quem ele se casou. É vergonhoso eles estarem tão em alta, eles e as festas que dão. Não tenho mais vontade de ir a lugar nenhum. A atmosfera não é mais a mesma. Há meses que não vejo Balph Eubank, o Dr. Pritchett e os outros. E todas essas caras novas: parecem ajudantes de açougueiros! Afinal, nossos amigos eram cavalheiros.

– É – concordou ele, pensativo. – É, há mesmo uma diferença, é estranho. É como lá na Taggart Transcontinental, também: eu conseguia me dar com Clem Weatherby, ele era civilizado, mas Cuffy Meigs... esse aí é coisa muito diferente, é... – Parou de repente.

– Isso é um absurdo – disse ela, como que desafiando todo o espaço. – Eles não vão conseguir.

Ela não explicou quem eram "eles", nem o que eles não iam "conseguir".

Taggart sabia a que ela se referia. Durante um momento de silêncio, os dois pareceram estar procurando segurança um no outro.

No instante seguinte, ele pensou, com prazer e ironia, que Lillian estava começando a aparentar a idade que tinha. A cor de vinho de seu vestido não lhe era apropriada. Parecia destacar uma tonalidade arroxeada que havia em sua pele, que se acumulava, como um crepúsculo, nos pequenos vales de seu rosto, dando à sua carne uma textura frouxa e cansada, transformando sua expressão maliciosa e viva num ar de malícia doentia.

Taggart percebeu que ela o examinava, então Lillian disse, com um sorriso que visava disfarçar o insulto:

– Mas você não está bem mesmo, não é, Jim? Você parece um criado sem jeito.

Ele deu um risinho:

– Posso me dar a esse luxo.

– Eu sei, meu querido. Você é um dos homens mais poderosos de Nova York. – E acrescentou: – Nova York caiu direitinho.

– É verdade.

– Reconheço que na sua atual posição você pode fazer o que bem entender. É por isso que o estou procurando. – Acrescentou um discreto ruído irônico, para diluir a franqueza de sua afirmação.

– Bom – disse ele, com uma voz agradável e neutra.

– Resolvi vir aqui porque achei melhor, neste caso específico, que não fôssemos vistos juntos em público.

– O que é sempre prudente.

– Creio que já lhe fui útil no passado.

– No passado, já.

– Estou certa de que posso contar com você.

– É claro, mas isso que você disse é um comentário um tanto antiquado, pouco filosófico, não é? Como é que podemos estar certos do que quer que seja?

– Jim – exclamou ela de repente –, você tem que me ajudar!

– Minha querida, estou à sua disposição. Faço o que você quiser para ajudá-la – disse ele. As regras de comunicação que eles observavam exigiam que toda afirmação sincera fosse rebatida por uma mentira deslavada. *Lillian está fraquejando*, pensou ele, e experimentou o prazer de enfrentar um adversário fraco.

Taggart observou que ela estava se descuidando até mesmo do que já fora sua marca registrada: sua elegância. Havia alguns fios de cabelo escapando de seu penteado meticuloso, suas unhas, para combinar com o vestido, estavam pintadas com um esmalte cor de sangue coagulado, o que tornava particularmente visíveis os lugares nas pontas em que o esmalte descascara. E ele percebeu, no amplo decote do vestido, contra o fundo de sua pele macia e cremosa, o brilho discreto do alfinete de segurança que prendia a alça da combinação.

– Você não pode deixar que isso aconteça! – disse ela, no tom belicoso de uma súplica disfarçada de ordem. – Você tem que impedir!

– É mesmo? O quê?

– Meu divórcio.

– Ah...! – Subitamente, o rosto de Taggart assumiu uma expressão séria.

– Você sabe que ele vai se divorciar de mim, não sabe?

– Ouvi uns boatos a respeito.

– Está marcado para o mês que vem. E não tem jeito de voltar atrás. É claro que lhe custou muito, mas ele comprou o juiz, os funcionários, os oficiais de justiça, os padrinhos deles, os padrinhos dos padrinhos, alguns legisladores, meia dúzia de administradores – comprou todos os que estão envolvidos no processo, como quem abre uma rua só para si próprio, e não me resta nenhum jeito de impedi-lo de ir até o fim!

– Entendo.

– Você sabe o que o fez partir para o divórcio, não sabe?

– Imagino.

930

– E eu fiz aquilo por *você*! – Sua voz estava ficando histérica. – Falei a respeito de sua irmã para você conseguir aquele Certificado de Doação para os seus amigos, que...

– Juro que não sei quem revelou o segredo! – Taggart se apressou a dizer. – Só bem poucas pessoas no mais alto escalão sabiam que foi você quem nos informou, e estou certo de que ninguém ousaria tocar no...

– Ah, sei que não foi ninguém. Ele é inteligente o bastante para concluir que fui eu, não é?

– É, acho que sim. Bem, nesse caso, você sabia que estava se arriscando.

– Eu não pensava que ele fosse chegar a esse ponto. Não pensava que ele fosse capaz de pedir o divórcio. Eu não...

Ele deu um risinho súbito, com uma expressão extraordinariamente perceptiva, e disse:

– Você não pensava que o sentimento de culpa se gastasse tão depressa.

Ela o encarou surpresa, e então disse, fria:

– Não pensava e continuo não pensando.

– Mas gasta, sim, quando se trata de homens como o seu marido.

– Eu não quero que ele se divorcie! – gritou ela subitamente. – Não quero que ele me largue! Não vou permitir! Não vou deixar que minha vida se transforme num fracasso total! – Parou de repente, como se tivesse confessado demais.

Taggart ria baixinho, balançando a cabeça lentamente, um movimento que quase lhe emprestava um ar de inteligência e dignidade, o que significava que ele entendia perfeitamente.

– Porque... afinal, ele é meu marido – disse ela, na defensiva.

– Eu sei, Lillian, eu sei.

– Você sabe o que ele está planejando? Rearden vai impor as condições dele e vai me deixar sem nenhum tostão, sem pensão, sem nada! Ele é que vai dar a última palavra! Você entende? Se ele conseguir isso, então... então para mim o Certificado de Doação não foi nenhuma vitória!

– Eu sei, minha querida, eu sei.

– Além disso... é um absurdo eu ter que pensar nisso, mas de que vou viver? O dinheirinho que eu tinha antes de me casar hoje em dia não vale mais nada. A maior parte dele consiste em ações de fábricas do tempo do meu pai, que já fecharam há anos. O que fazer?

– Mas, Lillian – disse ele, em voz baixa –, eu pensava que você não ligava para dinheiro e coisas materiais.

– Você não entende! Não estou falando de dinheiro, estou falando de pobreza! Pobreza mesmo, miséria, de cortiços fedorentos! Uma pessoa civilizada não pode acabar assim! Eu – *eu* – tendo que me preocupar com comida e aluguel?

Taggart a observava com um leve sorriso. Pela primeira vez, seu rosto flácido e envelhecido pareceu endurecer um pouco, assumindo uma expressão de sabedoria.

Ele estava descobrindo o prazer de uma percepção integral, de uma realidade que ele podia se dar ao luxo de perceber.

– Jim, você tem que me ajudar! Meu advogado está de mãos atadas. Gastei o pouco que eu tinha com ele e os investigadores dele, os amigos dele, mas tudo o que conseguiram descobrir é que não podem fazer nada. Meu advogado me entregou hoje à tarde o relatório final. Me disse francamente que não tenho qualquer possibilidade de êxito. Acho que não conheço ninguém que possa me ajudar numa situação dessas. Antes eu estava contando com Bertram Scudder, mas... você sabe o que aconteceu com ele. E isso, também, foi porque eu quis ajudar você. Você conseguiu se safar daquela enrascada. Jim, agora você é a única pessoa que pode me ajudar. Você tem uma toca de toupeira que vai direto até o mais alto escalão. Tem acesso aos mandachuvas. Fale com seus amigos, diga-lhes para falarem com os amigos deles. Uma palavra só de Wesley Mouch bastaria. Peça-lhes que façam com que a petição de divórcio seja recusada. Só isso.

Taggart sacudiu a cabeça lentamente, quase de maneira pesarosa, como um profissional cansado se dirigindo a um amador por demais entusiástico.

– É impossível, Lillian – disse, com firmeza. – Eu gostaria de fazê-lo, pelos mesmos motivos que você, e acho que sabe disso. Mas o meu poder, por maior que seja, não é suficiente neste caso.

Ela o fitava com olhos cheios de uma estranha imobilidade sem vida. Quando falou, havia em seus lábios um desprezo tão malévolo que Taggart teve medo de identificá-lo plenamente, observando apenas que era dirigido a eles dois. Lillian disse:

– Eu sei que você gostaria.

Taggart não sentiu nenhuma vontade de fingir. Estranhamente, pela primeira e única vez, a verdade parecia mais agradável, porque agora lhe dava o prazer específico que queria sentir.

– Acho que você sabe que não se pode fazer nada – disse ele. – Hoje em dia, ninguém mais faz favores se não há nada a ganhar em troca. E o que está em jogo é cada vez maior. As tocas de toupeira, para empregar a sua expressão, são tão complexas, tão emaranhadas e interligadas que todo mundo sabe alguma coisa que compromete todos os outros, e ninguém ousa fazer nada porque não sabe quem vai ser o primeiro a abrir o jogo, nem como nem quando. Assim, cada um só joga quando é obrigado a jogar, quando se trata de uma questão de vida ou morte – e atualmente só se joga quando o que está em jogo é mesmo a vida. Mas a sua vida privada não tem nada a ver com esse pessoal. Você quer ficar com o seu marido: o que eles têm a ganhar com isso? E eu, pessoalmente, não tenho nada para lhes oferecer em troca da tentativa de frustrar uma negociata altamente lucrativa para muita gente. Além disso, no momento, o pessoal não aceitaria essa jogada por nenhum preço. Eles têm que ter muito cuidado com o seu marido – pois *ele* é o único que agora não está nas mãos deles, desde aquele programa de rádio com a minha irmã.

932

– Foi você quem me pediu que a obrigasse a falar naquele programa!

– Eu sei, Lillian. Nós dois saímos perdendo daquela vez. E nós dois vamos sair perdendo agora.

– É – disse ela, com a mesma sombra de desprezo nos olhos –, nós dois. – Foi o desprezo que lhe agradou, o prazer estranho, insensato, raro, de saber que essa mulher o via tal como ele era, e no entanto permanecia capturada por sua presença e se acomodava na cadeira, como se afirmando sua servidão.

– Você é uma pessoa maravilhosa, Jim – disse ela, no tom de voz de quem pronuncia uma maldição. No entanto, era mesmo um elogio, e como tal foi feito. O prazer que Taggart sentia decorria da consciência de que eles habitavam um mundo em que uma maldição era um elogio.

– Sabe – disse ele de repente –, você está enganada a respeito daqueles ajudantes de açougueiros, como o Gonzales. Eles têm lá sua utilidade. Você alguma vez já gostou de Francisco d'Anconia?

– Não o suporto.

– Pois você sabe o que estava sendo comemorado nessa festa que Gonzales deu hoje? O acordo da nacionalização da Cobre D'Anconia, a ser efetuada daqui a mais ou menos um mês.

Ela o encarou por um instante, enquanto os cantos de sua boca lentamente formavam um sorriso.

– Ele era seu amigo, não era? – perguntou ela, num tom de voz a que Taggart jamais fizera jus antes, o tom de uma emoção que ele antes só arrancara das pessoas por meios fraudulentos, mas que agora, pela primeira vez, lhe era concedido com total consciência da natureza real do que realizara: era um tom de admiração.

De repente, ele se deu conta de que era esse o objetivo daquelas suas horas de inquietude, era esse o prazer que não havia conseguido encontrar, era essa a comemoração que queria.

– Vamos beber alguma coisa, Lillian – disse ele.

Enquanto servia a bebida, olhou para ela, do outro lado do aposento, largada na cadeira, sem forças.

– Ele que consiga o divórcio dele – disse Taggart. – A última palavra não vai ser dele, e sim dos ajudantes de açougueiro: Gonzales e Cuffy Meigs.

Lillian não disse nada. Quando ele se aproximou, ela tirou o copo de sua mão com um gesto desgracioso e indiferente, e bebeu, não como se bebe socialmente numa festa, e sim como quem bebe sozinho num botequim – para sentir o efeito físico do álcool.

Taggart sentou-se no braço do sofá, próximo demais dela, e ficou bebericando, olhando para o rosto da mulher. Depois de algum tempo, perguntou:

– O que ele pensa de mim?

A pergunta não pareceu surpreendê-la.

933

– Ele o considera um bobo – respondeu ela. – Acha que a vida é muito curta para tomar conhecimento da sua existência.

– Ele tomaria conhecimento se... – Não terminou a frase.

– ... Se você golpeasse a cabeça dele com um porrete? Não sei, não. Hank simplesmente se culparia por não ter se colocado fora do alcance do porrete. De qualquer modo, seria a sua única chance.

Lillian mudou de posição, afundando mais na poltrona, com a barriga para a frente, como se conforto implicasse deselegância, como se estivesse concedendo a Taggart uma espécie de intimidade que não requeria autocontrole nem respeito.

– Foi a primeira coisa que reparei nele – disse ela – quando o conheci: que ele não tinha medo. Parecia ter certeza de que nada que qualquer um de nós fosse capaz de fazer podia afetá-lo, tanta certeza que nem sequer sabia direito o que sentia a respeito disso.

– Há quanto tempo você não o vê?

– Três meses. Não o vejo desde... desde o Certificado de Doação...

– Eu o vi num congresso industrial há duas semanas. Ele continua a dar a mesma impressão, só que mais *forte* ainda. Agora é como se ele tivesse tomado consciência. – Acrescentou: – É, você fracassou mesmo, Lillian.

Ela não respondeu. Com a mão, empurrou o chapéu, que caiu no tapete, a pluma enroscada como um ponto de interrogação.

– Lembro a primeira vez que vi as siderúrgicas dele – disse ela. – "As *minhas* usinas!" Você não imagina como ele se sentia a respeito delas. Não imagina a arrogância intelectual com que ele acha que tudo aquilo que lhe pertence, tudo o que toca, é sagrado. "As *minhas* usinas, o *meu* metal, o *meu* dinheiro, a *minha* cama, a *minha* mulher!" – Lillian olhou de relance para ele, e no vazio letárgico de seu olhar houve um pequeno lampejo. – Ele nunca percebeu a sua existência. A minha ele percebeu. Continuo a ser a Sra. Rearden... pelo menos durante mais um mês.

– É... – disse Taggart, olhando para ela com um súbito interesse renovado.

– A Sra. Rearden! – exclamou ela com um risinho. – Você não imagina o que isso significa para ele. Nenhum senhor feudal jamais sentiu nem exigiu tanta reverência pelo título de "*minha* mulher", nem jamais o considerou tão honroso. Um símbolo de sua honra inflexível, intocável, inviolável, impecável! – Fez um gesto vago, indicando o próprio corpo esparramado, e riu: – A mulher de César! Lembra? Não, claro que não. A mulher de César tinha de ser acima de qualquer suspeita.

Taggart olhava para ela com o olhar pesado e cego do ódio impotente – ódio daquilo que ela de repente passara a simbolizar, não dela em si.

– Ele não gostou de ver seu metal passar a ser de domínio público, podendo ser fabricado pelo primeiro que passasse... não é?

– Não, não gostou.

As palavras dele pareciam um pouco arrastadas, como se carregassem consigo o peso da bebida que engolira:

– Não vá me dizer que você nos ajudou a conseguir aquele Certificado de Doação como um favor para mim, sem ganhar nada com isso... Eu sei por que você fez isso.

– Você já sabia na época.

– Claro. É por isso que gosto de você, Lillian.

Seu olhar voltava constantemente para o decote do vestido dela. Não era a pele lisa que atraía seu olhar, nem a saliência dos seios, e sim a fraude do alfinete de segurança.

– Eu queria vê-lo levar uma surra – disse Taggart. – Queria ouvi-lo gritar de dor, só uma vez.

– Você nunca vai conseguir, Jimmy.

– Por que ele se acha melhor do que nós, ele e minha irmã?

Lillian deu um risinho.

Ele se levantou como se ela o tivesse esbofeteado. Foi até o bar e preparou outra dose para si próprio, sem oferecer nada à mulher.

Ela estava falando para o espaço à sua frente, sem focalizar os olhos em Taggart:

– Ele percebeu a minha existência, sim, muito embora eu não saiba construir trilhos para ele nem pontes para a glória de seu metal Rearden. Não sei construir as usinas dele, mas posso destruí-las. Não posso produzir o metal dele, mas posso tirá-lo dele. Não posso fazer os homens se ajoelharem de admiração à minha frente, mas posso fazê-los cair de joelhos.

– Cale a boca! – gritou ele, apavorado, como se ela estivesse se aproximando demais daquele beco enevoado que tinha de permanecer invisível.

Lillian olhou para ele.

– Você é tão covarde, Jim!

– Por que não toma um porre? – perguntou ele, encostando seu copo meio cheio na boca de Lillian, como se quisesse bater nela com ele.

Ela segurou o copo com dedos moles e bebeu, deixando a bebida escorrer pelo queixo, pelo peito, pelo vestido.

– Lillian, você está se molhando toda! – disse ele e, sem se dar ao trabalho de pegar o lenço, começou a enxugá-la com a palma da mão. Seus dedos escorregaram pelo decote e se fecharam sobre um seio. Ele prendeu a respiração de repente, como se soluçasse. Suas pálpebras se fecharam, e ainda viu o rosto dela recuar sem oferecer resistência, a boca intumescida de repulsa. Quando ele lhe procurou os lábios, sentiu seus braços que o apertavam, obedientes, e sua boca contra a dele. Mas aquilo era só uma pressão, não um beijo.

Taggart levantou a cabeça para ver o rosto da mulher. Os dentes dela se mostravam num sorriso, porém o olhar estava fixo em algum ponto além dele, como se zombasse de alguma presença invisível, e o sorriso era ao mesmo tempo sem vida e cheio de malícia, como o de uma caveira.

Ele a puxou mais para perto, a fim de não ver aquilo e de conter o arrepio involuntário. Suas mãos a acariciavam automaticamente, e ela o aceitava. Jim sentia o pulsar das artérias da mulher sob seus dedos. Os dois estavam realizando um ato rotineiro, como se imposto a eles, fazendo-o por deboche, por ódio, numa paródia profanadora daqueles que o faziam por amor.

Taggart sentia uma fúria cega, imprudente, mistura de horror com prazer, o horror de cometer um ato que jamais ousaria confessar a ninguém, o prazer de cometê-lo como uma blasfêmia, um desafio àqueles a quem não ousaria confessá-lo. Ele era quem era! – a única parte consciente de sua raiva parecia estar gritando –, por fim, ele era quem era!

Não falavam nada. Um conhecia a motivação do outro. Apenas duas palavras foram pronunciadas:

– *Sra. Rearden* – disse ele.

Não se entreolharam quando ele a empurrou para o quarto e sobre a cama, caindo sobre seu corpo como se caísse sobre um objeto macio e inanimado. Em seus rostos havia o olhar de segredo, de cumplicidade, a expressão furtiva e obscena de crianças que sujam a cerca de alguém com rabiscos que se pretendem pornográficos.

Depois, ele não se sentiu decepcionado por haver possuído apenas um corpo inanimado que não resistia nem correspondia. Não era uma mulher que ele queria possuir. Não era um ato em homenagem à vida que queria realizar – e sim um ato em homenagem ao triunfo da impotência.

◆ ◆ ◆

Cherryl destrancou a porta e entrou silenciosamente, quase de maneira furtiva, como se não quisesse ser vista no lugar que era seu lar, nem o quisesse ver. A ideia da presença de Dagny – do mundo de Dagny – havia lhe dado forças durante o caminho, porém, ao entrar em seu apartamento, as paredes pareceram engoli-la mais uma vez numa armadilha sufocante.

A casa estava silenciosa. Um feixe de luz riscava a antessala, vindo de uma porta semicerrada. Mecanicamente, Cherryl se arrastou em direção a seu quarto, então parou.

A luz vinha do escritório de Jim, e sobre a fatia de chão iluminada ela viu um chapéu de mulher, com uma pluma balançando lentamente na brisa.

Deu um passo à frente. O cômodo estava vazio. Havia dois copos, um sobre a mesa, outro no chão, e uma bolsa de mulher na poltrona. Ficou parada, num estupor, até ouvir duas vozes abafadas vindas do quarto de Jim. Não pôde compreender as palavras, apenas a qualidade dos sons: a voz de Jim exprimia irritação; a da mulher, desprezo.

Então Cherryl se viu em seu quarto, tentando desesperadamente trancar a porta. Havia sido levada até lá pelo pânico cego, uma vontade de fugir, como se fosse ela quem tivesse que se esconder, quem tinha que fugir do horror de ser vista vendo-os – uma sensação de pânico que era uma mistura de repulsa, piedade, vergonha, aquela castidade mental que foge quando tem que fazer um homem confrontar a prova irrefutável de sua perversidade.

Ela ficou parada no meio do quarto, sem conseguir saber o que lhe era possível fazer agora. Então seus joelhos foram se dobrando lentamente, e ela se viu sentada no chão, e lá ficou, olhando para o tapete, tremendo.

Não era nem raiva nem ciúme nem indignação o que sentia, e sim o horror cego de enfrentar o grotesco e o sem sentido. Era a consciência de que nem aquele casamento, nem o amor que Taggart sentia por ela, nem a insistência dele em permanecer com ela, nem o amor que ele tivesse por aquela outra mulher, nem aquele adultério gratuito tinham qualquer significado; de que não havia o menor sentido em nada daquilo; de que era inútil tentar encontrar explicações. Ela sempre imaginara que o mal fosse algo dotado de um propósito, um meio que visa a um fim. O que ela estava vendo agora era o mal pelo mal.

Cherryl não sabia por quanto tempo estava ali quando ouviu passos e vozes e depois o ruído da porta que dá para a rua se fechando. Levantou-se, sem saber o que pretendia fazer, impelida por algum instinto proveniente do passado, como se estivesse agindo dentro de um vácuo no qual a honestidade não tivesse mais qualquer relevância, porém sem conhecer outra maneira de agir.

Encontrou Jim na antessala. Por um momento, os dois se entreolharam como se um não conseguisse acreditar na realidade do outro.

– Quando você chegou? – perguntou ele, irritado. – Há quanto tempo está aqui?

– Não sei...

Jim a olhava fixamente.

– O que deu em você?

– Jim, eu... – Cherryl fez um esforço, desistiu e fez um gesto apontando para o quarto dele. – Jim, eu vi.

– Viu o quê?

– Você, lá... com uma mulher.

O primeiro impulso de Jim foi empurrá-la para dentro de seu gabinete e fechar a porta, como se para escondê-los a ambos de alguém que ele não poderia identificar. Uma raiva não reconhecida fervia em sua mente, um conflito entre o subterfúgio e a explosão, que resultou na sensação de que aquela mulherzinha desprezível estava lhe roubando sua sensação de triunfo e de que ele não abriria mão desse seu novo prazer por causa dela.

– E daí? – gritou ele. – O que você vai fazer por causa disso?

Cherryl lhe dirigiu um olhar vazio.

– É, eu estava lá com uma mulher, mesmo! Foi isso que eu fiz, porque me deu vontade de fazer! Você pensa que vai me assustar com esses seus suspiros, esse olhar fixo, essa virtude desprezível? – Estalou os dedos. – Estou me lixando para o que você pensa! Estou me lixando para a sua opinião! Pronto! – O rosto pálido e indefeso de Cherryl o instigava a prosseguir, lhe proporcionando o prazer de sentir que suas palavras eram como golpes que estivessem desfigurando um rosto. – Você acha que vou começar a fazer as coisas escondido por sua causa? Estou cheio de viver fingindo para não ofender a sua virtude conjugal! Quem é que você pensa que é, sua balconistazinha? Eu faço o que me dá na telha, e você cale a boca e mantenha as aparências em público, como todo mundo, e pare de exigir que eu finja na minha própria casa! Ninguém é virtuoso em sua própria casa só para os outros verem! Mas se você está pensando que eu levo isso a sério, sua boboca, é melhor crescer logo de uma vez!

O que Jim estava vendo não era o rosto de Cherryl, e sim o do homem a quem ele gostaria de ter atingido com o ato que praticara aquela noite, o que jamais poderia fazer. Mas ela sempre fora para ele alguém que admirava, defendia e representava aquele homem – fora por isso que ele a desposara –, portanto, ela agora poderia substituir aquele homem. Jim gritou:

– Você sabe quem era essa mulher que eu comi? Era...

– Não! – exclamou ela. – Jim! Eu não preciso ouvir isso!

– Era a Sra. Rearden! A Sra. Hank Rearden!

Cherryl deu um passo atrás. Jim sentiu um terror momentâneo, porque ela o olhava como se estivesse vendo aquilo que ele não admitia para si próprio. Ela perguntou, com uma voz morta que continha um tom incongruente de senso comum:

– Imagino que você agora vá pedir o divórcio, não é? – Jim caiu na gargalhada.

– Sua idiota! Você continua se levando a sério! Continua querendo coisas grandiosas e puras! Eu jamais pediria o divórcio, e nem sonhe que vou deixar que você se divorcie de mim! Você acha que a coisa é tão importante assim? Escute, sua bobinha, não há no mundo um marido que não durma com outras mulheres, e não há uma mulher que não saiba disso, mas eles não falam sobre esse assunto! Eu trepo com quem eu quiser, e você que faça o mesmo, como todas as outras vagabundas, e fique de bico calado!

Jim viu nos olhos de Cherryl a expressão súbita e surpreendente de uma inteligência pura, dura, insensível, quase desumana.

– Jim, se eu fosse uma mulher desse tipo, você não teria casado comigo.

– Não. Não teria.

– Por que se casou comigo?

Ele sentiu-se como que arrastado por um redemoinho, em parte aliviado por ter passado o momento do perigo, em parte numa atitude irreprimível de desafio frente àquele mesmo perigo.

– Porque você era uma balconistazinha vulgar, criada na sarjeta, que jamais poderia ter chegado a meus pés! Porque eu achei que você ia me amar! Achei que ia saber que tinha que me amar!

– Tal como você é?

– Sem ousar perguntar como eu sou! Sem motivo. Sem viver me cobrando razões, uma verdadeira parada militar infindável de razões.

– Então você me amava... porque eu não valia nada!

– Ora, o que você pensava que fosse?

– Você me amava por eu ser desprezível?

– O que mais você tinha a dar? Mas você não teve humildade suficiente para admitir esse fato. Eu quis ser generoso, dar segurança a você. E que segurança há em ser amado pelas qualidades que se tem? A competição não cessa nunca, é como um mercado na selva, uma pessoa melhor sempre há de aparecer! Mas eu, eu estava disposto a amá-la pelos seus defeitos e suas fraquezas, sua ignorância, sua vulgaridade, sua baixeza, e isso é que dá segurança. Você não teria nada a temer, nada a esconder, poderia ser quem é, essa pessoa suja, pecaminosa, feia que você é na realidade, já que todo mundo é isso mesmo, mas você teria o meu amor, sem que nada lhe fosse exigido!

– Você queria... que eu aceitasse o seu amor... como uma esmola!

– Você achava que o merecia? Que seria possível você merecer casar comigo, uma reles balconistazinha? Eu antes comprava mulheres da sua laia pelo preço de uma refeição! Eu queria que você soubesse, a cada passo que desse, cada porção de caviar que comesse, que devia tudo isso a mim, que você não tinha nada, não era nada e jamais poderia ser do meu nível, merecer ou pagar o que eu lhe dava!

– Eu... tentei... merecer.

– Se tivesse conseguido, para que você me serviria?!

– Você não queria que eu merecesse?

– Ah, você é uma imbecil!

– Você não queria que eu me aperfeiçoasse! Não queria que eu crescesse? Achava que eu não prestava e queria que eu continuasse sempre assim?

– Para que você me serviria se merecesse o que eu lhe dava, e eu tivesse que me esforçar para não perdê-la, e você pudesse escolher outro se quisesse?

– Você queria que fosse uma esmola... de nós dois para nós dois! Você queria que fôssemos dois mendigos, um acorrentado ao outro!

– Queria, sua evangelistazinha! Queria, anjo de virtudes heroicas! Queria!

– Você me escolheu porque eu não valia nada!

– Isso mesmo!

– Você está mentindo, Jim.

Em resposta, ele a olhou, atônito.

– Essas garotas que você comprava pelo preço de uma refeição gostariam de se transformar em porcarias, aceitariam sua esmola e nunca tentariam melhorar, mas você não se casaria com nenhuma delas. Casou comigo porque sabia que eu não aceitava a sarjeta, que estava me esforçando para subir e que ia continuar me esforçando, não é verdade?

– É! – exclamou ele.

Então o farol que ela sentira se aproximar dela a atingiu, e Cherryl começou a gritar na explosão luminosa daquele impacto, a gritar de terror físico, afastando-se dele.

– O que foi que deu em você? – perguntou ele, tremendo, sem ousar ver nos olhos da mulher a coisa que ela tinha visto.

Ela gesticulava, trôpega, como se ao mesmo tempo quisesse afastar algo de si e agarrá-lo. Quando respondeu, suas palavras não chegavam a identificar a coisa em questão, mas foram as únicas que conseguiu encontrar:

– Você... assassina... pelo prazer de matar...

Ela chegara perto demais do inominável. Trêmulo de pavor, Jim deu um soco às cegas e a atingiu no rosto.

Cherryl caiu sobre o braço de uma poltrona, e sua cabeça bateu no chão, porém no instante seguinte ela a levantou e dirigiu a ele um olhar vazio, despido de espanto, como se a realidade física estivesse simplesmente se configurando tal como esperava que acontecesse. Uma única gota de sangue, em forma de lágrima, lentamente lhe escorreu do canto da boca.

Taggart permanecia imóvel, e por um momento se entreolharam, como se ambos não ousassem se mover.

Ela foi a primeira a tomar a iniciativa. Pôs-se de pé e correu. Saiu correndo do aposento, do apartamento. Ele ouviu seus passos pelo corredor, abrindo a porta de ferro da escada de emergência, sem esperar pelo elevador.

Cherryl desceu as escadas correndo, abrindo portas às cegas nos patamares, passando velozmente pelos corredores tortuosos do edifício, depois descendo a escada novamente, até se ver no hall do prédio. Então, correu para a rua.

Depois de algum tempo, deu por si caminhando por uma calçada suja em um bairro mal iluminado. Havia uma lâmpada acesa na entrada cavernosa do metrô e um anúncio de biscoitos aceso no alto do telhado negro de uma lavanderia. Ela não sabia como chegara lá. Sua mente parecia estar funcionando de modo espasmódico e descontínuo. Só sabia que tinha que fugir e que isso era impossível.

Tenho que fugir de Jim, pensou. *Para onde?*, perguntou, observando à sua volta com um olhar de súplica. Teria aceitado um emprego numa lojinha de quinquilharias, ou naquela lavanderia, ou em qualquer uma daquelas lojas miseráveis pelas quais estava passando. Mas ela iria trabalhar, e quanto mais trabalhasse, mais maliciosas seriam com ela as pessoas ao seu redor, e ela não saberia quando quisessem que dissesse a verdade ou quando que mentisse. E quanto mais honesta ela fosse, maior a fraude que teria de suportar. Cherryl já vira isso acontecer e o havia suportado, na casa de sua família, nas lojas dos bairros miseráveis, porém, naquele tempo, pensava que eram exceções mórbidas, males aleatórios, coisas das quais devia fugir para esquecê-las depois. Agora sabia que essas coisas não eram exceções, que aquele era o código que o mundo aceitava, o credo da vida, conhecido por todos porém jamais identificado, olhando de esguelha para ela através dos olhos das outras pessoas, aquele olhar matreiro e cheio de culpa que jamais conseguira compreender – e na base daquele credo, oculto pelo silêncio, à espreita, à sua espera nos porões da cidade e nos calabouços das almas das pessoas, havia uma coisa com a qual era impossível conviver.

Por que vocês estão fazendo isso comigo?, gritava ela silenciosamente para a escuridão ao seu redor. "Porque você é boa", uma gargalhada imensa parecia responder do alto dos telhados e das sarjetas. *Então não vou mais ser boa.* "Vai, sim." *Não tenho obrigação de ser boa.* "Mas vai." *Não aguento mais.* "Mas vai."

Cherryl estremeceu e apertou o passo, mas à sua frente, nas brumas da distância, viu o calendário acima dos telhados da cidade. Há muito já passava da meia-noite, e lá estava escrito: 6 de agosto. Porém lhe pareceu de repente que o que estava escrito era 2 de setembro, em letras de sangue, e pensou: *Se trabalhasse, se lutasse, se subisse, ia sofrer mais com cada passo em minha ascensão, até que, no fim, tudo aquilo que conseguisse, fosse uma companhia de produção de cobre ou uma casa própria, seria desapropriado em algum dia de setembro por Jim e consumido para custear as festas em que ele negociava com os amigos.*

Então não vou!, gritou ela e deu meia-volta, começando a correr no sentido oposto. Porém tinha a impressão de que no céu escuro, sorrindo para ela na fumaça da lavanderia, com um sorriso debochado, pairava uma figura enorme que não tinha forma fixa, mas cujo sorriso permanecia sempre o mesmo, qualquer que fosse a forma assumida, e seu rosto era o de Taggart, do pregador da sua infância, da assistente social do departamento de pessoal da loja em que ela trabalhava – e o sorriso parecia lhe dizer: "Gente como você permanece sempre honesta, sempre tenta subir, sempre trabalha, por isso estamos feitos e você não tem saída."

Cherryl corria. Quando olhou ao seu redor mais uma vez, estava andando numa rua silenciosa, passando por portas envidraçadas por trás das quais se viam luzes acesas nos halls atapetados de edifícios luxuosos. Deu-se conta de que estava mancando e viu que o salto de seu sapato estava se soltando: ela o havia quebrado durante sua corrida cega.

Quando se viu no espaço amplo de um cruzamento de avenidas, contemplou os arranha-céus ao longe. Estavam desaparecendo silenciosamente na névoa, deixando um brilho pálido e algumas luzes como um sorriso de despedida. Houvera um tempo em que aqueles prédios eram uma promessa, e, quando ela levantava a vista da estagnação e do ócio que a cercavam, eles lhe pareciam uma prova de que existiam no mundo homens diferentes daqueles que via ao seu redor. Agora ela sabia que os arranha-céus eram lápides, finos obeliscos que se elevavam em memória dos homens que haviam sido destruídos por os terem criado. Eram a forma congelada do grito silencioso que proclamava a mensagem: a recompensa da realização é o martírio.

Em alguma daquelas torres que desaparecem na neblina, pensou Cherryl, *está Dagny, uma vítima solitária, lutando um combate inglório, que será destruída e desaparecerá na névoa como todos os outros.*

Não há lugar para onde ir, pensava ela, seguindo em frente com passos trôpegos. *Não consigo parar, nem vou poder continuar correndo por muito tempo. Não posso nem trabalhar nem descansar, não posso me render nem lutar.* Mas isto... isto *é o que eles querem de mim, isto é o que querem que eu seja: nem viva nem morta, nem racional nem louca, apenas uma massa de carne que grita de medo, a ser moldada por eles a seu bel-prazer, eles que não têm forma própria.*

Cherryl mergulhou na escuridão da esquina, fugindo horrorizada de qualquer vulto humano. *Não*, pensou, *não são más, nem todas as pessoas são más... são apenas as primeiras vítimas de si próprias, mas todas elas acreditam no credo de Jim, e não posso mais conviver com elas, agora que já sei... E, se eu falasse com elas, tentariam ter boa vontade comigo, mas, como sei o que elas consideram bom, eu veria a morte em seus olhares.*

Agora a calçada se reduzira a uma faixa estreita e quebrada, e o lixo transbordava das latas largadas à entrada das casas miseráveis. Além da luz mortiça de um bar, viu um cartaz iluminado – "Refúgio para moças" – acima de uma porta trancada.

Cherryl conhecia as instituições desse tipo e as mulheres que as administravam, mulheres que diziam que seu trabalho era ajudar aquelas que sofriam. *Se eu entrasse*, pensou ela, ao passar pela porta, *se lhes pedisse ajuda, elas me perguntariam: "De que você é culpada? Bebida? Droga? Gravidez? Roubo?" E eu responderia: "Nada, sou inocente, mas..." "Desculpe. Não nos interessamos pelo sofrimento das inocentes."*

Ela corria. Parou na esquina de uma rua comprida e larga, recuperando a visão, e olhou ao redor. Os edifícios e as calçadas se fundiam com o céu – e duas fileiras de luzes verdes pendiam no espaço aberto, desaparecendo ao longe, como se se estendessem até outras cidades, mares e terras estrangeiras, circundando a Terra. A luz verde exprimia serenidade, como um caminho convidativo e ilimitado se oferecendo a um andarilho confiante. Então as luzes ficaram vermelhas, descendo pesadamente, os círculos nítidos se transformando em manchas difusas, tornando-se advertências de um perigo ilimitado. Imóvel, Cherryl viu um caminhão gigantesco passar, as rodas enormes tornando um pouco mais luzidios os paralelepípedos achatados da rua.

As luzes voltaram ao verde confiável, porém ela estava trêmula, incapaz de se mover. *É assim que funciona para o tráfego dos corpos*, pensou, *mas e para o tráfego da alma? Aí os sinais estão trocados – e o caminho é seguro quando as luzes são vermelhas como o mal –, mas quando são verdes como a virtude, prometendo que o caminho é seu, você segue e é esmagada pelas rodas.* No mundo inteiro, aquelas luzes invertidas chegam a todos os lugares, circundando a Terra. E a Terra está coberta de aleijados e estropiados, que não sabem o que os atingiu, nem por que foram atingidos, que rastejam da melhor maneira que conseguem com seus membros esmagados por suas vidas obscuras, tendo como única resposta a ideia de que a dor é o âmago da existência – e os guardas de trânsito da moralidade riem e lhes dizem que o homem, pela própria natureza, é incapaz de andar.

Essas não eram as palavras que lhe vieram à mente, e sim aquelas em que teria pensado se tivesse o poder de encontrá-las, para dar nome àquilo que só conhecia como uma fúria súbita que a fazia esmurrar, com um horror inútil, o poste de ferro do sinal de trânsito a seu lado, aquele tubo metálico oco dentro do qual o zumbido rouco de um mecanismo implacável se repetia sem cessar, como uma risada.

Cherryl não podia esmagá-lo com seus punhos, não podia derrubá-los um por um, todos os postes da rua, que se estendiam até sumirem de vista – assim como não podia esmagar aquele credo dentro dos homens que iria encontrar, um por um. Não podia mais conviver com as pessoas, não podia seguir o mesmo caminho que elas – mas o que poderia lhes dizer, ela que não tinha palavras para dar nome à coisa que sabia, nem voz que as pessoas pudessem ouvir? O que poderia lhes dizer? Como poderia chegar até elas? Onde estariam os homens que poderiam ter falado?

Essas não eram as palavras que lhe vieram à mente, e sim os golpes de seus punhos contra o metal. Então ela deu por si, de repente, batendo com os nós dos dedos até sangrar contra um poste imóvel, e essa constatação a fez estremecer, e se afastou, trôpega. Seguiu em frente, sem ver nada ao seu redor, sentindo-se encurralada num labirinto sem saída.

Sem saída, diziam seus vestígios de consciência, batendo no ritmo de seus passos, *sem saída... sem refúgio... sem sinais... sem ter como distinguir destruição de segurança, inimigo de amigo... Como aquele cão a respeito do qual ouvi falar*, pensou, *em algum laboratório... o cão que recebia sinais trocados, que não sabia como distinguir satisfação de tortura, que via seu alimento se transformar em golpes e os golpes em alimento, com olhos e ouvidos que o enganavam, juízo traiçoeiro e consciência impotente num mundo mutável, fluido, informe* – e entregou os pontos, recusando-se a comer se o preço era aquele, a viver num mundo assim... *Não!*, era essa a única palavra consciente em seu cérebro: *Não! Não! Não! Não para seu mundo e sua maneira de viver, ainda que esse "não" seja tudo o que reste do meu mundo!*

Foi na hora mais escura da noite, num beco no cais do porto, que a assistente social a viu. Ela era uma mulher cujo rosto e o casaco cinzento se confundiam com os muros daquele bairro. Ela viu uma jovem usando um conjunto elegante e caro demais para aquele lugar, sem chapéu, sem bolsa, com um salto quebrado, descabelada e com uma ferida no canto da boca, uma jovem cambaleando às cegas, não conseguindo distinguir a rua da calçada. A rua era apenas uma passagem estreita entre os muros nus dos armazéns, porém um raio de luz atravessava a neblina impregnada de cheiro de água apodrecida. Um parapeito de pedra fechava a rua, depois vinha um imenso buraco negro em que se confundiam rio e céu.

A assistente social se aproximou de Cherryl e lhe perguntou, severa:

– Você está em dificuldades?

E viu um olho desconfiado – o outro estava escondido atrás de uma mecha de cabelos – e o rosto de uma criatura selvagem que já esqueceu o som das vozes humanas, porém escuta como quem ouve um eco longínquo, com suspeita, no entanto quase com esperança.

A assistente social a agarrou pelo braço:

– É uma vergonha terminar nesse estado... Se você e essas outras moças de sociedade tivessem algo mais a fazer que não se entregar a seus desejos e correr atrás dos prazeres, você não estaria aqui agora, cambaleando, bêbada feito um vagabundo, a esta hora da madrugada... Se você parasse de viver em função do próprio prazer, parasse de pensar em si própria e encontrasse um objetivo mais elevado...

Então a jovem começou a gritar – e seu grito se chocou contra os muros nus da rua como se numa câmara de tortura, um grito animal de terror. Safou-se das mãos da mulher, recuou e gritou palavras incompreensíveis:

– Não! Não! Não este mundo de vocês!

Então correu, correu impelida por uma súbita explosão de energia, a energia de uma criatura que foge para salvar a própria pele, correu pela rua que terminava no rio – e, num só ímpeto, sem nenhum momento de dúvida, com plena consciência de estar agindo pela própria preservação, continuou correndo até que o parapeito lhe barrou o caminho e, sem parar, saltou para o espaço vazio.

CAPÍTULO 25

AMOR FRATERNAL

NA MANHÃ DE 2 DE SETEMBRO, partiu-se um fio de cobre que ligava dois postes telefônicos à margem da linha do Pacífico da Taggart Transcontinental, na Califórnia.

Por volta da meia-noite, começara a cair uma chuva fina e leve. O sol não chegou a nascer, apenas uma luz cinzenta vazava de um céu encharcado, e as reluzentes gotas d'água que pendiam dos fios telefônicos eram as únicas coisas que brilhavam contra o fundo esbranquiçado das nuvens, o cinza do mar e o aço das torres de petróleo. Os fios estavam gastos, pois vinham sendo usados por mais tempo que o previsto. Um deles começara a ceder naquela madrugada com o leve peso das gotas de chuva. Uma última gota, como uma conta de cristal, acumulou o peso de muitos segundos: silenciosamente, como uma lágrima que cai, o fio e a gota desabaram ao mesmo tempo.

Os homens da sede daquela divisão da Taggart Transcontinental evitaram se entreolhar quando constataram e anunciaram o estrago do fio. Fizeram afirmações cuidadosamente calculadas para que parecessem se referir ao problema, mas que não dissessem coisa alguma. Ninguém, no entanto, conseguiu enganar ninguém. Eles sabiam que fio de cobre era algo cada vez mais raro, que era mais precioso que o ouro ou a honra. Sabiam que o almoxarife da divisão vendera o estoque de fio semanas atrás para compradores que vinham de noite e que não eram negociantes de dia, e sim apenas homens que tinham amigos em Sacramento, a capital do estado, e em Washington – do mesmo modo que o almoxarife, recém-designado para o cargo, tinha um amigo em Nova York, chamado Cuffy Meigs, a respeito do qual ninguém fazia perguntas. Sabiam que o homem que agora assumiria a responsabilidade de solicitar o conserto e dar início ao processo, que culminaria com a descoberta de que seria impossível realizar o reparo, sofreria retaliações nas mãos de inimigos desconhecidos, que seus colegas de trabalho se manteriam misteriosamente calados e não testemunhariam a seu favor, que ele não conseguiria provar nada, e que, se tentasse fazer o que seu emprego exigia que fosse feito, logo o perderia. Não sabiam mais o que era ou não era perigoso, naqueles tempos em que os culpados não eram punidos, mas os acusadores eram. E, como animais, sabiam que a imobilidade era a única proteção em caso de dúvida ou perigo. Então permaneceram imóveis e falaram a respeito do procedimento apropriado de mandar relatórios às autoridades apropriadas dentro dos prazos apropriados.

Um jovem engenheiro de manutenção saiu da sala e da sede da divisão e foi para um lugar seguro – a cabine telefônica de uma farmácia. Ignorando o continente e

945

os escalões de executivos apropriados que o separavam de Nova York, ligou para o escritório de Dagny Taggart.

Ela recebeu o telefonema no escritório de seu irmão, interrompendo uma reunião de emergência. O jovem engenheiro lhe disse apenas que o fio estava partido e que não havia outro para substituí-lo. Não disse mais nada, nem explicou por que julgara necessário falar diretamente com ela. Dagny não lhe perguntou nada. Ela compreendeu.

– Obrigada – foi tudo o que disse.

Em seu escritório havia um arquivo de emergência, com a relação de todos os materiais de importância crucial que ainda existiam em cada divisão da rede ferroviária. Como o arquivo de uma firma falida, nele só entravam registros de perdas, e as raras anotações referentes a materiais adquiridos eram como risadas maliciosas de um torturador que joga migalhas de pão para um continente que morre de fome. Examinou o arquivo, fechou-o, suspirou e disse:

– Montana, Eddie. Ligue para a linha de Montana e mande-os enviar metade de seu estoque de fio de cobre para a Califórnia. Talvez a linha de Montana consiga se aguentar sem esse fio... por mais uma semana. – E, como Eddie Willers ia protestar, ela acrescentou: – Petróleo, Eddie. A Califórnia é um dos últimos produtores de petróleo que ainda restam no país. Não podemos nos arriscar a perder a linha do Pacífico. – E voltou à reunião na sala de seu irmão.

– Fio de cobre? – perguntou Taggart, com um olhar estranho que se desviou do rosto de Dagny e se fixou na cidade lá fora. – Em muito pouco tempo, o cobre não será mais problema nenhum.

– Por quê? – perguntou ela.

Taggart, porém, não respondeu. Não havia nada de especial para se ver lá fora, só o céu azul de um dia ensolarado, a luz tranquila da tarde sobre os telhados da cidade e, acima deles, a página do calendário proclamando: 2 de setembro.

Dagny não sabia por que Taggart havia insistido em realizar essa reunião em seu escritório, por que insistira em falar com ela em particular, coisa que normalmente ele tentava evitar, nem por que olhava a toda hora para o relógio.

– A meu ver, a situação não está nada boa – disse ele. – É preciso fazer alguma coisa. Aparentemente estamos vivendo um estado de perturbação e confusão, que tende a uma política descoordenada e desequilibrada. Em outras palavras, há uma grande demanda por transporte em todo o país, e no entanto estamos perdendo dinheiro. A meu ver...

Dagny olhava para o velho mapa da Taggart Transcontinental que ficava na parede da sala do irmão, para as artérias vermelhas que riscavam um continente amarelado. Houve um tempo em que a rede ferroviária era chamada de aparelho circulatório da nação, e os trens constituíam um circuito vivo de sangue, levando desenvolvimento e riqueza aos lugares mais longínquos por onde passavam. Agora, ainda se assemelhava a uma corrente sanguínea, só que era como aquela corrente de sentido único que

946

emana de uma ferida, levando embora o que resta de alimento e vida no organismo. *Tráfego de sentido único*, pensou Dagny com indiferença, *tráfego de consumidores*.

Pensou no trem nº 193. Seis semanas atrás, ele fora enviado com um carregamento de aço – não a Faulkton, Nebraska, onde a Companhia de Máquinas-Ferramentas Spencer, a melhor das que ainda funcionavam, estava sem operar havia duas semanas, esperando o carregamento –, mas para Sand Creek, Illinois, onde a Máquinas Confederadas afundava em dívidas havia mais de um ano, produzindo artigos de baixa qualidade de modo espasmódico. O aço fora entregue a ela por um decreto que explicava que a Spencer era uma empresa rica, e portanto podia esperar, enquanto a Confederadas estava falida e era importante impedir que ela fechasse, tendo em vista que era a única fonte de empregos para a população de Sand Creek. A Companhia de Máquinas-Ferramentas Spencer fechara havia um mês. A Máquinas Confederadas encerrara as atividades duas semanas depois.

A população de Sand Creek estava recebendo auxílio do governo federal, mas, como não havia comida para ela nos celeiros vazios da nação naquele momento, as sementes dos fazendeiros de Nebraska haviam sido confiscadas por ordem do Conselho de Unificação – e o trem nº 194 levara a colheita jamais plantada, o futuro da população de Nebraska, para ser comida pelo povo de Illinois. "Vivemos numa época progressista", afirmara Eugene Lawson numa transmissão radiofônica, "em que por fim todos compreendemos que é de cada um de nós que depende a sobrevivência de nossos irmãos".

– Num período difícil de emergência como o atual – disse James Taggart enquanto sua irmã olhava para o mapa –, é perigoso nos vermos obrigados a atrasar o pagamento de nossos funcionários em algumas divisões, uma situação provisória, é claro, mas...

Dagny deu uma risadinha:

– O Plano de Unificação das Ferrovias não está dando certo, não é mesmo, Jim?

– O quê?

– Você deveria receber uma boa fatia da renda bruta da Sul-Atlântica no fim do ano, só que não vai restar renda bruta nenhuma para ser confiscada, não é?

– Não é verdade! O problema é que os banqueiros estão sabotando o plano. Esses cachorros, que antigamente nos emprestavam dinheiro sem nenhuma garantia além de nossas ferrovias, agora me negam uns míseros 100 mil dólares a curto prazo, só para poder manter em dia a folha de pagamento, quando tenho toda a rede ferroviária do país para oferecer como garantia!

Dagny riu.

– Não foi culpa nossa! – exclamou ele. – Não é culpa do Plano se algumas pessoas se recusam a arcar com uma parte justa de nosso ônus!

– Jim, era só isso que você queria me dizer? Neste caso, vou indo. Tenho mais o que fazer.

Rapidamente ele consultou o relógio de pulso.

– Não, não, não é só isso, não! É da maior importância que examinemos a situação e cheguemos a alguma decisão, que...

Dagny ficou impassível, ouvindo mais uma torrente de generalidades, tentando descobrir aonde ele queria chegar. Taggart estava ganhando tempo e ao mesmo tempo não estava, não exatamente. Ela tinha certeza de que ele a detinha ali por algum motivo específico e, ao mesmo tempo, que o fazia só para tê-la ao seu lado.

Era uma coisa nova no irmão, que Dagny passara a observar desde a morte de Cherryl. Taggart viera correndo procurá-la, afobado, sem avisar, na noite em que o corpo da mulher foi encontrado e a notícia de seu suicídio foi publicada em todos os jornais, que entrevistaram a assistente social que o presenciara. "Suicídio inexplicável", diziam os jornais, incapazes de encontrar um motivo para aquele gesto. "Não foi culpa minha!", gritara ele para Dagny, como se fosse ela o único juiz que era preciso convencer. "Não tenho culpa nenhuma! Não tenho culpa!" Ele tremia de terror – e, no entanto, Dagny percebera alguns olhares de soslaio que, inacreditavelmente, pareciam exprimir certa sensação de triunfo. "Vá embora daqui, Jim", foi tudo o que ela lhe disse.

Ele jamais voltara a lhe falar a respeito de Cherryl, porém passara a ir à sala de Dagny com mais frequência do que de costume. Detinha a irmã no corredor para puxar conversas descabidas – e tais momentos estavam se repetindo tanto que ela tinha a sensação incompreensível de que, ao mesmo tempo que Taggart se chegava a ela para se proteger de algum terror inominável, seus braços tentavam abraçá-la para cravar um punhal nas costas dela.

– Estou ansioso para saber qual a sua posição – disse ele, com sofreguidão. Dagny desviou a vista. – É da maior importância que examinemos a situação, e... e você ainda não disse nada. – Ela não se virou para ele. – Não que uma rede ferroviária não dê dinheiro algum, mas...

Dagny fixou em Taggart seu olhar penetrante, e ele rapidamente desviou a vista.

– O que estou dizendo é o seguinte: é necessário elaborar alguma política – prosseguiu ele, apressado, no mesmo tom enfadonho. – É preciso que se faça alguma coisa... que alguém tome uma iniciativa. Em situações de emergência...

Ela sabia qual era a ideia que ele estava evitando mencionar, entendia as deixas que lhe dera, embora não quisesse que ela tocasse explicitamente no assunto. Dagny sabia que não era mais possível fazer com que os trens obedecessem horários regulares, cumprir promessas, respeitar contratos. Sabia que trens regulares eram cancelados de repente e transformados em trens especiais, enviados para fazer entregas imprevistas para destinos inesperados, e que quem dava as ordens era Cuffy Meigs – só ele determinava o que era ou não uma emergência, o que era do interesse público. Ela sabia que havia fábricas fechando, algumas com as máquinas paradas por causa da falta de materiais encomendados, jamais entregues; outras com os armazéns repletos de produtos que não podiam ser transportados. Sabia que as indústrias mais antigas – as empresas gigantescas que haviam se tornado poderosas por terem sido orientadas por um programa definido durante um intervalo de tempo prolongado – viviam ao sabor de decisões instantâneas, as quais não podiam prever nem controlar. Sabia que as melhores dessas indústrias, as que planejavam a prazos mais longos e cujo funcionamento era mais complexo, havia muito tinham desaparecido – e aquelas que ainda se esforçavam para produzir, que lutavam com unhas e dentes para preservar o código de valores de uma época em que a produção era uma coisa possível, agora estavam inserindo em seus contratos uma cláusula que era uma vergonha para os descendentes de Nat Taggart: "Se as condições de transporte permitirem."

E, no entanto, havia homens – Dagny sabia – que conseguiam transporte sempre que queriam, como se possuíssem um segredo místico, como por obra e graça de um poder que não se podia questionar nem explicar. Eram os homens cujas relações profissionais com Cuffy Meigs eram consideradas algo semelhante ao quê incognoscível das seitas místicas que fulmina o observador que comete o pecado de olhar, fazendo com que as pessoas fiquem de olhos fechados, temendo não a ignorância, mas o conhecimento. Ela sabia que eram realizadas transações nas quais esses homens vendiam um produto chamado "influência no transporte" – um termo que todos compreendiam, mas que ninguém ousava definir. Sabia que eram esses os donos dos trens especiais de emergência, que eram eles que cancelavam os trens regulares e os enviavam para onde bem entendessem, para qualquer lugar onde cravassem seu selo mágico, que era mais forte que o contrato, que a propriedade, que a justiça, que a vida humana: o selo que afirmava que o "bem-estar público" exigia que aquele local fosse salvo imediatamente. Eram esses os homens que enviavam trens para ajudar os irmãos Smather e suas toranjas no Arizona, para salvar uma fábrica na Flórida que produzia máquinas de fliperama, para salvar um haras no Kentucky, para salvar as Siderúrgicas Associadas de Orren Boyle.

Eram esses os homens que fechavam negócios com industriais desesperados para obter transporte para os produtos encalhados em seus depósitos. Eram esses os homens que, quando não conseguiam a porcentagem que pediam, compravam os produtos logo que a fábrica fechava, com descontos de 90 por cento, e depois os despachavam em vagões de carga que surgiam de repente, transportando-os para mercados onde comerciantes da mesma laia já aguardavam os carregamentos, prontos para faturar. Eram esses os homens que rondavam as fábricas, aguardando o último suspiro de um alto-forno, para se apossar dos equipamentos, e que espreitavam desvios abandonados de linhas ferroviárias, para se apossar dos vagões de carga cheios de mercadorias jamais entregues. Esses homens eram uma nova espécie biológica, os negociantes não especializados, que jamais atuavam numa mesma área do comércio por mais tempo do que o suficiente para fechar um negócio, que não tinham funcionários a pagar, nem despesas gerais que os onerassem, nem terrenos que tivessem de alugar, nem equipamentos a fabricar, homens cujo único ativo e único investimento era um artigo denominado "amizade". Eram esses homens que os discursos das autoridades chamavam de "empresários progressistas de nossa época dinâmica", mas que o povo chamava de "vendedores de influência". Uma espécie que continha muitas raças diferentes: os vendedores de "influência no transporte", os de "influência no aço", "influência no petróleo", "influência no aumento salarial", "influência no cumprimento de penas" – homens de fato dinâmicos, que zanzavam por todo o país numa época em que ninguém mais conseguia se locomover. Homens que eram ativos e desprovidos de raciocínio, ativos não como animais, mas como aqueles seres que são gerados na imobilidade de um cadáver, de que se alimentam e em que se movem.

Dagny sabia que uma rede ferroviária dava dinheiro e sabia quem estava ficando com esse dinheiro agora. Cuffy Meigs estava vendendo trens do mesmo modo que vendia o que restava dos estoques da rede, sempre que conseguia armar uma transação na qual fosse impossível descobrir sua participação ou prová-la, fosse vendendo trilhos para ferrovias na Guatemala ou companhias de bondes no Canadá, vendendo fios para fabricantes de vitrolas e dormentes para serem usados como lenha em hotéis.

Fazia alguma diferença, perguntava-se Dagny, olhando para o mapa, *qual parte do cadáver tinha sido consumida por qual espécie de verme, se por aqueles que devoravam a comida eles próprios ou se pelos que a davam a outros vermes?* Num tempo em que carne viva era apenas comida a ser devorada, que importância tinha que ela fosse parar nesse ou naquele estômago? Não havia como distinguir a devastação causada pelos filantropos da que fora causada por gângsteres. Não havia como distinguir os saques motivados pela volúpia da caridade de um Lawson dos provocados pela ganância de um Cuffy Meigs. Não havia como distinguir as comunidades sacrificadas para alimentar outra por mais uma semana daquelas sacrificadas em troca de iates para vendedores de influência. Que diferença fazia? Eram tão semelhantes em seus efeitos quanto o eram em espírito: ambos tinham necessidades, e a necessidade era considerada a única justificativa da propriedade. Ambos agiam de acordo com o mesmo código moral. Ambos achavam que era certo sacrificar seres humanos e estavam fazendo exatamente isso. Não era possível nem mesmo distinguir os canibais das vítimas – as comunidades que achavam que tinham o direito de receber roupas ou combustíveis confiscados de uma cidade a leste tinham, na semana seguinte, seus celeiros confiscados para alimentar outra a oeste. Havia sido concretizado o ideal milenar, que estava sendo posto em prática com perfeição: os homens estavam servindo à *necessidade* como imperativo fundamental, como prioridade máxima, como seu padrão de valor, como moeda circulante da nação, mais sagrada do que o direito e a vida. Os homens haviam sido empurrados para dentro de um buraco no qual, entre gritos de que cada um era responsável por seu irmão, cada um devorava seu próximo e era devorado pelo irmão de seu próximo; cada um proclamava o direito de ter aquilo a que não fazia jus e se perguntava quem estava lhe arrancando a carne;

cada um devorava a si próprio e gritava, ao mesmo tempo, apavorado, que algum mal incognoscível estava destruindo a Terra.

"De que estão se queixando agora?", Dagny ouviu a voz de Hugh Akston em sua mente. "De que o Universo é irracional? E é?"

Ela continuava fitando o mapa, com um olhar neutro e sério, como se o respeito fosse a única emoção permissível quando se está observando o poder terrível da lógica. Estava vendo, no caos de um continente que sucumbia, a realização precisa e matemática de todas as convicções desses homens. Eles não queriam saber que era *isto* que queriam, não queriam ver que tinham o poder de desejar, mas não o de fingir – e haviam realizado seu desejo até os menores detalhes, até a última gota de sangue.

No que estavam pensando agora, esses defensores da necessidade, esses libertinos da piedade?, perguntava-se Dagny. *Com que eles estariam contando?* Aqueles que primeiro diziam "Não quero destruir os ricos, apenas pegar um pouco do excesso que eles têm para ajudar os pobres, só um *pouquinho*, eles nem vão sentir!" e depois exclamavam "Esses milionários podem muito bem levar um aperto, já acumularam o suficiente para durar três gerações". E depois, mais tarde, gritavam: "Por que os pobres têm que sofrer enquanto os empresários têm reservas que dão para um ano?" Agora gritavam: "Por que temos que morrer de fome enquanto algumas pessoas têm reservas que dão para uma semana?" *Com que eles estariam contando?*, perguntava-se Dagny.

– Você tem que fazer alguma coisa! – exclamou Taggart. Dagny virou-se para encará-lo:

– *Eu*?

– É o *seu* papel, a sua obrigação, o seu dever!

– O quê?

– Agir. Fazer coisas.

– Fazer o quê?

– E eu sei lá? Esse é o *seu* talento específico. Você é que faz as coisas.

Dagny olhou para ele: aquela frase era estranhamente perceptiva e absurdamente irrelevante. Levantou-se.

– Era só isso, Jim?

– Não! Não! Precisamos discutir o problema!

– Pois fale.

– Mas você não disse nada!

– Nem você.

– Mas... o que eu quero dizer é que o... são problemas para resolver, que... Por exemplo, como foi que nosso último estoque de trilhos novos desapareceu do depósito de Pittsburgh?

– Cuffy Meigs roubou tudo e vendeu.

– Você pode provar isso? – reagiu ele, na defensiva.

– Por acaso seus amigos não aboliram todos os métodos, regras e recursos para se provar alguma coisa?

– Então não fale nisso, não seja teórica, temos que lidar com fatos! Precisamos lidar com os fatos tais como se apresentam hoje... Quero dizer, temos que ser realistas e descobrir uma maneira prática de proteger nossos estoques nas atuais circunstâncias, sem premissas impossíveis de provar, as quais...

Dagny deu uma risadinha. Era *aquilo* a forma do informe, era *aquilo* o método da consciência de Taggart: queria que ela o protegesse de Cuffy Meigs sem admitir a existência dele, combatê-lo sem reconhecer sua realidade, derrotá-lo sem perturbar sua atuação.

– Qual é a graça? – perguntou ele, irritado.

– Você sabe.

– Não sei o que há com você! Não sei o que está acontecendo... de uns dois meses para cá... desde que voltou... Você nunca foi tão intransigente.

– Ora, Jim, há dois meses que não discuto com você.

– É justamente o que estou dizendo! – Ele se deu conta do que estava dizendo imediatamente, mas não antes de perceber o sorriso de Dagny. – Quero dizer, eu queria ter uma reunião com você, saber o que acha da situação...

– Você sabe.

– Mas você não disse nada!

– Já disse tudo o que tinha a dizer há três anos. Eu lhe disse qual seria a consequência do que vocês estavam fazendo. Dito e feito.

– Lá vem você outra vez! Não adianta teorizar! Estamos *aqui*, e não naquela época. Temos que enfrentar o presente, não o passado. Talvez as coisas fossem diferentes se tivéssemos seguido a sua opinião, pode ser, mas o fato é que *não* a seguimos e precisamos encarar os fatos. Temos que encarar a realidade tal como se apresenta *hoje*!

– Pois faça isso, então.

– Como assim?

– Encare a sua realidade. Eu me limito a cumprir suas ordens.

– Isso não é justo! Estou pedindo a sua opinião...

– Você está querendo que eu o tranquilize, Jim. Isso eu não vou fazer.

– Como assim?

– Não vou ajudá-lo a fingir, discutindo com você, que a realidade da qual você fala não é o que é, que ainda há uma maneira de dar um jeito em tudo e salvar sua pele. Não há.

– Bem... – Não havia nenhuma explosão, nenhuma raiva em sua voz, apenas o tom fraco e incerto de um homem prestes a abdicar. – Bem... o que *você* recomendaria que eu fizesse?

– Entreguem os pontos. – Ele a olhou sem entender. – Entreguem os pontos, todos vocês, você e seus amigos em Washington, seus planejadores de saques e toda a sua filosofia canibalesca. Entreguem os pontos, saiam da frente e deixem que nós, que somos capazes, comecemos do zero e reconstruamos o país.

– Não! – Curiosamente, agora a explosão ocorreu: era o grito de um homem que preferia morrer a trair sua ideia, um homem que passara a vida se esquivando das ideias, agindo ao sabor dos acontecimentos, como um criminoso. Dagny se perguntava se ela algum dia conseguiria compreender a essência do criminoso, a natureza da fidelidade à ideia de negar as ideias. – Não! – gritou ele com uma voz mais grave, mais rouca e mais normal: não era mais a voz de um fanático, e sim a de um executivo arrogante. – Isso é impossível! Fora de questão!

– Quem disse?

– Isso não vem ao caso! É porque é! Por que você só pensa em soluções que não são práticas? Por que não aceita a realidade tal como ela é e age de acordo com ela? Você é que é a realista, a pessoa que age, que atua, que produz, a versão feminina de Nat Taggart, aquela que é capaz de realizar qualquer objetivo! Você poderia nos salvar agora, encontrar uma maneira de fazer as coisas funcionarem... se *quisesse.*

Dagny caiu na gargalhada.

É este, concluiu ela, o objetivo final de toda aquela conversa mole, acadêmica, que os empresários ignoravam havia anos, o objetivo de todas as definições improvisadas, de todas as generalizações vagas, das abstrações aéreas, de tudo o que afirmava que obedecer à realidade objetiva é a mesma coisa que obedecer ao Estado, que não há diferença entre uma lei natural e um decreto emitido por um burocrata, que um homem com fome não é livre, que é preciso libertar o homem da tirania da casa, da roupa e da comida – tudo isso, durante anos, para que um dia se pedisse a Nat Taggart, o realista, que encarasse a vontade de Cuffy Meigs como um *fato* natural, irrevogável e absoluto como o aço, os trilhos e a gravidade, aceitar o mundo feito *por* Meigs como uma realidade objetiva e imutável, e então continuar a produzir a abundância neste mundo. *Este* é o objetivo de todos esses vigaristas das bibliotecas e salas de aula, que vendiam suas revelações, como se fossem a razão; seus "instintos", como se fossem ciência; seus desejos, como se fossem conhecimento. *Este* é o objetivo de todos os selvagens do não objetivo, do não absoluto, do relativo, do provisório, do provável, de todos os selvagens que, ao ver um agricultor fazendo a colheita, só podem encarar o fato como um fenômeno místico desvinculado da lei da causalidade e criado pela vontade onipotente do agricultor, e que, em seguida, se apossam do agricultor, o acorrentam, roubam-lhe os instrumentos de trabalho, as sementes, a água, a terra, para depois empurrá-lo até uma rocha nua e lhe dar a ordem: "Agora faça uma plantação e nos dê alimentos!"

Não, pensou ela, prevendo a pergunta de Jim, *seria inútil tentar lhe explicar de que estou rindo. Você não seria capaz de entender.*

Mas ele não perguntou. Em vez disso, afundou na cadeira e disse, de um modo terrível, porque suas palavras seriam irrelevantes se ele não as entendesse, e monstruosas, se entendesse:

– Dagny, sou seu irmão...

Ela se retesou. Seus músculos enrijeceram, como se estivesse prestes a enfrentar a arma de um assassino.

– Dagny – prosseguiu ele, com um gemido manso, nasalado e monótono –, eu *quero* ser presidente de uma ferrovia. Eu *quero*. Por que não consigo realizar meu desejo se você sempre consegue realizar os seus? Por que a mim sempre é negada a realização dos desejos, e a você nunca? Por que você é feliz enquanto eu sofro? Ah, eu sei, o mundo é seu, você é que tem inteligência para mandar em tudo. Então por que permite que haja sofrimento no seu mundo? Você proclama o objetivo de atingir a felicidade, porém me condena à frustração. Não tenho o direito de exigir qualquer forma de felicidade que eu quiser? Você não tem essa obrigação para comigo? Não sou seu irmão?

O olhar de Taggart era como a lanterna de um ladrão, procurando no rosto dela algum vestígio de piedade. Só encontrou uma expressão de repulsa.

– Se eu sofro, a culpa é *sua*! O fracasso moral é *seu*! Sou seu irmão, e, portanto, você é responsável por mim. Mas você não realizou meus desejos, portanto é culpada! Todos os líderes morais da humanidade vêm dizendo isso há séculos – quem é *você* para dizer o contrário? Você é tão cheia de si, se considera pura e boa, mas, enquanto eu estiver sofrendo, não pode ser considerada boa. Minha infelicidade é a medida do seu pecado. Meu contentamento é a medida da sua virtude. Eu *quero* esse tipo de mundo, o mundo de hoje: ele me dá meu quinhão de autoridade, faz com que eu me sinta importante. Faça esse mundo funcionar para mim! Faça alguma coisa! Sei lá o quê! Isso é problema *seu*, obrigação *sua*! Você tem o *privilégio* da força, mas eu... eu tenho o *direito* da fraqueza! Isso é um absoluto moral! Não sabe disso? Não sabe? Não sabe?!

Seu olhar agora lembrava as mãos de um homem dependurado à beira de um abismo, tateando desesperadamente, à procura da mais leve rachadura de dúvida, porém escorregava na rocha limpa e polida do rosto de Dagny.

– Seu cretino! – disse ela devagar, sem emoção, já que as palavras não se dirigiam a nada que fosse humano.

Dagny teve a impressão de que o viu caindo no abismo – muito embora em seu rosto não houvesse nada a ver senão a expressão de um vigarista cujo golpe não deu certo.

Não havia motivo para sentir mais repulsa do que de costume, percebeu ela. Ele apenas repetira as coisas que eram pregadas, ouvidas e aceitas por toda parte, só que esse credo era normalmente feito na terceira pessoa, e ele tivera o descaramento de usar a primeira. Ela se perguntou se as pessoas aceitavam a doutrina do sacrifício desde que aqueles que o recebiam não identificassem a natureza de suas próprias pretensões e seus atos.

Dagny se virou para sair.

– Não! Não! Espere! – exclamou ele, pondo-se de pé num salto, olhando de relance para o relógio.

– Chegou a hora! Quero que você escute o que vai ser transmitido pelo rádio!

Dagny parou, por curiosidade.

Taggart ligou o rádio, olhando para o rosto dela fixamente, de modo quase arrogante. Em seus olhos havia uma expressão de medo e também de uma expectativa quase lasciva.

"Senhoras e senhores!", anunciou a voz do locutor repentinamente. Parecia estar em pânico. "Uma notícia chocante acaba de nos chegar de Santiago do Chile!"

Dagny percebeu o movimento súbito de cabeça do irmão e a ansiedade desenhada em sua testa, como se algo naquelas palavras e no tom de voz do locutor não fosse o que ele esperava.

"Uma sessão extraordinária do Congresso da República Popular do Chile havia sido marcada para as 10 horas de hoje, no intuito de aprovar uma lei da maior importância para o povo chileno. Em conformidade com a política progressista do Sr. Ramirez, o novo chefe de Estado chileno, que subiu ao poder com base no princípio moral de que todo homem é responsável por seu irmão, o Congresso iria nacionalizar as propriedades da Cobre D'Anconia no Chile, abrindo, dessa forma, o caminho para que a República Popular da Argentina nacionalizasse as demais propriedades da D'Anconia no restante do mundo. Porém esse plano só era do conhecimento de um reduzido grupo de líderes do primeiro escalão dos dois países. Fora mantido em segredo para evitar debates e protestos reacionários.

"Assim, a nacionalização da multibilionária Cobre D'Anconia seria uma surpresa magnífica para o país. Às 10 em ponto, no exato momento em que o presidente da assembleia abriu a sessão, o ribombar de uma tremenda explosão sacudiu o prédio, quebrando as vidraças das janelas, como se o golpe de seu martelo a tivesse provocado. O barulho vinha do porto, a alguns quarteirões dali. E, quando os deputados correram para as janelas, viram um incêndio no lugar onde ficavam as docas da D'Anconia. Elas haviam sido completamente destruídas. O presidente do Congresso conteve o pânico e deu prosseguimento à sessão. O texto da lei foi lido para a assembleia, enquanto ao fundo se ouviam sirenes de alarme e gritos distantes. Era uma manhã cinzenta e o céu estava coberto de nuvens carregadas. Como a explosão havia destruído uma caixa de força, a assembleia votou à luz de velas, enquanto o vermelho das chamas se refletia na grande cúpula acima das cabeças dos deputados.

"Porém um choque ainda mais terrível ocorreu depois, quando estes fizeram um breve intervalo para dar à nação a boa notícia de que a Cobre D'Anconia agora pertencia ao povo chileno. Durante a votação, haviam chegado informações dos quatro cantos do planeta, e o teor dessas notícias, em suma, era de que a Cobre D'Anconia não existia mais. Senhoras e senhores, a D'Anconia desapareceu da face da Terra! Naquele mesmo instante, às 10 horas em ponto, graças a algum processo infernal de sincronia, todas as propriedades da Cobre D'Anconia espalhadas pelo mundo, do Chile à Tailândia, da Espanha a Montana, foram destruídas. Os funcionários da companhia em todo o mundo tinham recebido seu último pagamento, em dinheiro, às 9 horas, e às 9h30 já haviam saído. As docas, as fundições, os laboratórios, os edifícios de escritórios foram demolidos. Nada restou dos navios cargueiros da empresa que estavam nos portos, e dos que estavam no mar só restaram os botes salva-vidas com as tripulações."

Atônitos, Dagny e Taggart ouviam enquanto o locutor prosseguia:

"Quanto às minas, algumas foram soterradas por explosões, ao passo que outras, como se verificou, não valiam o preço de uma operação destrutiva. Um número extraordinário dessas minas, conforme indicam os relatórios que estão chegando agora, continuavam a ser operadas, muito embora já estivessem exauridas há anos. Entre os milhares de funcionários da D'Anconia, a polícia não conseguiu encontrar nenhum que soubesse de que modo essa trama monstruosa foi concebida, organizada e executada. Porém a elite dos funcionários da empresa desapareceu. Os mais eficientes executivos, mineralogistas, engenheiros e superintendentes desapareceram – todos os homens com quem a República Popular contava para levar adiante o trabalho e atenuar o choque da readaptação. Os mais capazes... *corrigindo*: os mais egoístas desapareceram. Há informações provenientes de diversos bancos afirmando que não resta nenhuma conta em nome da D'Anconia. O dinheiro foi gasto até o último centavo. Senhoras e senhores, a fortuna dos D'Anconia, a maior da Terra – uma fortuna lendária e secular –, não existe mais. Ao invés do limiar de uma nova Idade do Ouro, as Repúblicas Populares do Chile e da Argentina se defrontam com um monte de escombros e uma multidão de desempregados. Não há nenhuma pista a respeito da localização do Sr. Francisco d'Anconia. Ele desapareceu, não deixando sequer uma carta de despedida."

Obrigada, querido. Obrigada em nome dos últimos que permanecemos aqui, embora você não vá me ouvir nem queira me ouvir... Aquilo não era uma frase, e sim a emoção silenciosa de uma prece interior, dirigida ao rosto alegre de um garoto que Dagny conhecera aos 16 anos.

Então ela se deu conta de que estava presa ao rádio, como se a fraca corrente elétrica que nele circulava fosse um vínculo com a única força viva existente sobre a Terra, que fora por meio dele transmitida por alguns breves instantes e agora preenchia aquele recinto onde só havia coisas mortas.

Como se fossem vestígios longínquos da explosão, veio de Taggart um som que era um misto de gemido, grito e grunhido. Então ela viu os ombros do irmão tremendo enquanto ele berrava ao telefone, com a voz distorcida:

– Mas, Rodrigo, você disse que estava tudo acertado! Rodrigo! Ah, meu Deus! Você sabe quanto eu perdi nessa história? – Depois começou a tocar outro telefone que havia em sua mesa, e Taggart pôs-se a gritar no bocal do segundo telefone, ainda agarrando o do primeiro com a outra mão: – Cale essa boca, Orren! O que *você* vai fazer? Eu estou me lixando! Ora, vá para o inferno!

Pessoas entravam correndo no escritório, telefones tocavam histéricos e, alternando súplicas e imprecações, Taggart gritava:

– Quero uma ligação para Santiago!... Uma ligação para Washington para falar com Santiago!

Remotamente, como se à margem de sua consciência, Dagny entendia a espécie de jogo que os homens que agora estavam ao telefone haviam jogado – e perdido. Eles lhe pareciam longínquos, como minúsculos germes se debatendo sob um microscópio. Ela não entendia como tais homens poderiam imaginar que seriam levados a sério num mundo em que ainda existia um Francisco d'Anconia.

Dagny viu o reflexo da explosão em cada rosto que encontrou durante aquele dia e em todos os que passaram por ela nas ruas escuras naquela noite. Se Francisco quisera uma pira funerária magnífica para a Cobre D'Anconia, ele havia conseguido. Lá estava ela nas ruas de Nova York, a única cidade do mundo que ainda seria capaz de entender: nos rostos das pessoas, nos cochichos tensos que crepitavam como pequenas línguas de fogo, nos rostos iluminados por uma expressão ao mesmo tempo solene e frenética, com nuances que pareciam vacilar e se transformar, como se projetadas por uma conflagração distante – algumas assustadas, outras zangadas, a maioria preocupada, cheia de expectativa, porém todas reconhecendo a existência de um fato que era muito maior que uma catástrofe industrial. Todas elas sabiam o que aquilo representava, embora nenhuma exprimisse com palavras seu significado, todas com um quê de riso, de humor e de desafio – o riso amargo de vítimas agonizantes que se sentem vingadas.

Ela viu essa expressão no rosto de Hank Rearden quando foi jantar com ele aquela noite. Quando seu vulto alto e confiante se aproximou dela – a única pessoa que parecia à vontade no cenário luxuoso de um restaurante requintado –, Dagny viu em seu rosto a expressão de entusiasmo lutando contra a seriedade de suas feições, a expressão de um menino ainda aberto ao encanto do inesperado. Rearden não mencionou o grande acontecimento do dia, mas ela sabia que era a única imagem que havia em sua mente.

Sempre que ele ia a Nova York, os dois se encontravam e saíam à noite, gozando por alguns momentos o raro prazer da companhia um do outro, o passado ainda vivo na compreensão muda que havia entre eles, sem haver futuro em seu trabalho e na luta que combatiam juntos, porém conscientes de que eram aliados para os quais a existência de um dava forças ao outro.

Rearden não queria mencionar o acontecimento do dia, não queria falar de Francisco, mas Dagny percebeu, quando se sentaram à mesa, que a tensão de um sorriso reprimido se delineava insistentemente em seu rosto. Ela entendeu a quem ele se referia quando, de repente, com uma voz suave e baixa, repleta de admiração, Rearden comentou:

– Ele cumpriu o juramento, não é?

– O *juramento*? – perguntou ela, surpresa, pensando na inscrição do templo da Atlântida.

– Ele disse a mim: "Juro... pela mulher que amo... que sou seu amigo." E era, mesmo. E é. – Rearden sacudiu a cabeça: – Não tenho o direito de pensar nele. Não tenho o direito de aceitar o que ele fez como um ato em minha defesa. No entanto... – Calou-se.

– Mas foi isso mesmo, Hank. Em defesa de todos nós... e de você especialmente.

Rearden desviou a vista e olhou pela janela, para a cidade. Estavam numa mesa ao lado da janela, e uma vidraça invisível os protegia do espaço vazio e das ruas 60 andares abaixo dali. A cidade parecia anormalmente distante, achatada para dentro da poça dos andares mais baixos dos prédios. A alguns quarteirões dali, no alto de uma torre invisível na escuridão, o calendário estava à altura de seus rostos, não como um pequeno retângulo perturbador, e sim como uma imensa tela, misteriosa, próxima, iluminada pela luz branca e morta projetada por um filme em branco, em que só aparecia a data: 2 de setembro.

– A Siderúrgica Rearden agora está operando a plena capacidade – disse ele, num tom indiferente. – Suspenderam as cotas de produção que haviam me imposto, pelos próximos cinco minutos, imagino eu. Não sei mais quantas ordens que eles deram já foram suspensas, e acho que nem eles sabem, já que não se dão mais ao trabalho de manter a aparência de legalidade. Estou certo de que estou infringindo as leis de cinco ou seis maneiras diferentes, coisa que ninguém poderia provar. Só sei que o gângster atualmente no poder me disse para aumentar a produção ao máximo. – Deu de ombros. – Quando um outro gângster afastá-lo do poder amanhã, provavelmente vão fechar minhas usinas, por estarem operando ilegalmente. Mas, conforme o plano que está em vigor na presente fração de segundo, eles querem que eu produza o meu metal constantemente, quanto mais, melhor, por quaisquer meios que eu quiser.

Dagny percebeu os olhares furtivos que as pessoas lhes dirigiam de vez em quando. Ela já havia percebido isso antes, desde sua entrevista radiofônica, desde que os dois voltaram a aparecer juntos em público. Ao invés da reprovação que ele temera, havia um ar de dúvida e respeito nas pessoas – dúvida em relação aos próprios preceitos morais, respeito inspirado pela presença de dois indivíduos que ousavam ter certeza de estarem com a razão. As pessoas os olhavam com uma curiosidade ansiosa, com inveja, com respeito, com medo de violar algum padrão desconhecido, orgulhosamente rigoroso. Algumas tinham um ar de quem pede desculpas, como se quisessem dizer: "Queiram nos desculpar por sermos casados." Outras os olhavam com uma expressão irritada e malévola, e umas poucas, com um olhar repleto de admiração.

– Dagny – perguntou Rearden de repente –, você acha que é possível que ele esteja em Nova York?

– Não. Liguei para o Hotel Wayne-Falkland. Disseram que o contrato de aluguel da suíte dele venceu há um mês, e ele não o renovou.

– Ele está sendo procurado em todo o mundo – disse Rearden, sorrindo. – Jamais o encontrarão. – O sorriso desapareceu. – Nem eu o encontrarei. – Sua voz reassumiu o tom seco e frio do dever: – Bem, a siderúrgica está em funcionamento, mas eu não estou trabalhando. Só faço zanzar de um lado para outro, procurando fontes clandestinas de matérias-primas. Vivo me escondendo, mentindo, para conseguir obter algumas toneladas de ferro, carvão ou cobre. Ainda não suspenderam as restrições referentes a matérias-primas. Sabem que estou produzindo mais metal Rearden do que as cotas impostas me permitiriam. Mas não ligam para isso. – E acrescentou: – Acham que eu ligo.

– Está cansado, Hank?

– Morto de tédio.

Antes, pensou Dagny, *a mente, a energia, a inventividade ilimitada desse homem eram utilizadas para criar novas maneiras de explorar a natureza. Agora servem para o mesmo tipo de subterfúgios com os quais um criminoso trapaceia seus semelhantes. Por quanto tempo será possível para ele suportar essa mudança?*

– Está se tornando quase impossível obter minério de ferro – comentou ele, indiferente. Depois acrescentou com a voz subitamente animada: – Agora vai ficar totalmente impossível obter cobre. – E sorriu.

Dagny não sabia por quanto tempo um homem poderia continuar trabalhando contra si próprio, trabalhar quando sua vontade mais íntima era a de fracassar.

Ela entendeu o encadeamento de seu raciocínio quando Rearden disse, em seguida:

– Eu nunca lhe disse isso, mas uma vez estive com Ragnar Danneskjöld.

– Ele me disse.

– *O quê?* Onde foi que você... – Então parou. – Ah, claro – disse com uma voz tensa e grave. – Claro que Ragnar é um deles. Claro que você o conheceu. Dagny, como são esses homens que... Não. Não me responda. – Após um momento, acrescentou: – Quer dizer que já conheço um dos agentes deles.

– Dois.

Em resposta, Rearden permaneceu totalmente imóvel.

– É claro – admitiu depois com uma voz inerte. – Eu sabia... apenas me recusava a admitir que sabia... Era ele quem recrutava adeptos, não era?

– Um dos primeiros e um dos melhores.

Rearden deu uma risadinha, que exprimia tristeza e carinho.

– Naquela noite... em que eles pegaram Ken Danagger... pensei que não haviam mandado ninguém para tentar me pegar.

O esforço por meio do qual Rearden fez sua cara se tornar rígida foi quase como o movimento lento e difícil de uma chave trancando um quarto ensolarado que ele não podia se permitir examinar. Após uma pausa, disse, impassível:

– Dagny, aqueles trilhos novos a respeito dos quais falamos mês passado... acho que não vou conseguir entregá-los. Ainda não suspenderam as cotas referentes às vendas, continuam controlando meu metal e fazendo o que bem entendem com ele. Mas a contabilidade anda tão caótica que tenho conseguido vender alguns milhares de toneladas no mercado negro toda semana. Acho que eles sabem disso. Fingem que não. Não querem me confrontar, não agora. Mas é que ando enviando tudo o que consigo produzir para alguns clientes meus, casos de emergência. Dagny, estive em Minnesota mês passado. Vi como andam as coisas por lá. O país vai passar fome, não no ano que vem, mas neste inverno, a menos que alguém faça alguma coisa depressa. Não há mais reservas de cereais em lugar nenhum. Nebraska está arruinado, Oklahoma destruído, a Dakota do Norte abandonada, o Kansas sobrevivendo com muita dificuldade – não vai haver trigo nenhum neste inverno, nem para a cidade de Nova York nem para nenhuma outra cidade do Leste. Minnesota é o único celeiro que resta. Lá houve duas más colheitas seguidas, mas neste outono a colheita foi excepcional, isto é, vai ser se eles tiverem como fazê-la. Você já teve oportunidade de ver como anda a indústria de implementos agrícolas? Nenhuma das empresas do ramo é grande o suficiente para manter uma equipe eficiente de gângsteres em Washington, nem para pagar porcentagens para traficantes de influência. Por isso essas indústrias não têm conseguido receber matérias-primas. Dois terços delas já fecharam, e as que restam estão com os dias contados. E em todo o país as fazendas estão indo por água abaixo, por falta de equipamentos. Você devia ver os fazendeiros lá de Minnesota. Eles passam mais tempo consertando tratores que já não têm conserto do que cultivando as terras. Não sei como conseguiram sobreviver até a primavera deste ano. Não sei como conseguiram plantar trigo. Mas conseguiram. Conseguiram. – Havia no rosto de Rearden uma expressão intensa, como se ele estivesse contemplando uma cena rara, já esquecida, uma cena com *homens*, e Dagny percebeu o que o fazia continuar a trabalhar. – Dagny, eles precisavam das ferramentas para fazer a colheita. Estou vendendo todo o metal Rearden que consegui produzir clandestinamente aos fabricantes de implementos agrícolas. A crédito. Eles estão mandando os equipamentos para Minnesota o mais rápido possível. Vendem o que produzem do mesmo modo que eu – por baixo do pano e a crédito. Mas vão ser pagos neste outono, e eu também vou. Caridade coisa nenhuma! Estamos ajudando *produtores* – e que produtores! Não "consumidores" parasitas estúpidos. Estamos concedendo *empréstimos*, não dando esmolas. Estamos ajudando a *capacidade*, não a *necessidade*. De jeito nenhum vou ficar de braços cruzados vendo esses homens serem destruídos enquanto os traficantes de influência enriquecem!

Rearden estava contemplando interiormente uma imagem que vira em Minnesota: a silhueta de uma fábrica abandonada, com a luz do entardecer atravessando os buracos nas janelas e no telhado. Ainda havia vestígios de uma placa: Ceifadeiras Ward.

– Ah, eu sei – prosseguiu ele – que vamos conseguir salvá-los neste inverno, mas os saqueadores vão devorá-los no ano que vem. Seja como for, vamos salvá-los este ano... Bem, é por isso que não vou conseguir arranjar trilhos para você. Será impossível no futuro próximo – e agora só nos resta o futuro próximo. Não sei de que adianta dar comida a um país que não tem ferrovias, mas de que adianta ter ferrovias se não há comida? De que adianta o que quer que seja?

– Não faz mal, Hank. Os trilhos que temos ainda aguentam mais...

Parou.

– Mais um mês?

– Mais um inverno... espero.

Rasgando o silêncio que se formara entre eles, uma voz estridente veio de outra mesa, e eles se viraram para olhar para um homem que tinha os modos ariscos de um gângster encurralado prestes a sacar a arma.

– Um ato de destruição antissocial – gritava ele para outro homem desconsolado –, numa época em que há uma terrível escassez de cobre! Não podemos admitir uma coisa dessas! Não podemos admitir que isso seja verdade!

Rearden se virou abruptamente e olhou para a cidade lá fora.

– Eu daria tudo para saber onde ele está – disse em voz baixa. – Só saber onde ele está neste exato momento.

– O que você faria se soubesse?

Rearden deixou pender o braço, num gesto de desânimo.

– Eu não o procuraria. A única homenagem que ainda posso lhe prestar é não pedir perdão quando este é impossível.

Permaneceram calados. Ouviam as vozes ao seu redor, os sinais de pânico que se manifestavam no salão luxuoso.

Dagny não havia percebido antes que a mesma presença parecia ser um convidado invisível em todas as mesas, que o mesmo assunto interrompia todas as tentativas de falar sobre outros assuntos. A posição das pessoas nas cadeiras dava a impressão de que elas achavam o recinto muito grande e exposto demais – um salão de vidro, veludo azul, alumínio e meia-luz. Pareciam estar ali à custa de muitas evasões, para que o restaurante as ajudasse a fingir que ainda estavam levando vidas civilizadas, porém um ato de violência primeva havia revelado a natureza do mundo em que viviam, e agora não era mais possível não ver.

– Como ele pôde fazer uma coisa dessas? – insistia uma mulher, com um terror petulante. – Ele não tinha o *direito* de fazer isso!

– Foi um acidente – disse um rapaz com voz em *staccato*, que cheirava a verbas federais. – Foi uma sequência de coincidências, o que pode ser facilmente demonstrado com qualquer curva de probabilidades estatísticas. É uma atitude impatriótica espalhar boatos que exageram o poder dos inimigos do povo.

– Isso de certo e errado é ótimo para discussões acadêmicas – disse uma mulher com voz de professora e boca de botequim –, mas como alguém pode levar suas ideias a sério a ponto de destruir uma fortuna quando o povo precisa dela?

– Não compreendo – dizia um velho, a voz trêmula de rancor. – Após séculos de tentativas de domar a brutalidade inata do homem, de ensinamentos, instrução e doutrinação de ideias de bondade e mansidão!...

Uma voz incerta de mulher se destacou e depois morreu aos poucos:

– Eu que pensava que estávamos vivendo uma época de fraternidade...

– Estou com medo – repetia uma jovem. – Estou com medo... ah, sei lá!... Tenho medo, só isso...

– Ele não podia fazer uma coisa dessas!

– Mas fez!

– Mas por quê?

– Eu me recuso a acreditar!

– É desumano!

– Mas por quê?

– Um playboy, um vagabundo!

– Mas por quê?

O grito abafado de uma mulher, vindo do outro lado do salão, ocorreu ao mesmo tempo que Dagny percebeu algo no canto da vista. Ela se virou para olhar a cidade.

O calendário era acionado por um mecanismo trancado num cômodo atrás da tela, onde o mesmo filme era projetado ano após ano, mostrando uma data depois da outra, sempre no mesmo ritmo, só mudando à meia-noite. Dagny se virou tão depressa que ainda teve tempo de ver um fenômeno tão inesperado quanto a mudança de órbita de um planeta: as palavras "2 de setembro" foram subindo pela tela acima até desaparecer.

Então, naquela página imensa, parando o tempo, como uma última mensagem ao mundo e a Nova York, que era seu motor, Dagny viu surgirem estas palavras, escritas com uma letra cáustica e intransigente: ESSA FOI MERECIDA! FRANCISCO DOMINGO CARLOS ANDRÉS SEBASTIÁN D'ANCONIA.

Dagny não sabia o que a surpreendia mais: aquela mensagem ou o riso de Rearden. De pé, exposto aos olhos e ouvidos de todos os presentes, ele ria mais alto que os gemidos de pânico dos outros: era um riso de saudação, de homenagem, de aceitação da dádiva que tentara rejeitar, de alívio, de triunfo, de entrega.

◆◆◆

Na tarde de 7 de setembro, um fio de cobre se partiu em Montana, parando o motor de um guindaste num desvio da Taggart Transcontinental, perto da mina de cobre de Stanford.

A mina vinha sendo explorada por três turnos de mineiros: dias e noites se fundiam num esforço único, para não desperdiçar um minuto, uma partícula de cobre que pudesse ser arrancada daquelas pedras para ser lançada no deserto industrial do país. O guindaste se imobilizou quando estava carregando um trem: parou de repente e permaneceu imóvel, com a silhueta desenhada contra o céu, entre uma fileira de vagões vazios e pilhas de minério que agora não havia mais como transportar. Os homens da ferrovia e da mina pararam, confusos, pois descobriram que, em meio a tantos equipamentos complexos, motores, brocas, torres, medidores sensíveis, grandes holofotes que iluminavam os poços e as fendas mais profundos, não havia um pedaço de fio para que o guindaste pudesse ser consertado. Pararam, como homens num transatlântico movido por geradores de 10 mil cavalos-vapor que morressem por falta de um alfinete de fralda.

O agente da estação, um jovem de movimentos rápidos e voz ríspida, arrancou os fios do prédio da estação e fez com que o guindaste voltasse a funcionar, enquanto os vagões se enchiam de minério, tremeluziam as chamas das velas acesas atrás das janelas da estação.

– Minnesota, Eddie – disse Dagny, seca, fechando a gaveta de seu arquivo especial. – Diga à divisão de Minnesota que envie metade do estoque de fio de cobre deles a Montana.

– Mas, Dagny! Agora que está chegando o período mais importante da colheita...

– Eles vão se aguentar... eu acho. Não podemos perder nenhum fornecedor de cobre.

– Mas eu fiz o que pude! – gritou Taggart quando ela foi falar com ele novamente. – Coloquei você como prioridade número um para entregas de fio de cobre, consegui a cota mais elevada, lhe dei todos os cartões, certificados, documentos, tudo... o que mais você quer?

– Fio de cobre.

– Eu fiz o que pude! Ninguém pode dizer que a culpa é minha!

Dagny não discutiu. O jornal vespertino estava sobre a mesa de Taggart, e ela estava olhando para uma notícia na última página: fora criado um Imposto Estadual de Emergência na Califórnia, para auxiliar os desempregados do estado, no valor de 50 por cento da renda bruta de todas as empresas locais, antes da incidência de qualquer outro tributo. As companhias de petróleo da Califórnia decretaram falência.

– Não se preocupe, Sr. Rearden – disse uma voz untuosa, falando pelo telefone interurbano de Washington. – Eu só queria tranquilizá-lo, avisá-lo de que não há motivo para o senhor se preocupar.

– Me preocupar com quê? – indagou Rearden, intrigado.

– Com essa confusão temporária na Califórnia. Vamos resolver tudo rapidamente, foi uma insurreição ilegal, o governo estadual não tinha o direito de criar impostos locais em detrimento de impostos federais. Vamos negociar um acordo rapidamente. Enquanto isso, caso o senhor tenha ficado preocupado com algum boato impatriótico a respeito das companhias de petróleo da Califórnia, eu só queria lhe dizer que a Siderúrgica Rearden foi colocada na primeira categoria de necessidade essencial, com prioridade máxima para receber qualquer petróleo explorado no país, primeiríssima prioridade, Sr. Rearden. Quer dizer, o senhor não precisa se preocupar com o problema do combustível neste inverno!

Com o rosto tenso, Rearden desligou o telefone, preocupado não com o problema do combustível e do fim dos campos petrolíferos californianos – desastres desse tipo já haviam se tornado habituais –, e sim com o fato de que os planejadores de Washington julgaram necessário apaziguá-lo. Isso era novidade. O que significaria? Durante todos os anos em que vinha lutando, aprendera que uma hostilidade aparentemente imotivada não era difícil de enfrentar, mas uma solicitude aparentemente imotivada era um perigo sério. Teve a mesma ideia depois, quando, ao caminhar por uma passagem estreita entre as usinas, viu uma figura encurvada em cuja postura havia ao mesmo tempo insolência e a expectativa de levar um tabefe: era seu irmão Philip.

Desde que se mudara para Filadélfia, Rearden não visitara sua antiga casa e não tivera nenhuma notícia de sua família, cujas contas ele continuava a pagar. Então, inexplicavelmente, duas vezes nas últimas semanas, vira Philip perambulando a esmo pela siderúrgica, sem nenhum motivo aparente. Não sabia se o irmão estava sendo sorrateiro para evitá-lo ou se estava tentando atrair sua atenção – parecia estar fazendo as duas coisas ao mesmo tempo. Não conseguira descobrir nenhuma pista que explicasse o objetivo de Philip, apenas uma solicitude incompreensível, coisa que ele jamais havia demonstrado antes.

Da primeira vez, Rearden lhe perguntara, surpreso:

– O que você está fazendo aqui?

– É que eu sei que você não gosta que eu apareça no seu escritório – disse Philip, um tanto vago.

– O que quer?

– Ah, nada... é que mamãe anda preocupada com você.

– Ela pode me telefonar quando bem entender.

Philip não respondeu, porém começou a fazer uma série de perguntas, num tom despreocupado nada convincente, a respeito de seu trabalho, sua saúde, seus negócios. As perguntas pareciam estranhamente irrelevantes, pois não eram questões a respeito do trabalho de Rearden, e sim dos sentimentos dele em relação a seu trabalho. Rearden o interrompeu e se afastou, no entanto aquele incidente inexplicável o incomodou.

Da segunda vez, a única explicação que Philip deu foi:

– Nós só queremos saber como você se sente.

– Nós, quem?

– Ora... eu e mamãe. Vivemos em tempos difíceis, e... bem, mamãe quer saber como você está se sentindo em relação a tudo isso.

– Diga a ela que não sinto nada. – Aquelas palavras pareceram ter um impacto estranho sobre Philip, como se fosse aquela justamente a resposta que ele temia. – Vá embora – disse Rearden com voz cansada –, e, da próxima vez que quiser falar comigo, marque uma hora e vá ao meu escritório. Mas só venha se tiver algo a dizer. Ninguém vem aqui para falar sobre sentimentos, os meus ou os de outra pessoa qualquer.

Philip não havia marcado hora nenhuma, mas lá estava ele outra vez, andando por entre as formas gigantescas dos altos-fornos, com aquele ar de culpa e esnobismo, como se estivesse ao mesmo tempo espionando e se divertindo.

– Mas eu tenho uma coisa a dizer! Tenho, sim! – Philip foi logo exclamando, em resposta à expressão irritada que viu no rosto de Rearden.

– Por que não foi ao meu escritório?

– Você não me quer por lá.

– Nem por aqui.

– Mas eu estou só... só tentando ter consideração com você, não desperdiçar seu tempo, já que anda tão ocupado e... Você está mesmo muito ocupado, não é?

– E o quê?

– E... bem, eu só queria pegar você numa hora em que não estivesse atarefado para falar com você.

– Sobre o quê?

– Eu... eu preciso de um emprego.

Philip disse isso com um tom agressivo, recuando um pouco. Rearden ficou observando-o, com um olhar inexpressivo.

– Henry, eu quero um emprego. Quero dizer, aqui na siderúrgica. Quero que você me dê alguma coisa para fazer. Preciso de um emprego. Preciso ganhar o meu sustento. Estou farto de viver de esmolas. – Estava tentando encontrar algo para dizer, num tom de voz ao mesmo tempo ressentido e implorante, como se a necessidade de justificar aquele pedido fosse uma injustiça que lhe estivesse sendo imposta. – Quero um meio de sustento meu, não estou lhe pedindo caridade. Estou lhe pedindo uma oportunidade de melhorar a minha sorte!

– Isto aqui é uma fábrica, Philip, não um cassino.

– Hein?

– Aqui não trabalhamos com a sorte.

– Estou lhe pedindo um *emprego*!

– E por que eu haveria de lhe dar um emprego?

– Porque eu preciso!

Rearden apontou para as chamas vermelhas que saíam do vulto negro de um alto-forno, a 130 metros de altura – daquela estrutura de aço, argila e vapor que era a corporificação de pensamentos humanos.

– Eu precisava desse alto-forno, Philip. Não foi a minha necessidade que o deu a mim. – No rosto de Philip via-se uma expressão de quem nada ouviu.

– Oficialmente, você não pode contratar ninguém, mas isso é só para constar. Se me empregar, meus amigos vão aprovar a coisa sem nenhum problema, e... – Algo no olhar de Rearden o fez se calar de repente e depois perguntar, com uma voz zangada e impaciente: – Mas o que houve? O que foi que eu disse de errado?

– O que você não disse.

– Como assim?

– Aquilo que você está se esforçando para não mencionar.

– O quê?

– O fato de que para mim você é absolutamente inútil.

– É nisso que você... – foi dizendo Philip com uma voz cheia de indignação moral automática, porém não concluiu a frase.

– É – admitiu Rearden, sorrindo. – É *nisso* que penso antes de mais nada. – Os olhos de Philip se desmancharam. Quando ele voltou a falar, sua voz parecia estar tateando a esmo, juntando frases ao acaso:

– Todo mundo tem o direito de ter um ganha-pão... Como vou ter o meu, se ninguém me dá uma oportunidade?

– E como foi que eu ganhei o meu?

– Eu não nasci dono de uma siderúrgica.

– E eu nasci?

– Eu posso fazer tudo o que você faz, se me ensinar.

– Quem foi que me ensinou?

– Por que insiste nisso? Não estou falando sobre você!

– Mas eu estou.

Após um momento, Philip murmurou:

– Qual é o problema para você? Não é a *sua* subsistência que está em questão!

Rearden apontou para os vultos dos homens trabalhando no calor do alto-forno.

– Você sabe fazer o que eles estão fazendo?

– Não sei o que você...

– O que vai acontecer se eu colocá-lo ali e você estragar uma boa quantidade de aço?

– O que é mais importante: a porcaria do seu aço ou eu ter o que comer?

– Como você vai comer se não houver aço?

O rosto de Philip assumiu uma expressão de censura.

– Não estou em condições de discutir com você agora, já que você está em posição de superioridade.

– Então não discuta.

– Hein?

– Cale a boca e saia daqui.

– Mas o que eu ia...

Rearden deu uma risadinha:

– O que você ia dizer é que eu devia me calar, porque estou em posição de superioridade, e ceder a você, porque você não está em posição nenhuma, não é?

– É uma maneira muito crua de enunciar um princípio moral.

– Mas o seu princípio moral é esse, não é?

– Não se pode discutir sobre moralidade em termos materialistas.

– Estamos discutindo sobre um emprego numa siderúrgica. Não há lugar mais materialista no mundo!

O corpo de Philip se retesou um pouco e seus olhos ficaram mais vidrados, como se tivesse medo do lugar ao seu redor e se ressentisse de sua existência, numa tentativa de não admitir sua realidade. Disse, então, no tom suave e teimoso de um encantamento de bruxaria:

– É um imperativo moral, universalmente reconhecido na época em que vivemos, que todo homem tem direito a um emprego. – E elevou o tom de voz: – Eu faço jus a um emprego!

– Faz mesmo? Então pegue o seu emprego.

– O que quer dizer?

– Pegue um emprego para você. Vá colhê-lo na árvore em que você pensa que ele nasce.

– Mas eu...

– Você quer dizer que sabe que emprego não dá em árvore? Que precisa de um emprego, mas não é capaz de criá-lo? Que você faz jus a um emprego que *eu* é que tenho que criar para você?

– Isso!

– E se eu não fizer isso?

O silêncio se prolongava.

– Não entendo você – disse Philip. Havia em sua voz o espanto irritado de um homem que recita as falas de um papel já muito representado, mas que não entende por que o outro ator não responde com as falas apropriadas. – Não entendo por que não se pode mais falar com você. Não entendo que espécie de teoria você está propondo, e...

– Ah, entende, sim.

Como se se recusasse a acreditar que seu desempenho não estava tendo efeito, Philip aventurou:

– Desde quando você entende de filosofia abstrata? Você não passa de um homem de negócios. Não está capacitado para tratar de questões de princípio. Devia deixar esses assuntos para os peritos que há séculos afirmam que...

– Chega de conversa, Philip. O que é, afinal?

– O que é o quê?

– Por que essa sua ambição de repente?

– Bem, numa época como esta...

– Como?

– Todo homem precisa de uma fonte de sustento, e... não pode ficar assim jogado. Quando as coisas andam tão incertas, a pessoa precisa de alguma segurança... algo de concreto... Quero dizer, numa época como esta, se alguma coisa acontecesse com você, eu não teria...

– O que você acha que vai acontecer comigo?

– Ah, nada, nada! – Aquele grito era estranha e incompreensivelmente sincero. – Eu não acho que vai acontecer coisa nenhuma!... Por quê, você acha?

– Acontecer o quê, por exemplo?

– Sei lá!... Mas eu só tenho essa miséria que você me dá, e... você pode mudar de ideia a qualquer momento.

– Posso.

– E eu não tenho nenhum controle sobre você.

– Por que você levou tantos anos para se dar conta disso e começar a se preocupar? Por que justo agora?

– Porque... porque você está diferente. Você... antes tinha senso de obrigação e responsabilidade moral, mas... está perdendo isso. Está, não é verdade?

Rearden ficou examinando-o em silêncio. Havia algo de estranho na maneira como Philip chegava às perguntas por vias indiretas, como se suas palavras fossem aleatórias, mas o modo excessivamente indireto, vagamente insistente com que ele formulava as perguntas revelava seu objetivo.

– Bem, eu gostaria de tirar esse fardo dos seus ombros, se é isso que eu sou para você! – exclamou Philip de repente. – É só você me arranjar um emprego que não vou mais ser um peso na sua consciência!

– Você não é.

– Justamente o que estou dizendo! Você não se importa. Nem comigo nem com nenhum de nós, não é?

– Nós, quem?

– Ora... eu, mamãe e... e a humanidade em geral. Mas não vou tentar apelar para os seus instintos mais elevados. Sei que por você eu posso desaparecer de repente, que...

– Você está mentindo, Philip. Não é isso que preocupa você. Se fosse, estaria tentando arrancar uma bolada de dinheiro de mim, não um emprego, não...

– Não! Eu quero um emprego! – O grito foi imediato e quase histérico. – Não tente me comprar com dinheiro! Eu quero um emprego!

– Dê-se ao respeito, seu verme. Não ouve o que você mesmo está dizendo?

Philip cuspiu sua resposta cheio de ódio impotente:

– Você não pode falar comigo desse jeito!

– E *você*, pode?

– Eu só...

– Comprar você? Por que preciso comprar você, em vez de simplesmente lhe dar um bom pontapé no traseiro, coisa que já devia ter feito há anos?

– Afinal de contas, eu sou seu irmão!

– E o que isso quer dizer?

– Espera-se das pessoas que sintam alguma coisa pelos irmãos.

– *Você* sente?

A boca de Philip inchou de petulância. Ele não respondeu, porém esperou. Rearden o deixou esperar. Então Philip disse, entre dentes:

– Você devia... pelo menos... ter alguma consideração pelos meus sentimentos... mas não tem.

– *Você* tem alguma pelos meus?

– Os seus? Os seus *sentimentos*? – Não era sarcasmo que havia na voz de Philip, e sim coisa pior: um espanto legítimo, indignado. – Você não tem sentimentos. Nunca sentiu nada. Você nunca *sofreu*.

Foi como se um somatório de anos tivesse atingido Rearden no rosto, por meio de uma sensação e de uma impressão visual: a mesma sensação que ele experimentara na cabine da primeira locomotiva a percorrer a Linha John Galt – e a visão dos olhos de Philip, aqueles olhos pálidos, semilíquidos, que apresentavam a mais profunda degradação a que pode chegar um ser humano: uma dor incontestada e, com a insolência obscena de um esqueleto que desafia um ser vivo, a exigência de que essa dor fosse reconhecida como o mais elevado dos valores. "Você nunca sofreu", lhe diziam aqueles olhos acusadores, enquanto Rearden se lembrava daquela noite em seu escritório, quando suas minas foram expropriadas – o momento em que ele assinara o Certificado de Doação que entregava o metal Rearden e o mês que passara dentro de um avião procurando os restos mortais de Dagny. "Você nunca sofreu", diziam aqueles olhos com um desprezo arrogante, enquanto ele pensava na sensação de orgulhosa castidade com a qual resistira àqueles momentos, recusando-se a se entregar à dor, uma sensação composta de amor, de lealdade, da consciência de que a felicidade é o objetivo da existência, não algo que se encontre por acaso, e sim algo a ser atingido por meio de uma realização, e o ato de traição é deixar que a visão da felicidade se perca no pântano de uma tortura momentânea. "Você nunca sofreu", lhe dizia aquele olhar morto, "você nunca sentiu nada, porque só sofrer é sentir." Não existe felicidade, só existe dor e ausência de dor, apenas dor e o nada, quando nada se sente – eu sofro, estou torturado pelo sofrimento, sou sofrimento puro, essa é a minha pureza, essa é a minha virtude. E a sua, você que não estou torturando, você que não se queixa, a sua é aliviar minha dor – cortar seu corpo que não sofre para remendar o meu, cortar a sua alma que nada sente para que a minha não sinta mais –, e assim chegaremos ao mais elevado ideal, o triunfo sobre a vida, o zero! Rearden estava vendo a natureza daqueles que, durante séculos, não haviam se sentido repelidos pelos pregadores do aniquilamento – estava vendo a natureza dos inimigos contra quem lutara toda a sua vida.

– Philip – disse ele –, vá embora daqui. – Sua voz era como um raio de sol num necrotério, a voz simples, seca, cotidiana de um homem de negócios, o som da saúde, dirigida a um inimigo que não merecia a honra de despertar ódio, nem mesmo horror. – E nunca mais tente entrar nesta usina, porque vou dar ordens a todos os guardas de expulsá-lo, se você tentar novamente.

– Pensando bem – disse Philip, no tom zangado e cauteloso de uma ameaça incerta –, eu bem que podia fazer com que meus amigos me nomeassem para um cargo aqui e *obrigar* você a me aceitar!

Rearden já estava se afastando, porém parou e se virou para olhar o irmão.

Quando Philip apreendia uma revelação súbita, não era por meio do pensamento, e sim daquela sensação obscura que era sua única forma de consciência: percebeu uma sensação de terror lhe apertando a garganta, chegando até o estômago. Estava vendo a extensão da siderúrgica, com flâmulas de fogo, metal derretido cortando o espaço sobre cabos delicados, buracos cheios de brasas, guindastes lhe ameaçando a cabeça, passando por ele pesadamente, suspendendo toneladas de aço por meio do poder invisível do magnetismo, e se deu conta de que tinha medo daquele lugar, muito medo, que não ousava se mexer sem a proteção e a orientação do homem à sua frente – então olhou para aquele vulto alto e ereto, imóvel e seguro, com olhos firmes que haviam enxergado através da pedra e do fogo para construir este lugar. E então se deu conta de como seria fácil para aquele homem, que ele ameaçara de obrigar a fazer algo, fazer com que um balde cheio de metal derretido vertesse seu conteúdo um segundo antes da hora certa, ou que um guindaste soltasse sua carga um metro antes do lugar certo, e não restaria nada dele, do Philip suplicante – e sua única proteção era o fato de que sua mente era capaz de pensar em tais coisas, mas não a de Hank Rearden.

– Mas seria melhor para nós a coisa ficar amistosa – disse Philip.

– Seria melhor para você – disse Rearden e se afastou.

Homens que glorificam a dor, pensava Rearden, visualizando os inimigos que jamais conseguira entender, *são homens que glorificam a dor*. Parecia monstruoso, porém ao mesmo tempo totalmente insignificante. Ele não sentia nada. Era como tentar sentir alguma emoção em relação a objetos inanimados, a uma avalanche de lama que descia uma encosta em sua direção. Podia-se fugir da avalanche, ou construir um muro para detê-la, ou ser esmagado por ela, mas não se podia conceder raiva, indignação ou qualquer juízo moral aos movimentos cegos de coisas mortas – não, pior ainda, pensou: *De coisas contrárias à vida*.

Sentiu a mesma indiferença distante quando, num tribunal em Filadélfia, viu a representação do ritual que lhe concederia o divórcio. Viu aqueles homens enunciando generalizações mecânicas, recitando expressões vagas referentes a provas fraudulentas, realizando um jogo sutil de esticar as palavras para que elas não significassem nada. Ele pagara aqueles homens para fazer aquilo – ele, a quem a lei não dava nenhuma outra maneira de conquistar a liberdade, nenhum direito de expor os fatos verdadeiros. A lei que entregava seu destino não a regras objetivas definidas objetivamente, e sim à vontade arbitrária de um juiz de rosto enrugado e olhar cheio de esperteza vazia.

Lillian não estava presente. Seu advogado gesticulava de vez em quando, com a energia de quem faz água escorrer por entre os dedos. Todos sabiam de antemão qual seria o veredicto e por quê. Há anos que não existia outra razão, já que não havia nenhum padrão senão o capricho. Aqueles homens pareciam achar que aquilo era uma prerrogativa sua, agiam como se o objetivo daquela encenação não fosse julgar uma disputa, e sim lhes fornecer empregos, como se seu trabalho consistisse em repetir fórmulas apropriadas sem nenhuma obrigação de saber o que implicavam tais fórmulas, como se um tribunal fosse o único lugar em que as questões de certo ou errado eram irrelevantes, e eles, os homens encarregados de fazer justiça, fossem sábios demais para acreditar na existência dela. Agiam como selvagens executando um ritual que visasse libertá-los da realidade objetiva.

Porém seus 10 anos de casamento haviam sido uma realidade, recordava Rearden – e *aqueles* eram os homens que tinham o poder de decidir se ele teria uma oportunidade de buscar a felicidade no mundo ou se seria condenado à tortura durante o resto de sua existência. Lembrou-se do respeito austero e impiedoso que sentira em relação a seu contrato de casamento, e a todos os outros que assinava e obrigações legais que assumia, e viu a que espécie de legalidade serviam todos os seus escrúpulos.

Percebeu que as marionetes do tribunal de início olhavam para ele com um olhar matreiro de conspiradores que têm a mesma culpa em comum, que não temem nenhuma condenação moral um do outro. Então, quando perceberam que Rearden era o único ali presente que encarava qualquer um, começaram a encará-lo com ressentimento. Rearden percebeu, com incredulidade, o que esperavam dele: ele, a vítima, acorrentado, amarrado, amordaçado, sem ter qualquer saída senão o suborno, deveria achar que a farsa que ele havia comprado era um processo legal, que as leis que o escravizavam eram moralmente válidas, que ele era culpado de corromper a integridade dos guardiães da justiça, e que a culpa era dele, não deles. Era como culpar a vítima de um assalto de corromper a integridade do marginal. E, no entanto, refletiu Rearden, durante tantos anos de extorsão política, não eram os burocratas saqueadores que assumiam a culpa, e sim os industriais acorrentados; não os homens que vendiam favores legais, e sim os homens que eram obrigados a comprá-los. E, durante tantos anos de cruzadas contra a corrupção, a solução sempre fora não liberar as vítimas, e sim conceder poderes de extorsão mais amplos aos extorsionários. *A única culpa das vítimas*, pensou ele, *era o fato de aceitarem que eram culpadas.*

Quando saiu do tribunal e caminhou pela rua, numa tarde fria e chuvosa, tinha a impressão de que havia se divorciado não de Lillian, mas de toda a sociedade humana que apoiava aquele processo que ele havia testemunhado.

O rosto de seu advogado, um homem de idade, de modos antiquados, dava a impressão de que ele estava com vontade de tomar banho. Seu único comentário foi:

– Escute, Hank, tem alguma coisa que os saqueadores estão querendo conseguir de você agora?

– Que eu saiba, não. Por quê?

– Foi tudo tão fácil. Havia umas coisinhas que eu imaginava que fossem causar pressões e pedidos de mais dinheiro, mas ninguém se importou com elas nem tentou tirar nenhum proveito. Tenho a impressão de que vieram ordens de cima para tratarem você com luvas de pelica e lhe darem o que você queria. Será que eles estão tramando alguma coisa contra a sua siderúrgica?

– Que eu saiba, não – disse Rearden, surpreendendo-se ao se dar conta de que acrescentara mentalmente: "E isso pouco me importa."

Foi nessa mesma tarde, na siderúrgica, que viu o Ama de Leite se aproximando afobado, uma figura desajeitada em que se combinavam a rispidez, a falta de jeito e um ar decidido.

– Sr. Rearden, eu gostaria de falar com o senhor. – Sua voz exprimia deferência, porém ao mesmo tempo tinha um toque estranho de firmeza.

– Pois fale.

– Eu queria lhe perguntar uma coisa. – O rosto do rapaz estava sério e tenso. – Eu queria lhe dizer que sei que o senhor devia dizer não, mas tenho que fazer a pergunta assim mesmo... e... e se for presunção minha, pode me mandar para o inferno.

– Está bem. Vamos lá.

– Sr. Rearden, o senhor me arranja um emprego? – Era a tentativa de parecer tranquilo que traía os dias de sofrimento subjacentes àquela pergunta. – Eu quero parar com isso que estou fazendo e começar a trabalhar. Quero dizer, trabalhar de verdade, em siderurgia, como era minha intenção no passado. Quero fazer jus ao dinheiro que ganho. Estou cansado de ser um parasita.

Rearden não pôde conter um sorriso e disse, como quem faz uma citação:

– Mas por que usar esse vocabulário, Tudo É Relativo? Se não usarmos palavras desagradáveis, não teremos uma realidade desagradável, e... – Rearden viu, no entanto, a seriedade desesperada no rosto do rapaz e parou de falar e de sorrir.

– Estou falando sério, Sr. Rearden. E sei o que a palavra significa. É a palavra exata. Estou cansado de ser pago pelo senhor para não fazer nada, a não ser impedi-lo de ganhar dinheiro. Sei que todos os que trabalham hoje em dia não passam de otários para espertalhões como eu, mas... ora, prefiro ser um otário, se não há outra alternativa! – Estava quase gritando. – Desculpe, Sr. Rearden – disse, com uma voz seca, desviando a vista. Um instante depois, prosseguiu, num tom desprovido de emoção: – Quero deixar de ser subdiretor de distribuição. Não sei se eu seria muito útil para o senhor. Sou formado em metalurgia, porém meu diploma não vale o papel em que foi impresso. Mas acho que já aprendi alguma coisa nos dois anos que estou aqui, e se o senhor pudesse me dar algum tipo de trabalho, de varredor ou recolhedor de sucata, o que o senhor achasse possível, eu mandava que eles enfiassem meu

cargo de subdiretor onde bem entendessem e começava a trabalhar para o senhor amanhã mesmo, ou semana que vem, ou neste instante, ou quando o senhor quiser.
– Evitava olhar para Rearden, não por estar se esquivando, mas como se não tivesse esse direito.

– Por que você estava com medo de me pedir? – perguntou Rearden com mansidão.

O rapaz o olhou com espanto e indignação, como se a resposta fosse óbvia.

– Porque depois da maneira como vim para cá, de como agi, e considerando-se para quem estou trabalhando, se eu lhe pedir um favor, mereço levar do senhor um pontapé na boca!

– Você realmente aprendeu muito nos dois anos que passou aqui.

– Não, eu... – Olhou para Rearden, compreendeu, desviou o olhar e disse, num tom inexpressivo: – É... se é isso que o senhor quer dizer.

– Escute, rapaz, eu lhe daria um emprego neste instante e seria coisa melhor do que um cargo de varredor, se dependesse de mim. Mas você esqueceu o Conselho de Unificação? Não tenho o direito de contratar você, nem você tem o de pedir demissão. Sei que há homens se demitindo o tempo todo, e nós vivemos dando empregos a indivíduos com nomes falsos e documentos falsos que provam que estão trabalhando aqui há anos. Você sabe disso, e eu lhe agradeço por ter ficado calado. Mas acha que se eu o contratasse desse jeito os seus amigos lá de Washington não iam reparar?

O rapaz sacudiu a cabeça negativamente, devagar.

– Acha que se você parasse de trabalhar para eles para virar varredor não entenderiam os seus motivos?

O rapaz fez que sim.

– Eles o deixariam largar seu cargo?

Ele fez que não. Após um momento, disse, num tom de espanto e desânimo:

– Não tinha nem pensado nisso, Sr. Rearden. Esqueci-me deles. Eu só pensava se o senhor ia me querer ou não, que a única coisa que pesava era a *sua* decisão.

– Eu sei.

– E... de fato, é mesmo a única coisa que pesa.

– É, Tudo É Relativo, *de fato*.

De repente, a boca do rapaz se contorceu num sorriso breve e sem alegria.

– Acho que estou de mãos atadas, mais do que qualquer otário.

– Está, sim. Agora, não há nada que você possa fazer, senão pedir ao Conselho de Unificação uma permissão para mudar de emprego. Posso apoiar seu pedido, se você quiser tentar, só que acho que eles não vão atendê-lo. Acho que não vão deixar que você trabalhe para mim.

– Não. Não vão.

– Se for esperto o bastante e mentir muito, talvez eles lhe deem permissão para trabalhar no setor privado, mas em outra siderúrgica.

– Não! Não quero nenhum outro lugar! Não quero sair daqui! – Ficou contemplando o invisível vapor da chuva sobre as chamas dos altos-fornos. Depois de algum tempo, disse em voz baixa: – É melhor eu ficar como estou, pelo visto. Melhor continuar a ser subsaqueador. Além disso, se eu fosse embora, sabe Deus que calhorda eles colocariam no meu lugar! – Virou-se. – Estão tramando alguma coisa, Sr. Rearden. Não sei o que é, mas estão se preparando para fazer alguma coisa com o senhor.

– O quê?

– Não sei. Mas eles vêm anotando todas as novas contratações e deserções que ocorrem por aqui, e colocando gente deles. E que gente esquisita! Alguns são uns verdadeiros trogloditas, que nunca puseram o pé numa siderúrgica antes. Me deram ordens de colocar tantos dos "nossos" quanto eu conseguisse. Não quiseram me explicar por quê. Não sei o que estão planejando. Tentei descobrir, mas eles andam muito misteriosos. Acho que não confiam mais em mim. Devo estar perdendo o modo correto de agir. Só sei que estão se preparando para fazer alguma coisa aqui.

– Obrigado por me avisar.

– Vou tentar descobrir o que é. Vou fazer o que posso para descobrir a tempo. – Virou-se de repente e foi se afastando, porém parou. – Sr. Rearden, se dependesse do senhor, o senhor me contratava?

– Contratava, com prazer, imediatamente.

– Obrigado, Sr. Rearden – disse ele muito sério, em voz baixa, e foi embora.

Rearden ficou observando-o, vendo, com um sorriso de piedade irreprimível, qual era o único consolo que restava ao ex-relativista, ex-pragmático, ex-amoralista.

◆◆◆

Na tarde de 11 de setembro, um fio de cobre se partiu em Minnesota, imobilizando as correias de um fosso numa pequena estação de interior da Taggart Transcontinental.

Uma enchente de trigo estava invadindo as autoestradas, as estradas de ferro e as trilhas abandonadas do interior. O produto de milhares de hectares de terra cultivada se acumulava nas frágeis represas das estações rodoviárias. A enchente não parava dia ou noite. De início, eram apenas gotas, que logo se transformavam em riachos, depois em rios e torrentes, seguindo em caminhões paralíticos com motores tuberculosos que tossiam, em carroças puxadas por esqueletos de cavalos esfomeados, em carros de bois transportados por homens nervosos que estavam dando suas últimas forças, após dois anos catastróficos, no empenho triunfal da colheita gigantesca deste outono, homens que haviam remendado seus caminhões e carroças com arame, cobertores, cordas e noites insones, para que eles aguentassem mais essa viagem, transportassem o trigo e depois desabassem ao chegar ao fim do percurso, mas dando a seus donos uma chance de sobreviver.

Todo ano, no outono, num movimento oposto, vagões de transporte vinham dos quatro cantos do continente para a divisão de Minnesota da Taggart Transcontinental. O ritmo das rodas dos vagões precedia o rangido das carroças, como um eco invertido cuidadosamente planejado, calculado para escoar a enchente. A divisão de Minnesota passava o ano no ócio, para, de repente, trabalhar num ritmo frenético durante as semanas da colheita. Quatorze mil vagões de carga lotavam os pátios da empresa. Dessa vez esperavam-se 15 mil. Os primeiros trens carregados de trigo já haviam começado a entregar a enchente de grãos aos moinhos esfomeados, depois às padarias, depois aos estômagos do país – mas cada trem, cada vagão, cada fosso era importante, e não havia instante nem centímetro de espaço a perder.

Eddie Willers contemplava o rosto de Dagny enquanto ela consultava seu arquivo especial. Ele sabia o que cada cartão continha só de olhar para seu rosto e ver a expressão nele estampada.

– O terminal – disse ela, tranquila, fechando o arquivo. – Ligue para o terminal e mande enviar metade do estoque de fios a Minnesota.

Willers nada disse e obedeceu.

Ele também não disse nada na manhã em que colocou sobre a mesa dela um telegrama vindo do escritório da Taggart em Washington, o qual informava que, por causa da escassez crítica de cobre, os agentes do governo estavam autorizados a confiscar todas as minas de cobre e operá-las como serviço de utilidade pública.

– Bem – disse ela, jogando o telegrama na cesta de papéis –, é o fim de Montana.

Dagny nada disse quando Taggart lhe comunicou que estava dando ordens de abolir todos os vagões-restaurantes da rede.

– Não podemos mais arcar com essa despesa – explicou ele. – Essas porcarias desses vagões-restaurantes sempre deram prejuízo mesmo, e agora que está faltando comida, que os restaurantes estão fechando porque não conseguem mais comprar um quilo de carne de cavalo em lugar nenhum, como é que se pode querer que as estradas de ferro consigam manter esse tipo de serviço? Afinal, por que cargas d'água a gente tem obrigação de servir comida aos passageiros? Já fazemos muito em lhes dar transporte. Se necessário, eles que viajem amontoados em vagões de transportar gado, que levem suas marmitas, o que nós temos a ver com isso? Não há mais nenhum outro trem que eles possam pegar mesmo!

O telefone sobre a mesa de Dagny não era mais um instrumento de trabalho, e sim uma sirene de alarme, que só transmitia pedidos desesperados e aviso de catástrofes:

– Srta. Taggart, não temos fios de cobre!

– Pregos, Srta. Taggart, pregos comuns! Será que dava para nos mandar uns pregos para cá?

– Srta. Taggart, poderia encontrar tinta à prova d'água, qualquer cor, em algum lugar?

Porém 30 milhões de dólares de subsídios federais haviam sido aplicados no Projeto Soja – uma extensão de terra imensa na Louisiana onde uma plantação de soja estava amadurecendo, conforme as instruções de Emma Chalmers, com o fim de recondicionar os hábitos alimentares da população. Emma, mais conhecida como "a mãe de Kip", era uma velha socióloga que passara anos rondando os departamentos governamentais em Washington, do mesmo modo que outras mulheres de sua idade e de seu tipo vivem rondando botequins. Por algum motivo que ninguém sabia explicar, a morte de seu filho na catástrofe do túnel dera a ela, em Washington, uma aura de mártir, acentuada por uma recente conversão ao budismo. "A soja é uma planta muito mais resistente, nutritiva e econômica do que todas essas comidas extravagantes que nossa dieta antieconômica e hedonista nos acostumou a comer", dissera a mãe de Kip no rádio. Suas palavras caíam como gotas, não de água, mas de maionese. "A soja é um excelente substituto do pão, da carne, dos cereais e do café, e, se todos nós tivéssemos que adotar a soja como nosso alimento básico, estaria resolvida a crise alimentar, e mais pessoas teriam o que comer. O máximo de comida para o máximo de pessoas – eis o meu lema. Em situações de necessidade pública gritante, é nosso dever sacrificar nossos gostos luxuosos e adotarmos o alimento simples e saudável que há séculos é utilizado pelos povos orientais. Temos muito que aprender com os povos orientais."

– Tubos de cobre, Srta. Taggart, a senhora podia arranjar uns tubos de cobre para nós? – as vozes imploravam pelo telefone.

– Pregos para trilhos, Srta. Taggart!

– Chaves de fenda, Srta. Taggart!

– Srta. Taggart, não há lâmpadas em lugar nenhum num raio de 300 quilômetros daqui.

No entanto, 5 milhões de dólares estavam sendo gastos pelo Departamento de Condicionamento do Moral com a Companhia Popular de Ópera, que viajava por todo o país, apresentando-se de graça a pessoas que, por só fazerem uma refeição por dia, não tinham forças para caminhar até o teatro lírico. Sete milhões de dólares haviam sido dados a um psicólogo encarregado de resolver a crise mundial por meio de uma pesquisa a respeito da natureza do amor fraternal. Dez milhões de dólares tinham sido concedidos ao fabricante de um novo isqueiro eletrônico – mas não se encontravam cigarros nas lojas da nação. Havia lanternas no mercado, porém faltavam pilhas; havia rádios, mas não válvulas; havia máquinas fotográficas, mas não filmes. A produção de aviões fora "temporariamente suspensa". Viagens aéreas para fins particulares estavam proibidas. Só podiam voar os que estavam em missões de "necessidade pública". Um industrial precisava viajar de avião para salvar sua fábrica – isso não era considerado uma necessidade pública, e portanto ele não podia entrar no avião. Um funcionário do governo ia cobrar impostos – isso era uma necessidade pública, e portanto ele podia viajar.

– Tem gente roubando porcas e parafusos dos trilhos, Srta. Taggart. Os roubos acontecem à noite, e nosso estoque é cada vez menor, o depósito de nossa divisão não tem mais nada. O que vamos fazer, Srta. Taggart?

No entanto, uma enorme televisão em cores, com tela de três metros, estava sendo instalada para os turistas no Parque do Povo, em Washington, e um supercíclotron para estudar os raios cósmicos estava sendo construído pelo Instituto Científico Nacional, sendo previstos 10 anos para sua conclusão.

"O problema do nosso mundo moderno", disse o Dr. Robert Stadler no rádio, na cerimônia de início da construção do cíclotron, "é que tem gente demais pensando demais. É essa a causa de todos os medos e dúvidas que nos afligem no momento. Os cidadãos esclarecidos devem abandonar esse culto supersticioso à lógica e à desacreditada razão. Do mesmo modo que os leigos deixam a medicina para os médicos e a eletrônica para os engenheiros, as pessoas que não estão capacitadas para pensar devem deixar a tarefa de pensar exclusivamente a cargo dos peritos e ter fé na sua autoridade. Apenas os peritos são capazes de compreender as descobertas da ciência moderna, as quais provaram que o pensamento é uma ilusão e a mente é um mito."

"Esta era de sofrimento é um castigo divino por termos confiado tanto na mente!", rosnavam as vozes triunfais dos místicos de todas as seitas, nas esquinas, em tendas encharcadas de chuva, em templos caindo aos pedaços. "Esta catástrofe mundial é o resultado da tentativa de viver com base na razão! É *nisso* que dão o pensamento, a lógica e a ciência! E não haverá salvação enquanto os homens não compreenderem que sua mente mortal é impotente para resolver seus problemas e não voltarem à fé, à fé em Deus, à fé numa autoridade mais elevada!"

E, no seu dia a dia, Dagny tinha de encarar o produto final de tudo aquilo, o herdeiro de tudo: Cuffy Meigs, o homem imune ao pensamento. Meigs desfilava pelos escritórios da Taggart Transcontinental com uma túnica semimilitar e uma reluzente pasta de couro que batia contra suas reluzentes perneiras de couro. Levava uma pistola num bolso e um pé de coelho no outro.

Ele tentava evitá-la. Tratava-a com um misto de zombaria – como se a considerasse uma idealista sonhadora – e respeito supersticioso – como se ela fosse detentora de algum poder incompreensível de que ele preferia se manter distante. Agia como se a presença dela não coubesse na sua concepção de ferrovia e, ao mesmo tempo, como se fosse a única presença que ele não ousasse contestar. Havia um toque de ressentimento impaciente no modo como tratava Taggart, como se a obrigação deste fosse lidar com Dagny e proteger a ele, Meigs. Assim como queria que Taggart mantivesse a ferrovia em funcionamento e o liberasse para se dedicar a atividades de natureza mais prática, Meigs também queria que ele a mantivesse na linha, como se ela fosse um equipamento entre outros.

Pela janela de seu escritório, Dagny via, como um pedaço de esparadrapo colado numa ferida do céu, a página do calendário, em branco, ao longe. O calendário não fora consertado depois da noite em que Francisco se despedira. Os funcionários que subiram a torre correndo, naquela noite, pararam o motor do mecanismo à força e arrancaram o filme do projetor. Encontraram o quadradinho que continha a mensagem de Francisco colado ao filme das datas, porém quem o havia colado lá, quem entrara na sala trancada, quando e como – tudo isso continuava sendo um profundo mistério para as três comissões que ainda estavam investigando o ocorrido. Enquanto elas não chegavam a uma conclusão, a página permanecia em branco.

Ainda estava em branco na tarde de 14 de setembro, quando o telefone tocou no escritório de Dagny. Disse a voz da secretária:

– É um homem de Minnesota.

Ela dissera à secretária que atenderia todos os telefonemas desse tipo. Eram pedidos de socorro e constituíam sua única fonte de informações. Numa época em que as vozes dos funcionários da ferrovia só emitiam sons que visavam não exprimir qualquer significado, aquelas vozes anônimas eram seu único vínculo com a rede, os últimos lampejos de razão e honestidade sofrida que ainda luziam efêmeros na rede da Taggart.

– Srta. Taggart, não cabe a mim ligar para a senhorita, mas ninguém mais se dispõe a telefonar – disse a voz, jovem e excessivamente calma, ao telefone dessa vez. – Em um ou dois dias, vai haver uma catástrofe sem precedentes aqui, e então eles não vão mais poder continuar escondendo, só que vai ser tarde demais, e talvez já seja tarde demais agora.

– O que é? Quem é você?

– Um de seus funcionários na divisão de Minnesota, Srta. Taggart. Daqui a um ou dois dias, os trens não vão mais poder sair daqui, e a senhorita sabe o que isso representa, em plena época da colheita. A maior colheita que já tivemos. Vão parar por falta de vagões de carga, que não foram enviados para cá este ano.

– O que você disse? – Dagny tinha a impressão de que haviam se passado minutos enquanto a voz que ela não reconhecia como sua pronunciava aquelas palavras.

– Os vagões não foram enviados. Já deviam estar aqui 15 mil vagões. Que eu saiba, por enquanto só chegaram cerca de 8 mil. Há uma semana que estou ligando para a sede da divisão. Dizem que não preciso me preocupar. Da última vez, mandaram que eu cuidasse da minha vida. Todos os galpões, fossos, armazéns, garagens e salões de dança ao longo da ferrovia estão repletos de trigo. Há uma fila de três quilômetros de caminhões e carroças esperando na estrada perto dos fossos de Sherman. Na estação de Lakewood, há três noites que o espaço está completamente lotado. Eles insistem em dizer que é só uma situação temporária, que os vagões estão chegando e tudo vai dar certo. Mas não vai. Não tem vagão nenhum chegando. Já liguei para todos a quem pude ligar. Pela maneira como falam, sei o que está havendo. Eles sabem também, só que ninguém quer admitir. Estão apavorados, têm medo de se mexer, falar, perguntar e responder. Só pensam em quem vai levar a culpa quando a colheita apodrecer aqui nas estações, não se preocupam com quem vai transportá-la. Talvez a esta altura já seja impossível resolver o problema. Talvez nem a senhorita possa fazer nada. Mas achei que era a única pessoa que gostaria de saber o que está acontecendo e que alguém tinha de informá-la.

– Eu... – Dagny tentou respirar com esforço. – Entendo... Quem está falando?

– O nome não interessa. Quando eu desligar, vou desertar. Não quero estar aqui para ver o desastre acontecer. Não quero mais participar disso tudo. Boa sorte, Srta. Taggart.

Ela ouviu o estalido.

– Obrigada – disse para o telefone já desligado.

Quando voltou a perceber o escritório ao seu redor e se deu ao luxo de ter sentimentos, já era meio-dia do dia seguinte. Ela estava em pé no meio da sala, rígida, os dedos correndo pelos cabelos, retirando-os do rosto – e por um momento não sabia onde estava nem qual era a coisa inacreditável que havia acontecido nas últimas 20 horas. O que ela sentia era horror e sabia que fora horror que tinha experimentado desde que ouvira as palavras daquele telefonema, só que antes não tivera tempo de se dar conta disso.

Em sua memória não restava muita coisa do que acontecera nas últimas 20 horas, apenas fragmentos desconexos, unidos pela única constante que os tornara possíveis – os rostos moles e frouxos dos homens que se esforçavam para esconder de si próprios o fato de que sabiam as respostas às perguntas que ela lhes fazia.

Desde o momento em que foi informada de que o gerente do departamento de manutenção de vagões saíra da cidade havia uma semana e não deixara o endereço onde poderia ser encontrado, Dagny se convenceu de que era verdade o que dissera o homem de Minnesota. Depois vieram os rostos dos assistentes do departamento de manutenção de vagões, que nem confirmavam nem negavam a informação, porém não paravam de lhe mostrar papéis, ordens, formulários, cartões que continham palavras que nenhuma relação tinham com os fatos inteligíveis.

– Os vagões foram enviados a Minnesota?

– O formulário 357W foi inteiramente preenchido, conforme orientação do coordenador, e de acordo com as instruções do superintendente e do Decreto 11.493.

– Os vagões de carga foram enviados a Minnesota?

– As anotações referentes aos meses de agosto e setembro foram processadas por...

– Os vagões de carga foram enviados a Minnesota?

– Meus arquivos indicam a localização dos vagões de carga por estado, data, tipo e...

– Você sabe se os vagões foram enviados a Minnesota?

– Para saber a respeito dos deslocamentos interestaduais dos vagões de carga, a senhorita deve consultar os arquivos do Sr. Benson e do...

Os arquivos nada diziam. Eram anotações cuidadosas, cada uma das quais tinha quatro significados possíveis, repletas de remissões que levavam a remissões que levavam a uma remissão final que não constava dos arquivos. Não demorou para que Dagny descobrisse que os vagões não tinham sido enviados a Minnesota e que a ordem partira de Cuffy Meigs, porém quem a executara, quem havia encoberto as pistas, que medidas haviam sido tomadas, por que homens submissos, para fazer de conta que tudo estava correndo normalmente, sem que nenhum grito de protesto chamasse a atenção de algum homem mais corajoso, quem havia falsificado os relatórios, onde estavam os vagões – tudo isso parecia, de início, impossível de descobrir.

Durante as horas daquela noite, enquanto uma pequena equipe desesperada, comandada por Eddie Willers, ligava para todos os pontos de todas as divisões, para cada pátio de manobras, para cada depósito, para cada estação, para cada desvio da Taggart Transcontinental, requisitando todos os vagões de carga presentes ou possíveis de serem obtidos, dando ordens para que seus carregamentos, quaisquer que fossem, imediatamente fossem despejados, largados, abandonados e seguissem imediatamente para Minnesota, enquanto telefonavam para todos os pátios de manobras, estações e presidentes de todas as companhias ferroviárias que ainda meio que sobreviviam, em todos os cantos do país, implorando para que enviassem vagões a Minnesota, Dagny se encarregou da tarefa de levantar, de rosto covarde a rosto covarde, a trajetória dos vagões desaparecidos.

Falou com executivos da rede, com clientes ricos, com funcionários do governo, pelo telefone, pelo telégrafo, tomando táxis, seguindo uma trilha de frases incompletas. Ia chegando ao fim da trilha quando a voz contida de uma relações-públicas de uma repartição em Washington lhe disse pelo telefone, cheia de ressentimento: "Ora, afinal de contas é uma questão de opinião se o trigo é essencial ao bem-estar da nação. Há pessoas mais progressistas que acham que a soja talvez seja bem mais importante." E então, ao meio-dia, Dagny se viu em pé no meio de sua sala, sabendo que os vagões de carga que se destinariam ao trigo de Minnesota haviam sido enviados para transportar, dos pântanos da Louisiana, a soja do projeto da mãe de Kip.

A primeira reportagem a respeito da catástrofe de Minnesota apareceu nos jornais três dias depois. Afirmava que os fazendeiros que haviam esperado três dias nas ruas de Lakewood, sem ter onde guardar o trigo nem como transportá-lo, tinham demolido o tribunal da cidade, a casa do prefeito e a estação ferroviária. Então as reportagens desapareceram de repente e os jornais não tocaram mais no assunto. Em seguida, começaram a divulgar exortações, pedindo que as pessoas não acreditassem em boatos impatrióticos.

Enquanto os moinhos e os mercados do país gritavam pelo telefone e pelas linhas de telégrafo, enviando pedidos a Nova York e delegações a Washington, enquanto fileiras de vagões de carga vindos de vários cantos do continente se arrastavam como lagartas enferrujadas em direção a Minnesota, o trigo e a esperança do país aguardavam a morte ao longo de trilhos vazios, sob os sinais verdes imutáveis que davam passagens a trens inexistentes.

Na central de comunicações da Taggart Transcontinental, uma pequena equipe não parava de pedir vagões de carga, repetindo, como a tripulação de um navio que afunda, um SOS que não era ouvido. Havia vagões carregados durante meses nos pátios de companhias de propriedade de amigos de traficantes de influência, que ignoravam os pedidos desesperados para liberar os vagões e despachá-los. "Mande essa ferrovia à..." seguida de uma expressão impublicável, foi essa a resposta dos irmãos Smather, do Arizona, quando receberam o SOS de Nova York.

Em Minnesota, pegavam-se vagões de todos os desvios, da serra de Mesabi, das minas de Paul Larkin, onde os vagões esperavam algumas migalhas de ferro. Despejava-se trigo em vagões de transporte de minério e de transporte de gado, que deixavam trilhas finas douradas ao longo dos trilhos quando partiam. Despejava-se trigo em vagões de passageiros, por cima dos bancos, das prateleiras das instalações elétricas, mesmo se ele acabava numa vala quando uma mola quebrava de repente, ou quando um incêndio numa caixa de graxa provocava uma explosão.

Queriam despachar trigo, despachar, sem pensar no destino dos trens. Tudo o que queriam era vê-lo em movimento, como um paralítico que, logo depois do derrame, se debate com movimentos convulsivos e desordenados e não consegue acreditar que de repente é impossível se mover. Não havia outras estradas de ferro: James Taggart as destruíra. Não havia navios nos Grandes Lagos: Paul Larkin os tinha destruído. Havia apenas uma única linha de ferrovia e uma rede de autoestradas semiabandonadas.

Os caminhões e as carroças dos fazendeiros impacientes começaram a tomar as estradas às cegas, sem mapas, sem gasolina, sem comida para os cavalos – rumo ao sul, em direção à possibilidade de encontrar moinhos em algum lugar, sem noção da distância a ser coberta, porém com a certeza da morte no lugar de onde vinham –, avançando para depois morrer nas estradas, nas ravinas, nas pontes apodrecidas que despencavam. Um fazendeiro foi encontrado a um quilômetro dos destroços de seu caminhão, ainda agarrado ao saco de trigo em seus ombros. Então a chuva começou a cair nas planícies de Minnesota. Ela apodrecia o trigo nas estações ferroviárias, desmanchava as pilhas de trigo derramadas às margens das estradas, e a terra bebia os grãos dourados.

Os homens de Washington foram os últimos a serem atingidos pelo pânico.

Eles estavam preocupados não com as notícias que chegavam de Minnesota, e sim com o equilíbrio precário de suas amizades e seus relacionamentos. Pesavam não o destino da colheita, e sim o resultado insondável das emoções imprevisíveis de homens irracionais de poder ilimitado. Esperavam, se esquivavam de todas as súplicas, afirmavam: "Bobagem, não há motivo para preocupação. Esse pessoal da Taggart sempre dá um jeito de transportar o trigo a tempo, eles vão dar um jeito!"

Então, quando o chefe do executivo do estado de Minnesota enviou a Washington um pedido de intervenção do Exército contra as sublevações que ele não estava conseguindo controlar, três decretos foram emitidos em duas horas, mandando que todos os trens do país parassem e requisitando todos os vagões para serem enviados a Minnesota. Uma ordem assinada por Wesley Mouch exigia que fossem imediatamente liberados os vagões de carga à disposição da mãe de Kip. Mas já era tarde demais. Os vagões dela estavam na Califórnia, para onde a soja tinha sido enviada por uma organização progressista composta de sociólogos que pregavam o culto à austeridade oriental e empresários que no passado atuavam no jogo ilegal.

Em Minnesota, os fazendeiros estavam incendiando suas próprias fazendas, demolindo os fossos e as casas dos funcionários dos condados, lutando ao longo dos trilhos ferroviários, uns querendo arrancá-los, outros dispostos a arriscar suas vidas para defendê-los – e, sem ter outro objetivo senão a violência, morriam nas ruas de cidades destruídas, nas valas silenciosas de estradas vazias.

Até que só restou o cheiro acre do trigo apodrecendo em pilhas semi-incendiadas – algumas colunas de fumaça subindo das planícies, permanecendo imóveis no ar, pairando sobre ruínas enegrecidas –, enquanto, num escritório na Pensilvânia, Hank Rearden, sentado à sua mesa, contemplava a lista dos homens que haviam ido à falência: os fabricantes de equipamentos agrícolas, que não haviam recebido nenhum pagamento e não poderiam pagar a ele.

A soja colhida não chegou aos mercados do país. A colheita fora feita antes do tempo: o produto estava mofado e não podia ser consumido.

◆◆◆

Na noite de 15 de outubro, partiu-se um fio de cobre na torre de controle subterrânea do Terminal Taggart, apagando as luzes dos sinais.

Foi apenas um fio partido, mas produziu um curto-circuito no sistema de sinalização, e os sinais verdes e vermelhos desapareceram das torres de controle e dos trilhos. As lentes permaneceram vermelhas e verdes, não com a radiação viva da luz, mas com a opacidade morta de olhos de vidro. Nos arredores da cidade, os trens foram se amontoando na entrada dos túneis do terminal, cada vez mais, no silêncio dos minutos, como sangue represado numa veia por um coágulo, incapaz de invadir as câmaras do coração.

Naquela noite, Dagny estava sentada a uma mesa numa sala de jantar privativa no Hotel Wayne-Falkland. A cera das velas escorria sobre as camélias brancas e as folhas de louro nas bases dos candelabros de prata. Havia cálculos aritméticos rabiscados na toalha de mesa de linho, e uma guimba de charuto flutuava numa lavanda. Os seis homens de smoking que a encaravam à mesa eram Wesley Mouch, Eugene Lawson, o Dr. Floyd Ferris, Clem Weatherby, James Taggart e Cuffy Meigs.

– Por quê? – perguntara ela quando Taggart lhe dissera que ela tinha que ir àquele jantar.

– Porque... porque nossa diretoria vai se reunir semana que vem.

– E daí?

– Você está interessada no que vai ser decidido a respeito da nossa linha de Minnesota, não está?

– Isso vai ser decidido na reunião da diretoria?

– Não exatamente.

– Vai ser decidido nesse jantar?

– Não exatamente, mas... ah, por que você quer sempre as coisas tão definidas? As coisas nunca são definidas. Além disso, eles insistiram que querem que você esteja presente.

– Por quê?

– Isso já não basta?

Ela não perguntou por que aqueles homens tomavam decisões cruciais em ocasiões festivas como aquela. Sabia que era esse o costume deles. Sabia que por trás da pretensão tola e pomposa das reuniões de conselhos e comissões, das assembleias gerais, as decisões eram tomadas de antemão, numa informalidade escusa, em almoços, jantares, em bares. Quanto mais séria a questão, mais informal o método utilizado para decidi-la. Era a primeira vez que convidavam Dagny, a que não fazia parte do grupo, a inimiga, para uma dessas sessões secretas. *É*, pensou Dagny, *o reconhecimento do fato de que precisam de mim, e é, talvez, o primeiro passo que levará à rendição deles.* Era preciso aproveitar aquela oportunidade.

No entanto, à luz das velas na sala de jantar, ela teve certeza de que não tinha nenhuma chance. Sentia-se impaciente, incapaz de aceitar essa certeza, visto que não conseguia entender sua razão de ser, porém ao mesmo tempo uma letargia a impedia de procurar uma explicação.

"Como, creio eu, há de reconhecer, Srta. Taggart, aparentemente não há mais nenhuma justificativa para que continue a existir uma linha ferroviária em Minnesota, a qual..." "E até mesmo a Srta. Taggart certamente há de concordar que certos recuos estratégicos parecem ser necessários, até que..." "Ninguém, nem mesmo a Srta. Taggart, será capaz de contestar a afirmação de que há épocas em que se torna necessário sacrificar as partes em benefício do todo..." À medida que iam se acumulando as referências a seu nome, de meia em meia hora, feitas só por fazer, sem que os olhos do falante olhassem em sua direção, Dagny entendia cada vez menos por que tinham requisitado sua presença. Não era uma tentativa de fazê-la acreditar que a estavam consultando, e sim coisa pior: era uma tentativa de fazer com que eles próprios acreditassem que Dagny havia concordado. Por vezes lhe faziam perguntas e a interrompiam antes que ela terminasse a primeira frase de sua resposta. Pareciam querer sua aprovação sem verificar se ela de fato aprovava ou não.

E haviam sido cruelmente infantis a ponto de escolherem o cenário luxuoso de um jantar formal para se iludirem daquele jeito. Agiam como se tivessem a esperança de extrair daqueles objetos nobres e pomposos o poder e a honra dos quais aqueles objetos no passado eram ao mesmo tempo produtos e símbolos. *Agem*, pensou Dagny, *como aqueles selvagens que devoram o cadáver de um adversário na esperança de adquirir sua força e sua virtude.*

Dagny estava arrependida de haver vestido aquelas roupas. Taggart lhe dissera:

– É formal, mas não exagere... isto é, não ostente riqueza demais hoje em dia, os empresários devem evitar qualquer aparência de arrogância. Não estou dizendo que você deve ir maltrapilha, mas se pudesse dar uma impressão de... ah, humildade... isso lhes agradaria, faria com que eles se sentissem importantes.

– É mesmo? – perguntara ela, dando-lhe as costas em seguida.

Trajava agora um vestido negro que dava a impressão de ser apenas um corte de tecido que cruzava sobre seus seios e lhe caía até os pés, como as dobras macias de uma túnica grega. Era feito de cetim, um cetim tão leve e fino que poderia ter sido usado para fazer uma camisola. O brilho do tecido, que deslizava e mudava de forma a cada movimento seu, dava a entender que a luz que havia no recinto emanava de Dagny e obedecia ao menor movimento de seu corpo, envolvendo-a num esplendor mais luxuoso do que a textura de um brocado, ressaltando a fragilidade flexível de suas formas, emprestando-lhe uma elegância tão natural que ela podia se dar ao luxo de parecer ironicamente informal. Usava uma única joia, um fecho cravejado de brilhantes preso ao decote negro, que cintilava com os movimentos imperceptíveis de sua respiração, como um transformador que faz de uma faísca uma chama, ressaltando não as pedras, e sim o ritmo vivo por trás delas. Brilhava como uma condecoração militar, como se sua riqueza fosse ostentada igual a uma medalha de honra. Não usava mais nenhum ornamento, apenas um manto de veludo negro, mais arrogante, mais nobre do que qualquer estola de pele.

Agora, ao ver os homens à sua frente, Dagny estava arrependida. Sentia a culpa vergonhosa de um esforço inútil, como se tivesse desafiado bonecos de cera. Via um ressentimento irracional nos olhos daqueles homens, bem como um vestígio daquele riso debochado, morto, assexuado e pornográfico com que os homens encaram um cartaz anunciando um striptease.

– É uma grande responsabilidade – disse Eugene Lawson – ter o poder de vida ou morte sobre milhares de pessoas e sacrificá-las quando necessário, mas temos de ter a coragem de fazê-lo. – Seus lábios moles pareceram se contorcer, formando um sorriso.

– Os únicos fatores que devem ser levados em conta são área e população – disse o Dr. Ferris com uma voz estatística, soprando anéis de fumaça para o teto. – Como não é mais possível manter simultaneamente a linha de Minnesota e o tráfego intercontinental dessa rede, há que se escolher: ou Minnesota ou os estados a oeste das montanhas Rochosas que ficaram isolados com o fechamento do Túnel Taggart, bem como os estados vizinhos de Montana, Idaho e Oregon, ou seja, praticamente todo o Noroeste do país. Quando se leva em conta a área e o número de habitantes das duas regiões, torna-se óbvio que é preferível cortar Minnesota a interromper a comunicação com um terço do continente.

– Não vou abrir mão do continente – disse Wesley Mouch, olhando para seu sorvete, com uma voz ofendida e teimosa.

Dagny estava pensando na serra de Mesabi, a última mina de ferro importante. Pensava nos fazendeiros de Minnesota, os que restavam, os melhores produtores de trigo do país. Pensava que o fim de Minnesota seria o fim de Wisconsin, depois de Michigan, depois de Illinois. Estava vendo o hálito rubro das fábricas se extinguindo no Leste industrializado – e, em contraste, as extensões vazias dos desertos do Oeste, as pastagens ralas e as fazendas abandonadas.

– Os dados indicam – disse o Sr. Weatherby, arrogante – que parece impossível continuar a servir ambas as áreas. Os trilhos e os equipamentos de uma devem ser desmontados para atender à manutenção da outra.

Dagny percebeu que Clem Weatherby, o técnico em ferrovias do grupo, era quem tinha menos influência, enquanto Cuffy Meigs era quem tinha mais. Meigs estava esparramado na cadeira, com uma expressão condescendente no rosto, por estar aturando aquele desperdício de tempo. Falava pouco, mas, quando o fazia, sua intervenção era decisiva. Com um sorriso de desprezo, exclamava "Baixe o facho, Jimmy!" ou "Chega, Wes, você está dizendo asneiras!".

Dagny percebeu que nem Taggart nem Mouch ficavam ressentidos. Pareciam gostar da autoridade e da autoconfiança de Meigs, reconheciam seu domínio.

– Temos que ser práticos – o Dr. Ferris não parava de repetir. – Temos que ser científicos.

– Preciso da economia da nação como um todo – repetia Mouch. – Preciso da produção de todo um país.

– Vocês estão falando de economia? De produção? – perguntava Dagny, sempre que sua voz fria e calculada conseguia se impor por alguns instantes. – Se estão, então nos deem condições de salvar os estados do Leste. É tudo que resta do país, e do mundo. Se nos deixarem salvar o Leste, talvez consigamos reconstruir o restante. Senão, é o fim. Que a Sul-Atlântica se encarregue do pouco tráfego intercontinental que ainda há. Que as ferrovias locais cuidem do Noroeste. Mas deixem a Taggart Transcontinental largar tudo o mais, tudo, mesmo, e dedicar todos os seus recursos, equipamentos e trilhos ao tráfego dos estados do Leste. Voltemos à origem deste país, mas salvemos essa origem. Não vamos mais cruzar o Missouri. Vamos virar uma ferrovia regional, a ferrovia do Leste industrializado. Salvemos nossas indústrias. Não há mais o que salvar no Oeste. A agricultura pode prosseguir durante séculos com trabalho manual e bois. Mas se destruirmos o que resta do parque industrial deste país, nem mesmo com séculos de esforço poderemos reconstruí-lo, nem reconquistar a força econômica que nos possibilitará dar a partida. Como vocês podem querer que as nossas indústrias e ferrovias sobrevivam sem aço? Como querem que o aço seja produzido se não houver mais minério de ferro? Salvemos Minnesota, ou o que resta do estado. O país? Não há país a salvar, se morrerem as indústrias. Pode-se sacrificar uma perna ou um braço. Não se pode salvar um organismo sacrificando a cabeça e o coração. Salvemos nossas indústrias. Salvemos Minnesota. Salvemos o Leste.

Não adiantava. Ela repetiu sua fala, com todos os detalhes, cifras, estatísticas e provas de que sua mente cansada ainda era capaz de lembrar, na tentativa de que a ouvissem. Não adiantava. Eles nem contestavam nem concordavam, apenas agiam como se os argumentos de Dagny fossem irrelevantes. Havia um tom de ênfase oculta nas respostas que lhe davam, como se estivessem lhe oferecendo uma explicação, só que num código que ela desconhecia.

– A situação na Califórnia está problemática – declarou Mouch, emburrado. – A assembleia legislativa anda zangada. Falam em se separar do restante da União.

– O Oregon está assolado por gangues de desertores – disse Weatherby, cauteloso. – Assassinaram dois cobradores de impostos nos últimos três meses.

– A importância da indústria para a civilização sempre foi exagerada grosseiramente – disse Ferris, sonhador. – O país atualmente conhecido como República Popular da Índia existe há séculos sem nenhum desenvolvimento industrial.

– As pessoas podem viver com menos cacarecos materiais e uma disciplina mais rígida – disse Eugene Lawson, ansioso. – Seria bom para elas.

– Ora, vão deixar essa mulher fazer com que vocês percam o maior país do mundo de uma maneira idiota? – perguntou Meigs, pondo-se de pé num salto. – Isto lá é hora de se abrir mão de todo um continente? E em troca de quê? De um estadinho porcaria que já não tem mais nada! O negócio é esquecer Minnesota e manter a rede transcontinental. Com tanta confusão, tantas revoltas pipocando por aí, não vamos conseguir manter as pessoas na linha a menos que tenhamos transportes para levar tropas para qualquer ponto do continente rapidamente. Não é hora de recuar. Não se acovardem ouvindo essa conversa fiada. O país está no bolso de vocês. É só deixá-lo aí.

– A longo prazo... – ia dizendo Mouch, inseguro.

– A longo prazo, todos nós estaremos mortos – interrompeu Meigs.

Andava de um lado para outro, indócil.

– Que recuar, que nada! Ainda tem muito que arrancar da Califórnia, do Oregon e desses lugares todos. O que eu acho é o seguinte: a gente devia pensar em se expandir, ninguém é capaz de nos deter, está tudo aí, é só pegar – o México, o Canadá, talvez –, vai ser fácil.

Então Dagny compreendeu qual era a resposta. Viu a premissa secreta que estava por trás de tudo o que eles diziam. Com toda a sua devoção espalhafatosa à era da ciência, aquele jargão tecnológico histérico, os cíclotrons, os raios sonoros, esses homens avançavam não em direção à imagem de um futuro industrial, e sim à visão daquela forma de existência que os industriais haviam extinguido – a visão de um rajá da Índia, gordo e sujo, com olhos vazios imersos em camadas de carne estagnada, sem ter nada a fazer senão deixar que pedras preciosas escorressem por entre seus dedos e, de vez em quando, enfiar uma faca no corpo de uma criatura morta de fome, morta de tanto trabalhar, para lhe arrancar alguns grãos de arroz, depois arrancar mais grãos de milhões de outras criaturas semelhantes, e por fim deixar que o arroz se transforme em pedras preciosas.

Dagny pensara que a produção industrial era um valor que não podia ser questionado por ninguém; pensara que o que levava aqueles homens a expropriar as fábricas dos outros era seu reconhecimento do valor dessas fábricas. Ela, que era filha da Revolução Industrial, não julgara concebível, havia esquecido, juntamente com a astrologia e a alquimia, o que esses homens sabiam em suas almas secretas e furtivas, não por meio do pensamento, e sim por meio do lodo inominável que chamavam de instintos e emoções: que, enquanto os homens tiverem de lutar para sobreviver num mundo em que há milhões de outros homens dispostos a se submeter, jamais produzirão tão pouco que um homem com um porrete na mão não possa roubá-los e deixá-los com menos ainda; que quanto mais eles trabalharem e menos ganharem, mais submissos se tornarão; que os homens que vivem de acionar chaves numa mesa telefônica não são fáceis de dominar, mas os que vivem de cavar o solo com os dedos, esses são; que os senhores feudais não precisavam de fábricas eletrônicas para se embriagarem com taças cravejadas de pedras preciosas, como também era o caso dos rajás da República Popular da Índia.

Ela viu o que queriam e para onde os levavam seus "instintos", que eles próprios consideravam inexplicáveis. Viu que Lawson, o humanitarista, sentia prazer ao cogitar numa fome coletiva, e que o Dr. Ferris, o cientista, sonhava com o dia em que o homem voltaria ao arado manual.

Sua única reação era um misto de incredulidade e indiferença – incredulidade porque ela não conseguia conceber o que poderia reduzir seres humanos a tal estado; indiferença porque não conseguia considerar aqueles que atingiam esse estado como seres humanos. Eles continuaram falando, porém ela não conseguia falar nem ouvir o que diziam. Deu-se conta de que a única coisa que tinha vontade de fazer era ir para casa e dormir.

– Srta. Taggart – disse uma voz educada, racional, levemente ansiosa; e, levantando a cabeça de repente, viu a figura cortês de um garçom. – O gerente-assistente do Terminal Taggart está ao telefone, pedindo permissão para lhe falar imediatamente. Diz que é uma emergência.

Foi um alívio se levantar e sair daquela sala, ainda que fosse para ser informada a respeito de um novo desastre. Foi um alívio ouvir a voz do gerente-assistente, apesar do teor de suas palavras:

– O sistema de sinalização pifou, Srta. Taggart. Os sinais estão apagados. Oito trens que estavam chegando ao terminal estão presos, e mais seis que estavam de partida. Eles não podem entrar nem sair dos túneis, o engenheiro-chefe não está em lugar nenhum, não conseguimos localizar a falha no circuito, nem temos fios para fazer o conserto, não sabemos o que fazer, estamos...

– Estou indo para aí – disse ela e desligou.

Andando depressa até o elevador, atravessando o suntuoso hall do Wayne-Falkland quase correndo, sentiu que estava voltando à vida, agora que se defrontava com a possibilidade de ação.

Àquela hora era difícil encontrar um táxi, e, por mais que o porteiro apitasse, não apareceu nenhum.

Dagny resolveu ir a pé, andando apressada, esquecendo-se da roupa que estava usando, sem entender por que o vento parecia frio demais, próximo demais de sua pele.

Pensando apenas no Terminal Taggart, surpreendeu-se com a beleza do que viu de repente: uma figura esbelta de mulher se aproximando dela a passos largos, os cabelos lustrosos reluzindo à luz do poste de iluminação, os braços nus, com um manto esvoaçando e a chama de um brilhante no peito, tendo por fundo o corredor longo e vazio de uma rua e contornos de arranha-céus desenhados com pontos de luz. A consciência de que o que estava vendo era seu próprio reflexo no espelho da vitrine de um florista veio-lhe um pouco tarde demais: ela havia sentido o encanto do contexto integral do qual faziam parte aquela imagem e a cidade. Então sentiu uma pontada de solidão desolada, uma solidão bem mais ampla do que aquela rua vazia – e uma pontada de raiva dirigida contra si própria, raiva daquele contraste absurdo entre sua aparência e o contexto daquela noite e daqueles tempos.

Viu um táxi dobrar a esquina, fez sinal e entrou nele depressa, batendo a porta como se para impedir que entrasse com ela um sentimento que queria largar na calçada vazia, ao lado de uma vitrine de florista. Mas Dagny sabia – com um sarcasmo voltado contra si própria, com rancor, com saudade – que aquele sentimento era a expectativa que havia experimentado em seu primeiro baile e também naquelas raras ocasiões em que queria que a beleza exterior da existência correspondesse ao esplendor interior. *Que hora para pensar nisso!*, disse a si própria, irônica. *Agora não!*, exclamou interiormente com raiva, porém uma voz desolada lhe perguntava insistentemente, quase inaudível em meio ao sacolejar do táxi: "Você, que acreditava que era necessário viver em função de sua própria felicidade, o que lhe resta dela agora? O que você está ganhando com esta luta? Sim! Diga com sinceridade: o que você ganha com isso? Ou será que você está virando um desses altruístas abjetos que não sabem mais responder a essa pergunta?" *Agora não!*, ordenou ela quando a entrada iluminada do Terminal Taggart surgiu no retângulo do para-brisa do táxi.

Os homens que Dagny encontrou no escritório do gerente do Terminal Taggart eram como sinais apagados, como se aqui, também, um circuito estivesse interrompido e não houvesse nenhuma corrente que os ativasse. Olhavam para ela com uma espécie de passividade inanimada, como se lhes fosse indiferente ela acionar uma chave que os fizesse mover-se ou deixá-los imóveis.

O gerente do terminal não estava. O engenheiro-chefe não fora localizado. Fora visto no terminal duas horas antes; depois, nada. O gerente-assistente, ao se oferecer para telefonar para Dagny, havia esgotado toda a sua capacidade de iniciativa. Os outros não se ofereciam para nada. O engenheiro de sinalização era um homem de 30 e tantos anos que parecia um estudante universitário, que não parava de repetir, em tom agressivo:

– Mas isso nunca aconteceu antes, Srta. Taggart! O sistema de sinalização nunca pifou. Não pode pifar. Nós sabemos o que fazemos, somos capazes de cuidar de nosso serviço tão bem quanto qualquer um, mas não quando o sistema pifa quando não tinha nada que pifar!

Dagny não sabia se o agente do Terminal, um homem já velho que trabalhava na rede havia muitos anos, ainda era inteligente mas preferia ocultar sua inteligência ou se, após alguns meses tendo que escondê-la, ele a havia sufocado para sempre e agora se encontrava numa estagnação que lhe dava segurança.

"Não sabemos o que fazer, Srta. Taggart." "Não sabemos a quem devemos pedir permissão para fazer o quê." "Não há regras referentes a emergências desse tipo." "Não há nem mesmo regras que definam quem deve determinar as regras nesses casos!"

Dagny escutava. Depois pegou o telefone, sem dar nenhuma explicação, e mandou a telefonista ligar para o vice-presidente de operações da Sul-Atlântica em Chicago, mesmo que ele estivesse em casa dormindo.

– George? É Dagny Taggart – disse ela quando ouviu a voz de seu concorrente. – Você me empresta o engenheiro de sinalização do seu terminal de Chicago, o Charles Murray, durante 24 horas?... É... Certo... Ponha-o num avião para que ele chegue aqui o mais rápido possível. Diga-lhe que vamos pagar a ele 3 mil dólares... É, por um dia... É, a coisa é séria mesmo... Vou pagar em dinheiro, do meu bolso, se necessário, pago o que tiver de pagar para que ele pegue o avião, mas que seja o primeiro voo para Nova York... Não, George, nenhum. Não resta nem um cérebro na Taggart Transcontinental... Pode deixar que eu arranjo todos os documentos, isenções, dispensas e permissões de emergência... Obrigada, George. Até logo.

Desligou e falou rapidamente com os homens à sua frente, para não ouvir o silêncio que se instaurara naquela sala e no terminal, onde não se ouvia mais nenhum ruído de rodas, para não ouvir as palavras amargas que o silêncio parecia repetir: *Não resta nenhum cérebro na Taggart Transcontinental...*

– Aprontem imediatamente um carro-socorro e uma tripulação – disse Dagny. – Mandem-nos lá para a Linha Hudson, com ordens de arrancar todos os fios de cobre, qualquer fio, em luzes, sinais, telefones, qualquer coisa que seja de propriedade da companhia. Tragam tudo aqui até amanhã de manhã.

– Mas, Srta. Taggart, o serviço na Linha Hudson só está interrompido temporariamente, e o Conselho de Unificação se negou a deixar que acabássemos com a linha!

– Eu me responsabilizo.

– Mas como é que vamos sair com o carro-socorro, se não há sinais?

– Haverá sinais em meia hora.

– Como?

– Vamos – disse ela, levantando-se.

Os outros a seguiram. Dagny atravessou com passos rápidos as plataformas de passageiros, passando por grupos tensos e inquietos de viajantes que aguardavam a partida dos trens imóveis. Desceu uma passarela estreita, atravessou um labirinto de trilhos, passando por sinais mortos e chaves paralisadas, e o único som que enchia os espaços cavernosos dos túneis subterrâneos da Taggart Transcontinental eram os estalos de suas sandálias de cetim, tendo como eco relutante o gemido das tábuas sob o passo mais lento dos homens que a seguiam. Dagny ia em direção ao cubo de vidro iluminado da Torre A, que naquela escuridão parecia uma coroa sem nenhum corpo por baixo, a coroa de um rei deposto pairando sobre um reino de trilhos vazios.

O diretor da torre era um homem competente demais num trabalho difícil demais para que conseguisse ocultar completamente sua perigosa inteligência. Ele compreendeu o que Dagny queria que ele fizesse, mal ela começou a falar, e sua única resposta foi um lacônico "Sim, senhora"; mas, quando os que vinham atrás de Dagny finalmente chegaram ao alto da escada de ferro, ele já estava debruçado sobre os diagramas, trabalhando, absorto no cálculo mais humilhante que já tivera de fazer em toda a sua longa carreira. Ela percebeu que o diretor entendia perfeitamente a situação por causa de um único olhar de relance que ele lhe dirigiu, um olhar de indignação e resistência que correspondia a alguma emoção que havia percebido no rosto dela.

– Primeiro a gente age, depois se preocupa com os sentimentos – disse ela, embora ele não tivesse comentado nada.

– Sim, senhora – respondeu ele maquinalmente.

Sua sala, no alto de uma torre subterrânea, era como uma varanda de vidro da qual se divisava o que já fora o fluxo mais rápido, mais opulento e mais organizado do mundo. Ele aprendera a acompanhar o percurso de mais de 90 trens por hora e ficava observando-os atravessar na mais completa segurança um labirinto de trilhos e cruzamentos, entrando e saindo do terminal, sob suas paredes de vidro, subordinados às pontas de seus dedos. Agora, pela primeira vez, ele contemplava a escuridão vazia de um canal seco.

Pela porta aberta, Dagny via os homens da torre parados, num ócio sinistro – os homens cujo trabalho nunca lhes permitira antes um instante de ócio –, parados ao lado daquelas estruturas alongadas que pareciam pregas de cobre, estantes de livros, um monumento à inteligência humana tão eloquente quanto uma biblioteca. Bastava mover uma daquelas pequenas chaves, que se projetavam das prateleiras como marcadores de livros, para que milhares de circuitos elétricos entrassem em ação, milhares de contatos se fizessem ou se desfizessem, dezenas de chaves em entroncamentos determinassem uma rota e dezenas de sinais se acendessem para delineá-la, sem que nenhum erro fosse possível, sem que houvesse nenhuma margem para o acaso, nenhuma contradição – uma imensa complexidade de pensamentos condensada em um único movimento de mão para determinar a segurança da trajetória de um trem, para que centenas de trens pudessem correr com segurança, para que massas de metal de milhares de toneladas e um sem-número de vidas humanas pudessem passar a altas velocidades, a distâncias mínimas uma da outra, protegidas apenas por um pensamento: o pensamento do homem que havia projetado aquelas chaves. Mas eles – Dagny olhou para o rosto de seu engenheiro de sinalização – acreditavam que a contração muscular de uma mão era a única coisa necessária para fazer os trens andarem, e, agora, os homens das torres estavam ociosos – e, nos grandes painéis à frente do diretor da torre, as luzes vermelhas e verdes, que antes se acendiam para indicar a aproximação de um trem quando este ainda estava longe, agora não passavam de contas de vidro como aquelas em trocas das quais, séculos antes, uma outra raça de selvagens havia vendido a ilha de Manhattan.

– Chame todos os operários não especializados – ordenou ela ao gerente-assistente –, os turmeiros, os guarda-linhas, os limpadores de locomotivas, todos os que estiverem no terminal no momento, e mande-os se apresentarem aqui imediatamente.

– *Aqui?*

– Aqui – disse ela, apontando para os trilhos. – Chame todos os guarda-chaves, também. Ligue para o depósito e mande trazer todas as lanternas que houver por lá, qualquer tipo de lanterna, lanternas de chefe de trem, lanternas de emergência, qualquer coisa.

– *Lanternas*, Srta. Taggart?

– Imediatamente.

– Sim, senhorita.

– O que vamos fazer, Srta. Taggart? – perguntou o agente.

– Vamos fazer os trens andarem, manualmente.

– *Manualmente?!* – exclamou o engenheiro de sinalização.

– Isso mesmo! Por que *você* se espanta? – Dagny não se conteve. – O homem é só músculos, não é? Vamos voltar ao tempo em que não havia sistemas de sinalização, não havia semáforos, não havia eletricidade, ao tempo em que os sinais das ferrovias não eram de metal, eram homens segurando lanternas. Homens servindo de postes. Vocês ficaram anos pedindo isso, agora conseguiram o que tanto queriam. Ah, vocês achavam que as suas ferramentas determinariam suas ideias? Só que é o contrário – e agora vocês vão ver que espécie de ferramentas as suas ideias determinaram!

Mas até mesmo para voltar atrás no tempo é necessário certo grau de inteligência, pensou Dagny, percebendo o paradoxo de sua situação, ao contemplar os rostos letárgicos que a cercavam.

– Como vamos operar as chaves, Srta. Taggart?

– À mão.

– E os sinais?

– À mão.

– Como?

– Colocando um homem com uma lanterna em cada poste de sinalização.

– Não há espaço suficiente entre os trilhos.

– Usaremos um trilho sim, outro não.

– Como os homens vão saber como operar as chaves?

– Através de ordens escritas.

– Como?

– Ordens escritas, igualzinho a antigamente. – Dagny apontou para o diretor da torre. – Ele está preparando um esquema de movimentação de trens e utilização de linhas. Vai dar uma ordem para cada sinal e cada chave e escolher alguns homens para atuar como mensageiros, os quais vão ficar entregando as ordens aos homens dispostos ao longo da ferrovia. Levaremos horas para fazer o que antes se fazia em minutos, mas vamos conseguir que esses trens que estão parados no terminal sigam viagem.

– Vamos ficar trabalhando desse jeito a noite toda?

– E amanhã o dia todo, até que um engenheiro inteligente ensine vocês a consertar o sistema.

– Nos acordos com o sindicato não se fala nada a respeito de trabalhar com lanternas na mão. Isso não vai dar certo. O sindicato vai reclamar.

– Que venham reclamar comigo.

– O Conselho de Unificação não vai gostar.

– Eu me responsabilizo.

– Bem, eu é que não quero ser acusado de ter dado ordens para...

– Eu darei as ordens.

Dagny saiu até o patamar da escada de ferro que contornava a torre. Estava tentando com todas as forças se controlar. Por um momento, parecia que ela própria também era um instrumento de alta tecnologia, desprovido de corrente elétrica, tentando operar uma rede ferroviária transcontinental apenas com suas mãos. Contemplou a escuridão profunda e silenciosa dos subterrâneos da Taggart e sentiu uma pontada de humilhação ao pensar que agora a rede seria obrigada a utilizar homens com lanternas em seus túneis, como se fossem as últimas estátuas em sua homenagem.

Dagny mal conseguia distinguir os rostos dos homens que se reuniram ao pé da torre. Silenciosos, vieram em bando pela escuridão e ficaram parados, imóveis, na penumbra azulada, com lâmpadas azuis ao fundo e manchas de luz projetadas em seus ombros pelas janelas da torre. Ela olhava para as roupas sujas de graxa, os corpos musculosos e frouxos, os braços inertes de homens exauridos por um trabalho que não exigia deles nenhum raciocínio. Esses eram o rebotalho da rede, os homens mais jovens que agora não tinham nenhuma oportunidade de subir, e os mais velhos que jamais haviam tentado tal coisa. Permaneciam em silêncio, não com uma curiosidade apreensiva de trabalhadores, mas com uma indiferença pesada de prisioneiros.

– As ordens que vocês vão receber partiram de mim – disse ela, do alto da escada de ferro, falando com uma voz clara e ressoante. – Os homens que vão dá-las estão agindo sob minhas instruções. O sistema automático de sinalização pifou. Será substituído por mão de obra. Os trens voltarão a circular imediatamente.

Dagny percebeu que alguns daqueles homens na multidão a olhavam com uma expressão estranha no rosto: um misto de ressentimento disfarçado e aquela curiosidade insolente que a fez de súbito se dar conta de que era uma mulher. Então se lembrou da roupa que estava usando e reconheceu que realmente era absurda naquelas circunstâncias – e, movida pela pontada súbita de algum impulso violento que era como um desafio e uma lealdade inquebrantável para com o significado pleno daquele instante, ela jogou o manto para trás e se colocou bem no foco da luz, sob as colunas sujas de fuligem, como se estivesse numa recepção formal, ereta, exibindo o luxo dos braços nus, do cetim negro reluzente, do brilhante que cintilava como uma condecoração militar.

– O diretor da torre vai determinar a localização dos guarda-chaves. Ele vai escolher homens para a função de sinalizar com lanternas e para a de transmitir suas ordens. Os trens...

Ela se esforçava para reprimir uma voz amarga que parecia estar dizendo: "É só para isso que esses homens servem, se é que servem para isso... não resta nenhum cérebro na Taggart Transcontinental..."

– Os trens continuarão a entrar e sair do terminal. Vocês permanecerão em seus postos até que...

Então ela parou. Foram os olhos e os cabelos dele que viu primeiro – os olhos impiedosamente perceptivos, as mechas que iam do dourado à cor de cobre, parecendo refletir a luz do sol mesmo na penumbra do subsolo. Ela viu John Galt no meio daquele amontoado de robôs: de macacão sujo e camisa de mangas arregaçadas, com aquele jeito de quem não tem peso algum, o rosto erguido, os olhos contemplando-a como se ele já tivesse previsto aquele momento muito tempo antes.

– O que houve, Srta. Taggart?

Era a voz suave do diretor da torre, que estava a seu lado, com um papel na mão – e Dagny percebeu como era estranho emergir de um estado mental que era a consciência mais intensa que ela jamais experimentara, só que não sabia quanto tempo havia durado, nem onde estava, nem por que estava ali. Percebera o rosto de Galt, vira na forma de sua boca, nas suas faces, abalar-se aquela serenidade implacável que nele jamais se perturbava, porém ainda assim havia em seu olhar o reconhecimento de que havia se perturbado, de que aquele momento era demais até mesmo para ele.

Dagny sabia que continuava falando, porque os homens ao seu redor pareciam estar escutando-a, embora ela não ouvisse nada. Prosseguiu falando como se cumprisse ordens que lhe houvessem sido dadas sob hipnose, dadas por ela própria um tempo enorme atrás, sabendo apenas que terminar de cumprir aquela ordem era um modo de desafiá-lo, sem saber nem ouvir que palavras estava dizendo.

Tinha a impressão de que estava no meio de um silêncio radiante em que seu único sentido era a visão e em que o rosto dele era a única coisa a ser vista, e a visão de seu rosto era como uma fala sob a forma de uma pressão em sua garganta. Parecia-lhe tão natural e tão insuportavelmente simples que ele estivesse ali – era como se o que a chocava não fosse a presença dele, e sim a dos outros ao lado dos trilhos de sua ferrovia, lugar onde a presença dele era apropriada, mas não a deles. Dagny estava vendo aqueles momentos em que, dentro de um trem prestes a entrar num túnel, sentia uma tensão súbita e solene, como se aquele lugar lhe estivesse revelando, em sua simplicidade desnuda, a essência de sua ferrovia e de sua vida: a união de consciência e matéria, a forma solidificada do engenho de uma mente dando forma física a seu objetivo. Nesses momentos sentia uma esperança súbita, como se esse lugar contivesse o significado de todos os seus valores, e uma sensação de entusiasmo secreto, como se uma promessa inefável a esperasse debaixo da Terra. Era apropriado que ela encontrasse Galt ali – *ele* sempre fora esse significado, essa promessa. Ela não via mais suas roupas, nem a condição a que sua ferrovia o reduzira. Via apenas o fim da tortura daqueles meses em que ele estivera fora de seu alcance – estava vendo no rosto dele a confissão do que aqueles meses haviam lhe custado. A única fala que ouvia era a que parecia estar dizendo a ele: "Esta é a recompensa por todos os meus dias." E ele parecia lhe responder: "Por todos os meus."

Dagny soube que havia terminado de falar com os operários quando viu o diretor da torre dar um passo à frente e dizer algo a eles, olhando para uma lista que tinha na mão. Então, movida por uma certeza irresistível, começou a descer a escada, afastando-se da multidão, indo não em direção às plataformas e à saída, mas para dentro da escuridão dos túneis abandonados. *Você vai me seguir*, pensava ela, e tinha a impressão de que aquele pensamento não se exprimia por palavras, mas pela tensão de seus músculos, a tensão de sua vontade de realizar uma coisa que sabia estar além de suas forças, porém sabia com certeza que seria realizada e por que a desejava... *Não*, pensou, *não porque eu a deseje, mas por ser algo totalmente correto. Você vai me seguir* – aquilo não era uma súplica, nem uma prece, nem uma ordem, mas a simples constatação de um fato, que continha a totalidade de seu poder de entendimento e a totalidade dos conhecimentos que ela havia adquirido ao longo dos anos. *Você vai me seguir, se nós somos o que somos, eu e você, se vivemos, se o mundo existe, se você conhece o significado deste instante e não é capaz de deixá-lo escapar, como outros o fazem, para o mundo insensato das coisas indesejadas e inatingíveis. Você vai me seguir.* Dagny sentia uma confiança exultante, que não era nem fé nem esperança, e sim um ato de adoração pela lógica da existência.

Descia apressadamente por trilhos abandonados e destruídos, por longos corredores escuros que serpenteavam através do granito. Então sentiu o pulsar de suas artérias e ouviu, num ritmo que lhe fazia contraponto, a pulsação da cidade lá em cima. No entanto, era como se ouvisse o movimento de seu sangue tal qual o som que preenchesse o silêncio, e o movimento da cidade como um ritmo dentro de seu corpo – e, ao longe, vindo em seu encalço, ouviu passos se aproximando. Não olhou para trás. Começou a andar mais depressa.

Passou pela porta de ferro trancada atrás da qual ainda estava escondido o que restava do motor que ele inventara. Não parou, porém um leve estremecimento foi o modo como ela reagiu à súbita e rápida visão da unidade e da lógica dos acontecimentos dos últimos dois anos. Uma fileira de luzes azuis se prolongava na escuridão, iluminando extensões de granito reluzente, sacos de areia rasgados que derramavam seu conteúdo sobre os trilhos, pilhas de metal enferrujado. Quando ouviu os passos mais próximos, parou e se virou para olhar.

Viu a luz azul reluzir rapidamente nas mechas brilhantes do cabelo de Galt e captou a forma pálida de seu rosto e os contornos escuros de seus olhos. O rosto desapareceu, mas o som dos passos atuava como elo entre aquela visão e a luz azul seguinte que iluminou o contorno de seus olhos, que permaneciam voltados para a frente. Então Dagny teve certeza de que ele a havia olhado constantemente desde o momento que a vira no alto da torre.

Ouviu o pulsar da cidade acima deles – aqueles túneis, ela pensara certa vez, eram as raízes da cidade e de todos os movimentos que chegavam até o céu –, mas eles, pensava, ela e John Galt, eram a força viva dentro daquelas raízes, eram o princípio, a meta, o significado. *Ele também*, pensou ela, *ouve o ritmo da cidade como se fosse o ritmo do próprio corpo.*

Dagny jogou o manto para trás e permaneceu ereta, numa atitude de desafio, tal como ele a vira no alto da torre – como a vira pela primeira vez, 10 anos antes, ali mesmo, debaixo da terra. Ela o estava ouvindo confessar, não por meio de palavras, mas por meio daquela pulsação que tornava a respiração tão difícil: "Você parecia um símbolo do luxo, e seu lugar era a fonte do luxo. Você parecia devolver o prazer da existência a seus legítimos proprietários... você tinha uma aparência de energia e da recompensa da energia, juntas... e eu fui o primeiro homem que jamais afirmou de que modo essas duas coisas eram inseparáveis..."

Os momentos que se seguiram foram como clarões luminosos numa inconsciência cega: o momento em que ela viu seu rosto, parado a seu lado, calmo, imperturbável, a intensidade contida, o riso de compreensão nos olhos verde-escuros – o momento em que compreendeu o que ele via no rosto dela, pela tensão áspera de seus lábios; o momento em que sentiu a boca dele sobre a sua, a forma da boca dele como uma forma absoluta. Sentiu o movimento dos lábios dele em seu pescoço, como se o bebesse, marcando-o todo, o brilho de seu fecho de brilhantes em meio ao avermelhado dos cabelos trêmulos de John.

Nada mais contava além das sensações de seu corpo, porque este adquiriu de repente o poder de fazê-la compreender seus valores mais complexos por meio da percepção direta. Do mesmo modo que seus olhos tinham o poder de traduzir em visão comprimentos de onda de energia, do mesmo modo que seus ouvidos tinham o poder de traduzir vibrações em sons, assim também seu corpo agora tinha o poder de traduzir a energia que impelira todas as opções de sua vida em percepções sensoriais imediatas. Não era a pressão de uma mão que a fazia tremer, porém o somatório instantâneo de seus significados, a consciência de que era a mão *dele*, de que ela se movia como se sua carne fosse propriedade dele, de que seu movimento era o gesto com que ele a aceitava com todas as realizações que eram ela – era apenas uma sensação de prazer físico, porém continha a adoração que devotava a ele, a tudo o que era ele e à vida dele. Desde a noite da assembleia na fábrica em Wisconsin, passando pela Atlântida em um vale oculto nas montanhas Rochosas, até a zombaria triunfante daqueles olhos verdes inteligentíssimos num corpo de operário ao pé da torre, tudo continha o orgulho que ela sentia por ser quem era e por ser a ela que Galt escolhera como espelho seu, por ser seu corpo que agora dava a ele o somatório da existência dele, do mesmo modo que o corpo dele dava a Dagny o somatório da existência dela. Eram essas as coisas que seu prazer continha, mas tudo o que ela sentia era a mão dele acariciando seus seios.

Ele arrancou o manto, e ela sentiu a esbelteza de seu próprio corpo envolto nos braços dele, como se seu corpo não passasse de um instrumento para a triunfante autoconsciência daquele homem, mas como se essa consciência não fosse mais que um instrumento de conhecimento da presença dele. Era como se Dagny estivesse atingindo o limite de sua capacidade de sentir: como um grito de impaciência, exigindo algo que agora não conseguia definir – sabia apenas que era algo semelhante à ambição que orientava sua vida, aquela sua inesgotável e radiante ganância.

Galt levantou a cabeça dela por um momento, a fim de olhá-la bem nos olhos e fazê-la olhar nos seus, para que ela compreendesse integralmente o significado do que estavam fazendo, como se projetasse o holofote da consciência sobre eles para que o encontro de seus olhares se tornasse um momento de intimidade ainda mais intenso do que o que haveria de vir em seguida.

Então Dagny sentiu a aspereza do tecido grosseiro roçando na pele de seus ombros, se viu deitada sobre os sacos de areia rasgados, viu o brilho alongado e intenso de suas meias, sentiu a boca do homem contra seu tornozelo, depois subindo, num movimento angustiado, por sua perna. Seus próprios dentes se cravaram no braço dele. Galt empurrou levemente a cabeça dela para o lado e mordeu seus lábios com uma pressão cruelmente dolorosa. Então sentiu um movimento que libertava e unia seus corpos num único choque de prazer. Depois ela perdeu a noção das coisas, sentindo apenas o corpo do homem e sua ganância impetuosa que buscava mais e mais, como se ela não fosse uma pessoa, e sim um objeto de infindável busca do impossível. Mas percebeu, então, que era possível, e gemeu e ficou imóvel, sabendo que jamais, jamais poderia desejar algo além.

Galt estava deitado a seu lado, olhando para a escuridão do teto de granito acima deles. Ela o viu estirado sobre a superfície inclinada dos sacos de areia, como se o corpo dele se tornasse fluido ao relaxar, avistou seu manto negro jogado sobre os trilhos lá embaixo e viu gotas de umidade reluzindo nas paredes, escorregando lentamente, entrando em fendas invisíveis, como as luzes de automóveis distantes. Quando ele falou, sua voz dava a impressão de que ele estava simplesmente continuando uma frase em resposta às perguntas que Dagny tinha em mente, como se ele nada mais tivesse a esconder dela e agora tudo o que lhe restasse fosse desdobrar sua alma, com tanta simplicidade como se desnudasse seu corpo:

– ... foi assim que fiquei 10 anos observando-a... daqui, debaixo do chão sob seus pés... sabendo de cada movimento que você fazia em seu escritório no alto do edifício, mas jamais a vendo, nunca satisfeito... 10 anos de noites passadas à espera de uma oportunidade de vê-la de relance, aqui, nas plataformas, quando você pegava um trem... Sempre que vinha a ordem de acoplar seu vagão, eu sabia e vinha vê-la descer a rampa e lamentava você andar tão depressa... era tão seu, aquele jeito de andar, eu o reconheceria em qualquer lugar... o seu andar e essas suas pernas... eram sempre as suas pernas que eu via primeiro, descendo a rampa apressadas, passando por mim enquanto eu as olhava de um desvio lá embaixo, no escuro... Acho que eu poderia ter feito uma escultura das suas pernas, eu as conhecia não com os olhos, mas com as palmas das mãos, quando eu via você passar... quando eu voltava ao trabalho... quando eu voltava para casa logo antes de o sol nascer, para as três horas de sono que eu nunca conseguia dormir...

– Eu te amo – disse ela, com uma voz suave e quase neutra em que a única nuance era um frágil toque de juventude.

Ele fechou os olhos, como se deixasse que aquelas palavras fizessem todo o caminho de volta a 10 anos antes.

– Dez anos, Dagny... exceto por aquelas poucas semanas que a tive à minha frente, totalmente exposta à minha vista, a meu alcance, não andando apressada, porém imóvel, como se num palco iluminado, um palco particular, só para eu a ver... e eu ficava observando-a durante horas a fio, muitas noites... pela janela iluminada de um escritório onde havia uma placa que dizia: Linha John Galt... E uma noite...

Ela conteve uma exclamação:

– Era você, aquela noite?

– Você me viu?

– Vi sua sombra... na calçada... andando de um lado para outro... parecia uma luta... parecia um... – Ela se calou. Não quis pronunciar a palavra "suplício".

– E era – disse ele baixinho. – Naquela noite, tive vontade de entrar, encarar você, falar com você, eu queria... Foi a noite em que cheguei mais perto de violar meu juramento, quando a vi debruçada sobre a mesa, arrasada pelo fardo que carregava...

– John, naquela noite, era em *você* que eu estava pensando... só que eu não sabia...

– Mas *eu* sabia.

– ... era você, durante toda a minha vida, através de tudo o que eu fazia e que eu queria...

– Eu sei.

– John, o mais difícil não foi a hora de me separar de você, no vale... foi...

– A sua fala no rádio, no dia em que você voltou?

– Foi! Você estava escutando?

– Claro. E gostei. Foi magnífico. E eu... eu já sabia, de qualquer modo.

– Você sabia... a respeito de Hank Rearden?

– Antes mesmo de vê-la no vale.

– Foi... quando soube a respeito dele, você esperava?

– Não.

– Foi...? – Dagny não concluiu a pergunta.

– Difícil? Foi. Mas só nos primeiros dias. Na noite seguinte... Quer que eu lhe conte o que fiz na noite seguinte?

– Quero.

– Eu nunca tinha visto Hank Rearden, só as fotos dele no jornal. Eu sabia que ele estava em Nova York aquela noite, num congresso de grandes industriais. Tive vontade de vê-lo de perto. Fui esperá-lo na entrada do hotel onde se realizava o evento. Havia luzes fortes sob a marquise da entrada, mas logo ao lado, na calçada, estava escuro, de modo que eu podia ver sem ser visto. Caía uma garoa fina, havia alguns vagabundos por ali, e estávamos encostados nas paredes do hotel. Sabíamos quem eram os participantes do congresso, quando eles começaram a sair, pelas roupas e pelo jeito de andar – roupas ostentosas e caras, e uma espécie de timidez arrogante, como se estivessem tentando, cheios de culpa, fingir que eram o que pareciam ser naquele momento. Seus carros eram dirigidos por motoristas, e havia alguns repórteres lhes fazendo perguntas e puxa-sacos tentando falar com eles. Eram homens gastos, esses industriais, idosos, flácidos, que estavam nervosamente tentando disfarçar sua insegurança. Então vi Rearden. Estava com um sobretudo elegante e um chapéu inclinado sobre os olhos. Caminhava com passos rápidos, com aquela confiança a que é necessário se fazer jus, tal como ele fizera. Havia outros industriais lhe fazendo perguntas ansiosas, como se fossem puxa-sacos. Vi-o de relance com a mão na porta do carro, a cabeça levantada, e percebi um sorriso se formar rapidamente sob a aba inclinada do chapéu, um sorriso confiante, impaciente e um pouco irônico. E então, por um momento, fiz algo que nunca fizera antes, algo que muitos homens arrasam suas vidas fazendo: vi aquele momento fora de contexto, vi o mundo tal como o fazia parecer, tal como correspondia a ele, um mundo de energia não escravizada, de trabalho não obstruído durante anos até chegar à recompensa. Parado na chuva, no meio de um bando de vagabundos, vi o que eu teria à minha frente se aquele mundo existisse e senti uma vontade desesperada – ele era a imagem de tudo o que eu deveria me tornar... e ele tinha tudo o que devia ser meu... Mas foi apenas um instante.

Então voltei a ver aquela cena em seu contexto e com seu significado real: vi o preço que ele estava pagando por sua capacidade brilhante, a tortura que ele suportava em silêncio, confuso, lutando para compreender o que *eu* havia compreendido. Vi que o mundo que ele evocava não existia, ainda estava para ser criado, vi-o novamente tal como ele era, o símbolo de minha luta, o herói não reconhecido por quem *eu* estava lutando para vingar e libertar. E então... então aceitei o que eu havia descoberto a respeito dele e de você. Vi que isso não mudava nada, que eu deveria ter imaginado isso – que isso era certo.

Ouviu Dagny gemer de leve e riu baixinho.

– Dagny, não é que eu não sofra, é que sei como é insignificante o sofrimento, sei que a dor é algo a ser combatido e deixado de lado, não a ser aceito como parte da alma e como uma cicatriz permanente a desfigurar nossa visão da existência. Não sinta pena de mim. Naquele momento, terminou.

Ela se virou para o lado, olhou para o rosto de Galt e permaneceu indefesa e imóvel. Então sussurrou:

– Você trabalhou aqui nos trilhos, aqui – aqui! – durante 12 anos...

– Foi.

– Desde que...

– Desde que larguei a Século XX.

– Aquela noite em que me viu pela primeira vez... você já trabalhava aqui, então?

– Já. E, na manhã em que você se ofereceu para trabalhar como minha empregada, eu não passava de um operário da sua rede ferroviária, de licença. Entende agora por que eu ri daquele jeito?

Dagny olhava para seu rosto. O sorriso dela era de dor, o dele, de pura alegria.

– John...

– Fale. Mas diga tudo.

– Você estava aqui... todos esses anos...

– Estava.

– Todos esses anos... enquanto a Taggart morria aos poucos... enquanto eu buscava homens inteligentes... enquanto eu lutava para preservar o que ainda restava da rede, por menor que fosse...

– Enquanto você vasculhava o país à procura do inventor de meu motor, enquanto você alimentava James Taggart e Wesley Mouch, enquanto dava à sua maior realização o nome do inimigo que queria destruir.

Dagny fechou os olhos.

– Eu estava aqui esses anos todos – disse ele –, ao seu alcance, nos seus domínios, vendo a sua luta, a sua solidão, a sua frustração, vendo você combater uma luta que achava que estava lutando por mim, uma luta na qual defendia meus inimigos e só fazia sofrer derrotas. Eu estava aqui, oculto apenas por causa de uma falha na sua visão – assim como a Atlântida está oculta dos homens apenas por uma ilusão de ótica.

Eu estava aqui, esperando pelo dia em que você me visse, em que percebesse que, pelo código do mundo que você sustentava, todas as coisas a que dava mais valor tinham mesmo que ficar ocultas nos subterrâneos mais escuros, e que era lá que você teria que procurar. Eu estava aqui, esperando por você. Eu amo você, Dagny. Mais do que minha própria vida, eu que ensinei aos homens como se deve amar a vida. Ensinei a eles também que nunca devem querer aquilo pelo qual não pagaram – e o que fiz esta noite, eu o fiz com pleno conhecimento de que eu teria de pagar por isso e que minha vida talvez seja o preço.

– Não!

Ele sorriu e balançou a cabeça afirmativamente:

– Sim. Você sabe que conseguiu me abalar uma vez, que eu quebrei a promessa que fizera a mim mesmo. Mas fiz isso conscientemente, sabendo o que significava, não me entregando cegamente ao momento, e sim tendo em vista as consequências e disposto a arcar com elas. Eu não poderia deixar este momento passar sem aproveitá-lo: era nosso, meu amor, nós o merecemos. Mas você não está preparada para largar tudo e se juntar a mim – nem precisa me dizer, eu sei que não está. E como escolhi tomar o que queria, antes que fosse inteiramente meu, terei de pagar por isso, não sei como nem quando, só sei que, se ceder ao inimigo, terei de assumir as consequências. – Sorriu em resposta à expressão que viu no rosto dela. – Não, Dagny, você não é minha inimiga para mim – e foi por *isso* que agi assim –, mas na realidade é isso que você é, pelo caminho que escolheu, embora você ainda não veja isso, mas eu vejo. Meus verdadeiros inimigos não representam nenhum perigo para mim. *Você* é que é perigosa. Você é a única que poderá levá-los a me encontrarem. Eles jamais conseguiriam descobrir o que sou, mas com a sua ajuda... eles conseguirão.

– Não!

– Não por sua intenção. E você está livre para mudar de caminho, mas, enquanto o seguir, não estará livre para fugir da lógica nele implícita. Não faça essa cara. A opção foi minha, é um perigo que resolvi enfrentar. Sou um comerciante, Dagny, em tudo o que faço. Eu queria você, não tinha o poder de alterar a sua decisão, só tinha o poder de levar em consideração o preço e decidir se eu podia ou não arcar com ele. Pois posso. Minha vida é minha para gastar ou investir, e você, você... – e Galt, como se seu gesto fosse uma continuação da frase, deitou-a sobre seu braço e a beijou na boca, sentindo que o corpo dela estava mole na entrega, os cabelos soltos, a cabeça reclinada para trás, segura apenas pela pressão dos lábios dele – ... você é a única recompensa da qual eu não posso abrir mão, que resolvi comprar. Eu queria você, e, se minha vida é o preço, eu abro mão dela. De minha vida, mas não de minha mente.

Subitamente um brilho duro surgiu nos olhos de Galt. Ele ergueu o tronco, sentando-se, e com um sorriso perguntou:

– Quer que eu trabalhe para você? Que conserte esse sistema de sinalização em uma hora?

– Não! – O grito foi imediato, em resposta a uma imagem que de repente surgiu em sua mente, a imagem daqueles homens na sala privativa do Wayne-Falkland.

Galt riu:

– Por quê?

– Não quero ver *você* trabalhando como escravo deles!

– E você?

– Acho que eles estão sendo derrotados e que vou ganhar. Posso aguentar mais um pouco.

– É verdade, só mais um pouquinho... não até você ganhar, mas até você aprender.

– Não posso largar tudo! – Era um grito de desespero.

– Ainda não – disse ele em voz baixa.

Galt se levantou e ela o imitou, obediente, sem conseguir dizer nada.

– Vou continuar trabalhando aqui – disse ele. – Mas não tente me procurar. Você terá de suportar o que eu suportei e não queria que você suportasse: terá de continuar trabalhando sabendo onde estou, me desejando tanto quanto a desejo, mas jamais se permitindo vir me procurar. Não venha aqui. Nem à minha casa. Jamais os deixe nos ver juntos. E quando você chegar ao fim, quando estiver preparada para largar tudo, não diga nada a eles: basta desenhar com giz um cifrão no pedestal da estátua de Nat Taggart, que é o lugar adequado para ele, e vá para casa esperar. Eu irei buscá-la em 24 horas.

Dagny baixou a cabeça, consentindo em silêncio.

Porém, quando Galt se virou para ir embora, um súbito arrepio estremeceu o corpo de Dagny, como se ela estivesse despertando ou sofrendo as últimas convulsões da vida, e terminou num grito involuntário:

– Aonde você vai?

– Virar farol e ficar plantado segurando uma lanterna até o amanhecer, que é o único trabalho que o seu mundo tem a me oferecer, e o único que ofereço a ele.

Dagny o agarrou pelo braço, para detê-lo, para segui-lo, segui-lo às cegas, abandonando tudo, menos a possibilidade de ver seu rosto.

– John!

Ele agarrou seu pulso, livrou-se de sua mão e a afastou com um movimento brusco.

– Não – disse ele.

Então tomou a mão dela e a levou aos lábios. A pressão de sua boca mostrava mais paixão do que tudo o que ele tinha dito. Depois foi embora, acompanhando os trilhos cada vez mais estreitos, e Dagny teve a impressão de que tanto os trilhos quanto aquele vulto a estavam abandonando ao mesmo tempo.

Quando conseguiu chegar à plataforma do terminal, o som das rodas dos trens fazia estremecer as paredes do edifício, como um coração parado que houvesse voltado a bater. O templo de Nathaniel Taggart estava silencioso e vazio. Suas luzes imutáveis iluminavam uma expansão deserta de mármore. Algumas figuras maltrapilhas se arrastavam por ali, como se perdidas no meio daquela imensidão luminosa. Nos degraus do pedestal, sob a estátua austera e exultante, estava sentado um mendigo esfarrapado, numa resignação passiva, como um pássaro sem asas que, não tendo para onde ir, pousara na primeira cornija encontrada.

Dagny se largou nos degraus do pedestal, como se fosse também uma mendiga, o manto empoeirado bem apertado em torno do corpo, e ficou imóvel, a cabeça apoiada no braço. Estava além do domínio das lágrimas, dos sentimentos e dos movimentos.

Ela parecia ver apenas uma figura com um braço levantado segurando uma luz, que ora parecia a Estátua da Liberdade, ora um homem de cabelos salpicados de sol, segurando uma lanterna contra o fundo de um céu escuro, uma lanterna vermelha que parava todos os movimentos do mundo.

– Deixe isso para lá, seja lá o que for, moça – disse o vagabundo, num tom de compaixão exausta. – Não tem jeito, mesmo... O que adianta ficar assim, moça? Quem é John Galt?

CAPÍTULO 26

O CONCERTO DA LIBERTAÇÃO

No DIA 20 DE OUTUBRO, o sindicato de metalúrgicos da Siderúrgica Rearden exigiu um aumento de salários.

Hank Rearden ficou sabendo disso ao ler a notícia nos jornais. Ninguém lhe dissera nada, ninguém achara necessário informar a ele. A exigência foi dirigida ao Conselho de Unificação e não foi explicado por que não se fez o mesmo em nenhuma outra siderúrgica. Rearden não sabia se os responsáveis pela exigência representavam seus funcionários ou não, considerando que, com a regulamentação das eleições sindicais criada pelo Conselho, isso era algo impossível de determinar. Ele só sabia que o grupo em questão era composto daqueles funcionários novos que o Conselho havia infiltrado em sua siderúrgica nos últimos meses.

Em 23 de outubro, o Conselho de Unificação rejeitou a petição do sindicato, recusando-se a conceder o aumento. Se tinha havido alguma audiência referente ao problema, Rearden não fora informado. Não fora consultado nem notificado. Ficou à espera, sem perguntar nada.

Em 25 de outubro, os jornais do país, controlados pelos mesmos homens que controlavam o Conselho, começaram uma campanha de solidariedade com os funcionários da Siderúrgica Rearden. Publicavam artigos a respeito da recusa do aumento, sem mencionar quem havia se recusado a concedê-lo e quem era o único detentor do direito legal de se recusar, como se imaginassem que o público iria se esquecer desses detalhes técnicos ao ser soterrado por inúmeras matérias que davam a entender que o empregador era a fonte natural de todos os sofrimentos dos funcionários. Um dos artigos mencionava as dificuldades dos profissionais da Rearden com o atual aumento do custo de vida e foi publicado ao lado de outro que falava dos lucros que Hank Rearden tivera cinco anos antes. Um terceiro artigo narrava a odisseia da esposa de um funcionário de Rearden que andava de loja em loja em busca de comida e foi publicado ao lado de uma matéria sobre uma briga de bêbados, em que alguém quebrara uma garrafa de champanhe na cabeça de alguém, numa festa dada por um magnata do aço não especificado, num hotel de luxo. O magnata em questão era Orren Boyle, mas no artigo não apareciam nomes. "As desigualdades ainda existem neste país", diziam os jornais, "e nos impedem de usufruir as vantagens de nossa época esclarecida". "As privações tornaram as pessoas nervosas e agressivas. A situação está chegando a um ponto crítico. Teme-se uma explosão de violência." "Teme-se uma explosão de violência", repetiam os jornais sem parar.

Em 28 de outubro, um grupo de funcionários novos da Siderúrgica Rearden atacou um contramestre e derrubou os alcaravizes de um alto-forno. Dois dias depois, um grupo semelhante quebrou as janelas do andar térreo do edifício da administração. Um funcionário novo quebrou as engrenagens de um guindaste, despejando metal derretido a um metro de onde cinco pessoas estavam paradas. Depois que foi preso, o homem declarou: "Acho que fiquei maluco de tanto me preocupar com meus filhos, que estão passando fome." "Não é hora de entrar em discussões teóricas a respeito de quem está certo e quem está errado", comentaram os jornais. "A única coisa que nos preocupa é o fato de que uma situação explosiva está ameaçando a produção de aço do país."

Rearden se limitava a observar, sem perguntar nada. Esperava, como se uma revelação final estivesse se formando ante seus olhos, num processo que não lhe cabia acelerar nem deter. *Não*, pensou ele, ao cair da tarde naquele outono, olhando pela janela de seu escritório, *não, eu não sou indiferente em relação a minhas usinas.* Porém aquela sensação de paixão por uma entidade viva era agora como a ternura melancólica que se sente pela memória dos entes queridos já mortos. *O que há de específico nos sentimentos que se tem pelos mortos*, pensou ele, *é o fato de que nada mais se pode fazer por eles.*

Na manhã de 31 de outubro, Rearden recebeu um aviso: todo o seu patrimônio, incluindo suas contas bancárias e seus depósitos em caixas de segurança, havia sido embargado em decorrência de um processo que o julgara culpado de sonegar seu imposto de renda de pessoa física três anos antes. Era uma notificação formal, totalmente dentro da lei – só que tal sonegação e tal processo jamais existiram.

– Não – disse ele a seu advogado, que estava engasgado de indignação –, não lhes pergunte nada, nem responda, nem faça objeções.

– Mas isso é loucura!

– Você acha isso mais louco do que as coisas que aconteceram antes?

– Hank, você não quer que eu faça nada? Que eu aceite isso de cabeça baixa?

– Não, de cabeça erguida. *Erguida*, mesmo. Não faça nada.

– Mas eles o colocaram numa posição em que você fica de mãos atadas.

– É mesmo? – perguntou Rearden em voz baixa, sorrindo.

Rearden tinha consigo algumas centenas de dólares em dinheiro, em sua carteira, mais nada. Porém aquela sensação estranha de contentamento que brilhava em seu cérebro, como a lembrança de um aperto de mãos longínquo, era a ideia de que, num cofre secreto em seu quarto, havia uma barra de ouro maciço, que lhe fora dada por um pirata de cabelos dourados.

No dia seguinte, 1º de novembro, Rearden recebeu um telefonema de Washington. Era um burocrata, cuja voz parecia vir de joelhos pelo fio do telefone, pedindo-lhe desculpas:

– Um engano, Sr. Rearden! Apenas um lamentável equívoco! Aquele embargo não era para o senhor. O senhor sabe, do jeito que as coisas estão hoje em dia, com a incompetência dos funcionários e dessa burocracia toda, algum imbecil misturou os processos e o embargo acabou dirigido ao senhor, mas não tinha nada a ver com o senhor. Aliás, era o caso de um fabricante de sabão! Queira aceitar nossas desculpas, Sr. Rearden, dos mais altos escalões do governo. – De repente, a voz fez uma leve pausa, cheia de expectativa. – Sr. Rearden...?

– Estou escutando.

– Nem sei como lhe dizer quanto lamentamos ter lhe causado quaisquer embaraços e inconveniências. E com essas formalidades todas que a gente tem que observar – o senhor sabe, essa burocracia! –, ainda vai levar uns dias, talvez uma semana, para o embargo ser suspenso... Sr. Rearden?

– Eu ouvi.

– Lamentamos muitíssimo e estamos dispostos a fazer quaisquer reparações que estiverem ao nosso alcance. Naturalmente, o senhor pode reclamar uma indenização referente a qualquer inconveniência que esse equívoco tiver lhe acarretado, e estamos dispostos a pagar. Não vamos contestar. Naturalmente, o senhor vai entrar com esse pedido de indenização, e...

– Eu não disse isso.

– Hein? É, o senhor não disse isso... quer dizer... afinal, o que foi que disse?

– Não disse nada.

Naquela mesma tarde, horas depois, Rearden recebeu outro telefonema suplicante de Washington. Essa voz não parecia vir de joelhos, e sim saltitar no fio telefônico, com o virtuosismo alegre de um artista da corda bamba. A voz se apresentou como Tinky Holloway e solicitou que Rearden comparecesse a "uma reuniãozinha informal de apenas umas poucas pessoas, gente do mais alto escalão", no Hotel Wayne-Falkland, dois dias depois.

– Tem havido tantos mal-entendidos nas últimas semanas! – disse Holloway. – Lamentáveis mal-entendidos... e tão desnecessários! Podemos resolver tudo num piscar de olhos, Sr. Rearden. Basta uma oportunidade de conversar um pouquinho com o senhor. Estamos muitíssimo ansiosos por vê-lo.

– Vocês podem fazer uma intimação quando bem entenderem.

– Não, não, não! – A voz parecia assustada. – Não, Sr. Rearden! Por que pensar em tal coisa? O senhor não nos entende, estamos ansiosos por ter um contato amistoso com o senhor, só queremos sua colaboração voluntária. – Holloway fez uma pausa tensa. Teria ele ouvido uma risadinha discreta e longínqua? Esperou, mas não ouviu mais nada. – Sr. Rearden?

– Sim?

– Sem dúvida, num momento como o atual, uma reunião conosco poderia ser muito vantajosa para o senhor.

– A respeito de quê, essa reunião?

– O senhor tem tido tantas dificuldades... e gostaríamos muito de ajudá-lo de todas as maneiras que pudermos.

– Não pedi ajuda.

– Vivemos tempos difíceis, Sr. Rearden. O povo anda tão imprevisível, inflamado, tão... tão perigoso... e queremos poder proteger o senhor.

– Não pedi proteção.

– Mas certamente o senhor compreende que temos condições de lhe ser úteis, e se houver alguma coisa que o senhor queira de nós, qualquer...

– Não há.

– Mas o senhor deve ter problemas que gostaria de discutir conosco.

– Não tenho.

– Então... bem, então... – Holloway desistiu de fingir que estava concedendo o favor e resolveu assumir o papel de suplicante: – O senhor nos concede uma audiência?

– Se vocês tiverem alguma coisa a me dizer.

– Temos, Sr. Rearden, e como! É tudo o que estamos pedindo: uma audiência. Só uma oportunidade. Venha a essa reunião. O senhor não estará se comprometendo com nada... – Aquilo escapou sem querer, e Holloway se calou, ouvindo um tom alegre e debochado na voz de Rearden, um tom nada promissor:

– Disso sei eu.

– Quero dizer... aaah... bem, quer dizer que o senhor vem, não é?

– Está bem – respondeu Rearden. – Eu vou.

Não ouviu os agradecimentos profusos de Holloway, apenas notou que ele repetia incessantemente:

– Às 19 horas, dia 4 de novembro, Sr. Rearden... Quatro de novembro... – como se aquela data tivesse uma importância especial.

Rearden pôs o fone no gancho e se recostou na cadeira, contemplando o brilho das chamas dos altos-fornos refletido no teto de seu escritório. Ele sabia que a reunião era uma armadilha. Sabia também que estava entrando naquela armadilha sem ter nada que pudesse servir àqueles que a haviam preparado.

Em seu escritório em Washington, Holloway pôs o fone no gancho e retesou o corpo, tenso, o cenho franzido. Claude Slagenhop, presidente dos Amigos do Progresso Global, sentado numa poltrona, nervosamente mastigando um fósforo, olhou para o outro e perguntou:

– A coisa não está boa, não é?

Holloway sacudiu a cabeça:

– Ele vem, mas... não, não está nada boa. – Acrescentou: – Acho que ele não vai topar.

– Foi o que o meu rapaz disse.

– Eu sei.

– Disse que é bom a gente não tentar.

– Dane-se o seu rapaz! A gente tem que tentar! Tem que arriscar!

O "rapaz" era Philip Rearden, o qual, algumas semanas atrás, afirmara a Claude Slagenhop:

– Não, ele não vai me deixar entrar, não vai me dar emprego nenhum, já tentei, como você me pediu que tentasse. Fiz o que pude, mas não adianta, ele nem me deixa mais entrar na usina. Quanto à disposição mental dele, não é nada boa. Pior do que eu imaginava. Eu o conheço e sei que você não vai conseguir nada. Ele está por um fio. Se forçarem um pouco mais, a coisa estoura. Você disse que o pessoal lá do alto queria saber. Pois diga a eles que não tentem. Diga que ele... Claude, pelo amor de Deus, se tentarem, vão perdê-lo!

– É, você não serve para nada mesmo – dissera Slagenhop, seco, virando-se para o outro lado.

Philip o agarrara pela manga e perguntara, com a voz traindo subitamente uma ansiedade explícita:

– Escute, Claude, de acordo com... o Decreto 10.289... se ele sumir, não... não haverá herdeiros?

– Isso mesmo.

– A siderúrgica seria confiscada... e tudo mais também?

– É a lei.

– Mas... Claude, eles não fariam isso *comigo*, não é?

– Eles não querem que ele suma. Você sabe disso. Dê um jeito de detê-lo, se você puder.

– Mas não posso! Você sabe que não! Por causa das minhas ideias políticas e... e de tudo o que fiz por você, você sabe o que ele pensa de mim! Não tenho nenhum controle sobre ele. Nenhum!

– Bem, azar o seu.

– Claude! – gritara Philip, em pânico. – Claude, eles não vão me deixar sem nada, vão? Eu sou um deles, não sou? Eles sempre disseram que eu era, sempre disseram que precisavam de mim... de homens como eu, não como ele, homens com... esse tipo de espírito que eu tenho, lembra? E depois de tudo o que fiz por eles, com toda a minha fé, minha lealdade à causa...

– Seu idiota! – exclamara Slagenhop. – Qual a sua utilidade para nós sem *ele*?

Na manhã de 4 de novembro, Rearden acordou com o telefone tocando. Abriu os olhos e, pela janela do quarto, viu um céu limpo e pálido, um céu de amanhecer, de um tom delicado de água-marinha. Viu os primeiros raios de um sol invisível que emprestava um tom rosado de porcelana aos velhos telhados de Filadélfia. Por um momento, em que sua consciência estava tão pura quanto o céu, em que estava consciente apenas de si próprio e não havia ainda reatrelado sua alma ao fardo de associações externas, permaneceu imóvel, cativado pela visão e pelo encanto de um mundo equivalente a ela, um mundo em que o estilo da existência seria uma eterna manhã.

O telefone o jogou de volta no exílio: gritava a intervalos regulares, como um pedido de socorro crônico e incômodo, o tipo de grito que não fazia parte de seu mundo. Com o cenho franzido, pegou o fone.

– Alô?

– Bom dia, Henry – disse uma voz trêmula. Era sua mãe.

– Mamãe... a esta hora? – perguntou ele, seco.

– Ah, você sempre acorda ao nascer do sol, e eu queria pegá-lo em casa, antes de ir para o escritório.

– O que é?

– Preciso ver você, Henry. Preciso falar com você. Hoje. É importante.

– Aconteceu alguma coisa?

– Não... sim... quer dizer... Tenho que falar com você pessoalmente. Você vem?

– Desculpe, não posso. Tenho um compromisso em Nova York esta noite. Se a senhora quiser que eu vá amanhã...

– Não! Não, amanhã não. Tem que ser hoje. Tem que ser. – Havia um leve toque de pânico em sua voz, mas era o pânico baço de uma impotência crônica, não de uma emergência. De incomum havia apenas um estranho eco de medo em sua insistência mecânica.

– O que é, mamãe?

– Não dá para falar pelo telefone. Tenho que vê-lo pessoalmente.

– Então, se a senhora quiser vir ao meu escritório...

– Não! No escritório, não! Tenho que vê-lo sozinho, num lugar onde a gente possa conversar. Você não pode me fazer o favor de vir aqui hoje? É sua mãe que está lhe pedindo um favor. Você nunca vem nos ver. E talvez até não por culpa sua. Mas será que não pode vir só hoje, se eu lhe pedir?

– Está bem, mamãe. Estarei aí às quatro da tarde.

– Está ótimo, Henry. Obrigada. Está ótimo.

Parecia-lhe que havia certa atmosfera de tensão na siderúrgica naquele dia. Algo sutil demais para se definir, porém para ele a usina era como o rosto de uma esposa amada na qual ele conseguia detectar nuances de significado quase antes de elas se manifestarem na expressão. Captou pequenos agrupamentos de funcionários novos, apenas três ou quatro deles reunidos, conversando, um pouco mais do que de costume. Notou a maneira como eles se comportavam, como se estivessem num salão de sinuca, em vez de numa fábrica. Percebeu que o olhavam de relance quando ele passava, olhares um pouco explícitos e demorados demais. Resolveu não pensar mais naquilo. Era insignificante demais para lhe tomar a atenção, e ele não tinha tempo para essas coisas.

Quando chegou à sua antiga residência naquela tarde, parou o carro abruptamente ao sopé do morro. Não via a casa desde aquele 15 de maio, seis meses antes, quando saíra dela. Ao revê-la, sentiu o somatório das sensações que havia experimentado nos 10 anos em que ali voltara diariamente: a tensão, o espanto, o peso da infelicidade inconfessa, a autodisciplina severa que o impedia de confessá-la, a inocência desesperada da tentativa de compreender sua família, a tentativa de ser justo.

Subiu lentamente o caminho que levava à porta. Sentia uma grande e solene clareza. Sabia que aquela casa era um monumento de culpa – de sua culpa em relação a si próprio.

Ele esperava encontrar sua mãe e Philip, mas não contava com a terceira pessoa que se levantou, como as outras duas, quando ele entrou na sala: Lillian.

Rearden parou na soleira. Os três ficaram olhando para ele e para a porta aberta atrás dele. Havia em seus rostos uma expressão de medo e de astúcia, aquela expressão de virtude chantagista que ele aprendera a compreender, como se eles quisessem apelar para a sua piedade, prendê-lo numa armadilha, enquanto bastaria um passo para trás para que fugisse do alcance deles.

Neles se misturava a expectativa de que Rearden tivesse pena e o temor de sua raiva, mas não tinham ousado considerar a terceira alternativa: sua indiferença.

– O que ela está fazendo aqui? – perguntou ele, virando-se para a mãe, com uma voz neutra.

– Lillian está morando aqui desde o divórcio – respondeu ela, na defensiva. – Eu não podia deixá-la morrer de fome na rua, podia?

O olhar de sua mãe era um misto de súplica, como se lhe implorasse para não levar uma bofetada, e de triunfo, como se o houvesse esbofeteado. Rearden sabia o que a motivara: não era compaixão, pois ela e Lillian nunca haviam sido amigas, e sim a vingança das duas contra ele, a satisfação secreta de gastar o dinheiro dele com a ex-esposa que ele se recusara a sustentar.

Lillian estava de cabeça baixa, saudando-o, com um esboço de sorriso nos lábios, misto de timidez e descaramento. Rearden não fingiu ignorar sua presença: olhou para ela como se a visse por inteiro, porém como se nenhuma presença estivesse se registrando em sua mente. Não disse nada, fechou a porta e entrou na sala.

Sua mãe soltou um leve suspiro de alívio e se deixou cair na cadeira mais próxima, observando-o, nervosa, com medo de que talvez ele não se sentasse.

– O que a senhora queria? – perguntou, sentando-se.

A mãe estava ereta e estranhamente recurvada ao mesmo tempo, os ombros retesados e cabisbaixa.

– Piedade, Henry – sussurrou ela.

– O que a senhora quer dizer?

– Você não me entende?

– Não.

– Bem... – disse ela, abrindo as mãos, num gesto vago e desajeitado de impotência – bem... – Seus olhos zanzavam, tentando escapar do olhar atento do filho. – Bem, há tantas coisas a dizer e... eu não sei como dizê-las, mas... bem, há uma questão prática, mas ela em si não é importante... não foi por causa dela que eu o chamei...

– O que é?

– A questão prática? Os cheques da nossa mesada: a de Philip e a minha. Por causa daquele embargo, o dinheiro não foi liberado. Você sabe, não sabe?

– Sei.

– Bem, o que vamos fazer?

– Não sei.

– Mas o que *você* vai fazer?

– Nada.

A mãe ficou olhando para ele, como se contasse os segundos de silêncio.

– Nada, Henry?

– Não tenho poder de fazer nada.

Os três observavam seu rosto com uma intensidade perscrutadora. Rearden estava convicto de que sua mãe lhe dissera a verdade, que a preocupação financeira imediata não era a questão, era apenas o símbolo de uma questão bem mais ampla.

– Mas, Henry, ficamos apertados.

– Eu também.

– Mas você não podia nos mandar um pouco de dinheiro vivo?

– Não me deram aviso prévio, não tive tempo de tirar dinheiro do banco.

– Então... Sabe, Henry, a coisa foi tão inesperada, acho que as pessoas ficaram assustadas. A mercearia não quer nos vender fiado, a menos que você peça. Acho que querem que você assine uma carta de crédito, sei lá. Você fala com eles e dá um jeito?

– Não.

– Não? – Ela se engasgou de susto. – Por quê?

– Não assumo compromissos que não posso cumprir.

– Como assim?

– Não assumo dívidas que não tenho como pagar.

– Não tem como pagar por quê? Esse embargo não é nada, é só uma formalidade, uma coisa temporária, todo mundo sabe!

– É mesmo? *Eu* não sei.

– Mas, Henry... uma conta de mercearia! Você não tem certeza de poder pagar uma conta de mercearia, *você*, com todos esses milhões de dólares que tem?

– Não vou enganar o dono da mercearia dizendo a ele que esses milhões de dólares são meus.

– Como assim? Então são de quem?

– De ninguém.

– O que você quer dizer?

– Mamãe, acho que a senhora me entendeu perfeitamente. Acho que entendeu até antes de mim. Não existe mais propriedade. É o que a senhora sempre achou certo, há anos que acredita que isso é o correto. A senhora queria me ver de mãos atadas. Pois agora estou. Agora é tarde demais para bancar a ingênua.

– Quer dizer que por causa dessas suas ideias políticas... – Sua mãe viu a expressão no rosto dele e se calou abruptamente.

Lillian olhava para o chão, como se tivesse medo de ver o que estava acontecendo naquele instante. Philip estalava as juntas dos dedos.

Os olhos de sua mãe entraram em foco de novo, e ela sussurrou:

– Não nos abandone, Henry. – Um leve sinal de vida em sua voz fez Rearden perceber que ela começava a tocar na questão realmente importante. – Vivemos numa época terrível e estamos assustados. Essa é a verdade, Henry, estamos com medo, porque você está se afastando de nós. Não estou me referindo apenas à conta da mercearia, mas isso é um sinal. Há um ano, você não deixaria que isso acontecesse conosco. Agora... você está pouco se importando. – Fez uma pausa cheia de expectativa. – Não é verdade?

– É.

– Bem... acho que a culpa é nossa. É por isso que nós queríamos lhe dizer... que sabemos que a culpa é nossa. Nós não o tratamos bem esses anos todos. Fomos injustos com você, fizemos você sofrer, o usamos e nem sequer lhe agradecemos. Somos culpados, Henry, pecamos contra você e confessamos que o fizemos. O que mais podemos lhe dizer agora? Será que seu coração é capaz de nos perdoar?

– O que a senhora quer que eu faça? – perguntou ele, no tom límpido e seco de uma reunião de negócios.

– Não sei! Quem sou eu para saber? Mas não é sobre isso que estou falando neste momento. Não estou falando em fazer, só em *sentir*. O que estou lhe pedindo é que tenha sentimentos por nós, Henry, só isso, mesmo que não sejamos merecedores. Você é generoso e forte. Pode esquecer o passado, Henry? Você nos perdoa?

A expressão de terror nos olhos dela era genuína. Um ano antes, Rearden pensaria que aquela era a maneira como ela pedia desculpas e teria sufocado a repulsa provocada por aquelas palavras que, para ele, nada exprimiam senão a névoa do sem sentido. Teria violado sua mente para lhes atribuir significado, mesmo se não as compreendesse. Teria atribuído à mãe a virtude da sinceridade, à maneira dela, ainda que não fosse a sua. Mas agora ele não concedia mais respeito senão quando ele próprio, à sua maneira, achava isso necessário.

– Você nos perdoa?

– Mamãe, seria melhor não falar nisso. Não me obrigue a lhe dizer por quê. Acho que a senhora sabe o motivo, tão bem quanto eu. Se há alguma coisa que quer que eu faça, me diga o que é. Não há mais nada para conversarmos.

– Mas eu não *entendo* você! Não consigo entender! Foi por isso que o chamei aqui, para pedir seu perdão! Você vai se recusar a me responder?

– Então está bem. O que a senhora quer dizer com meu perdão?

– Hein?

– Eu perguntei o que isso quer dizer.

Ela abriu as mãos num gesto de espanto, como quem exprime o óbvio:

– Ora, isso... nos faria sentir melhor.

– Vai mudar o passado?

– Nós nos sentiríamos melhor se soubéssemos que você nos perdoa.

– A senhora quer que eu finja que o passado nunca existiu?

– Meu Deus, Henry, será que você não entende? Tudo o que queremos é saber que você... que você se preocupa conosco.

– Pois não me preocupo. A senhora quer que eu finja?

– Mas é isso que estou lhe pedindo... que você sinta algo por nós!

– Com base em quê?

– Como assim?

– Em troca de quê?

– Henry, Henry, não estamos falando de negócios, nem de aço nem de contas bancárias, e sim de *sentimentos* – e você fala como um comerciante!

– Eu sou um comerciante.

O que ele via nos olhos dela era terror – não o terror impotente de tentar e não conseguir compreender, e sim o de ser arrastada quase até o ponto em que não seria mais possível evitar entender.

– Escute, Henry – disse Philip mais que depressa –, mamãe não consegue entender essas coisas. Não sabemos como nos dirigir a você. Não falamos sua língua.

– Eu não falo a língua de vocês.

– O que ela está tentando dizer é que estamos pedindo desculpas. Lamentamos muitíssimo tê-lo magoado. Você acha que não estamos pagando pelo que fizemos, mas estamos. Estamos sofrendo remorsos.

A dor no rosto de Philip era genuína. Um ano antes, Rearden teria sentido pena. Agora, sabia que eles o haviam dominado com base apenas no fato de que ele relutava em magoá-los, temia que *eles* sofressem. Ele não temia mais isso.

– Nós pedimos desculpas, Henry. Sabemos que magoamos você. Gostaríamos de expiar o que fizemos. Mas o que fazer? Não podemos desfazer o passado.

– Nem eu.

– Você pode aceitar nosso arrependimento – disse Lillian em tom cauteloso. – Agora nada tenho a ganhar de você. Só quero que saiba que tudo o que fiz foi porque o amava.

Ele desviou o rosto, sem responder.

– Henry! – exclamou sua mãe. – O que aconteceu com você? O que o fez mudar desse jeito? Você não parece mais humano! Fica querendo arrancar de nós respostas que não temos para dar. Fica nos atacando com a lógica... o que é a lógica numa época como esta? O que é a lógica quando há pessoas sofrendo?

– Não podemos fazer nada! – gritou Philip.

– Estamos à sua mercê – disse Lillian.

Estavam dirigindo suas súplicas a um rosto inalcançável. Não sabiam – e seu pânico era a etapa final de sua tentativa desesperada de continuar sem saber que o implacável senso de justiça de Rearden, que antes fora a única coisa em que se baseara o domínio que exerciam sobre ele, e que o fizera aceitar qualquer castigo e sempre isentá-los de todas as culpas, agora estava voltado contra eles, que a mesma força que antes o tornara tolerante era agora a que o fazia implacável – que a justiça capaz de perdoar quilômetros de erros inocentes por causa da ignorância não era capaz de perdoar um único passo dado com a consciência do mal.

– Henry, você não nos entende? – implorou sua mãe.

– Entendo – disse ele, tranquilo.

Ela desviou a vista, evitando a clareza que havia nos olhos dele.

– Você não se preocupa com o que pode nos acontecer?

– Não.

– Você não é humano? – Sua voz se tornou estridente de raiva. – Será que você é totalmente incapaz de amar? É o seu coração que estou tentando atingir, não a sua mente! O amor não é algo passível de discussões, raciocínios e barganhas! É algo que se dá, que se sente! Meu Deus, Henry, será que você não é capaz de sentir sem pensar?

– Nunca fui.

Após uma pausa, ela recomeçou, com uma voz baixa e monótona:

– Nós não somos tão inteligentes quanto você, nem tão fortes quanto você. Se pecamos e erramos, é porque somos indefesos. Precisamos de você. Você é tudo o que temos, e o estamos perdendo. Temos medo. Vivemos numa época terrível, cada vez pior. As pessoas estão apavoradas e cegas, sem saber o que fazer. O que vai ser de nós se você nos abandonar? Somos pequenos e fracos e seremos varridos como folhas pelo terror que está à solta no mundo. Talvez tenhamos tido certa parcela de culpa por isso, talvez sejamos em parte responsáveis por esta situação, por ignorância nossa, mas o que está feito está feito e não podemos fazer nada agora para mudar as coisas. Se você nos abandonar, estamos perdidos. Se largar tudo e sumir, como todos esses homens que...

Não foi um som que a deteve, e sim apenas um movimento das sobrancelhas de Rearden, o movimento rápido de quem compreende. Viram-no sorrir, e a natureza daquele sorriso era a mais terrível das respostas.

– Então é disso que vocês têm medo – disse ele lentamente.

– Você não pode sumir! – gritou sua mãe, num pânico cego. – Não pode sumir agora! Podia ter sumido no ano passado, mas agora não! Hoje não! Você não pode desertar, porque agora, quando alguém deserta, quem paga é a família! Vão nos deixar sem um tostão, vão levar tudo o que temos, vão nos deixar passar fome, vão...

– Pare! – exclamou Lillian, que sabia perceber melhor que os outros os sinais de perigo no rosto de Rearden.

Em seu rosto ainda havia vestígios daquele sorriso, e eles sabiam que Rearden não os estava mais vendo, porém não podiam entender por que parecia haver agora em seu sorriso algo de doloroso, quase de saudade, nem por que ele estava olhando para o outro lado da sala, para o nicho da janela mais distante.

Estava vendo um rosto nobre sem se alterar, apesar dos insultos que ele lhe dirigia, e ouvindo uma voz que lhe dizia, tranquila, ali naquela sala: "É a respeito do pecado do perdão que eu queria alertá-lo." *Você, que já naquela época sabia*, pensou... porém não concluiu aquela frase em sua mente, deixou-a terminar naquele sorriso amargo, porque sabia o que quase chegara a pensar: *Você, que já naquela época sabia: me perdoe.*

Então é essa, pensou ele, olhando para sua família, *a natureza daqueles pedidos de piedade, a lógica daqueles sentimentos que eles, com tanta superioridade moral, proclamavam serem alógicos – é essa a essência simples e crua de todos os homens que falam em sentir sem pensar, em colocar a piedade acima da justiça.*

Eles sempre souberam o que temer. Antes de Rearden, haviam apreendido e identificado a única forma de libertação que lhe era possível. Tinham compreendido como não havia saída para a situação de sua indústria, como era vã sua luta e insuportáveis os fardos que o esmagavam. Haviam compreendido que a razão, a justiça, a autopreservação o obrigavam a largar tudo e correr, porém eles o queriam deter, mantê-lo na pira do holocausto, fazê-lo deixar que devorassem o que ainda restava dele em nome da piedade, do perdão e do amor fraterno dos canibais.

– Se a senhora ainda quer que eu explique, mamãe – disse ele com a voz bem tranquila –, se ainda tem esperanças de que eu não cometa a crueldade de dizer aquilo que a senhora finge que não sabe, então vou lhe dizer o que está errado no seu conceito de perdão: a senhora lamenta ter me magoado e, como forma de expiação pelo seu erro, quer que eu me ofereça à imolação final.

– Lógica! – gritou ela. – Lá vem você de novo com essa porcaria dessa sua lógica! O que nós precisamos é de piedade! Piedade, não lógica!

Henry se levantou.

– Espere! Não vá! Henry, não nos abandone! Não nos condene à morte! Apesar de tudo, somos humanos! Queremos viver!

– Ah, isso não – disse ele com uma expressão de espanto que terminou virando horror, à medida que foi entendendo o pleno significado daquilo. – Não querem, não. Se quisessem, teriam sabido dar valor a mim.

Como se provando a veracidade dessas palavras e respondendo a elas, o rosto de Philip lentamente formou o que pretendia ser um sorriso de quem acha graça, mas que não continha senão medo e malícia.

– Você não vai poder largar tudo e fugir – disse Philip. – Não se pode fugir sem dinheiro.

O comentário pareceu atingi-lo, então Rearden parou, depois deu uma risadinha.

– Obrigado, Philip – disse ele.

– Hein? – balbuciou Philip, com uma contração súbita de espanto.

– Então é esse o objetivo do embargo. É disso que os seus amigos têm medo. Eu sabia que eles iam tentar algo contra mim hoje. Não havia entendido que o embargo era um meio de impedir que eu fugisse. – Com uma expressão de incredulidade, se virou para a mãe. – E era por isso que a senhora tinha de falar comigo *hoje*, antes da reunião em Nova York.

– Mamãe não sabia! – exclamou Philip, e então se deu conta do que tinha dito. Então gritou mais alto ainda: – Não sei do que você está falando! Eu não disse nada! Não disse nada! – Seu medo agora parecia bem menos místico e bem mais concreto.

– Não se preocupe, seu verme indefeso, não vou dizer a eles que você me contou alguma coisa. E se você estava tentando...

Não concluiu a frase. Olhou para os três rostos à sua frente e terminou a frase com um sorriso súbito, um sorriso de cansaço, de pena, de repulsa e incredulidade. Estava vendo a contradição final, o absurdo grotesco do fim do jogo dos irracionalistas: os homens de Washington haviam tentado detê-lo fazendo com que aqueles três bancassem reféns.

– Você se acha tão bom, não é? – Aquele grito súbito partira de Lillian. Ela havia se levantado também para impedir sua saída. Seu rosto estava distorcido, tal como ele o vira antes, na manhã em que ela soube quem era a sua amante. – Você é tão bom! Tão orgulhoso! Pois *eu* tenho uma coisa a lhe dizer!

Parecia que até aquele instante Lillian não havia acreditado que tinha sido derrotada. Seu rosto deu a Rearden a impressão de ser o toque final que completava o quadro. Com uma clareza súbita, ele percebeu qual era o jogo dela e por que ela havia se casado com ele.

Se amar era escolher uma pessoa para ser o centro constante das próprias preocupações, o foco da própria visão que se tem do mundo, pensou ele, *então era verdade que ela me amava.* Mas se o amor era, como ele o entendia, uma celebração de si próprio e da existência, nesse caso, para aqueles que odeiam a si próprios e à vida, a busca da destruição era a única forma de amar, o único equivalente do amor. Lillian o escolhera por suas melhores virtudes, sua força, sua confiança, seu orgulho – ela o escolhera como quem escolhe um objeto de amor, como símbolo da força viva do homem, porém seu objetivo fora destruir essa força.

Rearden viu Lillian e a si próprio tais quais no dia em que se conheceram: ele, o homem de energia violenta e ambição apaixonada, o homem das realizações, iluminado pela chama do seu sucesso e lançado no meio daquelas cinzas pretensiosas que se consideravam uma elite intelectual, daqueles vestígios apagados de uma cultura não digerida, que se alimentavam do reflexo das mentes dos outros, que propunham a negação da mente como sua única contribuição especial e o desejo de controlar o mundo como sua única volúpia. Ela, uma seguidora daquela elite, que usava aquele sorriso irônico e gasto como resposta ao Universo, considerando a impotência como uma forma de superioridade, e o vazio como virtude. Rearden, sem perceber o ódio deles, zombando inocentemente daquela hipocrisia pretensiosa; Lillian, vendo nele uma ameaça ao seu mundo, um perigo, um desafio, uma acusação.

A volúpia que leva alguns a escravizar um império se tornara nela um desejo de controlar Rearden. Ela resolvera destruí-lo como se, incapaz de igualar seu valor, só pudesse sobrepujá-lo por meio da destruição, como se, desse modo, adquirisse a grandeza dele. *Como se* – pensou ele, com um arrepio – *o vândalo que quebra uma estátua fosse maior do que o artista que a fez, como se o assassino que mata uma criança fosse maior do que a mãe que a gerou.*

Rearden se recordou do modo insistente como ela zombava de seu trabalho, suas usinas, seu metal, seu sucesso. Lembrou que ela desejava vê-lo bêbado uma vez que fosse, que ela tentava fazê-lo ser infiel. Recordou o prazer que Lillian sentira ao imaginar que ele havia se degradado a ponto de ter algum caso sórdido, do terror que experimentou ao saber que o que ocorrera fora, na verdade, uma realização, não uma degradação. O objetivo dela, que Rearden nunca entendera, fora algo coerente e óbvio: ela tentara sempre destruir seu amor-próprio, sabendo que o homem que não se dá mais valor está à mercê da vontade de qualquer um. Era a sua pureza moral que ela queria destruir por meio do veneno da culpa – como se, caso ele sucumbisse, a depravação dele justificasse a dela.

Pelo mesmo motivo, para satisfazer a mesma vontade, assim como outros elaboram complexos sistemas filosóficos para destruir gerações ou estabelecem ditaduras para destruir um país, também ela, sem possuir outra arma que não a feminilidade, tomara como objetivo a destruição de um homem.

O seu código era o da vida – Rearden se lembrou da voz de seu jovem professor, agora perdido. Qual era, então, o deles?

– Tenho uma coisa a lhe dizer! – gritou Lillian com aquela raiva impotente de quem gostaria que as palavras fossem um soco inglês. – Você é tão orgulhoso, não é? Tem tanto orgulho de seu nome! Siderúrgica Rearden, metal Rearden, Sra. Rearden! Era isso que eu era, não é? Sra. Rearden! Sra. Henry Rearden! – Começou a produzir uns ruídos semelhantes a cacarejos, uma corruptela irreconhecível de uma gargalhada. – Pois bem, acho que você gostaria de saber que a sua esposa foi possuída por outro homem! Fui infiel a você, está ouvindo? Traí você, não com um amante nobre e elevado, mas com o verme mais vil que há, com Jim Taggart! Três meses atrás! Antes do divórcio! Quando eu ainda era sua mulher! Quando eu ainda era sua mulher!

Rearden a ouvia como um cientista examinando um assunto que lhe é totalmente irrelevante. *Eis o aborto da ideia da interdependência coletiva, da doutrina da não identidade, não propriedade, não fato,* pensou ele. *A ideia de que a estatura moral de um indivíduo está à mercê da ação de um outro.*

– Eu traí você! Você não está me ouvindo, seu puritano incorruptível? Dormi com Jim Taggart, seu herói sem mácula! Não está me ouvindo?... Você não está me ouvindo?... Você não...?

Ele a olhava como se olhasse para uma mulher estranha que se aproximasse dele na rua para lhe fazer uma confissão íntima – um olhar que queria dizer: "Por que está me contando isso?"

A voz de Lillian foi morrendo aos poucos. Rearden não sabia como seria a destruição de uma pessoa, mas compreendeu que era o que estava vendo naquele momento. Viu isso na maneira como seu rosto se desmanchou, nas feições que amoleceram, como se não tivessem consistência, nos seus olhos cegos que pareciam olhar para dentro, repletos daquele terror que nenhum perigo externo é capaz de provocar. Não era a expressão de quem está enlouquecendo, e sim a de uma mente que percebe sua própria derrota final e, no mesmo instante, vê a própria natureza pela primeira vez – a expressão de quem, após anos pregando a não existência, afinal atinge esse objetivo.

Ele se virou para sair. Sua mãe o deteve na porta, agarrando-lhe o braço. Com um olhar de incompreensão teimosa, numa última tentativa de enganar a si própria, gemeu com uma voz chorosa de acusação petulante:

– Será que você é mesmo incapaz de perdoar?

– Não, mamãe – respondeu ele. – Não sou. Eu teria perdoado o passado... se hoje a senhora me tivesse implorado que largasse tudo e sumisse.

Lá fora havia um vento frio lhe apertando o sobretudo contra o corpo, como um abraço. Todo o campo, amplo e fresco, se estendia desde o sopé do morro, e, ao longe, o céu crepuscular se perdia na distância. Como dois crepúsculos a assinalar o fim do dia, o brilho vermelho do sol era uma faixa reta e imóvel no oeste, e a faixa vermelha e pulsante no leste era o brilho de suas usinas.

Ao sentir o contato do volante em suas mãos e a estrada lisa sob as rodas do carro, quando partiu rumo a Nova York, Rearden percebeu-se curiosamente revigorado. Era uma sensação de extrema precisão e relaxamento ao mesmo tempo, de ação sem tensão, que lhe parecia cheia de juventude. E então se deu conta de que era assim que agia e sempre esperara que agiria assim, quando era jovem – e a sensação que experimentava agora era como a pergunta, simples e intrigada: Por que alguém haveria de agir de outra maneira?

Quando a silhueta de Nova York surgiu no horizonte, ela lhe pareceu possuir uma claridade estranhamente luminosa, embora as formas da cidade estivessem imersas nas brumas da distância, uma claridade que não parecia residir no objeto, porém vir de dentro de si própria. Rearden contemplava a grande cidade, sem ligação com nada que outros houvessem feito com ela, nem com a visão que outros tivessem dela. Não era uma cidade de gângsteres e de mendigos, de vagabundos e de prostitutas: era a maior realização industrial da história da humanidade. Seu único significado era o que ela significava para ele. Havia algo de pessoal na sua visão da cidade, uma possessividade e percepção segura, como se ele a estivesse vendo pela primeira vez – ou pela última.

Parou no corredor silencioso do Hotel Wayne-Falkland, à porta da suíte em que ia entrar. Foi necessário um esforço prolongado para levantar a mão e bater – era a suíte que fora de Francisco d'Anconia.

Espirais de fumaça de cigarro subiam no ar da sala, entre cortinas de veludo e mesas polidas e nuas. Com sua mobília cara e sem qualquer objeto de uso pessoal, a suíte tinha aquela atmosfera de luxo melancólico característico dos lugares transitoriamente ocupados, tão lúgubre quanto a de um cortiço. Quando Rearden entrou, cinco vultos se puseram de pé em meio à fumaça: Wesley Mouch, Eugene Lawson, James Taggart, o Dr. Floyd Ferris e um homem magro e curvado que parecia um jogador de tênis com cara de rato, que lhe foi apresentado como Tinky Holloway.

– Tudo bem – disse Rearden, interrompendo as saudações, os sorrisos, as ofertas de drinques e os comentários sobre a emergência nacional –, o que vocês querem?

– Estamos aqui como seus amigos, Sr. Rearden – disse Holloway –, simplesmente como seus amigos, para uma conversa informal, visando a uma colaboração mais estreita com o senhor.

– Estamos ansiosos por utilizar sua extraordinária capacidade – acrescentou Lawson –, bem como ouvir sua valiosa opinião a respeito dos problemas industriais da nação.

– É de homens como o senhor que precisamos em Washington – disse o Dr. Ferris. – Não há motivo para o senhor permanecer há tantos anos nesse isolamento, quando a sua presença se faz necessária nos mais altos escalões.

O que havia de mais revoltante naquelas frases é que só eram mentirosas em parte; a outra metade, com seu tom de urgência histérica, era o desejo não expresso de que de algum modo elas fossem verdadeiras.

– O que vocês querem? – perguntou ele.

– Ora... ouvir o senhor – respondeu Mouch com um movimento convulsivo de lábios que imitava um sorriso assustado. O sorriso era falso, mas o medo era genuíno. – Nós... queremos ouvir sua opinião a respeito da crise industrial da nação.

– Não tenho nada a dizer.

– Mas, Sr. Rearden – disse o Dr. Ferris –, só queremos uma oportunidade de cooperar com o senhor.

– Já lhe disse uma vez, em público, que não coopero com uma arma apontada para mim.

– Será que não podemos pôr de lado essa história de armas numa situação como a atual? – implorou Lawson.

– Isso cabe a vocês.

– Hein?

– Quem está armado são vocês. Ponham de lado as armas, se é que se acham capazes disso.

– Era... era só um modo de falar – explicou Lawson, piscando. – Eu só estava falando metaforicamente.

– Pois eu não estava.

– Será que não podemos nos unir pelo bem da nação nesta hora de emergência? – perguntou Ferris. – Não podemos pôr de lado nossas diferenças de opinião? Estamos dispostos a fazer concessões. Se há algum aspecto da nossa política a que o senhor se opõe, é só nos dizer, que baixamos um decreto para...

– Vamos parar com isso. Não vim aqui para ajudá-los a fazer de conta que minha posição não é a que é, e que é possível colaborarmos de algum modo. Vamos ao que interessa. Vocês prepararam alguma armadilha nova para a indústria siderúrgica. O que é?

– De fato – disse Mouch –, temos uma questão vital a discutir a respeito da indústria siderúrgica, mas... mas o seu vocabulário, Sr. Rearden!

– Não estamos preparando nenhuma *armadilha* – disse Holloway. – Nós o chamamos aqui para *conversar* com o senhor.

– Eu vim aqui para ouvir ordens. Quais são elas?

– Mas, Sr. Rearden, não queremos encarar a questão assim. Não queremos lhe dar *ordens*. Queremos seu consentimento *voluntário*.

Rearden sorriu:

– Disso sei eu.

– Sabe mesmo? – ia dizendo Holloway animado, porém algo no sorriso de Rearden o fez sentir-se inseguro. – Bem, então...

– É, vocês sabem que é essa a falha no seu plano, a falha que vai fazer com que tudo vá por água abaixo – disse Rearden. – Agora me digam logo qual é a ameaça que pende sobre minha cabeça, a qual vocês estão se esforçando tanto para não me deixar ver... ou devo ir embora logo?

– Ah, não, Sr. Rearden! – disse Lawson, olhando rapidamente para o relógio. – O senhor não pode ir agora! Quer dizer, o senhor não vai querer ir embora sem ouvir o que temos a dizer.

– Então digam logo.

Rearden viu que todos se entreolhavam. Mouch parecia ter medo de se dirigir a ele, e seu rosto assumiu uma expressão de teimosia petulante, como uma ordem para que os outros falassem em seu lugar. Quaisquer que fossem suas qualificações para decidir a respeito do destino da indústria siderúrgica, eles haviam sido levados ali para atuarem como guarda-costas de Mouch. Rearden não entendia a presença de James Taggart, que estava emburrado, em silêncio, bebericando um drinque, sem jamais olhar na direção dele.

– Elaboramos um plano – disse o Dr. Ferris com uma animação excessiva – que vai resolver os problemas da indústria siderúrgica e que receberá sua aprovação integral, pois promoverá o bem-estar da coletividade ao mesmo tempo que protegerá seus interesses e garantirá...

– Não tente me dizer o que vou achar. Exponha logo os fatos.

– É um plano justo, sensato, razoável e...

– Não me diga sua opinião. Exponha os fatos.

– É um plano que... – O Dr. Ferris parou. Havia perdido o hábito de expor fatos.

– Com esse plano – disse Mouch –, vamos conceder à indústria um aumento de cinco por cento no preço do aço. – Fez uma pausa triunfal.

Rearden não disse nada.

– Naturalmente, alguns pequenos ajustes serão necessários – acrescentou Holloway animado, saltando para dentro do silêncio como quem salta para dentro de uma quadra de tênis vazia. – Será necessário conceder um aumento de preço para os produtores de minério de ferro – ah, uns três por cento no máximo –, em virtude dos gastos adicionais que alguns deles, por exemplo o Sr. Larkin, de Minnesota, serão obrigados a ter, tendo em vista que terão de transportar o minério por caminhão, porque o Sr. James Taggart foi obrigado a sacrificar a linha de Minnesota em prol do bem-estar da coletividade. E, naturalmente, será necessário conceder um aumento das tarifas de frete às ferrovias do país – digamos, sete por cento, mais ou menos –, considerando a necessidade absolutamente essencial de...

Holloway parou, como um jogador entusiasmado que de repente percebe que o adversário não está rebatendo suas bolas.

– Mas não haverá aumentos salariais – Ferris se apressou a comentar. – Um elemento essencial do plano é a não concessão de aumentos salariais aos metalúrgicos, apesar de suas exigências insistentes. Queremos ser justos, Sr. Rearden, mesmo se por isso formos obrigados a nos expor ao ressentimento e à indignação do público.

– Naturalmente, para que os trabalhadores façam um sacrifício – disse Lawson –, é preciso mostrar a eles que o empresariado também está fazendo certos sacrifícios em prol da nação. Há um clima extremamente tenso no momento entre os metalúrgicos, Sr. Rearden, perigosamente explosivo e... e a fim de proteger o senhor de... de... – Parou.

– Sim? – insistiu Rearden. – De quê?

– De possíveis... violências, certas medidas se fazem necessárias, as quais... – Virou-se de repente para Taggart. – Escute, Jim, por que você não explica isso ao Sr. Rearden, visto que você também é empresário?

– Bem, alguém tem que ajudar as ferrovias – disse Taggart, emburrado, sem olhar para Rearden. – O país precisa de ferrovias, e alguém tem de nos ajudar a arcar com esse fardo, e se não recebermos um aumento de tarifas...

– Não, não, não! – exclamou Mouch. – Fale ao Sr. Rearden a respeito do funcionamento do Plano de Unificação das Ferrovias.

– Bem, o plano foi muito bem-sucedido – disse Taggart, letárgico –, exceto quanto ao elemento tempo, não inteiramente controlável. É apenas uma questão de tempo para que nosso trabalho unificado restaure a situação de todas as ferrovias do país. O plano, posso lhe assegurar, funcionaria igualmente bem em qualquer outro setor.

– Quanto a isso, não há dúvida – disse Rearden, virando-se para Mouch. – Por que você quer que esse pateta perca meu tempo? O que o Plano de Unificação das Ferrovias tem a ver comigo?

– Mas, Sr. Rearden – exclamou Mouch com um entusiasmo desesperado –, é justamente isso que queremos fazer! É *isso* que queremos discutir com o senhor!

– O quê?

– O Plano de Unificação do Aço!

Houve um momento de silêncio, como quem prende a respiração após mergulhar. Rearden olhava para eles com um interesse aparente.

– Tendo em vista a situação crítica da indústria siderúrgica – disse Mouch rapidamente, como se não quisesse ter tempo para entender o que havia naquele olhar de Rearden que o deixava tenso –, e sendo o aço o produto mais vital, mais básico, a fundação de toda a nossa estrutura industrial, urge tomar medidas drásticas a fim de preservar as instalações siderúrgicas da nação, os equipamentos e as fábricas. – Mouch foi se empolgando cada vez mais com sua oratória. – Com esse objetivo em mente, nosso plano é... nosso plano é...

– Nosso plano é, na verdade, muito simples – disse Holloway, tentando provar sua afirmação por meio da simplicidade esfuziante de sua voz. – Vamos suspender todas as restrições à produção do aço, de modo que todas as companhias produzam tanto quanto puderem, cada uma conforme sua capacidade. Mas, para evitar desperdício e o perigo de uma competição desenfreada, todas as companhias depositarão sua renda bruta num fundo comum, o Fundo de Unificação do Aço, para o qual será criado um conselho especial. No fim do ano, o conselho distribuirá a quantia resultante somando a produção nacional de aço e a dividindo pelo número de altos-fornos de soleira aberta existentes, chegando assim a uma média que será justa para todos, e cada companhia será paga conforme suas necessidades. Sendo a preservação dos altos-fornos a necessidade básica, cada companhia receberá de acordo com o número de altos-fornos de sua propriedade. – Fez uma pausa, esperou e depois acrescentou: – É isso, Sr. Rearden. – Como não obteve resposta, disse: – Ah, é claro que há uma série de detalhes a serem resolvidos, mas... mas é mais ou menos isso.

Qualquer que fosse a reação que esperavam, certamente não era aquela. Rearden se recostou em sua cadeira, os olhos atentos porém fixos no espaço, como se contemplassem uma distância não muito distante. Então perguntou, com um toque curioso de humor impessoal na voz:

– Me digam uma coisa: vocês estão contando com quê?

Rearden percebeu que eles o haviam compreendido. Em seus rostos, viu aquela expressão teimosamente evasiva, a qual antes julgava ser a de um mentiroso tapeando uma vítima, mas que agora, ele sabia, era algo ainda pior: a expressão de um homem que está enganando sua própria consciência. Os outros permaneceram em silêncio, como se se esforçassem não para que ele esquecesse a própria pergunta, mas para que eles esquecessem que a haviam ouvido.

– É um plano sensato e prático! – exclamou Taggart inesperadamente, com um súbito toque de raiva e animação na voz. – Vai dar certo! Tem que dar certo! *Queremos* que dê certo!

Ninguém lhe respondeu.

– Sr. Rearden...? – disse Holloway, tímido.

– Vamos ver – disse Rearden. – As Siderúrgicas Associadas de Orren Boyle possuem 60 altos-fornos de soleira aberta, um terço dos quais está ocioso, sendo que os outros produzem uma média de 300 toneladas de aço por alto-forno por dia. Eu tenho 20 altos-fornos de soleira aberta, todos os quais estão trabalhando com carga máxima, produzindo 750 toneladas de metal Rearden por alto-forno por dia. Quer dizer que ao todo "temos" 80 altos-fornos produzindo um total de 27 mil toneladas, o que dá uma média de 337,5 toneladas por forno. Cada dia do ano, eu, produzindo 15 mil toneladas, vou receber o equivalente a 6.750 toneladas. Boyle, produzindo 12 mil toneladas, receberá o equivalente a 20.250 toneladas. Nem precisa levar em conta os outros produtores. Eles não vão mudar muito a situação, apenas baixar a média ainda mais, pois a maioria deles está pior do que Boyle e nenhum deles produz tanto quanto eu. Bem, por quanto tempo vocês imaginam que eu vá sobreviver com esse plano?

Ninguém respondeu. Então Lawson gritou de repente, cegamente, cheio de indignação moral:

– Numa época de emergência nacional, é seu dever servir, sofrer e trabalhar pela salvação do país!

– Não vejo como Orren Boyle levar o dinheiro que eu ganho vá salvar o país.

– O senhor tem que fazer certos sacrifícios em prol do bem-estar público.

– Não vejo por que Orren Boyle é mais "público" que eu.

– Ah, a questão não é o Sr. Boyle! É muito mais do que uma pessoa específica. É uma questão de preservar os recursos naturais do país, como as fábricas, e salvar todo o parque industrial da nação. Não podemos deixar que seja destruído um estabelecimento industrial tão grande quanto o do Sr. Boyle. O país precisa dele.

– A meu ver – disse Rearden lentamente –, o país precisa de mim muito mais que de Boyle.

– Mas é claro! – exclamou Lawson com um entusiasmo surpreso. – O país precisa do senhor! O senhor tem consciência disso, não tem?

Porém o prazer ávido que proporcionou a Lawson a fórmula conhecida da automolação desapareceu abruptamente quando ouviu a voz de Rearden, uma fria voz de comerciante, dizendo:

– Tenho.

– Não é só Boyle que está envolvido – disse Holloway em tom de súplica. – A economia do país não seria capaz de resistir a um abalo sério no momento. Milhares de pessoas são funcionários, fornecedores e clientes de Boyle. O que aconteceria com elas se as Siderúrgicas Associadas fossem à falência?

– O que acontecerá com os milhares de funcionários, fornecedores e clientes meus quando eu for à falência?

– O senhor? – perguntou Holloway sem acreditar no que ouvia. – Mas o senhor é o industrial mais rico e mais forte do país no momento!

– E no momento seguinte?

– Hein?

– Quanto tempo vocês acham que vou conseguir continuar produzindo levando prejuízo?

– Ah, Sr. Rearden, tenho a mais absoluta fé no senhor!

– Dane-se a sua fé! Como você acha que vou conseguir?

– O senhor dá um jeito!

– Como?

Não houve resposta.

– Não podemos teorizar a respeito do futuro quando há uma catástrofe nacional imediata a se evitar! – exclamou Mouch. – Temos de salvar a economia do país! Precisamos fazer alguma coisa! – O olhar imperturbável de curiosidade nos olhos de Rearden o levou a fazer uma pergunta imprudente: – Se o senhor não gostou, tem uma solução melhor a oferecer?

– Claro – disse Rearden imediatamente. – Se o que vocês querem é produção, então saiam da minha frente, joguem fora todos esses seus decretos idiotas, deixem Orren Boyle ir à falência, deixem que eu compre as instalações das Siderúrgicas Associadas, que logo cada um daqueles 60 altos-fornos estará produzindo 1.000 toneladas por dia.

– Ah, mas... mas isso não podemos fazer! – exclamou Mouch. – Seria monopólio!

Rearden deu uma risadinha.

– Está bem – disse, com indiferença. – Então deixem meu superintendente comprá-las. Ele vai fazer coisa melhor do que Boyle.

– Ah, mas isso seria deixar que o forte levasse vantagem sobre o fraco! Não podemos fazer isso!

– Então não me fale em salvar a economia do país.

– Tudo o que queremos é... – Mouch parou.

– Tudo o que vocês querem é produção sem homens capazes de produzir, não é?

– Isso... isso é teoria. Apenas uma afirmação teórica extremada. Tudo o que queremos é um ajuste temporário.

– Vocês estão fazendo ajustes temporários há anos. Será que não veem que seu tempo está esgotado?

– Isto é só teo... – A voz de Mouch foi morrendo aos poucos.

– Espere aí – disse Holloway, cauteloso. – O Sr. Boyle está longe de ser... fraco. É um homem extremamente capaz. O problema é que ele sofreu alguns reveses desagradáveis, totalmente fora de seu controle. Ele havia investido grandes quantias num projeto de interesse público para auxiliar os povos subdesenvolvidos da América do Sul, e aquela catástrofe do cobre ocorrida lá foi um baque financeiro terrível para ele. Assim, a questão é apenas lhe dar uma oportunidade de se reerguer, ajudá-lo a passar por esse período difícil, um pouco de auxílio temporário, só isso. Tudo o que devemos fazer é distribuir os sacrifícios igualitariamente que todo mundo depois irá se recuperar e prosperar.

– Vocês estão distribuindo os sacrifícios há centenas... – Rearden parou e emendou: – ... há milhares de anos. Não veem que chegaram ao fim da linha?

– Isso é só teoria! – exclamou Mouch. Rearden sorriu.

– Conheço a sua prática – disse em voz baixa. – É a sua teoria que estou tentando entender.

Ele sabia que a razão específica daquele plano era Orren Boyle. Sabia que o funcionamento de um mecanismo complexo, operado por meio de influências, ameaças, pressões, chantagens – um mecanismo semelhante a uma calculadora irracional funcionando aleatoriamente, gerando números ao acaso –, havia tido o efeito casual de fazer com que a pressão de Boyle sobre esses homens os levasse a extorquir para ele a última coisa que havia para saquear na economia. Rearden também sabia que Boyle não era a causa, nem o elemento essencial a ser considerado, que era apenas um passageiro ocasional, não o construtor da máquina infernal que destruíra o mundo, que não era Boyle que a tornara possível, nem ele nem nenhum dos homens naquela sala. Eles, também, eram apenas passageiros naquela máquina sem maquinista. Eram apenas caronas assustados que viam que o veículo em que estavam se aproximava rapidamente do abismo final – e não era por amarem ou temerem Boyle que se atinham àquela linha de ação e insistiam em atingir aquele objetivo. Era outra coisa, um elemento sem nome que eles conheciam e evitavam conhecer, algo que não era nem pensamento nem esperança, algo que Rearden identificava apenas como certa expressão em seus rostos, uma expressão furtiva que parecia dizer: "Eu vou conseguir me safar dessa." *Por quê?*, pensava ele. *Por que eles acham que vão conseguir?*

– Não podemos nos dar ao luxo de teorizar! – gritou Mouch. – Temos que agir!

– Então vou oferecer outra solução. Por que não se apropriam logo de uma vez das minhas usinas?

Os outros foram sacudidos por um ruído de terror genuíno.

– Ah, não! – exclamou Mouch.

– Nem pensar! – gritou Holloway.

– Nós defendemos a iniciativa privada! – gritou o Dr. Ferris.

– Não queremos prejudicá-lo! – gritou Lawson. – Somos seus amigos, Sr. Rearden! Será que não podemos todos colaborar? Somos seus amigos.

Ali, do outro lado da sala, havia uma mesa com um telefone, a mesma mesa, provavelmente, e o mesmo telefone – e de repente Rearden teve a impressão de estar vendo a figura torturada de um homem debruçado sobre aquele telefone, um homem que já sabia aquilo que ele, Rearden, estava começando a aprender agora, um homem que lutava para lhe negar o mesmo pedido que ele agora estava negando aos homens presentes naquela sala. Viu o fim daquela luta, o rosto sofrido de um homem virado para o seu e uma voz desesperada dizendo, num tom contido: "Sr. Rearden, juro... pela mulher que amo... que sou seu amigo."

Fora esse o ato que ele chamara de traição, e era esse o homem que ele havia rejeitado a fim de continuar a servir aos homens que agora tinha a sua frente. *Quem, então, fora o traidor?*, pensou, e esse pensamento vinha quase desprovido de sentimentos. Julgava-se sem o direito de ter sentimentos, estava consciente apenas de uma clareza solene. *Quem havia resolvido dar àqueles homens os meios de adquirir esta suíte? Quem ele havia sacrificado, em benefício de quem?*

– Sr. Rearden! – gemeu Lawson. – O que está havendo?

Virou a cabeça, viu os olhos de Lawson observando-o com medo e adivinhou o que o homem havia percebido em seu rosto.

– Não *queremos* desapropriar suas usinas! – exclamou Mouch.

– Não queremos despojá-lo de suas propriedades! – gritou Ferris. – O senhor não nos entende!

– Estou começando a entender.

Há um ano, pensou Rearden, *eles teriam me matado. Dois anos antes, teriam confiscado minhas propriedades. Gerações atrás, homens daquele tipo podiam se dar ao luxo de matar e desapropriar, fingindo para si próprios e para suas vítimas que seu único objetivo era o saque material.* Mas o tempo deles estava se esgotando: as outras vítimas já haviam desaparecido, mais rápido do que previa qualquer esquema histórico, e eles, os saqueadores, agora tinham de encarar a realidade nua e crua de seu objetivo.

– Escutem – disse Rearden, cansado –, eu sei o que vocês querem. Querem destruir minhas usinas e ficar com elas também. Pois tudo o que eu quero saber é o seguinte: por que acham que isso é possível?

– Não sei o que o senhor está dizendo – disse Mouch em tom ofendido.

– Nós já dissemos que não queremos as suas usinas.

– Está bem, vou ser mais preciso: vocês querem destruir a *mim* e querem ficar comigo também. Como vocês pretendem fazer isso?

– Não sei como o senhor pode dizer uma coisa dessas, depois que já lhe demos todas as garantias de que o consideramos de importância inestimável para o país, para a indústria siderúrgica, para...

– Eu acredito. Isso é que torna o enigma mais difícil. Vocês me consideram de importância inestimável para o país? Ora, vocês me consideram de importância inestimável até para sua própria segurança pessoal. Estão aí tremendo, porque sabem que sou o último que resta que é capaz de salvar suas vidas e sabem que o tempo está se esgotando. No entanto, propõem um plano para me destruir, um plano que exige, com uma crueza idiota, sem subterfúgios, desvios nem saídas, que eu trabalhe com *prejuízo* – de modo que cada tonelada que eu produza me custe mais do que vou receber por ela –, que eu distribua o que resta da minha riqueza até que todos morramos de fome juntos. Esse grau de irracionalidade não é possível para homem nenhum, nem saqueador nenhum. Para o seu bem, para não falar no do país nem do meu, vocês devem estar contando com algo. O que é?

Rearden viu nos rostos deles aquela expressão peculiar do tipo "eu vou me safar dessa", que parecia dissimulada e ao mesmo tempo ressentida, como se, inacreditavelmente, fosse ele que estivesse escondendo deles algum segredo.

– Não entendo por que o senhor tem uma visão tão derrotista da situação – disse Mouch, contrariado.

– Derrotista? Você realmente acha que vou conseguir não declarar falência com esse plano?

– Mas é só temporário!

– Não existe suicídio temporário.

– Mas é só durante o período de emergência! Só até o país se recuperar!

– E como você acha que ele vai se recuperar?

Não houve resposta.

– Como é que vocês acham que eu vou produzir depois que a siderúrgica falir?

– O senhor não vai falir. Vai produzir sempre – disse o Dr. Ferris em tom indiferente, nem elogiando nem censurando, apenas como quem menciona um fato natural, como teria dito a um outro homem: "Você será sempre um vagabundo." – É inevitável. Está no seu sangue. Ou, para ser mais científico: o senhor foi condicionado a produzir.

Rearden se empertigou na cadeira: era como se estivesse tentando descobrir o segredo de um cofre e sentisse, ao ouvir essas palavras, um leve estalo vindo de dentro, indicando que o primeiro número do código fora encontrado.

– É só uma questão de sair dessa crise – disse Mouch –, de dar às pessoas uma chance de respirarem, de se reerguerem.

– E depois?

– Aí as coisas vão melhorar.

– Como?

Não houve resposta.

– O que vai melhorá-las?

Não houve resposta.

– Quem vai melhorá-las?

– Meu Deus, Sr. Rearden, as pessoas não ficam paradas! – gritou Holloway. – Elas fazem coisas, crescem, andam para a frente!

– Que pessoas?

Holloway fez um aceno vago.

– As pessoas – disse.

– Que pessoas? As pessoas a quem vocês vão entregar o que resta da Siderúrgica Rearden, sem receber nada em troca? As pessoas que vão continuar a consumir mais do que produzem?

– As circunstâncias vão mudar.

– Quem vai mudá-las?

Não houve resposta.

– Ainda resta mais alguma coisa para vocês saquearem? Se eu não via a natureza da política de vocês antes, não é possível que eu não veja agora. Olhem ao redor: todas essas miseráveis repúblicas populares que existem pelo mundo afora só sobrevivem graças às esmolas que vocês arrancam deste país para dar a elas. Mas vocês não têm mais de onde saquear. Não resta mais nenhum país na face da Terra. Vocês os esgotaram. Vocês os secaram. De todo aquele esplendor irrecuperável, eu sou o único vestígio, o último. O que vão fazer, vocês e essas repúblicas populares do mundo, depois que derem cabo de mim? O que veem pela frente a não ser a fome, total, completa?

Não lhe responderam. Não olhavam para ele. Em seus rostos havia expressões de ressentimento obstinado, como se ele estivesse mentindo.

Então Lawson disse em voz baixa, num misto de censura e deboche:

– Bem, afinal, todos vocês, empresários, vivem prevendo catástrofes há anos, enxergam catástrofe em cada passo progressista que damos e dizem que vamos ser destruídos, mas isso não aconteceu. – Esboçou um sorriso, mas recuou diante da intensidade do olhar de Rearden.

Rearden ouvira um segundo estalo em sua mente, mais alto. Acertara mais um número do segredo, ligando os circuitos da fechadura.

– Vocês estão contando com quê? – perguntou ele. Seu tom havia mudado: agora era o tom suave, constante, inclemente, monótono de uma broca.

– É só uma questão de ganhar tempo! – gritou Mouch.

– Não resta mais tempo a ganhar.

– Tudo o que precisamos é de uma oportunidade! – berrou Lawson.

– Não resta mais nenhuma oportunidade.

– É só até nos recuperarmos! – exclamou Holloway.

– Não há como se recuperar.

– Só até nossas políticas começarem a funcionar! – gritou o Dr. Ferris.

– Não há como fazer o irracional funcionar. – Não houve resposta. – O que será capaz de salvá-los agora?

– Ah, você dá um jeito! – gritou Taggart.

Embora fosse apenas uma frase que ele já ouvira incontáveis vezes antes, Rearden sentiu um barulho ensurdecedor dentro de si, como se uma porta de aço tivesse se aberto ao ser encontrado o último número que completa o segredo e libera o complexo mecanismo da fechadura – a resposta que dá unidade a todas as partes, às perguntas e mágoas não resolvidas de sua vida.

No momento de silêncio que se seguiu àquele estrondo, lhe pareceu ouvir a voz de Francisco, perguntando-lhe em voz baixa, no salão de baile daquele hotel, porém perguntando também aqui e agora: "Quem é o homem mais culpado nesta sala?" Ouviu sua própria voz respondendo no passado: "James Taggart, imagino?" E a voz de Francisco dizendo, sem tom de censura: "Não, Sr. Rearden, não é James Taggart." Mas agora, naquela suíte e naquele momento, sua mente respondeu: "Sou eu."

Ele havia amaldiçoado os saqueadores por sua cegueira obstinada, não havia? Pois fora ele que a tornara possível. Desde a primeira extorsão que ele havia aceitado, o primeiro decreto a que obedecera, Rearden lhes dera motivos para supor que a realidade era algo que podia ser falseado, que era possível exigir o irracional, que alguém daria um jeito de realizá-lo. Se havia acatado a Lei da Igualdade de Oportunidades, se aceitara o Decreto 10.289, se tinha aceitado a lei segundo a qual aqueles cuja capacidade não podia se igualar à dele tinham o direito de explorá-la, que aqueles que não faziam jus a nada mereciam lucrar, ao passo que aqueles que faziam mereciam perder; que aqueles que eram incapazes de pensar deviam dar ordens, mas ele, que pensava, devia obedecer – então eles estavam sendo irracionais quando acreditavam viver num Universo irracional? Criara este Universo para eles, o fornecera a eles. Estariam eles sendo ilógicos quando pensavam que para eles bastava desejar sem pensar no que era possível, ao passo que a Rearden cabia realizar os desejos deles, por meios que eles não precisavam entender nem conhecer? Eles, os místicos impotentes, lutando para fugir à responsabilidade da razão, sabiam que Rearden, o racionalista, havia assumido a posição de satisfazer seus desejos. Sabiam que ele lhes dera um cheque em branco para descontar contra a realidade – não lhe cabia perguntar *por quê*, não lhes cabia perguntar *como* –, então eles exigiam que Rearden lhes desse uma parte do que era dele, depois tudo o que ele tinha, em seguida mais do que ele tinha. Impossível? *"Não, ele dá um jeito!"*

Ele não se deu conta de que havia se levantado de repente, que estava olhando de cima para Taggart, vendo na vagueza informe das feições daquele homem a explicação de toda a devastação a que assistira no decorrer de sua existência.

– O que foi, Sr. Rearden? O que foi que eu disse? – perguntou Taggart com ansiedade crescente. Porém ele estava fora do alcance da voz daquele sujeito.

Rearden estava vendo a sucessão dos anos, as extorsões monstruosas, as exigências impossíveis, as inexplicáveis vitórias do mal, os planos ridículos e os objetivos ininteligíveis proclamados em volumes de filosofia obscura, a dúvida desesperada das vítimas, que achavam que alguma sabedoria complexa e malévola estava por trás das forças que destruíam o mundo – e tudo isso se baseava numa única premissa oculta por trás dos olhos esquivos dos vitoriosos: *"Ele dá um jeito!... A gente vai se safar dessa. Ele vai nos deixar. Ele dá um jeito!"*

"Vocês, empresários, vivem prevendo que vamos ser destruídos, mas isso não aconteceu..." *É verdade*, pensou ele. *Eles não estavam cegos para a realidade. Eu é que não enxergava a própria realidade que criei. Não, eles não haviam sido destruídos, mas quem havia? Quem fora destruído para pagar pela sobrevivência deles? Ellis Wyatt, Ken Danagger, Francisco d'Anconia.*

Rearden estava pegando o chapéu e o paletó quando percebeu que os homens tentavam detê-lo, que havia expressões de pânico em seus rostos e que exclamavam, atônitos:

– O que foi, Sr. Rearden?... Por quê?... Mas por quê?... O que foi que dissemos?... O senhor não vai! O senhor não pode ir!... Ainda é cedo!... Ainda não! Não, ainda não!

Teve a impressão de que os via pela janela de trás de um trem expresso, como se estivessem nos trilhos atrás dele, agitando os braços, numa tentativa inútil de detê-lo, gritando palavras incompreensíveis, cada vez mais baixo na distância, as vozes morrendo aos poucos.

Um deles tentou impedi-lo de sair quando ele se virou para a porta. Rearden o tirou da sua frente, não com brutalidade, mas com um movimento simples e contínuo do braço, como quem afasta uma cortina, e saiu.

Ao volante do carro, voltando a Filadélfia, a única sensação que experimentava era o silêncio. Era o silêncio da imobilidade dentro dele, como se, de posse do conhecimento, pudesse agora se dar ao luxo de repousar, sem nenhuma outra atividade espiritual. Não sentia nada, nem angústia nem exaltação. Era como se, após anos de esforço, ele tivesse subido uma montanha para poder enxergar longe e, ao chegar ao cume, permanecesse imóvel, para descansar antes de olhar, pela primeira vez livre para se poupar.

Via a longa estrada vazia se estendendo em linha reta, depois serpenteando, depois voltando à linha reta à sua frente. Sentia a leve pressão das mãos no volante e o atrito dos pneus nas curvas, porém era como se estivesse correndo por um viaduto suspenso no espaço vazio.

Nas fábricas, nas pontes e nas centrais elétricas por onde passava, as pessoas viam algo que no passado era bastante comum: um automóvel caro e poderoso dirigido por um homem cheio de autoconfiança, que proclamava o sucesso mais alto do que qualquer letreiro elétrico, por suas roupas, por seu modo eficiente de dirigir, pela velocidade de seu carro. Viam-no passar e desaparecer na bruma que dissolvia a diferença entre terra e noite.

Rearden viu sua siderúrgica se elevar na escuridão, uma silhueta negra contra um brilho pulsante. Era um brilho da cor de ouro ardente, e o nome "Siderúrgica Rearden" se destacava contra o céu em letras de cristal frio e branco.

Contemplou a silhueta alongada, as curvas dos altos-fornos que lembravam arcos do triunfo, as chaminés que se erguiam como colunas solenes ao longo de uma avenida numa cidade imperial, as pontes que lembravam grinaldas, os guindastes que pareciam lanças erguidas homenageando-o, os penachos de fumaça acenando lentamente como bandeiras. Aquela cena pôs fim à sua imobilidade interior, e ele sorriu saudando-a. Era um sorriso de felicidade, amor, dedicação. Nunca amara suas usinas tanto quanto naquele momento. Ao vê-las por um ato da própria visão, livre de qualquer código de valores que não o seu, numa realidade luminosa que não continha contradições, ele estava vendo a razão de seu amor: as usinas eram uma realização de sua mente, dedicada ao seu amor pela existência, construída num mundo racional para lidar com homens racionais. Se esses indivíduos haviam desaparecido, se aquele mundo não existia mais, se suas usinas não mais serviam a seus valores, então elas não passavam de uma pilha de escória morta, que tinha mais que voltar ao pó. Quanto mais depressa, melhor – elas tinham de ser abandonadas, não por traição, mas por lealdade a seu real significado.

A siderúrgica ainda estava a um quilômetro e meio de distância quando uma pequena chama atraiu sua atenção. Entre todas as tonalidades de fogo que via naquela imensa expansão, Rearden sabia distinguir as normais das anormais: essa era de um amarelo vivo demais e estava saindo de um lugar onde não havia razão para haver fogo, uma estrutura ao lado da entrada principal.

No momento seguinte, Rearden ouviu o estalar seco de uma arma de fogo, depois três estampidos em rápida sucessão, como uma mão irada esbofeteando um atacante inesperado.

Então a massa negra que obstruía a estrada ao longe ganhou forma: não era apenas escuridão e não foi se dissipando à medida que ele se aproximava. Era uma multidão aglomerada na entrada principal, tentando invadir a siderúrgica.

Rearden teve tempo de divisar braços se agitando, alguns com porretes, outros com pés de cabra, outros com rifles – as chamas amarelas de madeira ardente saindo da janela da cabine do porteiro, os disparos azulados dos tiros que emergiam da multidão e, em resposta, os tiros que vinham dos telhados das estruturas. Teve tempo de ver um vulto humano contorcido cair de costas do alto de um carro, então deu uma guinada súbita. As rodas guincharam, e o carro mergulhou na escuridão de um desvio.

Estava correndo a 100 quilômetros por hora, por uma estrada de terra, indo em direção ao portão do leste. Já o via, quando o impacto dos pneus sobre um sulco fez o carro sair da pista e ser jogado para a beira de uma ravina, em cujo fundo havia uma velha pilha de escória de metal. Com o peso de seu corpo sobre o volante, lutando contra duas toneladas em velocidade, obrigou o carro a completar o semicírculo e voltar à estrada e ao seu controle. Tudo acontecera num instante, mas no seguinte seu pé pisou no freio, forçando o motor a parar de súbito, pois, no momento em que seus faróis haviam iluminado a ravina, Rearden vira uma forma alongada, mais escura do que o tom cinzento do capim da encosta, e lhe parecera que uma mancha branca que surgira rapidamente era uma mão pedindo socorro.

Tirando o sobretudo, Rearden desceu correndo a encosta da ravina, que desprendia pedaços de terra sob seus pés. Agarrava-se a galhos de arbustos secos, quase correndo, quase deslizando, em direção à forma escura e alongada que, agora ele via claramente, era um corpo humano. Uma tira de algodão passava à frente da Lua, e ele via o branco da mão e a forma do braço estirado no meio do capim, mas o corpo estava imóvel.

– Sr. Rearden...

Era um sussurro que se esforçava para ser grito, o som terrível de uma ânsia se debatendo contra uma voz que não podia ser mais do que um gemido de dor.

Rearden não soube o que ocorreu primeiro, pois foi como um choque único a ideia de que aquela voz lhe era familiar, um raio de luar furando a nuvem de algodão, o movimento de cair de joelhos ao lado de um rosto iluminado, o reconhecimento: era o Ama de Leite.

Sentiu a mão do rapaz agarrar a sua com a força anormal dos agonizantes, enquanto contemplava as feições torturadas, os lábios sem cor, os olhos vidrados e o fio escuro que escorria de um furo negro num ponto bem próximo ao coração do rapaz.

– Sr. Rearden... eu tentei detê-los... eu tentei salvá-lo...

– O que aconteceu com você, garoto?

– Eles atiraram em mim, para que eu não falasse... eu queria impedir – e sua mão apontou com esforço para o brilho vermelho no céu – o que eles estão fazendo... não consegui, já era tarde demais, mas eu tentei... tentei... E... e ainda consigo... falar... Escute, eles...

– Você tem que ser levado logo para um hospital, e...

– Não! Espere! Eu... acho que não me resta muito tempo e... tenho de lhe contar... Escute, aquele tumulto... é dirigido... ordens de Washington... Não são funcionários... não os seus... são os novos, os deles, e... e um monte de marginais contratados... Não acredite numa palavra do que vão lhe dizer... É tudo montado... montado por *eles*...

Havia uma intensidade desesperada no rosto do rapaz, a intensidade de um cruzado em campanha. Sua voz parecia ganhar vida com a queima de algum combustível que ardia em jatos descontínuos dentro de si, e Rearden percebeu que a melhor ajuda que poderia lhe dar agora era ouvi-lo.

– Eles... eles prepararam um Plano de Unificação do Aço... precisam de uma desculpa... porque sabem que o país não vai engolir... e o senhor não vai aceitar... Eles têm medo de que desta vez seja demais, para todo mundo... é simplesmente uma tentativa de arrancar tudo o que é seu... Por isso querem dar a impressão de que o senhor está matando os trabalhadores de fome... e eles estão enlouquecidos, e o senhor não consegue controlá-los... e o governo tem de intervir para proteger o senhor e a segurança pública... Vai ser isso que eles vão dizer, Sr. Rearden...

Rearden olhava para a carne dilacerada das mãos do rapaz, a lama de sangue e pó secando nas palmas de suas mãos e em suas roupas, as manchas cinzentas de poeira em seus joelhos e seu ventre, cheios de carrapichos. À luz intermitente da Lua, via a trilha de capim amassado e manchas reluzentes de sangue se perdendo na escuridão da ravina. Horrorizou-se ao se dar conta da extensão que aquele rapaz havia rastejado e do tempo que levara rastejando.

– Eles não queriam que o senhor estivesse aqui agora, Sr. Rearden... não queriam que visse a "rebelião popular" deles... Depois... o senhor sabe como eles falsificam provas... não será divulgado nenhum relato verdadeiro... e eles querem enganar o país... e o senhor... fazê-los pensar que eles estão agindo para proteger o senhor da violência... Não os deixe ficar impunes, Sr. Rearden!... Fale para todo o país... o povo... os jornais... Diga-lhes que fui eu quem contou tudo ao senhor... sob juramento... juro... desse jeito, a coisa se torna legal, não é?... não é?... e o senhor tem uma chance...

Rearden apertou a mão do rapaz:

– Obrigado, garoto.

– Eu... desculpe eu não ter conseguido, Sr. Rearden... mas eles só me informaram na última hora... quando a coisa já estava quase começando... Me chamaram para... uma conferência estratégica... havia um homem chamado Peters... do Conselho de Unificação... é um lacaio de Tinky Holloway... que é um lacaio de Orren Boyle... O que queriam que eu fizesse era... era que eu assinasse um monte de autorizações... para que alguns dos marginais pudessem entrar... e começassem a bagunça de dentro e de fora ao mesmo tempo... para parecer que eram mesmo funcionários seus... Me recusei a assinar as autorizações.

– É mesmo? Depois que eles abriram o jogo para você?

– Mas... mas é claro, Sr. Rearden... O senhor acha que eu ia entrar num jogo desses?

– Não, garoto, não. Mas é que...

– O quê?

– Foi aí que você se expôs.

– Mas eu não tinha outra saída!... Eu não podia ajudá-los a destruir a siderúrgica, podia?... Quanto tempo eu ia aguentar ficar evitando me expor? Até eles pegarem o senhor?... E o que eu faria se me poupasse a esse preço?... O senhor... me entende, não é, Sr. Rearden?

– Entendo.

– Me recusei... saí correndo... fui procurar o superintendente... para lhe contar tudo... mas não consegui encontrá-lo... e então ouvi tiros na entrada principal e entendi que a coisa tinha começado... tentei ligar para a sua casa... os fios do telefone estavam cortados... corri até meu carro, eu queria falar com o senhor, com a polícia, com algum jornal, com alguém... mas alguém devia estar me seguindo... foi então que atiraram em mim... no estacionamento... pelas costas... só me lembro que caí e... e quando abri os olhos haviam me jogado aqui... no monte de escória...

– No monte de escória? – perguntou Rearden lentamente, sabendo que o monte de escória ficava no fundo da ravina, 30 metros abaixo.

O rapaz concordou com a cabeça, apontando vagamente para a escuridão da ravina:

– É... lá embaixo... E então... eu comecei a rastejar... fui subindo... eu queria... queria me aguentar até contar para alguém que contasse para o senhor. – Suas feições contorcidas de dor subitamente se endireitaram, formando um sorriso. Havia em sua voz o triunfo de toda uma vida quando acrescentou: – Consegui. – Então levantou a cabeça de repente e perguntou, no tom de uma criança que se surpreende ao fazer uma constatação súbita: – Sr. Rearden, é isso que a gente sente quando quer... quer uma coisa com toda a vontade... desesperadamente... e consegue?

– É, garoto, é isso mesmo. – A cabeça do rapaz encostou no braço de Rearden, os olhos foram se fechando, a boca relaxando, como se para conter o profundo contentamento daquele instante. – Mas você não pode ficar por aí. Ainda não é o fim. Tem que aguentar até eu o levar a um médico e... – Estava levantando o rapaz com cuidado, porém uma convulsão de dor o fez contorcer o rosto, sua boca se revirou para conter um grito e Rearden teve que recolocá-lo no chão devagar.

O rapaz sacudiu a cabeça com uma expressão que era quase um pedido de desculpas:

– Não, não vou aguentar, Sr. Rearden... não adianta eu querer me enganar... sei que é o fim. – Então, como se tentando fugir da autocomiseração, acrescentou, recitando uma lição decorada, com uma voz que era uma tentativa desesperada de assumir seu velho tom cético e intelectual: – O que tem isso, Sr. Rearden?... O homem é só um aglomerado de... substâncias químicas condicionadas... e a morte de um homem não... não faz mais diferença do que a de um animal.

– Você sabe muito bem que isso não é verdade.

– É – sussurrou ele. – É, acho que sei, sim.

Seu olhar percorreu a imensa escuridão, depois se fixou no rosto de Rearden. Era um olhar indefeso, nostálgico, cheio de uma surpresa infantil.

– Eu sei... que é bobagem, todas aquelas coisas que nos ensinaram... tudo, tudo o que diziam... a respeito da vida... e da morte... A morte... não faz nenhuma diferença para as substâncias químicas, mas... – Parou, e todo o desespero de seu protesto se exprimia apenas por meio da intensidade de sua voz subitamente mais grave: – ... mas faz diferença para mim... E... acho que faz diferença para um animal também... Mas eles diziam que não há valores... apenas costumes sociais... Não há valores! – Sua mão agarrava às cegas o peito ferido, como se tentasse segurar aquilo que estava perdendo. – Não... há valores... – Então seus olhos se abriram com a calma súbita da franqueza absoluta. – Eu gostaria de não morrer, Sr. Rearden. Meu Deus, como eu gostaria. – Sua voz tinha uma tranquilidade repleta de paixão. – Não por eu estar morrendo... mas porque acabo de descobrir, hoje, o que realmente significa es-

1033

tar vivo... E... engraçado... sabe quando foi que descobri isso?... No escritório... quando me expus... quando mandei aqueles calhordas para o inferno! Tem... tem tanta coisa que eu poderia ter descoberto há mais tempo... Mas... bem, não adianta chorar o leite derramado. – Viu que Rearden sem querer olhou para a trilha que ele deixara no mato, e acrescentou: – Nem o sangue derramado, Sr. Rearden.

– Escute, garoto – disse Rearden, sério –, quero que você me faça um favor.

– *Agora*, Sr. Rearden?

– Sim. Agora.

– Claro, Sr. Rearden... se eu puder.

– Você já me fez um grande favor hoje, mas quero que você me faça outro, ainda maior. Você fez muito por mim, ao conseguir sair daquele monte de escória. Agora vou lhe pedir algo ainda mais difícil. Você estava disposto a morrer pela minha siderúrgica. Você seria capaz de tentar viver por mim?

– Pelo *senhor*?

– Por mim. Porque estou lhe pedindo. Porque quero que você viva. Porque ainda temos que subir um bom pedaço, nós dois.

– Isso... faz diferença para o *senhor*?

– Faz. Você decide que quer viver, exatamente como você fez lá embaixo, no monte de escória? Você quer resistir e viver? Você quer lutar para viver? Você queria combater a meu lado. Vamos começar o combate agora?

Rearden sentiu que a mão do rapaz apertou a sua, exprimindo o entusiasmo violento de sua resposta. A voz era apenas um sussurro:

– Vou tentar, Sr. Rearden.

– Agora me ajude a levá-lo a um médico. Relaxe, fique calmo e deixe que eu o levante.

– Sim, senhor. – Com um esforço súbito, o rapaz conseguiu se apoiar num dos cotovelos.

– Vamos lá, Tony.

Viu um lampejo súbito no rosto do rapaz, uma tentativa de dar aquele seu velho sorriso cínico.

– Quer dizer que não sou mais o "Tudo É Relativo"?

– Não. Agora você é um absoluto, e sabe que é.

– É. Conheço vários absolutos agora. Um deles – e apontou para a ferida no peito – é esse aqui, não é? E... – continuou falando enquanto Rearden o levantava do chão num movimento imperceptivelmente lento, falando como se a intensidade trêmula de suas palavras lhe servisse de anestesia – ... e os homens não podem viver... se canalhas... como esses de Washington... fazem impunemente coisas como... como o que estão fazendo hoje... se tudo se torna uma farsa ridícula... e nada é real... e ninguém é ninguém... os homens não podem viver assim... *isso* é um absoluto, não é?

– É, Tony, isso é um absoluto.

Rearden se pôs de pé com um esforço prolongado e cauteloso e viu os espasmos agoniados no rosto do rapaz ao encostá-lo lentamente em seu peito, como se segurasse um bebê, porém os espasmos se transformaram em mais uma imitação do velho sorriso cínico, e o rapaz perguntou:

– Agora quem é o Ama de Leite?

– Acho que sou eu.

Deu os primeiros passos subindo a encosta de terra solta, o corpo retesado para servir de amortecedor para seu frágil fardo, para conseguir andar num ritmo regular apesar da irregularidade do chão.

A cabeça do rapaz encostou no ombro de Rearden, hesitante, quase como se isso fosse uma presunção. Rearden baixou a cabeça e encostou os lábios na testa cheia de pó.

O rapaz estremeceu, levantando a cabeça com um choque de surpresa indignada.

– O senhor sabe o que fez? – sussurrou, como se não conseguisse acreditar que aquilo fora para ele.

– Baixe a cabeça que eu faço de novo.

O rapaz obedeceu, e Rearden lhe beijou a testa: era como um pai reconhecendo a luta de um filho.

O rapaz permaneceu imóvel, o rosto oculto, as mãos agarradas ao ombro de Rearden. Então, sem ouvir som algum, sentindo apenas o ritmo súbito dos arrepios leves, espaçados, percebeu que o rapaz estava chorando – chorando em rendição, admitindo todas as coisas que jamais conseguira exprimir em palavras.

Rearden seguia em frente, subindo, lentamente, passo a passo, hesitante, tentando encontrar firmeza no meio do mato, das nuvens de poeira, dos pedaços de escória, restos de uma era longínqua. Seguia em frente, em direção à linha onde o brilho vermelho de suas usinas assinalava a borda da ravina, movendo-se numa luta feroz que tinha de assumir a forma de um movimento lento e suave.

Não ouvia soluços, porém sentia os tremores rítmicos e, através do pano da camisa, no lugar de lágrimas, sentia os pequenos jatos quentes que emanavam da ferida cada vez que o corpo do rapaz estremecia. Rearden sabia que a pressão forte de seus braços era agora a única resposta que o rapaz era capaz de ouvir e compreender, então segurava o corpo trêmulo como se a força de seus braços conseguisse fazer com que parte da sua força vital passasse para aquelas artérias que batiam cada vez mais fraco contra seu peito.

Então o choro terminou, e o rapaz levantou a cabeça. Seu rosto parecia mais fino e mais pálido, porém os olhos estavam luminosos e se fixaram em Rearden. Ele fazia força para falar.

– Sr. Rearden... eu... eu gostava muito do senhor.

– Eu sei.

O rapaz não tinha mais forças para sorrir, porém era como se houvesse um sorriso em seu olhar – ele olhava para aquilo que, sem saber, tinha passado toda a sua curta vida buscando, como buscava a imagem daquilo que ele não sabia que eram os seus valores.

Então sua cabeça caiu para trás. Não houve nenhuma convulsão em seu rosto, apenas sua boca relaxou, assumindo uma expressão de serenidade, porém houve uma breve convulsão em seu corpo, como um último grito de protesto. Rearden prosseguiu lentamente, sem mudar o passo, muito embora soubesse que não era mais necessário ter cautela, porque o que levava nos braços era *agora* aquilo que os professores do rapaz julgavam que o homem fosse: um aglomerado de substâncias químicas.

Rearden caminhava como se esse fosse o seu último tributo, como se fosse isso o funeral daquela jovem vida que expirara em seus braços. Sentia uma raiva intensa demais para ser identificada senão como uma pressão dentro de si: era desejo de matar.

O desejo não se dirigia contra o brutamontes desconhecido que dera um tiro no rapaz, nem contra os burocratas saqueadores que o haviam contratado para cometer aquele crime, e sim contra os professores do rapaz que o haviam entregue, desarmado, à arma do brutamontes – aos suaves e confortáveis assassinos das salas de aula das universidades, os quais, incapazes de responder a perguntas que buscavam a razão, tinham prazer em deformar as jovens mentes entregues a seus cuidados.

Em algum lugar, pensou ele, *está a mãe deste rapaz, que se desdobrara em cuidados quando ele dera os primeiros passos, que medira seus remédios gota a gota com a cautela de um relojoeiro, que obedecera com um fervor fanático às mais recentes opiniões dos cientistas a respeito de alimentação e higiene, protegendo seu corpo indefeso dos germes – então o enviara a uma faculdade para ser transformado num neurótico cheio de angústia por homens que lhe ensinaram que ele não possuía uma mente e que jamais deveria tentar pensar. Se ela lhe houvesse dado esterco para comer*, pensou ele, *se houvesse misturado veneno à sua comida, teria sido muito melhor, muito menos fatal.*

Rearden pensou em todas as espécies de seres que ensinam a seus filhotes a arte da sobrevivência – os gatos que ensinam os gatinhos a caçar, as aves que se esforçam tanto para fazer com que seus filhotes aprendam a voar –, e no entanto o homem, cuja sobrevivência depende de sua mente, não apenas não ensina seus filhos a pensar como também dá a eles uma educação que visa destruir seus cérebros, convencê-los de que o pensamento é fútil e malévolo, antes mesmo que eles comecem a pensar.

Desde as primeiras frases feitas ditas a uma criança até a última, o efeito é como o de uma série de choques que têm como objetivo imobilizar seu motor e minar a força de sua consciência. "Não faça tantas perguntas. Criança só deve falar quando alguém lhe pergunta algo!" "Quem é você para pensar? É porque eu digo que é!" "Não discuta, obedeça!" "Não tente entender, acredite!" "Não se rebele, conforme-se!" "Não se destaque, adapte-se!" "Seu coração é mais importante do que seu cérebro!" "Quem é você para saber? Seus pais é que sabem!" "Quem é você para saber? A sociedade é que sabe!" "Quem é você para saber? Os burocratas é que sabem!" "Quem é você para protestar? Todos os valores são relativos!" "Quem é você para querer escapar da bala de um assassino? Isso não passa de um preconceito pessoal!"

Os homens ficariam horrorizados, pensou Rearden, *se vissem uma ave fêmea arrancando as penas do filhote e depois o empurrando para fora do ninho para que ele lutasse pela sobrevivência – porém era isso que eles faziam com os filhos.*

Munido apenas de frases sem sentido, este rapaz fora lançado na luta pela sobrevivência, havia tateado e cambaleado durante um breve esforço fadado ao fracasso, gritara em protesto, confuso e indignado, e havia perecido na sua primeira tentativa de voar com suas asas estropiadas.

Antes existia uma raça diferente de professores, pensou ele, *a qual havia formado os homens que criaram aquela nação. As mães deviam procurar de joelhos homens como Hugh Akston, para encontrá-los e implorar que voltassem.*

Atravessou os portões da siderúrgica, mal percebendo os guardas que o deixaram entrar, que olhavam surpresos para seu rosto e seu fardo. Não se deteve para ouvir o que diziam, enquanto apontavam para o conflito ao longe. Continuou andando lentamente rumo ao feixe de luz que indicava a porta aberta do hospital da usina.

Entrou numa sala iluminada cheia de homens, curativos ensanguentados e cheiro de antissépticos. Colocou seu fardo sobre um banco, sem dar nenhuma explicação a ninguém, e saiu sem olhar para trás.

Caminhou rumo ao portão principal, em direção ao fogo e aos estampidos das armas. De vez em quando, via vultos correndo pelas fendas entre as estruturas ou virando esquinas escuras correndo, perseguidos por grupos de guardas e trabalhadores. Ficou surpreso ao perceber que seus guardas estavam bem armados e pareciam ter conseguido dominar os arruaceiros que se encontravam dentro da siderúrgica. Só o cerco em frente à entrada principal permanecia em combate. Viu um ser grotesco atravessando um trecho iluminado e golpeando vidraças com um pedaço de cano, sentindo um prazer animal e dançando como um gorila ao ouvir o vidro se despedaçar, até que três vultos humanos poderosos caíram sobre ele, derrubando-o.

O combate no portão parecia estar arrefecendo, como se a multidão já sentisse a derrota. Rearden ouvia os gritos dos agressores, porém os tiros vindos da estrada eram cada vez menos frequentes. O incêndio da portaria fora apagado. Havia homens armados nos telhados e nas janelas, preparados para a defesa da siderúrgica.

No telhado de uma estrutura acima do portão, Rearden viu, ao se aproximar, a silhueta esguia de um homem que tinha uma arma em cada mão e, protegido pela chaminé, atirava a intervalos regulares na turba, como uma sentinela protegendo a entrada de um forte. A eficiência confiante de seus movimentos, seu jeito tranquilo de atirar, sem perder tempo fazendo mira, com aquela rapidez fácil de quem jamais erra o alvo, fazia-o parecer um herói lendário do Velho Oeste – e Rearden ficou observando-o com um prazer distante e impessoal, como se a batalha da siderúrgica não lhe dissesse mais respeito, como se ele pudesse contemplar com prazer a competência e a segurança com que os homens daquela época distante combatiam o mal.

Um holofote atingiu em cheio o rosto de Rearden, e quando a luz se moveu ele viu o homem no telhado debruçado para baixo, como se olhasse em sua direção. O sujeito fez sinal a alguém para que o substituísse e abruptamente abandonou seu posto.

Rearden seguiu com passos rápidos pelo caminho escuro à sua frente, porém nesse instante ouviu uma voz embriagada, vinda de um caminho estreito a seu lado, gritando:

– Lá está ele!

Virou-se e viu duas figuras musculosas partirem para cima dele. Viu um rosto debochado e desprovido de inteligência com uma boca mole que dava um risinho sem alegria, e um porrete elevado no ar. Ouviu passos apressados vindos de outra direção, tentou desviar a cabeça, e então o porrete lhe atingiu o crânio por trás – e no momento de súbita escuridão quando ia cair, sem conseguir acreditar naquilo, sentiu um braço forte e protetor segurá-lo, amortecendo-lhe a queda, ouviu uma arma disparando dois centímetros acima de seu ouvido, depois outro disparo da mesma arma no mesmo segundo, só que esse pareceu fraco e distante, como se ele houvesse caído num poço.

Quando abriu os olhos, a primeira coisa que experimentou foi uma sensação de profunda serenidade. Então viu que estava deitado num sofá numa sala sóbria e elegante e se deu conta de que era seu escritório, e de que os dois homens em pé a seu lado eram o médico da siderúrgica e o superintendente. Sentia uma dor distante na cabeça, que teria sido fortíssima se ele se preocupasse com ela, e uma bandagem por cima do cabelo. A sensação de serenidade decorria da consciência de que estava livre.

O significado de sua bandagem e de seu escritório não eram coisas que pudessem ser aceitas – que pudessem existir – juntas; eram coisas com as quais não se podia conviver. Aquela luta não era mais dele, como não eram mais dele aquele trabalho, aquela companhia.

– Acho que estou bem, doutor – disse ele, levantando a cabeça.

– Sim, senhor, felizmente. – O médico o olhava como se ainda não conseguisse acreditar que aquilo havia acontecido com Hank Rearden dentro da própria siderúrgica, e sua voz estava tensa de lealdade indignada. – Nada sério, só um ferimento no couro cabeludo e uma leve contusão. Mas o senhor vai ter que tirar uns dias para descansar.

– E vou mesmo – disse Rearden com firmeza.

– Está tudo acabado – disse o superintendente, indicando os prédios e as estruturas que se viam da janela. – Conseguimos derrotar e afugentar os canalhas. O senhor não precisa se preocupar, Sr. Rearden. Está tudo acabado.

– Tudo acabado – disse Rearden. – O senhor deve ter muito trabalho pela frente, doutor.

1038

– Se tenho! Nunca pensei que algum dia eu...

– Eu sei. Vá, cuide de seus pacientes. Eu estou bem.

– Sim, senhor.

– Eu tomo conta da usina – disse o superintendente quando o médico saiu apressado. – Está tudo sob controle, Sr. Rearden. Mas foi a maior sujeira que...

– Eu sei – disse Rearden. – Quem salvou minha vida? Alguém me agarrou quando caí e atirou nos bandidos.

– E como! Acertou bem na cara deles. Arrebentou-lhes os miolos. Foi esse novo chefe dos altos-fornos. Está aqui há dois meses. O melhor que já tivemos. Foi ele que descobriu o que os tais estavam tramando e me avisou, hoje de tarde. Disse para armar nossos homens tanto quanto possível. Não conseguimos nada com a polícia nem com a força pública estadual. Deram todas as desculpas imagináveis, fizeram corpo mole. Já estava tudo combinado, os bandidos não estavam esperando resistência armada. Foi o chefe dos altos-fornos – ele se chama Frank Adams – que organizou nossa defesa, comandou toda a batalha e ficou no alto de um telhado, atirando nos bandidos que chegavam perto demais do portão. Que pontaria, rapaz! Nem é bom pensar nas vidas que ele salvou hoje. Os desgraçados queriam ver sangue, Sr. Rearden.

– Gostaria de falar com ele.

– Ele está lá fora, esperando. Foi ele que trouxe o senhor aqui e pediu permissão para falar com o senhor, assim que pudesse.

– Mande-o entrar. Depois assuma o controle, termine o serviço.

– Tem mais alguma coisa que eu possa fazer para o senhor?

– Não, nada.

Rearden ficou deitado, imóvel, no silêncio de seu escritório. Sabia que o significado de sua siderúrgica havia deixado de existir, e o absoluto daquela consciência não deixava margem para a dor de se arrepender de uma ilusão. Ele havia visto, numa imagem final, a alma e a essência de seus inimigos: o rosto animalesco do bandido armado de porrete. Não era o rosto em si que o fazia recuar horrorizado, e sim os professores, os filósofos, os moralistas, os místicos que haviam lançado no mundo aquele rosto.

Sentia uma limpeza estranha. Era composta de orgulho e amor por aquele mundo, aquele mundo que era seu, não deles. Era o sentimento que o impelira durante toda a sua vida, o sentimento que alguns homens experimentam na mocidade, porém depois traem, mas que ele jamais traíra, e trouxera dentro de si como um motor sofrido, atacado, não identificado, porém vivo – o sentimento que agora podia experimentar em toda a sua pureza integral, incontestada: a consciência de seu próprio valor superlativo e do valor superlativo da existência. Era a certeza final de que sua vida era sua, a ser vivida sem servir o mal, e de que essa servidão jamais fora necessária. Era a serenidade radiante de saber que ele estava livre da dor, do medo, da culpa.

Se é verdade, pensou, *que existem vingadores que estão trabalhando para libertar homens como eu, que eles me vejam agora, que me revelem seu segredo, que me chamem, que...*

– Entre! – disse ele em voz alta, em resposta às batidas à porta.

A porta se abriu. Rearden permaneceu imóvel. O homem parado na soleira, descabelado, o rosto e os braços cobertos de fuligem, trajando um macacão chamuscado e uma camisa suja de sangue, dando a impressão de que tinha presa ao ombro uma capa se agitando ao vento, era Francisco d'Anconia.

Parecia a Rearden que sua consciência saltara para fora de seu corpo. Era seu corpo que se recusava a se mexer, aturdido pelo choque, enquanto sua mente ria, dizendo que esse era o acontecimento mais natural, mais previsível do mundo.

D'Anconia riu – um sorriso de quem saúda um amigo de infância numa manhã de verão, como se nenhum outro sentimento jamais fosse possível entre eles – e Rearden percebeu que estava sorrindo também, alguma parte de sua mente sentindo-se aturdida de incredulidade, porém ao mesmo tempo sabendo que *aquilo* era inexoravelmente certo.

– O senhor está se torturando há meses – disse D'Anconia, se aproximando –, sem saber que palavras usaria para me pedir perdão, se perguntando se o senhor teria o direito de pedir perdão, se algum dia iria me ver outra vez. Porém, como o senhor vê, isso não é necessário, não há nada a pedir nem a perdoar.

– É – disse Rearden, e a palavra lhe saiu como um sussurro atônito, mas quando terminou a frase já sabia que aquela era a maior homenagem que podia oferecer a ele. – É, eu sei.

D'Anconia sentou-se a seu lado no sofá e lentamente passou a mão na testa de Rearden. Era como um toque curativo que fechasse o passado.

– Só tenho uma coisa a lhe dizer – disse Rearden. – Quero que ouça isto dito por mim: o senhor cumpriu seu juramento, o senhor foi mesmo meu amigo.

– Eu sabia que o senhor sabia. Que sabia desde o início. O senhor sabia, independentemente do que pensasse a respeito de meus atos. O senhor me esbofeteou porque não conseguiu obrigar a si próprio a duvidar.

– Aquilo... – sussurrou Rearden, olhando para ele – *aquilo* era justamente o que eu não tinha o direito de lhe dizer... nenhum direito de usar como desculpa...

– O senhor pensou que eu não havia compreendido?

– Eu queria encontrá-lo... Eu não tinha o direito de procurá-lo... E durante esse tempo todo, o senhor estava... – Apontou para as roupas de D'Anconia e então soltou o braço, num gesto de impotência, fechando os olhos.

– Eu estava trabalhando como chefe dos seus altos-fornos – disse D'Anconia, sorrindo. – Imaginei que o senhor não fosse se incomodar. Foi o senhor mesmo que me ofereceu esse emprego.

– O senhor está há dois meses aqui, trabalhando como meu guarda-costas?

– Estou.

– Desde... – Rearden não conseguiu completar a frase.

– Exatamente. Na manhã do dia em que o senhor leu minha mensagem de despedida escrita acima dos telhados de Nova York, eu me apresentei aqui para começar a trabalhar como chefe dos altos-fornos.

– Diga-me – disse Rearden, lentamente –, naquela noite, no casamento de James Taggart, quando o senhor disse que estava partindo para a sua maior conquista... o senhor se referia a mim, não é?

– É claro. – D'Anconia se empertigou um pouco, como quem se prepara para uma tarefa solene, o rosto sério, sorrindo apenas com os olhos. – Tenho muita coisa a lhe dizer. Mas, primeiro, poderia repetir uma palavra que me ofereceu uma vez e eu... tive de rejeitar, por saber que não estava livre para aceitá-la?

Rearden sorriu:

– Que palavra, *Francisco*?

D'Anconia baixou a cabeça, em aceitação, e respondeu:

– Obrigado, *Hank*. – Então levantou a cabeça. – Agora vou lhe dizer as coisas que vim para lhe dizer, naquela noite em que estive aqui pela primeira vez. Acho que você está pronto para ouvi-las.

– Estou, sim.

O clarão do aço derretido num alto-forno iluminou o céu lá fora. Um brilho avermelhado foi lentamente cobrindo as paredes do escritório, a mesa vazia, o rosto de Rearden, como uma saudação e um adeus.

CAPÍTULO 27

"QUEM ESTÁ FALANDO É JOHN GALT"

A CAMPAINHA TOCAVA como se fosse um alarme, um grito prolongado e insistente, interrompido pelos movimentos impacientes de algum dedo desesperado.

Saltando da cama, Dagny percebeu a luz fria e pálida do sol do fim da manhã e um relógio no alto de um prédio longínquo que indicava 10 horas. Ela havia trabalhado no escritório até as quatro da manhã e avisara que só chegaria lá ao meio-dia.

O rosto pálido marcado pelo pânico com que ela deparou ao escancarar a porta era o de James Taggart.

– Ele sumiu! – gritou seu irmão.

– Ele quem?

– Hank Rearden! Sumiu, largou tudo, foi embora, desapareceu!

Dagny ficou parada por um momento, segurando o cinto do roupão que havia começado a amarrar. Então, como se só agora realmente compreendesse, suas mãos apertaram o cinto com força – como se partisse em dois seu corpo na altura da cintura – e ela caiu na gargalhada. Um riso de triunfo.

Taggart olhou para ela sem entender:

– O que deu em você? Será que não entendeu?

– Entre, Jim – disse ela, dando-lhe as costas com desprezo. – Entendi perfeitamente.

– Ele largou tudo e sumiu! Sumiu como os outros! Largou as usinas, as contas bancárias, tudo! Simplesmente desapareceu! Levou poucas roupas e alguns pertences que estavam num cofre em seu apartamento – encontraram o cofre aberto e vazio em seu quarto. Só isso! Não disse nada, não deixou nenhum bilhete, nenhuma explicação! Me ligaram de Washington, mas todo mundo já está sabendo. Não conseguiram abafar a notícia! Tentaram, mas... Ninguém sabe como, mas a notícia de que ele havia sumido se espalhou pela siderúrgica como um desses incêndios, e então... antes que se pudesse fazer alguma coisa, um monte de homens sumiu! O superintendente, o metalúrgico-chefe, o engenheiro-chefe, a secretária de Rearden, até o médico! E Deus sabe quantos mais! Desertaram, os calhordas, apesar de todas as punições que impusemos! Rearden sumiu e os outros estão desaparecendo também e as usinas estão abandonadas, paradas! Você entende o que isso quer dizer?

– *Você* entende? – perguntou ela.

Taggart jogara aquela notícia na cara dela, frase por frase, como se quisesse apagar o sorriso que via no seu rosto, um sorriso estranho e inflexível de amargura e triunfo, porém havia fracassado.

1042

– É uma catástrofe nacional! O que deu em você? Não vê que é um golpe fatal? Vai derrubar o que resta do moral da nação, da economia! Não podemos deixá-lo desaparecer! Você tem que trazê-lo de volta!

O sorriso dela desapareceu.

– *Você* pode! – gritou ele. – É a única pessoa que pode! Ele é seu amante, não é?... Ah, não faça essa cara! Não é hora de pudores, não é hora de coisa alguma que não seja apanhá-lo! Você tem que saber onde ele está! Você pode achá-lo! Tem que achá-lo e trazê-lo de volta!

O olhar com que ela o fitava agora era muito pior do que o sorriso que estampava seu rosto antes, como se o estivesse vendo nu e não fosse suportar aquela cena por muito mais tempo.

– Não posso trazê-lo de volta – disse ela, sem levantar a voz. – E, se pudesse, não faria isso. Agora, saia daqui.

– Mas a catástrofe nacional...

– Saia!

Dagny nem o viu sair. Ficou parada no meio da sala, a cabeça baixa, os ombros caídos, enquanto sorria – um sorriso doloroso, de ternura, de saudação a Rearden. Ocorreu-lhe vagamente uma dúvida: por que ela era capaz de sentir-se tão feliz por saber que ele havia se libertado e, ao mesmo tempo, negar a si própria a mesma liberdade? Duas frases se repetiam em sua mente. Uma era triunfal: *Hank está livre, está fora do alcance deles!* A outra era como uma prece de devoção: *Ainda há uma chance de ganhar, nem que eu seja a única vítima...*

Nos dias que se seguiram, ao olhar para os homens ao seu redor, pensou em como era estranho que a catástrofe os tivesse feito pensar em Rearden com uma intensidade que suas realizações jamais haviam despertado, como se a consciência deles pudesse ser atingida pelo desastre, mas não pelo valor. Alguns se referiam a ele por meio de desaforos; outros cochichavam, com uma expressão de culpa e terror, como se agora um castigo inominável estivesse prestes a cair sobre eles; alguns tentavam, com evasivas histéricas, agir como se nada tivesse acontecido.

Como marionetes, os jornais gritaram com a mesma veemência e nos mesmos dias: "É traição social exagerar a importância da deserção de Hank Rearden e minar o moral do público por meio da crendice ultrapassada segundo a qual um indivíduo pode ser importante para a sociedade." "É traição social espalhar boatos a respeito do desaparecimento de Hank Rearden. O Sr. Rearden não desapareceu: ele está em seu escritório, trabalhando normalmente, e não ocorreu nada na Siderúrgica Rearden, senão um pequeno desentendimento entre trabalhadores." "É traição social encarar de modo impatriótico a trágica perda de Hank Rearden. O Sr. Rearden não desertou, e sim faleceu num acidente de trânsito a caminho do trabalho, e seus parentes, pesarosos, insistiram em realizar uma cerimônia fúnebre estritamente em família."

É estranho, pensou ela, *obter notícias apenas por meio de negativas, como se a existência houvesse desaparecido, como se os fatos não existissem mais e apenas as negativas veementes dos funcionários e colunistas pudessem dar pistas referentes à realidade que as notícias negavam.*

"Não é verdade que a Fundição Miller, de Nova Jersey, decretou falência." "Não é verdade que a Companhia Jansen de Motores, de Michigan, fechou as portas." "É uma mentira malévola e antissocial declarar que os fabricantes de produtos de aço estão à beira da falência por causa da ameaça de escassez desse produto. Não há motivos para se esperar uma escassez de aço." "É um boato calunioso e sem fundamento a afirmativa de que está sendo elaborado um Plano de Unificação do Aço, o qual seria defendido pelo Sr. Orren Boyle. O advogado dele acaba de divulgar uma negativa categórica e de afirmar à imprensa que o Sr. Boyle agora se opõe violentamente a qualquer plano dessa natureza. No momento, o Sr. Boyle está de repouso após sofrer um colapso nervoso."

No entanto, podiam-se ver algumas notícias ao vivo nas ruas de Nova York, no crepúsculo frio e úmido das tardes de outono: uma multidão reunida na frente de uma loja de ferragens, cujas portas haviam sido escancaradas pelo dono. Ele convidava as pessoas a entrar e a pegar, à vontade, todas as mercadorias que lhe restavam, enquanto ria, entre soluços atormentadores, e quebrava as vidraças das vitrines. Ou uma multidão reunida à porta de um prédio caindo aos pedaços, à frente da qual esperava uma ambulância da polícia, enquanto os corpos de um homem, sua mulher e seus três filhos eram removidos de um quarto cheio de gás: o homem era um pequeno fabricante de peças de ferro fundido.

Se agora veem o valor de Hank Rearden, pensou Dagny, *por que não o viram antes? Por que não evitaram esta catástrofe que agora se abate sobre eles, ao mesmo tempo evitando que Hank sofresse por tantos anos?* Não encontrava resposta para essas perguntas.

No silêncio das noites insones, concluiu que ela e Rearden haviam agora trocado de lugar: ele estava na Atlântida e ela estava barrada de lá por uma tela de raios – ele estaria, talvez, chamando por Dagny assim como ela chamara por ele em seu avião, mas nenhum sinal dirigido a ela poderia transpor aquela tela.

Porém a tela se abriu por um breve instante – o instante em que ela leu a carta que recebeu uma semana após o desaparecimento de Rearden. No envelope não havia endereço do remetente, apenas o carimbo do correio de algum vilarejo no Colorado. A carta consistia de duas frases:

Estive com ele. Compreendo o que você fez.
H. R.

Dagny ficou imóvel por muito tempo, olhando para a carta, como se não conseguisse se mexer nem sentir nada. Percebeu, então, que seus ombros tremiam, um tremor leve e ininterrupto, e se deu conta de que a violência que se debatia dentro de si era um misto de tributo exultante, gratidão e desespero: o seu tributo à vitória que representava o encontro daqueles dois homens, a vitória final de ambos; a gratidão que sentia pela gente da Atlântida, por ainda a considerarem uma deles e lhe concederem a exceção de receber uma mensagem; e o desespero da consciência de que sua imobilidade era um esforço para não escutar as perguntas que agora estava ouvindo. Galt a teria abandonado? Teria voltado ao vale para conhecer sua maior conquista? Voltaria depois? Teria desistido dela? O insuportável não era o fato de que essas perguntas não tinham resposta, e sim o fato de que esta estava tão a seu alcance e que ela não tinha o direito de dar o simples passo que lhe permitiria conhecê-la.

Não havia feito nenhuma tentativa de ver Galt. Durante um mês, todas as manhãs, ao entrar no escritório, sentia não a sala ao seu redor, e sim os túneis lá embaixo, debaixo de todos os andares do edifício – e trabalhava com a sensação de que uma parte marginal de seu cérebro comparava cifras, lia relatórios, tomava decisões num frenesi de atividade sem vida, enquanto a parte viva de sua mente estava ociosa, parada, contemplando, proibida de se mover, de ir além da frase: Ele está *lá embaixo*. O máximo que se permitira fazer foi consultar a folha de pagamento dos funcionários do terminal. Encontrara o nome: Galt, John. Ele constava da lista há mais de 12 anos. Dagny vira o endereço ao lado do nome e, durante um mês, tentara com toda a força esquecê-lo.

Não fora fácil aguentar aquele mês. No entanto, agora, ao ler a carta, a ideia de que Galt havia ido embora era ainda mais difícil de suportar. Até mesmo o esforço de resistir à tentação de procurá-lo fora um vínculo que a unira a ele, um preço a pagar, uma vitória conquistada em seu nome. Agora não havia nada, apenas uma pergunta que não podia ser feita. Sua presença nos túneis fora o motor que a impelira durante aquelas semanas – do mesmo modo que a presença dele na cidade fora seu motor durante aquele verão, assim como sua presença em algum lugar no mundo fora seu motor durante os anos em que ela ainda não tinha nem mesmo ouvido seu nome. Agora Dagny tinha a impressão de que o seu motor também havia parado.

Continuou trabalhando, tendo o brilho puro de uma moeda de ouro de 5 dólares, que sempre trazia no bolso, como sua última gota de combustível. Prosseguiu trabalhando, protegida do mundo ao seu redor por uma última armadura: a indiferença.

Os jornais não mencionavam as explosões de violência que haviam começado a pipocar por todo o país, porém ela ficava sabendo por meio dos relatórios de chefes de trens que mencionavam vagões com furos de balas, trilhos desmontados, trens atacados, estações sitiadas, em Nebraska, no Oregon, no Texas, em Montana. Explosões inúteis e fadadas ao fracasso, causadas por desespero puro e simples, que terminavam apenas em destruição. Algumas eram localizadas; outras se espalhavam por áreas maiores. Por vezes, todo um distrito se rebelava, encolerizado, prendia os funcionários locais, expulsava os agentes de Washington e matava os coletores de impostos. Depois, ao anunciar sua secessão em relação ao restante do país, chegava ao gesto extremo do próprio mal que havia causado a destruição, como quem combate o assassinato com o suicídio: expropriava todas as propriedades ao seu alcance, declarava que era tudo propriedade comum, para, uma semana depois, sucumbir, após todo o produto do saque ter sido consumido, com o ódio generalizado de todos por todos, no caos da ausência de outra lei que não a do mais forte – sucumbir ao ataque letárgico de um punhado de soldados exaustos enviados de Washington para impor ordem às ruínas.

Os jornais não mencionavam tais coisas. Os editoriais continuavam afirmando que o autossacrifício era o caminho para o progresso futuro, que a ganância era o inimigo, que o amor era a solução, com frases gastas de uma doçura doentia, como o cheiro de éter de um hospital.

Por todo o país, corriam boatos cochichados com um terror cético. No entanto, as pessoas continuavam a ler os jornais e a agir como se acreditassem no que liam, cada uma querendo mostrar que estava mais calada que a outra, cada uma fingindo que não sabia o que sabia, cada uma tentando acreditar que o que não era mencionado não existia. Era como se um vulcão estivesse em plena erupção, e as pessoas ao sopé da montanha ignorassem as súbitas fissuras, a fumaça negra, a lava que escorria e continuassem acreditando que o único perigo seria reconhecer a realidade desses sinais.

"Ouçam a fala do Sr. Thompson sobre a crise mundial, no dia 22 de novembro!"

Era o primeiro reconhecimento do que não podia ser reconhecido. Os anúncios começaram a aparecer uma semana antes da data e eram repetidos com insistência por todo o país: "O Sr. Thompson vai falar ao povo a respeito da crise mundial! Ouçam o Sr. Thompson em todas as estações de rádio e televisão, em cadeia nacional, às 20 horas do dia 22 de novembro!"

De início, as primeiras páginas dos jornais e os gritos dos locutores de rádio explicavam: "Para combater os temores e os boatos espalhados pelos inimigos do povo, o Sr. Thompson vai falar à nação no dia 22 de novembro, apresentando um relatório completo sobre a situação mundial neste momento solene de crise global. O Sr. Thompson dará fim às forças sinistras que querem nos manter no terror e no desespero. Ele trará luz às trevas do mundo e nos mostrará como resolver nossos problemas trágicos – uma solução severa, tal como pede a gravidade do momento, porém gloriosa, tal como convém ao renascer da luz. O discurso do Sr. Thompson será transmitido por todas as estações de rádio deste país e dos países do mundo que ainda estão ao alcance das ondas radiofônicas."

Então o coro explodiu, avolumando-se a cada dia que passava. "Ouçam o Sr. Thompson no dia 22 de novembro!", diziam as manchetes diárias. "Não esqueça o Sr. Thompson no dia 22 de novembro!", alardeavam as estações de rádio ao fim de cada programa. "O Sr. Thompson dirá a verdade!", afirmavam as placas colocadas nos ônibus e nos metrôs, depois nas paredes dos edifícios e em cartazes situados em estradas desertas. "Não se desespere! Ouça o Sr. Thompson!", proclamavam as bandeirolas desfraldadas por todos os carros oficiais. "Não desista! Ouça o Sr. Thompson!", incitavam as faixas colocadas em escritórios e lojas. "Tenha fé! Escute o Sr. Thompson!", bradavam vozes nas igrejas. "O Sr. Thompson lhe dará a resposta!", escreviam com fumaça no céu aviões do Exército – as letras se dissolviam no espaço, e apenas as duas últimas palavras permaneciam intactas quando a frase se completava.

Foram colocados alto-falantes nas praças de Nova York para a transmissão do discurso. De hora em hora eram ligados, roucos, no momento em que os relógios distantes davam as horas; e por sobre o ruído melancólico do trânsito, das multidões esfarrapadas, ouvia-se o grito estridente e mecânico de uma voz assustada: "Ouça o discurso do Sr. Thompson sobre a crise mundial, dia 22 de novembro!" – o grito rasgava o ar frio e desaparecia na névoa do alto dos edifícios, sob a página em branco de um calendário emudecido.

Na tarde de 22 de novembro, Taggart disse a Dagny que o Sr. Thompson queria que ela comparecesse a uma reunião antes do discurso.

– Em Washington? – perguntou ela, espantada, olhando para o relógio.

– Pelo visto, você não tem lido os jornais nem acompanhado os acontecimentos importantes. Não sabia que o Sr. Thompson vai fazer a transmissão de Nova York? Ele veio aqui para se reunir com os líderes da indústria e dos trabalhadores, e com cientistas, profissionais liberais, enfim, com as principais lideranças do país. Ele pediu que eu a levasse à reunião.

– Onde vai ser?

– No estúdio da estação de rádio.

– Eles não vão querer que eu fale a favor das políticas deles para toda a população, não é?

– Não se preocupe, eles não vão permitir que *você* chegue perto de um microfone! Só querem ouvir sua opinião, e você não pode se recusar: é uma emergência nacional, é um convite pessoal do Sr. Thompson! – Ele falava com impaciência, evitando o olhar de Dagny.

– A que horas vai ser a reunião?

– Às 19h30.

– É pouco tempo para uma reunião sobre uma emergência nacional, não é?

– O Sr. Thompson é um homem muito ocupado. Não vá querer discutir, criar dificuldades. Não entendo o que você...

– Está bem – disse ela, indiferente –, eu vou. – Acrescentou, pelo mesmo motivo que não gostaria de ir sem uma testemunha para uma reunião de gângsteres: – Mas vou levar Eddie Willers comigo.

1047

Ele franziu o cenho por um instante, com mais aborrecimento do que ansiedade no rosto.

– Ah, está bem, se você faz questão – disse, dando de ombros.

Dagny foi para o estúdio da estação com Taggart de um lado, como um policial, e Willers do outro, como um guarda-costas. O rosto do irmão estava tenso e ressentido; o de Willers parecia resignado, porém ao mesmo tempo intrigado e curioso. Um cenário de paredes de papelão havia sido construído num canto daquele vão enorme e mal iluminado, um cenário que era um misto de sala de visitas majestosa e gabinete modesto, convencionalmente representados. Havia um semicírculo de poltronas vazias que lembrava o cenário para uma foto de álbum de família, com microfones pendurados como iscas em longos postes, como se para pescar entre as poltronas.

Os maiores líderes do país, em pé, em pequenos aglomerados nervosos, pareciam saldos à venda em uma loja falida: Dagny viu Wesley Mouch, Eugene Lawson, Chick Morrison, Tinky Holloway, o Dr. Floyd Ferris, o Dr. Simon Pritchett, Emma Chalmers (a mãe de Kip), Fred Kinnan e um punhado de empresários assustados, entre os quais a figura ao mesmo tempo constrangida e lisonjeada do Sr. Mowen, da Companhia de Chaves e Sinais, o qual representava, por incrível que parecesse, o papel de um gigante da indústria.

No entanto, quem mais a chocou foi o Dr. Robert Stadler. Dagny não imaginava que fosse possível um rosto envelhecer tanto em apenas um ano: aquela aparência de energia inesgotável, de entusiasmo juvenil desaparecera, e do rosto original só restavam as rugas de amargura e desprezo. Estava sozinho, isolado dos outros, e Dagny percebeu que ele a observava enquanto ela entrava. Parecia um homem que estava num prostíbulo e havia aceitado a natureza do lugar onde se encontrava, até o momento em que sua esposa aparecia de repente: era uma expressão de culpa se transformando em ódio. Então viu Robert Stadler, o cientista, se virar para o outro lado como se não a tivesse visto – como se, por se recusar a encarar um fato, este deixasse de existir.

O Sr. Thompson caminhava entre os grupos, falando com uma ou outra pessoa ao acaso, com aquele jeito nervoso de um homem de ação que sente desprezo pela obrigação de fazer discursos. Tinha na mão um maço de páginas datilografadas, que segurava como quem segura uma trouxa de roupas velhas prestes a serem jogadas fora.

Taggart o pegou de repente e disse, com uma voz alta e insegura:

– Sr. Thompson, gostaria de lhe apresentar minha irmã, a Srta. Dagny Taggart.

– Bondade sua vir até aqui, Srta. Taggart – disse o Sr. Thompson, apertando-lhe a mão como se ela fosse apenas mais uma eleitora do interior cujo nome ele jamais ouvira antes, e imediatamente se afastou.

– Onde é a reunião, Jim? – perguntou ela, olhando para o relógio, que era um enorme mostrador branco com um ponteiro negro que cortava os minutos em fatias, como uma faca, aproximando-se das 20 horas.

– Não posso fazer nada! Não sou eu que mando aqui! – exclamou ele, irritado.

Willers dirigiu a Dagny um olhar de espanto irritado, porém paciente, e se aproximou um pouco mais dela.

De um aparelho de rádio se ouvia um programa de marchas militares, transmitido de um outro estúdio. O som abafava as vozes nervosas e fragmentadas, os passos apressados e indecisos, as câmeras ruidosas sendo arrastadas para focalizar o cenário.

"Não deixem de assistir ao discurso do Sr. Thompson sobre a crise mundial às 20 horas!", gritou a voz marcial de um locutor de rádio quando o relógio já indicava 19h45.

– Vamos logo com isso, pessoal! – exclamou o Sr. Thompson, enquanto o rádio começava a transmitir mais uma marcha.

Faltavam 10 para as oito quando Chick Morrison, o condicionador do moral, que parecia estar no comando, gritou:

– Vamos, gente, vamos sentar, cada um em seu lugar!

Ele brandia um maço de papéis como se fosse uma batuta, indicando o círculo de poltronas agora fortemente iluminado.

O Sr. Thompson sentou-se pesadamente na poltrona central, como quem pega um lugar vazio no metrô.

Os assistentes de Morrison estavam arrebanhando a multidão e guiando-a em direção ao círculo de luz.

– Uma família feliz – explicava Morrison. – O país tem que nos ver como uma família grande e feliz... O que foi isso?

A música do rádio havia parado de repente, com um estalo, no meio de uma melodia alegre. Eram 19h51. Morrison deu de ombros e prosseguiu:

– Uma família grande, feliz, unida. Vamos, pessoal. Primeiro uns closes do Sr. Thompson.

O ponteiro do relógio continuava cortando fatias de minutos, enquanto os fotógrafos da imprensa tiravam fotos da cara azeda e impaciente do Sr. Thompson.

– O Sr. Thompson ficará sentado entre a ciência e a indústria! – anunciou Morrison. – Dr. Stadler, por favor, na poltrona à esquerda do Sr. Thompson. Srta. Taggart, por aqui, por favor, à direita do Sr. Thompson.

Stadler obedeceu. Dagny permaneceu imóvel.

– Não é só para a imprensa, é para o público da televisão – lhe explicou Morrison, como quem tenta persuadir.

Ela deu um passo à frente.

– Não vou participar desse programa – disse, num tom seco, dirigindo-se ao Sr. Thompson.

– Não? – perguntou ele, sem entender, com a mesma expressão que manifestaria se um dos vasos de flores de repente se recusasse a participar.

– Dagny, pelo amor de Deus! – gritou Taggart em pânico.

– O que há com ela? – perguntou o Sr. Thompson.

– Mas, Srta. Taggart! Por quê? – perguntou Morrison.

– Vocês todos sabem por quê – disse ela para os rostos ao seu redor. – É incrível vocês terem a coragem de tentar esse golpe outra vez.

– Srta. Taggart! – berrou Morrison quando ela se virou para ir embora. – É uma emergência na...

Então um homem correu em direção ao Sr. Thompson, e ela parou. Todos pararam – e a expressão do rosto daquele homem fez com que todos se calassem de repente. Era o engenheiro-chefe da estação, e era estranho ver aquela fisionomia de terror primitivo se debatendo contra os últimos vestígios de autocontrole civilizado.

– Sr. Thompson – disse ele –, talvez... talvez seja necessário adiar a transmissão.

– *O quê?!* – exclamou o Sr. Thompson.

O relógio indicava 19h58.

– Estamos tentando consertar, Sr. Thompson, estamos tentando descobrir o que é... mas talvez não dê tempo e...

– De que você está falando? O que houve?

– Estamos tentando localizar o...

– O que aconteceu?

– Não sei! Mas... nós... nós não conseguimos entrar no ar, Sr. Thompson.

Houve um momento de silêncio. Depois o Sr. Thompson perguntou, com uma voz anormalmente baixa:

– Você está maluco?

– Devo estar. Quem dera que estivesse. Não consigo entender. A estação está fora do ar.

– Problema técnico? – berrou o Sr. Thompson, pondo-se de pé com um salto. – Problema técnico numa hora dessas, seu idiota? Se é assim que você chefia esta estação...

O engenheiro-chefe sacudiu a cabeça lentamente, como um adulto que hesita em assustar uma criança.

– Não é só esta estação, Sr. Thompson – disse ele em voz baixa. – São todas as estações do país, pelo que pudemos averiguar. E não é nenhum problema técnico. Nem aqui nem em lugar nenhum. O equipamento está em perfeito estado, e nas outras estações também, mas... mas todas as estações de rádio saíram do ar às 19h51, e... ninguém consegue descobrir o motivo.

– Mas... – exclamou o Sr. Thompson. Então parou, olhou ao redor e gritou: – Logo hoje! Você não pode deixar uma coisa dessas acontecer hoje! Você tem que dar um jeito de transmitir o meu discurso!

– Sr. Thompson – disse o homem lentamente –, ligamos para o Instituto Científico Nacional. Eles... eles nunca viram nada igual. Disseram que pode ser um fenômeno natural, algum distúrbio cósmico que nunca aconteceu antes, que...

– Só que o quê?

– Mas eles não acham que seja isso, não. Nem nós. Eles dizem que parecem ter sido ondas de rádio, só que de uma frequência nunca produzida antes, jamais observada em parte alguma, jamais descoberta por ninguém.

Ninguém disse nada. Após um momento, o engenheiro-chefe prosseguiu, com uma voz estranhamente solene:

– Parece uma muralha de ondas radiofônicas bloqueando o ar, e não conseguimos atravessá-la, não conseguimos rompê-la... E o pior é que não conseguimos localizar a fonte, por nenhum de nossos métodos convencionais... Elas parecem vir de um transmissor que... que faz com que todos os transmissores que conhecemos pareçam brincadeira de criança!

– Mas isso não é possível! – O grito veio de trás do Sr. Thompson, e todos se viraram para ver de quem ele partira, surpresos com o tom de terror que havia nele. Quem gritara fora o Dr. Stadler. – Isso não existe! Não há ninguém no mundo capaz de fazer isso!

O engenheiro-chefe abriu os braços.

– É esse o problema, Dr. Stadler – disse com uma voz cansada. – Não pode ser. Não devia ser possível. Mas existe.

– Bem, façam alguma coisa! – disse o Sr. Thompson para ninguém em particular.

Ninguém disse nada nem se mexeu.

– Eu não admito isso! – exclamou o Sr. Thompson. – Não admito! Logo hoje! Eu tenho que fazer esse discurso! Faça alguma coisa! Dê um jeito nisso, seja o que for! É uma ordem!

O engenheiro-chefe lhe dirigia um olhar vazio.

– Vou despedir todos vocês por causa disso! Vou despedir todos os engenheiros eletrônicos do país! Vou botar toda a sua categoria no banco dos réus, acusada de sabotagem, deserção e traição! Você está me ouvindo? Agora faça alguma coisa, seu desgraçado! Faça alguma coisa!

O engenheiro-chefe o olhava impassível, como se as palavras não exprimissem mais nada.

– Não haverá ninguém aqui capaz de obedecer a uma ordem? – gritou o Sr. Thompson. – Não restará mais nenhum cérebro no país?

O relógio marcava 20 horas.

"Senhoras e senhores", disse uma voz vinda do rádio, uma voz de homem límpida, calma e implacável, o tipo de voz que há anos não se ouvia no rádio, "o Sr. Thompson não vai lhes falar esta noite. O tempo dele se esgotou. Eu o assumi. Foi-lhes anunciado um discurso a respeito da crise mundial. É isso que vão ouvir."

Três interjeições soaram em reconhecimento àquela voz, mas ninguém conseguiu percebê-las em meio aos ruídos da multidão, que já não estava mais em condições nem de gritar. Uma das interjeições era de triunfo; a outra, de terror; a terceira, de surpresa. Três pessoas haviam reconhecido aquela voz: Dagny, o Dr. Stadler e Eddie Willers. Ninguém olhou para Willers, porém Dagny e o Dr. Stadler se entreolharam. Ela viu que o rosto do cientista estava distorcido por um terror malévolo quase intolerável. Stadler sabia que Dagny sabia e que ela o olhava como se o homem que falara no rádio houvesse esbofeteado o rosto dele.

"Há 12 anos vocês perguntam: 'Quem é John Galt?' Bem, quem está falando é John Galt. Eu sou o homem que ama a vida. Sou o homem que não sacrifica seu amor nem seus valores. Sou o homem que os privou de vítimas e, portanto, destruiu seu mundo, e, se vocês querem saber por que estão sendo destruídos – vocês que odeiam o conhecimento –, eu sou aquele que vai lhes dizer por quê."

O engenheiro-chefe foi o único que conseguiu se mover. Correu até um televisor e o ligou nervosamente. Porém a tela permanecia em branco: o homem resolvera não ser visto. Apenas sua voz preenchia as frequências radiofônicas do país – *Do mundo*, pensou o engenheiro-chefe –, como se estivesse falando ali, naquela sala, dirigindo-se não a um grupo, e sim a um homem. Não era o tom de quem se dirige a pessoas reunidas, e sim a uma mente.

"Vocês ouvem dizer que vivemos uma era de crise moral. Vocês mesmos já disseram isso, com um misto de medo e esperança de que essas palavras nada signifiquem. Exclamam que os pecados do homem estão destruindo o mundo e maldizem a natureza humana por ela se recusar a exercer as virtudes que exigem dela. Como para vocês virtude é sacrifício, exigem cada vez mais sacrifícios a cada desastre que acontece. Em nome de uma volta à moralidade, vocês sacrificaram todos aqueles males que consideravam ser a causa de seu sofrimento. Sacrificaram a justiça em nome da piedade. Sacrificaram a independência em nome da unidade. Sacrificaram a razão em nome da fé. Sacrificaram a riqueza em nome da necessidade. Sacrificaram o amor-próprio em nome do autossacrifício. Sacrificaram a felicidade em nome do dever.

"Vocês destruíram tudo aquilo que consideravam mau e atingiram tudo o que consideravam bom. Por que então lhes causa horror o mundo que os cerca? Este mundo não é produto de seus pecados, e sim produto e imagem de suas virtudes. É o seu ideal moral concretizado na íntegra, na sua total perfeição. Vocês lutaram por isso, sonharam com isso, desejaram isso, e eu... eu sou o homem que satisfez esse seu desejo.

"Seu ideal tinha um inimigo implacável, que seu código moral tinha por objetivo destruir. Eu afastei esse inimigo. Eu o retirei da sua frente e do seu alcance. Retirei a fonte de todos os males que vocês sacrificavam, um por um. Pus fim à sua luta. Parei o seu motor. Privei seu mundo da mente humana.

"Vocês afirmam que o homem não vive de sua mente? Pois retirei do mundo os homens que o fazem. Vocês dizem que a mente é impotente? Pois retirei do mundo aqueles cujas mentes não o são. Afirmam que há valores mais elevados do que a mente? Pois retirei do mundo aqueles para quem não há.

"Enquanto arrastavam para seus altares de sacrifício os homens justos, independentes, racionais, ricos e cheios de amor-próprio, fui mais rápido do que vocês e os alcancei antes. Eu lhes disse a natureza do jogo que estavam jogando e do seu código moral, que eles eram generosos e inocentes demais para compreender. Mostrei-lhes como viver com base numa outra moralidade – a minha. Eles optaram por obedecer a ela.

"Todos os homens que desapareceram, os homens que vocês detestavam, porém temiam perder, fui eu quem os retirou do seu mundo. Não tentem nos encontrar. Não queremos ser encontrados. Não digam que é nosso dever servi-los. Não reconhecemos esse dever. Não digam que pertencemos a vocês. Não é verdade. Não nos peçam para voltar. Estamos em greve, nós, os homens possuidores de mentes.

"Estamos em greve contra o autossacrifício. Estamos em greve contra a doutrina de recompensas imerecidas e deveres não recompensados. Estamos em greve contra o dogma de que desejar a felicidade para si próprio é algo mau. Estamos em greve contra a doutrina de que a vida é culpa.

"Há uma diferença entre a nossa greve e todas aquelas que vocês vêm fazendo há séculos: a nossa consiste não em fazer exigências, e sim em atender exigências. Somos maus, segundo a sua moralidade. Resolvemos não lhes fazer mais mal. Somos inúteis, de acordo com a sua economia. Resolvemos não explorá-los mais. Somos perigosos e merecemos viver acorrentados, segundo a sua política. Resolvemos não ameaçá-los, nem continuar a usar essas correntes. Somos apenas uma ilusão, segundo a sua filosofia. Resolvemos não cegá-los mais e deixá-los livres para encarar a realidade – a realidade que vocês queriam, o mundo tal qual o veem agora, um mundo sem mente.

"Concedemos tudo o que vocês exigiam de nós, nós que sempre lhes demos tudo, mas só agora o compreendemos. Não temos exigências a lhes fazer, não apresentamos quaisquer propostas de negociação, nenhuma solução conciliatória. Vocês não têm nada a nos oferecer. Não precisamos de *vocês*.

"Então agora vocês estão gritando. Não, não era isso que vocês queriam? Então um mundo sem mente, um mundo de ruínas não era seu objetivo? Vocês não queriam que nós os abandonássemos? Seus canibais, sei que vocês sempre souberam o que queriam. Mas agora a brincadeira terminou, porque agora nós também sabemos.

"Durante séculos de pragas e catástrofes, causadas pelo seu código moral, vocês vêm exclamando que seu código foi violado, que as pragas eram castigos por causa dessas violações, que o homem era fraco e egoísta demais para derramar todo o sangue que esse código exigia. Vocês amaldiçoavam o homem, condenavam a existência, abominavam esta Terra, mas jamais ousaram questionar seu código. Suas vítimas assumiam a culpa e continuavam a trabalhar, recebendo suas maldições como recompensa pelo seu martírio, enquanto vocês continuavam a choramingar, dizendo que seu código era nobre, apenas a natureza humana não era boa o suficiente para praticá-lo. E ninguém levantou a voz para perguntar: 'Bem, por quais padrões?'

"Vocês queriam conhecer a identidade de John Galt. Eu sou o homem que fez essa pergunta.

"Sim, é verdade que vivemos numa época de crise moral. Sim, é verdade que vocês estão sendo punidos pelo mal que cometeram. Mas não é o homem que está sendo julgado, não é a natureza humana que vai ser julgada culpada. É o seu código moral que finalmente chegou ao clímax, ao beco sem saída que é seu destino. E, se vocês querem continuar vivos, o que precisam fazer agora não é *voltar* à moralidade – visto que jamais conheceram o que tal coisa significa –, e sim *descobri-la*.

"Os únicos conceitos de moralidade que conhecem são o místico e o social. Vocês aprenderam que a moralidade é um código de comportamento imposto pelo capricho de um poder sobrenatural ou da sociedade para servir os desígnios de Deus ou o bem-estar do próximo, para agradar a uma autoridade do outro mundo ou da casa ao lado – mas não para servir à própria vida e ao próprio prazer. Vocês aprenderam que o seu próprio prazer se encontra na imoralidade, os seus próprios interesses residem no mal, e que todo código moral tem que ser voltado não *para* vocês, mas *contra* vocês, não para promover a vida, mas para abatê-la.

"Durante séculos, a luta da moralidade foi travada entre aqueles que afirmavam que a sua vida pertence a Deus e aqueles que afirmavam que ela pertence ao próximo. Entre aqueles que pregavam que o bem é se sacrificar em nome de fantasmas no céu e aqueles que pregavam que o bem é se sacrificar em nome dos incompetentes na Terra. E ninguém veio para lhes dizer que a sua vida pertence a vocês e que o bem consiste em vivê-la.

"Ambas as partes em conflito estavam de acordo quanto a uma coisa: a moral exige que se abandone o interesse próprio e a mente. A moral e a vida prática são conflitantes. A moralidade não faz parte do domínio da razão, e sim da fé e da força. Ambas as partes concordavam que não é possível haver uma moralidade racional, que não há certo e errado na razão – que na razão não há razão para se agir conforme a moral.

"Ainda que brigassem por vários motivos, todos os moralistas se uniam na luta contra a mente do homem. Era a mente do homem que todos os sistemas e dogmas deles visavam saquear e destruir. Agora vocês têm que optar: ou morrer ou aprender que ser contra a mente é ser contra a vida.

"A mente do homem é o instrumento básico de sua sobrevivência. A vida lhe é concedida, mas não a sobrevivência. Seu corpo lhe é concedido, mas não o seu sustento. Sua mente lhe é concedida, mas não o seu conteúdo. Para permanecer vivo, ele tem de agir, e, para que possa agir, tem de conhecer a natureza e o propósito de sua ação. Ele não pode se alimentar sem conhecer qual é seu alimento e como tem de agir para obtê-lo. Não pode cavar um buraco, nem construir um cíclotron, sem conhecer seu objetivo e os meios de atingi-lo. Para permanecer vivo, ele tem de pensar.

"Mas pensar é um ato de escolha. A chave daquilo que vocês denominam, com tanta leviandade, 'natureza humana', o segredo de polichinelo com que vocês convivem, porém não ousam assumir, é o fato de que *o homem é um ser cuja consciência tem poder de escolha.* A razão não atua automaticamente. Pensar não é um processo mecânico. As conexões lógicas não são feitas por instinto. A função do estômago, dos pulmões, do coração é automática, mas a função da mente não é. A qualquer momento, em qualquer etapa da vida, vocês são livres para pensar ou se esquivar do esforço de pensar. Porém não são livres para escapar da sua natureza, do fato de que *a razão* é o seu meio de sobrevivência – de modo que para *vocês,* como seres humanos, a questão do 'ser ou não ser' é a questão de 'pensar ou não pensar'.

"Um ser cuja consciência tem poder de escolha não possui um curso automático de comportamento. Ele precisa de um código de valores para orientar seus atos. 'Valor' é aquilo que se age para ganhar ou conservar; 'virtude' é o ato por meio do qual se ganha ou se conserva o valor. 'Valor' pressupõe uma resposta à pergunta: valor para quem e por quê? Pressupõe um padrão, um objetivo e a necessidade de ação em oposição a uma alternativa. Onde não há alternativas não pode haver valores.

"Só há duas alternativas fundamentais no universo – existência ou não existência –, que só se aplicam a uma única classe de entidades: os organismos vivos. A existência da matéria inanimada é incondicional, mas a existência da vida não é: ela depende de um curso de ação específico. A matéria é indestrutível, muda de forma, mas não pode deixar de existir. É apenas o organismo vivo que se defronta com duas alternativas constantes: vida ou morte. A vida é um processo de ação que se autossustenta e gera a si própria. Se um organismo fracassa nesse processo, ele morre. Os elementos químicos que o compõem permanecem, mas a vida desaparece. É apenas o conceito de 'vida' que torna possível o conceito de 'valor'. Só para um ser vivo as coisas podem ser boas ou más.

"A planta precisa de alimento para viver. O sol, a água, as substâncias químicas de que ela precisa são os valores que a natureza dela a faz buscar. Sua vida é o padrão de valor que orienta seus atos. Mas a planta não pode escolher um curso de ação. Há alternativas nas condições que ela encontra, porém não nas suas funções: ela age automaticamente para preservar sua vida e não pode agir em prol de sua autodestruição.

"O animal possui meios que lhe possibilitam preservar sua vida. Seus sentidos lhe oferecem um código de ação automático, um conhecimento automático do que é bom ou mau. Ele não tem o poder de aumentar esse conhecimento nem de se esquivar dele. Quando seu conhecimento se revela inadequado, ele morre. Porém, enquanto está vivo, ele age com base em seu conhecimento, com segurança automática e sem poder de escolha. Ele é incapaz de ignorar seu próprio bem, de optar pelo mal e agir para destruir a si próprio.

"O homem não possui nenhum código de sobrevivência automático. O que o distingue de todos os outros seres vivos é a necessidade de agir em face de alternativas por meio da *escolha de sua vontade.* Ele não possui um conhecimento automático do que é bom ou mau para ele, de quais são os valores em que se baseia sua vida, de que curso de ação tais valores precisam. Vocês vivem falando em instinto de autopreservação, não é? Pois *instinto* de autopreservação é justamente aquilo que o homem não tem. 'Instinto' é uma forma de conhecimento automática e infalível. Um desejo não é um instinto. Um desejo de viver não dá a vocês o conhecimento necessário para viver. E até mesmo o desejo de viver do homem não é automático: o mal secreto de que são culpados hoje é justamente o fato de que vocês *não* têm este desejo. O seu medo de morrer não é amor à vida e não lhes dará o conhecimento necessário à preservação dela. O homem é obrigado a adquirir conhecimentos e a optar entre cursos de ação por meio de um processo de raciocínio, processo esse que a natureza não pode obrigá-lo a utilizar. O homem tem o poder de agir em prol de sua autodestruição – e é assim que ele vem agindo durante a maior parte da sua história.

"Um ser vivo que considerasse mau o seu meio de sobrevivência não poderia sobreviver. Uma planta que se esforçasse para destruir suas raízes ou uma ave que tentasse quebrar as próprias asas não permaneceriam muito tempo vivas. Porém a história do homem tem sido uma luta voltada para a negação e a destruição de sua mente.

"Afirma-se que o homem é um ser racional, porém a racionalidade é uma questão de opção – e as alternativas que sua natureza lhe oferece são estas: um ser racional ou um animal suicida. O homem tem que ser homem – por escolha, ele tem que ter sua vida como um valor; por escolha, tem que aprender a preservá-la; por escolha; tem que descobrir os valores que ela requer e praticar suas virtudes. Por *escolha*.

"Um código de valores aceito por escolha é um código moral.

"Sejam vocês quem forem, vocês que estão me ouvindo agora, estou me dirigindo ao que restar de incorrupto em vocês, ao vestígio de humanidade, à sua *mente*. E digo: existe, sim, uma moralidade da razão, uma moralidade própria ao homem, e *a vida do homem* é o seu padrão de valor.

"Tudo aquilo que é apropriado à vida de um ser racional é bom; tudo aquilo que a destrói é mau.

"A vida do homem, tal como exige sua natureza, não é a vida de um brutamontes irracional, de um marginal saqueador nem de um místico parasitário, e sim a vida de um ser pensante. Não uma vida por meio da força nem da fraude, e sim por meio da realização. Não a sobrevivência a qualquer preço, visto que há apenas um preço que paga a sobrevivência do homem: a razão.

"A vida do homem é o *padrão* da moralidade, mas a própria vida é o *objetivo* dela. Se a existência na Terra é a sua meta, vocês têm que escolher seus atos e valores com base no padrão daquilo que é próprio ao homem – com o objetivo de preservar, concretizar e desfrutar o valor insubstituível que é a sua vida.

"Como a vida exige um curso de ação específico, qualquer outro caminho a destruirá. Um ser que não tenha a própria vida como motivo e meta de seus atos age com o motivo e o padrão da *morte*. Um ser assim é metafisicamente monstruoso, um ser que luta para se opor, negar e contradizer o fato de sua própria existência, correndo às cegas numa trilha de destruição, incapaz de gerar o que quer que seja que não a dor.

"A felicidade é o estado de sucesso da vida; a dor é um agente da morte. A felicidade é aquele estado da consciência que decorre da realização dos valores que se tem. Uma moralidade que ousa lhes dizer que vocês devem procurar a felicidade na renúncia à sua felicidade – valorizar o fracasso de seus valores – é uma insolente negação da moralidade. Uma doutrina que lhes dá como ideal o papel de animal a ser sacrificado em holocausto no altar dos outros lhes dá a *morte* como padrão. Por obra e graça da realidade e da natureza da vida, o homem – todo homem – é um fim em si, existe por si, e a realização de sua própria felicidade é seu mais elevado objetivo moral.

"Mas nem a vida nem a felicidade podem ser alcançadas pela busca de caprichos irracionais. Assim como o homem é livre para tentar sobreviver de qualquer maneira aleatória – mas há de morrer se não viver de acordo com as exigências de sua natureza –, ele também é livre para buscar sua felicidade em qualquer fraude irracional. Nesse caso, porém, a tortura da frustração é tudo o que ele encontrará, a menos que busque a felicidade própria do homem. O objetivo da moralidade é ensinar não a sofrer e morrer, e sim a gozar a vida e viver.

"Deixem de lado esses parasitas de salas de aula subsidiadas que vivem dos lucros das mentes de outrem e proclamam que o homem não precisa de moralidade, nem de valores, nem de códigos de comportamento. Eles, que se fazem passar por cientistas e afirmam que o homem não passa de um animal, não o incluem na lei da existência que concedem ao mais humilde inseto. Eles reconhecem que toda espécie de ser vivo tem um modo de sobrevivência exigido por sua natureza e não afirmam que um peixe é capaz de viver fora d'água nem que um cão pode viver sem seu olfato, porém declaram que o homem, o mais complexo dos seres, pode sobreviver de qualquer maneira imaginável, não tem identidade nem natureza e pode perfeitamente viver com seu meio de sobrevivência destruído, sua mente sufocada e colocada à disposição de quaisquer ordens que resolvam dar.

"Deixem de lado todos esses místicos corroídos pelo ódio, que se fazem passar por amigos da humanidade e pregam que a mais elevada virtude de que o homem é capaz é não dar valor à própria vida. Eles lhes dizem, por acaso, que o objetivo da moralidade é refrear o instinto humano de autopreservação? É para a própria preservação que o homem precisa de um código moral. O único homem que deseja agir segundo a moralidade é o homem que deseja viver.

"Não, vocês não são obrigados a viver. Essa é a sua escolha básica. Mas, se optam por viver, então são obrigados a levar a vida como homens – por suas ações e pelos juízos de sua mente.

"Não, não são obrigados a viver como homens; esse é um ato de escolha moral. Mas vocês não podem viver como nenhuma outra coisa – e a alternativa é esse estado de morto-vivo que agora veem dentro de si próprios e ao seu redor, esse estado de coisa incapaz de existir, que não é mais humano e é algo menos que um animal, que só conhece a dor e se arrasta na agonia da autodestruição irracional.

"Não, vocês não são obrigados a pensar; esse é um ato de escolha moral. Mas alguém teve de pensar para mantê-los vivos. Se vocês optam pela inconsequência, fraudam a existência e repassam essa dívida para algum homem moralmente correto, na esperança de que ele quite sua dívida para que vocês possam sobreviver ao próprio mal.

"Não, vocês não são obrigados a ser homens, mas hoje em dia aqueles que o são não estão mais aí. Eu retirei do mundo de vocês seus meios de sobrevivência: as suas vítimas.

"Se querem saber como fiz isso e o que eu disse a essas pessoas para fazê-las desistir, ouçam o que digo. Basicamente, eu lhes disse o que estou dizendo a vocês agora. Eram homens que haviam sempre seguido o meu código, porém não tinham consciência da grande virtude que esse código representa. O que lhes ofereci não foi uma reavaliação, mas apenas a identificação de seus valores.

"Nós, os homens possuidores de mentes, estamos em greve contra vocês em nome de um único axioma, que é a raiz de nosso código moral, do mesmo modo como a raiz do de vocês é o desejo de se esquivar dele: o axioma segundo o qual *a existência existe*.

"A existência existe, e o ato de apreender essa afirmação implica dois axiomas corolários: que existe algo que se percebe, e que aquele que percebe existe como possuidor de uma consciência, sendo esta a faculdade de perceber aquilo que existe.

"Se nada existe, não pode haver consciência: uma consciência que não tenha nada de que possa ser consciente é uma contradição. Uma consciência consciente apenas de si própria é uma contradição: para que possa se identificar com a consciência, ela tem de previamente ser consciente de algo. Se aquilo que se afirma perceber não existe, o que se tem não é consciência.

"Qualquer que seja o grau de conhecimento que se tem, estas duas coisas – existência e consciência – são axiomas inevitáveis; são os elementos básicos irredutíveis e imprescindíveis a toda e qualquer ação empreendida, em qualquer parte do conhecimento e em sua totalidade, desde o primeiro raio de luz que se percebe ao nascer até a mais vasta erudição que se pode ter adquirido ao fim da vida. Quer se conheça a forma de um seixo, quer a estrutura de um sistema solar, os axiomas permanecem os mesmos: *a coisa existe* e vocês *a conhecem*.

"Existir é ser alguma coisa, em oposição ao nada da não existência. É ser uma entidade de natureza específica dotada de atributos específicos. Há séculos, o homem que foi o maior dos filósofos, apesar de seus erros, enunciou a fórmula que define o conceito de existência e a regra de todo conhecimento: *A é A*. Uma coisa é o que é. Vocês jamais apreenderam o significado dessa afirmação. Estou aqui para completá-la: a Existência é Identidade, a Consciência é Identificação.

"Seja o que for o que se quer considerar, um objeto, um atributo ou uma ação, a lei da identidade permanece a mesma: Uma folha não pode ser uma pedra ao mesmo tempo que é uma folha; não pode ser toda vermelha e toda verde ao mesmo tempo e não pode congelar e queimar simultaneamente. A é A.

"Vocês gostariam de saber o que há de errado no mundo? Todos os desastres que destruíram seu mundo decorreram da tentativa de seus líderes de fugir do fato de que A é A. Todo o mal secreto que vocês temem encarar dentro de si mesmos e toda a dor que sofreram decorreram da sua tentativa de fugir do fato de que A é A. O objetivo daqueles que lhes ensinaram a fugir desse fato era fazê-los esquecer que o Homem é o Homem.

"O homem só pode sobreviver adquirindo conhecimento, e a razão é seu único meio de conseguir tal coisa. A razão é a faculdade que percebe, identifica e integra os dados fornecidos pelos sentidos do homem. A tarefa dos sentidos é dar a ele a prova de que ele existe, porém a tarefa de identificar sua existência cabe à sua razão. Seus sentidos lhe dizem apenas que algo *é*, mas sua mente tem que aprender *o que* aquilo que é é.

"Toda atividade racional é um processo de identificação e integração. O homem, por exemplo, percebe uma mancha colorida. Ao integrar os dados fornecidos por sua visão e seu tato, ele aprende a identificá-la como um objeto sólido. Aprende a identificar que tal objeto é uma mesa. Aprende que a mesa é feita de madeira; que a madeira consiste em células, que as células consistem em moléculas, que as moléculas consistem em átomos. No decorrer de todo esse processo, a tarefa de sua mente se resume em dar respostas a uma única pergunta: *O que é?* O meio de que dispõe para determinar a verdade de suas respostas é a lógica, e esta se baseia no axioma de que a existência existe. A lógica é a arte da *identificação não contraditória*. Uma contradição não pode existir. Um átomo é o que é, e o universo também; nem um nem outro podem contradizer sua própria identidade; tampouco pode uma parte contradizer o todo. Nenhum conceito formado pelo homem é válido a menos que ele o integre sem contradição no somatório de seu conhecimento. Chegar a uma contradição é confessar um erro de raciocínio; manter uma contradição é abdicar da própria mente e se exilar do domínio da realidade.

"A realidade é aquilo que existe. O irreal não existe – é apenas a *negação* da existência, que é o conteúdo de uma consciência humana que tenta abandonar a razão. A verdade é o reconhecimento da realidade e a razão é o único meio de conhecimento de que dispõe o homem, seu único padrão de verdade.

"A pergunta mais perversa que vocês podem fazer agora é: A razão *de quem*? A resposta é: a sua. Por maior ou menor que seja a soma dos seus conhecimentos, é a sua própria mente que tem de adquiri-los. Vocês só podem trabalhar com os seus próprios conhecimentos. São apenas os seus próprios conhecimentos que vocês podem afirmar possuir ou podem pedir que os outros levem em consideração. A sua mente é o seu único juiz da verdade – e, se os outros discordam do seu veredicto, a realidade é a última instância de apelação. Nada senão a mente de um homem pode realizar aquele processo complexo, delicado e crucial de identificação que é o pensamento. Nada senão seu próprio discernimento pode orientar esse processo. Nada senão sua integridade moral pode orientar seu discernimento.

"Vocês falam em 'instinto moral' como se fosse algum atributo independente que se opusesse à razão. A razão do homem é sua faculdade moral. Um processo racional é um processo de escolha constante em resposta à pergunta: verdadeiro ou falso? *Certo ou errado?* Uma semente deve ser plantada na terra para germinar – certo ou errado? Uma ferida deve ser desinfetada para salvar a vida do ferido – certo ou errado? A natureza da eletricidade atmosférica permite que ela seja convertida em energia cinética – certo ou errado? Foram as respostas dadas a perguntas desse tipo que lhes deram tudo o que vocês têm agora – e as respostas vieram de uma mente humana, uma mente intransigentemente dedicada àquilo que é *certo*.

"Um processo racional é um processo *moral*. Vocês podem cometer um erro em qualquer momento desse processo, tendo como única proteção o seu próprio rigor, ou então vocês podem tentar falsear o processo, utilizar dados falsos e se esquivar do esforço da busca – mas, se a dedicação à verdade é o que caracteriza a moralidade, então não existe uma forma de dedicação maior, mais nobre e mais heroica do que o ato de assumir a responsabilidade de pensar.

"Aquilo que vocês denominam alma ou espírito é a sua consciência, e o que denominam livre-arbítrio é a liberdade que sua mente tem de pensar ou não, a única vontade que vocês têm, sua única liberdade, a escolha que determina todas as escolhas que vocês fazem, que determina a sua vida e o seu caráter.

"Pensar é a única virtude básica do homem, da qual todas as outras decorrem. É seu vício básico, a fonte de todos os seus males. É aquele ato sem nome que todos vocês praticam, porém se esforçam para jamais admitir: o ato de silenciar, de suspender voluntariamente a própria consciência, de se recusar a pensar. Não ser cego, mas se recusar a ver; não ser ignorante, mas se recusar a saber. É o ato de tirar de foco a mente e induzir uma névoa interior para fugir da responsabilidade do discernimento – com base na premissa jamais expressa de que uma coisa deixa de existir se vocês se recusarem a identificá-la, de que A não é A enquanto não pronunciarem o veredicto 'A é A'. O não pensar é um ato de aniquilamento, um desejo de negar a existência, uma tentativa de apagar a realidade. Porém a existência existe; a realidade não se deixa apagar, mas acaba apagando aquele que deseja apagá-la. Quem se recusa a dizer 'É' se recusa a dizer 'Sou'. Quem não utiliza seu discernimento nega a si próprio. O homem que afirma 'Quem sou eu para saber?' está afirmando: 'Quem sou eu para viver?'

"Esta, a qualquer momento, em qualquer questão, é a sua escolha moral básica: pensar ou não pensar, existência ou não existência, A ou não A, entidade ou zero.

"Na medida em que um homem é racional, a vida é a premissa que orienta seus atos. Na medida em que ele é irracional, a premissa que orienta seus atos é a morte.

"Vocês que dizem que a moralidade é social e que o homem não precisaria de moralidade numa ilha deserta, saibam que é numa ilha deserta que ela seria mais necessária. Se o homem tentar afirmar, sem haver vítimas para pagar por ele, que uma pedra é uma casa, que a areia é roupa, que a comida cairá na sua boca sem que ele precise se esforçar, que amanhã ele terá uma colheita mesmo devorando todo o seu grão hoje, a realidade o apagará, tal como ele merece. A realidade lhe mostrará que a vida é um valor a ser comprado e que o pensamento é a única moeda nobre o bastante para comprá-la.

"Se eu quisesse utilizar a sua linguagem, diria que o único mandamento moral do homem é: 'Pensarás.' Porém um 'mandamento moral' é uma contradição. A moral é o escolhido, não o forçado; é o compreendido, não o obedecido. A moral é o racional, e a razão não aceita mandamentos.

"A minha moralidade, a moralidade da razão, está contida num único axioma: a existência existe – e numa única escolha: viver. O restante decorre dessas duas coisas. Para viver, o homem precisa de três coisas como valores supremos e dominadores de sua vida: razão, determinação e amor-próprio. Razão, seu único instrumento para adquirir conhecimento; determinação, sua escolha da felicidade que esse instrumento busca realizar; amor-próprio, sua certeza inabalável de que sua mente tem competência para pensar e sua pessoa merece a felicidade, ou seja: merece viver. Esses três valores implicam e requerem todas as virtudes do homem, e todas elas decorrem da relação entre existência e consciência: racionalidade, independência, integridade, honestidade, justiça, produtividade, orgulho.

"Racionalidade é o reconhecimento do fato de que a existência existe, de que nada pode alterar a verdade e nada pode ter mais valor do que o ato de perceber a verdade, o pensamento de que a mente é o único árbitro de valores e único guia para a ação; de que a razão é um absoluto que não admite transigências; de que uma concessão ao irracional invalida a consciência e a faz falsificar a realidade ao invés de percebê-la; de que a fé, esse suposto atalho que leva ao conhecimento, é apenas um curto-circuito que destrói a mente; de que a aceitação de uma invenção mística é um desejo de aniquilamento da existência que aniquila a consciência.

"Independência é o reconhecimento do fato de que a responsabilidade de discernir é sua e nada pode ajudá-los a se esquivar dessa responsabilidade; de que nenhum substituto pode pensar por vocês; de que nenhum substituto pode viver a sua vida; de que a forma mais vil de autodegradação e autodestruição é subordinar a sua mente à de outro, aceitar uma autoridade sobre seu cérebro, aceitar as afirmações de outro como fatos, suas opiniões como verdades, seus decretos como intermediários entre sua consciência e sua existência.

"Integridade é o reconhecimento do fato de que vocês não podem falsificar a sua consciência, do mesmo modo que honestidade é o reconhecimento do fato de que vocês não podem falsificar a existência; de que o homem é uma entidade indivisível, uma unidade integrada de dois atributos – matéria e consciência –, e que ele não pode admitir uma ruptura entre corpo e mente, entre ato e pensamento, entre sua vida e suas convicções; de que, como um juiz que não dá importância à opinião pública, ele não pode sacrificar suas convicções em prol dos desejos dos outros, ainda que seja a totalidade da humanidade a implorar ou a ameaçar; de que coragem e confiança são necessidades práticas, de que coragem é a forma prática de ser fiel à existência e à verdade, e confiança é a forma prática de ser fiel à própria consciência.

"Honestidade é o reconhecimento do fato de que o irreal é irreal e não pode ter valor, de que nem o amor nem a fama nem o dinheiro são valores quando obtidos de modo fraudulento; de que uma tentativa de adquirir um valor enganando a mente de outrem é um ato que eleva suas vítimas a uma posição acima da realidade, um ato por meio do qual vocês se tornam marionetes da cegueira das vítimas, escravos da condição delas de seres que não pensam e fogem da realidade, enquanto a inteligência, a racionalidade e a perceptividade delas passam a ser os inimigos que lhes inspiram medo; de que não interessa viver como dependente, principalmente quando se depende da estupidez dos outros, ou como um tolo cuja fonte de valores são os tolos que ele consegue enganar; de que honestidade não é um dever social, não é um sacrifício por amor aos outros, e sim a virtude mais profundamente egoísta que se pode praticar: é se recusar a sacrificar a realidade da própria existência em prol da consciência enganada dos outros.

"Justiça é o reconhecimento do fato de que não se pode falsear o caráter dos homens assim como não se pode falsear o caráter da natureza; de que é necessário julgar todos os homens de modo tão consciencioso quanto se julgam objetos inanimados, com o mesmo respeito pela verdade, a mesma visão incorruptível, pelo mesmo processo de identificação puro e *racional*; de que todo homem deve ser julgado por aquilo que *é* e tratado como tal; de que, do mesmo modo como não se paga mais por um pedaço de escória enferrujada do que por um de metal reluzente, assim também não se dá mais valor a um canalha do que a um herói; de que o seu julgamento moral é a moeda que paga os homens por suas virtudes e seus vícios, e esse pagamento exige de vocês uma honra tão escrupulosa quanto a que demonstram nas suas transações financeiras; de que não desprezar os vícios dos homens é um ato de falsificação moral, e não admirar as virtudes humanas é um ato de peculato; de que colocar qualquer outro interesse acima da justiça é desvalorizar a sua moeda moral e fraudar o bem em prol do mal, visto que somente o bem pode sair perdendo quando a justiça é fraudada, e somente o mal pode lucrar – e que o fundo do buraco no fim daquele caminho, o ato de falência moral, é punir os homens por suas virtudes e recompensá-los por seus vícios, que essa é a entrega à depravação total, a Missa Negra do culto à morte, a dedicação da consciência à destruição da existência.

"Produtividade é a aceitação da moralidade, o reconhecimento do fato de que vocês optam por viver; de que o trabalho produtivo é o processo por meio do qual a consciência do homem controla sua existência, um processo constante de aquisição de conhecimento, um dar forma à matéria para adequá-la aos objetivos que se tem, um processo de traduzir uma ideia em forma concreta, um refazer da Terra à imagem dos valores que se tem; de que *todo* trabalho é criativo, se feito por uma mente que pensa, e nenhum trabalho é criativo, se feito por um zero que se repete, num estupor desprovido de pensamento crítico, numa rotina aprendida com outrem; de que o seu trabalho deve ser escolhido por vocês, e as alternativas são tão múltiplas como é vasta a sua mente; de que nada mais lhes é possível e nada menos é humano; de que obter por meios desonestos um emprego acima das capacidades da sua mente é se tornar um macaco corroído pelo medo, que imita os movimentos dos outros e rouba o tempo dos outros, e aceitar um emprego que exige menos do que o máximo da sua capacidade mental é desligar seu motor e se condenar a um outro tipo de movimento: o apodrecimento; de que o seu trabalho é o processo de atingir os seus valores e perder a sua ambição pelos valores é perder a sua ambição de viver; de que seu corpo é uma máquina, mas a sua mente é o motorista, e vocês devem ir tão longe quanto ela puder levá-los, tendo a realização como meta da sua estrada; de que o homem que não tem objetivo é uma máquina que desce uma ladeira descontrolada, à mercê do primeiro pedregulho ou da primeira vala que encontrar; de que o homem que sufoca sua mente é uma máquina emperrada enferrujando aos poucos; de que o homem que deixa que um líder determine seu percurso é um veículo amassado sendo rebocado para o ferro-velho, e o homem que toma outro homem como sua meta é um mochileiro a quem nenhum motorista deve jamais dar carona; de que o seu trabalho é o objetivo da sua vida, e vocês jamais devem parar para qualquer assassino que se arrogue o direito de detê-los; de que qualquer valor que encontrem fora do seu trabalho, qualquer outra causa ou amor, só pode ser um viajante com quem desejem compartilhar sua viagem, dotado do próprio motor e seguindo a mesma direção de vocês.

"Orgulho é o reconhecimento do fato de que vocês mesmos são o seu mais elevado valor e, como todo valor, precisa ser merecido; de que, de todas as realizações que vocês podem concretizar, a que torna todas as outras possíveis é a criação do seu caráter; de que o seu caráter, os seus atos, as suas emoções são produtos das premissas da sua mente; de que, assim como o homem tem de produzir os valores físicos de que necessita para se manter vivo, ele também precisa adquirir os valores do caráter que tornam sua vida merecedora de existir; de que, assim como o homem é um ser que cria a própria riqueza, ele também cria a própria alma; de que não tendo consciência automática de seu amor-próprio, ele precisa fazer jus a esse sentimento, moldando sua alma à imagem de seu ideal moral, à imagem do Homem, o ser racional que nasce capaz de criar, porém tem de criar por escolha; de que a primeira precondição do amor-próprio é aquele radiante egoísmo da alma que deseja o que há de melhor em todas as coisas, nos valores da matéria e do espírito, uma alma que busca acima de tudo a conquista de sua própria perfeição moral, não tendo nenhum valor mais alto do que ela própria – e que a prova de que se atingiu o amor-próprio é constatar que a alma estremece de desprezo e rebeldia ante o papel de animal oferecido em sacrifício, ante a vil impertinência de qualquer doutrina que proponha imolar o valor insubstituível que é a sua consciência, e a glória incomparável que é a sua existência, em prol das evasivas cegas, da decadência e estagnação de outrem.

"Estão começando a ver quem é John Galt? Sou o homem que fez jus àquilo pelo qual vocês não lutaram, a coisa à que renunciaram, que traíram, corromperam, porém não conseguiram destruir totalmente, e que agora vocês escondem como seu segredo culposo, tendo que viver se desculpando para todo canibal profissional, para que ninguém descubra que, no âmago do ser, vocês ainda desejam dizer o que agora estou dizendo para toda a humanidade: me orgulho de meu valor e do fato de que quero viver.

"Esse desejo – que vocês têm, porém escondem por julgá-lo mau – é o único vestígio de bem que há em vocês, porém é preciso aprender a merecê-lo. O único objetivo moral do homem é a própria felicidade, mas apenas a própria virtude pode atingi-la. A virtude não é um fim em si. Ela não é sua própria recompensa, nem um sacrifício em prol do mal. *A vida* é a recompensa da virtude – e a felicidade é o objetivo e a recompensa da vida.

"Assim como seu corpo experimenta duas sensações fundamentais, o prazer e a dor, como sinais de que está bem ou mal, barômetro que indica suas alternativas básicas, vida ou morte, a sua consciência também conhece duas emoções fundamentais, alegria e sofrimento, como resposta às mesmas alternativas. Suas emoções são estimativas daquilo que fomenta sua vida ou a ameaça, calculadoras instantâneas que lhes dão o resultado de seu lucro ou de seu prejuízo. Vocês não têm escolha quanto à sua capacidade de sentir que algo é bom ou mau para vocês, mas *o que* vão considerar bom ou mau, o que lhes dará prazer ou dor, o que lhes inspirará amor ou ódio, desejo ou medo depende do seu padrão de valor. As emoções são inerentes à sua natureza, porém seu conteúdo é ditado por sua mente. Sua capacidade emocional é um motor vazio e seus valores são o combustível com o qual sua mente o enche. Se vocês escolhem uma mistura de contradições, seu motor ficará entupido, a transmissão será corroída e vocês serão destroçados na sua primeira tentativa de andar numa máquina que foi corrompida pelo próprio motorista, que são vocês.

"Se vocês tomam o irracional como padrão de valor e o impossível como conceito do que é bom, se desejam recompensas que não merecem ganhar, uma fortuna ou um amor que não merecem, uma falha na lei da causalidade, um A que se torne não A a seu bel-prazer, se desejam o contrário da existência, vocês o obterão. Não exclamem, então, que a vida é frustração e a felicidade é impossível para o homem; verifiquem seu combustível: ele os levou aonde vocês queriam chegar.

"A felicidade não se atinge por meio de caprichos emocionais. Ela não é a satisfação de todo e qualquer desejo irracional que vocês tentem satisfazer às cegas. Felicidade é um estado de alegria não contraditória – uma alegria sem castigo nem culpa, que não entra em conflito com nenhum dos seus valores e não contribui para sua própria destruição –, não o prazer proporcionado pela fuga da sua consciência, e sim pela utilização plena dessa consciência; não o prazer de falsear a realidade, e sim o de atingir valores que são reais; não o prazer de um bêbado, e sim o de um produtor. A felicidade só pode ser atingida por um homem racional, o que não deseja objetivos que não sejam racionais, que não busca nada senão valores racionais, que só encontra prazer e alegria em atos racionais.

"Do mesmo modo que sustento minha vida não por meio do roubo nem de esmolas, e sim por meu próprio esforço, também não tento basear minha felicidade na desgraça dos outros nem nos favores que os outros me concedam, porém a ela faço jus por minhas realizações. Do mesmo modo que não considero o prazer dos outros o objetivo da minha vida, também não considero o meu prazer o objetivo das vidas dos outros. Assim como não há contradições nos meus valores nem conflitos nos meus desejos, também não há vítimas nem conflitos de interesse entre homens racionais, que não desejam o imerecido nem se encaram uns aos outros com uma volúpia de canibal, homens que nem fazem sacrifícios nem os aceitam.

"O símbolo de todos os relacionamentos entre tais homens, o símbolo moral do respeito pelos seres humanos, é o *comerciante*. Nós, que vivemos dos valores e não do saque, somos comerciantes, tanto na matéria quanto no espírito. O comerciante é o homem que faz jus àquilo que recebe e não dá nem toma para si o que é imerecido. O comerciante não pede que lhe paguem por seus fracassos, nem que o amem por seus defeitos. Ele não desperdiça seu corpo como sacrifício nem sua alma como esmola. Do mesmo modo que ele só dá seu trabalho em troca de valores materiais, ele também só dá seu espírito – seu amor, sua amizade, sua estima – em pagamento e em troca de virtudes humanas, em pagamento de seu próprio prazer egoísta, que recebe de homens merecedores de seu respeito. Os parasitas místicos que, em todas as eras, insultaram o comerciante e o desprezaram, ao mesmo tempo que honraram os mendigos e os saqueadores, sempre souberam o motivo secreto de sua zombaria: o comerciante é a entidade que eles temem – o homem justo.

"Vocês me perguntam: que obrigação moral eu tenho para com meus semelhantes? Nenhuma, senão aquela que devo a mim mesmo, aos objetos materiais e a toda a existência: a racionalidade. Trato os homens como requerem minha natureza e as exigências deles: por meio da razão. Não busco nem desejo nada deles senão os relacionamentos nos quais eles escolham entrar por livre e espontânea vontade. Só sei lidar com suas mentes – e assim mesmo quando isso é do meu interesse – quando eles veem que meu interesse coincide com o deles. Quando isso não acontece, não entro em relação nenhuma. Quem discordar de mim que siga o seu caminho, que eu não me desvio do meu. Só venço por meio da lógica, e só a ela me rendo. Não abro mão da minha razão, nem lido com homens que abrem mão da sua. Nada tenho a ganhar com idiotas e covardes; não tento ganhar nada dos vícios humanos: a estupidez, a desonestidade, o medo. O único valor que os homens podem me oferecer é o produto de sua mente. Quando discordo de um homem racional, deixo que a realidade seja nosso árbitro final. Se eu estiver certo, ele aprenderá; se eu estiver errado, aprenderei; um de nós ganhará, porém nós dois lucraremos.

"Tudo está aberto à discordância, menos um ato mau, o ato que homem nenhum pode cometer contra os outros, aprovar nem perdoar. Enquanto os homens quiserem viver em comunidade, nenhum homem pode tomar a *iniciativa* – estão me ouvindo? –, nenhum homem pode tomar a iniciativa de usar a força física contra os outros.

"Interpor a ameaça da destruição física entre um homem e sua percepção da realidade é negar e paralisar seu meio de sobrevivência. Forçá-lo a agir contra seu discernimento é como forçá-lo a agir contra a própria visão. Todo aquele que, com qualquer objetivo e em qualquer grau, tome a iniciativa de lançar mão da força, é um assassino que parte da premissa da morte, mais ainda do que o assassino propriamente dito: a premissa de destruir a capacidade de viver do homem.

"Não venham me dizer que sua mente os convenceu de que vocês têm o direito de forçar minha mente. A força e a mente são coisas opostas. A moralidade termina onde começa a forma da arma. Quando vocês afirmam que os homens são animais irracionais e se propõem a tratá-los como tais, definem desse modo o próprio caráter e não podem mais invocar o argumento da razão – como também não podem fazê-lo todos aqueles que defendem contradições. Não pode existir um 'direito' de destruir a origem dos direitos, o único meio de julgar o que é certo e o que é errado é a mente.

"Forçar um homem a abrir mão da própria mente e aceitar, em troca, a vontade de outro, usando, para chegar a esse fim, uma arma em vez de um silogismo, o terror em vez da demonstração, tendo a morte como argumento final, é tentar existir desafiando a realidade. A realidade exige do homem que ele aja em prol de seus próprios interesses racionais. A arma que vocês lhe apontam vai exigir que ele aja contra seus interesses. A realidade ameaça o homem de morte se ele não agir com base no próprio discernimento racional; vocês o ameaçam de morte se ele agir com base no discernimento moral dele. Vocês o colocam num mundo em que o preço da vida dele é a desistência de todas as virtudes exigidas pela vida; e a morte, por um processo de destruição gradual, é tudo o que vocês e seu sistema conseguirão atingir, pois fazem da morte o poder reinante, o argumento decisivo numa sociedade humana.

"O ultimato dado pelo ladrão ao viajante: 'A bolsa ou a vida', ou o que o político dá a uma nação: 'A instrução de seus filhos ou a vida', têm o mesmo significado, que sempre é: 'A sua mente ou a vida' – e uma coisa não é possível sem a outra.

"Se existem graus de maldade, é difícil dizer quem é mais desprezível: o facínora que se arroga o direito de forçar a mente do outro ou o degenerado que concede ao outro o direito de forçar sua mente. *Esse* é o absoluto moral que não está em discussão. Não dou razão àqueles que se propõem a me privar da razão. Não entro em discussão com aqueles que acham que podem me proibir de pensar. Não dou minha aprovação moral ao assassino que deseja me matar. Quando um homem tenta lidar comigo por meio da força, eu revido através da força.

"É apenas como retaliação que a força pode ser usada – e somente contra a pessoa que foi a primeira a usá-la. Não, não compartilho da maldade dela nem me rebaixo ao seu conceito de moralidade. Apenas lhe concedo sua escolha, a destruição, a única destruição que ela tinha o direito de escolher: a dela mesma. Ela usa a força para se apossar de um valor; eu a uso apenas para destruir a destruição. O assaltante tenta enriquecer me matando; eu não me torno mais rico quando mato o assaltante. Não busco valores por meio do mal, nem submeto meus valores ao mal.

"Em nome de todos aqueles que produzem, graças a quem vocês estão vivos, e que, em pagamento, receberam de vocês o ultimato da morte, eu agora revido com um único ultimato, que é o nosso: 'Nosso trabalho ou suas armas.' Vocês podem escolher uma coisa ou outra, mas não as duas. Não tomamos a iniciativa de usar da força contra os outros nem nos submetemos àqueles que usam da força contra nós. Se vocês querem voltar a viver numa sociedade industrial, terão que fazê-lo segundo as *nossas* condições morais. Nossas condições e nossas premissas são a antítese das suas. Vocês vêm utilizando o medo como arma e trazendo a morte aos homens para puni-los por terem rejeitado a moralidade de vocês. Nós oferecemos a eles a vida como recompensa por aceitarem a nossa.

"Vocês que cultuam o zero jamais descobriram que realizar a vida não é equivalente a evitar a morte. O prazer não é 'a ausência da dor', a inteligência não é 'a ausência da estupidez', a luz não é 'a ausência da escuridão', uma entidade não é 'a ausência de uma nulidade'. Construir não é coisa que se realize simplesmente pelo fato de não demolir. Não adianta passar séculos parado, sem demolir: nem sequer uma viga se erguerá. E agora vocês não podem mais dizer a mim, o produtor: 'Produza e nos alimente, que em troca nós *não* destruiremos sua produção', pois eu responderei, em nome de todas as vítimas que vocês fizeram: 'Morram com seu próprio vazio.' A existência não é uma negação de negações. O mal, e não o valor, é que é uma ausência e uma negação; o mal é impotente e só dispõe do poder que lhe permitimos arrancar de nós. Morram, porque aprendemos que um zero não pode hipotecar a vida.

"Vocês querem se esquivar da dor. Nós queremos atingir a felicidade. Vocês existem para evitar o castigo. Nós existimos para fazer jus a recompensas. As ameaças não nos farão trabalhar, o medo não é nosso incentivo. Não queremos evitar a morte, e sim viver.

"Vocês, que perderam a noção dessa diferença, que afirmam que medo e prazer são incentivos igualmente poderosos – e acrescentam, em voz baixa, que o medo é mais 'prático' –, vocês não querem viver, e apenas o medo da morte ainda os faz se ater à vida que amaldiçoaram. Vocês fogem, em pânico, correm por dentro da armadilha de seus dias, procurando a saída que fecharam, fugindo de um perseguidor que não ousam identificar, em direção a um terror que não ousam assumir, e quanto maior o terror, mais vocês temem o único ato que poderia salvá-los: o de pensar. O objetivo da sua luta é não saber, não apreender o nome daquilo que agora vou dizer bem claramente a vocês: a sua moralidade, a moralidade da morte.

"A morte é o padrão dos seus valores, a morte é seu objetivo escolhido, e vocês são obrigados a viver correndo, visto que não há como fugir do perseguidor que quer destruí-los, nem da consciência de que o perseguidor são vocês mesmos. Parem de correr, agora – não há mais um lugar para onde vocês possam correr. Desnudem-se, coisa que temem fazer, porém é assim, nus, que eu os vejo, e olhem para isso que vocês ousaram chamar de código moral.

"A maldição é o princípio da sua moralidade, a destruição é seu objetivo, meio e fim. Seu código começa amaldiçoando o homem por ser mau, depois exige que ele pratique o bem, que é definido como algo impossível de ser praticado por ele. Como primeira prova de virtude, o código exige que o homem aceite a depravação sem provas. Exige que ele parta não de um padrão de valor, e sim de um padrão de mal, que é o próprio homem, por meio do qual ele terá então de definir o bem, que é aquilo que ele não é.

"Não importa quem venha a lucrar com a renúncia da glória do homem e com sua alma atormentada, se um Deus místico com algum desígnio incompreensível ou se um indivíduo qualquer cujas feridas pustulentas, por algum motivo incompreensível, imponham obrigações ao homem. O bem não é coisa que o homem possa compreender – seu dever é aceitar com humildade anos de penitência, expiando a culpa de sua existência para qualquer cobrador de dívidas ininteligíveis, tendo como único conceito de valor o zero: o bem é aquilo que é não humano.

"O nome desse absurdo monstruoso é pecado original.

"Um pecado que careça de poder de escolha é um atentado à moralidade e uma contradição insolente: aquilo que está fora do âmbito da escolha está fora do domínio da moralidade. Se o homem é mau de nascimento, ele não tem vontade, nem tem o poder de alterar sua condição. E, se ele não tem vontade, não pode ser bom nem mau. Um robô é amoral. Considerar pecado humano algo que não depende de sua escolha é escarnecer da moralidade. Considerar a natureza do homem um pecado é escarnecer da natureza. Puni-lo por um crime que ele cometeu antes de nascer é escarnecer da justiça. Considerá-lo culpado de algo em que não existe a possibilidade de inocência é escarnecer da razão. Destruir a moralidade, a natureza, a justiça e a razão por meio de um único conceito é um ato de maldade difícil de ser igualado. No entanto, é essa a base do seu código moral.

"Não se escondam por trás da evasiva covarde de que o homem nasce dotado do livre-arbítrio, porém com uma tendência ao mal. Livre-arbítrio dotado de tendência é um jogo com cartas marcadas que força o homem a ter o trabalho de jogar, a arcar com a responsabilidade do jogo e a pagar por ele, porém a decisão já favorece previamente uma tendência da qual ele não pode escapar. Se a tendência é escolha sua, ele não pode possuí-la de nascença. Se não é escolha sua, então ele não tem livre-arbítrio.

"Qual a natureza da culpa que seus mestres denominam pecado original? Quais os males adquiridos pelo homem quando ele decaiu de um estado por eles considerado perfeito? Segundo o mito, o homem comeu do fruto da árvore da ciência – ele adquiriu uma mente e se tornou um ser racional. Essa ciência era o conhecimento do bem e do mal – ele, então, se tornou um ser moral. Foi condenado a ter de ganhar o pão por meio do trabalho – e assim se tornou um ser produtivo. Foi condenado a experimentar o desejo – e assim adquiriu a capacidade do prazer sexual. Os males pelos quais seus mestres amaldiçoam o homem são a razão, a moralidade, a criatividade e o prazer – todas as virtudes cardeais da sua existência. O mito da queda do homem não visa explicar nem condenar os vícios do homem, não considera seus erros sua culpa. Ele condena, sim, a essência de sua natureza de homem. Fosse ele o que fosse, aquele robô do Jardim do Éden, que existia sem mente, sem valores, sem trabalho, sem amor, não era homem.

"A queda do homem, segundo seus mestres, consistiu na aquisição das virtudes necessárias à existência. Estas, segundo os padrões deles, constituem o pecado do homem. O mal do homem – acusam eles – é o fato de ele ser homem. Sua culpa – segundo eles – é estar vivo.

"É essa, para eles, a moralidade da misericórdia, a doutrina do amor ao homem.

"Eles argumentam que não estão dizendo que o homem é mau – o mal está apenas naquele objeto alheio: o corpo do homem. Não, não querem matar o homem, apenas fazê-lo perder seu corpo. Querem aliviar sua dor e apontam para o instrumento de tortura ao qual o amarraram: as duas rodas que o puxam em sentidos opostos, a doutrina que separa a alma do corpo.

"Cortaram o homem em dois e opuseram uma das metades à outra. Ensinaram-lhe que seu corpo e sua consciência são dois inimigos envolvidos num conflito mortal, dois antagonistas de naturezas opostas, com exigências contraditórias, necessidades incompatíveis. Ensinaram-lhe que beneficiar um é prejudicar o outro, que a alma pertence a uma esfera sobrenatural, mas o corpo é uma prisão nefasta que o acorrenta a esta Terra – e que o bem consiste em vencer seu corpo, miná-lo por meio de anos de luta paciente, escavando um túnel que permitirá a fuga gloriosa para a liberdade do túmulo.

"Ensinaram ao homem que ele é um desajustado irrecuperável composto de dois elementos, ambos símbolos da morte. Um corpo sem alma é um cadáver; uma alma sem corpo é um fantasma. Porém é esta a imagem que fazem da natureza humana: um campo de batalha no qual lutam um cadáver e um fantasma – um cadáver dotado de uma vontade malévola e um fantasma dotado da concepção de que tudo o que o homem conhece é inexistente, que apenas o incognoscível existe.

"Vocês compreendem qual a faculdade humana que essa doutrina foi feita para ignorar? Era a mente do homem que tinha de ser negada, para que ele não pudesse se sustentar. Ao abrir mão da razão, ele ficava à mercê de dois monstros além de seu entendimento e fora de seu controle: ao capricho de um corpo movido por instintos inexplicáveis e de uma alma movida por revelações místicas. Ele se tornava a vítima passiva de uma batalha entre um robô e um ditafone.

"E agora que ele rasteja por entre os destroços, tentando às cegas encontrar uma maneira de viver, seus mestres lhe oferecem como ajuda uma moralidade a qual proclama que ele não encontrará nenhuma solução e que não deve procurar nenhuma realização na Terra. A existência verdadeira, dizem-lhe, é aquela que não pode perceber. A verdadeira consciência é a faculdade de perceber o não existente – e o fato de ele não conseguir compreender isso passa a ser *a prova* de que sua existência é má e de que sua consciência é impotente.

"Como produtos da separação entre a alma e o corpo, há dois tipos de mestres da moralidade da morte: os místicos de espírito e os místicos dos músculos, a quem vocês chamam de espiritualistas e materialistas, os que acreditam na consciência sem existência e os que acreditam em existência sem consciência. Ambos exigem que vocês abram mão de sua mente, uns em troca de revelações, os outros em troca de reflexos – revelações deles, reflexos deles. Por mais que proclamem um suposto antagonismo irreconciliável entre suas posições, seus códigos morais são semelhantes, como também são semelhantes seus objetivos: na matéria, a escravização do corpo do homem; no espírito, a destruição de sua mente.

"O bem, dizem os místicos do espírito, é Deus, um ser cuja única definição é estar além do poder de concepção do homem – definição essa que invalida a consciência do homem e anula seus conceitos de existência. O bem, dizem os místicos dos músculos, é a sociedade – algo que definem como um organismo que não possui forma física, um superser que não se concretiza em nenhum indivíduo específico e sim em todos em geral, mas nunca em vocês. A mente do homem, dizem os místicos do espírito, deve se subordinar à vontade de Deus. O padrão de valor do homem, dizem os místicos do espírito, é o bel-prazer de Deus, cujos padrões estão além do poder de compreensão humano e têm de ser aceitos pela fé. O padrão de valor do homem, dizem os místicos dos músculos, é o bel-prazer da sociedade, cujos padrões estão além do direito de julgar do homem e têm de ser obedecidos como um absoluto. O objetivo da vida do homem, dizem ambos, é se tornar um zumbi abjeto que serve um objetivo que ele desconhece, por motivos que não pode questionar. Sua recompensa, dizem os místicos do espírito, lhe será dada após a morte. Sua recompensa, dizem os místicos dos músculos, será dada aqui mesmo na Terra – a seus bisnetos.

"O *egoísmo*, dizem ambos, é o mal do homem. O bem do homem, dizem ambos, é abrir mão de seus desejos individuais, negar a si próprio, renunciar a si próprio, ren-

1070

der-se. O bem do homem é negar a vida que ele vive. O *sacrifício*, exclamam ambos, é a essência da moralidade, a mais elevada virtude ao alcance do homem.

"Todo aquele que está agora ao alcance da minha voz, que seja vítima e não assassino, está me ouvindo falar ao pé do leito de morte de sua mente, a um passo daquele abismo negro no qual agora estão se afogando, e, se ainda resta em vocês o poder de lutar para não perderem os últimos vestígios daquilo que tinham como seu, usem-no agora. A palavra que os destruiu é *sacrifício*. Usem o que resta da sua força para entenderem o significado dessa palavra. Vocês ainda estão vivos. Ainda têm uma chance.

"'Sacrifício' não significa rejeitar o que não tem valor, e sim o que é precioso. 'Sacrifício' não significa rejeitar o mal em prol do bem, e sim o bem em prol do mal. 'Sacrifício' é abrir mão daquilo a que vocês dão valor em favor daquilo a que não dão valor.

"Se vocês trocam um centavo por um dólar, isso *não é* sacrifício; se trocam um dólar por um centavo, isso *é* sacrifício. Se alcançam a carreira que sempre quiseram após anos de esforço, isso *não é* sacrifício; se renunciam a ela em favor de um rival, isso *é* sacrifício. Se vocês têm uma garrafa de leite e a dão para seu filho que está morrendo de fome, isso *não é* sacrifício; se a dão para o filho do seu vizinho e deixam o seu filho morrer, isso *é* sacrifício.

"Se dão dinheiro a um amigo para ajudá-lo, isso *não é* sacrifício; se dão dinheiro a um estranho que não vale nada, isso *é* sacrifício. Se dão ao seu amigo uma quantia que não vai lhes fazer muita falta, isso *não é* sacrifício; se a quantia que dão é tal que vão passar por certa dificuldade, então isso só é um ato virtuoso até certo ponto, segundo esse tipo de padrão moral; se o dinheiro que dão vai lhes causar uma verdadeira catástrofe – *isso*, sim, é a *verdadeira* virtude do sacrifício.

"Se vocês renunciam a todos os desejos pessoais e dedicam a sua vida àqueles que amam, isso ainda não é a virtude completa – vocês ainda se apegam a um valor seu, o seu amor. Se dedicam sua vida a pessoas que nem conhecem, isso é um ato mais virtuoso. Se dedicam sua vida a homens que detestam, esse é o ato mais virtuoso que podem praticar.

"Sacrificar-se é abrir mão de um valor. O sacrifício integral é abrir mão inteiramente de todos os valores. Se vocês querem chegar à virtude integral, não podem almejar nenhuma gratidão em troca de seu sacrifício, nenhum elogio, nenhum amor, nenhuma admiração, nenhum amor-próprio, nem mesmo o orgulho de se sentirem virtuosos, porque o menor sinal de lucro dilui a sua virtude. Se vocês optam por uma forma de vida que não macule a sua com nenhum prazer, que não lhe traga nenhum valor material nem espiritual, nenhum lucro, nenhuma recompensa – se atingem esse estado de zero total, atingem o ideal da perfeição moral.

"Dizem-lhes que a perfeição moral é inatingível para o homem – e, segundo esse padrão, é verdade. Vocês não poderão atingi-la em toda a sua vida, porém o valor da sua vida e da sua pessoa é medido em função de quanto conseguem se aproximar daquele zero ideal, que é a *morte*.

"Se, porém, vocês partirem de uma ausência de sentimentos, da posição de um legume que pede para ser comido, sem valores para rejeitar e sem desejos para renunciar, não conquistarão a coroa do sacrifício. Não é sacrifício rejeitar aquilo que não se quer. Não é sacrifício dar a sua vida pelos outros, se a morte é o seu desejo pessoal. Para atingir a virtude do sacrifício, é preciso querer viver, é preciso amar a vida, arder de paixão por este mundo e por todos os esplendores que ele lhes pode proporcionar – é preciso sentir cada volta da faca que lhes corta fora os desejos e lhes arranca do corpo o seu amor. Não é apenas a morte que a moralidade do sacrifício lhes propõe como ideal, e sim a morte por tortura lenta.

"Não venham me dizer que isso só diz respeito à vida neste mundo. É a única vida que me interessa. A mim e a vocês.

"Se vocês querem salvar os últimos vestígios de sua dignidade, não chamem suas melhores ações de 'sacrifícios' – essa palavra os rotula de imorais. Se uma mãe compra comida para seu filho que tem fome em vez de um chapéu para si própria, isso *não é* sacrifício: ela dá mais valor ao filho do que ao chapéu. Porém isso *é* um sacrifício para o tipo de mãe que dá mais valor ao chapéu, que preferia ver o próprio filho morrer de fome, e só lhe dá comida por obrigação. Se um homem morre lutando pela própria liberdade, isso *não é* sacrifício – ele não está disposto a viver como escravo. Porém isso *é* um sacrifício para o tipo de homem que está disposto a viver como escravo. Se um homem se recusa a vender suas convicções, isso *não é* um sacrifício, a menos que ele seja o tipo de homem que não tem convicções.

"O sacrifício só pode ser conveniente para os que nada têm a sacrificar – nem valores, nem padrões, nem discernimento –, aqueles cujos desejos são caprichos irracionais, concebidos às cegas; é, portanto, fácil abrir mão deles. Para um homem de estatura moral, cujos desejos provêm de valores racionais, o sacrifício implica abrir mão do certo em prol do errado, do bem em favor do mal.

"A doutrina do sacrifício é uma moralidade para o imoral – uma moralidade que admite sua própria falência quando confessa que não pode conferir aos homens nenhum interesse pessoal nas virtudes e nos valores, e que suas almas são valas imundas de depravação, que cabe a eles aprender a sacrificar. Ela própria admite que não consegue ensinar aos homens a serem bons e pode apenas submetê-los a castigos constantes.

"Estarão vocês pensando, num estupor confuso, que a sua moralidade só lhes exige o sacrifício dos valores *materiais*? E o que é que vocês pensam que os valores materiais sejam? A matéria só tem valor como meio de satisfazer os desejos humanos. A matéria é apenas um instrumento dos valores humanos. A serviço de quê lhes pedem que entreguem os instrumentos materiais que a sua virtude produziu? A serviço *daquilo* que vocês consideram mau: de um princípio em que não acreditam, de uma pessoa que não respeitam, da realização de um objetivo que se opõe ao seu – caso contrário, a sua dádiva *não é* um sacrifício.

"A sua moralidade lhes diz que vocês devem renunciar ao mundo material e divorciar os seus valores da matéria. O homem cujos valores não se exprimem em uma forma material, cuja existência nenhuma relação tem com seus ideais, cujos atos contradizem as suas convicções, não passa de um hipócrita barato – porém é *esse* o homem que obedece à sua moralidade e divorcia seus valores da matéria. Os homens que amam uma mulher, porém dormem com outra; os homens que admiram o talento de um trabalhador, porém contratam outro; os homens que consideram uma causa justa, porém fazem doações a uma outra; os homens que têm altos padrões de criação, porém só produzem porcarias – são *esses* os homens que renunciaram à matéria, os homens que acreditam que os valores de seu espírito não podem ser concretizados em termos de realidade material.

"Vocês afirmam que tais homens renunciaram ao espírito? É claro que sim. Não se pode ter uma coisa sem a outra. O homem é uma entidade indivisível de matéria e consciência. Quem renuncia à sua consciência se torna um ser irracional. Quem renuncia a seu corpo se torna um hipócrita. Quem renuncia ao mundo material o entrega ao mal.

"E é precisamente *esse* o objetivo da sua moralidade, o dever que o seu código moral exige de vocês. Dar àquilo que não se ama, servir ao que não se admira, submeter-se ao que se considera mau – entregar o mundo aos valores dos outros, negar, rejeitar, renunciar a seu *eu*. Seu eu é a sua *mente*; quem renuncia a ela se torna um pedaço de carne pronto para ser engolido pelo primeiro canibal que passar.

"É à sua *mente* que eles querem que vocês renunciem, todos os que pregam a doutrina do sacrifício, quaisquer que sejam os rótulos que atribuam ou os objetivos que proclamem. Tanto faz se exigem isso de vocês para conquistar suas almas ou seus corpos, se lhes prometem uma outra vida no céu ou a barriga cheia neste mundo. Aqueles que começam dizendo 'É egoísmo buscar satisfazer seus próprios desejos, é necessário sacrificá-los aos desejos dos outros' terminam afirmando 'É egoísmo se ater às suas convicções, é necessário sacrificá-las às convicções dos outros'.

"É bem verdade que a coisa mais *egoísta* que há é a mente independente que não reconhece nenhuma autoridade mais elevada do que a sua própria, nenhum valor mais elevado do que seu critério de verdade. Pedem a vocês que sacrifiquem sua integridade intelectual, sua lógica, sua razão, seu padrão de verdade – para se tornarem prostitutos cujo padrão é o máximo de bem para o maior número de pessoas.

"Se vocês procurarem, no seu código moral, uma resposta à pergunta 'O que é o bem?', a única resposta que encontrarão será: 'O bem dos outros.' O bem é tudo aquilo que os outros desejam, tudo aquilo que vocês acreditam que eles acham que desejam, ou tudo o que acham que eles deviam achar. 'O bem dos outros' é uma fórmula mágica que transforma qualquer coisa em ouro, uma fórmula a ser recitada como garantia de glória moral que redime qualquer ato, até mesmo o massacre de todo um continente. O seu padrão de virtude não é um objeto, nem um ato, nem um princípio, mas uma *intenção*. Vocês não precisam de provas, nem razões, nem sucesso, não precisam realizar *concretamente* o bem dos outros – basta saber que o que os motivou foi o bem dos outros, *não* o seu. A sua única definição de bem é uma negação: o bem é o 'não bom para mim'.

"O seu código moral, que afirma defender valores morais eternos, absolutos e objetivos e despreza o condicional, o relativo e o subjetivo – o seu código propõe como absoluta a seguinte regra de conduta moral: se *vocês* desejam algo, isso é mau; se os outros desejam algo, isso é bom; se a motivação de seu ato é o *seu* bem-estar, não o realizem; se a motivação é o bem-estar dos outros, então vale tudo.

"Do mesmo modo que essa moralidade de duplo padrão divide o indivíduo ao meio, ela divide a humanidade em duas hostes inimigas: de um lado, *vocês*; do outro, o restante da humanidade. *Vocês* são os únicos degredados que não têm direito de desejar nem de viver. *Vocês* são os únicos servos; os outros são os senhores. *Vocês* são os únicos que dão; os outros só tomam. *Vocês* são os eternos devedores; os outros são os credores que nunca conseguirão satisfazer. Vocês não podem questionar o direito deles de lhes cobrar um sacrifício, nem a natureza de seus desejos e necessidades: esse direito é conferido a eles por uma negativa, o fato de que eles são 'não vocês'.

"Para aqueles que poderiam se aventurar a fazer perguntas, o código contém um prêmio de consolação, uma armadilha: é para a própria felicidade que vocês têm que servir à felicidade dos outros. A única maneira de se ter prazer é ceder aos outros, a única maneira de conquistar a prosperidade é abrir mão da sua riqueza em favor dos outros. A única maneira de proteger sua vida é proteger todos os homens, menos vocês mesmos – e, se isso não lhes dá prazer, é por culpa sua, e prova que vocês são maus. Se fossem bons, encontrariam felicidade em servir banquetes aos outros e veriam dignidade em se alimentar apenas das migalhas que *eles* houverem por bem jogar para vocês.

"Vocês, que não têm nenhum padrão de amor-próprio, aceitem a culpa e não ousem fazer perguntas. Mas sabem qual é a resposta não admitida e se recusam a admitir o que veem, a admitir que seu mundo é regido pelas premissas ocultas. Vocês sabem, embora não o admitam honestamente e sintam um vago mal-estar obscuro dentro de si próprios, no momento em que oscilam entre transgredir cheios de culpa e praticar de má vontade um princípio malévolo demais para ser explicitado.

"Eu, que não aceito o imerecido, nem quando se trata de valores nem quando se trata de *culpa*, estou aqui para fazer as perguntas que vocês evitam fazer. Por que é moralmente correto servir à felicidade alheia, mas não à sua própria? Se o prazer é um valor, por que ele é moralmente aceitável quando experimentado pelos outros, porém imoral quando experimentado por vocês? Se a sensação de comer um bolo é um valor, por que é um ato imoral de gula para o seu estômago, porém um objetivo moral a ser atingido para o estômago dos outros? Por que desejar é imoral para vocês, mas não o é para os outros? Por que é imoral produzir um valor e ficar com ele, mas não o é dá-lo aos outros? E, se é imoral para vocês ficar com um valor, por que não é imoral para os outros aceitá-lo? Se vocês são altruístas e virtuosos quando o dão, eles não serão egoístas e maus quando o aceitam? Então a virtude consiste em servir o vício? Então o objetivo moral dos bons é se imolar em benefício dos maus?

"A resposta monstruosa de que vocês se esquivam é: 'Não, os que recebem não são maus, desde que não *mereçam* o valor que lhes deram. Não é imoral para eles aceitar a dádiva, desde que eles sejam incapazes de produzi-la, incapazes de merecê-la, incapazes de lhes dar algo em troca. Não é imoral para eles encontrar prazer nela, desde que eles não a obtenham *por direito*.'

"É este o código secreto da sua doutrina, a outra metade do seu padrão duplo: é imoral viver do próprio trabalho, mas é direito viver do trabalho dos outros. É imoral consumir o próprio produto, porém é direito consumir os produtos dos outros. É imoral fazer jus a uma coisa, mas é direito obter algo que não se mereceu. Os parasitas justificam moralmente a existência dos produtores, mas a existência dos parasitas é um fim em si – é mau lucrar com as próprias realizações, mas é bom lucrar com o sacrifício alheio. É mau criar a própria felicidade, mas é bom gozá-la quando o preço dela é o sangue dos outros.

"O seu código divide a humanidade em duas castas e lhes ordena que vivam segundo regras opostas: os que podem desejar qualquer coisa e os que não podem desejar nada; os escolhidos e os malditos; os carregadores e os carregados; os comedores e os comidos. Que padrão determina a sua casta? Que chave mestra lhes permite o ingresso na elite moral? A chave mestra é a *falta de valor*.

"Qualquer que seja o valor em questão, é a sua falta de valor que lhes dá o direito de cobrar daqueles que não têm essa falta. É a sua *necessidade* que lhes dá o direito de cobrar recompensas. Se vocês são capazes de satisfazer as suas necessidades, sua capacidade anula seu direito de satisfazê-las. Mas uma necessidade que vocês sejam *incapazes* de satisfazer lhes confere o direito de se colocarem acima das vidas da humanidade.

"Se vocês têm êxito, todo aquele que fracassa é seu senhor; se fracassam, todo aquele que tem êxito é seu servo. Seja seu fracasso justo ou não, sejam seus desejos racionais ou não, seja a sua infelicidade imerecida ou consequência de seus vícios, é a *infelicidade* que lhes dá o direito de ter recompensas. É a *dor*, qualquer que seja sua causa ou natureza – a dor como absoluto fundamental –, que lhes permite hipotecar toda a existência.

"Se vocês conseguem dar fim à sua dor pelo próprio esforço, não obtêm nenhum reconhecimento moral: o seu código despreza seu ato por ser motivado por interesse próprio. Qualquer valor que tentem adquirir, seja riqueza, alimento, amor ou direitos, se vocês o adquirem por meio da sua virtude, o seu código não considera isso uma conquista moral: vocês não causam prejuízo a ninguém, é apenas uma transação comercial, não uma esmola; um pagamento, não um sacrifício. O *merecido* faz parte da esfera do egoísmo, do comércio, do lucro mútuo; é apenas o *imerecido* que exige aquela transação moral que consiste em lucro para um e desastre para o outro. Exigir recompensas para a sua virtude é egoísta e imoral; é a sua *falta de virtude* que transforma sua exigência em direito moral.

"Uma moralidade que acredita que uma *necessidade* confere um direito tem como padrão de valor um vácuo – a não existência. Ela valoriza uma *ausência*, um defeito: fraqueza, incapacidade, incompetência, sofrimento, doença, desastre, falta, defeito, falha – *o zero*.

"Quem é que paga os que se arrogam esse direito? Aqueles que são amaldiçoados por serem não zeros, na medida em que se afastam desse ideal. Como todos os valores são produtos de virtudes, o grau da sua virtude é usado como medida do seu castigo e o grau dos seus defeitos é usado como medida do seu lucro. O seu código afirma que o homem racional deve se sacrificar em prol do irracional; o independente, do parasita; o honesto, do desonesto; o justo, do injusto; o produtivo, do ladrão e do vagabundo; o íntegro, do calhorda sem princípios; o que tem amor-próprio, do neurótico lamuriento. Vocês se espantam ao ver tanta mesquinharia ao seu redor? O homem que aceita essas virtudes não aceita o código moral de vocês; o que aceita o código moral de vocês não alcança essas virtudes.

"Numa moralidade do sacrifício, o primeiro valor sacrificado é a moralidade; o seguinte é o amor-próprio. Quando a necessidade é o padrão, todo homem é ao mesmo tempo vítima e parasita. Como vítima, ele precisa trabalhar para satisfazer as necessidades dos outros, colocando a si próprio na posição de parasita cujas necessidades devem ser satisfeitas por outrem. Ele só pode interagir com seus semelhantes adotando um ou outro papel vergonhoso: é ao mesmo tempo mendigo e otário.

"Temem o homem que tem um dólar a menos que vocês; aquele dólar, por direito, é dele, que os faz sentirem-se como defraudadores morais. Vocês odeiam o homem que tem um dólar a mais que vocês; aquele dólar é de vocês por direito, ele os faz sentirem-se como vítimas de uma fraude moral. O homem abaixo é uma fonte de culpa; o homem acima, de frustração. Vocês não sabem de que abrir mão e o que exigir, ignoram quando dar e quando agarrar, qual dos prazeres da vida é seu de direito e que dívida para com os outros ainda não foi paga. Rotulando-o de 'teoria', vocês se esquivam do conhecimento que, pelo padrão moral, aceitam. Vocês são culpados a cada momento de sua vida. Não há bocado de comida que engulam que não seja *necessário* a alguém em algum canto da Terra – e vocês abandonam o problema repletos de ressentimento cego, concluindo que a perfeição moral não pode ser atingida *nem deve ser desejada*, que o jeito é viver tentando se apossar do que for possível, se esquivando dos olhares dos jovens, daqueles que os encaram como se o amor-próprio fosse algo possível e o cobrassem de vocês. A culpa é tudo o que lhes resta na alma – e por isso todo homem que passa por vocês evita os seus olhos. Vocês não entendem por que a sua moralidade não conseguiu instaurar a fraternidade no mundo, nem a boa vontade do homem para com seu semelhante?

"A justificativa do sacrifício proposta pela sua moralidade é mais corrupta que a corrupção que ela se propõe justificar. Segundo ela, o seu sacrifício deve ser motivado pelo *amor* – o amor que vocês deveriam sentir por todos os homens. Uma moralidade que propõe a doutrina de que os valores do espírito são mais preciosos do que a matéria, uma moralidade que lhes ensina a desprezar a prostituta que entrega o corpo indiscriminadamente a todos os homens, essa mesma moralidade exige que vocês entreguem sua alma ao amor promíscuo por todos os homens.

"Assim como não pode haver riqueza sem causa, também não pode haver amor sem causa, nem nenhuma emoção sem causa. A emoção é uma reação a um aspecto da realidade, uma estimativa ditada pelos seus padrões. Amar é *valorizar*. O homem que diz que é possível valorizar sem valores, amar aqueles que vocês consideram desprovidos de valor, é o que afirma que é possível enriquecer consumindo sem produzir e que papel-moeda é tão valioso quanto ouro.

"Observem que ele não acha que é possível experimentar um medo sem causa. Quando pessoas desse tipo chegam ao poder, elas sabem muito bem como fabricar terror, dar bons motivos para que vocês sintam o medo por meio do qual elas pretendem controlar vocês. Mas, quando se trata de amor, a mais elevada das emoções, permitem que elas gritem histericamente, em tom de acusação, que vocês são delinquentes morais se são incapazes de sentir um amor sem causa. Quando um homem sente medo sem razão, ele é encaminhado ao psiquiatra, porém não se tem o mesmo cuidado quando se trata de proteger o significado, a natureza e a dignidade do amor.

"O amor é a manifestação dos valores que se tem, a maior recompensa a que se pode fazer jus por meio das qualidades morais que se atingiram no caráter e na própria pessoa, o preço emocional pago por um homem pelo prazer que lhe proporcionam as virtudes de outro. A sua moralidade exige que vocês divorciem o seu amor dos seus valores e o entreguem a qualquer vagabundo, não como uma resposta a seu valor, e sim como uma resposta à sua *necessidade*; não como recompensa, mas como esmola; não como remuneração de virtudes, mas como um cheque em branco concedido aos vícios. A sua moralidade lhes diz que o objetivo do amor é libertá-los das amarras da moralidade, que ele é superior ao discernimento moral, que o verdadeiro amor transcende, perdoa e sobrevive a toda espécie de erro em seu objeto, e quanto maior o amor, maior a depravação permitida ao amado. Amar um homem por suas virtudes é mesquinho e humano, diz essa moralidade; amá-lo por seus defeitos é divino. Amar aqueles que são merecedores de amor não passa de interesse; amar os que não merecem amor é sacrifício. Vocês devem amor aos que não o merecem, e quanto menos o merecem, mais vocês lhes devem amor. Quanto mais asqueroso o objeto do amor, mais nobre o amor; quanto mais permissivo o seu amor, maior a sua virtude – e se vocês conseguem fazer da sua alma um depósito de lixo que aceita tudo em igualdade, se conseguem parar de valorizar os valores morais, vocês chegam ao estado de perfeição moral.

"É essa a sua moralidade do sacrifício, e são estes os dois ideais que ela propõe: refazer a vida do seu corpo à imagem de um curral humano, e a vida do seu espírito à imagem de um depósito de lixo.

"Era esse o seu ideal, e vocês o atingiram. Por que se queixar agora da impotência do homem, da futilidade das aspirações humanas? Por que não conseguiram prosperar buscando a destruição? Por que não conseguiram encontrar felicidade cultuando a dor? Por que não conseguiram viver tendo a morte como padrão de valor?

"O grau da sua capacidade de viver era o grau em que vocês conseguiam violar o próprio código moral, e, no entanto, acreditam que aqueles que o defendem são amigos da humanidade, amaldiçoam a si próprios e não ousam questionar as motivações e os objetivos dos que propõem essa doutrina. Olhem para eles agora, quando vocês estão encarando sua última alternativa – e, se optarem por morrer, morram com plena consciência de que entregaram suas vidas a um inimigo tão mesquinho, por um preço tão barato.

"Os místicos de ambas as escolas que pregam a doutrina do sacrifício são germes que atacam pela mesma ferida: o medo de confiar na mente. Eles afirmam que possuem um meio de conhecimento mais elevado do que a mente, uma modalidade de consciência superior à razão – como se tivessem um pistolão especial com algum burocrata do universo que lhes fornecesse informações secretas a que ninguém mais tem acesso. Os místicos do espírito dizem que possuem um sexto sentido que vocês não têm, o qual consiste na negação de todos os conhecimentos adquiridos por meio dos cinco sentidos que vocês possuem. Os místicos dos músculos não se dão ao trabalho de se arrogar algum tipo de percepção extrassensorial: limitam-se a afirmar que os seus sentidos não são válidos e que a sabedoria deles consiste em perceber a sua cegueira por meio de algum método não especificado. Ambos os tipos de místicos exigem que vocês invalidem sua própria consciência e se entreguem ao controle deles. Oferecem-lhes, como prova de seu conhecimento superior, o fato de afirmarem o contrário de tudo o que vocês sabem, e, como prova de sua capacidade superior de lidar com a existência, o fato de que eles os conduzem à miséria, ao autossacrifício, à fome, à destruição.

"Eles afirmam que conhecem uma modalidade de existência superior à vida que vocês levam nesta Terra. Os místicos do espírito a denominam 'outra dimensão', que consiste na negação das dimensões. Os místicos dos músculos a denominam 'o futuro', que consiste na negação do presente. Existir é possuir identidade. Que identidade são capazes de dar à esfera superior por eles proposta? Estão sempre dizendo o que ela *não é*, mas nunca dizem o que *é*. Todas as suas identificações consistem em negações: 'Deus é aquilo que nenhuma mente humana é capaz de saber', afirmam e em seguida exigem que isso seja considerado sabedoria. 'Deus é o não homem, o céu é a não Terra, a alma é o não corpo, a virtude é o não lucro, A é não A, a percepção é a não sensação, o conhecimento é a não razão.' Suas definições são, na verdade, negações.

"Somente uma metafísica de sanguessuga se ateria à concepção de universo em que o zero é um padrão de identificação. A sanguessuga quer fugir da necessidade de dar nome à própria natureza, da necessidade de saber que a substância com base na qual ela constrói seu universo particular é o sangue.

"Qual a natureza daquele mundo superior ao qual eles sacrificam o mundo que existe? Os místicos do espírito amaldiçoam a matéria; os dos músculos, o lucro. Os do espírito querem que os homens lucrem renunciando ao mundo; os dos músculos, que os homens herdem o mundo renunciando ao lucro. Os mundos sem matéria e sem lucro por eles propostos são terras em que nos rios corre café com leite, brota vinho das pedras quando eles assim ordenam, caem pastéis do céu quando abrem a boca. No mundo material em que vivemos, em que as pessoas correm atrás do lucro, é necessário um investimento enorme de virtude – de inteligência, integridade, energia e capacidade – para construir uma ferrovia de um quilômetro de extensão. No mundo sem matéria e sem lucro que os místicos propõem, viaja-se de um planeta a outro graças à formulação de um desejo. Se uma pessoa honesta lhes pergunta 'Como?', eles respondem, com indignação e escárnio, que 'como' é um conceito de realistas vulgares e que o conceito dos espíritos superiores é 'de algum modo'. Neste nosso mundo circunscrito pela matéria e pelo lucro, as recompensas requerem o pensamento; num mundo libertado de tais restrições, basta desejar.

"E é *esse* todo o segredo deles. O segredo vergonhoso de todas as filosofias esotéricas, de todas as dialéticas e dos sextos sentidos, o segredo de todos os olhares evasivos e das palavras ásperas, o segredo em nome do qual destroem a civilização, a linguagem, indústrias e vidas humanas, em nome do qual furam os próprios olhos e tímpanos, esmagam os próprios sentidos, esvaziam as próprias mentes, o objetivo pelo qual eles dissolvem os absolutos da razão, da lógica, da matéria, da existência, da realidade. Tal segredo é construir, sobre essa neblina plástica, um único absoluto sagrado: o *desejo* deles.

"A restrição da qual eles tentam escapar é a lei da identidade. A liberdade que buscam é a do fato de que A será sempre A, independentemente da raiva ou do medo que sintam; de que um rio jamais lhes dará leite, por maior que seja a fome que sintam; de que a água jamais escorrerá para cima, por maiores que sejam as vantagens que isso lhes proporcionaria. E, se eles querem levar água até o alto de um arranha-céu, serão obrigados a utilizar um processo de pensamento e trabalho, no qual a natureza de um pedaço de cano é importante, mas os sentimentos deles são irrelevantes. Buscam se libertar do fato de que seus sentimentos são incapazes de alterar a trajetória de um único grão de poeira no espaço, ou a natureza de alguma ação por eles realizada.

"Aqueles que lhes dizem que o homem é incapaz de perceber uma realidade sem as distorções causadas pelos sentidos querem dizer, na verdade, que se recusam a perceber uma realidade sem as distorções causadas por seus sentimentos. 'As coisas tais quais são' são as coisas tais quais percebidas pela sua mente. Se as divorciamos da razão, elas se tornam 'as coisas tais quais são percebidas pelos seus desejos'.

"Não existe uma revolta honesta contra a razão – e quem aceita uma parte qualquer dessa doutrina quer fazer impunemente algo que a sua razão não lhe permitiria tentar. A liberdade que se busca é a de adquirir riquezas por meio do roubo sem que isso implique que se é um canalha, por mais dinheiro que se dê às organizações de caridade, por mais preces que se dirijam a Deus. É a liberdade de dormir com uma prostituta sem que isso implique ser um marido infiel, por mais que se afirme amar a esposa no dia seguinte. É a liberdade de não se precisar ser uma entidade em vez de simplesmente um amontoado de pedaços aleatórios espalhados por um universo onde nada é nada, onde não há compromissos com nada, um universo de pesadelo infantil, em que as identidades se revezam constantemente, em que canalha e herói são papéis assumidos arbitrariamente – a liberdade de não ter que ser homem, de não ter que ser entidade, de não ter que *ser*.

"Por mais que se insista que o objetivo do desejo místico é uma forma mais elevada de vida, a rebelião contra a identidade é um desejo de não existência. O desejo de não ser nada é o desejo de não ser.

"Seus mestres, os místicos das duas escolas, invertem a relação de causalidade em sua consciência e depois tentam invertê-la na existência. Tomam suas emoções como causa e suas mentes como efeito passivo. Fazem de suas emoções um instrumento para perceber a realidade. Tomam seus desejos como elementos irredutíveis, como fatos que suplantam todos os fatos. O homem honesto só deseja depois que identifica o objeto de seu desejo. Ele diz: 'É, portanto desejo'. Eles dizem: 'Quero, portanto é'.

"Eles querem violar o axioma da existência e da consciência, querem que sua consciência seja um instrumento não de *percepção*, e sim de *criação* da existência, e a existência seja não o *objeto*, e sim o *sujeito* de sua consciência – querem ser esse Deus que construíram à própria imagem e semelhança, que cria um universo a partir do nada por meio de um capricho arbitrário. Porém é impossível violar a realidade. O que eles conseguem fazer é o oposto do que desejam. Querem adquirir um poder absoluto sobre a existência, porém, ao contrário, perdem o poder de sua consciência. Recusando-se a conhecer, condenam a si próprios ao horror do perpétuo desconhecido.

"Esses desejos irracionais que os atraem a essa doutrina, essas emoções que vocês cultuam com idolatria, sobre cujo altar sacrificam a Terra, essa paixão obscura e incoerente dentro de vocês, que supõem ser a voz de Deus ou das suas glândulas, não passa do cadáver de sua mente. Uma emoção que entra em contradição com a sua razão, que vocês não podem explicar nem controlar, é apenas o cadáver daquele pensamento bolorento que não permitiram que sua mente repensasse.

"Toda vez que vocês cometeram o mal de se recusar a pensar e a ver, de isentar do absoluto da realidade um pequenino desejo seu, sempre que optaram por dizer: 'Que eu possa subtrair ao julgamento da razão os biscoitos que roubei, ou a existência de Deus, que me seja permitido um único capricho irracional, e serei um seguidor da razão em relação a tudo o mais' – foi *esse* o ato de recusa, de negação que subverteu sua consciência, que corrompeu sua mente. Foi assim que sua mente se transformou num júri comprado que recebe ordens de um submundo secreto, cujo veredicto distorce as provas para se adequarem a um absoluto intocável – e o resultado é uma realidade censurada, fragmentada, em que os pedacinhos que optaram por ver flutuam entre os abismos daquilo que não quiseram ver, unidos por aquele fluido embalsamador da mente que é a emoção isenta do pensamento.

"As ligações que se esforçam por ocultar são relações causais. O inimigo que tentam derrotar é a lei da causalidade: ele não lhes permite a realização de milagres. A lei da causalidade é a lei da identidade aplicada à ação. Todas as ações são causadas por entidades. A natureza de uma ação é causada e determinada pela natureza das entidades agentes; uma coisa não pode agir de modo a contradizer sua natureza. Uma ação não causada por uma entidade seria causada por um zero, o que implicaria um *zero* controlando uma *coisa*, uma nulidade controlando uma entidade, o inexistente dominando o existente. O que é o universo do desejo dos seus mestres, a *causa* das doutrinas das ações sem causa, a *razão* da revolta contra a razão, o objetivo dessa moralidade, dessa política, dessa economia, desse ideal que eles procuram atingir? O reino do zero.

"A lei da identidade não permite que vocês comam um bolo e ao mesmo tempo o guardem intacto. A lei da causalidade não lhes permite comer o bolo *antes* de fazê-lo. Mas se ocultam ambas as leis em seu cérebro, se fingem para si próprios e para os outros não vê-las, então podem tentar proclamar o seu direito de comer seu bolo hoje e o meu amanhã, podem proclamar a doutrina segundo a qual a maneira de fazer um bolo é comê-lo antes, que a maneira de produzir é consumir antes, que todo aquele que deseja algo tem o direito de ter o que deseja, já que nada é causado por nada. O corolário desse princípio do *não causado* na matéria é o princípio do *imerecido* no espírito.

"Toda vez que vocês se revoltam contra a causalidade, o que os motiva é o desejo fraudulento não de escapar dela, mas, o que é pior, de invertê-la. Vocês querem amor imerecido, como se amor, que é efeito, lhes pudesse atribuir valor pessoal, que é causa. Querem admiração imerecida, como se a admiração, o efeito, pudesse lhes conferir virtude, a causa. Querem riquezas imerecidas, como se a riqueza, o efeito, pudesse lhes conferir capacidade, a causa. Imploram por piedade, não justiça, como se um perdão imerecido pudesse ter o efeito de apagar a *causa* do seu pedido de misericórdia. E, para permitirem essas suas falsificações mesquinhas, defendem as doutrinas de seus mestres, enquanto eles andam por aí proclamando que os gastos, que são o efeito, é que criam a riqueza, que é a causa; que as máquinas, que são o efeito, criam a inteligência, que é a causa; que os seus desejos sexuais, que são o efeito, criam os seus valores filosóficos, que é a causa.

"Quem é que paga a conta dessa orgia? Quem causa o que não tem causas? Quem são as vítimas, condenadas a permanecer sem reconhecimento e morrer no silêncio, para que a agonia deles não perturbe a convicção de vocês de que elas não existem? Somos *nós*, nós, os homens dotados de mentes.

"Nós somos a causa de todos os valores que vocês ambicionam, nós é que realizamos o processo do *raciocínio*, por meio do qual definimos *identidades* e descobrimos *relações causais*. Nós ensinamos vocês a saber, a falar, a produzir, a desejar, a amar. Vocês, que abandonam a razão, se não fosse por nós, que a preservamos, não seriam capazes de realizar nem de conceber sequer seus desejos. Não seriam capazes de desejar as roupas que não teriam sido feitas, o automóvel que não teria sido inventado, o dinheiro que não teria sido criado para trocar as mercadorias que não existiriam, a admiração que não teria sido experimentada por homens que não teriam realizado nada, o amor que só pertence àqueles que preservam sua capacidade de pensar, de escolher, de *valorizar*.

"Vocês, que como selvagens saltam da selva dos seus sentimentos para a Quinta Avenida da *nossa* Nova York e afirmam que querem ficar com as luzes elétricas, mas querem destruir os geradores, é a *nossa* riqueza que vocês usam enquanto nos destroem, são os *nossos* valores que usam enquanto nos amaldiçoam, é a *nossa* língua que falam enquanto negam a mente.

"Do mesmo modo que os místicos do espírito inventaram seu céu à imagem da nossa Terra, imitando nossa existência, e lhes prometeram recompensas criadas por milagre a partir da não matéria, assim também os atuais místicos dos músculos omitem nossa existência e lhes prometem um céu onde a matéria toma forma com base na própria vontade não causada e se transforma em todas as recompensas desejadas pela sua não mente.

"Durante séculos, os místicos do espírito viveram como gângsteres, tornando a vida na Terra insuportável, depois cobrando a vocês que lhes dessem consolo e alívio; proibindo todas as virtudes que tornam possível a existência, depois explorando o seu sentimento de culpa; afirmando que a produção e o prazer são pecados, depois chantageando os pecadores. Nós, os homens dotados de mente, éramos as vítimas jamais reconhecidas da doutrina deles – nós que estávamos dispostos a violar o código moral deles e a arcar com o ônus da maldição pelo pecado de ser racional; nós é que pensávamos e agíamos, enquanto eles desejavam e rezavam; nós é que éramos párias morais, que éramos contrabandistas de vida, quando esta era considerada um crime, enquanto eles gozavam da glória moral por terem a virtude de transcender a ganância material e distribuir, por caridade e altruísmo, os bens materiais produzidos pelos que não podiam ser mencionados.

"*Agora* estamos acorrentados e recebemos ordens de produzir, dadas por selvagens que nem sequer nos concedem a identidade de pecadores – selvagens que afirmam que não existimos e então nos ameaçam de nos privar da vida que não possuímos, se não lhes fornecermos os produtos que não produzimos. Agora querem que continuemos a operar estradas de ferro, a saber a hora exata em que um trem chegará após atravessar todo um continente; querem que continuemos a operar siderúrgicas, a saber a estrutura molecular de cada partícula de metal dos cabos que sustentam as suas pontes, dos aviões que os transportam pelo ar – enquanto as tribos dos seus grotescos místicos dos músculos brigam pelos restos mortais do mundo, grunhindo numa não linguagem, dizendo que não há princípios, não há absolutos, não há conhecimento, não há mente.

"Descendo abaixo do nível do selvagem, que acredita que as palavras mágicas que ele pronuncia têm o poder de alterar a realidade, eles acreditam que esta pode ser alterada pelo poder das palavras que *não* pronunciam – e sua ferramenta mágica é o silêncio, o fingimento de que nada pode existir se não admitirem sua existência.

"Assim como materialmente eles se alimentam de riquezas roubadas, espiritualmente eles também se alimentam de conceitos roubados e afirmam que a honestidade consiste em se recusar a saber que se está roubando. Assim como se utilizam dos efeitos ao mesmo tempo que negam as causas, também empregam os nossos conceitos ao mesmo tempo que negam as raízes e a existência dos conceitos que estão usando. Assim como tentam não construir, mas *tomar* indústrias, também tentam não pensar, mas *tomar* o pensamento humano.

"Assim como afirmam que a única exigência para se operar uma fábrica é a capacidade de rodar manivelas de máquinas e silenciam sobre a questão de quem criou a fábrica, também proclamam que não há entidades, que nada existe senão o movimento, e silenciam quanto ao fato de que o *movimento* pressupõe a coisa que se move, de que sem o conceito de entidade não pode existir o de movimento. Assim como proclamam seu direito de consumir aquilo que não merecem e silenciam quanto à questão de quem é que vai produzi-lo, também afirmam que não há uma lei da identidade, que nada existe senão a mudança, e silenciam sobre o fato de que a *mudança* pressupõe o conceito daquilo que muda, do quê para quê, que sem a lei da identidade não pode existir o conceito de mudança. Assim como roubam um industrial ao mesmo tempo que negam o seu valor, também tentam se apropriar de toda a existência enquanto negam que a existência existe.

"'Nós sabemos que nada sabemos', dizem eles, silenciando o fato de que estão afirmando que 'sabem algo'. 'Não há absolutos', afirmam, silenciando o fato de que estão exprimindo um princípio absoluto. 'Não se pode *provar* que se existe e se é dotado de consciência', afirmam, silenciando o fato de que a *prova* pressupõe a existência, a consciência e um complexo encadeamento de conhecimentos: a existência de algo a saber, de uma consciência capaz de sabê-lo, de um conhecimento que distinga entre conceitos tais como provado e não provado.

"Quando um selvagem que não aprendeu a falar declara que a existência tem de ser provada, ele está pedindo que ela seja provada pela não existência. Quando afirma que sua consciência tem que ser provada, está pedindo que ela seja provada pela inconsciência – está pedindo que se passe para um vácuo fora da existência e da consciência para lhe fornecer uma prova de ambas; está pedindo que a pessoa se torne um zero adquirindo conhecimentos a respeito de um zero.

"Quando ele declara que um axioma é uma questão de escolha arbitrária e opta por não aceitar o axioma de que o axioma existe, silencia o fato de que o aceitou ao pronunciar aquela frase, silencia o fato de que o único modo de rejeitá-lo é fechar a boca, não propor teoria alguma e morrer.

"Um axioma é uma afirmação que identifica a base do conhecimento e de qualquer outra afirmação pertinente àquele conhecimento, uma afirmação necessariamente contida em todas as outras, queira determinado falante identificá-la ou não. Um axioma é uma proposição que derrota seus adversários pelo fato de que eles têm que aceitá-la e utilizá-la no processo de qualquer tentativa de negá-la. Que o troglodita que opta por não aceitar o axioma da identidade tente apresentar sua teoria sem utilizar o conceito de identidade nem qualquer outro derivado dele. Que o antropoide que opta por não aceitar a existência dos substantivos tente elaborar uma língua que não os contenha, e nem adjetivos ou verbos. Que o curandeiro que opta por não aceitar a validade da percepção sensorial tente provar sua posição sem utilizar os dados que adquiriu por meio da percepção sensorial. Que o escalpelador que opta por não aceitar a validade da lógica tente provar sua posição sem recorrer a ela. Que o pigmeu que afirma que um arranha-céu não precisa de fundações, após chegar ao 50º andar, arranque as do prédio *dele*, não as do de vocês. Que o canibal que afirma que a liberdade da mente humana foi necessária para *criar* uma civilização industrial, porém não é necessária para *mantê-la*, que todos eles recebam uma flecha e uma pele de urso, não uma cátedra de economia na universidade.

"Vocês pensam que eles os estão levando de volta para a idade das trevas? Pois os estão levando para uma escuridão mais densa do que a de qualquer era da história. A meta deles não é a era da pré-ciência, e sim a da pré-linguagem. O objetivo deles é privar vocês do conceito do qual dependem tanto a mente quanto a vida e a cultura do homem: o de realidade *objetiva*. Identifiquem o desenvolvimento de consciência humana e conhecerão o objetivo da doutrina deles.

"O selvagem é aquele que não compreendeu que A é A e que a realidade é real. Seu desenvolvimento mental estacionou no nível do de um bebê, no patamar em que a consciência adquire suas percepções sensoriais iniciais e ainda não aprendeu a distinguir os objetos concretos. Para um bebê, o mundo é uma névoa de movimento, e não coisas que se movem – e o nascimento de sua mente se dá no dia em que ele apreende que aquele risco que está sempre passando por ele é sua mãe, que a mancha atrás dela é uma cortina, que as duas são entidades sólidas e uma delas não pode se transformar na outra, que elas *são* o que são, que elas *existem*. O dia em que o bebê compreende que a matéria não tem vontade é o dia em que compreende que *ele* é dotado de vontade – e esse é o dia de seu nascimento como *ser humano*. Ao compreender que o reflexo que vê no espelho não é uma ilusão, que é algo real, mas não é ele próprio; que a miragem que vê no deserto não é uma ilusão, que o ar e a luz que causam a miragem são reais, mas esta não é uma cidade e sim o reflexo de uma cidade – no dia em que compreende que não é um receptor passivo das sensações de um dado momento, que seus sentidos não lhe fornecem um conhecimento automático em fragmentos separados independentes do contexto, e sim apenas a matéria-prima do conhecimento, que sua mente tem de integrar; no dia em que compreende que seus sentidos não podem enganá-lo, que os objetos físicos não podem agir sem causa, que seus órgãos de percepção são físicos e não são dotados de vontade, nem do poder de inventar ou de distorcer; que os dados que lhe fornecem constituem um absoluto, mas sua mente tem de aprender a compreendê-los, sua mente precisa descobrir a natureza, as causas, o contexto integral de seu material sensorial, sua mente tem de identificar as coisas que ele percebe –, é nesse dia que ele nasce como pensador e cientista.

"*Nós* somos aqueles que atingiram esse dia; vocês são os que optaram por apenas se aproximar dele. O selvagem é o que jamais chegou lá.

"Para um selvagem, o mundo é um lugar de milagres ininteligíveis em que tudo é possível para a matéria inanimada e nada é possível para *si*. O mundo dele não é o desconhecido, e sim o horror irracional do incognoscível. Ele acredita que os objetos físicos são dotados de uma vontade misteriosa, movida por caprichos *sem causa* e imprevisíveis, e que *ele* é um joguete impotente à mercê de forças que não pode controlar. O selvagem acredita que a natureza é governada por demônios que possuem um poder absoluto e que a realidade é inteiramente controlada por seus caprichos. Acredita que os demônios podem transformar um prato de mingau numa cobra e uma mulher num besouro quando quiserem; que o A que jamais descobriu pode ser qualquer não A que os demônios quiserem; que o único conhecimento que tem é a consciência da obrigação de não tentar conhecer nada. Ele não pode contar com nada, pode apenas *desejar*, e passa a vida desejando, pedindo aos demônios que lhe satisfaçam os desejos com o poder arbitrário de sua vontade, agradecendo-lhes quando o atendem, assumindo a culpa quando não o atendem, oferecendo-lhes sacrifícios como prova de sua gratidão e de sua culpa, rastejando no chão, para exprimir seu medo e sua adoração pelo Sol, pela Lua, pelo vento, pela chuva e por qualquer brutamontes que afirme ser o porta-voz dessas entidades, desde que suas palavras sejam ininteligíveis e sua máscara, assustadora o bastante – ele deseja, implora, rasteja e morre, deixando a vocês, como momentos de sua visão da existência, as monstruosidades distorcidas de seus ídolos, meio homens e meio animais, imagens do mundo do não A.

"É *esse* o estado intelectual dos seus mestres modernos. É o mundo do selvagem que eles querem instaurar para vocês.

"Se vocês querem saber de que maneiras eles pretendem lançar mão para engendrar esse mundo, entrem em qualquer sala de aula universitária e ouvirão os professores dizendo a seus filhos que o homem não pode ter certeza de nada, que sua consciência não tem qualquer validade, que ele é incapaz de aprender fatos ou leis da existência, que é incapaz de conhecer uma realidade objetiva. Então que padrão de verdade e conhecimento têm esses professores? Tudo aquilo em que os outros *acreditam*, respondem eles. Não existe conhecimento, eles ensinam; porém apenas já acreditar que vocês mesmos existem é um ato de fé, que não é mais válido do que a crença, defendida por algum outro indivíduo, na ideia de que ele tem o direito de matar vocês. Os axiomas da ciência são atos de fé e não são mais válidos do que a crença na revelação, defendida por um místico. Acreditar que a luz elétrica pode ser produzida por um gerador é um ato de fé e não é mais válido que acreditar que ela pode ser produzida por um pé de coelho beijado debaixo da escada numa noite de lua nova – a verdade é qualquer coisa que as pessoas queiram que seja, e 'as pessoas' significam todo mundo menos vocês. A realidade é tudo aquilo que as pessoas resolvam que seja; não há fatos objetivos, há apenas desejos arbitrários de pessoas. O homem que busca o conhecimento num laboratório com tubos de ensaio e lógica é um tolo antiquado e supersticioso; o verdadeiro cientista é aquele que anda fazendo pesquisas de opinião – e se não fosse a ganância egoísta dos fabricantes de vigas de aço, que estão interessados em obstruir o progresso da ciência, vocês saberiam que a cidade de Nova York não existe, porque uma pesquisa de opinião realizada com a totalidade da população do mundo concluiria, por uma maioria esmagadora, que as *crenças* das pessoas proíbem a existência de tal lugar.

"Há séculos que os místicos do espírito vêm proclamando que a fé é superior à razão, porém não ousam negar a existência da razão. Os místicos dos músculos, herdeiros e produtos dos do espírito, levaram adiante o trabalho de seus predecessores e concretizaram seu sonho: proclamam que tudo é fé e dizem que isso é se revoltar contra as crendices. Revoltando-se contra afirmações carentes de provas, proclamam que nada pode ser provado; revoltando-se contra o conhecimento sobrenatural, proclamam que nenhum conhecimento é possível; revoltando-se contra os inimigos da ciência, proclamam que esta é uma superstição; revoltando-se contra a escravização da mente, proclamam que esta não existe.

"Se vocês abrem mão do seu poder de percepção, se aceitam trocar o padrão da *objetividade* pelo da *coletividade* e pensam aquilo que a humanidade acha que devem pensar, muito em breve seus olhos – dos quais vocês abriram mão – verão uma outra mudança ocorrer: os seus mestres se tornarão os senhores da coletividade, e se, então, vocês se recusarem a lhes obedecer, protestando que eles não são a totalidade da humanidade, eles responderão: 'Como vocês podem saber que não somos? *Ser*? Onde encontraram essa palavra antiquada?'

"Se duvidam que seja esse o objetivo deles, observem com que persistência e paixão os místicos dos músculos estão tentando fazê-los esquecer que o conceito de 'mente' algum dia existiu. Observem a verborragia tortuosa, as palavras com significados de borracha, os termos flutuantes por meio dos quais eles tentam evitar reconhecer o conceito de 'pensamento'. A sua consciência, segundo eles, consiste em 'reflexos', 'reações', 'experiências', 'instintos' e 'impulsos' – e eles se recusam a identificar os meios pelos quais adquiriram esses conhecimentos, a identificar o ato que estão realizando quando falam sobre eles e o ato que vocês realizam quando os ouvem. As palavras têm o poder de 'condicionar' vocês, dizem eles, e se recusam a identificar a razão pela qual as palavras têm o poder de mudar o seu... silêncio. O estudante que lê um livro o compreende por meio de um processo de... silêncio. O cientista que trabalha numa invenção está envolvido numa atividade de... silêncio. O psicólogo que ajuda um neurótico a resolver um problema e a se livrar de um conflito o faz por meio de... silêncio. O industrial... silêncio não existe. Uma fábrica é um 'recurso natural', como uma árvore, uma pedra ou uma poça de lama.

"O problema da produção, dizem eles, já foi resolvido e não merece ser estudado; a única questão que seus 'reflexos' ainda têm que resolver é a da distribuição. Quem resolveu o problema da produção? A humanidade, respondem. Qual foi a solução? Os produtos estão aí. Como foi que eles apareceram? De um modo qualquer. O que causou seu aparecimento? Nada tem causas.

"Eles proclamam que todo homem que nasce tem o direito de existir sem trabalhar, e, apesar das leis da realidade, tem o direito de receber sua 'subsistência mínima' – comida, roupa, casa – sem fazer nenhum esforço, porque tal lhe cabe por direito de nascença. Receber tais coisas de quem? Silêncio. Todo homem, proclamam eles, é proprietário de um quinhão equânime dos benefícios tecnológicos criados no mundo. Criados por quem? Silêncio. Covardes histéricos que se fazem passar por defensores aos industriais agora definem o objetivo da economia como 'um ajuste entre os *desejos* ilimitados dos homens e os bens produzidos em quantidade limitada'. Produzidos por quem? Silêncio. Arruaceiros intelectuais que se fazem passar por professores desprezam os pensadores do passado, afirmando que as teorias sociais deles se baseavam na premissa puramente teórica de que o homem é um ser racional – mas como isso não é verdade, afirmam eles, deve ser estabelecido um sistema que possibilite ao homem existir apesar de ser *irracional*, o que quer dizer: desafiar a realidade. Quem tornará isso possível? Silêncio. Qualquer pessoa medíocre é capaz de publicar planos para controlar a produção da humanidade, quer concorde com suas estatísticas, quer discorde delas. O fato é que ninguém questiona o direito de impor planos pela força das armas. Impor a quem? Silêncio. Mulheres que não têm o que fazer, cujo dinheiro provém do nada, pois que nada tem causas, viajam pelo mundo e voltam afirmando que os povos atrasados deste planeta *exigem* um padrão de vida mais elevado. Exigem de quem? Silêncio.

"E, para impedir qualquer investigação sobre a diferença entre uma aldeia de selvagens e a cidade de Nova York, eles apelam para a obscenidade-mor de explicar o progresso industrial do homem – os arranha-céus, as pontes pênseis, os motores e os trens – afirmando que o homem é um animal que possui um '*instinto de fazer ferramentas*'.

"Querem saber o que está errado com o mundo? O que vocês estão vendo agora é a consequência final da doutrina da ausência de causas, a doutrina do imerecido. Todas as gangues de místicos, do espírito ou dos músculos, estão lutando umas com as outras, disputando o poder de mandar em vocês, rosnando que o amor é a solução de todos os problemas do seu espírito e que o chicote é a solução de todos os problemas do seu corpo – isso porque vocês concordaram com a afirmativa de que não existe mente. Concedendo ao homem menos dignidade do que se concede ao gado, ignorando o que um adestrador de animais poderia lhes dizer – nenhum animal pode ser treinado por meio do medo; o elefante torturado pisoteia seu torturador, recusando-se a trabalhar para ele –, acham que o homem vai continuar a produzir válvulas eletrônicas, aviões supersônicos, máquinas que fragmentam átomos e telescópios interestelares tendo por recompensa uma ração de carne e por incentivo uma chicotada no lombo.

"Não se iludam quanto ao caráter dos místicos. Através dos séculos, o objetivo deles sempre foi minar a sua consciência e sua única volúpia sempre foi a do *poder* – o poder de dominá-los pela força.

"Dos rituais dos curandeiros da selva, que distorciam a realidade, transformando-a em absurdos grotescos, deformavam as mentes de suas vítimas e as enchiam de terror pelo sobrenatural, no decorrer de séculos de estagnação – passando pelas doutrinas sobrenaturais da Idade Média, que mantinham os homens acocorados na lama do chão de seus casebres, com medo de que o demônio lhes roubasse a sopa que haviam trabalhado 18 horas para poder conseguir –, até o professorzinho sorridente e maltrapilho que afirma que o seu cérebro não tem capacidade de pensar, que o homem não tem meios de percepção e tem de obedecer cegamente à vontade onipotente da sociedade, essa força sobrenatural – tudo isso tem o mesmo objetivo: reduzir vocês a uma massa inerte que abre mão da validade de sua consciência.

"Mas isso não pode ser feito sem o seu consentimento. Se permitem que isso seja feito, vocês merecem.

"Quando vocês ouvem um místico falar sobre a impotência da mente humana e começam a duvidar da sua consciência, e não da dele; quando permitem que o seu precário estado de semirracionalidade seja abalado por qualquer afirmação e concluem que é mais seguro confiar na certeza e nos conhecimentos superiores do místico, vocês estão fornecendo, pela sua aprovação, a única fonte de certeza que ele possui. O poder sobrenatural que o místico teme, o espírito incognoscível que ele adora, a consciência que ele julga onipotente é a consciência *de vocês*.

"O místico é aquele que abriu mão da própria mente ao primeiro contato com as mentes dos outros. Em algum momento da sua infância distante, quando o seu entendimento da realidade entrou em conflito com as afirmações dos outros, as ordens arbitrárias e as exigências contraditórias dos outros, ele cedeu a um medo da independência tão abjeto que renunciou à sua faculdade racional. Na encruzilhada da opção entre 'eu sei' e 'eles dizem', o místico escolheu a autoridade dos outros, optou por se submeter em vez de compreender, a *crer* em vez de pensar. A fé no sobrenatural começa como fé na superioridade dos outros. Sua rendição assumiu a forma do sentimento de que ele tem que ocultar sua falta de entendimento de que os outros possuam algum conhecimento misterioso que só ele ignora, de que a realidade é qualquer coisa que os outros queiram que seja, através de algum meio que lhe será negado para todo o sempre.

"Daí em diante, com medo de pensar, ele se vê à mercê de sentimentos não identificados. Estes passam a ser seu único guia, seu único vestígio de identidade pessoal. O místico se agarra a eles com uma possessividade feroz – e, quando pensa, é só com o objetivo de se esforçar para esconder de si próprio que a natureza de seus sentimentos é o terror.

"Quando um místico afirma que sente a existência de um poder superior à razão, é bem verdade que ele sente algo, só que o poder em questão não é um superespírito onisciente universal, e sim a consciência do primeiro gaiato que passou por ele, ao qual ele submeteu a própria razão. O místico é movido pela vontade de causar impressão, de enganar, bajular, trapacear, impor *à força* essa consciência onipotente dos outros. 'Eles', os outros, são a única chave da realidade de que o místico dispõe, e este acha que só pode existir se explorar o poder misterioso dos outros e lhes extorquir seu integral consentimento. 'Eles' são seu único meio de percepção, e, como o cego que depende da visão de um cachorro, o místico sente que tem de acorrentá-los para poder viver. Controlar a consciência dos outros passa a ser sua única paixão – a volúpia do poder é uma erva daninha que só cresce nos terrenos baldios de uma mente abandonada.

"Todo ditador é um místico, e todo místico, um ditador em potencial. O místico quer que os homens lhe obedeçam, não que concordem com ele. Quer que rendam suas consciências a suas afirmações, seus decretos, seus desejos, seu caprichos do mesmo modo que a consciência *dele* se rende às deles. Ele quer lidar com os homens por meio da fé e da força – não tem nenhuma satisfação em ganhar o consentimento dos outros se, para isso, for necessário lançar mão de fatos e da razão. A razão é o inimigo que ele teme e, ao mesmo tempo, considera precário. Para ele, a razão é um instrumento usado para burlar. *Sente* que os homens possuem algum poder mais forte que a razão – e é apenas impondo-lhes uma crença sem causas ou uma obediência forçada que ele se sente certo de que adquiriu controle sobre o dom místico que lhe faltava. Sua volúpia é de mandar, não de convencer – a convicção exige um ato de independência e se baseia numa realidade objetiva absoluta. O que ele quer é exercer poder sobre a realidade e sobre o meio que os homens têm para percebê-la: sua mente. Quer poder colocar sua vontade entre a existência e a consciência, como se, ao concordar em falsificar uma realidade sob as instruções do místico, os homens estivessem criando a realidade.

"Assim como o místico é um parasita no plano da matéria, uma vez que expropria a riqueza criada pelos outros, ele também é um parasita no plano do espírito, pois saqueia as ideias criadas por outros – e assim se coloca abaixo do nível do louco, que cria a própria distorção da realidade, e se coloca ao nível de um parasita da loucura, que busca uma distorção criada por outrem.

"Só existe um estado que satisfaz o desejo de infinito, de não causalidade, de não identidade, que caracteriza o místico: a *morte*. Quaisquer que sejam as causas ininteligíveis que ele atribua a seus sentimentos incomunicáveis, todo aquele que rejeita a realidade rejeita a existência – e os sentimentos que o impelem daí em diante são o ódio por todos os valores da vida humana e a paixão por todos os males que o destroem. O místico aprecia o espetáculo do sofrimento, da pobreza, da subserviência e do terror; tais coisas lhe proporcionam uma sensação de triunfo, uma prova da derrota da realidade racional. Porém não existe outra realidade.

"Qualquer que seja o suposto beneficiário do místico, seja ele Deus ou aquela gárgula sem corpo que ele chama de 'povo', qualquer que seja o ideal que proclama em termos de alguma dimensão sobrenatural – *na verdade, na realidade, na Terra*, seu ideal é a morte, seu desejo é matar, seu único prazer é torturar.

"A destruição é o único fim já realizado pela doutrina dos místicos, e é o único fim que, como vocês estão vendo, eles estão atingindo agora, e se a destruição causada por seus atos não os fez questionar suas doutrinas, se afirmam serem movidos pelo amor, porém não mudam de ideia apesar das pilhas de cadáveres à sua frente, é porque a verdade a respeito das almas deles é pior do que a desculpa obscena que vocês lhes concederam: a desculpa de que o fim justifica os meios e os horrores por eles praticados são meios de atingir fins mais nobres. A verdade é que esses horrores são os fins deles.

"Vocês, que são depravados o bastante para acreditar que conseguiriam se adaptar à ditadura de um místico e poderiam lhe agradar obedecendo às suas ordens, saibam que não há como deixá-lo satisfeito: quando lhe obedecem, ele passa a dar ordens contrárias, pois o que quer é a obediência pela obediência, a destruição pela destruição. Vocês, que são abjetos o bastante para acreditar que podem negociar com um místico cedendo às suas extorsões, saibam que não há como comprá-lo, pois o suborno que ele quer é a sua vida, devagar ou depressa, conforme estejam dispostos a dá-la – e o monstro que ele quer subornar é aquela coisa silenciada em sua mente, que o impele a matar para não ver que a morte que ele deseja é a sua própria.

"Vocês, que são inocentes o bastante para acreditar que as forças que estão soltas no seu mundo agora são movidas pela ganância do saque material – essa briga dos místicos pelos despojos de guerra é apenas uma cortina de fumaça para ocultar das mentes deles a natureza de sua verdadeira motivação. A riqueza é um meio da vida humana, e eles pedem riquezas por imitação aos seres vivos, para mentir a si próprios que desejam viver. Porém essa entrega obscena ao luxo saqueado não é prazer, e sim fuga. Eles não querem possuir a sua fortuna: querem que vocês a percam. Não querem ter sucesso, e sim que vocês fracassem. Não querem viver, e sim que vocês morram. Não desejam nada, só odeiam a existência e vivem correndo, tentando não descobrir que o ódio que sentem é inspirado pelas próprias pessoas.

"Vocês, que jamais compreenderam a natureza do mal, que acham que eles são apenas 'idealistas desencaminhados' – que o Deus que vocês inventaram lhes perdoe! *Eles* são a essência do mal, eles, esses objetos antivida que buscam, devorando o mundo, preencher o zero *altruístico* de suas almas. Não é sua riqueza que eles querem. Eles fazem parte de uma conspiração contra a mente, ou seja, contra a vida e o homem.

"É uma conspiração sem líder e sem direção, e os marginais aleatórios do momento que faturam sobre a agonia de uma região ou outra são a escuma que se forma sobre a torrente que irrompe da represa rachada do esgoto dos séculos, e do reservatório do ódio à razão, à lógica, à capacidade, à realização, ao prazer, armazenado por todo anti-humano lacrimejante que prega a superioridade do 'coração' sobre a mente.

"É uma conspiração de todos aqueles que não querem viver, mas *escapar impunes*, de todos os que tentam falsear só um pedacinho da realidade e são atraídos, por sentimento, por todos os que estão falseando outros pedacinhos – uma conspiração que une, por meio da evasão, todos os que têm como valor o *zero*: o professor que, sendo incapaz de pensar, sente prazer em estropiar as mentes de seus alunos; o negociante que, para proteger sua estagnação, sente prazer em acorrentar a capacidade dos seus concorrentes; o neurótico que, para defender seu ódio de si próprio, sente prazer em humilhar homens cheios de amor-próprio; o incompetente que sente prazer em prejudicar as realizações; o medíocre que sente prazer em derrubar tudo o que é grande; o eunuco que se realiza castrando todo prazer – e todos os intelectuais que lhes dão munição, todos os que pregam que a imolação da virtude transforma vícios em virtudes. A *morte* é a premissa das teorias deles, a *morte* é o objetivo das ações deles na prática – e vocês são suas últimas vítimas.

"Nós, que éramos os amortecedores colocados entre vocês e a natureza da sua doutrina, agora não estamos mais entre vocês para salvá-los dos efeitos dessa doutrina que optaram por seguir. Não estamos mais dispostos a pagar com nossas vidas as dívidas que contraíram nas suas vidas, nem o déficit moral acumulado por todas as gerações que vieram antes de vocês. Vocês viveram todo esse tempo endividados – e eu sou o homem que veio para cobrar a dívida.

"Eu sou o homem cuja existência os seus silêncios lhes permitiam ignorar. Sou o homem que vocês não queriam que vivesse nem que morresse – não queriam que eu vivesse, porque tinham medo de saber que eu assumira a responsabilidade do que vocês haviam se esquivado e medo de constatar que suas vidas dependiam de mim; não queriam que eu morresse, porque sabiam isso.

"Há 12 anos, no tempo em que eu trabalhava no seu mundo, eu era um inventor. Era membro de uma profissão que foi a última a surgir na história da humanidade e será a primeira a desaparecer no processo de volta ao infra-humano. O inventor é o homem que pergunta 'por quê?' ao universo e não deixa que nada se interponha entre essa resposta e sua mente.

"Como o homem que descobriu a utilização do vapor ou o que descobriu o uso do petróleo, descobri uma fonte de energia que sempre existiu, desde que o mundo é mundo, mas que os homens não sabiam como usar senão como objeto de culto e de terror, como matéria de lendas sobre deuses trovejantes. Completei o modelo experimental de um motor que teria trazido uma fortuna a mim e àqueles que me empregavam, um motor que teria aumentado a eficiência de todos os equipamentos que usam energia e que teria acrescentado a bênção do aumento de produtividade a cada hora que vocês passam ganhando o seu sustento.

"Então, certa noite, numa assembleia na fábrica, ouvi proferirem a minha sentença de morte, por ter realizado o que realizei. Ouvi três parasitas afirmarem que o meu cérebro e a minha vida eram de sua propriedade, que meu direito de viver era condicional e dependia de eu satisfazer os desejos deles. O objetivo da minha capacidade, disseram eles, era servir às necessidades daqueles que eram menos capazes que eu. Eu não tinha o direito de viver, disseram eles, por demonstrar competência para a vida; o direito que eles tinham à vida era incondicional, por serem incompetentes.

"Então compreendi o que havia de errado com o mundo, o que destruía os homens e as nações e onde se devia lutar a batalha pela vida. Compreendi que o inimigo era uma moralidade invertida – e que seu único poder era a minha aprovação a ela. Vi que o mal era impotente – que ele era o irracional, o cego, o antirreal – e que a única arma que garantia seu triunfo era a disposição dos bons de servi-lo. Do mesmo modo que os parasitas ao meu redor estavam proclamando que dependiam totalmente da minha mente e julgavam que eu aceitaria voluntariamente uma servidão que não tinham poder de me impor, do mesmo modo que contavam com a minha autoimolação para ter meios de pôr em prática seu plano, também em todo o mundo, e no decorrer de toda a história da humanidade, em todas as versões e formas, das extorsões de parentes parasitas às atrocidades dos países coletivizados, são os bons, os capazes, os homens racionais que agem como seus próprios destruidores, que entregam o sangue de sua virtude e deixam que o mal lhes transmita o veneno da destruição, garantindo dessa maneira o poder da sobrevivência para o mal e a impotência da morte para seus valores. Vi que chega um ponto, na derrota de todo homem virtuoso, em que o mal necessita do consentimento desse homem para vencer – e que nenhum mal que os outros lhe possam fazer terá sucesso se ele lhes negar seu consentimento. Vi que eu podia dar fim aos absurdos cometidos por vocês, pronunciando mentalmente uma única palavra. Pronunciei-a: 'não'.

"Larguei aquela fábrica. Abandonei o mundo de vocês e me dediquei à tarefa de alertar suas vítimas e lhes oferecer o método e a arma para os combater. O método era a recusa a se curvar diante da punição. A arma era a justiça.

"Se querem saber o que perderam quando eu os abandonei e meus grevistas desertaram o seu mundo, coloquem-se num lugar deserto, jamais explorado pelo homem, e perguntem a si próprios de que modo e por quanto tempo seriam capazes de sobreviver caso se recusassem a pensar, sem ninguém para lhes dizer o que fazer. Ou então, se optassem por pensar, perguntem a si próprios quanto suas mentes seriam capazes de descobrir. Perguntem a quantas conclusões chegaram por seus próprios meios durante toda a vida e quanto tempo passaram repetindo ações aprendidas com os outros. Perguntem a si próprios se seriam capazes de descobrir como se cultiva a terra, como se faz uma plantação, se seriam capazes de inventar a roda, a manivela, a bobina, o gerador, a válvula eletrônica – então decidam se vão considerar os homens capazes exploradores que vivem do fruto do *seu* trabalho e roubam a riqueza que *vocês* produzem. Resolvam se ousam acreditar que têm o poder de escravizar esses homens. Que as suas mulheres contemplem uma mulher da selva, de rosto enrugado e seios flácidos, moendo farinha numa tigela, hora após hora, século após século – e que perguntem a si próprias se o seu 'instinto de fazer ferramentas' bastará para criarem geladeiras, máquinas de lavar e aspiradores de pó, e se, caso contrário, elas querem destruir aqueles que criaram tudo isso, e não o fizeram 'por instinto'.

"Olhem ao seu redor, seus selvagens que acham que as ideias são criadas pelos meios de produção, que uma máquina não é o produto do pensamento humano, e sim um poder místico que produz pensamento humano. Vocês jamais descobriram a era industrial. Atêm-se a uma moralidade de bárbaros, do tempo em que uma forma miserável de subsistência era obtida com o esforço muscular dos escravos. Todo místico sempre quer escravos, para se proteger da realidade material que teme. Mas *vocês*, seus selvagenzinhos grotescos, olham sem nada ver para os arranha-céus que os cercam, para as chaminés das fábricas, e sonham escravizar os cientistas, os inventores e os industriais que criam as coisas materiais. Quando vocês pedem a propriedade coletiva dos meios de produção, estão pedindo a propriedade coletiva da mente. Ensinei a meus grevistas que a única resposta que vocês merecem é: 'Pois tentem!'

"Vocês afirmam serem incapazes de explorar as forças da matéria inanimada, porém se propõem a explorar as mentes de homens capazes de realizar feitos dos quais vocês não são capazes. Afirmam que não podem sobreviver sem nós, porém se propõem a determinar as nossas condições de sobrevivência. Afirmam que precisam de nós, porém têm a impertinência de se arrogar o direito de mandar em nós pela força – e pensam que nós, que não temos medo da natureza física que os apavora,

1093

vamos ter medo de um idiota qualquer que convenceu vocês a votar nele para tentar mandar em nós.

"Vocês se propõem a estabelecer uma ordem social baseada nos seguintes princípios: vocês são incompetentes para viver as próprias vidas, porém têm competência para mandar nas dos outros. São incapazes de viver em liberdade, mas têm capacidade para se tornarem governantes onipotentes. São incapazes de garantir o próprio sustento por meio de sua inteligência, mas têm capacidade suficiente para julgar políticos e elegê-los para cargos que lhes conferem poderes totais sobre atividades que vocês jamais viram, sobre ciências que jamais estudaram, sobre realizações das quais nunca ouviram falar, sobre indústrias gigantescas nas quais vocês, pela própria estimativa que fazem de sua capacidade, não conseguiriam trabalhar como assistentes de lubrificador.

"Esse ídolo do seu culto ao zero, esse símbolo de impotência – o dependente congênito – é a imagem que vocês têm do homem. É o seu padrão de valor, a cuja imagem tentam refazer suas almas. 'É humano!', exclamam vocês em defesa de toda depravação, atingindo o estágio de autodegradação em que se tenta fazer com que 'humano' signifique fraqueza, estupidez, vadiagem, mentira, fracasso, covardia e fraude e se pretende exilar da espécie humana o herói, o pensador, o produtor, o inventor, o forte, o decidido, o puro – como se 'sentir' fosse humano, mas pensar não fosse; como se o fracasso, e não o êxito, fosse humano; como se a corrupção, não a virtude, fosse humana. Como se fosse própria do homem a premissa da *morte*, e não a premissa da *vida*.

"Para nos privar primeiro da honra e depois de nossa riqueza, vocês sempre nos consideraram escravos que não merecem reconhecimento moral. Elogiam qualquer empreendimento que se pretenda não lucrativo e maldizem os homens que ganharam os lucros que tornaram viável o empreendimento. Consideram 'de interesse público' todo projeto que sirva àqueles que não pagam, pois não é do interesse público prestar serviços aos que pagam. 'Benefício público' é tudo aquilo dado como esmola; comerciar é prejudicar o público. 'Bem-estar do público' é o bem-estar daqueles que não o merecem; os que o merecem não precisam de bem-estar. Para vocês, '*o público*' é todo aquele que não conseguiu atingir nenhuma virtude, nenhum valor. Quem quer que os atinja, quem quer que forneça os produtos necessários à sobrevivência de vocês deixa de ser considerado parte do público, da espécie humana.

"Qual foi o ato de silenciar que lhes permitiu ter esperanças de ser possível fugir às consequências desse lodo de contradições e planejá-lo como uma sociedade ideal, quando o 'não' das suas vítimas bastava para demolir toda a sua estrutura? O que permite a qualquer mendigo insolente exibir suas chagas aos que são melhores do que ele e lhes implorar ajuda em tom de ameaça? Vocês, como ele, exclamam que estão contando com a nossa piedade, mas sua esperança secreta é o código moral que lhes ensinou a contar com o nosso sentimento de *culpa*. Vocês pretendem fazer com que nos sintamos culpados de nossas virtudes na presença dos seus vícios, suas feridas e seus fracassos – culpados de ter sucesso, culpados de gozar a vida que vocês maldizem, embora nos implorem que os ajudemos a viver.

"Vocês queriam saber quem é John Galt? Sou o primeiro homem capaz que se recusou a encarar a capacidade como motivo para sentimentos de culpa. Sou o primeiro a não fazer penitência por minhas virtudes, a não deixá-las serem usadas como instrumento para a minha destruição. O primeiro a não querer sofrer o martírio nas mãos daqueles que desejavam que eu morresse em nome do privilégio de mantê-los vivos. O primeiro a lhes dizer que não precisava deles e que até aprenderem a lidar comigo como comerciantes, trocando valor por valor, teriam de existir sem mim, como eu existiria sem eles. O primeiro a lhes dizer que os faria aprender de quem é a necessidade e de quem a capacidade – e, se o padrão é a sobrevivência do homem, quem seria capaz de garanti-la.

"Fiz, deliberada e intencionalmente, aquilo que historicamente sempre foi feito por omissão silenciosa. Sempre houve homens inteligentes que entraram em greve, em protesto e em desespero, sem, porém, conhecer o significado do próprio ato. O homem que abandona a vida pública para pensar, sem, no entanto, compartilhar seus pensamentos; o homem que resolve passar a vida na obscuridade, fazendo trabalho braçal, guardando para si próprio o fogo de sua inteligência, sem jamais lhe dar forma, expressão nem realidade, recusando-se a usá-la num mundo que ele despreza; o homem que é derrotado pela repulsa, que renuncia antes de começar, que prefere desistir a ceder, que só dá uma parcela mínima de sua capacidade, desarmado pela ânsia por um ideal jamais encontrado – tais homens estão em greve contra a irracionalidade, em greve contra o seu mundo e os seus valores. Mas, ao não encontrar os próprios valores, abandonam a busca do conhecimento – nas trevas de seu desespero indignado, que é justificado sem que conheçam a justificativa, apaixonado sem que tenham desejo –, concedem a vocês o poder da realidade, abrem mão dos incentivos de suas mentes e morrem na amargura e na inutilidade, rebeldes que jamais conheceram o objeto de sua rebelião, amantes que jamais descobriram seu amor.

"A época infame que vocês chamam de Idade das Trevas foi um período de greve da inteligência, em que os homens capazes optaram pela clandestinidade e viveram em segredo, estudando escondidos, e morreram, destruindo as obras de suas mentes, quando apenas um pequeno punhado dos mais bravos mártires permaneceu para manter viva a espécie humana. Todos os períodos dominados por místicos foram eras de estagnação e miséria, em que a maioria dos homens estava em greve contra a existência, trabalhando para ganhar menos do que o mínimo necessário à subsistência, sem deixar nada senão migalhas para ser saqueado pelos poderosos, recusando-se a pensar, a se aventurar, a produzir, pois quem se apropriava de seus lucros e constituía a mais alta autoridade para decidir o que era certo ou errado era o capricho de algum degenerado fantasiado investido da dignidade de superior à razão por direito divino e pelo poder de um porrete. A estrada da história do homem é uma sequência de silêncios e imensidões estéreis erodidas pela fé e pela força, com apenas uns poucos momentos de luz do sol, em que a energia libertada dos homens dotados de mentes realizou maravilhas que fizeram vocês se deslumbrarem, admirarem e imediatamente destruírem.

"Mas isso não acontecerá desta vez. O tempo dos místicos acabou. Vocês vão ser destruídos por seu próprio irrealismo. Nós, os racionais, sobreviveremos.

"Eu liderei a greve dos mártires que jamais haviam abandonado vocês antes. Dei a eles a arma que lhes faltava: o conhecimento do próprio valor moral. Ensinei-lhes que o mundo é nosso, quando o quisermos, em virtude do fato de que a nossa moralidade é a moralidade da vida. Eles, as grandes vítimas que produziram todas as maravilhas do breve florescimento da humanidade, eles, os industriais, os conquistadores da matéria, não haviam descoberto a natureza do seu direito. Já sabiam que lhes cabia o poder, mas eu lhes ensinei que também lhes cabia a glória.

"Vocês, que ousam nos considerar moralmente inferiores a qualquer místico que afirme ter visões sobrenaturais; vocês, que brigam como abutres por migalhas saqueadas, porém dão mais valor a uma cartomante do que a um empresário; vocês, que zombam do negociante por considerá-lo ignóbil, porém exaltam o artista pretensioso – a base dos seus padrões é aquele miasma místico que emana dos pântanos primevos, aquele culto à morte que tacha de imoral o comerciante por ser ele quem os mantém vivos. Vocês, que afirmam que querem transcender as preocupações mesquinhas do corpo, o trabalho mesquinho de atender apenas às necessidades físicas, me digam quem é escravizado pelas necessidades físicas: o hindu que trabalha de sol a sol puxando um arado para ganhar uma tigela de arroz ou o americano que dirige um trator? *Quem* é o conquistador da realidade física: o homem que dorme numa cama de pregos ou o que dorme num colchão de molas? *Qual* é o monumento ao triunfo do espírito humano sobre a matéria: os barracos imundos à margem do Ganges ou os arranha-céus de Nova York?

"Se vocês não aprenderem a responder a essas perguntas e a encarar com reverência as realizações da mente humana, não permanecerão por muito mais tempo neste mundo, que amamos e não permitiremos que vocês o amaldiçoem. Não vão escapar de fininho, como tantos já fizeram. Eu abreviei o curso normal da história e os fiz descobrir a natureza do pagamento que queriam que fosse passado adiante para outrem. Agora vocês terão de gastar suas últimas forças vitais para dar o imerecido aos adoradores e servidores da morte. Não façam de conta que uma realidade malévola os derrotou – vocês foram derrotados pelas próprias evasivas. Não façam de conta que vão morrer por um nobre ideal – vocês vão morrer para servir de pasto aos que odeiam a humanidade.

"Mas para aqueles, dentre vocês, que ainda guardam algum vestígio de dignidade e de vontade de viver a própria vida, ofereço a oportunidade de fazer uma opção.

Pensem se vocês querem morrer por uma moralidade que jamais praticaram, em que jamais acreditaram. Parem à beira da autodestruição e examinem seus valores e sua vida. Antes vocês sabiam fazer um inventário dos seus bens. Agora façam um inventário de suas mentes.

"Desde pequenos, vocês vêm ocultando um segredo culposo: no fundo, nunca quiseram seguir essa moralidade, buscar a autoimolação. Sempre temeram e odiaram esse código, mas nem ousam dizê-lo a si próprios; vocês não têm esses 'instintos' morais que os outros afirmam sentir em si próprios. Quanto menos vocês os sentiam, mais alto proclamavam o seu amor altruístico pelos outros, seu desejo de servi-los, com medo de que descobrissem seu eu verdadeiro, o eu que vocês traíram, que sempre mantiveram escondido, como um esqueleto no porão de seu corpo. E eles, que, ao mesmo tempo, eram tapeados por vocês e os tapeavam, eles os escutavam e aprovavam com veemência suas palavras, com medo de que vocês descobrissem que eles escondiam o mesmo segredo. A vida entre vocês é um gigantesco fingimento, uma farsa que um representa para o outro, cada um se achando o único diferente, o único culpado, cada um atribuindo a autoridade moral ao incognoscível que só os outros conhecem, cada um falseando a realidade que acha que os outros querem que ele falseie, nenhum com a coragem de quebrar o círculo vicioso.

"Qualquer que seja a solução sórdida que vocês tenham adotado para conviver com esse código inviável, qualquer que seja o equilíbrio miserável que tenham atingido, misto de cinismo e superstição, vocês ainda preservam a raiz, a premissa letal: a ideia de que o que é moralmente correto é incompatível com o que é prático. Desde pequenos, vocês fogem do terror de uma escolha que jamais ousaram identificar explicitamente: de um lado, o que é *prático* – tudo aquilo que vocês precisam fazer para existir, tudo o que dá certo, que realiza os seus objetivos, que lhes proporciona alimento ou prazer, que lhes traz lucro, é mau –; de outro, o que é bom e moralmente correto, mas *não* é prático – tudo o que dá errado, destrói, frustra, tudo o que faz mal a vocês e lhes proporciona prejuízos ou dor. Na verdade, a escolha é esta: ser moralmente direito ou viver.

"O único resultado dessa doutrina assassina foi separar a moralidade da vida. Vocês foram criados com a ideia de que as leis morais não têm relação com a tarefa de viver, senão como obstáculos e ameaças; que a existência humana é uma selva amoral em que vale tudo e qualquer coisa funciona. E, nessa névoa de definições cambiantes que envolve uma mente congelada, vocês esquecem que os males amaldiçoados pela sua crença eram as virtudes necessárias à vida e chegam a acreditar que os males são os meios *práticos* da existência. Esquecendo que o 'bem' não prático era o autossacrifício, vocês acreditam que o amor-próprio não é prático; esquecendo que o 'mal' prático era a produção, acreditam que o roubo é prático.

"Balançando-se como um galho ao sabor dos ventos numa selva amoral, vocês não ousam ser inteiramente maus nem viver completamente. Quando são honestos, sentem-se otários; quando são desonestos, sentem terror e vergonha. Quando são felizes, sua felicidade é diluída pela culpa; quando sofrem, a dor é aumentada pela sensação de que seu estado natural é a dor. Vocês sentem piedade dos homens que lhes inspiram admiração, pois acreditam que eles estão fadados a fracassar; invejam os que lhes inspiram ódio, pois acreditam que eles é que sabem viver. Sentem-se desarmados quando se veem frente a frente com um canalha: vocês acham que o mal está fadado a ganhar, visto que a moralidade é impotente, *não é prática*.

"Para vocês, a moralidade é um espantalho constituído de dever, tédio, castigo e dor, um cruzamento da primeira professora que vocês tiveram na escola fundamental com o coletor de impostos de agora, um espantalho colocado num campo estéril, sacudindo uma vara para afastar os seus prazeres – porque isso, para vocês, quer dizer um cérebro empapado de álcool, uma prostituta animalesca, o estupor de um imbecil que aposta dinheiro numa corrida de animais, pois o prazer não pode ser algo moralmente correto.

"Se vocês identificarem suas verdadeiras crenças, encontrarão uma tripla maldição – de si próprios, da vida e da virtude – na conclusão grotesca a que chegaram: vocês acreditam que a moralidade é um mal necessário.

"Vocês não entendem por que vivem sem dignidade, amam sem paixão e morrem sem resistência? Não entendem por que, de todos os lados, só se ouvem perguntas sem respostas, por que a sua vida é dilacerada por conflitos insolúveis, por que vocês vivem tendo que fazer escolhas artificiais, como optar pela alma ou pelo corpo, pela mente ou pelo coração, pela segurança ou pela liberdade, pelo lucro privado ou pelo bem público?

"Vocês se queixam de não encontrar respostas? Como pretendiam encontrá-las? Vocês rejeitam seu instrumento de percepção – sua mente – e depois reclamam que o universo é um mistério. Jogam fora a chave, depois choram porque todas as portas estão trancadas para vocês. Partem em busca do irracional, depois maldizem a existência por não fazer sentido.

"A escolha de que vocês estão tentando se esquivar há duas horas – enquanto ouvem minhas palavras e tentam não ouvi-las – é a fórmula do covarde expressa na frase: 'Mas não é preciso partir para soluções extremas!' A solução extrema que vocês vivem tentando evitar é a aceitação do fato de que a realidade é absoluta, de que A é A e a verdade é verdadeira. Um código moral impossível de praticar, que exige a imperfeição e a morte, lhes ensinou a dissolver todas as ideias numa neblina, a não permitir definições firmes, a considerar todos os conceitos aproximações e todas as regras de conduta elásticas, a achar exceções a todos os princípios, a transigir em todos os valores, a ficar sempre no meio. Ao obrigá-los, por meio de extorsão, a aceitar absolutos sobrenaturais, esse código os forçou a rejeitar o absoluto da natureza. Tornando impossíveis os julgamentos morais, tornou vocês incapazes de emitir um julgamento racional. Um código que os proíbe de atirar a primeira pedra os proíbe de admitir a identidade das pedras e de saber quando se está sendo apedrejado.

"O homem que se recusa a julgar, que nem concorda nem discorda, que afirma não haver absolutos e acredita desse modo se esquivar das responsabilidades – esse homem é responsável por todo o sangue que está sendo derramado agora no mundo. A realidade é absoluta, a existência é absoluta, um grão de poeira é absoluto e uma vida humana também é absoluta. Viver ou morrer é algo absoluto. Ter um pedaço de pão ou não tê-lo, isso também é algo absoluto. Poder comer o pão ou vê-lo ser devorado por um saqueador, isso também é algo absoluto.

"Há dois lados em toda questão: um está certo e o outro, errado, mas o meio é sempre mau. O homem que está errado ainda guarda algum respeito pela verdade, mesmo que apenas por assumir a responsabilidade da escolha. Mas o homem do meio é o calhorda que silencia a verdade para fingir que não há escolha nem valores, que está disposto a escapulir de todas as batalhas, a lucrar com o sangue dos inocentes ou a rastejar perante os culpados, que faz justiça condenando à prisão tanto o ladrão quanto a vítima, que resolve os conflitos obrigando o sábio e o insensato a encontrarem uma solução intermediária que agrade a ambos. Qualquer transigência entre a comida e o veneno só pode representar uma vitória para a morte. Qualquer transigência entre o bem e o mal só pode ser favorável ao mal. É como na transfusão de sangue que tira do bem para abastecer o mal: aquele que transige faz o papel de tubo de transfusão.

"Vocês que são meio racionais, meio covardes vivem passando o conto do vigário na realidade, mas a vítima da sua vigarice são vocês mesmos. Quando os homens reduzem sua virtude a valores aproximados, então o mal ganha a força de absoluto, quando a lealdade a um objetivo inarredável é abandonada pelos virtuosos, ela é assumida pelos canalhas – e o que se vê é o espetáculo indecente de um bem avíltado, transigente, traiçoeiro, e um mal intransigente e farisaico. Assim como vocês se renderam aos místicos dos músculos quando eles lhes disseram que a ignorância consiste em afirmar que se sabe, agora vocês também se rendem quando eles gritam que a imoralidade consiste em emitir juízos morais. Quando berram que é egoísmo ter certeza de que se tem razão, vocês se apressam a lhes dizer que não têm certeza de nada. Quando eles gritam que é imoral se apegar às suas convicções, vocês lhes dizem que não têm convicção nenhuma. Quando os valentões das repúblicas populares europeias rosnam acusações de intolerância dirigidas a vocês, porque vocês não acham que o seu desejo de viver e a vontade deles de os matar não passam de uma diferença de opinião, vocês se acovardam e se apressam a explicar que não são intolerantes para com nenhum horror. Quando algum vagabundo descalço em alguma pocilga na Ásia grita 'Como ousam ser ricos?', vocês pedem desculpas e lhe pedem paciência, prometendo-lhe que vão dar tudo o que têm.

"Vocês chegaram ao beco sem saída da traição que cometeram quando aceitaram que não tinham o direito de viver. Primeiro vocês acreditavam que era apenas uma questão de 'não ser intransigente': aceitavam que era imoral viver para si próprios, porém era correto viver para seus filhos. Depois aceitaram que era egoísmo viver para seus filhos, porém era certo viver para a sua comunidade. Depois aceitaram que era egoísmo viver para a sua comunidade, mas era certo viver para a pátria. *Agora* vocês deixam este país, o maior de todos, ser devorado pela ralé dos quatro cantos do mundo, aceitando que é egoísmo viver para a pátria, e que o dever moral de cada um é viver para todo o mundo. O homem que não tem direito de viver não tem o direito de ter valores e jamais poderá se ater a eles.

"No fim dessa estrada de traições sucessivas, desprovidos de armas, de certezas, de honra, vocês cometem a traição final e assinam seu atestado de falência intelectual: enquanto os místicos dos músculos das repúblicas populares afirmam serem os defensores da razão e da ciência, vocês aceitam proclamar que *a fé* é o seu princípio fundamental; que a razão está do lado daqueles que os destroem, mas que o seu lado é o da fé. Para o que ainda resta de honestidade racional das mentes confusas e torturadas dos seus filhos, vocês declaram que não podem oferecer argumentos racionais para defender as ideias que criaram este país, que não há justificativa racional para a liberdade, a propriedade, a justiça, os direitos, que tais coisas se baseiam numa intuição mística e só podem ser aceitas por uma questão de fé, que a razão e a lógica estão do lado do inimigo, porém a fé é superior à razão. Vocês afirmam a seus filhos que é racional saquear, torturar, escravizar, expropriar, assassinar, mas que eles devem resistir às tentações da lógica e se apegar à disciplina do irracionalismo redentor – que os arranha-céus, as fábricas, os rádios, os aviões foram gerados pela fé e pela intuição mística, enquanto a fome, os campos de concentração e os pelotões de fuzilamento foram gerados por uma forma racional de existência –, e declaram que a Revolução Industrial foi uma revolta de homens cheios de fé contra a época de razão e lógica denominada Idade Média. Ao mesmo tempo, vocês afirmam às mesmas crianças que os saqueadores que mandam nas repúblicas populares vão ultrapassar este país em produção material, visto que eles são os representantes da ciência, porém é mau dar valor à riqueza material, então declaram que se deve renunciar à prosperidade. Vocês afirmam que os ideais dos saqueadores são nobres, só que eles não os levam a sério, mas vocês sim; que seu objetivo ao combater os saqueadores é apenas realizar os objetivos deles, que *eles* não poderão concretizar, mas vocês sim; e que a maneira de combatê-los é dar a eles a sua riqueza. Depois vocês não entendem por que seus filhos se tornam valentões do povo ou delinquentes enlouquecidos, nem por que as conquistas dos saqueadores estão cada vez chegando mais perto das suas portas, e concluem que a culpa é da estupidez humana, afirmando que as massas são imunes à razão.

"Vocês silenciam o espetáculo público e descarado da luta dos saqueadores contra a mente, e o fato de que os horrores mais sanguinolentos por eles cometidos visam punir o crime de pensar. Silenciam o fato de que a maioria dos místicos dos músculos começaram como místicos do espírito, que vivem trocando de posição, que os homens que vocês chamam de materialistas e espiritualistas não passam das duas metades do mesmo ser humano dissecado, sempre buscando se completar, mas passando, ao fazê-lo, da destruição da carne para a da alma e vice-versa – que eles vivem correndo das suas universidades para as colônias de escravos da Europa e para a lama mística da Índia, buscando qualquer refúgio contra a realidade, qualquer forma de fugir da mente.

"Silenciam essas coisas e se atêm à sua hipocrisia da 'fé' a fim de silenciar a consciência do fato de que os saqueadores utilizam o código moral de vocês para lhes tirar vantagens; de que os saqueadores são os verdadeiros praticantes da moralidade que vocês só seguem até certo ponto; de que eles a praticam da única maneira que ela pode ser praticada: transformando a Terra em altar de sacrifício; de que a sua moralidade os proíbe de combatê-los do único modo que eles podem ser combatidos: recusando-se a se oferecer ao sacrifício como animais e afirmando com orgulho seu direito de existir; de que, para combatê-los até o fim, e com absoluta retidão, *é a moralidade deles que vocês têm que rejeitar.*

"Vocês silenciam esse fato, porque o seu amor-próprio está preso àquele 'altruísmo' místico que jamais tiveram nem praticaram, porém passaram tantos anos fingindo possuir, pois a ideia de denunciá-lo os aterroriza. Nenhum valor é mais elevado do que o amor-próprio, porém vocês o investiram em ações falsificadas – e agora a sua moralidade os jogou numa armadilha em que são obrigados a proteger seu amor-próprio lutando pela doutrina da autodestruição. A ironia macabra é que essa necessidade de amor-próprio, que vocês não conseguem explicar nem definir, pertence à *minha* moralidade, não à sua – é a marca objetiva do meu código, minha prova dentro da sua alma.

"Graças a um sentimento que ele não aprendeu a identificar, porém retém desde que tomou consciência da própria existência, desde que descobriu que é obrigado a fazer escolhas, o homem sabe que sua necessidade desesperada de amor-próprio é uma questão de vida ou morte. Como ser dotado de consciência com poder de escolha, ele sabe que precisa conhecer o próprio valor a fim de manter sua vida. Sabe que tem de estar *certo* – estar errado numa ação implica uma ameaça à sua vida; estar errado como pessoa, ser *mau*, significa ser desqualificado para a existência.

"Todo ato na vida do homem depende da vontade; o próprio ato de obter alimento ou comê-lo implica que a pessoa que ele preserva merece ser preservada; todo prazer que ele tenta gozar implica que a pessoa que o procura merece prazer. Ele não tem escolha quanto à sua necessidade de amor-próprio; sua única possibilidade de escolha diz respeito ao padrão com base no qual ele o medirá. E ele comete seu erro fatal quando faz com que esse padrão que protege a sua vida passe a servir à sua destruição, quando escolhe um padrão que contradiz a existência e joga seu amor-próprio contra a realidade.

"Toda forma de dúvida infundada de si mesmo, todo sentimento de inferioridade, de autodesvalorização secreta, é, na verdade, o medo oculto de ser incapaz de arcar com a existência. Porém, quanto maior o terror, mais o homem se agarra com unhas e dentes às doutrinas assassinas que o sufocam. Nenhum indivíduo pode sobreviver ao momento em que se declara irremediavelmente mau; se sobrevive, seu instante seguinte é a loucura ou o suicídio. Para fugir disso – se ele escolheu um padrão irracional –, ele irá fingir, escapar, silenciar. Vai privar a si próprio da realidade, da existência, da felicidade, da mente, e terminará privando-se do amor-próprio, lutando para preservar essa ilusão, para não correr o risco de descobrir sua ausência. Ter medo de encarar uma questão implica a aceitação de que a realidade é a pior possível.

"Não é nenhum dos crimes que vocês já tenham cometido que lhes infunde à alma essa sensação de culpa permanente, não é nenhum fracasso, erro ou falha sua, e sim o *silêncio* por meio do qual vocês tentam se evadir deles. Não é nenhum pecado original nem deficiência pré-natal desconhecida, e sim a consciência e o fato de sua omissão básica, o ato de anular a própria mente, de se recusar a pensar. O medo e a culpa são as suas emoções crônicas, são reais e vocês as merecem, mas eles não provêm das razões superficiais que vocês inventam para disfarçar a causa delas; não vêm do seu 'egoísmo', da sua fraqueza nem da sua ignorância, e sim de uma ameaça concreta e básica à sua existência: o *medo* decorre do fato de que vocês abandonaram a arma que possibilita a sobrevivência; *a culpa*, da consciência de que vocês o fizeram voluntariamente.

"*O eu* que vocês traíram é a sua mente; *amor-próprio* é confiar na capacidade própria de pensar. O eu que buscam, aquele eu essencial que não podem exprimir nem definir, não consiste nas suas emoções nem nos seus sonhos desconexos, e sim no seu *intelecto*, aquele juiz do seu supremo tribunal, o qual vocês destituíram para poder ser desviados do seu caminho, à mercê de todo vigarista que chamam de 'sentimento'. Depois se arrastam pela escuridão que vocês próprios criaram, numa busca desesperada por um fogo sem nome, impelidos por uma pálida visão de uma madrugada vista e perdida.

"Observem a persistência, nas mitologias, da lenda de um paraíso que os homens possuíram certa vez, a cidade de Atlântida ou o Jardim do Éden ou algum reino de perfeição, sempre no passado. A raiz dessa lenda se encontra não no passado da espécie, mas no de cada homem. Vocês ainda guardam uma vaga ideia – não nítida como uma lembrança, e sim difusa, como a dor de uma saudade sem esperanças – de que em algum momento da sua primeira infância, antes de aprenderem a se submeter, a absorver o terror do irracional e questionar o valor da sua mente, conheceram um estado radiante de existência, a independência de uma consciência racional encarando um universo aberto. *Esse* é o paraíso que vocês perderam e que buscam – e que pode ser seu quando quiserem.

"Alguns de vocês jamais virão a saber quem é John Galt. Mas aqueles que experimentaram ao menos um momento de amor à vida e de orgulho de ser amante da vida, ao menos um instante em que encararam a Terra e a abençoaram com o olhar, esses conheceram o estado de ser homem – e eu sou o único homem que sabia que esse estado não pode ser traído. Sou o homem que sabia o que o tornava possível e que resolveu coerentemente praticar e ser aquilo que vocês praticaram e foram naquele momento único.

"Vocês são livres para fazer essa escolha. Para optar por se dedicar ao mais elevado potencial de si próprios, é preciso aceitar o fato de que o ato mais nobre que jamais se realizou foi o ato mental de compreender que 2 mais 2 são 4.

"Sejam quem forem – vocês que estão sozinhos com as minhas palavras neste momento, só vocês e sua honestidade para ajudá-los a entender –, ainda há tempo de optar por ser homem, mas o preço é começar do início, colocar-se nu diante da realidade e, corrigindo um erro histórico que custou muito caro, declarar: 'Existo, portanto vou pensar.'

"Aceitem o fato irrevogável de que a sua vida depende da sua mente. Admitam que toda a sua luta, suas dúvidas, suas falsificações, suas evasivas nada mais eram do que uma tentativa de fugir da responsabilidade de uma consciência com poder de escolha – uma busca do conhecimento automático, da ação instintiva, da certeza intuitiva –, e, embora dissessem que ansiavam pelo estado dos anjos, o que vocês buscavam era o estado dos animais. Aceitem, como seu ideal moral, a tarefa de se tornar homens.

"Não digam que têm medo de confiar na sua mente porque sabem muito pouco. Vocês acham mais seguro se entregar aos místicos e jogar fora o pouco que sabem? Vivam e ajam dentro dos limites do seu conhecimento e os ampliem até o fim da vida. Redimam a mente da casa de penhores da autoridade. Aceitem o fato de que vocês não são oniscientes, mas saibam que bancar o zumbi não vai torná-los oniscientes; aceitem o fato de que a sua mente é falível, mas admitam que se livrar dela não vai torná-los infalíveis; aceitem o fato de que um erro que cometeram por iniciativa própria é mais seguro do que 10 verdades aceitas por fé, porque a sua iniciativa lhes dá os meios de corrigi-lo, ao passo que a mera aceitação destrói a sua capacidade de distinguir a verdade do erro. Substituam o seu sonho de autômatos oniscientes, aceitem o fato de que todo conhecimento que o homem adquire é fruto da própria vontade e do próprio esforço, e que *isso* é o que o distingue no Universo, *essa* é a sua natureza, sua moralidade, sua glória.

"Joguem fora essa justificativa ilimitada para o mal que consiste em afirmar que o homem é imperfeito. Com base em que padrões vocês o amaldiçoam quando dizem isso? Aceitem o fato de que, no campo da moralidade, qualquer coisa que não seja a perfeição não serve. Porém a perfeição não se mede por mandamentos místicos que ordenam que se faça o impossível, e a estatura moral do homem não deve ser medida por questões que não dependem da sua escolha. O homem tem uma única alternativa básica: pensar ou não, e é *essa* a medida da sua virtude. A perfeição moral é a *racionalidade absoluta*, não o seu grau de inteligência, porém a utilização integral e implacável da sua mente; não a extensão dos seus conhecimentos, e sim a aceitação da razão como um absoluto.

"Aprendam a reconhecer a diferença entre os erros de conhecimento e os deslizes morais. Um erro de conhecimento não é um deslize moral, desde que vocês estejam dispostos a corrigi-lo; apenas um místico julgaria os seres humanos tomando como padrão uma onisciência impossível e automática. Porém um deslize moral é a escolha consciente de um ato que vocês sabem ser mau, ou o evadir-se conscientemente do conhecimento, o fechar de olhos ou da mente. Aquilo que não sabem não pode representar uma acusação moral contra vocês; mas o que vocês se recusam a saber é marca da infâmia que cresce na sua alma. Tenham toda a tolerância possível com os erros de conhecimento, não perdoem nem aceitem nenhum deslize moral. Até prova em contrário, absolvam os que buscam o saber, porém tratem como assassinos em potencial aqueles depravados insolentes que exigem coisas de vocês, anunciando que não têm razões nem buscam razão nenhuma, que se baseiam apenas nos 'sentimentos' – e aqueles que rejeitam uma argumentação irrefutável dizendo: 'Isso é só lógica', o que quer dizer: 'Isso é só a realidade.' O único plano que se opõe ao da realidade é o plano e a premissa da morte.

"Aceitem o fato de que a concretização da sua felicidade é o único objetivo *moral* da sua vida, e que a *felicidade* – não a dor nem a estupidez autocomplacente – é a prova da sua integridade moral, visto que é a prova e o resultado da sua lealdade à realização dos seus valores. A felicidade era a responsabilidade que vocês temiam, e ela exigia aquela espécie de disciplina racional que não se valorizavam o bastante para assumir – e a esterilidade ansiosa da sua vida é o monumento à sua insistência em se evadir da consciência de que não há substituto moral para a felicidade, não há covarde mais desprezível do que o homem que abandonou a batalha pela sua própria felicidade, temendo afirmar seu direito à existência, faltando-lhe a coragem e a lealdade à vida que têm uma ave ou uma planta que procura o sol. Joguem fora os trapos que protegem o vício a que vocês chamam virtude: a humildade. Aprendam a valorizar-se a si próprios, ou seja, a lutar pela sua felicidade. E, quando tiverem aprendido que o *orgulho* é a soma de todas as virtudes, vocês aprenderão a viver como homens.

"Um passo básico na aprendizagem do amor-próprio é encarar como sinal de canibalismo toda *exigência* de ajuda. O homem que exige ajuda de vocês está afirmando que a sua vida é propriedade *dele* – e, por mais repugnante que isso seja, há algo ainda mais repugnante: concordar e aceitar. Perguntam vocês: 'É bom ajudar outro homem?' Não, se ele afirma que se trata de um direito dele ou de um dever moral seu; sim, se isso é o que vocês desejam, com base no prazer egoísta que lhes proporciona o valor da pessoa e da luta do outro. O sofrimento como tal não é valor; só a luta do homem contra o sofrimento é. Se optarem por ajudar um homem que sofre, façam-no apenas com base nas virtudes dele, na sua luta para se salvar, na sua racionalidade, ou no fato de que seu sofrimento é imerecido. Nesse caso, seu ato continua sendo uma forma de comércio, e a virtude dele é o pagamento da sua ajuda. Mas ajudar um homem desprovido de virtudes, ajudá-lo apenas porque ele está sofrendo, aceitar seus defeitos, sua *necessidade*, como algo que imputa a vocês uma obrigação, é aceitar que um zero hipoteque os seus valores. Um homem desprovido de virtudes odeia a existência e age com base na premissa da morte. Ajudá-lo é sancionar seu mal e manter sua carreira de destruição. Seja um centavo que não vai lhes fazer falta ou um sorriso simpático a que ele não fez jus, dar tributo a um zero é trair a vida e todos aqueles que tentam lutar por ela. Foram centavos e sorrisos assim que fizeram a desolação do seu mundo.

"Não digam que a minha moralidade é dura demais para vocês praticarem e que a temem como o desconhecido. Todos os momentos de vida que vocês já experimentaram foram vividos segundo os valores do *meu* código. Porém vocês o sufocaram, negaram, traíram. Insistiram em sacrificar as suas virtudes em benefício dos seus vícios, e o melhor dos homens em benefício do pior. Olhem ao seu redor: tudo o que vocês fizeram à sociedade fizeram a suas almas antes; uma coisa é imagem da outra. Esse amontoado de destroços que é o seu mundo agora é a forma física da traição que cometeram contra os seus valores, os seus amigos, os seus defensores, o seu futuro, o seu país, contra vocês próprios.

"Nós – a quem vocês chamam, mas que não vamos mais atender – vivíamos entre vocês, porém não nos reconheciam, se recusavam a pensar e a nos ver tais como éramos. Não reconheceram o motor que inventei – e ele se tornou, no *seu* mundo, um pedaço de ferro-velho. Não reconheceram o herói na sua alma – e não me reconheceram quando passei por vocês na rua. Quando gritaram em desespero, chamando o espírito inalcançável que sabiam ter abandonado o seu mundo, vocês lhe deram o meu nome, mas o que estavam chamando era o seu amor-próprio traído. Vocês não poderão recuperar um sem o outro.

"Quando vocês não reconheceram a mente do homem e tentaram governar seres humanos pela força, aqueles que se submeteram não tinham mentes de que abrir mão e os que as tinham eram homens que não se submetem. Assim, o homem de gênio produtivo assumiu no *seu* mundo o papel de playboy e se tornou um destruidor de riquezas, optando por destruir sua fortuna para não entregá-la a homens armados. Assim, o pensador, o homem da razão, assumiu no *seu* mundo o papel de pirata, para defender seus valores pela força contra a sua força, para não se submeter ao domínio da brutalidade. Estão me ouvindo, Francisco d'Anconia e Ragnar Danneskjöld, meus primeiros amigos, companheiros de luta e de exílio, em nome de quem e em homenagem a quem estou falando agora?

"Fomos nós três que demos início àquilo que estou agora completando. Fomos nós três que resolvemos vingar este país e libertar sua alma aprisionada. Este país, o maior de todos, foi construído com base na *minha* moralidade – a inviolável supre-

1105

macia do direito do homem à existência –, porém vocês temiam admitir esse fato e ser homens à altura dos que construíram este país. Vocês olhavam, sem entender, para uma realização sem par na história do mundo e saquearam seus efeitos e silenciaram sua causa. Na presença desses monumentos à moralidade humana que são as fábricas, as estradas e as pontes, vocês insistiam em tachar este país de imoral e o progresso que o caracteriza de 'ganância material'. Insistiam em pedir desculpas pela grandeza deste país ao ídolo da fome primeva, o decadente ídolo europeu de um vagabundo leproso e místico.

"Este país – produto da *razão* – não poderia sobreviver com base na moralidade do sacrifício. Ele não foi construído por homens que buscavam a autoimolação ou pediam esmolas. Não podia se sustentar com base na separação mística que divorciou a alma do homem de seu corpo. Não podia viver alimentado pela doutrina mística que tachava de mau este mundo e de depravados todos os que nele alcançavam o sucesso. Desde o início, este país representou uma ameaça à antiga dominação dos místicos. Na brilhante e efêmera explosão de sua juventude, este país exibiu a um mundo incrédulo a grandeza da qual o homem era capaz, a felicidade que era possível na Terra. Era uma coisa ou outra: ou os Estados Unidos ou os místicos. Os místicos sabiam disso; vocês não. Vocês deixaram que eles os infectassem com o culto à *necessidade* – e este país se tornou um gigante no corpo com um anão parasita no lugar da alma, enquanto sua alma viva foi obrigada a viver na clandestinidade, para trabalhar e alimentar vocês em silêncio, sem nome, sem honras; sua alma e seu herói: o industrial. Você está me ouvindo agora, Hank Rearden, a maior das vítimas que vinguei?

"Nem ele nem nenhum de nós voltaremos enquanto não estiver livre o caminho da reconstrução deste país, enquanto as ruínas da moralidade do sacrifício não tiverem sido retiradas da nossa frente. O sistema político de um país se baseia no seu código de moralidade. Vamos reconstruir o sistema americano com base na premissa moral que foi sua raiz, mas que vocês encaravam como se fosse um passado escuso, na sua tentativa desesperada de escapar do conflito entre essa premissa e a sua moralidade mística: a premissa de que o homem é um fim em si, não o meio para os fins dos outros; de que a vida do homem, sua liberdade, sua felicidade são *dele* por um direito inalienável.

"Vocês que perderam a noção de direito, que oscilam numa hesitação impotente entre a ideia de que os direitos são uma dádiva divina, uma dádiva sobrenatural a ser aceita pela fé, e a ideia de que os direitos são uma dádiva da sociedade, a ser desrespeitada ao bel-prazer arbitrário da sociedade – a fonte dos direitos do homem não é a lei divina nem as leis das assembleias legislativas, e sim a lei da identidade. A é A – e o homem é o homem. Os *direitos* são condições da existência exigidos pela natureza humana para a sua sobrevivência. Para que o homem possa viver na Terra, é *direito* que ele use a sua mente, é *direito* que aja com base em seu livre-arbítrio, é *direito* que trabalhe por seus valores e guarde o produto do seu trabalho. Se a vida na Terra é seu objetivo, ele tem o *direito* de viver como um ser racional: a natureza lhe proíbe o irracional. Qualquer grupo, qualquer gangue, qualquer nação que tente negar os direitos do homem está errada, ou seja, é má, é antivida.

"*Direitos* são um conceito moral – e a moral é uma questão de escolha. Os homens têm a liberdade de não optar pela sobrevivência do homem como padrão de sua moralidade e de suas leis, mas não a de se esquivar do fato de que a alternativa é uma sociedade de canibais, que existe por algum tempo devorando o que tem de melhor e depois cai como um corpo canceroso, quando os saudáveis já foram comidos pelos doentes, quando os racionais já foram consumidos pelos doentes, quando os racionais já foram consumidos pelos irracionais. Esse sempre foi o destino histórico das sociedades, mas vocês se esquivaram do conhecimento da causa. Estou aqui para enunciá-lo: o agente de retribuição foi a lei da identidade, da qual vocês não podem se esquivar. Assim como o homem não pode viver por meio do irracional, também não o podem dois homens, nem 2 mil, nem 2 bilhões. Do mesmo modo que um homem não pode vencer desafiando a realidade, também não o pode uma nação, um país, um mundo. A é A. O restante é uma questão de tempo, que depende da generosidade das vítimas.

"Assim como o homem não pode existir sem seu corpo, também não pode haver direitos sem o direito de transformar os direitos que se tem em realidade – pensar, trabalhar e guardar para si os resultados do trabalho –, o que implica o direito de propriedade. Os modernos místicos dos músculos que propõem a alternativa fraudulenta 'direitos humanos' em oposição a 'direitos de propriedade', como se aqueles pudessem existir sem estes, estão fazendo uma última tentativa grotesca de restabelecer a doutrina da alma em oposição ao corpo. Somente um fantasma pode existir sem propriedade material; somente um escravo pode trabalhar sem o direito de guardar para si o produto de seu esforço. A doutrina segundo a qual os 'direitos humanos' são superiores aos 'direitos de propriedade' simplesmente significa que alguns seres humanos têm o direito de transformar os outros em propriedade. Como os competentes nada têm a ganhar dos incompetentes, isso quer dizer que os incompetentes têm o direito de ter como propriedade sua aqueles que são melhores do que eles e usá-los como gado produtor. Quem considera isso humano e direito não tem direito de ser considerado humano.

"A origem dos direitos de propriedade é a lei da causalidade. Toda propriedade e todas as formas de riqueza são produzidas pela mente e pelo trabalho do homem. Do mesmo modo que não se pode ter efeitos sem causas, também não se pode ter riqueza sem a sua fonte: a inteligência. Não se pode forçar a inteligência a trabalhar: aqueles que têm capacidade de pensar não trabalham sob compulsão; os que se submetem não produzem muito mais do que o preço do chicote necessário para mantê-los escravizados. Só se pode adquirir os produtos de uma mente aceitando as condições do proprietário, por meio do comércio e do consentimento voluntário. Qualquer outra política em relação à propriedade do homem é uma política de criminosos, independentemente do número de pessoas que a defendam. Os criminosos são selvagens que só pensam a curto prazo e morrem de fome quando não há mais vítimas para serem sacrificadas – do mesmo modo que vocês estão morrendo de fome hoje, vocês que acreditavam que o crime podia ser uma coisa 'prática' se o seu governo decretasse que o roubo era legal e a resistência a ele era ilegal.

"O único objetivo correto de um governo é proteger os direitos do homem, ou seja: protegê-lo da violência física. Um governo correto é apenas um policial, atuando como agente da legítima defesa do homem, e, como tal, pode recorrer à força *apenas* contra aqueles que tomam a *iniciativa* de usar a força. As únicas funções corretas de um governo são: a polícia, para proteger o cidadão dos criminosos; o Exército, para proteger o cidadão de invasores estrangeiros; e os tribunais, para proteger a propriedade e os contratos das violações e fraudes, para resolver disputas por meio de regras racionais, de acordo com leis *objetivas*. Porém um governo que toma a *iniciativa* de empregar a força contra homens que não a usaram contra ninguém – a utilização de compulsão armada contra vítimas desarmadas – é uma máquina infernal que visa aniquilar a moralidade: um tal governo deixa de ser protetor do homem para ser seu mais mortal inimigo; de policial passa a criminoso investido do direito de usar da violência contra vítimas privadas do direito de legítima defesa. Um governo assim substitui a moralidade pela seguinte regra de conduta social: vocês podem fazer o que quiserem com o próximo, desde que a sua gangue seja maior do que a dele.

"Apenas um brutamontes, um tolo ou um inconsequente pode aceitar viver nessas condições ou concordar em dar a seus semelhantes um cheque em branco contra sua vida e sua mente, aceitar a doutrina de que os outros têm o direito de fazer o que bem entenderem com a sua pessoa, de que a vontade da maioria é onipotente, de que a força física dos músculos e das maiorias substituiu a justiça, a realidade e a verdade. Nós, os homens proprietários de mentes, que somos comerciantes, não senhores de escravos nem escravos, não trabalhamos com cheques em branco nem os aceitamos. Não convivemos nem trabalhamos com nenhuma forma de não objetividade.

"Enquanto os homens, na época da barbárie, não tinham a noção de realidade objetiva e acreditavam que a natureza física era governada pelo capricho de demônios incognoscíveis, não era possível haver pensamento, ciência, produção. Só quando os homens descobriram que a natureza era um absoluto firme e previsível é que puderam confiar em seus conhecimentos, escolher seu rumo, planejar seu futuro e, lentamente, emergir das cavernas. *Agora* vocês colocaram a indústria moderna, com sua imensa complexidade de precisão científica, de volta nas mãos de demônios incognoscíveis – sob o poder imprevisível dos caprichos arbitrários de burocratazinhos feios e ocultos. O fazendeiro não investe o esforço de um verão se não puder calcular a probabilidade de ter uma boa colheita. Porém vocês querem que gigantes da indústria, que fazem planos em termos de décadas, investem em termos de gerações e fecham contratos por 99 anos, continuem a trabalhar e a produzir sem saber que capricho aleatório vai pela cabeça de qual funcionário aleatório e irá cair sobre eles em que momento para destruir todo o seu trabalho. Os vagabundos e os trabalhadores braçais vivem e fazem planos em função de um dia. Quanto mais privilegiada a mente, mais longo o prazo. O homem cuja visão só concebe um casebre pode continuar a construir sobre as suas areias movediças, para ganhar um lucro imediato e depois ir embora. O que concebe arranha-céus não pode. Tampouco ele dedicará 10 anos de trabalho exaustivo à tarefa de inventar um novo produto quando sabe que gangues de mediocridades poderosas manipulam as leis em detrimento dele, para prendê-lo, limitá-lo, obrigá-lo a cair, quando ele entende que, se lutar e vencer e tiver sucesso, eles lhe roubarão as recompensas e a sua invenção.

"Enxerguem além do momento presente, vocês que exclamam que temem competir com homens de inteligência superior, que a mente deles é uma ameaça à sua subsistência, que os fortes não dão chances aos fracos num mercado de comércio voluntário. O que determina o valor material do seu trabalho? Nada senão o esforço produtivo da sua mente. Se vocês vivessem numa ilha deserta, quanto menos eficiente o seu cérebro, menos renderia seu trabalho físico – e vocês poderiam passar a vida toda realizando uma mesma tarefa sempre repetida, fazendo uma plantação rudimentar e caçando com arco e flecha, incapazes de ir além disso. Mas quando vivem numa sociedade racional, em que os homens são livres para comerciar, vocês recebem uma vantagem preciosa: o valor material do seu trabalho é determinado não apenas pelos seus esforços, mas também pelos esforços das mais brilhantes mentes produtivas que há no mundo que os cerca.

"Quando vocês trabalham numa fábrica moderna, são pagos não apenas pelo seu trabalho, mas também por toda a genialidade produtiva que tornou possível aquela fábrica: pelo trabalho do industrial que a construiu, pelo do investidor que economizou dinheiro para arriscá-lo num empreendimento novo, pelo do engenheiro que projetou as máquinas que vocês estão operando, pelo do inventor que criou o bem que vocês produzem no seu trabalho, pelo do cientista que descobriu as leis envolvidas na produção desse bem, pelo do filósofo que ensinou os homens a pensar – por tudo aquilo que vocês vivem criticando.

"A máquina, forma concretizada de uma inteligência viva, é o poder que amplia o potencial da sua vida aumentando a produtividade do seu tempo. Se vocês trabalhassem como ferreiros na Idade Média dos místicos, toda a sua capacidade de ganhar dinheiro se resumiria a uma barra de ferro produzida pelas suas mãos após dias e mais dias de trabalho. Quantas toneladas de trilhos vocês produzem por dia se trabalham para Hank Rearden? Ousariam dizer que a quantia que ganham foi criada apenas pelo seu trabalho físico e que aqueles trilhos são o produto dos seus músculos? O padrão de vida daquele ferreiro medieval é tudo a que os seus músculos fazem jus; o restante é um presente de Hank Rearden.

"Todo homem é livre para subir tanto quanto puder ou quiser, porém ele só sobe na medida em que utilizar sua mente. O trabalho braçal em si não vai além do momento. O homem que só realiza trabalho braçal consome o valor material equivalente ao da própria contribuição ao processo de produção e não gera mais nenhum valor, nem para si próprio nem para os outros. Mas o que produz uma ideia em qualquer campo no domínio da razão – o homem que descobre novos conhecimentos – será para sempre um benfeitor da humanidade. Os produtos materiais não podem ser compartilhados, pois pertencem sempre àqueles que os consomem. É apenas o valor de uma ideia que pode ser compartilhado com um número ilimitado de homens, fazendo com que todos se tornem mais ricos sem que ninguém seja sacrificado ou leve prejuízo, elevando a capacidade produtiva do trabalho de todo cidadão, não importa quem ele seja. É o valor do próprio tempo que os homens de mente forte transferem para os mais fracos, permitindo que trabalhem em empregos por eles criados enquanto dedicam seu tempo a realizar novas descobertas. Isso é uma troca em que os dois lados saem ganhando. O interesse da mente é sempre o mesmo, qualquer que seja o grau de inteligência, quando se trata de homens que querem trabalhar e não ganhar aquilo a que não fizeram jus.

"Em proporção à energia mental que gastou, o homem que cria uma nova invenção só recebe uma pequena porcentagem de seu valor em termos de pagamento material, por maior que seja a fortuna que ganhe. Porém o que trabalha como faxineiro na fábrica que produz essa invenção recebe um pagamento enorme em proporção ao esforço mental que seu trabalho exige dele. E o mesmo se dá com todos os cargos intermediários, em todos os níveis de ambição e capacidade. O homem que se encontra no topo da pirâmide intelectual contribui para todos aqueles que se encontram embaixo, mas não recebe nada mais do que seu pagamento material, sem receber nenhum bônus intelectual dos outros que se acrescente ao valor do seu tempo. O homem na base da pirâmide, que sozinho morreria de fome por causa de sua total inépcia, não contribui com nada para aqueles que se encontram acima, porém recebe o bônus de todos os seus cérebros. É essa a natureza da 'concorrência' entre os intelectualmente fortes e os fracos. É essa a 'exploração' em consequência da qual vocês maldizem os fortes.

"Era esse o serviço que prestávamos a vocês de bom grado. O que pedíamos em troca? Nada, senão a liberdade. Pedíamos que nos dessem liberdade para atuar, liberdade para pensar e trabalhar no que bem entendêssemos, para correr os riscos que quiséssemos e arcar com os prejuízos que sofrêssemos, para ganhar nossos lucros e fazer nossas fortunas, para apostar na *sua* racionalidade, submeter nossos produtos ao seu discernimento para fins de comércio voluntário, com base no valor objetivo do nosso trabalho e na capacidade das suas mentes de enxergar esse valor, liberdade

1110

para confiar na sua inteligência e honestidade e só lidar com suas mentes. Era esse o preço que pedíamos e que vocês rejeitaram por achá-lo alto demais. Resolveram achar que era injusto que nós, que retiramos vocês das choupanas e lhes demos apartamentos modernos, rádios, cinemas e automóveis, tivéssemos palácios e iates. Resolveram que *vocês* tinham o direito de receber seu salário, mas *nós* não tínhamos o direito de receber nossos lucros; que vocês não queriam que lidássemos com as suas mentes e sim com as suas armas. Nossa resposta foi: 'Pois que se danem!' E foi o que de fato aconteceu. Vocês se danaram.

"Vocês não queriam competir em termos de inteligência, agora estão competindo em termos de brutalidade. Não queriam que as recompensas fossem conferidas aos produtores de sucesso, então agora vivem numa disputa em que as recompensas vão para os saqueadores de sucesso. Achavam cruel e egoísta os homens trocarem valor por valor, então agora têm uma sociedade altruísta em que se troca extorsão por extorsão. O seu sistema é uma guerra civil legalizada, em que os homens formam gangues e disputam o controle das leis, que são empregadas como porretes para derrubar rivais, até que uma outra gangue as arranca das mãos da anterior e as usa para agredir outras gangues, todas elas afirmando que servem a um bem jamais especificado de um público jamais especificado. Vocês disseram que não viam diferença entre poder econômico e poder político, entre o poder do dinheiro e o poder das armas – nenhuma diferença entre recompensa e punição, entre compra e roubo, entre prazer e medo, entre vida e morte. Pois agora estão aprendendo qual é a diferença.

"Alguns de vocês haverão de dar como desculpa a sua ignorância, suas limitações intelectuais. Porém os mais culpados de vocês são os homens que *tinham* a capacidade de saber, mas optaram por silenciar a realidade, que se dispuseram a vender sua inteligência e cinicamente se tornaram servidores da força: a raça desprezível de místicos da ciência que afirmam se dedicar a algum tipo de 'saber puro' – cuja pureza consiste em afirmarem que esse saber não tem nenhuma utilidade prática no mundo –, que reservam a lógica para a matéria inanimada, porém acreditam que lidar com homens não é coisa que peça nem mereça a racionalidade, que desprezam o dinheiro e vendem a alma por um laboratório mantido por saqueadores. E como não há 'saber não prático' nem atos 'desinteressados', como desprezam a utilização da ciência deles para servir à vida, fazem a ciência servir à morte, ao único objetivo prático que ela pode ter para os saqueadores: o de criar armas de coação e destruição. *Eles*, os intelectuais que querem fugir dos valores morais, são os malditos deste mundo, é *deles* a culpa que não tem perdão. Está me ouvindo, Dr. Robert Stadler?

"Mas não é a ele que quero me dirigir. Falo para aqueles entre vocês que ainda guardam algum vestígio de soberania em suas almas, ainda não vendidas nem marcadas com o carimbo: 'A serviço dos outros.' Se, em meio ao caos de motivos que levou vocês a ligar o rádio hoje, havia um desejo honesto, *racional*, de entender o que há de errado no mundo, vocês são os homens a quem eu queria me dirigir. Segundo meu código moral, tem-se a obrigação de dar uma explicação racional àqueles que estão envolvidos e que estão se esforçando para entender. Quanto aos que estão se esforçando para não me entender, nada tenho a ver com eles.

"Falo àqueles que desejam viver e reconquistar a honra de suas almas. Agora que vocês conhecem a verdade a respeito do seu mundo, *parem de apoiar aqueles que os estão destruindo*. A única coisa que possibilita o mal é a sanção que vocês lhe dão. Retirem-na. Retirem o seu apoio. Não tentem viver sob as condições impostas pelos seus inimigos, nem ganhar num jogo em que as regras são estabelecidas por eles. Não queiram cair nas graças daqueles que os escravizaram, não peçam esmolas aos que os roubaram, seja sob a forma de subsídios, de empréstimos ou de empregos. Não passem para o lado deles para conseguir de volta o que tiraram de vocês, roubando seus semelhantes. É inútil tentar garantir a própria sobrevivência aceitando subornos para consentir na própria destruição. Não se esforcem pelo lucro, pelo sucesso nem pela segurança se o preço é uma hipoteca sobre o seu direito de viver. Essa hipoteca jamais poderá ser paga inteiramente. Quanto mais lhes pagarem, mais eles exigirão; quanto maiores os valores que vocês ambicionarem ou realizarem, mais vulneráveis e impotentes vocês se tornarão. O sistema deles é uma forma de *chantagem branca* que visa roubar seu sangue, não com base nos seus pecados, e sim no seu amor à vida.

"Não tentem subir aceitando as condições dos saqueadores, nem subir uma escada quando as cordas estão nas mãos deles. Não permitam que eles toquem na única força que os mantém no poder: a ambição de vocês. Entrem em greve, como eu fiz. Usem suas mentes e capacidades só para vocês mesmos, ampliem seus conhecimentos, desenvolvam suas capacidades, porém não compartilhem seus conhecimentos com os outros. Não tentem produzir uma fortuna com um saqueador montado às suas costas. Permaneçam no primeiro degrau da escada, não ganhem mais que o mínimo necessário para a sobrevivência, não ganhem nem mesmo um tostão adicional que ajude a sustentar o Estado dos saqueadores. Já que vocês são prisioneiros, ajam como prisioneiros e não os ajudem a fazer de conta que vocês são homens livres. Tornem-se os inimigos silenciosos e incorruptíveis que eles tanto temem. Quando os obrigarem a fazer algo, obedeçam – mas *jamais se ofereçam como voluntários para nada*. Jamais deem um passo em direção a eles voluntariamente, nunca lhes concedam um desejo, uma súplica, um objetivo. Não ajudem um assaltante a fingir que está agindo como seu amigo e benfeitor. Não ajudem seus carcereiros a fingir que a prisão deles é o estado natural da existência. Não os ajudem a falsear a realidade. Essa falsificação é a única represa que contém o secreto terror deles, o terror de saber que são incapazes de viver. Abram as comportas e deixem que eles se afoguem – a sua aprovação é o único colete salva-vidas que eles têm.

"Se tiverem oportunidade de fugir para algum lugar remoto fora do alcance deles, fujam, mas não para viverem como bandidos nem para criar uma gangue que vá concorrer com a deles; construam uma vida produtiva independente com aqueles que aceitam o seu código moral e estão dispostos a lutar por uma existência humana. Vocês não têm nenhuma chance de saírem vitoriosos com uma moralidade da morte, nem com o código da fé e da força. Sua bandeira deve ser aquela que será adotada pelos honestos: o pavilhão da vida e da razão.

"Ajam como seres racionais e tenham por objetivo se tornarem congregadores de todos aqueles que anseiam por uma voz íntegra. Ajam com base nos seus valores racionais, estejam sozinhos no meio de seus inimigos ou com um punhado de amigos por vocês escolhidos, ou na posição de fundadores de comunidades modestas na fronteira do renascimento do homem.

"Quando o Estado dos saqueadores cair por terra, privado de seus melhores escravos, quando descer ao nível do caos impotente, como as nações místicas do Oriente, e se dissipar com gangues de ladrões digladiando-se entre si – quando os defensores da moralidade do sacrifício morrerem junto com seu ideal –, então haveremos de voltar.

"Abriremos os portões da nossa cidade àqueles que merecem entrar, da nossa cidade de fábricas, oleodutos, pomares, mercados e lares invioláveis. Agiremos como coordenadores das comunidades ocultas fundadas por vocês. Tendo por símbolo o cifrão – o símbolo do dólar, o símbolo do livre-câmbio e das mentes livres –, vamos retomar este país das mãos dos selvagens impotentes que jamais descobriram sua natureza, seu significado, seu esplendor. Os que quiserem se juntar a nós o farão; os que não o fizerem não terão poder para nos deter. As hordas de selvagens jamais constituíram obstáculos para os homens que marcham sob o estandarte da mente.

"Então este país voltará a ser um santuário para essa espécie em vias de extinção: o ser racional. O sistema político que construiremos se resume numa única premissa moral: nenhum homem pode arrancar nenhum valor de outro por meio da força física. Todo homem vencerá ou perderá, viverá ou morrerá por seu discernimento moral. Se não souber usá-lo e for derrotado, ele será sua única vítima. Se achar que seu discernimento é insuficiente, não poderá usar uma arma para aperfeiçoá-lo. Se optar por corrigir seus erros a tempo, o exemplo que terá para seguir será o daqueles que lhe são superiores, que o orientarão e o ajudarão a aprender a pensar, porém terá fim a infâmia de se pagar com a vida pelos erros dos outros.

"Neste mundo, vocês poderão se levantar de manhã com a disposição de espírito que conheceram na infância: aquela sensação de entusiasmo, aventura e certeza que provém da consciência de que se está lidando com um universo racional. Nenhuma criança tem medo da natureza. É o seu medo dos homens que desaparecerá, o que atrofia suas almas, o medo que vocês adquiriram nos seus primeiros contatos com o que há de incompreensível, de imprevisível, de contraditório, de arbitrário, de oculto, de falsificado, *de irracional* nos homens. Viverão num mundo de seres responsáveis, que serão tão coerentes e confiáveis quanto os fatos. A garantia de seu caráter será um sistema de existência em que a realidade objetiva é o padrão e o juiz. Suas virtudes serão protegidas, mas não seus vícios e suas fraquezas. O que há de bom em vocês será protegido, mas não o que têm de mau. O que receberão dos homens não será caridade, nem piedade, nem misericórdia, nem perdão dos pecados, e sim um único valor: *justiça*. E, quando olharem para os outros ou para si próprios, vocês sentirão não repulsa, suspeita ou culpa, e sim um único sentimento: *respeito*.

"É esse o futuro que vocês têm capacidade de conquistar. Ele exige luta, como qualquer valor humano. Toda vida é uma luta voltada para um objetivo, e sua única escolha é a de uma meta. Vocês querem prosseguir na sua luta atual ou querem lutar pelo meu mundo? Querem prosseguir numa luta que consiste em se agarrar a galhos precários enquanto deslizam por um barranco que termina num abismo, numa luta em que as privações que se sofre são irreversíveis e as vitórias que se obtém só servem para tornar mais próxima a destruição? Ou querem se empenhar numa luta que consiste em subir de patamar a patamar, numa ascensão constante, até o alto, uma luta em que as privações são investimentos no futuro, e as vitórias ganhas os trarão cada vez mais perto do mundo de seu ideal moral, de modo que, mesmo que vocês morram antes de chegar ao ponto em que o sol brilha com toda a força, ao menos chegarão a ser atingidos pelos seus primeiros raios? É essa a escolha que cabe a vocês fazer. Que suas mentes e seu amor à vida decidam.

"Minhas últimas palavras serão dirigidas àqueles heróis que porventura ainda estejam escondidos no mundo, prisioneiros não de suas evasivas, mas de suas virtudes e de sua coragem desesperada. Meus irmãos espirituais, examinem suas virtudes e a natureza dos inimigos a quem vocês estão servindo. Os que os destroem os dominam por meio da sua resistência, da sua generosidade, da sua inocência, do seu amor: a resistência que arca com os fardos deles; a generosidade que atende aos gritos de desespero deles; a inocência que é incapaz de conceber a maldade deles e que, na dúvida, acredita neles e se recusa a condená-los sem compreender, sem poder compreender as motivações que os impelem; o amor, o seu amor à vida, que os faz acreditar que também eles são homens e amam a vida. Porém o mundo de hoje é o que eles queriam; a vida é objeto de seu ódio. Deixem para eles essa morte que adoram. Em nome da sua magnífica dedicação a esta terra, abandonem esses inimigos, não desperdicem a grandeza de suas almas realizando o triunfo da maldade que há nas almas deles. Está me ouvindo... meu amor?

"Em nome do que há de melhor em vocês, não sacrifiquem este mundo àqueles que são o que há de pior nele. Em nome dos valores que os mantêm vivos, não deixem que sua visão do homem seja distorcida pelo que há de feio, covarde, irracional naqueles que jamais chegaram a merecer o título de homens. Não esqueçam que o que caracteriza o homem é a postura ereta, a mente intransigente, a capacidade de percorrer estradas infinitas. Não deixem que se apague o seu fogo insubstituível, fagulha por fagulha, nos pântanos do desespero do 'mais ou menos', do 'não é bem isso', do 'ainda não', do 'de jeito nenhum'. Não deixem morrer o herói que vive em suas almas, solitário e frustrado por nunca ter conseguido atingir a vida merecida.

Examinem sua estrada e a natureza da sua luta. O mundo que vocês desejavam pode ser conquistado: ele existe, é real, é possível, é *seu*.

"Mas para conquistá-lo é necessário dar toda a sua dedicação e romper totalmente com o mundo do passado, com a doutrina segundo a qual o homem é um animal a ser oferecido em sacrifício, que existe para proporcionar prazer aos outros. Lutem pelo valor das próprias pessoas. Lutem pela virtude do seu orgulho. Lutem pela essência do homem: sua mente racional soberana. Lutem com a certeza radiante e a retidão absoluta de saber que a moralidade da vida é sua, que é sua a luta por toda realização, por todo valor, por toda grandeza, por toda bondade, por toda felicidade que já existiu nesta Terra.

"Vocês vencerão quando estiverem prontos para pronunciar o juramento que proferi no início de minha luta. E, para aqueles que querem saber o dia em que hei de voltar, repetirei agora meu juramento perante todo o mundo: Juro, por minha vida e por meu amor a ela, que jamais viverei por outro homem, nem pedirei a outro homem que viva por mim."

CAPÍTULO 28

O EGOÍSTA

– ISSO NÃO ACONTECEU, não é mesmo?! – exclamou o Sr. Thompson.

Estavam parados à frente do rádio. Durante o silêncio que se seguiu, ninguém se mexeu. Todos permaneceram imóveis, olhando para o aparelho, como se esperassem alguma coisa. Mas o rádio era agora apenas uma caixa de madeira com uns botões e um pano circular esticado sobre um alto-falante mudo.

– Parece que ouvimos algo – disse Tinky Holloway.

– Mas não foi culpa nossa se ouvimos – disse Chick Morrison.

O Sr. Thompson sentou-se num engradado. A mancha pálida e comprida à altura de seu cotovelo era o rosto de Wesley Mouch, que estava sentado no chão. Atrás deles, como uma ilha na imensa penumbra do estúdio, a sala preparada para a transmissão do discurso do Sr. Thompson estava deserta e iluminada, com um semicírculo de poltronas vazias sob uma teia de aranha de microfones desligados, à luz ofuscante das lâmpadas que ninguém tivera a iniciativa de apagar.

Os olhos do Sr. Thompson percorriam os rostos ao seu redor, como se buscassem vibrações especiais que só ele conhecesse. Os outros se esforçavam para fazer o mesmo de maneira furtiva, cada um tentando olhar para os outros sem que percebessem seu olhar.

– Me deixem sair daqui! – gritou, para ninguém em particular, um jovem assistentezinho sem importância.

– Fique quieto! – gritou o Sr. Thompson.

O som da própria voz dando uma ordem e o misto de soluço e gemido que partiu de um vulto imobilizado no meio da escuridão tiveram o efeito de ajudá-lo a sentir-se mais seguro, numa versão da realidade que lhe era mais familiar. Sua cabeça se ergueu dos ombros mais uns dois centímetros.

– Quem permitiu que isso acont... – ia dizendo ele, elevando a voz, porém captou vibrações perigosas, do pânico perigoso dos que estão encurralados. – Bem, o que vocês acham disso? – resolveu perguntar. Não houve resposta. – E então? – Esperou. – Alguém diga alguma coisa!

– A gente não tem que acreditar nisso, não é? – indagou James Taggart, aproximando seu rosto do do Sr. Thompson, numa atitude que era quase de ameaça. – Hein? – O rosto de Taggart estava distorcido, suas feições pareciam disformes, e entre o nariz e a boca havia um bigode de gotas de suor.

– Calma – disse o Sr. Thompson, inseguro, afastando-se um pouco.

– Não temos que acreditar nisso! – gritou Taggart, no tom de voz monótono e insistente de quem não quer sair de um estado de transe. – Ninguém nunca disse nada disso antes! É só a opinião de um homem! Não temos que acreditar!

– Fique calmo – disse o Sr. Thompson.

– Como é que ele pode estar tão convicto de que tem razão? Quem é ele para ir contra todo o mundo, contra tudo o que já se disse no decorrer dos séculos? Quem é ele para saber? Ninguém pode ter certeza! Ninguém pode saber o que é direito! Nada é direito!

– Cale a boca! – berrou o Sr. Thompson. – O que você está tentando...

A explosão que o interrompeu foi o som de uma marcha militar que irrompeu subitamente do alto-falante – a marcha que fora interrompida três horas antes, a mesma gravação arranhada do estúdio. Foi só depois de alguns segundos de perplexidade que se deram conta do que era aquilo, enquanto a música alegre continuava rompendo o silêncio, em passo de ganso, grotescamente, irrelevante, como o humor de um idiota. O diretor de programação da emissora estava cumprindo à risca o princípio absoluto de que jamais se pode deixar uma estação de rádio muda.

– Mande parar com isso! – gritou Mouch, pondo-se de pé num salto. – Senão o público vai ficar achando que nós autorizamos esse discurso!

– Seu imbecil! – exclamou o Sr. Thompson. – Você prefere que as pessoas pensem que nós *não* autorizamos?

Mouch se calou de repente e dirigiu ao Sr. Thompson um olhar repleto de admiração, o olhar que um amador concede a um perito.

– Programação normal! – disse o Sr. Thompson. – Diga-lhes que continuem a programação normal deste horário! Nada de pronunciamentos especiais, nada de explicações! Diga-lhes que prossigam como se nada tivesse acontecido!

Meia dúzia dos condicionadores do moral subordinados a Chick Morrison correram para os telefones.

– Amordacem os comentaristas! Não os deixem fazer nenhum comentário! Avisem todas as estações do país! O público que fique sem entender nada! Não podemos deixar que achem que estamos preocupados! Não podemos deixar que pensem que isso é importante!

– Não! – gritou Eugene Lawson. – Não, não e não! Não podemos dar a impressão de que endossamos esse discurso! É horrível! – Lawson não estava chorando, mas havia em sua voz o tom lamentoso de um adulto soluçando de raiva, impotente.

– Quem foi que falou em endossar? – perguntou o Sr. Thompson, irritado.

– É horrível! É imoral! É egoísta, cruel, implacável! É o discurso mais asqueroso já feito! Ele... ele vai fazer com que as pessoas exijam a felicidade!

– É só um discurso – disse o Sr. Thompson, sem muita convicção.

– A meu ver – comentou Morrison com uma voz que tentava parecer tranquilizadora –, as pessoas de uma natureza espiritual mais nobre, vocês entendem, pessoas de... de... bem, de visão mística... – Morrison fez uma pausa, como se esperasse uma bofetada, mas ninguém se mexeu, e ele repetiu com firmeza: – sim, de visão mística, não vão engolir esse discurso. Afinal de contas, a lógica não é tudo.

– Os trabalhadores não vão engolir – disse Holloway, um pouco mais convicto. – Ele não parecia ser amigo dos trabalhadores.

– As mulheres não vão engolir – declarou a mãe de Kip. – A meu ver, é fato comprovado que as mulheres não gostam dessa história de mente. Elas têm sentimentos mais elevados. Podemos contar com elas.

– Podemos contar com os cientistas – afirmou o Dr. Simon Pritchett. Agora todos estavam avançando, subitamente ansiosos para falar, como se tivessem encontrado um assunto que lhes inspirava confiança. – Os cientistas não são bobos de confiar na razão. Esse homem não é amigo dos cientistas.

– Ele não é amigo de ninguém – disse Mouch, reconquistando um pouco de autoconfiança ao se dar conta desse fato –, talvez apenas dos grandes industriais.

– Não! – exclamou aterrorizado o Sr. Mowen. – Não! Não nos acuse! Não diga isso! Não admito que você diga isso!

– O quê?

– Que... que... que alguém é amigo dos industriais!

– Não vamos nos preocupar por causa desse discurso – disse o Dr. Floyd Ferris. – Foi intelectual demais para o homem comum. Não vai surtir efeito. As pessoas são burras demais para entender.

– É – concordou Mouch –, é isso mesmo.

– Em primeiro lugar – disse Ferris, sentindo-se estimulado –, as pessoas não sabem pensar. Em segundo, não querem.

– Em terceiro lugar – acrescentou Fred Kinnan –, não querem morrer de fome. E o que vocês propõem fazer a respeito disso?

Foi como se ele tivesse feito a pergunta que todos os que falaram anteriormente visavam evitar. Ninguém respondeu, mas as cabeças afundaram um pouco mais nos ombros, e as pessoas se aproximaram um pouco umas das outras, formando um pequeno aglomerado sob o peso do espaço vazio do estúdio. A marcha militar continuava a ribombar no silêncio do estúdio, com a alegria inflexível de uma caveira sorridente.

– Desliguem isso! – berrou o Sr. Thompson, apontando para o rádio. – Desliguem essa porcaria!

Alguém obedeceu. Mas o silêncio súbito era ainda pior.

– E então? – perguntou o Sr. Thompson por fim, levantando o olhar até Fred Kinnan, com relutância. – O que você acha que a gente deve fazer?

– Quem, eu? – disse Kinnan rindo. – Não sou eu quem manda aqui, não.

O Sr. Thompson bateu com o punho cerrado no joelho.

– Diga alguma coisa... – começou a pedir, mas, vendo que Kinnan lhe dava as costas, acrescentou: – ... qualquer um de vocês!

Ninguém disse nada.

– O que vamos fazer? – berrou ele, sabendo que o homem que respondesse passaria a deter o poder. – O que vamos fazer? Será que ninguém sabe nos dizer o que fazer?

– Eu sei!

Era voz de mulher, porém havia nela algo da voz que tinham ouvido no rádio. Todos se viraram para Dagny antes que ela tivesse tempo de emergir da escuridão do estúdio. Quando ela se aproximou, seu rosto os assustou, porque nele não havia sinal de medo.

– Eu sei – repetiu ela, dirigindo-se ao Sr. Thompson. – Vocês têm que desistir.

– Desistir? – repetiu ele, sem entender.

– Vocês estão derrotados. Será que não entendem isso? O que será que ainda é preciso para que entendam, depois desse discurso? Desistam e saiam do caminho. Deixem os homens livres para viverem.

O Sr. Thompson continuava olhando para ela, sem protestar nem se mexer.

Ela prosseguiu:

– Vocês ainda estão vivos, estão usando uma língua humana, estão pedindo soluções, estão contando com a razão... vocês ainda estão contando com a razão! São capazes de entender. Não é possível que não tenham entendido. Agora vocês não podem mais fingir que ainda têm alguma esperança de querer, de ganhar, de alcançar alguma coisa. Agora só há pela frente a destruição: a destruição do mundo e a sua própria. Desistam e vão embora.

Ouviam o que ela dizia com atenção, porém era como se não compreendessem suas palavras, como se estivessem se apegando cegamente a uma qualidade que só ela possuía: a de estar viva. Havia um toque de riso exultante por trás da violência irada de sua voz. Seu rosto estava erguido e os olhos pareciam contemplar algum espetáculo a uma distância incalculável, de modo que a mancha de luz em sua testa não parecia ser o reflexo das lâmpadas do estúdio, e sim um sol nascente.

– Vocês querem viver, não querem? Pois saiam da frente, se querem ter uma chance de viver. Deixem que os que são capazes assumam o poder. *Ele* sabe o que fazer. Vocês, não. *Ele* é capaz de produzir os meios necessários à sobrevivência humana. Vocês, não.

– Não ouçam o que ela diz!

Foi um grito de ódio tão selvagem que todos se afastaram do Dr. Robert Stadler, como se ele houvesse exprimido a ideia inconfessa que havia na mente de todos. Em seu rosto via-se a expressão que todos temiam encontrar no próprio rosto quando estivessem sozinhos no escuro.

– Não ouçam o que ela diz! – repetiu ele, seus olhos evitando os de Dagny, enquanto ela lhe dirigia um rápido olhar de relance, que começou como uma expressão de espanto e terminou como um obituário. – É a vida de vocês ou a dele!

– Calma, professor – disse o Sr. Thompson, despachando-o com um muxoxo. Ele olhava para Dagny como se algum pensamento se esforçasse para tomar forma dentro de seu crânio.

– Vocês sabem a verdade, todos vocês – disse ela –, e eu também, e mais todo homem que já ouviu falar de John Galt! O que ainda estão esperando? Provas? Ele já deu todas as provas. Fatos? É só olhar ao redor. Quantos cadáveres ainda querem encontrar até resolverem abrir mão de suas armas, de seu poder, de seus controles e de toda essa sua miserável doutrina altruísta? Desistam, se querem viver. Desistam, se ainda resta alguma coisa nas suas mentes que seja capaz de querer que seres humanos permaneçam vivos nesta Terra!

– Mas isso é traição! – gritou Eugene Lawson. – O que ela está dizendo é traição pura e simples!

– Ora, ora – disse o Sr. Thompson –, não vamos radicalizar.

– O quê? – perguntou Holloway.

– Mas... mas isso é um absurdo, não é? – perguntou Morrison.

– Você não está concordando com ela, está? – perguntou Mouch.

– Quem foi que falou em concordar? – disse o Sr. Thompson, em tom surpreendentemente tranquilo. – Não seja precipitado. Não sejam precipitados, todos vocês. Não faz mal nenhum a gente ouvir um argumento, qualquer que ele seja, é ou não é?

– Esse tipo de argumento? – perguntou Mouch, sacudindo o dedo para Dagny.

– Qualquer tipo – disse o Sr. Thompson, tranquilo. – Não devemos ser intolerantes.

– Mas isso é traição, é a ruína, é deslealdade, egoísmo e propaganda das grandes empresas!

– Não sei, não – comentou o Sr. Thompson. – Temos que manter a mente aberta. É preciso levar em conta os pontos de vista de todos. Talvez ela tenha alguma razão. *Ele sabe o que fazer.* Temos que ser flexíveis.

– Você quer dizer que está disposto a desistir? – quis saber Mouch.

– Não seja precipitado! – exclamou o Sr. Thompson, irritado. – Se há uma coisa que não suporto são as pessoas que tiram conclusões apressadas. Outra coisa que me irrita são esses intelectuais de torre de marfim que se agarram com unhas e dentes a uma teoria de estimação e não têm nenhuma noção da realidade prática. Num momento como o atual, temos que ser flexíveis acima de tudo.

Ele viu expressões de espanto em todos os rostos ao redor, no de Dagny e nos dos outros, ainda que não pelos mesmos motivos. Sorriu, levantou-se e se virou para ela.

– Obrigado, Srta. Taggart – disse ele. – Obrigado por manifestar sua opinião. É isto que eu quero que vocês entendam: podem confiar em mim e usar de toda a franqueza comigo. Não somos seus inimigos, Srta. Taggart. Não ligue para os rapazes. Eles estão nervosos, mas vão acabar pondo os pés no chão. Não somos seus inimigos, nem inimigos da nação. É claro que cometemos erros, somos humanos, mas estamos só tentando fazer o melhor de que somos capazes para o povo – isto é, para todo mundo –, nestes tempos difíceis em que vivemos. Não podemos tomar decisões importantes assim de repente, de uma hora para outra, não é mesmo? Temos que pensar, ruminar, pesar todos os dados cuidadosamente. Só quero que a senhorita tenha em mente que não somos inimigos de *ninguém*. Entende isso, não entende?

– Já disse tudo o que tinha a dizer – respondeu Dagny, virando-se, sem ter nenhuma pista a respeito do significado das palavras do Sr. Thompson, nem forças para tentar entendê-las.

Ela se aproximou de Eddie Willers, que havia olhado para os homens ao seu redor com uma expressão de indignação tão veemente no rosto que parecia paralisado, como se seu cérebro estivesse exclamando "São maus!" e não conseguisse pensar mais nada. Com um gesto de cabeça, Dagny indicou a porta e ele a seguiu, obediente.

O Dr. Robert Stadler esperou até que a porta se fechasse e então se virou de repente para o Sr. Thompson:

– Seu idiota! Você não vê em que está se metendo? Não compreende que é uma questão de vida ou morte? Que é você ou ele?

O leve tremor que percorreu os lábios do Sr. Thompson era um sorriso de desprezo.

– Um comportamento curioso para um eminente professor. Não sabia que os sábios entravam em pânico.

– Será que você não entende? Não vê que é uma coisa ou a outra?

– E o que você quer que eu faça?

– Você tem que matá-lo.

Foi o fato de o Dr. Stadler não ter gritado, mas falado com voz firme, fria, subitamente consciente, que impôs um momento de silêncio a todo o recinto.

– Você tem que encontrá-lo – disse o Dr. Stadler, a voz se descontrolando mais uma vez. – Tem que procurar por toda parte até encontrá-lo e destruí-lo. Se ele viver, ele nos destruirá a todos! Se ele viver, nós morreremos!

– Como é que vou encontrá-lo? – perguntou o Sr. Thompson, falando devagar e cuidadosamente.

– Eu... eu sei como. Vou lhe dar uma pista. Fique de olho nessa Dagny Taggart. Mantenha-a sob vigilância constante. Mais cedo ou mais tarde, ela indicará o paradeiro dele.

– Como é que você sabe?

– Não é óbvio? Não é por puro acaso que ela não desertou há muito tempo? Você não é inteligente o bastante para ver que ela é do tipo *dele*? – Não especificou que tipo era esse.

– É – concordou o Sr. Thompson, pensativo –, é, isso é verdade. – Levantou a cabeça num movimento súbito, com um sorriso de satisfação nos lábios. – Até que o professor teve uma ideia. Comecem a vigiar a Srta. Taggart – ordenou ele, estalando os dedos para Mouch. – Dia e noite. Temos que descobri-lo.

– Sim, senhor – disse Mouch, apatetado.

– E quando encontrá-lo – disse o Dr. Stadler, tenso –, você vai matá-lo?

– Matá-lo, seu idiota? Nós *precisamos* dele! – exclamou o Sr. Thompson.

Mouch esperou, mas ninguém se aventurou a fazer a pergunta que todos tinham em mente. Então, ele fez um esforço e disse, cauteloso:

– Não estou entendendo, Sr. Thompson.

– Ah, esses intelectuais teóricos! – exclamou o Sr. Thompson, contrariado. – Mas por que é que vocês estão com essas caras de bobos? É muito simples. Seja ele quem for, é um homem de ação. Além disso, tem um grupo de pressão: ele monopolizou todos os cérebros. Ele sabe o que fazer. Nós vamos encontrá-lo e ele vai nos dizer o que fazer. Vai fazer as coisas funcionarem. Ele vai nos tirar do buraco.

– "Nos" tirar, Sr. Thompson?

– Claro. Deixem de lado suas teorias. Vamos entrar num acordo com ele.

– Com *ele*?

– Claro. Ah, vamos ter que fazer algumas concessões para os grandes industriais, e o pessoal ligado ao bem-estar social não vai gostar, mas... que diabo! Você vê alguma outra saída?

– Mas as ideias dele...

– E quem é que liga para ideias?

– Sr. Thompson – disse Mouch, engasgando –, acho... acho que ele é do tipo que não se dispõe a entrar num acordo.

– Isso não existe – retrucou o Sr. Thompson.

◆◆◆

Um vento frio sacudia as placas quebradas sobre as vitrines das lojas abandonadas, na rua da estação de rádio. A cidade parecia anormalmente silenciosa. O rugido distante do tráfego parecia mais baixo do que de costume, fazendo com que o vento parecesse mais alto. Calçadas vazias se estendiam na escuridão. Umas poucas figuras solitárias, em pequenos grupos, cochichavam nos raros locais iluminados.

Willers só falou quando já estavam a muitos quarteirões de distância. Parou de repente, quando chegaram a uma praça deserta onde os alto-falantes públicos, que ninguém havia se lembrado de desligar, agora transmitiam um programa humorístico – as vozes estridentes de um casal discutindo por causa das namoradas do filho – para uma calçada vazia, com casas às escuras. Depois da praça, uns poucos pontos de luz, espalhados verticalmente acima do gabarito de 25 andares da cidade, delineavam uma forma distante: o vulto do Edifício Taggart.

Willers parou e apontou para o prédio com um dedo trêmulo.

– Dagny! – exclamou, depois baixou a voz sem querer. – Dagny... – sussurrou –, eu o conheço. Ele... ele trabalha lá... lá... – Continuava apontando para o prédio numa atitude de incredulidade e estupefação. – Ele trabalha na Taggart Transcontinental...

– Eu sei – respondeu ela com voz monótona, sem vida.

– É guarda-linha... um trabalhador braçal...

– Eu sei.

– Já falei com ele... falo com ele há anos... no refeitório do terminal... Ele fazia perguntas... perguntas de todo tipo sobre a rede, e eu... Meu Deus, Dagny! Eu estava protegendo a rede ou ajudando a destruí-la?

– As duas coisas. Nenhuma das duas. Não faz mais diferença.

– Eu seria capaz de jurar que ele gostava da rede!

– E gosta.

– Mas ele a destruiu.

– É verdade.

Ela apertou a gola do casaco e seguiu em frente, andando contra o vento.

– Eu costumava conversar com ele – disse Willers após algum tempo. – Seu rosto... Dagny, era diferente dos rostos de todos os outros... Revelava que ele entendia tanta coisa... Eu ficava satisfeito toda vez que o via lá no refeitório... eu falava... acho que eu nem percebia que ele estava fazendo perguntas... mas estava... tantas perguntas sobre a rede... e sobre você.

– Ele alguma vez perguntou como é que eu sou quando estou dormindo?

– Perguntou, sim. Uma vez vi você dormindo no escritório, e, quando mencionei o fato, ele... – Willers parou, como se de repente tivesse associado uma coisa a outra.

Dagny se virou para ele, à luz de um poste de iluminação, e levantou a cabeça, colocando o rosto bem na luz, durante um momento silencioso, como se confirmando o que ele havia pensado.

Ele fechou os olhos.

– Dagny, meu Deus! – sussurrou.

Caminharam em silêncio.

– A esta altura, ele já se foi, não é? – perguntou Willers. – Quero dizer, já foi embora do terminal.

– Eddie – disse ela, com a voz subitamente soturna –, se você quer proteger a vida dele, jamais faça essa pergunta. Não quer que eles o encontrem, quer? Não lhes dê nenhuma pista. Jamais diga a ninguém que o conheceu. Não tente descobrir se ele ainda está trabalhando no terminal.

– Você quer dizer que ele ainda está lá?

– Não sei. Só sei que não é impossível que ele esteja lá.

– Agora?

– É.

– Ainda?

– É. Não fale sobre esse assunto, se você não quer que ele morra.

– Acho que ele foi embora. Não vai voltar. Não o vejo desde... desde...

– Desde quando? – perguntou Dagny, interessada.

– Desde o fim de maio. Aquela noite que você foi para Utah, lembra? – Ele fez uma pausa, como se a lembrança do encontro daquela noite e a plena compreensão de seu significado o atingissem simultaneamente. Com esforço, acrescentou: – Eu o vi aquela noite. Depois, nunca mais... Esperei por ele depois, no refeitório, mais de uma vez... Ele nunca mais voltou.

– Acho que agora ele não vai mais deixar que você o veja. Agora ele vai evitá-lo. Mas não procure por ele. Não faça perguntas.

– Curioso. Não sei nem mesmo que nome ele usava. Era Johnny alguma coisa, ou...

– Era John Galt – retrucou ela, com um risinho triste. – Não consulte a folha de pagamento do terminal. O nome ainda está lá.

– Com todas as letras? Todos esses anos?

– Doze anos. Com todas as letras.

– E continua lá?

– Continua.

Após um momento, ele disse:

– Isso não prova nada, eu sei. O departamento de pessoal não tira nenhum nome da lista desde o Decreto 10.289. Se um funcionário larga o trabalho, dão o nome e o emprego dele a algum conhecido que esteja passando fome, ao invés de notificar o Conselho de Unificação.

– Não faça perguntas ao departamento de pessoal nem a ninguém. Não chame atenção para o nome dele. Se eu ou você fizermos alguma pergunta a respeito dele, alguém pode começar a ter ideias. Não o procure. Não tome nenhuma iniciativa em relação a ele. E, se alguma vez o vir por acaso, aja como se não o conhecesse.

Willers concordou com a cabeça. Após algum tempo, disse com voz tensa e baixa:

– Eu não o entregaria a eles, nem mesmo para salvar a rede.

– Eddie...

– Sim?

– Se você o vir, me avise.

Ele fez que sim.

Dois quarteirões adiante, ele perguntou em voz baixa:

– Você vai sumir um dia desses, não vai?

– Por que está perguntando isso? – Foi quase um grito.

– Não vai?

Ela não respondeu imediatamente, mas quando falou o desespero estava presente na sua voz apenas como uma tensão acentuada em seu tom monótono:

– Eddie, se eu for embora, o que vai ser dos trens da Taggart?

– Eles parariam de andar em uma semana. Ou menos.

– Daqui a 10 dias, o governo dos saqueadores não existirá mais. E homens como Cuffy Meigs devorarão o que resta dos nossos trilhos e locomotivas. Então vou perder a batalha por não ter esperado mais um pouco? Como posso abrir mão da Taggart Transcontinental, Eddie, deixá-la para sempre, quando é possível mantê-la em funcionamento com mais um último esforço? Se já suportei tanta coisa até agora, posso aguentar mais um pouco. Só mais um pouquinho. Não estou ajudando os saqueadores. Ninguém nem nada pode ajudá-los agora.

– O que eles vão fazer?

– Não sei. O que poderão fazer? Estão no fim da linha.

– É o que acho.

– Você não viu? Estão arrasados, em pânico, como ratos apavorados correndo para salvar a pele.

– Ela representa alguma coisa para eles?

– O quê?

– A pele. A vida.

– Ainda estão lutando, não estão? Mas já foram derrotados e sabem disso.

– E desde quando eles levam em conta o que sabem quando agem?

– Desta vez não vão ter outro jeito. Vão desistir. Não demora. E estaremos aqui para salvar o que restar.

◆◆◆

"O Sr. Thompson gostaria de avisar", anunciaram as transmissões oficiais na manhã de 23 de novembro, "que não há motivo para preocupações. Ele pede ao público que não tire conclusões apressadas. Precisamos preservar nossa disciplina, nosso moral, nossa unidade e nossa tolerância esclarecida. Aquele discurso pouco convencional, que alguns de vocês talvez tenham ouvido ontem à noite no rádio, foi uma contribuição polêmica a nosso seminário sobre os problemas mundiais. Devemos pensar nessas opiniões com cabeça fria, evitando os extremos da condenação total e da aceitação impetuosa. Devemos encará-lo como uma perspectiva entre as muitas que são manifestadas pela opinião pública numa sociedade democrática, que, como vimos ontem à noite, permite a divulgação de todas as ideias. A verdade, diz o Sr. Thompson, tem muitas facetas. Precisamos ser imparciais".

"As pessoas estão caladas", escreveu Chick Morrison, resumindo as conclusões do relatório de um dos agentes que ele havia enviado numa missão denominada "Pulso da Nação". "As pessoas estão caladas", escreveu ele em relação ao relatório seguinte e nos dois depois desse. "Silêncio", escreveu ele, com uma expressão carrancuda, resumindo os relatórios para o Sr. Thompson. "As pessoas parecem estar caladas."

As chamas que devoraram uma casa em Wyoming e se elevaram até o céu, numa noite de inverno, não foram vistas pelos habitantes do Kansas, pois estes olhavam para um brilho avermelhado acima das pradarias: o incêndio que destruía uma fazenda. Na Pensilvânia, línguas vermelhas tremiam no ar: eram as chamas que devastavam uma fábrica. Ninguém comentou, na manhã seguinte, que aqueles incêndios não tinham sido frutos do acaso, e que os donos das três propriedades destruídas haviam desaparecido. Os vizinhos observavam sem comentários – e sem nenhum espanto. Algumas casas foram encontradas abandonadas em diversos cantos do país, algumas trancadas sem nada dentro, outras escancaradas e vazias – mas as pessoas viam tudo em silêncio, e por entre os montes de neve das ruas nunca mais varridas, na névoa do amanhecer, caminhavam em direção a seus locais de trabalho, um pouco mais lentamente que de costume.

Então, em 27 de novembro, um orador num comício em Cleveland foi espancado e teve que fugir correndo por becos mal iluminados. Sua plateia silenciosa entrou em ebulição de repente quando ele gritou que a causa de todos os problemas atuais era o fato de que as pessoas se preocupavam, de maneira egoísta, apenas com os próprios problemas.

Na manhã de 29 de novembro, os funcionários de uma fábrica de sapatos ficaram atônitos, ao chegar, quando constataram que o contramestre ainda não havia chegado. Porém foram para seus lugares e começaram a realizar suas tarefas cotidianas, acionando chaves, apertando botões, colocando couro dentro de cortadoras automáticas, empilhando caixas numa correia transportadora, sem entender, à medida que as horas iam passando, por que não viam o contramestre nem o superintendente, nem o gerente, nem o presidente da companhia. Só ao meio-dia é que descobriram que os escritórios da fábrica estavam vazios.

– Seus canibais desgraçados! – gritou uma mulher no meio de um cinema lotado e começou a soluçar histericamente. A plateia não demonstrou nenhum espanto, como se ela tivesse gritado por todos.

"Não há motivo para preocupações", anunciaram as transmissões oficiais em 5 de dezembro. "O Sr. Thompson pede que se divulgue que ele está disposto a negociar com John Galt a fim de encontrar maneiras de resolver nossos problemas rapidamente. O Sr. Thompson insiste em que todos tenham paciência. É preciso que não fiquemos preocupados, não duvidemos, não percamos o ânimo."

Os funcionários de um hospital em Illinois não demonstraram espanto quando foi levado para lá um homem que fora espancado pelo irmão mais velho, o qual o sustentara a vida toda: o homem gritara com ele, acusando-o de egoísmo e ganância – do mesmo modo que os funcionários de um hospital em Nova York não demonstraram espanto em relação ao caso de uma mulher que chegou com uma fratura no maxilar: fora socada por uma pessoa totalmente desconhecida, que a ouvira mandando o filho de 5 anos dar seu melhor brinquedo para as crianças da casa ao lado.

Chick Morrison resolveu viajar pelo país de trem fazendo discursos sobre a necessidade do autossacrifício pelo bem da coletividade, para levantar o moral da nação. Foi apedrejado na primeira parada e teve de voltar para Washington.

Ninguém jamais se referira a eles como "os homens superiores", e, mesmo que usasse a expressão, não fizera uma pausa para pensar no que queria dizer, porém todos sabiam, cada um em sua comunidade, bairro, escritório ou loja, cada um à sua maneira, quais seriam os homens que deixariam de ir ao trabalho mais dia, menos dia e silenciosamente desapareceriam em busca de fronteiras desconhecidas – aqueles cujos rostos eram mais tensos que os das pessoas que os cercavam, cujo olhar era mais direto, cuja energia era mais resistente. Os homens que estavam agora desaparecendo um por um, por toda a nação – a nação que era agora como o descendente do que já fora uma glória sem par, prostrado pela hemofilia, perdendo a melhor parte de seu sangue por uma ferida que não cicatrizava.

– Mas estamos dispostos a negociar! – berrava o Sr. Thompson para seus assessores, ordenando que o pronunciamento especial fosse repetido por todas as estações de rádio três vezes por dia. – Estamos dispostos a negociar! Ele vai ouvir! Ele vai responder!

Foram designados indivíduos para ficar 24 horas por dia ouvindo rádio, sintonizados em todas as frequências conhecidas, aguardando uma resposta de um transmissor desconhecido. Não houve resposta.

Rostos vazios, sem esperança, sem nitidez eram cada vez mais comuns nas ruas das cidades, mas ninguém entendia o que significavam. Assim como alguns estavam fugindo com seus corpos para a clandestinidade das regiões desabitadas, outros só podiam salvar suas almas e escapuliam para dentro das próprias mentes. Nenhuma força no mundo seria capaz de descobrir se aqueles olhares vazios e indiferentes eram tampas que protegiam tesouros escondidos no fundo de veios que não seriam mais explorados ou eram apenas buracos ocos – o vazio do parasita – que nunca mais seriam preenchidos.

– Não sei o que fazer – disse o superintendente-assistente de uma refinaria de petróleo, recusando-se a aceitar o cargo do superintendente, que havia desaparecido. Os agentes do Conselho de Unificação não tinham como saber se ele estava mentindo ou não. Era apenas um toque de precisão em seu tom de voz, uma ausência de embaraço e de vergonha, que os fazia ficar na dúvida se ele seria um rebelde ou um bobo. Em ambos os casos, seria perigoso obrigá-lo a aceitar o cargo.

"Precisamos de homens!" Os pedidos começaram a se acumular com insistência cada vez maior sobre a mesa do Conselho de Unificação, vindos dos quatro cantos de um país devastado pelo desemprego, e nem aqueles que faziam os pedidos nem o Conselho tinham coragem de acrescentar a palavra perigosa que ficava subentendida: "Precisamos de homens capazes!" Havia filas de espera de anos para cargos de zelador, carregador e lavador de pratos. Porém não havia ninguém para trabalhar como executivo, administrador, engenheiro.

As explosões de refinarias de petróleo, os desastres de aviões, os acidentes em altos-fornos, as colisões de trens, os boatos sobre orgias nos escritórios de executivos recém-empossados faziam com que os membros do Conselho desconfiassem do tipo de gente que ainda se candidatava a cargos de responsabilidade.

"Não se desesperem! Não desistam!", anunciavam as transmissões oficiais de 15 de dezembro, que passaram a ser repetidas diariamente. "Vamos entrar num acordo com John Galt. Vamos conseguir que ele nos lidere. Ele vai resolver todos os nossos problemas e vai fazer as coisas funcionarem. Não desistam! Vamos conseguir negociar com John Galt!"

Ofereciam-se recompensas e honrarias a quem quisesse aceitar cargos administrativos, depois cargos de contramestre, depois de mecânico qualificado, depois a qualquer homem que se esforçasse para fazer jus a uma promoção: aumentos de salário, abonos, isenções de impostos e uma medalha criada por Wesley Mouch denominada "Ordem dos Benfeitores Públicos". Nada disso adiantou. Pessoas esfarrapadas ouviam as ofertas de conforto material com uma indiferença letárgica, como se tivessem perdido o conceito de "valor". *Estes* – pensavam os homens que tomavam o "Pulso da Nação", apavorados – eram homens que não queriam viver, ou que não queriam viver nas condições vigentes.

"Não se desesperem! Não desistam! John Galt vai resolver nossos problemas!", gritavam as vozes radiofônicas, atravessando a neve que caía silenciosamente e chegando ao silêncio dos lares sem aquecimento.

– Não digam ao público que não sabemos onde ele está! – ordenou o Sr. Thompson a seus assistentes. – Mas pelo amor de Deus peçam a todos que o procurem!

Grupos de condicionadores do moral foram incumbidos de espalhar boatos: metade deles espalhou que John Galt estava em Washington, numa reunião com funcionários do governo, enquanto os outros diziam que o governo pagaria 500 mil dólares a quem desse informações que ajudassem a encontrar John Galt.

– Não, nenhuma pista – disse Mouch ao Sr. Thompson, resumindo os relatórios dos agentes especiais enviados para levantar todos os John Galt do país. – Um bando de miseráveis. Tem um John Galt, de 80 anos, que é professor de ornitologia; um quitandeiro aposentado com mulher e nove filhos; um trabalhador não qualificado que está há 12 anos no mesmo posto, numa ferrovia; e outros do mesmo nível.

"Não se desesperem! Vamos encontrar John Galt!", alardeavam as transmissões oficiais durante o dia, mas à noite, a toda hora cheia, por uma ordem oficial secreta, um apelo era enviado, por ondas curtas, para os confins do espaço vazio:

"Chamando John Galt!... Chamando John Galt!... Está ouvindo, John Galt?... Queremos negociar. Queremos consultá-lo. Avise-nos onde podemos encontrá-lo... Está ouvindo, John Galt?" Mas não havia resposta.

Os maços de papel-moeda desvalorizado pesavam cada vez mais nos bolsos das pessoas, mas cada vez havia menos o que comprar. Em setembro, o quilo de trigo custava 30 centavos de dólar; em novembro, já custava 85; em dezembro, chegou a quase 3 dólares, e agora já beirava os 6 dólares. Enquanto isso, as impressoras do Tesouro Nacional apostavam corrida com a fome – e estavam perdendo.

Quando os trabalhadores de uma fábrica espancaram o contramestre e destruíram as máquinas num acesso de desespero, nada se pôde fazer contra eles. Seria inútil prendê-los; as prisões estavam cheias, os policiais piscavam o olho para os detentos e os deixavam fugir a caminho da cadeia. Os homens se limitavam a fingir que faziam o que devia ser feito no momento, sem jamais pensar no instante seguinte. Nada se podia fazer quando havia multidões de pessoas famintas atacando os depósitos nos arredores das cidades. Nada se podia fazer quando esquadrões punitivos aderiam às pessoas que era sua missão punir.

"Está ouvindo, John Galt?... Queremos negociar. Talvez aceitemos as suas condições... Está ouvindo?"

Corriam boatos de que havia caravanas de vagões cobertos viajando à noite por trilhas abandonadas e comunidades secretas armadas para resistir aos ataques dos chamados "índios" – selvagens saqueadores, fossem eles indivíduos que não tinham onde morar ou agentes do governo. De vez em quando viam-se luzes ao longe, na planície, nas serras, nas encostas das montanhas, onde previamente não havia nada. Porém era impossível convencer os soldados a verificar o que era.

Nas portas de casas abandonadas, nos portões de fábricas em ruínas, nos muros dos prédios do governo aparecia, de vez em quando, riscada em giz, tinta ou sangue, a forma curva do cifrão.

"Está nos ouvindo, John Galt?... Entre em contato conosco. Proponha suas condições. Aceitaremos qualquer proposta. Está nos ouvindo?"

Não havia resposta.

A coluna de fumaça vermelha que subiu ao céu na noite de 22 de janeiro e permaneceu estranhamente imóvel por alguns instantes, como um obelisco, depois tremulou e oscilou de um lado para outro, como um holofote enviando alguma mensagem indecifrável, e por fim desapareceu tão subitamente quanto surgira, assinalou o fim da Siderúrgica Rearden, porém os habitantes da região não sabiam. Só ficaram sabendo nas noites subsequentes, quando eles, que sempre haviam se queixado das usinas por causa da fumaça, da fuligem, do barulho, olharam para o horizonte e viram um vazio negro em lugar do brilho vermelho e vivo que pulsava havia tantos anos.

Por ser propriedade de um desertor, a siderúrgica tinha sido nacionalizada. O primeiro a ocupar o cargo de "administrador popular" das usinas fora um membro da facção de Orren Boyle: um gorducho parasita da indústria siderúrgica, que só queria acompanhar seus funcionários e fingir que era ele quem mandava. Mas um mês depois, após um número excessivo de desentendimentos com os trabalhadores, de ocasiões em que tudo o que fazia era dizer que a culpa não era dele, de pedidos não atendidos, de pressões telefônicas de seus comparsas, o homem pediu para ser transferido para outro cargo. A facção de Boyle estava se desintegrando desde que ele fora enviado para uma casa de saúde, onde seu médico o havia proibido de manter qualquer atividade ligada ao trabalho e o obrigara a passar o tempo trançando cestas, como terapia ocupacional. O segundo "administrador popular" da Siderúrgica Rearden pertencia à facção de Cuffy Meigs. Ele usava perneiras de couro e loções capilares perfumadas, vinha ao trabalho com uma arma na cintura, vivia dizendo que seu objetivo principal era a disciplina e que com ele era "escreveu, não leu, o pau comeu". A única regra de disciplina que chegou a ser observada foi a proibição de se fazer qualquer pergunta. Após semanas de atividade frenética da parte das companhias de seguros, do corpo de bombeiros, das ambulâncias e das unidades de primeiros socorros, motivada por uma série de acidentes inexplicáveis, o "administrador popular" desapareceu certa manhã, tendo vendido e enviado para uma série de traficantes na Europa e na América Latina a maior parte dos guindastes, correias transportadoras, tijolos refratários, o gerador de emergência e o tapete do antigo escritório de Rearden.

Ninguém conseguiu entender nada do que acontecera no caos violento dos dias seguintes – os fatos ocorridos jamais haviam sido identificados, as partes envolvidas no conflito não eram reveladas, mas todos sabiam que os conflitos sangrentos entre os funcionários mais antigos e os mais novos não haviam chegado ao ponto em que chegaram por causa das questões triviais que tinham atuado como estopim – nem os guardas de segurança da empresa, nem a polícia, nem a guarda estadual conseguiram manter a ordem por um dia, nem nenhuma facção conseguiu encontrar um candidato disposto a aceitar o cargo de "administrador popular". Em 22 de janeiro, as operações da Siderúrgica Rearden foram temporariamente suspensas.

A coluna de fumaça vermelha daquela noite foi provocada por um funcionário de 60 anos, que tocou fogo numa das estruturas e foi apanhado em flagrante, rindo, com o olhar fixo nas chamas.

– Para vingar Hank Rearden! – gritou ele em tom de desafio, com lágrimas escorrendo por seu rosto tisnado pelo calor das fornalhas.

Não fique tão abalada, pensou Dagny, debruçada sobre a mesa onde estava aberto o jornal no qual, num único parágrafo curto, era anunciado o fim "temporário" da Siderúrgica Rearden. *Não fique tão abalada assim...* Dagny não conseguia deixar de ver o rosto de Rearden à janela de seu escritório, observando um guindaste levantando um carregamento de trilhos azul-esverdeados... *Que ele não fique tão abalado assim*, pedia ela, a ninguém em particular, *que ele não fique sabendo, nem ouça falar que isso aconteceu...* Então ela viu um outro rosto, com olhos verdes implacáveis, lhe dizendo, com uma voz tornada inflexível pelo respeito aos fatos: "Você terá de ouvir falar, sim... Vai ter que saber de todos os desastres, de todos os trens cancelados... Ninguém fica aqui falseando a realidade de nenhum modo..." Então ficou imóvel, sem ver nem ouvir nada interiormente, sem nada além daquela presença enorme que era a dor, até que ouviu aquele grito tão conhecido que se transformara numa droga capaz de embotar todas as sensações, exceto a capacidade de agir: "Srta. Taggart, não sabemos o que fazer!", e, em resposta, pôs-se de pé imediatamente.

"A República Popular da Guatemala", afirmavam os jornais de 26 de janeiro, "não atenderá ao pedido dos Estados Unidos de empréstimo de 1.000 toneladas de ferro".

Na noite de 3 de fevereiro, um jovem piloto voava em seu percurso normal, no voo semanal de Dallas a Nova York. Quando chegou à escuridão vazia perto de Filadélfia – o lugar onde as chamas da Siderúrgica Rearden haviam sido, durante anos, seu ponto de referência favorito, que o saudava na solidão da noite, como o farol de uma terra viva –, ele viu uma imensidão coberta de neve, branca e morta, fosforescente ao luar, uma extensão de picos e crateras que lembrava a superfície da Lua. Na manhã seguinte, abandonou seu emprego.

Pelas noites frias, por sobre as cidades agonizantes, batendo em vão em janelas fechadas e em paredes surdas, elevando-se acima dos telhados de prédios escuros e esqueletos de obras abandonadas, a súplica seguia pelo espaço afora, em direção ao movimento estacionário das estrelas, ao fogo frio de seu brilho: "Está ouvindo, John Galt? Está nos ouvindo?"

– Srta. Taggart, não sabemos o que fazer – disse o Sr. Thompson, que a convocara para uma entrevista pessoal em uma de suas viagens apressadas a Nova York. – Estamos dispostos a ceder, a aceitar as condições que ele quiser, deixá-lo assumir o controle... mas onde está ele?

– Pela terceira vez – disse Dagny, o rosto e a voz tensos para não deixar passar nenhum vestígio de emoção –, não sei onde ele está. Por que o senhor acha que sei?

– Bem, eu não sabia, eu tinha que tentar... Achei que podia ser que... talvez, quem sabe, a senhorita tivesse como contatá-lo...

– Não tenho.

– A senhorita entende, não podemos anunciar, nem mesmo pelas ondas curtas, que estamos dispostos a nos render completamente. As pessoas podem ouvir. Mas se a senhorita conhecesse algum modo de se comunicar com ele, de lhe dizer que estamos dispostos a ceder, a abandonar nossas políticas, a fazer tudo o que ele mandar...

– Já disse que não tenho como.

– Se ele concordasse em comparecer a uma entrevista, só uma entrevista, isso não o comprometeria, não é? Estamos dispostos a entregar toda a economia a ele. Só é preciso saber quando, onde, como. Se ele nos desse algum sinal... se nos respondesse... Por que não nos responde?

– O senhor ouviu o discurso dele.

– Mas o que vamos fazer? Não podemos simplesmente largar tudo e deixar o país sem governo nenhum. Tremo só de pensar nas consequências de tal decisão. Com o tipo de elemento social que temos agora à solta... a senhorita não imagina o que faço só para impedir que haja saques e assassinatos à luz do dia. Não sei o que deu nas pessoas: parecem que não são mais civilizadas. Não podemos parar num momento como este. Não podemos parar nem continuar governando. O que vamos fazer, Srta. Taggart?

– Comecem a suspender os controles.

– O quê?

– Comecem a abolir os impostos e a remover os controles.

– Ah, não, não, não! Isso está fora de cogitação!

– Para quem?

– Quero dizer, não agora, Srta. Taggart, não agora. O país realmente não está preparado para isso. Pessoalmente, até concordo com a senhorita. Amo a liberdade, Srta. Taggart, não quero concentrar poderes, mas estamos numa situação de emergência. As pessoas não estão preparadas para a liberdade. Temos que manter controles rígidos. Não podemos aceitar uma teoria idealista, que...

– Então não me pergunte o que fazer – disse ela, pondo-se de pé.

– Mas, Srta. Taggart...

– Não vim aqui para discutir.

Quando ela já estava à porta, o Sr. Thompson suspirou e disse:

– Espero que ele ainda esteja vivo.

Dagny parou.

– Espero que eles não tenham feito nada de precipitado – ele acrescentou. Depois de um momento, ela conseguiu perguntar, sem que a palavra lhe escapasse dos lábios como um grito:

– Quem?

O Sr. Thompson deu de ombros, abriu os braços e os deixou cair, num gesto de impotência.

– Não posso continuar segurando o meu pessoal. Sei lá o que eles podem resolver fazer. Um dos grupos, a facção Ferris-Lawson-Meigs, há mais de um ano vem tentando me fazer adotar medidas mais drásticas. Uma política mais dura. Sendo bem franco, o que eles querem é apelar para o terror. Instituir a pena de morte para desobediência civil, críticas ao governo, dissidências, essas coisas. O argumento é que se as pessoas não querem cooperar, não querem agir voluntariamente pelo bem público, então temos que obrigá-las a cooperar. Para eles, o único meio de fazer nosso sistema funcionar é apelar para o terror. E talvez tenham razão, a julgar pelo estado das coisas no momento. Mas Mouch não aceita métodos violentos; ele é um homem de paz, um liberal, e eu também sou. Estamos tentando conter o pessoal do Ferris, mas... A senhorita entende, eles são totalmente contra a ideia de nos rendermos a John Galt. Não querem que negociemos com ele. Não querem que o encontremos. Não sei do que seriam capazes. Se o encontrassem primeiro, sabe-se lá o que fariam... Isso é o que me preocupa. Por que ele não responde? Por que não nos deu nenhuma resposta? Eu é que não sei... Então imaginei que talvez a senhorita soubesse de alguma maneira... quer dizer, de saber se ele ainda está vivo... – A entonação era de pergunta.

Dagny lançou mão de toda a sua resistência para conter o horror que a dominava, controlar a voz pelo tempo suficiente para dizer "Não sei" e manter as pernas firmes o bastante para sair da sala.

◆◆◆

Perto do que já fora uma venda de legumes, numa esquina, Dagny olhou furtivamente para trás: aqui e ali, um ou outro poste de iluminação transformava a rua numa sucessão de ilhas isoladas. Na primeira havia uma casa de penhores; na segunda, um botequim; na mais distante, uma igreja. Entre elas, trechos vazios de escuridão e calçadas desertas. Não se podia ter certeza, porém a rua parecia vazia.

Dagny virou a esquina, com passos propositadamente ruidosos, e então parou de repente para escutar: era difícil saber se a tensão anormal em seu peito era o ruído das batidas do próprio coração. Ao mesmo tempo, era difícil distinguir esse som do ruído de veículos ao longe e do murmúrio das águas do rio East. Não ouviu nenhum som de passos por perto. Levantou os ombros num movimento espasmódico que era um misto de dar de ombros e arrepio e apertou o passo. Em alguma caverna escura, um relógio enferrujado deu as horas: quatro da madrugada.

O medo de que a seguissem lhe parecia um tanto irreal, como lhe pareciam agora todos os temores. Dagny não sabia se a leveza anormal de seu corpo era um estado de tensão ou de relaxamento. Era como se seu corpo só tivesse um atributo: o poder de se mover. Sua mente parecia relaxada a ponto de se tornar inacessível, como um motor funcionando automaticamente, controlado por um princípio absoluto que não podia mais ser monitorado. *Se uma bala nua de revólver sentisse algo durante sua trajetória, seria essa a sensação*, pensou ela, *apenas o movimento e a meta, nada mais*. Esse pensamento lhe ocorreu vagamente, distante, como se ela própria fosse irreal. Apenas a palavra "nua" parecia atingi-la: nua... despida de toda e qualquer preocupação senão o alvo... o número 367, o número de uma casa à margem do rio East, que sua mente repetia insistentemente, o número que há tanto tempo ela fora proibida de lembrar.

Trezentos e sessenta e sete, pensou ela, procurando uma forma invisível a sua frente, entre os vultos angulosos dos cortiços – *367... é lá que ele mora... se é que ele ainda está vivo...* Sua calma, seu desligamento dos sentimentos e a confiança de seus passos provinham da certeza de que ela não poderia continuar vivendo por muito mais tempo com aquela dúvida na cabeça.

Dagny convivera com ela durante 10 dias – e as 10 noites anteriores haviam sido uma sequência que a trouxera até aquela noite, como se o que impulsionasse sua caminhada fosse o som dos próprios passos ainda ressoando, em vão, nos túneis do terminal. Ela o procurara nos túneis, caminhara horas, noite após noite – no horário em que ele costumava trabalhar –, pelas passagens e plataformas e oficinas subterrâneas, por cada trecho de trilho abandonado, sem perguntar nada a ninguém, sem dar nenhuma explicação. Caminhara sem nenhuma sensação de medo nem esperança, impelida por uma lealdade desesperada que era quase orgulho. A base desse sentimento eram os momentos em que parava, subitamente surpresa, em alguma esquina escura e subterrânea, e ouvia as palavras quase formuladas em sua mente: *Esta é a minha ferrovia* – quando sentia a vibração de rodas longínquas; *esta é a minha vida* – quando sentia o coágulo de tensão do que havia de contido e suspenso dentro de si; *este é o meu amor* – quando pensava no homem que talvez estivesse em algum lugar naqueles túneis. *Não pode haver conflito entre essas três coisas... por que ainda tenho dúvidas?... o*

1133

que pode nos afastar, aqui, neste lugar que é só meu e dele?... Então, voltando ao contexto do presente, Dagny seguia em frente, com o mesmo sentimento de lealdade intacto, porém ouvindo palavras diferentes: *Você me proibiu de procurá-lo, pode me amaldiçoar, pode me abandonar... mas, pelo direito que me é conferido pelo fato de eu estar viva, preciso saber que você também está... preciso procurá-lo só esta vez... não para detê-lo, não para falar, não para tocar em você, só para vê-lo...* Ela não o vira. Desistira daquela busca ao se dar conta dos olhares curiosos dos trabalhadores que a seguiam.

Dagny realizou uma assembleia dos guarda-linhas do terminal, supostamente para levantar o moral dos funcionários. Realizou duas assembleias, para encarar todos os homens, um por um, e repetiu o mesmo discurso ininteligível, sentindo uma pontada de vergonha pelas generalidades vazias que proferia e, ao mesmo tempo, uma pontada de orgulho por não se importar mais com isso. Olhou os rostos exaustos e brutalizados daqueles homens para quem tanto fazia receber ordens de trabalhar ou de ouvir uma falação sem sentido. Não viu o rosto dele entre os outros. "Estavam todos presentes?", perguntou ao chefe. "Acho que sim", respondeu ele com indiferença.

Ela vigiou as entradas do terminal, vendo os homens chegando ao trabalho. Mas existiam entradas demais e não havia nenhum lugar onde ela pudesse ficar olhando sem ser vista. Certa vez ficou numa calçada úmida, ao raiar do dia, encostada contra a parede de um depósito, a gola do casaco levantada até o rosto, gotas de chuva pingando da aba de seu chapéu. Outra vez se expôs aos olhares de todos os passantes, sabendo que a reconheciam atônitos, sabendo que aquela espera era óbvia e perigosa. Se havia um John Galt entre eles, alguém poderia adivinhar o que ela estava fazendo ali... *Se não havia nenhum John Galt no mundo*, pensou ela, *então não havia perigo – nem mundo.*

Nem perigo nem mundo, pensou ela, caminhando pelas ruas daquele bairro miserável em direção à casa número 367, que talvez fosse a dele. Ficou imaginando se seria esta a sensação que se tinha quando se aguardava uma sentença de morte: ausência de medo, de raiva, de preocupação, nada além de uma indiferença gélida de luz sem calor, ou de conhecimento sem valores.

Seus pés esbarraram numa lata, e o som ecoou alto demais, por um tempo excessivo, como se repercutisse nas paredes de uma cidade abandonada. As ruas pareciam silenciadas pelo cansaço, não pelo descanso, como se os homens atrás daquelas paredes não tivessem adormecido, e sim caído de exaustão. *A esta hora, ele já teria voltado do trabalho*, pensou ela, *se ele estivesse indo ao trabalho... se ainda tivesse um lar...* Contemplou os vultos dos cortiços, o reboco caído, a tinta descascando, as placas desbotadas de lojas prestes a falir, repletas de mercadorias que ninguém queria em vitrines que ninguém lavava, as escadas tortas, perigosas de subir, tudo o que havia de abandonado, de incompleto, monumentos de uma batalha perdida contra dois inimigos: "falta de tempo" e "falta de força". E Dagny pensou: *Fora ali que ele morara durante 12 anos, ele, que possuía poderes capazes de aliviar o fardo da existência humana.*

Parecia-lhe que uma lembrança estava tentando lhe vir à consciência e de repente percebeu o que era: Starnesville. Sentiu um arrepio interior. *Mas isto aqui é Nova York!*, exclamou para si própria, defendendo aquela grandeza que amara. Então encarou com uma austeridade inflexível o veredicto pronunciado por sua mente: uma cidade que o relegara a esses cortiços durante 12 anos era uma cidade maldita, fadada a terminar como Starnesville.

Então, de repente, aquilo parou de incomodá-la. Sentiu um choque estranho, como um silêncio súbito, uma sensação de imobilidade, que julgou ser tranquilidade: viu o número 367 na porta de um velho cortiço.

Estava tranquila. Apenas o tempo de repente havia se tornado descontínuo e fracionado sua percepção: ela compreendeu claramente o momento em que viu o número; depois, o instante em que olhou para uma lista na parede de uma entrada escura que cheirava a bolor e viu nela as palavras "John Galt, 59, fundos", rabiscadas a lápis por alguma mão analfabeta; a seguir, o momento em que parou ao pé de uma escada, olhou para o corrimão anguloso que se perdia na distância e de repente se encostou à parede, tremendo de terror, preferindo não saber; depois, o instante em que sentiu seu pé pisando o primeiro degrau; em seguida, uma progressão ininterrupta de leveza, uma ascensão sem esforço, sem dúvida nem medo, a sensação de deixar para trás volta após volta de escada, como se o ímpeto daquela subida inexorável viesse do corpo ereto, dos ombros retos, da cabeça erguida, da certeza exultante de que, no momento da decisão final, não era bem o desastre que esperava encontrar na sua vida, após subir uma escada que precisara viver 37 anos para subir.

No alto da escada, Dagny viu um corredor estreito, cujas paredes convergiam para uma porta escura. A cada passo que dava, ouvia as tábuas do chão rangendo. Sentiu a pressão do próprio dedo numa campainha e a ouviu soar no espaço desconhecido atrás da porta. Esperou. Ouviu uma tábua ranger de leve, mas o ruído vinha do andar de baixo. Ouviu o gemido de um rebocador no rio, ao longe. Então se deu conta de que havia perdido a consciência de algum intervalo de tempo, porque o instante seguinte que percebeu foi não como o momento em que se desperta, e sim como aquele em que se nasce, como se dois sons a retirassem de um vazio: o som de um passo atrás da porta e o de uma fechadura sendo aberta. Dagny só voltou ao presente quando não viu mais a porta, porém a figura de John Galt, ligeiramente inclinado contra a luz que vinha de dentro do recinto.

Sabia que os olhos dele estavam apreendendo aquele momento, tragando o passado e o futuro, e que um processo instantâneo de cálculo fazia com que tudo fosse controlado por sua consciência. Em frações de segundo, ele chegou ao resultado do cálculo: um sorriso radiante de saudação.

Agora Dagny não conseguiu se mexer. Ele a tomou pelo braço e a puxou para dentro do quarto. Sentiu a presença ávida da boca de Galt, a forma esbelta do corpo dele contra a súbita aspereza do casaco que ela usava. Viu o riso em seus olhos, sentiu o contato de sua boca outra vez, e mais outra. Ela estava mole em seus braços, ofegante, como se tivesse subido cinco andares sem respirar. Seu rosto se comprimia contra o pescoço e o ombro de Galt, e ela o apertava entre seus braços, pegava-o com as mãos, tocava-o no rosto.

– John... você está vivo... – foi tudo o que ela conseguiu dizer.

Ele balançou a cabeça, como se soubesse o que aquelas palavras queriam dizer.

Então pegou o chapéu de Dagny, que havia caído no chão, tirou-lhe o casaco e o pôs de lado. Com um brilho de aprovação nos olhos, encarou seu corpo esguio e trêmulo, deslizando a mão pelo suéter apertado, azul-escuro, que lhe dava a fragilidade de uma adolescente e a tensão de um lutador.

– Da próxima vez que eu a vir – disse ele –, esteja de branco. Vai ficar ainda mais linda.

Dagny se deu conta de que estava vestida de um jeito que jamais aparecia em público: tal como estivera em casa nas horas de insônia daquela noite. Riu, redescobrindo a capacidade de rir: jamais esperara que aquelas palavras seriam as primeiras que ele lhe dirigiria.

– Se houver uma próxima vez – acrescentou ele, tranquilo.

– Como... assim?

Ele foi até a porta e a trancou.

– Sente-se – disse.

Dagny permaneceu de pé, porém olhou ao redor, para ver o quarto a que até então não dera nenhuma atenção: uma água-furtada comprida e nua, com uma cama num canto e um fogão a gás no outro, alguns móveis de madeira, tábuas nuas que acentuavam o comprimento do chão, um abajur aceso sobre uma escrivaninha, uma porta fechada na sombra fora do círculo de luz da luminária – e a cidade de Nova York vista através de uma janela enorme, a amplidão de estruturas angulosas e luzes esparsas, e o Edifício Taggart ao longe.

– Agora, me ouça com atenção – disse ele. – Temos cerca de meia hora, imagino. Sei por que veio aqui. Eu lhe disse que seria difícil de suportar e que você provavelmente não aguentaria. Não se arrependa. Está vendo? Eu também não consigo me arrepender. Mas agora temos de saber como agir daqui para a frente. Em cerca de meia hora, os agentes dos saqueadores, que a seguiram até aqui, virão me prender.

– Ah, não! – exclamou ela.

– Dagny, há de haver entre eles quem tenha o mínimo de perceptividade para saber que você não é uma deles, que você é o único elo entre mim e eles. E quem sabe disso não a perderia de vista.

– Ninguém me seguiu! Eu sei, eu...

– Você não conseguiria percebê-los. Agir sorrateiramente é uma das coisas que eles sabem fazer muito bem. O espião que a seguiu neste momento está dando parte a seus chefes. A sua presença neste bairro, a esta hora, meu nome na lista lá embaixo, o fato de que eu trabalho na sua rede ferroviária... até eles são capazes de tirar uma conclusão.

– Então vamos sair daqui!

Ele sacudiu a cabeça.

– A esta altura, já cercaram o quarteirão. O espião já terá chamado todos os policiais do bairro. Agora quero lhe dizer o que você terá de fazer quando chegarem aqui. Dagny, só há um jeito de você tentar me salvar. Se você não entendeu completamente o que eu disse no rádio sobre a pessoa que fica no meio, vai entender agora. Você não pode ficar no meio. Nem pode ficar do meu lado, enquanto estivermos nas mãos deles. É preciso que agora você fique do lado *deles*.

– *O quê?*

– Você tem que se colocar do lado deles, do modo mais enfático, coerente e claro que lhe permitir a sua capacidade de fingir. Tem que agir como se fosse um deles, como se eu fosse seu pior inimigo. Se você conseguir, terei uma chance de escapar vivo. Eles precisam demais de mim, então tentarão tudo antes de me matar. Tudo o que eles arrancam das pessoas só o fazem por meio dos valores das vítimas. E eles não têm nenhum valor meu por meio do qual possam me chantagear, me ameaçar. No entanto, se tiverem a mais leve suspeita do que nós representamos um para o outro, vão torturar você – e me refiro a tortura física, mesmo – na minha frente, em menos de uma semana. Não vou esperar que isso aconteça. Quando fizerem a primeira ameaça a você, eu me suicido imediatamente.

Galt disse aquilo sem ênfase, no mesmo tom impessoal de cálculo prático que vinha utilizando antes. Dagny sabia que ele estava falando sério e que tinha razão em falar assim: tinha consciência de que somente ela tinha o poder de destruí-lo, coisa de que todo o poder de seus inimigos não era capaz. Ele viu a expressão de imobilidade nos olhos dela, um misto de compreensão e horror, e concordou com a cabeça, sorrindo de leve.

– Nem é preciso que eu lhe diga – prosseguiu ele – que, se eu for levado a fazer isso, não será um ato de autossacrifício. Recuso-me a viver sob as condições impostas por eles, me recuso a obedecer e a ver você suportando um assassinato lento. Não haverá mais valores para eu buscar depois disso, e me recuso a viver sem valores. Nem preciso lhe dizer que não temos obrigação de agir de modo moralmente correto para com aqueles que apontam uma arma para nós. Por isso, use todo o seu poder de dissimulação e os convença de que você me odeia. Assim teremos uma chance de permanecer vivos e fugir – não sei quando nem como, mas sei que estarei livre para agir. Você me entende?

Dagny se obrigou a levantar a cabeça, encará-lo e fazer que sim.

– Quando eles chegarem – disse ele –, diga-lhes que você estava tentando me encontrar para eles, que ficou desconfiada quando viu meu nome na sua folha de pagamento e veio aqui investigar.

Ela fez que sim.

– Vou demorar para admitir minha identidade. Eles podem reconhecer minha voz, mas vou tentar negar, de modo que será *você* quem lhes dirá que eu sou o John Galt que procuram.

Ela relutou por alguns instantes, porém fez que sim novamente.

– Depois você vai cobrar e aceitar aquela recompensa de 500 mil dólares que ofereceram pela minha captura.

Ela fechou os olhos, depois fez que sim.

– Dagny – disse ele lentamente –, não há como servir aos próprios valores sob o sistema deles. Mais cedo ou mais tarde, quisesse você ou não, eles iam acabar a obrigando a se voltar contra mim. Faça um esforço sobre-humano e aja como tem de agir, que então faremos jus a essa meia hora e talvez ao futuro.

– Farei esse esforço – disse ela com firmeza, acrescentando –, se isso acontecer mesmo, se eles...

– Vai acontecer, mesmo. Não se arrependa. Você ainda não viu a natureza dos nossos inimigos. Pois agora vai ver. Se é necessário que eu seja o instrumento para a demonstração que a convencerá, que assim seja – estou disposto a sê-lo e a tirá-la deles de uma vez por todas. Você não queria esperar mais? Ah, Dagny, Dagny, eu também não!

Foi a maneira como ele a segurou, como a beijou, que a fez sentir que todos os passos que Dagny tinha dado, todos os perigos, todas as dúvidas, até mesmo aquela traição, se é que o havia mesmo traído – tudo isso lhe dava o direito exultante de gozar aquele momento. Galt viu o conflito no rosto dela, a tensão de um protesto incrédulo contra si própria – e ela ouviu a voz dele por entre os fios de seus cabelos:

– Não pense neles agora. Nunca pense na dor, no perigo, nos inimigos, senão pelo tempo absolutamente necessário para derrotá-los. Você está aqui. O tempo é nosso, a vida é nossa, não deles. Não se esforce para não sentir felicidade. Você está feliz.

– Correndo o risco de destruí-lo? – sussurrou ela.

– Você não vai me destruir. Mas... sim, mesmo a esse preço. Você não acha que seja indiferença, não é? Por acaso foi a indiferença que a fez não suportar mais e trouxe até aqui?

– Eu... – E então a violência da verdade a fez puxar o rosto do homem de modo que a boca dele ficasse perto da sua e depois jogar as palavras na sua cara: – Não me importava se eu ou você morrêssemos depois, desde que eu pudesse vê-lo mais uma vez!

– Eu teria ficado desapontado se você não viesse.

– Você imagina o que senti, esperando, lutando, adiando mais um dia, depois mais um, em seguida...

Ele riu com prazer.

– Se eu imagino?

Dagny deixou cair a mão, num gesto de impotência: estava pensando nos 10 anos que ele havia esperado.

– Quando ouvi sua voz no rádio – disse ela –, quando ouvi o maior pronunciamento que jamais... Não, não tenho o direito de lhe dizer o que achei do seu discurso.

– Por que não?

– Você acha que não o aceitei.

– Mas vai aceitar.

– Você estava falando daqui?

– Não, do vale.

– E depois voltou a Nova York?

– Na manhã seguinte.

– E não saiu mais daqui?

– Não.

– Tem ouvido os apelos dirigidos a você todas as noites?

– Claro.

Ela olhou ao redor lentamente, comparando as torres da cidade com os caibros de madeira do teto da água-furtada, o reboco rachado das paredes, a cama de ferro.

– Você estava aqui esse tempo todo – disse ela. – Mora aqui há 12 anos... aqui... assim...

– Assim – disse ele, abrindo a porta na extremidade do quarto.

Dagny não conteve uma interjeição de espanto: dentro do recinto comprido e iluminado atrás da porta, forrado com um metal de brilho suave, como um pequeno salão de baile num submarino, se encontrava o laboratório mais moderno que ela já vira.

– Entre – disse ele sorrindo. – Não preciso mais esconder nada de você. – Foi como se ela transpusesse a fronteira de um outro universo. Olhou para os equipamentos complexos que brilhavam com uma luz difusa, para o emaranhado de fios reluzentes, para o quadro-negro cheio de fórmulas matemáticas, as longas prateleiras repletas de objetos cujas formas obedeciam à implacável disciplina de um objetivo. Depois olhou para as tábuas empenadas e o reboco rachado da água-furtada. *Ou isso ou aquilo*, pensou ela. *Era esta a alternativa que o mundo tinha de enfrentar: a alma humana teria de se assemelhar a uma coisa ou a outra.*

– Você queria saber onde eu trabalhava nos outros 11 meses do ano – disse ele.

– Tudo isso – perguntou ela, apontando para o laboratório – com o salário de... – e apontou para a mansarda – ... um trabalhador braçal?

– Não, não! Com os royalties que Midas Mulligan me paga pela central elétrica, pela tela de raios, pelo transmissor de rádio e mais algumas coisas desse tipo.

– Então... então por que você precisava trabalhar como guarda-linha?

– Porque o dinheiro ganho no vale nunca pode ser gasto fora dele.

– Onde arranjou esses equipamentos?

– Fui eu que os projetei. Foram feitos na fundição de Andrew Stockton. – Apontou para um objeto de aparência nada interessante, do tamanho de um rádio, num canto do laboratório: – Lá está o motor que você tanto queria. – Riu quando a viu conter uma exclamação e partir involuntariamente em direção ao objeto. – Agora não adianta examiná-lo; você não vai dá-lo a eles.

Dagny contemplava os reluzentes cilindros de metal e os fios em espiral que lembravam aquele objeto enferrujado guardado, como uma relíquia sagrada, nos subterrâneos do Terminal Taggart.

– Ele abastece meu laboratório de energia – disse ele. – Assim ninguém fica querendo saber por que é que um guarda-linha gasta uma quantidade tão exorbitante de eletricidade.

– Mas e se eles descobrirem este lugar?

Ele deu uma risadinha estranha.

– Não vão descobrir.

– Há quanto tempo você...?

Dagny parou e, desta vez, não demonstrou espanto. O que ela estava vendo só podia ser contemplado num momento de absoluto silêncio interior: na parede, atrás de uma fileira de máquinas, viu uma foto recortada do jornal – uma foto sua, de calça comprida e camisa, ao lado da locomotiva inaugural da Linha John Galt, cabeça erguida, um sorriso nos lábios que resumia o contexto, o significado e o sol daquele dia.

Tudo o que conseguiu emitir foi um gemido. Então se virou para ele, mas a expressão que viu em seu rosto era como a que aparecia no dela naquela foto.

– Eu era o símbolo do que você queria destruir no mundo – disse ele. – Mas, para mim, você era o símbolo do que eu queria realizar. – Apontou para a foto. – Os homens só esperam sentir-se assim na vida uma ou duas vezes ao todo, como exceções. Mas eu... foi *isto* que escolhi como o constante e o normal.

A expressão no rosto dele, a intensidade serena do olhar e da mente tornaram aquilo real para ela, naquele momento, no contexto integral daquele momento, naquela cidade.

Quando ele a beijou, Dagny compreendeu que, abraçados, eles tinham seu maior triunfo nos braços, que era essa a realidade jamais conspurcada pela dor ou pelo medo, a realidade do Quinto Concerto de Halley, a recompensa que queriam, pela qual haviam lutado e que tinham conquistado.

A campainha tocou.

A primeira reação dela foi se afastar; a dele, de apertá-la com mais força.

Quando ele levantou a cabeça, estava sorrindo. Disse apenas:

– Agora é a hora de não ter medo.

1140

Ela o seguiu para a água-furtada. Ouviu a porta do laboratório sendo trancada.

Galt segurou o casaco para Dagny em silêncio, esperou até que ela tivesse apertado o cinto e colocado o chapéu, então andou até a porta e a abriu.

Dos quatro homens que entraram, três eram musculosos e estavam fardados, cada um com duas armas na cintura, sujeitos de rostos largos sem forma e olhos vazios de percepção. O quarto, o chefe, era um civil fraco com um sobretudo caro, um bigode aparado, olhos azul-claros e modos de intelectual da espécie relações-públicas.

Olhou para Galt e para o aposento, pestanejando, deu um passo à frente, parou, deu mais um passo e parou de novo.

– Sim? – perguntou Galt.

– O senhor é John Galt? – perguntou numa voz excessivamente alta.

– Meu nome é John Galt.

– O senhor é *aquele* John Galt?

– Qual?

– Foi o senhor que falou no rádio?

– Quando?

– Não dê ouvidos a ele. – A voz metálica era de Dagny e se dirigia ao chefe dos homens. – Ele... é... John... Galt. Vou entregar as provas na delegacia. Prossiga.

Galt se virou para ela, como se fosse uma estranha.

– Será que *agora* a senhorita poderia me dizer quem é e o que queria aqui?

O rosto dela estava tão impassível quanto o dos soldados.

– Meu nome é Dagny Taggart. Eu queria me certificar de que o senhor é o homem que está sendo procurado por toda a nação.

Ele se virou para o chefe.

– Está bem. Eu sou mesmo John Galt. Mas, se quer que eu responda às suas perguntas, tire essa dedo-duro daqui – disse, apontando para Dagny.

– Sr. Galt! – exclamou o chefe com uma jovialidade imensa. – É uma honra conhecê-lo, uma honra e um privilégio! Por favor, Sr. Galt, não nos entenda mal, estamos dispostos a fazer suas vontades, e... claro, se o senhor não quer falar com a Srta. Taggart, bem... ela estava apenas tentando cumprir seu dever patriótico, mas...

– Eu disse para tirar essa mulher daqui.

– Não somos seus inimigos, Sr. Galt, eu lhe asseguro que não somos seus inimigos. – Virou-se para ela: – Srta. Taggart, a senhorita realizou um serviço inestimável para o povo e merece a maior gratidão do público. Queira nos permitir assumir o controle daqui em diante. – Com as mãos, fazia sinal para que ela se afastasse de Galt.

– Agora, o que vocês querem? – perguntou Galt.

– Toda a nação aguarda o senhor. Tudo o que queremos é uma oportunidade de desfazer mal-entendidos. Apenas uma oportunidade de cooperar com o senhor. – Sua mão enluvada fazia um sinal para os outros três. As tábuas do assoalho rangeram, e os três silenciosamente começaram a abrir gavetas e armários, revistando o

1141

quarto. – O espírito da nação renascerá amanhã, Sr. Galt, quando todos souberem que o senhor foi encontrado.

– O que você quer?

– Apenas saudá-lo em nome do povo.

– Quer dizer que estou preso?

– Por que pensar em termos tão antiquados? Nossa missão é apenas escoltá-lo em segurança até os mais elevados escalões do governo, onde a sua presença é ansiosamente requisitada. – Fez uma pausa, mas não teve resposta. – Os principais líderes da nação gostariam de conversar com o senhor, só conversar e chegar a um entendimento amistoso.

Os soldados só encontraram roupas e utensílios de cozinha. Não havia cartas, livros, nem mesmo um jornal, como se ali morasse um analfabeto.

– Nosso objetivo é ajudá-lo a assumir o lugar que lhe cabe na sociedade, Sr. Galt. Pelo visto, o senhor não tem consciência de seu valor público.

– Tenho, sim.

– Estamos aqui apenas para protegê-lo.

– Trancado! – declarou um dos soldados, esmurrando a porta do laboratório.

O chefe deu um sorriso simpático.

– O que há atrás daquela porta, Sr. Galt?

– Propriedade privada.

– O senhor faria o favor de abri-la?

– Não.

O chefe abriu as mãos, num gesto de impotência e contrariedade.

– Infelizmente, não tenho como deixar de cumprir minhas ordens. O senhor compreende. Temos que entrar naquele quarto.

– Pois entrem.

– É apenas uma formalidade, mera formalidade. Não há por que não resolver essas coisas de um modo amistoso. O senhor poderia fazer o favor de cooperar?

– Já disse que não.

– Estou certo de que o senhor não gostaria que apelássemos para... para meios desnecessários. – Não teve resposta. – Temos autoridade para arrombar essa porta, o senhor sabe... mas, é claro, não gostaríamos de fazer isso. – Esperou, mas não teve resposta. – Arrombe essa porta! – ordenou ao soldado.

Dagny olhou de relance para o rosto de Galt, que estava impassível, a cabeça nem erguida nem baixa. Ela viu seu perfil imperturbável, os olhos voltados para a porta. A fechadura era um pequeno quadrado de cobre polido, sem nenhum buraco para uma chave nem nada.

O silêncio e a súbita imobilidade dos três brutamontes foram involuntários, enquanto os instrumentos de ladrão na mão do quarto homem raspavam cuidadosamente a madeira da porta.

A madeira cedeu com facilidade, e pequenas lascas caíram, produzindo no meio do silêncio ruídos que pareciam estampidos de uma arma ao longe. Quando o pé de cabra atacou a placa de cobre, ouviram um leve farfalhar atrás da porta, não muito mais alto do que o suspiro de uma mente cansada. Um minuto depois, a fechadura caiu e a porta se abriu um pouco.

O soldado pulou para trás. O chefe se aproximou, com passos irregulares como soluços, e escancarou a porta. Ali havia um buraco negro de conteúdo desconhecido e escuridão completa.

Os quatro se entreolharam e fitaram Galt, que permanecia imóvel, contemplando a escuridão.

Dagny foi atrás dos homens quando eles entraram no recinto, precedidos pela luz de suas lanternas. Viram apenas uma casca alongada de metal, que nada continha além de grossos montes de poeira no chão, uma poeira estranha, cinzenta, que parecia própria de ruínas seculares. O quarto parecia tão morto quanto um crânio vazio.

Ela desviou os olhos, para que não vissem em seu rosto o horror de quem sabia o que fora aquela poeira alguns minutos antes. "Não tente abrir essa porta", ele dissera a ela à entrada da central de energia da Atlântida. "Se você tentasse arrombá-la, os equipamentos lá dentro seriam reduzidos a pó muito antes de a porta ceder." *Não tente abrir essa porta*, pensava ela, mas sabia que o que estava vendo era a expressão visual da frase: "Não tente forçar uma mentira."

Em silêncio, os homens saíram andando para trás e continuaram a andar de costas em direção à saída da água-furtada, porém foram parando, um por um, incertos, em diferentes pontos, como se tivessem sido largados ali pela maré.

– Bem – disse Galt, pegando o sobretudo e virando-se para o chefe –, vamos.

◆◆◆

Três andares do Hotel Wayne-Falkland haviam sido evacuados e transformados numa praça de guerra. Em cada esquina dos longos corredores cobertos com tapetes de veludo havia guardas armados com metralhadoras e sentinelas com baionetas nos patamares das escadas de incêndio. As portas dos elevadores nos 59º, 60º e 61º andares estavam trancadas a cadeado. Uma única porta e um único elevador restavam como meios de acesso, guardados por soldados com uniforme de combate. Homens de aparência estranha vagavam pelos halls, pelos restaurantes e pelas lojas do térreo. Suas roupas eram novas e caras demais, numa má imitação dos frequentadores habituais do hotel, uma camuflagem prejudicada principalmente pelo fato de que as roupas estavam mal ajustadas aos corpos avantajados dos sujeitos e eram deformadas por volumes que nunca aparecem por baixo das roupas de negociantes, e sim das de pistoleiros. Havia grupos de guardas com fuzis-metralhadoras em todas as entradas e saídas do hotel, bem como em janelas estratégicas das ruas adjacentes.

No centro de todo esse aparato, no 60º andar, na chamada suíte imperial do Wayne-Falkland, entre cortinas de cetim, candelabros de cristal e grinaldas esculpidas, John Galt, de calça e camisa, estava sentado numa poltrona ornada com brocados, uma das pernas esticada e apoiada num pequeno banco de veludo, as mãos cruzadas atrás da cabeça, olhando para o teto.

Foi nessa posição que o Sr. Thompson o encontrou quando os quatro guardas que estavam vigiando a porta da suíte imperial desde as cinco da manhã a abriram às 11, para que ele entrasse, e depois a trancaram de novo.

O Sr. Thompson sentiu uma rápida apreensão quando o estalido da fechadura lhe indicou que ele estava confinado naquela sala a sós com o prisioneiro. Porém se lembrou das manchetes dos jornais e das vozes dos locutores de rádio, que proclamavam desde o nascer do dia para toda a nação: "Encontrado John Galt! John Galt em Nova York! John Galt aderiu à causa do povo! John Galt está reunido com os líderes da nação, trabalhando para encontrar uma rápida solução para todos os nossos problemas!" E tratou de se convencer de que acreditava nisso.

– Ora, ora! – disse ele alegre, andando em direção à poltrona. – Então temos aí o jovem que criou toda essa confusão... Ah! – exclamou ele, ao ver mais de perto os olhos verde-escuros que se fixaram nele. – Bem, eu... tenho o maior prazer em conhecê-lo, Sr. Galt, o maior prazer. – Acrescentou: – Sou o Sr. Thompson, como o senhor sabe.

– Prazer – disse Galt.

O Sr. Thompson sentou-se pesadamente numa poltrona, com um movimento brusco que exprimia uma atitude objetiva e descontraída.

– Agora, não fique imaginando que o senhor está preso. Nada disso. – Indicou a sala ao seu redor. – Isto aqui não é uma cadeia, como o senhor pode bem ver. Está sendo bem tratado, não é? O senhor é uma pessoa muito importante, e nós sabemos disso. Fique à vontade. Peça o que o senhor quiser. Pode despedir qualquer lacaio que lhe desobedecer. E, se não gostar de algum desses rapazes de uniforme lá embaixo, é só dizer, que nós o substituímos imediatamente.

Fez uma pausa cheia de expectativa. Não teve resposta.

– Nós só o trouxemos aqui porque queremos falar com o senhor. Preferíamos não ter de agir desse jeito, mas o senhor não nos deu outra alternativa. O senhor se escondia. E tudo o que queríamos era uma oportunidade de lhe dizer que é vítima de um terrível mal-entendido.

Ele abriu as mãos, com um sorriso simpático. Galt o observava, sem dizer nada.

– Que discurso, aquele seu! Que orador! O senhor fez algo à nação, não sei o quê, nem por quê, mas o fato é que fez algo. As pessoas parecem querer alguma coisa que o senhor tem. Mas pensava que nós éramos contra? Aí é que está o seu engano. Não somos. Pessoalmente, acho que havia muitas coisas certas naquele discurso. Claro que não concordo com tudo o que o senhor disse, mas, que diabo, o senhor não quer que a gente concorde com tudo, não é? As diferenças de opinião... sem elas, não haveria corridas de cavalos. Quanto a mim, estou sempre disposto a mudar de ideia. Estou aberto a todos os argumentos.

Debruçou-se para a frente, convidativo, mas não obteve resposta.

– O mundo está numa confusão dos diabos. Bem como o senhor disse. Nesse ponto, estamos de acordo. Temos um ponto em comum. Podemos partir daí. Algo tem que ser feito. Eu só queria era... Escute – exclamou ele de repente –, por que o senhor não me deixa falar com o senhor?

– O senhor está falando comigo.

– Eu... bem, quer dizer... o senhor sabe o que quero dizer.

– Perfeitamente.

– E então?... Então, o que *o senhor* tem a dizer?

– Nada.

– Hein?!

– Nada.

– Ora, o que é isso?!

– Eu não o procurei para falar com o senhor.

– Mas... mas escute!... Temos assuntos a discutir!

– Eu não tenho.

– Escute – disse o Sr. Thompson após uma pausa –, o senhor é um homem de ação. Um homem prático. E como! Posso não saber muitas coisas a seu respeito, mas disso eu tenho certeza. É ou não é?

– Prático? Sou.

– Bem, eu também sou. Podemos falar às claras, colocar as cartas na mesa. Não sei o que o senhor quer, mas estou lhe propondo um acordo.

– Estou sempre disposto a negociar um acordo.

– Eu sabia! – exclamou o Sr. Thompson triunfante, socando os joelhos. – Eu disse a eles, todos aqueles teóricos intelectuais idiotas, como o Wesley!

– Estou sempre disposto a negociar... com quem tenha um valor a me oferecer.

O Sr. Thompson vacilou por um instante, sem entender por quê, mas respondeu:

– Bem, peça o que quiser! O que o senhor quiser!

– O que tem a me oferecer?

– Ora, qualquer coisa.

– Por exemplo?

– O que quiser. Ouviu nossas emissões em ondas curtas dirigidas ao senhor?

– Ouvi.

– Afirmamos que aceitaríamos as suas condições, quaisquer que fossem. Era para valer.

– O senhor me ouviu dizer no rádio que não tenho condições para negociar? Era para valer.

1145

– Ah, mas o senhor nos entendeu mal! Achou que íamos lutar contra o senhor. Mas não vamos. Não somos tão rígidos assim. Estamos dispostos a considerar qualquer ideia. Por que não respondeu a nossas transmissões e veio falar conosco?

– E por que eu viria?

– Porque... porque queríamos falar ao senhor em nome da nação.

– Não reconheço o seu direito de falar em nome da nação.

– Olhe, escute uma coisa: não estou acostumado a... Bem, está bem, o senhor não quer me ouvir? Não quer me ouvir?

– Estou ouvindo.

– O país está numa situação deplorável. As pessoas estão morrendo de fome e entregando os pontos, a economia está caindo aos pedaços, ninguém está produzindo mais nada. Não sabemos o que fazer. O senhor sabe, sabe fazer as coisas funcionarem. Estamos dispostos a ceder. Queremos que nos diga o que devemos fazer.

– Eu já disse o que devem fazer.

– O quê?

– Saiam da minha frente.

– Isso é impossível. É absurdo! Está fora de cogitação!

– Está vendo? Eu avisei que não tínhamos nada a discutir.

– Espere! Espere! Não seja extremista! Há sempre uma solução intermediária. Não se pode ter tudo. Não estamos... o povo não está preparado para isso. O senhor não pode querer que a gente jogue no lixo a máquina do Estado. Temos que preservar o sistema. Mas estamos dispostos a reformá-lo. Vamos modificá-lo segundo suas especificações. Não somos teimosos, teóricos, dogmáticos. Somos flexíveis. Faremos o que o senhor quiser. Terá carta branca. Vamos cooperar. Não seremos intransigentes. Vamos dividir meio a meio. Nós ficamos com a política e o senhor fica com plenos poderes sobre a economia. Entregamos toda a produção do país para o senhor, lhe damos de presente toda a economia. O senhor a administra como quiser, dá as ordens, prepara os decretos e tem o poder organizado do Estado à sua disposição para fazer com que suas decisões sejam cumpridas. Estaremos todos prontos a lhe obedecer, todos nós, incluindo eu. No campo da produção, faremos o que o senhor disser. O senhor será... será o ditador econômico do país!

Galt caiu na gargalhada.

Foi a alegria espontânea daquele riso que chocou o Sr. Thompson.

– O que há com o senhor?

– Então é isso que é uma solução negociada, é?

– Mas o que...? Não fique rindo desse jeito!... Acho que o senhor não me entendeu. Estou lhe oferecendo *o cargo de Wesley Mouch* – e não há nada mais importante que lhe possa ser oferecido!... O senhor terá plenos poderes. Se não gosta de controles, pode aboli-los. Se quer lucros mais elevados e salários mais baixos, é só baixar um decreto. Se quer privilégios especiais para os grandes industriais, pode concedê-los. Se não gosta dos sindicatos, pode dissolvê-los. Se quer uma economia livre, ordene às pessoas que sejam livres! Faça o que quiser. Mas aja depressa. Organize o país. Faça as pessoas voltarem a trabalhar. Traga de volta o seu pessoal, os homens de cérebro. Leve-nos a uma era de paz, de progresso científico e industrial e de prosperidade.

– Ameaçado por uma arma?

– Olhe, eu... Mas qual é a graça, afinal?

– Responda-me uma coisa apenas: se o senhor é capaz de fingir que não ouviu nem uma palavra do que eu disse no rádio, por que acha que eu estaria disposto a fingir que não disse o que disse?

– Não sei o que o senhor quer dizer! Eu...

– Deixe para lá. Era só uma pergunta retórica. A primeira parte dela responde à segunda.

– Hein?

– Eu não jogo esse seu jogo, meu caro, se o senhor quer uma tradução.

– O senhor está dizendo que recusa minha oferta?

– Estou.

– Mas por quê?

– Levei três horas explicando no rádio por quê.

– Ah, mas aquilo é só teoria! Estou falando de coisas concretas. Estou lhe oferecendo o cargo mais poderoso do mundo. Qual é o problema?

– Levei três horas explicando que isso não dá certo.

– O *senhor* pode fazer com que dê certo.

– Como?

O Sr. Thompson abriu as mãos.

– Não sei. Se eu soubesse, não o procurava. Isso cabe ao senhor. O senhor é que é o gênio da indústria, é capaz de resolver qualquer problema.

– Eu disse que isso é impossível.

– O *senhor* dá um jeito.

– Como?

– De algum modo. – Ouviu a risadinha de Galt e acrescentou: – Por que não? Me diga: por que não?

– Está bem, vou explicar. Quer que eu seja o ditador da economia?

– Quero!

– E vai obedecer a qualquer ordem que eu der?

– Vou!

– Então comece abolindo o imposto de renda.

– Ah, não! – gritou o Sr. Thompson, pondo-se de pé de um salto. – Isso, não! Isso... não é do campo da produção. É da distribuição. Como é que a gente ia pagar os funcionários públicos?

– Despeça os funcionários públicos.

– Ah, não! *Isso* é política, não é economia! O senhor não pode mexer na política! Não pode mandar em tudo!

Galt cruzou as pernas sobre o banquinho em que apoiava os pés, acomodando-se melhor na poltrona.

– Quer continuar a discussão? Ou já entendeu?

– Eu só... – Ele parou.

– Está convencido de que *eu* já entendi?

– Escute – disse o Sr. Thompson em tom apaziguador, voltando a sentar-se na beira da poltrona. – Não quero discutir. Não sou bom nisso. Sou um homem de ação. O tempo é curto. Só sei que o senhor tem um cérebro. Exatamente o tipo de cérebro de que precisamos. O senhor é capaz de fazer qualquer coisa. Poderia fazer as coisas funcionarem, se *quisesse*.

– Está bem, já que insiste: eu não quero. Não quero ser ditador da economia, nem mesmo o bastante para dar a ordem de mandar que todos sejam livres, coisa que qualquer ser racional desprezaria, sabendo que os direitos dele não são dados, retirados ou aceitos por permissão minha ou sua.

– Diga-me – disse o Sr. Thompson, olhando para Galt, pensativo –, o que o senhor quer?

– Eu já disse no rádio.

– Não entendo. O senhor disse que só quer promover os seus interesses egoístas, e *isso* eu entendo muito bem. Mas o que o senhor quer no futuro que não possa obter agora, entregue por nós numa bandeja de prata? Eu pensava que o senhor fosse egoísta e prático. Ofereço um cheque em branco para preencher como quiser, e o senhor me diz que não o quer. Por quê?

– Porque o seu cheque não tem fundos.

– *O quê?*

– Porque o senhor não tem nenhum valor para me oferecer.

– Posso lhe oferecer o que quiser. É só pedir. Diga.

– Diga o senhor.

– Bem, o senhor falou muito sobre riqueza. Se é dinheiro que quer, o senhor não seria capaz de ganhar em 100 anos o que eu posso lhe entregar em um minuto, neste minuto, dinheiro vivo. Quer 1 bilhão de dólares, agora?

– Um bilhão que *eu* vou ter que produzir para o senhor depois me dar?

– Não, direto do Tesouro Nacional, em notas novinhas em folha... ou... ou até mesmo em ouro, se preferir.

– E o que vou poder comprar com esse dinheiro?

– Ah, depois que a economia for reconstruída...

– Depois que *eu* reconstruir a economia?

– Bem, se o que o senhor quer é impor a sua vontade, se é poder que quer, eu lhe garanto que todos os habitantes deste país vão obedecer às suas ordens e fazer o que o senhor quiser.

– Depois que *eu* lhes ensinar?

– Se o senhor quer alguma coisa para a sua gangue, todos esses homens que sumiram – empregos, cargos, autoridade, isenção de impostos, qualquer favor especial –, é só me dizer.

– Depois que *eu* os trouxer de volta?

– Afinal, o que o senhor quer?

– Afinal, para que eu preciso dos senhores?

– O que disse?

– O que podem me oferecer que eu não poderia obter sem os senhores?

Com um olhar diferente em seus olhos, o Sr. Thompson recuou um pouco, como se estivesse encurralado, porém encarou Galt pela primeira vez ao dizer:

– Sem mim, o senhor não poderia sair desta sala, agora.

Galt sorriu.

– É verdade.

– O senhor não poderia produzir nada. Morreria de fome aqui.

– É verdade.

– Então, está vendo? – A jovialidade simpática voltou à voz do Sr. Thompson, como se fosse possível se esquivar das implicações do que ele acabara de dizer por meio do humor. – O que eu tenho a lhe oferecer é a sua vida.

– Ela não é sua para o senhor me oferecer, Sr. Thompson – retrucou Galt em voz baixa.

Algo naquela voz fez o Sr. Thompson se virar abruptamente para ele e depois para o outro lado mais depressa ainda. O sorriso de Galt era quase meigo.

– Agora – disse Galt – o senhor entende o que quis dizer ao afirmar que um zero não pode hipotecar uma vida? Sou eu que teria de oferecer esse tipo de hipoteca aos senhores, e não o faço. Retirar uma ameaça não é fazer um pagamento, a negação de uma negação não é uma recompensa, a proposta de não me assassinar não é um valor.

– Quem... quem foi que falou em assassinar o senhor?

– O senhor até agora não falou em outra coisa. Se não estivesse me detendo aqui à força das armas, ameaçando minha vida, o senhor não teria nem mesmo a oportunidade de falar comigo. E isso é tudo o que as suas armas vão conseguir. Não pago pela retirada de ameaças. Não compro minha vida a ninguém.

– Isso não é verdade – disse o Sr. Thompson, animado. – Se o senhor quebrasse uma das pernas, pagaria a um médico para tratar dela.

– Não se fosse o próprio médico que a tivesse quebrado. – Sorriu em resposta ao silêncio do Sr. Thompson. – Sou um homem prático, Sr. Thompson. Não acho prático sustentar uma pessoa cuja única fonte de renda é quebrar os meus ossos. Não acho prático sustentar uma quadrilha de traficantes de produção.

O Sr. Thompson parecia pensativo; após algum tempo, sacudiu a cabeça.

– Não o considero um homem prático. Este não ignora os fatos concretos, não perde tempo querendo que as coisas fossem diferentes e tentando mudá-las. Ele encara as coisas tais como são. Estamos detendo o senhor. Isto é um fato. Quer o senhor goste, quer não, é um fato. O senhor deveria agir de acordo com isso.

– E é o que estou fazendo.

– Estou dizendo que o senhor deveria cooperar. Deveria reconhecer a situação, aceitá-la e se adaptar a ela.

– Se o senhor tivesse uma intoxicação, se adaptaria a ela ou tentaria mudá-la?

– Ah, isso é diferente! É físico!

– O senhor quer dizer que os fatos físicos podem ser corrigidos, mas não os seus caprichos?

– O que quer dizer?

– Está dizendo que a natureza física pode ser adaptada aos homens, mas os seus caprichos estão acima das leis da natureza, e os homens têm de se adaptar ao senhor?

– Estou dizendo que estou por cima!

– Com uma arma na mão?

– Ah, esqueça a arma! Eu...

– Não posso esquecer um fato da realidade, Sr. Thompson. Isso não seria prático.

– Está bem: então estou armado. O que o senhor vai fazer?

– Vou agir de acordo com o fato. Vou lhe obedecer.

– *O quê?*

– Vou fazer tudo o que o senhor me *mandar* fazer.

– Está falando sério?

– Sério. *Literalmente.* – Viu o entusiasmo do rosto do Sr. Thompson lentamente ser substituído por uma expressão de estupefação. – Farei qualquer movimento que o senhor me mandar fazer. Se o senhor me mandar entrar no escritório do ditador da economia, eu entro. Se me mandar sentar numa cadeira, eu sento. Se me mandar baixar um decreto, eu baixo.

– Ah, mas eu não sei que decretos devem ser baixados!

– Nem eu.

Houve uma longa pausa.

– E então? – perguntou Galt. – Quais são suas ordens?

– Quero que o senhor salve a economia do país!

– Não sei salvá-la.

– Quero que descubra um jeito!

– Não sei descobrir um jeito.

– Quero que o senhor pense!

– Como é que a sua arma vai conseguir isso, Sr. Thompson?

O Sr. Thompson olhou-o em silêncio, e Galt viu, na tensão dos lábios, no queixo levantado, nos olhos apertados, a expressão de um valentão adolescente prestes a emitir seu argumento filosófico básico: eu lhe arrebento a cara. Galt sorriu, encarando-o, como se tivesse ouvido a frase e a enfatizasse. O Sr. Thompson desviou o olhar.

– Não – disse Galt –, o senhor não quer que eu pense. Quando se força um homem a agir contra sua vontade e seu discernimento, é porque se quer impedi-lo de pensar. O senhor quer que eu me transforme num robô. Vou obedecer.

O Sr. Thompson suspirou.

– Não entendo – disse, num tom sincero de impotência. – Tem alguma coisa errada que não consigo entender. Por que está procurando encrenca? Com um cérebro como o seu, o senhor ganha qualquer um. Eu não chego nem perto do senhor, e sabe disso. Por que não finge que está do nosso lado, depois assume o controle e nos passa para trás?

– Pelo mesmo motivo pelo qual o senhor está propondo isso: porque os senhores sairiam ganhando.

– Como assim?

– Porque é justamente porque as pessoas superiores aos senhores tentam derrotá-los jogando conforme as *suas* regras que os senhores estão por cima há séculos. Qual de nós sairia vencedor, se eu fosse disputar com o senhor o controle dos seus brutamontes? Claro que eu poderia fingir – e eu não salvaria a sua economia nem o seu sistema, visto que agora eles já não têm mais salvação –, mas eu morreria, e o que os senhores ganhariam seria o mesmo que sempre ganharam no passado: um adiamento, mais uma prorrogação, mais um ano, ou um mês, comprado ao preço do que ainda resta de esperança e forças nos homens ao seu redor, incluindo eu. É só isso que os senhores querem e não vão além disso. Um mês? Ora, até uma semana já seria bom para os senhores, já que partem da premissa incontestada de que sempre poderão encontrar mais uma vítima. Mas encontraram a sua última vítima – aquela que se recusa a desempenhar o seu papel histórico. A brincadeira acabou, meu caro.

– Ah, isso é só teoria! – exclamou o Sr. Thompson, com uma ênfase um pouco exagerada. Zanzando de um lado para outro, como se compensassem por ele não estar andando de um lado para outro, seus olhos fitavam a porta, como se ele quisesse fugir. – O senhor está dizendo que se não abandonarmos o sistema vamos morrer? – perguntou.

– Estou.

– Então, considerando que o estamos detendo, o senhor vai morrer conosco?

– É possível.

– O senhor não quer viver?

– Muitíssimo. – Viu um brilho nos olhos do Sr. Thompson e sorriu. – Digo-lhe mais: sei que quero viver muito mais intensamente que os senhores. Sei que é com isso que estão contando. Aliás, sei que no fundo não querem viver. Eu quero. E quero tanto que não aceito substituto.

O Sr. Thompson se pôs de pé num salto.

– Não é verdade! – gritou. – Não é verdade que não quero viver. Por que o senhor diz isso? – Estava ligeiramente encolhido, como se tivesse sentido um frio súbito. – Por que diz essas coisas? Não sei o que quer dizer. – Afastou-se um pouco. – E não é verdade que sou um pistoleiro. Não sou. Jamais quis fazer mal a ninguém. Quero que as pessoas gostem de mim. Quero ser seu amigo... Quero ser seu amigo! – gritou para ninguém em particular.

Galt o observava, sem nenhuma expressão no rosto, sem lhe dar nenhuma pista do que estava vendo, apenas de que estava vendo algo.

De repente o Sr. Thompson começou a fazer uma série de movimentos bruscos e desnecessários, como se estivesse com pressa.

– Bem, tenho que ir embora. Tenho... tenho muitos outros compromissos. Depois a gente conversa mais um pouco. Pense bem. Não tenha pressa. Esteja à vontade. Peça o que quiser – comida, bebida, cigarros, tudo do bom e do melhor. – Apontou para as roupas de Galt. – Vou chamar o alfaiate mais caro da cidade para fazer umas roupas decentes para o senhor. Quero que se acostume ao que é bom e... A propósito – perguntou, num tom de voz forçadamente natural –, o senhor tem parentes? Alguém que gostaria de ver?

– Não.

– Nem amigos?

– Não.

– Namorada?

– Não.

– É que eu não queria que o senhor se sentisse só. O senhor pode receber visitas, quem quiser, se houver alguém que o senhor gostaria de ver.

– Não há.

O Sr. Thompson fez uma pausa perto da porta, se virou para olhar para Galt mais uma vez e sacudiu a cabeça.

– Não entendo o senhor – disse. – Simplesmente não entendo.

Galt sorriu, deu de ombros e disse:

– Quem é John Galt?

◆◆◆

Uma mistura de neve e chuva caía forte à entrada do Hotel Wayne-Falkland, e os guardas armados pareciam estranhamente indefesos naquele círculo de luz: curvados, de cabeça baixa, abraçavam suas armas para se aquecer – como se, mesmo que descarregassem toda a violência de suas balas contra a tempestade, não conseguissem sentir-se bem ali.

Do outro lado da rua, Chick Morrison, o condicionador do moral, a caminho de uma reunião no 59º andar, observou que os poucos transeuntes letárgicos nem sequer se davam ao trabalho de olhar para os guardas, assim como nem olhavam para a pilha de jornais ensopados que não haviam sido vendidos pelo jornaleiro esfarrapado e friorento e que ostentavam a manchete: "John Galt promete prosperidade."

Chick Morrison sacudiu a cabeça, preocupado. Havia seis dias que vinham sendo publicados artigos nas primeiras páginas sobre os esforços conjuntos da nação e de John Galt para elaborar novas políticas, que no entanto não haviam tido o menor efeito. As pessoas andavam como se não tivessem interesse em ver nada que as cercava. Ninguém se dava conta de sua presença, exceto uma velha mendiga, que esticou a mão para Morrison em silêncio quando ele se aproximou da entrada iluminada do hotel. Ele apertou o passo, e apenas gotas de água fria caíram na mão nodosa e nua.

Foi a lembrança daquela cena de rua que deu um tom cortante à voz de Morrison quando ele se dirigiu ao grupo reunido em círculo na suíte do Sr. Thompson, no 59º andar. A expressão que se via nos rostos casava com o som de sua voz.

– Pelo visto, não está dando certo – disse Morrison, apontando para uma pilha de relatórios elaborados pelos tomadores de pulso da nação. – Todos os nossos releases a respeito da colaboração entre o governo e John Galt estão dando em nada. As pessoas nem ligam. Não acreditam em nada. Alguns dizem que ele nunca vai colaborar conosco. A maioria nem acredita que ele está conosco. Não sei o que deu em todo mundo. Não acreditam mais em nada. – Suspirou. – Três fábricas fecharam em Cleveland anteontem. Cinco em Chicago ontem. Em São Francisco...

– Eu sei, eu sei – disse o Sr. Thompson, impaciente, apertando o cachecol em torno do pescoço. A calefação do hotel havia pifado. – Não há outra opção: ele *tem* de ceder e assumir o comando. Tem de ceder!

Wesley Mouch olhou para o teto.

– Não me peçam para falar com ele de novo – retrucou, estremecendo. – Já tentei, mas é impossível falar com esse homem.

– Eu... não consigo, Sr. Thompson! – exclamou Morrison quando o olhar do homem se deteve nele. – Eu renuncio, se o senhor quiser! Não posso falar com ele de novo! Não me obrigue a isso!

– Ninguém consegue falar com ele – disse o Dr. Floyd Ferris. – É perda de tempo. Ele não ouve uma palavra do que se diz.

Fred Kinnan deu uma risada.

– Ou seja: ele ouve até demais, não é? E, o que é pior ainda, responde.

– Então por que *você* não tenta de novo? – quis saber Mouch. – Você parece até que gostou da experiência. Por que não tenta convencê-lo?

– Porque sei que não adianta – respondeu Kinnan. – Não perca o seu tempo. Ninguém vai conseguir convencê-lo. Não vou tentar outra vez... Se gostei? – acrescentou, com uma expressão atônita. – É... é, acho que sim.

– O que deu em você? Está trocando de lado? Está sendo seduzido por ele?

– Eu? – Kinnan deu um risinho sem graça. – Para que ele ia querer me seduzir? Eu vou ser o primeiro a me dar mal quando ele ganhar... É só que... – Kinnan olhou para o teto – ele é um homem que diz as coisas na cara.

– Ele não vai ganhar! – gritou o Sr. Thompson. – Isso está fora de cogitação!

Fez-se uma longa pausa.

– Gente esfomeada está se amotinando na Virgínia Ocidental – comentou Mouch. – E os fazendeiros do Texas...

– Sr. Thompson! – exclamou Morrison em desespero. – Talvez a gente pudesse... mostrá-lo para o público... num grande comício... ou talvez na TV... só para que o vissem, para que acreditassem que realmente o encontramos... As pessoas teriam esperanças, por algum tempo... assim ganharíamos um pouco de tempo...

– Muito perigoso – disse o Dr. Ferris. – Não o deixem chegar perto do público. Nunca se sabe o que ele é capaz de fazer.

– Ele tem que ceder – disse o Sr. Thompson, teimoso. – Tem que passar para o nosso lado. Um de vocês tem que...

– Não! – berrou Eugene Lawson. – Eu, não! Não quero nem vê-lo. Não quero ter que acreditar naquilo!

– Em quê? – perguntou James Taggart, com um tom de zombaria perigoso na voz. Lawson não respondeu. – De que você tem medo? – O tom de desprezo em sua voz parecia anormalmente exagerado, como se, ao ver alguém com ainda mais medo que ele, Taggart se sentisse tentado a desafiar seu próprio medo. – Você tem medo de acreditar em quê, Gene?

– Não vou acreditar nisso! Não vou! – A voz de Lawson era uma mistura de grito com gemido. – Não vão me fazer perder a fé na humanidade! Vocês não deviam permitir que existisse um homem assim! Um egoísta implacável que...

– Que belos intelectuais vocês me saíram! – disse o Sr. Thompson, sarcástico. – Achei que vocês seriam capazes de falar a língua dele, mas ele apavorou vocês todos. Ideias? Onde estão as ideias de vocês agora? Façam alguma coisa! Façam com que ele se junte a nós! Convençam-no!

– O problema é que ele não quer nada – disse Mouch. – O que se pode oferecer a um homem que não quer nada?

– Você quer dizer – falou Kinnan –: o que se pode oferecer a um homem que quer viver?

– Cale a boca! – gritou Taggart. – Por que disse isso? Por quê?

– Por que você gritou? – perguntou Kinnan.

– Calem a boca, todos vocês! – ordenou o Sr. Thompson. – Vocês são muito bons quando se trata de brigar uns com os outros, mas quando se trata de brigar com um homem de verdade...

– Quer dizer que ele conquistou o senhor também, não é? – gritou Lawson.

– Ah, chega – disse o Sr. Thompson com uma voz cansada. – Ele é o osso mais

duro de roer que eu já vi. Vocês não são capazes de entender isso. Ele é duro mesmo...
– Um leve toque de admiração se manifestou em sua voz. – Duro mesmo...

– Sempre é possível convencer mesmo os mais duros – disse o Dr. Ferris, num tom de despreocupação –, conforme eu já lhe expliquei.

– Não! – gritou o Sr. Thompson. – Não! Cale a boca! Não vou dar ouvidos a *você*! Não quero ouvir falar nisso! – Suas mãos se moviam agitadas, como se lutasse para afastar algo que se recusava a identificar. – Disse a ele... que isso não é verdade... que nós não somos... que eu não sou um... – Sacudiu a cabeça violentamente, como se o que ele próprio dissera representasse um perigo inaudito. – Não. Escutem, o que quero dizer é que temos de ser práticos e... cautelosos. Muito cautelosos. Temos que agir com sutileza. Não podemos hostilizá-lo nem... nem machucá-lo. Não podemos correr o risco de... de alguma coisa acontecer com ele. Porque... porque se ele morrer, nós vamos junto. Vocês sabem disso. – Correu os olhos pelos homens ao seu redor: eles sabiam.

Na manhã seguinte, a neve caiu sobre jornais que anunciavam na primeira página que uma reunião construtiva e harmoniosa fora realizada entre John Galt e os líderes da nação na tarde da véspera, que produzira o "Plano John Galt", a ser anunciado em breve. A neve da tarde caiu sobre os móveis de um prédio cuja parede da frente havia desabado – e sobre uma multidão que esperava, em silêncio, em frente ao guichê do caixa de uma fábrica cujo proprietário desaparecera.

– Os fazendeiros da Dakota do Sul – disse Mouch ao Sr. Thompson na manhã seguinte – estão marchando em direção à capital do estado, queimando todos os prédios do governo que encontram pelo caminho e toda casa que valha mais de 10 mil dólares.

À tarde, Mouch disse:

– A Califórnia está mergulhada no caos. Há uma guerra civil lá, se é isso mesmo que está acontecendo, pois ninguém sabe informar direito. Declararam a secessão da União, mas ninguém sabe quem está no poder. Está havendo luta armada em todo o estado, entre o "Partido do Povo", liderado pela mãe de Kip e seus seguidores orientalistas que se alimentam de soja, e uma espécie de movimento denominado "Volta a Deus", comandado por ex-proprietários de jazidas de petróleo.

– Srta. Taggart! – gemeu o Sr. Thompson quando ela entrou em seu quarto no hotel na manhã seguinte, convocada por ele. – O que vamos fazer?

Ele não entendia por que antigamente achava que ela possuía algum tipo de energia que o tranquilizava. Aquele rosto à sua frente não exprimia nada e parecia controlado, porém aquele autocontrole se tornava perturbador quando se percebia que ele jamais se alterava, jamais traía qualquer emoção. *O rosto dela é como o das outras pessoas*, pensou ele, *só que há uma rigidez na boca que indica resistência*.

– Confio na senhorita. É mais inteligente que todo o meu pessoal. Fez mais pelo país do que todos eles e encontrou o homem. O que vamos fazer? Está tudo indo por água abaixo, ele é o único capaz de nos tirar dessa confusão, mas ele não quer. Ele se recusa. Simplesmente se recusa a mandar. Nunca vi nada assim: um homem sem vontade de mandar. Imploramos-lhe que dê ordens, mas ele responde que só quer obedecer! É absurdo!

– É.

– A senhorita entende? Quem é ele?

– É um egoísta arrogante – disse ela. – Um aventureiro ambicioso. Um homem de audácia ilimitada que está jogando com todo o mundo.

Era fácil, pensou ela. Teria sido difícil naquele tempo remoto em que considerava a linguagem um instrumento da honra, a ser usada sempre como se se estivesse sob juramento, um juramento de respeito à realidade e ao homem. Agora era só uma questão de emitir sons sem sentido dirigidos a seres inanimados que nada tinham a ver com conceitos como realidade, homem, honra.

Naquela primeira manhã, fora fácil dizer ao Sr. Thompson como encontrara a casa de John Galt. Fora fácil vê-lo sorrindo de admiração e exclamando a toda hora: "Isso, menina!", dirigindo olhares de triunfo a seus assessores, o triunfo de um homem cuja confiança nela se revelara justificada. Fora fácil manifestar um ódio raivoso por Galt – "Eu até que concordava com as ideias dele, mas não vou deixá-lo destruir minha rede!" – e ouvir o Sr. Thompson dizer: "Não se preocupe, Srta. Taggart! Vamos protegê-la dele!"

Fora fácil forjar uma expressão fria de esperteza e lembrar o Sr. Thompson da recompensa de 500 mil dólares, com uma voz nítida e cortante como o som de uma máquina de calcular que dá o resultado de uma soma. Vira a pausa instantânea nos músculos faciais do Sr. Thompson, depois um sorriso alegre, como se ele dissesse que não esperava por aquilo, mas que estava gostando de ver que fora aquilo que a motivara e que aquilo era o tipo de motivação que ele compreendia. "Mas claro, Srta. Taggart! Claro! A recompensa é sua, toda sua! O cheque lhe será enviado!"

Tudo isso fora fácil, porque era como se ela estivesse num não mundo em que suas palavras e seus atos não fossem mais fatos – não reflexos da realidade, e sim distorções como aquelas que se veem nos espelhos de parques de diversões, que deformam as imagens para pessoas cuja consciência não deve ser tratada como consciência. Uma ideia fina, única e quente, como a pressão de um fio dentro dela, como uma agulha que indicasse seu caminho, era sua única preocupação: preservá-lo do perigo. O restante era uma dispersão sem forma, misto de ácido e névoa.

Mas isto, pensou ela, com um arrepio, era o estado em que eles viviam, todas aquelas pessoas que ela jamais entendera; era este o estado que elas desejavam, esta realidade de borracha, este fingimento, esta distorção, esta mentira tendo como único objetivo e recompensa o olhar crédulo e apavorado de algum Sr. Thompson. *Aqueles que desejavam este estado*, pensou ela, *queriam mesmo viver?*

– Jogando com todo o mundo, Srta. Taggart? – perguntou o Sr. Thompson, ansioso. – Como assim? O que ele quer?

– A realidade. Este mundo.

– Não sei exatamente o que a senhorita quer dizer, mas... escute, Srta. Taggart, se acha que é capaz de entendê-lo... tentaria falar com ele mais uma vez?

Dagny pareceu ouvir sua própria voz, a muitos anos-luz de distância, dizendo que daria a vida para vê-lo – mas, naquele quarto, ouviu a voz de uma estranha dizendo friamente:

– Não, Sr. Thompson. Espero nunca mais ter de vê-lo.

– Sei que não o suporta, e até entendo, mas será que não podia tentar...

– Tentei argumentar com ele, na noite em que o encontrei. Só ouvi insultos por resposta. Acho que ele tem mais raiva de mim que de qualquer outra pessoa. Ele jamais me perdoará por tê-lo encontrado. Eu seria a última pessoa a quem ele se renderia.

– É... é... isso é verdade... A senhorita acha que ele vai acabar se rendendo?

A agulha interior tremeu por um momento, oscilando entre duas direções: deveria dizer que não e vê-los matá-lo? Ou dizer que sim e vê-los mantê-lo prisioneiro até destruírem o mundo?

– Vai, sim – disse ela com firmeza. – Ele cede, sim, se vocês o tratarem direito. Ele é ambicioso demais para recusar o poder. Não o deixem fugir, mas não o ameacem... nem lhe façam mal. O medo não terá efeito sobre ele. É imune ao medo.

– Mas e se... quero dizer, do jeito que as coisas andam... e se ele demorar demais para ceder?

– Não vai. Ele é prático demais para isso. A propósito, vocês o deixam se informar sobre o estado do país?

– Bem... não.

– Acho que deviam deixá-lo ler os relatórios confidenciais do governo. Ele verá que não há mais muito tempo.

– Boa ideia! Ótima ideia!... Sabe, Srta. Taggart – disse ele de repente com um tom de súplica desesperada na voz –, eu me sinto melhor sempre que falo com a senhorita. É porque confio na senhorita. Não confio em ninguém. Mas a senhorita... é diferente. É uma pessoa sólida.

Ela o encarou:

– Obrigada, Sr. Thompson.

Foi fácil, pensou ela – até que saiu à rua e percebeu que, sob seu casaco, a blusa estava úmida, grudada em suas costas.

Se fosse capaz de sentir, pensou Dagny, atravessando a plataforma do terminal, saberia que a indiferença pesada que sentia agora por sua rede ferroviária era ódio. Não conseguia se livrar da sensação de que todos os seus trens agora eram de carga: para ela, os passageiros não eram seres humanos, nem seres vivos. Parecia-lhe perda de tempo se esforçar tanto para evitar catástrofes, para proteger a segurança de trens que só transportavam objetos inanimados. Olhou para os rostos ao seu redor no terminal: se ele morresse, pensou ela, se fosse assassinado por aqueles que comandam este sistema, para que *aquelas* criaturas continuassem a comer, dormir e trabalhar, ela estaria disposta a trabalhar para que elas tivessem trens? Se ela lhes pedisse ajuda, alguma delas viria socorrê-la? Será que elas queriam que ele vivesse, aquelas que o tinham ouvido?

O cheque de 500 mil dólares foi entregue em seu escritório naquela tarde, acompanhado de um buquê da parte do Sr. Thompson. Dagny olhou para o cheque e o deixou cair sobre a mesa: não significava nada e não a fazia sentir nada, nem mesmo uma culpa vaga. Era um pedaço de papel, tão importante quanto os que estavam dentro da cesta de papéis. Tanto fazia que ele lhe permitisse adquirir um colar de brilhantes, o depósito de lixo da cidade ou seu último prato de comida. Jamais seria gasto. Não representava nenhum valor, e nada que ele pudesse adquirir teria valor. Mas isso, pensou ela, essa indiferença inanimada era o estado permanente das pessoas ao seu redor, dos homens que não tinham objetivo nem paixão. *Esse* era o estado da alma que não tem valores. *Aqueles que optavam por esse estado*, pensou ela, *queriam viver?*

As luzes não estavam funcionando no corredor do prédio em que ela morava, de modo que, ao chegar a casa à noite, exausta, Dagny só percebeu o envelope no chão quando acendeu a luz dentro do apartamento. Era um envelope em branco, lacrado, que fora enfiado debaixo da porta. Ela o pegou e, no instante seguinte, começou a rir, meio ajoelhada, incapaz de sair dali, de fazer o que quer que fosse senão olhar para aquele bilhete escrito por uma mão que ela conhecia, a mesma mão que escrevera a sua última mensagem no calendário que pairava sobre a cidade.

Dagny,
Aguente firme. Olho neles. Quando precisar de ajuda, ligue para mim: 076-5693.
F.

Na manhã seguinte, os jornais alertavam o público para não dar ouvido aos boatos segundo os quais estaria havendo algum problema nos estados do Sul. Os relatórios confidenciais enviados ao Sr. Thompson afirmavam que havia luta armada entre a Geórgia e o Alabama, em disputa por uma fábrica de equipamentos elétricos, a qual, por causa do conflito e da destruição dos trilhos da ferrovia local, não podia receber matérias-primas.

– O senhor leu os relatórios confidenciais que lhe enviei? – gemeu o Sr. Thompson aquela noite, mais uma vez sentado à frente de John Galt. Viera acompanhado de James Taggart, que se oferecera para falar com o prisioneiro pela primeira vez.

Galt estava sentado numa cadeira rígida, de pernas cruzadas, fumando um cigarro. Parecia ao mesmo tempo tenso e relaxado. Os outros não conseguiram decifrar a expressão em seu rosto. Só sabiam que ela não traía nenhum sinal de apreensão.

– Li – respondeu ele.

– Não temos mais muito tempo – disse o Sr. Thompson.

– Não.

– O senhor vai deixar essas coisas continuarem a acontecer?

– Os *senhores* vão deixar?

– Como é que o senhor pode ter tanta certeza de que tem razão? – indagou Taggart num tom de voz não muito alto, mas que tinha a intensidade de um grito. – Numa época terrível como esta, como o senhor pode se agarrar a suas ideias ao preço de destruir o mundo todo?

– Eu deveria seguir as ideias de quem?

– Como o senhor pode ter certeza de que tem razão? Como pode *saber*? Ninguém pode ter certeza do que sabe! Ninguém! O senhor não é melhor do que ninguém!

– Então, por que me querem?

– Como o senhor pode jogar com a vida dos outros? Como pode se dar ao luxo *egoísta* de não ceder, quando as pessoas precisam do senhor?

– Em outras palavras: quando elas precisam das *minhas* ideias?

– Ninguém nunca está inteiramente certo ou errado! A realidade não é em preto e branco! O senhor não detém o monopólio sobre a verdade!

Havia algo de estranho na atitude de Taggart, pensou o Sr. Thompson, franzindo o cenho, um ressentimento estranho, demasiadamente pessoal, como se ele não tivesse vindo para resolver uma questão política.

– Se tivesse um mínimo de senso de responsabilidade – dizia Taggart –, não ousaria arriscar tanto com base apenas no seu próprio discernimento! O senhor se juntaria a nós, levaria em consideração outras ideias que não as suas e admitiria que talvez nós tenhamos razão, também! O senhor nos ajudaria com os seus planos! O senhor...

Taggart continuou falando com uma insistência febril, mas o Sr. Thompson não sabia se Galt estava ou não escutando: ele havia se levantado e agora andava de um lado para outro, não como se estivesse impaciente, e sim como um homem que sente prazer com os movimentos do próprio corpo. O Sr. Thompson percebeu a leveza dos passos, o porte altivo, o ventre plano, os ombros relaxados. Galt caminhava como se ao mesmo tempo não tomasse consciência do próprio corpo e se orgulhasse muito dele. O Sr. Thompson olhou para Taggart – a má postura de uma pessoa alta caída para a frente, distorcendo-se a si própria – e viu que este encarava os movimentos de Galt com tanto ódio que se retesou na cadeira, com medo de que o sentimento se tornasse audível. Mas Galt não estava olhando para Taggart.

– ... sua consciência! – dizia Taggart. – Vim aqui para apelar para a sua consciência! Como o senhor pode dar mais valor à sua mente do que a milhões de vidas humanas? As pessoas estão morrendo e... Ah, pelo amor de Deus, pare de andar! – exclamou ele.

Galt parou.

– Isso é uma ordem?

– Não, não! – disse o Sr. Thompson mais que depressa. – Não é uma ordem, não. Não queremos lhe dar ordens... Calma, Jim.

Galt recomeçou a andar de um lado para outro.

– O mundo está afundando no caos – disse Taggart, os olhos acompanhando Galt involuntariamente. – As pessoas estão morrendo, mas o senhor poderia salvá-las! Que importa quem tem ou não razão? O senhor devia se juntar a nós, mesmo pensando que estamos errados, e devia sacrificar sua mente para salvá-los!

– Salvá-los como?

– O que o senhor pensa que é? – gritou Taggart.

Galt parou.

– O senhor sabe.

– É um egoísta!

– Sou.

– O senhor tem consciência do tipo de egoísta que é?

– O *senhor* tem? – perguntou Galt, encarando-o.

Quando o corpo de Taggart lentamente se retraiu para as profundezas da poltrona, enquanto seu olhar continuava preso ao de Galt, o Sr. Thompson começou a sentir um medo inexplicável do que aconteceria em seguida.

– Escute – interrompeu o Sr. Thompson com uma voz alegre –, que tipo de cigarro o senhor está fumando?

Galt se virou para ele e sorriu:

– Não sei.

– Onde o arranjou?

– Um dos seus guardas me trouxe um maço. Disse que foi um homem que lhe pediu que me desse os cigarros como presente... Não se preocupe – acrescentou Galt. – O seu pessoal fez todo tipo de exame neles. Não encontraram nenhuma mensagem secreta. Foi só um presente dado por um admirador anônimo.

O cigarro que Galt tinha entre os dedos ostentava um cifrão.

James Taggart não tinha o menor talento para a arte de persuadir, concluiu o Sr. Thompson. Mas Chick Morrison, que ele trouxe no dia seguinte, não se saiu nem um pouco melhor.

– Eu... vou apenas me entregar à sua misericórdia, Sr. Galt – disse Morrison com um sorriso desesperado. – O senhor tem razão. Admito que tem razão, e tudo o que me resta é apelar para a sua piedade. No fundo do meu coração, não consigo acreditar que o senhor seja um egoísta completo, que não sinta a menor pena do povo. – Apontou para uma pilha de papéis que havia espalhado na mesa. – Eis uma petição assinada por 10 mil crianças, implorando que o senhor se junte a nós para salvá-las. Eis um pedido que veio de um asilo de inválidos. Eis uma petição enviada por religiosos de 200 seitas. Eis um apelo das mãos do país. Leia.

– É uma ordem?

– Não! – exclamou o Sr. Thompson. – Não é uma ordem!

Galt permaneceu imóvel e não pegou os papéis.

– São pessoas comuns, simples, Sr. Galt – disse Morrison, num tom de voz que visava manifestar a humildade abjeta daquela gente. – Elas não poderiam lhe dizer o que fazer. Não saberiam. Estão apenas implorando. São fracas, indefesas, cegas, ignorantes. Mas o senhor, que é tão inteligente e forte, não terá pena delas? Não pode ajudá-las?

– Deixando de lado minha inteligência e seguindo a cegueira delas?

– Elas podem estar erradas, mas é por ignorância!

– Mas eu, que não sou ignorante, devo obedecer a elas?

– Não posso discutir com o senhor. Estou apenas pedindo sua piedade. Elas estão sofrendo. Eu lhe imploro que tenha piedade dos que sofrem. Estou... Sr. Galt – disse Morrison, percebendo que Galt olhava para a distância pela janela e que seus olhos se tornaram subitamente implacáveis –, o que houve? Em que está pensando?

– Hank Rearden.

– Aaah... por quê?

– Essas pessoas tiveram pena de Hank Rearden?

– Ah, mas isso é diferente! Ele...

– Cale a boca – disse Galt sem levantar a voz.

– Eu só...

– Cale a boca! – gritou o Sr. Thompson. – Não ligue para ele, Sr. Galt. Ele não dorme há duas noites. Está apavorado, nem sabe o que diz.

No dia seguinte, o Dr. Floyd Ferris não parecia estar apavorado, mas foi pior ainda. Observou que Galt permanecia calado e nem sequer respondia a Ferris.

– É a questão da responsabilidade moral que o senhor talvez não tenha examinado com atenção suficiente, Sr. Galt – dizia Ferris com voz exageradamente descontraída, um tom forçado de informalidade. – No rádio, o senhor só falou sobre os atos culposos. Mas há também as faltas por omissão. Negar-se a salvar uma vida é tão imoral quanto assassinar. As consequências são idênticas – e, como julgamos os atos pelas consequências, a responsabilidade moral é a mesma... Por exemplo, tendo em vista a escassez desesperadora de alimentos, já houve quem sugerisse que se baixasse um decreto no sentido de que todas as crianças com menos de 10 anos e todos os adultos com mais de 60 fossem mortos, a fim de garantir a sobrevivência dos demais. O senhor não quer que isso aconteça, não é? Pois basta uma palavra sua para que não aconteça. Se o senhor se recusar e todas essas pessoas forem executadas, será por culpa *sua*, responsabilidade *sua*!

– Você está maluco! – berrou o Sr. Thompson, pondo-se de pé após emergir do estado de espanto em que aquela afirmação o colocara. – Ninguém jamais sugeriu tal coisa! Por favor, Sr. Galt! Não acredite nele! Ele não está falando sério!

– Ah, mas está, sim – disse Galt. – Diga a esse cachorro que olhe para mim, que se olhe no espelho, depois pergunte a si próprio se eu jamais pensaria que a *minha* estatura moral está à mercê dos atos *dele*.

– Vá embora daqui! – gritou o Sr. Thompson, levantando Ferris de sua poltrona à força. – Vá embora! Não quero ouvir mais nem um ai de você! – Escancarou a porta e empurrou Ferris para fora, para espanto do guarda que ali estava.

Virando-se para Galt, o Sr. Thompson abriu os braços e os deixou cair, num gesto de esgotamento e impotência. No rosto de Galt não havia sinal de nenhuma emoção.

– Escute – implorou o Sr. Thompson –, não há ninguém que possa falar com o senhor?

– Não há sobre o que falar.

– Temos que falar. Temos que convencê-lo. Não há ninguém com quem o senhor *queira* falar?

– Não.

– É porque... como ela fala, *falava* como o senhor, às vezes... talvez se eu chamasse a Srta. Taggart para lhe dizer...

– Essa? É, é verdade que ela falava como eu. Foi meu único fracasso. Achei que ela fosse do tipo que deveria estar do nosso lado. Mas ela me traiu, por causa da rede ferroviária. Ela seria capaz de vender a alma por causa daquela rede. Mande chamá-la, se quer que eu dê um tapa na cara dela.

– Não, não! O senhor não tem que falar com ela, se é assim que se sente em relação a ela. Não quero mais perder tempo com pessoas que só fazem irritá-lo... Só que... se não for a Srta. Taggart, não sei mais quem chamar... Se eu soubesse de alguém que... o senhor quisesse...

– Mudei de ideia – disse Galt. – Há uma pessoa com quem eu gostaria de falar, sim.

– Quem? – perguntou o Sr. Thompson, animado.

– O Dr. Robert Stadler.

O Sr. Thompson emitiu um assobio prolongado e sacudiu a cabeça, apreensivo.

– Esse aí não é seu amigo, não – disse ele, no tom de quem dá um conselho de amigo.

– É com ele que quero falar.

– Está bem, se o senhor quer. O que quiser. Amanhã de manhã ele estará aqui.

Naquela noite, jantando em sua suíte com Wesley Mouch, o Sr. Thompson olhava irritado para o copo de suco de tomate colocado à sua frente.

– O quê? Não tem suco de toranja?

O médico havia lhe recomendado suco de toranja para se proteger da epidemia de resfriados.

– Não tem suco de toranja – disse o garçom, com uma ênfase estranha.

– Foi o seguinte – explicou Mouch, desanimado –: um grupo de assaltantes atacou um trem na Ponte Taggart, sobre o Mississippi. Dinamitaram os trilhos e danificaram a ponte. Nada sério. Já está sendo consertada... mas o tráfego foi interrompido, e os trens que vêm do Arizona não podem passar.

– Isso é um absurdo! Não há nenhuma outra...? – ia perguntando o Sr. Thompson, mas sabia que não havia nenhuma outra ponte ferroviária sobre o Mississippi. Depois de uma pausa, disse, com a voz em *staccato*: – Mande tropas vigiarem a ponte. Dia e noite. Que escolham os homens a dedo. Se acontecer alguma coisa com aquela ponte...

Não terminou a frase. Estava recurvado sobre as porcelanas finas e os salgadinhos deliciosos à sua frente. A falta de um produto tão prosaico como suco de toranja de repente o fizera se dar conta, pela primeira vez, do que aconteceria com a cidade de Nova York se alguma coisa acontecesse com a Ponte Taggart.

– Dagny – disse Eddie Willers aquela noite –, a ponte não é o único problema. – Ligou o abajur da mesa de sua chefe, pois ela, de tão absorta em seu trabalho, havia se esquecido de acendê-lo quando escureceu. – Nenhum trem transcontinental pode sair de São Francisco. Uma das facções em guerra lá, não sei qual, tomou nosso terminal e impôs uma "taxa de partida" a nossos trens. Ou seja: tomaram os trens como reféns. O administrador do terminal largou o emprego. Ninguém sabe o que fazer.

– Não posso sair de Nova York – disse ela, rígida.

– Eu sei – disse ele em voz baixa. – Por isso *eu* resolvi ir lá dar um jeito nas coisas. Pelo menos, achar alguém para ocupar o cargo de administrador.

– Não! Não quero que você vá. É muito perigoso. E para quê? Não faz mais diferença. Não há mais o que salvar.

– Ainda é a Taggart Transcontinental. Lutarei por ela. Dagny, aonde quer que você vá, sempre conseguirá construir uma ferrovia. Eu, não. Nem quero começar de novo. Não quero mais, depois das coisas que vi. Você devia. Eu não posso. Deixe-me fazer o que posso.

– Eddie! Você não...? – Parou, sabendo que era inútil. – Está bem, Eddie. Se é assim que você quer.

– Vou pegar um avião para a Califórnia esta noite. Arranjei lugar num avião do Exército... Sei que você vai desaparecer assim que... assim que conseguir sair de Nova York. Talvez quando eu voltar você não esteja mais aqui. Quando achar que chegou a hora, vá. Não se preocupe comigo. Não me espere para me avisar. Vá assim que puder. Eu... vou me despedir de você agora.

Dagny se levantou, e ficaram um de frente para o outro. Na meia-luz da sala, o retrato de Nathaniel Taggart na parede estava entre os dois. Estavam pensando em todos os anos que haviam transcorrido desde que tinham aprendido a andar pelos trilhos de uma ferrovia. Ele baixou a cabeça e a manteve assim por algum tempo.

Ela estendeu a mão:

– Até logo, Eddie.

Ele apertou a mão dela com firmeza, sem olhar para os dedos. Olhava para o rosto dela.

Ele já ia saindo, mas parou, se virou para ela e perguntou em voz baixa, nem em tom de súplica nem de desespero, mas como um último gesto consciencioso, para esclarecer uma velha dúvida:

– Dagny... você sabia... o que eu sentia por você?

– Sabia – disse ela em voz baixa, dando-se conta naquele momento de que sabia, sem palavras, há anos. – Sabia, sim.

– Até logo, Dagny.

O ruído de um trem subterrâneo estremeceu as paredes do edifício, abafando o ruído da porta se fechando.

Na manhã seguinte começou a nevar, e as gotas de neve derretida ardiam nas têmporas do Dr. Robert Stadler enquanto ele caminhava pelo longo corredor do Hotel Wayne-Falkland, em direção à suíte imperial. O professor era escoltado por dois homens corpulentos, um de cada lado. Eram do Departamento de Condicionamento do Moral, mas não se davam ao trabalho de disfarçar qual o método de condicionamento que gostariam de ter a oportunidade de empregar.

– Não esqueça as ordens do Sr. Thompson – disse um deles com desprezo. – A primeira palavra errada que você disser... vai se arrepender.

Não era a neve nas têmporas, pensou o Dr. Stadler. Era uma pressão, uma ardência que o incomodava desde aquela cena, na noite anterior, em que gritara para o Sr. Thompson que não podia falar com John Galt. Fora um grito de pavor cego: ele implorara a um círculo de rostos impassíveis que não o obrigassem a fazer aquilo, soluçara que faria tudo, menos aquilo. Os rostos não haviam se dignado discutir com ele, nem mesmo ameaçá-lo. Apenas lhe deram uma ordem. Ele passara a noite em claro, dizendo a si mesmo que não obedeceria, porém estava caminhando em direção àquela porta. A pressão em suas têmporas e a leve náusea de irrealidade que o deixavam tonto vinham da consciência de que ele não conseguia sentir que era o Dr. Robert Stadler.

Percebeu o brilho metálico das baionetas nas mãos dos guardas à porta, e o som de uma chave girando numa fechadura. Viu-se andando em frente e ouviu a porta sendo trancada atrás de si.

Do outro lado da sala alongada, viu John Galt sentado no peitoril da janela, alto e esbelto, de calças e camisa, uma das pernas apoiada no chão, a outra dobrada, as mãos entrelaçadas sobre o joelho, os cabelos com mechas douradas contra o fundo de um céu cinzento – e de repente o Dr. Stadler viu a figura de um rapaz sentado na grade da varanda de sua casa, perto do campus da Universidade Patrick Henry, os cabelos castanhos banhados em sol, a cabeça levantada contra o fundo de um céu azul de verão, e ouviu a intensidade da própria voz dizendo, 22 anos antes: "O único valor sagrado no mundo, John, é a mente humana, a inviolável mente humana..." Então, exclamou para aquele rapaz, separado dele pela extensão da sala e pelo intervalo de 22 anos:

– Não foi culpa minha, John! Não foi culpa minha!

Agarrou-se à beira da mesa à sua frente, para se apoiar e usá-la como barreira protetora, embora a figura na janela não tivesse se mexido.

– Não fui eu que fiz isso com você! – gritou. – Não era minha intenção! Não tive culpa! Não era isso que eu queria!... John! A culpa não é minha! Não é! Eu não podia nada contra eles! Eles dominam o mundo! Não me deixaram nenhum espaço no mundo!... O que é a razão para eles?! O que é a ciência?! Você não sabe como eles são perigosos! Não os entende! Eles não pensam! São animais irracionais movidos por sentimentos irracionais – por seus sentimentos gananciosos, possessivos, cegos, inexplicáveis! Agarram tudo o que querem, é só isso que sabem: se querem uma coisa, danem-se a causa, o efeito, a lógica – eles *querem*, e pronto, esses porcos famintos!... A mente? Você não sabe como é vã a mente contra essas hordas irracionais? Nossas armas são ridiculamente infantis: a verdade, a honestidade, o conhecimento, a razão, os valores, os direitos! A força é só o que *eles* conhecem, a força, a fraude e o saque!... John! Não olhe para mim desse jeito! O que eu podia fazer contra a força bruta deles? Eu tinha que viver, não é? Não foi por mim, foi pelo futuro da ciência! Eu tinha que dar um jeito para que me deixassem em paz, tinha que me proteger, precisava entrar em acordo com eles – não há como viver se não se aceitam as condições deles, não há! Está me ouvindo? Não há!... O que você queria que eu fizesse? Passasse toda a minha vida mendigando empregos? Implorando a gente inferior a mim que me desse verbas e doações? Queria que o meu trabalho dependesse do bel--prazer dos brutamontes que têm o talento de ganhar dinheiro?

Galt percebia o desespero no tom de voz e nos olhos de Stadler, mas não disse nada. Este prosseguiu:

– Eu não tinha tempo de competir com eles, de brigar por dinheiro nem por mercados nem por nenhuma dessas preocupações materiais miseráveis deles! Você acha que seria justo gastarem o dinheiro deles em bebida, iates e mulheres enquanto as horas preciosas da *minha* vida seriam desperdiçadas por falta de equipamento científico? Persuasão? Como é que eu poderia persuadi-los? Que língua eu poderia usar para me dirigir a homens que não pensam?... Você não sabe como eu me sentia só, que falta eu sentia de uma fagulha de inteligência! Como me sentia só, cansado, impotente! Por que um cérebro como o meu teria de barganhar com idiotas ignorantes? Eles jamais dariam um tostão à causa da ciência! Por que não forçá-los? Não era a você que eu queria forçar! Aquela arma não estava apontada para o intelecto! Não para homens como você e eu, apenas para os materialistas irracionais!... Por que me olha desse jeito? Eu não tinha opção! Não há alternativa senão derrotá-los no jogo deles! Ah, o jogo é *deles*, sim, são *eles* que fazem as regras! Para que servimos nós, os poucos que sabemos pensar?! O máximo que podemos ambicionar é passar despercebidos – e saber usá-los para nossos fins!... Você não sabe como era nobre o meu objetivo, a minha visão do futuro da ciência? O conhecimento humano libertado das amarras materiais! Um objetivo ilimitado, sem restrições de meios!

Stadler o encarava e continuou se explicando:

– Não sou um traidor, John! Não sou! Eu estava servindo à causa da inteligência! O que eu via à frente, o que eu queria, o que eu *sentia* não podia ser contado em miseráveis dólares! Eu queria um laboratório! Eu precisava de um laboratório! A mim pouco me importava de onde ele viesse ou como seria obtido! Eu poderia fazer tanta coisa! Podia subir tanto! Você não tem pena?... Eu *queria*!... Que importância tem se teria que ser conseguido à força? Quem são eles para pensar, afinal? Teria dado certo, se você não os tivesse levado embora! Teria dado certo, eu garanto! Não seria... assim!... Não me acuse! Não podemos ser culpados... todos nós... há séculos... Não podemos estar tão completamente enganados!... Não somos malditos! Não tínhamos alternativa! Não há outra maneira de viver nesta Terra!... Por que não me responde? O que você está vendo? Está pensando naquele discurso que fez? Não *quero* pensar nele! Aquilo era apenas lógica! Não se vive só de lógica! Está me ouvindo?... Não olhe para mim! Você está pedindo de mim o impossível! Os homens não podem viver à sua maneira! Você não permite momentos de fraqueza, não leva em conta as fraquezas humanas, os sentimentos humanos! O que quer de nós? Racionalidade 24 horas por dia, sem nenhuma brecha, nenhum descanso, nenhuma fuga?... Não olhe para mim, seu desgraçado! Não tenho mais medo de você! Está ouvindo? Não tenho medo! Quem é você para me acusar, seu fracassado? Eis onde o *seu* caminho veio dar! Ei-lo aqui, preso, impotente, sob vigilância, pronto para ser morto por esses brutamontes a qualquer momento – e você ousa me acusar de não ser prático! Ah, você vai ser morto, sim! Não vai vencer! Não podem deixar que vença! *Você* é o homem que tem de ser destruído!

A interjeição que o Dr. Stadler soltou foi um grito sufocado, como se a imobilidade do vulto à janela tivesse servido como um refletor silencioso e, de repente, lhe fizesse ver o significado integral das próprias palavras.

– Não! – gemeu o Dr. Stadler, sacudindo a cabeça, para escapar daqueles olhos verdes imóveis. – Não!... Não!... Não!

A voz de Galt tinha a mesma austeridade inflexível de seu olhar:

– O senhor disse tudo o que eu queria lhe dizer.

O Dr. Stadler esmurrou a porta. Quando ela foi aberta, ele saiu correndo.

◆ ◆ ◆

Durante três dias, ninguém entrou na suíte de Galt, fora os guardas que lhe traziam as refeições. No fim da tarde do quarto dia, a porta se abriu e Chick Morrison entrou, acompanhado de dois homens. Vestia smoking e tinha nos lábios um sorriso nervoso, porém estava um pouco mais confiante que de costume. Um dos homens era um camareiro. O outro era um indivíduo musculoso cujo rosto parecia não casar com seu traje: era um rosto de pedra com pálpebras sonolentas, olhos claros e inquietos e um nariz achatado de boxeador. Os cabelos estavam raspados, restando apenas uns cachos louros no alto da cabeça. Sua mão direita estava enfiada no bolso da calça.

– Vista-se, por favor, Sr. Galt – disse Morrison, num tom persuasivo, apontando para a porta do quarto, onde havia um armário cheio de roupas caras que Galt resolvera não usar. – Ponha um smoking. – Acrescentou: – É uma ordem, Sr. Galt.

Galt caminhou em silêncio para o quarto e os três homens o seguiram. Morrison ficou sentado na beira de uma cadeira, acendendo e amassando um cigarro após outro. O camareiro ajudava Galt a se vestir, com mil trejeitos exageradamente delicados, entregando-lhe as abotoaduras, segurando o paletó para ele. O homem musculoso ficou parado num canto, com a mão no bolso. Ninguém disse nada.

– O senhor vai cooperar conosco, por favor, Sr. Galt – disse Morrison quando Galt estava pronto, apontando para a porta com um gesto cortês.

Tão depressa que ninguém viu sua mão se mexer, o homem musculoso agarrou Galt pelo braço e apertou uma arma invisível contra suas costelas.

– Não dê nenhum passo em falso – disse ele com voz neutra.

– Isso eu nunca faço – disse Galt.

Morrison abriu a porta. O camareiro permaneceu na suíte. Os três homens de smoking caminharam em silêncio até o elevador.

Permaneceram calados dentro do elevador. Os números que se acendiam acima da porta indicavam os andares por que passavam.

O elevador parou na sobreloja. Dois soldados armados seguiram à sua frente e dois vieram atrás, acompanhando-os pelos corredores longos e escuros. Não havia ninguém nos corredores senão as sentinelas armadas nas curvas. O braço direito do homem musculoso estava encostado no esquerdo de Galt – se houvesse algum observador, ele não veria a arma. Galt sentia a pressão do cano da arma contra seu corpo. Ela era calculada para não chegar a incomodar, por um lado, e para não passar nem um instante despercebida, por outro.

Chegaram a uma porta grande, fechada. Os soldados desapareceram nas sombras, quando a mão de Morrison tocou na maçaneta. Foi sua mão que abriu a porta, mas o súbito contraste de luz e som deu a impressão de que ela tinha sido aberta por uma explosão: a luz vinha das 300 lâmpadas dos candelabros do grande salão de baile do Wayne-Falkland; o som era o aplauso de 500 pessoas.

Morrison foi na frente, até uma mesa colocada numa plataforma elevada cercada de mesas. As pessoas pareciam adivinhar que, das duas pessoas que vinham atrás dele, era o homem alto e esbelto de cabelo cor de cobre que estavam aplaudindo. Seu rosto tinha as mesmas qualidades da voz que tinham ouvido no rádio: era calmo, confiante e inatingível.

Havia sido reservado para Galt o lugar de honra no meio da mesa comprida. O Sr. Thompson o aguardava no assento à sua direita, e o homem musculoso se colocou com muito jeito à sua esquerda, sem largar o braço nem diminuir a pressão do cano da arma. As joias nos ombros nus das mulheres refletiam o brilho dos candelabros na escuridão das mesas encostadas nas paredes distantes. O preto e branco severo dos trajes dos homens mantinha o clima de luxo suntuoso do salão, apesar da intrusão das câmeras, dos microfones e dos equipamentos de televisão. A multidão estava de pé, aplaudindo. O Sr. Thompson sorria e olhava para o rosto de Galt, com a expressão ansiosa de um adulto que aguarda a reação de uma criança a um presente espetacularmente generoso. Galt olhava para a plateia, nem ignorando nem reconhecendo a ovação.

– O aplauso que vocês estão ouvindo – gritava um locutor de rádio ao microfone, num canto do salão – é uma saudação a John Galt, que acaba de sentar-se à mesa dos oradores! Sim, meus amigos, John Galt *em pessoa*. Como aqueles que ainda têm televisões poderão ver com os próprios olhos daqui a pouco!

Preciso ter em mente onde estou, pensava Dagny, cerrando os punhos sob a toalha, na escuridão de uma das mesas laterais. Era difícil manter a consciência da dupla realidade quando sentia a presença de Galt a 10 metros dela. Percebia que não podia haver perigo nem dor no mundo quando podia ver seu rosto – e, ao mesmo tempo, um pavor gélido, quando olhava para aqueles que o tinham em seu poder, quando pensava na irracionalidade cega do que estavam fazendo naquele momento. Esforçava-se para manter rígidos os músculos faciais, para não se trair por um sorriso de felicidade ou um grito de pânico.

Dagny não entendeu como ele conseguiu encontrá-la em meio àquela multidão. Viu a pausa breve em seu olhar, que ninguém mais poderia ter notado. O olhar fora mais do que um beijo: fora como um aperto de mãos que a aprovasse e lhe desse forças.

Ele não voltou a olhar para ela. Dagny não conseguia se obrigar a desviar a vista. Era surpreendente vê-lo de smoking e mais estranho ainda constatar que as roupas lhe caíam bem, com tanta naturalidade. Ele as ostentava como um uniforme de trabalho de honra. Sua aparência lembrava o tipo de banquete, num passado remoto, em que ele estaria recebendo algum prêmio industrial. *As comemorações*, pensou Dagny, lembrando suas próprias palavras com uma pontada de saudade, *deveriam ser apenas para aqueles que têm o que comemorar*.

Ela desviou os olhos. Esforçava-se para não fitá-lo o tempo todo, para não atrair a atenção de seus companheiros de mesa. Havia sido colocada numa mesa em posição proeminente o bastante para ser exibida à multidão, mas obscura o bastante para não ficar bem à vista de Galt, juntamente com os que haviam despertado a ira dele: o Dr. Ferris e Eugene Lawson.

Dagny percebeu que seu irmão, Jim, havia sido colocado mais perto do estrado e viu seu rosto contrariado ao lado das figuras nervosas de Tinky Holloway, de Fred Kinnan e do Dr. Simon Pritchett. Os semblantes torturados dos ocupantes da mesa dos oradores não estavam conseguindo ocultar seu pânico. A calma do rosto de Galt parecia radiante entre eles. Dagny ficou se perguntando quem seriam os verdadeiros prisioneiros naquela mesa. Seu olhar percorreu lentamente os rostos: o Sr. Thompson, Wesley Mouch, Chick Morrison, alguns generais, alguns deputados e, absurdamente, o Sr. Mowen, escolhido como uma espécie de suborno para John Galt, como representante dos grandes industriais. Ela olhou ao redor, procurando o rosto do Dr. Stadler, mas ele não estava presente.

As vozes que enchiam o recinto ora subiam demais, ora caíam num silêncio relativo. Gargalhadas súbitas eram interrompidas, fazendo com que nas mesas ao lado cabeças se virassem. Os rostos estavam deformados pela forma mais óbvia e menos digna de tensão: por sorrisos forçados. Essas pessoas, pensou Dagny, sabiam, não por meio da razão, e sim de seu próprio pânico, que esse banquete era o clímax, a essência nua de seu mundo. Sabiam que nem o Deus delas nem as suas armas eram capazes de transformar essa comemoração naquilo que estavam tentando com todas as forças fingir que era.

Dagny não conseguia engolir a comida colocada à sua frente. Era como se sua garganta estivesse obstruída por uma convulsão rígida. Percebeu que seus comensais também estavam apenas fingindo comer. O Dr. Ferris era o único cujo apetite parecia intacto.

Quando viu uma bola de sorvete meio derretida numa tigela de cristal ser colocada à sua frente, percebeu o súbito silêncio ao seu redor e ouviu o rangido do equipamento de televisão sendo arrastado para a frente. *Agora*, pensou ela, com uma expectativa tensa, e sabia que todos ali tinham a mesma dúvida. Todos olhavam fixamente para Galt, mas o rosto dele permanecia inalterado.

Ninguém teve que pedir silêncio quando o Sr. Thompson fez o sinal para um locutor: foi como se todos prendessem a respiração.

– Cidadãos – exclamou o locutor ao microfone – deste país e de qualquer outro que possa captar esta transmissão: diretamente do grande salão de baile do Hotel Wayne-Falkland, em Nova York, transmitimos a vocês o lançamento do Plano John Galt!

Um retângulo de luz azulada e nervosa apareceu na parede atrás da mesa dos oradores. Era uma tela de televisão, projetando para os convidados as imagens que todo o país ia ver.

– O Plano John Galt de Paz, Prosperidade e Produção! – gritou o locutor, enquanto a imagem trêmula do salão aparecia na tela. – O alvorecer de uma nova era! Fruto da colaboração harmoniosa entre o espírito humanitário de nossos líderes e o gênio científico de John Galt! Se a sua fé no futuro foi abalada por pérfidos boatos, vocês verão agora com os próprios olhos a família unida e feliz que guia os destinos da nação!... Senhoras e senhores – disse o locutor, enquanto a imagem da televisão descia até a mesa dos oradores, e o rosto estupefato do Sr. Mowen enchia a tela –, o Sr. Horace Bussby Mowen, o industrial americano! – A câmera mostrava agora um ajuntamento de músculos faciais velhos que imitavam um sorriso. – O general de exército Whittington S. Thorpe! – A câmera, como o olho de uma testemunha confrontando suspeitos numa delegacia, passava de um rosto a outro. Eram semblantes marcados pelo medo, pela evasão, pelo desespero, pela incerteza, pelo ódio de si mesmos, pela culpa. – O líder da maioria no Congresso Nacional, Sr. Lucian Phelps!... O Sr. Wesley Mouch!... O Sr. Thompson! – Aqui a câmera se deteve mais um pouco. O chefe de Estado deu um grande sorriso para toda a nação e depois se virou para o lado esquerdo, com um ar de expectativa triunfal. – Senhoras e senhores – disse o locutor, solene –: John Galt!

Meu Deus!, pensou Dagny, *o que eles estão fazendo?* Daquela tela, o rosto de John Galt encarava a nação, o rosto sem dor, nem medo, nem culpa, tornado implacável por obra da virtude da serenidade, invulnerável por obra da virtude do amor-próprio. *Esse rosto*, pensou ela, *entre os demais?* O que quer que estejam planejando, está perdido. Nada mais pode nem precisa ser dito. Um é o produto de um código; os demais, de outro. E todo aquele que for humano poderá reconhecer isso.

– O secretário particular do Sr. Galt – disse o locutor, enquanto a câmera passava apressada pelo rosto seguinte, que mal pôde ser visto, e foi em frente: – O Sr. Clarence "Chick" Morrison... o almirante Homer Dawley...

Dagny olhava para os rostos ao seu redor e pensava: *Teriam eles visto o contraste? Teriam compreendido? Haviam-no visto? Queriam que ele existisse?*

– Este banquete – disse Morrison, que assumira a função de mestre de cerimônias – é uma homenagem à maior figura de nossa época, o produtor mais capaz, o homem do know-how, o novo líder da nossa economia: John Galt! Quem ouviu sua admirável transmissão radiofônica não duvida de que *ele* sabe fazer as coisas funcionarem. Agora ele está aqui para lhes dizer que fará as coisas funcionarem para *vocês*. Quem foi levado pelos extremistas antiquados a acreditar que ele jamais se juntaria a nós, que é impossível qualquer fusão entre as posições dele e as nossas, que uma coisa exclui a outra, verá hoje que tudo pode ser unido e reconciliado!

Uma vez que o tenham visto, pensou Dagny, terão vontade de ver qualquer outra pessoa? Uma vez que souberem que alguém como *ele* é possível, que é assim que o homem pode ser, o que mais poderão querer? Poderão sentir vontade de realizar outra coisa senão o que *ele* realizou? Ou serão influenciados pelo fato de que os Mouch, os Morrison, os Thompson da vida não optaram por realizá-lo? Será que vão considerar os Mouch o humano e Galt o impossível?

A câmera agora varria o salão, mostrando à nação os rostos dos convidados de maior destaque, os rostos tensos e desconfiados dos líderes e – de vez em quando – o rosto de John Galt. Seus olhos perceptivos pareciam examinar os homens que não estavam naquele salão, que o estavam vendo por todo o país. Era impossível saber se ele prestava atenção no que se dizia, pois nenhuma reação alterava seu rosto.

– Orgulho-me de homenagear – disse o líder do Congresso, o orador seguinte – o maior organizador econômico que o mundo jamais conheceu, o mais brilhante administrador, o mais brilhante planejador: John Galt, o homem que vai nos salvar! Estou aqui para lhe agradecer em nome do povo!

Isso, pensou Dagny, achando graça e sentindo-se enojada ao mesmo tempo, *é o espetáculo da sinceridade dos desonestos.* O que tornava aquela farsa particularmente fraudulenta era o fato de que eles estavam sendo sinceros. Estavam oferecendo a Galt o melhor que sua visão da existência tinha para dar, estavam querendo tentá-lo com o que constituía, para eles, o máximo que se pode atingir na vida: aquela adulação irracional, a irrealidade de um fingimento imenso – aprovação sem padrões, tributo sem conteúdo, honra sem causas, admiração sem razões, amor sem código de valores.

– Deixamos de lado todas as nossas divergências mesquinhas – dizia Mouch –, todos os sectarismos, os interesses pessoais e as ideias egoístas a fim de servir à liderança altruísta de John Galt!

Por que eles estão ouvindo isso?, perguntou Dagny a si mesma. *Será que não veem a marca da morte naqueles rostos, e a marca da vida no rosto dele? Que Estado preferem? Que Estado buscam para a humanidade?...* Ela olhou para os rostos no salão. Eram nervosos e vazios e só exprimiam o peso esmagador da letargia e a esterilidade de um medo crônico. Olhavam para Galt e para Mouch, como se não pudessem perceber nenhuma diferença entre eles nem se interessassem pela existência de uma diferença, com um olhar vazio, acrítico, desprovido de valores, que parecia dizer: "Quem sou eu para saber?" Dagny estremeceu, lembrando-se do que Galt dissera: "O homem que afirma: 'Quem sou eu para saber?' está dizendo: 'Quem sou eu para viver?'" *Estariam eles interessados em viver?*, pensou ela. *Não pareciam interessados nem mesmo em formular essa pergunta...* Viu alguns rostos que pareciam estar interessados. Olhavam para Galt com uma súplica desesperada, com uma admiração trágica e com as mãos impotentes largadas sobre as mesas à sua frente. Eram os homens que viam quem Galt era, que viviam numa ânsia frustrada pelo mundo dele – mas que, se o vissem ser assassinado à sua frente amanhã, desviariam a vista, com as mãos tão impotentes quanto agora, dizendo: "Quem sou eu para agir?"

– A unidade de ação e de objetivos – disse Mouch – nos conduzirá a um mundo melhor...

O Sr. Thompson se debruçou para perto de Galt e lhe cochichou, com um sorriso simpático nos lábios:

– O senhor vai ter de dizer algumas palavras à nação, mais tarde, depois que eu falar. Não, não, nada de discursos longos, só uma frase ou duas, mais nada. Algo assim como "Oi, gente", só para reconhecerem a sua voz. – A pressão ligeiramente acentuada do cano da arma do "secretário" contra suas costelas acrescentou um parágrafo silencioso. Galt não disse nada.

– O Plano John Galt – dizia Mouch – vai reconciliar todos os conflitos. Protegerá a propriedade dos ricos e dará mais aos pobres. Reduzirá a carga tributária e lhes concederá mais benefícios governamentais. Baixará os preços e elevará os salários. Dará mais liberdade ao indivíduo e fortalecerá os vínculos das obrigações comunitárias. Combinará a eficiência da livre iniciativa com a generosidade de uma economia planejada.

Dagny observou alguns rostos – e foi difícil acreditar no que estava vendo – que olhavam para Galt com ódio. Taggart era um deles. Quando a imagem de Mouch aparecia na tela, esses rostos ficavam tranquilos, num contentamento entediado que não era prazer, e sim o conforto de saber que nada lhes era exigido e nada era firme nem certo. Quando a câmera mostrava a imagem de Galt, seus lábios se apertavam e suas feições adquiriam uma expressão estranha de cautela. Dagny sabia que eles temiam a precisão do rosto de Galt, a clareza inflexível de suas feições, aquele olhar de quem é uma entidade, de quem afirma a existência. *Eles o odeiam por ser ele próprio*, pensou ela, sentindo um horror frio, como se a natureza daquelas almas se tornasse real para ela. *Eles o odeiam por sua capacidade de viver. Será que eles querem viver?*, pensou ela, zombando de si própria. O entorpecimento de seu cérebro não a impediu de se lembrar da voz de Galt dizendo: "O desejo de não ser nada é o desejo de não ser."

Agora era o Sr. Thompson que berrava ao microfone, com todo o seu charme demagógico:

– E digo a vocês: deem um chute na cara de todos esses céticos que andam espalhando o medo e a desunião! Eles diziam que John Galt jamais se juntaria a nós, não diziam? Pois ei-lo aqui, em pessoa, por livre e espontânea vontade, sentado a esta mesa, chefiando nosso Estado! Pronto, disposto, capaz de servir à causa do povo! Jamais voltem a duvidar, a fugir ou a desistir! O amanhã chegou – e que amanhã! Com três refeições diárias para todos os habitantes da Terra, um carro em toda garagem, energia elétrica *gratuita*, produzida por um motor que a gente nem imagina o que seja! E tudo o que se exige de vocês é que tenham um pouquinho mais de paciência! Paciência, fé e unidade – é *essa* a receita do progresso! Devemos permanecer unidos entre nós e ao restante do mundo, como uma grande família feliz, todos trabalhando pelo bem de todos! Encontramos um líder que vai quebrar os recordes do que há de mais próspero em nossa história! É o seu amor pela humanidade que o fez vir aqui – para servi-los, protegê-los, tomar conta de vocês! Ele ouviu as suas súplicas e atendeu ao apelo do dever humano! Todo homem é responsável por seu irmão! Nenhum homem é uma ilha! E agora vocês ouvirão a voz, a mensagem, a palavra do nosso líder!... Senhoras e senhores – disse ele, solene –, John Galt, falando à família da humanidade!

A câmera apontou para Galt. Ele permaneceu imóvel por um instante. Então, com um movimento tão rápido e destro a ponto de seu secretário não ter tempo de acompanhá-lo, Galt se pôs de pé, inclinando-se para o lado e fazendo com que, por um momento, a arma apontada fosse mostrada para todo o mundo. Endireitando o corpo, encarando as câmeras, olhando para toda a sua plateia invisível, disse:

– Saiam da minha frente!

CAPÍTULO 29

O GERADOR

— SAIAM DA MINHA FRENTE!

O Dr. Robert Stadler ouviu a frase no rádio de seu carro. Não sabia se o som seguinte, uma mistura de interjeição de espanto com grito e riso, tinha partido dele ou do rádio, mas ouviu o estalido que interrompeu os dois. O rádio ficou mudo. Não se ouviu mais a transmissão do Hotel Wayne-Falkland.

Ele começou a trocar de estação. Não ouviu nada, nenhuma explicação, nenhuma desculpa de "problema técnico", nenhuma música para encobrir o silêncio. Todas as estações estavam fora do ar.

Stadler estremeceu, apertou o volante, debruçou-se sobre ele, como um jóquei no início de uma corrida, e pisou fundo no acelerador. O pequeno trecho iluminado de estrada à sua frente se sacudiu com o vibrar dos faróis. Além daquela faixa iluminada, só havia o vazio das planícies de Iowa.

Não sabia por que tinha começado a ouvir a transmissão, nem por que estava tremendo agora. Deu uma risadinha abrupta – parecia um rosnado malévolo – dirigida ao rádio, às pessoas da cidade ou ao céu.

Olhava para as raras placas por que passava. Não precisava consultar o mapa: havia quatro dias que aquele mapa estava impresso em sua mente, como uma rede de linhas marcadas com ácido. *Ninguém será capaz de me tirar esse mapa*, pensou. *Ninguém poderá me deter*. Tinha a impressão de que o perseguiam, mas por muitos quilômetros não havia nada atrás dele além das duas lanternas traseiras de seu carro, como duas luzes vermelhas indicando perigo, correndo pela escuridão das planícies de Iowa.

O evento que motivara aquela corrida ocorrera havia quatro dias. Fora o rosto do homem sentado na janela, e os semblantes que vira ao fugir daquela sala. Stadler gritara que não conseguiria enfrentar John Galt, nem ele nem ninguém, que destruiria todos eles, a menos que o destruíssem antes.

– Não banque o espertinho, professor – respondera o Sr. Thompson friamente. – O senhor vive gritando que detesta o homem, mas não fez nada para nos ajudar. Não sei de que lado está. Se ele não ceder por bem, talvez tenhamos que apelar para a pressão. Por exemplo, fazer reféns que ele não gostaria que fossem molestados, e o senhor é o primeiro da lista.

– *Eu?* – gritou ele, estremecendo de terror e dando uma gargalhada amarga e desesperada. – Eu? Mas ele me odeia mais do que a qualquer outro!

– Como posso ter certeza disso? – respondeu o Sr. Thompson. – Soube que o senhor foi professor dele. E não esqueça que o senhor foi a única pessoa que ele pediu para ver.

A mente liquefeita de terror, Stadler via-se esmagado entre duas paredes: estaria perdido se Galt se recusasse a se render – e estaria mais perdido ainda se Galt se juntasse a eles. Foi então que uma imagem distante brotou em sua mente: a de uma estrutura com uma cúpula em forma de cogumelo no meio de uma planície de Iowa.

Depois disso, todas as imagens começaram a se fundir em sua mente. O Projeto X, pensara ele, sem saber se era a visão daquela estrutura ou se a de um castelo feudal dominando o campo que lhe sugeria uma época e um mundo que eram seus... *Sou Robert Stadler*, pensou, *aquilo é propriedade minha, foi criado com base nas minhas descobertas, eles disseram que fui eu que o inventei... Eles vão ver!*, pensou, sem saber se estava se referindo ao homem sentado na janela ou aos outros, ou a toda a humanidade. Seus pensamentos se tornaram como pedacinhos de madeira flutuando na água, sem interligações: *Assumir o controle... Eles vão ver! Assumir o controle, mandar... Não há outra maneira de se viver na Terra...*

Essas foram as únicas palavras que deram forma a seu plano. O restante lhe parecia claro, sob a forma de uma emoção selvagem que gritava, em tom de desafio, que não era necessário torná-la explícita. Ele assumiria o controle do Projeto X e dominaria uma parte do país como seu feudo particular. Os meios? Sua emoção respondera: de algum modo. O motivo? Sua mente repetia incessantemente que o motivo era o terror que lhe inspirava a gangue do Sr. Thompson, que ele não se sentia mais seguro entre eles, que seu plano era uma necessidade prática. Nas profundezas de seu cérebro liquefeito, sua emoção continha um outro tipo de terror, imerso na mesma água em que flutuavam os pedacinhos desconexos de seus pensamentos.

Esses pedacinhos haviam sido a única bússola que o orientara nos últimos quatro dias e noites, enquanto ele seguia por estradas desertas, atravessando um país à beira do caos, elaborando métodos ardilosos de comprar gasolina ilegalmente com a perícia de um monomaníaco, dormindo algumas horas acidentais em motéis obscuros, sob nomes falsos. *Sou Robert Stadler*, pensava, repetindo aquilo como se fosse uma fórmula de onipotência. *Assumir o controle*, pensava ele, furando os inúteis sinais vermelhos de cidades semiabandonadas, atravessando a Ponte Taggart, aquela extensão de aço vibrante sobre o Mississippi, passando aqui e ali por ruínas de fazendas nos descampados de Iowa. *Eles vão ver*, pensava ele, *podem tentar me perseguir, não vão me impedir dessa vez...* Havia pensado nisso, embora ninguém o perseguisse, como ninguém o perseguia agora senão as lanternas de seu carro e o motivo afogado em sua mente.

Olhou para o rádio silencioso e riu. Aquele riso tinha o significado emocional de um punho sacudido aos céus. *Eu é que sou um homem prático*, pensou ele, *não tenho opção... não há outra saída para mim... eles vão ver, aqueles gângsteres insolentes que*

1174

esquecem que sou Robert Stadler... Todos eles vão ser destruídos, mas eu não!... Vou sobreviver!... Vou vencer!... Eles vão ver!

As palavras eram como pedaços de terra firme em sua mente, no meio de um pântano feroz e silencioso no qual as conexões permaneciam submersas. Se fossem ligadas, as palavras formariam a frase: "Ele vai ver que não há outra maneira de viver na Terra!..."

As luzes esparsas ao longe eram do acampamento construído no local do Projeto X, agora chamado Harmony City. Ao se aproximar, o Dr. Stadler percebeu que havia algo de anormal. A cerca de arame farpado estava partida e não encontrou sentinelas na entrada. Porém alguma atividade fora do comum estava em andamento na escuridão e nos trechos iluminados pelos holofotes nervosos: viu caminhões blindados, homens correndo, ordens gritadas, baionetas brilhando. Ninguém deteve seu carro. Perto de uma barraca, viu no chão o corpo inerte de um soldado. Bêbado, preferiu pensar Stadler, sem entender por que se sentia inseguro.

A estrutura em forma de cogumelo surgiu numa elevação à sua frente. As fendas estreitas das janelas estavam iluminadas e os funis disformes sob a cúpula apontavam para a escuridão ao redor. Um soldado o deteve quando ele saltou do carro à entrada da estrutura. O militar estava armado, porém sem capacete, e seu uniforme parecia desalinhado.

– Aonde você vai, companheiro? – perguntou ele.

– Deixe-me entrar! – ordenou o Dr. Stadler em tom de desprezo.

– O que você quer?

– Eu sou o Dr. Robert Stadler.

– E eu sou Papai Noel. O que quer? Você é um dos novos ou um dos antigos?

– Deixe-me entrar, seu idiota! Sou o Dr. Robert Stadler!

Não foi o nome, e sim o tom de voz e a maneira de se exprimir que pareceram convencer o soldado.

– É um dos novos – disse ele e abriu a porta, gritando para alguém que estava lá dentro:

– Ei, rapaz, tome conta do vovô aqui, veja o que ele quer.

Na sala vazia, de concreto armado, veio atendê-lo um homem que parecia ser um oficial, porém sua túnica estava desabotoada no colarinho e havia um cigarro insolente no canto de sua boca.

– Quem é você? – perguntou ele, rapidamente levando uma das mãos à arma na cintura.

– Sou o Dr. Robert Stadler.

O nome não surtiu o menor efeito.

– Quem lhe deu permissão de vir aqui?

– Não preciso de permissão.

Essa afirmativa aparentemente teve efeito e o homem tirou o cigarro da boca.

– Quem o mandou aqui? – perguntou, um pouco inseguro.

– O senhor me permitiria falar com o comandante, por favor? – exigiu o Dr. Stadler, impaciente.

– O comandante? Chegou tarde demais, companheiro.

– O engenheiro-chefe, então.

– Quem? Ah, o Willie? Tudo bem, ele é um dos nossos, mas no momento não está.

Havia outras figuras na sala que acompanhavam o diálogo com uma curiosidade apreensiva. O oficial fez sinal para que um deles se aproximasse, um civil barbado, com um sobretudo surrado sobre os ombros.

– O que você quer? – perguntou a Stadler, irritado.

– Será que alguém poderia me dizer onde estão os cientistas do projeto? – perguntou o professor no tom cortês e peremptório de uma ordem implícita.

Os dois se entreolharam, como se uma pergunta daquelas fosse irrelevante naquele lugar.

– Você é de Washington? – perguntou o civil, desconfiado.

– Não. Quero deixar claro que rompi com aquela gangue de Washington.

– Ah! – O homem parecia satisfeito. – Então você é dos Amigos do Povo?

– Eu diria que sou o melhor amigo que o povo já teve. Sou o homem que deu tudo isso ao povo. – Apontou para o prédio ao redor.

– É mesmo? – perguntou o homem, impressionado. – Você é um dos que fecharam o negócio com o chefe?

– De agora em diante, *eu* sou o chefe aqui.

Os homens se entreolharam e recuaram alguns passos. O oficial perguntou:

– Seu nome é Stadler?

– *Robert Stadler*. E, se vocês não sabem o que esse nome representa, vão descobrir rapidamente!

– O senhor poderia me acompanhar, por favor? – pediu o oficial com uma polidez nervosa. O que aconteceu em seguida não ficou muito claro para o Dr. Stadler, porque sua mente se recusava a aceitar a realidade das coisas que via. Nas salas mal iluminadas e bagunçadas, havia figuras esquivas, todas com armas na cintura. Elas lhe faziam perguntas sem sentido com vozes que alternavam entre a impertinência e o medo. Stadler não sabia se algum deles estava tentando lhe dar uma explicação. Recusava-se a ouvir, não podia permitir que isso fosse verdade. Não parava de repetir, num tom de senhor feudal:

– *Eu* é que mando aqui de agora em diante... *Eu* é que dou as ordens... Vim para assumir o controle... Isto aqui é meu... Sou o Dr. Robert Stadler e, se vocês não conhecem *esse* nome *neste* lugar, vocês não tinham nada que estar aqui, seus imbecis! De tão ignorantes, vão acabar voando pelos ares. Pelo menos estudaram física no ensino médio? Vocês têm cara de que nunca nem entraram numa sala de aula! O que estão fazendo aqui? Quem são vocês?

Quando se tornou impossível para sua mente continuar a bloquear o fato, levou algum tempo para ele entender que alguém tivera a mesma ideia que ele, só que antes: alguém que tinha a mesma concepção da existência resolvera concretizar o mesmo futuro. Percebeu que aqueles homens, que se autodenominavam Amigos do Povo, haviam tomado o Projeto X, algumas horas antes, com o objetivo de instaurar um domínio seu. Stadler riu deles, com um misto de desprezo e incredulidade.

– Vocês não sabem o que estão fazendo, seus delinquentes! Acham que vocês – *vocês!* – vão saber manejar um instrumento científico de alta precisão? Quem é o seu líder? Exijo falar com o seu líder!

Foram seu tom de autoridade arrogante, seu desprezo e o pânico por ele inspirado – o pânico cego de homens de violência irracional, que não têm padrões de segurança e perigo – que os fizeram hesitar e pensar que talvez o Dr. Stadler fosse um líder do primeiro escalão da própria facção, de identidade secretíssima. Eram homens que desafiavam ou obedeciam qualquer autoridade com a mesma facilidade. Depois de ser levado de um oficial nervoso a outro, o Dr. Stadler se viu por fim conduzido por uma escada de ferro e em seguida por uma sucessão de longos corredores subterrâneos de concreto armado, para ter uma entrevista com "o chefe" em pessoa.

O sujeito havia se refugiado na sala de controle subterrânea. Em meio às complexas espirais da delicada maquinaria científica que produzia o raio sonoro, em frente a um painel repleto de chaves reluzentes, mostradores e ponteiros, conhecido como "Xilofone", Stadler viu o novo senhor do Projeto X: Cuffy Meigs.

Trajava uma túnica apertada, semelhante à militar, e perneiras de couro. As carnes abundantes de seu pescoço extravasavam o colarinho e os cachos negros de seus cabelos estavam empapados de suor. Ele andava de um lado para outro, nervoso, à frente do Xilofone, gritando ordens para os homens que entravam e saíam, apressados.

– Enviem mensageiros para todas as sedes de condado dentro do nosso raio de ação! Digam que os Amigos do Povo venceram! Que não aceitem mais ordens de Washington! A nova capital da Comunidade do Povo é Harmony City, agora denominada Meigsville! Diga-lhes que espero receber 500 mil dólares por cada 5 mil habitantes até amanhã de manhã, senão eles vão ver!

Levou algum tempo para que a atenção e os olhos turvos de Meigs se focalizassem no Dr. Stadler.

– O que é? O que é? – perguntou, irritado.

– Sou o Dr. Robert Stadler.

– Quem? Ah, sei, sei! O cara dos espaços siderais, não é? O tal que pega átomos, sei lá. Que diabo está fazendo aqui?

– Eu é que lhe devia fazer essa pergunta.

– Hein? Escute bem, professor, não estou aqui para brincadeiras.

– Vim aqui assumir o controle.

– Controle? De quê?

– Deste equipamento. Deste lugar. Do território dentro do raio de ação.

Meigs o olhou sem entender por um tempo e depois perguntou em voz baixa:

– Como o senhor chegou aqui?

– De carro.

– Não, quem o trouxe?

– Ninguém.

– Que armas trouxe?

– Nenhuma. Meu nome basta.

– Veio sozinho, com seu nome e seu carro?

– Vim.

Meigs caiu na gargalhada.

– O senhor acha que é capaz de operar um equipamento como este? – perguntou o Dr. Stadler.

– Caia fora, professor, caia fora, antes que eu mande fuzilá-lo! Aqui a gente não precisa de intelectual, não!

– O que o senhor sabe a respeito *disso*? – O Dr. Stadler apontou para o Xilofone.

– E daí? Hoje em dia a gente compra técnico às dúzias! Caia fora! Aqui não é Washington, não! Estou cheio desses sonhadores teóricos! Não vai dar em nada, isso de negociar com o fantasma do rádio e fazer discurso. O negócio é ação direta! Suma daqui, professor! Seu tempo acabou! – Ele zanzava de um lado para outro, com passos inseguros, de vez em quando se apoiando numa chave do Xilofone. O Dr. Stadler percebeu que Meigs estava bêbado.

– Não mexa nessas chaves, seu idiota!

Meigs tirou a mão do painel num movimento súbito e involuntário, depois a agitou à frente do painel, num gesto de desafio.

– Eu mexo no que eu quiser! Quem é o senhor para me dizer o que fazer?

– Largue esse painel! Saia daqui! Isto é meu! Entendeu? É propriedade *minha*!

– Propriedade? Ah! – Meigs disse, dando uma risada.

– Fui eu que inventei! Eu que criei!

– É mesmo? Muito obrigado, professor. Muito obrigado, mas a gente não precisa mais do senhor, não. Nós temos técnicos.

– Faz alguma ideia dos conhecimentos que adquiri para inventar isso? O senhor não seria capaz de projetar uma única válvula! Nem uma porca!

Meigs deu de ombros:

– E daí?

– Então como o senhor ousa dizer que isso é seu? Como ousa vir até aqui? O que justifica a sua posse?

Meigs deu um tapinha no coldre.

– *Isto.*

– Escute, seu idiota bêbado! – gritou o Dr. Stadler. – Está brincando com fogo!

– Não fale assim comigo, seu velho cretino! Quem é o senhor para falar comigo desse jeito? Eu posso quebrar o seu pescoço com as minhas mãos! Não sabe quem eu sou?

– Um marginal apavorado que se meteu onde não deve!

– Ah, é, é? Eu sou o chefe! Eu mando aqui, e não vai ser um espantalho velho que nem o senhor que vai me atrapalhar! Vá embora daqui!

Ficaram se encarando por um momento, ao lado do painel, ambos acuados pelo terror. A base não reconhecida do terror do Dr. Stadler era o seu esforço desesperado para não admitir que estava olhando para o produto final de seu trabalho, seu filho espiritual. Já o terror de Meigs tinha bases mais amplas, pois englobava toda a existência. Ele vivera toda a sua vida num terror crônico, mas agora estava se esforçando desesperadamente para não admitir o que temia: no momento de seu triunfo, quando se julgava senhor da sua sorte, aquele ser misterioso e oculto – o intelectual – se recusava a temê-lo e desafiava seu poder.

– Vá embora daqui! – rosnava Meigs. – Vou chamar meus soldados! Vou mandar fuzilá-lo!

– Vá embora daqui o senhor, seu retardado, estúpido, animal! – rosnou o Dr. Stadler. – Acha que vou deixá-lo se dar bem em cima da *minha* vida? Acha que foi pelo *senhor* que eu... que eu vendi... – Não concluiu sua frase. – Pare de mexer nessas chaves, seu idiota!

– Pare de me dar ordens! Não preciso que me digam o que fazer! O senhor não vai me assustar com essa enrolação empolada! Eu faço o que me dá na telha! Para que serve a minha luta, se não posso fazer o que quiser? – Deu uma risadinha e pegou uma chave.

– Ei, Cuffy, espere aí! – gritou alguém no fundo da sala, correndo de repente.

– Pare! – rosnou Meigs. – Parem, todos vocês! Pensam que tenho medo? Vou mostrar a vocês quem é o chefe!

O Dr. Stadler saltou para detê-lo, mas Meigs o empurrou para o lado com uma das mãos, deu uma gargalhada quando viu Stadler caindo no chão e, com a outra, acionou uma das chaves do painel.

O ruído ensurdecedor – um estrondo de metal se rasgando e pressões se entrechocando num mesmo circuito, o som de um monstro destruindo a si próprio – só foi ouvido dentro do prédio. Fora dele não se ouviu nada. Viu-se apenas a estrutura subir, repentina e silenciosamente, se rachar em uns poucos pedaços grandes, emitir jatos de luz azul para o céu e cair no chão, num monte de ruínas. Em um raio de 150 quilômetros, atingindo quatro estados, postes de telégrafo caíram como palitos de fósforo, edifícios foram demolidos e esmigalhados instantaneamente, sem que os corpos retorcidos das vítimas tivessem tempo de soltar um gemido. Na periferia do círculo, do outro lado do Mississippi, a locomotiva e os seis primeiros vagões de um trem de passageiros foram jogados, em meio a uma chuva de metal, nas águas do rio, juntamente com a metade ocidental da Ponte Taggart, cortada ao meio.

No lugar onde antes ficara o Projeto X, nada restou de vivo entre as ruínas, além de, por mais alguns minutos infindáveis, uma massa de carne dilacerada e dor lancinante que antes havia sido uma grande mente.

◆ ◆ ◆

Ao se dar conta de que uma cabine telefônica era o seu único objetivo imediato e absoluto, sem que lhe importasse nenhum dos objetivos dos transeuntes ao seu redor, Dagny sentiu uma sensação de leveza e liberdade. Não que fosse indiferente em relação à cidade: era como se, pela primeira vez, sentisse que ela lhe pertencia e que a amava, que nunca a amara antes tanto quanto naquele momento, com um sentimento de posse tão pessoal, solene e confiante. A noite estava tranquila e o céu, limpo. Dagny olhou para cima. Tal como seu estado de espírito, que era mais solene do que alegre porém continha a promessa de uma alegria futura, o ar também não estava quente, mas continha a sugestão de uma primavera ainda longínqua.

Saiam da minha frente!, pensava ela, sem ressentimento, quase com humor, numa sensação de desligamento e libertação, dirigindo aquele imperativo aos passantes, ao tráfego quando ele impedia sua corrida, a todos os medos que já experimentara no passado. Dagny o ouvira dizer aquela frase menos de uma hora antes, e a voz dele ainda parecia perdurar no ar das ruas, fundindo-se com o som de uma risada distante.

Ela rira exultante no salão do Wayne-Falkland quando o ouviu dizer aquela frase. Rira com a mão escondendo a boca, de modo que apenas seus olhos riram – os seus e os de Galt, quando ele a encarou e Dagny percebeu que ele a tinha ouvido rir. Encararam-se por um segundo, por cima das cabeças da multidão atônita, que gritava por entre os ruídos dos microfones sendo destroçados, embora todas as estações tivessem sido tiradas do ar imediatamente, por entre o som de vidro quebrando, provocado pelas mesas derrubadas pelas pessoas que saíam correndo em direção às portas.

Então Dagny ouviu o Sr. Thompson gritar, apontando para Galt: "Levem-no de volta para o quarto, e ai de quem o deixar fugir!" – e a multidão abriu alas para que Galt passasse, escoltado por três homens. O Sr. Thompson pareceu desabar por um momento, a cabeça caída sobre o braço, mas logo se endireitou, se pôs de pé, fez um gesto vago para seus capangas, para que o seguissem, e saiu apressadamente por uma porta lateral. Ninguém deu nenhuma explicação ou instrução aos convidados: alguns corriam às cegas para a saída, outros permaneciam sentados, imóveis, com medo de se mexer. O salão era como um navio sem comandante. Dagny se enfiou na multidão e foi atrás dos oradores. Ninguém tentou detê-la.

Encontrou-os reunidos numa saleta: o Sr. Thompson jogado numa poltrona, agarrando a cabeça com as duas mãos; Wesley Mouch gemendo; Eugene Lawson chorando como uma criança pirracenta; Taggart fitando os outros com uma estranha intensidade no olhar, repleta de expectativa. "Bem que eu avisei!", gritava o Dr. Ferris. "Eu disse a vocês, não disse? É nisso que dá essa 'persuasão pacífica' de vocês!"

1180

Dagny permanecia parada à porta. Os outros pareciam estar cientes de sua presença, porém indiferentes a ela.

– Eu renuncio! – berrou Chick Morrison. – Renuncio! Para mim, chega! Não sei o que vou dizer à nação! Não consigo pensar em nada! Nem vou tentar! Não adianta! Não pude fazer nada! Não ponham a culpa em mim! Eu já renunciei! – Agitou os braços, num gesto vago de despedida ou de impotência, e saiu rapidamente.

– Morrison tem um esconderijo todo pronto esperando-o no Tennessee – disse Tinky Holloway, num tom de voz pensativo, como se ele também houvesse tomado o mesmo tipo de precaução e agora estivesse pensando se já teria chegado a hora.

– Mas não vai poder ficar lá por muito tempo, se é que vai conseguir chegar – retrucou Mouch. – Com essas gangues de salteadores e com o transporte do jeito que está... – Abriu as mãos e não concluiu a frase.

Dagny sabia quais eram os pensamentos que preenchiam aquele silêncio: sabia que, quaisquer que fossem as fugas individuais que esses homens já haviam preparado, eles agora compreendiam que estavam presos numa armadilha.

Observou que não havia medo em seus rostos, apenas alguns sinais, mas de uma espécie de medo rotineiro. As expressões variavam de uma apatia inerte ao alívio do trapaceiro, que já sabia que o fim seria esse mesmo e que agora não se arrependia de nada nem contestava nada; à petulância cega de Lawson, que se recusava a se conscientizar do que quer que fosse; à estranha intensidade de Taggart, cujo rosto sugeria um sorriso secreto.

– Então? E então? – perguntava o Dr. Ferris impaciente, com a energia fervilhante de quem se sente em casa num mundo de histeria. – O que vocês vão fazer com ele *agora*? Discutir? Debater? Fazer discursos?

Ninguém disse nada.

– Ele... tem... que... nos... salvar – disse Mouch lentamente, como se forçasse o que restava de sua mente a se esvaziar e entregasse um ultimato à realidade. – Ele tem que... assumir o controle... e salvar o sistema.

– Por que não escreve uma carta de amor para ele? – perguntou o Dr. Ferris.

– Temos que... *fazê-lo*... assumir o controle... Temos que obrigá-lo a mandar – acrescentou Mouch, como um sonâmbulo falando.

– *Agora* – disse o Dr. Ferris, baixando a voz de repente – vocês finalmente percebem o valor do Instituto Científico Nacional?

Mouch não lhe respondeu, mas Dagny observou que todos pareciam entender a que Ferris se referia.

– Vocês rejeitaram aquele meu projeto de pesquisa por achar que não era prático – retrucou Ferris baixinho. – Mas o que foi que eu disse?

Mouch não respondeu. Estava estalando as juntas dos dedos.

– Não é hora de ficarmos cheios de escrúpulos – disse Taggart com um vigor inesperado, porém também em voz baixa. – Temos que agir com hombridade.

– A meu ver... – disse Mouch, com uma voz sem vida – o fim... justifica os meios...

– Tarde demais para ter princípios – disse Ferris. – Agora só funciona a ação direta.

Ninguém disse nada. Todos agiam como se desejassem que suas pausas, e não suas palavras, exprimissem o que pensavam.

– Não vai dar certo – disse Holloway. – Ele não vai ceder.

– Isso é o que você pensa! – exclamou Ferris com uma risadinha. – Ainda não viu nosso modelo experimental em funcionamento. No mês passado arrancamos três confissões em três casos de assassinato até então insolúveis.

– Se... – começou o Sr. Thompson, e, de repente, sua voz virou um gemido – se ele morrer, todos nós morremos!

– Não se preocupe – disse Ferris. – Não vai morrer, não. O Persuasor Ferris elimina essa hipótese.

O Sr. Thompson não respondeu.

– A meu ver... não temos outra alternativa... – disse Mouch, quase sussurrando.

Permaneceram calados. O Sr. Thompson se esforçava para não ver que todos olhavam para ele. Então gritou de repente:

– Ah, faça o que quiser! Não posso fazer nada! Faça o que quiser!

O Dr. Ferris se virou para Lawson.

– Gene – disse, numa voz tensa, ainda sussurrando –, ligue para o escritório de controle da radiodifusão. Diga a todas as estações que fiquem de sobreaviso. Diga-lhes que o Sr. Galt falará daqui a três horas.

Lawson se pôs de pé num salto, com um risinho súbito, e saiu correndo da sala.

Dagny sabia o que pretendiam fazer e o que havia neles que tornava tal coisa possível. Eles não pensavam que isso daria certo. Não pensavam que Galt fosse ceder, não queriam que ele cedesse. Não achavam que houvesse alguma saída para eles agora, não queriam encontrar uma saída. Movidos pelo pânico de suas emoções não identificadas, tinham lutado contra a realidade durante todas as suas vidas e agora haviam chegado a um momento em que finalmente sentiam-se em casa. Não precisavam saber por que se sentiam assim – apenas experimentavam uma sensação de reconhecimento, como se *isso* fosse aquilo que estavam procurando, *isso* fosse o tipo de realidade decorrente de todos os seus sentimentos, suas ações, seus desejos, suas escolhas, seus sonhos. Era essa a natureza, o método de sua rebelião contra a existência, de sua busca indefinida por um nirvana não identificado. Eles não queriam viver, queriam era que *ele* morresse.

O horror que Dagny sentiu foi apenas uma pontada súbita, como uma repentina mudança de perspectiva: ela percebeu que os objetos que imaginava serem humanos não eram. Restava-lhe uma sensação de clareza, de resposta final e a necessidade de agir. Ele estava em perigo; não havia tempo nem espaço em sua consciência para desperdiçar emoções em atos de seres infra-humanos.

– É fundamental – cochichava Mouch – que ninguém jamais venha a ficar sabendo...

– Ninguém jamais saberá – disse Ferris. Falavam no tom cauteloso de conspiradores. – Fica numa unidade separada, secreta, isolada das outras do Instituto... à prova de som e bem distante das outras... Só uns poucos funcionários já entraram lá...

– Se pegássemos um avião – disse Mouch e parou de repente, como se tivesse captado algum sinal de alerta no rosto de Ferris.

Dagny viu o olhar de Ferris se virar para ela, como se de repente ele tivesse se lembrado de sua presença. Ela o encarou, deixando que ele visse a indiferença tranquila de seu olhar, como se não entendesse nem estivesse interessada. Então, como se tivesse simplesmente percebido que se tratava de uma conversa privada, com um leve movimento de ombros ela saiu da sala. Sabia que, no ponto em que estavam, já não se preocupavam com ela.

Caminhou com a mesma indiferença e sem pressa pelos corredores do hotel e saiu. Mas a um quarteirão de distância, depois de dobrar a esquina, levantou a cabeça e sentiu as dobras de seu vestido longo baterem contra suas pernas como se fossem uma vela, com a súbita violência da velocidade de seus passos.

E agora, correndo pela escuridão, pensando apenas em encontrar uma cabine telefônica, percebia uma nova sensação irresistível brotando dentro de si, mais forte que a tensão imediata do perigo e da preocupação: a sensação de liberdade de um mundo que jamais deveria ter sido obstruído.

Viu a faixa de luz na calçada, que vinha da janela de um bar. Ninguém a olhou duas vezes quando ela atravessou o bar semideserto. Os poucos fregueses ainda estavam esperando e cochichando nervosamente à frente do vazio azulado da tela da televisão.

No espaço apertado da cabine telefônica, como se estivesse na cabine de uma espaçonave prestes a decolar para outro planeta, Dagny ligou para 076-5693.

A voz que atendeu foi a de Francisco.

– Alô?

– Francisco?

– Olá, Dagny. Eu estava mesmo aguardando o seu telefonema.

– Ouviu a transmissão?

– Ouvi.

– Agora eles estão planejando obrigá-lo a ceder. – Manteve o tom de voz neutro de quem dá uma informação. – Pretendem torturá-lo. Eles têm uma máquina chamada Persuasor Ferris numa unidade isolada do Instituto Científico Nacional, em New Hampshire. Falaram em pegar um avião. Comentaram que ele falaria no rádio daqui a três horas.

– Sei. Você está ligando de um telefone público?

– Estou.

– Ainda está de vestido longo, não está?

– Estou.

– Agora ouça com atenção. Vá para casa, troque de roupa, pegue algumas coisas essenciais, suas joias e todas as outras coisas valiosas que puder pegar. Leve agasalhos também. Não vamos ter tempo para isso depois. Encontre-me daqui a 40 minutos na esquina noroeste do Terminal Taggart, dois quarteirões a leste da entrada principal.

– Está bem.

– Até logo, Slug.

– Até logo, Frisco.

Menos de cinco minutos depois, Dagny já estava em seu quarto, arrancando o vestido longo. Deixou-o no chão, como se fosse o uniforme de um exército que havia abandonado. Vestiu um conjunto azul-escuro e – lembrando-se das palavras de Galt – um suéter branco de gola alta. Encheu uma mala e uma bolsa a tiracolo. Colocou as joias num canto da bolsa, entre elas o bracelete de metal Rearden que havia ganhado no mundo exterior e a moeda de ouro de 5 dólares que ganhara no vale.

Foi fácil sair do apartamento e trancar a porta, embora ela soubesse que provavelmente jamais voltasse a abri-la. Pareceu-lhe mais difícil, por um momento, quando chegou a seu escritório. Ninguém a vira entrar e a antessala de seu escritório estava vazia. O grande Edifício Taggart parecia anormalmente silencioso. Por um momento, Dagny ficou contemplando aquele escritório e todos os anos que ele havia contido. Então sorriu – não, não era tão difícil assim, pensou –, abriu o cofre e pegou alguns documentos. Não havia mais nada que quisesse levar de lá, a não ser o retrato de Nathaniel Taggart e o mapa da Taggart Transcontinental. Ela quebrou as duas molduras, dobrou o retrato e o mapa e os guardou na mala.

Estava trancando a mala quando ouviu passos apressados. A porta foi aberta de repente e o engenheiro-chefe entrou, confuso. Ele tremia, e seu rosto estava distorcido.

– Srta. Taggart! – exclamou ele. – Ah, graças a Deus a senhorita está aqui! Nós a estávamos procurando por toda parte!

Ela não disse nada, porém olhou para ele com um ar interrogativo.

– A senhorita já soube?

– De quê?

– Então não sabe! Ah, meu Deus, a senhorita não... é que... não consigo acreditar até agora, mas... Ah, meu Deus, o que é que vamos fazer? A... a Ponte Taggart foi destruída!

Dagny ficou olhando para ele, sem conseguir se mexer.

– Destruída! Foi uma explosão, ao que parece, uma coisa instantânea! Ninguém sabe direito o que aconteceu, mas parece que... eles acham que houve algum problema no Projeto X e... foram os tais raios sonoros, Srta. Taggart! Não se pode entrar em contato com nenhum local situado dentro de um raio de 150 quilômetros! Não é possível, não pode ser, mas parece que tudo dentro desse círculo foi completamente destruído!... Ninguém responde! Os jornais, as estações de rádio, a polícia, nada!

Ainda estamos verificando, mas as informações que estão vindo da periferia do círculo são... – Ele deu de ombros. – Só uma coisa é certa: a ponte foi destruída! Srta. Taggart, não sabemos o que fazer!

Ela correu até sua mesa e pegou o telefone. Sua mão parou de repente. Então, lentamente, com o maior esforço que já fizera na vida, Dagny começou a recolocar o fone no gancho. Parecia-lhe que o movimento estava sendo muito demorado, como se seu braço tivesse de vencer uma pressão atmosférica que nenhum corpo humano seria capaz de enfrentar. Durante esses segundos, no silêncio de uma dor que a cegava, ela compreendeu o que Francisco havia sentido naquela noite, 12 anos antes – e o que um rapaz de 26 anos sentira ao olhar para seu motor pela última vez.

– Srta. Taggart! – gritou o engenheiro-chefe. – Não sabemos o que fazer!

Com um leve estalo, o fone voltou ao gancho.

– Eu também não sei – disse Dagny.

Ela rapidamente compreendeu que era o fim. Ouviu a própria voz dizendo ao homem que reunisse mais dados e viesse falar com ela depois e esperou que o eco de seus passos desaparecesse no silêncio do corredor.

Atravessando a plataforma do terminal pela última vez, Dagny olhou de relance para a estátua de Nathaniel Taggart e se lembrou de uma promessa que fizera. Não passaria de um símbolo agora, pensou, mas seria a espécie de despedida que Nathaniel merecia. Por falta de outra coisa para escrever, pegou na bolsa o batom e, sorrindo para o rosto de mármore do homem que teria compreendido seu gesto, desenhou um grande cifrão no pedestal.

Foi a primeira a chegar à esquina, dois quarteirões a leste da entrada do terminal. Enquanto esperava, observava os primeiros sinais do pânico que em breve envolveria a cidade: havia carros correndo demais, alguns cheios de objetos de uso doméstico, um número anormal de carros de polícia passando a toda e sirenes de todo tipo soando ao longe. Pelo visto, a notícia da destruição da ponte estava se espalhando por Nova York e as pessoas estavam se dando conta de que a cidade agora estava condenada, e tentavam fugir, mas não tinham para onde ir, e ela não tinha mais nada a ver com aquilo.

Viu o vulto de Francisco se aproximando e reconheceu a rapidez dos passos antes mesmo de divisar o rosto sob o chapéu enfiado até os olhos. Dagny percebeu o momento em que ele a viu, já mais perto. Fez sinal com a mão e sorriu. Certa tensão naquele gesto era a marca dos D'Anconia, o sinal de boas-vindas dado a um viajante esperado há muito, nos portões da propriedade.

Quando ele se aproximou, Dagny retesou o corpo, numa atitude solene, e, encarando-o, de frente para os edifícios da maior cidade do mundo – as testemunhas que ela gostaria mesmo de ter –, Dagny disse lentamente, com uma voz confiante e firme:

– Juro... por minha vida e por meu amor a ela... que jamais viverei por outro homem, nem pedirei a outro homem que viva por mim.

Ele inclinou a cabeça, em aceitação. Seu sorriso agora era uma saudação.

Então D'Anconia pegou a mala dela com uma das mãos e o braço de Dagny com a outra e disse:

– Vamos.

◆◆◆

A unidade denominada "Projeto F" – em homenagem a seu criador, o Dr. Ferris – era uma pequena estrutura de concreto armado situada no sopé do morro no alto do qual, mais à vista do público, se localizava o Instituto Científico Nacional. Apenas um pedaço do teto cinzento da estrutura podia ser visto das janelas do Instituto, em meio às velhas árvores. Parecia apenas uma tampa de bueiro.

A unidade consistia de dois andares, um cubo colocado simetricamente em cima de outro cubo maior. Não havia janelas no primeiro andar, apenas uma porta com espigões de ferro. No segundo, havia apenas uma janela, como uma concessão relutante feita à luz do dia, como um rosto com um único olho. Os funcionários do Instituto não sentiam nenhuma curiosidade em relação àquela estrutura e evitavam os caminhos que levavam até lá. Ninguém jamais fizera nenhum comentário, mas muitos tinham a impressão de que lá se realizavam experimentos com germes de doenças letais.

Os dois andares estavam ocupados por laboratórios cheios de jaulas com cobaias, cães e ratos. Mas o âmago da estrutura era um recinto subterrâneo, a vários metros de profundidade. As paredes tinham sido precariamente forradas com folhas porosas de material de isolamento acústico, porém ele começara a ceder, e a pedra nua de uma caverna aparecia pelas rachaduras.

A unidade era sempre protegida por um esquadrão de quatro guardas especiais. Naquela noite, ele fora reforçado: mais 12 guardas haviam sido convocados de Nova York por telefone. Cada um deles, assim como todos os outros funcionários do "Projeto F", tinha sido escolhido a dedo, com base num único critério: uma capacidade ilimitada de obedecer.

Os 16 guardas foram colocados ao redor do prédio e nos laboratórios vazios do primeiro e do segundo andares, onde ficaram sem demonstrar nenhuma curiosidade sobre o que acontecia no subsolo, cumprindo as ordens à risca.

No andar subterrâneo, o Dr. Ferris, Wesley Mouch e James Taggart estavam sentados em poltronas encostadas a uma parede. Num canto à sua frente, havia uma máquina que parecia um pequeno armário de formato irregular. A parte da frente ostentava dois mostradores de vidro, em cada um dos quais existia um segmento vermelho. Havia uma tela quadrada que parecia um amplificador, fileiras de números, sequências de botões de madeira e de plástico, uma única chave em um dos lados e um único botão de vidro vermelho do outro. A aparência da máquina parecia mais expressiva do que o rosto do técnico dela encarregado. Era um rapaz atarracado que trajava uma camisa manchada de suor, com as mangas arregaçadas acima dos cotovelos. Seus olhos azul-claros estavam vidrados por causa de sua imensa concentração, e, de vez em quando, seus lábios se mexiam, como se ele estivesse recitando uma lição decorada.

Um fio curto unia a máquina a uma bateria elétrica atrás dela. Longas espirais de fio, como os braços retorcidos de um polvo, se estendiam sobre o chão de pedra, da máquina até um colchão de couro iluminado por um cone de luz violenta. John Galt estava preso a ele, nu. Pequenos eletrodos de metal haviam sido afixados a seus pulsos, ombros, quadris e tornozelos, e um dispositivo que lembrava um estetoscópio fora preso a seu peito e ligado ao amplificador.

– Preste atenção – disse o Dr. Ferris, dirigindo-se a Galt pela primeira vez. – Queremos que você assuma o controle da economia do país. Queremos que você se torne um ditador, que você mande. Entendeu? Queremos que você dê ordens e elabore as ordens corretas a serem dadas. E vamos conseguir o que queremos. Agora não há discurso, lógica, argumento nem obediência passiva que seja capaz de salvá-lo. Queremos ideias, senão... Não vamos deixá-lo sair daqui até que nos diga quais são exatamente as medidas necessárias para salvar o nosso sistema. Depois você vai explicar tudo para todo o país pelo rádio. – Ferris ergueu o pulso, exibindo um cronômetro. – Vou lhe dar 30 segundos para resolver se quer começar a falar logo ou não. Se não quiser, então *nós* começamos. Você entendeu?

Galt os encarava sem nenhuma expressão no rosto, como se entendesse demais. Não respondeu.

Em meio ao silêncio, eles ouviram o tique-taque do cronômetro contando os segundos e o som da respiração sufocada e irregular de Mouch, que agarrava com força os braços da cadeira.

Ferris fez sinal para o técnico. O homem acionou a chave, então o botão de vidro vermelho se acendeu e dois sons foram ouvidos: um, o zumbido baixo de um gerador elétrico; o outro, batidas regulares, como o som de um relógio, porém abafadas. Só depois de algum tempo se deram conta de que o som vinha do amplificador: eram as batidas do coração de Galt.

– Número três – disse Ferris, levantando um dos dedos para o técnico.

O encarregado apertou um dos botões sob os mostradores. Todo o corpo de Galt estremeceu e seu braço esquerdo se sacudiu em espasmos súbitos, convulsionado pela corrente elétrica que circulava entre o pulso e o ombro. A cabeça caiu para trás, os olhos fechados, os lábios apertados com força. Ele não emitiu nenhum som.

Quando o técnico tirou o dedo do botão, o braço de Galt parou de tremer. Ele não se mexia.

Os três homens se entreolharam com uma expressão de dúvida nos rostos. Os olhos de Ferris estavam vazios, os de Mouch apavorados, os de Taggart desapontados. As batidas continuavam a ressoar no silêncio.

– Número dois – chamou Ferris.

Desta vez, a perna direita de Galt é que foi sacudida por convulsões. A corrente agora circulava entre o quadril e o tornozelo. Suas mãos agarraram as beiras do colchão. Sua cabeça virou de um lado para outro, depois ficou imóvel. As batidas do coração se aceleraram um pouco.

Mouch recuava, apertando-se contra o encosto da poltrona. Taggart estava sentado na beira da poltrona, debruçado para a frente.

– Número um, gradual – disse Ferris.

O torso de Galt subiu de repente, baixou e se contorceu em prolongados estremecimentos, forçando as correias nos pulsos – pois agora a corrente corria de um pulso a outro, atravessando os pulmões. O técnico estava lentamente rodando um botão, aumentando a tensão da corrente, enquanto o ponteiro do mostrador se aproximava do segmento vermelho que assinalava perigo. Galt respirava de maneira irregular, emitindo sons entrecortados com seus pulmões convulsionados.

– Já chega? – rosnou Ferris quando a corrente foi desligada.

Galt não respondeu. Seus lábios se moveram debilmente. As batidas do coração estavam disparadas. Mas o ritmo de sua respiração estava se normalizando graças a um esforço consciente de relaxamento.

– Você está sendo muito bonzinho com ele! – berrou Taggart, olhando para o corpo nu estendido no colchão.

Galt abriu os olhos e os observou por um momento. Eles nada entenderam daquele olhar. Viram apenas que ele era firme e plenamente consciente. Depois Galt deixou a cabeça cair para trás, como se tivesse se esquecido deles.

Seu corpo nu parecia estranhamente deslocado naquele porão. Os outros sabiam disso, embora ninguém fosse capaz de admiti-lo. As linhas alongadas de seu corpo, dos tornozelos aos quadris lisos, até o ângulo da cintura, até os ombros retos, lembravam uma estátua grega antiga, com o mesmo significado, mas com uma forma estilizada, mais longa, mais leve, mais ativa, e uma força maior, que apontava para uma energia mais intensa – não o corpo de um cocheiro, mas o de um construtor de aviões. E como o significado de uma estátua grega antiga – a estátua de um homem deificado – não combinava com os salões deste século, seu corpo também não combinava com um porão dedicado a atividades pré-históricas. A discordância era particularmente intensa porque ele parecia harmonizar-se com fios elétricos, aço inoxidável, instrumentos de precisão, painéis de controle. Talvez – e era este o pensamento que mais despertava resistência nas mentes dos espectadores, o pensamento do qual só tinham consciência como um ódio difuso, um terror vago – fosse a ausência de estátuas desse tipo no mundo moderno que tivesse transformado um gerador em um polvo e entregado um corpo como aquele a seus tentáculos.

– Ouvi dizer que você entende de eletricidade – disse Ferris com uma risadinha. – Nós também entendemos, não acha?

Dois sons lhe responderam no silêncio: o zumbido do gerador e as batidas do coração de Galt.

– Ação combinada! – ordenou Ferris, fazendo sinal para o técnico. Agora os choques vinham a intervalos irregulares, imprevisíveis, um depois do outro, ou separados por minutos. Apenas as convulsões das pernas, dos braços, do torso ou de todo o corpo de Galt indicavam se a corrente estava passando entre dois eletrodos específicos ou por todos eles ao mesmo tempo. Os ponteiros dos mostradores a toda hora se aproximavam da zona vermelha, depois recuavam: a máquina fora projetada para proporcionar o máximo de dor sem danificar o corpo da vítima.

Foram os espectadores que começaram a achar insuportável aguardar aqueles minutos de pausa, em que só se ouvia o bater do coração, agora num ritmo irregular. As pausas eram calculadas para deixar que o órgão voltasse a um ritmo normal, sem dar trégua à vítima, que aguardava a volta dos choques a qualquer momento.

Galt estava relaxado, como se não tentasse resistir à dor e se entregasse a ela, sem tentar negá-la, e sim suportando-a. Quando seus lábios se entreabriam para respirar e um choque súbito os apertava de novo, ele não resistia à rigidez de seu corpo, porém a deixava desaparecer tão logo a corrente era interrompida. Apenas a pele de seu rosto estava tensa e a linha de seus lábios se contorcia de vez em quando. Quando um choque percorria seu peito, seus cabelos dourados se balançavam com a cabeça, como se sacudidos pelo vento, batendo contra o rosto e os olhos. Os espectadores não entendiam por que os cabelos pareciam estar escurecendo, até que se deram conta de que estavam ficando encharcados de suor.

O terror de ouvir o próprio coração se debatendo como se estivesse prestes a explodir a qualquer momento também fazia parte da tortura. Mas eram os torturadores que tremiam de terror ao ouvirem o ritmo irregular das batidas, prendendo a respiração cada vez que o coração parecia parar de bater. A impressão que tinham agora era a de que ele estava batendo freneticamente contra a caixa torácica, em agonia, numa raiva desesperada. O coração protestava, mas não o homem. Ele permanecia imóvel, os olhos fechados, as mãos relaxadas, ouvindo seu coração lutar com todas as forças.

Mouch foi o primeiro a não aguentar mais.

– Ah, meu Deus! Floyd! – berrou ele. – Não o mate! Não ouse matá-lo! Se ele morrer, nós morremos também!

– Não vai morrer, não – rosnou Ferris. – Vai sentir vontade de morrer, mas não vai! A máquina não deixa! Foi matematicamente programada para isso! Não há perigo!

– Ah, será que já não foi o suficiente? Agora ele vai nos obedecer! Garanto que vai!

– Não! Não é o bastante! Não quero que ele obedeça! Quero que ele *acredite*! Que *aceite*! Que *queira* aceitar! Temos que fazer com que ele trabalhe para nós *voluntariamente*!

– Continue! – exclamou Taggart. – O que está esperando? Será que não dá para fazer a corrente ficar mais forte? Ele ainda nem gritou!

1189

– O que há com você?! – exclamou Mouch, olhando para o rosto de Taggart no momento em que uma corrente contorcia o corpo de Galt. Taggart olhava para a vítima com atenção. Os olhos do empresário pareciam vidrados e mortos, porém, em torno daquele olhar inanimado, os músculos de seu rosto formavam uma caricatura obscena de prazer.

– Já chega? – berrava Ferris a toda hora. – Está pronto para querer o que *nós* queremos?

Não tiveram resposta. Galt levantava a cabeça de vez em quando e olhava para eles. Tinha olheiras escuras, mas seu olhar era firme e consciente.

Num pânico cada vez maior, os espectadores perderam a noção do contexto, e as três vozes se fundiram numa progressão de gritos indiscriminados:

"Queremos que você assuma o poder!... Que você dê as ordens!... Ordenamos que dê as ordens!... Exigimos que seja o ditador!... Ordenamos que você nos salve!... Que você pense!..."

A única resposta eram as batidas daquele coração do qual suas próprias vidas dependiam.

A corrente percorria o peito de Galt espasmodicamente, e as batidas de seu coração estavam cada vez mais irregulares, como se tropeçassem numa corrida. De repente, seu corpo se imobilizou: as batidas haviam cessado.

O silêncio foi como um golpe estonteante, e, antes que tivessem tempo de gritar, algo ainda mais horrível aconteceu: Galt abriu os olhos e levantou a cabeça.

Então se deram conta de que o zumbido do motor também tinha cessado e a luz vermelha havia se apagado: a corrente havia parado; o gerador estava desligado.

O técnico apertava o botão com insistência, mas de nada adiantava. Ele baixava a chave uma vez após outra e chutava a máquina. A luz vermelha permanecia apagada e o zumbido não voltou a ser ouvido.

– E então? – perguntou Ferris, irritado. – O que foi?

– O gerador pifou – respondeu o técnico, impotente.

– O que aconteceu?

– Não sei.

– Pois descubra o que foi e conserte!

O homem não tinha formação de eletricista. Fora escolhido não por ser qualificado profissionalmente, mas por ter capacidade de apertar botões sem fazer nenhuma pergunta. O esforço que ele precisava fazer para aprender essa tarefa era tal que sua consciência não podia assimilar mais nada. Ele abriu a tampa de trás da máquina e olhou, confuso, para o emaranhado de fios, mas não viu nada que estivesse claramente onde não devia estar. Calçou as luvas de borracha, pegou um alicate, apertou alguns parafusos a esmo e coçou a cabeça.

– Não sei, não – disse ele, com uma voz cheia de docilidade impotente. – Quem sou eu para saber?

Os três homens haviam se levantado e estavam ao redor da máquina obstinada, olhando para ela. Agiam por reflexo apenas, pois sabiam que não sabiam.

– Mas você *tem* que consertar! – berrou Ferris. – *Tem* que funcionar! *Temos* que consertar o gerador!

– Precisamos continuar! – gritou Taggart. Ele estremecia. – Isso é ridículo! Não admito! Não admito ser interrompido! Não permito que *ele* escape! – gritou, apontando em direção ao colchão.

– Faça alguma coisa! – gritava Ferris para o técnico. – Não fique aí parado! Faça alguma coisa! Conserte o gerador! É uma ordem!

– Mas eu não sei qual é o defeito dele – disse o homem, pestanejando.

– Então descubra!

– Como vou descobrir?

– Ordeno que conserte esse gerador! Você está me ouvindo? Faça-o funcionar, senão eu o despeço e o ponho na cadeia!

– Mas eu não sei qual é o defeito. – O homem suspirou, confuso. – Não sei o que fazer.

– É o vibrador que está pifado – disse uma voz vinda de trás deles. Todos se viraram. Galt estava ofegante, porém falava num tom firme e competente de engenheiro. – Puxe o vibrador e retire a tampa de alumínio. Você vai encontrar dois contatos grudados. Separe-os, pegue uma lima e limpe as superfícies. Depois recoloque a tampa e o ponha na máquina, que o gerador voltará a funcionar.

Houve um longo intervalo de completo silêncio.

O técnico olhava fixamente para Galt, que o fitava – e até o técnico foi capaz de reconhecer a natureza do brilho que havia naqueles olhos verde-escuros: um brilho de zombaria e desprezo.

Então o técnico deu um passo para trás. Na penumbra incoerente de sua consciência, de algum modo informe, ininteligível, pré-verbal, até percebeu de repente o significado do que estava acontecendo naquele porão.

Olhou para Galt, fitou os três homens e dirigiu o olhar para a máquina. Estremeceu, largou o alicate no chão e saiu correndo dali.

Galt caiu na gargalhada.

Os três homens estavam recuando lentamente da máquina, se esforçando para não permitir a si próprios entender o que o técnico havia compreendido.

– Não! – gritou Taggart subitamente, olhando para Galt e dando um salto para a frente. – Não! Desta ele não vai escapar impune! – Caiu de joelhos, procurando freneticamente pelo cilindro de alumínio do vibrador. – *Eu* vou consertá-la! Eu mesmo! Temos que continuar! Temos que vencê-lo!

– Calma, Jim – disse Ferris, constrangido, levantando-o com um puxão.

– Não seria... não seria melhor a gente parar por hoje? – perguntou Mouch, implorando. Com um misto de inveja e terror, olhava para a porta pela qual o técnico fugira.

– Não! – gritou Taggart.

– Jim, você não acha que já foi suficiente? Não esqueça, temos que ter cuidado.

– Não! Não foi o bastante! Ele ainda nem gritou!

– Jim! – berrou Mouch de repente, apavorado com algo que viu no rosto de Taggart. – Não podemos matá-lo! Você sabe!

– Não me importo! Quero derrotá-lo! Quero ouvi-lo gritar! Quero...

E então foi Taggart que gritou. Foi um grito prolongado, súbito e lancinante, como se tivesse visto algo subitamente, embora não estivesse olhando para nada e seus olhos parecessem cegos. O que ele estava vendo era algo dentro de si próprio. As paredes protetoras da emoção, do fingimento, de pensamentos incompletos e palavras falsas, construídas por ele ao longo de toda a sua vida, haviam desabado num único momento – o instante em que ele compreendeu que queria que Galt morresse, apesar de ter plena consciência de que ele próprio morreria em seguida.

De repente, Taggart estava compreendendo qual a motivação que orientara todos os atos de sua vida. Não era sua alma incomunicável, nem seu amor pelos outros, nem sua obrigação social, nem nenhum dos termos fraudulentos por meio dos quais ele mantinha seu amor-próprio: era a volúpia de destruir tudo o que era vivo, em benefício do que não era. Era o impulso de desafiar a realidade destruindo todos os valores vivos, com o fim de provar a si próprio que *ele* podia existir em desafio à realidade e jamais teria de ser limitado por qualquer fato sólido e imutável. Um instante atrás, ele fora capaz de sentir que odiava Galt mais do que a qualquer outro homem, que o ódio era prova de que Galt era mau, e essa maldade era algo que não precisava ser definido. Fora capaz de sentir que queria que Galt fosse destruído para garantir a própria sobrevivência. Agora sabia que queria a destruição daquele homem mesmo que o preço fosse a sua destruição subsequente. Sabia que jamais quisera sobreviver, tinha noção de que era a *grandeza* de Galt que ele queria torturar e destruir – estava vendo que ele próprio aceitava aquela grandeza, que era grandeza pelo único padrão que existia, quer se quisesse admiti-lo ou não: a grandeza de um homem que era senhor da realidade de um modo que jamais fora igualado por ninguém. No momento em que ele, James Taggart, se vira frente a frente com o ultimato de aceitar a realidade ou morrer, fora a morte que suas emoções haviam escolhido – a morte, em vez da rendição àquele reino do qual Galt era um filho radiante. Na pessoa de Galt, Taggart sabia, procurara a destruição de toda a existência.

Não era por meio de palavras que esse conhecimento confrontava sua consciência. Assim como qualquer conhecimento seu sempre consistira em emoções, ele agora também estava dominado por uma delas e uma visão que não tinha poder de dispersar. Não conseguia mais evocar a neblina que escondia todos aqueles becos sem saída que sempre se esforçara para não ter de ver. Agora, no fim de cada beco, via seu ódio à existência: via o rosto de Cherryl Taggart, com sua ânsia de vida, e era justamente esse anseio que ele sempre quisera derrotar; e via o próprio rosto como o de um assassino que todos os homens devem abominar, que destruía valores por serem valores, que matava a fim de não descobrir seu próprio mal irremediável.

– Não... – gemeu Taggart, contemplando aquela visão, sacudindo a cabeça para se livrar dela. – Não... não...

– Sim – disse Galt.

Taggart viu os olhos de Galt fixos nele, como se o homem estivesse vendo as coisas que ele via.

– Eu lhe disse isso no rádio, não disse? – insistiu Galt.

Era aquela confirmação que Taggart sempre temera, a confirmação da qual não havia como fugir: o selo e a prova da objetividade.

– Não... – disse ele, com uma voz tênue, mas não era mais a voz de uma consciência viva.

Ficou parado um momento, o olhar morto perdido no espaço. Depois suas pernas foram cedendo, dobrando-se de fraqueza, e ele sentou-se no chão, ainda com o olhar perdido, inconsciente do que estava fazendo e do que acontecia ao seu redor.

– Jim! – chamou Mouch.

Não houve resposta.

Mouch e Ferris não se perguntaram o que teria acontecido a Taggart: sabiam que jamais deveriam tentar descobrir, para não sofrer o mesmo. Sabiam quem fora derrotado naquela noite e que esse havia sido o fim de James Taggart, quer seu corpo físico sobrevivesse ou não.

– Vamos... vamos tirar Jim daqui – disse Ferris, trêmulo. – Vamos levá-lo a um médico ou algo assim...

Colocaram Taggart em pé. Obedecendo letargicamente, ele não ofereceu resistência e mexeu as pernas quando o empurraram. Fora ele que atingira o estado a que queriam reduzir Galt. Segurando-o pelos dois braços, um de cada lado, seus dois amigos o retiraram do recinto.

Taggart os salvou da necessidade de admitir que queriam mesmo fugir do olhar de Galt. O homem os olhava com uma expressão perceptiva e austera, insuportável.

– Vamos voltar – disse Ferris ao chefe da guarda. – Fiquem aqui e não deixem ninguém entrar. Entenderam? Ninguém.

Levaram Taggart para o carro, que estava parado ao lado das árvores à entrada do prédio.

– Vamos voltar – disse Ferris, a ninguém em particular, às árvores e à escuridão do céu.

Naquele momento, a única coisa de que tinham certeza era que tinham que fugir daquele porão – o porão em que o gerador vivo foi deixado amarrado ao lado do morto.

CAPÍTULO 30

EM NOME DO QUE HÁ
DE MELHOR EM NÓS

DAGNY CAMINHOU ATÉ O GUARDA parado à porta do "Projeto F". Seu andar era resoluto, espontâneo, uniforme, e seus passos ressoavam no silêncio do caminho entre as árvores. Ela levantou a cabeça, para que seu rosto fosse iluminado pelo luar e o homem a reconhecesse.

– Deixe-me entrar – disse ela.

– Entrada proibida – respondeu ele, como um robô. – Por ordem do Dr. Ferris.

– Vim por ordem do Sr. Thompson.

– De quem?... Eu... não estou sabendo de nada.

– Pois eu estou.

– Isto é... o Dr. Ferris não me disse nada... não, senhorita.

– Pois *eu* estou lhe dizendo.

– Mas eu só *posso* cumprir ordens do Dr. Ferris.

– Você quer desobedecer ao Sr. Thompson?

– Não, senhorita, não quero! Mas... mas, se o Dr. Ferris mandou que eu não deixasse ninguém entrar, então não estou autorizado a deixá-la passar... – e acrescentou, incerto, como que implorando: – Não é?

– Você sabe que eu sou Dagny Taggart. Já viu a minha foto no jornal com o Sr. Thompson e os principais líderes do país, não viu?

– Sim, senhorita.

– Então resolva se você quer ou não quer desobedecer às ordens deles.

– Não, senhorita, não quero de jeito nenhum!

– Então me deixe entrar.

– Mas também não posso desobedecer ao Dr. Ferris!

– Então escolha.

– Mas eu não posso escolher! Quem sou eu para escolher?

– Pois vai ter que escolher mesmo assim.

– Olhe – disse ele, tirando uma chave do bolso e se virando para a porta –, vou perguntar ao chefe. Ele...

– Não – disse ela.

Algo no tom de voz dela fez com que ele se virasse rapidamente: Dagny estava apontando uma arma para seu coração.

– Ouça com atenção – disse ela. – Ou você me deixa entrar ou eu o mato. Você pode tentar me matar primeiro, se conseguir. Tem essa opção, mas nenhuma outra. Agora resolva.

Ele abriu a boca e deixou a chave cair no chão.

– Saia da minha frente – disse ela.

Ele sacudiu a cabeça em desespero, encostado à porta.

– Meu Deus! Srta. Taggart! – disse ele, num apelo desesperado. – Eu não posso atirar na senhorita, já que vem a mando do Sr. Thompson! E não posso deixá-la entrar, por ordem do Dr. Ferris! O que devo fazer? Sou apenas um joão-ninguém! Estou apenas cumprindo ordens! Não cabe a mim decidir!

– Sua vida está em jogo – disse ela.

– Se a senhorita me deixar falar com o chefe, ele me diz, ele...

– Não vou deixar que fale com ninguém.

– Mas como eu posso ter certeza de que a senhorita veio mesmo a mando do Sr. Thompson?

– Não pode. Talvez eu não tenha vindo a mando dele. Talvez eu esteja agindo por conta própria, e nesse caso você vai ser punido por me obedecer. Talvez eu tenha, e nesse caso você vai ser preso por me desobedecer. Talvez o Dr. Ferris e o Sr. Thompson estejam de acordo quanto a isso. Talvez não, e nesse caso você vai ter que desafiar um ou outro. Não há ninguém que lhe dê instruções, ninguém com quem você possa falar, ninguém que lhe diga como deve agir. Você vai ter que decidir o que faz sozinho.

– Mas eu não posso decidir! Por que eu?

– Porque é o *seu* corpo que está me impedindo o caminho.

– Mas eu não posso decidir! Isso não cabe a mim!

– Vou contar até três – disse ela. – Depois vou atirar.

– Espere! Espere! Eu ainda não disse nem sim nem não! – exclamou ele, apertando-se contra a porta, como se a imobilidade do corpo e da mente constituísse sua melhor proteção.

– Um – contou ela, fitando os olhos aterrorizados do homem. – Dois. – Dagny percebia que a arma o aterrorizava menos do que a obrigação de escolher. – Três.

Tranquila e impessoal, Dagny, que teria hesitado antes de atirar num animal, puxou o gatilho e mirou no coração de um homem que queria existir sem a responsabilidade imposta pela consciência.

Sua arma tinha silenciador. Não se ouviu nenhum barulho que chamasse a atenção, apenas o baque surdo de um corpo caindo.

Ela pegou a chave no chão e então esperou alguns segundos, conforme o combinado.

D'Anconia foi o primeiro a chegar, vindo de trás do prédio, depois veio Hank Rearden e, por fim, Ragnar Danneskjöld. Dos quatro guardas dispostos entre as árvores, um fora morto e os outros estavam amarrados e amordaçados no mato.

Sem dizer nada, Dagny entregou a chave a D'Anconia. Ele destrancou a porta e entrou, sozinho, deixando-a ligeiramente aberta. Os outros três ficaram esperando do lado de fora.

O corredor era iluminado por uma única lâmpada no meio do teto. Havia um guarda ao pé da escada que levava ao segundo andar.

– Quem é você? – gritou ele ao ver D'Anconia entrar com jeito de proprietário do lugar. – Ninguém pode entrar aqui hoje!

– Pois eu entrei.

– Por que Rusty deixou você entrar?

– Ele deve ter tido suas razões.

– Mas não era para deixar!

– Alguém alterou as suas suposições. – D'Anconia corria os olhos pelo ambiente. Um segundo guarda, que estava no patamar no meio da escada, olhava para eles e escutava.

– O que você quer?

– Muitas coisas.

– O que disse? Quero dizer, quem é você?

– Meu nome é grande demais para dizer a você. Vou dizê-lo ao seu chefe. Onde ele está?

– Quem faz as perguntas sou eu! – Porém o homem deu um passo atrás. – Não... não banque o mandachuva senão eu...

– Mas ele é mesmo, Pete! – exclamou o segundo guarda, paralisado pelos modos de D'Anconia.

O primeiro estava se esforçando para ignorá-los. À medida que seu medo aumentava, sua voz se elevava, e ele gritou para Francisco:

– O que veio fazer aqui?

– Já respondi que vou dizer a seu chefe. Onde ele está?

– Quem faz as perguntas sou eu!

– Não vou responder.

– Ah, não vai, é? – rosnou Pete, que só tinha um recurso em caso de dúvida: levar a mão ao coldre.

A mão de D'Anconia foi rápida demais para os olhos dos dois, e sua arma também era silenciosa. O que eles viram e ouviram em seguida foi a arma voar da mão de Pete, juntamente com o sangue de seus dedos despedaçados. No instante em que o segundo guarda compreendeu o que acontecera, a arma de Francisco já estava apontada para ele.

– Não atire, doutor! – gritou ele.

– Desça daí com as mãos para cima – ordenou Francisco, apontando a arma para o guarda e fazendo com a outra mão um gesto para os três que esperavam lá fora.

Quando o guarda terminou de descer a escada, Rearden já estava lá para desarmá-lo, e Danneskjöld, para amarrar suas mãos e seus pés. A aparição de Dagny pareceu

1196

assustá-lo mais que a dos outros dois. Ele não conseguia entender: os três homens estavam de chapéu e blusão de couro e, não fossem seus modos, podiam perfeitamente formar um grupo de salteadores, mas a presença daquela mulher era inexplicável.

– Onde está seu chefe? – perguntou D'Anconia.

O guarda indicou a escada com um movimento de cabeça.

– Lá em cima.

– Quantos guardas há no prédio?

– Nove.

– Onde eles estão?

– Um está na escada do porão. Os outros todos estão lá em cima.

– Onde?

– No laboratório grande. O da janela.

– Todos?

– Sim.

– O que há nessas salas? – perguntou, indicando as portas que davam no corredor.

– Laboratórios, também. Estão trancados.

– Quem tem a chave?

– Ele – respondeu, indicando Pete.

Rearden e Danneskjöld pegaram a chave no bolso de Pete e foram rapidamente examinar as salas, com passos silenciosos, enquanto D'Anconia prosseguia o interrogatório:

– Há outras pessoas no prédio?

– Não.

– Nenhum prisioneiro?

– Ah... é, deve ter. Senão a gente não estaria aqui.

– Ele ainda está aqui?

– Isso eu não sei. Eles nunca dizem nada à gente.

– O Dr. Ferris está aqui?

– Não. Saiu 10, 15 minutos atrás.

– O tal laboratório lá de cima – ele dá direto para o patamar da escada?

– Dá.

– Há quantas portas lá?

– Três. E a do meio.

– E as outras salas, o que são?

– O laboratório pequeno fica de um lado e a sala do Dr. Ferris do outro.

– Há portas de ligação entre essas salas?

– Sim.

D'Anconia ia se virar para seus companheiros quando o guarda implorou:

– Doutor, posso fazer uma pergunta?

– Pode.

– Quem é o senhor?

Ele respondeu com o tom solene de quem se apresenta num salão:

– Francisco Domingo Carlos Andrés Sebastián d'Anconia.

Deixou o guarda boquiaberto e foi cochichar rapidamente com os outros.

Segundos depois, Rearden subiu, sozinho, as escadas rápida e silenciosamente.

Gaiolas com ratos e cobaias se empilhavam contra as paredes. Haviam sido colocadas ali pelos guardas, que jogavam pôquer na mesa comprida no centro do laboratório. Seis deles estavam jogando, enquanto outros dois, de arma na mão e em cantos opostos do recinto, vigiavam a porta de entrada. Foi o rosto de Rearden que os impediu de atirar nele no momento em que entrou: era muito conhecido e inesperado. Viu oito rostos o reconhecerem, incapazes de acreditar que era ele.

Ficou parado à porta, as mãos enfiadas nos bolsos da calça, com um jeito tranquilo e confiante de executivo.

– Quem manda aqui? – perguntou com a voz abrupta e educada de um homem que não desperdiça tempo.

– Você... você é... – gaguejou um indivíduo magro e carrancudo que estava jogando.

– Eu sou Hank Rearden! Você é o chefe?

– Sim! E você vem de onde?

– De Nova York.

– O que está fazendo aqui?

– Pelo visto, você não foi avisado.

– Então eu devia... quer dizer, avisado de *quê*? – A rápida suspeita ressentida de que seus superiores haviam passado por cima de sua autoridade ficou evidente em seu tom de voz. Era um homem alto e escaveirado, com movimentos abruptos e os olhos inquietos e embaçados de um viciado em drogas.

– Da minha missão aqui.

– Você... você não pode ter missão nenhuma aqui – disse ele, dividido, sem saber se aquilo era um blefe ou se ele de fato não fora informado a respeito de uma decisão importante. – Você é um traidor, um desertor, um...

– Pelo visto, você está mesmo desinformado, meu caro.

Os outros sete encaravam Rearden com uma incerteza medrosa, supersticiosa. Os dois que tinham armas nas mãos continuavam a apontá-las para ele numa pose impassiva de autômato. Rearden parecia não se dar conta da presença deles.

– E o que você diz que é a sua missão aqui? – perguntou o chefe.

– Vim pegar o prisioneiro que você tem que entregar a mim.

– Se você veio do quartel-general, sabe muito bem que não sei nada a respeito de prisioneiro nenhum... e que ninguém pode pegá-lo!

– Ninguém, menos eu.

O chefe se pôs de pé rapidamente, correu até o telefone e pegou o fone. Não chegou a encostá-lo no ouvido: deixou-o cair de repente, com um gesto que provocou uma onda de pânico no recinto – ele já havia percebido que o telefone estava mudo, que alguém cortara os fios.

Virou-se para Rearden com um olhar de acusação, porém o outro o desarmou com um tom levemente desdenhoso de voz:

– Não é assim que se guarda um prédio... se foi isso que você permitiu que aconteça cesse. É melhor me entregar logo o prisioneiro, antes que alguma coisa aconteça com ele, se não quer que eu dê parte de você por negligência, além de insubordinação.

O chefe se jogou pesadamente na cadeira, se debruçou sobre a mesa e olhou para Rearden com uma expressão que fez seu rosto escaveirado se parecer com o dos animais que estavam começando a se remexer nas jaulas, inquietos.

– *Quem* é o prisioneiro? – perguntou ele.

– Meu caro – disse Rearden –, se os seus superiores imediatos acharam que não deviam dizer a você, não sou eu quem vai lhe dizer.

– Eles também não me disseram que você vinha aqui! – gritou o chefe, confessando a impotência de sua raiva perante seus subordinados. – Como vou saber se você está dizendo a verdade? Com o telefone desligado, quem vai me dizer? Como posso saber o que fazer?

– Isso é problema seu, não meu.

– Não acredito em você! – Seu grito foi estridente demais para exprimir convicção. – Não acredito que o governo o mandaria aqui numa missão, se você é um dos traidores, um dos amigos do John Galt que desapareceram e...

– Então você não está sabendo?

– De quê?

– John Galt entrou em acordo com o governo e trouxe todos nós de volta.

– Graças a Deus! – exclamou um dos guardas, o mais jovem.

– Cale a boca! Você não pode ter opiniões políticas! – gritou o chefe e se virou para Rearden. – Por que isso não foi anunciado no rádio?

– E desde quando você pode ter opiniões quanto à maneira e o momento de divulgar medidas políticas?

No longo silêncio que se seguiu, ouvia-se o ruído dos animais arrastando as garras nas grades das jaulas.

– Gostaria de lembrar – disse Rearden – que não cabe a você questionar ordens, e sim obedecer. Não cabe a você *conhecer* nem entender as políticas de seus superiores, nem julgar, nem escolher, nem duvidar.

– Mas não sei se devo obedecer a *você*!

– Se você se recusar, terá de assumir as consequências.

Encostado na mesa, o chefe correu o olhar lentamente, como se calculando, do rosto de Rearden para os dois homens armados nos cantos. Com um movimento quase imperceptível, os homens endireitaram a pontaria. Um ruído nervoso percorreu o recinto. Um animal soltou um guincho estridente em sua jaula.

– Gostaria de lhe avisar também – disse Rearden com uma voz ligeiramente mais dura – que não estou sozinho. Meus amigos estão esperando lá fora.

– Onde?

– Por todos os lados.

– Quantos?

– Isso você vai ficar sabendo... de uma maneira ou de outra.

– Escute, chefe – disse um dos guardas com a voz trêmula –, é bom a gente não se meter com esse pessoal, eles...

– Cale a boca! – rosnou o chefe, pondo-se de pé num salto e brandindo a arma na direção do homem que falara. – Não quero ver nenhum de vocês se acovardar! – Ele gritava para não se dar conta de que era isso que havia acontecido. Estava à beira do pânico, lutando contra a consciência de que alguma coisa, de algum modo, desarmara seus homens. – Não há motivo para medo! – berrou, tentando convencer a si próprio, lutando para recuperar a segurança na única esfera em que se sentia bem: a da violência. – Nem nada, nem ninguém! Vocês vão ver! – Virou-se e, com a mão trêmula, atirou em Rearden.

Alguns dos homens viram Rearden balançar, a mão direita agarrando o ombro esquerdo. Os outros, no mesmo instante, observaram a arma cair da mão do chefe, enquanto ele gritava e o sangue esguichava de seu punho. Então todos viram D'Anconia parado à porta da esquerda, a arma com silenciador ainda apontada para o chefe.

Todos agora se levantaram e sacaram suas armas, porém não ousaram atirar.

– Se eu fosse vocês, não atiraria – disse D'Anconia.

– Meu Deus! – exclamou um dos guardas, tentando se lembrar de um nome. – Esse é... é o cara que explodiu todas as minas de cobre do mundo!

– É, sim – confirmou Rearden.

Sem querer, os guardas começaram a recuar de Francisco e, quando se viraram, perceberam que Rearden permanecia em pé à porta da frente, com uma arma na mão direita e uma mancha escura no ombro esquerdo.

– Atirem, seus miseráveis! O que estão esperando? Matem esses dois! – gritou o chefe para os guardas vacilantes, com um dos braços encostado na mesa e o outro sangrando. – Vou dar parte de quem não atirar! Vai ser pena de morte para quem não me obedecer!

– Larguem as armas – ordenou Rearden.

Os sete guardas permaneceram imóveis por um instante, sem obedecer a ninguém.

– Quero sair daqui! – gritou o guarda mais jovem, correndo em direção à porta da direita.

Abriu a porta, mas deu um salto para trás: Dagny estava na soleira, de arma em punho.

Lentamente, os guardas se concentraram no centro da sala, lutando uma batalha invisível na névoa de suas mentes, desarmados pela sensação de irrealidade provocada pela presença daquelas figuras lendárias que jamais esperaram ver de perto.

– Larguem as armas – repetiu Rearden. – Vocês não sabem por que estão aqui. Nós sabemos. Não sabem quem é o prisioneiro que estão guardando, mas nós sabemos. Não sabem por que seus superiores querem que o vigiem, mas nós sabemos por que queremos tirá-lo daqui. Vocês não sabem por que estão nessa luta, mas nós sabemos por que estamos lutando. Se morrerem, não vão saber por que estão morrendo. Se o mesmo acontecer conosco, saberemos por quê.

– Não... não escutem o que ele diz! – rosnou o chefe. – Atirem! É uma ordem!

Um dos guardas olhou para o chefe, largou a arma e, levantando as mãos, se afastou do grupo, aproximando-se de Rearden.

– Desgraçado! – gritou o chefe, em seguida agarrou sua arma com a mão esquerda e atirou no desertor.

No momento em que o corpo caiu, o vidro da janela se despedaçou e, de um galho de árvore – como se tivesse sido lançado por uma catapulta –, a figura esbelta de um homem voou para dentro da sala, caiu em pé e atirou no primeiro guarda que viu.

– Quem é você? – gritou uma voz apavorada.

– Ragnar Danneskjöld.

Ouviram-se três sons: um gemido prolongado de pânico, quatro armas caindo no chão e um tiro saído da quinta arma, disparado por um dos guardas na testa do chefe.

Quando quatro dos sobreviventes da guarda começaram a entender o que estava acontecendo, já se encontravam estirados no chão, amarrados e amordaçados. O quinto foi deixado em pé, com as mãos amarradas às costas.

– Onde está o prisioneiro? – perguntou D'Anconia ao quinto guarda.

– No porão... eu acho.

– Quem tem a chave?

– O Dr. Ferris.

– Onde fica a escada do porão?

– Atrás de uma porta na sala do Dr. Ferris.

– Vá na frente.

Quando saíram, D'Anconia se virou para Rearden:

– Você está bem, Hank?

– Claro.

– Quer parar e descansar?

– De jeito nenhum!

Da soleira da porta da sala do Dr. Ferris, olharam para uma escada de pedra íngreme que descia e viram um guarda no patamar lá embaixo.

– Suba até aqui com as mãos para o alto! – ordenou D'Anconia.

O guarda viu a silhueta de um estranho decidido e o brilho de uma arma, e isso bastou para que obedecesse imediatamente. Ele pareceu aliviado por escapar daquela cripta úmida. Foi amarrado e largado no chão do escritório, juntamente com o guarda que os levara até a escada.

Agora os quatro estavam livres para descer a escada correndo até a porta de aço trancada que havia no fim. Até então, agiam e se moviam com precisão e controle. Mas a partir daquele momento, era como se tivessem rompido suas rédeas.

Danneskjöld tinha as ferramentas necessárias para quebrar a fechadura, e D'Anconia foi o primeiro a entrar no porão. Seu braço deteve Dagny durante a fração de segundo necessária para que ele se certificasse de que a cena era suportável e então deixou que ela corresse à sua frente: por trás do emaranhado de fios elétricos, D'Anconia vira Galt levantar a cabeça e sorrir.

Dagny caiu de joelhos ao lado do colchão. Galt olhou para ela com o mesmo olhar que havia lhe dirigido naquela primeira manhã no vale, e seu sorriso era como o de quem jamais tivesse sido atingido pela dor. Então disse com voz suave e baixa:

– Nós nunca devíamos ter levado nada daquilo a sério, não é?

As lágrimas escorreram pelo rosto de Dagny, mas seu sorriso mostrava uma certeza completa, confiante, radiante quando ela respondeu:

– Não, nunca.

Rearden e Danneskjöld estavam cortando as correias de couro que o prendiam enquanto D'Anconia levou um frasco de conhaque aos lábios de Galt. Apoiado num dos cotovelos, ele bebeu e pediu:

– Me deem um cigarro.

D'Anconia lhe ofereceu um cigarro com a marca do cifrão. Ao acendê-lo no isqueiro, a mão de Galt tremia um pouco, porém a de D'Anconia tremia muito mais.

Fitando-o por cima da chama, Galt sorriu e disse a D'Anconia num tom de resposta às perguntas que o outro não chegara a fazer:

– É, foi terrível, porém suportável... e o tipo de tensão que eles usaram não deixa sequelas.

– Vou descobri-los algum dia, sejam eles quem forem... – retrucou D'Anconia, e seu tom de voz, uniforme, morto e quase inaudível, concluiu seu pensamento.

– Se algum dia você os encontrar, verá que nada resta deles para matar. – Galt observou todos ao seu redor e viu a intensidade do alívio em seus olhos, bem como a violência da raiva em seus rostos. Então percebeu que eles estavam agora revivendo sua tortura.

– Já passou – disse ele. – Não sofram mais por isso do que eu próprio sofri. – D'Anconia desviou o olhar.

– É que foi você... – sussurrou ele – *você*... se fosse qualquer outro que não você...

– Mas tinha que ser eu, pois eles estavam fazendo a última tentativa – justificou Galt, com um gesto que varria aquele recinto e tudo o que representavam os que o haviam construído para os desertos do passado –, e não há mais o que dizer.

D'Anconia concordou com a cabeça, ainda sem encarar Galt, e sua resposta foi o aperto violento que deu no pulso dele por um momento.

Recuperando lentamente o controle dos músculos, Galt sentou-se. Olhou para o rosto de Dagny, quando ela se adiantou para ajudá-lo, e viu nele a luta entre o sorriso e a tensão das lágrimas contidas. Era a luta entre a consciência de que nada tinha importância diante do corpo nu e vivo de Galt e a consciência de quanto aquele corpo havia sofrido. Encarando-a, ele levantou a mão e tocou na gola do suéter branco que ela usava, num reconhecimento das únicas coisas que teriam importância dali em diante. Os lábios de Dagny, que tremiam mas começavam a relaxar e a formar um sorriso, mostraram a ele que ela tinha entendido.

Danneskjöld encontrou as roupas de Galt largadas no chão num canto do recinto.

– Você acha que consegue andar, John?

– Claro.

Enquanto D'Anconia e Rearden ajudavam Galt a se vestir, Danneskjöld, com gestos tranquilos e sistemáticos, sem nenhuma emoção aparente, reduziu a máquina de tortura a frangalhos.

Galt não estava muito firme sobre as pernas, mas conseguiu ficar em pé, apoiado no ombro de D'Anconia. Os primeiros passos foram difíceis, mas quando chegaram à porta ele já estava caminhando normalmente. Um de seus braços se apoiava no ombro de D'Anconia, o outro, no de Dagny. Ao mesmo tempo que se apoiava nela, ele lhe dava forças.

Não disseram nada enquanto desciam a ladeira, protegidos pela escuridão sob as árvores, que escondia o brilho morto da lua e o brilho mais morto ainda que vinha das janelas do Instituto Científico Nacional.

O avião de D'Anconia estava escondido numa campina atrás de um morro. Não havia nenhuma casa num raio de quilômetros dali, por isso ninguém viu os faróis do avião iluminarem o descampado, nem ouviu o barulho do motor sendo ligado por Danneskjöld, que o pilotava.

Quando a porta se fechou e as rodas começaram a girar, D'Anconia sorriu pela primeira vez.

– Esta é minha única oportunidade de dar ordens a você – disse ele, ajudando Galt a se acomodar no banco do avião. – Fique imóvel, relaxe os músculos, descanse... Você também – acrescentou, virando-se para Dagny e lhe indicando o lugar ao lado de Galt.

As rodas agora giravam mais depressa, ganhando velocidade, objetivo e leveza – pareciam ignorar os obstáculos impotentes das irregularidades do solo. Quando, de repente, o movimento se tornou uniforme, quando viram as formas escuras das árvores desaparecendo, Galt se inclinou para o lado e apertou os lábios contra a mão de Dagny. Com esse gesto, estava saindo do mundo exterior com o único valor que pretendera levar de lá.

D'Anconia havia pegado um estojo de primeiros socorros e agora estava tirando a camisa de Rearden para fazer um curativo em seu ombro. Galt viu o pequeno fio de sangue escorrendo do ombro até o peito dele.

– Obrigado, Hank – disse ele.

Rearden sorriu e disse:

– Vou repetir o que você disse quando eu lhe agradeci, na primeira vez que nos vimos: "Se você compreender que agi por interesse próprio, saberá que não cabe nenhuma gratidão."

– Vou repetir – disse Galt – a resposta que você me deu: "É por isso que eu agradeço."

Dagny viu que eles se encaravam como se seu olhar fosse um aperto de mãos que selasse uma união firme demais para exigir qualquer comentário. Rearden percebeu que ela os observava – e com uma leve contração dos olhos aprovou o olhar dela, como se repetisse agora a mensagem que lhe enviara quando estava no vale.

De repente ouviram a voz alegre de Danneskjöld falando com ninguém e se deram conta de que ele estava utilizando o rádio:

– Sim, estamos todos sãos e salvos... Ele não está ferido, apenas um pouco abalado, mas está descansando... Não, nada de grave... Sim, estamos todos aqui. Hank Rearden está ligeiramente ferido, mas – neste ponto Danneskjöld olhou para trás rapidamente – está sorrindo para mim neste momento... Não, não houve perdas do nosso lado. A única coisa que perdemos por alguns minutos foi a paciência, mas já a estamos recuperando... Não tentem chegar antes de mim ao vale de Galt, pois eu vou chegar primeiro e ajudar Kay a preparar o seu café da manhã no restaurante.

– Alguém no mundo exterior pode ouvir Ragnar? – perguntou Dagny.

– Não – respondeu D'Anconia. – Eles não têm equipamentos para captar essa frequência.

– Com quem ele está falando? – perguntou Galt.

– Com pelo menos a metade da população masculina do vale – respondeu D'Anconia –, com todos os que couberam nos aviões disponíveis. Estão nos seguindo agora. Acha que alguém ia ficar em casa sabendo que você estava nas mãos dos saqueadores? Estávamos preparados para salvá-lo. E, se fosse necessário, atacaríamos o Instituto ou o Hotel Wayne-Falkland. Mas sabíamos que, se fizéssemos isso, correríamos o risco de que fosse morto quando percebessem que estavam derrotados. Foi por isso que nós quatro decidimos tentar agir sozinhos primeiro. Se fracassássemos, os outros partiriam para um combate geral. Estavam esperando a menos de um quilômetro de lá. Alguns homens tinham se posicionado no morro, entre as árvores. Eles nos viram sair e avisaram os outros. Estavam sob o comando de Ellis Wyatt. Aliás, ele está no seu avião. Só não chegamos a New Hampshire ao mesmo tempo que o Dr. Ferris porque nossos aviões vinham de lugares longínquos e ocultos, enquanto ele saiu de um aeroporto mais próximo. Mas essa vantagem ele não vai continuar a ter por muito mais tempo.

– Não vai, não – disse Galt.

– Foi o único obstáculo que encontramos. O restante foi fácil. Depois eu lhe conto os detalhes. O fato é que nós quatro conseguimos derrotar toda a guarda.

– Mais cedo ou mais tarde – disse Danneskjöld, virando-se para os outros por um momento –, esses brutamontes particulares e públicos que acham que podem dominar os superiores pela força vão descobrir o que acontece quando a força bruta se confronta com o poder da inteligência.

– Eles já descobriram – disse Galt. – Não é essa a lição que você vem lhes ensinando há 12 anos, Ragnar?

– É verdade. Mas o semestre terminou. Hoje cometi meu último ato de violência. Não precisarei mais fazer esse tipo de coisa. Foi minha recompensa por esses 12 anos. Meus homens já começaram a construir suas casas no vale. Meu navio está escondido num lugar onde ninguém jamais poderá encontrá-lo, até que eu consiga vendê-lo e ele seja usado para fins bem mais civilizados. Vai passar a funcionar como um transatlântico. Apesar de não ser muito grande, será um excelente navio de passageiros. Quanto a mim, decidi mudar o tipo de aulas que dou. Vou reler as obras do primeiro mestre do nosso professor.

Rearden deu uma risada:

– Gostaria de assistir à sua primeira aula de filosofia numa sala universitária – comentou. – Quero ver como os seus alunos vão conseguir se concentrar no tema da aula e como você vai responder às perguntas irrelevantes que eles vão fazer, aliás, cobertos de razão.

– Vou responder que eles encontrarão as respostas na matéria.

O terreno que sobrevoavam tinha poucas luzes. O campo era uma imensidão escura, com uma luz aqui e ali na janela de algum prédio do governo, e velas bruxuleantes nas janelas das casas habitadas por gente que gastava mais. Há muito tempo que a maior parte da população rural já fora reduzida àquela condição de vida dos tempos em que a luz artificial era um luxo exorbitante, em que o pôr do sol punha fim às atividades humanas. As cidades eram como poças deixadas pela maré vazante, ainda contendo algumas gotas preciosas de eletricidade, porém secando num deserto de racionamentos, cotas, controles e normas de conservação de energia.

Mas, quando surgiu à frente deles o lugar que no passado fora a fonte das marés – a cidade de Nova York –, suas luzes ainda se elevavam até o céu, desafiando as trevas, quase como se, num esforço final, num último pedido de socorro, a cidade agora estendesse seus braços para o avião que cruzava seus céus. Involuntariamente, todos se endireitaram em seus lugares, como se em respeito àquela grandeza moribunda.

Ao olhar para baixo, viram as últimas convulsões: as luzes dos carros correndo desesperados pelas ruas, como animais presos num labirinto, procurando uma saída a todo custo; as pontes apinhadas de veículos; os acessos às pontes repletos de faróis acesos; engarrafamentos que imobilizavam o trânsito, e os gritos histéricos das sirenes que chegavam fracos até o avião. A notícia de que a artéria principal do país fora cortada já havia atingido a cidade: em pânico, homens abandonavam seus lares, tentando escapar. No entanto, todas as estradas estavam bloqueadas e não era mais possível nenhuma espécie de fuga.

O avião sobrevoava os mais altos arranha-céus quando, de repente, como se a terra houvesse engolido tudo, a cidade desapareceu. Levaram um momento para entender que o pânico chegara às centrais de energia e que as luzes de Nova York haviam sido apagadas.

Dagny não pôde conter uma exclamação.

– Não olhe para baixo! – gritou Galt, no tom de quem dá uma ordem. Dagny o fitou. Havia no rosto dele aquela expressão de austeridade com que ele sempre encarava os fatos.

Ela se lembrou da história que D'Anconia havia lhe contado. "John havia largado a Século XX e foi morar em uma água-furtada num cortiço. Foi até a janela e apontou para os arranha-céus da cidade. Disse que teríamos de apagar as luzes do mundo e que, quando víssemos as luzes de Nova York se apagarem, saberíamos que nossa missão estava cumprida."

Lembrou-se disso ao ver que os três – John Galt, Francisco d'Anconia e Ragnar Danneskjöld – se entreolharam em silêncio por um instante.

Dagny se virou para Rearden. Ele não estava olhando para baixo, e sim para a frente, tal como ela já o vira mirar um campo deserto: com o olhar de quem calcula as possibilidades de ação.

Quando viu a escuridão à sua frente, ela se lembrou de outra cena – a do momento em que, sobrevoando o aeroporto de Afton, vira um avião prateado se erguer, como a fênix, da escuridão da Terra. Agora sabia que o avião em que estavam trazia dentro de si tudo o que restara da cidade de Nova York.

Dagny olhou para a frente. A Terra ficaria tão vazia quanto o espaço pelo qual aquele avião se deslocava – tão vazia e tão livre quanto o espaço. Sabia como Nat Taggart se sentira no início de tudo e por que agora, pela primeira vez, ela o estava seguindo com uma lealdade completa: tinha a sensação confiante de quem encara um vazio e sabe que tem de construir um continente.

Ela viu toda a luta de sua vida se elevar à sua frente e cair, deixando-a ali, no cume daquele momento. Sorriu, e as palavras em sua mente, que avaliavam e fechavam o passado, eram as palavras de coragem, orgulho e dedicação que a maior parte dos homens jamais chegava a compreender, palavras de um homem de negócios: "Não dê preço a nenhum objeto."

Dagny não se sobressaltou nem tremeu quando viu, no meio da escuridão lá embaixo, uma pequena fileira de pontos de luz avançando lentamente em direção ao oeste, seguida pelo longo feixe de luz de um farol para garantir sua segurança. Não sentiu nada, muito embora aquilo fosse um trem e ela soubesse que seu único destino era o nada.

Virou-se para Galt. Ele observava seu rosto, como se estivesse lendo seus pensamentos. Dagny viu o reflexo de seu sorriso no dele.

– É o fim – disse ela.

– É o começo – retrucou ele.

Então permaneceram imóveis, encarando-se em silêncio. Cada um só tinha como consciência a presença do outro, e ela era o somatório e o significado do futuro. Porém isso incluía a consciência de tudo quanto tinha que se merecer para que um passasse a representar, para o outro, o valor da própria existência.

Nova York já estava distante quando ouviram Danneskjöld atender a um chamado do rádio:

– Está acordado, sim. Acho que esta noite ele não vai dormir... Acho que pode. – Virou-se para trás por um instante. – John, o Dr. Akston gostaria de falar com você.

– O quê? *Ele* também está num dos aviões?

– Claro.

Galt saltou para a frente e agarrou o microfone.

– Alô, Dr. Akston – disse ele com um tom de voz baixo e tranquilo, que era a imagem audível de um sorriso transmitido pelo espaço.

– Alô, John. – A firmeza excessiva da voz de Hugh Akston confessava quanto lhe fora duro aguardar o dia em que voltaria a pronunciar essas duas palavras novamente. – Só queria ouvir a sua voz... saber que você está bem.

Galt deu uma risadinha, e no tom de voz de um aluno orgulhoso que apresenta o dever de casa, mostrando que aprendeu direito a lição, respondeu:

– Claro que estou bem, professor. Tenho que estar. A é A.

◆ ◆ ◆

O Cometa Taggart seguia para o leste quando sua locomotiva pifou no meio de um deserto no Arizona. Parou de repente, sem nenhum motivo aparente, como um homem que se recusava a admitir que estava sobrecarregado demais. Alguma peça excessivamente desgastada se estragara de vez.

Quando Eddie Willers chamou o chefe do trem, esperou um bom tempo até que o homem chegasse. Ao ver o olhar de resignação no rosto dele, já previu a resposta à sua pergunta.

– O maquinista está tentando descobrir qual é o problema, Sr. Willers – o chefe do trem respondeu em voz baixa, num tom que dava a entender que ele tinha a obrigação de ter esperança, porém há anos que não tinha mais nenhuma.

– Então ele não sabe?

– Está tentando descobrir. – Por polidez, o chefe do trem esperou meio minuto e depois se virou para ir embora, mas se deteve para dar uma explicação, como se algum vago hábito racional lhe dissesse que qualquer tentativa de explicação tornava o terror não assumido mais fácil de suportar. – Essas nossas locomotivas a diesel já não deviam mais estar rodando, Sr. Willers. Há muito tempo que nem adianta mais consertá-las.

– Eu sei – admitiu Willers em voz baixa.

O chefe do trem sentiu que sua explicação era pior do que não ter dado nenhuma: ela levava a perguntas que não se faziam mais nos dias atuais. Então sacudiu a cabeça e foi embora.

Willers ficou contemplando a escuridão lá fora. Aquele era o primeiro Cometa a sair de São Francisco havia vários dias, e só saíra porque ele fizera o possível para reinstituir os trens transcontinentais. Nem ele mesmo sabia quanto aqueles últimos dias haviam lhe custado, nem o que ele fizera para salvar o terminal de São Francisco do caos cego de uma guerra civil, travada sem que ninguém fizesse ideia do porquê. Tampouco havia como lembrar os acordos que fechara com base em mil e uma circunstâncias momentâneas. Só sabia de quatro coisas: que havia conseguido que os líderes de três facções em guerra garantissem a imunidade do terminal; que encontrara um homem para preencher o cargo de administrador do terminal, um sujeito que parecia ainda não ter entregado os pontos completamente; que conseguira que mais um Cometa Taggart partisse rumo a Nova York, com a melhor locomotiva a diesel e a melhor tripulação encontradas; e que havia tomado o trem para voltar a Nova York, sem imaginar quanto tempo duraria a viagem.

Jamais trabalhara tanto. Fizera o que tinha de ser feito, com o mesmo afinco de sempre, mas era como se estivesse trabalhando num vácuo, como se sua energia não encontrasse transmissores e tivesse se perdido na areia de um desses desertos que ele via pela janela do trem. Willers estremeceu: por um momento, sentiu empatia com a locomotiva pifada.

Depois de algum tempo, chamou o chefe do trem outra vez.

– Como está indo? Já descobriram o problema? – perguntou-lhe.

O chefe do trem deu de ombros e sacudiu a cabeça.

– Mande o foguista procurar um telefone e pedir à sede da divisão o melhor mecânico que houver por lá.

– Sim, senhor.

Não havia nada para ser visto pela janela. Quando apagou a luz, Willers viu uma paisagem cinzenta, com manchas escuras de cactos, sem começo nem fim. Como os homens haviam se aventurado a atravessar aqueles desertos, e a que preço, no tempo em que não havia trens? Ele desviou a vista da janela e acendeu a luz.

É apenas porque o Cometa pifou no deserto que me vem essa ansiedade incômoda, pensou ele. O trem estava parado em trilhos que não eram da Taggart, e sim da Sul-Atlântica, no Arizona, trilhos que a Taggart estava usando sem pagar por eles. *Preciso tirar o trem daqui*, pensou. Ele não se sentiria assim se voltassem aos trilhos da Taggart. Mas o entroncamento parecia muito distante, a uma distância inacessível: à margem do Mississippi, perto da Ponte Taggart.

Não, pensou ele, *não é só isso*. Tinha de admitir quais eram as imagens que lhe proporcionavam uma sensação de mal-estar que não conseguia nem definir nem erradicar: eram muito sem sentido para definir e muito inexplicáveis para erradicar.

Uma era a de uma estação secundária pela qual tinham passado sem parar havia mais de duas horas. Willers observara a plataforma vazia e as janelas fortemente iluminadas do pequeno prédio da estação: as luzes vinham de salas vazias, e ele não vira nenhum vulto humano, nem no prédio nem nos trilhos. A outra imagem era da estação secundária seguinte, em cuja plataforma vira uma multidão exaltada. Agora estavam longe das duas estações, das luzes da primeira e do tumulto da segunda.

Preciso tirar o Cometa daqui, pensou ele. Não entendia por que achava que isso era tão urgente, nem por que lhe parecera tão importante reinstaurar as viagens do trem. Apenas um punhado de passageiros ocupava os vagões vazios – ninguém tinha para onde ir, nenhuma meta a atingir. Não era por causa daqueles passageiros que se esforçara tanto. Ele não sabia por quem. Duas expressões lhe ocorriam, com a indefinição de uma prece e a força avassaladora de um absoluto. Uma era: "De oceano a oceano, para sempre." E a outra: "Não abandone o trem!"

O chefe do trem voltou uma hora depois com o foguista, cujo rosto estava estranhamente soturno.

– Sr. Willers – disse o foguista lentamente –, ninguém atende na sede da divisão.

Willers se retesou no assento, recusando-se a acreditar no que ouvia, porém compreendendo de repente que, por algum motivo inexplicável, era *essa* a resposta que ele esperava ouvir.

– Impossível! – disse ele em voz baixa. O foguista o encarava, imóvel. – O telefone deve estar com defeito.

– Não, Sr. Willers. Não está com defeito. A linha estava funcionando. A sede é que não estava. Quer dizer, não tinha ninguém lá para atender, ou pelo menos ninguém que quisesse atender.

– Mas você sabe que isso é impossível!

O foguista deu de ombros. Ninguém mais considerava nenhum desastre impossível. Willers se levantou num salto.

– Vá percorrendo todo o trem – ordenou ao chefe do trem. – Bata em todas as portas, quer dizer, aquelas em que há passageiros, e veja se encontra algum engenheiro eletricista.

– Sim, senhor.

Willers sabia que os dois homens, tanto quanto ele, não acreditavam que fossem encontrar engenheiro algum entre aqueles rostos letárgicos e apagados que haviam visto pegar o trem.

– Vamos – disse Willers ao foguista.

Subiram juntos na locomotiva. O maquinista grisalho estava sentado no seu banco, olhando para os cactos. O farol continuava aceso, e o feixe de luz se estendia pela noite, reto e imóvel, iluminando apenas os dormentes dos trilhos, até onde a vista alcançava.

– Vamos ver se a gente descobre qual é o problema – disse Willers, tirando o paletó, num misto de ordem e súplica. – Vamos tentar mais um pouco.

– Sim, senhor – concordou o maquinista, sem ressentimento nem esperança.

O maquinista havia esgotado seu escasso repertório de conhecimentos técnicos e verificara todas as possíveis fontes de defeitos que conhecia. Em seguida, se enfiou embaixo da locomotiva e começou a desatarraxar e a reatarraxar peças do motor, tirando-as e as recolocando a esmo, como uma criança que desmonta um relógio, porém, ao contrário da criança, sem acreditar que o conhecimento é possível.

O foguista continuava debruçado à janela da cabine, olhando para a escuridão silenciosa e tremendo, como se fosse porque a noite estava esfriando.

– Não se preocupe – disse Willers, adotando um tom confiante. – Temos que fazer o melhor que podemos, mas, se não conseguirmos, eles vão mandar alguém para nos socorrer mais cedo ou mais tarde. Não se abandona um trem assim no fim do mundo.

– Antigamente, não – disse o foguista.

De vez em quando, o maquinista levantava o rosto sujo de graxa para contemplar Willers, também com o rosto e a camisa sujos.

– Para que isso, Sr. Willers? – perguntava ele.

– Não podemos abandonar o trem! – respondia Willers, feroz. Ainda que de modo vago, sabia não estar se referindo apenas ao Cometa nem somente à Taggart Transcontinental.

Indo da cabine às três unidades do motor e voltando à cabine, com as mãos sangrando e a camisa empapada de suor, Willers se esforçava por lembrar tudo o que já soubera a respeito de locomotivas, tudo o que aprendera na faculdade e antes dela – tudo o que aprendera no tempo em que os agentes da estação de Rockdale o botavam para correr quando ele queria brincar nas escadas das locomotivas de manobras. Mas nada conseguia, seu cérebro parecia emperrado. Sabia que não entendia nada de motores e que agora era uma questão de vida ou morte ter esses conhecimentos. Continuava olhando para os cilindros, as pás das hélices, os fios, os painéis de controle com luzes que ainda piscavam. Esforçava-se para não deixar entrar em sua mente o pensamento que agora tentava se intrometer nela: qual a probabilidade de que homens primitivos, sem conhecimentos técnicos, conseguissem mexer nas peças certas e consertar aquele motor? E quanto tempo isso levaria?

– Para que isso, Sr. Willers? – gemeu o maquinista.

– Não podemos abandonar o trem! – exclamou ele.

Ele não sabia quantas horas haviam se passado quando ouviu o foguista gritar de repente:

– Sr. Willers! Olhe!

O foguista estava debruçado na janela, apontando para trás.

Willers olhou. Uma luz estranha bruxuleava ao longe e parecia estar se aproximando lentamente. Era impossível identificar o que seria aquilo.

Depois de algum tempo, começou a distinguir uns vultos escuros que avançavam lentamente, seguindo um curso paralelo aos trilhos. A luz vinha perto do chão, balançando-se. Tentou ouvir alguma coisa, mas não conseguiu.

Então percebeu um som abafado e ritmado que parecia ser produzido por cascos de cavalos. Os dois homens a seu lado observavam apavorados os vultos escuros, como se alguma aparição sobrenatural estivesse saindo do meio do deserto e da noite. No momento em que eles começaram a rir de felicidade, reconhecendo as formas, Willers de repente assumiu uma expressão de terror, como se visse um fantasma mais assustador do que qualquer aparição que os outros dois temessem ver: era um comboio de carroções puxados por cavalos.

A lanterna parou de balançar ao lado da locomotiva.

– Ô camarada, quer uma carona? – gritou um homem que parecia ser o líder e que estava rindo. – Está preso aí, não é?

Os passageiros do Cometa estavam todos à janela e alguns já começavam a saltar e a se aproximar da caravana. Rostos de mulheres apareceram nas janelas das carroças, em meio a pilhas de objetos de uso doméstico, e de um dos últimos carroções vinha o choro de um bebê.

– Você é maluco? – perguntou Willers.

– Não, estou falando sério, companheiro. O que não falta aqui é espaço. Por um preço razoável, dou uma carona a vocês todos, se quiserem sair daqui. – Era um homem magricela, nervoso, de gestos largos e voz insolente, que parecia um camelô.

– Isto aqui é o Cometa Taggart – disse Willers, engasgado.

– Cometa, é? Mais parece uma lagarta morta. O que foi, companheiro? Assim você não vai a lugar nenhum, e, mesmo se tentasse, não ia conseguir.

– Como assim?

– Está pensando que vai para Nova York?

– Nós *vamos* para Nova York.

– Quer dizer que você não soube?

– De *quê*?

– Puxa, há quanto tempo não se comunica com alguma estação da rede?

– Não sei!... Soube de *quê*?

– Que a tal da Ponte Taggart desabou. Sumiu. Foi uma explosão de raios sonoros, sei lá. Ninguém sabe direito. O fato é que não tem mais nenhuma ponte sobre o Mississippi. E assim não tem mais como chegar a Nova York – pelo menos para gente como você e eu.

Willers não soube o que aconteceu em seguida. Ficou jogado ao lado do banco do maquinista, olhando pela porta aberta da unidade do motor. Não soube quanto tempo ficou lá, mas, quando por fim virou a cabeça, viu que estava sozinho. O maquinista e o foguista haviam saído da cabine. Ouviam-se vozes lá fora, gritos, soluços, o riso do líder da caravana.

Foi até a janela da cabine e viu que os passageiros e os tripulantes do Cometa estavam reunidos em torno do líder do comboio e de seus companheiros maltrapilhos. O homenzinho agitava os braços, dando ordens. Algumas das senhoras mais bem-vestidas do Cometa, cujos maridos, pelo visto, haviam sido os primeiros a negociar com o líder, entravam nas carroças, chorando e agarrando seus delicados estojos de maquiagem.

– Vamos lá, minha gente, vamos lá! – gritava o líder, alegre. – Se espremer dá pra todo mundo! Fica apertado, mas anda. É melhor do que ficar aqui para virar comida de coiote! O tempo do cavalo de ferro terminou! Agora só tem o cavalo, mesmo! É lento, mas chega lá!

Willers foi até a escada de saída da locomotiva para ver a multidão e para ser ouvido. Agitou uma das mãos, agarrando-se à escada com a outra.

– Vocês não vão com eles, vão? – gritava para os passageiros. – Vão abandonar o Cometa?

Os passageiros viraram o rosto, como se não quisessem vê-lo nem lhe responder. Não queriam ouvir perguntas que não teriam capacidade de pesar em suas mentes. Então viu o pânico naqueles rostos cegos.

– O que há com esse cara de graxa? – perguntou o líder da caravana apontando para Willers.

– Sr. Willers – disse o chefe do trem em voz baixa –, é inútil...

– Não abandonem o Cometa! – gritou Willers. – Não o abandonem!

– *Você* é maluco? – perguntou o líder. – Não faz ideia do que está acontecendo nas estações e na sede da sua rede! Os homens estão correndo tontos de um lado para outro que nem galinhas sem cabeças! Acho que amanhã de manhã não vai ter mais nenhuma ferrovia funcionando a oeste do Mississippi!

– É melhor vir também, Sr. Willers – disse o chefe do trem.

– Não! – gritou Willers, agarrando-se à escada de ferro como se quisesse se fundir a ela.

O líder da caravana deu de ombros.

– Bem, a vida é sua...

– Para onde estão indo? – perguntou o maquinista, sem olhar para Willers.

– Por aí, companheiro! Procurando um lugar para parar... por aí afora. Estamos vindo de Imperial Valley, Califórnia. O pessoal do "Partido do Povo" levou toda a nossa colheita e a comida que a gente tinha guardada. Disseram que era para fazer estoque. Então o jeito foi pegar as trouxas e ir embora. Tem que viajar de noite, por causa do pessoal lá de Washington... Estamos só procurando um lugar para morar... Pode vir também, companheiro, se você também não tem casa para morar, ou então a gente leva você a alguma cidade.

Os homens daquela caravana, pensou Eddie, indiferente, pareciam vis demais para fundarem uma comunidade livre secreta, mas não o bastante para se tornarem um bando de saqueadores. Não tinham destino, como o feixe de luz do farol da locomotiva, e, como ele, se dissolveriam em algum lugar do deserto.

Willers continuava parado na escada, olhando para o farol, por isso não viu os últimos passageiros do Cometa Taggart serem transferidos para os carroções.

O último foi o chefe do trem.

– Sr. Willers! – gritava ele, em desespero. – Venha também!

– Não – respondeu Eddie.

O líder da caravana fez um gesto em direção a Willers.

– Espero que você saiba o que está fazendo! – exclamou num tom que era um misto de ameaça e súplica. – Talvez apareça alguém para pegá-lo, semana que vem ou mês que vem! Quem é que viria aqui, nos dias de hoje?

– Vá embora – retrucou Willers.

Ele voltou para dentro da cabine quando a caravana partiu, balançando e rangendo, e sumiu na noite. Permaneceu sentado no banco do maquinista de uma locomotiva parada, a testa encostada no regulador inútil. Sentia-se como um capitão de um transatlântico avariado, que preferia afundar com o navio a ser salvo na canoa de selvagens que zombavam dele, considerando-se superiores em sua arte.

Então, de repente, sentiu uma raiva cega. Pôs-se de pé e agarrou o regulador.

Tinha que dar a partida naquela locomotiva. Em nome de alguma vitória que não conseguia identificar, tinha que fazer aquele motor funcionar.

Já não pensava, não calculava, nem temia nada. Movido por uma indignação empolgante, acionava chaves a esmo, puxava e empurrava o regulador, pisava no pedal de interrupção automática, tentava divisar a forma de alguma visão que parecia ao mesmo tempo próxima e longínqua, sabendo apenas que sua batalha desesperada era alimentada por aquela visão, travada em seu nome.

Não abandone!, gritava sua mente – enquanto ele via as ruas de Nova York. *Não abandone!*, enquanto ele via as luzes dos sinais ferroviários. *Não abandone!*, enquanto ele via a fumaça se elevar orgulhosa das chaminés das fábricas –, tentando atravessar a fumaça e alcançar a visão que era a raiz de todas essas visões.

Willers puxava fios, unia-os e os separava, enquanto uma visão de sol e pinheiros surgia na periferia de sua consciência. *Dagny!*, ouviu sua mente exclamando. *Dagny, em nome do que há de melhor em nós!...* Acionava chaves inutilmente, apertava botões que nada faziam... *Dagny!*, gritava ele para uma menina de 12 anos numa clareira ensolarada no bosque, *em nome do que há de melhor em nós, preciso fazer este trem pegar!... Dagny, era isso... e você já sabia, mas eu não... você sabia quando se virou para olhar para os trilhos... Eu disse: "Não é trabalho nem modo de ganhar a vida"... mas Dagny, trabalho, modo de ganhar a vida, aquilo que há num homem que torna isso possível – isso é o que há de melhor em nós*, era isso *que tinha de ser defendido... Para salvar este trem, Dagny, preciso dar a partida nele agora...*

Quando se deu conta de que estava largado no chão da cabine e que nada mais havia a fazer ali, se levantou e desceu a escada, pensando vagamente nas rodas da locomotiva, embora soubesse que o maquinista as tinha examinado. Sentiu o pó do deserto sob seus pés quando saltou para o chão. Permaneceu imóvel e, naquele profundo silêncio, ouviu as ervas mortas sendo arrastadas pelo vento, como se rissem por poderem se mexer enquanto o Cometa não podia. Ouviu um som mais nítido bem perto e viu a forma pequena e cinzenta de um coelho cheirando os degraus de um dos vagões do Cometa Taggart. Com uma súbita fúria assassina, partiu para cima do coelho, como se pudesse derrotar o inimigo encarnado naquela pequenina forma cinzenta. O coelho sumiu na escuridão, mas Eddie sabia que não havia como detê-lo.

Foi até a frente da locomotiva e viu as letras TT. Então caiu sobre os trilhos e ficou soluçando, sob o feixe de luz imóvel que se perdia numa noite sem fim.

◆◆◆

A música do Quinto Concerto de Richard Halley saía do piano, passava pela janela e se espalhava pelo ar, pairando sobre as luzes do vale. Era uma sinfonia de triunfo. As notas fluíam, falando de uma ascensão – e elas próprias eram essa elevação, a essência e a forma do movimento ascendente. Pareciam a concretização de todo ato e pensamento humano que visava ascender. Era uma explosão luminosa de som, que saía do esconderijo e se espalhava no espaço aberto. Continha a alegria de uma libertação, a tensão de um propósito. Varria todo o espaço e só deixava o êxtase de um esforço livre de obstáculos. Apenas um leve eco nos sons falava daquilo que a música deixara para trás, porém falava com a felicidade de quem descobre que não há dor nem feiura, nem nunca precisou haver. Era o canto de uma libertação imensa.

As luzes do vale iluminavam a neve que ainda cobria o chão. Havia neve nas encostas de granito e nos ramos pesados dos pinheiros. Porém os galhos nus das bétulas estavam um pouco virados para cima, como se confiassem na promessa das folhas que viriam com a próxima primavera.

O retângulo de luz que se via numa encosta era a janela do gabinete de Mulligan, que estava sentado à sua mesa, com um mapa e uma coluna de cifras à sua frente. Fazia uma lista do ativo de seu banco e elaborava um plano de investimentos. Anotava os lugares que escolhia:

– Nova York, Cleveland, Chicago... Nova York, Filadélfia... Nova York... Nova York... Nova York...

O retângulo de luz no fundo do vale era a janela da casa de Danneskjöld. Kay Ludlow estava sentada à frente de um espelho, examinando as diferentes tonalidades da maquiagem para cinema contidas no estojo surrado à sua frente. Deitado num sofá, Danneskjöld lia um volume das obras de Aristóteles: "... pois estas verdades dizem respeito a tudo o que há, e não a algum gênero especial distinto dos outros. E todos os homens as usam, por serem verdades do ser enquanto ser... Pois um princípio que deve ser aceito por todo aquele que compreenda qualquer coisa que seja não é uma hipótese... Evidentemente, tal princípio será o mais certo de todos. Que princípio é esse, veremos agora: é aquele segundo o qual o mesmo atributo não pode pertencer e não pertencer simultaneamente ao mesmo sujeito no que se refere ao mesmo aspecto..."

O retângulo de luz no meio de uma fazenda era a janela da biblioteca do juiz Narragansett, que estava sentado a uma mesa. A luz de seu abajur iluminava a cópia de um documento antigo. Ele assinalara e riscara as contradições internas que no passado haviam causado sua destruição e estava acrescentando uma nova cláusula: "O Congresso não aprovará leis que restrinjam a liberdade de produção e comércio..."

O retângulo de luz no meio de uma floresta era a janela da cabana de Francisco d'Anconia, que se encontrava estirado no chão ao lado da lareira, debruçado sobre folhas de papel, completando o desenho de sua oficina de fundição. Hank Rearden e Ellis Wyatt estavam sentados junto da lareira.

– John vai projetar as novas locomotivas – dizia Rearden – e Dagny vai operar a primeira ferrovia entre Nova York e Filadélfia. Ela...

E, de repente, ao ouvir a frase seguinte, D'Anconia levantou a cabeça e caiu na gargalhada – um riso de saudação, triunfo e libertação. Não estavam ouvindo a música do Quinto Concerto de Halley, que naquele instante passava por cima do telhado da cabana, mas o riso de D'Anconia equivalia a ela. Na frase que ouvia, ele via o sol da primavera iluminando os gramados das casas de todo o país. Via as fagulhas dos motores, o brilho do aço das estruturas dos novos arranha-céus, os olhos dos jovens que encaravam o futuro sem incerteza nem medo.

A frase que Rearden pronunciara fora a seguinte:

– Ela provavelmente vai querer cobrar tarifas de frete de arrancar os olhos da cara, mas... eu vou poder pagá-las.

O leve brilho que se deslocava lentamente no ponto mais alto a que se tinha acesso de uma montanha era a luz das estrelas nos fios de cabelo de Galt. Ele olhava não para o vale lá embaixo, e sim para a escuridão do mundo exterior. A mão de Dagny estava pousada em seu ombro, e o vento confundia os cabelos dos dois. Ela sabia por que Galt quisera caminhar pelas montanhas aquela noite e o que ele havia parado para ver. Sabia que palavras ele ia dizer agora e que ela seria a primeira a ouvi-las.

Não podiam ver o mundo além das montanhas. Viam apenas um vazio de escuridão e pedra, porém a escuridão ocultava as ruínas de um continente: casas sem tetos, tratores enferrujados, ruas escuras, trilhos abandonados. Mas, ao longe, nos confins da Terra, uma pequena chama tremulava ao vento – a chama teimosa da Tocha de Wyatt, retorcendo-se, insistindo, recusando-se a ser arrancada ou apagada. Parecia estar evocando e esperando as palavras que John Galt ia pronunciar agora.

– O caminho está desimpedido – disse Galt. – Vamos voltar ao mundo. – Levantou a mão e por sobre a terra desolada traçou no espaço um cifrão, símbolo do dólar.

Para saber mais sobre os títulos e autores da Editora Arqueiro,
visite o nosso site e siga as nossas redes sociais.
Além de informações sobre os próximos lançamentos,
você terá acesso a conteúdos exclusivos
e poderá participar de promoções e sorteios.

editoraarqueiro.com.br